U0114949

全本全注全译丛书

中华经典名著

吕明涛　诸雨辰　韩　莉◎译注

唐宋八大家文钞 上

中华书局

图书在版编目(CIP)数据

唐宋八大家文钞/吕明涛,诸雨辰,韩莉译注. —北京:中华书局,2023.3
(中华经典名著全本全注全译丛书)
ISBN 978-7-101-16045-1

Ⅰ.唐… Ⅱ.①吕…②诸…③韩… Ⅲ.唐宋八大家-古典散文-散文集 Ⅳ.I264.2

中国版本图书馆 CIP 数据核字(2022)第 238693 号

书　　名	唐宋八大家文钞(全三册)
译　　注	吕明涛　诸雨辰　韩　莉
丛 书 名	中华经典名著全本全注全译丛书
责任编辑	宋凤娣　周　旻　张　敏
责任印制	陈丽娜
出版发行	中华书局
	(北京市丰台区太平桥西里38号　100073)
	http://www.zhbc.com.cn
	E-mail:zhbc@zhbc.com.cn
印　　刷	北京中科印刷有限公司
版　　次	2023 年 3 月第 1 版
	2023 年 3 月第 1 次印刷
规　　格	开本/880×1230 毫米　1/32
	印张 62¾　字数 1600 千字
印　　数	1-10000 册
国际书号	ISBN 978-7-101-16045-1
定　　价	158.00 元

总目

上册

中册

下册

目录

上册

前言

中国作为一个诗文大国，历代不乏优秀的诗文选本。有些优秀的诗文选本一经问世，便家弦户诵，甚至洛阳纸贵。关于这一现象，鲁迅先生在《集外集·选本》中曾论述道："凡选本，往往能比所选各家的全集或选家自己的文集更流行，更有作用。册数不多，而包罗诸作，固然也是一种原因，但还在近则由选者的名位，远则凭古人之威灵，读者想从一个有名的选家，窥见许多有名作家的作品。"在这段话里，鲁迅先生敏锐地拈出了影响选本这一文献形态传播的三个关键因素：作家（作品）、选家（选本）和读者。在三者之间，选家处于核心地位。选家通过选本，将作家的作品推介给读者，同时，选家也通过对作家作品的别择、品鉴，向读者传达自己的审美兴味及美学主张。鲁迅先生在同一篇文章中还写道："凡是对于文术自有主张的作家，他所赖以发表和流布自己的主张的手段，倒并不在作文心、文则、诗品、诗话，而在出选本。"可见，选本作为一种文学批评手段，直接通过作品，并辅以适当的评点，更为直观地向读者传达选家的美学主张，从而能够更快地打动读者。

从读者的角度来讲，面对浩若烟海的诗文作品，如果没有时间，抑或没有能力进行广泛的阅读，借助选家的选本，读者能够高效地达到自己的阅读目的。这里有一个有趣的现象，如鲁迅先生前面提到的，在读者看来，操持作品别择的选家是否具有一定的"名位"，是关乎选本是否流行的核心要素。因为"名位"意味着选家不凡的鉴别眼光,好比文物一经大师鉴定,尽管身价倍增,但买家却心甘情愿掏钱购买一样。这样的例子很多:远的如南朝梁武帝长子昭明太子萧统主持编纂的《文选》,稍近的如明代茅坤编选的一百四十四卷本《唐宋八大家文钞》和清代张伯行编选的十九卷本《唐宋八大家文钞》。

一

"唐宋八大家"包括唐代的韩愈、柳宗元,宋代的欧阳修、曾巩、苏洵、苏轼、苏辙、王安石。韩愈(768—825),字退之,河南河阳(今河南孟县)人。贞元八年(792),登进士第。官至吏部侍郎。柳宗元(773—819),字子厚,河东(今山西永济)人。贞元九年(793)进士及第。官终柳州刺史。从韩、柳二人的生卒年可以看出,二人生活的时代高度重合,皆为中唐贞元、元和时人。韩愈之兄韩会与柳宗元之父柳镇交谊甚深,韩愈与柳宗元可谓世交。二人相交以义、相商于道,尽管文风不同,论道有别,且分属不同政治集团,却能相互敬重,全交情于始终。

八大家中北宋占有六家,欧阳修(1007—1072)字永叔,号醉翁,吉州永丰(今属江西)人。官至枢密副使、参知政事。是北宋六家中的核心人物。欧阳修自宋仁宗年间登上政坛、文坛,其后三十余年,围绕他逐渐形成了一个松散的文学集团,其中,嘉祐二年(1057)是最为关键的时间节点。这一年欧阳修知贡举,曾巩(1019—1083)、苏轼(1036—1101)、苏辙(1039—1112)皆是这一年登进士第。王安石(1021—1086)尽管早在庆历二年(1042)就已进士及第,却在庆历四年(1044),由曾巩引荐给欧阳修,并得到了欧阳修的赏识,遂成为欧门中人。苏洵(1009—1066)于嘉祐元年(1056)偕二子来京,参加第二年的科考,并在张方平的引荐下拜访了欧阳修。苏洵与欧阳修年龄相仿,欧阳修前此已经听闻过苏洵的文名,此番相见,大加赞赏。其后,由于苏轼、苏辙连中高第,三苏文名声震京师。

　　"唐宋八大家文"，也即韩愈所说的"古文"。在唐以前的《文选》时期，文学创作一直以诗赋、骈文为主流。自中唐韩愈、柳宗元大力倡导并创作"古文"以来，至北宋，在欧阳修的带动、影响之下，"古文"创作逐渐成为文坛主流，涌现出曾巩、三苏、王安石等一批古文大家。《文选》时期的"有韵为文，无韵为笔"的文笔之争，逐渐让位给我们现在所熟悉的"诗文之分"。至南宋，基于丰富的古文创作实践，作为指导古文创作的理论——"古文之学"应运而生。古文之学兴起的一个最为直观的体现便是优秀的、有广泛影响的古文选本的大量出现。

　　唐、宋在政权上是两个朝代，在古文创作上却是一个时期，因为两者在古文创作的诸多方面都有明显的继承关系，文脉相通，都属于古文创作的鼎盛时期。将唐、宋古文揽入一个选本的做法，始于南宋吕祖谦的《古文关键》，选文六十余篇，尽管规模不大，却收入韩愈、柳宗元、欧阳修、苏洵、苏轼、苏辙、曾巩、张耒等八家文章，基本奠定了唐宋八大家古文选本的格局，俞樾在《九九消夏录·八先生集》中称其为"八大家之滥觞"。元末明初，朱右编了十六卷本《唐宋六先生文衡》，六先生，实为八先生，也即韩、柳、欧、曾、王、三苏，因有六个姓氏，故称"六先生"。《唐宋六先生文衡》流传不广，今已不存。但俞樾在《九九消夏录·八先生集》中亦称之为"八大家之滥觞"。至明嘉靖年间，经唐顺之、茅坤等唐宋派的再发现、再整理，唐宋八大家的选本体系才最终固定下来。

　　诗文选本在科举考试兴起之前，尤其是书籍的复制、传播还没有商业化之前，其编纂目的更多是在发挥其文学批评作用，比如《文章流别集》《文选》等，皆是其类。隋唐以来，科举制度逐渐成为朝廷人才选拔的主要方式，参加科举的士子们（习称"举子"）逐年增加。据贾志扬《宋代科举》研究，举子人数从北宋中叶（十一世纪初）的两三万人，增加到北宋末（十二世纪初）的近八万人，而到南宋后期（十三世纪中期），更猛增到四十万人，这标志着"科举社会"出现了。随着科举社会的出现，指导举子们应试的书籍也多了起来，在一定程度上也带动了雕版印刷业的繁盛。南宋魏天应编纂的《论学绳尺》就是一部指向性非常明确的选本。共十卷，收文一百五十六篇，作者大部分为科场折桂者，可称得上是南宋一百余年科场优秀试卷的汇编。

除了选择科场范文提供给举子们学习模拟，人们也从前人的经典著作中寻找可供学习揣摩的作品资源。明罗万藻《此观堂集·韩临之制艺序（代）》说："文字之规矩绳墨，自唐宋而下，所谓抑扬开阖，起伏呼照之法，晋汉以上绝无所闻，而韩、柳、欧、苏诸大儒设之，遂以为家，出入有度，而神气自流，故自上古之文至此，别为一界。"古文而有法可循，应自唐宋古文始。作为现存最早的评点类古文选本，吕祖谦的《古文关键》所选文章皆是唐宋古文名家经典篇章，其评点的关注点也主要放在文章的结构形式、用笔技巧上，对具体的内容并不关注，显然也有指导举子如何应试的实用目的。可见，古文选本从兴起之初，就与科举取士制度有着千丝万缕的联系。

及至明代初年，官方确立了以程朱理学为基本内容的八股取士制度。八股文僵化的程式，大大约束了举子们的创造力，也悖逆了唐宋以来日渐成熟的古文传统。举子们尽管平素鄙弃八股，但是，作为进入仕途的敲门砖，举子们又不得不潜心揣摩八股文的写法。他们发现，唐宋古文竟然与八股文在写法上存在一定的关联。这一点在明代归有光身上就看得非常清楚，号为"明文第一"的归有光，为文潜心学习《史记》《汉书》，成为古文大家，同时，他也是写作八股的高手。他在《与沈敬甫》中云："春闱之文，读之，诚自谓不愧，但徒为市中浮薄子所讪笑，以是不出也。""春闱之文"也即八股文，可见，归有光私下对自己的八股文水平是很自信的。清代的张伯行早年也有过类似的经历。据张伯行的两个儿子张师栻、张师载为其编写的年谱《张清恪公年谱》卷上记载："（康熙）二年癸卯，公年十有三，始作文。四子五经以次读毕，乃习为时艺，甫试笔，即敷畅有条理，先生长者咸异之。公尝自言：'初学文时，随俗诵习时选墨程，屡试辄斥。乃从先王父言，取前辈八大家文习之，果获

售。'公为文思如泉涌,下笔立就,稍有未慊,即自改窜,尝云:'文愈改愈
佳。'故有一题而数易稿者,统计前后所作四书文数千首。"据此可知,
张伯行早年仅仅诵习时选,也即八股文选,无法考中,于是听从祖父的建
议,改为诵习唐宋八大家的古文,最后得以考取功名。

　　如果说归有光的古文写作与时文写作间或交互影响还是一种不自
觉的行为,那么张伯行先学古文,再研习时文应举,已经成为明清举子们
代代相传的诀窍了。他们将古文的笔法融入八股文的写作之中,以提高
八股文的文体品位。茅坤在《文诀五条训缙儿辈》中这样告诫后辈为文
之法:"吾为举业,往往以古调行今文。汝辈不能知,恐亦不能遽学。个
中风味,须于六经及先秦、两汉书疏与韩、苏诸大家之文涵濡磅礴于胸
中,将吾所为文打得一片凑泊处,则格自高古典雅。"艾南英《金正希稿
序》也说:"制举业之道与古文常相表里,故学者之患,患不能以古文为
时文。"举子们有这样的需求,选家就会想办法满足这些读者需求。为
此,茅坤、储欣等人选编唐宋古文选本,并在其评点中努力打通古文与八
股文的写作技法,并有应用八股文的题义章法来评点古文。

　　《四库全书总目提要》于《御选唐宋文醇》条评价茅坤、储欣的古文
选本:"茅坤所录大抵以八比法说之,储欣虽以便于举业讥坤,而核其所
论,亦相去不能分寸。夫能为八比者,其源必出于古文,自明以来历历
可数。坤与欣即古文以讲八比,未始非探本之论。然论八比而沿溯古文
为八比之正脉,论古文而专为八比设,则非古文之正脉。"八比,即八股,
四库馆臣并没有苛责茅坤和储欣,反而将八股文与古文的关系讲得比较
清楚了:八股文源于古文,然古文之法并非拘于八股之法。至如王闿运
《论文法——答陈完夫问》说:"八家之名始于八比,其所宗者韩也。其
实乃起承转合之法耳。"将八大家之名与八股相联系就显得非常牵强了。

　　综上所述,明清间,唐宋八大家选本广为流传,与其深度参与科举考
试的工具价值密不可分,这是最为直接的,也是最容易被后世研究者有
意或者无意忽略掉的历史逻辑。

二

明朝中后期，阳明之学作为官方认可的程朱之学的反动在民间兴盛起来。明亡以后，阳明之学就自然坐实了空谈误国的说法，以顾炎武为代表的易代之际的士人，竭力批判空疏不实的阳明心学。而逐渐式微的程朱之学趁机再度得到官方的重视，梁启超在《中国近三百年学术史》第九讲《程朱学派及其依附者——张杨园、陆桴亭、陆稼书、王白田附其他》中这样写道："王学反动，其第一步则返于程朱，自然之数也。因为几百年来好谭性理之学风，不可猝易；而王学末流之敝，又已为时代心理所厌；矫放纵之敝则尚持守；矫空疏之敝则尊博习；而程朱学派，比较的路数相近而毛病稍轻。故由王返朱，自然之数也。"清朝建立后，依然袭用明朝的八股取士制度，程朱理学依然是官方认可的教化工具。康熙帝玄烨极力标榜程朱，曾亲自过问编纂《性理精义》，又重新刊印《性理大全》等书，起用李光地、熊赐履、汤斌、张伯行等程朱派的学者并委以重任。

康熙四十七年（1708），主政福建的张伯行主持刊刻《正谊堂全书》，其中收有其所编纂的《唐宋八大家文钞》。张伯行在序言中介绍编纂的目的："余故选其文而论之，不特以资学者作文之用，而穷理格物之功，即于此乎在。盖学者诚能沿流而溯其源，究观古圣贤所以立言者，则由六经、四子而下，惟有周、程、张、朱五夫子之书，可以上接尧、舜、禹、汤、文、武、周公、孔、曾、思、孟之心传，兼立德、立言、立功以不朽于万世者。夫岂唐宋文人之所及也哉！"由此可以看出，张伯行选编《唐宋八大家文钞》的目的并非完全为了服务于科举考试，至少他是这么说的，按照他的说法，他企图通过选编八大家的古文，让学者因文见道。张伯行反对"为文而文"，主张"道者，文之根本；文者，道之枝叶"，这也是朱熹所提倡的文道观。

自韩愈提出"文以载道"的观点后，文作为道的载体广为人所接受。

至宋代理学家将道的地位推向极端,文进而成为道的附庸。即便如此,理学家们反对"害道"之文,却不反对"传道"之文,于是文道之间的关系从"文以载道""作文害道",逐渐演变成为"文道一贯"。朱熹在《与汪尚书》中写道:"语及苏学,以为世人读之,止取文章之妙,初不于此求道,则其失自可置之。夫学者之求道,固不于苏氏之文矣,然既取其文,则文之所述有邪有正,有是有非,是亦皆有道焉,固求道者之所不可不讲也。讲去其非以存其是,则道固于此乎在矣,而何不可之有? 若曰惟其文之取,而不复议其理之是非,则是道自道、文自文也。道外有物,固不足以为道,且文而无理,又安足以为文乎? 盖道无适而不存者也,故即文以讲道,则文与道两得而一以贯之,否则亦将两失之矣。"在这段论述中,朱熹以三苏文章为例,提出了"文道一贯"的观点,也即文道一体,文与道是你中有我、我中有你的关系,不能分出彼此,这显然要比传统的"文以载道""文以明道"等观点更圆融。自二程以来,大多数理学家对三苏的文章心存偏见,反倒不如朱熹的观点更为圆融。张伯行所谓"选其文而论之,不特以资学者作文之用,而穷理格物之功,即于此乎在"。其用意与朱熹"文道一贯"的观点是一致的。

"古文"作为首倡于中唐、重新确立于宋代的重要文体,如果说这一文体在起初蕴含的更多的是文学复古的意义,那么,到了宋代,它又承载了儒学复兴的意义。所谓儒学复兴,也即理学的产生。宋代古文运动的肇启者如柳开、王禹偁、石介,几乎都是理学思想的先驱,这说明了宋代古文与理学的同源性。随着古文运动的深入,古文阵营又分出"文人古文"与"理学古文"两大阵营。以二程为代表的洛学属于理学古文,以苏轼为代表的蜀学属于文人古文,两者之间的"洛蜀之争"一直持续到南宋。不论是文人古文,还是理学古文,也不论是文学家,还是理学家,他们都上尊韩愈,以继承韩愈所发明的道统为己任,在道统和文统中都给韩愈留有一席之地。具体到古文选本上来说,也可以分为文人古文家选本和理学古文家选本。明清间,两部同名的《唐宋八大家文钞》选本,茅坤的可以说是文人古文家选本,张伯行的则属于理学古文家选本。

三

张伯行(1651—1725),字孝先,号恕斋,又号敬庵,谥清恪。河南仪封(今河南兰考)人。康熙二十四年(1685)进士。张伯行为官每到一地常兴建书院,曾先后兴建请见书院、清源书院、夏镇书院、鳌峰书院,并修葺济阳书院和东林书院。张伯行曾先后担任顺天乡试正考官和会试副考官,在康熙五十年(1711)的科考风波中,康熙帝亲自为受人诬陷的张伯行主持公道。雍正元年(1723),雍正帝擢张伯行为礼部尚书,并赐其"礼乐名臣"匾额。其生平事迹详见《清史稿·张伯行传》。张伯行一生学宗程朱,以宣扬程朱理学为己任,先后登门受其学者达数千人。张伯行作为清朝初年的理学名臣,全面继承了程朱理学的文学观。这在《唐宋八大家文钞》的选篇、点评方面体现得尤为充分。这部选本共计十九卷,收文三百一十七篇。具体到每一家的篇卷分配是:韩愈三卷,六十篇;柳宗元一卷,十八篇;欧阳修两卷,三十八篇;苏洵一卷,两篇;苏轼一卷,二十七篇;苏辙两卷,二十七篇;曾巩七卷,一百二十八篇;王安石两卷,十七篇。可以看出,曾巩入选篇目最多,超过了韩愈、欧阳修入选篇目的总和。广为后世所称道的苏轼,所选入的篇目不过二十七篇,这样的格局似乎无法用现今评价唐宋八大家的文学史地位进行解释。

唐宋八大家中最先得到后人重视的是韩愈和柳宗元的文章,是韩、柳开启了对后世影响深远的古文运动。韩、柳历来并称,然两者相比,张伯行以为"柳非韩匹也","柳子所工者,文也;余所执以绳柳子文者,道也"(《柳文引》)。柳文并非无见于道,只是柳之道驳杂,"醇正不如韩"。而衡量醇正与否的标准,张伯行则以是否合乎儒家之道为鹄的。尽管"韩子之文正矣,而三上宰相书,何其不自重也"(《原序》),文虽正而行有瑕,亦见斥于张伯行,可见张伯行对"合乎道"的要求是非常严格的。

到了北宋，欧阳修接续柳开、穆修等先驱，将古文革新运动推向深入。与欧阳修同时的人已将其与韩愈相比，其开创风气的宗师地位自不待言。张伯行称其"起衰之功，不在昌黎下"（《欧阳文引》）。即便如此，用"道"的标准来衡量，张伯行认为欧阳修的文章"长于论事，而言理则浅"（《原序》）。

在张伯行看来，欧阳修的"理浅"尚属小疵，至于三苏父子及王安石，则有"坏道"之患。他在《三苏文引》中引用朱熹对三苏的评价："老苏父子自史中《战国策》得之，故皆自小处起议论"，"此言极得苏氏之病"。"三苏文章不惟倾动一时，至今学者家习而户诵之"，"且以其便于举业，而爱习苏氏者，尤胜于韩、柳、欧、曾。及其习焉既久，与之俱移，不觉权术之用，生于心而形于文字，莫有知其弊者"。"苟惟苏氏之文是习，其不至为心术之坏也几希"。随着理学的兴起，苏氏兄弟与二程兄弟的洛蜀之争，苏氏兄弟的影响被挤压到文学一隅，蜀学之"道"也成为映衬理学的旁门左道。张伯行继承了历代理学家对三苏的评价传统，在选择三苏文章时声明："余选三苏文，老泉聊存一二，东坡、子由亦择其醇正者而录之，其多从小处起议论者不录。"可以看出，"醇正"仍是张伯行别择三苏文章的标准。

对于王安石的文章，张伯行在《王文引》中明确说："王介甫以学术坏天下，其文本不足传。然介甫自是文章之雄，特其见处有偏，而又以其坚僻自用之意行之，故流祸至此；而其文之精妙，终不可没也。"后世之人但知介甫为文峭峻严洁，于八大家中，独树一格；并不太了解介甫为配合其改革之举，在经学领域著《字说》《日录》《三经新义》等，对传统经学有比较大的改造，对科举取士也产生了一定的影响，一时号称"新学"。也正是由于这个原因，理学家对其大加挞伐。朱熹在《谢监庙文集序》中说："是时士方专治王氏学，非《三经》《字说》《日录》、老庄之书不读，而生之业乃如此。"朱熹在《楚辞后语》中又说："公以文章节行高一世，而尤以道德经济为己任。被遇神宗，致位宰相，世方仰其有为，庶几复见二帝三王之盛。而公乃汲汲以财利兵革为先务，引用凶邪，排摈忠直，躁迫强戾，使天下之人嚣然丧其乐生之心。卒之群奸嗣虐，流毒四海，至于崇宣之际，而祸乱极矣。"《宋史·王安石传》引朱熹此言为王安石盖棺定论，并称："此天下之公言也。"可见朱熹此论影响之深远。张伯行受朱熹影响，在选择王安石文章时宣称："余特择其文为世所传诵者若干首评之，以质知言之君子。"其质正之意至为明显。

张伯行在《唐宋八大家文钞》中选录了曾巩一百二十八篇文章，曾巩缘何在张伯行的《唐宋八大家文钞》中占有如此重要的地位呢？

张伯行对曾巩的评价，与朱熹对曾巩的评价密切相关。朱熹对于唐宋八大家的古文都有过评论，他最喜欢的是曾巩的古文。他在《跋曾南丰帖》中写道："熹未冠而读南丰先生之文，爱其词严而理正，居常诵习，以为人之为言必当如此，乃为非苟作者。"朱熹甚至为曾巩撰写了年谱，他在《南丰先生年谱序》这样评价曾巩："予读曾氏书，未尝不掩卷废书而叹，何世之知公浅也！盖公之文高矣，自孟、韩子以来，作者之盛，未有至于斯。"朱熹将曾巩与孟子、韩愈比肩而论，评价不可谓不高。

在唐宋八大家所撰写的古文中，朱熹为何独独钟情于曾巩的古文呢？《朱子语类·论文上》记载朱熹曾这样说："南丰文却近质。他初亦只是学为文，却因学文渐见些子道理。故文字依傍道理做，不为空言。只是关键紧要处，也说得宽缓不分明。缘他见处不彻，本无根本工夫，所以如此。但比之东坡，则较质而近理。东坡则华艳处多。"朱熹所说的"道理"也即理学之理，可以这样说，在唐宋八大家所撰写的古文中，曾巩的古文最接近理学家的古文。曾巩和理学的先驱二程所处的年代大致相同，但曾巩与二程似乎并没有多少交往。作为一位文人，曾巩并不像二程一样系统建构起了理学的大厦，但对理学某些问题的认识，却不亚于二程，甚至对朱熹都具有启发意义。曾巩在《王子直文集序》中提出了"理当无二"的观点："至治之极，教化既成，道德同而风俗一，言理者虽异人殊世，未尝不同其指。何则？理当故无二也。"朱熹后来提出著名的"理一分殊"的观点,不排除从曾巩这里得到过些许启发。元人刘埙在《隐居通议·文章二·南丰先生学问》中比较详细地论述了曾巩与宋代理学的关系:"濂、洛诸儒未出之先,杨、刘昆体固不足道。欧、苏一变,文始趋古。其论君道、国政、民情、兵略,无不造妙。然以理学,或未之及也。当是时,独南丰先生曾文定公,议论文章,根据性理。论治道则必本于正心、诚意,论礼乐则必本于性情,论学必主于务内,论制度必本之先王之法。其初见欧阳公之书,有曰:'明圣人之心于百世之上,明圣人之心于百世之下。'又曰:'趋理不避荣辱利害。'其卓然绝识,超轶时贤。先儒言欧公之文,纤余曲折,说尽事情。南丰继之,加以谨严,字字有法度。此朱文公评文,专以南丰为法者,盖以其于周、程之先,首明理学也,然世俗知之者盖寡,亡他,公之文自经出,深醇雅澹,故非静心探玩,不得其味。"可以这样说,曾巩的学问植根于经史,并敏锐地把握住了经学至宋向内演进的趋势,对北宋理学有发轫之功,是北宋古文家中最有思想深度的,尽管他不以理学名家,却深得历代理学家喜爱。

受朱熹的影响,茅坤也给予了曾巩一定的重视。他在《唐宋八大家文钞·曾文定公文钞引》中这样评价曾巩:"曾子固之才焰,虽不如韩退之、柳子厚、欧阳永叔及苏氏父子兄弟,然其议论必本于六经,而其鼓铸剪裁必折衷之于古作者之旨,朱晦庵尝称其文似刘向,向之文于西京最为尔雅,此所谓可与知者言,难与俗人道也。近年晋江王道思、毗陵唐应德始亟称之,然学士间犹疑信者半,而至于脍炙者罕矣。"茅坤所谓的"才焰",也即气势逼人、锦心绣口的才华。茅坤在比较曾巩与韩、柳、欧、苏等人的高下时,看重的是"才焰",这也是茅坤所谓"俗人"不能接受曾巩的原因。茅坤尽管在评论中为曾巩进行了正名,但在选文时就现出了他的真实态度,在茅坤的《唐宋八大家文钞》中,八大家按所选篇目的多少排名如下:欧阳修(三十二卷)、苏轼(二十八卷)、苏辙(二十卷)、韩愈(十六卷)、王安石(十六卷)、柳宗元(十二卷)、苏洵(十卷)、曾巩(十卷)。曾巩的选文几乎是最少的,这也反映出曾巩在注重文采的文学史中的真实地位。

张伯行深受朱熹的影响，他在《唐宋八大家文钞·曾文引》中这样评价曾巩："南丰先生之文，原本六经，出入于司马迁、班固之书。视欧阳庐陵，几欲轶而过之，苏轼父子远不如也。然当时知之者亦少。朱子喜读其文，特为南丰作年谱，尝称其文字确实，又以为比欧阳更峻洁。夫文不确实，则不足以发挥事理；不峻洁，则其体裁繁蔓、字句瑕累，亦不足以成文矣。南丰之文深于经，而濯磨乎《史》《汉》。深于经，故确实而无游谈，濯磨乎《史》《汉》，故峻而不庸、洁而不秽。文而至于是，亦可以上下千古而卓然垂不朽于著作之林矣！虽然，以先生之好学深思，而仅以文人著称，何也？朱子以为南丰初亦止学为文，于根本工夫见处不彻，所以如此。今观朱子之文，波澜矩度似亦从南丰来；而其义理广大精微，发于圣心，传以垂教万世者，视南丰相去何如也？"张伯行从思想渊源上来评价曾文，相比于茅坤的重文采，张伯行更加关注文章所蕴含的思想价值以及对后世的启发意义。也正是由于这个原因，张伯行在八大家中尤其重视曾巩。

在有些目录学著作中，人们将茅坤选编的《唐宋八大家文钞》收入集部，而将张伯行的《唐宋八大家文钞》收入子部中。比如清道光十一年（1831），湖南巡抚吴荣光在湖南长沙建立的"湘水校经堂"，校正时下"等篇章如刍狗，视典籍为牺羊。八比之余，授本不通其读，《四书》而外，称文罔识其名"等时弊。校经堂所编《湘水校经堂书目》分经类、史类、子类、集类，张伯行的《唐宋八大家文钞》没有归入集类，而是归入了子类。分类者正是看到张伯行"文道一贯，因文见道"的选文宗旨，而做出了如此分类。结合上面的分析，显而易见：张伯行的选本是一部理学家的古文选本。"因文见道"，"道"是第一位的，"文"则是从属的。

张伯行服膺理学，终生践行，为人刚正不阿，为官清正廉洁，深得康熙、雍正赏识。康熙四十六年（1707），张伯行升任福建巡抚，当年十月，在九仙山麓建鳌峰书院，设正谊堂。召集四方有志者来书院研习。筹集资金，供给来学之士衣食、川资等费用。一时间，慕道来学之士达数百之众。张伯行在公余之暇，来书院参与众人研讨、指点读书次第、门径。他还注意搜求先儒遗书，并手自校刊，集数年之功，刻成《正谊堂全书》，收书五十五种，分立德、立功、立言、气节、名儒粹语、名儒文集共六部。其中，立言部文集刻成于康熙四十八年（1709），此部编韩、柳、欧、曾、苏、王八家之文，也即我们现在看到的《唐宋八大家文钞》。

四

道光十三年（1833），左宗棠在朋友周铁樵处看到张伯行正谊堂所刊书十数种，遍寻全刻而不得。同治五年（1866）六月，左宗棠参与平定太平军后，出任福建巡抚。来到张伯行的旧治，左宗棠亟寻正谊堂所刊书，仅存四十四种，而鳌峰书院所藏的版片，已经饱受虫蛀。左宗棠于是筹措资金，开设正谊堂书局，就所存本先行开雕印刷，所阙部分则多方寻访续刻。据《鳌峰书院纪略》记载，当时《唐宋八大家文钞》已经遗失。预其事者听闻陈寿祺家有藏本，遂前往借阅，终不可得，随后将其列入寻访目录之中。同治八年（1869），终于访到此书。由于左宗棠已经带兵挺进西北平叛，此时主政福建的是夏筱涛，遂由夏筱涛续刊《唐宋八大家文钞》。正谊堂原刻本八大家各家自为一帙，自同治八年刻本开始，八大家才合刻为一帙。

与明清间众多唐宋八大家古文选本相比，张伯行的《唐宋八大家文钞》算是篇幅较小的，可以说是精心之选。《朱子语类·论文上》中记载朱熹曾谈论唐宋古文选本的篇幅问题："东坡文字明快，老苏文雄浑，尽有好处，如欧公、曾南丰、韩昌黎之文，岂可不看？柳文虽不全好，亦当择。合数家之文择之，无二百篇。下此则不须看，恐低了人手段。但采他好处以为议论，足矣。"朱熹选文主张宁少勿滥，精选精评，如此读者方能精读精练，鉴赏写作手段自然高妙不凡。张伯行正是按照这一原则来操持选文的。也许是受"诗三百"的影响，晚清、近代以来，普及性的文学读本也存在一个"三百系列",如《唐诗三百首》《宋词三百首》《元曲三百首》等等,而张伯行的《唐宋八大家文钞》可以算作"唐宋古文三百篇"了。

由于张伯行的《唐宋八大家文钞》收录了八大家的代表作品,且篇幅适中,便于阅读、传播,遂成为八大家作品普及读本中比较有特色的一种选本。本次整理以同治八年(1869)正谊堂书局刊本为底本,并参校八大家各家别集,文字不同之处,择善而从,限于体例和篇幅,一般不出校记。文本尽可能保留正谊堂本的原貌,除正文外,也保留了便于读者深入理解唐宋八大家文章的原序、文引、本传、评点,不负"全本"之称。注译部分除借鉴吸收前贤时彦已有研究成果外,在人物、事迹等考订方面,及文章主旨的阐释方面,皆不乏新见。整部书由吕明涛、诸雨辰、韩莉三人合作完成,具体分工如下:吕明涛负责韩愈、曾巩部分,计十卷;诸雨辰负责柳宗元、欧阳修、苏洵、苏轼部分,计五卷;韩莉负责苏辙、王安石部分,计四卷。本次整理难免还存在一些疏漏之处,恳请读者批评指正。

本书在出版过程中,责任编辑宋凤娣、周旻、张敏秉持中华书局一贯的专业精神,费心良多,在此表示衷心感谢!

吕明涛

2022年8月29日

原序

　　古之所称三不朽者，曰立德、立言、立功①。是三者果可分而视之哉？夫惟古之圣贤，本其德而垂诸言，以为功于万世。尧、舜、禹、汤、文、武、周公、孔、曾、思、孟能兼是三者而有之②，六经、四子之书是也③。自孔门设教分为四科，有以德行称者，有以言语、政事、文学称者④。群弟子学焉，而得其性之所近⑤。至于后世，源远而流益分，则三者之各有所立，以不朽于世者，其不能兼亦宜矣。是以文章一道，近于古之所谓立言者，而盛衰升降，亦同源异流，不可胜纪。综而论之：六经，治世之文，文之本也；《国语》，衰世之文也；《战国策》，乱世之文也⑥；秦焚书，故无文；汉之文，贾谊、董仲舒、刘向为盛；东汉之文弱；三国之文促；六朝之文，淫哇靡丽，乱杂而无章，立言之士，盖寥寥焉。至唐有韩退之、柳子厚，宋有欧阳永叔、曾子固、王介甫、苏氏父子，数百年间，文章蔚兴，固不敢望六经，而彬彬乎可以追西汉之盛。后之论者，因推以为大家之文，倪所谓立言而能不朽者耶！

【注释】

①古之所称三不朽者，曰立德、立言、立功：语本《左传·襄公二十四年》："太上有立德，其次有立功，其次有立言，虽久不废，此之谓不朽。"

②尧、舜、禹、汤、文、武、周公、孔、曾、思、孟能兼是三者而有之：关于这一点，潘平格《潘子求仁录辑要·笃志力行上》有进一步阐释："吾人承接尧、舜、禹、汤、文、武、周公、孔、曾、思、孟学脉，尧、舜、禹、汤、文、武、周公汲汲行道，以济天下；孔、曾、思、孟皇皇欲行道，以拯救天下。"

③六经：指《诗》《书》《礼》《乐》《易》《春秋》。四子之书：指《论语》《大学》《中庸》《孟子》四部儒家的经典。此四书是孔子、曾子、子思、孟子的言行录，故合称"四子书"。

④"自孔门设教分为四科"几句：典出《论语·先进》："德行：颜渊、闵子骞、冉伯牛、仲弓。言语：宰我、子贡。政事：冉有、季路。文学：子游、子夏。"邢昺疏："夫子门徒三千，达者七十有二，而此四科惟举十人者，但言其翘楚者耳。"

⑤而得其性之所近：语出《论语·阳货》："子曰：'性相近也，习相远也。'"

⑥"综而论之"几句：语出黎靖德编《朱子语类·论文上》："有治世之文，有衰世之文，有乱世之文。六经，治世之文也。如《国语》委靡繁絮，真衰世之文耳。是时语言议论如此，宜乎周之不能振起也。至于乱世之文，则《战国》是也。"

【译文】

　　古人所称的三种不朽，指的是立德、立言、立功。这三种不朽真的可以分开来看吗？古代的圣贤，其传之后世的言论常常导源于他们高尚的品德，从而成就他们影响万世的功业。尧、舜、大禹、商汤、文王、武王、周公、孔子、曾子、子思、孟子等人能够同时具有这三种不朽，六经和孔子、曾子、子思、孟子的著作就是他们三不朽的标志。自从孔子收授生徒，便

分成四科,有的以德行著称,有的以言语、政事、文学著称。众多弟子随
孔子问学,各自根据自己的天性选择适合自己的科目。到了后世,发端
悠久的设科施教,其变化越发分化、细致,德行、言语、事功三者各有所
立,并以不朽之名冠于世间,正因如此,三者之间越发不能兼而有之了。
因此文章之道,和古代所谓的立言相似,但是,文章的盛衰起伏变化,也
会发端相同而变化各异,这种现象,在历史的长河中,不胜枚举。总而言
之:六经,是太平盛世的文章,是后世文章的源头;《国语》,是衰败时代的
文章;《战国策》,是混乱时代的文章;秦朝焚书,因而没有文章;西汉的
文章,以贾谊、董仲舒、刘向为代表;东汉的文章柔弱;三国的文章局促;
六朝的文章,充斥淫邪之声与奢靡之风,杂乱没有章法,能够立言于后世
的士人,寥寥无几。到了唐代,出现了韩愈、柳宗元,宋代出现了欧阳修、
曾巩、王安石、三苏父子,数百年之间,文章之学大兴,尽管不能与六经相
比,但是,高才大作萃集一时,足以比肩西汉。后世之人每有论及,便推
许这些人所写的文章为大家文章,或许这就是古人所说的因立言而致不
朽的例子吧!

　　夫立言之士,自成一家为难;其得称为大家,抑尤难
也! 是故巧言丽辞以为工者,非大家也;钩章棘句以为奥
者^①,非大家也;取青妃白、骈四俪六以为华者^②,非大家也;
繁称远引、搜奇抉怪以为博者^③,非大家也。大家之文,其气
昌明而俊伟,其意精深而条达,其法严谨而变化无方,其词
简质而皆有原本;若引星辰而上也,若决江河而下也;高可
以佐佑六经,而显足以周当世之务。此韩、柳、欧、曾、苏、王
诸公,卓然不愧大家之称,流传至今而不朽者,夫岂偶然也
哉? 盖诸公天分之高,既什百于人,而其勤一生之精力,以
尽心于此道者,固非浅植薄蓄之士所能仿佛其万一也! 虽

然，道者，文之根本；文者，道之枝叶；圣贤非有意于文也，本道而发为文也。文人之文，不免因文而见道④。故其文虽工，而折衷于道，则有离有合，有醇有疵，而离合醇疵之故，亦遂形于文而不可掩。韩子之文正矣，而三上宰相书⑤，何其不自重也。子厚失身遭贬⑥，而悲蹙之意形于文墨。欧阳子长于论事，而言理则浅。曾南丰论学虽精，而本原未彻。至于王氏坚僻自用，苏氏好言权术，而子瞻、子由出入于仪、秦、老、佛之余⑦。此数公者，其离合醇疵，各有分数，又不可不审择明辨于其间，而概以其立言而不朽者，遂以为至也。余故选其文而论之，不特以资学者作文之用，而穷理格物之功，即于此乎在。盖学者诚能沿流而溯其源，究观古圣贤所以立言者，则由六经、四子而下，惟有周、程、张、朱五夫子之书⑧，可以上接尧、舜、禹、汤、文、武、周公、孔、曾、思、孟之心传，兼立德、立言、立功以不朽于万世者。夫岂唐宋文人之所及也哉⑨！

康熙四十八年己丑孟夏榖旦⑩，仪封后学张伯行题于榕城之正谊堂⑪

【注释】

①钩章棘句以为奥者：此指以文辞艰涩、难懂为深奥。

②取青妃（pèi）白：亦作"取青媲白"。意为以青配白，比喻诗文讲求对仗。柳宗元《读韩愈所著〈毛颖传〉后题》："信韩子之怪于文也。世之模拟窜窃，取青媲白，肥皮厚肉，柔筋脆骨，而以为辞者之读之也，其大笑固宜。"妃，匹配。骈四俪六：指骈体文。因其多用四言六言的句子对偶排比，故称。

③繁称远引:广泛援引事例,旁征博引。搜奇抉怪:寻求奇特的语词,挑选怪诞的文句。

④"虽然"几句:语本黎靖德编《朱子语类·论文上》:"道者,文之根本;文者,道之枝叶。惟其根本乎道,所以发之于文,皆道也。三代圣贤文章,皆从此心写出,文便是道。"

⑤三上宰相书:指韩愈在唐德宗贞元十一年(795)正月二十七日,给当时宰相赵憬上书。然信如泥牛入海,杳无音讯,处于生活窘迫境地的韩愈,于十九日后再次上书《后十九日复上宰相书》,第二封信仍无反馈。二十九天后,第三次上书《后二十九日复上宰相书》。

⑥子厚失身遭贬:指柳宗元因"永贞革新"被贬柳州。

⑦仪、秦、老、佛:指张仪、苏秦、老子、佛教,张伯行认为,此四者皆对苏轼、苏辙有影响。

⑧周、程、张、朱五夫子:指周敦颐、程颢、程颐、张载、朱熹五人。前四人又被称为北宋理学四先生。

⑨唐宋文人:张伯行编纂《唐宋八大家文钞》的目的,如本文所言,是"不特以资学者作文之用,而穷理格物之功,即于此乎在"。他反对"为文而文",主张"道者,文之根本;文者,道之枝叶"。可见,他所说的"唐宋文人",指的就是"为文而文"的文人。

⑩康熙四十八年:1709年。孟夏:指初夏。穀旦:旧时代称吉日。

⑪仪封:今河南兰考。榕城:今福建福州。

【译文】

　　对于立言之士来说,所立之言能够自成一家很困难;倘使能够称为大家,就更加困难了!因此,仅仅擅长华美的辞藻,不能称为大家;依靠艰涩的文辞显示深奥的,不能称为大家;讲求词语对仗、句式整齐划一,并以此显示文风华丽的,不能称为大家;旁征博引,追求语词奇特、文句怪诞,以此炫耀学识渊博的,不能称为大家。大家的文章,气势盛大而宏美，意蕴精深而畅达，文法严谨而变化无穷，语词简单质朴而都有根源；好像可以引领星辰扶摇直上，又好像凿开壅塞使长江、黄河之水奔流而下；往高处说，可以辅佐六经，显达则可以周济当世的事务。这正是韩、柳、欧、曾、苏、王诸位先生，卓越无愧于大家之称的原因，他们的作品能够流传到现在而永不磨灭，难道是偶然的吗？这几位先生所秉承的天赋之高与众人相比，是百与十的关系，而且他们用一生的勤奋，潜心于文章大道，本来就不是积累浅薄的士人所能比拟其万分之一的！尽管如此，圣人之道，是文章的根本，文章，不过是这一根本大道的枝叶；古之圣贤并非有意作文，是以道为根本而写出文章。文人作文，免不了以文传达道。因此，尽管文章写得很工巧，但是用道的标准来衡量，有的与道偏离，有的与道相合，有的所展示的道很醇正，有的则有瑕疵，不论是偏离、相合，也不论是醇正、瑕疵，所有这些都会体现在文章当中而无法掩藏。韩愈的文章可谓醇正了，但是他的三次上呈宰相的书信，未免显得太不自重了。柳宗元因政治上失节而被贬黜，其幽怨之思在文章中则有显现。欧阳修的文章长于论事，但是论述道理则显得很浅显。曾巩文章讲论学术虽然精到，但追溯其学术根源则并不通彻。至于王安石固执怪癖，刚愎自用，苏洵喜欢谈论权术，而苏轼、苏辙深受张仪、苏秦、老子、佛教的影响。这几位先贤文章或与道偏离，或与道相合，或述道醇正，或不免瑕疵，程度各有不同，后人读其文章，不能不小心别择，明确分辨，不能一概将其文章视为不朽之作，而以为他们达到了顶峰。我之所以别择八大家文章并且加以评论，不仅仅帮助学者学习作文之用，其中也蕴含了格物致知的功夫。如果学者的确能够沿着支流追溯源头，就能够看到古代圣贤立言于后世的，由六经、孔子、曾子、子思、孟子以下，只有周敦颐、程颢、程颐、张载、朱熹五位先生所著之书，可以上接尧、舜、禹、汤、文、武、周公、孔子、曾子、子思、孟子，得其心传，同时兼能立德、立言、立功，于万世之后仍然不朽。这哪里是唐宋文人所能赶得上的呢！

康熙四十八年己丑初夏吉日，仪封后学张伯行题于榕城正谊堂

韩文公文

韩文引

　　韩昌黎文起八代之衰①，学者仰之如泰山北斗。然读其文而不知其所以为文，虽徒仰之何益？李汉序其文，以为日光玉洁、周情孔思，可谓善形容矣②。而所以为文者，汉不能道也。老泉比之长江大河，浑灏流转，鱼鼋蛟龙，万怪惶惑③，亦犹李汉之见也。他如宋景文赞其刊落陈言④，黄山谷称其无一字无来处⑤，东坡以为文至韩子乃集大成⑥。其论当矣，而犹未知公所以为文者。何也？公固自言之矣。曰："非三代两汉之书不敢观，非圣人之志不敢存⑦。"是其学为文之心也。曰："行之乎仁义之途，游之乎《诗》《书》之源⑧。"是其养乎文之道也。曰："沉潜乎训义，反复乎句读，砻磨乎事业，而奋发乎文章⑨。"是其积之厚以为文之本也。曰："本深而末茂，实大而声宏，行峻而言厉，心醇而气和；昭晰者无疑，优游者有余⑩。"所以尽乎文之妙也。曰："为文宜师古圣贤人，师其意不师其辞⑪。"曰："文无难易，惟其

是⑫。"曰:"能自树立不因循⑬。"是所以提纲挈要,教人为
文之法也。

【注释】

①韩昌黎文起八代之衰:语出苏轼《潮州韩文公庙碑》:"独韩文公
起布衣,谈笑而麾之,天下靡然从公,复归于正,盖三百年于此矣。
文起八代之衰,而道济天下之溺,忠犯人主之怒,而勇夺三军之
帅。"八代,指东汉、魏、晋、宋、齐、梁、陈、隋。

②"李汉序其文"几句:语出李汉《昌黎先生集序》:"比壮,经书通
念晓析,酷排释氏,诸史百子皆搜抉无隐。汗澜卓踔,崈泫澄深。
诡然而蛟龙翔,蔚然而虎凤跃,锵然而韶钧鸣。日光玉洁,周情孔
思。千态万貌,卒泽于道德仁义,炳如也。"

③"老泉比之长江大河"几句:语出苏洵《上欧阳内翰第一书》:"韩
子之文,如长江大河,浑浩流转,鱼鼋蛟龙,万怪惶惑,而抑遏蔽掩,
不使自露,而人望见其渊然之光,苍然之色,亦自畏避,不敢迫视。"

④宋景文赞其刊落陈言:语出宋祁等撰《新唐书·韩愈传》:"然愈
之才,自视司马迁、扬雄,至班固以下不论也。当其所得,粹然一
出于正,刊落陈言,横鹜别驱,汪洋大肆。要之,无抵牾圣人者。
其道盖自比孟轲,以荀况、扬雄为未淳,宁不信然。"宋景文,宋祁
谥景文。

⑤黄山谷称其无一字无来处:语出黄庭坚《答洪驹父书》:"自作语
最难,老杜作诗,退之作文,无一字无来处。盖后人读书少,故谓
韩、杜自作此语耳!"

⑥东坡以为文至韩子乃集大成:语出苏轼《书吴道子画后》:"故诗
至于杜子美,文至于韩退之,书至于颜鲁公,画至于吴道子,而古
今之变,天下之能事毕矣。"

⑦非三代两汉之书不敢观,非圣人之志不敢存:语出韩愈《答李

翊书》。

⑧行之乎仁义之途，游之乎《诗》《书》之源：语出韩愈《答李翊书》。

⑨"沉潜乎训义"几句：语出韩愈《上兵部侍郎李巽书》。

⑩"本深而末茂"几句：语出韩愈《答尉迟生书》。

⑪为文宜师古圣贤人，师其意不师其辞：这两句并非韩愈原句，原句
出于韩愈《答刘岩夫书》："或问：为文宜何师？必谨对曰：宜师古
圣贤人。曰：古圣贤人所为书具存，辞皆不同。宜何师？必谨对
曰：师其意，不师其辞。"

⑫文无难易，惟其是：语出韩愈《答刘岩夫书》："又问曰：文宜易宜
难？必谨对曰：无难易，惟其是而已矣。"

⑬能自树立不因循：语出韩愈《答刘岩夫书》："能者非他，能自树立
不因循者是也。"

【译文】

韩愈的文章能够提振汉魏六朝以来萎靡的文风，天下读书人景仰韩
愈如同仰望泰山北斗。但是，如果读韩愈的文章而不知道他是怎样写文
章的，即便再如何景仰，又有什么用呢？李汉为韩愈的文集写序，认为韩
愈的文章像太阳一样发光，像玉石一样洁净，寄情思于周公、孔子，这些
描述可以称得上是非常恰当的了。但是，有关韩愈是如何作文的，李汉
是不能够说明白的。苏洵称赞韩愈的文章像长江、黄河一样，雄浑浩大，
奔流不息，其中囊括鱼鳖蛟龙等各种让人感到奇怪、惶惑的东西，这和李
汉的见解是一致的。其他像宋祁称赞韩愈的文章删尽陈旧的言辞，黄庭
坚称赞韩愈的文章没有一个字没有来历，苏轼则认为文章到了韩愈这里
才可称得上是集大成。这些评论都是准确的，但是还都没有谈及韩愈是
如何作文的。为什么呢？韩愈自己已经说过了。他说："不是夏、商、周、
西汉、东汉的书，我不敢读；不是圣人之志，我不敢在心中留存。"这正是
韩愈学习为文的用心啊！韩愈说："让自己的思想行走在仁义之路上，溯
游到《诗经》《尚书》的源头。"这是韩愈在涵养自己的为文之道啊！韩

愈说："沉浸于经书的语词的训释之中,反复尝试于句读的点断,不断磨炼于现实事务之中,振作奋发于文章的撰写中。"可见,韩愈深厚的积淀,正是其为文的根本。韩愈说："树根扎得深,枝叶就越发茂盛;内在的实际力量强大,外在的声势必定宏远;行为高尚,言辞就会很端庄严肃;心地醇正,态度就会非常和蔼;看得清楚,心中就不会有疑虑;悠闲超然,处事就游刃有余。"韩愈将文章的妙处体悟得非常全面。韩愈说："写作文章应当师法古代的先贤圣哲,学习他们的思想而不要学习他们的言辞。"韩愈说："文章没有难易之分,只有真实与否。"还说："要形成自己的风格,而非模仿别人的风格。"韩愈说过的这些话,提纲挈领,在教导人们写作文章的方法。

　　盖公所以为文者^①,尽乎公所自言者矣。自李汉以下,推尊公文者,能言其然,而不能言其所以然。非不能言也,无以复加乎公所自言也。后之学者,毋徒读公之文,当知公所以为文者。于公之言深味之^②,无患乎趋向之不正矣^③。

【注释】

①所以为文:写文章的方法。

②味:体味。

③趋向:方向。

【译文】

　　韩愈作文的方法、心得,他自己已经说得很充分了。从李汉之后,推崇韩愈文章的,能够说出韩愈文章的已然面貌,而不能说出韩愈文章所以然的规律。并非没有能力说出,而是无法在韩愈自我总结的基础之上有所补充了。后世学者,不要泛泛阅读韩愈的文章,还应该了解韩愈所以作文的方法。结合韩愈自我的总结,细细玩味,就不会担心自己前进的方向不端正了。

论佛骨表

【题解】

文中所言"佛骨",为释迦牟尼佛指骨舍利。佛指舍利供奉在凤翔府法门寺塔中,相传三十年开塔一次,开则岁丰人安。从唐高宗开始,共计有七位唐代皇帝恭迎过佛指舍利。元和十三年(818),功德使上奏,请迎佛指舍利。次年正月,宪宗便命宦官与僧徒迎入大内,留藏禁中三日,再送京城佛寺。一时上自王公,下至百姓,奔走施舍。时任刑部侍郎的韩愈,遂上此表,以期扶正道、辟异端,救时下佞佛之弊。

文章开篇历数上古高年之天子,言耄耋之期,非关佛力。继而列举佛法流入中国后,于国则乱亡相继,运祚不长;于君则难享天年,寿促多辱。佛之效验,于此可知矣。至此,文章波澜初现,稍作收束,复顺势而下。降至本朝,高祖已有辟佛之意,惜乎未能实行。宪宗初立,曾下诏不许度人为僧尼道士,又不许创立寺观。文章上援祖训,下征诏书,以子之矛攻子之盾,宪宗几无可置对。至此文气郁勃,峥嵘微露。因为这篇文章是面君之作,不能一味逞气穷究。一句"今纵未能即行,岂可恣之转令盛也",荡开一笔,文气为之稍舒。上既言礼佛之无益,下始论佞佛之贻害。究其祸源,乃在宪宗。由于不便直言,韩愈下笔颇费斟酌:以皇帝之圣明,断不肯信佛,于今所为,不过厌人之心,"设诡异之观、戏玩之具耳"。然上有所好,下必甚焉,百姓愚冥易惑,以至于伤风败俗、辱没国体。言出谨慎,煞费苦心。韩愈劝谏之情挚意切,于此可见一斑。韩愈进而为佛骨祛魅:佛本夷狄之人,生时不过礼以藩属,死后尤宜避其凶秽。既祛其魅,则何以待之? 韩愈引圣人之说、古人之例以为鉴照,言宜将此骨付之有司,投诸水火,永绝根本。韩愈于篇末放言"佛如有灵,能作祸祟",则自任殃咎,在所不辞。文章于此处收煞,其凛然之气郁郁乎充塞苍宇。

臣某言①：伏以佛者，夷狄之一法耳②，自后汉时流入中国③，上古未尝有也。昔者黄帝在位百年，年百一十岁；少昊在位八十年，年百岁；颛顼在位七十九年，年九十八岁；帝喾在位七十年，年百五岁；帝尧在位九十八年，年百一十八岁；帝舜及禹，年皆百岁④。此时天下太平，百姓安乐寿考，然而中国未有佛也。其后殷汤亦年百岁⑤；汤孙太戊⑥，在位七十五年，武丁在位五十九年⑦，书史不言其年寿所极，推其年数，盖亦俱不减百岁。周文王年九十七岁⑧，武王年九十三岁⑨，穆王在位百年⑩。此时佛法亦未入中国，非因事佛而致然也。

【注释】

①臣某言：臣韩愈谨言。开篇径入正题，不用套式，沿用汉魏群臣上书之格式。

②夷狄：古称东方部族为夷，北方部族为狄。后常用以泛称除华夏族以外的各族。

③自后汉时流入中国：据释僧祐《出三藏记集·四十二章经序第一》记载，东汉明帝刘庄梦神人金身、丈六、项有日光，臣下对以神人为佛。明帝于是遣蔡愔前往天竺求取佛法，得《四十二章经》、佛像。蔡愔以白马载佛经，与僧人摄摩腾、竺法兰同回洛阳。永平十一年（68），建白马寺于洛阳东郊，即所谓白马驮经的故事。至此佛教在中国逐渐兴盛起来。

④"昔者黄帝在位百年"几句：以上关于古代帝王的年岁皆出自晋皇甫谧《帝王世纪》，并不可信。

⑤殷汤：即商汤，其始祖契封于商；汤有天下，遂号为商。后来屡次迁都，到盘庚迁殷地后，改为殷，故商亦称殷商。

⑥汤孙太戊：商汤的五世孙。

⑦武丁：商汤的十世孙。他和太戊在位年岁，皆据《尚书·周书·无逸》。

⑧周文王：姓姬名昌，相传为黄帝之后。

⑨武王：姓姬名发，武王伐纣灭商后，建立周朝。他和文王年岁皆据《礼记·文王世子》。

⑩穆王：名满，文王五世孙。其年岁据《尚书·周书·吕刑》。

【译文】

臣韩愈谨言：所谓佛，不过是国外的一种法术罢了，自后汉时才流传到中国，上古并不曾有。远古时，黄帝在位百年，享年一百一十岁；少昊在位八十年，享年一百岁；颛顼在位七十九年，享年九十八岁；帝喾在位七十年，享年一百零五岁；尧在位九十八年，享年一百一十八岁；舜及禹，皆享年一百岁。当时，天下太平，百姓安居乐业，皆享天年，而那时中国并没有佛。后来，商汤也享年百岁；商汤的五世孙太戊，在位七十五年；商汤的十世孙武丁在位五十九年，史书没有记载他们的寿命是多少，推测他们的年岁，大约也都不少于百岁。周文王享年九十七岁，周武王享年九十三岁，周穆王仅在位时间就长达百年。当时佛教也没有进入中国，这些君王显然并非因为信奉佛教才得享高年的。

汉明帝时①，始有佛法，明帝在位才十八年耳。其后乱亡相继，运祚不长。宋、齐、梁、陈、元魏以下，事佛渐谨，年代尤促。惟梁武帝在位四十八年②，前后三度舍身施佛③，宗庙之祭，不用牲牢④，昼日一食，止于菜果⑤；其后竟为侯景所逼⑥，饿死台城，国亦寻灭。事佛求福，乃更得祸。由此观之，佛不足事，亦可知矣。

【注释】

①汉明帝：东汉明帝刘庄。刘庄为光武帝刘秀之子，中元二年（57）

即帝位,永平十八年(75)驾崩,在位时间十八年。

②梁武帝:即南朝梁开国皇帝萧衍。天监元年(502)称帝,太清三
　年(549)为侯景所幽死,在位四十八年。

③三度舍身施佛:据《南史·梁本纪》载,梁武帝于大通元年
　(527)、中大通元年(529)、太清元年(547)三次舍身同泰寺为佛
　徒,每次皆由他的儿子和大臣用重金赎回。

④宗庙之祭,不用牲牢:据《南史·梁本纪》载,梁武帝于天监十六
　年(517)三月,下令"郊庙牲牷,皆代以面。"

⑤昼日　食,止于菜果:据《南史·梁本纪》载,梁武帝"溺信佛道,
　日止一食"。据费长房《历代三宝纪》载,梁武帝"天监中便血味
　备断,日唯一食,食止菜蔬。"

⑥侯景:字万景,怀朔镇(今内蒙古固阳)人。原为北魏大将,后降
　梁。不久又叛梁,破建康,攻入宫城,梁武帝被囚并饿死。

【译文】

东汉明帝时,中国才有佛教,明帝在位不过十八年。明帝以后国家
战乱不已,国运不久。宋、齐、梁、陈、元魏以来,信奉佛教越来越恭谨虔
诚,立国的时间和皇帝的寿命却更加短暂。只有梁武帝当了四十八年的
皇帝,他前后三次舍身佛寺做佛徒,他祭祀宗庙,不杀牲畜作祭品,他本
人每天只吃一顿饭,只吃蔬菜和水果;但他后来竟被侯景所逼迫,饿死在
台城,梁朝也很快灭亡。信奉佛教祈求得到福佑,结果得到的却是祸患。
由此看来,佛不足以信奉,是显而易见的了。

高祖始受隋禅,则议除之①。当时群臣②,材识不远,不
能深知先王之道、古今之宜、推阐圣明③,以救斯弊,其事遂
止。臣常恨焉!

【注释】

①高祖始受隋禅，则议除之：据《旧唐书·傅奕传》《新唐书·高祖纪》载，武德七年（624）太史令傅奕上疏请除释教，高祖欲从其言，后因退位而止。高祖，即唐高祖李渊，公元618年废隋恭帝，受禅让，称帝，建立唐朝，年号武德。

②当时群臣：指中书令萧瑀等人反对傅奕除佛的主张。萧瑀信佛，故竭力反对傅奕的主张。

③宜：正当的道理，适宜的事情或办法。

【译文】

本朝高祖皇帝在刚刚接受隋朝天下时，就打算废除佛教。当时的群臣，才识短浅，不能深刻领会先王的旨意，不能了解从古到今普遍适用的治国措施，无法阐明并推行高祖皇帝神圣英明的主张，以纠正信奉佛法这种社会弊病，废除佛教这件事于是就停止没有实行。我对此常常感到遗憾！

　　伏惟睿圣文武皇帝陛下①，神圣英武，数千百年已来，未有伦比。即位之初，即不许度人为僧尼道士，又不许创立寺观②。臣常以为高祖之志必行于陛下之手，今纵未能即行，岂可恣之转令盛也！

【注释】

①睿圣文武皇帝：据《旧唐书·宪宗本纪》，元和三年（808）正月，群臣上宪宗尊号为"睿圣文武皇帝"。

②"即位之初"几句：《唐会要》卷五十记载元和二年（807）三月《科制避徭诏》中有"天下百姓，或冒为僧道士，苟避徭役，有司宜备为科制，修例闻奏"，当指此事。

【译文】

我认为睿圣文武的皇帝陛下,您的神圣、英武,几千年来没有人比得上。陛下即位的初期,就不准许剃度人当僧尼道士,更不准许创建佛寺道观。我常以为高祖皇帝消灭佛教的意愿一定会在陛下手中得以实现,现在纵然不能立即实现,怎么可以放纵佛教转而让它兴盛起来呢!

　　今闻陛下令群僧迎佛骨于凤翔①,御楼以观,舁入大内②,又令诸寺递迎供养。臣虽至愚,必知陛下不惑于佛,作此崇奉,以祈福祥也③。直以年丰人乐,徇人之心④,为京都士庶⑤设诡异之观、戏玩之具耳⑥。安有圣明若此,而肯信此等事哉!然百姓愚冥,易惑难晓,苟见陛下如此,将谓真心事佛。皆云:"天下大圣,犹一心敬信;百姓何人,岂合更惜身命?"焚顶烧指⑦,百十为群;解衣散钱⑧,自朝至暮;转相仿效,惟恐后时;老少奔波,弃其业次⑨。若不即加禁遏,更历诸寺,必有断臂脔身⑩,以为供养者。伤风败俗,传笑四方,非细事也。

【注释】

①今闻陛下令群僧迎佛骨于凤翔:据《旧唐书·宪宗本纪下》:"迎凤翔法门寺佛骨至京师,留禁中三日,乃送诣寺。王公、士庶奔走舍施如不及。"

②舁(yú)入大内:抬进皇宫。舁,抬,扛。大内,指皇宫。

③作此崇奉,以祈福祥也:据《旧唐书·懿宗本纪》,咸通十四年(873),唐懿宗下诏:"朕忧勤在位,爱育生灵,遂乃尊崇释教,至重玄门,迎请真身,为万姓祈福。"可见史上确有以佛骨祈福之说。

④徇:顺从,依从。

⑤士庶:士人和普通百姓。亦泛指百姓。

⑥诡异之观：新奇怪异的景观。

⑦焚顶烧指：指用香火烧灼头顶或手指，以苦行来表示奉佛的虔诚。

⑧解衣散钱：指以施舍钱财来表示奉佛的虔诚。

⑨业次：犹生业、工作。

⑩脔（luán）身：从自己身上割下肉来。脔，把肉切成小块。

【译文】

如今听说陛下命令大批僧人到凤翔迎接佛骨，陛下自己则亲自登楼观看，将佛骨抬入宫内，还命令各寺院轮流迎接供奉。我虽然十分愚鲁，也知道陛下一定不是被佛所迷惑，进行如此隆重的敬奉仪式，以祈求得到幸福吉祥的。不过是由于年成丰足，百姓安居乐业，顺应人们的心意，为京城的士人和庶民设置奇异的景观，以及游戏玩乐的东西罢了。哪有像您这样圣明的天子，而肯相信佛骨有灵这种事呢！然而老百姓愚昧无知，容易迷惑难以有清醒认识，如果他们看到陛下这样做，就会说陛下是真心诚意信奉佛法。百姓都说："天子是无所不通的，还一心敬奉信仰佛；老百姓又是什么身份的人，怎么可以更加吝惜身体、性命而不去献身为佛徒呢？"于是他们就会焚灼头顶和手指，成十上百人聚在一起；从早到晚，施舍衣物钱财；辗转着互相仿效唯恐落在后边；老少竞相奔走，丢弃了他们所从事的工作和本分。如果不立刻禁止，佛骨再经过各寺院，必定有人砍掉胳臂，割下身上的肉来奉献给佛陀。此等伤风败俗的行为，必定会传之四方成为笑谈，这可不是小事。

夫佛本夷狄之人①，与中国言语不通，衣服殊制，口不言先王之法言②，身不服先王之法服③，不知君臣之义、父子之情。假如其身至今尚在，奉其国命，来朝京师，陛下容而接之，不过宣政一见④，礼宾一设⑤，赐衣一袭⑥，卫而出之于境，不令惑众也。况其身死已久，枯朽之骨，凶秽之余⑦，岂宜令入宫禁！

【注释】

①佛：此处指佛教创始者释迦牟尼，出生与活动的时期稍早于孔子。

②法言：合乎礼法的言语。

③法服：僧、道所穿的法衣。

④宣政：唐长安宫殿名，在东内大明宫内含元殿后，为皇帝接见外国入京朝贡使臣之所。《资治通鉴·唐纪五十六·元和十四年》注："唐时四夷入朝贡者，皆引见于宣政殿。"

⑤礼宾：唐院名，在长兴里北，为招待外宾之所。《资治通鉴·唐纪五十六·元和十四年》注："唐有礼宾院，凡胡客入朝，设宴于此。"设：设宴招待。

⑥一袭：一套。指单衣复衣齐全者。

⑦凶秽之余：尸骨的残余。此指所迎佛骨仅指骨一节。

【译文】

佛本来是不开化的蛮邦之人，和中国言语不通，衣服样式不同，嘴里不讲先王留下的合乎礼法的语言，身上不穿先王规定的合乎礼法的衣服，不懂得君臣仁义、父子之情。假如他至今还活着，奉了他的国君的命令，来到我国京城朝拜，陛下容纳接待他，不过在宣政殿接见一次，由礼宾院设一次酒筵招待一下，赐给他一套衣服，派兵护卫着让他离开我国境内，不许他迷惑百姓。何况他已经死了很久，枯朽的指骨，是污秽不祥的死尸的残留部分，怎么可以让它进入宫廷里！

孔子曰："敬鬼神而远之①。"古之诸侯，行吊于其国②，尚令巫祝先以桃茢祓除不祥③，然后进吊。今无故取朽秽之物，亲临观之，巫祝不先，桃茢不用，群臣不言其非，御史不举其失,臣实耻之。乞以此骨付之有司,投诸水火,永绝根本,断天下之疑,绝后代之惑,使天下之人知大圣人之所作为④,出于寻常万万也,岂不盛哉!岂不快哉!佛如有灵,能作祸祟,凡有殃咎,宜加臣身,上天鉴临,臣不怨悔。无任感激恳悃之至⑤!谨奉表以闻。

【注释】

①敬鬼神而远之:谓对鬼神要尊敬,但不要接近,即"敬而远之"之意。语出《论语·雍也》。

②行吊于其国:谓到别的国家参加丧礼。吊,祭奠哀悼死者。

③尚令巫祝先以桃茢(liè)被(fú)除不祥:《礼记·檀弓下》:"君临臣丧,以巫、祝、桃、茢、执戈,恶之也,所以异于生也。"巫祝,巫以舞蹈迎神娱神,祝以言辞向鬼神求福去灾。桃,桃枝,古人迷信,认为鬼怕桃木。茢,苕帚,古人认为可以扫除不祥。被除,驱除。

④大圣人:指宪宗。

⑤无任:不胜。恳悃(kǔn):恳切忠诚。

【译文】

孔子说:"对鬼神宜持诚敬的态度,并与之保持一定的距离。"古代的诸侯,在他的国家举行祭吊活动,尚且命令巫师首先用桃枝扎成的苕帚举行被礼,以消除不祥,这之后才进行祭吊。现在无缘无故地取来朽烂污秽的东西,陛下亲临观看它,却不先让巫师消除邪气,不用桃枝扎成的苕帚扫除污秽,群臣不说这种做法不对,御史不指出这种做法的错误,我实在感到羞耻。我请求将佛骨交给有关部门,扔进火里水里,永远灭绝这个佛僧骗人的根本,断绝天下人的疑虑,杜绝后代人的迷惑,使天下的人知道大圣人的所作所为远远地超出普通人之上,这岂不是大好事吗?岂不是十分快乐的事吗?佛如果真的灵验,能降下灾祸的话,那么,一切的祸殃，都应加在我的身上，老天爷在上面看着，我绝不后悔埋怨。我不胜感激恳切之至，谨奉献上这个表章让陛下知闻。

【评点】

茅鹿门曰：韩公以天子迎佛，特以祈寿护国为心，故其议论亦只以福田上立说，无一字论佛宗旨。

张孝先曰：韩公此文，斥异端，扶世道，明目张胆，不顾利害，是宇宙间大有关系文字。

【译文】

茅坤评论道：韩愈认为天子迎接佛骨，只是发心为了祈求长寿、护佑国家，因而在论述时也仅在佛教与此相关的所谓"福田"之说上辩驳立论，并无一字论及佛教的宗旨。

张伯行评论道：韩愈这篇文章，排斥异端学说，匡扶世道人心，旗帜鲜明，敢作敢为，完全不顾及个人的利害关系，是天地间至为重要的一篇文字。

论今年权停举选状

【题解】

唐德宗贞元十九年（803），自正月至五月，天不下雨。秋七月，宰辅杜佑以关辅饥，奏请罢吏部铨选、礼部贡举。韩愈时年为四门博士，抗疏论列。需要指出的是，题目中所言"今年权停举选"，"今年"应当指的是贞元十九年（803）。马端临《文献通考》卷二十九"唐登科记总目"载，贞元十九年登科"进士二十人，诸科六人"。不是暂停举选了吗？怎么还有登第人数的记载？这如何解释呢？原来，科举考试的正式考试时间一般在每年的十二月份，而放榜时间一般在第二年二月份。所以贞元十九年二月所放的榜，是贞元十八年（802）的举子们的考试结果。据徐松《登科记考》，贞元二十年（804）停举。因此韩愈虽有此疏，其实并未被采纳。文中曰"虽非朝官"，因为韩愈当时为四门博士，尚未拜御史，是年冬，始迁监察御史。韩愈升任御史后即有《御史台上论天旱人饥状》，文中已有"弃子逐妻以求口食"，"寒馁道途，毙踣沟壑"的描述。可见，韩愈前此对旱灾的估计有些不足。

  右臣伏见今月十日敕①，今年诸色举选宜权停者②。道路相传，皆云以岁之旱，陛下怜悯京师之人③，虑其乏食，故权停举选以绝其来者④，所以省费而足食也。

【注释】

① 右：古人书写，自右至左。此处"右"字，指题目中所言"今年权停举选"之事。韩愈奏状，开宗明义，直入主题。伏：敬辞。古时臣对君奏言多用之。敕：诫饬，告诫。"敕"字本来泛指自上告下之词，六朝以后，特指皇帝的诏书。《新唐书·百官志一》："凡上之逮下，其制有六：一曰制，二曰敕，三曰册，天子用之。"

② 诸色：犹言各种。举选：指礼部贡举、吏部铨选。权停：暂停。

③ 京师：泛指国都。《春秋公羊传·桓公九年》："京师者何？天子之居也。"

④ 来者：指来京城参加考试的举子们。

【译文】

  臣韩愈看到七月十日诏书，宣布今年贡举、铨选等各种选拔考试暂时停止。百姓相互告语，都以为今年大旱，陛下忧念京都苍生，担心他们缺少吃的，所以暂停今年的各种考试，免得举子们云集京都，既花费了自己的盘缠，又分食京都百姓的口粮。

臣伏思之：窃以为十口之家，益之以一二人①，于食未有所费。今京师之人，不啻百万②；都计举者不过五七千人③，并其僮仆畜马，不当京师百万分之一。以十口之家计之，诚未为有所损益。又今年虽旱，去岁大丰，商贾之家，必有储蓄。举选者皆赍持资用，以有易无，未见其弊。今若暂停举选，或恐所害实深：一则远近惊惶，二则人士失业。臣闻古之求雨之词曰："人失职欤④！"然则人之失职，足以致旱，今缘旱而停举选，是使人失职而召灾也。

【注释】

①益：增加。

②不啻（chì）百万：不止百万。不啻，不止，何止。韩愈此处出具的长安城人口数据，已经成为后世学者研究长安人口数量的重要依据。韩愈更有《出门》诗，诗中有"长安百万家，出门无所之"之句，诗中所云"百万家"，显系夸张之辞，不如呈给德宗皇帝的奏章更为严谨可信。

③都计举者不过五七千人：总计来京城参加举选的人不超过五千至七千人。都计，总计。柳宗元《送辛殆庶下第游南郑序》："朝廷用文字求士，每岁布衣束带，偕计吏而造有司者，仅半孔徒之数。"柳宗元所统计的举子的数量大约为一千五百人，与韩愈统计的数字有很大的出入，据后世学者研究，韩愈的统计有夸大的成分。

④人失职欤：是人的失职造成的天灾吗。《春秋公羊传·桓公五年》："大雩者何？旱祭也。"王闿运笺："大旱，可知也。君亲之南郊，以六事谢过。自责曰：政不一与？民失职与？官室崇与？妇谒盛与？苞苴行与？谗夫倡与？使童男女各八人舞而呼雩，故谓之雩。"韩愈此语本于此，因避太宗讳，遂改"民"为"人"。

【译文】

臣以为：一个十口之家，增加一两个人，所费粮食并不太多。而今长安人口，不止百万；而来京城参加举选的人数总共也不过五千到七千人。即便加上跟随举子们一起来的书僮、仆人、马匹，也不及京城人口的百万分之一。按十口之家接待一两人来计算，的确不会产生太大的影响。另外，今年虽然大旱，但去年却是一个丰收年，商家一定储蓄有足够的粮食。举子们来京城，都带有充足的费用，用他们有的钱来交换他们没有的粮食，看不到有什么弊端。如果今年突然罢停了举选，我担心所产生的危害会很深：一来不论远近，都会惊恐惶惑；二来士人都会感觉到无所事事。我听说古人祈雨时常说这样的话："是人的失职造成了天灾吗！"如果说，人失职足以造成天灾，于今，因天灾而罢停举选，则是让人失职而招灾啊！

臣又闻：君者阳也，臣者阴也①。独阳为旱，独阴为水②。今者陛下圣明在上，虽尧舜无以加之。而群臣之贤，不及于古，又不能尽心于国，与陛下同心，助陛下为理。有君无臣，是以久旱。以臣之愚，以为宜求纯信之士、骨鲠之臣、忧国如家、忘身奉上者③，超其爵位，置在左右。如殷高宗之用傅说④，周文王之举太公⑤，齐桓公之拔甯戚⑥，汉武帝之取公孙弘⑦。清闲之余，时赐召问，必能辅宣王化，销殄旱灾。

【注释】

①君者阳也，臣者阴也：君为阳，臣为阴。董仲舒《春秋繁露·基义》："君臣、父子、夫妇之义，皆取诸阴阳之道。君为阳，臣为阴；父为阳，子为阴；夫为阳，妻为阴。"

②独阳为旱，独阴为水：此说源自董仲舒《春秋繁露·精华》："大旱

者,阳灭阴也。阳灭阴者,尊压卑也。""大水者,阴灭阳也,阴灭
阳者,卑胜尊也"。

③骨鲠之臣:比喻刚直之臣。《史记·吴太伯世家》:"方今吴外困于
楚,而内空无骨鲠之臣,是无奈我何。"忧国如家:忧念国事如同
忧念家事。《汉书·翟方进传》:"君其孰念详计,塞绝奸原,忧国
如家,务便百姓以辅朕。"

④殷高宗之用傅说(yuè):传说傅说为傅岩筑墙之奴隶。殷高宗武
丁梦得圣人,名曰说,求于野。乃于傅岩得之,举以为相,国大治。

⑤周文王之举太公:太公,俗称姜太公。西周初年,被周文王封为
"太师",被尊为"师尚父",先辅佐文王,后辅佐周武王灭商。

⑥齐桓公之拔宁戚:宁戚出身微贱,早年怀才不遇,曾为人挽车喂
牛。偶然为齐桓公所赏识,拜为大夫,后又官授大司田,成为齐桓
公的股肱之臣,与管仲、鲍叔牙等一起辅佐齐桓公建立了"九和
诸侯,一匡天下"的赫赫霸业。

⑦汉武帝之取公孙弘:公孙弘少时,家贫寒,曾为富人在海边牧猪维
持生活。年轻时,他曾任过薛县的狱吏,因无学识,常出现过失,
被免职。为此,他立志读书,苦读到四十岁。建元元年(前140),
汉武帝即位,下诏访求为人贤良通文学之人。当时,公孙弘年已
六十,他以贤良的名分去应征,被任命为博士。

【译文】

臣又听说:君为阳,臣为阴。如果只有阳,就会出现旱灾;如果只有
阴,就会出现涝灾。而今陛下圣明,即便与尧舜相比,也丝毫不差。但是
群臣却不如古人有贤德,又不能为国尽心,与陛下同心,帮助陛下治理天
下。有圣明的君王,却没有贤臣,所以久旱不雨。以臣之愚见,陛下应该
广求纯善可信之人、刚直不阿之臣、忧念国事如同忧念家事、为陛下忘我
奉献的人,提拔他们的爵位,把他们安置在自己的左右。如同殷高宗重
用傅说,周文王信任姜太公,齐桓公提拔宁戚,汉武帝任用公孙弘。在赋

予他们清贵闲暇之余,不时召见询问,他们一定能够辅佐陛下,宣导教化天下百姓,消除旱灾。

　　臣虽非朝官①,月受俸钱,岁受禄粟②,苟有所知,不敢不言。谨诣光顺门③,奉状以闻,伏听圣旨。

【注释】

①朝官:朝廷的官员。亦指中央官员。写作此文时韩愈为国子监四门博士,本年十二月,始迁监察御史。

②月受俸钱,岁受禄粟:唐朝官员有俸有禄,俸钱月发,而禄粟则年发。据王应麟《玉海》卷一百七十七:唐月俸之余,有食粮杂给,禄粟之外,又有利息本钱,加以白直、执刀、防阁、掌固之类,悉许私用役使,潜有所输。白居易《初除户曹,喜而言志》:“俸钱四五万,月可奉晨昏。廪禄二百石,岁可盈仓囷。”廪禄,即禄粟。

③光顺门:宫门名。唐长安大明宫进出内廷的西偏门。龙朔三年(663)十月辛巳,高宗诏皇太子五日一至光顺门,监诸司奏事,小事决之。

【译文】

臣虽然不是朝廷官员,每月领受俸钱,每年接受禄米,只要有所了解,不敢不直言无讳。怀抱诚敬之心,来到光顺门,呈上此状,恭候圣上裁断。

【评点】

茅鹿门曰:议论博大而气亦昌。

张孝先曰:人材者,国之本也。因岁旱而停选举,不过为省费计耳。先言选举之人集于京师,未有大费;而后极论人之失职，足以致旱，欲人主求贤致治以召天和。此因事纳忠之道，必推至于尽而后已也。但以齐桓、汉武与高宗、文王并列而言，此特行文顺势写出，学者融会观之可耳。

【译文】

茅坤评论道：文章议论视域开阔，气势宏大。

张伯行评论道：人才是国家的根本。因为赶上大旱之年，朝廷决定暂停科举考试，不过是为了节省开支罢了。韩愈在这篇文章中，先说到参加科考的举子们聚集到京城，不会产生太多的费用；而后又反复强调人臣失职，足以导致天下大旱，希望君主向全天下征集贤人，如此，也可以使天地和合，风调雨顺。这属于因眼前之事而献纳忠心于君王的写法，如此，必须将道理讲透，才肯罢休。文章只是将齐桓公、汉武帝、殷高宗、周文王并列而写，这仅仅是根据行文，顺势而写的，后世学者以融会的观点来看待就可以了。

上张仆射书

【题解】

张仆射即张建封，字本立。贞元四年（788），为徐州刺史徐泗濠节度使，贞元十二年（796）加检校右仆射。张建封礼贤下士，天下名士多乐归其门下。贞元十二年，宣武节度使董晋辟韩愈为观察推官。十五年（797），董晋死，汴军乱。韩愈携家人避乱徐州，并被张建封荐为节度推官，这封书信正是写于徐州幕中，时间为贞元十五年九月一日。

文章开篇言"受牒之明日"，显然，这封信是韩愈在张建封幕中言事第一书。而所言之事为"晨入夜归"之故事，这似乎没有多少谈论的价值。杜甫在严武幕中曾写诗《遣闷奉呈严郑公二十韵》，其中有句"晓入朱扉启，昏归画角终。不成寻别业，未敢息微躬"。可见，藩镇之属，晨入昏归应是惯例。韩愈之所以借此一端，大发其胸中磊磊落落、不可一世之气，目的是想让张建封知其志在义而不在利，从而待之以国士，而不与庸人为伍。

九月一日愈再拜①：受牒之明日②，在使院中③，有小吏持院中故事节目十余事来示愈④。其中不可者，有自九月至明年二月之终，皆晨入夜归⑤，非有疾病事故辄不许出⑥。当时以初受命不敢言。古人有言曰："人各有能有不能⑦。"若此者，非愈之所能也。抑而行之，必发狂疾⑧。上无以承事于公，忘其将所以报德者；下无以自立，丧失其所以为心⑨。夫如是，则安得而不言？

【注释】

①再拜：拜了又拜，拜两次。古代一种表示敬意的礼节。

②牒：授予官职的文书。《汉书·匡衡传》："平原文学匡衡材智有余，经学绝伦，但以无阶朝廷，故随牒在远方。"颜师古注："随牒，谓随选补之恒牒，不被超擢者。"

③使院：节度使公署。

④故事节目：又简称"事目"，犹言条例。《新唐书·李峤传》："今所察按，准汉六条而推广之，则无不包矣，乌在多张事目也？"

⑤晨入夜归：据陈景云《韩集点勘》卷三："少陵在严郑公幕府，其《遣闷呈郑公》诗中有'晓入昏归'之句，诗以秋日作，疑使院从事之晨入夜出，起九月，讫二月，乃当时幕府定制如此。殆恐季秋后，暮短事繁，故限出入之制耶？公虽论此事，亦未闻见从，盖旧制难改也。"

⑥辄（zhé）：则。

⑦人各有能有不能：语出《左传·定公五年》："王使由于城麇，复命，子西问高厚焉，弗知。子西曰：'不能，如辞。城不知高厚，小大何知？'对曰：'固辞不能，子使余也。人各有能有不能。王遇盗于云中，余受其戈，其所犹在。'"

⑧狂疾：疯狂之疾。《国语·晋语九》："今臣一旦为狂疾，而曰'必赏女'，与余以狂疾赏也，不如亡！"韦昭注："言战斗为凶事，犹人有狂易之疾相杀伤也。"

⑨丧失其所以为心：《孟子·离娄下》："孟子曰：君子所以异于人者，以其存心也。君子以仁存心，以礼存心，仁者爱人，有礼者敬人，爱人者人恒爱之，敬人者人恒敬之。"此处韩愈反其义而用之。

【译文】

九月一日，韩愈再拜：接到授予官职文书的第二天，在节度使公署里，有小吏拿着公署的十余项条例来给我看。其中有我认为不合适的，有一条这样规定：从今年九月份起到第二年的二月份止，公署里的人员必须早晨入夜晚归，除非生有疾病、遇有事故，否则不许出院。当时因为刚刚接到任命，不便直言。古人曾说过："每个人都有能做到的和不能做到的。"像这样的规定，是韩愈我所不能做到的。如果强制自己去做，一定会发癫狂之病。真如此，对上，不能为您做事，浑然忘却如何报答您的知遇之恩；对下，不足以自立，丧失掉自己的本心。有这样严重的后果，我怎么能够不把我的真实想法说出来呢？

凡执事之择于愈者①，非为其能晨入夜归也，必将有以取之。苟有以取之，虽不晨入而夜归，其所取者犹在也。下之事上，不一其事；上之使下，不一其事。量力而任之，度才而处之，其所不能，不强使为。是故为下者不获罪于上，为上者不得怨于下矣。孟子有云：今之诸侯无大相过者，以其皆"好臣其所教,而不好臣其所受教"②。今之时,与孟子之时又加远矣,皆好其闻命而奔走者,不好其直己而行道者。闻命而奔走者,好利者也;直己而行道者,好义者也③。未有好利而爱其君者,未有好义而忘其君者。今之王公大人,惟执事可以闻此言,惟愈于执事也可以此言进。

【注释】

①执事:对对方的敬称。《春秋左传·僖公二十六年》:"寡君闻君亲举玉趾,将辱于敝邑,使下臣犒执事。"

②"孟子有云"几句:语出《孟子·公孙丑下》:"今天下地丑德齐,莫能相尚,无他,好臣其所教,而不好臣其所受教。"孟子所谓"今天下地丑德齐",其中"丑"即"类",此句即韩愈所谓"今之诸侯无大相过者"。

③"皆好其闻命而奔走者"几句:这几句话关涉儒家思想史中"义利之辩"的话题。《论语·里仁》载孔子曾说:"君子喻于义,小人喻于利。"孟子继而提出以义制利、义利对立的观点,《孟子·梁惠王上》有:"王何必曰利?亦有仁义而已矣。"

【译文】

您之所以选择我到您的幕中供事,并不是因为我能够早晨入而夜晚归,一定是看到我身上有别的可取之处。如果我身上有可取之处,尽管不早入晚归,我的可取之处依然存在。下属侍奉上司,不应以同样的标准来要求;上司对待下属,也不应以相同的标准来要求。应当考虑下属的实际能力,对于其能力之外的,不能强迫他去做。所以,作为下属就不会获罪于上司,作为上司也不会落得下属的抱怨。孟子曾经说过:现在诸侯之间相比,并没有太大的差别,主要原因在于,诸侯们都"喜欢臣民听他们的教诲,而不喜欢臣民反过来教育自己"。现在与孟子所处的时代相比又更加不如了，现在的人都喜欢那些奉命行事、汲汲奔走的人，而不喜欢敢于直接表达自己的意见、践行道义的人。奉命行事者都是一些好利之徒，直率行道者则是好义之人。没有好利而又爱其君的人，也没有好义而又忘掉其君的人。现在的王公大人，也只有您可以听取这类建议，也只有我韩愈可以向您提这样的建议。

　　愈蒙幸于执事，其所从旧矣。若宽假之使不失其性①，加待之使足以为名，寅而入，尽辰而退；申而入，终酉而退②。率以为常③，亦不废事。天下之人闻执事之于愈如是也，必皆曰：执事之好士也如此，执事之待士以礼如此，执事之使人不枉其性而能有容如此，执事之欲成人之名如此，执事之厚于故旧如此④。又将曰：韩愈之识其所依归也如此⑤，韩愈之不诣屈于富贵之人如此⑥，韩愈之贤能使其主待之以礼如此。则死于执事之门无悔也！若使随行而入，逐队而趋⑦，言不敢尽其诚，道有所屈于己，天下之人闻执事之于愈如此，皆曰：执事之用韩愈，哀其穷，收之而已耳。韩愈之事执事，不以道，利之而已耳。苟如是，虽日受千金之赐⑧，一岁九迁其官⑨，感恩则有之矣，将以称于天下曰：知己知己！则未也。

【注释】

①性：天性。

②"寅而入"几句：这几句中的寅时、辰时、申时、酉时，皆为地支纪时法。寅时指凌晨三点到五点，辰时指上午七点到九点，申时指下午三点到五点，酉时指下午五点到晚上七点。

③率：都。韩愈《进学解》："占小善者率以录，名一艺者无不庸。"

④故旧：旧交，旧友。《论语·泰伯》："君子笃于亲，则民兴于仁；故

旧不遗,则民不偷。"

⑤依归:依靠。《尚书·周书·金縢》:"无坠天之降宝命,我先王亦永有依归。"

⑥诌屈:即"诌曲",曲意诌媚。

⑦随行而入,逐队而趋:指跟着众人一道。白居易《答山侣》:"冒热冲寒徒自取,随行逐队欲何为?"罗隐《偶兴》:"逐队随行二十春,曲江池畔避车尘。"

⑧千金之赐:据《史记·吕不韦列传》记载,吕不韦养有门客三千人,吕不韦让每位门客著所见闻,号曰《吕氏春秋》。书成,"布咸阳市门,悬千金其上,延诸侯、游士、宾客,有能增损一字者,予千金"。

⑨一岁九迁其官:据王楙《野客丛书》卷十五"千秋一日九迁"条:"《文选·任彦升表》曰:'虽千秋一日九迁,荀爽十旬远至。'李善注曰:'《东观汉记》谓:车丞相自高寝郎一月九迁为丞相,日当为月字之误也。'仆谓李善注此,未为尽善。考《汉书》,高寝郎田千秋,讼太子冤,武帝立拜为大鸿胪。师古注:立拜者,立见而即拜之,言不移时也。谓千秋因此一言,顷刻之间自高寝郎超迁九级至大鸿胪,非谓一日之间九次迁除也。谓之一日,正不为失。李善误认此意,乃以一月九迁为丞相。又按《汉书》,千秋为大鸿胪,数月代刘屈氂为丞相,封富民侯。汉史谓千秋特以一言寤意,旬月取宰相封侯,世未尝有,盖以此也。则知千秋为相封侯乃在鸿胪数月之后。所谓旬月者,十月也,岂一月九迁为丞相哉?善盖引《东观记》之谬耳。"

【译文】

韩愈追随您并得到您的宠幸,已有很长时间了。如果您能宽松待我,让我不失掉天性,特别对待我,让我充分展示自己,以博取名声,寅时入府,辰时过后退;申时再入府,酉时过后再退。如果以此为常态,其实并不影响公事。天下人听说您如此对待韩愈，都会说：张仆射如此厚待读书人；对读书人如此这般以礼相待；张仆射有如此雅量，能够包容士人，而又不使其改变天性；张仆射善于奖掖士人，使其出人头地；张仆射如此这般厚待他的故交。天下人又会说：韩愈如此这般了解他所依靠的人；韩愈如此这般不曲意谄媚于富贵之人；韩愈如此这般有贤德，能让他的主人以礼相待。如果这样，即便死于您的门下，韩愈也会心甘情愿！如果让他跟在众人后面，随行逐队，进言不敢效其忠诚，行事只为苟全自己而全然不顾道义，天下人见此，都会说：张仆射任用韩愈，只是因为同情他穷困潦倒的处境，才收入府中罢了。如此，韩愈对待仆射，并非出于道义，只是为了利益。如果真的是这样，那么，即便每天赏赐千金，每年升迁九次，韩愈心中会有感恩，而不会对天下人说仆射是知己。

　　伏惟哀其所不足^①，矜其愚，不录其罪^②；察其辞，而垂仁采纳焉。愈恐惧再拜。

【注释】

①伏惟：希望。

②录：记下来。

【译文】

　　韩愈希望张仆射怜惜韩愈的不足之处，同情他的愚鲁，不记他的罪责；而是分析、体察他所说的话，同时施以仁爱之心，采纳他所说的话。韩愈心怀恐惧再拜。

【评点】

　　茅鹿门曰：古之人有言曰："道屈于不知己者，而伸于知己。"昌黎根气自如此。

　　张孝先曰：士君子中有蕴蓄，姑寄迹于旅进旅退之中，时人未必能识也。如韩昌黎于张仆射是已！故因"晨入夜归"一事，大发其胸中磊磊落落、不可一世之气，欲使仆射知其志在义而不在利，待之以国士而不与庸人为伍耳。其曰"直己行道"，曰"言不敢尽其诚，道有所屈于己"，则公之所蕴蓄以愿效于仆射者，岂与夫随行逐队之徒比哉？特其词气激昂，如曰"死于执事之门无悔"云云，未免节侠余习，非士君子气象，学者亦宜知之。

【译文】

茅坤评论道：古人曾经说过："道义屈服于不了解自己的人，却能够在了解自己的人那里得到伸张。"韩愈的底气是从这里来的。

张伯行评论道：抱材守道的读书人，暂时托身于芸芸众生之中，同时的人们未必能够了解他。韩愈寄身于张建封幕府之中，正是这样！因而，韩愈在这封写给张建封的信中，借"晨入夜归"一事，尽情抒发了他郁于胸中的正大光明、不可一世之气，想让张建封了解自己志在义而不在利，并给予自己国士的待遇，而不愿与普通平凡之辈为伍。信中说道"直己行道""言不敢尽其诚，道有所屈于己"，可见，韩愈胸中所蕴蓄的愿意效力于张建封的意愿，怎能与一辈庸众相比呢？只是他的文章词气激昂，甚至说出"死于执事之门无悔"等等，未免有侠士习气，并非士君子的气象，后世学者应该了解这一点。

与孟尚书书

【题解】

孟尚书即孟简，字幾道，德州平昌（今山东济南）人。孟简工诗，尚节义。擢进士第，登宏辞科，累官至仓部员外郎。为王叔文所恶，寻迁司封郎中。元和四年（809），超拜谏议大夫。元和十三年（818），为御史中丞，十四年（819），授太子宾客分司东都。元和十五年（820），贬吉州司马员外。孟简嗜佛，明于佛典。元和六年（811），奉诏与给事中刘伯刍、工部侍郎归登、右补阙萧俛等，同就醴泉佛寺，翻译《大乘本生心地观经》，孟简最擅其理。

韩愈于元和十四年因谏佛骨，被贬潮州。在潮州与僧人大颠交游，遂有人传言韩愈改奉佛教。元和十四年冬，韩愈移官袁州。元和十五年，被贬吉州的孟简听闻韩愈稍信佛教，移书赞之，韩愈答书以辩。孙琮《山晓阁唐宋八大家选·韩昌黎集》卷一云："昌黎一生事业，全在辟佛教，尊孔孟，有功于吾儒，此书（指《与孟尚书书》）与《论佛骨表》同一心事。其行文妙在前幅，说得森严，后幅说得婉转。森严处全在几番引孔子、引《诗》、引《传》，写得侃侃谔谔；婉转处全在几番抑扬，写得委委曲曲，笔力奇矫。不但识见度越寻常，其行文亦非复意量所可测。"

　　愈白：行官自南回^①，过吉州，得吾兄二十四日手书数番^②，忻悚兼至^③。未审入秋来眠食何似^④？伏惟万福^⑤。

【注释】

①行官：唐代官名。指称受上官差遣，往来四方办公事者。

②番：张。苏轼《次韵宋肇惠澄心纸》之一："诗老囊空一不留，百番曾作百金收。"

③忻悚：喜悦与惶恐，又惊又喜。

④眠食：睡眠和饮食。亦概指生活起居。

⑤万福：多福。祝祷之词。《诗经·小雅·蓼萧》："和鸾雍雍，万福攸同。"

【译文】

韩愈告白：结束南方公干，返回北方，经过吉州，接到您二十四日书写的几张信札，读后即有喜悦又有惶恐。不知您入秋以来生活起居如何？这里祈祝你多福多寿。

　　来示云：有人传愈近少信奉释氏①。此传之者妄也。潮州时，有一老僧号大颠②，颇聪明，识道理，远地无可与语者，故自山召至州郭③，留十数日。实能外形骸④，以理自胜⑤，不为事物侵乱。与之语，虽不尽解，要自胸中无滞碍，以为难得，因与来往。及祭神至海上⑥，遂造其庐；及来袁州⑦，留衣服为别。乃人之情，非崇信其法，求福田利益也⑧。孔子云："丘之祷久矣⑨。"凡君子行己立身自有法度⑩，圣贤事业⑪，具在方策⑫，可效可师。仰不愧天，俯不愧人，内不愧心，积善积恶，殃庆自各以其类至⑬。何有去圣人之道，舍先王之法，而从夷狄之教以求福利也⑭？《诗》不云乎："恺悌君子，求福不回⑮。"《传》又曰："不为威惕，不为利疚⑯。"假如释氏能与人为祸祟⑰，非守道君子之所惧也，况万万无此理。且彼佛者果何人哉？其行事类君子耶？小人耶？若君子也，必不妄加祸于守道之人；如小人也，其身已死，其鬼不灵。天地神祇，昭布森列，非可诬也，又肯令其鬼行胸臆，作威福于其间哉？进退无所据，而信奉之，亦且惑矣！

【注释】

①释氏：释迦的略称。亦指佛或佛教。

②大颠：俗姓陈，一说姓杨。原籍颍川（今河南许昌），出生于潮州（今广东汕头）。大历中，与药山、惟俨同参惠照禅师于西山之阳，复同游南岳衡山，参石头希迁和尚。贞元初，入龙川罗浮瀑布岩。七年（812），于县西幽岭下置灵山禅院以居，学者四集。元

和十三年（818），韩愈谏迎佛骨，因而被贬至潮州，将大颠自山召
至州郡，留十余日，后欲归山，作诗偈一首留别韩愈。著有《般若
波罗蜜多心经释义》《金刚经释义》，皆不存。

③山：指灵山。据《广州通志》"潮州县"：灵山，在城西北五十余里。
高五十余丈，周围十余里，下有卓锡泉。唐大颠禅师建亭于此，有
留衣亭。

④外形骸：即脱略于躯体之外。形骸，即躯体。《庄子•天地》："汝
方将忘汝神气，堕汝形骸，而庶几乎？"王羲之《兰亭集序》："或因
寄所托，放浪形骸之外。"

⑤以理自胜：以佛理自我克制。胜，有克制、限制之义。《孙子兵
法•谋攻》："将不胜其忿而蚁附之，杀士三分之一，而城不拔者，
此攻之灾也。"

⑥祭神至海上：韩愈文集中有五篇写于潮州的祭神文，均写于元和
十四年（819）。据祭文可知，所祭之神为"太湖神之灵"。复据
《广州通志》"潮州县"：太湖山，在城东南十六里，高约四丈，周围
八里，南临大海，下有龙潭。

⑦来袁州：元和十四年十月，韩愈迁任袁州刺史。

⑧福田：佛教语。佛教以为供养布施、行善修德能受福报，犹如播
种田亩有秋收之利。道恒《释驳论》："是以知三尊为众生福田供
养，自修己之功德耳。"玄奘、辩机《大唐西域记•摩揭陀国上》：
"诚愿大王福田为意，于诸印度建立伽蓝，既旌圣迹，又擅高名，福
资先王，恩及后嗣。"

⑨丘之祷久矣：语出《论语•述而》："子疾病，子路请祷。子曰：'有
诸？'子路对曰：'有之。《诔》曰："祷尔于上下神祇。"'子曰：'丘
之祷久矣。'"孔子显然不同意子路向神明祈福的做法。

⑩行己立身：即"立身行己"。指安身立命。

⑪圣贤事业：圣贤所成就的经国济世的功业。

⑫方策：典籍。

⑬殃庆：《周易·坤》："积善之家，必有余庆；积不善之家，必有余殃。"殃，祸患。庆，福泽。

⑭夷狄：古时称华夏族以东部族为夷，以北部族为狄。后泛称除华夏族以外的各族。

⑮恺悌君子，求福不回：语出《诗经·大雅·旱麓》，孔疏："喻子孙依缘先人之功而起也，此经既言依缘先祖，故知下言'不回'者，是不违先祖之道。"

⑯不为威惕，不为利疚：语出《春秋左传·哀公十六年》："不为利谄，不为威惕。"意为不因利益而谄媚，也不因威逼而恐惧。

⑰祸祟：灾祸。一作"祸福"。《墨子·天志上》："我欲福禄而恶祸祟。"

【译文】

来信说道：有人传言，韩愈近来有些信奉佛教了。这是没有根据的谣传。我在潮州时，有一个年长的僧人法号大颠和尚，很聪明，也懂得很多道理，在这么偏远的地方，没有人能够和我对话，所以我把他从灵山招至州郡，留他住了十多天。他的确是一个不为躯体所累、以佛理自我克制、不受外界事物侵扰的人。我同他谈话，他虽然不完全明白我所说的话，关键是他的胸中没有挂碍，我觉得这是非常难得的，所以与他来往。等我到海上祭神，顺便拜访了他的居所；我移官袁州时，把一些衣服留给了他。这些都是人之常情，并非崇信他们的佛法，而为自己求得福报。孔子说："我很久以来在不断的祷告。"大凡君子安身立命，都有自己的原则，圣贤所成就的功业，都记在典籍中，供后人效法学习。能够做到对上不负天，对下不负人，对自己不负心，积累善行，还是积累恶行，是祸是福，都会随行而至。这哪里是抛弃圣人之道，舍去先王法度，为求一己之福祉而信奉外教之法的道理？《诗经》中不也说过："有教养的君子，祈福不违背先祖之道。"《春秋左传》中也说："不因利益而谄媚，也不因威逼而恐惧。"假如佛能够通过灾祸使人惊怖，这并非信守道义的君子所害怕的，何况万万没有这样的道理。那么佛到底是什么样的人呢？他处事的方式像君子呢？还是像小人呢？如果像君子，他一定不会将祸患随便加在信奉道义的君子身上；如果像小人，他的身体已经死亡，他的鬼魂也就不会灵验。况且天地之间，有许多神祇，这是确信无疑的，这些神祇怎么能够允许一些神鬼按照他们自己的好恶作威作福呢？进退都没有根据，而去信奉它，这也太糊涂了！

　　且愈不助释氏而排之者，其亦有说。孟子云：今天下不之杨则之墨①。杨、墨交乱②，而圣贤之道不明，则三纲沦而九法斁③，礼乐崩而夷狄横，几何其不为禽兽也④！故曰："能言距杨、墨者，皆圣人之徒也⑤。"扬子云云⑥："古者杨、墨塞路，孟子辞而辟之，廓如也⑦。"夫杨、墨行，正道废，且将数百年，以至于秦，卒灭先王之法⑧，烧除其经，坑杀学士，天下遂大乱。及秦灭，汉兴且百年，尚未知修明先王之道。其后始除挟书之律⑨，稍求亡书，招学士，经虽少得，尚皆残缺，十亡二三。故学士多老死，新者不见全经，不能尽知先王之事，各以所见为守，分离乖隔⑩，不合不公。二帝、三王、群圣人之道于是大坏⑪。后之学者无所寻逐，以至于今泯泯也⑫。其祸出于杨、墨肆行而莫之禁故也。孟子虽贤圣，不得位，空言无施，虽切何补？然赖其言，而今学者尚知宗孔氏，崇仁义，贵王贱霸而已⑬。其大经大法皆亡灭而不救，坏烂而不收，所谓存十一于千百，安在其能廓如也？然向无孟氏，则皆服左衽而言侏离矣⑭。故愈尝推尊孟氏，以为功不在禹下者，为此也。

【注释】

①今天下不之杨则之墨：语出《孟子·滕文公下》："杨朱、墨翟之言盈天下。天下之言，不归杨则归墨。"此句由此化出。杨、墨，指杨朱和墨翟。杨朱主张爱己为我，墨翟主张兼爱，这是战国时期和儒家对立的两个重要的学派。

②交乱：交相为乱。

③三纲：指君为臣纲，父为子纲，夫为妻纲，是封建统治阶级为维护其统治制定的教条。语出《白虎通义·三纲六纪》："三纲者何谓也？谓君臣、父子、夫妇也。"九法：即九畴。传说是禹治理天下的九类大法。见《尚书·周书·洪范》。斁（dù）：败坏。

④几何其不为禽兽也：意谓即使不是禽兽又能相差多少呢？几何，相差多少。《孟子·滕文公下》："杨氏为我，是无君也；墨氏兼爱，是无父也。无父无君，是禽兽也。"

⑤能言距杨、墨者，皆圣人之徒也：语出《孟子·滕文公下》。距，通"拒"。

⑥扬子云：即扬雄，字子云，西汉辞赋家，有著名的《甘泉赋》《河东赋》《羽猎赋》《长杨赋》四赋。博通群籍，曾仿《易经》《论语》作《太玄》《法言》。

⑦"古者杨、墨塞路"几句：语出《法言·吾子》。辟，驳斥。廓如，澄清貌。

⑧卒：终于。

⑨挟（xié）书之律：秦始皇所颁布的藏书禁令。依秦律，敢有挟书者，灭族。挟，藏。

⑩乖隔：犹抵触。

⑪二帝：指尧、舜。三王：指夏禹、商汤、周文王或周武王。

⑫泯泯（mǐn）：茫茫，漫无头绪。

⑬贵王贱霸而已：儒家主张以仁义治天下，谓之王道；反对以武力、

刑罚、权势等进行统治的霸道。

⑭则皆服左衽而言侏离矣：服左衽，言侏离，谓像那些不知道礼法人伦的少数民族一样。这应该是韩愈的文化偏见。左衽，我国古代某些少数民族的服装，前襟向左掩，异于中原。衽，衣襟。侏离，形容语音难辨。

【译文】

　　韩愈不帮助佛家又排斥它，这其中有需要解释的道理。孟子曾经说过：天下人不是站在杨朱一边，就是站在墨子一边。杨、墨两家交相扰乱，使得圣贤之道昧而不明，三纲沦丧，九法败坏，礼崩乐坏，夷狄横行，如此一来怎能不使天下人皆禽兽呢！所以说："能够谈论排斥杨、墨之学的人，就可以视为圣人之教的信徒了。"扬雄曾说："古时杨、墨之学充塞天下，孟子凭借其善辩的言辞加以排斥，才使得圣人之道清晰一些。"杨、墨之学横行，圣人之道废弛，这一局面持续了数百年的时间，到了秦朝，最终灭裂先王之法，焚烧圣人经典，坑杀向学之士，天下于是大乱。秦朝灭亡后，汉朝兴起又近百年，尚且不知道修习讲明先王之道。后来才废除秦朝的挟书刑律，向天下征求亡佚经书，征召饱学之士，尽管得到了一些经书，但大多残缺，有十分之二三的经书已经再也找不到了。秦火以前的饱学之士多已老死，存在于他们头脑中的经书也归于消亡，汉代书生已经不能读到完整的经书了，他们也就不能完全了解先王之事，各自守住自己所了解的不放，完整的经书被割裂开来，书生抱残守缺，从不试图整合经书，公之于世。尧、舜二帝、夏禹、商汤、周文王和众多圣人所讲求的大道遭到严重破坏。后来学者无所依循，到今天已更加茫昧不明了。导致这场文化浩劫的原因是杨、墨之学肆意横行，而没有被有效制止。孟子虽然是一个圣贤，但由于没有权势地位，也只能说一些空洞的话，这些话虽然很切合时弊，但对时弊的矫正又有什么帮助呢？尽管如此，幸亏有了孟子的这些话，现在的学者才知道宗奉孔子，崇尚仁义，推尊王道，而鄙弃霸道。但是毕竟圣人经典、先王之法已经灭裂而无可挽救，断烂而不可收拾，就像这样于千百中仅存十分之一，怎能算得上是廓清了圣人之道呢？然而如果没有孟子，我们或许还在穿着夷族的衣服，说着夷族的语言呢！我之所以推尊孟子，并认为他的功绩不在夏禹之下，道理就在这里。

　　汉氏已来，群儒区区修补①，百孔千疮，随乱随失，其危如一发引千钧②，绵绵延延，浸以微灭③。于是时也，而倡释、老于其间④，鼓天下之众而从之，呜呼，其亦不仁甚矣！释、老之害过于杨、墨，韩愈之贤不及孟子；孟子不能救之于未亡之前，而韩愈乃欲全之于已坏之后，呜呼，其亦不量其力且见其身之危，莫之救以死也！虽然，使其道由愈而粗传，虽灭死万万无恨！天地鬼神临之在上，质之在旁，又安得因一摧折⑤，自毁其道以从于邪也！

【注释】

①区区：形容数量少。

②一发引千钧：古代三十斤为一钧。一根头发吊着千钧的重物，比喻情况万分危急。

③浸：渐渐。

④释：指佛教。老：指老子，其说为道教所尊奉。韩愈《原道》："周道衰，孔子没，火于秦，黄老于汉，佛于晋、魏、梁、隋之间，其言道德仁义者，不入于杨，则入于墨；不入于老，则入于佛。"

⑤摧折：指贬官潮州。

【译文】

　　汉代以来，众多儒生对残破缺漏的经书做了一些修修补补的工作，但百孔千疮，很多都随战乱而散失了，圣人之学的危殆局势好比一根发丝牵悬着千钧之重，又好比一缕游丝，绵延欲绝。在这一关键的时候，再来倡导佛教、道教，煽惑天下人而信从他，唉！这也太不仁义了吧！佛教、道教所能带来的祸患要远远超过杨、墨之学，但是韩愈却没有孟子的才能，孟子尚且不能在圣人之学尚未消亡之前将其成功拯救，而今韩愈反倒想在圣人之学崩坏残存的今天力挽狂澜，唉！他太不自量力了，而今他自身尚不能自保，恐怕圣人之学还没有被拯救，他本人却先死了！尽管如此，如果圣人之道因韩愈而能够使后人窥其大概，那么，韩愈虽死于蛮荒，也没有丝毫的怨恨！有天地鬼神在上，为我作证，我韩愈怎能因为目前的挫折，而毁弃自己一生须臾不离的圣人之道，转而信从邪门歪道呢！

籍、湜辈虽屡指教^①，不知果能不叛去否？辱吾兄眷厚而不获承命^②，惟增惭惧，死罪死罪！愈再拜。

【注释】

①籍：即张籍，字文昌，中唐诗人，工乐府。详见新、旧《唐书·张籍传》。湜（shí）：即皇甫湜，字持正。韩派古文家，《韩文公神道碑》《韩文公墓铭》皆出于其手。详见《新唐书·皇甫湜传》。

②辱吾兄眷厚而不获承命：意谓承蒙写信询问信奉佛教一事，虽然是对我的关怀，但我却不能受命。辱，谦辞，犹言承蒙。不获，不能。

【译文】

张籍、皇甫湜等后生，尽管我屡次加以指教，不知道他们确实能够不离我而去吗？有劳兄长厚爱眷顾，在下却不能遵命而从，只增加了心中的惭愧，死罪死罪！韩愈再拜。

【评点】

茅鹿门曰：古来书自司马子长答任少卿后，独韩昌黎为工，而此书尤昌黎佳处。

又评：翻覆变幻，昌黎书当以此为第一。

张孝先曰：三代以下，学术分裂，异端蜂起，而佛教尤甚。公既抗疏辟之，及贬潮州，乃与大颠往来，或者疑其屈吾道以从彼。公特明其平生辟邪崇正大旨，以自附于孟子之后。读此书，正大光明如青天白日。而彼邪淫之徒，所谓传灯公案者，犹以大颠往来、留衣为别之事，援昌黎为彼护法。噫，其亦诞妄甚矣！又按朱子《韩文考异》，谓此书称许大颠之语，多为后人妄为隐避，删节太过，失其正意。盖韩公之学，见于《原道》者，虽有以识于大用之流行，而于本然之全体，则疑其有所未睹。且于日用之间，亦未见其有以存养省察而体之于身也。是以虽其所以自任者不为不重，而其平生用力深处，终不离乎文字语言之工。至其好乐之私，则又未能卓然有拔于流俗。所与游者，不过一时之文士；其于僧道，则亦仅得毛干、畅观、灵惠之流耳。是以身心内外，所立所资不越乎此，亦何所据以为息邪距波之本，而充其所以自任之心乎？是以一旦放逐，憔悴亡聊之中，无复平日饮博过从之乐，方且郁郁不能自遣，而卒然见夫瘴海之滨、异端之学，乃有能以义理自胜、不为事物侵乱之人，与之语，虽不尽解，亦岂不足以荡涤情累，而暂空其滞碍之怀乎？然则凡此称誉之言自不必讳，而于公所谓不求其福、不畏其祸、不学其道者，初亦不相妨也。虽然，使公于此能因彼稊莠之有秋，而悟我禾稷之未熟，一旦翻然反求诸身，以尽圣贤之蕴，则所谓以理自胜、不为外物侵乱者，将无复羡于彼,而吾之所以自任者,益恢其有余地矣,岂不伟哉!

【译文】

茅坤评论道:自古以来,书信的写作自从司马迁《报任安书》以后,只有韩愈撰写的书信可称得上工巧,而在韩愈的书信中,尤以这篇书信为佳。

又评论道:这篇书信变化莫测,韩愈书信应当以这篇为最佳。

张伯行评论道:夏、商、周以下,学术思想分裂不统一。各种学说纷然并起,其中尤以佛教影响为大。在此之前,韩愈已经向皇帝上书直言佛教的危害,等到被贬至潮州,韩愈与大颠和尚往来,有人因此怀疑韩愈所持儒家之道,已经屈尊服从佛教了。韩愈特地表明自己一生批判邪说、崇尚正义的立场,并将自己所继承的道统上接孟子之后。读完这封信,可以看到,韩愈所作所为,正大光明如青天白日。而那些邪恶纵逸之徒,所说的大颠和尚传法于韩愈的公案,仍然将大颠和尚与韩愈离别留衣为话头,将韩愈视为佛教的护法人。唉! 这也太荒诞了吧! 根据朱熹《韩文考异》,这封书信中所谓称许大颠的语句,大多经后世人胡乱隐讳、删节太多、断章取义,韩愈本来的意思反倒被掩盖了。韩愈自身的学问,体现在《原道》中的,尽管能够认识到大道之传承,对于人类的重要作用,但是,韩愈对于大道本来的完整面貌,似乎并没有看明白。并且在日常生活之间,也没有看到他身体力行,存心养性,内省自察。因此,尽管韩愈自觉肩负的担子不可谓不重,但是他平生用功之处,最终离不开语言文字的范围。至于他自己个人的偏好,也没有卓然超出众人之上。和他交往的,也不过当时有名的文人;他所接触的僧人、道人,也只有毛干、畅观、灵惠之流的人。因此从其身心修养、内道外道方面来看,其所据以树立的基础,不外乎如此,又凭什么来消弭邪说、拒斥异端,从而担负起接续儒家正统的重任呢? 因此,一旦被贬放逐,忧戚烦恼,百无聊赖,再也没有平时高朋满座、饮酒博戏的快乐了,正当闷闷不乐,无法遣怀之时，突然在蛮獠之地遇到秉持不同于儒家思想学说，并且能够自圆其说，超然于尘世万物之外的上人，与他交谈，尽管不能完全了解其所持观点，难道不能够藉此一洗心中尘世之牵累，清空胸中平素之滞碍吗？因此，韩愈在信中对佛、道之人的称扬赞美也不必讳言，以及他所说的不因此而求福报、不因此而害怕祸患、不因此而修学其道等说法，从一开始就不相妨碍。即便如此，韩愈如果能够以彼之长，补我之不足，并结合自身修养，阐发圣人之意蕴，也可以达到以理自胜、不为外物侵乱者的境界，也就不会歆羡佛、道思想了，而且完成自己所肩负的使命就会更加游刃有余，这样做该有多么伟大啊！

与于襄阳书

【题解】

于襄阳名顿，字允元。贞元十四年（819）九月，以工部尚书为山南东道节度使。山南东道治所襄州，襄州汉称襄阳，故时人称于顿为于襄阳。于顿以善待士人知名于当时。韩愈这封信写于贞元十八年（802）七月。贞元十七年（801）秋冬之际，韩愈被任命为署理国子监四门博士。博士乃闲职，韩愈深感沉沦此职难展抱负，于是写信给于顿以求援引。

关于这封书信写作结构之精巧，孙琮《山晓阁唐宋八大家选·韩昌黎集》卷一曾抽丝剥茧地分析此篇："前半幅只是泛论，下半幅方入正文。然其妙处全在上半幅六七个曲折，大意只是一句'相须殷而相遇疏'者，其故在上下之有所负。拙笔行之，一句可了。看他先用提笔，将上之人、下之人，两两提出，为第一曲折。此下便可直接'是二人'句，他却又用反笔写四句，作翻为第二曲折。于是接写是二人句，又用一呼一唤，不直说出为第三曲折。此下又便可直接上下各负其能句，他却又用无可援，无可推，作一宕笔，为第四曲折。于是接出上不颁下，下不谄上为第五曲折。下用正笔总束二句为第六曲折。又用反笔总束四句为第七曲折。

得此七个曲折，便令人如入武夷深处，迷不能出。后半幅只是一段写襄阳，一段写自己，末后一结更觉俯仰淋漓。"

七月三日，将仕郎守国子四门博士韩愈①，谨奉书尚书阁下：士之能享大名、显当世者，莫不有先达之士、负天下之望者为之前焉②。士之能垂休光、照后世者③，亦莫不有后进之士、负天下之望者为之后焉。莫为之前，虽美而不彰；莫为之后，虽盛而不传。是二人者，未始不相须也④，然而千百载乃一相遇焉。岂上之人无可援，下之人无可推欤⑤？何其相须之殷而相遇之疏也⑥？其故在下之人负其能不肯谄其上，上之人负其位不肯顾其下。故高材多戚戚之穷⑦，盛位无赫赫之光⑧，是二人者之所为皆过也。未尝干之⑨，不可谓上无其人；未尝求之，不可谓下无其人。愈之诵此言久矣，未尝敢以闻于人。

【注释】

①将仕郎：从九品，唐代文散官。守：唐代文武官员皆带散位以示品阶，其品阶与职位未必相应。凡品阶低而职官高者曰守。国子四门博士：从七品，唐代国家的教育管理机构和最高学府国子监所领官学有国子学、太学、四门馆等，皆有博士之职。

②先达：有德行学问的前辈。

③休光：光华，美德。

④未始不相须也：意谓先达者与后进者相互需要，相互借重。未始，未尝。相须，亦作"相需"。互相依存，互相配合。

⑤岂上之人无可援，下之人无可推欤：难道是处上位的人没有举荐后进之人，处下位的没有值得推崇之人吗。援，援引。引申为举

荐。推，推崇。

⑥何其相须之殷而相遇之疏也：意谓为什么他们迫切地相互需要但相互遇合却是那样少呢。殷，盛。此处引申为强烈，迫切。

⑦戚戚：忧惧貌，忧伤貌。语出《论语·述而》："君子坦荡荡，小人长戚戚。"

⑧赫赫：显耀盛大貌。

⑨干（gān）：干谒，有所需求而请见。

【译文】

七月三日，将仕郎守国子四门博士韩愈，恭谨地将书信呈给尚书阁下：读书人能够享有盛名而显赫于当世的，没有一个不是依靠深孚众望的先进通达之士为之荐引的。读书人能够流传美名，光照后世的，也没有一个不是依靠享有天下声望的后来者为之称颂的。没有前辈荐引，后辈虽有美材也不能彰显于世；没有后辈的颂扬，前辈虽有盛德也不能光耀后世。这两种人未尝不相互借重，然而千百年才能相遇一次。难道是处上位者没有可援引的后进之人，处下位者没有值得推崇的人吗？为什么他们相互借重的心情如此殷切，而相遇的机会又如此稀少呢？原因在于，处下位者恃其才不肯有求于处上位者，而处上位者凭借他们的地位又不肯称扬处下位者。因此，才高者多因不得志而忧愁，而位高者也不能显美名于后世，这两种人的做法都是不对的。不曾去拜见，就不能说上面没有可以依靠的人；不曾去寻求，不能说下面就没有值得推荐的人。我有这种看法已经很久了，但未曾冒昧地将这些话讲给别人听。

侧闻阁下抱不世之材①，特立而独行②，道方而事实③，卷舒不随乎时④，文武惟其所用，岂愈所谓其人哉？抑未闻后进之士有遇知于左右，获礼于门下者⑤，岂求之而未得邪？将志存乎立功，而事专乎报主，虽遇其人，未暇礼邪⑥？何其宜闻而久不闻也！愈虽不才，其自处不敢后于恒人^⑦，阁下将求之而未得欤？

【注释】

①不世之材：此指罕见的才能。

②特立而独行：意谓立身行事卓而不群。特，出众，卓异。

③道方而事实：谓守道方正，行事切实不虚。

④卷舒不随乎时：意谓不与世俯仰、随风进退。韩愈对于頔的评价与历史事实不符。按：据《旧唐书·于頔传》，于頔是一个恣行暴虐、滥杀无辜、拥兵自重、胁迫朝廷之人。死后初谥曰"厉"，后虽由其子求诉穆宗改谥，仍可见当时公议。上此书后五年，韩愈自江陵法曹参军还朝，途经襄阳，作《至邓州北寄上襄阳于頔相公书》，再加誉美，谀不容讳。

⑤门下：与上句"左右"皆指在权贵近旁。

⑥"岂求之而未得邪"几句：意谓是您求贤而未得其人呢，还是您志在立功，专事报主，以致虽然遇到贤才却无暇顾及呢？

⑦恒人：常人。

【译文】

　　我听说您具有非凡的才能，立身、操行均卓而不群，道德端正，处事务实，进退有度而不随波逐流，文武官员依才而用，难道您就是我所说的先进通达之士吗？然而我还没有听说有后进之士被您赏识且蒙您礼遇的，难道是您寻求而没有得到吗？还是您有志于建功立业，将精力专注于报答君主，即使遇到了合适的人才，而没有时间以礼相待呢？为什么本应该听到您奖掖后进的消息，却很久没有听到呢？韩愈尽管才能低下，但对自己的要求却不敢落后于一般人，我是不是您将要寻求还没有寻到的人才呢？

古人有言："请自隗始①。"愈今者惟朝夕刍米仆赁之资是急②，不过费阁下一朝之享而足也。如曰："吾志存乎立功，而事专乎报主，虽遇其人，未暇礼焉。"则非愈之所敢知也。世之龊龊者既不足以语之③，磊落奇伟之人又不能听焉，则信乎命之穷也！

谨献旧所为文一十八首，如赐览观，亦足以知其志之所存。愈恐惧再拜。

【注释】

①请自隗始：指招贤纳士从郭隗开始。典出《史记·燕召公世家》：燕昭王即位，"卑身厚币以招贤者"。郭隗曰："王必欲致士，先从隗始。"

②愈今者惟朝夕刍米仆赁之资是急：关于自己的境况，韩愈《上考宏词崔虞部书》也曾言："无僦屋赁仆之资，无缊袍粝食之给。"刍米，此处犹言柴米。仆赁，即"赁仆"，雇佣仆人。

③龊龊（chuò）：拘谨貌，谨小慎微貌。

【译文】

古人曾说过："请从我郭隗开始。"我现在正为每天的柴米和雇佣仆役、租赁费用而着急，这不过花费您一顿饭的费用就够了。如果您说："我有志于建功立业，将精力专注于报答君主，尽管遇到了合适的人才，却没有时间以礼相待。"这不是我韩愈所敢知道的了。世上器量狭小的人既不足以向他们谈论这些话；心胸坦荡、光明正大的人，又不能听我的话，那么我的确命该困厄了！

谨献上以前写的文章十八篇，如蒙您观览，也就可以知道我的志向所在了。韩愈诚惶诚恐，再拜。

【评点】

茅鹿门曰：前半瑰玮游泳，后半婉娈凄切。

张孝先曰：莫为之前虽美不彰，莫为之后虽盛不传，古今传诵以为名言。自余论之，以为理固如是；然上之人当汲汲以求贤，而下之人不可皇皇以干进，韩公合而言之，不几长世人奔竞之心乎？且上之人所贵汲汲求贤者，固欲与之修德讲学，以共成天下之务，守先王之道以待后之学者，但非借后进之士，为之后以传其盛，而使之垂休光、照后世已也。苟以是而为心，则求贤之念固已屈于一己之私，而非圣贤正谊明道之旨矣。然则公之诵此言者，不知其何所本，而欲人知其志之所存者，又不知其果何志也？姑存其文而论之如此。

【译文】

茅坤评论道：文章前半篇文辞壮丽、浸润畅快；后半篇则纡徐缠绵、凄婉动人。

张伯行评论道：没有前人的提携，即便是人才，也不能将才能展露给世人；没有后人的称颂，即便生前享有盛名，也不能为后世所知。这句话已被世人传诵，成为名言。在我看来，道理尽管是这样的，但是，如果居于上位的人忙于延揽天下贤人，居于下位的人则整日奔走于谋求仕进的路上，而韩愈将两者放在一起来提倡，岂不助长了天下人追逐名利的心了吗？更何况居于上位之人之所以看重并急于延揽天下人才，本来是为了和他们一起，提高道德修养，讲论学问，携手成就一番事业，将圣人之道传承给后来的士人，而并非借助于后进之力，传颂自己的身后盛名，让自己的美德勋业能够传之后世。如果怀有这样的想法，那么他延揽天下人才就仅仅是为了一己之私，而违背了圣人先贤传承圣人之道的宗旨。

不知韩愈所说的这些话源于何处，是想要让人们了解他心存的志向，又不知道这到底是何种志向呢？因此，收录韩愈的这篇文章，并进行了以上的评述。

上兵部李侍郎书

【题解】

唐德宗贞元十九年（803），时任监察御史的韩愈为揭穿权贵隐瞒关中严重旱情的谎言，秉笔直书《御史台上论天旱人饥状》进上。因得罪了当朝权贵，被贬为连州阳山令。贞元二十一年（805），遇赦，被任命为江陵法曹参军。韩愈不甘于沉沦下僚，于永贞元年（805）给当时的兵部侍郎李巽写了这封自荐信。

李巽，字令叔，赵州赞皇（今属河北）人。以明经补华州参军。后考中拔萃科，任户县尉。累迁至左司郎中，出任常州刺史。贞元中，任给事中、湖南观察使、江州刺史、御史大夫等职。顺宗即位，任吏部侍郎。元和元年（806），任度支盐铁转运副使，协助杜佑负责全国财赋。不久代替杜佑之职，专任度支盐铁转运使。任职期间多所改创，财赋收入为之剧增，成为唐后期政绩卓著的理财家。后迁任兵部尚书、吏部尚书，仍兼任使职。

十二月九日，将仕郎守江陵府法曹参军韩愈谨上书侍郎阁下①：愈少鄙钝②，于时事都不通晓，家贫不足以自活③，应举觅官，凡二十年矣④。薄命不幸，动遭谗谤，进寸退尺⑤，卒无所成。性本好文学，因困厄悲愁无所告语，遂得究穷于经传史记百家之说，沉潜乎训义，反复乎句读，砻磨乎事业⑥，而奋发乎文章。凡自唐虞已来⑦，编简所存，大之为河海，高之为山岳,明之为日月,幽之为鬼神,纤之为珠玑华宝,变之为雷霆风雨,奇辞奥言,靡不通达。惟是鄙钝不通晓于时事⑧,学成而道益穷,年老而智益困,私自怜悼,悔其初心,发秃齿豁,不见知己。

【注释】

①侍郎:据《新唐书·百官志一》"尚书省兵部":"尚书一人,正三品;侍郎二人,正四品下。掌武选、地图、车马、甲械之政。"

②鄙钝:鄙陋不聪敏。自谦之词。

③自活:自求生存。

④凡二十年矣:韩愈贞元二年(786)入京师,至永贞元年(805),计二十年。

⑤进寸退尺:语出《老子·六十九章》:"用兵有言:吾不敢为主而为客,不敢进寸而退尺。"

⑥砻(lóng)磨:磨治锻炼。

⑦唐虞:唐尧与虞舜的并称。亦指尧与舜的时代,古人认为当时为太平盛世。《论语·泰伯》:"唐虞之际,于斯为盛。"

⑧时事:当时的政事,世事。

【译文】

十二月九日,将仕郎守江陵府法曹参军韩愈,恭谨地将书信呈给侍郎阁下:韩愈年少时鄙陋不敏,对于世事全不知晓,家境贫寒,不能养活自己,于是便参加举试,求得一官,到现在已经二十年了。无奈自己命运不好,很不幸运,常常遭到谗言毁谤,仕途若有盈寸之进,遭谪之幅常达满尺,最终一生碌碌无为。我天性喜好文学,由于常常处在困苦之中,悲愁之情,无人倾诉,于是便以书为伴,深究于历代经书传训、史家著述、诸子杂说,潜心于经书传训之义,于句读之法反复琢磨,以圣人事业相砥砺，并发奋著成文章。自尧、舜以来，历代典籍所存留的，像河海那样广大，像山岳那样巍峨，像日月那样光明，像鬼神那样幽冥，细小时像华美的珠宝，变化时好比风雨雷电，不论是奇异的辞句，还是深奥的言语，没有不通晓畅达。只是鄙陋不敏，对于世事全不知晓，尽管学有所成，所学之道却难行之于世，随着年岁的增加，智慧日渐衰减，常常暗自怜惜悼伤，后悔当初所用的心思，等到头发落尽了，牙齿残缺了，仍然找不见一个了解自己的人。

　　夫牛角之歌[①]，辞鄙而义拙；堂下之言[②]，不书于传记。齐桓举以相国，叔向携手以上。然则非言之难为，听而识之者难遇也！

【注释】

①牛角之歌：《楚辞·离骚》："甯戚之讴歌兮，齐桓闻以该辅。"王逸注："甯戚修德不用，退而商贾，宿齐东门外。桓公夜出，甯戚方饭牛，叩角而商歌。桓公闻之，知其贤，举用为客卿，备辅佐也。"

②堂下之言：据《春秋左传·昭公二十八年》："昔叔向适郑，鬷蔑恶，欲观叔向，从使之收器者而往，立于堂下，一言而善。叔向将饮酒，闻之，曰：'鬷明也。'下，执其手以上，曰：'昔贾大夫恶，取妻而美，三年不言不笑，御以如皋，射雉获之，其妻始笑而言。贾大夫曰："才之不可以已。我不能射，女遂不言不笑。"夫今子少不扬，子若无言，吾几失子矣。言不可以已也如是。'遂如故知。"

【译文】

　　甯戚扣牛角而歌，言辞粗鄙，表意笨拙；鬷明堂下之言，并不曾写在史传中。然而齐桓公却能听甯戚之歌，擢其为相；叔向闻鬷明之言，携手登堂。可见，并非话有多么难说，难的是遇到能认真听并给予赏识的人！

伏以阁下内仁而外义,行高而德巨,尚贤而与能^①,哀穷而悼屈,自江而西,既化而行矣。今者入守内职^②,为朝廷大臣,当天子新即位^③,汲汲于理化之日^④,出言举事,宜必施设。既有听之之明,又有振之之力,甯戚之歌,瞵明之言,不发于左右,则后而失其时矣。

【注释】

①尚贤而与能:推荐有才能的人。与,通"举"。推举。

②入守内职:指李巽在顺宗即位后,入朝任吏部侍郎。

③天子新即位:指顺宗即位,改元永贞。

④理化:治理与教化。

【译文】

在下以为,阁下有仁爱之心,处事合乎道义,操行高尚,道德崇厚,尊重贤人,推举能者,怜恤穷愁者,同情冤屈人,沿长江而西,已经阁下教化。如今入京担任吏部侍郎,成为朝廷大臣,正当天子刚刚即位,正是忙于治理天下、教化百姓的时候,需要建言者与执行者,相关机构都需要设置。阁下既然有兼听之明,又有振起之力,若不能在身边发现像甯戚、瞵明一样的人才,以后就会失去这样的机会。

谨献旧文一卷^①,扶树教道,有所明白;南行诗一卷^②,舒忧娱悲,杂以瑰怪之言,时俗之好,所以讽于口而听于耳也。如赐览观,亦有可采。干黩严尊,伏增惶恐。愈再拜。

【注释】

①旧文一卷:指韩愈《原道》等数篇。

②南行诗一卷:指韩愈南迁阳山令时所作诗。

【译文】

恭谨地献上一卷以前写的文章,都是我自己所领悟的匡扶教化、树立道义的内容;并呈上南行诗一卷,都是舒缓忧愁、排解悲伤的内容,并夹杂一些怪异言辞,皆为世俗之好,为众口所诵,众耳所闻。如果蒙您观览,或许有可取之处。冒犯亵渎了您的尊严,心中惶恐不安。韩愈再拜。

【评点】

张孝先曰:韩公生平实历见于此书。学问底蕴,固未易测其涯涘。其曰:"沉潜乎训义,反复乎句读,砻磨乎事业,而奋发乎文章。"其精细有实用处,学者当玩味于斯言。

【译文】

张伯行评论道:韩愈一生的实际经历,在这封信中都可以看到。他的学问底蕴,本来就不容易窥测全貌。韩愈曾说过:"深究于历代经书传训、史家著述、诸子杂说,潜心于经书传训之义,于句读之法反复琢磨,以圣人事业相砥砺,并发奋著成文章。"这句话说得很是精细,有实用的地方,后来学者应当仔细体悟这句话。

上考功崔虞部书

【题解】

贞元八年(792)韩愈进士及第,未即授官,第二年又试博学宏词科于吏部。已得之,复被中书省所黜,韩愈遂上此书,向当时的考官表白心迹。

题一作"上考功宏词官虞部崔员外书",沈钦韩云:题当作"上考宏词官崔虞部书"。按,沈说是。崔虞部,或云崔元翰。据《旧唐书·崔元翰传》《新唐书·文艺传·崔元翰传》,崔元翰,名鹏,以字行。举进士、博学宏词、贤良方正皆异等。独不载为虞部员外郎。考功，唐尚书省吏部官员名，有考功郎中、考功员外郎等。唐制，进士由礼部既登第后，须再试于吏部，然后据考核结果再命官。吏部之试，通常由考功郎中、考功员外郎主持，题中"功"字或即因此衍入。虞部，唐尚书省工部下属机关，有郎中、员外郎等职。崔元翰其时以虞部员外郎之职兼领宏词科考试之官。贞元二年（786）为太常博士，迁礼部员外郎。贞元七年（791），转职方员外郎、知制诰。八年（792）春，与梁肃同荐韩愈、李观等登第。

　　韩愈这封信写于贞元九年（793），因受知于崔虞部，为表谢忱，遂致信于崔虞部。同时表明自己不同于一般的竞进士人，竞进士人所学为博取名利，名位既得，辄弃所学，自己则"行道为学""之死不倦"。

　　愈不肖①，行能诚无可取②；行己颇僻③，与时俗异态；抱愚守迷，固不识仕进之门。乃与群士争名竞得失，行人之所甚鄙，求人之所甚利，其为不可，虽童昏实知之④。如执事者，不以是为念，援之幽穷之中，推之高显之上。是知其文之或可，而不知其人之莫可也；知其人之或可，而不知其时之莫可也。既以自咎，又叹执事者所守异于人人，废耳任目，华实不兼，故有所进，故有所退。且执事始考文之明日，浮嚣之徒已相与称曰：某得矣，某得矣。问其所从来，必言其有自。一日之间，九变其说。凡进士之应此选者，三十有二人；其所不言者，数人而已，而愈在焉。及执事既上名之后，三人之中，其二人者固所传闻矣，华实兼者也，果竟得之，而又升焉；其一人者则莫之闻矣，实与华违，运与时乖，果竟退之。如是则可见时之所与者，时之所不与者之相远矣。

【注释】

①不肖：不贤。

②行能：品行与才能。

③行己：谓立身行事。

④童昏：愚昧无知。语出陆机《演连珠》："是以利尽万物，不能睿童昏之心。"

【译文】

韩愈不才，品行能力的确没有可取之处；立身行事也孤僻，与众人不同；抱守固陋偏见，本来就不了解进入仕途的大门。而今却与众书生一起争名逐利，做人们所鄙弃的事，却追求世人所谓的可图之利，如此很难成事，这个道理即便蒙昧无知之人也很清楚。像您这样的人，却不将这些放在心上，把我从幽昧穷愁之中援引出来，并推到显要的高位。是因为了解我的文章还过得去，而不了解我这个人一无可取；或者是了解我这个人还过得去，而不了解这样的人在当今社会却是行不通的。我心中常常自责，又感叹您所坚持的不同于一般世人，因此不相信别人的传言，相信自己亲眼所见，不被华丽的外表所欺骗，更看重内在的修养，所以有所援引，也有所黜退。您主持考试的第二天，浮躁喧嚣的人们已奔走宣告：某某考中了，某某考中了。问他们消息的来源，都说消息可靠。一天之内，他们多次变化说法。进士参加殿试的一共三十二人，传言中没有提到的，也就几人而已，韩愈就在其中。等到您将录取的名单公布出来之后，三人之中，有二人在传闻中被提到，并且是华实兼美者，最终实至名归，而且又高升了；而传闻中的另外一人，由于名实不称，时运不济，最终被黜退了。由此可以看出，时运所选择的与所遗弃的，两者有很大的差距。

  然愚之所守，竟非偶然，故不可变。凡在京师八九年矣，足不迹公卿之门，名不誉于大夫士之口。始者谬为今相国所第^①，此时惟念以为得失固有天命，不在趋时^②，而偃仰一室，啸歌古人^③。今则复疑矣！未知夫天竟如何，命竟如何？由人乎哉？不由人乎哉？欲事干谒^④，则患不能小书，困于投刺^⑤；欲学为佞，则患言讷词直，卒事不成，徒使其躬儳焉而不终日^⑥。是以劳思长怀，中夜起坐，度时揣己，废然而返，虽欲从之，末由也已^⑦。

【注释】

①今相国：指陆贽。陆贽贞元八年（792）四月以兵部侍郎拜中书侍郎、同中书门下平章事。《唐科名记》："贞元八年，陆贽主司，试《明水赋》《御沟新柳诗》。"韩愈与李绛、崔群等二十三人进士及第，其间多知名士，号"龙虎榜"。第：进士及第。

②趋时：迎合时尚。白居易《陈中师除太常少卿制》："不背俗以矫逸，不趋时以沽名。"

③而偃仰一室，啸歌古人：形容安贫乐道之状。偃仰，晏安貌。语本《诗经·小雅·北山》："或栖迟偃仰。"

④干谒（yè）：对人有所求而请见。

⑤投刺：投递名帖。

⑥儳（chàn）焉：不安宁的样子。语出《礼记·表记》："君子不以一日使其躬儳焉，如不终日。"

⑦虽欲从之，末由也已：语出《论语·子罕》，是颜渊称美孔子之语。言夫子有所创立，则又卓然绝异，己虽欲从之，无由得及。言己虽蒙夫子之善诱，犹不能及夫子之所立也。末，无。

【译文】

然而，在下所坚守的，毕竟不是偶然的，所以不能改变。我在京城一共有八九年的时间了，双脚从没有踏进过公卿家的大门，名字也没有被士大夫提起过。开始人们误以为我是现任相国的门生，而当时我只是想着得失自有天命，不在于是否迎合时人之所好，于是处斗室之中，俯仰啸歌，终日与古人相伴。而今，我不禁疑惑了！我不知道天究竟会怎样，命究竟会怎样？一切都是由人来掌控的呢？还是并非由人来掌控？想拜见名流以求延引，但苦于不能小字书写，困于不能投递名帖；想学巧言令色，又苦于口中木讷，言词直率，最终不能济事，徒然使自己终日不得安宁。所以常常思虑萦怀，以至于夜半枯坐难眠，考量时会，揣测自己，最后还是回到原来的轨迹，即便我想模仿别人的做法，但那并非出于我的本心。

又常念古之人日已进，今之人日已退。夫古之人四十而仕①，其行道为学，既已大成，而又之死不倦，故其事业功德，老而益明，死而益光。故《诗》曰："虽无老成人，尚有典刑②。"言老成之可尚也。又曰："乐只君子，德音不已③。"谓死而不亡也④。夫今之人务利而遗道，其学其问，以之取名致官而已。得一名，获一位，则弃其业而役役于持权者之门⑤，故其事业功德日以忘，月以削，老而益昏，死而遂亡。愈今二十有六矣，距古人始仕之年尚十四年，岂为晚哉？行之以不息，要之以至死⑥，不有得于今，必有得于古，不有得于身，必有得于后。用此自遣，且以为知己者之报，执事以为如何哉？其信然否也？今所病者在于穷约，无僦屋赁仆之资⑦，无缊袍粝食之给⑧。驱马出门，不知所之⑨，斯道未丧，天命不欺，岂遂殆哉？岂遂困哉？

【注释】

①四十而仕：语出《礼记·曲礼》"四十曰强而仕。"

②虽无老成人，尚有典刑：语出《诗经·大雅·荡》。郑玄笺："老成人谓若伊尹、伊陟、臣扈之属。虽无此臣，犹有常事故法可案用也。"老成人，指有德行、经验丰富的长者。典刑，即典章制度。

③乐只君子，德音不已：语出《诗经·小雅·南山有台》。只，犹"哉"。德音，善言。

④亡：通"忘"。

⑤役役：奔走钻营。

⑥要：探求，求取。

⑦僦（jiù）屋：租赁房屋。

⑧缊袍：乱絮做成的棉袍。《礼记·玉藻》："纩为茧，缊为袍。"郑玄注："纩，谓今之新绵也。缊，谓今纩及旧絮也。"

⑨驱马出门，不知所之：语出陶渊明《乞食》："饥来驱我去，不知竟何之。"

【译文】

又常常想，古代的人每天都有进步，现在的人每天都在退步。古代人四十岁才出来做官，其时，不论道德修养，还是读书治学，都已经卓然有成，古人并不就此止步，其修养治学，一直到死，都不知疲倦，所以古人所致力的圣人事业，所完善的个人功德，随着年龄的增长，而愈发昌明，即便人已故去，其思想学说愈发烛照后世。所以，《诗经》中曾说："即便没有老成之人，但是仍有前人留下的法典可以利用。"这是在说老成值得尊重。《诗经》又说："君子真快乐呀，因为他的美名永远流传。"这是在说人死后，并不会被后人所忘记。但是，现在的人，追逐利益而遗弃圣人之道，他们研治学问，也不过是为了博取名声，最终达到进入仕途的目的。一旦获得名声，进入仕途，便放弃了圣人事业，而蝇营狗苟，奔走在权贵之门，所以，他们的事业功德，日渐淡忘，销蚀殆尽，人老之后愈发昏聩不辨，人死之后，便很快被人遗忘了。韩愈今年二十六岁了，距离古人所谓开始做官的时间还有十四年，难道时间算晚了吗？如果能够坚持不懈地实行,至死都在探索,那么,所追求的功业,即便不在现在得到,也会与古代相合,即便不在生前得到,也会在死后得到。用这些话自我勉励,并将此作为对知己知遇之恩的报答,您以为怎么样呢?我所说的话属实吗?现在我深感困扰的是穷困和贫贱,没有租赁房屋雇佣仆人的钱,没有添置旧袍购买粗粮的钱。每当骑马出门,常常心生茫然,不知道应该到哪里去,如果圣人之道没有沦丧,天降之命应当不欺世人,这难道不很危险吗?这难道不陷入绝境了吗?

　　窃惟执事之于愈也,无师友之交,无久故之事[1],无颜色言语之情,卒然振而发之者,必有以见知尔。故尽暴其所志,不敢以默。又惧执事多在省[2],非公事不敢以至,是则拜见之不可期,获侍之无时也。是以进其说如此,庶执事察之也。

【注释】

①久故:犹"故旧"。老朋友。

②多在省:指常在尚书省。

【译文】

　　我私下在想,您与我韩愈,没有师友的交情,也并非故旧之交,甚至不曾谋面,也不曾晤谈,也就谈不上建立什么感情,但是您却忽然间将我从泯然众人中援引出来,一定是您赏识我的某一方面。所以将我的心志尽量展现出来,不敢默然自守。又担心您平时多在尚书省,没有公务不敢造访,所以无法拜见您,也无法听到您的教诲。因此,写下上面的一些话,进呈给您,但愿能得到您的体察。

【评点】

　　张孝先曰:公受知于崔虞部,而其志则与竞仕进者不同,故自述其进学之切如此。"不有得于今,必有得于古;不有得于身,必有得于后"。噫,此士之所以贵自立也! 眼前之穷约,何足为之介意哉?

【译文】

张伯行评论道:韩愈受崔虞部知遇之恩,他的志向与一般的竞进之士不同,韩愈因此写信给崔虞部很恳切地讲述自己所修习的学业。"读书人只要信念坚定,所追求的功业,即便不在现在得到,也会与古代相合到,即便不在生前得到,也会在死后得到"。噫! 这就是读书人以自立为贵的原因了。如果这样,即便眼前穷困、贫贱,又有什么值得介意的呢?

与孟东野书

【题解】

孟东野,即孟郊,是中唐与韩愈齐名的诗人。韩愈与孟郊相识于贞元八年(792),两人一同参加这一年的科举考试,韩愈考中了,而孟郊却再一次落第。韩愈非常同情这位名满天下、科途蹭蹬的诗人,两人也因此结下了一生的友谊。贞元十三年(797),韩愈、孟郊、李翱、张籍等人齐聚汴州,他们一同游赏、唱酬,非常快意。次年,孟郊南归,汴州兵变,韩愈因外出公干,躲过一劫。随后便投奔徐州刺史张建封,不久被辟为推官。这封信就是写于贞元十五年(799)春徐州任上。从这封信可以看出,韩愈在徐州并不愉快,可以说很孤寂,所以才格外思念好友。

与足下别久矣①! 以吾心之思足下,知足下悬悬于吾也②。各以事牵,不可合并,其于人人,非足下之为见,而日与之处,足下知吾心乐否也! 吾言之而听者谁欤? 吾唱之而和者谁欤？言无听也，唱无和也，独行而无徒也③，是非无所与同也，足下知吾心乐否也！

【注释】

①足下：敬辞，称对方。后专用为对同辈的敬辞。

②悬悬：挂念。蔡琰《胡笳十八拍》："身归国兮儿莫知随，心悬悬兮长如饥。"

③无徒：没有志同道合的人。徒，指同类人。

【译文】

与您分别很久了！以我思念您的心情来揣测您，知道您也一定很挂念我。但是我们都有世事牵绊，无法相聚，至于我身边的其他人，是无法取代您的，却要天天与他们相见，日日与他们相处，您应当知道我心中是否快乐！我说的话有谁去听呢？我的倡议有谁来应和呢？说话无人听，倡议无人响应，独自处事而无人协助，是非对错也无人赞同，您应当知道我心中是否快乐！

足下才高气清，行古道，处今世，无田而衣食，事亲左右无违①，足下之用心勤矣，足下之处身劳且苦矣。混混与世相浊②，独其心追古人而从之，足下之道，其使吾悲也。

【注释】

①无田而衣食，事亲左右无违：意谓没有田产，靠文字谋生，侍奉母亲不失礼，很孝顺。事，侍奉。亲，孟郊的父亲在他幼年时便已去世，故这里指他的母亲。关于孟郊侍奉其母之事，韩愈《贞曜先生墓志铭》曾言："年几五十，始以尊夫人之命来集京师……选为溧阳尉，迎侍溧上。去尉二年，而故相郑公尹河南，奏为水陆运从事，试协律郎，亲拜其母于门内。"

②混混与世相浊：意谓浑浑浊浊与世人一起俯仰。《楚辞·渔父》：
"圣人不凝滞于物，而能与世推移。世人皆浊，何不淈其泥而扬其
波？众人皆醉，何不铺其糟而歠其醨？"混混，浑浊貌。

【译文】

您才华高妙，气质清逸，行为合乎古道，生活在当今社会，家无一垄
田地，却要谋划全家人的衣食，侍奉母亲无微不至，十分孝顺，您的用心
真是太勤勉了，您立身处世真是太操劳辛苦了。人生俗世，不得不为俗
务羁绊，泯然众人，但是您的内心却能够追随古人，您的处世之道，不禁
使我心生悲伤。

去年春，脱汴州之乱①，幸不死，无所于归，遂来于此。
主人与吾有故②，哀其穷，居吾于符离睢上。及秋，将辞去，
因被留以职事，默默在此，行一年矣。到今年秋，聊复辞去，
江湖余乐也，与足下终，幸矣。李习之娶吾亡兄之女③，期在
后月，朝夕当来此。张籍在和州居丧④，家甚贫。恐足下不
知，故具此白，冀足下一来相视也。自彼至此虽远，要皆舟
行可至。速图之，吾之望也。春且尽，时气向热，惟侍奉吉
庆。愈眼疾比剧，甚无聊，不复一一。愈再拜。

【注释】

①汴州之乱：据程俱《韩文公历官记》：贞元十五年（799）二月，董晋
薨，韩愈随晋丧出。"四日而汴州乱，愈家在围中。寻得脱，下汴
东，趋彭城。愈从丧至洛，还孟津，渡沁水，出陈、许间，抵徐州"。

②主人：指当时的徐、泗、濠节度使张建封。

③李习之娶吾亡兄之女：李习之，即李翱，字习之，韩派古文家。亡
兄，指韩愈的叔父韩云卿之子韩弇。据洪兴祖《韩子年谱·世谱》

引李翱曾记其岳父云："弇文行修立。朔方节度请掌书记,得秘书
省校书郎,累迁监察御史。贞元三年,吐蕃弗肯盟,君于是遇害。"

④张籍:字文昌,韩愈的学生,与白居易、元稹等相友善,而韩愈尤重
之。工乐府诗,以诗名当时。和州,州名,治所在今安徽和县。

【译文】

去年春天,我逃脱汴州之乱,侥幸不死,却因此没有依归,于是便来
到徐州。这里的长官是我的故交,哀悯我的困厄,把我安置在符离的睢
河边上。去年秋天,我准备告辞离开,由于被委以官职,便孤独地留在了
这里,至今将近一年了。我准备到今年秋天,姑且离开此地,能归隐江
湖,是我向往的快乐,能与您一起终老江湖,也是我的幸运。李习之准备
迎娶我已去世哥哥的女儿,婚期就在后月,他很快就会来这里。张籍正
在和州家中守丧,他家中十分贫寒。担心您不了解众友人的近况,所以
特地一一讲述,也希望您能够来此地相聚。从您那儿到这里,尽管路途
遥远,但大多坐船即可到达。赶紧计划一下,我期盼着您的到来。春天
快要结束了,天气慢慢热起来了,祝您家中长者健康长寿。我的眼病近
来加剧了,感到很是无奈,不再一一述说了。韩愈再拜。

【评点】

茅鹿门曰:两情凄切。

张孝先曰:公于朋友笃挚之情如此。然观"才高气清"
数语,东野之人品,倏然出于尘俗之外,所以得公悬悬之思
者,其故可想矣。

【译文】

茅坤评论道:两人情感凄凉悲哀。

张伯行评论道:韩愈对于朋友的情谊是如此的真挚、深厚。阅读书

信中"才高气清"几句话，孟郊的人品，刹那间超出于尘世之外，正因如此，孟郊才使得韩愈惦念不已，其中缘故可以想见。

与崔群书

【题解】

崔群与韩愈同是贞元八年（792）的进士，两人相知多年，相交甚深。韩愈对崔群有非常高的评价，这一点，在这封信中都可以看得出来。这封信大约写于贞元十八年（802），韩愈时任国子监四门博士，这正是韩愈情绪较为低落的一个时期，韩愈在信中也发出了世道不公、天人相乖、穷愁疲惫的牢骚。及至元和十三年（818），韩愈因谏迎佛骨表，宪宗欲将其极法，当时帮韩愈说情的就有崔群。崔群认为"非内怀忠恳，不避黜责，岂能至此"？韩愈最终得到宪宗的宽恕，被贬潮州刺史。由此可见，韩愈与崔群的交谊确实非同一般，正是因为有这样的至交情谊，书信中才有一些家常本色之言。

自足下离东都[①]，凡两度枉问[②]，寻承已达宣州[③]，主人仁贤，同列皆君子[④]，虽抱羁旅之念[⑤]，亦且可以度日，无入而不自得。乐天知命者，固前修之所以御外物者也[⑥]，况足下度越此等百千辈，岂以出处近远累其灵台耶[⑦]？宣州虽称清凉高爽，然皆大江之南，风土不并以北，将息之道，当先理其心，心闲无事，然后外患不入。风气所宜[⑧]，可以审备，小小者亦当自不至矣。足下之贤，虽在穷约[⑨]，犹能不改其乐[⑩]，况地至近，官荣禄厚，亲爱尽在左右者耶！所以如此云云者，以为足下贤者，宜在上位，托于幕府则不为得其所[⑪]，是以及之，乃相亲重之道耳，非所以待足下者也。

【注释】

①东都:唐代以洛阳(今属河南)为东都。

②枉问:承蒙问询。

③寻承已达宣州:意谓不久又得到您的消息,知道您已到达宣州。寻,不久。承,奉。宣州,唐代州名,治所在宣城(今属安徽)。

④同列皆君子:韩愈《送杨仪之支使归湖南序》:"愈在京师时,尝闻当今藩翰之宾客,惟宣州为多贤。某与之游者有二人焉:陇西李博、清河崔群。群与博之为人,吾知之:道不行于主人,与之处者非其类,虽有享之以季氏之富,不一日留也。以群、博论之,凡在宣州之幕下者,虽不尽与之游,皆可信而得其为人矣。愈未尝至宣州,而乐颂其主人之贤者,以其取人信之也。"

⑤羁旅:滞留他乡。

⑥乐天知命者,固前修之所以御外物者也:意谓欣然地遵从天道对个人穷通进退和生命长短等的安排,前代贤良的人就是这样对待荣辱得失、生老病死的。乐天知命,语出《周易·系辞上》。前修,前贤。修,美,贤。御,治。此处引申为对待。外物,身外之物。此指人生中的功名利禄以及与之有关的各种各样的遭遇。

⑦出处:出仕和隐退。灵台:心。《庄子·庚桑楚》:"不可内于灵台。"郭象注:"灵台,心也。"

⑧风气:气候。

⑨穷约:穷困,贫贱。

⑩犹能不改其乐:语出《论语·雍也》:"子曰:'贤哉,回也!一箪食,一瓢饮,在陋巷,人不堪其忧,回也不改其乐。贤哉,回也!'"

⑪幕府:军队行军作战,以帐幕为府署,称幕府。后凡从属的文官,无论其是否兼管军事,皆称幕府。

【译文】

自从您离开洛阳,共有两次来信承蒙问候,后来知道您已到达宣州,宣州刺史是一位仁爱贤德之人，与您共事的人皆为君子，尽管是客居他乡，但还是能够过日子，对于外来的一切都能应付自如。乐观地对待命运的安排，这本来就是前贤抵御外部侵扰的有效方法，何况您超越前贤成百上千倍，又怎能因为出仕和隐退以及离京城的远近影响自己的心情呢？宣州尽管地势较高，气候也较凉爽，但毕竟在大江之南，风俗环境不同于江北，养息之道，应当首先从养心的角度入手，能够心中清静无事，才能不为外部俗事所扰。对于当地气候的变化，应当了然于胸，才能做到哪怕小小的不适也远离自己。以您的贤德，即便身处穷乡僻壤，仍然不能毁变乐道之心，何况所居之地距离京城很近，您的官位很荣耀，俸禄也很丰厚，加之身边都是至亲至爱之人！之所以说了这些话，是因为我认为您是一位贤人，理应居于上位，现在寄身于幕府之中，不能说是理想的处境，所以说了上面一些话，都是亲近您、敬重您的体己之言，并非泛泛的客套话。

仆自少至今，从事于往还朋友间，一十七年矣，日月不为不久，所与交往相识者千百人，非不多；其相与如骨肉兄弟者，亦且不少。或以事同；或以艺取；或慕其一善；或以其久故；或初不甚知而与之已密，其后无大恶因不复决舍；或其人虽不皆入于善，而于己已厚，虽欲悔之不可。凡诸浅者固不足道，深者止如此，至于心所仰服，考之言行而无瑕尤，窥之阃奥而不见畛域①，明白淳粹，辉光日新者，惟吾崔君一人。仆愚陋无所知晓，然圣人之书无所不读，其精粗巨细，出入明晦，虽不尽识，抑不可谓不涉其流者也②。以此而推之，以此而度之，诚知足下出群拔萃，无谓仆何从而得之也。与足下情义，宁须言而后自明耶！所以言者，惧足下以为吾所与深者多，不置白黑于胸中耳。既谓能粗知足下，而复惧足下之不我知，亦过也。

【注释】

①阃（kǔn）奥：即堂奥。此指思想的深处。畛（zhěn）域：界限，范围。《庄子·秋水》："泛泛乎其若四方之无穷，其无所畛域。"成玄英疏："譬东西南北，旷远无穷，量若虚空，岂有畛界限域也。"

②抑不可谓不涉其流者也：以渡河作譬，意谓我对圣人之书，不能说没有下过一番研讨的功夫。韩愈《进学解》云："先生口不绝吟于六艺之文，手不停披于百家之编。记事者必提其要，纂言者必钩其玄，贪多务得，细大不捐。"其《答李翊书》又云："始者非三代两汉之书不敢观，非圣人之志不敢存。处若忘，行若遗，俨乎其若思，茫乎其若迷……然后识古书之正伪与虽正而不至焉者，昭昭然白黑分矣。"

【译文】

我从少年到现在，与周围的朋友相往还，也有十七年的时间了，时间不能说不长；所交往相识的人也有成百上千，不可谓不多；其中情同手足的也不在少数。有的因为共同面对一件事；有的因为欣赏其才能；有的因为倾慕其善行；有的因为相识的时间长了；有的起初并不很了解，关系一下子密切起来，后来也没有大的恶行，故而不再决定舍弃；有的本人尽管不完全入于善流，但他待我不薄，所以，想悔交已来不及。大凡浅薄之人本来不值得一提，交情深的也不过如此，至于让我心中敬仰佩服，从言行中考量而没有瑕疵，思想深邃让人看不到涯际，所学明白纯粹，光芒日日更新的人，只有您一人。我愚钝浅陋，所知不多，但是圣人所著之书无所不读，其中精细者，粗大者，或明晰，或隐晦、变化不定者，诸如此类，尽管我不能完全了然于胸，但不能说没有粗略地涉及。因此而推测，凭此而揣度，我确知您是出类拔萃的人才，不要问我是从哪里得出的结论。

与您的情义，怎么需要言语来自我表白呢！之所以说这些话，主要担心您以为我更多关注深层的东西，反将显而易见的东西弃置不顾。已经说过能够大概地了解您，而又担心您不了解我，这也是不完美的。

比亦有人说足下诚尽善尽美①，抑犹有可疑者。仆谓之曰："何疑？"疑者曰："君子当有所好恶，好恶不可不明。如清河者②，人无贤愚无不说其善，服其为人。以是而疑之耳。"仆应之曰："凤凰芝草，贤愚皆以为美瑞；青天白日，奴隶亦知其清明。譬之食物，至于遐方异味，则有嗜者有不嗜者；至于稻也、粱也、脍也、炙也③，岂闻有不嗜者哉？"疑者乃解。解不解，于吾崔君无所损益也。

【注释】

①比：近日，近来。

②清河：地名，是崔氏一族的郡望，故以此代指崔群。

③脍（kuài）：细切的鱼肉。炙（zhì）：烤熟的肉食。此处脍炙泛指美味佳肴。

【译文】

近来，也有人说尽管您的确尽善尽美，但还是有让人大惑不解的地方。我问他："有什么疑惑的地方？"怀疑的人说："君子应当有喜欢的，也应当有不喜欢的，爱憎不能不分明。好比崔群君，不论是聪明的人，还是愚蠢的人，没有人不说他好的，没有不敬服他的为人的。但是作为普通的一个人，这就让人心生疑惑了。"我这样回答他："凤凰和灵芝草，不论是聪明人还是愚蠢的人都认为它们是美好吉祥的东西；青天白日，即便地位卑微的人也知道是清新光明之物。好比食物，人们对于来自远方的异乎寻常的风味，有的非常喜欢，有的则不喜欢；至于像稻米、谷粱、鱼

肉佳肴，难道听说有不喜欢的吗？"疑惑者于是明白了。别人明白与否，
对您本人没有任何影响。

自古贤者少，不肖者多。自省事已来，又见贤者恒不
遇，不贤者比肩青紫①；贤者恒无以自存，不贤者志满气得；
贤者虽得卑位则旋而死，不贤者或至眉寿②。不知造物者
意竟如何？无乃所好恶与人异心哉③？又不知无乃都不省
记，任其死生寿夭耶？未可知也。人固有薄卿相之官、千乘
之位，而甘陋巷菜羹者。同是人也，犹有好恶如此之异者，
况天之与人，当必异其所好恶无疑也！合于天而乖于人，何
害？况又时有兼得者耶！崔君崔君，无怠无怠！

【注释】

①青紫：本为古时公卿绶带之色，因借指高官显爵。《汉书·夏侯胜
传》："胜每讲授，常谓诸生曰：'士病不明经术；经术苟明，其取青
紫如俯拾地芥耳。'"王先谦补注引叶梦得曰："汉丞相大尉皆金印
紫绶，御史大夫银印青绶。此三府官之极崇者，胜云青紫谓此。"

②眉寿：长寿。《诗经·豳风·七月》："为此春酒，以介眉寿。"孔颖
达疏："人年老者必有豪毛秀出者，故知眉谓豪眉也。"

③无乃：意为"莫非""恐怕是"。表示委婉测度的语气。

【译文】

自古以来有贤德的人很少，没有才能的人却有很多。我从明白事理
以后，所见到的贤人大多生不逢时，而没有贤德的人却能相与居高官、加
显爵；贤人常常无法养活自己，而没有贤德的人却能够志得意满、趾高气
扬；贤人尽管得到卑微的官位，但随即便在穷困中死去，没有贤德的人却
能够长命百岁。我不知道造物者为什么如此安排？莫非造物者的好恶

与凡人不同？或者造物者根本都不知道谁是贤者、谁是愚者，一任其是死是活、是寿是夭？所有这些，我都无法确知。本来就有鄙薄公卿之禄、宰相之位，而心甘情愿居陋巷、食菜羹的人。同样是人，好恶仍然有如此大的差别，何况天与人，在好恶上有明显的差异，这是毫无疑问的！与天相合而与人不同，又有什么妨害呢？更何况有时天与人也会有相同的好恶！崔君，崔君，不要怠慢啊！不要怠慢啊！

　　仆无以自全活者，从一官于此，转困穷甚，思自放于伊、颍之上①，当亦终得之。近者尤衰惫；左车第二牙无故动摇脱去②；目视昏花，寻常间便不分人颜色；两鬓半白，头发五分亦白其一，须亦有一茎两茎者。仆家不幸，诸父诸兄皆康强早世③，如仆者又可以图于久长哉？以此忽忽，思与足下相见，一道其怀。小儿女满前，能不顾念！足下何由得归北来？仆不乐江南，官满便终老嵩下④，足下可相就，仆不可去矣。珍重自爱，慎饮食，少思虑，惟此之望。愈再拜。

【注释】

①思自放于伊、颍之上：意谓想退隐归田。伊、颍，二水名。相传商汤的宰相伊尹曾居于此。传说许由听到尧欲禅让天下于己而用颍水洗耳。这里以二水比喻归隐。

②车：指牙床。

③诸父诸兄皆康强早世：韩愈的父辈和兄长辈多盛年早逝。诸父，指伯叔辈。诸兄，韩愈长兄会，死时年仅四十二岁。仲兄介，刚入仕即去世。其叔父云卿的儿子弇，死在吐蕃，年仅三十五岁。叔父仲卿的儿子岌，死时年五十七岁。早世，早逝，早死。

④嵩下：嵩山之下。嵩山，五岳之一，在河南登封北。

【译文】

我没有办法养活自己，在这里从事一官半职，反倒更加穷困潦倒，常常想着将自己放逐到伊水、颍水之上，实际上，这也是最终的结果。近来尤其衰老疲惫；口中左侧第二颗牙，不知什么原因摇动脱落；眼睛也昏花不明，平常便分辨不出人的颜色；两鬓的头发已经白了一半，其他头发也白了五分之一，胡须也有一两根花白的了。我家不幸，各位父辈和各位兄长都在盛年离世，像我又怎能乞求长寿呢？因此失意不悦，想着有一天能够和足下相见，倾诉别后的思念。儿女尚小，还未离家，您远行在外，怎能不惦记挂念呢！有什么理由才能让您回到北方呢？我不喜欢江南，结束官宦生涯后便会至嵩山下养老，您来此地与我为邻吧，我不会离开此地了。希望您保重自己，注意饮食，减少思虑，这就是我最大的愿望。韩愈再拜。

【评点】

茅鹿门曰：大较昌黎与崔群相知深，故篇中情悃与诸篇不同。

张孝先曰：此书只是从肝膈中流出，想见公含毫伸纸时，心心相照，读之使人增友义之重。

【译文】

茅坤评论道：大略由于韩愈与崔群相互间非常了解，因此在这篇书信中所流露出的衷情，与写给其他人的书信相比，尤其不同。

张伯行评论道：这封信是从肺腑中流淌出来的，可以想象，当韩愈含笔于口中进行构思时，铺开纸张进行写作时，韩愈似乎与崔群心心相印，读罢这篇书信，不禁使人更加看重朋友之间的情谊。

与卫中行书

【题解】

贞元十五年（799）二月，宣武节度使董晋卒，汴军作乱，韩愈离汴往徐州依徐、泗、濠节度使张建封。十六年（800）夏，韩愈又离开徐州，西居洛阳。卫中行闻听韩愈再次免祸，以书慰问，韩愈作此书答之。

卫中行，字大受，祖籍河东安邑（今山西运城）人。御史中丞卫晏之子，贞元九年（793）进士。贞元末，为韦夏卿东都留守司幕僚。元和年间，为礼部员外郎，累官兵部郎中、华州刺史等。长庆二年（822）十二月，入为尚书右丞。宝历二年（826）春正月，自国子祭酒出为福建观察使。太和三年（829）八月卒。

大受足下：辱书①，为赐甚大②，然所称道过盛，岂所谓诱之而欲其至于是欤③？不敢当，不敢当！其中择其一二近似者而窃取之④，则于交友忠而不反于背面者少似近焉⑤，亦其心之所好耳。行之不倦，则未敢自谓能尔也。不敢当，不敢当！

【注释】

①辱书：谦辞。意指承蒙来信。

②为赐甚大：意指卫中行来信中对韩愈称誉过甚。

③诱之而欲其至于是：韩愈在朋友间的书信往来中，最擅长作"推己及人"之想，也即站在对方的角度，反向思考对方作何思想。

④窃取：谦辞。犹言采用、占有。

⑤交友忠而不反于背面：此句应为卫中行来信中的称誉之语。

【译文】

大受足下：承蒙来信问候，尽管您对我的恩赐很大，但是您对我的称

扬太过宏大了，难道这就是人们所说的诱导他，而让他达到你所希望达
到的目标吗？不敢当，实在不敢当！我姑且选择其中一二条相似的拿来
据为己有，那么，您说的交友忠诚而不背信弃义，大概与我的交友原则相
近，这不过也是我心中所喜欢的罢了。因此，执行这一原则而不知疲倦，
但不敢说我已经达到了这一标准。对于您的称扬，不敢当，实在不敢当！

　　至于汲汲于富贵、以救世为事者^①，皆圣贤之事业，知
其智能谋力能任者也。如愈者，又焉能之？始相识时，方甚
贫，衣食于人；其后相见于汴、徐二州^②，仆皆为之从事，日
月有所入，比之前时丰约百倍^③，足下视吾饮食衣服亦有异
乎？然则仆之心或不为此汲汲也，其所不忘于仕进者，亦将
小行乎其志耳。此未易遽言也^④。

【注释】

①汲汲于富贵、以救世为事：此句亦当为卫中行信中所言，韩愈以
下文"不忘于仕进者，亦将小行乎其志"进行解读，说自己所汲
汲者，并非"富贵"，自己不忘仕进，只是想以承续圣贤事业为志。
此处可见出两人境界的高低。若干年后，卫中行坐赃流放播州，
合此而观，人们并不感到诧异了。

②相见于汴、徐二州：贞元十二（796）至十四年（798），韩愈在汴
州董晋幕中，贞元十五（799）至十六年（800），韩愈在徐州张建
封幕。

③比之前时丰约百倍：据沈钦韩《韩昌黎集补注》："《会要》九十一：
大历十二年正月，厘革诸道观察使、团练使及判官料钱。观察判
官（都团练判官同）每月料钱五十贯文，支使每月料钱四十贯文，
推官每月料钱三十贯文。巡官准观察推官例。已上每员每月杂

　　给准时,估不得过二十贯文。"

　　④此未易遽言也:此句颇有些"道不同,不相与谋"的意味。

【译文】

　　至于急切地追求功名,把济众救世作为事业的,都是圣贤要做的事业,知道他们才智上能谋划,并且能力上足以胜任。像我这样又怎么能够胜任呢?起初我们相识的时候,我正很贫困,衣食要仰仗别人的供给;后来在汴州、徐州相见,我都是任从事类的小官,每日每月里都有些收入,比以前富裕了大约百倍,您看我的饮食衣着有什么变化吗?可见我的志向并不在锦衣玉食之中,那么我之所以不能忘情于仕宦之途的原因,是将要略为践行自己的志向。这一点不容易一下子就能说得清楚。

　　凡祸福吉凶之来,似不在我,惟君子得祸为不幸,而小人得祸为恒;君子得福为恒,而小人得福为幸。此其所为似有以取之也。必曰"君子则吉,小人则凶"者,不可也①。贤不肖存乎己,贵与贱、祸与福存乎天②,名声之善恶存乎人。存乎己者,吾将勉之;存乎天、存乎人者,吾将任彼而不用吾力焉。其所守者,岂不约而易行哉?足下曰:"命之穷通,自我为之。"吾恐未合于道。足下征前世而言之,则知矣;若曰以道德为己任,穷通之来,不接吾心,则可也。

【注释】

　　①必曰"君子则吉,小人则凶"者,不可也:韩愈先后依附于董晋、张建封幕府。贞元十五年(799)二月三日董晋卒,仅四日而汴州军乱,韩愈因为送丧离汴而得免于军乱;十六年(800)五月十三日张建封卒,仅二日而徐州军乱,韩愈又因先至下邳而得幸免。两次幸免于难,皆在旦夕之间,所以卫中行致书慰问。"君子则吉,

小人则凶"即是卫中行书信之说。但韩愈并不赞同卫中行之说。

②贵与贱、祸与福存乎天:《孟子·公孙丑上》云:"祸福无不自己
求之者。"韩愈并非不知道孟子所说的这句话,孟子所言为常
态,韩愈结合自己在汴、徐二州的经历,所言为特例。

【译文】

大凡祸福吉凶的到来,并不在于自身的原因,一般来说,君子得祸是
不幸,而小人得祸为寻常;君子得福为寻常,而小人得福为幸运。对比君
子小人的所作所为,似乎有些道理。但是,一定要说"君子一定吉祥,小
人一定凶险",则是没有道理的。贤与不肖取决于自己,富贵与贫贱、灾
祸与福气取决于上天的因素,好名声与恶名声取决于人为的因素。对于
人力能为的,我将会勉力去做;对于上天所降、旁人所加的,我会听任它,
而不会用自己的力量加以抗拒。我所坚守的原则,难道不是简单而且容
易实行的吗?您曾经说过:"命运的困厄与显达,都是由自己造成的。"
我恐怕这种说法不能与道相合。您如果征引先哲的前言往行来说服我,
那么我就能够理解了;如果说将道德作为自己的责任,穷困或者通达的
降临,不能让我动心,这样说就可以了。

穷居荒凉,草树茂密,出无驴马,因与人绝,一室之内,有
以自娱。足下喜吾复脱祸乱,不当安安而居、迟迟而来也①!

【注释】

①安安:安于环境或习惯。《礼记·曲礼上》:"安安而能迁。"孙希旦
集解:"安安,谓心安于所安,凡身之所习,事之所便者,皆是也。"
迟迟:徐行貌。《诗经·邶风·谷风》:"行道迟迟,中心有违。"毛
传:"迟迟,舒行貌。"

【译文】

穷困潦倒居于荒凉之地,草木繁盛茂密,出入无驴马可乘,因为与世

人隔绝，一人在室内，自我娱乐。如果您因我再次从祸乱中脱身而高兴，就不应当自顾安居，而迟迟不来探访老友了。

【评点】

茅鹿门曰：公之卓然自立处固在。

张孝先曰：祸福之来有应有不应，应者其常，而不应者其变也。君子岂能预筹之使必应哉？亦贵有以自信而已矣。以道德为己任，穷通之来不接吾心，非韩公见道之明何以及此。

【译文】

茅坤评论道：韩愈卓然独立之处从这封书信中就可以看得出来。

张伯行评论道：祸福到来的时候，有应验的，有不应验的，应验者被认为是常态，没有应验者常被认为是特例。君子难道能够预先筹划，使结果一定能够应验吗？也不过是以自信为贵罢了。将弘扬道德作为自己的使命，不论穷困，还是亨通，均不能影响自己的心境，若非像韩愈一样认识到大道的真谛，谁能够达到这样的境界呢！

答李翊书

【题解】

李翊，贞元十八年（802）进士。当年，韩愈曾向主持进士考试的陆傪推荐此人，李翊因得及第。李翊，生平不详。翊，一作"珝"。元和间为监察御史里行。丁忧去职，丧满，元和十四年（819）再为监察御史。历官户部员外郎、主客员外郎、许州宣慰使、御史中丞、湖南观察使。

韩愈此信为答李翊如何写作古文之问而写。韩愈总结了自己写作古文的经验：首先要研读三代两汉典籍，全身心沉潜于其中吸收圣人思想，但写作时坚持陈言务去。然后，辨别古书之正伪，既有继承又有扬弃。最后，经过多年的积累、训练，功夫臻于成熟后文思泉涌。但还要省察是否醇正，去其不醇后才能随心所欲去写。韩愈认为写作古文的根本修养在"行之乎仁义之途，游之乎《诗》《书》之源"，如此才能气盛言宜。

关于本篇书信行文之特点，林云铭《韩文起》卷四分析道："李生以立言问于昌黎，不过欲求其文之工而已，初未尝必以古之立言为期也。昌黎却就其所问，诘其所志，把求用于人而取于人伎俩，搁置一边，而以古人立言不朽处，用功取效。说过一番，然后把自己一生工夫，层层叙出。其曰'二十年''亦有年''终其身'等语，是'无望速成'注脚。其曰'不知为非笑''笑则喜''誉则悲'等语，是'无诱势利'注脚。至得手之后，尤须养气，探本溯源，所谓'仁义之人，其言蔼如'，有自然而然之妙矣。末段以乐、悲二意，见得学古立言，必不能蕲用于人而取于人。耐得悲过，方期得乐来。原不敢以此加褒贬于其间，使世人必从事乎此，但论其人之志何如耳！此一篇之大旨也。其行文曲折无数，转换不穷，尽文章之致矣。"

六月二十六日愈白李生足下：生之书辞甚高[1]，而其问何下而恭也[2]！能如是，谁不欲告生以其道？道德之归也有日矣，况其外之文乎[3]？抑愈所谓望孔子之门墙而不入于其宫者[4]，焉足以知是且非耶？虽然，不可不为生言之。

【注释】

①辞甚高：意谓李翊的文辞高于当时一般人，即下文所谓"固胜于人而可取于人矣"。

②下而恭：谦逊恭敬。

③道德之归也有日矣，况其外之文乎：韩愈所谓道德，内容很复杂，这里主要指仁义。韩愈论文，以立行为本，立言为表，道主内，文主外。而要获得文学上的成就，必须从道德修养入手，所以他说"仁义之人，其言蔼如"，主张"养根""加膏""气盛言宜"。

④抑愈所谓望孔子之门墙而不入于其宫者：语出《论语·子张》："子贡曰：譬之宫墙……夫子之墙数仞，不得其门而入，不见宗庙之美，百官之富。"

【译文】

六月二十六日，韩愈答复李生足下：你信中陈辞，立意高远，而你所求问的态度却又是那么谦卑、恭敬！能够这样，谁不愿把立言之道告诉你呢？你成为一个有仁义道德的人已经指日可待了，何况写作表述仁义道德的文章呢？只不过我还是一个所谓望见孔子的门墙而并未登堂入室的人，怎足以辨别文章写作的是或非呢？尽管如此，还是不能不跟你谈谈我对为人、为文的理解。

生所谓立言者是也①，生所为者与所期者甚似而几矣。抑不知生之志蕲胜于人而取于人也，将蕲至于古之立言者耶②？蕲胜于人而取于人，则固胜于人而可取于人矣；将蕲至于古之立言者，则无望其速成，无诱于势利③，养其根而俟其实，加其膏而希其光。根之茂者其实遂，膏之沃者其光晔④。仁义之人，其言蔼如也⑤。

【注释】

①立言：谓著书而立其说。《春秋左传·襄公二十四年》："豹闻之：'太上有立德，其次有立功，其次有立言。'虽久不废，此之谓不朽。"

②抑不知生之志蕲（qí）胜于人而取于人也，将蕲至于古之立言者

　　邪：意谓我不知道您的志向是追求文章写得胜于人和被一般的
　　人所需要呢,还是想要做一个古之所谓立言者? 蕲,通"祈"。祈
　　求。取于人,即"为人所取"。
③无诱于势利：当时官场和科举考试皆用时文(骈文),故韩愈说学
　　古文便须"无诱于势利。"诱,诱惑。
④"养其根而俟其实"几句：韩愈在这里用了两个譬喻,将道比作
　　根和膏,将文比作实和光,形象地阐述了道和文的关系。韩愈在
　　《答尉迟生书》中云："本深而末茂,形大而声宏,行峻而言厉,心
　　醇而气和。"可以参看。
⑤仁义之人,其言蔼如也：韩愈《原道》："博爱之谓仁,行而宜之之
　　谓义;由是而之焉之谓道,足乎己,无待于外之谓德。"蔼如,和气
　　可亲的样子。

【译文】

　　你对著书立言的看法是正确的,你所做的和你所期望的,很相似而
且很接近了。只是不知道你的"立言"之志,是希望胜过别人而被人取
用呢,还是希望达到古人立言的境界呢? 希望胜过别人而被人取用,那
你本来就已经胜过别人并且可以被人取用了;如果期望达到古人立言的
境界,那就不要希望它能够很快实现,不要被富贵利禄所引诱,要像培养
树木的根而等待它结实,就像给灯加油而等它放出光芒。根系茂密的果
树,果实就能预期成熟;膏油充足灯发出的光就明亮。仁义之人,他的文
辞必然温厚平和。

　　抑又有难者：愈之所为,不自知其至犹未也。虽然,学之
二十余年矣。始者非三代两汉之书不敢观①,非圣人之志不
敢存,处若忘,行若遗,俨乎其若思,茫乎其若迷②。当其取
于心而注于手也,惟陈言之务去③,戛戛乎其难哉④。其观于
人,不知其非笑之为非笑也。如是者亦有年,犹不改。然后

识古书之正伪，与虽正而不至焉者，昭昭然白黑分矣，而务去之，乃徐有得也。当其取于心而注于手也，汩汩然来矣⑤。其观于人也，笑之则以为喜，誉之则以为忧，以其犹有人之说者存也。如是者亦有年，然后浩乎其沛然矣⑥。吾又惧其杂也，迎而距之⑦，平心而察之，其皆醇也，然后肆焉。虽然，不可以不养也。行之乎仁义之途，游之乎《诗》《书》之源，无迷其途，无绝其源，终吾身而已矣。

【注释】

① 三代两汉之书：这里主要指《尚书》《诗经》《春秋》等儒家经典。三代，指夏、商、周。对于自己的读书学习经历，韩愈《进学解》曾记叙："上规姚姒，浑浑无涯；周诰、殷盘，佶屈聱牙；《春秋》谨严，《左氏》浮夸；《易》奇而法，《诗》正而葩；下逮《庄》《骚》，太史所录，子云、相如，同工异曲。"可以参看。

② "处若忘"几句：形容在学道与学文的过程中欲摒绝外慕、深造自得，却又未能达到时的若思若迷的情状。处，居止静坐。俨，神态庄重。

③ 当其取于心而注于手也，惟陈言之务去：意谓写文章的时候，将心中所想下笔抒写，努力除去陈词滥调。

④ 戛戛（jiá）：艰难费力。

⑤ 汩汩然：水急流貌。后来比喻文思源源不断或说话滔滔不绝。

⑥ 浩乎其沛然：此言韩愈文章气势沛然如注。

⑦ 距：通"拒"。

【译文】

不过还是有困难之处：我所做到的，自己也不知道自己达到还是没有达到古人立言的境界。尽管如此，我学习古文已有二十多年了。开始的时候，不是夏、商、周三代及西汉、东汉的书就不敢看，不合乎圣人志意的思想就不敢存留于心中，静处的时候像忘掉了什么，行走时好像遗失了什么，神情庄重好像在凝神思考，茫茫然好像十分迷惑。当把心里所想的用手写出的时候，一定把那些陈旧的言辞去掉，这是很艰难的呀！把文章拿给别人看时，不把别人的非难和讥笑放在心上。像这样有不少年，我还是不改自己的主张。这样之后才能识别古书的醇正与虚假，以及那些虽然正确但还不够完善的内容，当一切都清清楚楚黑白分明了，务必去除那些不正确和不完善的，这才慢慢有了心得。当把心里所想的用手写出来的时候，文思就像泉水一样涌流出来了。再拿这些文章给别人看时，别人讥笑它我就高兴，别人称赞它我就担忧，因为文章里还存有别人的意思和看法。像这样又一些年，然后文思才如江河之水，浩荡而来。我又担心文章中还有杂而不纯的地方，于是在肯定文章的同时再提出诘难、挑剔，平心静气地考察它，直到辞义都纯正了，然后才随心所欲地去写。即使这样，还是不能不加深自己的修养。行进在仁义的道路上，漫游在《诗经》《尚书》的源泉里，不迷失于道路，不断绝其源头，终我一生都会这样去做。

气，水也；言，浮物也^①。水大而物之浮者大小毕浮。气之与言犹是也：气盛，则言之短长与声之高下者皆宜。虽如是，其敢自谓几于成乎？虽几于成，其用于人也奚取焉？虽然，待用于人者，其肖于器耶？用与舍属诸人^②。君子则不然：处心有道，行己有方；用则施诸人，舍则传诸其徒，垂诸文而为后世法^③。如是者，其亦足乐乎？其无足乐也？

【注释】

①"气，水也"几句：韩愈以水和浮物作比，再次阐发道与文的关系。气，在中国古代文学批评中，气的概念非常复杂。韩愈所说的气，

主要指人的道德修养以及借助于高尚的道德从而在论理衡文、言
志抒怀时所具有的饱满充沛的情感和气势。言，在这里兼指词句
和声律两个方面。

②"虽然"几句：意谓那些期待文章为别人所用的人，不就像是一种
用具吗？用与不用，权柄操在别人手中。肖，相像。器，器皿、器
具。语出《论语·为政》："子曰：'君子不器。'"

③垂诸文而为后世法：意谓写成文章流传下去，成为后人的典范。
垂，流传。

【译文】

文章的气势，就像水；文章的语言，就像浮在水上的东西。水势大，
那么凡是能漂浮的东西大小都能浮起来。气势和语言的关系也是这样：
气势充沛，那么语言的短长与声调的高低就都会适宜。虽然如此，难道
就敢说自己的文章接近成功了吗？即使接近成功了，对于现在的人来说
又有什么可取之处呢？尽管如此，等待被人任用的人，大概就像器物一
样吧？用或不用取决于别人。有德行的人就不是这样：他们按照儒家的
仁义之道思考问题，自己行事也遵照儒家的规范；如果被人任用，就把道
德学问施用到事业上，惠及众人；如果不被任用，就把仁义道德传给弟
子，并写成文章流传下去，为后世效法。像这样，是值得高兴呢？还是不
值得高兴呢？

　　有志乎古者希矣！志乎古必遗乎今，吾诚乐而悲之^①。
亟称其人，所以劝之，非敢褒其可褒，而贬其可贬也。问于
愈者多矣，念生之言不志乎利，聊相为言之。愈白。

【注释】

①乐而悲之：韩愈当时应试科目以及士大夫中所流行的文体是骈体
文，即韩愈《与冯宿论文书》所谓"俗下文字"，不是古文。作俗

下文字可以博取功名富贵,所以韩愈欣喜于李翊作古文,不与世俯仰,不诱于势利,悲其难为世人所用。韩愈《与冯宿论文书》云"但不知直似古人,亦何有于今人也","不知古文直何用于今世也"。《答尉迟生书》云"古之道不足以取于今",均可为参证。

【译文】

有志于学习古人著书立言的人太少了!有志学习古人的人,一定为今人所遗弃,我实在既为他们高兴,又为他们悲伤。我一再称赞这样的人,只是为了勉励他们,并非敢于表扬那些可以表扬的人,并批评那些可以批评的人。向我请教为文之道的人有很多,考虑到你的意图不在于功利,所以姑且对你讲这些话。韩愈答复。

【评点】

唐荆川曰:此文当看抑扬转换处。累累然如贯珠,其此文之谓乎?

茅鹿门曰:篇中云"仁义之人,其言蔼如也",即此中间又隔许多岁月阶级。只因昌黎特因文以见道者,故犹影响,非心中工夫实景所道故也。

又评:要窥作家为文,必如此立根基。今人乃欲以句字求之,何哉?

张孝先曰:读昌黎此书,其于立言之道,本末内外,工夫节候,一一详悉。公之文起八代之衰,而学者仰之如泰山北斗者,夫岂偶然之故哉?

【译文】

唐顺之评论道:阅读这篇文章应当留意抑扬转换的地方。流转连贯,好比穿线珍珠,说的不正是这篇文章吗?

　　茅坤评论道：文章中说到"仁义之人，他的文辞必然是温厚平和的"，韩愈和文中所说的仁义之人，其间或许存在须经过很多岁月修习才能达到的阶层的差距。因为韩愈只是借助写作古文体悟圣人之道，所以，文章中所说的这句话，仅仅讲述这个道理，并非根据眼前实际情况而论的。

　　茅坤又评论道：想要探究作家如何写文章，必须像文中所说的那样确立根本的基础。现在的人却希望仅通过在字句上下功夫，就可以达到古人的境界，这是什么原因呢？

　　张伯行评论道：读韩愈这封信，可以看到，他将著书立说的规则，主次先后，内外之别，分寸把握，全部详细地讲述出来。韩愈的古文将魏晋六朝以来颓败的文风振兴起来，让后世学者如仰望泰山北斗一样尊重他，这难道是偶然的现象吗？

重答翊书

【题解】

　　这是韩愈文集收录的第二封写给李翊的信，应该是在第一封写完发出不久，收到李翊的回信，韩愈遂就李翊回信写成了这封信。关于这一点，通过信中"况愈之于生恳恳邪"语句，可以约略推知。

　　李翊来信今已不可见，据韩愈答信，可推知一二。韩愈信中有"苟来者，吾斯进之而已矣，乌待其礼逾而情过乎"之句，可知李翊信中提到自己对待韩愈"礼不逾而情不过"，但韩愈并不以为意。韩愈在信中主要介绍了自己何以如此对待李翊。韩愈在信中接连运用四个反问句："生之志求知于我邪？求益于我邪？其思广圣人之道邪？其欲善其身而使人不可及邪？"这其中有对李翊的期许，更多的是对李翊的批评。对韩愈的良苦用心，清人储欣在《唐宋十大家全集录》中分析道："昌黎先生与人论文，未有如前书之详且尽者。待李生为特异矣，知之深矣，尚汲汲于知而求待之异，故抑之。"

　　愈白李生：生之自道其志可也，其所疑于我者非也^①。人之来者，虽其心异于生，其于我也，皆有意焉。君子之于人，无不欲其入于善，宁有不可告而告之，孰有可进而不进也？言辞之不酬，礼貌之不答，虽孔子不得行于互乡^②，宜乎余之不为也！苟来者，吾斯进之而已矣，乌待其礼逾而情过乎！

【注释】

①其所疑于我者非也：大约李翊起初对待韩愈"礼不逾而情不过"，却得到了韩愈热情的回馈，自己不免感到疑惑。

②虽孔子不得行于互乡：典出《论语·述而》："互乡难与言。童子见，门人惑。子曰：'与其进也，不与其退也，唯何甚？人洁己以进，与其洁也，不保其往也。'"互乡为地名，互乡之人难与为言。有互乡之童子往见孔子，孔子接见了他，门人心生疑惑，孔子遂为其释疑解惑。孔子以为，人有上进之心，即赞成之；人有净洁之意，即不必究其以往。李翊之惑与孔子门人之惑相类，故韩愈以孔子互乡事相比类。

【译文】

　　韩愈答复李生：你表达自己的志向是可以的，但是，你对我的质疑是不对的。来拜访我的人，尽管他们的想法可能与你不同，但是，对于我来说，他们到我这里，都有自己的意图。君子对于他周围的人，没有不希望他们能够成为行善之人的，难道会有不应当求告的人而去告求，或是可以提携的人而没有去提携的吗？对于别人的言辞不酬答，对于别人的礼貌不还报，即便是孔子对互乡之人尚不能如此，我不那样做也是应该的！只要是来求告的人，我只是尽我所能提携他们一下罢了，哪里去考虑对待他们的礼节及情感是否过分了！

　　虽然，生之志求知于我邪？求益于我邪？其思广圣人之道邪？其欲善其身而使人不可及邪？其何汲汲于知而求待之殊也！贤不肖固有分矣，生其急乎其所自立，而无患乎人不己知。未尝闻有响大而声微者也①，况愈之于生恳恳邪②？属有腹疾，无聊，不果自书。愈白。

【注释】

①响：回声。《周易·系辞上》："其受命也如响。"

②况愈之于生恳恳邪：指上一封韩愈写给李翊的信，出于诚恳之心。

【译文】

　　尽管如此，我仍然不明白：你来有求于我，目的是求得我的理解呢？还是想从我这里得到教益呢？你读书求学的目的是想发扬光大圣人的仁义之道呢？还是想独善其身，而超越于众人之上呢？你为什么那么急于想得到别人的理解，并且想得到别人不一样的待遇呢！贤与不贤本来就有各自的依据，希望你能够将更多精力放在自我修养上，而不在乎世人是否理解自己。我不曾听说过声音很微弱，但是回声却很大的，更何况我对你不也一直很诚恳吗？近来我得了腹泻之疾，很是无助，不能坚持书写。韩愈答复。

【评点】

　　张孝先曰：公前书告李生为文养气之道，详且尽也。想李生不甚体会，而徒欲公不以众人待之，故又答以此书。前段言接引后学之意：人人皆欲进之，而生乃求待之殊，则未免有徇外好高之病，恐难与于斯道矣。故戒之曰："生其急乎其所自立,而无患乎人不己知。"即上篇无望其速成、无诱于势利之意也。噫,士幸而得及公之门,闻公之论,不能思所以自立,而徒欲其待之殊,其殆非有志者耶?

【译文】

张伯行评论道:韩愈在前一封写给李翊的信中,告诉李翊写作古文需要养气的道理,说得非常详尽。韩愈担心李翊不能够深刻体会上封信的含义,而仅仅希望韩愈不要将其视为平庸之辈,因此又写了这封信。信的前段表达了接引后学的意思:人人都想进取,而李翊唯独想着获得不同于众人的待遇,则不免于追求心外之理、好高骛远的弊病,如此,恐怕很难领悟韩愈所说的圣人之道。因此告诫他说:"希望你能够将更多精力放在自我修养上,而不在乎世人是否理解自己。"也即上封信所说的"不要希望快速达成目的,不要为眼前的利益所诱惑"。噫!读书人有幸能够进入韩愈门下学习,倾听韩愈的高论,如果不能够考虑在先生指导下尽快有所建树,仅仅希望得到先生不同于一般的待遇,这个读书人一定不是一个有志向的人。

答张籍书

【题解】

张籍,字文昌,原籍吴郡(治今江苏苏州),寄居和州乌江(今安徽马鞍山),中唐著名诗人。白居易在《读张籍古乐府》中曾称赞他:"业文三十春,尤工乐府诗,举代少其伦……风雅比兴外,未尝著空文。"

《新唐书·张籍传》载:"籍性狷直,尝责愈喜博簺及为驳杂之说,论议好胜人,其排释、老,不能著书若孟轲、扬雄以垂世者。"张籍先后两次写信诘责韩愈,韩愈亦作两书答之,这是第一书。此书作于贞元十二年(796),韩愈在汴州初识张籍不久。尽管韩愈在两书中逐条为自己解脱辩驳,不免有强词夺理之处,却并没有妨害他与张籍终生的交情。贞元十四年(799),汴州举进士,韩愈为考官,荐举张籍进京应试,张籍遂进士及第。

关于本文,林纾《韩柳文研究法·韩文研究法》曾分析道:"'不知者以仆好辩'下数语,用笔伸缩,至可寻迹。辩是口说,因口说而化,或有其人,因口说而疑,顽且加倍。口说之不入,尚且如此,而冥冥万年,欲赖此传述之书,其可信其必从邪?此明不能著书之意极为明晰。于是再抉透一层,谓不著书不是爱力,力所未至,有书亦不可恃。其待至五六十年者,谦词也。义质朴中却极流转。"

　　愈始者望见吾子于人人之中①,固有异焉;及聆其音声,接其辞气,则有愿交之志;因缘幸会,遂得所图。岂惟吾子之不遗②,抑仆之所遇有时焉耳③。近者尝有意吾子之阙焉无言,意仆所以交之之道不至也④;今乃大得所图,脱然若沉痾去体,洒然若执热者之濯清风也⑤。然吾子所论排释、老不若著书,嚣嚣多言⑥,徒相为訾⑦。若仆之见,则有异乎此也。

【注释】

①愈始者望见吾子于人人之中:韩愈未识张籍之前,已听孟郊介绍过。其《此日足可惜一首赠张籍》云:"念昔未知子,孟君自南方。自矜有所得,言子有文章。我名属相府,欲往不得行。思之不可见,百端在中肠。"吾子,你。古代对人表示亲近的称呼。人人,即众人,所有的人。《孟子·离娄上》:"人人亲其亲,长其长,而天下平。"

②不遗:不弃。此为朋友间自谦的话。

③遇:际会遇合。有时:如愿之时。李白《行路难》诗之一:"长风破

浪会有时,直挂云帆济沧海。"

④近者尝有意吾子之阙焉无言,意仆所以交之之道不至也:这两句
　　是韩愈与朋友书信往还中从对方处着想的又一例证。

⑤执热者之濯清风:酷热之人沐浴着清风。语出《诗经·大雅·桑
　　柔》:"谁能执热,逝不以濯。"濯,洗涤,引申为沐浴。

⑥嚣嚣:多言貌。

⑦訾(zǐ):指责。

【译文】

　　我在人群中最初见到你,感到你本来与众不同;等到听到你的声音,感受到你的语言内涵,就有想与你交往的心愿;凭借缘分有幸与你见面,于是实现了自己的意愿。哪里只是你不嫌弃我,也是因为我遇到你也正当时啊。近来曾感到你的信件不多,猜想是我与你交往的方法还不周到;现在得到你的来信竟然全部实现了我的愿望,轻松得就像是顽疾痊愈,潇洒得就像是酷热之人沐浴着清风。然而你所谈论的排斥佛、老不如著书,说了很多话,只是相互讥刺而已。至于我的看法,却和你的这种说法完全不同啊。

　　夫所谓著书者,义止于辞耳①。宣之于口,书之于简,何择焉?孟轲之书,非轲自著;轲既殁,其徒万章、公孙丑相与记轲所言焉耳。仆自得圣人之道而诵之,排前二家有年矣。不知者以仆为好辩也②,然从而化者亦有矣,闻而疑者又有倍焉。顽然不入者③,亲以言谕之不入,则其观吾书也固将无得矣。为此而止,吾岂有爱于力乎哉④?

【注释】

①义止于辞:意指言辞表达清楚意思就可以了。《论语·卫灵公》:

"子曰：'辞达而已矣！'"孔安国注曰："凡事莫过于实，辞达则足
矣，不烦文艳之辞。"

②不知者以仆为好辩也：典出《孟子·滕文公下》："我岂好辩哉，予
不得已也……我亦欲正人心，息邪说，距诐行，放淫辞，以承三圣
者，岂好辩哉，予不得已也。"

③顽然：愚昧固执貌。不入：听不进道理。

④爱于力：惜力，不愿付出努力。

【译文】

所说的著书，其意义只用言辞表达清楚即可。口头说出来和书写在
竹简上有什么不同呢？孟轲所著的书并不是孟轲自己所著的，等到孟轲
去世以后，他的学生万章和公孙丑一起记录下了孟轲所说的话。我自从
学习了圣人的学说就不断向人述说这些学说，而排斥佛、老已经有几年
了。不了解我的人认为我喜好辩论，然而跟随我并接受我的教化而改
变的也是有的，听到我的言论而产生怀疑的又有成倍的人。固执而听
不进的人，即使我亲自用言语来教导他们也还是听不进，那么他们看
我所著的书也必然会毫无收获。是因为这些而不著书，我哪里会吝惜
我的力气呢？

然有一说：化当世莫若口，传来世莫若书。又惧吾力之
未至也！三十而立，四十而不惑，吾于圣人，既过之犹惧不
及①，矧今未至②，固有所未至耳。请待五六十然后为之，冀
其少过也。

【注释】

①吾于圣人，既过之犹惧不及：此句意谓我学习孔、孟等圣人，即使
做过了头还担心做得不够。典出《论语·先进》："子贡问：'师与
商也孰贤？'子曰：'师也过，商也不及。'曰：'然则师愈与？'子曰：

'过犹不及。'"

②矧（shěn）：况且。

【译文】

然而又有一种说法：教化当世的人不如用口头教育，流传到后世不如著书立说。我又害怕我的能力还没有达到！孔子三十岁时已立业，四十岁时就能遇事明辨不迷惑，我相对于圣人而言，即使已经超过了圣人所说的时光还害怕学问方面赶不上，况且现在还没做到，本来也有做不到的。请允许我五六十岁后再著书，希望能少些错误。

吾子又讥吾与人人为无实驳杂之说①，此吾所以为戏耳；比之酒色，不有间乎？吾子讥之，似同浴而讥裸裎也。若商论不能下气，或似有之，当更思而悔之耳。博塞之讥，敢不承教。其他俟相见。

【注释】

①吾子又讥吾与人人为无实驳杂之说：据樊汝霖《韩集谱注》曰："驳杂之说，世多指《毛颖传》，盖因《摭言》有云：'韩公著《毛颖传》，好博塞之戏，张水部（按：张籍曾做水部员外郎）以书劝之耳。'而不知籍此书乃与公酬答于贞元佐汴时。而《毛颖传》，以吕汲公《年谱》考之，则元和七年所作。又柳子厚《书〈毛颖传〉后》云：'自吾居夷，不与中州人通书，有来南者，时言韩愈为《毛颖传》。'子厚以永贞元年出为永州司马，凡十年，则《毛颖传》诚元和间作，后此书十有余岁，《摭言》未可凭也。"驳杂，杂而不纯。

【译文】

你又讥笑我与人们都是说的些没有实际根据、纷繁驳杂的话，这些是我的游戏之作；与饮酒狎妓相比，游戏文字不是更让人能够接受吗？你所讥笑的，就像一起沐浴而讥笑他人裸露身体一样。如果说我商量讨论时不能态度恭顺，这有时似乎是有的，我应当进一步反思并改悔。至于你说到我好为博戏，我不敢领教。其他事情等相见时再说。

薄晚须到公府^①，言不能尽。愈再拜。

【注释】

①薄晚：傍晚。薄，迫近。

【译文】

傍晚了必须到公府去，言不尽意。韩愈再拜。

【评点】

茅鹿门曰：籍所遗昌黎书甚当，而昌黎答籍，特气不相下耳。

张孝先曰：能言距杨、墨者，圣人之徒也；谓必待著书以排之，似迂缓矣。但文公以口排释、老，而自己未免好为无实驳杂之说，亦何以动人敬信乎？张文昌讥之诚是。而公犹以戏自解，何耶？故张横渠有言："戏谑不惟害事，志亦为所动；不戏谑，亦持志之一端。"须晓此意，方得儒者气象。

【译文】

茅坤评论道：张籍写给韩愈的信很得体，而韩愈写给张籍的回信，仅在气势上不落下风罢了。

张伯行评论道：能够主张反对杨朱、墨翟的，都属于圣人的信徒；至于坚持必须通过著书的方式来排抵佛、老，似乎显得有些迂腐。韩愈一方面口头排抵佛、老，另一方面却又喜欢发表一些虚幻不实、混杂不醇的言论，如此，怎能打动别人，取信于人呢？张籍对韩愈的讥刺是有道理的。而韩愈仍然用戏谑为自己辩解,这是为什么呢?张载曾说过:"戏谑不仅碍事,心志也会因之发生变化;不戏谑,是保持心志的关键。"应该明白这层含义,才能获得儒家应该具有的气象。

重答张籍书

【题解】

张籍写给韩愈的第一封信,韩愈已作答复,即《答张籍书》。张籍遂有第二封信,即《上韩昌黎第二书》,韩愈的这封信正是针对张籍在《上韩昌黎第二书》中所涉及的问题一一进行答复。

韩愈在第一封答书中,提到何时著书:"请待五六十然后为之,冀其少讹也。"张籍针对这一回答,在《上韩昌黎第二书》中进行了反驳:"天之与人性度不相远也,不必老而后有成立者。昔颜子之'庶几',岂待五六十乎?"张籍的话是正着说的,但也可以反着来理解:像颜回这样的大才,著书立说,不一定要等到年纪大了以后才可以。反过来理解就是:颜回早逝,没有著述,给后人留下了无尽的遗憾。说得很委婉,但为了警醒韩愈这个梦中人,拿早逝的颜回作比,也很不客气。韩愈在这封回信中,就这个话题又谈了自己的看法:"今吾之得吾志失吾志未可知,俟五六十为之未失也。"韩愈仍然没有改变自己的观点。

韩、张二人是一生的挚友,从他们反复驳难的通信中可以看出二人的坦诚。辛文房《唐才子传》中这样介绍张籍:"初至长安,谒韩愈,一会如平生欢,才名相许,论心结契。愈力荐,为国子博士。然性狷直,多所责讽于愈,愈亦不忌之。""一会如平生欢",韩愈在第一封答书中是这样描述的:"愈始者望见吾子于人人之中,固有异焉;及聆其音声,接其辞气,则有愿交之志;因缘幸会,遂得所图。"只有一面之缘,韩愈便认定了张籍是一生的朋友。张籍在与韩愈的交往中,性格狂狷,直言无忌。但是,韩愈并不介怀,而且,同样以诚相待。

长庆四年（824）十二月二十五日，五十六岁的韩愈在张籍、贾岛等好友的陪伴下，走完了自己人生的最后一程。"请待五六十然后为之"是一句谶语吗？似乎更像是韩愈面对辟佛、辟道的困境，面对家族成员不享天年的魔咒，与天命设下的一个赌局。他在这封信中自负地说："天不欲使兹人有知乎；则吾之命不可期；如使兹人有知乎，非我其谁哉！"这让我们想起了孔子的那句话："文王既没，文不在兹乎？天之将丧斯文也，后死者不得与于斯文也；天之未丧斯文也，匡人其如予何！"这种绝大的自信，在当时只属于韩愈，也许只有张籍能够读得懂。

　　吾子不以愈无似^①，意欲推而纳诸圣贤之域，拂其邪心^②，增其所未高；谓愈之质有可以至于道者，浚其源导其所归，溉其根将食其实：此盛德者之所辞让，况于愈者哉？抑其中有宜复者，故不可遂已。

【注释】

①无似：谦辞。犹言不肖。《礼记·哀公问》："寡人虽无似也，愿闻所以行三言之道，可得闻乎？"郑玄注："无似，犹言不肖。"

②邪心：不正当的念头。韩愈《利剑》诗："利剑光耿耿，佩之使我无邪心。"

【译文】

　　您不以我为愚鲁，打算把我与古之圣贤并列，拂拭我的偏邪之心，把我抬举到我从没有达到的高度；认为我的天资能够获得古之圣贤的仁义之道，疏通源头并引导其流，灌溉其根部，希望有一天能收获丰硕的果实：对于您的这番好意，即便有盛德的人也会辞让不受，更何况愚鲁如我韩愈，又怎能接受呢？或者这其中有应该回复您的地方，所以我并没有因此作罢。

昔者圣人之作《春秋》也，既深其文辞矣①；然犹不敢公传道之，口授弟子②，至于后世，然后其书出焉。其所以虑患之道微也。今夫二氏之所宗而事之者③，下乃公卿辅相，吾岂敢昌言排之哉④？择其可语者诲之，犹时与吾悖，其声哓哓⑤，若遂成其书，则见而怒之者必多矣，必且以我为狂为惑；其身之不能恤，书于吾何有？夫子，圣人也，且曰："自吾得子路，而恶声不入于耳⑥。"其余辅而相者周天下，犹且绝粮于陈⑦，畏于匡⑧，毁于叔孙⑨，奔走于齐、鲁、宋、卫之郊。其道虽尊，其穷也亦甚矣！赖其徒相与守之，卒有立于天下。向使独言之而独书之，其存也可冀乎？

【注释】

①昔者圣人之作《春秋》也，既深其文辞矣：相传孔子写作《春秋》时常微言大义，每用一字必寓褒贬，在历史事件的叙述中表现出作者的思想倾向。后世又称这种历史叙述方法或技巧为"春秋笔法"。《史记·孔子世家》："子曰：'弗乎！弗乎！君子病没世而名不称焉。吾道不行矣，吾何以自见于后世哉！'乃因史记作《春秋》，上至隐公，下讫哀公十四年，十二公。据鲁，亲周，故殷，运之三代，约其文辞而指博。故吴、楚之君自称王，而《春秋》贬之曰'子'；践土之会实召周天子，而《春秋》讳之曰'天王狩于河阳'。推此类以绳当世，贬损之义，后有王者举而开之，《春秋》之义行，则天下乱臣贼子惧焉。"

②不敢公传道之，口授弟子：典出《汉书·艺文志》："古之王者世有史官，君举必书，所以慎言行，昭法式也。左史记言，右史记事，事为《春秋》，言为《尚书》……仲尼思存前圣之业……故与左丘明观其史记，据行事，仍人道，因兴以立功，就败以成罚，假日月以定

历数，藉朝聘以正礼乐。有所褒讳贬损，不可书见，口授弟子，弟子退而异言。丘明恐弟子各安其意，以失其真，故论本事而作传，明夫子不以空言说经也。《春秋》所贬损大人当世君臣，有威权势力，其事实皆形于传，是以隐其书而不宣，所以免时难也。及末世口说流行，故有《公羊》《穀梁》《邹》《夹》之传。四家之中，《公羊》《穀梁》立于学官。邹氏无师，夹氏未有书。"

③二氏：指佛、道二教。

④昌言：公开宣讲。

⑤哓哓（xiāo）：争辩声。

⑥自吾得子路，而恶声不入于耳：典出《史记·仲尼弟子列传》："孔子闻卫乱，曰：'嗟乎，由死矣！'已而果死。故孔子曰：'自吾得由，恶言不闻于耳。'"裴骃集解："王肃曰：'子路为孔子侍卫，故侮慢之人不敢有恶言，是以恶言不闻于孔子耳。'"

⑦绝粮于陈：典出《史记·孔子世家》："孔子迁于蔡三岁，吴伐陈。楚救陈，军于城父。闻孔子在陈蔡之间，楚使人聘孔子。孔子将往拜礼，陈蔡大夫谋曰：'孔子贤者，所刺讥皆中诸侯之疾。今者久留陈蔡之间，诸大夫所设行皆非仲尼之意。今楚，大国也，来聘孔子。孔子用于楚，则陈蔡用事大夫危矣。'于是乃相与发徒役围孔子于野。不得行，绝粮。从者病，莫能兴。孔子讲诵弦歌不衰。子路愠见曰：'君子亦有穷乎？'孔子曰：'君子固穷，小人穷斯滥矣。'"

⑧畏于匡：典出《史记·孔子世家》："将适陈，过匡，颜刻为仆，以其策指之曰：'昔吾入此，由彼缺也。'匡人闻之，以为鲁之阳虎。阳虎尝暴匡人，匡人于是遂止孔子。孔子状类阳虎，拘焉五日。颜渊后，子曰：'吾以汝为死矣。'颜渊曰：'子在，回何敢死！'匡人拘孔子益急，弟子惧。孔子曰：'文王既没，文不在兹乎？天之将丧斯文也，后死者不得与于斯文也。天之未丧斯文也，匡人其如

予何!'孔子使从者为甯武子臣于卫,然后得去。"

⑨毁于叔孙:典出《论语·子张》:"叔孙武叔毁仲尼。子贡曰:无以

　　为也! 仲尼不可毁也。'"

【译文】

　　古代的圣人纂作《春秋》,运用了非常精深微妙的语言;仍然不敢公开传布讲说,只是通过口传心授的方式传给弟子,流传到后世,后来才有写定的《春秋》一书。人们忧虑担心的是圣人的仁义之道日渐式微,而不为后世所闻。可现在,崇奉佛、道两家的,下至公卿宰相,我怎敢大张旗鼓地反对他们呢? 仅仅选择可以说的对他们进行教诲,即便这样,还是与时人意见相乖悖,争辩之声,吵嚷不止,如果著述成书,那么看过书而发怒的人必定会更多了,他们一定会以为我张狂迷乱;一己之身尚不能体恤,书对于我来讲又有什么意义呢? 孔夫子,是圣人,尚且说过:"自从我得到子路之后,恶声就不再进入耳朵里了。"其他能够辅佐帮助他的,天下的人所在多是,尽管如此,还是在陈国断绝了口粮,在匡被围困,被叔孙毁谤,奔走在齐、鲁、宋、卫的郊野。尽管孔子所宣扬的道是很尊贵的,但是他自身的境遇却也太穷困了! 幸亏依赖众弟子的守护,才最终在天下成名立说。假使他一开始便仅止于著书立言,那么他的学说和书籍还有希望留存吗?

　　今夫二氏行乎中土也,盖六百年有余矣。其植根固,其流波漫,非所以朝令而夕禁也。自文王没,武王、周公、成、康相与守之,礼乐皆在,及乎夫子,未久也;自夫子而及乎孟子,未久也;自孟子而及乎扬雄①,亦未久也。然犹其勤若此,其困若此,而后能有所立,吾其可易而为之哉? 其为也易,则其传也不远,故余所以不敢也。

【注释】

① 自孟子而及乎扬雄：韩愈对扬雄的评价，随着年龄、学识的变化，而不断发生变化，我们现在熟知的韩愈梳理出的"道统"，就已经没有扬雄的地位了。

【译文】

如今，佛、道二教在中国流布，大约已有六百多年的历史了。其影响已根深蒂固，波及面也非常广，不可能早晨颁布一个命令，到傍晚就能禁绝。自从周文王去世以后，周武王、周公、周成王、周康王都互相守护儒家礼乐仁义之道，这些礼乐制度至今仍然存在着，到了孔子，离周公的年代并不遥远；从孔子到孟子，时间并不长；从孟子到扬雄，时间也不长。即便如此，他们仍然那样地勤苦，正是由于他们的勤苦，才能有所立言，我难道能够改变他们吗？改变他们是容易的，但是流传不会久远，所以，我不能那样去做。

然观古人，得其时，行其道，则无所为书；书者，皆所为不行乎今，而行乎后世者也。今吾之得吾志失吾志未可知，俟五六十为之未失也。天不欲使兹人有知乎；则吾之命不可期；如使兹人有知乎，非我其谁哉①！其行道，其为书，其化今②，其传后，必有在矣。吾子其何遽戚戚于吾所为哉③！

【注释】

① 非我其谁：这是韩愈以排释、老而高自期许的说法。语出《孟子·公孙丑下》："如欲平治天下，当今之世，舍我其谁也？"

② 化今：即行其道于今世。

③ 戚戚：忧惧貌，忧伤貌。

【译文】

观察古人，如果生逢其时，则贯彻其道，并不曾著书；那些著书立说的,都是其主张在当时不能付诸实施,而寄希望实施于后世。现在,我到底是得意还是失意都还不好预料,等到五六十岁再去判断也不为太晚。如果老天不希望我这个人有智慧,那么我的天命如此,我也不会有非分的期望;如果老天希望我有智慧,那么我会当仁不让,舍我其谁!不论是贯彻道义,还是著书立说,或者是改变当今社会,抑或是将著述流传后世,一定有天命存在其中。先生您又何必迫不及待地忧虑让我有所作为呢!

前书谓吾与人商论,不能下气,若好胜者然。虽诚有之,抑非好己胜也,好己之道胜也;非好己之道胜也,己之道乃夫子、孟轲、扬雄所传之道也。若不胜,则无以为道,吾岂敢避是名哉!夫子之言曰:"吾与回言终日,不违,如愚[①]。"则其与众人辩也有矣。驳杂之讥,前书尽之,吾子其复之。昔者夫子犹有所戏,《诗》不云乎:"善戏谑兮,不为虐兮[②]。"《记》曰:"张而不弛,文武不能也[③]。"恶害于道哉?吾子其未之思乎!

【注释】

①吾与回言终日,不违,如愚:语出《论语·为政》。意谓我给颜回讲一天,他也不发异议,默默地理解,好像无知的愚人。回,颜回,字子渊,孔子弟子。好学,安贫乐道,后世儒家尊为"复圣"。

②善戏谑兮,不为虐兮:语出《诗经·卫风·淇奥》。戏谑,开玩笑。虐,无节制,纵情。

③张而不弛,文武不能也:语出《礼记·杂记下》:"张而不弛,文武弗能也;弛而不张,文武弗为也;一张一弛,文武之道也。"孔颖达正义:"此孔子以弓喻于民也。张,谓张弦;弛,谓落弦。若弓久张而不落弦,则绝其弓力,喻民久劳而不息则亦损民之力也。文武

弗能也者,言若使民如此,纵令文武之治,不能使人之得所。以言其苦,故称其不能。弛而不张文武弗为也者,言弓久落弦而不张设,则失其弓之往来之体。喻民久休息而不劳苦,则民有骄逸之志。民若如此,文武不能为治也。而事之逸乐,故称不为也。一张一弛文武之道也者,言弓一时须张,一时须弛。喻民一时须劳,一时须逸,劳逸相参,若调之以道、化之以理。张弛以时,劳逸以意,则文武得其中道也,使可以治。文武为政之道,治民如此,故云文武之道也。"

【译文】

您上一封来信认为我与人讨论问题,不能够抑制住自己的气势,像争强好胜的人。尽管这种情况的确存在,那也不是为自己争胜,而是为自己所信守的道义争胜;也并不是为独创于一己的道争胜,自己所信守的道是孔子、孟子、扬雄所传下来的儒家之道。如果不胜,那就不称其为道了,我怎敢推辞传道者的名声呢!孔夫子曾说过:"我整天与颜回讲学,他从不提反对的意见,就像个愚顽不化的人。"可见,孔夫子也需要与众人辩论。至于对我驳杂的讥讽,我在上一封信中已经充分答复了,您也回复了。以前,孔夫子也曾戏谑过,《诗经》不是说嘛:"善于戏谑,但不过分。"《礼记》中也说:"紧张但不松弛,不是文武之道。"这哪里有损于儒家之道呢?您大概没有思考过这一点吧。

孟君将有所适^①,思与吾子别,庶几一来。愈再拜。

【注释】

①孟君:指孟郊。张籍与孟郊相友善。

【译文】

孟郊将要去别处,想与您道别,希望您能来一趟。韩愈再拜。

【评点】

张孝先曰：观昌黎此书，其抵排异端，具一段深心厚力，使得宰相之位以行其志，则必将尽举天下之佛、老而除之矣，岂非千古一大快事哉？第不知公即得位行志，果能尽除之否也？至以孔、孟与扬雄并称，正恐于本领有疏脱处耳。

【译文】

张伯行评论道：观看韩愈这封信，他排抵佛、老等异端学说，具有相当坚定的心志与定力，假使他能够得到宰相之位，且能够将自己的志向付诸实施，韩愈定会将全天下的佛教、道教全部消灭掉，这难道不是千年以来最为痛快的一件事吗？只是不知道韩愈一旦得到宰相之位，也愿意实行自己的志向，他的确能够全部消除掉这些异端学说吗？看到他将孔子、孟子以及扬雄并称，不禁让人担心他的本领有所欠缺了。

答李秀才书

【题解】

关于本篇标题，朱熹《昌黎先生集考异》认为："'李'下或有'师锡'字。方注'图南'字。"李观有《代李图南上苏州韦使君论戴察书》，据此，刘真伦、岳珍《韩愈文集汇校笺注》认为李秀才即李图南。据韩愈《北极一首赠李观》，韩愈与李观初识于贞元八年（792），而据韩愈《李元宾墓铭》，贞元十年（794）李观即去世。此书云"十年前示诗"，则此文约作于贞元十八年（802），时韩愈为四门博士。

关于本篇结构，林云铭《韩文起》云："昌黎赞其文章，先从故友李元宾所与处决其为人，再就文之佳处得其用心，知其不但可与言文，并可与言道矣。因述其来书之意，告以文为载道之器，欲与共乐乎此，乃深许之辞。篇中虽有许多曲折，却只是两段话头。虽分两段，却只是一气贯注也。"

　　愈白：故友李观元宾①，十年之前示愈《别吴中故人》诗六章。其首章则吾子也，盛有所称引。元宾行峻洁清②，其中狭隘不能包容③，于寻常人不肯苟有论说。因究其所以，于是知吾子非庸众人。时吾子在吴中，其后愈出在外，无因缘相见。元宾既没，其文益可贵重；思元宾而不见，见元宾之所与者则如元宾焉④。

【注释】

①李观元宾：李观，字元宾，祖籍陇西（今属甘肃），世居苏州（今属江苏）。贞元八年（792）登进士第，同年举博学宏词科，授太子校书郎。贞元十年（794）死于京师。韩愈文中提及的李观《别吴中故人》诗，后代未见传本。

②行峻洁清：指品行端正高洁。

③狭隘：心胸、气量、见识等不宏大宽广。这里指李观性格耿直，不能容忍不合理、不公平的事情。

④所与者：所赞许的人。

【译文】

　　韩愈答复李秀才：我的亡友李观，字元宾，十年前，他曾向我出示了《别吴中故人》诗六首。其中第一首就是写您的，诗中对您有很高的评价。元宾是一个行为高逸，操守洁清的人，不免心胸狭隘，不能包容别人，对于普通人不肯轻易有所评说。由此可见，您并非一个平庸之人。当时您在吴中，后来我离开京城，漂泊在外，没有因缘与您相见。元宾已经去世，他的文章更加珍贵了；思念元宾而不能相见，见到元宾生前结交的人,就如同见到元宾了。

今者辱惠书及文章,观其姓名,元宾之声容恍若相接;读其文辞,见元宾之知人,交道之不污^①。甚矣,子之心有似于吾元宾也!

【注释】

①交道:交友之道。骆宾王《咏怀》诗:"少年识事浅,不知交道难。"

　不污:不苟且。此指不胡乱交友。

【译文】

而今,您写信给我,并寄给我您写的文章,看到您的姓名,仿佛听到了元宾的声音,看到了元宾的容颜;读到您的文章,不禁感叹元宾慧眼识人,不负交友之道。太让人感叹了,您的心和元宾的心非常相似。

子之言以愈所为不违孔子^①,不以琢雕为工^②,将相从于此。愈敢自爱其道而以辞让为事乎^③? 然愈之所志于古者,不惟其辞之好,好其道焉尔。读吾子之辞而得其所用心,将复有深于是者与吾子乐之,况其外之文乎? 愈顿首。

【注释】

①不违孔子:此指秀才李生称赞韩愈文章根植于儒家正统思想。

②不以琢雕为工:不类骈体时文雕琢文字。

③敢:即岂敢。

【译文】

您以为我所做的不违背孔子的教诲,写文章不工于雕章琢句,打算跟着我学写文章。我怎敢自我珍惜圣人之道而推辞您所提出的请求呢？不过，韩愈立志学习古人，并非仅学习他们的言辞，而是喜爱他们所信守的道义。读您的文辞从而了解您的用心，还会再有比这更快乐的事与您分享吗，更何况外在的文辞呢？韩愈叩首。

【评点】

茅鹿门曰：因与李秀才无旧，独于元宾诗中得其人，故遂始终托元宾，以写两与之情。

张孝先曰：因元宾不妄交人，而知其所与者必非庸众。此可见取人之严。因元宾不可复见，而见其所与者即如元宾。此又可想友谊之厚。严则流品不浑，厚则死生不忘。公于朋友一伦，最认得真。彼世之滥交不择而轻相背弃者，朋友之伦废矣。读公文能无恶乎？

【译文】

茅坤评论道：因为和李秀才没有太多的交情，仅在李观诗中得知其人，因此，韩愈在信中始终以李观为托寄，来表达对两人的敬慕之情。

张伯行评论道：因为李观不滥交朋友，因此可以推断和李观交往的人一定不是平庸之辈。据此可以看到韩愈交友之严格。又因为李观已经不复得见，看到与李观交往的人，就像看到了李观。据此可以想到韩愈待友之厚谊。交友严格，反映择友品次不乱；待友厚谊，就能做到生死不忘。韩愈对于朋友这一社会关系，最为认真。后世滥交朋友、不加别择，最终反目成仇，背信弃义的，大有人在，致使交友之道废弛。读完韩愈这篇书信，难道不感到惭愧吗？

答冯宿书

【题解】

　　元和二年（807）夏末，韩愈以国子博士分司东都时作此书。冯宿，字拱之，行第十七，东阳（今属浙江）人。终官剑南东川节度使。冯宿与韩愈同年进士，亦曾在张建封幕府掌书记，两人可以算得上相互尊重的老朋友。冯宿听闻到处散布的不利于韩愈的流言，写信提醒韩愈，韩愈写了这封答谢信。

　　韩愈才高性直，免不了被人嫉妒中伤。正如韩愈在《原毁》中所说的："事修而谤兴，德高而毁来。"对于来自外部的各种声音，不论是善意的提醒，抑或是恶意的毁谤，韩愈都有充分的心理准备。不仅在《原毁》中，在《释言》中，在《讳辨》中，韩愈对这一问题都进行了深入、系统的思考，他试图分析毁谤产生的原因，以及怎样才能弭谤。

　　在这封信中，面对朋友的善意提醒，韩愈先是感谢，并感叹相互箴规磨切的朋友之道已经消失了，因此来自冯宿的这份情谊就显得弥足珍贵。接下来，韩愈介绍了自己两难的境地：刚来京城时，少年气盛，傲视权贵，如此招致毁谤是在意料之中的。通过反思，韩愈决定改变自己，不再恃才傲物，而是不论贤愚，一律谦恭待之。尽管如此，仍然招来毁谤。面对动辄得咎的窘境，韩愈只能将其归结到"命"上。同时希望朋友不要相信流言，并能够一如既往地指出自己的过失。储欣《昌黎先生全集录》卷三云："慢致谤，不慢亦谤，所谓君子在下位则多谤也，可慨矣！又恐伤告者之意，且辨且受，悲愤中煞婉委。"韩愈身后千余年，世事白云苍狗，但人性依然，令人不胜感慨。

　　垂示仆所阙[①]，非情之至，仆安得闻此言！朋友道缺绝久[②]，无有相箴规磨切之道，仆何幸乃得吾子！仆常闵时俗人有耳不自闻其过，懔懔然惟恐己之不自闻也[③]。而今而后,有望于吾子矣。

【注释】

①垂示:承蒙赐教。阙:缺点。

②朋友道:指的是下文所说的"相箴规磨切之道"。绝久:很久。
 绝,极。

③懔懔:危惧貌,戒慎貌。《尚书·周书·泰誓中》:"百姓懔懔,若崩
 厥角。"孔传:"言民畏纣之虐,危惧不安,若崩摧其角,无所容头。"

【译文】

承蒙您指示我的缺点,如果不是友情到了很深的地步,我怎能听到
这样的话呢!朋友之道缺失已经很久了,再也没有相互间规劝切磋的朋
友之道了,我多么幸运有你这样一个朋友!我常常怜悯现在的庸俗之
人尽管每人都长着耳朵,却不能听到自己的过错,很担心自己也不能
听到自己的过失。从今往后,有了您,我便有希望常常听到我自己的
过错了。

然足下与仆交久,仆之所守,足下之所熟知。在京城
时,嚣嚣之徒相訾百倍①,足下时与仆居,朝夕同出入起居,
亦见仆有不善乎?然仆退而思之,虽无以获罪于人,亦有以
获罪于人者。仆在京城一年,不一至贵人之门,人之所趋,
仆之所傲。与己合者则从之游,不合者虽造吾庐未尝与之
坐。此岂徒足致谤而已,不戮于人则幸也!追思之可为战
栗寒心。故至此已来,克己自下,虽不肖人至,未尝敢以貌
慢之,况时所尚者耶!以此自谓庶几无时患,不知犹复云云
也。闻流言不信其行②,呜呼,不复有斯人也。

【注释】

①嚣嚣：傲慢貌。语出《诗经·大雅·板》："我即尔谋，听我嚣嚣。"朱熹《诗集传》："嚣嚣，自得不肯受言之貌。"

②闻流言不信其行：语出《礼记·儒行》："久不相见，闻流言不信。其行本方立义，同而进，不同而退。其交友有如此者。"孔颖达疏："虽有朋友久不相见，闻流谤之言欲谗毁朋友，则已不信其言也。"

【译文】

您与我交往已经很久了，我的操守，您是很了解的。在京城时，公然叫嚣的人百般辱骂我，您常常与我同住，早晚一同出入起居，见到过我有什么不仁义的地方吗？可是我独处时反思自己，尽管自己从来没有冒犯过别人，但是可能有被别人误解的地方。我在京城一年，从没有拜访过权贵一次，人们所趋附的，正是我所傲视的。与我性情相合的，我就与他交游，与我性情不相合的，即使来我的住所拜访，我也不曾与他们晤谈。这样做难道仅仅招来了一些诽谤吗？能不被人杀戮就已是万幸了！事后追想，不禁感到胆战心惊，而且倍感凄凉。所以，从此以后，我克制自己，放低自己的标准，即便是没有才能的平庸之人到访，我也不会露出不屑之貌而慢待他，更何况为时所崇尚的人呢！正是因为这一原因，自认为不会再遭致时人的中伤，不知道仍然如此。听到流言蜚语而不相信真有其事，唉！再也没有这样的人了。

君子不为小人之恟恟而易其行①，仆何能尔？委曲从顺，向风承意②，汲汲恐不得合，犹且不免云云，命也。可如何！然子路闻其过则喜，禹闻昌言则下车拜③。古人有言曰："告我以吾过者，吾之师也④。"愿足下不惮烦，苟有所闻，必以相告。吾亦有以报子，不敢虚也，不敢忘也！

【注释】

①君子不为小人之恟恟而易其行：语出《汉书·东方朔传》："天不为人之恶寒而辍其冬，地不为人之恶险而辍其广，君子不为小人之匈匈而易其行。"颜师古注："匈匈，欢议之声。"又《荀子·天论篇》"君子不为小人匈匈也辍行"，杨倞注："匈匈，喧哗之声。"

②向风：望风。此指随顺习俗。承意：秉承意旨。

③然子路闻其过则喜，禹闻昌言则下车拜：典出《孟子·公孙丑下》："孟子曰：'子路人告之以有过则喜，禹闻善言则拜。'"昌言，善言，正言。

④告我以吾过者，吾之师也：语出《荀子·修身篇》曰："故非我而当者，吾师也；是我而当者，吾友也；谄谀我者，吾贼也。"

【译文】

君子不会因为小人的气焰而改变自己的行为，我又怎能做到这些呢？我常常改变自己的意思而去顺从别人，甚至在别人意思还不明确的时候，我就能够积极迎合，常担心迎合的不及时，尽管如此，仍然不能免于为人所中伤，这就是命吧。我又能怎样呢！然而，子路听到别人指出自己的过错就非常高兴，大禹听到直言不讳的话则下车参拜。古人曾经说过："把我的过错告诉给我的人，是我的老师。"希望您不要怕麻烦，只要您有所耳闻，就务必告诉我。我也会有相应回报，我不敢空言无凭，也不敢有片刻遗忘。

【评点】

茅鹿门曰：于喜闻过中，却有自家一段直己而守的意在。

张孝先曰：公在当时众口腾谤者，忌其才高耳。故作《原毁》，作《释言》，其忧谗畏讥之意可见。此书盖感冯宿之以谤言告己而喜之也。其心地流露纸墨间，千载之下宛然可掬。噫，公所谓侧肩帖耳、有舌如刀者，今皆安在？而泰山北斗终古长存也。士贵自修耳，何患多口哉？

【译文】

茅坤评论道：韩愈声称喜欢别人指出自己的过错，这其中蕴含了守正不阿的意思。

张伯行评论道：韩愈在其时为众人所诽谤，原因不过忌惮他高超的才能罢了。他因此写下《原毁》《释言》，他担忧被谗言中伤的心情可以想见。这封信大约是因为有感于冯宿将别人毁谤自己的话转告给他，而心生欢喜。这一心情流露在纸墨之间，千年之后，依然真切生动。噫！韩愈所说的那些侧着肩膀，以如刀之利舌，贴耳传谣者，今天身在何处呢？正直如韩愈，却像泰山北斗，终古长存。士人以不断提升自我修养为贵，有什么必要担心众口中伤呢？

卷之二

韩文公文

答吕医山人书

【题解】

吕医（yī）山人，生平不详，据韩愈信中所言，可知吕医山人是一个狂悖之人，久居山林，不谙世事，自视甚高。韩愈以师道接引，吕生却误以为韩愈欲效仿战国四公子借宾客自重。于是写信斥责韩愈不能像战国信陵君为侯嬴驾车一样对待他。韩愈不以为忤，而是从另一角度，发现吕生身上的"朴茂之美"，并循循善诱，希望他能够洗刷掉身上百家杂学的痕迹，导向儒家醇正一途。

愈白：惠书责以不能如信陵执辔者①。夫信陵，战国公子，欲以取士声势倾天下而然耳。如仆者，自度若世无孔子，不当在弟子之列②。以吾子始自山出③，有朴茂之美④，意恐未砻磨以世事⑤。又自周后文弊⑥，百子为书⑦，各自名家，乱圣人之宗，后生习传，杂而不贯⑧。故设问以观吾子：其已成熟乎，将以为友也；其未成熟乎，将以讲去其非而趋是耳。不如六国公子有市于道者也⑨。

【注释】

①信陵执辔：据《史记·魏公子列传》：魏公子无忌，是昭王少子，安
釐王异母弟。安釐王即位，封公子为信陵君。魏有隐士侯嬴，为
大梁夷门监者，公子从车骑，虚左自迎。侯生摄弊衣冠，直上载公
子上坐，欲以观公子。公子执辔愈恭。

②自度若世无孔子，不当在弟子之列：这里韩愈以圣人自比，一方面
折冲吕生的狂妄，另一方面，也告诉吕生，如果以古人作比，自己
宁可以孔子授徒作比，也不愿以四公子纳客相比。

③吾子：古时对别人的尊称。一般译为"您"。

④朴茂：朴实丰美。

⑤砻（lóng）磨：锻炼，磨砺。砻，磨。

⑥周后文弊：在孔子看来，周代文质彬彬，周代之后，文风空虚不实。

⑦百子为书：指春秋战国时期，诸子百家纷纷著书立说。

⑧"乱圣人之宗"几句：《论语·里仁》记载，孔子曾说："吾道一以
贯之。"韩愈这里指孔子的忠恕之道贯穿在一切事物中，而后世
各家所传却芜杂而不贯通。杂而不贯，芜杂却不贯通，后亦泛指
一种思想或理论不能贯通始终。

⑨市于道：将道义作为交易之物。意指六国公子所作所为的目的是
为了沽名钓誉、扩大声势、重利而忘义。

【译文】

韩愈禀告：承蒙您来信，责备我不能像信陵君为侯嬴执缰绳一样恭
敬地对待您。信陵君是战国魏公子，想用争取贤士的声威和气势来使天
下人对他倾服才这样做的。像我这样的人，自己思量，如果世间没有孔
子，我是不应当身处弟子之列的。因为您刚从山里出来，具有朴实醇厚
的美德，但是我感觉您还没有经历过世事的磨炼。从周代以后，礼乐制
度崩坏，诸子百家纷纷著书立说，各自称家，扰乱了圣人的宗旨，后代的
读书人学习前代所传圣人的学说，驳杂而不能一以贯之。所以提出问题

请您回答,以此来对您进行观察:如果您的学问、思想已经成熟了,我将视您为我的朋友;如果您的思想还没有成熟,将以讲述的形式去掉那些不正确的而归于正确的。这不同于战国六公子把争取贤士当作换取名声、地位的手段。

方今天下入仕,惟以进士、明经及卿大夫之世耳①。其人率皆习熟时俗,工于语言,识形势,善候人主意。故天下靡靡②,日入于衰坏,恐不复振起。务欲进足下趋死不顾利害去就之人于朝③,以争救之耳,非谓当今公卿间无足下辈文学知识也。不得以信陵比。

【注释】

①进士、明经及卿大夫之世:此为士人进入仕途的三个途径:进士以诗赋为主;明经以通经学为主;卿大夫的后世子孙依靠祖荫入仕。

②靡靡:柔弱,颓靡。苏轼《谢欧阳内翰书》:"自昔五代之余,文教衰弱,风俗靡靡,日以涂地。"

③趋死不顾利害去就:指生死去留全不顾利害。

【译文】

当今天下人做官,只能以考取进士、明经以及公卿士大夫家族的祖荫三种方式。那些人都熟悉现在的风气习俗,善于言辞,审时度势,善于探察君主的心思。所以天下之人随风而倒,风气日渐衰败,恐怕再也不能振作起来。我竭力想把您这样一个肯于舍弃生命、不顾个人利害得失的人推荐给朝廷,来补救世道的缺失,并非说当今公卿士大夫中没有像您这样有文采、学识、远见的人。您不能将信陵君与我相比。

然足下衣破衣,系麻鞋,率然叩吾门①;吾待足下,虽未尽宾主之道,不可谓无意者。足下行天下,得此于人盖寡,乃遂能责不足于我,此真仆所汲汲求者。议虽未中节^②,其不肯阿曲以事人者^③,灼灼明矣。方将坐足下三浴而三熏之^④,听仆之所为,少安无躁。愈顿首。

【注释】

①率然:猝然,轻率貌。

②中节:议论、观点合乎实际情况。

③阿曲:阿谀,逢迎巴结。

④三浴而三熏:古代齐国人接待管仲的厚礼。《国语·齐语》:"庄公将杀管仲……于是庄公使束缚以予齐使,齐使受之而退,比至,三衅三浴之。"韦昭注:"以香涂身曰衅,亦或为薰。"

【译文】

但是,您穿着破衣服,系着麻绳草鞋,贸然来拜访我;我对您尽管没有尽到宾主之谊,但不能说我是对您并不在意的人。您走遍天下,从别人那里能够得到如我这般接待的恐怕很少,于是您才能责备我的不足,这真是我求之不得的。您的议论尽管并不合乎道理,但您不肯阿谀奉承、曲己事人的品格是非常鲜明的。我将要请你坐在上座,为您三沐三熏,请您听我的安排,耐心等待不要急躁。韩愈顿首。

【评点】

茅鹿门曰:此文奇气。

张孝先曰:公以师道接引后进,而山人不知,以为欲借宾客以为重。故以信陵执辔责公,亦可谓愚且妄矣。公自明其意以答之,词旨峻厉中仍是一片惓惓接引之意,此公之所以不可及也。

【译文】

茅坤评论道：这篇文章气势不同寻常。

张伯行评论道：韩愈用为师之道来引导后学，吕𪩘山人却不知道韩愈的用心，反倒以为韩愈试图凭借延揽宾客，拥以自重。因此，用信陵君为侯嬴驾车的事例来责备韩愈，可称得上既愚鲁又狂妄了。韩愈自我证明自己的主张来回答山人，言辞峻洁、清厉，却不乏恳切荐引的情意，这正是韩愈不可超越的地方啊！

答窦秀才书

【题解】

贞元十九年（803）冬，韩愈由监察御史贬为阳山令，《答窦秀才书》写于第二年阳山令任上。旧注本"窦"字下有"存亮"二字，则窦秀才名为窦存亮。存亮，生平无考，当为郴州一带人，闻韩愈贬在阳山，乘舟而来求教。

关于本文，林云铭《韩文起》曾评道："窦生名存亮，长安人。间关远涉，请问文章，公始终不说一字。何其不情至此？但文章一道，原不易言。考公平日与人论文，其最详者，莫如李翊一书。始嘉其下而恭，末又称其不忘乎利，所以娓娓言之而不厌也。是书所云'足下年少才俊，词雅气锐'，则其为人恃才负气可知，其志在利禄亦可知矣。想当日所问，必应时之文。又昌黎平日所谓下笔令人惭者，故自言所学不得其术，无济实用，而窦生寸管尺纸，可以立致爵位科目，原不待答。此因人而教，非独于此生有所靳也！细读当自得之。"

　　愈白：愈少驽怯①，于他艺能自度无可努力，又不通时事，而与世多龃龉②。念终无以树立，遂发愤笃专于文学。学不得其术③，凡所辛苦而仅有之者，皆符于空言而不适于实用,又重以自废。是故学成而道益穷,年老而智愈困。今又以罪黜于朝廷④,远宰蛮县,愁忧无聊,瘴疠侵加⑤,惴惴焉无以冀朝夕⑥。

【注释】

①驽怯:驽钝怯弱。

②龃龉(jǔ yǔ):不相投合,抵触。

③学不得其术:"学"与"术"即"道"与"器",也即将形而上的知识与形而下的实用相结合,两者不可分裂。

④以罪黜于朝廷:贞元十九年(803)冬,韩愈任监察御史,京师大旱,韩愈上御史台论天旱人饥状,触怒德宗,被贬阳山县令。

⑤瘴疠:指南方山林湿热地区流行的恶性疾病。

⑥无以冀朝夕:即朝不保夕之意。

【译文】

韩愈启白:韩愈我从小就驽钝怯懦,对于其他的技艺,自认为缺乏天资,并非努力就能成功,又不通晓世事,处世常与世人不相投合。考虑到终生也不会有什么建树,于是便发奋专力于文章之学。但是求学有日不得治世之术,算来辛苦付出而仅仅得到的,都是一些不切实用的空疏之言,又重新废弃以前所学。所以,尽管学问有所成就,但道术却日益窘迫,年龄已近垂老,而智力越发力不从心。现在又因罪而被朝廷贬黜,到此边远蛮荒之地做一个县宰,整日忧愁无所寄托,加之瘴疠之气相侵犯,心中惴惴不安,不敢对未来抱有什么希望。

足下年少才俊,辞雅而气锐①,当朝廷求贤如不及之时②,当道者又皆良有司③,操数寸之管,书盈尺之纸,高可以钓爵位④,循次而进,亦不失万一于甲科⑤。今乃乘不测之舟,入无人之地,以相从问文章为事。身勤而事左⑥,辞重而请约,非计之得也。虽使古之君子,积道藏德,遁其光而不曜,胶其口而不传者,遇足下之请恳恳,犹将倒廪倾囷⑦,罗列而进也。若愈之愚不肖,又安敢有爱于左右哉⑧!

【注释】

①辞雅而气锐:言辞雅正,文气盛大。

②求贤如不及:即求贤若渴,求贤务尽。

③良有司:好官吏。

④钓爵位:博取官位。林纾《韩柳文研究法·韩文研究法》:"一面说朝廷求贤;一面说当道皆良有司。然爵位之上用一'钓'字,则朝廷之求贤可知,良有司之衡才又可知。褒词与贬词,分作两橛用法,使读书者,解悟其用意,此巧于用扼字法也。"

⑤甲科:唐代进士分甲、乙二科。此泛指科举。

⑥事左:从事不对的事。

⑦倒廪倾囷(qūn):犹言倾其所有。廪,米仓。囷,谷仓。

⑧左右:敬称对方。

【译文】

您年纪轻轻,怀抱雄才,言辞典雅,文气敏锐,正当朝廷遍求贤才唯恐不及的时候,加之当政者都心怀良知,如果您手握数寸之笔,在尺幅之纸上书写文章,您往上可以换取爵位,如果循序渐进,也能够命中进士甲科。现在您乘坐充满风险的小舟,来到这人迹罕至的地方,跟随我学习为文之道。尽管本身很勤勉,但做事却有些偏差,言辞分量很重,但所请内容却很草率,这些都不应该是谋划所得。即便是古代的君子,道德修养高深,遮蔽其光芒而不闪耀于外,三缄其口而不传道于后世,遇到像您这样诚恳的请求,也会倾其所有,将所学陆续传授。像韩愈我这样愚钝不贤之人,又怎敢有所吝惜而不肯传授给您呢!

　　顾足下之能,足以自奋;愈之所有,如前所陈。是以临事愧耻而不敢答也。钱财不足以赇左右之匮急,文章不足以发足下之事业,稛载而往,垂橐而归①,足下亮之而已②。愈白。

【注释】

①稛(kǔn)载而往,垂橐(tuó)而归:满怀希望而来,囊中空空而归。稛载,以绳束财物,载置车上。即满载而归。橐,盛物的袋子。

②亮:通"谅"。体谅,谅解。

【译文】

但是考虑到您的能力,足以自我奋发;我所有的能力,已如前面所讲的。所以面临抉择,心生惭愧而没有答复您。我所有的钱财不足以帮助您缓解燃眉之急,我所具有的文章之学也不足以帮助您成就事业,您满怀希望而来,囊中空空而回,我恳请您原谅我吧。韩愈启白。

【评点】

张孝先曰:公时以言事黜宰山阳,喜窦之自远从学也,故特为之写其恳款之意。读之者如坐春风中矣。

【译文】

张伯行评论道:韩愈在当时因为议论政事,被贬为阳山令,窦秀才远道而来,跟随韩愈问学,韩愈感到很高兴,因而写下这篇赠序,表达恳切忠诚之情。让人读后像是沐浴在和煦的春风之中。

答尉迟生书

【题解】

韩集旧注本题一作《答尉迟生汾书》。韩愈在洛北惠林寺有题壁云："贞元十七年七月二十二日，与李景兴、侯喜、尉迟汾渔于温、洛。"又韩愈尝荐尉迟汾于陆员外傪，可知尉迟生为尉迟汾。这封信大约写于贞元十七年（801），本年，韩愈刚从徐州张建封幕中辞职，闲居于洛阳，并与尉迟生同游洛北惠林寺，第二年复向陆傪推荐尉迟生参加科考，最后，尉识汾等四人登第。

信中首先说明"实"的重要性："君子慎其实"，实，有美恶，无法遮掩。对于一篇文章来说，"实"为"体"，"辞"为"用"，两者缺一不可，互相成就。而后，韩愈将天下之"学"分为两种：求仕之学和求古之学。求仕之学，可以请教的人在在皆是；而求古之学，同道不多，韩愈愿意倾囊相授。可以看出，尉迟生尽管没有从言辞中说出，但是，心中却念念不忘求仕之意，韩愈已经看出尉迟生心中的纠结，因而分开来说，将选择权交给尉迟生。

　　愈白尉迟生足下：夫所谓文者，必有诸其中，是故君子慎其实。实之美恶，其发也不掩①。本深而末茂，形大而声宏，行峻而言厉，心醇而气和，昭晰者无疑，优游者有余。体不备，不可以为成人②；辞不足，不可以为成文。愈之所闻者如是③，有问于愈者，亦以是对。

【注释】

①掩：遮蔽，掩盖。

②成人：德才兼备的人。犹完人。《论语·宪问》："子路问成人，子曰：'若臧武仲之知，公绰之不欲，卞庄子之勇，冉求之艺，文之以

礼乐,亦可以为成人矣。'"

③闻者如是:自谦之辞,意谓这也是我从别人那里学到的。

【译文】

　　韩愈答复尉迟生足下:所说的文章,必须在心中有所蕴蓄,所以,君子对实在的内容很慎重。心中实在的内容是美是恶,一旦向外生发出来,其美恶的性质是无法遮掩的。根本深厚,枝叶才能茂盛;外形庞大,所发出的声音才能洪亮;行为峻洁,出言才能严厉;心地醇厚,气质才能温和;明白清晰才能没有疑惑;从容不迫才能游刃有余。体不完备,就不可以成为一个德才兼备的人;辞气不充分,不可以成为一篇完整的文章。我所听到的就是这样的,有人向我请教,我也这样回答他们。

　　今吾子所为皆善矣,谦谦然若不足而以征于愈①,愈又敢有爱于言乎②?抑所能言者,皆古之道。古之道不足以取于今③,吾子何其爱之异也④?

【注释】

①谦谦然:很谦逊的样子。

②爱于言:吝啬言辞。

③不足以取于今:不为当今人所取重。

④爱之异:喜欢它的与众不同。

【译文】

　　现在您所做的都是好的,但仍然很谦逊,好像有所欠缺地来向我请教,我又怎敢吝惜言语呢?只是我所能说的,都是圣人之道。圣人之道无法为当今的人所接受,您为什么喜欢它的与众不同呢?

　　贤公卿大夫在上比肩①,始进之贤士在下比肩,彼其得之,必有以取之也。子欲仕乎?其往问焉,皆可学也。若独有爱于是而非仕之谓,则愈也尝学之矣,请继今以言。

【注释】

①比肩:一个连接一个。形容众多。

【译文】

位居高位的、有贤德的公卿士大夫数量很多,处于下位的、开始仕进的有贤德的读书人也很多,那些成功的人,一定有可取之处。您想做官吗? 只要去问,都可以有所收获。如果您的确对所学的东西感兴趣,而又不把当官作为目的,那么我韩愈也曾经这样求过学,请让我们以后在这个基础上来谈论。

【评点】

张孝先曰:论文精要之语,此篇与《答李翊书》尽之。学者玩味而有得焉,自不敢卤莽以为文矣。

【译文】

张伯行评价道:议论文中精当切要之语,在这篇文章以及《答李翊书》中,已经完整呈现出来了。学者可以反复体会,然后会有收获,断不能莽撞从事,轻易为文。

答侯继书

【题解】

这封书信大约写于贞元十一年(795),当时韩愈连续三次参加吏部铨选,皆不中,又三上宰相书,不报,遂决意东下。侯继,里籍不详。贞元八年(792),与韩愈为同榜进士。元和四年(809),韩愈为国子博士分司东都,侯继为助教。其后,侯继赴河中幕,韩愈有《送侯参谋赴河中幕》

诗,可参看。

　　裴子自城来①,得足下一书。明日,又于崔大处得足下
陕州所留书②。玩而复之,不能自休。寻知足下不得留,仆
又为考官所辱③,欲致一书开足下④,并自舒其所怀。含意连
辞,将发复已,卒不能成就其说。及得足下二书⑤,凡仆之所
欲进于左右者,足下皆以自得之⑥。仆虽欲重累其辞,谅无居
足下之意外者,故绝意不为。行自念方当远去,潜深伏隩⑦,
与时世不相闻,虽足下之思我,无所窥寻其声光。故不得不
有书为别,非复有所感发也。

【注释】

①裴子:不详何人。

②崔大:即崔群,字敦诗。行大,故称崔大。元和年间曾任宰相。

③为考官所辱:指参加吏部铨选不中之事。

④开:开导,劝慰。

⑤得足下二书:指侯继托裴子携来书和崔群处所留书。

⑥以:通"已"。

⑦潜深:幽深隐蔽。伏隩(yù):隐藏于幽曲之处。

【译文】

裴子从京城来,得到您捎来的一封信。第二天,又在崔大那里得到
了您在陕州所留的书信。反复诵读,然后答复,意犹未尽。不久又得知您
不能留下,而我又被考官羞辱,所以想到给您写封信,一来开导一下您,
二来自我排解一下。辞不尽意,故将要寄出时,又复作罢,最终没有达
成起初的心愿。等到接连收到您的两封来信,从来信中可以看到,大凡
我想劝进您的道理,您都已有自己的体会。我尽管想重复这些话,感觉

也不会超出您的意思，所以，我就打消了原来的念头。后来自己又考虑到，马上就要到很远的地方去了，自此以后，就会深藏不露，不与当世人相接触，尽管您想念我，但是很难见到，所以不能不写信留别，并非有所感而发。

　　仆少好学问，五经之外，百氏之书，未有闻而不求、得而不观者①，然其所志惟在其意义所归②。至于礼乐之名数，阴阳、土地、星辰、方药之书，未尝一得其门户。虽今之仕进者不要此道，然古之人未有不通此而能为大贤君子者。仆虽庸愚，每读书，辄用自愧。今幸不为时所用，无朝夕役役之劳③，将试学焉。力不足而后止，犹将愈于汲汲于时俗之所争，既不得而怨天尤人者④，此吾今之志也。惧足下以吾退归，因谓我不复能自强不息，故因书奉晓。冀足下知吾之退未始不为进⑤，而众人之进未始不为退也。

【注释】

①"仆少好学问"几句：韩愈《进学解》："先生口不绝吟于六艺之文，手不停披于百家之编。"五经，指《诗》《书》《礼》《易》《春秋》五部儒家经典。百氏之书，指诸子百家的著作。

②然其所志惟在其意义所归：韩愈一向主张读书贵在追求书中所传达的"道"。如《题欧阳生哀辞后》："愈之为古文，岂独取其句读不类于今者耶？思古人而不得见，学古道则欲兼通其辞。通其辞者，本志乎古道者也。"《答李翊南秀才书》："然愈之所志于古者，不惟其辞之好，好其道焉尔。"

③役役之劳：指在仕途生涯中钻营奔走。役役，形容劳苦不休。

④"力不足而后止"几句：韩愈追求的是君子不怨天、不尤人的

"道"。《论语·宪问》有:"不怨天,不尤人,下学而上达,知我者其天乎!"

⑤冀足下知吾之退未始不为进:扬雄《法言·君子》:"夫进也者,进于道,慕于德,殷之以仁义,进而进,退而退,日孳孳而不自知倦者也。……进以礼,退以义,难俪也。"韩愈此处以退为进即有此深意在。

【译文】

　　我自少年时就喜欢学问,儒家的《诗》《书》《礼》《易》《春秋》五经之外,诸子百家之书,没有不听说以后就四处搜求、得到以后手不释卷的,但是,我所追求的是书中的意义所在。至于礼乐所涉及的名位礼数,阴阳、土地、天文、方药等方面的书,我不曾摸到它们的门径。尽管现在想要做官的人们不需要了解这些知识,但是,古代的人没有不精通这些知识而成为大贤君子的。我虽然平庸愚鲁,每当读书,就会自己感觉到惭愧。于今,我有幸不被朝廷任用,也就没有早晚奔走的劳苦,将要尝试学习这些知识。能力不逮,然后作罢,仍然超过那些整天忙于时俗之争,一旦没有得到自己想要的,就怨天尤人的人,这就是我现在的志向。担心您因为我而退隐,认为我不再自强不息,所以给您写信,告知您我的想法。希望您了解我的退让应当算是以退为进,而众人所谓的进,反倒是一种退步。

　　既货马①,即求船东下,二事皆不过后月十日。有相问者,为我谢焉。

【注释】

①货:卖,售。

【译文】

　　已经卖掉了马,马上就会乘船东下,办完这两件事都不会超过后月十日。如果有人问起我,麻烦您代我辞谢吧。

【评点】

张孝先曰:因不遇于时,而益进其所学。故遇不足以为乐,而不遇不足以为戚。此豪杰之士所以自树立者,岂庸众人所能窥测哉?

【译文】

张伯行评论道:因为生不逢时,就越发精进学业。所以遇到不让自己满意的事,就感到高兴,遇不到自己不满意的事情就感到忧愁。这正是豪杰之士所要建立的品德,平庸之辈又怎么能够看到并理解呢?

答刘正夫书

【题解】

刘正夫,旧注本一作刘岩夫。据信中"常从游于贤尊给事",贤尊给事即刘生的父亲刘伯刍,韩愈有《奉和虢州刘给事使君三堂新题二十一咏》诗,刘给事即刘伯刍其人。复据《新唐书·宰相世系表上》,刘伯刍有三子:宽夫、端夫、岩夫。岩夫字子耕,登元和十年(815)进士第。后人据此判定"刘正夫"应为"刘岩夫"。方成珪《昌黎先生诗文年谱》定此篇作于元和七年(812)韩愈四十五岁时,时韩愈为国子博士。

本文在写法上有独特之处,林纾在《春觉斋论文·用绕笔》中曾进行详尽分析,并总结道:"上文有一处点眼,下文即处处回抱,文极紧严,又极利落,无逼促态度,读之能启人无数心思。"

愈白进士刘君足下[①]:辱笺教以所不及。既荷厚赐,且愧其诚然[②]。幸甚,幸甚!

【注释】

①进士刘君：唐人习称乡试得贡者为进士，省试及第则称为"前进士"，见李肇《国史补》卷下。此称"进士"，当作于刘生进士及第之前。

②诚然：的确如此。

【译文】

韩愈答复进士刘君足下：承蒙您给我写信，对我的不足之处给予指教。得到您的指教，惭愧地觉得自己确实有这样的不足。非常荣幸，非常荣幸！

　　凡举进士者，于先进之门何所不往①？先进之于后辈，苟见其至，宁可以不答其意邪？来者则接之，举城士大夫莫不皆然，而愈不幸独有接后辈名②，名之所存，谤之所归也③。

【注释】

①先进：前辈。《论语·先进》："先进于礼乐，野人也；后进于礼乐，君子也。"朱熹《四书集注》："先进后进，犹言前辈后辈。"

②独有接后辈名：据王定保《唐摭言》统计，贞元十八年（801）、十九年（802）、永贞元年（805），三年放榜七十二人，而韩愈举荐者达七人之多。可见韩愈爱惜人才，不是说说而已，是付诸行动的。接，接引，奖掖。

③名之所存，谤之所归也：三国魏李康《运命论》有："故木秀于林，风必摧之；堆出于岸，流必湍之；行高于人，众必非之。前鉴不远，覆车继轨。"韩愈的感叹，正与此同，其中有无奈、宿命，更多的是知其不可而为之。

【译文】

凡是参加进士科考试的人，对于他的先辈，哪有不去拜访的？先辈对于后辈，若是看到他到来，又怎么能不回应他的诚意呢？有后辈来访就接待他，满城的士大夫没有不这样做的，然而不幸的是，唯独我韩愈有结交后辈的名声，名声有了，诽谤也会随之而来。

有来问者，不敢不以诚答。或问："为文宜何师？"必谨对曰："宜师古圣贤人①。"曰："古圣贤人所为书具存，辞皆不同，宜何师？"必谨对曰："师其意，不师其辞②。"又问曰："文宜易宜难？"必谨对曰："无难易，惟其是尔③。"如是而已，非固开其为此，而禁其为彼也。

【注释】

①宜师古圣贤人：也即师法古代圣人之道。

②师其意，不师其辞：师其意，也即师其道。辞，也即文辞。韩愈提出"文以载道"，"文"是工具、手段，"道"才是内容，文是为道服务的，因此说"师其意，不师其辞"。

③无难易，惟其是尔：意指为文把握住"是""当"，就没有难易、古今、派别之分了。姚鼐《〈古文辞类纂〉序》云："夫文无所谓古今也，惟其当而已。"

【译文】

有来询问的人，我不敢不诚恳地进行回答。有人问："写文章应该师法谁呢？"我必定谨慎地回答："应该师法古代的圣人先贤。"问："古代圣贤所写的书都在，所用的文辞都不相同，应该学习什么呢？"我会谨慎地回答："学习他们文章的立意，而不是仅学习他们的文辞。"又问道："文章应该写得浅显呢，还是艰涩呢？"我会谨慎地回答说："没有艰深、浅显的说法，只要写法正确就可以了。"如此而已，并非一定要求他们这样做，而禁止他们那样做。

夫百物朝夕所见者，人皆不注视也。及睹其异者，则共观而言之。夫文岂异于是乎？汉朝人莫不能为文，独司马相如、太史公、刘向、扬雄为之最。然则用功深者，其收名也远。若皆与世沉浮，不自树立，虽不为当时所怪，亦必无后世之传也。足下家中百物皆赖而用也，然其所珍爱者，必非常物。夫君子之于文，岂异于是乎？今后进之为文，能深探而力取之，以古圣贤人为法者，虽未必皆是，要若有司马相如、太史公、刘向、扬雄之徒出，必自于此，不自于循常之徒也。若圣人之道不用文则已，用则必尚其能者。能者非他，能自树立，不因循者是也①。有文字来，谁不为文，然其存于今者，必其能者也。顾常以此为说耳。

【注释】

①能自树立，不因循者是也：此正是韩愈在《答李翊书》中所说的"惟陈言之务去"。

【译文】

各种东西，如果从早到晚都能看见，大家都不会留心去看。等到发现了新奇的东西，大家都会去关注并议论它。文章难道会与此不同吗？汉朝人没有不能写文章的，只有司马相如、太史公、刘向、扬雄等人写得最好。可见，下的功夫深厚，他们得到的名声也会传得久远。如果随波逐流，自己不能有所创建，即使不被当时的人们责怪，也不会流传到后世。您家中的各种东西，都是需要而且有用的，但是那些您所珍爱的，必定不是普通的东西。君子对于文章，难道会与此不同吗？现在年轻人写文章，能够深入探索，努力汲取，以古代圣贤为榜样，虽然未必都做得恰当，如果真的有司马相如、太史公、刘向、扬雄一类的人物出现，必定会出现在这些人中间，而不会出现在因循守旧的人里面。如果圣人之道不使用文章阐发也就罢了，一旦使用，一定会推重文章写得好的人，会写文章的人没有什么特别的，只是能够独立创新，不因循守旧罢了。自从有文字以来，谁不写文章，然而那些保存流传到今天的，必定是会写文章的人所写的。所以常用这些人为榜样来说服别人。

愈于足下忝同道而先进者①，又常从游于贤尊给事②，既辱厚赐，又安得不进其所有以为答也？足下以为何如？愈白。

【注释】

①忝（tiǎn）：谦辞。

②贤尊给事：即刑部侍郎刘伯刍。

【译文】

我和您都是经过科举考试而进入仕途的，只不过比您早一些罢了。又经常和您的父亲交往，既然很荣幸得到了您的来信，又怎能不尽我所能回答您的问题呢？您对我讲的道理意下如何呢？韩愈启白。

【评点】

张孝先曰：此篇论文是昌黎公登峰造极之旨。曰"师其意，不师其辞"；曰"无难易，惟其是尔"；曰"用功深者，其收名也远"；曰"能者非他，能自树立，不因循者是也"。为文本领，何其切至！公可谓文中之圣矣。特其一生精神专用于文，而以司马相如辈为标准，故后之儒者不无遗憾云。

【译文】

张伯行评论道：韩愈在这篇文章中论述为文之道时，已经达到了登峰造极的高度。文中提到"师其意,不师其辞","无难易,惟其是尔","用功深者,其收名也远","能者非他,能自树立,不因循者是也",对于写文章的本领,介绍的多么切当啊!韩愈可以称得上是文圣了。只不过,韩愈一生时间精力专门用在了文章的写作上,把司马相如之流的人作为自己努力的方向,后世儒家不能不为之感到遗憾了。

与汝州卢郎中论荐侯喜状

【题解】

侯喜,字叔起,一作叔起,行第十一。其家在开元中为朝官者多达五六人。至侯喜父辈,仕进不达,遂弃官而归,地薄赋多,不足以养亲,侯喜遂读书为文以干禄位。连举进士十五六年,方于贞元十九年(803)登进士第。元和三年(808),仍称前乡贡进士,仍未入仕。官终国子主簿。长庆二年(822)九月卒,韩愈时为吏部侍郎,为文以祭。韩愈对侯喜其人其文均极为重视,贞元十七年(801),荐于汝州刺史卢虔。十八年(802),陆傪佐主司权德舆,又荐于陆傪。后一年,侯喜遂登第。然而侯喜元和中已年老,如竹之枝叶摇曳,不能自恃,故韩愈赠诗有"已作龙钟后时者"之句。

卢郎中,即卢虔。新、旧《唐书》附卢虔传于其子《卢从史传》中:卢虔,字子野,绛州龙门(今山西河津)人。永泰元年(765)进士登第。贞元初为监察御史、殿中侍御史,迁侍御史知杂事。贞元十八年,为汝州刺史。元和元年(806)拜左散骑常侍,官至秘书监。元和四年(809)三月卒。赠兵部尚书,谥灵愍。

侯喜尝为卢虔作《复黄陂记》,此状作于贞元十七年。韩愈对侯喜文章至为激赏,但是,侯喜传之后世的文章却很罕见,欧阳修《集古录》"唐侯喜《复黄陂记》"条曾云:"喜之文辞尝为韩退之所称,而世罕传者,余之所得,此碑而已。"

　　右其人为文甚古①,立志甚坚,行止取舍②,有士君子之操③。家贫亲老,无援于朝④,在举场十余年⑤,竟无知遇。愈常慕其才而恨其屈! 与之还往,岁月已多,尝欲荐之于主司⑥,言之于上位。名卑官贱,其路无繇⑦。观其所为文,未尝不掩卷长叹。去年,愈从调选,本欲携持同行,适遇其人自有家事,迍邅坎坷⑧,又废一年。及春末自京还,怪其久绝消息。五月初至此,自言为阁下所知,辞气激扬,面有矜色,曰:"侯喜死不恨矣! 喜辞亲入关,羁旅道路,见王公数百,未尝有如卢公之知我也。比者分将委弃泥涂,老死草野,今胸中之气勃勃然,复有仕进之路矣!"

【注释】

①右其人:宋人魏仲举《五百家注韩昌黎集》卷三十七收此篇,首句为"进士侯喜",按照古书由上至下、由左至右的书写习惯,"右其人"指的正是"进士侯喜"此句,此乃唐时论荐状格式。

②行止取舍:指对功名仕途的进取或者退守。

③操:操守。

④无援于朝:在朝廷里无人帮助、推荐。

⑤举场:科举考场。韩愈《与祠部陆员外书》向主持贡举的陆傪推荐侯喜时说:"举进士十五六年矣"。

⑥主司:主持科举考试的主考官。

⑦繇(yóu):同"由"。

⑧迍邅(zhūn zhān):形容困顿不得志。

【译文】

　　侯喜此人写文章很有古风,所立志向也很坚定,行为抉择,有士人君子的操守。家中很穷,双亲年龄也大了,朝中也没有人援引,参加科举考试十多年，竟然没有人了解和欣赏他。我常常爱慕他的才能而遗憾命运对他的不公！我与他交往已经有很长时间了，曾经想把他推荐给当政的人，再把他引荐给居于上位的人。无奈我名气小官位低，无法走通这条路。读他写过的文章，没有一次不掩卷长叹。去年，我服从朝廷的选调，本想带着侯喜一同前往任所，正好赶上侯喜有些家事要处理，坎坷延宕，又耽搁了一年。第二年春末，我从京城回来，奇怪他为什么长时间不通消息。五月初侯喜到我这里，对我说他被您赏识，言辞激昂，脸上有自信的神色，说："我侯喜就是死了也不后悔了！我告别家人入关，在旅途中耽搁行程，会见了王公大人有数百人之多，没有一个像卢公那样了解我的。不久前，还认为命中注定了要像泥土一样被世人遗弃，老死于荒野之间，现在则感觉胸中涌动起勃勃生气，我又有可能进入仕途了！"

　　愈感其言，贺之以酒，谓之曰："卢公，天下之贤刺史也。未尝有所推引，盖难其人而重其事①。今子郁为选首②，其言'死不恨'固宜也。古所谓知己者，正如此耳。身在贫贱，为天下所不知，独见遇于大贤，乃可贵耳。若自有名声，又托形势③，此乃市道之事④，又何足贵乎？子之遇知于卢公，真所谓知己者也。士之修身立节，而竟不遇知己，前古已来，不可胜数；或日接膝而不相知⑤，或异世而相慕。以其遭逢之难，故曰'士为知己者死'⑥，不其然乎，不其然乎！"

【注释】

①难：谨慎。"难"和此句中的"重"，都有慎重、谨慎的意思。

②郁为：特出貌，卓然。

③形势：局势，情况。

④市道：即将道义作为交易之物。

⑤接膝：犹促膝。形容坐得很近。陶渊明《闲情赋》："激清音以感余，愿接膝以交言。"

⑥士为知己者死：语出司马迁《史记·刺客列传》："士为知己者死，女为悦己者容。"

【译文】

我被他的言语感染，摆酒向他祝贺，对他说："卢公是天下有贤德的刺史。不曾引荐过什么人，可见卢公对人才要求很高，对引荐人才这件事也很慎重。现在你俨然作为卢公所引荐人才的首选，你说'死了也不后悔'是合适的。古人所说的知己，也不过这样了。出身贫贱，不被天下人所了解，唯独能被大贤所赏识，真是太可贵了。如果已有名声，又依傍有地位的人来显示自己，这就是拿道来做生意了，又有什么可贵之处呢？你被卢公赏识，真是遇到了知己。士人加强自身的修养确立操守，但最终也遇不到知己，这样的例子自古以来数不胜数；有的近在咫尺，却互不了解，有的生不同世，而心中仰慕。因为知己难遇，所以说'士人可以为赏识自己的人死'，不是这样吗，不是这样吗！"

阁下既已知侯生，而愈复以侯生言于阁下者，非为侯生谋也。感知己之难遇，大阁下之德，而怜侯生之心①，故因其行而献于左右焉。谨状。

【注释】

①怜：怜惜。

【译文】

您已经了解侯生，我还将侯生的情况告诉您，并非为侯生考虑。感念知己难于碰到，您的贤德至大无边，同时怜惜侯生一片痴心，所以将其言行告诉给您。谨呈如上。

【评点】

茅鹿门曰：文婉曲感慨，卢郎中当为刺心推毂矣。

张孝先曰：首叙其怀才见屈，中叙其受知自喜。惟屈之极，故喜之甚。此文字著精神处，忽然生出"贺之以酒"一段，言受知不足喜，惟受知于大贤乃真足喜，将卢公身份抬高；而侯喜平日文古志坚，有士君子之操；照应生色，此又是文字加倍精神处也。收亦斡旋得高妙。

【译文】

茅坤评论道：文章婉转含蓄，满含感慨，卢郎中应该为韩愈言论所激励，而荐举侯生了。

张伯行评论道：文章首先记述侯喜怀抱才能，而不能为世所用的委屈，其次记述终于为人赏识的喜悦。只有受尽委屈，才会在一旦被赏识后而喜不自胜。这篇文字最为生动之处，在于"贺之以酒"一段，称言被人了解并不足以高兴，只有被真正有才能的人所赏识，才值得高兴，这里将卢公的身份抬得很高；而侯喜平日写作古文，志存高远，有士人君子的操守；文章照应生动，文辞也更加鲜明动人。结尾处呼应得很是高妙。

送许郢州序

【题解】

许郢州，即许仲舆，新、旧《唐书》无传，其生平不详。今钩稽其可知者如下：许仲舆，字叔载，京兆长安（今陕西西安）人。以献赋射策取甲科，历佐诸藩，由外台监察御史入为著作佐郎，迁水部员外郎。贞元十八年（792），出为郢州刺史。元和七年（812）官至国子司业。

本文实为一篇劝谏文，林纾《韩柳文研究法·韩文研究法》曾分析此文：“《送许郢州序》为昌黎激射于頔之作，行文最妙。当许仲舆刺郢时，于頔方节制山南东道。郢于山南为属邑，頔敛民急，昌黎欲质直谏之，不能为辞。故借送许之行，以微言感动于頔。……许仲舆本在于頔属下，似前书亦可为今日送行之引子。而昌黎乃用报书之言，用坚其说之必行。行文萦覆照应，觉木屑竹头，皆为切用之物，行文精处，真令人莫测。”

　　愈尝以书自通于于公①，累数百言。其大要言：先达之士，得人而托之，则道德彰而名闻流②；后进之士，得人而托之，则事业显而爵位通。下有矜乎能，上有矜乎位，虽恒相求而喜不相遇。于公不以其言为不可，复书曰：“足下之言是也。”于公身居方伯之尊③，蓄不世之材④，而能与卑鄙庸陋相应答如影响⑤，是非忠乎君而乐乎善，以国家之务为己任者乎？愈虽不敢私其大恩，抑不可不谓之知己，恒矜而诵之⑥。情已至而事不从，小人之所不为也。故于使君之行、道刺史之事，以为于公赠。

【注释】

①于公：即于頔，于頔当时为山南东道节度使。韩愈致于頔书，即本书卷一《与于襄阳书》。

②流：传布，扩散。

③方伯：指称地方长官。汉以来之刺史，唐之采访使、观察使，明清之布政使均称“方伯”。《礼记·王制》：“天子百里之内以共官，千里之内以为御，千里之外设方伯。”

④不世：非一世所能有，罕有。多谓非凡。

⑤影响：影子和回声。多用以形容感应迅捷。

⑥恒矜：常常自豪地。

【译文】

我曾经跟于公通过信，总共写了数百个字。信中主要意思是：先进通达之人，广求贤人并信任他们，那么他的道德就一定会得到彰显并能名闻天下；后进之人，遍访贤人并信任他们，那么，他的事业就会成功并且官运也会亨通。处下位者，以才能自诩；处上位者，以官位自诩，尽管他们在一直寻找着对方，但是总不能相遇。于公不认为这些话有什么不合适，回信说："您说的话是对的。"于公处方伯之尊位，门下有举世罕见之人才，却能与地位卑下的浅陋之人及时应答，难道不是对君王忠心、乐于从善、以国家事务为己任的人吗？我虽然不敢将其大恩大德据为己有，却不能不视其为知己，常常很自负地来诵读他的信。情感已经达到，但具体事却与情不符，即便小人也不会这样做。所以我对于使君的行为、刺史的事务有所议论，并用此来赠给于公。

凡天下之事成于自同而败于自异[①]。为刺史者恒私于其民，不以实应乎府[②]；为观察使者恒急于其赋，不以情信乎州。繇是刺史不安其官，观察使不得其政，财已竭而敛不休，人已穷而赋愈急，其不去为盗也亦幸矣。诚使刺史不私于其民，观察使不急于其赋；刺史曰："吾州之民，天下之民也，惠不可以独厚。"观察使亦曰："某州之民，天下之民也，敛不可以独急。"如是而政不均、令不行者，未之有也。其前之言者[③]，于公既已信而行之矣；今之言者，其有不信乎？县之于州，犹州之于府也。有以事乎上，有以临乎下，同则成，异则败者皆然也。非使君之贤，其谁能信之？

【注释】

①自同：与"自异"指自己与别人相同或不同。在本文即指州、府意

见相同或相异，也指州、府政令是否上下一致，一致则事成，不一致
则事败。

②府：与下文"州"为唐代两级行政机构，州的行政长官为刺史，府
的行政长官为观察使，州应接受府的领导。

③其前之言者：指韩愈之《与于襄阳书》。见本书卷一。

【译文】

大凡天下的事情，常常因为自己与别人相同而成功，也常常因为自
己与别人不同而失败。作为刺史，常常袒护其治下百姓，而不把实情告
知府尹；作为观察史，常常急于向百姓征赋，而不信任属州的刺史。因
此，刺史在其官位上坐不安稳，观察史也不能政通民和，百姓的财富已经
枯竭，官府仍然征敛不止；百姓已经走投无路了，仍然急征赋税，百姓不
去做强盗已经是很幸运的事了。如果让刺史不袒护自己的百姓，观察史
不急于向百姓敛赋；刺史会说："我州中的百姓，是天下的百姓，朝廷惠泽
并不比其他地方多。"观察使也会说："我州中百姓，是天下的百姓，赋敛
不能唯独此处火急。"如果这样，政治不均衡、命令得不到贯彻的情况，
就不会存在了。我在以前写给于公的信中说过的话，于公已经相信并去
实施了；我现在说过的话，难道于公会不相信吗？县对于州来说，就像州
和府的关系。或者听从上级的指挥，或者领导下级，同心协力就会成功，
离心离德则会失败，这个道理，对于县、州、府都是适应的。若非像使君
这样贤明，有谁能相信这些道理？

愈于使君，非宴游一朝之好也①，故其赠行不以颂而
以规。

【注释】

①宴游：宴饮游乐。

【译文】

我和使君并非游玩时结交的短暂朋友,所以这篇临行赠别的文章不写祝福的话而写规劝之语。

【评点】

唐荆川曰:此文作二段,后总较。

茅鹿门曰:按《唐书》于公多刻,退之文多托之以讽。

张孝先曰:主意在讽观察使赋敛苛急,使刺史不得安其官。若显言之,则无以为于公地矣。故欲于公听其言,却先从于公平日虚己受言说起,此陪法也。中段欲言观察使不可急于其赋,却先言刺史不可私于其民,此又是陪法也。结处言"不以颂而以规",意中明是规于公,文中却言规使君,所谓言者无罪、闻之者足以戒也。深得立言之体。

【译文】

唐顺之评论道:这篇文章分为两部分,最后概括全文大旨。

茅坤评论道:按照新、旧《唐书》,于公非常刻厉,韩愈在这篇文章中以婉转的方式进行规劝。

张伯行评论道:文章的主要意图在于讽劝观察使征收赋税苛刻而急切,让其治下诸州刺史不能安心为官。如果说得太明显,就会让于公没有回旋余地。因此,为了能够让于公听进自己的建议,先从于公平日虚怀若谷、察纳雅言说起,这是陪衬写法。文章中间部分想说观察使不可以急着征收赋税,却先说诸州刺史不可以袒护自己的百姓,这也是陪衬立意的闲笔。文章结尾说"不写祝福的话而写规劝的话",意思很明显是规劝于公,文字上却说是规劝刺史,这就是所谓提意见的人只要心怀善意,即使提的意见不对也无罪,听取意见的人即使没有对方所提的缺点错误，也值得引以为戒。这篇文章立言很是得体。

赠崔复州序

【题解】

崔复州，复州刺史崔某，其人不详。复州，治今湖北仙桃。此篇赠序与《送许郢州序》写作时间前后相去不远。两篇赠序都关涉韩愈的《与于襄阳书》。《与于襄阳书》写于贞元十八年（802），那么这两篇赠序写作时间当在贞元十八年，或者贞元十九年（803）。于襄阳即序文中提到的观察使，是许郢州、崔复州两位刺史的直接上司。

两篇赠序用意相似，林云铭《韩文起》卷五云："唐中叶赋敛最重，刺史以催科为考成，不言'抚'字，故是篇与《送许郢州》，皆以民穷敛急立论，然其行文，则又迥别。《郢州序》谓观察与刺史，情贵相通；此则谓刺史与小民，情不容隔。《郢州序》有赠有规，分明揭出于公、许公二人来；此则泛论为刺史者之难，转出于公、崔公之仁贤，可使复人蒙其休泽，直颂到底。未尝规，未尝赠，而规赠之意隐隐在言外矣。盖观察位尊，小民分疏，其情之相通，权各有属，不可以一例论耳！读者安可囫囵作一例看却！"

据新、旧《唐书·于頔传》记载，于襄阳即于頔担任山南东道节度使，雄踞一方，势焰熏天，且横征暴敛，百姓以及稍有仁义之心的下属们都不堪其苦，因此韩愈写下这两篇赠序，颇有讽谏之意。

有地数百里，趋走之吏，自长史、司马已下数十人[①]，其禄足以仁其三族及其朋友故旧[②]。乐乎心，则一境之人喜；不乐乎心，则一境之人惧。丈夫官至刺史，亦荣矣。

【注释】

①长史、司马：这两个职位都是刺史之辅佐。按照唐代的官制规定：
　每州刺史而下长史一人、司马一人。

②仁：行惠施利，以恩德济助。这里指帮助、接济。三族：指父亲、
　儿子、孙子三辈人。《周礼·春官·宗伯》："掌三族之别，以辨亲
　疏。"郑玄曰："三族谓父、子、孙，人属之正名。"

【译文】

　　方圆数百里之内的地方，行走在其中的官吏，从长史、司马以下有数
十人，他们的俸禄足以供养他上下三辈人以及他的亲朋好友。如果他内
心快乐，那么他所管理的境内的百姓也都会高兴；如果他内心不快乐，那
么他所管理的境内的百姓也都会害怕。大丈夫为官至刺史，也很荣耀了。

　　虽然，幽远之小民①，其足迹未尝至城邑；苟有不得其
所，能自直于乡里之吏者鲜矣②，况能自辩于县吏乎！能自
辩于县吏者鲜矣，况能自辩于刺史之庭乎！由是刺史有所
不闻，小民有所不宣。赋有常而民产无恒③，水旱疠疫之不
期④，民之丰约悬于州⑤，县令不以言，连帅不以信⑥，民就穷
而敛愈急，吾见刺史之难为也。

【注释】

①幽远：偏僻遥远之地。

②直：申辩。乡里之吏：指里正、耆老。按照唐代户籍制度：民户一
　百家为里，有里正一人；五里为乡，有耆老一人。

③赋有常：官家的赋税有常额。民产无恒：老百姓没有足以养家糊
　口的固定产业。

④疠疫：瘟疫。

⑤悬：久延不决。

⑥连帅：古代十国为连，连设帅，称连帅。这里借指管辖数州的节度
　使。不以信：不信任刺史。

【译文】

　　尽管如此，地处偏远的百姓，他们从来不曾到过城市；如果有什么不
合乎自己意愿的，能够直接在乡吏面前申辩的人已经很少了，何况能向
县吏讲述清楚呢！能够向县吏讲述清楚的人已经很少了，何况能站在刺
史面前讲述清楚呢！因此，刺史对于百姓的需求就会有所不闻，百姓的
需求也得不到表达。赋税是固定的，而百姓的财产却不能保证，旱涝瘟
疫却会不期而至，百姓生活是宽裕还是贫穷久拖不决于州府，县令不将
百姓的实际情况告知上级，连帅就不会相信百姓生活有多困难，百姓穷
困而赋敛火急，我可以想象刺史之位有多么难坐了。

　　崔君为复州，其连帅则于公。崔君之仁，足以苏复
人①；于公之贤，足以庸崔君②。有刺史之荣，而无其难为
者，将在于此乎！愈尝辱于公之知，而旧游于崔君，庆复人
之将蒙其休泽也③，于是乎言。

【注释】

①苏复人：让复州百姓休养生息。

②庸：信任，任用。

③休泽：恩泽。

【译文】

　　崔君做复州刺史，他的上级连帅就是于公。凭借崔君的仁义之心，
足以让复州的百姓日子好起来；凭着于公的大贤大德，足以成就崔君。
拥有刺史的荣耀，而不感觉到刺史之位的难处，这将会是崔君赴任复州

的感受吧！我曾荣幸地被于公赏识，又曾与崔君交往，很高兴复州的百姓将会感受到他们的恩泽了，因此写下这些话。

【评点】

茅鹿门曰：此与《送许郢州序》同意，而规训于公处最含蓄。

张孝先曰：大吏之赋敛难宽，小民之疾苦莫诉。损上益下既不能，剥下奉上又不忍。刺史难为，可胜浩叹！隐望于公宽赋恤民。仁义之言，其利薄哉！

【译文】

茅坤评论道：这篇文章与《送许郢州序》的意思相同，规劝于公的地方显得很是含蓄。

张伯行评论道：大官征收赋税很难宽松，小百姓的疾苦没有申诉的地方。损害上级的利益让下面的百姓受益不容易做到，盘剥下面的百姓逢迎上司又于心不忍。刺史之官难做，不禁让人长叹不已！文章暗含了对于公的期望，希望他能够宽松赋税，体恤百姓。此等仁义之言，能为百姓带来的利益会少吗！

送杨少尹序

【题解】

杨少尹，即杨巨源，字景山。贞元五年（789）进士及第，以能诗名，尝有"三刀梦益州，一箭取辽城"之句。白居易《赠杨秘书巨源》云："早闻一箭取辽城，相识虽新有故情。"此诗遂知名。张籍《送杨少尹赴蒲城》云："官为本府当身荣，因得还乡任野情。"知杨巨源为河中（今山西永济）人。贞元、元和间历仕太常博士、虞部员外郎、凤翔少尹。长庆元年（821）为国子司业。后以年满七十，自请退归乡里，宰相爱其才，奏授河中少尹，不绝其禄。此即杨巨源归乡里时韩愈所作送别之作。

关于本文的写作特点，林云铭《韩文起》卷六有深入分析："七十致仕之年也，杨侯原不得为高；增秩而不夺其俸，亦国家优老之典也，杨侯又不得为奇；至于赠行倡和，乃古今之通套，而不去其乡，尤属本等之常事。看来无一可着笔处，昌黎偏寻出汉朝绝好的故事来，与他辞位增秩及歌诗数事，有同有不同处，彼此相形，作了许多曲折；末复把中些绝个好的事，作反衬语，逼出他归乡之贤，便觉件件出色：皆从无可着笔处着笔也。坊评只赞其故作波澜，而不知非得此波澜，即不能成一字。故能作古文者，方能读古文，俗眼评来，自然可笑。"

昔疏广、受二子[1]，以年老，一朝辞位而去。于时公卿设供张[2]，祖道都门外[3]，车数百两[4]；道路观者多叹息泣下，共言其贤。汉史既传其事，而后世工画者又图其迹，至今照人耳目，赫赫若前日事。

【注释】

[1]疏广、受：指西汉疏广、疏受。疏广、疏受为东海兰陵（治今山东枣庄）人，疏受为疏广之侄。宣帝时疏广任太子太傅，而疏受以遏应敏雅任太子少傅，叔侄并为太子师傅。在任五年，以功成身退，俱称病一日归乡里。《汉书》有传。

[2]供张：供具张设。张，或作"帐"。

[3]祖道：古代为出行者祭祀路神，并饮宴送行。饮宴送行的酒席有时也称祖席。

[4]两：同"辆"。

【译文】

从前疏广、疏受两位先生，因为年纪大了，就毅然辞去官职离开京城。当时朝中大臣设宴于都门外为他们饯行，送行的车辆多达数百。路旁围观的人们纷纷为他们叹息、流泪，无不称道他们的贤德。《汉书》已经记载了他们的事迹，而后世擅长绘画的人又把当时的情形画成图画。直到今天，给人的印象还是那么鲜明、清晰，就好像是前几天发生的事情一样。

国子司业杨君巨源方以能《诗》训后进①，一旦以年满七十，亦白丞相去归其乡。世常说古今人不相及，今杨与二疏，其意岂异也？

【注释】

①国子司业：国子监地位次于祭酒的官员，协助祭酒执掌行政和教育事宜。杨君巨源方以能《诗》训后进：据《五百家注昌黎文集》卷二一引洪兴祖曰："《因话录》云：杨巨源在元和中，诗咏不为新语，体律务实，工夫颇深，以高文为诸生所宗。"

【译文】

国子司业杨巨源先生，精通《诗》学，正在国子监教授学生，一旦年满七十，也禀告丞相请求辞职还乡。世人常说今人不如古人，如今杨先生与二疏相比，他们的思想意趣有什么不同呢？

予忝在公卿后①，遇病不能出。不知杨侯去时，城门外送者几人，车几两，马几匹？道傍观者，亦有叹息知其为贤与否？而太史氏又能张大其事，为传继二疏踪迹否②？不落莫否？见今世无工画者，而画与不画固不论也。

【注释】

①予忝在公卿后：唐穆宗长庆三年（823）十月，以京兆尹韩愈为兵部侍郎，旋迁吏部侍郎。此序为韩愈任吏部侍郎时作，故谓"予忝在公卿后"。

②二疏：指前文所说的疏广、疏受。

【译文】

我当时也在朝廷担任官职，正碰上有病没能出去送行。不知杨先生离京的时候，有多少人到城门外送行，车有多少辆，马有多少匹？路旁围观的人是否也有赞叹其贤德的？当朝史官又能否赞扬其事，写成传记以承接二疏的事迹，而不至于使他受到冷落？现今世上没有擅长绘画的人，画不画成图像，姑且不去管它。

然吾闻杨侯之去，丞相有爱而惜之者①，白以为其都少尹②，不绝其禄。又为歌诗以劝之，京师之长于诗者，亦属而和之。又不知当时二疏之去，有是事否？古今人同不同未可知也。

【注释】

①丞相：指裴度。当时裴度守司空兼门下侍郎、平章事。

②白：禀告朝廷。

【译文】

然而我听说杨先生辞官离京，丞相曾因欣赏而表示惋惜，奏明皇上让他担任原籍河东郡的少尹，不中断他的俸禄，还赋诗勉励他，京城那些擅长写诗的人，也都作诗奉和。不知当年二疏辞官离京的时候，有没有这样的事情？某些细节，古人与今人相同还是不同，不容易搞清楚了。

中世士大夫以官为家，罢则无所于归。杨侯始冠举于其乡，歌《鹿鸣》而来也^①。今之归，指其树曰："某树，吾先人之所种也；某水某丘，吾童子时所钓游也。"乡人莫不加敬，诫子孙以杨侯不去其乡为法。古之所谓"乡先生没而可祭于社"者^②，其在斯人欤，其在斯人欤！

【注释】

①歌《鹿鸣》而来：指杨巨源怀忠臣之心以报效朝廷。《鹿鸣》，《诗经·小雅》中篇目。《毛诗序》云："《鹿鸣》，宴群臣嘉宾也。既饮食之，又实币帛筐篚，以将其厚意，然后忠臣嘉宾得尽其心矣。"

②乡先生：对同乡中年老而退休者的敬称。《礼记·冠义》郑玄注："乡先生，同乡老而致仕者。"

【译文】

中古时候的士大夫，以官府为家，一旦离职就没有归宿了。现在有所不同了，杨先生成年后由家乡推荐应试中举，当地人唱着《鹿鸣》诗欢送他到京城做官。如今他告老还乡，指点着那些山水树木说："那棵树，是我先人栽下的；那条河、那座山丘，是我童年时钓鱼、游玩的地方。"家乡人没有人不更加敬重他了，他们会告诫自己的子孙要效法杨先生叶落归根的美德。古时候所说的那种死后可以入乡贤祠受祭祀的"乡先生"，我想就是指的杨先生这样的人吧！就是杨先生这样的人吧！

【评点】

唐荆川曰：前后照应，而错综变化不可言。此等文字，苏、曾、王集内无之。

茅鹿门曰：以二疏美少尹，而专于虚景簸弄，故出没变化不可捉摸。

张孝先曰：羡杨少尹能全引退之义，却将二疏来相形，言其事迹之同、不同未可知，而清风高节则无不同也。文法错综尽态，意在言外，令人悠然想见。末段遂言其归故乡之乐，贤于世之贪爵慕禄者远矣。唐人诗云："相逢尽说休官去，林下何曾见一人。"士大夫出处之际，可念也夫！

【译文】

唐顺之评论道：文章前后照应，其间行文极尽变化，妙不可言。这样的文字，在三苏、曾巩、王安石的文集中，很难看到。

茅坤评论道：通过与疏广、疏受二人相比来赞美杨少尹，并特地以虚景渲染烘托，行文变幻莫测，不可捉摸。

张伯行评论道：韩愈羡慕杨少尹能够全身而退，行止合义，却将其与西汉的疏广、疏受相比附，称他们之间的事迹是否相同并不清楚，但是他们的高风亮节是没有不同的。文章行文错落有致，极尽变化，意蕴丰富，溢于言表，让人悠然遥想，心向往之。文章结尾顺势写其荣归故里的快乐，比那些贪恋高爵厚禄之辈超出太远了。唐人有诗写道："相逢尽说休官去，林下何曾见一人。"士大夫在出世入世之间进行选择时，可以想一想杨少尹吧！

送石处士序

【题解】

石处士，即石洪，字濬川，洛阳（今属河南）人。曾居家十年不仕。佐河阳军节度、御史大夫乌重胤之际，韩愈有诗送之。石洪去世，韩愈又撰祭文与墓志铭。处士，隐士。

本文作于元和五年（810）六月，为送石处士赴乌重胤之邀出山而写。全文结构巧妙,以明暗两条线索,赞扬石处士的"惟义之归"和乌公的"求士为国"所共同体现出的"义"。明写乌公与众僚属的对话,在讨论求贤之事的几问几答中,既体现出乌公能知贤、求贤,又表明石处士的品德才学;明写石处士应聘之速和众人饯行规劝之殷殷之情,其实,以此表现出石处士行事有决断同时,委婉得体地借众人之口表达对石处士和乌公的期望和劝导。全文始终围绕选用贤才,鼓励贤才"以道自任、决去就"的中心展开。结构精巧,匠心独运。

　　河阳军节度、御史大夫乌公①,为节度之三月,求士于从事之贤者,有荐石先生者。公曰:"先生何如?"曰:"先生居嵩、邙、瀍、穀之间②,冬一裘,夏一葛;食,朝夕饭一盂、蔬一盘。人与之钱,则辞;请与出游,未尝以事辞;劝之仕,不应。坐一室,左右图书。与之语道理,辨古今事当否,论人高下,事后当成败,若河决下流而东注,若驷马驾轻车就熟路,而王良、造父为之先后也③,若烛照数计而龟卜也。"大夫曰:"先生有以自老,无求于人,其肯为某来耶?"从事曰:"大夫文武忠孝,求士为国,不私于家。方今寇聚于恒,师环其疆④,农不耕收,财粟殚亡。吾所处地,归输之涂⑤,治法征谋,宜有所出。先生仁且勇,若以义请而强委重焉,其何说之辞?"于是撰书词,具马币,卜日以授使者,求先生之庐而请焉。

【注释】

①河阳:唐河南府属县名,今河南孟州。安史之乱中为军事要地,
　以后常置重兵,设节度使。御史大夫:唐代中央监察机构御史台

的长官,当时节度使多兼此类头衔。乌公:乌重胤,张掖(今属甘
肃)人。元和五年(810)四月被任为河阳军节度使、御史大夫。

②嵩、邙(máng)、瀍(chán)、穀:指嵩山、邙山、瀍水、穀水(现为谷
水),皆在河南洛阳周围。

③王良、造父:皆古之善御马者。王良为春秋晋人,造父为周人。

④方今寇聚于恒,师环其疆:唐宪宗元和四年(809)三月,节度使王
上真死,他的儿子王承宗起兵叛唐,故云寇聚恒州。冬十月,诏以
神策中尉吐突承璀为镇州行营招讨等使,统大军讨之。恒,唐州
名。这里也是成德军节度使的驻地。

⑤涂:同"途"。

【译文】

河阳军节度使、御史大夫乌公,担任节度使的第三个月,就向有贤
能的下属访求人才,有人推荐了石洪先生。乌公问道:"这位石先生怎么
样?"回答说:"石先生住在嵩、邙两山与瀍、谷两水之间,冬天披一件皮
裘,夏天穿一件葛衫;早晚吃饭,粗饭一碗、蔬菜一盘。别人送钱给他,他
谢绝不收;邀请他一起去游玩,从未借故推辞;劝他出来做官,却不肯答
应。经常坐在一间屋子里,左右堆满图书。跟他谈论道理,辨析古今事
件的是非,评论人物的高下,推断事情的成败,他的话语就像河水决堤向
东方奔流直下那样滔滔不绝;就像四匹骏马驾轻车上熟路,而由能手王
良、造父在前后掌鞭那样纵横驰骋;就像灯光照耀那样明察秋毫,像著草
算卦、龟甲占卜那样灵验准确。"乌大夫说:"石先生有志以隐居终老,无
求于人,他肯为我出来吗?"僚属说:"大夫文武双全,忠孝兼备,网罗人
才出于公心,不是谋求私利。当今叛寇聚集于恒州,军队环聚布署在边
界,农夫不能耕种收获,前方财空粮尽。我们所处的地方,是输送军需钱
粮的要道,如何治理地方,征伐叛军,应该有人出来谋划。石先生仁爱而
有胆识,如果以大义相请,并委以重任,他还有什么可说的呢?"于是写
好聘请的书信,准备好马匹、礼物,选个吉日交付使者,寻访石先生的住

处,恳请他出来。

　　先生不告于妻子,不谋于朋友,冠带出见客,拜受书礼于门内。宵则沐浴,戒行李①,载书册,问道所由,告行于常所来往。晨则毕至,张筵于上东门外②。酒三行,且起,有执爵而言者曰:"大夫真能以义取人,先生真能以道自任、决去就,为先生别。"又酌而祝曰:"凡去就出处何常? 惟义之归③。遂以为先生寿。"又酌而祝曰:"使大夫恒无变其初,无务富其家而饥其师,无甘受佞人而外敬正士,无味于谄言,惟先生是听,以能有成功,保天子之宠命。"又祝曰:"使先生无图利于大夫,而私便其身图。"先生起拜,祝辞曰:"敢不敬蚤夜以求从祝规④!"

【注释】

①戒行李:整顿行李。戒,准备。

②张筵:即陈设宴会所需之帷帐、用具及酒肴等。张,供张。上东门:在洛阳东。

③惟义之归:即"惟归义"。只归向道义,或以道义为归宿。

④敬蚤夜:时刻谨慎。蚤,同"早"。从祝规:遵从祝词规劝的话。

【译文】

　　石先生闻讯之后,没有告诉妻子儿女,没有跟朋友商量,便戴冠束带出来见客,在屋里恭敬地接受了书信和礼物。当夜就沐浴更衣,准备行李,装载书籍,问明前往的道路,并向日常来往的朋友一一道别。第二天清晨,朋友们都来送行,设宴于上东门外为他饯行。酒过三巡,石先生就要起身上路,有人举杯致辞说:"乌大夫真能以大义取人,石先生真能以道自任、决定进退,这杯酒为先生送别。"有人斟酒祝词说:"凡是离开、留下、出仕、退隐,哪种才是正常状态?只要合乎道义而已。祝先生健康长寿。"又有人斟了一杯酒,说:"但愿乌大夫永远不改初衷,不要只顾自家富足而让士兵挨饿,不要内心喜巧言令色之人,而只在表面上敬重正直之士,不要被谗言所蒙蔽,而能一心听从先生的高见,这样才能获得成功,保全天子赐予的光荣使命。"又有人说:"希望先生不要在乌大夫那里谋求私利,趁便达到个人的目的。"石先生起身敬答这些祝词,说:"我怎敢不时刻自励,遵照诸位的叮嘱去做呢!"

丁是东都之人士咸知大夫与先生果能相与以有成也①,遂各为歌诗六韵,遣愈为之序云。

【注释】

①东都:今河南洛阳。有成:有成效,有成就。

【译文】

这样一来,东都洛阳的士人都知道乌大夫与石先生一定能相互协作而有所成就,在座的人便各赋诗六韵,并叫我为此写下这篇序。

【评点】

茅鹿门曰:以议论行叙事,当是韩之变调。然予独不甚喜此文。

张孝先曰:石处士怀抱高才,不苟应聘,而幡然赴乌公之命。写得有声有色。但当时藩镇权重,聘士皆引为私人;而士之游幕下者,孳孳为利而已。故欲乌公听处士之谋划,以保宠命;又欲处士无怀利以事大夫。此作序之大旨,妙在尽托他人之言,使观者浑然不觉,而深味无穷。

【译文】

茅坤评论道：文章运用议论的笔法进行叙事，这是韩愈文章的变调。但是我并不喜欢这篇文章。

张伯行评论道：石处士怀抱高才，不随便接受别人的聘请，却突然接受乌公的召唤。文章写得有声有色。但是，在当时藩镇割据的局面下，藩镇所聘请的士人都是为一己之私用；士人游走于各藩镇幕府之间，都一味为了谋利而已。因此，韩愈写下这篇序文，目的是想让乌公能够虚心听取谋士们的建议，以便保住朝廷和皇帝的信任；还希望幕府中的士人在为士大夫谋划时不要怀抱谋利的想法。这正是韩愈写这篇序文的目的，序文的妙处在于韩愈在行文时假托他人之言，让读者完全没有感觉到这一点，并回味无穷。

送温处士赴河阳军序

【题解】

题目一作《送温造处士赴河阳军序》。温处士，即温造，字简舆。隐居王屋山，以渔钓逍遥为事。寿州刺史张建封闻风，致书币招延，以兄女妻之。元和五年（810），乌重胤镇河阳，署节度参谋。温造后累官兵部侍郎、御史大夫、礼部尚书。太和九年（835）六月丁酉病卒，时年七十，赠右仆射。此篇赠序约略写于元和五年冬至元和六年（811）春。

文章以河阳军节度使乌重胤求贤若渴，先后征聘石洪和温造的经过，既赞扬了石洪和温造的出众才能，又赞颂了乌重胤的知人善任。写法上也颇有特色。林云铭《韩文起》卷五曾说："乌公所举，实在延致石生之后，且用石生代请，不得不并叙石生。既叙石生，又不得不以广揽归美乌公。忽作幸语，忽作怨语，其所谓时事之艰，佐军之要，与夫节度处士之贤，一概阁起，不道一字，的是后次再举之文，他篇移用不得。人以为奇肆，其实乃一定之法也，但叙得淋漓跌宕，使人自见其奇肆耳，读者当玩其练局之妙。"

　　伯乐一过冀北之野^①，而马群遂空^②。夫冀北马多天下，伯乐虽善知马，安能空其群耶？解之者曰：吾所谓空，非无马也，无良马也。伯乐知马，遇其良，辄取之，群无留良焉。苟无良，虽谓无马，不为虚语矣。

【注释】

①伯乐：春秋秦穆公时人，姓孙，名阳，以善相马著称。据《列子·说符》，伯乐认为一般的良马"可形容筋骨相"；相天下绝伦的千里马，则必须"得其精而忘其粗，在其内而忘其外。"冀北之野：古代善出良马之地。《左传·昭公四年》："冀之北土，马之所生。"柳宗元《与崔连州论石钟乳书》："冀之北土，马之所生，凡其大耳短脰，拘挛踠跌，薄蹄而曳者，皆可以胜百钧，驰千里。"

②马群遂空：马群中的良马被挑选一空。

【译文】

　　伯乐一过冀北之野，而马群中的良马被挑选一空。冀北为天下产马最多之地，伯乐虽然善相马，怎么能使马群一空呢？解释的人说，我所说的"空"，并不是说没有马，而是说没有良马。伯乐善于相马，遇到良马，就把它挑走了，马群中也就没有良马留下了。如果没有良马，即使说没有马，也不算言过其实了。

　　东都，固士大夫之冀北也。恃才能深藏而不市者^①，洛之北涯曰石生，其南涯曰温生^②。大夫乌公以铁钺镇河阳之三月^③，以石生为才，以礼为罗，罗而致之幕下。未数月也，以温生为才，于是以石生为媒，以礼为罗，又罗而致之幕下。

东都虽信多才士,朝取一人焉,拔其尤;暮取一人焉,拔其尤。自居守、河南尹以及百司之执事④,与吾辈二县之大夫,政有所不通,事有所可疑,奚所咨而处焉?士大夫之去位而巷处者⑤,谁与嬉游?小子后生,于何考德而问业焉?搢绅之东西行过是都者⑥,无所礼于其庐。若是而称曰:大夫乌公一镇河阳,而东都处士之庐虚无人焉,岂不可也?

【注释】

①深藏而不市:这里指为某种目的而进行交易。

②洛之北涯曰石生,其南涯曰温生:石洪、温造分居洛水南北之涯,韩愈《寄卢仝》中所谓"水北山人得名声""水南山人又继往"即指此二人。洛,指洛水。

③大夫乌公以钺镇河阳之三月:此谓乌重胤为河阳节度使三个月。大夫乌公,即乌重胤。钺,同"斧钺",帝王所赐,象征专征专杀之权力。《礼记·王制》:"诸侯赐弓矢,然后征;赐钺,然后杀。"

④自居守、河南尹以及百司之执事,与吾辈二县之大夫:乌重胤镇河阳之三月,辟石洪,未数月,又辟温造,事皆在元和五年(810)。居守,官名。留守的别称。此"居守"指东都留守郑馀庆。《旧唐书·宪宗本纪》载:元和三年六月甲戌,"以河南尹郑馀庆为东都留守"。又,元和六年夏四月己卯,"东都留守郑馀庆为兵部尚书,依前留守"。河南尹,指房式或郗士美。《旧唐书·宪宗本纪》载:元和四年十二月壬申朔,"以陕虢观察使房式为河南尹"。又,元和五年十二月壬午,"以鄂岳观察使郗士美为河南尹"。执事,此指各部门的僚属。二县,指洛阳县和河南县,韩愈当时任河南县令。

⑤士大夫之去位而巷处者:此指辞官归隐者。

⑥搢绅:插笏于绅。后用为官宦或儒者的代称。绅,古代仕宦者和
　　儒者围于腰际的大带。

【译文】

东都洛阳,本来是士大夫的"冀北"。很有才能而隐逸山林不肯出
仕的,洛水之北有一个石生,洛水之南有一个温生。御史大夫乌公以节
度使的身份镇守河阳的第三个月,看中石生是个人才,即以礼相请,把他
罗致到自己幕下。没过几个月,又看中温生是个人才,于是通过石生的
介绍,以礼相邀,又把他罗致到自己幕下。东都洛阳虽是人才荟萃之地,
但早上挑走一个,选拔了其中最优异的;晚上挑走一个,又选拔了其中最
优异的。这样一来,从东都留守、河南尹及其各个部门的官员,到我们这
些洛阳、河南二县的官员,施政碰到障碍,事情有了疑难,到哪儿去咨询
请教从而加以妥善解决呢? 离职闲居在家的士大夫,跟谁交游娱乐呢?
青年后辈,到哪儿去考察德行、请教学业呢? 东西往来路过洛阳的官员,
也无法登门拜访了。像这样的情况,我们说,御史大夫乌公一镇守河阳,
而东都处士的住所就没有人才了,难道不可以吗?

　　夫南面而听天下,其所托重而恃力者惟相与将耳。相为
天子得人于朝廷,将为天子得文武士于幕下,求内外无治,不
可得也。愈縻于兹,不能自引去,资二生以待老①。今皆为有
力者夺之,其何能无介然于怀耶②? 生既至,拜公于军门,其
为吾以前所称,为天下贺;以后所称,为吾致私怨于尽取也。
留守相公首为四韵诗歌其事③,愈因推其意而序之。

【注释】

①"愈縻于兹"几句:意谓我所以还留在河南县令的位子上不自行
　　引退,是因为想凭借石、温二位在这里之故终老于此。縻,牵系。

兹,此。引,引退。资,借。

②介然:不能释怀,耿耿于怀。

③留守相公:指郑馀庆。

【译文】

帝王治理天下,他所得力而依靠的只有宰相和大将。宰相为天子网罗人才到朝廷,大将为天子网罗文人武士于幕下,若能这样,还想国家内外治理不好,那是绝对不可能的。我羁留此地做个县令,不自行引退,依赖石、温二生的帮助而颐养天年,如今他们都被很有权力的人夺走了,怎能不使我耿耿于怀呢?温生到任后,在军门拜见了乌公,就像我前面所说的那样,幕府得了这样的人才,应该为国家庆贺;就像我后面所说的那样,把本地的人才都选空了,我个人是不无抱怨的。东都留守相公,首先作诗四韵颂扬这件事,我便推演他的意思写下了这篇序文。

【评点】

茅鹿门曰:以乌公得士为文,而温生之贤自见。

张孝先曰:全篇以"空群"二字作眼目,所以极写温生之贤也。而其精神命脉在"为天子得人"数句。言斯人之贤,总为效忠天子耳,非为一己之私也。结句"前所称"即指此段;"后所称"乃指"愈縻于兹"一段。文法自明,读者多混,故及之。

【译文】

茅坤评论道:文章从夸赞乌公得士处着笔,温生的贤德就自然而然地显现出来了。

张伯行评论道:全篇文章将"空群"二字作为文章的眼睛,用来极力烘托温生的贤德。文章所要表达的最为精微、至关重要之处,是在"为天子得人"几句。认为士人之贤德,总是要效忠天子,并非为一己之私。结尾处"前所称"一句,正是指的"为天子得人"几句;"后所称"指的是"愈廖于兹"一段。行文之法,不言自明,读者常常混淆不清,因此,提点一下。

送董邵南序

【题解】

此文题目一作《送董邵南游河北序》。董邵南,寿州安丰(今安徽寿县)人。贫能读书,有孝行。韩愈贞元间就食于江南时,与之交游,遂作是序。

韩愈结识董邵南,在徐州张建封门下。此篇篇名明着"送"字,当系于韩愈从事徐州时。韩愈为张建封徐州节度推官在贞元十五年(799)秋,至十六年(800)五月去徐。则此篇之作,当在贞元十五年至十六年之间。

此篇序文,历来被评家称为"神品"。韩愈在文中对董邵南怀才不遇深表同情,对他投靠藩镇隐含规劝、不赞成之意,但表达得颇富艺术性,其中妙处林纾在《韩柳文研究法·韩文研究法》中分析得至为透彻:"《送董邵南序》,其下或有'游河北'三字。按:《新唐书·藩镇列传》序曰:'安、史乱天下,至肃宗大难略平,君臣皆幸安故,瓜分河北地,付授叛将。一寇死,一贼生,讫唐亡百余年,卒不为王土。'据此,则董生之游河北,非昌黎意矣。然昌黎之于董生,不惟有序,而且有诗,集中《嗟哉董生行》,极言其孝慈感召,至鸡哺乳狗,'以翼来覆'云云,爱董生至矣。乃以不得志之故,郁郁从贼,在理原不宜有序,然既有前诗之褒美,则赠序亦不能不加匡正。若对董生当面骂贼,则文章实无此体。观其下笔称一'古'字,若今之不然可知,疾入董生之不得志,决能相合,相合者从乱也。'勉乎哉'三字,是提醒意。'夫以子之不遇时'句,高高叫起慕义强仁之爱惜，是虚虚作陪，疾入燕、赵之广收亡命是正意。然不坐实燕、赵人之善作贼，望其能移易故俗，以就朝廷范围。外面似褒词，内中是危词，以今证古，古既如是，今必加厉。说到此，词锋已露，渐渐示以贬词，乃疾转一笔，言以生之行卜之，闲闲掩过，复言'勉乎哉'，是勉其决不可从贼也。又患董生不明其意，将谓伏他此行，感化燕、赵浇俗，故凭空提出乐毅，决其必无其人，言念昔时，则并荆、高之徒皆少矣。姑劝其往亦是虚语，试思屠狗之贱，且劝其归朝，岂有董生之孝慈，转背朝廷而从贼。楼台倒影于水光中反照，使之触目历历，不必劝止，而劝止之意已明明指出，又不十分唐突，真词林妙品也。"

　　燕赵古称多感慨悲歌之士①。董生举进士，连不得志于有司②，怀抱利器③，郁郁适兹土④，吾知其必有合也。董生勉乎哉！

【注释】

①燕赵古称多感慨悲歌之士：燕赵是战国时两个诸侯国名。燕约辖今河北北部一带，赵约辖河北南部一带。据《史记·刺客列传》，战国时，荆轲受燕太子丹托付，入秦刺秦王，太子丹及朋友们送别荆轲于易水，高渐离击筑，荆轲歌："风萧萧兮易水寒，壮士一去兮不复还！"登车不顾而去。何焯《义门读书记》卷三十二："《隋书·地理志》：冀幽俗重气侠，好结朋党。其相赴生死亦出于仁义，故班志述其土俗悲歌慷慨，椎剽掘冢亦自古之所患焉。发端议论，亦从此出。"

②连不得志于有司：关于董邵南的不得志，韩愈《嗟哉董生行》曾描述："寿州属县有安丰，唐贞元时，县人董生召（邵）南隐居行义于其中。刺史不能荐，天子不闻名声，爵禄不及门，门外惟有吏，日来征租更索钱。"

③利器：才能。

④郁郁适兹土：指董邵南满怀郁郁不平之气到达燕赵之地。

【译文】

　　燕赵一带，古来就以涌现过许多慷慨悲歌之士而著称于世。董先生参加过进士科考试，接连几年都没有被录取，只好怀着卓越的才干，满含郁郁不平之气到达那里，我料想总该有较好的遭遇吧。董先生，你可要努力啊！

　　夫以子之不遇时，苟慕义强仁者①，皆爱惜焉，矧燕赵之士出乎其性者哉！然吾尝闻风俗与化移易②，吾恶知其今不异于古所云邪③？聊以吾子之行卜之也。董生勉乎哉！

【注释】

①慕义：倾慕仁义。强仁：因畏惧而勉强实行仁义之道。

②风俗与化移易：指转移风气，改变习俗。

③吾恶知其今不异于古所云邪：此句蕴意幽微，朱熹《昌黎先生集考异》："此篇言燕赵之士仁义出于其性，乃故反其词，以深讯其不臣而习乱之意，故其卒章又为道上威德以警动而招徕之，其旨微矣。读者详之。"

【译文】

　　像您这样怀才不遇的人，只要是向往仁义、实行仁义的人，都会知道爱惜的。何况对于燕赵一带的人来说，这种向往还是出自他们的本性呢！可是，我也听说，风俗是会随着政治的改变而改变的，我怎么能够知道这个地方的人们今天和过去的情况有没有差别呢？那么就只能从您这次旅行的结果来进行判断了。董先生，您可要努力啊！

吾因子有所感矣。为我吊望诸君之墓①，而观于其市，复有昔时屠狗者乎②？为我谢曰："明天子在上，可以出而仕矣！"

【注释】

①望诸君：指战国时乐毅。乐毅，中山灵寿（今属河北）人，初在赵，燕昭王时入燕，任亚卿，大败齐军于济西，下齐七十余城。惠王即位，齐施反间计，乐毅出奔至赵，赵封乐毅为望诸君。《史记》有传。

②昔时屠狗者：以屠狗为职业的人。此指隐居街市的豪侠之士。

【译文】

由于您的这次出行，我不禁有些感慨。到了燕赵以后，请为我凭吊一下因为得不到信任而客死他乡的燕国将军乐毅的坟墓吧！也希望您去集市上看一看，还有没有像从前一样以卖狗肉为生的豪侠之士呢？如果有，就请告诉他们："现在，圣明天子在位，可以出来为朝廷效力了。"

【评点】

茅鹿门曰：文仅百余字，而感慨古今，若与燕赵之士相为叱咤呜咽其间，一涕一笑，其味无穷。昌黎序文，当属第一首。

张孝先曰：此因送董邵南而讽藩镇归顺之意。先言燕赵多豪士，仁义出于其性，此行必有遇合；继又虑风移俗染，人心不古，其不遇亦未可知也；遇不遇不关于一身，而关于世道，故曰："以吾子之行卜之也。"忽然转一感慨，以为乐毅之才、荆轲之侠，彼中应自有人，当令其奋身报国，为明天子佐太平，方是豪士，何苦为跋扈不臣之徒乎？所以警动而招徕之者，微旨可想。此等沉郁顿挫文字，韩昌黎下无人攀跻得到。

【译文】

茅坤评论道：文章仅仅一百余字，却感慨古今，似乎与燕赵悲歌之士一起怒喝、哭泣，或者啼哭，或者狂笑，其间韵味无穷。在韩愈众多序文中，这一篇应当排在第一。

张伯行评论道：韩愈通过写给董邵南的这篇赠序。来讽劝叛乱的藩镇归顺朝廷。文章先提到燕赵之间多慷慨悲歌之士，行为合乎仁义，而这一切都出于他们的大性，照此传统，董邵南此行一定会遇到与自己志同道合的人；继而，韩愈又担心风俗变化，人心不古，照此担心，董邵南此行也许遇不到与自己志同道合的人；不论是遇到或是遇不到，都关乎世道人心，所以韩愈说："只能以董邵南此行是否遇到知己来判断世道人心了。"至此，文章忽然转折，发出如此感慨：像乐毅那样有才能的人、像荆轲一样行侠仗义的人，燕赵之地应该存在，这些人应该奋发有为，报效国家，成为天子辅佐，护佑太平盛世，如此才能称得上是豪杰之士，何苦成为飞扬跋扈、不守臣节的叛乱之徒呢？韩愈试图通过这篇赠序，警醒河北叛乱之徒，并对他们进行招抚，微言大义，良苦用心，可以想见。这篇文字沉郁顿挫，就此而言，韩愈之后，没有作者能够与其比肩。

送王埙秀才序

【题解】

此篇作年不详。王埙，太原（今属山西）人，余不可考。

孟子之学在唐代的弘扬，韩愈居功至伟。韩愈对儒学的贡献在于首倡道统学说，梳理出了尧、舜、禹、汤、文、武、周公、孔子、孟子的儒家道统传承脉络，并将接绪孟子以来的儒家道统视为自己当仁不让的使命。在这篇赠序中，韩愈谈及《孟子》称："吾少而乐观。"当看到王埙知读《孟子》，韩愈喜不自胜，遂层层追溯孟子学问所自来，引出曾子、子思一派，并区分出主干与枝丫，使学者有所取舍，知晓源流，趋于醇正。可以说这篇序文是一部浓缩的儒家思想传承史。

吾常以为孔子之道大而能博，门弟子不能遍观而尽识也，故学焉而皆得其性之所近。其后离散分处诸侯之国，又各以其所能授弟子[1]，源远而末益分。

【注释】

①其后离散分处诸侯之国，又各以其所能授弟子：孔子之后其弟子的离散，《史记·儒林列传》曾有记述："自孔子卒后，七十子之徒散游诸侯，大者为师傅卿相，小者友教士大夫，或隐而不见。故子路居卫，子张居陈，澹台子羽居楚，子夏居西河，子贡终于齐。如田子方、段干木、吴起、禽滑厘之属，皆受业于子夏之伦，为王者师。"

【译文】

我常常认为孔子所讲的道非常博大，孔门弟子们不能够普遍了解并且有精深的认识，所以弟子们跟从孔子问学，所获取的也多是与他们性情相近的知识。后来，这些弟子们散居于各个诸侯国之间，又各自以他们所知道的传授给自己的弟子，距离源头已经很远，支流分出更多。

盖子夏之学，其后有田子方①；子方之后，流而为庄周②。故周之书，喜称子方之为人③。荀卿之书，语圣人必曰孔子、子弓④。子弓之事业不传，惟太史公书《弟子传》有姓、名、字曰馯臂子弓⑤。子弓受《易》于商瞿⑥。孟轲师子思⑦，子思之学盖出曾子⑧。自孔子没，群弟子莫不有书⑨，独孟轲氏之传得其宗,故吾少而乐观焉。

【注释】

①盖子夏之学,其后有田子方:田子方,名无择。《庄子》称田子方曾
侍坐于魏文侯,可见田子方是魏文侯时人。《史记·魏世家》称:
"魏成子以食禄千钟,什九在外,什一在内,是以东得卜子夏、田子
方、段干木。此三人者,君皆师之。"则田子方与子夏同时。《史
记·仲尼弟子列传》也记载:"子夏居西河教授,为魏文侯师。"
西河属魏国,则子夏在魏国设坛授徒。复据《史记·儒林列传》:
"如田子方、段干木、吴起、禽滑厘之属,皆受业于子夏之伦,为王
者师。"则子夏弟子中除魏文侯外,还有田子方。

②子方之后,流而为庄周:此说不知韩愈有何依据。如果此说成
立,那么庄子之学源于儒家。《庄子·天下》篇云:"《诗》以道志,
《书》以道事,《礼》以道行,《乐》以道和,《易》以道阴阳,《春秋》
以道名分。"后人以为非深于六艺者不能道。

③故周之书,喜称子方之为人:《庄子》仅《田子方》篇引田子方一次。
此文曰"喜称",是否《庄子》逸篇中还有称引的话,现已无考。

④荀卿之书,语圣人必曰孔子、子弓:《荀书·非十二子》篇云:"无
置锥之地而王公不能与之争名,在一大夫之位则一君不能独畜,
一国不能独容,成名况乎诸侯,莫不愿以为臣,是圣人之不得势
者也,仲尼、子弓是也。"《荀子·儒效》篇云:"非大儒莫之能立,
仲尼、子弓是也。"至于荀子为何将孔子与子弓并列,童第德《韩
集校诠》卷二十认为:"应劭云:子弓,子夏之门人,盖子弓学无常
师,学业必有异人者,故荀卿比之孔子,不得以典籍无传而疑之
也。"

⑤轩(hán)臂子弓:《史记·仲尼弟子列传》中,韩愈所谓"轩臂子
弓"写作"轩臂子弘",

⑥子弓受《易》于商瞿：《史记·仲尼弟子列传》云："商瞿，鲁人，字子木。少孔子二十九岁。孔子传《易》于瞿，瞿传楚人馯臂子弘。"

⑦孟轲师子思：孟子与子思并非处于同一个时代，这里是说孟子之学出于子思，应该是子思门人所传授。

⑧子思之学盖出曾子：曾子，春秋鲁人，名参，字子舆，孔子弟子。曾子少孔子四十六岁，子思为孔子孙子，则子思或师事曾子。

⑨群弟子莫不有书：清人冯云鹓辑有《圣门十六子书》，其中有《颜子》《冉子》《仲子》《闵子》《端木子》《有子》《言子》《卜子》《颛孙子》等各若干卷，可为孔子弟子有书之证。

【译文】

子夏的学问，后来传授给田子方；田子方的学问后来又辗转传授给庄周。所以在庄周所写的书中，喜欢称颂田子方的为人。在荀子所写的书中，所说圣人指的是孔子和子弓。子弓的学术没有传授下来，只有司马迁《史记·仲尼弟子列传》中记有姓、名、字叫馯臂子弓的。子弓的《易》学传授自商瞿。孟轲师从子思，子思的学问大约源出于曾子。自从孔子去世以后，孔子的众多弟子没有一个不对孔子的言行进行记录的，只有孟轲得到了孔子的真传，所以我从年少时就喜欢看孟子的文章。

太原王埙示予所为文，好举孟子之所道者。与之言，信悦孟子，而屡赞其文辞。夫沿河而下，苟不止，虽有疾迟，必至于海。如不得其道也，虽疾不止，终莫幸而至焉。故学者必慎其所道。道于杨、墨、老、庄、佛之学，而欲之圣人之道，犹航断港绝潢①，以望至于海也。故求观圣人之道者，必自孟子始。今埙之所由，既几于知道，如又得其船与楫，知沿而不止，呜呼，其可量也哉！

【注释】

①断港绝潢：谓同其他水流隔绝不通。潢，积水池。

【译文】

太原王埙给我看他所写的文章，王埙是一个喜欢称引孟子之道的人。与他对话，的确喜欢孟子，并且多次称赞孟子的文辞。如果沿着河流往下游走，只要不停止脚步，即使有快有慢，但最终一定能够到达大海。如果不能得到真道，即便疾速不止，最后也不能有幸到达目的地。所以求学的人必须对其所问之道非常小心。向杨、墨、老、庄、佛之学问道，而想得到圣人之道，就好比在一个断绝的港口或截流的水池中，而希望到达大海一样。所以追求观瞻圣人之道的人，一定从孟子开始。现在，王埙的起点，已经接近了解圣人之道了，如果又找到舟楫，并且能够沿河而下，而不停止，唉，他的未来真的不可限量了！

【评点】

唐荆川曰：此是立主意之文，而紧要全在"好举孟子之所道者"一句。

茅鹿门曰：通篇以孟子作主，是退之立自己门户，故其文有雄视一世气。

张孝先曰：朱子云："韩退之言'轲死不得其传'，此非深知所传者何事，则未易言也。"读此篇，于孔门传授本支派别极其分明，自汉以来，无此见识。

【译文】

唐顺之评论道：这是一篇确立主旨大意的文字，全文关键之处在于"好举孟子之所道者"一句。

茅坤评论道：整篇文章将孟子思想作为主体，这是韩愈在确立自己的思想根基，因此他的文章具有傲视同代之人的气魄。

张伯行评论道：朱熹说："韩愈所说的'孟子死后，儒家思想没有得到传承'，如果不是知道所传承的是什么东西，就不会轻易说出这样的话来。"读完这篇文章，对于孔子一派传承源流，就会了然于心了，从汉代以来，还没有人具备这样的见识。

送齐暤下第序

【题解】

这篇序文约写于德宗贞元十年（794），当时韩愈在京应吏部博学宏词试。考《新唐书·宰相世系表》，齐映兄弟六人，齐暤居第四，齐暤登进士第在贞元十一年（795）。则韩愈与齐暤在京应进士试时相识，这篇序文写于齐暤登第前一年。

本文在写法上，采用映衬、烘托的手法。开篇拈出"公""私"二字，讲述何为"公"，何为"私"，古之公私如何，今之公私如何，继而感叹人心之不古。铺垫至此，齐暤方才登场。齐暤因避兄之嫌，为有司黜落，世人皆以为不公之时，齐暤却坦然接受，由此衬托齐暤之品行、胸襟。

古之所谓公无私者，其取舍进退，无择于亲疏远迩，惟其宜可焉。其下之视上也，亦惟视其举黜之当否，不以亲疏远迩疑乎其上之人。故上之人行志择谊①，坦乎其无忧于下也；下之人克己慎行，确乎其无惑于上也。是故为君不劳，而为臣甚易。见一善焉，可得详而举也；见一不善焉，可得明而去也。及道之衰，上下交疑，于是乎举仇、举子之事②，载之传中而称美之，而谓之忠。见一善焉，若亲与迩不敢举也；见一不善焉，若疏与远不敢去也。众之所同好焉，矫而黜之乃公也③；众之所同恶焉，激而举之乃忠也。于是乎有违心之行，有怫志之言，有内愧之名。若然者，俗所谓良有司也。肤受之诉不行于君④，巧言之诬不起于人矣。呜呼，今之君天下者不亦劳乎！为有司者不亦难乎！为人向道者不亦勤乎！是故端居而念焉，非君人者之过也；则曰有司焉？则非有司之过也；则曰今举天下人焉？则非今举天下人之过也。盖其渐有因，其本有根，生于私其亲，成于私其身。以己之不直，而谓人皆然。其植之也固久，其除之也实难，非百年必世不可得而化也，非知命不惑不可得而改也。已矣乎，其终能复古乎！

【注释】

①行志择谊：犹言行其志而择其应择者。谊，义，合乎正义规范者。

②举仇、举子之事：指春秋时晋国祁奚之事。《左传·襄公三年》："祁奚请老，晋侯问嗣焉，称解狐，其仇也，将立之而卒。又问焉，对曰：'午也可。'于是羊舌职死矣，晋侯曰：'孰可以代之？'对曰：'赤也可。'于是使祁午为中军尉，羊舌赤佐之。君子谓祁奚于是能举善矣，称其仇，不为谄；立其子，不为比；举其偏，不为党。"

③矫：枉情，违心，

④肤受之诉不行于君：语出《论语·颜渊》："浸润之谮，肤受之诉，不行焉，可谓明也已矣。"肤受之诉，谓巧相诉害者，如人皮肤之受尘垢。当时不觉，久而乃积而厚。

【译文】

　　古人所说的大公无私的人，他的选择与舍弃，是进还是退，并不为选择对象的亲疏远近所影响，只要是适合的就可以了。作为下属对待他的上级，也只是根据举荐和罢黜是否适当，而不会因为亲疏远近去怀疑居于上位的人。所以居于上位的人能够按照他应该做的去贯彻自己的意志，从而坦然且不必担心地面对他的下属；处于下位的人，能够约束自己，小心行事，保证不去盅惑他的上级。因此，作为君王就不会劳顿，作为臣子也会很轻松。看到一个德才兼备的人，就尽可能详尽地了解他，并举荐他；见到一个并非仁善的人，就尽可能地搞清楚他的错误所在，并排除掉他。等到圣人之道衰微，居上者与处下者相互怀疑，于是举荐仇家、举荐亲生儿子的事情被载入史传中，并被称颂赞美，称之为"忠"。看到一位德才兼备的人，如果因为是亲近的人而不敢举荐；见到一个并非仁善的人，如果因为是一个非亲非故的人而不敢舍弃。众人所共同喜欢的，如果能够力排众议而将其废黜，此可称之为有公心；众人所共同厌恶的，如果能够强烈坚持举荐他，此可称之为有忠心。于是，有违背内心的行为，有违背意志的言语，有内心受之有愧疚的名声。如果这样的话，可以被众人称为优秀的官员。那些浅薄的诉说就不会出现在君主面前，那些巧言令色的诬陷就不会在人群中产生。唉！现在君临天下的人不也太劳苦了吗！做官的人不也太难了吗！用圣人之道教化百姓的人不也太勤勉了吗！所以，静心思考这一时弊的出现，并非人君的原因；那么是官员的责任吗？其实也并非官员的责任；是天下举荐者的责任吗？其实也并非天下举荐者的责任。大致来讲，产生这一时弊的原因是一个渐变的结果，有其根源存在，发端于对自己至亲之人的偏心，而形成于对自己的私心。因为自己不正直，而声称众人都是这样。这一痼疾由来已久，要想根除是很困难的，没有一百年的时间社会风气是得不到根本改变的，如果不知天命，不避惑乱，世风人习也得不到改变。算了吧，最终还能恢复古风古习吗！

若高阳齐生者①，其起予者乎②？齐生之兄为时名相，出藩于南，朝之硕臣皆其旧交③。齐生举进士，有司用是连枉齐生，齐生不以云，乃曰："我之未至也，有司其枉我哉？

我将利吾器而俟其时耳④。"抱负其业，东归于家。吾观于人，有不得志则非其上者众矣，亦莫计其身之短长也。若齐生者既至矣，而曰："我未也。"不以闵于有司⑤，其不亦鲜乎哉？吾用是知齐生后日诚良有司也，能复古者也，公无私者也，知命不惑者也⑥。

【注释】

①高阳：县名，唐属河北道瀛州，故址今属河北。

②起予：犹言启发于我，语出《论语·八佾》："起予者商也。"起，犹"启"。

③"齐生之兄为时名相"几句：齐皞之兄齐映于贞元二年（786）以中书舍人与左散骑常侍刘滋、给事中崔造同拜平章事，七年（791）观察桂管，又改江西观察使。详见《旧唐书·齐映传》。

④利吾器：谓修炼其才学品行。利，使锋利。

⑤闵：病困。

⑥"吾用是知齐生后日诚良有司也"几句：按，韩愈以为齐生之兄曾为名相，朝廷多故旧，故有司为了避嫌，连年不录取他。用是，因这个原因。枉，不公正。

【译文】

　　像来自高阳的齐生，不正是启发我的人吗？齐生的兄长是当世名相，出镇南方，朝中的大臣都是他的老朋友。齐生参加科举考试，主持其事的人就根据这个原因连累冤枉了齐生，齐生不以为然，就说："我没有达到要求，主考官怎能冤枉我呢？我会不断磨砺自己，等待时机的出现。"怀抱着他的未竟之业，向东回到他的家乡。据我对人的观察，如果不能如愿得到他想要的，就会指责他的上司，这样的人太多了，这种人不会考虑他自身的优长或短处。像齐生这样能力已经到了，却说："我没有达到。"不乞求官员的同情，这种人不是太少了吗？我根据这些来推断，齐生日后一定会成为优秀的官吏，是一个能恢复古风的人，一个大公无私的人，一个知道天命而不迷惑的人。

【评点】

茅鹿门曰：大凡已嫉时之论，而入齐生才数语，只看他操纵如意处。

张孝先曰：凡人避嫌者，皆内不足也。知其材之可举，以大臣子弟为嫌，而故枉之，庸非私乎？齐生不愠，其志可尚，故韩公许之。

【译文】

茅坤评论道：韩愈在这篇文章中，畅论自己愤世嫉俗的观点，涉及齐生的才几句话，却写得挥洒自如。

张伯行评论道：凡是企图避免嫌疑的人，内心都不够强大。明明知道某人才能出众，符合举荐的条件，却因为他是大臣的子弟，而故意埋没了人才，难道这不是自私的行为吗？齐生不怨恨，说明他的志节高尚，因此韩愈嘉许他。

送李愿归盘谷序

【题解】

此篇赠序约写于贞元十七年（801），当时韩愈在京师候选，尚未授官。李愿，隐士名，隐居盘谷，号盘谷子，生平事迹不详。盘谷，在今河南济源。韩愈这篇序文写就后，当时流传就已很广，并有刻石问世。据欧阳修《集古录跋尾》卷八明署为"贞元中"原刻。欧阳修跋云："盘谷在孟州济源县,贞元中县令刻石于其侧。令姓崔,其名泳。今已摩灭。其后书云:'昌黎韩愈,知名士也。'当时退之官尚未显,其道未为当世所宗师,故但云'知名士'也。然当时送愿者不为少,而独刻此序,盖其文章已重于时也。以余家集本校之,或小不同,疑刻石误。集本世已大行,刻石乃当时物,存之以为佳玩尔,其小失不足较也。"

　　文章从写景入手,将盘谷渲染成一处超脱尘俗的人间净土。接着笔锋一转,借李愿之口剖析了三类人物:一类声威煊赫、奢靡逸乐的贵族;一类与世无争、自甘淡泊的隐者;一类利欲熏心、趋炎附势的小人。在描述这三类人时,作者笔墨饱醮情感,或憎、或爱、或羡,有繁有简,有疏有密,有浓有淡,错落有致,极尽变化。文末,作者意犹未尽,采用韵味极浓的诗歌体,来赞叹李愿所隐居的盘谷,同时也表达了作者的企慕与向往之情。文章时韵时散,笔法灵活多变,气势奔放酣畅,堪称是熔骈散于一炉的抒情佳作。苏轼在《跋退之〈送李愿序〉》中赞叹说:"余亦以谓唐无文章,惟韩退之《送李愿归盘谷》一篇而已。"

　　太行之阳有盘谷^①,盘谷之间,泉甘而土肥,草木丛茂,居民鲜少。或曰:谓其环两山之间,故曰"盘"。或曰:是谷也,宅幽而势阻^②,隐者之所盘旋^③。友人李愿居之。

【注释】

①太行:太行山,在今山西与河北、河南之间。阳:山的南面。
②宅幽而势阻:位置深僻而地势险阻。
③盘旋:逗留往来,留连不舍。

【译文】

　　太行山的南面有个盘谷。盘谷中间,泉水甘甜,土地肥沃,草木繁茂,人烟稀少。有人说:因为这山谷环绕在两山之间,所以称作"盘"。也有人说:这个山谷,位置幽僻而地势阻塞,是隐者盘桓逗留的地方。我的朋友李愿就住在这里。

　　愿之言曰①："人之称大丈夫者,我知之矣。利泽施于人②,名声昭于时,坐于庙朝③,进退百官而佐天子出令。其在外,则树旗旄④,罗弓矢,武夫前呵⑤,从者塞途,供给之人,各执其物,夹道而疾驰。喜有赏,怒有刑。才俊满前⑥,道古今而誉盛德,入耳而不烦。曲眉丰颊,清声而便体⑦,秀外而惠中⑧,飘轻裾⑨,翳长袖⑩,粉白黛绿者⑪,列屋而闲居,妒宠而负恃,争妍而取怜。大丈夫之遇知于天子,用力于当世者之所为也。吾非恶此而逃之,自有命焉,不可幸而致也⑫。

【注释】

①愿之言曰:关于此句林纾《韩柳文研究法·韩文研究法》评析道:"在'愿之言曰'四字,一团傲藐不平之概,均出李愿口述,骂得痛快淋漓,与己一些无涉。在《昌黎集》中,稍近粗豪,然却易入人眼,宜东坡之称赏不置也。"

②利泽:利益与恩泽。

③庙朝:即朝廷。古代国君的许多政治活动常在宗庙里进行,故与朝廷合称庙朝。

④旗旄:旗杆上饰有牦牛尾的旗子。旗旄是权力、地位的标志与象征。

⑤武夫前呵:武士在前面吆喝开道。

⑥才俊:才能出众的人。这里指达官的僚属与幕客。

⑦便体:轻盈的体态。

⑧惠中:资质聪慧。惠,通"慧"。

⑨裾：衣襟。

⑩翳：蔽，掩。

⑪黛：古代女子用以画眉的青绿色颜料。

⑫幸而致：侥幸得到。

【译文】

李愿说："人们称为大丈夫的人，我是了解的。他们把利益恩惠施给别人，名声显扬于当世，在朝廷上参与政事，任免百官，辅佐皇帝发号施令。他们到了朝廷外面，便树起旗帜，陈设弓箭，武夫在前面呼喝，侍从塞满道路，负责供给的仆役各自拿着物品，在路的两边飞快奔跑。他们高兴时就随意赏赐，发怒时就任意处罚。他们跟前聚集着很多才能出众的人，论古说今，赞扬他们的美德，这些话叫人听到耳中而不感到厌烦。那些眉毛弯弯、面颊丰腴、声音清脆、体态美好、外貌秀丽、资质聪慧的女子，起舞时轻薄的衣襟飘然而动，长长的衣袖遮掩面容，白粉搽脸，青黛画眉，在一排排房屋中轻闲地住着，自恃貌美，忌妒别的姬妾得到宠爱；争着比美，一心要获取主人的怜爱。这就是受到皇帝的知遇，掌握了很大权力的大丈夫的所作所为啊！我并非厌恶这些而躲开的，只是命中注定而不能侥幸得到啊！

"穷居而野处①，升高而望远，坐茂树以终日，濯清泉以自洁。采于山，美可茹；钓于水，鲜可食。起居无时，惟适之安。与其有誉于前，孰若无毁于其后；与其有乐于身，孰若无忧于其心。车服不维②，刀锯不加③，理乱不知④，黜陟不闻⑤。大丈夫不遇于时者之所为也，我则行之。

【注释】

①穷居而野处：住在闭塞的山野。

②车服：古代官员的车马服饰。维：维系，束缚。

③刀锯：古时的刑具。

④理乱：治与乱。

⑤黜陟：降职与升官。

【译文】

"穷困家居，住在山野，登上高处眺望远方，在繁茂的树下整日悠然静坐，在清澈的泉水里洗涤，保持自身的洁净。从山上采来的果子，甜美可食；从水中钓来的鱼虾，鲜嫩可口。日常作息没有定时，只要感到舒适就安于如此。与其当面受到赞誉，不如背后不受诋毁；与其肉体享受安乐，不如心中没有忧虑。既不受官职的约束，也不受刑罚的惩处，既不问天下的治乱，也不管官吏的升降。这些都是遭遇不好、不得志的人的所作所为，我就这样去做。

"伺候于公卿之门，奔走于形势之途①，足将进而趑趄②，口将言而嗫嚅③，处污秽而不羞，触刑辟而诛戮④，侥幸于万一，老死而后止者。其于为人贤不肖何如也⑤！"

【注释】

①形势：权势。

②趑趄（zī jū）：犹豫不前的样子。

③嗫嚅（niè rú）：想说又不敢说的样子。

④辟：法度。

⑤不肖：不贤。

【译文】

"侍候在达官贵人的门下，在通往地位权势的路上奔走，想要抬脚进门却犹豫不前，想要开口说话却又吞吞吐吐。处于污浊低下的地位而不知羞耻，触犯了刑法而受到诛杀，希冀着获得非分名利的微弱机会，直到老死才罢休。这样的人在为人方面究竟是好呢还是不好呢!”

　　昌黎韩愈闻其言而壮之①。与之酒,而为之歌曰:盘之中,维子之宫②。盘之土,维子之稼;盘之泉,可濯可沿;盘之阻,谁争子所?窈而深,廓其有容③;缭而曲,如往而复。嗟盘之乐兮,乐且无央④!虎豹远迹兮,蛟龙遁藏;鬼神守护兮,呵禁不祥。饮且食兮寿而康,无不足兮奚所望!膏吾车兮秣吾马⑤,从子于盘兮,终吾生以徜徉⑥。

【注释】

①昌黎:韩愈常自称“郡望昌黎”。唐代人喜欢标榜郡望。壮之:觉
　得很有气魄。

②维:是,乃。宫:房屋,家室。

③廓其有容:宽阔而物产丰富。

④无央:无穷无尽。

⑤膏:油脂。这里指涂油于车轴等处使之转动滑利。

⑥徜徉:悠闲自在地行走。

【译文】

　　昌黎韩愈听了李愿的话,称赞他讲得有气魄。给他斟上酒,并为他作一首歌:盘谷之中,是你的房屋。盘谷的土地,可以播种五谷;盘谷的泉水,可以用来洗涤,可以沿着它去散步;盘谷地势险要,谁会来争夺你的住所?谷中幽远深邃,天地广阔足以容身;山谷回环曲折,像是走了过去,却又回到了原处。啊!盘谷中的快乐啊,无穷无尽!虎豹远离这儿啊,蛟龙逃避躲藏;鬼神守卫保护啊,呵斥禁绝不祥。有吃有喝啊长寿而健康,没有不满足的事啊,还有什么奢望!用油抹我的车轴啊,用粮草喂我的马,随着你到盘谷啊,终生在那里优游徜徉。

【评点】

茅鹿门曰：通篇全举李愿说话，自说只数语，此又别是一格。而其造语形容处，则又铸六代之长技矣。

张孝先曰：大丈夫处世非行则藏，岂可不顾廉耻以求富贵？纵使求之而得，已可羞矣，况未必得耶？何如洁身归隐之为高也！借题写意，警人愦愦。

【译文】

茅坤评论道：整篇文章完全列举李愿说过的话，韩愈自己说的话仅仅寥寥数语，这又是韩愈古文的另一种写法。文中语句构造描摹之处，熔铸六朝文章技法之优长。

张伯行评论道：大丈夫安身立命，若非为世所用，则必退隐山林，怎能不顾及礼义廉耻而追求荣华富贵呢？即使追求到，也会让人羞愧，何况未必追求得到呢？为什么不将洁身自好、归隐山林作为高尚的追求呢！文章借此题表达这一主旨，以警醒糊涂的世人。

送陈秀才彤序

【题解】

永贞元年（805），韩愈为江陵府（治所在今湖北荆州）参军事，送陈彤举进士，作是序。陈彤后以元和十三年（818）登第。

在这篇赠序中韩愈勉励年轻人读书要学以致用，学习是为了传道，写文章是为了阐理。

读书以为学，缵言以为文①，非以夸多而斗靡也，盖学所以为道，文所以为理耳。苟行事得其宜，出言适其要，虽不吾面,吾将信其富于文学也②。

【注释】

①缵(zuǎn)言:著述。缵,通"纂"。

②"苟行事得其宜"几句:《论语·学而》:"子夏曰:'贤贤易色,事父母,能竭其力;事君,能致其身;与朋友交,言而有信。虽曰未学,吾必谓之学矣。'"这四句在句式上模仿了《论语》。

【译文】

读书为了治学,积言可以成文,这些并非是用来夸耀渊博的学识,比拼富赡的文辞,求学是为了学习圣人之道,写文章是为了说理。只要做事合乎情理,说话恰如其分,尽管与我不曾谋面,我也会相信他是充满文学才情的人。

颍川陈彤,始吾见之杨湖南门下①,颀然其长②,薰然其和③。吾目其貌,耳其言,因以得其为人。及其久也,果若不可及④。夫湖南之于人不轻以事接⑤,争名者之于艺,不可以虚屈。吾见湖南之礼有加,而同进之士交誉也⑥,又以信吾信之不失也。如是而又问焉以质其学,策焉以考其文,则何不信之有⑦?故吾不征于陈⑧,而陈亦不出于我,此岂非古人所谓"可为智者道,难与俗人言"者类耶⑨?

【注释】

①杨湖南:谓湖南观察使杨凭。

②颀:长。

③薰:温和貌。《庄子·天下》:"薰然慈仁,谓之君子。"

④及其久也,果若不可及:意谓与陈彤相处日久,发现他的才学、人

品果然不可企及。

⑤夫湖南之于人不轻以事接：意谓湖南观察使杨凭不因为职务轻易
与人交接，想依附他博得声名之人，不可以虚妄学艺。事，职务。

⑥同进之士：同僚，同属。交誉：交口称誉。

⑦"如是而又问焉以质其学"几句：意谓既已相信其有学问，则不必
一一考究，否则信任就没有用了。质、策，都是追究、考问的意思。

⑧故吾不征于陈：意谓我不考察陈彤，陈彤亦不用因我而扬名。

⑨可为智者道，难与俗人言：可以和明智的人谈论，难以与世俗之人
说。语出司马迁《报任少卿书》："仆诚已著此书，藏之名山，传之
其人，通邑大都。则仆偿前辱之责，虽万被戮，岂有悔哉？然此可
为智者道，难为俗人言也。"

【译文】

颍川人陈彤，我初次见他是在杨湖南门下，身材修长，神态温和。我
观察他的相貌，聆听他的言谈，于是能够了解他的为人。等时间长了，果
然发现他非常人能比。杨湖南因为职务不轻易结交士人，争取名声的人
对待自己所学的东西，不能够虚瞒或者矫饰。我看到杨湖南对待陈先生
礼遇有加，而且与他一同仕进的人都交相称赞他，此足以证明我对他的
信任是不错的。在此基础上，又进而向他发问来验证他的学问；让他写
策论来考察他写文章的水平，又有什么不信任的呢？所以，我不需要征
信于陈先生，陈先生也不会因我而出名，这难道不是与古人所说的"可
以向明智的人说，很难向世俗之人说"相似吗？

凡吾从事于斯也久①，未见举进士有如陈生而不如志
者②。于其行，姑以是赠之。

【注释】

①从事于斯：指自己从事学问、考试及推荐人才等。

②未见举进士有如陈生而不如志者：意谓陈彤定能如其所愿擢第。

【译文】

我从事这件事也已经很久了，却没有在参加科举考试的人中见过像陈生这样不得志的。在他离开的时候，姑且写下以上的文字赠给他。

【评点】

茅鹿门曰：有蕴藉沉著大意。以彤之为人，不待考其文而可见也。

张孝先曰：韩公文字有奇奇怪怪者，而其论文学处乃质实如此。其于陈秀才，非以文信其人，乃以人信其文，自是大贤具眼。

【译文】

茅坤评论道：这篇文章写得含蓄沉稳，凭着陈彤处世接物的风格，不用阅读他写的文章，就能够对陈彤有一个比较全面的了解。

张伯行评论道：韩愈有些文字写得稀奇特异，不同寻常，但是他谈论文学的地方却很朴实，正如这篇文章一样。对于陈彤秀才，并非凭借其文章而去了解这个人，而是凭借其人品而去了解其文章，只有才德超群的人，才具有如此的眼光。

送高闲上人序

【题解】

关于高闲上人，据赞宁《宋高僧传·杂科声德篇》："湖州开元寺释高闲，本乌程人也。髫年卓跞，范露异才。受法已还，有邻坚志，苦学劳形，未尝少惰。后入长安，于荐福、西明等寺隶习经律，克精讲贯。宣宗重兴佛法，召入对御前草圣，遂赐紫衣，仍预临洗忏戒坛，号十望大德。

性情节操，蠢然难屈。老思归乡，终于本寺。弟子鉴宗，敕署无上大师，亦得闲之笔法。闲常好将霅川白绫书真草之踪，与人为学法焉。"

韩愈曾有《论佛骨表》等文章排斥佛教，但他并不排斥与僧人为友。这篇《送高闲上人序》即为与僧人高闲上人的离别赠序。全文以一系列事例，分析阐发艺术创作需要专心致志，正如高闲上人学草书，只有心无旁骛才能达到张旭的境界。韩愈此文以委婉的措词，旁敲侧击，借高闲上人学草书以辟佛。

苟可以寓其巧智，使机应于心，不挫于气，则神完而守固①，虽外物至，不胶于心②。尧、舜、禹、汤治天下，养叔治射③，庖丁治牛④，师旷治音声⑤，扁鹊治病⑥，僚之于丸⑦，秋之于弈⑧，伯伦之于酒⑨，乐之终身不厌，奚暇外慕？夫外慕徙业者，皆不造其堂，不哜其胾者也⑩。

【注释】

①神完而守固：指精神饱满、高度专注。

②不胶于心：指外物不在心中凝滞停留。胶，凝滞，停留。

③养叔治射：养叔即养由基。春秋楚大夫，善射，百步以外射柳叶，百发百中。事见《春秋左传·成公十六年》《战国策·西周策》等。

④庖丁治牛：据《庄子·养生主》："庖丁为文惠君解牛，手之所触，肩之所倚，足之所履，膝之所踦，砉然响然，奏刀騞然，莫不中音……凡解牛，以神遇而不以目视，官知止而神欲行……恢恢乎其于游刃必有余地矣。"后以"庖丁解牛"喻指做事得心应手。庖丁，厨工。

⑤师旷：春秋时晋国乐师，目盲，善辨音律。事迹见《国语·晋语》《孟子·离娄上》等。

⑥扁鹊：战国时名医，原名秦越人。事迹见《史记·扁鹊仓公列传》。

⑦僚：指宜僚，熊姓，春秋时鲁人。丸：指弄丸，一种技艺，两手抛弹
　　丸多枚而不使落地。

⑧秋：即弈秋，春秋时善弈棋者。见《孟子·告子上》。

⑨伯伦：指刘伶。刘伶，晋人，字伯伦，好酒，有《酒德颂》。

⑩"夫外慕徙业者"几句：意谓凡技艺，倘不能乐之终身不厌而外
　　慕徙业，则不能升之于堂而尝其滋味。哜（jì），浅尝，吃。此指玩
　　味。胾（zì），肉食，佳肴。此指一种技艺达到出神入化的境界。

【译文】

　　人如果能够把自己的智慧都寄托在一件事情上，使心洞察事务的变
化而随机应变，神气不受挫伤，就可以精神饱满而坚定地做自己的事情，
即使外物来干扰，也不会分散其心智。尧、舜、禹、汤治理天下，养叔从事
射箭，庖丁解牛，师旷研究音乐，扁鹊治疗疾病，宜僚对于玩弹弓，弈秋对
于下棋，刘伶对于饮酒，都是喜爱自己所做的事情而终身不厌倦，哪里有
闲暇去思慕其他的事情呢？那些思慕其他事情而放弃自己事业的人，都
不能有很深的造诣，不能品尝到其中的滋味，进入出神入化的境界。

　　往时张旭善草书①，不治他技。喜怒、窘穷、忧悲、愉
佚、怨恨、思慕、酣醉、无聊、不平，有动于心，必于草书焉发
之。观于物，见山水崖谷、鸟兽虫鱼、草木之花实、日月列
星、风雨水火、雷霆霹雳、歌舞战斗，天地事物之变，可喜可
愕，一寓于书②。故旭之书，变动犹鬼神，不可端倪③。以此
终其身，而名后世。

【注释】

①张旭：字伯高，唐时苏州吴（今江苏苏州）人。善草书，嗜酒，每

醉后号呼行走，索笔挥洒，其草书变化无穷，若有神助，时人号为
"张颠"。详见《新唐书·文艺传·张旭传》。

②一寓于书：《新唐书·文艺传·张旭传》："旭自言：始见公主檐夫
争道，又闻鼓吹，而得笔法意，观倡公孙舞剑器，得其神。"

③不可端倪：意谓不可测度，难以探究。端倪，端涯，边际。

【译文】

以前张旭擅长写草书，就不再钻研其他的技艺，喜怒、窘困、贫穷、
忧伤、悲哀、快乐、安逸、怨恨、思慕、酣醉、无聊、不平，有触动他内心的
情绪，就一定在他写草书时宣泄出来。观察事物，看到山川溪水、岩崖幽
谷、鸟兽虫鱼、草木的花朵果实、日月星辰、风雨水火、雷霆霹雳、歌舞战
斗场面，天地间事物的变化，可喜可惊的一切，全都寄托在书法之中，因
此张旭书法的变化犹如鬼使神差，让人无法测度。他以写草书终其一
生，也因此扬名后世。

今闲之于草书，有旭之心哉？不得其心，而逐其迹①，
未见其能旭也②。为旭有道③：利害必明，无遗锱铢④，情炎
于中⑤，利欲斗进⑥，有得有丧，勃然不释⑦，然后一决于书⑧，
而后旭可几也⑨。今闲师浮屠氏⑩，一死生⑪，解外胶⑫，是其
为心，必泊然无所起；其于世，必淡然无所嗜。泊与淡相遭，
颓堕委靡⑬，溃败不可收拾。则其于书，得无象之然乎⑭？然
吾闻浮屠人善幻多技能⑮，闲如通其术，则吾不能知矣。

【注释】

①逐其迹：追摹张旭书法的形迹。

②能旭：指能取得张旭那样的成就。

③为旭：指成为像张旭那样的书法家。

④锱铢：古代的重量单位，其说不一，一说，六铢为锱，二十四锱为一
　两。后常用以比喻极微小的数量。

⑤炎：燃烧。

⑥斗进：奋力进取。

⑦勃然：精神旺盛的样子。

⑧决：意同前"必于草书焉发之"的"发"，表现。

⑨几：差不多，接近。

⑩浮屠氏：僧人。

⑪一死生：把死和生看成一样。

⑫解外胶：把外界事物一概忘却，求得内心清净。

⑬颓堕：意气消沉。

⑭象之然：和上述的精神状态一样。

⑮善幻：会幻术。

【译文】

　　而今高闲对于草书，有张旭那样的内心冲动吗？如果没有张旭那样
的内心冲动，而仅仅追摹张旭书法的形迹，看不出他能达到张旭那样的
境界。要成为张旭那样的书法家是有规律可循的：利害必须分明，细微
的东西也不能忽略，感情在内心中燃烧，利益欲望竞相搏进，或有所得，
或有所失，情感郁积不能释怀，然后把这些思想感情统统贯注到书法中，
如此，书法就和张旭接近了。现在，高闲师是佛门中人，把生死等同，排
除外物对内心的干扰，这样他的内心必定平静没有什么起伏；对于外界，
必定淡泊没有什么爱憎。平静和淡泊融合在一起，意志消沉萎靡不振，
精神溃败得不可收拾。那么他在书法中能不表现出同样一片消沉萎靡
之气吗？然而我听说佛教徒善于幻术，有很多的技能，高闲应该通晓那
些技能，不过这我就不知道了。

【评点】

张孝先曰："乐之终身不厌，奚暇外慕"数句，可谓名言。艺士之于艺，君子之于道，其致一也。

【译文】

张伯行评论道："乐之终身不厌，奚暇外慕"几句，可称得上名言了。有技艺的人对于技艺，君子对于大道，他们的追求都是一样的。

《荆潭唱和诗》序

【题解】

此序樊汝霖《韩文公年谱》谓作于永贞元年（805），韩愈是年夏秋间离阳山，秋末，徙江陵府参军事。方崧卿《韩集举正》谓元和元年（806）江陵作，是年六月韩愈召拜国子博士。荆，即荆南，此谓裴均，裴均贞元十九年（803）五月为荆南节度使。潭，即湖南，此谓杨凭，杨凭贞元十八年（802）九月为湖南观察使。唱和，以诗词相酬答。

此文是一篇以应"从事"之要求为"气满志得"的裴均、杨凭的诗集写的序文，虽为应酬之作，对诗集仅有含蓄的评价，但提出了一个重要的文学创作规律："夫和平之音淡薄，而愁思之声要妙；欢愉之辞难工，而穷苦之言易好也。"

关于本文的写作特点，孙琮《山晓阁唐宋八大家选韩昌黎集》卷三曾分析道："欢愉难工，愁苦易好，此是千古衡文确论。今昌黎借来翻一议论，对照下段裴、杨二公，身为富贵，却工于歌咏，则是欢愉之辞亦不难工，愁苦之言亦非尽皆易好，千古确论，遂成翻案。是知善作文者，只借古人旧话翻成新案，斯篇真善翻案者矣。"

从事有示愈以《荆潭酬唱诗》者[①]，愈既受以卒业，因仰而言曰："夫和平之音淡薄,而愁思之声要妙;欢愉之辞难工,而穷苦之言易好也②。是故文章之作,恒发于羁旅草野。至若王公贵人,气满志得,非性能而好之,则不暇以为。今仆射裴公,开镇蛮荆③,统郡惟九④;常侍杨公⑤,领湖之南,壤地二千里。德刑之政并勤⑥,爵禄之报两崇,乃能存志乎诗书⑦,寓辞乎咏歌,往复循环,有唱斯和,搜奇抉怪⑧,雕镂文字,与韦布里闾憔悴专一之士⑨,较其毫厘分寸。铿锵发金石,幽眇感鬼神,信所谓材全而能巨者也。两府之从事,与部属之吏,属而和之,苟在编者,咸可观也。宜乎施诸乐章,纪诸册书。"

【注释】

①《荆潭酬唱诗》:指荆南、湖南二府唱和之诗集。《新唐书·艺文志》录裴均《寿阳唱咏集》《渚宫唱和集》《荆潭唱和集》等唱和集六种,今均不存。

②"夫和平之音淡薄"几句:这是中国古代关于诗人生活境遇、情感状态与作品特色关系的探讨。欧阳修《序宛陵诗集》也曾说:"世谓诗人少达而多穷,夫岂然哉?凡士之蕴,其所有而不得施于世者,多喜自放于山巅水涯外,见虫鱼草木风云鸟兽之状类,往往探其奇怪。内有忧思憾愤之郁积,其兴于怨刺以道羁臣寡妇之所叹,而写人情之难言,盖愈穷则愈工。然则非诗之穷人,殆穷者而后工。"这与韩愈可谓隔代相应。

③今仆射裴公,开镇蛮荆:裴公,即裴均。字君齐,裴行俭玄孙,绛州闻喜(今属山西)人。以明经为诸暨尉。贞元十九年(803)五月,为江陵尹兼御史大夫荆南节度使。累封郧国公。蛮荆,即荆南。

④统郡惟九:荆南节度使统领江陵郡、夷陵郡、巴东郡、云安郡、沣阳

郡、武陵郡、南宾郡、涪陵郡、南浦郡。

⑤常侍杨公：即杨凭，字虚受，一字嗣仁，虢州弘农（今河南灵宝）
人。大历中举进士，累佐使府。贞元十八年（802）九月，出为潭
州刺史湖南观察使。元和二年（807），入为左散骑常侍，迁刑部
侍郎。元和十二年（817）以太子詹事卒。

⑥德刑之政：恩泽与刑罚。语出《左传·宣公十二年》："叛而伐之，
服而舍之，德、刑成矣。伐叛，刑也；柔服，德也。二者立矣。"

⑦乃能存志乎诗书：古代官员在为政之余，常诗歌唱酬。《论语·学
而》："行有余力，则以学文。"

⑧搜奇抉怪：搜集奇词丽藻。此语始见于韩文，后人多有采用者。
如宋杨杰《故刘之道状元墓志铭》："场屋文章，以搜奇抉怪，雕镂
相尚。"

⑨韦布：贫贱者所穿之韦带布衣。里间：里巷，乡里。专一之士：专
心于诗歌创作者。

【译文】

　　和我一起供职的人把《荆潭酬唱诗》拿给我看，我拿来看完以后，不
禁仰天长叹，说："和平环境之下所写的诗歌，让人读后会觉得平淡乏味；
相反在愁困思虑的状态下所写的诗歌，让人读后反倒能够感受到其中蕴
含的精深微妙的道理；欢快与愉乐的言辞很难工巧，但是穷困愁苦的言
辞容易为人称道。所以优秀的文章，常常出于民间羁旅行役之徒的手
中。至于那些王公贵人们，志得意满，除非天生喜欢，那么他们不会有时
间去从事创作。而今仆射裴公，镇守蛮荆之地，统领九郡；常侍杨公，统
辖洞庭湖以南，方圆二千余里。裴、杨二公勤勉执政，宽严并济，朝廷以
高爵显禄相嘉许，一时罕有可比，为政有闲暇，能够留意于诗书，吟咏诗
歌来寄托高远之志，两人唱和酬答，往复不断，搜寻选择新奇、不同寻常
的语言，用心思雕章琢句，与民间寒素穷困之士相比，不差分毫。音节铿
锵有金石之声，意境曲折深远可以感动鬼神，的确是才能全面、能力非凡

的人。两位长官的各级下属，又跟从而反复唱和，只要收入此编的，都值得欣赏。将这一盛况配以华美乐章，载入书册之中传于永久，是最合适不过的了。"

从事曰："子之言是也。"告于诸公①，书以为《荆潭唱和诗》序。

【注释】

①诸公：此指裴均等参与唱和的人。

【译文】

我的同事说："你说的话有道理。"并将这些话告诉了各位先生，将我说的这些话写下来，作为《荆潭唱和诗》序言。

【评点】

张孝先曰：文章之妙，非公不能道之。行间墨里，亦具有铿锵金石之声。

【译文】

张伯行评论道：文章的妙处，若非韩愈，没人能够讲得清楚。这篇文章字里行间、笔墨之中，似乎能够听到金石铿锵的声音。

《五箴》序

【题解】

序文写于顺宗永贞元年（805），当时韩愈为江陵府法曹参军。箴，文体之一，徐师曾《文体明辨序说》："按《说文》云：'箴者，戒也。'盖医者以箴石刺病，故有讽刺而救其失者谓之箴，喻箴石也。其品有二：一曰官箴，二曰私箴。大抵皆用韵语，而反复古今兴衰理乱之变，以垂警戒，使读者惕然有不自宁之心。"

韩愈此文为私箴，是抒发自我真情实感的自戒之作。文中韩愈以勇敢的态度承认自己的过错，并进行了深刻反省。

人患不知其过，既知之不能改，是无勇也①。予生四十有八年②，发之短者日益白，齿之摇者日益脱；聪明不及于前时③，道德日负于初心④。其不至于君子而卒为小人也，昭昭矣！作《五箴》以讼其恶云⑤。

【注释】

①"人患不知其过"几句：这几句的思想根于《论语·学而》："子曰：'君子不重则不威，学则不固。主忠信。无友不如己者。过，则不惮改。'"《论语·卫灵公》："子曰：'过而不改，是谓过矣。'"

②予生四十有八年：韩愈生年为大历三年（768），下计四十八年，也即元和十年（815），当即本文写作时间。今将本文写作时间定为永贞元年（805），缘于洪兴祖《韩子年谱》云："'四十有八年'，当作'三十有八年'。按贞元十八年《与崔群书》云'左车第二牙脱去，两鬓半白，头发五分亦白'，又《祭老成文》云'吾年未四十，而视茫茫，而发苍苍，而齿牙动摇。自今年来，苍苍者或化而白矣，动摇者或脱而落矣。'此云'发之短者日益白，齿之摇者日益脱'。以此观之，公未四十时屡有此叹，知作'四十八'为误矣。"洪兴祖的判断是准确的。

③聪明：指耳朵的听力和眼睛的视力。

④初心：本心，本意。

⑤《五箴》：包含《游箴》《言箴》《悔箴》《好恶箴》《知名箴》。讼：
　　自讼，自我检讨，自我批评。

【译文】

　　人的短处在于不了解自己的过错，已经了解了但不能改正，这是没
有勇气。我现在四十八岁了，刚刚长出的头发也一天比一天白了，牙齿
摇动的都逐渐脱落了。听力和视力已经比不上以前了，道德修养也渐渐
背离了当初的心愿。最终达不到君子的境界而成为小人，这是很明确的
了。写下这篇《五箴》，来检讨自己的这些缺点。

【评点】

　　张孝先曰：先儒谓昌黎因文以见道，观此序知其省身克
己之勇如此，固非文人所能及也。学者亦可因是以自奋矣。

【译文】

　　张伯行评论道：前代儒生称韩愈是通过习文而获得儒家之道的，读
了这篇箴序，就会明白，韩愈检查自身过失、克服非分之想的勇气是如此
之强烈，并非一般文人所能比得上。后世学者可以将韩愈作为榜样，不
断激励自己，奋发有为。

徐、泗、濠三州节度掌书记厅石记

【题解】

　　本文题目一作《徐、泗、豪三州节度掌书记厅壁记》。至于写作的时
间，前人多认为是贞元十五年（799）。韩愈当时正在张建封幕中。文中
有"南阳公自御史大夫、濠寿庐三州观察使，授节移镇徐州，历十一年"，
张建封自贞元四年（788）牧徐，历十一年，为贞元十五年，此正是本文的
写作时间。

贞元十五年，宣武（治所汴州）节度使董晋病死，韩愈从丧至洛阳。离汴四日，汴州军乱。这年秋便转任徐州节度使张建封的节度推官，仍为幕职宾佐。次年五月因谏而不纳，辞职西归洛阳。冬赴长安再谋出路。入汴幕的当年秋天，作《上张仆射谏击毬书》及诗《汴泗交流赠张仆射》，提出"公马莫走须杀贼"的劝谏。《旧唐书·韩愈传》说他"发言真率，无所畏避，操行坚正，拙于世务"。由此看来史称好"礼遇"名士的张封建对其劝谏并未采纳多少，因而韩愈由初入幕的热情，降温到如其《归彭城》诗中所言"连日或不语"的心寒，在《与李翱书》中对体己人表露说："仆于此岂以为大相知乎？累累随行。役役逐队，饥而食，饱而嬉者也。其所以止而不去者，以其心诚有爱于仆也。然所爱于我者少，不知我者尤多。"

本文赞美张封建和幕职间"志同而气合"，当是韩愈入其幕不久之作，作者时年三十二岁。徐、泗州在河南道东南部，治所分别在今江苏徐州、江苏盱眙。濠州原属淮南道，治所在今安徽凤阳。掌书记，节度使属官，位在判官之下，主管文书事务。并称书记。

书记之任亦难矣^①！元戎整齐三军之士^②，统理所部之氓^③，以镇守邦国，赞天子施教化，而又外与宾客四邻交。其朝觐、聘问、慰荐、祭祀、祈祝之文^④，与所部之政，三军之号令升黜，凡文辞之事，皆出书记。非闳辩通敏兼人之才，莫宜居之。然皆元戎自辟，然后命于天子。苟其帅之不文，则其所辟或不当，亦其理宜也。

【注释】

①书记：谓任书记之人，即古之记室。负责撰写章表文檄的官员。

②元戎：即元帅。三军：周制，诸侯大国三军。中军最尊，上军次之，

下军又次之。一军一万二千五百人，三军合三万七千五百人。《周礼·夏官·司马》："凡制军，万有二千五百人为军。王六军，大国三军，次国二军，小国一军。"

③氓（méng）：古称种田的人。

④朝觐：谓臣子朝见君主。聘问：国与国或各个方面之间遣使访问。

慰荐：犹推荐。祭祀：祀神供祖的仪式。祈祝：祈求祝祷。

【译文】

书记官的任命是很难的事！元帅统率三军将士，管理辖区的百姓，来坐镇守卫一方，帮助天子施政，教化天下，同时又与宾客四邻交往。这其间，上朝觐见、聘请问候、慰问举荐、祭祀祈祝等等活动，都需要各种形式的文章，向三军下达命令，任命废黜官员，也需要文辞，以上种种文字工作都是由书记来完成的。除非是视野开阔、能言善辩、融通博敏、学兼多方的人，不能胜任这一职务。但是这一选拔的任务都由元帅亲自完成，并上报天子加以任命。如果统帅没有为文的才能，或者选择不很恰当，也有其合理性。

南阳公自御史大夫、濠寿庐三州观察使，授节移镇徐州，历十一年①，而掌书记者三人。其一人曰高阳许孟容，入仕于王朝，今为尚书礼部郎中②；其一人曰京兆杜兼，今为尚书礼部员外郎、观察判官③；其一人陇西李博，自前乡贡进士授秘书省校书郎，方为之④。南阳公文章称天下，其所辟实所谓闳辩通敏兼人之才者也。后之人苟未知南阳公之文章，吾请观于三君子；苟未知三君子之文章，吾请观于南阳公可知矣。蔚乎其相章⑤，炳乎其相辉⑥。志同而气合，鱼川泳而鸟云飞也！

【注释】

① "南阳公自御史大夫、濠寿庐三州观察使"几句：南阳公，即张建封，字本立。邓州南阳（今属河南）人，故称"南阳公"。曾被马燧辟为判官，奏授监察御史。后为岳州、寿州刺史。德宗兴元元年（784），加兼御史大夫，充濠寿庐三州都团练观察使，修城绥抚，威望益重。贞元四年（788）十一月为徐州刺史兼御史大夫、徐、泗、濠节度等职。他遇事躬亲，性宽厚而以忠义自任，人皆畏悦。十二年（796），加检校右仆射，曾谏罢"宫市"痼弊而获准，为德宗所倚重。详见《旧唐书·张建封传》。

② "其一人曰高阳许孟容"几句：许孟容，字公范，京兆长安（今陕西西安）人。少以文词知名，举进士甲科。贞元初张建封辟为从事，四迁侍御史。时叛将李纳扬言入寇，建封遣人屡谕而不听，许孟容单车陈词，李纳即日发使修好。表为濠州刺史，又召拜为礼部员外郎。新、旧《唐书·许孟容传》俱言为京兆长安人，此言高阳，传闻异辞，待考。

③ 其一人曰京兆杜兼，今为尚书礼部员外郎、观察判官：杜兼，字处弘，京兆（今陕西西安）人。德宗建初，进士高第，徐泗节度使张建封表置其府，积劳为濠州刺史。性浮险，尚豪侈。募兵自固，横恣一方。元和初，入为刑部郎中，改吏部郎中，寻擢河南尹。详见新、旧《唐书·杜兼传》。

④ "其一人陇西李博"几句：李博，李峰之子。据徐松《唐登科记考》李博与韩愈贞元八年（792）同年及第。乡贡，唐代取士之法，出自学馆者称"生徒"，出自州县者称"乡贡"，由天子自诏者称"制举"。

⑤ 蔚乎：即蔚然，文采华美貌。章：显著。

⑥ 炳乎：炳然，文采鲜明焕发貌。

【译文】

　　南阳公从御史大夫、濠州、寿州、庐州三州的观察使,接受旌节,到徐州来镇守,历时已经有十一年了,这期间,执掌书记一职的人共有三人。其中一个是高阳人许孟容,自入仕以来,至今已担任尚书礼部郎中;再有一个人是京兆人杜兼,现在任礼部员外郎、观察判官;还有一个人是陇西李博,进士及第后,被授予秘书省校书郎的官职,现正在其任。南阳公的文章足以称雄天下,他所选择征召的人,也都是闳通博辩、学兼多方的人才。后人如果不了解南阳公的文章,只要看看上面三君子的文章就可以了;如果不了解三君子的文章,我请他看看南阳公的文章就可以了。他们的文章相得益彰,相互辉映。他们有相同的志趣,有相同的追求,就好比鱼儿在河里游动、鸟儿在云中飞翔一样。

　　愈乐是宾主之相得也,故请刻石以记之①,而陷置于壁间②,俾来者得以览观焉③。

【注释】

　　①愈乐是宾主之相得也,故请刻石以记之:张建封是具有文人气质的将军,《旧唐书·张建封传》说他"少颇属文,好谈论,慷慨负气"。又说他"在彭城(徐州)十年,军州称理。复又礼贤下士,无贤不肖,游其门者,皆礼遇之,天下名士向风延颈,其往如归"。韩愈大概在这种认识下,入其幕而撰此文。

　　②陷置:嵌入。

　　③俾:使。

【译文】

　　我为他们宾主间的融洽感到高兴,所以请人刻碑记下上面说的话,镶嵌在厅壁间,让来这里的人们都能看到。

【评点】

茅鹿门曰：此文雅致。

张孝先曰：书记之任至重，非有才不足以居之；而书记之才与否，又视其帅何如。天下之才人固非庸眼所能物色也。推之用人取友，莫不皆然。同声相应，同气相求，其故盖微矣哉。

【译文】

茅坤评论道：这篇文章很典雅精致。

张伯行评论道：书记这一职任很重要，如果没有才能，是不能够胜任的；但是，书记是否人尽其才，又视其所属的将帅而定。天下有才能的人，本来就不是眼光平庸的人所能物色的。将这个道理推广到用人、交友，都是合适的。志趣相同的人相互吸引，气质相同的人聚合在一起，其中的道理是很精微的。

圬者王承福传

【题解】

此篇作年不详。清人王元启《读韩记疑》认为："自天宝末年丙申至贞元二年公入京之岁丙寅，适三十年。今云'余三十年'，则又在公入京之后数年。"按：自天宝十四载乙未（755）下推四十三年，为贞元十四年戊寅（798）。此篇作年，当在此后数年间。在此期间，韩愈于贞元十七年（801）入京调选，得授四门博士。十九年（803）拜监察御史，其年冬贬阳山令。则此篇之作，当在贞元十七年至十九年之间。

圬（wū）者，指泥瓦匠。本文为泥瓦匠王承福的传记。除了介绍王承福的身世、人品、职业态度，尤其赞赏其不同流合污的独立人格。全文起伏有致,婉转巧妙地讥讽了世俗中无才无德者却贪图名禄地位的不良社会风气,表明自己坚持儒家道统的志愿。

　　圬之为技,贱且劳者也。有业之,其色若自得者。听其言,约而尽[1]。问之,王其姓,承福其名,世为京兆长安农夫[2]。天宝之乱[3],发人为兵[4],持弓矢十三年,有官勋[5]。弃之来归,丧其土田,手镘衣食[6],余三十年。舍于市之主人[7],而归其屋食之当焉[8]。视时屋食之贵贱,而上下其圬之佣以偿之[9];有余,则以与道路之废疾饿者焉。

【注释】

①听其言,约而尽:谓语言精练而说理透辟。约,简约。

②京兆:指京兆府,唐长安所在地,其辖地相当于今陕西西安。长安:指长安县,唐时于长安城中分置长安、万年二县,以朱雀街为界,西为长安,东为万年。

③天宝之乱:指安史之乱。唐玄宗天宝十四载(755)冬,安禄山、史思明发动叛唐战争,次年攻陷长安。历时八年始平息。

④发人:征调百姓。

⑤官勋:兵士因战功所获之勋,勋级授予以杀获敌人多少决定,获勋兵士称为勋官。《旧唐书·职官志》云:凡勋官而无实际官职者,"身应役使,有类僮仆。据令乃与公卿齐班,论实在于胥吏之下,盖以其猥多,又出自兵卒,所以然也"。

⑥手镘(màn)衣食:拿着镘做工来换取衣食。镘,即圬。一种涂抹、粉刷墙壁的工具。

⑦舍:居住。

⑧屋食之当:应付的房费饭钱。当,相当或相称的钱数或价格。

⑨上下：增减。佣：工钱。

【译文】

泥瓦匠这种手艺，卑贱而且辛苦。有人干这一行当，看他的样子倒很是自我满足。听他讲话，话虽不多，却说得很尽理。我问他，他说：自己姓王，名叫承福，几世都是京兆府长安县的农民。天宝之乱，朝廷征发百姓当兵，我从军拿了十三年的弓箭，立过功有了官勋。抛弃官勋，跑回老家来，土地也没有了，只得拿起瓦刀来养活自己，就这样已经三十多年了。平时借住在街市中一家人家，付给这家主人价格相当的食宿费用。食宿费有涨有落，给人家做工的工钱也就有多有少，用来偿付租金；如果还有结余，就送给道路边的残疾人、病人，以及一些饿肚子的人。

又曰：粟，稼而生者也①；若布与帛②，必蚕绩而后成者也③。其他所以养生之具，皆待人力而后完也。吾皆赖之。然人不可遍为，宜乎各致其能以相生也④。故君者，理我所以生者也⑤；而百官者，承君之化者也⑥。任有小大，惟其所能，若器皿焉。食焉而怠其事，必有天殃⑦。故吾不敢一日舍镘以嬉。夫镘，易能可力焉⑧，又诚有功，取其直⑨，虽劳无愧，吾心安焉。夫力，易强而有功也⑩；心，难强而有智也⑪。用力者使于人，用心者使人，亦其宜也。吾特择其易为而无愧者取焉。嘻！吾操镘以入富贵之家有年矣。有一至者焉，又往过之，则为墟矣⑫；有再至三至者焉，而往过之，则为墟矣。问之其邻，或曰：噫！刑戮也。或曰：身既死，而其子孙不能有也。或曰：死而归之官也。吾以是观之，非所谓食焉怠其事而得天殃者耶？非强心以智而不足，不择其才之称否而冒之者耶？非多行可愧，知其不可而强为之者耶？将富贵难守⑬，薄功而厚飨之者耶⑭？抑丰悴有时⑮，一去一来而不可常者耶？吾之心悯焉⑯，是故择其力之可能者行焉。乐富贵而悲贫贱，我岂异于人哉？

【注释】

①稼：耕种。

②帛：丝织品。

③蚕：指养蚕。承"帛"而言。绩：把麻搓成线。承"布"而言。

④致其能：尽自己的才能。相生：相互帮助以求生存。

⑤所以生：赖以生活的事。即指上边所说的稼、蚕、绩等。

⑥承：奉行。

⑦天殃：天降的灾祸。

⑧可力：可以勉力去做。

⑨直：同"值"。

⑩夫力，易强而有功也：指劳力的事容易勉强去做也可以做好。

⑪心，难强而有智也：指劳心的事是难于勉强做而做得到的。

⑫为墟：空虚，荒废。

⑬将：此为"还是"的意思。

⑭厚飨：享受太多。飨，通"享"。

⑮丰：丰裕，昌盛。悴：憔悴，衰落。

⑯悯：担心，忧虑。

【译文】

他又说：粮食，是要靠人种植才能生长；布帛，得靠养蚕、绩麻才能做成。其他用来维持生计的东西，都得靠人力才能完成。我需要依靠它们来过日子。但是一个人不能什么都干，应当各尽其能，相互帮衬。所以，皇帝的职责是治理我们这些人，教我们懂得生活的道理；各级官员须奉行皇帝的教化。职任有大有小，须各尽其能，就像器皿那样各有所用。

吃饭而懒于工作，就必定会有天祸降临。这也是我一天也不敢放下瓦刀去玩乐的原因。泥瓦工不难学，可以凭气力做好，还确实能干出成绩，我就拿我应得的那份工钱，即使劳累一些，但不会感到惭愧，心里很踏实。干体力活吃点苦是可以干好的，动脑子的活不是能吃苦就可以济事的。所以，干体力活的人供人驱使，动脑子的人驱使人，这也是各司其职。我只不过选择那些容易做而且心中无愧的行当来做罢了。唉！像我这样做泥瓦工到富贵人家干活也有不少年头了。有到过一次，第二次再去，那里已经变成废墟了；有到过两三次，以后再去，也已成为废墟了。问邻居，有人说，唉！吃官司被杀了。有人说，上代一死，儿孙辈保不住这份产业了。有人说，死了以后没入官府了。我想由此看来，这岂不是吃饭而懒于做事，因此就招至天祸了吗？这不是硬要逞能，而脑子又不聪明，不管能力才干配得上配不上，非要去干不可的结果吗？这不是尽做些对不住良心的事，明明知道做不得，而硬要去干的后果吗？这是富贵终归难于长久，功劳不大而享受却很丰厚的后果吗？或者是盛衰总有一定的时机，有去有来，总不会一成不变的规律吗？这些事情让我心生忧虑，因此我就选择自己能做的事情来做。至于爱慕富贵、哀叹贫贱，这种心思，我难道与别人有什么不同吗？

又曰：功大者，其所以自奉也博。妻与子皆养于我者也，吾能薄而功小，不有之可也。又吾所谓劳力者，若立吾家而力不足，则心又劳也。一身而二任焉[①]，虽圣者不可能也。

【注释】
①二任：指劳力又劳心。
【译文】
他又说：功劳大的人，能使自己享受的东西当然也就多。妻子和儿女都是靠我来养的，我能力差，功劳小，没有妻子儿女也就算了。况且我是干力气活的，如果成了家而能力又不足，就得操心。这样一个人又劳力又操心，即使是圣人也是办不到的吧。

愈始闻而惑之，又从而思之，盖贤者也，盖所谓独善其身者也^①！然吾有讥焉^②，谓其自为也过多，其为人也过少。其学杨朱之道者邪^③？杨之道，不肯拔我一毛而利天下。而夫人以有家为劳心^④，不肯一动其心以畜其妻子^⑤，其肯劳其心以为人乎哉？虽然，其贤于世之患不得之而患失之者，以济其生之欲^⑥，贪邪而亡道以丧其身者^⑦，其亦远矣！又其言有可以警余者^⑧，故余为之传，而自鉴焉。

【注释】

①独善其身：自己洁身自好。语出《孟子·尽心上》："穷则独善其身，达则兼善天下。"

②讥：批评。

③杨朱：字子居，战国时人。主张为我。其学说散见于《孟子》《庄子》《列子》等书。

④夫人：那个人。

⑤畜：养活。

⑥济：满足。

⑦亡道：丧失正道。

⑧警余：使我警惕。

【译文】

我最初听了他的话不免有所疑惑，接着又寻思了一下，心想这大概是一位贤者，大概是人们通常所说的独善其身的人吧。但我对他还是有所批评，那就是他为自己打算得太多，为他人考虑得太少。难道他是学杨、朱的那一套理论吗？杨、朱的理论是不肯拔一毛而利天下人。这个人以为一有家室就得操心，而竟不肯为此而养活妻子儿女，他又怎能肯为他人考虑呢？不过尽管这样，比起世界上那些唯恐得不到又唯恐失掉的人，比起那些为满足一己的私欲，做出贪邪无道的行为，以致丧失生命的人来说，那真是高明得多了。况且他的这番言论足可使我有所警惕，因此我就为他写了这篇传文，并用来照察自己。

【评点】

茅鹿门曰：以议论行叙事，然非韩文之佳者。

张孝先曰：人生天地间，任有大小，功有劳逸，断无食焉而怠其事之理。世之贪冒富贵者，不度德量力，而苟焉居之，多行可愧，自谓无患，而不知殃祸之随其后也。《易》曰："负且乘，致寇至。"负也者，小人之事也；乘也者，君子之器也。小人而乘君子之器，盗思夺之矣。圣人之垂戒天下后世如此，而人不悟，何也？公见当时此等辈甚多，故借圬者目中口中写出盈虚消息道理，真如清夜钟声，令人警省。通篇抑扬错落，尽文字之趣。谓非韩文之佳，似未深知文者也。

【译文】

茅坤评论道：这篇文章运用议论的方式进行叙事，然而并非韩愈文章中的上乘之作。

张伯行评论道：人生于天地之间，使命有大小之分，功夫有劳逸之别，但是绝对没有拿着俸禄却怠慢其事的道理。世间贪恋富贵的人们，不顾及自己实际的德行、能力是否与德位相配，而苟且居于富贵之位，做了很多让人惭愧的事情，自我觉得没有什么可担心的，而不知道祸患、灾难已经接踵而至了。《易经》中写道："本来是背负东西的穷人，却乘坐在豪华的马车上，所以招来贼寇。"背负东西，是地位低的人所做的事情；豪华的马车，是君子出行的工具。地位低的人乘坐君子的出行工具，强盗就会想办法抢夺它。圣人将训诫留给天下后人，但是人们却不醒悟，这是什么原因呢？韩愈看到了很多如此糊涂的人，因此假借泥瓦匠的眼睛、嘴巴，表达出盈满、虚空变化的道理，宛若法界清冷之夜，钟声悠悠传来，让人警悟自省。整篇文章抑扬顿挫，尽显文字变化之妙趣。如果说这篇并非韩愈文章中的佳作，持此论者，似乎不是深切理解古文的人。

韩文公文

原道

【题解】

贞元十四年（798），张籍至汴州，与韩愈相识。张籍好古文，好古道，排释、老，其在汴州，尝有《上韩昌黎书》两通，指责韩愈"排释、老不若著书，嚣嚣多言，徒相为訾"。韩愈有《答张籍书》，答以"惧吾力之未至""请待五六十然后为之，冀其少过也"相推辞。《原道》《原性》等篇，应该成于《答张籍书》之后。韩愈贞元二十一年（805）有《上兵部李侍郎书》云："谨献旧文一卷，扶树教道，有所明白。"所说"扶树教道"之"旧文"，朱熹疑所谓旧文，即《原道》《原性》《原毁》《原人》《原鬼》，旧注多采其说。则此文之作约在贞元十五（799）至二十年（804）间。又按，李翱贞元十八年（802）有《复性书》，显系因读韩愈《原道》《原性》后而发。考李翱行踪，贞元十六年（800）与韩愈相聚于徐州，故可断定《原道》诸篇之作，应在贞元十五六年间。

关于此文的写作时间也有不同意见，元和八年（813）韩愈做《进学解》称孟子、荀卿"优入圣域"，孟、荀并提。而此篇则云荀子"择焉而不精，语焉而不详"，以孟子直接接续孔子，将荀子排除于道统之外，当是韩愈的定论，故有人将此篇写作时间定于元和八年之后，这一结论，是根据韩愈思想的内在逻辑进行推论,但是缺乏足够的外部史料的支撑。

　　韩愈平生以不遗余力攘斥佛、老为己任,此篇便是他以推原儒家之道来排斥佛、老的代表作,在推原中提出儒家的道统说。方东树《辨道论》曾梳理道:"由周而来至于唐,千有余岁,圣人之道不明。唐承魏、晋、梁、隋之敝,自天子公卿皆不本儒术,士大夫之贤智者,惟佛、老之崇。韩子怀孟子之惧而作《原道》,盖犹之孟子之意也。及至五代,王道不行,君臣父子之纲几绝。宋兴,佛学方炽,圣教未明,欧阳子忧其及于后世也,故作《本论》以辟其教,盖亦犹韩子之意也。故在战国之世,不可无孟子,在程、朱之前,不可无韩子、欧阳子。"韩愈所谓的"道统",正是这样代代传承的。

　　本文引证今古,从历史发展、社会生活等各方面,层层剖析,破立结合,在驳斥佛、老之非的同时,确立恢复古道、尊崇儒学的宗旨。

　　博爱之谓仁[1],行而宜之之谓义[2];由是而之焉之谓道[3],足乎己,无待于外之谓德[4]。仁与义,为定名[5];道与德,为虚位[6]。故道有君子小人,而德有凶有吉[7]。老子之小仁义,非毁之也,其见者小也[8]。坐井而观天[9],曰天小者,非天小也;彼以煦煦为仁,孑孑为义[10],其小之也则宜。其所谓道,道其所道,非吾所谓道也;其所谓德,德其所德,非吾所谓德也。凡吾所谓道德云者,合仁与义言之也,天下之公言也。老子之所谓道德云者,去仁与义言之也,一人之私言也[11]。

【注释】

　　①博爱之谓仁:语义本《论语·颜渊》:"樊迟问仁,子曰:爱人。"《论语·学而》:"泛爱众,而亲仁。"博爱,指爱人、泛爱等儒家思想。

　　②行而宜之之谓义:合宜于仁的行为叫作义。语义本《礼记·中

庸》："义者,宜也。"董仲舒《春秋繁露·仁义法》："宜在我者,而后可以称义。"

③由是而之焉之谓道:即由"义"之"仁"之谓"道"。"道"是由"义"到达"仁"的途径。是,指代上文"义"字。焉,其义略同于"于此""于是",指代上文"仁"字。

④足乎己,无待于外之谓德:语义本《左传·桓公二年》孔颖达疏:"德者得也,谓内得于心,外得于物。在心为德,施之为行,德是行之未发者也。而德在于心不可闻见,故圣王设法以外物表之。"

⑤定名:具有固定的具体内容的名称或概念。

⑥虚位:与"定名"相反,没有固定的实际内容,可以做不同的阐述。位,在这里和上句中"名"的意思相同。

⑦故道有君子小人,而德有凶有吉:所以道有君子之道和小人之道,而德有吉德和凶德。语义本《礼记·中庸》:"君子之道暗然而日章,小人之道的然而日亡。"《左传·文公十八年》:"孝敬忠信为吉德,盗贼藏奸为凶德。"吉,吉德,指高尚的品德。

⑧"老子之小仁义"几句:这几句韩愈在强调儒家之"道德"与道家之"道德"的不同。小仁义,轻视仁义。毁之,诋毁仁义。语本《老子·三十八章》:"故失道而后德,失德而后仁,失仁而后义,失义而后礼。夫礼者,忠义之薄,而乱之首也。"

⑨坐井而观天:坐在井里看天。比喻眼界狭窄,见识少。典出《庄子·秋水》:"井蛙不可以语于海者,拘于虚也。"

⑩彼以煦煦为仁,孑孑为义:此句之意谓老子以特立独行为义。煦煦,和悦、惠爱之貌。孑孑,本义为孤独,引申为特立独行。

⑪私言:一家之言。

【译文】

博爱叫作仁,合宜于仁的行为叫作义;按照仁义的原则去做叫作道,内心具备仁义的本性,不需要外力的帮助和支持叫作德。仁和义有确定的内容,道和德却没有确定的内容,所以道有君子之道和小人之道,而德有吉德和凶德。老子轻视仁义,并不是诋毁仁义,而是由于他的眼界狭小。好比坐在井里看天的人,说天很小,其实并不是天小;老子把小恩小惠视为仁,把谨小慎微视为义,他轻视仁义就是很自然的了。老子所说的道,是把他观念里的道当作道,并不是我们儒家所讲的道。他所说的德,是把他观念里的德当作德,不是我们儒家所说的德。凡是我们儒家所说的道德,其内容是仁和义之融合,是天下人所共同承认的道德。老子所说的道德,是抛开了仁和义说的,这只是他一个人的说法。

周道衰,孔子没,火于秦①,黄老于汉②,佛于晋、魏、梁、隋之间③。其言道德仁义者,不入于杨,则归于墨④;不入于老,则归于佛⑤。入于彼⑥,必出于此⑦。入者主之⑧,出者奴之⑨;入者附之⑩,出者污之⑪。噫!后之人其欲闻仁义道德之说,孰从而听之?老者曰:"孔子,吾师之弟子也⑫。"佛者曰:"孔子,吾师之弟子也⑬。"为孔子者,习闻其说,乐其诞而自小也,亦曰:"吾师亦尝师之云尔。"不惟举之于其口,而又笔之于其书⑭。噫!后之人虽欲闻仁义道德之说,其孰从而求之?甚矣,人之好怪也,不求其端,不讯其末⑮,惟怪之欲闻。

【注释】

①火于秦:指秦始皇焚书坑儒。《史记·秦始皇本纪》记载,李斯建议:"臣请史官非秦记皆烧之,非博士官所职,天下敢有藏《诗》《书》、百家语者,悉诣守、尉杂烧之。"

②黄老于汉:谓汉朝尊黄老之说。黄老,黄帝与老子。后世道家奉黄帝为始祖,黄、老遂并称。《汉书·外戚传》:"窦太后好黄帝、老

子言,景帝及诸窦不得不读《老子》尊其术。"

③佛于晋、魏、梁、隋之间:佛教东汉明帝时自印度传入中国,盛于南北朝间。

④不入于杨,则归于墨:杨,杨朱,战国时魏人,字子居,又称杨子。时代后于墨翟而前于孟子,其说重在爱己,不以物累,不拔一毛而利天下。墨,墨翟,又称墨子。春秋、战国之际宋人,一说鲁人。主张兼爱、非攻。《孟子·滕文公下》:"圣王不作,诸侯放恣,处士横议,杨朱、墨翟之言盈天下。天下之言,不归杨,则归墨。"

⑤不入于老,则归于佛:指魏晋南北朝时期佛教盛行、玄学大昌的风气。

⑥彼:指杨、墨、老、佛诸家学说。

⑦此:指儒家学说。

⑧主之:尊为主人,指信奉它。

⑨奴之:看作奴仆,指轻视它。

⑩附:附和。

⑪污:污蔑。

⑫"老者曰"几句:道家认为孔子是老子的学生。典出《庄子·天运》:"孔子行年五十有一而不闻道,乃南之沛,见老聃。"

⑬"佛者曰"几句:佛家也认为孔子是佛陀的学生。隋释智颉《维摩经玄疏》卷一以及唐释法琳《破邪论》卷上、《辩正论》卷一均引称孔子为"儒童菩萨";南朝刘宋释慧通《驳顾道士夷夏论》、唐释湛然《摩诃止观辅行弘决》卷六之三则引称孔子为"光净童子""光净菩萨"。

⑭不惟举之于其口,而又笔之于其书:孔子师事老子和佛祖之事不仅口头说,而且又把它们写在书上。韩愈自己在《师说》中也说:"圣人无常师,孔子师郯子、苌弘、师襄、老聃。"可见,类似说法根深蒂固,韩愈本人也深陷其中。举,称述。笔,记载。

⑮不求其端，不讯其末：意谓对儒家学说不进行原原本本的全面考
　　察。求其端，探求儒学的本原。讯其末，考察儒学的结果。

【译文】

　　自从周道衰落，孔子去世以后，秦始皇焚烧诗书，黄老学说盛行于汉
代，佛教盛行于晋、魏、梁、隋之间。那时谈论道德仁义的人，不归入杨朱
学派，就归入墨翟学派；不归入道家，就归入佛家。归入了一家，必然轻
视另外一家。尊崇所归入的学派，就贬低所反对的学派；依附归入的学
派，就污蔑反对的学派。唉！后世的人想知道仁义道德的学说，到底听
从谁的呢？道家说：“孔子是我们老子的学生。”佛家也说：“孔子是我们
佛陀的学生。”研究孔学的人，听惯了他们的话，乐于接受他们的荒诞言
论而轻视自己，也说“我们的老师曾向他们学习”这一类话。不仅在口
头说，而且又把它写在书上。唉！后世的人即使要想知道关于仁义道德
的学说，又该向谁去请教呢？人们喜欢听怪诞的言论真是太过分了！不
认真研究，不了解儒学，只想听怪言妄论。

　　古之为民者四①，今之为民者六；古之教者处其一，今之
教者处其三。农之家一，而食粟之家六；工之家一，而用器
之家六；贾之家一，而资焉之家六；奈之何民不穷且盗也②！

【注释】

①古之为民者四：旧称士、农、工、商为四民。《汉书·食货志上》：
　　“士、农、工、商，四民有业：学以居位曰士，辟土殖谷曰农，作巧成
　　器曰工，通财鬻货曰商。”
②奈之何民不穷且盗也：韩愈认为天下僧、道不耕而食、不织而衣，
　　这加重了百姓的负担。

【译文】

古代把人民按其职业分为四种，即士、农、工、商。现在又多了和尚

和道士,四民就变成了六民。古代只有一个教,就是儒教,只占四民中的一民,可现在又有了佛教和道教,一教变成了三教。务农的只有一家,要吃粮食的却有六家;务工的只有一家,可却有六家用器具;经商的只有一家,而六家的人都需要物资交换、商品流通。劳动工作的人还是那么多,凭空加上和尚、道士这两种吃闲饭的人,百姓怎么可能不越来越穷,做盗贼的越来越多呢?

古之时,人之害多矣。有圣人者立,然后教之以相生相养之道。为之君,为之师①。驱其虫蛇禽兽而处之中土。寒,然后为之衣;饥,然后为之食。木处而颠,土处而病也,然后为之宫室②。为之工,以赡其器用③;为之贾,以通其有无④;为之医药,以济其夭死⑤;为之葬埋祭祀,以长其恩爱⑥;为之礼,以次其先后⑦;为之乐,以宣其湮郁⑧;为之政,以率其怠倦⑨;为之刑,以锄其强梗⑩。相欺也,为之符、玺、斗斛、权衡以信之⑪;相夺也,为之城郭、甲兵以守之⑫。害至而为之备,患生而为之防。今其言曰:"圣人不死,大盗不止;剖斗折衡,而民不争⑬。"呜呼!其亦不思而已矣!如古之无圣人,人之类灭久矣。何也?无羽毛鳞介以居寒热也,无爪牙以争食也⑭。

【注释】

①为之君,为之师:语出《孟子·梁惠王下》引《尚书》曰:"天降下民,作之君,作之师。"

②"木处而颠"几句:古代传说黄帝或禹教民筑宫室。《周易·系辞下》:"上古穴居而野处,后世圣人易之以宫室,上栋下宇,以待风

雨,盖取诸大壮。"

③为之工,以赡其器用:古代传说庖牺氏、神农氏和后稷等圣人教民制作工具以供生活之用。《周易·系辞下》:"(庖牺氏)作结绳而为网罟,以佃以渔,盖取诸离。庖牺氏没,神农氏作斫木为耜,揉木为耒,耒耨之利,以教天下,盖取诸益。"

④为之贾,以通其有无:据文献记载:《周易·系辞下》载神农氏"日中为市,致天下之民,聚天下之货,交易而退,各得其所,盖取诸噬嗑。"

⑤为之医药,以济其夭死:有诸多文献记载圣人和药济人,如《淮南子·修务训》:"于是神农乃始教民播种五谷,相土地宜燥湿肥硗高下,尝百草之滋味,水泉之甘苦,令民知所辟就。当此之时,一日而遇七十毒。"

⑥为之葬埋祭祀,以长其恩爱:制定丧葬祭祀的制度,以增进人与人之间的恩爱感情。古代丧葬制度有一个发展的历史过程,《周易·系辞下》:"古之葬者,厚衣之以薪,葬之中野,不封不树,丧期无数,后世圣人易之以棺椁。"

⑦为之礼,以次其先后:制定礼节,以规定社会中的尊卑先后次序。古代礼仪制度也有一个发展的过程,《礼记·曲礼上》:"圣人作为礼以教人,使人以有礼,知自别于禽兽。"班固《白虎通义·崩薨》:"礼始于黄帝,至尧、舜而备。"

⑧为之乐,以宣其湮郁:制作音乐,以宣泄人们心中的郁闷。《礼记·乐记》:"昔者舜作五弦之琴以歌《南风》,夔始制乐以赏诸侯。"

⑨为之政,以率其怠倦:制定政令,以管理人民和督促那些怠惰懒散的人。

⑩为之刑,以锄其强梗:制定刑罚,以惩治那些敢于违抗的人并铲除那些强暴之徒。言人敢有相犯者,法律严惩不赦。强梗,骄横跋扈。

⑪符：古时用作凭证的东西，用竹、木、玉、铜等制成，分成两半，合以取信。玺：印。斗斛：两种量器。十斗为斛。权：秤锤。衡：秤杆。

⑫为之城郭、甲兵以守之：据文献记载禹的父亲鲧筑作了城郭。《吕氏春秋·审分览》："夏鲧作城。"而盔甲、兵器的制作，据李筌《太白阴经·战具》云："上古庖牺氏之时，弦木为弓，剡木为矢；神农氏之时，以石为兵。《尚书》：砮石中矢镞。黄帝之时，以玉为兵；蚩尤之时，烁金为兵，割革为甲，始制五兵，建旗帜，树夔鼓以佐军威。"

⑬"圣人不死"几句：语出《庄子·胠箧》："圣人不死，大盗不止。虽重圣人而治天下，则是重利盗跖也：为之斗斛以量之，则并与斗斛而窃之；为之权衡以称之，则并与权衡而窃之；为之符玺以信之，则并与符玺而窃之；为之仁义以矫之，则并与仁义而窃之。"

⑭"如古之无圣人"几句：韩愈认为，古时人与禽兽相类，但却没有禽兽的凶猛和适应恶劣环境的能力，是圣人以其智慧延续了人类的命运。语出《吕氏春秋·恃君览》："凡人之性，爪牙不足以自守卫，肌肤不足以扞寒暑，筋骨不足以从利辟害，勇敢不足以却猛禁悍。然且犹裁万物，制禽兽，服狡虫，寒暑燥湿弗能害，不唯先有其备，而以群聚邪！群之可聚也，相与利之也。利之出于群也，君道立也。故君道立则利出于群，而人备可完矣。"

【译文】

古时候，给人民带来灾害的东西很多。后来圣人出来，才教给人民以相生相养的生活方法。给人民立君，管理他们，给人民立师，教育他们。驱走那些蛇虫禽兽，把人们安顿在中原。天冷，就教他们做衣裳；饥饿，就教他们怎样种庄稼。栖息在树木上容易掉下来，住在洞穴里容易生病，于是就教导他们怎样建造房屋。又教导他们做工匠，供应人民的生活用具；教导他们经商，调剂货物有无、交流物资；发明医药，以拯救那些短命而死的人、治疗病伤；制定丧葬祭祀的制度，以增进人与人之间的恩爱感情；制定礼节，以规定社会中的尊卑先后次序；制作音乐，以宣泄人们心中的郁闷；制定政令，以管理人民和督促那些怠惰懒散的人；制定刑罚，以惩治那些敢于违抗的人并铲除那些强暴之徒。因为有人弄虚作假，于是又制作符节、印玺、斗斛、秤尺，作为凭信；因为有争夺抢劫的事，于是设置了城池、盔甲、兵器来守卫家国。总之，灾害来了就设法防备，祸患将要发生就及早预防。现在道家却说："如果圣人不死，大盗就不会停止；只要砸烂斗斛、折断秤尺，人民就不会争夺了。"唉！这都是没有经过思考的话罢了。如果古代没有圣人的发明、创造和教化，人类早就灭亡了。为什么呢？因为人们没有羽毛鳞甲以适应严寒酷暑，也没有强硬的爪牙来夺取食物。

是故君者，出令者也；臣者，行君之令而致之民者也；民者，出粟米麻<u>丝</u>，作器皿，通货财，以事其上者也。君不出令，则失其所以为君；臣不行君之令而致之民，则失其所以为臣；民不出粟米麻丝，作器皿，通货财，以事其上，则诛^①。今其法曰^②：必弃而君臣^③，去而父子^④，禁而相生相养之道，以求其所谓清净寂灭者^⑤。呜呼！其亦幸而出于三代之后，不见黜于禹、汤、文、武、周公、孔子也；其亦不幸而不出于三代之前，不见正于禹、汤、文、武、周公、孔子也^⑥。

【注释】

①诛：就语义而言，此处"诛"字应释作"责罚"。

②其法：指佛法，佛教教义。

③弃而君臣：指僧人出家，不行世俗君臣之礼，没有君臣关系。而，汝，你。

④去而父子：指僧人不娶妻生子，无父子关系。

⑤清净：梵语"梵摩"之意译。指远离罪过带来的烦恼。《俱舍论》：

"暂永远离一切恶行烦恼垢,故名为清净。"寂灭:梵文"涅槃"的意译。意谓灭除烦恼,度脱苦海,进入寂静无为之境地。是佛教修行的最高境界,此时其体寂静,绝无苦恼,永远安乐。

⑥"其亦幸而出于三代之后"几句:幸与不幸,分别就佛、老与儒家而言。佛、老之说出于三代之后,禹、汤、文、武、周公、孔子不及见而黜之,故能滋生繁盛,是为佛老之幸;而佛老之说不出于三代之前,禹、汤、文、武、周公、孔子不得见而正之,致使其扰乱中国,是为儒家之不幸。

【译文】

因此说,君王,是最高发号施令的人;臣子,是执行君王的命令以统治人民的人;百姓,生产粮食、丝麻,制作器物,交流商品,他们用这些劳动来为统治他们的人服务。君王如果不发号施令,就丧失了作为君王的权力和其所以为君的道理;臣子不执行君王的命令以统治人民,就失去了作为臣子的职责;百姓不生产粮食、丝麻,制作器物,交流商品,好好工作来供应在上统治他们的人,就应该受到惩罚。现在佛家的教义告诉人民说,必须抛弃你们的君臣关系,消除你们的父子关系,禁止你们相生相养的方法,这样才可以得到像佛家所说的清净和寂灭。唉! 他们也幸而出生在三代之后,没有被夏禹、商汤、周文王、周武王、周公、孔子所贬斥;他们又不幸而没有出生在三代以前,没有受到夏禹、商汤、周文王、周武王、周公、孔子的教导。

帝之与王,其号虽殊,其所以为圣一也①。夏葛而冬裘,渴饮而饥食,其事虽殊,其所以为智一也。今其言曰:"曷不为太古之无事②?"是亦责冬之裘者曰:"曷不为葛之之易也?"责饥之食者曰:"曷不为饮之之易也?"传曰:"古之欲明明德于天下者,先治其国;欲治其国者,先齐其家;欲齐其家者，先修其身；欲修其身者，先正其心；欲正其心者，先诚其意③。"然则，古之所谓正心而诚意者，将以有为也④。今也欲治其心，而外天下国家，灭其天常⑤。子焉而不父其父，臣焉而不君其君，民焉而不事其事。孔子之作《春秋》也，诸侯用夷礼，则夷之⑥；进于中国，则中国之⑦。经曰："夷狄之有君，不如诸夏之亡也⑧。"《诗》曰："戎狄是膺，荆舒是惩⑨。"今也，举夷狄之法，而加之先王之教之上，几何其不胥而为夷也⑩？

【注释】

①"帝之与王"几句：指五帝与三王，尽管他们的名号不同，他们成为圣人的理由却是一样的，因为他们都能因时制宜，有功德于人民。帝，指五帝，说法不一。一般指黄帝、颛顼、帝喾、尧、舜。王，指三王。指夏禹、商汤、周文王和武王。

②曷不为太古之无事：此指道家的言论。道家的政治主张是要回到无为而治的远古社会。如《老子·八十章》云："使民复结绳而用之……邻国相望，鸡犬之声相闻，民至老死不相往来"。无事，指无为而治。指老子小国寡民清净无为的思想。在句式上，韩愈似乎在用《晋书·惠帝纪》中"何不食肉糜"的语典，从而构成一种反讽效果。

③"古之欲明明德于天下者"几句：语出《礼记·大学》。

④古之所谓正心而诚意者，将以有为也：意谓古人其所以强调正心诚意者，在于其为修身、齐家、治国、明明德之始端，而后乃有大作为。正心而诚意，不论是儒家还是佛家都讲求这一点，而是否"将以有为"，才将两家区分开来。

⑤天常：即天伦，指君臣、父子、夫妇、兄弟之类的人际关系的规范。

儒家认为这类道德规范犹如天体运行之有常规一样,故称天常。

⑥诸侯用夷礼,则夷之:对于采用夷狄礼俗的诸侯,就把他们列入夷狄。史载,杞入春秋称侯,庄公二十七年(前795)绌称伯,至此用夷礼,贬称子。详见《左传·僖公二十三年》及杜注。

⑦进于中国,则中国之:对于采用中原礼俗的诸侯,就承认他们是中国人。

⑧夷狄之有君,不如诸夏之亡也:语出《论语·八佾》。诸夏,中国。亡,无。

⑨戎狄是膺,荆舒是惩:语出《诗经·鲁颂·闷宫》。意指无论北方戎狄还是南方荆舒入侵必遭严惩。戎狄,即西戎和北狄,均为北方少数民族。膺,打击,讨伐。荆,楚之别名。舒,楚的属国。

⑩几何:相去不远,差不多。胥:皆。

【译文】

　　五帝与三王,他们的名号虽然不同,但他们之所以成为圣人的原因是相同的。夏天穿葛衣,冬天穿皮衣,渴了要喝水,饿了要吃饭,这些事情虽然各不相同,但它们所蕴含的人类智慧是一样的。现在道家却说:"为什么不实行远古的无为而治呢?"这就好像怪在冬天穿皮衣的人说:"为什么你不穿简便的葛衣呢?"或者怪饿了要吃饭的人说:"为什么不光喝水,岂不简单得多!"《礼记·大学》篇说:"在古代,想要发扬其光辉道德于天下的人,一定要先治理好他的国家;要治理好他的国家,一定要先整顿好他的家庭;要整顿好他的家庭,必须先进行自身的修养;要进行自我修养,必须先端正自己的思想;要端正自己的思想,必须先使自己具有诚意。"可见古人所谓正心和诚意,都是为了要有所作为。现在那些修心养性的人,却想抛开天下国家,这就是要灭绝人的本性中本来就有的东西。和尚道士也是人子,可是他们不把他们的父亲当作父亲;他们也都是臣子,可是他们不把他们的君王当作君王;他们都是百姓,可是他们不做百姓该做的事。孔子作《春秋》,对于采用夷狄礼俗的诸侯,就把他们列入夷狄；对于采用中原礼俗的诸侯，就承认他们是中国人。《论语》中说："夷狄虽然有君主，还不如中原没有君主。"《诗经》中说："戎狄是膺，荆舒是惩。"现在，尊崇夷狄之法，把野蛮人的道理加到先王的道理之上，这不是将我们国人皆降低到野蛮人的地步了吗？

　　夫所谓先王之教者，何也？博爱之谓仁；行而宜之之谓义；由是而之焉之谓道；足乎己，无待于外之谓德。其文，《诗》《书》《易》《春秋》；其法，礼、乐、刑、政；其民，士、农、工、贾；其位，君臣、父子、师友、宾主、昆弟、夫妇；其服，麻、丝；其居，宫室；其食，粟米、果蔬、鱼肉。其为道易明，而其为教易行也。是故以之为己^①，则顺而祥；以之为人，则爱而公；以之为心，则和而平；以之为天下国家，无所处而不当。是故生则得其情^②，死则尽其常^③。郊焉而天神假^④，庙焉而人鬼享^⑤。曰："斯道也，何道也？"曰："斯吾所谓道也，非向所谓老与佛之道也。尧以是传之舜，舜以是传之禹，禹以是传之汤，汤以是传之文、武、周公，文、武、周公传之孔子，孔子传之孟轲，轲之死，不得其传焉^⑥。荀与扬也，择焉而不精，语焉而不详^⑦。由周公而上^⑧，上而为君，故其事行；由周公而下^⑨，下而为臣，故其说长^⑩。

【注释】

①为己：即教育自己。

②得其情：得以合乎人情事理。

③尽其常：尽享其天年与丧葬的常礼。

④郊：祭天。假（gé）：通"格"。到，此指天神下临享用。

⑤庙:祭祀祖庙。人鬼:此指祖宗之灵。

⑥"尧以是传之舜"几句:韩愈在这里梳理了儒家的道统,有关这种做法,后世有种种不同的认识,有人认为这是韩愈模仿佛家传灯制度,这显然是附会皮相之说,因为在孟子时期就已经有类似的做法了。《孟子·尽心下》云:"由尧、舜至于汤五百有余岁,若禹、皋陶则见而知之,若汤则闻而知之;由汤至于文王五百有余岁,若伊尹、莱朱则见而知之,若文王则闻而知之;由文王至于孔子五百有余岁,若太公望、散宜生则见而知之,若孔子则闻而知之;由孔子而来至于今百有余岁,去圣人之世若此其未远也,近圣人之居若此其甚也,然而无有乎尔,则亦无有乎尔。"韩愈从对儒家道统的梳理中,面对被佛、道冲击得千疮百孔的儒家思想,寻找再出发的使命感和精神动力,从这个意义上讲,韩愈与孟轲的思路是相同的,这也是韩愈效法孟轲的内在逻辑。

⑦"荀与扬也"几句:荀与扬,指荀子和扬雄。韩愈《读荀》说:"孟氏醇乎醇者也;荀与扬,大醇而小疵。"和这里所说的一致。不过他在《进学解》中说"荀卿守正,大论是弘";"吐辞为经,举足为法,绝类离伦,优入圣域",与此又不很一致。苏轼在《韩愈论》中将韩愈"疵病"说得更具体:"然其论至于理而不精,支离荡佚,往往自叛其说而不知。"苏轼的评价并非苛责之论,韩愈前后自我否定之论,并不能简单以思想线性演进的痕迹来判断,因为人的思想本就是非常复杂的,今是而昨非、否定之否定的现象很常见。

⑧由周公而上:指尧、舜、禹、汤、文、武。

⑨由周公而下:指孔、孟。

⑩说:学说。长:流传久远。

【译文】

我所谓先王之教是什么呢? 就是博爱即称之为仁;合乎仁的行为即称为义;按照仁义的原则去做就是道;内心具备仁义的本性,不需要外力的支持和帮助叫作德。教化人民的材料是《诗经》《尚书》《易经》和《春秋》；体现仁义道德的方法是礼仪、音乐、刑法、政令；社会阶层由士、农、工、商构成；社会关系伦理次序是君臣、父子、师友、宾主、兄弟、夫妇；人民的衣服是麻布、丝绸；人民的居处是房屋；人民的食物是粟米、瓜果、蔬菜、鱼和肉。人们都有仁义道德修养，都能自觉恪守儒家制定的社会规范。所以，用它们来教育自己，就能和顺吉祥；用它们来对待别人，就能做到博爱公正；用它们来修养内心，就能平和而宁静；用它们来治理天下国家，就没有不适当的地方。因此，活着为人处事合乎情理，死了也顺应自然。所以天神、祖先也感到十分舒畅，乐于接受人们的祭祀。有人问："你这个道，是什么道呢？"我说："这是我所说的道，不是刚才说的道家和佛家的道。尧把这个道传给舜，舜把这个道传给禹，禹把这个道传给汤，汤把这个道传给文王、武王、周公，文王、武王、周公把这个道传给孔子，孔子把这个道传给孟轲，孟轲死后，没有继承的人了。荀卿和扬雄，对儒家学说认识、选择得不精当，对儒家学说论述过于简略还欠详细。从周公以上，继承的都是在上做君王的，所以儒道在具体事务中能够得到推行；从周公以下，继承的都是在下做臣子的，所以这个道在他们的学说中能够得到弘扬。

　　然则，如之何而可也？曰：不塞不流，不止不行[1]。人其人，火其书，庐其居[2]，明先王之道以道之。鳏、寡、孤、独、废、疾者有养也，其亦庶乎其可也[3]。"

【注释】

①不塞不流，不止不行：意指不堵塞佛、老之道，儒道就不得流传；不禁止佛、老之道，儒道就不能推行。

②"人其人"几句：意谓使道士、僧尼还俗，成为自食其力的人；将宣传佛、道之书，用火烧了；把寺院、道观变成住宅。

③鳏（guān）、寡、孤、独、废、疾者有养也，其亦庶乎其可也：语出
《孟子·梁惠王下》："老而无妻曰鳏，老而无夫曰寡，老而无子曰
独，幼而无父曰孤。此四者，天下之穷民而无告者。文王发政施
仁，必先斯四者。"

【译文】

那么，现在怎么办才能使儒道获得实行呢？我以为：不堵塞佛、老之
道，儒道就不得流传；不禁止佛、老之道，儒道就不能推行。必须把和尚、
道士还俗为民，烧掉佛经、道书，把佛寺、道观变成民房，弘扬先王之儒道
以教育人民，使鳏夫、寡妇、孤儿、老人、残疾人、病人都能够生活，这样做
大概也就可以了。

【评点】

茅鹿门曰：退之一生辟佛、老在此篇。然到底是说得老
子而已，一字不入佛氏域。盖退之元不知佛氏之学，故《佛
骨表》亦只以福田上立说。

又评：辟佛、老是退之一生命脉，故此文是退之集中命
根。其文源远流洪，最难鉴定；兼之其笔下变化诡谲，足以
眩人，若一下打破，分明如时论中一冒一承六腹一尾。

张孝先曰：朱子云："仁者，天地生物之心，而人得以生
者，所谓元者善之长也。"又云："仁者，本心之全德。"又云：
"义者，心之制、事之宜也。"是仁之为仁，兼四德，统万善，
虽主于爱，而爱不足以尽仁；况立爱之中亦有差等，若以博
爱谓仁，恐邻于兼爱之说，而学者亦无随分自尽之功。义之
合宜，虽见乎外，而义之裁制，实由于中。单以行之宜言义，
则遗却心之制一边，恐混于义外之说，立言不能无弊。但其

辩道统之真传，辟邪说之悖谬，议论煞有关系，不独文起八代之衰已也。按真西山《文章正宗》载程正公曰："退之晚年为文，所得处甚多。学本是修德，有德然后有言。退之因学文日求其所未至，遂有所得，如云'轲死不得其传'，似此言语非蹈袭前人，非凿空撰出，必有所见。若无所得，不知言所传者何事。"又曰："韩愈亦近世豪杰之士，如《原道》中，语言虽有病，然自孟子以后，能将许大见识寻求者，才见此人。"又曰："孟子以后，却只有《原道》一篇，大意尽近理。"又曰："《原道》云孟子醇乎醇。"又曰："荀、扬释不精、语不详，若不是他见得，岂千余年后便能断得如此分明也。"又曰："韩文不可漫观，晚年所见尤高。朱文公曰：'自古罕有人说得端的，惟退之《原道》庶几之。'或问扬子、韩子优劣。曰：'各有长处。'韩公见得大意已分明，如《原道》不易得也。扬子之学似本于老氏，如清静渊默之语。皆是韩公纲领正，却无他近老氏底说话。"又曰："《原道》中说得仁义道德极好。问：定名虚位之说如何？曰：后人多讥议之，某谓如此亦无害。盖此仁也、此义也便是定名。此仁之道、仁之德，义之道、义之德，则道德乃总名、乃虚位也。且须知他此语为老子说。老氏谓失道而后德，失德而后仁，失仁而后义，失义而后礼。所以《原道》云'吾之所谓道德，合仁与义言之也'。须知此意，方看得程、朱二先生有取于《原道》者如此。惟发端二语，则程子尝曰'仁是性，爱是情'，岂可专以爱为仁？退之言'博爱之谓仁'非也。仁者固博爱，然便以爱为仁则不可。而朱子亦曰'韩愈云云，是指情为性'。又曰'仁义皆当以体言,若曰博爱,曰行而宜之,则皆用矣'。又曰'博爱为仁,则未博爱之前将非仁乎'?问'由是而之焉之谓道'?曰:此是说行底,非是说道体。问'足乎己无待于外之谓德'。曰:此是说行道而有得于身者,非是说自然得之于天者也。"学者即二先生之说而参玩之,则此篇大旨了然于胸中矣。

【译文】

　　茅坤评论道:韩愈一生驳斥佛、老,主要思想体现在这篇文章中。但是,韩愈到底只是说的道家思想罢了,与佛教却一个字也不相关。大约韩愈本来就不了解佛教,因此,《谏佛骨表》也仅仅从供养布施、能受福报的角度确立自己的论点。

　　又评论道:批驳佛家、道家是韩愈一生中至为关键的事业,因此这篇文章就是韩愈文集中最为重要的内容。韩文根源在上古,对后世影响深远,很难明确评判;加之其文笔变化多端,炫人耳目,如果剥离其神秘的外表,就和时文中的起承转合是一样的。

　　张伯行评论道:朱熹说:"仁爱,是天地之间一切生命的本心,人作为众生之灵长,善是其最根本的特性。"朱熹又说:"仁爱,是人与生俱来的天性。"朱熹还说:"所谓义,即是控制心性,合理做事。"因此,仁之为仁,兼有元、亨、利、贞四德,统领万种善行,尽管以爱为主,但是爱却不足以概括仁的所有内涵;况且,爱的确立有等级之分,如果用博爱来界定儒家之仁,恐怕与墨家的兼爱混为一谈,而且对于学者而言也不能收到安于本分,并尽自己最大所能阐述自己意见的功效。义即适宜,尽管表面上看,判断的依据来自外部,实际上,是否适宜的决断来自内心。仅依据行为的合理与否来判断是否符合义的标准,就将心的控制因素遗失在一边了,而与义由外部因素来决定的观点相混淆了,由此而提出的观点不能没有弊端。尽管如此，韩愈辩论道统的承绪，批判邪说的悖谬，议论有理有据，韩愈的贡献不只是"文起八代之衰"了。真德秀《文章正宗》记载了程颐说过的话："韩愈晚年作文，有很多心得。为学本来就是为了修德，道德修养高了，然后才可致力于著书立说。韩愈却是从为文开始，每天探究其所不能轻易达到的境界，并最终有所领悟，说出'孟轲死后没有继承的人'，这句话似乎并非转述前人的观点，并非凭空说出来的，一定是出于自己的心得见解。如果没有自己的见解，也不会了解孟子所传的是什么。"程颐又说："韩愈可称得上是近世以来的豪杰之士，像《原道》一文中，言语虽有瑕疵，然而自孟子以后，能够找到有这般大见识的人，也只有韩愈了。"还说："孟子之后，也只有《原道》能够把道理讲得明白。"还说："《原道》称孟子是至为醇正的儒者。"又说："荀子、扬雄解释不精要、语言不详尽，如果没有韩愈的识见，人们怎能在千余年后将道统传承脉络区分得如此清楚。"又说："韩愈的文章不可以随意来看，他晚年的文章识见尤其高。朱熹说：'自古以来，没有人能够将这件事讲得明白，只有韩愈的《原道》差不多讲明白了。'有人问扬雄、韩愈的优劣。朱熹说：'各有优长。'韩愈比较清晰地了解了儒家思想的大概，写出了像《原道》这样很难得的文章。扬雄的学问似乎来源于道家，比如清静无为、深沉静默的思想与道家非常契合。相比较，韩愈的学说纲领更为端正，不像扬雄那样说出道家口吻的话来。"朱熹又说："韩愈《原道》把儒家的仁义道德讲得非常好。有人问：其中有关确定名实、设立虚位的观点怎么样？回答说：后人常常因此讥讽这一观点，我认为这一观点并无大碍。因为此处所讲的仁或者义即是定名。由于仁和义皆具有属于道的含义以及属于德的含义，道德一词便是总的名称，所占据的地位应属于虚位，并无实指。并且韩愈这一观点是顺应道家的学说提出的。老子认为，失去道之后，才有德；失去德之后，才有仁；失去仁之后，才有义；失去义之后，才有礼。所以韩愈在《原道》中说：'我所说的道德，是结合仁和义来谈的。'必须了解这层意思，才能看到程颐、朱熹两位先生是从这个角度评价《原道》的。只是有关发端的两句话，程颐曾说：'仁是人的天性，爱是人的感情'，怎么能够将爱等同于仁呢？韩愈所说的'博爱就是仁'是不对的。仁义之人固然是博爱的，然而因此将爱与仁等同则是不对的。朱熹也说'韩愈所说的，是以感情为天性'。又说：'仁义应当以根本之体来看待，而像博爱，可以称为合乎规范的行为，属于实际应用的范围。'又说：'如果说博爱为仁，那么没有博爱之前就不是仁吗？'有人问'何谓从此而往就是道'？回答道：这是从具体实用的层面讲的，并没有讲到道的根本层面。有人问什么是'内心具备仁义的本性、不需要外力的支持和帮助叫作德'。回答道：这是说推行道义而自己心有所得，并没有说到天然而获得的天性。"后来学者可以就程、朱二先生所说的这些话参详把玩，韩愈这篇文章的大意就能够了然于胸了。

原毁

【题解】

本文论述和探究毁谤产生的原因。作者认为士大夫之间毁谤之风的盛行是道德败坏的一种表现，其根源在于"怠"和"忌"，即怠于自我修养同时又妒忌别人。不怠不忌，毁谤便无从产生。文章先从正面开导，说明一个人应该如何正确对待自己和对待别人才符合君子之德、君子之风，然后将不合这个准则的行为拿来对照，最后指出其根源及危害性。通篇采用对比手法，有"古之君子"与"今之君子"的对比，有同一个人"责己"和"待人"不同态度的对比，还有"应者"与"不应者"的对比，等等。全篇行文严肃而恳切，句式整齐中有变化，语言生动而形象，刻画当时士风可谓入木三分。

林纾《韩柳文研究法·韩文研究法》曾分析道："《原毁》则道人情之所以然，曲曲皆中时俗之弊。公当日不见直于贞元之朝，时相为赵憬、贾耽、卢迈，咸不以公为能，意必以毁之者。故婉转叙述毁之所以生，与见毁者之所以被祸之故,未尝肆詈,而恶薄之人情,揭诸篇端,一无所漏。所赠序与书多不平语,而此篇独沉吟反复,心伤世道,遂不期成为至文耳。"林纾的这番分析可谓体己之论。

　　古之君子,其责己也重以周,其待人也轻以约①。重以周,故不怠②;轻以约,故人乐为善。闻古之人有舜者,其为人也,仁义人也③。求其所以为舜者,责于己曰:"彼,人也,予,人也;彼能是,而我乃不能是④!"早夜以思,去其不如舜者,就其如舜者。闻古之人有周公者⑤,其为人也,多才与艺人也⑥。求其所以为周公者,责于己曰:"彼,人也,予,人也;彼能是,而我乃不能是!"早夜以思,去其不如周公者,就其如周公者。舜,大圣人也,后世无及焉;周公,大圣人也,后世无及焉。是人也,乃曰:"不如舜,不如周公,吾之病也⑦。"是不亦责于身者重以周乎!其于人也,曰:"彼人也,能有是,是足为良人矣;能善是,是足为艺人矣⑧。"取其一不责其二,即其新不究其旧,恐恐然惟惧其人之不得为善之利。一善易修也,一艺易能也,其于人也,乃曰:"能有是,是亦足矣。"曰:"能善是,是亦足矣。"不亦待于人者轻以约乎!

【注释】

①"古之君子"几句:语出《论语·卫灵公》:"躬自厚而薄责于人。"重,严格。周,周密,完备,全面。轻,宽容。约,简少。

②不怠:指不懈怠地进行道德修养。

③"闻古之人有舜者"几句:语出《孟子·离娄下》:"舜明于庶物,察于人伦,由仁义行,非行仁义也。"舜,传说中远古时代的君王。

　　仁义人,符合儒家仁义道德规范的人。

④"彼,人也"几句:语出《孟子·滕文公上》:"颜渊曰:'舜何人也? 予何人也?'有为者,亦若是。"

⑤周公:周文王子,周武王弟。武王死后,成王年幼继位,由周公摄政。

⑥多才与艺人也:多才多艺的人。语出《尚书·周书·金縢》:"予仁若考能,多才多艺,能事鬼神。"

⑦病:错误,缺点。

⑧艺人:才艺优越之人。

【译文】

　　古时候的君子,他要求自己严格而全面,他对待别人宽容又简约。严格而全面,所以不怠惰;宽容又简约,所以人家都乐意做好事。听说古代的圣人舜,他为人是个仁义之人。探究舜之所以成为圣人,责备自己说:"他是个人,我也是个人,他能这样,我却不能这样!"早晚都思考这件事,改掉那些不如舜的行为,去做那些符合舜的标准的行为。听说古代的圣人周公,他为人是个多才多艺之人。探究周公之所以成为圣人的道理,就责备自己说:"他是个人,我也是个人,他能这样,我却不能这样!"早晚都思考这件事,改掉那些不如周公的行为,去做那些符合周公标准的行为。舜,是大圣人,后世没有人能赶得上他;周公,是大圣人,后世没有人能赶得上他。这些人却说:"赶不上舜,赶不上周公,是我的缺点。"这不就是要求自身严格而且全面吗! 他对待别人,说道:"那个人啊,能有这点,这就够得上是良善的人了;能擅长这个,就算得上是有才能的人了。"肯定他一个方面,而不苛求他别的方面,论他今天的表现,而不计较他的过去,小心谨慎地只怕别人得不到做好事应得的表扬。一件好事是容易做到的,一种技能是容易学得的,他对待别人,却说:"能有这样,这就足够了。"又说:"能擅长这个,这就够了。"岂不是要求别人宽容又简少吗!

今之君子则不然，其责人也详^①，其待己也廉^②。详，故人难于为善；廉，故自取也少。己未有善，曰："我善是，是亦足矣。"己未有能，曰："我能是，是亦足矣。"外以欺于人，内以欺于心，未少有得而止矣，不亦待其身者已廉乎！其于人也，曰："彼虽能是，其人不足称也；彼虽善是，其用不足称也。"举其一不计其十，究其旧不图其新，恐恐然惟惧其人之有闻也^③。是不亦责于人者已详乎！夫是之谓不以众人待其身，而以圣人望于人，吾未见其尊己也。

【注释】

①详：周详，繁冗。

②其待己也廉：谓对待自己简约而宽松。廉，本义为逼仄。此有"少"意。

③恐恐然：惶惧貌。这一词语首见于韩愈古文，其后为后人广泛使用。

【译文】

现在的君子却不同，他责备别人周详，他要求自己简少。责人周详，所以人家难以做好事；待己简少，所以自己进步就少。自己没有什么优点，说："我有这优点，这就够了。"自己没有什么才能，说："我有这本领，这就够了。"对外欺骗别人，对己欺骗良心，还没有多少收获就止步不前，岂不是要求自身太少了吗！他们要求别人，说："他虽然能做这个，但他的人品不值得赞美，他虽然擅长这个，但他的材用不值得称道。"举出别人一方面的欠缺不考虑别人多方面的长处，只追究别人的既往，不考虑别人的目前状况，心中惶恐不安只怕别人有好的名声。岂不是责求别人太周全了吗！这就叫不用常人的标准要求自身，却用圣人的标准希望别人，我看不出他尊重自己啊！

虽然，为是者有本有原，怠与忌之谓也^①。怠者不能修^②，而忌者畏人修。吾常试之矣，尝试语于众曰："某良士^③，某良士。"其应者，必其人之与也^④；不然，则其所疏远不与同其利者也；不然，则其畏也。不若是，强者必怒于言，懦者必怒于色矣。又尝语于众曰："某非良士，某非良士。"其不应者，必其人之与也；不然，则其所疏远不与同其利者也；不然，则其畏也。不若是，强者必说于言^⑤，懦者必说于色矣。是故事修而谤兴，德高而毁来。呜呼！士之处此世，而望名誉之光、道德之行，难已！

将有作于上者，得吾说而存之，其国家可几而理欤^⑥！

【注释】

①忌：嫉妒。

②修：修习，包括品德与才艺的修习。

③良士：贤士。

④与：党与，同盟。

⑤说：同"悦"。

⑥几：庶几，差不多。

【译文】

尽管如此，这样做是有他的根源的，就是所谓怠惰和忌妒啊。怠惰的人不能自我修养，而忌妒的人害怕别人修身。我不止一次地试验过，曾经对大家说："某人是贤良的人，某人是贤良的人。"那随声附和的，一定是他的同伙；否则，就是和他疏远没有相同利害的人；否则，就是怕他的人。不然的话，强横的人一定会厉声反对，软弱的人一定会满脸怒色。我又曾经试着对大家说："某人不是贤良的人，某人不是贤良的人。"那不随声附和的人，一定是他的同伙；否则，就是和他疏远没有相同利害的人；否则，就是怕他的人。不这样的话，强横的人一定会连声赞同，软弱的人一定会喜形于色。因此，事业成功诽谤便随之产生；德望高了恶言就接踵而来。唉！读书人生活在当今世界上，而希求名誉的光大、德行的推广，太难了！

在位的人想有所作为，听取我的说法记在心中，那国家差不多可以治理好了！

【评点】

茅鹿门曰：此篇八大比，秦汉来故无此调，昌黎创之。然感慨古今之间，因而摹写人情，曲邕骨里，文之至者。

张孝先曰：人心不古，责己薄，责人厚，侈己之长，掩人之善，往往然矣。昌黎此篇深有慨乎其言之也。然士君子求其在我而已，岂以悠悠之口为荣辱哉！

【译文】

茅坤评论道：这篇文章的八大比较，秦汉以来没有此等论调，实为韩愈首创。文章于古今之间反复感慨，摹画刻写人情世故，周尽畅达，入木三分，可称得上古文中的至品。

张伯行评论道：人心不思古道，对自己要求少，对别人要求多，夸大自己的长处，遮蔽别人的优点，常常如此。韩愈这篇文章对此深有感慨。尽管如此，士人中的君子们只求一己之心安理得，难道会以世俗之人的评价为荣辱吗！

诤臣论

【题解】

此篇文题一作《谏臣论》。文中所言诤臣即阳城。阳城，字亢宗，定州北平（今河北顺平）人。曾隐于中条山，远近慕其德行，多从之学。闾里相讼者，不诣官府，诣阳城请决。李泌为宰相时荐阳城为著作郎。德宗时阳城迁右谏议大夫，但因日夜痛饮，居谏官五年而未尝一言及政事。韩愈作《诤臣论》讥之。但阳城毫不在意。又两年，及裴延龄诬逐陆贽事，阳城乃冒死力谏，极论裴延龄奸佞，又以直言勇谏而闻名于天下。新、旧《唐书》有传。

李泌举荐阳城事在贞元四年（788），本文有"居于位五年矣"之句，也即阳城处右谏议大夫位上已有五年之久，则韩愈此文，应写于贞元九年（793）。韩愈时年二十六岁，参加吏部的博学宏词科考试，遭遇失败。同年，韩愈之嫂郑夫人去世，他返回河阳，为其守丧五个月。了解了这样的背景，就不难理解此文中所显露出的咄咄逼人的锐气，以及愤愤不平的郁郁之气。

韩愈此文写成二年后，阳城向当时的权臣裴延龄全面开火，并成功阻止了裴延龄入相，朝野能言直谏的风气为之大振。韩愈此文在其间发挥了什么作用，我们后人不好评估。

韩愈在当时人微言轻，也许因为阳城长期处于民间，尽管了解民生，但对当时朝政的了解还需要一些时日才能找到发力点，这些都不能着急，这也许是阳城没有太在意韩愈此文的原因。

关于阳城事，韩愈，柳宗元、白居易、元稹等俱有诗文论列。柳、元、白于阳城始终推许，韩则不免有微词，此文特显。

或问谏议大夫阳城于愈①："可以为有道之士乎哉？学广而闻多②，不求闻于人也。行古人之道③，居于晋之鄙④；晋之鄙人熏其德而善良者几千人。大臣闻而荐之，天子以为谏议大夫⑤。人皆以为华⑥，阳子不色喜⑦。居于位五年矣，视其德如在野⑧，彼岂以富贵移易其心哉⑨！"

【注释】

①谏议大夫：官职名，唐属门下省，掌侍从规谏。

②学广而闻多：学问渊博，见识也多。据《新唐书·阳城传》："资好学，贫不能得书，求为吏隶集贤院，窃院书读之，昼夜不出户，六年，无所不通。"

③行古人之道：按古人立身处世之道行事。据《新唐书·阳城传》："及进士第，乃去隐中条山，与弟阶、域常易衣出。年长，不肯娶，谓弟曰：'吾与若孤惸相育，既娶则间外姓，虽共处而益疏，我不忍。'弟义之，亦不娶，遂终身。城谦恭简素，遇人长幼如一。远近慕其行，来学者迹接于道。闾里有争讼，不诣官而诣城决之。"

④晋之鄙：此指阳城隐居之中条山一带。下句"晋之鄙人"，即指这一区域的居民。鄙，边远地区。

⑤大臣闻而荐之，天子以为谏议大夫：指陕虢观察使李泌举荐阳城，天子以阳城为右谏议大夫。据《新唐书·阳城传》："陕虢观察使李泌数礼饷，城受之。泌欲辟致之府，不起，乃荐诸朝，诏以著作佐郎召，并赐绯鱼。泌使参军事韩杰奉诏至其家，城封还诏，自称'多病老惫，不堪奔奉，惟哀怜。'泌不敢强。及为宰相，又言之德宗，于是召拜右谏议大夫，遣长安尉杨宁赍束帛诣其家。城褐衣到阙下辞让，帝遣中人持绯衣衣之，召见，赐帛五十匹。"

⑥华：荣光，华彩。

⑦色喜：喜悦流露在脸上。此语始见韩文，后人多采用之。

⑧在野：与"在朝"对举，做官谓"在朝"，为民称"在野"。这里指阳城隐居时。

⑨移易：改变。心：指阳城欲行"古人之道"的心志。

【译文】

有人向我问起谏议大夫阳城："他可以算是有道之士了吧？他学问渊博，见识也多，却不求出名。居住在晋地的偏远地方，按古人立身处世之道行事；晋地的百姓受到他德行的熏陶而从善者有几千人之多。大臣听说了便举荐他，天子任命他为谏议大夫。人们都认为这是他的荣耀，阳子并没有喜色。他任职五年了，德行操守如同隐居时一样，他岂是因富贵而偏移心志的人吗！"

　　愈应之曰："是《易》所谓'恒其德贞，而夫子凶'者也①，恶得为有道之士乎哉？在《易》，蛊之上九云：'不事王侯，高尚其事②。'謇之六二则曰：'王臣謇謇，匪躬之故③。'夫不以所居之时不一，而所蹈之德不同也？若蛊之上九，居无用之地，而致匪躬之节；以謇之六二，在王臣之位，而高不事之心；则冒进之患生，旷官之刺兴，志不可则，而尤不终无也④。今阳子在位，不为不久矣；闻天下之得失，不为不熟矣；天子待之，不为不加矣。而未尝一言及于政，视政之得失，若越人视秦人之肥瘠，忽焉不加喜戚于其心⑤。问其官，则曰'谏议也'；问其禄，则曰'下大夫之秩也'⑥；问其政，则曰'我不知也'。有道之士，固如是乎哉？且吾闻之：'有官守者，不得其职则去；有言责者，不得其言则去。'今阳子以为得其言乎哉⑦？得其言而不言，与不得其言而不去，无一可者也。阳子将为禄仕乎⑧？古之人有云：'仕不为贫，而有时乎为贫⑨。'谓禄仕者也。宜乎辞尊而居卑，辞富而居贫，若抱关击柝者可也。盖孔子尝为委吏矣，尝为乘田矣，亦不敢旷其职，必曰'会计当而已矣'，必曰'牛羊遂而已矣'⑩。若阳子之秩禄，不为卑且贫，章章明矣，而如此，其可乎哉⑪？"

【注释】

①恒其德贞,而夫子凶:意指妇人恒守其柔顺之德行吉祥,但男子如此则凶。夫子,指男子。语出《周易·恒》:"恒其德贞。妇人吉,夫子凶。"

②不事王侯,高尚其事:语出《周易·蛊》。不事王侯,谓隐士之位。高尚其事,谓隐士之德。

③王臣蹇蹇(jiǎn),匪躬之故:语出《周易·蹇》。匪躬,忠心耿耿,不顾自身。

④"若蛊之上九"几句:谓所居之位不同,则所持之德相应不同。冒进,谓居隐士之位而持王臣之德。旷官,谓居王臣之位而持隐士之德。则,准则。

⑤"今阳子在位"几句:关于阳城居谏官之位而不谋其政,《新唐书·阳城传》有详细记载,阳城"方与二弟延宾客,日夜剧饮。客欲谏止者,城揣知其情,强饮客,客辞,即自引满,客不得已,与酬酢,或醉仆席上,城或先醉卧客怀中,不能听客语,无得关言"。

⑥下大夫之秩也:唐贞元后谏议大夫分左右置,各四员,分属门下、中书二省,正五品上,散官名称为中散大夫,在从四品下的中大夫之下。

⑦今阳子以为得其言乎哉:有的版本"得其言"下增一"言"字,朱熹《昌黎先生集考异》:"或无复出言字。按此语正谓阳子若自谓得其言,则何不言乎哉?或本非是。"

⑧禄仕:为养亲而求仕。

⑨仕不为贫,而有时乎为贫:语出《孟子·万章下》:"仕非为贫也,而有时乎为贫;娶妻非为养也,而有时乎为养。为贫者,辞尊居卑,辞富居贫。辞尊居卑,辞富居贫,恶乎宜乎?抱关击柝。"

⑩"盖孔子尝为委吏矣"几句:语出《孟子·万章下》:"孔子尝为委吏矣,曰:会计当而已矣,尝为乘田矣,曰:牛羊茁壮长而已矣。"

委吏,管理仓库之小吏。乘田,放牧牛羊者。会计当,犹言账目清楚。

⑪"若阳子之秩禄"几句:谓阳城位尊禄厚则不当旷职如此。章章,同"彰彰"。清楚地显露。

【译文】

我回答说:"这就是《周易》恒卦所说的,'保持柔顺服从的德行,对妇人来说是正常的,对男人来说却是坏事啊',怎么能算得上是有道之士呢? 在《周易》蛊卦的上九爻辞中说:'不侍奉王侯,使自己的情操高尚。'蹇卦的六二爻辞就说:'君王有难,臣子忠厚、直谏,应当奋不顾身去救助。'那是因为所处的境遇不同,所奉行的准则也就不一样。如果像蛊卦上九所说,处于没被任用的境地,却表现出奋不顾身的节操;像蹇卦的六二所说,处于人臣的地位,却以不侍奉王侯的心志为高尚;那就会产生贪求仕禄的祸害,会出现对荒废职守的指责,这样的心志既不可效法,结果过失也终免不了。如今阳子居官的时间不可谓不长,了解朝政的得失不可谓不清楚,天子待他不可谓不优厚。但是他却没有一句话涉及朝政,他看待朝政的得失,就像越国人看待秦国的胖瘦一样,漫不经心,忧喜无动于衷。问他的官职,就说是'谏议大夫';问他的俸禄,就说'下大夫的官俸';问他朝政,却说'我不知道。'有道德的人,本来是如此吗? 我听说过:'有官职的人,不尽职就应该辞职;负有进谏责任的人,不尽言责也应该辞去。'现在阳子认为尽了言责了吗? 应该尽言责而不进言,不进言又不离职,都是不对的。阳子是为了俸禄而做官的吧? 古人说过:'做官不是因为家贫,但有时也有因为家贫的。'说的就是为了俸禄而做官的人。这样的人应该辞高官而就卑职,弃富贵而甘贫寒,做守门巡夜一类差事就可以了。孔子曾做过管仓库的小官,当过管畜牧的小官,也不敢荒废职守,一定说:'财物账目不要出差错',一定说:'要使牛羊肥壮才行。'像阳子这样的官阶和俸禄,不低下也不贫苦,这是明摆着的,他却如此行事,难道可以吗?"

　　或曰："否，非若此也。夫阳子恶讪上者，恶为人臣招其君之过而以为名者①。故虽谏且议，使人不得而知焉。《书》曰：'尔有嘉谋嘉猷，则入告尔后于内，尔乃顺之于外，曰：斯谋斯猷，惟我后之德②。'夫阳子之用心，亦若是者。"

【注释】

①招（qiáo）：举。此指揭露。

②"《书》曰"几句：语出《尚书·周书·周官》，意指作为臣子若有佳谋良策，当入宫告知于君王，在宫外的公开场合，却应赞叹说：这些计划和谋略，都是我主的仁德啊。嘉，善。谟，谋。猷，谋。后，君主，帝王。德，德政。

【译文】

　　有人又说："不，不是这样。阳子不爱讥讽君主，不喜欢身为臣子而以揭露君主的过错换取名声。所以虽规谏并且议论了朝政得失，却不让其他人知道。《尚书》说：'你有好的谋略，就进去告诉你的君主，随后出来对外夸赞君主，说：这些谋略都是我们圣上的德政。'阳子的用心也是这样的。"

　　愈应之曰："若阳子之用心若此，滋所谓惑者矣。入则谏其君，出不使人知者，大臣宰相者之事，非阳子之所宜行也。夫阳子，本以布衣隐于蓬蒿之下①，主上嘉其行谊，擢在此位。官以谏为名，诚宜有以奉其职，使四方后代知朝廷有直言骨鲠之臣②，天子有不僭赏从谏如流之美③。庶岩穴之士闻而慕之④，束带结发⑤，愿进于阙下而伸其辞说，致吾君于尧、舜⑥，熙鸿号于无穷也⑦。若《书》所谓，则大臣宰相之事，非阳子之所宜行也。且阳子之心，将使君人者恶闻其过乎？是启之也。"

【注释】

① 布衣：指平民。古代平民不能衣锦绣，故称。桓宽《盐铁论·散不足》："古者庶人耋老而后衣丝，其余则麻枲而已，故命曰布衣。"

② 直言骨鲠之臣：指直言敢谏之臣。鲠，本指鱼骨、鱼刺。此喻指正直。

③ 僭（jiàn）：越，超过正常范围。从谏如流：听从善意的规劝，就像水从高处流下一样顺畅。形容乐意接受别人的意见。

④ 岩穴之士：指隐者逸士。

⑤ 束带结发：束系衣带，挽起发髻。指出来做官。

⑥ 致吾君于尧、舜：指辅助君主成为尧、舜那样的贤明君主。杜甫《奉赠韦左丞丈二十二韵》："致君尧舜上，再使风俗淳。"

⑦ 鸿号：美名。此词首见于韩文，后世多有沿用。

【译文】

我回答说："如果阳子的用心果真如此，这就使人大惑不解了。入内进谏君主，出来不让他人知道，这是大臣宰相们的事，不是阳子应该做的。阳子本是平民，隐居草野之中，主上赞赏他的品行，选拔他到这个职位上。官职名为'谏议'，当然应该有与职位相称的行为，让天下之人、子孙后代知道朝廷有刚正直言之臣，天子有赏而不滥、从谏如流之美德。这样便于草野之人知道并仰慕，整衣结发奔赴朝廷，陈述自己的意见，使君主德比尧、舜，美名传扬于千载之下。至如《尚书》所说，那是大臣宰相的事，不是阳子所应该做的。况且阳子那种用心，将会使为君者不爱听别人说自己的过失吗？这是开启了君主文过饰非的弊端。"

或曰："阳子之不求闻而人闻之，不求用而君用之，不得已而起,守其道而不变,何子过之深也^①?"

【注释】

①过:苛责,怪罪,责难。

【译文】

又有人说:"阳子不求扬名而出了名,不求任用而君上任用了他,不得已而出来做了官,又守持自己的情操不变,您何以如此苛责他呢?"

愈曰:"自古圣人贤士,皆非有求于闻用也^①。闵其时之不平^②,人之不乂^③,得其道,不敢独善其身,而必以兼济天下也^④。孜孜矻矻^⑤,死而后已^⑥。故禹过家门不入,孔席不暇暖,而墨突不得黔^⑦。彼二圣一贤者^⑧,岂不知自安逸之为乐哉?诚畏天命而悲人穷也^⑨。夫天授人以贤圣才能,岂使自有余而已?诚欲以补其不足者也。耳目之于身也,耳司闻而目司见;听其是非,视其险易,然后身得安焉。圣贤者,时人之耳目也;时人者,圣贤之身也。且阳子之不贤,则将役于贤以奉其上矣;若果贤,则固畏天命而闵人穷也,恶得以自暇逸乎哉?"

【注释】

①闻用:闻达,出名与出任高官。

②闵:忧虑,担心。

③不乂(yì):不能治事。乂,治理。

④不敢独善其身,而必以兼济天下也:语出《孟子·尽心上》:"穷则独善其身,达则兼善天下。"

⑤孜孜矻矻（kū）：勤奋不懈。

⑥死而后已：到死才罢休。形容奋斗终生。《论语·泰伯》："曾子曰：'士不可以不弘毅，任重而道远。仁以为己任，不亦重乎？死而后已，不亦远乎？'"

⑦"故禹过家门不入"几句：大禹治水，过家门而不入；孔子回家，席未及坐暖就离开；墨子回家，一顿饭还没做完，又出门了。这三个典故在历史记载中有不同说法。黔，此处指做饭熏黑烟囱。

⑧彼二圣一贤者：大禹、孔子为二圣，墨子为一贤。

⑨人穷：人之才智不足。

【译文】

我说："自古以来，圣人贤士都无求于扬名与被任用。他们忧虑世道不平，民事不治，有了道德学问，不敢独善其身，而一定要兼济天下。勤谨劳瘁，死而后已。所以大禹治水，过家门而不入；孔子回家，席未及坐暖就离开；墨子回家，一顿饭还没做完，又出门了。这两位圣人一位贤人，难道不知道闲逸是乐事吗？其实是因为他们敬畏天命而又担心自己的才智不足以为世人所用。上天把圣、贤、才能赐给人，岂是让他们在这些方面有余而已吗？实在是希望他们以此来弥补他人在这些方面的不足。耳目之于身体，耳朵是用来听声音的，眼睛是用来看东西的；听可以辨明是非，看可以认清安危，而后身体才能得以安全。圣贤就是时人的耳目，时人就是圣贤的身体。如果阳子不是贤人，就应该被贤人役使以侍奉上级；如果真是贤人，那么就应该敬畏天命并且担心自己的才智不足以为世人所用，怎么能只图个人的安逸呢？"

　　或曰："吾闻君子不欲加诸人①，而恶讦以为直者②。若吾子之论，直则直矣，无乃伤于德而费于辞乎？好尽言以招人过，国武子之所以见杀于齐也③，吾子其亦闻乎？"

【注释】

①吾闻君子不欲加诸人：语出《论语·公冶长》："子贡曰：'我不欲人之加诸我也，吾亦欲无加诸人。'子曰：'赐也，非尔所及也。'"

②而恶讦（jié）以为直者：语出《论语·阳货》。恶讦，诋毁中伤，揭人的阴私，攻人的短处。讦，揭发、攻击他人的隐私、过错或短处。

③国武子之所以见杀于齐也：指国武子之所以在齐国被杀，就是因为爱直言不讳地揭露别人的过失。国武子，名佐，谥武。春秋时齐国国卿。庆封与齐灵公之母孟子私通，武子直言斥责，因而获罪，被齐灵公杀害。

【译文】

有的人说："我听说，君子不喜欢强加于人，而且不喜欢通过揭发别人的短处、指责别人的过失来表现自己的直率。像先生这样的言论，直率是够直率的，不是损伤了自己的德行，而且浪费了口舌吗？国武子之所以在齐国被杀，就是因为爱直言不讳地揭露别人的过失，先生大概也听说了吧？"

愈曰："君子居其位，则思死其官；未得位，则思修其辞以明其道。我将以明道也，非以为直而加人也。且国武子不能得善人，而好尽言于乱国，是以见杀。《传》曰①：'惟善人能受尽言。'谓其闻而能改之也。子告我曰：'阳子可以为有道之士也'，今虽不能及已，阳子将不得为善人乎哉？"

【注释】

①《传》：指传释经义的文字。《国语》有"春秋外传"之称，亦属于"传"。以下所引即本自《国语·周语》。

【译文】

我回答说："君子处在他的职位上，就要准备以身殉职；没有得到官职,就想著书立说,阐明大道。我是要阐明大道,并非来表现自己的直率而强加于人。况且国武子被杀是因为没有遇到好人,在混乱的国家直言不讳地讲话,所以被杀。《国语》上说:'只有善良的人才能够接受直言不讳的批评。'是说他听了批评后,能够改正错误。您告诉我说:'阳子可以算得上是有道之士。'我看,现在虽然还算不上,但阳子难道就不能成为一个知错就改的好人吗?"

【评点】

茅鹿门曰:截然四问回答,而首尾关键如一线。

张孝先曰:词义严正,令人无可置喙。末引《传》言非为自家避尤也,正是欲阳子改过处。盖君子爱人以德,望之切,故不觉其言之长。但以墨者并二圣而论,则似有未当耳。

【译文】

茅坤评论道:很鲜明的四个问题及其回答,安排得首尾连贯,脉络清晰。

张伯行评论道:文章义正词严,让人无从辩驳。文末引用《国语》并非为自己开脱,而是希望阳子能够自觉改过。君子以德爱人,心怀恳切之愿望,故而言语虽絮絮不止,却让人不觉其长。只是文章将大禹、孔子两位圣人与墨子并列而论,有些不妥当。

讳辨

【题解】

讳,即讳名。古代不可直接说或写出天子和尊长之名,此谓"避讳"。《周礼·春官·小史》:"若有事,则诏王之忌讳。"《礼记·曲礼上》：“入境而问禁，入国而问俗，入门而问讳。”洪迈《容斋随笔续笔·唐人避讳》：“唐人避家讳甚严，固有出于礼律之外者。李贺应进士举，忌之者斥其父名晋肃，以‘晋’与‘进’字同音，贺遂不敢试。韩文公作《讳辨》，论之至切，不能解众惑也。《旧唐史》至谓韩公此文为文章之纰缪者，则一时横议可知矣。”顾炎武《日知录》卷二十三：“唐自中叶以后，即士大夫亦讳嫌名，故《旧史》以韩愈为李贺作《讳辨》为纰缪。”顾炎武的结论来自洪迈，但洪迈之《旧唐史》，以及顾炎武之《旧史》指责韩愈《讳辨》为“纰缪”者，究属何种文献，不得而知。《旧唐书·韩愈传》："李贺父名晋，不应进十，而愈为贺作《讳辨》，令举进士。"

据《旧唐书·李贺传》云："贺竟不就试。"《新唐书·李贺传》云："愈为作《讳辨》，然卒亦不就举。"而历史真实情况却非如此。李贺应河南府试后，曾受韩愈、皇甫湜之鼓励，毅然入京赴礼部试。李贺诗《仁和里杂叙皇甫湜》："洛风送马入长关，阊扇未开逢猰犬。"是诗人追忆入试长安时之遭遇。又，李贺《出城》其中有："雪下桂花稀，啼乌被弹归。"王琦注："二句皆喻不第。"《出城》一诗乃叙应试后回家时之怅惘心情。

李贺府试题目为《河南府试十二月乐辞并闰月》。韩愈《讳辨》之作，当在元和四年（809）冬河南府试之后，元和五年春（810）礼部会试之前。

愈与李贺书①，劝贺举进士。贺举进士有名，与贺争名者毁之②，曰："贺父名晋肃③，贺不举进士为是，劝之举者为非。"听者不察也，和而倡之，同然一辞。皇甫湜曰④："若不明白⑤，子与贺且得罪。"愈曰："然。"

【注释】

①李贺：字长吉，福昌（今河南宜阳）人，唐宗室郑孝王亮后裔，中唐著名诗人。新、旧《唐书》有传。元和二年（807）后，韩愈官东

都，与李贺结识。

②贺举进士有名，与贺争名者毁之：典出唐代康骈所撰小说集《剧谈录》云：“元和中，进士李贺善为歌篇，韩文公深所知重，于缙绅之间每加延誉，由此声华籍甚。时元相国稹年老，以明经擢第，亦工篇什，常愿交结贺。一日，执贽造门，贺览刺不客，遽令仆者谓曰：‘明经擢第，何事来看李贺！’相国无复致情，惭愤而退。其后左拾遗制策登科日，当要路，及为礼部郎中，因议贺祖称讳‘晋’，不合应进士举，亦以轻薄（为）时辈所排，遂成辚轲。文公惜其才，为著《讳辨录》明之，然竟不成事。”毁谤者为元稹，此为不实之史料。后人多有辩驳，尤以朱自清《李贺年谱》辩之更细，云：“按，元稹明经及第，贺才四岁。事之不实，毋庸详辩。”

③晋肃：生平不详，王定保《唐摭言》卷十“韦庄奏请追赠不及第人近代者”条称李贺“父瑨（晋之误）肃，边上从事”。杜甫大历三年（768）有《公安送李二十九晋肃入蜀余下沔鄂》诗，则李晋肃行第为二十九。

④皇甫湜：字持正，睦州新安（今浙江淳安）人。元和元年（806）进士及第，三年（808）又登贤良方正科。以策文直切，为宰相所忌。授陆浑尉，与韩愈相识。

⑤若不明白：指如果不将劝李贺举进士这件事情说明白。

【译文】

我写信给李贺，劝他参加进士科考试。李贺在参加应试的举子中是非常有名气的，与他争名的人便攻击他，说：“李贺的父亲名晋肃，李贺不参加进士科考试才对，劝他考的人是不对的。”听者不明辨，随声附和，众口一词。皇甫湜对我说：“如果不辨明，你与李贺都将获罪。”我说：“是这样。”

律曰：“二名不偏讳①。”释之者曰：“谓若言‘徵’不称

'在'，言'在'不称'徵'是也。"律曰："不讳嫌名。"释之
者曰："谓若'禹'与'雨'、'丘'与'蕳'之类是也。"今贺
父名晋肃，贺举进士，为犯二名律乎？为犯嫌名律乎？父名
晋肃，子不得举进士；若父名仁，子不得为人乎？

【注释】

①律曰："二名不偏讳"：语出《礼记·曲礼上》："礼不讳嫌名，二名
　　不偏讳。"郑玄注曰："为其难避也。嫌名，谓音声相近，若禹与
　　雨、邱与区也。"偏，同"遍"，谓二名不一一讳。

【译文】

礼法上说："两个字的名字只避讳一个字。"解释者说："就像说'徵'
字不说'在'字，说'在'字不说'徵'字那样。"礼法上又说："不避讳声
音相近的字。"解释者说："就像说'禹'和'雨'，'丘'和'蕳'一类字。"
李贺的父亲名晋肃，李贺应进士科试，是犯了两个字的名字只避讳一个
字的礼法呢？还是犯了不避讳声音相近的字的礼法？父亲名晋肃，儿子
就不能参加进士科考试；如果父亲名叫仁，儿子就不能做人了吗？

　　夫讳始于何时？作法制以教天下者①，非周公、孔子
欤？周公作诗不讳②，孔子不偏讳二名③，《春秋》不讥不讳
嫌名④。康王钊之孙，实为昭王⑤。曾参之父名晳，曾子不
讳"昔"⑥。周之时有骐期⑦，汉之时有杜度⑧，此其子宜如
何讳？将讳其嫌，遂讳其姓乎？将不讳其嫌者乎？汉讳武
帝名"彻"为"通"⑨，不闻又讳车辙之"辙"为某字也；讳吕
后名"雉"为"野鸡"⑩，不闻又讳治天下之"治"为某字也。
今上章及诏，不闻讳"浒""势""秉""机"也⑪。惟宦官宫

妾，乃不敢言"谕"及"机"⑫，以为触犯。士君子言语行事，宜何所法守也？今考之于经，质之于律，稽之以国家之典，贺举进士为可耶？为不可耶？

【注释】

①法制：法令制度。

②周公作诗不讳：周文王名昌，但《诗经·周颂·雍》有句"克昌厥后"，不避父王名讳。

③孔子不偏讳二名：《论语·八佾》："子曰：'夏礼，吾能言之，杞不足徵也；殷礼，吾能言之，宋不足徵也。文献不足故也，足，则吾能徵之矣。'"孔子母亲名"徵在"，孔子不避"徵"字。《论语·卫灵公》中师冕见孔子，都坐下后，孔子说："某在斯。"不避"在"字。偏，同"遍"。

④《春秋》不讥不讳嫌名：《春秋》不讥讽、不避讳声音相近的字。如卫桓公名"完"。"桓"与"完"同音，属于嫌名。

⑤康王钊之孙，实为昭王：《史记·周本纪》："康王卒，子昭王瑕立。"此处"孙"字，应为"子"字之讹。"钊""昭"音同，并不避讳。

⑥曾参之父名晳，曾子不讳"昔"：曾参的父亲名晳，但曾子并不避讳说"昔"字。如《论语·泰伯》中记载曾子曾说："昔者吾友尝从事于斯矣。"

⑦骐期：战国时人。

⑧杜度：即杜伯度，名操，字伯度。东汉时人。善草书。

⑨汉讳武帝名"彻"为"通"：汉武帝名彻，因改"彻侯"为"通侯"，"蒯彻"为"蒯通"。

⑩讳吕后名"雉"为"野鸡"：吕后，汉高祖刘邦之后，名雉。《汉书·高后纪》荀悦注："讳雉之字曰野鸡。"颜师古注："吕后名雉，字娥姁，故臣下讳雉也。"

⑪今上章及诏，不闻讳"浒""势""秉""机"也：唐太祖（李渊）名虎，唐太宗名世民，世祖（李渊父）名昞，唐玄宗名隆基，浒、势、秉、机为这些帝王的嫌名。

⑫乃不敢言"谕"及"机"：谕为唐代宗（名豫）嫌名，机为唐玄宗（名隆基）嫌名。

【译文】

这避讳起于何时？制定礼法制度以教化天下百姓的，不就是周公、孔子吗？周公作诗不避讳；两个字的名字，孔子只避讳其中的一个字；对于不避讳声音相近的字，《春秋》也并不讥刺。周康王名钊，他的儿子谥号昭王。曾参的父亲名晳，曾子不避讳"昔"字。周朝有人叫骐期，汉朝有人叫杜度，他们的儿子应该如何避讳？是避讳声音相近的字而改姓呢？还是不避讳声音相近的字？汉朝讳武帝名，改"彻"为"通"，没听说又改"车辙"的"辙"为什么字；讳吕后名，改"雉"为"野鸡"，没听说又把"治天下"之"治"改为别的什么字。现在上奏章和下诏书，没有听说避讳"浒""势""秉""机"一类字。只有宦官和宫女，才不敢说"谕"字和"机"字，以为说了就犯讳。君子著书行事，该遵守何种礼法？现在考之经籍，对照礼法，验之国家典章，李贺应进士科试，是可以？还是不可以？

　　凡事父母，得如曾参，可以无讥矣①。作人得如周公、孔子，亦可以止矣。今世之士，不务行曾参、周公、孔子之行，而讳亲之名，则务胜于曾参、周公、孔子，亦见其惑也。夫周公、孔子、曾参，卒不可胜。胜周公、孔子、曾参，乃比于宦官、宫妾，则是宦官、宫妾之孝于其亲，贤于周公、孔子、曾参者耶？

【注释】

①"凡事父母"几句：曾参倡导"以孝为本"的儒家思想，即如《孝经·开宗明义章第一》所言："夫孝，德之本也，教之所由生也。复坐，吾语汝。身体发肤，受之父母，不敢毁伤，孝之始也。立身行道，扬名于后世，以显父母，孝之终也。夫孝，始于事亲，中于事君，终于立身。"

【译文】

大凡侍奉父母，像曾参那样，便不会有人指责了。做人能像周公、孔子那样，也算最高境界了。如今读书人不去学曾参、周公、孔子的行为，避讳亲长的名字却一定要超过曾参、周公、孔子，可见他们有多么糊涂了。周公、孔子、曾参是终究超不过的。在避讳上超过周公、孔子、曾参，就等同于宦官、宫女了。那么宦官、宫女孝顺父母，还胜过周公、孔子、曾参了吗？

【评点】

茅鹿门曰：此文反复奇险，令人眩掉，实自显快。前分律、经、典三段，后尾抱前辩难。只因三段中时有游兵点缀，便足迷人。

又评：古今以来，如此文不可多得。

张孝先曰：争名者之毁，似不待辩而明，而昌黎亦必据律引经，稽之国典，证之圣贤。所谓狮子搏兔，亦用全力者也。

【译文】

茅坤评论道：这篇文章反复驳难，用笔奇特险怪，炫人眼目，作者刻意为之，取其显扬畅快的效果。文章前半篇分出律、经、典三段，后半篇结尾照应前面。只因三段之中在引经据典时，不时与李贺父讳之事相联系,好比游兵峥嵘时露,加以点缀,于是足以迷人。

又评论道:古往今来,像韩愈这篇文章这样的不可多得。

张伯行评论道:争名夺利者毁谤他人,其间是非,似乎不用辩论就已经很清楚了,而韩愈也必须引用经典,依据国家制度,援征圣人先贤事例。真所谓狮子捉兔子,也用尽了全力了。

进学解

【题解】

本文是韩愈任国子博士时所作。新、旧《唐书·韩愈传》俱录此文。《新唐书·韩愈传》介绍韩愈写作此文的背景云:"华阴令柳涧有罪,前刺史劾奏之,未报而刺史罢。涧讽百姓遮索军顿役直,后刺史恶之,按其狱,贬涧房州司马。愈过华,以为刺史阴相党,上疏治之。既御史覆问,得涧赃,再贬封溪尉,愈坐是复为博士。既才高数黜,官又下迁,乃作《进学解》以自谕。"时在元和七年(812)。

文章假托向学生训话,勉励他们在学业、德行方面取得进步,学生提出质疑,他再进行解释,故名"进学解",借以抒发自己怀才不遇、仕途蹭蹬的牢骚。文中通过学生之口,形象地突出了自己学习、捍卫儒道以及从事文章写作的努力与成就,有力地衬托了遭遇的不公。文章表面心平气和,但针锋相对的解释,字里行间却充满了郁勃之气,表达了对社会不公的批评态度。文中"业精于勤,荒于嬉;行成于思,毁于随"等语,凝聚着作者治学、修德的经验结晶;从"浸沉酕郁"到"同工异曲"一段,生动表现出他对前人文学艺术特点兼收并蓄的态度。

韩愈作为散文家,十分推重汉代扬雄的辞赋,本文的写作对扬雄的《解嘲》《解难》等篇有所借鉴。全篇辞采丰富,音节铿锵、对偶工切,允属赋体,然而气势奔放,语言流畅,摆脱了汉赋、骈文中常有的艰涩呆板、堆砌辞藻等缺点。林纾在《韩柳文研究法·韩文研究法》中评价"长在浓淡疏密相间,错而成文,骨力仍是散文",故应说此文是韩愈特创的散文赋,为杜牧的《阿房官赋》、苏轼的《赤壁赋》之前驱。文中有许多创造性的语句,后代沿用为成语。

国子先生晨入太学①,招诸生立馆下,诲之曰:"业精于勤,荒于嬉;行成于思,毁于随②。方今圣贤相逢,治具毕张③。拔去凶邪,登崇畯良④。占小善者率以录⑤,名一艺者无不庸⑥。爬罗剔抉⑦,刮垢磨光⑧。盖有幸而获选,孰云多而不扬?诸生业患不能精,无患有司之不明⑨;行患不能成,无患有司之公。"

【注释】

①国子先生:韩愈自称,当时他任国子博士。唐朝时,国子监是设在京都的最高学府,下面有国子学、太学等七学,各学置博士为教授官。国子学是为高级官员子弟而设的。太学:这里指国子监。唐朝国子监相当于汉朝的太学,古时对官署的称呼常有沿用前代旧称的习惯。

②行成于思,毁于随:品德的成就来自思考,却由于因循随俗而败坏。行,德行。思,思考。随,随俗。

③治具:治理的工具,主要指法令。毕:全部。张:指建立、确立。

④登崇:重用,推尊。畯:通"俊"。

⑤率:都。

⑥庸:用。

⑦爬:爬梳,整理。抉(jué):选择。

⑧刮垢磨光:刮去污垢,磨出光亮。比喻仔细琢磨。此指精心培育人才。

⑨有司：负有专责的部门及其官吏。

【译文】

国子先生早上走进太学，召集学生们站立在学舍下面，教导他们说："学业的精进来自勤奋，却因为游荡玩乐而荒废；品德的成就来自思考，却由因循随俗而败坏。当前圣君与贤臣相遇合，各种法律全部确立。拔除凶恶奸邪之人，提拔优秀人才。具有一点长处的人都已经被录取，凭借能通晓一种经书而出名的人也没有不被任用的。选拔优秀人才，并培养人才。只要有幸就可获得选用，谁说多才多艺却不被提拔萃用呢？诸位学生只需担心学业不能精进，不要担心主管部门官吏看不清；只需担心德行不能成就，不要担心主管部门官吏不公正。"

言未既，有笑于列者曰："先生欺余哉！弟子事先生，于兹有年矣。先生口不绝吟于六艺之文①，手不停披于百家之编②。纪事者必提其要，纂言者必钩其玄③。贪多务得，细大不捐。焚膏油以继晷④，恒兀兀以穷年⑤。先生之业，可谓勤矣。抵排异端⑥，攘斥佛、老⑦。补苴罅漏⑧，张皇幽眇⑨。寻坠绪之茫茫⑩，独旁搜而远绍。障百川而东之，回狂澜于既倒。先生之于儒，可谓有劳矣。沉浸醲郁，含英咀华⑪，作为文章，其书满家。上规姚姒⑫，浑浑无涯；周诰、殷《盘》⑬，佶屈聱牙⑭；《春秋》谨严⑮，《左氏》浮夸⑯；《易》奇而法⑰，《诗》正而葩⑱；下逮《庄》《骚》⑲，太史所录⑳，子云、相如㉑，同工异曲。先生之于文，可谓闳其中而肆其外矣。少始知学，勇于敢为；长通于方，左右具宜。先生之于为人，可谓成矣。然而公不见信于人㉒，私不见助于友。跋前踬后㉓，动辄得咎。暂为御史，遂窜南夷㉔。三年博士，冗不见治㉕。命与

仇谋，取败几时㉖。冬暖而儿号寒，年丰而妻啼饥。头童齿
豁，竟死何裨！不知虑此，而反教人为㉗?"

【注释】

①六艺：指儒家六经，即《诗》《书》《礼》《乐》《易》《春秋》六部儒
　家经典。

②百家之编：指儒家经典以外各学派的著作。《汉书·艺文志》把儒
　家经典列入《六艺略》中，另外在《诸子略》中著录先秦至汉初各
　学派的著作："凡诸子百八十九家，四千三百二十四篇。"春秋战
　国时期，各种学派兴起，纷纷著书立说，形成"百家争鸣"局面。

③纂言者：指言论集、理论著作。纂，编集。

④膏油：油脂，此指灯烛。晷（guǐ）：日影。

⑤恒：经常。兀兀：辛勤不懈的样子。穷：终，尽。

⑥异端：儒家称自己以外的学说、学派为异端。语出《论语·为
　政》："攻乎异端，斯害也已。"朱熹集注："异端，非圣人之道，而别
　为一端，如杨、墨是也。"

⑦攘：排除。老：老子，道家的创始人。这里借指道家。老子也被道
　教尊为道德天尊。

⑧苴（jū）：这里是填补的意思。罅（xià）：裂缝。

⑨皇：大。幽：深。眇（miǎo）：微小。

⑩绪：前人留下的事业。这里指儒家的道统。韩愈《原道》认为，儒
　家之道从尧、舜传到孔子、孟轲，以后就失传了，而他以继承这个
　传统自居。

⑪含英咀华：英、华，都是花的意思。这里指文章中的精华。

⑫姚姒：相传虞舜姓姚，夏禹姓姒。

⑬周诰：《尚书·周书》中有《大诰》《康诰》《酒诰》《召诰》《洛诰》
　等篇。诰，古代一种训诫勉励的文告。殷盘：《尚书》的《商书》

中有《盘庚》上、中、下三篇。

⑭佶（jí）屈：屈曲。聱（áo）牙：形容不顺口。

⑮《春秋》：鲁国史书，记载鲁隐公元年（前722）到鲁哀公十四年（前481）间史事，相传经孔子整理删定，叙述简约而精确，往往一字之中寓有褒贬。

⑯《左氏》：指《春秋左氏传》，简称《左传》。相传鲁史官左丘明作，是解释《春秋》的著作，其铺叙详赡，富有文采，颇有夸张之处。

⑰《易》：《易经》，古代占卜用书，相传周人所撰。通过八卦的变化来推算自然和人事规律。

⑱《诗》：《诗经》，我国最早的一部诗歌总集，保存西周及春秋前期诗歌三百零五篇。

⑲逮：及，到。《庄》：《庄子》，战国时思想家庄周的著作。《骚》：《离骚》，战国时大诗人屈原的长诗。

⑳太史：指汉代司马迁，曾任太史令，也称太史公，著《史记》。

㉑子云：汉代文学家扬雄，字子云。相如：汉代辞赋家司马相如。

㉒见信：被信任。下文"见助"意为被帮助。

㉓跋前疐（zhì）后：意思说，狼向前走就踩着颔下的悬肉（胡），后退就踩到在尾巴上。形容进退都有困难。跋，踩。疐，脚踩。语出《诗经·豳风·狼跋》："狼跋其胡，载疐其尾。"

㉔窜：窜逐。此指贬谪。南夷：韩愈于贞元十九年（803）授四门博士，次年转监察御史。冬，上书论宫市之弊，触怒德宗，被贬为连州阳山令。阳山在今广东，故称南夷。

㉕三年博士，冗不见治：韩愈在宪宗元和元年（806）六月至四年（809）任国子博士。一说"三年"当作"三为"。韩愈此文为第三次任国子博士时所作，即元和七年（812）二月至八年（813）三月。冗，闲散。

㉖几时：不时，不一定什么时候，也即随时。

㉗为：语助词，表示疑问、反诘。

【译文】

话没有说完，有人在行列里笑道："先生在欺骗我们吧！我们这些学生侍奉先生您，到现在已经好几年了。先生嘴里不断地诵读六经的文章，两手不停地翻着诸子百家的书籍。对记事之文一定提取它的要点，对言论之编一定探索它深奥的旨意。一味多读书致力获得更多知识，知识无论大小都不舍弃。晚上点起灯烛继续白天的学习，总是劳累地过完一年又一年。先生学习可以说很勤奋。抵制、批驳异端邪说，排斥佛家与道家，弥补儒学的缺漏，阐发精深微妙的义理。寻找踪迹难寻的儒家遗说，独自广泛搜求，从古代将它们继承下来。拦截异端学说就像防堵纵横奔流的条条大河，引导它们东注大海；挽救儒家学说就像挽回已经倒下的宏大波澜。先生您对于儒家，可以说是有功劳啊。心神沉浸在古代典籍的书香里，仔细地品尝咀嚼其中精华，写作起文章来，家里堆满了书卷。向上取法虞、夏时代的典章，深远博大得无边无际；周代的诰书和殷代的《盘庚》，多么艰涩拗口难读；《春秋》的语言精练准确，《左传》的文辞铺张夸饰；《易经》变化奇妙而有法则，《诗经》思想端正而辞采华美；往下一直到《庄子》《离骚》，司马迁的《史记》，扬雄、司马相如的创作，同样巧妙但曲调各异。先生的文章可以说是内容宏大而外表气势奔放、波澜壮阔。先生少年时代就开始懂得学习，敢作敢为，长大之后精通礼法，举止行为都合适得体。先生做人，可以说是完美的了。可是在朝廷上不能被人们信任，在私下里得不到朋友的帮助。进退两难，动不动便被责备。刚当上御史就被贬到南方边远地区。做了三年博士，职务闲散表现不出治理的成绩。您的命运是与仇敌打交道，不时遭受失败。冬天气候还算暖和的日子里，您的儿女们已为缺衣少穿而哭着喊冷；年成丰收而您的夫人却仍为粮食不足而啼说饥饿。您自己的头顶秃了，牙齿缺了，这样一直到死，有什么好处呢！不知道想想这些，倒反过来教训别人干什么呢？"

先生曰:"吁①,子来前! 夫大木为栿②,细木为桷③,欂栌、侏儒④,椳、闑、扂、楔⑤,各得其宜,施以成室者,匠氏之工也。玉札、丹砂、赤箭、青芝⑥,牛溲、马勃、败鼓之皮⑦,俱收并蓄,待用无遗者,医师之良也。登明选公,杂进巧拙,纡余为妍⑧,卓荦为杰⑨,校短量长⑩,惟器是适者,宰相之方也。昔者孟轲好辩⑪,孔道以明,辙环天下,卒老于行。荀卿守正⑫,大论是弘,逃谗于楚,废死兰陵。是二儒者,吐辞为经,举足为法,绝类离伦⑬,优入圣域,其遇于世何如也? 今先生学虽勤而不繇其统⑭,言虽多而不要其中,文虽奇而不济于用,行虽修而不显于众。犹且月费俸钱,岁靡廪粟⑮;子不知耕,妇不知织;乘马从徒,安坐而食。踵常途之促促⑯,窥陈编以盗窃⑰。然而圣主不加诛,宰臣不见斥,兹非其幸欤? 动而得谤,名亦随之。投闲置散,乃分之宜。若夫商财贿之有亡⑱,计班资之崇庳⑲,忘己量之所称,指前人之瑕疵⑳,是所谓诘匠氏之不以杙为楹,而訾医师以昌阳引年,欲进其豨苓也㉑。

【注释】

①吁(xū):表感叹,无实义。

②栿(máng):屋梁。

③桷(jué):屋椽。

④欂栌(bó lú):斗栱,柱顶上承托栋梁的短木。侏儒:梁上短柱。

⑤椳(wēi):门枢臼。闑(niè):门中央所竖的短木。扂(diàn):门闩之类。楔(xiē):门两旁的长木柱。

⑥玉札:地榆。丹砂:朱砂。赤箭:天麻。青芝:龙芝。以上四种都是名贵药材。

⑦牛溲:牛尿,一说为车前草。马勃:马屁菌,俗称马粪包。以上两种及"败鼓之皮"都是价格便宜的药材。

⑧纡(yū)余:委婉从容的样子。妍:美。

⑨卓荦(luò):突出,超群出众。

⑩校(jiào):比较。

⑪孟轲好辩:《孟子·滕文公下》载:孟子有好辩的名声,他说:"予岂好辩哉!予不得已也。"意思是说:自己是因为要捍卫圣道,不得不展开辩论。

⑫荀卿:即荀况,战国后期儒家大师,时人尊称为卿。曾在齐国做祭酒,被人谗毁,逃到楚国。楚国春申君任他做兰陵令。春申君死后,他也被废,死在兰陵。有《荀子》传世。

⑬绝类离伦:绝、离,都是超越的意思。类、伦,都是"类"的意思,指一般人。

⑭繇:通"由"。

⑮靡:浪费,消耗。廪(lǐn):粮仓。

⑯踵(zhǒng):脚后跟,这里是跟随的意思。促促:拘谨局促的样子。

⑰陈编:古旧的书籍。

⑱财贿:财物,这里指俸禄。亡(wú):无。

⑲班资:等级,资格。庳(bì):低下。

⑳前人:指职位在自己前列的人。瑕疵(cī),比喻人的缺点。如上文所说"不公""不明"。瑕,玉石上的斑点。疵,病。

㉑"是所谓诘匠氏之不以杙(yì)为楹"几句:意思是说:自己小材不宜大用,不应计较待遇的多少、高低,更不该埋怨主管官员的任使有什么问题。杙,小木桩。楹,柱子。訾,毁谤,非议。昌阳,菖蒲。药材名,相传久服可以长寿。豨(xī)苓,又名猪苓,利尿药。

【译文】

国子先生说:"唉,你到前面来!要知道那些大的木材做屋梁,小的木材做瓦椽，做斗棋、做短柱的，做门臼、门橛、门闩、门柱的，都是量材使用，各适其宜而建成房屋，这是工匠的技巧啊。贵重的地榆、朱砂、天麻、龙芝，低贱的车前草、马粪包、坏鼓的皮，全都收集、储藏齐备，等到需用的时候就没有遗缺的，这是医师的高明之处啊。提拔人才，公正贤明，选用人才，态度公正，灵巧的人和朴质的人都得引进，有的人具有谦和的美德，有的人具有超群出众的杰出才能，比较、衡量各人的短处和长处，按照他们的才能、品格分配适当的职务，这是宰相的本事啊！从前孟轲爱好辩论，孔子之道得以阐明，他游历天下，最后在奔波中老去。荀况恪守正道，发扬光大宏伟的理论，因为逃避谗言到了楚国，最终丢官并死在兰陵。这两位大儒，说出话来成为经典，一举一动成为法则，远远超越常人，优异到进入圣人的境界，可是他们在世上的遭遇是怎样的呢？现在你们的先生学习虽然勤劳却不能循守道统，言论虽然不少却不切合要旨，文章虽然写得出奇却无益于实用，行为虽然有修养却并没有超越众人。而且每月浪费国家的俸钱，每年消耗府库里的粮食；儿子不懂得耕地，妻子不懂得织布；出门乘着车马，后面跟着仆从，安安稳稳地坐着吃饭。局促地按常规行事，眼光狭隘地在旧书里东抄西摘。然而圣明的君主不加处罚，也没有被宰相大臣所斥逐，岂不是他们的幸运么？有所举动就遭到毁谤，名誉也跟着受到影响。被放置在闲散的位置上，实在是恰如其分的。至于商量财物的有无，计较品级的高低，忘记了自己有多大才能，指摘官长上司的缺点，这就像责问工匠为什么不用小木桩做厅堂的柱子，批评医师用菖蒲延年益寿，却为什么不想用猪苓啊！

【评点】

茅鹿门曰：此韩公正正之旗、堂堂之阵也。其主意专在宰相。盖大才小用，不能无憾。而以怨怼无聊之辞托之人，自咎自责之辞托之己，最得体。

张孝先曰：持论甚正。但以荀卿并孟子，而谓二儒优入圣域。夫孟子固不待言，至荀卿敢为异说而不顾。孟子谓性善，荀卿独谓性恶，甚且诋孟子为乱天下。如此之人，乌得与孟子列？昌黎之见谬矣！然能于怨怼无聊中，寓自咎自责之意，堪为恕己尤人者下一针砭。

【译文】

茅坤评论道：这是韩愈摆出的旗帜整齐、军容壮大的阵势。其假设的对手是一国之宰相。像韩愈这样的大才却不被重用，不能说不遗憾。在这篇文章中，韩愈却将怨恨不满的言辞借他人之口说出来，而自己口中说出的却是一些自咎自责的话，这种写法很是得体。

张伯行评论道：文章所持观点很正确。但是让荀子和孟子并列，并说二人都能进入圣人的行列。孟子进入圣人之列是没有问题的，至于荀子竟然没有顾及他曾提出不同的观点。孟子认为人生来天性是善良的，唯独荀子认为人生来天性本来就是恶的，甚至诋毁孟子的观点会直接导致天下大乱。像这样的人，怎么可以和孟子并列呢？韩愈的观点是错误的！尽管如此，韩愈能在怨恨不满之中，表现了自咎自责的意思，可以成为那些宽以待己、严于律人的人的一剂良药。

获麟解

【题解】

关于获麟之事，《左传·鲁哀公十四年》载："春，西狩获麟。"《史记·孔子世家》载："鲁哀公十四年春，狩大野。叔孙氏车子锄商获兽，以为不祥。仲尼视之，曰：'麟也。'取之。曰：'河不出图，洛不出书，吾已矣夫！'颜渊死，孔子曰：'天丧予！'及西狩见麟，曰：'吾道穷矣！'"获麟事本此。又据《旧唐书·宪宗本纪》载元和七年十一月辛未,"东川观察使潘孟阳奏龙州武安县嘉禾生,有麟食之。麟之来,群鹿环之,光彩不可正视,使画工图之以献"。或疑韩愈因此而作此文。韩愈此文作于贞元十八年(802)之前。

关于此文,林云铭《韩文起》评价道:"是一篇翻案文字,凡四转,曲折开辟,变换不穷。"麒麟作为一种灵兽历来被视为祥兽,但韩愈另辟蹊径,分析麒麟在没有圣人在位时,反而因其奇特的长相而"谓之不祥"。全文抓住"祥"与"不祥","知"与"不知"这些相对的字眼,在转换、分析中抒发自己的不平之鸣。

麟之为灵①,昭昭也②。咏于《诗》,书于《春秋》③,杂出于传记百家之书④,虽妇人小子皆知其为祥也。

【注释】

①麟:陆玑《毛诗草木鸟兽虫鱼疏》卷下:"麟,麕身、牛尾、马足、黄色、圆蹄。一角,角端有肉。音中钟吕,行中规矩,游必择地,详而后处。不履生虫,不践生草,不群居,不侣行,不入陷阱,不罹罗网。王者至仁则出。"灵:灵异之物。《礼记·礼运》:"何谓四灵?麟、凤、龟、龙,谓之四灵。"孔颖达疏:"以此四兽皆有神灵,异于他物,故谓之灵。"

②昭昭:明白,显著。

③咏于《诗》,书于《春秋》:指《诗经》咏颂它,《春秋》里记载它。《诗经·周南·麟之趾》有:"麟之趾,振振公子,于嗟麟兮! 麟之定,振振公姓,于嗟麟兮! 麟之角,振振公族,于嗟麟兮!"《春秋》记载鲁哀公十四年(前481)西狩获麟。孔子作《获麟歌》。

④杂出于传记百家之书:指《大戴礼记》《史记》《汉书》《荀子》《鹖冠子》等提及麟的书籍。

【译文】

麒麟是灵兽，这是十分明显的事。《诗经》咏颂它，《春秋》里记载它，它还出现在众多的杂记、传记之类的书中。连妇女和小孩都知道它是吉祥的象征。

然麟之为物，不畜于家，不恒有于天下。其为形也不类①，非若马、牛、犬、豕、豺、狼、麋、鹿然。然则虽有麟，不可知其为麟也。

【注释】

①不类：不同，不像。

【译文】

然而麒麟虽然是吉祥的象征，但是它不能被养在家里，也不常见于世上。麒麟的外形也不为人所辨识，它的外形不像马、狗、猪、豺、狼、麋、鹿。既然这样，即使有麒麟出现在人间，一般人也不知道这是麒麟。

角者吾知其为牛，鬣者吾知其为马，犬、豕、豺、狼、麋、鹿，吾知其为犬、豕、豺、狼、麋、鹿①。惟麟也，不可知。不可知，则其谓之不祥也亦宜。虽然，麟之出，必有圣人在乎位。麟为圣人出也。圣人者，必知麟，麟之果不为不祥也。

【注释】

①"角者吾知其为牛"几句：关于这几句的句法结构，模仿了《史记·老子韩非列传》："鸟，吾知其能飞；鱼，吾知其能游；兽，吾知其能走。走者可以为罔，游者可以为纶，飞者可以为矰。至于龙吾不能知，其乘风云而上天。"

【译文】

看到它的角,就以为它是牛;看到它的鬣毛,就以为它是马;看到它像狗、猪、豺、狼、麋、鹿,就以为它是狗、猪、豺、狼、麋、鹿。只有麒麟,不可辨识。因为不能辨识麒麟,则看见麒麟的时候说它是不祥之物也可以。既然如此,麒麟出现之时,天下一定有圣人在。麒麟为圣人而出现。圣人就一定能够辨识麒麟,麒麟果然不是不祥之物。

又曰:"麟之所以为麟者,以德不以形①。"若麟之出不待圣人,则谓之不祥也亦宜。

【注释】

①以德不以形:指麟的珍贵不在于其外表,而在于其内在的德行。

【译文】

有人说:"麒麟之所以是麒麟,是因为它注重的是德行而不是外表。"如果麒麟出现在圣人不在的时候,那么麒麟不被人所知道,被视为不祥之物也是理所当然的。

【评点】

唐荆川曰:以"祥""不祥"二字作眼目。

茅鹿门曰:文凡四转,而结思圆转,如游龙,如辘轳,愈变化而愈劲厉。此奇兵也。

张孝先曰:朱子有云:"凤凰、嘉禾、驺虞、麟趾,皆载于《书》,咏于《诗》,其为瑞也章章矣。而或者谓休符不于祥,于其仁。"与昌黎此篇可相发明。

【译文】

唐顺之评论道：文章将"祥""不详"两个词作为眼目。

茅坤评论道：文章共计四处转折，构思宛转流畅，好像游龙、辘轳，文章越变化，气势越刚劲。好像一支出奇制胜的军队。

张伯行评评论道：朱熹说过："凤凰、嘉禾、驺虞、麟趾，在《尚书》《诗经》等文献中都有记载，诗歌中也有歌咏，很明显，它们都属于祥瑞之物。或者说吉祥的征兆并不由于祥瑞之物，而是缘于仁义之道。"韩愈这篇文章可以与朱子这句话相互印证。

释言

【题解】

唐宪宗元和二年（807），韩愈供职东都洛阳国子监。李翱《韩公行状》云："改江陵府法曹参军，入为权知国子博士。宰相有爱公文者，将以文学职处公。有争先者，构公语以非之。"韩愈从地方官员晋升成为京官，自然要遭致嫉贤妒能之辈的妒忌，很快，流言蜚语接踵而至。韩愈此篇《释言》，即为解释飞语所作。释言，除了常用的"解释字义"外，还有"以言词自行解释"之意。

元和元年六月十日，愈自江陵法曹诏拜国子博士①，始进见今相国郑公②。公赐之坐，且曰："吾见子某诗，吾时在翰林，职亲而地禁，不敢相闻。今为我写子诗书为一通以来③。"愈再拜谢，退录诗书若干篇，择日时以献。于后之数月，有来谓愈者曰："子献相国诗书乎？"曰："然。"曰："有为谗于相国之座者曰：'韩愈曰：相国征余文，余不敢匿，相国岂知我哉！'子其慎之！"愈应之曰："愈为御史，得罪德宗朝，同迁于南者凡三人④，独愈为先收用，相国之赐大矣；百官之进见相国者，或立语以退，而愈辱赐坐语，相国之礼过矣；四海九州之人，自百官以下，欲以其业彻相国左右者多矣⑤，皆惮而莫之敢，独愈辱先索⑥，相国之知至矣。赐之大，礼之过，知之至，是三者于敌以下受之⑦，宜以何报？况在天子之宰乎！人莫不自知，凡适于用之谓才，堪其事之谓力，愈于二者，虽日勉焉而不近。束带执笏，立士大夫之行，不见斥以不肖，幸矣，其何敢放于言乎？夫敖虽凶德，必有恃而敢行。愈之族亲鲜少，无扳联之势于今；不善交人，无相先相死之友于朝⑧；无宿资蓄货以钓声势⑨；弱于才而腐于力，不能奔走乘机抵巇以要权利⑩。夫何恃而敖？若夫狂惑丧心之人⑪，蹈河而入火，妄言而骂詈者，则有之矣，而愈人知其无是疾也。虽有谗者百人，相国将不信之矣，愈何惧而慎欤？"

【注释】

①愈自江陵法曹诏拜国子博士：韩愈于贞元二十一年（805），离开阳山，赴任江陵法曹参军，元和元年（806），韩愈奉召回长安，官授权知国子博士。国子博士，古代学官名。西晋武帝始置国子博士，历代因之。国子博士为国子学主要教官，取履行清淳、通明经义者担任，以经学教授生徒。

②相国郑公：即郑絪，字文明。历任兵部尚书、御史大夫、检校左仆射，兼太子少保等。宪宗即位，拜门下侍郎，同平章事，居相位四年。以太子太傅致仕。大（太）和三年（829）十一月卒。赠司空，谥曰宣。新、旧《唐书》有传。

③以来：拿来。

④"愈为御史"几句：德宗贞元十九年（803），韩愈为监察御史，因京师旱，上《御史台上论天旱人饥状》，得罪幸臣，与御史台同僚张署、李方叔被贬连州阳山令。

⑤其业：此指诗文书法作品。彻：通。

⑥先索：主动索取。

⑦敌：对等，相当。

⑧相先相死：谓功名则逊让，患难则以死相救。语出《礼记·儒行》："儒有闻善以相告也，见善以相示也；爵位相先也，患难相死也；久相待也，远相致也。其任举有如此者。"

⑨宿资蓄货：谓积蓄财物。钓声势：谓运用手段博求声誉。钓，以手段谋取。王安石《忆昨诗示诸外弟》："刻章琢句献天子，钓取薄禄欢庭闱。"

⑩抵巇（xī）：指钻营。

⑪丧心：心理反常，丧失理智。

【译文】

元和元年六月十日，我从江陵法曹任上受诏拜任国子监博士，才有机会拜见当今相国郑公。郑公赐坐，并说："我见到你的一首诗，当时在翰林院，由于是皇帝近臣，又身处禁地，所以不便接近。现在你为我抄录你的诗作及书信拿来。"我连连拜谢，回来后抄录平时所作诗作、书信若干篇，找时间献给郑公。后来有几个月，有人来对我说："你向宰相敬献诗歌和书信了吗？"我答道："是的。"那人又说："有人在宰相座中进谗言说：'韩愈说：宰相向我要诗文，我不敢隐藏，难道宰相真的了解我吗！'你要小心了。"我回答他说："我做御史时，得罪过德宗时的朝廷，同时贬谪南方的共有三人，只有我首先被起用，宰相对我的恩赐太大了；百官进见宰相，有的站立着说完话就告退了，但是宰相接见我，却让我坐下说话，宰相给我的礼遇简直有些过当了；大至天下之人，小至百官以下，想以自己的诗文书法作品为沟通基础成为宰相的座上宾,这样的人太多了,但是都心存忌惮而不敢付诸实施,只有我韩愈承蒙宰相主动索要,宰相对我的了解太深了。太大的恩赐,过当的礼遇,深刻的理解,这三项即便来自在我之下的人,应该用什么来报答呢? 更何况来自天子的宰臣呢! 人没有不了解自己的,凡是能够为社会所用可称之为有才,能够胜任其事可称之为有能力,我对于这两者,尽管每天都努力,但仍达不到。腰间束着官带,手里拿着笏版,站在士大夫的行列里,不因为没有才能而被贬斥,就已经万幸了,还怎敢在言语上有所傲慢呢? 傲慢尽管不是一个好的品德,但必须有所依傍才敢那样做。我韩愈同族亲人很少,在当今并没有相互照应的势力;加上我又不善交友,在朝廷中也没有同生共死的朋友;也没有家资、积财来沽名钓誉;才能微弱,能力渺小,不能够奔走钻营来换取权利。我依傍什么来傲人呢? 至于那些丧心病狂的人,或蹈河,或入火,或胡言乱语,或破口大骂,则不会把众人放在眼里。人们都知道,我韩愈没有这些毛病。即便有一百个进谗言的人,宰相也不会相信,我又有什么害怕的,又有什么要小心的呢?”

　　既累月,又有来谓愈曰:“有谗子于翰林舍人李公与裴公者[①],子其慎欤!”愈曰:“二公者,吾君朝夕访焉[②],以为政于天下[③],而阶太平之治[④]。居则与天子为心膂,出则与天子为股肱[⑤]。四海九州之人,自百官以下,其孰不愿忠而望赐? 愈也不狂不愚,不蹈河而入火,病风而妄骂[⑥],不当有如谗者之说也。虽有谗者百人,二公将不信之矣。愈何惧而慎?”

【注释】

　　①李公:即李吉甫,字弘宪,赞皇(今属河北)人。以该洽多闻、精于

国朝典故见称。元和年间,两次拜相。元和六年(811),授金紫光禄大夫、中书侍郎、平章事、集贤殿大学士、监修国史、上柱国、赵国公。元和九年(814)暴病卒。赠司空,谥曰忠懿。裴公:即裴垍(jì),字弘中,河东闻喜(今属山西)人。唐朝名相。弱冠举进士,制举贤良方正能直言极谏科对策第一。元和三年(808),拜中书侍郎、同中书门下平章事。元和六年(811)夏四月,改太子宾客。旋卒。逝后赠太子少傅。

②访:咨询。

③为政:治理国家,执掌国政。

④阶:上达,到达。

⑤居则与天子为心膂(lǚ),出则与天子为股肱:心膂、股肱,喻指主要的辅佐人员、亲信得力之人。《尚书·周书·君牙》:"今命尔予翼,作股肱心膂。"

⑥病风:指患风搐或风痹病。

【译文】

已经过了几个月,又有人来对我说:"有人在翰林舍人李公和裴公面前进你的谗言,你要小心了。"我说:"这两位先生,皇帝每天早晚都向他们请教如何治理天下,让天下太平。无论平时在朝廷还是在朝廷之外都是天子的主要辅佐和得力亲信。天下的人,从百官以下,有谁不愿意忠诚而得到恩赐?我并非狂妄愚鲁之人,不愿意跳河,也不愿意入火,没患风疾,也不张口胡骂,不会像进谗言者所说的那样。即使有一百个人进谗言中伤,李、裴二公也不会相信。我又有什么害怕并且小心的呢?"

既以语应客,夜归,私自尤曰①:咄!市有虎②,而曾参杀人③,谗者之效也。《诗》曰:"取彼谗人,投畀豺虎。豺虎不食,投畀有北。有北不受,投畀有昊④。"伤于谗,疾而甚之之辞也。又曰:"乱之初生,僭始既涵。乱之又生,君子信谗⑤。"始疑而终信之之谓也。孔子曰："远佞人⑥。"夫佞人不能远,则有时而信之矣。今我恃直而不戒,祸其至哉!徐又自解之曰:市有虎,听者庸也;曾参杀人,以爱惑聪也;《巷伯》之伤,乱世是逢也。今三贤方与天子谋所以施政于天下,而阶太平之治,听聪而视明,公正而敦大。夫聪明则听视不惑,公正则不迩谗邪,敦大则有以容而思。彼谗人者,孰敢进而为谗哉?虽进而为之,亦莫之听矣!我何惧而慎!

【注释】

①私自尤:自责。尤,责备,怪罪。

②市有虎:魏国大臣庞葱跟太子到邯郸去当人质,庞葱担心魏王相信针对他的谗言,以"三人成虎"提醒魏王。典出《战国策·魏策二》:"庞葱与太子质于邯郸,谓魏王曰:'今一人言市有虎,王信之乎?'王曰:'否。''二人言市有虎,王信之乎?'王曰:'寡人疑之矣。''三人言市有虎,王信之乎?'王曰:'寡人信之矣。'庞葱曰:'夫市之无虎明矣,然而三人言而成虎。'"

③曾参杀人:此喻流言可畏。典出《战国策·秦策二》:"昔者曾子处费,费人有与曾子同名族者而杀人。人告曾子母曰:'曾参杀人。'曾子之母曰:'吾子不杀人。'织自若。有顷焉,人又曰:'曾参杀人。'其母尚织自若也。顷之,一人又告之曰:'曾参杀人。'其母惧,投杼逾墙而走。夫以曾参之贤与母之信也,而三人疑之,虽慈母不能信也。"

④"取彼谗人"几句:语出《诗经·小雅·巷伯》。谗,《诗经》中作"谮"。谗、谮均有诬陷、中伤之意。畀(bì),给,予。有北,极北荒凉之地。有昊,昊天,上苍。有,句首语助词,无实义。

⑤"乱之初生"几句:语出《小雅·巧言》。涵,容纳。

⑥远佞人：语出《论语·卫灵公》。佞人，奸诈之人。

【译文】

　　已经用这些话应对了来客，晚上回到家，一个人时还这样自责说：唉！集市中本来没有老虎，多人谣传，人们就真的相信集市中有虎了；曾参没有杀人，多人谣传，人们就真的相信曾参杀人了，谗言的威力太大了。《诗经》中说："把那些进谗言的人，扔给豺虎。豺虎因厌恶他们而不吃他们，把他们扔到荒凉的北方。北方厌恶他们而不接受他们，只能把他们扔给上天承受报应。"这是被谗言所伤而发出的痛心疾首的话。《诗经》中还有类似的话："乱象开始产生的时候，人们对于僭妄之言会心生怀疑。等到乱象反复出现时，就连君子也相信谗言了。"这些诗句说的是人们对待谗言常常开始怀疑而最终会相信它。孔子说过："远离奸佞之人。"实际情况是，人们不仅不能远离奸佞之人，反倒有时候会相信他们所说的谗言。现在我凭着自己的正直，而没有心存提防，谗言之祸端就降临到我头上了！慢慢地，我又宽慰自己：集市中有虎，是因为听信谣言的人不用心判断；曾参杀人，是因为曾母的心被爱孩子的念头蒙蔽了；《巷伯》中所感叹的，在乱世才会碰到。现在三位贤人正与天子谋划如何治理天下才能让天下太平，他们都能够听正确的言论，也看得明白，都能够秉持公正，性情敦厚而胸怀博大。耳聪目明，就不会被谗言迷惑，公正就远离奸佞之人，性情敦厚、胸怀博大就能够包容，而且能够反思。那些奸佞之人，谁还敢进谗言？即使进了谗言，也不会有人相信！我又有什么害怕并担心的呢！

　　既累月，上命李公相^①，客谓愈曰："子前被言于一相，今李公又相，子其危哉！"愈曰："前之谤我于宰相者^②，翰林不知也^③；后之谤我于翰林者，宰相不知也。今二公合处而会，言若及愈，必曰：'韩愈亦人耳，彼敖宰相，又敖翰林，其将何求？必不然！'吾乃今知免矣。"既而谗言果不行。

【注释】

①既累月，上命李公相：元和二年（807）正月，李吉甫以中书舍人为中书侍郎平章事。

②宰相：指郑絪。

③翰林：指李吉甫。

【译文】

数月之后，皇上任命李公为宰相，有人对我说："你以前在一位宰相前被中伤，现在李公又入相了，你危险了！"我说："以前在宰相面前诽谤我，翰林李公不知道这件事；后来在翰林李公面前诽谤我，宰相也不知晓此事。现在郑公与李公会合一处，如果谈论到我，一定会说：'韩愈也是一般的人，他一会儿傲视宰相，一会儿又傲视翰林，他想干什么？一定不是这样的人！'我现在反倒能够摆脱谗言了。"过了不久，谗言果真没有再流传了。

【评点】

张孝先曰：自修为弭谤之端，自信乃消谗之策，世路嵚崎，人情叵测，又何暇计哉？昌黎之自尤自解，虽涉顾虑之私，而能度人度己，写出独立不惧处，其学识非寻常所及。

【译文】

张伯行评论道：加强自我修养是消除诽谤的开端，相信自己是消除谗言的策略，人世间道路坎坷，人与人之间的感情也变幻莫测，哪有时间去在意这些呢？韩愈将自己的担忧进行自我排解，尽管涉及一己之私，却也能够兼及他人，表达了独立不惧的意识，可见韩愈的学识非一般人所能及。

师说

【题解】

此文作于贞元十八年（802），韩愈任国子监四门博士时。此虽为从七品学官，但韩愈此时已作为文坛领袖倡导古文运动，主张"文道合一""文以明道""因事陈词"。在推尊儒学的旗帜下进行文体改革。

师说，论述从师学道的必要性和原则。内容上是一篇论说类文章，形式上却大类赠序，是韩愈送给后生李蟠教导其从师向学的。既然是一篇长者送给后生的劝学文字，韩愈以蔼然长者的身份，纤徐和缓，娓娓而谈，讲述了从师学道的重要性。

仅从本篇文字，我们看不到韩愈所面临的社会风气是怎样的。当我们把目光转向和韩愈同时且有文字往还的柳宗元时，我们才蓦然发现，韩愈面临着一个怎样艰难的环境，也许他是一个局中人，没有旁观者看得那么真切，以至于在《师说》中，竟如此淡定、从容。柳宗元在给韦中立的《答韦中立论师道书》中这样写道："孟子称：'人之患在好为人师。'由魏、晋氏以下，人益不事师。今之世，不闻有师，有辄哗笑之，以为狂人。独韩愈奋不顾流俗，犯笑侮，收召后学，作《师说》，因抗颜而为师。世果群怪聚骂，指目牵引，而增与为言辞。愈以是得狂名，居长安，炊不暇熟，又挈挈而东，如是者数矣。"通过柳宗元的陈述，我们约略知道：唐代的士大夫之族、世禄之家，自恃其高人一等的门第，无须依靠科举考试而进入仕途，所以总是轻视道德文章，不学无术，不肯从师学习。他们常常讥笑"尊师重道"的人，"曰师曰弟子云者，则群聚而笑之"。在他们看来，老师的"位卑则足羞，官盛则近谀"，一言以蔽之，也就是"耻学于师"。这在当时形成了一种不良的社会风气。

苏轼在《潮州韩文公庙碑》评价韩愈："文起八代之衰，而道济天下之溺。"韩愈对于儒家道统的梳理，之所以得到了后世的普遍认可，除了他在竭力辟佛、辟道外，韩愈另一个重要的贡献是他拯救了儒家的"师道"，挽儒家师道尊严于既倒。

　　古之学者必有师。师者，所以传道授业解惑也^①。人非生而知之者，孰能无惑^②？惑而不从师，其为惑也终不解矣。生乎吾前，其闻道也，固先乎吾，吾从而师之；生乎吾后，其闻道也，亦先乎吾，吾从而师之。吾师道也^③，夫庸知其年之先后生于吾乎^④？是故无贵无贱，无长无少，道之所存，师之所存也^⑤。

【注释】

①传道：传承圣贤之道。授业：传授学业。解惑：解除疑惑。

②人非生而知之者，孰能无惑：在儒家看来，只有圣人才能生而知之，此句意指人非圣人，孰能无惑。

③师道：求师问学之道。

④庸：用。

⑤"是故无贵无贱"几句：在这里，韩愈击中了"师道"败落的要害，魏晋以来的门阀制度的魅影，至中唐仍然逡巡不散，而门第的高低正是阻碍"师道"贯彻的主要原因，一些出身高贵的名门大族子弟，不愿屈身向出身寒门却学富五车的士人拜师请教。因此韩愈才提出师者无贵贱、无长少，道之所存，师之所存。

【译文】

　　古代学习的人一定有老师。老师，是传授道理、讲授学业、解释疑惑的人。人并不是一生下来就有知识、懂得道理的，谁能没有疑惑的问题呢？有疑惑不请教老师，他的疑惑就始终得不到解决。年岁比我大的人，他懂道理本来就比我早，我跟从他学习；年岁比我小的人，他懂得的道理如果也比我早，我也跟从他学习。我学习的是道理，哪里管他的年纪比我大还是比我小呢？因此，无论地位的贵贱，无论年龄的长幼，道理掌握在谁手里，谁就可以成为我的老师。

嗟乎！师道之不传也久矣[①]，欲人之无惑也难矣！古之圣人，其出人也远矣，犹且从师而问焉；今之众人，其下圣人也亦远矣，而耻学于师。是故圣益圣，愚益愚。圣人之所以为圣，愚人之所以为愚，其皆出于此乎？爱其子，择师而教之；于其身也，则耻师焉。惑矣！彼童子之师，授之书而习其句读者[②]，非吾所谓传其道解其惑者也[③]。句读之不知，惑之不解，或师焉，或不焉，小学而大遗，吾未见其明也。巫医、乐师、百工之人，不耻相师[④]；士大夫之族，曰师曰弟子云者，则群聚而笑之。问之，则曰："彼与彼年相若也，道相似也。位卑则足羞，官盛则近谀。"呜呼！师道之不复可知矣！巫医、乐师、百工之人，君子不齿，今其智乃反不能及，其可怪也欤！

【注释】

①师道之不传也久矣：此指自孔子私人收授生徒以来，经历战国、两汉，不论是官方，还是民间，教学之风一直延续不断。魏晋门阀制度兴起以后，士族、庶族，别同云泥，知识的传授出现了重重的壁垒，恶劣的影响一直延续到唐代，已有五六百年的时间了。

②句读：古人指文辞休止和停顿处。文辞语意已尽处为句，未尽而需停顿处为读。书面上用圈、点来标示。

③非吾所谓传其道解其惑者也：在韩愈看来，学分小大，小学者，习其句读而已；大学者，郑玄所谓"以其记博学，可以为政也"，所以

大学近道,故韩愈称其为"传其道解其惑"之学。

④巫医、乐师、百工之人,不耻相师:巫医、乐师、百工之学实乃诸子
百家之学,历来有严格的师承授受制度,反倒儒家之学,师道凋
敝,无以为继。儒家之学关乎治国理政,是道义所在,自然是解惑
的重点。儒家之外的诸子百家之学,关乎民生,虽小道,仍有可观
之辞。百工之人,各种从事手工技艺者。

【译文】

唉! 从师学习的风尚失传已经很久了,要想人们没有疑惑很困难
了! 古代的圣人,他们超出一般人很远,尚且虚心求师请教;现在的一般
人,他们远远低于古代的圣人,却以从师学习为耻。因此圣人更加圣明,
愚人更加愚昧。圣人之所以成为圣人,愚人之所以成为愚人,大概就是
因为这个缘故吧? 人们爱护自己的孩子,就选择老师来教孩子;对于自
身,却以从师学习为耻。这的确令人大惑不解啊! 那些小孩子的老师,
只教他们书本上的内容和断句练习,不是我所说的传授道理、解释疑惑
的人。读书不能断句,疑惑不能解决,有的向老师请教,有的不向老师请
教,小的问题解决了,大的问题却遗漏了,我看不出他们是明白事理的。
巫医、乐师、各种手工业者,不以相互学习为耻;士大夫之类的人,一说到
"老师""弟子"这样的话,就聚成一群讥笑人家。问他们为什么这样,他
们便说:"他和他年龄差不多,知道的道理也相仿。称地位低的人为师,
就觉得是很大的耻辱,称地位高的人为师,则近于阿谀。"唉! 从师学习
的风尚不得恢复,从这里也可以知道其中的缘由了。巫医、乐师、各种手
工业者,是上层君子羞于为伍的,现在士大夫们的才智反倒不如他们,这
不太奇怪了吗!

圣人无常师①,孔子师郯子、苌弘、师襄、老聃。郯子之
徒②,其贤不及孔子。孔子曰:"三人行,则必有我师③。"是
故弟子不必不如师,师不必贤于弟子;闻道有先后,术业有

专攻,如是而已。

【注释】

①圣人无常师:圣人没有不变的老师,这和前面"道之所存,师之所存也"相呼应,也即后人所谓"转益多师"。常师,稳定不变的老师。

②孔子师郯(tán)子:事见《左传·昭公十七年》。昭公十七年郯子来鲁,对昭公问以少皞氏以鸟名官之故,孔子闻之,见于郯子而学之。郯子,春秋时郯国国君。苌弘:春秋周敬王大夫。孔子尝问乐于苌弘,事见《孔子家语·观周》。师襄:春秋鲁国乐师。孔子尝学琴于师襄,事见《史记·孔子世家》。老聃:即老子。孔子尝问礼于老子,事见《史记·孔子世家》《孔子家语·观周》。

③三人行,则必有我师:语出《论语·述而》:"子曰:'三人行,必有我师焉。择其善者而从之,其不善者而改之。'"

【译文】

圣人没有固定的老师,孔子曾向郯子、苌弘、师襄、老聃请教过。但这些人都不如孔子贤明。孔子说:"三人同行,其中一定有可以让我师从学习的人。"因此,弟子不一定不如老师,老师也不一定要比弟子贤明;懂得道理有先有后,技能专业各有专长,不过如此罢了。

李氏子蟠,年十七,好古文,六艺经传皆通习之①,不拘于时②,学于余。余嘉其能行古道,作《师说》以贻之。

【注释】

①六艺:即《诗》《书》《礼》《乐》《易》《春秋》,又称六经。《乐》至汉时已亡,此为泛指。经:六艺本文。传:后世儒者阐释六艺之书,如《礼》为经,《礼记》为传。

②时:指时下所流行的文风、学风,不同于古风、古道。

【译文】

有个名叫李蟠的青年，今年十七岁，爱好古文，全面钻研学习六艺经传，不被习俗所拘束，来向我学习。我赞许他能够实行古代的正道，写了这篇《师说》赠给他。

【评点】

茅鹿门曰：昌黎当时抗师道以号召后辈，故为此以倡赤帜云。

张孝先曰：师者，师其道也，年之先后，位之尊卑，自不必论。彼不知求师者，曾百工之不若，乌有长进哉？《说命》篇曰："德无常师。"朱子释之，以为天下之德无一定之师，惟善是从，则凡有善者皆可师，亦此意也。

【译文】

茅坤评论道：韩愈违背当时的风气，以师道号召后辈，因此，写下这篇文章作为所倡导的榜样。

张伯行评论道：对于老师，向老师学习的是有关道的学问，老师年龄的大小，地位的尊卑，自然不必在意。那些不知道求师问道的人，就连各类工匠都不如，如此怎么能有进步呢？《说命》篇说："德无常师。"朱熹解释这句话，认为有关天下之德没有固定的老师，只要符合善的标准就可以追随，因此凡是符合善的标准就可以称为老师，也就是这个意思。

伯夷颂

【题解】

"颂"是一种文体，以颂扬人或事为宗旨。《文选·陆机〈文赋〉》："颂优游以彬蔚，论精微而朗畅。"李善注："颂以襃述功美，以辞为主，故优游彬蔚。"韩愈共写过三篇颂,一篇为《子产不毁乡校颂》,一篇为《河中府连理木颂》,还有就是这篇《伯夷颂》。

伯夷,殷周间人。据《史记·伯夷列传》:"伯夷、叔齐,孤竹君之二子也。父欲立叔齐,及父卒,叔齐让伯夷。伯夷曰:'父命也。'遂逃去。……西伯卒,武王载木主,号为文王,东伐纣。伯夷、叔齐扣马而谏曰:'父死不葬,爰及干戈,可谓孝乎?以臣弑君,可谓仁乎?'左右欲兵之。太公曰:'此义人也。'扶而去之。武王已平殷乱,天下宗周,而伯夷、叔齐耻之,义不食周粟,隐于首阳山,采薇而食之。……遂饿死于首阳山。"

韩愈颂伯夷,是与当时的社会环境密切相关的。中唐安史之乱之后,藩镇割据,宦官专权。庶族地主受到压抑,佛、老盛行,骈文因袭成风。韩愈标榜"特立独行",为社会环境所不容,排斥佛、老,先有《原道》,后有《论佛骨表》问世。矛头直指迎佛骨的唐宪宗,结果,被贬往潮州。元和十年(815),宪宗准备用兵淮西,遭朝臣元老反对,韩愈条陈利害、坚决主战;藩镇威胁朝廷,派人刺杀宰相武元衡,刺伤兵部侍郎裴度。韩愈力排众议,坚决主张"兵不可息",结果又被贬官;镇州节度使王廷凑叛乱,韩愈被朝廷派往宣抚叛军。韩愈大义凛然,单车驰入镇州,责以大义,折其逆焰而归。

《伯夷颂》全文围绕伯夷"特立独行""信道笃而自知明"的立身行事原则,颂扬其不与世俗同流合污的精神。文章逐层推进,灵活运用呼应、对比,观点鲜明,论证有力。

　　士之特立独行①,适于义而已,不顾人之是非,皆豪杰之士,信道笃而自知明者也②。一家非之,力行而不惑者,寡矣;至于一国一州非之,力行而不惑者③,盖天下一人而已矣;若至于举世非之,力行而不惑者,则千百年乃一人而已耳④。若伯夷者,穷天地亘万世而不顾者也。昭乎日月不足为明,崒乎泰山不足为高,巍乎天地不足为容也⑤!

【注释】

①特立独行:谓志行高洁,不随波逐流。《礼记·儒行》:"世治不轻,世乱不沮,同弗与,异弗非也。其特立独行有如此者。"

②信道笃:信奉正道。《论语·子张》:"执德不弘,信道不笃,焉能为有?焉能为亡?"自知明:能正确认识自己,了解自己的长处和短处。

③"一家非之"几句:这几句句式模仿《庄子·逍遥游》:"且举世誉之而不加劝,举世非之而不加沮,定乎内外之分,辨乎荣辱之境,斯已矣。"

④则千百年乃一人而已耳:有一些韩集版本据范仲淹手抄《伯夷颂》,"千百年"作"千五百年"。

⑤"昭乎日月不足为明"几句:这几句气势一贯到底,句式颇类《淮南子·本经训》:"是故知神明然后知道德之不足为也,知道德然后知仁义之不足行也,知仁义然后知礼乐之不足修也。"崒(zú),险峻。

【译文】

士人的特立独行,不过合乎道义罢了,并不理会他人的赞誉或批评,他们都是豪杰之士,笃信道义,并且有自知之明。一家人指责他,他仍然能够努力行动而不被迷惑,这样的人就已经很少了;至于一个州郡、一个国家的人指责他,他仍然能够努力实行而不被迷惑的,普天之下也不过一人罢了;如果整个世界的人都来指责他,他仍然能够努力实行而不被迷惑的,那么千百年来也只有一人罢了。像伯夷那样的人,穷尽天地之间,横亘万世之中,所有的人都指责他,他也不会回头。与日月相比,日月之明也逊于他的光辉;与泰山相比,泰山之高也难于超过他的高度;与天地相比,天地之大也难于超过他的容量。

当殷之亡、周之兴，微子贤也，抱祭器而去之①；武王、周公，圣也，从天下之贤士与天下之诸侯而往攻之②。未尝闻有非之者也。彼伯夷、叔齐者，乃独以为不可。殷既灭矣，天下宗周③，彼二子乃独耻食其粟④，饿死而不顾。繇是而言，夫岂有求而为哉？信道笃而自知明也。

【注释】

①"当殷之亡、周之兴"几句：典出《史记·殷本纪》："纣愈淫乱不止。微子数谏不听，乃与大师、少师谋，遂去。"《史记·宋微子世家》则有更详细的记述。微子，周代宋国开国国君，殷纣王的庶兄，封于微地。见到纣王淫乱，多次劝谏，但无效，于是出走。

②从天下之贤士与天下之诸侯而往攻之：召集天下贤士和天下诸侯而去攻打商纣王。从，有版本或作"率"，与作"从"。

③天下宗周：天下以周为宗主国。

④彼二子乃独耻食其粟：只有伯夷、叔齐以食周粟为耻。典出《史记·伯夷列传》："武王已平殷乱，天下宗周，而伯夷、叔齐耻之，义不食周粟，隐于首阳山，采薇而食之。"

【译文】

在殷商灭亡、周朝兴起之际，贤人微子，怀抱祭祀祖先的礼器远去；周武王、周公都是圣人，召集天下贤士和天下诸侯去攻打商纣王。不曾听说有人指责武王和周公的行为。只有伯夷和叔齐认为这样做是不对的。殷商已经灭亡了，天下人皆把周朝视为正宗，只有伯夷、叔齐以食周粟为耻，即便饿死也不回头。由此可见，难道是有所求才去做的吗？只不过能够信守道义而且有自知之明罢了。

今世之所谓士者，一凡人誉之①，则自以为有余；一凡人沮之,则自以为不足。彼独非圣人,而自是如此。夫圣人乃万世之标准也! 余故曰:若伯夷者,特立独行,穷天地亘万世而不顾者也。虽然,微二子^②,乱臣贼子接迹于后世矣^③!

【注释】

①一凡人誉之:此句后人有两解,一说:凡人,凡庸之人。一说:一凡,大率。

②微:无,没有。二子:指伯夷、叔齐。

③乱臣贼子:不守臣道、心怀异志的人。

【译文】

现在世间所说的士人,一位平庸之人赞誉他,则常常认为赞誉得不够;一位平庸的人指责他,则常常认为指责得太多。他们还不是圣人,尚且这样自以为是。而圣人可是万世的标准啊! 所以我说:像伯夷这样的人,特立独行,即便天地之间、万世之中人们都反对他,他也不会回头。即便如此,如果没有伯夷、叔齐两个人,后世接踵而至的都是一些乱臣贼子了!

【评点】

唐荆川曰:昌黎此文,分明从《孟子》中脱出来,人都不觉。

茅鹿门曰:昔人称太史公传酷吏、刺客等文,各肖其人。今以此文颂伯夷亦尔。然不如史迁本传。

张孝先曰:特立独行,适于义,乃为万世标准。然非信道笃而自知明,乌能力行不惑如是? 闻伯夷之风者,固宜顽廉懦立,慨然兴起也。此人真说得圣人身分出。

【译文】

唐顺之评论道:韩愈这篇文章,分明是从《孟子》中变化出来的,人们都察觉不到。

茅坤评论道:前人称赞司马迁《史记》中所写的《酷吏传》《刺客传》,认为将他们写活了。韩愈这篇文章称颂伯夷也是如此。只是不如司马迁《史记》中的《伯夷传》写得好。

张伯行评论道:志行高洁,不随波逐流,这符合义的标准,这也是其后万世遵循的标准。然而,若非笃守道义、自明自信,又怎能如此努力践行而不迷惘?理解了伯夷遗风,就可以让冥顽者有所收敛,让怯懦者自立,乃至慷慨振作。如此,将伯夷的圣人身份解释得合情合理。

学生代斋郎议

【题解】

斋郎,掌宗庙社稷祭祀的小吏。魏始置,属太常寺,唐宋都曾设置。负责办理祭祀事务,或称太庙斋郎,以五品以上官员子弟及六品职事官子弟为之,六考而满。另有郊社斋郎,以六品职事官子弟为之,八考而满,亦试两经,文义粗通,年龄限制在十五以上,二十以下,择仪状端正无疾者。

此文为贞元十年(794)十一月,韩愈参加博学宏词试所写的应试文章。

斋郎职奉宗庙社稷之小事,盖士之贱者也。执豆、笾,骏奔走①,以役于其官之长。不以德进,不以言扬②,盖取其人力以备其事而已矣。奉宗庙社稷之小事,执豆笾,骏奔走,亦不可以不敬也。于是选大夫士之子弟未爵命者③,以塞员填阙，而教之行事。其勤虽小，其使之不可以不报也，必书其岁；岁既久矣，于是乎命之以官而授之以事，其亦微矣哉。学生或以通经举，或以能文称，其微者，至于习法律、知字书，皆有以赞于教化，可以使令于上者也。自非天资茂异，旷日经久，以所进业发闻于乡闾，称道于朋友，荐于州府，而升之司业，则不可得而齿乎国学矣^④。然则奉宗庙社稷之小事，任力之小者也；赞于教化，可以使令于上者，德艺之大者也^⑤。其亦不可移易明矣。

【注释】

①执豆、笾（biān），骏奔走：此指斋郎拿着礼器四处奔走。语出《尚书·周书·武成》："丁未，祀于周庙，邦甸、侯卫，骏奔走，执豆、笾。"豆，祭器，以木制成。笾，祭器，以竹制成。骏奔走，像骏马一样到处奔走。

②不以德进，不以言扬：此言斋郎所做之事都为小事，不足以德行和言语进阶和扬名。语出《礼记·文王世子》："凡语于郊者，必取贤敛才焉：或以德进，或以事举，或以言扬。"

③爵命：封爵受职。

④国学：古代指国家设立的学校。

⑤德艺：德行与才能。

【译文】

斋郎的职责为掌管宗庙社稷一类的小事，应该是士人中地位卑贱的来做。他们常常拿着礼器，匆忙奔走，为他们的长官所役使。不足以靠德行与言语进阶和扬名，只是依靠人力来充任其事罢了。执掌宗庙、社稷之类的小事，拿着礼器，像骏马一样到处奔走，也不能不恭敬。因此选择士大夫的子弟中还没有爵位、没有被任命的人，来充员补缺，并教会他们如何做事。尽管他们不算勤苦,但是役使他们则不能不有所酬报,一定要记下他们赴任的时间;在任时间长了,然后任命给他们官职,让他们独立处理事务,不过所授的官职也都是微末小官罢了。国子学生有的依靠通经获得举业,有的依靠写文章而著称于世,那些微小的,还有研习法律,通晓字书,都有助于社会的教化,能够被上级任命驱使。那些人没有很高的天资禀赋,需要长久地坚持努力,依靠自己在学业上的进步为自己的同乡、朋友所了解、称道,推荐到州府,并选拔提升到国子司业,但是却不能与国子监的官员世子们并列。虽然宗庙祭祀是微末小事,所使用的力气也不会很大;至于对教化有所帮助,能够成为天子的辅佐,德行与才能才是重要的。其重要性不可改变是显而易见的。

今议者谓学生之无所事①,谓斋郎之幸而进②,不本其意③。因谓可以代任其事而罢之,盖亦不得其理矣。今夫斋郎之所事者力也,学生之所事者,德与艺也。以德艺举之,而以力役之,是使君子而服小人之事,且非国家崇儒劝学、诱人为善之道也。此一说不可者也。

【注释】

①无所事:即无所事事,意谓学生除了读书之外,没有其他具体的事情可干。

②谓斋郎之幸而进:此指兼任斋郎的学生因为达到了一定的年限而被授予官职。

③本其意:指学生在国子监求学原本希望通过科举考试进入仕途。

【译文】

现在,有些议事者认为学生什么事也不干,即便学生有幸因积久之功得到官职,但是,这并非出于学生的本意。因此,议事者认为,可以明确让学生负责斋郎所干的工作而把斋郎一职取消掉,这个看法也是不合情理的。而今斋郎的工作只是出些力气就够了,学生所做的工作是提高自己的德行与才能。通过考察其德行与才能选拔人才,选拔出来后却仅仅让他们出一些力气,这实际上是使用知识精英做一些仆役们做的事情,况且这并不合乎国家尊崇儒学劝人向学、引导民众向善的初衷。所以这个建议是不可行的。

　　抑又有大不可者焉。宗庙社稷之事虽小,不可以不专;敬之至也,古之道也。今若以学生兼其事,及其岁时日月,然后授其宗彝罍洗①,其周旋必不合度,其进退必不得宜,其思虑必不固,其容貌必不庄。此其无他,其事不习,而其志不专故也。非近于不敬者欤?又有大不可者,其是之谓欤!若知此不可,将令学生恒掌其事,而隳坏其本业,则是学生之教加少,学生之道益贬,而斋郎之实犹在,斋郎之名苟无也。大凡制度之改、政令之变,利于其旧不什②,则不可为已,又况不如其旧哉?

【注释】

①宗彝(yí):摆放在宗庙中的祭祀礼器。罍(léi)洗:古代祭祀或进食前用以洁手的器皿。罍盛清水,其水洁手后下承以洗接水。
②什:指十倍或十成。

【译文】

　　还有更加不合乎情理的地方。宗庙社稷的祭祀之事尽管不大,但不可以不专心敬慎;心怀最大的敬意,这是古人承续的传统。而今如果让学生兼职从事这一工作,等到每年祭祀的时候,再传授给他们宗庙祭祀的各种规定,他们的行为举止一定不合乎规范,他们的进退一定不合乎分寸,他们的思虑一定不稳定,他们的仪态一定不会庄重。之所以产生这些问题没有什么其他的原因,是因为他们不熟悉祭祀之事,他们的心志不专一的缘故。这难道不是缺少诚敬之心吗?前面所说的更加不合情理的地方,指的正是这些吧!如果这样行不通,就会让学生长久负责这项工作,如此就会破坏学生的学业,这样,学生获得的教育就会减少,学生的求师问学之道就会逐渐失去价值,尽管斋郎的实际功能仍然保留着,但是斋郎的名分却不存在了。凡是改革制度、政令,如果新的制度不利于旧制度十倍以上,那么改革就不会停止,又何况不如旧的制度呢?

考之于古则非训①,稽之于今则非利②,寻其名而求其实③,则失其宜。故曰:议罢斋郎而以学生荐享④,亦不得其理矣。

【注释】

①训:指前面所说的"宗庙社稷之事虽小,不可以不专;敬之至也,古之道也"。

②利:指前面所说的"利于其旧不什,则不可为已"之"利",具体说就是斋郎、学生各司其职,各擅其长,让他们在以德进、以言扬、以事举等方面各有收获。

③寻其名而求其实:寻,用。此"寻"字,可用反训之法,解为"不用",意为不用斋郎之名,而留其实。

④荐享:祭献,祭祀。

【译文】

以古例来考量,这种做法并不足为明训;从现今的实际情况来分析,这种做法也毫无益处;不用斋郎之名,只留下斋郎的实际功能,这种做法也使得斋郎失去了其本来具有的内涵。所以说:提议罢黜斋郎这一官职而用国子监学生来代行其职,是不合乎道理的。

【评点】

张孝先曰：斋郎之所事者力，学生之所事者德艺。立论有体，实所以养育人才、维持国家之本也。其曰："事不习""志不专""教加少""道益贬"，尤为卓然名言。

【译文】

张伯行评论道：斋郎所做的事情只是出一些力气就能够完成，学生所做的事情，要求有德行与才能。文章立论合乎道体，对培养人才、维持国家的根本大计有实际意义。文章提出的观点诸如："事不习""志不专""教加少""道益贬"等，尤其成为后人熟知的名言。

杂说三

【题解】

《唐宋文醇》在评点《昌黎韩愈文》中说："《杂说三》述孟子几希之旨，开濂、洛、关、闽之先。"《孟子·离娄下》说："孟子曰：'人之所以异于禽兽者几希，庶民去之，君子存之。'"孟子看到了人与外物的共性，也即"同"。韩愈此文于"同"中看到了"异"，所以说出"然吾观于人，其能尽吾性而不类于禽兽异物者希矣"的话。到了宋代理学，理学家们将"性"区分为二：一为天命之性，一为气质之性。人与外物共同的是都具有"天命之性"，不同之处在于世间万物皆有各自的"气质之性"。

谈生之为《崔山君传》①，称鹤言者，岂不怪哉②！然吾观于人，其能尽吾性而不类于禽兽异物者希矣③。将愤世嫉邪④，长往而不来者之所为乎⑤？

【注释】

①谈生：生平无考。《崔山君传》：已失传。

②称鹤言者，岂不怪哉：典出南朝宋刘敬叔《异苑》卷三："晋太康二年冬，大寒，南洲人见二白鹤语于桥下，曰：'今兹寒，不减尧崩年也。'于是飞去。"后以"鹤语""鹤言"谓鹤寿长而多知往事。唐人崔湜《幸白鹿观应制》诗："鸾歌无岁月，鹤语记春秋。"

③然吾观于人，其能尽吾性而不类于禽兽异物者希矣：语出《孟子·离娄下》："孟子曰："人之所以异于禽兽者几希，庶民去之，君子存之。""

④愤世嫉邪：即愤世嫉俗。

⑤长往而不来者：长久归隐之人。

【译文】

　　谈生作《崔山君传》，有人声称能通晓鹤语，这难道不奇怪吗！但是让我来看人类，那些能够具备人性而不类于禽兽异类的人太少了。这些人之所以如此愤世嫉俗，是因为绝尘世而隐居吗？

　　昔之圣者，其首有若牛者①，其形有若蛇者②，其喙有若鸟者③，其貌有若蒙俱者④。彼皆貌似而心不同焉，可谓之非人邪？即有平胁曼肤⑤，颜如渥丹⑥，美而狠者，貌则人，其心则禽兽，又恶可谓之人邪？然则观貌之是非，不若论其心与其行事之可否为不失也⑦。怪神之事，孔子之徒不言⑧。余将特取其愤世嫉邪而作之，故题之云尔。

【注释】

①其首有若牛者：指圣人的头像牛头。典出《帝王世纪·自皇古至五帝第一》："炎帝神农氏，姜姓也，母曰任己，有蟜氏女，名曰女

登,为少典正妃。游华山之阳,有神龙首感女登于尚羊,生炎帝,
人身牛首,长于姜水,有圣德。"

②其形有若蛇者:指圣人的身形像蛇。典出《帝王世纪·自皇古至
五帝第一》:"太昊帝庖牺氏,风姓也。蛇身人首,有圣德。……燧
人之世,有大人迹出于雷泽,华胥履之,而生庖牺,长于成纪,蛇身
人首,有圣德。"

③其喙有若鸟者:指圣人的嘴像鸟嘴。典出《尸子》:"禹于是疏河
决江,十年不窥其家,手不爪,胫不生毛,生偏枯之病,步不相过,人
曰'禹步'。禹长头鸟喙,面貌亦恶矣,天下从而贤之,好学而已。"

④其貌有若蒙倛(qī)者:指孔子的相貌如恶鬼神像。《荀子·非
相》:"仲尼之状,面如蒙倛。"蒙倛,占时驱鬼或出丧时扮神者所
戴的面具。

⑤即有平胁曼肤:谓胸部丰满,皮肤润泽。平胁曼肤,语出《楚
辞·天问》。

⑥颜如渥丹:谓面如丹砂,红润有光泽。语出《诗经·秦风·终
南》。

⑦然则观貌之是非,不若论其心与其行事之可否为不失也:韩愈此
句议论本于《荀子·非相》:"故相形不如论心,论心不如择术。
形不胜心,心不胜术。术正而心顺之,则形相虽恶而心术善,无害
为君子也;形相虽善而心术恶,无害为小人也。"

⑧怪神之事,孔子之徒不言:语出《论语·述而》:"子不语怪、力、
乱、神。"

【译文】

远古的圣人,有的头像牛,有的身形像蛇,有的嘴像鸟喙一样,他们
的相貌就好像驱鬼的恶神像。他们都属于相貌与禽兽相似而内心完全
不相同,我们能够认为他们不是人吗?还有胸部丰满、皮肤细嫩、面色光
鲜红润、外表美丽但内心狠毒的人,他们有着人的外表,内心却像禽兽一

样,这样的人又怎能称之为人呢?所以,观察相貌的是与非,不如分辨这个人的内心及行事是否妥当更不失真。神神怪怪的事情,孔子及其弟子都不多说。我只取这篇传记为愤世嫉俗之作,所以题在传记的前面。

【评点】

张孝先曰:古人形似兽,皆有大圣德;今人形似人,兽心不可测。与是说同一愤世嫉邪之心也。孟子曰:"庶民去之,君子存之。"尚慎旃哉!

【译文】

张伯行评论道:古人的外形与野兽相近,却具有伟大的圣人之德;现在的人外形与人接近了,却具有不可揣测的兽心。这一说法本身就包含了一颗愤世嫉邪的心啊。孟子说:"一般百姓舍弃它,君子保留它。"还是需要小心为好。

杂说四

【题解】

韩愈《杂说》共四篇,此为第四篇,亦题作《马说》,是四篇《杂说》中最广为人知的一篇。以喻说理,是先秦诸子散文共同具有的一个显著特点。韩愈此篇一百五十字的短文,通篇采用譬喻,却又不像墨子、韩非子等人将譬喻与说理分开各表,而是学习庄子将理与喻水乳交融,如撒盐于水,无迹可寻。此文能够于尺幅之间,极尽腾踔回斡之能事,托物寓意,翻出层层波澜。在痛陈得士之难的同时,又一泻胸中块垒,读来痛快至极。有人认为,《杂说四》当作于贞元初,韩愈三上宰相书于仕期间,此说虽无确据,但至少《杂说四》的思想感情与这段经历有关。

韩文之拗峭多变,归根结底是其文中充盈着郁郁"不平则鸣"之气。不平之气在拗峭的章法、句法中吞吐盘旋,使愁苦之音也浏亮而雄壮起来,因此杜牧有诗云:"杜诗韩笔愁来读,似倩麻姑痒处搔。"

　　世有伯乐①,然后有千里马;千里马常有,而伯乐不常有。故虽有名马,祇辱于奴隶人之手②,骈死于槽枥之间③,不以千里称也。

【注释】

①伯乐:春秋时秦国人孙阳,字伯乐,善相马。典出《战国策·楚策四》,汗明见春申君曰:"君亦闻骥乎? 夫骥之齿至矣,服盐车而上太行。蹄申膝折,尾湛胕溃,漉汁洒地,白汗交流,中坂迁延,负辕不能上。伯乐遭之,下车攀而哭之,解纻衣以幂之。骥于是俯而喷,仰而鸣,声达于天,若出金石声者,何也? 彼见伯乐之知己也。"还有一种说法,伯乐本星名,主管天马,见《晋书·天文志》。

②祇:只,但。

③骈死:相比连而死。骈,两马并驾。槽枥:盛马饲料的器具称"槽",马厩称"枥"。

【译文】

　　世上有了伯乐,然后才会有千里马。千里马是常有的,而伯乐却不常有。所以即使有了名贵的马,也只能在养马的下人手中受屈辱,与普通马一起死在棚下槽边,没有人知道它是千里马。

　　马之千里者,一食或尽粟一石①。食马者不知其能千里而食也②;是马也,虽有千里之能,食不饱,力不足,才美不外见,且欲与常马等不可得,安求其能千里也!

【注释】

①一食:一顿饭。

②食(sì)马:喂马的人。食,饲养,喂养。

【译文】

那些能日行千里的马,一顿往往要吃一石粟。喂马的人不知道它能日行千里而喂足食料;这样的马虽有日行千里的本领,但是吃不饱,力气不足,才干和特长也就表现不出来,即使想求得与平常的马一样的地位都不可得,哪里还能要求它日行千里呢!

　　策之不以其道①,食之不能尽其材②,鸣之而不能通其意,执策而临之曰:"天下无马!"呜呼! 其真无马邪? 其真不知马也!

【注释】

①策:马鞭,这里引申为鞭策、驾驭。道:正确的方法。

②尽:满足要求。材:才能。

【译文】

那些饲养马的人,驾驭马时不能用正确的方法,喂养它却不能供足饲料,让马嘶鸣却一点也不懂得它的意思。还手里提着鞭子走到它身边说:"天下没有千里马!"唉! 是真没有千里马吗? 是确实不能识别千里马啊!

【评点】

张孝先曰:专为怀才不偶者长气。然士君子亦求其在我而已，何尤焉？

【译文】

张伯行评论道：这篇文章专门为怀才不遇的人长志气。然而士人君子所追求的，也不过事关自己罢了，又有什么值得抱怨的呢？

读荀

【题解】

韩愈在《答李翊书》中比较详细地讲述了自己读书的心得："始者非三代两汉之书不敢观，非圣人之志不敢存。处若忘，行若遗，俨乎其若思，茫乎其若迷。""如是者亦有年，犹不改，然后识古书之正伪，与虽正而不至焉者，昭昭然白黑分矣"。韩愈首先讲述了自己读书的范围："非三代两汉之书不敢观"。还讲述了读书的具体方法：首先"识古书之正伪"，进而区别古书之"虽正而不至"的情况，韩愈认为衡量正伪的标准为是否合乎圣人之道。

在韩愈文集中，类似于《读荀》的文章还有三篇：《读〈鹖冠子〉》《读〈墨子〉》《读〈仪礼〉》。韩愈在这四篇文章中，实践了自己的读书方法。以《读荀》为例，韩愈指出《荀子》"要其归，与孔子异者鲜矣"，是为"正"，但是，"考其辞，时若不粹"，是为"不至"。韩愈对《荀子》的总体评价为"大醇而小疵"。韩愈还计划模仿孔子删《诗》《书》和笔削《春秋》的做法，对《荀子》进行一番提纯，可能仅止于计划，我们并没有看到韩愈的提纯之作。

始吾读孟轲书，然后知孔子之道尊，圣人之道易行；王易王，霸易霸也①。以为孔子之徒没，尊圣人者，孟氏而已②。晚得扬雄书，益尊信孟氏。因雄书而孟氏益尊③，则雄者亦圣人之徒欤！

【注释】

①王易王，霸易霸也：据《孟子·滕文公下》："大则以王，小则以霸。"儒家所谓王，即以德服人，推行仁政，统一天下。所谓霸，即指诸侯领袖统率诸侯尊王攘夷，相互救恤。儒家以为王业大于霸业。一说，孟子贵王贱霸，"霸易霸"三字乃衍文。

②尊圣人者，孟氏而已：孟子非常尊崇孔子，在文章中多有表述，如《孟子·公孙丑上》："自生民以来，未有盛于孔子者也。"《孟子·万章下》："孔子，圣之时者也。孔子之谓集大成。"

③因雄书而孟氏益尊：历史上扬雄非常推崇孟子。如扬雄《法言·吾子卷》："古者杨、墨塞路，孟子辞而辟之，廓如也。后之塞路者有矣，窃自比于孟子。"此外，《法言》中的《渊骞卷》《君子卷》也有不少推崇孟子的表述。

【译文】

我开始读孟轲的书，才知道孔子之道是如何受到后人的尊崇，圣人之道容易在后世被贯彻施行；行王道者易于称王，行霸道者易于称霸。以为孔子的弟子死后，尊崇圣人之道的人，就只有孟轲罢了。后来得到扬雄的书，更加尊敬信任孟子了。因为扬雄的书而孟子显得更加尊贵，因为扬雄也是圣人的弟子啊。

圣人之道不传于世。周之衰，好事者各以其说干时君，纷纷籍籍相乱，六经与百家之说错杂，然老师大儒犹在①。火于秦②，黄老于汉③，其存而醇者，孟轲氏而止耳，扬雄氏而止耳。及得荀氏书，于是又知有荀氏者也。考其辞，时若不粹；要其归，与孔子异者鲜矣。抑犹在轲、雄之间乎？

【注释】

①老师:年老辈尊、传授学术的人。

②火于秦:指秦朝的焚书。典出《史记·秦始皇本纪》:"始皇三十四年(前213),李斯请史官非秦记皆烧之,非博士官所职,天下敢有藏《诗》《书》、百家语者,悉诣守、尉杂烧之。

③黄老于汉:黄老之术盛行于汉。王鸣盛《十七史商榷史记六·太史公》曰:"汉初,黄老之学极盛,君如文、景,宫闱如窦太后,宗室如刘德,将相如曹参、陈平,名臣如张良、汲黯、郑当时、直不疑、班嗣,处士如盖公、邓章、王生、黄子、杨王孙、安丘望之等皆宗之。东方朔戒子以首阳为拙,柱下为工,是亦宗黄老者。"

【译文】

圣人之道不再传于后世。周代衰落了,投机者各自用自己的学说影响当时的君主,纷纷扰扰,无比混乱,儒家的六经与诸子百家之说相互杂糅,但是秉持圣人之道的老师和大儒还在。经过了秦朝的焚书、西汉尊崇黄老之术,那些留存后世的醇儒,只有孟轲一人而已,只有扬雄一人而已。等得到荀子的书,又知道还有荀子。考究他的文辞,有时好像并不纯粹;其大体要义,与孔子不同的很少。或者仍然处于孟轲、扬雄之间吧!

　　孔子删《诗》《书》,笔削《春秋》①;合于道者著之,离于道者黜去之,故《诗》《书》《春秋》无疵。余欲削荀氏之不合者,附于圣人之籍,亦孔子之志欤!

【注释】

①孔子删《诗》《书》,笔削《春秋》:相传古《诗》原有三千余篇,孔子删定为三百零五篇;《书》亦篇数颇多,孔子删定后,上起帝尧、下迄秦穆公共百篇。关于孔子删《春秋》,据《史记·孔子世家》:

"孔子在位听讼，文辞有可与人共者，弗独有也。至于为《春秋》，
笔则笔，削则削，子夏之徒不能赞一辞。"

【译文】

孔子删定《诗》《书》，笔削《春秋》；合乎圣人之道的就强调，不合乎
圣人之道的则剔除，所以《诗》《书》《春秋》没有瑕疵。我想要删订荀子
书中不合乎圣人之道的内容，将其附在圣人经籍之中，这也是孔子删削
圣人六经的志向啊！

孟氏，醇乎醇者也；荀与扬，大醇而小疵①。

【注释】

①"孟氏"几句：宋代程颐极称此句，在《程氏遗书》中以为：韩子论
　孟甚善。非见得孟子意，亦道不到。其论荀、扬则非也。荀子极偏
　驳，只一句性恶，大本已失。扬雄虽少过，然亦不识性，更说甚道。

【译文】

孟子，是醇厚之中尤其醇厚者；荀子与扬雄，则主体是醇厚的，而存
在一些小的瑕疵。

【评点】

张孝先曰：孟氏愿学孔子，道自尊也。荀之性恶，扬之
剧秦美新，皆非圣人之道，乌足以尊孟氏？故曰荀与扬择焉
而不精，则并其大者皆未醇，不但小疵而已。惟朱子谓孟子
后，荀、扬浅济不得事，确论也。

【译文】

张伯行评论道：孟子愿意学习孔子，是对自己所信奉道义的尊重。
荀子主张人性本恶，扬雄贬斥秦朝，称美王莽新朝，这都不是圣人之道，

怎么足以推尊孟子呢？所以说荀子与扬雄有别择但不精审，就其主体而言也都不醇厚，不仅仅是有小的瑕疵。只有朱熹说：孟子以后，荀子、扬雄于儒家思想涉猎不深，故收获也就不大，这应该是精当确切的结论。

读《仪礼》

【题解】

殷商、周朝时，典礼名目繁多，素有"礼经三百，威仪三千"之称，非有专门职业训练并经常排练演习者不能经办这些典礼。秦始皇焚书坑儒后，《礼》已不传，只有高堂生能背诵。《汉书·艺文志》载："及周之衰，诸侯将逾法度，恶其害己，皆灭去其籍，自孔子时而不具，至秦大坏。汉兴，鲁高堂生传《士礼》十七篇。"

《仪礼》十七篇，分为冠婚、朝聘、丧祭、射乡等四类。《仪礼》详尽地记述了古代宫室、服饰、饮食、丧葬之制，犹如一幅古代社会生活的长卷。但是，《仪礼》文字艰涩，难以卒读，为历来的读书人所诟病。有关《仪礼》的读法，韩愈认为采用博观约取的方法，即"撮其大要，奇辞奥旨著于篇"。而以朱熹为代表的后世学者则主张采用分类归纳的方法。

余尝苦《仪礼》难读，又其行于今者盖寡，沿袭不同，复之无由，考于今，诚无所用之[1]；然文王、周公之法制粗在于是。孔子曰："吾从周[2]。"谓其文章之盛也。

【注释】

①"余尝苦《仪礼》难读"几句：这几句关于《仪礼》的说法透露出韩愈对待《仪礼》缺少一种历史的眼光，这一点经常被后人指责。宋人王应麟《困学纪闻》卷五"仪礼"曾分析："韩文公《读仪礼》谓：'考于今，无所用。'愚谓天秩有礼，小大由之，冠昏丧祭，必于

是稽焉。文公大儒犹以为无所用，毋怪乎冠礼之行，不非郑尹而
快孙子也。"

②吾从周：语出《论语·八佾》："周监于二代，郁郁乎文哉！吾从
周。"

【译文】

我曾经苦于《仪礼》难于阅读，又由于这些礼仪在今天还施行的非
常少，在传承的过程中，产生了很多变化，要想恢复其本来的面貌，也是
没有根由的，考察现在的形势，也的确无法实行；不过，文王、周公的礼法
制度大略集中在这部书中。孔子说："我信从周代的礼法制度。"说的就
是周代礼仪制度的盛况。

古书之存者希矣①！百氏杂家尚有可取②，况圣人之制
度邪？于是掇其大要③，奇辞奥旨著于篇，学者可观焉。

【注释】

①古书之存者希矣：此句为感叹经历秦火、战乱，《仪礼》能够依靠
口耳相授，相对完整保存下来实属不易。

②百氏：犹言诸子百家。杂家：古九流之一，集众家之说融会贯通
而为一家之言。《汉书·艺文志》："杂家者流，盖出于议官，兼儒、
墨；合名、法。"

③掇：选取。

【译文】

古书能够保存到现在的已经很少了！诸子百家之书尚且有可取之
处，何况圣人制定的制度呢？因此采择其中主要的内容，包括奇异的文
辞、深奥的意旨写成一篇，问学的人可以作为参考。

惜乎吾不及其时，进退揖让于其间。呜呼！盛哉！

【译文】

可惜我没有赶上圣人所处的时代，能与他们或进或退，相互行礼。唉！那是一个怎样的盛况啊！

【评点】

张孝先曰：《仪礼》之书，汉初已行，自高堂生递传以至二戴，因习《仪礼》而录《礼记》。故朱子曰："《仪礼》是经，《礼记》是解。"又曰："《仪礼》载其事，《礼记》明其理。"昌黎读《仪礼》称盛，其所得于观感者深哉！

【译文】

张伯行评论道：《仪礼》这部书，汉朝初年就已经行世，从高堂生传到大小二戴，他们因为研习《仪礼》而写下《礼记》。所以朱熹说："《仪礼》是经，《礼记》是经解。"又说："《仪礼》记载事例，《礼记》讲述了其中蕴含的道理。"韩愈读《仪礼》并盛赞不已，说明他对《仪礼》的理解是很深刻的。

爱直赠李君房别

【题解】

爱直，爱，仁爱之意。直，正直。《论语·季氏》："孔子曰：'益者三友，损者三友。友直，友谅，友多闻，益矣。友便辟，友善柔，友便佞，损矣。'"交友须交正直的朋友，是为"友直"。李君房，据李德辉《全唐文作者小传正补》："李君房，出陇西成纪李氏。徐泗节度使张建封婿，贞元六年进士。贞元十五年秋以后，与韩愈同佐张建封于徐州幕。元和四年四月前，官朝议郎秘书省著作佐郎。后自著作佐郎除太子舍人，知宗子表疏。"

这篇文章写于德宗贞元十五年（799），时韩愈为徐泗濠节度使节度推官。但对徐泗濠节度使张建封女婿李君房的推重，并非出于私心，而是"乐为天下道其为人"，"重为天下惜之"。由衷赞叹李君房的才华和人品，表达出与李君房同声相应、同气相求的志趣。

左右前后皆正人也①，欲其身之不正，乌可得耶？吾观李生在南阳公之侧②，有所不知，知之未尝不为之思；有所不疑，疑之未尝不为之言；勇不动于气，义不陈乎色。南阳公之举措施为不失其宜，天下之所窥观称道洋洋者③，抑亦左右前后有其人乎！

【注释】

①正人：正直的人，正派的人。语出《尚书·周书·冏命》："小大之臣，咸怀忠良，其侍御仆从，罔匪正人。"

②南阳公：指徐泗濠节度使张建封，因张建封为南阳人，故称。

③洋洋：盛大貌。语出《诗经·卫风·硕人》："河水洋洋，北流活活。"

【译文】

如果一个人周围都是正直的人，想要他不正直，能够办到吗？我观察李生在南阳公的身边，可能有不知道的事情，如果知道的没有不认真思考的；可能有怀疑不到的地方，但是一旦心生疑惑就没有不说出来的；有勇气但不生气动怒，讲道义但不现于声色。南阳公理政之所以合乎情理，天下众人之所以眼睛看到、口中称道，大概正是因为他周围有像李生这样的人吧！

凡在此趋公之庭、议公之事者①，吾既从而游矣。言而公信之者，谋而公从之者，四方之人则既闻而知之矣。李生，南阳公之甥也②。人不知者将曰："李生之托婚于富贵之家，将以充其所求而止耳。"故吾乐为天下道其为人焉。今之从事于彼也，吾能为南阳公爱之。又未知人之举李生于彼者何辞，彼之所以待李生者何道。举不失辞，待不失道，虽失之此足爱惜，而得之彼为欢欣，于李生道犹若也。举之不以吾所称，待之不以吾所期，李生之言不可出诸其口矣，吾重为天下惜之！

【注释】

①凡在此趋公之庭：指在公庭之上接受南阳公的教诲。语出《论语·季氏》："尝独立，鲤趋而过庭。曰：'学《诗》乎？'对曰：'未也。''不学《诗》，无以言。'鲤退而学《诗》。他日，又独立，鲤趋而过庭。曰：'学《礼》乎？'对曰：'未也。''不学《礼》，无以立。'鲤退而学《礼》。"鲤，孔子之子伯鱼。后因以"趋庭"谓子承父教。趋公之庭，在这里指接受南阳公的教诲。

②甥：女婿。《孟子·万章下》："舜尚见帝，帝馆甥于贰室。"赵岐注："《礼》，谓妻父曰外舅，谓我舅者吾谓之甥。尧以女妻舜，故谓舜甥。"

【译文】

凡是在这里来到南阳公的厅堂之上、讨论南阳公主持的事务的人，我都已经和他们有过交往。说出来的话南阳公信从，提出的计谋南阳公依从，这样的人已经名扬天下了。李生是南阳公的女婿。不了解他的人会说："李生与富贵之家建立姻亲关系，一旦满足了他所要求的就不会上进了。"所以我愿意向天下人介绍李生的为人。而今李生要离开南阳公到其他地方谋事，我替南阳公感到惋惜。又不知道举荐李生的人有什么说辞，赴任的地方以什么样的方式接待李生。如果举荐者有合乎情理的说辞，李生在新的地方能够得到应有的款待，尽管对于南阳公而言为可惜，对于李生新的执事而言却是值得欣喜的，两者并不能改变李生的处事之道。如果举荐者并不像我所称颂的那样来介绍李生，新的主人也不给予我所期望的待遇，那么李生也不会说什么了，我特别为天下不能珍重李生而感到惋惜！

【评点】

张孝先曰：乐为天下道，重为天下惜，则李生之为人可知。故所以举之待之者，俾得行李生之道而后可。低回感慨，惜别情深。

【译文】

张伯行评论道：韩愈愿意向天下人讲述李生的为人，同时，又为李生不被天下重用而感到惋惜，后人通过韩愈对待李生的态度，也了解了李生的为人。所以，使那些举荐李生、善待李生的人，能够推行李生之道才可以。文章纡徐婉转，感慨良多，同时依依惜别之情深沉真挚。

祭田横墓文

【题解】

德宗贞元十一年（795）五月，韩愈经历了博学宏词试未中、三上宰相书无果。心灰意冷，自京归河阳故籍，九月至东都，途经田横墓，有感而作此文。

田横，战国时齐田氏后裔。秦末，田横从兄田儋自立为齐王，不久战死，田儋弟田荣及荣子田广相继为王，田横为相国。韩信破齐，田横自立为齐王，率从属五百人逃至海岛。刘邦称帝，招降，田横与客二人往洛阳,未至三十里,羞为汉臣,自杀。岛中壮士闻田横死,皆自杀。《史记》《汉书》皆有传。

祭文,古代一种文体。徐师曾《文体明辨序》中曾概括其特点:"祭文者,祭奠亲友之辞也。古之祭祀,止于告飨而已。中世以还,兼赞言行,以寓哀伤之意,盖祝文之变也。其辞有散文,有韵语,有俪语;而韵语之中,又有散文、四言、六言、杂言、骚体、俪体之不同。"

此文,以古今对比的手法,借祭奠秦末诸雄之一的田横,通过歌颂田横"高义能得士",针砭了当时的执政者,表达自己怀才不遇的愤懑。

贞元十一年九月,愈如东京①,道出田横墓下②,感横高义能得士③,因取酒以祭,为文而吊之。其辞曰:

【注释】

①东京:即东都洛阳(今属河南)。

②田横墓:在尸乡(今河南洛阳偃师)。

③感横高义能得士:感念田横道义高尚而能够招致士人。韩愈在田横墓前洒酒而祭,实则借田横之酒杯浇自己胸中之块垒,感叹世无田横,遂使天下多士茫然无归途。

【译文】

贞元十一年九月,我到东都洛阳,经过田横墓旁,感念田横道义高尚能够招致贤士,于是摆酒祭奠他。祭辞这样写道:

事有旷百世而相感者,予不自知其何心①;非今世之所稀,孰为使予歔欷而不可禁! 予既博观乎天下,曷有庶几乎夫子之所为? 死者不复生,嗟予去此其从谁②? 当秦氏之败乱,得一士而可王;何五百人之扰扰,而不能脱夫子于剑铓？抑所宝之非贤，亦天命之有常③。昔阙里之多士，孔圣亦云其遑遑④。苟予行之不迷，虽颠沛其何伤⑤？自古死者非一，夫子至今有耿光⑥。跽陈辞以荐酒⑦，魂仿佛兮来享。

【注释】

①事有旷百世而相感者，予不自知其何心：人事有经过百世而能相互感应的，我自己不了解这是何种心理。关于古今人事百代相互感应的心理，章学诚《文史通义·诗教上》分析道："遇有升沉，时有得失，畸才汇于末世，利禄萃其性灵，廊庙山林，江湖魏阙，旷世而相感，不知悲喜之何从。文人情深于《诗》《骚》，古今一也。"

②死者不复生，嗟予去此其从谁：此处表达一种知己难觅的深深的孤独感。这也是古代仁人志士常怀有的感慨，如陈子昂《登幽州台歌》："前不见古人，后不见来者。念天地之悠悠，独怆然而涕下。"

③亦天命之有常：意指天命不可违背。语出《荀子·天论》："天有常道矣，地有常数矣，君子有常体矣。"

④昔阙里之多士，孔圣亦云其遑遑：意谓孔子尽管有弟子三千，贤人七十二，仍然匆匆忙忙、东奔西走。阙里，孔子生于鲁国陬邑昌平乡阙里，此以阙里代指孔子。

⑤苟予行之不迷，虽颠沛其何伤：只要我的道行不会迷失，即便人生颠沛多舛，又有什么值得哀伤的呢？这两句是对屈原作品句式的模仿，如屈原《离骚》："苟余情其信姱以练要兮，长顑颔亦何伤。"

⑥耿光：光明，光辉。语出《尚书·周书·立政》："以觐文王之耿光，以扬武王之大烈。"

⑦跽（jì）：长跪，两膝着地，上身挺直。

【译文】

人事有经过百世而能相互感应的，我自己不了解这是何种心理；如果不是因为现在世间缺少，有谁能够让我情不自禁地唏嘘感叹啊！我已经遍观天下人等,哪里有与您的修为相类似的?死去了不会复生,感叹我离开这里再跟随何人? 想当年,秦朝衰败,社会混乱,能够得到一个贤士的帮助,就可以称王天下;为什么五百人之众,纷纷扰扰,却不能帮助您摆脱剑刃的威逼? 难道是因为您所看重的人并非贤士,还是因为天命不可违背。想孔子当年也有很多贤士,孔子同样没有摆脱匆匆忙忙、东奔西走的命运。只要我行走的方向不迷失,即便人生艰难困苦又有什么值得哀伤的呢? 自古以来,死者接踵,也只有你至今有正直的光辉。跪在您的墓前,摆好酒,宣读我的祭辞,您的魂魄仿佛降临来享用祭品。

【评点】

茅鹿门曰:借田横发自己一生悲感之意。

张孝先曰:田横五百人,守死海岛,可谓义矣。昌黎借题以舒感愤之情。推之圣人尚然,何况其他! 固是吊横,亦以自慰。

【译文】

茅坤评论道:韩愈借田横之事抒发自己一生悲痛感伤的情怀。

张伯行评论道:田横与五百勇士,死守海岛,宁死不屈,可以称得上是义士了。韩愈借助这件事来抒发自己的愤懑之情。圣人尚且如此,更何况普通人呢! 这篇文章一方面是凭吊田横,另一方面也是劝慰自己。

祭十二郎文

【题解】

十二郎,指韩愈长兄韩会之继子韩老成。十二,是韩老成在家族同辈中的排行。十二郎生身父为韩愈仲兄韩介,因韩会无子,韩老成自幼过继给韩会为继子。韩愈三岁时,父母离世,韩愈也自幼随长兄韩会生活。韩愈与韩老成两人是叔侄关系,虽隔着辈分,但因为年龄相仿,整日生活在一起,不是手足却情同手足。

贞元十八年(802),韩愈刚刚通过吏部铨选,授官国子监四门博士。韩愈从进士及第到通过吏部铨选正式授官,前后经历了十余年的时间,期间辗转于藩镇幕府之间,历尽艰辛。尽管正式成为了朝廷命官,但他并不快乐。是年五月,他接到了侄子十二郎去世的噩耗。韩愈悲痛欲绝,追悔与自责、憾恨与悲痛交织在一起,使他无法排解,一股脑宣泄于这篇祭文中。

古代的祭文常有一套固定的程式,内容多为对死者的称颂,形式多为骈文或四言韵文。韩愈这篇祭文突破了传统祭文的程式,全篇没有一句称颂之词,不用韵文,而用散体。不仅多用"耶""乎""也""矣"等助词,而且全篇祭文的结构、语言形式完全为情感所左右,正如吴楚材、吴调侯选《古文观止》卷八所评:"情之至者,自然流为至文。读此等文,须想其一面哭一面写,字字是血,字字是泪。未尝有意为文,而文无不工,祭文中千年绝调。"

年月日①,季父愈闻汝丧之七日②,乃能衔哀致诚,使建中远具时羞之奠③,告汝十二郎之灵:

【注释】

①年月日:《文苑英华》本作"贞元十九年五月二十六日",此应是祭文写作的时间。然而,下文中有"去年,孟东野往,吾书与汝","孟东野往"指孟郊赴任溧阳县尉,韩愈有《送孟东野序》,写作时间为贞元十七年(801),因此此篇祭文写作的时间应为贞元十八年(802)。

②季父:最小的叔父。

③建中：当是韩愈家的仆人。时羞：时鲜的食物。羞，同"馐"。

【译文】

　　年月日，小叔叔韩愈在听到你去世消息的第七天，才能够强忍住悲痛向你表达心意，让建中远路带去新鲜味美的祭品，祭告十二郎你的灵魂：

　　呜呼！吾少孤①，及长，不省所怙②，惟兄嫂是依。中年，兄殁南方③，吾与汝俱幼，从嫂归葬河阳④。既又与汝就食江南⑤，零丁孤苦，未尝一日相离也。吾上有三兄，皆不幸早世⑥。承先人后者，在孙惟汝，在子惟吾。两世一身⑦，形单影只。嫂常抚汝指吾而言曰："韩氏两世，惟此而已！"汝时尤小，当不复记忆；吾时虽能记忆，亦未知其言之悲也！

【注释】

①孤：幼年丧父或父母双亡。韩愈三岁丧父，故称"少孤"。《孟子·梁惠王下》："幼而无父曰孤。"

②不省所怙（hù）：因为父亲去世时韩愈年幼尚无记忆，因而不知道自己的父亲是谁。不省，不知道。所怙，指自己的父亲。

③中年，兄殁（mò）南方：韩愈长兄韩会曾官韶州（治今广东韶关曲江）刺史，卒于任所，时年四十二岁，故称"中年"。

④河阳：今河南孟州，韩氏家族坟茔所在地。

⑤既又与汝就食江南：此指建中二年（781），中原地区战乱不已，韩家于次年避居宣州（治今安徽宣城）。就食，谋生。

⑥吾上有三兄，皆不幸早世：韩愈提及的兄长有：长兄韩会、次兄韩介，三兄姓名不详。关于三兄早世，韩愈《与崔群书》也曾写道："仆家不幸，诸父诸兄皆康强早世，如仆者又可以图于久长哉？"早世，过早地死去，夭死。语出《左传·昭公三年》："则又无禄，

早世殒命,寡人失望。"

⑦两世一身:指两代人分别只有一个继承人。

【译文】

唉!我从小就成了孤儿,等到长大,记不清父亲的样子,唯一的依靠就是哥哥和嫂子。哥哥中年时又在南方去世,我和你都年幼,跟随嫂子把哥哥的灵枢送回河阳安葬,后来又和你一起回到江南宣州度日,虽然孤苦伶仃,但没有一天分开过。我上面有三个哥哥,都不幸英年早逝。继承先人后嗣的,在孙子辈中只有你,在儿子辈中只有我,两代单传,形影孤单。嫂子曾一手抚摸着你,一手指着我说:"韩家两代,就只有你们两个人了!"你当时还小,大概没有什么记忆,我当时尽管能够记得,却也没有懂得嫂子话中的悲苦啊!

吾年十九,始来京城①。其后四年,而归视汝。又四年,吾往河阳省坟墓,遇汝从嫂丧来葬②。又二年,吾佐董丞相于汴州③,汝来省吾,止一岁,请归取其孥④。明年,丞相薨,吾去汴州⑤,汝不果来。是年,吾佐戎徐州⑥,使取汝者始行⑦,吾又罢去⑧,汝又不果来。吾念汝从于东,东亦客也⑨,不可以久;图久远者,莫如西归,将成家而致汝⑩。呜呼!孰谓汝遽去吾而殁乎!吾与汝俱少年,以为虽暂相别,终当久相与处,故舍汝而旅食京师,以求斗斛之禄⑪。诚知其如此,虽万乘之公相⑫,吾不以一日辍汝而就也!

【注释】

①吾年十九,始来京城:贞元二年(786),韩愈来到长安,靠故旧接济,准备参加科举考试。直到贞元八年(792),第四次参加科考的韩愈才在梁肃等人的称扬、举荐下,一举登第。但这并没有给

韩愈的生活带来转机,而是开启了他长达十余年的候任生活。

②吾往河阳省坟墓,遇汝从嫂丧来葬:此指贞元十年(794)韩会之妻郑夫人丧。韩愈曾有《祭郑夫人文》。

③董丞相:即董晋。贞元十二年(796)任宣武军节度使,韩愈在其幕中任推官。汴州:治所在今河南开封。

④孥(nú):妻和子的通称。

⑤丞相薨(hōng),吾去汴州:此指董晋于贞元十五年(799)二月死于汴州。去,离开。

⑥吾佐戎徐州:韩愈护送董晋灵柩离开汴州,不到四日,汴州随即发生兵乱。因为不能回去,韩愈转而去徐州武宁节度使张建封幕中,任节度推官。

⑦使取汝者始行:派去接你的人刚刚动身。

⑧吾又罢去:贞元十六年(800)五月,张建封卒,韩愈离开徐州,来到洛阳。罢,罢职。

⑨吾念汝从于东,东亦客也:这里韩愈说明了他没有接侄子一家到徐州的理由。东,指徐州。

⑩莫如西归,将成家而致汝:不如回到西边老家去,等我把家庭安顿好,再把你接去。西,指河阳老家。成家,安置好家庭。致汝,把你接过来。

⑪斗斛之禄:微薄的俸禄。

⑫万乘:车马众多。公相:公卿宰相。指高官。

【译文】

我十九岁时,初次来到京城。过了四年,才回去看你。又过了四年,我回河阳拜谒先人的坟墓,遇到你送嫂子的灵柩来安葬。又过了两年,我在汴州做幕僚辅佐董丞相,你来看我,仅住了一年,你要回去接家眷来。第二年,董丞相去世了,我离开了汴州,你最终没有来成。这一年,我去徐州助理军务,派去接你的人刚起程,我又被罢职离开徐州,你又没有来成。我考虑你跟我到东边,东边也是客地啊,不能永久住下来;从长远打算,不如回到西边老家去,等我把家庭安顿好,再把你接去。唉!谁能料到你竟会这样仓促地离开我去世了呢!我和你都还年轻,以为虽然暂时别离,终究还是要长久在一起的,所以离开你到京师去旅居谋生,以便求得微薄的俸禄。如果确实知道会这样,即使有万乘车辆的公卿宰相职位,我也不愿离开你一天去就任!

去年,孟东野往①,吾书与汝曰:"吾年未四十,而视茫茫,而发苍苍,而齿牙动摇。念诸父与诸兄皆康强而早世,如吾之衰者,其能久存乎?吾不可去,汝不肯来,恐旦暮死,而汝抱无涯之戚也。"孰谓少者没而长者存,强者夭而病者全乎?呜呼!其信然耶?其梦耶?其传之非其真耶?信也,吾兄之盛德而夭其嗣乎?汝之纯明而不克蒙其泽乎?少者强者而夭没,长者衰者而存全乎?未可以为信也!梦也,传之非其真也?东野之书②,耿兰之报③,何为而在吾侧也?呜呼!其信然矣!吾兄之盛德而夭其嗣矣,汝之纯明宜业其家者,不克蒙其泽矣!所谓天者诚难测,而神者诚难明矣!所谓理者不可推,而寿者不可知矣!

【注释】

①去年,孟东野往:此指贞元十七年(801),孟郊赴任溧阳县尉,因为溧阳距离韩老成居住的宣州不远,因此,韩愈托孟郊带信。

②东野之书:韩老成死后,孟郊在溧阳有书信告知韩愈。

③耿兰之报:耿兰亦将韩老成离世的消息以书信告知韩愈。耿兰,当为韩老成身边的人。

【译文】

去年,孟东野前往江南,我写了一封信托他带给你说:"我年龄还不到四十,视力已经模糊,头发灰白,牙齿开始动摇。想到我的几位父辈和几位兄长都是在身强力壮时过早去世,像我这样衰弱的身体,怎么能长久地活着呢? 我不能离开这里,你又不肯来,只怕我早晚死了,你就要怀着无穷的悲哀了。"谁又想到年轻的死去而年纪大的反而活着;强壮的死去而衰弱的竟能活在人间呢? 唉! 这难道是真的吗? 难道是做梦吗? 难道传来的消息不准确吗? 如果是真的,那么我哥哥有美好的德行而老天反使他的后嗣早死吗? 你具有聪明淳厚的品德还不能承受他的德泽吗? 为什么年少身强的反而早死,年长身弱的反而保全活着呢? 不能相信这是真的! 这是在做梦吧? 是传来的消息不真实吧? 但是孟东野的信,耿兰的报丧,又为什么在我的身边呢? 唉! 这大概是真的了! 我哥哥有美好的德行却使他的儿子短命夭亡,你这样淳朴聪明,理应承受他的家业的,现在却不能承受他的德泽了! 真所谓天意实在难推测,而神灵也实在难明察呀! 所谓事理实在难以推究,寿命也是无法预料的了!

　　虽然,吾自今年来,苍苍者或化而为白矣①,动摇者或脱而落矣②,毛血日益衰,志气日益微,几何不从汝而死也! 死而有知,其几何离! 其无知,悲不几时,而不悲者无穷期矣! 汝之子始十岁,吾之子始五岁③,少而强者不可保,如此孩提者,又可冀其成立耶④? 呜呼哀哉! 呜呼哀哉!

【注释】

①苍苍者:斑白的头发。

②动摇者:晃动的牙齿。

③汝之子始十岁,吾之子始五岁:十,有的版本作"一"。汝之子,指

韩湘。吾之子,指韩昶。韩老成共有二子:曰湘,曰滂。韩老成去
世后,韩会一宗无嗣,韩老成次子韩滂继续过继给韩会一宗,如此
看来,韩湘不当一岁,"一"应为"十"之讹。

④如此孩提者,又可冀其成立耶:这里表达出韩愈对后世子孙的担
心。但其实韩氏福泽绵延不绝。韩氏一族后世子孙的情况,后人
考证:韩老成之子韩湘长庆三年(823)登第,韩愈之子韩昶长庆
四年(824)登第。韩昶生子绾和衮。韩绾咸通四年(863)登第,
韩衮咸通七年(866)进士及第。

【译文】

尽管如此,我从今年以来,灰白的头发有的变成全白了,松动的牙齿
有的脱落了。毛发血脉一天比一天衰退,神志一天比一天萎靡,用不了
多少时间就会随你而去!如果死后仍有知觉,那我们分离的日子不会有
多久了!如果死后没有知觉,我的悲痛不会有多久,而没有悲伤的日子
却将是无穷无尽的了!现在你的儿子才十岁,我的儿子刚五岁,年轻而
强壮的人都不能保全性命,像这么大的孩子,又怎么期望他们成人立业
呢?唉,真悲哀啊!唉,真悲哀啊!

汝去年书云:"比得软脚病①,往往而剧。"吾曰:"是疾
也,江南之人,常常有之。"未始以为忧也。呜呼!其竟以
此而殒其生乎?抑别有疾而至斯乎?汝之书,六月十七日
也②;东野云:汝殁以六月二日;耿兰之报无月日。盖东野之
使者不知问家人以月日;如耿兰之报,不知当言月日;东野与
吾书,乃问使者,使者妄称以应之耳。其然乎?其不然乎?

【注释】

①软脚病:即脚气病。韩老成从河阳迁至宣州,可能因为水土的原

因,患上此病。孙思邈《千金要方序》:"因晋朝南移,衣缨士族不袭水土,皆患软脚之疾。"

②汝之书,六月十七日也:六月十七日,应该上承"汝去年书云"而言,韩老成写给韩愈的信,应该写于贞元十七年(801)六月十七日。下文"东野云:汝殁以六月二日",亦当上承贞元十七年,由此可知,韩老成卒于贞元十七年,具体月份已不可考。据后人考证,韩老成应该是接到由孟郊带来的韩愈家信不到半年就去世了,大致时间应该在贞元十七年年底,孟郊获取的老成去世的时间是有误的。而韩愈收到这一噩耗应该在贞元十八年(802)五月份了。

【译文】

你去年来信说:"近来得了软脚病,越来越厉害。"我回信说:"这种病,江南人多数有。"并不曾为此而发愁。唉!难道这种病竟然夺去了你的生命吗?还是另患重病而无法挽救呢?你的信,是六月十七日写的;东野来信,你死于六月二日;耿兰报丧的信没有说明你死于哪月哪日。大约东野的使者没有向家人问明死期;耿兰报丧的信不懂得应当说明死期;东野给我写信时向使者询问死期,使者不过信口胡答罢了。是这样呢?不是这样呢?

今吾使建中祭汝,吊汝之孤与汝之乳母①。彼有食可守以待终丧②,则待终丧而取以来③;如不能守以终丧,则遂取以来。其余奴婢,并令守汝丧。吾力能改葬④,终葬汝于先人之兆,然后惟其所愿。

【注释】

①吊:慰问。汝之孤:指韩老成的两个孩子湘与滂。

②终丧:丧期终了,也即三年。

③取以来：指把韩老成的孩子和乳母接到韩愈家里来。

④改葬：即迁葬。此指将韩老成的灵柩从宣州迁到河阳。

【译文】

如今我派遣建中祭奠你，慰问你的儿子和你的乳母，他们如果有粮食可以维持到三年丧满，就等到丧满以后接他们来；如果生活困难而无法守满丧期，现在就把他们接来。其余的奴婢，都让他们为你守丧。等到我有能力改葬的时候，一定把你的灵柩从宣州迁回安葬于祖先的坟地，这样才算了却我的心愿。

呜呼！汝病吾不知时，汝殁吾不知日，生不能相养以共居，殁不得抚汝以尽哀，敛不凭其棺①，窆不临其穴②。吾行负神明，而使汝夭；不孝不慈，而不得与汝相养以生，相守以死。一在天之涯，一在地之角，生而影不与吾形相依，死而魂不与吾梦相接。吾实为之，其又何尤！彼苍者天，曷其有极③！自今以往，吾其无意于人世矣！当求数顷之田于伊、颍之上，以待余年。教吾子与汝子，幸其成；长吾女与汝女，待其嫁。如此而已！

【注释】

①敛：入殓。给死者穿衣为小殓，把死者遗体放入棺中为大殓。

②窆（biǎn）：下棺入穴。

③彼苍者天，曷其有极：茫茫无际的苍天啊，我的悲哀何时才有尽头呢！语出《诗经·秦风·黄鸟》："彼苍者天，歼我良人。"

【译文】

唉！我不知道你生病的时间；我不知道你去世的日期；你活着我们不能互相照应，同住一起；你死后我又不能抚着你的遗体尽情痛哭；入殓之时不曾紧靠你的棺材；下葬之时不曾靠近你的墓穴。我的德行有负于神明，因而使你夭亡，我不孝顺、不慈爱，因而既不能和你互相照应，一同生活，又不能和你互相依傍，一起去死。一个在天涯，一个在地角。活着的时候，你我不能身影相伴；去世以后，你的灵魂不能和我的梦魂亲近。这都是我自己造成的恶果，还能怨谁呢！茫茫无际的苍天啊，我的悲哀何时才有尽头呢！从今以后，我对这个世界没有什么可留恋的了！打算回到故乡去，在伊水、颍水旁边买几顷田，打发我剩余的岁月。教育我的儿子和你的儿子，希望他们成才；抚养我的女儿和你的女儿，等待她们出嫁。我想要做的，不过如此罢了。

　　呜呼！言有穷而情不可终，汝其知也耶？其不知也耶？呜呼哀哉！尚飨[1]。

【注释】

①尚飨（xiǎng）：请死者的灵魂来享受祭品。

【译文】

唉！话有说尽的时候，而心里的悲痛却是没有了期的，你是能够理解呢？还是什么都不知道呢？唉！伤心啊！希望你的灵魂能来享用我的祭品啊！

【评点】

茅鹿门曰：通篇情意刺骨，无限凄切，祭文中千古绝调。

张孝先曰：昌黎曾为其嫂服三年丧，君子以为知礼，况韩氏两世之语，于心极不忘乎！固宜此篇之情辞深至，动人凄恻也。

【译文】

茅坤评论道：整篇文章情真意切，刻骨铭心，充满无限凄凉与悲哀，可称得上是祭文中千百年以来的绝唱了。

张伯行评论道：韩愈曾经为他的嫂子服丧三年，后世君子认为这是他通晓礼制的体现，何况其嫂对韩氏家族两代人的感慨之语，让人过目铭心！这正是这篇文章情深意切，让人触景伤情的原因啊！

荐樊宗师状

【题解】

樊宗师，字绍述，河中（今山西永济）人。南阳湖阳（今属河南唐河）是樊氏的族望。樊宗师生于官宦世家，其祖樊泳、其父樊泽皆为朝中高官。宪宗元和三年（808）四月，樊宗师考取军谋宏远堪任将帅科。樊宗师早年家境殷实，自己却不看重金钱，韩愈在《南阳樊绍述墓志铭》中写道："生而其家贵富，长而不有其藏一钱，妻子告不足，顾且笑曰：'我道盖是也。'"

樊宗师与韩愈年龄相差不大，两人亦师亦友，志同道合。在古文写作方面，各擅胜场。李肇《国史补》卷三云："元和已后，为文笔则学奇诡于韩愈，学苦涩于樊宗师。"韩愈前后三次举荐过樊宗师，一次是向宰相郑馀庆，一次向故相袁滋，这次是韩愈以刑部侍郎的身份郑重向朝廷推荐，可见韩愈对樊宗师的赏识与信任。

这篇荐状写于元和十三年（818）。在这篇荐状中，韩愈从三个方面介绍了樊宗师：宗师之德可以厚风俗，宗师之才可以备顾问，宗师之行可以任以事。短短百余字，我们既看到了樊宗师的为人、为学、为政的能力，也看到了韩愈交友的原则。

摄山南西道节度副使、朝议郎、前检校水部员外郎、兼殿中侍御史、赐绯鱼袋樊宗师。

【译文】

代理山南西道节度副使、朝议郎、前检校水部员外郎、兼殿中侍御史、赐绯鱼袋樊宗师。

右件官孝友忠信，称于宗族朋友，可以厚风俗；勤于艺学，多所通解[1]，议论平正有经据，可以备顾问；谨洁和敏，持身甚苦，遇物仁恕，有才有识，可任以事。今左右史并阙员外郎，侍御史亦未备员，若蒙擢授，必有补益。忝在班列，知贤不敢不论。谨录状上，伏听处分。

【注释】

①勤于艺学，多所通解：此指樊宗师治学既广且博，著述丰富，且呕心沥血，绝不袭蹈前人。关于樊宗师的治学情况，韩愈在《南阳樊绍述墓志铭》中有更详细的概括："从其家求书，得书号《魁纪公》者三十卷，曰《樊子》者又三十卷，《春秋集传》十五卷，表、笺、状、策、书、序、传、记、纪、志、说、论，今文赞铭，凡二百九十一篇，道路所遇及器物门里杂铭二百二十，赋十，诗七百又十九。曰：多矣哉！古未尝有也。然而必出于己，不袭蹈前人一言一句，又何其难也！"

【译文】

前面荐举的朝廷命官对长辈孝，对朋友信，对君主忠，因此为宗族、朋友所称赞，具有这样品德的人，能够带动社会的风俗更加淳厚；他勤于钻研学业，很多都能会通理解，对时事的议论都很平和公正、有理有据，这样的人能够随时充当朝廷的顾问；他还谨慎廉洁，仁和勤敏，对待自己非常严格，对待外物却能宽厚包容，有才干也有胆识，这样的人可以为朝廷做事。现在左右史都缺少员外郎，侍御史职位也有空缺，如果朝廷能够提拔任命他，一定会受益。我身为朝廷命官，了解到有贤德的人不敢不向朝廷论列。恭谨地写下上面的文字并呈给朝廷，听候朝廷的安排。

【评点】

张孝先曰：士君子处世，以孝友忠信为根本；艺学以充其识，仁恕以善其施。观昌黎所以荐樊者，而立身之道备矣。

【译文】

张伯行评论道：读书人为人处事，将孝敬父母、敦爱兄弟、忠于君上、诚信于友作为最根本的品质；用文章典籍之学充实自己的学识，用仁爱宽容使其布施更具善意。看韩愈举荐樊宗师所依据的原因，其中蕴含了读书人安身立命之道。

举钱徽自代状

【题解】

这篇举荐状写于元和十二年（817）。元和十一年（816），韩愈以太子右庶子为行军司马，随裴度平定淮西之乱，因有军功，授刑部侍郎。按照唐代官制，常参官升迁后，三天之内可举荐一人充任自己的官职，韩愈遂举荐钱徽以自代。

钱徽，字蔚章，吴兴（今浙江湖州）人。大历十才子钱起之子。元和九年（814），官至中书舍人、翰林学士。元和十一年因上疏反对兴兵讨反，为宪宗黜落内职。韩愈此次举荐，有怜才、提携之意。在韩愈诗文集中，有数首与钱徽的唱和诗。

朝散大夫、守太子右庶正、飞骑尉钱徽。

右臣伏准建中元年正月五日敕,常参官授上后三日内举一人以自代者①。前件官器质端方②,性怀恬淡,外和内敏,洁静精微;可以专刑宪之司③,参轻重之议。况时名年辈俱在臣前,擢以代臣,必允众望。伏乞天恩,遂臣诚请。谨录奏闻。谨奏。

【注释】

①右臣伏准建中元年正月五日敕,常参官授上后三日内举一人以自代者:韩愈举人自代依据的敕文,据《旧唐书·德宗纪上》记载:"(建中元年春正月)辛未,有事于郊丘。是日还宫,御丹凤门,大赦天下。……常参官、诸道节度观察防御等使、都知兵马使、刺史、少尹、畿赤令、大理司直评事等,授讫三日内,于四方馆上表让一人以自代。其外官委长吏附送其表,付中书门下。每官阙,以举多者授之。"

②前件:指前面述及的人或事。

③专刑宪之司:负责执掌刑部,也即出任刑部侍郎。

【译文】

朝散大夫、守太子右庶正、飞骑尉钱徽。

上面是我根据建中元年正月五日的圣旨,常任官员升迁后三天以内举荐一人来充任自己的职位。钱徽器度、品质端正,性情安静平淡,外表平和,内在聪敏,廉洁内敛,心细若发;可以专任刑法宪制之职,参与权衡裁断。况且在当今的名声和辈分都排在我的前面,提拔起来代替我,也是众望所归。恳请圣上,答应臣下真诚的请求。谨记奏章以达圣听。恭敬地奏请。

【评点】

张孝先曰：刑宪重事也，非无欲则不免有蔽。曰"性怀恬淡"，曰"洁静精微"，所以可举处最为得其本矣。

【译文】

张伯行评论道：刑法是事关重大的事情，若非没有私欲，则不免存在弊端。文中所谓"性怀恬淡"，所谓"洁静精微"等，韩愈这些对钱徽的称赞，最能体现一个执法者最基本的素质。

题《哀辞》后

【题解】

文题中提到的《哀辞》，指的是韩愈的《欧阳生哀辞》。因此，这篇文章的题目，有的版本作"题《欧阳生哀辞》后"。据文中内容可知，这篇文章是在刘伉的请求下写成的。是什么原因促使刘伉请求韩愈写下这段文字呢？何焯在《义门读书记·昌黎集·碑志杂文》中解释这篇文章中的"古之道，不苟誉毁于人"这句话时，说出了其中的缘由："此专为孟简误信穆玄道之语。有为太原伎恸怨而殁之谤。又以其事不足辨。故但自明其不苟誉。则毁者之为非。实可见矣。"何焯提到的"孟简误信穆玄道之语"事，指的是孟简《咏欧阳行周事并序》及黄璞《闽川名士传》皆载欧阳詹于太原喜欢一乐妓，相约迎娶，到约定的日期却没有兑现承诺，乐妓相思成疾，临终剪下发髻藏在匣中，又留下赠诗。后来欧阳詹睹髻及诗，悲恸而卒。此为民间好事者传言，孟简、黄璞据以咏诗、作传。一时广为流传，刘伉看到后，数请韩愈写文辩诬，韩愈初不屑为，在刘伉数请之下，写下这篇短文。

愈性不喜书①，自为此文，惟自书两通：其一通遗清河崔群^②,群与余皆欧阳生友也,哀生之不得位而死,哭之过时而悲;其一通今书以遗彭城刘君伉。君喜古文,以吾所为合于古,诣吾庐而来请者八九,至而其色不怨,志益坚。

【注释】

①书:书写,写作。

②崔群:与欧阳詹、韩愈均在贞元八年(792)登进士第,是为同年,三人同气相求,志同道合。韩愈因此对孟简之流的奇谈怪论是绝不相信的。

【译文】

我天性不喜欢书写,自己写了这篇文章,只抄写了两遍:其中一篇寄给清河的崔群,崔群和我都是欧阳生的朋友,哀悼欧阳生没有得到他应有的地位而死去,为此痛哭不已;另一篇寄给彭城刘伉。刘君喜欢古文,认为我所写的文章与古人相合,到我的住所来向我请教过八九次,来到后其脸上看不到埋怨,好古之志更加坚定了。

　　凡愈之为此文,盖哀欧阳生之不显荣于前,又惧其泯灭于后也。今刘君之请,未必知欧阳生,其志在古文耳。虽然^①,愈之为古文,岂独取其句读不类于今者耶?思古人而不得见,学古道则欲兼通其辞;通其辞者,本志乎古道者也。古之道,不苟誉毁于人^②;刘君好其辞,则其知欧阳生也无惑焉。

【注释】

①虽然:有的版本在"虽然"后增入"苟爱吾文,必求其义,则进知于欧阳生矣,必时观"。

②古之道,不苟誉毁于人:有的版本在"于人"之后增入"然则吾之

所为文皆有实也"。

【译文】

我之所以写这篇文章,是因为哀叹欧阳生没有在生前得到应有的荣耀,同时也担心他死后被人们所遗忘。现在刘君向我索要文章,他未必了解欧阳生,他的志趣在于古文罢了。尽管如此,我写作古文,难道仅仅是因为古文的句读与时下流行的文章不同吗?向往古人而不能相见,学习古人之道并想兼修古人使用的文辞;学习古人的文辞,本意在于学习古人之道。古人之道,是不随便赞美或是毁谤别人;刘君喜欢古人的文辞,那么也会了解欧阳生这个人,而且没有什么疑惑了。

【评点】

张孝先曰:数行题跋,而有千回百折之势,文以情生也。盖公于欧阳生,敦友谊而悲其死,故托之辞,以使之不没于后,非徒文焉而已。爱其文则知其人;知其人,则知公之所以交之者,有道义之孚,无死生之异,所谓古道者也。《欧阳生哀辞》,世久脍炙,故不录;录其题跋于此而论之云。

【译文】

张伯行评论道:几行字的题跋,却有千回百折的气势,文人为文常常因为心有所感才下笔成文。韩愈对于欧阳生,是因为二人有深厚的友谊,才因其死而伤心,并借助哀辞,让后人不至于不了解欧阳生此人,并非仅仅是一篇空文而已。如果因为喜欢这篇文章就会去了解欧阳生此人;了解了欧阳生此人,就会理解韩愈之所以结交欧阳生,是因为二人在道义上是相互认可的,并不因为活着或者死去而发生改变,这就是人们所说的"古道"啊。《欧阳生哀辞》,长久以来为世人所称颂,这里就不收入了;只收录这篇题跋并进行论述。

独孤申叔哀辞

【题解】

独孤申叔，字子重，洛阳（今属河南）人。出身世宦之家。贞元十三年（797）登进士第，十五年（799）中博学宏词科，授秘书省校书郎。十八年（802）卒，年仅二十七岁。申叔年少多才，尤工诗文，与韩愈及柳宗元、刘禹锡、皇甫湜等相友善，彼此多有诗文酬酢。及申叔殁，众友人皆有悼念文字。

也许由于在贞元十八年，韩愈接连接到了侄子韩老成以及独孤申叔去世的消息，二人又都是英年早逝，痛惜之情难以言表。韩愈在此篇哀辞中采用楚辞体，并模拟屈原《天问》，短短数十字，问天、问地、问苍生，任由胸中的悲痛与愤懑奔涌而出。

众万之生，谁非天耶？明昭昏蒙，谁使然耶①？行何为而怒，居何故而怜耶②？胡喜厚其所可薄，而恒不足于贤耶③？将下民之好恶与彼苍悬耶？抑苍茫无端而暂寓其间耶④？死者无知吾为子恸而已矣！如有知也，子其自知之矣！

【注释】

①明昭昏蒙，谁使然耶：万千苍生的聪明或是愚昧，谁在发挥作用。这两句模拟的是《楚辞·天问》："冥昭瞢暗，谁能极之？"

②行何为而怒，居何故而怜耶：行，指离开、死去的人。《古诗十九首·青青陵上柏》："人生天地间，忽如远行客。"居，寄居，居留。此指生者，活在世上的人，就像是短暂的居留者一样。曹丕《善哉行》（其一）："人生如寄，多忧何为？"

③胡喜厚其所可薄，而恒不足于贤耶：韩愈这两句大意本于《楚辞·天问》："何圣人之一德，卒其异方？梅伯受醢，箕子详狂。"

指像梅伯、箕子一样的圣人，却遭受了不公正的命运。

④将下民之好恶与彼苍悬耶？抑苍茫无端而暂寓其间耶：韩愈这两句意指天地无情，对暂寓于其中的苍生，何曾有过仁爱之心呢？不然的话，为什么德比颜渊者，都英年早逝，而恶如盗跖者，却能天年终老。下民，百姓，人民。语出《诗经·小雅·十月之交》："下民之孽，匪降自天。"苍悬、苍茫，皆指苍天。

【译文】

世间千万苍生，谁不在苍天的护佑之下呢？聪明或是愚昧，谁在发挥作用？离开者，是什么让他心生怨怒；暂时居留者，又是什么让他心生怜悯啊？为什么喜欢厚待那些应该受到鄙薄的，而常常亏待有贤德的人啊？难道苍天已经等而下之，与普通人同好恶了吗？还是宇宙苍茫，本来就没有什么根据，人不过暂时寄寓其中罢了？死去的人不知道我为他悲恸不已！你若地下有知，你也许知道这些吧！

濯濯其英，晔晔其光①。如闻其声，如见其容。呜呼远矣，何日而忘！

【注释】

①濯濯其英，晔晔其光：比喻逝者的道德才华纯洁、闪耀，却转瞬即逝。

【译文】

英华洁净如洗，光芒耀人眼目。好像听到了他的声音，好像看到了他的面容。唉！毕竟远去了，音容没有一天能够忘记。

【评点】

张孝先曰：辞近骚体，中有感慨不平之极思。然颜夭跖寿，气数适然，君子不以气数疑天。

【译文】

张伯行评论道：文辞风格接近骚体，其中蕴含有对命运不平的深刻思考。然而，颜回早亡，盗跖长寿，是命运决定的，君子不能因为人命而怀疑天命。

李元宾墓铭

【题解】

李元宾，即李观，字元宾，祖籍陇西（今属甘肃），早年寓居于吴（今江苏苏州）。贞元八年（792），与韩愈同年进士及第，时年二十七岁。贞元九年（793），博学宏词科登高第。贞元十年（794），授官太子校书郎，同年，死于长安，年仅二十九岁。李观年长韩愈三岁，科第、仕途比韩愈顺利，去世前已经名满京师，在诗文写作上，名声与韩愈不相上下。然而，英年早逝，不禁让人扼腕痛惜。

韩愈此文应写于贞元十年（794）冬季。墓铭，也即墓志铭，是古人文集中比较常见的一种文体。徐师曾在《文体明辨序说》评论"墓志铭"："按，志者，记也；铭者，名也。古之人有德善功烈可名于世，殁则后人为之铸器以铭，而俾传于无穷。……至汉，杜子夏始勒埋墓侧，遂有墓志，后人因之。盖于葬时述其人世系、名字、爵里、行治、寿年、卒葬年月，与其子孙之大略，勒石加盖，埋于圹前三尺之地，以为异时陵谷变迁之防，而谓之志铭。其用意深远，而于古意无害也。"由此可知，墓志铭这一文体，从结构上讲，有志，有铭。"志"记述逝者身前经历，包括世系、名字、德行、事业、寿年、卒葬年月及子孙情况，文字多用散体。"铭"，偏重对逝者一生进行评价，有感叹，有抒情，文字多用韵文。"志""铭"两部分的权重，往往"志"大于"铭"。韩愈这篇墓铭，可视为墓志铭中的变格，韩愈显然将写作的重点放在了"铭"这一部分，"志"部分仅仅是备位而已。

据邵博《邵氏闻见后录》卷十四，蓝田发水，冲出一块石碑，上面刻有韩愈《李元宾墓铭》,拓本流传后世,被称为石本。文字与韩集传世本有差异,"(石本)无友人博陵崔弘礼,卖马葬国东门之外七里之事,又印本铭云:'已乎元宾,文高乎当世,行过乎古人,竟何为哉?'石本乃'意何为哉!'益叹石本之语妙。"现今传世本并不见崔弘礼"卖马"字样,可知,北宋初年的传世本与今天已有差异。

铭文部分以两句"已乎元宾"引领,分为两个部分,第一部分分析了"寿"与"夭"之间的辩证关系:生而不淑,虽寿犹夭;死而不朽,虽夭犹寿。第二部分评价李观,"文高乎当世,行出乎古人",属于死而不朽,虽夭犹寿。

李观字元宾,其先陇西人也。始来自江之东,年二十四举进士①,三年登上第②;又举博学宏词③,得太子校书一年,年二十九,客死于京师。既敛之三日,其友人博陵崔弘礼葬之于国东门之外七里④,乡曰庆义,原曰嵩原。友人昌黎韩愈书石以志之,其辞曰:

【注释】

①举进士:参加进士考试。

②上第:指登第,且名次靠前。

③博学宏词:由吏部主持的铨选考试。在唐代,仅通过礼部主持的科举考试,是不能立即授官的,还必须参加吏部主持的铨选,如果通过,才能授予官职。韩愈进士及第后,等待了十余年的时间才通过吏部的选拔考试。

④崔弘礼:字从周,博陵(治今河北定州)人。举进士,官至侍御史。

【译文】

李观字元宾,他的祖先是陇西人。世居江东,二十四岁参加进士考试,三年后登进士高第;又参加制举博学宏词科考试,官授太子校书,一

年后,元宾二十九岁,病逝于长安。入殓三日后,他的朋友博陵人崔弘礼
将他下葬于东门以外七里的庆义乡嵩原之上。他的朋友韩愈为他写了
墓志铭刻在石碑上,铭辞道:

已乎元宾! 寿也者,吾不知其所慕,夭也者,吾不知其
所恶。生而不淑,孰谓其寿? 死而不朽,孰谓其夭? 已乎元
宾! 文高乎当世,行出乎古人。竟何为哉! 竟何为哉!

【译文】

唉! 元宾的一生就这样结束了! 长寿的人,我不知道他们有什么可
以羡慕的地方,夭折的人,我不知道他们有什么让人讨厌的地方。活在
世上而不贤淑,谁能说他们是长寿的人? 死后精神不朽,谁能说他们已
经夭折了? 唉! 元宾的一生就这样结束了! 文章超越当世的人,行为合
乎古人的要求。究竟是为什么呢! 究竟是为什么呢!

【评点】

张孝先曰:元宾为公心友,而志之如是其略,何也? 但
悲其夭,而有不朽者存,则孰谓之夭耶?"才高乎当世,而行
出乎古人。"其实录不过十一字,使人想象其心胸、面目于
千百载之下。公之传元宾者,止此足矣。岂若后世谀墓之
辞,累数千言而未已者耶?

【译文】

张伯行评论道:李元宾是韩愈心灵相通的知己朋友,但是这篇墓志
却如此简略,这是为什么呢? 一般来讲,人们仅仅看到李元宾寿命的短
促,而心生悲叹,如果了解到李元宾不朽的价值,那么,又有谁会再说李

元宾是天亡的呢？"才高乎当世，而行出乎古人"，短短的十一个字，据实记录了李元宾的一生，却能使千百年之下的后人能够想象李元宾的心胸、形象。韩愈对李元宾的记述与评价，如此就足够了。后世那些一味阿谀墓中亡人、洋洋数千言不能停止的文辞，怎能和这篇墓志相比呢？

试大理评事王君墓志铭

【题解】

这篇墓志铭写于元和九年（814），韩愈时年四十七岁，已过不惑之年。韩愈《县斋有怀》曾言："少小尚奇伟，平生足悲吒。"可知，韩愈少小好奇，至年逾不惑仍喜以奇文写奇人。这篇墓志铭，王安石称为"尤奇"，奇绝处不仅在韩愈以传奇体写墓志铭，文中所写两奇人尤让人称叹。王适不循常途举选，干谒不成，赴直言试，而以直言黜落，命运一何奇诡。自号奇男子，踏访李将军，一见意合，推为知己。至于狂徒钩致，不为所动，男子之奇识，于此可窥一斑。既为李将军厚待，遂倾力佐治，政绩斐然，真一奇士。稍不称意，弃官不为，虽累招而不应，孤傲不羁，愈出愈奇。行文至此，活脱脱一奇士宛在目前。韩愈为文幻处，常在于出人意表。墓志铭于结缩处并未收煞，却荡开一笔，骋其文思，铺写王适岳丈侯高之奇异，追叙王适谩语求婚之奇巧，话语举止，神情毕肖，宛然一篇传奇。通篇墓志铭，起于"奇"，结于"奇"，精心结撰处在一"奇"字。反观韩愈，亦一奇人，惟奇人方得奇文。

曾国藩《求阙斋读书录》评价此文："以蔡伯喈碑文律之，此等文已失古意。然能者游戏，无所不可。末流效之，乃堕恶趣矣。"曾国藩对韩愈的文章一直持高山仰止的态度，独于此文，颇有微词。韩愈此文自然不能以蔡伯喈为准绳进行律定。王适、侯高皆奇伟之士，严格按照碑文规制去写反倒无趣，使二人泯于众人是韩愈所不忍的。

另外，还有一个外在条件使得韩愈能够放开手脚去写这两位奇人，是王适身后并无成年的子女，也无殷实的遗产。富贵人家求铭文于韩愈，常常辇金而来。韩愈自然按照碑文规制谨慎落笔，且多溢美之词。韩愈为王适写墓志铭当属出于友情不请而写，因而能够纵笔而写无所顾忌，才成就了这篇千古佳制。

　　君讳适，姓王氏。好读书，怀奇负气①，不肯随人后举选②。见功业有道路可指取③，有名节可以戾契致④，困于无资地⑤，不能自出⑥，乃以干诸公贵人⑦，借助声势。诸公贵人既志得，皆乐熟软媚耳目者⑧，不喜闻生语，一见辄戒门以绝。上初即位⑨，以四科募天下士⑩。君笑曰："此非吾时邪！"即提所作书，缘道歌吟，趋直言试⑪。既至，对语惊人；不中第，益困。

【注释】

①怀奇负气：身怀奇才，凭恃意气，不肯屈居人下。

②举选：指科举。

③指取：以指捡取，比喻轻而易举。

④戾（lì）契：头不正的样子。比喻奇邪不正之行。

⑤资地：资历和地位。

⑥自出：靠自己的力量出人头地。

⑦干：干谒。对人有所求而请求拜见。

⑧熟软：意为谄谀逢迎。

⑨上初即位：指顺宗李诵于永贞元年（805）继位。《旧唐书·宪宗纪上》："八月丁酉朔，受内禅，乙巳，即皇帝位于宣政殿。"

⑩以四科募天下士：据《唐会要》卷七十六，元和二年（807）四月，朝廷四科取士。四科分别为，贤良方正能言极谏科、博通坟典达

于教化科、军谋宏达材任将帅科、达于吏治可使从政科。王适于本年参加贤良方正能言极谏科，未中第。王定保《唐摭言》卷十二："王适侍郎元和初举贤良方正直言极谏科，太直见黜。"

⑪直言试：即贤良方正直言极谏科的考试。

【译文】

先生名适，姓王。喜欢读书，身怀奇才，凭恃意气，不肯随众人一起参加科举考试。以为功名事业自有轻松可以获取的途径，而名誉与节操也可以通过奇邪不正之行获得，因为受困于没有资历和地位，不能靠自己的力量出人头地，于是开始干谒王公贵人，希望借助他们的声望与势力。但是，王公贵人都是些志得意满之人，都喜欢那些谄谀逢迎、能以声色取悦于人的人，而不喜欢听王适的谈论，见一次面后，就叫守门人把他挡在门外，不让他再来了。宪宗刚即位，以贤良方正直言极谏科等四科选拔天下读书人。王君得知这一消息，笑着说："这不是我的机会吗！"于是，拿着自己所写的著作，一路吟咏歌唱，赶赴贤良方正直言极谏科的考试。到达京城，由于答对出语惊人，没有考中，以后越发困顿。

　　久之，闻金吾李将军年少喜事①，可撼②，乃蹲门告曰③："天下奇男子王适愿见将军白事④。"一见，语合意，往来门下。卢从史既节度昭义军⑤，张甚⑥，奴视法度士，欲闻无顾忌大语⑦。有以君生平告者，即遣客钩致。君曰："狂子不足以共事。"立谢客。李将军由是待益厚，奏为其卫胄曹参军，充引驾仗判官，尽用其言。将军迁帅凤翔⑧，君随往。改试大理评事，摄监察御史、观察判官。栉垢爬痒⑨，民获苏醒。

【注释】

①金吾李将军：即李惟简。据《旧唐书·李宝臣传》："惟简，宝臣第

三子。……元和初，检校户部尚书、左金吾卫大将军，充街使。"
韩愈有《唐故凤翔陇州节度使李公墓志铭》，正是为李惟简写的
墓志铭。

②撼：打动。

③踖（jí）门：迈着碎步急匆匆地登门。

④白：禀报，陈述。

⑤卢从史：据《旧唐书·德宗纪下》："（贞元二十年八月）已未，以昭
　义兵马使卢从史为检校工部尚书，兼潞州长史，昭义军节度，泽、
　潞、磁、邢、洺观察使。"

⑥张甚：非常张狂。

⑦奴视法度士，欲闻无顾忌大语：卢从史轻视朝廷派出的纲纪之臣，
　喜欢听一些无所顾忌的高论。奴视，即视之如奴，含有轻视之意。
　法度士，即朝廷派出的纲纪之臣。无顾忌大语，无所顾忌的高论
　狂语。据《旧唐书·卢从史传》："从史因军情，且善迎奉中使，得
　授昭义军节度使。渐狂恣不道，至夺部将妻妾，而辩给矫妄。从
　事孔戡等以言直不从引去。"史载卢从史因骄横跋扈最后被贬，
　终被赐死。

⑧将军迁帅凤翔：据韩愈《唐故凤翔陇州节度使李公墓志铭》："元
　和六年，即以公为凤翔陇州节度使、户部尚书，兼凤翔尹。"

⑨栉垢爬痒：此喻清除邪恶。

【译文】

又过了很久，王君听说金吾将军李惟简年轻，喜欢读书人，可以被打
动，于是急匆匆登门宣称："天下奇男子王适，愿意拜见将军，并向将军陈
述。"一见后，二人相谈甚欢，王君于是就经常进出李将军家。昭义军节
度使卢从史，非常张狂，轻视朝廷派出的纲纪之臣，喜欢听一些无所顾忌
的高论。有人将王君的生平告诉卢从史，卢从史便派人劝王君入幕。王
君说："一个轻狂的人，不值得与他共事。"并当即谢绝了邀请。李将军

因此更加善待王君，上报朝廷，任命王君为卫胄曹参军、兼引驾仗判官，对王君的建言全部加以采纳。后来李将军迁任凤翔统帅，王君一同前往。王君改任试大理评事，兼任监察御史、观察判官。王君任内，清除邪恶，百姓因此得以休养生息。

　　居岁余，如有所不乐。一旦载妻子入阌乡南山不顾^①。中书舍人王涯、独孤郁^②，吏部郎中张惟素^③，比部郎中韩愈^④，日发书问讯。顾不可强起，不即荐。明年九月，疾病，舆医京师，某月某日卒，年四十四。十一月某日，即葬京城西南长安县界中。曾祖爽，洪州武宁令；祖微，右卫骑曹参军；父嵩，苏州昆山丞；妻，上谷侯氏处士高女。

【注释】

①阌（wén）乡南山：即今之秦岭。

②王涯：字广津，太原（今属山西）人。贞元八年（792）进士及第，登博学宏词科。元和九年（814）八月，拜中书舍人。详见新、旧《唐书·王涯传》。独孤郁：字古风，河南（今河南洛阳）人。贞元十四年（798）登进士第。文学有其父独孤及之风，尤为舍人权德舆所称，并将女儿嫁给他。贞元末，为监察御史。元和初，应制举才识兼茂、明于体用策，入拜左拾遗。详见《旧唐书·独孤郁传》。

③张惟素：新、旧《唐书》均无传。韩愈《举张惟素自代状》称许张惟素："文学治行，众所推与，累历中外，资序已深，和而不同，静而有守，敦厚退让，可以训人，臣所不如，辄举自代。"

④比部郎中韩愈：韩愈任比部郎中，事在元和八年（813）。

【译文】

过了一年多，王君好像有一些不高兴。一天，带着自己的妻子和孩子义无反顾地进入阌乡南山，过起了隐居生活。王涯、独孤郁、吏部郎中张惟素、比部郎中韩愈等人，每天都寄信给王君，询问他的情况。但是都不能将他征起，也不接受推荐。第二年九月，王君生病，坐车到京城来看病。于某月某日去世，终年四十四岁。十一月某日，即葬京城西南长安县界中。王君的曾祖名爽，曾任洪州武宁令；祖父王微，做过右卫骑曹参军；父亲王嵩，曾做过苏州昆山丞。妻子为上谷处士侯高之女。

　　高固奇士^①，自方阿衡、太师^②，世莫能用吾言。再试吏，再怒去，发狂投江水^③。初，处士将嫁其女，惩曰^④："吾以龃龉穷瘁^⑤，一女怜之，必嫁官人^⑥，不以与凡子。"君曰："吾求妇氏久矣，惟此翁可人意，且闻其女贤，不可以失。"即谩谓媒妪^⑦："吾明经及第，且选^⑧，即官人。侯翁女幸嫁，若能令翁许我，请进百金为妪谢。"诺许，白翁。翁曰："诚官人邪？取文书来！"君计穷吐实。妪曰："无苦，翁大人^⑨，不疑人欺我，得一卷书粗若告身者^⑩，我袖以往，翁见未必取视。幸而听我。"行其谋。翁望见文书衔袖，果信不疑，曰："足矣！"以女与王氏。生三子，一男二女。男三岁夭死，长女嫁亳州永城尉姚挺，其季始十岁。

【注释】

①高固奇士：侯高本是一个奇士。据李翱《故处士侯君墓志》："侯高，字玄览，上谷人。少为道士，学黄老练气保形之术，居庐山，号华阳居士。每激发，则为文达意，其高处骎骎乎有汉魏之风。性刚劲，怀救物之略。自侪周昌、王陵，所如固不合，视贵善宦者如粪溲。与平昌孟郊东野、昌黎韩愈退之、陇西李渤浚之、河南独孤朗用晦、陇西李翱习之相往来。汴州乱，兵士杀留后陆长源，东取

刘逸淮,乃作《吊汴州文》,投之大川以诉。贞元十五年,翱遇玄览于苏州,出其词以示翱。"

②阿衡:此指商代大臣伊尹。语出《诗经·商颂·长发》:"实维阿衡。"毛传:"阿衡,伊尹也,左右,助也。"太师:此指周朝开国元勋姜子牙。语出《诗经·大雅·大明》:"维师尚父。"毛传:"师,大师也。尚父,可尚可父。"

③发狂:也即李翱《故处士侯君墓志》中所言"不幸得心疾",即精神错乱。投江水:投水自尽。李翱《故处士侯君墓志》并不言投江水,此为贤者讳。

④惩:告诫。

⑤龃龉(jǔ yǔ):不相投合,抵触。穷瘁:困顿。

⑥官人:做官的人,官吏。顾炎武《日知录》卷二十四:"官人,南人称士人为官人。……唐时有官者方得称官人也。"

⑦谩:通"漫"。随便,随意。

⑧且选:指将要参加吏部铨选。

⑨大人:犹言君子。

⑩告身:古代授官的文书。

【译文】

侯高本是一个奇士,自比为伊尹、姜尚,世人不能听从他的建议。前后两次参加官吏考试,两次都悲愤地离开,终致精神错乱,投江水自尽。起初,侯处士将要嫁自己的女儿,告诫应征的人说:"我因与世道不合而穷困潦倒,我只有一个女儿,很喜欢她,我一定要让她嫁给一个做官的人,不嫁给庶民百姓。"王君得知这一消息后说:"我一直都在寻找合适的妻室,只有这位老翁合乎我的要求;况且听说他的女儿也很贤淑,这个机会不能失去。"于是就很随意地对媒婆说:"我考取了明经,将要参加吏部的铨选,很快就是做官的人了。如果能让侯翁同意,我有幸娶了他的女儿,我一定用百金来答谢你。"媒婆答应去告诉侯翁。听了媒婆的介绍,侯翁问:"他的确是做官的吗? 拿授官文书来证明!"如此一来,王君没有办法了,向媒婆说出了实情。媒婆说:"不要烦恼,侯翁是一个君子,不会怀疑别人会欺骗他,找一卷书,像授官文书一般粗细,我放在袖子中带去,侯翁未必要来看。请你听我的。"媒婆照这样去做了。侯翁看到媒婆袖中的文书,果然信而不疑,并说:"足够了!"将女儿嫁给了王君。生了三个孩子:一个男孩,两个女孩。男孩三岁就夭折了。大女儿嫁给了亳州永城尉姚挺,小女儿才十岁。

铭曰:鼎也不可以柱车,马也不可使守闾①。佩玉长裾,不利走趋。祗系其逢,不系巧愚。不谐其须,有衔不祛②。钻石埋辞,以列幽墟。

【注释】

①鼎也不可以柱车,马也不可使守闾:鼎不可以用来支撑车辆,马也不能够用来看守门户。此意与《淮南子·齐俗训》所说相类:"柱不可以摘齿,筐不可以持屋,马不可以服重,牛不可以追速,铅不可以为刀,铜不可以为弩,铁不可以为舟,木不可以为釜。各用之于其所适,施之于其所宜,即万物一齐而无由相过。"

②衔:怀恨。祛:消除,消散。

【译文】

铭文写道:鼎不可以用来支撑车辆,马也不能够用来看守门户。带着玉佩,穿着长长衣裾的衣服,肯定不方便行走。重要的在于是否生逢其时,而不在乎是巧是愚。天不遂愿,有恨难酬。刻石记之,付与永久。

【评点】

张孝先曰:叙事奇崛,其刻画琐细处,使人神采踊跃。

全是太史公笔法。铭词尤古奥，后人无从著手。

【译文】

　　张伯行评论道：文章叙事笔墨新奇刚健，对人物刻画细微之处，让人读后，不觉感到神采飞动。这些全都是司马迁《史记》的笔法。文末的铭词尤其古奥，让后人无从追摩。

韩文公本传

　　韩愈，字退之，邓州南阳人①。七世祖茂，有功于后魏，封安定王②。父仲卿，为武昌令，有美政，既去，县人刻石颂德，终秘书郎③。

【注释】

①邓州南阳：韩愈籍贯历来众说纷纭，有昌黎说、南阳说、河阳说、由颍川徙陈留说，每种说法各有依据。韩愈常自称为昌黎人，因为昌黎乃韩氏郡望。唐人重门第，常以郡望标榜自己家族的不凡。今人自然不能依据古人自我标举的郡望来推求其里居。南阳说，最早来自李白为韩愈的父亲韩仲卿所写的碑文《武昌宰韩君去思颂碑并序》："君名仲卿，南阳人也。"《新唐书·韩愈传》依据此说。据韩愈为其早亡四女写的《女挐圹铭》中有"归女挐之骨于河南之河阳韩氏墓而葬之"之语，可知韩愈家族之墓在河南河阳。又据皇甫湜《韩文公墓志铭》，韩愈死后"葬河南河阳"，据此知韩愈为河阳人。河阳即今河南孟州。

②"七世祖茂"几句：韩愈家族世系，文献中有比较明晰的记载。《新唐书·宰相世系表三上》：韩愈七世祖韩茂，生二子备、均。均生晙。晙生仁泰，仁泰为韩愈之曾祖。仁泰生叡素，叡素为韩愈祖父。叡素生仲卿，仲卿为韩愈父亲。按此计算，由韩茂至韩愈恰好七世。韩茂在《魏书》《北史》中皆有专传，《魏书·韩茂传》："茂沉毅笃实，虽无文学，每论议合理。为将，善于抚众，勇冠当世，为朝廷所称。太安二年夏，领太子少师，冬卒。赠泾州刺史、安定王，谥曰桓王。"

③"父仲卿"几句：据李白《武昌宰韩君去思颂碑并序》载："君自潞州铜鞮尉调补武昌令。未下车，人惧之；既下车，人悦之。惠如

春风,三月大化。奸吏束手,豪宗侧目。""居未二载,户口三倍其初"。新宰王公名庭璘"服美前政,闻诸耆老,与邑中贤者胡思泰一十五人,及诸寮吏,式歌且舞,愿扬韩公之遗美。白采谣刻石而作颂"。

【译文】

韩愈,字退之,是邓州南阳人。七世祖韩茂,有功于后魏,被封为安定王。父亲韩仲卿,曾任武昌令,有很好的政绩,离开之后,县里的百姓刻石碑来歌颂他的功德,最终做到秘书郎。

愈生三岁而孤,随伯兄会贬官岭表。会卒,嫂郑鞠之①。愈自知读书,日记数千百言,比长,尽能通六经、百家学。擢进士第,会董晋为宣武节度使,表署观察推官。晋卒,愈从丧出,不四日,汴军乱,乃去②。

【注释】

①"愈生三岁而孤"几句:据韩愈《祭郑夫人文》云:"我生不辰,三岁而孤。蒙幼未知,鞠我者兄。在死而生,实维嫂恩。未龀一年,兄宦王官。提携负任,去洛居秦。念寒而衣,念饥而飧。疾疹水火,无灾及身。劬劳闵闵,保此愚庸。年方及纪,荐及凶屯。兄罹谗口,承命远迁。穷荒海隅,天阔百年。万里故乡,幼孤在前。相顾不归,泣血号天。微嫂之力,化为夷蛮。"另韩愈《祭十二郎文》也有相似记述。韩会为韩愈长兄,父亲去世后,年仅三岁的韩愈便由长兄韩会抚养。韩会受元载专权之事连累而被贬韶州,年近十二岁的韩愈便随兄南迁。不久,韩会离世,时年四十二岁。韩会是一个兼具文才与经世之才的人,不仅在当时有清誉,在韩愈心中也有着很神圣的地位。柳宗元《先君石表阴先友记》:"韩

会,昌黎人,善清言,有文章,名最高。然以故多谤。至起居郎,贬官,卒。"韩愈《考功员外卢君墓表》:"愈之宗兄,故起居舍人君,以道德文学伏一世。其友四人,其一范阳卢君东美,少未出仕,皆在江、淮间,天下大夫士谓之'四夔'。其义以为道可与古之皋、夔者侔,故云尔。或曰夔尝为相,世谓'相夔'。四人者虽处而未仕,天下许以为相,故云。"

②"擢进士第"几句:韩愈《欧阳生哀辞》云:"贞元三年,余始至京师举进士。""八年春,遂于詹文辞同考试登第"。又其《与凤翔邢尚书书》云:"生七岁而读书,十三而能文,二十五而擢第于春官。"洪兴祖《韩子年谱》引《科名记》:"贞元八年陆贽主司,试《明水赋》《御沟新柳诗》。"据此可知,韩愈贞元八年(792)进士登第,时年二十五岁。

【译文】

韩愈三岁时就成了孤儿,他跟随被贬官的大哥韩会到岭南居住。韩会去世之后,嫂子郑氏抚养他。韩愈自己知晓读书,每天都能记诵几千几百字,等到长大,就能够完全贯通六经、诸子百家的学问。进士登第后,正赶上董晋做宣武节度使,董晋上表章让韩愈做了观察推官。董晋去世之后,韩愈陪护其灵枢离开汴州,不到四天,汴梁的军队作乱,韩愈便离开了汴州。

依武宁节度使张建封①,建封辟府推官。操行坚正,鲠言无所忌,调四门博士,迁监察御史。上疏极论宫市,德宗怒,贬阳山令②。有爱在民,民生子多以其姓字之③。改江陵法曹参军④。元和初,权知国子博士,分司东都,三岁为真⑤。改都官员外郎,即拜河南令,还迁职方员外郎⑥。

【注释】

①张建封：字本立。邓州南阳（今属河南）人。少好属文，慷慨负气，以功名为己任。兴元元年（784）以拒李希烈功，迁濠寿庐观察使。贞元四年（788）授徐泗濠节度使。十三年（797）入觐，奏官市之敝。十四年（798）还镇，德宗赋诗送之。张建封工诗文，尤长于歌行。镇徐州时礼贤文士，韩愈等皆为其幕客从事，时相唱和。新、旧《唐书》有传。

②"调四门博士"几句：《旧唐书·韩愈传》："调授四门博士，转监察御史。德宗晚年，政出多门，宰相不专机务。官市之弊，谏官论之不听。愈尝上章数千言极论之，不听，怒贬为连州阳山令。"新、旧《唐书·韩愈传》皆云韩愈阳山之贬缘于其论官市之弊，后来学者却有不同看法。洪兴祖《韩子年谱》云："公阳山之贬，《寄赠三学士》诗叙述甚详，而皇甫持正作公神道碑，亦云：'因疏关中旱饥，专政者恶之。'则其非为论官市明矣。今公集有《御史台论天旱人饥状》，与诗正合。况皇甫持正从公游者，不应公尝疏官市而不及之也。"韩愈上疏《御史台论天旱人饥状》，时间在贞元十九年（803）十一月三十日，被贬之日是十二月九日，前后相去仅十天，显然有因果的联系，因而，洪兴祖的观点是合理的。

③有爱在民，民生子多以其姓字之：据李翱《故正议大夫行尚书吏部侍郎上柱国赐紫金鱼袋赠礼部尚书韩公行状》："出守连州阳山令，政有惠于下，及公去，百姓多以公之姓以命其子。"另据《阳山县志》，在县北二里，有一座无名山，昔韩愈为令于阳山县，曾读书于此，当地人因以"贤令"名山。

④江陵法曹参军：据《新唐书·百官志四下》，江陵府有法曹参军二人，正七品下，"掌鞫狱丽法、督盗贼、知赃贿没人"。

⑤"元和初"几句：韩愈《释言》云："元和元年六月十日，愈自江陵法曹诏拜国子博士。"洪兴祖《韩子年谱》于"元和三年"云："公

自元年为博士，至今三年。《行状》云'权知三年，改真博士'也。"

⑥"改都官员外郎"几句：《旧唐书·宪宗纪上》曾记载，元和六年
（811）九月，"职方员外郎韩愈献议执奏之"。可知，元和六年秋，
韩愈已为职方员外郎，由洛阳进入长安赴任。

【译文】

依附武宁节度使张建封，张建封招纳韩愈为幕府推官。韩愈操守、
品行坚定正直，言语直率，无所顾忌，随后调任四门博士，迁官监察御史。
期间上疏竭力论述宫市的弊端，触怒了德宗，韩愈被贬为阳山县令。因
为爱护阳山百姓，所以当地百姓生子多以韩愈的姓氏为孩子命名。韩愈
改任江陵法曹参军。元和初年，韩愈代任国子博士，守职东都洛阳，三年
后，转为正式官职。其后，改任都官员外郎，不久拜任河南县令，返京后
出任职方员外郎。

华阴令柳涧有罪，前刺史劾奏之，未报而刺史罢。涧讽
百姓遮索军顿役直，后刺史恶之，按其狱，贬涧房州司马。
愈过华，以为刺史阴相觉，上疏治之。既御史覆问，得涧赃，
再贬封溪尉。愈坐是复为博士①。既才高数黜，官又下迁，
乃作《进学解》以自谕。执政览之，奇其才，改比部郎中、史
馆修撰，转考功知制诰，进中书舍人②。初，宪宗将平蔡，命
御史中丞裴度使诸军按视③。及还，具言贼可灭，与宰相议
不合。愈亦奏言：淮西连年侵掠，得不偿费，其败可立而待，
然未可知者在陛下断与不断耳。执政不喜④。会有人诋愈
在江陵时为裴均所厚，均子锷，素无状，愈为文章字命锷，谤
语嚣暴。由是，改太子右庶子⑤。及度以宰相节度彰义军，
宣慰淮西，奏愈行军司马。愈请乘，遽先入汴，说韩弘，使协

力元济,平迁刑部侍郎⑥。

【注释】

① "华阴令柳涧有罪"几句:韩愈此次被贬,《旧唐书·韩愈传》记载较详:并明确说韩愈以"妄论"得贬,这应该是当时监察御史李宗奭的观点,并得到了朝廷的认可。李翱《韩愈行状》:"华州刺史奏华阴县令柳涧有罪,遂将贬之,公上疏请发御史辨曲直,方可处以罪,则下不受屈。既柳涧有犯,公由是复为国子博士。"据行状,尽管韩愈有不察的疏忽,但是也有其言事的内在逻辑,也即不能偏信一方,应详辨曲直,才不至于屈枉一方。

② "执政览之"几句:据《旧唐书·韩愈传》:"愈自以才高,累被摈黜,作《进学解》以自喻。……执政览其文而怜之,以其有史才,改比部郎中、史馆修撰。逾岁,转考功郎中、知制诰,拜中书舍人。"据卞孝萱等《韩愈评传》,旧传中所说的"执政"指的是李绛、新入相的武元衡,也许还有李吉甫。韩愈改官比部郎中、史馆修撰在元和八年(813)春,距其任国子博士恰好一年时间。通常官员任满才改官,而韩愈两年中三改官,皆属不正常。白居易《韩愈比部郎中史馆修撰制》云:"太学博士韩愈:学术精博,文力雄健。立词措意,有班、马之风。求之一时,甚不易得。加以性方道直,介然有守。不交势利,自致名望。"这也是当时人们对韩愈品性人格的评价。

③ "初,宪宗将平蔡"几句:据《旧唐书·韩愈传》载:"元和十二年八月,宰臣裴度为淮西宣慰处置使,兼彰义军节度使,请愈为行军司马,仍赐金紫。"

④ "愈亦奏言"几句:针对藩镇的叛逆行为,韩愈主张朝廷出兵平叛,是坚定的主战派。他在给宪宗的《论淮西事宜状》全面分析了敌我态势,在朝廷主和舆论甚嚣尘上之际,更加坚定了宪宗平

叛的决心。

⑤"会有人诋愈在江陵时"几句：韩愈被贬太子右庶子的原因在
《旧唐书·韩愈传》中介绍得比较详细："俄有不悦愈者，摭其旧
事，言愈前左降为江陵掾曹，荆南节度使裴均馆之颇厚，均子锷凡
鄙，近者锷还省父，愈为序饯锷，仍呼其字。此论喧于朝列，坐是
改太子右庶子。"在古人看来，若循古制，避名而称字，是卑者之
于尊者称颂其德的做法。韩愈称呼裴锷之字，仅顾及旧情，全不
问裴锷"凡卑"之德，破坏了古制。如果结合韩愈所处的形势，这
完全是"不悦愈者"的借口，以行古制之名行政治迫害之实。

⑥"愈请乘"几句：韩弘为宣武军节度使，表面上归顺朝廷，实际上，
镇守宣武十余年不入朝，心怀异志。裴度领兵平叛，韩弘是否掣
肘，甚至趁机作乱，都是不可知的。韩愈有见于此，在大军出征之
际，自请前往汴州说服韩弘。结果韩弘在韩愈的劝说下，表示愿
意随时听从朝廷的调遣。可以说，韩愈为保证平叛淮西的胜利立
下了首功。

【译文】

华阴县令柳涧犯了罪，前任刺史弹劾他，还没有得到朝廷的回复自
己却被罢免了。柳涧暗中指使百姓拦住被罢免的刺史，并向他索要军队
食宿费和劳役的钱，新任刺史很厌烦他这样做，接着追究他的案件，朝
廷将柳涧贬为房州司马。韩愈经过华州的时候，以为刺史与人暗地里勾
结，党同伐异，便上疏要求朝廷惩治他们。不久，御史再一次勘问，得到
柳涧收受贿赂的证据，柳涧再一次被贬做了封溪县尉。韩愈也因此重新
担任国子博士。韩愈才华横溢却多次被贬黜，官职也降级了，于是，就写
了《进学解》来排解自己怀才不遇的情绪。当政权要读到《进学解》，惊
奇于韩愈的才能，改授韩愈为比部郎中、史馆修撰，不久又转任考功知制
诰，进而提拔为中书舍人。起初，宪宗计划平定蔡州的叛乱，派御史中丞
裴度巡察各路驻军。裴度还朝后，详细论说叛贼可以平定，持论与宰相

不相吻合。韩愈也上奏说：淮西经过连续多年的侵扰掠夺，获取的与失去的已经不能相称，淮西的失败注定非常迅速，只是不知道陛下能不能下定平叛的决心罢了。宰执对韩愈的观点很不高兴。恰好此时有人诋毁韩愈在江陵的时候，被裴均优待，裴均的儿子裴锷，平时行为不检点，韩愈写文章还称其字号，表彰其德，诋毁韩愈的言论甚嚣尘上。朝廷于是将韩愈贬为太子右庶子。等到裴度以宰相身份节度彰义军，奉旨平定淮西的时候，裴度奏请韩愈为行军司马。韩愈请命，率先进入汴州，说服宣武节度使韩弘，使其听从朝廷调遣协助平定吴元济之乱。叛乱平定后，韩愈因功升迁为刑部侍郎。

宪宗遣使者往凤翔迎佛骨入禁中，三日，乃送佛祠。王公士庶奔走、膜呗，至为夷法灼体肤，委珍贝，腾沓系路。愈闻恶之，乃上表极谏。帝大怒，持示宰相，将抵以死。裴度、崔群曰："愈言讦牾，罪之诚宜。然非内怀至忠，安能及此？愿少宽假，以来谏争。"帝曰："愈言我奉佛太过，犹可容；至谓东汉奉佛以后，天子咸夭促，言何乖刺耶！愈，人臣，狂妄敢尔，固不可赦！"于是中外骇惧，虽戚里诸贵，亦为愈言，乃贬潮州刺史①。既至潮，以表哀谢。帝颇感悟，欲复用之，持示宰相曰："愈前所论，是大爱朕，然不当言天子事佛乃年促耳。"皇甫镈素忌愈直，即奏言："愈终狂疏，可且内移。"乃改袁州刺史②。

【注释】

① "宪宗遣使者往凤翔迎佛骨入禁中"几句：《旧唐书·宪宗纪下》：元和十四年（819）春正月，"迎凤翔法门寺佛骨至京师，留禁中三日，乃送诣寺，王公士庶奔走舍施如不及。刑部侍郎韩愈上疏

极陈其弊。癸巳，贬愈为潮州刺史"。癸巳为正月十四日，韩愈有《左迁至蓝关示侄孙湘》，诗中有"一封朝奏九重天，夕贬潮州路八千"之句，极言上疏与被贬在朝夕之间，其实并非夸张之言。韩愈也许在当时并没有意识到，在正月十四日的朝夕之间，还有裴度、崔群关乎其生死的大营救。

②"既至潮"几句：据《旧唐书·韩愈传》载："宪宗谓宰臣曰：'昨得韩愈到潮州表，因思其所谏佛骨事，大是爱我，我岂不知？然愈为人臣，不当言人主事佛乃年促也。我以是恶其容易。'上欲复用愈，故先语及，观宰臣之奏对。而皇甫镈恶愈狷直，恐其复用，率先对曰：'愈终太狂疏，且可量移一郡。'乃授袁州刺史。"

【译文】

宪宗派使者前往凤翔恭迎佛骨进入皇宫禁苑，三天后，再送到佛寺中供奉。王公贵族、普通百姓皆蜂拥趋附、顶礼膜拜，甚至于按照夷族的方式灼烧皮肤肉身献祭，耗费各种贵重财物供养，围观人群络绎不绝。韩愈知道后很厌恶这种行为，就上书朝廷陈述其弊。宪宗大怒，拿着韩愈的奏章给宰相看，将韩愈判为死罪。裴度、崔群进谏说："韩愈言语冒犯，对他进行惩罚是应该的。但是，如果不是怀有一颗忠心，怎么可能这样做？希望皇上稍微宽待他，从而引导群臣进谏。"宪宗说："韩愈说我奉侍佛教过分了，还可以宽容；至于说自东汉信奉佛教以来，天子都寿命短，这种话多么荒谬！韩愈，只是朝廷一个臣子，胆敢如此狂妄，坚决不可以赦免！"于是，全国上下都感到恐惧，即使是外戚贵族也都替韩愈说情，最终韩愈还是被贬为潮州刺史。韩愈到任潮州后，上表谢君，言语哀恳。宪宗读后颇受感动，并进而有所醒悟想再起用他，宪宗拿着韩愈的谢表给宰相看，并说："韩愈以前的言论，我知道是对我好，但是不应该说天子因为奉佛而短命。"时任宰相的皇甫镈一向忌惮韩愈的强直，就进奏说道："韩愈终究是一个狂悖之徒，可以考虑将其任所向内地调整一下。"于是，韩愈改任袁州刺史。

初，愈至潮，问民疾苦，皆曰："恶溪有鳄鱼，食民畜产且尽，民以是穷。"数日，愈自往视。令其属秦济以一羊一豕投溪水而祝之。是夕，暴风震电起溪中。数日，水尽涸，西徙六十里。自是潮无鳄鱼患①。袁人以男女为隶，过期不赎，则没入之。愈至，悉计庸得赎所没归之父母七百余人。因与约，禁其为隶。召拜国子祭酒，转兵部侍郎②。

【注释】

①"初，愈至潮"几句：韩愈文集中有《祭鳄鱼文》："今与鳄鱼约：尽三日，其率丑类，南徙于海，以避天子之命吏。三日不能，至五日；五日不能，至七日；七日不能，是终不肯徙也，是不有刺史听从其言也。不然，则是鳄鱼冥顽不灵，刺史虽有言，不闻不知也。夫傲天子之命吏，不听其言，不徙以避之；与冥顽不灵，为民物害者，皆可杀。"祝文掷地有声，若确如本传中所言，鳄鱼在与韩愈的较量中，"徙以避之"就不免有些神话色彩了。

②"袁人以男女为隶"几句：韩愈文集中有《应所在典贴良人男女等状》："不许典贴良人男女作奴婢驱使。臣往任袁州刺史日，检责州界内，得七百三十一人，并是良人男女。准律例，计佣折直，一时放免。原其本末，或因水旱不熟，或因公私债负，遂相典贴，渐以成风。名目虽殊，奴婢不别，鞭笞役使，至死乃休。既乖律文，实亏政理。袁州至小，尚有七百余人，天下诸州，其数固当不少。"此状文写于元和十五年（820），韩愈已经自袁州返京，任国子祭酒，他认识到袁州典贴男女为奴婢的普遍性，呼吁朝廷在全国范围内革除其弊。

【译文】

当初，韩愈刚到潮州，访问百姓疾苦，百姓都说："恶溪里有鳄鱼，将百姓的牲畜掠食殆尽，百姓生活因此很穷困。"过了几天，韩愈亲自前往恶溪视察。让下属官员秦济将一只羊、一头猪投入溪中，并进行祝祭。当天傍晚，溪中狂风大作，伴随着电闪雷鸣。数日之后，溪水干涸，河床向西迁移了六十里，从此以后，潮州就没有鳄鱼灾患了。袁州人将男子或者女子抵押为仆隶，如果到期不拿钱来赎，被抵押的人就失去了赎身的机会，终身成为仆隶。韩愈来到袁州，全部统计并赎出这些没入隶籍的人共计七百余人，让他们回到各自父母的身边。并与雇主相约定，严禁再让这些孩子没入隶籍。不久，朝廷召回韩愈，拜任国子祭酒，后又转任兵部侍郎。

　　镇州乱，杀田弘正而立王廷凑，诏愈宣抚。既行，众皆危之。元稹言："韩愈可惜。"穆宗亦悔，诏愈度事从宜，无必入。愈曰："安有受君命而滞留！"自顾遂疾驱入，廷凑严兵迎之，甲士陈庭。既坐，廷凑曰："所以纷纷者，乃此士卒也。"愈大声曰："天子以公为有将帅材，故赐以节，岂意同贼反耶？"语未终，士前奋曰："先太师为国击朱滔，血衣犹在，此军何负，朝廷乃以为贼乎？"愈曰："以为尔不记先太师也，若犹记之，固善。且为逆与顺利害，不能远引古事，但以天宝来祸福为尔等明之。安禄山、史思明、李希烈、梁崇义、朱滔、朱泚、吴元济、李师道，有若子若孙在乎？亦有居官者乎？"众皆曰："无。"愈曰："田公以魏博六州归朝廷，官中书令，父子受旗节。刘悟、李祐皆大镇，此尔军所共闻也。"众曰："弘正刻，故此军不安。"愈曰："然尔曹害田公，又残其家矣，复何道？"众乃欢曰："侍郎语是。"廷凑恐众心动，遽麾使去，因泣谓愈曰："今廷凑何所为？"愈曰："神策六军之将，如牛元翼比者不少，但朝廷顾大体，不可弃之，公久围之，何也？"廷凑曰："即出之。"愈曰："若尔，则无事矣。"会元翼亦溃围出，廷凑不追。愈归，奏其语，帝大悦。转吏部侍郎①。

【注释】

①"镇州乱"几句：据《旧唐书·韩愈传》记载："会镇州杀田弘正，立王廷凑，令愈往镇州宣谕。愈既至，集军民，谕以逆顺，辞情切至，廷凑畏重之。"有关镇州之乱，《旧唐书·韩愈传》记载简略，《新唐书·韩愈传》补充了很多细节，生动表现了韩愈临危不乱，言语、举止的从容不迫，大有颜真卿面对叛军从容就义的风采。

【译文】

镇州叛乱，叛军杀了田弘正，拥立王廷凑做节度使，穆宗下诏让韩愈前往镇州招抚。韩愈出发后，大家都认为有危险。元稹说："韩愈可惜了。"穆宗也后悔，下诏让韩愈便宜行事，没有必要进入乱军之中。韩愈说："哪有已受君命而滞留不前的道理！"只管快速驱入镇州，王廷凑整顿军士迎接他，兵士穿上铠甲站立堂上。大家坐下后，王廷凑说："之所以出现如此混乱的局面，都是这些士卒闹的。"韩愈大声喝道："天子认为你有将帅之才，所以赐予你节杖，哪里会料到你会与贼人一道造反呢？"话还没说完，一个士兵上前激愤地说："先太师为国家抗击朱滔，血衣还在，我们的军队哪里对不起朝廷了，朝廷却说我们是叛贼？"韩愈说："我以为你们不记得先太师了，如果还记得，那很好。如今反叛朝廷还是归顺朝廷的利害关系，不必征引太多古代的事例，仅以天宝以来的祸福变化为你们进行说明。安禄山、史思明、李希烈、梁崇义、朱滔、朱泚、吴元济、李师道等人，有儿子或者孙子在吗？还有在做官的吗？"众人都说："没有。"韩愈说："田公率领魏博六州来归顺朝廷，做到中书令的职务，父子都做了节度使。刘悟、李祐统领的也都是大镇，这些是你们都知道的。"众人说:"田弘正很刻薄,所以,这里的兵士不能安身立命。"韩愈说:"但是你们也害了田公,又残害了他的家人,还有什么好说的?"众兵士纷纷说:"您说得对。"王廷凑担心军心摇动,赶忙叫他们都出去。然后哭着对韩愈说:"您想让我干什么呢?"韩愈说:"神策六军的将领,像牛元翼这样的人不在少数,但朝廷顾全大局,不能把他丢弃不管,你为什么长时间围困他们呢?"王廷凑说:"我马上就放他出城。"韩愈说:"如果是这样,那就没什么事了。"正逢牛元翼突围出来,王廷凑也就不再追赶。韩愈回朝报告穆宗,穆宗很高兴。调韩愈担任吏部侍郎。

　　时宰相李逢吉恶李绅,欲逐之,遂以愈为京兆尹、兼御史大夫,特诏不台参,而除绅中丞。绅果劾奏愈,愈以诏自解。其后文刺纷然,宰相以台、府不协,遂罢愈为兵部侍郎,而出绅江西观察使。绅见帝,得留,愈亦复为吏部侍郎[1]。长庆四年,卒,年五十七,赠礼部尚书,谥曰文[2]。

【注释】

[1] "时宰相李逢吉恶李绅"几句:据《旧唐书·李逢吉传》记载:"学士李绅有宠,逢吉恶之,乃除为中丞,又欲出于外,乃以吏部侍郎韩愈为京兆尹,兼御史大夫,放台参。以绅褊直,必与愈争。及制出,绅果移牒往来,愈性木强,遂至语辞不逊,喧论于朝。逢吉乃罢愈为兵部侍郎,绅为江西观察使。绅中谢日,帝留而不遣。"韩愈与李绅的争论,是李逢吉精心设计的陷阱,韩、李二人都不出意外地落入了陷阱。

[2] "长庆四年"几句:韩愈去世后近十年,白居易写了一首《思旧》诗,其中有"退之服硫黄,一病讫不痊"。据此可知,韩愈死于服食硫磺。复据陶穀《清异录》"火灵库"条:"昌黎公愈,晚年颇亲

脂粉。故事:服食用硫磺末搅粥饭啖鸡男,不使交,千日烹庖,名
曰'火灵库'。公间日进一只焉,始亦见功,终致绝命。"白居易
的诗和陶毂的记载可以相互印证。韩愈晚年有诗《寄随州周员
外》:"金丹别后知传得,乞取刀圭救病身。"周员外即周君巢,贞
元十一年(795)进士,曾与韩愈在汴州董晋幕中为同僚,好金丹
服饵之术。所有这些资料都证明韩愈的死因与服食丹药有关。

【译文】

在当时,宰相李逢吉很讨厌李绅,想要把他贬逐出京城,于是将韩
愈任命为京兆尹、兼御史大夫,并特地下诏不让韩愈参见御史台长官,同
时,任命李绅为御史中丞。李绅果然向皇帝检举韩愈的过失,韩愈也以
特许不用台参的诏令进行辩解。之后两人争论不休,宰相李逢吉认为御
史台与京兆府不和,罢免了韩愈,任命其为兵部侍郎,而将李绅调离京
城,担任江西观察使。李绅求见穆宗,得以继续留任京城,韩愈也继续担
任吏部侍郎。长庆四年,韩愈去世,享年五十七岁,朝廷赠以礼部尚书荣
衔,谥号为文。

　　愈性明锐,不诡随。与人交,终始不少变。成就后进,
往往知名。经愈指授,皆称"韩门弟子"①。愈官显,稍谢
遣。凡内外亲若交友无后者,为嫁遣孤女而恤其家。嫂郑
丧,为服期以报。

【注释】

①韩门弟子:据《新唐书·卢仝传》记载:"卢仝居东都,愈为河南
　　令,爱其诗,厚礼之。仝自号玉川子,尝为《月蚀》诗以讥切元和
　　逆党,愈称其工。时又有贾岛、刘义,皆韩门弟子。"为后人所提
　　及的韩门弟子除了卢仝、贾岛、刘义,还包括李翱、张籍、皇甫湜、
　　李汉等人。实际上,"韩门弟子"皆后人附会,以李翱为例,尽管

韩愈在《与冯宿论文书》明确说："近李翱从仆学文，颇有所得，然其人家贫多事，未能卒其业。"据王楙《野客丛书》载，李翱在《与退之书》中却这样称呼韩愈"如兄颇亦好贤"。在《祭退之文》李翱则明确说："兄作汴州，我还自徐。始得交游，视我无能，待我以友。"可见，在"耻相师"的时代背景下，韩愈及其身边从学之人，并没有严格的师门、弟子的仪轨，可以说是取其实，而不重其名。

【译文】

韩愈聪明敏锐，从不妄随人意而不顾是非曲直。与人交往，始终没有改变其个性。喜欢接引、成就后辈学者，而且使他们常常成为名人。经韩愈指导传授过的学者，都被称为"韩门弟子"。韩愈官位显赫以后，就稍微辞谢遣散了一些门生。但凡内亲和外亲、结交的朋友没有后嗣的，韩愈常常资助这些家庭，帮助亡故的亲友发嫁其孤女。嫂子郑氏去世后，韩愈为其服丧一年，以报答郑氏的养育之恩。

　　每言文章，自汉司马相如、太史公、刘向、扬雄后，作者不世出，故愈深探本原，卓然树立，成一家言。其《原道》《原性》《师说》等数十篇，皆奥衍闳深，与孟轲、扬雄相表里，而佐佑六经云。至它文造端置辞，要为不袭蹈前人者。然惟愈为之，沛然若有余，至其徒李翱、李汉、皇甫湜从而效之，遽不及远甚。从愈游者，若孟郊、张籍，亦皆自名于时[①]。

【注释】

①"至其徒李翱、李汉、皇甫湜从而效之"几句：从行文来看，宋祁、欧阳修等人显然认为李翱、李汉、皇甫湜为韩愈的弟子，而孟郊、张籍则是与韩愈平等交往的朋友。北宋末年马永卿则有不同的看法，他在其《嬾真子·韩门弟子》中写道："《韩退之列传》云：

'从愈游者,若孟郊、张籍,亦皆自名于时。'以仆观之,郊、籍非辈行也。东野乃退之朋友,张籍乃退之为汴宋观察推官日所解进士也,而李翱、皇甫湜则从退之学问者也。故诗云:'东野窥禹穴,李翱观涛江。'又云:'东野动惊俗,天葩吐奇芬。张籍学古淡,轩鹤避鸡群。'故于东野则称字,而于群弟子则称名,若孔子称蘧伯玉、子产、回也、由也之类。而《唐史》乃使东野与群弟子同附于《退之传》之后,而世人不知,遂皆称为韩门弟子,误矣。"

【译文】

　　每当谈及文章,自从汉代司马相如、司马迁、刘向、扬雄之后,自出机杼的创作者世所罕见,韩愈独能深探本原,卓然树立,成一家之言。他所写的《原道》《原性》《师说》等数十篇,都博大精深,与孟轲、扬雄的著作相互配合,成为六经的有益补充。至于其他文章,在文辞上发凡起例,从不沿袭前人成例。只有韩愈能够做到这些,而且游刃有余,而他的门徒李翱、李汉、皇甫湜等人追随并效仿他,就与他相差很远。和韩愈一起交往的,像孟郊、张籍等人,也都各自名声远扬于当时。

卷之四

柳柳州文

柳文引

唐世文章称韩、柳，柳非韩匹也。韩于书无所不读，于道见其大原，故其文醇而肆。柳自言其为文，以为本之《易》《诗》《书》《礼》《春秋》，参之《榖梁》《国语》、孟、荀、庄、老、《离骚》、太史。其平生所读书，止为作文用耳。故韩文无一字陈言，而柳文多有摹拟之迹。是岂才不及韩哉？其见道不如故也。然李朴有言①："柳醇正不如韩，而气格雄绝，亦韩所不及②。"吾尝论韩文如大将指挥，堂堂正正，而分合变化，不可端倪③；柳则偏裨锐师④，骁勇突击，囊沙背水⑤，出奇制胜，而刁斗仍自森严⑥。韩如五岳、四渎⑦，奠乾坤而涵万类⑧；柳则峨眉、天姥，孤峰矗云，飞流喷雪，虽无生物之功⑨，自是宇宙洞天福地⑩。其并称千古，岂虚也哉！虽然，柳子所工者，文也；余所执以绳柳子文者⑪，道也。谓柳子无见于道固不可，然道有离合⑫，岂可因其文之工而掩之乎？择之约⑬，论之严，不为柳子恕⑭，而后可以见柳子。

【注释】

①李朴（1063—1127）：字先之，虔州兴国（今属江西）人。绍圣元年（1094）进士。官至秘书监。李朴尝从程颐学，而诗文学苏轼。著有《章贡集》。

②"柳醇正不如韩"几句：语出李朴《书柳子厚集》。气格，指诗文的气韵和风格。

③端倪：窥测，捉摸。

④偏裨：即偏将、裨将，为将佐的统称。

⑤囊沙背水：皆为韩信破敌奇计，见《史记·淮阴侯列传》。囊沙，韩信与楚将龙且隔潍水而阵。韩信夜令人以万余囊盛沙，堵塞水的上流，然后引军渡潍，进击龙且。既战，佯败退走。龙且追击渡水，韩信使人搬开沙囊，水大至，龙且军大半不得渡，信乘机击杀且，大破楚军。背水，韩信攻赵，在井陉口背水列阵。先以佯败诱赵军全军出击追至水上，水上军死战不退，又起伏兵攻赵军大营，终于大败赵军。

⑥刁斗：古代行军用具。斗形有柄，铜质；白天用作炊具，晚上击以巡更，警戒报时。此指作文之规矩。

⑦五岳：指东岳泰山、西岳华山、南岳衡山、北岳恒山和中岳嵩山。四渎：指长江、黄河、淮河、济水。

⑧奠：定。

⑨生物：生长万物。

⑩洞天福地：道教对神仙及道士所居的十大洞天、三十六小洞天、七十二福地的合称。后泛指名山胜境。

⑪绳：衡量。

⑫离合：符合与不符合，接近与不接近。这里偏指背离，不合。

⑬约：简约，精要。

⑭恕：宽恕，原谅。

【译文】

唐代文章以韩愈、柳宗元并称,其实柳宗元并不能和韩愈相匹敌。韩愈读书无所不读,论道能究明其本原,因此其文章醇厚恣肆。柳宗元自述其作文,认为根底于《周易》《诗经》《尚书》《周礼》《春秋》,参考《穀梁传》《国语》、孟子、荀子、庄子、老子、《离骚》《史记》。他平生读的书,都只是用于做文章而已。因此韩文没有一字陈腐之言,而柳文多有摹拟的痕迹。这难道是因为才华比不上韩愈吗?是因为他对道的认识不如韩愈啊。然而李朴说过:"柳宗元文章醇正不如韩愈,但是气格雄绝,也是韩愈比不上的。"我曾经讨论韩文如大将指挥,堂堂正正,而分合变化,难以捉摸;柳文则如精锐的偏裨之师,擅长骁勇突击,囊沙背水,出奇制胜,而规矩还是很严格的。韩文如五岳、四渎,奠定乾坤而涵养万物;柳文如峨眉山、天姥山,孤峰矗云,飞流喷雪,虽然没有化生万物的功效,自然也是宇宙间的洞天福地。二人千古并称,难道是虚言吗!虽然如此,柳宗元所擅长的是文章,而我用来衡量柳宗元的是道。说柳宗元对于道没有见识固然不对,但是他与道有所背离,怎能因为其擅长文辞就掩盖了这一不足呢?审慎地选择,严格地讨论,不随意容忍柳宗元的短处,然后才能展现出柳宗元真正的价值。

与杨诲之疏解车义第二书①

【题解】

本文作于元和六年（811），柳宗元时任永州司马。元和四年（809）杨凭自京兆尹贬临贺尉，柳宗元原配夫人之弟、杨凭之子杨诲之取道永州前往临贺，柳宗元因作《说车赠杨诲之》，勉励他"圆其外而方其中"。杨诲之却不以为然，认为柳宗元的观点是"翦翦拘拘，以同世取荣"，柳宗元因此回了这封信，再次阐明他的观点。

柳宗元在文中坚持他的"大中之道"，认为凡事应当以合乎时宜为标准，所以就算内心刚健，外表也要尽可能地恭敬谦让，这是尧、舜、孔子以来的圣人之道，绝不是杨诲之所认为的诌媚、虚伪。

此外，从文中也可以明显地看出，柳宗元的观点来源于他对永贞事件被贬遭遇的反思，他在劝诚杨诲之时深刻反省自己早年的狂放带来的不良影响，这样我们也就理解为什么柳宗元要苦口婆心，反复申说他的观点了。

张操来，致足下四月十八日书，始复去年十一月书②，言《说车》之说及亲戚相知之道③。是二道，吾与足下固具焉不疑，又何逾岁时而乃克也④？徒亲戚，不过欲其勤读书，决科求仕，不为大过，如斯已矣。告之而不更则忧⑤，忧则思复之；复之而又不更则悲，悲则怜之⑥。何也？戚也，安有以尧、舜、孔子所传者而往责焉者哉⑦？徒相知，则思责以尧、舜、孔子所传者，就其道⑧，施于物，斯已矣。告之而不更则疑，疑则思复之，复之而又不更，则去之。何也？外也。安有以忧悲且怜之之志而强役焉者哉？吾于足下固具是二道，虽百复之亦将不已，况一二敢怠于言乎？

【注释】

①杨诲之:杨凭之子,柳宗元原配夫人杨氏之弟。

②去年十一月书:指元和五年(810)柳宗元所作《与杨诲之书》(又称《与杨诲之再说车敦勉用和书》)一文。

③《说车》:指元和四年(809)柳宗元所作《说车赠杨诲之》一文。

④克:完成,这里指回信。

⑤更:改正。

⑥怜:惋惜,可惜。

⑦责:要求。

⑧就:从事,实行。

【译文】

张操来,交给我您四月十八日的书信,是回复我去年十一月写给您的信,信中讲了您对《说车》一文的看法以及亲戚、知己的道义。无疑,我和您本来就具备亲戚与知己这两种道义,那又为什么过了一年才回信呢?若只是亲戚关系,不过希望他勤奋读书,努力参加科举考试,求得官职,不犯大过错,如此而已。告诫他,他却不改正就感到担忧,担忧就想再告诫他一次;再度告诫却还不改正就感到悲伤,悲伤就感到可惜。为什么呢?因为是亲戚,怎能用尧、舜、孔子所传下来的道去要求他呢?若只是朋友关系,就想用尧、舜、孔子所传的道理要求他,实行圣人的道,施惠于万物,这样就行了。告诫他而不改正就会疑虑,疑虑就想再告诫他一次,再度告诫却还不改正,就不管他了。为什么呢?因为是外人。怎能因为担忧、可惜的感情而强迫人家去做呢?我和您本来就有亲戚与知己这两方面的道义,所以即使上百次反复告诫,也不会停止,何况现在才一二次,就敢懈怠不讲了吗?

仆之言车也①,以内可以守,外可以行其道。今子之说曰"柔外刚中",子何取于车之疏耶?果为车柔外刚中,则未必不为弊车；果为人柔外刚中，则未必不为恒人[2]。夫刚柔无常位，皆宜存乎中，有召焉者在外，则出应之。应之咸宜，谓之时中[3]，然后得名为君子。必曰外恒柔，则遭夹谷、武子之台[4]；及为蹇蹇匪躬[5]，以革君心之非；庄以莅乎人[6]：君子其不克欤？中恒刚，则当下气怡色，济济切切[7]，哀矜、淑问之事[8]，君子其卒病欤？吾以为刚柔同体，应变若化，然后能志乎道也。今子之意近是也，其号非也[9]。内可以守，外可以行其道，吾以为至矣，而子不欲焉，是吾所以惕惕然忧且疑也[10]。

【注释】

①仆：谦词，作者自称。

②恒人：平常人。

③时中：合乎时宜。《中庸》："君子之中庸也，君子而时中。"

④夹谷：指齐景公会鲁定公于夹谷，使莱人以兵挟持定公，孔子时为鲁相，保护鲁定公退避，并严厉斥责齐景公。见《左传·定公十年》。武子之台：指鲁国公山不狃、叔孙辄率费地人叛乱，攻入国都，鲁定公、季桓子等人进入季桓子家，登上武子之台躲避，孔子时为司寇，派申句须、乐颀将叛军击败。见《左传·定公十二年》。

⑤蹇蹇匪躬：指不顾个人安危，忠言直谏。蹇蹇，忠直的样子。蹇，通"謇"。语出《周易·蹇》："六二，王臣蹇蹇，匪躬之故。"

⑥莅：临，驾驭。

⑦济济（qí）：庄敬的样子。语出《诗经·大雅·公刘》："跄跄济济，俾筵俾几。"切切（qiē）：相互敬重切磋勉励的样子。《论语·子路》："朋友切切偲偲，兄弟怡怡。"

⑧哀矜：哀怜。淑问：善于审理案件。语出《诗经·鲁颂·泮水》：
　　"淑问如皋陶。"

⑨号：说法。

⑩惕惕然：忧心忡忡的样子。

【译文】

　　我所说的车道，内可以守持原则，外可以推行其主张。现在您说的是"柔外刚中"，您对于车道的理解怎么这样浅薄呢？车果真是柔外刚中的话，那么未必不是坏车；人果真柔外刚中的话，那么未必不是平常人。刚与柔并没有恒定不变的位置，都应该保存于心中，外面有事情召唤它，就生发出来相应和。应对的都很合适，就可以说是合乎时宜，然后可以称得上君子。一定要说对外保持柔顺，那么当遭遇夹谷之会、武子之台那样的危机时；以及应该不顾个人安危，忠言直谏，以纠正国君错误思想时；在需要庄严地驾临于众人时：君子能不保持刚毅吗？内心保持刚健，那么应当屏息下气，和颜悦色，恭敬切磋，互相勉励的时候，当遇到需要哀怜他人、明断讼狱的事情时，君子难道会认为这样做不对吗？我认为刚柔是一体的，顺应变化如同生来如此，然后才能合乎道。现在您的意见和这是相近的，但说法不对。内可以守持原则，外可以施行自己的主张，我认为这就是最高境界了，而您不想这样，这正是我忧心忡忡、担忧疑虑的原因。

　　今将申告子以古圣人之道：《书》之言尧，曰"允恭克让"①；言舜，曰"温恭允塞"②；禹闻善言则拜；汤乃改过不吝③；高宗曰"启乃心，沃朕心"④；"惟此文王，小心翼翼"⑤，日昃不暇食⑥，坐以待旦；武王引天下诛纣，而代之位，其意宜肆⑦，而曰"予小子，不敢荒宁"⑧；周公践天子之位⑨，握发吐哺；孔子曰"言忠信，行笃敬"⑩，其弟子言曰"夫子温良恭俭让以得之"⑪。今吾子曰"自度不可能也",然则自尧、舜以下,与子果异类耶?乐放弛而愁检局⑫,虽圣人与子同。圣人能求诸中,以厉乎己⑬,久则安乐之矣,子则肆之,其所以异乎圣者在是决也⑭。若果以圣与我异类,则自尧、舜以下,皆宜纵目印鼻⑮,四手八足,鳞毛羽鬣,飞走变化,然后乃可。苟不为是,则亦人耳,而子举将外之耶?若然者,圣自圣,贤自贤,众人自众人,咸任其意,又何以作言语立道理,千百年天下传道之?是皆无益于世,独遗好事者藻缋文字⑯,以矜世取誉,圣人不足重也。故曰"中人以上,可以语上"⑰,"惟上智与下愚不移"⑱。吾以子近上智,今其言曰"自度不可能也",则子果不能为中人以上耶?吾之忧且疑者以此。

【注释】

①允恭克让:信实恭敬,能够谦让。允,诚信。语出《尚书·尧典》。

②温恭允塞:温和恭敬,诚信笃实。塞,实,诚实。语出《尚书·舜典》。

③改过不吝:知错就改,毫不犹豫。吝,顾惜,舍不得。语出《尚书·仲虺之诰》。

④启乃心,沃朕心:开启我的心灵,滋润我的心田。沃,滋润。朕,我。语出《尚书·说命上》。

⑤惟此文王,小心翼翼:这位文王,小心恭敬。语出《诗经·大雅·大明》。

⑥昃(zè):太阳偏西。

⑦肆:放纵。

⑧予小子,不敢荒宁:我不敢怠惰求安逸。小子,古人自称的谦词。语出《尚书·无逸》,实为殷高宗武丁所言,并非武王所言。

⑨周公践天子之位：周武王去世，成王年幼，周公摄行天子之事。践，履行，担任。

⑩言忠信，行笃敬：说话忠实可信，行为诚信恭敬。笃，敦厚，诚信。语出《论语·卫灵公》。

⑪夫子温良恭俭让以得之：夫子靠温和、善良、恭敬、节俭、谦让来得到一个国家的情况。语出《论语·学而》。

⑫检局：严格约束。

⑬厉：磨砺，砥砺。

⑭决：无疑，一定。

⑮纵目：指眼睛竖着长。卬（yǎng）鼻：鼻孔向上。卬，同"仰"。向上。

⑯藻缋：修饰，做美丽的描绘。

⑰中人以上，可以语上：中等才能以上的人，可以与他谈上等智力的人能理解的道理。语出《论语·雍也》。

⑱唯上智与下愚不移：只有上等智力与下等愚昧的人是无法改变的。语出《论语·阳货》。

【译文】

现在我来告诉您古代圣人的道理：《尚书》称赞尧，说他"信实恭敬，能够谦让"；称赞舜，说他"温和恭敬，诚信笃实"；禹听到嘉言善语就感激拜谢；汤知错就改，毫不犹豫；殷高宗武丁说"开启我的心灵，滋润我的心田"；《诗经》说"这位文王，小心翼翼"，太阳偏西了还没有时间吃饭，坐着等待天亮；武王率领天下诛杀纣王，而取代他的王位，他的心意按说可以放纵了，却说"我不敢怠惰而追求安逸"；周公摄行天子的职位，一次沐浴三度拧干头发，一顿饭三次吐出食物，都是为了出来见贤人；孔子说"说话忠实可信，行为诚信恭敬"，他的弟子说"夫子靠温和、善良、恭敬、节俭、谦让来得到一个国家的情况"。现在您说"自己估量不可能做到"，然而自从尧、舜以下的圣人，和您果真不是同类吗？喜欢放纵懈怠而害怕严格约束，即使圣人也是和您一样的。圣人能追求中道，砥砺自己，时间长了就会有安乐了，您却想要放纵自己，您和圣人的差别无疑就在这里了。如果果真认为圣人和我们不是同类，那么自尧、舜以下的圣人，都应该是竖目仰鼻，四手八足，长着鳞毛羽鬣，能够飞行、奔跑、变化，然后才能做圣人。如果不是这样，那么圣人也是人罢了，而您都把他们视为异类吗？如果是这样的，那么圣人自是圣人，贤人自是贤人，普通人自是普通人，都任由他们随心所欲，又为什么还要留下言语，树立大道，让天下千百年代代相传呢？假如这些都无益于世，只是留下作为好事者的装饰性文章，用来夸耀于世而获得声誉，便是圣人也不值得尊重。所以说"中等才能以上的人，才能谈上等智力的人能理解的道理"，"只有上等智力与下等愚昧的人是不可改变的"。我认为您是近于上等智力的人，现在您说"自己估量不可能做到"，那么您果然不能做中等人以上的人吗？因此我既担忧又疑虑。

　　凡儒者之所取，大莫尚孔子。孔子七十而纵心[1]。彼其纵之也，度不逾矩而后纵之。今子年有几？自度果能不逾矩乎？而遽乐于纵也[2]！傅说曰："惟狂克念作圣[3]。"今夫狙猴之处山[4]，叫呼跳梁，其轻躁狠戾异甚，然得而縶之[5]，未半日则定坐求食，惟人之为制。其或优人得之[6]，加鞭棰[7]，狎而扰焉[8]，跪起趋走[9]，咸能为人所为者。未有一焉狂奔掣顿[10]，踣弊自绝[11]。故吾信夫狂之为圣也。今子有贤人之资，反不肯为狂之克念者，而曰"我不能"。舍子其孰能乎？是孟子之所谓"不为也，非不能也"[12]。

【注释】

①七十而纵心：《论语·为政》："七十而从心所欲，不逾矩。"

②遽：急，仓促。

③惟狂克念作圣：狂人只要能想着做善事好事就可以成为圣人。
　克，能够。语出《尚书·多方》，其实是周公所说的话，不是傅说
　的话。

④狙（jū）猴：猕猴。

⑤絷：捆绑，拘禁。

⑥优人：从事杂耍的艺人。

⑦棰：鞭打。

⑧狎：熟习，习惯。扰：驯服，顺服。

⑨趋：礼貌性地小步快走。此指快走、小跑。

⑩掣顿：硬拉。这里指挣扎。

⑪踣（bó）毙：倒毙。踣，跌倒。毙，仆倒。

⑫是孟子之所谓"不为也，非不能也"：语出《孟子·梁惠王上》。

【译文】

　　凡是儒者所取法的，最高标准莫过于孔子。孔子七十岁才从心所
欲。他顺从心意，是估量能不逾越规矩后才顺从心意。现在您年龄有多
大？自己估量果真能不逾越规矩吗？而急着满足于放纵自己！傅说说：
"狂人只要能想着做善事好事就可以成为圣人。"现在猕猴待在山里，呼
喊跳跃，非常轻浮急躁、凶狠乖僻，然而一旦被捉住以后，不到半天就安
静地坐下乞求食物，完全听命于人的控制。有的被从事杂耍的艺人得到
了，用鞭子打它们，慢慢驯服它们，跪下站起、小步快跑，人所能做到的它
们都能做到。没有一只猴子狂奔挣扎，自己困顿倒毙的。所以我相信狂
人只要想着做善事就能够成为圣人。现在您有贤人的资质，反而不肯做
狂人能够做到的事，却说"我不能"。除了您还有谁能做到呢？这就是
孟子所说的"不愿做，而非不能做"。

凡吾之致书、为《说车》，皆圣道也。今子曰："我不能

为车之说，但当则法圣道而内无愧，乃可长久。"呜呼！吾车之说，果不为圣道耶？吾以内可以守、外可以行其道告子。今子曰："我不能蒉蒉拘拘^①，以同世取荣。"吾岂教子为蒉蒉拘拘者哉？子何考吾车说之不详也^②？吾之所云者，其道自尧、舜、禹、汤、高宗、文王、武王、周公、孔子皆由之，而子不谓圣道，抑以吾为与世同波，工为蒉蒉拘拘者？以是教己，固迷吾文，而悬定吾意^③，甚不然也。圣人不以人废言。吾虽少时与世同波，然未尝蒉蒉拘拘也。又子自言："处众中逼侧扰攘^④，欲弃去不敢，犹勉强与之居。"苟能是，何以不克为车之说耶？忍污杂嚣哗，尚可恭其体貌，逊其言辞，何故不可吾之说？吾未尝为佞且伪^⑤，其旨在于恭宽退让，以售圣人之道，及乎人，如斯而已矣。尧、舜之让，禹、汤、高宗之戒，文王之小心，武王之不敢荒宁，周公之吐握，孔子之六十九未尝纵心，彼七八圣人者所为若是，岂恒愧于心乎？慢其貌^⑥，肆其志，茫洋而后言，偃蹇而后行^⑦，道人是非，不顾齿类^⑧，人皆心非之，曰"是礼不足者"，甚且见骂。如是而心反不愧耶？圣人之礼让，其且为伪乎？为佞乎？

【注释】

①蒉蒉：狭隘，浅薄。《庄子·在宥》："而佞人之心蒉蒉者，又奚足以语至道？"成玄英疏："蒉蒉，狭劣之貌也。"拘拘：拘束。

②考：思考，研究。

③悬定：凭空断定，主观臆断。悬，悬空，无依凭。

④逼侧（zè）：迫近，拥挤。侧，通"仄"。狭窄。扰攘：混乱。

⑤佞：奸巧谄媚。

⑥慢：傲慢。

⑦偃蹇：骄傲。

⑧齿：年龄。

【译文】

凡是我给您写的信、写的《说车》，都是圣人的道理。现在您说："我不能做到《说车》中的要求，只有以圣人之道为原则法度而内心无所愧，才能长久。"唉！我在《说车》中说的，果真不是圣人的道理吗？我把内可以守持原则、外可以推行自己主张的道理告诉您。现在您说，"我不能狭隘浅薄、拘拘束束，以附和当世求取荣耀。"我难道是教您去狭隘浅薄、拘拘束束吗？您研我的《说车》怎么那么不仔细呢？我所说的话，那道理自尧、舜、禹、汤、殷高宗、周文王、周武王、周公、孔子都是这样遵循的，而您认为不是圣人之道，或者认为我是与世俗同流合污，工于狭隘浅薄、拘拘束束的人吧？认为我用这套东西教您，固然是不理解我的文章，而臆断我的本意，就更不对了。圣人不因为人有瑕疵而抛弃他的言论。我虽然小时候与世俗同流，但从来没有狭隘浅薄、拘拘束束过。您自己又说："处在众人中间，挨挨挤挤而纷扰杂乱，想要离去而不敢，只好勉强与他们在一起。"假如能这样，为什么不能按《说车》里的道理做呢？忍受污浊杂乱、吵闹喧哗，尚且能够容貌恭敬，言语谦逊，那为什么不认可我的话呢？我从来没做过谄媚、虚伪的事，我的宗旨在于保持恭敬、宽厚、谦让的态度，以实现圣人之道，惠及百姓，如此而已。尧、舜的禅让，禹、汤、殷高宗的告诫，周文王的小心谨慎，周武王的不敢懈怠安逸，周公的吐哺握发，孔子到六十九岁还不曾放纵内心，那七八位圣人的所作所为就像这样，难道他们经常感到内心惭愧吗？外貌傲慢，内心放纵，言论茫然恣肆，行为骄横跋扈，议论人的是非，不管别人年龄大小或是什么样的人，人们都会在心里否定他，说"这些是不讲礼的人"，甚至招致咒骂。像这样心里反而不愧疚吗？圣人的礼让，难道是虚伪、是奸佞吗？

今子又以行险为车之罪。夫车之为道，岂乐行于险耶？度不得已而至乎险，期勿败而已耳。夫君子亦然，不求险而利也，故曰："危邦不入，乱邦不居①。""国无道，其默足以容②。"不幸而及于危乱，期勿祸而已耳。且子以及物行道为是耶，非耶？伊尹以生人为己任③，管仲衅浴以伯济天下④，孔子仁之。凡君子为道，舍是宜无以为大者也。今子书数千言，皆未及此，则学古道，为古辞，尨然而措于世⑤，其卒果何为乎？是之不为，而甘罗、终军以为慕⑥，弃大而录小，贱本而贵末，夸世而钓奇⑦，苟求知于后世，以圣人之道为不若二子，仆以为过矣。彼甘罗者，左右反复，得利弃信，使秦背燕之亲己而反与赵合，以致危于燕。天下以是益知秦无礼不信，视函谷关者虎豹之窟，罗之徒实使然也。子而慕之，非夸世欤？彼终军者，诞谲险薄⑧，不能以道匡汉主好战之志，视天下之劳，若观蚁之移穴，玩而不戚⑨；人之死于胡越者，赫然千里⑩，不能谏而又纵踊之；己则决起奋怒，掉强越⑪，挟淫夫，以媒老妇，欲蛊夺人之国，智不能断，而俱死焉⑫。是无异卢狗之遇嗾⑬，呀呀而走，不顾险阻，惟嗾者之从，何无已之心也！子而慕之，非钓奇欤？二小子之道，吾不欲吾子言之。孔子曰："是闻也，非达也⑭。"使二小子及孔子氏，曾不得与于琴张、牧皮狂者之列⑮，是固不宜以为的也。

【注释】

①危邦不入，乱邦不居：有危险的邦国不要进去，混乱的邦国不要居

留。语出《论语·泰伯》。

②国无道,其默足以容:邦国无道,沉默足以容身。语出《礼记·中庸》。

③生人:生民。《孟子·万章上》载伊尹说:"天之生此民也,使先知
　觉后知,使先觉觉后觉。"指使人民开化。

④衅浴:用芳香的草药涂身(或熏身)并以和汤沐浴洁身。衅,涂。
　《国语·齐语》:"比至,三衅三浴之。"韦昭注:"以香涂身曰衅。"
　伯(bà):通"霸"。霸业。济:补益。

⑤厖(páng)然:大的样子。厖,通"庞"。高大。

⑥甘罗:秦相甘茂之孙,事秦吕不韦。时秦、燕相亲,吕不韦企图攻
　赵,以扩大燕献给他的河间封地。他派张唐往燕联合,张畏难不
　行。甘罗年十二,自荐劝张唐应命出使,并先行使赵,说赵王割五
　城予秦,使赵攻燕,得上谷三十城,与秦十一。以功封为上卿。终
　军(?—前112):字子云。少好学,博学善为文,年十八,选为博
　士弟子。至长安上书评论国事,武帝拜为谒者给事中。累擢谏大
　夫。元鼎四年(前113),奉命使南越,晓谕南越王举国内属,并留
　驻当地。次年,因南越丞相吕嘉叛乱而被杀。时年仅二十余岁。

⑦钓奇:谋取巨利。典出《史记·吕不韦列传》。吕不韦以秦质子
　子楚为"奇货可居",将自己的宠姬送给子楚以"钓奇"。

⑧诞谲(jué):欺诈,诡谲。险薄:轻薄无行。

⑨戚:怜悯,哀伤。

⑩赫然:醒目、警悚的样子。

⑪掉:撼动,摇动。

⑫"挟淫夫"几句:指与终军同时出使南越的安国少季与南越王太
　后私通,南越王太后遂与安国少季、终军等谋划南越内属于汉。
　南越丞相吕嘉不同意。两方势均力敌,互相忌惮,终军等不能决
　断,吕嘉遂作乱,杀死了南越王、王太后及终军等。

⑬卢狗:猎狗。嗾(sǒu):唤狗咬人的声音。

⑭是闻也，非达也：这是追求名声，不是通达正道。语出《论语·颜渊》。

⑮琴张、牧皮：皆孔子弟子，被孔子称为狂士。《孟子·尽心下》："如琴张、曾皙、牧皮者，孔子之所谓狂矣。"牧，原作"叔"，据《孟子》改。

【译文】

现在您又认为行走险道是车的罪过。从车的角度说，车难道喜欢在险道上行驶吗？估计是不得已才至于危险之中的，只期望不要翻车而已。君子也是这样，不求通过冒险而获利，所以说："有危险的邦国不要进去，混乱的邦国不要居留。""邦国无道，沉默足以容身。"若不幸遭遇危难，只期望不要有灾祸而已。况且您觉得惠及万物、施行大道是对的呢，还是错的呢？伊尹以使人民开化为己任，管仲一到齐国就接受涂香沐浴的礼遇，辅佐桓公成就霸业、补益天下，孔子认为他们这是仁。凡是君子为道，除了这些应该没有再大的了。现在您写了数千字，都没有说到这里，那么学习古人的道，学写古人的文章，长篇大论地置于世上，最终有什么用呢？这些事不做，而美慕甘罗、终军那样的人，舍弃大的而选择小的，忽视根本而重视枝节，夸耀于世、谋取不同寻常的巨利，想勉强求得流传于后世，认为圣人之道不如这两个人的行为，我认为是错了。那个甘罗，反复无常，得了利益就抛弃信义，使秦国背弃燕国的亲近而反过来和赵国联合，以致给燕国造成危难。天下由此更知道秦国没有礼仪和信义，把函谷关视为虎豹的洞穴，都是甘罗那些人造成的后果。您还美慕他，不是夸耀欺世吗？那个终军，奸诈诡谲，浅薄无行，不能用大道纠正汉武帝好战的念头，看天下人奔走辛劳就像看蚂蚁搬家，玩世不恭，没有同情心；当时人死在胡越之地的，千里之内触目惊心，他不但不劝谏反而还怂恿皇帝；自己更加放肆强势，想撼动强大的南越，凭借汉使安国少季和与之私通的南越王太后，想靠蛊惑人心夺取他人国土，才智又不能决断，结果一起死在那里。这无异于猎狗听到人的嗾使，吠叫奔跑，不顾险阻，只听命于使唤他的人，多么没有主见啊！但您还美慕他，不是想谋取不同寻常的巨利吗？这两个小子的道，我不希望您再说了。孔子说："这是追求名声，不是通达正道。"假使这两个小子遇到孔子，连被列为琴张、牧皮这样的狂者都不够格，这的确不应当作为您学习的目标。

　　且吾子之要于世者，处耶，出耶？主上以圣明^①，进有道，兴大化，枯槁伏匿缧绁之士^②，皆思踊跃洗沐，期辅尧、舜。万一有所不及，丈人方用德艺达于邦家^③，为大官，以立于天下，吾子虽欲为处，何可得也？则固出而已矣。将出于世而仕，未二十而任其心，吾为子不取也。冯妇好搏虎，卒为善士^④；周处狂横^⑤，一旦改节^⑥，皆老而自克。今子素善士，年又甚少，血气未定，而忽欲为阮咸、嵇康之所为^⑦，守而不化，不肯入尧、舜之道，此甚未可也。

【注释】

① 主上：此指唐宪宗李纯。

② 枯槁：憔悴，贫苦。缧绁：拘系，禁锢。

③ 丈人：指杨诲之的父亲杨凭。杨凭，字虚受，一字嗣仁，虢州弘农（今河南灵宝）人。善文辞，尚气节，重然诺，时人称慕。

④ 冯妇好搏虎，卒为善士：事见《孟子·尽心下》。冯妇，古男子名。

⑤ 周处：周处少年在乡里为非作歹，乡人将其与老虎、蛟龙并视其为"三害"，后周处上山打虎，下水斩蛟，改过自新，名声大著。事见《晋书·周处传》。

⑥ 改节：改变节操。这里指改过自新。

⑦ 阮咸、嵇康：均为"竹林七贤"中人，个性狂放，不拘礼节。

【译文】

而且您在世上追求的，是隐居呢，还是出仕呢？当今皇上凭其圣明，把有道之人招进朝廷，大兴教化，即便是那些贫苦憔悴、或蛰伏隐居、或囚系禁锢的人，都想踊跃地改过自新，期待能辅佐尧、舜一样的君王。就算万一有顾及不到的，现在令尊正以他的道德文章闻名于全国，将来要做大官，以立名于天下，您即使想隐居，又怎么能做到呢？那就一定要出仕做官了。将要出仕做官，不到二十岁就放纵本心，我为您感到不足取啊。冯妇喜欢和老虎搏斗，而最终成为高尚之人；周处狂傲骄横，一旦改过自新，一直到老还能自我克制。现在您本来就是高尚之人，年纪又小，血气未定，而忽然想做阮咸、嵇康做的那种狂放的事，坚持不改，不肯走尧、舜的大道，这很不对啊。

吾意足下所以云云者，恶佞之尤①，而不悦于恭耳。观过而知仁②，弥见吾子之方其中也，其乏者独外之圆耳③。屈子曰："惩于羹者而吹齑④。"吾子其类是欤？佞之恶而恭反得罪。圣人所贵乎中者，能时其时也。苟不适其道，则肆与佞同。山虽高，水虽下，其为险而害也，要之不异。足下当取吾《说车》申而复之，非为佞而利于险也明矣。吾子恶乎佞，而恭且不欲，今吾又以圆告子，则圆之为号，固子之所宜甚恶，方于恭也，又将千百焉。然吾所谓圆者，不如世之突梯苟冒⑤，以矜利乎己者也。固若轮焉：非特于可进也，锐而不滞；亦将于可退也，安而不挫⑥；欲如循环之无穷，不欲如转丸之走下也。乾健而运⑦，离丽而行⑧，夫岂不以圆克乎？而恶之也？

【注释】

①佞：奸佞，谄媚。

②观过而知仁：观察他的过失就可以知道他是仁还是不仁。语出《论语·里仁》："观过，斯知仁矣。"

③圆：圆融，通达。

④惩于羹者而吹齑：被汤羹烫过的人，吃咸菜也会吹两口，比喻诫惧过甚。齑，冷咸菜。语出《楚辞·九章·惜诵》。

⑤突梯苟冒：圆滑而贪婪。突梯，圆滑的样子。苟冒，贪求。语出《楚辞·卜居》。

⑥挫：折损。

⑦乾健而运：刚健地运转。乾健，谓天德刚健。语出《周易·乾》："天行健，君子以自强不息。"

⑧离丽而行：依附地面行进。离丽，依附。丽，附着，依附。语出《周易·离》："离，丽也。"

【译文】

我想您所以这样说的原因，大概是出于极端厌恶奸佞谄媚，甚而也不喜欢谦恭了。看到他的错误而能知道他是仁还是不仁，由此更见您内心方正，您缺乏的只有外表圆融罢了。屈原说："被汤羹烫过的人，吃咸菜也会吹两口。"您是属于这类人吧？厌恶谄媚而恭谦反而变成罪名。圣人所以赞赏中道的原因，就是因为能够符合时宜。假如不符合中道，那么放纵与谄媚就是相同的。山虽然在上，水虽然在下，可它们作为危险而有害之处，应该是没有差别的。您应该把我《说车》文中的话反复读一读，我不是要您谄媚而是要在凶险中保全自身，这点是很明显的。您厌恶谄媚，以致谦恭尚且不要，现在我又用圆融告诫您，那么圆融这个词，固然是您非常厌恶的了，这和谦恭相比，又要差千百倍。然而我所说的圆融，不是像世人说的圆滑而贪求，以夸耀自己并谋取利益。圆融应该像车轮那样：不仅可以前进，快速而不停滞；也在于可以后退，安稳而不折损；要像循环那样无穷往复，不要像转丸那样只能向下。刚健而运转，依附着地面前行，难道不是因为圆而实现的吗？为什么要厌恶它呢？

　　吾年十七求进士，四年乃得举。二十四求博学宏词科，二年乃得仕。其间与恒人为群辈数十百人。当时志气类足下，时遭讪骂诟辱，不为之面，则为之背。积八九年，日思摧其形，锄其气，虽甚自折挫，然已得号为狂疏人矣①。及为蓝田尉，留府庭，旦暮走谒于大官堂下，与卒伍无别。居曹则俗吏满前②，更说买卖，商算赢缩。又二年为此，度不能去，益学《老子》，"和其光，同其尘"③，虽自以为得，然已得号为轻薄人矣。及为御史郎官④，自以登朝廷，利害益大，愈恐惧，思欲不失色于人⑤。虽戒砺加切，然卒不免为连累废逐。犹以前时遭狂疏轻薄之号既闻于人，为恭让未洽⑥，故罪至而无所明之。到永州七年矣，蚤夜遑遑⑦，追思咎过，往来甚熟，讲尧、舜、孔子之道亦熟，益知出于世者之难自任也⑧。今足下未为仆向所陈者，宜乎欲任己之志，此与仆少时何异？然循吾向所陈者而由之，然后知难耳。今吾先尽陈者，不欲足下如吾更讪辱，被称号，已不信于世，而后知慕中道，费力而多害，故勤勤焉云尔而不已也⑨。子其详之熟之，无徒为烦言往复⑩，幸甚！

【注释】

①狂疏：放荡不检，狂放不羁。

②曹：官曹，古代分科办事的官署。

③和其光，同其尘：意为与世同流，随俗俯仰。语出《老子·四章》。

④为御史郎官：指贞元十九年（803）柳宗元擢为监察御史里行。此职为士林清选，职掌分察百官，颇为朝官所惮。

⑤不失色于人：在众人面前自己的仪容举止不要失误。语出《礼

记·表记》:"君子不失足于人,不失色于人,不失口于人。"

⑥洽:周遍。

⑦蚤:通"早"。

⑧自任:自信,自用。这里有任性的意思。

⑨勤勤焉:多次,不断。

⑩烦言:气愤或不满的话。

【译文】

我十七岁时考进士,四年才中举。二十四岁时考博学宏词科,两年才得官。其间与几十上百的平庸之人共同相处。当时我的志气像您一样,结果不时遭到耻笑辱骂,不是当面的就是背地里的。过了八九年,每天都想摧毁旧的形象,剪除旧的习气,虽然严厉地克制自己,但是已经得到狂放不羁之人的称号了。等到做了蓝田县尉,留在府院里,早晚奔走拜谒于大官的堂下,和小吏没什么区别。待在官曹里,庸俗的小吏挤满面前,都在说做买卖的事,商量盘算着是赚钱还是亏本。又这样过了两年,自己估量不能离开这里,就更去学《老子》和光同尘、随遇而安的思想,虽然自己认为有心得,但已经得到轻薄之人的名号了。等到做御史郎官的时候,自己认为登上朝廷,利害更大,更加恐惧,心想着希望在别人面前仪容举止不要失误。虽然警戒勉励更加严切,但最终不免遭连累而被废黜驱逐。还是因为过去被人所加的狂放、轻薄的名号已经传闻于人,恭敬谦让还没有广施于人,所以罪名来了也没有辩明的余地。到永州七年了,我早晚都惶惶不安,追想过去的过错,思前想后已经很透彻了,讲尧、舜、孔子之道也很熟悉,更知道入仕为官的人不能自我放任。现在您没有经历我所陈说的那些事,不免想放任自己的心志,这和我年轻时有什么区别呢? 然而按我说的道路去走,之后就知道其中的困难了。现在您先都陈说给您,不想让您也像我那样再经受侮辱,被加以罪名,已经不被世人相信,而后才知道要追求中道,既费力又有很多害处,所以才对您喋喋不休地反复陈说。请您详细认真地思考一下,不要再徒然地反复说气愤不满的话,那就很好了!

　　又所言书意有不可者,令仆专专为掩匿覆盖之,慎勿与不知者道,此又非也。凡吾与子往复,皆为言道。道固公物,非可私而有。假令子之言非是,则子当自求暴扬之,使人皆得刺列①,卒采其可者以正乎己,然后道可显达也。今乃专欲覆盖掩匿,是固自任其志而不求益者之为也。士传言,庶人谤于道②,子产之乡校不毁③,独何如哉④?君子之过,如日月之蚀,又何盖乎?是事,吾不能奉子之教矣!幸悉之⑤。

【注释】

①刺:批评,指责。

②士传言,庶人谤于道:《左传·襄公十四年》师旷在讲到古代君主接受监督批评时有"士传言,庶人谤"之语。谤,指责。

③子产之乡校不毁:事见《左传·襄公三十一年》,郑人于乡校中评议时政,有人劝子产拆毁乡校,子产则认为从中可以了解政治的得失,不应毁掉乡校。

④独:岂,难道。

⑤悉:了解,理解。

【译文】

　　又说信中意思如有不对的地方,让我专门为您掩饰遮盖,千万不要向不了解的人说,这又不对了。凡是我与您往来的信件,都是为了讨论道。道本来是公有的东西,不是可以私有的。假令您的话不对,那么您应当自己希求把它们暴露出来,使人们都能批评指正,最后选择其中正确的来纠正自己,然后道才能彰显通达。现在却一心想掩饰遮盖,这真是放任自己的心志而不求上进者的行为啊。古代有士人转达言论,百姓在路旁谤议,子产不破坏乡校,难道怎么样了吗?君子的过错,就像日食月食,又怎能遮盖呢?这件事,我不能听从您的要求了!希望您理解我。

　　足下所为书,言文章极正,其辞奥雅,后来之驰于是道者,吾子且为蒲梢、駃騠^①,何可当也?其说韩愈处甚好。其他但用《庄子》《国语》文字太多,反累正气,果能遗是,则大善矣。

【注释】

①蒲梢、駃騠(jué tí):古时千里马。

【译文】

　　您所写的信,从文章的角度说极为正当,语辞深奥典雅,后辈中驰骋于文章之道的人里,您就像是蒲梢、駃騠这样的千里马,谁能和您相比呢?其中说到韩愈的地方很好。其他的只是引用《庄子》《国语》的文字太多了,反而连累了文章的雅正之气,如果能删掉这些,就更好了。

　　忧闵废锢^①,悼籍田之罢^②,意思恳恳,诚爱我厚者。吾自度罪大,敢以是为欣且戚耶?但当把锄荷锸^③,决溪泉为圃以给茹^④,其隙则浚沟池^⑤,艺树木^⑥,行歌坐钓,望青天白云,以此为适,亦足老死无戚戚者。时时读书,不忘圣人之道,己不能用,有我信者,则己告之。朝廷更宰相来^⑦,政事益修。丈人日夕还北阙^⑧,吾待子郭南亭上,期口言不久矣^⑨。至是,当尽吾说。今因道人行^⑩,粗道大旨如此。宗元白。

【注释】

①闵:同"悯"。怜悯。废锢(gù):革除官职,终身不再录用。此指柳宗元的被贬官驱逐。

②悼:惋惜。籍田之罢:籍田是古代帝王亲耕之礼,每年春季举行,以示君主重视农业。元和五年(810)十月,唐宪宗下诏次年正月举行籍田礼,同年十一月又下诏罢籍田礼。

③荷锸(chā):扛着铁锹。

④茹:蔬菜的总称。

⑤隟(xì):同"隙"。空闲,闲暇。

⑥艺:种植。

⑦朝廷更宰相:元和六年(811)正月,朝廷任命李吉甫为宰相。

⑧北阙:宫廷北面门楼,为大臣奏事、候见之地,代指朝廷。

⑨口言:亲口说,当面交流。

⑩道人:道州人。道州,治今湖南道县。从柳宗元所在的永州,到杨凭、杨诲之父子所在的临贺(今广西贺州),道州是必经之地。

【译文】

您担忧怜悯我被废弃禁锢,惋惜籍田之礼被取消,意思诚恳,真的是深爱我的人。我自己觉得罪过很大,怎么敢因此而高兴或悲伤呢? 只应当扛着锄头、背着铁锹,挖掘溪水、灌溉菜园,有空了就疏浚沟池,种植树木,边走边唱,坐下垂钓,仰望青天白云,以此为适意,也足以老死而不会悲伤了。时常读书,不忘圣人之道,自己不能施行,有相信我的人,就告诉他。朝廷更换宰相以来,政令更加完美。令尊早晚会回到朝廷,我在城南亭上等您,期望不久就能当面交谈了。到那时,我将把我要说的话都说给您。现在正好有道州人前去,就这样粗略地写下我主要的意思。柳宗元白。

【评点】

茅鹿门曰:首尾二千言如一线,然强合乎道者。

张孝先曰：此书大旨以杨诲之年少气锐，于行己处世间，不肯虚心点检，以求合于古圣贤之道，故谆切告之。又因其来书慕甘罗、终军之为人，遂极诋二子，以为不足学，并自叙其少年不自点检，错走路径，至今悔之无及，欲诲之藉此以为鉴戒，而毋蹈己之所为也。此子厚阅历真实之言。文字雄劲精峭，滔滔不竭，若不可窥测，而约其大旨，不过如是。学者细观之，于行己处世之间，当有激发警省处矣。

【译文】

茅坤说：首尾两千字就像一条线串起来，不过只是勉强合乎大道。

张伯行说：这封信的大意是针对杨诲之的年少气盛，在为人处世时，不肯虚心约束自己，以求合乎古代圣贤之道，所以恳切地告诉他。又因为他的来信中仰慕甘罗、终军的为人，所以极力批评这两个人，认为并不足以学习，并且叙述自己年轻时不知自我约束，走错了路，至今后悔也来不及了，希望杨诲之以此为鉴，不要重蹈自己的覆辙。这是柳宗元基于人生阅历的真心话。文字雄劲精峭，滔滔不竭，看起来不可窥测，而考察其主旨，不过如此。学者仔细看，在为人处世的问题上，应当会有所激发与警省。

答韦中立论师道书①

【题解】

本文作于元和八年（813），是柳宗元面对韦中立希望拜师而作的答书，主要包括两个内容：一是力辞为师之名，二是详说作文之道。

唐代社会沿袭了六朝门阀士族政治的遗风，重门第、轻知识的现象较为普遍，在这种情况下就有了韩愈作《师说》，而韩愈的举措却被视为狂妄，柳宗元此文也从一个侧面就这个问题展开了讨论。

　　除此之外，本文还提出了一个重要的文学主张——文以明道。值得注意的是，在柳宗元的文章中个人感情、社会情事、儒道互补等都可以很自然地结合起来，笔触更是嬉笑怒骂，皆成文章，这体现了他作为思想家的包容性气质。

　　此外，柳宗元此文在古代教育史上也具有重要地位，柳宗元针对韦中立希望拜师的请求，细致地陈述了自己学习写文章的经验与方法，同时开列了五经、诸子等一批书目，既有作文本原又有博学辅助，这些建议对后人学习写作也产生了相当大的影响。

　　二十一日宗元白：辱书云欲相师②。仆道不笃③，业甚浅近④，环顾其中，未见可师者。虽常好言论，为文章，甚不自是也⑤。不意吾子自京师来蛮夷间⑥，乃幸见取⑦。仆自卜固无取⑧；假令有取，亦不敢为人师。为众人师且不敢⑨，况敢为吾子师乎？

【注释】

①韦中立：元和十四年（819）进士，据《新唐书·宰相世系表》知为唐州刺史韦彪之孙。柳宗元《送韦七秀才下第求益友序》云："京兆韦中立，其文懿且高，其行愿以恒，试其艺益工。"

②辱书：古人写信时的客套话，相当于"承蒙来信"。

③笃：深厚。

④业：学业。

⑤自是：自以为是。

⑥不意：没想到。蛮夷间：少数民族所居的边荒之地。此处指永州。

⑦幸：古人敬词，以……为荣幸。见取：被取法。此指韦中立拜柳宗

元为师事。

⑧卜：估量。

⑨众人：一般人。

【译文】

二十一日宗元启：承蒙来信说希望拜我为师。在下道行不够深厚，学业十分浅近，环顾一下自己的能力，没看到哪里可以为师的。虽然经常喜欢言谈议论和写文章，但也不敢自以为是。没想到您从京城来到这边荒之地，认为我有值得取法之处，这让我感到荣幸。我自己估量自己的能力，本来没有可供取法之处；假使有可以取法的，也不敢当别人的老师。当一般人的老师尚且不敢，何况当您的老师呢？

孟子称："人之患在好为人师①。"由魏、晋氏以下，人益不事师②。今之世，不闻有师；有，辄哗笑之，以为狂人。独韩愈奋不顾流俗，犯笑侮③，收召后学，作《师说》，因抗颜而为师④。世果群怪聚骂，指目牵引⑤，而增与为言词⑥。愈以是得狂名，居长安，炊不暇熟，又挈挈而东⑦。如是者数矣。

【注释】

①人之患在好为人师：语出《孟子·离娄上》。

②事：尊奉，侍奉。

③犯：冒着、不顾（危险、恶劣环境等）。笑侮：嘲笑和侮辱。

④抗颜：面色严肃，态度严正不屈。

⑤指目牵引：手指目视，相互拉扯示意。指世俗之人对韩愈指指点点，挤眉弄眼，做出表示轻蔑的行为。

⑥增与：加进，添油加醋、极力渲染。

⑦挈挈（qiè）而东：此指元和二年（807），韩愈离长安赴东都洛阳任

职。挈挈,急迫的样子。东,到东边去,此指东都洛阳。

【译文】

孟子说:"人的毛病就是喜欢充当别人的老师。"从魏、晋以来,人们更不尊奉老师了。当今之世,不曾听闻有谁是老师;即使有,也会立刻招致人们的大声嘲笑,认为他是狂妄之人。只有韩愈奋然不顾流俗,不顾人们的嘲笑和侮辱,招收后辈学生,写了《师说》,态度严正不屈地当起老师。世人果然聚在一起责怪辱骂他,在他后面指指点点、挤眉弄眼、拉拉扯扯,还添油加醋地议论他。韩愈因此而得到了狂妄的名声,住在长安,连饭都来不及烧熟,就又匆匆奔赴洛阳。像这样的情况有好几次。

屈子赋曰:"邑犬群吠,吠所怪也^①。"仆往闻庸、蜀之南^②,恒雨少日^③,日出则犬吠,予以为过言^④。前六七年,仆来南^⑤。二年冬^⑥,幸大雪逾岭,被南越中数州^⑦。数州之犬,皆苍黄吠噬狂走者累日^⑧,至无雪乃已。然后始信前所闻者。今韩愈既自以为蜀之日^⑨,而吾子又欲使吾为越之雪,不已病乎^⑩?非独见病^⑪,亦以病吾子。然雪与日岂有过哉?顾吠者犬耳。度今天下不吠者几人?而谁敢衒怪于群目^⑫,以召闹取怒乎?

【注释】

①邑犬群吠,吠所怪也:邑,小城镇、村落。怪,不常见的事物。语出《楚辞·九章·怀沙》:"邑犬之群吠兮,吠所怪也;非俊疑杰兮,固庸态也。"

②庸:古国名,曾随周武王灭商。今湖北竹山有上庸故城,一度为其国都。蜀:古族名、国名。国都在今四川成都。

③恒:经常。

④过言：言过其实的话。

⑤仆来南：永贞元年（805），柳宗元被贬邵州刺史，再贬永州司马。

⑥二年：这里指元和二年（807）。

⑦逾岭：越过五岭。越城岭、都庞岭、萌渚岭、骑田岭、大庾岭总称为
　五岭。被：覆盖。南越：地区名。今两广、福建及湖南南部一带。

⑧苍黄：慌张的样子。噬：咬。累日：数日，好几天。

⑨既：已经。

⑩不已病乎：不是很不妥吗？已，很。病，毛病，不妥。

⑪见病：被指责。

⑫衒：显露。

【译文】

　　屈原的赋说："村镇里的狗一起大叫，是因为见到了奇怪的事情。"我以前听说庸、蜀之南，经常下雨很少出太阳，太阳一出来狗就叫，我以为言过其实了。六七年前，我来到南方。元和二年冬天，碰巧大雪越过五岭，覆盖了南越好几个州县。几个州的狗都仓皇失措，连续几天大叫、奔跑，直到雪没了才停下来。然后我才开始相信之前听说的话。现在韩愈已经当了蜀中的太阳了，而您又想让我当南越的雪，不是很不妥吗？不仅我被指责，您也会受牵连。但是雪和太阳有什么过错呢？只不过是狗在那里叫罢了。估算现在天下不像狗那样叫的有几人呢？那谁还敢在众人面前显露他的特异之处，来招致喧闹，自取愤怒呢？

　　仆自谪过以来①，益少志虑②。居南中九年，增脚气病③，渐不喜闹，岂可使呶呶者早暮哧吾耳、骚吾心④？则固僵仆烦愦⑤，愈不可过矣。平居望外遭齿舌不少⑥，独欠为人师耳！

【注释】

①谪过：因过错被贬谪。

②志虑：意愿，志愿。

③脚气病：下肢肌肉麻木、水肿或心跳气喘的病症。

④呶呶（náo）：多言，喋喋不休。怫（fú）：违背，扰乱。

⑤僵仆：跌倒。烦愦：心烦意乱。

⑥平居：平时。望外：出乎意料。齿舌：代指他人议论、诽谤。

【译文】

我自从因过错遭贬谪以来，越发意志消沉。在南方住了九年，增添了脚气病，渐渐不喜欢喧闹，怎能让那些吵闹不休的人早晚扰乱我的耳朵和心灵呢？我本来就已颠沛流离、心烦意乱，再这样就更没法过了。平时出乎意料地遭到的诽谤已经不少了，现在只差为人师这条了！

　　抑又闻之①，古者重冠礼②，将以责成人之道③，是圣人所尤用心者也。数百年来，人不复行。近有孙昌胤者，独发愤行之。既成礼，明日造朝④，至外廷，荐笏言于卿士曰⑤："某子冠毕。"应之者咸怃然⑥。京兆尹郑叔则怫然曳笏却立⑦，曰："何预我耶⑧？"廷中皆大笑。天下不以非郑尹而快孙子⑨，何哉？独为所不为也。今之命师者大类此⑩。

【注释】

①抑：句首助词。

②冠礼：男子二十岁行冠礼表示成年。《礼记·曲礼上》："男子二十冠而字。"

③责：要求。

④造朝：上朝。

⑤荐笏：将笏板插进绅带。荐，通"搢"。插。卿士：泛指官吏。

⑥怃然：莫名其妙的样子。

⑦京兆尹:京城所在州的长官,唐开元初改雍州(今陕西西安西北)
　　为京兆府,改雍州长史为京兆尹。郑叔则(722—792):德宗建中
　　年间为太常卿,曾任天平节度副使、东都留守,贞元三年(787)转
　　京兆尹,贞元五年(789)二月,贬为永州长史。贞元七年(791)
　　又以信州刺史迁福建观察使。怫(fèi)然:发怒的样子。怫,愤
　　怒。曳:拉,牵。却立:后退而立。

⑧预:相干。

⑨快:感到高兴。

⑩命师:称师,拜师。

【译文】

　　又听说,古代重视冠礼,是为了要求男子明白成人之道,这是圣人尤
其用心之处。数百年来,人们不再举行这种礼仪了。近来有个叫孙昌胤
的人,独自决心努力要举行冠礼。给孩子举行冠礼之后,第二天早朝时
到外廷,插好笏板对各位官员说:“我儿子行完冠礼了。”答应他的人都
莫名其妙。京兆尹郑叔则生气地提着笏板后退,说:“这关我什么事呢?”
廷中的人都大笑。天下没有人非议郑叔则而为孙昌胤高兴,为什么呢?
因为他一个人做了别人不做的事。现在拜师的人大都像这个样子。

　　吾子行厚而辞深①,凡所作,皆恢恢然有古人形貌②,虽
仆敢为师,亦何所增加也? 假而以仆年先吾子,闻道著书之
日不后③,诚欲往来言所闻,则仆固愿悉陈中所得者④。吾子
苟自择之,取某事,去某事,则可矣。若定是非以教吾子,仆
材不足,而又畏前所陈者,其为不敢也决矣。吾子前所欲见
吾文,既悉以陈之,非以耀明于子⑤,聊欲以观子气色⑥,诚
好恶何如也。今书来,言者皆太过。吾子诚非佞誉诬谀之
徒⑦,直见爱甚故然耳⑧。

【注释】

①行厚：品性淳厚。辞深：文章功底深厚。

②恢恢然：宽广、宏大的样子。

③不后：不比你晚。

④固：当然。中：心中。

⑤耀明：炫耀。

⑥气色：姿态神色。

⑦佞誉：花言巧语地称赞别人。诬谀：用假话讨好别人。

⑧直：只不过。

【译文】

您品性淳厚且文章功底很深，凡是您写的文章，都气象宏大像古人的风格，即使我敢当老师，又能给您增加什么呢？假如因为我比您年长，听闻道理、写文章的时间不比您晚，真诚地想彼此往来、交流学问，那么我当然愿意把心中所得都告诉您。您如果自己选择，取哪些，不取那些，这是可以的。但若让我判定道理的是非来教您，我的才气不足，而且又担心前面所讲的情况，所以绝对不敢当您的老师。您之前想看我的文章，已经都送给您了，并非想在您面前炫耀，只是想观察您的态度，看看您究竟喜欢什么厌恶什么。现在您来信，所说的话都太过分了。您诚然不是用花言巧语讨好别人的人，只不过是过于喜爱我才这样的。

始吾幼且少，为文章，以辞为工①。及长，乃知文者以明道，是固不苟为炳炳烺烺②，务采色、夸声音③，而以为能也。凡吾所陈，皆自谓近道，而不知道之果近乎，远乎？吾子好道而可吾文④，或者其于道不远矣。故吾每为文章，未尝敢以轻心掉之，惧其剽而不留也⑤；未尝敢以怠心易之⑥，惧其弛而不严也⑦；未尝敢以昏气出之⑧，惧其昧没而杂也⑨；未尝敢以矜气作之⑩，惧其偃蹇而骄也⑪。抑之欲其奥⑫，扬之欲其明⑬，疏之欲其通，廉之欲其节⑭，激而发之欲其清⑮，固而存之欲其重⑯。此吾所以羽翼乎道也⑰。本之《书》以求其质⑱，本之《诗》以求其恒⑲，本之《礼》以求其宜⑳，本之《春秋》以求其断㉑，本之《易》以求其动㉒。此吾所以取道之原也。参之穀梁氏以厉其气㉓，参之《孟》《荀》以畅其支㉔，参之《庄》《老》以肆其端㉕，参之《国语》以博其趣㉖，参之《离骚》以致其幽㉗，参之太史公以著其洁㉘。此吾所以旁推交通㉙，而以为之文也。凡若此者，果是耶，非耶？有取乎，抑其无取乎？吾子幸观焉，择焉，有余以告焉㉚。

【注释】

①工：精致。

②炳炳烺烺（lǎng）：指文章文采鲜明。

③务：追求，致力于。声音：指文章的声韵美。

④可：认可，赞赏。

⑤剽（piào）而不留：指文章轻浮而不沉稳。剽，轻浮，浅薄。

⑥易：轻视，怠慢。

⑦弛而不严：指文章松散而不严谨。

⑧昏气：昏沉的精神状态。

⑨昧没而杂：指文章隐晦而庞杂。昧没，隐晦。

⑩矜气：骄傲之气。

⑪偃蹇而骄：指文章狂妄而傲慢。偃蹇，骄傲，傲慢。

⑫奥：深沉含蓄。

⑬明：明朗直率。

⑭廉：精简文字。节：简约节制。

⑮激而发之：指删削、修改，去掉文章的冗言滥调。清：洁净清秀。

⑯固：凝聚。重：凝重。

⑰羽翼：辅助，维护。

⑱质：指《尚书》文风质朴不雕饰。

⑲恒：指《诗经》中体现的永恒长存的情理。

⑳宜：指"三礼"中礼仪的合理性。

㉑断：指《春秋》一字褒贬、判断是非的特点。

㉒动：指《周易》卦爻之间递相变化之意。

㉓穀梁氏：指《春秋穀梁传》，一般认为穀梁赤受经于子夏，作《春秋穀梁传》。厉：磨砺，激励。

㉔支：同"枝"。指文章的条理。

㉕肆：放纵，铺张。端：头绪，指文章的思路。

㉖参之《国语》以博其趣：有人认为《左传》是《春秋》的内传，《国语》是《春秋》的外传，内传为左丘明所作，笔调一致，史事严谨；外传则采集各国史料，来源不一，风格不同，故而柳宗元称"以博其趣"。趣，趣味。

㉗幽：指《离骚》幽微深渺的情志。

㉘太史公：指司马迁，这里是代指《史记》。洁：指语词简洁精炼。

㉙旁推交通：广泛推求，融会贯通。

㉚有余：有空的时候。

【译文】

　　当初我年少的时候写文章，认为应当追求文辞的精致。长大以后，才知道文章是用来阐明道理的，所以不再只是追求文辞的光彩绚烂，不再把讲究文章的辞采、夸耀声韵的和美作为自己的才能。凡是我送给您的文章，都是我自认为接近道的标准的，不知道果真近于道呢，还是远离道呢？您喜欢大道而认可我的文章，大概它们离道不远吧。所以我每次写文章，不敢掉以轻心，担心文章轻浮而不沉稳；不敢怠惰而轻视，担心文章松散而不严谨；不敢在写作时昏昏沉沉，担心文章隐晦而庞杂；不敢心存骄傲之气，担心文章狂妄而傲慢。克制情感希望文章含蓄，发挥旨意希望文章明朗直率，疏通文理希望文章通畅，节制文字希望文章简约精练，删削、修改，去掉文章的冗言滥调希望文章洁净清秀，凝聚文理希望文章凝重。这是我用来帮助阐发道的方法。以《尚书》为本原追求其质朴，以《诗经》为本原追求其恒久，以"三礼"为本原追求其合宜，以《春秋》为本原追求其准确，以《周易》为本原追求其变化。这是我获得写作标准的源泉。参酌《春秋穀梁传》以砥砺文气，参酌《孟子》《荀子》以通畅文理，参酌《庄子》《老子》以铺张端绪，参酌《国语》以广博情趣，参酌《离骚》以达致幽微，参酌《史记》以彰显简洁。这是我广泛推求、融会贯通而做文章的方法。凡是像我讲的这些，果然是对的还是错的呢？是有可取之处还是没有可取之处呢？希望您看一下，选择一下，有空的时候告诉我。

　　苟亟来以广是道①，子不有得焉，则我得矣，又何以师云尔哉？取其实而去其名②，无招越、蜀吠怪，而为外廷所笑，则幸矣！宗元复白。

【注释】

　　①亟：多次，经常。广：推衍，补充。

　　②名：名义。

【译文】

　　如果我们多次来往研讨推衍的这些道理，假使您从中没有什么收获，我也有收获，又何必说什么老师呢？取其实际而去掉虚名，不要招来南越、蜀地的狗因为奇怪而乱叫，也不会遭到外廷大臣的讥笑，那就是幸事了！宗元再白。

【评点】

茅鹿门曰：子厚中所论文章之旨，未敢必其尽能如所云，要之亦本于镵心研神者①。而后之为文者，特路剽富者之金，而以夸于天下曰"吾且猗顿矣"②，何其不自量之甚也！予故奋袂曰③："有志于文，须本之六艺，以求圣人之道，其庶焉耳。"

又曰：子厚诸书中佳处，亦其生平所为文大指处。

张孝先曰：子厚不欲以师道自居，激而愤世疾俗之论，不无太尖刻处。至其自叙其所以为文之本，则皆精到实诣，足与韩昌黎并辔中原，有以也夫。

【注释】

①镵（chán）：凿，雕刻。研：专，竭尽。

②猗顿：春秋战国之际猗氏（今山西临猗）人。与陶朱公齐名，著名的富商。

③奋袂：挥动衣袖。常用来形容奋发或激动的状态。

【译文】

茅坤说：柳宗元文中讨论的文章的主旨，虽然不敢说他一定能完全做到像所说的那样，总体来说也是本着殚精竭虑精雕细刻的原则。而后代作文的人，如同在路上剽窃了有钱人的财富，就向天下人夸耀说"我是富翁了"，多么不自量力啊！所以我激愤地说："有志于作文，必须以六经为根本，用来追求圣人之道，那才算差不多。"

又说：柳宗元各篇书信中写得好的地方，也是体现其生平写作文章的主要观点的地方。

张伯行说：柳宗元不希望以老师自居，那些激切的愤世嫉俗的观点，并非没有太过尖刻的地方。至于他叙述自己作文的根本，都是精到务实的，足以与韩愈并驾齐驱，这是有原因的啊。

贺进士王参元失火书^①

【题解】

柳宗元此文大致作于被贬永州时期，约元和三至四年间（808—809）。

文章因听闻友人家中失火而作。作者不为安慰却为庆贺，由最初的"骇"到"疑"，再到最后的"喜"，行文逻辑逐层展开，立意、构思都很巧妙，这种看似不合逻辑的论调也一步步吸引着读者一探究竟。而在一番诙谐的语言背后又含着令人深思的现实与道理：即社会舆论因王参元家中的财富而遮蔽了他真正的才能，千载之下，亦令人感慨良多。柳宗元入木三分而又带着严肃自省的文字不仅道出了中唐社会士风的浇薄，也写尽了他的一腔忧愤。

得杨八书^②，知足下遇火灾，家无余储。仆始闻而骇^③，中而疑，终乃大喜，盖将吊而更以贺也^④。道远言略，犹未能究知其状^⑤，若果荡焉泯焉而悉无有^⑥，乃吾所以尤贺者也。

【注释】

①王参元：濮州濮阳（今属河南）人。元和二年（807）进士。河阳节度使王茂元之弟。

②杨八：杨敬之，字茂孝，行八，虢州弘农（今河南灵宝）人。元和二年（807）进士。他是柳宗元岳父杨凭之弟杨凌的儿子，与王参元为好友。著有《华山赋》，为韩愈、柳宗元等人所赏识。

③骇：惊骇，吃惊。

④吊：慰问。

⑤究：穷尽。

⑥荡焉泯焉：荡然泯灭，毁坏净尽的样子。

【译文】

收到杨八的书信，得知您遇到了火灾，烧得家中没有剩余积蓄。我一开始听说后感到惊骇，中间又产生了疑惑，最后竟很高兴，要把慰问您的话改为祝贺您的话。路途遥远，信上的话也比较简略，还不能尽知您的情况，如果果真荡然泯灭、一无所有，那我就更要向您祝贺了。

足下勤奉养，乐朝夕，惟恬安无事是望也①。今乃有焚炀赫烈之虞②，以震骇左右，而脂膏滫瀡之具③，或以不给。吾是以始而骇也。

【注释】

①恬：心神安适。

②炀：火烧得旺。赫烈：火势猛烈的样子。虞：忧患。

③脂膏：油脂，指美味的食物。滫瀡（xiǔ suǐ）：原指一种烹调食物的方法，用植物淀粉拌和食物，使柔软爽滑。《礼记·内则》："滫瀡以滑之，脂膏以膏之。"郑玄注："谓用调和饮食也。"此亦指美食。

【译文】

您勤于供养父母，早晚安乐，只希望心神安宁、平静无事。现在竟有烈火焚烧带来的忧患，震惊了左右邻里，而且各种美食可能也难以享用了。这是我最初感到惊骇的原因。

凡人之言，皆曰盈虚倚伏①，去来之不可常。或将大有为也，乃始厄困震悸②，于是有水火之孽③，有群小之愠④。劳苦变动，而后能光明，古之人皆然。斯道辽阔诞漫⑤，虽圣人不能以是必信,是故中而疑也。

【注释】

①盈虚倚伏:指事物间此消彼长的变化。《老子·五十八章》:"祸兮福之所倚,福兮祸之所伏。"

②厄困:苦难。震悸:惊恐。

③孽:灾祸。

④愠:怨恨。

⑤诞漫:虚妄。

【译文】

一般人都说,事物间的升降消长是互相转化的,来去得失都不可能永久。或许将有大作为的人,才在开始时遭遇苦难、感到惊恐,于是有了水火之灾,有了小人的怨恨。经过辛劳艰苦的变故动荡之后才能迎来光明,古代的人都是这样。这种说法虚妄无际,即使是圣人也不一定坚持相信,所以我中间产生怀疑。

以足下读古人书,为文章,善小学①,其为多能若是,而进不能出群士之上,以取显贵者,盖无他焉,京城人多言足下家有积货,士之好廉名者,皆畏忌,不敢道足下之善,独自得之,心蓄之,衔忍而不出诸口②,以公道之难明,而世之多嫌也,一出口,则嗤嗤者以为得重赂③。仆自贞元十五年见足下之文章,蓄之者盖六七年未尝言。是仆私一身而负公道久矣④,非特负足下也!及为御史尚书郎,自以幸为天子近臣,得奋其舌⑤,思以发明足下之郁塞⑥,然时称道于行列⑦,犹有顾视而窃笑者。仆良恨修己之不亮⑧,素誉之不立⑨,

而为世嫌之所加,常与孟几道言而痛之⑩。乃今幸为天火之所荡涤,凡众之疑虑,举为灰埃。黔其庐⑪,赭其垣⑫,以示其无有,而足下之才能乃可以显白而不污。其实出矣,是祝融、回禄之相吾子也⑬!则仆与几道十年之相知,不若兹火一夕之为足下誉也。宥而彰之⑭,使夫蓄于心者,咸得开其喙,发策决科者⑮,授子而不栗,虽欲如向之蓄缩受侮⑯,其可得乎?于兹吾有望于子⑰!是以终乃大喜也。

【注释】

①小学:隋唐以后指文字、训诂、音韵之学。

②衔忍:藏在心中忍着不说。

③嗤嗤者:爱讥笑者。

④私一身:爱护自身。

⑤奋其舌:大胆地说话。

⑥发明:说明,阐述。郁塞:滞塞,不舒畅。

⑦行列:队伍。此指同僚,与柳宗元官职相当的人。

⑧修己:自我修养。亮:显著。

⑨素誉:平素的名声。

⑩孟几道:孟简(?—823),字几道,平昌(今山东安丘)人。曾历仓部员外郎,元和中拜谏议大夫,后任常州刺史。召为给事中,出为越州刺史,兼御史中丞、浙东观察使。入为户部侍郎。后以罪左迁太子宾客,分司东都,卒。

⑪黔:烧黑。

⑫赭:红土。此用为动词,指烧成一片红土。垣:墙,矮墙。

⑬祝融、回禄:中国神话中的火神。《吕氏春秋·孟夏纪》"其神祝融",注:"祝融,颛顼氏后,老童之子吴回也,为高辛氏火正,死为

火官之神。"《左传·昭公十八年》郑子产"禳火于玄冥、回禄",注:"玄冥,水神;回禄,火神。"相:帮助。

⑭宥:帮助。

⑮发策决科者:指主持科举考试的人。

⑯蓄缩:畏惧,退缩。此指受迫于舆论压力不敢说出。

⑰于兹:从此。

【译文】

您读古人的书,善写文章,精通文字、训诂、音韵之学,像这样有多种才能,而出来求仕却不能高出一般人之上,获得显赫的富贵,这没有什么别的原因,只是因为京城的人多传言说您家中积累了大量财富,那些喜好廉洁之名的士人,都担心顾忌这点,不敢说您的好,只能自己知道,藏在心里,忍着不敢说出口,因为公道很难说明白,而世上又有很多疑心重的人,一旦说出口,那些爱讥笑别人的人就以为是得到了丰厚的贿赂才这么说的。我从贞元十五年见到您的文章,藏了有六七年没有说文章好。这是我为一己之私而辜负了公道太久,不只是辜负了您啊!等到做了御史尚书郎,自以为有幸成为天子身边的臣子,可以大胆地说话了,想阐明您的郁闷不得志,但是有时向同事们称赞你的长处,还是有人回头看着我窃笑。我深恨自己的修养不够显著,平素的名声还未建立,而被世人加以嫌弃,我常和孟几道谈起来而感到痛心。如今您家幸亏被天火烧尽,那些众人的疑虑,也同时化作了尘埃。烧焦了屋舍、墙围也化成红土,表示您已一无所有,这样您的才能才会显露出来而不受玷污。真相能显露出来,是祝融、回禄在帮助您啊!而我和孟几道十年来对您的了解,还不如大火一夜间给你的美名。大火帮您彰显名声,让那些藏于心中不敢说话的人,都能张开他们的嘴,那些主持科举的人,把功名授予您时也不会害怕了,即使想像从前那样把话憋在心里或者一说出来就受到别人侮辱,这种情况还有可能出现吗?从此我觉得您终于有希望了!所以最终竟颇为高兴。

古者列国有灾，同位者皆相吊①。许不吊灾，君子恶之②。今吾之所陈若是，有以异乎古，故将吊而更以贺也。颜、曾之养③，其为乐也大矣，又何阙焉？

【注释】

①同位者：地位相同的诸侯。

②许不吊灾，君子恶之：典出《左传·昭公十八年》：当年宋、卫、陈、郑都发生了火灾，"陈不救火，许不吊灾，君子是以知陈、许之先亡也"。

③颜、曾之养：指颜回和曾子安贫乐道的生活。《论语·雍也》："一箪食，一瓢饮，在陋巷，人不堪其忧，回也不改其乐。"《庄子·让王》："曾子居卫，缊袍无表，颜色肿哙，手足胼胝，三日不举火，十年不制衣，正冠而缨绝，捉衿而肘见，纳屦而踵决。曳纵而歌《商颂》，声满天地，若出金石。"

【译文】

古代各国有了火灾，同等爵位的诸侯都要相互慰问。许国国君不慰问，君子憎恶他。现在我对你这样说，和古人的情况不一样，所以将慰问改为庆贺。像颜回、曾子那样生活，其中的乐趣也是很多的，又有什么缺失呢？

足下前要仆文章古书①，极不忘，候得数十幅乃并往耳。吴二十一武陵来②，言足下为《醉赋》及《对问》，大善，可寄一本。仆近亦好作文，与在京城时颇异。思与足下辈言之，桎梏甚固③，未可得也。因人南来，致书访死生。不悉。宗元白。

【注释】

①古书：指古文书写的书法作品。

②吴二十一武陵：即吴武陵（？—835），初名侃，元和二年（807）登进士第。次年，坐事流永州，与柳宗元过从甚密。约于元和十一、二年（816—817），召还京师，受裴度器遇，力劝裴度起用柳宗元，未果。又致书孟简，为柳宗元长期遭贬鸣不平。

③桎梏：桎为拘束双脚的刑具，梏为拘束双手的刑具。此指柳宗元受到的禁锢。

【译文】

您之前说要我写的文章和古体书法，我都没有忘记，想等写了几十幅再一起给你。吴武陵来，说你的《醉赋》和《对问》写得很好，可以寄一本给我。我近来也喜好写文章，不过和在京城的时候很不同了。想和您讨论一下，可惜禁锢太严，不能实现。趁着有人到南方来，寄书信探问生死情况。不详写了。宗元启。

【评点】

茅鹿门曰：深识之言，逼古之文。

张孝先曰：行文亦有诙谐之气，而奇思隽语出于意外，可以摆脱庸庸之想。参元以积货而累真材，子厚以避谤而掩人善，当时风俗如此，却不可解。

【译文】

茅坤说：言语深有见识，逼近古人之文。

张伯行说：行文也有诙谐之气，而新奇的构思、隽永的语言出于意料之外，可以摆脱庸俗的想法。王参元因为富有而使才学受到连累，柳宗元为了避免毁谤而掩盖别人的长处，当时有这样的风俗，却不可理解。

上大理崔大卿应制举启①

【题解】

本文作于贞元十一年（795），是柳宗元应吏部博学宏词科初试不利之后的作品。

文章主要表达了两方面意思，一是推崇崔大卿举荐人才能够做到"不待来求而后施德"的高尚品质，二是解释自己感谢知遇之恩"不待成身而后拜赐"的具体行为。

本文是一篇干谒文字，却写得颇有古道，体现了柳宗元文章一贯的特色。而从文章修辞的角度说，本文的语辞、内容都非常庄重得体，在唐代干谒文中可算得上是精品。

古之知己者，不待来求而后施德，举能而已②。其受德者，不待成身而后拜赐③，感知而已。故不叩而响④，不介而合⑤，则其举必至，而其感亦甚。斯道遁去，辽阔千祀⑥，何为乎今之世哉！

【注释】

①大理：大理寺的简称，唐代中央最高审判机关。崔大卿：崔儆，博陵（今属河北）人，贞元中为大理卿，迁尚书右丞。制举：由皇帝亲自在朝廷举办的考试。

②举能：举荐贤能。

③成身：成名立身。

④响：原作"享"，据《新刊增广百家详补注唐柳先生文》改。

⑤介：介绍，引见。

⑥辽阔：久远。千祀：千载，千年。

【译文】

古代的知己，不等别人来请求才施与别人恩德，只是举荐贤能而已。那些接受恩德的人，不等到成名立身以后才去拜谢，只是感谢知己而已。所以就如乐器不去打却能响，不经介绍而能做到不谋而合，那么这样的举荐一定会成功，感恩也更加真诚。可是这种做法已经消失了千年之久，如今又怎么能做到呢！

　　若宗元者，智不能经大务、断大事，非有恢杰之才，学不能探奥义、穷章句①，为腐烂之儒②。虽或置力于文章，勤勤恳恳于岁时，然而未能极圣人之规矩，恢作者之闻见③，劳费翰墨，徒尔拖逢掖、曳大带④，游于朋齿⑤，且有愧色，岂有能乎哉？阁下何见待之厚也。始者自谓抱无用之文，戴不肖之容，虽振身泥尘，仰睎云霄⑥，何由而能哉？遂用收视内顾⑦，颓首绝望⑧，甘以没没也⑨。今者果不自意，他日琐琐之著述，幸得流于衽席⑩，接在视听，阁下乃谓可以蹈远大之途，及制作之门⑪，决然而不疑，介然而独德⑫，是何收采之特达⑬，而顾念之勤备乎？且阁下知其为人何如哉？其貌之美陋，质之细大，心之贤不肖，阁下固未知也；而一遇文字，志在济拔⑭，斯盖古之知己者已。故曰：古之知己者，不待来求而后施德者也。然则亟来而求者⑮，诚下科也。

【注释】

①章句：剖章析句。经学家解说经义的一种方式。亦泛指书籍注释。
②腐烂之儒：迂腐的儒生。腐烂，指言谈或行事迂腐而不切实际。
③恢：扩大，发扬。

④逢掖：宽袖的衣服。《礼记·儒行》："丘少居鲁，衣逢掖之衣；长居宋，冠章甫之冠。"后以此指代士人。

⑤朋齿：朋辈。齿，序列，次列。

⑥睎：仰慕，想望。

⑦用：介词，作用同"以"。

⑧頫：同"俯"。低头。

⑨没没：谓无声无息。

⑩衽席：坐席。

⑪制作：指古代礼乐方面的典章制度。

⑫介然：特异。

⑬特达：特殊知遇。

⑭济拔：接济，提拔。

⑮亟：急着，赶快。

【译文】

　　像我柳宗元，才智不能管理、裁断重大事务，没有恢宏杰出的才能，学问不能探究深奥的义理、穷究章句之学，只是一介迂腐儒生。虽然用心于文学之上，时时刻刻都勤勤恳恳，但是不能竭尽圣人的规矩原则，发扬古书作者的听闻与见识，劳费笔墨，徒然穿着士人的宽袖衣服、拖着宽大的衣带，在朋友辈中来往交游，尚且有愧色，哪里有什么才能呢？阁下您对待我多么地厚爱啊。开始我自己觉得拿着无用的文章，长着不好看的容貌，即使想从泥尘中振作身心，仰望云霄，又怎么能达到呢？于是就收敛目光、向内自省，垂头丧气，甘心埋没无名。现在没想到，我过去写的那些琐碎的文章竟然有幸流传到您的座席之上，让您看到听到，阁下您于是说我有远大的前途，能达到为朝廷制礼作乐的位置，坚决支持我没有怀疑，特别地对我施予恩德，这是多么特殊的礼遇，对我又是多么周到的关心挂念啊！况且阁下您知道我的为人如何吗？我相貌的美丑，才能的大小，内心是贤明还是不贤，阁下固然不知道，而一遇到我的文章，就想提拔我,这大概就是古人说的知己了吧。所以说:古代的知己不等人来请求而后才施加恩德。然而那些急着来请求的,就实在是下一等了。

　　宗元向以应博学宏词之举,会阁下辱临考第①,司其升降。当此之时,意谓运合事并,适丁厥时②,其私心日以自负也。无何,阁下以鲲鳞之势,不容尺泽③,悠尔而自放,廓然而高迈④,其不我知者,遂排逐而委之⑤。委之,诚当也,使古之知己犹在,岂若是求多乎哉!夫仕进之路,昔者窃闻于师矣。太上有专达之能⑥,乘时得君,不由乎表著之列⑦,而取将相,行其政焉。其次,有文行之美,积能累荣,不由乎举甲乙、历科第,登乎表著之列,显其名焉。又其次,则曰:吾未尝举甲乙也,未尝历科第也,彼朝廷之位,吾何修而可以登之乎⑧?必求举是科也,然后得而登之。其下,不能知其利,又不能务其往,则曰:举天下而好之,吾何为独不然?由是观之,有爱锥刀者⑨,以举是科为悦者也;有争寻常者,以登乎朝廷为悦者也;有慕权贵之位者,以将相为悦者也;有乐行其政者,以理天下为悦者也。然则举甲乙、历科第,固为末而已矣。得之不加荣,丧之不加忧,苟成其名,于远大者何补焉?然而至于感知之道,则细大一矣,成败亦一矣。故曰:其受德者,不待成身而后拜赐。然则幸成其身者,固末节也。盖不知来求之下者,不足以收特达之士⑩;而不知成身之末者,不足以承贤达之遇,审矣。

【注释】

　　①辱临:驾临,光临。辱是谦词,承蒙之意。

②适丁厥时：恰逢其时。丁，当，逢。

③阁下以鲲鳞之势，不容尺泽：此指崔大卿因改官而未能录取柳宗元。典出宋玉《对楚王问》："鲲鱼朝发昆仑之墟，暴鬐于碣石，暮宿于孟诸，夫尺泽之鲵，岂能与之量江海之大哉？"鲲鳞，鲲鱼，古代传说中的大鱼。尺泽，小池。此即尺泽之鲵的省称。

④廓然：广阔的样子。高迈：超逸。

⑤委：舍弃，抛弃。

⑥专达：修其职事，以自通达于王。

⑦表著：古代朝会，士大夫伫立之处依照职位而各有定位。《左传·昭公十一年》："朝有著定，会有表，衣有襘，带有结。会朝之言，必闻于表著之位，所以昭事序也。"杜预注："著定，朝内列位常处，谓之表著。"

⑧修：善，美好。

⑨锥刀：喻微薄，微细。此指个人微小的才能。

⑩特达：突出于众。

【译文】

我柳宗元过去应博学宏词，正赶上阁下驾临考场，掌管升降之权。当时，我想着运气到了，事情真是恰逢其时，我私下在心里就更加自负。不久，阁下以鲲鳞的气势升迁，心意悠然而自适，胸怀宽大而超逸，那些不了解我的人，就排挤我而舍弃我。舍弃我，确实是应该的，假使古代的知己还存在，又怎会像现在这样有很多人请托呢！仕进的道路，我以前曾经听老师说过。最上等是有自达于君主的卓越才能，赶上好时机，得到君主的赏识，不用遵循贵贱的序列，而能出将入相，行使其政权。其次是有文章德行的美誉，以诚信和才能积累荣耀，不通过科举考试，登上官员的序列，显要他的名誉。再其次，就说：我都没有参加科举获得功名，那朝廷的职位，我有什么样的美德能够获得呢？所以一定要求得科举功名，然后得到进入仕途的机会。再其次，不知道利弊，又不能专心从事之前的事务,就说:全天下都喜好功名,怎么就唯独我不这样呢?由此看来,有喜欢自己微小的才能的人,以获中科举为喜悦;有不甘平庸的人,以进入朝廷为喜悦;有羡慕权贵之位的人,以获得将相的权力为喜悦;有乐于行使政令的人,以治理天下为喜悦。这样看来,参加科举获得功名,本来只是枝末而已。得到了不能增加荣耀,失去了也不会增加烦恼,就算成就了名声,对于那些志向远大的人又有什么帮助呢?然而对于感谢知遇之恩来说,那么荣誉大小是同样的,成功失败也是同样的。所以说,接受恩德的人,不等成名立身之后才拜谢。然而这对于那些有幸成名立身的人,本来也是枝末之事。不明白请求功名是次要之事,就不能招纳有杰出才能之士;不明白成名立身是枝末之事,就不能得到贤达的知遇,这是很明显的。

　　伏以阁下德足以仪世①,才足以辅圣,文足以当宗师之位,学足以冠儒术之首,诚为贤达之表也②。顾视下辈,岂容易而收哉?而宗元朴野昧劣,进不知退,不可以言乎德;不能植志于义,而必以文字求达,不可以言乎才;秉翰执简③,败北而归,不可以言乎文;登场应对,刺缪经旨④,不可以言乎学,固非特达之器也。忖省陋质⑤,岂容易而承之哉!叨冒大遇⑥,秽累高鉴,喜惧交争,不克宁居⑦。窃感荀茝如实出己之德⑧,敢希豫让国士遇我之报⑨。伏候门屏,敢俟招纳。谨奉启以代投刺之礼,伏惟以知己之道,终抚荐焉。不宣。宗元谨启。

【注释】

①伏:敬词,表示对对方的敬畏。仪:法度,准则。

②表:表率。

③翰：毛笔。

④刺缪：违背，悖谬。

⑤忖：思量，揣度。

⑥叨：谦词，意同"忝"。表示受之有愧。

⑦克：能够。

⑧荀罃如实出己之德：荀罃，即知罃，春秋时晋国大夫。他战败被楚国囚禁，郑国商人打算将他装在口袋中偷偷运出楚国，未及实施，楚人就释放了荀罃。后来郑国商人到晋国时，荀罃盛情款待他，就像真的是他救自己脱险一样。见《左传·成公三年》。

⑨豫让国士遇我之报：豫让是春秋末晋国知氏家臣，受到尊宠。赵襄子灭知氏，他为报知氏知遇之恩，曾改名换姓，漆身吞炭，几次伺机刺杀赵襄子。后被赵襄子所擒，自杀而死。见《史记·刺客列传》。

【译文】

　　我认为阁下您的德行足以成为世人的表率，才能足以辅佐圣明的君主，文章足以担当宗师的地位，学术足以成为儒林的首领，实在是贤达的表率。回顾下面的晚辈，哪里就容易被您招纳呢？而我柳宗元粗野愚昧，不知道进退，不能说是有德；不能立志于道义，而一定要用文字求取显达，不能说是有才；拿着毛笔和简牍参加博学宏词考试，失败而归，不能说是有文采；参加科场应对，违背经学大旨，不能说是有学问，我本来就不是才华出众的人。揣度反省我的浅陋，怎能那么容易就承受您的恩德呢！承蒙您的知遇之恩，使您高明的识鉴受到连累，让我又喜又惧，不能安居。我私下感动于您有荀罃那样忠实待人就像别人真的救了自己一样的品德，斗胆期望自己能像豫让那样能对您有所回报。我恭敬地守候在您的门前，不敢等待您的招纳。谨奉上这封书信以代投赠之礼，希望您能以知己的道义，最终举荐我。不再说了。柳宗元谨启。

【评点】

张孝先曰：崔大卿尝称子厚之文，子厚因而求荐，以为崔之施德不必待其来求，而己之拜赐不必待其成身。两意夹写，到末总见文章知己之意。唐时投书献启以干荐举者多，子厚特稍占地步耳。

【译文】

张伯行说：崔大卿曾经称赏柳宗元的文章，柳宗元因此寻求举荐，认为崔大卿施恩不必等自己来求，而柳宗元拜赐也不必等他成就自己。两方面的意思分别写出，到最后汇合总结体现出文章知己的意思。唐代投赠书信以求举荐的人很多，柳宗元这篇写得算不错的。

濮阳吴君文集序

【题解】

本文作于元和三年（808）。元和二年（807）刚刚进士及第的吴武陵因与李吉甫不合而流放永州，得以见到柳宗元，两人过从甚密，柳宗元于是应邀为吴武陵的父亲濮阳吴君的文集写了这篇序。

序中先交代了吴君的言行，再说他的文章，都符合儒家传统的礼仪规范，柳宗元对此大为激赏。可惜这样的人材却没有得到朝廷的重用，于是下文又转出一笔，在惋惜的同时表达了对在位者不爱惜人材的悲慨，其中亦或许有柳宗元自己的影子。

博陵崔成务①，尝为信州从事②。为余言：邑有闻人濮阳吴君，弱龄长鬣而广颡③，好学而善文。居乡党，未尝不以信义交于物；教子弟，未尝不以忠孝端其本。以是卿相贤士,率与亢礼④。余尝闻而志乎心。会其子偘,更名武陵,升进士,得罪来永州⑤,因奉其先人文集十卷,再拜请余以文冠其首,余得遍观焉。其为辞赋,有戒苟冒陵僭之志⑥;其为诗歌,有交王公大人之义;其为诔志吊祭,有孝恭慈仁之诚,而多举六经圣人之大旨,发言成章,有可观者。

【注释】

①博陵:治今河北安平,为崔姓郡望。

②信州:治今江西上饶。从事:地方州县佐吏的通称。

③弱龄:年少。鬛:胡须。頯:额头。

④亢礼:彼此以平等礼节相对待。

⑤得罪来永州:吴武陵因与宰相李吉甫不合而流放永州。

⑥苟冒:贪求。陵僭:僭越,超越本分。陵,侵犯,欺侮。僭,虚假,不实。

【译文】

博陵崔成务,曾经做过信州从事。对我说:信州有个有名望的人濮阳吴君,年轻时就长了长胡子和宽大的额头,好学并且善写文章。居住在乡里,从来没有不以信义交朋友;教育子弟,从来没有不以忠孝端正其根本。因此那些卿相贤士们,都和他以平等的礼节相处。我曾经听过他的故事而记在心里。正好他的儿子吴偘改名为武陵,中了进士,因为犯错来到永州,于是奉上其先父吴君的文集十卷,行再拜大礼请我写篇文章置于书前作序,我因此得以通读了他的文章。他写的词赋,有警戒贪求僭越的志向;他写的诗歌,有交结王公大人的大义;他写的诔文与祭文,有孝顺、恭敬、仁慈的诚意,而经常举出六经中圣人的大旨,发言成章,有值得一读的地方。

古之司徒，必求秀士，由乡而升之天官^①。古之太史，必求人风，陈诗以献于法宫^②。然后材不遗而志可见。近世之居位者，或未能尽用古道，故吴君之行不昭，而其辞不荐，虽一命于王^③，而终伏其志^④。呜呼，有可惜哉！

武陵又论次志传三卷继于末^⑤，其官氏及他才行甚具云。

【注释】

①"古之司徒"几句：语本《礼记·王制》："命乡论秀士，升之司徒，曰选士；司徒论选士之秀者而升之学，曰俊士。"《周礼·地官·乡大夫》："乡老及乡大夫、群吏献贤能之书于王，王再拜受之，登于天府。"司徒，官名。周时为六卿之一，曰地官大司徒。掌管国家的土地和人民的教化。天官，泛指百官。

②"古之太史"几句：语本《礼记·王制》："命太师陈诗，以观民风。"太史，官名。西周、春秋时太史掌记载史事、编写史书、起草文书，兼管国家典籍和天文历法等。人风，民风。法宫：宫室的正殿，古代帝王处理政事之处。

③一命：周时官阶从一命到九命，一命为最低的官阶。后亦用以泛指低微的官职。

④伏：隐匿，隐蔽。

⑤论次：论定编次。

【译文】

古代的司徒，必定要搜求秀士，从乡里升至朝廷为官。古代的太史，一定要搜求民风，陈述诗歌以献给帝王。然后人材才不被遗漏而他们的志向可以彰显。近世那些身居高位的人，有的不能尽用古代的方法，所以吴君的德行得不到昭显，而他的文辞也不被举荐，虽然曾经接受王命做过低微的小官，而他的志向最终被埋没。唉，真是可惜啊！

吴武陵又论定编次了他父亲的志传三卷放在卷末,吴君的仕宦经历以及其他才能、德行都写得很详细。

【评点】

茅鹿门曰:文自有法度。

张孝先曰:武陵行事大节得于旧所闻[1],而文集之成章可观,则得于今所见。末慨其行不昭、其辞不荐,盖合两层而收束之也。文法谨严,不溢一笔。

【注释】

[1]武陵行事大节得于旧所闻:从文意看,得于旧闻的是吴武陵之父吴君。此言吴武陵,误。译文径改。

【译文】

茅坤说:文章自有法度。

张伯行说:吴君行事的节操来自以前的听闻,而文集值得一看,则是现在亲眼所见。篇末感慨吴君行事得不到彰显、文辞得不到推荐,是收束两层意思。可见文法严谨,没有一处多余之笔。

愚溪诗序

【题解】

本文作于元和五年(810),柳宗元时在永州。柳宗元曾作有《八愚诗》(今已佚亡),本文是《八愚诗》的序。

序中首先交代了愚溪得名的由来,第二段叙述愚溪八景的方位,极具方位感与层次感,之后引出议论,以“愚溪”比“愚”人、抒“愚”情,一片自责之词中却可以读出柳宗元对遭遇不公对待的一腔悲愤,最后文章收束到与自然融为一体的高妙境界中。全文把胸中的抑郁、怨恨都克制地限制在叙述和写景之中,正如何焯在《义门读书记》中所说:"词意殊怨愤不逊,然不露一迹。"

从现代视角来看,柳宗元对永州的山水实在有"发现"之功。由于遭遇与命运,柳宗元笔下所有永州的山水都带有他的心理投影,成为他个体人格的象征,而他也在与永州山水的对话中实现了个体超越。

灌水之阳有溪焉①,东流入于潇水②。或曰:"冉氏尝居也,故姓是溪为冉溪。"或曰:"可以染也,名之以其能,故谓之染溪。"余以愚触罪,谪潇水上,爱是溪,入二三里,得其尤绝者家焉。古有愚公谷③,今余家是溪,而名莫能定,土之居者犹龂龂然④,不可以不更也⑤,故更之为愚溪。

【注释】

①灌水:古观水,为湘江支流。源于今广西灌阳洞井瑶族乡大竹园村的犁子坪(一说灌阳海洋山系的猪婆岭),流经灌阳、全州,在全州汇入湘江。

②潇水:在湖南南部,发源于湖南蓝山县南九嶷山,于永州注入湘江。

③愚公谷:《说苑·政理》载齐桓公见一老翁,云其家母牛生小牛,老翁拿去换了一匹马,被路人以牛不能生马为理由将马牵走,人称老翁为愚公,称老翁所居为愚公谷。管仲认为这是为政不清明的结果。按,此事或为传说,后人将今山东临淄西北的一条山谷附会为愚公谷。

④龂龂(yín)然:争辩的样子。

⑤更:更改。

【译文】

灌水北面有一条小溪,向东流入潇水。有人说:"冉氏曾经在这里居住过,所以以其姓氏命名这条小溪为冉溪。"有人说:"溪水可以用来染色,以其功能为它命名,所以称为染溪。"我因为愚蠢犯罪,被贬谪到潇水之上,喜欢这条小溪,深入二三里,找到一个风景绝好的地方安家。古代有愚公谷,现在我以这条小溪为家,而它的名字定不下来,当地土著还争论不休,不可以不改个名字,所以改名为愚溪。

　　愚溪之上,买小丘为愚丘。自愚丘东北行六十步,得泉焉,又买居之[①],为愚泉。愚泉凡六穴,皆出山下平地,盖上出也。合流屈曲而南,为愚沟。遂负土累石,塞其隘,为愚池。愚池之东为愚堂。其西南为愚亭。池之中为愚岛。嘉木异石错置[②],皆山水之奇者,以余故,咸以愚辱焉。

【注释】

①居:占有,拥有。

②错置:杂乱地陈列着。

【译文】

　　在愚溪上游买了个小丘命名为愚丘。从愚丘向东北走六十步,得到一眼泉,又买下来起名叫愚泉。愚泉一共有六个泉眼,都出自山下的平地,原来泉水是向上冒的。汇合之后弯弯曲曲地向南流,将水沟命名为愚沟。于是背土堆石头,堵住水流狭窄处,形成愚池。愚池的东边是愚堂。愚堂西南是愚亭。池水中是愚岛。美好的树木与怪异的石头杂乱地陈列着,都是山水中的珍奇,因为我的缘故,都被愚蠢的名字玷污了。

　　夫水,智者乐也[①]。今是溪独见辱于愚,何哉?盖其流甚下,不可以灌溉;又峻急,多坻石[②],大舟不可入也;幽邃浅狭[③],蛟龙不屑,不能兴云雨。无以利世,而适类于余。然则虽辱而愚之,可也。

【注释】

①夫水，智者乐也：水是聪明人喜爱的。语出《论语·雍也》："知者乐水，仁者乐山。"

②坻（chí）：水中高起的石头。

③邃：远。

【译文】

　　水是智者喜欢的。现在这道溪水却被侮辱为愚蠢，为什么呢？大约是它的水流水位太低，不能用来灌溉，水势又湍急，水中多高石，大船不能进；地处偏远水道狭窄，蛟龙不屑来此，不能兴云致雨。没有什么对世人有用之处，而恰好和我很相似。那么即使侮辱它叫愚溪，也是可以的。

　　甯武子"邦无道则愚"①，智而为愚者也；颜子"终日不违如愚"②，睿而为愚者也。皆不得为真愚。今余遭有道，而违于理、悖于事，故凡为愚者莫我若也。夫然，则天下莫能争是溪，余得专而名焉。

【注释】

①甯武子"邦无道则愚"：语出《论语·公冶长》："甯武子邦有道则知，邦无道则愚。其知可及也，其愚不可及也。"甯武子，名俞，谥号武，春秋时卫文公、成公时期卫国大夫。卫文公是卫国中兴明君，而成公时则多乱政。

②颜子"终日不违如愚"：语出《论语·为政》："吾与回言，终日不违如愚。退而省其私，亦足以发。回也不愚。"颜子即颜回。

【译文】

　　甯武子"邦国无道时就显得愚蠢"，是智慧而装作愚蠢；颜回"整天不发表不同意见，像是很愚蠢"，是睿智而貌似愚蠢。他们都不是真的愚蠢。现在我遇到有道明君，却违背事理，所以但凡愚人中也没人能比我更愚蠢了。这样，天下就没有人能和我争这条小溪了，我得以独占并为它命名。

　　溪虽莫利于世，而善鉴万类，清莹秀澈，锵鸣金石，能使愚者喜笑眷慕①，乐而不能去也。余虽不合于俗，亦颇以文墨自慰，漱涤万物②，牢笼百态③，而无所避之。以愚辞歌愚溪，则茫然而不违，昏然而同归，超鸿蒙④，混希夷⑤，寂寥而莫我知也。于是作《八愚诗》，纪于溪石上。

【注释】

①眷慕：依恋，怀念。

②漱涤：洗涤，涤荡。

③牢笼：包罗。

④鸿蒙：宇宙形成以前的混沌状态，这里代指宇宙。语出《庄子·在宥》："云将东游，过扶摇之枝而适遭鸿蒙。"

⑤希夷：虚寂玄妙的境界，这里代指空间。语出《老子·十四章》："视之不见名曰夷，听之不闻名曰希，搏之不得名曰微。此三者，不可致诘，故混而为一。"

【译文】

　　溪水虽然对世上没什么用处，却能照见万物，清莹秀澈，像敲打鸣钟一样发出金石之声，能使愚蠢的人喜笑颜开、留恋爱慕，快乐而不能离去。我虽然不合于世俗，也颇能用文章来自我安慰，涤荡万物，包罗百态，而无从回避。以愚辞来歌唱愚溪，不知不觉中与景物融为一体，超越了宇宙，混融于时空，进入沉寂寥廓而能忘我的境界。于是写作了《八愚诗》，记在溪石之上。

【评点】

茅鹿门曰：古来无此调，陡然创为之，指次如画。

又曰：子厚集中最佳处。

张孝先曰：独辟幽境，文与趣会。王摩诘诗中有画，对之可当卧游。

【译文】

茅坤说：自古以来文章没有这种风格，柳宗元突然创造了它，描绘清晰就像绘画一样。

又说：这是柳宗元文集中最好的一篇。

张伯行说：独创幽远意境，文章与兴味会合。就像王维的诗中有画，面对这篇文章可以当作卧游了。

陪永州崔使君游宴南池序①

【题解】

本文作于元和三年（808），柳宗元时在永州。

本文的写作契机是柳宗元等人陪同永州刺史崔敏同游南池胜景，宴游欢乐至极而转思悲慨之事，于是抒胸中抑郁，乃成此文，与王羲之的《兰亭集序》有异曲同工之妙。值得推荐的是，本文于写景状物方面可谓独具神韵，将自然之美与人情之美一一道来，并将二者交融在一起，是一篇非常优秀的山水游记散文。

零陵城南，环以群山，延以林麓。其崖谷之委会②，则泓然为池③，湾然为溪。其上多枫楠竹箭、哀鸣之禽④，其下多芰荇蒲藻、腾波之鱼⑤，韬涵太虚⑥，澹滟里间⑦，诚游观之佳丽者已。

【注释】

①崔使君:崔敏,时为永州刺史,两年后卒于任上,柳宗元为作祭文及墓志铭。使君,对州郡长官的尊称。

②委会:汇聚。委,水流所聚之处。会,会合,聚合。

③泓然:水深而广的样子。

④竹箭:细竹。此泛指竹子。哀鸣:叫声凄清婉转。

⑤芡:水生植物,又名鸡头,种子名芡实,供食用或入药。芰:水生植物,又名菱角,果实硬壳有角,果肉可食用。蕖(qú):荷花。

⑥韬涵:包含,蕴蓄。韬,包藏,包容。太虚:天空。

⑦澹滟(dàn yàn):水波浮动的样子。澹,水波起伏。滟,水光浮动。里闾:村庄。

【译文】

零陵城南面,围绕着群山,山林蔓延伸展。群山悬崖和深谷中水流汇聚之处,形成深广的水池,水流弯曲而形成溪水。南池上有很多枫树、楠树、竹子及叫声凄清婉转的水鸟,南池中有很多鸡头、菱角、蒲草、荷花及腾跃的鱼,倒映包容着天空,摇曳荡漾着村庄,实在是游览观赏的最佳去处。

崔公既来,其政宽以肆①,其风和以廉,既乐其人,又乐其身。于暮之春,征贤合姻,登舟于兹水之津。连山倒垂,万象在下,浮空泛景,荡若无外。横碧落以中贯②,陵太虚而径度。羽觞飞翔③,匏竹激越④,熙然而歌⑤,婆然而舞⑥,持颐而笑⑦,瞪目而倨⑧,不知日之将暮,则于向之物者可谓无负矣。

【注释】

①肆：宽恕，赦免。宽：原作"宅"，据《唐柳先生文》改。

②碧落：天空。

③羽觞：古代一种酒器。作鸟雀状，左右形如两翼。一说，插鸟羽于觞，促人速饮。

④匏竹：泛指丝竹等乐器。这里指音乐。激越：形容声音高亢清远。

⑤熙然：和乐的样子。

⑥娑然：盘旋的样子。

⑦颐：下巴。

⑧倨：通"踞"。坐，是一种随意的坐式。

【译文】

崔公来了以后，他的政令宽缓，他的作风温和廉洁，既使百姓和乐，又使他自身愉悦。在暮春时节，征集贤士及姻亲，在南池的渡口登船游览。山脉相连、倒映水面，万物都在水中，各种景色都倒映在水面，一切都在水中荡漾。就像从天上横贯而径直穿过。举起酒杯开怀畅饮，丝竹之声高亢而清远，和乐地歌唱，盘旋地舞蹈，托着下巴微笑，瞪着眼睛随性地坐着，不知道太阳将要落山，对那些景物可以说是没有辜负它们。

　　昔之人知乐之不可常，会之不可必也①，当欢而悲者有之。况公之理行，宜去受厚锡，而席之贤者，率皆左官蒙泽②，方将脱鳞介、生羽翮③，夫岂趑趄湘中为憔悴客耶④？余既委废于世，恒得与是山水为伍⑤，而悼兹会不可再也，故为文志之。

【注释】

①必：确定，保证。

②左官：指贬谪外迁的官员。左，原作"在"，据《唐柳先生文》改。

③脱鳞介、生羽翮：据《庄子·逍遥游》，海中之鲲可以化为大鹏。

　　此指官运亨通，鹏程万里。鳞介，鳞片。翮，鸟翼，翅膀。

④趑趄（zī jū）：欲行又止，犹豫不前。

⑤恒：长，久。

【译文】

　　以前的人知道欢乐不可能常久，聚会不可能确定，时常会有在本应欢乐时却感到悲慨的人。何况崔公的治理之法推行以后，理应离开永州接受丰厚的赏赐，而席间的贤人，大都是贬谪的官员，蒙受了他的恩泽，正要脱去鳞甲、生出羽翼，鹏程万里，怎么能在湘中犹豫不前成为困顿之客呢？我已经被世上废弃不用，常与这里的山水为伴，而哀悼这样的聚会不能再举行了，所以写了这篇文章记录下来。

【评点】

　　茅鹿门曰：文潇洒跌宕，惜也篇末犹多抑郁之思云。

　　张孝先曰：写景物之胜、宴游之乐，而末乃自发其悲感无聊之况。子厚工于文而无见乎道，内既无所得乎己，而外未免移乎物。是以当欢而悲，情词局促如此。此君子所以贵乎知命而乐天也。

【译文】

　　茅坤说：文章写得潇洒跌宕，可惜篇末还是写了很多抑郁之情绪。

　　张伯行说：文章写景物之胜、宴游之乐，而最后抒发自己悲感郁闷的境况。柳宗元擅长文章却对于大道没有理解，自己心中无所得，未免被外物所动摇。所以应该欢喜而他却悲哀，情感、文词都如此狭隘。可见君子贵在乐天知命啊。

送薛存义之任序

【题解】

本文为柳宗元在永州时所作,是为零陵县代理县令薛存义送别而作的赠序。

作为一篇赠序,柳宗元在序中一方面赞扬了薛存义的勤于政务与治民成效,一方面又抨击了当时大量官吏白拿着俸禄却不为民办事,甚至还欺压民众、侵盗民财的社会现象。值得一提的是,柳宗元在文中认为官吏本应是百姓的仆役而不是役使百姓之人,鲜明地体现出了柳宗元的民本思想与人文关怀,具有深远的现实意义。而从写作层面上讲,本文语言质朴简练,更具有论说文直逼事理的特质。

河东薛存义将行,柳子载肉于俎①,崇酒于觞②,追而送之江浒③,饮食之。且告曰:"凡吏于土者,若知其职乎?盖民之役,非以役民而已也。凡民之食于土者,出其十一佣乎吏,使司平于我也。今我受其直、怠其事者④,天下皆然。岂惟怠之,又从而盗之。向使佣一夫于家,受若直,怠若事,又盗若货器⑤,则必甚怒而黜罚之矣。以今天下多类此,而民莫敢肆其怒与黜罚⑥,何哉?势不同也。势不同而理同,如吾民何?有达于理者,得不恐而畏乎!"

【注释】

①俎:古代祭祀或宴会时用来盛放牲肉的礼器。
②崇:充满。觞:酒杯。
③浒:水边。
④直:报酬,工钱。

⑤盗：侵盗，劫掠。

⑥肆：施加。

【译文】

河东薛存义将要离开，我带上装满酒肉的杯盘，追着送他到江边，请他饮酒食肉。并且告诉他："凡是在地方上做官的人，你知道他们的职责吗？他们是百姓的仆役，而不是让他们役使百姓。凡是靠土地吃饭的人，拿出他们收入的十分之一雇佣官吏，让官吏公平地为自己办事。现在我却拿了他们的钱而懒于为他们办事，天下都是这样的。岂止懈怠，甚至还侵盗百姓的财产。假使家里雇佣一个人，拿着你的工钱，懒于为你办事，又偷盗你的财产，那么你一定非常生气，要撤掉他的职务还要处罚他。然而现在天下多数官吏都像这样，而百姓不敢对他们发怒，撤职处罚他们，为什么呢？是势力不同啊。势力不同而道理相同，让我们的人民怎么办呢？那些通达情理的人，能不因恐惧而有所畏惧么！"

　　存义假令零陵二年矣①。蚤作而夜思②，勤力而劳心，讼者平，赋者均，老弱无怀诈暴憎，其为不虚取直也的矣，其知恐而畏也审矣。吾贱且辱，不得与考绩幽明之说③，于其往也，故赏以酒肉而重之以辞。

【注释】

①假：临时，代理。零陵：零陵县，为永州州治所在，即今湖南永州。

②蚤：通"早"。早晨。

③考绩幽明：考核官吏政绩的优劣，决定降级或提升。

【译文】

薛存义代理零陵县令两年了。他早晨起来工作，晚上还要思虑政务，尽心竭力地办事，打官司的人得到公平的判决，缴赋税的人一律同等对待,对老人弱小没有欺诈或者任何施暴、令人厌恶的行为,他真是没有白拿报酬啊,实在是知道恐惧而有所畏惧啊。我地位低贱并且蒙受过耻辱,不能参与考核官吏政绩的优劣,决定降级或提升,所以在他将要离开的时候,请他喝酒吃肉而郑重地写下这篇文章。

【评点】

茅鹿门曰:昔人多录此文,然亦义亦浅。

张孝先曰:臣子为朝廷司牧民之职,当视民如子,自然一体关切。子厚以佣譬之,则已隔一膜矣。然佣而尽其职,犹可原也;佣而流于盗民,其奈之何哉? 苟有人心者,尚泚颡于柳子之言否耶①?

【注释】

①泚颡(cǐ sǎng):额头冒汗,表示羞愧。泚,冒汗。颡,额头。

【译文】

茅坤说:前人编选本多选录此文,但是讲道理的同时义理也很浅薄。

张伯行说:臣子是为朝廷牧养天下之民的,应当视民如子,自然一律关切有加。柳宗元把官员比作佣仆,已经有隔膜了。然而作为佣仆而能尽职尽责,还可以原谅;作为佣仆却侵盗人民的财产,又该如何整治呢? 但凡有点人心的,看到柳宗元的这番话,能不羞愧地额头冒汗吗?

送徐从事北游序

【题解】

本文为柳宗元在永州时所作。

本文也是一篇赠序,柳宗元劝勉徐生北上前往大都市并取得名声地位后,要把儒家学说施及万事万物,真正做到执政行动上符合孔子的理想。这样的文章内容比较简单,不容易出彩,而柳宗元此文出众之处就在于通篇都用跌宕之笔,从反面写来,不落窠臼,给人以耳目一新之感。

此外,本文也体现出柳宗元重视经学的实用价值,讲究通经致用的学术观点,这同样是他思想中的重要组成部分。

读《诗》《礼》《春秋》,莫能言说,其容貌充充然^①,而声名不闻传于世,岂天下广大多儒而使然欤?将晦其说,讳其读,不使世得闻传其名欤?抑处于远,仕于远,不与通都大邑豪杰角其伎而至于是欤^②?不然,无显者为之倡^③,以振动其声欤?今之世,不能多儒可以盖生者,观生亦非晦讳其说读者,然则余二者为之决矣。

【注释】

①充充然:精神饱满的样子。

②通都大邑:四通八达的大城市。伎:技艺。

③倡:倡导。

【译文】

读《诗》《礼》《春秋》而不能解说,他的容貌显出精神饱满的样子,而名声没有流传于世间,难道是因为天下广大、儒生众多的原因吗?还是隐晦他的学说,隐瞒他的解读,不让世人听说并传播他的名声呢?或是住在偏远的地方,仕宦也在偏远的地方,不和四通八达的大城市里的豪杰较量技艺而导致的结果呢?不然就是没有显贵的人为他宣扬,以振动他的声誉吧?现在的世上,没有那么多儒生可以超过徐生,看徐生也不是隐晦他的学说的人,那么就一定是剩下的两条原因了。

生北游，必至通都大邑；通都大邑，必有显者，由是其果
闻传于世欤？苟闻传必得位，得位而以《诗》《礼》《春秋》
之道施于事，及于物，思不负孔子之笔舌，能如是，然后可以
为儒。儒可以说读为哉！

【译文】

徐生向北方游历，一定会到大城市；大城市里一定会有显贵之人，因
此他一定能被听闻并传扬到世上吧？假如能被听闻、被传扬一定会得到
地位，得到地位而以《诗》《礼》《春秋》之道施行于各项事业，惠及万物，
想着做到不辜负孔子的言论，能像这样的话，然后就可以成为儒者了。
儒者难道是可以仅仅通过阅读经书就能成就的吗？

【评点】

张孝先曰：通篇俱用倒跌文法，此子厚著意出奇处也。
若顺言之，则曰儒者之道不徒诵说，必将施于事、及于物；生
至通都大邑成名得位之日，当如是而已。子厚自开别致，文
境一新，然视韩不及远矣。

【译文】

张伯行说：通篇都使用反诘倒推的文法，这是柳宗元有意出奇的地
方。如果顺着写，不过是说儒者之道不只是诵读经典，一定要施于具体
事物；徐生到大城市以后，如果成名得势，应当这样努力而已。柳宗元则
别开生面，文章意境令人耳目一新，但是还远远比不上韩愈。

种树郭橐驼传

【题解】

本文作于贞元二十一年（805），柳宗元时在长安，正积极参与政治革新，这篇文章很有可能是为其政治运动服务的。

作为一篇传记文，本文是以类似寓言的形式展开说理的。全篇先引出郭橐驼，这是一个《庄子》中那种外表残疾丑陋，而内怀异能、深谙大道的"畸人"形象。文章以假想问对的形式让这位"畸人"说出种树时要顺应树自然生长的本性的养树秘诀，进而将其和为官治理百姓的道理相对比，自然引出柳宗元的为政主张：即为官不可扰民，应以休养生息为爱民之根本，这样才能激发民众内在的创造力。

柳宗元的这种政治观念虽然上承儒家"使民以时"的王道理想及道家"顺势自然"的为政理念，但是具体到唐代现实社会中，他关于政府与百姓关系的理解却又颇具现代眼光，即使在千年以下依然具有重要的现实意义，值得我们引以为鉴。

郭橐驼①，不知始何名。病瘘②，隆然伏行③，有类橐驼者，故乡人号之"驼"。驼闻之曰："甚善，名我固当。"因舍其名，亦自谓"橐驼"云。其乡曰丰乐乡，在长安西。

【注释】

①橐驼：骆驼。郭橐驼因驼背得名。

②瘘（lú）：脊背弯曲，佝偻，驼背。

③隆然：脊背高起的样子。

【译文】

郭橐驼，不知道原来叫什么名字。因为驼背，导致背部隆起，弯着腰走路，有点像骆驼，所以乡人称他为"驼"。郭橐驼听到以后说："很好，这个名字称呼我确实很恰当。"于是舍弃了自己的名字,也自称"橐驼"。他的家乡叫丰乐乡,在长安西面。

驼业种树,凡长安豪富人为观游及卖果者,皆争迎取养。视驼所种树,或移徙,无不活,且硕茂早实以蕃①。他植者虽窥伺效慕②,莫能如也。

【注释】

①早实以蕃:果实结得又早又多。蕃,众多。

②窥伺效慕:暗中观察、效仿羡慕。

【译文】

郭橐驼以种树为职业,大凡长安富豪人家为了观赏宴游以及出售果子,都争着迎接和雇佣他。看郭橐驼种的树,或者他移植的树,没有不成活的,而且高大茂盛果实结得又早又多。其他从事种植的人,即使暗中观察、效仿羡慕,也没有能比得上他的。

有问之,对曰:"橐驼非能使木寿且孳也①,能顺木之天②,以致其性焉尔③。凡植木之性,其本欲舒,其培欲平④,其土欲故⑤,其筑欲密⑥。既然已,勿动勿虑,去不复顾。其莳也若子⑦,其置也若弃,则其天者全而其性得矣。故吾不害其长而已,非有能硕茂之也;不抑耗其实而已⑧,非有能蚤而蕃之也。他植者则不然。根拳而土易⑨,其培之也,若不过焉则不及。苟有能反是者,则又爱之太恩⑩,忧之太勤,旦视而暮抚,已去而复顾。甚者爪其肤以验其生枯⑪,摇其本以观其疏密,而木之性日以离矣。虽曰爱之,其实害之;虽曰忧之,其实仇之,故不我若也。吾又何能为哉!"

【注释】

①孳:滋长,繁殖。

②天:天性,自然生长规律。

③致:尽。

④培:培土。树木根部的堆土。

⑤故:旧,指原来培育树苗的土。

⑥筑:树木根部捣压坚实的土。密:紧密,结实。

⑦莳(shì):种植,移植。

⑧抑耗:损伤。

⑨拳:拳曲,伸展不开。易:更换。

⑩恩:情深,用心。

⑪爪:此指用指甲掐破。

【译文】

有人问他,他回答说:"橐驼我没能耐使树木活得长久并且繁茂,只不过能顺应树木的天性,使它的本性得以发展而已。大凡种树的本性,树的根要舒展,培土要均匀,土要用原来培育树苗的旧土,树根的土要捣结实。已经种好了,就不要乱动乱想,离开后不要回头看。种植的时候要像对待儿子那样小心周道,放在那里就要像抛弃了一般,那么它的天性就能保全而按照它的本性去生长了。所以我只是不伤害它的生长而已,并没有能力让它长高大长茂盛;只不过不损伤它的果实而已,并没有能力让它结果结得又早又多。其他种植的人却不同。树根拳曲又换了土壤,培土不是过了就是不够。即使有和上面做法相反的人,那么又会喜爱它太深,担心它太过,早晨看视、晚上抚摸,才离开又回头看。更有甚者用指甲掐破树皮检验它的死活,摇晃树根来看它栽得是疏松还是密实,而离树木的本性越来越远。虽说是爱它,其实是害它;虽说是担心它,其实是仇恨它,所以比不上我。我又有什么能耐呢!"

　　问者曰："以子之道，移之官理，可乎？"驼曰："我知种树而已，理，非吾业也。然吾居乡，见长人者好烦其令^①，若甚怜焉，而卒以祸。且暮吏来而呼曰：'官命促尔耕，勖尔植^②，督尔获；蚤缫而绪^③，蚤织而缕^④，字而幼孩^⑤，遂而鸡豚^⑥。'鸣鼓而聚之，击木而召之。吾小人辍飧饔以劳吏者^⑦，且不得暇，又何以蕃吾生而安吾性耶？故病且怠^⑧。若是，则与吾业者其亦有类乎？"

　　问者曰："嘻！不亦善夫！吾问养树，得养人术。"传其事以为官戒也。

【注释】

①长（zhǎng）人：当官的。长，统治。

②勖（xù）：勉励。

③蚤缫（sāo）而绪：早点煮你们的蚕茧抽丝。缫，把蚕茧浸泡在热水中抽丝。而，你的，你们的。绪，丝头。引申为丝或丝状物。

④缕：线。

⑤字：养育。

⑥遂：生长。

⑦飧（sūn）饔：晚餐和早餐。引申为吃饭。飧，晚饭。饔，早饭。劳：犒劳。

⑧病：穷困。怠：疲倦。

【译文】

　　提问的人说："把您的道理，迁移到为官的道理，可以么？"郭橐驼说："我只知道种树而已，至于治理百姓，不是我的专业。然而我生活在乡里，见到做官的喜欢不断地发号施令，好像是很怜爱百姓，而最终造成了祸患。每天早晚官吏来喊道：'官府命令督促你们耕种，勉励你们种植,督促你们收割;早点煮你们的蚕茧抽丝,早点把你们的线织成布,养育你们的小孩,喂养你们的鸡和猪。'敲着鼓、打着梆子把大家召集到一起。我们这些小民放下饭食来犒劳官吏,尚且不得闲暇,又怎么能使我们繁衍生息、安顿性命呢?所以穷困而疲乏。像这样,那和我的专业也有类似的地方吧?"

提问的人说:"啊!这不也很好吗!我问怎么养树,得到了治理人民的方法。"于是记录这件事以作为官员的警诫。

【评点】

茅鹿门曰:守官者当深体此文。

张孝先曰:子厚之体物精矣,取喻当矣。为官者当与民休息,而不可生事以扰民。虽曰爱之,适以害之,是可叹也。然所谓烦其令者,虽未得爱之之道,而犹有爱之之心焉。若今日之吏来于乡者,追呼耳[1],掊克耳[2],是直操斧斤以入山林也,岂特爪其根、摇其本已哉?噫!

【注释】

①追呼:胥吏到门号叫催租,逼服徭役。
②掊(póu)克:聚敛,搜刮。

【译文】

茅坤说:当官的人应该仔细体会本文的道理。

张伯行说:柳宗元对事理的体会很精到,设喻也很恰当。当官的人应该让百姓休养生息,而不可以生事扰民。虽然说是爱民,实际上是害民,真可感叹啊。然而那些所谓政令烦复的官员,虽然不知道爱民的方法,还算是有爱民的心。像现在来乡里的官吏,追逼租役,聚敛搜刮,简直就是拿着斧头闯入山林,何止是伤害、动摇了树木根本呢?唉!

梓人传①

【题解】

本文作于贞元十七年（801）后柳宗元调蓝田尉及将拜监察御史时，仍是一篇传记体的散文，通过寓言式的写法，将一位木匠的经历及其中蕴涵的道理与为相治国的道理对比，同样具有较强的现实政治指向。

柳宗元笔下的小人物往往都闪耀着智慧的光芒，上文中的郭橐驼即是一例，本文中的这位木匠也是如此。他因为不能修理自己的床腿而遭人误解，可实际上却有经略宏大建筑的能力，他不亲自动手却指挥得当，因之深受人们佩服。柳宗元认为，为相治国也是同样的道理，即为相要领会治国关键，善于选人，善于用人，不可事必躬亲地过分插手具体事物，这样才能实现国家的稳定。

柳宗元的这种政治观念正体现出中国古代政治的核心性质：即贤人政治。宰相的目的就在于让贤人各安其位、各行其是。东晋初年的丞相王导有句名言，"镇之以静，群情自安"（《晋书·王导传》），说的正是这个道理。

裴封叔之第在光德里②，有梓人款其门③，愿佣隙宇而处焉④。所职寻引、规矩、绳墨⑤，家不居砻斫之器⑥。问其能，曰："吾善度材，视栋宇之制，高深、圆方、短长之宜，吾指使而群工役焉。舍我，众莫能就一宇。故食于官府，吾受禄三倍⑦；作于私家，吾收其直大半焉⑧。"他日，入其室，其床阙足而不能理，曰："将求他工。"余甚笑之，谓其无能而贪禄嗜货者。

【注释】

①梓人：木匠，管理工程材料、设计建筑样式的人。

②裴封叔：即裴墐，河东闻喜（今属山西）人，柳宗元的姐夫。贞元
　三年（787）进士，累官崇文馆校书朗、京兆府参军、金州刺史、万
　年县令等，后贬道州、循州为佐、掾，量移吉州长史。

③款：敲，叩。

④隙（xì）宇：空房子。隟，同“隙”。空，闲。

⑤寻引：度量长度的工具。寻，八尺。引，十丈。

⑥居：积存。砻（lóng）：磨砺。斫：砍，削。

⑦禄：赏赐物。

⑧直：工钱。

【译文】

裴封叔的府第在光德里，有木匠敲他的门，希望租赁空闲的房间居住。他执掌的是尺子、圆规、方矩、准绳、墨线之类的工具，家里没有储存磨砺砍削的工具。问他有什么才能，他说：“我善于度量木材，审视房屋的样式，根据高深、圆方、短长的需要，我能指挥众多工匠一起工作。没有我，大家就不能造成一栋房子。所以在官府干活，我能拿三倍的赏赐；在私人家干活，我能收大半的工钱。”过了几天，我进入他的房间，看到他的床少了一条腿而不能自己修理，说：“打算请别的工人来修。”我很是耻笑他，认为他是没什么本事还贪财的人。

　　其后京兆尹将饰官署，余往过焉。委群材①，会众工，或执斧斤，或执刀锯，皆环立向之。梓人左持引右执杖而中处焉。量栋宇之任②，视木之能，举挥其杖曰：“斧！”彼执斧者奔而右；顾而指曰：“锯！”彼执锯者趋而左。俄而斤者斫，刀者削，皆视其色，俟其言，莫敢自断者。其不胜任者，怒而退之，亦莫敢愠焉③。画宫于堵④，盈尺而曲尽其制⑤，计其毫厘而构大厦，无进退焉。既成，书于上栋，曰“某年某

月某日某建"，则其姓字也，凡执用之工不在列⑥。余圜视大骇⑦，然后知其术之工大矣。

【注释】

①委：积蓄，累积。

②任：担荷，负载。

③愠：怨恨。

④宫：古代对房屋、居室的通称。堵：泛指墙。

⑤盈尺：一尺长短。曲尽：详尽。

⑥凡：一切，所有。

⑦圜视：向四周看。

【译文】

后来京兆尹将要装修官署，我经过那里。只见那里堆积着大量木材，招募了很多工匠，有的拿着斧头，有的拿着刀锯，都围成一圈面向那个木匠。木匠左手拿着长尺，右手拿着木杖，站在中间。度量房屋栋梁的承受力，考察木材的材质，举起木杖挥动着说："砍！"那些拿着斧头的人就跑到右边去砍；回头指着说："锯！"那些拿着锯子的人就跑到左边去锯。不一会儿，拿着斧子的人砍，拿着刀的人削，都看他的脸色，等待他的命令，没有谁敢自己裁断的。其中不胜任的，他愤怒地将其斥退，那人也不敢有所怨恨。他把房屋的样式画在墙上，在一尺长短内把所有的结构标示得非常详尽，计算图上的毫厘而建造整座大厦，没有一点出入。造成之后，在正梁上写上"某年某月某日某建"，只有他的名字，所有那些拿着工具的工人都不在署名之列。我环视四周非常惊骇，然后才知道他的技术非常精湛。

继而叹曰：彼将舍其手艺，专其心智，而能知体要者欤①？吾闻劳心者役人，劳力者役于人②，彼其劳心者欤？能者用而智者谋,彼其智者欤? 是足为佐天子相天下法矣③!
物莫近乎此也④。

【注释】

①体要:全局,纲要,关键。

②劳心者役人,劳力者役于人:语本《孟子·滕文公上》:"劳心者治
人,劳力者治于人。"

③相:治理,掌管。

④物:事物,事情。

【译文】

接着就感叹道:那位木匠一定是舍弃他的手艺,使他的心智专一,才
能把握全局、明白要领的吧? 我听说从事智力劳动的人役使别人,从事
体力劳动的人被人役使,他是从事智力劳动的人吧? 有能力的人从事具
体工作,有智慧的人从事谋略工作,他是有智慧的人吧? 这足以为辅佐
天子、治理天下的人所效法了! 事情没有比这更相似的了。

彼为天下者本于人。其执役者,为徒隶①,为乡师、里胥②。
其上为下士;又其上为中士、为上士;又其上为大夫、为卿、
为公③。离而为六职④,判而为百役⑤。外薄四海⑥,有方伯、
连率⑦。郡有守,邑有宰,皆有佐政。其下有胥吏⑧,又其下
皆有啬夫、版尹⑨,以就役焉,犹众工之各有执伎以食力也。
彼佐天子相天下者,举而加焉⑩,指而使焉,条其纲纪而盈
缩焉⑪,齐其法制而整顿焉⑫,犹梓人之有规矩、绳墨以定制
也。择天下之士,使称其职;居天下之人,使安其业。视都
知野,视野知国,视国知天下。其远迩细大,可手据其图而
究焉,犹梓人画宫于堵而绩于成也⑬。能者进而由之,使无

所德；不能者退而休之，亦莫敢愠。不衒能^⑭，不矜名^⑮，不亲小劳，不侵众官，日与天下之英才讨论其大经，犹梓人之善运众工而不伐艺也^⑯。夫然后相道得而万国理矣。相道既得，万国既理，天下举首而望曰："吾相之工也。"后之人循迹而慕曰："彼相之才也。"士或谈殷、周之理者，曰伊、傅、周、召^⑰，其百执事之勤劳而不得纪焉，犹梓人自名其功而执用者不列也。大哉相乎！通是道者，所谓相而已矣。

【注释】

①徒隶：给官府做事的人。徒，古代官府中供使役的人。

②乡师：《周礼》官名。地官司徒之属。每三乡共乡师二人，掌管治下乡的教育行政，并监督乡以下各级行政长官处理政务。此当指一乡之长。里胥：里长，一里之长。

③"其上为下士"几句：古代天子、诸侯都设有士，分上士、中士、下士。秦以后亦沿用。《礼记·王制》："王者之制禄爵，公、侯、伯、子、男，凡五等。诸侯之上大夫卿、下大夫、上士、中士、下士，凡五等。"《孟子·万章下》："君一位，卿一位，大夫一位，上士一位，中士一位，下士一位，凡六等。"

④离：分升，分散。六职：自隋唐开始尚书省下设吏、户、礼、兵、刑、工六部。

⑤判：分，分开。百役：百官。

⑥外薄四海：向外至四方边境。薄，迫近，至于。四海，四方。

⑦方伯：殷周时代一方诸侯之长。《礼记·王制》："千里之外设方伯。"连率：连帅。古代十国诸侯之长。《礼记·王制》："十国以为连，连有帅。"

⑧胥吏：官府中的小吏。

⑨啬夫：古代官吏名。乡官。秦制，乡置啬夫，职掌听讼、收取赋税。汉、晋及南朝宋因之。版尹：掌管地方户籍的小吏。

⑩举：举荐。加：担任。

⑪纲纪：大纲要领。盈缩：增减。

⑫齐：统一。

⑬绩：成，完成。

⑭衒：炫耀，夸耀。

⑮矜：夸耀。

⑯伐：夸耀。

⑰伊、傅、周、召：指伊尹、傅说、周公、召公。皆为商、周贤相。伊尹，又名挚，辅佐商汤建立商朝。傅说，商王武丁立为相，辅佐其中兴。周公，名旦，周武王之弟，辅佐武王伐纣建立周朝，又辅佐成王，治礼作乐，分封诸侯，使周朝统治得以巩固。召公，名奭，辅佐武王伐纣建立周朝，成王时任太保，与周公分陕而治，负责治理陕以西地方。

【译文】

那些治理天下的人，根本在于用人。那些办事服役的人，做徒隶，做乡师、里胥；高一等的是下士，再高一等的是中士、上士；再高一等的是大夫、卿士、公。区分开为六部，再细分为百官。向外到四方，有方伯、连帅。郡有郡守，邑有邑宰，都有辅佐政事的人。他们下面还有胥吏，再下面都有啬夫、版尹，来做具体事物，就像众多工匠各有自己的技艺靠出力来谋生一样。那些辅佐天子治理天下的人，举荐人才，指挥派遣，条理纲领而进行必要的增减，统一法制而整顿秩序，就像木匠有规矩、绳墨以确定规制。选择天下的士人，让他们各称其职；安顿天下的百姓，让他们各安其业。视察城市能推知乡野，视察乡野能推知国家，视察国家能推知天下。其中的远近大小，可以根据手中的图纸来研究，就像木匠在墙上画好建筑图就能使工程完工一样。引进有能力的人并发挥其作用，使他们不觉得应该感恩戴德；把没有能力的人斥退，他们也不敢怨恨。不炫耀才能，不夸耀名声，不插手具体事务，不越职干涉百官，每天和天下英才一起讨论治国的大计，就像木匠善于运用众工匠的能力而不以手艺自夸一样。然后才算掌握了做宰相的道理而万国得以治理。做宰相的道理已经掌握，万国已经得到治理，天下百姓抬头仰望说："这是我们宰相的功劳。"以后的人遵循他的遗迹而仰慕地说："那是为相之人才。"士人有时谈论商、周时期的治理，只说伊尹、傅说、周公、召公，那些勤劳的百官得不到记载，就像木匠在房屋上刻下自己的名字记功而服役的工匠不能署名一样。宰相伟大啊！通晓这个道理的人，就是我们所谓的宰相了。

　　其不知体要者反此：以恪勤为公[①]，以簿书为尊，衔能矜名，亲小劳，侵众官，窃取六职百役之事，听听于府庭[②]，而遗其大者远者焉，所谓不通是道者也。犹梓人而不知绳墨之曲直、规矩之方圆、寻引之短长，姑夺众工之斧斤刀锯以佐其艺，又不能备其工，以至败绩用而无所成也，不亦谬欤？

【注释】

　　①恪勤：恭敬勤恳。恪，谨慎，恭敬。

　　②听听（yǐn）：断断。斤斤计较，争辩不休。

【译文】

　　那些不知道全局大要的人与此相反：认为恭敬勤恳、处理文书就是尽职尽责，炫耀自己的才能，矜夸自己的名节，事必躬亲，又干涉百官，插手六部各司的职事，在相府中计较争辩，而遗漏了那些重大、长远的事情，这就是所谓不通晓为相之道的人。就像木匠却不知道绳墨的曲直、规矩的方圆、尺寸的长短，只是夺取众工匠的刀斧替他们做手艺，又不能像他们那样精细，以至于最终失败而无所成就，不是大错特错了吗？

　　或曰："彼主为室者，倘或发其私智，牵制梓人之虑，夺其世守而道谋是用^①，虽不能成功，岂其罪耶？亦在任之而已。"余曰："不然。夫绳墨诚陈^②，规矩诚设，高者不可抑而下也，狭者不可张而广也。由我则固，不由我则圮^③。彼将乐去固而就圮也，则卷其术^④，默其智^⑤，悠尔而去，不屈吾道。是诚良梓人耳。其或嗜其货利，忍而不能舍也，丧其制量，屈而不能守也，栋桡屋坏^⑥，则曰：'非我罪也。'可乎哉，可乎哉？"

【注释】

①世守：世代相传的手艺。道谋是用：此指坚持自己的外行观点。道谋，与行路之人相谋。

②诚：确实，的确。

③圮：毁坏，倒塌。

④卷：收敛，收藏。

⑤默：隐。

⑥桡：木头弯曲。

【译文】

　　有人说："那些所造房子的主人，倘若发表他们自己的意见，牵制木匠的谋划，剥夺木匠世代相传的技艺而固执己见，那么最终不能成功，难道是木匠的罪过吗？也只是听之任之而已。"我说："不是这样的。绳墨实实在在地摆着，规矩实实在在地设着，高的不能被压低，窄的不能被拓宽。听我的就会稳固，不听我的就会倾倒。遇到那些非要抛弃坚固而选择倾倒的人，就收起我的技术，隐没我的智慧，悠然地离去，不委屈我的原则。这才是真正好的木匠。那些追求财富，忍受着委屈而不能舍弃利益的人，改变了他设计的规制，屈服而不能坚持自我，结果房梁弯曲，屋宇毁坏，却说：'那不是我的罪过。'可以这么说吗，可以这么说吗？"

余谓梓人之道类于相，故书而藏之。梓人，盖古之审曲面势者①，今谓之"都料匠"云。余所遇者，杨氏，潜其名。

【注释】

①审曲面势：审查木料的曲直，衡量房屋结构。

【译文】

我说木匠的道类似于为相之道，所以写下来收藏着。木匠，就是古代审查木料的曲直、衡量房屋结构的人，现在称为"都料匠"。我遇到的这个人姓杨，隐去他的名字。

【评点】

唐荆川曰：此文体方，不如《圬者传》圆转①，然亦文之佳者。

茅鹿门曰：序次摹写，井井入构。

张孝先曰：相臣之道，备于此篇。末段更补出以道事君、不可则止意，是古今绝大议论。

【注释】

①《圬者传》：《圬者王承福传》，韩愈为泥瓦匠王承福所做的传记。

【译文】

唐顺之说：本文文体方正，不如《圬者传》那样圆转，但也是佳作。

茅坤说：摹写得有次序，井井有条。

张伯行说：此篇详细地讲明了为相之道。末段更是补叙出应以道事奉君主、否则就不要为相的意思，是古今以来绝顶重要的议论。

宋清传

【题解】

本文作于柳宗元在永州时，或谓贞元年间在长安作。本文是一篇传记体散文，其中寄寓着柳宗元深刻的个人遭际和理想信念。

传主宋清是一个市井药商，奇怪的是他卖药非常大方，不但允许赊账而且久欠不还者也不予追究，有人说他愚蠢，有人说他有道。最终他获得了那些后来发达、成为达官显贵之人的丰厚回报，此之谓"取利远，远故大"。柳宗元借此讽刺了那些只看重眼前利益，不顾长远利益的人。

而最为柳宗元所激赏的是宋清待人不论贵贱、始终如一，所以虽然他只是个商人，可在柳宗元看来却有着很多士大夫们都比不上的高尚情操，或许带有柳宗元在遭遇贬谪后受到世人不公待遇的愤懑。

宋清，长安西部药市人也，居善药。有自山泽来者，必归宋清氏，清优主之①。长安医工得清药辅其方②，辄易雠③，咸誉清。疾病疕疡者④，亦皆乐就清求药，冀速已。清皆乐然响应，虽不持钱者，皆与善药，积券如山，未尝诣取直。或不识遥与券，清不为辞。岁终，度不能报，辄焚券，终不复言。市人以其异，皆笑之曰："清，蚩妄人也⑤。"或曰："清其有道者欤？"清闻之曰："清逐利以活妻子耳，非有道也；然谓我蚩妄者亦谬。"

【注释】

①优：优厚，优待。

②辅其方：配药方。辅，辅助。此指配制。

③雠：出售。

④疕疡（bǐ yáng）：泛指疮疡。疕，头疮。疡，痈疮。

⑤蚩妄：痴愚糊涂。蚩，愚蠢。妄，随意，胡乱。

【译文】

宋清是长安西部卖药的人，储存着上等的药材。有从山区湖泽之地来的卖药人，一定要送到宋清这里来，宋清都优待他们。长安的医生得到宋清的药配药方，就容易卖出去，都称赞宋清。那些得了疾病，身上有疮疡的人，也都喜欢到宋清这里求药，希望能赶快好起来。宋清都很高兴地接待他们，即使没带钱的人，也都给予上等的药材，积累的欠条很多，却从来没有去上门要钱。有不认识的人从远处寄来欠条买药，宋清也不推辞。岁末，估量着不能付钱的，就把欠条烧了，永不再提起。市井中人觉得他很奇怪，都笑话他说："宋清是个愚蠢糊涂的人。"有的人说："宋清是有道的人吧？"宋清听到后就说："我只是追求利益以养活妻子儿女罢了，不是有道之人；但说我愚蠢糊涂的人也错了。"

　　清居药四十年，所焚券者百数十人，或至大官，或连数州，受俸博，其馈遗清者，相属于户①。虽不能立报，而以赊死者千百，不害清之为富也。清之取利远，远故大，岂若小市人哉？一不得直②，则怫然怒③，再则骂而仇耳。彼之为利，不亦翦翦乎④？吾见蚩之有在也。清诚以是得大利，又不为妄，执其道不废，卒以富。求者益众，其应益广。或斥弃沉废，亲与交；视之落然者⑤，清不以怠，遇其人，必以善药如故。一旦复柄用⑥，益厚报清。其远取利，皆类此。

【注释】

①相属：一个接着一个。

②直：报酬，工钱。

③怫然：愤怒的样子。

④鄙鄙：狭隘的样子。

⑤落：沉沦，衰败。

⑥柄用：权力，权柄。

【译文】

宋清卖药四十年，烧毁了一百几十人的欠条，这些人有的后来当了大官，有的连续出任好几个州的长官，接受的俸禄很多，他们给宋清送礼物，在门口连接不断。即使不能立刻报答，而且欠债赊药直到死去的人有成百上千，也不会妨碍宋清成为富商。宋清获取长远利益，长远所以就赚得多，哪里像市井小商人呢？一旦得不到钱，就气急败坏，再得不到就辱骂对方而成为仇人。那些人求利，不是太狭隘了吗？我看他们才是愚蠢的人。宋清实在是以眼光长远获得了很大的利益，又不随意胡来，执守他的道不摒弃，最终取得了富贵。求他的人越来越多，他回应的也越来越广。有的人被贬斥抛弃，沉沦下僚，他还是亲自和他交往；对待那些沉沦失势的人，宋清不会懈怠，遇到这样的人，一定会同往常一样给他们上等药材。这些人一旦重新恢复权柄，就会更加倍地报答宋清。他获取长远的利益，都像这样。

吾观今之交乎人者，炎而附①，寒而弃，鲜有能类清之为者。世之言，徒曰"市道交"②。呜呼！清，市人也，今之交有能望报如清之远者乎？幸而庶几③，则天下之穷困废辱得不死亡者众矣，"市道交"岂可少耶？或曰："清，非市道人也。"柳先生曰："清居市不为市之道，然而居朝廷、居官府、居庠塾乡党以士大夫自名者④，反争为之不已，悲夫！然则清非独异于市人也。"

【注释】

①炎：形容得势时显赫。

②市道交：以商人逐利的方式交往。势利之交。

③庶几：差不多。

④庠：古代的学校。塾：古代私人设立的学校。

【译文】

我看现在与人交往的人，得势的就依附，失势的就抛弃，很少有能像宋清这样的。世上人们的评价，只是说"以商贾逐利之道交往"。唉！宋清是市井之人，现在的交往有能像宋清这样求长远的回报的吗？如果有幸差不多能这样，那么天下那些穷困或遭废逐受辱还能够不死的人就多了。"以商贾逐利之道交往"难道可以少吗？有人说："宋清不是以商贾逐利之道交往的人。"柳宗元说："宋清在市井中生活却不用商贾逐利的手段，然而那些身居朝廷、身居官府、在学校乡里以士大夫的身份自命的人，反而争着不停地采用商贾逐利的手段，可悲啊！那么宋清就不只是和市井之人不同而已了。"

【评点】

茅鹿门曰：亦风刺之言。

张孝先曰：宋清多蓄善药，施于人而不求报，卒以此得大利。此古今大有经纪人也。而柳子特推言今之交无此人，又结言清居市不为市道，今以士大夫自名者反争为市道，直是无穷感慨。

【译文】

茅坤说：也是讽刺的话。

张伯行说：宋清积蓄上等药材，施与别人而不求回报，最终由此获得大利。这是古往今来大有经济头脑的人啊。而柳宗元特别推论说现在没有像宋清这样可交的人，又在结尾说宋清生活在市井而不取市井交往之道，现在自命为士大夫的人反而争相采取市井交往之道，真是感慨万千。

桐叶封弟辩

【题解】

辩是一种论说文体，以判别事理为主。

周公劝谏成王"桐叶封弟"的事迹经《吕氏春秋》《说苑》等记载后一直被传为美谈，人们都称赞周公与成王的言出必行、君无戏言。然而柳宗元却从反面立论，从"当封"与"不当封"两方面论说周公劝谏的不合理性，最终引出他的论点，即：凡事应当坚持以是否得当为原则，如果为了恰当那么即便更改也是合理的。进而引出柳宗元的"大中之道"，即从容不迫、优游自如地行事或对事情加以引导。

本文历来受到文人士大夫的高度评价，不仅因为柳宗元的见识高远，同时也因为本文的结构层层递进，一笔紧接一笔，使得文章的逻辑非常严谨，这也是本文值得学习之处。

古之传者有言①，成王以桐叶与小弱弟②，戏曰："以封汝。"周公入贺。王曰："戏也。"周公曰："天子不可戏。"乃封小弱弟于唐③。

【注释】

①传者：编撰史书的人。"桐叶封弟"的事迹见吕不韦主持编写的《吕氏春秋》之《重言》篇和刘向编撰的《说苑》之《君道》篇。

②成王：周武王之子，名姬诵。成王少年即位，由周公辅政。小弱

弟：成王幼弟叔虞。弱，年少。

③唐：商代方国，在今山西翼城西。相传为尧的后裔，祁姓，被周成
王所灭。后以尧墟南有晋水，改称为晋。

【译文】

古代编撰史书的人说到，成王把桐叶给他年幼的弟弟，开玩笑地说：
"用它来分封你。"周公进宫祝贺。成王说："我是开玩笑的。"周公说：
"天子不能儿戏。"于是把年幼的弟弟分封在唐地。

吾意不然。王之弟当封耶，周公宜以时言于王①，不待
其戏而贺以成之也；不当封耶，周公乃成其不中之戏②，以地
以人与小弱者为之主，其得为圣乎？且周公以王之言不可
苟焉而已③，必从而成之耶？设有不幸，王以桐叶戏妇寺④，
亦将举而从之乎？凡王者之德，在行之何若。设未得其当，
虽十易之不为病；要于其当，不可使易也，而况以其戏乎？
若戏而必行之，是周公教王遂过也⑤。

【注释】

①时：及时。

②中：适当，恰当。

③苟：苟且，随便。

④寺：宦官，太监。

⑤遂过：顺成过失，掩饰过失。

【译文】

我觉得不应该这样。成王的弟弟如果应当分封的话，周公应该及时
对成王说，不应该等到他们开玩笑的时候才去祝贺而促成此事；如果不
应当分封，周公就是将一个不恰当的玩笑变成了事实，把土地和人民给

年幼的人让他做那里的主人，这样能称得上是圣人吗？况且周公只是认为王者说话不能随便罢了，一定要让这话变成事实吗？假如不幸，成王拿着桐叶和姬妾、宦官开玩笑，也要跟着照办吗？大凡帝王的德行，在于做得怎么样。假如做的并不恰当，即使改变十次也没有问题；对于那些恰当的事，则不能让他更改，何况是开玩笑呢？假如玩笑一定要执行，这就是周公教唆成王掩饰过失了。

　　吾意周公辅成王，宜以道，从容优乐，要归之大中而已①，必不逢其失而为之辞②。又不当束缚之，驰骤之③，使若牛马然，急则败矣。且家人父子尚不能以此自克，况号为君臣者耶？是直小丈夫缺缺者之事④，非周公所宜用，故不可信。或曰：封唐叔，史佚成之⑤。

【注释】

①大中：指无过与不及的中正之道。

②逢：迎合。

③驰骤：犹驱使。

④小丈夫：庸俗而识短的人。缺缺（quē）：耍小聪明的样子。缺，同"缺"。

⑤史佚：亦称"尹佚""史逸"。周武王时任太史。擅长天文、术数。曾辅佐武王伐纣，又辅佐成王。与姜尚及周、召二公并称"四圣"。

【译文】

　　我认为周公辅佐成王，应该用帝王之道，从容不迫、轻松愉快，关键要归于中正之道，一定不要迎合他的错误而为他开脱。又不应该束缚他，驱使他，让他像牛马一样，急躁就会失败。而且一家人父子之间尚且不能以此自行克制,况且以君臣相称的人呢? 这只是庸俗没见识的人要小聪明做的事,不是周公应该做的,所以不可相信。有人说:封唐叔虞,是史佚促成的。

【评点】

唐荆川曰:此篇与《守原议》《封建论》三篇[①],所谓大篇短章,各极其妙。

茅鹿门曰:此等文并严谨,移易一字不得。

张孝先曰:一折一意,皆是绝顶识见,辨驳得倒。但末段谓"不当束缚之"云云,议论太松。观伊川谏折柳[②],方是事君之道。

【注释】

① 《守原议》:即柳宗元所撰《晋文公问守原议》。文章就晋文公向寺人勃鞮询问应将周王所赐的原邑交给谁管理一事,提出了人主不应向宦官征求意见的观点。《封建论》:柳宗元所撰。文章对分封制进行了全面分析,论证了郡县制的巨大优越性,肯定了郡县制代替分封制是历史发展的必然,有力地抨击了维护分封制的谬论。

② 伊川谏折柳:程颐任讲官时,皇帝一日戏折柳枝,程颐道:"方春发生,不可无故摧折。"帝不乐而罢。事见《程氏遗书》。伊川,程颐(1033—1107),字正叔,学者称伊川先生,洛阳(今属河南)人。历官西京国子监教授、秘书省校书郎、崇政殿说书等职。其学以《大学》《论语》《孟子》《中庸》为标指,而达于六经。主张存天理去人欲,为理学奠定了基础。与兄程颢称为"二程",著有《周易程氏传》《春秋传》等。

【译文】

唐顺之说：这篇文章与《守原议》《封建论》三篇，正是所谓无论长短，都能曲尽其妙。

茅坤说：这样的文字很严谨，不能改动一字。

张伯行说：一层转折写一层意思，都是绝顶见识，辩得倒别人。只是末段说的"不当束缚之"一番话，议论太松散了。看程颐劝谏皇帝折柳，才是事奉君主的方法。

《论语》辩

【题解】

《论语辩》一共有两篇，本文是上篇，重点讨论了《论语》一书的编撰者及成书情况。

关于《论语》的成书，传统的说法都认为是孔子弟子在其死后整理编撰而成的，柳宗元对此说提出质疑，指出《论语》中记载了曾子之死，而曾子死时离孔子已远，所以成说不可信。进而又根据书中内证，曾子、有子称"子"，指出《论语》很可能是曾子弟子整理完成的，并认为有子是因为曾经被尊为师，所以也称"子"，行文整体逻辑严谨而简明，有驳有立，是一篇极具说服力的论说体散文。

不过，从古典文献的生成角度讲，《论语》中混入曾子之死等内容，可以视为先秦文献常见的附益现象，古人对此也多有说明，今人不必过分拘执，成说亦可从。

或问曰：儒者称《论语》孔子弟子所记，信乎？曰：未然也。孔子弟子，曾参最少[①]，少孔子四十六岁。曾子老而死。是书记曾子之死，则去孔子也远矣。曾子之死，孔子弟子略无存者矣。吾意曾子弟子之为之也。何哉？且是书载弟子必以字,独曾子、有子不然②。由是言之,弟子之号之也。

【注释】

①曾参:字子舆,孔子弟子,春秋末鲁国人。其弟子称其为曾子。

②有子:即有若,字子有,孔子弟子,春秋末鲁国人。其弟子称其为
有子。

【译文】

有人问:儒者说《论语》是孔子弟子所记的,真的是这样吗? 说:未必是这样的。孔子弟子中曾参最小,小孔子四十六岁。曾子因年老而死。这本书记载了曾子之死,那么离孔子的时代已经很远了。曾子死的时候,孔子的弟子几乎没有活着的了。我觉得是曾子的弟子整理的。为什么呢? 这本书记载孔子的弟子一定会称字,只有曾子、有子不这样。由此可见,这是曾子的弟子对他的称呼。

然则有子何以称子? 曰:孔子之殁也,诸弟子以有子为似夫子,立而师之,其后不能对诸子之问,乃叱避而退①,则固尝有师之号矣。今所记独曾子最后死,余是以知之。盖乐正子春、子思之徒与为之尔②。或曰:孔子弟子尝杂记其言,然后卒成其书者,曾氏之徒也。

【注释】

①叱:斥责。

②乐正子春:曾子弟子。子思(前483—前402):孔子的孙子,名孔
伋,曾学于曾参,并将学术传与孟子,后世将其与孟子并称为“思
孟”,有人认为《中庸》反映了子思的思想。

【译文】

然而有子为什么可以称"子"呢？说：孔子死后，各位弟子觉得有子像孔子，于是立他为师，后来他对于诸弟子的提问不能应对，才斥责他而让他离开，所以他本来曾经有过老师的名号。现在书中所记载的人中只有曾子最后死，我由此得知。大概是乐正子春、子思这些人一起写的吧。有人说：孔子弟子曾经零散地记下他的言论，然而最终写成这本书的是曾子的弟子。

【评点】

茅鹿门曰：此等辩析，千年以来罕见者。

张孝先曰：亦有证据，但谓尽出曾子之徒，非也。盖有子亦自有其徒，故称子。此乃以诸弟子尝以为师，故称子，未免袭太史公列传而误信之耳[①]。惟程子谓《论语》之书成于有子、曾子之门人，故其书独二子以子称[②]，较为有据。

【注释】

①太史公列传：此指《史记·仲尼弟子列传》。篇中记载："孔子既没，弟子思慕，有若状似孔子，弟子相与共立为师，师之如夫子时也。他日，弟子进问……有若默然无以应。弟子起曰：'有子避之，此非子之座也！'"

②惟程子谓《论语》之书成于有子、曾子之门人，故其书独二子以子称：《程氏外书·罗氏本拾遗》记程颐曰："《论语》，曾子、有子弟子论撰。所以知者，唯曾子、有子不名。"

【译文】

茅坤说：这样的辨析，也是千年以来罕见的。

张伯行说：议论也有证据，但说都出自曾子的弟子，是不对的。大概有子也有自己的弟子,所以称"子"。这里说弟子们曾经拜有子为师,所以称"子",未免沿袭了司马迁《史记·仲尼弟子列传》而犯了错误。唯独程颐说《论语》成书于有子和曾子的学生,所以书里只有二人称"子",较有根据。

说车赠杨诲之

【题解】

本文作于元和五年(810),柳宗元时在永州。是年柳宗元原配夫人之弟、杨凭之子杨诲之取道永州前往临贺,柳宗元觉得杨诲之内心方正,但担心他外在表现不够圆通,因作此文赠之。

柳宗元在文中以车子为比喻,向杨诲之阐明了做人的道理,总体思想是要外圆内方,内心有所坚持而外在表现要能圆通。此外,柳宗元还以车子各个零部件为喻,分别阐释了为人处事之道,论述得非常详备,因此张伯行评价此文说很像《考工记》,可谓的评。

本文引起了杨诲之的不理解(见前文《与杨诲之疏解车义第二书》),这也与中唐时期社会文化心态有关,当时流传一句流行语"君欲求权,须曲须圆"(元结《自箴》),这和柳宗元的说法也比较相近,大概是杨诲之不能理解柳宗元的原因所在。而柳宗元所论实际上是与其对"大中之道"的理解有关的,读者需要仔细辨析其中差异。

杨诲之将行,柳子起而送之门。有车过焉,指焉而告之曰:"若知是之所以任重而行于世乎?材良而器攻①,圆其外而方其中然也。材而不良,则速坏。工之为功也,不攻则速败。中不方则不能以载,外不圆则窒拒而滞②。方之所谓者箱也,圆之所谓者轮也。匪箱不居③,匪轮不涂④。吾子其务法焉者乎?"曰:"然。"

【注释】

①攻：坚固。

②窒：阻塞，抑制。

③匪：同"非"。不是。

④涂：道路。此指行路。

【译文】

杨诲之将要起行，柳宗元起身送他到门口。有车路过，柳宗元指着车告诉他："你知道这车子凭什么能载重物而在世上走吗？因为材质精良而器具坚固，外面是圆的，中间是方的。假如材质不够精良，那么马上就会朽坏。工匠造车子，不够坚固的话也会很快败坏。中间不是方的就不能载物，外面不是圆的就艰涩难行。方的就是所谓的车箱，圆的就是所谓的车轮。没有车箱不能装载，没有轮子不能行路。您可以效法车子吗？"他说："可以。"

曰："是一车之说也，非众车之说也，吾将告子乎众车之说。泽而杍，山而侔①，上而轾②，下而轩且曳③。祥而旷左④；革而长毂以戟⑤；巢焉而以望⑥；安以爱老⑦；辐以蔽内⑧；垂绥而以畋⑨；载十二旒⑩，而以庙、以郊、以陈于庭⑪；其类众也。然而其要，存乎材良而器攻，圆其外而方其中也。是故任而安之者箱；达而行之者轮；恒中者轴；掚而固者蚤⑫；长而挠⑬，进不罪乎马，退不罪乎人者辕；却暑与雨者盖；敬而可伏者轼⑭；服而制者马若牛⑮；然后众车之用具。

【注释】

①泽而杍，山而侔：走过沼泽时要削薄车辋（车轮的外框），走过山地要使车辋上下相等。杍，削薄，削尖。侔，与……相等、相齐。

语出《周礼·冬官·考工记》："凡为轮，行泽者欲杼，行山者欲
侔。"注："杼，谓削薄其践地者。侔，上下等。"疏引郑珍云："泽
地多涂，山地多石，故行泽之轮须削牙如杼，使不为涂所著；行山
之轮须牙上下等，使不为石所伤。"

②轾：车子前边低后边高。

③轩：车子前边高后边低。曳：牵引，拖拽。

④祥而旷左：魂车要空出左边。语出《礼记·曲礼上》："祥车旷
左。"祥，祥车。死者生前所乘之车，葬时用为魂车。

⑤革：革车。古代的一种兵车。毂：车轮中心的圆木，外沿与车辐相
接，中有插轴的圆孔。戟：伸出。

⑥巢：巢车。古代的一种兵车，是用以探查敌情的瞭望车。

⑦安以爱老：用安车来关怀老人。《礼记·曲礼上》："大夫七十而致
事，……乘安车，自称曰老夫。"安，安车。古代可以坐乘的小车。

⑧辎：辎车。有帷盖的载重大车。

⑨垂绥（ruí）而以畋：指驾上武车田猎。《礼记·曲礼上》："武车绥
旌。"绥，通"緌"。一种旌旗。畋，田猎。

⑩十二旒（liú）：此或指太常旗。《周礼·春官·巾车》："王之五路：
一曰玉路，……建大常，十有二旒，以祀。"旒，旌旗下边垂缀的
装饰物。

⑪庙：祭祀祖先灵位。郊：祭祀天地神灵。

⑫挶（jū）：原指弯着手臂拿东西。此指楔紧。蚤：通"爪"。车辐入
轮圈的部分。

⑬挠：通"桡"。弯曲。

⑭轼：设在车厢前供立乘者凭扶的横木。古人伏轼以表示礼敬。

⑮服：驾。制：控制。

【译文】

我说："这只是一辆车的道理，不是普遍的车的道理，我要告诉您普

遍的车的道理。走过沼泽时要削薄轮辋，走过山地要使车辋上下相等；上行时车子前边要低，下行时车子前边要高并且要拽住。魂车要空出左边；战车要加长车轴向外伸出；巢车用来瞭望敌情；安车用来关怀老人；辒车用帷盖遮蔽车内；驾上武车去打猎；载着垂挂着十二条旒的太常旗的车子，用来进行庙祭、郊祭或陈列在庭中；车子的种类繁多。然而最重要的，还是在于材质精良，器具坚固，外面是圆的而中间是方的。所以负担重任而能安稳的是车箱；行进而抵达目的地的是车轮；永远在中间的是车轴；楔紧车辐与车辋的是车毂；长而弯曲，前进时不影响马，后退时不影响人的是车辕；防酷暑与风雨的是车盖；表示对人尊敬而可以让人伏身施礼的是车轼；驾驭控制马或牛来驾车；然后普遍的车子的功用就齐备了。

"今杨氏，仁义之林也[1]，其产材良。诲之学古道，为古辞，冲然而有光[2]，其为工也攻。果能恢其量若箱[3]，周而通之若轮，守大中以动乎外而不变乎内若轴，摄之以刚强若毂[4]，引焉而宜御乎物若辕，高以远乎污若盖，下以成乎礼若轼，险而安，易而利[5]，动而法，则庶乎车之全也。《诗》之言曰：'驷牡骒骒，六辔如琴[6]。'孔氏语曰：'左为六官，右为执法[7]。'此其以达于大政也。凡人之质不良，莫能方且恒；质良矣，用不周，莫能以圆遂[8]。孔子于乡党，恂恂如也[9]，遇阳虎必曰诺[10]，而其在夹谷也，视叱齐侯类畜狗[11]，不震乎其内。后之学孔子者，不志于是，则吾无望焉耳矣。"

诲之，吾戚也，长而益良，方其中矣。吾固欲其任重而行于世，惧圆其外者未至，故说车以赠。

【注释】

①林:原作"材",据《唐柳先生文》改。

②冲然:谦虚的样子。

③恢:扩大,发扬。

④摄:收拢,收紧。

⑤易:变化。

⑥驷牡骒骒,六辔如琴:四匹马奔驰不停,六条缰绳就像琴弦一样整齐调和。语出《诗经·小雅·四牡》。骒骒,马行走不止的样子。

⑦左为六官,右为执法:意谓一方面以六官实行德政,一方面以执法官实行奖惩。按,此二句不见于古代文献,与此关系较为紧密的是《孔子家语·执辔》:"天子以内史为左右手,以六官为辔,已而与三公为执六官,均五教,齐五法,故亦唯其所引,无不如志。"六官,周六卿之官。《周礼》以天官冢宰、地官司徒、春官宗伯、夏官司马、秋官司寇、冬官司空分掌邦国之政,总称六官或六卿。《孔子家语·执辔》:"古之御天下者,以六官总治焉。冢宰之官以成道,司徒之官以成德,宗伯之官以成仁,司马之官以成圣,司寇之官以成义,司空之官以成礼。"

⑧圆遂:周全地发挥作用。

⑨孔子于乡党,恂恂如也:孔子在乡里,始终保持谦恭。恂恂如,谦恭的样子。语出《论语·乡党》。

⑩遇阳虎必曰诺:《论语·阳货》记载,阳虎曾希望孔子出仕做官,"曰:'怀其宝而迷其邦,可谓仁乎?'曰:'不可。''好从事而亟失时,可谓知乎?'曰:'不可。''日月逝矣,岁不我与。'孔子曰:'诺。吾将仕矣。'"阳虎,春秋时鲁国人。一作"阳货"。初为季孙氏家臣,事季平子。平子死后,专鲁国国政。后作乱,遭三桓联合攻伐,兵败奔齐,被齐囚执,脱逃后奔晋,为赵鞅家臣。

⑪其在夹谷也,视叱齐侯类畜狗:《左传·定公十年》载齐景公会鲁

定公于夹谷，以兵挟持定公，孔子为鲁相，保护鲁定公退避，并斥责齐人："士兵之！两君合好，而裔夷之俘以兵乱之，非齐君所以命诸侯也。裔不谋夏，夷不乱华，俘不干盟，兵不逼好。于神为不祥，于德为愆义，于人为失礼，君必不然。"按，孔子并未指斥齐侯，话语也有理有节，此言"视叱齐侯类畜狗"为夸张写法。畜，原作"蓄"，据《唐柳先生文》改。

【译文】

"现在杨氏家族，就像仁义的森林，他家出的人材都是精良的。杨诲之学习古道，写古文，谦逊而有文采，技术也精巧。假如他能像车箱一样气量宽阔，像车轮一样周全并通达，像车轴一样心中坚守大中之道，外在有所通变而内心不改初衷，像车辁一样刚强地收拢，像车辕一样牵引并适当地驾驭万物，像车盖一样在高处遮蔽使人远离污秽，像车轼一样在下面使人行为合乎礼节，遇到危险而能安然度过，遇到变化能顺利应对，行动有法度，那就差不多像车一样完备了。《诗经》说：'四匹马奔驰不停，六条缰绳就像琴弦一样整齐调和。'孔子说：'左边有六官实行德政，右边有执法官加以奖惩。'这是达到伟大的政治的途径。凡是人的材质不精良，就不能恒久地保持方正；材质精良，不能周全地发挥作用，就不能达到圆通。孔子在乡里，始终保持谦恭，遇到阳虎也一定会服从他，而他在夹谷中，痛斥齐侯像对待狗一样，内心无所畏惧。后来学习孔子的人，不立志这么做，那我对他们就没什么期望了。"

杨诲之是我的亲戚，长大以后更加优秀，这是他内心方正的表现。我本来就希望他能担当重任而在世间推行大道，担心他外在表现圆通这一点还没做到，所以解说车子的道理送给他。

【评点】

茅鹿门曰：子厚之文，多峻峭镵岩①，而骨理特深。

张孝先曰：材良喻质，器攻喻学。方其中所以载，圆其外所以行,此车之大体也。而众车既非一类,即一车之中,而又析之各有其具,犹士之通方具宜,而用无不周也。总以方中圆外为主。体物既精,而文词峭健,类《考工记》。

【注释】

①镵(chán)岩:陡峭的山岩。镵,通"巉"。险峻陡峭。

【译文】

茅坤说:柳宗元的文章,多如峻峭的巉岩一样峭拔,而骨气、道理都很深。

张伯行说:以材质精良比喻气质,以器具坚固比喻学习。内在方正所以能载物,外在圆通所以能行道,这就是车的总体情况了。而各种车辆并不属于一类,一辆车子之中,又分为不同部件,就像士人圆通、方正皆相宜,无所不周。总之要以外方内圆为主。柳宗元体会道理很精微,文辞峻峭矫健,就像《考工记》一样。

谤誉

【题解】

本文作于柳宗元在永州时期,主要讨论君子面对他人评价的问题,可与韩愈的《原毁》一文互相对读。

柳宗元在《谤誉》中首先谈了君子小人因地位高低而生出的指责和赞扬的问题,而关键不在于是否获得上层的认可,而是追求并彰显正道,这样才能"可杀可辱而人犹誉之"。进而又论及指责和赞誉的来源问题,引孔子的话认为应当让贤人认可自己、让自己认可自己,最终落脚点在于要把正道施及天下以及对道德修养的自我完善。

整篇文章层次结构清晰,虽然有些观点看似稍嫌偏激,然而需要考虑到柳宗元从政治核心一下跌入政治底层这种心理落差的巨大影响。

　　凡人之获谤誉于人者,亦各有道。君子在下位则多谤,在上位则多誉;小人在下位则多誉,在上位则多谤。何也?君子宜于上不宜于下,小人宜于下不宜于上,得其宜则誉至,不得其宜则谤亦至。此其凡也。然而君子遭乱世,不得已而在于上位,则道必咈于君①,而利必及于人。由是谤行于上而不及于下,故可杀可辱而人犹誉之。小人遭乱世而后得居于上位,则道必合于君,而害必及于人,由是誉行于上而不及于下,故可宠可富而人犹谤之。君子之誉,非所谓誉也,其善显焉尔;小人之谤,非所谓谤也,其不善彰焉尔。

【注释】

①咈(fú):违背。

【译文】

　　凡是人遭到人们的指责或者赞扬,也各有原因。君子在下位就会受到更多指责,在上位就会受到更多赞扬;小人在下位就会受到更多赞扬,在上位就会受到更多指责。为什么呢? 君子适合在上位而不适合在下位,小人适合在下位而不适合在上位,处在适宜的位置赞誉就会到来,不在适宜的位置指责就会到来。这是一般情况。但是君子遭遇乱世,不得已而身处上位,那么执政主张一定会违背君主的意志,而利益一定会惠及人民。因此指责在上层流行而不会出现在基层,所以可以被杀可以受辱,但人民仍然赞扬他。小人遭遇乱世之后得以身居上位,那么执政主张一定会迎合君主,而祸害一定会施及人民,因此赞扬在上层流行而不能传到基层,所以可以受宠可以富贵,但人民仍然指责他。对君子的赞扬,不是所谓的赞扬,是他的善良得到彰显而已;对小人的指责,不是所谓的指责,是他的邪恶暴露出来而已。

然则在下而多谤者,岂尽愚而狡也哉? 在上而多誉者,岂尽仁而智也哉? 其谤且誉者,岂尽明而善褒贬也哉? 然而世之人闻而大惑,出一庸人之口,则群而邮之^①,且置于远迩^②,莫不以为信也。岂惟不能褒贬而已,则又蔽于好恶,夺于利害,吾又何从而得之耶? 孔子曰:"不如乡人之善者好之,其不善者恶之^③。"善人者之难见也,则其谤君子者为不少矣,其谤孔子者亦为不少矣。传之记者,叔孙武叔^④,时之显赫者也,其不可记者,又不少矣。是以在下而必困也。及乎遭时得君而处乎人上,功利及于天下,天下之人皆欢而戴之,向之谤之者,今从而誉之矣。是以在上而必彰也。

【注释】

①邮:古代传递文书、供车马食宿的驿站,由人步行传递消息的称"邮"。此指传送,传播。

②置:古代驿站,由骑马传递消息的称"置"。此亦指传送,传播。

③不如乡人之善者好之,其不善者恶之:不如乡里之人中善良的喜欢他,不善良的人厌恶他。语出《论语·子路》。

④叔孙武叔:春秋时鲁国大夫。叔孙武叔曾在朝中说子贡比孔子好,因有"叔孙武叔毁仲尼"之说,见《论语·子张》。叔孙氏与季孙氏、孟孙氏为鲁国三大家族,称为"三桓",掌握鲁国政权。

【译文】

然而在下位而受到很多指责的,难道都是愚蠢和狡猾的人吗? 在上位而受到很多赞扬的,难道都是仁义和智慧的人吗? 那些指责或者赞扬别人的人,难道都是明智并且善于褒贬别人的吗? 然而世间之人听说了就会非常疑惑,出自一个庸人之口的话,大家就传出去,还传得很远,没有人不认为是真的。还不仅仅是不善褒贬而已,他们还被自己的喜好与厌恶所蒙蔽，根据利害关系去定夺，我又如何能知道真实情况呢？孔子说："不如乡里之人中善良的喜欢他，不善良的人厌恶他。"善良的人是不常见的，而指责君子的人就不少，指责孔子的人也不少。文献中记载的叔孙武叔，是当时的显贵之人，那些没有记下的人，又不少了。所以在下位时就一定会困窘。等到遇到时机，得到君主知遇而身处人上之位，把功利惠及天下，天下之人都会欢呼而拥戴，原来那些指责他的人，现在也会跟着赞扬他。所以在上位时名誉就一定会彰显出来。

或曰："然则闻谤誉于上者，反而求之①，可乎？"曰："是恶可②，无亦征其所自而已矣！其所自善人也，则信之；不善人也，则勿信之矣。苟吾不能分于善不善也，则已耳。如有谤誉乎人者，吾必征其所自，未敢以其言之多而举且信之也。其有及乎我者，未敢以其言之多而荣且惧也。苟不知我而谓我盗跖③，吾又安取惧焉？苟不知我而谓我仲尼，吾又安取荣焉？知我者之善不善，非吾果能明之也，要必自善而已矣④。"

【注释】

①反而求之：反过来从自己身上找原因。语出《孟子·梁惠王上》。

②是：原作"好"，据《唐柳先生文》改。

③盗跖：春秋末期大盗，后成为恶人的代称。

④要：关键。

【译文】

有人说："然而听到来自上面的指责和赞扬，反过来从自己身上找原因，可以吗？"我说："这怎么可以，不过是要寻找意见的来源而已！来自善良的人的话，就相信；那些不善良人的话，就不要信了。假如我不能区分善恶，就算了。如果有别人指责或赞扬，我一定要找到其来源，不敢因为这样说的人多就全部相信。那些涉及我的话，不敢因为这样说的人多就感到荣耀或畏惧。假如不了解我而说我是盗跖那样的人，我又怎么会畏惧呢？假如不了解我而说我是孔子那样的人，我又怎么会感到荣耀呢？了解我的人好不好，不是我果真能明了的，关键是要自己做得好而已。"

【评点】

茅鹿门曰：较之昌黎《原毁》文当退一格，然亦多隽辞。

张孝先曰：得谤得誉皆有所自，众口附和不足信，惟以善不善之好恶为分别。此孔氏论人大法也，此文推勘精到。后段大意言观人者不可以谤誉而轻为进退，修己者不可以谤誉而轻为忧喜，尤称探本之论。

【译文】

茅坤说：和韩愈《原毁》相比，要差一截，但也有很多意味深长的言辞。

张伯行说：指责与赞誉都有其来源，众口附和不足取信，只要以善与不善之人的好恶作为分别标准。这就是孔子评价人的根本方法，本文把这个道理推阐得很精到。后段大意是说考察别人的人不能根据谤誉就轻易决定他人的进升或斥退，修炼自我品行的人不能因为谤誉就轻易担忧或喜悦，尤其称得上是探求根本的议论。

对贺者

【题解】

本文作于柳宗元在永州时，主要记录了柳宗元回答安慰他的人的话，感情真挚动人。

　　柳宗元被贬永州之后，表面上看起来却心胸开朗自适，这引起了前来慰问者的好奇，柳宗元则解释说既然悲伤无补于事，那么姑且以旷达应对。但柳宗元内心显然还是不平静的，所以接下来就描绘了自己的心境如登高入海般茫然无措，而表面上的嬉笑，其实隐藏了更深层的大悲哀、大绝望。此段话语真是一语道出遭受变故者的真实内心。

　　作为一篇问对体散文，现实中是否存在那个慰问柳宗元的人其实并不重要，重要的是通过这番对答，我们可以更加真切地了解柳宗元被贬后的心境状态。

　　柳子以罪贬永州，有自京师来者，既见，曰："余闻子坐事斥逐，余适将唁子①。今余视子之貌浩浩然也②，能是达矣，余无以唁矣，敢更以为贺。"

【注释】

①唁：对遭遇非常变故者表示慰问。

②浩浩然：心胸开朗、坦荡的样子。

【译文】

　　柳宗元因为犯错贬谪到永州，有从京城来的人，见了面，说："我听说您因为过错遭到贬斥放逐，我要来慰问您。现在我看您的容貌好像心胸很开阔，能这样达观，我没什么可以安慰您了，还是改为祝贺。"

　　柳子曰："子诚以貌乎则可也，然吾岂若是而无志者耶？姑以戚戚为无益乎道，故若是而已耳。吾之罪大，会主上方以宽理人，用和天下①，故吾得在此。凡吾之贬斥幸矣，而又戚戚焉何哉？夫为天子尚书郎，谋画无所陈，而群比以为名，蒙耻遇僇②，以待不测之诛③，苟人尔，有不汗栗危厉偲偲然者哉^④！吾尝静处以思，独行以求，自以上不得自列于圣朝，下无以奉宗祀，近丘墓，徒欲苟生幸存，庶几嗣续之不废^⑤，是以傥荡其心^⑥，倡佯其形^⑦，茫乎若升高以望，溃乎若乘海而无所往^⑧，故其容貌如是。子诚以浩浩而贺我，其孰承之乎？嘻笑之怒，甚乎裂眦^⑨；长歌之悲，过乎恸哭。庸讵知吾之浩浩非戚戚之尤者乎^⑩？子休矣。”

【注释】

①用：犹言以。表示凭借或者原因。

②僇（lù）：侮辱，羞辱。

③诛：惩罚。

④汗栗危厉：出汗颤栗，感到危险。偲偲（sī）：互相勉励督促。

⑤嗣续：后嗣。

⑥傥荡：放任，不检点。

⑦倡佯：自在纵情的样子。

⑧溃：乱，散漫。

⑨裂眦：谓因发怒而眼睛睁得极大，眼眶似乎要裂开。形容极其愤怒的神态。眦，眼眶。

⑩讵（jù）：副词。表示反诘。相当于“岂”“难道”。

【译文】

柳宗元说：“您如果根据外貌来看的话是可以的，但是我难道是像这样没有志向的人吗？只不过认为悲戚哀伤对于道没有什么助益，所以像这样而已。我的罪过很大，赶上主上正以宽厚仁慈治理百姓，以便和睦天下，所以我才得以在此。说来我受到贬斥已是幸事，又悲戚哀伤做什么呢？作为天子的尚书郎，没有陈述过什么谋略计划，而得到结交朋党的名声，蒙受耻辱，等待无法臆测的惩罚，假如人像这样，能不出汗颤栗,感到危险而有所勉励督促吗!我曾经静心独处思考,独自行走探求,自己觉得对上不能在圣朝任职,对下不能奉祀祖宗,靠近祖宗坟墓,只想苟且侥幸地生存,求得子孙来延续血脉,所以放任心胸,纵情形迹,茫然就像登上高处观望而没有目标,散乱就像海上乘舟而不知去往何处,所以我的容貌才像这样。您真的因为我面貌上的开朗来祝贺我,谁能承受呢?嬉笑之间的愤怒,比瞪裂眼眶的愤怒还要强烈;放声高歌的悲哀,比恸哭要更严重。怎么就知道我表面的开朗不如表现悲哀更痛苦呢?您不要祝贺我了。"

【评点】

茅鹿门曰:解嘲释谑,诸文之遗。

张孝先曰:子厚既遭贬斥,知戚戚之无用,而姑为浩浩,以自排遣耳。故自道其真情而无所饰如此。

【译文】

茅坤说:解释嘲谑之文,也是各篇文章中的遗珠。

张伯行说:柳宗元遭到贬斥后,知道悲戚没有用,姑且显得心胸开朗,自我排遣而已。因此像这样自道其真情而无所掩饰。

祭吕衡州温文①

【题解】

本文作于元和六年(811),柳宗元时在永州。

本文是一篇祭文,祭祀对象是柳宗元的表兄吕温。值得一提的是,吕温既是他的亲戚又是他的同道中人,他们在思想上都受陆贽的影响,政治上都与王叔文推行的政治革新相契合,文学上都主张进行古文写作,所以柳宗元在诗中自道与吕温"交侣平生意最亲"。

这篇祭文写得极尽悲恸之情,一方面是因为柳宗元对于失去一位同道无限伤感,一方面也因为其中寄寓了他对天命的沉痛感慨。柳宗元在文章一开始就对"聪明正直,行为君子,天则必速其死"的天命意志表示了极度的痛恨,这种思想上可以接续司马迁的《伯夷列传》,下可达于关汉卿的《窦娥冤》。道德的高尚与现实的受挫之间的矛盾也一直是中国古代文人士大夫感慨至深的问题,尤其具有文化史意义。

维年月日②,友人守永州司马员外置同正员柳宗元,谨遣书吏同曹、家人襄儿奉清酌庶羞之奠③,敬祭于吕八兄化光之灵。

【注释】

①吕衡州温:衡州刺史吕温(771—811),字和叔,一字化光,河中(今山西永济)人。行八,故文中称其为"吕八兄"。贞元十四年(798)进士,官左拾遗,贞元二十年(804)出使吐蕃,元和元年(806)回到长安,任户部员外郎。元和三年(808)因触怒宰相李吉甫被贬为均州刺史,再贬为道州刺史,再徙为衡州刺史。吕温是柳宗元的表兄,与柳宗元的思想与政治主张相近。

②维:句首助词,起突出时间的作用。

③同曹:人名,永州书吏。庶羞:各种美食。羞,同"馐"。美味的食物。

【译文】

某年某月某日,友人永州司马员外置同正员柳宗元,恭敬地派遣书吏同曹、家人襄儿,供奉清酒及各种美食,虔敬地祭祀吕八兄化光之灵。

呜呼天乎! 君子何厉①? 天实仇之;生人何罪? 天实仇之。聪明正直,行为君子,天则必速其死;道德仁义,志存生人，天则必夭其身②。吾固知苍苍之无信③，莫莫之无神④，今于化光之殁，怨逾深而毒逾甚⑤，故复呼天以云云。

【注释】

①厉：作恶。

②夭：夭亡，短命。

③苍苍：深青色。此指上天。

④莫莫：同"漠漠"。广阔的样子。此指天地之间。

⑤毒：痛恨，怨恨。

【译文】

唉，天啊！君子做了什么恶行呢？天要这样仇恨他；人民有什么罪过呢？天要这样仇恨他。聪明正直，具有君子的言行作为的人，天就一定要让他早死；道德仁义，立志于顾恤百姓的人，天就一定要让他短命。我固然知道苍天没有信义，天地间没有神明，现在因为化光的去世，怨恨更深而痛恨更重，所以又这样呼天抢地。

天乎痛哉！尧、舜之道，至大以简；仲尼之文，至幽以默①。千载纷争，或失或得，倬乎吾兄②，独取其直③。贯于化始，与道咸极。推而下之，法度不忒④；旁而肆之⑤，中和允塞⑥。道大艺备，斯为全德。而官止刺一州，年不逾四十，佐王之志，殁而不立，岂非修正直以召灾、好仁义以速咎者耶⑦？

【注释】

①至幽以默：最深刻又说得最少。幽，深刻。默，不语。

②倬（zhuō）：高大，著名。

③直：直道，即正确的道理。

④忒:差错,差误。

⑤旁:广泛,普通。肆:伸张,扩展。

⑥允塞:充满,充实。

⑦速咎:招致灾祸。速,招致。

【译文】

天啊,悲痛啊! 尧、舜的道,最伟大又最简要;孔子的文章,最深刻又最简约。千载以来各种纷争,有的失、有的得,我的兄长多么卓越,独自坚持正确的道理。从开始到最终都能一以贯之,与道一起达到极致。推广到各方面,遵守法度没有什么差错;广泛地扩展,又能使内心充满中正平和。思想高深、才能齐备,这才是完美的德行。而做官却终止于一州的刺史,年龄还不到四十岁,至死无法实现辅佐君王的志向,难道不是修行正直的品德而招来灾难、喜好仁义而招致祸患吗?

宗元幼虽好学,晚未闻道,洎乎获友君子①,乃知适于中庸,削去邪杂,显陈直正②,而为道不谬,兄实使然。呜呼! 积乎中不必施于外,裕乎古不必谐于今③,二事相勘④,从古至少,至于化光,最为大甚。理行第一⑤,尚非所长,文章过人,略而不有,夙志所蓄,巍然可知⑥。贪愚皆贵,险狠皆老,则化光之夭厄,反不荣欤? 所恸者志不得施,蚩蚩之民⑦,不被化光之德;庸庸之俗,不知化光之心。斯言一出,内若焚裂。海内甚广,知音几人? 自友朋凋丧,志业殆绝⑧,唯望化光伸其宏略,震耀昌大,兴行于时,使斯人徒,知我所立,今复往矣,吾道息矣! 虽其存者,志亦死矣! 临江大哭,万事已矣! 穷天之英,贯古之识,一朝去此,终复何适?

【注释】

①洎（jì）：及，到。

②显陈：显示。陈，显示，呈现。

③裕：多，充裕。

④勘：比较。

⑤理行：治理政务的成绩。

⑥巍然：高大的样子。

⑦蚩蚩：敦厚的样子。

⑧殆：近，接近。

【译文】

　　我柳宗元小时候虽然好学，到成年也没有学成正道，等到和君子成为朋友，才知道应该让自己合于中庸之道，削去邪念杂念，彰显正直的品质，而在道德上不犯错，实在都是由于兄长的教诲。唉！积累在心中不一定能施及外物，古代的道德充裕而不一定与当今之世相谐和，从两方面来比较，从古至今能做到的都很少，到化光这里，情况最为严重。治理政务的成绩是第一，但这还不是他所擅长的，写文章的水平过人，但文章简略而不多见，平时积蓄的志向，高大可见。贪婪愚昧的人都得到富贵，阴险凶狠的人都得到善终，那么化光的早逝，不是一种荣耀吗？所悲恸之处在于志向得不到施展，敦厚朴实的民众，不能蒙受化光的恩德；庸碌的俗人，不了解化光的心迹。这样的话一说出来，我的内心就像被火烧裂一样。天下非常广阔，知音有几人呢？自从朋友逐渐凋零去世，我们的志向功业就接近断绝了，只希望化光能伸展他宏大的志略，将其发扬光大，在现实中实行，让那些人知道我们建立的功业，现在他又去世了，我们的理想也就破灭了！即使是那些活着的人，心志也已经死了！在江边大哭，万事都终结了！天下难得的英才，贯通古今的见识，一朝离开人间，最终又去哪里了呢？

呜呼化光！今复何为乎？止乎行乎？昧乎明乎？岂荡而为太空与化无穷乎^①？将结而为光耀以助临照乎^②？岂为雨为露以泽下土乎？将为雷为霆以泄怨怒乎？岂为凤、为麟、为景星、为卿云以寓其神乎^③？将为金、为锡、为圭、为璧以栖其魄乎^④？岂复为贤人以续其志乎？将奋为神明以遂其义乎？不然，是昭昭者其得已乎^⑤，其不得已乎？抑有知乎，其无知乎？彼且有知，其可使吾知之乎？幽明茫然，一恸肠绝。呜呼化光！庶或听之。

【注释】

①化：造化。指天地，自然界。

②临照：从天上向下照耀。

③景星：又称瑞星、德星。《史记·天官书》："天精而见景星。景星者，德星也。其状无常，常出于有道之国。"卿云：祥云，是天下太平的征兆。《史记·天官书》："若烟非烟，若云非云，郁郁纷纷，萧索轮囷，是谓卿云。"

④圭：一种玉制礼器，长条形，上尖（或上圆）下方，举行典礼时使用。璧：圆形、扁平、正中有孔的玉。古代贵族在朝会或祭祀时用作礼器。

⑤昭昭：光明，明亮。

【译文】

唉，化光啊！你现在又在做什么呢？是停止了，还是在行走呢？是在暗处呢，还是在明处呢？是游荡于太空与自然一同变化无穷了呢？还是凝结成光芒以帮助太阳从天上照射人间了呢？还是化为雨露润泽下土了呢？还是化为雷霆来宣泄怨恨及愤怒了呢？是化为凤凰、麒麟、景星、卿云以寄寓神明了呢？还是化为金、锡、圭、璧来栖止魂魄了呢？是又成为贤人来承继你的志向了呢？还是振作成为神明来实现你的仁义了呢？不然，这光明是可以消失呢，还是不会消失呢？是有知觉呢，还是没有知觉呢？要是有知觉，可以让我知晓吗？阴阳两界茫然无际，令人悲痛断肠。唉，化光啊！你大概听到我的话了吧。

【评点】

张孝先曰：悼痛之辞，不觉近于愤怼矣。其文之激楚飞动，足以达情而宣志，是才人本色。

【译文】

张伯行说：心痛悼念之辞，不觉接近于愤怒了。文章写得激愤悲痛、飞扬灵动，足以抒发感情与心志，这是才子的本色。

柳柳州本传^①

　　柳宗元，字子厚，其先盖河东人^②。从曾祖奭为中书令^③，得罪武后，死高宗时。父镇，天宝末遇乱^④，奉母隐王屋山^⑤，常间行求养，后徙于吴^⑥。肃宗平贼，镇上书言事，擢左卫率府兵曹参军^⑦。佐郭子仪朔方府^⑧，三迁殿中侍御史^⑨。以事触窦参^⑩，贬夔州司马^⑪。还，终侍御史^⑫。

【注释】

①本文节录自《新唐书·柳宗元传》。

②河东：郡名，治今山西夏县西北，柳宗元祖籍为河东解县（今山西永济）。

③奭：即柳奭（？—659），字子燕。贞观中，累迁中书舍人。后因是高宗王皇后舅父迁中书侍郎。永徽三年（652）拜相。六年（655），因王皇后被废，柳奭贬遂州刺史，后贬爱州刺史。显庆四年（659），许敬宗诬告柳奭通宫掖，谋行鸩毒，与褚遂良朋党，遂被杀于爱州（今越南清化省清化）。中书令：唐代中书令正三品，为中书省长官，总判省事。与门下省、尚书省长官并为宰相，在政事堂共议国政。地位尊崇，师长百僚，主持决策出令之大政。

④天宝末遇乱：此指遇安史之乱。

⑤王屋山：在今山西阳城、垣曲之间。

⑥吴：吴郡，治今江苏苏州。

⑦左卫率府：全称太子左卫率府，掌东宫兵仗、仪卫，统亲、勋、翊及广、济等五府诸府兵。兵曹参军为其属官。

⑧郭子仪（697—781）：华州郑（今陕西华州）人。以武举累迁至朔方节度使。肃宗时加兵部尚书，拜相。以平叛有功，封代国公。宝

应元年（762）进封汾阳郡王。卒谥忠武。朔方府：朔方节度使。

⑨殿中侍御史：隶御史台下设之殿院，职掌纠弹殿庭供奉、朝会班次及大驾卤簿仪节，后又兼掌官门、库藏。中唐以后，又常为外官所带虚衔。

⑩窦参（734—793）：字时中，京兆始平（今陕西兴平）人。以门荫入仕，通晓律令，果于决断。曾任大理司直、监察御史、户部侍郎等职，审理案件不避权贵，以严著称。进御史中丞，举劾无所回忌，为德宗所器重。德宗贞元五年（789）拜相，领度支、盐铁使。多引用亲党，使居要职，任情好恶，恃权贪利。贞元八年（792）贬郴州别驾，九年（793）再贬驩州司马，赐死于路。

⑪夔州：治今重庆奉节。

⑫侍御史：唐代侍御史为御史台台、殿、察三院之首，掌纠弹百官、入阁承诏、受制出使、分判台事，又轮直朝堂，与给事中、中书舍人共同受理词讼，遇重大案件，则与刑部、大理寺会审，时号"台端"，尊称"端公"，从六品下。唐朝重御史台之职，其官号为雄要。

【译文】

柳宗元，字子厚，祖先是河东人士。其从曾祖柳奭做官做到中书令，因为得罪了武则天，被唐高宗所杀。其父柳镇在天宝末年遭遇安史之乱，就侍奉母亲隐居于王屋山中，经常从小路潜行奉养母亲，后来迁徙到吴地。唐肃宗平定叛乱，柳镇上书言事，擢升为左卫率府兵曹参军。又做了朔方节度使郭子仪的幕僚，不断升迁到殿中侍御史。因为触犯了窦参，被贬夔州司马。还朝后，在侍御史任上去世。

宗元少精敏绝伦，为文章卓伟精致，一时辈行推仰①。第进士、博学宏词科②，授校书郎③，调蓝田尉④。贞元十九年⑤，为监察御史里行⑥。善王叔文、韦执谊⑦，二人者奇其才。及得政，引内禁近⑧，与计事，擢礼部员外郎，欲大进用。

【注释】

①辈行：同辈的人。推仰：推重敬仰。

②博学宏词科：又作博学鸿词、博学宏辞。唐朝吏部考选进士及第者的科目，为选拔特殊人材而设，考中后即授官职。

③校书郎：隋、唐秘书省和弘文馆皆置，掌典校群书，详定古籍。为文士起家之良选。

④蓝田：今属陕西西安。

⑤贞元十九年：803年，时柳宗元三十岁。贞元，唐德宗年号（785—804）。

⑥监察御史里行：官名。隶御史台察院。俸禄稍减于监察御史，职事略同。唐朝置监察御史，虽在诸御史中品秩最低，然为士林清选，多以新进为之，颇为朝官所惮。职掌分察百官，肃正朝仪，分道巡按州县，巡查馆驿，奉命出使，监督祭祀、库藏、军旅等。

⑦王叔文（753—806）：越州山阴（今浙江绍兴）人。唐德宗时侍读东宫，深得太子李诵（后继位为唐顺宗）赏识。顺宗即位，授翰林学士，与王伾推韦执谊为宰相，用柳宗元、刘禹锡等，推动改革，数月之间，兴革多事，如取消宫市、停止盐铁使和地方官的月进、贬斥贪官京兆尹李实等。继又兼任度支及盐铁副使，并进一步筹谋夺取宦官兵权。旋被宦官俱文珍等排斥，永贞元年（805），在顺宗被逼退位后，被贬为渝州司户。元和元年（806），为唐宪宗赐死。韦执谊（764—812）：京兆杜陵（今陕西西安）人。贞元进士，应制策高等，拜右拾遗。德宗甚宠信，召入翰林为学士，出入宫中。略备顾问。与王叔文等友善。顺宗立（805），王叔文用事，引为宰相。唐宪宗即位，王叔文败，韦执谊亦被贬为崖州司马，后死于任所。

⑧禁近：禁中帝王身边。多指翰林院或官署在宫中的文学近侍之臣。

【译文】

柳宗元少时聪敏绝伦，做文章卓越而精致，当时同辈人都推崇敬仰他。考中进士、博学宏词科后，授官校书郎，调任蓝田尉。贞元十九年，任监察御史里行。与王叔文、韦执谊友善，二人称赏其才华。待王叔文掌权，就把柳宗元引入内廷，一起商量国政，擢升为礼部员外郎，准备加以重用。

　　俄而叔文败，贬邵州刺史①，不半道，贬永州司马②。既窜斥③，地又荒疠④，因自放山泽间，其堙厄感郁⑤，一寓诸文。仿《离骚》数十篇，读者咸悲恻。雅善萧俛⑥，诒书言情⑦，又诒京兆尹许孟容⑧。然众畏其才高，惩刘复进⑨，故无用力者。宗元久汨振⑩，其为文，思益深，尝著书一篇，号《贞符》⑪。宗元不得召，内闵悼⑫，悔念往咎，作赋自儆，曰《惩咎》⑬。元和十年⑭，徙柳州刺史⑮。时刘禹锡得播州⑯，宗元曰："播非人所居，而禹锡亲在堂⑰，吾不忍其穷，无辞以白其大人，如不往，便为母子永诀。"即具奏欲以柳州授禹锡而自往播。会大臣亦为禹锡请⑱，因改连州⑲。柳人以男女质钱⑳，过期不赎，子本均㉑，则没为奴婢㉒。宗元设方计，悉赎之。尤贫者，令书庸㉓，视直足相当，还其质。已没者，具己钱助赎。南方为进士者，走数千里从宗元游，经指授者，为文辞皆有法。世号"柳柳州"。十四年卒，年四十七。

【注释】

①邵州：治今湖南邵阳。

②永州：治今湖南永州。

③窜斥：贬逐。

④疠：瘴疠之气。

⑤堙(yīn)厄：困厄。

⑥萧俛(？—837)：字思谦。贞元七年(791)进士。元和间为翰林学士，累迁御史中丞，唐穆宗时拜相。任宰相期间，疾恶如仇，每任一官必多方考察，逶迤时日，时论称赏。文宗即位不久致仕，避亲友请谒，归居济源别墅。柳宗元曾作《与萧翰林俛书》。

⑦诒书：写信。诒，给予，赠送。

⑧许孟容(743—818)：字公范，京兆长安(今陕西西安)人。大历十一年(776)进士。为权德舆赏识，元和四年(809)为京兆尹，七年(812)以本官权知贡举，颇能抑浮华，择才艺，为时所称。孟容方劲有礼学，每有折衷，咸得其正。好提掖士人，天下清议上之。官至尚书左丞，卒谥宪。柳宗元曾作《寄许京兆孟容书》。

⑨惩刈：戒惧，担心。刈，通"乂"。儆戒。

⑩泪振：沦落。

⑪《贞符》：贞符，即祯祥的符瑞，指受命之符。柳宗元借论贞符，表达了以仁治国才能长久的政治主张。

⑫闵悼：忧伤。闵，同"悯"。哀伤。

⑬《惩咎》：柳宗元的一篇骚体赋。表达了自己一心忠君为国却被谗遭贬的沉痛心情，以及不改初衷，坚守节操，报效朝廷的志向。

⑭元和十年：底本作"元符十年"。按，"元符"是北宋哲宗的年号，此处依所述史事，当作元和十年，为815年。新旧《唐书》柳宗元本传正作"元和十年"。今据改。

⑮柳州：治今广西柳州。

⑯刘禹锡(772—842)：字梦得，洛阳(今属河南)人。幼年随父寓居嘉兴、吴兴一带，从诗僧皎然、灵澈学诗。贞元九年(793)擢进

士第，又登博学宏词科。初，佐淮南杜佑为书记，入授监察御史。顺宗永贞元年（805），参与王叔文等人的改革，擢屯田员外郎、判度支。宪宗立（806），叔文败，坐贬朗州司马。元和十年（815）召还，因作诗触怒权贵，复出为连州刺史。文宗大和二年（828）还朝，又出为苏州刺史。后迁太子宾客，加检校礼部尚书，世称刘宾客。他和柳宗元交谊很深，人称"刘柳"；晚年与白居易唱和甚多，也并称"刘白"。其诗能继承《诗经》美刺传统，吸收民歌营养，紧密联系社会现实，多讽兴之作，有"诗豪"之称；散文擅长说理。今有《刘宾客文集》传世。播州：治今贵州遵义。

⑰禹锡亲在堂：据新旧《唐书》刘禹锡本传，皆言其母尚在，时八十余岁。

⑱会大臣亦为禹锡请：据新旧《唐书》刘禹锡本传，时任御史中丞的裴度即以刘禹锡母亲年老为其求情，言"播极远，猿狄所宅，禹锡母八十余，不能往，当与其子死诀，恐伤陛下孝治，请稍内迁"。宪宗最终应允。大臣，此指裴度。

⑲连州：治今广东连州。

⑳以男女质钱：将子女典押借钱。男女，子女。质钱，典当东西来换钱。

㉑子本均：利息与本金相等。子，利息。本，本钱。

㉒没为奴婢：强行将人占为自己的奴婢。没，吞没。以强势夺取他人的财物。

㉓书庸：记录劳作应得的工钱。庸，同"佣"。劳动所值，工钱。

【译文】

不久，王叔文改革失败，柳宗元被贬邵州刺史，还没走到一半，又被贬为永州司马。贬谪后，当地荒芜又有瘴疠之气，于是他就纵情于山水之间，他的困厄感郁，都寄寓在文章中。模仿《离骚》而写了数十篇文章，读者读了都感到悲伤凄恻。柳宗元曾致书萧俛，谈及自身情事，又曾致书京兆尹许孟容求援。但是众人因为他才能卓越，担心他再被进用，因此没人出力帮他。柳宗元沉沦时间久了，创作文章，思想更加深邃，曾作《贞符》一文。他因为得不到召见，内心伤悼，追念往昔，十分后悔，于是作赋自我警诫，命名为《惩咎》。元和十年，他迁任柳州刺史。当时刘禹锡被派为播州刺史，柳宗元说："播州不是人住的地方，而刘禹锡上有母亲，我不忍心他面对老母时陷入窘境，没有办法向母亲说出实情，要是不带母亲去，就是母子永别了。"于是上奏，希望用自己的柳州换刘禹锡的播州。正值也有大臣为刘禹锡求情，于是就将刘禹锡改任连州刺史。柳州人抵押子女来借钱，过了期无法赎回，等到利息与本金相等，借出钱财的就把那些子女吞没为自己的奴婢。柳宗元就谋划设计，把那些子女都赎为自由身。其中特别贫困无法赎回的，就记下他们劳作应得的工钱，等抵得上借的钱了，就把子女赎回来。对于家长已经死了的那些奴婢，他就拿出自己的钱帮他们赎身。南方想考进士的人，走上几千里路来向柳宗元学习，经过他指点讲授，写作文章都有法度。世人称为"柳柳州"。元和十四年柳宗元去世，卒年四十七岁。

　　宗元少时嗜进①，谓功业可就。既坐废②，遂不振③。然其才实高，名盖一时。韩愈评其文曰："雄深雅健，似司马子长④，崔、蔡不足多也⑤。"既没，柳州人怀之，托言降柳州之堂，人有慢者辄死。庙于罗池，愈因碑以实之云⑥。

【注释】

①嗜进：谓热衷于仕进。

②坐废：因获罪而被贬谪。

③振：扬起，显扬。

④司马子长：即司马迁（前145或前135—？），字子长，龙门（今陕西

韩城南）人。任太史令，著有《史记》。

⑤崔：指崔骃（？—92），字亭伯，东汉涿郡安平（今河北安平）人。博学有伟才，尽通古今训诂百家之言，善属文。少游太学，与班固、傅毅同时齐名。章帝时上《四巡颂》，称扬汉德，辞甚典美，为章帝所重。窦太后临朝后，为窦宪府掾，旋为主簿。前后奏记数十，讽谏宪不可骄恣，宪不能容，出为长岑长，不赴任而归。有《崔亭伯集》。蔡：蔡邕（132—192），字伯喈，东汉陈留圉人（今河南杞县）。少博学，好辞章、数术、天文、音律。灵帝时，辟司徒桥玄府，累迁至议郎，校书东观。熹平四年（175），正定"六经"文字，书丹于碑，镌刻立于太学门外，世称"熹平石经"。后因上书论朝政弊端，遭诬陷，流放朔方。遇赦后，又因受宦官仇视，亡命江湖十余年。灵帝死，董卓专权，被迫出仕。初平元年（190），拜左中郎将，世称蔡中郎。董卓被诛后，他亦被捕，死于狱中。邕通经史，作《后汉记·十意》，善辞赋，工书法。所著诗、赋等一百零四篇，传于世。邕为文有盛名，其哀铭碑诔尤为时所重。《文心雕龙·诔碑篇》云："自后汉以来，碑碣云起，才锋所断，莫高蔡邕。"仿东方朔《答客难》、杨雄《解嘲》作《释诲》，亦为传世名作。

⑥愈因碑以实之：韩愈做有《柳州罗池庙碑》，记录了柳宗元在柳州的事迹，并记载了他生前自言死期及当在柳州为神，嘱立庙罗池，及其死后显灵之事。

【译文】

柳宗元少年时过于热衷仕进，认为功业可以迅速成就。获罪被贬后，就再也没被起用。然而他的才华确实很高，声名超过时人。韩愈评价他的文章说："雄深雅健，就像司马迁一样，崔骃、蔡邕都比不上他。"柳宗元死后，柳州人怀念他，假托说他的神灵降临柳州，有轻慢他的人就会死。人们在罗池给他修了庙，韩愈还写了《柳州罗池庙碑》坐实此事。

卷之五

欧阳文忠公文

欧阳文引

五代之季，文体坏矣①。宋兴，士犹仍旧习。景祐中②，石守道、穆伯长、尹师鲁辈③，务为古学，以力变靡丽余波，然而文尚未盛也。至欧阳公出，文章遂为天下宗匠，学者翕然师尊之④，争自濯磨⑤，以通经学古为事。此其起衰之功，不在昌黎下⑥。公博极群书，好学不倦；为人质直闳廓⑦，见义敢为；立朝侃侃⑧，无所回挠⑨。故其文如其人，即昌黎所谓"本深而末茂，实大而声宏，行峻而言厉，心醇而气和"者⑩，岂可袭取而强为之哉？公之文最长于论事，其所上札子⑪，委曲畅切，得人臣纳忠之道。序记文字，敷腴温润⑫，令人喜悦。世之号为文章，非繁缛则浅陋，非庸腐则怪奇，安得公之文以变其所趋耶？朱子曰⑬："六一文一唱三叹，今人是如何作文⑭？"又称其"平淡中却自美丽，有不可及处"⑮。读公之文者，当以是说味之。

【注释】

①五代之季,文体坏矣:此指五代末年,崇尚辞藻典丽而内容空疏的骈体文风。

②景祐:北宋仁宗年号(1034—1038)。

③石守道:即石介(1005—1045),字守道,一字公操,兖州奉符(今山东泰安)人,人称徂徕先生。天圣八年(1030)进士。历任郓州观察推官、南京留守推官、国子监直讲、太子中允,直集贤院。尝从学孙复,博通经术,为文章论古今治乱成败,指切当世,无所顾忌,是范仲淹庆历新政与欧阳修诗文革新运动的积极参与者。穆伯长:即穆修(979—1032),字伯长,郓州汶阳(今山东汶上)人。真宗大中祥符年间赐进士出身。官颍州文学参军,徙蔡州。有《穆参军集》传世。穆修在西昆体流行之时,力主恢复韩、柳古文传统,曾刻韩、柳文集,鬻于东京大相国寺。其散文矫西昆体骈俪之弊,以古朴拙直为上而不事文采。后世称宋代文风之变,始于穆修。尹师鲁:即尹洙(1001—1074),字师鲁,洛阳(今属河南)人。人称河南先生。天圣二年(1024)进士。历任馆阁校勘、太子中允、右司谏等职。与范仲淹、欧阳修等人关系甚密。在宋初文坛上,与穆修、欧阳修等大力倡导古文。其学长于《春秋》,又喜论兵,为官往往从事于兵间,故其议论精密,切于兵机,时人以为实用。

④翕然:一致。

⑤濯磨:洗涤磨炼。比喻加强修养,以期有为。

⑥此其起衰之功,不在昌黎下:苏轼《潮州韩文公庙碑》曾赞美韩愈对于散文创作的贡献为"文起八代之衰"。起衰,振起文章衰颓之气。昌黎,指韩愈。

⑦闳廓:宽宏博大。

⑧侃侃:刚直的样子。

⑨回挠：屈服。

⑩"本深而末茂"几句：语出韩愈《答尉迟生书》。

⑪札子：用于向皇帝或长官进言议事的公文。

⑫敷腴：舒展丰满。敷，铺开，扩展。腴，肥美。引申指诗文、言谈等内容丰满、美好。

⑬朱子：即朱熹（1130—1200），字元晦，又字仲晦，号晦庵，晚称晦翁，徽州婺源（今江西婺源）人。著有《四书章句集注》《伊洛渊源录》《名臣言行录》《资治通鉴纲目》《诗集传》《楚辞集注》《朱子语类》等。朱熹全面系统地总结了以"二程"为核心的理学思想，建立了逻辑严密而又庞大的理学体系，成为宋代理学的集大成者。

⑭六一文一唱三叹，今人是如何作文：语出《朱子语录·论文上》。六一，指欧阳修。欧阳修自称六一居士。

⑮平淡中却自美丽，有不可及处：语本《朱子语录·论文上》："虽平淡，其中却自美丽，有好处，有不可及处，却不是阘茸无意思。"

【译文】

五代末期，文章体制败坏。宋代初兴，士人仍沿袭旧的风习。景祐年间，石介、穆修、尹洙等人，务求学古，力求变革靡丽文风的余波，然而当时文章尚未兴盛。待欧阳修登上文坛，就成为天下的文章宗匠，学者一致尊为师，争相自我磨炼，以通经学古为能事。可见其振起文章衰颓的功劳，不在韩愈之下。欧阳公博极群书，好学不倦；为人正直而宽宏，见义勇为；在朝廷上侃侃而谈，从不屈服。因此其文如其人，就是韩愈所说的"根底深厚而枝叶繁茂，充实博大而声音宏壮，行事与言辞皆严厉，心气则醇厚而平和"。这些评价难道是可以勉强套用在他身上的吗？欧阳修的文章最长于论事，他上奏的札子，委婉全面、流畅恳切，深得人臣效忠之道。序、记等文字，舒展丰满、温和润泽，读之令人喜悦。世上号称能写文章的，不是繁缛就是浅陋，不是庸俗就是奇怪，哪里能像欧阳公的文章,能改变世间文章的趋向呢? 朱熹说:"欧阳修之文一唱三叹,今人又是如何作文呢?"又称其"平淡中却自美丽,有他人比不上的地方"。读欧阳公的文章,应该好好体味这番话。

论乞主张范仲淹富弼等行事札子

【题解】

本文作于庆历三年（1043）十月十日，欧阳修时为谏官。该年九月范仲淹上奏仁宗皇帝《答手诏条陈十事》，提出"新政"的十项主张。欧阳修这封札子意在劝说仁宗皇帝实施范仲淹的新政主张。

宋代政治发展到宋真宗、宋仁宗时期，已经暴露出严重的冗兵、冗官、冗费等一系列弊政，对外又有西夏等少数民族政权的威胁。范仲淹、富弼等人针对这些弊政力倡改革，欧阳修对此是大力支持的，所以在奏折中首先指出宋仁宗任命二人实为天下大幸，紧接着就指出任用贤人只是改革弊政的第一步，更重要的是希望仁宗皇帝能做到不听小人谗言，长久地支持范仲淹等人的新政，这体现了欧阳修作为一名谏官高度的冷静，同时亦可见其一腔爱国之心。

可惜的是，欧阳修所担心的事情最终还是不可避免地发生了。庆历五年（1045），在夏竦等人的污蔑之下，范仲淹等人相继罢相，新政也遭到尽废的命运，而于此我们亦可见欧阳修所具有的深远的政治理性。

　　臣伏闻范仲淹、富弼等自被手诏之后①，已有条陈事件，必须裁择施行。臣闻自古帝王致治，须待同心协力之人②，而君臣相得，谓之千载一遇之难。今仲淹等遇陛下圣明，可谓难逢之会；陛下有仲淹等，亦可谓难得之臣。陛下既已倾心待之，仲淹等亦又各尽心思报，上下如此，臣谓事无不济，但顾行之如何③。伏况仲淹、弼是陛下特出圣意自选之人，初用之时，天下已皆相贺，然犹窃谓陛下既能选之，未知用之如何耳。及见近日特开天章④，从容访问，亲写手诏，督责丁宁，然后中外喧然，既惊且喜。此二盛事，固已朝报京师，暮传四海，皆谓自来未曾如此责任大臣⑤。天下之人延首拭目⑥，以看陛下欲作何事，此二人所报陛下果有何能⑦。是陛下得失，在此一举；生民休戚⑧，系此一时。以此而言，则仲淹等不可不尽心展效，陛下不宜不力主而行，使上不玷知人之明，下不失四海之望。

【注释】

①伏：下对上的敬词，多用于奏疏、表、状等文体。范仲淹（989—1052）：字希文，苏州吴县（今江苏苏州）人。大中祥符八年（1015）进士及第，曾负责防御西夏入侵，名震一时。庆历三年（1043）任参知政事，推行"庆历新政"。富弼（1004—1083）：字彦国，洛阳（今属河南）人。天圣八年（1030）中茂才异等科。庆历三年（1043）任为枢密副使，与杜衍、范仲淹等同主"庆历新政"。手诏：皇帝亲手所写的诏书。

②待：依靠，凭借。

③顾：视，看。

④天章：宋宫中藏书阁名。始建于宋真宗天禧四年（1020），翌年成。仁宗即位，专用以藏真宗御制文集、御书。

⑤责任：责成，任命。

⑥延首拭目：伸长脖子，擦亮眼睛。此指热切期盼。

⑦果：终究，到底。

⑧休戚：喜乐与忧虑。

【译文】

臣听说范仲淹、富弼等人自从接到陛下的手诏后，已经有奏折分条陈述各项政治主张，陛下一定要有选择地加以施行。臣听说自古以来，帝王要达到政治太平，必须依靠同心协力的人，而君臣相得可以说是千载一遇之难事。现在范仲淹等人遇到圣明的陛下，可以说是千载难逢的机会；陛下有范仲淹等人，也可以说是千载难得的大臣。陛下既然已经倾心对待他们，范仲淹等人也各自尽心竭力地想要报答陛下，君臣上下能像这样的话，臣认为没有什么事情是做不到的，只是看日后怎么施行了。更何况范仲淹、富弼还是陛下您特别出于圣意而亲自选出的人，最初任用他们的时候，天下就都互相庆贺，但还是在私下里议论陛下能选拔他们，但不知道会怎么任用他们。等看到近日陛下特别地打开天章阁，从容地向他们问政，亲自写了手诏，督促叮咛他们，然后朝廷内外舆论喧哗，既惊讶又高兴。这两件大事，已是早晨消息才从京城传出，晚上就已传遍四海，都说自古以来从没有这样任命大臣的。天下人都伸长脖子、擦亮眼睛地期盼着，看陛下想要怎么做，这两个人到底有什么才能来报答陛下。陛下的得失，在此一举；百姓的喜乐与忧虑，系于一时。从这来说，那么范仲淹等人不能不尽心竭力地施展才能效忠陛下，陛下也不应该不极力支持他们实行他们的方略，使上不会玷污您知人的圣明，下不会让天下百姓失望。

　　臣非不知陛下专心锐志，必不自怠，而中外大臣且忧国同心，必不相忌而沮难[1]。然臣所虑者，仲淹等所言，必须先绝侥幸因循姑息之事，方能救数世之积弊。如此等事，皆外招小人之怨怒，不免浮议之纷纭[2]，而奸邪未去之人，亦须时有谗沮，若稍听之，则事不成矣。臣谓当此事初，尤须上下协力，凡小人怨怒，仲淹等自以身当浮议奸谗，陛下亦须力拒，待其久而渐定，自可日见成功。伏望圣慈留意[3]，终始成之，则社稷之福、天下之幸也。取进止[4]。

【注释】

①沮难：阻挠，刁难。

②浮议：虚浮而没有根据的言论。纷纭：又多又乱的样子。

③圣慈：圣明慈祥。旧时对皇帝或皇太后的敬称。

④取进止：公文奏折的套语。意为所奏之事是否采纳，等候皇帝的决定。

【译文】

臣不是不知道陛下您用心专一、志向坚决，必定不会自我懈怠，而朝廷内外的大臣都怀有同样的忧国之心，必定不会因为猜忌而阻挠与刁难他们。然而臣所担心的是，范仲淹他们所进言的内容，必定首先杜绝那些侥幸获利、因循守旧、纵容姑息之事，这样才能挽救数十年来积累的弊病。像这样的事，都会对外招致小人的怨恨与愤怒，那些虚浮而没有根据的言论就难免会甚嚣尘上，而还没有被罢黜的奸邪之人，也会时常进谗言阻挠他们，假如稍稍听了他们的话，那么大事就办不成了。臣认为当这件事情决定之初，尤其一定要做到上下协力，那些小人的怨恨与愤怒，范仲淹等人自然会以身去抵挡那些虚浮的议论和奸佞的谗言，陛下也一定要竭力拒绝那些小人的要求，等到时间长了，事情渐渐稳定下来，自然可以一天天地看到成效。希望圣上多多留意，自始至终促成这些事情，那么就是社稷之福、天下之幸了。所奏之事是否采纳，等候皇帝的决定。

【评点】

茅鹿门曰：欧阳公此时亦必闻范、富所条之事，恐仁宗一时不肯遽行，又怕群小内攻，故先为"顶门一针"语①，所谓"拿云手"是也②。

张孝先曰：时仁宗召用范、富等，乃君子道长之会③。欧公为右正言，上此书以坚纳谏之心，杜听谗之隙。惓惓忠爱④，盖有合于大《易》扶阳抑阴之义矣⑤。

【注释】

①顶门一针：针灸时自脑门所下的一针。比喻击中要害而能使人警醒的言论或举动。顶门，指头顶的前部。因其中央有囟门，故称。

②拿云手：比喻远大的志气，高强的本领。

③君子道长：君子之道昌盛。语出《周易•泰》象辞："内阳而外阴，内健而外顺，内君子而外小人：君子道长，小人道消也。"

④惓惓：同"拳拳"。恳切，诚挚。

⑤大《易》扶阳抑阴之义：意谓赞美《周易》扶助阳而压抑阴的义理。朱熹《周易本义》："夫阴阳者，造化之本，不能相无，而消长有常，亦非人所能损益也。然阳主生，阴主杀，则其类有淑慝之分焉。故圣人作《易》，于其不能相无者，既以健顺仁义之属明之，而无所偏主。至其消长之际，淑慝之分，则未尝不致其扶阳抑阴之意焉。"

【译文】

茅坤说：欧阳修此时一定知道了范仲淹、富弼条陈的事，担心宋仁宗一时不肯马上施行，又怕众多小人们在内攻击，因此先下"顶门一针"预先提醒，正是所谓"拿云手"。

张伯行说：当时宋仁宗任用范仲淹、富弼等人，君臣相会，正是君子之道昌盛的时机。欧阳修当时任右正言，上此书坚定仁宗纳谏的决心，杜绝他听信谗言的可能。深切的忠爱之意，正符合《周易》扶阳抑阴之义啊。

论贾昌朝除枢密使札子

【题解】

本文作于嘉祐元年（1056），一作《论某人交结宦官状》，欧阳修时任翰林侍读学士、集贤殿修撰。

　　这封札子主要是为了劝谏宋仁宗不要任用贾昌朝为枢密使而上，欧阳修开门见山地指出贾昌朝为人险恶，士大夫们议论沸腾，对贾昌朝的批驳可谓句句刚劲有力。下面又从审察用人的角度一步步地劝导宋仁宗，阐明事实与道理，而连用问句更使得文章气势充沛。最后说明宦官、侍臣耳濡目染地私下举荐对宋仁宗的影响，并再次劝谏宋仁宗收回成命，凡劝导宋仁宗之语则温柔敦厚、彬彬有礼，使得整篇文章直谏有力而劝导得体。

　　可惜的是，宋仁宗并没有采纳欧阳修的进谏，贾昌朝仍旧还朝任枢密使，同中书门下平章事，并获封许国公。

　　臣伏见近降制书①，除贾昌朝为枢密使②。旬日以来，中外人情，莫不疑惧，搢绅公议，渐以沸腾。盖缘昌朝禀性回邪③，执心倾险④，颇知经术⑤，能文饰奸言，好为阴谋，以陷害良士。小人朋附者众，皆乐为其用。前在相位，累害善人⑥，所以闻其再来，望风恐畏。

【注释】

①制书：古代皇帝命令的一种。

②除：任命，授职。贾昌朝（998—1065）：字子明，真定获鹿（今河北鹿泉）人。庆历三年（1043），拜参知政事。次年，改枢密使，旋拜同平章事，仍兼枢密使。七年（1047），罢相判大名府。嘉祐元年（1056），进封许国公，又兼侍中，不久以同中书门下平章事复为枢密使。枢密使：宋代军事机构最高长官。

③回邪：乖违邪僻。

④倾险：用心邪僻险恶。

⑤经术：经学，以儒家经典为研究对象的学问。

⑥前在相位,累害善人:贾昌朝庆历年间为枢密使时,与参知政事吴育不睦,时人多认为贾昌朝不对。后向绶怀疑属下,迫使其自杀,贾昌朝欲从轻处罚,吴育认为应从重,最后按照吴育的意见处理此事。不久贾昌朝伙同御史中丞高若讷以其他事由弹劾吴育罢相。

【译文】

臣见到陛下近来颁布的制书,任命贾昌朝为枢密使。十几天来,朝廷内外人们无不疑虑惊惧,士大夫们的公开议论渐渐沸腾起来。大概因为贾昌朝禀性乖违邪僻,用心险恶狡诈,又颇知经术,善于文饰自己奸邪的言论,好施阴谋诡计,用以陷害忠良。很多小人依附于他结成朋党,都乐于为其所用。之前他在宰相的位置上,多次陷害善人,所以现在听说他要再回来,人们都望风恐惧。

　　陛下聪明仁圣,勤俭忧劳,每于用人,尤所审慎。然而自古毁誉之言,未尝不并进于前,而听纳之际,人主之所难也。臣以谓能知听察之要①,则不失之矣。何谓其要？在先察毁誉之人。若所誉者君子,所毁者小人,则不害其进用矣。若君子非之,小人举之,则可知其人不可用矣。今有毅然立于朝,危言谠论②,不阿人主,不附权臣,其直节忠诚,为中外素所称信者,君子也。如此等人,皆以昌朝为非矣。宦官、宫女、左右使令之人,往往小人也。如此等人,皆以昌朝为是矣。陛下察此,则昌朝为人可知矣。

【注释】

①听察:语本《周礼·秋官·乡士》:"听其狱讼,察其辞。"后因以"听察"谓探听审察。

②危言谠(dǎng)论:正直的言论。谠,正直,敢于直言。

【译文】

陛下明察事理,仁慈圣明,勤俭忧劳,每每对于用人之事,尤其谨慎。然而自古指责与赞誉的言论,从来都是一同进于君主之前的,而区分应该听取采纳什么,就是君主所为难的。臣认为能知道听取辨察意见的关键,就不会有失误了。什么是关键呢?在于先考察进行指责或赞誉的人。假如赞誉他的是君子,指责他的是小人,那么任用这样的人就不会有什么危害。假如君子非议他,小人举荐他,就可以知道这样的人不能任用。现在有人毅然站立在朝廷上,发表正直的言论,对于君主不阿谀奉承,不依附权臣,他正直的节操与忠诚是朝廷内外素来称赞、信服的,这是君子。像这样的一些人,都认为贾昌朝并非忠良。宦官、宫女、陛下周围使唤的人,往往是小人。像这样的一些人,都认为贾昌朝是忠臣。陛下明察这些,就能知道贾昌朝的为人了。

今陛下之用昌朝,与执政大臣谋而用之乎?与立朝忠正之士谋而用之乎?与宦官左右之臣谋而用之乎?或不谋于臣下,断自圣心而用之乎?昨闻昌朝阴结宦竖,构造事端,谋动大臣以图进用。若陛下与执政大臣谋之,则大臣势在嫌疑,必难启口。若立朝忠正之士,则无不以为非矣。其称誉昌朝、以为可用者,不过宦官、左右之人尔。陛下用昌朝,为天下而用之乎?为左右之人而用之乎?臣伏思陛下必不为左右之人而用之也。然左右之人,谓之近习①,朝夕出入,进见无时,其所谗诿,能使人主不觉其渐。昌朝善结宦官,人人喜为称誉,朝一人进一言,暮一人进一说,无不称昌朝之善者,陛下视听渐熟,遂简在于圣心②,及将用之时,则不必与谋也。盖称荐有渐,久已熟于圣聪矣。是则陛下虽断自圣心,不谋臣下而用之,亦左右之人积渐称誉之力也。

【注释】

①近习:亲近。

②简:选择。

【译文】

现在陛下任用贾昌朝,是和执政大臣商量而决定任用的呢? 是与在朝的忠正之士商量而决定任用的呢? 还是与身边的宦官亲信商量而决定任用的呢? 抑或是没有和臣下商量,以陛下圣心自行决断而决定任用的呢? 昨天听说贾昌朝暗地里结交宦官,构造事端,阴谋鼓动大臣以求进用。假如陛下和执政大臣商量,那么大臣势必担心自己有嫌疑,必定难以开口。假如是在朝的忠正之士,那么他们都认为贾昌朝并非忠良。那些称赞贾昌朝、认为可以任用他的,不过是宦官与陛下周围亲信而已。陛下任用贾昌朝,是为天下人任用他呢,还是为周围亲信之人任用他呢? 臣心里想陛下一定不会为了周围亲信之人而任用他。然而陛下周围的人,是陛下所亲近的,他们朝夕出入宫廷,随时都有进见陛下的机会,他们的谗言与阿谀,能使君主察觉不到他们是在逐渐地进行。贾昌朝善于勾结宦官,人人都高兴为他说好话,早晨一个人说一句,晚上一个人说一句,没有不称赞贾昌朝是良善的,陛下的耳目渐渐习惯,于是在心中就会有所选择,等到了准备任用某人时,就不必和人商量了。大概称赞与推荐有逐渐浸染的过程,时间长了已经在陛下耳中烂熟了。这样一来,那么即使是陛下自己决断,没有和臣下商量而决定采用他,也是陛下周围之人逐渐积累起来的称誉的力量使然。

　　陛下常患近岁以来大臣体轻①,连为言事者弹击②。盖由用非其人、不叶物议而然也③。今昌朝身为大臣,见事不能公论，乃结交中贵④，因内降以起狱⑤，以此规图进用。窃闻台谏方欲论列其过恶⑥，而忽有此命，是以中外疑惧、物论喧腾也。今昌朝未来，议论已如此，则使其在位，必不免言事者上烦圣听。若不尔，则昌朝得遂其志，倾害善人，坏乱朝政，必为国家生事。臣愚欲望圣慈抑左右阴荐之言⑦，采搢绅公正之论，早罢昌朝，还其旧镇，则天下幸甚。

【注释】

①体轻：指身份轻微，容易被人弹劾。

②弹击：这里指弹劾。

③叶（xié）：同"协"。和洽，符合。物议：众人的议论。

④中贵：显贵的宦官。

⑤内降：谓不按常规经中书等省议定，而由宫内直接发出诏令。起狱：兴起狱讼，有意制造要案。

⑥台谏：指御史台与谏院，有纠察、弹劾之责。论列：指言官上书检举弹劾。

⑦阴荐：暗中的举荐。

【译文】

陛下时常忧患近年以来大臣们身份轻微，接连被谏官弹劾。大概是因为用人不当、不符合众人议论的原因造成的。现在贾昌朝身为大臣，看见事情不符合公论，就结交显贵的宦官，靠着皇帝直接发出诏令挑起事端，以此希图得到进用。我私下里听说御史台和谏院正要上书检举弹劾他的过错与罪恶，而忽然有了这道命令，所以朝廷内外疑虑忧惧、众人的议论喧闹沸腾起来。现在贾昌朝还没来，议论已经像这样了，那么假使他在位，必然不免谏官上奏烦扰陛下圣听。假如不这样的话，那么贾昌朝就要得志，倾构陷害良善之人，败坏祸乱朝政，必定为国家生出事端。臣希望陛下能抑制左右侍从暗中举荐他的言论,采纳士大夫们公正的言论,及早罢斥贾昌朝,让他回到以前的地方,那么就是天下大幸了。

臣官为学士,职号论思①,见圣心求治甚劳,而一旦用人偶失,而外廷物议如此,既有见闻,合思裨补。取进止。

【注释】

①论思:议论、思考。特指皇帝与学士、臣子讨论学问。

【译文】

臣官为翰林侍读学士,职责号称是议论思考,见到陛下求治心切、非常劳累,而一旦偶然地用人不当,而外廷众人的议论又是这样,既然有所听闻,就应当想办法弥补。所奏之事是否采纳,等候皇帝的决定。

【评点】

茅鹿门曰:猫之捕鼠须咬颈;公之弹劾昌朝,却本所荐引之路攻之,仁庙焉得不动心?

张孝先曰:昌朝交结近侍,日进誉言,人主不觉信而用之。公此札论昌朝之奸,先使人主分别所誉之为何人,最得开悟君心之道。其言词和平委曲,使听者不逆于心,而油然以解。论事如此,尤可为法。

【译文】

茅坤说:猫要捕鼠必须咬它的脖颈;欧阳修弹劾贾昌朝,从他被举荐的路径攻起,宋仁宗怎会不动心呢?

张伯行说:贾昌朝结交宦官,每天获得赞誉,皇帝不知不觉间就信用了他。欧阳修这封奏札议论贾昌朝的奸邪,先使皇帝分别赞誉他的是什么人，最得开悟君主的方法。文章语词平和委婉，使听者心里不会产生逆反，问题就自然解决了。这样论事，尤其可为法式。

论台谏官唐介等宜早牵复札子

【题解】

本文作于嘉祐六年（1061）夏，欧阳修时任枢密副使。此年四月二十七日，谏官唐介、赵抃、王陶、范师道、吕诲等人因弹劾枢密副使陈旭而被贬。欧阳修遂上此奏，希望恢复唐介等人的官职。

劝谏皇帝收回成命是一件非常困难的事，搞不好就会连累自己，欧阳修这道札子写得则非常委婉得体。他首先从唐介等人以往的忠诚写起，从人之常情的角度申说这些人不应有徇私欺上之事；进而指出分别忠奸的方法在看其言是公言还是私言；然后又摆事实、讲道理，分析了大臣进谏与皇帝采纳意见时的种种情况，使得议论的过程更加合情合理；最后再次从事实上说明唐介等人结为忠良守节之士，文章结构一环扣一环，说理可谓细致入微。

然而，古代帝王最不能容忍之处就是大臣结党，范仲淹、欧阳修等人此前关于朋党的争论已经证明了仁宗皇帝的不信任，欧阳修在本文篇末又言及朋党问题，这也许也是宋仁宗没有采纳欧阳修谏议的原因之一。

臣材识庸暗，碌碌于众人中，蒙陛下不次拔擢①，置在枢府，其于报效，自宜如何？而自居职以来，已逾半岁，凡事关大体，必须众议之协同，其余日逐进呈，皆是有司之常务。至于谋猷启沃②，蔑尔无闻③。上辜圣恩，下愧清议④，人虽未责，臣岂自安？所以夙夜思维，愿竭愚虑，苟有可采，冀裨万一。

【注释】

①不次拔擢：不依次序提拔任用，破格提拔。

②谋猷（yóu）：计谋，谋略。猷，计划，谋划。启沃：竭诚开导，辅佐
君王。语出《尚书·说命上》："启乃心，沃朕心。"

③蔑尔：默然。

④清议：社会舆论。

【译文】

臣资质平凡，在众人之中碌碌无为，承蒙陛下破格提拔任用我，把我
放在枢密院任职，臣该如何报效陛下呢？我自从担任此职以来，已经过
了半年，但凡事关重大问题，必须是众人议论而协调一致，其余逐日进呈
之事，都是有关部门的日常事务。至于谋划国策，竭诚开导君主，我完全
没有什么见识。对上辜负了圣上的恩泽，对下愧对于社会舆论，别人虽
然没有责备，臣自己怎能安心呢？所以日夜思考，希望竭尽愚臣的思虑，
假如有可以采纳的，希望能有万分之一的裨益。

臣近见谏官唐介、台官范师道等^①，因言陈旭事得罪^②，
或与小郡，或窜远方。陛下自临御已来，擢用诤臣^③，开广言
路，虽言者时有中否，而圣慈每赐优容^④。一旦台谏联翩被
逐四出^⑤，命下之日，中外惊疑。臣虽不知台谏所言是非，但
见唐介、范师道皆久在言职，其人立朝，各有本末，前后补益
甚多，岂于此时顿然改节，故为欺罔，上昧圣聪？在于人情，
不宜有此。

【注释】

①唐介（1010—1069）：字子方，江陵（今湖北荆州）人。皇祐三年
（1051）以弹劾文彦博缘内侍得执政，贬为春州别驾，改英州别

驾。嘉祐六年（1061）以弹劾陈旭而被贬出知洪州（治今江西南昌）。熙宁元年（1068）拜参知政事，与王安石有多次争执。范师道（1005—1063）：字贯之，苏州长洲（今江苏苏州）人。范仲淹从兄子，因弹劾陈旭而被贬出知福州（今属福建）。师道性严正，为谏官，有闻即奏，不避权贵。

②陈旭（1011—1079）：即陈升之，字旸叔，建州建阳人（今福建南平）。时任枢密副使。晚年官至宰相，参与王安石变法。陈旭为人深狡，善附会以取富贵，时人讥之为"筌相"。

③诤臣：谏诤之臣。

④优容：优遇，宽容。

⑤一旦：短时间内。联翩：形容连续不断。

【译文】

臣近来看到谏官唐介、御史台官范师道等人因为弹劾陈旭之事而获罪，有的被任命到小郡为官，有的被流放到远方。陛下自从临政以来，提拔谏诤之臣，广开言路，虽然进谏的人时常有不中肯的言论，而圣上每次都给予宽容对待。现在短时间内御史台和谏院官员连连被贬谪外放，命令下达之日，朝廷内外都震惊疑虑。臣虽然不知道台谏官员所言是对是错，但看到唐介、范师道都是长期担任言官的职务，他们在朝中也各有本末经历，此前所言之事，对朝廷的补益很多，难道这个时候突然改变了自己的节操，故意要欺君罔上，混淆皇上的视听吗？从人之常情上讲不应该是这样的。

臣窃以谓自古人臣之进谏于其君者，有难有易，各因其时而已。若刚暴猜忌之君，不欲自闻其过，而乐闻臣下之过，人主好察多疑于上[①]，大臣侧足畏罪于下[②]。于此之时，谏人主者难，而言大臣者易。若宽仁恭俭之主，动遵礼法，自闻其失，则从谏如流，闻臣下之过，则务为优容以保全之③。而为大臣者，外秉国权，内有左右之助，言事者未及见听，而怨仇已结于其身。故于此时，谏人主者易，言大臣者难。此不可不察也。

【注释】

①察：苛察，苛求。

②侧足：形容因畏惧而不敢正立。

③务：追求，谋求。

【译文】

臣私下里认为自古以来人臣向君主进谏，有难有易，只是各自顺应时机而已。假如刚愎残暴、爱猜忌的君主，不想听到自己的过错，而喜欢听到臣下的过错，君主在上位苛察而多疑，大臣在下位就会畏惧而不敢正立、担心获罪。在这个时候，进谏君主就比较难，而议论大臣比较容易。假如遇到宽厚仁慈恭俭的君主，行动都遵守礼法，听到自己的过错，就会从谏如流，听到臣下的过错，就力求宽容以保全他们。而做大臣的，在外掌握着国家的权力，在内有周围人的帮助，谏官的意见还没来得及采纳，而仇怨已经加到他身上了。所以在此时，进谏君主比较容易，而议论大臣比较难。这不可不明察啊。

　　自古人主之听言也，亦有难有易，在知其术而已。夫忠邪并进于前，而公论与私言交入于耳，此所以听之难也。若知其人之忠邪，辨其言之公私，则听之易也。凡言拙而直，逆耳违意，初闻若可恶者，此忠臣之言也。言婉而顺，希旨合意①，初闻若可喜者，邪臣之言也。至于言事之官，各举其职②，或当朝正色，显言于廷③，或连章列署，共论其事。言一出，则万口争传，众目共视，虽欲为私，其势不可。故凡明言于外，不畏人知者，皆公言也。若非其言职，又不敢显言，或密奏乞留中④，或面言乞出自圣断，不欲人知言有主名者，盖其言涉倾邪⑤，惧遭弹劾。故凡阴有奏陈而畏人知者，皆挟私之说也。自古人主能以此术知臣下之情，则听言易也。

【注释】

①希旨合意：迎合皇上的旨意。希，迎合。

②举其职：尽其职，称其职。

③显言：公开发表言论。

④乞留中：请求保留在禁中。留中，指将臣子上的奏章留置宫禁之中，不交办。

⑤倾邪：邪僻不正。

【译文】

自古君主听取谏官的言论，也有难有易，在于掌握方法而已。忠言与邪说一同呈进到眼前，公开的议论与私下的言语交相进入耳中，这就是采纳意见的困难。假如知道进谏者的忠奸，辨明其言论的公私，那么采纳起来就容易了。但凡言语朴拙而直率，不顺耳还违背心意，初闻之下像是很可恶的话，这就是忠臣的言论。言论委婉而温顺，迎合皇上的旨意，初闻之下像是很可喜的话，这就是邪佞之臣的言论。至于谏官，各尽其职，或者在朝廷之上正色公开发表言论，或者联名上奏，共同议论某事。他们的话一出，就万口争传，众目共视，即使想谋私也势必不可。所以凡是在外面明着说出来，不怕别人知道的，都是公正的言论。假如并非是他的职责，又不敢明着说出来，或者密奏请求保留在禁中，或者只是单独当着皇上的面说出请求圣上决断，不希望别人知道是谁说的话的，大概这些言论都涉及邪僻不正的事，担心遭到弹劾。所以凡是暗地里有陈说奏请而惧怕别人知道的，都是怀着私情的言说。自古以来，君主能以这种方法了解臣下的实情，那么采纳谏言就容易了。

伏惟陛下仁圣宽慈，躬履勤俭，乐闻谏诤，容纳直言，其于大臣尤所优礼，常欲保全终始，思与臣下爱惜名节，尤慎重于进退。故臣谓方今言事者，规切人主则易[1]，欲言大臣则难。臣自立朝，耳目所记，景祐中，范仲淹言宰相吕夷简，贬知饶州[2]。皇祐中，唐介言宰相文彦博，贬春州别驾[3]。至和初，吴中复、吕景初、马遵言宰相梁适，并罢职出外[4]。其后赵抃、范师道言宰相刘沆，亦罢职出外[5]。前年韩绛言富弼，贬知蔡州[6]。今又唐介等五人言陈旭得罪。自范仲淹贬饶州后，至今凡二十年间，居台谏者多矣，未闻有规谏人主而得罪者。臣故谓方今谏人主则易，言大臣则难。陛下若推此以察介等所言，则可知其用心矣。

【注释】

①规切：规劝矫正。

②"景祐中"几句：景祐三年（1036）吏部员外郎范仲淹上书指责宰相吕夷简用人多出其门，且倚仗仁宗的宠信扰乱朝政，被吕夷简斥为结引"朋党"而贬官饶州（治今江西鄱阳）。吕夷简（979—1044），字坦夫，寿州（今安徽凤台）人。宋仁宗时任宰相兼枢密使。

③"皇祐中"几句：皇祐三年（1051），殿中侍御史唐介弹劾宰相文彦博因宦官结交妃嫔，得官不正，被贬为春州（治今广东春阳）别驾，后改英州（治今广东英德）别驾。文彦博亦罢相。文彦博（1006—1097），字宽夫，汾州介休（今属山西）人。曾守卫西夏

有功拜相,皇祐三年罢相,至和二年(1055)复相。

④"至和初"几句:至和元年(1054),殿中侍御史吴中复、言事御史马遵、殿中侍御史吕景初,连名弹劾宰相梁适贪黩怙权,吴中复被贬虔州(治今江西赣州)通判,马遵被贬知宣州(治今安徽宣城),吕景初被贬为江宁府(治今江苏南京)通判。梁适亦罢相。吴中复(1011—1078),字仲庶,兴国永兴(今湖北阳新)人。吕景初(?—1061),字冲之,开封酸枣(今河南延津西南)人。马遵,字仲涂,饶州乐平(今属江西)人。梁适(1001—1070),字仲贤,郓州须城(今山东东平)人。仁宗擢为枢密副使,旋拜相。

⑤其后赵抃、范师道言宰相刘沆,亦罢职出外:嘉祐元年(1056)殿中侍御史赵抃、侍御史范师道弹劾宰相刘沆典葬温成皇后不合国制,刘沆引规定"台官满二年当补外",出赵抃知睦州(治今浙江建德),出范师道知常州(治今江苏常州)。刘沆亦罢相。赵抃(1008—1084),字阅道,衢州西安(今浙江衢州)人。晚年官至参知政事。刘沆(995—1060),字冲之,吉州永新(今属江西)人。皇祐三年(1051)任参知政事,至和元年(1054)拜同中书门下平章事。

⑥前年韩绛言富弼,贬知蔡州:嘉祐四年(1059),翰林学士、御史中丞韩绛弹劾宰相富弼用张茂实掌禁军,被贬知蔡州(治今河南汝南)。韩绛(1012—1088),字子华,开封雍丘(今河南杞县)人。神宗时拜相,哲宗立,封康国公。

【译文】

陛下仁厚圣明,宽容慈爱,躬亲实践,勤劳俭朴,乐于听到谏诤之言,能容纳直率的言论,对于大臣尤其能优待礼遇,经常希望能自始至终地保全他们,考虑事情为臣子爱惜他们的名节,对于进用与斥退之事尤其慎重。所以臣认为当今的谏官,规劝君主是容易的,而议论批评大臣则很难。臣自从进入朝廷以来,耳闻目见记得的,景祐年间,范仲淹弹劾宰相吕夷简而被贬饶州。皇祐年间，唐介弹劾宰相文彦博，被贬为春州别驾。至和元年，吴中复、吕景初、马遵同时弹劾宰相梁适，一并罢职外放。其后赵抃、范师道弹劾宰相刘沆，也罢职外放。前年韩绛弹劾富弼，贬知蔡州。现在又有唐介等五人因为弹劾陈旭而获罪。自从范仲淹被贬饶州以后，至今的二十年间，在御史台、谏院任官的人很多，没听说有因为规劝君主而获罪的。我因此说现在劝谏君主容易，议论大臣则难。陛下如果推究这一点来考察唐介等人所说的话，就能知道他们的用心了。

昨所罢黜台谏五人，惟吕诲入台未久[1]，其他四人出处本末[2]，迹状甚明，可以历数也。唐介前因言文彦博，远窜广西烟瘴之地，赖陛下仁恕哀怜，移置湖南，得存性命[3]。范师道、赵抃并因言忤刘沆，罢台职，守外郡，连延数年，然后复。今三人者，又以言枢臣罢黜。然则介不以前蹈必死之地为惧[4]，师道与抃不以中滞进用数年为戒，遇事必言，得罪不悔，盖所谓进退一节，终始不变之士也。至如王陶者[5]，本出孤寒，只因韩绛荐举，始得台官。及绛为中丞，陶不敢内顾私恩，与之诤议，绛终得罪。夫牵顾私恩，人之常情尔，断恩以义，非知义之士不能也。以此言之，陶可谓徇公灭私之臣矣[6]。此四人者，出处本末之迹如此，可以知其为人也，就使言虽不中，亦其情必无他。

【注释】

[1] 吕诲（1014—1071）：字献可，开封人。嘉祐六年（1061）任殿中侍御史，旋因弹劾陈升之出知江州（治今江西九江），晚年官至御史中丞。

[2] 本末：原委，始末。

③"唐介前因言文彦博"几句：唐介被贬春州，后改英州别驾，此二
　州在广南东路。数月后起监郴州（治今湖南郴州）税，通判潭州
　（治今湖南长沙），二州均在荆湖南路。

④蹈：践，踏。

⑤王陶（1020—1080）：字乐道，京兆万年（今陕西西安）人。嘉祐
　六年（1061）为监察御史里行，因弹劾陈旭被贬出知卫州（治今
　河南卫辉）。后官至御史中丞、三司使。

⑥徇：遵循。

【译文】

　　昨天罢黜的这五个台谏官员，只有吕诲是新近入御史台不久的，其
他四人的出处与来历，他们的事迹与行状都非常明了，可以历数。唐介
之前因为弹劾文彦博，被流放到广西边远的烟瘴之地，全靠陛下的可怜
与同情，仁慈地宽恕了他，移到湖南安置，得以保存性命。范师道、赵抃
一并因为弹劾刘沆而被罢免了御史台官职，出守外郡，连续数年，然后才
回来。现在这三人，又因为弹劾枢密副使而遭罢黜。然而唐介不因为流
放到必死之地而害怕，范师道与赵抃不因为仕途长期停滞难以进用为教
训，遇到事情一定要进言，即使获罪也不后悔，这大概就是所谓的无论进
退都气节如一，始终不变的士人吧。至于像王陶那样的人，本来出身孤
寒，只是因为韩绛的举荐才得以在御史台任官。等到韩绛当上了御史中
丞，王陶不敢因为顾念着私人的恩情，与他争执议论，韩绛最终获罪。牵
挂顾念私人的恩情，这是人之常情，因为正义而断绝恩情，只有懂得正义
的人才能做到。以此言之，王陶可谓遵循公义而灭除私情的大臣了。这
四个人，有这样的出处经历，可以知道他们的为人了，即使他们的谏言不
中肯，也必然不会有什么私心的。

　　议者或谓言事之臣好相朋党①，动摇大臣，以作威势，
臣窃以谓不然。至于去岁韩绛言富弼之时②，介与师道不与

绛为党,乃与诸台谏共论绛为非,然则非相朋党、非欲动摇大臣可明矣。固谓未可以此疑言事之臣也③。况介等比者虽为谪官④,幸蒙陛下宽恩,各得为郡,未至失所。其可惜者,斥逐谏臣,非朝廷美事,阻塞言路,不为国家之利,而介等尽忠守节,未蒙怜察也。欲望圣慈特赐召还介等,置之朝廷,以劝守节敢言之士,则天下幸甚! 今取进止。

【注释】

①朋党:指同类的人以恶相济而结成的集团。后指因政见不同而形成的相互倾轧的派系。

②至于去岁韩绛言富弼之时:原本无此句,据《欧阳文忠公集》补。

③固:坚定,坚决。

④比者:先前,以前。

【译文】

有些好议论的人说言事之臣喜欢互相结为朋党,动摇大臣的地位,以树立自己的权威与势力,臣私下里认为不是这样的。去年韩绛弹劾富弼的时候,唐介与范师道不和韩绛结为朋党,而和诸位台谏官员一同议论韩绛的错误,那么他们明显不是互相结为朋党、不是想要动摇大臣的地位。臣坚决认为不可以因此怀疑言事之臣。况且唐介等人以前虽然是贬谪官员,但多亏承蒙陛下的宽容与恩德,得以各自为郡守,不至于流离失所。可惜的是,罢斥驱逐谏臣,不是朝廷的美事,阻塞了言路,对国家没有什么好处,而唐介等人尽忠守节,没有蒙受怜悯与明察。希望皇上特别下诏,召还唐介等人,还把他们安置在朝廷里,以此劝勉守节敢言的人,那么就是天下大幸了! 现在所奏之事是否采纳,等候皇帝的决定。

【评点】

茅鹿门曰：欧公至言。

张孝先曰：言事之文，必先以情理反复开陈，则人事自分明矣。此篇中一段论人臣进谏，有时势难易不同，又一段言人主听言，须分别邪正公私，皆先从情理处说破，使人主心下分明。然后入题，言介等此时敢言大臣，是为其难者；其交章弹劾，乃出于正而不出于邪，出于公而不出于私；介等气节如此，自不宜贬。然后将诸人立朝本末分疏一番，乞赐召还以开言路，自然迎刃而解。此言事之妙也。中间论听言一段，详尽明切，尤为千秋龟鉴①。

【注释】

①龟鉴：比喻可供人对照学习的榜样或引以为戒的教训。

【译文】

茅坤说：欧阳修的至理之言。

张伯行说：言事的文章，一定要先把情理反复说明，人事自然就分明了。这篇文章中间一段议论人臣进谏，有时势难易之不同，又一段说君主听取谏言，必须分别邪正公私，都是先从情理处说破，使君主心里明白。然后切入正题，说唐介等人是此时敢于进言的大臣，是做难做之事的人；他们交章弹劾，是出于正义而非邪恶，出于公心而非私心；唐介等人有如此气节，自然不应该贬谪。然后将他们在朝廷里的经历分别说明一番，乞求皇帝把他们召还，以开言路，问题自然迎刃而解。这就是言事的巧妙之处。中间论述听取谏言的一段，详尽明白而深切，尤其是人们永远学习的榜样。

荐王安石吕公著札子

【题解】

本文作于至和年间，一说为至和元年（1054），一说为至和三年（1056），欧阳修时任翰林学士。这道札子是欧阳修为向宋仁宗推荐王安石与吕公著担任谏官而作。

欧阳修在本文中并没有一开始就推荐王安石与吕公著，而是站在君主的角度从进谏谈起，先说进谏之难，引出谏言无谏效的原因，进而又讨论谏官作为提升的台阶，申明了反对谏官者的立场；由此提出他认为谏官应该具有的素质即"沉默端正、守节难进"，而这些恰好正是王安石与吕公著所具有的品格，这样就自然而然地将二人推荐出来，文章丝丝入扣，逻辑严密，极大地增强了说服力。

此外，值得一提的是吕公著的父亲吕夷简是与范仲淹、欧阳修等改革派颇为不和的老宰相，欧阳修并没有因为与其父政见不和而影响对吕公著本身的举荐，这也可以看出欧阳修为人的胸襟与气度。

臣伏见陛下仁圣聪明，优容谏诤①，虽有狂直之士犯颜色而触忌讳者②，未尝不终始保全，往往亟加擢用③，此自古明君贤主之所难也。然而用言既难，献言者亦不为易。论小事者既可鄙而不足为，陈大计者又似迂而无速效，欲微讽则未能感动，将直陈则先忤贵权④。而旁有群言，夺于众力⑤，所陈多未施设，其人遽已改迁⑥。致陛下有听言之勤，而未见用言之效，颇疑言事之职，但为速进之阶。盖缘台谏之官，资望已峻⑦，少加进擢，便履清华⑧，而臣下有厌人言者，因此亦得进说，直云此辈务要官职，所以多言。使后来者其言益轻，而人主无由取信，辜陛下纳谏之意，违陛下赏谏之心。臣以谓欲救其失，惟宜择沉默端正、守节难进之臣⑨，置之谏署，则既无干进之疑⑩，庶或其言可信。

【注释】

①优容：优待，宽容。

②狂直：激进直率。狂，激进。颜色：指尊严。

③亟：急速，赶快。

④忤：违逆，抵触。

⑤夺：使改变。

⑥遽：就。

⑦峻：高。

⑧清华：清高显贵的官职。

⑨进：超过。

⑩干进：谋求仕进。

【译文】

臣见到陛下仁厚圣明、明察事理，对谏诤之臣优遇宽容，即使有激进直率之人冒犯龙颜、触犯忌讳，也从来没有不始终保全他们的，还往往迅速地提拔他们，这是自古以来贤明的君主都很难做到的。然而采纳谏言既然很难，进言之人也不容易。议论小事既让人觉得可鄙而不值得做，陈说大计又好像迂阔而没有速效，想隐微地讽喻则不容易感动君主，要直言陈述则首先就会违逆权贵。而旁边还有众人的议论，被众人的力量所改变，所陈说的方略多数还未能施行，陈说者就已经改迁他职了。以至于陛下有听取谏言的勤劳，而没有见到谏言施行的成效，就颇为怀疑言事的职位，认为这只是快速晋升的台阶。大概因为台谏的官员，资历与声望已经很高了，稍微加以提拔，就会登上清高显贵的职位，而臣下中有讨厌被别人议论的人，因此也得以进言，直截了当地说这些谏官是为了追求官职，所以才总是进言。这使后来的谏官说出的话分量越来轻,而君主没有理由相信,辜负了陛下采纳进谏的本意,违背了陛下奖赏进谏的用心。臣认为想拯救这种过失,只能选择深沉安静、正直无私、坚守节操、不求仕进的大臣,把他们安排到谏院,那么就没有谋求仕进的疑点,大概他们的话就可以相信了。

　　伏见殿中丞王安石①,德行文学②,为众所推,守道安贫,刚而不屈。司封员外郎吕公著③,是夷简之子④,器识深远,沉静寡言,富贵个染其心,利害不移其守。安石久更吏事⑤,兼有时才⑥,曾召试馆职,固辞不就。公著性乐闲退,淡于世事,然所谓“夫人不言,言必有中”者也⑦。往年陛下上遵先帝之制,增置台谏官四员,已而中废,复止两员。今谏官尚有虚位,伏乞用此两人,补足四员之数,必能规正朝廷之得失,裨益陛下之聪明。臣叨被恩荣⑧,未知报效,苟有所见,不敢不言。取进止。

【注释】

①殿中丞:宋代殿中省属官。元丰改制前为五品寄禄官。王安石(1021—1086):字介甫,号半山,抚州临川(今属江西)人。熙宁三年(1070)拜同中书门下平章事,力主实行变法,受到旧党的反对而罢相。同时在文学上成就也很突出,是北宋诗文革新运动的重要参与者。

②文学:才学,学问。

③司封员外郎:宋代吏部属官。元丰改制前主定谥事。吕公著(1018—1089):字晦叔,寿州(今安徽凤台)人。元祐元年(1086)拜尚书右仆射兼中书侍郎,与司马光共同辅政,废除新法。

④夷简:吕夷简(979—1044),字坦夫,寿州(今安徽凤台)人。咸

平进士。真宗朝,累迁刑部郎中、权知开封府。仁宗即位,为参知政事。后三度入相,封申国公,又改封许国公,兼枢密使。庆历三年(1043)罢相,守司徒,与中书、枢密院同议军国大事,反对庆历新政,指斥范仲淹等为朋党。欧阳修等劾其为相二十年,专事姑息,大坏纲纪,遂以太尉致仕。次年卒,赠太师、中书令,谥文靖。

⑤更:经历。

⑥时才:应对时局的才能。

⑦夫人不言,言必有中:那人轻易不说话,一说话就能说到关键点上。语出《论语·先进》。

⑧叨:谦词。意同"忝",表示受之有愧。

【译文】

我发现殿中丞王安石的德行与才学都被众人所推崇,他坚守道德、安于贫穷,刚直不屈。司封员外郎吕公著,是吕夷简之子,器度、才识深远,沉静寡言,富贵不能浸染他的内心,利害不能动摇他的操守。王安石有长期处理政务的经历,兼有应对时局的才能,曾被召试馆阁的职位,他坚决请辞不就职。吕公著天性喜欢闲适退让,对于世事看得淡薄,然而正是所谓的"一般不说话,说话就一定很中肯"的那类人。往年陛下遵从先帝的制度,增设台谏官员四名,后来中途废止,又只设两人。现在谏官位置上还有空位,请陛下任用这两个人,补足四人的数目,必定能规正朝廷的得失,对陛下的圣明有所裨益。臣惭愧地蒙受陛下的恩泽与荣耀,不知道如何报效朝廷,假如有所闻见,不敢不说出来。所奏之事是否采纳,等候皇帝的决定。

【评点】

茅鹿门曰:王荆公学行属望固似不难,而吕申公则欧公所仇而屡斥之者,今举其子,可见公之公平正大矣。

张孝先曰:台谏之职,缄默取容者固不足以居之,而轻躁喜事,其失尤甚。公所荐二人,取其沉默端正、守节难进,所以抑多言干进之弊也。亦可以知台谏之不易居矣。

【译文】

茅坤说:按王安石的学行、声望,推荐起来当然不难,而吕夷简旧与欧阳修结仇,又多次贬斥过他,现在却举荐他的儿子吕公著,可见欧阳修的公平正大。

张伯行说:御史台、谏院的职位,缄默不言、讨好别人自求安身的人固然难以胜任,而轻狂浮躁、喜欢生事的人危害更大。欧阳修举荐的这两个人,都取其深沉安静、正直无私、恪守节操、不求仕进,所以可以抑制谏官为求仕进而多言的弊病。也可知台谏官不容易做啊。

荐司马光札子

【题解】

本文作于治平四年(1067)正月,欧阳修时任参知政事。

这道札子是欧阳修为向新即位的宋神宗举荐司马光而上奏的。欧阳修抓住司马光在仁宗朝立储风波中的重要贡献为切入点,突出他对国家的贡献;而又言司马光本人从不以此矜夸,因此名声不显,交代了特别推荐司马光的原因。

当然,在册立英宗的事件中,欧阳修也是有功劳的,而他在札子中将功劳全归于司马光,这样就既写出了司马光本人的不自居功,也显示出了欧阳修提携后进的博大胸怀。

臣伏见龙图阁直学士司马光①,德性淳正,学术通明。自列侍从②,久司谏诤,谠言嘉话③,著在两朝④。自仁宗至和服药之后⑤,群臣便以皇嗣为言⑥,五六年间,言者虽多,而未有定议。最后光以谏官极论其事,敷陈激切⑦,感动主听。仁宗豁然开悟,遂决不疑。由是先帝选自宗藩⑧,入为皇子。曾未逾年,仁宗奄弃万国⑨,先帝入承大统,盖以人心先定,故得天下帖然⑩。今以圣继圣,遂传陛下。由是言之,光于国有功为不浅矣,可谓社稷之臣也。而其识虑深远,性尤慎密。光既不自言,故人亦无知者。臣以忝在政府⑪,因得备闻其事,臣而不言,是谓蔽贤掩善。《诗》云:"无言不酬,无德不报⑫。"光今虽在侍从,日承眷待,而其忠国大节,隐而未彰。臣既详知,不敢不奏。

【注释】

①龙图阁:宋代皇家藏书阁,收藏太宗御书、御制文集、典籍、图画、宗室名册、谱牒等。景德四年(1007)置龙图阁直学士主管其事。司马光(1019—1086):字君实,陕州夏县(今属山西)人。神宗朝为翰林学士兼侍读学士,是北宋党争中旧党的领袖,极力反对王安石变法,退居洛阳期间撰写了《资治通鉴》。哲宗朝拜相,全面废止新法。

②侍从:北宋的侍从包括殿阁学士、直学士、待制、翰林学士、给事中、六部尚书、侍郎。

③谠言:正直的言论。

④两朝:指仁宗和英宗两朝。

⑤仁宗至和服药:至和年间,宋仁宗生病开始服药,文彦博、富弼等上书要求立储,未获批准,嘉祐元年(1056),范镇、司马光等人再次奏言立储,仍未准。嘉祐六年(1061),韩琦、司马光等人再次奏请立储,仁宗才决定确立皇嗣。至和,宋仁宗年号(1054—1056)。

⑥皇嗣：指皇位继承人。

⑦敷陈：铺叙，陈述。

⑧先帝选自宗藩：宋英宗为宋太宗曾孙，宋仁宗堂兄濮王赵允让之子，因仁宗无子，被仁宗收养于官中，后立为太子。先帝，此指神宗之父英宗。宗藩，宗室的诸侯王。

⑨奄弃万国：指皇帝驾崩。事在嘉祐八年（1063）。奄弃，忽然抛弃。万国，天下。

⑩帖然：安定的样子。

⑪政府：欧阳修自嘉祐六年（1061）至治平四年（1067）任参知政事。

⑫无言不酬，无德不报：没有什么言语没有回报，也没有什么德行没有回报。语出《诗经·大雅·抑》。

【译文】

臣看到龙图阁直学士司马光德性淳正，学术通达明畅。自从位列侍从以来，长期担任谏官，有很多正直与嘉善的言论，在仁宗和英宗两朝都很著名。自从仁宗皇帝至和年间生病开始服药以后，群臣就常谏言要求确立皇位继承人，五六年间，谏言此事的人虽多，却没有形成定议。最后司马光以谏官的身份权力议论此事，激切地陈述利害，感动了仁宗。仁宗豁然开朗、有所醒悟，于是下定决心、不再疑虑。从此先帝从宗室藩王中被选出，入继为皇子。不到一年，仁宗皇帝驾崩，先帝继承皇位，因为人心先已安稳，所以天下都很安定。现在圣位代代相传，于是传到了陛下这里。从这来说，司马光对于国家的功劳不浅，可以说是社稷之臣。而他的见识与思虑深远，性情尤其谨慎、缜密。司马光自己不说，所以人们也不了解他。臣因为忝列参知政事的职位，因此得以详细听闻他的事迹，臣如果不说，就是所谓的遮蔽贤良、掩盖善人。《诗经》说："没有什么言语没有回报，也没有什么德行没有回报。"司马光现在虽然在侍从之列，每日承蒙陛下眷顾与优待，而他忠于国家的大节却隐埋而没有彰显。臣既然知道得比较详细，不敢不上奏陛下。

【评点】

茅鹿门曰：司马公之不伐，欧公之推贤，可谓两得之矣。

张孝先曰：欧公与韩忠献同定策立英宗，其功大矣。乃此札推本于温公知谏院入对时请选宗室为继嗣之言，归功于公。其推贤让善、公忠为国之心，千载犹可想见云。

【译文】

茅坤说：司马光不居功自夸，欧阳修能推荐贤才，可谓两得。

张伯行说：欧阳修与韩琦共同促成册立英宗为太子，功劳巨大。这篇札子却说此事起源于司马光在谏院时上书请求在宗室中选择继承人的一番话，把功劳归于司马光。欧阳修推让贤才、公忠为国的心意，千年以后还可以想见。

乞补馆职札子

【题解】

本文作于治平三年（1066），欧阳修时任参知政事。据《宋史·选举志二》记载，此年宋英宗谓中书省曰："水潦为灾，言事者云'咎在不能进贤'，何也？"欧阳修这道《乞补馆职札子》即针对英宗所问而上，之后他又上了一道《又论馆阁取士札子》。

在这道札子中，欧阳修认为朝廷任用重臣应当以儒学之士为要，而近年来朝廷却以具有专门才能的官吏作为选拔的重点对象，这不利于国家大政方针的制定。欧阳修提出各尽其才的主张，认为应当将那些有专门才能的人，安置到地方上担任具体事物，而儒生才是国家大事的参谋，这样才能最大限度地发挥这两类人的才干。而由此我们也能看出以欧阳修为代表的中国古代知识分子重视儒学、轻视能吏的普遍价值取向。

　　臣窃以治天下者,用人非止一端,故取士不以一路。若夫知钱谷①,晓刑狱②,熟民事,精吏干③,勤劳夙夜以办集为功者④,谓之材能之士。明于仁义礼乐,通于古今治乱,其文章论议⑤,与之谋虑天下之事,可以决疑定策,论道经邦者,谓之儒学之臣。善用人者,必使有材者竭其力,有识者竭其谋。故以材能之士布列中外,分治百职,使各办其事;以儒学之臣置之左右,与之日夕谋议,讲求其要而行之;而又于儒学之中择其尤者,置之廊庙⑥,而付以大政,使总治群材众职,进退而赏罚之。此用人之大略也。由是言之,儒学之士,可谓贵矣,岂在材臣之后也?是以前世英主明君,未有不以崇儒向学为先。而名臣贤辅出于儒学者,十常八九也。

【注释】

①钱谷:货币与粮食。此指经济。

②刑狱:刑罚与诉讼。此指法律。

③吏干:为政的才干。

④集:成,成功。

⑤文章:才学。论议:思想境界。

⑥廊庙:指朝廷。

【译文】

　　臣私下里认为治理天下,用人不能只取一个方面,因此选拔士人不能只根据一条路径。像那些了解经济,通晓法律,熟悉民事,精于吏事,日夜勤劳以办成事情为功劳的人,可以称为有才能的人。明了仁义礼乐,通晓古今治乱的道理,有才学,境界高,可以和他参谋考虑天下之事,可以决定疑虑、制定国策,讨论道德、经略邦国的人,可以称为儒学之臣。善于用人的人,必定会使有才能的人竭尽其力,有见识的人竭尽其谋。所以应将有才能的人分派到全国各地，分别处理各种各样的事务，让他们各自办好自己的事情；把儒学之臣安排在身边，日夜和他们谋划商量，讨论推究治国的关键而施行开来；又应当在儒学之臣中选择最优秀的人，安排在朝廷中，把国家大政交付给他们，让他们总揽全局、管理众多贤才与百官，决定他们的升降与赏罚。这是用人的基本方略。从这来说，儒学之士可以说是最宝贵的，怎么能在才能之臣后面呢？所以前代英明的君主，没有不以崇尚儒士儒学为先的。而著名的大臣与贤良的宰辅十有八九出自儒学之士。

　　臣窃见方今取士之失，患在先材能而后儒学，贵吏事而贱文章①。自近年以来，朝廷患百职不修②，务奖材臣。故钱谷、刑狱之吏，稍有寸长片善为人所称者，皆已擢用之矣。夫材能之士固当擢用，然专以材能为急，而遂忽儒学为不足用，使下有遗贤之嗟，上有乏材之患，此甚不可也。臣谓方今材能之士不患有遗，固不足上烦圣虑，惟儒学之臣难进而多弃滞，此不可不思也。臣以庸缪，过蒙任使，俾陪宰辅之后③。然平日论议，不能无异同，虽日奉天威④，又不得从容曲尽拙讷。今臣有馆阁取士愚见，具列如别札。欲望圣慈因宴闲之余，一迂睿览，或有可采，乞常赐留意。今取进止。

【注释】

①吏事：政事，官务。此指精于吏事的人。文章：学识，才学。此指儒学之士。

②修：善，美好。

③俾：使。陪宰辅之后：意为担任副宰相。当时欧阳修为参知政事，北宋前期参知政事下宰相一等，为副相之职。宰辅，辅政的大臣。

一般指宰相。

④日奉天威：指每天可以见到皇帝。奉，承受，接受。天威，帝王的
　　威严。

【译文】

臣私下里看到现在取士的失误在于才能之臣优先、儒学之臣滞后，重视精于吏事的人，轻视有学问才识的人。自从近年以来，朝廷担忧各项事务没有搞好，务求奖励有才能的大臣。所以通经济、法律的官吏，稍微有一点长处被人们称赞的，都已经提拔录用了。有才能的人固然应该提拔录用，然而仅仅认为才能之士是急需的，忽视了儒学之士，认为他们不值得任用，使下层有遗漏贤人的嗟叹，上层有缺乏人才的忧患，这样做很不应当啊。臣认为当今之世不担心遗漏了才能之士，这原本就不值得皇上忧虑，只有儒学之臣难以晋升而且经常被弃置不用，这不能不深思啊。臣平庸而多有差错，过分地蒙受陛下任用，让我当副宰相。然而平日里的议论，不能没有不同看法，虽然每天面见圣颜，却没能从容详尽地表达我的拙见。现在臣有关于馆阁取士方面的一点愚见，全部陈述在另一份奏疏中。希望皇上能在闲暇之余，浏览一下，或者有可以采纳的，请您留意一下。现在所奏之事是否采纳，等候皇帝的决定。

【评点】

茅鹿门曰：按宋制，馆阁取士以三路：进士高科一路也，大臣荐举一路也，岁月畴劳一路也。而其外又有制科召试，以待非常之士。而今独有高第与庶吉士两项而已[①]，余则并不可得。

又曰：是大体要处。

张孝先曰：用人之道，不当重材能而轻儒学，可谓深识治体之论。

【注释】

①庶吉士：明、清官名。明初有六科庶吉士。洪武十八年（1385）使进士观政于诸司，练习办事。其在翰林院、承敕监等近衙门者，采《尚书》"庶常吉士"之义，俱改称为庶吉士。永乐后专属翰林院，选进士文学优等及善书者为之。三年后举行考试，成绩优良者分别授以编修、检讨等职；其余则为给事中、御史，或出为州县官，谓之"散馆"。明代重翰林，天顺后非翰林不入阁，因而庶吉士始进之时，已被人们视为储相。

【译文】

茅坤说：根据宋代的制度，朝廷有三条选拔人才的路径：一条是科举取士，一条是大臣举荐，一条是凭任官资历。在此以外还有制科考试，为具有特殊才能的士人而设。而现如今却只有科举考中好名次和入选庶吉士两条路了，其他都不行了。

又说：是关键之处。

张伯行说：用人之道，不应当重视才能而轻视儒学，这看法可谓深得政治的关键。

乞添上殿班札子

【题解】

本文作于嘉祐元年（1056）十月，欧阳修时任翰林学士。此年正月仁宗皇帝暴病，数十日不能朝会，只有中书门下、枢密院二府执政得以奏事。欧阳修遂上奏此札子，希望仁宗皇帝允许臣僚一起上殿。

欧阳修在这道札子中处处从仁宗的角度出发，处处替仁宗想问题，首先以国家安定无事铺垫，进而表明臣僚想见皇帝的忠心。札中所奏皆入情入理，并且全从仁宗身体角度考虑问题，约定好臣僚不得以无关紧要的小事烦扰皇帝。这些当然也使仁宗皇帝深为满意，最终批准了欧阳修的请求。

  臣伏见陛下自今春服药已来①,群臣不得进见。今圣体康裕,自御前后殿视朝决事②,中外臣庶,无不感悦。然侍从、台谏、省府臣寮③,皆未曾得上殿奏事。今虽边鄙宁静,时岁丰稔,民无疾疠④,盗贼不作,天下庶务⑤,粗循常规,皆不足上烦圣虑,陛下可以游心清闲,颐养圣体⑥。然侍从、台谏、省府臣寮,皆是陛下朝夕左右论思献纳委任之臣,岂可旷隔时月,不得进见于前? 不惟亦有天下大务理当论述者,至于臣子之于君父,动经年岁,不得进对,岂能自安?

【注释】

①服药:嘉祐元年(1056)正月,宋仁宗御大庆殿接受朝拜,中风暴病。

②前后殿:前殿指紫宸殿,为天子与大臣议事之所。后殿指崇政殿,为天子处理公文之所。

③侍从:包括殿阁学士、直学士、待制、翰林学士、给事中、六部尚书、侍郎。台谏:指御史台与谏院官员。省府:此当指中书门下与枢密院。中书门下,简称中书,别称政府、中书内省。枢密院,别称枢府。臣寮:同"臣僚"。群臣百官。

④疾疠:疾病,瘟疫。疠,疫病。

⑤庶务:各种政务。

⑥颐养:保养。

【译文】

  臣看到陛下自从春天患病服药以来,群臣都不得进见。现在陛下圣体有所康复,亲自驾临前殿与后殿上朝决断国事,朝廷内外的大臣与百姓，无不感动喜悦。然而侍从、台谏、省府的官员都未曾得以上殿奏事。现在虽然边疆局势宁静，岁时农业丰收，百姓没有什么疾病和瘟疫，没有作乱的盗贼，天下各种政务大致上都还遵循常规，这些都不值得圣上担心思虑，陛下可以游心清闲，保养圣体。然而侍从、台谏、省府的官员都是陛下周围朝夕讨论思考、建言献策、委以重任的大臣，怎么能隔了很长时间都不能进见陛下呢？不仅有天下大事需要与您议论陈述，而且君臣之间就像父子一样，动辄经过很长时间都不能进见奏对，做臣子的怎么能安心呢？

今欲望圣慈每遇前后殿坐日，中书、枢密院退后，如审官、三班、铨司不引人①，则许臣寮一班上殿②，假以顷刻③，进瞻天威，不胜臣子区区之愿也④。如允臣所请，乞下阁门施行⑤。仍约束上殿臣寮，不得将干求恩泽、诉理功过及细碎闲慢等事上烦圣聪，或乞约定上殿时刻，所贵不烦久坐。伏候敕旨⑥。

【注释】

①审官：指审官院。北宋淳化四年（993），改磨勘京朝官院为审官院，又将差遣院并入。职掌考核六品以下京朝官优劣，排列其爵名、秩位，在此基础上提出相应的内、外职务任命方案，上报以待批。三班：指三班院。三班院相当于唐朝兵部之职。宋制，三班院职掌低品武臣（自供奉官至三班借职）铨选、差遣，即差充内外任使；考校三班使臣优劣；间或参议朝政。铨司：主管选授官职的官署。唐、五代有吏部三铨，即吏部尚书铨、吏部西铨、吏部东铨。宋立国之初，三铨之名仍旧，而侍郎所主东、西铨，仅存官印而事废；唯吏部尚书铨举职事。

②一班：谓同一朝列。一列为一班。

③假：借，借用。

④区区：小小的。

⑤阁门：官署名。宋代负责官员朝参、宴饮、礼仪等事宜的机关。

⑥敕旨：皇帝的命令或诏书。

【译文】

现在希望陛下每逢到前后殿处理公务的时候，中书、枢密院的官员退下后，如果审官、三班、铨司的官员不引大臣上殿，那么应当允许一班臣僚们上殿，稍借片刻时间，进前瞻仰陛下的威严，满足臣子们小小的心愿。如果允许臣的请求，请您下旨阁门安排施行。同时还要约束上殿的臣僚，不能将一些求取恩泽、理论功过是非以及琐碎而无关紧要的事烦扰陛下，并请陛下约定好上殿的时间，重要的是不要劳烦陛下坐得太久。等候陛下的旨意。

【评点】

张孝先曰：天泽之分虽严①，而手足腹心相待一体，岂可旷隔时月，不瞻天颜？此公所以惓惓上请者，诚忠爱之至情，而亦寓防微之深意也。

【注释】

①天泽：喻上下、尊卑。语出《周易·履》："上天下泽。"

【译文】

张伯行说：君臣之间上下尊卑的分别虽然严格，但君臣如手足腹心同为一体，大臣们怎能旷日持久地见不到君主呢？因此欧阳修诚挚地上书请求，确实是忠爱的至情，也寄寓了防微杜渐的深意。

议学状

【题解】

本文作于嘉祐元年（1056），欧阳修时任翰林学士。

这篇文章是欧阳修针对当时学校教育与科举取士中存在的重文章、轻道德，士子心态上的急功近利而作。欧阳修认为诗赋取士不足以选拔出真正的贤良，因此将目光回顾到汉代的察举制，认为察举制可以有效保证各地选送的士人都是经过长时间考察的道德高尚的人才。因此他希望将宋代的"三舍"也照察举的办法进行改造，经过长时间的考察，剔除品行不端者，再进行科举。

通过复古进行革新是中国古代文化的一个典型特点，欧阳修的这种主张也明显带有崇古、复古的意思。但不得不说汉代察举制也自有其弊端，遂有"举秀才，不知书。察孝廉，父别居"（《乐府诗集·后汉桓灵时谣》）的笑话；初盛唐选拔文人从政，政治上也未必糟糕。选拔体制当然是一个问题，而更难以解决的恐怕还是士人心态的问题，而这是更发人深思的。

右，臣等伏见近日言事之臣为陛下言建学取士之法者众矣[①]，或欲立三舍以养生徒[②]，或欲复五经而置博士[③]，或欲但举旧制而修废坠[④]，或欲特创新学而立科条[⑤]，其言虽殊，其意则一。陛下慎重其事，下其议于群臣。而议者遂欲创新学，立三舍，因以辨士之能否而命之以官。其始也，则教以经艺文辞；其终也，则取以材识德行。听其言则甚备，考于事则难行。夫建学校以养贤，论材德而取士，此皆有国之本务，而帝王之极致也。而臣等谓之难行者，何哉？盖以古今之体不同，而施设之方皆异也。

【注释】

①言事之臣：向君王进谏或议论政事的大臣。

②三舍：宋代太学分外舍、内舍、上舍，合称三舍。

③五经：指《诗经》《尚书》《礼记》《周易》《春秋》五部儒家经典，汉
　代设五经博士专门负责研究与传授。

④举：推行，实行。修：整治。废坠：衰亡，灭绝。

⑤科条：法令，条规。

【译文】

　　右，臣等看到近日很多议论政事的大臣们为陛下陈述兴建学校以及
选拔人才的方法，有的想设立三舍来培养生徒，有的想恢复五经科并设
置五经博士，有的想只实行旧的制度而整治其中荒废的部分，有的想特
别创立新学并制定条规，他们说的虽然不同，意思却是一样的。陛下慎
重对待这件事，将这些建议交由下面的群臣讨论。而议论者于是就想创
建新学，建立三舍，据此辨别士人有没有能力并决定任命给他们的官职。
开始的时候，就教他们经学、六艺、文辞；最后，根据才能、见识、德行来选
择他们做官。听他们的话好像已经筹划得相当完备了，考察他们要做的
事却发现难以实行。兴建学校来培养贤良，论定才能与德行来选拔士
人，这都是国家的根本性事务，是帝王最重要的工作。而臣等说难以实
行，为什么呢？因为古今的体制不同，而设计、施行的方法也都是不一
样的。

　　古之建学取士之制，非如今之法也。盖古之所谓为政
与设教者，迟速异宜也。夫立时日以趋事①，考其功过而督
以赏罚者，为政之法也，故政可速成。若夫设教，则以劝善
兴化、尚贤励俗为事，其被于人者渐，则入于人也深，收其效
者迟，则推其功也远，故常缓而不迫。古者家有塾，党有庠，

遂有序,国有学②。自天子诸侯之子,下至国之俊选③,莫不入学。自成童而学,至年四十而仕④。其习乎礼乐之容,讲乎仁义之训,敦乎孝悌之行⑤,以养父兄,事长上,信朋友,而临财廉,处众让。其修于身,行于家,达于邻里,闻于乡党,然后询于众庶,又定于长老之可信者而荐之,始谓之秀士。久之,又取其甚秀者为选士;久之,又取其甚秀者为俊士;久之,又取其甚秀者为进士。然后辨其论、随其材而官之⑥。

【注释】

①趋事:加快事情的进度。趋,催促。

②"古者家有塾"几句:语出《礼记·学记》。塾、庠、序、学,皆指学校。党,乡。遂,远郊。国,国都。

③俊选:俊士和选士。古代指可以教育深造的优秀人才。

④自成童而学,至年四十而仕:《礼记·曲礼上》:"人生十年曰幼,学;二十曰弱,冠;三十曰壮,有室;四十曰强,而仕。"

⑤敦:崇尚。

⑥论:主张,学说,言论。

【译文】

古代建学校选拔士人的制度,和现在的方法不同。大概因为古代所谓的治理政治与实施教育进度的快慢根据实际情况而有所不同。确定时限来加快事情的进度,考察功过来监督赏罚,是处理政事的方法,所以处理政事可以速成。至于实施教育,则要以劝导良善、大兴风化、崇尚贤良、勉励世俗为务,教育施加于人的影响是逐渐的,而对人的影响是深远的,所以要获得成效也是迟缓的,但推究其功绩却是长远的,所以常常是缓慢而从容不迫的。古时候家族、乡党、远郊、国都都有学校。从天子诸侯之子下到国中的俊士、选士,没有人不入学。从儿童时期就开始学习,到四十岁才开始做官。他们熟习礼乐的仪容,讲究仁义的训诫,崇尚孝悌的行为,以此赡养父兄,侍奉尊长,取信朋友,而且面对财物能做到廉洁,处在众人中间能做到谦让。他们休养自身,在家中实行,影响到邻里,传播到乡党,然后询问百姓的意见,又由长老中比较可信的人确定推荐上来,才称为秀士。时间长了以后,又选拔为选士;时间长了以后,又从中选出特别优秀的人为俊士;时间长了以后,又从中选出特别优秀的人为进士。然后分辨他的学说主张、根据他的才能而授予官职。

夫生七八十岁而死者,人之常寿也。古乃以四十而仕,盖用其半生为学考行,又广察以邻里乡党,而后其人可知。然则积德累善如此勤而久,求贤审官如此慎而有次第,然后矫伪干利之士不容于其间①,而风俗不陷于偷薄也②。古之建学取士,其施设之方如此也。方今之制,以贡举取人。往者四岁一诏贡举,而议者患于太迟,更趣之为间岁③。而应举之士来学于京师者,类皆去其乡里④,远其父母妻子,而为旦暮干禄之计⑤。非如古人自成童至于四十,就学于其庠序,而邻里乡党得以众察徐考其行实也。盖古之养士本于舒迟,而今之取人患于急迫,此施设不同之大概也。

【注释】

①矫伪:作伪,虚假。干利:追求利益。

②偷薄:轻薄,浮薄。

③“往者四岁一诏贡举”几句:宋初科举沿袭唐制,四年举行一次,太平兴国四年(979)之后,间隔一到两年举行一次,宋英宗即位后(1064)改为三年举行一次。趣(cù),催促,加快。间岁,隔一年。

④类:大抵,大都。

⑤干禄：求官。

【译文】

活到七八十岁死亡是人正常的寿命。古代要四十岁才做官，是用他前半生学习并考验操行，又广泛地在邻里乡党之间考察他的人品，然后就可以知晓他的为人了。积累德行与善良如此勤奋持久，访求贤士、审察官员如此慎重而有次序，然后虚伪的追求利益的人就不能被人们所容忍，而风俗也就不会陷于浮薄了。古代建立学校选取士人，设计施行的方法就是如此。现今的制度，以贡举来选拔人才。以往四年下诏进行一次贡举，而谏议者担心选人太迟缓，就加快速度改为隔年举行一次。而参加贡举的士子来到京城学习，大都离开他们的家乡，远离他们的父母、妻子和子女，而计划在短时间内求得官职。不像古人从儿童时期开始直到四十岁都在家乡的学校上学，而邻里乡党可以一起慢慢地考察他的实际表现。大致说来古代培养士人以舒缓为本，而现在选拔人才的忧患在于急迫，这是设计实施方法不同的大概情况。

　　臣请详言方今之弊：既以文学取士，又欲以德行官人，且速取之欤？则真伪之情未辨，是朝廷本欲以学劝人修德行，反以利诱人为矫伪。此其不可一也。若迟取之欤？待其众察徐考而渐进，则文辞之士先已中于甲科，而德行之人尚未登于内舍①。此其不可二也。且今入学之人，皆四方之游士，赍其一身而来②，乌合群处，非如古人在家在学，自少至长，亲戚朋友、邻里乡党众察徐考其行实也。不过取于同舍一时之毁誉，而决于学官数人之品藻尔③。然则同学之人，蹈利争进，爱憎之论，必分朋党。昔东汉之俗尚名节，而党人之祸及天下④，其始起于处士之横议而相訾也⑤。此其不可三也。夫人之材行，若不因临事而见，则守常循理，无异众人。苟欲异众,则必为迂僻可怪以取德行之名,而高谈虚论以求材识之誉。前日庆历之学⑥,其弊是也。此其不可四也。今若外方专以文学贡士,而京师独以德行取人,则实行素履⑦,著于乡曲,而守道丘园之士,皆反见遗。此其不可五也。近者朝廷患四方之士寓京师者多,而不知其士行,遂严其法,使各归于乡里。今又反使来聚于京师,云欲考其德行。若不用四方之士,止取京师之士,则又示人以不广。此其不可六也。

【注释】

①内舍:宋代太学三舍之一。初学者入外舍,由外舍升内舍,由内舍升上舍。

②赍(jī):携带。

③学官:主管学务的官员和官学教师,又称教官。品藻:品评,鉴定。

④党人之祸:指东汉末年的党锢之祸。东汉桓帝时宦官专权,士大夫李膺、陈蕃等联合太学生郭泰、贾彪等,猛烈抨击宦官集团。宦官诬告他们结为朋党,诽谤朝廷,李膺等二百余人遭捕,后虽释放,但终身不许做官。灵帝时,李膺等复起用,与大将军窦武谋诛宦官。事败,李膺等百余人被杀,并陆续处死、流徙、囚禁六七百人。事见《后汉书·党锢列传》。

⑤处士:未做官的士人。横议:放纵恣肆的议论。訾:非议,诋毁。

⑥庆历之学:庆历三年(1043),范仲淹主持发起了庆历新政,改贡举、兴学校是其中的重要内容。庆历四年(1044),仁宗下诏州县皆设置学校,在东京以锡庆院为太学。太学教育亦以道德培养为重,文章上提倡复兴古文,反对讲究声律辞藻、空洞无物的"西昆体",但由于矫枉过正,形成了险怪奇涩、好空发议论的"太学

体",亦是欧阳修竭力抵制的文风。

⑦素履:《周易·履》:"初九:素履往,无咎。象曰:素履之往,独行愿也。"王弼注:"履道恶华,故素乃无咎。"后用以比喻质朴无华、清白自守的处世态度。

【译文】

臣请求详细言说现今的时弊:既然以文学才能作为选拔士人的标准,又想以道德操行作为任官的标准,是希望从速选取他们吗?那么真实与虚伪之情就难以分辨,这样朝廷本来想通过学习劝人修养德行,反而成了以利益诱惑人们,使人们变得矫饰、虚伪。这是第一条不可行之处。假如是从缓选拔呢?等到众人慢慢考察而渐渐进升,那么以文章辞赋才能应科举的人已经先考中了甲科,而太学里有德行的人还没有升入内舍。这是第二条不可行之处。况且现在进入学校的人,都是来自四方的游学之士,孤身一人前来,临时聚集在一起,不像古代那样在家里、在学校,从小到大,亲戚朋友、邻里乡人能够一起慢慢考察他的实际品行。现在选人不过是根据同舍之人一时的毁谤与赞誉,而取决于几个学官的品鉴而已。然而作为同学的那些人,追求利益而争相求进,他们之间的爱憎之论,必然会分为朋党。以往东汉的时候风俗好尚名节,而党锢之祸祸及天下,就是始于未做官的士人放纵恣肆的议论和相互之间的诋毁。这是第三条不可行之处。人的才能与操行,假如不是根据他面临大事时的表现来看,那么遵守常规、遵循事理方面,与众人没什么不同。假如想和众人不同,就必须做一些迂阔怪僻奇怪的举动来博取德行的名声,或以高谈虚论来求取有才识的声誉。往日庆历年间学风的弊端就在于此。这是第四条不可行之处。现在假如地方上专门以文学才能选送士人,而唯独京城以道德操行选拔人才,那么以实际操行与清白自守在乡间著名的人,在山林之间坚守道义的人,反而都被遗弃了。这是第五条不可行之处。近年来朝廷担心四方之士寓居京城的人太多,而又不了解他们的操行,于是就严格法规,使他们各自回到乡里。现在又反而使他们聚集到京城,说是要考察他们的德行。假如不用四方之士,只选拔京城的士子,那么又对外显示朝廷选人范围不够宽广。这是第六条不可行之处。

夫儒者所谓能通古今者,在知其意,达其理,而酌时之宜尔①。大抵古者教学之意缓而不迫,所以劝善兴化,养贤励俗,在于迟久,而不求近效急功也。臣谓宜于今而可行者,立为三舍可也;复五经博士可也;特创新学,虽不若即旧而修废,然未有甚害,创之亦可也。教学之意,在乎敦本而修其实事②,给以粮粮③,多陈经籍,选士之良者,以通经有道之士为之师,而举察其有过无行者黜去之,则在学之人皆善士也。然后取其贡举之法,待其居官为吏,已接于人事,可以考其贤善优劣,而时取其尤出类者旌异之④。则士知修身力行,非为一时之利,而可伸于终身,则矫伪之行不作,而偷薄之风归厚矣。此所谓实事之可行于今者也。

【注释】

①酌:斟酌,考虑。

②敦本:注重根本。

③粮粮:指粮食。

④旌异:旌表,褒奖。

【译文】

所谓能博通古今的儒者,在于知晓意义,通达事理,而斟酌时机是否合宜。总体说来古代教学的意图迟缓而不急迫,所以劝励良善、大兴风化,养育贤人、勉励世俗之道在于迟缓而持久,不追求急功和速效。臣认为现在比较适宜而且可行的方法是建立三舍;也可以恢复五经博士;

也可以特别创立新学,虽然不如在旧体制基础上整治弊端,然而也没有什么危害。教学的本意在于注重根本并且做一些实事,给学生们提供粮食,在学校陈设众多经典书籍,选拔士人中比较好的,以通晓经术有道德的人作为他们的老师,考察他们,将犯了错误、没有操行的人黜退,那么在学校的人就都是良善之人了。然后按贡举之法选拔人才,等他们在一定官职上担任官吏,接触到各种人情世故之后,就可以考察他们的贤能、善良与否,而不时地选拔其中尤其出类拔萃的人予以表彰。那么士人就知道修身力行,不是为了一时的利益而应该保持至其终身,那么虚伪的行为就不会兴起,浮薄的风气也就归于忠厚了。这就是所谓的可以实行于现在的实事。

臣等伏见论学者四人,其说各异,而朝廷又下臣等,俾之详定。是以尽众人之见,而采其长者尔。故臣等敢陈其所有,以助众议之一,非敢好为异论也。伏望圣慈,特赐裁择。

【译文】

臣等见到四位议论办学校人,他们的说法不同,而朝廷又下诏给臣等,让大家详细论定。这样就能穷尽众人意见,采纳其中好的。因此臣等敢于陈述自己的意见,给大家的讨论提供一点帮助,并不是敢喜好发表不同论调。希望陛下特别加以裁决。

【评点】

茅鹿门曰:议论有深识,当与朱子议贡举等文参看。

张孝先曰:所论建学取士之制,古今不同,有原有委。其曰设教以渐,效迟而功远;四十始仕,用其半生为学,又广察以乡里之举选,为学既勤而久,取士者又慎而有次第,可谓深得三代遗意。而今之议欲骤复古制，失于迫而不详、隘而不广，开矫名饰行、蹈利争进之风，甚至党祸从此而起，皆灼见末流之弊，而古制之难以骤复也彰彰矣。至于兼采四说，而曰教学之意在乎敦本而修其实事，自是不易之论。但惜其意之未备，而义之未精也。必若明道先生之论乃为详尽①。先生言于朝曰："治天下，以正风俗、得贤才为本，宜先礼命近侍贤儒及百执事，悉心推访有德业充备、足为师表者，其次有笃志好学、材良行修者，延聘敦遣②，萃于京师，俾朝夕相与讲明正学。其道必本于人伦，明乎物理。其教自小学洒扫应对以往③，修其孝弟忠信，周旋礼乐。其所以诱掖激厉，渐摩成就之道，皆有节序。其要在乎择善修身，至于化成天下，自乡人而可至于圣人之道。其学行皆中于是者为成德。取材识明达、可进于善者，使日受其业。择其学明德尊者为太学之师，次以分教天下之学。择士入学，县升之州，州宾兴于太学④，太学聚而教之，岁论其贤者能者于朝。凡选士之法，皆以性行端洁，居家孝弟，有廉耻礼逊，通明学业、晓达治道者。"愚按明道此议，本末兼该，所谓实事之可行于今者，莫此为要。果能力举而行之，可以会通今制，而复古道无难矣。

【注释】

①明道先生：即程颢（1032—1085），字伯淳，学者称明道先生，洛阳（今属河南）人。嘉祐进士。熙宁初，为太子中允、监察御史里行，与王安石新法不合，出签书镇宁军判官。与其弟程颐并称"二程"，同为理学奠基人。代表作有《定性书》《识仁篇》等。

②敦遣：犹恭送。

③小学：朱熹《〈大学章句〉序》："人生八岁，则自王公以下，至于庶人之子弟，皆入小学，而教之以洒扫应对、进退之节，礼、乐、射、御、书、数之文。"

④宾兴：《周礼》所记周代乡大夫自乡小学荐举贤能而宾礼之，以升入国学的举贤之法。此指推荐。

【译文】

茅坤说：议论深有见识，应当与朱熹讨论贡举的文字一起参看。

张伯行说：欧阳修所论古今建学校取士的制度不同，有原有委。他说教育要逐渐施加影响，虽无速效而有远功；四十岁才开始当官，半生为学，又在乡里广泛地考察，再加以选拔，学习者勤奋而持久，选拔者又谨慎而有序，可以说深得上古三代制度的遗意。而现在一些议论希望骤然恢复古制，失于迫切而未详察、狭隘而不宽广，开启了虚伪矫饰、追求功利的风气，甚至引起朋党之祸，这些观点都洞见了末流之弊病，可见古代的制度难以骤然恢复。至于兼采四家观点，而说教育的本意在于注重根本与务实，自然是不刊之论。只是可惜意思还不详备，而道理还不够精到。一定要像程颢那样讨论，才算详备。程颢先生在朝廷里说："治理天下以端正风俗、选拔贤才为根本，应该先命近侍、贤儒以及各位执事官，悉心拜访道德高尚、学业深厚、足为师表的人，其次要聘请那些笃志好学、有才有德的人，让他们汇聚到京城，使他们朝夕讲明正学。他们的道必定本于人伦，明于事理。从小学的洒扫应对开始教育，修行其孝悌、忠信的品格，接受礼乐的熏陶。这样就形成奖掖劝励，逐渐修行之道，并且次第有序。关键是要修身而择善，最终化成天下，从乡人而达到圣人之道。学行都符合这些标准的，就算有德了。要选拔那些见识通透、有心向善的人，让他们每日学习。要选拔那些学问精深、道德高尚的人，让他们当太学的老师，次一等的就分配到各地，教育天下学子。选拔士人入学，从县学升到州学，从州学再选拔进入太学，在太学聚集人才并施以教育，每年把其中有贤能的人推荐给朝廷。选士要选那些性行端正廉洁，居家讲孝悌之道，懂得廉耻，礼让谦逊，通晓学业，明白治理之道的人。"我认为程颢的这番议论，可以说本末原委都说得很详尽，没什么能比这些更能实实在在地施行于当今了。果然能力行的话，就可以会通当今的制度，而复兴古道也就不难了。

辞枢密副使表

【题解】

本文作于嘉祐五年（1060）十一月，本月十六日，朝廷下诏任命欧阳修为枢密副使，欧阳修于是进上这篇表请辞，未获朝廷批准，欧阳修随后赴任并上谢恩表。

中国古代官员在接到皇帝任命之后往往需要上表请辞以表示谦虚，这样的上表往往难有真情的流露，而欧阳修的这篇上表中却可以看出他在进入仕途后所遭遇的坎坷对他的影响，诸如"言出而众怨已归"，"既不适于时宜，惟可置之闲处"等话都绝不是简单的谦虚之词，其中可以反映出处在政治漩涡中的欧阳修的疲惫心情。而正是欧阳修这种典雅而不失真情实感的表达，使本文有别于其他表文而更具特色。

臣某言：伏奉制命[1]，蒙恩特授臣依前礼部侍郎，充枢密副使，仍加食邑、实封[2]，散官、勋赐如故者[3]。成命始行，骤惊于众听；抚心增惧，曾莫以自容。窃以枢要之司，朝廷慎选。出纳惟允[4]，实赞于万机[5]；礼遇均隆，号称于二府[6]。顾任人之得失，常系国之重轻，苟非其材，所损不一。伏念臣器能甚薄，风力不强[7]。少喜文辞，殆浮华而少实[8]；晚勤古学，终迂阔以自愚。而自遭逢圣明，擢在侍从，间尝论天下之事，言出而众怨已归；思欲报人主之知，智短而万分无补；徒厝危躬于祸咎^⑨，每烦圣造之保全。既不适于时宜，惟可置之闲处。故自叩还禁署^⑩，逮此七年，屡乞方州，几于十请。沥愚诚而恳至^⑪，被明诏之丁宁。虽大度并包，猥荷优容之赐^⑫；而群贤在列，敢怀希进之心？伏遇皇帝陛下，急于求人，思以济治^⑬，因柄臣之并选^⑭，怜旧物以不遗。然而致远之难，力不胜者必速其覆；量材不可，能自知者犹得为明。敢冀睿慈，察其迫切，俾回涣渥^⑮，更选隽良^⑯。如此，则器不假人^⑰，各适贤愚之分；物皆知报，何胜犬马之心^⑱。

【注释】

①制命：皇帝的诏命。

②食邑：唐、宋时作为一种赐予宗室和高级官员的荣誉性加衔。实封：国家实际上赐予臣子的封户。宋代的封地都是虚设，实际收入按照实封的规制领取。

③散官：与职事官相对而言，有官名而无固定职事。散官均属品官，有俸给，其授予依据门荫、勋劳、年资逐级进叙。北宋政和三年（1113），定散官为十等，南宋沿置之。其职能为：安置贬降官，授纳粟人，恩泽、恩例授官，特奏名授官等。

④出纳：传达帝王的命令，反映下面的意见。允：诚信。

⑤赞于万机：对皇帝纷繁的事务有所帮助。万机，指帝王日常处理的纷繁政务。

⑥二府：指中书门下、枢密院。中书门下，简称中书，别称中书内省、政府。枢密院，别称枢府。

⑦风力：风骨，魄力。

⑧殆：大概。

⑨厝：放置，安放。躬：自身。

⑩叨：谦词，意同"忝"，表示受之有愧。禁署：宫廷禁地，这里指翰林院。

⑪沥：竭尽。

⑫猥荷：谦词，相当于承蒙。

⑬济：成，成功。

⑭柄臣：掌握政权的人。

⑮俾回涣渥：使皇帝收回对自己的恩泽。涣渥，帝王的恩泽。

⑯隽：通"俊"。才德超卓的人。

⑰器不假人：典出《左传·成公二年》孔子语："惟器与名，不可以假人。"器，这里指官职、爵位。

⑱犬马：旧时臣子对君上的自卑之称。

【译文】

臣欧阳修言：奉皇帝的诏命，蒙受陛下恩泽特别授予臣以依前授礼部侍郎的身份充任枢密副使，仍然加享食邑、实封，散官和勋赐如旧。已经确定的命令刚刚颁下，骤然惊吓了众人的视听；臣抚摸着心胸反省自问倍增畏惧，简直无以自容。臣私下里认为枢密院这样重要部门的官员，朝廷应慎重选择。枢密院官员必须忠诚信实地传达帝王的命令、反映下面的意见，确实是对皇帝纷繁的事务有所帮助；而朝廷对他们的礼仪、待遇都很隆重，与中书门下号称"二府"。考虑到枢密院任人的得失，常常关系到国家的安危，假如没有相应才能，那么损失也就不小。考虑到臣的才能很浅薄，风骨也不强。年轻的时候喜好文辞，大概也是浮华多、实际少；后来勤心于古代的学术，最终使自己迂阔而愚蠹。而自从遇到圣明的陛下，提拔我处于侍从的行列，在此期间曾经一同讨论天下之事，话一说出口众人的怨恨就已集中到自己身上；想要报答君主的知遇之恩，可惜智力短浅不能有万分之一的补益；只不过是徒然地把自己置身于灾祸之中，每次都要劳烦陛下的保全。既然不合于时宜，那就只应该将臣安排在闲散的位置上。所以自从蒙恩调回翰林院，到现在已经七年，臣多次请求到地方上任职，已经有几乎十次了。竭尽臣愚蠢而最深的诚恳，又受到诏书多次叮咛嘱咐。虽然陛下大度地兼容并包，承蒙您给我优待与宽容的恩赐；而那么多贤人都在朝廷中，臣怎么敢怀有谋求仕进的心思呢？现在赶上陛下急于求访贤人，想要把天下治理好，于是趁着一并选拔掌权的大臣，而怜悯不遗漏臣这样的旧臣。然而要到达远方很难，力量不足的人必定会要加速倾覆；度量自己没有才能，能自知的人还可以称为聪明。希望陛下体察臣下的迫切之心，收回您的恩泽，另外选择才智出众的贤良。这样一来，那么官爵就不会随便授予某人，各自根据贤能与愚钝而有适当的职分；万物都知道报恩，哪里比得上臣下报效陛下的心意呢？

【评点】

张孝先曰：辞让出于至诚，非矫饰者比，观其文自见。

【译文】

张伯行说：推辞谦让都出于至诚，并非矫饰者所能比，看其文章就知道了。

乞罢政事第三表

【题解】

本文作于治平四年（1067）春，欧阳修时任参知政事。

宋英宗去世后，欧阳修因在濮议之争中支持皇考派而开始受到作为多数派的皇伯派官员的弹劾。此时，其堂内弟薛良孺又因与欧阳修有私下的恩怨而散布流言，称欧阳修与儿媳妇吴氏关系暧昧。此事被御史中丞彭思永、监察御史蒋之奇引为口实上书弹劾欧阳修。虽然神宗皇帝最终澄清了欧阳修的清白并贬黜了彭思永与蒋之奇,但欧阳修从此开始拒绝担任参知政事的职务,并连续上了六道奏章请求离开政事堂,本文为其中第三篇。最终神宗皇帝答应欧阳修所请,命其为观文殿学士、刑部尚书、知亳州。从文中我们可以深深体会到卷入绯闻案对欧阳修的打击,以及身处政治斗争漩涡中的欧阳修的无奈与悲愤。

　　臣闻士之行己,所慎者始终之不渝;臣之事君,所难者进退而合理;苟无大过,善退其身。昔之为臣,全此者少。臣顷侍先帝①,屡陈斯言,今之恳诚,盖迫于此。伏念臣识不足以通今古,材不足以语经纶②,幸逢盛际之休明③,早自诸生而拔擢。方其与儒学文章之选,居言语侍从之流,每蒙过奖于群公,尝愧虚名之浮实。暨晚叨于重任④,益可谓于得时,何尝敢伤一士之贤,岂不乐得天下之誉?而动皆臣忌,毁必臣归。人之爱憎,不应遽异⑤;臣之本末,亦岂顿殊?盖以处非所宜,用过其量,惟是要权之地,不胜指目之多⑥。周防所以履危,而简疏自任⑦;委曲所以从众,而拙直难移。宜其举足则蹈祸之机,以身为敛怨之府,复盘桓而不去,遂谤议以交兴。谗说震惊,舆情共愤⑧,皇明洞照,圣断不疑,孤臣获雪于至冤⑨,四海共忻于新政⑩。至于赖天地保全之力,脱风波险陷之危,使臣散发林丘,幅巾衡巷⑪,以此没地⑫,犹为幸民。况乎拥盖垂襜,其荣可喜;抚民求瘼,所寄非轻⑬。苟可效于勤劳,亦宁分于内外?伏望皇帝陛下曲回天造⑭,俯察愚衷,许解剧繁⑮,处之闲僻。物还其分,庶获遂于安全;心匪无知,岂敢忘于报效!

【注释】

①顷：不久前。先帝：此指宋英宗。英宗于此年（1067）去世。

②经纶：理出丝绪为经，编丝成绳为纶。引申为筹划治理国家大事。

③休明：美好而清明。

④暨：到，至。

⑤遽：突然。

⑥指目：手指而目视之。后以谓被众人所注视或指责。

⑦简疏：疏略，不谨慎。简，简慢，轻视。

⑧谗说震惊，舆情共愤：此指称欧阳修与儿媳妇吴氏关系暧昧的谣言。

⑨孤臣：孤立无助的臣子。

⑩忻（xīn）：心喜。

⑪衡巷：平民居住的里巷。

⑫没地：入土，指老死。

⑬"况乎拥盖垂襜（chān）"几句：此指外放为官。拥盖，由车盖遮护。垂襜，周围垂下车帷。襜，车帷。瘝，病，疾苦。

⑭天造：指皇帝。此指皇帝的旨意。

⑮剧繁：紧张而繁多的政务。

【译文】

臣听说士人修养自身，所慎重的是要做到始终不渝；臣下事奉君主，困难的是进退要合乎道理；假如没有大的过错，要善于退身而出。之前那些做臣子的，能完全做到这点的很少。臣不久前事奉先帝，多次陈说这样的言论，现在诚恳地请求辞官，也是出于这种认识。考虑到臣的见识不足以博通古今，才能不足以筹划国家大事，幸好赶上了清明的盛世，很早就从诸生中被选拔提升。当参与选拔儒学与文章方面优秀士人的时候，当处身言语侍从的行列之中的时候，每每蒙受各位公卿的过奖，惭愧自己的这些虚名浮而不实。到了晚年担当国家重任，更可以说是得遇时机，何尝敢伤害到一个士人的贤名，难道不乐得天下的赞誉吗？而动辄就都猜忌臣下，毁谤必定归到臣头上。人们的爱憎不应该会突然变化，臣做人的原则、行为难道会突然不同吗？就是因为身处的位置不合适，被赋予的职务超过了我的能力，在掌管重要权势的地位上，被人注目指责就很多。周密防备可以度过危险，而臣却简慢疏忽而放任自我；委曲求全就能顺从大众，而臣却笨拙直率而难以改变。这样理应一抬脚就踩到灾祸的机关上，使自身成为聚集怨恨的地方，又盘桓而不离去，于是毁谤议论就交相兴起了。谗言震惊人心，舆论群情共愤，幸亏皇上圣明地洞察一切，判决了臣的案子而毫不怀疑，使得孤立无助的臣了莫人的冤屈得到洗雪，天下之人都为新的政令而感到高兴。至于依靠天地的力量保全自身，摆脱风波险恶的危难，使臣能披散头发隐居深山，头戴幅巾居住在民间里巷，这样直至死去，还能算是一个幸运的人。何况能被车盖遮护、周围垂下车帷，有可喜的荣耀；安抚百姓，访求民众疾苦，陛下对臣的寄望已经不轻了。假如能勤劳地为陛下效命，又何必要区分朝内朝外呢？希望陛下改变心意收回您的成命，俯察臣下的心意，允许臣解除繁杂的公务，把我安排到闲暇偏僻的地方。让我回到按我的本分应该去的地方，大概就能获得安全了；我心里不是不知道陛下的恩情，哪里敢忘记报效陛下呢！

【评点】

张孝先曰：公性不避众怨，英宗尝称之矣。至是以蒋之奇之谗①，力解机务。其自叙处恳恻而不伤于激，非惟立言有体，而忠爱之诚与洁身之义具见。

【注释】

①蒋之奇（1031—1104）：字颖叔，常州宜兴（今属江苏）人。嘉祐二年（1057）进士。宋神宗时为殿中御史，因弹劾欧阳修被贬为监道州酒税。

【译文】

张伯行说：欧阳修性格耿直而不回避众人的怨恨，曾经受到宋英宗的赞扬。到现在因为受到蒋之奇的谗言，力求解除参知政事的职务。他的自述恳切动人而不伤于激愤，不仅文章得体，而且可见其忠爱之诚与洁身自好之义。

亳州乞致仕第二表

【题解】

本文作于熙宁元年（1068）。

经历了"濮议"事件以及绯闻诬陷之后，欧阳修于上年连上几道奏折请求从参知政事的位子上退下来，宋神宗无奈之下将其外放，以观文殿学士、刑部尚书的身份知亳州。而对政治斗争深感疲倦的欧阳修还想进一步退出政坛，于是在亳州任上又连上五表请求致仕，此为其中的第二表，不过这次宋神宗没有批准他的请求。

欧阳修在这道上表中用语谦恭而典雅，但毫不掩饰自己在政治风波中的疲惫以及志在必归的决心，话语十分恳切。

臣近贡封章①，乞还官政。伏奉诏答，未赐允俞②。退自省循③，奚胜陨越④？臣闻神功不宰而万物得以曲成者⑤，惟各从其欲；天鉴孔昭而一言可以感动者⑥，在能致其诚。敢倾虔至之心⑦，再黩高明之听⑧。

【注释】

①封章：密封的奏章。

②允俞：准许，许诺。

③省循：反省。

④陨越：惶恐。

⑤神功：神一般的功绩。曲成：多方设法以成全。

⑥孔：很，甚。

⑦虔：虔诚。

⑧黩：亵渎，冒犯。

【译文】

臣近来呈上密封的奏章，请求归还陛下授予的官职与政事。接到诏书答复，没有获得允许。退下来自己反省，如何经得住这种惶恐呢？臣听说神灵的力量不去主宰万物而万物得以多方设法成全自己，只是因为顺从它们各自的心愿；上天的鉴别力十分显著彰明，而一句话也可以感动上天，在于能献纳真诚。因此斗胆向您倾诉我至诚的心愿，再次冒犯您高明的视听。

伏念臣本以一介之贱，叨尘二府之联①，知直道以事君，每师心而自信②。然而既乏捐躯之效，又无先觉之明。用之已过其分，而曾不自量；毁者不堪其辱，而莫知引去。幸赖乾坤之再造，得逃陷阱之危机，仍许避于要权，俾退安于晚节③。今乃苦于衰病，莫自支持，顾难冒于宠荣④，始欲收于骸骨⑤。敢期圣念，过轸天慈⑥，谓虽迫于桑榆⑦，未忍弃于草莽。窃以古今之制，沿袭不同。盖由两汉而来，虽处三公之贵⑧，每上还于印绶⑨，多自驾于车辕，朝去朝廷，暮归田里，一辞高爵，遂列编民⑩。岂如至治之朝，深笃爱贤之意⑪，每示隆恩之典，以劝知止之人。故虽有还政之名，而仍享终身之禄，固已不类昔时之士，无殊居位之荣。然则在臣素心⑫，虽窃退休之志；迹臣所乞⑬，尚虞侥幸之讥⑭。

【注释】

①尘：污染。多用作自谦之词。

②师心：遵从于自己的心意。

③仍许避于要权，俾退安于晚节：指神宗允许欧阳修从参知政事职位上退下来，外放其知亳州。

④冒：贪，贪图。

⑤收于骸骨：退休的代称。

⑥轸（zhěn）：怜悯，顾念。

⑦桑榆：比喻晚年，垂老之年。

⑧三公：古代中央三种最高官衔的合称。西汉时三公为丞相（大司徒）、太尉（大司马）、御史大夫（大司空）；东汉时为太尉、司徒、司空。

⑨印绶：官印和绶带。

⑩编民：编入户籍的平民。

⑪笃：深，深厚。

⑫素心：本心。

⑬迹：考察，观察。

⑭虞：忧虑，忧患。傥幸：企求非分。

【译文】

念臣本来只是一个身份低微的小民，却接连忝列枢密院与政事堂的官员之中，知道要用正直的道义来事奉君主，每每遵从内心而自表诚信。然而既缺乏为国捐躯的功效，又没有先觉之明。陛下对我的重用已经超过我的水平，我却还自不量力；已经难以承受毁谤者的侮辱，却不知道尽早引退。幸亏仰赖陛下再造之恩，得以逃脱布满危机的陷阱，允许我避开参知政事的大权之位，使我退出朝廷而安享晚年。现在我苦于衰老与疾病，自己已支持不住，自觉难以再贪占宠幸与荣耀，才想要退休。岂敢期待陛下顾念，过分地劳烦陛下怜悯，认为我虽然已近晚年，却还不忍心将我抛弃。我私下里认为古今制度的沿袭不同。从两汉以来，即使处于三公那样尊贵地位的官员，每当把官印和绶带交还给皇上辞官退休，大多自己驾着车马，早晨离开朝廷，晚上就回到乡里，一旦辞去高贵的官爵，就成为编入户籍的平民。哪里像我们这样天下大治的朝代，皇帝有深厚的爱惜贤才的心意，每每示以隆重的恩典，以此劝励知道适可而止的人。所以虽然有辞官退休的名号，却仍然终身享受俸禄，已然不像以前的士人，和身居官位时的荣耀没有什么区别。因而对于臣的本心，虽然有乞求退休的志愿；但考察臣的请求，还是忧虑有企求非分的讥讽。

伏望皇帝陛下恻以深仁①，矜其至恳②，俾解方州之任③，遂归环堵之居④，固将优游垂尽之年，涵泳太平之乐⑤。惟辛勤白首，讫无一善之称⑥；孤负明时，莫报三朝之德⑦。此为惭恨，何可胜陈。

【注释】

①恻：同情，怜悯。

②矜：同情，怜悯。

③方州之任：州郡长官的官职。

④环堵之居：狭小、简陋的居室。环堵，四周环着每面一方丈的土墙。

⑤涵泳：沉浸。

⑥讫：终于。

⑦三朝：指仁宗、英宗、神宗三朝。

【译文】

希望皇帝陛下以深厚的仁慈怜悯我，同情我的至诚，使我能卸下治理一州的任务，回到我简陋狭小的家中，一定可以悠闲自得地度过晚年，沉浸在太平盛世的欢乐中。只是辛勤一生直到白首，最终也没有做过什么值得称誉的好事，辜负了圣明的时代，没能回报三朝的恩德。这些都是使我惭愧和遗憾的事情，哪里说得完呢。

【评点】

茅鹿门曰：写情输悃之言①。

张孝先曰：写朝廷保全眷爱之恩，真觉图报无地。末陈乞休意，惋恻动人②。

【注释】

①悃（kǔn）：真心诚意。

②惋恻：哀怨恳切。

【译文】

茅坤说：这是书写感情、表达诚意的文章。

张伯行说：写朝廷保全眷爱的恩情，真觉得无法报答。最后陈述乞求退休的意思，哀怨恳切，令人感动。

上范司谏书

【题解】

本文作于明道二年（1033）五月，欧阳修时在洛阳任西京留守推官。此年二十三岁的宋仁宗刚刚亲政，开始积极酝酿实施政治改革，任命了范仲淹担任右司谏，为改革出谋划策，欧阳修于是写了这封书信。

欧阳修本身对范仲淹这位忧国忧民、直言敢谏的前辈是充满仰慕之情的，但这封信中却对范仲淹的行为表示了不满。文章上来就陈说谏官的重要性，谏官官位虽然只有七品却要担负天下重任，而且可以与宰相相提并论。接着以中唐时期的谏官阳城为例，对范仲淹担任谏官之后不立刻谏言表示了失望。最后希望范仲淹能尽快进入谏官的角色，为朝廷建言献策。这也体现出了欧阳修对改革宋代弊政的满腔政治热情。

前月中得进奏吏报①,云自陈州召至阙拜司谏②,即欲为一书以贺,多事匆卒未能也③。

【注释】

①进奏吏:即进奏官。宋代各州府在京设置官邸,负责呈送各地公文以及接受朝廷诏令送回各州府。

②陈州:治今河南淮阳。

③匆卒:仓促。卒,同"猝"。

【译文】

前月中得到进奏官的报告,说您自陈州被召到朝廷中拜为司谏,就想写一封书信庆贺,因为事务繁忙而仓促之间未能马上写就。

司谏,七品官尔,于执事得之不为喜①,而独区区欲一贺者,诚以谏官者,天下之得失、一时之公议系焉。今世之官,自九卿、百执事外②,至一郡县吏,非无贵官大职可以行其道也,然县越其封,郡逾其境,虽贤守长不得行,以其有守也。吏部之官不得理兵部,鸿胪之卿不得理光禄③,以其有司也。若天下之失得、生民之利害、社稷之大计,惟所见闻而不系职司者,独宰相可行之,谏官可言之尔。故士学古怀道者仕于时,不得为宰相,必为谏官。谏官虽卑,与宰相等。天子曰不可,宰相曰可,天子曰然,宰相曰不然,坐乎庙堂之上④,与天子相可否者,宰相也。天子曰是,谏官曰非,天子曰必行,谏官曰必不可行,立殿陛之前⑤,与天子争是非者,谏官也。宰相尊,行其道,谏官卑,行其言。言行,道亦行也。九卿、百司、郡县之吏守一职者,任一职之责;宰相、谏官系天下之事,亦任天下之责。然宰相、九卿而下失职者,受责于有司;谏官之失职也,取讥于君子。有司之法行乎一时,君子之讥著之简册而昭明⑥,垂之百世而不泯⑦,甚可惧也。夫七品之官,任天下之责,惧百世之讥,岂不重邪! 非材且贤者不能为也。

【注释】

①执事:古代书信中不直言对方姓名而使用的敬语。

②九卿:古代中央政府的九个高级官职。宋指九寺长官,即太常寺卿、宗正寺卿、光禄寺卿、卫尉寺卿、鸿胪寺卿、大理寺卿、太仆寺卿、司农寺卿、太府寺卿。百执事:百官。

③鸿胪:鸿胪寺。宋前期,鸿胪寺只掌祭祀、朝会时前资官、致仕官、蕃客进奉官、僧道、耆寿陪位,享拜后周六庙、三陵及本朝公主、妃主以下丧葬差官监护,给其所用仪仗,文武官薨卒赙赠等事;元丰行新制后,掌四方蕃国宾客、国之丧葬赙赠及后周陵庙祭享与柴氏后裔袭封崇义公,道释籍帐等。光禄:光禄寺。宋前期,光禄寺仅掌祠祭供奉酒醴、米实、脯醢、醯菹、薪炭及点馔、进胙等事;元丰行新制后,光禄寺除祠祭之外,朝会、宴享酒醴膳羞的储备、排办一应事务,及与之有关的禁令、格式,均统掌或监视之。

④庙堂:指朝堂,朝廷。

⑤陛:阶梯。

⑥简册:简牍与书册。引申为史书。

⑦泯:消失,消除。

【译文】

司谏只是七品官而已,对您来说得到任命不能算是喜事,而我却诚挚地想要祝贺您,是因为我确实认为谏官是将天下的得失、一时的社会舆论系于一身的。现在的官员,从九卿、百官以外,直至一郡的县吏,并不是没有显贵、重大的官职可以施行他们的主张，然而郡县的守官如果超过他们郡县范围之外，即使是贤良的长官也不能行事，因为他们有固定的职守。吏部的官员不能管理兵部，鸿胪寺卿不能管理光禄寺，因为他们有专门的职务。像天下的得失、百姓的利害、国家的大计，可以根据所见所闻行动而不限于一职一司的，只有宰相可以执行，谏官可以议论而已。所以士人学习并心怀古代治道而在当世做官的，不能做宰相，一定要做谏官。谏官虽然卑微，却和宰相有同等价值。天子说不行，宰相说可以，天子说是，宰相说不是，坐在朝堂之上，和天子议论可否的是宰相。天子说是，谏官说不是，天子说一定可行，谏官说一定不可行，站在宫殿的台阶前，和天子争论是非的是谏官。宰相尊贵，可以推行他的主张，谏官卑微，可以推行他的言论。言论得以推行，主张也能推行了。九卿、百官、郡县的守官那些担任一个职位的官员，担负一个官职的责任；宰相、谏官关系到天下之事，也承担着天下的责任。然而宰相、九卿以下的官员有失职的，只会受到主管部门的责罚；谏官有失职的，会受到君子的讥讽。主管部门的法令行于一时，君子的讥讽则会明白地记录在史书中，流传百世而不会泯灭，是非常值得警惧的。七品的官员肩负天下的职责，警惧百世的讥讽，难道不是重任吗！所以不是拥有才能并且贤良的人是不能担任谏官的。

　　近执事始被召于陈州，洛之士大夫相与语曰："我识范君，知其材也。其来，不为御史，必为谏官。"及命下，果然，则又相与语曰："我识范君，知其贤也。他日闻有立天子陛下，直辞正色、面争庭论者，非他人，必范君也。"拜命以来，翘首企足①，伫乎有闻而卒未也②。窃惑之，岂洛之士大夫能料于前而不能料于后也，将执事有待而为也③？

【注释】

①翘首企足：抬起头踮着脚尖。形容盼望殷切。

②伫：企盼，期待。

③将：连词表选择，还是。

【译文】

近来您刚从陈州受召还京，洛阳的士大夫就互相讨论道："我认识范君，知道他的才能。他这次来不做御史的话，必定做谏官。"等到诏命下来，果然如此，就又互相讨论道："我认识范君，知道他的贤良。他日听说有谁站在天子的阶下直言正色、在朝廷里当面争论的，不会是别人，一定是范君。"您接受诏命以来，大家抬起头踮着脚尖般切地盼望着，期待着有什么消息而最终什么也没有。我私下里疑惑，难道是洛阳的士大夫们能估计到之前的事，而不能估计到之后的事吗，还是您在等待机会再有所进谏呢？

昔韩退之作《争臣论》以讥阳城不能极谏①，卒以谏显。人皆谓城之不谏盖有待而然，退之不识其意而妄讥，修独以谓不然。当退之作论时，城为谏议大夫已五年，后又二年始廷论陆贽②，及沮裴延龄作相，欲裂其麻③，才两事尔。当德宗时，可谓多事矣，授受失宜，叛将强臣罗列天下，又多猜忌，进任小人④。于此之时，岂无一事可言，而须七年耶？当时之事，岂无急于沮延龄、论陆贽两事也？谓宜朝拜官而夕奏疏也。幸而城为谏官七年，适遇延龄、陆贽事，一谏而罢，以塞其责。向使止五年六年而遂迁司业⑤，是终无一言而去也，何所取哉！

【注释】

①韩退之作《争臣论》以讥阳城不能极谏：唐德宗时期，谏议大夫阳城在位五年而不言事，韩愈遂作《争臣论》加以讥讽。阳城

（736—805），字亢宗，定州北平（今河北顺平）人。登进士第后，隐居于中条山，以德行闻于世。贞元三年（787），李泌为宰相，荐为著作郎，乃入京，寻迁谏议大夫。在职时每日饮酒，不言朝事。韩愈作《争臣论》讥之，仍不为所动。贞元十年（794），因为陆贽辩白及反对裴延龄拜相而改国子司业。

②廷论陆贽：贞元十年（794），陆贽因指斥裴延龄奸佞，遭诬罢相，几被杀。阳城乃伏阁上疏，慷慨陈言陆贽无罪，陆贽从而得免。陆贽（754—805），字敬舆，苏州嘉兴（今属浙江）人。少有才学，年十八登进士第。德宗即位，召为翰林学士，建中四年（783）和兴元元年（784），在德宗避朱泚之乱于奉天和避李怀光之乱于梁州时，他辅佐左右，被视为"内相"，又因敢谏而迁为谏议大夫。内乱平定后，转为中书舍人。贞元八年（792）知贡举，擢韩愈、李观、欧阳詹等登第，时称"龙虎榜"。四月拜相。后为户部侍郎、判度支裴延龄所谗，于十年（794）冬罢相，次年贬为忠州别驾。卒谥宣，世称陆宣公。

③沮裴延龄作相，欲裂其麻：陆贽罢相后，德宗欲用裴延龄为相，阳城极力反对，说："脱以延龄为相，城当取白麻坏之。"（《旧唐书·隐逸传·阳城传》）裴延龄（728—796），河中河东（今山西永济西）人。唐德宗时任司农少卿判度支事，自以不善财计，常取老吏与之谋。尝请于左藏库中原有财物分置六别库，以资德宗私用。因陆贽为相，极论其诞妄，乃谗害陆贽。史载其"以苛刻剥下附上为功，每奏对际，皆恣骋诡怪虚妄，……尤好慢骂，毁诋朝臣，班行为之侧目"（《旧唐书·裴延龄传》），而唐德宗却愈加宠信他。麻，用白麻纸写成的诏书。

④"当德宗时"几句：唐德宗李适，779—805年在位。在位前期，以强明自任，信用文武百官，严禁宦官干政，用杨炎为相，废租庸调制，改行"两税法"，颇有一番中兴气象。后任用幸臣卢杞等，并

在全国范围内增收间架、茶叶等杂税，致使民怨日深、政局转坏。建中二年（781）发动削藩战争，引发幽州、魏博、淄青、淮西四镇之乱。建中四年（783），李希烈围襄城，抽调赴援的泾原兵哗变，并推原泾原节度使朱泚为帅，攻陷长安；唐德宗仓皇出逃至奉天（今陕西乾县），并被变军包围一月之久，后依靠宰相李泌及大将李晟等平乱，德宗返回长安。兴元元年（784）二月，李怀光联络朱泚反叛，唐德宗又不得不逃往梁州（今陕西汉中）避乱。一直到七月，才因为李晟打败朱泚得以重返长安。执政后期，德宗猜忌大臣、姑息藩镇、任用宦官、大肆聚敛、宠信奸臣，造成了藩镇割据、宦官专权，留下了极大隐患。

⑤遂迁司业：阳城因上书论裴延龄、陆贽之事，改官国子司业。国子司业是国子监的副长官，佐祭酒以掌学政，训导生徒。

【译文】

以往韩愈作《争臣论》以讥讽阳城不能极言进谏，而阳城最终因为进谏而显名。人们都说阳城不进谏大概是有所等待使然，韩愈不明白他的意图而妄加讥讽，我却认为不是这样的。当韩愈作《争臣论》的时候，阳城做谏议大夫已经五年了，之后又过了两年才在朝廷上为陆贽辩白，以及阻止裴延龄担任宰相，甚至想撕毁白麻的诏书，才不过两件事而已。在德宗的时代，可谓多事之秋，官职的授予都不合理，叛乱的将领、手握强权的大臣遍布天下，德宗其人又经常猜忌，进用小人。在这时候，难道没有一件事可以说，而要等上七年吗？当时的事情，难道没有比阻止裴延龄拜相和议论陆贽的贤良这两件事更急迫的吗？我觉得应该早晨拜官、晚上就要上疏。幸亏阳城当了七年谏官，正好遇到裴延龄和陆贽的事，进谏一次就被罢免，摆脱了他的罪责。假如他只干了五六年就改官司业，这样就是最终没有一句谏言就离开了，有什么可取的呢！

今之居官者率三岁而一迁，或一二岁，甚至半岁而迁也，此又非可以待乎七年也。今天子躬亲庶政，化理清明，

虽为无事,然自千里诏执事而拜是官者,岂不欲闻正议而乐
谠言乎^①? 然今未闻有所言说,使天下知朝廷有正士,而彰
吾君有纳谏之明也。

【注释】

①谠言:正直的议论。

【译文】

现在做官的人,大都三年一改官,或者一两年,甚至半年就改官,这
就不可以等待七年才有所作为了。现在天子亲自处理朝政,实施教化、
治理天下都很清明,虽然没有什么大事,然而从千里之外下诏给您,让您
担任谏官,难道不是因为乐于听到您正直的议论吗? 然而到现在还没听
到您有什么谏言,能够使天下之人知道朝廷有正直的士人,而彰显我们
君主有纳谏的英明。

夫布衣韦带之士^①,穷居草茅,坐诵书史,常恨不见用。
及用也,又曰彼非我职,不敢言;或曰我位犹卑,不得言;得
言矣,又曰我有待。是终无一人言也,可不惜哉! 伏惟执事
思天子所以见用之意,惧君子百世之讥,一陈昌言^②,以塞重
望,且解洛之士大夫之惑,则幸甚幸甚!

【注释】

①布衣韦带之士:此指未出仕的士人。韦带,古代平民或未仕者所
　系的无饰的皮带。

②昌言:善言,正言。

【译文】

身穿布衣腰系韦带的士人,困窘地住在茅草房中,坐读书史,常常遗

憾自己不被任用。等到被任用了，又说这不是我的职能，不敢谏言；或者说我的地位还比较卑微，没有机会进言；有机会进言了，又说我还要等待时机。这样最终没有一个人能谏言，难道不可惜吗！希望您想到天子之所以任用您的意思，恐惧遭到君子百世的讥讽，陈说正直、良善的谏言，以满足众人的期望，并且解除洛阳士大夫的困惑，那么就是大幸之事了！

【评点】

茅鹿门曰：胜韩公《诤臣论》①。

张孝先曰：谏官任天下之责，惧百世之讥，若依违观望②，则失其职矣。公在谏院谔谔敢言③，不避忌怨。读此书可想见其风节慷慨，非不审己而徒责人者。

【注释】

①韩公《诤臣论》：韩愈所作的《诤臣论》。文中用问答的形式，批评谏议大夫阳城身为谏官却不问政事得失，指出为官者应当忠于职守，不能敷衍塞责，得过且过。

②依违：模棱两可。

③谔谔：直言争辩的样子。

【译文】

茅坤说：胜过韩愈的《诤臣论》。

张伯行说：谏官担负天下的责任，忧惧百世的讥讽，如果模棱两可、瞻前顾后地观望，就是失职。欧阳修在谏院时直言敢谏，不避众人忌恨。读这篇文章可以想见其慷慨的风度节操，并非不反省自己而只是责备他人的人。

与高司谏书①

【题解】

本文作于景祐三年（1036）。此年五月，范仲淹因触怒宰相吕夷简被贬饶州，集贤校理余靖、馆阁校勘尹洙因为范仲淹鸣不平，同时遭贬，欧阳修于是给当时的谏官高若讷写了这封公开信，痛斥高若讷作为谏官的不称职与不知羞耻。一石激起千层浪，导致欧阳修也被贬夷陵令。

文章上来先以对高若讷人品的二重疑问开端，最后指出他绝非君子；接着从谏官的角度批评高若讷软弱无能与人格低下，进而又从事实分析他的罪过，从正反两面批驳他身为谏官却不谏言之罪；然后又援引历史案例批评他终将为后人唾弃。文章从多个角度对高若讷展开攻击，如山呼海啸一般强大的气势之下，有着非常严密的逻辑，同时也展现出欧阳修刚直不阿、疾恶如仇的鲜明个性，历来被视作欧阳修散文中的经典名作。

修顿首再拜白司谏足下②：某年十七时，家随州③，见天圣二年进士及第榜，始识足下姓名。是时予年少，未与人接，又居远方，但闻今宋舍人兄弟④，与叶道卿、郑天休数人者⑤，以文学大有名，号称得人。而足下厕其间⑥，独无卓卓可道说者，予固疑足下不知何如人也。

【注释】

①高司谏：高若讷（997—1055），字敏之，并州榆次（今属山西）人。天圣二年（1024）进士。官至参知政事、枢密使，谥号文庄。

②顿首再拜：古代书信中的客套话，大意为叩头两次下拜。

③家随州：欧阳修之父去世后，其母携之往依时任随州推官的叔父，

后一直住在随州。随州,治今湖北随州。

④宋舍人兄弟:指宋庠、宋祁兄弟。宋庠(996—1066),字公序,安陆(今属湖北)人,后迁至开封雍丘(今河南杞县)。天圣二年(1024)举进士第一。官至参知政事、枢密使,封郑国公。以司空致仕,谥文宪。宋祁(998—1061),字子京。天圣二年与兄宋庠同科进士。累任翰林学士、史馆修撰。与欧阳修合撰《新唐书》,列传部分多为其所作。卒谥景文。宋庠、宋祁兄弟俱以文学名世,以诗赋为学者所宗,时称"二宋"。舍人,宋庠曾任同修起居注,北宋初,同修起居注行中书省起居舍人之职事。

⑤叶道卿:即叶清臣(1000—1049),字道卿,长洲(今江苏苏州)人。天圣二年(1024)榜眼,历任光禄寺丞、集贤校理,迁太常丞,进直史馆。后知制诰、权三司使公事。庆历三年(1043),入为翰林学士,为吕夷简、陈执中排斥,两度出知州府。识度奇拔,议论出人意表。郑天休:即郑戬(992—1053),字天休,吴县(今江苏苏州)人。天圣二年(1024)进士,官至枢密副使、奉国军节度使。卒谥文肃。时人称其才高而兼华实,文雄而有风骨。

⑥厕:置身。

【译文】

欧阳修叩头行再拜之礼致司谏足下:我十七岁时,家住在随州,见到天圣二年进士及第榜,才知道足下的姓名。那时我还年轻,没有和人交往,又居住在远方,只听说过现在的宋舍人兄弟和叶道卿、郑天休几个人,因为文学才能而有很大的名声,那一榜号称得到了很多人才。而足下置身其间,唯独没有卓越的可以称道的才华,我原本就怀疑足下,不知你是什么样的人。

其后更十一年①,予再至京师,足下已为御史里行②,然犹未暇一识足下之面。但时时于予友尹师鲁问足下之贤否③,

而师鲁说足下正直有学问,君子人也,予犹疑之。夫正直者不可屈曲,有学问者必能辨是非。以不可屈之节,有能辨是非之明,又为言事之官,而俯仰默默,无异众人,是果贤者耶? 此不得使予之不疑也。

【注释】

①更:经过。

②御史里行:监察御史里行的简称。指不具备御史资格而担负此项工作的官员。

③尹师鲁:即尹洙(1001—1074),字师鲁,洛阳(今属河南)人。人称"河南先生"。天圣二年(1024)进士,历任馆阁校勘、太子中允、右司谏等职,与范仲淹、欧阳修等人关系甚密,在宋初文坛上大力倡导古文。

【译文】

其后又经过十一年,我再次来到京城,足下已经当上了御史里行,然而还是没有机会与足下见一面。但时常在我的朋友尹师鲁那里询问足下是否贤良,尹师鲁说足下正直而有学问,是君子,我还是很怀疑。正直的人不能屈身,有学问的人必定能辨明是非。具有不可委屈的气节和能辨明是非的能力,又身为言事的官员,而俯仰之间默默无语,和众人没什么差异,这果真是贤者吗? 这不得不让我产生怀疑。

自足下为谏官来,始得相识。侃然正色①,论前世事,历历可听②,褒贬是非,无一谬说。噫! 持此辨以示人,孰不爱之? 虽予亦疑足下真君子也。是予自闻足下之名及相识,凡十有四年,而三疑之。今者,推其实迹而较之③,然后决知足下非君子也。

【注释】

①侃然正色：刚毅正直的神色。侃，刚直。

②历历：一一分明。

③推：推究，考察。实迹：实际行动。

【译文】

　　自从足下担任谏官以来，我才得以认识你。见你一副刚毅正直的神色，议论前代的事情，一一分明可听，对前代的褒贬是非，没有一句错误的评说。唉！凭着这样的辩才展示于人，谁会不喜欢呢？即使是我也怀疑足下是真君子了。这样我从听闻足下的名字到相识，已经十四年了，而三次怀疑。现在，从实际行为推究比较，然后知道足下绝非君子。

　　前日范希文贬官后①，与足下相见于安道家②，足下诋诮希文为人。予始闻之，疑是戏言，及见师鲁，亦说足下深非希文所为，然后其疑遂决。希文平生刚正，好学通古今，其立朝有本末③，天下所共知，今又以言事触宰相得罪④。足下既不能为辨其非辜，又畏有识者之责己，遂随而诋之，以为当黜。是可怪也。

【注释】

①范希文：即范仲淹，希文是其字。

②安道：即余靖（1000—1064），字安道，韶州曲江（今广东韶关）人。历任集贤校理、右正言、工部尚书。余靖因上书欲阻止仁宗皇帝贬斥范仲淹而被贬往筠州（治今江西高安）监酒税。

③本末：道理，原则。

④言事：景祐三年（1036）五月，范仲淹向仁宗皇帝进呈"百官图"，并指出朝中宰相进用私人，认为官员的任用与斥退，不能全由宰

相决定。此事触怒了宰相吕夷简，提出范仲淹"越职言事，荐引朋党，离间君臣"（《续资治通鉴长编·景祐三年》），结果范仲淹被贬饶州（今江西鄱阳）知州。

【译文】

前日范仲淹贬官后，我和足下在余安道家相见，足下诋毁讥讽范仲淹的为人。我一开始听到，还怀疑是开玩笑，等见到尹师鲁，也说足下严厉地非议范仲淹的所做所为，然后我的怀疑终于解除。范仲淹平生刚毅正直，好学而通晓古今，他在朝为官有原则，天下人都知道，现在又因为谏言而触怒宰相而获罪。足下既不能为他辨明其无罪，又惧怕有见识的人会责备自己，于是就跟随着别人诋毁他，认为应该贬黜。这真是奇怪啊。

夫人之性，刚果懦软，禀之于天，不可勉强，虽圣人亦不以不能责人之必能。今足下家有老母，身惜官位，惧饥寒而顾利禄，不敢一忤宰相以近刑祸，此乃庸人之常情，不过作一不才谏官尔。虽朝廷君子，亦将悯足下之不能，而不责以必能也。今乃不然，反昂然自得，了无愧畏，便毁其贤[①]，以为当黜，庶乎饰己不言之过[②]。夫力所不敢为，乃愚者之不逮[③]；以智文其过，此君子之贼也[④]。

【注释】

①便毁：巧言诋毁。便，善辩。

②庶：希望。

③不逮：不及，比不上。

④贼：败类。

【译文】

人的本性里是刚毅果敢还是懦弱软媚,这是禀赋于天的,不能勉强,即使是圣人也不会因为没有能力去做来要求别人必须怎样。现在足下家里有老母,珍惜官位,畏惧饥寒,顾念利禄,不敢说一句忤逆宰相的话而使自己接近刑罚与灾祸,这是平庸之人的正常情态,不过是做一个没什么才能的谏官而已。即使朝廷上的君子,也将会怜悯足下的不能去做,而不会要求你必须怎样。现在却不是这样,你反而昂着头洋洋自得,丝毫没有愧疚与畏惧,巧言毁谤贤人,认为应当贬黜,希望掩饰自己不出来说话的罪过。有能力而不敢有所作为,就连愚蠢的人也比不上;以才智文饰自己的过错,这就是君子中的败类。

　　且希文果不贤邪?自三四年来,从大理寺丞至前行员外郎①,作待制日②,日备顾问,今班行中无与比者③。是天子骤用不贤之人④?夫使天子待不贤以为贤,是聪明有所未尽。足下身为司谏,乃耳目之官,当其骤用时,何不一为天子辨其不贤,反默默无一语,待其自败,然后随而非之?若果贤邪,则今日天子与宰相以忤意逐贤人⑤,足下不得不言。是则足下以希文为贤,亦不免责;以为不贤,亦不免责,大抵罪在默默尔。

【注释】

①从大理寺丞至前行员外郎:天圣二年(1024),范仲淹迁大理寺丞;景祐二年(1035),范仲淹拜尚书礼部员外郎、天章阁待制,从苏州召还,判国子监,迁吏部员外郎。大理寺丞,宋代中央司法助理官员。前行员外郎,吏、兵部诸司员外郎均可称"前行员外郎"。

②待制：北宋诸阁待制总称，包括龙图、天章、宝文、显谟、徽猷、敷
　文、焕章、华文、宝谟、宝章、显文阁待制等，皆为职名。为侍从官
　标志，本为侍从、献纳之臣。此指天章阁待制。

③班行：同僚。

④骤用：匆忙提拔任用。按，范仲淹自天圣二年（1024）任大理寺丞
　至景祐二年（1035）任天章阁待制，十余年间官资提升十五阶，不
　能说是骤用。

⑤忤意：违背心意。

【译文】

　　况且范仲淹果真不贤吗？自从这三四年以来，从大理寺丞到前行
员外郎，在做天章阁待制时，每日备皇帝顾问，现在同僚中没人能和他相
比。是天子匆忙任用了不贤的人吗？假使天子把不贤的人当作贤人来
对待，是天子的圣明还有所未尽之处。足下身为司谏，是作为天子耳目
的官员，当他被匆忙任用的时候，为什么不出来为天子辨明他是不贤之
人，反而沉默不言，等到他自己失败了，然后跟着别人一起非议他？假
如他果真是贤人，那么现在天子和宰相因为违背了自己的心意而斥逐贤
人，足下更不得不进言。这样看来，那么足下认为范仲淹是贤人也不能
免除罪责；认为他不是贤人，也不能免除罪责，大概你的罪责就在于沉默
不言。

　　昔汉杀萧望之与王章①，计其当时之议②，必不肯明言
杀贤者也，必以石显、王凤为忠臣③，望之与章为不贤而被罪
也。今足下视石显、王凤果忠邪？望之与章果不贤邪？当
时亦有谏臣，必不肯自言畏祸而不谏，亦必曰当诛而不足谏
也。今足下视之，果当诛邪？是直可欺当时之人④，而不可
欺后世也。今足下又欲欺今人，而不惧后世之不可欺邪？

况今之人未可欺也！

【注释】

①汉杀萧望之与王章：萧望之（？—前47），字长倩，兰陵（今属山东）人。汉宣帝时为太子太傅，元帝时以前将军辅政，因为反对宦官专权而请求罢免宦官弘恭与石显的中书令，被反诬为结交朋党，饮鸩而亡。王章（？—前24），字仲卿，泰山钜平（今山东泰安南）人。汉元帝初，因攻讦中书令石显，为石显陷害免官。汉成帝时为谏议大夫，迁司隶校尉，选京兆尹。王章因为不亲附专权的大将军王凤，且言其不可用，被王凤陷害，以"大逆"罪死狱中。

②计：考虑。

③石显（？—前32）：字君房，济南（今属山东）人。汉宣帝时为中书官，元帝时代弘恭为中书令。元帝病，政事无大小，都由他决定，贵幸倾朝，专权邪辟，百官皆敬事之。王凤（？—前22）：字孝卿，东平陵（今山东济南）人。妹王政君为汉元帝皇后。成帝时以外戚为大司马、大将军，领尚书事，专断朝政十一年。

④直：只，只是。

【译文】

以往汉代的时候杀萧望之与王章，考虑当时的议论，必定不肯明着说是杀贤者，必定认为石显、王凤是忠臣，萧望之与王章因为不贤而获罪。现在足下看石显、王凤果真是忠臣吗？萧望之与王章果真是不贤吗？当时也有谏官，必定不肯自己承认是畏惧灾祸而不进谏，也必定说萧望之与王章应该诛杀而不值得劝谏。现在足下看来，果然应当诛杀他们吗？这只可欺骗当时的人，而不能欺骗后世。现在足下又想欺骗现在的人，就不畏惧后世是不可欺骗的吗？况且现在的人也不能欺骗啊！

伏以今皇帝即位以来，进用谏臣，容纳言论。如曹修古、刘越[1]，虽殁犹被褒称。今希文与孔道辅[2]，皆自谏诤擢用。足下幸生此时，遇纳谏之圣主如此，犹不敢一言，何也？前日又闻御史台榜朝堂，戒百官不得越职言事[3]，是可言者惟谏臣尔。若足下又遂不言，是天下无得言者也。足下在其位而不言，便当去之，无妨他人之堪其任者也。

【注释】

①曹修古（？—1033）：字述之，建州建安（今福建建瓯）人。大中祥符元年（1008）进士，居谏官，遇事尽言，无所畏惧，以清廉著称。时刘太后临朝听政，兄子死，录其姻戚至于厮役达八十人，修古等交章论列，忤太后，削官出知兴化军。会赦复官，卒。太后崩，仁宗思修古忠，特赠右谏议大夫，赐其家钱二十万，录其婿刘勋为试将作监主簿。刘越（？—1033）：字子长，大名（今属河北）人。大中祥符八年（1015）进士。仁宗立，刘太后垂帘听政，上疏请太后还政。太后死，仁宗亲政，擢曾言还政者，刘越时已卒，赠右司谏。

②孔道辅（985—1039）：字鲁原，曲阜（今属山东）人。孔子四十五世孙。曾任御史中丞、龙图阁直学士。先以废郭后事与吕夷简争论，被贬，后召还仍为御史中丞。《宋史·孔道辅列传》载其"性鲠挺特达，遇事弹劾无所避，出入风采肃然，及再执宪，权贵益忌之"。

③御史台榜朝堂，戒百官不得越职言事：景祐三年（1036）范仲淹被贬后，侍御史韩渎为迎合宰相吕夷简，在御史台大堂张贴榜文，警告百官不得越职言事。

【译文】

当今皇帝即位以来，进用谏臣，容忍、采纳谏官的言论。像曹修古、刘越,虽然已经死了还是被褒奖称赞。现在范仲淹和孔道辅,都是从谏官被提拔上来的。足下有幸生逢此时,遇到这样善于纳谏的圣主,还不敢说一句话,为什么呢? 前日又听说御史台堂前张贴了文榜,警戒百官不得越职言事,这样可以谏言的就只有谏臣了。假如足下又不谏言,这样天下就没人能谏言了。足下在谏官的位置上而不谏言,就应当辞去官职,不要妨碍其他堪当此任的人。

昨日安道贬官,师鲁待罪,足下犹能以面目见士大夫,出入朝中称谏官,是足下不复知人间有羞耻事尔! 所可惜者,圣朝有事,谏官不言,而使他人言之。书在史册,他日为朝廷羞者,足下也。《春秋》之法,责贤者备。今某区区犹望足下之能一言者①,不忍便绝足下②,而不以贤者责也。若犹以谓希文不贤而当逐,则予今所言如此,乃是朋邪之人尔③。愿足下直携此书于朝,使正予罪而诛之,使天下皆释然知希文之当逐,亦谏臣之一效也。

【注释】

①区区:情意恳切的样子。

②绝:断绝关系。

③朋邪:奸邪的朋党。

【译文】

昨日余靖被贬官,尹师鲁待罪,足下还能有脸见士大夫,出入朝廷之中称自己是谏官,足下真是不再知道人间还有羞耻这件事啊! 可惜的是,圣明的朝廷有了事情,谏官不能谏言,而使他人谏言。记载在史册上,他日使朝廷蒙羞的就是足下啊。按照《春秋》的书法,对贤者要求得完美。现在我情意恳切地仍然希望足下能呈进一次谏言,不忍心就这样和足下断交，而不用对待贤者的标准要求你。假如你还是认为范仲淹不贤而应当被斥逐，那么我今天所说的这些话，就是和范仲淹结为奸邪的朋党。希望足下直接带着这封信到朝廷上去，让朝廷来问我的罪，使天下人都清楚地知道范仲淹应当被斥逐，这也算是谏臣的一种功效了。

　　前日足下在安道家，召予往论希文之事。时坐有他客，不能尽所怀，故辄布区区，伏惟幸察！不宣。

【译文】

　　前日足下在余靖家中，叫我过去讨论范仲淹的事。当时坐上有其他人，不能详尽表达我的意见，所以就在这里把我真挚之言告诉你，希望你体察！就此搁笔。

【评点】

　　茅鹿门曰：欧公恶恶太过处，使在今日，恐不免国武子之祸也①。

　　张孝先曰：不能出力救希文，犹不足责；反诋希文不贤当贬，以饰己不谏之过，此其深可痛责者也。公此书探其隐而刺之，四面攻击，直令他无逃闪之路。盖激于义愤，不自觉其言之过直也。至今读之，犹使人增气。谓其恶恶太过而惧其获祸，是将以巽懦为老成而后可也②，岂知公者哉！

【注释】

　　①国武子之祸：春秋时，国武子在言谈中善恶褒贬无所隐讳，因斥责庆克与声孟子私通，声孟子怀恨而向齐灵公进谗言，国武子被逼反，最终被杀。国武子，即国佐，又称宾媚人，春秋时齐国上卿。

鞌之战中齐国战败，国武子在与晋人谈判时驳斥拒绝了晋人的无礼要求，维护了齐国的利益。谥武。

②巽（xùn）懦：卑顺，怯懦。巽，卑顺。

【译文】

茅坤说：欧阳修嫉恶太过，假使生活在今天，恐怕免不了会像国武子那样因言而获罪。

张伯行说：不能出力救范仲淹，尚且不足以被指责；却反而诋毁范仲淹不贤而应当贬黜，以文饰自己不谏言的过错，这就是其应该被痛骂之处。欧阳修这篇文章深入到高若讷隐微之处而讽刺他，四面攻击，令他没有躲闪逃避的余地。这是激于义愤，自己没有察觉到言语过分耿直了。至今读来，还让人增加气性。说他嫉恶太过而惧怕他遭遇祸患，是把怯懦当作老成了，怎能算是理解欧阳修呢！

《春秋》或问

【题解】

本文作于景祐四年（1037）。欧阳修时任夷陵县令。

"或问"是一种论说文类，一般为阐述作者思想观点而发，不一定是真的有人发问。欧阳修这篇《〈春秋〉或问》中有两段论述，这里节选了其中的第一段。

《春秋》的起止时间是一个古人非常喜欢讨论的话题，汉儒更是喜欢将讨论上升到天命、王道、礼法等形而上的层面，因而这一问题也就成为历来治《春秋》学者不得不关注的话题之一。欧阳修则别出己意，认为只是孔子恰好得到了那部分的鲁史，并没有什么深意。而对于学者读书治学来说，贵在得经书之大意。

在中国学术思想史上，欧阳修一定程度上开启了宋代疑经、疑古的学术风气，于此篇即可一见。

或问:"《春秋》何为始于隐公而终于获麟①?"

曰:"吾不知也。"

【注释】

①终于获麟:《春秋》终于鲁哀公十四年(前481),书曰:"春,西狩获麟。"为《春秋》的绝笔。

【译文】

有人问:"《春秋》为什么从鲁隐公开始而终止于鲁哀公打猎获得麒麟?"

回答说:"我不知道。"

问者曰:"此学者之所尽心焉,不知何也?"

曰:"《春秋》之起止,吾所知也。子所问者,始终之义,吾不知也,吾无所用心乎此也。昔者,孔子仕于鲁,不用,去之诸侯,又不用,困而归①。且老,始著书。得《诗》自《关雎》至于《鲁颂》,得《书》自《尧典》至于《费誓》,得鲁史记自隐公至于获麟②,遂删修之。其前远矣,圣人著书足以法世而已,不穷远之难明也,故据其所得而修之。孔子非史官也,不常职乎史,故尽其所得修之而止耳。鲁之史记,则未尝止也,今左氏《经》可以见矣③。"

【注释】

①"昔者"几句:孔子于鲁定公十四年(前496)离开鲁国,曾到过齐、卫、陈、蔡等国,但都未得重用,鲁哀公十一年(前484)才返回鲁国。

②鲁史记:指春秋时鲁国史官记载的历史。

③左氏《经》可以见矣：《春秋》记事止于哀公十四年（前481），而
　《左传》记事止于哀公二十七年（前468），其中经的部分止于哀
　公十六年"夏四月己丑，孔子卒"。

【译文】

问的人说："这是学者应该尽心研究的，怎么能不知道呢？"

回答说："《春秋》的起止年份我知道。您所询问的，是起始与终止
的意义，我不知道，我没有在这里用心探寻。以往，孔子在鲁国做官，得
不到重用，就离开鲁国到各诸侯国寻求出路，又得不到重用，困顿而归。
将老之时，开始著书。得到《诗经》从《关雎》到《鲁颂》的诗篇，得到
《尚书》从《尧典》到《费誓》的篇章，得到鲁国从隐公到哀公获麟的历
史记载，于是就删节修订它们。此前的时代太久远了，圣人著述只要能
够为世人立法而已，不为穷究那些久远而难以明了的事，所以根据其所
得而修订它们。孔子不是史官，也不把记史作为自己固定的职务，所以
把他所得的修订完成后就停止了。而鲁国的历史记载却未尝停止，在现
在《左传》的《春秋经》中可以看到。"

曰："然则始终无义乎？"

曰："义在《春秋》，不在起止。《春秋》谨一言而信万世
者也①。予厌众说之乱《春秋》者也。"

【注释】

①信：使……相信。

【译文】

说："这样说来那么起始与终止年份真的没有意义吗？"

回答说："意义在于《春秋》本身而不在于起止年份。《春秋》中每一
句都是谨慎的，足以为万世所相信。我厌烦扰乱《春秋》的众多说法。"

【评点】

茅鹿门曰：识好。

张孝先曰：《春秋》始终亦自有义，所当用心。若曰"尽其所得修之而止"，则圣人无乃太草率乎？推之《诗》自《关雎》至《鲁颂》，《书》自《尧典》至《费誓》，其起止亦各有义。义无所不在也，不可谓"义在《春秋》，不在起止"。即此篇所云"圣人著书足以法世，不穷远之难明"，亦即《春秋》始终之一义也。公特厌众说之支离①，而欲尽扫之，故其说如此。

【注释】

①支离：烦琐杂乱。

【译文】

茅坤说：见识好。

张伯行说：《春秋》的始终也是有意义的，学者应当用心研究。如果说"只是把能得到的所有资料收集起来而修订成书"，圣人不也太草率了吗？推论到《诗经》从《关雎》开始到《鲁颂》结束，《尚书》从《尧典》开始到《费誓》结束，其始终也都有意义。意义无所不在，不能说"意义在《春秋》自身而不在其起止年份"。就是这篇文章中所说"圣人著述是为了给世人立法，不为穷究那些久远而难以明了的事"，也是《春秋》始终的一种意义。欧阳修是因为厌恶各种解说的烦琐杂乱，而希望把它们一笔扫尽，所以才这么说。

朋党论_{在谏院进}

【题解】

本文作于庆历四年（1044），欧阳修时任谏官。庆历三年（1043）吕夷简罢相、夏竦夺枢密使后，范仲淹、富弼、韩琦、杜衍等一大批志同道合的改革派人物开始聚集在一起，大力推行新政。这当然引起守旧派的不满，于是"竦因与其党造为党论，目衍、仲淹及修为党人"（《续资治通鉴长编·庆历四年》），攻击范仲淹等为朋党，这自然引起宋仁宗的疑虑，欧阳修此文即为支持范仲淹并打消宋仁宗的疑虑而作。

欧阳修在这篇《朋党论》中指出了"君子之党"与"小人之党"在道义与利益追求上的区别，将君子之党的道义、忠信、爱惜名节突出出来，这就说清了君子结党的原因以及为什么君子结党会对国家有利这个关键问题，因为只有如此才能彻底打消宋仁宗的顾虑。而欧阳修在文章首段说清道理后，又以尧、舜、武王时有朋党而兴国为正面论据，以纣王、汉献帝、唐昭宗无朋党而亡国为反面论据，为宋仁宗指明问题不在结不结党，而在由谁结党，如果是君子结党反而应该给予大力支持，非常漂亮地为范仲淹、富弼等人的政治集团做出了辩护。

臣闻朋党之说自古有之^①，惟幸人君辨其君子、小人而已^②。

大凡君子与君子以同道为朋，小人与小人以同利为朋，此自然之理也。然臣谓小人无朋，惟君子则有之。其故何哉？小人所好者禄利也，所贪者财货也。当其同利之时，暂相党引以为朋者，伪也。及其见利而争先，或利尽而交疏，则反相贼害，虽其兄弟亲戚不能相保。故臣谓小人无朋，其暂为朋者，伪也。君子则不然。所守者道义，所行者忠信，所惜者名节。以之修身，则同道而相益；以之事国，则同心而共济③,终始如一,此君子之朋也。故为人君者,但当退小人之伪朋,用君子之真朋,则天下治矣。

【注释】

①朋党:原指同类的人为私利结合成小集团,后世专指政治斗争中结合成的派别、团体。

②幸:希望。

③济:成功。

【译文】

我听说朋党的说法自古就有,只希望君主能分辨结党的是君子还是小人而已。

大凡君子和君子因为共同的理想而结为朋党,小人和小人因为共同的利益而结为朋党,这是自然的道理。然而臣认为小人没有朋党,只有君子才有。这是为什么呢?小人喜好的是利禄,贪恋的是财货。当他们有共同利益的时候,暂时相互结合、引为朋党,是虚假的。等他们看到利益而争先恐后地去追求,或者利益谋尽而交情疏远了,就会反过来相互残害,即使是他们的兄弟亲戚也不能保全。所以我说小人没有朋党,他们暂时结为朋党,是虚假的。君子则不是这样。他们坚守的是道义,践行的是忠信,珍惜的是名节。以此修养自身,就会结为同道而相互助益,以此参与国事,就会同心协力共同成功,并且能始终如一,这是君子的朋党。所以作为君主,只应当斥退小人虚伪的朋党,而进用君子真诚的朋党,那么天下就能治理好。

尧之时,小人共工、谨兜等四人为一朋①,君子八元、八凯十六人为一朋②。舜佐尧退四凶小人之朋,而进元、凯君子之朋,尧之天下大治。及舜自为天子,而皋、夔、稷、契等二十二人并列于朝③，更相称美④，更相推让，凡二十二人为一朋，而舜皆用之，天下亦大治。《书》曰："纣有臣亿万，惟亿万心；周有臣三千，惟一心⑤。"纣之时，亿万人各异心，可谓不为朋矣，然纣以亡国。周武王之臣三千人为一大朋，而周用以兴。后汉献帝时，尽取天下名士囚禁之，目为党人⑥。及黄巾贼起⑦，汉室大乱，后方悔悟，尽解党人而释之，然已无救矣。唐之晚年，渐起朋党之论⑧。及昭宗时，尽杀朝之名士，咸投之黄河，曰："此辈清流，可投浊流。"⑨而唐遂亡矣。

【注释】

①共工、谨兜：尧之时将共工、谨兜、鲧、三苗称为"四凶"。

②八元、八凯：据《左传·文公十八年》载，八元为高辛氏的八个才子：伯奋、仲堪、叔献、季仲、伯虎、仲熊、叔豹、季狸；八凯为高阳氏的八个才子：苍舒、隤敳、梼戭、大临、龙降、庭坚、仲容、叔达。元，善，吉。

③皋、夔、稷、契等二十二人并列于朝：据《尚书·尧典》载：舜命皋陶"作士"，命夔"典乐"，命稷"播时百谷"，命契"作司徒"。加上垂、禹、四岳、十二牧共为二十二人。

④更相：交相，互相。

⑤"纣有臣亿万"几句：语出《尚书·泰誓》，为周武王伐纣前在孟津与诸侯会师时的誓词。原文为"受有臣亿万，惟亿万心；予有臣三千，惟一心。"

⑥尽取天下名士囚禁之，目为党人：此指东汉"党锢之祸"。汉桓帝时宦官专权，将李膺、陈蕃、范滂等二百余名士逮捕，称为"党人"。汉灵帝时外戚窦武为诛杀宦官而欲起用这批"党人"，因事

情泄露导致窦武、陈蕃、李膺、范滂等人皆被杀，后又大兴党狱，逮捕太学生千余人，事见《后汉书·党锢列传》。这里欧阳修误记为汉献帝时之事。

⑦黄巾贼：汉灵帝中平元年（184）张角发起农民起义，因义军皆带黄巾，故被称为黄巾贼。此后灵帝接受大臣皇甫嵩的建议，解除了党禁以应对黄巾之乱。

⑧唐之晚年，渐起朋党之论：唐穆宗至唐宣宗时期，牛僧孺与李德裕形成牛李党争，延续近四十年。

⑨"及昭宗时"几句：唐哀帝天祐二年（905），权臣朱温在李振的鼓动下，在白马驿（今河南洛阳附近）杀大臣裴枢等三十余人，并将他们的尸体投入黄河。这里欧阳修误记为唐昭宗时之事。昭宗，唐昭宗李晔，889—904年在位，唐代倒数第二个皇帝，被朱温派人杀死。清流，喻指负有时望、清高的士大夫。

【译文】

　　帝尧时代，小人共工、讙兜等四人结为一个朋党，君子八元、八凯等十六人结为一个朋党。舜辅佐尧斥退了四凶小人的朋党，而进用八元、八凯那些君子的朋党，尧的天下就治理得很好。等到舜成为天子，而皋陶、夔、后稷、契等二十二人并列于朝堂之上，互相称赞，互相推让，这二十二人结为一个朋党，而舜都任用他们，天下也治理得很好。《尚书》说："纣王有亿万臣民，就有亿万条心；周有三千臣民，只有一条心。"纣王的时候，亿万人各有异心，可以说是没有朋党，然而纣王因此亡国。周武王的三千臣民结为一个大朋党，而周朝因此而兴盛。后汉献帝的时候将天下的名士都禁锢起来，把他们看成结党之人。等到黄巾起义爆发，汉室大乱，之后才有所悔悟，把党人全部释放出来，可是已经无法挽救局势了。唐代晚期，逐渐兴起了朋党之论。到唐昭宗的时候，把朝廷中的名士都杀掉，投到黄河里去，说："这些人是清流，可以投到浊流中去。"而唐代就这样灭亡了。

　　夫前世之主，能使人人异心不为朋，莫如纣；能禁绝善人为朋^①，莫如汉献帝；能诛戮清流之朋，莫如唐昭宗之世，然皆乱亡其国。更相称美推让而不自疑，莫如舜之二十二臣，舜亦不疑而皆用之。然而后世不诮舜为二十二人朋党所欺^②，而称舜为聪明之圣者，以能辨君子与小人也。周武之世，举其国之臣三千人共为一朋，自古为朋之多且大莫如周。然周用此以兴者，善人虽多而不厌也^③。

　　夫兴亡治乱之迹，为人君者可以鉴矣！

【注释】

①禁绝：彻底禁止。

②诮：讥诮，讥讽。

③厌：满足。

【译文】

　　前世的君主，能使人人异心不结为朋党的，没有比得上纣王的；能彻底禁止善人结为朋党的，没有比得上汉献帝的；能诛杀清高之士结成的朋党的，没有比得上唐昭宗那一世的，然而他们的国家都出现了祸乱亡了国。互相赞扬推让而自己不猜疑别人，没有比得上舜时的二十二位贤臣的，舜也不猜疑而都任用了他们。然而后世不讥诮舜被二十二人的朋党所欺瞒，而称舜是聪明的圣君，因为他能分辨君子和小人。周武王的时候，全国三千臣子共结一朋党，自古以来，结为朋党人数众多势力强大的没有比得上西周的。然而西周因此得以兴盛，因为即使善人很多，武王也不因此而满足。

　　这些兴亡治乱的事迹，做君主的可以拿来引以为鉴啊！

【评点】

茅鹿门曰:破千古人君之疑。

张孝先曰:"朋"之一字,本非恶也。自小人欲倾君子,无可为辞,则概以朋党目之,而思欲一网打尽矣。得公此论,为朋党名色昭雪分明,使人君辨其为君子之朋耶,小人之朋耶。果君子也,则非惟不嫌其有朋,而且惟患其朋之不众矣;非惟不嫉君子之有朋,而直欲以其身与之为朋矣。其论"小人无朋"一段,善形容小人之情状,真如铸鼎象物①。至"君子之朋",则以尧之十六人、舜之二十二人、武之三千人为言,可谓创论,而实至论。其法与孟子论"好乐""好勇""文王之囿"等篇②,同为千古不刊之文③。

【注释】

①铸鼎象物:典出《左传·宣公三年》:"昔夏之方有德也,远方图物,贡金九牧,铸鼎象物,百物而为之备,使民知神奸。"谓禹收九州之金铸九鼎并铸上各种物怪之像。这里比喻刻画得十分形象。

②孟子论"好乐""好勇""文王之囿"等篇:孟子论"好乐"见于《孟子·梁惠王上》,孟子论"好勇"与论"文王之囿"均见于《孟子·梁惠王下》。这三段都是论述表面同样的行为,也有好坏对错的区别,对于好的、对的应该发扬,对于坏的、错的要予以禁绝。本文论君子之朋、小人之朋与之一脉相承。

③不刊:古代文书书于竹简,有误,即削除,谓之刊。不刊谓不容更动和改变。引申为不可磨灭。

【译文】

茅坤说:破除君主千古以来的疑虑。

张伯行说:"朋"这个字,本来并无贬义。小人想倾覆君子,没有借口，就一概视为朋党，想要一网打尽。有欧阳修这番议论，就可以为朋党之称而昭雪，使君主辨别究竟是君子的朋党还是小人的朋党。如果说是君子，那就应不但不嫌弃其有朋党，还要担心朋党的人数不够多；不但不嫉恨君子有朋党，甚至自己也想成为君子朋党的一员。文章论述"小人没有朋党"一段，善于形容小人的情状，真像铸鼎象物一般形象。至于论述"君子的朋党"，就以尧的十六人、舜的二十二人、武王的三千人为论据，可谓创新之论，而确实很有道理。写法上说，与孟子论"好乐""好勇""文王之囿"等篇一样，都是千古不刊之论。

纵囚论

【题解】

本文作于康定元年（1040）。一说作于景祐四年（1037）。

历史上常有政府对在押囚犯施恩，放他们回家参与生产或团聚之事，这往往被一些儒生视为道德层面的榜样，唐太宗贞观六年（632）就发生了一次唐太宗纵囚事件，欧阳修本文就针对这一事件展开了讨论。

与传统儒生的观点不同，欧阳修从人之常情的角度出发，透辟地分析出整个事件中唐太宗的心理在于"求名"，而囚犯的心理在于"求赦免"，于是本来被点缀得极其辉煌的施恩报德的治国榜样瞬间崩塌成为一场沽名钓誉、上下猜度的历史闹剧。欧阳修此文真可谓立论精到而文笔老辣。我们也可以由此看出他不同于一般儒生的对人情的理解与思想的高度。

信义行于君子，而刑戮施于小人。刑入于死者[①]，乃罪大恶极，此又小人之尤甚者也[②]。宁以义死，不苟幸生，而视死如归，此又君子之尤难者也。方唐太宗之六年，录大辟囚三百余人[③]，纵使还家，约其自归以就死。是以君子之难能，期小人之尤者以必能也。其囚及期而卒自归无后者④,是君子之所难,而小人之所易也。此岂近于人情?

【注释】

①入于死:被判处死刑。入,定以罪名,使受刑罚。

②甚:过分,厉害。

③大辟:死刑。

④卒:最终。

【译文】

　　信用和礼义只能施行于君子,而刑罚和杀戮就要施加于小人。按刑法被判了死刑的,是罪大恶极之人,这又是在小人中最为恶劣的人。宁可以信义而死,不苟且侥幸而生,视死如归,这又是君子中尤其难得的。当唐太宗六年时,登记死刑犯三百余人,放他们回家,和他们约定了时间自己回来接受死刑。这是用君子都难以做到的事情,来期望小人中罪大恶极的人一定能做到。那些囚徒到了时间最终都自己回来了,没有迟到的,这是君子难以做到,而小人反而轻易就做到了。这难道近于人情吗?

　　或曰:"罪大恶极,诚小人矣,及施恩德以临之①,可使变而为君子。盖恩德入人之深而移人之速,有如是者矣。"曰:"太宗之为此,所以求此名也。然安知夫纵之去也,不意其必来以冀免②,所以纵之乎? 又安知夫被纵而去也,不意其自归而必获免,所以复来乎? 夫意其必来而纵之,是上贼下之情也③;意其必免而复来,是下贼上之心也。吾见上下交相贼以成此名也,乌有所谓施恩德与夫知信义者哉! 不然,太宗施德于天下,于兹六年矣,不能使小人不为极恶大罪，而一日之恩能使视死如归而存信义，此又不通之论也。"

【注释】

①临：加给，对待。

②冀：冀求，希冀。

③贼：窥探，窥伺。

【译文】

有人说："罪大恶极，确实是小人，等到施加恩德给予他们时，可以使他们变成君子。大概恩德能深入人心而迅速改变一个人，是有像这样的情况的。"我说："唐太宗这样做，是为了追求这种名声。然而怎么知道放他们回去的时候，唐太宗不想着他们必定会回来以冀求赦免，所以才放了他们呢？又怎么知道那些被放回去的人，不想着他们自己回来就必定会得到赦免，所以才回来了呢？想着他们必定会回来而放了他们，这是上位者窥伺下位者的心理；想着必定被赦免而又回来，这是下位者窥伺上位者的心理。我看见的是上下之间交相窥伺以成就这种名声，哪有什么所谓的施与恩德与知道诚信道义呢！不然的话，唐太宗向天下施与恩德到那时已经六年了，不能让小人不犯极恶的大罪，而一日之恩就能让他们视死如归而能保全诚信道义，这又是说不通的道理了。"

"然则何为而可？"曰："纵而来归，杀之无赦；而又纵之，而又来，则可知为恩德之致尔。然此必无之事也。若夫纵而来归而赦之，可偶一为之尔，若屡为之，则杀人者皆不死，是可为天下之常法乎？不可为常者，其圣人之法乎？是以尧、舜、三王之治①，必本于人情，不立异以为高，不逆情以干誉②。"

【注释】

①三王：指夏禹、商汤、周文王。

②干：求取。

【译文】

"那么怎么样才算可以呢？"我说："放回去之后回来了，杀死他们而不要赦免；再次放回去，又能回来的，就可知道是因为感到恩德的原因所致。然而这是必定不会出现的事。假如放走之后回来了就给予赦免，只能偶尔做一次罢了，假如总是这样，那么杀人的人都得以不死，这难道能成为天下的常法吗？不能恒久施行的，难道是圣人的法度吗？所以尧、舜、三王治理天下，一定要以人情为本，不标新立异自以为高明，不违背人情而求取名誉。"

【评点】

茅鹿门曰：曲尽人情。

张孝先曰：只"求名"两字，勘破太宗之心①，便将一段佳话尽情抹倒。行文老辣②，不肯放松一字，真酷吏断狱手。

【注释】

①勘破：犹看破、看透。

②老辣：指文辞老练犀利。

【译文】

茅坤说：曲尽人情。

张伯行说：只"求名"两字，就看透了唐太宗的用心，便将一段佳话全部驳倒。行文老练犀利，不肯放松一字，真如同酷吏断案一般。

《五代史·周臣传》论

【题解】

本文为欧阳修所修《新五代史·周臣传》中的传赞部分,传主为王朴、郑仁海、扈载三人。

欧阳修在这篇论中以下棋来比喻治国,指出胜利者与失败者在拥有人才方面没有本质差异,只在于善不善于任用而已。又指出凡是取得胜利或者国家安定的缘由都在于能把君子与小人安排到合适的位置上,即所谓的"亲贤臣、远小人"。

从历史现象中总结规律与教训,这是中国人尤其重视历史的原因之一,欧阳修的这类论文正显示出了这种读史的智慧与眼光。

　　呜呼!作器者无良材而有良匠,治国者无能臣而有能君。盖材待匠而成,臣待君而用。故曰:治国譬之于弈[①],知其用而置得其处者胜,不知其用而置非其处者败。败者临棋注目[②],终日而劳心;使善弈者视焉,为之易置其处则胜矣。胜者所用,败者之棋也;兴国所用,亡国之臣也。

【注释】

①譬:比喻,比如。弈:下棋。

②注目:注视。集中目光看。引申为注意。

【译文】

唉!制作器物的时候不在于有好材料而在于有好工匠,治理国家的时候不在于有能臣而在于有能君。材料需要依靠工匠才能成形,大臣需要依靠君主才能发挥作用。所以说:治国就像下棋,知道棋子的作用并且放对位置就能取胜,不知道棋子的功用而放置在不合理的位置就会失败。失败的人对着棋盘全神贯注，终日劳心；让棋下得好的人看一下，帮他把棋子改换一下位置就能取胜。胜利者用的是失败者的棋子；国家兴旺的君主用的是亡国之君的臣子。

　　王朴之材[①]，诚可谓能矣，不遇世宗[②]，何所施哉？世宗之时，外事征伐，攻取战胜；内修制度，议刑法，定律历，讲求礼乐之遗文。所用者，五代之士也，岂皆愚怯于晋、汉[③]，而材智于周哉？惟知所用尔。

【注释】

①王朴（906—959）：字文伯，东平（今属山东）人。先依附后汉枢密使杨邠，视后汉将乱而归故里。后为周世宗掌书记，献《平边策》，建议周世宗先取江淮平定南方，进而攻取北汉。深受周世宗信任，官至枢密使。王朴博学多才，通音律及历法，著有《律准》《钦天历》，在任还曾兴修水利，营建京师。卒赠侍中。

②世宗：即周世宗柴荣（921—959），邢州尧山（今河北隆尧）人。后周太祖郭威内侄，后收为养子。在位期间励精图治，对内修订礼乐、制度、刑法，招抚流亡、减少赋税，使后周政治清明、百姓富庶，中原开始复苏。对外西败后蜀，夺取秦、凤、成、阶四州；南摧南唐，尽得江北、淮南十四州；北破契丹，连克二州三关。在议取幽州时病倒，不久去世。

③晋、汉：指石敬瑭建立的后晋政权和刘知远建立的后汉政权。

【译文】

　　王朴确实可以说是很有才能的，但是没有遇到周世宗，如何能施展呢？世宗的时候，对外征伐，攻取城池、战胜敌人；对内完善制度，议定刑律与法条，修定乐律历法，讲求礼乐文明遗留下的典章制度。他任用的是五代的士人,难道这些人在后晋、后汉时都是愚蠢、怯懦的,而到了后周就聪明而有才了吗? 只是君主知道如何任用他们而已。

　　夫乱国之君,常置愚不肖于上①,而强其不能②,以暴其短恶,置贤智于下,而泯没其材能,使君子小人皆失其所,而身蹈危亡③。治君之用能置贤知于近④,而置愚不肖于远,使君子小人各适其分,而身享安荣。治乱相去虽远甚,而其所以致之者不多也,反其所置而已。呜呼! 自古治君少而乱君多,况于五代? 士之遇不遇者,可胜叹哉!

【注释】

①不肖:不才,不贤。

②强:强求,勉强。

③蹈:踩,踏,行走。

④治:清明。

【译文】

　　昏乱国家的君主,常常将愚蠢、不贤的人安排到上层,而勉强他们做力所不能及的事情,暴露他们的短处和罪恶,把贤人、智者安排到下层,而埋没他们的才能,使君子和小人都不在合适的位置上,自己就走向危险与灭亡。安定国家的君主能把贤人、智者安排到亲近的位置,而把愚蠢的、不贤的人安排到疏远的位置,使君子和小人各自有合适的位置,就能身享安逸与荣耀。安定与动乱虽然相去甚远,而导致这种结局的原因却不复杂,就是把用人的方法反过来而已。唉! 自古以来贤明的君主少而昏乱的君主多,何况是五代时期呢? 士人知遇与不遇的遭际,真可感叹啊!

【评点】

茅鹿门曰：名言。

张孝先曰：生材者天也，用材者君也。天下未尝乏材，用得其当，则成大治矣。良匠无枉材，弈秋善下子。周世宗得王朴且然[1]，而况圣主能用天下之贤才者乎？

【注释】

①王朴：原作"王璞"，据欧阳修正文改。

【译文】

茅坤说：名言。

张伯行说：诞生人才的是天，而使用人才的是君主。天下从来不缺少人才，能恰当使用他们，就能治理好国家。良匠不会用错木材，弈秋善于布下棋子。周世宗得到王朴尚且是这样，何况圣明的君主能任用天下的贤才呢？

《五代史·唐六臣传》论二

【题解】

本文为欧阳修所修《新五代史·唐六臣传》的传赞部分。唐六臣指唐末参与唐与后梁政权禅让仪式并成为后梁重臣的六名唐朝大臣，分别为张文蔚、杨涉、张策、赵光逢、薛贻矩、苏循。

朋党问题往往是古代君主最担心的，北宋政坛也不例外，宋仁宗时期范仲淹集团推行的"庆历新政"就因被反对派指为朋党而终结，虽然范仲淹和欧阳修都和宋仁宗解释过君子结党的问题（详见上文《朋党论》），但从客观上来讲仁宗皇帝还是难以完全打消疑虑。欧阳修在这篇《唐六臣传论》中延续了《朋党论》中的思考，进一步指出"朋党"的罪名往往是小人搬出来打击君子的,最终会对国家有害,从某种意义上说是比较有历史眼光的。

当然,朋党问题在欧阳修去世后很快产生了巨变,特别是王安石变法引发的新旧党争,最终发展成为意气之争,同样对国家产生了极其恶劣的影响。回过头来反思欧阳修指出言称"朋党"一词足以乱国,也是有着深刻意义的。

嗚呼!始为朋党之论者谁欤?甚乎作俑者也,真可谓不仁之人哉!予尝至繁城^①,读《魏受禅碑》^②,见汉之群臣称魏功德,而大书深刻,自列其姓名,以夸耀于世。又读《梁实录》^③,见文蔚等所为如此^④,未尝不为之流涕也。夫以国予人而自夸耀,及遂相之,此非小人,孰能为也?汉唐之末,举其朝皆小人也,而其君子者何在哉?当汉之亡也,先以朋党禁锢天下贤人君子,而立其朝者,皆小人也,然后汉从而亡。及唐之亡也,又先以朋党尽杀朝廷之士,而其余存者,皆庸懦不肖倾险之人也^⑤,然后唐从而亡。

【注释】

①繁城:即繁阳,在今河南临颍西北。魏文帝曹丕在此接受汉献帝禅位。

②《魏受禅碑》:黄初元年(220)制。记述魏文帝受汉禅事。隶书二十二行,行四十九字。额篆书题"受禅表"三字。世传王朗撰文,梁鹄书写,锺繇镌刻,但均无确证。

③《梁实录》:当为记载后梁历史的文献。实录,编年史的一种,专记某一皇帝统治时期的大事。

④文蔚等所为:此指张文蔚、杨涉等六人皆为唐朝重臣,而亲身主持

参与将唐政权禅让与朱温,并在后梁继续做高官之事。据《新五代史·唐六臣传》,唐哀帝逊位于梁,遣张文蔚为册礼使,苏循为副;杨涉为押传国宝使,张策为副;薛贻矩为押金宝使,赵光逢为副。四月甲子,张文蔚等朝朱温于金祥殿。朱温衮冕南面,张文蔚、苏循宣读禅让诏书,杨涉、张策奉传国玺,薛贻矩、赵光逢奉金宝,率文武百官北面舞蹈再拜贺。

⑤倾险:险诈。

【译文】

唉!最初制造朋党之论的人是谁呢?他真是比第一个制作殉葬用的陶俑的人还罪大恶极,真可谓不仁之人啊!我曾经到繁城,读到《魏受禅碑》,看到汉朝的群臣都称颂魏的功德,字体很大,雕刻得很深,把自己的名字列在上面,以此向世人夸耀。又读到《梁实录》,看到张文蔚这些人的所作所为,未尝不为之流泪。把国家交给别人还自己夸耀,接着就做了别人的宰相,这不是小人的话,谁能做到呢?汉唐的末期,整个朝廷里都是小人,而君子在哪里呢?当汉朝将要灭亡的时候,先以朋党的罪名禁锢天下的贤人君子,而站立在朝廷里的都是小人,然后汉政权跟着就灭亡了。到唐朝将要灭亡的时候,又先以朋党的罪名杀尽朝廷的士人,而那些留下来的,都是庸碌、懦弱、无能、险诈之人,然后唐政权跟着就灭亡了。

夫欲空人之国而去其君子者,必进朋党之说;欲孤人主之势而蔽其耳目者,必进朋党之说;欲夺国而与人者,必进朋党之说。夫为君子者,固尝寡过①,小人欲加之罪,则有可诬者,有不可诬者,不能遍及也②。至欲举天下之善③,求其类而尽去之,惟指以为朋党耳。故其亲戚故旧,谓之朋党可也;交游执友④,谓之朋党可也;宦学相同,谓之朋党可也;门生故吏,谓之朋党可也。是数者,皆其类也,皆善人也。故曰:欲空人之国而去其君子者,惟以朋党罪之,则无免者矣。

【注释】

①寡:少。

②不能遍及:指不能把所有君子普遍牵涉进来。

③举:全,皆。

④执友:志同道合的朋友。执,朋友,至交。

【译文】

想要让一个国家空虚并且去除朝廷里的君子的人,必定会向君主陈述朋党之说;想孤立君主的势力并且遮蔽他的耳目的人,必定会向君主陈述朋党之说;想要夺取政权并且交给别人的人,必定会向君主陈述朋党之说。那些君子,本来很少有过失,小人想要把罪名加在他头上,那么有可以诬陷的人,也有不可以诬陷的人,但不能把所有君子普遍牵涉进来。至于想把全天下的善人君子一类人全部除去,只能指责他们是朋党了。所以他的亲戚故交可以说成是朋党;志同道合的朋友可以说成是朋党;同僚同学可以说成是朋党;学生与老部下可以说成是朋党。这几种人,都是君子的同类,都是善人。所以说:想要让一个国家空虚并且去除朝廷里的君子,只要给他们加以朋党的罪名,就没有人能幸免了。

　　夫善善之相乐,以其类同,此自然之理也。故闻善者必相称誉,称誉则谓之朋党;得善者必相荐引,荐引则谓之朋党。使人闻善不敢称誉,人主之耳不闻有善于下矣;见善不敢荐,则人主之目不得见善人矣。善人日远而小人日进,则为人主者,伥伥然谁与之图治安之计哉①! 故曰:欲孤人主之势而蔽其耳目者,必用朋党之说也。

【注释】

①伥伥（chāng）然：迷茫而无所适从的样子。

【译文】

善人与善人在一起时快乐，因为他们是同类之人，这是自然的道理。所以听说有善人就一定称誉他，称誉他就被称为朋党；得到善人就一定会引荐他，引荐他就被称为朋党。使人听说有善人却不敢称誉，那君主的耳中就听不到有善人了；见到善人而不敢引荐，那么君主的眼中就见不到善人了。善人日益疏远而小人日益进用，那么君主就会迷茫而无所适从，不知道和谁一起谋划治理天下的大计了！所以说：想孤立君主的势力并且遮蔽他的耳目的人，必定会用朋党之说。

一君子存，群小人虽众，必有所忌，而有所不敢为。惟空国而无君子，然后小人得肆志于无所不为，则汉魏、唐梁之际是也。故曰：可夺国而与人者，由其国无君子；空国而无君子，由以朋党而去之也。

呜呼！朋党之说，人主可不察哉！传曰"一言可以丧邦"者①，其是之谓与？

【注释】

①一言可以丧邦：意为一句话可以使一个邦国毁灭。语出《论语·子路》："（定公）曰：'一言而丧邦，有诸？'孔子对曰：'言不可以若是其几也。人之言曰："予无乐乎为君，唯其言而莫予违也。"如其善而莫之违也，不亦善乎？如不善而莫之违也，不几乎一言而丧邦乎？'"

【译文】

有一个君子存在，那么一群小人虽然人数众多，一定还会有所顾忌，而有不敢去做的事。只有国家空虚而没有君子，然后小人才得以放肆意志、无所不为，汉魏、唐梁之际就是这样的。所以说：可以夺取国家而交给别人的，是因为这个国家里没有君子；国家空虚而没有君子，是因为用朋党的罪名把他们去除了。

唉！关于朋党的说法，君主不能不仔细考察啊！《论语》说"一句话可以使一个邦国毁灭"，说的就是这个吧？

【评点】

茅鹿门曰：文甚圆①，而所见世情特透。

张孝先曰：痛切言之，尽情尽态，使人一览了然；反复推求，而无幽隐之不透。欧公善于论事，其文类然。此可与上篇《朋党论》参看。

【注释】

①圆：此指文章的行文圆转无碍，说理完满透彻，语言圆熟流利等。

【译文】

茅坤说：文章非常圆融，所见的世情很透辟。

张伯行说：所说沉痛深切，各种情态描画净尽，使人一目了然；反复推求，没有含混说不透之处。欧阳修善于议论，他的文章都如此。这篇可以和上面的《朋党论》相参看。

《五代史·宦者传》论

【题解】

本文节选自欧阳修所修《新五代史·宦者传》中张承业、张居翰传记后的一段评论文字。

　　文章主要围绕宦官之祸展开分析，欧阳修指出其灾祸要甚于女色之祸，原因在于宦官之祸开始的时候难以察觉，宦官往往以小善、小信博取君主的信任，之后朝廷的忠臣与贤能博学之人就逐渐被疏远，长此以往，宦官就会势力庞大。这样，即使君主醒悟也难以根除，最终导致政权落入奸雄之手。

　　其实，这一观点在欧阳修的文章中被反复提及，如前文《论贾昌朝除枢密使札子》中也提到了皇帝周围亲近之人逐渐浸染对皇帝施加的影响，可见当下的政治往往就是历史的延续，而能从历史中读出这种警惕可以说是颇具眼光的。

　　自古宦者乱人之国，其源深于女祸。女，色而已；宦者之害，非一端也。盖其用事也近而习①，其为心也专而忍②。能以小善中人之意，小信固人之心，使人主必信而亲之。待其已信，然后惧以祸福而把持之③。虽有忠臣硕士列于朝廷④，而人主以为去己疏远，不若起居饮食、前后左右之亲为可恃也⑤。故前后左右者日益亲，则忠臣硕士日益疏，而人主之势日益孤。势孤，则惧祸之心日益切，而把持者日益牢。安危出其喜怒，祸患伏于帷闼⑥，则向之所谓可恃者⑦，乃所以为患也。

【注释】

①习：宠信。原作无"而习"二字，据《新五代史》补。

②专：独占，专擅。忍：残忍。

③惧：使害怕，恐吓。

④硕士：贤能博学之人。

⑤恃：依靠。

⑥帷闼:帷,帷幕。闼,宫中小门。这里指宫廷。

⑦向:往昔,从前。

【译文】

自古以来宦官祸乱人们的国家,比女色之祸更为严重难除。女人只是美色而已;宦官的危害就不仅是一项了。大概他们做事时亲近皇帝,他们的用心则专擅而残忍。能用小的善举迎合君主的心意,用小的忠信稳固君主的心理,使君主一定会相信并亲近他们。等到已经相信他们之后,就用福祸来恐吓进而把持君主。即使有忠臣和贤能博学之人在朝廷上,而君主认为他们和自己很疏远,不如日常起居饮食在周围的这些宦官亲近而可以依靠。所以围在皇帝周围的宦官就日益亲近,忠臣和贤能博学之人就日益被疏远,而君主的势力就日益被孤立。势孤,那么惧怕灾祸的心理就会日益深切,而把持君主的人势力就日益牢固。安危出于他们的喜怒,祸患潜伏在宫廷之中,那么之前那些所谓的可以依靠的人就因此成为祸患了。

患已深而觉之,欲与疏远之臣图左右之亲近,缓之则养祸而益深,急之则挟人主以为质①,虽有圣智不能与谋。谋之而不可为,为之而不可成,至其甚,则俱伤而两败。故其大者亡国,其次亡身,而使奸豪得借以为资而起②,至抉其种类③,尽杀以快天下之心而后已。此前史所载宦者之祸常如此者,非一世也。

【注释】

①挟:挟持。

②奸豪:怀有野心的豪强,即奸雄。

③抉:挖掘,搜求。

【译文】

祸患已经严重了才发觉，想和被疏远的大臣谋划去除周围亲近的宦官，迟缓了就会滋养祸患使其更加严重，着急了他们就会挟持君主作为人质，即使具有非凡的道德智慧的人也不能和他们一起谋划了。即便谋划了也做不到，即使做了也无法成功，到更严重的时候，就会造成两败俱伤的局面。所以最严重的是国家灭亡，其次是自身死亡，而奸雄可以凭借这种局面兴起，以至于搜求宦官的同党，全部杀尽以使天下人称心而后才算完结。前代史书记载的宦官之祸经常是这样，并不只是一朝一代的事情。

夫为人主者，非欲养祸于内而疏忠臣硕士于外，盖其渐积而势使之然也。夫女色之惑，不幸而不悟，则祸斯及矣；使其一悟，捽而去之可也[①]。宦者之为祸，虽欲悔悟，而势有不得而去也，唐昭宗之事是已[②]。故曰深于女祸者，谓此也，可不戒哉！

【注释】

① 捽（zuó）：抓，揪。

② 唐昭宗之事：唐昭宗光化四年（901），宦官刘季述作乱，囚禁唐昭宗。不久，护驾都头孙德昭诛杀刘季述，昭宗复位。时宰相崔胤欲借朱温的军队诛灭宦官，宦官韩全诲遂劫持昭宗奔凤翔。朱温将昭宗夺回并诛杀宦官七百余人，从此开始掌握唐朝政治。

【译文】

君主并不想在宫廷之内滋养祸患而疏远忠臣与贤能博学之人，大概是宦官逐渐积累起来的势力使然。女色的迷惑，假如不幸而不能醒悟，那么就祸患临头了；假使君主一旦醒悟，揪出来除掉就行了。宦官造成的祸患，君主即使悔悟，而情势也是无法去除的，唐昭宗的事就是这样的。所以说宦官的灾祸比女色的灾祸严重难除,说的就是这个道理,能不警惕吗!

【评点】

茅鹿门曰:通篇如倾水银于地,而百孔千窍,无所不入。其机圆,而其情畅①。

张孝先曰:《易》曰:"履霜坚冰,阴始凝也。驯致其道,至坚冰也②。"以近习之人而忽之,所谓辨之不早辨也。及其辗转不已③,阴日长而阳日消,主势既孤,而忠臣义士无所效其力,岂非驯致其道以至斯极乎? 欧公之论切矣。

【注释】

①畅(chàng):通"畅"。顺畅。

②"履霜坚冰"几句:踩着霜时将迎来坚冰,说明阴气已经开始凝聚;顺沿其中的规律逐渐累积,坚冰必将来到。语出《周易·坤·初六》象辞。驯致,逐渐达到,逐渐招致。驯,顺,循序渐进。致,到。

③辗转:反复不定。此指犹豫不决。

【译文】

茅坤说:通篇文章就像水银泻地一般,百孔千窍,无所不入。文章的机神圆熟,而其情理顺畅。

张伯行说:《周易》说:"踩着霜时将迎来坚冰,说明阴气已经开始凝聚。顺沿其中的规律逐渐累积,坚冰必将来到。"因为是身边亲近的人,其危害就容易被忽视,这就是所谓的没能提前辨别。等到犹疑辗转,阴气渐长而阳气渐消,君主被孤立以后,忠臣义士也无法效力了,这难道不是逐渐累积以致发展到极致吗? 欧阳修的论述可谓切当啊。

卷之六

欧阳文忠公文

仲氏文集序

【题解】

本文作于熙宁元年（1068），欧阳修时知亳州。

人生在世的一个悖论就是往往有德的君子最终穷困一生，无所不为的小人却逍遥一世，这种现象违背了人们基本的道德认知，于是只好归结为天命。欧阳修本文就从"君子知命"的话题切入，为仲讷的穷困赋予一种不屈服、不迎合世俗的道德意义。经过此番铺垫后进一步介绍仲讷的道德与文章，最后又扣回天命的话题，再次立论说仲讷的才华必定会被后人所认可，文章结构完整，逻辑严谨。

附带一提的是，古人对于这种道德与命运的违和时常会产生一种心理失衡，所以才有司马迁在《伯夷叔齐列传》中的一腔怨言，也有了关汉卿借窦娥之口发出的对天命的质疑。相比之下，欧阳修此文就要温柔敦厚得多，这也体现出他作为儒者的基本修养。

呜呼！语称君子知命①。所谓命，其果可知乎？贵贱穷亨，用舍进退②，得失成败，其有幸有不幸，或当然而不然，而皆不知其所以然者，则推之于天，曰"有命"。夫君子所谓知命者,知此而已。盖小人知在我,故常无所不为;君子知有命,故能无所屈^③。凡士之有材而不用于世,有善而不知于人,至于老死困穷而不悔者,皆推之有命,而不求苟合者也。

【注释】

①语:俗话、谚语或古书中的话。君子知命:语出《论语·尧曰》:"孔子曰:'不知命,无以为君子也。'"知命,谓懂得事物生灭变化都由天命决定的道理。

②用舍进退:任用与舍弃,进升与斥退。

③屈:屈服。

【译文】

唉!古语说君子知道天命。所谓的天命,真的可以被认知吗?富贵与贫贱、穷困与亨通、任用与舍弃、进升与斥退、得到与失去、成功与失败,有幸运的也有不幸运的,有些事应当这样而没能这样,而都不知道为什么会这样,就推给上天,说"有天命"。君子所谓的懂得天命,是懂得会这样而已。小人认为一切在我所为,所以经常无所不为;君子懂得有天命,所以能不屈服。但凡士人有才华而在世上不被重用,有善良之心而不被人了解,至于老死困穷而不后悔的,都推说有天命,而不求苟且合于世俗。

余读仲君之文^①,而想见其人也。君讳讷,字朴翁。其气刚,其学古,其材敏。其为文抑扬感激,劲正豪迈,似其为人。少举进士,官至尚书屯田员外郎而止^②。君生于有宋百年全盛之际,儒学文章之士得用之时,宜其驰骋上下,发挥其所畜,振耀于当世。而独韬藏抑郁^③,久伏而不显者,盖其不苟屈以合世，故世亦莫之知也，岂非知命之君子欤！余谓君非徒知命而不苟屈，亦自负其所有者④，谓虽抑于一时，必将伸于后世而不可掩也。

【注释】

①仲君：即仲讷（999—1053），字朴翁，广济军定陶（今山东定陶）人。景祐元年（1034）进士，历任大理寺丞，尚书屯田员外郎，皇祐五年（1053）十二月卒。有《仲讷文集》二十卷，已佚。

②尚书屯田员外郎：为尚书省工部官员。宋初为文臣迁转官阶，属后行员外郎，不治本司事。

③韬藏：隐藏。抑郁：压抑。

④所有：此指所拥有的才能。

【译文】

我读了仲君的文章，就想到他的为人。仲君名叫讷，字朴翁。他的气质刚毅，他的学问古雅，他的才思敏捷。他做文章情感起伏激荡，刚正而豪迈，就像他的为人。少年时中进士，官至尚书屯田员外郎而止。仲君生于有宋百年全盛之际，学习儒学文章的士人正得进用之时，本应上下驰骋，发挥他积蓄的才能，在当世显耀声名。而他独自韬晦压抑，长期隐伏不显耀，大概是不想勉强委屈自己来迎合世人，所以世人也不了解他，难道不是懂得天命的君子吗！我说仲君不只是懂得天命而不苟且屈服，他也是对自己拥有的才能有所自负，认为即使一时被压抑，必定会在后世扬眉吐气而不会被掩盖。

　　君之既殁，富春孙莘老状其行以告于史①，临川王介甫铭之石以藏诸幽②，而余又序其集以行于世。然则君之不苟屈于一时，而有待于后世者，其不在吾三人者耶？噫！余虽老且病，而言不文，其可不勉！

【注释】

①孙莘老：即孙觉（1028—1090），字莘老，高邮（今属江苏）人。神宗时任右正言，同修起居注，直集贤院，知审官院。初与王安石友善，后因反对青苗法被贬。哲宗时任吏部侍郎，拜御史中丞。孙觉明经术义理之学，尤长于《春秋》，论议精严。

②王介甫：即王安石（1021—1086），字介甫，临川（今属江西）人。神宗朝推行变法。幽：墓室。

【译文】

仲君死后，富春的孙莘老为他作了行状告诉史官，临川的王安石为他作了碑铭藏在墓室，而我又为他的文集作序使它能在世上流传。那么仲君不愿苟且屈服于一时，而期待得到后世的认可，难道不在我们这三个人吗？唉！我虽然老了还有疾病，而且言辞没有文采，怎能不努力呢！

【评点】

茅鹿门曰：言近而旨远。

张孝先曰：以其不苟屈以求合于世，而许其为知命之君子。信哉言乎！士若不知命，虽苟屈以求合于世，亦卒未能有合也，徒成其为小人而已。屈于一时而伸于后世，则君子何尝不可为哉！

【译文】

茅坤说：话说得浅近而道理深远。

张伯行说：因为他不肯勉强屈从来迎合世人，所以称他为知天命的君子。说得真好啊！士人如果不知天命，即使勉强屈从来迎合世人，最终也无法做到，只能成为小人而已。委屈一时而求在后世得以伸张，君子又有什么不可以做的呢！

薛简肃公文集序

【题解】

本文作于熙宁四年（1071）五月，欧阳修时知蔡州。薛奎（967—1034）是欧阳修的岳父。

仁宗朝宰相薛奎去世三十年后，其嗣子薛仲孺收集他的文章八百余篇，请欧阳修为他作序。欧阳修在序中首先提出政治仕途与文章成就难以兼得的问题，这和他在《梅圣俞诗集序》中提到的著名的"诗穷而后工"的观点是一致的。因为往往只有政治上失意才会将一腔愤懑寄托于文学，得意之人很少抒情成文。但接下来欧阳修笔锋一转，认为薛奎实为政事、文章兼备之人，在文章第二段分别肯定了他的两方面价值，经过上面的铺垫这里就凸显出薛奎极高的成就。最后交代作序的契机是薛奎嗣子之托。文章典雅而有法度，既有洞见亦庄重得体，也体现了欧阳修散文的一贯特色。

可惜的是，后人似乎并没有对薛奎的文学成就给予很高的评价，而这正好再一次证实了欧阳修在文章首段指出的政事与文学不可得兼的问题，可见欧阳修的判断还是颇有客观性的。

君子之学，或施之事业，或见于文章，而常患于难兼也。盖遭时之士^①，功烈显于朝廷，名誉光于竹帛^②，故其常视文章为末事，而又有不暇与不能者焉。至于失志之人，穷居隐约^③，苦心危虑而极于精思，与其有所感激发愤^④，惟无所施于世者，皆一寓于文辞。故曰穷者之言易工也。如唐之刘、柳无称于事业⑤,而姚、宋不见于文章⑥。彼四人者犹不能两得,况其下者乎!

【注释】

①遭时:逢时,遇时,遇到好的时势。

②竹帛:这里指史册。

③隐约:穷困,不得志。

④与:介词,相当于"于"。感激:感奋激发。发愤:发奋振作。

⑤唐之刘、柳:指刘禹锡和柳宗元。刘禹锡(772—842),字梦得,洛阳(今属河南)人。贞元九年(793)进士,因参加王叔文集团被贬为朗州司马,后改迁连州刺史。柳宗元(773—814),字子厚,河东(今山西永济)人。贞元九年(793)进士,因参与王叔文集团被贬为永州司马,后改迁柳州刺史。

⑥姚、宋:指姚崇与宋璟,皆唐朝名相。姚崇(650—721),陕州硖石(今河南三门峡南)人。在武则天、唐睿宗、唐玄宗三朝任宰相。宋璟(663—737),邢州南和(今属河北)人。为武则天器重,唐睿宗时升任宰相。

【译文】

　　君子的学问,或者施用在事业上,或者体现在文章里,而经常忧心于两者难以兼得。大概遇到好时机的人,功业在朝廷上显著,名誉被辉煌地记载在史册上,所以他们经常视文章为小事,而且其中又有没有时间与没有能力进行写作的人。至于失意的人,生活穷困而不得志,苦心而焦虑,用尽心思,在他们有感激奋发而想有所作为时,由于没有机会在社会上施行,就全部寄托在文章中。所以说穷困之人的文章容易写得好。就像唐代的刘禹锡和柳宗元,事业上没有什么可以称道的,而姚崇、宋璟在文章方面的成就也不显著。这四人尚且不能两方面兼得,何况才能在他们之下的人呢!

惟简肃公在真宗时以材能为名臣①；仁宗母后时②，以刚毅正直为贤辅。其决大事，定大议，嘉谋谠论③，著在国史，而遗风余烈，至今称于士大夫。公，绛州正平人也，自少以文行推于乡里，既举进士，献其文百轴于有司，由是名动京师。其平生所为文至八百余篇，何其盛哉！可谓兼于两得也。公之事业显矣，其于文章，气质纯深而劲正，盖发于其志，故如其为人。

【注释】

①简肃公：即薛奎（967—1034），字宿艺，绛州正平（今山西新绛）人。淳化三年（992）进士，天圣七年（1029）拜参知政事。奎为政严敏，临事持重明决。性刚不苟合，遇事敢言。及参政事，谋议无所避。能知人，范仲淹、庞籍、明镐自为吏部选人，皆以为公辅之才。卒赠兵部尚书，谥简肃。在真宗时以材能为名臣：薛奎在真宗时曾知兴州，允许民间采铁，产量倍增。天禧初，迁江淮制置发运使，疏浚真扬漕河，废三堰，便利航运。权御史中丞。拜参知政事时，仁宗谕曰："先帝尝以为卿可任，今用卿，先帝意也。"（《宋史·薛奎传》）

②仁宗母后：指仁宗嫡母刘太后，史称章献太后。真宗去世后，仁宗年幼，刘太后曾一度垂帘听政。

③谠论：正直的议论。

【译文】

只有简肃公在真宗朝凭借自己的才能成为一代名臣；在仁宗母后摄政时以刚毅正直成为贤良的宰辅。他决断、定夺重大事项，有高明的谋划和正直的议论，这些都记录在国史中，而他的遗风余烈，至今被士大夫所称道。薛公是绛州正平人，从小以文章、德行而被乡里人所推荐，中进士之后,给主管官员献上他的文章百轴,从此名动京城。他平生所作的文章达到八百余篇,真是很多啊!可谓政事、文章两者兼得了。薛公的事业很显著了,他在文章上体现出的气质纯正深厚而刚劲正直,大概是从他的意志中生发而出的,所以写出的文章就像他的为人一样。

　　公有子直孺,早卒,无后,以其弟之子仲孺公期为后①。公之文既多,而往往流散于人间,公期能力收拾②。盖自公薨后三十年,始克类次而集之为四十卷③。公期可谓能世其家者也④。呜呼,公为有后矣!

【注释】

①仲孺公期:薛仲孺,字公期。历官大理寺丞、太子右赞善大夫。

②能:乃,就。收拾:收集,整理。

③克:能够。

④世:继承。

【译文】

　　薛公有儿子叫直孺,不幸早夭,没有后嗣,就以他弟弟的儿子薛仲孺(字公期)作为后嗣。薛公的文章很多,而往往都已流散于民间,公期于是就尽力去收集整理。自从薛公去世后三十年才能按照文类排序而结成四十卷的文集。公期可以称得上是能继承他的家风的人。唉,薛公有后继者啊!

【评点】

茅鹿门曰:大约本韩昌黎《诗序》中来。

张孝先曰:公曾跋蔡君谟《荔支谱》云①:"牡丹花之绝,而无嘉实;荔支果之绝,而非名花。物之不能兼擅其美也,而况于人乎?"亦即此文发端之意。

【注释】

①蔡君谟:即蔡襄(1012—1067),字君谟,兴化仙游(今属福建)人。天圣八年(1030)进士,累官知制诰、龙图阁直学士、知开封府、翰林学士、三司使等。英宗即位,以端明殿学士知杭州。精吏治,有政绩,工书法,为"宋四家"之一。追谥忠惠。著有《茶录》《荔枝谱》等,有《蔡忠惠集》传世。《荔支谱》:即《荔枝谱》,蔡襄为福建荔枝而作,凡七篇:其一原本始,其二标尤异,其三志贾鬻,其四明服食,其五慎护养,其六时法制,其七别种类。

【译文】

茅坤说:写法大约从韩愈的《荆潭唱和诗序》中来。

张伯行说:欧阳修曾经为蔡襄的《荔枝谱》作序,称:"牡丹花美而没有果实,荔枝美味而不是名花。事物不能兼美,何况于人呢?"也就是这篇文章发端的意思。

章望之字序

【题解】

本文作于庆历三年(1043)六月,欧阳修时任太常丞,知谏院。

本文为欧阳修受章望之之托,为其起字而作的赠序。欧阳修赠其"表民"二字,希望他能成为人民的表率,并就此详细加以解说。文章首先从君子的仪容写起,而各种外在的仪容都需要以内在的德行修养为基础。进而提出几种境界,由为一乡所仰望到为万世所仰望,并一一举出实例,希望章望之能树立远大的志向与抱负,以此对他进行勉励。

从文章的主旨与内容上看,这是一篇典型的儒者之文,结构与语言都显得端正而工稳,深合儒家温柔敦厚的文学传统。

校书郎章君尝以其名"望之"来请字①，曰："愿有所教，使得以勉焉而自勖者②。"予为之字曰"表民"，而告之曰：古之君子所以异乎众人者，言出而为民信，事行而为世法，其动作容貌皆可以表于民也③。故纮綖冕弁以为首容④，佩玉玦环以为行容⑤，衣裳黼黻以为身容⑥。手有手容，足有足容，揖让登降⑦，献酬俯仰⑧，莫不有容。又见其宽柔温厚、刚严果毅之色，以为仁义之容。服其服，载其车，立乎朝廷而正君臣，出入宗庙而临大事⑨，俨然人望而皆畏之⑩，曰："此吾民之所尊也。"非民之知尊君子，而君子者能自修而尊者也。然而行不充于内，德不备于人，虽盛其服，文其容，民不尊也。

【注释】

①校书郎章君：章望之，字表民，建州浦城（今属福建）人。初任秘书省校书郎，监杭州茶库，后因故不仕。受欧阳修、谢绛等人的推荐，官至大理评事，以光禄寺丞致仕，著有《救性》七篇，《明统》三篇，《礼论》一篇，诗文集三十卷。

②勉：勉励，鼓励。勖（xù）：勉励。

③容貌：神色仪容。表：表率，准则。

④纮（hóng）綖（yán）冕弁（biàn）以为首容：指不同场合、不同等级所戴的礼帽都有一定的礼仪规定。纮，古代冠冕上的带子。由颔下向上系于笄，垂余者为缨。綖，覆在冠冕上的装饰物。冕，礼帽。一般行朝仪、祭礼时所戴。弁，古代一种礼帽。赤黑色布做的叫爵弁，是文冠；白鹿皮做的叫皮弁，是武冠。

⑤佩玉玦环以为行容：古人不同等级在走路的步幅大小、步速快慢等方面都有规定，可以靠所佩玉饰来显示和节制。玦，环形而有

缺口的佩玉。行容，行路的仪容。

⑥黼黻（fǔ fú）：绣有华美花纹的礼服。黼，古代礼服上白黑相间的花纹，取斧形，象临事决断。黻，古代礼服上绣的黑与青相间的亚形花纹。

⑦揖让：宾主相见的礼节。登降：犹进退。指登阶下阶进退揖让之礼。

⑧献酬：饮酒时主宾相互劝酒。

⑨大事：指祭祀与战争。

⑩俨然：庄重的样子。

【译文】

校书郎章君曾经以他的名"望之"来向我请求为他取一个表字，说："希望能有所指教，使我得到鼓励并能自我勉励。"我为他取了表字叫"表民"，并且告诉他说：古代的君子之所以和众人不同，在于他说出的话能让百姓相信，做出的事能被当世所效法，他的动作仪容都可以作为百姓的表率。所以不同场合戴相应的礼帽是头上的仪容，用各种玉饰节制步伐是行动的仪容，身上所穿华丽的礼服是周身的仪容。手有手的仪容，脚有脚的仪容，主宾行礼谦让而上下进退，敬酒劝酒而抬头低头，没有不体现出仪容的。君子又表现出温柔敦厚、刚严果毅的神色，那是仁义的仪容。穿符合他身份的衣服，坐他应该坐的车，站在朝廷上而能使君臣行为端正，进出宗庙而参与国家大事，神情庄重而人们见到他都感到敬畏，说："这是我们百姓所尊敬的人。"不是百姓知道尊敬君子，而是君子能通过自我修养获得百姓尊敬。然而操行不充盈于内心，品德不完备于一身，即使穿着华丽的衣服，文饰他的仪容，百姓也不会尊敬他。

　　名山大川，一方之望也；山川之岳渎①，天下之望也。故君子之贤于一乡者，一乡之望也；贤于一国者，一国之望也；名烈著于天下者，天下之望也；功德被于后世者，万世之望也。孝慈友悌达于一乡,古所谓乡先生者,一乡之望也。春秋之贤大夫,若随之季良、郑之子产者②,一国之望也。位于中而奸臣贼子不敢窃发于外,如汉之大将军③;出入将相,朝廷以为轻重,天下系其安危,如唐之裴丞相者④,天下之望也。其人已没,其事已久,闻其名,想其人,若不可及者,夔、龙、稷、契是也⑤。其功可以及万世,其道可以师百王,虽有贤圣莫敢过之者,周、孔是也。此万世之望,而皆所以为民之表也。

【注释】

① 岳渎:五岳四渎的简称。五岳指泰山、华山、衡山、恒山、嵩山。四渎指长江、黄河、淮水、济水。

② 季良:疑当作“季梁”,春秋时期随国贤臣。前706年,楚武王入侵随国,季梁分析形势,讲明道理,使随侯修德保国,楚军不敢进攻而退走;两年后(前704)楚国再度入侵,随侯不听季梁进言导致战争失败。子产:公孙氏,名侨,字子产。春秋时郑国大夫,后为正卿,执政。不毁乡校,听取国人议论政治得失;为政宽猛相济,铸刑书于鼎而公布之;又周旋于晋楚两强之间,使两强皆不为难郑国。郑国得以大治。

③ 汉之大将军:当指霍光。霍光(?—前68),字子孟,河东平阳(今山西临汾西南)人。霍去病异母弟。武帝时,为奉车都尉,甚见亲信。武帝病将死,奉遗诏辅政。昭帝即位,任大司马大将军,封博陆侯。后诛灭共同辅政而争权的桑弘羊、上官桀等人,政由己出,权势极大。昭帝死后,迎立昌邑王刘贺为帝,不久将其废黜,又迎立宣帝。卒谥宣成。前后执政约二十年,社会安定,被武帝穷兵黩武政策所耗空的国力在这段时间得到了恢复。《汉

书·霍光传》曰：“受襁褓之托，任汉室之寄，当庙堂，拥幼君，摧燕王，仆上官，因权制敌，以成其忠。处废置之际，临大节而不可夺，遂匡国家，安社稷。拥昭立宣，光为师保，虽周公、阿衡，何以加此！”

④裴丞相：指裴度（765—839），字中立，河东闻喜（今属山西）人。唐宪宗元和年间升任宰相，他力主削除藩镇，因此遇刺受伤。元和十年（815）自请率兵攻陷蔡州，两年后（817）擒杀吴元济，河北藩镇大惧，由此归顺朝廷，封晋国公。穆宗时，数出镇入相，以其用不用为天下重轻。因功高持正、直言不讳，累为朝臣排挤。文宗太和年间徙东都留守。卒谥文忠。

⑤夔、龙、稷、契：皆尧舜时贤臣。夔，传说中尧舜时的乐官，能通五音，以诗歌声律舞蹈教导人民，使人民正直而温和，宽厚而勤谨。龙，舜命为纳言，掌帝命之出入。稷，即后稷，周人的始祖，名弃，传说为姜嫄踩巨人的足迹而生，担任尧、舜的农官。契，商人的始祖，传说为简狄吞鸟卵而生，帮助大禹治水有功，舜任命其为司徒，掌管教化。

【译文】

名山大川在某一地区被人所仰望，山川中的五岳四渎则被天下人所仰望。所以君子能在一乡之中堪称贤人，是被一乡人所仰望的人；能在一国中堪称贤人，是被一国人所仰望的人；名声功绩流传于天下的，是被天下人所仰望的人；功德延及后世的，是被万世所仰望的人。孝敬父母、友爱兄弟而声传一乡的，古代所谓的乡先生，是在一乡中被仰望的人。春秋时期那些贤能的大夫，像随国的季梁、郑国的子产，是在一国中被仰望的人。在朝廷中任职而奸臣贼子不敢在外面暗自行动，就像汉代的大将军霍光；出将入相，朝廷视为重臣，天下的安危系于一身，像唐代的丞相裴度，是在天下被仰望的人。人已经去世，事迹已经很久远，而听闻他们的名字，想到他们的为人，好像不可能赶上的，是夔、龙、稷、契。他们的功业可以延及世世代代，他们的道义可以为所有君王所师法，即使再有圣贤也不敢说能超过他们，是周公、孔子。这是万世所仰望的人，他们都可以作为百姓的表率。

传曰："其在贤者，识其大者远者①。"章君儒其衣冠，气刚色仁，好学而有志。其絜然修乎其外②，而辉然充乎其内，以发乎文辞，则又辩博放肆而不流。是数者皆可已自择而勉焉者也，是固能识夫远大者矣，虽予何以勖焉③，第因其志④，广其说，以塞请。

【注释】

①其在贤者，识其大者远者：那些贤达的人，知道大的事情和深远的道理。《左传·襄公三十一年》："子皮曰：'善哉！虎不敏。吾闻君子务知大者、远者，小人务知小者、近者。'"又，《论语·子张》："文武之道，未坠于地，在人。贤者识其大者，不贤者识其小者。"

②絜：通"洁"。纯洁，廉洁。

③勖：勉励。

④第：但，只是。

【译文】

书传中说："那些贤达的人，明白重大的事情和深远的道理。"章君穿着儒者的衣冠，气质刚毅，神色仁爱，好学而有大志。他纯洁的修养显现在外面，而光明充盈于内心，以此生发出来写作文章，则又善辩广博、纵横而不漫无边际。这几点都可以自己选择来勉励自己，这本来就能认识重大深远的道理，即使是我又如何能勉励他呢，只是根据他的志向，扩展开来加以解说，以满足他的请求。

【评点】

茅鹿门曰：典实。

张孝先曰：以"望"字作骨，见古今有许多人物阶级。士当自择而勉，不可与凡民同泯没于天地之间也。

【译文】

茅坤说：典雅平实。

张伯行说：以"望"字作为一篇核心，展现了古往今来的众多人物高下不同的境界。士人应当自己选择以自勉，不能像一般百姓一样在天地间泯没。

送徐无党南归序

【题解】

本文作于至和元年（1054），是欧阳修为学生徐无党南归而作的赠序。

赠序一般先以议论说理入手，最后引出作序的理由，本文也遵循这一文体模式。欧阳修上来就讨论了一个古代士人非常关注的核心问题：不朽。从《左传》将立德、立功、立言并列为"三不朽"之后，这三者一直是古人毕生的追求，而其中最容易实现的往往是立言一条。欧阳修却举出《汉书·艺文志》等书目著录的著作数量与现存著作数量的对比，用实例证明古人著述多湮没无存，以此说明立言不朽也是很难的，并强调要把立德放在个人追求的首位。欧阳修对那些将毕生精力完全放在文辞之上的人是颇不认同的，这也可以与他"道胜者，文不难而自至"（《答吴充秀才书》）的重道轻文的观点相参映，体现了其一贯的儒者本色。

　　草木鸟兽之为物，众人之为人，其为生虽异，而为死则同：一归于腐坏、澌尽、泯灭而已①。而众人之中，有圣贤者,固亦生且死于其间,而独异于草木鸟兽众人者,虽死而不朽,逾远而弥存也^②。其所以为圣贤者,修之于身,施之于事,见之于言,是三者所以能不朽而存也。

【注释】

①澌(sī):竭尽,消失。

②弥:久长。

【译文】

　　草木鸟兽作为植物、动物,众人作为人,他们的生命形态虽然各自不同,而死亡却是相同的:都会归于腐坏、消失、泯灭。而众人之中,有一些圣贤,他们固然也在世间出生并死亡,却和草木鸟兽以及众人不同,即使死去也会不朽,能够跨越久远的时空长久留存。他们之所以能成为圣贤,是因为修身立德,做事立功,著书立言,这三件事使他们得以不朽而长存。

　　修于身者,无所不获;施于事者,有得有不得焉;其见于言者,则又有能有不能也。施于事矣,不见于言可也。自《诗》《书》史记所传,其人岂必皆能言之士哉?修于身矣,而不施于事,不见于言,亦可也。孔子弟子,有能政事者矣,有能言语者矣^①;若颜回者,在陋巷,曲肱饥卧而已^②,其群居则默然终日如愚人^③,然自当时群弟子皆推尊之^④,以为不敢望而及,而后世更百千岁亦未有能及之者^⑤。其不朽而存者,固不待施于事^⑥,况于言乎?

【注释】

①"孔子弟子"几句:《论语·先进》:"言语:宰我,子贡。政事:冉

有,季路。"

②"若颜回者"几句:《论语·雍也》:"子曰:'贤哉,回也!一箪食,
一瓢饮,在陋巷,人不堪其忧,回也不改其乐。贤哉,回也!'"陋
巷,狭窄的小巷。曲肱(gōng),谓弯着胳膊作枕头。比喻清贫而
闲适。肱,手臂。

③默然终日如愚人:《论语·为政》:"子曰:'吾与回言终日,不违,如
愚。退而省其私,亦足以发,回也不愚。'"

④自当时群弟子皆推尊之:《论语·公冶长》:"子谓子贡曰:'女与回
也孰愈?'对曰:'赐也何敢望回?回也闻一以知十,赐也闻一以
知二。'"自,即使,虽。

⑤更:经历。

⑥待:依靠,凭借。

【译文】

修身立德的人,没有什么不能收获的;做事立功的人,有的能得到也
有的得不到;那些著书立言的人,则有的能做到也有的不能做到。做事
的人,不立言是可以的。从《诗经》《尚书》以及史书传记中所记载的人
看,那些人难道一定都是能言之人吗?修身的人,不做事、不立言也是可
以的。孔子的弟子中,有善于政事的人,有善于言语的人;像颜回那样,
只是生活在狭窄的小巷里,弯曲胳膊、饥饿地躺着而已,他和人们在一起
整天都默然无语就像愚人,然而即使在当时众多弟子都推崇尊敬他,认
为自己不可能仰望并赶上他的境界,而后世经过千百年也没有能比得上
他的。他的不朽永存,本就不依靠做事立功,何况立言呢?

予读班固《艺文志》、唐《四库书目》①,见其所列,自三
代、秦、汉以来,著书之士,多者至百余篇,少者犹三四十篇,
其人不可胜数,而散亡磨灭,百不一二存焉。予窃悲其人,
文章丽矣,言语工矣,无异草木荣华之飘风②,鸟兽好音之过

耳也。方其用心与力之劳，亦何异众人之汲汲营营③？而忽焉以死者④，虽有迟有速，而卒与三者同归于泯灭⑤。夫言之不可恃也盖如此。今之学者，莫不慕古圣贤之不朽，而勤一世以尽心于文字间者，皆可悲也。

【注释】

①班固《艺文志》：指《汉书·艺文志》，是我国最早的史志目录，属《汉书》十志之一，班固为纪西汉一代藏书之盛，根据刘向《七略》改编而成。分六艺、诸子、诗赋、兵书、数术、方技六略，共收书596家，13269卷。唐《四库书目》：指唐《开元四部书目》。唐玄宗时期在长安、洛阳各设书库，按经、史、子、集分为四库。

②荣华：草木之花。飘风：旋风。

③汲汲营营：急切地奔走钻营。

④忽：灭亡，湮没。

⑤三者：这里指上述草木、鸟兽、众人。

【译文】

我读班固的《艺文志》、唐代的《开元四部书目》，看见其中所罗列的从夏、商、周、秦、汉以来，著书的人士，多的达到百余篇，少的尚且有三四十篇，那些人多得数不过来，而书籍却都散亡消失了，留下来的不过百分之一二。我私下里为那些人感到悲哀，文章是那么华丽，言语是那么工巧，但都无异于草木的花朵在旋风中消失，鸟兽好听的声音过耳而逝。当时他们用心用力的勤劳，又和众人急切地奔走钻营有什么不同呢？而他们死去，虽然有的迟一点有的快一点，而最终和草木鸟兽众人一样同归于泯灭。想通过立言而不朽是如此靠不住。现在的学者，没有人不仰慕古代圣贤的不朽，而那些勤劳一生将全部心力倾注于文字之间的人，都是可悲的。

东阳徐生[①]，少从予学，为文章，稍稍见称于人[②]。既去，而与群士试于礼部，得高第，由是知名。其文辞日进，如水涌而山出。予欲摧其盛气而勉其思也[③]，故于其归，告以是言。然予固亦喜为文辞者，亦因以自警焉。

【注释】

①徐生：指徐无党（1024—1086），婺州永康（今属浙江）人。仁宗皇祐五年（1053）进士。少从欧阳修学古文辞，颇受称勉。尝注欧阳修所撰《五代史》。官至郡教授，转任政和殿学士。

②稍稍：渐渐，逐渐。

③摧：摧折。盛气：豪气，骄傲之气。

【译文】

东阳徐生，年轻时跟从我学习，写作文章，逐渐被人们称赞。离去之后，和士人们参加礼部的考试，得中高第，由此而成名。他的文辞日益进步，就像水流奔涌和山势拔地而出一样。我想摧折他的盛气而勉励他思考，所以在他南归的时候，告诉他这些话。然而我本来也是喜欢写文章的人，也因此来警诫自己。

【评点】

茅鹿门曰：欧阳公极好为文，晚年见得如此。吾辈生平好著文章以自娱，当为深省。

张孝先曰：宇宙有不朽之道三：立德、立言、立功是也。功不如德，言不如德与功。欧公此文，盖悲文章言语之无用，而慨学者勤一世以尽心于此者为可惜也，可谓返本之论矣。虽然，飘风之华，过耳之音，为文章丽而言语工者云尔也。夫丽与工，则岂立言之谓哉？世之人以妃青俪白、繁弦急管、妖冶眩目、淫哇聒耳者①,误认以为立言,而不知古之所谓立言者,正不如此也。盖惟和顺积中,英华发外,故言出而明道觉世,如菽粟之可以疗饥②,药石之可以愈疾,高而为日月之经天,下而为江河之行地。自六经、四子而下,惟周、程、张、朱诸君子之书可以当之③。如是然后可以谓之立言,而古圣贤之不朽者,胥藉是以传焉④。学者所当勤一世以尽心其间者,此也。岂曰言不足恃,而遂以为戒乎哉?因读此文而补其说。

【注释】

①妃(pèi)青俪(lì)白:比喻文章句式整齐、对仗工整。妃,匹配。俪,对仗,对偶。繁弦急管:形容音乐节拍急促,演奏热闹。此用来形容文章节奏急促,内容繁杂。妖冶:艳丽而不正。淫哇:邪淫之声。

②菽粟:豆类和小米,泛指粮食。

③周:指周敦颐(1017—1073),字茂叔,道州营道(今湖南道县)人。学者称濂溪先生。著有《太极图说》《通书》等,对以后理学发展影响很大。程颢、程颐曾从其受学。程:指程颢、程颐二兄弟。共创"洛学",为理学奠基人。后人将其著作辑为《二程全书》。张:张载(1020—1078),字子厚,先世大梁(今河南开封)人,徙居凤翔郿县(今陕西眉县)横渠镇,人称横渠先生。张载学古力行,尝与程颢、程颐兄弟切磋道学之要,相互影响。其学以《易》为宗,以中庸为体,以孔孟为法,极力阐发儒学传统,后来朱熹将其列为理学创始人之一。著有《正蒙》《横渠易说》等,后人将其著作汇编为《张子全书》。朱:指朱熹(1130—1200),字元晦,又字仲晦,号晦庵,晚称晦翁,徽州婺源(今属江西)人。著有

《四书章句集注》《伊洛渊源录》《名臣言行录》《资治通鉴纲目》《诗集传》《楚辞集注》《朱子语类》等。朱熹全面系统地总结了以"二程"为核心的理学思想,建立了逻辑严密而又庞大的理学体系,成为宋代理学的集大成者。

④胥:皆,都,尽。

【译文】

茅坤说:欧阳修极好写文章,晚年却有这样的见识。我们这些人平生好做文章自娱,应当深刻反省。

张伯行说:宇宙之间有三种不朽之道:立德、立言、立功。立功不如立德,立言不如立德、立功。欧阳修这篇文章,悲哀文学无用,而感慨学者勤劳一世、尽心于文学实在太为可惜,可以说是穷源返本的观点啊。虽说如此,那些被风吹散的花、过耳而逝的声音,只是比喻华丽的文章、工巧的语言罢了,这些怎能算得上是立言呢?世人把那些句式整齐、对仗工整、节奏急促、内容繁杂、妖冶而炫目、邪淫而聒噪的文章,误以为是立言的文字,而不知古代所谓的立言说得不是这些。只有将和顺之气积累于中,英华之气表现于外,言语才能阐明道理、启迪世人,就像菽粟可以充饥,药石可以治病,在上就像天上的日月,在下就像地上的江河。从六经、四书以下,只有周敦颐、程颢、程颐、张载、朱熹几位大儒的书还算得上数。像这样才可以说是立言,而古代不朽的圣贤们都是借这些内容传世的。学者应当勤奋一世、尽心其间的,正是这样的著述。怎么能说立言靠不住,就引以为戒呢?因为读到这篇文章,就对欧阳修的说法做一点补充。

送秘书丞宋君归太学序

【题解】

本文作于皇祐元年(1049)。欧阳修时知颍州,三月宋敏修自京师来颍州探亲，与欧阳修相见，遂有此文。

欧阳修在序中极力赞扬宋敏修的道德品质，肯定了他出身高贵却能自甘寂寞，坚持与寒士一起生活、交往，没有受到豪门安逸荣华生活的影响，在学习方面也能不断进步并且保持谦虚，欧阳修指出这是圣人都难以做到的境界。下面又设身处地地写出自己的情况，认为自己即使做那些君子觉得容易做到的事情时，都要小心谨慎，不要被福祸改变了心志，两相对比，再一次突出宋敏修高尚的人格境界。文章也因此显得亲切自然，情意真挚。

陌巷之士，甘藜藿而修仁义①，毁誉不干其守②，饥寒不累其心，此众人以为难，而君子以为易。生于高门，世袭轩冕③，而躬布衣韦带之行④，其骄荣佚欲之乐⑤，生长于其间而不溺其习⑥，日见乎其外而不动乎其中，此虽君子，犹或难之。学行足以立身而进不止，材能足以高人而志愈下，此虽圣人，亦以为难也。《书》曰："不自满假。"又曰："汝惟不矜不伐。"⑦以舜、禹之明，犹以是为相戒惧，况其下者哉！此诚可谓难也已。

【注释】

①藜藿：藜草和豆叶。泛指粗劣的食物。

②干：干预，影响。

③轩冕：卿大夫的车服。比喻官位爵禄。

④躬：亲自，亲身。布衣韦带：麻布制成的衣服，无装饰的皮带。这里指平民百姓。

⑤佚：安逸，舒服。

⑥溺：沉湎于其中。

⑦ "《书》曰" 几句：语出《尚书·大禹谟》："克勤于邦，克俭于家；不
　　自满假，惟汝贤。汝惟不矜，天下莫与汝争能；汝惟不伐，天下莫
　　与汝争功。"满假，自满自大。假，通 "嘏（gǔ）"。大。矜，骄傲自
　　满。伐，夸耀。

【译文】

　　生活在陋巷中的穷困之人，吃着粗劣的食物也觉得香甜却努力修养
自己的仁义，毁谤与赞誉不会影响他的操守，饥饿与寒冷不会牵累他的
内心，这是众人觉得很难做到的，君子却认为很容易。生长在富贵人家，
世袭官爵的人，却亲身过着平民百姓的生活，虽然生长在充满骄傲、荣
华、安逸、纵欲的欢乐的环境中，却不沉湎于这种习气，每天看到那些外
部环境内心都不为所动，这即使是对君子来说，或许也是很难的。学问、
德行足以安身立命还不停地进步，材质、能力足以超过别人而内心却愈
加谦虚，这即使是圣人，也觉得很难做到。《尚书》说："不要自满自大。"
又说："你只有不自大不自夸。"以舜和禹的圣明，尚且以此相互警诫，何
况比不上他们的人呢？这真的可以说是很难做到的。

　　广平宋君①，宣献公之子②。公以文章为当世宗师，显
于朝廷，登于辅弼③，清德著于一时，令名垂于后世④。君少
自立，不以门地骄于人；既长，学问好古，为文章，天下贤士
大夫皆称慕其为人，而君慊然常若不足于己者⑤。守官太
学，甘寂寞以自处，日与寒士往来，而从先生国子讲论道德，
以求其益。

【注释】

①广平宋君：指宋敏修，字中道，赵州平棘（今河北赵县）人。官至
　　都官郎中。与兄宋敏求探讨文章学问，互有发明。广平，今河北

鸡泽,宋氏郡望。

②宣献公:宋绶(991—1040),字公垂。仁宗时两次出任参知政事。
　藏书甚丰,手自校理,博通经史百家,笔札精妙。时朝廷大议论,
　多所裁定。卒谥宣献。

③辅弼:通常指三公与正副宰相。宋绶曾任参知政事,相当于宰相。

④令名:美好的名声。

⑤慊(qiǎn)然:不满足的样子。

【译文】

　　广平的宋君是宣献公宋绶的儿子。宋公以文章成为当世的宗师,显名于朝廷,登上辅弼之臣的官位,清廉的德望显扬一时,美好的名声留传后世。宋君年少时已经能靠自己的能力有所建树,不因为门第和地位的高贵而傲慢待人;长大以后,喜好古代的学问,善做文章,天下的贤士都称赞仰慕他的为人,而宋君还是不满足,常常像是觉得自己还差得很多。他在太学任官,甘于寂寞的生活,每天和贫寒的士人们交往,而跟从太学的先生和弟子讲习讨论道德,以求得进益。

　　夫生而不溺其习,此盖出其天性。其见焉而不动于中者,由性之明,学之而后至也。进而不止,高而愈下,予自其幼见其长,行而不倦,久而愈笃①,可知其将无所不至焉也。孟子所谓"孰能御之"者欤②!予陋巷之士也,遭时奋身③,窃位于朝,守其贫贱之节,其临利害祸福之际,常恐其夺也④。以予行君子之所易者犹若是,知君行圣贤之所难者为难能也。

【注释】

①笃:坚定。

②孰能御之:意为谁能抵挡他。语出《孟子·梁惠王上》:"天油然

作云,沛然下雨。则苗浡然兴之矣。其如是,孰能御之!"御,阻挡,抵挡。

③遭时奋身:遇到好时候而得以振作腾飞。

④夺:使改变。

【译文】

生来不沉湎于恶习,这大概是出于天性。看见外界环境的诱惑而内心不动摇,是因为天性的澄明,是学习之后达到的。学习时努力精进而不止步,水平越高就越谦虚,我看着宋君从年幼到长大,奉行不知疲倦,时间久了反而更加坚定,由此可知他将会达到无所不至的境界。他就是孟子所说的"谁能抵挡他"那样的人吧!我是出身陋巷中的人,因为遇到好时候而得以振作腾飞,在朝廷上做了官,坚守着贫贱的节操,而面临利害祸福的选择时,还时常担心会改变自己的心志。以我去做君子觉得容易的事情尚且像这样不安,就知道宋君做圣贤都难以做到的事情是多么难能可贵啊。

岁之三月,来自京师,拜其舅氏。予得延之南斋①,听其论议,而慕其为人,虽与之终身久处而不厌也。留之数日而去,于其去也,不能忘言②,遂为之序。

【注释】

①延:招请,接纳。

②忘:无。

【译文】

今年三月,宋君从京城过来,拜访他的舅舅。我得以招请他到南斋,听取他的议论,于是仰慕他的为人,即使和他相处终身都不觉得厌烦。他在我这里盘桓了几天离去,我对他的离去,不能不说点什么,于是为他作序。

【评点】

茅鹿门曰：以宋秘书起宰相家世胄[①]，而以难易立论，似有深浅。

张孝先曰：宋君固贤，而公叙之尤蔼然有情致[②]。世胄子弟，当书一通，勒之座右。

【注释】

①世胄：世家子弟，贵族后裔。

②蔼然：和善的样子。

【译文】

茅坤说：宋敏修是出身于宰相之家的贵公子，而文章以行为难易立论，似乎有深浅高下的分别。

张伯行说：宋敏修当然是贤才，而欧阳修的叙述尤其和善有情致。贵族子弟，应当抄写一遍，作为座右铭。

六一居士传

【题解】

本文作于熙宁三年（1070）九月，欧阳修时知蔡州。

本文为欧阳修解释自己号为"六一居士"并且希望隐退的理由，欧阳修希望以书籍、文物、琴、棋、酒这五样东西实现自我解脱。文章模仿汉赋，以主客问答的形式不断进行辩论，从中我们可以看到一个身处复杂的政治环境并不断遭受政治风波的欧阳修，不断地试图说服自己而又难以说服自己的矛盾心理。而这其实是经历庆历新政的失败后，壮志未酬，不得已而离开政坛的士大夫们的一种普遍的心态。由此文我们也能感受到宋代士大夫那种始终积极用世的文化心理，这使得他们不论写出怎样的退居之文、潇洒自如之文,都始终摆脱不了内心深刻的苦闷。

此外,从文章写法角度来说,本文将抒情与议论自然地融合在一起,抒情而不单薄,说理而不滞涩,使文章读来真挚动人。

六一居士初谪滁山,自号醉翁①。既老而衰且病,将退休于颍水之上②,则又更号六一居士③。

【注释】

①六一居士初谪滁山,自号醉翁:庆历六年(1046)欧阳修被贬滁州(今属安徽),始自号醉翁。

②将退休于颍水之上:熙宁元年(1068)欧阳修在颍州(今安徽阜阳)修建田舍,准备退居于此。

③更:改。

【译文】

六一居士最初贬谪到滁山,自号醉翁。既已年老而衰弱又多病,将要退休居住在颍水之滨,就又改号为六一居士。

客有问曰:"'六一',何谓也?"居士曰:"吾家藏书一万卷,集录三代以来金石遗文一千卷①,有琴一张,有棋一局,而常置酒一壶。"客曰:"是为五一尔,奈何?"居士曰:"以吾一翁,老于此五物之间,是岂不为'六一'乎?"客笑曰:"子欲逃名者乎,而屡易其号? 此庄生所诮畏影而走乎日中者也②。余将见子疾走大喘渴死,而名不得逃也。"居士曰:"吾固知名之不可逃,然亦知夫不必逃也。吾为此名,聊以志吾之乐尔③。"客曰:"其乐如何?"居士曰:"吾之乐可胜道哉！方其得意于五物也，泰山在前而不见，疾雷破柱而不惊，虽响九奏于洞庭之野④，阅大战于涿鹿之原⑤，未足喻其乐且适也。然常患不得极吾乐于其间者，世事之为吾累者众也。其大者有二焉，轩裳珪组劳吾形于外⑥，忧患思虑劳吾心于内，使吾形不病而已悴⑦，心未老而先衰，尚何暇于五物哉？虽然，吾自乞其身于朝者三年矣，一日天子恻然哀之⑧，赐其骸骨⑨，使得与此五物偕返于田庐，庶几偿其夙愿焉。此吾之所以志也。"客复笑曰："子知轩裳珪组之累其形，而不知五物之累其心乎？"居士曰："不然。累于彼者已劳矣，又多忧；累于此者既佚矣⑩，幸无患。吾其何择哉！"于是与客俱起，握手大笑曰："置之⑪，区区不足较也。"

【注释】

①金石遗文：欧阳修整理上古金石铭文，著有《集古录》。金石，指古代镌刻文字、颂功纪事的钟鼎碑碣之属。

②庄生所诮畏影而走乎日中者：《庄子·渔父》："人有畏影恶迹而去之走者，举足愈数而迹愈多，走愈疾而影不离身。自以为尚迟，疾走不休，绝力而死。不知处阴以休影，处静以息迹，愚亦甚矣。"诮，嘲笑，讥刺。原作"谓"，据《欧阳文忠公集》改。

③志：标志，表明。

④响九奏于洞庭之野：指像黄帝在洞庭之野所奏的盛大之乐。传说黄帝曾在洞庭之野奏尧所制《咸池》之乐。九奏，指古代行礼奏乐九曲。喻指盛大的音乐。《史记·赵世家》："简子寤，语大夫曰：'我之帝所甚乐，与百神游于钧天，广乐九奏万舞，不类三代之乐，其声动人心。'"

⑤阪大战于涿鹿之原:上古传说中,黄帝与蚩尤战于涿鹿之野。涿
　　鹿,今属河北。

⑥轩裳珪组:这里四者指代官场政务。轩,官员乘坐的车。裳,衣
　　服。此指官服。珪,玉制礼器。古代封爵授土时,赐珪以为信,后
　　因以代指官位。组,古代佩印用的绶。

⑦悴:憔悴。

⑧恻然:同情怜悯的样子。

⑨赐其骸骨:古代官员蒙恩准许致仕退休。

⑩佚:安逸,舒服。

⑪置:弃置,放弃。这里指不要再辩论了。

【译文】

　　有客人问道:"'六一'是指什么呢?"居士说:"我家有藏书一万卷,
集录夏商周以来的金石文物拓片一千卷,有琴一张,有棋一局,而经常
置备酒一壶。"客人说:"这只是五一,怎么说六一呢?"居士说:"加上我
这一个老翁,终老于这五种物品之间,这难道不是'六一'吗?"客人笑
道:"您想要逃脱名声吗,所以不断改变您的名号?这就像庄子所讥诮的
因为畏惧影子而在太阳底下奔跑的人啊。我将要见到您奔跑之后大口
喘气并渴死,而名声却逃避不了。"居士说:"我当然知道名声是不能逃
避的,然而也知道不必逃避。我起这个名号,只是聊以表明我的乐趣而
已。"客人说:"什么样的乐趣呢?"居士说:"我的乐趣哪能说得完啊!
当我在这五种物品之间得意之时,即使泰山在眼前也看不见,疾雷击破
石柱也不会惊慌,即使在洞庭之野奏响盛大的音乐,在涿鹿之原观看大
规模战役,也不足以比喻我的快乐与安适。然而我经常担心不能在这五
物中尽享我的乐趣,世事给我的牵累太多了。其中大的有两件,车马官
服、玉珪绶带在外面劳累我的身体,忧患思虑在内劳累我的内心,使我的
身体没有疾病而已经憔悴,年纪还不算老而心气先行衰颓,还有什么闲
暇享受这五样物品带来的快乐呢?虽然这样,我自己已经向朝廷乞求退

休三年了,一旦皇上同情怜悯我,恩赐我退休,使我得以和这五样东西一起返回田舍,差不多就能实现我的夙愿了。这就是我表明我的乐趣的原因。"客人又笑道:"您知道车马官服、玉珪绶带会牵累您的身体,而不知道这五样东西会牵累您的内心吗?"居士说:"不是这样的。被那些东西牵累使自己劳累又多忧虑;被这些东西牵累使自己安逸,而且幸好还没什么忧患。我会选择哪方面呢!"于是和客人一起起来,握手大笑道:"不要再辨了,区区小事不足以比较啊。"

已而叹曰^①:"夫士少而仕,老而休,盖有不待七十者矣^②,吾素慕之,宜去一也。吾尝用于时矣,而讫无称焉^③,宜去二也。壮犹如此,今既老且病矣,乃以难强之筋骨,贪过分之荣禄,是将违其素志而自食其言,宜去三也。吾负三宜去,虽无五物,其去宜矣,复何道哉!"熙宁三年九月七日,六一居士自传。

【注释】

①已而:随即,不久。

②不待七十者:指不到七十岁就退休的人。《礼记·王制》:"七十不俟朝。"

③讫:终究。无称:无可称述或称赞。

【译文】

不久我慨叹道:"年轻的时候做官,年老了退休,别人也有不到七十岁就退休的,我素来羡慕他们,这是第一条应该辞官的理由。我曾经被朝廷任用,而终究没有什么值得称道的政绩,这是第二条应该辞官的理由。壮年时候尚且这样,现在已经衰老并且有病了,却凭着难以勉强的身体状况,贪恋不应得的荣耀与俸禄,这是将要违反我素来的志愿而自食其言,这是第三条应该辞官的理由。我背负着这三条应该辞官的理由,即使没有那五样东西,也应该辞官了,又有什么可说的呢!"熙宁三年九月七日,六一居士自传。

【评点】

茅鹿门曰:文旨旷达,欧阳公所自解脱在此。

张孝先曰:欧公晚年寓意之文。《东坡集》多得此解。

【译文】

茅坤说:文旨旷达,这就是欧阳修自己解脱的方法。

张伯行说:这是欧阳修晚年寄寓心意的文章。《东坡集》中经常能看到这种见解。

相州昼锦堂记①

【题解】

本文作于治平二年(1065),欧阳修时任参知政事。

韩琦是相州人,拜相后出判相州,可谓荣归故里,可他却作诗明志并建立了昼锦堂,警诫自己不可以此为夸耀的条件。欧阳修的这篇文章进一步从这一命意深入阐释昼锦堂的寓意,因而深得韩琦的喜爱。文章首段先叙述了常人引以为豪的衣锦还乡的事迹,紧接着就笔锋一转写韩琦并不以荣耀、富贵为念,并将韩琦的志向上升到立德、立功、立言"三不朽"的境界上,和苏秦、朱买臣之流相比自然更高一筹;最后称赞韩琦的功业与修养,能做到"临大事,决大议,垂绅正笏,不动声色而措天下于泰山之安",这正是韩琦素来志向高远的表现,再一次扣紧文章的主题,作为碑记而言可谓相当典雅。

本文还有一段小插曲,据载韩琦在接到欧阳修的文章两天之后,欧阳修又送来一篇文稿，在原稿"仕宦至将相，富贵归故乡"中添了两个"而"字变成"仕宦而至将相，富贵而归故乡"，两个"而"字使文气大为通畅，也可见欧阳修对文章的苛求程度。

　　仕宦而至将相，富贵而归故乡，此人情之所荣，而今昔之所同也。盖士方穷时，困厄闾里②，庸人孺子皆得易而侮之③，若季子不礼于其嫂④，买臣见弃于其妻⑤。一旦高车驷马⑥，旗旄导前而骑卒拥后⑦，夹道之人，相与骈肩累迹⑧，瞻望咨嗟⑨，而所谓庸夫愚妇者，奔走骇汗，羞愧俯伏⑩，以自悔罪于车尘马足之间。此一介之士得志于当时，而意气之盛，昔人比之衣锦之荣者也。

【注释】

①相州：治今河南安阳。昼锦堂：韩琦任相州知州时所建。昼锦，即衣锦还乡之意。《史记·项羽本纪》载秦末项羽入关，屠咸阳。或劝其留居关中，羽见秦宫已毁，思归江东，曰："富贵不归故乡，如衣绣夜行，谁知之者！"衣绣，即衣锦。

②闾里：乡里。

③易：轻视。

④季子不礼于其嫂：战国时苏秦游说失败落魄而归，嫂子不给他做饭。季子，指苏秦，季子是其字，洛阳（今属河南）人。战国时期纵横家。一般认为苏秦领导了六国的合纵。曾奉燕昭王命入齐从事反间活动，直接导致了齐国的衰落。

⑤买臣见弃于其妻：西汉朱买臣未发迹时穷困潦倒，他的妻子请求与他离婚。买臣，即朱买臣，字翁子，会稽吴县（今浙江嘉兴）人。得到严助推荐，被汉武帝任命为会稽太守，后任丞相长史，与御史

大夫张汤不和，告发其阴事，张汤自杀，朱买臣亦被汉武帝所杀。

⑥驷马：指显贵者所乘的四匹马拉的高车。表示地位显赫。

⑦旄：旗帜，仪仗。

⑧骈肩累迹：骈肩，肩并着肩。累迹，脚印重叠。这里是形容道旁观看的人多。

⑨咨嗟：嗟叹，慨叹。

⑩羞愧俯伏：羞愧地跪在地上。史书记载苏秦得志回乡，其嫂"蛇行匍伏，四拜自跪而谢"（《战国策·秦策一》）。据《汉书·朱买臣传》记载朱买臣穷困时妻怒曰："如公等，终饿死沟中耳，何能富贵！"朱买臣后为会稽太守，富贵还乡后，其妻羞愧自尽。

【译文】

出仕做官做到将相的位置，获得富贵而回到故乡，这是人们心里觉得荣耀的，并且是古今一致认同的。当士人穷困之时，被困阻在乡里，普通人甚至小孩子都轻视侮辱他，就像苏秦得不到嫂子的礼遇，朱买臣被妻子抛弃。而一旦乘坐四匹骏马拉着的高大车子，前面有举着旗帜的仪仗队开道而后面有骑兵相拥随行，道路旁边的人肩并着脚挨着脚，一边瞻仰一边嗟叹，而那些所谓的庸夫愚妇，奔走着前来，惊骇地流汗，羞愧地跪在地上，在车尘马足之间悔恨自己的罪过。这是一个士人在得志之时意气昂扬的情形，以前的人将此比喻为衣锦之荣。

惟大丞相卫国公则不然①。公，相人也。世有令德②，为时名卿。自公少时，已擢高科③，登显仕④。海内之士闻下风而望余光者⑤，盖亦有年矣。所谓将相而富贵，皆公所宜素有，非如穷厄之人侥幸得志于一时，出于庸夫愚妇之不意，以惊骇而夸耀之也。然则高牙大纛不足为公荣⑥，桓圭衮冕不足为公贵⑦；惟德被生民而功施社稷⑧，勒之金石⑨，播之声诗，以耀后世而垂无穷⑩，此公之志，而士亦以此望于公也。岂止夸一时而荣一乡哉！

【注释】

①惟：句首语气词，无实义。大丞相卫国公：指韩琦（1008—1075），字稚圭，相州安阳（今属河南）人。天圣五年（1027）进士，历任陕西安抚使、枢密副使、枢密使、同中书门下平章事。与范仲淹、富弼等人推行庆历新政，累封仪国公、卫国公、魏国公。

②令德：美德。

③自公少时，已擢高科：韩琦十九岁登进士第，名列第二。擢，选拔，提拔。

④显仕：显要的官位。韩琦考中进士后官拜右司谏、权知制诰。

⑤闻下风：在下位听到他的名声。望余光：希望获得他的关照，得到提携。

⑥高牙大纛（dào）：指高官的仪仗队前的牙旗。高牙，因旗杆顶上饰以象牙，故名牙旗。大纛，军中或仪仗队的大旗。

⑦桓圭：古代公爵所执玉圭。《周礼·春官·大宗伯》："公执桓圭。"郑注："桓圭，盖亦以桓为瑑饰，圭长九寸。"衮冕：帝王公侯的礼服、礼帽。

⑧被：加，加上。

⑨勒：雕刻。金石：指钟鼎与石碑。

⑩垂：流传，留传。

【译文】

大丞相卫国公却不是这样的。韩公是相州人。世代有美德，是当世名臣。韩公年轻的时候，已经在科举中高中，登上显要的官位。海内之士风闻无不钦佩并希望能获得他的关照，这也有很多年了。所谓的将相与富贵，都是韩公素来就有的，不像穷困之人只是侥幸地获得一时的得志,出乎庸夫愚妇的意料,以此让他们感到惊骇并且向人夸耀。然而高大的牙旗显示不出韩公的荣耀,手执桓圭、身穿礼服显示不出韩公的尊贵;只有将德行广泛地施加于百姓而功业有助于社稷,将功绩刻在钟鼎与石碑上,以乐歌的形式传播流传,显耀于后世并留传万代,这才是韩公的志向,而人们也这样期望着韩公。哪里只是追求一时的夸耀和一乡的荣耀呢?

公在至和中,尝以武康之节来治于相①,乃作昼锦之堂于后圃②。既又刻诗于石以遗相人。其言以快恩仇、矜名誉为可薄,盖不以昔人所夸者为荣,而以为戒。于此见公之视富贵为如何,而其志岂易量哉! 故能出入将相,勤劳王家,而夷险一节③。至于临大事,决大议,垂绅正笏④,不动声色而措天下于泰山之安⑤,可谓社稷之臣矣⑥! 其丰功盛烈,所以铭彝鼎而被弦歌者⑦,乃邦家之光,非闾里之荣也。

余虽不获登公之堂,幸尝窃诵公之诗,乐公之志有成,而喜为天下道也,于是乎书。

【注释】

①公在至和中,尝以武康之节来治于相:至和二年(1055)二月,韩琦以武康军节度使知相州。

②圃:种植蔬菜瓜果花木的园子。此泛指园地。

③夷险一节:无论平安还是险恶的时候都能保持同样的节操。夷,平。

④垂绅正笏:垂下衣带、正握笏板。绅,士大夫束在衣外的大带子。笏,朝见君主时大臣手中的狭长板子,一般用玉、象牙或竹片制成,用以记事。

⑤措:放置,安置。

⑥社稷之臣：关系国家安危之重臣。

⑦彝鼎：泛指古代祭祀用的礼器。

【译文】

韩公在至和年间，曾经以武康军节度使的身份来治理相州，于是在后园里建造了昼锦堂。之后又在石碑上刻下诗歌留给相州的人。他在诗中认为快意恩仇、矜夸自己的名誉是浅薄的，他不以前人所夸耀的事作为荣耀而是引以为戒。于此就能看出韩公是如何看待富贵的，而他的志向难道是轻易可以衡量的吗！所以他能出将入相，勤劳于王事，而无论平安还是险恶都能保持同样的节操。至于面临重大事项，决定重大议题时，能做到垂下衣带、正握笏板，不动声色而将天下放置到像泰山一样安全的境地中，可以说得上是社稷之臣了！他的丰功伟绩，之所以被铭刻在钟鼎上而被乐歌所传唱，是国家的光荣，不是乡里的荣耀。

我虽然没有机会登门拜访韩公的昼锦堂，但还有幸私下里诵读过韩公的诗，很高兴韩公的志向得以实现，而欣喜地向天下介绍韩公的志向，于是写下这篇文字。

【评点】

茅鹿门曰：冶女之文①，令人悦眼。而最得体处，在安顿卫国公上。○以史迁之烟波②，行宋人之格调。

张孝先曰：以穷厄、得志者相形，见公超然出于富贵之上。因"昼锦"二字颇近俗，故为之出脱如是。文旨浅而词调敷腴③，最为人所爱好。

【注释】

①冶女：装饰华丽的女子。

②史迁之烟波：指司马迁《史记》的写作方法。史迁，司马迁。烟

波，比喻文章波澜起伏。

③敷腴：舒展美好。敷，铺开，扩展。腴，肥美。引申指诗文、言谈等
的内容美好。

【译文】

茅坤说：文章就像一位装饰华丽的女子，令人赏心悦目。而最得体
之处，在于如何叙述卫国公韩琦。○文章以司马迁波澜起伏的笔法，写
出了宋人的格调。

张伯行说：以穷困之人、得志之人相比较，衬托出韩琦的超然出于富
贵者之上。因为"昼锦"二字比较浅俗，所以特别如此叙述。文章意思
浅近而词调舒展美好，最受人们的喜欢。

吉州学记①

【题解】

本文作于庆历四年（1044），欧阳修应吉州知州李宽之请而作此文。

庆历三年（1043），宋仁宗开始推行范仲淹主持的"庆历新政"，在全
国建设学校是新政的重要内容之一，本文就是在这样一个社会文化背景
下写作的。欧阳修在简单交代背景之后就从学校的社会意义谈起，将其
上升到国家政治兴衰的高度，在此之后引出李宽在吉州建设学校之事，
通过上升到国家意志的层面对李宽此举进行肯定，最后从学校兴起后长
期的社会效果角度，描绘出一番美好的儒家理想社会图景，完成对兴建
学校一事的肯定。

从文章章法角度看，本文写作对象为吉州学舍，而欧阳修却不急着
切入，而是一步步缓缓进入主题，简单叙述完学舍的建设后，又宕开一笔
描绘出教化之后的理想之境，使文章具有了一种波澜阔大的效果。

庆历三年秋，天子开天章阁，召政事之臣八人②，问治

天下其要有几,施于今者宜何先,使坐而书以对。八人者皆震恐失位③,俯伏顿首,言此非愚臣所能及,惟陛下所欲为,则天下幸甚。于是诏书屡下,劝农桑,责吏课,举贤才。其明年三月,遂诏天下皆立学,置学官之员,然后海隅徼塞四方万里之外④,莫不皆有学。呜呼,盛矣!

【注释】

①吉州:治今江西吉安。

②八人:八人包括杜衍、范仲淹、富弼、韩琦、章得象、晏殊、贾昌朝、王拱辰。

③震恐失位:诚惶诚恐地离开座位。

④海隅:海边。徼(jiào)塞:边塞。

【译文】

　　庆历三年秋,天子在天章阁召见八位执政大臣,问治理天下的要领有几条,施行于当下应该以哪条为先,让他们坐下来写文章应答。八个人都诚惶诚恐地离开座位,跪伏叩头,说这不是愚臣能力所及,陛下做想做的事,就是天下大幸了。于是天子多次下诏书,鼓励农桑,督责官吏,举荐贤才。下一年三月,就诏令天下都建立学校,设置学官,然后从海边到边塞四方万里之外,全都设立了学校。啊,真是盛况啊!

　　学校,王政之本也。古者致治之盛衰,视其学之兴废。《记》曰:"国有学,遂有序,党有庠,家有塾①。"此三代极盛之时大备之制也②。宋兴,盖八十有四年,而天下之学始克大立③,岂非盛美之事,须其久而后至于大备欤?是以诏下之日,臣民喜幸,而奔走就事者以后为羞。其年十月,吉州之学成。州旧有夫子庙，在城之西北。今知州事李侯宽之至也^④，谋与州人迁而大之，以为学舍。事方上请而诏已下，学遂以成。

【注释】

①"国有学"几句：语出《礼记·学记》。学、序、庠、塾均指学校。遂，远郊。

②三代：指夏、商、周三代，在古人看来代表理想政治的典范。大备：一切具备，完备。

③克：能够。

④李侯宽：即李宽，吉州知州，事迹不详。侯，古时对士大夫的尊称。

【译文】

学校是王政的根本。古代政治的兴衰，看其学校的兴废可知。《学记》说："国都有学，远郊有序，乡党有庠，家族有塾。"这是三代极盛之时大为完备的制度。宋兴至今有八十四年了，而天下的学校才能大规模建立，难道不是说明兴盛美好的事情，要多等待一段时间以后才能至于完备吗？所以诏书下达的时候，臣民都欢喜庆幸，奔走着为兴建学校而办事，以落后为羞耻。这年十月，吉州的学校建成。吉州旧有夫子庙，在城的西北。现任知州李宽来到后，和州人谋划要迁移并且扩大其规模，把它建成学舍。这件事刚刚向上请示而诏令已经下达，学校于是就建成了。

李侯治吉，敏而有方^①。其作学也，吉之士率其私钱一百五十万以助。用人之力积二万二千工，而人不以为劳；其良材坚甓之用凡二十二万三千五百^②，而人不以为多；学有堂筵斋讲^③，有藏书之阁，有宾客之位，有游息之亭，严严翼翼^④，壮伟闳耀，而人不以为侈。既成，而来学者常三百余人。

【注释】

①敏：勤勉，努力。方：法度，准则。

②甓（pì）：砖。

③堂筵斋讲：指厅堂、座席、斋室、讲坛。

④严严翼翼：庄严而齐整。

【译文】

李侯治理吉州，勤勉而有法度。他建设学校的时候，吉州的士人拿出他们自己的私钱一百五十万来相助。所用人力累积起来有二万二千个工，而人们并不感到劳苦；所用优良的木材、坚固的砖瓦一共有二十二万三千五百块，而人们并不认为多；学校设有厅堂、座席、斋室、讲坛，有藏书阁，有宾客的席位，有游览休息的亭子，庄严而齐整、壮美而雄伟、宏大而光耀，而人们不认为奢侈。建成之后，来这里学习的人常有三百余人。

予世家于吉，而滥官于朝①，进不能赞扬天子之盛美，退不得与诸生揖让乎其中②。然予闻教学之法本于人性，磨揉迁革③，使趋于善；其勉于人者勤，其入于人者渐；善教者以不倦之意须迟久之功，至于礼让兴行而风俗纯美，然后为学之成。今州县之吏不得久其职而躬亲于教化也，故李侯之绩及于学之立，而不及待其成。惟后之人，毋废慢天子之诏而殆以中止。幸予他日因得归荣故乡而谒于学门④，将见吉之士皆道德明秀而可为公卿；问于其俗，而婚丧饮食皆中礼节；入于其里，而长幼相孝慈于其家；行于其郊，而少者扶其羸老、壮者代其负荷于道路。然后乐学之道成，而得时从先生、耆老⑤，席于众宾之后，听乡乐之歌，饮献酬之酒⑥，以诗颂天子太平之功。而周览学舍，思咏李侯之遗爱^⑦，不亦美哉！故于其始成也，刻辞于石，而立诸其庑以俟^⑧。

【注释】

①滥官：充数的官员。此为自谦之词，指自己没有才干。

②揖让：相见的礼仪，这里指相见。

③磨揉迁革：反复磨砺，渐渐改变。磨揉，磨炼。迁革，变化。

④幸：希望，希冀。学门：学校之门。此指学校。

⑤耆老：指受人尊敬的老者。

⑥献酬：饮酒时主宾互相劝酒。

⑦遗爱：遗留给后世的仁爱。

⑧庑：堂下周围的廊屋。

【译文】

我家世居吉州，而现在在朝廷里做一个充数的官员，进不能赞扬天子盛大的美德，退不能和诸生在学校中日日相见。然而我听说教学方法基于人的性情，通过反复磨砺渐渐改变，使人趋向于善良；它对人的勉励是不间断的，对人的影响是渐渐深入的；善于教育的人以不疲倦的意志等待迟来但却持久的功劳，直到礼让之风盛行于世而且风俗纯美的时候，才算是达到了教育的效果。现在州县的官吏不能长久地承担这种职责而亲自从事教化活动，所以李侯的功绩只达到了建立学校，还没到达成教育的效果。希望后来的人，不要荒废怠慢了天子的诏令，半途而废。希望我他日得以荣归故乡的时候到学校门下拜谒，将能见到吉州的士人都道德高尚、聪明优异可以做公卿；问这里的风俗，发现婚丧饮食都符合礼节；进到乡里，发现家中都是父慈子孝、长幼有序；行走在郊外，发现年轻的人扶着羸弱的老人、强壮的人在路上替他背着东西。然后对教学之道的达成感到喜悦，而得以时时跟从先生、老者，坐在众多宾客的后面，听着乡乐的歌曲，喝着互相劝进的美酒，用诗歌颂扬天子太平的功业。然后四面观览着学校，回想吟咏李侯留下的恩德，不也是很美好的事吗！所以在学舍刚刚建成的时候，在石头上刻下这些话，立在学舍的走廊中，等待以后的成果。

【评点】

茅鹿门曰：典刑之文。

张孝先曰：本天子所以建学之故，而望后之人毋废慢天子之诏，是一篇关键处。归美李侯意，只带叙于其间。文之得大体者。

【译文】

茅坤说：很典范的文章。

张伯行说：推原天子建立学校的缘由，而希望后人不要荒废怠慢了天子的诏令，是这篇文章的关键之处。至于推美知州李宽，只是夹叙于其间。文章很得大体。

襄州谷城县夫子庙记①

【题解】

本文作于宝元元年（1038）。这年三月，欧阳修任乾德县令，应谷城县令狄栗所请而作此文。

本文是为谷城县新建孔庙而作，却并没有从孔庙的兴建谈起，而是先从古代典礼仪式入手，首先感慨古礼尽废，由释奠之礼引申到祭祀先圣先师，自然带出对孔子的祭祀，并信笔写出对孔子不得位的遗憾；而后又宕开一笔写州县官吏不重视礼乐，使得百姓也认为古礼没有复兴的必要；最后从国家文治的高度称赞谷城县令狄栗在上级有关部门没有苛责的情况下修建孔庙，复兴古礼，同时肯定了他治理州县的功绩。

　　从文章结构上讲,文章各个部分自然连贯,内容转换又和谐顺畅,将议论、记叙熔为一炉,体现了宋代散文新的"文道合一"的特色。

　　释奠、释菜②,祭之略者也。古者士之见师,以菜为挚③,故始入学者,必释菜以礼其先师。其学官四时之祭,乃皆释奠。释奠有乐无尸④;而释菜无乐,则其又略也,故其礼亡焉。而今释奠幸存,然亦无乐,又不遍举于四时,独春秋行事而已。《记》曰:"释奠必有合,有国故则否⑤。"谓凡有国,各自祭其先圣先师,若唐虞之夔、伯夷⑥,周之周公,鲁之孔子。其国之无焉者,则必合于邻国而祭之。然自孔子没,后之学者莫不宗焉,故天下皆尊以为先圣,而后世无以易。

【注释】

①襄州:治今湖北襄阳襄城区。

②释奠:古代在学校以酒食祭祀先圣先师的礼仪。释菜:古人入学时以芹藻祭祀先圣先师的礼仪。

③挚:同"贽"。拜见尊长时所持的礼物。

④尸:古代祭祀时代表死者受祭的人。

⑤释奠必有合,有国故则否:意为本国如果没有先圣先师,行释奠礼时必须合祭邻国的先圣先师,本国如果有的话,就不必合祭了。见《礼记·文王世子》。

⑥唐虞:指尧舜时期,尧为陶唐氏,舜为有虞氏,故称唐虞。伯夷:传说中远古贤人。尧时被举用,舜继位,命伯夷掌秩宗,典三礼,以施政教。

【译文】

释奠、释菜的礼仪是祭祀中简略的仪式。古代士人拜见老师,用菜作为给尊长的礼物，所以刚入学的时候，必定行释菜之礼来祭祀先师。学官一年四季的祭祀，都用释奠的礼仪。行释奠礼时有音乐没有神尸；而行释菜礼时连音乐也没有，就更为简略，所以这种礼仪就失传了。现在释奠礼侥幸存留下来，然而也没有音乐，又不能在一年四季普遍举行，只在春秋两季举行而已。《礼记》说："本国如果没有先圣先师，行释奠礼时必须合祭邻国的先圣先师，本国如果有的话，就不必合祭了。"说凡是一国之中有先圣先师的，各自祭祀他们的先圣先师，就像尧舜时期的夔和伯夷，周代的周公，鲁国的孔子。一国之中没有先圣先师的，就必须合祭邻国的先圣先师。然而自从孔子死后，后代的学者没有不以他为宗师的，所以天下人都以孔子为先圣，而后世无人能替代。

学校废久矣，学者莫知所师，又取孔子门人之高弟曰颜回者而配焉，以为先师。隋唐之际，天下州县皆立学，置学官、生员①，而释奠之礼遂以著令②。其后州县学废，而释奠之礼，吏以其著令，故得不废。学废矣，无所从祭，则皆庙而祭之。荀卿子曰："仲尼，圣人之不得势者也③。"然使其得势，则为尧、舜矣。不幸无时而没，特以学者之故，享弟子春秋之礼。而后之人不推所谓释奠者，徒见官为立祠，而州县莫不祭之，则以为夫子之尊，由此为盛。甚者，乃谓生虽不得位④，而没有所享，以为夫子荣，谓有德之报，虽尧、舜莫若。何其谬论者欤！

【注释】

①生员：指唐代在太学学习的监生。

②著令：明确的规定。

③仲尼，圣人之不得势者也：语出《荀子·非十二子》。荀卿子即荀

子,战国时期儒家代表人物,强调"礼",主张"性恶论"。

④乃:竟然,反而。

【译文】

学校废弃很久了,学者都不知道以谁为先师,又取孔子门人中的高徒颜回配祭孔子,以他为先师。隋唐之际,天下州县都建立了学校,设置了学官和生员,对释奠的礼仪做出了明确的规定。其后州县的学校被废弃,而因为释奠的礼仪在官吏那里有明确的规定,所以得以保存下来没有废止。学校废弃了,没有可以祭祀的场所,就都在庙里祭祀。荀子说:"孔子是圣人中不得势的人。"然而假使他得势,那么就会成为尧、舜了。不幸没有遇到合适的机遇而去世,只是因为学者尊敬他的缘故,享受弟子们在春秋祭祀的礼仪。而后人不推究什么是所谓的释奠,只看见官府为他建立祠庙,而州县没有不祭祀他的,就以孔子为尊贵,从此对他的祭祀开始繁盛起来。更有甚者,竟然说孔子生前虽然没有得到官位,而死后可以享祭,认为是孔子的荣耀,说成是德行的回报,即使尧、舜也比不上。这是怎样的谬论啊!

祭之礼,以迎尸、酌鬯为盛①。释奠、荐馔②,直奠而已③,故曰祭之略者。其事有乐舞、授器之礼④,今又废,则于其略者又不备焉。然古之所谓吉凶、乡射、宾燕之礼⑤,民得而见焉者,今皆废失。而州县幸有社稷、释奠、风雨雷师之祭⑥,民犹得以识先王之礼器焉。其牲酒器币之数⑦,升降俯仰之节,吏又多不能习,至其临事,举多不中而色不庄,使民无所瞻仰⑧,见者怠焉,因以为古礼不足复用,可胜叹哉!

【注释】

①迎尸:迎接象征死者神灵而接受祭祀的人。酌鬯(chàng):向神

灵敬酒的仪式。鬯，古代宗庙祭祀时使用的香酒。

②荐馔：奉献以时令食物做成的祭品。

③直：只，只是。

④授器：授予祭祀中的舞者舞器的礼仪。

⑤吉凶：吉礼和凶礼。吉礼，古代五礼之一。指祭祀之礼。即祭祀
天神、地祇、人鬼等的礼仪活动。如郊天、祭日月、祭社稷、祭山
川、祀先代帝王、祀孔子、巡狩封禅等。又特指婚礼。凶礼，古代
五礼之一。凡逢凶事而举行吊唁的仪礼。包括丧礼、荒礼、吊礼、
檜礼、恤礼五者。又特指丧礼。乡射：古代射箭饮酒的礼仪，州
长于春秋两季在学校以乡射礼会民习射，或者于三年大比贡士
之后，由乡大夫、乡老与乡人共同习射。详见《仪礼·乡射礼》。
宾燕：宴享宾客之礼。

⑥社稷：土神和谷神。风雨雷师：掌管刮风、下雨、打雷的神。

⑦牲酒器币：用于祭祀的牛、羊、猪、酒、礼器、玉帛。

⑧瞻仰：观览。

【译文】

祭祀的礼仪，以迎尸、酌鬯最为隆重。释奠、荐馔只是设酒食祭祀而
已，所以说是简略的祭祀仪式。它在进行的时候有乐舞、授舞器的礼仪，
现在又废止了，那么对于这种简略的仪式来说就又不完备了。然而古代
所谓的吉凶、乡射、宾燕之礼，人们是能够有机会看见的，现在都废止了。
而州县幸好还有社稷、释奠、风雨雷师的祭礼，人们还有机会得以见识到
先王的礼器。而祭祀使用的牛、羊、猪、酒、礼器、玉帛的数目，升降俯仰
的礼节，官吏又大多不能熟习，到进行典礼的时候举止大多不合礼节，神
情也不庄重，使人民没有什么可观览的，观看的人也就倦怠了，于是认为
古礼不值得再恢复使用了，真可叹啊！

大宋之兴，于今八十年，天下无事，方修礼乐，崇儒术，

以文太平之功。以谓王爵未足以尊夫子，又加“至圣”之号以褒崇之[1]，讲正其礼，下于州县。而吏或不能谕上意[2]，凡有司簿书之所不责者，谓之不急，非师古好学者莫肯尽心焉。谷城令狄君栗[3]，为其邑未逾时[4]，修文宣王庙，易于县之左，大其正位，为学舍于其旁，藏九经书[5]，率其邑之子弟兴于学；然后考制度，为俎豆、笾筐、樽爵、簠簋凡若干[6]，以与其邑人行事。谷城县政久废，狄君居之，期月称治，又能载国典，修礼兴学，急其有司所不责者，诇诇然惟恐不及[7]，可谓有志之士矣。

【注释】

①以谓王爵未足以尊夫子，又加“至圣”之号以褒崇之：孔子在唐玄宗时封为文宣王，宋真宗大中祥符五年（1012）又封为至圣文宣王。

②谕：明白，理解。

③狄君栗：狄栗，字孟章，任谷城知县多有惠政，累迁大理寺丞。

④时：季度，季节。

⑤九经：宋代九经指《诗经》《尚书》《礼记》《周礼》《仪礼》《周易》《春秋左传》《春秋公羊传》《春秋穀梁传》这九部儒家经典。

⑥俎（zǔ）豆、笾筐（biān fěi）、樽（zūn）爵、簠簋（fǔ guǐ）：皆为祭祀时的礼器，俎豆用来盛食物，笾筐用来盛果脯，樽爵用来盛酒，簠簋用来盛黍稷稻粱。

⑦诇诇（xǐ）然：恐惧的样子。

【译文】

大宋兴起至今已经八十年了，天下太平无事，正在完善礼乐，崇尚儒术，以美化太平盛世的功业。因为觉得王爵不足以尊重孔子，又加上了

"至圣"的称号来褒扬推崇他,讨论修正他的礼仪,向下一直贯彻到州县。而有的官吏不能领悟皇上的意图,凡是主管部门文书中没有督促的事,就觉得不着急,不是学习古人并且好学的人不肯尽心尽力。谷城县令狄栗,当县令还不到一季度,重修了文宣王庙,改建在县城的左边,扩大其规模,在旁边建立学舍,藏有九经之书,率领县里的子弟们兴建学校;然后考订礼仪制度,设置了俎豆、笾筐、樽爵、簠簋等若干礼器,与县里人进行礼仪活动。谷城县的政令荒废已久,狄君上任后,一个月便治理好了,又能恢复国家的典章制度、修订礼仪、兴办学校,对主管部门没有督促的事也很着急,诚惶诚恐地唯恐来不及,可谓有志之士啊。

【评点】

唐荆川曰:此文前段辨释奠、释菜为祭之略,及其所以立庙之故;后段言古礼之不行为可惜,而狄公能复古礼为可称也。

茅鹿门曰:慨古礼之亡处多韵折。

张孝先曰:此文大意,荆川评括之。观其用笔,是从《封禅书》脱来[①]。

【注释】

①《封禅书》:此指《史记·封禅书》。《封禅书》中记有多种祭祀的源流、仪式、意义等,此篇有与之相似处。

【译文】

唐顺之说:这篇文章前段辨析释奠、释菜都是简略的祭祀仪式,及其在孔庙里举行的原因;后段为古礼不能复行而叹惜,而称赞狄栗能复兴古礼。

茅坤说:感慨古礼消亡的地方,多有曲折韵致。

张伯行说：这篇文章的大意，唐顺之的评点已经概括了。观察文章笔法，是从《封禅书》中脱胎。

丰乐亭记

【题解】

本文作于庆历六年（1046）六月，欧阳修被贬滁州一年之后。

本文是一篇较为典范的亭台记文，文章首先交代亭子的地理位置与建亭由来，进而由此引发出思古之幽情，回首宋太祖赵匡胤在此地的功业，并由此衬托出当下政治上的休养生息以及百姓安乐祥和的淳朴民风，以"丰乐"为全文做结并自然点出亭子命名之因。

全篇既让人感受到清新自然的秀丽文风，又让人不忘历史的战乱与当今政权的功绩。一面展现了欧阳修作为文坛盟主的文学天赋，一面又时时显示出欧阳修作为政治家的情怀，而能将二者自然融为一体，实现深层的"文以明道"，这正是欧阳修散文的重要特色。

修既治滁之明年夏①，始饮滁水而甘。问诸滁人，得于州南百步之近。其上丰山耸然而特立②，下则幽谷窈然而深藏③，中有清泉，滃然而仰出④。俯仰左右，顾而乐之。于是疏泉凿石，辟地以为亭，而与滁人往游其间。

【注释】

①滁：滁州，治今安徽滁州。

③丰山：在今安徽滁州西。特立：独立，挺立。

③窈（yǎo）然：深远的样子。

④滃（wěng）然：水势大的样子。

【译文】

我治理滁州的第二年夏天,才喝到甘甜的滁水。向滁人问起来,才知道水来自近在滁州以南百步的地方。上面丰山高耸独立,下面是深远的幽谷,深深地隐藏在那里,其中有清泉,水势很大向上喷出。我上下左右地观览,感到十分快乐。于是疏通泉水凿开石头,开辟出土地修建成一座亭子,和滁人一起到那里游览。

　　滁于五代干戈之际,用武之地也。昔太祖皇帝尝以周师破李景兵十五万于清流山下,生擒其将皇甫晖、姚凤于滁东门之外,遂以平滁①。修尝考其山川,按其图记②,升高以望清流之关,欲求晖、凤就擒之所,而故老皆无在者③,盖天下之平久矣。自唐失其政,海内分裂,豪杰并起而争,所在为敌国者,何可胜数! 及宋受天命,圣人出而四海一④。向之凭恃险阻,划削消磨⑤,百年之间,漠然徒见山高而水清⑥。欲问其事,而遗老尽矣。今滁介于江、淮之间,舟车商贾、四方宾客之所不至。民生不见外事,而安于畎亩衣食⑦,以乐生送死。而孰知上之功德,休养生息,涵煦百年之深也⑧!

【注释】

①"昔太祖皇帝尝以周师破李景兵十五万于清流山下"几句:后周世宗显德三年(956),赵匡胤奉命攻打南唐的滁州。他率五千军队赶到清流山下的清流关,遭遇南唐皇甫晖、姚凤十五万军队。用赵普之谋,循山间小路夜袭滁州。此役活捉了皇甫晖、姚凤,攻克了滁州城。太祖皇帝,指宋太祖赵匡胤(927—976),破李璟时为后周殿前都虞候。李景,即李璟(916—961),字伯玉,南唐政权第二位皇帝,因受后周政权威胁,改称"国主",史称"南唐

中主"。

②图记：方志。

③故老：年老而有声望的人。

④圣人：指赵匡胤。

⑤刬（chǎn）：灭除，消灭。消磨：消耗，磨灭。

⑥漠然：寂静的样子。

⑦畎亩：田地，田野。

⑧涵煦：滋润养育。煦，恩惠。

【译文】

滁州在五代兵乱之际，是兵家必争之地。以往太祖皇帝曾经率领后周的军队在清流山下击破南唐中主李璟的十五万军队，在滁州东门之外生擒了南唐的将军皇甫晖和姚凤，于是平定了滁州。我曾经考察那里的山川，按照方志记载，登高眺望清流关，想找到生擒皇甫晖和姚凤的地方，而故老都已经过世了，大概是天下承平已久了。自从唐代政治混乱，国家分裂，豪杰同时起来争夺天下，势均力敌的割据政权，哪里数得清呢！等到宋王朝接受了天命，圣人一出而四海统一。以前凭借着险阻地形的豪杰，依次被消灭，百年之间都已沉寂，现在只看到一片山高水清。想询问那些事情，而遗老已经都不在了。现在滁州位于长江与淮河中间，车船、商人、四方的宾客不到这里来。百姓生活中见不到外面的事，而安于以种田为生，快乐地生活，为死者送终。而谁知道是皇上的功德使人民能够休养生息，滋润养育了他们百年之久呢！

修之来此，乐其地僻而事简，又爱其俗之安闲。既得斯泉于山谷之间，乃日与滁人仰而望山，俯而听泉。掇幽芳而荫乔木①，风霜冰雪，刻露清秀②，四时之景无不可爱。又幸其民乐其岁物之丰成，而喜与予游也。因为本其山川，道其风俗之美，使民知所以安此丰年之乐者，幸生无事之时也。

夫宣上恩德，以与民共乐，刺史之事也。遂书以名其亭焉。

【注释】

①掇：拾取。

②刻露：削刻而出。

【译文】

我来到这里，很喜欢这里地处偏僻而政事简易，又喜爱这里风俗的安闲。在山谷中得到这股泉水后，就每日和滁人在这里抬头望山，低头听泉。拾取散发着幽芳的花朵，在乔木的树荫下乘凉，风霜冰雪，将山水削刻得分外清秀，四季的景观无时不令人觉得可爱。又庆幸这里的百姓因丰收而欢乐，喜欢和我一起游览。于是依据这里山川的特点，写这里的风俗之美，使百姓知道他们之所以能安享丰年的快乐，是有幸出生在没有战事的时代。宣示皇上的恩德而与民同乐，这是刺史应该做的事。于是写下来并以此为亭子命名。

【评点】

茅鹿门曰：太守之文。

张孝先曰：朱子论欧公文字敷腴温润。包显道问先生所喜者①，云："《丰乐亭记》。"读欧公文字令人喜悦，自是宇宙间阳和气象②。

【注释】

①包显道：包扬，字显道，号克堂，宋建昌军南城（今属江西）人。与兄包约、弟包逊皆师陆九渊。九渊卒，率其生徒诣朱熹，执弟子礼。

②阳和：祥和。

【译文】

茅坤说：符合太守身份的文章。

张伯行说：朱熹议论欧阳修文章敷腴温润。包显道问朱熹喜欢哪篇，朱熹回答道："《丰乐亭记》。"读欧阳修的文章令人喜悦，自是一副宇宙间的祥和气象。

醉翁亭记

【题解】

本文作于庆历六年（1046），欧阳修时知滁州，开始自号"醉翁"。

庆历五年（1045），范仲淹领导的庆历新政失败，作为同道的欧阳修因被与他有私仇的杨日严等诬陷与外甥女有私情而被贬滁州，欧阳修在次年写作了此文，很明显有寻求自我慰藉、自我解脱的意味。

文章着重突出一个"乐"字，先写山水之乐，进而写游览之乐、宾客之乐，乃至鸟兽之乐，这一切都是欧阳修本人通过"与民同乐"所获得的快乐。然而值得注意的是，最后欧阳修偶然带出一笔"苍颜白发，颓然乎其间"，在不经意间还是流露出了他心中的苦闷，这种真情的自然流露也是大可玩味的。此外，清人袁枚曾在《随园诗话》中指出：《醉翁亭记》中连用了二十一个"也"字，这显示出了一种自然的节奏与音乐效果，加强了抒情的韵味，这种文章写法也历来为人所称道。

据记载，《醉翁亭记》写就之后，"天下莫不传诵，家至户到，当时为之纸贵"（朱弁《曲洧旧闻》），沈遵为之作《醉翁操》曲、苏轼为《醉翁操》填词，成为一种人格境界的象征广为流传。

环滁皆山也。其西南诸峰，林壑尤美①。望之蔚然而深秀者②，琅琊也。山行六七里，渐闻水声潺潺，而泻出于两峰之间者，酿泉也。峰回路转，有亭翼然临于泉上者③，醉翁

亭也。作亭者谁？山之僧曰智仙也。名之者谁？太守自谓
也。太守与客来饮于此，饮少辄醉，而年又最高，故自号曰
醉翁也。醉翁之意不在酒，在乎山水之间也。山水之乐，得
之心而寓之酒也。

【注释】

①林壑：山林涧谷。壑，山谷。

②蔚然：草木茂盛的样子。深秀：幽深秀丽。

③翼然：鸟儿张开双翼的样子。

【译文】

环绕滁州的都是山。西南的几座山峰，山林涧谷尤其秀美。远远
望去草木茂盛而幽深秀丽的是琅琊山。在山间行走六七里，渐渐听到水
声潺潺，从两座山峰之间倾泻而出的是酿泉。峰回路转，有一座像飞鸟
展开双翼一样坐落在泉水边的亭子，是醉翁亭。建造亭子的人是谁呢？
是山里叫智仙的僧人。谁给亭子起的名字呢？是自称醉翁的太守。太
守和客人来这里饮酒，喝了一点儿就已经醉了，而且年岁又最高，所以自
号为醉翁。醉翁的意趣不在于酒，而在于山水之间。沉浸于山水间的欢
乐，由心中所得而寄寓在酒中。

若夫日出而林霏开①，云归而岩穴暝②，晦明变化者，山
间之朝暮也。野芳发而幽香，佳木秀而繁阴，风霜高洁，水
落而石出者，山间之四时也。朝而往，暮而归，四时之景不
同，而乐亦无穷也。

【注释】

①霏：云雾之气。

②暝：昏暗。

【译文】

太阳出来林间的云雾散去，云雾归来山岩的洞穴昏暗，晦暗与光明的变化，是山间早晚的自然现象。野花绽开散发出幽香，挺拔的树木繁茂而洒下大片树荫，风霜高洁，泉水落下使石头显露出来，这是山间的四季变化。早晨到这里了，晚上再回去，四季的景物不同，而欢乐也是无穷的。

至于负者歌于涂，行者休于树，前者呼，后者应，伛偻提携①，往来而不绝者，滁人游也。临溪而渔，溪深而鱼肥；酿泉为酒，泉香而酒洌②；山肴野蔌③，杂然而前陈者，太守宴也。宴酣之乐④，非丝非竹⑤；射者中⑥，弈者胜；觥筹交错⑦，起坐而喧哗者，众宾欢也。苍颜白发，颓然乎其间者⑧，太守醉也。

【注释】

①伛偻（yǔ lǚ）：弯腰曲背。此指老人。提携：牵引，牵扶。此指需拉着抱着的小孩。

②洌：清醇。

③野蔌（sù）：野菜。

④酣：酒宴畅快尽兴。

⑤丝、竹：弦乐器与管乐器，一般泛指音乐。

⑥射：一说为投壶，即以箭投入酒壶中为比赛决胜，输者罚酒。一说为射覆，酒令的一种，即以字句隐物为谜让人猜。

⑦觥筹：酒杯与酒筹。酒筹是用来计算饮酒数量的标记，一般为竹签。

⑧颓然：倒卧的样子。

【译文】

至于那些背着东西的人在路途中歌唱，行路的人在树下休息，前面的人招呼着，后面的人应和着，弯腰曲背的老人、被拉着抱着的孩子，往来不绝，是滁州人在这里游览的景象。在小溪边钓鱼，溪水深而鱼很肥美；用酿泉的泉水酿酒，泉水清香而酒很甘洌；山间的野味野菜，杂乱地陈列在面前，是太守在宴享宾客。畅快的酒宴之乐，并没有什么丝竹音乐；射覆的人能猜中，下棋的人能取胜；酒杯与酒筹交错摆放，人们时而站起、时而坐下，大声喧哗，各位宾客都很欢乐。容颜苍老、满头白发，倒卧在其间的，是太守喝醉了。

已而夕阳在山，人影散乱，太守归而宾客从也。树林阴翳①，鸟声上下，游人去而禽鸟乐也。然而禽鸟知山林之乐，而不知人之乐；人知从太守游而乐，而不知太守之乐其乐也。醉能同其乐，醒能述以文者，太守也。太守谓谁？庐陵欧阳修也②。

【注释】

①翳：遮蔽。

②庐陵：今江西吉安。

【译文】

不久夕阳将要下山，人影散乱，是太守归去而宾客相从。树林里浓荫隐蔽，鸟类飞上飞下地鸣叫，游人离去而禽鸟很欢乐。然而禽鸟知道山林的欢乐而不知道人们的欢乐，人们知道跟从太守游玩的欢乐而不知道太守以人们的欢乐为欢乐。醉了能一同欢乐，醒来能记述成文的是太守。太守是谁？是庐陵人欧阳修。

【评点】

茅鹿门曰：文中之画。○昔人读此文，谓如游幽泉邃石[1]，入一层才见一层，路不穷，兴亦不穷，读已令人神骨翛然长往矣[2]。此是文章中洞天也[3]。

张孝先曰：文之妙，鹿门评尽之。朱子言欧公文字亦多是修改到妙处。顷有人买得他《醉翁亭记》稿，初说滁州四面有山，凡数十字，末后改定，只曰"环滁皆山也"五字而已。可见文字最要修改，故附录之。

【注释】

①邃（suì）：深远。

②翛（xiāo）然：超脱而无拘无束的样子。

③洞天：道教称神仙的居处，意谓洞中别有天地。借指引人入胜的境地。

【译文】

茅坤说：如文中之画。○前人读这篇文章，说就像游览幽泉邃石，深入一层才见到一层，路不穷，兴致也不穷，读来令人精神超脱。这是文章中的洞天福地。

张伯行说：文章的妙处，茅坤的评点已经说尽。朱熹说欧阳修文章也多是经过修改达到精妙的。过去有人买到他《醉翁亭记》的初稿，最初说滁州四面都有山，写了几十个字，最后改定，只说"环滁皆山也"五个字而已。可见文章一定要修改，因此附录在这里。

孙明复先生墓志铭

【题解】

本文作于嘉祐二年（1057），孙复于这年七月逝世。

　　本文主要肯定了作为教育家的孙复的道德人品与学问。欧阳修曾在《论尹师鲁墓志》一文中阐述了他做墓志类文章的原则，即不力求完整记载墓主的生平事迹，而是选择其一生中具有代表性意义的几件事来写，在这篇文章中就以丞相李迪托婚、给事孔道辅拜见、弟子石介行礼这三件事，将孙复的品质浓缩于几个场景中，给人以鲜明的印象，一定程度上也让我们了解了宋代良好的社会风气。

　　文章后半段则叙述孙复的仕宦经历以及治学功绩，而这些与前面的道德修养通过石介的一句"先生非隐者也，欲仕而未得其方也"，极其自然地联系在一起，足见欧阳修行文结构之巧妙。而这句话也同样体现了包括孙复、石介、欧阳修等一批儒家知识分子兼济天下的人文关怀，对我们了解宋代士人的文化心态是很有帮助的。

　　先生讳复[①]，字明复，姓孙氏，晋州平阳人也[②]。少举进士不中，退居泰山之阳，学《春秋》，著《尊王发微》。鲁多学者，其尤贤而有道者石介[③]。自介而下，皆以弟子事之。

【注释】

①讳：指称死后的君主或尊长的名字。在名字前称讳，以表示尊敬。

②晋州平阳：今山西临汾。

③石介（1005—1045）：字守道，一字公操，兖州奉符（今山东泰安）人。人称徂徕先生。天圣八年（1030）进士，历任郓州观察推官、南京留守推官、国子监直讲、太子中允，直集贤院。庆历三年（1043），作《庆历圣德颂》诗，得罪夏竦，惧祸求出。五年，除濮州通判，未赴任，卒于家。后夏竦借事诬石介诈死，奏请发棺验尸，其事虽经杜衍等保奏得免，但累及妻子，二十年后方得昭雪。尝从学孙复，博通经术，为文章论古今治乱成败，指切当世，无所顾忌，是范仲淹庆历新政与欧阳修诗文革新运动的积极参与者。

【译文】

先生名复,字明复,姓孙,是晋州平阳人。年少时考进士不中,退居泰山之南,学习《春秋》,著有《尊王发微》。鲁地学者众多,其中特别贤良而且有道的是石介。从石介以下,人们都以弟子的礼仪事奉他。

先生年逾四十,家贫不娶,李丞相迪将以其弟之女妻之①。先生疑焉,介与群弟子进曰:"公卿不下士久矣②,今丞相不以先生贫贱而欲托以子,是高先生之行义也。先生宜因以成丞相之贤名。"于是乃许。孔给事道辅为人刚直严重③,不妄与人④,闻先生之风,就见之⑤。介执杖屡侍左右,先生坐则立,升降拜则扶之,及其往谢也亦然⑥。鲁人既素高此两人,由是始识师弟子之礼,莫不叹嗟之,而李丞相、孔给事亦以此见称于士大夫。其后介为学官⑦,语于朝曰:"先生非隐者也,欲仕而未得其方也。"⑧

【注释】

①李丞相迪:李迪(971—1047),字复古,濮州鄄城(今属山东)人。景德二年(1005)进士。天禧元年(1017),迁参知政事,四年(1020),继寇准为相,以反对丁谓结党弄权,出知郓州。仁宗即位,刘太后听政,因曾谏阻真宗立刘后,贬衡州团练副使。明道二年(1033),仁宗亲政,复入相。景祐中,受吕夷简排挤,再出知州郡。立朝正直敢言,时称贤相。谥号文定。

②下:自降身份与人交往,谦恭待人。

③孔给事道辅:孔道辅(985—1039),字原鲁,山东曲阜人,孔子四十五世孙。历任右谏议大夫、御史中丞等职。《宋史·孔道辅传》载其"性鲠挺特达,遇事弹劾无所避,出入风采肃然"。严重:严

肃庄重。

④与：赞许，亲近。

⑤就：前往。

⑥往谢：指孙复到孔道辅家回访。

⑦介为学官：指石介为国子监直讲。

⑧方：途径。

【译文】

先生年过四十，因为家贫而没有娶妻，丞相李迪想把他弟弟的女儿嫁给他为妻。先生有些疑惑，石介和众弟子进言道："公卿不能谦恭地和士人交往已经很久了，现在丞相不因为先生贫贱而想把弟弟的女儿托付给您，这是敬重先生的德行道义。先生应该以此成就丞相礼贤下士的贤名。"于是就同意了这桩婚事。给事孔道辅为人刚直严肃，不轻易赞许别人，听说了先生的风范，就前往拜见他。石介拿着手杖和鞋子，先生坐下他便站着，先生升降拜礼他就搀扶着，后来先生前去答谢时他也是这样。鲁地之人素来敬佩这两个人，自此开始知道师长与弟子的礼仪，没有不嗟叹的，而李丞相、孔给事也因此被士大夫所称赞。后来石介担任学官，在朝廷里说："先生不是隐士，他希望出仕只是没有得到合适的途径。"

庆历二年①，枢密副使范仲淹、资政殿学士富弼言其道德经术宜在朝廷，召拜校书郎、国子监直讲②。尝召见迩英阁说《诗》③，将以为侍讲④，而嫉之者言其讲说多异先儒，遂止。七年，徐州人孔直温以狂谋捕治⑤，索其家得诗，有先生姓名，坐贬监虔州商税⑥。徙泗州⑦，又徙知河南府长水县⑧，签署应天府判官公事⑨，通判陵州⑩。翰林学士赵概等十余人上言⑪：孙某行为世法，经为人师，不宜弃之远方，乃复为国子监直讲。居三岁，以嘉祐二年七月二十四日以疾

卒于家,享年六十有六,官至殿中丞^⑫。先生在太学时为大
理评事,天子临幸,赐以绯衣银鱼^⑬,及闻其丧,恻然,予其
家钱十万。而公卿大夫、朋友、太学之诸生相与吊哭,赙治
其丧^⑭。于是以其年十月二十七日,葬先生于郓州须城县卢
泉乡之北扈原^⑮。

【注释】

①庆历二年:1042年。庆历,宋仁宗年号,1041—1048。

②校书郎:全称为秘书省校书郎。宋前期无职事,为文臣迁转官阶。
　　神宗元丰时期(1078—1085)易为承务郎,与秘书省正字同掌编
　　辑、校正图籍,若有脱漏则修补,若有文字讹误则订正。宋初沿唐
　　制,唐官品为正九品,元丰新制之后,为从八品。国子监直讲:学
　　官名。掌教授诸经,每二人共讲一经。临时或差充贡院试官。由
　　通经术、有德行之京官或选人充。仁宗皇祐四年(1052)五月后
　　并规定,须年满四十岁以上,有老成之器,堪为监生表率人充。国
　　子监,宋代中央官学,是最高官学,也是中央教育管理机构、官方
　　出版机构。仁宗庆历三年、四年,大兴学校,四门学、武学、太学单
　　独立学,州县办学,附于国子监之国子学已非唯一官学,国子监成
　　为掌管全国学校的总机构,掌管教授经术、荐送诸生、刻印书籍公
　　事等职能。

③迩英阁:在崇政殿西南,仁宗景祐二年(1035)所建侍臣讲筵侍读
　　之所。

④侍讲:专门负责为皇帝讲解经书的官员。

⑤孔直温:徐州人,为举子。曾与孙复、石介等人交游。庆历五年
　　(1045)利用宗教煽动濮州军队谋反,被杀。

⑥虔州:治今江西赣州。虔,原作"处",据《欧阳文忠公集》改。

⑦徙：调动官职。泗州：治今江苏盱眙西北。

⑧河南府长水县：治今河南洛宁西南。

⑨应天府：治今河南商丘南。

⑩通判：官名。宋初始于诸州府设置，即共同处理政务之意。地位略次于州府长官，但握有连署州府公事和监察官吏的实权，号称监州。陵州：治今四川仁寿。

⑪赵概（995—1083）：字步平，应天府虞城（今属河南）人。天圣年间进士。官至知制诰、翰林学士，仁宗嘉祐年间升为枢密使、参知政事。神宗时以太子少师致仕，谥号康靖。

⑫殿中丞：掌管天子玉食医药服御舆辇之政令，宋初设官仅享受相应爵禄，不掌实权，称"寄禄官"。

⑬绯衣银鱼：指红色的朝服和银鱼符袋。唐宋时期作为身份贵贱的标志。

⑭赙（fù）：以财物助人办理丧事。

⑮郓州须城县：治今山东东平。

【译文】

庆历二年，枢密副使范仲淹、资政殿学士富弼说以孙先生的道德与经术理应在朝为官，天子召为校书郎、国子监直讲。曾经召见他到迩英阁讲说《诗经》，准备任命他为侍讲，但嫉妒他的人说他的说法大多和前代儒者不同，于是就没有提拔他。庆历七年，徐州人孔直温因为谋反而被逮捕治罪，抄家的时候发现一些诗，里面有先生的姓名，因此被贬官监虔州商税。迁到泗州，又迁知河南府长水县，签署应天府判官公事，通判陵州。翰林学士赵概等十余人上书说：孙复的行为足以为世人所效法，经术足以为人师，不应该弃置于远方，于是又任命他为国子监直讲。过了三年，在嘉祐二年七月二十四日先生因病在家中去世，享年六十六岁，官至殿中丞。先生在太学任大理评事时，天子亲临，赐他绯衣银鱼，到听说他去世，非常悲痛，赏赐给他的家人十万钱。而公卿大夫、朋友、太学中诸生一起前往吊唁哭泣,拿出财物帮助料理丧事。在这年的十月二十七日把先生葬在郓州须城县卢泉乡的北扈原。

　　先生治《春秋》,不惑传注,不为曲说以乱经。其言简易,明于诸侯、大夫功罪,以考时之盛衰,而推见王道之治乱,得于经之本义为多。方其病时,枢密使韩琦言之天子,选书吏,给纸笔,命其门人祖无择①,就其家得其书十有五篇,录之藏于秘阁。先生一子大年,尚幼。铭曰:

【注释】

①祖无择(1006—1085):字择之,上蔡(今属河南)人。宝元年间进士。英宗朝,累迁同修起居注、知制诰,进龙图阁学士。神宗立,知通进银台司。坐事谪为忠正军节度副使,提举西京御史台。与文彦博、富弼、司马光等为真率会,洛人谓之“九老”。曾师从穆修学习古文,又跟从孙复学习《春秋》。

【译文】

　　先生研究《春秋》,不受前人传注的迷惑,也不歪曲说解、惑乱经旨。他的言语很简易,对诸侯、大夫的功劳与罪责十分明晰,以此考察时代的盛衰,而推见王道的治乱,从经书本义中得到的收获很多。当他病重的时候,枢密使韩琦对皇上建议,选拔书吏,赐给他们纸笔,命门人祖无择,到先生家中找到他的著作十五篇,抄录好收藏在秘阁中。先生有一个儿子叫孙大年,还未长大成人。铭文说:

　　圣既殁经更载焚,逃藏脱乱仅传存。众说乘之汩其原①,怪迂百出杂伪真。后生牵卑习前闻②,有欲患之寡攻群,往往止燎以膏薪③。有勇夫子辟浮云④,刮磨蔽蚀相吐吞,日月卒复光破昏。博哉功利无穷垠,有考其不在斯文⑤。

【注释】

①汩(gǔ):乱,扰乱。

②牵:拘束,拘泥。

③燎:火。膏薪:油脂与柴薪。

④辟:分开,扫除。

⑤考:老,长寿。此指永垂不朽。斯文:指礼乐教化、典章制度。

【译文】

圣人去世后经典被焚毁,藏起来逃过一劫的也残破散乱,仅有部分传世。众多说法趁机出现,扰乱了经典的原义,各种奇怪、迂阔的说法杂出,真假混杂。后代儒生拘泥于习见的前人旧说,即使有人觉得不妥、想加以纠正也会以寡敌众,受到众人攻击,往往就像以油脂与柴薪来救火一样。有勇气的先生拨开浮云,将被掩蔽侵蚀了的经义小心刮清打磨出来,终于恢复了日月的光辉破除了昏暗。他的功业广博啊,真是无穷无尽,他的永垂不朽难道不体现在这些对礼乐教化、典章制度的传承教授中吗?

【评点】

唐荆川曰:一生大事,或捉在前,或缀在后,铭词拟樊宗师铭①。

茅鹿门曰:叙事甚错综可诵。

张孝先曰:传道授业必有师,古之学者莫不然,而后世鲜有行之者。师弟子之义不列于五伦②,而五伦非师不明。故论道则同于朋友,而论分则齐于君父,礼莫重焉!洙泗以下③,伊洛盛矣④。二程之吟风⑤,游杨之立雪⑥,师弟子之义,至今犹令人景慕。乃余观孙明复隐居泰山,石介师礼事之。宾客至,介侍立执杖履甚恭谨。鲁人皆嗟叹,谓乃今复见师弟子礼。此在周、程未起时,亦宋朝道学之盛有开必先耶! 余感古道而识于此。

【注释】

① 樊宗师(766？—824):字绍述,河东(今山西永济)人。初为国子主簿,元和三年(808)登军谋宏远科,授著作佐郎分司东都,转太子舍人,累迁至山南西道节度副使,历金部郎中,绵、绛二州刺史。作文力求诡奇险奥,流于艰涩怪僻,时号"涩体"。

② 五伦:指君臣、父子、兄弟、夫妻、朋友之间五种伦理关系。也称五常。

③ 洙泗:即洙水和泗水,二水自今山东泗水县北合流而下,至曲阜北而分,洙水在北,泗水在南,孔子曾在洙泗之间讲学,故后以洙泗代指孔子与儒家。此指孔子与其弟子。

④ 伊洛:伊水和洛水,二水都在今洛阳境内。北宋时,程颢、程颐兄弟为洛阳人,长期在伊洛之间讲学,后以伊洛代指二程开创的学派。此指二程与其弟子。

⑤ 二程之吟风:二程兄弟师从周敦颐,周敦颐开导以"孔颜之乐",程颢称"某自再见茂叔后,吟风弄月以归,有'吾与点也'之意"(《程氏遗书·二先生语》)。

⑥ 游杨之立雪:指杨时与游酢冬日拜访程颐,见程颐正瞑目而坐,二人侍立,程颐觉察后,请他们去休息,他们出门时,见门外雪深已有一尺,后有成语"程门立雪"。

【译文】

唐顺之说:孙复一生的大事,或者提点在前,或者补缀在后,铭词模仿樊宗师的铭。

　　茅坤说：叙事十分错综可读。

　　张伯行说：传道授业一定要有老师，古代学者都是这样的，而后世很少有拜师之举。师生之义不在五伦之中，而五伦没有老师传授就无法彰显。因此师生之间论道就像朋友一样，论身份就像君臣、父子一样，没有比拜师更重要的礼节。师生之礼，从孔子以后就属二程为盛。二程兄弟师事周敦颐，有吟风弄月之乐，杨时与游酢师事程颐，有程门立雪之美，他们师生之间的情义，至今还令人景仰、美慕。而我看孙复隐居于泰山，石介以师生之礼事奉。有宾客拜访孙复，石介就恭敬谨慎地拿着杖履站立侍奉。鲁人都嗟叹，说到现在才又见到了师生之间的礼仪。这些事发生在周敦颐、程颐之前，也说明宋代道学的兴盛有其先导啊！我有感于古道，所以记录于此。

胡先生墓表

【题解】

　　本文作于嘉祐六年（1061），欧阳修时任参知政事。

　　胡瑗是北宋时期重要的教育家，也是范仲淹庆历新政的支持者，对欧阳修来说既是前辈又是同道者，这篇墓表主要追述了胡瑗一生的教育经历，表达了欧阳修对他的崇敬与赞美之情。文章在简要介绍了胡瑗的情况后，就马上切入教育这一胡瑗毕生从事的事业中去，从胡瑗从湖州设学到太学任教之间，所教学生数量之广、质量之优，侧面叙写他的善于育人；进而写朝廷之上从皇帝到百官对他的重视，交代了胡瑗的为官经历；最后通过致仕时太学生及士大夫为他送行这样一个场景，写出胡瑗一生的荣誉与幸福。材料组织层次结构分明，详略得当，是一篇非常典范的墓表。

　　先生讳瑗[①]，字翼之，姓胡氏。其上世为陵州人[②]，后为泰州如皋人^③。

【注释】

①胡瑗（999—1059）：以经术教授苏州、湖州等地，时人称安定先生，后世以其与孙复、石介并称为"宋初三先生"。曾得到范仲淹的敬重和推荐，是庆历新政的重要支持者。其著述现存有《周易口义》十二卷、《洪范口义》二卷，又有《皇祐新乐图记》三卷。去世后，范仲淹为他作祭文，蔡襄为他作墓志，欧阳修为他作了这篇墓表。

②陵州：治今四川仁寿。

③泰州如皋：今江苏如皋。

【译文】

先生名讳叫瑗，字翼之，姓胡。他的祖辈是陵州人，后来迁居成为泰州如皋人。

　　先生为人师，言行而身化之，使诚明者达，昏愚者励^①，而顽傲者革。故其为法严而信，为道久而尊。师道废久矣，自明道、景祐以来^②，学者有师，惟先生暨泰山孙明复、石守道三人^③。而先生之徒最盛，其在湖州之学^④，弟子去来常数百人，各以其经转相传授。其教学之法最备，行之数年，东南之士莫不以仁义礼乐为学。

【注释】

①励：勉励，鼓励。

②明道、景祐：均宋仁宗年号。明道，1032—1033。景祐，1034—1038。原作"景祐、明道"，据年号顺序改。

③暨：与、及。孙明复：即孙复。石守道：即石介。

④其在湖州之学：胡瑗在湖州办学，以"明体达用"为宗旨，创立了
　分斋教学的方式。设经义与治事二斋，经义斋主要学习六经，治
　事斋又分治民、讲武、堰水（水利）和历算等科。依据学生才能、
　兴趣、志向施教，凡入治事斋的学生每人选一主科，同时加选一个
　副科。湖州，治今浙江湖州。

【译文】

　　先生作为老师，用自己的言语和行为感化别人，使真诚明智的人更
加通达，使昏庸愚昧的人得到劝勉，而使顽固傲慢的人有所改变。所以
他的方法严格而有信，他的理念长久而受人尊敬。师道被废弃已经很久
了，自从明道、景祐年间以来，学者的老师，只有先生和泰山孙明复、石守
道三人。而先生的弟子最多，他在湖州设的学校，弟子来来去去常有数
百人，各自以他的著作转相传授。他教学的方法最为完备，实行多年，东
南一带的士人没有不以仁义礼乐为学问的。

　　庆历四年，天子开天章阁，与大臣讲天下事，始慨然诏
州县皆立学①。于是建太学于京师②，而有司请下湖州，取先
生之法以为太学法，至今为著令③。后十余年，先生始来居
太学，学者自远而至，太学不能容，取旁官署以为学舍。礼
部贡举④，岁所得士，先生弟子十常居四五。其高第者知名
当时，或取甲科⑤，居显仕，其余散在四方，随其人贤愚，皆
循循雅饬⑥，其言谈举止，不问可知为先生弟子。其学者相
语称先生，不问可知为胡公也。

【注释】

①慨然：慷慨激昂的样子。

②建太学于京师：仁宗庆历四年（1044）四月二十一日始立太学于
　　锡庆院，招收八品以下官僚子弟及平民百姓之俊秀者。

③著令：书面写定的规章制度。

④礼部贡举：礼部举办的科举考试。也叫省试，春季在京师举行，又
　　称春试或春闱。

⑤甲科：太宗太平兴国五年（980），将取中的进士按名次分为甲、乙
　　二等，亦称甲、乙科，甲科为高。但此后甲第划分未尽按甲乙分
　　等，进士科甲第或分三等，或分四等，或分五等，乃至有六等者，仍
　　以甲科为最高。

⑥循循：有步骤的样子。饬：严谨。

【译文】

　　庆历四年，天子开放天章阁，和大臣们在这里讲论天下之事，激情慷
慨地下诏令州县都建立学校。于是在京城建立了太学，而负责此事的官
员请求到湖州去，求取先生的教学方法作为太学的教学方法，至今已是
确定的规章制度。此后十余年，先生才来到太学居住，学生们也从远方
来到这里，太学不能容纳他们，就将旁边的官署作为学舍。礼部举行的
科举考试，每年取中的士人中，先生的弟子常占十分之四五。获得较高
次第的知名于当时，有的取得甲科的名次，居于显要的官位，其余的就散
布在四方，无论是贤良的人还是愚钝的人，都表现得文雅而得体，他们的
言谈举止，即使不问也能知道是先生的弟子。学者们互相交谈时称到先
生，不问也能知道是指胡公。

　　先生初以白衣见天子①，论乐，拜秘书省校书郎，辟丹
州军事推官②，改密州观察推官③。丁父忧④，去职。服除⑤，
为保宁军节度推官⑥，遂居湖学。召为诸王宫教授，以疾免。
已而以太子中舍致仕⑦，迁殿中丞于家⑧。皇祐中，驿召至京
师议乐，复以为大理评事兼太常寺主簿⑨，又以疾辞。岁余，

为光禄寺丞、国子监直讲⑩，乃居太学。迁大理寺丞，赐绯衣银鱼。嘉祐元年，迁太子中允⑪，充天章阁侍讲，仍居太学。已而病不能朝，天子数遣使者存问⑫，又以太常博士致仕⑬。东归之日，太学之诸生与朝廷贤士大夫送之东门，执弟子礼，路人嗟叹以为荣。以四年六月六日卒于杭州⑭，享年六十有七。以明年十月五日，葬于乌程何山之原⑮。其世次、官邑与其行事，莆阳蔡君谟具志于幽室⑯。

【注释】

①白衣：指以平民的身份。

②辟：征召。丹州：治今陕西宜川。推官：宋幕职官名、阶官名。元丰新制正九品，元祐后从八品。为州、府属官，掌收发符，协理长吏治本州、府公事。

③密州：治今山东诸城。

④丁父忧：遭父亲之丧。

⑤服除：服丧期满。

⑥保宁军：治今浙江金华。

⑦太子中舍：即中舍人，东宫属官。宋初为文臣迁转官阶，实无职事。致仕：交还官职，即退休。

⑧殿中丞：即殿中省丞，元丰改制前为文臣寄禄官；元丰新制易为奉议郎，然殿中丞未及复职，至徽宗朝始复其职。中，原作"内"，据《欧阳文忠公集》改。

⑨大理评事：判决案件、决定刑狱之职，宋初为寄禄官。太常寺主簿：宋前期常用作文臣寄禄官，偶为职事官，掌稽考、点检本寺簿书，并掌出纳文书，与闻礼乐之事。胡瑗所居为职事官。太常寺，宋前期掌社稷及武成五庙、诸坛、斋宫、习乐之事。

⑩光禄寺丞：宋前期无职事，为寄禄官。光禄寺，掌管祭祀、朝会、宴享之事。

⑪太子中允：宋前期为文臣寄禄官，无职事。

⑫存问：慰问，问候。

⑬太常博士：宋前期无职事，为文臣寄禄官，大中祥符间始掌定谥等事。

⑭四年：即元祐四年（1089）。年，原作"月"，据《欧阳文忠公集》改。

⑮乌程何山：位于今浙江湖州城南十四里，为晋太守何楷读书之处，故名"何山"。乌程，今浙江湖州。

⑯莆阳蔡君谟：即蔡襄（1012—1067），字君谟，兴化军仙游（今属福建）人。天圣八年（1030）进士，庆历间，知谏院，支持范仲淹改革。后拜端明殿学士、知杭州卒。精吏治，有政绩，工书法，为"宋四家"之一。追谥忠惠。莆阳，宋兴化军古曾为莆阳郡。幽室：墓穴。

【译文】

先生最初以平民的身份觐见天子，讨论音乐，拜官秘书省校书郎，征为丹州军事推官，改任密州观察推官。因为父亲去世，离开他的职位。服丧期满，任保宁军节度推官，于是就居住在湖州的学校里。召为各位亲王王宫的教授，因为疾病而免。不久以太子中舍的官职退休，在家里又被委任为殿中丞。皇祐年间，驿使召他到京城讨论音乐，又任命为大理评事兼太常寺主簿，他又以疾病为由辞去。一年多后，任光禄寺丞、国子监直讲，就到太学居住。又改任大理寺丞，皇上赐他绯衣和银鱼。嘉祐元年，改任太子中允，充任天章阁侍讲，仍然居住在太学。不久因为病重而不能上朝，天子数次派遣使者慰问，又以太常博士的职位退休。东归之日，太学中的学生和朝廷中贤良的士大夫们送他到东门，以弟子的礼节拜送，路人都感叹地认为是非常荣耀的事。在元祐四年六月六日逝世于杭州，享年六十七岁。第二年十月五日，葬在乌程县何山的山原中。

他的世系次序、官爵与他的事迹,莆阳人蔡襄都已记录在墓志铭里并放在了墓穴之中。

呜呼！先生之德在乎人,不待表而见于后世,然非此无以慰学者之思,乃揭于其墓之原①。六年八月三日,庐陵欧阳修述。

【注释】

①揭:高举,居于……之上。

【译文】

哎！先生的德行在人心中,不需要等墓表写好才被后世所见,然而非此无以慰藉学者的思念之情,于是在他的墓地上树立这块墓表。嘉祐六年八月三日,庐陵欧阳修记述。

【评点】

茅鹿门曰:胡安定生平所著见者"师道"一节,故通篇摹写尽在此。

张孝先曰:自安定开湖学,而儒风盛于东南。宋朝道学之传,称濂、洛、关、闽①,亦先生有以倡之于始欤！先生位虽不甚显,而道则光。教学之法,不惟可以师一时,而实可以垂百世。可谓豪杰之士矣。

【注释】

①濂、洛、关、闽:宋代理学的四个学派。濂,指濂溪周敦颐。洛,指洛阳程颢、程颐。关,指关中张载。闽,指讲学于福建的朱熹。

【译文】

茅坤说:胡瑗生平最重要的是"师道"一节,因此通篇最详尽的摹写都在这里。

张伯行说：自从胡瑗开创湖学，儒学的风气就盛行于东南。宋朝道学的流传有四家，称为濂学、洛学、关学、闽学，这也是胡先生最开始倡导起来的吧！先生的地位虽然不显贵，但是他的道得到了光大。他的教学方法，不仅可以施行于一时，而且实在可以垂范百代。可称得上是豪杰之士了。

泷冈阡表①

【题解】

本文作于熙宁三年（1070），欧阳修时知青州，其父欧阳观已去世六十年。这篇墓表与韩愈的《祭十二郎文》、袁枚的《祭妹文》并称为"中国古代三大祭文"。

这篇文章同样体现了欧阳修在《论尹师鲁墓志》一文中阐述的选取少量典型事例加以恰当剪裁的作文原则，通过写他母亲向他转述父亲生前祭祀亡母和处理死刑犯这两个场景，写出了父亲的孝顺与仁厚的道德品质，这足以对其一生加以肯定。而以母亲叙事的口吻进行叙述，同时也是对母亲的贤良、勤俭、质朴等优点的最佳呈现。而且，这种写法还增强了文章的感染力，具有打动人心的情感力量，既突出了一腔崇敬之心，又寄托了无尽的思念之情，完全改变了传统墓表只歌颂先人功德、讲究辞藻堆砌而缺少真情实感的弊病。

此外值得一提的是，欧阳修在表文中提到的其父欧阳观为官的道德也深刻地影响了欧阳修的为政理念，这也在某种程度上解释了欧阳修为什么在主持科举时会对苏轼的《刑赏忠厚之至论》那样赞赏有加。

嗚呼！惟我皇考崇公卜吉于泷冈之六十年②，其子修始克表于其阡③。非敢缓也，盖有待也。

【注释】

①泷（shuāng）冈：位于今江西永丰沙溪凤凰山。阡表：指立于墓道的碑文。阡，墓道，

②皇考：对亡父的尊称。崇公：指欧阳修之父欧阳观（952—1010），字仲宾，封崇国公。卜吉：此指选择吉利的日期或地点埋葬先人。

③克：能够。

【译文】

唉！距我死去的父亲崇国公选择吉日下葬于泷冈已经六十年了，他的儿子欧阳修才能够在墓道中立好墓表。不是因为我敢拖延，只是有所等待而已。

修不幸，生四岁而孤。太夫人守节自誓①，居贫，自力于衣食，以长以教，俾至于成人②。太夫人告之曰："汝父为吏廉，而好施与，喜宾客，其俸禄虽薄，常不使有余，曰：'毋以是为我累。'故其亡也，无一瓦之覆、一垄之植③，以庇而为生④。吾何恃而能自守邪？吾于汝父，知其一二，以有待于汝也。自吾为汝家妇，不及事吾姑⑤，然知汝父之能养也；汝孤而幼，吾不能知汝之必有立，然知汝父之必将有后也。吾之始归也⑥，汝父免于母丧方逾年。岁时祭祀⑦，则必涕泣曰：'祭而丰不如养之薄也。'间御酒食⑧，则又涕泣曰：'昔常不足而今有余，其何及也！'吾始一二见之，以为新免于丧适然耳⑨。既而其后常然，至其终身未尝不然。吾虽不及事姑，而以此知汝父之能养也。汝父为吏，尝夜烛治官书⑩，屡废而叹⑪。吾问之，则曰：'此死狱也，我求其生不得尔。'吾曰：'生可求乎？'曰：'求其生而不得，则死者与我

皆无恨也；矧求而有得邪⑫？以其有得，则知不求而死者有恨也。夫常求其生犹失之死⑬，而世常求其死也。'回顾乳者抱汝而立于旁，因指而叹曰：'术者谓我岁行在戌将死⑭，使其言然，吾不及见儿之立也。后当以我语告之。'其平居教他子弟，常用此语，吾耳熟焉，故能详也。其施于外事，吾不能知；其居于家，无所矜饰⑮，而所为如此，是真发于中者邪⑯！呜呼！其心厚于仁者邪！此吾知汝父之必将有后也。汝其勉之！夫养不必丰，要于孝⑰；利虽不得博于物，要其心之厚于仁。吾不能教汝，此汝父之志也。"修泣而志之，不敢忘。

【注释】

①太夫人：指欧阳修母亲郑氏。守节：女子在丈夫死后守寡不再嫁。

②俾：使。成人：成年。亦有成材的意思。

③一瓦之覆、一垄之植：此指一间房屋，一块田地。垄，种植用的垄埂。

④而：你。

⑤姑：古代媳妇称丈夫的母亲为姑。

⑥归：出嫁。

⑦岁时：逢年过节。

⑧间：间或，有时。御：进用，奉献。

⑨适然：偶然。

⑩官书：官府的文书。

⑪废：停下，放下。

⑫矧（shěn）：何况，况且。

⑬失之死：因误判致死。

⑭岁行在戌：岁星运行到戌年。岁，岁星。戌，戌年。戌是地支的第
　　十一位，与天干相配用以纪年或纪日。欧阳观死于庚戌年。

⑮矜饰：矜夸虚饰。

⑯中：指内心。

⑰要：重要，关键。

【译文】

　　我很不幸，生年四岁就成为孤儿。母亲自己发誓守节，生活很贫穷，在衣食方面自力更生，抚养我并教育我，使我长大成人。母亲告诉我说："你的父亲是廉洁的官吏，而爱好施舍别人，喜欢接待宾客，他的俸禄虽然微薄，还经常不让它有剩余，说：'不要让这些俸禄连累我。'所以他去世的时候，没有留下一间遮风避雨的房子、一垄可以种植的土地，来庇护你的成长。我是依靠着什么来守节呢？我对你的父亲，还是了解一些的，因此对你抱有期待。自从我嫁到你们家以来，没来得及侍奉我的婆婆，然而知道你的父亲能够赡养他的父母；你幼年就成为孤儿，我不知道你是不是一定能自立，但我知道你的父亲一定会后继有人。我刚嫁给你父亲时，你父亲为母亲服丧期满才一年。赶上岁时祭祀，就必定会流着眼泪说：'死后丰厚的祭祀不如生前微薄的奉养。'有时奉上酒食，又流着眼泪说：'以前经常不足而现在有剩余了，可也来不及供养你们了啊！'我开始的时候见到一两次，认为是刚刚丧母后偶然的表现。之后发现你父亲总是如此，一直保持终身没有不是这样。我虽然没赶上侍奉婆婆，但因此知道你父亲能够赡养她。你父亲做官，经常夜里秉烛处理官府文书，屡屡放下而叹息。我问他怎么回事，他说：'这是要判死刑的案子，我想为他寻求一条生路而不能啊。'我说：'生路可以找到吗？'他说：'去寻求生路却找不到，那么死者和我都没什么遗憾了，何况那些找到了生路的呢？因为有可能找到生路，那么就可知道没有去寻求生路而被杀死的人就会有所怨恨了。即使常常为死刑犯寻求生路尚且产生很多因误判的冤死者，况且世人还经常想让他们死呢。'他回头见乳娘抱着你站在

旁边，于是指着你慨叹道：‘术士说我岁星行到戌年就会死，假如他说的是真的，我来不及看到儿子长大了。以后你应当把我的话告诉他。’他平时教育其他子弟的时候，也经常这么说，我就耳熟能详了。他在外面的行为我不知道；他在家里的时候，没有什么矜夸与虚饰，而所作所为就是这样，真的是发于内心的啊！唉！他的心多么仁厚啊！这就是我所以知道你父亲必定会后继有人的原因。你要好好勉励自己啊！赡养不必丰盛，关键在于孝心；虽然不能广博地施利于万物，关键在于内心要仁厚。我不怎么会教育你，这是你父亲的遗志。”我流着泪记录下来，不敢忘记。

先公少孤力学。咸平三年进士及第[①]，为道州判官[②]，泗、绵二州推官[③]，又为泰州判官[④]，享年五十有九。葬沙溪之泷冈。太夫人姓郑氏，考讳德仪，世为江南名族。太夫人恭俭仁爱而有礼，初封福昌县太君，进封乐安、安康、彭城三郡太君。自其家少微时[⑤]，治其家以俭约，其后常不使过之，曰：“吾儿不能苟合于世[⑥]，俭薄所以居患难也。”其后修贬夷陵[⑦]，太夫人言笑自若，曰：“汝家故贫贱也，吾处之有素矣[⑧]。汝能安之，吾亦安矣。”

【注释】

①咸平三年：1000年。咸平，真宗赵恒年号。

②道州：治今湖南道县。判官：地方长官的僚属，辅理政事。

③泗、绵二州：泗州，治今江苏盱眙。绵州，治今四川绵阳。

④泰州：治今江苏泰州。

⑤少微：微贱。

⑥苟合：随随便便地迎合别人。

⑦修贬夷陵：景祐三年（1036），范仲淹因反对吕夷简被贬，欧阳修
　为其力争，并斥责谏官高若讷，因而被贬峡州夷陵县令。夷陵，今
　湖北宜昌。

⑧素：平素，经常。

【译文】

　　先父少年时便成为孤儿但非常好学。咸平三年进士及第，做了道州判官，泗、绵二州推官，又做了泰州判官，享年五十九岁。葬在沙溪县的泷冈。母亲姓郑，她的父亲名叫德仪，世代为江南名族。母亲恭敬节俭、仁厚慈爱而有礼节，最初封为福昌县太君，进封为乐安、安康、彭城三郡太君。从我家中微贱时，就以节俭之规治理家庭，之后也经常使日常用度不超过以前的标准，说："我儿子不能随便迎合世人，生活节俭朴素是为了能在患难中过日子。"其后我贬官到夷陵，母亲言笑自若，说："你们家本来就贫穷微贱，我这样生活已经习惯了。你能安然处之，我也能安然处之。"

　　自先公之亡二十年，修始得禄而养。又十有二年，列官于朝，始得赠封其亲。又十年，修为龙图阁直学士、尚书吏部郎中，留守南京①，太夫人以疾终于官舍，享年七十有二。又八年，修以非才②，入副枢密③，遂参政事④，又七年而罢。自登二府⑤，天子推恩，褒其三世，故自嘉祐以来，逢国大庆⑥，必加宠锡。皇曾祖府君累赠金紫光禄大夫、太师、中书令⑦，曾祖妣累封楚国太夫人。皇祖府君累赠金紫光禄大夫、太师、中书令兼尚书令⑧，祖妣累封吴国太夫人。皇考崇公累赠金紫光禄大夫、太师、中书令兼尚书令，皇妣累封越国太夫人。今上初郊⑨，皇考赐爵为崇国公，太夫人进号魏国。

【注释】

①修为龙图阁直学士、尚书吏部郎中,留守南京:龙图阁直学士为
"职",尚书吏部郎中为"官",在宋代均为衡定俸禄与官爵的虚
职;实际职务称"差遣",为南京留守。龙图阁,宋代收藏图书典
籍的馆阁。

②非才:才非其人。这里是谦词,说自己的才能与职位不相配。

③入副枢密:嘉祐五年(1060),欧阳修拜枢密副使。枢密,枢密院
为宋代最高军事机构。

④遂参政事:嘉祐六年(1061)欧阳修任参知政事。参知政事,相当
于副宰相。

⑤二府:指中书省和枢密院。

⑥大庆:一般包括祭祀天地祖宗、立太子、册封后妃等。

⑦府君:旧时对已故者的敬称。多用于碑版文字。累赠:多次封赠
后的最高爵位。金紫光禄大夫:宋代正二品散官衔,专门赠予文
官。中书令:宋前期为加官或赠官,系叙禄位的阶官,正二品。

⑧尚书令:用作大臣赠官,不单拜除。为正一品。

⑨今上:当今皇上。此时的皇帝是宋神宗。郊:郊祭,指于郊外祭祀
上天,是最为隆重的典礼。

【译文】

自先父去世后二十年,我才得到俸禄能养活自己。又过了十二年,
列为朝官,才得以赠封亲属。又过了十年,我担任龙图阁直学士、尚书吏
部郎中,留守南京,母亲因为疾病在官舍中逝世,享年七十二岁。又过了
八年,我获得了与才能不相称的职位,进入枢密院任副使,又得以任参知
政事,又过了七年罢官。自从进入中书省与枢密院以后,天子推恩,褒
赏三代祖先,因此从嘉祐年间以来,每逢国家重大庆典,必定会加以恩
宠与赏赐。曾祖父赠封金紫光禄大夫、太师、中书令,曾祖母赠封楚国
太夫人。祖父赠封金紫光禄大夫、太师、中书令兼尚书令,祖母赠封吴

国太夫人。父亲崇国公赠封金紫光禄大夫、太师、中书令兼尚书令，母亲赠封越国太夫人。当今皇上初次郊祭，父亲获赐崇国公的爵位，母亲进号为魏国太夫人。

于是小子修泣而言曰①："呜呼！为善无不报，而迟速有时，此理之常也。惟我祖考，积善成德，宜享其隆②。虽不克有于其躬③，而赐爵受封，显荣褒大，实有三朝之锡命④。是足以表见于后世，而庇赖其子孙矣。"乃列其世谱，具刻于碑。既又载我皇考崇公之遗训，太夫人之所以教而有待于修者，并揭于阡⑤，俾知夫小子修之德薄能鲜，遭时窃位，而幸全大节，不辱其先者，其来有自。

【注释】

①小子：儿子。

②隆：尊崇，显赫。

③躬：亲自，亲身。

④三朝：指宋仁宗、宋英宗、宋神宗三朝。

⑤揭：显露，公布。

【译文】

于是儿子欧阳修流着泪说："唉！为善不会得不到回报，只是时间上有来得快与慢的区别，这是常理。我的先人们，积累善良而成就德行，应该享受尊崇。虽然不能亲身受赏，而死后获赐爵位、接受封号，彰显荣誉褒扬赞美，实际享有三朝皇帝赐予诏命。这足以显名于后世，而庇护其子孙了。"于是我列好世代谱系，全部刻在石碑上。之后又记载下我父亲崇国公的遗训，母亲对我的教导以及期待的原因，一并刻在立于墓中的石碑上公布出来，使人们知道我德行浅薄、才能不足，遇上了好的时代而身居高位，侥幸保全了大节，没有辱没先人，是有来由的。

　　熙宁三年岁次庚戌，四月辛酉朔十有五日乙亥[①]，男推诚保德崇仁翊戴功臣、观文殿学士、特进、行兵部尚书、知青州军州事兼管内劝农使、充京东东路安抚使、上柱国、乐安郡开国公[②]，食邑四千三百户、食实封一千二百户修表[③]。

【注释】

①熙宁三年岁次庚戌，四月辛酉朔十有五日乙亥：神宗熙宁三年（1070）四月十五日。庚戌，熙宁三年的干支纪年为庚戌年。四月辛酉朔十有五日乙亥，指四月十五日。四月辛酉朔，四月初一的干支纪日为辛酉。朔，初一。后推至乙亥，是十五日。

②推诚保德崇仁翊戴：皆为宋代加给功臣的封号。观文殿学士：宋代曾任枢密使、知枢密院事等执政官外调，带此职名。特进：宋代正二品散官衔，系宰相所带阶。青州：治今山东青州。京东东路：宋代行政区划，管辖范围包括今山东中东部，治所在青州。安抚使：为一路帅臣，掌抚绥良民，察治盗贼，以知州兼充。上柱国：宋代最高等级勋官。正二品。开国公：宋代十二等爵位之第六等。

③食邑：因封爵而获得的土地上百姓的赋税。宋代食邑只是一种加封名号，并不真正享有该地赋税，俸禄以实封为准。食实封：北宋食实封也是一种加封名号，每户给钱二十五文。食邑加至一千五百以上，始加食实封。

【译文】

　　熙宁三年岁逢庚戌年，四月十五日，儿子推诚保德崇仁翊戴功臣、观文殿学士、特进、行兵部尚书、知青州军州事兼管内劝农使、充京东东路安抚使、上柱国、乐安郡开国公,食邑四千三百户、食实封一千二百户欧阳修作墓表。

【评点】

茅鹿门曰:幼孤而欲表父之德也于其母之言,故为得体。

张孝先曰:人子之欲显扬其亲,谁无此心哉? 公幼孤,承画荻之教①,至于遭时居显位,使其先世锡爵受封,可谓荣矣。然古今荣亲者亦多,而以文章传其令德,垂诸百世而不朽如公者,有几人哉? 述父之孝与仁,即一二事而想其生平,所以享为善之报也。

【注释】

①画荻之教:《宋史·欧阳修传》记载,欧阳修幼时孤贫,母亲郑氏用荻管画地写字,教其读书。

【译文】

茅坤说:欧阳修幼年丧父,就通过母亲的话来彰显父亲的德行,很得体。

张伯行说:哪个儿子不希望能彰显父母呢? 欧阳修年幼丧父,母亲用芦苇画地教他写字,最终赶上好时代而身居高位,使他的祖先都能获得封爵,可以说是很荣耀了。但是古往今来,使亲人获得荣耀的人很多,能像欧阳修这样通过文章来传播他们的美德,使他们百代之下依然永垂不朽的,有几个人呢? 叙述其父亲的孝顺与仁德,通过一两件事就能想见其生平,所以才能享受为善的福报啊。

祭吴尚书文①

【题解】

本文作于嘉祐三年（1058）五月，欧阳修时任翰林学士。欧阳修的文集中，本文前有一段交代写作时间、地点、作者、对象的说明文字，《文钞》未选，仅选取了其中祭文部分。

欧阳修在这篇祭文里首先赞扬了吴育的品格高尚，认为他能不为欲望与利害而改变自己的志向，又能保持言笑自若的心态，尤为难得。下面紧接着笔锋一转，写到吴育这样君子的去世来得突然，进而写到他的文章才华以及朋友的吊唁，将哀思寄托于这种对比中。此外，欧阳修在文中还不断重申自己"将老""老病"，这样就给人一种很强的同情感，是一篇典范的祭文。

　　呜呼公乎！余将老也，阅世久也。见时之事，可喜者少，而可悲者多也。士少勤其身，以干禄仕②，取名声，初若可爱慕者众也，既而得其所欲而怠，与迫于利害而迁③，求全其节以保其终者，十不一二也。其人康强饮食，平居笑言，以相欢乐，察其志意，可谓伟然④。而或离或合，不见几时，遂至于衰病，与其俯仰旦暮之间忽焉以死者⑤，十常八九也。

【注释】

①吴尚书：即吴育（1004—1058），字春卿，建州浦城（今属福建）人。天圣五年（1027）进士，庆历五年（1045），为谏议大夫、枢密副使，旋拜参知政事。为人刚正，疾恶如仇，精明果敢，仗义敢言。因死后赠吏部尚书，故云吴尚书。

②干：追求。

③与：连词，相当于或者、还是。利害：利益与损害。

④伟然：卓异超群的样子。

⑤俯仰：表示时间短暂。

【译文】

唉，吴公！我将要老了，经历时世很久了。看到现在的事，令人高兴的少，而令人悲哀的多。士人年少的时候很勤奋，以追求俸禄与官职，获取名声，最初好像令人爱惜羡慕的人很多，后来他们因为满足了欲望就懈怠了，或者迫于利害而改变了志向，追求一生始终保全节操的人，十人里不到一两个。有些人健康强壮，饮食如常，平时生活中言谈笑语，欢乐相处，考察他的志向，可以说是卓异超群。然而有时别离有时相聚，几时不见，就衰老多病了，或者是俯仰朝夕之间忽然死去的，也是十常八九的。

呜呼公乎！所谓善人君子者，其难得既如彼，而易失又如此也。故每失一人，未尝不咨嗟殒泣①，至于失声而长号也。公材谋足以居大臣，文学足以名后世，宜在朝廷以讲国论，而久留于外②；宜享寿考以为人望③，而遽云长逝④。此搢绅大夫所以聚吊于家，而交朋故旧莫不走哭于位⑤，岂惟老病之人独易感而多涕也？尚享⑥！

【注释】

①咨嗟殒泣：叹息落泪。

②久留于外：吴育在庆历六年（1046）罢政出为外官，先后知许州、蔡州、河南府兼西京留守司、永兴军、汝州、陕州，召还侍讲禁中，判通进银台司、尚书都省，又出为鄜延路经略安抚使，判延州，知河中府，徙河南府，卒于任。

③寿考：长寿。人望：为众人所仰望的人。

④遽:忽然。

⑤哭:吊唁。位:灵位。

⑥尚享:祭文的结语,表示希望死者来享用祭品的意思。

【译文】

唉,吴公! 所谓的善人和君子,那样的难得而又如此容易失去。所以每次失去一位君子,都未尝不叹息落泪,以至于失声痛哭、放声长号。吴公的才智和谋略足以居于大臣之列,文章足以名传后世,理应在朝廷中讲论国事,却长期滞留在地方上得不到重用;理应享受长寿为人们所仰望,却忽然去世。所以士大夫们聚在你家中吊唁,故交朋友赶到你的灵位前哭吊,难道只是因为垂老多病之人容易伤感而眼泪很多吗? 请享用这些祭品!

【评点】

茅鹿门曰:交似疏而感独深。○“也”字为韵贯到篇末。

张孝先曰:情见乎词,令人阅之亦怆然有感。

【译文】

茅坤说:交情似乎疏远而感慨却很深重。○“也”字为韵,押到篇末。

张伯行说:情感从言辞中体现出来,令人读了以后也怆然伤感。

祭尹师鲁文①

【题解】

本文作于庆历八年(1048)。欧阳修的文集中,本文前有一段交代作者、祭奠对象等情况的简单文字,《文钞》并未保存,仅选取了祭文部分。

尹洙是宋初古文运动的积极参与者之一,他与欧阳修交谊深厚,并曾一起参与过《新五代史》的撰写工作长达十年之久,可谓志同道合。

可惜尹洙不幸早逝，于是欧阳修为他写了墓志铭和这篇祭文。

祭文首先突出了尹洙的胸襟与志向，既而写他不为世俗所容，遭遇穷困命运却依然能泰然处之，体现出很高的道德魅力，最后称赞尹洙的文章足以为后世效法。三层意思均以"嗟乎师鲁"起首，悲痛之感不断深入，也使得文章具有很强的感染力。

嗟乎师鲁！辩足以穷万物，而不能当一狱吏②；志可以狭四海③，而无所措其一身④。穷山之崖，野水之滨，猿猱之窟⑤，麋鹿之群，犹不容于其间兮，遂即万鬼而为邻。

【注释】

①尹师鲁：尹洙（1001—1074），字师鲁，洛阳（今属河南）人。人称河南先生。天圣二年（1024）进士。历任馆阁校勘、太子中允、右司谏等职。与范仲淹、欧阳修等人关系甚密。景祐中，范仲淹以言事贬官，尹洙上书言范仲淹忠亮有素，自称与其为党，愿与俱贬，坐是贬官。在宋初文坛上，与穆修、欧阳修等大力倡导古文。其学长于《春秋》，又喜谈论军事，为官往往从事于兵间，故其议论精密，切于兵机，时人以为实用。

②不能当一狱吏：尹洙知渭州时曾阻止修建水洛城，后当时负责修城的董士廉上书讼之，诏御史刘湜审理。尹洙时已任潞州知州，曾因惜一部将之才而用公费为其偿债，刘湜即以此为其罪名。尹洙遂贬崇信军节度副使。狱吏，此指御史刘湜。

③狭四海：以四海为狭，意即比四海还要广大。四海，指天下。

④措：置，安放。

⑤猿猱（náo）：泛指猿猴。猱，猿类。身体便捷，善攀援。

【译文】

唉，师鲁！你的辩才足以穷尽万物的源流，却不能抵挡一名狱吏的陷害;你的志向比四海还宽广,却不能安置好自身。荒山的山崖,野水的岸边,猿猴的窟穴,麋鹿群中,都不能让你在其间容身,于是就只能离开人世与万千鬼魂比邻。

　　嗟乎师鲁! 世之恶子之多,未必若爱子者之众。而其穷而至此兮? 得非命在乎天而不在乎人? 方其奔颠斥逐^①,困厄艰屯^②,举世皆冤,而语言未尝以自及;以穷至死,而妻子不见其悲忻^③。用舍进退,屈伸语默^④。夫何能然? 乃学之力。至其握手为诀^⑤,隐几待终^⑥,颜色不变,笑言从容。死生之间,既已能通于性命^⑦;忧患之至,宜其不累于心胸。自子云逝,善人宜哀。子能自达,予又何悲? 惟其师友之益、平生之旧,情之难忘,言不可究^⑧。

【注释】

①奔颠:奔波颠沛。

②艰屯(zhūn):艰难。屯,艰难,困顿。

③悲忻(xīn):直译应为悲伤与欢乐,这里是偏意复合词,仅指悲伤。忻,心喜。

④语默:或说话或沉默。

⑤诀:指生死告别。

⑥隐几:靠着桌子。

⑦性命:古代哲学范畴。指万物的天赋和禀受。

⑧究:穷尽。

【译文】

　　唉,师鲁! 世上憎恶你的人的数量,未必像喜爱你的人那样多。为什么你穷困至此呢? 难道不是因为命运由天掌握而不能被人掌握吗?

当你颠沛流离、贬斥放逐，处于艰难困苦危难的境地时，全世界人都觉得你是冤屈的，而你言语之间从来没有提到自己；最终穷困至死，而妻子、儿女都从未看见你悲戚。进用与舍弃，或屈或伸、或说话或沉默。怎么能做到这样呢？是学问的力量。等到你与大家握手诀别，靠着桌子等待死亡时，你神色也没有变化，言谈笑语从容不迫。对于生死之间的事情，你已经能通达性命；忧患到极点，也理应不会积累于心间。自从你去世后，善人都觉得悲哀。你自己能够旷达，我又有什么可悲哀的呢？只是师友之间的教益、平生的旧交，这些感情难以忘却，言语也不能穷尽。

　　嗟乎师鲁！自古有死，皆归无物。惟圣与贤，虽埋不没。尤于文章，焯若星日^①。子之所为，后世师法。虽嗣子尚幼，未足以付予，而世人藏之，庶可无于坠失。子于众人，最爱予文。寓辞千里，侑此一樽^②，冀以慰子，闻乎不闻？尚享！

【注释】

① 焯（zhuō）：明彻，鲜明。

② 侑：敬，劝。

【译文】

　　唉，师鲁！自古人皆有一死，都会归于虚无。只有圣人与贤人，即使死了也不会被埋没。尤其是在文章方面，灿烂得就像星辰与太阳一样。你所作的文章足以成为后世效法的对象。虽然你的儿子还年幼，不足以将文章托付给他，然而世人会收藏起来，大概也能保证不会失传。你在众人之中，最喜欢我的文章。在千里外写下这篇祭文，敬上一樽酒，希望能抚慰你的灵魂，你听到了吗？请享用这些祭品！

【评点】

　　张孝先曰：师鲁与公始倡为古文词，相知最厚，摈斥而死。故公特写其磊落之致、悲怆之思。抑扬跌宕,绰有情致。

【译文】

张伯行说:尹洙与欧阳修最先倡导古文词,相知最深厚,他却因为被贬而死。所以欧阳修特意写他的磊落之致、悲怆之思。文章抑扬跌宕,绰约有情致。

祭石曼卿文①

【题解】

本文作于治平四年(1067)七月,欧阳修时知亳州。欧阳修的文集中,祭文前有一段文字交代作文时间、作者、作文目的等基本情况,《文钞》仅节选了整篇祭文中的祭文部分。

欧阳修此篇祭文写得深婉而悲切。人们都希望死去的朋友死后能够不朽,能够化为金玉的精华、千尺高松、九茎灵芝这样的祥瑞之物,但是现实只是一片荒凉的坟墓,甚至坟墓也成了动物栖身的洞穴。行文至此,一种巨大的悲伤感油然而生。文章最后借用王戎太上忘情的典故,进一步突出这种伤逝的悲痛,读来令人感动。此外,三段起首的三句"呜呼曼卿",情感不断加强,也加深了那种凄恻悲凉的情感气氛。

呜呼曼卿! 生而为英,死而为灵。其同乎万物生死而复归于无物者,暂聚之形;不与万物共尽而卓然其不朽者,后世之名。此自古圣贤莫不皆然,而著在简册者②,昭如日星。

【注释】

①石曼卿:石延年(994—1041),字曼卿,宋州宋城(今河南商丘南)人。官至秘阁校理、太子中允。建言加强边备,以御夏、辽。

元昊攻宋,奉命赴河东征集乡兵,得乡兵数十万。又请遣使劝唃
厮啰及回鹘出兵攻西夏。为人尚气,纵酒不羁,善书法,字体兼
颜、柳。又工诗,诗风豪放,文辞劲健,格律奇峭,长于叙事。

②简册:简牍书册,这里指史书。

【译文】

唉,曼卿!你活着时是英杰,死后是神灵。那些和自然界万物一样
有生有死而复归于空无的,只是暂时聚集起来的形体;不与万物一同散
尽而能卓然不朽的,是流传于后世的名声。自古以来的圣贤没有人不是
这样的,记录在史书中,光辉照耀如日月星辰。

呜呼曼卿!吾不见子久矣,犹能仿佛子之平生①。其轩
昂磊落②,突兀峥嵘③,而埋藏于地下者,意其不化为朽壤,而
为金玉之精,不然,生长松之千尺,产灵芝而九茎。奈何荒
烟野蔓,荆棘纵横,风凄露下,走燐飞萤④?但见牧童樵叟⑤,
歌吟而上下,与夫惊禽骇兽,悲鸣踯躅而咿嘤⑥。今固如此,
更千秋而万岁兮,安知其不穴藏狐貉与鼯鼪⑦?此自古圣贤
亦皆然兮,独不见夫累累乎旷野与荒城⑧!

【注释】

①仿佛:想象。

②轩昂:气概不凡的样子。磊落:洒脱,襟怀广阔。

③突兀峥嵘:形容品格超脱不凡。突兀,特出,奇特。峥嵘,山峰高
　　峻。形容卓越,不平凡。

④走磷飞萤:磷火飘散。磷,磷火,俗称鬼火。旧传为人畜死后血
　　所化,实为动物尸骨中分解出的磷化氢的自燃现象。其焰淡蓝
　　绿色,光弱,浮游空中,唯暗中可见。萤,萤火虫,夜间发出带绿

色的萤光。旧说是腐草所化。

⑤樵叟：砍柴的老翁。

⑥踯躅（zhí zhú）：徘徊不前的样子。咿嘤：鸟兽啼叫的样子。

⑦貉（hé）：形似狐狸，亦称狗獾。鼯鼪（wú shēng）：泛指小动物。

鼯，鼯鼠，又叫飞鼠。鼪，即黄鼬，俗称黄鼠狼。

⑧累累：连绵不断。荒城：荒坟。

【译文】

唉，曼卿！我好久没见到你了，但还能想象你平生的样子。你气宇轩昂，心胸磊落，品格超脱不凡，而你埋藏于地下的身躯，我想着应该不会化为腐朽的土壤，而能成为金玉的精华，不然就是生长成为千尺高的松树，或是变成有九条茎的灵芝。可是为什么你的墓地只有荒烟野藤，荆棘丛生，凄凉的风吹下露水，磷火飘散，萤火虫乱飞？只看见牧童与砍柴的老翁，唱着歌往来，以及惊起的飞禽、吓到的野兽，徘徊不前地悲鸣啼叫着。现在就已经这样了，更何况千秋万代呢，怎么能知道墓穴里不会藏着狐貉与鼯鼪之类的东西呢？自古以来的圣贤都是这样的，难道没看到那连绵不断的旷野与荒坟吗！

呜呼曼卿！盛衰之理，吾固知其如此，而感念畴昔①，悲凉凄怆，不觉临风而陨涕者，有愧乎太上之忘情②。尚享！

【注释】

①畴昔：往昔。

②太上之忘情：典出《世说新语·伤逝》王戎曰："圣人忘情，最下不及情，情之所钟正在我辈。"忘情，指不为喜怒哀乐之事而动情。

【译文】

唉，曼卿！兴盛与衰落的道理，我本来就知道是这样的，只是怀念起往昔的岁月，感到悲凉凄怆，不觉间临风落泪，真有愧于"太上忘情"的境界啊。请享用这些祭品！

【评点】

茅鹿门曰：凄清逸调^①。

张孝先曰：似骚似赋^②，亦怆亦达^③。

【注释】

①逸调：超脱世俗的格调。

②骚：诗体的一种。即楚辞体。赋：文体名。韵文和散文的综合体，讲究辞藻、对偶、用韵。

③怆：悲伤。

【译文】

茅坤说：凄美清冷，格调超凡脱俗。

张伯行说：像骚也像赋，亦悲怆亦旷达。

祭丁学士文^①

【题解】

本文作于治平四年（1067）四月，欧阳修时知亳州。丁宝臣知端州时，曾在侬智高叛乱中弃城而逃，十余年后，御史知杂苏寀复请治罪，剥夺他的封赏，欧阳修作此文有为丁宝臣鸣不平、斥责苏寀之意。

这篇祭文历数孔子、孟子、屈原等先贤生前不得重用，死后名传千载的事例，借此赞扬丁宝臣的品性与道德，并以蝇矢比喻小人的毁谤，认为它们只是暂时的，最终甚至反而有助于忠良美名的传播，言语间充满了对丁宝臣的不平与悲悼。

呜呼元珍！善恶之殊，如火与水，不能相容，其势然尔。是故乡人皆好，孔子不然，恶于不善，然后为贤[2]。子之美才，懿行纯德[3]，谁称诸朝，当世有识。子之憔悴[4]，遂以湮沦[5]，问孰恶子，可知其人。毁善之言，譬若蝇矢[6]，点彼白玉[7]，濯之而已。小人得志，暂快一时，要其得失[8]，后世方知。受侮被谤，无如仲尼，巍然衮冕[9]，不祀桓魋[10]。孟子之道，愈久弥光，名尊四子[11]，不数臧仓[12]。是以君子，修身而俟。扰扰奸愚[13]，经营一世，迨荣华之销歇[14]，嗟泯没其谁记？是皆生则狐鼠，死为狗彘[15]。惟一贤之不幸，历千载而犹伤，自古孰不有死，至今独吊乎沅、湘。彼灵均之事业[16]，初未见于南邦，使不遭罹于放斥[17]，未必功显而名彰。然则彼谗人之致力，乃借誉而揄扬。

【注释】

①丁学士：丁宝臣（1010—1067），字元珍，晋陵（今江苏常州）人。景祐进士。皇祐四年（1052）知端州时遇侬智高叛乱，弃城而逃，被贬黄州，改知诸暨。除弊兴利，当地人称为循吏。治平元年（1064）任秘阁校理，同知太常礼院。英宗每论人物必称之。尤与欧阳修友善。

②"是故乡人皆好"几句：典出《论语·子路》："子贡问曰：'乡人皆好之，何如？'子曰：'未可也。''乡人皆恶之，何如？'子曰：'未可也。不如乡人之善者好之，其不善者恶之。'"

③懿行：美好的品行。

④憔悴：劳苦，困苦。

⑤湮沦：死亡，埋没。

⑥矢：通"屎"。

⑦点：污，玷污。

⑧要(yāo)：核实。

⑨衮(gǔn)冕：古代帝王或公侯的礼服和礼帽。这里喻指王公大臣。

⑩桓魋(tuí)：又称向魋，春秋时期宋国人。曾任司马，有宠于宋景公。据《史记·孔子世家》载："孔子去曹适宋，与弟子习礼大树下。宋司马桓魋欲杀孔子，拔其树。孔子去。弟子曰：'可以速矣。'孔子曰：'天生德于予，桓魋其如予何！'"后得罪出逃。

⑪四子：指孔子、曾子、子思、孟子。

⑫臧仓：战国时期鲁平公宠人。平公将见孟子，被臧仓所阻挠。

⑬扰扰：乱，纷乱。

⑭迨：等到。

⑮狗彘：狗和猪。

⑯灵均：即屈原（约前340—前278），灵均为其字。战国时期楚国三闾大夫，因遭小人谗言而被楚王放逐江南，忧愤而赋《离骚》，秦军攻破郢都时，自沉汨罗江而死。

⑰罹：遭遇不幸。

【译文】

唉，元珍！善恶的分别，就像水火不能相容，这是势所必然的。所以乡人都说好，孔子却不以为然，认为只有同时被坏人憎恶的人，然后才能说他是贤人。你有美好的才能，有美好的品行、纯良的道德，谁在朝廷上称赞你，就可谓当世的有识之士。你每日劳苦，最终病故，问问是谁憎恶你，就可以知道他的为人。毁谤之言，就像苍蝇屎一样，污染了白玉，只需要清洗一下就会消失。小人得志只是暂时快意一时，核实他们的得失，到了后世就能知道。遭受侮辱、被人毁谤，没有谁比得上孔子，而王公大臣却祭祀孔子而不祭祀桓魋。孟子之道，时间越长越光耀人间，他被人们尊为四子之一，但人们不会算上臧仓。所以君子要修身来等待机会。那些愚蠢奸佞之人纷纷扰扰地经营了一辈子，等到荣华富贵消散之后，又有谁会记得他们，嗟叹其泯灭呢？这些人都是活着时像狐狸、老鼠一般,死后像猪狗一般。只有贤人的不幸才会经历千载还能引起人们的悲伤,自古以来有谁不死呢?可是至今人们只记得在沅水、湘江凭吊屈原。屈原的事业,开始也并未在楚国显现什么成就,假使他不遭遇放逐、贬斥的命运,也未必会使他的声名彰显。然而那些进谗言的人所努力实现的,最终只是被借来褒扬了屈原的声名。

　　呜呼元珍!道之通塞,有命在天,其如予何,孔、孟亦然。何以慰子,聊为此言。寄哀一奠,有涕涟涟^①。

【注释】

①涟涟:泪流不断的样子。

【译文】

　　唉,元珍!大道的通畅与阻塞,有上天主宰着命运,毁谤我的人又能把我怎么样呢,孔子、孟子也是这样的啊。用什么来抚慰你呢,只是作了这篇文章。寄托我的哀思来祭奠你,泪流不止。

【评点】

　　茅鹿门曰:悲痛慷慨。

　　张孝先曰:公生平遭谗得谤,见愠于群小,特发其感愤之意于斯文。后世苟不公,至今无圣贤,君子亦尽其在我以俟百世而已。

【译文】

　　茅坤说:悲痛慷慨。

　　张伯行说:欧阳修生平也多次遭遇谗言,被人毁谤,为小人们痛恨,因此特别在这篇文章中抒发自己的感愤之意。后世如果没有公正的评价,现在也就没有圣贤了,君子也只是竭尽自我的修行,等待后世而已。

记旧本韩文后

【题解】

本文作于嘉祐六年（1061）或稍后。一说作于嘉祐三年（1058）。

欧阳修是宋初古文运动的重要领袖,对于改革宋初西昆体骈俪的文风以及太学体怪僻的文风都有重要贡献,其改革实则上承韩愈在中唐时期发起的古文运动。本文就主要以欧阳修获得韩愈的《昌黎先生集》,学习韩文、校勘韩文的经历为线索,介绍了欧阳修本人了解、研究、学习古文的经历及求道历程。欧阳修在文中指出:他学习韩文并不是为迎合时人而求取功名。这种态度是非常值得肯定的,也成为其后致力于古文的学者学习的榜样。

此外,从学术研究的角度来说,这篇文章对于我们了解宋初古文运动、古代文学与教育的关系等问题也有非常重要的文献价值。

予少家汉东①。汉东僻陋无学者,吾家又贫无藏书。州南有大姓李氏者②,其子尧辅颇好学。予为儿童时多游其家,见有弊筐贮故书在壁间,发而视之③,得唐《昌黎先生文集》六卷,脱落颠倒无次序,因乞李氏以归。读之,见其言深厚而雄博。然予犹少,未能悉究其义,徒见其浩然无涯若可爱。

【注释】

①予少家汉东:欧阳修幼年丧父,母亲只能带着他投奔住在随州（今属湖北）的叔叔。汉东,这里指随州,其曾为唐汉东郡。

②大姓：世家，大族。

③发：打开。

【译文】

我小时候家住在汉东郡。汉东偏僻而落后，没有什么学者，我家里又穷，没有什么藏书。州南有个姓李的世家大族，他儿子李尧辅颇为好学。我在童年时经常到他家去，在墙壁间看到破筐里放着一些古旧的书，打开一看，发现了唐代韩愈的《昌黎先生文集》六卷，书页已经脱落颠倒了而且编排也没有次序，于是向李氏把它讨回来。研读此书，就发现它的文章深厚而且雄伟博大。但我还小，不能详尽探究其中的义理，只看到它浩荡而无边际好像很值得阅读。

　　是时天下学者杨、刘之作①，号为时文②，能者取科第，擅名声③，以夸荣当世，未尝有道韩文者。予亦方举进士，以礼部诗赋为事。年十有七试于州，为有司所黜④。因取所藏韩氏之文复阅之，则喟然叹曰⑤："学者当至于是而止尔！"因怪时人之不道，而顾己亦未暇学，徒时时独念于予心。以谓方从进士干禄以养亲⑥，苟得禄矣，当尽力于斯文，以偿其素志⑦。

【注释】

①杨、刘：指杨亿和刘筠。杨亿（974—1020），字大年，建州浦城（今属福建）人。幼颖悟，七岁能属文。十一岁被召试，试诗赋五篇，下笔立成，授秘书省正字。淳化中，赐进士及第。真宗即位，为左正言，预修《太宗实录》。历知制诰、判史馆，与王钦若领修《册府元龟》，其功居多。后为翰林学士兼史馆修撰。刘筠（971—1031），字子仪，大名（今属河北）人。咸平中进士，为秘

阁校理，预修《册府元龟》。历修起居注、知制诰。曾三入翰林，三典贡举。真宗景德年间，杨亿、刘筠、钱惟演等人在馆阁中吟咏酬唱，杨亿将他们的诗编为《西昆酬唱集》，其特点是模仿唐李商隐，追求辞彩华丽、属对工巧，讲究用典，内容则较贫乏，称"西昆体"。为文则雕章琢句，文辞艳丽，崇尚对偶，用典繁缛。

②时文：时下流行的文体。

③擅：占有，享有。

④黜：废，贬退。

⑤喟：叹息。

⑥干禄：求取俸禄。

⑦偿：实现。

【译文】

这时候，天下学者把杨亿、刘筠的文章称为时文，能写这种文章的人就能科举高中，享有名声，可以在当世夸耀荣显，还没有谁提到韩愈的文章。我也刚刚开始参加进士考试，在礼部的诗赋考试方面下功夫。十七岁的时候，参加州里的考试，被主考官黜落。于是取出所藏的韩愈的文章再次阅读，就叹息道："学者应当学到这样才算学到家啊！"于是奇怪当时的人为什么不谈论韩文，而考虑到自己也没有空闲来学习，只是常常独自在心里想着这件事。认为当务之急是要考取进士获得俸禄来赡养母亲，假如得到官禄以后，就要尽力学习这种文章，来实现我平素的志向。

　　后七年，举进士及第，官于洛阳，而尹师鲁之徒皆在，遂相与作为古文。因出所藏《昌黎集》而补缀之①，求人家所有旧本而校定之②。其后天下学者亦渐趋于古，而韩文遂行于世。至于今，盖三十余年矣，学者非韩不学也，可谓盛矣。

【注释】

①补缀：补充辑集。缀，汇集。

②人家：他人之家，别人家。

【译文】

七年之后，我考中了进士，在洛阳任官，而尹师鲁那些人都在，就和他们一起写作古文。于是取出收藏的《昌黎集》并对其进行补充辑集，寻求别人家的旧本来校定它。此后天下的学者也渐渐趋向于写古文，而韩愈的文章就在世上流行起来了。到现在，大概已经三十余年了，学者非韩愈不学，可以说是很兴旺了。

呜呼！道固有行于远而止于近，有忽于往而贵于今者，非惟世俗好恶之使然，亦其理有当然者。而孔、孟惶惶于一时①，而师法于千万世。韩氏之文，没而不见者二百年，而后大施于今②。此又非特好恶之所上下③，盖其久而愈明，不可磨灭，虽蔽于暂而终耀于无穷者，其道当然也。

【注释】

①惶惶：匆忙急促的样子。

②施：散布，流传。

③特：仅仅。

【译文】

唉！道本来就有在过去流传却在近世无法流传的情况，有以往受到忽视而现在受到重视的情况，不只是世俗的好恶使然，也是理有所当然的。孔子、孟子在当时匆忙急迫地到处奔波，而能成为万世师法的榜样。韩愈的文章，埋没而不见于人间二百年，而后能在今天广为流传。这又不是仅仅以人们的好恶能决定的，大概时间越久就越昭明，不会被磨灭，即使暂时受到遮蔽，而最终会闪耀万世，这是道所决定的。

予之始得于韩也，当其沉没弃废之时①。予固知其不足以追时好而取势利②，于是就而学之，则予之所为者，岂所以急名誉而干势利之用哉③？亦志乎久而已矣。故予之仕，于进不为喜、退不为惧者，盖其志先定而所学者宜然也。

【注释】

①沉没：埋没。

②势利：权势和财利。

③干：求。

【译文】

我最初得到韩愈的集子正是它遭到埋没废弃的时候。我当然知道韩文不足以追随时人所好而获取权势与利益，在这种情况下取来学习，那么我的所作所为难道是用来急于获得名誉求取权势、利益吗？也是有志于长久而已。所以我在做官时，对于进升不感到喜悦、对于黜退不感到担心，大概是因为我的志向先确定了而且我所学的道也应该是这样的。

集本出于蜀，文字刻画颇精于今世俗本，而脱缪尤多。凡三十年间，闻人有善本者①，必求而改正之。其最后卷帙不足，今不复补者，重增其故也②。予家藏书万卷，独《昌黎先生集》为旧物也。呜呼！韩氏之文之道，万世所共尊，天下所共传而有也。予于此本，特以其旧物而尤惜之。

【注释】

①善本：指校勘精确、珍惜少见、具有艺术价值的版本。

②重：重视。

【译文】

文集本来出于蜀地，文字刻画和现在世上的俗本比颇为精美，但脱漏和错误很多。三十年间，听到别人有善本，我必定寻求来校改订正它。文集最后的卷帙不足，现在也不再补上，是因为重视原貌不愿增补。我家里有万卷藏书，只有这本《昌黎先生集》是老物件。唉！韩愈的文章与道义，万世共同尊崇，天下共同流传而保有。我对于这个本子，正是因为它是旧物而尤其珍惜它。

【评点】

张孝先曰：韩吏部文章昭垂天壤，至今炳如日星，然在当时知好者少。公去文公仅百余载，而韩文犹湮没未彰。盖五代文弊，而宋初杨、刘绮丽之习，有以蔽之也。公自儿童即知好之，得诸李氏敝筐中，乞以归，爱之终身，于万卷中独为旧物。后之学者，称文章必曰"韩欧"，盖其生来根器与韩契合①，固非习之所能移耳。余忆儿童时，先君子教以性理诸书②，心知笃好。尝欲求《濂溪全集》观之，而未得也。一日偶行报国寺，见有鬻此本者，因重购以归，如获异宝，晨夕展玩，不忍释手。今之官闽南，搜辑先儒遗书，既将《濂溪全集》校定镂版③，以公同好，而原本日在案头，亦如六一居士万卷中旧物。独恨未能心领神会，使先儒之道有诸身而被诸世，如欧公与韩子继踵而兴也。聊为附记于后。

【注释】

①根器：指人的禀赋、气质。

②性理：人性与天理。指宋儒性理之学。

③镂版：雕版印刷。

【译文】

张伯行说：韩愈的文章垂范天地，至今还像太阳、繁星一般灿烂，然而在当时很少有人知道其好处。欧阳修离韩愈只有百余年的时间，而韩文仍然被埋没得不到彰显。大概五代时文章衰敝，宋初杨亿、刘筠文章的绮丽风习，也遮蔽了韩愈的古文。欧阳修从儿童时就喜好韩愈的文章，从李家的破筐里得到它，要来带回家，终身爱惜，在万卷藏书中以唯一的旧物而得到特别的珍爱。后代学者，谈到文章必定说"韩欧"，大概他的禀赋生来就和韩愈很契合，当然不是一时风气能动摇的。回忆我在儿童时，先父教我读理学的书，我心里非常喜欢。曾经想寻求一部《濂溪全集》来读，而未能获得。一天偶然逛报国寺，看到有人卖这部书，于是花重金买回来，就像获得了至宝，早晚都要拿出来展玩，爱不释手。现在到闽南做官，搜集前辈儒者的遗书，已经把《濂溪全集》校定并且雕版刊刻，与有着共同爱好的人共享，而原来的旧本还每日摆放在案头，也像欧阳修万卷藏书中的旧物一样。只是遗憾我不能心领神会，使自己也获得先儒之道而传于后世，就像欧阳修与韩愈那样相继兴起，成为宗师。这些内容也姑且记录在文后。

欧阳文忠公本传①

　　欧阳修，字永叔，永丰人②。修四岁而孤，母郑氏有女节，以荻画地教修书字③。稍长，从邻里借书读，或手抄之，抄未竟而成诵。举进士，有声，补西京留守推官④。召试学士院⑤，迁镇南军节度掌书记、馆阁校勘⑥。

【注释】

①本文采自《神宗实录》，有较大删节。

②永丰：今江西吉安。

③荻：多年生草本植物，形状似芦苇。

④补：官制用语。即递补、委任官职。西京：北宋以开封为都城，称洛阳为西京。留守推官：诸京留守司之属官，协助长、副官分判刑案之事。

⑤试：元丰改制前，非正式命官称"试官""试秩""试衔"，须等候选用。杜佑《通典·职官》："试者，未为正命，凡正官，皆称行、守。"学士院：即翰林学士院，掌撰写诏书。

⑥迁镇南军节度掌书记、馆阁校勘：欧阳修于景祐元年（1034）授宣德郎试大理评事兼监察御史，充镇南军节度掌书记，馆阁校勘。其中馆阁校勘为实职，宣德郎为阶官（品级的称号），余皆为试官或加官。镇南军，唐、五代方镇名，治洪州（今江西南昌），北宋初废。节度掌书记，北宋时为候补、候选的官员阶官名。馆阁校勘，北宋前期置，以京官充任，为馆阁职事之一，掌校勘书籍。

【译文】

　　欧阳修，字永叔，永丰人。他四岁丧父，母亲郑氏有节操，用荻草在地上写字来教欧阳修学写字。稍微长大一点，就从邻居家借书来读，一边读一边抄，还没抄完就能背诵了。欧阳修考中进士，很有声望，补西京留守推官。又应召试任翰林学士院,调任镇南军节度掌书记、馆阁校勘。

　　修为人质直闳廓,见义敢为,机阱在前^①,直行不顾。每放逐困踬^②,辄数年,及复振起,终不改其操。范仲淹贬知饶州^③,谏官高若讷独不言^④,修遗书责之,坐谪峡州夷陵令^⑤。稍近^⑥,至太子中允、馆阁校勘^⑦,修《崇文总目》^⑧,改集贤校理、知太常礼院^⑨,数论天下事。以贫求补外,得通判滑州^⑩。

【注释】

①机阱:设有机关的捕兽陷阱。比喻坑害人的圈套。阱,陷阱。

②困踬(zhì):困顿,颠簸。踬,跌倒。

③范仲淹贬知饶州:景祐三年(1036)范仲淹任吏部员外郎,上书指责宰相吕夷简用人多出其门,且倚仗仁宗的宠信扰乱朝政,被吕夷简斥为结引“朋党”而贬官饶州。饶州,治今江西鄱阳。

④高若讷(997—1055):字敏之,并州榆次(今属山西)人。天圣二年(1024)进士。累官起居舍人、知谏院,官至枢密使,卒赠尚书右仆射,谥文庄。

⑤峡州:治今湖北宜昌。夷陵:峡州属县,今湖北宜昌东南。即其州治所在。

⑥近:疑当作“迁”。改任。

⑦太子中允、馆阁校勘:太子中允为阶官,馆阁校勘为实职。

⑧《崇文总目》:宋代官修目录。王尧臣、欧阳修等撰。仁宗景祐元年(1034)起整理著录,参加者除王、欧二人外,还有宋庠、宋祁、王洙、李淑、张观,皆为著名学者。于庆历元年(1041)底撰成。全书六十六卷,总括了昭文馆、史馆、集贤馆、秘阁四馆藏书,仿唐

《开元四部书目》体例,分四部四十五类,收书30669卷。每类有序,每书有提要,纲举书旨,简明扼要。本书元初已无完本,明清全佚。

⑨集贤校理:集贤院校理省称,为馆职,掌整理图书,为清要之选。洪迈《容斋四笔》:"国朝儒馆仍唐制,有四,曰昭文馆,曰史馆,曰集贤院,曰秘阁。……四局各置直官,均谓之馆职,皆称学士;其下则为校理、检讨、校勘。"知太常礼院:官名。宋前期太常礼院或置知院官、同知院官,轮值礼院,掌礼乐制度、仪式事。位次于判礼院。太常礼院,宋代掌管讨论礼制的机构,名义上隶太常寺,其实专达于上。

⑩通判:官名。宋初始于诸州府设置,即共同处理政务之意。地位略次于州府长官,但握有连署州府公事和监察官吏的实权,号称监州。滑州:治今河南滑县。

【译文】

欧阳修为人耿直宽宏,见义勇为,就算前面有陷阱,也勇往直前,无所顾惜。每次一遭遇贬官困顿,就是好几年,等再度起用时,始终也不改变其节操。范仲淹贬知饶州时,谏官高若讷不肯站出来替范仲淹说话。欧阳修就致书指责他,因此也被贬为峡州夷陵令。后改任太子中允、馆阁校勘,修《崇文总目》,改集贤校理、知太常礼院,多次讨论天下大事。因为穷困而求外放,任滑州通判。

仁宗增谏官员①,用天下名士②,召修知谏院③。未几,用修同修起居注④,阅月⑤,拜右正言、知制诰⑥。初,吕夷简罢相⑦,夏竦为枢密使,复夺之⑧,代以杜衍⑨。同时进用富弼、韩琦、范仲淹等⑩。石介作《庆历圣德诗》,言退奸不易,进贤之难,而终篇意在夏竦⑪。竦不悦,因与其党造为党论,目仲淹、衍及修为党人。修乃上《朋党论》，又上疏言。杜衍、韩琦、范仲淹、富弼相继罢去。为党论者尤恶修异己，又善言其情状，至使内侍蓝元震上疏^⑫，赖仁宗终不之信。修使河东，其所建议尤多^⑬。会保州兵叛^⑭，出修为龙图阁直学士、河北都转运使^⑮。初，修出河北，仁宗面谕曰："勿为久居计，有事言来。"修对曰："谏官乃得风闻^⑯，今在外，使事有指，越职，罪也。"仁宗曰："有事但以闻，勿以中外为词。"为党论者愈益恶之。乃坐用张氏奁中物买田立欧阳氏券^⑰，左迁知制诰、知滁州^⑱。

【注释】

①仁宗增谏官员：庆历三年（1043）。仁宗想要革除天下弊政，增加谏官名额。员，名额。

②用天下名士：当时仁宗同时任命王素为兵部员外郎，欧阳修为太常丞，并知谏院，余靖为右正言，谏院供职。王素、余靖等都以遇事敢言、无所回避著名。

③知谏院：北宋前期，在谏院实际供奉言事职事者，称知谏院，多由非言事官兼领。职在拾遗、补阙。凡朝政阙失，大者在朝廷进谏规正，小者上实封论奏。即自宰相以下至百官，自中书门下至百司，任非其人，事有失当，都有责谏正。谏院，宋代为谏官治事之所。

④同修起居注：官名。宋太宗置起居院，其后赴起居院修起居注官，称同修起居注，省称修起居注。编制二人。职责为记录皇帝言行，并将所书皇帝言论行止等，修成起居注以送史馆备修实录与正史。

⑤阅月：经月。

⑥右正言：中书省右正言省称，为谏官之一。但在元丰改制前，须别降命赴谏院供职，才是谏官；如带"右正言"而兼他职，则此"右正言"只起文臣寄禄官阶作用。知制诰：负责起草诏书。翰林学士知制诰称内制，其他官员兼知制诰称外制。

⑦吕夷简罢相：庆历三年（1043）三月，吕夷简罢相。吕夷简（979—1044），字坦夫，寿州（今安徽凤台）人。咸平三年（1000）进士。真宗朝，累迁刑部郎中、权知开封府。仁宗即位，为参知政事。后三度入相，封申国公，又改封许国公，兼枢密使。庆历三年罢相，守司徒，与中书、枢密院同议军国大事，反对庆历新政，指斥范仲淹等为朋党。欧阳修等劾其为相二十年，专事姑息，大坏纲纪，遂以太尉致仕。次年卒，赠太师、中书令，谥文靖。

⑧夏竦为枢密使，复夺之：庆历三年（1043），召夏竦为枢密使，以谏官反对，改知大名府。夏竦（985—1051），字子乔，江州德安（今属江西）人。累官右正言、知制诰，天圣五年（1027）拜参知政事，因与吕夷简不和，改枢密副使，庆历七年（1047）拜相，改枢密使，封英国公、郑国公，谥文庄，著有《文庄集》。竦明敏好学，才智过人，然为人急于进取，喜用权术，世人目为奸邪。枢密使，宋代最高军事机构长官。

⑨杜衍（978—1057）：字世昌，越州山阴（今浙江绍兴）人。大中祥符元年（1008）进士。庆历三年（1043）拜枢密使，次年拜同平章事兼枢密使，以支持范仲淹新政，为相百日而罢。封祁国公，谥正献。

⑩富弼（1004—1083）：字彦国，河南（今河南洛阳）人。天圣八年（1030）举茂才异等。庆历二年（1042），报使契丹，允增岁币，力拒割地之请。庆历三年（1043）拜枢密副使，与杜衍、范仲淹等主持新政，旋被排挤居外。至和二年（1055），与文彦博同任宰相，在位七年，唯务守成，无所兴革。英宗即位，拜枢密使，与王安

石政见不合，出判亳州。以韩国公致仕。谥文忠。著有《富郑公集》。韩琦（1008—1075）：字稚圭，相州安阳（今属河南）人。天圣五年（1027）进士。宋夏战争起，与范仲淹同经略西事，名重一时，并称"韩范"。庆历三年（1043）拜枢密副使，与杜衍、范仲淹等主持新政，两年后，以仲淹等罢政，自请出外，知扬、郓等州。嘉祐元年（1056）拜枢密使，三年（1058）拜同中书门下平章事。英宗即位，进卫国公，再封魏国公。治平元年（1064），进右仆射兼门下侍郎，权枢密院公事。神宗起用王安石变法，他竭力反对。还判相州。卒谥忠献。著有《安阳集》。韩琦早负盛名，历相三朝，立二帝，安社稷，与富弼齐名，世称"富韩"。

⑪"石介作《庆历圣德诗》"几句：石介在《庆历圣德诗》里歌颂仁宗实行新政，赞美范仲淹、富弼、杜衍、韩琦、欧阳修、余靖等人，而篇末曰："皇帝圣明，忠邪辨别。举擢俊良，扫除妖魃。众贤之进，如茅斯拔。大奸之去，如距斯脱。"又曰："知贤不易，非明弗得。去邪惟艰，惟断乃克。"其意以罢去的夏竦为大奸。石介（1005—1045），字守道，一字公操，兖州奉符（今山东泰安）人。人称徂徕先生。天圣八年（1030）进士。历任郓州观察推官、南京留守推官、国子监直讲、太子中允，直集贤院。庆历三年（1043），作《庆历圣德颂》诗，得罪夏竦，惧祸求出。五年（1045），除濮州通判，未赴任，卒于家。后夏竦借事诬石介诈死，奏请发棺验尸，其事虽经杜衍等保奏得免，但累及妻子，二十年后才得昭雪。尝从学孙复，博通经术，为文章论古今治乱成败，指切当世，无所顾忌，是范仲淹庆历新政与欧阳修诗文革新运动的积极参与者。

⑫内侍蓝元震上疏：蓝元震上疏，言范仲淹、欧阳修、尹洙、余靖曾被蔡襄称为四贤，而他们已结为朋党，"以国家爵禄为私惠，胶固朋党……递相提挈，不过三二年，布满要路，则误朝迷国"（《续资治通鉴长编·庆历四年》）。内侍，宦官。

⑬修使河东，其所建议尤多：欧阳修奉命出使河东，反对废麟州，提议分其兵，驻并河内诸堡以为援助；又提议令民耕忻、代、岢岚禁地废田，后岁得粟数百万斛；"凡河东赋敛过重民所不堪者，奏罢十数事"（《宋史·欧阳修传》）。

⑭保州兵叛：宋朝故制，保州云翼军每出巡，别给粮钱以优之，因对西夏作战导致军费短缺，保州通判石待举便向当地转运使张昷之建议，云翼军每一季只能出巡一次，借此节省军费。庆历四年（1044），云翼军卒恶石待举，遂杀之以作乱。保州，治今河北保定。

⑮龙图阁直学士：从三品，在枢密直学士之下、自天章至显文阁直学士之上。为加衔。河北都转运使：即河北路都转运使。都转运使，负责财务，兼管边防、刑狱、考察官吏等，实为大行政区长官。为实职。北宋两省五品官以上任转运使者带"都"字。烦剧之路置都转运使，如河北、陕西、河东三路，各以两制（翰林学士、中书舍人、知制诰）以上重臣为都转运使。

⑯风闻：即风闻言事。谓古时御史等任监察职务的官员可以根据传闻进谏或弹劾官吏。

⑰用张氏奁中物买田立欧阳氏券：早先，欧阳修之妹嫁张龟正，张卒后，携其前妻之女投奔欧阳修。待此女成年，欧阳修将她嫁给族兄之子欧阳晟。张氏与奴通奸，事下开封府。权知府事杨日严曾因贪恣被欧阳修弹劾，于是使狱吏令张氏诬陷欧阳修。谏官钱明逸遂劾欧阳修私通张氏，且欺其财。仁宗诏户部判官苏安世、入内供奉官王昭明杂治，得以辩白无私通之事，但仍判其"用张氏奁中物买田立欧阳氏券"，即用张氏钱财买田而田契上写欧阳修的名字，因而贬官。

⑱滁州：治今安徽滁州。

【译文】

宋仁宗增设谏官，任用天下名士，命欧阳修知掌谏院。不久，起用他任同修起居注，一个月后，拜右正言、知制诰。起初，吕夷简罢相，夏竦担任枢密使，后来又罢免了他，用杜衍代替他。同时进用富弼、韩琦、范仲淹等人。当时有石介为此作《庆历圣德诗》，称退奸不易以及进贤之难，而最终意在讽刺夏竦。夏竦不高兴，就与其盟友兴起朋党之论，攻击范仲淹、杜衍和欧阳修等人结党。欧阳修就上《朋党论》，又上疏解释此事。后来杜衍、韩琦、范仲淹、富弼相继罢去。那些制造党论的人又厌恶欧阳修不依附自己，又善于描述情状，使内侍蓝元震上疏攻击欧阳修，幸亏最后宋仁宗没有相信。后来欧阳修出使河东，提出的建议尤其丰富。赶上保州兵叛乱，派欧阳修担任龙图阁直学士、河北都转运使平息此事。当初，欧阳修出守河北时，宋仁宗当面对他说："不要做长期留在河北的打算，有事就直接向我汇报。"欧阳修回答道："只有谏官才能风闻言事，现在我在外任，言事僭越了职权，是罪过啊。"仁宗说："有事只管陈说，不要以外任为限。"那些制造党论的人就更加嫉恨他了。于是诬陷欧阳修用外甥女张氏的私产买田而所立田契上是欧阳修的名字，欧阳修因此贬官知制诰、知滁州。

　　久之，迁起居舍人、知扬州[①]，徙颍州[②]，复龙图阁直学士、知应天府[③]，以母忧去[④]。既免丧入见，仁宗恻然，怪修发白，问在外几年，今年几何，恩意甚至，命判流内铨[⑤]。小人恐修复用，伪为修奏，乞澄汰内侍[⑥]。书腾都下，宦者切齿。杨永德者，阴以言中修，出知同州[⑦]。外议不平，论救者众，遂留判修《唐书》，为翰林学士[⑧]，加史馆修撰、勾当三班院[⑨]，改侍读学士、知蔡州[⑩]。未行，复为翰林学士、判太常寺[⑪]。

【注释】

①起居舍人：宋前期无职守，为文臣迁转叙禄位阶官。扬州：治今江

苏扬州。

②颍州：治今安徽阜阳。

③应天府：治今河南商丘。真宗大中祥符七年（1014）以为南京。

④母忧：指因母亲去世而守丧丁忧。

⑤判：签署。唐宋官制，以大兼小，即以高官兼较低职位的官也称判。流内铨：全称为吏部流内铨。主要职能是评定官员入流、铨选等。

⑥澄（dèng）汰：谓澄去泥滓，汰除沙砾。多用以指甄别、拣选、淘汰。

⑦同州：治今陕西大荔。

⑧翰林学士：元丰改制前，不带"知制诰"而以翰林学士兼领他官者，则与职名同，无实际职事。

⑨史馆修撰：掌修日历。初不外领他事，只是在京差遣、知制诰、翰林学士等兼职，为馆阁官之高等。初由朝官充，大中祥符九年（1016）八月后，须两省五品官以上方能为之。勾当：主管办理某种公务。三班院：掌低级供奉武官三班使臣的机构，主管其注拟、升移、酬赏等事。为吏部以外的铨选机构。间或参议朝政。

⑩侍读学士：翰林侍读学士省称。专给皇帝上课讲经史。其班位甚高，仅次于翰林学士。蔡州：治今河南汝南。

⑪判太常寺：官名。主掌社稷、武成五庙、诸坛、斋宫及习乐等事。以三品以上官兼充，或两制官充。太常寺，掌管礼仪事务的机构。冠于九寺之首，其职清重而位尊。

【译文】

过了一段时间，欧阳修改任起居舍人、知扬州，迁任颍州，复为龙图阁直学士、知应天府，因其母亲去世而回家守孝。服丧之后，回朝面圣，仁宗很悲伤，叹息欧阳修头发都白了，问他在外任多久，现在多大年纪，充满厚爱之意，命他掌管流内铨事务。小人们担心他再次被任用，就伪造了欧阳修的奏章，要求拣选淘汰太监。奏疏在京城传扬开来，太监们都恨得咬牙切齿。有一个叫杨永德的人，乘机进言中伤欧阳修，欧阳修被贬为同州知州。大臣们为欧阳修鸣不平，纷纷上疏救助，于是留任欧阳修修《唐书》，为翰林学士，加史馆修撰、勾当三班院，改官侍读学士、知蔡州。尚未出行，又改任翰林学士、判太常寺。

修在朝，以奖进天下士为己任，延誉慰荐①，极其力而后已。于经术治其大旨②，不为章句③，不求异于诸儒。景祐中④，与尹洙皆为古学。已而有诏，戒天下学者为文使近古，学者尽为古文，而修之文章，遂为天下宗匠。蜀人苏洵尝论修文章词令雍容似李翱⑤，切近实当似陆贽⑥，而修之才，亦似过此二人。至修作《唐书》至《五代史》，叙事不愧刘向、班固也⑦。权知贡举，文士以新奇相尚，文体大坏，修深革其弊，前以怪僻在高第者，黜之几尽，务求平淡典要。士人初怨怒骂讥，中稍信服，已而文格变而复正。

【注释】

①延誉：播扬声誉。慰荐：慰藉推荐。慰，同"慰"。

②经术：研究儒家经典的学问。

③章句：剖章析句。经学家解说经义的一种方式。

④景祐：宋仁宗年号（1034—1038）。

⑤李翱（772—841）：字习之，陇西成纪（今甘肃秦安）人，一说赵郡（今河北赵县）人。唐贞元十四年（798）进士。大和三年（829）拜中书舍人，累迁至户部侍郎，晚年官至山南东道节度使。谥文。世称李文公。李翱早年曾见知于古文家梁肃，又从韩愈学古文，其文学思想亦大致根于韩愈，强调儒道之"仁义"是为文之根本。其古文创作，主要发展韩愈"文从字顺"一面，且立意高卓，词旨

浑厚。《解惑》《国马说》《高愍女碑》《杨于陵墓志铭》《祭吏部韩侍郎文》等均为佳作,见推当时。今传《李文公集》十八卷。

⑥陆贽(754—805):字敬舆,苏州嘉兴(今属浙江)人。唐大历八年(773)进士。建中四年(783)以祠部员外郎充翰林学士,扈从奉天,参决机谋,时号"内相"。又因敢谏而迁为谏议大夫。内乱平定后,转为中书舍人。贞元八年(792)知贡举,擢韩愈、李观、欧阳詹等登第,时称"龙虎榜"。同年拜相。后为户部侍郎、判度支裴延龄所谗,于十年(794)冬罢相,次年贬为忠州别驾。居忠州十年,唐顺宗即位,欲召还,诏未至而卒。谥宣,世称陆宣公。贽长于制诰政论。权德舆称其"榷古扬今,雄文藻思。……其关于时政,昭昭然与金石不朽者,惟制诰、奏议乎"(《陆宣公全集序》)。今存《陆宣公翰苑集》二十二卷。

⑦刘向(约前77—前6):本名更生,字子政,沛(今江苏徐州)人。汉宣帝时,为谏大夫。元帝时,任宗正。以反对宦官弘恭、石显先后两次下狱,免为庶人。成帝即位后,得进用,任光禄大夫,改名为"向",官至中垒校尉。校阅中秘群书,撰成《别录》,为我国最早的图书分类目录。另有《新序》《说苑》《列女传》等。班固(32—92):字孟坚,扶风安陵(今陕西咸阳东北)人。累官兰台令史,迁为郎,典校秘书,后随窦宪征匈奴,为中护军。后窦宪以擅权被杀,他坐法免官,旋被逮,死于狱中。善辞赋,有《两都赋》《答宾赋》《封燕然山铭》等,后人辑为《班兰台集》。他又曾奉汉章帝命,撰集诸儒会白虎观对"五经"同异的讲论,为《白虎通德论》一书(即《白虎通义》)。他历时二十余年,撰成《汉书》百篇,起汉高祖,迄汉平帝、王莽,文辞渊雅,叙事详赡,是我国第一部纪传体断代史。

【译文】

欧阳修在朝,以奖励推荐天下士人为己任,极力赞扬抚慰他们。对于儒家经典学问他研治其主要意旨，不寻章摘句烦琐解释，也不求标新立异与其他儒家学者不同。景祐年间，与尹洙皆提倡古文。不久有了诏书，要求天下学者作文以近古为准，学者都开始学习古文，于是欧阳修就成为天下文章宗师。四川人苏洵曾经评论欧阳修的文章说辞令像李翱一样雍容典雅，内容像陆贽一样务实切当，而欧阳修的才华，大概超越了这两个人。至于欧阳修作《新唐书》和《新五代史》，叙事不愧于刘向、班固。他主持贡举考试时，文士追求新奇文风，结果文体大坏，欧阳修通过考试革除了这些弊病，此前通过写那些古怪晦涩的文章而获得好名次的人，几乎全部被欧阳修黜落了，务求使文章平淡典要。士人们最初又是埋怨又是讥讽，后来就渐渐信服了，最后文章体格改变而重归于正体。

　　拜右谏议大夫、判尚书礼部①，又判秘阁、秘书省②，加兼侍读，辞不受。同修玉牒③，兼龙图阁学士、权知开封府，承包拯威仪之后④，一切循理，不事风采⑤。或以为言，修曰："人材性各有短长，实不能舍所长强其所短。"以给事中兼同提举诸司库务⑥，改群牧使⑦。《唐书》成，拜礼部侍郎，为枢密副使。

【注释】

①右谏议大夫：神宗元丰改制前，谏议大夫不亲掌言事，主要用作文　　臣迁转叙位禄阶官。

②判秘阁、秘书省：领秘阁事，兼判秘书省事。秘阁，馆阁名。自昭　　文馆、史馆、集贤院择出真本书及内庭所出古画、墨迹珍藏之。并　　如三馆例，以名儒入阁供职。秘书省，在元丰改制前掌一般祭祀　　用的祝文撰写。

③玉牒：记载帝王谱系、历数及政令因革之书。罗大经《鹤林玉

露》:"玉牒修书,始于大中祥符。……编年以纪帝系,而载其历数及朝廷政令之因革者,为《玉牒》。"

④包拯(999—1062):字希仁,合肥(今属安徽)人。天圣五年(1027)进士。累擢监察御史,历瀛、扬、庐、池诸州,徙知江宁府。嘉祐元年(1056),召还,权知开封府,迁右司郎中。立朝刚毅,贵戚宦官为之敛手。断讼明敏正直,杜绝吏奸。京师有"关节不到,有阎罗包老"之语(《宋史·包拯传》)。权御史中丞,迁三司使,拜枢密副使。谥孝肃。著有《包孝肃奏议》十五卷,今存十卷。威仪:庄重的仪容举止,泛指举止动作的种种律仪规范。这里指严格细致的规定。

⑤风采:声威名望。这里指威严的礼仪排场。

⑥给事中:负责审读诏书、奏状等的官员。但宋元丰改制之前为文臣迁转寄禄官阶,不参与封还并对诏敕之不当者加以驳正之事。同提举诸司库务:提举诸司库务是提举在京诸司库务司的省称,作为三司辅助机构,职掌点检在京诸库、务、场、院、坊、作等库务账目文书,监督诸监库务官之行迹等事。同提举诸司库务是这一机构的副主管。

⑦群牧使:群牧司长官,总领内外饲养、放牧、管理、支配国马之政。以翰林学士、两省侍从官以上充任。

【译文】

又拜右谏议大夫、判尚书礼部,又判秘阁、秘书省,加兼侍读,欧阳修辞谢而不受。又同修玉牒,兼龙图阁学士、权知开封府,在包拯严格的管理之后,一切都遵循道理,不追求威严排场。有人就此责怪他,欧阳修说:"人的才性各有擅长与不擅长,确实不能舍弃擅长的方面而勉强做不擅长做的事。"以给事中兼同提举诸司库务,改群牧使。《新唐书》修成,拜礼部侍郎,为枢密副使。

　　未几,参知政事^①,预定策^②。英宗初年,亲政事,慈圣光献太后垂帘^③,修与二三大臣佐佑两宫^④,镇抚四海。执政聚议,事有未可,修未尝不力争。台谏官至政事堂论事,往往面折其短。英宗尝面称修曰"性直不避众怨"。

【注释】

①未几,参知政事:嘉祐五年(1060),欧阳修拜枢密副使,六年(1061),参知政事。

②定策:这里指劝谏仁宗立太子。欧阳修曾借水灾上疏仁宗,劝其早立太子,以保国祚长久。

③慈圣光献太后垂帘:嘉祐八年(1063)宋仁宗驾崩,宋英宗即位,尊奉仁宗的曹皇后为皇太后。四月,英宗生病,下诏请求皇太后共同处理军国要事。四月十四日,皇太后到小殿垂帘听政。次年英宗病愈,十一月,撤帘还政。慈圣光献太后,仁宗的第二任皇后曹氏,是开国功臣曹彬的孙女。熟读经史,善飞白书,被尊为贤后。

④修与二三大臣佐佑两宫:这里主要指欧阳修等调和曹太后与宋英宗的矛盾。《宋史·欧阳修传》记载:"英宗以疾未亲政,皇太后垂帘,左右交构,几成嫌隙。……修进曰:'太后事仁宗数十年,仁德著于天下。昔温成(按,仁宗宠妃张贵妃,追谥温成皇后)之宠,太后处之裕如;今母子之间,反不能容邪?'太后意稍和,修复曰:'仁宗在位久,德泽在人。故一日晏驾,天下奉戴嗣君,无一人敢异同者。今太后一妇人,臣等五六书生耳,非仁宗遗意,天下谁肯听从。'太后默然,久之而罢。"二三大臣,指当时辅政的韩琦、司马光等。佐佑,辅佐,辅助。两宫,指曹太后与宋英宗。

【译文】

　　不久,拜参知政事,参与选定太子的重大决策。宋英宗即位亲政初年,慈圣光献太后垂帘听政,欧阳修与其他两三位大臣辅佐两宫,镇抚四海。执政大臣们聚在一起商议国是，遇到不可行的事，欧阳修都据理力争。谏官们到政事堂来议论，欧阳修往往当面批评他们的错误。英宗曾经当面称赞欧阳修"性格耿直，不避众怨"。

　　自嘉祐以后，朝廷务惜名器①，而进人之路稍狭，修屡建言。遂诏韩琦、曾公亮、赵概及修各举五人②，其后中选者多在清近③，朝廷亦稍收其用矣。又因暇日，尽以百司所行兵民、官吏、财用，中书所当知者，集为总目。上有所问，宰相以总目对。修以奉祠假家居④，上遣内侍就中书阁取而阅之。蒋之奇谗之⑤，修遂称疾，力解机务⑥，以观文殿学士、刑部尚书知亳州⑦，年六十矣。乞致仕者六，不从，迁兵部尚书、知青州⑧。除检校太保、宣徽南院使⑨，判太原府，三辞不受，徙知蔡州⑩。以老病乞骸骨，章数上，乃为观文殿学士、太子少师致仕。卒年六十有六，赠太子太师，谥文忠。

【注释】

①名器：这里指官职。

②曾公亮（999—1078）：字明仲，晋江（今福建泉州）人。天圣二年（1024）进士。累迁翰林学士、给事中、参知政事、枢密副使、吏部侍郎、同中书门下平章事、集贤殿大学士，封鲁国公，谥宣靖。赵概（996—1083）：字叔平，虞城（今属河南）人。天圣五年（1027）进士。累官枢密使、参知政事，卒赠太子太师，谥康靖。

③清近：谓居官清贵，接近皇帝。

④奉祠：祭祀。假：暂且。

⑤蒋之奇谗之：指蒋之奇依据薛良孺诬陷欧阳修与儿媳吴氏有私情而弹劾欧阳修。蒋之奇（1032—1104），字颖叔，常州宜兴（今属

江苏)人。嘉祐二年(1057)进士。以浮言劾欧阳修而贬监道州
酒税,累官中书舍人、知开封府、翰林学士兼侍读、同知枢密院事
等,谥文穆。著有《三经集》等。

⑥机务:机要事务。此指参知政事之职。

⑦观文殿学士:曾任枢密使、知枢密院事等执政官外调,带此职名。
正三品,位资政殿大学士之上。亳州:治今安徽亳州。

⑧青州:治今山东青州。

⑨检校太保:检校太保为加官,非实职。宣徽南院使:宣徽南院主管
官员。宣徽院分为南、北两院,属内廷官署。总领内诸司、殿前三
班及内侍之名籍、迁补、休假、纠劾,并领郊祀、朝会、宴会、供帐
等琐事;凡内、外进贡名物,也由宣徽院检视。位于枢密使之下,
枢密副使之上。多用为优待勋臣、外戚等的加官。南院使又高于
北院使。

⑩蔡州:治今河南汝南。

【译文】

从嘉祐年间以后,朝廷不肯轻易委任官员,进用人才的路径逐渐狭
窄,欧阳修多次建言。于是命韩琦、曾公亮、赵概及欧阳修各自举荐五
人,后来被选中的人多在清要亲近之位,朝廷也逐渐得到了任用贤人的
好处。欧阳修又利用闲暇时间,将中书省应该掌握的各部门上报的关于
兵民、官吏、财用等信息,收集起来汇为总目。皇帝询问时,宰相就可以
把总目拿出来奏对。欧阳修后来因祭祀而暂时居家,皇帝就派太监到中
书省取出这份总目来看。蒋之奇又进谗言,欧阳修于是称病,力求解除
自己参知政事的职务,以观文殿学士、刑部尚书知亳州,这时他已经六十
岁了。欧阳修六次上疏请求退休,朝廷不准,迁兵部尚书、知青州。又授
予他检校太保、宣徽南院使,判太原府,欧阳修辞谢了三次,没有接受,改
知蔡州。他多次以老病为由上疏请求退休,于是以观文殿学士、太子少
师退休。卒年六十六,赠太子太师,谥文忠。

　　修议濮园事虽不叶群议^①，然结发立朝，谠直不回^②，身任众怨，至于白首，而谤讪不已，卒以不污。年六十以论政不合固求去位^③，可谓有君子之勇矣^④。

【注释】

①修议濮园事虽不叶（xié）群议：指欧阳修在"濮议"中支持英宗称生父濮王赵允让为"皇考"。议濮园事，宋英宗让大臣们讨论生父濮王应称"皇考"还是"皇伯"，大部分朝臣都认为应称"皇伯"，而欧阳修、韩琦等少数人支持英宗称"皇考"。最后定为称"皇考"，于是引发了朝臣的抵制。英宗因立濮王园陵，贬议论激烈的侍御史吕诲、吕大防、范纯仁三人出朝，而包括司马光在内的台谏官员全部自请同贬。叶，和洽，相合。

②谠直：正直。不回：正直，不行邪僻。

③年六十以论政不合固求去位：指在"濮议"中观点与众人不同，因而被谗，遂力求解参知政事之事。欧阳修生于1007年，"濮议"发生于治平二年（1065）四月，至十八个月后"濮议"平息，已是1066年，欧阳修六十岁。

④君子之勇：即一切本于道义的勇气。语出《荀子·荣辱》："义之所在，不倾于权，不顾其利，举国而与之不为改视，重死持义而不桡，是士君子之勇也。"

【译文】

　　虽然欧阳修在讨论濮王称号的事情上与大臣们观点不合，但是他从年轻时进入朝廷以来，就正直而不屈，直到老年还在承受众人的怨恨，诽谤、攻击他的声音不断，却终究没有玷污他的名誉。六十岁时因为论政不合，坚持要求卸任，可以说有君子之勇了。

修博极群书，好学不倦。集三代以来金石刻为二千卷①，校正史氏百家讹谬之说为多。所著《易童子问》三卷②，《诗本义》十四卷③，《居士集》五十卷④，内外制、奏议、四六集又四十余卷⑤。子发、奕、棐、辨。

【注释】

①集三代以来金石刻为二千卷：据欧阳修自传《六一居士传》"集录三代以来金石遗文一千卷"，此"二千卷"似应作"一千卷"。欧阳修平生收集周秦至五代的金石铭文拓本，并装裱成轴，积至千卷。其在卷轴上自作的跋尾，凡四百余篇，集为《集古录跋尾》（亦称《集古录》）十卷。

②《易童子问》：此书设童子与师问对之语，解说《周易》大旨。卷一、卷二说六十四卦卦辞及《彖传》《象传》大义。卷三则考辨《易传》内容，认为《系辞传》《文言》《说卦传》《序卦传》《杂卦传》五种非出自一人之手，不可视为孔子所作。此说发前人之所未发，在《周易》学史上产生过重大影响。

③《诗本义》：此书前十二卷为"说"一百一十四篇，每条以《诗经》题为目，下分"论曰""本义曰"两部分；卷十三至十五为专题论文；十六卷附"诗图总序""郑氏诗谱"。其书志在补正毛传疏略、郑笺妄说，《四库全书总目提要》谓"其立论未尝轻议二家，而亦不曲徇二家，其所训释，往往得诗人之本志"。有人认为宋代研习《诗经》，新义日增而旧说几废，实始于欧阳修。

④《居士集》：欧阳修晚年将自己所著诗文亲自编定为《居士集》五十卷。《文献通考》引叶梦得之言曰："欧阳文忠公晚年取平生所为文自编次，今所谓《居士集》者。往往一篇至数十过，有累日去取不能决者。"

⑤内外制：唐宋时由中书舍人或知制诰所掌的皇帝诰命称外制，由翰林学士所掌之诰命称内制。奏议：古代臣下上奏帝王的各类文字的统称，包括表、奏、疏、议、上书、封事等。四六：文体名。骈文的一体。因以四字六字为对偶，故名。按，欧阳修去世后，其子将其遗著编定成集，计有《居士集》五十卷，《易童子问》三卷，《诗本义》十四卷，《五代史》七十四卷，《归荣集》一卷，《外制集》三卷，《内制集》八卷，《奏议集》十八卷，《四六集》七卷，《集古录跋尾》十卷，《杂著述》十九卷，是为"家本"。此外尚有遗佚未录者数百篇，打算别为编集，但未及成编。此后，比较重要的是南宋周必大所刻《欧阳文忠公集》一百五十三卷，后附行状、墓志、传文等五卷，总计一百五十八卷；现在通行的是欧阳修第二十七代孙清欧阳衡重新编校的《欧阳文忠公全集》一百五十八卷。

【译文】

欧阳修博极群书，好学不倦。他汇集上古三代以来的金石资料二千卷，校正了很多以往史家和学者们说法中的讹误之处。著有《易童子问》三卷，《诗本义》十四卷，《居士集》五十卷，内外制、奏议、四六集又四十余卷。有四个儿子，欧阳发、欧阳奕、欧阳棐、欧阳辩。

全本全注全译丛书

中华经典名著

吕明涛　诸雨辰　韩　莉◎译注

唐宋八大家文钞 中

中華書局

目录

中册

卷之七

苏文公文

三苏文引

朱子曰："李泰伯文字得之经中，虽浅，然皆自大处起议论；老苏父子自史中《战国策》得之，故皆自小处起议论①。"此言极得苏氏之病。然盱江之文传之者少，而三苏文章不惟倾动一时，至今学者家习而户诵之。盖正大之旨难入，而巧辩之词易好也。且以其便于举业，而爱习苏氏者，尤胜于韩、柳、欧、曾。及其习焉既久，与之俱移，不觉权术之用，生于心而形于文字，莫有知其弊者。朱子自谓老苏文字初亦喜看，后觉自家意思都不正当，以此知人不可读此等文字。夫文字愈工，议论愈快，其移人愈速。朱子尚觉其如是，况学者乎？苟惟苏氏之文是习，其不至为心术之坏也几希。余选三苏文，老泉聊存一二，东坡、子由亦择其醇正者而录之，其多从小处起议论者不录。知道之士，必能识予去取之深意也。

【注释】

①"李泰伯文字得之经中"几句：语出《朱子语类·论文上》。李泰伯，即李觏（1009—1059），字泰伯，建昌军南城（今属江西）人。世称盱江先生，又称直讲先生。历太学说书、权同管勾太学，著有《盱江集》。李觏一生研精儒学，尝自称"所务唯学，所好唯经"（《上富舍人书》），文章朴实，多关经世，对当时学者不通经术而专以文辞为务，深表不满。其《富国》《安民》《强兵》三策，《庆历民言》诸篇，都从儒家经邦济世观念出发，评论时政得失，提出救正之术。

【译文】

朱熹说："李觏的文章是从经书所得，虽然浅显，但都是从大处发起议论；苏洵父子的文章得自史部《战国策》，因此都从小处发议论。"此言切中苏氏父子文章的弊病。不过李觏之文流传很少，而三苏的文章不仅当时倾动一时，至今学者还家家都在阅读传诵。大概正大的旨趣难以被接受，而巧言善辩的辞令易于被欣赏。况且因为学习三苏之文有益于科举考试，因此学三苏比学韩愈、柳宗元、欧阳修、曾巩的人还要多。等到研习久了，心性就会随之偏移，不知不觉间权术思维从内心生发并从文章里表现出来，自己却察觉不到弊端。朱熹自述最初也喜欢读苏洵的文章，后来觉察到自己的思想都不纯正了，可知人不能读这样的文章。文章越精美，议论越畅快，对人的改变就越迅速。朱熹尚且感觉到这样，何况一般学者呢？如果只是一味学习三苏之文，很少能有不败坏了心术的。我编选三苏文章，苏洵只选一两篇，苏轼、苏辙也是选择其中道理醇正的收录，那些多从小处发议论的文章就不收了。明白道理的人，一定能认识到我选择文章的深意。

上仁宗皇帝书

【题解】

　　本文作于嘉祐三年（1058）。是苏洵上奏仁宗皇帝陈述为政主张的奏疏，这里是节选了奏疏中的前两段，没有包括具体的十项建议。

　　本文写作背景是时任翰林学士的欧阳修将苏洵的《权书》《衡论》《几策》等作品呈交仁宗皇帝，仁宗诏令苏洵参加中书舍人院的考试，苏洵认为即便参加也难以符合有关部门的心意，不愿奉诏参加考试，于是上了这道奏疏。节选的两段中交代了不应诏赴阙的原因，语言庄重得体。后面引出所陈十条建议涉及用人、考课、仕进等问题，也显示了他的现实关怀。

　　前月五日①，蒙本州录到中书札子②，连牒臣③：以两制议上翰林学士欧阳修奏臣所著《权书》《衡论》《几策》二十二篇④，乞赐甄录⑤。陛下过听⑥，召臣试策论舍人院⑦，仍令本州发遣臣赴阙⑧。臣本田野匹夫，名姓不登于州闾。今一旦卒然被召，实不知其所以自通于朝廷，承命悸恐，不知所为。以陛下躬至圣之资，又有群公卿之贤，与天下士大夫之众，如臣等辈，固宜不少，有臣无臣，不加损益。臣不幸有负薪之疾⑨，不能奔走道路，以副陛下搜扬之心⑩，忧惶负罪，无所容处。

【注释】

　　①前月：指嘉祐三年（1058）十一月。

　　②本州：指苏洵所居的眉州。录：收录，抄录。中书札子：中书发来的非正式的文书。欧阳修《归田录》："中书、枢密院事有不降宣

敕者,亦用札子。"中书,北宋初中书门下的简称,主要负责秉承
皇帝旨意发布政令。札子,官府中用来上奏或启事的一种文书。

③牒:发文,行文。

④两制:宋代内制和外制的合称。欧阳修《又论馆阁取士札子》:
"翰林学士谓之内制,中书舍人、知制诰谓之外制。今并杂学士、
待制通谓之两制。"

⑤甄录:选拔录用。

⑥过听:错听。用作谦词。

⑦策论:就当时政治问题加以论说,提出对策的文章。宋代以来各
朝常用作科举试士的项目之一。舍人院:中书学士舍人院,宋代
皇帝特别加试的考试机构。《宋史·选举志》载:"太宗以来,凡
特旨召试者,于中书学士舍人院,或特遣官专试,所试诗、赋、论、
颂、策、制诰,或三篇,或一篇,中格则授以馆职。"

⑧赴阙:入朝。阙,帝王所居之处,朝廷。

⑨负薪:古代士自称疾病的谦词。《礼记·曲礼上》:"君使士射,不
能,则辞以疾,言曰:'某有负薪之忧。'"

⑩副:符合,相称。搜扬:访求举拔。

【译文】

上个月五日,承蒙本州抄录到中书发下的札子,连着诏告臣:经两制
审议,翰林学士欧阳修奏上臣所著的《权书》《衡论》《几策》二十二篇,
请求选拔录用。陛下错听,召臣到舍人院考试策论,命本州负责派遣我
赶赴京师。臣本来是田间的一个平民,姓名没有登录在州县之中。现在
一旦突然被召见,实在不知道自己有什么本事上达于朝廷,接到命令以
后诚惶诚恐,不知道该怎么做。以陛下躬亲至圣的资质,又有一群贤达
的公卿,还有天下众多的士大夫,像臣这样的人,当然应该有很多了,有
没有臣,对朝廷都没有什么损失与补益。臣很不幸地患有疾病,不能在
道路上奔走,远赴京师,以符合陛下搜访举荐贤人的心意,诚惶诚恐,深

感负罪,没有容身之处。

　　臣本凡才,无路自进。当少年时,亦尝欲侥幸于陛下之科举,有司以为不肖[①],辄以摈落[②]。盖退而处者,十有余年矣。今虽欲勉强扶病戮力[③],亦自知其疏拙[④],终不能合有司之意,恐重得罪,以辱明诏。且陛下所为千里而召臣者,其意以臣为能有所发明,以庶几有补于圣政之万一。而臣之所以自结发读书至于今兹,犬马之齿几已五十,而犹未敢废者,其意亦欲效尺寸于当时[⑤],以快平生之志耳[⑥]。今虽未能奔伏阙下,以累有司,而犹不忍默默卒无一言而已也。天下之事,其深远切至者,臣自惟疏贱[⑦],未敢遽言[⑧];而其近而易行、浅而易见者,谨条为十通,以塞明诏。

【注释】

①不肖:不贤,不成材。

②摈落:排斥弃绝,落选。

③戮力:尽力,勉力。戮,通"勠"。并力,合力。

④疏拙:粗疏拙劣。

⑤效:贡献,尽心尽力地服务。尺寸:指些少或微小的事物。此指才能、力量等。

⑥快:称心,畅快。

⑦疏贱:关系疏远,地位低下。

⑧遽:猝然,突然。

【译文】

　　臣本来才能平凡,没有仕进的办法。在年轻的时候,也曾经想凭侥幸考中陛下的科举,考官认为臣不成材,就把臣摒弃了。臣退居家中,十多年了。现在即使想勉强支持病体奋力应诏，也自知自己学识粗疏浅陋，最终不能符合考官的心意，担心再次得罪，辱没了圣明的诏令。况且陛下之所以不远千里召见臣，意思是认为臣能有发明创见，或许对圣明的朝政有万分之一的补益。而臣之所以从小读书至今，年龄几近五十，还不敢荒废，就是想对当今朝廷贡献绵薄之力，让平生的志向能够畅快地施展罢了。现在虽然不能奔赴京师拜伏朝廷之下，来麻烦考官，但还是不忍心默默地不说一句话就算完了。天下之事，那些深远急迫的，臣考虑自己关系疏远，地位低下，不敢突然张口发表意见；而对于那些浅近的易行易见之事，恭敬地罗列为十条建议，以回报朝廷圣明的诏令。

【评点】

张孝先曰：召试不赴，盖得难进之义。所上书辞旨多未纯[1]，故不录。盖苏氏议论足以动人，熟其文，便不知不觉流入权术作用去也[2]。

【注释】

①纯：此指全部本于儒家学说。
②权术：权谋，手段。苏洵曾说："苏秦、张仪吾取其术，不取其心。"
　　（《谏论》）故张伯行贬斥他的文章多有纵横家的权谋，在儒学造诣上不纯粹。

【译文】

张伯行说：不参加召试，大概是明白难以获得进用。苏洵上书的辞旨大多杂而不纯，因此不加选录。苏洵的议论足以动人，熟悉他的文章，便不知不觉被其权术所影响了。

苏氏族谱亭记

【题解】

本文作于嘉祐元年（1056）正月，文章主要为苏洵的妻党、程正辅父子而发。

中国自古就是一个宗族社会，特别是在基层社会中，宗族更是不可或缺的基本组织结构之一。宋代以后，围绕着家族祭祀等活动的发展，宗族活动日益丰富，族有族谱、家有家规，宗族长老对宗族弟子的训诫教导成为长期以来维系家族及社会基本稳定的必要途径，通过苏洵的这篇《苏氏族谱亭记》我们即可管窥一斑。

苏洵在文中主要记录了一位宗族长老对一位"乡之望人"的批评之辞，抨击了他在对待亲属、兄弟、妻妾等六个方面的不良行为，一一记录在册，从而达到警诫族众的作用。苏洵的文章常常以其纵横捭阖、议论精妙著称，而从这篇文章中我们也可以看到他关注道德伦理等问题的儒者一面。

匹夫而化乡人者^①，吾闻其语矣。国有君，邑有大夫，而争讼者诉于其门；乡有庠，里有学，而学道者赴于其家。乡人有为不善于室者，父兄辄相与恐曰^②："吾夫子无乃闻之？"呜呼！彼独何修而得此哉？意者其积之有本末，而施之有次第耶^③？

【注释】

①化：教育，教化。

②恐：恐吓。

③次第：次序，顺序。

【译文】

　　一个普通人可以教化乡人，我听说过这种说法。国家有君主，城邑有大夫，而争执和诉讼的人就去他们那里请求裁决；乡间村里有学校，而学道的人就去学校里求学。乡人中有在家中不干好事的，父兄就恐吓他说："我们先生恐怕要听说了吧？"唉！那些人是怎么修养成这样的呢？我想他们的积累自有其本末，而施行的时候也有他们的次序吧？

　　今吾族人犹有服者^①，不过百人，而岁时蜡社^②，不能相与尽其欢欣爱洽，稍远者至不相往来，是无以示吾乡党邻里也。乃作《苏氏族谱》，立亭于高祖墓茔之西南，而刻石焉。既而告之曰："凡在此者，死必讣^③，冠、娶妻必告^④。少而孤则老者字之，贫而无归则富者收之。而不然者，族人之所共谯让也^⑤。"

【注释】

①服：按丧礼规定穿丧服时，根据与死者亲疏，分为斩衰、齐衰、大功、小功、缌麻五等。这五等之内的族人，称为"有服者"。

②蜡（zhà）：古代年终大祭。《礼记·杂记下》："子贡观于蜡。"郑注："蜡也者，索也。岁十二月，合聚万物而索飨之祭也。"杨慎《升庵经说·蜡腊二祭不同》："《玉烛宝典》云：腊，祭先祖；蜡，祭百神。腊，取禽兽以祭，故字从猎省；蜡，享农功之毕，故字从蜡省。腊，于庙；蜡，于郊。"社：社祭，于春秋分在郊外祭祀土地神。

③讣：报丧。

④冠：古代男子二十岁时行冠礼，表示成人。

⑤谯让：责备，责问。

【译文】

　　现在我族中在五服以内的族人不超过一百人，而年岁终时举行蜡祭、春秋分举行社祭，不能一起尽享欢欣友爱融洽，稍微远点的亲戚甚至不相往来，这不能在乡党邻里间显示我们宗族的和睦。于是作了《苏氏族谱》，在高祖坟墓的西南建了一个亭子，将族谱刻在石碑上。然后告诉我们的族人：“凡是在族谱上的人，死了一定要报丧，举行冠礼和婚礼一定要互相告知。年少而失去父母的，就由老人养育，贫穷而无家可归的，就由富裕的人收养。不这样做的人，族人一同责问他。”

　　岁正月，相与拜奠于墓下。既奠，列坐于亭。其老者顾少者而叹曰：“是不及见吾乡邻风俗之美矣。自吾少时见有为不义者，则众相与疾之①，如见怪物焉，栗然而不宁②。其后少衰也，犹相与笑之。今也则相与安之耳。是起于某人也。夫某人者，是乡之望人也③，而大乱吾俗焉。是故其诱人也速，其为害也深。自斯人之逐其兄之遗孤子而不恤也④，而骨肉之恩薄；自斯人之多取其先人之赀田而欺其诸孤子也⑤，而孝悌之行缺；自斯人之为其诸孤子之所讼也，而礼义之节废；自斯人之以妾加其妻也，而嫡庶之别混⑥；自斯人之笃于声色，而父子杂处，欢哗不严也，而闺门之政乱；自斯人之渎财无厌⑦，惟富者之为贤也，而廉耻之路塞。此六行者，吾往时所谓大惭而不容者也。今无知之人皆曰：某人何人也，犹且为之。其舆马赫奕⑧，婢妾倩丽，足以荡惑里巷之小人⑨；其官爵货力，足以摇动府县；其矫诈修饰言语，足以欺罔君子。是州里之大盗也，吾不敢以告乡人，而私以戒族人焉：仿佛于斯人之一节者⑩，愿无过吾门也。”

【注释】

①疾：憎恶，怨恨。

②栗然：恐惧的样子。

③望人：有声望的人。

④遗孤子：死者遗留下来的孤儿。恤：周济，救济。

⑤赀：通"资"。货物，钱财。

⑥嫡庶：指正妻与妾。正妻为嫡，妾为庶。

⑦渎：通"黩"。贪求，贪污。

⑧赫奕：显赫美盛的样子。

⑨荡惑：迷惑。荡，诱惑，迷惑。

⑩仿佛：相似，相仿。

【译文】

正月的时候，一起在墓前祭拜祖先。祭拜之后，按次序在亭子里坐下。其中一位老人看着年轻人感叹地说："你们没看见我们乡邻风俗淳美的时候啊。在我小时候见到有做不义之事的人，大家就一起憎恶他，就像看见怪物一样，使其感到恐惧而不安宁。后来逐渐减退了，但还是一起讥笑他。现在却已经跟这类人相安无事了。这是由某人引起的。某人是乡里有声望的人，却大大地破坏了我们的风俗。所以他诱惑别人也更快，他为害也更深。自从那人驱逐他兄长的遗孤而不恤养之后，骨肉之间的恩情就淡薄了；自从那人多占先人的钱财和田产而欺负先人的诸位遗孤之后，兄弟之间的孝悌行为就缺失了；自从那人被先人的诸位遗孤诉讼之后，礼义的节操就废弃了；自从那人把妾的地位凌驾于妻之上，嫡庶之间的分别就混淆了；自从那人沉溺于声色，而父与子混杂居住，喧哗不羁之后，家族内部的规矩就混乱了；自从那人贪财无厌，只认富人当贤人，廉耻之路就蔽塞了。这六种恶行，是我们以前所谓非常惭愧而不能宽容的。现在无知的人都说：某人是什么样的人啊，他也这样做呢。他的车马显赫，奴婢美丽，足以诱惑里巷的普通百姓；他的官爵财力,足以动摇官府;他矫饰奸诈的言语,足以欺骗君子。这是州里的大盗啊,我不敢告诉乡人,只是在这里私下里警诫族人:有一点和这人相似的人,希望不要经过我们的家门。"

予闻之惧而请书焉。老人曰:"书其事而阙其姓名,使他人观之,则不知其为谁;而夫人之观之,则面热内惭,汗出而食不下也。且无名之,庶其有悔乎!"予曰:"然。"乃记之。

【译文】

我听到后感到害怕,请求把听到的写下来。老人说:"写清楚他的事但不要写他的名字,让别人看见,不知道他是谁;而他自己看见了,就会面红耳赤、内心惭愧,冒出冷汗而吃不下饭。姑且不要写他的名字,说不定他会有所悔改的!"我说:"好的。"于是记录下来。

【评点】

茅鹿门曰:此是老苏借谱亭讽里人,并训族子处。

张孝先曰:《尧典》言"九族既睦,平章百姓"①;《君陈》篇言"惟孝友于兄弟,施于有政"②;《大学》言身修、家齐而后可以国治、天下平。即此篇所谓积之有本末、施之有次第也。世道衰薄,士大夫鲜知此道。伦理不正,恩义不笃,无论不能治国、平天下也,先无以表率乡人矣。宜老泉之有慨乎其言之也! 文字峭刻③,而道理醇正,余于老苏集中,独取斯文。

【注释】

①《尧典》:《尚书》篇名,又称《帝典》。周代史官根据历史传说编

撰，又经春秋、战国时人以儒家思想陆续订补而成，主要记述尧、舜、禹禅让之事等。九族既睦，平（pián）章百姓：各宗族和睦以后，可以使百官职责辨别彰明。平章，辨别彰明。平，辨治。

②《君陈》：《尚书》篇名。成王勉励君陈勤政爱民。惟孝友于兄弟，施于有政：《尚书》原文作："惟孝友于兄弟，克施有政。"意谓在家中能孝敬父母、友爱兄弟，就可以治理邦国了。

③峭刻：形容文笔锐利。

【译文】

茅坤说：这是苏洵借为族谱亭作记的机会，讽刺乡里之人，同时也训诫宗族子弟。

张伯行说：《尧典》说"各宗族和睦以后，可以使百官职责辨别彰明"；《君陈》篇说"在家中能孝敬父母、友爱兄弟，就可以治理邦国了"；《大学》说修身、齐家以后可以治国、平天下。这就是这篇文章所谓的有所积累、施行起来有次序。世道衰微，士大夫很少明白这个道理。伦理不正，恩义不深，不用说什么治国、平天下，首先就无法成为乡里的表率。苏洵的这番感慨是很对的！文字峭刻，而道理醇正，我在苏洵的文集中，特别选中这篇文章。

苏文公本传^①

苏洵，字明允，眉山人。年二十七始发愤为学，举进士及茂才异等^②，皆不中。悉焚常所为文，闭户益读书，遂通六经、百家之说，下笔顷刻数千言。至和、嘉祐间，与二子轼、辙来京师^③，翰林学士欧阳修上其所著文二十二篇。既出，士大夫争传之，一时学者竞效苏氏为文章。宰相韩琦奏于朝，召试舍人院^④，辞疾不至，遂除秘书省校书郎^⑤。会太常修纂建隆以来礼书^⑥，乃以为霸州文安县主簿^⑦，与陈州项城令姚辟同修礼书^⑧，为《太常因革礼》一百卷^⑨。书成，方奏未报，卒，年五十八。赐其家缣、银二百^⑩，轼辞所赐，求赠官，特赠光禄寺丞^⑪。有文集二十卷、《谥法》三卷^⑫。

【注释】

①本文节录自《宋史·苏洵传》。

②茂才异等：茂才异等科，科举制科之一。唐宋设置，属长才类。宋于仁宗时诏举，天圣九年（1031）七月，富弼及第；景祐元年（1034）张方平及第。

③至和、嘉祐间，与二子轼、辙来京师：苏洵送苏轼、苏辙入京应试是在嘉祐元年（1056）。至和、嘉祐，皆宋仁宗年号。至和，1054—1056；嘉祐，1056—1063。

④舍人院：中书学士舍人院，宋代皇帝特别加试的考试机构。

⑤秘书省校书郎：秘书省属官。元丰改制前无职事，为文臣迁转官阶。秘书省，在元丰改制前掌一般祭祀用的祝文撰写。

⑥太常：即太常寺，掌管礼仪事务的机构。冠于九寺之首，以其职清重而位尊。建隆以来：北宋建立以来。建隆，宋太祖年号（960—

963）。这是北宋第一个正式的年号。

⑦霸州：治今河北霸州。文安县：霸州属县，治今河北文安。主薄：
知县属官，主管文书，办理事务。

⑧陈州：治今河南淮阳。项城：陈州属县，治今河南沈丘。姚辟：字
子张，金坛（今属江苏）人。皇祐元年（1049）进士。授陈州项城
令。治平元年（1064），预修《太常因革礼》。后通判通州，卒。

⑨《太常因革礼》：此书采录《开宝通礼》、王皞《礼阁新编》、贾昌朝
《太常新礼》三部礼书，兼取会要、实录、礼院仪注、礼院例册以及
《封禅记》《明堂记》《庆历祀仪》等书。仁宗嘉祐年间（1056—
1063）始编，英宗治平年间（1064—1067）成书。此书分"总
例""吉礼""嘉礼""军礼""凶礼""废礼""新礼""庙仪"八门，
共一百八十五目，详载北宋太祖、太宗、真宗、仁宗四朝的礼典体
制，惜无传本。

⑩缣：细绢。

⑪光禄寺丞：元丰改制前无职事，为文臣迁转官阶，从六品上。光禄
寺，官署名。元丰改制前掌供祭祀用品及点馔、进胙等事。

⑫文集二十卷：按，据曾巩作苏洵墓志，称有集二十卷，晁公武《郡
斋读书志》、陈振孙《直斋书录解题》俱作十五卷。今通行本为
四库全书本，题为《嘉祐集》，以清徐乾学传是楼宋本为主，校以邵
仁泓本，共十六卷，附录两卷。《谥法》三卷：苏洵奉诏编定《谥法》，
乃取周公《春秋》《广谥》及诸家之本删订考证而成，凡一百六十八
谥，三百十一条。后郑樵评论说："断然有所去取，其善恶有一成之
论，实前人所不及也。"（《通志·谥略》）其《通志·谥略》大都因
此书而增补。《四库全书总目提要》说："其斟酌损益，审定字义，
皆确有根据，故为礼家所宗。"今通行本为四库全书本，四卷。

【译文】

苏洵，字明允，眉山人。二十七岁才开始发奋学习，但是考进士及茂

才异等都未中举。他就把平常做的文章都烧了，关起门来更加努力地读书，终于通晓了六经、百家的学说，下笔顷刻就能有数千字。至和、嘉祐年间，与两个儿子苏轼、苏辙来到京城，翰林学士欧阳修将他所写的二十二篇文章上奏朝廷。流传出来以后，士大夫争着传诵，一时间学者们都争相效法苏氏的文章。宰相韩琦向朝廷禀明，于是召苏洵到舍人院参加考试，苏洵以生病为由拒绝了，于是授予他秘书省校书郎的官职。正值太常寺编修建隆年间以来的礼书，于是授予苏洵霸州文安县主簿，让他和陈州项城令姚辟一起编修礼书，编成《太常因革礼》一百卷。书编成后刚要奏报朝廷，苏洵就去世了，享年五十八岁。朝廷赐给苏家缣二百四、银二百两，苏轼辞谢了这些赏赐，希望能赠予官职，于是特赠苏洵为光禄寺丞。苏洵著有文集二十卷、《谥法》三卷。

苏文忠公文

乞校正陆贽奏议进御札子

【题解】

本文作于元祐八年（1093）五月，苏轼时任端明殿学士兼翰林侍读学士，这篇札子是他与吕希哲、吴安礼等人为请求校正陆贽的奏议而上给宋哲宗的。

陆贽是唐德宗时期宰相，他勇于谏诤，提出不少理政治乱的良方，可惜不得德宗任用。苏轼这篇札子中高度赞扬了陆贽的才能与见识，希望哲宗皇帝能以陆贽为师，学习为政治国之道。文章流畅委婉，言辞恳切。

臣等猥以空疏①，备员讲读②，圣明天纵，学问日新，臣等才有限而道无穷，心欲言而口不逮，以此自愧，莫知所为。

【注释】

①猥：谦辞。

②备员：充任官职。

【译文】

臣等学问空疏，充任翰林侍读学士的职务，皇上的圣明是上天赋予的，学问每天都有长进，臣等才学有限而道是无穷的，心里想说但嘴上又说不到，因此自己觉得惭愧，不知道怎么办。

　　窃谓人臣之纳忠①，譬如医者之用药，药虽进于医手，方多传于古人。若已经效于世间，不必皆从于己出。伏见唐宰相陆贽②，才本王佐，学为帝师。论深切于事情，言不离于道德。智如子房③，而文则过；辩如贾谊④，而术不疏。上以格君心之非⑤，下以通天下之志⑥。三代已还，一人而已⑦。但其不幸，仕不遇时。德宗以苛刻为能，而贽谏之以忠厚。德宗以猜忌为术，而贽劝之以推诚。德宗好用兵，而贽以消兵为先。德宗吝用财，而贽以散财为急。至于用人听言之法，治边驭将之方，罪己以收人心，改过以应天道，去小人以除民患，惜名器以待有功，如此之流，未易悉数，可谓进苦口之药石，针害身之膏肓⑧。使德宗尽用其言，则贞观可得而复。

【注释】

①窃：谦辞。私下。

②伏：敬辞。表示对君王的敬畏。陆贽：字敬舆，苏州嘉兴（今属浙江）人。唐德宗贞元八年（792）至十年（794）任宰相，谥宣。

③子房：即张良，字子房，颍川城父（今安徽亳州）人。汉初名臣，辅佐刘邦统一天下，被封为留侯。

④贾谊：洛阳（今属河南）人。汉文帝时任太中大夫，后遭谗而贬为长沙王太傅，改梁怀王太傅，抑郁而终。著有《过秦论》《治安疏》《论积贮疏》等。

⑤格：纠正。

⑥通：开导。

⑦三代已还，一人而已：原文无此句，据《苏轼文集》补。

⑧膏肓：中医谓药力无法到达之处。膏，心尖脂肪。肓，心脏与膈膜之间。

【译文】

　　私下里认为人臣向皇帝进献忠言，就像医生用药，药虽然是医生开了进献的，方子多是从古人那里传下来的。假如已经在世间有所成效，不一定都要从自己这里开出来。我看见唐代宰相陆贽，才学本足以成为王者之佐，学问可以成为皇帝的老师。议论深深切合事理情势，言语不离道德。才智就像张良，而文采超过他；辩才就像贾谊，而学术不空疏。上足以纠正君心不正之处，下足以开导天下的心志。三代之下，只有他一人而已。但他很不幸，做官没遇到好时候。德宗性情苛刻，陆贽用忠厚劝谏他。德宗喜欢猜忌，陆贽用推心挚诚劝阻他。德宗喜欢用兵，陆贽以裁消兵力为先。德宗吝惜钱财，陆贽以发散财物为当务之急。至于用人纳谏的方法，治理边疆驾驭兵将的方法，自己承认错误以收拾人心，改正错误以顺应天道，去除小人以消除民众的祸患，爱惜名器等待赏赐有功之人，像这样的事，不能全部一一列举，可以说是进献苦口的良药，用针刺进病入膏肓的身体。假使德宗都听从他的话，那么贞观之治的盛世就可以恢复了。

　　臣每退自西阁①，即私相告，以陛下圣明，必善贽议论，但使圣贤之相契，即如臣主之同时。昔冯唐论颇、牧之贤②，则汉文为之太息③。魏相条晁、董之对④，则孝宣以致中兴。若陛下能自得师，则莫若近取诸贽⑤。夫六经三史、诸子百家⑥，非无可观，皆足为治。但圣言幽远，末学支离，譬如山海之崇深，难以一二而推择。如贽之论，开卷了然，聚古今之精英，实治乱之龟鉴。臣等欲取其奏议，稍加校正，缮写进呈⑦。愿陛下置之坐隅，如见贽面，反复熟读，如与贽言。必能发圣性之高明，成治功于岁月。臣等不胜区区之意⑧。取进止⑨。

【注释】

①西阁：中书省所在地，下辖六部。

②冯唐：汉文帝时任中郎署长。汉文帝曾问他赵将李齐贤否，冯唐说李齐不如廉颇、李牧。颇：廉颇，战国时赵国名将，屡次战胜魏、齐等国。颇，原作"李"，据《东坡先生全集》改。牧：李牧，战国时赵国名将，长期防守赵国北部边境

③太息：叹息。

④魏相：字弱翁，济阴定陶（今属山东）人。汉宣帝时任宰相，主张整顿吏治。晁：晁错，颍川（今河南禹州）人。汉文帝时任太常掌故，景帝时任御史大夫，主张重农抑商，削弱藩王势力，在"七国之乱"中被杀。董：董仲舒，汉武帝时思想家，上"天人三策"，提倡"罢黜百家，独尊儒术"。

⑤诸：相当于"之于"。

⑥六经：指《诗》《书》《礼》《乐》《易》《春秋》。三史：指《史记》《汉书》《后汉书》。

⑦缮写：抄写。

⑧区区：诚挚的样子。

⑨取进止：奏疏套语，意为听候裁决。

【译文】

臣每次退至西阁，就私下里相互议论，以陛下的圣明，一定会喜欢陆贽的议论，假如能让圣贤之道相互契合，就像君臣处于同一时代。当年冯唐议论廉颇、李牧的贤能，汉文帝为之叹息。魏相列举晁错、董仲舒的对策，汉宣帝以此达致中兴之治。假如陛下能自己得到老师，不如就

近取法陆贽。六经三史、诸子百家,并不是没有可观的,都足以为治理之
道。但是圣人的言论幽深远邈,末学支离旁出,就像山海的高大深远,难
以一一推求选择。像陆贽的言论,翻开书卷就能了然于胸,聚集了古今
的精华,实在是治乱的借鉴。臣等希望取他的奏议,稍加校正,抄写好进
呈给您。希望陛下放在座位旁边,就像见到陆贽的面容,反复熟读,就像
和陆贽交谈。一定能发扬陛下圣明心性的高明之处,短期内成就治理天
下的功劳。臣等表达不尽诚挚的心意。是否采用,请圣意裁夺。

【评点】

茅鹿门曰:长公所最得意识见,亦最得意条奏。

张孝先曰:苏长公自少即好读陆宣公书,故惓惓欲献之
君父者,莫非忠爱之心也。中段檃括奏议大意,简而该,精
而切。其文字安详恳挚,亦大类宣公手笔。

【译文】

茅坤说:这是苏轼最得意的见解,也是他最得意的奏疏。

张伯行说:苏轼从小喜欢读陆贽的书,因此诚挚地希望献给君主,无
不体现了他忠诚敬爱的心。中间一段概括陆贽奏疏的大意,简洁精到。
这篇文字安详恳挚,也很像陆贽的手笔。

贺欧阳少师致仕启①

【题解】

本文作于熙宁四年(1071),此前几年,欧阳修屡遭诋毁陷害,因而
请求辞官,最终获批以太子少师致仕,苏轼因此写了这封书信。

苏轼在信中首先指出在恰当的时候把握进退去留之道的困难,认为

这是圣人才能把握的道理；进而褒扬欧阳修，但却没有直接从致仕写起，而是先肯定了欧阳修的道德与才智；然后自然过渡到赞扬他的辞官合乎圣人之道；直到文章的最后一句才指出其中"明哲保身"之意。文辞可谓婉转曲折，行文措辞都非常得体。

伏审抗章得谢②，释位言还，天眷虽隆，莫夺已行之志，士流太息，共高难继之风③。凡在庇庥④，共增庆慰。

【注释】

①致仕：辞官还乡。

②抗章：直言上书。

③高：推崇，以……为高。

④庇庥（xiū）：荫庇。

【译文】

慎重地上书直言，获准辞谢，离开官位说要还乡，天子的恩眷虽然深厚，不能夺去已经决定离开的志向，士人们叹息，共同推崇难以继承的风范。凡是在您荫庇之下的人，一起对您表示庆贺与慰问。

伏以怀安天下之公患①，去就君子之所难②。世靡不知，人更相笑。而道不胜欲，私于为身。君臣之恩，系縻之于前③；妻子之计，推荷之于后④。至于山林之士，犹有降志于垂老⑤；而况庙堂之旧⑥，欲使辞禄于当年⑦。有其言而无其心，有其心而无其决。愚智共蔽，古今一途。是以用舍行藏⑧，仲尼独许于颜子；存亡进退，《周易》不及于贤人⑨。自非智足以周知，仁足以自爱，道足以忘物之得丧，志足以一气之盛衰，则孰能见几祸福之先，脱屣尘垢之外⑩。常恐兹世，不见其人。

【注释】

①怀安：贪图安逸。

②去就：去留进退。

③系縻：束缚，羁留。

④推荷：担负。

⑤降志：降低自己的志向。

⑥庙堂：宗庙朝堂。代指朝廷。

⑦禄：原作"福"，据《东坡先生全集》改。当年：即"正当年"之义。

⑧用舍行藏：被任用就行事，被舍弃就隐居。典出《论语·述而》："子谓颜渊曰：用之则行，舍之则藏，惟我与尔有是夫。"

⑨不及于贤人：贤人尚且不能做到。典出《周易·乾》："知进退存亡而不失其正者，其唯圣人乎。"

⑩脱屣（xǐ）：脱鞋。这里是看轻、超然的意思。

【译文】

　　私下认为贪图享乐、安于现状是天下公认的祸患，去留进退是君子难以把握的。世上没有人不知道，人们又相互讥笑。然而道理不能胜过欲望，人们往往出于一己之私而只考虑自身。君臣的恩眷，羁留于前；为妻子儿女的谋划，担负在后。那些隐居山林的人，尚且会有在年老时降低自己的志向而出仕的；何况是朝廷旧臣，让他在大有作为之时就辞去官禄呢？有这个话但没有这个想法，有这个想法但没有这个决心。愚昧与聪明一同被遮蔽，古今之人都是一样。所以被任用就行事，被舍弃就隐居，孔子只赞许颜回和自己一样；把握生存与灭亡、前进与后退，《周易》说贤人尚且不能做到。假如不是智力足以周全地知道事理，仁厚足以自爱，道德足以忘却事物的得失，志气足以统一气势的盛衰，那么怎能预见福祸的先机，超然于物外呢。我常常担心这个世上，见不到这样的人。

伏惟致政观文少师^①，全德难名，巨材不器^②。事业三朝之望^③，文章百世之师。功存社稷，而人不知。躬履艰难，而节乃见。纵使耄期笃老^④，犹当就见质疑。而乃力辞于未及之年，退托以不能而止^⑤。大勇若怯，大智如愚。至贵无轩冕而荣^⑥，至仁不导引而寿^⑦。较其所得，孰与昔多？

【注释】

①观文：观文殿。宋代观文殿由延恩殿改名，资望极高，观文殿的职称一般只授予曾经做过宰相的人。

②不器：不像器具一样只有一种作用。语出《论语·为政》："子曰：君子不器。"

③三朝：指宋仁宗、宋英宗、宋神宗三朝。

④耄（mào）：老，高年。《礼记·曲礼上》："八十、九十日耄。"

⑤不能而止：没有能力就应当停止。语出《论语·季氏》："陈力就列，不能者止。"

⑥轩冕：卿大夫的轩车和冕服。

⑦导引：道家、医家的养生术，主要通过呼吸俯仰，屈伸手足，使血气流通，促进身体健康。

【译文】

致仕辞政的观文殿少师欧阳修，完美的德行难以说尽，巨大的才识不像器具一样只有一种作用。事业上享有三朝的声誉，文章上是百世的宗师。功劳留存于社稷，而人们不知道。艰难地亲力亲为，节操才得以显现。纵使他已经到了耄耋之年，后辈还应当到他面前质疑请教。而在还没有到致仕的年龄就竭力辞去官职，以没有能力就应当辞去为托辞申请退休。大勇就像怯懦，大智就像愚蠢。最高的尊贵不必轩冕而能荣耀，最高的仁义不需要导引之术而能长寿。较量他的所得，和以前比哪个多呢？

轼受知最深，闻道有自。虽外为天下惜老成之去，而私喜明哲得保身之全。伏暑向阑^①，台候何似^②？伏冀为时自重，少慰舆情^③。

【注释】

①伏暑向阑：暑天即将过去。

②台候何似：书信中的谦敬之辞，相当于"您近来可好"。

③舆情：民情，众人之情。

【译文】

苏轼受到的知遇最为深重，从您那里领会很多道理。虽然对外可惜天下失去了这样一位老成之人，而私下里为他得以明哲保身而感到高兴。暑天即将过去，近来可好？希望根据时节而自我保重，稍微安慰大家的挂念之情。

【评点】

茅鹿门曰：内多名言。

张孝先曰：欧阳公致政，为当时群小谗构，故见几而去耳。公此启和平温厚，婉转曲折，写欧公进退合道，至末始言其明哲保身，可谓措辞有体。

【译文】

茅坤说：文章中有很多名言。

张伯行说：欧阳修请求退休是因为当时遭遇小人的谗言、构陷，所以见机而行。苏轼这篇文章和平温厚，婉转曲折，写欧阳修进退合乎道，到篇末才说出明哲保身的话,可谓措辞得体。

伊尹论①

【题解】

本文作于嘉祐六年(1061),苏轼时在京师应制科考试,是苏轼几篇人物论中的一篇。

伊尹作为商汤王的大臣,曾经辅佐商汤灭夏桀,并且因商汤之孙太甲不行君道而放逐太甲,等太甲悔过后再接回来继续做君主。伊尹这样的功业虽然被后世所传颂,但在很多人看来是不可思议的。苏轼在这篇《伊尹论》中,主要论述了办大事需有大气节,有大气节需有轻视天下的胸怀这样一个道理。这是要求士人从注重内心的修养为切入点,拓展到实现伟大的志向,并最终成就伟大的功业,我们可以将其视作宋代士大夫由"内圣"达致"外王"的儒家哲学理念的体现。

　办天下之大事者,有天下之大节者也。立天下之大节者,狭天下者也②。夫以天下之大而不足以动其心,则天下之大节有不足立,而大事有不足办者矣。

【注释】

①伊尹:名挚。辅佐商汤王伐夏桀建立商朝,商汤王之孙太甲不行
　君道,伊尹放逐太甲于桐官。三年后太甲悔过,伊尹接他复位。

②狭:这里指"以……为狭"。

【译文】

办天下大事的人,是有天下之大气节的。树立天下之大气节的人,是把天下看得很小的人。以天下之大而不足以打动他的心,那么天下之大气节就不足以树立,而天下大事也不足以办好的了。

今夫匹夫匹妇皆知洁廉忠信之为美也,使其果洁廉而忠信,则其智虑未始不如王公大人之能也。惟其所争者,止于箪食豆羹①,而箪食豆羹足以动其心,则宜其智虑之不出乎此也。箪食豆羹,非其道不取,则一乡之人,莫敢以不正犯之矣。一乡之人,莫敢以不正犯之,而不能办一乡之事者,未之有也。推此而上,其不取者愈大,则其所办者愈远矣。让天下与让箪食豆羹,无以异也;治天下与治一乡,亦无以异也。然而不能者,有所蔽也。天下之富,是箪食豆羹之积也。天下之大,是一乡之推也。非千金之子,不能运千金之资。贩夫贩妇得一金而不知其所措,非智不若,所居之卑也。

【注释】

①箪(dān):盛食物的竹器。这里指最低的生活需求。

【译文】

现在匹夫匹妇都知道廉洁忠信是美德,假使他们果真廉洁而忠信,那么他们的才智思虑未尝不如王公大人的能力。只是他们所争的,止于箪食豆羹这些基本要求,而箪食豆羹就足以打动他们的内心,那么他们的才智思虑难以超过这些就很正常。箪食豆羹,如果得来的不道德的话就不取,那么一乡之人就没人敢用不正当的手段侵犯他了。一乡之人没人敢用不正当的手段侵犯他,他却不能办好一乡的事,这样的情况是没有的。将这个道理向上推论,不取的东西越大,那么他能办的事就越远大。让天下和让箪食豆羹没什么区别,治理天下和治理一乡也没什么区别。然而那些不能胜任的,是因为被蒙蔽了。天下的财富,是箪食豆羹这些基本生活物品的积累。天下的广大,是一乡的推而广之。不是富贵人家的子弟,不能运送价值千金的物资。小商小贩夫妇得到一块金子就不知所措,不是因为才智不够,是生活卑微的原因。

　　孟子曰：“伊尹耕于有莘之野，非其道也，非其义也，虽禄之天下，弗受也①。”夫天下不能动其心，是故其才全。以其全才而制天下，是故临大事而不乱。古之君子，必有高世之行，非苟求为异而已。卿相之位，千金之富，有所不屑，将以自广其心，使穷达利害不能为之芥蒂②，以全其才，而欲有所为耳。后之君子，盖亦尝有其志矣，得失乱其中，而荣辱夺其外，是以役役至于老死而不暇③，亦足悲矣。孔子叙《书》至于舜、禹、皋陶相让之际，盖未尝不太息也。夫以朝廷之尊，而行匹夫之让，孔子安取哉？取其不汲汲于富贵④，有以大服天下之心焉耳。

【注释】

①“伊尹耕于有莘之野”几句：伊尹在有莘之野耕种，不合乎他的道义的，即使把天下的俸禄都给他，也不会接受。语出《孟子·万章上》。有莘，国名，大约位于今山东曹县北部一带。

②芥蒂：些微的计较。

③役役：劳苦不休。

④汲汲：急切地追求。

【译文】

　　孟子说：“伊尹在有莘之野耕种，不合乎他的道义的，即使把天下的俸禄都给他，他也不会接受。”天下不能使他动心，所以他的才华能完全施展。用他全部的才华控制天下大局，所以临大事能不乱。古代的君子，一定有高出世俗的行为，不是苟且地追求差异罢了。即使是卿相的地位、千金的财富，也有所不屑，将要以此拓宽自己的内心，使穷达利害都没有些微的计较，来完善他的才能，而希望有所作为罢了。后来的君子，也曾经有这样的志向，可是得失的算计扰乱了他的内心，而荣辱的观念夺取了他外在的志向，所以劳苦不休，到死都没有闲暇，也足够悲哀的了。孔子叙说《尚书》到舜、禹、皋陶互相辞让天下的时候，大概未尝没有叹息。以朝廷的尊贵，而实行匹夫的谦让，孔子怎么能取法呢？只不过是取其中不迫切地追求富贵，有可以让天下佩服他们的心罢了。

夫太甲之废，天下未尝有是，而伊尹始行之，天下不以为惊。以臣放君，天下不以为僭^①。既放而复立，太甲不以为专^②。何则？其素所不屑者，足以取信于天下也。彼其视天下眇然不足以动其心^③，而岂忍以废放其君求利也哉？

【注释】

①僭（jiàn）：超越本分。

②专：专擅，专断。

③眇然：高远的样子。

【译文】

太甲被放逐，天下未尝有过这样的事，而伊尹开始实行，天下不为之惊诧。以臣子的地位放逐君主，天下不认为是僭越。已经放逐后又再立，太甲不认为他专断。为什么呢？权力是他素来所不屑的，这就足以取信于天下。那些目光高远，天下都不足以打动他的心的人，怎么会忍心通过放逐君主来追求利益呢？

后之君子，蹈常而习故，惴惴焉惧不免于天下^①，一为希阔之行^②，则天下群起而诮之。不知求其素^③，而以为古今之变时有所不可者，亦已过矣夫！

【注释】

①惴惴：恐惧的样子。

②希阔：疏放，罕见。

③素：一向，平素。

【译文】

后来的君子，按世俗的常规办事，恐惧地担心被天下人所指责，一旦做了罕见的疏放的行为，天下人就会群起而讥诮他。不知道追求日常的行为，而认为古今的时势有所变化，并以此作为自己不作为的借口，这也是错了啊！

【评点】

茅鹿门曰：荆川批"断续"两字，是文家血脉三昧处，非荆川不能道。

又曰：读此而后可以身自信于天下，而成不韪之功①。而行文断续不羁。

张孝先曰：士君子立身以名节为重。名节一丧，则未行一事，而人已以不肖之心相待矣，安能取信于人，而成天下之大事乎？东坡此论可谓透快，亦可想见此老生平名节不污，非徒能言而已。但孟子曰："有伊尹之志则可②。"朱子解之，以为伊尹之志，公天下而不为私者也。是则非仅轻视天下，即足以成大事也。若使轻视天下，即足以成大事，则巢、许亦能作尧、舜事业乎③？故周子《通书》曰④："志伊尹之所志，当思伊尹所志何志，方可以知伊尹。"读者详之。

【注释】

①不韪（wěi）：过失，过错。

②有伊尹之志则可：语出《孟子·尽心上》。孟子评价伊尹放逐太
　甲，说："有伊尹之志则可，无伊尹之志则篡也。"

③巢、许：指巢父和许由。相传二人都是唐尧时的隐士，尧欲将天下
　让与二人，他们都避而不受。

④周子：指周敦颐，字茂叔，道州营道（今湖南道县）人。宋代理学
　思想的开山鼻祖。历知桂阳、南昌、郴州。谥元公。著有《太极
　图说》《通书》等。

【译文】

　　茅坤说：唐顺之以"断续"两字评此文，正是文家血脉之真谛所在，
只有唐顺之才能说得出来。

　　又说：读此文之后可以使自身为天下所信任，而能成就冒天下之大
不韪的功业。而其行文断续不受羁绊。

　　张伯行说：士君子立身须重视名节。名节一失，还没有做事，人们就
已经觉得你品行不端了，又怎么能取信于人，成就天下大事呢？苏轼这
番议论可以说得上透彻明快，也可想见他生平名节不污，并非只是说说
而已。只是孟子说："有伊尹的志向就可以放逐君主。"朱熹解释说，认
为伊尹的志向，就是以天下为公而不为私利。这并非仅仅轻视天下就能
办成大事。如果轻视天下就能办成大事，那么巢父、许由也能做得出尧、
舜那样的事业吗？所以周敦颐在《通书》中说："记录伊尹的志向，应该
思考伊尹秉持的到底是什么志，才能了解伊尹。"读者应该仔细考虑。

留侯论①

【题解】

　　本文作于嘉祐六年（1061），是苏轼应"制科"举时所作"进论"之一。

　　我们常说"小不忍则乱大谋"，苏轼的篇《留侯论》即是讨论有志向
的大丈夫应该具有"能忍"的品质。文章上来就鲜明地呈现论点，反对

一般人的好勇斗狠，一旦被侮辱就"拔剑而起，挺身而斗"的行为。接下来就张良行刺秦始皇一事说明他开始"不能忍"的后果，并引出黄石公对他的磨炼，塑造了他能忍的品性。同时举出郑襄公和勾践的例子加以佐证，反过来论述忍的作用。最后写到刘邦得天下、项羽失天下，也在于能不能忍。而这些才是张良桥上受书事件的实质。作为一篇论说文，本文的逻辑严密，通过正反两方面不断进行对比论证，论述得有理有据，显示了苏轼本人的见识与气度。

古之所谓豪杰之士者，必有过人之节。人情有所不能忍者，匹夫见辱，拔剑而起，挺身而斗，此不足为勇也。天下有大勇者，卒然临之而不惊②，无故加之而不怒③，此其所挟持者甚大④，而其志甚远也。

【注释】

①留侯：指张良，汉代开国元勋之一，被封于留，故称留侯。

②临：面对。这里指遭遇变故。

③加：凌驾，触犯。

④挟持：指抱负。

【译文】

古代所谓的豪杰之士，必定有过人的气节，人在情感上都有不能忍受的，匹夫受到侮辱，拔剑而起，挺身和人决斗，这不足以称为勇敢。天下有大勇之人，突然遇到变故而不惊慌，无故遭到触犯而不愤怒，这是因为他的抱负很大，而他的志向很远。

夫子房受书于圯上之老人也①，其事甚怪。然亦安知其非秦之世有隐君子者出而试之？观其所以微见其意者，皆圣贤相与警戒之义。世不察，以为鬼物，亦已过矣。且其意不在书。当韩之亡，秦之方盛也，以刀锯鼎镬待天下之士^②，其平居无罪夷灭者，不可胜数，虽有贲、育^③，无所复施。夫持法太急者，其锋不可犯，而其势末可乘。子房不忍忿忿之心，以匹夫之力，而逞于一击之间^④。当此之时，子房之不死者，其间不能容发，盖亦已危矣。千金之子，不死于盗贼，何者？其身之可爱，而盗贼之不足以死也。子房以盖世之才，不为伊尹、太公之谋^⑤，而特出于荆轲、聂政之计^⑥，以侥幸于不死，此圯上之老人所为深惜者也。是故倨傲鲜腆而深折之^⑦。彼其能有所忍也，然后可以就大事。故曰："孺子可教也。"

【注释】

①圯（yí）上之老人：指黄石公。张良受书之事参见《史记·留侯世家》。圯，桥。

②刀锯鼎镬（huò）：泛指刑罚。鼎镬，古代煮肉及鱼、腊之器。亦可作烹人的刑具。镬，无足鼎。

③贲、育：指孟贲、夏育，二人都是卫国勇猛之士。

④逞于一击之间：张良曾派力士以铁锤狙击秦始皇于博浪沙，结果误中副车，行刺失败。

⑤伊尹：辅佐商汤灭夏桀。详见上文《伊尹论》。太公：姜太公，名尚，辅佐周武王灭商纣。

⑥荆轲、聂政：二人均为著名刺客。荆轲曾为燕太子丹刺杀秦王未遂，聂政曾为韩卿严仲子刺杀韩相侠累。详见《史记·刺客列传》。

⑦倨傲：傲慢。鲜腆（tiǎn）：无礼。折：摧折，侮辱。

【译文】

张良在桥上获得了黄石公所赠之书，这件事很奇怪。然而又怎么知道不是秦代的隐士出来试验一下他呢？看黄石公行动中稍微显现的用意，都是圣贤相互警戒的意思。而世人不察，以为是鬼物，也太不对了。况且黄石公的用意不在那本书。当韩国灭亡的时候，秦国势力正强盛。用刀锯鼎镬对待天下士人，那些平时没有罪过却遭受杀戮灭族的，数也数不清，即使有孟贲、夏育那样的勇士，也再无计可施。执法太严酷的时候，它的锋芒不可以冒犯，而等其势力到最后减弱时就有机可乘。张良不忍一腔愤怒的心，以匹夫的勇力，而获得一击的快意。当此之时，张良虽然没有死，但情势危急，也已经陷入危难之中了。富贵人家的子弟不死于为盗为贼，为什么呢？他们爱惜自己的身体，做盗贼而死是不值得的。张良以盖世之才，不做伊尹、姜太公那样的谋略，而仅仅采用荆轲、聂政的计划，侥幸而免于一死，这是黄石公替他深感惋惜的。所以用傲慢不恭的态度深深地摧折他。等他能有所忍耐，然后可以成就大事。所以说："孺子可以教育啊。"

　　楚庄王伐郑①，郑伯肉袒牵羊以逆②。庄王曰："其君能下人，必能信用其民矣。"遂舍之。勾践之困于会稽而归，臣妾于吴者③，三年而不倦。且夫有报人之志④，而不能下人者，是匹夫之刚也。夫老人者，以为子房才有余，而忧其度量之不足，故深折其少年刚锐之气，使之忍小忿而就大谋。何则？非有平生之素，卒然相遇于草野之间，而命以仆妾之役⑤，油然而不怪者⑥，此固秦皇帝之所不能惊，而项籍之所不能怒也。

【注释】

①楚庄王伐郑：事见《左传·宣公十二年》，时郑国国君为郑襄公。

②肉袒：裸露上身，表示请罪。逆：迎接。

③臣妾：此指在吴国做奴仆。

④报：报仇。

⑤仆妾之役：指桥上老人让张良为他捡鞋穿鞋之事。

⑥油然：和顺的样子。

【译文】

楚庄王伐郑，郑襄公裸露上身牵着羊来迎接。楚庄王说："君主能屈居下人，一定能信任并使用他的民众。"于是放了他。勾践被围困在会稽后归降，在吴国做奴仆，三年不知疲倦。有报仇的志向，却不能屈居下人的，是匹夫的刚强。桥上老人认为张良的才智有余，而担心他的气量不够，所以深深摧折他少年的刚锐之气，让他忍耐小的愤怒而成就大的谋略。为什么呢？向来并不认识，突然在草野之间相遇，而命令张良做仆妾的工作，张良态度和顺而不感到奇怪，这就是秦始皇不能使他惊慌而项羽不能使他愤怒的原因。

观夫高帝之所以胜，而项籍之所以败者，在能忍与不能忍之间而已矣。项籍惟不能忍，是以百战百胜而轻用其锋。高祖忍之，养其全锋而待其弊①，此子房教之也。当淮阴破齐而欲自王②，高祖发怒，见于辞色。由此观之，犹有刚强不忍之气，非子房其谁全之？

【注释】

①弊：困乏，疲敝。

②淮阴：指淮阴侯韩信。

【译文】

观察刘邦之所以能取胜而项羽之所以会失败，在于能忍耐与不能忍耐之间的区别。项羽不能忍耐，所以百战百胜而轻易使用他的锋芒。刘邦能忍耐,蓄养他全部的锋芒而等待项羽的疲惫,这是张良教给他的。当时韩信击破齐国而想自己称王,刘邦发怒,表现在言词和脸色上。由此观之,刘邦还是有刚强不能忍耐的气性,不是张良的话谁能保全大局呢?

太史公疑子房以为魁梧奇伟,而其状貌乃如妇人女子,不称其志气①。呜呼!此其所以为子房欤!

【注释】

①称(chèn):符合,相当。

【译文】

司马迁怀疑张良,认为他身材魁梧高大,而相貌却像妇人女子,和他的志向、气度不相称。唉!这正是张良能成就大事的原因啊!

【评点】

王遵岩曰:此文若断若续,变幻不羁,曲尽文家操纵之妙。

茅鹿门曰:此文只是一意反复,滚滚议论。然子瞻胸中见解,亦本黄老来也。

张孝先曰:论子房生平以能忍为高,却从老人授书、桥下取履一节说入,乃是无中生有之法。其大旨则本于老子柔胜刚、弱胜强意思,非圣贤正经道理。但古来英雄才略之士,多用此术以制人。学者若喜此等议论,其渐有流于顽钝无耻而不自知者。故韩信之受辱胯下,师德之唾面自干①,要其心术皆不可问也。

【注释】

①唾面自干：谓娄师德教其弟以忍耐之道。典出《新唐书·娄师德传》："其弟守代州，辞之官，教之耐事。弟曰：'有人唾面，洁之乃已。'师德曰：'未也，洁之，是违其怒，正使自干耳。'"

【译文】

王慎中说：本文似断似续，变幻不羁，曲尽文家操纵之妙。

茅坤说：本文只是一意反复，不断议论。而苏轼胸中的见解，也是本于黄老之学。

张伯行说：论张良生平以能忍耐为高，却从老人授书、桥下取鞋一节说起，这是无中生有的笔法。文章大意本于老子讲的柔弱胜刚强之意，并非圣贤的正经道理。但是古来英雄才士，多有用这种方法取胜的。学者如果喜欢这样的议论，就容易逐渐流于顽钝无耻而不自知。因此韩愈甘受胯下之辱、娄师德所谓唾面自干，这些人的心术都不能追问。

贾谊论

【题解】

本文作于嘉祐六年（1061），同样是苏轼应"制科"举时所作"进论"之一。

贾谊一直被人们当作是文人不得志的代表，司马迁在《史记》中将他和屈原并为一传，显然是觉得他们的经历有相似之处。然而苏轼却并没有从常规思路出发，而是指出了贾谊并非生不逢时，因为汉文帝并不是昏君，进而提出成就大的志向与事业必须能有所等待与忍耐的观点。这篇文章在立论逻辑上与上面的《留侯论》有相似之处，体现了苏轼少年思想中倾向于黄老的一面。

文章认为贾谊应该像孔子、孟子一样为实现理想而积极尝试，从反面批评了贾谊过于狷介敏感的性格弱点。另一方面又从汉文帝的角度论说,认为如果能得到贤人就应当完全相信他的魄力,这才能像十六国时期的符坚那样成就霸业。作为一篇论说文,其逻辑结构非常严密,加之行云流水般的笔法,确实堪称杰作。

非才之难,所以自用者实难。惜乎!贾生^①,王者之佐,而不能自用其才也。

【注释】

①贾生:即贾谊(前200—前168),洛阳(今属河南)人,年二十余被汉文帝刘恒召为博士,升太中大夫,得到汉文帝信任。后遭朝廷旧臣所嫉,被贬为长沙王太傅,又迁梁怀王太傅,梁王坠马而死,贾谊亦抑郁而终。

【译文】

不是获得才能很难,而是把自己的才能发挥出来才真的很难。可惜啊!贾谊堪为王者的辅佐,却不能发挥自己的才能。

夫君子之所取者远,则必有所待,所就者大,则必有所忍。古之贤人,皆有可致之才^①,而卒不能行其万一者,未必皆其时君之罪,或者其自取也。

【注释】

①致:达到,实现。

【译文】

君子所追求的理想高远,就一定要有所等待,要成就的事业宏大,就一定要有所忍耐。古代的贤人,都有可以实现功业的才能,而最终不能施展其能力的万分之一,未必都是当时君主的过错,或者是他们自取的。

　　愚观贾生之论,如其所言,虽三代何以远过? 得君如汉文,犹且以不用死,然则是天下无尧、舜,终不可以有所为耶? 仲尼圣人,历试于天下,苟非大无道之国,皆欲勉强扶持,庶几一日得行其道①。将之荆②,先之以子夏,申之以冉有。君子之欲得其君,如此其勤也! 孟子去齐,三宿而后出昼③,犹曰:"王其庶几召我。"君子之不忍弃其君,如此其厚也。公孙丑问曰:"夫子何为不豫④?"孟子曰:"方今天下,舍我其谁哉? 而吾何为不豫?"君子之爱其身,如此其至也⑤! 夫如此而不用,然后知天下之果不足与有为,而可以无憾矣。若贾生者,非汉文之不用生,生之不能用汉文也。

【注释】

①庶几:但愿。表示希望。

②之:过,往,到。荆:这里指楚国。典出《礼记·檀弓上》:"昔者夫子失鲁司寇,将之荆,盖先之以子夏,又申之以冉有,以斯知不欲速贫也。"

③孟子去齐,三宿而后出昼:典出《孟子·公孙丑下》:"孟子去齐。尹士语人曰:'不识王之不可以为汤武,则是不明也;识其不可,然且至,则是干泽也。千里而见王,不遇故去,三宿而后出昼,是何濡滞也? 士则兹不悦。'"昼,齐地,今山东淄博一带。

④夫子何为不豫:语出《孟子·公孙丑下》。原文为充虞所问。豫,快乐。

⑤至:达到极致。

【译文】

　　我看贾谊的议论,就像他说的,即使三代又怎会超出很远呢? 得到像汉文帝这样的君主,犹且因为不被任用而死,那么天下如果没有尧、舜，就终究不能有所作为吗？孔子那样的圣人，在天下各国不断寻求机会，假如不是特别无道的国君，都想尽力扶持他，期望有朝一日能实行他的大道。将要去楚国，先让子夏、冉有去试探、阐明他的心愿。君子希望得到君主的知遇，是多么勤勉啊！孟子离开齐国，住了三晚之后才离开昼地，还说："齐王或许还会召见我呢。"君子不忍心舍弃他的君主，情感是多么深厚啊。公孙丑问："夫子为什么不快乐呢？"孟子说："现在的天下，没有我谁能治理好呢？我为什么不快乐呢？"君子爱惜自己的身体，到了如此地步！这样而不得任用，然后知道天下果然不足以实现作为，就可以没有遗憾的了。像贾谊那样的人，不是汉文帝不能任用他，而是他不能利用汉文帝。

　　夫绛侯亲握天子玺①，而授之文帝；灌婴连兵数十万②，以决刘、吕之雄雌，又皆高帝之旧将。此其君臣相得之分，岂特父子骨肉手足哉③？贾生，洛阳之少年，欲使其一朝之间尽弃其旧而谋其新，亦已难矣。为贾生者④，上得其君，下得其大臣，如绛、灌之属，优游浸渍而深交之⑤，使天子不疑，大臣不忌，然后举天下而惟吾之所欲为，不过十年，可以得志。安有立谈之间，而遽为人痛哭哉⑥？观其过湘，为赋以吊屈原，悲郁愤闷，趯然有远举之志⑦。其后卒以自伤哭泣，至于夭绝，是亦不善处穷者也。夫谋之一不见用，安知终不复用也？不知默默以待其变，而自残至此。呜呼！贾生志大而量小，才有余而识不足也。

【注释】

①绛侯：指汉初名将周勃，因被封于绛，故称绛侯。曾辅佐刘邦夺取天下，官至太尉。吕后死后，周勃与灌婴平定诸吕之乱，拥立代王

刘恒为天子,是为汉文帝。

②灌婴:汉初名将,随刘邦夺取天下,被封为颍阴侯。诸吕谋乱,灌
婴与周勃一同诛杀诸吕,迎立代王刘恒为天子。

③特:仅仅。

④为:如果,假如。

⑤优游:从容的样子。浸渍:这里指接近、相处。

⑥遽为人痛哭:典出贾谊《治安策》:"臣窃惟事势,可为痛哭者一,
可为流涕者二,可为长太息者六。"遽,突然。

⑦趯(tì)然:超然远去的样子。趯,跳跃。

【译文】

绛侯周勃亲自握着天子的玉玺,交给汉文帝;灌婴聚集十万兵众,为
刘、吕两家决一雌雄,他们又都是汉高祖刘邦的旧将。这是君臣相互依
赖的情分,难道仅仅是父子骨肉手足之情就可以比拟的吗?贾谊是洛阳
的少年,想让文帝一朝之间尽弃旧的主张而谋划新的国策,也已经很难
了。假如贾谊,上得君主的信任,下得大臣的信任,像周勃、灌婴那些人,
从容地与他们相处并结下深厚的情意,使天子不怀疑他,大臣不忌恨他,
这样之后让天下人都能为我所欲为,不过十年,可以实现志向。哪有短
暂交谈之间就立刻为人痛哭的呢?看他路过湘江,作赋而悼念屈原,忧
郁愤懑郁结于心中,有超然远去的志向。其后终因为自己悲伤哭泣,至
于早夭,这也是不善于在逆境中生存的人啊。谋略一旦不被采纳,怎么
就知道永远不被复用呢?不知道应该默默等待事情发生变化,而自残至
此。唉!贾谊志向远大而气量狭小,才能有余而见识不足啊。

古之人有高世之才,必有遗俗之累①,是故非聪明睿
哲不惑之主,则不能全其用。古今称苻坚得王猛于草茅之
中②,一朝尽斥去其旧臣而与之谋。彼其匹夫略有天下之半
以此哉!

【注释】

①遗俗之累：不合时宜的忧虑。

②符坚得王猛：符坚（338—385），字永固，十六国时期前秦皇帝。遣吕婆楼而召见王猛，拜为中书侍郎，其后取代仇腾、席宝等旧臣的地位。王猛辅佐符坚迅速强盛，先后攻灭前燕、前凉、代国，统一了北方大部分地区。

【译文】

古人中有高出世人的才能，一定有不合时宜的忧虑，所以不是聪明睿智、没有疑虑的君主不能充分发挥他们的作用。古往今来，人们称赞符坚在茅草之中发现了王猛，一朝之间尽弃旧臣而和王猛谋划。他只是一介匹夫却攻略了半个天下，大概是因为这个原因吧！

愚深悲贾生之志，故备论之。亦使人君得如贾谊之臣，则知其有狷介之操①，一不见用，则忧伤病沮，不能复振。而为贾生者，亦慎其所发哉！

【注释】

①狷介：洁身自好，不与人苟合。

【译文】

我深深地为贾谊的志向感到悲痛，所以详细论述他。也让人君得到像贾谊那样的臣子，就知道他有洁身自好的节操，一旦不被任用，就会忧伤沮丧，不能重新振作。而像贾谊那样的人，也要谨慎地考虑表达方式啊！

【评点】

唐荆川曰：不能深交绛、灌，不知默默自待，本是两柱子。而文字浑融，不见踪迹。

王遵岩曰：谓贾生不能用汉文，直是说得贾生倒。而文字翻覆变幻，无限烟波。

茅鹿门曰：细观此文，子瞻高于贾生一格。

张孝先曰："贾生志大而量小，才有余而识不足。"断得甚确，足以服贾生之心。其行文爽快逋逸，学者读之，则手腕自然灵妙。但中间代贾生打算一段，却欲其深交绛、灌，使不疑忌，十年便可得志，则是权诈作用，并将上面所引孔、孟皇皇救世之心，都错看入此途去也。此最坏人心术处。读者勿徒爱其文，而忘其理之不正也。

【译文】

唐顺之说：不能深交周勃、灌婴，与不知道默默等待时机，本来是贾谊不得志的两个关键点。而文章中将这些混融一体，不见踪迹。

王慎中说：说贾谊不能利用汉文帝，真是把贾谊驳倒了。而文字翻覆变幻，有无限烟波。

茅坤说：仔细看这篇文章，苏轼比贾谊高出一层。

张伯行说："贾谊志向远大而气量狭小，才能有余而见识不足。"结论下得很准确，足以服贾谊之心。其行文爽快逋逸，学者读了，下笔时手腕自然灵妙。但是中间替贾谊考虑的一段，却希望他能深交周勃、灌婴，使他们没有猜疑，十年之后就能实现抱负，则是权术与诈术，并且将上面引用的孔子、孟子堂堂皇皇的救世之心，都错看到诈术这条路上去了。这是最坏人心术的地方。读者不要只喜爱他的文彩，而忘了他的道理不纯正啊。

晁错论

【题解】

本文作于嘉祐六年（1061），同样是苏轼应"制科"举时所作"进论"之一。

晁错在历史上是比较有争议的人物，《史记》《汉书》一方面承认他对汉室的忠诚以及削藩计划的正面价值，另一方面又批评他的性格过于直峭。苏轼此文则又翻出一层新意，专门从晁错建议天子亲征而自己留守后方这一错误决定说起，一语道破晁错本人既想追求功名、实现理想，又不能担负起责任，大难临头只考虑保全自身的性格弱点，并由此总结出晁错失败的原因。这也呼应了文章一开始提出的观点：即君子有远大的志向，需要自己能发之，又能收之。事先预见困难并有所准备，临事不惊，从容不迫，方为成功之道。

　　天下之患，最不可为者，名为治平无事，而其实有不测之忧。坐观其变，而不为之所，则恐至于不可救。起而强为之，则天下狃于治平之安①，而不吾信。惟仁人君子豪杰之士，为能出身为天下犯大难，以求成大功。此固非勉强期月之间②，而苟以求名者之所能也。天下治平，无故而发大难之端；吾发之，吾能收之，然后能免难于天下。事至而循循焉欲去之③，使他人任其责，则天下之祸，必集于我。

【注释】

①狃（niǔ）：习以为常而掉以轻心。

②期（jī）月：一整月。

③循循：有步骤的样子。

【译文】

天下的祸患，最不好处理的是名为治平无事，而其实有难以预测的隐忧。坐观形势的变化，而不采取行动，恐怕会陷入难以挽救的境地。勉强起来行动，天下却因为对长治久安的习以为常而掉以轻心，反而不相信我。只有仁人君子豪杰之士，才能挺身而出，敢于冒天下的大难，以追求成就大功。这当然不是勉强一个月，苟且并求得名利的人所能做到的。天下安定太平，无故而激发大难的开端，我激发出来，我还能收束，然后对天下有所交代，免于祸患。如果事情到了眼前，却一步一步想要抽身离去，让别人担负责任，那么天下的祸患，一定会集中在我身上。

昔者晁错尽忠为汉①，谋弱山东之诸侯②。诸侯并起，以诛错为名。而天子不察，以错为说③。天下悲错之以忠而受祸，而不知错之有以取之也。

【注释】

①晁错：汉文帝时任太子舍人，主张守边备塞，积极发展农业，裁撤诸侯封地，加强中央集权。景帝时任内史，迁御史大夫。因为主张削藩导致吴楚七国发动兵变，晁错劝景帝亲征，自己防守京师。袁盎借机上书请求诛杀晁错以平息诸侯之愤，晁错最终被景帝所杀。

②山东之诸侯：山东诸侯以七王为代表，即吴王刘濞、胶西王刘卬、胶东王刘雄渠、淄川王刘贤、济南王刘辟光、楚王刘戊、赵王刘遂。山东，指崤山以东。

③说：同"悦"。取悦。

【译文】

以前晁错为大汉尽忠，谋划削弱山东诸侯。山东诸侯一同起兵，以诛杀晁错为名义。天子不能明察，以杀晁错来取悦藩兵。天下都对晁错因为尽忠而遭受灾祸感到悲慨，不知道晁错也有自取灭亡之处。

古之立大事者，不惟有超世之才，亦必有坚忍不拔之志。昔禹之治水，凿龙门①，决大河，而放之海。方其功之未成也，盖亦有溃冒冲突可畏之患②，惟能前知其当然，事至不惧，而徐为之所③，是以得至于成功。

【注释】

①龙门：今陕西韩城东北，是黄河水流最湍急之处。

②冒：淹没。

③徐：安闲稳重的样子。

【译文】

古代成就大事的人，不只有超越世俗的才能，也必定有坚忍不拔的意志。当年大禹治水，凿开龙门，疏通黄河，将水导流到大海。当他功业未成之时，大概也有洪水溃堤、淹没土地、水流奔腾的忧患，只有能做到事先知道事情发展的必然趋势，事情到了不害怕，从容不迫地找到解决办法，这样才能达致成功。

夫以七国之强而骤削之，其为变岂足怪哉！错不于此时捐其身，为天下当大难之冲①，而制吴、楚之命，乃为自全之计，欲使天子自将②，而已居守。且夫发七国之难者，谁乎？己欲求其名，安所逃其患？以自将之至危，与居守之至安，己为难首，择其至安，而遗天子以其至危，此忠臣义士所以愤惋而不平者也③。当此之时，虽无袁盎④，错亦未免于祸。何者？己欲居守，而使人主自将，以情而言，天子固已难之矣！而重违其议⑤，是以袁盎之说，得行于其间。使吴、楚反,错以身任其危,日夜淬砺⑥,东向而待之,使不至于累其君,则天子将恃之以为无恐⑦,虽有百袁盎,可得而间哉?

【注释】

①冲:要冲。

②自将:亲自出征。

③惋:怨恨,叹息。

④袁盎:字丝,汉初楚国人。因直言劝谏,汉文帝时被调任为陇西都尉,后为吴相。汉景帝继位,吴、楚七国之乱时,袁盎奏请诛杀晁错以平众怒。后被封为楚相。

⑤重:难。

⑥淬砺:刻苦修炼。这里指积极备战。

⑦恃:依靠。

【译文】

　　以七国当时的强盛而骤然削弱他们,发生兵变难道会感到奇怪吗!晁错不在此时为国捐躯,为天下担当起大难的责任,而去掌握吴、楚等国的兴亡,却想出保全自己的计策,想让天子御驾亲征,而自己据守都城。况且激发七国之难的人是谁呢? 自己想追求功名,怎能逃避由此带来的祸患呢? 比较一下亲自出征的巨大危险和据守都城的巨大安逸,自己作为发难的首倡者,选择了最安全的地方,却把天子留在最危险的地方,这是让忠臣义士愤怒怨恨而抱不平的地方。当此之时,即使没有袁盎,晁错也不会免于灾祸。为什么呢? 自己想据守,而让君主亲征,从情感角度说,天子固然已经要责难他了! 而又难以违背他的建议,所以袁盎的说辞得以在君臣之间散布。假使吴、楚兵反,晁错亲身承担危难的责任,日夜刻苦准备,向东去迎战叛军,让灾祸不至于连累君主,那么天子就会依靠他而没有恐惧,即使有一百个袁盎,又怎么能离间君臣关系呢?

嗟夫！世之君子，欲求非常之功，则无务为自全之计①。使错自将而击吴、楚，未必无功。惟其欲自固其身，而天子不悦，奸臣得以乘其隙。错之所以自全者，乃其所以自祸欤！

【注释】

①务：致力于。

【译文】

唉！世上的君子，想追求不平常的功业，就不要致力于寻找自我保全的计策。假使晁错能亲自出征而打击吴、楚叛军，未必没有功绩。只是他想让自身保持稳固，而使天子不高兴，奸臣得以趁机离间君臣之间的罅隙。晁错的自我保全，就是他给自己招致灾祸的原因吧！

【评点】

茅鹿门曰：错之误，误在以旧有怨于盎，而欲借吴之反以诛之。此所谓自发杀机也，鬼瞰其室矣！何者？以错之学本刑名故也。

又曰：于错之不自将而为居守处，寻一破绽作议论却好。

张孝先曰：凡做事要能发能收，方是大豪杰手段。苟其不然，反不如庸庸者之为愈耳。此文责晁错不自将以讨吴、楚，是能发而不能收，宜其来谗言以速祸也。真老吏断狱深文，使晁错无辞可以解免。

【译文】

茅坤说：晁错的失误，失误在因为以前和袁盎有仇，就希望借助吴的反叛而诛杀袁盎。这就是自己动了杀机，就会有鬼俯瞰着你的屋子！为什么会这样呢？这是因为晁错的学问本于刑名之学的缘故。

又说：在晁错不能亲自领兵而居守京城之处，找到一个破绽下笔做议论，很好。

张伯行说：做事要能发能收，才是大豪杰的做法。如果不能，反而不如庸庸碌碌之辈。此文责备晁错不能亲自领兵讨伐吴、楚叛军，是能兴发而不能收束，所以招来谗言而加速了祸患。真是如老吏熟练审理案件，苛刻罗织罪名，让晁错没有借口可以推脱。

荀卿论

【题解】

本文作于嘉祐六年（1061），同样是苏轼应"制科"举时所作"进论"之一。

荀子是继孔子、孟子之后儒家第三位重要思想家，由于他的思想中"礼法"的成分较重，与孟子的学说颇有不和之处（特别是对人性的理解），加之他的两位弟子李斯、韩非均成为法家人物的代表，所以他的思想在后世颇受争议。苏轼此篇以荀子好标新立异为驳论点，一针见血，历来为人称道。

本文所论对象为荀子，而前后两大部分却分别从孔子话语的平易正直和李斯的骄矜自负、废弃先王之道两下对比论述，在比较中将荀子理论的问题呈现出来，作为一篇论说散文，其论说方式也是相当独到的，体现了苏轼文章一贯的新颖独特之长。

尝读《孔子世家》，观其言语文章，循循莫不有规矩①，不敢放言高论，言必称先王，然后知圣人忧天下之深也。茫乎不知其畔岸，而非远也；浩乎不知其津涯②，而非深也。其所言者，匹夫匹妇之所共知；而所行者，圣人有所不能尽也。呜呼！是亦足矣。使后世有能尽吾说者，虽为圣人无难；而不能者,不失为寡过而已矣。

【注释】

①循循:有步骤的样子。《论语·子罕》:"夫子循循然善诱人。"

②津:渡口。涯:水边。这里指边际。

【译文】

我曾经读《孔子世家》,看他的言语和文章,都有一定的规矩次序,不敢发表狂言高论,说话一定先称赞先王,然后知道圣人对天下忧患的深沉。茫茫不知它的彼岸,而并非遥远;浩渺不知它的尽头,而并非深邃。他说的话是匹夫匹妇所共知的;他的行为,圣人尚且有不能做到的。唉!这也就足够了。假使后世有人能都按孔子说的做,即使做圣人也不难,而不能做到的,也不失为能让自己少犯错误的一途啊。

子路之勇①,子贡之辩②,冉有之智③,此三者,皆天下之所谓难能而可贵者也。然三子者,每不为夫子之所悦。颜渊默然不见其所能④,若无以异于众人者,而夫子亟称之⑤。且夫学圣人者,岂必其言之云尔哉?亦观其意之所向而已。夫子以为后世必有不足行其说者矣,必有窃其说而为不义者矣。是故其言平易正直,而不敢为非常可喜之论,要在于不可易也⑥。

【注释】

①子路:姓仲氏,名由,孔子弟子。直率而有勇力,后为卫大夫孔悝家宰,在内乱中被杀。

②子贡:姓端木氏,名赐,孔子弟子。善雄辩与经商,非常富有外交手段,据《史记·仲尼弟子列传》记载:"子贡一出,存鲁,乱齐、破

吴、强晋而霸越。”

③冉有:名求,字子有。孔子弟子。善于处理政事,担任季康子家
　宰,实施田赋改革,受到孔子批评。

④颜渊:名回,字子渊。孔子得意弟子。孔子曾以“仁”评价他。

⑤亟:多次,屡次。

⑥要:关键。

【译文】

　　子路的勇敢,子贡的善辩,冉有的智慧,这三者都是天下难能可贵
的。然而这三个人每每不被孔子欣赏。颜渊总是沉默的样子,不见他的
才能,就像和众人没什么差别一样,然而孔子多次称赞他。学习圣人的
人,难道一定根据他说了什么来看吗?也要看他心意的取向罢了。孔子
认为后世一定会有不足以实行他的说法的人,一定会有窃取他的说法而
做不道义之事的人。所以他的言论平易正直,而不敢说那些令人喜欢的
不同常规的言论,关键在于让他的话不可被人窜改。

　　昔者常怪李斯事荀卿①,既而焚灭其书,大变古先圣王
之法,于其师之道,不啻若寇仇②。及今观荀卿之书,然后知
李斯之所以事秦者,皆出于荀卿,而不足怪也。

【注释】

①李斯:战国末期楚国上蔡人(今属河南),荀子弟子,受到秦王嬴
　政的赏识而拜为客卿,后官至丞相。改革分封制为郡县制,倡议
　焚书,后与赵高合谋下伪诏,立胡亥为帝,并令太子扶苏自尽。因
　遭赵高忌恨,最终以谋反罪被腰斩于咸阳。荀卿:即荀子,名况,
　战国后期赵国人,儒家学派思想家,是“性恶论”的代表,任齐国
　稷下学官祭酒,时人尊称为“荀卿”。他的学说着重突出儒家思
　想中“礼”的一面。晚年入楚,被春申君召为兰陵令,著书终老。

②啻：但，止，仅。

【译文】

　　我之前经常责怪李斯向荀子学习，在这之后就焚灭他的书，大变古代圣王的法度，对他师傅的道，不止像仇敌一般。等到现在看了荀子的书，然后知道李斯之所以侍奉秦国的原因，都是出于荀子，就不足为怪了。

　　荀卿者，喜为异说而不让，敢为高论而不顾者也。其言愚人之所惊，小人之所喜也。子思、孟轲③，世之所谓贤人君子也。荀卿独曰："乱天下者，子思、孟轲也。"天下之人如此其众也，仁人义士如此其多也，荀卿独曰："人性恶。桀、纣，性也。尧、舜，伪也。"由是观之，意其为人必也刚愎不逊，而自许太过。彼李斯者，又特甚者耳。

【注释】

　　①子思：名伋，孔子之孙，孔子之后儒家学派的传承者之一，与孟子　　　并称"思孟学派"。孟轲：即孟子，名轲，战国时期思想家，是"性　　　善论"的代表，被儒家学派尊为"亚圣"，他的学说着重突出儒家　　　思想中"义"的一面，他曾为实行王道理想奔走于列国之间。

【译文】

　　荀子喜欢新奇的说法而不谦让，敢于抒发高论而没有顾忌。他的话让愚人觉得惊讶，让小人感到喜欢。子思、孟子都是世上公认的贤人君子。唯独荀子说："子思、孟子是祸乱天下的人。"天下这么多人，仁人义士如此众多，唯独荀子说："人性是邪恶的。桀、纣的表现是人性所为，尧、舜的表现是作伪。"由此观之，想他的为人一定也是刚愎而不谦逊，自许甚高。那个李斯，又更突出了这一点。

今夫小人之为不善，犹必有所顾忌。是以夏、商之亡，桀、纣之残暴，而先王之法度、礼乐、刑政，犹未至于绝灭而不可考者，是桀、纣犹有所存而不敢尽废也。彼李斯者，独能奋而不顾①，焚烧夫子之六经，烹灭三代之诸侯，破坏周公之井田②，此亦必有所恃者矣。彼见其师历诋天下之贤人③，自是其愚，以为古先圣王皆无足法者。不知荀卿特以快一时之论，而荀卿亦不知其祸之至于此也。

【注释】

①奋：自负，骄矜。

②井田：西周时期的土地制度，以九百亩为一里，划为九区，中间部分为公田，外八区为私田，由八家共同经营公田。

③历：多次。

【译文】

现在小人做不善的事，还一定会有所顾忌。所以虽然夏、商两代已经灭亡，桀、纣两位亡国之君又极为残暴，但先王的法度、礼乐、刑政，都还不至于灭绝而不可考证，这是因为即使桀、纣还是有所保存而不敢全部废弃它们。那个李斯，只有他自负骄矜而无所顾忌，焚烧孔子的六经，剿灭三代的诸侯，破坏周公的井田制，这也一定是他有所依靠。他看见他的师傅多次诋毁天下的贤人，由此导致他的愚蠢，认为古代的先王都没有值得效法的地方。不知道荀子的那些言论只是逞一时之快，而荀子也不知道那些话的灾祸至于如此地步。

其父杀人报仇，其子必且行劫。荀卿明王道，述礼乐，而李斯以其学乱天下，其高谈异论有以激之也。孔、孟之论，未尝异也，而天下卒无有及者①。苟天下果无有及者，则尚安以求异为哉！

【注释】
①卒：最终，终于。

【译文】

　　一个人的父亲杀人报仇，他的儿子就一定会去行凶打劫。荀子阐明王道，叙述礼乐，而李斯用他的学说祸乱天下，是荀子的高谈怪论激发了李斯的行为。孔、孟的议论，未尝有怪异的成分，而天下一直没有能赶得上他们的。假如天下果然没有能赶得上他们的，那么又何必去标新立异呢！

【评点】

　　王遵岩曰：以"异说高论"四字立案，煞是荀卿顶门一针。而谓李斯焚书破坏先王之法，皆出于荀卿，此尤是长公深文手段。

　　茅鹿门曰：以其所传攻其所蔽，荀卿当深服。

　　张孝先曰：论李斯之祸，自荀卿开之，似乎深文。盖折以孔、孟平正无弊之道，则荀卿之高谈异论，其贻祸自有必然者。可谓透切事情而不诡于理矣。噫！何晏谈《周易》而祸晋，其失也虚；安石谈《周礼》而祸宋，其失也拗。若后世阳儒阴释之学，一种高谈异论，递相祖述，推其流祸，盖亦灼然可睹矣。惟程、朱之论未尝异，而天下卒无有及之者，诚万世无弊之道也。

【译文】

　　王慎中说：以"异说高论"四字立案，真是切中荀子的要害。而说李斯建议焚书破坏先王之法,这些都源于荀子,这是苏轼文章严峻苛刻之处。

茅坤说:以其传播的学说而攻击他的弊端,荀子应当服气。

张伯行说:讨论李斯的祸患是从荀子发端的,看起来似乎苛刻了。而和孔子、孟子没有弊端的平正之道相比,荀子的高谈异论,自有导致祸患的必然性。苏轼的观点可谓透彻,并非诡辩。唉!何晏谈《周易》而损害了晋代的风气,失于务虚;王安石谈《周礼》而损害了北宋政治,失于执拗。像后代那些表面是儒家、底下是释家的学说,也是一种高谈异论,它们传承下来,形成的祸患,也分明可见。只有程朱理学并不标新立异,而天下最终也没人能达到他们的高度,确实是没有弊端可以传承万世的道啊。

刑赏忠厚之至

【题解】

本文作于嘉祐二年(1057),是苏轼参加进士科考试时所作的论体文。

文章主要论述了儒家的仁政理想,认为赏赐和处罚都应以仁慈宽厚作为最高标准,实际上也是一个如何看待人性的问题。文章先论述上古时期刑赏的忠厚,进而写到周道衰落后忠厚犹存,又专门举出刑赏中的"疑"这一点,以尧为例讨论他的用刑之宽和任人之仁,结尾则从不同侧面反复申述论点,逻辑严密又不失灵动的章法,体现了苏轼文章的特色。

值得说明的一点是,苏轼在文章中错用了皋陶的典故,后来被欧阳修举出来向苏轼求证,苏轼对曰事见《三国志·魏书·孔融传》,并解释说是孔融批评曹操用的典故,是"以今日之事观之,意其如此",他在文章中写的尧与皋陶之事"亦意其如此"。欧阳修听后称赞他"善读书,善用书",于此亦可见苏轼善于抛开书本,自由运用典故驾驭文章的能力。

尧、舜、禹、汤、文、武、成、康之际，何其爱民之深，忧民之切，而待天下以君子长者之道也！有一善，从而赏之，又从而咏歌嗟叹之，所以乐其始而勉其终①。有一不善，从而罚之，又从而哀矜惩创之②，所以弃其旧而开其新。故其吁俞之声③，欢休惨戚，见于虞、夏、商、周之书。成、康既没，穆王立，而周道始衰。然犹命其臣吕侯④，而告之以祥刑⑤。其言忧而不伤，威而不怒，慈爱而能断，恻然有哀怜无辜之心⑥，故孔子犹有取焉。

【注释】

①所以：此处表示"用来"。

②哀矜：怜悯。

③吁俞：感叹声，表示惊叹、赞许。

④吕侯：穆王时期任司寇，穆王命其作《吕刑》。

⑤祥刑：正确使用刑罚的方法。

⑥恻然：悲痛的样子。

【译文】

尧、舜、禹、汤、文、武、成、康之际的君主爱惜、关心民众是多么的深切，而以君子长者之道对待天下之民！有一件善举，就奖赏那个人，又接着歌咏赞美他，用来赞扬他开了好头并勉励他坚持到最终。有一件不善的事，就处罚那个人，又接着怜悯并惩治他，用来让他改过自新。所以惊叹赞许之声，欣欢悲伤之情，见于虞、夏、商、周的文献中。成、康死后，穆王即位，周道开始衰落。但是他仍然命令他的臣子吕侯制定法令，并告诉他正确使用刑罚的方法。他的言语忧虑而不伤人，威严而不愤怒，慈爱而能决断，对无辜之人有悲痛而怜悯的心，所以孔子仍然称许他。

　　《传》曰："赏疑从与,所以广恩也;罚疑从去,所以慎刑也。"当尧之时,皋陶为士①,将杀人。皋陶曰"杀之"三②;尧曰"宥之"三。故天下畏皋陶执法之坚,而乐尧用刑之宽。四岳曰③:"鲧可用④。"尧曰:"不可,鲧方命圮族⑤。"既而曰:"试之。"何尧之不听皋陶之杀人,而从四岳之用鲧也?然则圣人之意,盖亦可见矣。《书》曰:"罪疑惟轻,功疑惟重。与其杀不辜,宁失不经。"呜呼!尽之矣。可以赏,可以无赏,赏之过乎仁;可以罚,可以无罚,罚之过乎义⑥。过乎仁,不失为君子;过乎义,则流而入于忍人⑦。故仁可过也,义不可过也。

【注释】

①皋陶:舜的臣子,主管刑罚律令。苏轼这里误为尧之臣。

②三:多次,数次。

③四岳:主管四方诸侯的官员,一说为羲和的四个儿子,一说为炎帝部落姜姓贵族。

④鲧(gǔn):四岳推荐他去治水,鲧治水未果,被舜所杀,其子禹继续完成治水之业。

⑤方命:违命不从。圮(pǐ):毁坏,灭绝。

⑥义:合宜的,合理的标准。

⑦忍人:残忍的人。

【译文】

　　《传》中说:"应当赏赐而有怀疑的,应该从宽赏赐,这是为了广布恩德;应当惩罚而有怀疑的,应该从轻处罚,这是为了慎重地使用刑罚"当尧的时候,皋陶为士,将要杀人。皋陶数次说"杀了他",尧数次说"宽恕他"。所以天下都畏惧皋陶执法的坚决而喜欢尧用刑的宽厚。四岳说:

"鲧这个人可以使用。"尧说："不可以，鲧违抗命令，会败坏他的族人。"接着又说："试试他吧。"为什么尧不听皋陶的话去杀人而听从四岳的话使用鲧呢？然而圣人的心意，也可以由此看出。《书》说："有疑惑的罪责宁可从轻，有疑惑的功绩宁可从重。与其杀无辜之人，宁可不杀他而让自己承担失刑的惩罚。"唉！这就完备了。可以赏，可以不赏的，赏了就超过了仁慈的标准；可以罚，可以不罚的，罚了就超过了道义的标准。超过仁慈的标准，还不失为君子；但超过道义的标准，就会流为残忍的人。所以仁慈的标准可以超越，道义的标准不能超越。

古者，赏不以爵禄，刑不以刀锯。赏以爵禄，是赏之道行于爵禄之所加^①，而不行于爵禄之所不加也。刑以刀锯，是刑之威施于刀锯之所及^②，而不施于刀锯之所不及也。先王知天下之善不胜赏，而爵禄不足以劝也；知天下之恶不胜刑，而刀锯不足以裁也。是故疑则举而归之于仁，以君子长者之道待天下，使天下相率而归于君子长者之道。故曰忠厚之至也。

【注释】

①加：施加。

②及：涉及，触及。

【译文】

古代的时候，不用官爵俸禄作为赏赐，不用刀锯施加刑罚。用官爵俸禄行赏，这样赏赐的作用只在能得到官爵俸禄的人的范围内体现，而不能在得不到官爵俸禄之人那里体现。用刀锯施行，这样刑罚的威严只能在受到刀锯惩罚的人那里体现，而不能在没有受到刀锯惩罚的人那里体现。先王知道天下的善举赏赐不完，而官爵俸禄不足以劝善；知道天下的恶行惩罚不完,而刀锯不足以制裁他们。所以有怀疑就用仁慈宽厚的态度处理,以君子长者之道对待天下之人,让天下之人都归于君子长者之道。所以说是忠厚到了极点。

《诗》曰:"君子如祉,乱庶遄已。君子如怒,乱庶遄沮①。"夫君子之已乱,岂有异术哉? 时其喜怒,而无失乎仁而已矣。《春秋》之义,立法贵严,而责人贵宽。因其褒贬之义以制赏罚,亦忠厚之至也。

【注释】

①"君子如祉"几句:君子高兴的话,祸乱差不多就会迅速平息。君子愤怒的话,祸乱差不多就会停止。语出《诗经·小雅·巧言》,原文为"君子如怒,乱庶遄沮。君子如祉,乱庶遄已。"祉,欢喜。庶,差不多。遄,迅速。已,停止。沮,中止。

【译文】

《诗经》说:"君子高兴的话,祸乱差不多就会迅速平息。君子愤怒的话,祸乱差不多就会停止。"君子平息祸乱,难道有什么特别的方法吗? 适时喜怒,而不要失于仁慈而已。《春秋》的义理,立法以严格为贵,而对人的要求以宽厚为贵。根据它褒贬的原则来控制赏罚,也是忠厚到极点了。

【评点】

唐荆川曰:此文一意翻作数段。

茅鹿门曰:东坡试论文字,悠扬宛宕,于今场屋中极利者也。

张孝先曰:东坡自谓文如行云流水,即应试论可见。学者读之，用笔自然圆畅。中间"赏不以爵禄，刑不以刀锯"一段，议论极有至理。

【译文】

唐顺之说：此文把一个意思翻作数段议论。

茅坤说：苏轼写的试论文字，悠扬婉转，在今天科举考场中也是极好的范本。

张伯行说：苏轼自己说作文如行云流水，从他应试的策论就能看出。学者读了，用笔自然圆融流畅。中间"不能用官爵行赏，不能用刀锯惩罚"一段，议论极有道理。

无沮善

【题解】

本文为嘉祐六年（1061）苏轼应制科考试所作二十五篇"策论"中的《策别课百官》第六篇，是苏轼向宋仁宗阐述治国为政之道的策论文章。

中国古代的官与吏之别一直是历代官僚机构中复杂的问题，官员需要经过正规的科举选拔，而吏往往可以由地方政府直接任命，所以官与吏就有着严格的区别，但这往往使那些有才干的吏得不到升迁的机会，于是转而鱼肉百姓。苏轼这篇文章就从如何用人的角度讨论了相关的问题。

文章首先明确了先王驱民向善的良方，即根据官员的实际能力确定升降，这样会激励所有人努力向善。进而指出当时政治的问题，即用人只根据科举的一考定终身，而那些因为得不到升迁机会的就会残害百姓，苏轼认为应该放宽用人的资格限制，引入流动机制，这才能将人才驱向善端，要做到弃绝之人不任用，任用之人不轻易弃绝。从正反两面立论，文章逻辑清晰，结构严谨。

　　昔者先王之为天下，必使天下欣欣然常有无穷之心，力行不倦，而无自弃之意。夫惟自弃之人，则其为恶也，甚毒而不可解。是以圣人畏之，设为高位重禄以待能者。使天下皆得踊跃自奋，攀援而来[1]，惟其才之不逮，力之不足，是以终不能至于其间，而非圣人塞其门、绝其途也。夫然，故一介之贱吏，间阎之匹夫[2]，莫不奔走于善，至于老死而不知休息，此圣人以术驱之也。

【注释】

①攀援：援引。

②间阎：里巷的门。泛指民间。

【译文】

古代先王治理天下，一定让天下人欣欣然常有不断向善的心，力行而不疲倦，而没有自暴自弃的心理。只有自我放弃的人，他们的罪恶特别严重而不可解救。所以圣人对此小心畏惧，设置高位重禄来等待有能力的人。让天下人都能踊跃地使自己勤奋，不断攀援前进，只是有些人才能有所不及，力量有所不足，所以最终不能跻身其中，而不是圣人阻塞了他们的门路、断绝了他们的前途。因为这样，所以即使是一介低贱的小吏，里巷的匹夫，没有不奔走于行善以求得仕途的，直到老死都不知休息，这是圣人用术来驱使他们行善的结果。

　　天下苟有甚恶而不可忍也，圣人既已绝之，则屏之远方，终身不齿[1]。此非独不仁也，以为既已绝之，彼将一旦肆其忿毒，以残害吾民。是故绝之则不用，用之则不绝。既已绝之，又复用之，则是驱之于不善，而又假之以其具也[2]。无所望而为善，无所爱惜而不为恶者，天下一人而已矣[3]。以无所望之人，而责其为善；以无所爱惜之人，而求其不为恶，又付之以人民，则天下知其不可也。世之贤者，何常之有！或出于贾竖贱人^④，甚者至于盗贼，往往而是。而儒生贵族，世之所望为君子者，或至于放肆不轨，小民之不若。圣人知其然，是故不逆定于其始进之时^⑤，而徐观其所试之效，使天下无必得之由，亦无必不可得之道。天下知其不可以必得也，然后勉强于功名而不敢侥幸。知其不至于必不可得也，然后有以自慰其心，久而不懈。嗟夫！圣人之所以鼓舞天下之人日化而不自知者^⑥，此其为术欤？

【注释】

①齿：次列，并列。

②具：工具，这里指权力。

③天下一人：这里指皇帝本人。

④贾竖贱人：商贩之徒。古代以商为末业，故称贱人。

⑤逆：预先。

⑥化：感化，教化。

【译文】

天下如果有罪大恶极而不可忍耐之人，圣人已经弃绝他们，就会把他们摒弃到远方，终身不与他们同列。这不是不够仁慈，因为已经弃绝了他们，那些人一旦放纵他们的愤怒与怨恨，就会残害我们的民众。所以弃绝他们就不再任用，任用的就不会轻易弃绝。已经弃绝了，又再任用，就是驱使他们向不善发展，而又借给他们为不善的工具。在仕途中无所追求而能为善行，无所爱惜而能不为恶的，天下只有皇帝一人而已。除了皇帝以外，对于无所追求之人去要求他们行善，对无所爱惜之人要求他们不为恶，又将天下百姓交付他们管理，那么天下人都知道是不可能的。世上的贤人，哪里是常有的呢！有的出于经商的贱民，甚至出于盗贼，往往是这样的。而儒生贵族，世人希望他们成为君子，有的却行为放肆不轨，还不如小民。圣人知道这个情况，所以不在一开始仕进时就预先确定，而慢慢观察试验他为官的绩效，使天下知道官禄没有必然能得到的途径，也没有必然得不到的道理。天下知道不能必然得到，然后才能勉力行善以追求功名，不敢有所侥幸。知道不至于必然得不到，然后可以自我安慰其内心，持久而不懈怠。唉！圣人之所以能鼓舞天下之人，使人们每天受到感化却不知不觉，这就是他的方法吧？

后之为政者则不然，与人以必得，而绝之以必不可得，此其意以为进贤而退不肖。然天下之弊，莫甚于此。今夫制策之及等^①，进士之高第，皆以一日之间，而决取终身之富贵。此虽一时之文词，而未知其临事之能否，则其用之不已太遽乎^②？

【注释】

①制策之及等：即制策合格。宋代制举考试以等排序，一二等为虚设，苏轼入三等，为制举最高等，有宋一代，仅数人而已。

②遽：急，快。

【译文】

后代的为政者却不是这样，给人官禄时让一些人以为必然得到，而断绝了一些人使他们以为必然得不到，他的心意以为这样能引进贤人斥退不肖之人。然而治天下的弊病，没有比这更大的了。现在制策能否及格及等级如何，进士能否高中及名次如何，都是一日之间的事，却能决定终身的富贵。这些只是一时的文辞，而不知道他们面对政事时能否胜任，那么任用他们不是太快了吗？

　　天下有用人而绝之者三。州县之吏，苟非有大过而不可复用，则其他犯法，皆可使竭力为善以自赎。而今世之法，一陷于罪戾①，则终身不迁，使之不自聊赖而疾视其民②，肆意妄行而无所顾惜。此其初未必小人也，不幸而陷于其中，途穷而无所入，则遂以自弃。府史贱吏③，为国者知其不可阙也，是故岁久则补以外官④。以其所从来之卑也，而限其所至，则其中虽有出群之才，终亦不得齿于士大夫之列。夫人出身而仕者，将以求贵也；贵不可得而至矣，则将惟富之求，此其势然也。如是，则虽至于鞭笞戮辱，而不足以禁其贪。故夫此二者，苟不可以遂弃，则宜有以少假之也⑤。入赀而仕者⑥，皆得补郡县之吏，彼知其终不得迁，亦将逞其一时之欲⑦，无所不至。夫此，诚不可以迁也，则是用之之过而已。臣故曰：绝之则不用，用之则不绝。此三者之谓也。

【注释】

①罪戾：罪行，过恶。

②聊赖：依赖，寄托。

③府史贱吏：指官衙中从事抄写、书簿等杂役的官员。

④补以外官：补为地方官。因为这些府吏一般都不是通过科举考试被选拔录用的，所以往往不能得到重用。

⑤少假：稍微宽容。

⑥赀：通“资”。钱财。

⑦逞：放任，放纵。

【译文】

天下有三种情况是任用人之后要弃绝他们的。州县的官吏，假如不是犯了大的过错而不再任用，那么犯了其他错误，都应该使他竭力行善以自赎。而今世的法令，官吏一旦陷入罪责，就终身不能获得升迁，这让他们精神没有寄托而仇视他的民众，肆意妄为而无所顾惜。这些人最初未必是小人，只是不幸陷于罪责之中，仕途穷困没有上进的途径，所以就自暴自弃。府史那样的小官吏，治国者知道他们是不可或缺的，所以时间长了就可以补为地方官。因为他们入仕途径的低贱，而限制他们的官位，那么即使其中有出众的人才，最终也不能跻身士大夫之列。人们出来求仕是为了追求显贵，显贵不能得到，就只追求财富，这是必然的趋势。像这样的话，即使是鞭笞杀戮，也不足以禁止他们的贪婪。所以这两种人，假如不是断然弃绝的，就应该稍有宽容，给他们进仕的机会。交纳金钱而入仕的人，都得以补充郡县的官吏，那些人知道他们最终也不能得到升迁，也将会放纵一时的欲望，无所不为。这样，确实不可以让他们升迁，那就是任用他们的过错了。臣所以说：弃绝了就不要任用，任用了就不要轻易弃绝。说的就是这三种人啊。

【评点】

茅鹿门曰：专为吏胥以下之才。其情弊与今亦相参，而文甚错综。

张孝先曰：宋时州县吏有过者，终身不迁。从吏出身者，与入赀而仕者，亦皆限其所至，而不得迁。此固严殿最、别流品之意[1]，然既已用为州县之吏矣，果有异材茂著者，升之可也；其贪残害民者，黜之可也。若但限之而不迁，则彼将无所望而自弃于善矣。东坡此策，意在以爵禄鼓舞之，是开人自新之机与立贤无方之道。然不肖者必须严黜之，则既无沮善，又不恕恶，于吏治庶几无弊耳。

【注释】

①殿最：指考课等级的高低。

【译文】

茅坤说：专门针对胥吏以下的人才。其情势与弊端和现在也类似，而文章非常错综。

张伯行说：宋代州县的官员犯了错误，就终身无法获得升迁。出身于小吏或者通过买官进入仕途的人，也都会限制其级别，得不到升迁。这固然是为了严格区分考课等级与流品的差异，然而已经成为州县的胥吏，如果真有特别的才能，可以给他们升迁；那些祸害百姓的人，也可以贬黜。如果限定等级不给升迁机会，那些人将因没有希望而自暴自弃。苏轼的这篇策论，意在用官爵、俸禄鼓励他们，是开启人们自新的机会，也是解决无法立贤的办法。然而坏人必须严惩，这样既不会阻碍善人，又不宽恕恶人，对吏治来说就差不多没什么弊病了。

敦教化

【题解】

本文也是嘉祐六年（1061）苏轼应制科考试所作二十五篇"策论"中的《策别安万民》第一篇，是苏轼向宋仁宗阐述治国为政之道的策论文章。

如何教化民众、敦风化俗是历代执政者素来关心的话题，儒生们在感慨礼崩乐坏时只是搬出礼仪的样子与名目出来，并不能从根本上教化民众，反而遭到民众的耻笑。苏轼在本文尖锐地指出，只有自统治阶级上位者行信义之实才能起到模范作用，使民归善。尤其值得称道的是，苏轼在文章中直陈当时弊政，以宋仁宗宝元年间编民入军籍的不讲信用以及增收赋税的不讲道义为例，说明民众的狡诈贪婪都是从执政者那里学来的，这些内容都具有非常重要的现实意义。

从文章写法来说,这篇策论也相当精当,采用正反对比手法,先写上古时期周武王的以身作则,作为执政的榜样,接着讨论儒生的名实之别,直到在行文之末才写出时政之弊,文章迂回曲折,能言常人之所不能言处,即便仁宗皇帝亦颇为赏识。

夫圣人之于天下,所恃以为牢固不拔者,在乎天下之民可与为善,而不可与为恶也。昔者三代之民①,见危而授命,见利而不忘义。此非必有爵赏劝乎其前②,而刑罚驱乎其后也。其心安于为善,而忸怩于不义③,是故有所不为。夫民知其所不为,则天下不可以敌,甲兵不可以威,利禄不可以诱。可杀可辱、可饥可寒而不可与叛,此三代之所以享国长久而不拔也④。

【注释】

① 三代:指夏、商、周三代,为古代文人理想的政治时代。

② 劝:勉励,奖励。

③ 忸怩:羞愧的样子。

④ 享国:帝王在位年数。

【译文】

圣人治理天下,可以作为牢固不可动摇的依赖的,在于让天下之人能去做善事,而不能去做恶事。上古三代的人民,见到危难而能临危受命,见到利益而不忘记正义。这并非一定有官爵俸禄在前面勉励,而刑罚在后面驱使的原因。他们安心做善事,而行为不义就感到羞愧,所以就会有所不为。民众知道有所不为,那么天下就无可匹敌,武力不能威慑他们,利禄不能诱惑他们。可以杀可以辱、可以饥可以寒,而不会背叛君主,这是三代君主之所以能在位长久而不被动摇的原因。

及至秦、汉之世，其民见利而忘义，见危而不能授命。法禁之所不及，则巧伪变诈，无所不为，疾视其长上而幸其灾①。因之以水旱，加之以盗贼，则天下荡然无复天子之民矣。世之儒者尝有言曰："三代之时，其所以教民之具，甚详且密也。学校之制②，射飨之节③，冠婚丧祭之礼④，粲然莫不有法⑤。及至后世，教化之道衰，而尽废其具，是以若此无耻也。"然世之儒者，盖亦尝试以此等教天下之民矣，而卒以无效，使民好文而益媮⑥，饰诈而相高，则有之矣，此亦儒者之过也。臣愚以为若此者⑦，皆好古而无术，知有教化而不知名实之所存者也。实者所以信其名，而名者所以求其实也。有名而无实，则其名不行；有实而无名，则其实不长。凡今儒者之所论，皆其名也。

【注释】

①疾：憎恶，怨恨。

②学校之制：西周时中央设有辟雍，诸侯设有泮宫，地方设有学校进行教育。《孟子·滕文公上》："设为庠、序、学、校以教之。庠者，养也；校者，教也；序者，射也。夏曰校，殷曰序，周曰庠，学则三代共之。皆所以明人伦也。"

③射飨：指乡射礼和乡饮酒礼。

④冠：古代男子成年时的冠礼。

⑤粲然：鲜明、显著的样子。

⑥媮：同"愉"。快乐，安乐。

⑦愚：古代自谦之词。

【译文】

等到了秦、汉之世，他们的民众见利而忘义，见到危难不能授命。法律禁止不到的地方，就机巧虚伪、变化狡诈，无所不为，仇视他们的长官上级而幸灾乐祸。加之有水旱和盗贼，那么天下就荡然没有天子之民了。当世的儒者曾经说过："三代的时候，他们教化民众的举措，非常详尽周密。学校的制度，乡射礼和乡饮酒礼的礼节，冠礼、婚礼、丧葬祭祀的礼仪，没有不鲜明有法度的。等到了后世，教化的道衰落了，而全部废弃了教民的举措，所以就像这样无耻了。"然而当世的儒者，大概也曾经试图以此教化天下的民众，而最终没有效果，使民众喜好文辞而更加安逸，矫饰奸诈而互相以为高明，有这些恶习，这也是儒者的过错。臣愚以为像这样的情况，都是好古而没有掌握方法，知道有教化而不知道名实的存在。实绩是用来使名目可信的，而名目是用来推求实绩的。有名目而无实绩，那么名目就不能施行；有实绩而无名目，那么实绩就不能长久。但凡现在儒者所讨论的，都是名目。

　　昔武王既克商，散财发粟，使天下知其不贪；礼下贤俊，使天下知其不骄；封先圣之后^①，使天下知其仁；诛飞廉、恶来^②，使天下知其义。如此则其教化天下之实，固已立矣。天下耸然皆有忠信廉耻之心^③，然后文之以礼乐，教之以学校，观之以射飨，而谨之以冠婚丧祭。民是以目击而心谕^④，安行而自得也。及至秦、汉之世，专用法吏以督责其民，至于今千有余年，而民日以贪冒嗜利而无耻。儒者乃始以三代之礼所谓名者而绳之。彼见其登降揖让盘辟俯偻之容^⑤，则掩口而窃笑；闻钟鼓管磬希夷啴缓之音^⑥，则惊顾而不乐。如此而欲望其迁善远罪，不已难乎？

【注释】

　　①封先圣之后：指周武王分封殷商遗民于宋。

②飞廉、恶来:商纣王之臣。恶来为飞廉之子。

③耸然:恭敬严肃的样子。

④谕:明白,理解。

⑤揖让:宾主相见拱手行礼。盘辟(pì):盘旋进退。辟,乍进乍退貌。

⑥希夷:虚寂玄妙。语出《老子·十四章》:"视之不见名曰夷,听之不闻名曰希。"啴(chǎn)缓:安闲舒缓。

【译文】

古代武王克商之后,散布财物分发粮食,使天下知道他不贪婪;礼遇下面的贤能杰出之士,使天下知道他不骄傲;分封先朝的后代,使天下知道他仁慈;诛杀飞廉和恶来,使天下知道他的正义。如此一来他教化天下的实绩,本来就树立好了。天下人恭敬地都有忠信廉耻之心,然后用礼乐使他们有文辞,用学校来教育他们,让他们观看乡射礼和乡饮酒礼,用冠礼、婚礼、丧葬祭祀的礼仪使他们恭敬。民众因此眼睛看到而心里明白,安心做事而有所自得。等到了秦、汉之世,专门任用司法官吏来监督苛责民众,到现在已经千余年了,而民众日益贪婪好利而没有廉耻之心。儒者才开始用三代礼仪中的那些名目来规范他们。那些人看见儒者按高下行拱手礼、盘旋进退、俯身弯腰的样子,就掩口而窃笑;听见钟鼓管磬那些虚寂玄妙、安闲舒缓的音乐,就惊讶地张望而不感到快乐。像这样而希望他们向往行善而远离罪恶,不已经很难了吗?

臣愚以为宜先其实而后其名,择其近于人情者而先之。今夫民不知信,则不可与久居于安;民不知义,则不可与同处于危。平居则欺其吏,而有急则叛其君。此教化之实不至,天下之所以无变者,幸也①。欲民之知信,则莫若务实其言。欲民之知义,则莫若务去其贪。往者河西用兵②,而家人子弟皆籍以为军。其始也，官告以权时之宜，非久役者，如是当复尔业。少焉皆刺其额③，无一人得免。自宝元以来④，诸道以兵兴为辞而增赋者⑤，至今皆不为除去。夫如是，将何止民之欺诈哉！

【注释】

①幸：侥幸。

②河西用兵：指宋仁宗景祐年间对西夏的战争。

③刺其额：宋代军士须在身上刺字，以示标记。

④宝元以来：指宝元元年（1038）党项族首领元昊在河西建立西夏王朝，此后长期与北宋对峙。

⑤道：古代行政区划单位。与宋代地位监察区的"路"相当。

【译文】

臣愚以为应该先做实绩而后立名目，选择其中近于人情的先做。现在民众不知道诚信，就不能与他们长久地生活于安定之中；民众不知道正义，就不能和他们同处于危难之中。平时就欺骗他们的官吏，在危急时刻就背叛他们的君主。这是教化的实际工夫不到，天下所以没有发生变乱，实属侥幸。想让民众知道诚信，那么不如让说出的话都能落实。想让民众知道正义，那么不如去除他们的贪欲。以前在河西用兵，而家人的子弟都编入军籍。开始的时候，官方说只是权宜之计，不会让他们长期服兵役，仗打完就恢复你们的本业。没过几天就都在他们的额头上刺了字，无一人得以幸免。自从宝元年间以来，各道以兴兵为借口来增加赋税，至今都没有去除。像这样的情况，将如何禁止百姓的欺诈呢！

夫所贵乎县官之尊者①，为其恃于四海之富，而不争于锥刀之末也。其与民也优，其取利也缓。古之圣人，不得已而取，则时有所置②，以明其不贪，何者？小民不知其说，而惟贪之知。今鸡鸣而起，百工杂作，匹夫入市，操挟尺寸，吏且随而税之，扼吭拊背③，以收丝毫之利。古之设官者，求以裕民；今之设官者，求以胜民④。赋敛有常限，而以先期为贤；出纳有常数⑤，而以羡息为能⑥。天地之间，苟可以取者，莫不有禁。求利太广，而用法太密，故民日趋于贪。臣愚以为难行之言，当有所必行。而可取之利，当有所不取。以教民信，而示之义。若曰"国用不足而未可以行"，则臣恐其失之多于得也。

【注释】

①县官：指皇帝。《史记·绛侯世家》司马贞索隐："县官谓天子也。所以谓国家为县官者，《夏官》王畿内县即国都也，王者官天下，故曰县官也。"

②置：停置，豁免。

③吭：咽喉。拊：拍打。

④胜：制服。

⑤出纳：财产的支出和收入。

⑥羡：滥，超过适当的限度。息：利息。

【译文】

像皇帝那样尊贵的人，在于赖有四海的财富，而不在细微之处计较争夺。他对待民众很优厚，他获取利益很缓和。古代的圣人，不得已才从民间获取利益，还时常有所豁免，以表明他不贪婪，为什么呢？小民不知道取财于民的说法，只知道那是贪财。现在鸡鸣而起，百工干着杂活，匹夫进入市场，拿着度量工具，官吏跟着他们收税，扼着他们的喉咙、拍打着他们的脊背，以收取丝毫的利益。古代设置官位的人，追求的是使民众富裕;现在设置官位的人,追求的是制服民众。赋税有固定的期限,而以提前完成任务为贤能;支出和收入有固定的数目,而以多收利息为有能力。天地之间,假如可以收取的,都有一定限度。追求利益太广,而使用法条太密,所以民众日趋于贪婪。臣愚以为难以实行的言语,应当有一定要实行的。而可获取的利益,应当有所不取。以此来教育民众诚信,而昭示仁义。如果说:"国家的财用不足而不能实行",那么臣恐怕其所失要多于所得。

【评点】

茅鹿门曰:东坡劝敦教化,而以罢西河之兵与宝元以来增赋为案。其言虽近长老,而其实则疏略矣。

又曰:看他行文纡徐婉转、将言不言处。

张孝先曰:策言教化必先行之自上,而上之敦教化者莫重于信义。到入时事处,一言籍军无信,一言增赋不义;上无信则教民诈,上不义则教民贪。皆切中时弊。

【译文】

茅坤说:苏轼劝敦教化,而以废除西河征兵和宝元以来增加赋税为案例。言语虽近长老,而其实很疏略。

又说:看他行文从容舒缓又婉转而含蓄,有将言不言之处。

张伯行说:这篇策论说教化必从上面先施行,而统治者要敦教化,没有比信义更重要的。说到时事的地方,一个例子是征兵时没有信用,一个例子是增加赋税不合理;统治者没有信用就是教百姓欺诈,统治者不正义就是教百姓贪婪。这些论述都切中时弊。

《范文正公文集》序①

【题解】

本文作于元祐四年（1089）四月十一日。文集序作为一种应用文体，主要为作家别集而作，一般用来介绍作者生平、思想、文学创作等情况。

苏轼在这篇序文中写了几个方面的内容：首先是追忆自己早年对范仲淹的仰慕，并讲述自己根据中举后从欧阳修等人口中说的范仲淹而生发出的追慕之情，之后介绍了与范仲淹之子的交游情况，引出作序原因。其次是高度评价范仲淹行事早有谋划，堪比前代名相。最后从文章思想内容的角度肯定了范仲淹的仁义道德。文章由生活写起，娓娓道来，平易近人又不失庄重典雅之风。

　　庆历三年②，轼始总角入乡校③。士有自京师来者，以鲁人石守道所作《庆历圣德诗》示乡先生④。轼从旁窃观，则能诵习其词。问先生以所颂十一人者何人也⑤？先生曰："童子何用知之？"轼曰："此天人也耶，则不敢知；若亦人耳，何为其不可！"先生奇轼言，尽以告之，且曰："韩、范、富、欧阳，此四人者，人杰也。"时虽未尽了，则已私识之矣。嘉祐二年⑥，始举进士至京师，则范公没。既葬，而墓碑出⑦，读之至流涕，曰："吾得其为人。"盖十有五年不一见其面，岂非命也欤！

【注释】

①范文正公：范仲淹（989—1052），字希文，江苏吴县（今江苏苏州）人。北宋政治家，文学家。仁宗朝任参知政事。谥号文正。

②庆历三年：1043年。庆历，北宋仁宗赵祯年号（1041—1048）。

③总角：古代男女未及冠、及笄之前称总角。

④石守道：即石介（1005—1045），字守道，号徂徕先生。兖州奉符
（今山东泰安）人。庆历中任太子中允，时韩琦、富弼、范仲淹等
为相，石介曾作《庆历圣德诗》以歌颂仁宗朝政。

⑤十一人：指韩琦、富弼、章得象、贾昌朝、晏殊、杜衍、范仲淹、欧
阳修、蔡襄、王素、余靖。庆历朝前七人同时为相，后四人同时
为谏官。

⑥嘉祐二年：1057年。嘉祐，北宋仁宗赵祯年号（1056—1063）。

⑦墓碑：指欧阳修所作《资政殿学士文正范公神道碑铭》。

【译文】

　　庆历三年，苏轼还很小的时候进入乡校学习。有士人从京城来，拿鲁人石守道所作《庆历圣德诗》给乡校先生看。苏轼从旁边偷看，就能背诵其中的词句。问先生其中歌颂的十一人是谁？先生说："童子何须知道呢？"苏轼说："这些是天上的人吗？如果是的话，就不敢打听；如果也是人，为什么不可以知道呢！"先生对苏轼的话感到很惊奇，就全告诉了我，并且说："韩琦、范仲淹、富弼、欧阳修，这四个人是人中英杰。"当时虽然没有完全了解，但已经在私下里记住了。嘉祐二年，才举进士到京师，当时范公已经去世了。下葬之后，墓碑刻出来，读了之后感动得流涕，说："我知道他的为人了。"十五年不能一见其面，难道不是天命吗！

　　是岁登第，始见知于欧阳公，因公以识韩、富①，皆以国士待轼，曰："恨子不识范文正公。"其后三年，过许②，始识公之仲子今丞相尧夫③。又六年，始见其叔彝叟京师④。又十一年，遂与其季德孺同僚于徐⑤。皆一见如旧，且以公遗稿见属为序。又十三年，乃克为之。

【注释】

①韩：即韩琦（1008—1075），字稚圭，相州安阳（今属河南）人。天圣五年（1027）进士。与范仲淹等人推行庆历新政，累封仪国公、卫国公、魏国公。富：即富弼（1004—1083），字彦国，洛阳（今属河南）人。庆历三年（1043）任为枢密副使，"庆历新政"的积极参与者之一。后因与王安石政见不和遭到弹劾而罢相。

②许：今河南许昌一带。

③仲子：次子。古代论长幼以伯、仲、叔、季为序。下文叔即指第三子，季指第四子。尧夫：即范纯仁（1027—1101），字尧夫，范仲淹次子。皇祐元年（1049）进士，因不满王安石变法屡次上书，出知河中府，转知诸州。哲宗时，官尚书右仆射中书侍郎。谥忠宣。

④彝叟：即范纯礼（1031—1106），字彝叟，范仲淹第三子。荫秘书省正字，元祐中官给事中，历吏部侍郎。徽宗时以龙图阁直学士知开封府。谥恭献。

⑤德孺：即范纯粹（1046—1117），字德孺，范仲淹第四子。哲宗时，以龙图阁直学士知庆州，元祐党争时夺职知均州。徐：今江苏徐州铜山区一带。

【译文】

这年进士登第，才被欧阳公赏识，经由欧阳公认识了韩琦、富弼，都用对待国士的礼仪对待苏轼，说："遗憾你没有机会认识范文正公。"其后三年，经过许昌，才认识了范公次子也就是现在的丞相范尧夫。又过了六年，才在京城见到范公第三子范彝叟。又过了十一年，和范公第四子范德孺在徐州作同僚。都一见如旧，并且拿出范公遗稿，托付我写一篇序。又过了十三年才完成。

　　呜呼！公之功德，盖不待文而显，其文亦不待序而传。然不敢辞者，自以八岁知敬爱公，今四十七年矣。彼三杰者,皆得从之游,而公独不识,以为平生之恨。若获挂名其文字中,以自托于门下士之末,岂非畴昔之愿也哉^①?

【注释】

①畴昔:往日,过去。

【译文】

唉!范公的功绩德行,不待写成文章就已昭显,他的文章不待作序而早已流传。然而我却不敢推辞的原因,是自从八岁知道范公就敬爱他,现在已经有四十七年了。那三位英杰,我都有机会跟从他们交游,而唯独没有机会和范公相识,以此为平生的遗憾。假如能得以将名字挂在他的文字中,将自己托在范公门下的末尾,难道不是偿了以往的愿望吗?

古之君子,如伊尹、太公、管仲、乐毅之流^①,其王伯之略,皆定于畎亩中^②,非仕而后学者也。淮阴侯见高帝于汉中^③,论刘、项短长,画取三秦,如指诸掌;及佐帝定天下,汉中之言,无一不酬者^④。诸葛孔明卧草庐中,与先主策曹操、孙权,规取刘璋,因蜀之资,以争天下,终身不易其言。此岂口传耳受,尝试为之,而侥幸其或成者哉?

【注释】

①伊尹:商初大臣,辅佐商汤讨伐夏桀建立商朝。太公:即姜太公吕尚,辅佐周武王讨伐商纣王建立周朝。管仲:春秋时齐国上卿,以"尊王攘夷"的旗号,辅佐齐桓公成为霸主。乐毅:战国时燕昭王亚卿,辅佐燕昭王振兴燕国,报齐伐燕之仇。

②畎(quǎn)亩:田间,田地。

③淮阴侯：即韩信，淮阴（今江苏淮安）人。汉初名将，辅佐汉高祖
　　刘邦击败项羽，建立汉朝，因此被封为淮阴侯。后遭刘邦猜忌，以
　　谋反罪处死。

④酬：实行，实现。

【译文】

　　古代的君子，像伊尹、太公、管仲、乐毅之流，他们王道、霸道的策略，都预先确定于田野之中，并不是入仕后才学会的。淮阴侯韩信在汉中遇见汉高祖刘邦，讨论刘邦与项羽的长处与短处，谋划取得三秦之地，对一切了如指掌，等到辅佐刘邦平定天下，他在汉中所言，没有一项没有实现。诸葛孔明卧居草庐之中，与先主刘备策划和曹操、孙权三分天下，规划夺取刘璋的益州作为蜀国的资本，以此争取天下，终身没有改变他在隆中说的话。这难道是口传耳受，尝试着做一下，而希望能侥幸成功的吗？

　　公在天圣中①，居太夫人忧②，则已有忧天下、致太平之意。故为万言书以遗宰相，天下传诵。至用为将，擢为执政，考其平生所为，无出此书者。今其集二十卷，为诗赋二百六十八，为文一百六十五。其于仁义礼乐，忠信孝悌③，盖如饥渴之于饮食，欲须臾忘而不可得④。如火之热，如水之湿，盖其天性有不得不然者。虽弄翰戏语，率然而作，必归于此。故天下信其诚，争师尊之。孔子曰："有德者必有言⑤。"非有言也，德之发于口者也。又曰："我战则克，祭则受福⑥。"非能战也，德之见于怒者也。

【注释】

①天圣：北宋仁宗赵祯年号（1023—1032）。

②忧：丧事。

③悌：敬爱兄长。

④须臾：片刻。

⑤有德者必有言：有德的人必定有美好的言语。语出《论语·宪问》。

⑥我战则克，祭则受福：我战斗就能取胜，祭祀就能降福。语出《礼记·礼器》。

【译文】

范公在天圣年间，为母亲丁忧时，就已经有为天下而忧，使天下太平的意志。所以写万言书给宰相，为天下人传诵。等到被用为将军，升为执政，考察他平生所作所为，没有背离此书的。现在他的集子有二十卷，作诗赋二百六十八首，作文章一百六十五篇。他对于仁义礼乐，忠信孝悌，就像饮食对于饥渴的人一样，想片刻忘记都不行。就像火热、水湿一样，他的天性使他不得不如此。即使是玩弄笔墨、游戏之语，率意而为的作品，也必定回归到仁义之上。所以天下人相信他的诚信，争着以他为师并尊敬他。孔子说："有德的人必定有美好的言语。"不是有言语，是德行发于口中。又说："我战斗就能取胜，祭祀就能降福。"不是能战斗，是德行在愤怒中体现出来。

【评点】

茅鹿门曰：此作本以率意而书者，而于中识度自远。

张孝先曰：上半篇叙景慕之情，中言公规模先定，末乃言其文集底蕴。要分段落看。

【译文】

茅坤说：这篇文章本来是率意书写，而其中的见识与气度都很远大。

张伯行说：上篇叙述景仰、美慕之情，中间说范仲淹早有规划，最后才说到他文集的底蕴。对此文要分段落看。

六一居士集序

【题解】

　　本文作于元祐三年（1088）年底，一说作于元祐六年（1091），苏轼时任翰林学士知制诰。

　　苏轼是欧阳修的门生，为老师的文集作序自然免不了称赞与恭维，而如何既写得得体又能说服别人就需要功力了。苏轼在序中先指出话说得很大而并非虚夸，只有通达的人才能相信，这样相当于给自己预设了读者的期待，让人不得不服。

　　本文在写法上尤其精妙。文章首先将孔子、孟子的功绩等同于大禹治水，以法家学说的反面教材来标举儒家正统学术的重要意义。其后则延续了儒家的"道统"理论，述孔、孟而及韩愈，再将欧阳修置于这一道统序列中，也就在实质上将欧阳修的地位抬升到孔、孟的高度，对欧阳修的学术价值做出了历史性的评价。此外，苏轼还在文中尖锐批评了王安石颁行的新学，这使得这篇序文同时还具有了很强的现实针对性。

　　夫言有大而非夸，达者信之，众人疑焉。孔子曰："天之将丧斯文也，后死者不得与于斯文也①。"孟子曰："禹抑洪水，孔子作《春秋》，而予距杨、墨②。"盖以是配禹也。文章之得丧，何与于天，而禹之功与天地并，孔子、孟子以空言配之，不已夸乎？自《春秋》作而乱臣贼子惧，孟子之言行而杨、墨之道废，天下以是为固然而不知其功。孟子既没，有申、商、韩非之学③，违道而趋利，残民以厚主。其说至陋也，而士以是罔其上④。上之人侥幸一切之功，靡然从之⑤。而世无大人先生如孔子、孟子者，推其本末，权其祸福之轻重，以救其惑，故其学遂行。秦以是丧天下。陵夷至于胜、广、刘、项之祸⑥，死者十八九，天下萧然。洪水之患，盖不至此也。方秦之未得志也，使复有一孟子，则申、韩为空言，作于其心，害于其事，作于其事，害于其政者，必不至若是烈也。使杨、墨得志于天下，其祸岂减于申、韩哉？由此言之，虽以孟子配禹可也。

【注释】

①天之将丧斯文也，后死者不得与于斯文也：天将要丧失这种文化，后代的人就不会知道这种文化了。语出《论语·子罕》。

②"禹抑洪水"几句：大禹抑制了洪水，孔子作《春秋》，而我排拒杨朱、墨子。语出《孟子·滕文公下》："昔者禹抑洪水而天下平，周公兼夷狄、驱猛兽而百姓宁，孔子成《春秋》而乱臣贼子惧……我亦欲正人心，息邪说，距诐行，放淫辞，以承三圣者，岂好辩哉？予不得已也。能言距杨、墨者，圣人之徒也。"距，通"拒"。排拒，排斥。杨，即杨朱，战国时期思想家，坚持绝对利己。墨，即墨子，战国时期墨家学派的创始人，坚持绝对利人，倡导兼爱、非攻、节用等主张。

③申、商、韩非之学：指申不害、商鞅、韩非子的学说，三人均为战国时期法家代表人物。

④罔：欺骗。

⑤靡然：倾心顺从。

⑥陵夷：像山崩一样衰落。胜、广、刘、项之祸：指陈胜、吴广、刘邦、项羽等人发起的一系列反秦战争。

【译文】

　　人的话有的说得比较大而并不是虚夸，通达的人会相信，而众人会怀疑。孔子说："天将要丧失这种文化，后代的人就不会知道这种文化了。"孟子说:"大禹抑制了洪水,孔子作《春秋》,而我排拒了杨朱和墨子。"以此和大禹相配。文章的得失对于天下能怎么样呢,而大禹的功劳却可以和天地并立,孔子、孟子用空言来匹配大禹,不也是虚夸吗? 自从《春秋》写好而乱臣贼子都感到恐惧,孟子的言论流行后杨朱、墨子的道就遭废弃,天下认为这本来就是应该的,而不知道这是孔子、孟子的功劳。孟子死后,有申不害、商鞅、韩非的学说,违背大道而趋向利益,残害百姓来满足君主。他们的学说非常鄙陋,而士人却以此来欺骗君主。在上位的人侥幸地获得偶然的功业,就倾心而从。而世上就没有像孔子、孟子那样的大人先生,来推究其本末,权衡祸福的轻重,挽救人们的迷惑了,所以法家的学说就流行开来。秦朝因此丧失了天下。像山崩一样遭遇陈胜、吴广、刘邦、项羽的祸患,于是就衰落了,死者十有八九,天下一片萧条。洪水的祸患大概还不至于这样。当时秦朝还没有得志的时候,假如有一个孟子,那么申不害、韩非的话就是空言,荒谬的学说从心中产生,就会做出有害的事,做出有害的事,就会危害到政治,而如果有孟子的话,像这样的情况就不会那么严重。假如让杨朱、墨子的理论大行于天下,他们的祸害难道会比申不害、韩非小吗? 由此言之,即使将孟子来匹配大禹也是可以的。

太史公曰[1]:"盖公言黄老[2],贾谊、晁错明申、韩[3]。"错不足道也,而谊亦为之。余以是知邪说之移人[4],虽豪杰之士有不免者,况众人乎? 自汉以来,道术不出于孔氏,而乱天下者多矣。晋以老庄亡,梁以佛亡,莫或正之。五百余年而后得韩愈[5]。学者以愈配孟子,盖庶几焉。愈之后二百有余年而后得欧阳子[6],其学推韩愈、孟子以达于孔氏,著礼乐仁义之实,以合于大道。其言简而明,信而通,引物连类,折之于至理,以服人心,故天下翕然师尊之[7]。自欧阳子之存,世之不说者⑧,哗而攻之⑨,能折困其身,而不能屈其言。士无贤不肖不谋而同曰⑩:"欧阳子,今之韩愈也。"

【注释】

①太史公:指司马迁。语出《史记·太史公自序》。

②盖公:汉初黄老学者,主张治道贵清静。事见《史记·曹相国世家》。

③贾谊、晁错:均为汉初政治家,政治上主张重农,希望加强中央集权。详见前文《贾谊论》《晁错论》注。

④移人:指改变人的心性。

⑤五百余年:据《孟子·公孙丑下》云:"五百年必有王者兴,其间必有名世者。"五百余年及下文二百有余年均是儒家认为圣人出世的时间点。

⑥二百有余年:二,原作"三",据《东坡先生全集》改。

⑦翕(xī)然:一致的样子。

⑧说:同"悦"。喜欢。

⑨哗:吵闹,喧哗。

⑩不肖:不贤。

【译文】

司马迁说:"盖公倡言黄老之学,贾谊、晁错申明申不害、韩非的学说。"晁错的错误本不足道,而贾谊竟然也犯这样的错误。我由此知道邪说是可以改变人的心性的。即使是豪杰之士也难以避免,何况众人呢?自汉代以来,道理、学术不从孔子那里生出,而祸乱天下的人太多了。晋朝因为老庄之学而亡国,梁代因为佛学而亡国,没有人能匡正他们。五百余年后出现了韩愈。学者认为韩愈可以匹配孟子,大概是差不多的。韩愈之后二百余年后出现了欧阳公,他的学术推源韩愈、孟子以达致孔子的境界,阐述礼乐仁义的事实,来合乎大道。他的话简单而明易,可信而通情，联系各种事物，推出其中的至理，来服人心，所以天下一致以老师的标准尊敬他。自从欧阳公出现后，世上有不喜欢他的人，就喧闹地攻击他，但是只能折磨他的身体，不能让他在言论上屈服。士人不论贤还是不贤，都不约而同地说："欧阳公是当今的韩愈。"

　　宋兴七十余年，民不知兵，富而教之，至天圣、景祐极矣①，而斯文终有愧于古。士亦因陋守旧，论卑而气弱。自欧阳子出，天下争自濯磨②，以通经学古为高，以救时行道为贤，以犯颜纳谏为忠。长育成就，至嘉祐末③，号称多士，欧阳子之功为多。呜呼！此岂人力也哉？非天其孰能使之！

【注释】

①天圣：北宋仁宗赵祯年号（1023—1032）。景祐：北宋仁宗赵祯年号（1034—1038）。

②濯（zhuó）磨：洗涤磨砺。

③嘉祐：北宋仁宗赵祯年号（1056—1063）。

【译文】

　　宋朝兴起七十余年，民众不知兵戈，让民众富起来然后教育他们，到天圣、景祐年间达到极致，而这种文化终究还是比不上古道。士人也因循守旧，论调卑微而骨气屡弱。自从欧阳公出现，天下人争着洗涤磨砺自己，以通晓经书、学习古道为高，以挽救时事、施行大道为贤，以触犯龙颜、敢于进谏为忠。经过长期培养教育，到嘉祐末，就号称出现很多人才，欧阳公的功劳最大。唉！这难道是人力所为吗？不是天意谁能做到这样呢！

　　欧阳子没十有余年，士始为新学①，以佛老之似，乱周孔之真,识者忧之。赖天子明圣,诏修取士法,风厉学者专治孔氏②,黜异端,然后风俗一变。考论师友渊源所自,复知诵习欧阳子之书。予得其诗文七百六十六篇于其子棐③。乃次而论之曰:"欧阳子论大道似韩愈④,论事似陆贽⑤,记事似司马迁,诗赋似李白。此非予言也,天下之言也。"欧阳子讳修,字永叔。既老,自谓六一居士云。

【注释】

①新学:王安石为配合变法曾撰有《周官新义》,与王雱、吕惠卿所撰《毛诗义》《尚书义》合称"三经新义"。又作《字说》,于神宗朝颁行于学官,称为"王氏新学"。

②风厉:讽喻勉励。

③棐:即欧阳修之子欧阳棐(1047—1113),字叔弼。治平四年(1067)进士,历知襄州、潞州、蔡州。

④论大道:指欧阳修为论述儒家思想所作《本论》,可与韩愈《原道》媲美。

⑤陆贽(754—805):字敬舆。唐德宗时任翰林学士,贞元八年(792)任中书侍郎、同平章事,以奏议闻名。详见上文《乞校正陆贽奏议进御札子》注。

【译文】

欧阳公死后十余年,士人们开始主张新学,用类似佛老的思想,祸乱周公、孔子的真理,有识之士为之担忧。有赖天子圣明,下诏修改取士的法令,勉励学者专门研究孔子的学问,罢黜异端学说,然后风俗为之一变。考察讨论起师友们的学术渊源,又知道要诵读、学习欧阳公的书。我从他的儿子欧阳棐那里得到他的诗文七百六十六篇。于是编次评论道:"欧阳公讨论大道像韩愈,讨论事情像陆贽,记事像司马迁,诗赋像李白。这不是我说的，是天下人的公论。"欧阳公名修，字永叔。老年之后，自号六一居士。

【评点】

唐荆川曰：体大而思精，议论如走盘之珠，文之绝佳者也。

茅鹿门曰：苏长公乃欧文忠公极得意门生，此序却亦不负欧公。

张孝先曰：以孟子配禹，以韩文公配孟子，以欧阳子配韩文公，此是一篇血脉。说得欧阳公身分尽高，所谓言大非夸也。

【译文】

唐顺之说：文章体制宏大，思虑精密，议论流畅就像盘中转动的珠子，是绝佳的文章。

茅坤说：苏轼是欧阳修极为得意的学生，这篇序却也没有辜负欧阳修。

张伯行说：以孟子配大禹，以韩愈配孟子，以欧阳修配韩愈，这是一篇文章的血脉。说得欧阳修身份极高，这就是所谓的话说得很大却并非夸饰。

田表圣奏议序

【题解】

本文是苏轼为田锡奏议所作的序文，为元祐初年任翰林学士、知制诰时作。

田锡在宋初政坛上以直言敢谏、不避权贵著称，苏轼为他的奏议作序当然首先就要肯定他的这一优点。然而更重要的是其奏议的价值。为了突出田锡思想的意义，苏轼特别举出汉初政治家贾谊的例子，突出其于治世见忧患的独到价值，并通过写主父偃继承贾谊的观点来肯定其思想的延续性，以此为田锡的奏议张本，认为他的奏议也具有独到的眼光以及长远的历史价值。

文章虽然写得平易近人，但也可以见出苏轼的政治智慧，特别是治世无忧、明主无惧一段，确实道出了人之常情所易犯的错误，可谓通达人情之论。

故谏议大夫赠司徒田公表圣奏议十篇①。呜呼！田公，古之遗直也。其尽言不讳，盖自敌以下受之，有不能堪者，而况于人主乎？吾是以知二宗之圣也②。自太平兴国以来③，至于咸平④，可谓天下大治，千载一时矣。而田公之言，常若有不测之忧，近在朝夕者，何哉？

【注释】

①田公表圣：即田锡（940—1003），字表圣。太平兴国三年（978）进士，累任右谏议大夫、史馆修撰。著有《咸平集》。

②二宗：指宋太宗和宋真宗。

③太平兴国：北宋太宗赵光义年号（976—984）。

④咸平：北宋真宗赵恒年号（998—1003）。

【译文】

已故的谏议大夫赠司徒田表圣留存奏议十篇。唉！田公是有古人遗风的正直的人。他有什么事全都说出来没有避讳，比他官位低的人听到了，都有难以忍受的，何况是君主呢？我因此知道太宗和真宗的圣明。

自太宗太平兴国年间到真宗咸平年间以来，可以说是天下大治，千载难逢。而看田公的话，却经常好像有难以预测的忧患，而且近在朝夕之间，为什么呢？

　　古之君子，必忧治世而危明主^①。明主有绝人之资^②，而治世无可畏之防。夫有绝人之资，必轻其臣。无可畏之防，必易其民^③。此君子之所甚惧也。方汉文时，刑措不用^④，兵革不试，而贾谊之言曰^⑤："天下有可长太息者，有可流涕者，有可痛哭者。"后世不以是少汉文，亦不以是甚贾谊^⑥。由此观之，君子之遇治世而事明主，法当如是也。

【注释】

①危：畏惧，忧惧。

②绝：超过。

③易：轻视，怠慢。

④措：弃置，废弃。

⑤贾谊：汉初政治家。详见《贾谊论》注。

⑥甚：过度。这里指苛责贾谊说的话过分严重。

【译文】

　　古代的君子，必定在治世中看到忧患，而替圣明的君主担心。圣明的君主有超过凡人的资质，而治世没有需要畏惧的防备。有超人的资质，必定会轻视臣下。没有需要畏惧的防备，必定会轻慢他的百姓。这就是君子所特别忧惧的。汉文帝的时候，将刑罚搁置不用，把军队裁革不动，而贾谊还说："天下有可以长叹的事，有可以流涕的事，有可以痛哭的事。"后世不因此贬低汉文帝的业绩，也不因此苛责贾谊说的话过分严重。由此观之，君子遇到治世而侍奉明主的方法就应该像这样。

谊虽不遇，而其所言略已施行，不幸早世，功烈不著于时①。然谊尝建言，使诸侯王子孙各以次受分地②，文帝未及用。历孝景至武帝，而主父偃举行之③，汉室以安。今公之言，十未用五六也，安知来世不有若偃者举而行之欤？愿广其书于世，必有与公合者，此亦忠臣孝子之志也。

【注释】

①功烈：即功业。

②以次受分地：按次序接受分封的土地，即通过诸侯王分封其子弟为侯的措施，将诸侯王的土地再分封出去，从而削弱诸侯王的势力，以达到巩固中央集权的目的。

③主父偃：西汉临淄（今山东淄博）人，初学纵横术，后学《周易》《春秋》及百家言，汉武帝时任中大夫。

【译文】

贾谊虽然没有获得重用，而他所说的大致上已经施行了，可惜他不幸早早去世，功业在当时并不显著。然而贾谊曾经建议说，让诸侯王的子孙各自按次序接受分封的土地，文帝没来得及采用。历经汉景帝到汉武帝，而主父偃推行开来，汉室因此得到安定。现在田公的话，还没采用的十有五六，怎么能知道来世不会有像主父偃那样的人将其推行开来呢？希望向世人广泛地传播他的书，必定会有和田公的想法相合的，这也是忠臣孝子的志向啊。

【评点】

茅鹿门曰：不为巉刻之言①，而文自达。

张孝先曰：田公之议不尽用，而其志则无非出于忠孝之诚。"忧治世"一段可谓笃论。

【注释】

①巉（chán）刻：形容言辞尖刻。

【译文】

茅坤说：不说峻峭尖刻的话，而文章自然通达。

张伯行说：田公的奏议没有被完全采用，而其志向都出于忠孝之诚。"忧治世"一段可以说是确论。

凫绎先生诗集序①

【题解】

本文作于熙宁七年（1074）或八年（1075），苏轼时知密州任上。应颜复之请而为其父颜太初的诗集写了这篇序。

古人的诗集序往往能反映作家的诗文观念，苏轼在这篇《凫绎先生诗集序》中主要以文章的言之有物、质朴硬朗为标准立论。首先从孔子对史著的严谨态度入手，进而通过苏洵的评价介绍颜太初文章的质朴，最后直接批评当世文学的浮华与空泛，从正反两个方面肯定了颜太初文章的意义。

另外，苏轼这篇文章在其后的"乌台诗案"中被新党指责为"讥讽朝廷而更改法度"，反而成为逮捕苏轼的口实，这却是让人始料不及的。

孔子曰："吾犹及史之阙文也，有马者借人乘之，今亡矣夫②。"史之不阙文，与马之不借人也，岂有损益于世也哉③？然且识之④，以为世之君子长者，日以远矣，后生不复见其流风遗烈，是以日趋于智巧便佞而莫之止⑤。是二者虽不足以损益，而君子长者之泽在焉，则孔子识之，而况其足以损益于世者乎？

【注释】

①兖绎先生：即颜太初，字醇之，因其居住在兖、绎两山之间，故号兖绎先生。天圣年间被诬下狱至死，其子与苏轼兄弟关系很好。

②"吾犹及史之阙文也"几句：我还能看到有阙文的史书，有马的人把马借给别人骑乘，现在这种风气都消失了。语出《论语·卫灵公》。史之阙文，指史书中有阙文现象，意在赞扬古人不妄改史书的严谨精神。

③损益：减少或增加。这里指产生影响。

④识：记录。

⑤便佞（pián nìng）：花言巧语，阿谀逢迎。

【译文】

孔子说："我还能看到有阙文的史书，有马的人把马借给别人骑乘，现在这种风气都消失了。"史书上没有阙文，和有马不借给别人，难道对世人有什么影响吗？然而《论语》把它们记录下来，认为世上的君子长者，离我们越来越远了，后人不能再见到他们遗留下来的良好风俗，所以日趋于机智灵巧，以花言巧语奉承别人而无所休止了。这二者虽然不足以对社会产生什么影响，而君子长者的流风余韵在那里，孔子就记录下来，更何况那些足以对社会产生影响的事呢？

昔吾先君适京师，与卿士大夫游①，归以语轼曰："自今以往，文章其日工，而道将散矣。士慕远而忽近②，贵华而贱实，吾已见其兆矣。"以鲁人兖绎先生之诗文十余篇示轼曰③："小子识之。后数十年，天下无复为斯文者也。"先生之诗文，皆有为而作，精悍确苦④，言必中当世之过，凿凿乎如五谷必可以疗饥⑤，断断乎如药石必可以伐病⑥。其游谈以为高⑦，枝词以为观美者⑧，先生无一言焉。

【注释】

①卿:原作"乡",据《东坡先生全集》改。

②士:原作"夫",据《东坡先生全集》改。

③鲁:今山东一带。

④确苦:硬朗而不华美。

⑤凿凿:确实,实在。

⑥断断:决然,绝对。

⑦游谈:浮言空论。

⑧枝词:疑惑不定的言辞。《周易·系辞下》:"中心疑者其辞枝。"

【译文】

以往我的先父来到京城,和卿大夫们交游,回来告诉我说:"从今以往,文章将日益精致,而道将要消散了。士人羡慕高远而忽视近实,以虚华为贵而以实在为贱,我已经看见其征兆了。"拿鲁人凫绎先生的诗文十余篇给我看并说:"小子记住啊。往后数十年,天下就不再有这样的文章了。"先生的诗文,都是有的放矢的作品,精干强悍、硬朗而不华美,言论一定切中当世的问题,实实在在就像五谷必定可以消除饥饿,决然就像药石必定可以治疗疾病。至于说那些浮言空论以为高论、用疑惑不定的言辞以为美观的话,先生没有说过一句。

其后二十余年,先君既没,而其言存。世之为文者,莫不超然出于形器之表①,微言高论,既已鄙陋汉、唐,而其反复论难,正言不讳,如先生之文者,世莫之贵矣。轼是以悲于孔子之言,而怀先君之遗训,益求先生之文,而得之于其子复,乃录而藏之。先生讳太初,字醇之,姓颜氏,先师兖公之四十七世孙云②。

【注释】

①形器：指具体事物。古人以具体可见可感的物质世界为器。语出《周易·系辞上》："形而上者谓之道，形而下者谓之器。"

②兖公：指孔子弟子颜回，唐玄宗开元年间追封为兖国公。

【译文】

其后二十余年，先父去世了，而他的话还留存在我心中。世上的人写文章，没有人不说那些超越于世俗之外而不讨论具体事物的话，讲的都是空言高论，甚至都已将汉、唐的文章视为鄙陋的，而反复论难，直言不讳，像先生这样的文章，世人却并不以为贵。我于是悲慨于孔子的话，而怀念先父的遗训，更去求访先生的文章，而从他的儿子颜复那里得到，于是记录并收藏起来。先生讳名太初，字醇之，姓颜氏，是先师兖国公颜回的四十七世孙。

【评点】

茅鹿门曰：非公著意文，却亦澹宕而有深思云。

张孝先曰：论文极精确。逐于末流而忘其根本，则游谈枝词之弊兴矣。其曰"如五谷之可以疗饥"，"如药石之可以伐病"，吾以为惟周、程、张、朱之言可以当之。

【译文】

茅坤说：并非苏轼特意为文，却也写得恬静舒畅而有深思。

张伯行说：对兑绎先生文章的评论极为精确。如果追求末流而忘记根本，就会产生言辞浮华而琐细的弊病。文中说"如五谷之可以疗饥""如药石之可以伐病"，我看只有周敦颐、程颢、程颐、张载、朱熹的话可以当得上。

王君宝绘堂记

【题解】

本文作于熙宁十年（1077）七月二十日，苏轼时知徐州，是苏轼为好友王晋卿新建的保存书画艺术等作品的宝绘堂所作的建筑记文。

苏轼在文中主要劝王晋卿不要沉溺于书画作品，以至于将原本正常的爱好变成了有害的嗜好，以老子的"五色令人目盲"理论立论，从文章的主旨上看是相对简明平易的。而本文的妙处在于苏轼信手拈来的各种典故，并且在文中将它们串联在一起，极大地增强了行文的气势，真如行云流水一般，既能让人接受其主张，又给人以酣畅的审美感受。

君子可以寓意于物，而不可以留意于物。寓意于物，虽微物足以为乐，虽尤物不足以为病^①；留意于物，虽微物足以为病，虽尤物不足以为乐。老子曰："五色令人目盲，五音令人耳聋，五味令人口爽，驰骋田猎令人心发狂^②。"然圣人未尝废此四者，亦聊以寓意焉耳。刘备之雄才也，而好结髦^③；嵇康之达也，而好锻炼^④；阮孚之放也，而好蜡屐^⑤。此岂有声色臭味也哉？而乐之终身不厌。

【注释】

①尤物：珍贵的东西。

②"五色令人目盲"几句：语出《老子·十二章》。五色，本指青、赤、黑、白、黄五色，这里泛指美色。五音，本指宫、商、角、徵、羽五音，这里泛指美音。五味，本指酸、苦、甘、辛、咸五味，这里泛指美味。田，同"畋"。狩猎。

③刘备之雄才也，而好结髦（máo）：典出《三国志·蜀书·诸葛亮

传》裴松之注引《魏略》曰:"备性好结毦,时适有人以髦牛尾与备者,备因手自结之。亮乃进曰:'明将军当复有远志,但结毦而已邪!'备知亮非常人也,乃投毦而答曰:'是何言与!我聊以忘忧耳。'"结毦,编织牛尾巴。

④嵇康之达也,而好锻炼:典出《晋书·嵇康传》曰:"性绝巧,而好锻,宅中有一柳树甚茂,乃激水圜之,每夏月,居其下以锻。"锻炼,打铁。

⑤阮孚之放也,而好蜡屐:典出《晋书·阮孚传》曰:"初,祖约性好财,孚性好屐,同是累而未判其得失。有诣约,见正料财物,客至,屏当不尽,余两小簏,以著背后,倾身障之,意未能平。或有诣阮,正见自蜡屐,因自叹曰:'未知一生当著几量屐!'神色甚闲畅。于是胜负始分。"蜡屐,以蜡涂木屐。

【译文】

君子可以将情志寄托于外物,而不可以将情志沉溺于外物。将情志寄托于外物,即使是很小的事物也足以为乐,即使是珍贵的东西也不足以为害;将情志沉溺于外物,即使是很小的事物也足以为害,即使是珍贵的东西也不足以为乐。老子说:"美色让人目盲,美音让人耳聋,美味让人丧失口味,驰骋狩猎让人内心发狂。"然而圣人未尝废弃这四者,也只是聊以寄托情志而已。以刘备的雄才,而喜欢编牛尾巴;以嵇康的旷达,而喜欢打铁;以阮孚的放达,而喜欢给木屐涂蜡。这里面难道有什么声色气味吗?然而他们喜好这些一生都不变。

凡物之可喜,足以悦人而不足以移人者,莫若书与画。然至其留意而不释①,则其祸有不可胜言者。钟繇至以此呕血发冢②,宋孝武、王僧虔至以此相忌③,桓玄之走舸④,王涯之复壁⑤,皆以儿戏害其国,凶其身。此留意之祸也。

【注释】

①释：消除，解脱。

②呕血发冢：吐血掘墓。据苏易简《文房四谱》记载："钟繇见蔡邕笔法于韦诞，自槌三日，胸尽青，因呕血。魏太祖以五灵丹救之，得活。繇求之，不与。及诞死，繇令人掘其墓而得之。"

③宋孝武、王僧虔至以此相忌：据《南史·王僧虔传》曰："僧虔弱冠，雅善隶书……孝武欲擅书名，僧虔不敢显迹，大明世常用掘笔书，以此见容。"

④桓玄之走舸：典出《晋书·桓玄传》记载晋安帝元兴二年（403），桓玄上表欲出兵征讨姚兴，而出行前先令人以轻舟将书画、器物等载走，谓"书画服玩既宜恒在左右。且兵凶战危，脱有不意，当使轻而易运"。舸，船。

⑤王涯之复壁：典出《新唐书·王涯传》曰："（涯）家书多与秘府侔，前世名书画，尝以厚货钩致，或私以官，凿垣纳之，重复秘固，若不可窥者。至是为人破垣剔取奁轴金玉，而弃其书画于道。"复壁，夹墙。

【译文】

　　凡是外物可喜，足以使人愉悦而不足以动摇人的心志的，没有什么比得上书法与绘画。然而喜欢到了沉溺情志而不能解脱，那么就有不可胜说的祸患了。钟繇喜欢书画以至于吐血掘墓，宋孝武帝和王僧虔因此而相互猜忌，桓玄专门派小船运书画，王涯将书画藏在墙壁中，都因为此等儿戏之事而危害其国家，惹祸上身。这就是沉溺于外物的灾祸啊。

　　始吾少时，尝好此二者，家之所有，惟恐其失之，人之所有，惟恐其不吾予也。既而自笑曰：吾薄富贵而厚于书，轻死生而重于画，岂不颠倒错缪、失其本心也哉？自是不复好。见可喜者虽时复蓄之①，然为人取去，亦不复惜也。譬之烟云之过眼，百鸟之感耳，岂不欣然接之，去而不复念也。于是乎二物者尝为吾乐，而不能为吾病^②。

【注释】

①蓄：积蓄，储存。

②病：灾难，灾祸。

【译文】

　　原来我年少时，也曾经喜好这二者，家中已经有的，唯恐失去它，别人家有的，唯恐不给我。然后就自己笑自己说：我不看重富贵而看重书法，轻视生死而重视绘画，难道不是颠倒错乱、失去我的本心了吗？从此不再喜好书画。遇见喜欢的虽然时不时地再收藏起来，然而被人拿去，也不再觉得可惜。就像过眼的烟云，鸟声经过耳朵一样，难道不是欣然地接受它们，失去了也不再想念。于是这二者就曾经是我的爱好，而不能成为我的灾祸。

　　驸马都尉王君晋卿^①，虽在戚里^②，而其被服礼义，学问诗书，常与寒士角^③。平居攘去膏粱^④，屏远声色，而从事于书画，作宝绘堂于私第之东，以蓄其所有，而求文以为记。恐其不幸而类吾少时之所好，故以是告之，庶几全其乐而远其病也。

　　熙宁十年七月二十日记^⑤。

【注释】

①王君晋卿：名诜，字晋卿，并州太原（今属山西）人。北宋画家。娶宋英宗女，与苏轼关系友善。

②戚里：本指西汉长安外戚所居之地。后代指皇亲。

③角：较量，砥砺。

④攘：排斥，排除。膏粱：原指肥肉和上等的粟，后泛指精美的食品。

⑤熙宁十年：1077年。熙宁，北宋神宗赵顼年号（1068—1077）。

【译文】

驸马都尉王晋卿君虽然贵为皇亲，而他身处礼义之中，学问诗书经常可以和寒士相砥砺。平时去除精美的食物，远离美声与美色，而从事于书画，在私宅的东边建了宝绘堂，以储存他收藏的书画，而求我作文为记。我担心他不幸而变成像我小时候那样的嗜好，所以以此告诫他，希望能使他保全他的爱好而远离灾祸。

熙宁十年七月二十日记。

【评点】

唐荆川曰：《墨宝堂》与此二篇，皆小题从大处起议论，有箴规之意焉。

茅鹿门曰：有一种达人风旨，然地位不如荆公多矣。

张孝先曰：书画虽可乐，其实与声色之好何异？寓意而不可留意。达观名言，可以醒世。

【译文】

唐顺之说：《墨宝堂记》与此二篇，都是以小见大发表议论，有劝诫的意思。

茅坤说：有一种旷达之人的风度，然而其地位比不上王安石。

张伯行说：书画虽然令人愉快，而其实际与喜好声色有什么差异呢？寓意而不可留意。这是达观的名言，可以警醒世人。

李君藏书房记

【题解】

本文作于熙宁九年（1076）十一月一日，苏轼时知密州，应邀为李常作此文。李常，字公择。皇祐元年（1049）中进士，累官御史中丞。其生平仕履详见《宋史·李常传》。李常曾将藏书九千捐献给庐山白石僧舍，名其藏书处为李氏山房。

宋代实行文人政治，形成了整个社会崇文的风尚。与此同时，印刷术也在北宋真宗、仁宗时期普及开来，而苏轼在文中却指出了随着书籍的普及与流通，学者们反而丧失了以往学者那种对书籍的珍视与认真，于是形成了古人书少而学者多，今人书多而学者少的奇怪现象。所以他借为李常的藏书房作记文的机会，重新提出书籍的可贵与来之不易，希望后学加倍重视阅读。

今天随着电子化时代的到来，图书资料的获得比纸媒时代更加便利，而读书的人却并没有增加，可见苏轼提出的这个问题至今依然具有生命力，依然值得我们引以为戒。

　　象、犀、珠、玉怪珍之物，有悦于人之耳目，而不适于用。金石、草木、丝麻、五谷、六材①，有适于用，而用之则弊，取之则竭。悦于人之耳目而适于用，用之而不弊，取之而不竭，贤不肖之所得，各因其才，仁智之所见，各随其分②，才分不同，而求无不获者，惟书乎！

【注释】

①五谷：谷类的总称，具体所指说法不一，一说为麻、菽、麦、稷、黍，一说为黍、稷、菽、麦、稻。六材：手工原料的总称，包括土、金、

石、木、兽、草。

②分：天分，天赋。

【译文】

象牙、犀角、珍珠、玉石等稀奇珍贵的宝物，可以悦人耳目，而没什么使用价值。金石、草木、丝麻、五谷、六材等材料，有使用价值，而使用的时候就会损坏它们，而获取这些资源就会使其枯竭。能悦人耳目而还有使用价值，使用而不会损坏，取材而不会枯竭，贤人与不肖之人所得的收获，各自由其才能而定，仁者与智者的见识，各自随其天赋而定，才能天赋不同，而只要求索就不会没有收获的，只有书吧！

自孔子圣人，其学必始于观书。当是时，惟周之柱下史老聃为多书①。韩宣子适鲁②，然后见《易象》与《鲁春秋》。季札聘于上国③，然后得闻《诗》之"风""雅""颂"。而楚独有左史倚相④，能读《三坟》《五典》《八索》《九丘》⑤。士之生于是时，得见六经者盖无几⑥，其学可谓难矣。而皆习于礼乐，深于道德，非后世君子所及。

【注释】

①柱下史：为周秦时官名，掌管藏书。老聃：即老子，姓李名耳，字伯阳，谥聃。

②韩宣子：即韩起，春秋时晋国大夫，谥宣子。据《春秋左传·昭公二年》载，韩宣子奉命到鲁国行朝聘礼。适：往，到。

③季札：春秋时吴国公子，吴王寿梦之子，据《春秋左传·襄公二十九年》载，季札朝聘于鲁，请观周乐，鲁乐工于是为他演奏"二南""国风"及"雅""颂"之乐，季札一一做了点评。聘：聘问。诸侯与天子、诸侯与诸侯之间派使者问候致意。上国：春秋时称中原

各国为上国。

④左史：周代史官分左史、右史，左史记事，右史记言。倚相：楚灵王
史官，被楚灵王称为良史。事见《春秋左传·昭公十二年》。

⑤《三坟》《五典》《八索》《九丘》：皆为古代文献，孔颖达认为伏
羲、神农、黄帝之书谓之《三坟》，少昊、颛顼、高辛、唐、虞之书，谓
之《五典》，八卦之书谓之《八索》，九州之志谓之《九丘》。后人
多不信此说。

⑥六经：指《诗》《书》《礼》《乐》《易》《春秋》六部儒家文献。

【译文】

自圣人孔子以来，学习必然从读书开始。当时只有周代的柱下史老
聃那里书很多。韩宣子来到鲁国，然后才看见《易象》与《鲁春秋》。季
札出使中原各国，然后得以听闻《诗经》中的"风""雅""颂"。而楚国
只有左史倚相能读《三坟》《五典》《八索》《九丘》等文献。士人生于这
个时代，得以见到六经的人大概没有几个，他们要学习可以说是很困难
的。而都熟习礼乐文化，深于道德教化，不是后世君子所能达到的。

　　自秦、汉以来，作者益众，纸与字画日趋于简便，而书益
多，世莫不有。然学者益以苟简①，何哉？余犹及见老儒先
生，自言其少时欲求《史记》《汉书》而不可得，幸而得之，
皆手自书。日夜诵读，惟恐不及。近岁市人转相摹刻诸子
百家之书，日传万纸。学者之于书，多且易致如此，其文词
学术，当倍蓰于昔人②。而后生科举之士，皆束书不观，游谈
无根，此又何也？

【注释】

①苟简：草率简略。

②倍蓰（xǐ）：表示加倍。蓰，五倍。

【译文】

自从秦、汉以来，图书作者日益增多，纸张与字画的制造技术日趋于简便，而书越来越多，世上没有人没有书的。然而学者的学习却日益草率简略，为什么呢？我还来得及见到老一辈儒者，他自己说他小的时候想找《史记》《汉书》而不可得，有幸得到的，都是自己亲手抄写的。所以日夜诵读，唯恐来不及抄完。近年来书商交相摹刻诸子百家的书籍，一日能流传万张纸。书籍对于学者们来说如此丰富并且容易获得，他们的文辞和学术成就应当加倍于前人。然而后生科举之士，却都把书封好放起来不读，只是谈论着没有根据的浮言，这又是为什么呢？

予友李公择①，少时读书于庐山五老峰下白石庵之僧舍。公择既去，而山中之人思之，指其所居为李氏山房。藏书凡九千余卷。公择既已涉其流、探其源、采剥其华实，而咀嚼其膏味，以为己有，发于文词，见于行事，以闻名于当世矣。而书固自如也，未尝少损。将以遗来者，供其无穷之求，而各足其才分之所当得。是以不藏于家，而藏于其故所居之僧舍，此仁者之心也。

【注释】

①李公择（1027—1090）：即李常，字公择，建昌（今江西永修）人。
　黄庭坚的舅父。皇祐年间进士，曾在庐山隐居读书三十年。

【译文】

我的朋友李公择，小的时候在庐山五老峰下白石庵的僧舍里读书。公择离开后，山中的人们思念他，指着他居住过的地方称为李氏山房。其中藏书有九千余卷。公择已经探究书中内容的源流，吸取了其中的精华,咀嚼了其中的深意,作为自己胸中之所有,兴发在文词间,体现在行事上,以此闻名于世了。而书籍还是像原来那样,不曾有什么减少与损失。希望留给后来的人,供他们在书中进行无穷无尽的探求,并且各自满足他们才能与天赋中所应得的知识。所以他的这些书没有藏在家里,而是藏在他曾经居住过的僧舍中,这是仁者的心胸啊。

　　予既衰且病,无所用于世,惟得数年之闲①,尽读其所未见之书,而庐山固所愿游而不得者,盖将老焉。尽发公择之藏,拾其余弃以自补,庶有益乎? 而公择求予文以为记,乃为一言,使来者知昔之君子见书之难,而今之学者有书而不读为可惜也。

【注释】

①惟得:但求。

【译文】

　　我已经衰老而多病,对世人没什么用了,但求有数年的闲暇,把没见过的书都读一遍,而庐山本来就是我希望能游历而没有机会去的地方,我大概会终老于此吧。穷尽公择的藏书,捡起他遗弃的知识自我补充,大概也会有补益吧? 而公择请我作文为记,于是就为他说了这番话,使后来者知道以前君子见到图书的困难,而现在的学者有书却不读真是可惜啊。

【评点】

　　茅鹿门曰:题本小,而文旨特放而远之,才不鲜腴①。

　　张孝先曰:古人书少而学者多,今人书多而学者少,念之良可浩叹! 余来闽中,置藏书楼于鳌峰书院。将与好学深思共之,幸毋蹈坡公之所讥也。

【注释】

①鲜腆(tiǎn):傲慢而缺少善意。腆,美好。

【译文】

茅坤说:题目本来很小,而文章旨趣非常远大,才不至于傲慢。

张伯行说:古人书少而学者多,今人书多而学者少,想来真可叹息!我来福建,在鳌峰书院兴建藏书楼。将与好学深思之人共享,希望不要重蹈被苏轼所讥讽的覆辙。

张君墨宝堂记

【题解】

本文作于元丰八年(1085),苏轼自黄州移汝州,途中在常州时应张希元之请而作此文。

苏轼在这篇文章中主要谈了一个"人各有志"的问题,世人往往只看重自己的志向而轻视别人的志向,于是就讥笑别人,苏轼在文中一上来就从感官的满足推论至立言、立功之"三不朽"的满足,指出其间互相鄙夷是没有止境的,因而不应该以自己的标准要求他人。

文章在下面主要勉励张希元,希望他将来能把目前的积累应用到为政之道上,不要因为学问不通就急促地施用于政事,最终危害到百姓。有人认为这其中表现了苏轼对熙宁年间王安石推行的新法的不满,恐怕也是有一定道理的。

世人之所共嗜者,美饮食、华衣服、好声色而已。有人焉,自以为高而笑之,弹琴弈棋,蓄古书法图画,客至,出而夸观之,自以为至矣。则又有笑之者曰:"古之人所以自表见于后世者，以有言语文章也，是恶足好？"而豪杰之士，又相与笑之，以为士当以功名闻于世，若乃施之空言，而不见于行事，此不得已者之所为也。而其所谓功名者，自知效一官①，等而上之，至于伊、吕、稷、契之所营②，刘、项、汤、武之所争③，极矣。而或者犹未免乎笑，曰："是区区者曾何足言？而许由辞之以为难④，孔丘知之以为博。"由此言之，世之相笑，岂有既乎⑤？

【注释】

①效：担任。

②伊：伊尹，商汤王之臣。吕：吕尚，又称姜太公，周武王之臣。伊尹和吕尚分别辅佐商汤王和周武王建立王朝。稷：名弃，姜嫄踩巨人迹而生，为舜掌农业之臣。契：简狄吞卵所生，助大禹治水。稷和契分别为周人和殷人的始祖。

③刘：刘邦。项：项羽。刘邦和项羽二人为秦末反秦军首领，秦亡后楚汉相争两大政治集团领袖。汤：商汤王。武：周武王。商汤王和周武王二人分别为夏王朝与商王朝的终结者，建立了殷商与西周政权。

④许由：上古时期著名隐士，尧欲让天下给他，他逃到箕山，又用颍川之水洗耳，以示清高。

⑤既：穷尽。

【译文】

世人都嗜好的无非精美的饮食、华丽的衣服、美好的声色而已。有个人自以为高明而讥笑那些人，自己弹琴下棋，收藏古代的书法绘画，客人来了，就拿出来夸耀欣赏一番，自己以为这样就做到极致了。然而又有人讥笑这个人说："古代的人能将自己展现给后代的，是因为有精到的言语和文章,你这又有什么值得一提的呢?"而豪杰之士又互相讥笑,认为士人应当凭借功名闻名于世,如果只是施于空泛的言语,而见不到实际行动,这是不得已而为之的。而他们所谓的功名,自己知道从一个小官做起,等而上之,做到伊尹、吕尚、稷、契所经营的大政,刘邦、项羽、商汤王、周武王所争夺的天下,就达到极致了。然而还有人不免要讥笑这些人,说:"这样区区小的功业,怎么值得说呢? 许由推辞整个天下才是难能可贵的,孔子知道的政治理想才是通达的。"由此言之,世人相互讥笑,难道会有止境吗?

　　士方志于其所欲得,虽小物,有捐躯忘亲而驰之者。故有好书而不得其法,则椎心呕血几死而仅存^①,至于剖冢斫棺而求之^②。是岂有声色臭味足以移人? 方其乐之也,虽其口不能自言,而况他人乎? 人特以己之不好,笑人之好,则过矣。

【注释】

①椎心呕血:指钟繇为蔡邕之书呕血掘墓之事。详见《王君宝绘堂记》注。椎,原作"拊",据《东坡先生全集》改。

②斫:砍,削。

【译文】

　　士人正有志于他想得到的东西时,即使是很小的东西,也会抛弃身体、忘记亲人而为之奔波努力。所以有爱好书法而不得其法的,就捶胸吐血,几乎置于死地才活下来,甚至于发掘别人的坟墓劈开棺材才追求到。这里面难道有什么足以动人心志的声色臭味吗? 当他喜好的时候,即使自己也说不出为什么,何况别人呢? 人们只是因为自己不喜好,就讥笑别人的喜好,这就不对了。

毗陵人张君希元^①，家世好书，所蓄古今人遗迹至多，尽刻诸石，筑室而藏之，属予为记。予蜀人也，蜀之谚曰："学书者纸费，学医者人费。"此言虽小，可以喻大。世有好功名者，以其未试之学，而骤出之于政，其费人岂特医者之比乎？今张君以兼人之能^②，而位不称其才，优游终岁^③，无所役其心智，则以书自娱。然以予观之，君岂久闲者？蓄极而通，必将大发之于政。君知政之费人也甚于医，则愿以予之所言者为鉴。

【注释】

①毗陵：今江苏常州一带。张君希元：即张次山，字希元。时任越州签书判官。

②兼：倍，胜过。

③优游：悠闲自得。

【译文】

毗陵人张希元，家中世代喜好书法，收藏的古人今人的遗迹特别多，都刻在石板上，建造了屋子来收藏，托我写篇文章作记。我是蜀人，蜀地有谚语说："学书法的人容易浪费纸，学医术的人容易危害他人。"这话虽然小，但可以隐喻大的道理。世上有喜好功名的人，将他未加尝试的学问，而突然应用于政事上，他危害的人难道仅是医生可比的吗？现在张君有胜过他人的才能，而官位和他的才能不相匹配，终年悠闲自得，没有什么地方能应用他的智慧，就以书法自娱。然而在我看来，张君难道是长久闲散的人吗？积累到极点就会通达，一定会在政治上大有作为。君知道为政可能对人的危害比医生严重，那么就希望以我所说的为借鉴。

【评点】

唐荆川曰：此文前后各自为议论，暗相照映甚密。

张孝先曰：学书费纸，学医费人，世之学无用诗文，以费精神、费岁月者多矣。吾愿其亟返而自省焉。

【译文】

唐顺之说：此文前后各自为一段议论，暗相照映，非常缜密。

张伯行说：学书法费纸，学医费人，世上还有很多人学习没用的诗文，浪费精神与时间，我希望他们尽快迷途知返，自我反省。

文与可画筼筜谷偃竹记

【题解】

本文作于元丰二年（1079），既是一篇论述作画的画论文章，同时也是一篇哀悼故友文与可的悼念文章。

苏轼在文章的开篇即提出了一个非常重要的画论观点——成竹在胸，即反对刻意追求形似。优秀的作品绝对不是一笔笔雕琢而成的，创作之前一定要先在心中形成完整的意象，然后纵笔即成。而这同样也是苏轼重要的文学理论之一，苏轼的这篇散文就体现了这种"自然而成"的艺术观念。文中深切地回忆了苏轼与文与可相处时的种种戏笑之言，特别是二人之间的诗文赠答与调侃之辞，其中的喷饭捧腹之语，都极为生动幽默。值得一提的是，苏轼将对文与可去世的一腔悲恸之情寄寓在一幕幕生动活泼的日常生活中，以乐写哀，愈见其哀。

竹之始生，一寸之萌耳，而节叶具焉。自蜩腹蛇蚹①，以至于剑拔十寻者②，生而有之也。今画者乃节节而为之，叶叶而累之③,岂复有竹乎?故画竹必先得成竹于胸中,执笔熟视,乃见其所欲画者,急起从之,振笔直遂④,以追其所见,如兔起鹘落,少纵则逝矣。与可之教予如此⑤。予不能然也,而心识其所以然。

【注释】

①蜩(tiáo)腹蛇蚹(fù):形容竹笋刚刚出土的样子,形如蝉腹上的纹、蛇腹上的鳞。蚹,蛇腹下代足爬行的横鳞。

②剑拔:形容竹子生长之高、生长之快,如拔剑之势。寻:古代以八尺为一寻。

③累:堆积,堆叠。

④遂:完成。

⑤与可:即文与可(1018—1079),名同,自号笑笑先生、锦江道人,梓州永泰(今四川绵阳)人。是苏轼的从表兄,二人关系很好。皇祐元年(1049)进士。迁太常博士、集贤校理,曾出知洋州、湖州等。文同善画山水石竹,创立了"湖州竹派"。

【译文】

竹子开始生长的时候,其萌芽只有一寸,而竹节、竹叶都具备了。从竹笋刚刚出土到长得很高,都是自然生长成的。现在画竹的人一节一节地画,一叶一叶地堆积,难道这么画还能有竹子吗?所以画竹子一定要先在胸中构思出生长好的竹子,拿着笔仔细端视,就能看见他所想要画的样子,急切地起笔抓住这个意象,挥笔画去直到完成,以追随胸中所见,就像兔子刚一跳起,鹘鸟就落下抓住它,此一情景稍纵即逝。这是文与可教给我这样画的。我不能做到,而心里知道是怎么回事。

夫既心识其所以然,而不能者,内外不一,心手不相应,不学之过也。故凡有见于中,而操之不熟者,平居自视了然,而临事忽焉丧之①,岂独竹乎?

【注释】

①丧:这里指迷失、迷茫。

【译文】

　　心里已经知道要怎么画,而行动上却不能实践的原因,是内外不一,心手不相应,不学习的过错。所以凡是那些心中有所见识而操作起来却不熟练的人,平时自己觉得已经清楚了,而遇到事情忽然又迷茫了,难道只是画竹吗?

　　子由为《墨竹赋》①,以遗与可曰:"庖丁,解牛者也,而养生者取之②。轮扁,斫轮者也,而读书者与之③。今夫夫子之托于斯竹也,而予以为有道者,则非耶?"子由未尝画也,故得其意而已。若予者,岂独得其意,并得其法。

【注释】

①子由:即苏轼之弟苏辙,字子由。

②"庖丁"几句:典出《庄子·养生主》:庖丁为文惠君解牛,手之所触,肩之所倚,足之所履,膝之所踦,砉然向然,奏刀騞然,莫不中音。合于《桑林》之舞,乃中《经首》之会。文惠君曰:"嘻,善哉!技盖至此乎?"庖丁释刀对曰:"臣之所好者道也,进乎技矣。……今臣之刀十九年矣,所解数千牛矣,而刀刃若新发于硎。彼节者有间,而刀刃者无厚:以无厚入有间,恢恢乎其于游刃必有余地矣,是以十九年而刀刃若新发于硎。虽然,每至于族,吾见其难为,怵然为戒,视为止,行为迟。动刀甚微,謋然已解,如土委

地。提刀而立,为之四顾,为之踌躇满志,善刀而藏之。"文惠君
曰:"善哉! 吾闻庖丁之言,得养生焉。"解,肢解,屠宰。

③"轮扁"几句:典出《庄子·天道》:桓公读书于堂上。轮扁斫轮
于堂下,释椎凿而上,问桓公曰:"敢问,公之所读者何言邪?"公
曰:"圣人之言也。"曰:"圣人在乎?"公曰:"已死矣。"曰:"然则
君之所读者,古人之糟魄已夫!"桓公曰:"寡人读书,轮人安得议
乎! 有说则可,无说则死。"轮扁曰:"臣也以臣之事观之。斫轮,
徐则甘而不固,疾则苦而不入。不徐不疾,得之于手而应于心,口
不能言,有数存焉于其间。臣不能以喻臣之子,臣之子亦不能受
之于臣,是以行年七十而老斫轮。古之人与其不可传也死矣,然
则君之所读者,古人之糟魄已夫!"斫,砍、削以制作车轮。与,赞
同,认同。

【译文】

苏辙作《墨竹赋》,送给文与可说:"庖丁是屠宰牛的人,而善于养生
的人从中能得出养生的道理。轮扁是制作轮子的人,而读书的人能赞同
他关于书中都是糟粕的意见。现在您把心中所想寄托在竹子上,而我认
为其中也有大道,难道不是吗?"苏辙未尝绘画,所以只是明白了其中用
意而已。像我呢,难道只是明白其中用意吗? 我也明白了画竹的方法。

　　与可画竹,初不自贵重。四方之人,持缣素而请者①,
足相蹑于其门②。与可厌之,投诸地而骂曰:"吾将以为
袜!"士大夫传之,以为口实。及与可自洋州还,而余为徐
州③。与可以书遗余曰:"近语士大夫:'吾墨竹一派,近在
彭城④,可往求之。'袜材当萃于子矣。"书尾复写一诗,其
略曰:"拟将一段鹅溪绢⑤,扫取寒梢万尺长⑥。"予谓与可:
"竹长万尺,当用绢二百五十匹。知公倦于笔砚,愿得此绢

而已。"与可无以答,则曰:"吾言妄矣!世岂有万尺竹哉?"余因而实之,答其诗曰:"世间亦有千寻竹,月落庭空影许长。"与可笑曰:"苏子辩则辩矣⑦,然二百五十匹,吾将买田而归老焉!"因以所画筼筜谷偃竹遗予曰⑧:"此竹数尺耳,而有万尺之势。"筼筜谷在洋州,与可尝令予作《洋州三十咏》⑨,《筼筜谷》其一也。予诗云:"汉川修竹贱如蓬⑩,斤斧何曾赦箨龙⑪?料得清贫馋太守,渭滨千亩在胸中。"与可是日与其妻游谷中,烧笋晚食,发函得诗,失笑喷饭满案。

【注释】

①缣素:白绢,是一种绘画材料。缣,原作"练",据《东坡先生全集》改。

②足相蹑:形容人们接连而来。蹑,踩。

③及与可自洋州还,而余为徐州:熙宁八年(1075)文与可任洋州知州,熙宁十年(1077)返京,是年苏轼任徐州知州。

④吾墨竹一派,近在彭城:这里意指苏轼也是"湖州竹派"画家。苏轼曾有《次韵子由题〈憩寂图〉后》诗云:"东坡虽是湖州派,竹石风流各一时。"彭城,在今江苏徐州。

⑤鹅溪:今四川绵阳盐亭西北一带,以产绢著名。鹅溪绢是名贵的绘画材料,唐代曾作为贡品。

⑥扫取:画出。寒梢:指竹子。

⑦辩则辩矣:指苏轼善于辩论。

⑧偃竹:斜立若倒伏的竹子。

⑨《洋州三十咏》:指苏轼于密州所作《和文与可洋州园池三十首》。

⑩汉川:汉水。宋代洋州治所位于汉水北侧。

⑪箨(tuò)龙:即竹笋。箨,竹笋皮,笋壳。

【译文】

文与可画竹子，最初自己不觉得贵重。四方之人拿着白绢来请求画作的人，接连地来到他的门前。文与可觉得厌烦了，就把绢扔到地上大骂道："我要拿这些绢做袜子。"士大夫把这话传开，都以此作为口实谈资。等到文与可从洋州回来，我已经到了徐州。文与可写信寄给我说："近来我对士大夫说：'我们墨竹一派的名家，近在彭城，可以前往求画。'作袜子的材料当聚集到您那里了。"信后还写了一首诗，大概是说："拟将一段鹅溪绢，扫取寒梢万尺长。"我对文与可说："竹子要是有万尺长，应当用绢二百五十匹。知道您对绘画已经厌倦了，我只想得到那些绢而已。"文与可没什么可以回答的，就说："我的话说得虚妄了！世上哪里有万尺长的竹子呢？"我于是就把这件事坐实，答赠他一首诗说："世间亦有千寻竹，月落庭空影许长。"文与可笑着说："苏轼善于辩论啊，然而真有二百五十匹绢，我就拿来购买田产辞官养老去了。"于是把所画的筼筜谷偃竹送给我说："这竹子长有数尺，却有万尺的气势。"筼筜谷在洋州，文与可曾经让我作《洋州三十咏》，《筼筜谷》是其中之一。我的诗写道："汉川修竹贱如蓬，斤斧何曾赦箨龙？料得清贫馋太守，渭滨千亩在胸中。"文与可这天与他的妻子在山谷中游览，晚上烧笋当食物，打开信函得到这首诗，不禁大笑而把饭喷得满桌都是。

元丰二年正月二十日[①]，与可没于陈州[②]。是岁七月七日，予在湖州，曝书画，见此竹，废卷而哭失声。

【注释】

①元丰二年：1079年。元丰，北宋神宗赵顼年号（1078—1085）。

②陈州：治所在今河南周口淮阳。

【译文】

元丰二年正月二十日，文与可死在陈州。这年七月七日，我在湖州，晾晒书画，看见这些竹子，放下画卷而痛哭失声。

　　昔曹孟德《祭桥公文》^①，有"车过""腹痛"之语^②，而予亦载与可畴昔戏笑之言者^③，以见与可于予亲厚无间如此也。

【注释】

①桥公：即桥玄（110—184），字公祖。光和元年（178）迁太尉，拜中散大夫。

②"车过""腹痛"之语：据《后汉书·桥玄传》载，桥玄死后，曹操在祭文中引述与他的戏笑之语，有"徂逝之后，路有经由，不以斗酒支鸡过相沃酹，车过三步，腹痛勿怨"之语。意为：我死之后，路过我的坟墓，如果不拿一斗酒、一只鸡祭祀我，车子走过三步，别怪我让你腹痛！

③畴昔：以往，从前。

【译文】

　　当年曹操的《祭桥公文》里有"车过""腹痛"的话，而我也记载了往昔同文与可游戏玩笑的话，以此可见文与可和我如此的亲厚无间。

【评点】

　　茅鹿门曰：中多诙谐之言，而论画竹入解。

　　张孝先曰：坡公为文随手写出，触处天机，盖是心手相得之候，无意成文而文愈佳也。余独爱其论画竹必先得成竹于胸中，不可节节而为之，叶叶而累之。甚有妙理，可以旁通。

【译文】

茅坤说：其中有很多诙谐之言，而论画竹子处很精到。

张伯行说：苏轼作文是随手写出，触发天机，正是心手相应的时候，无意成文而文章更佳。我唯独喜爱他论画竹说必先有成竹在胸，不能一节节地画、一叶叶地描。很有道理，可以触类旁通。

喜雨亭记

【题解】

本文作于嘉祐七年（1062）间，苏轼时任凤翔府签判。

文章因官府亭子落成而作，恰逢干旱之后连降喜雨，苏轼因此为亭子命名并写了这篇记文。文章中对下雨的描述用字不多而极富感染力，如"乃雨""又雨""大雨"几个动词连续排列，节奏明快，且几个词之间又有程度上的递进，将百姓的喜悦之情寄托其中，后面又写官吏、商贾、农夫、忧者、病者的不同表现，一派欢快之情溢于言表。

而从文章的思想上说，本文又体现了苏轼与民同忧乐的感情，故而明人王世贞（一说为茅坤）将其与范仲淹《岳阳楼记》中"先天下之忧而忧，后天下之乐而乐"的精神相提并论，确为的评。

亭以雨名，志喜也。古者有喜，则以名物，示不忘也。周公得禾①，以名其书；汉武得鼎②，以名其年；叔孙胜狄③，以名其子。其喜之大小不齐，其示不忘一也。

【注释】

①周公得禾：据《尚书·微子之命》载，唐叔得禾，献与成王，成王命
　唐叔送给周公，周公于是作《嘉禾》篇。此文今已佚。

②汉武得鼎：据《史记·孝武本纪》载，元狩七年（前116）夏六月

于汾水得一宝鼎，于是把年号改为元鼎元年。

③叔孙胜狄：据《春秋左传·文公十一年》载，鲁文公命叔孙得臣追
击北狄，俘获其首领侨如，于是将其儿子的名字由宣伯改为侨如。

【译文】

喜雨亭的名字是记录喜事的。古代有喜事，就以此事为事物命名，以示不忘却。周公得到禾苗，以《嘉禾》为其书名；汉武帝得到鼎，以元鼎命名年号；叔孙得臣击败敌人，把自己儿子名字改为侨如。这些喜事大小不一，而他们表示不忘记那件事的用意是一致的。

　　余至扶风之明年，始治官舍。为亭于堂之北，而凿池其南，引流种树，以为休息之所。是岁之春，雨麦于岐山之阳①，其占为有年②。既而弥月不雨③，民方以为忧。越三月乙卯乃雨，甲子又雨，民以为未足；丁卯大雨，三日乃止。官吏相与庆于庭，商贾相与歌于市，农夫相与忭于野④。忧者以乐，病者以愈，而吾亭适成。

【注释】

①雨麦：麦如雨下。这里指种下麦子。岐山之阳：岐山之南。岐山
位于今陕西凤翔东北。

②有年：丰收，年成好。

③弥：久长。

④忭（biàn）：高兴，欢喜。

【译文】

我来到扶风县第二年，才开始营建官舍。在厅堂的北边造了亭子，而在南面开凿了池塘，引水种了树，作为休息的场所。这年的春天，在岐山之南种下麦子，占卜说会丰收。后来长期不下雨，百姓正为此担忧。

过了三月，到乙卯这天才下雨，甲子日又下雨，百姓觉得还不够；丁卯日大雨，下了三天才停止。官吏们在庭中相互庆贺，商贾们在市场里相互歌唱，农夫们在田野里都很欢喜。忧虑的人因此高兴，生病的人因此痊愈，而我的亭子也恰好建成了。

于是举酒于亭上以属客^①，而告之曰："五日不雨可乎？"曰："五日不雨则无麦。""十日不雨可乎？"曰："十日不雨则无禾。""无麦无禾，岁且荐饥^②，狱讼繁兴，而盗贼滋炽^③。则吾与二三子，虽欲优游以乐于此亭，其可得耶？今天不遗斯民，始旱而赐之以雨，使吾与二三子得相与优游而乐于此亭者，皆雨之赐也。其又可忘耶？"

【注释】
①属：招待，劝酒。
②荐饥：连年饥荒。荐，接连。
③炽：势力强盛。

【译文】
于是举起酒杯在亭上招待客人，并告诉他们说："五天不下雨可以吗？"答道："五天不下雨就收不到麦子。"又问："十天不下雨可以吗？"答道："十天不下雨就收不到禾稻。"说："没有麦子又没有禾稻，连年饥荒，牢狱诉讼之事频繁出现，而盗贼日益猖獗。那么我和诸位，即使想悠闲地在这座亭子里行乐，能行吗？现在上天不遗弃他的万民，才干旱就赐予降雨，让我和诸位一起在这座亭子里行乐，都是雨水的恩赐啊。又怎么能忘记呢？"

既以名亭，又从而歌之，曰：

使天而雨珠^①，寒者不得以为襦；使天而雨玉，饥者不得以为粟。一雨三日，繄谁之力^②？民曰太守，太守不有；归之天子，天子曰不然；归之造物，造物不自以为功；归之太空，太空冥冥^③。不可得而名，吾以名吾亭。

【注释】

①雨珠：降下珍珠。下文"雨玉"即降下宝玉。雨，降下。

②繄（yī）：句首语气词，相当于"惟"。

③冥冥：高远。

【译文】

给亭子命名之后，又接着歌唱它道：

假使天上降下珍珠，贫寒的人不能拿来做衣服；假使天上降下宝玉，饥饿的人不能拿来当粟米。一场雨下三天，是谁的力量呢？百姓说是太守，太守没有这种力量；归功于天子，天子说不是我的力量；归功于造物主，造物主不认为是自己的功劳；归功于太空，太空很高远。无法为它命名，我就用"喜雨"来为我的亭子命名。

【评点】

茅鹿门曰：公之文好为滑稽。

张孝先曰：作亭之名，原是触景而成，亦可见太守不忘乎民之意。

【译文】

茅坤说：苏轼好为滑稽之文。

张伯行说：写作亭的名字，原来是触景而生，也可见太守不忘百姓的意思。

超然台记

【题解】

本文作于熙宁九年（1076）。苏轼时知密州,并在密州修葺废台,取名"超然",于是作了这篇记文。

本文主要阐述了苏轼"游于物之外"便"无所往而不乐"的观念。文章一上来就从理性的角度分析了人们因为心念"求福而辞祸"结果反致"求祸而辞福"的结果,认为这就是"游于物之内"的结果。接下来从他来到密州的生活写起,先交代密州生活环境的简陋质朴,但这并没有让苏轼沉浸在抑郁中,他反而在其中找到了一种自由自在的超然之情。最后落到这篇亭台记文的主要对象"超然台"上,点出"超然"之名。明人茅坤认为这篇《超然台记》和苏轼另一篇《凌虚台记》同样体现了庄子的思想,是很有道理的。

从文章写法上说,本文由议论切入而生出一段叙事,最后还能融入苏轼自己的情感,使得文章平易而生动,是典型的宋代散文无所不包的艺术特色,同时也体现着苏轼本人亭台记文一贯的风格。

　　凡物皆有可观,苟有可观,皆有可乐,非必怪奇伟丽者也。铺糟啜醨①,皆可以醉;果蔬草木,皆可以饱。推此类也,吾安往而不乐!

【注释】

①铺（bū）糟啜醨（lí）:吃酒糟喝淡酒。喻指生活条件艰苦简陋。铺,吃。糟,酒糟。啜,喝。醨,薄酒,淡酒。

【译文】

但凡事物都有可以观赏之处,假如有可以观赏的,就都有可以使人愉悦的,不必是怪异新奇、雄伟瑰丽的东西。吃酒糟喝薄酒都可以醉人;

果蔬和草木都能让人吃饱。以此类推，我到哪里不快乐呢？

夫所谓求福而辞祸者，以福可喜而祸可悲也。人之所欲无穷，而物之可以足吾欲者有尽。美恶之辨战乎中，而去取之择交乎前，则可乐者常少，而可悲者常多，是所谓求祸而辞福。夫求祸而辞福，岂人之情也哉？物有以尽之矣①。彼游于物之内，而不游于物之外。物非有大小也，自其内而观之，未有不高且大者也。彼挟其高大以临我②，则我常眩乱反复，如隙中之观斗，又乌知胜负之所在？是以美恶横生，而忧乐出焉，可不大哀乎！

【注释】
①尽：限度。
②临：面对。

【译文】
所谓追求幸福而逃避灾祸，是因为幸福是可喜的而灾祸是可悲的。人的欲望无穷无尽，而可以满足我们愿望的事物是有限的。美与恶的分别在我们心中不断交战，而放弃与获取的选择在眼前交织，那么可乐的就常常很少，而可悲的就常常很多，这就是所谓的追求灾祸而失去了幸福。追求灾祸而失去幸福，难道是人情所愿吗？只是事物都有其限度而已。那些人游心于事物内部，而不能跳出来游心于物外。物并没有大小，而从里面看的话，就没有不是又高又大的。那些事物以高大的样子面对着我，我就经常迷惑反复，就像在缝隙中看人打斗，又怎么知道胜负属于谁呢？所以美与恶横生在面前，而忧与乐由此生发，难道不很悲哀吗！

余自钱塘移守胶西①，释舟楫之安，而服车马之劳②；去雕墙之美^③，而蔽采椽之居^④；背湖山之观，而行桑麻之野。始至之日，岁比不登^⑤，盗贼满野，狱讼充斥，而斋厨索然，日食杞菊。人固疑余之不乐也。处之期年^⑥，而貌加丰，发之白者，日以反黑。余既乐其风俗之淳，而其吏民亦安余之拙也^⑦。于是治其园圃，洁其庭宇，伐安丘、高密之木^⑧，以修补破败，为苟全之计。而园之北，因城以为台者旧矣，稍葺而新之。

【注释】

①钱塘：指今浙江杭州。胶西：治所在山东胶州。这里指密州，即今山东诸城。

②服：承受，经受。

③雕：刻画，装饰。

④蔽：遮蔽。这里指居住。采椽：指用栎木作房椽，形容房屋的质朴简陋。采，栎木。

⑤岁比：连年，多年。登：特指五谷成熟。

⑥期年：一周年。

⑦安：安于，习惯于。

⑧安丘：今山东潍坊一带。高密：今山东诸城一带。

【译文】

　　我从钱塘调到胶西，放弃坐船的安逸而经受坐车骑马的劳顿；抛弃华美的房屋而选择简陋朴素的居所；背离山水的景观，而行走于长着桑麻的田野。一开始到的时候，收成连年欠佳，满山遍野都是盗贼，牢狱诉讼之事不断，而厨房里也空荡荡的，我每天都要吃枸杞和菊花度日。人们就怀疑我生活得不快乐。在此居住了一年，而我的面貌更加丰满，原来的白发日渐变黑。我已经喜欢这里的风俗淳厚，而当地官吏和百姓也习惯于我的笨拙。于是就整修园圃，清洁庭宇，砍伐安丘、高密的树木，修补破败的居所，为苟全的计划。而园子的北面，沿着城墙筑起的台子已经旧了，我稍微修葺一下将其翻新。

　　时相与登览，放意肆志焉。南望马耳、常山[①]，出没隐见，若近若远，庶几有隐君子乎？而其东则卢山[②]，秦人卢敖之所从遁也[③]。西望穆陵[④]，隐然如城郭[⑤]，师尚父、齐桓公之遗烈[⑥]，犹有存者。北俯潍水[⑦]，慨然太息，思淮阴之功[⑧]，而吊其不终。台高而安，深而明，夏凉而冬温。雨雪之朝，风雨之夕，余未尝不在，客未尝不从。撷园蔬[⑨]，取池鱼，酿秫酒[⑩]，瀹脱粟而食之[⑪]，曰："乐哉游乎！"

【注释】

①马耳：马耳山，位于今山东诸城南。常山：位于今山东诸城南。

②卢山：位于山东诸城南，因卢敖得名。

③卢敖：战国末期燕国人，秦始皇召为博士，命其求访神仙，一去不返。

④穆陵：关名，在今山东临朐南大岘山上。

⑤隐然：隐隐约约的样子。

⑥师尚父：即吕尚，辅佐周武王灭商有功，被封于齐。

⑦潍水：源出山东箕山，流经山东诸城，向北流经山东昌邑进入渤海。

⑧淮阴：即韩信，辅佐刘邦击败项羽，被刘邦封为淮阴侯。详见《留侯论》注。韩信曾在潍水用水攻，大败楚军大将龙且。最终被吕后设计杀害于长乐宫，故下文称"吊其不终"。

⑨撷：摘下。

⑩秫（shú）酒：高粱酒。

⑪瀹（yuè）：煮。

【译文】

有时和人一起登临游览，在这里放纵自己的情意与志向。向南望见马耳山和常山，它们时而出现，时而隐没，又像很近，又像很远，大概山中有隐逸的君子吗？而东面是卢山，是秦人卢敖的隐遁之处。向西望见穆陵，隐约就像一座城郭，吕尚和齐桓公留下的遗迹，现在还存在着。向北俯看潍水，慨然叹息，想着淮阴侯韩信的功业，而悼念他最后不得善终。台子高大而安稳，幽深而明亮，夏天清凉而冬天温暖。下雪的早晨，风雨的傍晚，我未尝不去，客人也未尝不跟从。摘下园子里的蔬菜，捞起池水里的鱼，酿酒煮饭而吃着说："游览真是快乐啊！"

方是时，余弟子由适在济南，闻而赋之，且名其台曰"超然"，以见余之无所往而不乐者，盖游于物之外也！

【译文】

正在这时，我弟弟苏辙恰好在济南，听说之后就写了赋，并且用"超然"为这个台子命名，以表现我到哪里都能很快乐，大概就是因为我能游心于物外啊！

【评点】

唐荆川曰：前发超然之意，后段叙事解意兼叙事格。

茅鹿门曰：子瞻本色。与《凌虚台记》并本之庄生。

张孝先曰：游物之外则随寓皆安。世之胶胶扰扰、患得患失以终其身者，岂足以知公之胸次乎？

【译文】

唐顺之说：前段抒发超然的本意，后段叙事用夹叙夹议的文体。

茅坤说：这是苏轼的本色。与《凌虚台记》都本源于庄子。

张伯行说：游心物外就会随遇而安。世上那些终其一生纷纷扰扰、患得患失的人，哪里能知道苏轼的胸襟气度呢？

潮州韩文公庙碑

【题解】

本文作于元祐七年（1092），是苏轼应潮州知州王涤之请而作。

苏轼在这篇文章里对韩愈一生中诸如谏迎佛骨、平息兵乱、引导士风、驱逐鳄鱼等几件有代表性的功业做出了极高的肯定，特别值得一提的是文中那句"文起八代之衰，而道济天下之溺，忠犯人主之怒，而勇夺三军之帅"，在此后成为历代学者评价韩愈时必然会提到的千古名言，全面中肯而又气势非凡，与韩愈本人纵横捭阖的文风也有一定相似之处，这正是对韩愈最大的尊重。此外，朱熹在谈到这篇文章时指出，苏轼在创作此文时曾经不断地构思如何下笔，之后一挥而就，这也正应和了他在《文与可画筼筜谷偃竹记》中提出的"成竹在胸"的文艺观念。

此外，本篇的碑铭作为一首七言古诗来说也很有特色，诗中出现的意象充满神话色彩，飘逸灵动而又不失高格，亦非苏轼不能道也。

匹夫而为百世师，一言而为天下法，是皆有以参天地之化①，关盛衰之运。其生也有自来，其逝也有所为矣。故申、吕自岳降②，傅说为列星③，古今所传，不可诬也④。孟子曰："我善养吾浩然之气⑤。"是气也，寓于寻常之中，而塞乎天地之间。卒然遇之⑥，则王公失其贵，晋、楚失其富，良、平失其智⑦，贲、育失其勇⑧，仪、秦失其辩⑨。是孰使之然哉？其必有不依形而立，不恃力而行，不待生而存，不随死而亡者矣！故在天为星辰，在地为河岳，幽则为鬼神⑩，而明则复为人⑪。此理之常，无足怪者。

【注释】

①参：同"叁"。这里做动词，并立为三。化：化育。

②申、吕：指周宣王时期大臣申伯和吕侯，相传他们诞生时山岳降下神灵，见《诗经·大雅·崧高》："嵩高维岳，骏极于天。维岳降神，生甫及申。维申及甫，维周之翰。四国于蕃，四方于宣。"

③傅说：殷高宗武丁时宰相，相传他死后成为星辰。见《庄子·大宗师》："傅说得之，以相武丁，奄有天下，乘东维，骑箕尾，而比于列星。"

④诬：抹杀。

⑤吾善养吾浩然之气：我善于养我的浩然之气。语出《孟子·公孙丑上》。

⑥卒然：突然。卒，同"猝"。

⑦良、平：指张良和陈平。二人都是刘邦的重要谋臣。

⑧贲、育：指孟贲和夏育。二人都是古代传说中的勇士。

⑨仪、秦：指张仪和苏秦。二人都是战国时期著名纵横家。

⑩幽：幽冥之处。此指阴间或死后之处。

⑪明：此指人世间。

【译文】

匹夫能成为百世的老师，一句话能成为天下的法度，这都是因为有与天地共同化育万物的能力，并且关乎盛衰的命运。他的出生就有来历，他的去世也有所作为。所以申伯、吕侯生时有山岳降神，傅说死后成为星辰，这是古今所传的，不可抹杀。孟子说："我善于养我的浩然之气。"这股气，寄托于寻常事物中，而充塞在天地之间。突然遇到它，王公大臣就失去了尊贵，晋国、楚国失去了富庶，张良、陈平失去了智慧，孟贲、夏育失去了勇气，张仪、苏秦失去了口才。这是什么东西发挥的作用呢？它一定能不依赖形体而能自立，不依赖力量而能行动，不等待生命而存在，不随着死亡而消失啊！所以在天能成为星辰，在地能成为河山，处在幽冥中就成为鬼神，处在人世间就又成为人。这是平常的道理，没什么值得奇怪的。

　　自东汉以来，道丧文弊，异端并起。历唐贞观、开元之盛，辅以房、杜、姚、宋而不能救[1]。独韩文公起布衣，谈笑而麾之[2]，天下靡然从公[3]，复归于正，盖三百年于此矣。文起八代之衰[4]，而道济天下之溺[5]，忠犯人主之怒[6]，而勇夺三军之帅[7]。岂非参天地，关盛衰，浩然而独存者乎？

【注释】

①房、杜、姚、宋：指房玄龄、杜如晦、姚崇、宋璟。前二人为唐太宗时期著名宰相，后二人为唐玄宗时期著名宰相。

②麾：同"挥"。指挥。

③靡然：倒下的样子。

④起：振起。八代：指东汉、魏、晋、宋、齐、梁、陈、隋八个朝代。

⑤济：拯救。溺：沉溺。

⑥忠犯人主之怒：指韩愈谏言唐宪宗迎佛骨之事。详见韩愈《论佛骨表》。

⑦勇夺三军之帅：指韩愈孤身前往乱军中宣抚，平息镇州将领王廷凑叛乱之事。

【译文】

　　自从东汉以来，儒道丧失了其地位，文章也出现了问题，异端邪说并起。历经唐代贞元、开元年间的盛世，通过房玄龄、杜如晦、姚崇、宋璟的辅佐而未能挽救。只有韩愈出身布衣，谈笑间指挥大家，天下人都跟从他并为之倾倒，将儒道复归为正道，到现在已经三百年了。他的文章振起了前朝八代文章的衰落之势，而用儒道来拯救天下沉溺于异端邪说的人们，他忠君却敢于触怒皇帝，勇气足以制伏三军的统帅。这难道不说明他足以与天地并立为三，关系到国家盛衰的命运，独具一身浩然正气吗？

　　盖尝论天人之辨，以谓人无所不至，惟天不容伪。智可以欺王公，不可以欺豚鱼①；力可以得天下，不可以得匹夫匹妇之心。故公之精诚，能开衡山之云②，而不能回宪宗之惑；能驯鳄鱼之暴③，而不能弭皇甫镈、李逢吉之谤④；能信于南海之民，庙食百世⑤，而不能使其身一日安于朝廷之上。盖其所能者天也，其所不能者人也。

【注释】

①豚鱼：泛指动物。豚，小猪。

②开衡山之云：韩愈在《谒衡岳庙遂宿岳寺题门楼》诗中提到他路过衡山时潜心祈祷使得天气拨云见日。

③驯鳄鱼之暴：韩愈在潮州时，当地百姓受到鳄鱼骚扰，韩愈作《祭鳄鱼文》驱逐鳄鱼，据说鳄鱼果然离开了那里。

④弭：消除，止息。皇甫镈、李逢吉之谤：韩愈被贬潮州后作《潮州刺史谢上表》，唐宪宗被其打动而欲将他召回，被当时宰相皇甫镈阻止。唐穆宗时李逢吉有意制造韩愈与李绅的矛盾，并上书弹劾了韩愈。

⑤庙食：指在庙中接受祭祀。

【译文】

我曾经讨论天道与人事的区别，认为人可以无所不为，而只有天不容作伪。人的智力可以欺骗王公大臣，而不能欺骗小猪和鱼那样的动物；力量可以夺得天下，而不能夺得匹夫匹妇的真心。所以以韩公的精诚专一可以让衡山拨云见日，却不能挽回唐宪宗对佛教的迷惑；可以驯服狂暴的鳄鱼，却不能制止皇甫镈、李逢吉等人的诽谤；能让南海的百姓信仰他，经过百世都一直在庙里祭祀他，却不能让他在朝廷之上得一日安身。韩公之所能顺应的是天道，对人事却无能为力。

始，潮人未知学，公命进士赵德为之师①。自是潮之士，皆笃于文行②，延及齐民③，至于今，号称易治。信乎孔子之言："君子学道则爱人，而小人学道则易使也④。"潮人之事公也，饮食必祭，水旱疾疫，凡有求必祷焉。而庙在刺史公堂之后，民以出入为艰。前守欲请诸朝作新庙，不果。元祐五年⑤，朝散郎王君涤来守是邦⑥，凡所以养士治民者，一以公为师。民既悦服，则出令曰："愿新公庙者听⑦。"民欢趋之。卜地于州城之南七里⑧，期年而庙成⑨。

【注释】

①赵德：号天水先生，与韩愈友善，将韩愈的文章编辑成为《文录》。韩愈曾推荐他担任海阳县尉并主持州学。

②笃：重视，专注。

③齐民：一般的百姓。

④君子学道则爱人，小人学道则易使也：君子学习道就会爱人，小人学习道就会容易役使。小人，指地位低下的人。语出《论

语·阳货》。

⑤元祐五年：1090年。元祐，北宋哲宗赵煦年号（1086—1094）。

⑥朝散郎：从七品，只表示等级与俸禄，无实际职务。王君涤：即王涤，元祐五年（1090）任潮州知州。

⑦听：听任，听凭。

⑧卜：选择。

⑨期年：一周年。

【译文】

开始的时候，潮州人不知道要学习，韩愈命进士赵德作为他们的老师。从此潮州的士人，都专心于文章与德行，风气延续到一般的百姓之间，一直到现在，潮州都号称是容易治理的地方。孔子说的话是可信的："君子学习道就会爱人，小人学习道就会容易役使。"潮州人侍奉韩公，饮食之间都要祭祀他，遇到洪水干旱、疾病疫情，凡是有所求就一定会向他祈祷。而祭祀韩愈的庙在潮州刺史的公堂后面，百姓感到出入很困难。前任守官希望请示朝廷建造新的庙，结果没有成。元祐五年，朝散郎王涤君来镇守这片土地，凡是养育士子、治理百姓的事，一概以韩愈为学习的对象。百姓都心悦诚服，于是就发布告令说："有希望新建韩公庙的人，我听任你们为之。"民众高兴地争着去做。选择了州城南面七里那里的土地，一年时间庙就建成了。

或曰："公去国万里，而谪于潮，不能一岁而归。没而有知，其不眷恋于潮，审矣①！"轼曰："不然。公之神在天下者，如水之在地中，无所往而不在也。而潮人独信之深，思之至，焄蒿凄怆②，若或见之。譬如凿井得泉，而曰水专在是，岂理也哉！"

【注释】

①审：清楚，明白。

②焄（xūn）蒿：祭祀时祭品散发出的香气。这里指人们祭祀韩愈。焄，同"薰"。香臭之气。语出《礼记·祭义》。

【译文】

　　有人说："韩公离开国都万里，被贬谪到潮州，不到一年就回去了。假如他死而有知，他不会眷恋潮州，这是很清楚的！"苏轼说："不是这样的。韩公的神灵在天下，就像水在地中一样，没有什么地方不存在。而唯独潮州人信仰他最深，想念他最切，人们悲伤地祭祀他，就像还能看到他一样。就像开凿水井得到泉水，而说水只在这里有，难道是有道理的吗！"

　　元丰七年①，诏封公昌黎伯，故榜曰②："昌黎伯韩文公之庙。"潮人请书其事于石，因作诗以遗之，使歌以祀公。其词曰：

【注释】

①元丰七年：1084年。元丰，北宋神宗赵顼年号（1078—1085）。

②榜：匾额。

【译文】

　　元丰七年，皇帝下诏封韩愈为昌黎伯，所以庙的匾额题为："昌黎伯韩文公之庙。"潮州之人请求在石头上将这件事记录下来，于是作诗赠给他们，让他们歌唱来祭祀韩愈。诗中写道：

　　公昔骑龙白云乡①，手抉云汉分天章②，天孙为织云锦裳③。飘然乘风来帝旁，下与浊世扫秕糠④，西游咸池略扶桑⑤。草木衣被昭回光⑥，追逐李、杜参翱翔，汗流籍、湜走

且僵⑦,灭没倒景不可望⑧。作书诋佛讥君王⑨,要观南海
窥衡湘。历舜九疑吊英、皇⑩,祝融先驱海若藏⑪,约束蛟
鳄如驱羊。钧天无人帝悲伤⑫,讴吟下诏遣巫阳⑬,犦牲鸡
卜羞我觞⑭。於粲荔丹与蕉黄⑮,公不少留我涕滂,翩然被
发下大荒⑯。

【注释】

①白云乡:指仙界。

②抉:摘取。云汉:银河,天河。天章:天文,即分布在天空上的日月
　星辰。

③天孙:织女星。

④秕糠:空壳的谷皮。这里指异端邪说。

⑤咸池:神话中东方大泽名。据说是太阳沐浴的地方。略:经过。
　扶桑:神树名。传说中东方日出处的大树。

⑥昭回:云汉星辰光耀回转。

⑦籍、湜(shí):指中唐文人张籍、皇甫湜,二人在文学上都效法韩愈
　的风格。僵:仰面倒下。

⑧景:同"影"。

⑨诋:指责,攻击。

⑩历:经过。九疑:即九嶷山,在今湖南宁远。英、皇:指女英与娥
　皇。二人是传说中尧的女儿,后来嫁给了舜。

⑪祝融:传说中帝喾时期的火官,死后成为火神。海若:传说中的北
　海神。

⑫钧天:天的中央。

⑬讴:歌唱。巫阳:传说中的神巫。

⑭犦(bó)牲:一种领肉隆起的野牛。这里指祭祀用的牛。羞:进

献。觞：酒杯。这里指美酒。

⑮於（wū）：叹词，表示赞美。粲：鲜明，华美。

⑯被：同"披"。披散。大荒：荒远之地。

【译文】

韩公曾经骑着龙飞到白云乡，手摘银河间分布的辰星，织女为他织好云锦做的衣裳。飘然地乘着风来到天帝身旁，下到人间扫除异端邪说，西游咸池并经过了扶桑。回转的光芒映照在草木之上，追逐李白、杜甫与其一道翱翔，张籍、皇甫湜汗流浃背地追逐他却摔倒在后，而他消失的倒影却已望不见。写文章上奏攻击佛学、讽谏君王，要观看南海、观看衡湘。经过九嶷山吊唁舜帝之妃女英与娥皇，先驱走了火神祝融又让海神海若隐藏，像驱使羊群一般约束了蛟龙和鳄鱼。天的中央没有人，天帝很悲伤，歌唱吟咏着下诏派遣巫阳，用野牛作祭品，用鸡骨来占卜，献上我的美酒。殷红的荔枝和金黄的香蕉是多么鲜明啊，韩公不能多留一刻令我涕泪滂沱，他翩然地披散头发飞向荒远之地。

【评点】

茅鹿门曰：予览此文不是昌黎本色，前后议论多漫然。然苏长公生平气格独存，故录之。

张孝先曰：此文止是一气挥成，更不用波澜起伏之势，与东坡他文不同。其磅礴澎湃处，与昌黎大略相似。朱子曰："向尝闻东坡作此文，思得颇久，不能得一起句。起行百十遭，忽得'匹夫而为百世师，一言而为天下法'两句，下面遂一笔扫去。"此即东坡所论画竹法。余睹其直赶到"浩然而独存者乎"，势已极矣，即接"盖尝论天人之辨"一段，遂加倍精采。文之直致者，须有元气包裹其间方好。

【译文】

茅坤说：我看这篇文章写得不是韩愈的本色，前后的议论多漫延之处。然而苏轼平生的气格却独存于文中，所以选录这篇文章。

张伯行说：此文一气呵成，更不用波澜起伏之势，与苏轼的其他文章不同。其中磅礴澎湃之处，与韩愈差不多。朱熹说："之前曾听说苏轼写这篇文章时，思虑很久，不知如何起笔。提笔了百十次，忽然得到'匹夫而为百世师，一言而为天下法'两句，下面就一挥而就了。"这就是苏轼论画竹的方法。我看文章写到"浩然而独存者乎"，气势已经到头了，接着写"盖尝论天人之辨"一段，就加倍精彩了。一气呵成的文章，必须有元气包涵其中才好。

三槐堂铭

【题解】

本文作于元丰二年（1079），苏轼任湖州知州时，应好友王巩的请求，为王氏所建三槐堂而作。

本文是应朋友所请而作的歌颂性文章，从写法上说是相当有难度的，因为要做到歌颂他人而不失格调，有礼有节，否则文章就容易陷入俗套。苏轼在这篇文章中首先就一个古人一直讨论的核心命题——天命观念加以议论，而为了适合王氏家族的情况，苏轼还巧妙地解释了自司马迁以来对天命不公的悲剧性认识，提出"天命未定"与"天命已定"的说法。这就自然解释了下文中王祐的不遇以及王祐子孙的得志，这样一笔使得文章自成高格。下面则称赞王氏家族世代出贤人，而苏轼的理论点没有放在富贵祥瑞上，而是抓住"德"字立论，这使文章在歌颂的同时也具有了一定的劝善意义，同样提升了文章的品质。

天可必乎？贤者不必贵，仁者不必寿。天不可必乎？

仁者必有后。二者将安取衷哉！

【译文】

　　天命有必然之理吗？贤者不一定会富贵，仁者不一定会长寿。天命没有必然之理吗？仁者一定会有杰出的后代。这二者将要如何折衷呢？

　　吾闻之申包胥曰①："人众者胜天，天定亦能胜人。"世之论天者，皆不待其定而求之，故以天为茫茫。善者以怠，恶者以肆，盗跖之寿②，孔、颜之厄③，此皆天之未定者也。松柏生于山林，其始也困于蓬蒿，厄于牛羊；而其终也，贯四时阅千岁而不改者，其天定也。善恶之报，至于子孙，而其定也久矣。吾以所见所闻所传闻考之，而其可必也审矣④。

【注释】

①申包胥：春秋时期楚国大夫。姓公孙氏，因封于申故名申包胥。伍子胥攻入郢都时，申包胥说了"人众者胜天，天定亦能胜人"的话。语见《史记·伍子胥列传》，原文为"人众者胜天，天定亦能破人"。

②盗跖：名跖，春秋末期鲁国人，一般作为行恶为盗的代表，相传他很长寿。

③厄：困顿，穷困。

④审：清楚，明白。

【译文】

　　我听说申包胥说过："人数众多可以战胜天命，天命所决定的也能战胜人力。"世人讨论天命的时候，都不等它定下来就去探求，所以认为天道茫茫。善良的人就会怠惰，邪恶的人就会放肆，盗跖的长寿，孔子、颜回的穷困,这些都是天命没定下来的时候出现的。松柏生长在山林中,开始的时候也被蓬蒿所困,被牛羊啃食;而到最后却能够四季常青并且千年不改,这是天定的命数。善恶的报应,到了子孙后代才有表现,而天命的定数早就安排好了。我以我的所见所闻以及传闻来考察这个道理,就一定是很清楚的了。

国之将兴,必有世德之臣①,厚施而不食其报②,然后其子孙能与守文太平之主共天下之福③。故兵部侍郎晋国王公显于汉、周之际④,历事太祖、太宗,文武忠孝,天下望以为相,而公卒以直道不容于时。盖闻尝手植三槐于庭曰:"吾子孙必有为三公者。"已而其子魏国文正公相真宗皇帝于景德、祥符之间⑤,朝廷清明、天下无事之时,享其福禄荣名者十有八年。今夫寓物于人,明日而取之,有得有否。而晋公修德于身,责报于天,取必于数十年之后,如持左契⑥,交手相付。吾是以知天之果可必也。

【注释】

①世德:世代相传有功德。

②食:接纳,接受。

③守文:指遵循先王法度。

④王公:指王祐,字景叔。大名府莘县(今属山东)人。后汉、后周时期出仕为官,入宋后宋太祖曾经许诺让他作丞相,但因他直言极谏而被贬七年,宋太宗继位,召为兵部侍郎,还未上任即去世。手植槐树事见邵伯温《邵氏闻见录》卷六。

⑤魏国文正公:指王旦(957—1017),字子明。王祐之子。咸平三年(1000)同知枢密院事,咸平四年(1001)任参知政事,景德

三年（1006）拜工部尚书、同中书门下平章事。谥号文正，封魏国公。

⑥左契：古代契约分左右两片，双方各执一片，一般左半片由索偿者所持。

【译文】

国家将要兴盛，必定有世代相传有功德的臣子，大量地施舍而不求回报，然后他的子孙能和遵循先王法度的太平之主共享天下之福。已故的兵部侍郎晋国公王祐显名于后汉、后周之际，历事太祖、太宗两朝，能文能武，既忠且孝，天下都希望他能任宰相，而王公最终因为正道直行而不被当时人所容。他曾经在庭中亲手种下三棵槐树说："我的子孙中一定有能做到三公官位的人。"后来他的儿子魏文正公王旦果然在真宗景德、祥符年间出任宰相，当时朝廷政治清明、天下太平，享受了十八年的福禄荣名。现在把东西寄放在别人那里，明天就去取，有可能取到有可能取不到。而晋国公以身修德，向天求取回报，取得的回报必定在数十年之后，就像手持着契约，交接即可收取。我因此知道天命的因果报应一定是有的。

吾不及见魏公，而见其子懿敏公①，以直谏事仁宗皇帝，出入侍从将帅三十余年，位不满其德。天将复兴王氏也欤？何其子孙之多贤也！世有以晋公比李栖筠者②，其雄才直气，不相上下，而栖筠之子吉甫、其孙德裕③，功名富贵，略与王氏等，而忠信仁厚，不及魏公父子。由此观之，王氏之福盖未艾也④。

【注释】

①懿敏公：指王素（1007—1073），字仲仪。王旦第三子，赐进士出

身。为官敢于直言极谏,受到宋仁宗嘉奖,升任天章阁待制,又两知渭州,担任边帅,谥号懿敏。

②李栖筠(719—776):字贞一。唐肃宗时期宰相。

③吉甫:李栖筠之子李吉甫(758—814),字弘宪。唐宪宗时期宰相。德裕:指李吉甫之子李德裕(787—849),字文饶,唐武宗时期宰相。

④艾:止息,断绝。

【译文】

我来不及见到魏国公,而见到他的儿子懿敏公,凭借直言极谏而侍奉仁宗皇帝,出入之间担任侍从及将帅三十余年,官位比不上他的德行的高度。天命将要复兴王氏了吗?为什么他的子孙出了这么多贤才!世上有人把晋国公比作李栖筠,他们的雄才与率直的气度,真是不相上下,而李栖筠之子李吉甫、其孙李德裕,他们的功名与富贵,大略和王氏相当,而忠信仁厚,就比不上魏国公父子了。由此看来,王氏的福瑞大概还没有断绝啊。

懿敏公子巩与吾游①,好德而文,以世其家。吾是以录之。铭曰:

呜呼休哉②!魏公之业,与槐俱萌。封植之勤③,必世乃成。既相真宗,四方砥平④。归视其家,槐阴满庭。吾侪小人⑤,朝不及夕。相时射利,皇恤厥德⑥?庶几侥幸⑦,不种而获。不有君子,其何能国?王城之东⑧,晋公所庐。郁郁三槐⑨,惟德之符⑩。呜呼休哉!

【注释】

①懿敏公子巩:指王巩,字定国,王素之子,诗文为苏轼兄弟所推重。

后受苏轼连累,屡遭贬斥。

②休:美好,良善。

③封植:栽培。

④砥:原指质地很细的磨刀石,这里指太平。

⑤侪:辈。

⑥皇:通"遑"。闲暇。恤:顾念。

⑦傥幸:意外地获得成功。

⑧王城:都城。这里指汴京。

⑨郁郁:茂盛的样子。

⑩符:吉祥的征兆。

【译文】

懿敏公的儿子王巩与我交游,喜好德行而善于文辞,以继承他的家世。我因此记录下来。铭道:

多么美好啊! 魏国公的功业,就像槐树一样荫庇后人。辛勤地栽培,必定到后世就能成就。作了真宗朝宰相后,四方太平。回到家里一看,满庭都是槐树的树荫。我辈小人,朝不及夕。审时度势地追求利益,哪里还有空顾念着要修养德行呢? 也许因为意外的机会,不耕种就能有收获。没有君子,哪能有国家? 都城的东面,是晋国公的居所。三棵槐树长得很茂盛,只是德行所显示的吉祥的征兆。多么美好啊!

【评点】

茅鹿门曰:中多名言。

张孝先曰:眼界既高,议论更大。世之人不务修德,少不如意,即有怨天之念,何其所见之陋也!

【译文】

茅坤说:其中有很多名言。

张伯行说：眼界很高，议论更大。世人不知道修道德，一有点不如意，就怨天尤人，见识何其卑陋啊！

稼说送张琥①

【题解】

本文作于嘉祐八年（1063），是苏轼写给同年进士张琥的，从文体上来看，实际上是一篇杂说体的赠序文。

苏轼在这篇文章中强调学习积累的重要性。通过富人种地与穷人种地之差别的例子，说明只有耕耘时有足够的休整、能够按时播种与收获才能获得高质量的作物，以此比喻只有通过长时间的自我修养、博观约取、厚积薄发才能真正将自己的才能发挥好。应该说这些话对当时一些急功近利的士人也是一种警醒。文章气韵流贯，说理而不失美感。

此外，有人结合当时的社会政治背景，认为苏轼在这篇文章中影射了王安石变法中的投机取巧以及宋神宗的"求治太急，听人太广，进人太锐"等问题，姑备为一说。

曷尝观于富人之稼乎？其田美而多，其食足而有余。其田美而多，则可以更休②，而地力得完；其食足而有余，则种之常不后时，而敛之常及其熟。故富人之稼常美，少秕而多实③，久藏而不腐。

【注释】

①张琥：字子严，崇德（今浙江桐乡）人，嘉祐二年（1057）进士。出守明州、台州等地，多有惠政。

②更休：通过轮耕的手段使土地得以休整。

③秕：不饱满的谷粒。

【译文】

你曾经观察过富人家种庄稼吗？他们的田地肥美而广阔，他们的粮食足够并且还有富余。他们的田地肥美而广阔，就可以使土地轮耕而有所休整，而土地的肥力可以得到完整的保护；他们的粮食充足而有富裕，那么播种的时间就不会延后，而收获能等到谷物完全成熟。所以富人的庄稼通常质量都很高，很少有不饱满的谷粒而多数都很充实，长时间储存也不会腐烂。

今吾十口之家，而共百亩之田。寸寸而取之，日夜以望之，锄、耰、铚、艾①，相寻于其上者如鱼鳞②，而地力竭矣。种之常不及时，而敛之常不待其熟，此岂能复有美稼哉？

【注释】

①锄：锄头。这里指锄地。耰（yōu）：碎土平地的农具。这里指平整土地。铚（zhì）：镰刀。艾：通"刈"。收割。

②相寻：一个接一个。

【译文】

现在我有十口之家，而一起耕种百亩的田地。每一寸的土地都要利用，日夜盼望着能丰收，锄地、平地、收割等等，一个接一个地在土地上反复耕作像鱼鳞一般，而土地的生产力也就枯竭了。播种时常不能及时，而收获时常不能等谷物成熟，这样怎么还能有高质量的庄稼呢？

古之人，其才非有以大过今之人也。其平居所以自养而不敢轻用，以待其成者，闵闵焉如婴儿之望长也①。弱者养之，以至于刚；虚者养之，以至于充。三十而后仕，五十而后爵。信于久屈之中^②，而用于至足之后；流于既溢之余，而发于持满之末^③。此古之人所以大过人，而今之君子所以不及也。

【注释】

①闵闵焉：忧愁担心的样子。

②信：通"伸"。伸展。

③持满：拉满弓弦。

【译文】

古代的人，他们的才能并没有大过现在的人。他们平时之所以自我修养而不敢轻易使用，是要等待其成形，忧愁担心地就像看着婴儿，希望他长大一样。柔弱的人经过修养，达到了刚强；空虚的人经过修养，达到了充实。三十岁之后才入仕，五十岁之后才有爵位。在长期的屈折之中伸展开来，而等学问充足之后才开始施展自己的能力；像是水满之后自然溢出，而弓拉满之后自然射出。这就是古人之所以能大大超过今人，而现在的君子之所以比不上古人的原因。

吾少也有志于学，不幸而早得与吾子同年；吾子之得，亦不可谓不早也。吾今虽欲自以为不足，而众且妄推之矣^①。呜呼！吾子其去此而务学也哉！博观而约取^②，厚积而薄发^③，吾告子止于此矣。

【注释】

①妄推：虚妄地加以推崇。

②约：简要。

③发：显露，表现。

【译文】

我少年的时候也有志于学习，不幸而过早地和您同年中进士；您得中进士，也不可谓不早。我现在即使想说自己觉得自己还有不足，然而众人已经虚妄地把我推崇起来了。唉！您此去一定要专心从事学习啊！要广博地阅览而简要地选取，积累的要厚重而表现出来的要少，我对您就说到这了。

子归过京师而问焉，有曰辙子由者，吾弟也，其亦以是语之。

【译文】

您回去路过京城时打听一下，有名叫苏辙字子由的人，是我的弟弟，也把这些话告诉他。

【评点】

茅鹿门曰：归本于学，有见。

张孝先曰：以稼喻学，字字名言。

【译文】

茅坤说：最后归结于学习，有见识。

张伯行说：以稼穑比喻学习，字字是名言。

前赤壁赋

【题解】

本文作于元丰五年（1082），苏轼当时被贬黄州已四年。

苏轼在黄州赤壁有三篇文学作品堪称绝唱，即《念奴娇·赤壁怀古》词、这篇《前赤壁赋》以及后面的《后赤壁赋》,苏轼借助这三篇文学作品抒发自己被贬后心情的抑郁,并提升到一种旷达的境界。

《前赤壁赋》从与客的夜游写起,由乐转悲,借助"客"的感慨引出对历史英雄逝去的悲慨,对生命短暂的悲慨,以及自我解脱的不可能。然后自问自答,从变与不变的相对关系来宽慰自我,将个体有限的生命融入无尽的自然之中,从而实现生命的永恒。这种"相对论"式的思维方式也代表了苏轼对生命的反省与超越。

另外,从文学史角度说,《前赤壁赋》是宋代"文赋"的代表作,将散文与赋的文体相融合,既实现了有效的铺陈与抒情,同时保留声韵铿锵的音乐节奏,同样具有极高的艺术价值。

　　壬戌之秋,七月既望①,苏子与客泛舟游于赤壁之下。清风徐来,水波不兴。举酒属客②,诵明月之诗③,歌窈窕之章④。少焉,月出于东山之上,徘徊于斗牛之间⑤。白露横江,水光接天。纵一苇之所如⑥,凌万顷之茫然⑦。浩浩乎如冯虚御风⑧,而不知其所止;飘飘乎如遗世独立,羽化而登仙⑨。

【注释】

①既望:指十六日。望,每月十五称"望"。

②属客:劝请客人。

③明月之诗:指《诗经·陈风·月出》章。

④窈窕之章:指《诗经·周南·关雎》。其中有"窈窕淑女,君子好逑"等句。

⑤斗牛:指斗宿与牛宿,皆为天上星宿。

⑥一苇:指小舟。如:往,到。

⑦凌:越过。茫然:遥无边际的样子。

⑧冯:同"凭"。借着。虚:太空。

⑨羽化:指成仙。

【译文】

壬戌年的秋天,七月十六日,苏子与客人在赤壁之下荡舟游览。清风徐徐而来,水面波浪不起,举起酒杯劝客人饮酒,吟诵《明月》诗篇,歌唱"窈窕"的诗章。一会儿,月亮从东山之上升起,在斗宿和牛宿之间徘徊。白露横铺满江,水光与天相接。任由一苇小舟自由飘荡,越过茫然无边的万顷江面。浩浩荡荡就像驾着风凌空而起,而不知止于何处;飘飘然就像离开人间独自而立,长出了翅膀登上仙界。

于是饮酒乐甚,扣舷而歌之。歌曰:"桂棹兮兰桨①,击空明兮溯流光②。渺渺兮予怀③,望美人兮天一方。"客有吹洞箫者,倚歌而和之。其声呜呜然,如怨如慕,如泣如诉,余音袅袅④,不绝如缕,舞幽壑之潜蛟⑤,泣孤舟之嫠妇⑥。

【注释】

①棹:划船的工具,类似于船桨。

②溯:逆流而上。流光:指月光。

③渺渺:悠远的样子。

④袅袅:形容声音宛转悠扬。

⑤幽壑:深谷,深渊。

⑥嫠(lí)妇:寡妇。

【译文】

于是非常欢乐地饮酒,叩击船舷而歌唱。唱道:"桂木和兰木做的船桨啊,击破空明的水面逆着洒满月光的水流而上。我心怀悠远啊,遥望着远在天一方的美女。"客人中有吹洞箫的人,倚着歌声而唱和。声音呜呜然,像在哀怨又像在恋慕,像在哭泣又像在倾诉,余音宛转悠扬,声音如丝般不绝于耳,使深渊中的蛟龙随之起舞,使孤舟中的寡妇为之哭泣。

苏子愀然①,正襟危坐,而问客曰:"何为其然也?"客曰:"'月明星稀,乌鹊南飞②。'此非曹孟德之诗乎?西望夏口③,东望武昌④,山川相缪⑤,郁乎苍苍,此非孟德之困于周郎者乎?方其破荆州⑥,下江陵⑦,顺流而东也,舳舻千里⑧,旌旗蔽空,酾酒临江⑨,横槊赋诗⑩,固一世之雄也,而今安在哉?况吾与子渔樵于江渚之上⑪,侣鱼虾而友麋鹿,驾一叶之扁舟,举匏樽以相属⑫。寄蜉蝣于天地⑬,渺沧海之一粟。哀吾生之须臾⑭,羡长江之无穷。挟飞仙以遨游⑮,抱明月而长终。知不可乎骤得⑯,托遗响于悲风。"

【注释】

①愀(qiǎo)然:忧愁的样子。

②月明星稀,乌鹊南飞:出自曹操《短歌行》。

③夏口:在今湖北武汉武昌蛇山一带,建安二十八年(223)孙权始建。

④武昌:今湖北鄂城一带,建安二十五年(220)孙权迁都至此。

⑤缪(jiū):通"樛"。盘绕。

⑥破荆州:建安十三年(208)七月,曹操南下追击刘备,进兵江东。八月,荆州牧刘表逝世,刘表次子刘琮率荆州降曹操。

⑦下江陵:曹操取荆州后又于长坂击败刘备,攻下江陵。

⑧舳舻(zhú lú):泛指前后首尾相接的船。

⑨酾(shī)酒:斟酒,滤酒。

⑩槊(shuò):长矛。

⑪渚(zhǔ):水中小块陆地。

⑫匏(páo)樽:匏瓜做的酒樽。

⑬蜉蝣：水生生物，生命极短。

⑭须臾：极短的时间。

⑮挟：携同。

⑯骤：迅速，急速。这里有轻易的意思。

【译文】

苏子忧愁地整理好衣襟端正坐好，问客人道："为什么要这样呢？"客人说："'月明星稀，乌鹊南飞。'这不是曹操的诗么？西望夏口，东望武昌，山川相互盘绕，草木葱郁茂盛，这不是曹操被周瑜围困之处么？当他击破荆州，攻下江陵，顺流东下，千里大船，旌旗遮蔽了天空，对着江面斟酒痛饮，横举长槊而赋诗，固然是一世的英雄，而现在又在哪儿呢？何况我与您在江上打鱼砍柴，与鱼虾和麋鹿为友，驾着一叶扁舟，举起匏瓜做的酒樽互相劝酒。像蜉蝣一样寄托于天地，像浩渺沧海中的一粒米。哀伤我生命的短促，羡慕长江的无边。携飞仙一同遨游，怀抱明月而永远长存。知道不可能轻易实现，将我的悲哀寄托在洞萧的余音中。"

苏子曰："客亦知夫水与月乎？逝者如斯，而未尝往也；盈虚者如彼，而卒莫消长也①。盖将自其变者而观之，则天地曾不能以一瞬；自其不变者而观之，则物与我皆无尽也，而又何羡乎！且夫天地之间，物各有主，苟非吾之所有，虽一毫而莫取。惟江上之清风，与山间之明月，耳得之而为声，目遇之而成色，取之无禁，用之不竭。是造物者之无尽藏也②，而吾与子之所共适③。"

【注释】

①卒：最终。

②无尽藏：无穷无尽的宝藏。

③适：享用。

【译文】

苏子说："您也知道水和月吧？就像那水的流逝，却从未流尽；像那月一样时满时缺，而最终也没有消减与增长。从变化的角度看，那么天地之间的存在连一瞬都不到；从不变的角度看，那么事物与我都没有尽头，又有什么可以羡慕的呢！况且天地之间，万物各有所主，假如不是我应该有的，即使一丝一毫也不想去获取。只有江上的清风和山间的明月，耳朵听到就成为声音，眼睛看到就成为颜色，取之不禁，用之不竭。是大自然无穷无尽的宝藏，也是我与您共同享受的。"

客喜而笑，洗盏更酌，肴核既尽，杯盘狼籍①。相与枕籍乎舟中，不知东方之既白。

【注释】

①狼籍：即"狼藉"。纵横散乱的样子。

【译文】

客人欢喜而笑，清洗杯盏重新斟上酒，菜肴和果品已经吃完，杯盘的摆放也已杂乱。相互枕靠在船上，不知东方已经发白。

【评点】

茅鹿门曰：予尝谓东坡文章仙也。读此二赋，令人有遗世之想。

张孝先曰：以文为赋，藏叶韵于不觉，此坡公工笔也。凭吊江山，恨人生之如寄；流连风月，喜造物之无私。一难一解，悠然旷然。

【译文】

茅坤说：我曾经说苏轼文章如仙人。读这两篇赋，令人有隐居的想法。

张伯行说：以文为赋，押韵而使人不觉，这是苏轼的笔法。凭吊江山，遗憾人生如寄；流连风月，欢喜造物者的无私。一番问难，一番解难，悠然旷然。

后赤壁赋

【题解】

本文作于元丰五年（1082），与《前赤壁赋》大约同时。

《前赤壁赋》所写为秋日游览之景，而《后赤壁赋》所写为冬日游览之景。前赋重在议论，后赋重在铺叙。文章开篇从重游赤壁的准备写起，依然是由乐转入悲凉、惊惧的境地，而主旨同样落在追求超然出世以获得解脱的情思。在情感基调上与前赋具有一定相似性，不同之处在于后赋的意境明显更加清幽冷峻，甚至带有一丝恐怖的气氛。而《后赤壁赋》中最精彩的一笔在于状摹一番冬日赤壁风景后，苏轼忽然宕开一笔，写在江上遇到孤鹤并在梦中点明此为道士所化，既体现出苏轼的超然与神秘之思，同时又为文章营造出了更加耐人寻味的艺术效果。

如果说《前赤壁赋》是苏轼对个体生命的反省与超越，那么《后赤壁赋》这种幻化式甚至带有戏剧性的描写就可以说是苏轼对现实世界的超越与解脱。

是岁十月之望，步自雪堂①，将归于临皋。二客从予，过黄泥之坂。霜露既降，木叶尽脱；人影在地，仰见明月。顾而乐之，行歌相答。

【注释】

①雪堂：苏轼于元丰三年（1080）二月到黄州居定惠院，五月迁往临皋。元丰四年（1081）开始经营东坡，元丰五年（1082）在东坡建雪堂，雪堂是苏轼游憩之所，非居住之地。

【译文】

这年十月十五日，从雪堂步行回来，将要回到临皋。两位客人跟从着我，走过黄泥坂。霜露已经降下，树叶全部脱落；人的影子照在地上，仰望见明月。看到这番美景感到很高兴，边走边歌唱着相互应答。

　　已而叹曰："有客无酒，有酒无肴；月白风清，如此良夜何？"客曰："今者薄暮，举网得鱼，巨口细鳞，状似松江之鲈。顾安所得酒乎①？"归而谋诸妇②。妇曰："我有斗酒，藏之久矣。以待子不时之须。"

【注释】

①顾：但是。

②诸：相当于"之于"。妇：此时苏轼夫人当为王闰之。

【译文】

不久感叹道："有客没有酒，有酒没有菜；月白风清，怎样度过这样美好的夜晚呢？"客人说："今天薄暮时分，我拿着网捕得一条鱼，巨口细鳞，状貌像是松江的鲈鱼。但是哪里去找酒呢？"回到家和妻子商量。妻子说："我有一斗酒，收藏很久了。就是等待你的不时之需。"

　　于是携酒与鱼，复游于赤壁之下。江流有声，断岸千尺①；山高月小，水落石出。曾日月之几何，而江山不可复识矣！予乃摄衣而上②，履巉岩③，披蒙茸④，踞虎豹，登虬龙，攀栖鹘之危巢⑤,俯冯夷之幽宫⑥。盖二客不能从焉。划然长啸⑦,草木震动,山鸣谷应,风起水涌。予亦悄然而悲⑧,肃然而恐,懔乎其不可留也⑨。反而登舟,放乎中流,听其所止而休焉。时夜将半,四顾寂寥。适有孤鹤,横江东来,翅如车轮,玄裳缟衣⑩,戛然长鸣⑪,掠予舟而西也。

【注释】

①断岸:陡峭的崖岸。

②摄:提起,拉起。

③巉(chán)岩:陡峭的山岩。

④披:分开。蒙茸:蓬松、纷乱的样子。这里指山间植物。

⑤鹘:一名隼,一种猛禽。危:高,高处。

⑥冯夷:水神名。据《文选》李善注为河伯之名。

⑦划:忽然。

⑧悄然:忧愁的样子。

⑨懔:恐惧的样子。

⑩玄裳:黑色的衣裙。缟衣:白色的衣服。

⑪戛(jiá)然:象声词,形容鸟类的鸣叫声。

【译文】

于是带着酒和鱼,再次到赤壁之下游览。江水流动有声音,陡峭的崖岸高达千尺;山很高而月很小,水位下降使得石头都落出水面。才过了几天,江山的变化就已经让人再也认不出来了!于是我提着衣襟向上,脚踏着陡峭的山岩,分开蓬松纷乱的植物,蹲坐在像虎豹一样的石头上,登上虬龙一样的古木,攀登栖息着鹘鸟的高巢,俯瞰冯夷的深宫。两位客人跟不上我了。忽然听到一声长啸,草木震动,山谷也响应回声,风刮起来,水面波涛汹涌。我也忧愁悲伤起来,肃穆地感到恐惧,因为恐惧而不可久留。原路返回去登上小舟,在江水中流飘荡,任由江流而止。这时夜已经将要过半,四顾觉得寂寥。正好有一只孤鹤,横越江面从东面飞来,翅膀像车轮一样,好像穿着黑色的衣裙白色的衣服,发出尖利的长鸣,掠过我的小舟向西飞去了。

须臾客去,予亦就睡。梦一道士,羽衣蹁跹①,过临皋之下,揖予而言曰:"赤壁之游乐乎?"问其姓名,俯而不答。"呜呼噫嘻! 我知之矣。畴昔之夜②,飞鸣而过我者,非子也耶?"道士顾笑,予亦惊悟。开户视之,不见其处。

【注释】

①蹁跹:飘逸的样子。

②畴昔:往日,过去。

【译文】

不久客人离去,我也就寝入睡。梦见一位道士,身穿羽衣飘逸而来,路过临皋之下,和我作揖说道:"赤壁之游快乐吗?"问他的姓名,俯身而不答。"哎呀! 我知道了。昨天晚上鸣叫着飞过我的,不是您吗?"道士回头一笑,我也惊讶地醒来。打开窗户看,已经不见其所在。

【评点】

茅鹿门曰:萧瑟。

张孝先曰:犹是风月耳。上文字字是秋景,此文字字是冬景。体物之工,其妙难言。

【译文】

茅坤说:萧瑟。

张伯行说：还是风月。上文字字是秋景，此文字字是冬景。描写景物的工细，其妙处难以说尽。

日喻

【题解】

本文作于元丰元年（1078），苏轼时知徐州。

宋人在讨论唐代科举时有一种思潮认为唐代科举以诗赋取士，选拔的只能是具有文学才能的人，而科举的目的是为了选拔有行政能力的官员，这使得以王安石为代表的一部分宋代士人开始反对诗赋取士，将经术作为考试的主要内容。然而问题在于，任何考试都只能是对知识掌握或才智的测验，这与能否选拔出有能力、有道德的士人并无关系，而且王安石变法后以其《三经新义》为主要教材，反而助长了学者空谈义理、不重经典的风气。苏轼这篇《日喻》就是针对这种现象所发的议论。

苏轼通过"盲人问日"与"北人学潜水"两个比喻，主要明确了道是不能强求而只能通过长期实践而自然达致的，这是一种实践理性精神。因为通过科举选拔出人才，只要经过一定时间的锻炼，自然能成为达到适应政治要求的官员，客观地说，这个认识是要高于王安石那种理想主义的。

生而眇者不识日①，问之有目者。或告之曰："日之状如铜盘。"扣盘而得其声②。他日闻钟，以为日也。或告之曰："日之光如烛。"扪烛而得其形③。他日揣籥④，以为日也。日之与钟、籥亦远矣，而眇者不知其异，以其未尝见而求之人也。

【注释】

①眇（miǎo）者：盲人。

②扣：敲击。

③扪：触摸。

④揣：持，抓。籥（yuè）：一种古乐器，形状像笛了，短管，有三孔、六孔或七孔。

【译文】

生来就是盲人的人不认识太阳，问有眼睛的人太阳什么样子。有人告诉他说："太阳的样子像铜盘。"盲人敲击铜盘而听到声响。他日听见钟声，以为是太阳。有人告诉他说："太阳的光芒像蜡烛。"盲人摸着蜡烛得到它的形状。他日抓到籥，以为是太阳。太阳和钟、籥的差异很大，而盲人不知道其中的差异，这是因为他没见过太阳，只是求别人告诉他的。

　　道之难见也甚于日，而人之未达也，无以异于眇。达者告之，虽有巧譬善导，亦无以过于盘与烛也。自盘而之钟，自烛而之籥，转而相之，岂有既乎①？故世之言道者，或即其所见而名之，或莫之见而意之②，皆求道之过也。然则道卒不可求欤？苏子曰："道可致而不可求。"何谓致？孙武曰③："善战者致人，不致于人④。"子夏曰⑤："百工居肆以成其事，君子学以致其道⑥。"莫之求而自至，斯以为致也欤！

【注释】

①既：尽，完了。

②意：臆测，臆想。

③孙武：春秋时期齐国军事家，著有《孙子兵法》。

④善战者致人，不致于人：善于战斗的人能招引别人进入自己的掌

控，而不会被别人诱导而陷入被动。语出《孙子兵法·谋攻》。
致，招致，招引。

⑤子夏：原作"孔子"，据《论语》改。

⑥百工居肆以成其事，君子学以致其道：百工居住在作坊里才能成
　就事业，君子学习才能达致道的境界。语出《论语·子张》。肆，
　工坊，作坊。

【译文】

道比太阳还难以认识，而人们却没有理解到这点，这无异于求道途
中的盲人。通达的人告诉他们，即使有巧妙的譬喻与正确的引导，也不
外乎铜盘和蜡烛那样的例子。从铜盘到钟，从蜡烛到籥，辗转地相互比
喻，难道有尽头吗？所以世上讨论道的人，有的就其所见而命名，有的没
有见过而通过臆想，这都是寻求道时所犯的错误。然而道最终不能寻求
吗？苏子说："道可以达致而不可寻求。"什么叫达致呢？孙武说："善于
战斗的人能招引别人进入自己的掌控，而不会被别人诱导陷入被动。"子
夏说："百工居住在作坊里才能成就事业，君子学习才能达致道的境界。"
不要去强求而能自己到达，这就是"达致"吧！

　　南方多没人①，日与水居也。七岁而能涉，十岁而能浮，
十五而能没矣。夫没者岂苟然哉②？必将有得于水之道者。
日与水居，则十五而得其道。生不识水，则虽壮，见舟而畏
之。故北方之勇者，问于没人，而求其所以没，以其言试之
河，未有不溺者也。故凡不学而务求道，皆北方之学没者也。

【注释】

①没人：能潜水的人。

②苟：随便。

【译文】

南方有很多能潜水的人，每天居住在水边。七岁就能涉水渡河，十岁能在水上漂浮，十五岁就能潜水了。会潜水的人难道是随便就会的吗？一定要掌握水的规律才行。每天居住在水边，那么十五岁就能摸清水的规律。生来不识水性，那么即使很强壮，看见船还是要畏惧。所以北方的勇者，询问会潜水的人，而寻求他们能潜水的原因与方法，用他们的理论在河水里尝试，没有不淹死的。所以凡是不认真学习而追求得道的，都像那些北方学习潜水的人。

　　昔者以声律取士[①]，士杂学而不志于道，今也以经术取士[②]，士知求道而不务学。渤海吴君彦律[③]，有志于学者也，方求举于礼部，作《日喻》以告之。

【注释】

①声律取士：北宋前期科举考试沿袭唐代传统，以诗赋取士。

②经术取士：王安石变法，主张"除去声病偶对之文，使学者得专意经术。"宋神宗熙宁四年（1071），下诏罢词赋科，以经术取士。

③渤海：渤海郡，郡治在今山东滨州阳信。吴彦律：名琯，时任徐州监酒正字。

【译文】

以往通过声律选拔士人，士人旁收杂学而不立志于求道，现在以经术取士，士人知道追求道，而不专心学习。渤海的吴彦律君，有志于学习，正要参加礼部考试，我写了《日喻》告诉他这个道理。

【评点】

茅鹿门曰：公之以文点化人，如佛家参禅妙解。

张孝先曰：两喻俱有理趣，思之令人警目。

【译文】

茅坤说：苏轼用文章点化人，就像佛家的参禅妙解。

张伯行说：两个譬喻都有理趣，想来令人警目。

《六一居士传》后

【题解】

本文作于熙宁三年（1070），是苏轼为欧阳修《六一居士传》所作的题跋文字。

关于欧阳修的学问与人品，苏轼已经在《六一居士集序》中作出高度评价，而在这篇题跋中，苏轼主要肯定了欧阳修思想上得道的境界，其论说依据是以老庄哲学混同物我界限为基础的。苏轼认为自号"六一居士"的欧阳修将自我与著作、藏书、琴、棋、酒这五样外物等而为一，这样就避免了为外物所牵累，从而实现了真正意义上的安适自如。

后人对于苏轼的说法有一些争议，或以为这并非欧阳修自号"六一居士"的本意。无论欧阳修自号"六一居士"的命意如何，我们至少可以说这篇题跋反映了苏轼本人一以贯之的超然物外的思想，这使文章具有了浓厚的禅宗意味。

苏子曰：居士可谓有道者也[①]！或曰：居士非有道者也。有道者，无所挟而安[②]。居士之于五物[③]，捐世俗之所争[④]，而拾其所弃者也。乌得为有道乎？

【注释】

①居士：指欧阳修。欧阳修自号"六一居士"。

②挟：凭借，倚仗。

③五物：指《集古录》一千卷、藏书一万卷、琴一张、棋一局、酒一壶。

　　详见欧阳修《六一居士传》。

④捐：抛弃，放弃。

【译文】

　　苏子说：居士可以说是有道之人啊！有人说：居士不是有道之人。有道之人，不凭借外物而能安适。居士对于那五种东西，只是舍弃了世俗所争的，而拾起了他们所抛弃的。怎么能说是有道呢？

　　苏子曰：不然。挟五物而后安者，惑也；释五物而后安者，又惑也。且物未始能累人也，轩裳圭组①，且不能为累，而况此五物乎？物之所以能累人者，以吾有之也。吾与物俱不得已而受形于天地之间，其孰能有之？而或者以为己有，得之则喜，丧之则悲。今居士自谓六一，是其身均与五物为一也。不知其有物耶？物有之也？居士与物均为不能有，其孰能致得丧于其间？故曰：居士可谓有道者也。虽然，自一观五，居士犹可见也；与五为六，居士不可见也。居士殆将隐矣②！

【注释】

①轩裳圭组：这里代指荣华富贵。轩裳，马车和华服。圭组，礼器和印绶。

②殆：大概。

【译文】

　　苏子说：不是这样的。认为凭借五样东西而后才能安适，是迷失的；认为放弃五样东西而后才能安适，也是迷失的。况且外物本来就不能连累人，荣华富贵尚且不能牵累人，何况这五样东西呢？外物之所以能连累人，是因为我们要拥有它。我和外物都是不得已在天地之间成形的，谁能拥有它们呢？而有的人认为是自己所有，得到了就会高兴，失去了就会悲伤。现在欧阳修自称"六一居士"，是将他自己与五样东西等而为一。不知道是他拥有外物呢，还是外物拥有他？居士与外物均不能互相拥有，又怎么会置身于得到与失去之间呢？所以说，居士可以说是有道的人。虽然这样，由一观五，里面还能看到有一居士；加上五变成六，居士就见不到了。居士大概将要隐居了吧！

【评点】

茅鹿门曰：本庄生齐物我见解，而篇末类滑稽可爱。

张孝先曰：人之所以异于物者，以其能别是非，而不为物累也。若以有知觉之人，与无知觉之物等而视之，谓能不累于物，则天下无是理也。欧公自号"六一"，聊以寄兴，未必有此意。而东坡以老庄之旨，从而为之辞。此朱子所以讥其不根而害道也。存此而论之，以概其余。

【译文】

茅坤说：本于庄子物我同一的见解，而篇末却滑稽可爱。

张伯行说：人之所以能和物有所区别，是因为人能辨别是非，而不为外物连累。如果把有知觉的人和无知觉的外物等而视之，说人能不被外物连累，天下没有这个道理。欧阳修自号"六一"，不过是聊以寄兴，未必有这番道理。而苏轼用老庄哲学来解释。这就是朱熹讥讽的根底不正而有害于道。留下这篇探讨，以概其余。

苏文忠公本传①

苏轼,字子瞻,眉山人。轼幼颖悟有识,比冠②,博通经史,好贾谊、陆贽、庄子书。嘉祐二年③,试礼部,欧阳修置第二,复以《春秋》对义居第一,殿试中乙科。后以书见修,修语梅圣俞曰④:"吾当避此人出一头地。"

【注释】

①苏文忠公本传:本文节录自《宋史·苏轼传》。

②比冠:将近成年。比,近,靠近。冠,古代男子一般二十岁举行的加冠礼,表示已成年。

③嘉祐二年:1057年。嘉祐,北宋仁宗赵祯年号(1056—1063)。

④梅圣俞:即梅尧臣(1002—1060),字圣俞,宛陵(今安徽宣城)人,世称"宛陵先生"。皇祐三年(1051)赐同进士出身,官至尚书都官员外郎。与苏舜钦并称"苏梅"。

【译文】

苏轼,字子瞻,眉山人。苏轼幼年就聪明有见识,将近成年时,博通经史,喜欢贾谊、陆贽、庄子的书。嘉祐二年参加礼部考试,欧阳修将他选为第二名,又试《春秋》对义,考取了第一名,在殿试中中第二等。后来,苏轼拿着文章拜见欧阳修,欧阳修对梅圣俞说:"我应当退避了,好给这个人让出发展空间。"

五年,调福昌主簿①。复对制策,入三等。自宋以来,制策入三等,惟吴育与轼耳②。除大理评事、签书凤翔府判官③。治平二年④,入判登闻鼓院⑤。英宗自藩邸闻其名,欲以唐故事召入翰林,知制诰。宰相韩琦曰:"轼,远大器也,他日自当为天下用。要在朝廷培养之。今骤用之,则天下之士未必以为然,适足以累之也。且请召试。"及试二论,复入三等,得直史馆。轼闻琦语,曰:"公可谓爱人以德矣。"

【注释】

①福昌:在今河南宜阳。

②吴育(1004—1058):字春卿,建州浦城(今属福建)人,天圣五年(1027)进士,累官谏议大夫、枢密副使、参知政事、资政殿大学士等。谥正肃。

③凤翔府:治所在今陕西凤翔。

④治平二年:1065年。治平,北宋英宗赵曙年号(1064—1067)。

⑤登闻鼓院:宋代于门下省设登闻鼓院,凡有冤者可击鼓鸣冤。

【译文】

嘉祐五年,调任福昌主簿。又参加天子的策问考试,考入第三等。自从宋代建立以来,在策问考试中考取第三等的名次,只有吴育与苏轼两个人。授官大理评事、签书凤翔府判官。治平二年,入朝判登闻鼓院。宋英宗从做太子时就听说过苏轼的名字,希望按唐朝的旧例把他直接召入翰林院,任知制诰。宰相韩琦说:"苏轼必有大器,以后自当为天下所用。现在重要的是朝廷要好好培养他。现在骤然任用,天下人未必信服,反而连累了他。还是请先召来参加考试吧。"考过两轮,又进入第三等,授予史馆的官职。苏轼听说了韩琦的这番话,说:"韩公可以说是爱人以德啊。"

父丧除,还朝。适王安石执政,素恶其异己,以判官告院①。既而安石欲变科举、兴学校,诏两制、三馆议②。轼议上,神宗即日召对,轼曰:"陛下天纵文武,不患不明,不患不勤，不患不断，但患求治太急，听言太广，进人太锐。愿镇以安静，待物之来，然后应之。"帝悚然曰③："朕当熟思之。"安石不悦，命权开封府推官，将困之以事。轼决断精敏，声闻益远。

【注释】

①官告院：宋代管理官员及加勋、封赠之公文官告的机构。

②三馆：昭文馆、集贤院、史馆为三馆。

③悚然：惊异的样子。

【译文】

为父亲服丧期满后，苏轼回到朝廷。正赶上王安石执政，素来不喜欢苏轼，就让他到官告院任官。后来王安石想改革科举考试、兴学校，皇帝下诏让两制、三馆商议。苏轼的奏议呈上，宋神宗立刻召对，苏轼说："陛下天纵文武，不怕不明智，不怕不勤奋，不怕没有决断，只怕太急于求治，采纳意见太广，进用人才太快。希望陛下能镇以安静，等待事物自然到来，然后从容应对。"皇帝惊异地说道："我要仔细考虑一下。"王安石不高兴，就让苏轼当开封府推官，希望用琐事困住苏轼。而苏轼办事精明果断，声望传得更远了。

时安石创新法，轼上书论之。轼见安石赞帝以独断专任，因试进士发策，以"晋武平吴，独断而克；苻坚伐晋，独断而亡。齐桓专任管仲而霸，燕哙专任子之而败。事同而功异"为问①，安石滋怒，使御史谢景温论奏其过②，穷治无所得。轼遂请外，通判杭州，徙知密州③，又徙徐州。河决曹村，泛溢汇城下，涨不时泄，城将败。轼诣武卫营，呼卒长为尽力。卒长曰："太守犹不避涂潦，吾侪小人当效命。"率其徒持畚锸以出^④，遂筑东南长堤。雨日夜不止，城不沉者三版。后请于朝，增筑故城，为木岸，以虞水之再至。

【注释】

①"晋武平吴"几句：晋武帝司马炎于太康元年（280）伐吴，吴主孙皓投降。符坚于太元八年（383）伐晋，战于淝水，因独断专行，符坚大败。春秋时齐桓公任用管仲为相，称霸诸侯。战国时燕王哙让国于子之，结果燕国大乱。

②谢景温（1021—1097）：字师直，富阳（今属浙江）人，谢绛之子，皇祐元年（1049）进士，官至刑部尚书。

③密州：治所在今山东诸城。

④畚锸（běn chā）：畚箕与铁锹。泛指挖运泥土的用具。

【译文】

当时王安石正欲变法，苏轼便上书议论新法。苏轼见王安石称赞宋神宗的独断专任，就在进士考试时出题，让考生论述"晋武帝平定东吴，因独断而胜利；符坚伐晋，因独断而失败。齐桓公因专任管仲而称霸，燕王哙因专任子之而失败。同样的事情为什么功效完全不同？"王安石更加愤怒了，于是就让御史谢景温上奏指摘苏轼的过错，可是无论如何找不到罪状。苏轼于是请求外放，通判杭州，又迁密州、迁徐州。当时洪水泛滥，水淹到城下，水再上涨，城池就要被冲毁了。苏轼拜会武卫营，请求士卒们尽力加固。卒长说："太守尚且不回避洪水，我辈小人定当效命。"于是率领手下拿着畚箕与铁锹，修筑东南长堤。大雨日夜不停，城池没有沉入水中，多亏了三道堤防。后来，苏轼又向朝廷请求，增筑故城，用木头加固水岸，以防止洪水再来。

徒知湖州^①，御史李定、舒亶、何正言摭谢表语^②，并媒蘖托讽诗以为讪谤^③，逮赴台狱，欲置之死。帝独怜之，以黄州团练副使安置④。轼筑室于东坡，自号"东坡居士"。

【注释】

①湖州：治所在今浙江湖州。

②李定（1027—1087）：字资深，扬州（今属江苏）人，累官御史中丞、翰林学士等。舒亶（1041—1103）：字信道。明州慈溪（今属浙江）人，治平二年（1065）进士，官至龙图阁待制。何正言：当作何正臣（？—1099），字君表，临江新淦（今江西新干）人，治平四年（1067）进士，累官侍御史知杂事、吏部侍郎等。

③媒蘖（niè）：本指酿酒的曲。此处比喻借端诬陷以酿成其罪。

④黄州：治所在今湖北黄冈。

【译文】

又迁湖州知州，御史李定、舒亶、何正臣摘取苏轼谢上表中的话，又诬陷苏轼在诗歌中讽刺、毁谤朝廷，将苏轼逮捕入狱，想置之死地。皇帝怜惜苏轼，将其贬为黄州团练副使。苏轼在黄州东坡建造房屋，自称为"东坡居士"。

帝尝语宰相王珪、蔡确①，命苏轼成国史。珪有难色，对曰："轼不可，姑用曾巩。"巩进《太祖总论》，帝意不允，手札移轼汝州②。轼未至汝，上书自言饥寒，有田在常③，愿居之。朝奏，夕报可。

【注释】

①王珪（1019—1085）：字禹玉，华阳（今四川成都）人，庆历二年（1042）进士。累官参知政事、同中书门下平章事、集贤殿大学士。封岐国公，谥文恭。蔡确（1037—1093）：字持正，泉州晋江

（今属福建）人，嘉祐四年（1059）进士。元丰五年（1082）拜尚

  书右仆射。兼中书侍郎。

②汝州：治所在今河南汝州。

③常：常州，治所在今江苏常州。

【译文】

  神宗曾和宰相王珪、蔡确说，想让苏轼编修国史。王珪面有难色，回答说："苏轼不行，姑且用曾巩。"曾巩进上《太祖总论》，神宗觉得不好，下手札命苏轼移汝州。苏轼还没走到汝州，上书称饥寒，因常州有田产，希望能在常州居住。朝廷很快就批复允许了。

  道过金陵①，见王安石，曰："大兵大狱，汉、唐灭亡之兆。今西方连年用兵，东南数起大狱，公独无一言以救乎？"安石曰："二事皆惠卿启之②，安石在外，安敢言？"安石又曰："人须知行一不义，杀一不辜，得天下弗为，乃可。"轼戏曰："今之君子，争减半年磨勘③，虽杀人亦为之。"

【注释】

①金陵：今江苏南京。

②惠卿：即吕惠卿（1032—1111），字吉甫，晋江（今属福建）人，嘉

  祐二年（1057）进士，累官知制诰、翰林学士、参知政事。著有

  《庄子解》。

③磨勘：考察官员政绩，宋代三年一磨勘，可进秩转官。

【译文】

  苏轼路过金陵，拜见王安石，说："大兵大狱是汉、唐灭亡之兆。现在西方连年用兵，东南多次兴起大狱，您难道没有一封上书挽救吗？"王安石说："这两件事都是吕惠卿兴起来的，我在外任，如何敢言呢？"王安石

又说："人须知若行一不义之事，杀一无辜之人，就算得天下也不能做，这样就可以了。"苏轼笑道："现在的君子，只要能尽快升官，就算杀人的事也干得出来。"

哲宗立，连擢起居舍人①。元祐元年②，迁中书舍人。朝廷以范纯仁言复散青苗钱③，司马光请申严抑配之禁④，轼缴奏光，是轼议，请对，遂止。初，祖宗行差役，充役者多不习，又虐使之，有终岁不得息者。安石改为免役，使户差高下出钱雇役，行法者过取，为民病。光欲复差役。轼曰："差役、免役，各有利害。"光曰："于君何如？"轼曰："法相因则事易成，事有渐则民不惊。三代之法，兵农为一，至秦始分为二，及唐中叶，变府兵为长征之卒。自是农出谷帛以养兵，兵出性命以卫农。虽圣人复起，不能易也。今免役实大类此。公欲骤罢免役行差役，正如罢长征复民兵，盖未易也。"光不以为然。轼又陈于政事堂，光忿然。轼曰："昔韩魏公刺陕西义勇⑤，公为谏官，争甚力，韩公不乐，公亦不顾。岂今日作相，不许轼尽言耶？"寻除翰林学士。二年，兼侍读。尝读祖宗《宝训》，因及时事，轼历言："今赏罚不明，善恶无所劝沮；又黄河势方北流，而强之使东；夏人入镇戎，杀掠数万人，帅臣不以闻。每事如此，恐浸成衰乱之渐。"

【注释】

①起居舍人：中书省属官，职责是记录皇帝言行。

②元祐元年：1086年。北宋哲宗赵煦年号（1086—1094）。

③范纯仁（1027—1101）：字尧夫，吴县（今江苏苏州）人，范仲淹次

子,皇祐元年(1049)进士,累官侍御史、同知谏院、给事中、同知
枢密院事。元祐三年(1088)拜尚书右仆射兼中书侍郎。谥忠
宣。青苗钱:王安石变法的一项政策,在夏秋收获之前,政府向农
民贷款,加息二分偿还。

④司马光(1019—1086):字君实,陕州夏县涑水乡(今属山西)人,
世称涑水先生,景祐五年(1038)进士,累官知谏院、翰林学士、
权御史中丞、翰林侍读学士,元祐元年(1086),拜左仆射兼门下
侍郎,赠温国公。谥文正。

⑤韩魏公:指韩琦,因其封魏国公,故名。

【译文】

宋哲宗即位,连续提拔苏轼做起居舍人。元祐元年,苏轼任中书舍
人。范纯仁建言,要求朝廷再次散发青苗钱,司马光请求严格限制,不许
摊派,苏轼上奏,支持范纯仁,也有人肯定苏轼的建议,请求当面辩论,
终因司马光的抵制而废止了。起初,宋代实行差役法,充劳役的人大多
不习技能,又被虐待,甚至有一年也得不到休息的情况。王安石变法,改
差役为免役法,根据家庭的大小决定出多少钱雇役,但是执行法律的人
过分征收了费用,因此招致民怨。司马光希望恢复差役法。苏轼说:"差
役、免役,各有利害。"司马光说:"你怎么看呢?"苏轼说:"法有因袭,事
情就好办,事情逐渐变化,民众就不被惊扰。上古三代的规矩,兵农合
一,到秦朝才区分开来,到唐代中叶,将府兵制变为募兵制。从此农人提
供粮食、衣服供养士兵,士兵豁出性命保卫农民。即使是圣人出现,也不
能有所改变。现在免役法也是这个道理。您希望骤然废掉免役法而行
差役法,正如废掉募兵制而恢复府兵制一样,大概不是那么容易的。"司
马光认为不对。苏轼又到中书政事堂再次陈说,司马光很生气。苏轼
说:"当年韩琦令陕西招募民兵壮军威,您做谏官,竭力与之争辩,韩琦很
不高兴,您也无所顾忌。难道现在做了宰相,就不许我苏轼说话了吗?"
不久,苏轼任翰林学士。元祐二年,兼侍读。苏轼曾经阅读先皇的《宝

训》，联想到时事，苏轼说："现在赏罚不分明，善恶也无法劝阻；黄河水势本向北流，而强迫其往东流；西夏人入侵，杀掠数万人，将帅却不奏报朝廷。事情每每如此，恐怕逐渐会形成衰乱之势啊。"

轼尝锁宿禁中①，召对便殿，宣仁后曰："卿官遽至此，此乃先帝意也。先帝每诵卿文章，必叹曰：'奇才，奇才！'但未及进用卿耳。"轼不觉哭失声，宣仁后与哲宗亦泣，左右皆感涕。已而，命坐赐茶，彻御前金莲烛送归院。

【注释】

①锁宿禁中：宋代翰林院在宫中，故值夜时锁其门。

【译文】

苏轼曾在宫中值夜，皇帝召他到偏殿说话，宣仁太后说："之所以这么快速地提拔你，这是先帝的意思。先帝每每诵读你的文章，总是赞叹道：'奇才，奇才！'只是还没来得及进用你就驾崩了。"苏轼不觉失声痛哭，宣仁太后和哲宗也哭泣，左右之人都感动而哭。过了一会儿，命坐赐茶，用御前金莲烛送他回翰林院。

四年，轼度不为当轴者所容①，遂请外，拜龙图阁学士、知杭州。未行，谏官论前蔡确罪，大臣议迁之岭南。轼密疏朝廷，不宜深罪，为仁政累。宣仁后心善其言而不能用。既至杭，大旱，饥疫并作。轼请减本路上供米，又减价粜常平米②，多作饘粥药剂③，活者甚众。杭本近海，地泉咸苦，居民稀少。唐刺史李泌始引西湖水作六井④，白居易又浚西湖水入漕河⑤，溉田千顷，民以殷富。湖水多葑⑥，宋废不治，葑积为田⑦，水无几矣。漕河失利，六井亦几废。轼见茅山一河专受江潮，盐桥一河专受湖水，遂浚二河以通漕。复造堰闸^⑧，以为畜泄之限，以余力复完六井，又取葑田积湖中，南北径三十里^⑨，为长堤以通行者。堤成，植芙蓉、杨柳其上，望之如画图，杭人名为苏公堤。

【注释】

①当轴者：当政者。这里指司马光一党。

②粜（tiào）：卖出稻米。常平：即常平仓，官方用于储备与赈灾的粮仓。

③饘（zhān）：稠粥。

④李泌（722—789）：字长源，京兆（今陕西西安）人。唐肃宗时参预军国大政，拜元帅广平王府行军司马。贞元三年（787）拜中书侍郎、同中书门下平章事，累封邺县侯。六井：相国井、西井、金牛井、方井、白龟井、小方井，均在今浙江杭州。

⑤白居易（772—846）：字乐天，号香山居士、醉吟先生，下邽（今陕西渭南）人，郡望太原（今属山西）。贞元十六年（800）进士，又登书判拔萃、贤良方正直言极谏科，累官至刑部尚书。与元稹并称"元白"。

⑥葑（fèng）：即茭白根，一种水生植物。

⑦葑积为田：湖泽中葑等植物积聚，年久腐化为泥土，湖水干涸后成田。

⑧堰闸：即堤闸。

⑨径：原作"经"，据《宋史·苏轼传》改。

【译文】

嘉祐四年，苏轼考虑到自己不被当政者所容，就请求外放，拜龙图阁学士、知杭州。还未出发时，谏官论前相蔡确之罪，大臣们商议将其贬谪到岭南。苏轼秘密上疏朝廷，认为不宜深究，恐怕有累于朝廷行仁政的声誉。宣仁太后心里认可苏轼的观点,但无法施行。苏轼到杭州后,遇到大旱,饥荒与瘟疫同时暴发。苏轼请求减免当地上供的粮食,又减价出售常平仓的米,并煮粥和药剂进行分发,救活了很多百姓。杭州本来临海,泉水咸苦,居民稀少。唐朝刺史李泌开始引西湖水作六井,白居易又疏浚西湖水引入运河,灌溉千亩良田,百姓得以富裕起来。湖水里有很多水草,宋代因为废弃得不到治理,水草聚集起来成田,水几乎无法流动了。运河不通,六井也几乎被废弃了。苏轼见茅山河专受江水,而盐桥河专受湖水,就疏通这两条河,打通漕运。又建造了堤闸,便于蓄洪与泄洪,又用余力修复了六井,又将湖中的水草与水田聚集起来,南北长三十里,修筑了长堤以便通行。长堤修好后,栽种了芙蓉、杨柳,远远望去,就像图画一样,杭州人称之为"苏公堤"。

浙江潮自海门东来①,势如雷霆,而浮山峙于江中,与渔浦诸山犬牙相错,洄洑激石②,岁败公私船不可胜计。轼议自江上流地名石门凿漕河,自慈浦北折抵小岭,浚古河以避浮山之险。复言:"三吴之水,潴为太湖③,太湖之水,溢为松江以入海。庆历以来,松江筑挽路扼塞④,故今三吴多水,欲凿挽路,为十桥,以迅江势"。俱不果用,人以为恨。轼再莅杭,有德于民,家有画像,饮食必祝,作生祠云⑤。

【注释】

①东:原作"冬",据《宋史·苏轼传》改。

②洄洑:旋转,回流。

③潴(zhū):水停聚之处。

④挽路:供拉纤者走的路。

⑤生祠:为活着的人建立的祠堂。

【译文】

浙江的潮水从海门东来,势如雷霆,而江中耸立着浮山,与渔浦等山犬牙交错,水流回旋冲击,每年撞坏的公私船只都不计其数。苏轼就商议从长江上流名叫石门的地方开凿运河,从慈浦向北到小岭,疏浚古河道,以回避险峻的浮山。又说:"三吴之水,汇聚为太湖,太湖的水形成松江而入海。从庆历年间以来,松江边上因筑起挽路而阻碍了水势,因此现在三吴多水,希望能凿开挽路,建造十座桥,顺应江水之势。"这些建议都没有得到采纳,人们感到遗憾。苏轼再任杭州太守,对百姓有恩德,于是家家都有苏轼的画像,饮食前都要祝祷,还给苏轼建了生祠。

六年,召为吏部尚书,未至,以弟辙除右丞,改翰林承旨。数月,复以谗请外,乃以龙图阁学士知颍州①。七年,徙扬州。未阅岁,召为兵部尚书兼侍读。郊祀,为卤簿使②,皇后及大长公主乘辇车,不避仪仗,轼劾奏之。驾回,诏皇后而下毋迎谒。迁礼部尚书兼端明殿、翰林侍读两学士。高丽遣使请书,朝廷以故事许之。轼曰:"汉东平王请诸子及《太史公书》,犹不肯予。今高丽所请,有甚于此,其可予乎?"不听。

【注释】

①颍州:治所在今安徽阜阳。
②卤簿使:天子仪仗的指挥。

【译文】

嘉祐六年,召苏轼为吏部尚书,尚未赴任时,因为弟弟苏辙拜尚书右丞,为避嫌而改任苏轼为翰林承旨。几个月后,又因为有人进谗言而请求外放,于是以龙图阁学士知颍州。嘉祐七年,改迁扬州。不到一年,召为兵部尚书兼侍读。皇帝举行郊祀仪式,苏轼担任卤簿使,皇后和大长公主乘坐牛车争道,不避仪仗,苏轼上奏弹劾。皇帝回宫后,下诏皇后以下,不得冲撞仪仗。改任礼部尚书兼端明殿、翰林侍读两学士。高丽使者希望得到北宋的图书,朝廷根据旧例答应了。苏轼说:"汉代东平王请求诸子及《史记》,尚且不肯赠予。现在高丽国请求的文献比这还多,怎么能给他们呢?"这建议没有被采纳。

　　八年,宣仁后崩,哲宗亲政。轼乞补外,以两学士出知定州①。时国事将变,轼不得入辞。既行,上书云云。定州军政坏弛,会春大阅,轼命举旧典,帅常服出帐中,将吏戎服执事,无敢慢者。定人言:"自韩琦后,不见此礼至今矣。"

【注释】

①定州:即真定府,宋代为边郡,在今河北北部一带。

【译文】

　　嘉祐八年,宣仁太后驾崩,宋哲宗亲政。苏轼请求补外任,以两学士出知定州。当时新党将要得势了,所以苏轼临行前没能拜见皇帝。到定州后,苏轼上书讨论了定州的军务。定州军政涣散,赶上春季大阅兵,苏轼命令按以前的典礼办,主帅着常服出入帐中,将士们着战服行事,没人敢怠慢。定州人说:"自从韩琦之后,就没再见过这种礼仪,今天又见到了。"

　　初,宣仁在时,侍御史贾易、监察御史董敦逸、黄庆基先后论轼及弟辙所作文词讥斥先朝①,三人者皆坐黜。及绍圣初,御史复以为言,谪轼知英州②,未至,贬宁远军节度副使、惠州安置③。居三年,又贬琼州别驾④,居昌化⑤。昌化,故儋耳地,非人所居,药饵皆无有。初僦官屋^⑥,有司犹谓不可,轼遂买地筑室,儋人运甓畚土助之^⑦。独与幼子过处,著书为乐。

【注释】

①贾易:字明叔,无为(今安徽芜湖)人。嘉祐六年(1061)进士,累官侍御史、太常少卿、右谏议大夫、刑部侍郎等。谥文肃。董敦逸:字梦授,吉州永丰(今属江西)人,嘉祐八年(1063)进士,累官监察御史、左谏议大夫、户部侍郎。黄庆基:字吉甫,江西金溪(今属江西)人,嘉祐六年进士,累官太常博士、吏部员外郎。

②英州:治所在今广东英德。

③惠州:治所在今广东惠州。

④琼州:治所在今海南海口。

⑤昌化:即昌化军,本为儋州,治所在今海南儋州。

⑥僦:租赁。

⑦甓(pì):砖。

【译文】

当初,宣仁太后在时,侍御史贾易、监察御史董敦逸、黄庆基先后议论苏轼、苏辙兄弟所作的文章讥讽先朝,结果这三人都被罢黜了。到绍圣初年,御史又提出此说,就把苏轼贬谪到英州,还没走到,又贬宁远军节度副使、惠州安置。过了三年,又贬琼州别驾,居住在昌化。昌化就是以前的儋耳,是不适合人类居住的地方,医药都没有。苏轼最初租住官府的屋舍,遭有关部门反对,苏轼就自己买地盖房子,儋耳人运来砖土帮助他。苏轼只带了小儿子苏过去儋州,以著书为乐。

徽宗立,连徙永州^①。更三大赦,还提举玉局观、复朝奉郎^②。轼自元祐以来,未尝以岁课乞迁,故官止于此。未几,卒于常州,年六十六。

【注释】

①永州:治所在今湖南永州。

②提举玉局观:此为祠禄官,领俸禄而没有实职。

【译文】

宋徽宗即位,苏轼连续迁官到永州。又经过三次大赦,被任命提举玉局观,复官朝奉郎。苏轼从元祐年间以来,不曾因官吏考核而得到升迁,所以官止于此。不久,他在常州去世,享年六十六。

轼与辙为文章俱师其父,弱冠①,父子兄弟至京师,一日而声名赫然,动于四方。轼尝自谓:"作文如行云流水,初无定质,但常行于所当行,止于所不可不止。"虽嬉笑怒骂之辞,皆可书而诵之。其体浑涵光芒,雄视百代,有文章以来,盖亦鲜矣。洵晚作《易传》未究,命轼述其志。轼成《易传》,复作《论语说》;后居海南,作《书传》;又有《东坡》等集、《奏议》《内外制》《和陶诗》。一时文人如黄庭坚、晁补之、秦观、张耒、陈师道②,举世未之识,轼待之如朋俦③,未尝以师资自予也。

【注释】

①弱冠:古代男子二十岁行冠礼,称弱冠。

②黄庭坚(1045—1105):字鲁直,号涪翁、山谷道人。洪州分宁(今江西修水)人。治平四年(1067)进士。历知宣州、鄂州、太平州、宜州等。与张耒、晁补之、秦观并称苏门四学士。著有《豫章黄先生文集》等。晁补之(1053—1110):字无咎。济州钜野

（今山东巨野）人。元丰二年（1079）进士。历知河中府、湖州、密州、果州、达州、泗州等。著有《鸡肋集》等。秦观（1049—1100）：字少游，一字太虚，号淮海居士。高邮（今属江苏）人。元丰八年（1085）进士。元祐初迁秘书省正字兼国史院编修官，累贬杭州通判、监处州监酒税、编管横州、雷州等。著有《淮海集》等。张耒（1054—1114）：字文潜，楚州淮阴（今属江苏）人。熙宁六年（1073）进士。累徙宣州，谪监黄州酒税，再徙复州，又贬房州别驾，黄州安置。著有《宛丘先生文集》等。陈师道（1053—1101）：字履常，一字无己，自号后山居士。彭城（今江苏徐州）人，无意仕进，官至秘书省正字。著有《后山集》等。

③朋俦：朋辈。

【译文】

　　苏轼与苏辙的文章都师从其父亲，二十多岁，父子兄弟一起来到京城，一日之间声名显赫，传诵四方。苏轼自己曾经说："作文就像行云流水一样，起初没有一定之规，只是当行于所当行，当止于所不可不止。"即使是嬉笑怒骂之辞，都可以写成文章传诵。其文体浑涵光芒，雄视百代，自从有文章以来，很少有人能匹敌。苏洵晚年作《易传》而未成，命苏轼继承其遗志。苏轼撰成《易传》，又作《论语说》；后来谪居海南，作了《书传》；又有《东坡》等集、《奏议》《内外制》《和陶诗》。当时的文人如黄庭坚、晁补之、秦观、张耒、陈师道，当时人们尚未熟知其名，而苏轼待他们像朋友一样，从未把自己当作老师。

　　自为举子至出入侍从，必以爱君为本，挺挺大节，每为小人忌恶，身后犹编名元祐党①，毁文集刊行者。高宗即位，赠资政殿学士，以其孙符为礼部尚书。又以其文置左右，读之忘倦，亲制集赞，赐曾孙峤。遂崇赠太师，谥文忠。三子：

迈、迨、过，俱善为文。

【注释】

①元祐党：宋徽宗建中靖国元年（1101）九月，下诏颁元祐党人名单九十八人，以苏轼与文彦博为首。三年（1103），又以苏轼和司马光为首恶。

【译文】

苏轼从作举子开始到出入朝廷任侍从官，都以爱君为本，其挺挺大节，每每被小人忌恨，所以去世后还被编入元祐党人的名列，刊行的文集也被禁毁。宋高宗即位，赠资政殿学士，任命其孙苏符为礼部尚书。又将苏轼的文章放在身边，读之忘记了疲倦，亲自编集赞赏，赐给苏轼的曾孙苏峤。于是崇赠太师，谥文忠。苏轼有三个儿子：苏迈、苏迨、苏过，都擅长写文章。

苏文定公文

再论分别邪正札子

【题解】

北宋王朝从王安石变法开始，形成了主张变法的新党集团。因为变法本身有着种种弊端，加之新党中混入了不少宵小之徒，所以效果不佳，引起了当时许多大臣的反对。苏轼、苏辙兄弟二人也因反对变法而被贬官在外。宋神宗去世后，哲宗即位，年纪尚小，由其祖母太皇太后垂帘听政，起用了司马光、吕公著等反对变法的旧党人士，大力废除新法，贬斥新党人物，故而新旧两党嫌隙愈深，党争不断。

元祐五年（1090）六月，一些旧党人物如宰执吕大防、刘挚等提出了"调停说"，希望通过起用一些新党人士，来缓和矛盾，泯灭党争。苏辙当时已回朝任御史中丞，对此表示坚决反对，除了向太皇太后口头陈说之外，还向朝廷呈纳了三篇奏章，表示绝对不可进用新党小人，这就是《乞分别邪正札子》《再论分别邪正札子》《三论分别邪正札子》，本文便是其中的第二篇。

本文以君子指旧党，小人指新党，通过对历史事件的引证，对经典名言的辨析，借古鉴今，提出君子与小人不可并处的观点，反对调停之说，反对进用新党，并提出若要泯灭党争，内君子而外小人，应将新党排除在朝野之外,安置在地方任职。文章有理有据,论证详明,情理极为剀切。

　　臣今月二十二日延和殿进呈札子①,论君子小人不可并处朝廷,因复口陈其详②,以渎天听③。窃观圣意,类不以臣言为非者④。然天威咫尺⑤,言词迫遽⑥,有所不尽。退伏思念⑦,若使邪正并进,皆得与闻国事⑧,此治乱之几⑨,而朝廷所以安危者也。

【注释】

①臣今月二十二日延和殿进呈札子:指所上的《乞分别邪正札子》。延和殿,宋代皇宫中便殿。札子,古时向皇帝或长官进言议事的一种文书。

②因复口陈其详:指在延和殿宣仁后帘前面奏乞毋杂用邪正之事。口陈其详,口头陈述详情。据《续资治通鉴长编》卷四四三,元祐五年(1090)六月:"御史中丞苏辙言:'臣窃观元祐以来,朝廷改更弊事,屏逐群枉,上有忠厚之政,下无聚敛之怨,天下虽未大治,而经今五年,中外帖然,莫以为非者。惟奸邪失职居外,日夜窥伺便利,规求复进,不免百端游说,动摇贵近,臣愚窃深忧之。若陛下不察其实,大臣惑其邪说,杂进于朝,以示广大无所不容之意,则冰炭同处,必至交争;薰犹共器,久当遗臭。朝廷之患,自此始矣。'"

③以渎天听:亵渎圣上的听闻。自谦之词,意谓向圣上进言。

④类:似乎。

⑤天威咫(zhǐ)尺:谓在圣上面前,距离圣上的威严很近。咫尺,皆为古时长度单位,一咫为八寸,一尺为十寸,后用以形容距离很近。

⑥迫遽(jù):急迫,匆促。

⑦思念：思考。

⑧与闻国事：参与听闻国家大事。

⑨几：通"机"。事物的枢要关键。

【译文】

　　我本月二十二日在延和殿进呈了一篇奏章《乞分别邪正札子》，论述了君子和小人不可以同处在朝廷中，继而再口头陈述详情，来向圣上您进言。我私下观察圣上的意思，似乎不认为我的话是错误的。然而距离圣上的威严很近，说话匆促，还有不详尽的地方。退下后俯伏思虑，如果使得小人和君子一同进用，都能参与听闻国家大事，这是决定国家治与乱的关键，是会影响到朝廷安危的。

　　臣误蒙圣恩①，典司邦宪②，臣而不言，谁当救其失者？谨复稽之古今③，考之圣贤之格言，莫不谓亲近君子，斥远小人④，则人主尊荣，国家安乐；疏外君子，进任小人，则人主忧辱⑤，国家危殆。此理之必然，而非一人之私言也。故孔子论为邦，则曰："放郑声，远佞人。"⑥子夏论舜之德则曰："举皋陶，不仁者远。"论汤之德则曰："举伊尹，不仁者远。"⑦诸葛亮戒其君则曰："亲贤臣，远小人，此前汉所以兴隆也；亲小人，远贤臣，此后汉所以倾颓也⑧。"凡典册所载，如此之类不可胜纪。至于《周易》所论⑨，尤为详密，皆以君子在内，小人在外，为天地之常理⑩；小人在内，君子在外，为阴阳之逆节⑪。故一阳在下，其卦为《复》⑫；二阳在下，其卦为《临》⑬。阳虽未盛，而居中得地，圣人知其有可进之道⑭。一阴在下，其卦为《姤》⑮；二阴在下，其卦为《遁》⑯。阴虽未壮，而圣人知其有可畏之渐⑰。若夫居天地之正、得阴阳之和者,惟《泰》而已。"泰"之为象,三阳在内,三阴在外,君子既得其位,可以有为;小人奠居于外[18],安而无怨。故圣人名之曰"泰"。泰之言安也,言惟此可以久安也。方泰之时,若君子能保其位,外安小人,使无失其所[19],则天下之安未有艾也[20]。惟恐君子得位,因势陵暴小人[21],使之在外而不安,则势将必至反复。故《泰》之九三则曰:"无平不陂,无往不复[22]。"

【注释】

①误蒙:错误地蒙受。自谦之词。

②典司邦宪:主管国家的法律。苏辙于元祐五年(1090)五月被任命为御史中丞,宋代御史中丞作为御史台的长官,掌纠察弹劾文武百官的过失,肃正朝廷纪律,故称。典司,主持。邦宪,语出《诗经·小雅·六月》:"文武吉甫,万邦为宪。"毛传:"宪,法也。"后以"邦宪"指国家大法。

③稽:考察。

④斥远:排斥疏远。

⑤忧辱:忧痛耻辱。

⑥"故孔子论为邦"几句:语出《论语·卫灵公》:"颜渊问为邦。子曰:'……放郑声,远佞人。郑声淫,佞人殆。'"为邦,治理国家。郑声,指当时郑国的乐曲,孔子认为是靡靡之音。佞人,巧言善辩的人。

⑦"子夏论舜之德则曰"几句:语出《论语·颜渊》:"樊迟退,见子夏曰:'乡也吾见于夫子而问知,子曰:"举直错诸枉,能使枉者直。"何谓也?'子夏曰:'富哉言乎!舜有天下,选于众,举皋陶,不仁者远矣。汤有天下,选于众,举伊尹,不仁者远矣。'"意谓樊

迟问孔子何为执政的智慧,孔子回答:提拔正直的人,使他地位高
于邪枉的人,能使邪枉者变得正直。樊迟退后问子夏,子夏为之
举例,认为舜拥有天下后,在众人中选拔人才,提拔了皋陶,邪枉
的人就消失了。汤拥有天下后,在众人中选拔人才,提拔了伊尹,
邪枉的人就消失了。舜,上古时的君王,名重华,受尧禅让而称
帝,为儒家推崇的明君之一。举,提拔。皋陶(gāo yáo),舜时贤
臣,掌管刑狱。远,原指远离,在此有消失、变为好人之意。汤,商
朝的建立者,亦为儒家所推崇的明君之一。伊尹,名挚,原为商汤
妻子的陪嫁奴隶,后辅佐汤灭夏立商,成为一代贤相。

⑧"诸葛亮戒其君则曰"几句:语出诸葛亮《出师表》。蜀汉建兴五
年(227),诸葛亮率军北驻汉中,准备北伐曹魏,出兵前向后主刘
禅上了此表。诸葛亮(181—234),字孔明,琅邪阳都(今山东临
沂)人。三国时谋士。辅佐刘备,奠定蜀汉基业,刘备死后,继续
任蜀相,辅佐刘备之子刘禅。前汉,即西汉(前206—25),定都长
安,历经二百三十一年。后汉,即东汉(25—220),从刘秀称帝到
曹丕篡权,定都洛阳,历经一百九十六年。倾颓,倾覆颓败。

⑨《周易》:儒家"五经"之一,上古时期的占卜书籍,蕴含着以阴阳
二元论为基础,对事物运行规律加以论证和描述的哲学思想。

⑩"皆以君子在内"几句:指《周易》中的《泰》卦。据本卦《彖辞》:
"内阳而外阴,内健而外顺,内君子而外小人,君子道长,小人道
消也。"《泰》卦初九、九二、九三为阳爻,即内阳;六四、六五、上
六为阴爻,即外阴。内阳外阴象征着内君子外小人,所以为吉卦。
九与六均为八卦术语,九指阳爻,六指阴爻。初,卦象下数上第一
位。二,第二位,以此类推。上,卦象下数上最后一位。内,在此
指朝廷内。外,在此指朝廷外。

⑪"小人在内"几句:指《周易》中的《否》卦。据本卦《彖辞》:"内
阴而外阳,内柔而外刚,内小人而外君子,小人道长,君子道消

也。"《否》卦初六、六二、六三为阴爻,即内阴;九四、九五、上九为阳爻,即外阳。内阴外阳象征着内小人外君子,所以为凶卦。逆节,违背法度。

⑫故一阳在下,其卦为《复》:《复》卦初九为阳爻。

⑬二阳在下,其卦为《临》:《临》卦初九、九二为阳爻。

⑭"阳虽未盛"几句:《复》卦和《临》卦虽然阳气不是最盛,但都表示着阳渐长而阴渐消,是从阳气上升到阳气大盛的过程,所以都是吉卦。

⑮一阴在下,其卦为《姤(gòu)》:《姤》卦初六为阴爻。

⑯二阴在下,其卦为《遁》:《遁》卦初六、六二为阴爻。

⑰阴虽未壮,而圣人知其有可畏之渐:《姤》卦和《遁》卦虽然阴气不是最盛,但都表示着阴渐长而阳渐消,是从阴气上升到阴气大盛的过程,所以都是凶卦。可畏之渐,值得畏惧的危机的渐进之势。

⑱莫居:定居。

⑲失其所:失去处所,指离开他们应有的位置即朝廷外,到朝廷中来。

⑳艾(yì):止,绝。

㉑陵暴:欺凌暴虐。

㉒无平不陂(bēi),无往不复:此乃《泰》卦九三阳爻的爻辞。平地都会化为险坡,去者都还会回来,意谓事物是互相转化的,会有反复的情况。因为九三处于《泰》卦阳爻的最后,是阴爻阳爻的转折处,所以有此警戒。陂,山坡。九,八卦术语,指阳爻。三,卦象下数上第三位。

【译文】

　　我错误地蒙受了圣上的恩典,主管国家的法律,我如果不进言,还有谁来补救这方面的失误呢? 我又谨慎地考察古今的历史,参验圣人、贤士们的格言,都在告诉我们如果亲近君子,疏远小人,那么君主就会尊贵荣耀，国家就会安定平乐；如果疏远君子，进用小人，那么君主就会忧虑受辱，国家就会变得危险了。这是必然的道理，而不是我一个人私自说的话。所以孔子论述治理国家，就说："放弃淫靡的郑国音乐，远离巧言善辩的人。"子夏论述上古君王舜的德行就说："举用了皋陶，邪枉的人就消失了。"论述商代君王汤的德行就说："举用了伊尹，邪枉的人就消失了。"诸葛亮告诫他的君主就说："亲近贤臣，远离小人，这就是西汉兴旺昌隆的原因；亲近小人，疏远贤臣，这就是东汉倾覆颓败的原因。"凡是典籍史册中所记载的，像这样的话数都数不完。至于《周易》所论述的，尤其详细周密，都把君子在朝廷内，小人在朝廷外，看作天地间的常理；小人在朝廷内，君子在朝廷外，看作阴阳颠倒、违背法度。所以一个阳爻在下，五个阴爻在上的，是《复》卦；两个阳爻在下，四个阴爻在上的，是《临》卦。阳气虽然没有很旺盛，然而占据了中央的有利地势，圣人知道这代表着有可以进取的途径。一个阴爻在下，五个阳爻在上的，是《姤》卦；两个阴爻在下，四个阳爻在上的，是《遁》卦。阴气虽然没有很旺盛，但圣人知道这代表着有值得畏惧的危机的渐进之势。至于居天地的正位、得阴阳的和谐的，只有《泰》卦而已。"泰"这个卦象，三个阳爻在内，三个阴爻在外，君子已经得到了他应得的位置，可以有所作为；小人定居在朝廷外，安定而没有怨言。所以圣人给这个卦取名为"泰"。"泰"的意思是"安"，是说只有这样可以长久地安定。在"泰"的时候，如果君子能够保持他的位置，安定外面的小人，使他们不要离开自己应在的处所，那么天下的安定就没有止尽了。只怕君子得到了应得的地位，却凭借着势力欺凌暴虐小人，使他们在外面不安定，那么他们势必要作乱，到朝廷中来了。所以《泰》卦的九三爻辞就说："平地都会化为险坡，去者都还会回来。"

　　窃惟圣人之戒，深切详尽，所以诲人者至矣。独未闻以小人在外，忧其不悦，而引之于内，以自遗患者也。故臣前所上札子，亦以谓小人虽决不可任以腹心①，至于牧守四方②，奔走庶务，各随所长，无所偏废，宠禄恩赐，彼此如一，无迹可指③，如此而已。若遂引而置之于内④，是犹畏盗贼之欲得财，而导之于寝室；知虎豹之欲食肉，而开之以坰牧⑤。天下无此理也。且君子小人势同冰炭⑥，同处必争；一争之后，小人必胜，君子必败。何者？小人贪利忍耻，击之难去；君子洁身重义，知道之不行，必先引退。故古语曰："一薰一莸，十年尚犹有臭⑦。"盖谓此矣。

【注释】

①任以腹心：将重要的官职委任给他们。腹心，比喻重要的官职。

②牧守四方：意谓担任四方州县的长官。古时称一州长官为牧，一郡长官为守，至宋代已无郡这一行政区划名称，在此是沿用古称。

③"宠禄恩赐"几句：意谓给予恩宠、俸禄、赏赐，对每个人都公平，没有什么可指责的事情。迹，事迹，事情。指，指责。

④引：招来。内：朝廷内。

⑤坰（jiōng）牧：原义为荒郊远野，亦可指牧场，在此为后者。

⑥势同冰炭：形势就像冰块和炭火一样，比喻两种对立的事物。

⑦一薰一莸（yóu），十年尚犹有臭：语出《左传·僖公四年》。意谓香草与臭草混杂长久，香味总是难掩臭味，比喻善总是易被恶所掩盖。薰，香草名，比喻善类。莸，臭草名，比喻恶类。

【译文】

私下思考圣人的告诫，深切详尽，给人的教诲已经无以复加了。我唯独没有听说过因为小人在朝廷外，担忧他们不高兴，就把他们招到朝廷内，而给自己留下祸患的事情。所以我之前所上的《乞分别邪正札子》，也是说小人虽然绝不能委任给他们重要的官职，但至于担任四方州县的长官,让他们为平凡的杂务奔波,各自发扬长处,没有偏废的地方,给予恩宠、俸禄、赏赐,对每个人都公平,没有什么可指责的事情,这样也就足够了。但如果就将他们招来安置在朝廷内,这就好比畏惧盗贼想要偷窃财物,却把他们引导到自己的卧室;明知道虎豹想要吃肉,却把自己的牧场开放给他们一样。天下没有这样的道理。况且君子和小人的相处,形势就像冰块和炭火一样,在一起一定会有争斗;有了争斗之后,小人一定会胜利,君子一定会失败。为什么呢?因为小人贪图利益,能忍受耻辱,打击他也难以使他离开;而君子洁身自好,重视道义,知道道义不能通行,就一定会先辞官退隐。所以古话说:"把一株香草和一株臭草放在一起,十年后还有臭味。"说的就是这个道理。

　　昔先皇帝以聪明圣智之资^①,疾颓靡之俗^②,将以纲纪四方^③,追迹三代^④。今观其设意,本非汉、唐之君所能仿佛也^⑤。而一时臣佐,不能将顺圣德^⑥,造作诸法^⑦,率皆民所不悦^⑧。及二圣临御^⑨,因民所愿,取而更之^⑩,上下忻慰^⑪。当此之际,先朝用事之臣^⑫,皆布列于朝,自知上逆天意,下失民心,彷徨踧踖^⑬,若无所措,朝廷虽不斥逐^⑭,其势亦自不能复留矣。尚赖二圣慈仁,不加谴责,而宥之于外^⑮,盖已厚矣。今者政令已孚^⑯,事势大定,而议者惑于浮说^⑰,乃欲招而纳之^⑱,与之共事,欲以此调停其党^⑲。臣谓此人若返,岂肯徒然而已哉^⑳?必将戕害正人^㉑,渐复旧事^㉒,以快私忿^㉓。人臣被祸^㉔,盖不足言,而臣所惜者,祖宗朝廷也^㉕。盖自熙宁以来,小人执柄二十年矣^㉖。建立党与^㉗,布满中外^㉘。一旦失势,睢睨者多^㉙。是以创造语言^㉚,动摇贵近^㉛,胁之以祸,诱之以利,何所不至?臣虽不闻其言,而概可料矣³²。闻者若又不加审察，遽以为然³³，岂不过甚矣哉³⁴！臣闻管仲治齐，夺伯氏骈邑三百，饭蔬食，没齿无怨言³⁵。诸葛亮治蜀，废廖立、李严为民，徙之边远，久而不召，及亮死，二人皆垂泣思亮³⁶。夫骈、立、严三人者³⁷，皆齐、蜀之贵臣也。管、葛之所以能戮其贵臣，而使之无怨者，非有它也，赏罚必公，举措必当，国人皆知其所与之非私，而所夺之非怨。故虽仇雠³⁸，莫不归心耳³⁹。今臣窃观朝廷用舍施设之间⁴⁰，其不合人心者尚不为少，彼既中怀不悦⁴¹，则其不服固宜。今乃直欲招而纳之⁴²，以平其隙⁴³，臣未见其可也。

【注释】

①先皇帝：指宋神宗赵顼（1048—1085），北宋第六位君主，大力支持王安石变法。

②疾：憎恶。

③纲纪四方：用纲纪整肃全国。

④追迹：跟随效法。三代：夏、商、周三个朝代。

⑤今观其设意，本非汉、唐之君所能仿佛也：据《宋史纪事本末》："帝（宋神宗）问为治所先，安石对曰：'择术为先。'帝曰：'唐太宗何如？'曰：'陛下当法尧、舜，何以太宗为哉？尧舜之道至简而不烦，至要而不迂，至易而不难，但末世学者不能通知，以为高不可及。'帝曰：'卿可谓责难于君，朕自视眇躬，恐无以副卿此意。可悉意辅政，庶同跻此道。'"设意，用心，意图。仿佛，相等。

⑥将顺圣德：顺势促成圣上的美德。

⑦造作诸法：创设了诸多法制，指宋神宗当政期间由王安石等发起的变法之事。

⑧率：大都。

⑨二圣临御：指宋神宗过世后，宋哲宗即位，由于当时年幼，便由其
　祖母英宗宣仁圣烈高皇后垂帘听政。

⑩取而更之：即元祐更化，元祐年间（1086—1094）起用司马光为
　相，废除了宋神宗当政期间的各项变法。

⑪忻（xīn）慰：同"欣慰"。

⑫先朝：指神宗朝。

⑬踧踖（cù jí）：徘徊不进。

⑭斥逐：排斥驱逐。

⑮宥（yòu）：宽恕。

⑯政令已孚（fú）：政令已经令人信服。孚，被信服。

⑰惑于浮说：被虚浮不实的议论所迷惑。

⑱招而纳之：招引、接纳他们。

⑲调停其党：调解以平息反对变法的旧党和主张变法的新党之间的
　争斗。元祐更化之后，旧党当权，打压新党，宰相吕大防等提出起
　用部分新党人物，希望借此调解二党矛盾。

⑳徒然：仅仅这样，在此指无所作为。

㉑戕（qiāng）害正人：残害正直的人。

㉒旧事：指变法之事。

㉓以快私忿：发泄私人的怨恨。快，快意。忿，怨愤。

㉔被（pī）祸：遭遇祸事。被，同"披"。在此指遭遇。

㉕祖宗朝廷：意谓先祖建立的王朝基业。

㉖盖自熙宁以来，小人执柄二十年矣：自王安石从宋神宗熙宁二年
　（1069）任参知政事，开始变法后，一直由新党当政，直到神宗去
　世，哲宗即位，元祐年间（1086—1094）旧党代表司马光主持元
　祐更化，废除变法，经过了近二十年。熙宁，宋神宗年号（1068—
　1077）。小人，在此特指新党。执柄，掌权。

㉗党与：同党之人。

㉘中外：指中朝、外朝。自汉武帝之后朝廷有中朝、外朝之分，中朝即内朝，官员品级都较高，北宋亦沿用此制。

㉙睎觊（xī jì）：非分的企图。睎，通“希”。希望。

㉚创造语言：在此指制造流言蜚语。

㉛贵近：显贵大臣和君主身边的近臣。

㉜概可料：大概可以料想。

㉝遽（jù）以为然：就认为是这样。遽，就。

㉞过甚：过分。在此指错得过分。

㉟“臣闻管仲治齐”几句：语出《论语·宪问》：“问管仲。（孔子）曰：‘人也。夺伯氏骈邑三百，饭疏食，没齿无怨言。’”有人问管仲是怎样的人，孔子回答是仁人。管仲，名夷吾，辅佐齐桓公，使之成为春秋五霸之首。伯氏，当时的齐国大夫，名偃。骈，地名，今属山东。邑，食邑，古时君主赐予臣下作为世禄的封地。饭，以……为饭。蔬食，即“疏食”，泛指粗茶淡饭。没齿，终身，一辈子。

㊱“诸葛亮治蜀”几句：据《三国志·蜀书·刘彭廖李刘魏杨传》记载：廖立，字公渊，曾任长水校尉，后因诽谤先帝，疵毁众臣，被诸葛亮废为平民，徙汶山郡。廖立和妻子耕植自守，听到诸葛亮逝去的消息，哭着说：“吾终为左衽矣。”左衽，意谓汉室复兴无望，要沦落为夷狄。李严，字正方，受先帝遗命，和诸葛亮共辅佐后主。后因为运军粮不及时，被诸葛亮废为平民，徙梓潼郡，“十二年，平闻亮卒，发病死”。

㊲骈：即上文提到的伯氏，因其食邑在骈地，故以“骈”称之。

㊳仇雠（chóu）：仇人。

㊴归心：诚心归服。

㊵用舍施设：取舍安排。

㊶中怀：内心。

㊷直：径直。

㊸隙：嫌隙。

【译文】

　　过去先帝神宗皇帝凭借着聪明、圣贤、智慧的资质，憎恶颓败奢靡的风俗，将要用纲纪整肃全国，跟随效法夏、商、周三代的王道政治。现在观察他的用心，本来就不是汉朝、唐朝的君主所能相比的。但当时的辅佐大臣，不能够顺势促成圣上的美德，反而创设了诸多法制，大多都是百姓不乐意的。等到当今圣上和太皇太后临朝听政，顺应百姓的愿望，将这些法制都更改了，于是全国上下都感到欣慰。在这个时候，先帝神宗朝执政的大臣，分布在朝堂上，都自己知道在上违背了天意，在下失去了民心，所以彷徨徘徊，好像无所作为，朝廷即使不排斥、驱逐他们，根据形势他们自然也是不能再留下的。有赖于当今圣上和太皇太后的仁慈，没有加以谴责，还宽恕了他们，将他们安置在朝廷外的地方官职上，已经是很宽厚的了。现在政令已经被人信服，局势已经十分稳定，而议论朝政的人却被虚浮不实的说法所迷惑，于是想要招引、接纳他们，与他们共事，想要凭借这样的方法调解平息反对变法的旧党和主张变法的新党之间的争斗。我认为如果这些新党返回朝廷，哪里肯只是无所作为而已呢？一定会残害正直的臣子，逐渐恢复旧时的变法之事，来发泄他们的私人怨恨。臣子遭遇祸事，还不值得一说，我所可惜的，是先祖建立的王朝基业啊。从神宗熙宁年间以来，新党小人掌权已近二十年了。他们建立的党羽，布满内朝和外朝。一旦失势了，有非分企图的人很多。所以制造流言蜚语，来动摇显贵大臣和圣上身边的近臣，用祸患来威胁他们，用利益来诱惑他们，有什么手段使不出来呢？我虽然没有听过他们的进言，但大概可以料想。听到的人如果又不加以审度、观察，就以为是对的，不是错得太过分了吗！我听说春秋时期管仲治理齐国，剥夺了大夫伯氏在骈地的食邑三百家，伯氏只能吃粗茶淡饭，但终身都没有怨言。三国时期诸葛亮治理蜀国，将廖立、李严废除职务贬为平民，把他们迁徙到边远地区，过了很久都没有召回，等到诸葛亮去世的时候，这两个人都哭泣着思念他。伯氏、廖立、李严三个人，都是齐国和蜀国的权贵大臣。管仲、诸葛亮之所以能够处罚这些权贵大臣，而让他们没有怨言，没有别的，是因为他们赏罚都一定公平，举措都一定恰当，全国的人都知道他们给予什么不是出于私心，剥夺什么也不是出于私怨。所以虽然是仇人，也没有不诚心归服的。现在我私下观察朝廷在取舍、安排的时候，不合人心的举措还不少，新党那些人既然内心不高兴，那么他们不服气也是理所当然的。现在却想要径直招引、接纳他们，来平复他们的嫌隙，我看不出这么做的道理。

《诗》曰："无竞惟人，四方其训之①。"陛下诚以异同反复为忧②，惟当久任才性忠良、识虑明审之士，但得四五人常在要地③，虽未及皋陶、伊尹，而不仁之人知自远矣。故臣愿陛下断自圣心，不为流言所惑，毋使小人一进，后有噬脐之悔④，则天下幸甚，天下幸甚！臣既待罪执法⑤，若见用人之失，理无不言，言之不从，理不徒止⑥。如此则异同之迹益复著明⑦，不若陛下早发英断⑧，使彼此泯然无迹可见之为善也⑨。臣受恩深重，辄敢先事献言，罪合万死⑩。

【注释】

①无竞惟人，四方其训之：意谓国家强盛唯在得到贤人，使四方的人都受到教化，语出《诗经·大雅·抑》与《诗经·周颂·烈文》。无，发语词，无义。竞，强大。人，贤人。训，教化。

②异同：指君子、小人即旧党、新党的品格、政见不同。反复：变化无常。

③要地：枢要地位。

④噬脐（shì qí）：自啮腹脐，以力不能及，比喻后悔不及。语出《左传·庄公六年》："亡邓国者，必此人也。若不早图，后君噬齐。"

杜预注:"若啮腹齐,喻不可及也。"噬,咬。脐,肚脐。

⑤待罪:古代官吏任职的谦称,意为不胜其职将获罪。执法:苏辙此
时为御史中丞,主弹劾官吏,故云。

⑥理不徒止:按道理不能停止。徒,空。

⑦益复著明:更加明显。

⑧早发英断:早点发出英明的决断。

⑨使彼此泯然无迹可见之为善也:意谓只任君子即旧党,不召回小
人即新党,所以朝廷内没有政见不同的党争痕迹。彼此,指上文
的"异同",君子、小人即旧党、新党的品格、政见不同。泯然无迹
可见,痕迹完全消失到看不见的程度。

⑩罪合万死:即罪该万死。

【译文】

《诗经》中说:"国家强盛唯在得到贤人,使四方的人都受到教化。"
陛下您如果真的把君子小人的政见不同、党争反复无常作为忧虑,就应
当只长久地任用本性忠诚善良、见识思虑明智审慎的士人,只要安排四
五人经常地居于枢要地位,虽然比不上皋陶、伊尹,但不仁义的小人自己
就知道要远离了。所以我希望陛下您以自己的圣明之心来进行判断,不
被流言蜚语所迷惑,不要使得小人一旦进入朝廷,而后就后悔莫及,那么
天下人就太幸运了,天下人就太幸运了!我既然是执行法律、弹劾官吏
的官员,如果见到任用人才方面的过失,按道理不能不说,哪怕我的话您
不听从,按道理也不能停止。这样那么君子小人的政见不同就更加明显
了,不如陛下您早点发出英明的决断,只任君子,不召回小人,使朝廷内
见不到政见不同的党争痕迹就好了。我受到陛下您深重的恩典,才敢先
献上我的建议,罪该万死。

【评点】

茅鹿门曰:窃谓《易》之内君子而外小人,内者进之之

词也、外者退之之词也,恐未必如子由所云。内即以之任于朝,外即以之布于州郡也。宋时上下并有调停之说,故子由亦不敢不附此为言。子由与章、蔡相雠者①,犹为此言。然则彼之私相党者,安得不横为煽乱动摇之术乎?

张孝先曰:此篇大旨,欲人主分别邪正,言之极为剀切②。但圣人言"放郑声,远佞人",武侯言"亲贤臣,远小人","远"之为言,皆去之之义。若以远为在外,且以泰之三阴在外为说,皆属附会。盖小人虽或片长可取,亦止可以小知,原无在外则安之理。惟一争之后,小人必胜,可谓切于情势之论。

【注释】

①章:章惇(1035—1106),字子厚,号大涤翁,北宋中期政治家、改革家。蔡:蔡京(1047—1126),字元长,北宋宰相、书法家,先后四次任宰相。二人都是王安石变法的支持者。

②剀(kǎi)切:切实,恳切。

【译文】

茅坤评论:我以为《周易》所说的"内君子而外小人","内"是进用君子的意思,"外"是斥退小人的意思,恐怕不是像苏辙所说的这样。"内"是让君子在朝廷任职,"外"是让小人分布于地方政府。宋朝当时上下都有调停的说法,所以苏辙也不敢不根据这个来论述。他和章惇、蔡京政见不合,还会说这样曲解古书的话。那么那些私下结党的人,哪里会不强横地去做煽乱人心、动摇国家的坏事呢?

张伯行评论:这篇文章的大意,是想要国君分别邪与正,说得十分恳切。但孔子说"禁绝靡靡之音,远离巧言令色的小人",诸葛亮说"亲近贤臣,远离小人","远"这个字,都是远离的意思。如果把"远"解释为

"在朝廷外",且用《泰》卦的"三阴在外"做论据,都属于附会之说。小人即使有一点长处可取,也只可以浅显地理解政事,本来就没有安排到地方就能安定国家的道理。只有"有了争斗之后,小人一定会胜利"的话,可以说是切中当时情势的议论了。

上枢密韩太尉书

【题解】

韩琦(1008—1075),字稚圭,安阳(今属河南)人。曾与范仲淹等一起主持庆历新政,历相三朝(仁宗、英宗、神宗),为北宋著名的政治家。于嘉祐元年(1056)拜枢密使,掌军国机务,其职掌和官位都相当于汉代的太尉,故此称枢密韩太尉。

嘉祐二年(1057),时苏辙年仅十九,本文是他进士及第后写给韩琦的干谒信。虽意在求见,却是先从他物说起,围绕"文者气之所形"的论点,叙述自己为了"养气"而遍览名山大川、结交贤士豪杰的经历,层层论证,步步深入,最后归结到想要求见韩琦也是为了开阔视野,"尽天下之大观",不卑不亢,有礼有节,堪称自荐类文章的典范之作。而文中关于文章创作的论述也是后世研究其文论思想的重要资料。

文章别出心裁,于抽丝剥茧的写法中已经体现出苏辙散文纡余含蓄、一唱三叹的独特风味,同时又疏放跌宕、气概不凡,体现出他年轻时的朝气和锐气。

太尉执事①:辙生好为文,思之至深,以为文者气之所形②,然文不可以学而能,气可以养而致③。孟子曰:"我善养吾浩然之气④。"今观其文章,宽厚宏博,充乎天地之间,称其气之小大⑤。太史公行天下,周览四海名山大川,与燕、

赵间豪俊交游⑥,故其文疏荡⑦,颇有奇气⑧。此二子者,岂
尝执笔学为如此之文哉? 其气充乎其中而溢乎其貌⑨,动乎
其言而见乎其文⑩,而不自知也。

【注释】

①执事:古时对对方的敬称,意谓不敢直致对方,而通过对方的执事
人员转达。语出《左传·僖公二十六年》:"寡君闻君亲举玉趾,
将辱于敝邑,使下臣犒执事。"杜预注:"言执事,不敢斥尊。"

②以为文者气之所形:认为文章是气的显现。气,古代文论中的概
念,大约相当于人内在的精神、气质。

③然文不可以学而能,气可以养而致:意谓只是学习写文章本身,而
不养气,是无法写好文章的。养,涵养。能,在此为善、好的意思。
致,达到,获得。

④我善养吾浩然之气:语出《孟子·公孙丑上》。浩然之气,博大正
直之气。孟子认为这种气需用正义和直道去培养,日积月累而不
伤害它,它就会充塞天地之间,无所不在。

⑤称:符合。

⑥"太史公行天下"几句:太史公,即司马迁,字子长,西汉史学家、
文学家,《史记》作者,曾任太史令,故称。据《史记·太史公自
序》:"二十而游江、淮,上会稽,探禹穴,窥九疑,浮于沅、湘,北涉
汶、泗。讲业齐、鲁之都,观孔子之遗风,乡射邹、峄,厄困鄱、薛、
彭城,过梁、楚以归。"又《史记·五帝本纪》:"余尝西至空峒,北
至涿鹿,东渐于海,南浮江、淮矣。"周览,遍览。四海,泛指全国。
燕、赵,本为战国时国名,在此指它们的故地,在今河北北部、山西
西部一带。豪俊,在此指才智杰出之人。

⑦疏荡:疏放畅达,即挥洒自如、不受拘束。

⑧奇气:不平凡的气象。

⑨中：心胸中。

⑩见：通"现"。显现。

【译文】

太尉阁下：我生来喜欢写文章，思考这件事深入到了极点，认为文章是气的显现，然而文章虽然不可以凭借学习就能写好，气却可以通过涵养而获得。孟子说："我善于涵养我自己的博大正直之气。"现在阅读他的文章，宽大、厚重、宏伟、广博，气势充满天地之间，也符合他自身气的大小了。太史公司马迁周游天下，遍览了全国的名山大川，与战国时燕国、赵国故地上的才智杰出之人交往，所以他的文章疏放畅达，颇有不平凡的气象。这两个人，哪里是曾经举着笔学习写作像这样的文章呢？是他们的气充满心胸之中而流露到外表之上，激发他们的言辞而显现于他们的文章里，他们自己都没有察觉。

辙生十有九年矣①，其居家所与游者②，不过其邻里乡党之人③，所见不过数百里之间，无高山大野可登览以自广④。百氏之书虽无所不读⑤，然皆古人之陈迹⑥，不足以激发其志气。恐遂汩没⑦，故决然舍去，求天下奇闻壮观，以知天地之广大。过秦、汉之故都⑧，恣观终南、嵩、华之高⑨，北顾黄河之奔流⑩，慨然想见古之豪杰；至京师⑪，仰观天子宫阙之壮⑫，与仓廪、府库、城池、苑囿之富且大也⑬，而后知天下之巨丽⑭；见翰林欧阳公⑮，听其议论之宏辩，观其容貌之秀伟，与其门人贤士大夫游⑯，而后知天下之文章聚乎此也。

【注释】

①辙生十有九年矣：苏辙出生于宋仁宗宝元二年（1039）。有，通"又"。

②游：交游，交往。

③邻里乡党：据《周礼·地官》，周制，五家为邻，二十五家为里，一万二千五百家为乡，五百家为党，于是后以"邻里乡党"泛指乡里，在此指同乡。

④自广：自己开阔视野。

⑤百氏之书虽无所不读：诸子百家的著作虽然没有不读的。据苏辙《上两制诸公书》："辙读书，至于诸子百家纷纭同异之辨……"百氏之书，指诸子百家的著作。

⑥古人之陈迹：古人陈旧的事迹。

⑦汩没（gǔ mò）：沉沦埋没。

⑧过秦、汉之故都：经过秦朝、汉朝旧时的都城。秦都城为咸阳（今属陕西），西汉都城为长安（今陕西西安），东汉都城为洛阳（今属河南）。嘉祐元年（1056）苏辙与父亲苏洵和兄长苏轼一道，经过成都、长安、洛阳，到当时北宋的都城汴京（今河南开封）应试科举。

⑨恣观：尽情观览。终南：指终南山，在陕西西安南部。嵩：指嵩山，五岳之中岳，在河南登封北。华：指华山，五岳之西岳，在陕西华阴南。

⑩北顾黄河之奔流：咸阳、长安、洛阳及终南、嵩、华山均在黄河以南，故云。

⑪京师：北宋都城汴京，在今河南开封。

⑫宫阙：古时帝王所居宫门前有双阙，故称宫殿为宫阙。

⑬仓廪（lǐn）、府库：贮藏粮食、财物、兵甲的仓库。城池：城墙和护城河。苑囿（yòu）：古代畜养禽兽供帝王玩乐的园林。

⑭巨丽：极其壮丽。

⑮翰林欧阳公：欧阳修（1007—1072），字永叔，号醉翁、六一居士，北宋著名文学家、史学家。其自至和元年（1054）九月任翰林学

士,故称。

⑯门人:弟子,指曾巩等人。贤士大夫:指苏舜钦、柳开、穆修、尹洙、梅尧臣等人。

【译文】

我出生到如今已经有十九年了,居住在家所交往的,不过是我同乡的人,所见到的,不过是数百里之间的景物,没有高山旷野可以登临眺望来自己开阔视野。诸子百家的著作虽然没有不读的,然而都是古人陈旧的事迹,不足够激发我的志气。我恐怕自己就此埋没,所以决意舍弃这些离开,去探求天下奇妙的见闻和壮丽的景观,来知晓天地的广大。我经过了秦朝、汉朝旧时的都城,纵情观览了终南山、嵩山、华山的高峻,回头向北看到了黄河之水的奔流景象,感慨地缅怀古时的豪杰;到了京城,又瞻仰了君主宫殿的壮丽,与粮仓、库房、城墙护城河、花苑园林的富丽和宏大,然后才知道天下极其壮丽;我又拜见了翰林学士欧阳修先生,听到他宏富雄辩的议论,看到他秀美伟岸的容颜,和他的弟子还有诸位贤能的士大夫们交往,然后才知道天下的好文章都聚集在此地。

太尉以才略冠天下,天下之所恃以无忧,四夷之所惮以不敢发①,入则周公、召公②,出则方叔、召虎③。而辙也,未之见焉。且夫人之学也,不志其大④,虽多而何为?辙之来也,于山见终南、嵩、华之高,于水见黄河之大且深,于人见欧阳公,而犹以为未见太尉也。故愿得观贤人之光耀,闻一言以自壮,然后可以尽天下之大观而无憾者矣⑤。

【注释】

①"太尉以才略冠天下"几句:据《宋史·韩琦传》:"琦与范仲淹在兵间久,名重一时,人心归之,朝廷倚以为重。"又《宋史纪事本

末》载,康定元年(1040)至庆历三年(1043),韩琦与范仲淹经略陕西,阻止西夏的进犯,当时民间有"军中有一韩,西贼闻之心胆寒;军中有一范,西贼闻之惊破胆"之谚。才略,雄才大略。冠天下,天下第一。恃,依仗。四夷,古时中原地区文明程度较高,华夏民族将所居之地称为"中国",与之对举,将四方少数民族统称为"四夷",带有蔑视之意,在此指西夏。惮,畏惧。发,发动战乱。

②入则周公、召公:意谓韩琦如周公、召公那样,具有监理一国的才干。周公,姓姬名旦,周武王之弟。召公,姓姬名奭(shì),周文王之子。二人均为周初大臣,一起辅佐周武王开国,并辅佐成王,安定周室。

③出则方叔、召虎:意谓韩琦如方叔、召虎那样,具有卓越的军事才能。方叔、召虎,二人均为周宣王时大臣,都曾统兵出征,平定骚乱有功,方叔攻猃狁而获胜,召虎则战胜了淮夷。

④不志其大:不志于大的方面。

⑤大观:宏大的景观,在此指风景、人物的壮伟。

【译文】

　　太尉您凭借雄才大略居于天下第一,天下人都依仗着您才没有忧患,四方少数民族都畏惧您才不敢发动战乱,您进入庙堂就是周公、召公那样的宰辅,出守边疆就是方叔、召虎那样的将帅。然而我还没有拜见过您。况且人学习事物,不志于大的方面,即使学得很多又有什么用呢?我这次来京城,在山岳方面,见到了终南山、嵩山、华山的高峻,在河流方面,见到了黄河的浩大和水深,在人物方面,见到了欧阳修先生,但我认为还没有见过太尉您是不足够的。所以希望能够瞻仰您这位贤能之人的光彩,听取您的只言片语来激励自己,然后就等于是看尽天下的宏大景观而没有遗憾了。

　　辙年少,未能通习吏事①。向之来②,非有取于斗升之禄③。偶然得之④,非其所乐。然幸得赐归待选⑤,使得优游数年之间⑥,将归益治其文⑦,且学为政。太尉苟以为可教而辱教之⑧,又幸矣!

【注释】

①通习吏事:贯通熟习政事。

②向之来:先前来到京师。

③斗升之禄:微薄的俸禄,指做官。

④偶然得之:嘉祐二年(1057),苏辙进士及第,此为谦辞。

⑤赐归待选:赐我回乡等候选派官职。因北宋官冗,进士及第后往往还要等待官位有空缺之后方能上任,故称。

⑥优游:闲暇自得。

⑦益治其文:更加深入地研究作文之道。

⑧苟:如果。可教:犹言孺子可教。指年轻人有出息,可以造就。辱教之:谦辞。犹言屈尊教导我。

【译文】

我年纪小,没能够贯通熟习政事。先前来到京师,不是为了谋求微薄的俸禄。现在偶然得到了,也不是我的志趣所在。然而幸运地得到君主恩典赐我回乡等候选派官职,使我能够在几年之内闲暇自得,我将要回去更加深入地研究作文之道,并且学习处理政务的方法。太尉您如果认为我可以造就而屈尊教导我,那么我又太幸运了!

【评点】

茅鹿门曰:胸次博大。

张孝先曰:苏家兄弟论文,每好说个“气”字。不知圣贤养气工夫,全在集义①。而此所谓旷览山川、交游豪俊,特以激发其志气耳,与孟子浩然之气全无交涉也。其行文顾盼自喜,英气勃勃。自是令人倾服。

【注释】

①不知圣贤养气工夫,全在集义:不知道圣贤养气的工夫,都在积累善德。集义,语出《孟子·公孙丑上》:"是集义所生者。"朱熹《孟子集注》:"集义,犹言积善,盖欲事事皆合于义也。"

【译文】

茅坤评论:胸怀博大。

张伯行评论:苏家兄弟写文发议论,每每喜欢说"气"这个词。却不知道圣贤养气的工夫,都在积累善德。而这篇文章里所谓的游览山川、结交豪俊,只是来激发人的志气罢了,与孟子的"浩然之气"并没有关系。苏辙的行文非常自信,英气勃勃。自然让人倾慕佩服。

上两制诸公书

【题解】

本文写于嘉祐五年(1060),是苏辙受到推荐,获准参加制举考试以后,写给两制诸公的一封书信。所谓两制,是内制和外制的合称。宋时,翰林学士起草制、诰、诏、令等,称内制,而他官加知制诰官衔,起草以上文书则称外制,可知两制中皆为朝廷要员。

上书的目的是为了自我展示,来求得两制诸公的了解和赏识,而苏辙在此文中重点谈论的则是自己的读书治学之道。他认为学者应当博览群书,但又有所深思、坚守,并以自身经验说明要以孟子思想作为判断学术的标准。苏辙的尊孟一方面可能受到了当时时代思潮的影响,另一方面则与其早年治学有关,他还著有《孟子解》,其中的一些观点可以和本文相印证。

　　本文在写作上也独具特色，论博览群书则自己也纵论古今、旁征博引、大笔如椽，又有意效仿汉大赋，描写场景铺张扬厉、词句瑰玮、想象丰富。故而清人张伯行评价此文曰："故为汪洋浩瀚之势以夸其奇。"这样有意呈才效技，正反映出苏辙年轻时期倜傥不羁的精神风貌。

　　辙读书，至于诸子百家纷纭同异之辩、后世工巧组绣钻研离析之学①，盖尝喟然太息②，以为圣人之道，譬如山海薮泽之奥③，人之入于其中者，莫不皆得其所欲，充足饱满，各自以为有余，而无慕乎其外。

【注释】

①诸子百家：先秦至汉初各种学术思想流派的总称。据《汉书·艺文志》，共有儒、道、阴阳、法、名、墨、纵横、杂、农、小说十家，各家著作"凡诸子（各学派代表人物）百八十九家"，百家为举其成数。同异之辩：原指名家提出的一类辩论命题，据《庄子·天下》："大同而与小同异，此之谓小同异；万物毕同毕异，此之谓大同异。"在此概指诸子百家之间的观点异同的辩难。工巧组绣：像丝织品一样华美工致，在此指文章语言华丽、富于藻采。钻研离析：艰深琐碎，条分缕析。

②喟（kuì）然：感慨的样子。太息：叹息。

③薮（sǒu）泽：指水草茂密的沼泽湖泊地带。奥：幽深。

【译文】

　　我读书，每到诸子百家之间纷纭复杂、观点异同的辩难，还有后世语言华丽、富于藻采和艰深琐碎、条分缕析的学术，曾经感慨地叹息，认为圣人的思想，就好像高山、大海、沼泽、湖泊一样幽深，进入其中的人，都会得到他想要的，又充实又饱满，各自都以为自己学得有富余了，而不必再追慕外面的世界。

今夫班输、共工^①，旦而操斧斤以游其丛林^②，取其大者以为楹^③，小者以为桷^④，圆者以为轮^⑤，挺者以为轴^⑥，长者扰云霓^⑦，短者蔽牛马，大者拥丘陵^⑧，小者伏薮莽^⑨，芟夷蹶取^⑩，皆自以为尽山林之奇怪矣^⑪。而猎夫渔师，结网聚饵，左强弓，右毒矢^⑫，陆攻则毙象犀^⑬，水伐则执鲛鼍^⑭，熊罴虎豹之皮毛^⑮，鼋龟犀兕之骨革^⑯，上尽飞鸟，下及走兽昆虫之类，纷纷籍籍^⑰，折翅捩足^⑱，鳞鬣委顿^⑲，纵横满前^⑳，肉登鼎俎^㉑，膏润砧几^㉒，皮革齿骨，披裂四出^㉓，被于器用^㉔。求珠之工^㉕，隋侯夜光^㉖，间以颣玭^㉗，磊落的皪^㉘，充满其家。求金之工，辉赫晃荡^㉙，铿锵交戛^㉚，遍为天下冠冕佩带饮食之饰^㉛。此数者皆自以为能尽山海之珍，然山海之藏，终满而莫见其尽。

【注释】

①班输：古时巧匠。《汉书·叙传上》："班输梴巧于斧斤。"注："班输即鲁公输班也。一说班，鲁班也，与公输氏为二人也，皆有巧艺也。"共工：古时工官。《尚书·虞书·舜典》："咨垂，汝共工。"马融注："为司空，共理百工之事。"

②斧斤：斧头。斤，亦为斧。

③楹（yíng）：厅堂的前柱。古时筑屋，厅堂的前柱最高最粗，故称"大者"。

④桷（jué）：方形的椽子，即放在檩上架屋瓦的木条。

⑤圆者以为轮：据《荀子·劝学》："木直中绳，輮以为轮，其曲中规。"有的木材可以用火烘烤，使之弯曲成车轮，

⑥挺者以为轴：直的木材可以做车轴。

⑦长者扰云霓：高大的树木高耸入云。扰，搅扰。云霓，指云和虹。

⑧拥：在此为遮盖之意。

⑨伏：低伏在地上。榛（zhēn）：棘丛。莽：丛草。

⑩芟（shān）夷：割除。蹶（jué）取：用脚踩，拔取。

⑪奇怪：希奇特异。

⑫矢（shǐ）：箭。

⑬毙象犀：杀死大象和犀牛。毙，使……死。

⑭鲛：海鲨，一说通"蛟"，为传说中的龙。鼍（tuó）：即鼍，扬子鳄。

⑮罴（pí）：棕熊，俗称人熊。

⑯鼋（yuán）：大鳖。犀兕（sì）：犀为犀牛，古书中常以兕和犀对举，《尔雅·释兽》认为兕似牛，犀似猪，《山海经·南山经》也将犀兕视为两种动物，一说兕就是雌犀。骨革：骨骼和皮革，因为犀牛皮坚厚，可以制甲，故取用。

⑰纷纷籍籍：杂乱众多的样子。

⑱折翅挒（liè）足：指飞鸟的翅膀被折断，腿足被拗折。挒，拗折，扭转。

⑲鳞鬣（liè）委顿：水族、走兽的鳞片、鬣毛衰颓不振。鬣，兽类颈领上的毛。

⑳纵横满前：意谓横的竖的倒伏于前。

㉑登：上。鼎俎（zǔ）：均为祭祀时盛放祭品的礼器。

㉒膏：油膏。润：滋润。砧（zhēn）：砧板。几：小桌。

㉓披裂：分裂。

㉔被于器用：被制成器皿用具。

㉕求珠之工：寻找宝珠的工匠。

㉖隋侯夜光：隋侯珠、夜光珠，皆为古代传说中的著名宝珠。隋侯，语出《淮南子·览冥训》："譬如隋侯之珠、和氏之璧，得之者富，失之者贫。"高诱注："隋侯，汉东之国，姬姓诸侯也。隋侯见大蛇伤断，以药傅之。后蛇于江中衔大珠以报之，因曰隋侯之珠，盖明

月珠也。”

㉗间：夹杂。纇玭（lèi pín）：指稍次等的有瑕疵的珠子。纇，缺点，毛病。玭，珠子。

㉘磊落：圆转的样子。的皪（lì）：光亮、鲜明的样子。

㉙辉赫：光芒显耀。晃荡：闪烁不定貌。

㉚铿锵（kēng qiāng）交戛（jiá）：皆为象声词，指金器相击发出的声音。

㉛冠冕：古代帝王、官员所戴的帽子。

【译文】

现在有鲁班、公输、共工这样的能工巧匠，清晨手持斧头在丛林中游走，砍取大的树木做厅堂的前柱，小的做架瓦的木条，圆的做轮子，直的做车轴，这些树木高的高耸入云，矮的只能遮蔽牛马，大的可以遮盖丘陵，小的和荆棘、丛草一起低伏在地，他们用手割除、用脚拔取，都自认为已经取尽了山林中各种稀奇特异的木材了。而猎人渔夫们，手结大网、会聚诱饵，左手拿着强力的弓，右手拿着带毒的箭，在陆地上攻击击毙大象和犀牛等野兽，在水中征伐就捕获蛟龙和扬子鳄等水族，熊类虎豹的皮毛，龟类犀牛的骨骼皮革，在上猎尽空中的飞鸟，在下也不放过走兽和昆虫，杂乱众多，飞鸟的翅膀被折断，腿足被扭折，而水族、走兽的鳞片、鬣毛衰颓不振，都横的竖的倒伏于前，它们的肉上了盛放祭品的礼器鼎和俎，它们的油膏滋润了砧板和小桌，它们的皮毛、皮革、牙齿、骨骼，被分裂四处，制成器皿用具。寻找宝珠的工匠，既采了像隋侯珠、夜光珠那样的宝珠，又夹杂着稍次等的有瑕疵的珠子，圆转明亮，充满了他们的家里。淘取金子的工匠，他们的金子光芒显耀、闪烁不定，撞击时发出“铿锵交戛”的声音，全成为天下帽子、衣带和饮食器具上的装饰。这几类人都自以为能够穷尽高山、大海中的珍奇之物，然而高山、大海中的藏品，始终充满而不见它们穷尽。

昔者夫子及其生而从之游者，盖三千余人①。是三千人者，莫不皆有得于其师，是以从之周旋奔走②，逐于宋、鲁，饥饿于陈、蔡③，困厄而莫有去之者，是诚有得乎尔也。盖颜渊见于夫子④，出而告人曰："吾能知之。"子路、子贡、冉有出而告人亦曰⑤："吾知之。"下而至于邦巽、孔忠、公西舆、公西箴，此数子者，门人之下第者也⑥，窃窥于道德之光华⑦，而有闻于议论之末，皆以自得于一世。其后田子方、段干木之徒⑧，讲之不详，乃窃以为虚无淡泊之说⑨。而吴起、禽滑釐之类⑩，又以猖狂于战国⑪。盖夫子之道，分散四布，后之人得其遗波余泽者，至于如此。而杨朱、墨翟、庄周、邹衍、田骈、慎到、韩非、申不害之徒⑫，又不见夫子之大道，皇皇惑乱⑬，譬如陷于大泽之陂⑭，荆榛棘茨⑮，蹊隧灭绝⑯，求以自致于通衢而不可得⑰，乃妄冒蒺藜，蹈崖谷⑱，崎岖缭绕而不能自止⑲。何者？彼亦自以为己之得之也。

【注释】

①昔者夫子及其生而从之游者，盖三千余人：据《史记·孔子世家》："孔子以诗、书、礼、乐教，弟子盖三千焉。身通六艺者，七十有二人。"昔者，以前，过去。从之游者，指孔子学生。游，游学。

②周旋奔走：辗转奔波。

③逐于宋、鲁，饥饿于陈、蔡：据《史记·孔子世家》："已而去鲁，斥乎齐，逐乎宋、卫，困于陈、蔡之间，于是反鲁。"宋、鲁、陈、蔡，皆春秋时诸侯国名。

④颜渊：颜回，字子渊，春秋时鲁国人。在孔门以德行著称。

⑤子路：仲由，字子路，春秋时鲁国卞（今山东泗水）人。在孔门以

政事著称,曾为卫大夫孔悝的家宰,后死于卫难。子贡:姓端木,名赐,字子贡,春秋时卫国人。在孔门以言语著称,曾仕于鲁国、卫国。冉有:冉求,字子有,春秋时鲁国人。在孔门以政事著称,曾为鲁国大夫季氏宰。以上三人都是孔门较为著名的弟子,《史记·仲尼弟子列传》对其有较为详细的介绍。

⑥"下而至于邽巽(xùn)、孔忠、公西舆、公西箴"几句:邽巽,字子敛,春秋时鲁国人。孔忠,字子蔑,孔子兄之子。公西舆,即公西舆如,字子上,在此作"公西舆",盖误记。公西箴,字子上(或作子尚),春秋时鲁国人。以上四人不大著名,事迹不详,《史记·仲尼弟子列传》作为"无年及不见书传者"列举。下第,下等弟子。

⑦窃窥:在此指私下学习。

⑧田子方:名无择,战国时魏人。段干木:亦为战国魏人。二人皆为孔子弟子子夏的学生,都在当时名重一时,被魏国国君作为老师看待。据《史记·儒林列传》:"自孔子卒后,七十子之徒散游诸侯……子夏居西河……如田子方、段干木、吴起、禽滑釐之属,皆受业于子夏之伦,为王者师。"又《史记·魏世家》:"魏成子以食禄千钟,什九在外,什一在内,是以东得卜子夏、田子方、段干木。此三人者,君皆师之。"

⑨虚无淡泊之说:在此指老庄思想,据《庄子·田子方》载,田子方称其师"人貌而天虚,缘而葆真,清而容物"。又皇甫谧《高士传》载段干木守道不仕,魏文侯欲见,造其门,他逾墙避之。

⑩吴起:战国时卫国人。曾师从孔子弟子曾参、子夏,善于用兵,《汉书·艺文志》兵家有《吴起》四十八篇。禽滑釐:战国时人,曾师从孔子弟子子夏,后为墨子弟子,《庄子·天下》将其与墨子并称,作为墨家代表人物。

⑪猖狂:气势猛烈,在此指影响较大。

⑫杨朱:字子居,战国时魏国人。主张"贵生""重己",拔一毛利天

下而不为，被当时的儒家斥为异端，著述不传。墨翟（dí）：春秋、战国之际鲁国（一说宋国）人。为墨家学派的创始者，主张兼爱、非攻、尚贤、尚同，反对儒家的繁礼厚葬，有《墨子》一书传世。庄周，即庄子，战国时宋国人。道家学说代表人物，主张清静无为，独尊老子而屏斥儒墨，有《庄子》一书传世。邹衍：战国时齐国人。稷下先生之一，号"谈天衍"，阴阳家代表人物，主张时世盛衰兴亡，皆随五行转移，有《邹子》一书，今不传。田骈：战国时齐国人。稷下先生之一，道家学者，号"天口骈"，主张齐万物、等古今，有《田子》一书，今不传。慎到：战国时赵国人。兼具道家与法家思想，以齐万物为首，但又主张立法，后者为韩非子所继承，有《慎子》一书。韩非：战国时韩国公子。师从于儒家代表人物荀子，又融会了黄老道家之学，乃当时法家的代表人物，诸子学说的集大成者，主张挟术施威，严刑峻法，后被秦国所采纳，因之变法而兴，有《韩非子》一书传世。申不害：战国时郑国人。属于法家，其学本于黄老而主刑名，相韩昭侯，有《申子》一书，今不传。

⑬皇皇惑乱：惶惑迷乱。皇，通"惶"。

⑭陂（bēi）：边际。

⑮荆：灌木。榛（zhēn）：丛木。棘：指有刺的灌木。茨（cí）：蒺藜。

⑯蹊隧（qī suì）：山间小路。

⑰通衢（qú）：四通八达的大道。

⑱崖谷：山谷。

⑲缭绕：回环，曲折。

【译文】

从前孔子与他的门生还有跟随他交游的人，有三千多。这三千人，都从他们的老师那有所获得，所以跟随着孔子辗转奔波，在宋国、鲁国被驱逐，在陈国、蔡国受饥饿，遭遇困厄也没有离开他，确实有获得。颜回见到孔子，出门告诉别人说："我能懂得道理了。"子路、子贡、冉有也出门告诉别人说："我懂得道理了。"往下直到邦巽、孔忠、公西舆如、公西葴，这几个人，是孔子门人中的下等弟子，私下学习孔子道德的光华，而能听闻他议论的余波，都自以为有心得。之后田子方、段干木这帮人，学习孔子的学说不周详，于是私下将它扭曲为讲究虚无、淡泊的老庄思想。而吴起、禽滑釐这类人，又因为它在战国影响较大。孔子的道义，分散至四方流传，后世的人得到他遗留的恩泽的，就到了这种地步。而杨朱、墨翟、庄周、邹衍、田骈、慎到、韩非、申不害这帮人，又看不到孔子的道义，惶惑迷乱，好像陷入了大沼泽的边际，眼前只有灌木、丛木、荆棘、蒹葭，连小路都断绝了，想要自己达到四通八达的大道又做不到，于是就妄自冒着蒹葭，踩着山谷，走着崎岖曲折的学问之路而无法停止。为什么呢？他们也是自认为获得了真正的学问道理。

　　辙尝怪古之圣人既已知之矣，而不遂以明告天下而著之"六经"①。"六经"之说皆微见其端，而非所以破天下之疑惑②，使之一见而寤者③，是以世之君子纷纷至此而不可执也④。今夫《易》者，圣人之所以尽天下刚柔喜怒之情、勇敢畏惧之性，而寓之八物。因八物之相遇，吉凶得失之际，以教天下之趋利避害，盖亦如是而已⑤。而世之说者，王氏、韩氏至以老子之虚无⑥，京房、焦贡至以阴阳灾异之数⑦。言《诗》者，不言咏歌勤苦酒食燕乐之际⑧，极欢极戚而不违于道⑨，而言五际子午卯酉之事⑩。言《书》者，不言其君臣之欢，吁俞嗟叹⑪，有以深感天下，而论其《费誓》《秦誓》之不当作也⑫。夫孔子岂不知后世之至此极欤？其意以为后之学者，无所据依感发以自尽其才，是以设为"六经"而使之求之，盖又欲其深思而得之也。是以不为明著其说，使天下各以其所长而求之。故曰："仁者见之谓之仁，智者见之谓之智[13]。"而子贡亦曰："在人，贤者识其大者，不贤者识其小者[14]。"夫使仁者效其仁[15]，智者效其智，大者推明其大[16]，而不遗其小，小者乐致其小，以自附于大，各因其才而尽其力，以求其至微至密之地，则天下将有终身于其说而无倦者矣。至于后世不明其意，患乎异说之多而学者之难明也[17]，于是举圣人之微言而折之以一人之私意[18]，而传疏之学横放于天下[19]。由是学者愈怠，而圣人之说益以不明。

【注释】

①六经：指《诗》《书》《礼》《乐》《易》《春秋》六部儒家经典。

②破：破除。

③寤：通"悟"。醒悟。

④执：掌握，统御。

⑤"因八物之相遇"几句：八物，即八卦，每一卦象一物，故称，八卦为乾（天）、坤（地）、震（雷）、巽（风）、坎（水）、离（火）、艮（山）、兑（泽），相传乃伏羲所制。苏辙认为《周易》一书实际上是用八种自然界的事物的遇合摩荡来象征人世间的各种情感、吉凶、利害之间的矛盾转化，据其《亡兄子瞻端明墓志铭》："先君晚岁读《易》，玩其爻象，得其刚柔远近、喜怒逆顺之情以观其词，皆迎刃而解。"说明如此来理解《周易》是苏氏父子的一贯思想。

⑥王氏、韩氏至以老子之虚无：谓王弼、韩康伯二人甚至用老子的道家学说来解说。王氏，即王弼，字辅嗣，三国时魏国人。好老子，著有《周易注》《老子注》。韩氏，即韩伯，字康伯，颍川长社（今河南长葛东）人。东晋官吏。今传其《周易注》。老子，我国古代哲学家，道家学派创始人，相传名李耳，字聃，为春秋时楚国人。

存世有《老子》(又称《道德经》),主张清净无为。虚无,道家的概念,用以指"道"的本体,谓道体虚无,虚无生万物。

⑦京房:字君明,东郡顿丘(今河南浚县)人。西汉今文易学"京氏学"的创始人,学《易》于焦延寿,今存《京氏易传》三卷。焦贡:即焦延寿,字赣,西汉梁(今河南商丘)人。专治《易》学,著有《焦氏易林》。阴阳灾异:焦延寿和京房的《易》学属于西汉《易》学中的阴阳占候灾异一派,用"天人感应",借自然界的灾异来附会朝政得失的方法以解释《易》。

⑧咏歌勤苦:《诗经》中有不少篇章歌咏了劳动生活的艰辛勤苦,故言。咏歌,吟咏歌颂。酒食燕乐:《诗经》中也有不少篇章表现了贵族宴饮,故言。燕乐,宴饮欢乐。

⑨极欢极戚而不违于道:欢乐、悲伤到了极点却不违背道义,据《论语·八佾》:"子曰:'《关雎》,乐而不淫,哀而不伤。'"《关雎》为《诗经》首篇。又《论语·为政》:"子曰:'诗三百,一言以蔽之,曰思无邪。'"

⑩而言五际子午卯酉之事:汉初治《诗经》者有齐、鲁、韩三家,学《齐诗》者,常把《诗经》篇章附会阴阳五行,以推论政治变化。据《汉书·翼奉传》,西汉翼奉治《齐诗》,认为:"《易》有阴阳,《诗》有五际。"颜师古注引孟康曰:"《诗内传》曰:'五际,卯、酉、午、戌、亥也。'阴阳终始际会之岁,于此则有变改之政也。"

⑪吁俞:"都俞吁咈"的省称,都、俞、吁、咈,皆为《尚书》中记载尧、舜、禹和大臣对答时所使用的感叹词,如《尚书·尧典》:"帝曰:'吁,咈哉!'"又《尚书·益稷》:"禹曰:'都!帝,慎乃在位。'帝曰:'俞!'"表示赞同,则曰"都""俞";表示否定,则曰"吁""咈"。后来用"都俞吁咈"形容君臣论政问答,融洽雍睦。

⑫而论其《费誓》《秦誓》之不当作也:因《费誓》《秦誓》记诸侯国之事,而《尚书》其他篇目皆记帝王之事,故有论者认为不当作。

《费誓》,《尚书·周书》中的一篇,费为地名,春秋时鲁邑。周初,周公旦之子伯禽封于鲁,时淮夷、徐戎,并起为寇,他帅师征讨,于费地誓师,故称。《秦誓》,《尚书·周书》中的一篇。秦穆公不听蹇叔之谋,举师伐郑,被晋国战败于殽,秦穆公誓于军中,为悔过之作。

⑬仁者见之谓之仁,智者见之谓之智:语出《周易·系辞上》。

⑭"在人"几句:语出《论语·子张》:"子贡曰:'文武之道,未坠于地,在人。贤者识其大者,不贤者识其小者。莫不有文武之道焉。'"意谓周文王、周武王的典章正事未尝失落,仍在士大夫的文献或记忆中。贤能者记住了大的方面,不贤者记住了小的方面,其中都包含了文王、武王之道。

⑮效:发挥。

⑯推明:推究,阐明。

⑰异说:异端邪说。

⑱微言:即微言大义,隐约的语言包含深奥的意思。而折之以一人之私意:用一己私见来判断是非。

⑲传(zhuàn)疏之学:指对儒家经典进行阐释的学问。传,注解经义的文字。疏,疏通其义,对经义和传注进行解释和发挥。横放:横行放肆。

【译文】

我曾经奇怪古代的圣人既然已经知道了大道理,不直接明白地通告天下却要将它写在"六经"中。"六经"的论述都是让人稍微看到一点端倪,而不是破除天下人的困惑,让人们一见就醒悟的,所以世上的君子纷纷看到这却无法掌握大道理。现在《周易》这部书,是圣人将天下刚强、柔和、欢喜、愤怒的感情,勇敢和胆怯的个性,寄寓在八卦中的。凭借八卦的互相遇合,显现出吉凶得失的卦象,来教授天下人趋利避害,内容也只是像这样罢了。而世上解说的人,王弼、韩伯二人甚至用老子的虚无学说来解说,京房、焦延寿甚至用阴阳、灾异的术数来解说。解说《诗经》的人,不说其中表现的歌咏劳动生活艰辛勤苦、贵族宴饮欢乐之时,那些极其快乐极其悲戚却不违背道义的内容,却说阴阳五行、附会政事之类。解说《尚书》的人,不说其中表现的君臣欢谊、论政问答,那些深深打动天下人的部分,却说其中的《费誓》《秦誓》这些篇目不应当写。孔子哪里不知道后世会到达这样的极端境地呢?他的意思是认为后世的学者,没有什么依据来有感而发,发挥自己的才能,所以为他们设置"六经"而让他们去探求,又是想要他们深入思考然后明白道理。所以孔子不明白地写下自己的学说,而使得天下人各自凭借自己的长处来探求。所以说:"仁爱的人见到了认为这是表现仁爱的,智慧的人见到了认为这是表现智慧的。"子贡也说:"在于接受的人,贤明的人能见识大体,不贤明的人能见识小节。"仁爱的人能够发挥他的仁爱,智慧的人能够发挥他的智慧,能力大的人能够阐明其中的大体,而不遗漏小节,能力小的人乐于获得小节,来自我依附于大体,各自凭借他们的才华、尽他们的能力,来探求到了极其细微极其精密的地方,那么天下就将有终身研究这些学说而不厌倦的人了。到了后世,人们不明白孔子的用意,担忧异端邪说多而学习的人难以明白,所以就举用圣人的微言大义而用一己私见来判断是非,所以对儒家经典进行阐释的学术就在天下横行放肆了。因此学习的人越发懈怠,而圣人的学说也越发不明朗。

　　今夫使天下之人因说者之异同,得以纵观博览,而辨其是非,论其可否,推其精粗,而后至于微密之际,则讲之当益深,守之当益固[①]。孟子曰:"君子深造之以道,欲其自得之也。自得之,则居之安;居之安,则资之深;资之深,则取之左右逢其原。故君子欲其自得之也[②]。"

【注释】

①守之：在此指坚守观点。

②"君子深造之以道"几句：语出《孟子·离娄下》。深造，谓深入学习，达到精深的境地。资，积蓄。左右逢其原，在此指学问功夫深，左右逢源，得心应手。原，通"源"。

【译文】

现在使天下的人根据解说者观点的异同，能够纵观博览，分辨其中的是非，讨论它们是对的或是错的，推究它们是精华或是糟粕，而后到了细微精密的地方，那么他们讲说圣人的道理应该就更深入，坚持圣人的道理应该也就更坚定了。孟子说："君子用正确的方法深入学习，是想要自己获得道理。自己获得了，就心安理得地坚持它；心安理得地坚持它，就积蓄得深；积蓄得深，就能在取用的时候左右逢源。所以君子想要自己获得道理。"

昔者辙之始学也，得一书，伏而读之①，不求其传②，而惟其书之知，求之而莫得，则反复而思之，至于终日而莫见，而后退而求其传。何者？惧其入于心之易，而守之不坚也。及既长，乃观百家之书，纵横颠倒③，可喜可愕，无所不读，泛然无所适从。盖晚而读《孟子》，而后遍观乎百家而不乱也。而世之言者曰：学者不可以读天下之杂说，不幸而见之，则小道异术将乘间而入于其中。虽扬雄尚然，曰："吾不观非圣之书。"④以为世之贤人所以自养其心者，如人之弱子幼弟不当出而置之于纷华杂扰之地⑤，此何其不思之甚也！古之所谓知道者⑥，邪词入之而不能荡，诐词犯之而不能诈⑦，爵禄不能使之骄，贫贱不能使之辱⑧。如使深居自闭于闺阃之中⑨，兀然颓然⑩，而曰"知道知道"云者，此乃所谓腐儒者也⑪。古者伯夷隘，柳下惠不恭，隘与不恭，是君子之所不为也⑫。而孔子曰："伯夷、叔齐不降其志，不辱其身；柳下惠、少连降志而辱身，言中伦，行中虑；虞仲、夷逸隐居放言，身中清，废中权。而我则异于是，无可无不可。"⑬夫伯夷、柳下惠，是君子之所不为，而不弃于孔子⑭，此孟子所谓孔子集大成者也⑮。至于孟子，恶乡原之败俗⑯，而知於陵仲子之不可常也⑰；美禹、稷之汲汲于天下，而知颜氏子自乐之非固也⑱；知天下之诸侯其所取之为盗，而知王者之不必尽诛也⑲；知贤者之不可召，而知召之役之为义也⑳。故士之言学者，皆曰孔、孟。何者？以其知道而已。

【注释】

①伏：伏案。

②传：在此指传疏注释。

③纵横颠倒：形容其内容纵横掉阖。

④"虽扬雄尚然"几句：据《汉书·扬雄传》："（雄）自有大度，非圣哲之书不好也。"扬雄（前53—18），字子云，蜀郡成都（今属四川）人。长于辞赋，西汉著名儒学家、文学家。

⑤纷华杂扰：繁华杂乱。

⑥知道：通晓大道理。

⑦邪词入之而不能荡，诐词犯之而不能诈：语本《孟子·公孙丑上》："诐词知其所蔽，淫辞知其所陷，邪辞知其所离。"邪词，不正确的话。荡，迷惑。诐词，偏颇的话。诈，欺诈。

⑧爵禄不能使之骄，贫贱不能使之辱：语本《孟子·滕文公下》："富贵不能淫，贫贱不能移，威武不能屈，此之谓大丈夫。"爵禄，官爵俸禄。辱，感到耻辱。

⑨闺闼(tà):内室。

⑩兀然颓然:昏沉颓靡的样子。

⑪腐儒:迂腐的儒生。

⑫"古者伯夷隘"几句:语出《孟子·公孙丑上》:"孟子曰:'伯夷隘,柳下惠不恭。隘与不恭,君子不由也。'"伯夷,商末孤竹君长子,父死,与其弟叔齐相互推让王位,商亡,二人隐居首阳山,不食周粟而死。据《孟子·公孙丑上》:"伯夷非其君不事,非其友不友,不立于恶人之朝,不与恶人言。……推恶恶之心,思与乡人立,其冠不正,望望然去之,若将浼焉。"故孟子言其"隘"。隘,狭隘,在此意为立身太清高、气量不广。柳下惠,即展禽,字季,春秋时鲁国大夫,因食邑柳下,谥惠,故称柳下惠。相传他为士师,三黜而不去,屈身为仕。据《孟子·公孙丑上》:"柳下惠,不羞污君,不卑小官。进不隐贤,必以其道。遗佚而不怨,厄穷而不悯。故曰:'尔为尔,我为我。虽袒裼裸裎于我侧,尔焉能浼我哉!'"故孟子言其"不恭"。不恭,在此为不严肃、无原则之意。

⑬"而孔子曰"几句:语本《论语·微子》。叔齐,商末孤竹君之子,伯夷之弟。因其与伯夷隐居首阳山,不食周粟而死,故云"不降其志,不辱其身"。降志,降低自己的志向。辱身,屈辱自己的身体。少连,事迹不详,据《礼记·杂记》:"少连、大连善居丧,三日不怠,三月不解。期悲哀,三年忧,东夷之子也。"据《孟子·公孙丑上》:"柳下惠,不羞污君,不卑小官。"故云"降志而辱身"。言中伦,言语合乎伦理。行中虑,行为经过考虑。虞仲,即仲雍,周太王次子,相传太王欲立少子季历,故仲雍与其兄长太伯一同避往吴越间,建句吴国。夷逸,古代隐士,事迹不详,据《尸子》:"夷逸,夷诡诸之裔,或劝其仕,曰:'吾譬则牛,宁服轭以耕于野,不忍被绣入庙为牺。'"放言,放肆直言。身中清,谓其身不仕浊世,合于纯洁。废中权,谓遭世乱,自废弃以免患,合于权变。而我则

异于是，无可无不可，邢昺疏："'我则异于是，无可无不可'者，孔子言，我之所行则与此逸民异，亦不必进，亦不必退，唯义所在。"

⑭不弃于孔子：在此指上文中孔子对他们的行为各有所取。

⑮此孟子所谓孔子集大成者也：语出《孟子·万章下》："孟子曰：'伯夷，圣之清者也；伊尹，圣之任者也；柳下惠，圣之和者也；孔子，圣之时者也。孔子之谓集大成。'"孙奭疏："盖集大成，即集伯夷、伊尹、柳下惠三圣之道，是为大成耳……其时为言，以谓时然则然，无可无不可，故谓之集其大成，又非止于一偏而已。"

⑯至于孟子，恶乡原之败俗：《论语·阳货》："子曰：'乡原，德之贼也。'"《孟子·尽心下》："阉然媚于世也者，是乡原也。……非之无举也，刺之无刺也，同乎流俗，合乎污世，居之似忠信，行之似廉洁，众皆悦之，自以为是，而不可与入尧、舜之道，故曰'德之贼'也。"乡原，指乡里中貌似谨厚，而实与流俗合污的伪善者。原，通"愿"。

⑰而知於陵仲子之不可常也：语出《孟子·滕文公下》："仲子，齐之世家也。兄戴，盖禄万钟。以兄之禄为不义之禄而不食也，以兄之室为不义之室而不居也，辟兄离母，处于於陵。"於陵仲子，即陈仲子，战国时齐国人，因居于於陵，故称。於陵，古县名，治今山东邹平东南。不可常，不可作为常法。

⑱美禹、稷之汲汲于天下，而知颜氏子自乐之非固也：赞美大禹、后稷心情急切地为天下奔波，而知道颜回的自得其乐不是固定不变的。语出《孟子·离娄下》："禹、稷当平世，三过其门而不入，孔子贤之。颜子当乱世，居于陋巷，一箪食，一瓢饮，人不堪其忧，颜子不改其乐，孔子贤之。孟子曰：'禹、稷、颜回同道。禹思天下有溺者，由己溺之也，稷思天下有饥者，由己饥之也，是以如是其急也。禹、稷、颜子易地则皆然。"禹，即大禹，夏朝开国之君，为了治理洪水，三过家门而不入，是儒家推崇的明君之一。稷，即后

稷，传说为周的先祖，舜的农官，曾教民播五谷。汲汲，心情急切的样子。颜氏子，即颜回，子为古时对男子的美称。非固，不是固定不变的，意谓颜回若与大禹、后稷易地而处，也会心情急切地为天下奔波。

⑲知天下之诸侯其所取之为盗，而知王者之不必尽诛也：语出《孟子·万章下》："(孟子)曰：'子以为有王者作，将比今之诸侯而诛之乎？其教之不改而后诛之乎？夫谓非其有而取之者盗也，充类至义之尽也。'"意谓孟子说："你（指其门人万章）以为有圣王兴起，会将现在的诸侯不加区分地全部诛杀呢，还是先教育他们，如果不悔改再诛杀呢？人们说不是他们应该有的东西却要取它到手是盗贼的行径，那只是扩充'盗贼'的意义，提高到最高原则上说的。"诸侯，春秋战国时列国的侯王。王者，凭借仁义得天下的人。诛，杀有罪者。

⑳知贤者之不可召，而知召之役之为义也：《孟子·公孙丑下》："故将大有为之君，必有所不召之臣，欲有谋焉则就之。"又《孟子·万章下》："万章曰：'庶人，召之役，则往役；君欲见之，召之，则不往见之，何也？'(孟子)曰：'往役，义也；往见，不义也。且君之欲见之也，何为也哉？'(万章)曰：'为其多闻也，为其贤也。'(孟子)曰：'为其多闻也，则天子不召师，而况诸侯乎？为其贤也，则吾未闻欲见贤而召之也。'"孟子认为如果国君把一个人当作贤人，就不能召见他，而必须亲自前往请教问题，像对待师长一样；如果把这个人当作自己的百姓，役使他则是符合道义的，这个人必须去履行义务。

【译文】

从前我刚开始学习的时候，获得一本书，就伏案阅读，不借助于它的传疏注释，而只知这书本身的内容，探求不到的部分，就反复地思考，到了一整天都想不通的时候，才退而借助它的传疏注释。为什么呢？是担心道理进入内心太容易,而持守它就不坚定了。等我长大之后,才阅读诸子百家的书籍,它们的内容纵横捭阖,令人欣喜也令人惊愕,我没有不读的,广泛无所适从。再晚些时候阅读《孟子》这部书,然后看遍诸子百家就不惑乱了。世上的议论者说:学者不可以阅读天下驳杂的学说,不幸看见了,那么那些旁门左道、异端邪说将会趁着空隙进入到他们心里。即使是扬雄这样的大学者,也是这么认为的,他说:"我不阅读不是圣贤写的书。"认为世上的贤人用来自我修养他们心灵的方法,就是像对待人年幼的子女弟妹那样,不应当让他们出门被丢在繁华杂乱的地方,这是有多么地欠缺考虑啊!古时所谓通晓大道理的人,听到不正确的话不会感到迷惑,听到偏颇的话不会被欺骗,官爵俸禄不会让他骄傲,贫穷卑贱也不能使他感到耻辱。深居自闭在内室之中,昏沉颓靡,而说"通晓大道通晓大道"的人,这就是所谓的迂腐的儒生了。古时伯夷狭隘,柳下惠不恭敬,狭隘和不恭敬,是君子所不做的。而孔子却说:"伯夷、叔齐不降低自己的志向,不屈辱自己的身体;柳下惠、少连降低了志向,屈辱了身体,然而言语合乎伦理,行为经过考虑;虞仲、夷逸隐居山林,放肆直言,其身不仕浊世,合于纯洁,自废弃以免患,合于权变。而我则和这些人不同,不一定进,不一定退,只看道义在哪里。"伯夷、柳下惠,是君子所不做的,却不被孔子完全摒弃,各有所取,这就是孟子所说的孔子是集大成的人的意思。到了孟子,厌恶乡里那些貌似谨厚而实与流俗合污的伪善者,认为他们败坏风俗,但也知道於陵仲子的行为不可作为常法;赞美大禹、后稷心情急切地为天下奔波,但也知道颜回的自得其乐不是固定不变的;知道天下的诸侯他们取得土地的方式是盗窃,但也知道仁义得天下的人不必都将他们诛杀殆尽;知道贤能的人是不可召见的,但也知道召见役使百姓是符合道义的。所以士人谈论有学问的人,都说是孔子、孟子。为什么呢?因为他们通晓大道理罢了。

今辙山林之匹夫,其才术技艺无以大过于中人^①,而何敢自附于孟子？然其所以泛观天下之异说，三代以来，兴亡治乱之际，而皎然其有以折之者^②，盖其学出于孟子而不可诬也。

【注释】

①中人：才能普通的人。

②皎然：清楚，明显。折：判断。

【译文】

现在我苏辙只是个山林中的平民，我的才能、学术、技艺并没有比普通人好许多，哪里敢将自己比附为孟子呢？然而我广泛地观览天下的不同学说，从夏、商、周以来，那些兴亡治乱的事情，能有清楚的标准去进行判断，是因为我的学问来自孟子，是不会受蒙蔽的。

今年春，天子将求直言之士，而辙适来调官京师^①，舍人杨公不知其不肖，取其鄙野之文五十篇而荐之，俾与明诏之末^②。伏惟执事方今之伟人^③，而朝之名卿也。其德业之所服^④，声华之所耀^⑤，孰不欲一见以效薄技于左右^⑥？夫其五十篇之文，从中而下^⑦，则执事亦既见之矣。是以不敢复以为献，姑述其所以为学之道^⑧，而执事试观焉。

【注释】

①“今年春”几句：嘉祐五年（1060）三月，宋仁宗诏试制科。苏辙于当年二月自江陵至京师，授河南府渑池县主簿，因第二年应制科试而未赴官。直言，即制科考试中的贤良方正能直言极谏科，为苏辙所考。京师，京城，北宋都城为汴京（今河南开封）。

②“舍人杨公不知其不肖”几句：据苏辙《杨乐道龙图哀辞并叙》：

"嘉祐五年三月,辙始以选人至流内铨。是时杨公乐道以天章阁
待制调铨之官吏,见予于稠人中,曰:'闻子求举直言,若必无人,
畋愿得备数。'辙曰:'唯。'"舍人杨公,即杨畋,字乐道,沂州新
泰(今属山东)人。曾任起居舍人,故以"舍人"称之,当时任天
章阁待制兼侍读,判吏部流内铨。不肖,没有才能,谦辞。鄙野,鄙
陋粗野。五十篇,宋制,参与制举考试的人要先进纳文章五十篇,
包括进论二十五篇、进策二十五篇,据《宋史·选举志二》,制科
试,"其法先上艺业于有司,有司较之,然后试秘阁、中格,然后天子
亲策之"。俾(bǐ)与明诏之末,使我备位于应考试诏令的士人的
末尾,谦辞。俾,使。与,参与。明诏,指宋仁宗试制科的诏令。

③伏惟:下对上陈述时的表敬之辞,多用于奏疏或信函。

④服:被服,引申为覆盖的意思。

⑤声华:声誉荣耀。

⑥孰:谁。薄技:浅薄的才能,谦辞。左右:指对方,谦辞。即不敢见
其本人,只求见他左右的人。

⑦从中而下:指进纳的五十篇策论由朝中下发给两制诸公审查评阅。

⑧为学:治学。

【译文】

今年春季,圣上将要征求来考取贤良方正能直言极谏科的士人,而
我正好被调派官职来到了京城,起居舍人杨畋先生不知道我没有才能,
取了我鄙陋粗野的五十篇策论而推荐我,使我备位于应考试诏令的士人
的末尾。我思量诸位阁下是当今的伟人,朝中有名望的公卿。诸位的道
德功业覆盖很广,声誉荣耀十分显耀,谁不想要拜见诸位而展露自己浅
薄的才能呢?那五十篇策论,由朝中下发给诸位审查评阅。所以我不敢
再进献一次,姑且述说我用来治学的方法,而请诸位从中尝试着观览。

【评点】

茅鹿门曰：览其文如广陵之涛①，砰礚汹悍而不可制②。然其骨理少切，譬之运斤成风③，特属耀眼。

张孝先曰：大意以为圣人之道甚大，而为诸子百家淆乱其间。惟学之有得，乃可以遍观而不为所惑。自明己之能执约以穷乎博也。其实数言可了，而故为汪洋浩瀚之势以夸其奇。至谓圣人于道已知之，而不遂以明告天下，是尤以私意窥圣人者。盖"六经"之说昭若日星，特见未到，则信不及耳。姑就其文而论之，以振末学卑陋之习。

【注释】

①广陵之涛：枚乘《七发》："往观涛乎广陵之曲江，至则未见涛之形也，徒观水力之所到，则恂然足以骇矣。"后用"广陵之涛"形容气势宏大，不可羁勒。

②砰礚（kē）：同"砰磕"。象声词，水流激荡声。

③运斤成风：比喻技术极为熟练高超。语出《庄子·徐无鬼》，匠人挥动斧头，呼呼生风，劈掉人鼻尖上薄薄的一点白色粘土，而鼻尖丝毫不损。斤，斧头。

【译文】

茅坤评论：这篇文就像广陵的波涛，激荡汹涌不可抑制。然而骨脉漂浮而不深入，就像那个挥动斧头呼呼生风的匠人，仅只炫人耳目而已。

张伯行评论：文章的大意是儒家圣人的学问十分广博，被诸子百家的学说混淆杂乱在其中。只有真正学得道理的人，才可以广泛地观览而不被迷惑。自己说明自己能掌握要旨所以能广博地阅读分辨。其实几句话就可以说明白，却故意写得洋洋洒洒，气势很足来夸耀自己文辞的奇丽。至于说"圣人对于大道已经明了，而不直接公告天下"，这就更是用私心来揣测圣人了。儒家"六经"中的道理明白昭然得像太阳星辰，只是见识没有到，才真的不会理解。姑且从这篇文章来讨论，来使那些浅薄的学者振作，改掉自己卑陋的读书习惯。

上刘长安书

【题解】

苏辙自中进士后便返回四川奔母丧，嘉祐五年（1060）回到京城，嘉祐六年（1061）应制科试。本文应作于嘉祐五年九月之后到嘉祐六年初，乃为干谒刘长安而写的书信。刘长安即刘敞，字原父，临江新喻（今江西新余）人。庆历六年（1046）进士，学问渊博，因发表过一些刚直的议论，受到弹劾，此时被任为永兴军路安抚使。永兴军治所在京兆府长安，故称其为刘长安。

本文虽为干谒之信，旨在倾诉仰慕之诚，表示希望进见，却并没有低声下气、满篇谀辞，而是别开生面，根据刘敞为人的特点，以诤友的口吻，或托物寄意，或以古人为例，委婉地讽喻刘敞要谦和待下，广结士人，而把自荐之意巧妙地蕴含于其中。既有苏辙散文一贯的委婉曲折的风格特色，又"文气峭劲，笔锋犀利"（张伯行语），表现出他年轻时倜傥不羁的风格。故明人茅坤评价此文曰："气岸自别。刘长安恐不得不敛衽自谢。"

辙闻之：物之所受于天者异①，则其自处必高②；自处既高，则必趯然有所不合于世俗③。盖猛虎处于深山，向风长鸣，则百兽震恐而不敢出。松柏生于高冈，散柯布叶④，而草木为之不植⑤。非吾则尔拒，而尔则不吾抗也⑥。

【注释】

①受于天者：在此指禀赋、天赋。

②自处：自居，自持。

③趯（tì）然：犹超然，高超出俗的样子。

④散柯布叶：伸展枝条，散布树叶。柯，枝条。

⑤不植：不能繁衍。

⑥非吾则尔拒，而尔则不吾抗也：不是我拒绝与你们共存，而是你们无法与我抗衡。尔拒，即"拒尔"。吾抗，即"抗吾"。吾，指禀赋高超者，如猛虎、松柏。尔，指普通俗物，如百兽、草木。

【译文】

我听说：一样事物天赋既与众不同，那么它一定会让自己居于高处；已经自居于高处，那么一定会高超出俗，有不符合世俗的地方。猛虎栖息于深山，对风长吼，百兽就震惊恐惧不敢出来。松柏生长于高冈，伸展枝条，散布树叶，下面的草木就因为它遮挡而不能繁衍。不是我拒绝与你们共存，而是你们无法与我抗衡。

故夫才不同则无朋①，而势远绝则失众②；才高者身之累也，势异者众之弃也③。昔者伯夷、叔齐已尝试之矣④：与其乡人立，以其冠之不正也，舍而去之⑤。夫以其冠之不正也，舍之而去，则天下无乃无可与共处者耶⑥？举天下而无可与共处，则是其势岂可以久也⑦？苟其势不可以久，则吾无乃亦将病之⑧？与其病而后反也⑨，不若其素与之之为善也⑩。伯夷、叔齐惟其往而不反⑪，是以为天下之弃人也。以伯夷之不吾屑而弃伯夷者⑫，是固天下之罪矣；而以吾之洁清而不屑天下⑬，是伯夷亦有过耳。古语有之曰："大辩若讷，大巧若拙⑭。"何者？惧天下之以吾辩而以辩乘我⑮，以吾巧而以巧困我。故以拙养巧⑯，以讷养辩，此又非独善保身也，亦将以使天下之不吾忌⑰，而其道可长久也。

【注释】

①无朋：没有同类。

②势远绝：形势与人疏远隔绝。失众：指离群孤僻，失去众心。

③势异者众之弃也：谓身处特殊位置的人将被众人排挤。

④昔者伯夷、叔齐已尝试之矣：伯夷、叔齐，商末孤竹君之二子，伯夷为长，叔齐为幼，父死后相互推让王位，商亡，二人耻食周粟，采薇而食，最终饿死于首阳山，为儒家推崇的义士。尝试，曾经试行。

⑤"与其乡人立"几句：语出《孟子·公孙丑下》："（伯夷）推恶恶之人，思与乡人立，其冠不正，望望然去之，若将浼焉。"冠，帽子。

⑥无乃：表示委婉推测的语气，相当于"恐怕是"。

⑦则是其势岂可以久也：那么这种处势哪里能够长久呢？

⑧病之：为此受到损害，在此指因此吃苦受累。

⑨反：通"返"。归，在此引申为回转。

⑩不若其素与之之为善也：不如平常就与他们好好相处。素，平常。

⑪往而不反：远行而不回返，在此比喻坚守高洁而不回到与众人相处的位置上。反，通"返"。

⑫不吾屑：即"不屑吾"之倒置，不屑与我交往。

⑬洁清：高洁。

⑭大辩若讷，大巧若拙：语出《老子·四十五章》："大直若屈，大巧若拙，大辩若讷。"王弼注："大辩因物而言，己无所造，故若讷也。""大巧因自然以成器，不造为异端，故若拙也。"

⑮乘：钻空子，趁机进攻。

⑯养：包容培养。

⑰不吾忌：不忌讳我。

【译文】

所以才能与众不同就会没有同类,形势与人疏远隔绝就会失去众心;高超的才能也会成为自身的负累,而身处特殊位置的人将被众人排挤。过去伯夷、叔齐已经试行过了:他们和同乡的人相处,因为同乡人的帽子没有戴正,就舍弃离开了他们。因为帽子没有戴正就舍弃离开,那么天下恐怕就没有可以与他们共处的人了吧?全天下都没有可以与他们共处的人,那么这种处势哪里可以长久呢?如果这种处势不可以长久,那么我辈恐怕也将因此吃苦受累吧?与其吃苦受累了再回转为人处世之道,不如平常就与他们众人相处。伯夷、叔齐就因为坚守高洁而不回转自己的为人处世之道,所以才成为天下舍弃的人。因为伯夷不屑我就舍弃伯夷,这固然是天下人的罪过;但因为我高洁就不屑天下人,伯夷也是有过错的。有这样的古话:"最善辩论的人,看上去像是很木讷;最灵巧聪明的人,看上去像是很朴拙。"为什么呢?是害怕天下人因为我善于辩论就凭借辩论来趁机攻击我,因为我灵巧就凭借灵巧来困住我。所以用朴拙来培养包容灵巧,用木讷来培养包容善辩,这又不只是独善其身,保护自己,也是将要借此使天下人不忌讳我,那我的为人处世之道就可以长久了。

今夫天下之士,辙已略观之矣:于此有所不足,则于彼有所长;于此有所蔽,则于彼有所见。其势然矣。仄闻执事之风[①],明俊雄辩[②],天下无有敌者;而高亮刚果[③],士之进于前者,莫不振栗而自失[④];退而仰望才业之辉光,莫不逡巡而自愧[⑤]。盖天下之士已大服矣,而辙愿执事有以少下之[⑥],使天下乐进于前而无恐,而辙亦得进见左右[⑦],以听议论之末[⑧]。幸甚幸甚!

【注释】

①仄闻：仄通"侧"，即侧闻，从旁听说，谦辞。

②明俊：明慧俊异。

③高亮刚果：高风亮节，刚毅果敢。

④振栗：颤抖。自失：不知所措的样子。

⑤逡（qūn）巡：因为有所顾虑而徘徊不前。

⑥少下之：稍稍降低姿态。

⑦进见左右：这是进见对方的谦辞，即不敢见其本人，只求见他左右的人。

⑧以听议论之末：自谦的说法。意思是不敢听议论中精彩的，只配听议论中不重要的部分。议论之末，指议论中非根本的、不重要的部分。

【译文】

现在天下的士人，我已经大概地观察过了：在这个方面有不足的地方，就在那个方面有擅长的地方；在这个方面有被蒙蔽的地方，就在那个方面有见识。形势就是这样的。我从旁听说阁下的风采，明慧俊异，雄辩过人，天下没有能与您抗衡的人；而又高风亮节、刚毅果敢，又使得到您面前进见的士人们，都颤抖而不知所措；退下仰望您才华事业的光辉，都徘徊不前而自我羞愧。天下的士人已经很佩服阁下了，而我希望阁下能稍稍降低姿态，使得天下人乐于在您面前进见而不恐慌，我也能够得以来拜会您，来听取您高妙的议论。那就太幸运、太幸运了！

【评点】

茅鹿门曰：气岸自别①。刘长安恐不得不敛衽自谢②。

张孝先曰：文气峭劲，笔锋犀利；但以拙养巧，以讷养辩，又入权术法门矣。读者不可不知。

【注释】

①气岸：意气，气概。

②敛衽：整理衣裳，表示恭敬。

【译文】

茅坤评论：气概自是不同。恐怕这位刘长安长官不得不整理衣襟，自我道歉了。

张伯行评论：文气峭拔坚劲，笔锋犀利有力，但"用朴拙来培养包容灵巧，用木讷来培养包容善辩"这样的议论，又进到权术机巧的层面了。读者不可以不分辨。

答黄庭坚书

【题解】

黄庭坚（1045—1105），字鲁直，号山谷道人，洪州分宁（今江西修水）人。治平四年（1067）进士及第，苏门四学士之一，宋代著名诗人，江西诗派的领袖，有《豫章黄先生文集》等传世。

本文作于元丰三年（1080）至元丰四年（1081）间，当时苏辙因新旧党争而被贬筠州监盐酒税，而黄庭坚也是仕途不顺，正在吉州太和县任知县。二人本已相互倾慕多时，一直未曾见面，因为两地临近，黄庭坚率先来信向苏辙问候并求教问题，本文就是苏辙的回信。他在其中向黄庭坚倾诉了向慕愿见之诚，同时对他的清心寡欲、陶然自得的境界表示了高度的赞赏，也从侧面反映出了苏辙本人的追求。

文章表面上像家常絮语，却写得委婉蕴蓄，一波三折，摇曳多姿。故明人茅坤评价此文曰："雅致。"

辙之不肖[①]，何足以求交于鲁直？然家兄子瞻与鲁直往还甚久[②]，辙与鲁直舅氏公择相知不疏[③]，读君之文，诵其

诗,愿一见者久矣!性拙且懒,终不能奉咫尺之书^④,致殷勤
于左右^⑤,乃使鲁直以书先之,其为愧恨可量也^⑥。

【注释】

①不肖:不才,此为谦辞。

②然家兄子瞻与鲁直往还甚久:指苏轼和黄庭坚的交游。根据现
有史料,苏黄的交游始于元丰元年(1078)春,黄庭坚作有《古
风二首上苏子瞻》和《上苏子瞻书》,苏轼有和答诗和回信。但
苏轼早在熙宁五年(1072)于湖州孙觉(黄庭坚岳父)座上已经
读到黄庭坚的诗,"耸然异之,以为非今世之人也";后于熙宁十
年(1077)在济南李常(黄庭坚舅父)那里再次读到黄庭坚的诗
文作品,"意其超逸绝尘,独立万物之表,驭风骑气,以与造物者
游"(《答黄鲁直书》)。其后二人交游不绝,有师生之谊,据《宋
史·黄庭坚传》:"(庭坚)与张耒、晁补之、秦观俱游苏轼门,天下
称为四学士,而庭坚于文章尤长于诗。蜀、江西君子以庭坚配轼,
故称'苏、黄'。轼为侍从时,举以自代,其词有'瑰伟之文,妙绝
当世,孝友之行,追配古人'之语,其重之也如此。"子瞻,苏辙兄
苏轼字。往还,交游,交往。

③公择:即李常,字公择,建昌(今江西永修)人。皇祐元年(1049)
进士及第,为黄庭坚舅父。苏辙任齐州掌书记时,李公择任知州,
二人多有唱和。

④咫尺之书:即书信。咫尺,指书信长度,古代写书信的木简长盈
尺,故称。咫,长度单位,长八寸。

⑤殷勤:殷切的情意。左右:在此指对方,古时对人不直称,而称他
的左右,表示尊敬。

⑥愧恨可量:惭愧悔恨之情可以想见。

【译文】

我苏辙不才,哪里足以寻求得和您黄庭坚先生交往呢?然而我的兄

长子瞻和您交游已经很久了，我和您的舅舅李常也相互了解，并不疏远，我阅读您的文章，朗诵您的诗歌，希望和您见面已经很久了！只是我的个性笨拙而且懒惰，始终不能奉上书信，向您表达殷切的心意，却使您先写信给我，我的惭愧悔恨之情可以想见。

自废弃以来^①，颓然自放^②，顽鄙愈甚^③，见者往往嗤笑，而鲁直犹有以取之^④。观鲁直之书，所以见爱者，与辙之爱鲁直无异也。然则书之先后，不君则我，未足以为恨也^⑤。

【注释】

①废弃：在此指贬官。元丰二年（1079）七月，苏轼因诗文讪谤朝政被下狱，苏辙上书营救，十二月，坐贬筠州监盐酒税。

②颓然自放：萎靡不振，自我放纵。

③顽鄙：顽固鄙陋。

④而鲁直犹有以取之：而您还认为我有可取之处。据黄庭坚《寄苏子由书》："诵执事之文章，而愿见二十余年矣。……知执事治气养心之美，大德不逾，小物不废，沉潜而乐易，致曲以遂直，欲亲之不可媟，欲疏之不能忘。"

⑤恨：遗憾。

【译文】

自从我被贬官以来，萎靡不振，自我放纵，顽固、鄙陋越发厉害，见到的人往往嘲笑我，而您还认为我有可取之处。我阅读您的来信，我之所以被您爱重，与我爱重您的原因没有区别。那么书信谁先谁后，不是您就是我，就不值得为此遗憾了。

比闻鲁直吏事之余^①，独居而蔬食^②，陶然自得^③。盖

古之君子不用于世，必寄于物以自遣。阮籍以酒④，嵇康以琴⑤。阮无酒，嵇无琴，则其食草木而友麋鹿⑥，有不安者矣。独颜氏子饮水啜菽，居于陋巷，无假于外，而不改其乐⑦。此孔子所以叹其不可及也。今鲁直目不求色，口不求味⑧，此其中所有，过人远矣。而犹以问人⑨，何也？闻鲁直喜与禅僧语⑩，盖聊以是探其有无耶⑪？

【注释】

①比闻：近来听说。

②蔬食：在此指素食。

③陶然：快乐的样子。

④阮籍以酒：阮籍，字嗣宗，三国时陈留尉氏（今属河南）人。曾为步兵校尉，世称阮步兵，有《阮籍集》。据《晋书·阮籍传》："籍本有济世志，属魏晋之际，天下多故，名士少有全者，籍由是不与世事，遂酣饮为常。""籍闻步兵厨营人善酿，有贮酒三百斛，乃求为步兵校尉。"

⑤嵇（jī）康以琴：嵇康，字叔夜，三国时魏谯国铚（今安徽宿州）人。曾官中散大夫，世称嵇中散，有《嵇康集》。据《晋书·嵇康传》："（嵇康）常修养性服食之事，弹琴咏诗，自足于怀。"后因不愿在司马氏掌朝政时为官，被司马昭所杀，临刑时，"康顾视日影，索琴弹之，曰：'昔袁孝尼尝从吾学《广陵散》，吾每靳固之，《广陵散》于今绝矣！'"

⑥友麋（mí）鹿：与麋鹿为友。

⑦"独颜氏子饮水啜菽（shū）"几句：语本《论语·雍也》："子曰：'贤哉，回也！一箪食，一瓢饮，在陋巷，人不堪其忧，回也不改其乐。贤哉，回也！'"颜氏子，指颜回，孔子弟子，很受孔子赞赏，

为孔门德行尤高者。饮水啜菽，喝清水，吃豆类，极言生活清贫。啜，食，饮。菽，豆类的总称。无假于外，不凭借外物，在此指不因外界条件的变化而改变心情。

⑧今鲁直目不求色，口不求味：现在您眼睛不追求华丽的颜色，口腹不追求精美的食物，即指上文的"独居而蔬食"。

⑨犹以问人：还请教别人，指下文的"与禅僧语"。

⑩闻鲁直喜与禅僧语：意为听说您喜欢与禅宗僧人交谈。黄庭坚与苏轼都和当时僧人佛印相善。禅僧，禅宗僧人。宋代佛教渐变成禅宗，主张顿悟，不立文字，直指人心，后来发展成"我心即佛"的观点。

⑪盖聊以是探其有无耶：是姑且用这种方法来探求佛教真理的有无吗？聊，姑且。

【译文】

近来听说您在办公的余暇，独自居处，只吃素食，却十分快乐。古时的君子不被重用，就一定会将感情寄托在一些事物上来自我排遣。阮籍用酒，嵇康用琴。如果阮籍没有酒，嵇康没有琴，那么他们哪怕是只吃素食，和麋鹿为友，也是有不安定的地方。唯独颜回喝凉水、吃豆类，居住在简陋的街巷中，不因为外界条件的变化而改变他的快乐。这就是孔子感叹他不可企及的原因。现在您的眼睛不追求华丽的颜色，口腹不追求精美的食物，您心中所有的境界，超过常人很远了。却还要请教别人，为什么呢？我听说您喜欢与禅宗僧人交谈，是姑且用这种方法来探求佛教真理的有无吗？

渐寒，比日起居甚安①。惟以时自重②。

【注释】

①比日：近日，近来。

②惟以时自重：希望您随时自己珍重身体，是古时书信常用套语。

【译文】

天气渐渐冷了，近日我生活很安定。也希望您随时自己珍重身体。

【评点】

茅鹿门曰：雅致。

张孝先曰：尺牍甚佳，亦可想见山谷风韵高处。

【译文】

茅坤评论：高雅有风致。

张伯行评论：这封书信写得很好，也可以想见黄庭坚为人的高雅风韵。

贺文太师致仕启

【题解】

文彦博（1006—1097），字宽夫，汾州介休（今属山西）人。宋仁宗天圣五年（1027）进士及第，庆历七年（1047）拜集贤相，宋神宗熙宁三年（1070）任为枢密使，为北宋一代名相。元丰六年（1083）十一月，文彦博向朝廷请老，以太师之衔致仕，退居洛阳，故称文太师。本文就是苏辙写给他祝贺致仕还乡的书信，约作于元丰六年底至七年初。

在这篇启中，苏辙歌颂了文彦博卓绝的功业和谦退的风范，也表达了对于他曾经知遇之恩的感激。本文胜在善于用典达意，文辞雍容雅致，故清人张伯行赞之曰："尚父虽老而鹰扬未衰，猛虎在山而藜藿不采'，确是文潞公气概。疏宕之中，饶有蕴藉，小启之绝佳者。"

右某启①：伏审得谢中朝②，归老西洛③。位极师保④，望隆古今⑤；止足之风⑥，中外所叹⑦。伏惟致政太师⑧，躬夔、皋之伟业⑨，兼方、召之壮猷⑩，翼亮三朝⑪，始终一节⑫。百辟共传于遗事⑬，四夷想闻于风声⑭。民恃以安⑮，士思为用。尚父虽老，而鹰扬未衰⑯；猛虎在山，而藜藿不采⑰。况复坐而论道⑱，本无黄发之嫌⑲；出以济时⑳，何负赤松之约㉑？而能去如脱屣㉒，名重太山㉓。近世以来，一人而已。方将翱翔嵩、少之下，溯回伊、洛之间㉔；身寄白云㉕，堂开绿野㉖。释鼎钟之重负，收竹帛之余光㉗。虽使图之丹青㉘，奉以尸祝㉙，众之所愿，谁复间然㉚？

【注释】

①某：自称之辞，指代本名，旧时谦虚的用法。启：在此意为呈上。

②伏审：得知。伏，在动词前表恭敬。得谢：允许辞职。中朝：汉代朝官自汉武帝之后有中朝、外朝之分，中朝即内朝，官员品级都较高。

③归老：退休回家养老。西洛：宋时洛阳为西京，故称。

④位极师保：意谓官位至师保，达到人臣中的最高级。师保，太师与太保，古时负责辅导和协助帝王的官员，在此指太师。太师，宋代表示恩宠的加衔，以此为最高，但无实职，高官致仕，大多加衔"太师"。

⑤望隆古今：声望崇高，冠于古今。

⑥止足之风：知止知足的风度。《老子·四十四章》："知足不辱，知止不殆，可以长久。"

⑦中外：指中朝、外朝。

⑧致政太师：以太师之位致仕。致政，归政于君。

⑨夔、皋：舜时名臣夔与皋陶。夔为乐官，皋陶为掌刑狱之官，二人

居官皆有政绩,在此以之喻文彦博为贤明的辅弼大臣。

⑩兼方、召之壮猷(yóu):方,方叔,周宣王大臣,受命北伐猃狁,南征荆楚,助其中兴。召,召虎,召穆公,周宣王大臣,率兵平定淮夷。方、召二人皆为统兵出征、平定骚乱的功臣,在此以之喻文彦博亦有武功,为国之重臣。壮猷,宏大的谋略。

⑪翼亮:辅佐。三朝:指文彦博历仕仁宗、英宗、神宗三朝。

⑫始终一节:始终坚守节操。指文彦博在熙宁初因反对王安石变法,外任后不久退居洛阳事。

⑬百辟共传于遗事:百官共同传颂遗留下来的丰功伟业。百辟,百官。

⑭四夷想闻于风声:据《宋史·文彦博传》:“文彦博立朝端重,顾盼有威。远人来朝,仰望风采。其德望固足以折冲御侮于千里之表矣。”四夷,古时对四方少数民族的统称,含有轻蔑之意。想闻,向往仰慕。风声,风采声望。

⑮民恃以安:百姓依靠他得到安定,据《宋史·文彦博传》:“当是时(指宋仁宗有疾之时),京师业业,赖彦博、弼(富弼)持重,众心以安。”

⑯尚父虽老,而鹰扬未衰:指文彦博虽年老却才能不衰。尚父,即太公望,姓姜名子牙,商末周初人,辅佐周武王灭商,建立周朝,被尊称为“师尚父”,后分封于齐,为齐始祖。后以“尚父”指可尊尚的父辈。鹰扬,鹰之奋扬,喻威武或大展雄才。语出《诗经·大雅·大明》:“维师尚父,时维鹰扬。”此诗记录了太公望在伐商战场上的风采,相传此时他已年逾八十。据《宋史·文彦博传》,在他八十五岁时,苏轼说他“综理庶务,虽精练少年有不如”。

⑰猛虎在山,而藜藿(lí huò)不采:语出《汉书·盖宽饶传》:“山有猛兽,藜藿为之不采;国有忠臣,奸邪为之不起。”将文彦博比为庄重的忠臣,使得奸邪不敢妄为。藜藿,各为野菜名,在此泛指野菜。

⑱况复:况且。坐而论道:指王公大臣陪侍帝王议论政事。

⑲黄发：老人发白，白久则黄，因以黄发为寿高之象，也用以代指老人。

⑳济时：匡时救世。

㉑赤松之约：指归隐悠游，修炼道术。《史记·留侯世家》："留侯（张良）乃称曰：'……愿弃人间事，欲从赤松子游耳。'乃学辟谷，道引轻身。"赤松，赤松子，传说中的仙人，为神农雨师，入火不伤，能随风雨上下。

㉒脱屣（xǐ）：比喻看得很轻，无所顾恋，犹如脱掉鞋子。《汉书·郊祀志》："嗟乎，诚得如黄帝，吾视去妻子如脱屣耳。"颜师古注："屣，小履。脱屣，言其便易，无所顾也。"

㉓名重太山：声名煊赫重于泰山。太山，即泰山，在今山东泰安境内，因为五岳之首，故常以之比喻众所景仰的人。

㉔方将翱翔嵩、少之下，溯回伊、洛之间：翱翔，在此指悠闲游荡。嵩、少，分指嵩山与其西部的少室山，在今河南登封北。因少室山也算是嵩山的一部分，故"嵩少"亦可合而为嵩山的别称。溯回，本义为逆流而上，在此指在水中徜徉游玩。伊、洛，伊水和洛水，两水汇流，故常常合称。嵩少在洛阳附近，伊洛也流经洛阳，在此以之概指洛阳的山山水水。

㉕身寄白云：指隐居悠游的生活。语出南朝齐梁时期陶弘景诗。相传其隐居于茅山华阳洞天，齐高祖问之曰："山中何所有？"他赋诗以答之："山中何所有，岭上多白云。只可自怡悦，不堪持寄君。"

㉖堂开绿野：绿野堂为唐代裴度晚年辞官退居洛阳时所修建的别墅，在此间与白居易、刘禹锡等作诗酒之会。裴度为唐宪宗时名相，平定藩镇叛乱有功，苏辙在此以之喻文彦博。

㉗释鼎钟之重负，收竹帛之余光：放下了能被铭刻于鼎钟之上的功勋事业，但已经被著于史册，流芳百世。《墨子·鲁问》："则书之于竹帛，镂之于金石，以为铭于钟鼎，传遗后世子孙。"鼎钟，两种礼器，上常刻铭功颂德的文字。重负，重大责任。竹帛，古时初无

纸,文字多书于竹简,秦时改书于帛,后以竹帛引申为书籍、史册。

㉘图之丹青:用丹青画为图像。《旧唐书·长孙无忌传》:"自古皇
王,襃崇勋德,既勒铭于钟鼎,又图形于丹青。"唐太宗曾命令在
凌烟阁中将赵国公长孙无忌等功臣二十四人画为图像,在此指文
彦博功勋卓著,当留画像供后人瞻仰。丹青,本指丹砂和青䥽两
种可制颜料的矿石,也用以代指颜料或画像。

㉙奉以尸祝:被奉为神像或神主祭祀。尸祝,分别指古时祭祀时代
替死者受祭的人和传告鬼神言辞的人,都是祭祀中担任重要职务
的人,受人崇敬,在此偏指尸,即神主。

㉚间然:在此指有异议。

【译文】

我向您呈上书信:我恭敬地得知您已经在朝廷中辞职,将要回到洛
阳养老。您的职位到达了人臣中最高一级太师,声望崇高,冠于古今;您
知止知足的风度,是朝廷内外都叹服的。您以太师之位致仕,亲身实践
了像夔与皋陶那样的丰功伟业,又兼有方叔和召虎的宏大兵谋,辅佐了
仁宗、英宗、神宗三朝君主,始终坚守着自己的节操。百官共同传颂您遗
留下来的丰功伟业,四方的少数民族都向往您的风采声望。百姓依靠您
得到安定,士人都想着为您所用。您像姜太公一样,虽然年老,但雄才不
曾衰落;您端立朝廷,使得奸邪不敢妄为,就像有猛虎在山,便无人敢去
偷采野菜一样。何况您陪侍帝王议论政事,本不会嫌弃年长;出仕匡时
救世,又怎么会辜负与仙人赤松子一起归隐悠游、修炼道术的约定?但
您离开朝廷、舍弃功名,就像脱去鞋子一样看得很轻,而您的名望比泰山
还要重。近代以来,这样的人只有您一人罢了。您正要在嵩山和少室山
中悠游,在伊水和洛水之间徜徉;将身心寄托于您闲的白云,像唐代名相
裴度营建绿野堂那样修造别墅,欢迎宾客。您放下了能被铭刻于鼎钟之
上的功勋事业,但已经被著于史册,流芳百世。即使用丹青为您画功臣
像,或奉为神主被人祭祀,都是众人的心愿,又有谁会有异议呢?

　　某蚤以空疏,误辱知奖^①。尝欲借润于河海^②,庶几自效于锱铢^③。而蹇拙多艰^④,漂流历岁^⑤。誓将归扫坟墓^⑥,绝意功名。罪籍得除^⑦,或成过洛之幸^⑧;旧恩未弃^⑨,尚许登门之游。一听话言,永毕微愿^⑩。犹能作为歌颂^⑪,传示无穷;俯慰平生,仰答恩遇。瞻望台屏^⑫,不胜区区^⑬。谨奉启陈贺^⑭。

【注释】

①某蚤以空疏,误辱知奖:指文彦博于熙宁二年(1069)四月自枢密使罢为河东节度使判河阳,辟苏辙为学官一事,苏辙有《谢文公启》记此事。蚤,通“早”。早年。空疏,空虚浅薄的学识。误辱知奖,不小心辱及您,让您给予了我知遇和奖掖,这是古人自谦的说法。

②借润于河海:借助于河海之水的润泽,在此喻指借助于文彦博的恩泽。

③庶几:也许能,表希望之意。效:效力。锱铢(zī zhū):皆为古时表示重量的小单位,四锱为一两,六铢为一锱,在此谦指自己的力量弱小微薄。

④蹇(jiǎn)拙:困苦笨拙不顺利。

⑤漂流历岁:元丰二年(1079),苏辙因苏轼乌台诗案坐贬筠州盐酒税,写作此启时,仍身在筠州。漂流,贬官在外的委婉说法。

⑥归扫坟墓:回故乡为先人洒扫坟墓,意谓归隐家乡。

⑦罪籍得除:能够从罪犯的名册中除名。

⑧或成过洛之幸:也许还能有幸成全我到洛阳拜访的心愿。

⑨旧恩:指文彦博曾经给予的知遇之恩。

⑩永毕微愿:完成长久以来的微薄心愿。

⑪歌颂:在此指歌功颂德的文字。

⑫台屏：贵府。台，古时书信中对人尊称之辞。屏，本为官门当门的

小墙，在此代指府门。

⑬不胜：禁不住。区区：拳拳真挚之情。

⑭陈贺：陈述祝贺之意。

【译文】

我早年凭借空虚浅薄的学识，不小心辱及您，让您给予了我知遇和奖掖。曾经想要借助您像河海之水一样宏大的恩泽，希望能贡献自己一点弱小微薄的力量。可是我困苦笨拙，遭遇了许多艰难，贬官在外漂泊了几年。我发誓要回故乡为先人洒扫坟墓，断绝对于功名的念想。等到能够从罪犯的名册中除名，也许还能有幸成全我到洛阳拜访您的心愿；若是您过去对我的知遇之恩还没有弃绝，届时还允许我登门拜访。让我聆听您的教诲，那么我长久以来的微薄心愿就算是完成了。我还能为您歌功颂德，来传示给无穷的后人；在下抚慰我平生的心愿，在上来报答您以往的知遇之恩。我瞻仰贵府，禁不住拳拳真挚之情。恭敬地奉上这封书信向您陈述我对您退休的祝贺之意。

【评点】

茅鹿门曰：文有典刑，且多风致。

张孝先曰："尚父虽老而鹰扬未衰，猛虎在山而藜藿不采"，确是文潞公气概。疏宕之中，饶有蕴藉，小启之绝佳者。

【译文】

茅坤评论：这篇文章善于用典，且很有风味。

张伯行评论："您像姜太公一样，虽然年老，但雄才不曾衰落；您端立朝廷，使得奸邪不敢妄为，就像有猛虎在山，便无人敢去偷采野菜"，这样的文字，的确很有苏辙的气概。放达不羁中，又含蓄蕴藉，这是短篇启书中绝妙的文章。

贺欧阳少师致仕启

【题解】

欧阳修（1007—1072），字永叔，庐陵（今属江西）人。北宋著名政治家、史学家、文学家，唐宋八大家之一。仁宗天圣八年（1030）进士，嘉祐五年（1060）任参知政事，一度位及副相。嘉祐二年（1057）二月，欧阳修以翰林学士身份主持进士考试，录取了苏轼、苏辙等人，从此与苏氏兄弟结下了深厚的师生之缘。宋神宗熙宁四年（1071），欧阳修因年迈加之不满王安石变法而屡次向朝廷提出致仕请求，终被准许。而此时苏氏兄弟也正因反对新法而被贬官在外，三人可谓惺惺相惜。欧阳修致仕同年，苏氏兄弟都为他写作了贺启。与苏轼的贺启相比，苏辙写作的本文重在赞扬欧阳修"以道自任"，立意更高，但在文辞方面则显得工整有余，流畅不足。

伏审累章得谢[①]，故邑荣归[②]，位冠东宫[③]，宠兼旧职[④]。高风所振[⑤]，清议愈隆[⑥]。伏惟致政观文少师[⑦]，道德在人[⑧]，术学盖世[⑨]。早游侍从[⑩]，蔚为议论之宗[⑪]；晚入庙堂[⑫]，隐然众庶之望[⑬]。属三朝之终始[⑭]，更万变之勤劳[⑮]。临事而安，莫测弛张之用[⑯]；释位既久，始知镇静之功[⑰]。仰成绩之不刊[⑱]，信后来之难继。荐历三镇[⑲]，始终一心。知无不言[⑳]，曾中外而易意[㉑]；老而弥壮[㉒]，信贤达之过人。众皆以力事君[㉓]，公独以道自任[㉔]。仕以其力者，力衰而后去；进以其道者，道高则难留。故七十致仕，在《礼》则然[㉕]；而六一自名[㉖]，此志久矣。筑室清颍[㉗]，琴书足以忘忧；遗名四方，珪组盖已外物[㉘]。谁钦治国，能就问以质疑[㉙]；惟是门人[㉚]，尚不拒其来学[㉛]。辙以官守[㉜]，不获躬诣门屏[㉝]。谨奉启陈贺[㉞]。

【注释】

①伏审累章得谢:欧阳修自熙宁元年(1068)起曾五次上表,屡请致仕。伏审,得知。伏,在动词前表恭敬。累章得谢,多次上书终于得到批准允许辞职。据《宋史·欧阳修传》:"修以风节自持,既数被污蔑,年六十,即连乞谢事,帝辄优诏弗许。"

②故邑荣归:即荣归故邑,富贵还乡。

③位冠东宫:官位在东宫官中最高。东宫,太子居住的地方,代指东宫官。《新唐书·百官志·东宫官》:"少师、少傅、少保各一人,从二品。"宋代因之。欧阳修以太子少师致仕。东宫官中本以太子太傅最高,但因为是加衔官,不常设,故可以称太子少师"位冠东宫"。

④宠兼旧职:恩宠有加,还兼有原来的官职。旧职,宋代有官有职有差遣,往往落官而职不去。

⑤高风:高卓的风范。

⑥清议愈隆:社会舆论的评价更高。清议,社会舆论。

⑦伏惟致政观文少师:欧阳修于治平四年(1067)三月除观文殿学士。致政,归政于君,与"致仕"同。观文,观文殿学士的省称。宋代观文殿设有学士、大学士,资望极高,非曾为宰相者不除。

⑧道德在人:个人具有高尚的道德。

⑨术学盖世:文学成就举世无匹。据《宋史·欧阳修传》:"为文天才自然,丰约中度。其言简而明,信而通,引物连类,折之于至理,以服人心。超然独骛,众莫能及,故天下翕然师尊之。"术学,学术,此处指文学。

⑩侍从:在此指随侍皇帝左右的官员,欧阳修早年曾担任知谏院、翰林学士等官,故称。

⑪蔚为议论之宗:文采华美,为时论所崇尚。蔚,文采华美。

⑫晚入庙堂:晚年担任朝廷重臣。指欧阳修于嘉祐五年(1060)为枢密副使,嘉祐六年(1061)为参知政事,位及副相。

⑬隐然众庶之望：立朝端重，是广大黎民百姓寄予希望的人。隐然，庄重威严的样子。众庶，广大黎民百姓。

⑭属三朝之终始：指欧阳修历仕仁宗、英宗、神宗三朝。

⑮更万变之勤劳：经历了应对朝政千变万化的辛劳。更，经历。

⑯临事而安，莫测弛张之用：遇事能冷静处理，别人无法揣测其施政宽严相济的方法。安，在此指冷静镇定。弛张之用，《礼记·杂记下》："张而不弛，文武弗能也；弛而不张，文武弗为也。一张一弛，文武之道也。"

⑰释位既久，始知镇静之功：离开官位久了以后，人们才发现他过去安邦定国的功勋。释位已久，在此指欧阳修于治平四年（1067）离开参知政事的职位出知亳州，后一直外任。镇静，在此指使国家安定。

⑱不刊：不能删改，在此指不可磨灭。

⑲荐历三镇：接连担任三镇的长官。荐，接连。三镇，指欧阳修外任的青州、颍昌、蔡州三地，均在当时京城（今河南开封）附近，为朝廷重镇。

⑳知无不言：据《宋史·欧阳修传》："修在翰林八年，知无不言……修平生与人尽言无所隐。"

㉑曾中外而易意：哪里会因为在朝中为官和外任地方官的不同而改变本意。曾，岂。中外，在此指在朝中为官和外任地方官。易意，改变本意。

㉒老而弥壮：年老但雄心壮志更加强盛。

㉓以力事君：凭借自身的力量事奉君主。

㉔以道自任：把弘扬大道作为自己的责任。

㉕故七十致仕，在《礼》则然：意谓七十岁辞官，就像《礼记》中记载的一样。据《礼记·王制》："五十而爵，六十不亲学，七十致政。"郑玄注："还君事。"

㉖六一自名：指欧阳修晚年自号为"六一居士"。据欧阳修《六一居士传》："吾家藏书一万卷，集录三代以来金石遗文一千卷，有琴一张，有棋一局，而常置酒一壶……以吾一翁，老于此五物之间，是岂不为'六一'乎？"

㉗清颍：清澈的颍水之滨。相传许由不愿受尧让天下，曾洗耳于颍水之滨。

㉘珪组：古时朝会时所佩戴的玉圭和绶印，在此代指功名利禄。外物：身外之物。

㉙谁轪治国，能就问以质疑：还有谁治理国家，能够像他一样可以提问咨询、解答疑惑。轪，语气词。就问、质疑，均指提出疑问以咨询。

㉚门人：门生，徒弟。

㉛来学：来就学的人。

㉜官守：居官守职，指离不开自己的工作岗位。

㉝获：能够。躬诣：亲自到。门屏：家门，在此指对方府宅。

㉞陈贺：陈述祝贺之意。

【译文】

　　我恭敬地得知您多次上书终于被批准允许辞职，荣耀地回归故乡城邑，您的官位在东宫官中是最高的，恩宠有加，还兼有原来的官职。您高卓的风范振荡世人，社会舆论对您的评价越来越高。现在您以观文殿学士、太子少师的身份辞官退休，个人具有高尚的道德，文学成就则举世无可匹敌。您早年担任君主身边的侍从官，文采华美，为时论所崇尚；晚年担任朝廷重臣，立朝端重，是广大黎民百姓寄予希望的人。您历仕仁宗、英宗、神宗三朝的始终，经历了应对朝政千变万化的辛劳。遇事能冷静处理，别人无法揣测您施政宽严相济的方法；离开官位久了以后，人们才发现您过去安邦定国的功勋。我仰望您不可磨灭的功绩，确信后来者难以为继。您接连担任青州、颍昌、蔡州三镇的长官，始终保持着为国为民的忠心。您知无不言，不会因为在朝中为官和外任地方官的不同而改变本意;年老但雄心壮志更加强盛,确实是贤明达观超过常人。众人都是凭借自身的力量事奉君主,您则独自把弘扬大道作为自己的责任。凭借自己的力量来做官的人,力量衰退后就离开了;凭借弘扬大道进取的人,道德过于高尚就难以在官场久留。所以您七十岁辞官,正如《礼记》所说的那样;而以"六一居士"自号,可见退隐的志愿由来已久。您在清澈的颍水之滨筑造家室,弹琴、读书足以忘却忧愁;您的美名四方传扬,而功名利禄已是身外之物。还有谁治理国家,能够像您一样可以提问咨询、解答疑惑;唯有做您的门生,您还不会拒绝我们这些人来求学。我因为居官守职,不能够亲自到您的住处拜访了。恭谨地奉上这封书信向您陈述我对您辞官的祝贺之意。

【评点】

张孝先曰:其流宕处不及东坡[1]。中云"众皆以力事君,公独以道自任"。说得欧阳身分高,此是文字担斤两处。

【注释】

①流宕:指诗文流畅起伏。

【译文】

张伯行评论:这篇文章流畅起伏的程度不如苏轼的那篇。但中间说"众人都是凭借自身的力量事奉君主,您则独自把弘扬大道作为自己的责任"。说得欧阳修身份很高,这是文章最有力的地方。

除中书舍人谢执政启

【题解】

在宋神宗时期,苏辙因反对王安石变法等原因曾长年被贬官在外,宋哲宗即位后,高太后执政,他被召回京,屡次升官,进入了他政治的辉煌期。宋哲宗元祐元年（1086）十一月，苏辙被任命为中书舍人。中书舍人属中书省，主要掌起草诏令，如政事失当或除授非其人，也可奏请皇帝重新考虑。他写作了这篇谢启，向当时的吕公著等执政大臣表示感谢，如一般的谢启既谦虚自己难堪大任，又感激对方的知遇之恩。然而本文自有独到之处，虽用骈体，但真情实感蕴于其中，全文意脉贯通，没有一般骈文浮夸虚饰、堆砌辞藻的弊病，不少对句构思新颖，文句生动。故清人张伯行评价曰："写意炼辞，工致而不伤于纤丽。"且态度不卑不亢，言辞曲折委婉，颇为得体。

　　某启①：近蒙圣恩除前件官②，仍改赐章服者③。谪宦江湖，岁月已久④；置身台省⑤，志气未安⑥。继登翰墨之场，勉出丝纶之语⑦。辞而不获⑧，处之益惊⑨。

【注释】

①某启：自称之辞，指代本名，旧时谦虚的用法。启，在此意为呈上。

②除：授予。前件官：指文题中的中书舍人一官。前件，犹"上项"，是公文的常用省称语。

③章服：绣有日月星辰的古代礼服，每图为一章，天子十二章，群臣按品级以九、七、五、三章递降。

④谪宦江湖，岁月已久：意谓很久以来，一直贬官在外。苏辙自元丰二年（1079）因苏轼乌台诗案坐贬筠州盐酒税，元丰七年（1084）改为绩溪县令，直到元丰八年（1085）宋哲宗即位，方召为朝官。谪宦，贬官。江湖，指民间、地方，与庙堂、中央相对。

⑤置身台省：苏辙元祐元年（1086）二月任右司谏，隶属中书省，九月除起居郎，隶属门下省。台省，汉朝的尚书台、三国魏的中书省都是代表皇帝发布政治命令的中枢机关，故后以"台省"代称朝廷的中央机构。

⑥志气未安：在此指精神、心灵不安宁，居位有愧。

⑦继登翰墨之场，勉出丝纶之语：指被任为中书舍人，负责把皇帝的命令写成制词，故云。翰墨，笔墨，在此代指文字工作。勉，勉强。丝纶之语，语出《礼记·缁衣》：“王言如丝，其出如纶。”孔疏：“王言初出，微细如丝，及其出行于外，言更渐大，如纶也。”后因称帝王诏书为“丝纶”。

⑧辞而不获：推辞授官而不被批准。获，被批准。苏辙有《辞召试中书舍人状二首》。

⑨惊：不安。

【译文】

我向您上书：近来承蒙圣上的恩典授予我上述官职，还改赐我礼服。我贬官在外，时间已经很久了；现在被安置在中央机构，居位有愧，内心不安。紧接着又授我官职，让我登上文墨的殿堂，勉力为皇帝制作诏书。我推辞授官却不获准许，在这样的职位上感到更加不安。

凡物之生，大小异称①；惟人所处，闲剧有宜②。狙猿无事于冠裳③，爱居不乐于钟鼓④。操之则栗，舍之则安⑤。是以造物者听其自然⑥，而用人者贵于因任⑦。然后才得其适⑧，性无所伤⑨。

【注释】

①异称：不一样。称，相等。

②闲剧有宜：有人适宜处静，有人适宜处动。闲，在此指静。剧，在此指动。

③狙（jū）猿无事于冠裳：意谓穿衣戴帽不符合猿猴的本性。语本《庄子·天运》：“今取猿狙而衣以周公之服，彼必龁啮挽裂，尽去而后慊。”苏辙在此以“狙猿”自比。狙猿，猿猴。

④爱居不乐于钟鼓：意谓欣赏钟鼓之乐不符合海鸟的本性。《庄
　子·至乐》："昔者海鸟止于鲁郊，鲁侯御而觞之于庙。奏《九韶》
　以为乐，具太牢以为膳。鸟乃眩视忧悲，不敢食一脔，不敢饮一
　杯，三日而死。"苏辙在此以"爱居"自比。爱居，海鸟名。

⑤操之则栗，舍之则安：意谓让猿猴穿衣戴帽，让海鸟听钟鼓之乐，
　它们就恐惧害怕，将这些都舍弃不用，它们就心安了。栗，惊慌
　恐惧。

⑥造物者：创造万物的，指上天。

⑦用人者：任用他人的人，指皇帝和朝廷高官。因任：根据人的才能
　加以任用。

⑧适：适合。

⑨性：天性。

【译文】

　大凡万物的生长，有大有小不一样；而人所居处的，有人适宜处静，有人适宜处动，也不一样。猿猴不愿意像人那样穿衣戴帽，海鸟不喜欢像人一样听钟鼓之乐。让猿猴和海鸟那么做，它们就恐惧害怕，将这些都舍弃不用，它们就心安了。所以上天听凭它们自然生长，而用人者贵在根据人的才能加以任用。然后让人的才能得到合适的发挥，天性也不会受到损伤。

　辙少而读书，中颇喜事①。既挟策以干世②，诚妄意于济时③。奏牍之多，既比狂于方朔④；流涕之切，亦效直于贾生⑤。比困幽忧⑥，始闻大道。泛若虚舟之独往⑦，寂如死灰之不然⑧。久于索居⑨，遂以无用⑩。以谓良冶之砥石，不能发无刃之金⑪；大匠之斧斤，不能器不才之木⑫。自放而已，盖将终焉⑬。岂意大明之继升⑭，广收诸贤以自助。骥骤之

乘，而罢驽与焉^⑮；梗枏之林，而樗栎在是^⑯。横蒙见录^⑰，漫不自知^⑱。此盖伏遇某官^⑲，道大难名^⑳，才高不器^㉑。深念格天之业^㉒，本由得士之功。致二老于幽遐^㉓，馨九官之汲引^㉔。下逮微陋^㉕，或蒙甄收^㉖。曾是放弃之余^㉗，辄参侍从之列^㉘。朝衣肉食^㉙，虽怀归而未由；濡足缨冠^㉚，顾所居之当尔^㉛。冀斯民之大定^㉜，幸四国之无虞^㉝。碌碌何功^㉞，犹或一书于竹帛^㉟；堂堂伟绩^㊱，尚能悉载于声诗^㊲。过此以还^㊳，未知所措^㊴。

【注释】

①中颇喜事：中年颇喜欢多事，在此指思虑、议论时事。

②挟：手持。策：竹简，在此指书籍。干世：干预世事。

③妄意：妄想。济时：匡时救世。

④奏牍之多，既比狂于方朔：写的奏疏之多，可以和东方朔比一比狂妄。《史记·滑稽列传》：“朔初入长安，至公车上书，凡用三千奏牍。公车令两人共持举其书，仅然能胜之……人主左右诸郎半唤之‘狂人’。”苏辙早年曾进策二十五篇，自元祐中召回朝廷后，更累上奏疏言事，元祐元年（1086）二月至九月，就上疏七十余篇，故云。奏牍，向皇帝进言的文书。方朔，即东方朔，字曼倩，西汉文学家。以奇计俳辞得为汉武帝亲近。

⑤流涕之切，亦效直于贾生：流着眼泪陈述政事的恳切，也像贾谊一样忠直。《汉书·贾谊传》：“谊数上书陈政事，多所欲匡建，其大略曰：‘臣窃惟事势，可为痛哭者一，可为流涕者二，可为长太息者六。’”效直，以忠直报效朝廷。贾生，即贾谊，西汉文学家。代表作有《过秦论》《陈政事疏》等。

⑥比困幽忧：等到被忧劳所困扰，指贬官在外时。比，等到。幽忧，

忧劳。

⑦泛若虚舟之独往:意谓心灵像一叶空舟,在世间孤独前行。语出
　《庄子·列御寇》:"泛若不系之舟,虚而遨游者也。"泛,漂浮。虚
　舟,无人的船只,比喻胸怀旷达。

⑧寂如死灰之不然:意谓心情寂寥,欲念像死灰一样不再燃烧。死
　灰,已熄灭了的冷灰。然,通"燃"。燃烧。

⑨久于索居:长久地独居。

⑩无用:无能,没有才干。

⑪以谓良冶之砥石,不能发无刃之金:以谓,认为。良冶,善于冶炼
　铸造的工匠。砥石,磨刀石。发,开刃。刃,刀刃。金,金属。苏
　辙在此以"无刃之金"自比。

⑫大匠之斧斤,不能器不才之木:大匠,技术高超的木工。斧斤,斧
　头。斤,亦为斧头。器,器具,在此指使成为器具。不才之木,没
　用的木头。苏辙在此以"不才之木"自比。

⑬自放而已,盖将终焉:意谓打算就这样自我放任地度过一生。自
　放,自我放任,要求不高。将,打算。终,终老。

⑭岂意大明之继升:指元丰八年(1085)三月宋神宗去世,哲宗即
　位。岂意,哪里料到。大明,太阳,在此比喻宋哲宗。

⑮骥𬴂(lù)之乘,而罢(pí)驽与焉:车辆由良马所拉,其中混杂着
　疲惫的劣马。骥𬴂,赤骥和𬴂耳,相传为周穆王八骏之二,在此泛
　指良马。乘,车辆。罢驽,疲困的劣马。罢,通"疲"。与,参与,
　在此指混杂其中。苏辙在此以"罢驽"自比。

⑯楩柟(pián nān)之林,而樗栎(chū lì)在是:种植优质木材的林
　中,夹杂着无用的劣木。楩柟,两种优质木材的树木。樗栎,两
　种木材低劣无用的树木。语出《庄子·逍遥游》:"吾有大树,人
　谓之樗。其大本拥肿而不中绳墨,其小枝卷曲而不中规矩。立之
　涂,匠者不顾。"又《庄子·人间世》:"匠石之齐,至于曲辕,见栎

社树……曰：'散木也。以为舟则沉，以为棺椁则速腐，以为器则速毁，以为门户则液㒼，以为柱则蠹，是不材之木也。'"苏辙在此以"樗栎"自比。

⑰横（hèng）：意外地，突然地。见录：被录用。

⑱漫不自知：自己全然不明白（被录用的原因）。漫，全然。

⑲此盖伏遇某官：意谓这大概是正好遇上某位高官。伏，敬辞。

⑳道大难名：思想学问宏大渊深，难以称说。

㉑才高不器：才能高超，不像器具一样，其作用只局限于某一方面。语出《论语·为政》："子曰：'君子不器。'"包咸注："器者，各周其用，至于君子，无所不施。"

㉒格天之业：感通于天的大功业。《尚书·说命下》："佑我烈祖，格于皇天。"孔安国注："言以此道左右成汤，功至于天，无能及者。"

㉓致：招致。二老：原指伯夷与姜太公。在此泛指隐居有贤才的老者。幽退：幽僻荒远之地。

㉔罄（qìng）：用尽。九官：古传舜设置的九个大臣，后泛指六部九卿的中央官员。汲（jí）引：引荐，提拔。

㉕迨（dài）：及，到。微陋：卑微鄙陋的人，在此苏辙谦指自己。

㉖甄收：甄别录用。

㉗放弃：流放贬黜。

㉘辄：立即。参：参与。侍从：在此指随侍皇帝左右的官员，苏辙所任的起居郎、中书舍人均为近侍官员，故称。

㉙朝衣：穿着上朝时的礼服。肉食：吃肉，引申为身为上层享有富贵。语出《左传·庄公十年》："肉食者谋之，又何间焉？"杜预注："肉食，在位者。"

㉚濡（rú）足：语出《后汉书·崔骃传》："与其有事，则褰裳濡足，冠挂不顾，人溺不拯，则非仁也。"以担心打湿脚而不救落水者比喻为独善其身而不肯出仕。濡，沾湿。缨（yīng）冠：系帽子的带子

与帽子一起并加于头,形容人在急迫之时形容狼狈。

㉛顾所居之当尔:只是看所处的地方是否适当罢了。顾,只是。尔,
　　同"耳"。罢了。

㉜冀:希望。斯民:这些百姓。大定:全部安定。

㉝幸:希望。四国:四方。虞:忧虑。

㉞碌碌(lù):平庸无能,在此谦指自己。

㉟竹帛:古时初无纸,文字多书于竹简,秦时改书于帛,后以竹帛引
　　申为书籍、史册。

㊱堂堂:盛大。

㊲尚:庶几。悉:都。声诗:乐歌,在此指歌功颂德的庙堂乐章。

㊳过此以还:除此之外。

㊴未知所措:即不知所措,不知该做什么。此乃谢启末尾表谦逊的
　　常用语。

【译文】

　　我少年读书,中年颇喜欢议论时事。已经手持书籍干预世事,又真
心妄想着匡时救世。写的奏疏之多,可以和东方朔比一比狂妄;流着眼
泪陈述政事的恳切,也像贾谊一样忠直。等到被贬官,被深重的忧患所
困扰,才开始明白大道理。心灵像一叶空舟,在世间独自前行,心情寂
寥,欲念像死灰一样不再燃烧。长久地离群索居,渐渐变得无用。我认
为哪怕是善于冶炼铸造的工匠的磨刀石,也无法给没有刀刃的金属开
刃;哪怕是技术高超的木工的斧头,也不能将没用的木头制成器具。打
算就这样自我放任,直到终老。哪里料到圣上的光辉像太阳升腾普照,
广泛地收罗各种贤能的人来帮助自己。我身处其中,就像车辆由良马所
拉,混杂着的疲惫的劣马;优质木材的树林中,夹杂着的无用的劣木。意
外地蒙恩被录用,自己却全然不知道为什么。这大概是幸运地遇到了
某位高官,他的思想学问宏大渊深,难以称说,他的才能高超,不像器具
一样只局限于某一方面。他深切地顾念着感通于天的大功业,本来是由

于士人们的功劳。所以他到幽僻荒远之地请来了贤能却隐居的老者,让各级官员都努力举荐人才。下及我这样卑微鄙陋的人,也蒙恩被甄别录用。我曾是被贬谪流放的人,立即就参与了皇帝身边侍从官的行列。穿着上朝的礼服,享受着丰厚的俸禄,虽然想要归隐却没有理由;不顾明哲保身、不管自身狼狈地出仕做官,只是看所处的地方是否适当罢了。希望这些百姓都得到安定,希望四方边境都没有忧虑。我平庸无能,没什么功劳,或许能在史册上留下一笔;而这些官员们盛大的丰功伟绩,一定还能全部被记录于庙堂乐章,流芳百世。除此之外,我不知该做什么。

【评点】

张孝先曰:写意炼辞,工致而不伤于纤丽。

【译文】

张伯行评论:表达意思锤炼文辞,工整有韵致而又不显得纤弱靡丽。

臣事策六厉群臣

【题解】

策是古时科举考试的一种文体,朝廷根据策中所提的建议来选拔人才。宋仁宗嘉祐五年(1060)苏辙应制科举,进策二十五篇,包括君术策五篇,臣事策十篇,民政策十篇,分别针对国家的三类主体君、臣和民有所建议。本文为臣事策第六道。

苏辙在此指出,人皆有怠惰苟安之心,志向有限,因为求利才奋发向上,所以一旦得利便不复努力,下级官员得到升迁之后,往往品德节操还不如往日。针对此等情况,上级官员需要经常接见其下级,对其辛苦给予慰问鼓励,对其过失有所监督责备,在眼前的利禄之外,还与其放眼长远,才能使人长期尽力政务而不懈怠。厉,即为使振奋之意。

本文在写作上也极富技巧，开篇即言圣人如何使人"孜孜不已"，荡开一笔，再以古人之"用力而不辞"与今"衰惫而不振"相比，对比鲜明，然后再归结到北宋君主"无术"的症结上，顺理成章地引出"厉群臣"的策略。故清人孙琮评价曰："前虚后实，极有步骤。"（《山晓阁选宋大家苏颍滨全集》）

圣人之治天下，常使人有孜孜不已之意①。下自一介之民，与凡百执事之人②，咸愿竭其力以自附于上③。而上至公卿大夫④，虽其甚尊，志得意满，无所求望，而亦莫不劳苦其思虑，日夜求进而不息。至有一沐而三握，一饭而三吐⑤，食不暇饱，卧不暇暖⑥，汲汲于事⑦，常若有所未足者。是以天下之事，小大毕举，无所废败，而上之人，可以不劳力而万事皆理。

【注释】

①孜孜不已：勤勉从事，不肯停歇。已，停止。

②执事之人：执掌事务的人，在此泛指低级官员。

③咸：都。附：亲附，效忠。

④公卿大夫：本为古时官名，在此泛指大官要员。

⑤一沐而三握，一饭而三吐：洗一次头发听闻贤人来了，三次握着湿发便出去接待，吃一次饭听闻贤人来了，三次吐出口中食物便出去接待。语出《史记·周公世家》："周公戒伯禽曰：'……然我一沐三捉发，一饭三吐哺，起以待士，犹恐失天下之贤人。'"后遂以此形容礼贤下士，求贤若渴。沐，洗头。

⑥食不暇饱，卧不暇暖：吃饭没有时间吃饱，睡觉没有时间把床睡暖。形容做事勤恳辛劳，都顾不上日常生活。暇，空闲。

⑦汲汲（jí）：急迫繁忙的样子。

【译文】

　　圣人治理天下，常常使人有勤勉从事、孜孜不倦的意思。下自一介平民到各个低级官员，都愿意竭尽自己的力量来效忠于上级。上到公卿大夫等大官，虽然他们身份尊贵，志向已经实现，对生活心满意足，没有什么奢求和欲望，也都勤劳辛苦地为政事思虑，日夜追求上进而不停息。以至于有像周公那样洗一次头发听闻贤人来了，三次握着湿发出去接待，吃一次饭听闻贤人来了，三次吐出口中食物出去接待，吃饭没有时间吃饱，睡觉没有时间把床睡暖，处理政务急迫而繁忙，还常常像是有所欠缺的人。所以天下的事，无论大小都好了，没有什么废弛败坏的，居于上位的人，可以不劳动自己的力量，而万事都已经得到治理。

　　昔者世之隆替①，臣尝已略观之矣②。当尧舜之时，洚水横流③，民不粒食④，事变繁多，灾害并兴，而尧舜之身至于垂拱而无为⑤，何者？天下之人，各为之用力而不辞也⑥。至于末世⑦，海内乂安⑧，四方无虞⑨，人生于其间，其势皆有荒怠之心⑩，各安其所而不愿有所兴作⑪，故天下渐以衰惫而不振⑫。《诗》曰："周虽旧邦，其命维新⑬。"夫国之所以至于亡者，惟其旧而无以新之欤？天下旧而不复新，则其事业有所断而不复续。当此之时，而不知与之相期于长久不已之道⑭，而时作其怠惰之气⑮，则天下之事几乎息矣⑯。

【注释】

①隆替：盛衰更替。

②尝：曾经。

③当尧舜之时，洚（jiàng）水横流：指尧舜时期有大洪水。《尚书·尧

典》："汤汤洪水方割,荡荡怀山襄陵,下民其忧。"尧,上古时的君王,名放勋,为儒家推崇的明君之一。舜,上古时的君王,名重华,受尧禅让而称帝,亦为儒家推崇的明君之一。浲水,洪水。

④民不粒食:意谓百姓没有食物。语出《毛传》注《诗经·鲁颂·閟宫》:"尧时洪水为灾,民不粒食。"不粒食,没有颗粒食物。

⑤而尧舜之身至于垂拱而无为:据《论语·卫灵公》:"无为而治者,其舜也欤?"无为而治,先秦时产生的关于君主治国最高境界的理想,儒家、道家、法家等对此皆有论述,提出了不同的实现方法。儒家认为需以德服人,继承先王,任用贤人;道家认为需因循自然,不多扰民;法家则认为须以法治国,以术御臣,让臣子专注政务,君主掌握大权,从中协调监视,苏辙在此取儒家观点。垂拱,意同无为而治。语出《尚书·周书·武成》:"垂拱而天下治。"孔疏:"谓所任得人,人皆称职,手无所营,下垂其拱,故美其'垂拱而天下治'。"

⑥不辞:谓不辞劳苦。辞,推辞,在此指逃避。

⑦末世:本指一个朝代的末期,在此指政治衰落、风俗败坏的时代。

⑧海内乂(yì)安:全国安定。海内,指国境之内,即全国,古时人们以为我国四面环海,故称。《孟子·梁惠王下》:"海内之地,方千里者九。"焦循注:"古者内有九州,外有四海……此海内,指四海之内。"乂,安定。

⑨虞:忧患。

⑩荒怠:荒废懈怠。

⑪兴作:兴造制作。

⑫衰惫:衰败困顿。

⑬周虽旧邦,其命维新:语出《诗经·大雅·文王》,孔疏:"周自大王以来居此地,周虽是旧国,其得天命,维为新国矣。"周时人相信国家政权乃上天择有德者而授,周人族群存在已久,上天见商

朝无道,故改赐新的天命,助其建立周朝。

⑭相期:期待,相约。

⑮怠惰:懈怠懒惰。

⑯息:止息。

【译文】

过去世道的盛衰更替,我曾经已大略地观察过了。在尧舜的时候,洪水泛滥,百姓没有颗粒食物,事故变乱很多,许多灾害一并发生,而尧舜自己却达到了垂衣拱手、无为而治的境界,为什么呢?是因为天下的人都各自为他们出力、不辞劳苦的缘故。到了政治衰落、风俗败坏的时代,虽然国内安定,四方边境没有忧患,人生在其中,随着形势都有荒废懈怠的心思,各自安于他们自己的位置而不愿意兴造制作,所以天下渐渐变得衰败疲惫,难以振作。《诗经》中说:"周虽然是历史悠久的邦国,但其灭商立朝的天命却是新承担的。"一个国家之所以会到灭亡的地步,是因为它陈旧了却不更新吧?天下陈旧不再更新,那么进步事业也就中断而不再接续了。在这个时候,不知道努力和众人相约于使它长久不息,反而时常鼓作他们懈怠懒惰的气势,那么天下的事业就几乎停止了。

嗟夫!道路之人,使之趋十里而与之百钱,则十里而止;使之趋百里而与之千钱,则百里而止。何者?所与期者,止于十里与百里,而其利亦止于此而已。今世之士,何以异此?出于布衣者①,其志不过一命之禄②。既命,则忘其布衣之学。仕于州县者,其志不过于改官之宠③。官既改,则丧其州县之节。自是以上,因循递迁④,十有余年之间,则其势自至于郡守⑤,此不待有所修饰而至者⑥,其志极矣⑦。幸而其间有欲持此奋厉之心⑧,然后其意稍广,而不肯自弃于贪污之党⑨,外自漕刑⑩,内自台谏馆阁⑪,而至于两制⑫,

亦又极矣。又幸而有求为宰相者,则其志又益广,至于宰相而极矣[13]。盖天子之所以使天下慕悦而乐为吾用者,下自一命之臣,而上至于宰相,其节级相次者,有四而已[14]。彼其一命者,或无望于改官,郡守者,或无望于两制;两制者,或无望于宰相;而为宰相者,无所复望。则各安于其所,而谁肯为天子尽力者?

【注释】

①布衣:平民百姓。

②一命之禄:意谓做一个小官吏。一命,周时官阶自九命到一命,一命为最低一级。禄,俸禄。

③改官:指升官。

④因循递迁:依照这样逐步升级。

⑤郡守:官名。一郡的行政长官,相当于北宋一州的行政长官。郡为古时的行政区划,北宋时已不用此制,在此只是沿用古称。

⑥待:倚赖。修饰:本指修美装饰,在此指勤奋努力。

⑦志:志向。

⑧奋厉:奋发向上。

⑨自弃:自暴自弃。

⑩漕刑:谓漕官与刑官。宋制,各路置转运使,管漕运,监察地方官吏,实为地方之长官,又置提点刑狱,掌地方狱讼。

⑪台谏馆阁:台,谓御史台,宋代最高监察机构,掌纠察官吏。谏,谓谏官,掌纳谏。馆阁,北宋有昭文馆、史馆、集贤院,称三馆,又有秘阁、龙图阁等阁,分掌图书经籍及修国史,通称馆阁。在馆阁任职者为清要之职,均由大臣兼领。

⑫两制:指掌起草诏令敕制的知制诰。宋翰林学士均加知制诰官

衔，称内制，他官兼知制诰称外制，合称两制。

⑬极：到达极点。

⑭其节级相次者，有四而已：其中品级依次排布，只有四种罢了。

【译文】

唉！道路上的行人，如果给他一百文钱让他跑十里，那么到了十里一定就停下了；如果给他一千文钱让他跑一百里，那么到了一百里也一定就停下了。为什么呢？因为和他们约定的，就只是十里和一百里的路程，而且给的利益也只是这些钱罢了。当今的士人，和这些行人有什么区别呢？平民出身的人，他们的志向不过是做一个小官吏。等到被任命了，就忘记了他作为平民时学到的东西。在州县中做长官的人，他们的志向不过是获得升迁的恩宠。等到升职了，就丧失了他们做州县长官时的节操。从这以上，依照这样逐步升级，十几年间，根据形势他们就能升迁到郡守那样的大官，这是不需要勤奋努力就能达到的，他们的志向也就到了顶点了。若是幸运，这些人中有一部分保持着奋发向上之心的人，他们的志向更加远大，不肯在贪官污吏之中自暴自弃，在地方从漕官与刑官，在朝廷内从御史、谏官、馆阁之职，升迁到了知制诰这样的大官，也又到了顶点了。又幸运的，这部分人中还有一些追求做宰相的人，他们的志向更远大，做到了宰相也就到了顶点了。所以君主用来使天下的人仰慕喜悦，乐意为我所用的，从小官吏到宰相，其中品级依次排布，只有四种罢了。那些小官吏有的没有希望升迁上去的，郡守有的没有希望升迁为知制诰的，知制诰有的没有希望升迁到宰相的，和成为宰相不再抱有升迁希望的，就各自安于自己的位置，还有谁肯为君主尽力呢？

且夫世之士大夫，如此其众也；仁人君子，如此其不少也。而臣何敢妄有以诋之哉①？盖臣闻之，方今之人，其已改官者，其廉隅节干之效②，常不若其在州县之时；而为两制者，其慷慨劲挺之操③，常不若其为漕刑、台谏之日。虽其奇才伟人，卓然特立、不为利变者④，固不在此，而世之为此者，亦已众矣。

【注释】

①诋：诋毁，非议。

②廉隅：本义为棱角，在此比喻端方的行为。节干：坚贞的节操。

③劲挺：劲直挺立。操：操守。

④特立：独特超群。

【译文】

世上的士大夫如此众多，仁人君子也并不少。我哪里敢狂妄地诋毁他们呢？但我听说，当今的人，那些已经升迁的，他的端方行为和坚贞操守的表现，常常不如他们在州县中做长官的时候；而当了知制诰的，他们的慷慨劲直的操守，也常常不如他们在地方做漕官与刑官或者在朝廷内做御史、谏官的时候。虽然那些出众的人才和伟大的人物，卓然超群、不因为利益而改变的，不在这范围内，但世上这么做的人，也已经很多了。

夫以爵禄而劝天下①，爵禄已极，则人之怠心生；以术使天下②，则天下之人终身奔走而不知止。昔者汉之官吏，自县令而为刺史③，自刺史而为郡守，自郡守而为九卿④，自九卿而为三公⑤，自下而上，至于人臣之极者，亦有四而已。然当此之时，吏久于官而不知厌⑥。方今朝廷郡县之职，列级分等，不可胜数，从其下而为之，三岁而一迁⑦，至于终身，可以无倦矣，而人亦各自知其分之所止。而清高显荣者⑧，虽至老死而不可辄入，是以在位者皆懈而不自奋。何者？彼能通其君臣之欢，坦然其无高下峻绝不可攀援之势⑨，而吾则不然。

【注释】

①爵禄：爵位俸禄。劝：勉励。

②术：指君主御臣的方法。

③刺史：汉时，汉武帝分全国为十三部（州），部置刺史，成帝时改称州牧，哀帝时复改为刺史。宋于州置知州，刺史之名仅为武臣升迁之阶。

④九卿：古代中央政府的九个高级官职。《周礼·考工记·匠人》："外有九室，九卿居焉。"郑玄注："六卿三孤为九卿，三孤佐三公论道，六卿治六官之属。"各个朝代所指不同，北宋延续隋唐九寺的官制，为太常寺、光禄寺、卫尉寺、宗正寺、太仆寺、大理寺、鸿胪寺、司农寺、太府寺九卿，唯光禄寺因避太宗赵光义讳，改为崇禄寺。九卿宋初仅为官员品秩，无职掌，元丰改制，始有职事。

⑤三公：周以太师、太傅、太保为三公，西汉以丞相、大司空、大司马为三公，后世屡有变更，宋以太尉、司徒、司空为三公，但非实职，为加官，特拜者不预政事。

⑥厌：满足，在此指厌倦。

⑦三岁而一迁：三年升迁一次。宋制，官吏三年一任，实则为二十六个月。

⑧清高显荣者：清高荣耀的官职。

⑨峻绝：极高。

【译文】

如果用爵位俸禄来勉励天下人，爵位俸禄到达了极点，那么人的懈怠之心也就产生了；如果用一定的方法来驱使天下人，那么天下的人就会终身努力而不知道停止。古时汉朝的官吏，从县令升迁到刺史，从刺史升迁到郡守，从郡守升迁到九卿，从九卿升迁到三公，从下到上，到达臣子的最高位，也只有四级罢了。然而在那个时候，官吏长久地待在同一位置也不觉得厌倦。而当今朝廷和地方的官职，分列的等级，数都数不清,从下级做起,三年升迁一次,终身都不会让人疲倦,而人们也知道自己的名分大概会终止在哪里。那些清高荣耀的职位,即使是到了老死也不可能马上就获得,所以在位的官员都懈怠而不自己奋发。为什么呢?是因为人们认为那些高层的人能够讨君主的欢心,仕途平坦没有高下险峻到他们不可攀援的形势,但我却不是这样。

　　今天下之小臣,因其朝见而劳其勤苦①,丁宁访问以开导其心志②,且时择其尤勤劳者,有以赐予之,使知朝廷之不甚远,而容有冀于其间③。上之大吏时召而赐之,闲燕与之讲论政事④,而勉之于功名,相邀于后世不朽之际⑤,与夫子孙皆享其福之利。时亦有以督责其荒怠弛废之愆⑥,使之有所愧耻于天子之恩意,而不倦于事。此岂非臣所谓奔走天下之术欤?

【注释】

①劳:犒劳。

②丁宁:通"叮咛"。访问:询问。

③冀:希望。

④闲燕:本义为清净的地方,在此引申为空闲时间。燕,通"宴"。

⑤不朽:永不磨灭。在此指功业显著,死后美名流传。

⑥愆(qiān):过失。

【译文】

　　现在对待天下的小官吏,应该借着他们朝见的时候犒劳他们的辛勤劳苦,叮咛、询问来开导他们的心志,而且要时常选择一些尤其勤劳的,给予他们赏赐,使他们知道朝廷离他们并不是很远,他们对朝廷是可以抱有希望的。上级的大官时常召见、赏赐他们,空闲的时候与他们讲述讨论政事，而用追求功名来勉励他们，和他们约定生前建立显著的功业，死后流传更好的名声，到时候子孙们也都会享受到他们的福泽。有时也对他们的荒废、懈怠的过失监督责备，使他们面对君主的恩典有愧疚羞耻的心理，从而处理政事不倦怠。这难道不就是我所说的使天下人努力上进的方法吗？

【评点】

茅鹿门曰：此篇议论，大略与世之论考课资格者相参。

张孝先曰：此策极诋当时窃禄苟安之辈[1]，以为既得所愿，则不肯复有所建立。至譬之道路佣工之人，百里千里，惟视其钱之多少而已。故州县志在于改官，既得改官，而廉隅节干之效，常不如前。漕刑、台谏志在于两制，既为两制，而慷慨劲特之操，已变其节。噫，臣子报称之义[2]，固如是乎！但欲振作之，亦在乎严黜陟之典而已。谓以术奔走天下，恐不足以救其弊也。

【注释】

①窃禄：无功受禄。苟安：苟且偷安。
②报称：报答。

【译文】

茅坤评论：这篇文章，大概内容可以供今世议论考核官员政绩优劣的人参看。

张伯行评论：这篇策文极力批判当时无功受禄、苟且偷安的官员，认为他们已经得偿所愿，就不肯再有所建树。苏辙将他们比作道路上受人雇佣的工人，百里还是千里，只看工钱给了多少。所以地方州县的官员都志在升迁，得到升迁后，他们端方行为和坚贞操守的表现，常常就不如以前。漕官、刑官、御史、谏官志在于升迁为知制诰,已经升迁为知制诰的,他们慷慨劲直的操守也已经变节了。唉,臣子报效朝廷的意思,固然是像这样贪图私利、不求进取吗! 但想要使官员们振作,也只在于要严格制定官员升降的法典罢了。苏辙说的"用一定的方法驱使天下人努力上进",恐怕不足以挽救这方面的弊病啊。

臣事策七督监司

【题解】

本文为臣事策第七道。

当时北宋朝廷设置了两类官吏掌监督、纠察,御史居于朝廷内,在地方则由漕刑官员主管。苏辙在此指出,当今御史能够尽职而漕刑官员却不免苟合取容的原因,在于后者哪怕无所作为,在制度上也可以得到升迁。要改变这种现状,就需要对漕刑官员本身也进行监督,进用贤者而黜退无能的人,这也就是标题"督监司"之意,"督"即监督,"监司"指漕刑官员。

本文善于使用对比手法,将"法行而势立"与"任弊法而用不便之势"对举,将御史与漕刑官员的尽职情况对举等等。清人孙琮评价曰:"子由每每作对相形,所谓因其已明而晓之也。"又曰:"行文委折抗爽,自足娓娓动听。"(《山晓阁选宋大家苏颍滨全集》)

圣人之于人,不恃其必然,而恃吾有以使之①;不恃其皆贤,而恃吾有以驱之②。夫使天下之人皆有忠信正直之心,则为天下安俟乎圣人③? 惟其不然,是以使之有方,驱之有术,不可一日而去也。

【注释】

①不恃其必然,而恃吾有以使之:意谓不倚赖他必然去做,而倚赖我

能使他去做。恃，倚赖，仰仗。

②驱：驱使。

③为天下：治理天下。安：何，在此指何必。俟：等待。

【译文】

圣人对于别人，不倚赖他们一定怎样，而倚赖自己有办法让他们怎样；不倚赖别人都贤能，而倚赖自己有办法驱使他们贤能。如果使天下的人都有忠诚、守信、正直的心，那么治理天下何必要等圣人呢？就是因为人们不这样，所以圣人有方法能驱使他们，一天都不能离开。

今夫天下之官，莫不以为可任而后任之矣。上自两府之大臣①，而下至于九品之贱吏②；近自朝廷之中，而远至于千里之外；上下相伺③，而左右相觉④，不为不密也。然又内为之御史⑤，而外为之漕刑⑥，使督察天下之奸人而纠其不法⑦，如此则天下何恃其皆贤，而期之以必然哉⑧。然尚有所未尽者。

【注释】

①两府：宋时称中书省和枢密院为两府。

②九品之贱吏：在此泛指品级低下的小吏。古时官职分九个品级，自曹魏始，历代因之，九品为最低品级。

③上下相伺：上下级之间互相监督。伺，窥伺，在此指监督。

④左右相觉：同品级之间互相监视。觉，察知，察觉，在此指监视。

⑤内为之御史：在朝廷内部设立御史这个官职。御史，宋代监察之官，掌纠察官吏、肃正纲纪。

⑥外为之漕刑：外，朝廷外，即地方。漕刑，谓漕官与刑官。宋制，各路置转运使，管漕运，监察地方官吏，实为地方之长官，又置提点

刑狱,掌地方狱讼。

⑦纠:纠察,监督。

⑧期:期望,期待。

【译文】

当今天下的官吏,都是朝廷认为可以任用然后才任用的。上自中书省和枢密院两府的大臣,下到品级低下的小吏;近自朝廷中的京官,远到千里之外的地方官员;上下级、同品级之间互相监视,不是不严密。然而又在朝廷内设置御史,在地方设置漕官与刑官,使他们督查天下的奸佞之人,纠察他们的不法行为,像这样国家何必倚赖天下的官员都贤明,而是可以期待他们一定都不敢渎职了。然而还有没做好的地方。

盖天下之事,任人不若任势①,而变吏不如变法。法行而势立,则天下之吏,虽非其贤,而皆欲勉强以求成功,故天子可以不劳而得忠良之臣。今世之弊,任弊法而用不便之势②,劳苦于求贤,而不知为法之弊。是以天下幸而得贤,则可以侥幸于治安;不幸而无贤焉,则遂靡靡而不振③。且御史、漕刑,天子之所恃以知百官之能否者也。今不为之立法,而望其皆贤,故臣所谓有所未尽者,谓此事也。

【注释】

①任人不若任势:任用人不如利用形势。《孙子·势篇》:"故善战者,求之于势,不责于人,故能择人而任势。"

②弊法:指有弊端的法律。

③靡靡:萎靡。

【译文】

治理天下的事,任用人不如利用形势,变更官员不如改变法律。合适的法律通行了，有利的形势树立了，那么天下的官吏虽然不贤明也会都想要勉力工作来追求成功，所以君主可以不必辛劳就能够得到忠诚、贤良的臣子。当今社会的弊病，在于使用有弊端的法律而利用不便利的形势，在寻求贤人的事上十分辛苦，却不知道法律本身的弊端。所以天下如果有幸能够寻求到贤人，那么就可以侥幸治平；如果不幸不能寻求到贤人，那么政治就变得萎靡不振。况且御史和漕官、刑官这两类官员，是君主倚赖他们来知道百官能干与否的人。现在不为他们立法，却期望他们都贤明，所以我所说的还有没做好的地方，就是说的这件事。

夫此二者，虽其内外之不同，而其于击搏群下①，权势轻重，本无以相远也。而自近岁以来，为御史者莫不洗濯磨淬，以自见其圭角②；慷慨论列③，不顾天下之怨。是以朝廷之中，上无容奸而下无宿诈④。正直之士莫不相庆，以为庶几可以大治⑤。

【注释】

①击搏群下：指监督、抨击群臣。群下，在此指群臣。

②为御史者莫不洗濯磨淬，以自见其圭角：比喻经过锻炼考验，来表现出刚正不阿的气节和操守。洗濯，清洗。磨，磨砺。淬，淬火。见，通"现"。圭角，本指玉圭的棱角，在此比喻刚正的气节操守。圭，古时举行典礼时所用的玉器，一般形状为上圆下方。

③论列：议论陈述。

④容奸：涵容奸恶。宿诈：一贯狡诈。

⑤庶几：几乎，差不多。

【译文】

御史和漕官、刑官这两类官员，虽然工作的范围有在朝廷内和在地方的区别,但他们在监督、抨击群臣的职能方面,在权势的轻重方面,本来就相差不远。而从近几年以来,担任御史的官员经过锻炼考验,自己表现出刚正不阿的气节和操守;慷慨地在朝中议论陈述,不顾忌他人的怨恨。所以朝廷之内,在上不涵容奸恶,在下也没有一贯狡诈的人。正直的士人没有不为此庆贺的,认为差不多可以达到盛世的水平了。

　　然臣愚以为,方今内肃而外不振。千里之外,贪吏昼日取人之金而莫之或禁。远人咨嗟①,无所告诉,莫不饮泣太息仰而呼天者②。深惟国家所以设漕刑之意,正以天下有此等不平之故耳。今海内幸无变③,而远方之民戚然皆苦贪吏之祸④,则所谓漕刑者,尚何以为? 然人之性不甚相远⑤,岂其为御史则皆有嫉恶之心,而至于漕刑则皆得卤莽苟容之人⑥? 盖上之所以使之者未至也。臣观御史之职,虽其属吏之中⑦,苟有能出身尽命⑧,排击天下之奸邪⑨,则数年之间,可以至于两制而无难⑩。而其不能者,退斥罢免,不免为碌碌之吏,是以御史皆务为讦直之行⑪。而漕刑之官,虽端坐默默无所发摘⑫,其终亦不失为两制。而其抗直不挠者亦不过如此⑬,而徒取天下之怨⑭。是以皆好为宽仁,以收敦厚之名⑮。岂国家知用之御史,而不知用之漕刑哉?

【注释】

　　①咨嗟(zī jiē):唉声叹气。

　　②饮泣:哭泣。太息:叹息。仰而呼天:仰头向天呼告,指无处可说。

　　③海内:指国境之内,即全国。

　　④戚然:忧伤的样子。

⑤然人之性不甚相远：意谓人的天性都是相似的。不甚相远，差得不很远。

⑥苟容：苟且取容于人。

⑦属吏之中：属于官吏品级的中等。

⑧出身尽命：意谓奋不顾身。出身，献身。

⑨排击：排斥抨击。

⑩两制：指掌起草诏令敕制的知制诰。宋翰林学士均加知制诰官衔，称内制，他官兼知制诰称外制，合称两制。

⑪讦（jié）直：亢直敢言。

⑫发擿（tī）：揭发。

⑬挠：弯曲。引申为屈服。

⑭徒：白白地。

⑮敦厚：温和忠厚。

【译文】

  然而我以为，当今的官员是朝廷内整肃而地方并不振作。在千里之外的边远地区，贪官污吏白天攫取百姓的钱财都没有人禁止。那些边远地区的百姓为此唉声叹气，没有可以控告诉说的地方，都只能流泪叹息、仰头向上天呼告。我深思国家之所以设置漕官与刑官这类官员，就是因为天下有这样不公平的事。当今国家幸而没有变故，而边远地区的百姓都伤心地苦于贪官污吏的祸害，那么所谓的漕官与刑官，还做了些什么呢？然而人的本性相差不远，哪里是做御史的人都有嫉恶如仇的心，而到了漕官与刑官的职位上就只有一些鲁莽和苟且取容的人呢？这是上级驱使他们的方法还不到位的缘故。我观察御史这个官职，虽然属于官吏品级的中等，但只要是能奋不顾身，排斥抨击天下奸佞、邪恶的人的，几年之内可以升迁到知制诰而没有困难。不能做到的人，就被斥退、罢免，免不了做个碌碌无为的小官吏，所以御史们都努力于亢直敢言的行为。而漕官与刑官们，即使是端坐、沉默，没有什么揭发不法的作为，最终还是会被升迁为知制诰。那些正直不屈的人也不过是这样,还会白白地招来其他人的怨恨。所以漕官与刑官们都喜好做貌似宽和仁慈的事,来博取温和忠厚的名声。哪里是因为国家知道任用御史,而不知道任用漕官与刑官呢?

臣欲使两府大臣详察天下漕刑之官,唯其有所举按、不畏强御者①,而后使得至于两制。而其不然者,不免为常吏②。变法而任势,与之更新③,使天下之官吏,各从其势之所便而为之,而其上之人得贤而任之,则固已大善。如其不幸而无贤,则亦不至于纷乱而不可治④,虽夫庸人亦可使之自力而为政⑤。如此则天下将内严而外明⑥,奸吏求以自伏而不得其处⑦,天下庶乎可以为治矣⑧。

【注释】

①举按:检举揭发。强御:豪强,有权势者。

②常吏:指通常的小官吏。

③与之更新:和这一起变更为新。之,指上文"两府大臣详察天下漕刑之官,唯其有所举按、不畏强御者,而后使得至于两制;而其不然者,不免为常吏"的举措。

④纷乱:混乱。

⑤自力:发挥自己的力量。

⑥内严而外明:朝廷内严整而地方开明。

⑦伏:隐藏。

⑧庶乎:几乎,大概。

【译文】

我想要使中书省和枢密院两府的大臣详细地考察天下的漕官与刑

官，只有那些有所揭发、不畏强权的人，日后才能升迁为知制诰。不这样的人，就让他们免不了做个寻常的小官吏。改变法律，利用形势，与这一起变更为新，使天下的官吏，都遵从形势的便利做事，而他们的上级能够得到贤人并且任用，当然是最好的。如果不幸没有遇到贤人，也不会到混乱不能治理的地步，即使是平庸的人也可以使他发挥自己的力量来处理政务。这样的话，整个国家就会朝廷内严整而地方也开明，奸佞的官吏即使想要自己隐藏都没有地方，那么天下差不多就可以太平昌盛了。

【评点】

茅鹿门曰：以当时御史为能尽法，以督州郡之吏；而监司以上不免优游养望^①，以待两制，而不能尽如为御史者，抗法以褫职^②。大略今亦近之。

又曰：今日之弊，愚尤怪夫为监司者，往往颐指气使于御史，以苟且其奔走之令，而不能如国家故设监司与御史互相督察，以平其政而拊循其民^③。此所以一御史习练而长厚，而一道之吏民皆帖席矣^④。一御史好为击搏^⑤，而一道之吏民皆骚驿而残破矣^⑥。愚故曰今能察各道监司之中，以博大持政，而与御史相持以平其反者，岁擢一二人以为卿寺^⑦。此亦足以按两汉重二千石之权之意^⑧，而为御史者不至于怙权作威也。

张孝先曰：御史纠察百官之贤否，而监司专督一方之守令。监司默默苟容，无所排击发摘，则一方之贪官污吏得以幸免，而民之不得其所者多矣。故朱子曰^⑨："监司者守令之纲^⑩，朝廷者监司之本。督监司以除奸吏，此致治之良策也^⑪。"

【注释】

①养望：培养虚名。

②禔：安享。

③拊循：抚慰。

④道：中国古代行政区划的一个单位，明清时期相当于一个县。帖席：贴卧席上，引申为安稳。

⑤击搏：以严刑峻法治理。

⑥骚驿：同"驿骚"。骚乱。驿，通"绎"。

⑦卿寺：这里指九卿这样的高官。

⑧二千石：指郡守。汉代郡守俸禄为两千石，故有此称。

⑨朱子：指南宋朱熹，著名理学家，其学说对后世政治文化有深远影响，故有此称。

⑩守令：郡守和县令。

⑪致治：使国家在政治上安定清平。

【译文】

茅坤评论：以当时的御史官能够尽职尽责的事迹，来督促地方州郡的官吏；地方监司以上的官员们免不了有悠闲做官，培养虚名，等着进入两制的人，而不能都像御史官那样，对抗法律，安享度日而不尽职。现在官场的风气也和这差不多。

又评论：当今官场的弊端，我特别要批判那些做监司的官员，往往对御史颐指气使，来草草完成他们四处监察的职责，而不能像国家原来预设的那样监司和御史互相监督，来平定政事、抚慰百姓。这就是为什么如果一个县的御史有才干且厚道，这个县的小吏百姓就都生活安稳。而如果一个县的御史喜欢严刑峻法，这个县的小吏百姓就都会骚乱多灾。我所以说当今能够从各地监司之中，察举执政以大局为重，而与御史力量持平，能改正其过错的，每年提拔一两个人做公卿。这也足以符合汉朝加重郡守权力的意图，而使那些做御史的人不至于仗着自己权力作威作福的办法。

张伯行评论：御史纠察在朝的百官是否贤明，而监司专门督查一个地方的郡守县令。如果监司苟且包庇，不去揭发官员的错处，那么一个地方的贪官污吏得以幸免，百姓流离失所的情况就太多了。所以朱熹说："监司是管理郡守县令的关键，而朝廷制度是监司尽职的根本。监督监司来除去奸恶之人，这是使政治安定清平的良策。"

民政策一三老

【题解】

本文为民政策第一道。

苏辙通过本文指出，王道不能高悬于上，而需深入民间，使民努力耕田、奉行孝悌。而使王道下行，在上者应当引导百姓，令其从中获利得趣，还要让他们与朝夕相处者共同竞争向上，设置像古时的三老那样掌教化的老人和像啬夫那样掌狱讼的乡官来劝勉、督促他们。

本文文淡格高，通篇舒展，娓娓道来。苏辙精通儒学，其中引用《诗经》，虽来自年代久远的儒家经典，随之刻画农民劳作、休息时的状貌心理，却是细致入微，有如亲见，为人所称道，如康熙《御选古文渊鉴》引王熙云："意畅笔圆，描写人情如画。中段原本风雅，明王者善于导民之意，韵致绝佳。"

王道之至于民也①，其亦深矣②。贤人君子自洁于上，而民不免为小人；朝廷之间揖让如礼③，而民不免为盗贼。礼行于上，而淫僻邪放之心起于下而不能止④，此犹未免为王道之未成也。王道之本，始于民之自喜，而成于民之相爱。而王者之所以求之于民者，其粗始于力田⑤，而其精极于孝悌廉耻之际⑥。力田者，民之最劳；而孝悌廉耻者，匹夫匹妇之所不悦。强所最劳⑦，而使之有自喜之心；劝所不悦⑧，而使之有相爱之意。故夫王道之成，而及其至于民，其亦深矣。

【注释】

①王道：古时儒家提出的一种以仁义治天下的政治主张，与"霸道"相对。

②深：深入。

③揖（yī）让：古代宾主相见的一种礼节。

④淫僻邪放：淫逸不正，邪恶放荡。

⑤粗：粗略。力田：努力耕田。

⑥精：精细。孝悌：孝顺父母，敬爱兄长。廉耻：廉洁知耻。

⑦强：勉强。

⑧劝：劝勉。

【译文】

王道普及到百姓之间，也已经很深入了。贤人君子在上面洁身自好，而百姓还是不免会做小人；朝廷之间遵照礼仪互相揖让，百姓还是不免会做盗贼。礼义在上面通行，而淫逸不正、邪恶放荡的心思在下面产生而不能止息，这样王道未免还是没有达成。王道的根本，发源于百姓自己的喜欢，而成就于百姓之间的相互爱护。施行王道的人所要求百姓的，粗略的开始于努力耕田，精细的就到达了孝顺父母、敬爱兄长、廉洁知耻的程度。努力耕田，是百姓最劳苦的事；而孝顺父母、敬爱兄长、廉洁知耻，是普通人所不乐意的。勉强他们做最劳苦的事，却使他们有自己喜欢的心理；劝勉他们做不乐意的事，却使他们有互相爱护的心意。所以王道的达成，到它普及到了百姓之间，也就已经是很深入了。

古者天下之灾，水旱相仍①，而上下不相保②，此其祸起于民之不自喜于力田。天下之乱，盗贼放恣③，兵革不息④，而民不乐业，此其祸起于民之不相爱，而弃其孝悌廉耻之节⑤。夫自喜，则虽有太劳而其事不迁⑥；相爱，则虽有强狠之心，而顾其亲戚之乐，以不忍自弃于不义。此二者，王道之大权也⑦。方今天下之人，狃于工商之利⑧，而不喜于农；惟其最愚下之人，自知其无能，然后安于田亩而不去。山林饥饿之民，皆有盗跖趑趄之心⑨，而闺门之内⑩，父子交忿而不知友⑪；朝廷之上，虽有贤人，而其教不逮于下⑫。是故士大夫之间，莫不以为王道之远而难成也。

【注释】

①相仍：相继。

②保：保全。

③放恣：放纵恣肆。

④兵革：指战争。兵，兵器。革，皮革制成的甲、胄、盾之类。在此用兵革代指战争。

⑤节：节操。

⑥不迁：不改变。语出《楚辞·九章·怀沙》："离慜而不迁兮，愿志之有像。"朱熹集注："不以忧患改其节。"

⑦大权：关键。

⑧狃（niǔ）：贪图。

⑨盗跖（zhí）：相传为春秋战国时期民众起义的领袖，名跖，"盗"是当时统治者对他的贬称。趑趄（zī jū）：本意为徘徊不前，此处意同"趑睢"，犹"恣睢"。意为狂妄、凶暴。

⑩闺门：古时称内室的门，也指家门。

⑪交怨：相互结怨。

⑫逮：到达。

【译文】

古时天下的灾害，洪水干旱相互交替，而上面的贵族和下面的百姓不能相互保全，这样的祸患起自百姓自己不喜欢努力耕田。天下动乱，大盗小贼放纵恣肆，战争不停，百姓不乐于他们的本业，这样的祸患起自百姓之间不互相爱护，放弃了他们孝顺父母、敬爱兄长、廉洁知耻的节操。如果自己喜欢的话，那么虽然很劳苦也不会改变；如果互相爱护的话，那么虽有强悍凶狠的心，但顾及亲戚的快乐，也不忍心在不仁义的方面自暴自弃。这两样，是王道的关键。当今天下的人，贪图工商业的利益，而不喜欢农务；只有最愚蠢卑下的人，自己知道自己无能，然后才安于耕作农田没有离开。山林中忍受饥饿的百姓，都有像盗跖那样狂妄凶暴的心；而家庭里面，父子相互结怨，不知道友爱；朝廷之上，虽然有贤人，但他们的教化没有达到下面。所以士大夫之间，都认为王道很远，难以达成。

然臣窃观三代之遗文，至于《诗》，而以为王道之成，有所易而不难者。夫人之不喜乎此，是未得为此之味也。故圣人之为诗，道其耕耨播种之勤①，而述其岁终仓廪丰实、妇子喜乐之际②，以感动其意，故曰："畟畟良耜，俶载南亩。播厥百谷，实函斯活。或来瞻女，载筐及筥。其饟伊黍，其笠伊纠。其镈斯赵，以薅荼蓼③。"当此时也，民既劳矣，故为之言其室家来馌而慰劳之者④，以勉卒其事⑤。而其终章曰："荼蓼朽止，黍稷茂止。获之挃挃，积之栗栗。其崇如墉，其比如栉。以开百室，百室盈止。妇子宁止，杀时犉牡，有捄其角。以似以续，续古之人⑥。"当此之时，岁功既毕⑦，民之劳者,得以与其妇子皆乐于此,休息闲暇,饮酒食肉,以自快于一岁。则夫勤者有以自忘其勤,尽力者有以轻用其力,而狼戾无亲之人有所慕悦⑧,而自改其操⑨。此非独于《诗》云尔,导之使获其利,而教之使知其乐,亦如是也。且民之性固安于所乐,而悦于所利。此臣所以为王道之无难者也。

【注释】

①耨（nòu）：除草。

②仓廪（lǐn）：贮藏米谷的仓库。

③"畟畟良耜"几句：这几句与"茶蓼朽止"几句为《诗经·周颂·良耜》全诗。畟畟（cè），锋利貌。毛传："畟畟,犹测测也。"孔疏："以畟畟文连良耜,则是利刃之状,故犹测测以为利之意也。"一说,深耕貌。耜（sì），铲土具。俶（chù），开始。载,从事。南亩,农田,因南坡向阳,利于农作物生长,古人田土多向南开辟,故称。厥,助词,无实意。百谷,泛指谷物。实,助词,无实意。函,包含,容纳。孔疏："函者,容藏之义。"斯,助词,无实意。活,生长。瞻,视。女,通"汝"。筥（jǔ），盛物的圆形竹筐,与方形的"筐"对举。饷（xiǎng），送饭食。伊,是。笠,斗笠。纠,绳结缠的样子。镈（bó），锄头。赵,刺,刺土去草。薅（hāo），除草。茶蓼（tú liǎo），泛指田野沼泽中的杂草。

④室家：在此指家属。馌（yè）：给在田间耕作的人送饭。

⑤卒：做完,结束。

⑥"茶蓼朽止"几句：止,助词,无实意。黍稷,在此泛指粮食。栉栉（zhì），收割的声音。栗栗,众多的样子。崇,高大。墉,墙。比,排列。梐（zhì），梳子尺。室,指贮藏室。犉（chún），毛传："黄牛

　　黑唇曰犉。"牡，指雄性的动物。捄（qiú），兽角弯曲的样子。似，通"嗣"。继承。古之人，指先祖。

⑦岁功：一年农事之功，指收获。

⑧狼戾：残暴凶狠。

⑨操：在此指不良操行。

【译文】

　　然而我私下观看夏、商、周三代遗留的文献，到了《诗经》，却认为王道的达成，也有容易不困难的地方。人们不喜欢农务，是因为还没有品尝到做这件事的滋味。所以圣人作诗，说出了耕田除草、播散种子的勤奋，再描述年终时粮仓丰盛充实、妇女儿童喜悦快乐的时候，来感动百姓的心意，所以说："手执锋利的好耒耜，开始从事田中的农活。播散百谷的种子，种子含着生机生长。有的人来看望你们，背着方筐和圆筥。他们来给农夫们送饭，农夫们戴着斗笠绳相缠。他们的锄头刺土除草，除去了田野中的杂草。"在这个时候，百姓已经很劳苦了，所以为他们描述他们家属来送饭和慰劳的场景，来勉励他们完成自己的农活。而这首诗的结尾一章说："杂草都枯朽了，粮食都很茂盛。收割的声音响不停，堆积的粮食非常多。粮堆高得像堵墙，排列多得像梳子齿。打开许多贮藏室，贮藏室中都装满。妇女儿童都安宁，杀了黑唇黄毛的公牛，公牛的角弯又弯。来继承啊来继承，来继承我们的先祖。"在这个时候，一年的农事已经结束，劳苦的百姓，可以和他的妻子孩子一起为收获快乐，休息闲暇的时候，喝酒吃肉，来快意地结束这一年。勤劳的人忘记了自己的辛劳，尽力的人能够轻一点用力，而残暴凶狠、没人亲近的人有所歆慕喜悦，自己改正他不良的操行。这不仅仅是《诗经》中这么说的，现实中引导使得他们获得其中的利益，教化使得他们明白其中的乐趣，也像是这样啊。况且百姓的天性本来就是安于使他们快乐的事，欢喜使他们获利的事。这就是我认为施行王道不困难的原因。

盖臣闻之,诱民之势,远莫如近,而近莫如其所与竞^①。今行于朝廷之中,而田野之民无迁善之心^②,此岂非其远而难至者哉?明择郡县之吏,而谨法律之禁,刑者布市^③,而顽民不悛^④。夫乡党之民^⑤,其视郡县之吏,自以为非其比肩之人^⑥,徒能畏其用法^⑦,而袒背受笞于其前^⑧,不为之愧。此其势可以及民之明罪,而不可以及其隐慝^⑨。此岂非其近而无所与竞者邪?惟其里巷亲戚之间^⑩,幼之所与同戏,而壮之所与共事,此其所与竞者也。

【注释】

①与竞:他们互相竞争的人。

②迁善:改恶从善。

③布市:在市场上公布。

④悛(quān):悔改。

⑤乡党:泛指地方乡里。周制,一万二千五百家为乡,五百家为党。

⑥比肩:肩膀一样高,在此喻地位相等。

⑦徒:只。

⑧袒背受笞(chī):裸露背脊受到鞭杖或竹板打,刑罚的一种。

⑨隐慝(tè):隐秘的罪恶。

⑩里巷:原指街巷,在此指街巷里的乡邻。

【译文】

我听说,诱导百姓的形势,远的不如近的,而近的不如与他们互相竞争的人。现在王道通行于朝廷之中,而田野中的百姓没有改恶从善的心,这难道不是朝廷太远而难以达到的缘故吗?明智地选择郡县的官吏,慎重地执行法律的禁令,服刑的人在市场上公布,但顽固的习民还是不悔改。因为乡里的百姓,他们看待郡县的官吏,自认为不是与他们平等的人，所以只能畏惧他们使用法律，但是裸露背脊受到鞭杖或竹板打，都不为之羞愧。这样的形势可以处理百姓面上的罪过，却不可以达到他们隐秘的罪恶。这难道不是近但没有人与他们互相竞争的情况吗？只有在乡邻亲戚之间，那些幼年时和他们一起嬉戏，壮年时和他们一起从事劳动的，这才是与他们互相竞争的人。

臣愚以为，古者郡县有三老、啬夫^①，今可使推择民之孝悌无过、力田不惰、为民之素所服者为之^②。无使治事，而使讥诮教诲其民之怠惰而无良者^③。而岁时伏腊^④，郡县颇置礼焉以风天下^⑤，使慕悦其事，使民皆有愧耻，勉强不服之心^⑥。今不从民之所与竞而教之，而从其所素畏。夫其所素畏者，彼不自以为伍，而何敢求望其万一^⑦？故教天下自所与竞者始，而王道可以渐至于下矣。

【注释】

①三老：古代掌教化之官。《礼记·礼运》："故宗祝在庙，三公在朝，三老在学。"又《汉书·高帝纪》："举民年五十以上，有修行，能帅众为善，置以为三老，乡一人。择乡三老一人为县三老，与县令丞尉以事相教。"啬夫：乡官，掌狱讼，秦时置立，汉、晋及南朝宋因之。《汉书·百官公卿表上》："十亭一乡，乡有三老、有秩、啬夫……啬夫职听讼，收赋税。"

②推择：推举选择。素：向来。

③讥诮：劝谏责备。讥，劝谏。诮，责备。怠惰：懈怠懒惰。

④岁时伏腊：岁时，一年四季。伏腊，秦汉时节令，伏日在夏，腊日在冬。这些都是要举行祭祀的节日。

⑤风：风教，教化。《尚书·说命下》："咸仰朕德，时乃风。"孔传：

"风,教也。"

⑥勉强不服之心:劝勉其不臣服之心,即使其有臣服之心。

⑦望:看得到,在此指达到。

【译文】

我认为,古时郡县有像三老那样掌教化的老人和像啬夫那样掌狱讼的乡官,现在可以使百姓推举选择他们中孝顺父母、敬爱兄长、没有过错、努力耕田不懒惰、向来被众人信服的人担当。不让他们处理政务,而是让他们劝谏、责备、教诲百姓中懈怠懒惰的不良分子。而且一年四季和伏腊祭祀时,郡县中稍微设置一些礼仪活动来教化天下,使百姓喜欢他们的本业,都有羞愧、知耻的素养,劝勉其不臣服之心。现在不从百姓之间相互竞争的人入手去教化他们,而从他们向来所畏惧的人那里出发。那些他们向来所畏惧的,百姓自己不认为与他们是同伴,又哪里敢奢求达得到他们的万分之一呢? 所以教化天下人要从他们所互相竞争的人开始,而王道就可以渐渐地到达下层了。

【评点】

茅鹿门曰:读此等文章,如看李龙眠白描①,愈入细愈入玄,不忍释手。

又曰:"竞"之一字,为号则不可,特曰三老、啬夫、闾里之耳目,其为教易行耳。

张孝先曰:论王道之本始于力田孝悌,而欲民之力田孝悌,在上之人有以鼓舞之,使知其为此之乐。议论俱极醇正。引诗以明力田之可乐,湛深经术②,意味深长。而通篇文法舒展,尤可资熟诵。

【注释】

①李龙眠：宋代著名画家李公麟（1049—1106），字伯时，号龙眠居士，擅长画山水佛像。

②湛深：指精通某种学问。经术：犹经学。

【译文】

茅坤评论：读这样的文章，就像看李公麟的白描画，越到细节越觉得玄妙，不忍心放下。

又评论："竞"这个字，作为号召不可以，特地说依靠三老、啬夫、闾里去观民风，教化乡民就容易实现了。

张伯行评论：论说王道的根本起始于努力耕作、孝顺父母和顺从兄长，而想要百姓努力耕作、孝顺父母和顺从兄长，在上位的人应当要有办法去鼓舞他们，使他们明白这样做的快乐。建议和论述都十分醇厚正直。引用《诗经》来说明努力耕作的快乐，精通经学，意味深长。而通篇行文舒展，尤其可用来熟读朗诵。

民政策二举孝廉

【题解】

本文为民政策第二道。

苏辙通过本文指出，国家若欲得忠孝、爱信、廉义之民，就需得以利驱使百姓而为之，而授爵位利禄于科举所取之士，考试的科目又是创作诗文与死记硬背，则是南辕北辙。故而建议朝廷恢复古时察举孝廉的科目，使百姓为了入仕而争为孝廉之人，从而大化风俗。

本文意在推出"举孝廉"，却先分说周朝、秦国使民所为不同，关键皆在以利诱之，再以牧人弃牛羊而为樵打比方，又归结到"利"字上，如此数层，然后方切入主题，虚实相成，纡徐百折，读来极富波澜，意味无穷。故清人孙琮引徐扬贡评价曰："熟读此等文，自悟作策家波澜层次。"

（《山晓阁选宋大家苏颍滨全集》）

　　三代之盛时，天下之人自匹夫以上[①]，莫不务自修洁[②]，以求为君子。父子相爱，兄弟相悦，孝悌忠信之美[③]，发于士大夫之间，而下至于田亩[④]，朝夕从事，终身而不厌。至于战国[⑤]，王道衰息[⑥]，秦人驱其民，而纳之于耕耘战斗之中[⑦]，天下翕然而从之[⑧]。南亩之民而皆争为干戈旗鼓之事[⑨]，以首争首[⑩]，以力搏力，进则有死于战，退则有死于将[⑪]，其患无所不至。夫周秦之间，其相去不数十百年。周之小民皆有好善之心[⑫]，而秦人独喜于战攻，虽其死亡而不肯以自存[⑬]，此二者臣窃知其故也。

【注释】

①匹夫：古时指平民中的男子，亦泛指平民百姓。

②修洁：高尚纯洁。

③孝：孝顺父母。悌（tì）：敬爱兄长。

④田亩：农田，在此代指乡间。

⑤战国（前475—前221）：这一时期各国混战不休，故被后世称之为"战国"。

⑥王道：古时儒家提出的一种以仁义治天下的政治主张，与"霸道"相对。衰息：衰歇。

⑦秦人驱其民，而纳之于耕耘战斗之中：指秦孝公任用商鞅进行变法，建立一系列赏罚制度，驱使百姓努力从事耕战。据《史记·秦本纪》："卫鞅说孝公变法修刑，内务耕稼，外劝战死之赏罚，孝公善之。"据《史记·商君列传》："有军功者，各以率受上爵；为私斗者，各以轻重被刑大小。僇力本业，耕织致粟帛多者复

其身。事末利及怠而贫者,举以为收孥。"司马贞《索隐》:"末谓工商也。盖农桑为本,故上云'本业耕织'也。怠者,懈也。《周礼》谓之'疲民'。以言懈怠不事事之人而贫者,则纠举而收录其妻子,没为官奴婢,盖其法特重于古也。"

⑧翕(xī)然:一致的样子。

⑨南亩:农田,因南坡向阳,利于农作物生长,古人田土多向南开辟,故称。干戈旗鼓:指战争。干,盾牌,防御用。戈,兵器的一种,进攻用。旗鼓,用以发号施令,指挥军队。皆为战争必需之物,故以此四者代指战争。

⑩以首争首:用脑袋争脑袋,意谓豁出自己的性命去杀敌。因当时秦国论军功以获得敌方人头多少为计,故称。首,头颅。

⑪退则有死于将:意谓撤退、逃跑会被己方将领处死。

⑫周之小民皆有好善之心:据《史记·周本纪》:"西伯(周文王)阴行善,诸侯皆来决平。于是虞、芮之人有狱不能决,乃如周。入界,耕者皆让畔,民俗皆让长。虞、芮之人未见西伯,皆惭,相谓曰:'吾所争,周人所耻,何往为,只取辱耳。'遂还,俱让而去。"

⑬自存:保全自己。

【译文】

夏、商、周三代鼎盛的时期,天下人从平民以上,都努力自我培养高尚、纯洁的品格,以求成为君子。父子间相亲相爱,兄弟间互相友善,孝顺父母、敬爱兄长、忠于国君、对人守信的美德,发源于士大夫之间,而向下传布到乡间,人们早晚奉行这些美德,终身不感到厌倦。到了战国时期,王道衰歇,秦国的统治者驱使他们的民众,将他们投入到耕田和战争之中,天下人都一致跟随。田中的农民都争着去参与战争,豁出自己的性命去杀敌,凭借自己的力量去对抗,前进的人有的死于战争,而退缩逃跑的就会被己方将领处死,他们的祸患无处不在。周朝和秦国,他们之间相距不过百十年。周朝的百姓都有乐于行善的心,而秦国的人却只热衰于战斗攻击,即使死亡也不肯保全自己,这两种情况我私下知道它们的缘故。

　　夫天下之人,不能尽知礼义之美,而亦不能奋不自顾以陷于死伤之地。其所以能至于此者,上之人实使之然也。然而闾巷之民①,劫而从之②,则可以与之侥幸于一时之功,而不可以望其久远③。而周秦之风俗,皆累世而不变④,此不可不察其术也。盖周之制,使天下之士孝悌忠信,闻于乡党而达于国人者,皆得以登于有司⑤。而秦之法,使其武健壮勇,能斩捕甲首者,得以自复其役,上者优之以爵禄,而下者皆得役属其乡里⑥。天下之人,知其利之所在,则皆争为之,而尚安知其他?然周以之兴,而秦以之亡,天下遂皆尤秦之不能⑦,而不知秦之所以使天下者,亦无以异于周之所以使天下。何者?至便之势,所以奔走天下,万世之所不易也,而特论其所以使之者何如焉耳⑧。今者天下之患,实在于民昏而不知教⑨。然臣以为,其罪不在于民,而上之所以使之者,或未至也。

【注释】

①闾巷:古时以二十五家为一闾,一闾在一巷,后用以指乡里。

②劫而从之:胁迫使其服从。

③望:期望。

④累世:数代。

⑤"盖周之制"几句:周朝的制度,使天下的士人中,那些孝顺父母、敬爱兄长、忠于国君、对人守信,名闻乡里而至于全国人都听说的

人，都能到官府任官。据《周礼·地官·乡大夫》："以岁时登其夫家之众寡，辨其可任者。国中自七尺以及六十，野自六尺以及六十有五，皆征之。其舍者，国中贵者、贤者、能者、服公事者、老者、疾者，皆舍，以岁时入其书。三年则大比，考其德行道艺，而兴贤者、能者。乡老及乡大夫帅其吏，与其众寡，以礼礼宾之。厥明，乡老及乡大夫群吏，献贤能之书于王，王再拜受之，登于天府，内史贰之。"贾公彦疏云："七尺，谓年二十……六尺，谓年十五。"登于有司，在官府登记，谓入官籍，担任官职。

⑥"而秦之法"几句：而秦国的法令，使那些勇武、健壮，能杀死敌人的人，能够免除徭役，军功上等的还用爵位、俸禄优待他，下等的也都可以让他役使他同乡的人。《史记·商君列传》："有军功者，各以率受上爵；为私斗者，各以轻重被刑大小。……宗室非有军功论，不得为属籍。明尊卑爵秩等级，各以差次名田宅，臣妾衣服以家次。有功者显荣，无功者虽富无所芬华。"斩捕，斩杀，捕获。甲首，甲士的首级。

⑦尤秦：归咎于秦。

⑧特：只，仅仅。

⑨民昏而不知教：百姓昏聩，不懂得教化。

【译文】

天下的人，不可能全都知道礼义的美善，也不可能奋不顾身，让自己陷于死伤的境地。他们之所以能做到这种地步，实际上是受上面的人驱使的缘故。然而乡里百姓，胁迫使其服从，虽然可以利用他们侥幸获得一时的成功，却不可能指望他们这样做得久远。而周朝、秦国的风俗，都是数代不变的，这样就不可以不考察他们的方法了。周朝的制度，使天下的士人中，那些孝顺父母、敬爱兄长、忠于国君、对人守信，名闻乡里而至于全国人都听说的人，都能到官府任官。而秦国的法令，使那些勇武、健壮，能杀死敌人的人，能够免除徭役，军功上等的还用爵位、俸禄优待他,下等的也都可以让他役使他同乡的人。天下的人,知道了利益的所在,就都争着去做,还哪里知道别的呢? 然而周朝因为这个方法而兴盛,秦国因为这个方法而灭亡,天下人于是都归咎于秦国,认为它无能,却不知道秦国用来驱使天下人的方法,也和周朝用来驱使天下人的方法没有区别。为什么这么说呢? 最便利的形势,用来使天下人努力的方法,是万代都不会改变的,我们只可以讨论他们用来驱使的内容怎么样罢了。现在天下的忧患,实际上在于百姓昏聩,不懂得教化。然而我认为,这个罪过不在于百姓,而是上面驱使他们的方法,有的没有到位。

　　且天子之所求于天下者,何也? 天下之人,在家欲得其孝,而在国欲得其忠;弟兄欲其相与为爱,而朋友欲其相与为信;临财欲其思廉,而患难欲其思义。此诚天子之所欲于天下者。古之圣人,所欲而遂求之,求之以势而使之自至。是以天下争为其所求,以求称其意。今有人使人为之牧其牛羊,将责之以其牛羊之肥①,则因其肥瘠而制其利害②。使夫牧者趋其所利而从之,则可以不劳而坐得其所欲。今求之以牛羊之肥瘠,而乃使之尽力于樵苏之事③,以其薪之多少而制其赏罚之轻重,则夫牧人将为牧邪? 将为樵邪? 为樵,则失牛羊之肥;而为牧,则无以得赏。故其人举皆为樵④,而无事于牧。吾之所欲者牧也,而反樵之为得,此无足怪也。

【注释】

①责:责成。

②肥瘠(jí):胖瘦。制其利害:指制定对他们的赏罚。

③樵苏:砍柴刈草。《史记·淮阴侯列传》:"臣闻千里馈粮,士有饥

色,樵苏后爨,师不宿饱。"裴骃《史记集解》引《汉书音义》:"樵,
取薪也。苏,取草也。"

④举皆:全都。"举"与"皆"同义。

【译文】

再说君主所要求天下人的,是什么呢? 天下的人,在家庭,希望他们
能够孝顺,对国家,希望他们能够忠诚;面对兄弟,希望他们能够相亲相
爱,面对朋友,希望他们能够互相信任;面对钱财,希望他们能够想到廉
洁,遭遇苦难,希望他们能够念及道义。这是君主真正想要天下人去做
的。古时的圣人,想要什么就会去追求,凭借形势去追求而使其自己到
来。所以天下人都争着去做圣人所追求的,以求能够符合他的心意。现
在有人驱使别人为他放牧牛羊,将要用牛羊的肥美来责成他们,那么就
要凭借牛羊的肥瘦来制定赏罚。使放牧的人因为追求利益而听从他,就
可以不辛劳地坐等他想要的。现在用牛羊的肥瘦来要求,却使人尽力去
做砍柴刈草的事,凭借柴火的多少来决定赏罚轻重,那么牧人是要去放
牧呢? 还是去砍柴呢? 去砍柴,牛羊就不会肥美了;去放牧,就无法获得
赏赐。所以人们全都去砍柴,而不从事放牧了。我想要的是放牧,得到
的却反而是砍柴,这就不值得奇怪了。

今夫天下之人,所以求利于上者,果安在哉? 士大夫为
声病剽略之文①,而治苟且记问之学②,曳裾束带③,俯仰周
旋④,而皆有意于天子之爵禄。夫天子之所求于天下者,岂
在是也? 然天子之所以求之者惟此,而人之所由以有得者
亦惟此⑤。是以若此不可却也⑥。

【注释】

①声病剽略之文:指讲究声韵忌病的诗歌骈文和模拟剽窃的程式之

文。声病，谓不合声律规则。近体诗讲究格律，有四声八病之说，故称。四声，即平、上、去、入。八病，作诗在声律上应避免的八种弊病，即：平头、上尾、蜂腰、鹤膝、大韵、小韵、旁纽、正纽。剽略，剽窃，抄袭。

②苟且记问之学：为了敷衍科举考试而死记硬背的学问。记问，记诵诗书以待问。

③曳裾（yè jū）束带：谓奔走权门，修饰自己。曳裾，"曳裾王门"的省称。语出《汉书·邹阳传》："今臣智毕议，易精极虑，则无国不可奸；饰固陋之心，则何王之门不可曳长裾乎？"后以"曳裾王门"比喻在王侯权贵门下奔走。曳裾，拖着衣襟。束带，谓整肃衣冠，立于朝廷。

④俯仰周旋：谓低声下气，曲躬应酬。俯仰，偏义复词，谓低头弯腰。周旋，亦作"周还"，古代行礼时进退揖让的动作。语出《礼记·乐记》："升降上下，周还裼袭，礼之文也。"孔疏："周，谓行礼周曲回旋也。"

⑤由：从，在此指凭借。

⑥却：在此指避免。

【译文】

现在天下人用来向上面求取利益的行动，实际都在哪里呢？士大夫们都在创作讲究声韵忌病的诗歌骈文和模拟剽窃的程式之文，研究为了敷衍科举考试而死记硬背的学问，他们奔走权门、修饰自己，低声下气、曲躬应酬，都是为了君主手中的爵位和俸禄。君主希望让天下人做的，哪里是在这些方面呢？然而君主用来追求的方法只是这样，而人们凭借着得到利益的途径也只有这些。所以像这样的现象就不可避免了。

嗟夫！欲求天下忠信孝悌之人，而求之于一日之试①，天下尚谁知忠信孝悌之可喜，而一日之试之可耻而不为者?《诗》云:"无言不酬,无德不报^②。"臣以为欲得其所求,宜遂以其所欲而求之,开之以利而作其怠^③,则天下必有应者。今间岁而一收天下之才^④,奇人善士固宜有起而入于其中。然天下之人,不能深明天子之意,而以其所为求之者,止于其目之所见^⑤。是以尽力于科举,而不知自反于仁义^⑥。臣欲复古者孝悌之科^⑦,使州县得以与今之进士同举而皆进^⑧,使天下之人时获孝悌忠信之利,而明知天子之所欲。如此则天下宜可渐化,以副上之所求^⑨。然臣非谓孝悌之科必多得天下之贤才,而要以使天下知上意之所在,而各趋于其利,则庶乎其不待教而忠信之俗可以渐复^⑩。此亦周秦之所以使人之术欤!

【注释】

①一日之试:一次性考试,指科举。

②无言不酬,无德不报:语出《诗经·大雅·抑》。没有话语不会得到应答,没有德行不会得到报答。意谓要谨慎出言,多行善事。"酬",原作"雠",反应。

③作其怠:使怠惰的人振作。作,使……振作。

④今间岁而一收天下之才:指隔一年举行一次科举考试,录取天下的人才。据《宋史·选举志》,太平兴国三年(978)冬,"诸州举人并集,会将亲征北汉,罢之。自是,间一年或二年乃贡举。"以后凡三年一举,成为常例。

⑤止于其目之所见:指仅仅是他们在科举考试中看到的科目。

⑥反:通"返"。返回。

⑦古者孝悌之科:即孝廉科,乃汉武帝时所设立的察举科目之一,专门举用"孝顺亲长、廉能正直"者任为官员。

⑧举:举荐。

⑨副:符合。

⑩庶乎:庶几,差不多。

【译文】

唉! 想到得到天下孝顺父母、敬爱兄长、忠于国君、对人守信的人,却靠一两天的科举考试去寻求,那么天下人还有谁知道孝顺父母、敬爱兄长、忠于国君、对人守信这些美德是可喜的,知道一两天的科举考试是可耻而不去参与呢?《诗经》中说:“没有话语不会得到应答,没有德行不会得到报答。”我认为想要得到自己想要的,就应该凭借人们的欲望来寻求,用利益开导他们,使怠惰的人振作,那么天下一定会有响应的人。现在隔一年举行一次科举考试,录取天下的人才,固然会有奇能、善德的人从民间崛起,为了进入其中。然而天下的人,不能够深切地明白君主的心思,还以为君主所追求的,仅仅是他们在科举考试中看到的科目。所以他们尽力于科举考试,却不知道自己返回到仁义的大道上。我想要恢复古时察举孝悌的科目,使各个州县能够将这样的人才和当今的进士一起举荐,共同进用,使天下的人能够及时地获得孝顺父母、敬爱兄长、忠于国君、对人守信这些美德带来的利益,而明确地知道君主想要的是什么。这样天下应该就可以渐渐被教化,符合上面所追求的了。然而我不是说察举孝悌的科目一定会多得天下的贤能人才,而是要借此使天下的人明白上面意图的所在,从而各自追求利益,那么差不多就可以不依赖教育而渐渐恢复忠诚、守信的风俗了。这也是周朝、秦国用来驱使百姓的方法啊!

【评点】

茅鹿门曰:行文纡徐而峭①。

张孝先曰:国家取士,必得孝悌忠信之人,以正世道而厚风俗。乃取之以无用之诗赋,则所取非所用,是何异使人牧牛羊者，不课以牛羊之肥瘠，而课以樵苏之多少，则人有不舍此而趋彼者乎？但科举不可骤变，诚立孝悌科与科举兼行，使天下知人主意向之所在而趋之，亦是转移人心之一机也。

【注释】

①畅（chàng）：同"畅"。流畅，畅达。

【译文】

茅坤评论：行文委婉舒缓而又明白畅达。

张伯行评论：国家录取人才，一定得是孝顺父母、顺从兄长、忠于国君又对人守信的人，从而端正世道，淳厚风俗。然而以无用的诗词歌赋来考录，那么录取的人才不是可用的人才，这和让人去放牧牛羊，不考察牛羊肥瘦，却看他砍了多少柴、割了多少草有什么不同呢？这样的话人还有不舍掉这件事而去追求那件事的吗？但科举不可以突然变化，如果真的建立孝悌科目和科举考试并行，使天下人明白君主的意向所在而去努力，也是改变人心的一个办法啊。

民政策三去佛老

【题解】

本文为民政策第三道。

佛老，佛家和道家的并称。佛家以佛陀为祖，道家以老子为祖，故称。苏辙通过本文指出，百姓之所以对宗教信奉不疑，是因为后者能为他们提供养育生者、祭祀死者的学说方法，令其心悦诚服。所以若要彻底地根除宗教，除了严明法令、给予相应的赏罚之外，还需要恢复古时的礼仪，建立宗庙，举行祭祀，满足百姓在这方面的需要，才能使其渐渐摆脱宗教，安于政府的教化。康熙《御选古文渊鉴》评价此文曰："只就生死福报立论，而笔意爽拔，使听者神耸。"

　　圣人将有以夺之，必有以予之①；将有以正之，必有以柔之②。纳之于正，而无伤其心；去其邪僻，而无绝其不忍之意。有所矫拂天下③，大变其俗，而天下不知其为变也，释然而顺④，油然而化⑤，无所龃龉⑥，而天下遂至于大正矣。盖天下之民邪淫不法、纷乱而至于不可告语者⑦，非今世而然也⑧。

【注释】

①圣人将有以夺之，必有以予之：圣人将要从人那夺取什么，一定先会给予什么。语出《老子·三十六章》："将欲夺之，必固予之。"

②柔：怀柔安抚。

③矫拂：纠正。

④释然：喜悦。《庄子·齐物论》："南面而不释然，其故何也？"成玄英疏："释然，怡悦貌也。"

⑤油然：自然而然。

⑥龃龉（jǔ yǔ）：牙齿上下对不上，比喻意见不合。

⑦不可告语：无法述说。

⑧然：这样。

【译文】

　　圣人将要从人那夺取什么，一定会先给予什么；将要端正人心，一定会先怀柔安抚他们。将人们纳入正道，而不伤他们的心；去除人们的邪恶放肆，但不会断绝他们不愿割舍的感情。对天下有所纠正，大大地改变了风俗，而天下人不知道他所做出的改变，喜悦地顺从，自然而然地变化，没有抵触，而天下就到了十分正义的境界。天下的百姓邪僻淫逸、不遵守法度、混乱到了无法述说的地步，也不是现在才这样的。

　　夫古者三代之民，耕田而后食其粟①，蚕缫而后衣其帛②。欲享其利，而勤其力；欲获其报，而厚其施；欲求父子之亲，则尽心于慈孝之道；欲求兄弟之和，则致力于长悌之节③；欲求夫妇之相安、朋友之相信，亦莫不务其所以致之之术。故民各治其生，无望于侥幸之福，而力行于可信之事。凡其所以养生求福之道，如此其精也④。至其不幸而死，其亲戚子弟又为之死丧祭祀、岁时伏腊之制⑤，所以报其先祖之恩而可安恤孝子之意者⑥，甚具而有法⑦。笾豆簠簋、饮食酒醴之荐⑧，大者于庙，而小者于寝，荐新时祭，春秋不阙⑨。故民终三年之忧⑩，而又有终身不绝之恩爱，惨然若其父祖之居于其前而享其报也⑪。

【注释】

①粟（sù）：小米，在此泛指粮食。

②缫（sāo）：把蚕茧浸在滚水里抽丝。衣：穿衣。帛（bó）：丝织品。

③悌（tì）：敬爱兄长。

④精：精粹。

⑤岁时伏腊：岁时，一年四季。伏腊，秦汉时节令，伏日在夏，腊日在冬。这些都是要举行祭祀的节日。

⑥安恤：安抚体恤。

⑦具：完备。

⑧笾（biān）豆簠（fǔ）簋（guǐ）：皆古时祭祀、宴飨时用以盛放祭品、食物的礼器。笾为竹制，主要盛放果脯；豆多为木制，主要盛放肉酱；簠、簋皆为竹制，前者为方，后者为圆，主要盛放黍稷稻粱。醴（lǐ）：古时的一种甜酒。荐：进献。

⑨"大者于庙"几句：大的仪式在宗庙中，小的在寝室中，进献新鲜

的祭品，一年四季按时祭祀不间断。荐新，进献新鲜的祭品。语
出《礼记·檀弓上》："有荐新，如朔祭。"孔疏："荐新，谓未葬中
间得新味而荐亡者。"时，按时，即上文的"岁时伏腊"。春秋，在
此代指一年四季。阙，通"缺"。缺乏，在此指间断。

⑩三年之忧：据《论语·阳货》："子生三年，然后免于父母之怀。夫
三年之丧，天下之通丧也。"古时父母过世，子女要为之守三年
丧，期间要吃、住、睡在父母坟前，不喝酒吃肉、不更换新衣等，并
停止一切娱乐活动。忧，居丧。

⑪惨然：在此指悲伤。父祖：族亲祖辈。报：报答。

【译文】

古代夏、商、周时的百姓，耕种田地然后食用产出的粮食，养蚕缫丝
然后穿上丝绸的衣裳。想要享受利益，就勤快地出力劳动；想要获得回
报，就增加自己的付出；想要寻求父子之间的亲近，就在父慈子孝的道义
上尽心；想要寻求兄弟之间的和睦，就在敬爱兄长的节操上努力；想要寻
求夫妻之间的安定、朋友之间的信任，也都在用来达到这些境界的方法
上努力。所以百姓各自治理他们的生计，不对侥幸的福分抱有期望，努
力去做可信的事。凡是他们用来供养生者、求取福禄的方法，都像这样
精粹。等到他们不幸去世后，他们的亲戚子弟又有为他们下葬、守丧、祭
祀、按四季节令来祭奠的制度，用来报答先祖的恩德、安抚孝子的心意的
方法，十分完备而有法度。笾、豆、簠、簋等礼器所盛的食物，饮食、酒醴
等贡品的进献，大的仪式在宗庙中，小的在寝室中，进献新鲜的祭品，按
时祭祀，一年四季都不间断。所以百姓结束了为父母守丧的三年之期，
还有终身都不会断绝的恩爱之情，悲伤得好像他们的父亲祖辈就在他们
面前，享受着他们的报答一样。

　　至于后世则不然。民怠于自修，而其所以养生求福之
道，皆归于鬼神冥寞之间①，不知先王丧纪祭祀之礼②。而其

所以追养其先祖之意③,皆入于佛老虚诞之说④。是以四夷
之教交于中国⑤,纵横放肆。其尊贵富盛拟于王者⑥,而其徒
党遍于天下⑦,其宫室栋宇、衣服饮食⑧,常侈于天下之民。
而中国之人、明哲礼义之士⑨,亦未尝以为怪。幸而其间
有疑怪不信之心,则又安视而不能去⑩。此其故何也? 彼
能执天下养生报死之权⑪,而吾无以当之⑫,是以若此不可
制也⑬。

【注释】

①冥寞:指佛教道教中的阴间。

②丧纪:丧事。《礼记·文王世子》:"丧纪以服之轻重为序,不夺人
　亲也。"郑玄注:"纪,犹事也。"

③追养:谓祭祀死者,继尽孝养。语出《礼记·祭统》:"祭者,所以
　追养继孝也。"孔疏:"养者是生时养亲,孝者生时事亲,亲今既
　没,设礼祭之,追生时之养,继生时之孝。"

④虚诞:虚假荒诞。

⑤是以四夷之教交于中国:所以四面少数民族的宗教交行于中原。
　古时中原地区文明程度较高,华夏民族将所居之地称为"中国",
　与之对举,将四方少数民族统称为"四夷",带有蔑视之意。因佛
　教来自印度,故称。

⑥拟于:等于,可与……相比。

⑦徒党:门徒和党羽。

⑧宫室栋宇:《周易·系辞下》:"上古穴居而野处,后世圣人易之以
　宫室,上栋下宇,以待风雨。"在此四者皆指房屋。

⑨明哲:明智。

⑩安视:安然坐视。去:除去。

⑪养生报死：养育生人，报答死者。

⑫当：与……相当，在此指与……抗衡。

⑬制：控制。

【译文】

到了后世就不这样了。百姓对懈怠于自我进修，将他们用来供养生者、求取福禄的方法，都归结到了鬼神阴间之中，却不知道先王关于丧事和祭祀的礼仪。而他们祭祀死者，继尽孝养的心意，也都被纳入到了佛教和道教虚假荒诞的学说中去了。所以四方少数民族的宗教交行于中原，纵横放肆。这些传播的人地位尊贵、资产富有，可以和王者相比，他们的门人和党羽遍及天下，他们的房屋和衣服饮食，常常比天下的百姓要奢侈。而中原的人、那些明智又懂得礼义的士人，也不曾觉得奇怪。其中幸运地有怀疑不信的人，却又安然坐视而不能除去这些宗教。这样的原因是什么呢？是因为那些宗教能够掌握天下人养育生者、报答死者的权力，而我们却没有与它们相抗衡的，所以宗教就像这样不可控制了。

盖天下之君子尝欲去之，而亦既去矣①；去之不久而还复其故，其根之入于民者甚深，而其道之悦于民者甚佞②。世之君子，未有以解其所以入③，而易其所以悦④，是以终不能服天下之意。天下之民以为养生报死皆出于此，吾未有以易之⑤，而遂绝其教⑥。欲纳之于正而伤其心，欲去其邪僻而绝其不忍之意，故民之从之也甚难。闻之曰："川竭而谷虚，丘夷而渊实⑦。"作乎此者，必有以动乎彼也⑧。夫天下之民，非有所悦乎佛老之道，而悦乎养生报死之术。今能使之得其所以悦之实，而去其所以悦之名，则天下何病而不从⑨？盖先王之教民，养生有方，而报死有礼。凡国之赏罚黜陟⑩，各当其处，贫富贵贱，皆出于其人之所当然⑪。力田而多收⑫，畏法而无罪，行立而名声发⑬，德成而爵禄至。天下之人皆知其所以获福之因，故无惑于鬼神。而其祭祀之礼，所以仁其祖宗而慰其子孙之意者⑭，非有卤莽不详之意也⑮。故孝子慈孙有所归心⑯，而无事于佛老。

【注释】

①盖天下之君子尝欲去之，而亦既去矣：指北宋以前的几次灭佛运动。北魏太武帝、北周武帝、唐武宗均禁佛甚力，强令僧民还俗，史称"三武灭佛"，佛家又称"三武之难"。五代时期后周的周世宗又下诏废天下无敕额之寺院，毁铜像，收钟磬钹铎之类铸钱。又合称为"三武一宗"。

②佞（nìng）：原指巧言谄媚，在此指迷惑性大。

③解其所以入：破解它们深入人心的方法。

④易其所以悦：轻视它们取悦人心的能力。易，轻视。

⑤易：替换，代替。

⑥绝其教：正统的教化渐渐销声匿迹。绝，使……断绝。

⑦川竭而谷虚，丘夷而渊实：语出《庄子·胠箧》。谓水川枯竭，山谷也会跟着空虚，丘陵夷平，深渊也会跟着填平。

⑧作乎此者，必有以动乎彼也：这里有所动作，别的地方也一定会有相应的动静。

⑨病：忧虑。

⑩黜陟（zhì）：官吏的罢免与升迁。

⑪皆出于其人之所当然：都是那些人自己应得的。

⑫力田：勉力耕田。

⑬行立而名声发：行为自立，美好的名声就会传开。

⑭仁其祖宗:仁爱他们的祖宗。

⑮卤莽不详:粗率不详尽。

⑯孝子慈孙:孝顺的子孙。

【译文】

天下的君子曾经想要除去宗教,也已经除去过;然而除去不久又恢复旧貌,它们的根基进入到百姓心里已经很深,而它们取悦百姓的学说迷惑性很大。世上的君子,没有破解它深入人心的方法,又轻视了它们取悦人心的能力,所以最终不能使天下人的心意归服。天下的百姓以为供养生者、报答死者的方法都出于宗教,我们没有办法去替代,所以正统的教化就渐渐销声匿迹。想要将人们纳入正道,又会伤他们的心;想要去除人们的邪恶放肆,又会断绝他们不愿割舍的感情,所以让百姓听从也十分困难。我听说:"水川枯竭,山谷也会跟着空虚,丘陵夷平,深渊也会跟着填平。"这里有所动作,别的地方也一定会有相应的动静。天下的百姓,不是喜欢佛教和道教的道理,而是喜欢它们养育生者、报答死者的方法。如果现在能使他们得到喜欢的实在内容,而除去他们喜欢的宗教名义,那么天下人还会忧虑什么而不听从呢?先王教化百姓,养育生者有方法,报答死者有礼节。凡是国家的赏赐和惩罚,对官吏的罢免和升迁,都很恰当,无论是贫穷还是富裕,尊贵还是微贱,都是那些人自己应得的。勉力耕田就会多收成,敬畏法律就会不犯罪,行为自立,美好的名声就会传开,成就道德,爵位和俸禄就会到来。天下的人都知道他们获得福禄的原因,所以不会被鬼神之说迷惑。而那些祭祀的礼仪,是用来让他们对祖宗仁爱又告慰他们子孙的心意的,没有粗率不详尽的意思。所以孝顺子孙的心可以归服,而不去事奉佛教和道教。

臣愚以为:严赏罚,敕官吏①,明好恶,慎取予,不赦有罪,使佛老之福不得苟且而惑其生②;因天下之爵秩③,建宗庙,严祭祀,立尸祝④,有以塞人子之意⑤,使佛老之报不得乘隙而制其死⑥。盖汉唐之际，尝有行此者矣，而佛老之说未去；尝有去者矣，而赏罚不详、祭祀不谨，是以其道牢固而不可去，既去而复反其旧。今者国家幸而欲减损其徒，日朘月削将至于亡⑦。然臣愚恐天下尚犹有不忍之心。天下有不忍之心，则其势不可以久去。故臣欲夺之而有以予之，正之而有以柔之，使天下无憾于见夺，而日安其新。此圣人所以变天下之术欤！

【注释】

①敕（chì）：整顿。

②苟且：随便，马虎。

③爵秩：爵位品级。

④尸祝：右时祭祀的神主和太祝。《庄子·逍遥游》："庖人虽不治庖，尸祝不越樽俎而代之矣。"成玄英疏："尸者，太庙之神主也；祝者，则今太常太祝是也，执祭版对尸而祝之，故谓之尸祝也。"

⑤塞：满足。

⑥使佛老之报不得乘隙而制其死：使得佛教和道教所谓的报应之说不能够趁着空隙而制约死者。

⑦朘（juān）：减少。

【译文】

我认为：应该严明赏罚的标准，整顿官吏，明确朝廷的好恶，谨慎地取用和赏赐人才，不赦免有罪过的人，使得佛教和道教所谓的福气不能够随便迷惑生者；根据天下的爵位品级，建立宗庙，严格祭祀法度，设立神主和太祝，用它们来满足生人子的心意，使得佛教和道教所谓的报应之说不能够趁着空隙去控制死者。汉朝、唐朝的时候，曾经有这么做的人，但佛教和道教的学说没能除去；曾经有除去的情况，但赏罚不详尽、祭祀不慎重,所以佛教和道教的学说牢固而不能除去,已经除去了然后又恢复旧貌。现在国家有幸想要减少宗教的门徒,每日每月地削减,使宗教逐渐灭亡。然而我却担忧天下人还有不愿割舍的感情。天下人有不愿割舍的感情,那么按照形势宗教就不会被长久地除去。所以我想要夺取而又有所给予,端正人心而又有所怀柔安抚,使天下人对被夺取的佛教和道教没有遗憾,而渐渐地安于新的教化。这就是圣人用来改变天下的方法啊!

【评点】

唐荆川曰:此等文体,在论与奏议之间。

茅鹿门曰:本欧阳子本论来,以生死二端作波澜。

张孝先曰:在官之化民也失其道,而佛老之教乘虚而入。若三代盛时,民所以养生报死者,莫不尽其当然之道。虽有佛老,岂得而入乎?故佛老之教行,由先王之道废也。诚使修明先王之道,使彼不得苟且而惑其生,不得乘隙而制其死,则佛老之教不待辟而自祛矣①。此至当不易之论也。苏氏之学②,晚年皆入于佛老,而其文如此。岂年壮气盛,不为异端所惑而然欤?抑亦制科应试之文,但取议论好而心未必然耶?

【注释】

①辟:排除,驳斥。祛:同“祛”。驱逐。

②苏氏:指“三苏”苏洵、苏轼和苏辙。

【译文】

唐顺之评论:这样的文体,在议论和奏议之间。

茅坤评论:借鉴了欧阳修的论点,在生死的问题上做文章。

　　张伯行评论：做官的人教化百姓不得其道，所以佛教、道教才会趁虚而入。像夏、商、周那样的盛世，百姓用来供养生者、报效死者的，都是尽了他们应尽的责任。即使当时有佛教、道教，哪里能够趁虚而入呢？所以说佛教、道教的盛行，是因为先王之道被荒废了。如果真的先使百姓进修明了先王之道，使那些宗教不能够随便迷惑生者，不能够趁着空隙去控制死者，那么佛教、道教不用等到朝廷去排除就自我被驱逐了。这是非常有道理的言论啊。三苏的学术，晚年都沾染了佛教、道教，而苏辙的文章却这么说。难道是他年轻气盛，不被异端迷惑才这样的吗？还是也只是科举应试的文章，只取好议论的素材，而心里不这么想呢？

苏文定公文

《古今家诫》序

【题解】

原文后有"元丰二年四月三日眉阳苏辙叙",可知此文作于公元1079年,时苏辙四十一岁,在南京签判任上。长沙人孙景修收集了古今父母告诫教导其子女的文章、言论,编成《古今家诫》一书,本文即是苏辙应邀为他写的书序。

全文从慈与勇的关系落笔,谈到因为父母对子女具有深爱之心,所以才教诲不倦、不离不弃。继而介绍编写者的身世以及编写缘起,最后以此书将会产生的良好社会影响作结。由虚到实,写得舒缓而自然,其中写父母爱子一段,反复详尽,情致深切,尤为人称道。

老子曰:"慈故能勇,俭故能广①。"或曰:"慈则安能勇?"曰:"父母之于子也,爱之深,故其为之虑事也精②。以深爱而行精虑,故其为之避害也速③,而就利也果④。此慈之所以能勇也。非父母之贤于人,势有所必至矣⑤。"

【注释】

①慈故能勇,俭故能广:语出《老子·六十七章》,意谓慈爱所以能勇敢,节俭所以能宽广。王弼注:"夫慈,以陈则胜,以守则固,故能勇也。节俭爱费,天下不匮,故能广也。"

②精:精细。

③速:迅速。

④果:果敢。

⑤势:情势。

【译文】

老子说:"慈爱所以能勇敢,节俭所以能宽广。"有的人问:"既然慈爱了,那哪里还能勇敢呢?"回答说:"父母对于子女,爱得很深,所以为他考虑事情也很精细。以深爱的感情而施行精细的思虑,所以他们为子女躲避祸害就很迅速,追求利益也十分果敢。这就是慈爱所以能勇敢的原因。不是做父母的比别人贤能,而是情势上必然会做到这样的地步。"

辙少而读书,见父母之戒其子者①,谆谆乎惟恐其不尽也②,恻恻乎惟恐其不入也③。曰:"呜呼!此父母之心也哉!"师之于弟子也,为之规矩以授之④,贤者引之,不贤者不强也⑤。君之于臣也,为之号令以戒之,能者予之⑥,不能者不取也⑦。臣之于君也,可则谏,否则去。子之于父也,以几谏不敢显⑧,皆有礼存焉。父母则不然,子虽不肖,岂有弃子者哉!是以尽其有以告之⑨,无憾而后止。《诗》曰:"泂酌彼行潦,挹彼注兹,可以餴饎。岂弟君子,民之父母。"⑩夫虽行潦之陋而无所弃⑪,犹父母之无弃子也。故父母之于子,人伦之极也。虽其不贤,及其为子言也必忠且尽,而况其贤者乎?

【注释】

①戒：同"诫"。告诫。

②谆谆（zhūn）：耐心引导、恳切教诲的样子。

③恻恻（cè）：恳切的样子。

④为之规矩：为他们制定规矩。

⑤强：勉强。

⑥予之：授予他官职。

⑦取：录取，进用。

⑧几谏不敢显：婉言规劝，不敢明显指责。几谏，语出《论语·里仁》："事父母几谏。"何晏《集解》引包咸注："几者，微也，当微谏纳善言于父母。"

⑨尽其有：竭尽他们所有的知识经验。

⑩"《诗》曰"几句：语出《诗经·大雅·泂酌》。泂（jiǒng），远处。行（háng）潦（lǎo），道路上的积水。挹（yì），舀取。兹，这，在此指器皿。饎（fēn），蒸米为饭。饎（chì），酒食。岂弟（kǎi tì），同"恺悌"。和乐而平易。杜预注《左传·僖公十二年》："恺，乐也；悌，易也。"

⑪陋：鄙陋，在此指肮脏。

【译文】

我少年时读书，见父母告诫他们的子女，谆谆教导唯恐自己没有说到位，言语恳切唯恐他们听不进去。就感慨说："唉！这就是做父母的心啊！"老师对于弟子，制定规矩教授他们，遇到贤能的弟子就加以引导，不贤能的也不勉强。君主对于臣子，发号施令来告诫他们，遇到有能力的人就授予官职，没有能力的就不录取。臣子对于国君，可以的话就进谏，不可以就离开。儿子对于父亲，婉言规劝，不敢明显指责，都是有礼节在的。但是父母就不是这样，子女虽然不成材，哪里有抛弃子女的情况呢！所以竭尽所有的知识经验告诉他们，直到没有遗憾了才停止。

《诗经》中说:"取那远地的道路上的积水,从那里舀取注入这里的器皿中,可以用来蒸煮饭食。和乐而平易的君子啊,他们是百姓的父母官。"虽然道路上的积水那么肮脏,也不舍弃,就像父母不舍弃子女一样。所以父母对待子女,达到了人伦的极致。即使他们本身不贤能,但到了他们为子女进言的时候,一定是忠诚而且尽心的,更何况那些贤能的父母呢?

太常少卿长沙孙公景修①,少孤而教于母②。母贤,能就其业③。既老而念母之心不忘,为《贤母录》,以致其意。既又集《古今家诫》,得四十九人以示辙,曰:"古有为是书者,而其文不完④。吾病焉⑤,是以为此合众父母之心,以遗天下之人,庶几有益乎⑥?"

【注释】

①太常少卿长沙孙公景修:太常少卿,官名,太常正卿的副职,掌礼乐祭祀等事。孙公景修:孙景修,长沙(今属湖南)人。宋真宗咸平(998—1003)年间进士,官至太常少卿。

②孤:指父亲亡故。

③就其业:成就他的学业。

④完:完整。

⑤病:遗憾。

⑥庶几:差不多,含希望意。

【译文】

太常少卿、长沙人孙景修先生,从小父亲亡故而受母亲的教导。他的母亲很贤能,能够成就他的学业。他虽然现在已经老了,但感念母亲不能忘怀,就作了《贤母录》来表达他的心意。后又编集了《古今家诫》编辑成集,搜集了四十九个人的故事来给我看,说:"古时有编辑这类书的人，可惜他们书的内容不完整。我为此感到遗憾，所以编辑了这本书，集合了众多父母的心意，来赠给天下的人，差不多会有益处吧？"

辙读之而叹曰：虽有悍子，忿斗于市莫之能止也①，闻父之声则敛手而退②，市人之过之者亦莫不泣也。慈孝之心③，人皆有之，特患无以发之耳④。今是书也，要将以发之欤？虽广之天下可也。自周公以来至于今，父戒四十五，母戒四⑤。公又将益广之，未止也。

【注释】

①忿斗：忿怒争斗。

②敛手：缩手，表示不敢妄为。

③慈孝：孝敬父母。慈，在此指敬爱。

④特：只。患：忧虑。发：启发。

⑤"自周公以来至于今"几句：《尚书•无逸》孔传："成王即政，恐其逸豫，本以所戒名篇。"周公，名姬旦，周武王的弟弟，辅助武王灭商，武王死后，成王年幼，由他摄政辅佐。《无逸》为周公所作，内容为告诫成王，被视为父戒之始。刘向《列女传•邹孟轲母》："孟子之母，教化列分，处子择艺，使从大伦。子学不进，断机示焉。"孟母断机三迁，被视为母戒之始。至如"父戒四十五，母戒四"，以孙氏书不存，未详。

【译文】

我读了这部书感叹道：即使有一个凶悍的儿子在集市上忿怒争斗，没有人能阻止，但他听到父亲的声音就缩手退下，集市上路过的人为这样的事感动流泪。孝顺父母的心，人人都有，只是担心没什么能够启发它罢了。现在这部书，大概将会启发孝心吧？即使是推广到天下也可以了。自从周公以来到今天，有来自父亲的告诫四十五条，来自母亲的告诚四条。孙先生又将要将它们增益推广，越来越多，不止现在这样。

【评点】

茅鹿门曰：引老氏语，多"俭故能广"四字。

张孝先曰：揭出父母至情，反复详尽，恻恻动人。《诗》曰："夙兴夜寐，无忝尔所生。"①《记》曰："将为不善，思贻父母羞辱，必不果。"②是此文言外未尽之意也。为人子者念之哉！

【注释】

①"《诗》曰"句：语出《诗经·小雅·小宛》。夙兴夜寐，早起晚睡，形容勤奋。夙，早。兴，起来。寐，睡。忝（tiǎn），辱没。

②"《记》曰"句：语出《礼记·内则》。贻，给予。果，成行。

【译文】

茅坤评论：引用老子的话，一般多阐释"俭故能广"四个字（苏辙这篇文章专门阐释前一句"慈故能勇"，较有新意）。

张伯行评论：揭示出父母对子女的至深之情，反复陈说，十分详尽，真诚动人。《诗经》中说："早起晚睡地努力，不辱没生养了你的人。"《礼记》中说："将要做坏事，想到会给父母带来羞辱，就不去做了。"这些都是这篇文章的言外之意，为人子女的要好好记住啊！

《古史》序

【题解】

本文为苏辙为其所著《古史》一书所写的序言。据苏籀编撰的《栾城先生遗言》政和六年（1116）记："辙少读太史公书，患其疏略。……于是因迁之旧……谓之《古史》。凡六十卷。"可知《古史》与其序皆当为晚年之作。

　　本文先言作史本源，乃是为了明圣人之意，发中和之道，再叙自己作史的根由，历数自春秋诸人自汉司马迁，对于圣人之意或不明，或不言，或言之不纯，故自己写作《古史》"追录圣贤之遗意"，娓娓道来，言语雍容。明人茅坤评价此文曰："其思深，故其旨远。"然而苏辙在此文中对于司马迁的评价偏低，有失公正。

　　古之帝王皆圣人也，其道以"无为"为宗^①，万物莫能婴之^②。其于为善，如水之必寒，如火之必热；其于不为不善，如驺虞之不杀^③，如窃脂之不穀^④。不学而成，不勉而得。其积之中者有余^⑤，故其推之以治天下者，有不可得而知也。

【注释】

①无为：即无为而治，先秦时产生的关于君主治国最高境界的理想。儒家、道家、法家等对此皆有论述，提出了不同的实现方法。儒家认为需以德服人，继承先王，任用贤人；道家认为需因循自然，不多扰民；法家则认为需以法治国，以术御臣，让臣子专注政务，君主掌握大权，从中协调监视。苏辙在此倾向于儒家。

②婴：通"撄"。触犯。

③驺虞之不杀：神兽驺虞不食生物。驺虞，语出《诗经·召南·驺虞》："于嗟乎驺虞。"《毛传》注："驺虞，义兽也。白虎黑文，不食生物，有至信之德则应之。"此谓其为神话化的瑞兽白虎，而《鲁诗》《韩诗》则释为"驺虞，天子掌鸟兽官"。在此用《毛传》说。不杀，不食生物。

④窃脂之不穀：窃脂鸟儿不集于穀。窃脂，鸟名，据《尔雅·释鸟》："桑扈，窃脂。"郭璞注曰："俗谓之青雀，嘴曲，食肉，好盗脂膏，因名云。"穀，五谷。意谓窃脂之不食五谷，乃天性使然，非后天所

学而致。

⑤积之中者:指内心的道德、智慧。

【译文】

　　古时的帝王都是圣人,他们的道义以"无为"为宗旨,万物没有能触犯的。他们对于善事,是必然会做的,就像水一定是凉的,火一定是热的;他们对于不善的事,是必定不会做的,就像神兽驺虞不食生物,窃脂鸟儿不集于谷。他们不学习就能够成就智慧,不勉励就能够培养美德。他们蓄积在内心的道德、智慧丰富有余,所以推而广之,用来治理天下,有常人不能够理解的地方。

　　孔氏之遗书曰:"喜怒哀乐之未发谓之中,发而皆中节谓之和。中也者,天下之大本也;和也者,天下之达道也。致中和,天地位焉,万物育焉。"①天地万物犹将赖之以存,而况于人乎?

【注释】

①"孔氏之遗书曰"几句:此引文语出《中庸》,意谓喜怒哀乐的情感没有被激发起来时,心情淡然平静,叫作中。发出情感的时候能够有节制,叫作和。中是天下的本源,和是天下共同的必由之路。达到中和的境界,天地就能各得其所,万物就能生存发展。这里体现的中和思想是先秦儒家一个基本的政治伦理观念,也是其所倡导的一种宇宙观、方法论和道德境界。遗书,指后人追记孔子言论的一些书籍,《中庸》虽为儒家后学所作,但也被视为继承自孔子的精神。位,各得其所。育,生存。

【译文】

　　孔子留下的言论说:"喜、怒、哀、乐的情感没有被激发起来时,心情淡然平静,叫作'中'。发出情感的时候能够有节制,叫作'和'。中是天下的本源，和是天下共同的必由之路。达到中和的境界，天地就能各得其所，万物就能生存发展。"天地万物还要依赖中和来生存，更何况是人呢？

　　自三代之衰，圣人不作①，世不知本②，而驰骋于喜怒哀乐之余③。故其发于事业④，日以鄙陋，不足以希圣人之万一⑤。虽春秋之际⑥，王泽未竭⑦，士生其间，习于礼义，而审于利病⑧，如管仲、晏子、子产、叔向之流⑨，皆不足以知之。至于孔子，其知之者至矣，而未曾言⑩。孟子知其一二，时以告人，而天下亦莫能信也。陵迟及于秦汉⑪，士益以功利为急，言圣人者皆以其所知臆之⑫。儒者流于度数⑬，而知者溺于权利⑭，皆不知其非也。

【注释】

①作：兴起。

②本：本源，在此指中和之道。

③驰骋：奔竞，趋赴。

④发：显现。

⑤希：企望。

⑥春秋：中国历史阶段之一，一般认为是公元前770—公元前476年，基本上是东周的前半期。

⑦王泽：先王的恩泽，在此指周代流传下来的礼乐文化。

⑧审：明辨。利病：利害。

⑨管仲：名夷吾。春秋时齐相，辅佐齐桓公成为春秋五霸之首。晏子：即晏婴，字平仲。春秋时齐国大夫，曾历仕灵、庄、景公三朝，名显诸侯。子产：姬姓，公孙氏，名侨，字子产。春秋时郑国政治

家,郑简公时为卿,执政间曾实行了农业、税赋、法令等一系列改革,遂使郑国一时强盛。叔向:姬姓,羊舌氏,名肸,字叔向。春秋后期晋国贤臣,历事晋悼公、平公、昭公三世,以正直和才识见称于时。

⑩未曾言:在此指没有专门著作去论述。

⑪陵迟:衰败,败坏。

⑫臆:主观猜测。

⑬流于度数:迷失于命运谶纬之说。度数,指当时的谶纬等预言的学问。

⑭溺:沉湎。

【译文】

自夏、商、周三代衰落以来,圣人不再兴起,世人不知道本源中和之道,而奔竞于喜、怒、哀、乐等各种感情的余绪之中。所以他们在事业上显现出来的,一天天地粗陋鄙下,不足以企望圣人的万分之一。虽然在春秋时期,周代流传下来的礼乐文化还没有衰竭,士人成长在其间,熟习于礼义,而明辨利害,但像管仲、晏子、子产、叔向这类人,都不能够通晓它。到了孔子,他对礼乐通晓至极,却不曾专门著作去论述。孟子明白礼乐的十分之一二,经常告诫他人,但天下人也没有相信他的。衰落到了秦代、汉代,士人越发地急于追求功业、利益,谈论圣人的人都是凭借他们自己所知的去主观猜测。学习儒学的人迷失于命运谶纬之说,而聪明的人沉湎于权力和利益,都不知道他们自己的过失。

太史公始易编年之法①,为《本纪》《世家》《列传》②,记五帝三王以来③,后世莫能易之。然其为人浅近而不学,疏略而轻信④。汉景、武之间⑤,《尚书》古文、《诗》毛氏、《春秋》左氏⑥,皆不列于学宫⑦,世能读之者少。故其记尧、舜、三代之事⑧,皆不得圣人之意。战国之际,诸子辩士各自著书,或增损古事,以自信一时之说⑨。迁一切信之,甚者或采世俗相传之语,以易古文旧说。及秦焚书,战国之史不传于民间。秦恶其议己也,焚之略尽⑩。幸而野史一二存者⑪,迁亦未暇详也⑫。故其记战国有数年不书一事者。

【注释】

①太史公:即司马迁,字子长,夏阳(今陕西韩城)人。西汉史学家、文学家和思想家。继父职为太史令,完成了我国最早的通史《史记》,开创了纪传体史书的形式,对后世的史学与文学都产生了巨大影响。始易编年之法:首先改变了史书编年体即按时间顺序记事的写作方法。

②为《本纪》《世家》《列传》:《史记》以"本纪""表""书""世家""列传"五种不同体例记述历史事件,"本纪"记历代帝王世系;"世家"记侯王贵族的世系;"列传"记各种非帝王、贵族的人物的生平。

③五帝三王:五帝,传说中的五位上古帝王,皆为儒家所推崇的明君,说法不一,《史记·五帝本纪》认为是黄帝、颛顼、帝喾、唐尧、虞舜。三王,亦为三位上古帝王,皆为儒家所推崇的明君,说法不一,一般认为是夏禹、商汤、周文王。

④然其为人浅近而不学,疏略而轻信:为人,在此指纪史著述而言,非指道德行为。浅近,学识浅陋见识不远。疏略而轻信,纪事疏略又轻信一些不可信的传闻。苏轼、苏辙兄弟均不喜《史记》而崇尚《汉书》。

⑤汉景、武之间:在汉景帝、汉武帝在位年间,为前157—前87年。

⑥《尚书》古文:即古文《尚书》,已亡佚,现存的已被证实是后人伪

造的。汉时一些儒家经典的版本有今古文的不同,今文版本是汉代广开献书之路时,由一些老者口授,以当时通行的隶书写就的,而古文版本是周代所遗的古本,是在汉武帝时,鲁恭王捣毁孔子故居的墙壁后发现的,有《尚书》《礼记》《论语》《孝经》等,以籀书写就。今文《尚书》流传至今,为《尚书》的可信版本。《诗》毛氏:指毛苌所传的《诗经》,也即现在所通行的《诗经》版本。汉时传诗有四家,除毛氏外,还有三家,分别是出自鲁人申培的《鲁诗》、出于齐人辕固的《齐诗》、出于燕人韩婴的《韩诗》,后三家是今文诗学,西汉时皆立于学官,置博士,魏晋以后,先后亡佚。《毛诗》为古文诗学,较晚出,系私学相传,后盛行于东汉。《春秋》左氏:即《春秋左氏传》,简称《左传》,相传为左丘明所著,故称,现在仍旧通行。《春秋》为经孔子整理、编订的鲁国史书,为经,注释经的书称传。历史上注释《春秋》的有左氏、公羊、穀梁三家,另有邹氏、夹氏二家,后二者早在汉朝即已失传,前三家流传至今,合称为《春秋三传》,分别为《春秋左氏传》《春秋公羊传》《春秋穀梁传》,皆为编年体史书。

⑦学官:学校。

⑧尧、舜:皆为上古时的帝王,是儒家所推崇的明君。

⑨自信一时之说:用一时流传的说法来证明自己的学说。

⑩“及秦焚书”几句:指秦始皇为了维护统一的集权政治,排除不同的政治思想见解而采取的大量焚毁除法令、技术类书籍以外的百家书籍的行动,由秦相李斯提议。据《史记·秦始皇本纪》记,始皇帝三十四(前213)年,李斯建议:“臣请史官非秦记皆烧之。非博士官所职,天下敢有藏《诗》《书》百家语者,悉诣守、尉杂烧之。有敢偶语《诗》《书》者弃市。”

⑪野史:一般认为是指古代私家编撰的史书,与“正史”相对而言。

⑫未暇详:来不及详细阅读。

【译文】

太史公首先改变了史书编年体的写作方法,创造了《本纪》《世家》《列传》等纪传体体例,记载五帝三王以来的历史,后代的史书没有能够替代他的《史记》的。然而他的纪史著述学识浅陋、见识不远,又不注重学习,纪事疏略又轻信一些不可信的传闻。在汉景帝、汉武帝在位年间,古文版本的《尚书》、毛苌所传的《诗经》和左丘明所作的《春秋左氏传》,都没有列入学校的学习范围,世上能读懂的人很少。所以司马迁记载尧、舜时期和夏、商、周三代时期的事,都不能够符合圣人的意思。到了战国时代,诸子百家、各个辩士各自写作书籍,有的增添或者减损古代历史,有的用一时流传的说法来证明自己的学说。司马迁一概都相信,甚至有的还采用了世俗流传的说法,来代替古文记载的旧说。到了秦始皇焚书坑儒,战国的历史在民间就很少流传了。秦代厌恶百姓议论自己的政治,将各类书籍几乎都烧光了。幸而还有一两部野史遗存,司马迁也来不及详细阅读。所以他记载战国的历史,有好几年都不写一件事的情况。

余窃悲之。故因迁之旧①,上观《诗》《书》,下考《春秋》及秦汉杂录,始伏羲、神农②,讫秦始皇帝③,为七本纪,十六世家,三十七列传,谓之《古史》。追录圣贤之遗意④,以明示来世。至于得失成败之际,亦备论其故⑤。呜呼!由数千岁之后,言数千岁之前,其详不可得矣!幸其犹有存者,而或又失之,此《古史》之所为作也。

【注释】

①因迁之旧:在此指沿袭司马迁著《史记》的纪传体体例。

②伏羲:传说中的上古帝王,与女娲共同孕育了中华民族的先民,为

文明之祖,发明创造了八卦。神农:炎帝,传说中的上古帝王,与黄帝共同为中华民族的祖先。一说为医药之祖,有"神农尝百草"的传说。

③秦始皇帝:即秦始皇嬴政(前259—前210),著名的政治家、改革家、战略家,建立中国历史上第一个统一王朝,开创了皇帝制度。统一文字和度量衡,为建立专制主义中央集权制度开创了新局面,奠定了中国两千余年政治制度的基本格局。

④遗意:遗留的思想。

⑤备:完备,详尽。

【译文】

我私下里感到悲伤。所以沿袭司马迁创作《史记》的纪传体体例,往上观看《诗经》《尚书》,往下考察《春秋》和秦代、汉代的驳杂记录,从伏羲、神农开始,到秦始皇,写作了七篇本纪、十六篇世家和三十七篇列传,将它们称为《古史》。追踪记录圣贤遗留的思想,来明白地昭示给后世。至于那些古人得失成败的事件,也完备地讨论它们的原因。唉!从数千年以后,追述数千年之前的历史,其中的详情不能够得知了!幸而还有些被记录存世的,而有的又散失了,这就是我写作《古史》的原因。

【评点】

唐荆川曰:前一段叙《古史》所载之意,后一段叙作《古史》之由。

茅鹿门曰:其思深,故其旨远。

张孝先曰:此序极有见到之论,但未纯耳。朱子曰:"其云古之帝王必为善,如火之必热、水之必寒等语,极好。但起云帝王之道以'无为'为宗,只说得头势大①,下面又皆空疏。"亦犹司马迁《礼书》云"大哉礼乐之道②,洋洋乎宰制万物③，役使群动④"，说得头势甚大，然下面亦空疏，却引荀子诸说以足之⑤。至如此篇言司马迁"浅近而不学，疏略而轻信"，此二句最中司马迁之失。

【注释】

①头势：气势。

②《礼书》：司马迁论述礼乐的文章，收录于《史记》中。

③宰制：主宰制约。

④群动：指众人。

⑤却引荀子诸说以足之：荀子，名况，字卿，战国末期著名思想家、文学家、政治家，儒家代表人物。他主张人性本恶，要以礼法来节制纠正，后来其弟子韩非引用这个观点，发展成为法家的学说。《礼书》中"故制礼义以养人之欲"等论述与荀子的观点相类，故有此说。

【译文】

唐顺之评论：前一段陈说《古史》一书所承载的意义，后一段记叙写作《古史》的情由。

茅坤评论：苏辙的思考深沉，所以文章的意义深远。

张伯行评论：这篇序很有些有见地而且独到的议论，但还不精纯。朱熹说："他写'古代的帝王一定是行善的，就像火一定是热的，水一定是冷的'等等，说得很好。但开头说帝王的道义以'无为'为宗旨，只说得气势很大，下面的阐释却又很空洞。"也就像司马迁《礼书》中说"礼乐之道真是广大啊，洋洋洒洒主宰制约万物，影响驱使众人"，说得气势很大，但下面的论述也是空洞的，却引用了荀子的许多学说来充实。至于像这篇文章说司马迁"纪史著述学识浅陋，见识不远，又不讲究学习，纪事疏略又轻信一些不可信的传闻"，这两句最切中司马迁的过失。

子瞻和陶渊明诗集引

【题解】

陶渊明,即陶潜(365—427),字元亮。东晋时人,弃官归隐,躬耕劳作,为隐逸诗人之宗。子瞻是苏轼的字,他仕宦半生,历尽波折,晚年钟情于陶诗,几乎遍和,被贬往海南后将这些诗结集为《和陶诗》,时值绍圣四年(1097)十二月,苏辙亦因被贬而居于雷州,受苏轼书信所托,为他的诗集写下了这篇引。"引"即"序"的意思,因苏辙祖父名序,故三苏的诗文往往讳之。

苏辙在这篇序中对苏轼推崇备至,称赞他为人旷达超脱,其诗也如其人,"精深华妙",穷而愈工,老而不衰。其中用三分之一的篇幅引用了苏轼书信的原文,借其之口说明了他喜爱陶诗而和之的原因,具有很高的文学史价值,苏轼评价陶诗"质而实绮,癯而实腴",从中发现了一种新的审美典范:落尽皮毛、精神独存的境界,人到中年富于理性和哲理的境界,这实际上正是宋人独特的审美理想。

同时,本文也很富有艺术性,写得纡徐舒放,潇洒自在,"文不著意,而神理自铸"(明人茅坤评)。饱含手足之情,着墨不多,却"写得东坡性情面目出"(清人张伯行评)。

东坡先生谪居儋耳①,置家罗浮之下②,独与幼子过负担渡海③。葺茅竹而居之④,日啖薯芋⑤,而华屋玉食之念不存于胸中⑥。平生无所嗜好,以图史为园囿⑦,文章为鼓吹⑧,至此亦皆罢去。独喜为诗,精深华妙⑨,不见老人衰惫之气⑩。

【注释】

①东坡先生谪居儋耳:东坡先生,苏轼于宋神宗元丰三年(1080)至

元丰七年（1084）贬谪黄州时在其城东开垦东坡荒地，故自号为"东坡居士"。据《宋史·哲宗纪》，绍圣四年（1097）二月："苏轼责授琼州（今海南）别驾，移昌化军安置。"苏轼于四月份离开惠州（今属广东），七月到达儋州。昌化军，即是文中说的儋耳。儋耳，县名，于汉代置县，唐代改为儋州，至宋神宗熙宁六年（1073）改为昌化军，属琼州，治所在今海南儋州。

② 罗浮：指罗浮山，在当时惠州境内，在今广东东江北岸。苏轼在绍圣元年（1094）被贬为建昌军司马惠州安置，由于他得知朝廷对元祐旧臣终身不赦，北归无望，所以在绍圣三年（1096）于当地白鹤峰买地数亩，安置家小。

③ 过：指苏轼的幼子苏过（1072—1123），字叔党。苏轼去世后，苏过葬其于汝州郏城小峨眉山，遂以颍昌为家，名小斜川，自号斜川居士，时人称其为小坡。能文，善书画，著有《斜川集》。当时苏轼长子苏迈留在惠州，苏过随侍父亲到儋州。

④ 葺（qì）茅竹：修剪茅竹盖屋。

⑤ 日啖薯（shú）芋：每天吃山药、芋头作为食物。啖，吃。薯，山药。芋，芋头。

⑥ 华屋玉食：华丽的房屋和精美的食品。

⑦ 图史：图书史籍。园囿（yòu）：园林花苑。

⑧ 鼓吹：指古时官员出行的仪仗。

⑨ 精深华妙：指苏轼诗在内容上博大精深，文辞华美奇妙。

⑩ 衰惫：衰弱疲惫。

【译文】

东坡先生被贬官居住在儋耳，将他的家安在罗浮山下，独自和小儿子苏过背着行李渡了海。他们在那修剪茅竹盖屋居住，每天吃山药、芋头，心中不存有关于华丽的房屋和精美的食物那样的念想。东坡先生平生没有什么别的嗜好，将图书史籍作为园林花苑，将文章当作出行的仪仕,到了这个地方也都做不到而作罢了。他只喜欢作诗,诗歌内容博大精深,文辞华美奇妙,见不到一个老人衰弱疲惫的气息。

是时,辙亦迁海康^①,书来告曰:"古之诗人有拟古之作矣,未有追和古人者也。追和古人,则始于东坡^②。吾于诗人无所甚好,独好渊明之诗。渊明作诗不多,然其诗质而实绮,癯而实腴^③,自曹、刘、鲍、谢、李、杜诸人皆莫及也^④。吾前后和其诗凡百数十篇,至其得意,自谓不甚愧渊明。今将集而并录之,以遗后之君子。子为吾志之!然吾于渊明,岂独好其诗也哉?如其为人,实有感焉。渊明临终,疏告俨等:'吾少而穷苦,每以家贫,东西游走。性刚才拙,与物多忤,自量为己必贻俗患,黾勉辞世,使汝等幼而饥寒。'^⑤渊明此语,盖实录也。吾今真有此病,而不早自知,半生出仕,以犯世患,此所以深服渊明,欲以晚节师范其万一也^⑥。"

【注释】

①是时,辙亦迁海康:苏辙因苏轼事牵连,绍圣四年(1097)被责授化州别驾、雷州安置,于六月份到达雷州。迁,贬谪,放逐。海康,县名,在今广东雷州半岛中部。

②"古之诗人有拟古之作矣"几句:拟古,指模拟古人的风格或某类体裁而写作。追和古人,指唱和古人的作品。早期的唱和,一般是朋友间的互相酬唱,不要求步武元韵,至宋代逐渐严格,要求按照原诗的韵脚和押韵次序唱和。到苏轼则和古人唱和,且遍和陶诗,开创唱和新风。

③然其诗质而实绮,癯(qú)而实腴:然而他的诗外表质朴而内蕴绮丽,外在枯瘦而内里丰腴。癯,清瘦,枯瘦。

④曹：即曹植（192—232），字子建，三国魏沛国谯（今安徽亳州）人。曹操第三子，曾封为陈王，谥曰"思"，建安文学的代表人物，与其父兄曹操、曹丕合称为"三曹"，钟嵘《诗品》将之列为上品，并赞其"骨气奇高，词彩华茂，情兼雅怨，体被文质，粲溢今古，卓尔不群"。刘：即刘桢（？—217），字公幹，汉末东平宁阳（今属山东）人。"建安七子"之一，五言诗创作方面，在当时负有盛名，与曹植并称"曹刘"。鲍：即鲍照（414—466），字明远，南朝宋文学家。世称鲍参军，工诗文，善七言歌行。谢：即谢朓（464—499），字玄晖，南朝齐陈郡阳夏（今河南太康）人。与南朝宋著名诗人谢灵运同族，被称为"小谢"，诗以五言为长，多描写山水风景，风格清新秀丽。李：即李白（701—762），字太白，号青莲居士，祖籍陇西成纪（今甘肃秦安）。唐代著名诗人，诗风飘逸豪放，被称为"诗仙"。杜：即杜甫（712—770），字子美，号少陵野老，原籍襄阳（今属湖北）。唐代著名诗人，诗风沉郁顿挫，被称为"诗圣"。因多关涉唐时兴衰，其诗被称为"诗史"。

⑤"疏告俨等"几句：语见陶渊明《与子俨等书》。疏，作一篇疏。俨，陶渊明之子陶俨。与物多忤，与外界事物多抵触。忤，抵触。必贻俗患，必定会留下得罪世俗的祸患。贻，留下。黾（mǐn）勉辞世，尽力隐居避世。黾勉，尽力。

⑥晚节：晚年。师范：效法。

【译文】

这个时候，我也被贬谪到了海康，他写信来告诉我说："古时的诗人有模仿古人作品的，却没有上追与古人唱和的。上追与古人唱和，则从我苏东坡开始。我对于诗人没有什么特别爱好的，只唯独爱好陶渊明的诗。陶渊明作诗不多，然而他的诗外表质朴而内蕴绮丽，外在枯瘦而内里丰腴，从曹植、刘桢、鲍照、谢朓、李白、杜甫诸位诗人以来都没有比得上他的。我前前后后和他的诗都有百十首了，到我写出了得意之作，自认为与陶渊明比，也不用太羞愧了。现在将要把这些诗集合起来一起抄录，来留给后世的君子。你为我记录这件事！然而我对于陶渊明，哪里只是爱好他的诗呢？对他的为人，也实在有感触。陶渊明临终的时候，作了一篇疏告诉他的儿子陶俨等人：‘我年少的时候就经历穷苦，每每因为家里贫穷而东西奔走。性格刚直而才能低拙，与外界事物多抵触，自己思量必定会留下得罪世俗的祸患，尽力隐居避世，所以让你们从小就吃不饱、穿不暖。’陶渊明的这些话，应该是对事实的记录。我如今真有这样的毛病，却没有早点自己察觉，半辈子都做官，所以触犯了世俗的忌讳，这是我深深地佩服陶渊明，想要在晚年效法他万分之一的缘故。"

　　嗟夫！渊明不肯为五斗米一束带见乡里小人①，而子瞻出仕三十余年，为狱吏所折困②，终不能悛③，以陷于大难④，乃欲以桑榆之末景⑤，自托于渊明，其谁肯信之？虽然，子瞻之仕，其出入进退犹可考也。后之君子其必有以处之矣⑥。孔子曰："述而不作，信而好古，窃比于我老彭⑦。"孟子曰："曾子、子思同道⑧。"区区之迹⑨，盖未足以论士也。

【注释】

①渊明不肯为五斗米一束带见乡里小人：据萧统《陶渊明传》记，晋安帝义熙元年（405）八月，陶渊明为彭泽令，"岁终，会郡遣督邮至县，吏请曰：‘应束带见之。’渊明叹曰：‘我岂能为五斗米折腰向乡里小儿！’即日解绶去职，赋《归去来》。"后常以该典故比喻为人清高，有骨气，不为利禄所动。五斗米，为晋代一县令的俸禄，后常用以比喻微薄的俸禄。束带，整束衣带，以示恭敬。

②为狱吏所折困：指元丰二年（1079），苏轼被下御史狱，审理乌台诗案一事。

③悛（quān）：悔改。

④陷于大难：绍圣元年（1094）四月，章惇、吕惠卿等以苏轼起草制
　诰"讥刺先朝"的罪名，撤掉他端明殿学士、翰林殿侍读学士的官
　衔，贬知英州，后又一月内三次降官，贬为建昌军司马惠州安置，
　三年后再贬至琼州。

⑤桑榆：日落处，喻晚年。末景：喻晚年时光。

⑥处：对待，在此指评价。

⑦"述而不作"几句：语出《论语·述而》。意谓孔子说："阐述而
　不创作，以相信的态度喜爱古代文化，我私自和那老彭相比。"老
　彭，人名，具体为谁说法不一，有以为指老子和彭祖两人，有以为
　乃是殷商时代的贤大夫，有以为是与孔子相识之人。

⑧曾子、子思同道：语出《孟子·离娄下》："孟子曰：'曾子、子思同
　道。曾子，师也，父兄也；子思，臣也，微也。曾子、子思易地则皆
　然。'"曾子居于武城，寇至则去，而子思居于卫，寇至不去，孟子评
　价二人，认为他们的做法在当时的条件下都符合大义，如果易地
　相处，条件有所变化，二人也都会采取对方的做法。苏辙在此意
　谓苏轼、陶渊明易地相处，也会像对方一样去做。曾子，孔子学
　生，名参，字子舆。子思，名孔伋，孔子之孙，作《中庸》，是孟子的
　老师。

⑨区区之迹：小小的事迹，在此指苏轼一生政治上的出入进退。

【译文】

　　唉！陶渊明不愿意为五斗米的俸禄而整束一次衣带去见乡里的小
人，而子瞻做官已经三十多年了，曾经被关在牢狱里，被那些狱卒折辱困
住，最终不能悔改，以致又陷入了大难，现在却想要用晚年残余的光景来
效仿陶渊明，谁肯相信他呢？虽然这样，子瞻的为官经历，入朝、外放、升
迁、贬谪还是可以考查的。后世的君子一定会对他有所评价。孔子说：
"阐述而不创作，以相信的态度喜爱古代文化，我私自和那老彭相比。"

孟子说："曾子和子思所行的道是相同的。"那么这些小小的事迹，还不足以用来评论一个士人。

　　辙少而无师。子瞻既冠而学成^①，先君命辙师焉^②。子瞻尝称辙诗有古人之风，自以为不若也^③。然自其斥居东坡^④，其学日进，沛然如川之方至^⑤。其诗比杜子美、李太白为有余^⑥，遂与渊明比^⑦。辙虽驰骤从之^⑧，常出其后^⑨，其和渊明，辙继之者，亦一二焉^⑩。绍圣四年二月二十九日^⑪，海康城南东斋引^⑫。

【注释】

①冠：行冠礼。周制，男子二十，由其父为之加冠，为男子的成年礼，在此指成年。

②先君：已故的父亲，即苏洵（1009—1066年），字明允，自号老泉，眉州眉山（今属四川）人。北宋文学家，与其子苏轼、苏辙并以文学著称于世，世称"三苏"，亦为"唐宋八大家"之一。师焉：以他为老师。

③自以为不若也：据苏轼《答张文潜书》："子由之文实胜仆，而世俗不知，乃以为不如。"

④然自其斥居东坡：指苏轼被贬到黄州，开垦东坡荒地。

⑤其学日进，沛然如川之方至：据苏辙《亡兄子瞻端明墓志铭》："既而谪居于黄，杜门深居，驰骋翰墨，其文一变，如川之方至，而辙瞠然不能及矣。"沛然，水势盛大的样子。川，河流。

⑥其诗比杜子美、李太白为有余：意谓苏轼的诗超越了李白、杜甫。

⑦比：比肩，相等。

⑧驰骤：马奔跑得很快，比喻尽力追摹。从：跟随。

⑨常出其后：经常落在后面。

⑩"其和渊明"几句：苏辙有《次韵子瞻和渊明饮酒二十首》《次韵子瞻和陶公止酒》《次韵子瞻和渊明拟古九首》《和子瞻次韵陶渊明停云诗》《和子瞻次韵陶渊明劝农诗》等诗。

⑪绍圣四年：1079年。绍圣为宋哲宗年号。

⑫引：作这篇引。

【译文】

我年少时没有老师。那时子瞻已经行了冠礼成年而且学业有成，先父命我拜他为老师。子瞻曾经称赞我的诗有古人的风骨，他自认为比不上。然而自从他被贬斥居住在黄州东坡时，他的学问日益长进，盛大得就像江水刚刚涌到。他的诗与杜甫、李白相比已经超过了，于是能和陶渊明比肩同等。我虽然尽力追摹跟随着他，却常常落在后面，他追和陶渊明的诗，我跟着和韵的也有几首。绍圣四年二月二十九日，我在海康城南东斋作了这篇引。

【评点】

茅鹿门曰：文不著意①，而神理自铸。

张孝先曰：东坡和渊明诗，甚景慕渊明之为人也。渊明有道之士，其诗天然不可及。余读东坡所和诗，仍是东坡本色。盖各有其佳处耳。颍滨此序②，又写得东坡性情面目出。

【注释】

①著意：着力，刻意，精心。

②颍滨：苏辙晚年寓居颍水之滨，直至去世，自号"颍滨遗老"。

【译文】

茅坤评论：文章不刻意构思，但神气情理自然熔铸其中。

张伯行评论：苏东坡和陶渊明的诗，体现出他十分景仰倾慕陶渊明的为人。陶渊明是得道的人,他的诗天然而成,寻常人比不上。我读苏东坡和他的诗,仍旧是他的性格本色。两者诗歌各有它们的妙处。苏辙这篇序文,又将苏东坡的性情精神写得惟妙惟肖。

巢谷传

【题解】

本文作于元符二年(1099),是一篇人物传记,传主是苏辙的同乡巢谷。《宋史·卓行传》中关于巢谷的传记,基本上就是根据本文撰写的。苏辙借此传高度赞美了巢谷对于朋友的古道热肠,不因时势而变迁的豪侠性格。明人茅坤评价曰:"叙谷豪举处有生色,可爱。"当时苏辙被贬官,居于循州,正处于困境之中,此文在正面刻画巢谷之时也从侧面对于那些趋炎附势、落井下石者进行了含蓄的批判。

本文语言寓深情于淡泊,纳自然于朴茂,详略得当,选材上尤其独具匠心,只抓住几件典型事件便使得巢谷这位义士的形象栩栩如生。故清人张伯行评价曰:"其叙次生动,不用粉泽自佳。"

巢谷字元修,父中世,眉山农家也①。少从士大夫读书,老为里校师②。谷幼传父学,虽朴而博。举进士京师,见举武艺者③,心好之。谷素多力,遂弃其旧学,畜弓箭④,习骑射。久之业成,而不中第。闻西边多骁勇⑤,骑射击刺为四方冠,去游秦凤、泾原间⑥,所至友其秀杰⑦。

【注释】

①眉山:今属四川。

②里校师:乡里学校的塾师。

③举武艺:即武举,科举项目之一。宋承唐制,于天圣七年(1029)

置，但废置不常。治平元年（1064）再置，迄宋末不改。《宋史·选举志三》："天圣八年（1030），亲试武举十二人，先阅其骑射而试之，以策为去留，弓马为高下。"

④畜弓箭：购置弓箭。畜，通"蓄"。储藏，在此引申为购置。

⑤骁（xiāo）勇：在此指勇猛矫健的武士。

⑥秦凤、泾原：均为宋代路级行政区划的名字。秦凤，治所在秦州（今甘肃天水）。泾原，治所在渭州（今甘肃平凉）。二地均为当时宋夏对峙的边界地区。

⑦友其秀杰：与优秀杰出的人为友。

【译文】

巢谷字元修，他的父亲名叫巢中世，是四川眉山的农民。巢中世年少的时候跟从士大夫读书，年老了担任乡里学校的塾师。巢谷自幼传习父亲的学问，虽然朴实但是广博。他到京城中参加科举考试，见到有武举考试，内心喜爱。巢谷素来力气大，所以放弃了原来的学业，购置弓箭，练习骑马、射箭。时间长了学成了武艺，但没有考中武举。他听说西边边境多勇猛矫健的武士，骑马、射箭、击剑、劈刺为天下之首，就离开家乡到秦凤、泾原之间游历，所到之处与优秀杰出的人为友。

有韩存宝者①，尤与之善。谷教之兵书，二人相与为金石交②。熙宁中③，存宝为河州将④，有功，号熙河名将⑤，朝廷稍奇之⑥。会泸州蛮乞弟扰边，诸郡不能制，乃命存宝出兵讨之⑦。存宝不习蛮事⑧，邀谷至军中问焉。及存宝得罪⑨，将就逮，自料必死，谓谷曰："我泾原武夫，死非所惜，顾妻子不免寒饿，橐中有银数百两⑩，非君莫可使遗之者。"谷许诺，即变姓名，怀银步行往授其子，人无知者。存宝死，谷逃避江淮间⑪，会赦乃出。

【注释】

①韩存宝:《宋史》无传,综合《宋史》《续资治通鉴长编》等的记载,知其为熙宁、元丰间西北名将,后在征讨泸州蛮的过程中,逗留不进军,坐诛。

②金石交:指至交。金石,比喻感情坚贞。

③熙宁:宋神宗赵顼的年号(1068—1077)。

④河州:在今甘肃临洮以西地区,是宋神宗开拓西方疆土建立的州郡。

⑤熙河:路名,治所在熙州(今甘肃临洮)。

⑥稍奇之:稍加看重。

⑦"会泸州蛮乞弟扰边"几句:熙宁十年(1077),据《宋史·蛮夷四》:"乃诏泾原副总管韩存宝击之。存宝召乞弟等掎角,讨荡五十六村,十三囤蛮乞降。"泸州蛮,即泸州一带、四川与贵州交界处的少数民族。当时泸州乌蛮有酋领二,一是晏子,一是斧望个恕。乞弟为个恕之子,屡次侵扰边境。后失去土地,病死。

⑧不习:不熟悉,不习惯。

⑨及存宝得罪:据《续资治通鉴长编》,韩存宝于元丰三年(1080)五月受命出使征讨泸州蛮,逗留不进,师出无功,且谎报战功,元丰四年(1081)正月即泸州置狱鞫其罪,七月伏诛。

⑩橐(tuó):盛物的袋子。语出《诗经·大雅·公刘》:"于橐于囊。"毛传:"小曰橐,大曰囊。"

⑪谷逃避江淮间:巢谷到过黄州,躲避在苏轼的贬所,据苏轼《与子安兄》:"巢三(即巢谷)见在东坡安下,依旧似虎,风节愈坚。师授某两小儿(苏迨、苏过)极严。"苏轼另写有《大寒步至东坡赠巢三》《元修菜并叙》《与巢元修》等相关作品,可见二人关系极好。

【译文】

有一位叫韩存宝的人,尤其与他交好。巢谷教授他兵书,二人相互结成至交,感情坚贞如金石。熙宁年中,韩存宝担任河州的将领,有功勋，被称为熙河名将，朝廷对他稍加看重。碰上泸州地区的少数民族首领乞弟扰乱边境，各个郡县都不能制服，于是命令韩存宝出兵讨伐。韩存宝不熟悉少数民族的情况，邀请巢谷到军队中咨询他。等到韩存宝获罪，将要被逮捕，自己预料一定会死，对巢谷说："我本是泾原的武夫，死不是值得可惜的事，只是妻子、孩子免不了受冻、挨饿，袋里有几百两银子，除了你没有可以托付转交的人了。"巢谷许诺做到，就改变了姓名，带着银子步行，去交给了韩存宝的儿子，没有人知道这件事。韩存宝死后，巢谷逃到长江、淮河间的地区躲避，等到朝廷大赦才出来。

予以乡间故①，幼而识之，知其志节，缓急可托者也②。予之在朝③，谷浮沉里中④，未尝一见。绍圣初，予以罪谪居筠州，自筠徙雷，自雷徙循⑤。予兄子瞻，亦自惠再徙昌化⑥，士大夫皆讳与予兄弟游，平生亲友无复相闻者。谷独慨然自眉山诵言⑦，欲徒步访吾兄弟。闻者皆笑其狂。元符二年春正月⑧，自梅州遗予书曰⑨："我万里步行见公，不自意全⑩，今至梅矣，不旬日必见⑪，死无恨矣。"予惊喜曰："此非今世人，古之人也。"既见，握手相泣，已而道平生⑫，逾月不厌。时谷年七十有三矣，瘦瘠多病⑬，非复昔日元修也。将复见子瞻于海南，予悯其老且病⑭，止之曰："君意则善，然自此至儋数千里，复当渡海，非老人事也。"谷曰："我自视未即死也，公无止我。"留之不可。阅其囊中，无数千钱，予方乏困，亦强资遣之⑮。船行至新会⑯，有蛮隶窃其囊装以逃⑰，获于新州⑱，谷从之至新，遂病死。予闻哭之失声，恨其不用吾言，然亦奇其不用吾言而行其志也。

【注释】

①予以乡闾故：我因为和巢谷是同乡的缘故。乡闾，在此指同乡。

②缓急：危急之时，偏义复词，"缓"字无实义。

③予之在朝：苏辙于元祐元年（1086）二月还朝任职，官至门下侍郎，为当时执政大臣之一，至绍圣元年（1094）四月出知汝州，在朝凡九年。

④浮沉里中：被埋没在乡间。浮沉，埋没，沉沦。

⑤"绍圣初"几句：苏辙因受苏轼牵连，于哲宗绍圣元年（1094）七月贬谪筠州（今江西高安），四年（1097）迁雷州（今广东雷州），元符元年（1098）又迁循州（今广东龙川）。绍圣，宋哲宗赵煦的第二个年号（1094—1098）。

⑥予兄子瞻，亦自惠再徙昌化：绍圣元年（1094）四月苏轼因起草制诏"讥刺先朝"的罪名，贬知英州（今广东英德），接着一月间三次降官，最后贬为建昌军司马惠州（今属广东）安置。绍圣四年（1097）四月再贬琼州（今属海南）别驾昌化军（今海南儋州）安置。子瞻，苏轼字。

⑦慨然：慷慨激昂的样子。诵言：声言，扬言。诵，通"讼"。公开。

⑧元符二年：1099年。元符为宋哲宗赵煦的第三个年号（1098—1100）。

⑨梅州：今属广东。遗予书：给我写信。

⑩不自意全：自己没有想到身体还能保全。

⑪不旬日：要不了多少天。旬，十日。

⑫已而：跟着，接着。道平生：即各自述说别后以来的生活。道，述说。

⑬瘦瘠（jí）：瘦弱。

⑭愍（mǐn）：哀怜，怜悯。

⑮强：勉强，勉力。资遣之：凑了些钱送他走。资，资助。

⑯新会：今属广东。

⑰蛮隶：由少数民族的人充当的仆从。橐装：行李钱囊。

⑱获于新州：在新州被抓获。新州，今广东新兴。

【译文】

我因为和巢谷同乡的缘故，幼年时就认识他，了解他的志向、节操，知道他是危急之时可以托付的人。我在朝廷为官的时候，巢谷被埋没在乡间，没有见过一面。绍圣初年，我因为获罪被贬官到筠州居住，又从筠州贬官迁徙到雷州，从雷州贬官迁徙到循州。我的兄长子瞻，也从惠州两次被贬官，迁徙到了昌化。士大夫们都忌讳和我们兄弟二人交往，平时的亲戚朋友没有再互通音讯的人。只有巢谷慷慨激昂地从眉山扬言，想要步行探访我们兄弟二人。听说的人都嘲笑他癫狂。元符二年春正月，巢谷从梅州给我写信说："我万里步行来见您，自己没有想到身体还能保全，现在到了梅州了，要不了多少天一定能够相见，死也没有遗憾了。"我惊喜地说："这不是当今社会的人，而是古代的人啊。"见面以后，我们互相握着手哭泣，接着各自述说别后以来的生活，过了一个多月都不觉得满足。当时巢谷年纪已经七十三了，瘦弱多病，不再是过去强壮的巢谷了。他还要到海南去见子瞻，我怜悯他年老而且生病，制止他说："你的心意是好的，然而从这个地方到儋州相距数千里，还需要渡过海，不是老人能做的事情。"巢谷说："我自认为还不会马上就死，您不要阻止我。"我挽留不住他。看他的行囊中，没有数千钱，我当时正贫困，也还是勉强凑了些钱送他走。船行到了新会，有少数民族的仆从偷窃了他的行李钱囊逃走了，后来在新州被抓获，巢谷追赶他到了新州，于是就病死了。我听说后失声痛哭，遗憾他不听我的话，然而也为他不听我的话而践行他自己的志愿而惊叹。

　　昔赵襄子厄于晋阳，智伯率韩魏决水围之。城不没者三版，县釜而爨，易子而食，群臣皆懈，惟高恭不失人臣之礼。及襄子用张孟谈计，三家之危解，行赏群臣，以恭为先。

谈曰："晋阳之难,惟恭无功,曷为先之?"襄子曰："晋阳之难,群臣皆懈,惟恭不失人臣之礼,吾是以先之。"①谷于朋友之义,实无愧高恭者,惜其不遇襄子,而前遇存宝,后遇予兄弟。予方杂居南夷②,与之起居出入,盖将终焉,虽知其贤,尚何以发之? 闻谷有子蒙,在泾原军中③,故为作传,异日以授之。谷始名縠,及见之循州,改名谷云。

【注释】

①"昔赵襄子厄于晋阳"几句:事见《史记·赵世家》。春秋末,晋国公室衰弱,知氏与韩、赵、魏三家渐强,其中知氏最强,晋国之政皆决于知伯。"知伯益骄,请地韩、魏,韩、魏与之。请地赵,赵不与,以其围郑之辱。知伯怒,遂率韩、魏攻赵。赵襄子惧,乃奔保晋阳。……三国攻晋阳岁余,引汾水灌其城,城不浸者三版……"此事在这之后,文字有小异。赵襄子,名毋恤,春秋末晋国重臣。厄,困厄。晋阳,春秋时晋邑名,故址在今山西太原。智伯,名瑶,春秋末晋国重臣。城不没者三版,意谓水差一点就要淹过城墙。版,筑墙的木板,每块八尺长。县,通"悬"。悬挂,因水深,故"悬釜而爨"。釜(fǔ),无足之锅。爨(cuàn),生火做饭。易子而食,互相交换儿子吃,形容粮食匮乏到了极点。懈,懈怠,《史记》作"皆有外心"。高恭,赵臣。恭,《史记》作"共"。张孟谈,赵相。张孟谈计,据《史记·赵世家》:"襄子惧,乃夜使相张孟同(《战国策》作'谈')私于韩、魏。韩、魏与合谋,以三月丙戌,三国(韩、魏、赵)反灭知氏(即智伯),共分其地。"曷,通"何"。

②予方杂居南夷:时苏辙在循州,据《太平寰宇记》,循州"春秋时为百越之地","人多蛮獠"。南夷,南方少数民族。

③闻谷有子蒙,在泾原军中:据苏轼《与程怀立书》:"元修有子蒙,

在里中。"苏轼《与程怀立书》亦记巢谷事,可与本文参看。

【译文】

过去赵襄子在晋阳城中被困厄,智伯率领韩、魏的军队决汾河水包围他。城只差三块筑墙的木板就要被淹没了,百姓把锅悬挂起来生火做饭,粮食匮乏到了极点,互相交换儿子吃,众位大臣都懈怠了,只有高恭不丧失臣子的礼节。等到赵襄子使用了张孟谈的计谋,解除了三家围困的危难,对众位大臣论功行赏的时候,把高恭放在第一位。张孟谈说:"晋阳城的危难,只有高恭没有功劳,为何把他放在第一位?"赵襄子说:"晋阳城的危难,众位大臣都懈怠了,只有高恭不丧失臣子的礼节,所以我把他放在第一位。"巢谷对于朋友的仗义,实在是与高恭比都不用羞愧了,可惜他没有遇见赵襄子那样有能力的人,之前遇到了韩存宝,后来遇到了我们兄弟二人。当时我正和南方的少数民族杂居,和他们一起起居出入,将要终老在这里,虽然知道巢谷贤能,又能用什么方法来昭示于世呢?听说巢谷有一个儿子叫巢蒙,在泾原的军队中,所以为他写作了传记,来日把这给予巢蒙。巢谷起初叫榖,等我在循州见到他,改名叫作谷了。

【评点】

茅鹿门曰:叙谷豪举处,有生色可爱。

张孝先曰:巢谷意趣甚高,颍滨为之作传,以不没其人,此厚道也。其叙次生动,不用粉泽自佳。

【译文】

茅坤评论:记叙巢谷豪放行为的地方,形象生动,十分可爱。

张伯行评论:巢谷志趣很高,苏辙为他写传记,想要让他不埋没在历史中,这是厚道的行为。他的叙述很生动,不用修饰自然很妙。

王氏清虚堂记

【题解】

本集此文后有"熙宁十年（1077）正月八日记"，说明了作文时间，当时苏辙暂寓京师，应王巩之邀为其建于当地的清虚堂创作了这篇记。王氏即指王巩，其字定国，自号清虚先生，与苏轼、苏辙兄弟交好，常有诗文往来。苏辙在简单地描摹清虚堂的环境与陈设后，便围绕堂名"清虚"展开议论，指出真正的清虚不是刻意追求得来的，不是远离世俗造就的，而是顺其自然的。这样的看法颇得庄子《齐物论》的真意，富于哲理思辨，也暗含着作者自我的人生追求。

全文构思巧妙，名为记堂，实则论理，而论理又归结到写人，突出了王巩不俗的人品风骨，可谓虚实相映。借用汉赋主客答问、欲扬先抑的手法，而去其铺陈藻饰之病，行文舒畅委婉，且有顿挫曲折之致，娓娓可诵。故明人茅坤评价曰："浅然却澹宕。"

　　王君定国为堂于其居室之西，前有山石瑰奇琬琰之观①，后有竹林阴森冰雪之植②，中置图史百物③，而名之曰"清虚"。日与其游，贤士大夫相从于其间，啸歌吟咏，举酒相属④，油然不知日之既夕⑤。凡游于其堂者，萧然如入于山林高僧逸人之居⑥，而忘其京都尘土之乡也⑦。

【注释】

①瑰奇：珍奇。琬琰（wǎn yǎn）：美玉，指琬圭与琰圭。

②阴森冰雪：在此用来形容竹林的茂密阴凉。阴森，阴凉。植：栽种。在此指所栽种的竹子。

③图：图籍，图画书籍。史：史册。百物：泛指文物字画等。

④相属：在此指互相劝酒。属，通"嘱"。

⑤油然：悠然，安然。日之既夕：太阳已经落山了。

⑥萧然：冷清寂静。逸人：不愿出仕的隐者。

⑦京都：京城。北宋京城为汴京，在今河南开封。尘土之乡：即红尘之地。

【译文】

　　王定国先生在他住房的西面建造了一座厅堂，在前有像美玉般珍奇的山石景观，在后有像冰雪般阴凉的竹林植物，堂中放置了图画书籍、历史书册、文物字画等，而给这座堂取名为"清虚"。每天都到堂中游赏，贤明的士大夫跟随着他在堂中长啸放歌、吟咏诗文，举起酒互相劝饮，悠然得不知道太阳已经落山了。凡是在堂中游赏的，都感到冷清寂静好像进入了山林中高僧和隐士的居所，而忘记了自己身处京城这片红尘之地中。

　　或曰："此其所以为清虚者耶？"客曰①："不然。凡物自其浊者视之，则清者为清；自其实者视之，则虚者为虚。故清者以浊为污，而虚者以实为碍②。然而皆非物之正也。盖物无不清，亦无不虚者。虽泥涂之浑，而至清存焉；虽山石之坚，而至虚存焉③。夫惟清浊一观，而虚实同体④，然后与物无匹⑤，而至清且虚者出矣。今夫王君，生于世族⑥，弃其绮纨膏粱之习⑦，而跌宕于图书翰墨之囿⑧，沉酣纵恣⑨，洒然与众殊好⑩。至于锺、王、虞、褚、颜、张之逸迹⑪，顾、陆、吴、卢、王、韩之遗墨⑫，杂然前陈⑬，赎之倾囊而不厌⑭，慨乎思见其人而不得，则既与世俗远矣。然及其年日益壮，学日益笃⑮，经涉世故⑯，出入患祸⑰，顾畴昔之好⑱，知其未离乎累也⑲。乃始发其箱箧⑳，出其玩好，投以与人而不惜。将旷焉黜去外累而独求诸内㉑，意其有真清虚者在焉，而未之见也。王君浮沉京师㉒，多世外之交㉓，而又娶于梁张公氏㉔。张公超达远鹜㉕，体乎至道而顺乎流俗㉖。君尝试以吾言问之，其必有得于是矣。"

【注释】

①客：在此指苏辙本人。

②碍：妨碍。

③"虽泥涂之浑"几句：即使像污泥那样浑浊，也有最清澈的一面存在；即使像山石那样坚实，也有最虚无的一面存在。苏辙在此意在说明任何事物都是清浊虚实的对立统一。涂，泥汀。

④夫惟清浊一观，而虚实同体：清和浊表面上是相同的，虚和实本质上是一体的，说明要对之等量齐观，任其浑然一体。观，景象，事物的外在状态。体，事物的本质存在。

⑤与物无匹：即与物浑然为一。无匹，无双，在此指没有区别。

⑥生于世族：其祖父王旦为宋真宗时宰相，父亲王素为工部尚书，故称。

⑦绮纨：丝织品。绮为素地织花的丝织品，纨为白色细绢，故用以代指富贵子弟。膏粱：本义为精美的食物，也用以代指富贵子弟。

⑧跌宕：在此意为纵情沉溺。翰墨：笔墨，在此指书法。囿：园地。

⑨沉酣纵恣：沉醉放纵。

⑩洒然与众殊好：洒脱地与众多富贵子弟不同爱好。洒然，洒脱的样子。殊，不同。

⑪锺、王、虞、褚、颜、张：皆为历史上著名的书法家。锺，锺繇（151—230），字元常，三国时颍川长社（今河南长葛）人。著名书法家，与王羲之合称"锺王"。王，王羲之（303—361），字逸少，东晋时琅邪临沂（今属山东）人。被称为"书圣"。虞，虞世

南（558—638），字伯施，初唐时越州余姚（今属浙江）人。褚，褚遂良，字登善，初唐时钱塘（今浙江杭州）人。与虞世南、欧阳询、薛稷并称初唐四大家。颜，颜真卿（708—784），字清臣，盛唐时京兆万年（今陕西西安）人。楷书艺术的集大成者，其书被称为"颜体"，和柳公权并称为"颜柳"。张，张旭，字伯高，盛唐时苏州吴（今江苏苏州）人。创立"狂草"，被誉为"草圣"。逸迹：高妙的书手迹。

⑫顾、陆、吴、卢、王、韩：皆为历史上著名的画家。顾，顾恺之（约345—406），字长康，东晋时无锡（今属江苏）人。工人像、佛像、禽兽、山水等。陆，陆探微，南朝宋吴郡（今江苏苏州）人。师法顾恺之，工肖像、人物，与顾恺之合称"顾陆"。吴，吴道子，名道玄，盛唐时阳翟（今河南禹州）人。善画道释人物，被尊为"画圣"。卢，卢鸿，字颢然，盛唐时范阳（今河北涿州）人。善画山水树石。王，王维，字摩诘，盛唐时太原祁（今山西祁县）人。善画水墨山水，被誉为"南宗之祖"，文人画的开创者。韩，韩幹，盛唐时京兆（今陕西西安）人。以画马闻名。遗墨：指流传下来的画作。

⑬杂：杂多的样子。陈：陈列。

⑭赎：在此指购买。倾囊：倾尽钱囊里所有的钱。厌：满足。

⑮笃：深厚。

⑯经涉世故：经历了世间的变故。

⑰出入祸患：经历了灾祸忧患。

⑱顾畴昔之好：回顾昔日的喜好。畴昔，昔日，往日。

⑲累：累赘。古人认为外物往往是内心自由的拖累。

⑳发其箱箧（qiè）：打开他的箱子。发，开启。箧，小箱子。

㉑将旷焉黜去外累而独求诸内：将要旷达地舍弃累赘的身外之物而专一地向内心去寻求。

㉒浮沉京师：意谓在京城生活。浮沉，与世浮沉，上下不定。

㉓世外之交：即尘世之外的朋友，指僧人、道人、隐士等。

㉔而又娶于梁张公氏：而又娶了大梁张方平先生的女儿。梁，指河南开封一带。战国时魏都大梁，故称。张公，即张方平，应天府宋城（今河南商丘）人。字安道，号乐全居士。苏氏父子三人均从之游，为北宋一代名臣。王巩的妻子是他的次女。

㉕超：超脱，高超脱俗。达：达观，听任自然，随遇而安。骛：奔驰，在此引申为志向高远。

㉖体乎至道而顺乎流俗：既体察大道又顺应世俗。

【译文】

有的人说："这就是这座堂被称为'清虚'的原因吗？"我说："不是这样。凡是事物，从它浊的一面去看，那它清的一面是清的；从它实的一面去看，那它虚的一面是虚的。所以清的把浊的看作是污秽的，而虚的把实的看作是障碍。然而这些都不是事物的正常面目。事物都有清的一面，也都有虚的一面。即使像污泥那样浑浊，也有最清澈的一面存在；即使像山石那样坚实，也有最虚无的一面存在。只有将清和浊、虚和实从表面到实质都等量齐观，视为一体，然后才能与物浑然为一，没有区别，而最清虚的一面才会显现出来。现在的王先生，原先出身世族大家，舍弃了富贵子弟的风习，而纵情于图画、书籍和书法的园地，沉醉放纵，洒脱地与众多富贵子弟不同爱好。至于钟繇、王羲之、虞世南、褚遂良、颜真卿、张旭的高妙的书法手迹，顾恺之、陆探微、吴道子、卢鸿、王维、韩幹流传下来的画作，杂多地陈列在眼前，倾尽钱囊里所有的钱去购买都不满足，感慨自己想要见到这些人却不能做到，于是就渐渐远离世俗了。然而到了他年纪逐渐增长，学问日益深厚的时候，经历了世间的变故和灾祸忧患，回顾往昔的爱好，才知道自己没有离开过外物累赘。于是才打开他的箱子，拿出他以前玩赏爱好的物品，送给别人也不可惜。他将要旷达地舍弃累赘的身外之物而专一地向内心去寻求，料想其中真正的清虚在，但还没有见到。王先生在京城里生活，有很多尘世之外的朋友，而又娶了大梁张方平先生的女儿。张先生超脱达观、志向远大,既体察大道又顺应世俗。你尝试着拿我的话去问他,一定会从他的回答中有所领悟。"

【评点】

唐荆川曰:此文亦有箴规[①],言其所以为清虚者,不足为清虚也。议论亦本庄子。

茅鹿门曰:浅然却澹宕[②]。

张孝先曰:假乎外物以求清虚,固不可谓之清虚。颍滨则欲清浊一观,虚实同体。语涉《齐物》[③],亦非清虚之正也。观者详之。

【注释】

①箴规:劝诫。

②澹宕:恬静舒畅。

③《齐物》:指《庄子·内篇·齐物论》,其主要观点是:万物都是浑然一体的,并且在不断向其对立面转化,因而没有区别。苏辙的观点与之相似,故有此说。

【译文】

唐顺之评论:这篇文章也有劝诫的意思,说"刻意追求清虚的人,不足以达到清虚的境界"。议论也是来自庄子。

茅坤评论:文字浅白,但恬静舒畅。

张伯行评论:假借外物来追求清虚,固然不可以说是清虚。但苏辙想要将清和浊、虚和实从表面到实质都等量齐观,视为一体,想法与《齐物论》相似,却也不是清虚的真正意思。请读者详细地辨正。

南康直节堂记

【题解】

本集于此文后有"元丰八年（1085）正月十四日眉山苏辙记"，已说明了写作此文的时间。南康，即南康军，治所在今江西星子，当时苏辙从贬谪了五年之久的筠州往绩溪任县令，路经此地，为当地官员徐望圣所建的直节堂写了这篇记文。

本文构思精巧，自始至终紧扣堂名"直节"两字来写，从中引出堂前杉树，又借杉树的直立挺拔、不为外界所屈，赞美了徐望圣为人正直，名为记堂，实则写树，表面写树，实为写人。同时也隐含了苏辙对世道不平的感慨和对自我的开导勉励。

文章胜在以物喻人，深得比兴之旨，文字省净而寓意遥深，故明人茅坤评价曰："文亦浅，然自是风人之言。"末尾之诗与文融合，更显得含蓄蕴藉，耐人寻味。

南康太守听事之东①，有堂曰"直节"，朝请大夫徐君望圣之所作也②。庭有八杉，长短巨细若一，直如引绳③，高三寻而后枝叶附之④。岌然如揭太常之旗⑤，如建承露之茎⑥，凛然如公卿大夫高冠长剑立于王廷，有不可犯之色。堂始为军六曹吏所居⑦。杉之阴，府史之所蹲伏⑧，而簿书之所填委⑨，莫知贵也。君见而怜之，作堂而以"直节"命焉。夫物之生，未有不直者也；不幸而风雨挠之，岩石轧之，然后委曲随物，不能自保。虽竹箭之良⑩，松柏之坚，皆不免于此。惟杉能遂其性⑪，不扶而直。其生能傲冰雪，而死能利栋宇者⑫，与竹柏同，而以直过之。求之于人⑬，盖所谓不待文王而兴者耶⑭？

【注释】

①听事：即听事厅，处理政务的地方。

②朝请大夫：文散官名，宋时为从五品。徐君望圣：名师回，字望圣，苏州（今属江苏）人。元丰中知南康军，耿介有条理，官事不烦而治。

③直如引绳：笔直得就像用墨线弹过一样。绳，木工正曲直的墨线。

④寻：古时长度单位，八尺为寻。

⑤岌（jí）然：高耸的样子。揭：举。太常之旗：古时旗名。《尚书·君牙》："厥有成绩，纪于太常。"孔传："王之旌旗画日月曰太常。"

⑥承露之茎：汉武帝好神仙，于神明台上建铜柱，上置承露盘，以接甘露，以为服食之可以延年。据《汉书·郊祀志》："其后又作柏梁、铜柱、承露仙人掌之属矣。"颜师古注引《三辅故事》："建章宫承露盘，高二十丈，大七围，以铜为之，上有仙人掌承露，和玉屑饮之。"承露，指承露盘。茎，本指草木之枝杆，在此指承露盘之铜柱。

⑦军：宋行政区划，与州、府同隶属于路，在此指南康军。六曹：唐时各州分六曹，分别为功曹、仓曹、户曹、兵曹、法曹、士曹，为州、军属官，亦称六司，分管州内各种具体事务。居：本指住所，在此指办公的地方。

⑧府史：似指南康军下的幕职官，如节度掌书记等，据《宋史·职官志》：诸州、军幕职官"掌裨赞郡政，总理诸案文移"。蹲伏：在此为休息之意。

⑨簿书：官府簿册文书。填委：堆积。

⑩竹箭之良：古人认为竹中空而直，宁折不弯，历寒不凋，象征着品性优秀。竹箭，竹的一种，可做箭杆。良，优秀的品性。

⑪遂：充分发展。

⑫死能利栋宇：谓杉树砍伐后可以用来修造房屋。栋宇，指房屋。

⑬求之于人：意谓如果在人身上寻找这样的品质。

⑭盖所谓不待文王而兴者耶：大概就是所谓的不倚赖文王就能够兴起的人。语出《孟子·尽心上》："孟子曰：'待文王而后兴者，凡民也。若夫豪杰之士，虽无文王犹兴。'"在此指不倚赖外在扶持而凭借自己特立不变的品性获得成功的人。待，倚赖。文王，即周文王，名姬昌，他为其子周武王灭商建周打下了基础，儒家所推崇的明君之一。

【译文】

南康太守听事厅的东面，有一个厅堂叫作"直节"，是朝请大夫徐望圣所修建的。庭院中有八株杉树，高矮粗细都是一样的，笔直得就像用墨线弹过一样，高到二十四尺以上才生长枝干和树叶。高耸得像举着太常之旗，像建造了承露盘的铜柱，气势凛然得像是公卿大夫戴着高高的帽子，举着长剑，站立在朝廷之上，有不可侵犯的神色。这堂最初是南康军六曹官吏的办公之所。杉树的树荫下，是府史所休息的地方，是官府文书、簿册所堆积的地方，没有人知道它的珍贵。徐先生见到了爱怜它们，于是建造了厅堂而用"直节"来为它命名。树木最初生长的时候，没有不笔直的；不幸遇到了风雨摧残它，岩石倾轧它，然后才随着外物弯曲，不能够自我保全。即使是像竹箭那样优良，松柏那样坚挺，也都不免变成这样。只有杉树能充分发展它的天性，不需要外界扶持就能挺拔。它活着的时候能傲视冰雪，砍伐下来之后能用来建造房屋，与竹子、松柏相同，但凭借着笔直挺拔超过它们。如果在人身上寻找这样的品质，大概就是所谓的不倚赖文王就能够兴起的人吧。

徐君温良泛爱①，所居以循吏称②，不为皦察之政③，而行不失于直。观其所说④，而其为人可得也。《诗》曰："惟其有之，是以似之⑤。"堂成，君以客饮于堂上⑥。客醉而歌曰：

【注释】

①泛爱：博爱。

②循吏：奉法循理的官吏。

③皦（jiǎo）察：明察，在此引申为苛求。

④说：通"悦"。

⑤惟其有之，是以似之：语出《诗经·小雅·裳裳者华》。郑笺："维我先人有是二德，故先王使之世禄，子孙嗣之。"又一说，只因为他拥有某种品质，所以会喜欢与他相似的人或物。在此意为，只因徐君拥有"直节"的品质，所以会喜欢与他本人相似的杉木。惟，只因。似，像……一样。

⑥以：与。

【译文】

徐先生温良博爱，所到之处都有奉法循理之官的名声，不施行苛求的政事，而行为却不失正直。观察他所喜悦的，就能够了解他的为人。《诗经》中说："只因他拥有某种品质，所以会喜欢与他相似的人或物。"厅堂建成之后，徐先生和客人一起在堂上饮酒。客人喝醉了歌唱道：

"吾欲为曲，为曲必屈，曲可为乎？吾欲为直，为直必折，直可为乎？有如此杉，特立不倚①，散柯布叶②，安而不危乎？清风吹衣，飞雪满庭，颜色不变，君来燕嬉乎③？封植灌溉④，剪伐不至，杉不自知，而人是依乎？庐山之民⑤，升堂见杉，怀思其人，其无已乎？"

歌阕而罢⑥。

【注释】

①特立不倚：直立不偏。特，出众，卓异。

②散柯布叶：伸展枝条，散布树叶。柯，枝条。

③燕嬉：宴乐嬉戏。燕，通"宴"。

④封植：壅土培育。《左传·昭公二年》："宿敢不封殖此树，以无忘《角弓》，遂赋《甘棠》。"杜预注："封，厚也，殖，长也。"

⑤庐山之民：指南康军之民。庐山，在南康军星子西北，北靠长江。

⑥阕（què）：指歌曲结束。《礼记·文王世子》："有司告以乐阕。"郑玄注："阕，终也。"

【译文】

"我想要弯曲，弯曲一定会委屈自己，我可以做弯曲的人吗？我想要正直，正直一定会受挫折，我可以做正直的人吗？有像这样的杉树，直立不偏，与众不同，伸展枝条，散布树叶，安然而没有危险吗？清风吹拂衣裳，飞雪落满庭院，苍翠之色不变，先生会来宴饮其下吗？壅土培育，浇水灌溉，不加以砍伐剪除，杉树自己不知，而人却依恋着它吧？庐山的百姓，来到堂上见到杉树，就怀念起建堂的人，思念只怕没有止尽吧？"

歌曲结束就停止了。

【评点】

茅鹿门曰：文亦浅，然自是风人之言。

张孝先曰："直节"两字颇有佳致。士能以"直节"自持，未有不表见于世者也。岂特兹杉也欤？

【译文】

茅坤评论：文字浅显，但仍是诗人的旨趣。

张伯行评论："直节"两个字很有兴味。读书人如果能以"直节"来自我要求，没有不显扬于世的。哪里只是这些杉树呢？

武昌九曲亭记

【题解】

此武昌在今湖北鄂州,九曲亭在其西面西山的九曲岭上,为三国时孙吴遗迹。苏轼于元丰二年(1079)因乌台诗案被贬谪到与西山隔江相望的黄州,重建了该亭。元丰五年(1082)苏辙与其会于黄州,共游西山,写下了这篇记文。文章名为亭记,但笔墨挥洒开去,既描绘了西山山水萧然绝俗的姿态,又写出了苏轼谪居黄州时纵情自然的情怀与其狂放旷达的性格,最后归结于人生以适意为乐的议论。写景、记人、说理相辅相成,浑然一体,故明人茅坤评价曰:"情兴心思俱入佳处。"

文章看似平淡,却寄托深远,既包含了深厚的手足之情,又通过以"无愧于中,无责于外"相互排遣相互安慰,将二人因党争而被贬谪远地的牢骚凄楚表现得极为含蓄蕴藉,没有一句愤激语,没有一句悲酸言。

子瞻迁于齐安①,庐于江上②。齐安无名山,而江之南武昌诸山③,陂陁蔓延④,涧谷深密,中有浮图精舍⑤,西曰西山,东曰寒溪⑥,依山临壑,隐蔽松枥⑦,萧然绝俗⑧,车马之迹不至。每风止日出,江水伏息⑨,子瞻杖策载酒⑩,乘渔舟乱流而南⑪。山中有二三子,好客而喜游,闻子瞻至,幅巾迎笑⑫,相携徜徉而上⑬,穷山之深,力极而息,扫叶席草⑭,酌酒相劳,意适忘反⑮,往往留宿于山上。以此居齐安三年,不知其久也。

【注释】

①子瞻迁于齐安:苏轼因乌台诗案于元丰二年(1079)被贬为黄州团练副使,本州岛安置,第二年二月到达贬所。子瞻,苏轼字。

迁,贬官远调。齐安,即黄州,在今湖北黄冈。

②庐于江上:在长江边建屋居住。苏轼到黄州后,先寓居定惠院,后迁居长江边上的临皋亭。据苏轼《与朱康叔书》:"已迁居江上临皋亭,甚清旷。"又《与范子丰书》:"临皋亭下,不数十里,便是大江。"庐,结庐,建屋。江,长江。

③武昌:当时的武昌郡,在今湖北鄂州,和黄州隔长江相对,其西有樊山,也叫西山。

④陂陀(pō tuó):山势起伏不平的样子。

⑤浮图精舍:即僧舍寺院。浮图,梵语的音译,或作"浮屠""佛陀"等,意为觉者或智者,本指佛,也称僧人。精舍,修行者居住的房子。

⑥西曰西山,东曰寒溪:西山、寒溪在此指附近的西山寺和寒溪寺。据《清一统志》:"西山寺,在武昌县西,晋建。""寒溪寺,在武昌县寒溪上,一名资圣寺。"苏轼有《游武昌寒溪西山寺》《与子由同游寒溪西山》等诗,苏辙有《黄州陪子瞻游武昌西山》《次韵子瞻与邓圣求承旨同直翰苑怀武昌西山旧游》等诗,可参看。

⑦隐蔽松枥:意谓寺庙被松树、枥树所遮蔽。枥,同"栎"。

⑧萧然:清幽静寂。

⑨伏息:平静。

⑩杖策:拄着拐杖。策,手杖。

⑪乱流:横渡江水。《诗经·大雅·公刘》:"涉渭为乱。"孔疏:"水以流为顺,横渡则绝其流,故为乱。"

⑫幅巾:即头巾,用绢或布一幅束头,不戴帽子,表示不拘礼节。

⑬倘徉(cháng yáng):漫步徘徊,无拘无束的样子。

⑭席草:以草为席,意谓坐于草上。

⑮反:通"返"。

【译文】

我的兄长子瞻贬官远调到齐安这个地方,在长江边建屋居住。齐安没有名山，而长江南面武昌的各座山，起伏不平，连绵不绝，山涧山谷深邃而繁多，其中有僧舍寺院，西面的叫作西山寺，东面的叫作寒溪寺，依傍山崖，面临沟壑，被松树、栎树所遮蔽，清幽静寂隔绝世俗，车马的踪迹不会来到这里。每当风停日出，江水平静的时候，子瞻就会拄着拐杖，带着酒水，乘坐渔船横渡江水往南面而去。山中有两三个人，好客且喜欢游览，听说子瞻来了，都戴着头巾笑着迎接他，相携漫步上山，穷尽大山的深幽之处，力气尽了便休息，扫去落叶，坐在草地之上，斟酒互相慰劳，心情自得忘了回家，往往留宿在山上。因此子瞻在齐安居住了三年，感觉不到时间的长久。

　　然将适西山，行于松柏之间，羊肠九曲而获少平^①。游者至此必息，倚怪石，荫茂木，俯视大江，仰瞻陵阜^②，旁瞩溪谷^③，风云变化，林麓向背^④，皆效于左右^⑤。有废亭焉^⑥，其遗址甚狭，不足以席众客。其旁古木数十，其大皆百围千尺，不可加以斤斧^⑦。子瞻每至其下，辄睥睨终日^⑧。一旦大风雷雨，拔去其一，斥其所据^⑨，亭得以广。子瞻与客入山视之，笑曰："兹欲以成吾亭耶^⑩！"遂相与营之^⑪。亭成，而西山之胜始具^⑫，子瞻于是最乐。

【注释】

①羊肠九曲而获少平：山路曲折狭窄，来到稍稍平坦的一块地。少，通"稍"。

②陵阜：山峰，山头。

③旁瞩：遍视。

④林麓向背：树林和山脚，有的面对着人，有的背对着人。麓，山脚。

⑤效：显示，呈现。

⑥废亭：即九曲亭旧址。

⑦不可加以斤斧：意谓不是用斧头轻易能砍倒的。斤斧，斧头。

⑧睥睨（bì nì）：斜着眼看，原指轻视或高傲的样子，在此指仔细地
　观察审视。

⑨斥其所据：清理这棵树占的地方。斥，屏去，在此指清理、开拓。

⑩兹：这样。

⑪营：营建。

⑫具：完备。

【译文】

　　然而去往西山的时候，行走在松树、柏树之间，山路曲折狭窄，来到
稍稍平坦的一块地。游玩的人到了这里一定会休息，依靠着怪石，在茂
密的树林下乘凉，俯视浩大的长江，仰头瞻望山峰，遍视溪流和山谷，风
云的变化、树林山脚的相向相背，都呈现在身边。在那里有一座废弃的
亭子，它的遗址很狭窄，不足以让众多游客都坐下。它的旁边有数十株
苍古的树木，大小都有百围之粗、千尺之高，不是用斧头轻易能砍倒的。
子瞻每次到了这些树木的下面，都会整日地仔细观察。一天刮大风下雷
雨，拔去了其中的一棵，清理它占据的地方，亭子就能够增广面积了。子
瞻与游客到山中看到，笑着说："这是想要我们成就这座亭子吧！"于是
就和他们一起营建。亭子建成后，西山的胜景才算完备，子瞻对此最感
到快乐。

　　昔余少年从子瞻游，有山可登，有水可浮，子瞻未始不
褰裳先之①。有不得至，为之怅然移日②。至其翩然独往③，
逍遥泉石之上，撷林卉④，拾涧实⑤，酌水而饮之，见者以为
仙也。

【注释】

①褰裳：撩起衣裳。

②怅然移日：整天闷闷不乐。移日，移动日影，指一天中较长的一段
时间。

③翩然：轻快的样子。

④撷（xié）林卉：采撷林中的花卉。撷，采摘。

⑤涧实：涧边的野果。

【译文】

往日我少年时跟从子瞻游玩，凡是可以攀登的山，可以游泳的河，子
瞻都会撩起衣裳在我之前过去。有不能够到的地方，他还会为之整天
闷闷不乐。到了他轻快地独自前往西山，在泉水、岩石之上逍遥，采撷林
中的花卉，拾取涧边的野果，舀取清水饮用，见到他的人还以为他是神仙。

盖天下之乐无穷，而以适意为悦。方其得意，万物无以
易之①。及其既厌，未有不洒然自笑者也②。譬之饮食杂陈于
前，要之一饱而同委于臭腐③。夫孰知得失之所在？惟其无
愧于中，无责于外，而姑寓焉④。此子瞻之所以有乐于是也。

【注释】

①易：替代。

②洒然：吃惊的样子。《庄子·庚桑楚》："吾洒然异之。"郭象注："洒
然，惊貌。"

③譬之饮食杂陈于前，要之一饱而同委于臭腐：就比如各种饮食交
错陈列面前，总之是为了填饱肚子，剩下的都要一起丢掉，归于臭
腐。要之，总之。委，归于。

④"惟其无愧于中"几句：只要无愧于内心，又不对外界索取，姑且

寄托情怀于此就可以了。中，在此指内心。责，索取。外，在此指
外界。

【译文】

天下的快乐是无穷的，而人们把顺心如意作为喜悦的事。当他们快
意的时候，任何事物都不能替代。等到人厌倦的时候，没有不惊讶地自
我嘲笑的。就比如各种饮食交错陈列面前，总之是为了填饱肚子，剩下
的都要一起丢掉，归于臭腐。谁知道自己得失究竟在什么地方呢？只要
无愧于内心，又不对外界索取，姑且寄托情怀于此就可以了。这就是子
瞻在这里感到快乐的原因。

【评点】

茅鹿门曰：情兴心思俱入佳处。

张孝先曰：苍深历落之意[①]，读之如在目前。"无愧于
中，无责于外"，得"乐"字本领，自是名言，可以玩味。

【注释】

①苍深：苍凉深邃。历落：磊落，洒脱不拘。

【译文】

茅坤评论：情感与构思都到了绝佳的境界。

张伯行评论：苍凉磊落的情意，读这篇文章时好像浮现在眼前。"无
愧于内心，不对外界索取"，这句话写出了"乐"的主旨，自然是名言，可
以细细品味。

遗老斋记

【题解】

本文是苏辙为自己晚年的燕居之斋作的记文，作年当在大观元年

（1107）遗老斋建成后，此时苏辙已经六十九岁。写作本文的时候，新党重新得势，包括苏辙在内的元祐党人被指为奸党，所以他退归颍昌，在那闭门闲居，不与外人交。在本文中，苏辙借说明为斋取名遗老的原因，回顾了自己宦海浮沉数十年，看似得志却不快乐的人生经历，并告诫子孙，人生贵在适意，要学道寡过，摆脱世俗羁绊，不为身外之物所累。

　　全文以描绘为辅，叙述议论为主，语言朴素自然，简练沉稳。悟道告诫语重心长，外枯中膏，似澹实美，故明人茅坤评价曰："有老人之旨。"

　　庚辰之冬，予蒙恩归自南荒，客于颍川①，思归而不能。诸子忧之曰："父母老矣，而居室未完，吾侪之责也②。"则相与卜筑③，五年而有成④。其南修竹古柏，萧然如野人之家⑤。乃辟其四楹⑥，加明窗曲槛⑦，为燕居之斋⑧。斋成，求所以名之。予曰：予颍滨遗老也⑨，盍以"遗老"名之⑩？汝曹志之⑪。予幼从事于诗书，凡世人之所能，茫然不知也。年二十有三，朝廷方求直言⑫，有以予应诏者⑬。予采道路之言，论宫掖之秘，自谓必以此获罪，而有司果以为不逊。上独不许曰："吾以直言求士，士以直言告我。今而黜之，天下其谓我何？"宰相不得已，置之下第⑭。自是流落，凡二十余年⑮。及宣后临朝，擢为右司谏。凡有所言，多听纳者⑯。不五年，而与闻国政⑰。盖予之遭遇者再⑱，皆古人所希有⑲。然其间与世俗相从，事之不如意者，十常六七，虽号为得志，而实不然。予闻之，乐莫善于如意，忧莫惨于不如意。今予退居一室之间，杜门却扫⑳，不与物接㉑。心之所可，未尝不行；心所不可，未尝不止。行止未尝少不如意㉒，则予平生之乐，未有善于今日者也。汝曹志之，学道而求寡过，如予今日之处遗老斋可也。

【注释】

① "庚辰之冬"几句：庚辰，即元符三年（1100），是年正月哲宗崩，徽宗即位，大赦天下，四月，皇子生，再次大赦，被贬的元祐旧党陆续得以北归。当年二月，苏辙由循州徙永州，四月徙岳州，十一月，被命为提举凤翔府上清太平宫，外州军任便居住，因有田在颍川，苏辙遂于年底往居住，可参见苏辙《颍滨遗老传》。南荒，南方蛮荒之地，因循州处于广东，故称。颍川，本指颍水，在此指颍昌府，即今河南许昌，颍水从其附近经过。苏辙寓居颍昌十余年，直至去世，自号颍滨遗老。

② 吾侪（chái）：我辈。

③ 卜筑：选择时地修建房屋。卜，选择。旧时修建，必请阴阳先生定地基，卜时日，故称选择时地曰卜。

④ 五年而有成：遗老斋当建成于大观元年（1107）。

⑤ 萧然：清静的样子。野人：在此指山野之人。

⑥ 楹：屋一间为一楹。

⑦ 加明窗曲槛：安上明亮的大窗，加上曲折的栏杆。

⑧ 燕居之斋：闲居的书房。燕，通"宴"。安闲。斋，屋舍，一般指书房。

⑨ 颍滨遗老：苏辙晚年的自号，苏辙于崇宁五年（1106）九月作《颍滨遗老传》。颍，水名，流经颍昌府，后入淮河。滨，水边。遗老，指经历世变的老人。

⑩ 盍：何不。

⑪ 汝曹志之：你们记住。曹，辈。志，记。

⑫ 年二十有三，朝廷方求直言：宋仁宗嘉祐六年（1061），时苏辙二

十三岁,应试朝廷所诏试的贤良方正能直言极谏科。

⑬有以予应诏者:苏辙当时由杨畋推荐,参加考试。据苏辙《杨乐道龙图哀词》叙云:"是时杨公乐道以天章阁待制调铨之官吏,见予于稠人中,曰:'闻子求举直言,若必无人,畋愿得备数。'辙曰:'唯。'"

⑭"予采道路之言"几句:据《颍滨遗老传》:"二十三举直言,仁宗亲策之于廷。时上春秋高,始倦于勤。辙因所问,极言得失",又据《宋史·苏辙传》,他当廷直指仁宗后宫姬妾众多、花销无度的为政之弊,"策入,辙自谓必见黜",当时的老臣胡武平也认为他出言不逊,"请黜之"。宫掖(yè),宫廷,皇宫。不逊,没有礼貌。有司,指官吏,古代设官分职,各有专司,故称。上,圣上,在此指宋仁宗。置之下第,放在较下等级,苏辙入制科第四等。

⑮自是流落,凡二十余年:嘉祐六年(1061)苏辙应制科试入第四等,授商州军事推官,因在京侍父,未赴任。后治平二年(1065)为大名府推官,熙宁二年(1069)在京任制置三司条例司检详文字,三年(1070)任陈州学官,六年(1073)改齐州掌书记,九年(1076)任签书南京判官,元丰二年(1079)贬监筠州盐酒税,七年(1084)改绩溪令,直至八年(1085)召回朝,一直在地方上任小官,达二十余年。

⑯"及宣后临朝"几句:元丰八年(1085)三月宋神宗过世,哲宗即位,因其年幼,由高后垂帘听政,旧党人物由此陆续还朝。当年八月,苏辙以校书郎被召还朝,十月担任右司谏。他针对当时朝政,上奏折七十余封,多被采纳。宣后,即太皇太后高氏,为英宗之后,神宗之母,卒谥宣仁圣烈,故在此称其宣后。擢,选拔,提升。

⑰不五年,而与闻国政:元祐元年(1086)二月苏辙任右司谏,元祐六年(1091)二月擢尚书右丞,元祐七年(1092)六月任门下侍郎。尚书右丞和门下侍郎已是执政大臣。与闻国政,参与国家大

政的决策。

⑱盖予之遭遇者再：指上文所述先后受到宋仁宗和宣仁高后的赏
　识。遭遇，指际遇。再，两次。

⑲希有：稀有。希，通"稀"。

⑳杜门却扫：意谓闭门谢客。杜门，关门。却扫，不再扫径迎客。

㉑不与物接：不和外界接触。物，外物，在此指外界。

㉒少：通"稍"。

【译文】

　　元符三年的冬天，我蒙受皇恩从南方蛮荒之地回来，客居于颍川，想要回到家乡却做不到。几个儿子为我忧虑说："父母已经年老，但住宅还没有完工，这是我辈的责任。"于是一起选择时地修建，用了五年时间建成。房屋南边种植长竹古柏，清静得就像山野之人的家。于是开辟了四间房屋，安上明亮的大窗，加上曲折的栏杆，作为闲居的书房。书房建成之后，向我征求名字。我说：我是住在颍水边经历世变的老人，为何不用"遗老"来命名它呢？你们记住。我幼年时专注于诗歌书籍，凡是世人会的事情，我都茫然不知晓。二十三岁的时候，朝廷正征求直言进谏的人，有人推荐我去应答诏告。我收集道听途说的传闻，议论宫廷的秘事，自己认为一定会因此获罪，也果真有官员认为我无礼。只有圣上不同意，说："我用直言进谏的要求来征求士人，士人用直言进谏来告诉我。现在却要黜落他，天下人要怎么议论我呢？"宰相不得已，把我放在较下的等级。我从此流落到地方任职，大约有二十多年。等到宣仁太后临朝听政，将我提拔为右司谏。凡有我所建议的，多数都被听从采纳。不出五年，就参与国家大政的决策。我的际遇先后有两次，这是前人所少有的。然而这期间要与世俗之人交往，事情不能如意的，常常占了十分之六七，虽然被称为得志，实际上却不是这样。我听说，快乐没有比如意更好的，忧愁没有比不如意更惨的。现在我退居在一间房屋里，闭门谢客，不和外界接触。我心中认为可以的，没有不做的；我心中认为不可以的，没有不停止的。做什么事与不做什么事稍微不如意的都没有，所以我平生的快乐，没有比现在更好了。你们记住，学习道义而追求少犯错误，像我现在居住在遗老斋这样就可以了。

【评点】

茅鹿门曰：有老人之旨。

张孝先曰：颍滨晚岁退居此斋，终日默坐，不与人相见者几十年，宜其有所得矣。乃所谓五鼓振衣①，何思何虑者，遂指以为道妙，而秘不告人。故朱子谓苏氏之诬人，以其不言者诬之也。噫！彼其所得，竟何有哉！

【注释】

①五鼓振衣：早晨五更整理衣裳。五鼓，五更，《颜氏家训·书证》："汉魏以来，谓为甲夜、乙夜、丙夜、丁夜、戊夜；又云鼓，一鼓、二鼓、三鼓、四鼓、五鼓；亦云一更、二更、三更、四更、五更，皆以五为节。"振衣：语出《楚辞·渔父》："新沐者必弹冠，新浴者必振衣。"王逸注："去尘秽也。"

【译文】

茅坤评论：像老人一样语重心长。

张伯行评论：苏辙晚年隐退住在这个斋院中，整天沉默而坐，几十年不跟俗人打交道，心中有所感悟也是应该的。就是他所说的"早晨五更整理衣裳，是在思虑什么呢"，并认为其中蕴含玄妙之道，且作神秘之态而不昭告于人。所以朱子认为苏辙是在欺骗别人，用他的沉默不语来欺骗别人。唉！苏辙所领悟到的，究竟是什么呢！

东轩记

【题解】

宋神宗元丰二年（1079），苏辙为了营救陷于乌台诗案的苏轼而被贬监筠州盐酒税。这篇记文所记的东轩就是他于当年十二月在筠州所修建的。然而虽然是记东轩，却对它的修建、位置等情况一笔带过，而重在借之抒发自己桎梏于官职事务，终日忙碌，想要归隐田园、单纯治学而不得的怅然和失落。写法具有新意，颇可体现出北宋作家对记体文的发展和贡献。

文章先叙事，然而由此及彼，就事生论，叙事简洁，语言朴素，感情淳厚，寓忧愤于沉静，无慷慨激昂之词，而极尽抑郁顿挫之致。

余既以罪谪监筠州盐酒税^①，未至，大雨，筠水泛滥，蔑南市，登北岸，败刺史府门^②。盐酒税治舍俯江之湑^③，水患尤甚。既至，敝不可处，乃告于郡，假部使者府以居^④。郡怜其无归也，许之。岁十二月，乃克支其欹斜^⑤，补其圮缺^⑥，辟听事堂之东为轩^⑦，种杉二本，竹百个^⑧，以为宴休之所^⑨。

【注释】

①余既以罪谪监筠州盐酒税：据苏辙《颍滨遗老传》："子瞻以诗得罪，辙从坐，谪监筠州盐酒税。"元丰二年（1079）苏轼因作诗非议新法被逮捕入御史台狱，苏辙上书营救而被牵连贬官，于同年十二月，被贬为监筠州盐酒税，大致于元丰三年（1080）七月左右到达筠州。筠州，即今江西高安。盐酒税，盐酒的税收。

②"未至"几句：据苏辙《次韵王适大水》："高安昔到岁方闰，大水初去城如墟。"可见在其到达筠州之前，这里曾遭遇大水。筠水，

指流经筠城的锦江（亦名蜀水）。蔑，在此指淹没。南市，江南的
市场，也就是苏辙监盐酒税的职务所在。败，在此指冲坏。刺史，
即太守、知州，一州的最高长官。

③治舍：即官舍。漘（chún）：水边。

④假：借。部使者：宋监司的俗称。宋诸路转运使司、提点刑狱司、
提举常平司等，负监察各州官吏之责，总称监司，又称部使者。

⑤乃克支其敧（qī）斜：才能够支撑起它倾斜的部分。克，能。敧
斜，倾斜。

⑥圮（pǐ）缺：坍塌缺坏。

⑦听事堂：办公理政的地方。

⑧种杉二本，竹百个：苏辙有《予初到筠即于酒务庭中种竹四丛杉
二本及今三年二物皆茂秋八月洗竹培杉偶赋短篇呈同官》一诗，
诗题可与之相参证。本，草木的根干，在此用作树木记数的单位，
犹株、棵等。个，量词，竹一根为个。

⑨宴休：休息。

【译文】

　　我因为获罪被贬谪到筠州监督当地盐酒的税收，还没有到，当地就
下大雨，锦江江水泛滥，淹没了江南的市场，漫上了江北的江岸，冲坏了
刺史府衙的大门。盐酒税官舍俯临锦江的水边，水灾尤其严重。我到了
之后，这个地方破败不能居住，于是禀报了郡府的长官，借部使者的衙门
暂住。郡府长官怜悯我没有归处，就允许了。当年的十二月，才能够支
撑起盐酒税官舍倾斜的部分，修补好它坍塌缺坏的部分，开辟了听事堂
的东面建了一间小屋，种了两株杉树，百来根竹子，作为休息的处所。

　　然盐酒税旧以三吏共事。余至，其二人者适皆罢去①，
事委于一。昼则坐市区鬻盐、沽酒、税豚鱼②，与市人争寻尺
以自效③。莫归筋力疲废④，辄昏然就睡，不知夜之既旦。旦

则复出营职，终不能安于所谓东轩者。每旦莫出入其旁，顾之未尝不哑然自笑也⑤。余昔少年读书，窃尝怪颜子以箪食瓢饮居于陋巷，人不堪其忧，颜子不改其乐⑥。私以为虽不欲仕，然抱关击柝⑦，尚可自养，而不害于学，何至困辱贫窭自苦如此⑧？及来筠州，勤劳盐米之间，无一日之休，虽欲弃尘垢⑨，解羁絷⑩，自放于道德之场⑪，而事每劫而留之⑫。然后知颜子之所以甘心贫贱，不肯求斗升之禄以自给者⑬，良以其害于学故也⑭。嗟夫！士方其未闻大道，沉酣势利⑮，以玉帛子女自厚⑯，自以为乐矣。及其循理以求道，落其华而收其实⑰，从容自得，不知夫天地之为大与死生之为变，而况其下者乎⑱？故其乐也，足以易穷饿而不怨，虽南面之王，不能加之⑲，盖非有德不能任也。余方区区欲磨洗浊污⑳，睎圣贤之万一㉑，自视缺然㉒，而欲庶几颜氏之乐㉓，宜其不可得哉！

【注释】

①适：恰好。

②鬻（yù）盐：卖盐。沽酒：卖酒。沽，卖。宋代对盐酒等施行国家专卖制度。税豚鱼：征收买卖猪、鱼虾的税。在此泛指在市上收税。税，收税。豚，猪。

③市人：商人，买卖者。寻尺：在此引申为微小之利。寻，长度单位，八尺为寻。自效：自我奉献，在此指完成自己的任务。

④莫：通"暮"。傍晚。

⑤哑然自笑：禁不住笑出声来。哑，笑声。

⑥"窃尝怪颜子以箪（dān）食瓢饮居于陋巷"几句：语出《论语·雍

也》："子曰:'贤哉,回也! 一箪食,一瓢饮,在陋巷,人不堪其忧,回也不改其乐。贤哉,回也!'"窃,私下。颜子,即颜回,字子渊,春秋时鲁国人,孔子弟子,在孔门以德行著称。子,古时对男子的尊称。箪,古时用以盛饭的圆形竹器。陋巷,简陋的街巷。不堪,不能忍受。

⑦抱关击柝(tuò):看守城门,夜里巡逻打更。在此泛指微贱的差使。抱,看守。关,门闩。柝,旧时巡夜以报更的木梆。

⑧困辱贫窭(jù):困厄,受辱,贫穷。贫窭,贫穷。

⑨尘垢:灰尘与污垢,在此比喻俗事。

⑩羁絷:马络头和马缰绳,在此比喻羁绊束缚。

⑪自放于道德之场:自我放任于修道。道德,本指老子《道德经》,后泛指道家、道教。

⑫而事每劫而留之:而俗事每每占去我的精力,强留住我。劫,强夺,在此引申为占去。

⑬斗升之禄:在此指微薄的俸禄。

⑭良:确实。

⑮沉酣势利:沉醉于权势和财利。

⑯玉帛:泛指财物。子女:指女子。自厚:厚自奉养。

⑰落其华而收其实:摆脱浮华而收获实在的人生真谛。

⑱下者:次一等的事物。

⑲虽南面之王,不能加之:虽然贵为帝王,也不能超过这种快乐。《孟子·尽心上》:"君子有三乐,而王天下不与存焉。"南面之王,指帝王。古时帝王见群臣,皆面南而坐,故称。加,超过。

⑳区区:自称谦词。

㉑睎(xī)圣贤之万一:期望能达到圣贤的万分之一。睎,希望。

㉒缺然:不足,欠缺。

㉓庶几:差不多达到。

【译文】

　　然而盐酒税的差事旧时由三个官吏共同担任。我到任的时候，那两个人正好都离职了，所有事务都压在我一个人身上。我白天坐在市集中卖盐、卖酒、收税，和商人争微小之利来完成自己的任务。傍晚回来时，筋疲力尽，就昏沉地睡过去，不知道又到了天亮。清晨我又出门工作，始终不能在所谓的东轩中安身。每天早晚出入经过它的旁边，回头看看它都不禁笑出声来。我过去少年时读书，私下曾经奇怪颜回用竹器盛饭，用水瓢喝水，居住在简陋的街巷中，别人不能忍受这样的困苦，而他不改变自己的快乐。我私下认为虽然不想要做官，然而做做看守城门、夜里巡逻打更这样微贱的差事，也可以养活自己，而不妨害治学，怎么至于困厄、受辱、贫穷，自己受苦到了这样的地步？等来到了筠州，为盐米这样的琐事操劳，没有一天休息，虽然想要抛弃俗事，解脱束缚，自我放任于修道，而俗事每每占去我的精力，强留住我。然后才知道颜回之所以甘心贫贱，不肯追求微薄的俸禄来自我供给，确实是因为它会妨害治学。唉！士人还没有听闻大道理的时候，沉醉于权势和财利，用财物和女子厚自奉养，自己认为很快乐。等到他们依循着正理来追求道义的时候，摆脱浮华而收获实在的人生真谛，从容自得，不知天地有多大，生死有变化，更何况是次一等的事物呢？所以他们的快乐，足以看轻贫穷、饥饿而没有怨言，虽然贵为帝王，也不能超过这种快乐，不是有德的人不能到达这样的境界。我才想要磨洗掉世俗的污浊，希望达到圣贤的万分之一，自己看自己却有很多欠缺的地方，而想要差不多达到颜回那样的快乐，做不到也是理所当然的啊！

　　若夫孔子周行天下①，高为鲁司寇②，下为乘田委吏③，惟其所遇，无所不可，彼盖达者之事而非学者之所望也④。余既以谴来此⑤，虽知桎梏之害而势不得去⑥，独幸岁月之久⑦，世或哀而怜之，使得归伏田里⑧，治先人之敝庐，为环堵之室而居之^⑨,然后追求颜氏之乐,怀思东轩,优游以忘其老^⑩,然而非所敢望也。

【注释】

①周行天下:指周游列国。据《史记·孔子世家》:"已而去鲁,斥乎齐,逐乎宋、卫,困于陈、蔡之间,于是反鲁。"

②高为鲁司寇:据《史记·孔子世家》:"(鲁)定公以孔子为中都宰,一年,四方皆则之。由中都宰为司空,由司空为大司寇。"鲁,春秋时诸侯国,在今山东一带。司寇,主管刑狱,为六卿之一。

③乘田委吏:据《孟子·万章下》:"孔子尝为委吏矣,曰:'会计当而已矣。'尝为乘田矣,曰:'牛羊茁壮长而已矣。'"赵岐注:"委吏,主委积仓庾之吏也。乘田,苑囿之吏也,主六畜之刍牧者也。"乘田,管理牧场、饲养牲畜的小吏。委吏,负责仓库保管、会计事务的小吏。

④达者:胸襟旷达的人。

⑤谴:贬谪。

⑥桎梏:脚镣手铐。语出《周易·蒙》:"利用刑人,用说桎梏。"孔疏:"在足曰桎,在手曰梏。"在此喻束缚人的东西。

⑦幸:希望。

⑧归伏:归隐。

⑨环堵之室:指屋室小而简陋。语出《庄子·让王》:"原宪居鲁,环堵之室,茨以生草。"成玄英疏:"周环各一堵,谓之环堵,犹方丈之室也。"

⑩优游:悠闲自得。

【译文】

像孔子那样周游天下,在高做过鲁国的司寇,在下又做过乘田、委吏这样的小官吏,只要是他遇到的,都可以接受,那是胸襟旷达之人的事情,不是一般学者能够企及的。我已经因为贬谪来到了这个地方,虽然知道官职束缚的害处但情势上却无法离开,只希望能活得长久一点,世人或许能怜悯我,让我能够归隐田园,修治先人破败的房屋,建一间小而简陋的房间居住,然后追求颜回的快乐,怀念东轩,悠闲自得忘了自己的年老,然而这不是我自己敢奢望的了。

【评点】

茅鹿门曰:其恬旷之趣,不如文忠公之《超然台记》,而亦自凄怆可诵。

张孝先曰:观此记有厌动求静之意。于颜氏之乐尚未亲切见得,然其文情则佳甚矣。

【译文】

茅坤评论:这篇文章恬淡旷达的意趣,不如苏轼的《超然台记》,然而也自有一种凄怆的情调,动人可读。

张伯行评论:看这篇记文有厌恶官场想要隐居的意思。对颜回安贫乐道的快乐并没有写得亲切可见,但文章的情致还是上佳的。

洛阳李氏园池诗记

【题解】

本文作于宋神宗熙宁七年(1074)十一月,时苏辙任齐州掌书记。李氏园是李遵度之父在洛阳的园林,由于李氏祖上的功勋,朝廷公卿皆因其园而赠诗,李氏欲将这些诗刻于石,而苏辙则应请为之作了这篇记文。

文章虽以园林为名,却避实就虚,略写园林本身,而放笔从洛阳的民俗风土入手,气度恢宏,由大及小,园林的佳美自不待言。这其中其实也有苏辙并未亲自到访过李氏园,实写则容易失实的缘故。他写园池诗也是不具体写诗,而主要着墨于李氏父祖的功烈及李氏个人,因为洛阳士大夫游园,赠诗赞美的也多是这方面,这样一写,内容自现。

　　文章文思开阔,别具匠心,同时也符合实际需要,突出了李氏园的与众不同之处。故清人张伯行评价本文曰:"记园亭之胜,而本其家世之勋劳,与李侯进退大节,以见士大夫乐游其园而赠之以诗者,不止为耳目之观也。便是文字占得大体处。"

　　洛阳古帝都①,其人习于汉唐衣冠之遗俗②,居家治园池③,筑台榭④,植草木,以为岁时游观之好。其山川风气,清明盛丽,居之可乐。平川广衍⑤,东西数百里,嵩高少室⑥,天坛王屋⑦,冈峦靡迤⑧,四顾可挹⑨,伊、洛、瀍、涧⑩,流出平地。故其山林之胜,泉流之洁,虽其间阎之人与公侯共之⑪。一亩之宫⑫,上瞩青山,下听流水,奇花修竹,布列左右,而其贵家巨室园囿亭观之盛,实甲天下⑬。

【注释】

①洛阳古帝都:洛阳号称九朝古都,东周、东汉、曹魏、西晋、北魏、隋、唐、后梁、后唐九个朝代在这里建都,同时又是很多朝代的陪都。

②衣冠:本指士大夫的穿戴,后引申为缙绅、士大夫。

③治园池:洛阳在唐时号称东都,据李格非《洛阳名园记》:"方唐贞观、开元之间,公卿贵戚开馆列第于东都者,号千有余邸。"北宋时沿袭旧习,多置园林。

④台榭(xiè):积土高起为台。台上建的高屋为榭。

⑤广衍:辽阔平坦。衍,低平之地。

⑥嵩高：即嵩山，古称中岳，在今河南登封。少室：嵩山西峰名少室山。

⑦天坛王屋：王屋，即王屋山，在今河南济源西，洛阳北，其山之绝顶即天坛山。

⑧靡迤：连续不绝的样子。

⑨可挹：可以掬取。犹言山色近城，伸手可触。

⑩伊、洛、瀍（chán）、涧：均为洛阳附近的河水名，据《邵氏闻见录》叙洛阳："洛水来自西南，伊水来自南，右涧水，左瀍水。"伊，即伊河，洛河支流，在洛阳东南部汇入洛河。洛，即洛河，黄河下游南岸较大的支流，流经洛阳南部。瀍，瀍水，发源于洛阳西北，流经洛阳城东入洛水。涧，涧水，流经洛阳，注入洛河。

⑪闾（lú）阎之人：指平民百姓。闾阎皆为里巷之门，而里巷为平民百姓所居之地，故称。

⑫宫：在此泛指住宅、房屋。

⑬而其贵家巨室园囿亭观之盛，实甲天下：据邵博《邵氏闻见后录》："洛阳名公卿园林，为天下第一。"园囿，花园、林园。亭观，指亭台楼阁。

【译文】

洛阳是古代帝王的都城，那里的人熟习汉朝、唐朝士大夫遗留的风俗，在家中修建园林池塘，筑造高台亭榭，种植花草树木，作为逢年过节游玩观赏的胜地。那里的高山、大川、风景、气候，清明、茂盛而美丽，居住在那可以使人感到快乐。平原辽阔平坦，东西达数百里，嵩山、少室山、天坛山、王屋山，山冈、山峦连绵不绝，四面环视似乎可以掬取山色，伊河、洛河、瀍水、涧水，从平原流出。所以洛阳的山林的胜景，泉流的清澈，即使是平民百姓也可以和公侯贵族一起共享。方圆一亩的住宅，在上可以仰望青山，在下可以倾听水声，珍奇的花卉和修长的竹子，分布排列在两边，而那些贵族、豪富家中的花苑园林、亭台楼阁的盛大美丽，实在是天下第一。

若夫李侯之园①，洛阳之所以一二数者也②。李氏家世名将，大父济州③，于太祖皇帝为布衣之旧④，方用兵河东，百战百胜⑤。烈考宁州⑥，事章圣皇帝⑦，守雄州十有四年⑧，缮守备⑨，抚士卒，精于用间⑩，其功烈尤奇⑪。李侯以将家子⑫，结发从仕⑬，历践父祖旧职⑭，勤劳慎密，老而不懈，实能世其家⑮。既得谢⑯，居洛阳，引水植竹，求山谷之乐，士大夫之在洛阳者，皆喜从之游，盖非独为其园也。

【注释】

①李侯：李君。侯，古时对士大夫的尊称。

②一二数：数一数二。

③大父济州：指李侯的祖父李谦溥，字德明，并州盂县（今属河南）人。为宋初功臣。大父，祖父。济州，治所在今山东巨野。因李谦溥于宋开宝三年（970）为济州团练使，故以其所官之地称之。

④于太祖皇帝为布衣之旧：据《宋史·李谦溥传》："谦溥与宣祖（赵匡胤父赵弘殷，后尊为宣祖）同里闬，弟谦昇与太祖为布衣交。其母阎尝厚待太祖，及即位，数迎入宫中，……赐赉优厚。"太祖，指北宋开国之君赵匡胤。布衣，平民。旧，故旧，故交。

⑤方用兵河东，百战百胜：用兵河东，指讨伐北汉，北汉据今山西太原一带，地处河东，故云。据《宋史·李谦溥传》："开宝元年（968），命李继勋等征太原，以谦溥为汾州路都监。太祖征晋阳，为东砦都监。……六年（973），领兵入太原，连拔七砦。"李谦溥长期征战于河东（今山西）一带，立下卓越战功。

⑥烈考宁州：指李侯的父亲李允则，字垂范，李谦溥长子。宁州，治所在今甘肃宁县，李允则官至宁州防御史，故以其所官之地称之。烈考，对亡父的美称。烈，颂词，显赫意。考，一般用于已故

的父亲。

⑦章圣皇帝：指宋真宗赵恒，章圣取自其谥号。

⑧雄州：五代时置，治所在今河北雄县，地处当时的辽宋边境。

⑨缮守备：修缮防卫设施。

⑩精于用间：特别善于对敌方使用离间计。间，离间。

⑪功烈：功勋，业绩。

⑫李侯：即李允则之子。据《隆平集·李允则传》，其三子：中和、中吉、中谨。李侯为谁，难以明确。

⑬结发：束发，指刚刚成年时。古时男子初冠时须束发，故称。

⑭历践父祖旧职：历任父辈祖辈所任过的官职。

⑮世其家：继承其家世。语出《汉书·贾谊传》："贾嘉最好学，世其家。"颜师古注："言继其家世。"在此亦有保持其家风之意。世，继承。

⑯得谢：得以致仕退休。

【译文】

李先生的园林，是洛阳中数一数二的。李姓之家世代都是著名的将领，他的祖父李济州，和太祖皇帝在平民时就是故交，在河东地带调兵遣将时，百战百胜。他过世的父亲李宁州，曾事奉真宗皇帝，镇守雄州达十四年，修缮防卫设施，爱护士兵，特别善于对敌方使用离间计，他的功勋尤其杰出。李先生凭借将门之子的身份，刚刚成年就出仕为官，历任父辈祖辈所任过的官职，勤恳、劳苦、慎重、周密，到老年也不懈怠，实在能够继承他的家业。等到致仕退休之后，居住在洛阳，引水种植竹子，寻求欣赏山水的乐趣，士大夫在洛阳的，都乐意跟随他游赏，也不仅仅是因为他的园林美好。

凡将以讲闻济、宁之余烈①，而究观祖宗用兵任将之遗意，其方略远矣②。故自朝之公卿，皆因其园而赠之以诗，凡若干篇。仰以嘉其先人，而俯以善其子孙③。则虽洛阳之多大家世族，盖未易以园囿相高也。熙宁甲寅④，李侯之年既八十有三矣，而视听不衰，筋力益强，日增治其园而往游焉。将刻诗于石，其子遵度官于济南⑤，实从予游⑥，以侯命求文以记。予不得辞，遂为之书。熙宁七年十一月十七日记。

【注释】

①凡：大凡。济、宁：即前所云"大父济州""烈考宁州"。余烈：过去的丰功伟绩。

②方略：计谋策略。

③善：称道。

④熙宁甲寅：即宋神宗熙宁七年（1074）。

⑤其子遵度官于济南：遵度，李允则之孙李遵度，遵度当为其字，生平事迹不详。济南，宋代齐州的郡号，汉时曾为济南郡，故称。当时苏辙为齐州掌书记。

⑥实从予游：实际上同我交游。

【译文】

大凡想要听闻李济州、李宁州过去的丰功伟绩的人，都是探究观察李先生的祖宗调兵遣将的意图，因为他们的计谋策略都很深远。所以朝中的公卿大臣，都借他的园林而写诗赠予他，共若干篇。在上赞美他的先人，在下称道他的子孙。所以虽然洛阳大家世族很多，也不能轻易地凭借园林胜过李先生。熙宁七年，李先生已经八十三岁了，但他的视力、听力都没有衰弱，筋骨力量越发强劲，每天增修整治他的园林并过去游赏。他将要把这些诗刻在石头上，他的儿子李遵度在济南做官，实际上同我交游，按照李先生的吩咐向我请求文章来记录。我不能够推辞，于是为他写下了这篇。熙宁七年十一月十七日记。

【评点】

茅鹿门曰：文不著思而自风雅。

张孝先曰：记园亭之胜，而本其家世之勋劳，与李侯进退大节，以见士大夫乐游其园而赠之以诗者，不止为耳目之观也。便是文字占得大体处。

【译文】

茅坤评论：文章不刻意构思而自然有风雅的韵致。

张伯行评论：描写园亭的美景，而追写到李家世代的功勋，与李侯勤勉为官再致仕归隐的节操，可见当时的士大夫们喜欢游览李家园林，并且写诗赠答，不只为眼前美好的景物啊。这便是这篇文章最得体的地方。

黄州快哉亭记

【题解】

此文本集末尾有"元丰六年（1083）十一月朔日赵郡苏辙记"，点明了写作的时间。黄州，在今湖北黄冈，当时苏辙兄长苏轼与苏轼的朋友张梦得都被贬官在那。张梦得依长江建了一座亭，苏轼将之命名为"快哉亭"，本文即是苏辙为此亭所作的记文。

全文围绕亭名"快哉"二字生发，构思极具匠心。首先从长江写起，趁势交代亭的修建和命名，以山水观览之快对"快哉"的命名初做解释，复宕开笔墨，由现实及历史，从三国遗迹"称快世俗"，对"快哉"再添一笔。直到引用宋玉《风赋》，深入人生哲理，指出快与不快，不取决于外物，而取决于自己的内心，方结出本文要旨，从而对张梦得和苏轼身处逆境而坦荡豁达的乐观精神深加赞扬。此时苏辙因受苏轼乌台诗案牵连而处于政治低谷，实际上也是借此自慰不以得失为怀。

文章融叙事、抒情、议论于一体，文势起伏跌宕，哲学思辨妙趣横生，清人张伯行评为："有潇洒闲放之致。"

江出西陵①，始得平地，其流奔放肆大②。南合湘、沅③，北合汉、沔④，其势益张⑤；至于赤壁之下⑥，波流浸灌，与海相若。清河张君梦得，谪居齐安⑦，即其庐之西南为亭，以览观江流之胜，而余兄子瞻名之曰"快哉"。

【注释】

①江出西陵：江，长江。西陵，西陵峡，长江三峡之一，又名巴峡，西起湖北巴东官渡口，东至宜昌南津关。

②其流奔放肆大：它的水流放纵奔流、气势宏大。肆，恣纵。

③南合湘、沅：湘江、沅江从南面汇入。湘、沅，长江南岸的支流湘江、沅江，入洞庭湖，汇入长江。

④北合汉、沔（miǎn）：汉江、沔水从北面流入。汉、沔，即汉水。汉水上源为沔水，流经汉中，称汉水，最后由湖北汉口入长江。

⑤益张：更加盛大。

⑥赤壁：赤鼻矶，在今湖北黄冈附近，因山形截然如壁而有赤色，故名。苏轼曾游此，将之当作三国时周瑜破曹之赤壁，作有前后《赤壁赋》和《念奴娇·赤壁怀古》词。

⑦清河张君梦得，谪居齐安：清河，郡名，在今河北清河。清河为张氏的郡望，未必是张梦得的家乡。张梦得，生平事迹不详，有以为张怀民，他于元丰六年（1083）贬谪到黄州。齐安，为黄州古称，南朝齐时称齐安郡，隋开皇三年（583）以齐安郡为黄州，治所在今湖北黄冈。

【译文】

长江出了西陵峡，开始进入平旷的地带，它的水流放纵奔流、气势宏大。湘江、沅江从南面汇入,汉江、沔水从北面流入,它的水势更加盛大;到了黄州赤壁之下,水波水流相浸相灌,和大海相似。清河的张梦得,被贬谪居住在黄州,就在他房屋的西南建了一座亭,来观赏江流的胜景,我的兄长子瞻给它命名为"快哉"。

　　盖亭之所见,南北百里,东西一舍①。涛澜汹涌,风云开阖②。昼则舟楫出没于其前,夜则鱼龙悲啸于其下,变化倏忽③,动心骇目,不可久视。今乃得玩之几席之上④,举目而足⑤。西望武昌诸山⑥,冈陵起伏,草木行列⑦,烟消日出,渔夫樵父之舍皆可指数⑧。此其所以为"快哉"者也。至于长洲之滨⑨,故城之墟⑩,曹孟德、孙仲谋之所睥睨⑪,周瑜、陆逊之所骋骛⑫,其流风遗迹,亦足以称快世俗⑬。

【注释】

①一舍:三十里。

②开阖:散开聚拢。阖,通"合"。

③倏(shū)忽:迅速,突然。

④玩:赏玩。几:矮桌,用以搁置东西和凭靠。席:古人坐卧之具。

⑤举目而足:抬起眼就能够饱览。

⑥武昌:黄冈长江对面的鄂州,在今湖北鄂城。

⑦行列:成行成列。

⑧指数:指点,计数,说明看得很清楚。

⑨至于长洲之滨:长洲,长江中长条形沙洲。据《黄冈县志》,西南长江中多沙洲,在此应该为泛指。一说指卢洲,据苏轼《东坡志林·记樊山》:"自余所居临皋亭下,乱流而西,泊于樊山,为樊口。……其上为卢洲。孙仲谋泛江遇大风,柂师请所之,仲谋欲

往卢洲。"滨,水边。

⑩故城之墟:黄龙元年(229),孙权在武昌称帝,所以有孙权故都遗址。墟,废墟。

⑪曹孟德、孙仲谋之所睥睨:是曹操、孙权曾经争夺的地方。曹操(155—220),字孟德,三国时沛国谯(今安徽亳州)人。先后削平割据势力,统一了北方,后封魏王。孙权(182—252),字仲谋,三国时吴郡富春(今浙江富阳)人。吴国的建立者。二者为赤壁之战时敌对双方的主帅。睥睨,侧目斜视,在此指彼此觊觎争夺。

⑫周瑜、陆逊之所骋骛(wù):是周瑜、陆逊曾经驰骋的地方。周瑜(175—210),字公瑾,三国时庐江舒(今安徽庐江)人。为赤壁大战时吴之主将。陆逊(183—245),字伯言,三国时吴郡(今江苏苏州)人。据《三国志•吴书•吴主传》载,黄龙元年(229)"征上大将军陆逊辅太子登,掌武昌留事"。又赤乌四年(241)"秋八月,陆逊城邾(黄冈古为邾城)"。由此可见陆逊曾两次驻节黄州。骋骛,驰骋。

⑬称快世俗:为世俗一般人称道快意。

【译文】

在亭中见到的景象,涵盖了南北百里,东西三十里。江水波涛汹涌,风云散开聚拢。白天能看到船只在前方出没,夜里能听见鱼龙在下方悲鸣,景象变化迅速,使人触目惊心,不能够久看。现在竟能够倚着案几、坐着草席在亭中玩赏这样的风景,抬起眼就能够饱览。向西望武昌的群山,只见山冈、丘陵起伏,草木成行成列,每当烟雾散去,太阳升起,山上渔夫、樵夫的屋舍都可以用手指点、计数。这就是这座亭叫作"快哉"的原因。至于长江中沙洲的水边、孙权故都的遗址的所在,是当年曹操、孙权曾经争夺的地方,是周瑜、陆逊曾经驰骋的地方,他们的风采和遗迹,也足以为世俗一般人称道快意。

昔楚襄王从宋玉、景差于兰台之宫,有风飒然至者,王披襟当之,曰:"快哉,此风!寡人所与庶人共者耶?"宋玉曰:"此独大王之雄风耳,庶人安得共之?"①玉之言,盖有讽焉②。夫风无雄雌之异,而人有遇不遇之变。楚王之所以为乐,与庶人之所以为忧,此则人之变也,而风何与焉③?士生于世,使其中不自得④,将何往而非病⑤?使其中坦然,不以物伤性⑥,将何适而非快⑦?今张君不以谪为患,窃会计之余功⑧,而自放山水之间,此其中宜有以过人者。将蓬户瓮牖无所不快⑨,而况乎濯长江之清流⑩,揖西山之白云⑪,穷耳目之胜以自适也哉⑫?不然,连山绝壑,长林古木,振之以清风,照之以明月,此皆骚人思士之所以悲伤憔悴而不能胜者⑬,乌睹其为快也哉⑭!

【注释】

① "昔楚襄王从宋玉、景差于兰台之宫"几句:语出宋玉《风赋》,文字小异。楚襄王,战国时楚国之君主,楚怀王之子。宋玉、景差,皆楚国大夫,擅长辞赋。兰台,楚国宫苑,在今湖北钟祥东。飒然,风声。披襟当之,敞开衣襟迎风吹拂。披,开。当,迎着。寡人,寡德之人,古代君主谦称。庶人,平民。共,共同享有。

② 玉之言,盖有讽焉:据《文选·风赋》吕向注:"《史记》云:宋玉,郢人也,为楚大夫。时襄王骄奢,故宋玉作此赋以讽之。"按:此条引文不见今本《史记》。

③ 而风何与焉:而与风有什么相干?与,参与,在此指相干。

④ 使其中不自得:假使他心中不畅快。使,假使。中,内心。自得,得意畅快。

⑤ 病:在此指忧愁、痛苦。

⑥不以物伤性：不因个人遭遇而损害自己的心性。物，外物，环境，引申为个人遭遇。性，心性，精神。

⑦适：往。

⑧窃会计之余功：谓利用会计职务的余暇时间。窃，在此意为利用、偷闲。会计，掌赋税钱谷等事物。张梦得在黄州的官职不详，据此似为主簿之类。

⑨蓬户瓮牖（yǒu）：以蓬草编门，以破瓮作窗，指居处简陋。

⑩濯长江之清流：语出左思《咏史》："振衣千仞冈，濯足万里流。"濯，洗涤。

⑪挹：同"挹"。汲取。在此指揽取。西山：即樊山，在今湖北鄂州西。

⑫自适：悠然闲适而自得其乐。

⑬骚人：诗人。思士：多感之士人。不能胜：不能承受，在此指情不自禁。

⑭乌：何，哪里。

【译文】

从前楚襄王带领宋玉、景差在兰台之宫游赏，突然有一阵风飒然而来，楚襄王敞开衣襟迎风吹拂，说："真痛快啊，这阵风！这是我与平民共同享有的吧？"宋玉说："这是大王单独享有的雄风，平民哪里能够共享呢？"宋玉的话，是有讽刺的。风并没有雌雄的不同，只是人有逢时和不逢时的变化。楚王之所以感到快乐，与平民之所以感到忧伤，这是人际遇的不同，与风有什么相干？士人生在世上，假使他心中不畅快，到哪里去不会忧愁呢？假使他心中坦然，不因个人遭遇而损害自己的心性，到哪里去不会痛快呢？现在张梦得先生不把贬谪当作忧虑，利用会计职务的余暇时间，自由放任于山水之间，他的心中应该有超过常人的地方。就算以蓬草编门，以破瓮做窗，也没有什么不快活的，何况还能够用长江清澈的流水濯足，揽取西山的白云，让耳目享尽美妙的事物而自得其乐呢？不这样的话，连绵的山峦、绝险的沟壑、广阔的森林、苍古的树木，清风吹拂,明月照耀,这些都是忧伤的诗人和多愁善感的士人都情不自禁为之悲伤、憔悴的景物,哪里能看着它们而感到快意呢!

【评点】

茅鹿门曰:入宋调,而其风旨自佳。

张孝先曰:有潇洒闲放之致。

【译文】

茅坤评论:这篇文章有宋代文章的格调,但风格旨趣还是上佳的。

张伯行评论:有潇洒闲放的风致。

齐州闵子庙记

【题解】

齐州,治在今山东济南。闵子,即闵子骞,名损,春秋时鲁国人,孔子弟子,以孝闻名,在孔门以德行著称。熙宁八年(1075),时苏辙在齐州任掌书记,当地太守李肃之修建了闵子骞庙并祭祀,苏辙为这件事写作了这篇记文。

本文先记叙了给闵子修庙的经过,然后以学者士大夫问答的形式讨论其不肯做官之因,认为春秋时代,礼崩乐坏,天下大乱,闵子骞等孔门高徒自认为无孔子救世之能力,故而不愿出仕,而守先王之道而待后之学者。名为记庙,实为说理,其中知难而退、明哲保身的处世哲学隐含了苏辙历经宦海浮沉后的辛酸。文中以渡海喻为官于世,譬喻精当,文字纡徐往复,不紧不迫,自有风骨。

历城之东五里有丘焉①,曰闵子之墓。坟而不庙,秩祀不至②,邦人不宁③,守土之吏有将举焉而不克者④。熙宁七年⑤，天章阁待制右谏议大夫濮阳李公来守济南⑥。越明年⑦，政修事治，邦之耋老相与来告曰⑧："此邦之旧，有如闵子而不庙食⑨，岂不大阙⑩！公唯不知，苟知之，其有不饬⑪？"公曰："噫！信其不可以缓⑫！"于是鸠工为祠堂⑬，且使春秋修其常事⑭。堂成，具三献焉⑮，笾豆有列⑯，傧相有位⑰，百年之废，一日而举。

【注释】

①历城：历城县，秦时置，宋时为济南府治，在今山东济南。

②秩祀：依等级进行的祭祀。秩，品级。

③邦人：本地人。

④守土之吏：在此指当地官员。克：完成。

⑤熙宁七年：1074年。熙宁，宋神宗赵顼的年号之一（1068—1077）。

⑥天章阁待制右谏议大夫濮阳李公来守济南：天章阁待制，官职名。天章阁是皇帝藏书的官殿，此后设立天章阁学士、直学士、待制、侍讲等官，均为文散官，为朝臣加衔，没有实职。右谏议大夫，为谏院之长，掌谏议。濮阳李公，指李肃之，字公仪，幽州（今北京）人。当时有孝名。濮阳，宋开德府治所所在地，在今河南濮阳。据《宋史·李肃之传》，其高祖因避五代之乱，自幽州徙濮阳，故以该地称之。守，做太守。

⑦越明年：第二年。越，经过。

⑧耋（dié）老：老人。古时七八十岁称耋。

⑨庙食：庙中祭祀。

⑩岂不大阙：岂不是很大的遗憾。阙，通"缺"。遗憾。

⑪饬：整治，修治。

⑫信：确实。

⑬鸠：聚集。祠堂：旧时祭祀祖先或先贤的庙堂。

⑭且使春秋修其常事：并且使人春秋两季按常规进行祭祀。古以春秋两季为大祭。常事，常规之事，在此指常规祭祀。

⑮三献：古时祭祀献酒三次，即初献爵、亚献爵、终献爵。是一种隆重的祭祀活动。

⑯笾豆有列：陈列着许多祭品。笾豆，古时两种祭祀的礼器，笾为竹制，用盛果脯，豆为木制（或铜制、陶制），用盛肉酱，此处引申为祭品。

⑰傧相有位：司礼人员各就各位。傧相，古时替主人接迎宾客和赞礼的人，出接宾曰傧，入赞礼曰相，在此指祭祀时的司礼人员。

【译文】

历城的东面五里有一座小丘，相传是闵子骞的坟墓。坟墓上没有庙，依等级的祭祀不能进行，本地人不安宁，当地的官员有想要兴建的，却没能完成。熙宁七年，天章阁待制右谏议大夫濮阳的李先生到济南来做太守。第二年，政治清明，诸事完备，当地的老人一起来禀告说："这个地方历史悠久，有像闵子骞这样的圣贤却不能在庙中祭祀，岂不是很大的遗憾！大人您不知道也就罢了，只要知道了，哪有不整治的道理？"李先生说："唉！这件事确实不可以延缓！"于是聚集了工人修建祠堂，并且使人春秋两季按常规进行祭祀。祠堂建成之后，举行了献酒三次的典礼，陈列着许多祭品，司礼人员各就各位，荒废了百年的事，终于在这一天做成了。

　　学士大夫观礼祠下，咨嗟涕洟①。有言者曰："惟夫子生于乱世②，周流齐、鲁、宋、卫之间③，无所不仕，其弟子之高第④，亦咸仕于诸国。宰我仕齐⑤，子贡、冉有、子游仕鲁⑥，季路仕卫⑦，子夏仕魏⑧。弟子之仕者亦众矣！然其称德行者四人⑨，独仲弓尝为季氏宰⑩。其上三人，皆未尝仕⑪。季氏尝欲以闵子为费宰，闵子辞曰：'如有复我者，则吾必在汶上矣。'⑫且以夫子之贤，犹不以仕为污也，而三子之不仕，独何欤？"言未卒，有应者曰："子独不见夫适东海者乎？望之茫洋不知其边⑬，即之汗漫不测其深⑭，其舟如蔽天之山，其帆如浮空之云。然后履风涛而不偾⑮，触蛟蜃而不眷⑯。若夫以江河之舟楫而跨东海之难⑰，则亦十里而返，百里而溺，不足以经万里之害矣⑱。方周之衰⑲，礼乐崩弛⑳，天下大坏。而有欲救之，譬如涉海，有甚焉者。今夫子之不顾而仕㉑，则其舟楫足恃也。诸子之汲汲而忘返㉒，盖亦有陋舟而将试焉，则亦随其力之所及而已矣。若夫三子，愿为夫子而未能，下顾诸子，而以为不足为也，是以止而有待。夫子尝曰：'世之学柳下惠者，未有若鲁独居之男子㉓。'吾于三子亦云。"众曰："然。"退而书之，遂刻于石。

【注释】

①咨嗟涕洟：感叹流泪。咨嗟，叹息。涕洟，眼泪和鼻涕。

②夫子：即孔子。乱世：混乱的时世，春秋时期礼崩乐坏，诸侯互相征伐，故称。

③周流齐、鲁、宋、卫之间：据《史记·孔子世家》："已而去鲁，斥乎齐，逐乎宋、卫，困于陈、蔡之间，于是反鲁。"齐、鲁、宋、卫，皆为春秋时国名。周流，周游。

④其弟子之高第：高等弟子，即那些才能优异而品行高尚的弟子。据《史记·孔子世家》："孔子以诗书礼乐教，弟子盖三千焉，身通六艺者七十有二人。"

⑤宰我仕齐：宰我在齐国做官。宰我，名予，春秋时鲁国人。孔子弟子。据《史记·仲尼弟子列传》："宰我为临菑大夫，与田常作乱，以夷其族，孔子耻之。"

⑥子贡、冉有、子游仕鲁：子贡、冉有、子游都在鲁国做官。子贡，即端木赐，字子贡，春秋时卫国人。在孔门以言语著称。冉有，即冉求，字子有，春秋时鲁国人。在孔门以政事著称，曾为鲁国大夫季氏宰。子游，即言偃，字子游，春秋时吴国人。在孔门以文学著称，为武城宰，有政绩。

⑦季路：即仲由，字子路，春秋时鲁国人。在孔门以政事著称，曾为卫大夫孔悝的家宰，后死于卫难。

⑧子夏：即卜商，字子夏，春秋时晋国人。在孔门以文学著称，居西河教授，为魏文侯师，对传播儒家经典贡献很大。

⑨其称德行者四人：他称道德行的四个人。《论语·先进》："德行：颜渊、闵子骞、冉伯牛、仲弓。言语：宰我、子贡。政事：冉有、季路。文学：子游、子夏。"

⑩独仲弓尝为季氏宰：只有冉雍曾经做过鲁国大夫季氏的家臣。仲弓，即冉雍，字仲弓，春秋时人。季氏，季孙氏，春秋时鲁国世袭大夫中的一支，与国君同姓。宰，春秋时往往指卿大夫的家臣。

⑪其上三人，皆未尝仕：指"德行"中排名在仲弓以上的颜渊、闵子骞、冉伯牛三人，他们都没有出仕做官。

⑫"季氏尝欲以闵子为费宰"几句：出自《论语·雍也》："季氏使闵子骞为费宰。闵子骞曰：'善为我辞焉，如有复我者，则吾必在汶上矣。'"费，鲁国的邑名，在今山东费县西北。复我，再来找我。汶（wèn），即大汶河，在今山东。上，北岸，水以阳为北。齐国在汶水北，故此言暗指逃到齐国去。

⑬茫洋：亦作"芒洋"。意为广阔。

⑭汗漫：漫无边际。

⑮偾（fèn）：倾覆，毁坏。

⑯触蛟蜃（shèn）而不讋（zhé）：遇到凶险的海洋动物也不恐惧。蛟，传说中的龙。蜃，大蛤蜊。蛟蜃在此泛指凶险的海洋动物。

奢,恐惧。

⑰舟楫:船只。楫,桨,在此代指船只。

⑱经万里之害:经受万里风浪和猛兽的伤害。

⑲周:指周朝。

⑳礼乐:指周朝以来的礼乐文明、制度法规等。崩弛:瓦解松弛。

㉑不顾:义无反顾。

㉒汲汲:心情急切的样子。

㉓世之学柳下惠者,未有若鲁独居之男子:语出《诗经·小雅·巷伯》毛传:"鲁人有男子独处于室,邻之厘妇又独处于室。夜,暴风雨至而室坏,妇人趋而托之,男子闭户而不纳。妇人自牖与之言曰:'子何为不纳我乎?'男子曰:'吾闻之也,男子不六十不间居。今子幼,吾亦幼,不可以纳子。'妇人曰:'子何不若柳下惠然? 妪不逮门之女,国人不称其乱。'男子曰:'柳下惠固可,吾固不可。吾将以吾不可,学柳下惠之可?'孔子曰:'欲学柳下惠者,未有似于是也。'"柳下惠,即展获,字禽,食邑柳下,惠为其谥,故称,春秋时鲁国贤者。相传柳下惠夜宿城门,遇一无住处女子,怕她受冻,用自己的衣服将她裹住抱在怀里坐了一夜,而无非礼之行,故世人称道他坐怀不乱,为人正派。

【译文】

　　学者、士大夫在祠堂下观看礼仪,都感叹流泪。有发议论的人说:"孔子生在混乱的时世,在齐国、鲁国、宋国、卫国之间周游,担任各种职务,他弟子中优秀的,也都在各国做官。宰我在齐国做官,子贡、冉有、子游在鲁国做官,子路在卫国做官,子夏在魏国做官。弟子中做官的也很多啊! 然而他称道德行的四个人,只有冉雍曾经做过鲁国大夫季孙氏的家臣。上面其余的三个人,都不曾做过官。季孙氏曾经想要让闵子骞做费地的官员,闵子骞推辞说:'如果再来找我,那么我一定就逃到大汶河的北岸去了。'况且凭借孔子的贤能,尚且不把做官当作污秽的事情,而这三个人偏偏不愿做官,为什么呢?"话没有说完,有答话的人说:"你偏看不到那些往东海去的人吗? 望着东海迷惘看不到边际,走近东海浩瀚测不到深度,他们的船像是能遮蔽天空的山,帆像是浮在空中的云。然后行驶在风浪上而不倾覆,遇到凶险的海洋动物也不恐惧。如果用在江河中行驶的船只去横跨东海那样的难关,那也只能行驶十里就返回,行驶百里就沉没,不足以经受万里风浪和猛兽的伤害。周朝衰落时,礼崩乐坏,天下大乱。有想挽救的人,就像渡过大海,甚至更难。现在孔子义无反顾地去做官,是他的船只足以依仗。诸位弟子心情急切忘了返回,也是各自有简陋的船只将要尝试,也各自随着他们的力所能及停止罢了。像这三个人,希望成为孔子但做不到,往下看诸位弟子,又认为不值得做,所以停止了有所等待。孔子曾经说:'世上学柳下惠的人,没有像鲁国独居的那位男子的。'我对于这三个人也是这么想的。"众人说:"对。"我退下以后写下了这篇话语,刻在了石头上。

【评点】

茅鹿门曰:闵子所以不仕季氏,为一篇柱子①,其言亦有见。

张孝先曰:闵子以孝见称于圣师②,而论长府则言必有中③。其德行亚于颜渊。所以不仕季氏者,不欲为私门用也④,岂顾诸子为不足为哉? 文于闵子底蕴似未能深窥,而其议论大概,则足以自畅其所见矣。

【注释】

①柱子:本指建筑物中起支撑作用的构件,此处引申为文章的关键所在。

②闵子以孝见称于圣师:《论语·先进》:"孝哉闵子骞! 人不间于其父母昆弟之言。"孔子称赞闵子骞纯孝,人们对他父母兄弟夸赞

　　他的话都没有异议。

③而论长府则言必有中：语出《论语·先进》："鲁人为长府，闵子
　骞曰：'仍旧贯，如之何？何必改作。'子曰：'夫人不言，言必有
　中。'"长府，储藏财货武器的府库。有一种说法，当时鲁国三家
　专权，鲁昭公想要建造长府，用武力收回权力，闵子骞说"按照旧
　制，不要新建"，意为暗暗提醒国君，不要轻举妄动。

④私门：孔子的时代，鲁国被孟孙氏、叔孙氏、季孙氏三家大夫把持，
　国君的权力大大削弱。春秋时期，像这样诸侯不服从周天子，卿
　大夫不服从诸侯，宗法制逐渐瓦解的现象，被称为"政出私门"。

【译文】

　　茅坤评论：闵子骞之所以不到季孙氏那做官，是这篇文章的关键，苏
辙的言论也是有见地的。

　　张伯行评论：闵子骞因为孝顺而被孔子称赞，谈论造长府的事也能
切中要害。他的德行比颜回稍微低一点。之所以不去季孙氏那做官，是
不想要被私门利用，哪里是看孔子其他弟子认为不值得去做官呢？这篇
文对于闵子骞的底蕴好像没有深入了解，而议论的内容大概，还是足以
将自己的见解表达清楚的。

上高县学记

【题解】

　　本文是苏辙元丰五年（1082）应上高县县令李怀道所请为其兴办的
县学所写的学记文。宋代自仁宗庆历年间下诏兴学起，各地大量建立州
县学府，故而学记文也大量出现。上高在今江西，只是一个山林间的偏
僻小县，而本文从此出发，却能以小见大，深入地论述"学"与"政"的密
切关系，指出学校是培养从政人才的重要场所，由学校普及的礼乐教化
也是为政之要，可以移风易俗，继而再引出上高县令李怀道兴办学校，带

来了"政肃民和"的社会效应。虽然这段记叙非常简略，但承接之前的议论，对于李怀道政绩的赞美也就自在其中了，可谓议论与记叙相辅相成。而在议论部分，则是谈古论今，旁征博引，层层深入，笔致摇曳。

清人张伯行评价本文曰："学记文以曾、王为最，此文醇质而有意味，亦颖滨集中之粹然者，故录之。"

古者以学为政①，择其乡闾之俊②，而纳之胶庠③，示之以《诗》《书》《礼》《乐》④，揉而熟之⑤，既成使归，更相告语，以及其父子兄弟。故三代之间⑥，养老⑦，飨宾⑧，听讼⑨，受成⑩，献馘⑪，无不由学。习其耳目⑫，而和其志气⑬，是以其政不烦⑭，其刑不渎⑮，而民之化之也速。

【注释】

①古者以学为政：古时把学校教育作为政治治理的一方面。古者，指夏、商、周三代。

②乡闾：周制，以二十五家为闾，一万二千五百家为乡，在此代指乡里。俊：俊杰之士。

③胶庠：古时学校。胶，大学。庠，学校。

④示之以《诗》《书》《礼》《乐》：用《诗经》《尚书》《仪礼》《乐经》来教导他们。《礼记·王制》："顺先王《诗》《书》《礼》《乐》以造士，春秋教以《礼》《乐》，冬夏教以《诗》《书》。"《诗》《书》《礼》《乐》，皆为儒家经典。《诗》，我国最早的诗歌总集，收入自西周初年至春秋中叶大约五百多年的诗歌（前11世纪至前6世纪），先秦称为《诗》，西汉时始称《诗经》。《书》，《尚书》，现存最早的上古时典章文献的汇编，相传由孔子编选，其中保存了商及西周初期的一些重要史料。《礼》，《仪礼》，记载周代各种礼仪的书籍。《乐》，《乐经》，现已不存，可能亡于秦时焚书。

⑤揉而熟之:结合在一起使他们熟习。揉,揉合,在此指结合。

⑥三代:夏、商、周三个朝代。

⑦养老:对年老德高的老者敬以酒食的礼节。

⑧飨(xiǎng)宾:宴请宾客。

⑨听讼:听理诉讼。

⑩受成:接受已定的谋略。《礼记·王制》:"天子将出征,……受命于祖,受成于学。"郑玄注:"定兵谋也。"孔疏:"受此成定之谋在于学里,故云受成于学。"

⑪献馘(guó):古时杀敌后割取左耳,献上请功。馘,敌人或俘虏被割取的左耳。

⑫习其耳目:锻炼他们的耳目。

⑬和其志气:调和他们的志气。

⑭烦:繁琐。

⑮渎:轻慢。

【译文】

古时把学校教育作为政治治理的一方面,选择乡里的俊杰之士,将他们接纳到学校里,将《诗经》《尚书》《仪礼》《乐经》展示给他们,结合在一起使他们熟习,等到学成之后使他们回乡,互相传授知识,传给他的父亲、儿子和兄弟。所以夏、商、周之间,赡养老人,宴请宾客,听理诉讼,接受已定的谋略,献战俘的左耳,都是出自于学校。锻炼他们的耳目,调和他们的心志,所以当时的政务不繁琐刑罚也不轻慢,而百姓被教化得很快速。

　　然考其行事,非独于学然也,郊社、祖庙、山川、五祀①,凡礼乐之事,皆所以为政,而教民不犯者也。故其称曰:"政者,君之所以藏身②。"盖古之君子,正颜色,动容貌,出词气③,从容礼乐之间,未尝以力加其民④。民观而化之,以不逆其上，其所以藏身之固如此。至于后世不然，废礼而任法，以鞭朴刀锯力胜其下⑤。有一不顺，常以身较之⑥。民于是始悍然不服⑦，而上之人亲受其病⑧，而古之所以藏身之术亡矣。子游为武城宰，以弦歌为政，曰："吾闻之夫子，君子学道则爱人，小人学道则易使也。"⑨夫使武城之人，其君子爱人而不害，其小人易使而不违，则子游之政，岂不绰然有余裕哉⑩！上高，筠之小邑⑪，介于山林之间。民不知学，而县亦无学以诏民。县令李君怀道始至⑫，思所以导民，乃谋建学宫。县人知其令之将教之也，亦相帅出力以缮其事⑬，不逾年而学以具⑭。奠享有堂⑮，讲劝有位⑯，退习有斋⑰，膳浴有舍⑱。邑人执经而至者数十百人⑲。于是李君之政不苛而民肃⑳，赋役狱讼不诣其府㉑。李君喜学之成而乐民之不犯，知其为学之力也，求记其事，告后以不废㉒。予亦嘉李君之为邑有古之道，其所以得于民者，非复世俗之吏也。故为书其实，且以志上高有学之始。元丰五年三月二十日㉓，眉山苏辙记㉔。

【注释】

①郊社：指祭祀天地，南郊祭天，北郊祭地。社，社神，即土地神。祖庙：祖先宗庙，在此指祭祀祖先宗庙。山川：在此指祭祀山川之神。五祀：祭祀五种神祇，说法不一，有以为是五行之神。据《周礼·春官·大宗伯》："以血祭祭社稷、五祀、五岳。"郑玄注："此五祀者，五官之神。"又《左传·昭公二十九年》："故有五行之官，是谓五官。"有以为是住宅内外的五种神，据《礼记·月令》："天子乃祈来年于天宗，大割祠于公社及门闾，腊先祖五祀。"郑玄

注:"五祀,门、户、中溜、灶、行也。"

②政者,君之所以藏身:语出《礼记·礼运》:"故政者,君之所以藏身也。"意谓各种政治活动都是君王用来隐藏自己处理政务的方法。

③"盖古之君子"几句:语出《论语·泰伯》:"曾子有疾,孟敬子问之。曾子言曰:'鸟之将死,其鸣也哀;人之将死,其言也善。君子所贵乎道者三:动容貌,斯远暴慢矣;正颜色,斯近信矣;出辞气,斯远鄙倍矣。笾豆之事,则有司存。'"正颜色,端正容色。动容貌,变动神情。出词气,出言吐辞。

④力:暴力。

⑤鞭朴刀锯:皆为古时的刑具,分别为鞭子、刑杖、刀子和截肢的锯子。力胜其下:用暴力使下面的人屈服。

⑥常以身较之:常常亲自与他们计较。较,计较,考较。

⑦悍然不服:凶悍不服从。

⑧病:弊病。

⑨"子游为武城宰"几句:语出《论语·阳货》:"子之武城,闻弦歌之声。夫子莞尔而笑,曰:'割鸡焉用牛刀?'子游对曰:'昔者偃也闻诸夫子曰:"君子学道则爱人,小人学道则易使也。"'子曰:'二三子,偃之言是也。前言戏之耳。'"子游,名偃,字子游,春秋时吴国人。孔子弟子,在孔门以文学著称。武城,鲁国的城邑,在今山东费县西南。弦歌,奏乐歌唱,在此代指礼乐。

⑩绰然有余裕:宽绰而游刃有余,在此指政事宽简而易于管理。

⑪上高,筠之小邑:上高是筠州的一个小县。筠,筠州,在今江西高安。邑,县城,或指一般小城。

⑫李君怀道:李怀道,元丰四年(1081)至五年间任上高县县令,其余生平事迹不详。

⑬相帅:互相带领。帅,通"率"。缮其事:指修造校舍。

⑭不逾年而学以具:不到一年而学校已经完成。逾,越,过。具,完成,完备。

⑮奠享有堂:有祭奠供奉先师孔子的庙堂。奠,祭奠。享,供奉贡品。

⑯讲劝有位:有讲授课程、勉励学生的课堂。劝,勉励。

⑰退习有斋:有退下修习的斋舍。

⑱膳浴有舍:有进膳沐浴的房屋。

⑲执经:手执经书。

⑳肃:整肃。

㉑赋役:赋税与徭役。狱讼:诉讼。诿(wěi):推诿。府:在此指府衙。

㉒不废:不废弃学校。

㉓元丰五年:1082年。元丰,宋神宗赵顼的一个年号(1078—1085)。

㉔眉山:在今四川眉山,为苏辙故乡,故加于名前。

【译文】

　　然而考察那时做事的方式,不仅仅在学习方面这样,祭祀天地、祖先宗庙、山川之神、五种神祇,凡是有关礼乐的事,都是用来施行政事,教化百姓不犯法的方法。所以有这样的说法:"各种政治活动都是君王用来隐藏自己处理政务的方法。"古时的君子,端正容色,变动神情,出言吐辞,都在礼乐间从容自如,不曾将暴力加诸他们的百姓身上。百姓观看这些而被教化,不忤逆他们的上级,君王用来隐藏自己处理政务的方法就像这样牢固。到了后世就不这样了,废除了礼乐而任用刑法,凭借鞭子、刑杖、刀子和锯子用暴力压服下面的人。下面的人有一点不顺从,还常常亲自与他们计较。所以百姓才开始凶悍不服从,上面的人也身受这样的弊病所害,而古时用来隐藏自己处理政务的方法就消亡了。孔子的弟子子游做武城的官员,用礼乐来施行政务,说:"我从老师那听说,君子学习道义就会对人仁爱,小人学习道义就容易驱使。"假使武城的人,君子对人仁爱而不害人,小人容易驱使而不犯法,那么子游施行政务,岂不是宽绰而游刃有余吗!上高,是筠州的小县城,处于山林之间。百姓不知道学习,而县中也没有学校来告诫百姓。县令李怀道先生刚刚到任,思考着如何教导百姓,于是谋划建造学校。县里的人知道县令将要教化他们,也都互相带领着出力来修造校舍,不到一年学校已经建成。有了祭奠供奉先师孔子的庙堂,讲授课程、勉励学生的课堂,学生退下修习的斋舍,进膳沐浴的房屋。县中手执经书来学习的有数十百人。于是李先生行政不苛刻而百姓却都整肃,赋税、徭役、诉讼都不推诿给府衙。李先生为学校建成而欢喜,为百姓不犯法而高兴,知道士人们求学的努力,请求我记录这件事,并告诉后人不要废弃学校。我也赞许李先生治理县城有古人的传统,他从百姓那里得到的,也不再是世俗官吏的那些东西。所以为他写下实际的情况,并且以此记录上高县有学校的开端。元丰五年三月二十日,眉山苏辙记。

【评点】

茅鹿门曰:雅。

张孝先曰:学记文以曾、王为最。此文醇质而有意味,亦颍滨集中之粹然者,故录之。

【译文】

茅坤评论:雅致。

张伯行评论:学记类的文章,曾巩和王安石写得最好。这篇文章醇厚质朴又有韵味,也是苏辙文集中的精华,所以收录在这里。

管幼安画赞

【题解】

管幼安,即管宁(158—241),三国时期北海朱虚(今山东临朐)人。因为天下大乱,避居辽东,后来曹操、曹丕等累诏不赴,隐居终生,年八十四而卒。

本文作于苏辙退隐颍昌十三年之后的政和二年（1112），本年十月三日，他就与世长辞了。苏辙一生历经宦海沉浮，此时又正值徽宗时期以蔡京为首的新党再次执政，新旧党争十分激烈。他创作本文，对于管宁保全自身于乱世的推崇，反映出他当时强烈的畏祸保身的思想。故清人张伯行评曰："颍滨晚年连遭贬斥，故慕幼安之见几远患，而为之赞，犹东坡之慕渊明也。"

赞是一种文体，本文属于杂赞，意专褒美。本文由引和赞两部分组成，引用散文叙事议论，赞则用韵文抒发赞美之情。引是文章的主体，叙事说理，圆熟省净，殆无长语；所引四例，两两相对，铢两悉称。赞的部分为四字韵文，声调铿锵，音韵朗畅。

余自龙川以归，居颍已十有三年①，杜门幽居②，无以自适，稍取旧画阅之，将求古人而与之友。盖于三国得一人焉，曰管幼安宁。幼安少而遭乱，渡海居辽东，三十七年而归③。归于田庐，不应朝命④，年八十有四而没，功业不加于人⑤。而予独何取焉？取其明于知时⑥，而审于处己云尔⑦。

【注释】

①余自龙川以归，居颍已十有三年：苏辙于元符元年（1098）被诏于循州居住，八月至循州。元符三年（1100）哲宗崩，徽宗继位，大赦天下，苏辙亦内迁，十一月特授大中大夫、提举凤翔府上清太平宫，任便居住。苏辙于是年二月回到颍川（今河南许昌）定居，一直到去世为止。龙川，即循州，在隋大业三年（607）循州改名为龙川郡。颍，颍川，即颍昌府，以其境内有颍水，故称。

②杜门：关闭门户。幽居：隐居。

③"幼安少而遭乱"几句：据《三国志·魏书·管宁传》："年十六丧父，……闻公利、度令行于海外，遂与原（邴原）及平原王烈等至于辽东……黄初四年（223），诏公卿举独行君子，司徒华歆荐宁。文帝即位，征宁，遂将家属浮海还郡。"又傅玄《傅子》："宁在辽东，积三十七年乃归。"辽东，郡名。东汉安帝时分辽东、辽西两郡置辽东属国都尉，治所在昌黎（今辽宁义县）。

④归于田庐，不应朝命：从魏文帝黄初年间征其为太中大夫，到魏明帝青龙年间征其为光禄勋，管宁皆不应诏，归于家乡。朝命，朝廷的诏命。

⑤功业不加于人：指一生未有功名业绩的束缚。人，身，指本人。

⑥明于知时：对时势的洞悉很明达。

⑦审于处已：对自己的处世很慎重。审，慎重。

【译文】

我从龙川归来，居住在颍川已经十三年，关闭门户隐居，没有什么使自己适意的，便取了一些旧书画翻阅，想要寻找一位古人与他做朋友。我在三国时期看到这样的一个人，叫作管宁，字幼安。管宁少年时遭逢战乱，渡过渤海避居辽东，三十七年才回到家乡。他回到了自己的田园居舍，不响应朝廷给予官职的诏命，直到八十四岁去世，一生未有功名业绩的束缚。我为什么偏偏只选取他为友呢？就是选取他的对时势洞悉很明达，对自己处世很慎重的优点。

　　盖东汉之衰①，士大夫以风节相尚②，其立志行义，贤于西汉③。然时方大乱，其出而应世，鲜有能自全者④。颍川荀文若，以智策辅曹公。方其擒吕布，毙袁绍，皆谈笑而办，其才与张子房比⑤。然至于九锡之议，卒不能免其身⑥。彭城张子布，忠亮刚简，事孙氏兄弟，成江东之业，然终以直不见容,力争公孙渊事,君臣之义几绝⑦。平原华子鱼,以德量重于曹氏父子,致位三公,然曹公之杀伏后,子鱼将命,至破壁出后而害之⑧。汝南许文休,以人物臧否闻于世,晚入蜀,依刘璋。先主将克成都,文休逾城出降,虽卒以为司徒,而蜀人鄙之⑨。此四人者,皆一时之贤人也。然直己者终害其身⑩,而枉己者终丧其德⑪。处乱而能全,非幼安而谁与哉?

【注释】

①东汉(25—220):中国历史时期,都城洛阳,从刘秀称帝到曹丕篡权,历经一百九十六年。

②以风节相尚:互相推崇风度与节操。

③西汉(前206—25):中国历史时期,定都长安,历经二百三十一年。

④鲜:少。

⑤"颍川荀文若"几句:荀文若,即荀彧(163—212),字文若,颍川颍阴(今河南许昌)人。在曹操征讨吕布、袁绍的战役中,皆赖其出谋划策,智谋超人。曹公,即曹操,字孟德,三国谯(今安徽亳县)人。先后削平割据势力,统一了北方,后封魏王。吕布(?—198),字奉先,五原九原(今内蒙古包头)人。三国时期群雄之一。袁绍(?—202),字本初,汝南汝阳(今河南商水)人。三国时期群雄之一。张子房,即张良,字子房,为辅佐刘邦建立西汉的重要谋士,被封为留侯。

⑥然至于九锡之议,卒不能免其身:因反对曹操进爵国公,被其疏远,后以忧病而卒,据《三国志·魏书·荀彧传》:"十七年(212),董昭等谓太祖宜进爵国公,九锡备物,以彰殊勋,密以谘彧。彧以为太祖本兴义兵以匡朝宁国,秉忠贞之诚,守退让之实,君子爱人以德,不宜如此。太祖由是心不能平。会征孙权,表请

或劳军于谯，因辄留彧，以侍中光禄大夫持节，参丞相军事。太祖军至濡须，彧疾留寿春，以忧薨，时年五十。谥曰敬侯。"九锡，"锡"通"赐"。即九赐，原指古时帝王赐给有大功或有权势的诸侯大臣的九种物品，为最高规格的赏赐，使其有专杀之权，据何休注《春秋公羊传·庄公元年》："礼有九锡：一曰车马，二曰衣服，三曰乐器，四曰朱户，五曰纳陛，六曰虎贲，七曰弓矢，八曰铁钺，九曰秬鬯。"后魏、晋、六朝执政大臣夺取政权、建立新王朝皆沿袭王莽谋汉先邀九锡故事，故九锡又演变为权臣篡位的先声。

⑦"彭城张子布"几句：张子布，即张昭（156—236），字子布，三国时彭城（今江苏徐州）人。据《三国志·吴书·张昭传》，其东汉末渡江，曾为孙策长史，抚军中郎将，孙策"文武之事，一以委昭"，"策临亡，以弟权托昭"，"昭复为权长史，授任如前"。孙权置丞相，百官举荐张昭，孙权曰："此公性刚，所言不从，怨咎将兴，非所以益之也。"乃用顾雍为相。后公孙渊割据辽东，孙权欲结公孙渊以拒魏，遣使拜公孙渊为燕王，张昭力谏，君臣冲突激烈，"昭忿言之不用，称疾不朝。权恨之，土塞其门，昭又于内以土封之"。孙氏兄弟，指孙策、孙权兄弟。孙策（175—200），字伯符，吴郡富春（今浙江富阳）人。孙坚长子，孙权长兄。东汉末年割据江东一带的军阀，汉末群雄之一，三国时期吴国的奠基者之一。孙权（182—252），字仲谋，吴国的建立者。江东，在此指吴、会稽、庐江等六郡，是孙吴的根据地。公孙渊，字文懿，辽东襄平（今辽宁辽阳）人。三国时辽东地方割据首领。

⑧"平原华子鱼"几句：华子鱼，即华歆（157—231），字子鱼，三国时平原高唐（今山东禹城）人。曾担任曹操的尚书令，魏文帝曹丕即位后，拜为司徒（东汉太尉、司空、司徒为三公，故称），后于太和五年（231）去世，谥为敬侯。据《后汉书·献帝伏皇后纪》，伏皇后谋诛曹操，事泄，曹操逼汉献帝废后，"又以尚书令华歆为

郗虑副,勒兵入宫收后。(伏皇后)闭户藏壁中,歆就牵后出。……遂将后下暴室,以幽崩"。将命,奉命。曹氏父子,指曹操、曹丕。曹丕(187—226),字子桓,曹操之子,曹魏的开国皇帝魏文帝。伏后,即汉献帝伏皇后,名寿。

⑨"汝南许文休"几句:许文休,即许靖(150—222),汝南平舆(今属河南)人。据《三国志·蜀书·许靖传》:"少与从弟劭俱知名,并有人伦臧否之称。……后刘璋遂使使招靖,靖来入蜀。璋以靖为巴郡、广汉太守。……十九年,先主克蜀,以靖为左将军长史。先主为汉中王,靖为太傅。"又《三国志·蜀书·法正传》:"十九年,进围成都,璋蜀郡太守许靖将逾城降,事觉,不果。璋以危亡在近,故不诛靖。璋既稽服,先主以此薄靖不用也。"人伦臧否(zāng pǐ),品评人物的好坏等级,为当时的风尚。刘璋,字季玉,三国时江夏竟陵(今湖北潜江)人。继其父刘焉为益州牧。先主,即刘备(161—223),字玄德,涿郡涿县(今河北涿州)人。蜀汉的建立者。司徒,汉哀帝时改丞相为大司徒,辅佐天子,并以礼义教化人民,为三公之一。

⑩直己者:坚守自我正直的人。

⑪枉己者:委屈自己逢迎的人。

【译文】

东汉衰落的时候,士大夫互相推崇风度和节操,他们建立志向,施行义举,比西汉的人要贤明。然而当时正是天下战乱的时候,他们出来做官,顺应世俗的需要,却很少有能够保全自己的人。颍川的荀彧,凭借智谋辅佐曹操。当他生擒吕布、击毙袁绍的时候,都是在谈笑间就完成了,才能可与张良相比。然而到了朝议关于曹操加九锡、进爵国公的时候,最终不能使自身免祸。彭城的张昭,忠正刚直,辅佐孙策、孙权兄弟,成就江东建吴的霸业,然而终究因为刚直不能被孙权所容,力争不与公孙渊结盟这件事,君臣之间的情义几乎断绝。平原的华歆,因为道德度量被曹操、曹丕父子所看重，官位到达了三公的高度，然而在曹操谋杀伏皇后的时候，他奉命入宫，在倾颓的墙壁间找出伏皇后，谋害了她。汝南的许靖，因为善于品评人物的好坏等级著称于世，后来进入蜀地，依附刘璋。当刘备要攻打成都的时候，他翻越城墙出来投降，虽然最终被封为司徒，但蜀地的人都很鄙夷他。这四个人，都是当时贤能的人。然而坚守自我正直的人最终残害了自身，委屈自己逢迎的人最终丧失了道德。处于乱世而能够自我保全，除了管宁，还能有谁呢？

　　旧史言幼安虽老不病，著白帽、布襦袴、布裙，宅后数十步有流水，夏暑能策杖临水盥手足，行园囿，岁时祀其先人，絮帽布单衣，荐馔馈，跪拜成礼①。予欲使画工以意仿佛画之②。昔李公麟善画③，有顾、陆遗思④。今公麟死久矣，恨莫能成吾意者，姑为之赞曰：

【注释】

①"旧史言幼安虽老不病"几句：语出《三国志·魏书·管宁传》："宁常著皂帽、布襦袴、布裙，随时单复，出入闺庭，能自任杖，不须扶持。四时祠祭，辄自力强，改加衣服，著絮巾，故在辽东所有白布单衣，亲荐馔馈，跪拜成礼。宁少而丧母，不识形象，常特加筋，泫然流涕。又居宅离水七八十步，夏时诣水中澡洒手足，窥于园囿。"白，应为"皂"，黑色。襦（rú），短袄。袴（kù），同"裤"。裤子。策杖，拄拐杖。盥（guàn），浇水洗。园囿（yòu），本指皇家园林，在此泛指园林。絮帽，当为"絮巾"，古代的一种头巾。荐，祭祀时进献物品。馔馈（zhuàn kuì），作为祭品的食物。

②以意仿佛画之：按照想象大致上画出他的形象。

③李公麟（1049—1106）：字伯时，舒州（今安徽舒城）人。北宋著名画

家,擅画人物、佛道像,与辙同时。然写此文时李已卒,故曰"昔"。

④顾、陆遗思:有顾恺之、陆探微的遗风。顾,顾恺之,字长康。东晋
著名画家,工人像、佛像、山水、禽兽等。陆,陆探微,南朝宋著名
画家,擅画肖像、人物。遗思,遗意,遗风。

【译文】

旧时的史书中说管宁虽然年老,但不生病,穿着白(黑)色的帽子、
布制的衣裤和裙子,距离他房屋后面数十步的地方有流水,在夏季暑热
的时候他能拄拐杖到水边去浇水清洗手脚,漫步在园林中,逢年过节祭
祀祖先,戴着丝绵的帽子(头巾)、穿着单衣,进献食物做祭品,跪拜完成
礼仪。我想要使画工按照想象大致上画出他的形象。过去李公麟善于
画画,有顾恺之、陆探微的遗风。现在李公麟去世很久了,真遗憾没有能
完成我愿望的人,姑且为他写一篇赞:

　　幼安之贤,无以过人。予独何以谓贤?贤其明于知时,
审于处己以能自全。幼安之老,归自海东①。一亩之宫②,闭
不求通。白帽布裙,舞雩而风③。四时烝尝④,馈奠必躬⑤。
八十有四,蝉蜕而终⑥。少非汉人,老非魏人⑦。何以命
之?天之逸民⑧。

【注释】

①归自海东:指从辽东渡海还乡。

②宫:本义泛指房屋,在此意为田园。

③舞雩而风:在舞雩台上吹风。语出《论语·先进》:"(曾晳)曰:'莫
春者,春服既成,冠者五六人,童子六七人,浴乎沂,风乎舞雩,咏而
归。'"朱熹注:"雩,祭天祷雨之处,有坛墠树木也。"后以此典指乐
天遂志,不求仕进,苏辙在此借之说明管幼安活得自由自在。

④烝尝：古时冬祭曰烝，夏祭曰尝，在此泛指一年四季的各种祭祀。

⑤馈奠：设酒食祭奠亡者。躬：亲自。

⑥蝉蜕（tuì）：佛、道家语，谓有道之人死后尸解成仙，如蝉之脱去原壳，在此指从尘世中解脱。

⑦老非魏人：魏，指曹魏（220—265），三国时曹丕所建立的政权，后统一全国。因为管宁隐居，不受魏文帝等的诏命出仕为官，故称。

⑧逸民：遁世隐居的人。

【译文】

管宁的贤能，没有超过别人。我为何偏偏只说他贤能？是认为他对时势洞悉很明达，对自己处世很慎重，所以能够保全自己。管宁年老的时候，从辽东渡海还乡。方圆一亩的田园，闭门自居不与世交通。戴着白（黑）帽穿着布裙，在舞雩台上吹风。一年四季的各种祭祀，设酒食祭奠亡者都亲力亲为。八十四岁，从尘世中解脱去世。他年少的时候不做东汉的臣民，年老的时候不做曹魏的臣民。该用什么命名他呢？上天的遁世隐居的人。

【评点】

茅鹿门曰：子由涉世难后，故其文如此。

张孝先曰：颍滨晚年连遭贬斥，故慕幼安之见几远患，而为之赞。犹东坡之慕渊明也。

【译文】

茅坤评论：苏辙历经过官场艰险，所以他的文章会这样。

张伯行评论：苏辙晚年接连遭到贬谪，所以羡慕管宁可以预见时机远离灾祸，而为他写作这篇赞文。就像苏轼羡慕陶渊明一样。

苏文定公本传①

苏辙，字子由，年十九与兄轼同登进士科②，又同策制举③。仁宗春秋高④，辙虑倦勤⑤，因极言得失，而于禁庭之事尤切⑥。老臣胡宿以为不逊⑦，请黜之。仁宗曰："以直言召人，而以直言去之，天下其谓我何？"宰相不得已，置之下等，授商州军事推官⑧，徙大名⑨。

【注释】

①苏文定公本传：本文为茅坤根据《宋史·苏辙传》和苏辙本人《颍滨遗老传》删减而成，文字上与两传有出入。苏文定公，宋孝宗时为苏辙追谥"文定"。本传，见于正史的人物传记。

②年十九与兄轼同登进士科：苏辙生于宋仁宗宝元二年（1039），于嘉祐二年（1057）与兄长苏轼参加礼部会试，当时欧阳修知贡举，将苏轼、苏辙兄弟置于高等，苏辙名登五甲。

③又同策制举：苏轼、苏辙兄弟进士及第后，因母丧回家乡守孝，后于嘉祐六年（1061）一同参与宋仁宗主持的殿试。制举，"制举科"的简称，皇帝亲自诏试于殿廷。

④仁宗：宋仁宗赵祯（1010—1063），宋朝第四位皇帝，1022—1063年在位。春秋高：年事已高，此时宋仁宗五十二岁。

⑤倦勤：倦于勤政。

⑥禁廷：在此指后宫。根据《宋史·苏辙传》，苏辙指出宋仁宗"宫中贵姬至以千数，歌舞饮酒，优笑无度"，"宫中好赐不为限极，所欲则给，不问有无"等过失。

⑦胡宿（995—1067）：字武平，常州晋陵（今江苏常州）人。仁宗天圣二年（1024）进士，在仁宗、英宗两朝为官，位居枢密副使，以居安思危、宽厚待人、正直立朝著称。

⑧商州军事推官：商州，在今陕西商洛。军事推官，官职名。掌主理
　军政。苏辙没有去赴任该官职。

⑨徙大名：苏辙被授官后，上奏请求养亲不就官，诏许之，英宗治平二
　年（1065），改徙大名府留守推官。大名，在今河北大名一带。

【译文】

　　苏辙，字子由，十九岁和兄长苏轼一同进士及第，又一起参加了宋仁
宗主持的殿试。当时宋仁宗年事已高，苏辙考虑到他倦于勤政，于是极
力陈说他的得失，关于后宫的事尤其切直。老臣胡宿认为他出言不逊，
请求黜落他。宋仁宗说："以直言能谏召选人才，又因为直言能谏舍弃
他，天下人会怎么议论我呢？"宰相不得已，把苏辙列于下等，授予其商
州军事推官的官职，后来又改去大名府做官。

　　神宗立之二年①，辙适除丧②，上书言事，得召对。时王
安石与陈升之领三司条例③，命辙为之属。吕惠卿附安石④，
辙与论多相牾⑤。安石出《青苗书》使辙熟议⑥，辙曰："钱入
民手，虽良民不免妄用；及其纳钱，虽富民不免逾限。如此
则恐鞭棰必用⑦，州县之事不胜烦矣。唐刘晏掌国计未尝有
所假贷⑧，有贱必籴⑨，有贵必粜⑩，以是四方无甚贵甚贱之
病。此常平旧法⑪，公诚举而行之，晏之功可立俟也⑫。"安
石曰："当徐思之。"既逾月，河北转运判官王广廉奏乞度僧
牒，于陕西漕司私行青苗法⑬，与安石意合，于是青苗法遂
行。辙以书抵安石，力陈不可，触其怒，徙他职，后坐兄轼以
诗得罪⑭，谪监筠州盐酒税⑮，五年不得调移，知绩溪县⑯。

【注释】

①神宗：宋神宗赵顼（1048—1085），北宋第六位皇帝，即位后立即

命王安石推行变法。

②除丧：三年守丧期满，脱去丧服。其父苏洵于治平三年（1066）去世，此时熙宁二年（1069），苏辙守丧期满。

③时王安石与陈升之领三司条例：这一年宋神宗专门设立了制置三司条例司这一官署，命王安石和当时的枢密使陈升之一起主持变法。陈升之（1011—1079），字旸叔，建州建阳（今福建建阳）人。进士出身，神宗熙宁元年（1068）任知枢密院事，后与王安石意见不合，称疾不朝。

④吕惠卿（1032—1111）：字吉甫，号恩祖，王安石变法中的二号人物，嘉祐二年（1057）中进士，因和王安石政治理念相合获得器重，在熙宁初年王安石执政时期，帮助他推动了青苗法、市易法等数项改革。

⑤相牾（wǔ）：矛盾，不合。

⑥《青苗书》：青苗法，变法举措之一。此前推行的是常平仓制度，政府设置粮仓，在市场粮价低的时候，适当提高粮价进行大量收购，在市场粮价高的时候，适当降低价格进行出售，既避免"谷贱伤农"，又防止了"谷贵伤民"，对平抑粮食市场和巩固政权起到了积极作用。但地方政府财政较为紧张，时常缺少买米的本钱，"青苗法"则通过将钱粮借贷于百姓，来弥补这部分财政的不足，春天放贷，秋天收成后再收回。熟议：仔细计议。

⑦鞭棰：鞭子和短木棍，引申为刑罚。

⑧刘晏（718—780）：字士安，唐代著名经济改革家、理财家，实施了一系列的财政改革措施，为安史之乱后的唐朝经济发展做出了重要的贡献。

⑨有贱必籴（dí）：民间粮价过低则政府适当提价买入。

⑩有贵必粜（tiào）：民间粮价过高则政府开仓低价出售。

⑪常平旧法：常平仓制度，源于战国时李悝在魏国所行的"平籴"，

以后各代皆有施设。

⑫立俟（sì）：立刻等到。

⑬河北转运判官王广廉奏乞度僧牒（dié），于陕西漕司私行青苗法：
转运判官，官名。宋太宗太平兴国三年（978）置于诸道，总管
转运司庶务，兼督察属吏。王广廉，当时官员，支持王安石变法。
度僧牒，僧道出家，由官府发给凭证，称为"度牒"，唐宋时官府凭
借度牒收费，增加财政收入，这里王广廉就是要用这笔度牒获得
的钱作为实行青苗法的本金。漕司，又称转运使，北宋初赵匡胤
分全国行政区为十三道，设置诸道转运使以总财赋；赵匡义又分
全国为十五路，并强化职责，以边防、盗贼、刑讼之任，悉皆委于转
运使。

⑭后坐兄轼以诗得罪：即乌台诗案，元丰二年（1079），御史何正臣
等上表弹劾苏轼，奏苏轼移知湖州到任后谢恩的上表中，用语暗
藏讥刺朝政，随后又牵连出大量苏轼诗文为证，苏轼因此被贬为
黄州团练副使，苏辙也受到了牵连。

⑮筠州：在今江西高安一带。

⑯知绩溪县：做绩溪县的知县，绩溪今属安徽。

【译文】

宋神宗即位第二年，苏辙为父亲服丧期满，上奏折讨论朝政，受到皇
帝亲自接见咨询。当时王安石和陈升之正领导三司条例司，皇帝命苏辙
参与，做他们的下属。吕惠卿站在王安石一边，苏辙与他共事多有不合。
有一次，王安石拿出《青苗书》让苏辙仔细计议，苏辙反对说："钱到了
百姓手里，哪怕是良民也不免乱用，等到要还贷的时候，哪怕是有钱的也
不免超过期限。像这样施行恐怕刑罚不断，州县基层的管理也会繁琐不
堪。唐代的刘晏主持国家经济大计从没有行过借贷之事，民间粮价过低
则政府适当提价买入，民间粮价过高则政府开仓低价出售，因此天下没
有粮价过高或过低的弊病。这是旧时常平仓的制度，大人如果真能推行

开来,刘晏的功德可以立刻实现了。"王安石说:"我会慢慢考虑的。"过了一个月,河北转运判官王广廉上奏请求用度僧牒得来的钱作为本金,在陕西漕司私下推行青苗法,和王安石意见相合,于是青苗法就开始实施了。苏辙写信给王安石,极力陈说不能这样做,触怒了对方,就被改派到其他职位。后来又因为兄长苏轼乌台诗案而受牵连获罪,被贬谪到筠州监察盐酒税,五年不能够调任,期满后改做绩溪县的知县。

　　哲宗即位①,召入,元祐元年为右司谏②,蔡确、韩缜、章惇辙皆论去之③,而吕惠卿亦被论从窜典④。司马光欲复差役⑤,辙言:"行之徐缓,乃得审详。"光又欲改安石新议试士格⑥,辙言:"进士来年秋试,日月无几,徐议,元祐五年以后⑦,格式未晚。"光皆不能从。

【注释】

①哲宗:宋哲宗赵煦(1077—1100),宋朝第七位皇帝,1085—1100年在位。

②右司谏:官职名。掌规谏讽喻,神宗元丰(1078—1085)改制,专任谏诤,凡发令举事,有不便于时、不合于道,大事则许廷议,小事则许上封。

③蔡确(1037—1093):字持正,神宗朝官至尚书左仆射兼中书侍郎。韩缜(1019—1097):字玉汝,韩绛、韩维之弟,神宗时自龙图阁直学士进知枢密院事。章惇(1035—1106):字子厚,神宗朝累官至参知政事。三人都是王安石变法的主要支持者。

④窜典:窜改法典。

⑤司马光(1019—1086):字君实,号迂叟,历仕仁宗、英宗、神宗、哲宗四朝,神宗朝因不满王安石变法,罢官隐居,哲宗继位后,宣仁

流为官府服徭役。王安石变法时推行免疫法,民户可以出钱雇佣
他人为自己服役,这里司马光欲废除免疫法,恢复以前的差役法。

⑥光又欲改安石新议试士格:王安石变法时,对科举制亦有改革,加
强了经学的主导地位,废除了诗赋取士,司马光也想要进行改正。

⑦元祐五年:1090年。

【译文】

宋哲宗即位后,就将苏辙招入朝廷,元祐元年苏辙升任为右司谏,上
书给皇帝将王安石变法的主要支持者蔡确、韩缜、章惇都罢免了,而吕惠
卿也被论罪窜改法典。旧党司马光上台后想要废除免疫法恢复差役法,
苏辙说:"这要从长计议,才能做得谨慎周详。"司马光又想要改正王安
石改革的科举取士的方法,苏辙又说:"来年就要进行进士秋试,没有多
少时间了,还是从长计议吧,元祐五年以后,再改动也不迟。"司马光都
没有采纳他的建议。

初,神宗以夏国内乱①,用兵攻讨,乃于熙河增兰州②,于
延安增安疆、米脂等五砦③。二年夏遣使相继来朝廷④,知其
有请兰州五砦意,大臣议弃守未决⑤。辙言:"一失此机,必
为后悔。"于是朝廷许之,夏人遂服,迁起居郎、中书舍人⑥。

【注释】

①夏国:即西夏(1038—1227),党项人在中国西北部建立的一个
政权。

②乃于熙河增兰州:神宗元丰四年(1081),宋朝打败西夏,占领兰
州。熙河,路名。宋熙宁五年(1072)置熙河路经略安抚使,治所
在熙州(今甘肃临洮)。兰州,今属甘肃。

③于延安增安疆、米脂等五砦(zhài):元丰四年(1081)至五年,宋

人共攻下西夏安疆、米脂等五砦,并入延安。砦,同"寨"。安疆寨位于今陕甘两省交界处,米脂寨位于今陕西榆林中东部。延安,今属陕西。

④二年:指元祐二年(1087)。

⑤大臣议弃守未决:当时司马光、文彦博等主张从请,安焘等主张不许。

⑥起居郎:官职名。掌记录天子起居法度。中书舍人:官职名。掌起草诏令、传宣诏命。

【译文】

早年,宋神宗借着西夏内乱,起兵征讨,获胜占领兰州并入熙河路,占领安疆、米脂等五砦并入延安。元祐二年西夏派遣使臣相继来到宋朝朝廷,朝廷知道他们有请求归还兰州等五砦的意图,但大臣们讨论还没有定论。苏辙上奏说:"一旦失去这次机会,一定会后悔。"于是朝廷同意了他的上奏,西夏人也因此顺服于宋朝,苏辙升任为起居郎、中书舍人。

朝廷议回河故道①,辙为公著言②:"河决而北,自先帝不能回,今乃欲取而回之,是谓智勇势力过先帝也。"进户部侍郎③,辙因转对言曰④:"财赋之原出于四方,而委于中都⑤,善为国者藏之于民⑥,其次藏之州郡。熙宁以来⑦,言利之臣不知本末,内帑别藏虽积如丘山⑧,而委为朽壤,无益于算也⑨。"寻又言数十年以来,利权分而用度无艺⑩。愿罢外水监丞⑪,举北河事及诸路都作院河皆归转运司⑫,至于都水、军器、将作三监皆兼隶户部⑬。从之,惟都水仍旧⑭。

【注释】

①朝廷议回河故道:元丰时黄河泛滥,宋神宗主持向北开掘河道导

流,但因为开掘的河道不够深,仍有泛滥之灾,所以哲宗朝,以吕公著为代表的一些大臣便提出恢复黄河旧道。

②公著:即吕公著(1018—1089),字晦叔,哲宗朝与司马光同心辅政,变更熙宁新法,司马光死后,独自当政。

③户部侍郎:官职名。掌管稽核版籍、赋役征收等会计、统计工作。

④转对:宋代有规章,臣子可以每隔数日轮流上殿指陈朝政得失。

⑤中都:都城,京都。

⑥藏之于民:指财富分散于百姓手中。

⑦熙宁:宋神宗年号(1068—1077)。这里指熙宁变法。

⑧内帑(tǎng):国库中的储藏。别藏:另外的储藏。

⑨算:国家经济筹谋。

⑩利权分而用度无艺:苏辙认为,都水、军器、将作三监都隶属于工部,而财政支出由户部承担,工部利在多行工程,户部又无权参与决定,所以会导致用度开销过大。无艺,没有限制。

⑪外水监丞:都水监的官员,因为外出治水,置局于澶州,故号外监。

⑫都作院:官署名。代制造军械所。转运司:官署名。宋代诸道(路)皆设置,均调一道(路)租税以供国用,以转运使、副使主其事,兼分巡所部、监察官吏。

⑬至于都水、军器、将作三监皆兼隶户部:都水监,官署名。掌管河渠水利、堤防桥梁等事。军器监,官署名。掌管军械兵器的制造。将作监,官署名。掌管宫室的营建等。按注释⑩,苏辙进言将该三监都归于户部主管,便于监察开支。

⑭惟都水仍旧:只有都水监还是按照旧制,归工部。

【译文】

因为黄河被向北引流后仍有泛滥,朝廷议论是否要改回旧道,苏辙对吕公著说:"开掘河道向北引流黄河,从先帝神宗起就没法使之恢复旧道,现在你想要恢复,是说你的智慧、勇敢、权势、力量超过了先帝啊。"

升任为户部侍郎后,苏辙又借着转对的机会向皇帝进言:"财政赋税的源头来自天下人,而集中在京都,善于治理国家的人会让财富都分散于百姓手中,能力稍弱一些的也是分散于各个州郡官府中。熙宁变法以来,追逐利益的臣子们本末倒置,使得国库和另外的储藏虽然积累得像山丘那么高,却像腐朽的土壤一样无用,对国家经济筹谋毫无益处。"接着又说数十年以来,工部、户部的利益和权力因为分置所以导致财政支出用度过多,没有限制。希望罢免外水监丞,把治理黄河北引的事和各路的都作院都归于转运司,至于都水、军器、将作三个官署都归于户部主管。皇帝同意了,只有都水监还是按照旧制,归于工部。

　　朝议以元丰吏额冗滥①,命辙量事裁减。辙曰:"此郡吏身计所系。"乃俱以白宰执,请据实立额,缺者勿补,不过十年,羡额当尽矣②。代轼为翰林学士③,寻权吏部尚书使契丹④,还为御史中丞⑤,时元丰旧党多起邪说⑥,以摇撼在位,吕大防、刘挚患之⑦,欲稍引用以平夙怨,谓之调停,宣仁后疑不决⑧。辙面斥其非,复上疏云云⑨。宣仁后命宰执读于帘前,曰:"辙疑吾君臣兼用邪正,其言极中理。"诸臣从而和之,调停之说遂已。辙又奏言⑩:"大臣宜正己平心,无生事要功⑪,因弊修法以安民靖国⑫。"

【注释】

①朝议以元丰吏额冗滥:元丰三年(1080),神宗诏中书省详定官
　　制,审定吏员,当时所定吏额,比旧制增加数倍。冗滥,过分杂多。

②羡额:余额,剩额。

③翰林学士:官职名。北宋时期翰林学士承唐制,负责起草朝廷的
　　制诰、赦敕、国书以及宫廷所用文书,还侍皇帝出巡,充当顾问。

④权：代理。吏部尚书：官职名。吏部长官，负责文官的任免、考课、调动等事务。契丹：即辽国（907—1125），由辽太祖耶律阿保机建国，国号"契丹"，共传九帝。

⑤御史中丞：官职名。在宋代为御史台长官，主管监察官员，肃正纲纪。

⑥元丰旧党：指在元丰年间主张新法的官员。元丰，宋神宗赵顼年号（1078—1085）。

⑦吕大防（1027—1097）：字微仲，历仕仁宗、英宗、哲宗三朝，哲宗朝累官至尚书左仆射兼门下侍郎，位居次相。刘挚（1030—1098）：字莘老，曾因反对新法被贬，哲宗朝累官至尚书右仆射兼门下侍郎。

⑧宣仁后：即宣仁太后（1032—1093），英宗皇后，元丰八年（1085）哲宗以年幼即位，尊为太皇太后，秉持朝政，起用司马光等为相，废除王安石新政，死后哲宗才得以亲政。

⑨复上疏云云：此时苏辙上了两道札子，分别为《乞分别邪正札子》《再论分别邪正札子》，反对调停之说，反对进用新党，有理有据，论证详明，情理极为剀切。

⑩辙又奏言：即《三论分别邪正札子》。

⑪要功：邀功。

⑫因弊修法：改正原先的弊端，修正法令。

【译文】

朝廷时议因为元丰年间设置了过多的官吏，命苏辙按照情况度量裁减。苏辙说："官职是这些官吏身家生计之所系，不能随便撤去。"于是将想法都禀明了宰相，请求按照实际所需的确定官吏数量，现有官位有空缺的就不要再增补了，不到十年，就平了多出来的官吏数。后来代替兄长苏轼做了翰林学士，不久代理吏部尚书出使契丹，回来担任御史中丞，当时元丰年间支持王安石变法的旧党多次兴起歪理邪说，来动摇在位的官员，朝廷主事的吕大防、刘挚十分担心，想要稍微进用这些人来平息旧日的恩怨，称之为"调停"，垂帘听政的宣仁太皇太后也犹疑不决。苏辙当面指斥"调停说"的不对，又上了好几封奏折。宣仁太皇太后命令宰相当朝在垂帘前朗读，说："苏辙质疑咱们君臣奸邪小人和正人君子混杂任用，他的话很是中理啊！"众位大臣就都附和，调停的说法于是平息了。苏辙又上奏说："大臣应该端正自己，公平公正，不要生事端邀功劳，改正原先的弊端，修正法令，以此来使百姓安定，国家无事。"

六年^①，拜尚书右丞^②，进门下侍郎^③。初，夏人相继求和^④，朝廷许约地界，久之不决，夏人乃于疆事多方侵求。熙河将佐范育、种谊等遂背约^⑤，西边骚然。辙乞罢育、谊，别择老将，宣仁后以为然。大臣竟主育、谊，不从，辙又面奏云云。会熙河奏夏人以十万骑压境杀人，三日而退，乞因其退急移近里堡砦于界^⑥，乘利而往，不须复守诚信。下大臣议，辙与吕大防、刘挚极辩用兵曲直，复上奏曰："此非西人之罪，皆朝廷不直之故。臣欲诘责帅臣生事耳。"后屡因边兵深入夏地，宣仁后遂从辙议。时三省除李清臣吏部尚书^⑦，给事中范祖禹封还诏书^⑧，三省复除蒲宗孟兵部尚书^⑨，辙奏前除清臣给谏纷然争之未定^⑩，今又用宗孟，此与去年用邓温伯无异^⑪，恐朝廷自是不安静矣，议遂止。

【注释】

①六年：指元祐六年（1091）。

②尚书右丞：官职名。左右丞为尚书省长官尚书令的副贰之职，掌辩六官之仪、纠正省内、劾御史举不当者。

③门下侍郎：官职名。为门下省长官门下侍中的副贰之职，但宋代很少授官侍中，就相当于门下省长官，元丰官制改革后，门下侍郎

与知枢密院、同知枢密院、中书侍郎、尚书左右丞均为执政官。

④夏人相继求和：指上文元祐二年来使求兰州等事。

⑤范育：字巽之，元祐初年出为熙河知府。种谊：字寿翁，因为平定山后羌人的叛乱，官至熙河副将。

⑥堡砦：围以土墙木栅的战守据点。界：两国交界。

⑦三省：即中书省、门下省与尚书省，唐时正式确立三省六部制，中书省掌握行政大权，门下省与中书省同掌机要，共议国政，并负责审查诏令，签署章奏，有封驳之权，尚书省负责执行诏令。李清臣：字邦直，神宗召为两朝史编修官，起居注，进知制诰，王安石变法的支持者。

⑧给事中：门下省属官，分治门下省日常公务，有驳正政令、授官之失当者，日录奏章以进，纠治其违失。范祖禹（1041—1098）：字淳甫，从司马光编修《资治通鉴》，王安石尤爱重之，范祖禹却不往谒见，哲宗立，迁给事中。封还诏书：即反对授予李清臣吏部尚书一职。

⑨蒲宗孟（1028—1093）：字传正，神宗朝累官至同修起居注、知制诰，转翰林学士兼侍读，王安石变法的支持者。兵部尚书：别称为大司马，统管全国军事的行政长官。

⑩给谏：给事中和谏议大夫的合称。谏议大夫，专掌讽喻规谏。

⑪邓温伯：字润甫，神宗朝为翰林学士兼皇子阁笺记，元祐初进翰林承旨、礼部尚书。

【译文】

元祐六年，苏辙升任为尚书右丞，又进为门下侍郎。元祐初年，西夏人相继派遣使者前来求和，朝廷同意约定两国边界，结果很长时间没有定下，西夏人于是多次侵扰宋朝边境。熙河路的将领范育、种谊等就违背之前的盟约出战，所以西面的边境骚乱不安。苏辙上奏请求罢免范育、种谊，另外挑选老将，宣仁太皇太后认为应该如此。而大臣们都支持范育、种谊,不肯听从,苏辙又当面上奏此事。此时,正赶上熙河路上奏说西夏人率领十万骑兵侵略边境、屠杀百姓,三天才退回,请求借着他们的退势紧急将附近的堡砦移到两国边界,趁着有利时机出击,不必再遵守之前的承诺。宣仁太皇太后把这封奏折下发给大臣们议论,苏辙与吕大防、刘挚权力争辩用兵的对错,又上奏说:"这不是西夏人的过错,都是朝廷不够正直坦荡的缘故。臣子我反而想要责问边境主帅大臣生惹事端。"后来因为边境军队屡次深入西夏领域,宣仁太皇太后于是听从了苏辙的建议。当时中书省、门下省与尚书省要任命李清臣为吏部尚书,给事中范祖禹封还了诏书表示不赞同,三省又要任命蒲宗孟为兵部尚书,苏辙上奏说之前任命李清臣给事中和谏议大夫还纷争不定,现在又要任命蒲宗孟,这和去年任用邓温伯没有什么两样,恐怕朝廷从此就不安宁了,这次的争议才停止。

绍圣初①,哲宗起李清臣为中书舍人②,邓润甫为尚书左丞③,二人久在外不得志,稍复言熙丰事以激怒哲宗④。会廷试进士清臣撰策题即为"邪说"⑤,辙谏谓:"事有失当,何世无之父作之于前,子救之于后?前后相济,圣人之孝也。"且及汉昭变武帝法度事⑥。哲宗以为引汉武方先朝,不悦,落职知汝州⑦,再谪知袁州⑧。未至,降秩试少府监⑨,分司南京⑩,筠州居住⑪。三年⑫,又谪化州别驾⑬,雷州安置⑭,移循州⑮。徽宗即位⑯,徙永州、岳州⑰,已而复太中大夫⑱,奉祠⑲。蔡京当国⑳,又降秩罢祠,居许州㉑,再复太中大夫,致仕㉒。筑室于许㉓,号"颍滨遗老"㉔,自作传万余言,不复与人相见,终日默坐如是者几十年㉕。卒年七十四,追复端明殿学士㉖。淳熙中㉗,谥"文定"。

【注释】

①绍圣：宋哲宗赵煦的第二个年号（1094—1098）。宋哲宗开始亲
　　自主持朝政。

②中书舍人：官职名。中书省属官，掌制诰。

③邓润甫：即上文邓温伯。

④熙丰事：即神宗朝变法的事。熙，熙宁，神宗年号（1068—1077）。
　　丰，元丰，神宗年号（1078—1085）。

⑤廷试：即殿试，科举制度中由皇帝亲发策问，在殿廷上举行的考试。

⑥且及汉昭变武帝法度事：此时苏辙上了《论御试策题札子二首》。
　　汉昭，汉昭帝刘弗陵（前94—前74），汉武帝刘彻少子，西汉第八
　　位皇帝。武帝，汉武帝刘彻（前156—前87），西汉第七位皇帝，
　　在任时大事征伐，兴建宫室，修盐铁、均输之政以补财用，百姓不
　　堪，汉昭帝即位后废除这些制度，与民休养生息。

⑦汝州：治今属河南。

⑧袁州：治今属江西。

⑨降秩：贬降官秩。少府监：官职名。掌制造门戟、神衣、旌节、祭
　　玉、法物、牌印、朱记、百官拜表法物等事。

⑩分司南京：在陪都南京任职。唐宋之制，中央官员在陪都任职者，
　　称为分司。

⑪筠州：今江西高安的古称，又被称为瑞州府。北宋时属江南西路。
　　居住：宋时官员被贬谪，轻者称送某州居住。

⑫三年：绍圣三年（1096）。

⑬化州：治今属广东。别驾：官职名。宋代的通判就相当于别驾，掌
　　管粮运、家田、水利和诉讼等事项，对州府的长官有监察的责任。

⑭雷州：治今属广东。安置：宋时官吏被贬谪稍重者称安置。

⑮循州：辖境包括今广东惠州、河源、汕尾、梅州大部分地区。

⑯徽宗：即宋徽宗赵佶（1082—1135），宋神宗第十一子、宋哲宗之

弟，宋朝第八位皇帝，1100—1126年在位。即位之后启用新法，在位初期颇有明君之气，后经蔡京等大臣的诱导，政治情形一落千丈，后被金人俘虏而死。

⑰永州：治今属湖南。岳州：治在今湖南岳阳。

⑱太中大夫：官职名。掌论议。

⑲奉祠：官职名。宋代设祠禄之官，由老病废职之官充任，使能食禄。

⑳蔡京当国：蔡京（1047—1126），字元长，徽宗时担任宰相，以恢复王安石新法之名，迎合皇帝、迫害元祐党人，后来金兵入侵，为宋钦宗贬死。

㉑许州：治今河南许昌。

㉒致仕：交出官职，即退休。

㉓许：即许州。

㉔颍滨遗老：苏辙晚年居于颍水之畔，故名。

㉕终日默坐如是者几十年：苏辙在此十三年，谢绝宾客，绝口不谈时事。

㉖端明殿学士：官职名。当时以执政官担任，无职掌，仅出入侍从备顾问。

㉗淳熙：南宋孝宗赵昚的年号（1174—1189）。

【译文】

绍圣初年，宋哲宗起用叶清臣为中书舍人，邓润甫为尚书左丞，他们二人之前因为支持王安石变法久放在外，郁郁不得志，于是又说起神宗朝变法的事来激怒哲宗。碰上皇帝殿试进士，叶清臣编撰策题为"邪说"，苏辙进谏说："这件事不妥当，哪个时代没有父亲之前做错了，儿子在后面补救的事呢？后来人修正前人，这就是圣人的孝道。"并且讨论到汉昭帝改变他父亲汉武帝法度的事。宋哲宗却认为苏辙以汉武帝比前朝神宗是不敬，心中不快，将他降职做了汝州知府，又贬谪做袁州知府。还没到任职的地方，又贬降官秩让他做少府监，在陪都南京就职，筠州居住。绍圣三年，苏辙又被贬谪为化州别驾，雷州安置，又去到循州。宋徽宗即位时，又迁往永州、岳州，后来恢复为太中大夫，充当祠禄之官。蔡京主持朝政的时候，又被贬降官职，连祠禄都被剥夺，居住于许州，后来又恢复太中大夫，退休离开官场。晚年的苏辙在许州建了座房子，号为"颍滨遗老"，为自己写了上万字的自传，不再和人相见，每天只是沉默独坐，像这样度过了几十年。苏辙去世时七十四岁，被追认恢复端明殿学士的官位。南宋淳熙年间，赐予谥号"文定"。

　　辙性沉静简洁，为文汪洋澹泊，似其为人高处，殆与轼轧①。其使契丹也，馆客能诵其《茯苓赋》及洵轼文云②。所著《诗传》《春秋传》《古史》《老子解》③，居许时乃成编，又有《栾城文集》并行于世④。既入党籍⑤，诏毁三苏文⑥。三子：迟、适、逊⑦。族孙：元老⑧。

【注释】

①"辙性沉静简洁"几句：苏轼《答张文潜书》有言："子由之文实胜仆，而世俗不知，乃以为不如。其为人深不愿人知之，其文如其为人，故汪洋澹泊，有一唱三叹之声，而其秀杰之气，终不可没。"汪洋澹泊，挥洒淋漓而又锋芒不露。轧，较量，相抗衡。

②馆客：这里指契丹臣子。《茯苓赋》：即《服茯苓赋》，苏辙因服用茯苓而作赋诵之。茯苓，真菌类，可入药。

③《诗传》：为《诗经》所作的传。《诗经》，中国最早的一部诗歌总集，收集了西周初年至春秋中叶（前11世纪至前6世纪）的诗歌，反映了周初至周晚期约五百年间的社会面貌，汉代以后被视作儒家经典，以后成为科举书目。《春秋传》：为史书《春秋经》所作的传。《春秋经》，中国古代儒家典籍"六经"之一，是我国第一部编年体史书，也是周朝时期鲁国的国史，现存版本据传由孔子修订

而成。《古史》：主要为先秦战国历史。《老子解》：为《老子》所作的注解。《老子》，春秋时期老子的哲学作品，又名《道德经》，是道家哲学思想的重要来源。

④《栾城文集》：苏轼墓志铭："苏自栾城，西宅于眉。"谓苏家本自栾城迁居至眉山，故苏辙以之名文集。栾城，在今河北石家庄东南。

⑤既入党籍：王安石变法影响深远，其后党争不断，宋哲宗刚即位时，宣仁太皇太后垂帘听政，当时反对变法的就被视作"元祐党人"。

⑥诏毁三苏文：宋徽宗崇宁三年（1104），诏重定元祐、元符党人及上书邪等者合为一籍，刻石朝堂与诸州，毁去这些人流传的诗文。

⑦迟：即苏迟，字伯充，苏辙长子，官至太中大夫、工部侍郎。适：即苏适，字仲南，官至承议郎，通判广信军。逊：即苏逊，字叔宽，官奉议郎，通判泸州潼川府。

⑧元老：苏元老，字子廷，为苏辙同族兄弟的孙子，为苏轼、苏辙所喜爱，累官至太常少卿。

【译文】

苏辙性格沉静、简朴高洁，写文章挥洒淋漓而又锋芒不露，就像他为人的高明之处，大概和他兄长苏轼不相上下。他出使契丹的时候，那边的臣子能背诵他的《服茯苓赋》以及他父亲苏洵和他兄长苏轼的文章。他所著的《诗传》《春秋传》《古史》《老子解》，晚年住在许州时才编集成书，又有《栾城文集》一并在世间流传。宋徽宗时，将他归入元祐党人后，皇帝下诏毁去三苏父子的诗文。苏辙有三个儿子：苏迟、苏适和苏逊。有一个同族兄弟的孙子：苏元老。

曾文定公文

曾文引

南丰先生之文，原本六经，出入于司马迁、班固之书。视欧阳庐陵，几欲轶而过之，苏氏父子远不如也。然当时知之者亦少[①]。朱子喜读其文，特为南丰作年谱，尝称其文字确实，又以为比欧阳更峻洁[②]。夫文不确实，则不足以发挥事理；不峻洁，则其体裁繁蔓、字句瑕累，亦不足以成文矣。南丰之文深于经，而濯磨乎《史》《汉》。深于经，故确实而无游谈；濯磨乎《史》《汉》，故峻而不庸、洁而不秽。文而至于是，亦可以上下千古而卓然垂不朽于著作之林矣！虽然，以先生之好学深思，而仅以文人著称，何也？朱子以为南丰初亦止学为文，于根本工夫见处不彻，所以如此[③]。今观朱子之文，波澜矩度似亦从南丰来；而其义理广大精微，发于圣心，传以垂教万世者，视南丰相去何如也？吾因选南丰之文，特表而出之，以告学者。

【注释】

① "南丰先生之文"几句：这几句大意出于刘埙《隐居通议·文章二》之"南丰先生学问"："濂洛诸儒，未出之先，杨刘昆体，固不足道。欧苏一变，文始趋古。其论君道、国政、民情、兵略，无不造妙。然以理学，或未之及也。当是时，独南丰先生曾文定公，议论文章，根据性理。论治道，则必本于正心、诚意，论礼乐，则必本于性情。论学必主于务内，论制度必本之先王之法。其初见欧阳公之书，有曰'明圣人之心，于百世之上；明圣人之心，于百世之下'。又曰'趋理不避荣辱利害'。其卓然绝识，超轶时贤先儒。言欧公之文，纡余曲折，说尽事情。南丰继之，加以谨严，字字有法度。此朱文公评文，专以南丰为法者，盖以于其周程之先，首明理学也，然世俗知之者盖寡，亡他，公之文自经出，深醇雅澹，故非静心探玩，不得其味。"

② "朱子喜读其文"几句：语出黎靖德编《朱子语类·论文上》："南丰文字确实"，"欧公文字敷腴温润。曾南丰文字又更峻洁，虽议论有浅近处，然却平正好"。

③ "朱子以为南丰初亦止学为文"几句：语出黎靖德编《朱子语类·论文上》："南丰文却近质。他初亦只是学为文，却因学文，渐见些子道理。故文字依傍道理做，不为空言。只是关键紧要处，也说得宽缓不分明。缘他见处不彻，本无根本工夫，所以如此。"

【译文】

曾巩的文章，根源于六经，与司马迁《史记》、班固《汉书》相异同。与欧阳修相比，几乎可以称得上后来者居上，苏氏父子则远远赶不上他。然而当时了解他的人却很少。朱熹喜欢读他的文章，并特意为他撰写了年谱，曾经称赞他的文章确切信实，同时又认为比欧阳修的文章更加刚劲凝练。文章如果不确切信实，就不足以阐发事物所蕴含的道理；文章如果不刚劲凝练，那么，文章结构及文风就会繁复芜杂，字句也会存在瑕疵，这样也就不能成就一篇好的文章了。曾巩的文章深深植根于经学，同时经过《史记》《汉书》的洗涤磨炼。深深植根于经学，因而文章确切信实就不会游谈无根；洗涤磨炼于《史记》《汉书》，文章就会显得刚劲而不平淡，凝练而不芜杂。写文章能够达到这个境界，也已经可以上下千年赫然屹立于著作之林获得不朽的地位了！尽管如此，以曾巩的好学深思，仅让他以文人著称于世，这是为什么呢？朱熹认为，曾巩起初也仅止于学习为文，在根本上没有下很深的功夫，识见也就不通透，便造成了目前这样一种遗憾。现在看朱熹的文章，其气势法度显然是从曾巩那里学来的；但是朱熹文章中所体现出的博大精微的义理，则是发源于圣人之心，并传播垂训于万世，这与曾巩相比相差多少呢？我因此选择曾巩的文章，并特地标识出来，来告知学习为文者。

熙宁转对疏

【题解】

据曾巩《自福州召判太常寺上殿札子》云："愚臣孤陋，熙宁二年出通判越州。因转对幸得论事，敢据经之说，以诚意正心修身治国家天下之道，必本于学为献。"可知这篇疏文写于熙宁二年（1069）。转对，亦称轮对。宋袭唐旧制，在京朝官依次每五日轮一人，入内殿指陈时政得失。

文章首先标举唐太宗、周世宗两位明君和魏徵、王朴两位贤臣，说明一个浅显的道理：君善用臣，臣尽力辅佐君，如此才能出现太平盛世。曾巩接着颂扬神宗先天之禀赋、后天之勤勉，远过前述二位圣君，所缺的是像魏、王一样的贤臣。神宗即位以来，锐意更张，却"未闻取一人、得一言"，是什么原因导致的呢？曾巩以为须"正其本"，所谓"本"，曾巩是到三代传统中寻找资源的。他从《尚书·洪范》中总结出一个"思"字，从《礼记·大学》中找到一个"诚"字，最终归结为"学"。逻辑脉络是：始于"思"，尽其"诚"，归于"学"。"学"的目的是为了"尽理"：也即做到"无以累其内"，"无以蔽其外"，邪情、邪说不能入乎其心，乱其心志，这是"治内"的功夫。"治内"方能"应外"，"治内"是为了"成德化"，"应外"是为了"成法度"。德化、法度一旦确立，则天下大治就是水到渠成的事了。对于想成就一番旷世功业的神宗，自然不愿意在持久上下功夫。此疏也就不会让神宗满意。不久便允其所请，把曾巩从"储才之所"的馆阁，调到越州去作通判。

准御史台告报①，臣寮朝辞日具转对②。臣愚浅薄，恐言不足采。然臣窃观唐太宗即位之初，延群臣与图天下之事③，而能绌封伦，用魏郑公之说④，所以成贞观之治。周世宗初即位⑤，亦延群臣，使陈当世之务，而能知王朴之可用⑥，故显德之政⑦，亦独能变五代之因循。夫当众说之驰骋，而以独见之言，陈未形之得失⑧，此听者之所难也。然二君能辨之于群众之中而用之⑨，以收一时之效，此后世之士所以常感知言之少，而颂二君之明也。

【注释】

①准：依据。疏、状的开头惯用词。御史台：职掌纠察弹奏。告报：对众人宣告。

②臣寮：也作臣僚，同署办事的官吏。朝辞日：上殿陈词转对日。具转对：陈述转对之词。宋代臣僚每隔数日，轮流上殿指陈时政得失，谓之"转对"。

③延：请。与图：共同谋划。

④而能绌封伦，用魏郑公之说：贞观初，魏徵劝唐太宗行教化之政，封伦以为人情浇薄，须用霸道猛政为治，魏徵虚论，用则败国。太宗纳魏徵之说，以成贞观之治。后对群臣说："此徵劝我行仁义，既效矣。惜不令封德彝见之。"详见《新唐书·魏徵传》。绌，通"黜"。摈退。封伦（568—627），字德彝，观州蓨（今河北景县）人。数从太宗征讨，有参谋帷幄之功。贞观初年为右仆射。魏郑公，魏徵，因封郑国公，故称。

⑤周世宗：即柴荣（921—959），五代后周皇帝。在位期间，大力革除唐末五代以来弊政。曾改革政治，整顿军事，均定田赋，奖励生产，抑制佛教。又致力于国家统一，相继攻取后蜀阶、成、秦、凤四州和南唐的江淮地区十四州，收复契丹的瀛、莫、宁三州十七县，为北宋的统一奠定了基础。

⑥王朴（906或915—959）：字文伯，东平（今属山东）人。后周初年任左散骑常侍。周世宗即位初欲平定混乱，统一天下，群臣认

为以修文治为先，王朴应诏献《开边策》，认为首在修明政治，次论攻取，谓应先易后难，主张先取江淮，其次江南，再及巴蜀、岭南，最后收拾幽并，力主用兵之策。世宗之志遂决。显德三年（956），果然收取了江淮。参见《新五代史•王朴传》。

⑦显德之政：此指周世宗的执政措施及其效果。显德，后周年号，954—960。周世宗于954年初即位，沿用后周太祖郭威的年号，959年去世，传位给恭帝，显德年号沿用至960年赵匡胤即位止。

⑧未形：指事态尚处在萌芽状态中。

⑨群众：众人，此指群臣。

【译文】

根据御史台的通报，臣僚外任，辞朝之日，须准备转对。为臣愚鲁浅薄，恐怕所说的话不值得采纳。但是我看到唐太宗即位初期，延请群臣谋划天下大事，并能够废弃封伦的意见，采用魏徵的意见，因而促成了贞观之治。周世宗刚即位，也延请群臣，让他们陈述治理天下的要务，因此了解到王朴为可用之才，所以显德年间的政局，改变了五代以来因循守旧的局面。当众多的说法交互呈现，而能够发现有独立见解的言论，预见还没有显现的得或失，这对于倾听者来说是非常困难的。然而，上面提到的两位君主，却能够在众人之中，发现这样的人才，并重用他们，来收到一时的效果，这也是后世的士人为什么常常感叹知言者太少了，并颂扬二位君主圣明的原因。

今陛下始承天序①，亦诏群臣，使以次对②。然且将岁余，未闻取一人、得一言。岂当世固乏人，不足以当陛下之意欤？抑所以延问者，特用累世之故事③，而不必求其实欤？臣愚窃计，殆进言者未有以当陛下之意也。陛下明智大略，固将比迹于唐虞三代之盛④，如太宗、世宗之所至，恐不足以望陛下。故臣之所言,亦不敢效二臣之卑近⑤。伏惟陛下超然独观于世俗之表,详思臣言而择其中⑥,则二君之明,岂足道于后世;而士之怀抱忠义者,岂复感知言之少乎? 臣所言如左⑦:

【注释】

①天序:帝王的世系。此指即帝位。

②亦诏群臣,使以次对:宋神宗治平四年(1067)二月即位,十一月两次诏令内外文武官及二府荐举人材。十二月又命"日增转对官二人"(《宋史·神宗纪》),仍未引起任何反响。正如下文所说"未闻取一人、得一言"。次对,指依次序向皇帝指陈时政得失。

③抑所以延问者,特用累世之故事:还是延请询问,仅仅是沿用历代的成例。故事,先前的典章制度。

④比迹:犹言并驾齐驱。

⑤卑近:不高远。

⑥中:指不偏不倚,无过和不及。

⑦所言如左:等于今之所言如下。古人书写由上向下,由左至右。

【译文】

而今陛下刚继承帝位,也诏告群臣,让他们依次转对。但是已经过去了一年多了,没有听说获得过一个贤才、采纳过一句话。难道是当今本来就缺少人才,不能够满足陛下的要求? 或者之所以延请询问臣下,只不过沿用前代的成例,并不一定要求有实质性的效果? 臣下私自以为,大概是向陛下进言的人没有能够符合陛下的心意的。陛下英明智慧,雄才大略,本来要媲美唐虞三代的盛况,像唐太宗、周世宗所达到的成就,恐怕不足以期望陛下。所以臣下所说的,也不敢仿效魏徵、王朴二臣那样境界狭隘。臣下以为,陛下识见超越世俗之上,如果仔细思考臣下所说的话，并选择其中有价值的，那么唐太宗、周世宗两位君主的圣明，难道还值得后世称道吗；怀抱忠义之念的士人，难道还会再感叹知言的人太少了吗？下面就是我所说的话：

　　臣伏以陛下恭俭慈仁，有能承祖宗之德；聪明睿智[①]，有能任天下之材。即位以来，早朝晏罢[②]，广问兼听，有更制变俗、比迹唐虞之志[③]，此非群臣之所能及也。然而所遇之时，在天则有日食星变之异[④]，在地则有震动陷裂、水泉涌溢之灾[⑤]，在人则有饥馑流亡、讹言相惊之患[⑥]，三者皆非常之变也。及从而察今之天下，则风俗日以薄恶，纪纲日以弛坏，百司庶务[⑦]，一切文具而已[⑧]。内外之任[⑨]，则不足于人材；公私之计，则不足于食货[⑩]。近则不能不以盗贼为虑，远则不能不以夷狄为忧[⑪]。海内智谋之士，常恐天下之势不得以久安也。以陛下之明，而所遇之时如此。陛下有更制变俗、比迹唐虞之志，则亦在正其本而已矣。《易》曰："正其本，万事理[⑫]。"臣以谓正其本者，在陛下得之于心而已。

【注释】

①睿知：通达明智。

②早朝晏罢：这句是说，神宗勤勉朝政，很早就上朝，很晚才罢朝。晏罢，晚罢。

③有更制变俗、比迹唐虞之志：这里曾巩称赞神宗向尧舜看齐，做一位圣君。更制，改革制度。唐虞，唐尧与虞舜的合称。

④在天则有日食星变之异：治平四年（1067）七月"荧惑昼见"，八月初一"太白昼见"，熙宁元年（1068）正月初一出现日食，这些都被古人视为不祥之兆。

⑤在地则有震动陷裂、水泉涌溢之灾：治平四年（1067）八月京都地震，九月潮州地震，十月漳泉诸州、建州、邵武、兴化军地震，熙宁元年（1068）七月京都地震两次，河北多次大震，"涌沙出水，破城池庐舍"，八月京都又两次地震。

⑥在人则有饥馑流亡、讹言相惊之患：地震期间，水旱之灾屡起，饥民流亡，涌入京都。以上有关天、地、人的灾象均见《续资治通鉴·宋纪》。

⑦百司庶务：所有官署的众多事务。

⑧文具：犹言具文，徒具形式。

⑨内外之任：中央和地方的职任。

⑩公私之计，则不足于食货：意谓政府、百姓需用的粮食物资，都不够用。食货，古代用以称国家财政经济。语出《尚书·洪范》："八政：一曰食，二曰货。"孙星衍疏："《汉书·食货志》云：'《洪范》八政，一曰食，二曰货。食谓农殖嘉谷可食之物；货谓布帛可衣，及金刀龟贝所以分财布利通有无者也。二者，生民之本。'"

⑪远则不能不以夷狄为忧：夷狄，此指辽和西夏。它们一直威胁着北宋政权。宋自庆历四年（1044）以来，每年贡送西夏七万两银，十五万五千匹绢，三万斤茶叶。对辽则自澶渊之盟而每年提供"助军银"绢二十万匹，银十万两。

⑫正其本，万事理：此句并不见于《周易》，而是根据《周易·坤·文言》"君子黄中通理，正位居体，美在其中，而畅于四支，发于事业，美之至也"，归纳提炼而来。

【译文】

臣下以为，陛下恭谨、节俭、慈祥、仁爱，具备继承祖制的美德；聪明睿智，具备治理天下的才能。即位以来，很早就上朝，很晚才退朝，广泛征求倾听各方意见，有更新朝制、移风易俗，媲美尧舜盛况的志向，这不是群臣所能赶得上的。但是现在所遭遇的时代，天上有日食星变的异象,地上则有地震、地陷、地下水喷涌横流等灾害,人世间则存在饥荒迫使人们流离失所、流言肆虐、人心惶惶的祸患,这三种现象都是不正常的。进而考察当今天下,世风日益轻薄,纲纪日益败坏,百官政务,一切空具形式而无其实置了。朝廷内外官吏的任命,人才常有不足;公私支出,国家财政也入不敷出。在国内不能不忧虑如何消除盗贼,在国外不能不忧心边患不宁。天下有智谋的士人,常常担心天下不能够长久安定。尽管陛下如此圣明,但是所遭遇的时代却是这个样子。陛下有更新朝制、移风易俗、媲美尧舜盛况的志向,就正应该在正本清源上下功夫。《周易》中有言:"根本端正了,很多事情都会很顺畅。"臣下认为所谓端正根本,在于陛下是要从内心下功夫才行。

　　臣观《洪范》所以和同天人之际①,使之无间,而要其所以为始者,思也;《大学》所以诚意、正心、修身、治其国家天下②,而要其所以为始者,致其知也③。故臣以谓正其本者,在得之于心而已。得之于心者,其术非他④,学焉而已矣。此致其知所以为大学之道也。古之圣人,舜、禹、成汤、文、武,未有不由学而成,而傅说、周公之辅其君⑤,未尝不勉之以学。故孟子以谓学焉而后有为,则汤以王,齐桓公以霸⑥,皆不劳而能也。盖学所以成人主之功德如此。诚能磨砻长养⑦,至于有以自得,则天下之事在于理者,未有不能尽也。能尽天下之理,则天下之事物接于我者,无以累其内;天下之以言语接于我者,无以蔽其外。夫然则循理而已矣,邪情之所不能入也;从善而已矣,邪说之所不能乱也。如是而用之以持久⑧,资之以不息,则积其小者必至于大,积其微者必至于显。古之人自可欲之善,而充之至于不可知之神⑨;自十五之学，而积之至于从心之不逾矩⑩，岂他道哉？由是而已矣。故曰："念终始典于学⑪。"又曰："学然后知不足⑫。"孔子亦曰："吾学不厌⑬。"盖如此者，孔子之所不能已也⑭。夫能使事物之接于我者不能累其内，所以治内也；言语之接于我者不能蔽其外，所以应外也。有以治内，此所以成德化也；有以应外，此所以成法度也。德化、法度既成，所以发育万物，而和同天人之际也。

【注释】

①臣观《洪范》所以和同天人之际：《洪范》，《尚书》篇名。洪范即大的规范，所谓"天地之大法"。文中提出帝王治理国家的各项政治经济原则，认为国家的治乱兴衰能影响气候的变化，后成为汉代"天人感应"等神化哲学的理论根据。和同，协调融合。天人之际，即天人感应之关系。

②《大学》所以诚意、正心、修身、治其国家天下：《大学》原是《礼记》中的一篇，宋代把它抽出，和《论语》《孟子》《中庸》配合成"四书"。此篇讲格物、致知、诚意、正心、修身、齐家、治国、平天下的儒家大道理。

③致其知也：即致知。语出《礼记·大学》："欲诚其意者，先致其知，致知在格物。"郑玄注："知，谓知善恶吉凶之所终始也。"朱熹注："致，推极也。知，犹识也。推极吾之知识，欲其所知无不尽也。"

④术：方法措施。

⑤傅说：商王武丁的大臣。相传原是傅岩地方从事版筑的奴隶，后被武丁任为大臣，治理国政。周公：即姬旦，曾辅佐周成王。

⑥齐桓公以霸：齐桓公打着"尊王攘夷"的旗号，制止列国纠纷，安定东周王室内乱，多次大会诸侯订立盟约，成为春秋时的第一个

盟主。

⑦磨砻:磨砺,培养。长养:生长,成长。

⑧持久:各本作"特久",义同持久。

⑨古之人自可欲之善,而充之至于不可知之神:语出《孟子·尽心下》:"可欲之谓善,……充实之谓美。充实而有光辉之谓大,大而化之之谓圣,圣而不可知之之谓神。"赵岐注:"己之所欲乃使人欲之,是为善人。……充实善信,使之不虚,是为美人。美德之人也,充实善信而宣扬之使有光辉,是为大人,大行其道使天下化之,是为圣人。有圣知之明,其道不可得知,是为神。"

⑩自十五之学,而积之至于从心之不逾矩:这两句总结《论语·为政》孔子所说:"吾十有五而志于学,三十而立,四十而不惑,五十而知天命,六十而耳顺,七十而从心所欲不逾矩。"不逾矩,意谓凡所作为,无不符合法度。

⑪念终始典于学:语出伪古文《尚书·说命下》。念终始,念始念终,始终在心。典于学,常在于学。

⑫学然后知不足:语出《礼记·学记》。不足,指所知甚少。

⑬吾学不厌:语出《论语·述而》,原文为"学而不厌"。不厌,不知满足。

⑭孔子之所不能已也:孔子说过不少汲汲于学的话,如"学如不及,犹恐失之"(《论语·泰伯》);"加我数年,五十以学《易》,可以无大过也"(《论语·述而》)。

【译文】

臣下以为,《洪范》之所以能够调和天与人的关系,使其协调融洽,相互感应,根本在于《洪范》以"思"为出发点;《大学》中所说的诚意、正心、修身、齐家、治国、平天下,其根本的出发点在于"致知"。所以,臣下以为端正根本的功夫,是要从得其心上去做,得其心的方法没有别的,关键在于学习。这正是致知成为大学之道的原因。古代的圣贤,舜、禹、成汤、周文王、周武王，没有一个不是因为好学而成功的，傅说、周公辅佐其君主，也没有不勉励他们学习的。所以孟子说过学习才能有作为，商汤称王天下，齐桓公称霸诸侯，都没用太大的气力就成功了。他们都学会了成为君主的功德，才会有这样的结果。如果的确能够不断磨砺自己，使自己不断成长，最终达到自己有所悟得，那么天下任何事情但凡有规律可循的，就没有不能完全掌握的。掌握了其中的规律，那么我所碰到的天下万事万物，都不会成为我的拖累；我所听到的天下所有的言语，都不会被它们所蒙蔽。可见只要遵循规律办事，内心就不会为邪恶的情绪所侵扰；只要坚持一心向善，就不会被邪说迷惑。就这样长久坚持，从不懈怠，那么所积累的成就一定会由小变大，从不明显变得非常明显。古代的人常常从看得见的善处入手，不断去扩充它，最终达到无法预知的神奇境界；从十五岁开始学习，不断积累最后达到从心所欲而不逾矩的境界，难道有其他途径吗？就是这个道理啊！所以说："始终不要忘记学习经典。"又说："学习以后，才能知道自己的不足。"孔子也说过："我学习从来不知道满足。"正是因为这个原因，所以孔子才一生不停止学习。如果能够做到接触到的外物不能对自己的内心产生不良的影响，这就达到了内在心灵的自我管理；如果能够做到外部的言论不能遮蔽我的视听，这就能够有效地应对外部环境。能够进行内心的自我管理，就能成就德行感化众人；能够有效应对外部环境，就能够确立法规制度。道德教化、法规制度确立以后，就能够顺应世间万事万物，真正做到天人和合。

　　自周衰以来，道术不明①。为人君者，莫知学先王之道以明其心；为人臣者，莫知引其君以及先王之道也。一切苟简②，溺于流俗末世之卑浅，以先王之道为迂远而难遵。人主虽有聪明敏达之质③，而无磨砻长养之具④，至于不能有以自得，则天下之事在于理者有所不能尽也。不能尽天下之理,则天下之以事物接于我者,足以累其内;天下之以言语接于我者,足以蔽其外。夫然,故欲循理而邪情足以害之,欲从善而邪说足以乱之。如是而用之以持久,则愈甚无补;行之以不息,则不能见效。其弊则至于邪情胜而正理灭,邪说长而正论消,天下之所以不治而有至于乱者,以是而已矣。此周衰以来,人主之所以可传于后世者少也。可传于后世者,若汉之文帝、宣帝⑤,唐之太宗,皆可谓有美质矣。由其学不能远而所知者陋,故足以贤于近世之庸主矣,若夫议唐虞三代之盛德,则彼乌足以云乎⑥? 由其如此,故自周衰以来,千有余年,天下之言理者,亦皆卑近浅陋,以趋世主之所便,而言先王之道者,皆绌而不省⑦。故以孔子之圣、孟子之贤,而犹不遇也⑧。

【注释】

①道术:指尧、舜、文、武的统治术,即下文所说的"先王之道"。

②苟简:草率而简略。

③敏达:聪敏通达,洞悉事理。

④具:此指思想准备。

⑤汉之文帝:汉文帝刘恒(前202—前157)。在位二十六年,有治绩,其子汉景帝承之,史称"文景之治"。宣帝:汉宣帝刘询(前91—前49),初名病已,后改询,字次卿,武帝曾孙。幼时居民间,了解下层社会情况及吏治得失,通黄老刑名之学。元平元年(前74),大将军霍光等废昌邑王,迎立他即位。在位二十五年,期间平狱缓刑,任用贤良,轻徭薄赋,发展生产,社会一度趋于安定,为西汉中兴之君。

⑥乌足以云乎：哪里值得来谈论呢？

⑦绌而不省：摈退而不察看。

⑧不遇：不得志，未遇到被识拔的机会。

【译文】

　　自从周王朝衰落以后，先代圣王的统治之道不得彰明传承。做人君的，不知道学习先王之道来使自己的心境更加净明；做人臣的，不知道用先王之道来引导他们的君主。一切都草率简略，沉溺于末世流俗的卑劣浅薄，把先王之道视为迂腐不着边际、难以遵循的标准。人主尽管有聪明敏达的天资，却没经过长期的磨砺与培养，因而不能自己有所悟得，那么就不能完全掌握有规律可循的天下之事。如果不能完全掌握天下之事的规律，那么所碰到的天下万事万物，就会成为内心的拖累；所听到的天下所有的言语，就会成为遮蔽内在本质的障碍。如果这样，还想追寻规律，那么偏邪之情就会妨害他，还想从善如流，那么各种歪理邪说就会惑乱他。这种状态保持得越久，就越于事无补，即便不间断地去做，也不会有什么功效。这种弊病甚至会导致偏邪之情胜出而正理泯灭，邪说显示优势而正论消亡，天下之所以得不到治理甚而至于混乱，就是因为这个原因啊。自从周朝衰亡以来，能够传名后世的君主很少。能够传名后世的，像汉代的文帝、宣帝，唐代的太宗，都可称得上是有美好天资的人。由于他们不能学习上古圣王之道，了解得也很浅陋，所以虽然已经足够胜过近世碌碌无为的君主，但是如果与唐虞三代的盛德相比较，那他们哪里值得谈论呢？正是因为这样，所以自从周道衰落以来，已经有一千多年了，天下谈理的人都是一些卑劣浅近粗陋之辈，主要是应合君主的需要，那些谈先王之道的人，都被摒弃而不被理会。所以即便像孔子这样的圣人，孟子这样的大贤，仍然不能够遇到赏识他们的君王。

　　今去孔、孟之时又远矣！臣之所言，乃周衰以来千有余年，所谓迂远而难遵者也。然臣敢献之于陛下者，臣观先王之所已试，其言最近而非远，其用最要而非迂，故不敢不以告者，此臣所以事陛下区区之志也①。伏惟陛下有自然之圣质，而渐渍于道义之日又不为不久②；然臣以谓陛下有更制变俗、比迹唐虞之志，则在得之于心；得之于心，则在学焉而已者。臣愚以谓陛下宜观《洪范》《大学》之所陈，知治道之所本不在于他；观傅说、周公之所戒，知学者非明主之所宜已也。

【注释】

①区区：犹拳拳，忠爱专一。

②渐渍（zì）：浸润，逐渐受到感染。不为：不算。

【译文】

现在距离孔子、孟子的时代又更遥远了！臣下所说的，正是周道衰微以后一千多年以来，那些所谓迂阔不着边际难以遵循的道理。然而臣下之所以敢将其献给陛下，是因为臣下看到先王已经试用过，证明这些道理最为切近并非遥不可及，其作用最为务实并非迂阔，所以不敢不相告，正说明臣下对待陛下的一片诚挚之心啊。臣以为陛下天生具有圣人的资质，并且浸染道义的时间又不能说不长；臣以为陛下具有变革制度、移风易俗、媲美尧舜的志向，关键在于在心中有所领悟；心中有所领悟，关键又在于学习罢了。臣以为陛下应该看一看《洪范》《大学》所讲的内容，理解治理天下的道理不在于其他的因素；看一看傅说、周公的告诫，就会了解，一个圣明的君主应该不停学习，不知满足。

陛下有更制变俗、比迹唐虞之志，则当恳诚恻怛①，以讲明旧学而推广之，务当于道德之体要②，不取乎口耳之小知，不急乎朝夕之近效，复之熟之，使圣心之所存，从容于自得之地，则万事之在于理者，未有不能尽也。能尽万事之理，则内不累于天下之物，外不累于天下之言。然后明先王之道而行之，邪情之所不能入也；合天下之正论而用之，邪说之所不能乱也。如是而用之以持久，资之以不息，则虽细必巨，虽微必显。以陛下之聪明，而充之以至于不可知之神；以陛下之睿知，而积之以至于从心所欲之不逾矩，夫岂远哉？顾勉强如何耳③。夫然，故内成德化，外成法度，以发育万物，而和同天人之际，甚易也。若夫移风俗之薄恶，振纪纲之弛坏，变百司庶务之文具，属天下之士使称其位④，理天下之财使赡其用⑤，近者使之亲附，远者使之服从，海内之势使之常安，则惟陛下之所欲，何求而不得，何为而不成乎？未有若是而福应不臻⑥，而变异不消者也⑦。

【注释】

①恻怛（dá）：恳切。

②体要：犹精要，具体而概括。

③顾勉强如何耳：只是看努力的程度怎么样罢了。勉强，尽力而为。

④称其位：适合其职位。

⑤赡：充足，足够。

⑥臻：到，到达。

⑦变异：怪异的现象。如前文所说日食星变、地震洪水等。

【译文】

陛下既然有变革制度、移风易俗、媲美尧舜的志向，那么就应该诚心敬意、诚恳殷切，来明白地讲述旧学并推广开来，务必追求道德的主体要义，而不仅仅满足于由口入耳的琐屑知识，不急于一朝一夕的短期效应，反复地揣摩、熟练地应用，让圣人的良苦用心，为我从容习得，那么世间有规律可循的万事万物,都能尽在掌握。能够完全掌握天下万事的规律,内心就会不为外物所牵累,向外则不会为杂言所迷惑。然后再执行先王之道,就不会被偏邪之情所侵犯;将天下正确的言论汇集起来为我所用,歪理邪说就不会惑乱人心。像这样坚持持久实施,并不停地吸纳、借鉴,那么成效尽管开始很微不足道,但最终会巨大显著。就凭陛下的聪明,只要不断学习,就能达到常人所不了解的出神入化的境界;就凭陛下的智慧,只要不断积累,就能达到随心所欲而又不超越界线的境界,这难道还很遥远吗? 只是看如何尽力而为罢了。如果这样,将会对内成就道德教化,对外确立法规制度,生发培育世间万物,达到天人和谐共处的境界,是很容易的。至于改变浅薄恶劣的风俗,提振废弛败坏的纲常法度,改革百官政务徒具形式的作风,要求天下士人让他们各自做好本职工作,管理天下财政使之更加富赡,亲近的人更加团结,相距遥远的也能够服从,海内外的形势长治久安,那么陛下想有所成就,有所作为,怎能达不到呢? 没有比这更能够求福则福无不至,消灾则灾无不去的了。

　　如圣心之所存,未及于此,内未能无秋毫之累,外未能无纤芥之蔽①,则臣恐欲法先王之政,而智虑有所未审;欲用天下之智谋材谞之士②,而议论有所未一,于国家天下愈甚无补,而风俗纲纪愈以衰坏也。非独如此,自古所以安危治乱之几,未尝不出于此。

【注释】
①纤芥:细微。
②材谞(xū):才智。
【译文】
如果圣明之心还没有留意到这些,内心就不能没有丝毫的牵累,对外也不能没有一点点的蔽障，那么臣恐怕陛下想效法先王之政治，谋虑就会有想不到的地方；陛下想任用天下有智有谋的士人，就会议论纷起，不能统一，对于国家天下来说就更加无所裨益，而纲纪伦常也会更加衰落败坏。不仅如此，自古以来，国家安危治乱没有不是从此发端的。

臣幸蒙降问^①，言天下之细务，而无益于得失之数者，非臣所以事陛下区区之志也。辄不自知其固陋^②，而敢言国家之大体^③。惟陛下审察而择其宜，天下幸甚！

【注释】

①降问：下问。敬词。

②固陋：闭塞浅陋。

③大体：重要的义理，有关大局的道理。

【译文】

臣下有幸承蒙陛下垂问，谈论天下的琐细事务，如果不能对政治得失有所裨益，这并不能说明臣下对待陛下的一片诚挚之心。因此不顾及自己闭塞浅陋，而敢谈论国家大事。如果陛下能够仔细体察，并能够选择合适的来做，那将是天下人的幸事。

【评点】

王遵岩曰^①：董仲舒、刘向、扬雄之文不过如此。若论结构法，则汉犹有所未备；而其气厚质醇，曾远不逮董、刘矣。惟扬雄才艰^②，而又不能大变于当时之体，比曾为不及。

茅鹿门曰："劝学"二字，公之所见正，所志亦大。而惜也才不足以副之^③，故不得见用于时。姑录而存之，以见公之概④。

张孝先曰：通篇大要在得之于心，致其知以尽天下之理而已。文字层层脱换，步步回环，如川增云升⑤，多少奇观！而寻其关键，只是一线到底耳。朱子言南丰文字峻洁有法度⑥，当于此观之。其引经术，直是西汉文气味，韩、欧集中俱未有也。特其说到为学工夫，终少把柄⑦，与程、朱论学又隔一重。故学者欲求圣贤之学，必自程、朱之绪言入，方有实地可依据。

【注释】

①王遵岩：即王慎中（1509—1559），字道思，初号遵岩居士，后号南江。晋江（今属福建）人。明代诗人、散文家，嘉靖八才子之首，为明朝反对复古风的代表人物之一。

②惟扬雄才艰：才艰，尽管有才，却艰于施用，致使文意韬晦、滞涩难解。苏轼《与谢民师推官书》："扬雄好为艰深之词，以文浅易之说，若正言之，则人人知之矣。"

③副：相称。

④概：气度，气量。

⑤如川增云升：好比大河水涨、云气蒸腾。

⑥朱子言南丰文字峻洁有法度：《朱子语类·论文上》："欧公文字敷腴温润。曾南丰文字又更峻洁，虽议论有浅近处，然却平正好。"

⑦把柄：抓手。此指着力点。

【译文】

王慎中说：董仲舒、刘向、扬雄的文章不过如此。如果从文法结构上讲，汉代还有不完备之处；但是气韵浑厚、质朴醇正，曾巩就远远比不上董仲舒、刘向了。只有扬雄才艰于用，而又不能改变当时的文体，比不上曾巩。

茅坤说："劝学"这两个字，曾巩的观点是正确的，所确立的志向也是远大的。只是可惜曾巩的才能不足以与志向相称，因而不能被当时的人所采信。我姑且将这篇文章抄存下来，可以凭此看到曾巩的气量。

张伯行说：整篇文章要旨在于从心上下功夫，将所学到的知识，由近及远，无限推演，借此完全掌握天下所有规律。文章层层变化，步步回环，好比大河水涨、云气蒸腾，生出无限奇观！而寻找文章主旨，则能够看到一根线贯穿首尾。朱熹说曾巩的文章语言简洁且讲究法度，通过这篇文章就能看出来了。曾巩文章引用经学，这应属于西汉的文章风格，韩愈、欧阳修的文集中找不出这样的文章。只不过谈到为学的功夫，到底缺少着力点，与二程、朱熹论学相比，隔了一层。因此，求学的人想要学到圣贤学问，必须从二程、朱熹的方法入手，才是可以依凭的实在方法。

请令州县特举士札子

【题解】

熙宁二年（1069），王安石变法伊始，就着手改革科举制度，"罢明经及诸科，进士罢诗赋"（《文献通考·选举考四》），以考经义论策为主。元丰三年（1080）九月，曾巩接到朝廷新的任命，从亳州调往沧州，出任沧州知州。曾巩在赴任的路上，经过京都汴州，向皇帝写下《授沧州乞朝见状》，请求皇帝召见自己，"窃念臣远违班列十有二年"，"今将至京师，伏望圣慈，许臣朝见"。皇帝接受了曾巩的请求，接见了他。据曾巩的弟弟曾肇写的《曾巩行状》介绍："会徙沧州，召见劳问甚宠，且谕之曰：'以卿才学，宜为众所忌。'"皇帝决定让曾巩留京，主管三班朝事。林希《曾巩墓志》："召见劳问久之，留勾当三班，公亦感激奋励，思有所自效。”留京管勾三班后，曾巩以六十二岁的年龄，全力投入到琐碎的事务工作中去。短短一个多月的时间，曾巩在垂拱殿上呈近十通各类事务的札子，《请令州县特举士札子》正是在此期间上呈的。本文写于十一月，同日并上几道札子，涉及财政、军事、地方官制等重大问题。

这篇札子上溯《周礼》中记载的三代时期的举士之法，下探汉代举孝廉制度，进而结合宋代的实际情况，提出用特举的方法作为传统科举考试的补充。让"州县有好文学、励名节、孝悌谨顺、出入无悖者"依次升入州学、太学，进行深造，然后再通过层层选拔，使其脱颖而出。此法若行，将改变传统科举考试仅凭诗文取士的不足之处，使选拔出的人才，不仅有才能，而且有德行，发挥特举一科裨补教化的功能，这是传统科举考试所不具有的。

臣闻三代之道①，乡里有学②。士之秀者③，自乡升诸司徒④，自司徒升诸学⑤。大乐正论其秀者⑥，升诸司马⑦。司马论其贤者，以告于王。论定然后官之，任官然后爵之，位定然后禄之⑧。论定然后官之者，郑康成云⑨："谓使试守⑩。"任官然后爵之者，盖试守而能任其官，然后命之以位也。其取士之详如此。然此特于王畿之内，论其乡之秀士耳。故在《周礼》，则称乡老献贤能之书于王也⑪。至于诸侯贡士⑫，则有一适、再适、三适之赏⑬，黜爵削地之罚⑭。而其法之详莫得而考。此三代之事也。

【注释】

①三代之道：此指夏、商、周三代教育及任官的体系、制度。所谓"三代"，实则仅据《周礼》，本段文字即将西周之制勾了个模糊轮廓。而《周礼》本来就渗入不少理想的色彩，并不能进行实际操作。

②乡：古制以一万两千五百户为一乡，下分五州，每州两千五百户。《周礼·大司徒》所谓"五州为乡"。

③士之秀者：读书人中才能出众的优秀者。

④司徒：据《周礼·地官》，大司徒主管教化，管辖六乡。

⑤学：指太学。

⑥大乐正：亦称大司乐。为乐官之长，职掌大学，所谓"顺先王诗书礼乐以造士"（《礼记·王制》）。论：评定。

⑦司马：分管军事。《周礼·夏官·序官》："乃立夏官司马，使帅其属而掌邦政，以佐王平邦国。"在《周礼》体系中，司马之职责除军旅之事外，还兼掌监察奖惩，故士人选拔也由司马评定。

⑧"论定然后官之"几句：官之、爵之、禄之，都是使动用法，给他们官职、爵位、俸禄。

⑨郑康成：郑玄（127—200），字康成，北海高密（今属山东）人。以古文经说为主，兼采今文经说，融会贯通，遍注群经，成为汉代经学的集大成者，称郑学。

⑩谓使试守：此句为郑玄注《周礼》之文。试守，犹言试用。守，治理，管理。

⑪则称乡老献贤能之书于王也：语见《周礼·地官·乡大夫》："乡老及乡大夫群吏，献贤能之书于王。"乡老，《周礼·地官·序官》："乡老，二乡则公一人。"郑玄注："老，尊称也。王置六乡，则公有三人也。三公者，内与王论道，中参六官之事，外与六乡之教。"孙诒让《周礼正义》引沈彤云："乡老无专职，惟及乡大夫帅其吏而礼宾贤能，以献其书于王，退而以乡射之礼五物询众庶而已。"

⑫至于诸侯贡士：《礼记·射义》："诸侯岁献贡士于天子。"孔疏："诸侯三年一贡士于天子也。"

⑬则有一适、再适、三适之赏：《汉书·武帝纪》："古者诸侯贡士，壹适谓之好德，再适谓之贤贤，三适谓之有功，乃加九锡。"颜师古

注：“服虔曰：‘适，得其人。’”

⑭黜爵削地之罚：《汉书·武帝纪》：“古者诸侯贡士，……不贡士，壹则黜爵。再则黜地，三而黜爵地毕矣。”颜师古注：“李奇曰：‘爵地俱削尽。’”

【译文】

臣听说三代时期教育及任官体系，乡里设有学校。士人中优秀的，从乡里选拔到司徒，再从司徒选拔到太学。大乐正再评出优秀的，选拔给司马。司马评出优秀的，再告知君王。评定后再授予官职，做官后再授予爵位，爵位确定后再给他俸禄。评定后授予官职，郑康成说：“意思是让其试着做官。”试用合格以后再授予爵位，大约是经过试用再正式任命，并授予爵位。古人取士过程就是这样详备。然而这仅适用于王城周围选拔乡里优秀的士人罢了。所以在《周礼》中，则说乡老向君王敬献贤人、能人。至于诸侯选拔士人，天子则会给予好德、贤贤、有功之奖赏，同时还规定了如果不尽献贤的义务，则会有废黜爵位、削除封地的处罚。然而具体执行的方法已经不能考证了。这是三代时的事情。

汉兴，采董生之议，始令郡国举孝廉一人①。其后，又以口为率②，口百二十万至不满十万，自一岁至三岁，自六人至一人，察举各有差③。至用丞相公孙弘、太常孔臧议，则又置太常博士弟子员④。郡国县官有好文学、孝悌谨顺、出入无悖者⑤，所闻令相长丞，上属所二千石⑥。二千石谨察可者，令诣太常受业如弟子⑦。一岁皆课试⑧，通一艺以上⑨，补文学掌故缺⑩。其高第可为郎中者⑪，太常籍奏⑫。即有秀才异等，辄以名闻⑬。又请以治礼掌故⑭，比二百石及百石⑮，吏选择为左右内史、大行、下郡太守卒史⑯，皆各二人，边郡一人，不足，择掌故以补中二千石属⑰，文学掌故补郡属⑱，备员⑲。

其郡国贡士、太常试选之法详矣。此汉之事也。

【注释】

①采董生之议,始令郡国举孝廉一人:汉武帝接受董仲舒的奏请,命令各郡国在所属吏民中荐举孝廉与贤良,元光元年(前134)初开始推行。孝廉,汉代选拔官吏的两种科目。孝,指孝子,廉,指廉洁之士。

②又以口为率(lǜ):按照郡国的人口多少为标准。口,人口,人数。率,标准,限度。

③察举:选拔。差:差别。指察举人数多少的差别。

④至用丞相公孙弘、太常孔臧议,则又置太常博士弟子员:《汉书·武帝纪》:元朔五年(前124)夏六月诏曰:"太常其议予博士弟子,崇乡党之化,以厉贤材焉。"又云:"丞相弘请为博士置弟子员,学者益广。"弘,即公孙弘(前200—前121),西汉菑川薛(今山东滕州南)人,字季,一字次卿。年四十余始治《春秋公羊传》。武帝时为丞相,封平津侯。太常,官名,秦称奉常,汉景帝中六年(前144)改为此名。为九卿之首,掌宗庙礼仪,兼管文化教育,包括选拔、培养、录用博士弟子员,以及选拔博士等。孔臧,孔安国从兄。武帝时官太常,始与公孙弘等议劝学励贤之法,请著功命。自此,"公卿大夫士吏,彬彬多文学之士矣"。事见《汉书·儒林传》。太常博士,太常的属官,掌通古今,教弟子,国有疑事,掌承问对。弟子员,汉代称太学生为弟子员。

⑤文学:指儒家学说。无悖:没有背逆行为。

⑥所闻令相长丞,上属所二千石:意谓命令侯国丞相和郡县长丞把这些人举荐给隶属的二千石级的官吏。二千石,汉制,郡守、诸侯相俸禄为二千石,即月俸百二十斛。即用指郡守、诸侯相。

⑦诣:到。如弟子:谓按太学生的资格对待。

⑧课试:考查,考核。

⑨一艺:指儒家《礼》《乐》《书》《诗》《易》《春秋》六种经学中的一种。

⑩文学掌故:太常属官,秩百石,掌礼乐制度等典章故事,备咨询。掌故,亦称掌固,官名。西汉置,为掌礼乐典章制度故实以备咨询之官。具体又有太常掌故、太史掌故、治礼掌故、文学掌故等区别。卫宏《汉旧仪》云:"太常博士弟子试射策,中甲科补郎,中乙科补掌故。"

⑪高第:谓中进士之成绩优秀者。第,考试的等级。郎中:属郎中令,管理车骑、门户,并内充侍卫,外从作战。

⑫籍奏:登记上奏。

⑬辄以名闻:谓即把这些人的名字上报。

⑭治礼掌故:掌礼乐制度的掌故官。《汉书·儒林传》:"治礼掌故,以文学礼义为官。"

⑮比:和……一样。

⑯左右内史:内史为秦掌治京师的最高行政长官。汉景帝二年(前155)分置左、右内史,分掌京畿地区行政。武帝太初元年(前104)将左内史改称左冯翊,右内史更名京兆尹,为畿辅地区行政长官。大行:亦称典客。接待宾客的官吏。武帝时改名大鸿胪。下郡:犹言小郡。卒史:俸禄为一百石或二百石的小官。

⑰择掌故以补中二千石属:以掌故补充左右内史、大行卒史。中二千石属,此指左右内史、大行。二千石俸禄分三等:中二千石,月得百八十斛;二千石,月得百二十斛;比二千石,月得百斛。属,属官,曹史。

⑱郡属:此指下郡太守卒史。

⑲备员:谓虚在其位,聊以充数。备员,凑数。

【译文】

汉代兴起,采纳董仲舒的建议,开始让郡县侯国推举一名孝廉。后来，又根据人口数量的比例来决定推举的人数，人口从不足十万到一百二十万，在一到三年内，推举一到六人，选拔各有不同。到后来又采用丞相公孙弘、太常孔臧的建议，设置太常博士弟子员。郡县侯国中有喜欢儒学、孝顺长辈、敬重兄长，不论在家还是在外，实际行为和世人风评都相符合的人，诸侯相、县长、县丞将他们上报给所属郡的郡守。郡守谨慎观察，选择其中合适的，让其像太常弟子一样到太常寺修习学业。一年后都参加考试，精通一门以上经学的，以之填补文学掌故的空缺。那些考中高第可以作为郎中的，太常登记后，上奏朝廷。如果有人才能出众表现优异，就把他们的名字上报。请他做治礼掌故，视同俸禄二百石或者一百石的官员，官吏选择为左右内史、大行、下郡太守卒史，以上官职都由二人充任，边郡由一人充任，如果职位还不足以安排所有生员，就选择以掌故补充左右内史、大行卒史，以文学掌故补充下郡太守卒史，补足人数。关于郡国贡士、太常选举的方法和规定非常详细。这是汉代的事情。

今陛下隆至德，昭大道，参天地，本人伦，兴学崇化，以风天下[①]，唐虞用心，何以加此[②]？然患今之学校，非先王教养之法；今之科举，非先王选士之制。圣意卓然，自三代以后，当涂之君[③]，未有能及此者也。臣以谓三代学校劝教之具，汉氏郡国太常察举之目，揆今之宜[④]，理可参用。今州郡京师有学，同于三代，而教养选举非先王之法者，岂不以其遗素励之实行[⑤]，课无用之空文[⑥]，非陛下隆世教育人材之本意欤[⑦]！诚令州县有好文学、励名节、孝悌谨顺、出入无悖者，所闻令佐升诸州学，州谨察其可者上太学；以州大小为岁及人数之差，太学一岁，谨察其可者上礼部；礼部谨察其可者籍奏。自州学至礼部,皆取课试;通一艺以上,御试与否⑧,取自圣裁。今既正三省诸寺之任⑨,其都事、主事、掌故之属⑩,旧品不卑⑪,宜清其选⑫,更用士人,以应古义。遂取礼部所选之士,中第或高第者,以次使试守,满再岁或三岁,选择以为州属及县令丞⑬。即有秀才异等,皆以名闻,不拘此制。如此者谓之特举。其课试不用糊名誊录之法⑭,使之通一艺以上者,非独采用汉制而已⑮。《周礼》大司徒以乡三物教万民而宾兴之⑯,亦以礼、乐、射、御、书、数也⑰。

【注释】

①风:风化,教化。

②加:超过。

③当涂:即当途,谓掌权在位。

④揆今之宜:考察适合当前实际情况的。

⑤岂不以其遗素励之实行:难道不是因州郡京师的学校舍弃了平素鼓励的操行。励,鼓励,推崇。实行,犹德行,操行。

⑥课:考核。空文:空洞浮泛的文辞,不能用于当世的文章。

⑦隆世:兴隆世道。

⑧御试:皇帝亲自考试举子,亦曰殿试。

⑨今既正三省诸寺之任:元丰三年(1080)至五年(1082),宋神宗逐步实行官制改革,世称"元丰改制"。元丰三年首先改正官名,明确职守。三省,指门下省、中书省、尚书省。宋初,虽设三省,却无实权。政归中书、枢密院三司,三省长官只作为高级官员升迁的寄禄官。元丰改制,分建三省,以枢密院为最高权力机构;以门下省掌有法式事,审核命令,驳正违失;以中书省掌无法式事,取皇帝旨意,宣布命令;以尚书省掌执行政令。诸寺,各个官署。

⑩都事：尚书省都事的简称。头名都事掌点检尚书省诸房进入、发付文字。其余都事分房上呈文字。主事：中书、门下、尚书三省及枢密院皆有主事，分管本省诸房职事。属：类。

⑪不卑：不低。

⑫清：清雅，高尚其事。

⑬县令丞：即县令县丞。县丞，县的副长官，与县令同治县政。

⑭糊名：又称"弥封"。贡举考试考校试卷的一项规定。唐吏部始命选人在试卷上自糊姓名，宋由贡院糊名，以防考试作弊。誊录：宋初乡、会试先用糊名，至仁宗时，又规定试卷交誊录所用硃笔誊写，以誊本送交考官评阅。详见刘𫗧《隋唐嘉话》下、《宋史·选举志》、顾炎武《日知录》卷十七"糊名"条。

⑮非独：不单，不只。

⑯以乡三物教万民而宾兴之：语见《周礼·地官·大司徒》。乡三物，乡中三事。三事，一曰六德：知、仁、圣、义、忠、和；二曰六行：孝、友、睦、姻、任、恤；三曰六艺：礼、乐、射、御、书、数。宾兴，郑玄注："兴，犹举也。民三事教成，乡大夫举其贤者能者，以饮酒之礼宾客之，既则献其书于王矣。"谓乡大夫自乡小学荐举贤能而宾礼之，以升入国学。

⑰礼、乐、射、御、书、数：古代教育学生的六种科目。

【译文】

　　而今，陛下尊崇高尚道德，宣明儒家道义，探究天地之间，追本人伦之际，兴办学校，崇尚教化，来化成天下，尧舜的用心，又怎能超过这些呢？但是让人担心的是现在的学校，并没有用先王教育培养的方法；现在的科举制度，也没有用先王选拔士人的制度。当今圣上用心超乎众人之上，自从三代以后，执政的君主，没有一个能赶得上。臣以为三代用学校作为劝学、教化的工具，汉代通过郡国、太常选拔人才，根据现实情况，可酌情参考使用。现在州郡、京师都有学校，和三代时期一样，但是教育、培养、选拔的方法并非先王之法,这难道不是舍弃了平素鼓励的操行,却以没有实际内容的文辞来考察,这不是陛下兴隆世道教育选拔人才的本意啊! 假如真能让州县一旦听说有喜欢学问、以名节自我砥砺、孝顺长辈、敬重兄长,不论在家还是在外,实际行为和世人风评都相符合的人,就帮助他升入各州的学校中学习,各州再谨慎选出优秀的推荐到太学;根据州的大小确定推荐年数的长短以及人数的多少,经过太学一年的学习,通过谨慎考察将优秀者推荐到礼部;礼部再谨慎选取优秀者备案上奏。从州学到礼部,都采用考试的方法;精通一门经义以上者,经过御前考试,由圣上亲自选拔。现在已经确定了三省各寺的职任,其中都事、主事、掌故之类,以前品级并不低,应该使这些职位更加清高,采用士人担任这些职位,才合乎古人用意。于是从礼部选拔的士人中再进行选拔,考中的,或者考中高等的,按照次序让他们担任相应的官职,满两年或者满三年,再选拔他们担任州郡的属官或者县令、县丞。如果有人才能出众,特别优异,已经举世闻名,这些人才的任用不受这些制度限制。这些选举人才的方法称之为"特举"。考试方式不采用糊名誊录的方法,使精通一门经义以上的士人的选拔方法,不只采用汉代的制度。在《周礼》中,大司徒用六德、六行、六艺来教化万民并选拔人才,其中就有礼、乐、射、御、书、数六艺。

　　如臣之议为可取者,其教养选用之意,愿降明诏以谕之。得人失士之效,当信赏罚以厉之[1]。以陛下之所向,孰敢不虔于奉承[2]? 以陛下之至明,孰敢不公于考择? 行之以渐[3],循之以久,如是而俗化不美、人材不盛、官守不修、政事不举者,未之闻也。其旧制科举,以习者既久,难一日废之,请且如故事[4]。惟贡举疏数[5],一以特举为准[6],而入官、试守、选用之叙[7],皆出特举之中[8]。至夫教化已洽、风俗既成之后⑨，则一切罢之。如圣意以谓可行，其立法弥纶之详⑩，愿诏有司而定议焉。取进止⑪。

【注释】

①信：通"伸"。伸明。厉：勉励，激励。

②虔：恭敬。奉承：犹言奉受。接受的敬词。

③渐：渐进，逐步发展。

④且如故事：暂且遵照先前旧例。

⑤疏数：稀少。

⑥一：全。

⑦叙：次序。

⑧皆出特举之中：中，底本作"下"，《曾文定公集》作"中"，似当以"中"为是。

⑨洽：普遍。

⑩弥纶：包括，统摄。

⑪取进止：听候决定可行与否。此文有些版本于此句后附有自注："元丰三年十一月二十一日垂拱进呈。"垂拱，即宋代皇帝召见朝臣的垂拱殿。

【译文】

如果陛下认为臣的建议有可取之处，其中教育、培养、选拔的意图，希望陛下明白降诏来告谕天下人。得到人才或者失去人才的后果，应该通过赏罚的手段来激励。只要是陛下所提倡的，谁敢不全力贯彻执行呢？陛下如此圣明，天下有谁敢不公正考试选拔呢？逐步地实行，长久地坚持，如果这样风俗教化还不美好、人才还不兴盛、官员职守还不修正、政务还不振兴，这样的情况还没有听说过。旧有的科举制度，已经沿袭很久了，很难在短时间内废除，请还按照原来的做法执行。只有贡举人数不多，请一切按照特举的办法为标准来执行，入官、试守、选用的次序,都按特举的办法执行。等到教化和合,风俗一新之后,再完全取缔旧的制度。如果陛下圣意以为可以实行,这种办法详细的步骤,可让有关部门来仔细讨论,决定推行的方案。是否采用,请圣意裁夺。

【评点】

茅鹿门曰:入时事以后,措注须本古之所以得①,与今之所以失,参错论列,使朝廷开明,然后得按行之。而子固于此,往往亦似才识不称其志云。子固按古者三代及汉兴令郡国各举贤良者以闻,甚属古意。世之君相未必举行,而不可不闻此议。予故录之。

张孝先曰:特举之典可以补科举所不及,然行之须得其人。倘不得其人,安知钻营奔竞之弊,不有甚于科举者乎?此论者常有意于复古而未能也。子固此论欲渐变科举之法,而行特举以为之兆;中间须严举主之赏罚,使举者不敢妄举。其法甚善,纵科举卒难即罢,而此法既行,人人有所激劝,亦必有纯良杰出之材为国家用者也。

【注释】

①措注:处置。

【译文】

茅坤说:涉及到现实事务后,处置必须推求古代成功的原因,以及现代失败的原因,两者交互论述,让朝廷清楚明白,然后才能按照建议去实行。但是曾巩在这方面,常常显得才识与其心志不相符合。曾巩将古时三代以及汉代诏令郡国各自向朝廷推举贤良之人的办法推荐给朝廷,非常合乎古人的想法。后世的君主、相臣未必这样去做,但是不能不知道其中蕴含的道理。因此我抄录了这篇文章。

张伯行说：特举的制度可以弥补科举考试产生的不足，但是推行特举办法必须有合适的人选。如果没有合适的人选，怎能知道不会产生钻营、多方奔走竞争的弊端呢？如果这样，产生的恶劣影响，不是比科举考试还严重吗？这正是议论此事的人想恢复这一古制而不能实现的原因了。曾巩这个提议，想采用渐变的方法来改革科举制度，并将实施特举制度作为这一改革举措的尝试；其间必须严格规定对荐举人的赏罚制度，使荐举人不敢轻率推荐。这个办法很好，即便科举制度不能马上停止，特举办法的实施，也会让人感到振奋，也必定会涌现纯正、善良、杰出的人才为国家所用。

自福州召判太常寺上殿札子改明州不果上

【题解】

这篇札子写于宋神宗元丰元年（1078），曾巩在福州任满一年，接到朝廷命令，让他回京赴任太常寺。此番被召还京，令曾巩兴奋异常，有《北归》诗三首，可以看出他当时的心情，其中第三首这样写道："江海多年似转蓬，白头归拜未央官。堵墙学士惊相问，何处尘埃瘦老翁。"第三句化用杜甫《莫相疑行》中的句子："集贤学士如堵墙，观我落笔中书堂。"曾巩这首诗有自嘲，但更多的是对即将展开的新生活的向往。这篇札子应当写于此时。文中写道："愚臣孤陋，熙宁二年，出通判越州，因转对幸得论事，敢据经之说，以诚意正心修身治国家天下之道必本于学为献。逮今十有一年，始得望穆穆之清光，敢别白前说而终之。"这里提到的"因转对幸得论事"，指的就是写于熙宁二年（1069）的《熙宁转对疏》，"敢别白前说而终之"，是说这篇札子是接续《熙宁转对疏》而写的。的确如曾巩所说，这篇札子仍然在谈论"劝学"的话题。殷商时期的传说劝导武丁向学，成为君臣遇合的千古佳话，事迹在《尚书·说命》中仍斑斑可考。对于言必称三代的曾巩来说，能够模仿傅说，成就自己与君王之间的千古遇合，这是他一直期盼的事情。可惜，这仅仅是他的一厢情愿。神宗的确是一个想有一番作为的皇帝，但是他欣赏的是王安石那样能够大刀阔斧实行新政的人，而不是曾巩这样一心想恢复三代旧制的因循守旧的人。

　　劝学一直是儒家学派一个常说常新的话题，孔子、孟子、荀子都有劝学的只言片语或者专门文章。只不过他们都是面对自己的弟子，或者没有明确的对象，只是泛谈这个话题，唯独傅说是向君王劝学。傅说之所以有这样的胆量，也不是因为他抱道不惧权势，而是因为他是武丁费尽周折寻访到的人才，两人有充分的信任关系，且傅说已经帮助武丁成就了功业。这些都是曾巩无法相比的，这也正是他两次劝学君王，均铩羽而归的原因。曾巩于元丰元年（1078）九月接到返京的调令，十二月，忽然又接到改知明州的敕牒。至于朝廷为什么突然改变任命，恐怕不能仅仅用其弟曾肇在《曾巩行状》中借神宗之口说的"以卿才学，宜为众所忌"来解释。

　　伏以陛下聪明睿知，天性自然，可谓有不世出之资①。自在藩邸②，入承颜色③，出奉朝请④，怡怡翼翼⑤，不自暇豫⑥，至恭极孝，闻于天下。及践大位⑦，内事两宫⑧，外严七庙⑨，仁被公族⑩，德形闺门⑪。嫔御备官⑫，不淫于色；音乐备数，不溺于声。食菲衣绨⑬，务遵节俭，台卑圉小，无所增饰⑭。近习无便嬖⑮，左右无私谒。未尝出游幸，未尝从畋渔⑯。其于忧悯元元⑰，勤劳庶政⑱，则念虑先于兆朕⑲，祗慎尽于纤芥⑳。昼而访问㉑，至于日昃㉒；夕而省览㉓，至于夜分㉔。每群臣进见，接之礼笃而情通㉕；凡四方奏事，莫不朝入而暮报。虽大禹之勤于邦㉖，文王之不暇食㉗，无以加此。其渊谋远略，必中事几^㉘，善训嘉谟^㉙，可为世则者^㉚，传闻下土，虽仅得其一二，已足以度越众虑，非可窥测，可谓有君人之大德。其高深宏远，则悯自晚周秦汉以来，世主不能独出于众人之表，其政治所出，大抵踵袭卑陋，因于世俗而已。于是慨然以上追唐虞三代荒绝之迹，修列先王法度之政，为其任在已，可谓有出于数千载之大志。变革因循，号令必信，使海内观听莫不震动，群下遵职惟恐在后，可谓有能行之效。盖刻意尚行^㉛，不差毫发，搢绅之士有所不能及；忧劳惕励^㉜，无懈须臾，又非群臣之所能望。可谓特起于三代之后非常之主也。

【注释】

①不世出：非一世所能有，罕有。多谓非凡。

②自在藩邸：指未被立为太子，尚为藩王之时。神宗赵顼初封淮阳郡王，后改颍王，英宗治平三年（1066）立为太子，次年即位。藩邸，藩王的府邸。

③入承颜色：指进宫问候皇帝、皇后起居。

④朝请：汉律，诸侯春天朝见皇帝叫朝，秋天朝见皇帝叫请。泛称朝见皇帝。"入承颜色"指作为人子，恪守人伦之道；"出奉朝请"，指作为朝臣，尊奉君臣之礼。

⑤怡怡：和顺自适。翼翼：小心谨慎。

⑥不自暇豫：不懈怠。暇，悠闲，空闲。豫，懈怠，怠慢。

⑦及践大位：登上皇位。践，登。大位，皇位。

⑧两宫：此指神宗祖母宋仁宗曹太后和母亲宋英宗高太后。

⑨严：敬。七庙：《礼记·王制》："天子七庙，三昭三穆，与太祖之庙而七。"指四亲庙（父、祖、曾祖、高祖）、二祧庙（远祖）和始祖庙。

　　后以"七庙"泛指帝王供奉祖先的宗庙。

⑩公族:诸侯或君王的同族。

⑪闺门:宫苑、内室的门。借指宫廷、家庭。

⑫嫔御:古代帝王、诸侯的侍妾与宫女。《左传·哀公元年》:"今闻
　　夫差,次有台榭陂池焉,宿有妃嫱嫔御焉。"杜预注:"妃嫱,贵者;
　　嫔御,贱者,皆内官。"备官:虚在官位,聊以充数。

⑬食菲:饮食简单菲薄。《论语·泰伯》:"禹,吾无间然矣。菲饮食
　　而致孝乎鬼神。"菲,指萝卜一类的菜。引申为微薄。衣绨(tí):
　　衣服俭朴。《汉书·文帝纪》:"(孝文皇帝)身衣弋绨,所幸慎夫人
　　衣不曳地,帷帐无文绣,以示敦朴,为天下先。"绨,厚实平滑而有
　　光泽的丝织物。

⑭台卑围小,无所增饰:指台阁园囿不增加面积,也不进行奢华装饰。

⑮便嬖:君主左右受宠幸的小臣。

⑯畋渔:打猎和捕鱼。

⑰元元:百姓,庶民。

⑱庶政:各种政务。

⑲兆朕:征兆。

⑳祗(zhī)慎:敬慎。祗,敬。

㉑访问:咨询,询查。

㉒日昃:太阳偏西。

㉓省(xǐng)览:阅览。此指批阅奏章。省,泛指观看,阅览。

㉔夜分:夜半。

㉕礼笃:礼遇诚恳。笃,诚。情通:通情达理。

㉖大禹之勤于邦:据《尚书·大禹谟》,帝舜曾称赞大禹:"克勤于
　　邦,克俭于家,不自满假,惟汝贤。"

㉗文王之不暇食:据《史记·周本纪》,周文王"礼下贤者,日中不暇
　　食以待士,士以此多归之"。

㉘事几：也作"事机"，行事的时机。

㉙善训嘉谟：训、谟，为天子颁布天下的训诫、诏令。善、嘉，用意良好。

㉚世则：世人楷模。

㉛刻意尚行：克制意志，崇尚品行。《庄子·刻意》："刻意尚行，离世异俗。"

㉜惕励：警惕谨慎，警惕激励。语出《周易·乾》："君子终日乾乾，夕惕若厉，无咎。"

【译文】

　　臣下以为陛下聪明睿智，天性自然，可称得上有举世罕见的天资。自从在藩王官邸时，入宫问候父皇、母后，上朝朝见皇上，温和谨慎，从不懈怠，非常恭敬，非常孝顺，美好的名声天下尽人皆知。等到继承皇位，在宫内侍奉太皇太后、皇太后，在宫外严谨地祭祀列祖列宗，仁慈之心泽被皇族，道德修养垂范宫廷。后宫嫔妃仅备员而已，从不贪恋女色；对于音乐也仅作为备数，从不沉溺于乐音。吃的、用的非常简单，务必厉行节俭，台阁苑囿狭小，并不扩大增饰。周边没有宠臣，左右也没有私下拜谒者。不曾出游临幸，也不曾田猎垂钓。对于百姓苍生忧思悲悯，勤勉操劳政务，思虑周详，常于征兆出现之前就有所觉察，小心祭祀神祇，丝毫都不马虎。白天忙于问询，直到天色已晚；晚上批阅奏章，一直到深夜。每当群臣觐见，接待时礼遇诚恳而又通情达理；只要四方有奏章呈报，没有不早上禀报，傍晚便有批复。即便像大禹勤勤恳恳操持邦国事务，周文王处理朝政都没有时间吃饭，也不能超过陛下的做法了。陛下具备很深的智谋、很远大的韬略，能够料事如神；陛下所颁布的训诫、诏令，用心嘉善，可以作为天下人的行为准则，流布天下，天下人即便得其一二，也足够排解民众的疑虑，这不是能够管窥蠡测的，可见陛下有君临天下的大德。陛下造诣高深，志向宏远，认为自东周秦汉以来，君主不能特别超越于众人之上，在政治上的做法，也大多沿袭鄙陋，附和世俗罢了，这是非常可悲的。陛下于是慷慨奋起，上追尧舜三代以来无人接续的传统，修正先王法度,并以此为己任,陛下志向真可谓超越了数千年来的古人。改革因循多年的旧制度,所发号令都能使人信服,天下人听到或看到后都非常震惊,群臣上下遵守职责唯恐落在后面,改革已经看到了成效。陛下克制意志,崇尚品行,没有丝毫的差错,士大夫都赶不上;陛下忧思劳碌,谨慎勉励,没有丝毫的懈怠,又不是群臣所能比的。陛下可称得上是三代以后非同一般的君主啊。

　　愚臣孤陋,熙宁二年,出通判越州,因转对幸得论事①,敢据经之说②,以诚意正心修身治国家天下之道必本于学为献。逮今十有一年③,始得望穆穆之清光④,敢别白前说而终之⑤。

【注释】

①因转对幸得论事:指写于熙宁二年的《熙宁转对疏》。

②敢据经之说:指依据经书立说。

③逮今十有一年:从熙宁二年(1069),下延十一年,是元丰三年(1080),实际上,曾巩接到赴京任太常寺的消息是在元丰元年(1078),当年十二月又接到改知明州的命令。因此,文中"十有一年"之数,应是误记,或是事后追写之数。王焕镳《曾南丰年谱》判断这篇札记"未果上",不知何据。

④穆穆:仪容或言语和美。清光:清美的风彩。多喻帝王的容颜。

⑤前说:指《熙宁转对疏》中提出的观点。

【译文】

　　臣下愚钝,见识短浅,熙宁二年,离开京城担任越州通判,因为上呈转对疏,有幸和陛下谈论政事,依据经书中的说法,将诚意正心修身治国家天下之道的根本在于学习这样的道理上呈给陛下。距离现在已经有十一年了,才有机会看到陛下和美端庄的神采,臣想在前面观点的基础上再有所说明。

臣以谓陛下有不世出之姿，有君人之大德，与出于数千载之大志，又有能行之效，特起于三代之后，然顾以治国家天下之道必本于学为献于陛下①，何也？

【注释】

①治国家天下之道必本于学：指的是在《熙宁转对疏》中提出的"学所以成人主之功德"。

【译文】

臣以为陛下具备举世罕见的天资，具有君临天下的大贤大德，以及超越数千年以来所有古人的远大志向，再加上能够具体实施看到效果，所以能够崛起于三代之后，但臣下为什么想把治理国家天下一定要将学习作为根本告诉陛下呢？

盖古之圣人，虽出乎其类，拔乎其萃，然至其成德，莫不由学。故尧、舜性之也①，而见于传记，则皆有师②，其史官识其行事，则皆曰"若稽古"③。至于汤、武身之也④，则汤学于伊尹，武王学于太公⑤，见于《诗》《礼》《孟子》。在商，高宗得傅说作相⑥，其命说之辞曰："予小子旧学于甘盘⑦。"而傅说告之，则曰："学于古训乃有获。"又曰："惟学逊志，务时敏，厥修乃来。"又曰："惟敩学半，念终始典于学。"⑧盖高宗既已学于甘盘矣，及傅说相之，乃更丁宁反复勉之以学，其要归，则以谓当终始常念于学，明学盖不可一日而废也。至于孔子之自叙，则自十有五而志于学，至于七十而从心所欲不逾矩⑨。夫以孔子之圣，必志于学，其学之渐，每十年而一进，至于七十矣，其从心也，盖不逾矩。则傅说所称当始终常念于学者,虽孔子之圣不能易也。故扬子曰^⑩:"学之为王者事久矣。尧、舜、禹、汤、文、武汲汲,仲尼皇皇,其已久矣^⑪。"

【注释】

①故尧、舜性之也:语出《孟子·尽心上》。赵岐注:"性之,性好仁,自然也。"

②而见于传记,则皆有师:据《吕氏春秋·慎大览·下贤》记载,尧以善绻为师;据《帝王世纪》记载,尧以尹寿、许由为师;据《吕氏春秋·尊师》记载,舜也曾以许由为师。

③其史官识其行事,则皆曰"若稽古":朱熹、蔡沈《书集传·尧典》:"稽,考也。史臣将叙尧事,故先言考古之帝尧者,其德如下文所云也。"

④汤、武身之也:语出《孟子·尽心上》。赵岐注:"身之,体之行仁,视之若身也。"

⑤汤学于伊尹,武王学于太公:见《吕氏春秋·尊师》。

⑥高宗得傅说(yuè)作相:据《史记·殷本纪》:商王武丁刚即位,三年不言,以观国风。后做梦得到一个圣人,名为"说",武丁把梦中的情景告知群臣百吏,没有一个符合,武丁让百工至民间寻找,终于在傅险找到一个名为"说"的筑墙工人,将其带到武丁面前,武丁一眼就认定"说"是自己梦中见到的人,武丁与"说"对话,发现"说"果然是一位圣人。于是将其任命为国相,殷国大治。高宗,商王武丁。傅说,"说"在傅险被发现,人们遂称他为"傅说"。

⑦予小子旧学于甘盘:语出《尚书·说命》。甘盘,人名,武丁时贤臣。

⑧"而傅说告之"几句:下面傅说讲的几句话均见于《尚书·说命》,文字稍有不同。逊志,虚心谦让。敏,勤勉。敩(xiào)学半,教人所获是学习所得的一半。敩,教。念终始典于学,孔疏:

"念终念始，常在于学。"典，经常从事。

⑨"至于孔子之自叙"几句：语见《论语·为政》。

⑩扬子：扬雄（前58—18），一作杨雄，字子云，蜀郡成都（今四川成都）人。西汉辞赋家、学者。辞赋代表作有《甘泉赋》《羽猎赋》《长杨赋》等，晚年潜心治学，致力著述，仿《论语》作《法言》，仿《易经》作《太玄》；另撰《训纂编》《方言》，是研究古代语言文字的重要资料。

⑪"学之为王者事久矣"几句：语见扬雄《法言·学行》。汲汲，心情急切的样子。皇皇，通"惶惶"。匆忙急迫的样子。

【译文】

大约古代的圣人，尽管天赋远远超出同时人，但是要想成就品德，没有一个不根植于学习的。所以，尧、舜本性仁义，但在典籍记载中，他们都有老师，负责记载他们言行的史官，常说"考察古时说法"。到了商汤、周武王则身体力行推行仁义，商汤向伊尹问学，周武王向太公学习，这些在《诗》《礼》《孟子》中都有记载。在商代，高宗得到傅说，并让他做相，高宗对傅说说："我以前曾向甘盘学习。"傅说就对高宗说："学习古人的训诫就会有所收获。"又说："学习的态度要谦逊，必须时时勤勉努力，这样学业才能有长进。"又说："教人所获是学习所得的一半，要始终专心于学习。"大约高宗已经向甘盘问学，等到傅说做了国相以后，又反复叮咛他勉力学习，其中核心的意思，就是心中始终常记得要学习，表明学习不能有一天的荒废。到了孔子，他讲述自己的学习经历，十五岁开始立志学习，到七十岁就已经达到了随心所欲，而又不违反规矩。即便像孔子这样的圣人，也必须立志学习，每十年有一个进境，等到七十岁时，就能够随心所欲，而又不违反规矩了。可见傅说所说的应当始终想着学习，就算孔子这样的圣人，也不能改变这个规律。所以扬雄说："学习作为君王必须做的事情，很久以前就是这样了。尧、舜、禹、汤、文、武等先王，以及圣人孔子，都急切地学习，也已经很久了。"

　　圣贤之笃于学，至于如此者，盖乐而不乱、复而不厌者，道也①；测之而益深、穷之而益远者②，圣人之言也；知不足与困者，学也③。方其始也，求之贵博，畜之贵多。及其得之，则于言也在知其要，于德也在知其奥。能至于是矣，则求之博、畜之多者，乃筌蹄而已④。所谓多闻则守之以约，多见则守之以卓也⑤。如求之不博，畜之不多，则未有于言也能知其要，未有于德也能知其奥，所谓寡闻则无约，寡见则无卓也。子贡称孔子之学，识其远者大者，则于言也能知其要，于德也能知其奥，然后能当于孔子之所谓学也。审能是，则存于心者，有以为主于内，天下之事，虽其变无穷，而吾所以待之者，其应无方⑥，古之大有为于天下者，未有不出于此也。尧、舜、汤、武所以为盛德之至，孔子所以从心而不逾矩，或得其行者，未得其所以行；得其言者，未得其所以言。孟子之所谓圣而不可知之谓神⑦，在是而已矣。

【注释】

①乐而不乱、复而不厌者，道也：本于董仲舒《春秋繁露·天道施》："故曰：万物动而不形者，意也；形而不易者，德也；乐而不乱、复而不厌者，道也。"董仲舒"乐而不乱"句应该是变化《论语·八佾》"乐而不淫"句而来。

②测之而益深、穷之而益远：语本《论语·子罕》："颜渊喟然叹曰：'仰之弥高，钻之弥坚。'"何晏注："言不可穷尽。"

③知不足与困者，学也：《礼记·学记》："虽有嘉肴，弗食不知其旨也。虽有至道，弗学不知其善也。是故学然后知不足，教然后知困。知不足，然后能自反也。知困，然后能自强也。故曰：教学相

长也。"

④筌蹄：语见《庄子·外物》："筌者所以在鱼，得鱼而忘筌；蹄者所以在兔，得兔而忘蹄。"筌，一本作"荃"，捕鱼竹器；蹄，捕兔网。后以"筌蹄"比喻达到目的的手段或工具。《尚书序》孔疏："故《易》曰：'书不尽言，言不尽意。'是言者意之筌蹄，书言相生者也。"

⑤所谓多闻则守之以约，多见则守之以卓也：语出扬雄《法言·吾子》："多闻则守之以约，多见则守之以卓。寡闻则无约也，寡见则无卓也。"约，简要。卓，高超，卓越。

⑥无方：无定法，无定式。方，常。

⑦孟子之所谓圣而不可知之谓神：语出《孟子·尽心下》："充实而有光辉之谓大，大而化之之谓圣，圣而不可知之之谓神。"

【译文】

圣贤之所以能够一心一意地学习，达到了这种境界，是因为让人乐于接受而又不为其迷惑，反复学习而又不觉得满足的，是仁义之道啊；测量它越发感觉到深不可测，探究它越发感觉到意蕴深远，这是圣人之言啊；能够让自己了解到自己的不足和困惑，是不断的学习啊。在开始的时候，求知的范围越广博越好，积累越多越好。等到有了心得了，对于言辞来说，要知晓其中关键所在，对于道德修养来说，要知晓其中的奥妙所在。能达到这一境界，那么前面所说的追求广博、多多积累就变成了像捕鱼捉兔的网子一样的工具了。这就是所说的多多听闻，则心中须坚守简约的原则，多多见识，则心中须存有远见卓识。如果追求不广博，积累不够多，那么对于言辞就不能知道其中的关键所在，对于道德修养就不能了解其中的奥妙所在，这就是所说的听闻少就不能简约其说，识见少就没有远见卓识。子贡称述孔子之学，能得其深远、宏大之处，那么，他对于言辞就能知道其中的关键，对于德行就能了解其中的奥妙，这样才能符合孔子所说的学习的标准。真正能够达到这一标准，那么保存在心中的，就会成为内心的主宰，天下的事情，尽管变化无穷，但是我都能够从容面对，也不需要固定的方法，古代在天下有所作为的人，没有不得益于此的。尧、舜、汤、武之所以能够具有盛德，孔子之所以能够随心所欲而又不违反规则，后人有的仅仅了解了他们的做法，而没有了解他们为什么这样做；也有的仅仅了解了他们说过的话，而不知道他们为什么这样说。孟子所说的圣人有不被常人了解的神奇之处，就体现在这里罢了。

　　陛下万几之余①，日引天下之士，推原道德而讲明其意，陈六艺载籍之文而绅绎其说②，博考深思，无有懈倦。其折衷是非③，独见之明，老师宿儒所不能到④，此臣之所闻也。有不世出之姿，与君人之大德，又有出于数千载之大志，特起于三代之后，此臣之所知也。则陛下之学已可谓至矣。然臣区区敢诵经之陈言以进于左右者⑤，诚将顺陛下之圣志，采傅说始终典学之言，观孔子少长进学之渐，以陛下之明智，知言之要，知德之奥，皆陛下之所素畜。诚以陛下之乐道，而继之以不倦；以陛下之稽古，而加之以不已；使天性之睿智所造者益深，所积者益厚，日日新，又日新⑥。其于自得之者，非徒足以待万事无穷之变，而应之以无方，天下之人，必将得陛下之行者，不得其所以行；得陛下之言者，不得其所以言。尧、舜、汤、武所以为盛德之至，孔子所以从心而不逾矩，孟子所谓圣而不可知之谓神，不在于陛下而孰在哉？繇是敛五福之庆以大赉庶民⑦，享万年之休以永绥方夏⑧，德厚于天地，名昭于日月，惟圣意之所在而已。

【注释】
　　①万几：指帝王日常处理的纷繁的政务。语出《尚书·皋陶谟》：

"无教逸欲有邦，兢兢业业，一日二日万几。"孔传："几，微也，言当戒惧万事之微。"

②绅（chōu）绎：引出端绪。引申为阐述。

③折衷：取正，用为判断事物的准则。

④老师：年老辈尊的传授学术的人。

⑤诵：述说，陈述。

⑥日日新，又日新：语出《礼记·大学》。

⑦繇：通"由"。五福：五种幸福。《尚书·洪范》："五福：一曰寿，二曰富，三曰康宁，四曰攸好德，五曰考终命。"赉（lài）：赏赐，赐予。

⑧休：喜庆，美善，福禄。绥：安，安抚。方夏：指中国，华夏。与"四夷"相对。《尚书·武成》："诞膺天命，以抚方夏。"

【译文】

陛下处理纷繁政务之余，每天延引天下之士，推求追溯圣人道德并讲明其精义，陈述六艺经籍并阐述其学说，广博考求，深湛思虑，从不松懈倦怠。陛下判断是非，见解独到明晰，老师、大儒都比不上，这些都是臣下所听到的。陛下具有举世罕见的天资，以及为人之君的大德，又胸怀数千年以来所没有的圣人之志，崛起于三代之后，这些都是臣下所了解的。那么陛下的学识已经无人可比了。然而臣下愚拙竟敢述说经书中的陈旧言论进献给陛下的左右，的确是想顺应陛下的圣明志向，采择傅说始终专心于学习的言论，考察孔子由少至长的求学过程，就凭陛下的聪明智慧，了解言辞的关键，知晓德行的奥妙，这些都是陛下平时所具备的品质。陛下真心乐道，再加上丝毫不懈怠；陛下喜欢考察古事，再加上持之以恒；就会使得本来就已经非常睿智的天性达到更加深湛的境界，从古人那里学来的经验也更加丰厚，这样就会天天都有新的收获。对于心有所得的人，不仅能够从容面对世间万事无穷无尽的变化，而且还能够做到法无定法，天下的人只知道陛下做了什么，而不知道为什么这样做；只知道陛下说了什么，而不知道为什么这样说。尧、舜、汤、武之所以能够具有盛德,孔子之所以能够随心所欲而又不违反规则,孟子所说的圣人有不被常人了解的神奇之处,不是体现在陛下身上又体现在谁身上呢？由此收揽五种福气赏赐给天下百姓使其享福,国家长治久安,得享万年鼎祚,品德像天地一样厚重,名声像日月一样光耀,这正是陛下所期待的啊。

臣愚不敏,蒙恩赐对,不敢毛举丛细之常务^①,而于国家之体,冒言其远且大者,此臣所以爱君区区之分也。伏惟留神省察。

【注释】

①毛举:琐细地列举。《汉书·刑法志》:"徒钩摭微细,毛举数事,以塞诏而已。"颜师古注:"毛举,言举毫毛之事,轻小之甚。"丛细:繁多琐碎。

【译文】

臣下愚鲁无能,承蒙圣恩赏识得以转对,不敢琐碎罗列琐屑的日常事务,而对于国家大事,冒死犯颜提出一些深远、宏大的想法,可见臣下热爱圣君的拳拳之心。恩请陛下留意考察。

【评点】

张孝先曰:称述君德以歆动其勉学意,文气敷腴,细读之则字字濯炼而出。此子固之文所以质实深厚而有余味也。独惜其所以告君为学者,终是廓落少真的处,将使之何处下手耶？

【译文】

张伯行说:称颂、赞美君主的仁德,来鼓励其一心向学,文章气势雍容,宏大丰富,仔细阅读,就会发现每一个字都洗练无比。这正是曾巩文章质朴、醇厚,回味无穷的原因。只可惜他向君主劝学,终究是空疏而缺乏实质的内容,让君主该从哪里入手呢?

请令长贰自举属官札子

【题解】

本篇札子据文后注可知,写于元丰三年(1080)十一月二十一日。这一年九月,曾巩从知亳州移知沧州。曾巩从熙宁二年(1069)自请外任通判越州,至本年,已有近十二年在外,转徙了七州。得到移知沧州的消息后,曾巩上书给神宗,请求神宗能够见他一面。这便是《授沧州乞朝见状》,状文写得纡徐哀婉,打动了神宗,召见了曾巩,并让他留京勾当三班院,这篇札子正是这个时期所写。

宋代自北宋开始便形成了一个庞大的官僚体系,至神宗时期,这一官僚体系的弊端越来越明显了。神宗是一个有为的皇帝,决心改革吏制。神宗改革吏制分两次,一次在元丰三年(1080),一次在元丰五年(1082),由于都在元丰年间,所以史称"元丰改制",将北宋的官制分成两个部分:元丰改制之前、元丰改制之后。元丰三年(1080),曾巩留京,管勾三班,这一时期,曾巩所上奏折中,有很多是关于吏制改革的建议,比如《请以近更官制如周官六典为书札子》《请改官制前预选官习行逐司事务札子》《请改官制前预令诸司次比整齐架阁版籍等事札子》等。本篇札子也是在这期间写的,可见,曾巩深度参与了元丰官制的改革。神宗之所以将曾巩留在京城,也是因为曾巩以史学闻名天下,改革官制需要借鉴前代,尤其是唐代的官制,而这些正是曾巩所擅长的。

　　臣伏以陛下本原《周礼》①,参之以有唐《六典》之书②,考诸当世之宜,裁以圣虑,更定官制③,以幸天下。臣诚不自揆，欲少助万一。令无足取者，亦足以致区区爱君之心。

【注释】

①《周礼》：又称《周官》，儒家经典之一。战国时儒士搜集周王室官制及当时各国制度，附会儒家理想而成的官制汇编。分《天官冢宰》《地官司徒》《春官宗伯》《夏官司马》《秋官司寇》《冬官司空》六篇。《冬官司空》早佚，汉时补以《考工记》。内容丰富，对于社会生活中的各种典礼制度进行了系统的规范和阐述。

②参之以有唐《六典》之书：《六典》，指《唐六典》，三十卷。开元十年（722），起居舍人陆坚被诏撰，玄宗手写六条曰：理典、教典、礼典、政典、刑典、事典，至开元二十六年（738）书成。《唐六典》最早的刻本，刻于北宋元丰三年（1080）。曾巩文集中有《乞赐唐六典状》《谢赐唐六典表》，可见，曾巩曾经很深入研究过《唐六典》。六典，《周礼·天官·大宰》："大宰之职，掌建邦之六典，以佐王治邦国：一曰治典，以经邦国，以治官府，以纪万民；二曰教典，以安邦国，以教官府，以扰万民；三曰礼典，以和邦国，以统百官，以谐万民；四曰政典，以平邦国，以正百官，以均万民；五曰刑典，以诘邦国，以刑百官，以纠万民；六曰事典，以富邦国，以任百官，以生万民。"

③更定官制：曾巩希望神宗按照古制，并结合实际，改革官制。

【译文】

陛下根据《周礼》，参考唐代的《六典》，考察当代的实际情况，审慎考虑，改革官吏制度，来造福天下百姓。臣下的确不自量力，想提供哪怕万分之一的帮助。如果不值得借鉴，也足以表达臣下对陛下的爱戴之情。

窃观于《书》，其在《尧典》，称尧之德曰："平章百姓①，百姓昭明。"则平其贤不肖功罪之分，而章之以爵赏，使百官莫不昭明者,此人主之事也;其在《说命》曰:"惟说式克钦承②,旁招俊乂③,列于庶位④。"则承人主之志,广引人材进诸朝廷者,此宰相之事也;其在《冏命》,穆王命伯冏为周太仆正⑤,其戒之曰:"慎简乃僚,无以巧言令色,便僻侧媚⑥,其惟吉士⑦。"则使得自简属僚以共成其任者,此诸司长官之事也。其上下之体相承如此,所以周天下之务,盖先王之成法也。

【注释】

①平(pián)章百姓:辨别明确百官品行功过进行奖惩。平,辨别。章,明白,清楚。百姓,百官。

②说:傅说自称。式:用,以,以此。克:能。钦承:恭敬地继承或承受。

③旁招俊乂:广招贤才。旁,广泛,普遍。俊乂,才德出众的人。

④庶位:众官。

⑤其在《冏命》,穆王命伯冏为周太仆正:据《史记·周本纪》:"穆王闵文武之道缺,乃命伯臩申诫太仆国之政,作《臩命》。"穆王,周穆王。伯冏,周大夫名。一作伯臩(jiǒng)。太仆正,太仆之长。周官有太仆,掌正王之服位,出入王命,为王左驭而前驱。

⑥便僻:谄媚逢迎之人。侧媚:用不正当的手段讨好别人的人。

⑦吉士:贤人。

【译文】

臣下阅读《尚书》,其中《尧典》篇称颂尧的功德道:"辨别百官之行并进行奖惩,百官就会明白为官之道。"说的就是客观地评价百官的言行、政绩,区分出贤、不肖、功、罪,然后公开进行奖赏或者惩罚,使百官无不明白为官职责,这正是君主所应该做的事;《说命》篇说道:"我傅说因此能敬奉您的旨意,广泛招揽贤能之人,把他们安排在各种恰当的位置上。"可见,秉承君主的旨意,为朝廷广泛延揽人才,这正是宰相的职责;在《同命》篇,穆王任命伯同为周太仆正,并告诫他说:"谨慎地选拔你的官吏,不要任用那些花言巧语、伪装和善、逢迎谄媚、奸诈邪恶之人,任用的都应该是贤良之士。"可见自己选择下属来共同完成职任,这就是各个部门长官的职责。上级和下级如此完美地相互承续,因此天下政务就能够细大不捐,这些都是先王的用人之法。

　　故陆贽相唐①,陈致理之具,以谓百司之长②,至于副贰之官与夫两省供奉之职③,请委宰臣叙拟以闻④,其余台省属僚⑤,请委长官选择,指陈材实,终身保任⑥。其以举授之繇,各载除书之内⑦。得贤则有进考增秩褒升之赏,失实则有夺俸赎金黜免之罚。非特搜扬下位而已⑧,亦以阅试大官⑨。其所取之士,既责行能,亦计资望,此贽之大指也。贽于经画之材,近世未见其比⑩。其在相位,所陈先务如此。质之于古,实应先王之法,施之后世,可以推行,诚古今之通义也⑪。

【注释】

① 陆贽(754—805):字敬舆。苏州嘉兴(今浙江嘉兴)人。唐朝著名政治家、文学家、政论家,中唐德宗朝宰相。

② 百司之长:各部门的负责人。《资治通鉴音注》:"诸司长官,省、寺、监之长也。"

③ 副贰:指副职,属僚。两省供奉之职:《资治通鉴音注》:"两省,以中书、门下言也。两省官自左、右常侍以下,至遗、补、起居郎、舍人,皆供奉官也。"

④ 叙:按规定的等级次第授官职。拟:拟定名单。

⑤ 台省:政府的中央机构。唐代有时亦将三公和御史台合称为"台

省"。

⑥保任：担保。特指对自己向朝廷推荐的人才负担保的责任。

⑦除书：选任官员的花名册。

⑧搜扬：访求举拔。

⑨阅试：审查考核。大官：高级官员。按，以上是概括陆贽《请许台
省长官举荐属吏状》的主要观点。

⑩赟于经画之材，近世未见其比：经画，经营筹划。按，苏轼《乞校
正陆贽奏议上进札子》盛赞陆贽之才曰："伏见唐宰相陆贽，才本
王佐，学为帝师。论深切于事情，言不离于道德。智如子房而文
则过；辩如贾谊而术不疏。上以格君心之非，下以通天下之志。
三代已还，一人而已。"

⑪诚古今之通义也：义，一本作"议"，乃为避太宗赵光义名讳，故意
写为"议"。

【译文】

所以陆贽作为唐朝的宰相，陈述治理国家的办法，认为各部门的负
责人，至于各部门的副职，以及在两省任职的官职，请告知宰臣按规定等
级次第授官并拟定名单上奏备案，其他各台省的官僚，都让长官选择，并
评价他们的才能是否属实，为他们终身担保。举荐任命他们的缘由，都
记载于拜官授职的文书之中。得到贤才就会在官吏考核中得到晋级、增
加俸禄、升职等奖赏，如果举荐的人名不副实，则会有降低俸禄、缴纳赎
金、甚至罢免官职的惩罚。并不只是访求举拔居于下位的人，也对高官
进行考察比较。他们所荐举的士人，既要考察他们的品行能力，也审核
他们的资历和声望，这正是陆贽用人的主要意图所在。陆贽经营谋划的
才能，近代没有人能够和他相比。他任宰相期间，就是这样将用人作为
优先考虑的事务来进行陈述的。这些方法用古人的标准来衡量，是符合
先王之法，将这些方法运用到后世，也是可以推广开来的，这的确是贯
通古今的通义啊。

陛下隆至道，开大明，配天地，立人极①，循名定位，以董正治官②，千载以来盛德之事也。创制之始，新命之官，任之以弥纶众职③，所系尤重。其所更革，著于甲令④，或差若毫发，四方受其敝；或误于须臾，累岁不能救。则于选用之体，尤不可假非其人。且台省长官、仆射、尚书、左右丞、侍郎、御史、中丞，皆国之重任，陛下所选择而授。今尚书既领天下之事⑤，郎、员外郎凡二十四司，用吏几百员，其余属佐尚不在数中。若使本司长贰之官⑥，自郎以下，员有未备，皆举二人以闻，以陛下之明，其于群臣材分，无不周知。取其所举，择用其一，其余书之于籍，以为内外之官选用之备。庶几为官得人，足以上副陛下作则垂宪非常之大志⑦。

【注释】

①人极：纲纪，纲常。社会的准则。

②以董正治官：董正，监督纠正，督察整顿。治官，治事之官。语出《尚书·周官》。

③弥纶：统摄，笼盖。

④甲令：第一道法令，朝廷颁发的重要的法令。

⑤今尚书既领天下之事：尚书，此指尚书省。尚书省的职权是总辖吏、户、礼、兵、刑、工等六部和司封、司勋、考功、度支等二十四司。

⑥长贰之官：指长官、副官。

⑦垂宪：垂示法则。

【译文】

陛下推崇大道，开启圣明之心，德配天地，确立伦理纲常，根据名声来确定官位高低，以此来端正吏治风气，这的确是千年难逢的盛事。制度创立之初，任命新的官员，并藉此来处理各种职事，因此显得非常重要。所做的变革,作为朝廷颁布的重要法令记录在案,如果有毫厘的差池,就会使得四方百姓深受其苦;如果耽搁片刻功夫,几年都不能挽救产生的损失。可见,对于选拔任命官吏这一权力,尤其不能委托给不恰当的人来掌握。况且台省的长官、仆射、尚书、左右丞、侍郎、御史、中丞,都是国家的重要职任,是陛下亲自选择并加以委任的。现在尚书统领天下事务,郎、员外郎一共有二十四个部门,所属官吏有几百名,其中僚属、辅佐人员尚且不在这一数字之中。如果让一个部门的长官、副长官,从郎官以下,假如属员还未齐备,每一个官职都举荐两个人上报候选,凭着陛下的英明,对于群臣的才干,无不了然于胸。从举荐的候选人员中,选择任用一人,其余的记录在档案中,作为朝廷内外官员的备选人员。这样或许可以为朝廷获取人才,也足以符合陛下垂范天下的非比寻常的宏大志向。

且本朝著例^①,御史、中丞、知杂至于省府之长^②,固得自举其属,而馆阁、监司、牧守之官^③,亦尝屡诏近位,皆得荐用所知,名臣伟人,往往由此而出。则推而广之,求于故事,实有已试之效。其所荐之士,采用其一,其余书之于籍,以备选择。犹旧阙御史一员,听举二人,其一不中选者,亦以次甄进^④,则稽诸累朝,亦故事也^⑤。

【注释】

①著例:尽人皆知的先例。

②知杂:各部门管理杂务的官员。

③馆阁:北宋有昭文馆、史馆、集贤院三馆和秘阁、龙图阁等阁,分掌图书经籍和编修国史等事务,通称"馆阁"。监司:负有监察之责的官吏。牧守:州郡的长官。

④甄进：甄别选用。

⑤故事：先例。

【译文】

依据本朝先例，御史、中丞、知杂直至台省的长官，本来就可以自己选取僚属，而馆阁、监司、州郡长官，也曾经多次诏令近臣，都能够举荐所了解的人，贤臣伟人，常常就是这样产生出来的。可见，将这种方法推广开来，从以前的做法来看，的确是证明有效的方法。所荐举的士人，只任命一人，剩下的记录在案，以供后来的选择。好比以前御史缺员一名，则要求举荐两人，其中一个落选的，也按次序甄别选用，这也都是前朝的故例。

伏惟陛下本周命太仆"慎简乃僚"之意，采陆贽台省长官举吏恳恳之论①，推本朝已试之法，使先王之迹自陛下追而践之。如此，则任众之道隆，进贤之路广。疏远之士，怀材者皆得汇征；要近之臣，奖善者皆得自达。以陛下之临照，谁敢不应之以公？以陛下之考核，谁敢不赴之以实？既得其人，授之以位，然后陛下以公听并观，分别淑慝②，以执中主要，信行其赏罚。如此，则允厘百工，庶绩咸熙③，可无为而致尧之"平章百姓，百姓昭明"，如是而已。

【注释】

①恳恳：诚挚殷切的样子。

②分别淑慝（tè）：识别善恶。语出《尚书·毕命》："旌别淑慝，表厥宅里。"孔传："言当识别顽民之善恶，表异其居里。"淑慝，善恶。慝，邪恶。

③允厘百工，庶绩咸熙：语出《尚书·尧典》。司马迁《史记·五帝

本纪》将这两句改造成"信饬百官,众功皆兴"。允,信,公平。厘,治。百工,百官。庶绩,众多功绩。熙,兴盛,兴起。

【译文】

臣下以为,陛下根据周朝命令太仆谨慎选择僚属的用意,采纳陆贽的台省长官举荐属吏的恳切言论,推广本朝已经尝试有效的方法,使得先王的美政遗迹可以从陛下开始追踪践行。如此一来,诠选官员之道更加隆盛,举荐贤人之路更加宽广。自我放逐的士人、怀才不遇的士人,都能够一起被征召;官居要职的近臣,举荐贤人的良苦用心就能得以实现。凭借陛下的圣明,有谁敢不公正地应对此事呢?凭借陛下的考查核实,有谁敢不实事求是去做呢?获得了人才,授予其官位,陛下再结合公众的意见,分别出贤者不肖者,本着不偏不倚的客观态度,切实进行赏罚。这样,就能公正地对待百官,天下事务一片繁荣,可以无为地达到尧时"辨别百官之行并进行奖惩,百官就会明白为官之道"的盛世局面,不过如此罢了。

如臣之说为可采者,其推行之法,陆贽所陈,惟陛下察其疏密,详加损益。取进止。元丰三年十一月二十一日垂拱殿进呈

【译文】

如果臣下的提议可以采纳,推广执行的方法,陆贽已经有所陈述,望陛下视其疏密,再加删定、补充。是否采用,请圣意裁夺。元丰三年十一月二十一日垂拱殿进呈

【评点】

张孝先曰:此篇大旨令长贰自举属官,而严举主之赏

罚。议论本之陆贽,合贽奏议以参考此篇,庶几可以收人材而成吏治。荐举良法,莫过于此。

【译文】

张伯行说:这篇文章的主旨是让长官和副长官自行举荐属官,并严格规定举荐人的赏罚制度。这一建议本源于陆贽,将陆贽的奏议与此篇对照,应该可以为朝廷找到真正的人才,从而成就吏治。荐举人才的好办法,没有比这更好的了。

奏乞与潘兴嗣子推恩状

【题解】

潘兴嗣,字延之,自号清逸居士,新建(今属江西)人。五岁即以父荫授将作监主簿。少孤笃学,与周敦颐、曾巩、王安石、王回、袁陟相友善。隐居豫章(今江西南昌)城南,著书吟诗以自娱。公卿纷纷向朝廷举荐,朝廷召命再至,兴嗣以母老固辞。隐居达六十余年之久,年八十七乃卒。

曾巩与潘兴嗣诗文往还,在《元丰类稿》中有《移守江西先寄潘延之节推》,诗中有句:"子遗万事遂恬旷,我系一官尚局促。"可以看出曾巩对老友恬淡不争的处世态度的羡慕。曾巩在熙宁九年(1076)移守江西,熙宁十年(1077)移知福州。这篇奏乞推恩状写于熙宁九年江西任上,故文中以"本州人"称呼潘兴嗣。潘兴嗣时年五十六,曾巩五十八岁。潘兴嗣子二十六岁,已近而立之年,还没有一官半职。曾巩替老友心焦,写下这篇奏乞推恩状,希望朝廷依据故例,赐官潘兴嗣之子潘群。据事后分析,朝廷并没有依准。至元符三年(1100),尚书右丞黄履又引孙侔、王回等例乞录其后,遂官其孙潘淳,授太庙斋郎,调南康军星子县尉。潘淳后被人诬告,朝廷不辨,直到绍兴四年(1134),赵鼎奏请朝廷,发还没收潘淳的官资给潘兴嗣的另一个孙子潘涛,而潘兴嗣、潘淳此时皆已作古。

　　这篇文章先是描述了潘兴嗣三十余年的静退状态,接着列举了国家自仁宗康定年间(1040—1041)以来,激奖廉退的各类先例:有本人不受,而恩及子辈者;有朝廷恩赐颁下时本人已死,而终及其子者;有官退十数年,本人已死,恩及其后者等等。然后文章阐明朝廷推恩廉退之人的意义,在于"使天下皆知士之特立无求于世者,不为上之所遗,则自重者孰不勉?浮竞者孰不悔",最后提出请求。文章不长,有叙有议,有理有据,简劲有力。

　　右,臣伏睹本州人试将作监主簿潘兴嗣①,五岁以父任得官②,二十二岁授江州德化县尉,不行③。熙宁二年,朝廷察其高④,以为筠州军事推官,不就。今年五十六岁,安于静退三十余年⑤。

【注释】

①本州人:即江西洪州(今江西南昌)人,时曾巩为洪州知州,故称。
　　试将作监主簿:这是潘兴嗣五岁时蒙父荫所获官职,并没有实际去做,所以在"将作监主簿"前加一"试"字。

②五岁以父任得官:潘兴嗣父亲情况无考。

③不行:没有去赴任。

④高:指情操高逸。

⑤静退:恬淡隐退。

【译文】

　　臣看到本州人试将作监主簿潘兴嗣,五岁就因父亲蒙荫得到官职,二十二岁授江州德化县尉,并没有到任。熙宁二年,朝廷看到他是一个高尚之人,任命他做筠州军事推官,也没有去就任。潘兴嗣今年五十六岁,安处于静退的生活已经三十多年了。

　　臣窃以康定中徐复以处士收用[1],辞不就,得官其一子。近王回、孙侔皆以幽潜见录[2],命下而回已死,亦得官其一子[3]。李觏以国子直讲退归死,十年,亦得禄其后[4]。则国家之于激奖廉退,既肆其所守,又恩及其世,盖有故事。今与王回同时见录之人有孙侔,而后又有兴嗣,处幽不改其操,皆已白首,然未有为上闻者,故其子独未蒙恩。

【注释】

①康定:宋仁宗年号(1040—1041)。徐复:福建人,举进士不中,退而修《易》,学通流衍卦气法,自我占卜,卜得命中无禄,于是不再参加科举考试,游学江淮间,精进于阴阳、天文、地理、遁甲、占射诸家之说。并通过《诗经》参透七音、十二律清浊次序及钟磬侈弇、匏竹高下制度。其时,宋仁宗留意于乐,诏天下求知乐者,徐复频繁召对。仁宗问以《易》,徐复召对称意,命为大理评事,固以疾辞,乃赐号冲晦处士,补其子徐发试秘书省校书郎。徐复品性高洁,而处世未尝自异,后居杭州十数年卒。事迹见《宋史·隐逸上·徐复传》。

②王回(1023—1065):字深父,福州侯官(今福建福州)人,后徙汝阴(今安徽阜阳)。嘉祐二年(1057)进士,补亳州卫真县主簿,岁余自免去。事迹见《宋史》本传。王回与曾巩同年登第,二人与王安石皆为好友。王回死后,王安石为其作墓志铭,曾巩为其文集作序,谓其文章"振斯文于将坠,回学者于既溺"(《王深父文集序》)。二十五年后,苏轼在《潮州韩文公庙碑》中评价韩愈

"文起八代之衰,道济天下之溺",两者相映成趣。孙侔(1019—
1084):初名处,字正之,后改今名,字少述,吴兴(今浙江湖州)
人。《宋史·隐逸中·孙侔传》:"与王安石、曾巩游,名倾一时。
早孤,事母尽孝。志于禄养,故屡举进士。及母病革,自誓终身不
求仕。客居江、淮间,士大夫敬畏之。"幽潜:隐伏,隐居。

③命下而回已死,亦得官其一子:熙宁中,补王回之子王汾为郊社
斋郎。

④"李觏以国子直讲退归死"几句:李觏去世于嘉祐三年(1059)任
太学说书时;据《宋史·李觏传》,其子李参鲁诏为郊社斋郎是在
熙宁时期(1068—1077)。李觏(1009—1059),字泰伯,建昌军
南城(今属江西)人。俊辩能文,举茂才异等不中。亲老,以教授
自资,学者常数十百人。建盱江书院,学者称盱江先生。皇祐初,
范仲淹荐为试太学助教,嘉祐中,用国子监奏,召为海门主簿、太
学说书而卒。李觏尝著《周礼致太平论》《平土书》《礼论》等,后
人编为《直讲李先生文集》(又称《盱江集》)。

【译文】

臣私下了解到,康定年间徐复作为一个处士被朝廷录用,徐复辞谢
不去就任官职,朝廷于是任命他的一个儿子做官。晚近以来,王回、孙侔
都因为幽居沉潜而被朝廷录用,任命下达时,王回已去世了,朝廷也任命
他的一个儿子做官。李觏在国子直讲任上隐退,回家后就去世了,十年
后,他的后人也享受到朝廷的俸禄。可见,国家激励奖赏廉洁退隐的士
人,不仅允许他们放弃自己的官守,而且还推恩于他们的后人,这都有先
例。现在和王回同时被朝廷收录的有孙侔,其后又有潘兴嗣,安居幽处,
不改变自己的操守,现在头发都已斑白了,但是还没有人将他们的情况
上报给朝廷,所以他们的儿子没能蒙受朝廷的恩赐。

窃以康定至今几四十年,士之抗志于隐约[①],而为朝廷

所知者,止此数人。盖枯槁沉溺②,其守至难,故其人至少。为国家者,取而显之,使天下皆知士之特立无求于世者③,不为上之所遗,则自重者孰不勉?浮竞者孰不悔④?可谓施约而劝博。宠禄之所以励世,其实在此。臣故敢以闻,伏惟陛下幸察。侔及兴嗣,躬难进之节,遭遇圣时,用王回、徐复、李觏为比,加恩其子,使斯人不卒穷于闾巷,足以明示天下。

【注释】

①抗志:高尚其志。隐约:困厄。《庄子·山木》:"夫丰狐文豹,栖于山林,伏于岩穴,静也;夜行昼居,戒也;虽饥渴隐约,犹旦胥疏于江湖之上而求食焉,定也。"陈鼓应注:"隐约含有逼困之意。"

②枯槁:谓穷困潦倒。沉溺:湮没无名。

③特立:谓有坚定的志向和操守。《礼记·儒行》:"儒有委之以货财,淹之以乐好,见利不亏其义;劫之以众,沮之以兵,见死不更其守……其特立有如此者。"

④浮竞:争名夺利。

【译文】

臣以为,从康定到现在已接近四十年了,士人中抱持退隐志向,在困厄中持志不变的,只不过这几个人。大约因为退隐生活穷困潦倒,湮没无名,能够坚持住很难,所以做到的人很少。治国的人,提拔这些隐士,并使他们显达,让天下的人都知道士人中特立独行无所求于世人的,不会被陛下所遗弃,那么自重之人谁不自我勉励?浮躁竞进之徒谁不幡然悔悟?可称得上朝廷付出得很少,但对世人的劝勉却很有效果。恩宠和俸禄之所以能够勉励世人,其中真实的原因正在此。臣因此敢告知陛下,期盼陛下体察。孙侔及潘兴嗣,躬行世人难以坚持的节操,生逢圣人之时,采用王回、徐复、李觏的先例,赐恩于其子,让这些人不最终穷困于闾巷之间,如此足以向天下人昭告陛下的圣意。

兴嗣有子群,年二十六岁。孙侔今家真州①。谨状奏闻,伏候敕旨。

【注释】

①孙侔今家真州:《宋史·隐逸中·孙侔传》:"少与安石友善,安石为相,过真州与相见,侔待之如布衣交。"可知,孙侔居家真州。真州,今江苏仪征。

【译文】

潘兴嗣有子名群,时年二十六岁。孙侔现在居家真州。谨书状奏闻于陛下,恭候陛下的谕旨。

【评点】

张孝先曰:奖激廉退,录其后人,亦是国家一令典。叙得质劲而有精采。

【译文】

张伯行说:奖赏和鼓励刚正退隐之士,并任用他们的后人,这也是国家的好的制度。这篇文章叙述得质朴有力且很精采。

乞出知颍州状

【题解】

这篇状文写于元丰四年(1081),曾巩弟弟曾布移知陈州之际。其时曾巩管勾三班院事不足一年,而曾布自熙宁七年(1074)外放饶州,至移知陈州,已经和母亲朱夫人暌违达七年之久,七十一岁的朱夫人颇为思念幼子,遂打算去陈州陪伴他。正是在这样一个背景之下,曾巩向朝廷提出出知颍州的请求。因为颍州和陈州之间有一条水路,曾巩计划在赴任颍州的途中，顺便把母亲送至陈州。

仔细阅读这篇文章，可以发现文中充盈着一股幽怨的情绪："臣性行迂拙，立朝无所阿附，有见嫉之积毁，无借誉之私援。"其中有特立独行之孤独，也有对见嫉积毁之愤懑。完全没有了数月前踌躇满志、思报明君的豪情，这其中必有原因。文中提到："今还朝以来，甫及数月，未有丝忽自效之勤，而辄以私诚上陈。"从时间上分析，曾巩大约在元丰三年（1080）十月之后，留京管勾三班院。"甫及数月"，也即在元丰四年（1081）十月前后，此时曾巩已由管勾三班院改任管勾编修院，并上《进太祖皇帝总序》。总序将近三千字，曾巩一方面歌颂太祖功德，一方面将太祖与汉高祖比较。认为汉高祖有"十不及"。触动神宗敏感神经的是"舍子属弟"，也即不让自己的儿子即位，而是让位给了弟弟。神宗看后下诏："曾巩今所拟修史格，若止如司马迁以下编年体式，宜止仿前代诸史修定；或欲别立义例，即先具奏。"（《续资治通鉴长编·神宗元丰四年》）由此可见，神宗对曾巩的工作并不满意。同年十一月废除编修院这个机构，将之并入史馆。这样一来，曾巩管勾编修院一职也就自动免去了。尽管还保留史职，神宗罢修《五朝国史》以后，史馆也无史可修了。正是在这样一个尴尬的境地，曾巩乞求神宗让自己出知颍州。

右，臣愚不自揆，怀犬马之情，敢昧万死以闻。不敏之诛①，所不敢逭②。伏念臣性行迂拙，立朝无所阿附，有见嫉之积毁，无借誉之私援。在外十有二年，更历七郡③，虽有爱君向国之心，托势疏远，无路自通，期于抱志没齿而已。陛下居法宫之深④，临万官之众，而臣以单外之迹⑤，一介之微，陛下廓四聪之广⑥，出独见之卓，不齗臣之衔鬻⑦，不因人之党助，收怜拊慰，劳问褒嘉，语重意殊，可谓非常之遇。士之有大过人之材者，殆未足以致此，岂臣之鄙所当冒得？

日夜思念，臣以庸下之器⑧，在隐约之中，而独为圣主所知如此，蝼蚁之躯，知死不足以图报。今还朝以来，甫及数月，未有丝忽自效之勤，而辄以私诚上陈，臣之妄庸，虽受诛绝之刑，不足以塞责，惟陛下察而哀之。

【注释】

①不敏：不才。谦词。

②逭（huàn）：逃避。

③在外十有二年，更历七郡：曾巩熙宁二年（1069），出通判越州，徙知齐、襄、洪三州。进直龙图阁，知福州，改知明州，徙亳州。元丰三年（1080），徙知沧州，过阙召见，留勾当三班院。前后正好十二年，除未真正赴任的沧州外，实历七州。宋代州郡互称。

④法宫：宫室的正殿，古代帝王处理政事之处。

⑤单外：孤露于外。

⑥廓：扩，开。四聪：能远闻四方的听觉。《尚书·舜典》："明四目，达四聪。"孔疏："达四方之聪，使为己远听闻四方也。"

⑦衔鬻：犹夸耀。

⑧庸下：平庸低下。

【译文】

臣下愚昧不能自我揣度，心怀犬马之情，胆敢冒万死之罪禀告陛下。臣下不才无能之死罪，断不敢逃避。臣下天性愚鲁笨拙，在朝廷中无所依附，有因被嫉妒而积聚起来的毁谤，没有来自私交的援手与赞誉。臣下任职京外十二年，先后供职于七个州郡，即便有钟爱君主、报效国家的愿望，无奈远离朝廷，没有渠道向皇上表达这些想法，只能抱持这一志向孤独终老了。陛下深居于法宫之中，面对天下众多官员，尽管臣下孤身一人处朝廷之外，身名卑微，陛下圣听远达四方，识见卓尔不群，不需要臣下的炫耀和卖弄,也不依靠臣下的朋友相助,对臣下收录怜惜、安抚慰藉,垂问褒奖,语重心长,这真是非比寻常的礼遇了。士人中才能远远超出众人的,大约也没有这样的礼遇,这哪里是鄙陋如臣下者所能蒙受的恩赐呢?臣下昼思夜想,以臣下平庸的才能,在困厄中,却能得到陛下如此的器重,自己这蝼蚁般的身躯,虽死也不足以报答陛下之恩。而今返回朝廷,刚有数月时间,对陛下还没有丝毫的报答,却因为私人的原因陈情陛下,臣下的糊涂庸碌,即便是受到诛杀之刑,也不足以补其过,唯请陛下体察并垂怜臣下。

　　臣母年七十有一,比婴疾疢^①,举动步履日更艰难。陛下处臣京师,臣幸得侍庭闱以便医药^②。圣泽至厚,常恐不能克堪。今臣弟布得守陈州^③,臣母怜其久别,欲与俱行。顾臣之宜,惟得旁郡,庶可奉亲往来,以共子职。而抱疾之亲,陆行非便。今与陈比境,许、蔡、亳州及南京^④,皆不通水路,顾颍可以沿流^⑤。臣诚不自揆,不讳万死之责,敢昧冒以请。伏望圣慈,差臣知颍州一任。窃恐顾临到任未久^⑥,无例为臣移易^⑦;缘若候顾临满阙^⑧,则臣弟布陈州却已满任。欲望特出圣恩,许臣不候顾临任满交割。臣蠢冥寒陋,蒙陛下特异之知,未有锱铢之称,而顾迫子母之恩,规私择便,仰烦圣聪,当伏斧锧,以须罪戾,惟陛下哀怜听察。干犯天威,臣不任。

【注释】

①婴:遭受,遇。疾疢:泛指疾病。

②庭闱:内舍。多指父母居住处。《文选》束皙《补亡诗》:"眷恋庭闱,心不遑安。"李善注:"庭闱,亲之所居。"

③陈州：治今河南淮阳。

④许：许州，治今河南许州。蔡：蔡州，治今河南新蔡。亳：亳州，治今安徽亳州。南京：北宋的南京，即今河南商丘。

⑤颍：颍州，治今安徽阜阳。

⑥顾临：莅临，到任。此指管勾编修院一职。

⑦无例为臣移易：没有先例可供依循。

⑧满阙：官员自到任至任满，为一个任期。

【译文】

臣下母亲年龄已经七十一岁了，刚患了疾病，举动和行走一天比一天艰难。陛下安排臣下回到京城为官，臣下有幸得以服侍母亲看病吃药。圣上的恩泽越是丰厚，臣下越发害怕不能够承受。现在臣下的弟弟曾布要赴陈州做太守，臣下母亲不忍与他长时间分别，想和他一起去陈州。考虑到臣下的方便，想在与陈州比邻的州为官，这样臣下就可以往来侍奉母亲，尽到做儿子的义务。又考虑到患病在身的母亲，不方便走陆路，与陈州相邻的州郡有许州、蔡州、亳州及南京，都不通水路，只有颍州与陈州有水路相通。臣下的确不自量力，不避讳必死的罪责，胆敢冒昧陈请。希望陛下圣明仁慈，差遣臣赴任颍州。臣又担心刚到京城上任不久，任期未满，没有先例为我调换任所；如果等到我在京城的任期完成，我弟弟曾布在陈州的任期也就满了。期盼圣上特别降恩，准许臣在任期未满时完成职位的交割。臣下愚鲁顽冥，卑微浅薄，承蒙陛下特别知遇，却没有丝毫与此相称的回报，反倒顾及母子之恩，选择自己方便之处，烦扰圣听，理当伏法以就斧锧之刑，来抵臣下的罪过，望陛下哀悯怜惜、审听体察。冒犯陛下天威，臣下不胜惶恐。

【评点】

张孝先曰：其写情处款曲动人。宋时有自乞补外之例，公特以母子之情，陈请在君父前，如对家庭骨肉说话。

【译文】

张伯行说：文章抒写感情之处婉转动人。宋代有自己请求候补朝外之官的规定，曾巩特别将母子之情在君父面前陈请，好比面对家中的骨肉一样，絮絮道来。

再乞登对状

【题解】

这篇状文写于元丰四年（1081）上半年，曾巩于去年移知沧州，途径汴京，乞对神宗，并成功留京，管勾三班院。自此，曾巩一直勤勉工作，思报明君，却也一直没有机会当面向神宗表达谢意。此次再乞登对，一方面想向神宗表达谢意，另一方面，想就神宗正在进行的官制改革，表达自己的看法。

曾巩认为官制改革的必要性在于：一是国家官僚体制庞大，政府财政支出连年攀升；二是尽管官员日众，却所用非人，尤其事关国家安全的守卫边塞的官员，没有称职的人选。鉴于官制改革方案已经成形，并且不日公布，曾巩想从更制之日、新旧革易之初、弥纶之术等三方面，向神宗贡献一得之见。因为官制改革的主持人为王安石，而曾巩的看法与王安石有不同，所以曾巩希望面对神宗口陈己见："事有本末，理之详悉宜得口陈。"事实上，神宗更看重曾巩的史学才能，才将《五朝国史》的编撰任务交给了曾巩。

右，臣去冬再蒙圣恩赐对①。臣愚浅薄，无轶伦之行、绝众之材②，徒于辈流，粗识文字。至于讲求天下之务，非敢谓能，盖尝有志。遇陛下绍天开迹③，大修治具④，一言片善，人人得以自效。而臣流离漂泊，藐在外服⑤，有深忌积毁之莫测,无游谈私党之可因⑥,转徙八州⑦,推移一纪⑧。无侧行之一迹⑨,得参于御隶之间⑩;无尝试之半词,得彻于岩廊之上⑪。心思消缩,齿发凋耗,常恐卒填沟壑,独遗恨于无穷也。

【注释】

①臣去冬再蒙圣恩赐对:指元丰三年(1080)秋冬之际,曾巩接到诏令,移知沧州,遂上《授沧州乞朝见状》。十月,神宗赐对延和殿。之所以称"再蒙圣恩赐对",是因为在熙宁二年(1069),曾巩自求外任,通判越州前,曾与神宗有一次对话,也即《熙宁转对疏》。

②轶伦:超出一般。

③绍天:继承天命。绍,承继。开迹:开创功业。

④治具:治国的措施。语本《庄子·天道》:"骤而语形名赏罚,此有知治之具,非知治之道。"

⑤外服:古称王畿以外的地方,所谓五服、九服之地。后指京都以外的地区及边远蛮荒之地。与内服相对。

⑥游谈:称扬。私党:私人结交的党羽。因:依托,凭借。

⑦转徙八州:实际上是七州,沧州并未实际到任,便留京了。

⑧推移:变化。一纪:岁星(木星)绕地球一周约需十二年,故古称十二年为一纪。自熙宁二年(1069),自求外任,通判越州,至元丰三年(1080),返回京城,头尾计十二年。

⑨侧行:侧身而行,表示恭敬。此指令人称道的丰功伟绩或卓越见识。

⑩御隶:皇帝的近侍。

⑪岩廊:原意指高峻的廊庑,此处借指朝廷。

【译文】

臣下去年冬天再次承蒙圣上恩赐面君奏事。臣下愚陋浅薄,没有超出众人的品行,也没有卓尔不群的才能,只是和平常人一样,粗略认识一些文字。至于讲求治理天下的事务，臣下不敢说能够做到，却也有这样的志向。臣下正逢陛下承天运，开治迹，彻底改革国家政治，若有一言片语的良谋善策，人人都能贡献出来。臣下流荡漂泊于朝廷之外，朝中只有不可预知的怨恨与毁谤，却没有可以依靠的朋友的称扬，辗转徙任八个州郡，前后历时十二年之久。期间没有令人恭敬称道的丰功伟绩，使自己可以侧身于陛下身边侍臣之列；没有一言半语的意见，可以为朝廷治理添砖加瓦。臣下思维衰退，牙齿磨损，头发掉落，常担心突然身死，葬于沟壑，留下无穷的悔恨。

陛下体生知之质①，起日新之政②。揉之以道，以易汉、唐、五代之卑；本之于身，以追尧、舜、三代之盛。臣虽欲奋驽钝，顾备驱驰，而处疏贱之中，无可致之势。伏遇陛下明无不照，察臣滞迹之不容；圣无不通，采臣孤学之有得。出自睿断，接之便朝，所以询谋抚纳，勉慰称扬之殊，皆非素望所及。臣虽草茅之陋，顾非木石之顽。盖士穷且老，身孤立于天下，而独为圣主所知如此，燔躯沉族，岂足论报？其于剖心析肝，以效其区区之忠，固臣之所不敢不尽也。是以窃不自揆，冒言当世之事。陛下宽其不敏之诛，而收其臆出之见③，谓有可以当圣意者，臣愚蹇钝，分岂称此。盖由陛下神圣文武，度越千载，而虚心纳下，无伐善之意、徇己之情，故兼听广览，小能薄技，无所不录，而臣愚遭遇，得以及此。今臣备数毂下，虽日得造朝，而身不迩法坐之严凝④，耳不接德音之温厚，涉四时矣⑤。其毕忠愿知之心，惓惓之义，岂须臾废哉！

【注释】

①生知：意谓不待学而知之。语本《论语·季氏》："生而知之者上也。"

②日新：日日更新。《周易·系辞上》："富有之谓大业，日新之谓盛德。"孔疏："其德日日增新。"《礼记·大学》："汤之盘铭曰：'苟日新，日日新，又日新。'"

③臆出之见：主观意见。

④法坐：正座。君主听朝之处。《汉书·梅福传》："愿壹登文石之陛，涉赤墀之涂，当户牖之法坐，尽平生之愚虑。"颜师古注："法坐，正坐也，听朝之处。"

⑤涉四时矣：据此可知，自元丰三年（1080），被神宗召见，曾巩已有一年的时间没有再见到神宗，所以才有了这次乞对。

【译文】

陛下以生而知之的天资，开创日日更新的政治局面。以圣人之道为准则，来改变汉、唐、五代以来卑弱的风气；从自身出发，来追迹尧、舜、三代的盛况。臣下尽管想不顾驽钝，时刻准备供陛下驱驰，但是臣下远离朝廷，生活在贫贱之中，无法为陛下所用。承蒙陛下圣明，鉴察臣下长期滞留朝廷之外，认为不容于情理，并召至京城；陛下圣明，无学不通，却也采纳臣下孤陋之见。陛下决定，在便殿接见臣下，向臣下咨询商议政事，并对臣下抚慰劝勉，接纳称扬，这些都不是臣下平时所能期望得到的。臣下尽管只有茅草陋质，却没有草木瓦石的冥顽。士人穷困颓老，只身一人，孤立天下，没有援引，却能蒙受圣君这样的知遇之恩，即便将自己乃至整个家族投于水火之中，也不足以报答陛下的恩泽。至于披肝沥胆，以尽绵薄之力，臣下理当不敢有丝毫保留。因此臣下不自量力，贸然谈论当朝政事。陛下包容我当诛之罪责，而采纳我浅薄的意见，并说有些意见合乎陛下的心意，臣下愚钝鲁笨，本不该享有这样的待遇。只不过由于陛下乃千载以下难得一见的神圣之人，文武兼擅，虚心采纳下属意见，而没有夸耀自己功绩之意、徇私利己之情，因此能够听取各种意见，广泛考察，哪怕一些微不足道的技能，也能加以利用，臣下愚鲁，生逢盛世，才有了如此的君臣际会。而今臣下在京城充数而已，尽管每天都能立于朝堂之下，然而身体不能靠近陛下庄严的正座，耳朵听不到陛下温厚的声音，已经一年了。但臣下尽忠的心愿，拳拳的情义，哪里有须臾废止呢！

伏念臣尝言天下之经费[①]，以谓皇祐、治平，庶官之员倍于景德[②]；议今之兵，以谓西北之宜在择将帅[③]。待罪三班[④]，获因职事，考于载籍，盖官日益众，而守塞之臣有未称其任者，得以推其事实，审其源流，其于裁处之宜，亦尝略窥其要。窃欲饰其所闻，敢终前日之说以献[⑤]。

【注释】

①臣尝言天下之经费：指曾巩在元丰三年（1080）十一月于垂拱殿所上的奏折《议经费札子》。

②以谓皇祐、治平，庶官之员倍于景德：曾巩《议经费札子》："景德官一万余员，皇祐二万余员，治平并幕职，州县官三千三百余员，总二万四千员。景德郊费六百万，皇祐一千二百万，治平一千三百万。以二者校之，官之众一倍于景德，郊之费亦一倍于景德，官之数不同如此，则皇祐、治平入官之门，多于景德也。郊之费不同如此，则皇祐、治平用财之端，多于景德也。"皇祐，宋仁宗赵祯的年号（1049—1054）。治平，宋英宗赵曙的年号（1064—1067）。庶官，各种官职。景德，宋真宗赵恒的年号（1004—1007）。

③议今之兵，以谓西北之宜在择将帅：曾巩《请减五路城堡札子》："臣尝议今之兵，以谓西北之宜在择将帅。"《请减五路城堡札子》是曾巩在管勾三班院事后，从分内角度所上的一份奏折，这应该

是一份切中时弊的建言。曾巩看到了西北兵多，东南兵少的现象，其实这并不奇怪，因为自北宋初年，西北少数民族政权始终是北宋统治者的心腹大患，而并不把东南几个未归顺的政权放在眼里，从军事力量的分配上，可以看出这种态度，这种态度一直持续到神宗时期，依然没有改变。曾巩这篇奏折的独到之处在于，他看到了一味增加军事城堡，除了增加军费投入外，并不能解决边患问题，而应当在选择将帅上下功夫，曾巩在奏折中用下围棋作比喻："夫将之于兵，犹弈之于棋，善弈者置棋虽疏，取数必多，得其要而已。故敌虽万变，涂虽百出，而形势足以相援，攻守足以相赴，所保者，必其地也。非特如此，所应者又合其变，故用力少而得算多也。不善弈者，置棋虽密，取数必寡，不得其要而已。故敌有他变，涂有他出，而形势不得相援，攻守不能相赴，所保者非必其地也。非特如此，所应者又不能合其变，故用力多而得算少也。守边之臣，知其要者，所保必其地，故立城不多，则兵不分，兵不分，则用士少，所应者又能合其变，故用力少而得算多，犹之善弈也。不得其要者，所保非必其地，故立城必多，立城多，则兵分，兵分，则用士众，所应者又不能合其变，故用力多而得算少，犹之不善弈也。"用围棋说兵，曾巩可谓善用喻者。

④三班：三班院。三班院相当于唐朝兵部之职。宋制，三班院职掌低品武臣铨选、差遣，考校三班使臣殿最，间或参议朝政。

⑤敢终前日之说以献：指对于《议经费札子》中尚未展开的话题，曾巩希望神宗再给一次对话的机会，以便更充分地向神宗阐述自己的见解。

【译文】

臣下曾经说过经略天下的费用，皇祐、治平年间百官的数量已经比景德年间多出一倍；臣下也曾议论过当今的军事，认为西北军事关键在于选择将帅。臣下任职于三班院，因所供职而有所心得，考察载籍，可以发现,百官数量越来越多,但是守卫边塞的将帅却并不称职,臣下依据事实,仔细分析事情的原委,对于如何合理裁处,也大略掌握了其中的要领。臣下愿意将自己了解到的稍加整理,把以前没有陈述完整的话题整理完备,献给陛下。

　　陛下方日孜孜,大有为于天下。内则更张庶事,外则经营四方。如臣之说有可采者,庶几制天下之用以养财[①],御天下之材以经武[②],有助圣政之万一。臣于受恩,非敢谓报,庶以明臣犬马之志,未尝不向上之所为也。

【注释】

　　[①]养财:积蓄、增多财物。曾巩《议经费札子》:"国之所不可俭者,祭祀也,然不过用数之仂(按,余数),则先王养财之意可知矣。"

　　[②]经武:整治武备。

【译文】

　　陛下正每天孜孜以求,想在天下有一番大的作为。对内重新布置大小事务,对外则经营四方事务。如果臣下的建议有值得采纳的地方,那么希望能够控制并积累天下的财用,统领天下人才使其经略武备,但愿能够对陛下的圣人事业有万分之一的帮助。臣下蒙陛下知遇之恩,不敢说能报答陛下,能够表明臣下愿为陛下效犬马之力的心志,以及臣下无时无刻不想陛下之所想,急陛下之所急,也就足够了。

　　臣又尝言,陛下方上稽《周礼》,旁参《六典》[①],以更定官制。臣于经营之体、损益之数,愿有毛发之补。伏闻百度已成[②],万务已定,而臣曾不能吐一言、陈一策,庶得因国大典,托名不泯。今条分类别,宣布有期,臣诚不自揆,以谓更制之日，新旧革易之初，弥纶之术固不可不有所素具③。窃欲自效，少裨圣画之绪余。臣于三者，或万有一得。然事有本末，理之详悉，宜得口陈。伏望特出圣慈，许臣上殿敷奏。干冒宸严④，臣不任。

【注释】

①《六典》：指《唐六典》。

②百度：百事，各种制度。

③弥纶：管理，治理。

④宸严：帝王的威严。亦喻指君王。

【译文】

臣下还曾经说过，陛下正借鉴《周礼》，参考《六典》，来重新审定官制。臣下希望对规划治理制度的制定、增加裁撤数量的确定有哪怕一丝一毫的补益。臣下听说各种制度已制定完成，天下事务也已确定，但是臣下在其中却没能说一句话、不曾上奏一条论策，真心希望凭借国家整理典章，使自己的姓名不至于泯灭。而今分门别类，很快就要宣诏颁布，臣下的确不自量力，认为在改革朝政的时期，新旧变革刚刚展开之时，各种管理办法不能不有所准备。臣下私下想为此尽一份力量，以期对陛下的革新蓝图有少许帮助。臣下对于上面所说的三个方面，思虑万次，或许有一得之见，但是任何事情都有源有流，道理要能说得明白，还须臣下亲口陈述。故而恳请陛下以圣人仁慈之心，准许臣下上殿详细面奏陛下。冲犯陛下威严，为臣不胜惶恐。

【评点】

张孝先曰：是时神宗方向用王安石改制变法，而公之意见，有与安石异者，故欲面对口陈。其所陈之事虽含蓄不露，而忠悃之诚已见于此状。

【译文】

张伯行说：当时神宗正在重用王安石进行改革变法，曾巩的建议，与王安石有不同，因此曾巩想面见神宗，当面陈述自己的看法。曾巩所陈述的内容尽管含而不露，但是，对待君主的忠诚之心，在这篇状文中看得非常清楚。

辞中书舍人状 阁门告报有旨更不得辞免，不曾上

【题解】

元丰五年（1082）四月，宋神宗擢拔曾巩为中书舍人，赐服金紫，不使入谢，令其尽快就职。同时，就势撤销其《五朝国史》的修撰任务。

中书舍人一职，宋人叶廷珪《海录碎事·臣职部》有相关的记载可以参考："朕（徽宗）闻，朝廷除一舍人，六亲相贺，谚以为'一佛出世'，岂容易哉？"据此可知，中书舍人地位清要。中书舍人以草拟诏书、封诰为职，元丰五年（1082）前，中书舍人还是寄禄官，不实际履行职事。元丰五年改制，中书舍人掌诏诰。曾巩被擢拔为此职，也许神宗就是看中了曾巩古雅的文风。不过，神宗罢修《五朝国史》这件事，对曾巩的影响非常大，他连上《辞中书舍人状》和《授中书舍人举刘攽自代状》，请求免去这项任命。辞呈在中书省就被拦下，告知他"有旨更不得辞免"（《辞中书舍人状》）。从中书省的文词上看，曾巩的辞呈没往上递交，神宗并未看过。也有可能，神宗施展帝王之术，即便看过且不同意曾巩的辞呈，又不想让曾巩知道他的态度，授意中书省如此托辞。

推辞不掉新职的曾巩走马上任。履新中书舍人的时候，正好遇上朝廷大量地选授官员，每天就有数十个新的任命。因为前中书舍人不在，这些任命的制文都要曾巩来写，每天要写数十通制文。职事虽然繁重，

曾巩仍能应付裕如，"人人举其职事以戒，辞约义尽，论者谓有三代之风，上亦数称其典雅"（《曾巩行状》）。曾巩任职中书舍人不过百余日，留下制辞二百三十二首。上至册立皇太子，下到任命太学博士几乎无所不包。元丰改制后的官僚制度被曾巩解释得一清二楚。

右，臣准阁门告报①，蒙恩授臣中书舍人者②。窃以唐虞三代之君③，兴造政事，爵德官能之际④，所以播告天下，训齐百工⑤，必有诏、号、令、命之文，达其施为建立之意。皆择当世聪明隽乂、工于言语文学之臣⑥，使之敷扬演畅⑦，被于简册，以行之四方，垂之万世。理化所出⑧，其具在此。至其已久，而谋谟访问⑨，三盘五诰誓命之书⑩，刻之为经，后世学者得而宗之，师生相传，为载籍首。吟诵寻绎⑪，以求其归，一有发明，皆为世教。盖其大体所系如此⑫。

【注释】

①准：依据，根据。阁门：宋代负责官员朝参、宴饮、礼仪等事宜的机关。分为东上阁门使、西上阁门使及副使等。掌有关朝会、游宴、庆贺、奉表等礼仪事。

②中书舍人：宋前期，无职事，为文臣所迁官阶。寄禄阶易为通议大夫。元丰改制以后，为职事官，置舍人六员，轮直草拟诏命，并分工签押本省吏、户、礼、兵、刑、工六房文书，如发现事有失当或除授非妥，许封还词头。

③唐虞三代：也称二帝三王时期，唐虞指唐尧、虞舜，二帝也即尧、舜；三代即夏、商、周，三王即禹、汤、文王。

④爵德官能：封有仁德者爵位，授予有能力者官位。爵，封爵。官，授官。

⑤训齐:教化、齐一。

⑥隽乂:指才德超拔。

⑦敷扬:传播宣扬。演畅:阐明,阐发。

⑧理化:治理与教化。

⑨谋谟:谋划,制定谋略。访问:咨询,求教。

⑩三盘:指今文《尚书》中《盘庚》篇,《盘庚》分上、中、下三个部分。

　　五诰:指今文《尚书》中的《大诰》《康诰》《酒诰》《召诰》《洛诰》

　　五篇。

⑪寻绎:抽引推求。

⑫大体:重要的义理,有关大局的道理。

【译文】

　　臣下得到阁门告知,承蒙陛下圣恩任命臣下为中书舍人。臣下以为尧舜三代时的君主,开始设计天下政治事务,为有德行的人加爵,让有能力的人做官,并告知天下,训令百官,一定要有诏、号、令、命的文书,传达施政者的意图。写作这些文书的人,都是由朝廷选拔的当今聪颖明慧、才德超卓、且擅长文字表达的人,让他们把施政者的意图传播宣扬,阐明发挥,写于简策之上,传之四方,流传后世。治理教化的政令,都是由这些文学之臣拟定的。很久以后,君王治理国家的谋略,咨询贤臣的内容,三盘、五诰、誓命之类的文书,都刻印出来,变成了经书,为后世的学者所尊奉,师徒授受,逐渐成为历代典籍中最为重要的部分了。后人不断吟诵、引用推求,以期得到其中蕴含的旨意,一旦有所发明,都可成为教化世人的依据。中书舍人的职责就是像这样关系重大。

　　逮至汉兴,虽不能比迹三代致治之隆,而诰令下者,典正谨严,尚为近古。自斯已后,岂独彝伦秕致①,其推而行之,载于明命②,亦皆文字浅陋,无可观采。唐之文章尝盛矣。当时之士,若常衮、杨炎、元稹之属③,号能为训辞,今

其文尚存，亦未有远过人者。然则号令文采，自汉而降，未
有及古，理化之具，不其阙欤？

【注释】

①彝伦：常理，常道。秕致（yì）：像糠秕一样被厌弃。致，厌弃。

②明命：特指帝王的命令、诏旨。

③常衮（729—783）：京兆（今陕西西安）人。唐天宝进士。代宗
　时，与杨炎同为中书舍人，长于制诰，《新唐书·常衮传》称其
　"文采赡蔚，长于应用，誉重一时"。杨炎（727—781）：字公南，
　别号小杨山人。凤翔天兴（今陕西凤翔）人。杨炎工诗文，长于
　制诰，与常衮齐名。《旧唐书·杨炎传》称其"风骨峻峙，文藻雄
　丽。……与常衮并掌纶诰，衮长于除书，炎善为德音，自开元已
　来，言诰制之美者，时称常、杨"。元稹（779—831）：字微之，别
　字威明，行九。鲜卑族后裔。世居京兆万年（今陕西西安）。长
　庆元年（821），进中书舍人、翰林承旨学士。诗与白居易齐名，世
　称"元白"。官中乐色，常诵其诗，呼为"元才子"。长诗《连昌宫
　词》较著名。又作有传奇《莺莺传》，为后来《西厢记》故事所取
　材。有《元氏长庆集》。

【译文】

等到汉代兴起，尽管不能和三代时期治理的隆盛局面相比，但是所
颁布的诰命、诏令，都非常典雅工整、严谨不苟，可见汉代政令文书去古
不远，犹有古貌。从此以后，不仅尽人皆知的常理皆已被厌弃，影响所
及，至于诰命、诏令，文字浅陋，不值得欣赏采撷了。到了唐代，文章曾经
盛极一时，当时能文之士，如常衮、杨炎、元稹之类，号称擅长写作训令言
辞，他们的文章至今仍然能够看得到，也没有太多过人之处。难道政令
文章所应具有的文采，汉代以后，就已赶不上古人了，治理教化的工具，
难道就因此而缺位了吗？

　　伏惟陛下以天纵之圣，阐明道术，所以作则垂宪，纪官正名，皆上追三王，下陋汉唐。至于出口肆笔，发为德音，固已独造精微，不可穷测。则于代言之任，岂易属人？臣浅薄暗瞀①，学朽材卜，误蒙陛下知之于摈排忌疾之中，收之于弃捐流落之地，属之史事②，已惧瘝官③。至于推度圣意，讨论润色，以次为谟训，彰示海内④，兹事至大，岂臣所堪？况侍从之官，实备顾问，而臣齿发已衰，心志昏塞，岂独施于翰墨，惧非其任，至于谋猷献纳⑤，尤不逮人。伏望博选于朝，旁及疏远，必有殊绝特出之材，能副圣神奖拔之用。所有授臣恩命，乞赐寝罢。

【注释】

①暗瞀（mào）：眼光短浅，愚昧无知。

②属之史事：指神宗让曾巩管勾编修院。

③瘝（guān）官：旷废官职、尸位素餐的官员。瘝，旷废。

④谟训：同属《尚书》"六体"。《书序》："典、谟、训、诰、誓、命之文，凡百篇。"谟，记述君臣国事谋议。训，记述训导之词。

⑤谋猷：计谋，谋略。

【译文】

臣下以为，陛下以天赋圣人之才，阐发修明圣人道术，来确立法则，垂范后世，纲纪百官，以正名义，所有这些，上可追法三王，下可鄙陋汉唐。至于出口成文、挥笔成章，皆为仁德之音，这本来就已经造诣精微，无人可比，高深莫测。因此，对于陛下的代言之职，怎么能够轻易交付于人呢？臣下浅薄，目光短浅，所学陈腐，天资不高，在臣下遭人排挤、被人猜忌的困境下承蒙陛下知遇之恩，并把臣下从被弃置的流放之地召回朝廷，让臣下担任史官，臣下就已经害怕旷废官职、尸位素餐了。至于推阐发挥圣人之意，讨论润色，写定训令昭示天下，这事关重大，怎能是臣下所能够胜任的？何况侍从官员，实际是用来顾问的，但臣下年事已高，发脱齿坠，心志已昏昧不明，怎能独立承担文书之责，恐怕不能担此重任，至于谋划献策，更不能与别人相比。还恳请陛下在朝廷广泛选择，同时也要兼顾并非身边的人，一定会有非凡出众的人才，能够不辜负陛下的赏识和提拔。所有对臣下的恩赐和任命，恳请作罢。

【评点】

张孝先曰：中书舍人掌诏诰，乃代言之任，其职未易居也。子固推之于唐虞三代以迄汉唐，而言居是职者之渐不及古，其议论卓然不刊。盖非子固不足以称斯任也。后世诏告之文，岂独不能比盛唐虞三代，即汉之深厚尔雅者，且邈乎其绝响矣。

【译文】

张伯行说：中书舍人执掌诏诰拟定，实际上肩负着为帝王代言的职责，这一职位是不容易做的。曾巩从尧舜夏商周时期，一直说到汉唐，认为担任这一职责的人，已经渐渐背离古道，这番评论是超凡且准确的。除非曾巩，没有人能够堪任此职。后代的诏诰文章，岂止是不能与尧舜夏商周时期的盛况相比，即便汉代的醇深厚朴、温尔文雅，也已经成为遥远的绝响了。

授中书舍人举刘攽自代状

【题解】

刘攽（1023—1089），字贡父，号公非，新喻（今江西新余）人。刘攽博闻强记，通六经典籍，尤长于史学，司马光聘其同修《资治通鉴》，专任秦、汉史的修撰。文章词艺典雅，擅长运用故实，朱熹称其文章"工于摹仿，学《公羊》《仪礼》"(《朱子语类·论文上》)。曾巩年长刘攽四岁，南丰与新喻相距不远，两人又都长于史学，却在两人的文集中不见早年相互交往的文字。嘉祐二年（1057），三十九岁的曾巩进士及第，一众文人送曾巩还乡，这其中包括刘攽的哥哥刘敞，刘敞赠诗相送，诗题中有"素闻"字眼，可见是初次交往，曾、刘两家交往，可能由此开始。曾巩《元丰类稿》中有首诗《和贡甫送元考元考不至》，贡甫即贡父，也即刘攽。诗中有"学问本闳博，言谈非谬悠"，说的是曾巩和刘攽共同的朋友元考，用这两句诗比况曾、刘二人，又何尝不可呢！两人以史学名闻于一时，应该惺惺相惜。当曾巩被赐封中书舍人这一清要之职时，他首先想到让刘攽来代替自己，神宗并没有同意。元祐年间，刘攽最终名副其实地获得了这一对于文士来讲象征至高荣耀的官职。

　　蒙恩授前件官①，准编敕节文、知杂御史已上授讫，许举官自代者，右谨具如前。臣伏见朝奉大夫、充集贤校理、知亳州刘攽，广览载籍，强记洽闻，求之辈流，罕有伦比。臣窃以谓引拔众材，弥纶世务，至于博学之士，固宜用在朝廷。况今圣质高明，究极今古，凡在左右当备顾问之臣，尤须多识前载②，然后能称其职。如攽所长，实允兹选。况攽累历州郡，治行可称。至于文辞，亦足观采。兼此众美，臣实不如。今举自代，谨具状奏闻，伏候敕旨。

【注释】

　　①前件官：指中书舍人。

　　②前载：前代的记载，史籍。

【译文】

承蒙陛下隆恩,授臣中书舍人之职,根据编敕节文、知杂御史以上官员接受任命后,允许举荐官员来代替自己,所请已如上所言。臣下以为朝奉大夫、充集贤校理、亳州知州刘攽,博览群籍,记忆超群,识见惬当,在同辈中,很少有人能够和他相比。为臣私下以为,引荐提拔人才,处理纷繁事务,像刘攽这样的博学之人,理应为朝廷起用。何况当今圣上天资聪明,博通古今,凡是在圣上身边充当顾问的大臣,尤其应该更多地了解前代史事,这样才能称职。刘攽所擅长的,恰好符合这一职位的要求。何况刘攽多年来在很多州郡做官,政绩品行为人称道。至于他的文采,也足以让人赞赏学习。刘攽兼具如此之多的长处,为臣实在不能相比。现臣下举荐他来代替自己,特写此文状呈给陛下,听候陛下的旨意。

【评点】

张孝先曰:数语质实,得推贤让善之体。

【译文】

张伯行说:寥寥几句话,却质朴实在,推举贤才,承让善人,文章写得非常得体。

劝学诏

【题解】

曾巩这篇诏文应该写于元丰五年(1082)出任中书舍人以后。

帝王劝学之诏,西汉武帝、南朝宋文帝、隋代炀帝都有颁布。北宋,学风更是超迈前代,先后有真宗、仁宗之劝学诏令。与前代劝学诏相比,曾巩所拟定的这篇诏文,就文体形式而言,不用典丽骈体,全用古文散行之体,虽无帝王诏令典重庄严之态,却能蔼蔼然、谆谆然,析理明晰,入乎耳、著乎心。从内容上讲，曾巩劝学，不论在《熙宁转对疏》中，还是这篇《劝学诏》中，都是从"心"说起，认为学能明心，学能祛心之蔽，让人看到了宋代理学言说的端倪，故后人认为他"首明理学"（刘埙《隐居通议》），"实开南宋理学一门"（袁枚《书茅氏八家文选》）。这也是朱熹很推崇曾巩的原因。

朕惟先王兴庠序以风四方①，所以使学士大夫明其心也②。夫心无蔽③，故施之于己，则身治而家齐；推之于人，则官修而政举。其流及远，则化民成俗，常必繇之④。古之所以长人材、厚人伦者，本是而已。朕甚慕之，故设学校，重学官之选，而厚其禄。凡欲以诱海学者，庶几于古也。而在位者无任职之心，承业者无慕善之志，至于师生相冒，挟赂为奸，嚚讼嚣然⑤，骇于众听，而况欲倡率训导，洽于礼义；磨砻陶冶，积于人心，使方闻修洁之士充于朝廷⑥，孝悌忠笃之风行于乡邑，其可得乎？朕甚悯焉⑦。故更制博士，而讲求所以训厉之方，定著于令，以为学制。予乐育天下之材，而庶几先王之治者，可谓至矣。

【注释】

①庠序：古代的地方学校。后亦泛称学校。风：教化。

②明其心：使心思清明纯正。赵与峕《宾退录》："学必明心，记问辨说皆余事。"可见，在宋人看来，为学的目的与"明心"相比，"记问辨说"都是不重要的。

③蔽：蒙蔽，壅蔽。在宋代理学中，"蔽"常常与"明"对举。《程氏遗书·伊川先生语四》："问：'人性本明，因何有蔽？'曰：'此须索理

会也。孟子言人性善是也。虽荀、杨亦不知性，孟子所以独出诸儒者，以能明性也。性无不善，而有不善者才也。性即是理，理则自尧、舜至于涂人一也。才禀于气，气有清浊，禀其清者为贤，禀其浊者为愚。'"

④"故施之于己"几句：《礼记·大学》："身修而后家齐，家齐而后国治，国治而后天下平。"这几句话正是从此演化出来的。

⑤嚚（yín）讼：奸诈而好争讼。《尚书·尧典》："吁！嚚讼，可乎？"孔传："言不忠信为嚚，又好争讼，可乎？"嚚然：扰攘不宁貌。

⑥方（páng）闻：博洽多闻。方，通"旁"。广大，广博。

⑦悯：忧愁。

【译文】

朕考虑先王兴办学校来教化四方之民，目的是让学士大夫修明心性。如果心性没有被蒙蔽，对于自己而言，就会修身齐家；推广到周围的人身上，就会官员清明、政务兴盛。影响所及，就会改变民风世俗。见微知著，国家之兴亡，常常导源于个体之修习。古人所说的培养人才，敦厚人伦，也是以此为根本。朕很向往先王之治，所以设立学校，重视学官的选拔，并提高他们的俸禄。这些引导人们一心向学的做法大致接近古人。但仍有一些人在其位而不谋其政，受业的学生没有努力向善的志向，至于师生相互冒犯、要挟、贿赂行为不端，奸诈聚讼扰攘不宁，更是骇人听闻，还谈什么提倡训示引导，使民风世俗符合礼仪；也不必说经过磨砺陶冶，逐渐影响人心，让博洽多闻、品行高尚的人充满朝廷了；更不必期望孝悌忠笃的世风，在乡村、郡邑得到提倡了，即便有这样美好愿望，能够实现这些愿望吗？朕很担心。所以改革博士制度，讲求训导激励学生的方法，将此以诏令的形式固定下来，形成学制。我很高兴培育天下的英才，这样先王时期的治世，就离我们不远了。

自今有敦行谊、谨名节、肃政教、出入无悖、明于经术者①,有司其以次升之,使闻于朕,将考择而用之,以劝于尔众士。有偷懦怠惰、不循于教、学不通明者②,博士吾所属也,其申之以诱导,使其能有易于志,而卒归于善,固吾之所受也。予既明立学之教,具为科条,其于学者,有奖进退黜之格,以昭劝戒。至于学官,其能明于教率③,而详于考察,有得人之称,则待以信赏。若训授无方,而取舍失实,亦将论其罚焉。明以告尔,朕言不欺。尚其懋哉④,无诒尔悔。

【注释】

①敦:恭谨。行谊:品行,道义。肃:庄重,严肃。

②偷懦:也作偷儒,苟且懒惰。《荀子·修身》:"劳苦之事,则偷儒转脱。"杨倞注:"偷谓苟避于事,儒亦谓懦弱畏事,皆懒惰之义。"

③教率:教授引导。

④懋:勤勉,努力。

【译文】

从今以后,凡是恭行仁义、名节谨严、严肃政教、举止合度、通晓经术的人,相关的官员按照次序逐级上报,让朕了解,朕将考察并择优录用他们,这对于你等读书之人也是一个激励。如果有人苟且因循、懈怠懒惰、违背教义、学问不圆通明澈,博士是我所属意的人,他们应该对这些生员加以引导,让他们改变志趣,并最终向善的方面回归,这本来就是我想要的结果。我既然确立了立学明教的方针,并制定了具体的方法,那么对于求学者,就执行奖励进取者、清退自弃者的原则,来昭示奖惩。对于朝廷学官,能够通晓讲授、引导之道,并且能够仔细考察,分辨学员的高下优劣,有得人的称誉,就将得到朝廷的信任和奖赏。如果教授无方,对人才不辨优劣,就应当给予惩戒。可以明确告诉你们,朕所说的话句句都是真的。希望你们勤勉学习,不要为自己留下遗憾。

【评点】

张孝先曰：南丰诸诏皆有西汉风格。余按斯篇所言，教学之弊，甚可叹息。末段责成学官意尤善。夫欲成人材、厚风俗，必由学始。学校者，致治根本之地也，而可使庸陋不学之辈，居模范之职乎哉？今郡邑学官，无论不能推明圣贤理义之蕴，率学者以穷理实践，即会文课艺，亦寂然无闻。师生相视，漠然如路人。然则学官所掌者，不过取具文书、奉行故事而已[①]，人材安得而成、风俗安得而厚乎？

【注释】

①取具文书：指上传下达各类文书。取具，谓领取备办。

【译文】

张伯行说：曾巩所写的诸篇诏令，都具有西汉的文风。我认为这篇诏令中谈到的教与学存在的弊端，让人感慨不已。文章最后一段对于学官的要求，用意非常好。想要培养人才，醇厚风俗，必须从教学开始。学校是治理国家的最根本的地方，怎能让平庸浅陋不学之人，居于为人楷模示范的位置上呢？现在州郡的学官，不要说不能推阐圣贤之道所蕴含的精义，也不能带领求学之人在实际践行中探求圣人之道，即便切磋诗文，研读制艺，也寂寂无名。老师之与学生，冷漠如同陌路之人。而学官所掌管的，不过上传下达各类文书、遵照执行旧有制度而已，这样怎能培养出人才、怎能使风俗醇厚呢？

劝农诏

【题解】

这篇诏文应该写于元丰五年（1082）。

　　北宋中期,庞大的官僚体系已经使得国家财政不堪重负;边防连年增兵,更使这一局面雪上加霜。曾巩在地方执政,对此深有体会,回到京师,管勾三班院事时,连上数条札子,谈的大多是这些问题。比如《议减经费札子》《请改官制札子》《请西北择将东南减兵札子》等等。曾巩也在不断思索导致这些困境的原因,在《论贫》中,他这样写道:"古者有常农无常兵,今也有常兵无常农,兵日以愈蕃,农日以愈贫,治之所以未孚者以此也。举天下之地连千亩而不耕者何数? 举天下之民投为兵者相望焉。莫若始今募兵者比而田,因弛旧兵也。"有常兵而无常农,这种本末倒挂的现象,是导致国家财政入不敷出的重要原因。至于解决之道,曾巩提出恢复屯田古制,使得兵农一体;减少西北边境的军事设施,将分散的兵力集中在几个关键的要塞,并且选出优秀的将领。在东南方向,则减少兵力。这些基本都是在减少朝廷的财政支出,属于节流。而"兴农"才是朝廷财政的开源之道。每年农时,天子扶犁、皇后亲蚕之类的仪式会按惯例举行,以表示天子对农业的重视。而曾巩代天子执笔的这篇《劝农诏》,除了这些仪式感之外,还有更深刻的现实意义。

　　夫农,衣食之所由出也[1]。生民之业莫重焉。一夫之力,所耕百亩,养生送死[2],与夫出赋税、给公上者[3],皆取具焉。不幸水旱螟螣之灾[4],往往而有,可谓劳且艰矣。从政者知其如此,故不违其时、不夺其力以使之[5],明时之因析以授之,差地之腴瘠以处之,春省耕、秋省敛以助之。《诗》曰:"馌彼南亩,田畯至喜[6]。"言上所以劳之也。又曰:"骏发尔私,终三十里[7]。"言上所以劝之也。其奖励成就之者如此。

【注释】

①夫农,衣食之所由出也:白居易《策林·不夺人利》:"君之所以为

　　国者，人也；人之所以为命者，衣食也；衣食之所从出者，农桑也。
　　若不本于农桑而兴利者，虽圣人不能也。"

②养生送死：指赡养活着的人和埋葬祭祀死者。

③公上：朝廷，官家。

④螟螣（tè）：两种食苗的害虫。《诗经·小雅·大田》："去其螟螣，
　　及其蟊贼。"毛传："食心曰螟，食叶曰螣。"

⑤不违其时：即不违农时，不误耕作季节。《孟子·梁惠王上》："不
　　违农时，谷不可胜食也。"不夺其力：在农时，朝廷不强征劳役。

⑥馌（yè）彼南亩，田畯至喜：语出《诗经·豳风·七月》。馌，往田
　　野送饭。田畯，田啬夫，掌管农事的官吏。

⑦骏发尔私，终三十里：语出《诗经·周颂·噫嘻》。骏，疾，快。
　　发，开发。私，私田。毛传："私，民田也。"一说，私当为"耜"字之
　　误，耜为翻土农具。终，尽。三十里，天子籍田千亩，约合三十里。

【译文】

　　农业，百姓穿衣吃饭皆来源于此。在百姓所赖以生存的百业之中，
没有比农业更为重要的了。依靠一个人的力量，能够耕作百亩土地，至
于养活生者，埋葬死者，缴纳赋税，供给朝廷，都依赖这块土地。可不幸
的是洪灾、旱灾、虫灾等，经常出现，百姓的生活可以说不仅劳碌而且更
加艰难。从政的人如果了解百姓的这些难处，就会不违背农时、不强行
征调农夫来服徭役，清楚时节的转变并授时于民，区分土地的肥瘠并用
相应的方法来处置它，要明确春季播种、秋季收获，并帮助农民做好这些
工作。《诗经》中写道："农忙时节，农夫的家人到南郊的田地里去送饭，
田官看到了非常高兴。"是说处上者慰劳农夫。《诗经》中又写道："赶快
开发你们的私田，耕耘全部千亩土地。"是说处上者勉励农夫耕作，不误
农时。古代的君王就是这样奖励和促成农业丰收的。

　　朕自承天序①，内重司农之官②，外遣劝农之使③。为之

弛力役、均地征、修水利④。或一雨愆期⑤，则忧见于色；或一谷不成⑥，则为加恻怛⑦。有复除之科⑧，有赈恤之令。夙夜孜孜，焦心劳思者，凡以为农也。今耕者众矣，而尚有未勉；垦田广矣，而尚有未辟。岂拊循劝率有所未备欤⑨？抑吏怠而忽，不能宣究欤⑩？有司其于农桑之务，益思所以除害兴利。诏令已具者，无或雍阏⑪；所未尽者，勿惮以闻。要使缘南亩之民⑫，举忻忻然乐职安业，洽于富足，称朕意焉。

【注释】

①天序：帝王的世系。

②司农之官：指朝廷户部官员。掌管全国户口、土地、钱谷、赋役之事。

③外遣劭（shào）农之使：北宋真宗景德三年（1006）二月，朝廷令地方官以"劝农使"入衔，从此形成制度，直至清末行之不缀，影响深远。劭，劝勉。

④为之弛力役、均地征、修水利：这些是朝廷发展农业的具体措施。弛力役，减少劳役。均地征，平均赋税。修水利，兴修水利。

⑤愆期：误期，失期。

⑥成：收成。

⑦恻怛：哀伤。

⑧复除：谓免除赋役。科：规定，法规。

⑨拊循：安抚存恤。劝率：劝导。

⑩宣究：穷尽。谓深入推求。

⑪雍阏（è）：阻塞。雍，通"壅"。堵塞。阏，遏止，抑制。

⑫南亩：谓农田。南坡向阳，利于农作物生长，古人田地多向南开辟，故称。《诗经·小雅·大田》："俶载南亩，播厥百谷。"

【译文】

朕自从继位以来，朝廷内部重视司农之官，对外派遣劝农使者。为了发展农业,朝廷减少劳役,平均土地征收的赋税,兴修水利设施。有时一场雨过期不至,朕就会流露出担忧的神色;有时一种谷物没有收成,朕就会为民生哀伤不已。朕制定了免除赋役的规定,也颁布过赈济抚恤的诏令。朕不分日夜,勤勤恳恳,苦心思虑,都是为了农事啊。如今尽管从事耕作的人很多,但是仍然有不能勤勉之人;开垦的田地的确更广了,但还有没有开辟的荒地。是因为官吏安抚劝导还做得不够吗?或者官吏懈怠疏忽,而不能深入理解重农的本意吗?农官应该在管理农桑事务之余,更要考虑怎样除害兴利。诏令已经下达了,不可阻碍其实行;如果有疏漏之处,不要有顾虑,尽管让朕知道。务必使辛勤耕作的农民,全都安居乐业,普遍生活富足,这样就合乎朕的心意了。

【评点】

张孝先曰:农桑,民之本务,岂不欲自力哉①?有司者不能兴利除害,而重困苦之,此民所以狼狈失业而不得缘南亩者也②。聂夷中诗云③:"二月卖新丝,五月粜新谷。医得眼前疮,剜却心头肉。"留心民瘼者,能不为之慨然?

【注释】

①自力:尽自己的力量。
②狼狈:比喻艰难窘迫。失业:丧失产业。
③聂夷中(837—?):字坦之,河南中都(今河南沁阳)人,一言河东(今山西永济)人。唐代诗人。尤擅长五言古诗。因其出身贫寒,对人民之贫寒艰苦有切身体会,故所作诗"多伤俗闵时之举,哀稼穑之艰难"(辛文房《唐才子传》)。下引诗句出自其诗《伤田家》。

【译文】

张伯行说:农业耕作与种桑养蚕,是百姓最根本的任务,怎能不愿尽自己最大的力量呢？当政者不能为百姓兴利除害，反倒让他们饱受困苦，这就是百姓生活潦倒，流离失所，而不能专心于耕种土地的原因。聂夷中的诗句："二月卖新丝，五月粜新谷。医得眼前疮，剜却心头肉。"说的正是百姓的这一困境。留心百姓疾苦的人，怎能不因此而慨叹呢？

正长各举属官诏

【题解】

曾巩这篇诏文写于元丰五年（1082）中书舍人任上。

元丰三年（1080）十一月二十一日，曾巩被神宗留京管勾三班院事后，上奏《请令长贰自举属官札子》，提出："若使本司长贰之官，自郎以下，员有未备，皆举二人以闻，以陛下之明，其于群臣材分，无不周知。取其所举，择用其一，其余书之于籍，以为内外之官选用之备。庶几为官得人，足以上副陛下作则垂宪非常之大志。"两年后，曾巩出任中书舍人，神宗采纳了他的建议，将这种选官办法以诏令的形式颁行天下。这一选官方法，中唐名相陆贽也曾使用过，陆贽在《请许台省长官举荐属吏状》中对此有详细阐述。可见，这实际上是古已有之的选官制度，被后人称为"辟举制度"。辟举制度最大的优点就是免去了许多繁琐的任官程序，使得本司长官可以较为全面地根据空缺官职之所需，及对所辟之人较为全面地了解，来选择僚属。缺点则是对统治者而言，下放了部分的官员任免权，容易形成利益团体不利于中央集权。辟举所表现出的优缺点，使统治者常常处于十分为难的境地，统治者既想保留这种制度，使其发挥积极的作用，又想限制辟举的范围和权限，使其始终纳入维护统治的范围。纵观古代铨选史，辟举制度的存废，正是反映了统治者的这种矛盾心理。因此在有宋一代，统治者也始终为这一矛盾所困扰，时存时废，总是希图找到一个完美的平衡点。

曾巩在这篇诏文中，更多的是强调了辟举制度的优点，比如储才的功能："各于其所部，员有未备，皆举二人以闻，朕将择而用之。其未用者，亦识其名以待用""非独搜扬幽滞，庶几为官得人，亦将以观吾大臣之能，使朕得与众士大夫合志同心，以进天下之材"。诏文也明确了赏罚规定，"所举惟公，以应朕之求；所陈惟实，以严朕之诏。其得材失士，有司其各以等差，具为赏罚之格，朕将举而行之。赏吾不吝，罚亦无舍"，以此保障这一制度有效执行。

　　盖闻尧之治，曰"百姓昭明"①；舜之治，曰"四门穆穆"②。然则当是之时，在位皆君子，其是非不惑可知也。故尧欲厘百工③，舜欲熙帝载④，求可任者，皆访诸四岳⑤。因四岳以命禹⑥，又因禹以命稷、契、皋陶⑦，因群臣之佥曰以命垂、益、伯夷⑧，因伯夷以命夔、龙⑨。其审官用贤，不自任其聪明，而稽之于众如此。然存于《书》，二帝所命者，羲和、九官、十二牧⑩，皆官之正长也。至于属官，则未有二帝尝命之者。其遗法之可考，则周穆王命伯冏为太仆正，戒之曰："慎简乃僚，无以巧言令色，便辟侧媚，其惟吉士⑪。"则自择其官之属者，官之正长之事，此先王之成法也。

【注释】

①盖闻尧之治，曰"百姓昭明"：语出《尚书·尧典》："九族既睦，平章百姓。百姓昭明，协和万邦，黎民于变时雍。"百姓，百官。

②舜之治，曰"四门穆穆"：语出《尚书·舜典》："纳于百揆，百揆时叙。宾于四门，四门穆穆。"四门，四方之门。穆穆，端庄恭敬。

③厘百工：治理百官。厘，治理。百工，百官。语出《尚书·尧典》："允厘百工，庶绩咸熙。"

④熙帝载：振兴帝尧的事业。熙，兴盛，兴起。帝，此指尧。载，事，

事业。语出《尚书·尧典》：舜曰："咨，四岳，有能奋庸熙帝之载，使宅百揆，亮采惠畴？"

⑤访诸四岳：《尚书·尧典》："月正元日，舜格于文祖，询于四岳，辟四门，明四目，达四聪。"四岳，四方诸侯之长。

⑥因四岳以命禹：舜由于四岳的推荐而任命禹为司空。《尚书·尧典》："舜曰：'咨，四岳，有能奋庸熙帝之载，使宅百揆，亮采惠畴？'佥曰：'伯禹作司空。'帝曰：'俞，咨禹，汝平水土，惟时懋哉！'"

⑦又因禹以命稷、契、皋陶：舜由于禹的推荐任命稷为管理农业的后稷，任命契为掌管教化的司徒，任命皋陶为管理司法的士师。《尚书·尧典》："帝曰：'弃，黎民阻饥，汝后稷，播时百谷。'帝曰：'契，百姓不亲，五品不逊，汝作司徒，敬敷五教，在宽。'帝曰：'皋陶，蛮夷猾夏，寇贼奸宄，汝作士，五刑有服，五服三就。五流有宅，五宅三居。惟明克允。'"稷，即弃，为周人始祖。契，商人始祖。

⑧因群臣之佥曰以命垂、益、伯夷：舜由于群臣的推荐任命垂为管理工匠的共工，任命益为管理山林草泽的虞，任命伯夷为主管礼仪的秩宗。《尚书·尧典》："帝曰：'畴若予工？'佥曰：'垂哉！'帝曰：'俞！咨垂。汝共工。'""帝曰：'畴若予上下草木鸟兽？'佥曰：'益哉。'帝曰：'俞！咨益。汝作朕虞。'""帝曰：'咨！四岳。有能典朕三礼？'佥曰：'伯夷。'帝曰：'俞！咨伯，汝作秩宗。夙夜惟寅，直哉惟清。'"佥，都，皆。

⑨因伯夷以命夔、龙：伯夷推让秩宗之职给夔与龙，舜于是任命夔为掌管音乐的典乐，任命龙为掌管传达王命、反映下情的纳言。帝曰："夔！命汝典乐，……八音克谐，无相夺伦，神人以和。"帝曰："龙！朕堲谗说殄行，震惊朕师。命汝作纳言，夙夜出纳朕命，惟允。"

⑩羲和：羲氏与和氏的并称。传说尧曾命羲仲、羲叔、和仲、和叔两对兄弟分驻四方，以观天象，并制历法。九官：即上言禹、稷、契、皋陶、垂、益、伯夷、夔、龙九人。十二牧：传说中舜时十二州的长

官。《尚书·舜典》："咨十有二牧。曰：食哉惟时，柔远能迩，惇德
允元，而难任人，蛮夷率服。"蔡沈集传："十二牧，十二州之牧也。"
⑪"慎简乃僚"几句：语出古文《尚书·囧命》。简，选择，挑选。

【译文】

　　听说尧治理天下的时候，号称"百官明白为政者的意图"；舜治理天
下的时候，号称"四方诸侯、宾客皆恭敬来朝"。在尧舜之时，居于官位
的都是君子，可知他们对于是非不会有什么疑惑。所以尧想要治理百
官，舜想要振兴帝王事业，寻求能够胜任的辅佐者，向四方诸侯长咨询，
于是四方诸侯长都举荐禹，又根据禹的推荐任命了稷、契、皋陶，又因为
群臣都称道，所以任命垂、益、伯夷，又由于伯夷的推荐任命了夔、龙。他
们审查官员，任用贤人，不会仅凭自己的明察智慧就任命他，而是像这样
依靠众人的判断。但是《尚书》中所看到的，尧舜二帝所任命的官员，像
羲和、九官、十二牧等，都是官职中的正职。至于从属的官员，则从文献
中看不到有经二帝任命的。古代关于属官任命的可以考证的遗法，有周
穆王任命伯冏为太仆正，告诫伯冏说："谨慎地选拔你的官吏，不要任用
那些花言巧语、伪装和善、逢迎谄媚、奸诈邪恶之人作为你的僚属，任用
的都应该是贤良之人。"可见，选择僚属应该是正职官员的职责，这是从
先王时期就已存在的成法。

　　汉魏以来，公府郡国亦皆自辟其属①，而唐陆贽请使
台省长官自择僚属②。盖上下之体相承如此，以周天下之
务③，此古今之通理也。

【注释】
①辟：征召。
②而唐陆贽请使台省长官自择僚属：指陆贽《请许台省长官举荐属
　吏状》。

③周：完备，完善。

【译文】

汉魏以来，公府郡国也都是由自己任命僚属，而到了唐代，陆贽奏请让台省长官自己选择僚属。从历史的角度来看，这一制度是代代相承的，天下事务因此得到完善的管理，这是古今适用的通理。

　　今朕董正治官①，始自三省②，至于百工③，皆正其名。夫使在位皆君子，而是非不惑，此朕素所以厉士大夫也。故凡官之长贰，朕既考择而任之。尚书政本也④，自郎已下用吏甚众，其令仆射、左右丞、尚书、侍郎，各于其所部，员有未备，皆举二人以闻，朕将择而用之。其未用者，亦识其名以待用。朕稽于古以正百官，稽于众以求天下之士，其勤可谓至矣。惟官之长贰之臣，皆朕所属以共成天下之治，其尚体朕意，所举惟公，以应朕之求；所陈惟实，以严朕之诏。其得材失士，有司其各以等差，具为赏罚之格，朕将举而行之。赏吾不吝，罚亦无舍。非独搜扬幽滞，庶几为官得人，亦将以观吾大臣之能，使朕得与众士大夫合志同心，以进天下之材。作则垂法，行之于今，以诒后世。追于先王之成宪，无令唐虞有周专美于古，不其美欤！咨尔庶位，其谕朕意—作怀。

【注释】

①今朕董正治官：指元丰官制改革。董正，监督纠正，督察整顿。语出古文《尚书·周官》："六服群辟，罔不承德，归于宗周，董正治官。"

②三省：指中书省、门下省、尚书省。北宋初期，权力集中在中书，三

省无实权。元丰改制后,中书分权三省;中书省承旨、造令,门下省审议、覆奏,尚书省颁降、施行。元丰改制分解了宰相的权力,皇帝直接参与到朝政之中,从而加强了皇权。

③百工:即百官。

④尚书:此当指尚书省。元丰改制后,尚书省依《唐六典》振举其职,掌执行经由门下省所付制、诏、敕、令,统管吏部、户部、礼部、兵部、刑部、工部六部及其所属二十八司(吏部五司、户部七司、礼、兵、刑、工部各四司)。朝廷有疑事,集百官商议可否;六部难以决定的事务,予以总决;如需请示裁夺,则按民事、军事分送中书省或门下省;凡更改法令,议定后上奏;文武百官奖赏、惩罚事,每一季度汇总付进奏院通过邸报通报全国;大礼前,掌百官受誓戒。

【译文】

而今,朕整顿天下官职,从三省开始,一直到百官,都要做到名实相副。让每一个职位上的人都是君子,而且在是非问题上不至于迷惑,这些正是朕平时勉励士大夫要做到的。所以凡是一个官职的正副官员,朕已经选择并进行考察、任命了。尚书省是朝廷政务的根本,从郎官以下,任用的官吏数量很大,命令仆射、左右丞、尚书、侍郎执掌所在各部门,如果属员还不齐备,都准举荐二人上报,朕将加以别择并进行任命。没有被任用的,也会记下他们的名字,以备日后征用。朕考察先王之法来校正百官之设,考察民众的意见来征用天下之士,朕可谓辛勤备至了。正副职官员,都是直接隶属于朕,并和朕一起成就天下治理的大业,应该能够体察朕的意思,举荐人才必须秉持公心,这样才能符合朕对人才的需求;陈述事务必须实事求是,这样才能使朕的诏令更加严谨。至于各级官员在任用属员时,是获得了人才还是失去了人才,负责监管的部门应对具体情况进行考察,并评出等级,制定赏罚标准,朕允准后,颁布实施。朕对赏赐不会吝啬,对于惩罚也不会客气。这样做,不只是搜寻褒扬幽栖隐居之士，也是为朝廷获取人才，同时也能够看得出朕的大臣们的能力，让朕与众大臣齐心合力，来获得天下的人才。立下规则，在当今实行，并传之后世。效仿先王的成法，不让尧、舜、周在古代专享美名，这不是很好的事情吗！唉！众爱卿，希望你们了解朕的意思。

【评点】

张孝先曰：此即前所上札子意。引证经典，凿凿有据。盖令正长各举其属，此法近古，可以收得人之效。但恐其不公，故必严举者之赏罚。后世循资格而用之，法虽公而得人不如古矣。

【译文】

张伯行说：这正是前面所上札子的意思。文章引经据典，论据确凿有力。让各机构的正副官员各自推举他们的僚属，这种办法最接近古意了，可以取得尽收天下英才的效果。但是也担心荐举不公正，因此必须严格规定对于荐举者的赏罚。后世依循资格而用人的方法，尽管公正，却已失却得到人才古意了。

曾文定公文

上范资政书

【题解】

范资政即范仲淹,资政,即资政殿学士,真宗景德二年(1005)特置,无典掌而资望高,出入侍从,以备顾问。庆历元年(1041),曾巩在京城拜见了欧阳修,欧阳修对曾巩大加赞誉。从此,曾巩文章声名日隆,当时的士人对曾巩给予了高度的关注,这其中就有范仲淹。庆历三年(1043),范仲淹由陕西经略安抚使入京任枢密副使,旋拜参知政事,与富弼、欧阳修等掀起"庆历新政",多所举劾,削减"任子"之恩。更张不久,上层权贵谤毁日涨,朋党之论甚嚣尘上。庆历四年(1044)六月,范仲淹罢参知政事,以资政殿学士为陕西四路安抚使知郴州。皇祐元年(1049)正月,范仲淹移知杭州,并在资政殿学士官衔上加给事中礼部侍郎。信中称"资政给事",据此可知,这封书信的写作时间应该不早于皇祐元年。这一年,范仲淹连番举荐的李觏,终于被朝廷任命为将仕郎、太学助教。范仲淹在同年写信召唤李觏至杭州见面。李觏和曾巩同属建昌军,且二人有师友之谊,二人相约一起赴杭州拜见范仲淹。这封书信应该是曾巩在与范仲淹会面之前写就,作为进见之贽。曾巩此信对已失败的新政表示赞颂,希望范仲淹在挫折之时,不以"天下非之"为意。史称范仲淹泛通"六经",精于《易》学,撰有《易义》,曾巩则以《易》道相励,亦见行文之所用心。

　　资政给事[①]:夫学者之于道,非处其大要之难也。至其晦明消长、弛张用舍之际[②],而事之有委曲几微[③],欲其取之于心而无疑,发之于行而无择;推而通之,则万变而不穷;合而言之,则一致而已。是难也,难如是。故古之人有断其志虽各合于义,极其分以谓备圣人之道则未可者。自伊尹、伯夷、展禽之徒所不免如此[④]。而孔子之称其门人,曰德行、文学、政事、言语,亦各殊科[⑤],彼其材于天下之选,可谓盛矣。然独至于颜氏之子[⑥],乃曰:"用之则行,舍之则藏,惟我与尔有是夫[⑦]。"是所谓难者久矣。故圣人之所教人者,其晦明消长、弛张用舍之际,极大之为无穷,极小之为至隐[⑧]。虽他经靡不同其意,然尤委曲其变于《易》,而重复显著其义于卦爻象象系辞之文[⑨],欲人之可得诸心而惟所用之也。然有《易》以来,自孔子之时,以至于今,得此者颜氏而已尔[⑩],孟氏而已尔[⑪]。二氏而下,孰为得之者欤?甚矣,其难也!

【注释】

①资政给事:据《续资治通鉴长编》卷一六七,皇祐元年(1049)正月,以知邓州资政殿学士给事中礼部侍郎范仲淹知杭州。据此可知,这封书信的写作时间应该不早于皇祐元年。

②晦明:指韬晦隐迹。消长:增减,盛衰。用舍:"用行舍藏"的缩语。被任用即行其道,不被任用即退而隐居。

③几微:犹预兆,隐微。

④自伊尹、伯夷、展禽之徒所不免如此：伊尹为殷商贤臣，太甲即位，荒淫不理国政，伊尹将其放逐。三年后太甲悔过，伊尹又将其接回复位。伯夷为叔齐之兄，其父孤竹君遗命立叔齐为君，叔齐让位，伯夷不受。二人投奔周。周武王伐商，二人谏阻，商被灭，他们又避到首阳山，不食周粟而死。展禽为春秋鲁大夫，因食邑柳下，谥惠，故称柳下惠。做法官多次被黜，有人劝他去别国做事，他说："直道而事人，焉往而不三黜？枉道而事人，何必去父母之邦？"意即正直地工作，无论在何地都要撤职，不正直地工作，何必要离开祖国？后人认为以上三人行事，符合道义，但曾巩认为三人行事可以称之为"合义"，但还不足以称之为合乎"圣人之道"。

⑤"而孔子之称其门人"几句：《论语·先进》："德行：颜渊，闵子骞，冉伯牛，仲弓。言语：宰我，子贡。政事：冉有，季路。文学：子游，子夏。"

⑥颜氏之子：即孔子弟子颜回。

⑦"用之则行"几句：语出《论语·述而》。

⑧极大之为无穷，极小之为至隐：所谓"极大""无穷"者，《周易·系辞传上》："夫《易》开物成务（事物的创始与完成），冒（覆盖）天下之道，如斯而已者也。是故圣人以通天下之志，以定天下之业，以断天下之疑。"此即圣人教人以"极大"。所谓"极小""至隐"者，《系辞传下》："夫《易》彰往而察来，而微显阐幽。"此教人以"极小"。

⑨卦爻彖象系辞：对《易》的释读有《易传》，《易传》包含"七经十翼"：《彖》（上、下）、《象》（上、下）、《文言》《系辞》（上、下）、《说卦》《序卦》《杂卦》。

⑩得此者颜氏而已尔：《周易·系辞传》："子曰：'颜氏之子，其殆庶几乎！有不善未尝不知，知之未尝复行也。'《易》曰：'不远复，无

祗悔,元吉。'"夫子学《易》,"可以无大过",颜子好学,亦能体复,故夫子《易传》独称之。

⑪孟氏:即孟子。关于孟子对《周易》的研习运用,邵雍《邵雍集·观物外篇》曾说:"知《易》者,不必引用讲解,是为知《易》。孟子之言未尝及《易》,其间《易》道存焉,但人见之者鲜耳。人能用《易》,是为知《易》,如孟子所谓善用《易》者也。"

【译文】

范资政:学者对于圣人之道,并非掌握大道的关键很困难。至于大道或显或隐、或盛或衰、或松弛或紧张、或被起用或被舍弃之时,大凡世事初现皆有朕兆,想要用心去感知它而没有怀疑,发而为行动而不用别择;推演开去,千变万化,没有穷尽;综合起来分析,则又万变不离其宗罢了。这些困难,才是真正的困难。所以推断古人之心志,尽管各自合乎义的要求,但如果因此而断定其合乎圣人之道,则是不准确的。从伊尹、伯夷、展禽等人开始就不免这样了。到了孔子称述他的弟子们,分为德行、文学、政事、言语等不同的科门,这些人才与天下人才相比,真可谓盛况空前了。然而孔子只有评价颜回时才说:"任用我,就干一番事业,不任用我,就隐居起来,只有我和你才能这样吧。"因此,圣人之道难以真正掌握,很久以来就是如此。所以圣人能够传授给人的所谓"道",或显或隐、或盛或衰、或松弛或紧张、或被起用或被舍弃之时,可以大到无穷,也可以小到至微。即使其他的经书也蕴含这些道理,但《易》中所包含的尤其富于变化,并反复呈现于其中的卦爻象象辞中,想让人们能够心有领会而且能有所应用。但是自从《易》面世以来,孔子以后,一直到现在,真正理解《易》之精义的只有颜回、孟子罢了。两人之后,有谁能够理解这一部经书呢? 这部经书的确太难了!

　　若巩之鄙,有志于学,常惧乎其明之不远①,其力之不强,而事之有不得者。既自求之,又欲交天下之贤以辅而进,由其磨砻灌溉以持其志、养其气者有矣②。其临事而忘、其自反而馁者③,岂得已哉? 又惧乎陷溺其心④,以至于老而无所庶几也⑤。尝间而论天下之士,豪杰不世出之材,数百年之间未有盛于斯时也⑥。而造于道⑦,尤可谓宏且深,更天下之事⑧,尤可谓详且博者,未有过阁下也。故阁下尝履天下之任矣。事之有天下非之,君子非之,而阁下独曰是者;天下是之,君子是之,而阁下独曰非者⑨。及其既也⑩,君子皆自以为不及,天下亦曰范公之守是也。则阁下之于道何如哉! 当其至于事之几微,而讲之以《易》之变化,其岂有不尽者邪? 夫贤乎天下者⑪,天下之所慕也,况若巩者哉? 故愿闻议论之详,而观所以应于万事者之无穷,庶几自瘳以得其所难得者⑫,此巩之心也。然阁下之位可谓贵矣,士之愿附者可谓众矣,使巩也不自别于其间,岂独非巩之志哉? 亦阁下之所贱也。故巩不敢为之。不意阁下欲收之而教焉,而辱召之⑬。巩虽自守,岂敢固于一邪? 故进于门下,而因自叙其所愿与所志以献左右,伏惟赐省察焉。

【注释】

①常惧乎其明之不远:常担心自己没有远见。明而能远,言事情看得清楚,且能长远。

②磨砻(lóng)灌溉:指师友间相互砥砺、涵润影响。磨砻,磨练,切磋。养其气:指保养元气,涵养本有的正气。

③临事而忘:遇事因顾虑太多,而不知如何是好。自反:反躬自省。馁:丧失勇气,害怕。

④陷溺:比喻深深陷入错误的泥淖而无法自拔。

⑤庶几：希望，但愿。

⑥"尝间而论天下之士"几句：曾巩于庆历四年（1044）五月《上蔡学士书》中写道："自汉降戾后世，士之盛未有若唐也。自唐太宗降戾后世，上之盛未有若今也"，"今有士之盛，能行其道，则前数百年之弊无不除也"。这两封信对当世人才的评价是一致的。

⑦造于道：即造道，在道德修养上所达到的境界。

⑧更天下之事：即更事，经历世事。

⑨"事之有天下非之"几句：关于范仲淹的这一特点，欧阳修《资政殿学士文正范公神道碑铭》也曾有这样的表述："其事上遇人，一以自信，不择利害为趋舍。其所有为，必尽其力。曰：'为之自我者当如是！其成与否，有不在我者，虽圣贤不能必，吾岂苟哉！'"

⑩及其既：谓等到事情是非曲直已经显明的时候。

⑪贤乎天下者：天下所公认的贤者。

⑫得其所难得：学到这些人才身上常人所难具有的能力。

⑬不意阁下欲收之而教焉，而辱召之：由此句可见，范仲淹在召见李觏的同时，也邀约了曾巩，并愿意招收曾巩为门徒。曾巩和范仲淹的交往，在《答范资政书》中也可以看出，《答范资政书》应该是曾巩在杭州拜见完范仲淹，回到家中一年之后，写给范仲淹的致谢信。信中说道："若巩之鄙，窃伏草茅，阁下于羁旅之中，一见而已"，"而拜别期年之间，相去数千里之远，不意阁下犹记其人，而不为年辈爵德之间，有以存之"，"蒙赐手书及绢等"。

【译文】

　　像我这样的鄙陋之人，立志求学，常常担心自己没有远见，能力不强，做事不能成功。一方面自己下功夫自我提升，另一方面，也想结交天下贤德之士来帮助自己进步，相互切磋、砥砺、浸润、培育，来持守心志，培养浩然之气。至于遇事而犹豫不决，反躬自省而垂头丧气的情况也会时常出现，这些情况，怎能是出于自己的意愿呢？又担心自己心志沉迷，以至于到老也无所成就。曾经议论天下之士,尽管豪杰之士不会经常出现,但在数百年之间没有比现在更兴盛的了。至于说精通圣人之道,既宏且深,所经历的天下大事,既详细又广博,没有人能够比得上阁下了。所以阁下曾经承担过治理天下的重任。有些事情天下人包括君子,都以为不对,而只有阁下认为是对的;也有些事情天下人包括君子,都认为是对的,而只有阁下认为是错的。等到结果出现,君子都自叹不如,天下人也都说范公所坚持的是对的。可见,阁下对于圣人之道的造诣是多么精深了! 当他们面临事情的隐微之势,也会运用《易》来进行分析,难道是他们没有理解《易》的精妙之处吗? 在天下以贤德著称的人,肯定会被天下人所仰慕,何况像我这样的人呢? 因此,我愿意很详尽地听到他们的高论,目睹他们处理天下事务的能力,这样也许能够自己领悟到这类人才的难得,这是我心中真实的想法。但是,阁下的地位太尊贵了,士人中愿意依附阁下的人太多了,让我不加区别地混杂在这些人中间,这难道仅仅是我曾巩不情愿这样做吗? 这应该也是阁下所鄙视的。所以我不愿随波逐流。没有想到,阁下愿意收下我、教导我,并召见我。我尽管能够自我守持,又怎敢固守一端呢? 所以来到您的门下,并自述心中所愿以及志向所在献给您,恳请阁下不吝指教。

【评点】

茅鹿门曰:此书曾公既自幸为范文正公所知,窃欲出其门,又恐文正公或贱其人,故为纡徐曲折之言,以自通于其门。而行文不免苍莽沉晦,如扬帆者之入大海,而茫乎其无畔已。若韩昌黎所投执政书,其言多悲慨;欧公所投执政书,其言多婉曲;苏氏父子投执政书,其言多旷达而激昂。较之子固,醒人眼目,特倍精爽。

张孝先曰:范文正公当日造就人材,如张横渠上书谒公,公一见知其远器,劝读《中庸》,后卒成大儒者,公之力也。曾公此书,以为公之应事,本于《易》之变化,而欲亲炙门下,以承其教。其于学问之意,盖惓惓焉,与投书献启以干王公大人者,相去远矣! 读者详之。

【译文】

茅坤评论道:通过这封信可以看出,曾巩为得到范仲淹的赏识而深感幸运,自己私下想拜入范仲淹门下,又担心范仲淹因其身份低微而看轻他,所以语言委婉含蓄,自荐于范公门下。也是因为这个原因,书信不免显得苍凉莽宕、深沉低徊,好比航船扬帆出海,茫无涯际,不见彼岸。至于韩愈致信执政,语言充满了悲愤与感慨;欧阳修致信执政,语言中多是婉转委曲;苏氏父子致信执政,语言中饱含旷达与激昂。曾巩这封信与此三者相比,不如他们让人眼前一亮,读后神清气爽。

张伯行评论道:范仲淹当时培养了很多人才,比如张载致信拜见范公,范公一见到张载,就知道他是能担大事的人,劝说张载阅读《中庸》,张载最终成为一代大儒,这正是范公助力所致啊。曾巩这封信,认为范公处理世务,得益于《周易》的变化,并想拜入范公门下,亲耳聆听他的教诲。曾巩对于学问的追求,可谓孜孜不倦了,这与那些投信于王公大人之门,博取名利之类的人相比,境界高出太远了! 读者应该注意这方面。

上欧阳学士第一书

【题解】

庆历元年(1041),二十三岁的曾巩来到汴京,进入太学,并在京师逗留数月之久。按照北宋太学制度规定,太学以"三舍法"选拔人才。

三舍即外舍、内舍、上舍，别生员为三等而置之。依一定年限和条件，由外舍升入内舍继而升上舍。最后按科举考试法，分别规定其出身并授以官职。在舍读经为主，以济当时科举偏重文词之不足。曾巩此次进京应该是参加太学选拔，但是并没有被选中。曾巩此行虽然没有达到目的，但在京城结交了很多师友，其中王安石、王君俞等人，都是一生的朋友。曾巩此行最大的收获，是拜谒了欧阳修，并被其接纳为入室弟子。自此以后，曾巩或书信请益，或耳受面謦。在欧阳修的关心下，曾巩迅速成长。

这封信是曾巩初次拜见欧阳修的自荐信。在这封信中，曾巩模仿韩愈《原道》，从"道统"的角度，定位了欧阳修的地位："与孟子、韩吏部之书为相唱和，无半言片辞踦驳于其间，真'六经'之羽翼，道义之师祖也"，"韩退之没，观圣人之道者，固在执事之门矣"。这一评价，并非溢美之词，实际也是欧阳修所视为己任者。在介绍自己时，曾巩写道："巩非苟慕执事者，慕观圣人之道于执事者也，是其存心亦不凡近矣。若其以庸众待之，寻常拒之，则巩之望于世者愈狭，而执事之循诱亦未广矣。窃料有心于圣人者，固不如是也。"文辞谦恭，气度非凡。何焯《义门读书记》中称此信"此文定少作"，也唯其为少作，才有如此非凡之气度。也正是这份自信，深深吸引了欧阳修，并很快召见了曾巩，而且还写下《送曾巩秀才序》，送曾巩南归。赠序对曾巩被黜落，报以不平："有司所操，果良法邪？何其久而不思革也。"同时，欧阳修一方面对曾巩被黜落后的态度表示欣赏，另一方面对曾巩的前途充满了信心："曾生不非同进，不罪有司，告予以归，思广其学而坚其守。予初骇其文，又壮其志。夫农不咎岁而蓄播是勤，其水旱则已，使一有获，则岂不多邪？"欧阳修还非常庆幸自己得到了曾巩这样一个为太学选人制度所遗漏的人才："京师之人既不求之，而有司又失之，而独余得也。于其行也，遂见于文，使知生者可以吊有司，而贺余之独得也。"自此以后，这段旷世难逢的师生奇缘开始了。

　　学士执事：夫世之所谓大贤者，何哉？以其明圣人之心于百世之上，明圣人之心于百世之下①。其口讲之②，身行之③，以其余者又书存之④，三者必相表里。其仁与义，磊磊然横天地，冠古今，不穷也。其闻与实⑤，卓卓然轩士林⑥，犹雷霆震而风飙驰⑦，不浮也。则其谓之大贤，与穹壤等高大⑧，与《诗》《书》所称无间，宜矣。

【注释】

①以其明圣人之心于百世之上，明圣人之心于百世之下：圣人之心即道，这与欧阳修所提倡的"文以明道"是相呼应的。"百世之上"指道之所承，"百世之下"指道之所及。

②口讲之：指传道于当世。

③身行之：指行道于当世。

④书存之：指存道于后世。

⑤闻与实：即名与实，名称与实质。闻，名称。实，实质，实际。

⑥轩：高。士林：泛指学界。

⑦飙驰：疾速奔驰。

⑧穹壤：天地。等高大：与……一样高大。

【译文】

　　学士阁下：世人所说的大贤，是什么人呢？他们能理解百世之上的圣人用心，也能理解百世之下的圣人之心。他们不仅口中讲说，而且亲身实践，并能够把未尽之意写下来保存下去，这三种方法互为表里。他们胸中所蕴含的仁与义，宽广坦荡，横亘天地之间，冠绝古今，没有穷尽。他们不论是名声还是实际，都卓然超出士人之上，好比雷霆震动、烈风疾驰，毫不浮夸。这样才能称其为大贤，与天地一样高大，与《诗经》《尚书》中所称道的没有区别，本来就应该如此。

　　夫道之难全也，周公之政不可见，而仲尼生于干戈之间①，无时无位②，存帝王之法于天下，俾学者有所依归。仲尼既没，析辨诡词③，骊驾塞路④，观圣人之道者，宜莫如于孟、荀、扬、韩四君子之书也⑤，舍是醨矣⑥。退之既没，骤登其域，广开其辞，使圣人之道复明于世，亦难矣哉。近世学士，饰藻缋以夸诩⑦，增刑法以趋向⑧，析财利以拘曲者⑨，则有闻矣。仁义礼乐之道，则为民之师表者，尚不识其所为，而况百姓之蚩蚩乎⑩！圣人之道泯泯没没，其不绝若一发之系千钧也，耗矣哀哉！非命世大贤，以仁义为己任者，畴能救而振之乎⑪？

【注释】

①干戈之间：指春秋时期，诸侯国之间无休止的征战。

②无时：指生不逢时。无位：指没有社会地位。

③析辨诡词：对于圣人之道，或解释，或辨明，或以诡谲之词曲解。语出《汉书·扬雄传》："雄见诸子各以其知舛驰，大氏诋訾圣人，即为怪迂，析辩诡辞，以挠世事。"

④骊驾：很多车马并排驱驰。

⑤孟、荀、扬、韩四君子：指孟子、荀子、扬雄、韩愈四人。

⑥醨：薄，不厚。

⑦藻缋：文辞，文采。夸诩：夸耀。

⑧趋向：趋附。

⑨拘曲：拘泥浅陋，拘泥不化。

⑩蚩蚩：敦厚貌。一说，无知貌。

⑪畴：谁。

【译文】

圣人之道难于保全,周公所行之政,后人不能看到,孔子生活在战乱的时代,没有机会,也没有地位,只能将帝王之法保存下来,留给后人,让愿意效法先王的人有所遵循。孔子去世以后,大道离析,论辩纷出,诡谲之词布满天下,善辩之士交相奔走,真正领悟圣人之道的,的确都不如孟子、荀子、扬雄、韩愈这四位君子在书中所写的,在此之外则太浅薄了。韩愈去世后,能够快速进入圣人之域,阐发圣人之辞,让圣人之道再次昭示世人,是多么困难的事啊。近世学者,用华丽的藻饰装点门面,并自夸炫耀,靠增加刑法来使百姓趋附,用金钱、利益来役使浅陋之人,这样的做法没少听说。圣人所提倡的仁义礼乐之道,即便是为百姓师表的人,也不知道如何去做,更何况蒙昧无知的百姓呢!圣人之道濒临消亡,就好比用一根头发系悬千钧的重量,这是一个多么悲哀的局面啊!如果不是著称于世的大贤,将恢复圣人的仁义之道视为己任的人,又有谁能挽救危局并振兴它呢?

巩自成童,闻执事之名,及长,得执事之文章,口诵而心记之。观其根极理要①,拨正邪僻,掎挈当世②,张皇大中③,其深纯温厚,与孟子、韩吏部之书为相唱和,无半言片辞踳驳于其间④,真"六经"之羽翼,道义之师祖也。既有志于学,于时事,万亦识其一焉。则又闻执事之行事,不顾流俗之态,卓然以体道扶教为己务⑤。往者推吐赤心⑥,敷建大论,不与高明,独授撋缩,俾蹈正者有所禀法⑦,怀疑者有所问执,义益坚而德亦高,出乎外者合乎内,推于人者诚于己,信所谓能言之,能行之,既有德而且有言也。韩退之没,观圣人之道者,固在执事之门矣。天下学士,有志于圣人者,莫不攘袂引领^⑧，愿受指教、听诲谕，宜矣。窃计将明圣人之心于百世之下者，亦不以语言退托而拒学者也。

【注释】

①根极：犹根本。理要：事理的要旨。

②掎挈：亦作"掎契"，指摘。

③张皇：张大，壮大。《尚书·康王之诰》："张皇六师，无坏我高祖寡命。"孔传："言当张大六师之众。"大中：《周易·大有》："《大有》，柔得尊位大中，而上下应之，曰《大有》。"王弼注："处尊以柔，居中以大。"高亨注："象大臣处于尊贵之位，守大正之道。"后以"大中"指无过与不及的中正之道。

④踳（chuǎn）驳：错乱，驳杂。

⑤体道：躬行圣人之道。扶教：辅佐君王教化天下。

⑥推吐：倾吐。赤心：赤诚之心。

⑦蹈正：履行端正。

⑧攘袂引领：揎袖捋臂，伸长头颈。形容激奋盼望貌。

【译文】

我从童子时，就听说过您的名字，等到长大，看到您的文章，口中诵读并用心记下来。看到文章之根深植于事理要旨之中，拨乱反正，批评当今不正当风气，弘扬中正之道，读来深湛醇正，温柔敦厚，与孟子、韩愈的著述相呼应，其中没有只言片语驳杂不纯，的确算得上是"六经"的辅佐，道义上可师法效仿的榜样。等到我立志向学，对于当今政事，也能有些许的认识。后又听说您行为处事，不顾及世俗人的看法，卓尔不凡地把体悟圣人之道、匡扶教化作为自己的使命。以前的有德之人推心置腹，建立高论，他们所传授的常常并非显贵之人，而是一些经历摧折后退缩之人，为的是让品行端正的人有所秉持、有所效法，让持怀疑态度的人发问时有所依据，他们秉持的仁义越是坚韧，他们的道德也就越发崇高，能够表达在外面的，一定和内在所想相一致，能够推荐给别人的，一定自己心怀诚敬，的确像人们所说的那样，能够说出来，也能够按照所说的去做，不仅有德行，而且能立言。韩愈去世后，想要观览圣人之道的人，就只能到您的门下来了。天下求学之人，只要有志于圣人之学的人，没有不挽起袖子、伸长脖子、愿意接受您的指教，听从您的教诲，其中原因，正在于此吧。我私下以为，能够在百世之下明晓圣人之心的人，也不会用言语为托词来拒绝向学之士吧。

　　巩性朴陋，无所能似，家世为儒，故不业他。自幼迨长，努力文字间，其心之所得庶不凡近①，尝自谓于圣人之道，有丝发之见焉。周游当世，常斐然有扶衰救缺之心，非徒嗜皮肤、随波流、搴枝叶而已也②。惟其寡与俗人合也，于公卿之门未尝有姓名，亦无达者之车回顾其疏贱，抱道而无所与论，心常愤愤悱悱③，恨不得发也。今者，乃敢因简墨布腹心于执事④，苟得望执事之门而入，则圣人之堂奥室家⑤，巩自知亦可以少分万一于其间也。执事将推仁义之道，横天地，冠古今，则宜取奇伟闳通之士⑥，使趋于理，不避荣辱利害，以共争先王之教于衰灭之中。谓执事无意焉，则巩不信也。若巩者，亦粗可以为多士先矣⑦。执事其亦受之而不拒乎？伏惟不以己长退人⑧，察愚言而矜怜之⑨，知巩非苟慕执事者，慕观圣人之道于执事者也，是其存心亦不凡近矣。若其以庸众待之，寻常拒之，则巩之望于世者愈狭，而执事之循诱亦未广矣。窃料有心于圣人者，固不如是也。觊少垂意而图之，谨献杂文时务策两编，其传缮不谨⑩，其简帙大小不均齐⑪，巩贫故也，观其内而略其外可也。干浼清重⑫，悚仄悚仄^⑬。不宣。巩再拜。

【注释】

①凡近：平庸浅薄。

②嗜皮肤：满足于表面的东西，浅尝辄止。随波流：没有主见，随波逐流。搴枝叶：仅采撷枝叶部分，不触及根本。

③愤愤悱悱：语本《论语·述而》："不愤不启，不悱不发。"朱熹《集注》："愤者，心求通而未得之意；悱者，口欲言而未能之貌。"

④简墨：书简。布：流露，倾诉。腹心：至诚之心。

⑤堂奥：屋子的深处。室家：房舍。

⑥闳通：犹豁达。

⑦多士：古指众多的贤士。

⑧退人：让人望而却步。

⑨矜怜：怜悯。《尔雅·释训》："矜怜，抚掩之也。"郭璞注："抚掩，犹抚拍，谓慰恤也。"

⑩传缮：抄写。

⑪简帙：书卷，书页。

⑫干浼：请托，请求。

⑬悚仄：惶恐不安。

【译文】

我天性质朴浅陋，没有什么才能，家族世代为儒生，所以没有从事其他的营生。从小到大，在文字上下了很大的功夫，心中所领悟的也许不会太浅近，曾经自认为对于圣人之道，有细微的见解。周游当今世界，心中常油然产生匡扶衰世、补救缺失的想法，不只是被表面现象所迷惑、随波逐流、舍本逐末罢了。只因自己很少与世俗之人契合，在公卿之门也很少见到我的名字，也没有通达之人乘车造访像我这样的粗疏卑贱之人，我只能怀抱道义，而没有人相与论说，心中常常愤慨，一腔怨恨得不到宣泄。直到现在，才敢借助纸笔向您倾诉心中所想，如果能够进入您的门下，那么圣人之域也会分出一席之地给我曾巩的。您将推行仁义之道，横亘天地之间，冠绝古今，那么就应该寻找奇伟豁达之士，让他们明晓天理，不回避荣辱利害，以便共同挽救先王之道于即将衰灭之际。如果说您没有这个意愿，那么我不会相信。像我这样的人，大约也可以作为众多士人的领头者。您会接受我而不会拒绝我吧？念及不会因为自己的长处而拒绝别人的短处，看到愚蠢的话而心生怜悯之心，就会明白我不只是仰慕您的名声，而是仰慕能够跟您学习圣人之道，这样的用心也不是浅近的。如果用对待世俗大众的态度对待我，像拒绝平常人那样拒绝我，那么我对这个世界的愿望就会越发偏狭，而您的循循善诱的教育方法也没有得到推广。我私下认为有心致力于圣人之业的人，肯定不会这样做。期盼得到您少许的留意，并为此下了一番功夫，恭敬地呈献杂文时务策两编，抄写可能不工整，纸张大小也不统一，这都是由于我家很贫寒造成的，请您看文章的内容而忽略掉外在的形式。请求清贵庄重之人，倍感惶恐。不再细说。曾巩拜。

【评点】

张孝先曰：以韩吏部拟欧阳公，诚当。自明其所以愿托门下者，非苟慕其名，欲从公以闻圣人之道也。盖其心之所得者，不比于凡近故耳。欧阳公之门尽罗天下之名士，而子固为称首，公亦敛衽推让。读此书知其所树立有不偶然者矣。

【译文】

张伯行评论道：将韩愈与欧阳修相比，的确是恰当的。曾巩在信中讲明，自己想拜入欧阳修门下，并非只是仰慕他的名声，而是想跟着欧阳公学习圣人之道。可见，曾巩心中所想的，和眼光短浅的人是不同的。

欧阳公门下于天下名士网罗殆尽,曾巩是其中翘楚,就连欧阳公也尊敬避让。读了这封信,明白了曾巩所标举的目标,就知道这不是偶然的了。

上欧阳学士第二书

【题解】

庆历元年(1041),曾巩由太学选拔参加礼部试。落第南归,行前,与欧阳修道别,欧阳修赠之以序,这便是《送曾巩秀才序》。在序文中,欧阳修对科考的选拔制度进行了质疑:"有司敛群材,操尺度,概以一法,考其不中者而弃之。虽有魁垒拔出之材,其一累黍不中尺度,则弃不敢取。"据《续资治通鉴长编》卷一百三十五载,这一年,由翰林学士聂冠卿权知贡举,端明殿学士李淑曾上书要求改革选拔制度:"今陛下欲理道,不以雕篆为贵,得取士之实矣。然考官以所试分考,不能通加评较,而每场辄退落,士之中否,特系于幸不幸尔。"李淑和欧阳修对科举选拔考试存在的弊端认识是一致的,即通过一次考试决定考生的去留,这种做法是不合理的,很多像曾巩一样的优秀考生会因此埋没无闻。而应该四次考试结束后,综合判断考生的成绩,再行决定考生的去留问题。看来,对于这一选拔制度,朝野上下早已是怨声载道了。曾巩并没有加入抱怨者的行列,欧阳修这样描述刚刚下第的曾巩:"不非同进,不罪有司,告予以归,思广其学而坚其守。予初骇其文,又壮其志。夫农不咎岁而蓄播是勤,其水旱则已,使一有获,则岂不多邪?"欧阳修在赠序中除了为曾巩抱不平以外,更多的是勉励曾巩。

曾巩的这封信是回到江西南丰后写给欧阳修的,时间在庆历二年(1042)。信中表达了对欧阳修知遇之恩的感谢,又以归途所见流民的饥苦激励自己,书信结尾委婉表达了自己一方面想留在欧阳修身边,旦夕接受教诲;另一方面,又因家母多病,需要奉养,因此不能远游。这是一个必须解决的矛盾,解决的方法,也唯有能够尽快通过科考进入仕途,到那时,也就具备了养亲的能力了,可以举家迁往京城,并能够养亲与求学侍读两不相妨了。曾巩很含蓄地表露了自己的期待,书信构思命意颇费思量。何焯讥其"语太烦絮,患在不能峻洁,少作之不可观如此"。这说明何焯没有将自己的视角转换成曾巩的视角,未能换位思考。

　　学士先生执事:伏以执事好贤乐善,孜孜于道德,以辅时及物为事①,方今海内未有伦比。其文章、智谋、材力之雄伟挺特,信韩文公以来一人而已②。某之获幸于左右,非有一日之素③,宾客之谈,率然自进于门下,而执事不以众人待之④。坐而与之言,未尝不以前古圣人之至德要道,可行于当今之世者,使巩薰蒸渐渍⑤,忽不自知其益,而及于中庸之门户⑥,受赐甚大,且感且喜。重念巩无似⑦,见弃于有司,环视其中所有,颇识涯分⑧,故报罢之初,释然不自动,岂好大哉⑨? 诚其材资召取之如此故也。

【注释】

①辅时:顺应时势。

②韩文公:即韩愈,"文"为其谥号。

③一日之素:一天的情谊。素,老交情。

④众人:一般平庸的人。

⑤薰蒸渐渍:逐渐施加影响,致使其发生变化。据李焘《续资治通鉴长编》卷一百九十六记载,此语出自司马光此年所上奏疏:"上行下效谓之风,薰烝渐渍谓之化,沦胥委靡谓之流,众心安定谓之俗。及夫风化已失,流俗已成,则虽有辨智弗能谕也,强毅不能制也,重赏不能劝也,严刑不能止也,自非圣人得位而临之,积百年之功,莫之能变也。"

⑥及于中庸之门户：中庸，待人、处事不偏不倚，无过无不及。欧阳修《送吴生南归》："我始见曾子，文章初亦然。昆仑倾黄河，渺漫盈百川。决疏以道之，渐敛收横澜。东溟知所归，识路到不难。"欧阳修在这首诗中讲述了见到曾巩前后，其文风发生的变化：之前，文风汗漫无归；之后，变为内敛蕴藉。这正是中庸之道在为文中的体现，这也是欧阳修对曾巩耐心引导的结果。

⑦无似：自谦之辞，犹言不肖。

⑧涯分：限度，本分。

⑨好大：不同常态的矫饰行为。

【译文】

学士先生：念及您欣赏贤人乐做善事，勤勉于道德事业，以顺应时势、恩及万物为分内之事，在当今天下没有人能够与您相比。您的文章、智谋、才能，雄伟、挺拔、特出，的确是韩愈以来只有您一人而已。我有幸在您的左右，得到您的教诲，此前却没有一天的交情，也没有宾客的引荐，自己贸然来到您的门下，而您却不把我当普通人看待。坐在一起所谈论的，未尝不是前古圣人所领悟的至大之德与要妙之道，而且都是能够在当今社会实行的道理，让我如春风化雨般，感觉不到其中的好处，却在不知不觉中进入到中庸的堂奥，得到如此大的恩赐，我不仅心怀感激而且倍感欣喜。又念及我曾巩不肖，被主持选拔的官员抛弃，仔细观察胸中所储，我也能认识到自己的局限，所以科考落第之初，心中很平静，不为所动，我曾巩怎能是矫情夸饰之人呢？的确是按照资质来录取的，才有了这样的结果。

道中来，见行有操瓢囊、负任挽车、挈携老弱而东者①，曰：某土之民，避旱暵饥馑与征赋徭役之事②，将徙占他郡，觊得水浆藜糗③，窃活旦暮④。行且戚戚⑤，惧不克如愿，昼则奔走在道，夜则无所容寄焉。若是者，所见殆不减百千人。因窃自感,幸生长四方无事时,与此民均被朝廷德泽涵养,而独不识被襏秚耒辛苦之事⑥,且暮有衣食之给。及一日有文移发召之警,则又承藉世德,不蒙矢石、备战守、驱车仆马、数千里馈饷⑦。自少至于长,业乃以《诗》《书》文史,其蚤暮思念,皆道德之事,前世当今之得失,诚不能尽解,亦庶几识其一二远者大者焉⑧。今虽群进于有司,与众人偕下,名字不列于荐书,不得比数于下士⑨,以望主上之休光⑩,而尚获收齿于大贤之门⑪。道中来,又有鞍马仆使代其劳,以执事于道路。至则可力求箪食瓢饮⑫,以支旦暮之饥饿,比此民绰绰有余裕,是亦足以自慰矣。此事屑屑不足为长者言,然辱爱幸之深,不敢自外于门下,故复陈说,觊执事知巩居之何如。

【注释】

①操瓢囊:拿着瓢勺与食袋。瓢囊,特指行乞之具。负任:背负,怀抱。挽车:拉车。挈携老弱:扶老携幼。

②旱暵(hàn):不雨干热。暵,干旱。

③觊得:希望得到。藜糗:粗糙的饭食。藜,贱菜。糗,炒熟的米、麦等食物。

④窃活旦暮:苟且偷生片刻。

⑤行且戚戚:谓行走时,尚且忧惧不已。

⑥被襏(bó shì):蓑衣一类的粗制雨具。秚耒(jiā lěi):农具。

⑦"及一日有文移发召之警"几句:等到有一天出现朝廷公告,急征兵役。曾巩出身世代官僚的家庭,享有不服兵役、劳役的特权。这和杜甫所说的"生常免租税,名不隶征伐"的意思相同。发召,

征调。承藉世德，承受祖先荫德。"不"字统领以下四句。馈饷，
运送粮饷。

⑧"自少至于长"几句：曾巩在这里谈到了自己读书的经历，读书的
范围包括：《诗经》《尚书》、文、史，涉及经、史、集三部，经部关涉
道德之事，史部关涉考得失、知兴衰，集部关涉以文会友，切磋琢
磨，同气相求。观察曾巩文章中语典、事典之出处，可以判断，曾
巩读书范围的确如他所言，于经、史、集三部用力甚深，其于子部
则着力不多，这也许是后人称赞曾文"醇正"的原因。

⑨下士：官名。

⑩休光：盛美的光华。亦比喻美德或勋业。

⑪收齿：接收录用。

⑫箪食瓢饮：粗劣的饮食，为安贫守俭之辞。

【译文】

在我返乡的路上，看到有带着水瓢食袋、肩背怀抱着行李、用力拉着
车、领着孩子、搀扶着老人而向东行进的人们，他们说：我们是某地的百
姓，为了逃避干旱饥饿以及征赋徭役，将要迁居其他州郡，希望得到饮用
的水、充饥的粮食或野菜，能活一天算一天。他们边走边心中不安，害怕
不能如愿，白天奔走在路上，晚上则没有寄宿的地方。像这样的人，我见
到的不少于数百上千。我因此私下想，所幸生在天下太平的时代，与这
些流民一样都接受朝廷的恩泽，但我却不需要知道农具如何使用，不像
农夫那样辛苦，每天都有吃的、穿的；等到有一天，朝廷因边患下诏征兵，
又会因为祖上的恩德，免于征召，不受箭矢的伤害、不参加操练守城、不
驾驭战车、不乘马仆从、不运送粮草到数千里之外。从小到大，我所从事
的都是《诗经》《尚书》文史之事，早晚所思考的，也多是仁义道德之事，
有关前代及当今的得失，我的确不能完全了解，但也能了解一些深远宏
大的道理。如今，尽管与众书生一起进见主考官员，又与众人一起被黜
落，名字没有列入推荐书中，不能够与下级官吏一起，仰承圣上盛美光华

之重照,却有幸被大贤接纳列于门下。在返乡的路上,有鞍马仆从供我驱使,来打理途中的事务。回到家乡,我还能够得到一箪食、一瓢饮,来应付早晚的饥饿,与这些流民相比已经绰绰有余,这样我就应该感到满足了。这些小事本来不值得向长者说,但是您对我倍加爱护,我不敢在您门下将自己作为一个外人,所以向您诉说这么多,希望您了解我目前的状况怎么样。

　　所深念者,执事每曰:"过吾门者百千人,独于得生为喜①。"及行之日,又赠序引②,不以规③,而以赏识其愚,又嗟叹其去。此巩得之于众人,尚宜感知己之深,恳恻不忘④,况大贤长者,海内所师表! 其言一出,四方以卜其人之轻重⑤。某乃得是,是宜感戴欣幸,倍万于寻常可知也。然此实皆圣贤之志业,非自知其材能与力能当之者,不宜受此。此巩既黾缘幸知少之所学⑥,有分寸合于圣贤之道,既而又敢不自力于进修哉! 日夜刻苦,不敢有愧于古人之道,是亦为报之心也。然恨资性短缺,学出己意,无有师法。觊南方之行李⑦,时枉笔墨,特赐教诲,不惟增疏贱之光明⑧,抑实得以刻心思,铭肌骨,而佩服矜式焉⑨。想惟循诱之力,无所不至,曲借恩力,使终成人材,无所爱惜,穷陋之迹,故不敢望于众人,而独注心于大贤也。徒恨身奉甘旨⑩,不得旦夕于几杖之侧,禀教诲,俟讲画⑪,不胜驰恋怀仰之至。不宣。巩再拜。

【注释】

①过吾门者百千人,独于得生为喜:欧阳修《送杨辟秀才》:"吾奇曾生者,始得之太学。初谓独轩然,百鸟而一鹗。""百鸟而一鹗"意

为一百只普通鸟,不如一只鱼鹰。即是此意。

②又赠序引:指欧阳修《送曾巩秀才序》。

③规:规劝,劝谏。

④恳恻:诚恳痛切。

⑤卜:判断,预料。轻重:贤愚,好坏。

⑥夤缘:攀援,攀附。《文选·吴都赋》:"夤缘山岳之岊,幂历江海之流。"刘逵注:"夤缘,布藤上貌。"

⑦行李:使者。《左传·僖公三十年》:"行李之往来,共其乏困。"杜预注:"行李,使人。"

⑧疏贱:地位低下的人。

⑨秖式:示范。

⑩甘旨:指养亲的食物。

⑪讲画:谓口讲指画地论学。

【译文】

让我念念不忘的是,您常常对我说:"到我门下拜访的有数百上千人,唯独得到你让我高兴。"等到离别的日子,您又特地为我写了赠序,在赠序中,您并不纠正我的过失,而是表示赏识我的愚直,并为我的落第而嗟叹不已。这份情谊,如果得之于一般人,我尚且应该感谢他的知遇之深,并诚恳痛切地表示永远不忘,更何况得之于大贤长者、天下书生所师法的人呢!您说出来的话,天下的人都会揣量您提到的这个人的分量是轻是重。我竟然能够得到这样的知遇,的确应该感恩戴德,无比欣喜,超出平常人一万倍,这都是可以想象的。但是,这实际都是圣贤所致力的事业,如果不是了解自己才能与精力都能够胜任的人,是不应该承受这些的。这正是我曾巩尽管有幸结识您,了解到自己年少时所学,多少合乎圣贤之道,既而又怎敢不努力上进的原因!我日夜刻苦,不敢愧对古圣贤之道,这里也有我报答您的知遇之恩的想法。但是,只怪自己天资不高,所学多随性而为,没有师法可依循。希望南来的信使,能够带来您屈尊写给我的信件,让我得到您的教诲,这不仅能够给像我这样的卑贱之人带来一些光明,您作为榜样的力量,也确实能够为我带来刻骨铭心的影响。我想您循循善诱,无微不至,凭借您教诲的恩德与力量,我可以成为一个有才能的人。目前,身处贫穷偏僻的地方,即便倾其所有,也很难达到目的,因此不敢期望凭借普通人的力量,只有寄希望于像您这样的大贤之人。只可惜我还需要奉养母亲,因此不能早晚侍读于您的身边,聆听您的教诲,等待您口讲指画谈论学问。尽管不能实现,但是,却禁不住心驰神往。不再一一细说。曾巩叩拜。

【评点】

茅鹿门曰:子固感欧公之知,又欲欧公并览睹其所自期待处。蕴思缀语,种种斟酌。

张孝先曰:师生道义之爱,娓娓动人。中间写道中所见,忽然生出烟波。笔墨之妙,何其淋漓无际也。

【译文】

茅坤评论道:曾巩感念欧阳修的赏识,同时,又想让欧阳公看到他对自己的期许与定位。信中思虑蕴藉,字斟句酌。

张伯行评论道:二人师生道义之爱,曾巩在信中娓娓道来,打动人心。书信中间写到返乡途中所看到的景象,让人顿觉笔底生出许多烟波。笔墨妙处,是多么畅快淋漓啊。

上蔡学士书

【题解】

蔡学士,即蔡襄,字君谟。仁宗景祐三年(1036),范仲淹以言事指责吕夷简被贬，余靖论救，尹洙请与同贬，欧阳修致书谴责司谏高若讷，三人皆罢。蔡襄作七言大篇组诗《四贤一不肖》，褒贬正邪，名重中外。庆历三年（1043）蔡襄知谏院。据邵博《邵氏闻见后录·卷第一》："仁皇帝庆历中，亲除王素、欧阳修、蔡襄、余靖为谏官，风采倾天下。"与谏院同时调整的还有两府：以晏殊为平章事，杜衍为枢密使，以韩琦、范仲淹、富弼为枢密副使，同时执政。一时人才济济，面貌一新，庆历新政因此拉开了序幕。在谏院四君子中，蔡襄为人忠诚刚正，谏必尽言，不讳君过，每一疏出，闻者悚然，襄助新政，为范仲淹得力助手。庆历四年（1044）四月，新政部分措施推行不久，谤议日涨。权贵、宦官以及侧身新政的投机者，上下内外勾结，以挟怨报复的夏竦为首，扇构党论，耸动舆论。夏竦又使女奴暗习石介笔迹，伪造石介为富弼起草废立仁宗诏书，恶言危语一时弥满汴京。范仲淹、富弼处境岌岌可危，皆请出按西北边境。曾巩在这时及时向蔡襄写了这封信，希望他所主持的谏院，能伸张正义。

文章开始先论述了古今谏官的重要性，以及作为谏官的难处。接下来，援引古制：谏官随侍皇帝左右，须臾不离，有所见，有所思，即刻进谏，使邪人、庸人，不得而间，赖此可成就美政。文章笔锋一转，批评现在的谏官制度：谏官与皇帝不能随时相见，尽日陪伴皇帝的都是女子、宦官、邪人、庸人，天下人所见皆谏官之危，如此怎能见到天下之安呢！文章在此处复感叹：宋代士人之盛不亚于唐代士人盛况，唐太宗独能成就治功，端赖身边存在敢于直谏的诤臣。唐太宗身后，其道不行，百弊丛生。若延续数百年之弊不除，则后数百年之患，将又兴也。整篇文章平实和缓，娓娓而谈，既有对蔡襄过往行为的肯定，又有对蔡襄的期待与勉励。欧阳修所写的《与高司谏书》《上范司谏书》和曾巩所写的这一篇，针对的是同一事件，由于接受对象的不同，在写法上也相映成趣。

庆历四年五月日，南丰曾巩谨再拜上书谏院学士执事[①]：朝廷自更两府谏官来[②]，言事者皆为天下贺得人而已。贺之诚当也,顾不贺则不可乎③? 巩尝静思天下之事矣。以天子而行圣贤之道,不古圣贤然者否也。然而古今难之者,岂无异焉? 邪人以不己利也,则怨;庸人以己不及也,则忌;怨且忌,则造饰以行其间④。人主不寤其然,则贤者必疏而殆矣。故圣贤之道往往而不行也,东汉之末是已⑤。今主上至圣,虽有庸人、邪人,将不入其间。然今日两府谏官之所陈,上已尽白而信邪⑥,抑未然邪? 其已尽白而信也,尚惧其造之未深,临事而差也⑦。其未尽白而信也,则当屡进而陈之,待其尽白而信,造之深⑧,临事而不差而后已也。成此美者,其不在于谏官乎?

【注释】

①谏院:谏官官署。宋初由门下省析置,以分隶门下、中书的左右谏议大夫、司谏、正言为谏官。司马光有《谏院题名记》。《文献通考·职官考四》:"明道初,陈执中为谏官,屡请置院,于是以门下省为谏院。"知院官以司谏、正言充任,如他官兼领则称知谏院。凡朝政阙失、大臣任免,百官违失,皆可谏正。

②两府:指中书省与枢密院,分别执掌国家的行政与军事大权。欧阳修《归田录》卷二:"盖枢密使唐制以内臣为之,故常与内诸司使、副为伍。自后唐庄宗用郭崇韬,与宰相分秉朝政,文事出中书,武事出枢密,自此之后,其权渐盛,至今朝遂号为两府。事权进用,禄赐礼遇,与宰相均。"

③顾不贺则不可乎:这里没有说明"不贺"的理由,转得突兀,因此和上句语意扞格不通。何焯《义门读书记》卷四二谈到此句时推测:"疑有脱讹。"

④造饰：伪造掩饰。

⑤故圣贤之道往往而不行也，东汉之末是已：司马光《资治通
鉴·唐纪五十五·元和八年》："上问宰相：'人言外间朋党大盛，
何也？'李绛对曰：'自古人君所甚恶者，莫若人臣为朋党，故小人
谮君子必曰朋党。何则？朋党言之则可恶，寻之则无迹故也。东
汉之末，凡天下贤人君子，宦官皆谓之党人而禁锢之，遂以亡国。
此皆群小欲害善人之言，愿陛下深察之！夫君子固与君子合，岂
可必使之与小人合，然后谓之非党邪！'"东汉末年，党锢为祸，圣
道难行，大致如李绛所言。

⑥尽白：完全明白。

⑦差：差池。

⑧造：达到。

【译文】

庆历四年五月某日，南丰曾巩恭敬叩拜，并上书谏院蔡学士：朝廷自
从变革中书省和枢密院的谏官制度以来，向朝廷进言的人都为天下得到
人才而庆贺。庆贺的确是应当的，难道不庆贺就不可以了吗？我常常思
考天下的事务。以天子的身份来推行圣人之道，反对否定古圣贤之道的
做法。但是不论古今，视推行圣人之道为畏途的，难道有什么不同吗？
奸邪之人因为对自己没有好处，就会抱怨；平庸之人因为自己达不到，就
会有所避忌；埋怨或避忌，就会导致伪造与矫饰夹杂其中。君主不能领
悟其中的真相，那么贤人就会被疏远，处于危险境地。所以圣贤之道，往
往得不到实行，东汉末年就是这种情况。当今皇帝圣明，尽管也有平庸
之人、奸邪之人，但是不接近他们。但是，现在中书省和枢密院的谏官所
陈述的，圣上已经明白，并且相信了吗？或者没有明白，也不相信？如果
圣上已经明白，并且也相信了，谏臣还应担心圣上不能深入，一旦面临实
际情况，就会出现差池。如果没有完全明白并且相信，谏官就必须不断
进谏，向圣上陈述，直到圣上完全明白，并且相信了，有了更深入的理解，

面临实际情况时也不会出现差池，才作罢。能够成就这一美好的事业，不正是谏官的职责吗？

　　古之制善矣。夫天子所尊而听者，宰相也，然接之有时^①，不得数且久矣^②。惟谏官随宰相入奏事，奏已，宰相退归中书^③，盖常然矣。至于谏官，出入言动相缀接^④，蚤暮相亲，未闻其当退也。如此，则事之失得，蚤思之，不待暮而以言可也；暮思之，不待越宿而以言可也；不喻，则极辨之可也。屡进而陈之，宜莫若此之详且实也，虽有邪人、庸人，不得而间焉^⑤。故曰：成此美者，其不在于谏官乎？

【注释】

①接：靠近。

②数且久：多次而且时间长。

③宰相退归中书：中书，中书门下的简称，俗称中书门下内省，为宰相议事处，在朝堂之西。皇城外另有中书省与门下省，各自处理本省日常行政事务，俗称中书、门下外省或后省。在宋代，宰相一职的名称为中书门下平章事，所以说宰相归于中书。

④缀接：犹联系。

⑤间：离间其中。

【译文】

古代的制度已经很完美了。被天子尊重并信任的人是宰相，但是天子与宰相的接谈，次数与时间都有限制。只有谏官可以随宰相入宫奏事，上奏完毕，宰相退回中书省，这是常态。至于谏官，进出宫廷，言谈举止与圣上相互交接，早晚都能相互亲近，没有听说应该退避。这样一来，政事之得失，早晨想到了，不用等到晚上就能够向圣上陈说；傍晚想到的事情，不用等到过夜才向圣上陈说；如果圣上不明白，谏臣大可以极力辨析。多次进奏陈述，也不如像谏臣这样详细并且有实效，即便有奸邪之人、平庸之人，也没有机会接近圣上了。所以说：成就这一番美好事业的，不正是谏官吗？

今谏官之见也有间矣①。其不能朝夕上下议亦明矣。禁中之与居，女妇而已尔，舍是则寺人而已尔②，庸者、邪者而已尔。其于冥冥之间，议论之际，岂不易行其间哉③！如此，则巩见今日两府谏官之危，而未见国家天下之安也。度执事亦已念之矣④。苟念之，则在使谏官侍臣复其职而已，安有不得其职而在其位者欤？

【注释】
①间：间隔，间断。
②寺人：宦官，太监。
③间：离间，进谗言。
④度：考虑，揣度。

【译文】
而今，谏官与天子不能随时相见，总有间隔。他们不能朝夕间上下相议已很明确了。在宫禁中与天子一同居住的，只有女子而已，除此之外，太监而已，平庸者、奸邪者而已。不知不觉地，这些人在议论时就很容易进谗言。这样一来，我看到了今天中书省和枢密院的谏官所面临的危机，而没有看到国家、天下的安宁。想来阁下也已经考虑到了。如果考虑到了，那么只需恢复谏官侍臣的职责就可以了，怎能有不尽职责却在其位的人呢？

噫！自汉降戾后世①，士之盛未有若唐也。自唐太宗降戾后世，士之盛亦未有若今也。唐太宗有士之盛而能成治功②，今有士之盛，能行其道，则前数百年之弊无不除也，否则后数百年之患将又兴也，可不为深念乎！

【注释】

①降戾：由……以来。

②治功：泛指治理国家的政绩，这里指贞观之治。曾巩对唐太宗评价很高，可参见他的另一篇文章《唐论》。

【译文】

唉！从汉代以后，士人的兴盛没有能够和唐朝相比的。从唐太宗以后，士人的兴盛没有能够和现在相比的。唐太宗因为有士人的帮助，最终成就了治世之功业，而今士人兴盛，如果能够实行圣人之道，那么在此之前几百年的弊政没有不能被消除的，如果不这样，之后数百年的祸患又将会兴起，能不引人深思吗！

巩生于远，厄于无衣食以事亲，今又将集于乡学①，当圣贤之时，不得抵京师而一言，故敢布于执事②，并书所作通论杂文一编以献。伏惟执事，庄士也③，不拒人之言者也，愿赐观览，以其意少施焉。

【注释】

①今又将集于乡学：按照庆历新政规定，州县都要建立学校，读书人须在校学习三百日，才能取得参加科举秋试的资格。曾巩几次科场不售，故须进入乡学，以待来日之举。但他寓居临川，恐有不便，为此还请托过人。有《上齐工部书》专言此事。乡学，地方办

　　的学校,别于"国学",此指临川县学。

②布:陈述。

③庄士:端正之士,正人君子。

【译文】

　　我出生于偏远之地,困于没有衣食来供养双亲,而今又要集中到乡学读书,生逢圣贤之时,却不能到京师陈述己见,所以只能斗胆向您上书,并抄写自己平时所作的杂文,编在一起,呈献给您。考虑到您是一个正人君子,不拒绝别人的言论,希望您赏光阅读,并将其中的建议稍加实行。

　　巩之友王安石者,文甚古,行称其文,虽已得科名①,然居今知安石者尚少也。彼诚自重,不愿知于人。然如此人,古今不常有。如今时所急,虽无常人千万,不害也;顾如安石,此不可失也。执事倘进之于朝廷②,其有补于天下。亦书其所为文一编进左右,庶知巩之非妄也。

【注释】

①已得科名:王安石于庆历二年(1042)进士及第。

②进之于朝廷:向朝廷举荐。

【译文】

　　我的朋友王安石,文章非常古雅,同辈人都称道他的文章,尽管已经取得了科举功名,但是现今了解安石的人还很少。他的确是个谨言慎行的人,不愿被很多人了解。然而像这样的人,自古及今并不常有。如今社会急需,即便没有成千上万的平庸人,也没有什么关系;但像王安石这样的人,是不能失去的。您如果能把他推荐给朝廷,这将会对天下人有益。同时把王安石的文章也抄写一编呈给阁下,让您知道我并非妄言之人。

【评点】

茅鹿门曰:从欧阳公与两司谏书中脱化来^①。

张孝先曰:欧公与两司谏书,一激其进谏^②,一责其不谏^③,其词气奋发慷慨。此则深恐谏官不得时时进见,使庸人邪人之说得行其间。其防微杜渐之意至深远也,原与两司谏书不同。其文词缠绵劲折,又是曾公本色。

【注释】

①与两司谏书:指欧阳修《与高司谏书》《上范司谏书》。

②一激其进谏:指欧阳修《上范司谏书》。

③一责其不谏:指欧阳修《与高司谏书》。

【译文】

茅坤评论道:这封信是从欧阳修两封写给司谏官的信中变化而来。

张伯行评论道:欧阳公写给两位司谏官的信,一封鼓励谏官进谏,一封责备谏官不进谏,两封信文气奋发慷慨。曾巩的这封信是很担心谏官不能随时觐见皇帝,而让平庸之辈、奸佞小人得到机会,而影响皇帝。信中充满了防微杜渐的深远含义,与欧阳公的两封信有很大不同。文章写得既缠绵委婉,又道劲拗折,是曾公的本色。

上欧蔡书

【题解】

庆历三年(1043)九月,范仲淹上《再进前所陈十事》,标志"庆历新政"正式拉开序幕。庆历四年(1044)八月起,庆历诸贤先后被贬,庆历新政以失败告终。曾巩这封信即写于此年。

欧,即欧阳修。蔡,即蔡襄。曾巩这封信首先引用唐太宗时期的魏徵、王珪在贞观时期谏诤的先例，说明贞观之治的佳话与贤臣敢于直谏有密切的关联，让人对明君贤臣之遇合心生仰慕之情。接着，以"昔者"带起，笔锋转而写现今，以为欧阳修、蔡襄二人堪比魏徵、王珪，并一一对照写来，使人不徒心羡古人，而有与欧阳修、蔡襄同时之庆幸。曾巩虽微末书生，其劝进之心，殷殷可鉴。至此，通过古今对照，对欧阳修、蔡襄二人的赞许、景仰，基本已写到位。下面从对方角度，写到二人所面临的困境，二人道未尽用，却为谗诱所构，相继贬黜，实在令人且痛且愤。面对困境，如何处置。曾巩仍然向古代去寻求思想资源：以为事功之成败，不外两个条件，在彼者，有可有不可，惟天命是听；在我者，知不可而为，惟我心所从。并举出孔子、孟子的例子以相劝勉。希望二人以道自任，勿以一不合而止。最后，说明此信写作的目的，"为天下计，不独于二公发"，境界已然不同。文势变幻无穷，起笔处若涓涓细流，迂曲委婉，收煞处则若长江浩浩归海，壮阔深沉。

巩少读《唐书》及《贞观政要》①，见魏郑公、王珪之徒在太宗左右②，事之小大，无不议论谏诤，当时邪人、庸人相参者少，虽有如封伦、李义府辈③，太宗又能识而疏之，故其言无不信听，卒能成贞观太平④，刑置不以⑤，居成、康上⑥，未尝不反复欣慕，继以嗟唶⑦，以谓三代君臣，不知曾有如此周旋议论否？虽皋陶、禹、稷与唐虞，上下谋谟，载于书者⑧，亦未有若此委曲备具⑨。颇意三代唐虞去今时远⑩，其时虽有谋议如贞观间，或尚过之，而其史不尽存⑪，故于今无所闻见，是不可知，所不敢臆定。由汉以降，至于陈隋，复由高宗以降，至于五代，其史甚完，其君臣无如此谋议决也，故其治皆出贞观下，理势然尔。窃自恨不幸不生于其时，亲见其事,歌颂推说,以饱足其心;又恨不得升降进退于其间,与之往复议也。自长以来,则好问当世事,所见闻士大夫不少,人人惟一以苟且畏慎阴拱默处为故,未尝有一人见当世事仅若毛发而肯以身任之,不为回避计惜者⑫。况所系安危治乱有未可立睹,计谋有未可立效者,其谁肯奋然迎为之虑,而己当之耶?则又谓所欣慕者已矣,数千百年间,不可复及。

【注释】

①《唐书》:指五代后晋官修的唐史。后来庆历年间欧阳修、宋祁等再修《唐书》,因而前书就称《旧唐书》,后者遂称《新唐书》。《贞观政要》:唐人吴兢撰。此书以君臣对答的方式,记载唐太宗与其身边以魏徵、王圭、房玄龄为代表的谏臣之间的对话。

②魏郑公:即魏徵(580—643),字玄成,钜鹿(今河北巨鹿)人。贞观一代著名谏臣,太宗称许其安国利民,犯颜直谏,"古之名臣,何以加也"。其言《旧唐书》本传及《贞观政要》所载最详。王圭(571—639):太原祁县(今属山西)人。历仕隋唐。贞观元年(627)召为谏议大夫,迁黄门侍郎,次年为侍中,与房玄龄、魏徵等同执国政。勇于直言,不避君过。据《旧唐书·王圭传》载,王圭曾回答太宗:"孜孜奉国,知无不为,臣不如玄龄。才兼文武,出将入相,臣不如李靖。敷奏详明,出纳惟允,臣不如温彦博。处繁理剧,众务必举,臣不如戴胄。以谏诤为心,耻君不及于尧舜,臣不如魏徵。至如激浊扬清,嫉恶好善,臣于数子,亦有一日之长。"

③封伦(568—627):字德彝,观州蓨县(今河北景县)人。仕隋为内史舍人,炀帝时,谄顺主心,助纣为虐。降唐仍拜原职,累迁中书令。太宗即位,为右仆射。太宗前后赏赐以万计,贞观元年

（627）病死。其为人险诈隐密，善于揣摩迎合。死后数年，太宗方知其阴附建成，阳奉于己，潜持两端。其人可谓"罪暴身后，恩结生前"。李义府（614—666）：贞观八年（634）补门下省典仪，不久除监察御史、太子舍人。高宗永徽二年（651）拜中书侍郎、同中书门下三品。能文而有名。与人言谈必和颜悦色，嬉怡微笑，而心怀刻忌狠毒。身处权要后，人不附己，辄加倾陷。因其伪柔害物，时人称为"李猫"，而笑里藏刀之恶名，更狼藉史乘。

④贞观太平：即贞观之治。

⑤刑置不以：唐太宗曾在贞观元年（627）正月废除了五十多种绞刑条款，而随后继续修订律法时，贞观君臣又在隋朝律法的基础上，把多达九十二种的死刑罪名降格为流刑，又把七十一种流刑降为徒刑。除此之外，"凡削烦去蠹、变重为轻者，不可胜纪"（《旧唐书·刑法志》）。在这种"宽仁慎刑"理念的引导之下，到了贞观四年（630），国家就出现了"断死刑，天下二十九人，几致刑措"的良好的治安形势。当时唐朝的户数将近三百万，若以平均一户六口人计算，总人口大约一千八百万。以这个人口数量来看，这个死刑人数的比例显然是非常低的。"几致刑措"是中国历史上经常用来形容天下太平、社会安定的词汇，其意思是刑法几乎到了搁置不用的地步。

⑥成、康：周成王、康王时期，为西周鼎盛阶段，世称"成康之治"。

⑦嗟唶：赞叹。

⑧"虽皋陶、禹、稷与唐虞"几句：皋陶，相传被尧任为掌管刑法的长官，持法公正，见称于先秦文献。唐虞，即尧、舜。尧为有唐氏一族，亦称唐尧。上下谋谟，反复商议谋略。义同"周旋议论"。《尚书》有《尧典》《舜典》《皋陶谟》《益稷》，伪《古文尚书》又增加《大禹谟》，五篇记述上古三代君臣的嘉政善言，但有不少理想成份。

⑨委曲：周详。

⑩三代唐虞：正常顺序应为唐虞三代，即尧、舜、夏、商、周。

⑪其史不尽存：指没有详尽的史料保存下来。

⑫"所见闻士大夫不少"几句：何焯《义门读书记》卷四十四："于保定行台阁内府所赐大臣《古文渊鉴》，有在集外者六篇，则《书魏郑公传》《邪正辨》《说用》《读贾谊传》《上田正言书》《上欧蔡书》也。《书魏郑公传》既为公杰出之文，其五篇则皆公之少作，亦唯《上欧蔡书》差善，而词虽激昂，气实轻浅。其谓'所见闻士大夫不少，人人唯一以苟且畏慎阴拱默处为故，未尝有一人见当世事仅若毛发而肯以身任之，不为回避计惜者'。则庆历间士风亦岂至是？度先生年长后，以其言为过，而藏弃是稿，如《居士集》不录《与高司谏》之意。前辈录公文者，偶未之察，近日学士，专以得集外人所不常见者为奇，故录此等耳。"据何焯所见《元丰类稿》，其中没有《上欧蔡书》，何焯推测，书信中有些言论过激，因而为曾集原编者删除，何焯以为曾巩信中"所见闻士大夫不少"几句，为曾巩年少过激之语。

【译文】

我小时候读《唐书》及《贞观政要》，看到魏郑公、王珪等人在太宗左右，政事不论大小，没有不相互辩论敢于进谏的，当时的奸佞之人、平庸之人能够参与其间的很少，即便有像封伦、李义府之流的人存在，太宗也能够识别并疏远他们，所以，对于谏官们的进言，太宗没有不听信的，最终成就了贞观太平盛世，刑法弃置而不用，即便生活在周代成王、康王时，也不曾不反复欣赏美慕，继而赞叹，认为夏、商、周时期，君臣之间不知有没有这样反复的辩驳？尽管在皋陶、禹、稷与唐虞的时代，君臣上下一起谋划，记载在史书中的，也没有这样详尽。私下认为，尧、舜、夏、商、周时代离现在很遥远，当时尽管有像贞观年间一样的君臣商议，情况或许超过贞观，但是史书中没有保存相关资料，所以今天不能了解，也就不能主观判断了。从汉代以来,到陈隋年间,再由唐高宗以来,到五代时期,历史保存得非常完整,其间君臣之间的商议没有像贞观年间那样兴盛,所以国家的治理也就比不上贞观年间的盛况了,这自然在情理之中。我常常暗自悔恨不能生在贞观时代,亲自见证这些历史事件,歌颂其事,并推许称道,来满足自己的崇敬之心;又悔恨不能在那样的年代或升或降,或进或退,与君主往复辩议。自从长大以后,就喜欢过问当代的政事,所见到、听到的士大夫事迹不在少数,人人都把苟且偷生、小心谨慎、暗地争斗、沉默处事作为常态,不曾见一人看到当今世事哪怕像毛发一样细微而敢于面对,不回避、不算计的。何况关系到安危治乱不能够立刻看到结果,所出计谋也不能立刻看到效果呢,有谁敢于奋然面对,并为之殚精竭虑、一力承当呢?那么那所谓令人欣赏、美慕的情况已经不可复见,千百年间,后人已不能追及古时的辉煌了。

　　昨者,天子赫然独见于万世之表^①,既更两府^②,复引二公为谏官。见所条下及四方人所传道^③,知二公在上左右,为上论治乱得失,群臣忠邪,小大无所隐,不为锱铢计惜^④,以避怨忌毁骂谗构之患^⑤。窃又奋起,以谓从古以来,有言责者,自任其事,未知有如此周详恺至^⑥,议论未知有如此之多者否?虽郑公、王珪又能过是耶?今事虽不合,亦足暴之万世,而使邪者惧,懦者有所树矣^⑦,况合乎否未可必也^⑧。不知所谓数百千年,已矣不可复有者,今幸遇而见之,其心欢喜震动,不可比说。日夜庶几,虽有邪人、庸人,如封、李者,上必斥而远之,惟二公之听,致今日之治,居贞观之上,令巩小者得歌颂推说,以饱足其心;大者得出于其间,吐片言半辞,以托名于千万世。是所望于古者不负,且令后世闻今之盛，疑唐虞三代不及远甚，与今之疑唐太宗时无异。

【注释】

①独见：独到的发现，独特的见解。谓能见人所不能见者。

②更两府：也即更换掌管军事的枢密院和掌管政务的中书省。在宋代，中书省和枢密院被称为两府，行使宰辅之权，是国家的最高权力部门。庆历三年（1043）三月，仁宗欲有所为，将韩琦、范仲淹、富弼、杜衍等正直且有革新精神的官员吸纳进两府权力中心，鼓励他们进行政治改革。两府面貌为之一新，为庆历新政的出现奠定了基础。

③传道：指传说之事。《周礼·夏官·训方式》："诵四方之传道。"郑玄注："传道，世世所传说往古之事也。"

④锱铢：锱和铢。比喻微小的数量。

⑤以避怨忌毁骂谗构之患：欧阳修因直言不避，遭受了各种各样的陷害、中伤。欧阳修的儿子欧阳发在《先公事迹》中这样评价欧阳修亮直的性格："先公天性劲直，不顾仇怨，虽以此屡被谗谤，至于贬逐，及居大位，毅然不少顾惜，尤务直道而行，横身当事，不恤浮议。"甚至当英宗即位，英宗也曾当面提醒过欧阳修："参政（欧阳修）性直，不避众怨。每见奏事，与二相公有所异同，便相折难，其语更无回避，亦闻台谏论事，往往面折其短，若似奏事时语，可知人皆不喜也。宜少戒此。"（欧阳发《先公事迹》）

⑥悃至：诚恳之至。

⑦而使邪者惧，懦者有所树矣：这两句化用《孟子·万章下》"故闻伯夷之风者，顽夫廉，懦夫有立志"。树，树立，此指建立志向。

⑧况合乎否未可必也：谓庆历新政失败与否，现在还不能断言。这和下文"姑有待而已矣"，用意相同。

【译文】

前些时间，当今天子奋发有为，敢为万世表率，不仅改革中书省和枢密院，而且任命两位先生为谏官。看到朝廷所颁布的条令，以及听到四方之人口口相传，知道二位先生在天子左右，向天子论述历代治乱得失，分辨忠臣奸臣，事无巨细，无所隐匿，不计较个人利益，不逃避怨恨、妒忌、诋毁、嘲骂、谤言、构陷等祸患。听闻这些，我又振作起来，感觉从古以来，有建言之责的谏臣，谨守职任，不知有没有像二公这样周详且诚恳备至，也不知议论的内容有没有像二公这样多的？即便魏徵、王珪又怎能超过你们呢？而今形势虽不尽合乎预料，却也值得昭示天下，让奸邪之人有所畏惧，怯懦之人有所建树，更何况新政是否成功，也还没有定论。没料想数百近千年没有出现、本以为不会再有的盛况，而今我却有幸见到，心中自然欢喜震动，不可言说。日夜祈愿，虽有奸邪之人、平庸之人，像封伦、李义府之辈，圣上一定会排斥、疏远他们，只听二公的建议，让当今的国家治理，后来者居上，超过贞观之治，从小处讲，让我能够歌颂、推许、称道其事，以满足我的崇敬之心；从大处讲，让我能够参与其中，口吐只言片语，以留名千世万世。不辜负我对古代圣贤的万千渴望，并且让后人听说现在的盛况，而疑惑尧、舜、夏、商、周与现在相差太远了，和我们现在疑惑唐太宗时没有两样。

虽然，亦未尝不忧一日有于冥冥之中、议论之际而行谤者[1]，使二公之道未尽用，故前以书献二公，先举是为言[2]。已而果然，二公相次出[3]，两府亦更改[4]，而怨忌毁骂谗构之言，一日俱发[5]，翕翕万状[6]，至于乘女子之隙，造非常之谤，而欲加之天下之大贤，不顾四方人议论，不畏天地鬼神之临己，公然欺诬，骇天下之耳目[7]，令人感愤痛切，废食与寝，不知所为。噫！二公之不幸，实疾首戚额之民之不幸也！

【注释】

①冥冥之中:暗地里。

②故前以书献二公,先举是为言:庆历四年(1044),曾巩有《上欧阳舍人书》与《上蔡学士书》,都说到要防止邪人进谗行谤,急切希望他们"屡进而陈之","待其(仁宗)听而后已"。

③二公相次出:庆历四年(1044)九月,欧阳修出为河北都转运使。十月,蔡襄出知福州。

④两府亦更改:庆历四年(1044)九月,贾昌朝充枢密使,庆历五年(1045)正月,贾昌朝依前官平章事,兼枢密使。一人兼揽中书、枢密两府大权。

⑤而怨忌毁骂谤构之言,一日俱发:据《续资治通鉴长编》卷一四八:夏竦忌恨欧阳修,于庆历四年(1044)四月,伺机"与其党造为党论,目衍、仲淹及修为党人"。又支使内侍蓝元震上疏,称范仲淹、欧、蔡等胶固朋党,"布满要路,则误朝迷国,谁敢有言?挟恨报仇,何施不可?"

⑥翕翕:朋比为奸、众口附和的样子。

⑦"至于乘女子之隙"几句:指欧阳修的外甥女张氏与人苟合,欧阳修被罗织受诬而贬滁州事。欧阳修胞妹嫁张龟正,龟正卒而无子,有女为前妻所生,其后母欧阳氏携七岁孤女归养娘家。年近及笄,欧阳修把张氏女嫁给在数千里外做官的远族侄子欧阳晟。婚后五六年,张氏在晟所与仆人苟合,事下开封府杨日严审判。杨日严先前知益州贪婪无行,曾被欧阳修所揭发。因挟怨遣狱吏,罗织张氏供词以牵连欧阳修。截至庆历五年(1045)正月,杜衍、韩琦、范仲淹、富弼相继被贬,"庆历新政"夭折。三月欧阳修慨然上疏,为辨四人所蒙的"朋党"之诬,称美他们是"天下至公之贤"(《论杜衍范仲淹等罢政事状》)。疏中四贤罢去而"群邪相贺"等语,尤为尖锐。而首劾范仲淹、富弼的右正言钱明逸,

为人倾险俭薄，倾附守旧派，承风钻营，其疏一上，"二人皆罢，其夕，杜衍亦免相"（《宋史·钱明逸传》）。欧阳修为范、富等四人辩诬疏，让守旧派更加忌恨，充当打手的钱明逸恼羞成怒，再次赤膊上阵，伺机劾诬欧阳修和外甥女张氏私通，并霸占张氏奁中物（陪嫁资产），仁宗诏命户部判官苏安世、内侍王昭明同审。此案初发，守旧派执政者群起鼓噪，甚嚣尘上。安世详察，终明其冤，而因忤执政，与昭明俱得罪，欧阳修也因坐用张氏奁中物，左迁知滁州。事见《重修实录本传》《欧阳修全集·表奏书启四六集》卷一《滁州谢上表》与卷四《乞辨明蒋之奇言事札子》与《宋史·欧阳修传》。此事虽以明冤结案，但守旧派飞言腾口，给欧阳修在"男女问题"上潜伏了很大后遗症。治平年间因"濮议之争"，御史蒋之奇再度效尤，诬陷欧阳修与其长子妇情有暧昧，这种"帷薄不修"（乱伦）的毁谤，压得欧阳修难以出门，被迫连上八道札子，乞求神宗查究昭雪。其根源所自，即是与张氏女苟合的故伎重演。加之，指借张氏女通奸事，罗织欧阳修罪名。大贤，指欧阳修。临己，鉴照监督自己。

【译文】

尽管如此，每天也不曾不担忧在幽暗之中、众人议论之际，会有人因此而诽谤，让二公之道不能完全为世所用，所以前面呈献给二公的书信，谈到了这一担忧。过了没多久，所担心的事情果然发生了，二公相继被贬，中书省和枢密院也发生了变化，怨恨、妒忌、诋毁、嘲骂、谗言、构陷等言论，一天之内同时爆发，丑态万状，至于小人利用女子，制造骇人视听的诽谤，加害天下大贤大德之人，而不顾及天下人的议论，不畏惧天地鬼神对自己的惩罚，公然欺骗、诬陷，让天下人震惊，使人感愤、痛心，食不下咽，寝不安枕，不知道该如何应对。唉！二公的不幸，实际上也是痛心疾首的百姓们的不幸啊！

虽然，君子之于道也，既得诸内，汲汲焉而务施之于外①。汲汲焉务施之于外，在我者也；务施之外而有可有不可，在彼者也。在我者，姑肆力焉②，至于其极而后已也；在彼者，则不可必得吾志焉，然君子不以必得之难而废其肆力者，故孔子之所说而聘者七十国③，而孟子亦区区于梁、齐、滕、邾之间④。为孔子者，聘六十九国尚未已。而孟子亦之梁、之齐二大国，不可，则犹俯而与邾、滕之君谋。其去齐也，迟迟而后出昼，其言曰："王庶几改之，则必召予。如用予，则岂惟齐民安，天下之民举安⑤。"观其心若是，岂以一不合而止哉？诚不若是，亦无以为孔、孟。今二公固一不合者也，其心岂不曰"天子庶几召我而用之"，如孟子之所云乎？肆力焉于其所在我者，而任其所在彼者，不以必得之难而已，莫大于斯时矣。况今天子仁恕聪明，求治之心未尝怠，天下一归，四方诸侯承号令奔走之不暇，二公之言，如朝得于上，则夕被于四海；夕得于上，则不越宿而被于四海，岂与聘七十国，游梁、齐、邾、滕之区区艰难比邪？姑有待而已矣。非独巩之望，乃天下之望，而二公所宜自任者也。岂不谓然乎？

【注释】

①汲汲：心情急切貌。《礼记·问丧》："其往送也，望望然，汲汲然，如有追而弗及也。"孔疏："汲汲然者，促急之情也。"欧阳修《试笔·系辞说》："予之言，久当见信于人矣，何必汲汲较是非于一世哉。"

②肆力：尽力。

③故孔子之所说而聘者七十国：据《史记·孔子世家》，孔子周游过宋、卫、陈、蔡、齐、楚，算上父母之邦鲁国，只有七国。"七十国"

是后世的夸饰之说。聘,访问。

④区区:奔走尽力。区,通"驱"。

⑤"王庶几改之"几句:出于《孟子·公孙丑下》,孟子行王道于齐国,齐王不纳,离开齐国时,在昼邑滞留了三宿,然后才离开。有人很疑惑,孟子解释说:"千里而见王,是予所欲也;不遇故去,岂予所欲哉? 予不得已也,予三宿而出昼,于予心犹以为速,王庶几改之! 王如改诸则必反予。夫出昼而王不予追,予然后浩然有归志。予虽然,岂舍王哉","王如用予,则岂徒齐民安,天下之民举安。王庶几改之! 予日望之"。曾巩的引文是对《孟子》原文的撮述。

【译文】

尽管如此,君子对于圣人之道,不仅得之于内心,也非常急切地想贡献于社会。对于君子自身而言,将所学施诸社会不过是理想状态;能不能影响社会,则不是由君子自己所能决定的。对于君子而言,姑且努力提升学养,直到极致才罢休;对于社会而言,则不可能一定能够实现一个人的抱负,但是君子不会因为难于施展抱负而不去努力提升自己,所以,孔子所游说、访问的国家有七十个之多,而孟子也奔走于梁、齐、滕、邾等国家之间。孔子访问了六十九个国家,还没有停止脚步。而孟子也到过梁、齐两个大国,两大国不能接受自己,又进而与邾、滕两个小国的君主商谈。他准备离开齐国时,拖延数日才走出昼邑,孟子说:"也许齐王能够回心转意,那么他一定会让我返回去。齐王如果能够任用我,那么不仅齐国百姓能够安宁,天下的百姓都会安宁。"看看他们良苦的用心,难道会因为一次君臣的不合而放弃吗? 如果不这样,他们也就不会成为孔子、孟子。而今,二公本来也是偶然一次与君主有些不合,你们的心中不也说着"天子也许会再次召见并任用我"这样的话,就像孟子那样吗? 努力做自己能够做到的,而听任自己所不能控制的,君子不会因为难于施展抱负而放弃,没有比这个时候更重要的了。何况今天子仁爱、包容，明察事理，希望天下大治的想法从来不曾懈怠过，天下统一，四方的诸侯秉承朝廷号令，往来奔走不停，二公的建言，早晨从朝廷下达，傍晚就会传遍四方；傍晚从朝廷下达，不经过一宿就会传遍四海，这难道能够与访问七十国，游说梁、齐、邾、滕相比吗？姑且等待着吧。这不仅是我曾巩的期望，也是天下人的期望，更是二公应该自我期许的。难道不是这样吗？

感愤之不已，谨成《忆昨诗》一篇①，《杂说》三篇②，粗道其意。后二篇并他事，因亦写寄。此皆人所厌闻，不宜为二公道，然欲启告觉悟天下之可告者，使明知二公志。次亦使邪者、庸者见之，知世有断然自守者，不从己于邪，则又庶几发于天子视听有所开益。使二公之道行，则天下之嗷嗷者举被其赐，是亦为天下计，不独于二公发也，则二公之道何如哉？尝窃思更贡举法，责之累日于学，使学者不待乎按天下之籍而盛③，须土著以待举行④，悖者不能籍以进。此历代之思虑所未及，善乎，莫与为善也。故诗中善学尤具。伏惟赐省察焉！

【注释】

①《忆昨诗》：不见于《元丰类稿》，已佚。

②《杂说》三篇：不见于《元丰类稿》，已佚。

③天下之籍：宋初学制，仅立一所国子监，即太学。招收京官七品以上的子孙为国子，招收全国八品以下和各县推荐的庶民子弟为太学生。太学生入太学，须查验所隶属的州府公据（州官所发文据，证明户籍、资历），此所谓"按天下之籍"，即核察入太学者地方生员的户籍等。仁宗初年，始命藩辅可以立学。庆历四年

（1044）三月，命各地州县皆可立学，本地人可进校读书。从此彻底结束了以"按天下之籍"方能入学的旧制。

④须土著以待举行：据《宋史·选举志》："宋祁等奏：教不本于学校，士不察于乡里，则不能核名实，有司束以声病，学者专于记诵，则不足尽人材。参考众说，择其便于今者，莫若使士皆土著，而教之于学校，然后州县察其履行，则学者修饬矣。"宋祁等人上奏时间在庆历四年（1044），同时上奏的人，包括时任知制诰的欧阳修。

【译文】

感慨、愤懑，不能自已，特地写成《忆昨诗》一篇，《杂说》三篇，大致表达了以上的意思。后面两篇写的其他的事情，也一并抄写下来寄呈。这些都是人们不愿听的，不应该向二公提起，但是，我想启发并唤醒天下能够听进这些话的人，让他们能够知道二公的心志。其次，也想让奸邪之人、平庸之人看到它，让他们知道世间有绝然保持自己操守的人，不与奸邪同流合污，同时也希望启发天子视听，并有所增益。让二公所信守的道义，大行于天下，那么天下待哺之人都会蒙受你们的恩赐，这也是为天下人考虑，不仅为二公考量，试想一下，二公所信守的道义将会产生怎样的影响呢？我曾经私下思考怎样改革贡举法令，每天都督促士人努力向学，让求学的人不能凭借所谓"天下之籍"而被接纳，进入科途，反倒必须依凭当地的举荐才能参加举试，不合乎此项规定的，不能晋级。这是历朝历代所没有想到的，这样的改革合适吗？应该没有比这更好的了吧！所以在前面提到的诗歌中，特别强调了善于学习的重要性。恩请详察！

【评点】

唐荆川曰：叙论纡徐有味。

茅鹿门曰：委婉周匝可诵，公文之佳者。

张孝先曰：此篇首叙遇合之盛，愿望欣跃，无限情景。

中间说到二公忽然被谗而去,使人愤懑失望,真出意外也。"虽然"以下,勉其勿以言之不合,而遂怠其初心。其所期于大贤君子者,用意深且至矣。文字曲曲折折,愈劲愈达,如水之穿峡而出,不知其所以然,而适与之相赴。能言人所不能言之意,亦是能言人人所欲言之意。

【译文】

唐顺之评论道:叙事议论,委婉含蓄,意味隽永。

茅坤评论道:书信写得委婉周密,朗朗上口,这是曾巩文集中的佳作。

张伯行评价道:这篇书信开篇叙述史上君臣遇合的佳话,以及让人欣喜雀跃的种种美好愿景。文笔陡然转至二公被谗言黜去,不禁使人愤懑失望,出人意料之外。"虽然"以下,勉励两位先辈不要因为一时言之不合,而心生懈怠,忘其初心。曾巩对大贤君子的期许,用意既深且重。文字含蓄曲折,劲峭通达,好比江水穿过峡谷,奔涌而出,不知道何以如此,却能桴鼓合节。能够表达出常人所不能表达的意思,也就能够表达出常人所想要表达的意思了。

福州上执政书

【题解】

曾巩自熙宁二年(1069)五十一岁通判越州起,转徙知齐、襄、洪州。直到熙宁十年(1077)春天,年近花甲的曾巩被朝廷授予直龙图阁,移知福州军州事,兼福建路兵马钤辖。对于这项任命,曾巩呈奏《辞直龙图阁知福州状》力辞:"孤远之臣,幸蒙收擢,圣恩深厚,谊岂敢辞?伏念臣老母年高,近岁多病。臣弟布已移知广州,见赴本任。臣若更适闽越,则兄弟并就远官。犬马之志,不胜彷徨。伏望圣慈矜闵,特寝新命,与臣一便地差遣。"奏状呈递朝廷,皇帝不允,曾巩只好离开洪州,来到福州任职。可以看出,曾巩移知福州,心情很不愉快。

　　在接下来一年多的时间里,曾巩除了忙于政务,心中始终萦绕着垂暮之年的忧愁,以及远离亲人的苦闷,在《福州谢到任表》中曾说:"至于九换岁期,常从外徙,四临州部,曾未代还","惟皓首之慈闱,抱累年之宿疹,牵衣辞袂,泣涕分驰。计音信之往来,殆将万里;阻晨昏之定省,各在一涯"。曾巩忙碌数月,待州事稍定,即于次年春天,向"执政"写了这封信。这年曾巩已年届花甲,老母年近九十而寓寄京都,故提请调回,以侍老母。但此信去后,并无效果。这封信写在福州州守任上,元丰元年(1078),吴充、王珪居相,"执政"不知具体指谁。

　　巩顿首再拜上书某官:窃以先王之迹,去今远矣,其可概见者,尚存于《诗》,《诗》存先王养士之法,所以抚循待遇之者,恩意可谓备矣。故其长育天下之材,使之成就,则如萝蒿之在大陵,无有不遂①。其宾而接之,出于恳诚,则如《鹿鸣》之相呼召,其声音非自外至也②。其燕之,则有饮食之具③;乐之,则有琴瑟之音④。将其厚意,则有币帛筐篚之赠⑤;要其大旨,则未尝不在于得其欢心。其人材既众,列于庶位,则如《棫朴》之盛,得而薪之⑥。其以为使臣,则宠其往也,必以礼乐,使其光华皇皇于远近⑦;劳来也,则既知其功,又本其情而叙其勤⑧。其以为将率,则于其行也,既送遣之,又识薇蕨之始生,而恐其归时之晚⑨;及其还也,既休息之,又追念其悄悄之忧,而及于仆夫之瘁⑩。当此之时,后妃之于内助,又知臣下之勤劳,其忧思之深,至于山脊、石砠、仆马之间，而志意之一，至于虽采卷耳，而心不在焉⑪。盖先王之世，待天下士，其勤且详如此。故称周之士也贵，又称周之士也肆⑫，而《天保》亦称："君能下下，以成其政，臣能归美，以报其上⑬。"其君臣上下相与之际如此，可谓至矣。所谓必本其情而叙其勤者，在《四牡》之三章曰："王事靡盬，不遑将父。"四章曰："王事靡盬，不遑将母。"而其卒章则曰："岂不怀归，是用作歌，将母来谂。"⑭释者以谓："谂，告也。君劳使臣，叙述其情，曰：岂不诚思归乎？故作此诗之歌，以养父母之志，来告其君也。"⑮既休息之，而又追叙其情如此。由是观之，上之所以接下，未尝不恐失其养父母之心；下之所以事上，有养父母之心，未尝不以告也。其劳使臣之辞则然，而推至于戍役之人，亦劳之以"王事靡盬，忧我父母"，则先王之政，即人之心，莫大于此也。及其后世，或任使不均，或苦于征役，而不得养其父母，则有《北山》之感⑯，《鸨羽》之嗟⑰；或行役不已，而父母兄弟离散，则有《陟岵》之思⑱。诗人皆推其意，见于《国风》，所谓"发乎情，止乎礼义"者也⑲。

【注释】

①萝蒿之在大陵，无有不遂：以萝蒿生长于山谷之中，比喻人才在舒心的环境中，不断成长。《诗经·小雅·菁菁者莪》："菁菁者莪，在彼中阿。"《传》："兴也。菁菁，盛貌。莪，萝蒿也。中阿，阿中也，大陵曰阿。君子能长育人材，如阿之长莪菁菁然。"不遂，不能生长。

②如《鹿鸣》之相呼召，其声音非自外至也：《诗经·小雅·鹿鸣》

有"呦呦鹿鸣,食野之苹。我有嘉宾,鼓瑟吹笙",用鹿遇到美草以长鸣呼伴共食,兴起赞美周王好贤若渴,以乐队隆重欢迎嘉宾。故下句说"声非外至"。

③其燕之,则有饮食之具:《诗经·小雅·鹿鸣》说招待嘉宾,"我有旨酒"。燕,通宴。具,指酒肴。

④乐之,则有琴瑟之音:《诗经·小雅·鹿鸣》:"我有嘉宾,鼓瑟鼓琴。"

⑤将其厚意,则有币帛筐篚之赠:《诗经·小雅·鹿鸣》:"我有嘉宾","承筐是将"。《毛诗序》:"既饮食之,又实币帛筐篚,以将其厚意。"筐篚,盛物竹器,借指礼物。

⑥如《棫朴》之盛,得而薪之:《诗经·大雅·棫朴》:"芃芃棫朴,薪之槱之。"《传》:"兴也。芃芃,木盛貌。棫,白桵也。朴,枹木也。槱,积也。山木茂盛,万民得而薪之。贤人众多,国家得用蓄兴。"

⑦"其以为使臣"几句:此为《诗经·小雅·皇皇者华》的内容,《毛诗序》以为是"君遣使臣也,送之以礼乐,言远而有光华也"。

⑧"劳其来也"几句:《毛诗序》:"《四牡》,劳使臣之来也,有功而见知则说也。"《毛传》又认为这是文王服事殷商时,派臣子出使往来,使臣归来,"陈其功苦以歌乐之"。此即"又本其情而叙其勤"。

⑨"其以为将率"几句:《毛诗序》:"《采薇》,遣戍役也。文王之时,西有昆夷之患,北有玁狁之难,以天子之命,命将率,遣戍役,以守卫中国,故歌《采薇》以遣之。"其诗有"采薇采薇,薇亦作止。曰归曰归,岁亦莫止"。郑笺:"西伯将遣戍役,先与之期以采薇之时。今薇生矣,先辈可以行也。重言'采薇'者,丁宁行期也。"又说后二句:"又丁宁归期,定其心也。"将率,将帅。薇蕨,两种可食用的野菜。蕨因连类而及。

⑩"及其还也"几句:《诗经·小雅·出车》:"忧心悄悄,仆夫况瘁。"《毛诗序》认为此篇为慰劳归来将帅。《笺》云:"况,兹也。将率

既受命行而忧，临事而惧也，御夫则兹益憔悴。"孔颖达《正义》
以为这两句，是周王回忆将帅出征时的忧伤和马夫的憔悴。瘁，
憔悴。

⑪"当此之时"几句：对《诗经·周南·卷耳》一诗，《毛诗序》认为：
"《卷耳》，后妃之志也。又当辅佐君子，求贤审官，知臣下之勤
劳"，"朝夕思念，至于忧勤"。其诗有"陟彼崔嵬，我马虺隤"，"陟
彼高冈，我马玄黄"。郑笺和孔疏都认为是后妃关怀行役臣下，
感念他们爬山越岭的辛苦，以至于连战马也累病了。山脊，指诗
中的"高冈"。石砠，上面有土的石山，即指诗中的"崔嵬"。仆
马，仆因马连类而及。《卷耳》："采采卷耳，不盈顷筐。嗟我怀人，
置彼周行。"孔疏说："顷筐易盈之器而不能满者，由此人志有所
念忧，思不在此故也。此采菜之人忧念之深矣，以兴后妃志在辅
佐君子，欲其官贤赏劳。朝夕思念，至于忧勤，其忧思深远，亦如
采菜之人。"

⑫故称周之士也贵，又称周之士也肆：语出扬雄《法言》："周之士也
贵，秦之士也贱；周之士也肆，秦之士也拘。"

⑬"君能下下"几句：语出《诗经·小雅·天保》篇《毛诗序》。下
下，指君待臣以礼，即礼贤下士。

⑭"在《四牡》之三章曰"几句：引文见《诗经·小雅·四牡》。

⑮"释者以谓"几句：释者即郑玄，下引文字即郑玄笺注内容。马瑞
辰《毛诗传笺通释》解释这段郑笺道："《传》盖以谂为念之同音
假借，笺则从其本义。《说文》：'谂，深谏也。'义与笺训谂为告者
合。但以经文求之，仍从《传》训念为是。又按王尚书曰：'来，词
之是也。"将母来谂"，言我惟养母是念。'《笺》训来为往来之来，
失之。"

⑯《北山》之感：《诗经·小雅·北山》："王事靡盬，忧我父母。"曾
巩对这句解读为"我忧父母"，显然是受自己心境的影响。郑玄

以及后来的朱熹均解释为：给父母添忧，也即父母忧我。

⑰《鸨羽》之嗟：《诗经·唐风·鸨羽》："王事靡盬，不能蓺稷黍。父母何怙？"《毛诗序》谓："刺时。晋昭公之后大乱五世，君子下从征役，不得养其父母。"

⑱《陟岵》之思：《毛诗序》言此诗："孝子行役，思念父母也，国迫而数侵削，役乎大国，父母兄弟离散，而作是诗也。"朱熹《诗集传》解读此诗："孝子行役，不忘其亲，故登山以望其父之所在。因想像其父念己之言曰：嗟乎！我之子行役，夙夜勤劳，不得止息。又祝之曰：庶几慎之哉，犹可以来归，无止于彼而不来也！盖生则必归，死则止而不来矣。"

⑲发乎情，止乎礼义：对《诗经·周南·关雎》一诗，毛诗大序评价整首诗："发乎情，止乎礼义。"

【译文】

曾巩叩首参拜，上书执政大人：私下认为先王的圣迹，离现在已经很遥远了，其中能窥其大概的，仅存在于《诗经》中，《诗经》中保存了先王养士的方法，安抚存恤，给予优遇，圣君的恩意真可谓周详备至。所以才能够培育出天下英才，让他们有所成就，就像萝蒿立在大陵之上，没有生长不好的。先王像对待宾客一样款待他们，态度诚恳，发自内心，就像《鹿鸣》呼唤友朋一样，那"呦呦"的声音，是从内心发出的。先王设宴招待他们，则会用华美的饮食餐具；取悦他们，则会用动听的琴瑟之音。为了表达深厚情谊，先王又会赠予他们钱币、丝帛等礼物；总结先王的本意，则未曾不想取得士的欢心。就这样，先王获得了很多人才，分别充列各级官位，就像《棫朴》中所描述的盛况，万民得而用之。任用他们为使臣，在他们出发时，给予荣宠，用礼乐让他们荣耀无比，远近闻名；出使归来，已建功业，理应得到嘉许，并叙奖他们的勤苦。任命他们作为将帅，在他们即将出征的日子，要为他们送行，同时，意识到薇菜、蕨菜已经开始生长，先王担心出征的将士归期推迟；等到他们归还，马上安顿他们

休息，又想起他们出征前的忧心忡忡，以及车夫憔悴的面容。正当此时，
后妃作为先王的内助，了解臣下的勤苦，她们深深的忧思，弥漫到山脊、
石砠、仆马之间，专意于忧虑，以至于尽管手采卷耳，而心思并不在此处。
大约在先王的时代，对待天下士人，就像这样殷勤、周详。所以，周代的
士人号称尊贵，同时也号称言行无忌，而《天保》也说："君王能够屈身
交接士人，就能够成就其美政，臣下因此而称许、赞美，来报答君王的恩
泽。"君臣上下彼此投合，应该是最高的境界。古人所说的必须推己及
人，来叙奖臣下的勤苦，《四牡》第三章中写道："国家的公事如此之多，
我没有空闲把父亲赡养。"第四章中写道："国家的公事如此之多，我没
有空闲把母亲赡养。"最后一章则写道："难道说我不思念家乡吗？我编
了这首歌，唱出我对母亲的思念。"郑玄笺为："谂，意为告知。君王犒劳
使臣，叙谈君臣之谊，君王说：你难道不想快点回家吗？所以编了这首诗
歌，来表达赡养父母的意愿，并希望君王能够了解。"不仅让臣下好好休
息，还如此体谅臣下的心情。由此来看，君王对待臣下，未尝不担心伤害
臣下赡养父母的心意；臣下对待君王，有赡养父母的心意，未尝不直接告
知君王。君王慰劳使臣的言辞是这样的，由此推想戍守服役的士卒，也
以"国家的公事如此之多，我也担心我的父母"这样的言辞来体恤戍卒，
可见，先王为政，体谅百姓的心情，没有比这更重要的了。等到后世，或
者任命役使不公平，或者痛苦于繁重的征役，而不能够赡养他们的父母，
于是便有了《北山》的感慨，《鸨羽》的嗟叹；或者没有穷尽的行役，致使
父母兄弟不能团聚，于是便有了《陟岵》中的忧思。诗人推己及人，将不
同的情况记录在《国风》当中，所说的"来源于感情，并以礼义为节制"
正是这个意思。

伏惟吾君有出于数千载之大志[①]，方兴先王之治[②]，以
上继三代。吾相于时，皆同德合谋[③]。则所以待天下之士
者，岂异于古？士之出于是时者，岂有不得尽其志邪？巩独

何人，幸遇兹日。巩少之时，尚不敢饰其固陋之质，以干当世之用④。今齿发日衰，聪明日耗，令其至愚，固不敢有徼进之心⑤，况其少有知耶？转走五郡，盖十年矣，未尝敢有半言片辞，求去邦域之任⑥，而冀陪朝廷之仪⑦。此巩之所以自处⑧，窃计已在听察之日久矣⑨。今辄以其区区之腹心⑩，敢布于下执事者，诚以巩年六十，老母年八十有八，老母寓食京师，而巩守闽越，仲弟守南越。二越者，天下之远处也。于著令，有一人仕于此二邦者，同居之亲，当远仕者皆得不行⑪。巩固不敢为不肖之身，求自比于是也。顾以道里之阻，既不可御老母而南，则非独省晨昏⑫，承颜色⑬，不得效其犬马之愚；至于书问往还，盖以万里，非累月逾时不通。此白首之母子，所以义不可以苟安，恩不可以苟止者也。

【注释】

①出：超出。

②兴：复兴。

③吾相于时，皆同德合谋：相，宰相，也即曾巩上书的对象"执政"。元丰六年（1083），在相位者为吴充、王珪，曾巩或许同时上书给两人，故称"同德""合谋"。

④干当世之用：求为当世所用。

⑤徼进：企图求得意外的进取。

⑥邦域：京城以外的区域。

⑦朝廷之仪：朝廷的威仪。这里指在朝廷任职。

⑧自处：自持。

⑨听察：探听审察。这里指朝廷对官员的监察。

⑩区区：真情挚意。

⑪"于著令"几句：著令，朝廷书面的政令。《续资治通鉴长编》卷一四〇："（庆历三年四月庚子）审官院、吏部流内铨，选人有同居之亲在川、广者，已许免远官，自今仍须召保官二人，乃听施行。"

⑫非独：不仅。省晨昏：早晚问安。

⑬承颜色：指侍奉父母，即承顺父母颜色、孝养父母的"色养"。

【译文】

　　念及我们的圣君具有超出千载之上的伟大志向，正在致力于复兴先王的大治局面，以便上承三代盛世。我们的宰相在这样一个时代，与圣君一道，同心同德，合作谋划。对待天下士人的态度，难道与古人有什么不同吗？士人生活在这样一个时代，难道有不能实现他们的志向的吗？我曾巩何德何能，有幸生在这样一个伟大的时代。我年少的时候，尚且不敢矫饰自己浅陋的天资，来谋求为世所用。而今齿摇发稀，日渐衰落，耳聋眼花，精气耗尽，即便愚蠢之极，也断然不敢心怀侥幸，投机进取，更何况还稍微有些知识呢？辗转奔走了五个州郡，已经过了十多年了，不曾敢进呈只言片语，以寻求离开地方的职任，荣任朝廷之职。这是我曾巩严格要求自己的处世原则，相信朝廷明察很久了。而今，我却把这点小小的心事，斗胆告诉阁下的原因，是因为我已经六十岁了，老母亲也已八十八岁了，老母亲在京城居住，而我却守官闽越之地，我的二弟任职南越之地。二越是天下最远的地方。根据法令，如有一人在这两个州郡做官，一家的兄弟应该出任远官的，都可以不去赴任。我本来不敢以不才之身，来套用这一规定。只是因为路远且险，不能够接老母亲到南方来，早晚问安，侍奉母亲，不能够尽犬马之力；至于书信往来，相距万里，没有数月不能收到音讯。这是一对头发俱白的母子，以道义上来讲义，于义有未安的地方，同时，圣上的恩泽也不能苟且忽略。

　　方去岁之春①，有此邦之命，巩敢以情告于朝，而诏报不许②。属闽有盗贼之事③，因不敢继请。及去秋到职④，闽之余盗,或数十百为曹伍者,往往蚁聚于山谷。桀黠能动众为魁首者,又以十数,相望于州县。闽之室间莫能宁,而远近闻者,亦莫不疑且骇也。州之属邑,又有出于饥旱之后。巩于此时,又不敢以私计自陈。其于寇孽,属前日之屡败,士气既夺,而吏亦无可属者。其于经营,既不敢以轻动迫之,又不敢以少纵玩之。一则谕以招纳,一则戒以剪除。既而其悔悟者自相执拘以归,其不变者亦为士吏之所系获。其魁首则或縻而致之⑤,或歼而去之。自冬至春,远近皆定。亭无枹鼓之警,里有室家之乐。士气始奋,而人和始洽⑥。至于风雨时若,田出自倍。今野行海涉,不待朋俦。市粟面米,价减什七。此皆吾君吾相至仁元泽覆冒所及。故寇旱之余,曾未期岁,既安且富,至于如此。巩与斯民,与蒙其幸。方地数千里,既无一事,系官于此,又已弥年,则可以将母之心,告于吾君吾相,未有易于此时也。

【注释】

①去岁之春:指熙宁十年(1077)之春。

②巩敢以情告于朝,而诏报不许:熙宁十年(1077),曾巩接到转知福州诏命,便向朝廷呈上《辞直龙图阁知福州状》,提出辞掉朝廷新的任命,并说明了理由:"孤远之臣,幸蒙收擢。圣恩深厚,谊岂敢辞?伏念臣老母年高,近岁多病。臣弟布已移知广州,见赴本任。臣若更适闽越,则兄弟并就远官。犬马之志,不胜彷徨!伏惟圣慈矜悯,特寝新命,与臣一便地差遣。"辞状并没有得到执政者的允准,曾巩便在《福州谢到任表》又恳求能调动一下任所:"惟皓首之慈闱,抱累年之宿疹,牵衣辞诀,泣涕分驰。计音信之

往来,殆将万里,阻晨昏之定省,各在一涯。足感动于人情,况亲逢于孝治","反哺愚情,冀尚蒙于悯恻"。在所有请求都没有得到批准后,曾巩只能在福州就任。尽管赴任福州心存不甘,但是,一旦就任,曾巩能够"为郡天涯亦潇洒",将烦恼抛至脑后,一心一意地治理福州。

③闽有盗贼之事:《续资治通鉴长编》卷二百八十四"神宗熙宁十年":"权御史中丞邓润甫言:'福建路群盗窃发,杀掠人民,州县不能逐捕,卒烦朝廷出兵遣将,既又为之蠲赋息役,以安一方,甚大惠也。然臣窃闻闽、粤之地,山林险阻,连亘数十里,无赖桀黠、轻死冒利之人,比于他路为多,大抵以贩盐、铸钱为业,故能结连党与,动以千数,州郡兵卫寡弱,莫能抗御。今朝廷傥以廖恩为已降,因遂泰然不顾,则恐桀黠之人乘闲投隙,将复有蹑恩之迹而发者,此不可不豫虑也。乞下本路监司博询众议,措置盐法利害,或许通商,至于私铸小钱,亦多为禁防。其控扼州军,宜少宿兵卫,务以消散恶党,惠安元元。或以监司为不足独任,自可遣使专总其事。'诏福建转运使寨周辅相度经久利害以闻。"通过权御史中丞邓润甫的奏陈,可以看到,熙宁十年(1077)福建盗贼猖獗,给百姓生活,也给朝廷带来了很大的困扰。曾巩参与其中,处置得当,下面一段,比较完整地介绍了曾巩处置这次贼变的方法,显示了他为政的才能。其善政的名声,甚至传到了京城。

④及去秋到职:曾巩《福州谢到任表》有"就差权知福州,已于今月初九日到任",又《福州奏乞在京主判闲慢曹局或近京一便郡状》有"况臣到任,今年八月,已及一年",则至福州为八月初九。

⑤縻而致之:以笼络羁縻的手段诱捕他们。《宋史·曾巩传》:"巩以计罗致之,继自归者二百辈。"林希《曾公墓志铭》说:"海盗自杀与缚致者又数十人。"

⑥洽:和谐融洽。曾肇《子固先生行状》:"闽粤负山濒海,有铜盐之

利，故大盗数起。公至部时，贼渠廖恩者既赦其罪，诱降之，然余众观望。十百为群，既溃复合，阴相推附，至连数州。其尤桀者隶（属）将乐县。县尝呼之不出，愈自疑，且起踵（廖）恩所为，居人大恐，公念欲缓之，恐势滋大，急之是趣其为乱，卒以计致之。前后自归若就执者几二百人，又擒海盗八人，自杀者五人，老奸宿偷相继缚致者又数十人。"可与此段相参证。

【译文】

正是去年的春天，我接到福州的任命，我斗胆将自己面临的困难禀告朝廷，但是，诏令告知不得准许。福州辖地有盗贼作乱，因此不敢继续陈请。等到去年秋天赴任，闽地剩余的盗贼，有的数十人一帮，有的百许人一伙，往往聚集在山谷之中。勇猛狡诈且有煽动力者作为首领，大约有十几个团伙，分布在州县之间，连续不断。闽地百姓邻里，不得安宁，远近听说的人们，也没有不担忧、害怕的。州县下属的乡邑，有很多经历了干旱，正处于饥荒之中。我在此危难之际，绝不能因为自己的原因继续向朝廷陈请。对于那些贼寇，属下官吏在此之前由于屡次失败，士气低落，官吏中也没有可以信托的人。如何管理、筹划，既不能轻率惊扰逼迫他们，也不能放纵忽视他们。我的具体做法是：一方面告谕并招纳他们，一方面警戒并剪除他们。不久，那些后悔并觉悟的盗贼，相互拘捕，到官府自首，那些不改悔的，也被士吏所擒获。他们的首领或者被捆缚到官府，或者被歼灭掉。从去年冬天到今年春天，远近的盗贼被全部平定了。驿亭再也没有枹鼓传来的警报，邻里间再现了欢乐气氛。士气得到了振奋，人们也开始和睦融洽起来。加之风调雨顺，田地里的收成自然翻倍。而今不论郊外散步，还是涉海垂钓，再不用朋友相伴。市井中，粟面米的价格，已经便宜了七成。这些都是我们的圣君贤相，仁义至极，恩泽覆被而造成的。正因为如此，大旱天灾，盗寇人祸，不满一年全部消停，百姓既富且安，出现了这样的景象。我曾巩与这里的百姓，都蒙受了圣君贤相的恩泽。属地方圆数千里，已经平安无事，我在此地做官也已满一年,现在将我思母之心,告知我的圣君贤相,没有比这个时候更适宜的了。

伏惟推古之所以待士之详,思劳归之诗;本士大夫之情,而及于其亲,逮之以即乎人心之政,或还之阙下,或外以闲曹,或引之近畿,属以一郡,使得谐其就养之心[①],慰其高年之母。则仁治之行,岂独昏愚得蒙赐于今日,其流风余法,传之永久。后世之士,且将赖此。其无《北山》之怨,《鸨羽》之讥,《陟岵》之叹,盖行之甚易,为德于士类者甚广。惟留意而图之。不宣。巩顿首。

【注释】

①就养:侍奉父母。《礼记·檀弓上》:"事亲有隐而无犯,左右就养无方。"孙希旦集解:"就养者,近就而奉养之也。"

【译文】

推想古人对待士人的具体做法,可参考《诗经》中的劳役思归之类的诗;依据士大夫之情感,而推及他们的亲人,最终达到安定人心的目的,或者回到京城,或者官处闲职,或者安置在京城附近,掌管一个州郡,满足他侍奉父母的心情,抚慰他们年事已高的母亲。当今以仁义之道治理天下,难道仅仅意味着昏愚之人蒙受圣君的恩赐吗? 这种好的风气及做法,将会流传到后世。后代的士人也会以此为依据。再也没有《北山》之怨,《鸨羽》之讥,《陟岵》之叹,这样做并不难,但是对于士人却功德无量,影响深远。希望您对此有所留意,并进行筹划。不再一一细说。曾巩叩首。

【评点】

唐荆川曰:南丰之文纯出于道古,故虽作书亦然,盖其体裁如此也。

茅鹿门曰：子固以宦游闽徼，不得养母，本风雅以为陈情之案，而其反复咏叹，蔼然盛世之音。此子固之文所以上拟刘向，而非近代所及也。

张孝先曰：其引经处，随引随释，别有一种风韵。归注在以将母之情来告一句，至叙求就近养母意，已入题矣。又从闽中寇盗未靖，未敢上陈，直到今日，政平事简，而后乃今不得不以情告于吾君吾相也。回抱上文，不照应而自有照应之妙。读其一篇用笔，如鸾鹤之盘旋于霄汉，将集复翔，到末一收，神情完足。

【译文】

唐顺之评论道：曾巩的文章源出于古圣之道，即便写信也是如此，这应该是其文章风格一以贯之的原因。

茅坤评价道：曾巩因为出任远地福建的官员，而不能赡养老母，据《诗经》之文字陈述自己养亲之衷情，文章反复咏叹，言语亲切，晏然盛世之音。这正是曾巩文章之所以能够上比刘向，而今世之文罕有其匹的原因。

张伯行评论道：文章引用经典的地方，一边引用，一边解释，别有一番风雅韵味。汇其意于携母之深情，就近养母之陈情，至此主旨已经表达清楚了。文章又从闽中盗贼之乱没有平定，而没有陈情于上，一直到今天，政治清平，公务顺畅，才不得不将一己之私情陈奏于君王与宰相。呼应上文，尽管没有刻意照应，却极尽照应之妙。吟诵全文，其用笔之妙处，好比凤鸾、白鹤在霄汉回环盘旋，似乎要栖止枝头，却又高翔而去，文尾收煞，神气活现。

上杜相公书

【题解】

杜相公,即杜衍(978—1057),字世昌,越州山阴(今浙江绍兴)人。真宗大中祥符初进士及第,康定元年(1040),以刑部侍郎同知枢密院事,拜枢密副使。庆历三年(1043),迁吏部侍郎、枢密使。明年,同中书门下平章事。富弼、韩琦、范仲淹同主新政,裁抑侥倖,为权贵所嫉,杜衍常相与佐佑,卒以此罢相,以尚书左丞出知兖州。庆历七年(1047),以太子少师致仕,退居南都(今河南商丘)。皇祐中,迁太子太保,进太子太傅,封祁国公。嘉祐二年(1057),卒于家,年八十,赠司徒兼侍中,谥正献。

在曾巩文集中,有四通写给杜衍的信。这是曾巩呈给杜衍的第一封信,当时正值杜衍退休之后,寓居南都。庆历七年九月,曾巩侍父赴京至南都,过其门而顺致此信。他的这种"干谒"行为,并非沽名钓誉,而是出于对杜衍的敬慕,因为当时杜衍已被请还印绶,以太子少师致仕,如果曾巩是趋炎附势之人,那他就不会去拜见这位失势相公。在《上杜相公书》中,曾巩说:"今也过阁下之门,又当阁下释衮冕而归,非干名蹈利者所趋走之日,故敢道其所以然,而并书杂文一编,以为进拜之资,蒙赐之一览焉,则其愿得矣。"杜衍对这位"不识时势"的年轻人很器重,尤其是对他的文章更是赞赏,后来,杜衍给曾巩许多帮助。到南都不久,曾巩的父亲染病卧床不起,曾巩终日侍立左右而不敢擅离。在南都,曾巩举目无亲,人生地不熟,请医买药,又缺经费。杜衍得知消息后,给予了大力资助,曾巩为父亲请医问药的一切费用,均由杜衍支付。由于父亲病势太重,医治无效,结果客死他乡。曾巩扶柩而归的盘缠,又是杜衍解囊。父亲的去世,使曾巩无限悲痛,而杜衍的慷慨相助,又使曾巩万分感激。回乡后,他把父亲安葬在南丰老家。后事处理完毕,曾巩即作书答谢杜衍。在《谢杜相公书》中,曾巩满怀感激地写道:"惟先人之医药,与凡丧之所急，不知所以为赖，而旅榇之重大，惧无以归者。明公独于此时，闵闵勤勤，营救护视，亲屈车骑，临于河上。使其方先人之病，得一意于左右，而医药之有与谋。至其既孤，无外事之夺其哀，而毫发之私，无有不如其欲；莫大之丧，得以卒致而南。其为存全之恩，过越之义如此。"

庆历七年九月日①，南丰曾巩再拜上书致政相公阁下②：巩闻夫宰相者，以己之材为天下用，则用天下而不足；以天下之材为天下用，则用天下而有余③。古之称良宰相者，无异焉，知此而已矣。

【注释】

①庆历七年九月日：本年即1047年，正月，杜衍在兖州任上以太子少师退休，居于南都（今河南商丘）。据《能改斋漫录》，曾巩于庆历七年六月二十日，侍父进京，行至洪州樵舍僧寺。八月至滁州，拜见欧阳修，本月十五日作《醒心亭记》。九月至南都，始识杜衍。

②致政：又言致仕，也即退休。

③"巩闻夫宰相者"几句：《史记·陈丞相世家》："宰相者，上佐天子理阴阳，顺四时，下育万物之宜，外镇抚四夷诸侯，内亲附百姓，使卿大夫各得任其职焉。"《宋史·范质传》："臣又闻为宰相者，当举贤能，以辅佐天子。"《史记·陈丞相世家》中陈平回答汉文帝宰相的职责，是曾巩所说的"以己之材为天下用"，《宋史·范质传》中范质对宰相职责的界定，是曾巩所说的"以天下之材为天下用"。

【译文】

庆历七年九月日，南丰曾巩拜见退休的宰相阁下：我听说，宰相如果以自己的才能服务国家，那么将有不足；如果用天下的人才服务于天下，那么将会绰绰有余。古代被称为良相的人，没有什么特别的地方，了解这些就可以了。

舜尝为宰相矣，称其功则曰举八元八恺^①，称其德则曰无为而治者，其舜也与^②！卒之为宰相者，无与舜为比也。则宰相之体，其亦可知也已。

【注释】

①舜尝为宰相矣，称其功则曰举八元八恺：《左传·文公十八年》："舜臣尧，举八恺，使主后土，以揆百事，莫不时序，地平天成。举八元，使布五教于四方，父义、母慈、兄友、弟恭、子孝，内平外成。"八恺，传说为高阳氏的才子八人：苍舒、隤敳、梼戭、大临、龙降、庭坚、仲容、叔达。八元，传说为高辛氏的才子八人：伯奋、仲堪、叔献、季仲、伯虎、仲熊、叔豹、季狸。

②称其德则曰无为云云者，其舜也与：语出《论语·卫灵公》："无为而治者，其舜也与！夫何为哉？恭己正南面而已矣。"

【译文】

舜曾经做过宰相，称颂他的功绩时，常说他举用了八元八恺，称颂他的德行，则常说无为而治，这就是舜啊！最终，做宰相的人，没有能够和舜相比的。那么宰相作为一个官职，其根本的职责我们就清楚了。

或曰："舜大圣人也。"或曰："舜远矣，不可尚也。请言近。"近可言者，莫若汉与唐。汉之相曰陈平，对文帝曰："陛下即问决狱，责廷尉；问钱谷，责治粟内史。"对周勃曰："且陛下问长安盗贼数，又可强对邪？"问平之所以为宰相者,则曰:"使卿大夫各得任其职也。"观平之所自任者如此,而汉之治莫盛于平为相时,则其所守者可谓当矣①。

【注释】

①"汉之相曰陈平"几句:《史记·陈丞相世家》:"居顷之,孝文皇帝既益明习国家事,朝而问右丞相勃曰:'天下一岁决狱几何?'勃谢曰:'不知。'问:'天下一岁钱谷出入几何?'勃又谢不知,汗出沾背,愧不能对。于是上亦问左丞相平。平曰:'有主者。'上曰:'主者谓谁?'平曰:'陛下即问决狱,责廷尉;问钱谷,责治粟内史。'上曰:'苟各有主者,而君所主者何事也?'平谢曰:'主臣!陛下不知其驽下,使待罪宰相。宰相者,上佐天子理阴阳,顺四时,下育万物之宜,外镇抚四夷诸侯,内亲附百姓,使卿大夫各得任其职焉。'孝文帝乃称善。"曾巩书信中的文字,改写《史记·陈丞相世家》而来。

【译文】

有人说:"舜是个大圣人。"有人说:"舜离我们太遥远了,不能够效法。请举一个近的例子。"时间近所能举到的例子,没有比汉、唐再合适的。汉代的宰相陈平,对文帝说:"陛下如果要过问判决狱讼,请问廷尉;如果要问钱谷之事,请问治粟内史。"对周勃说:"陛下问长安盗贼的数量,又怎能强行作答呢?"如果要问陈平是怎样做宰相的,他一定会说:"让卿、大夫各司其职罢了。"陈平就是这样给自己定位的,而汉代统治没有比陈平担任宰相的时期更繁荣的了,那么,陈平作为宰相的职守,也可称得上是恰如其分了。

降而至于唐,唐之相曰房、杜①。当房、杜之时,所与共事则长孙无忌、岑文本②,主谏诤则魏郑公、王珪③,振纲维则戴胄、刘洎④，持宪法则张元素、孙伏伽⑤，用兵征伐则李勣、李靖⑥，长民守土则李大亮⑦。其余为卿大夫，各任其事，则马周、温彦博、杜正伦、张行成、李纲、虞世南、褚遂良之徒⑧，不可胜数。夫谏诤其君，与正纲维，持宪法，用兵征伐，长民守土，皆天下之大务也⑨，而尽付之人，又与人共宰相之任，又有他卿大夫各任其事，则房、杜者何为者邪？考于其传，不过曰"闻人有善，若己有之。不以求备取人，不以己长格物，随能收叙，不隔卑贱"而已⑩。卒之称良宰相者，必先此二人。然则著于近者，宰相之体，其亦可知也已。

【注释】

①房：即房玄龄，唐太宗时期的宰相，居相位十五年。杜：即杜如晦，太宗时为右仆射，房杜二人共执朝政，助成"贞观之治"。

②长孙无忌：佐太宗定天下，功第一。擢吏部尚书。岑文本：贞观中擢中书舍人，诏告皆为其草定，后为中书令。

③魏郑公：即魏徵，以直言敢谏著称。王珪：太宗朝谏议大夫，推诚纳善，每多规益。

④纲维：犹言纲纪。戴胄：太宗朝参军。后擢大理少卿，敢据正犯颜，参处法意，至析秋毫，随类指摘，言若泉涌。刘洎：贞观中为尚书右丞，累加光禄大夫，亦能直规君过。

⑤张元素：初为窦建德黄门侍郎。太宗即位后累迁光禄大夫。孙伏伽：初仕隋，入唐为治书侍御史。太宗朝累迁大理寺卿。持法清明。

⑥李勣：字懋功。本姓徐。初从李密，武德初随密归唐，赐姓李。随秦王征伐累立战功。贞观初拜并州都督，战败突厥。为太宗朝名将。李靖：著名将领。太宗时授刑部尚书，兼检校中书令，屡建边功，迁尚书右仆射。

⑦长民：犹言养民。李大亮：贞观初为凉州都督，又为西北道安抚大使，主张对西北少数民族采用羁縻政策，仍居塞外，省劳役，使安居，被太宗接受。

⑧马周：贞观时拜监察御史，累迁中书侍郎，岑文本称其论事，会文切理，听之忘倦，后进为中书令。温彦博：曾与突厥战，被俘不屈。太宗即位得还，贞观中迁中书令，进尚书右仆射。性周密谨慎，掌机务，谢绝宾客，进见必陈政事利害。杜正伦：贞观中累迁中书侍郎，论事称旨。张行成：太宗时拜给事中。太宗欲兼行将相事，则谏以不用损万乘之尊，与臣下争功，得到嘉纳。李纲：高祖时任礼部尚书，贞观中为少师，参议政事。虞世南：历事陈、隋。太宗时为弘文馆学士，改秘书监。议论持正，太宗称其德行、忠直、博学、文词、书翰为五绝。褚遂良：与虞世南同为书法名家。贞观中历官谏议大夫，兼起居郎，主张"君举必书"。累迁黄门侍郎，参综朝政。

⑨大务：重大事务。

⑩"闻人有善"几句：引文见《旧唐书·房玄龄传》。求备，要求尽善尽美。格物，度量人物。随能收叙，谓按才使用。收叙，接纳铨叙。叙，按照规定的等级次序授官职。

【译文】

到了唐代，唐代有名的宰相是房玄龄、杜如晦。在两人当政的时候，和他们共同议事的有长孙无忌、岑文本，负责进谏的有魏徵、王珪，负责法度的有戴胄、刘洎，掌管法典的有张元素、孙伏伽，带兵征伐的有李勣、李靖，为民之长，守土有责，则有李大亮。其余的公卿、大夫，各有自己的职责，诸如马周、温彦博、杜正伦、张行成、李纲、虞世南、褚遂良之类的人，数不胜数。向君主进谏，端正法度，修持法典，领兵征讨，守土有责，都是天下重要的事务，都有专人负责，并且有他人分担宰相的权力，还有其他公卿、大夫各司其职，那么，房、杜二人还能干些什么呢？考察他们的传记，仅仅说"听到别人有长处，就好像自己也具备这些长处。对待他人从不求全责备,从不以自己的长处作为衡量其他人的标准,用人各取所长,不以地位高低论人"罢了。最终能够被称为良相的,一定先推此二人。因此,通过这些近世的良相,我们就会了解宰相这一官职的内涵。

　　唐以降,天下未尝无宰相也。称良相者,不过其一二大节可道语而已[1]。能以天下之材为天下用,真知宰相体者,其谁哉?

【注释】

　　[1]大节:临难不苟的节操。吴兢《贞观政要·忠义》:"姚思廉不惧兵刃,以明大节,求诸古人,亦何以加也!"

【译文】

　　唐代以后,天下不曾没有宰相。但是,能够被称为良相的,不过有一两个大的操守为人称道罢了,真正了解宰相大体的,又有谁呢?

　　数岁之前[1],阁下为宰相。当是时,方人主急于致天下治[2];而当世之士,豪杰魁垒者[3],相继而进[4],杂沓于朝。虽然,邪者恶之,庸者忌之[5],亦甚矣。独阁下奋然自信,乐海内之善人用于世,争出其力,以唱而助之,惟恐失其所自立,使豪杰者皆若素縻门下以出[6]。于是与之佐人主,立州县学,为累日之格以励学者[7];课农桑,以损益之数为吏升黜之法[8];重名教,以矫衰弊之俗;变苟且,以起百官众职之坠[9]。革任子之滥[10],明赏罚之信,一切欲整齐法度,以立天下之本,而庶几三代之事。虽然,纷而疑且排其议者亦众矣[11]。阁下复毅然坚金石之断,周旋上下,扶持树植,欲使其有成也。及

不合矣，则引身而退，与之俱否^⑫。呜呼！能以天下之材为
天下用，真知宰相体者，非阁下其谁哉！使克其所树立，功
德可胜道哉！虽不克其志，岂愧于二帝、三代、汉唐之为宰
相者哉^⑬？

【注释】

①数岁之前：庆历四年（1044）杜衍拜相，距此三年。

②当是时，方人主急于致天下治：庆历三年（1043），宋仁宗为了扭
　转危局，也"欲更天下弊事"，任范仲淹为参知政事，与富弼共主
　"新政"。致天下治，使国家得到治理。

③魁垒：指正直磊落的人。

④相继而进：如杜衍入相，范仲淹参知政事，韩琦由陕西召入任枢密
　使，富弼拜枢密副使，欧阳修由滑州召入谏院，蔡襄、余靖、王素并
　为谏官，皆为一时之选。

⑤邪者恶之，庸者忌之："庆历新政"触及贵族官僚利益，自推行时
　起，谤议日涨，以"朋党"罪名诬陷范、韩等，甚至制造谋废仁宗一
　类危言耸听的谣言。参预新政的章得象、贾昌朝则阻挠破坏，新
　政主要败于他们之手。

⑥"独阁下奋然自信"几句：杜衍固然是当时重要人物，支持新政。
　但此数句至下文"而庶几三代之事"如此归美，"恐祈公（杜衍）
　尚未足当此"（何焯语）。新政措置与他无多关涉，史亦无载。若
　素，和平常一样。繇，从。

⑦"于是与之佐人主"几句：新政改善科举，如范仲淹所说，是"先
　策论，后诗赋"，此规定主要考察平日积学及见识。又规定士人
　须在乡学学习三百日，才能取得秋试资格，即所谓"累日之格"。
　格，规定度量的标准。

⑧课农桑,以损益之数为吏升黜之法:据《续资治通鉴长编》卷一四四,新政规定:"凡有善政异绩,或劝农桑获美利、鞫刑狱雪冤枉,典物务能改大弊、省钱谷数多,准事大小迁官升任。"

⑨变苟且,以起百官众职之坠:据《欧阳修全集·奏议集》卷一载,欧阳修认为官吏冗滥,应对老朽、病患、无能的人进行裁减,为此连上三道《论按察官吏状》。

⑩革任子之滥:指对各级官僚子弟靠"恩荫"做官的特权,进行一定的限制。

⑪虽然,纷而疑且排其议者亦众矣:《宋史·范仲淹传》:"庆历新政"之初,"仲淹以天下为己任,裁削幸滥,考覆官吏,日夜谋虑兴致太平。然更张无渐,规摹阔大,论者以为不可行。及按察使出,多举所劾,人心不悦。自任子之恩薄,磨勘之法密,侥倖者不便,于是谤毁稍行,而朋党之论浸闻上矣"。

⑫"阁下复毅然坚金石之断"几句:新政受阻后,庆历四年六月,范仲淹、富弼被迫出任宣抚使。"言者附会,益攻二人之短"(《宋史·杜衍传》)。庆历五年(1045)正月,范、富保留原职出知郴州、郓州后,"谗者益甚,两人在朝所施为,并稍沮止,独杜衍左右之"。钱明逸、章得象从中作祟,一日内罢免范、富原职。不数日杜衍亦被免相,以尚书左丞知兖州。事见《续资治通鉴》卷四七。

⑬二帝:指尧、舜。三代:指夏、商、周三朝。

【译文】

数年之前,阁下出任宰相。在那时,正当君主急切希望天下大治的时候;当时天下士人,豪杰特出之人,陆续仕进,遍布朝廷。尽管如此,奸邪之人厌恶他们,平庸之人妒忌他们,形势很是严峻。只有阁下奋发自信,乐见海内优秀人才为世所用,竞相出力,阁下倡导并帮助他们,担心他们不能依靠自己的力量有所建树,便将他们延揽入自己门下。又从而和他们一起辅佐君主,成立州县学堂,规定士人必须在乡学学习三百日,才能参加秋试,以此来激励士人潜心向学;督促农桑,将善政异绩作为官吏升迁的依据;注重以礼设教,来矫正风俗之衰敝;改变得过且过的官场风气,提振百官众职摇摇欲坠的精神面貌。变革因父兄功绩而滥授子弟官职的现象,来强调赏罚要有依据,所做的这一切,都是为了使法度更加严密,确立治理天下的根本,希望能够比肩三代政事。尽管如此,很多人表示怀疑,排斥新法的人数量众多。阁下毅然以斩断金石的勇气和魄力,周旋于上下,对于士人,或者扶持,或者培植,期望他们能够取得成功。等到自己的意见不能为别人所接受,就决然引退,周围的人全部被贬谪。唉!能够让天下的人才为天下所用,是真正了解宰相大体的人,不是阁下又是谁呢!如果能够完成阁下所有的规划,那真是功德无法计量啊!尽管没有实现自己的抱负,难道会愧对尧舜二帝、夏商周三个朝代及汉唐时期的贤相们吗?

　　若巩者,诚鄙且贱,然常从事于书,而得闻古圣贤之道,每观今贤杰之士,角立并出^①,与三代、汉唐相侔^②,则未尝不叹其盛也。观阁下与之反复议而更张庶事之意,知后有圣人作,救万事之弊,不易此矣,则未尝不爱其明也。观其不合而散逐消藏^③,则未尝不恨其道之难行也。以叹其盛、爱其明、恨其道之难行之心,岂须臾忘其人哉!地之相去也千里,世之相后也千载,尚慕而欲见之,况同其时,过其门墙之下也欤?今也过阁下之门,又当阁下释衮冕而归,非干名蹈利者所趋走之日,故敢道其所以然,而并书杂文一编,以为进拜之资,蒙赐之一览焉,则其愿得矣。

【注释】

　　①角立:卓然特立。《后汉书·徐稺传》:“至于稺者,爰自江南卑薄

之域,而角立杰出,宜当为先。"李贤注:"如角之特立也。"

② 相侔:相等。

③ 散逐消藏:分散贬逐,在中枢政权中销声匿迹。范、富之贬,一在西,一在北。庆历四年九月,蔡襄离谏院出知福州,支持新政的石介出任濮州通判。五年,欧阳修由知制诰出知滁州,余靖出知吉州,尹洙贬为监均州酒税。正如为虎作伥的御史中丞王拱辰等所说:"吾一举网尽之矣。"包括被诸公汲引的新进人材苏舜钦等亦被排斥殆尽。后来苏洵在《上欧阳内翰书》中说得更为惋惜:"不幸道未成,而范公西,富公北,执事与余公、蔡公分散四出,而尹公亦失势,奔走于小官。"

【译文】

像我曾巩这样的人,不仅识见浅陋,而且地位低下,但是也经常看一些书,所以能够知道一些古代圣贤之道,每当看到当今贤人、豪杰,卓然特立,竞相出现,可以与夏、商、周及汉、唐时期相比,就不曾不感叹这一盛况。看到阁下与众多贤人反复辩议,改革国政众事,我知道后来一定会有圣人出现,来拯救世间万事弊端,这一趋势不会改变,我不曾不赞赏您的贤明。又看到你们因与权贵官僚意见不合而分散贬逐,又不曾不感叹您的道义难以实行啊。因感叹兴盛、赞赏贤明、遗憾道义难于实行的心,又怎能一刻忘记这个人呢!居住之地相距千里之遥,生活的时代相去千年之远,尚且因爱慕而想去拜见,更何况生活在同一个时代,又出于他的门下呢?而今拜访阁下,正当阁下已经脱下官服,告老还乡,并非追名逐利的钻营者奔走拜访的好时机,所以我敢于说出实情,一并呈上我写的杂文一编,作为拜见阁下的贽礼,承蒙赏赐浏览一遍,那么我的愿望就算实现了。

噫!贤阁下之心,非系于见否也,而复汲汲如是者,盖其忻慕之志而已耳①。伏惟幸察。不宣。巩再拜。

【注释】

①忻慕：欣幸仰慕。

【译文】

啊！我尊敬阁下的心意，并不关系到能否见到阁下，之所以如此急切，因为自己心里特别欣幸仰慕罢了。谨望有幸得到体察。不再细说。曾巩再拜。

【评点】

茅鹿门曰：以书为质，其说宰相之体处亦自典刑。

张孝先曰：杜公以宰相去位，而子固本其能用天下之材者，致其慕望之诚，而又以其引身而退者，恨其道之难行，然后自明其所以进见之意。地步尽高，胸襟尽大，较昌黎投书时宰，徒以寒饿自鸣，不高出一等耶？

【译文】

茅坤评论道：考之史书，这封信谈到宰相之根本，也是源自古制。

张伯行评论道：杜衍在宰相任上退休，曾巩在信中赞颂他能够举用天下有才能的人，并表达其仰慕之诚意，继而言及杜公引身而退，感叹其道难行，然后再表明求见的意愿。所显现的境界不可能再高，胸襟不可能再大了，相比韩愈致信宰相，仅仅抱怨一己温饱之困扰，何止高出一等呢？

与杜相公书

【题解】

曾巩在庆历七年（1047）在欧阳修的引荐之下，与杜衍结识，并得到了他的赏识。在随后而来的危难中,曾巩得到了杜衍无私的帮助,曾巩心怀感激之情,在曾集中写与杜衍的诗文多至五篇。在这篇书信中,有"去门下以来,九岁于此"一句,据此推断,这封信作于至和二年(1055),曾巩时年三十七岁,科途蹭蹬,加之父亲、长兄的相继过世,曾巩倍感生活的压力。曾巩并不讳言自己家族的贫困,甚至逢人便说,曾巩的确没有夸大他所面临的困难,曾肇《子固先生行状》中回忆了家族早年的困顿:"无田以食,无屋以居,公时尚少,皇皇四方,营饘粥之养。光禄(曾父)不幸早逝,太夫人在堂,阖门待哺者数十口。"可见曾巩很真诚地向人寻求帮助,也的确获得了很多人的帮助。向曾巩伸出援手的有欧阳修、范仲淹、刘沆、杜衍、袁太监等人。另一方面,曾巩也借家境的窘困来不断磨砺自己。他在上一年写的《学舍记》中这样写道:"予之劳心困形,以役于事者,有以为之矣。予之卑巷穷庐,冗衣砻饭,芑苋之羹,隐约而安者,固予之所以遂其志而有待也。予之疾则有之,可以进于道者,学之有不至。至于文章,平生所好慕,为之有不暇也。若夫土坚木好高大之观,固世之聪明豪隽挟长而有恃者所得为,若予之拙,岂能易而志彼哉?"曾巩作为一个贫寒书生,之所以能够在名臣贵胄面前不卑不亢地寻求帮助,支撑他的正是其由道德、文章构建起来的丰盈的精神世界。

　　巩启:巩多难而贫且贱①,学与众违②,而言行少合于世,公卿大臣之门,无可借以进,而亦不敢辄有意于求闻③。阁下致位天子而归④,始独得望舃履于门下⑤。阁下以旧相之重,元老之尊,而猥自抑损,加礼于草茅之中、孤茕之际⑥。然去门下以来,九岁于此⑦。初不敢为书以进,比至近岁,岁不过得以一书之问,荐而左右,以伺侍御者之作止⑧。又辄拜教之辱,是以滋不敢有意以干省察,以烦觊施⑨,而自以得不腆之诛,顾未尝一日而忘拜赐也。

【注释】

①巩多难而贫且贱：曾巩父亲曾易占因为被人诬告，失官居家，长达十二年，最终郁怀难展，不享天年。家庭重担几乎全部落在曾巩身上，既要赡养祖母、继母，又要抚育四个弟弟、九个妹妹，其时，曾巩一家可谓孤苦无依，穷困贫寒。

②学与众违：曾巩不仅为文本原六经，主张复古，其为人、为官，亦经世务实，一遵古教。因此曾巩所学与众人不同，这也使得曾巩科场坎坷，仕途多舛。曾巩在《赠黎安二生序》中曾这样自嘲："世之迂阔，孰有甚于余乎？知信乎古而不知合乎世，知志乎道而不知同乎俗，此余所以困于今而不自知也。世之迂阔，孰有甚于余乎？"曾巩"信乎古""志乎道"，而不"合乎世""同乎俗"，这正是其"学与众违"的体现。

③求闻：谓寻求被人知闻。

④致位：辞去职位。杜衍在庆历七年（1047），上表请还兖州印绶，以太子少师头衔退休，寓居南都（今河南商丘）。

⑤望舄（xì）履：希望得到接见的谦卑之辞。舄履，泛指鞋子，此犹言足下。

⑥加礼于草茅之中、孤茕之际：化用《三国志·蜀书·诸葛亮传》"猥自枉屈，三顾臣于草庐之中"。草茅，指曾巩行至南都的简陋旅邸。

⑦然去门下以来，九岁于此：曾巩于庆历七年（1047）初识杜衍，九年以后为至和二年（1055），即是这封信写作的时间，曾巩时年已经三十七岁了。

⑧侍御者：左右侍奉的人。不称其名，而称其"侍御者"，表示尊敬。作止：犹作息，起居。

⑨贶（kuàng）施：赐予，指写给曾巩的信。

【译文】

曾巩启白：我早年多难，家贫低贱，所学不合于世，言行也与世人寡合，面对公卿大臣的门庭，我没有任何凭藉能够进入，也不敢寻求被人知晓。阁下退位，从天子身边还乡，我才有机会来到您的门下，得到您的接见。阁下以退位宰相的威望，以天子老臣的尊贵，不惜降低身份，亲自到简陋的旅邸，探望孤苦伶仃的我。然而，离开先生门下，已经九年了。起初不敢写信寄给您，等到近几年，每年也不过写一封信，寄呈您的左右，问候阁下起居。常得到阁下屈尊来信，因此更不敢特意写信劳烦您审察，以免又麻烦您来信问候，而我因此得到了所犯错误的惩罚，但我不曾有一天忘记当初拜于您门下所受到恩赐。

伏以阁下朴厚清明谠直之行，乐善好义远大之心，施于朝廷而博见于天下，锐于强力而不懈于耄期①。当今内自京师，外至岩野②，宿师硕士③，杰立相望④，必将惫精疲思⑤，写之册书，磊磊明明，宣布万世，固非浅陋小生所能道说而有益毫发也。巩年齿益长，血气益衰，疾病人事，不得以休，然用心于载籍之文⑥，以求古人之绪言余旨，以自乐于环堵之内⑦，而不乱于贫贱之中⑧，虽不足希盛德之万一，亦庶几不负其意。非自以谓能也，怀区区之心于数千里，因尺书之好，而惟所以报大君子之谊，不知所以裁，而恐欲知其趣，故辄及之也。

【注释】

①不懈于耄期：谓晚年还坚持"乐善好义"。耄期，晚年。八十、九十曰耄。当时杜衍七十八岁。

②岩野：山间田野，这里指京城朝廷之外的地方。

③宿师：老成博学之士。硕士：学问渊博、品德高尚之士。

④杰立：挺立。

⑤惫精疲思：费尽心思，殚精竭虑。

⑥载籍之文：指儒家经典文献。

⑦环堵：四周环着每面一方丈的土墙。形容狭小、简陋的居室。《礼记·儒行》："儒者有一亩之宫，环堵之室。"郑玄注："环堵，面一堵也。五版为堵，五堵为雉。"

⑧不乱于贫贱之中：即孟子所说的"贫贱不能移"。

【译文】

　　阁下具有质朴、淳厚、清察、明审、正直的品行，以及乐于行善、喜好仁义、目标远大的精神，所有这些不论是在朝廷之上，还是在普天之下，都广为世人所知，年富力强的时候锐意进取，晚年仍然坚持这些好的品德。当今之世，内部从京城皇都，外部到山间乡野，博学前辈以及积学之士，卓然挺出，不胜枚举，一定会被史官殚精竭虑，写入史册，并清清楚楚，流传万世，这本来就不是浅陋的书生所能够道听途说，而有丝毫增益的。我年龄越来越大了，气血越发衰颓，疾病和各种事务，没完没了，但是，我用心阅读历代经典文献，以探求古人已发而未尽之言论，及后人未发而不明之意旨，能自得其乐于陋室之中，而不为贫贱所扰乱心性，尽管不足以获得万分之一的隆盛之德，也大约不辜负阁下对我的期望。并非自以为具备多大的才能，只不过胸怀拳拳之心于数千里之外，借助美好的尺牍，来报答德高望重的您对我的情谊，因此，写来不加剪裁，只恐怕阁下不了解我的情况，所以写了以上那么多。

　　春暄①，不审尊候如何，伏惟以时善保尊重，不胜鄙劣之望。不宣。

【注释】

①春暄：指春暖之时。《诗经·豳风·七月》："春日迟迟。"孔颖达疏："人遇春暄，则四体舒泰。"

【译文】

春季天暖,不知阁下起居如何,谨望按时起居,好好保重贵体,不才祈望不尽。不再一一细说。

【评点】

茅鹿门曰:此子固所不可及处,在不失己上。

张孝先曰:南丰自树立处尽高,其辞令婉曲有体,尤足玩味。

【译文】

茅坤评论道:这正是曾巩可望不可即的地方,就在于不失却本色。

张伯行评论道:曾巩自我标举高远,书信语言委婉纤徐,很值得玩味。

与抚州知州书

【题解】

抚州知州不知何人,曾巩给抚州知州写这封信,是为了求见。至于求见的原因,可以结合书信内容以及曾巩当时所处的社会环境进行分析。书信开首两句:"士有与一时之士相参错而居,其衣服食饮、语默止作之节无异也。"曾巩显然以"士"自居,在他看来,"士",不应受到时代、地域、风俗的影响,因为"士"所秉承的圣人之道是永恒的、亘古不变的,不因时代、地域、风俗的变化而变化。而"一时之士"则不同,"一时之士"可能拘于时代、地域、风俗的影响,因而也难以继承圣人之道。这个话题的引出,是和庆历革新后的一个举措有关。

庆历三年(1043)三月学制更改:"士须在学习业三百日",才能参加进士秋试,还杜绝"籍非本土,假冒户口"者(《续资治通鉴长编》该月乙亥条）。以往参加科举考试的生员为八品以上官员子弟，或地方官员推荐生员，进入京城太学，修满规定的时间的学业，才能参加朝廷组织的会试。庆历学制改革以后，举子们不用再到京城太学学习了，在当地州学就可以修业，程序相对简单了，有利于举子们参加考试了，所以曾巩是支持这一改革的。但是，曾巩又面临一个新的问题。曾巩在写于庆历四年的《上齐工部书》中，称自己"世家南丰"，"居临川者久矣"。曾巩自十八岁时徙居临川，至此已八年，南丰和临川不属于一个州学，曾巩想参加临川州学的考试，又担心别人以"籍非本土，假冒户口"为借口，检举告发他，所以向齐工部、抚州知州写信，试图解决这一困局。这篇咄咄逼人的短札，较之作者平常舒缓沉着的文风，大不相类，很有些像欧阳修对他早期文章所说的"昆仑倾黄河，渺漫盈百川"（《送吴生南归》）的气象，因而何焯据此文风推断此书为"少作"。这封信应该写于庆历三年，或庆历四年。

　　士有与一时之士相参错而居①，其衣服食饮、语默止作之节无异也②。及其心有所独得者③，放之天地而有余，敛之秋毫之端而不遗④。望之不见其前，蹑之不见其后。岿乎其高，浩乎其深，烨乎其光明⑤。非四时而信⑥，非风雨雷电霜雪而吹嘘泽润。声鸣严威，列之乎公卿彻官而不为泰⑦，无匹夫之势而不为不足。天下吾赖，万世吾师而不为大；天下吾违，万世吾异而不为贬也⑧。其然也，岂蹇蹇然而为洁⑨，婕婕然而为谅哉⑩？岂沾沾者所能动其意哉⑪？其与一时之士相参错而居，岂惟衣服食饮语默止作之节无异也？凡与人相追接相恩爱之道，一而已矣⑫。

【注释】

①参错:杂乱且不整齐。

②语默止作之节:指言语行为、容止揖让的礼节。

③及其心有所独得者:人虽外表无异,其心之所得则大异其趣。其,指自己。

④放之天地而有余,敛之秋毫之端而不遗:谓境界大到可放置于天地之间,其小则可稳置秋毫之末。敛,收缩。与"放"为对文。

⑤"望之不见其前"几句:意谓大得不见首尾。这几句从《论语·子罕》"瞻之在前,忽焉在后","仰之弥高,钻之弥坚"化出。肖,高大独立的样子。

⑥非四时而信:谓不是四季,其光顾却准确有信。

⑦彻官:职位最尊贵的官职。彻,通,言其官爵上通皇帝而极高。不为泰:不算作过甚。

⑧"无匹夫之势而不为不足"几句:匹夫,普通平民。吾赖,依赖我。"吾师"及下文"吾违""吾异",结构亦同此宾语前置。

⑨翦翦:狭隘,浅薄。《庄子·在宥》:"而佞人之心翦翦者,又奚足以语至道?"成玄英疏:"翦翦,狭劣之貌也。"

⑩婞婞:倔强貌。引申为忿恨不平貌。

⑪沾沾者:自我矜持的人。沾沾,沾沾自喜的省语。

⑫一而已矣:谓和别人保持一致罢了。

【译文】

士人与被认为是一时之选的士人混杂在一起居住,他们穿衣、吃饭、喝水、说话、沉默、安静、活动,都没什么两样。至于心中所得,大则置于天地之间,也足以充盈其间,小可放于秋毫之端,也不会遗漏。眺望看不到前端,追踪也不见其尾。肖然屹立,浩瀚渊深,灿烂辉煌。并非四季,却像四季一样准确无误,并非风雨、雷电、霜雪,却像它们那样吹拂滋润。说话声音威严,位列于公卿等尊贵的官职,也不算作过分,没有匹夫的气势,也不觉得有什么不够的。天下人都依赖我,千秋万代以我为师,也不觉得有什么伟大的地方;天下人都离我而去,后代人都视我为异类,也没有被排斥的感觉。这种观念,难道是狭隘地追求高洁,倔强地显示固执的成见?难道自我矜持者能够动摇他的信念吗?他与被称为一时之选的士人混杂在一起居住,难道仅仅在穿衣、吃饭、喝水、说话、沉默、安静、活动,都没什么两样吗?凡是与别人相交往、相亲相爱,都能保持一致罢了。

若夫食于人之境,而出入于其里,进焉而见其邦之大人①,亦人之所同也,安得而不同哉②?不然,则立异矣③。蒴蒴然而已矣,婥婥然而已矣,岂其所汲汲为哉④?巩方慎此以自得也,于执事之至,而始也自疑于其进焉,既而释然⑤。故具道其本末⑥,而为进见之资,伏惟少赐省察⑦。不宣。

【注释】

①“若夫食于人之境”几句:是针对“一时之士”求见抚州知州而言。食,指生活。人,别人。里,乡里。其邦,犹言此州,指抚州。大人,指抚州知州。

②安得:怎能。

③不然,则立异矣:谓不这样的话,就显得出奇特殊。立异,标异于众。

④汲汲:形容努力求取、不休息的样子。

⑤释然:形容疑虑消除。

⑥具道其本末:具道,指详细叙述。其本末,指自己认识变化的始终。

⑦少赐省察:请稍加体察关照。

【译文】

生活在别人的地域之中,进出于别人的乡里,进入州郡拜见知州大人,也都是人之常情,怎能有不同呢? 不这样的话,就属于标新立异了。那些狭隘的做法,倔强的行为,难道是他们汲汲以求得吗? 我正戒备这些举动而自得其意,对于进谒您,当初怀疑自己是以求进身,不久就消除了疑虑。所以向您详细叙述我认识变化的过程,作为我拜见您的依据,请您稍加体察关照。不再一一细说。

【评点】

茅鹿门曰:子固有一段自别于众人处之意,而又有所难言,故其文迂蹇不甚精爽,非其佳者。

张孝先曰:昌黎言:"混混与世相浊,独其心追古人而从之[1]。"好学深思之士,其中自有所得。故言之真切如此。夫有得于文者犹且如是,而况有得于道者乎?

【注释】

[1]混混与世相浊,独其心追古人而从之:语出韩愈《与孟东野书》。

【译文】

茅坤评论道:曾巩有一些与众不同的想法,但是很难表述清楚,因此这篇文章写得迂拙困顿,读来滞涩不畅,这不是他的佳作。

张伯行评论道:韩愈说:"没有分别地与众人杂处,只是心中不能舍弃追摩古哲圣贤的想法。"好学深思的读书人,在其求学路上一定会有收获。因此,曾巩会说得如此真切。学习写作文章的人尚且如此,更何况学习圣人之道德的人呢?

曾文定公文

与王介甫第一书

【题解】

庆历七年（1047）春，曾巩父亲曾易占接到朝廷命令，朝廷准备起用因被诬陷停职十二年的曾易占，这对曾家当然是一个好消息。刚刚大病初愈的曾巩，不顾孱弱的身体，决定陪父亲进京。父子二人首先来到金陵，曾易占在金陵稍事休整，曾巩则渡过长江，来到滁州，拜见已经五年没有谋面的欧阳修，逗留二十日后，返回金陵。曾巩同父亲由泗州乘船，沿汴河向西北而行，来到南京（河南商丘），正准备拜见刚刚退休的宰相杜衍时，曾易占突发疾病，并最终客死他乡。曾巩在杜衍的资助下，扶柩返乡。这封写给王安石的信，应该写于由泗州至南京的途中，大约在这一年九月前后。

曾巩与王安石定交于庆历元年（1041），当年两人均赴京参加科举考试。在此后二十多年的时间里，两人成为互相倾慕、无所不谈的挚友。曾巩此番拜见欧阳修，大力向他举荐王安石，并得到了欧阳修的赞赏。曾巩掩饰不住内心的兴奋，马上写信告诉王安石。曾巩父子此行全走水路，这是因为曾巩大病初愈，身体还没有恢复好，走陆路颠簸不已，身体吃不消。他在《喜似赠黄生序》中这样介绍病后的身体："虽幸可治，然气闭胸中,既食则不可坐,不可骑,而介卿方为县于鄞,自抚之鄞,不可以舟通行,事愈未合也。"可以看出,由于自抚州至鄞县没有水路,曾巩便无法去鄞县拜会王安石,只能通过书信以慰思念。

巩启:近托彦弼、黄九各奉书[1],当致矣。巩至金陵后,自宣化渡江来滁上,见欧阳先生,住且二十日[2]。今从泗上出,及舟船侍从以西[3]。欧公悉见足下之文,爱叹诵写,不胜其勤。间以王回、王向文示之,亦以书来,言此人文字可惊,世所无有。盖古之学者有或气力不足动人,使如此文字不光耀于世,吾徒可耻也。其重之如此。又尝编《文林》者[4],悉时人之文佳者,此文与足下文多编入矣。至此论人事甚众,恨不与足下共讲评之,其恨无量,虽欧公亦然也。欧公甚欲一见足下,能作一来计否? 胸中事万万,非面不可道。

【注释】

①彦弼:即吴蕡。王安石舅氏,曾巩表兄,长曾巩七岁。抚州金溪(今属江西)人。屡试不中,卒于皇祐六年(1054)。王安石撰写墓志铭,曾巩撰写祭文。祭文有言:"惟昔与子,齿于学官。京师之旅,江南之还,离行旅食,尝同苦艰。"则曾巩与王安石、吴蕡于庆历元年(1041)相识并定交于京师太学。黄九:即黄庆基。字吉甫,抚州金溪人。嘉祐六年(1061)进士,王安石表弟。熙宁间,任信丰县令。哲宗元祐六年(1091),任监察御史。庆历七年(1047),黄生至南丰看望病中的曾巩,逗留数日,返回王安石身边,曾巩撰写《喜似赠黄生序》,托黄生带给王安石过目。

②"巩至金陵后"几句:庆历七年(1047)六月,曾巩随父进京,八月来到金陵,曾父决定在金陵休息些时日。曾巩便独自从金陵过

江，来到滁州，拜见阔别五年的欧阳修，逗留二十天后，再返回金陵，随父亲北上。两人的第二站便是南京（今河南商丘），曾巩在欧阳修的引荐下，拜见了刚刚致仕居家的前宰相杜衍。金陵，今江苏南京。宣化，今江苏南京西北浦口。在宣化山之阳，东滨江。为长江下游南北往来津要，南岸正对靖安镇。

③今从泗上出，及舟船侍从以西：泗上，指泗水流域一带，南京（今河南商丘）在金陵西北方向，所以曾巩说"舟船侍从以西"。侍从，指侍奉跟从父亲曾易占。

④《文林》：吴子良《林下偶谈》卷三："欧公凡遇后进投卷可采者，悉录之为一册，名曰'文林'。公为一世文宗，于后进片言只字，乃珍重如此，今人可以鉴矣。"至于今，《文林》已经失传。

【译文】

曾巩陈述：近来托彦弼、黄九各自带给您书信，现在应该送到了吧。我到金陵后，从宣化镇渡江来到滁州，见到欧阳修先生，逗留二十天。现在乘船沿着泗水，侍奉跟从父亲一起西上。欧阳先生已看到了您的全部文章，爱不释手，赞叹不已，并口诵手写，勤勉不倦。其间，我也把王回、王向的文章给欧阳先生看，欧阳先生也写信给我，说王回、王向的文字让人惊叹，世所罕见。大约古代的学者有的才气、能力不能够打动人，如果不能使王回、王向等人的文字光耀后世，就应该是我们的耻辱。可见，欧阳先生如此重视这类文章。他曾编纂《文林》一书，所收入的都是当今佳作，王回、王向的文章与您的文章都多有收录。我来到滁州，与欧阳先生谈论了很多人情事理，恨不得与您当面一同讲说评论，因不能相见，心中常感无限惋惜，即便欧阳先生也有这样的感觉。欧阳先生很想见您一面，您能够计划来滁州一趟吗？心中有成千上万的事情，非得面谈不可。

巩此行至春，方应得至京师也①。时乞寓书慰区区②，疾病尚如黄九见时③，未知竟何如也。心中有与足下论者，想虽未相见，足下之心潜有同者矣。欧公更欲足下少开廓其文，勿用造语及模拟前人，请相度示及。欧云：孟、韩文虽高，不必似之也，取其自然耳。余俟到京作书去，不宣。巩再拜。

【注释】

①巩此行至春，方应得至京师也：曾巩自庆历元年（1041）入太学，并参加科考，不中。返乡后，一直居于家中，很少远行。曾巩父亲曾易占被人诬陷去官，至今已有十二载。而今曾父接到朝廷重新起用的消息，应该喜极而泣。曾家命运改变的曙光似乎就要显现了。因而，曾巩在《丁亥三月十五日》诗中有些扬眉吐气地写下"此时谓月水中没，溺入蛙肠那复出。岂知今夜月光圆，照彻万物无遗偏。人间有人司重轻，安得知汝有时明"的句子，此时曾巩的心情是无比欣喜的。

②寓书：寄信。

③疾病尚如黄九见时：曾巩在庆历六年（1046），因患肺病，卧床不起，几乎因此丧命，幸逢良医，得以保全性命。《代书寄赵宏》："是时肺气壮更恶，日以沉冥忧不疗。岂其艰苦天所悯，晚节幸值巫彭妙。放心已保性命在，握手犹惊骨骸峭。"

【译文】

我此番进京，直到今年春天，才决定下来。期间不时麻烦您寄信来，抚慰我心。我的疾病还是初见黄九时的样子，不知什么时候才能痊愈。我心中常有一些想和您讨论的问题，尽管我们不能相见，想必您的见解和我的观点也会相同吧。欧阳先生还希望您文章再写得恢宏一些，不需要雕饰语言，也不需模拟前人之作，请您斟酌后再向我谈谈你的看法。欧阳先生还说：孟子、韩愈的文章尽管非常高明，但不必模仿他们，取其自然而然就可以了。等我到了京城再写信去，不再一一细说。曾巩再拜。

【评点】

张孝先曰：朋友亲爱无间之情，娓娓尺牍上。介甫自是奇才，南丰所以述欧公之爱叹与其渴欲相见者，令人油然生感。末段致规切处，尤前辈论文正法眼。

【译文】

张伯行评论道：朋友之间亲密无间的友情，在尺牍之上娓娓道来。王安石自然是旷世奇才，曾巩在这封书信中，叙述欧阳修对于王安石的怜爱与赞叹，以及曾巩渴望与王安石相见的急迫之情，让人读后，心中自然生出一种感动。最末段曾巩所表达规劝恳切之处，更是前辈论文的典范。

与王介甫第二书

【题解】

这封信写于宋仁宗嘉祐二年（1057），是曾巩写给王安石的第二封信。此时的曾巩任太平州司法参军，而王安石由知常州移官提点江南东路刑狱。从信中看，王安石当时在知常州及提点江东刑狱任上"时时小有案举，而谤议已纷矣"，因此写信向曾巩诉说。曾巩则以为"无怪其如此"，然后把王安石的行政操作与古人之法一一对照，批评王安石行政不能"先之以教化"，而"遽欲责善于人"，"不待之以久，而遽欲人之功罪善恶之必见"，进而批评王安石"按致操切之法用""偏听摘抉之势行"。曾巩与人书简向来心平气和，独于此札中讥锋时露，显然这一对莫逆之交，出现了原则性的分歧。王安石所谓的"小有案举"是指其在江东刑狱任上的一些举措。《答王深甫书》云："一路数千里之间，吏方苟简自然，狃于养交取容之俗，而吾之治者五人，小者罚金，大者才绌一官，而岂足以为多乎？工尹商阳非嗜杀人者，犹杀三人而止，以为不如是不足以反命。某之事，不幸而类似。"可见，王安石之所以"自江东日得毁于流俗之士"，是因为他对"苟简自然""狃于养交取容之俗"的官吏进行了惩处，从而导致"小人之谤谇"。曾巩则以为王安石的这种做法是"按致操切之法用"，"偏听摘抉"。

曾巩的批评是出于"醇儒"的道德教化，王安石的做法则出于一位政治家对实践的清醒认识。二人所处立场不同，观点亦应有异。对于因触犯地方官吏既得利益所招来的流议，王氏未曾动摇。但对于像曾巩这样的朋友也据以为言，则引起一番审思，认为："则吾友庸讵非得于人之异论变事实之传，而后疑我之言乎？"（均见《与王深甫书》）这无疑是针对曾巩批评的反批评。对此是非功过，眼光敏锐的青年诗人王令算是做了个合乎事实的深刻结论："近闻江东在位，往往怨怒，此皆令所亲见。介甫所待遇，未有以失之也，然而人之如此者，以其所为异耳。持公心，不阿党，以游兹世，难矣！恐久而不免人祸也。"（王令《答王介甫书》）回头再看曾巩这篇的"切磋"，就不仅仅是等而下之了。

巩顿首介甫足下：比辱书①，以谓时时小有案举，而谤议已纷然矣②。足下无怪其如此也。夫我之得行其志而有为于世，则必先之以教化，而待之以久，然后乃可以为治，此不易之道也③。盖先之以教化，则人不知其所以然，而至于迁善而远罪，虽有不肖，不能违也。待之以久，则人之功罪善恶之实自见。虽有幽隐，不能掩也。故有渐磨陶冶之易④，而无按致操切之难⑤；有恺悌忠笃之纯⑥，而无偏听摘抉之苛⑦。己之用力也简，而人之从化也博⑧。虽有不从而俟之以刑者⑨，固少矣。古之人有行此者，人皆悦而恐不得归之。其政已熄，而人皆思而恨不得见之，而岂至于谤且怒哉⑩？

【注释】

①比：近来。辱书：屈尊来信。

②以谓时时小有案举，而谤议已纷然矣：案举，考核荐举。王安石所任的江南东路提点刑狱，是一路最高司法长官。江东是重要的产茶区，政府实行榷茶法，即茶叶专卖制度，禁止茶农茶商私藏贩卖，经常缉查，狱讼纷纭。王安石主张贩卖自由、国家抽税的办法，被推荐他做提刑的参知政事曾公亮等人采纳，结果国家税收比前并未减少，而且除弊甚多。王安石罢榷茶，势必触动地方官吏的权益，尽管侧重茶政改革，而对"得吏之大罪有所不治，而治其小罪"（《与王深甫书》），但流议谤毁仍随之而起。

③"夫我之得行其志而有为于世"几句：曾巩在这里阐述了自己的执政理念：先之以教化，待之以久，然后可以为治。范纯仁在熙宁二年（1069）上书批判王安石新政时说道："以修己安人为务，敦举直错枉之风，先道德而后事为，先教化而后法度，变俗易于偃草，施仁速于置邮，是将拱手垂衣而天下晏然矣。"这一观点和曾巩是一致的。

④渐磨：即渐仁摩谊的缩语。以仁义感化教育民众。《汉书·董仲舒传》："渐民以仁，摩民以谊。"颜师古注："渐谓浸润之，摩谓砥砺之也。"

⑤按致：审查推究。操切：胁迫。

⑥恺悌：安乐简易。忠笃：忠诚厚道。

⑦摘抉：选取，指挑剔细过。

⑧从化：顺从归化，指接受教化。

⑨虽有不从而俟之以刑者：谓虽然有不接受教化而待用刑罚的。

⑩而岂至于谤且怒哉：这一段先之教化的仁政阐述，和王安石的主张并不相悖："方今之理势，未可以致刑。致刑则刑重矣，而所治者少。"（《与王深甫书》）

【译文】

曾巩叩拜介甫足下：最近屈尊来信，认为每当稍微有所考核及荐举，诽谤及非议就会铺天盖地。足下不要对此感到奇怪。因为，如果想要立志对社会有所作为，那么，一定要先对世人进行教化，并需要耐心等待很长时间，然后才可以具体实施自己的治理计划，这是不可改变的规律。如果先教化而后治理，人们就会在不知不觉中得到治理，至于人心向善、远离犯罪，即便有不贤之人，也不会相差太远。教化的时间长久，那么人们的善恶、功罪，都会显露出来。即便是隐晦、不明显，也不能被遮蔽。所以，教化民众就非常容易，而免去了审查、追究、强制、胁迫的困难；并且，教先于治合乎儒家安乐简易、忠诚厚道的醇正要求，而没有偏颇、挑剔的苛刻。这样做，自己不需要太用力，而世人也能更多地得到教化。尽管仍有因不服从而被刑律制裁的，数量也不会太多。古先王有这样做的，世人都很乐于接受，唯恐不能归顺于他。先王之政已经消歇了，但后人都非常向往，并感叹自己生不逢时，哪里有什么诽谤和怒气呢？

今为吏于此，欲遵古人之治，守不易之道①，先之以教化，而待之以久，诚有所不得为也。以吾之无所于归，而不得不有负冒于此，则姑汲汲乎于其厚者②，徐徐乎于其薄者，其亦庶几乎其可也。

【注释】

①不易之道：曾巩一直认为，古今存在一以贯之之道，也即"不易之道"。

②汲汲：形容心情急切，努力追求。

【译文】

在当今社会做吏，想要遵循古人治理的方法，坚守不变的道义，对民众先行教化，并且能够耐心等待，的确无法全部做到。就连我也无所适从，因而，就不能不有所违犯，就姑且对先之以教化的仁政汲汲然而去实行,对于审察挑别的刑治徐徐然而后缓行,希望这样能够行得通。

顾反不然^①,不先之以教化,而遽欲责善于人^②;不待之以久,而遽欲人之功罪善恶之必见^③。故按致操切之法用,而怨忿违倍之情生^④;偏听摘抉之势行,而潜诉告讦之害集^⑤。己之用力也愈烦,而人之违己也愈甚。况今之士非有素厉之行^⑥,而为吏者又非素择之材也^⑦。一日卒然除去^⑧,遂欲齐之以法,岂非左右者之误而不为无害也哉^⑨?则谤怒之来,诚有以召之^⑩。故曰足下无怪其如此也。

【注释】

①顾反:反而。

②责善:督促他人为善。

③见:出现。

④违倍:违背,悖逆。

⑤告讦:告发攻击。

⑥素厉:平常能严格要求自己。

⑦而为吏者又非素择之材也:王安石任提刑前后共计只有八月,不能从容选择办事人员,只能任用原来官吏,故曰"非素择之材"。素择,预先选择。

⑧卒然除去:猝然免掉原来属官的职务。

⑨不为无害:不是没有害处。

⑩有以:有原因。

【译文】

如今却不这样,不先进行教化,却想要人们马上变善;不耐心等待,却想要立刻分辨得出人们的功罪善恶。所以如果运用审查、追究、强制、胁迫的方法，就会产生怨恨、愤懑、悖逆的情绪；如果偏颇、挑剔的态度占了上风，那么诬陷、中伤、告发等恶行也就集中出现了。你自己用力越大，别人离你的要求也就越远。何况当今士人没有平时严格要求自己的行为习惯，而所用官吏又不是从容选择出来的人才。某一天突然免掉原来属官的职务，并用统一的法令来要求他们，这难道不是掌控局势的人所犯下的错误，又怎能不产生危害呢？那么诽谤和愤怒的产生，的确不是平白无故的。所以我说，足下对这些现象就不要大惊小怪了。

虽然，致此者岂有他哉①？思之不审而已矣。顾吾之职而急于奉法②，则志在于去恶，务于达人言而广视听③，以谓为治者当如此。故事至于已察④，曾不思夫志于去恶者⑤，俟之之道已尽矣⑥，则为恶者不得不去也⑦。务于达人言而广视听者，己之治乱得失，则吾将于此而观之⑧，人之短长之私，则吾无所任意于此也⑨。故曰思之不审而已矣。

【注释】

①致此：招引谤怒。

②顾吾之职：顾念自己的职责。

③达人言：谓广开言路。此指支持谗诉者告讦。

④故事至于已察：何焯《义门读书记》卷四三对此句说："此处疑有脱字。"

⑤曾：从来。表示行为一直如此的副词。

⑥俟之之道：指刑治苛政之道。

⑦不得不去：只好离开。干坏事的人离开此地而到别地做恶，自然远不如教化的效果。

⑧己之治乱得失，则吾将于此而观之：本段是借收信人口气论说，此

二句亦如此。意谓对自己的政绩,专从告讦者的言路通畅与否来观察衡量。

⑨人之短长之私,则吾无所任意于此也:至于地方官吏的个人利害,却从来不予以留心。任意,犹言用意。

【译文】

尽管如此,达到这种地步,难道还有其他的原因吗? 思考但不审慎罢了。顾念自己的职责要求立刻将法律付诸实施,那么作为执法者的志向就是铲除罪恶,企图通过谤诉者的告讦来增广自己的见闻,并认为治国者理应这样做。所以,凡事完全出于别人已经做出的观察和判断,从不曾想着自己下决心铲除罪恶,等到刑治苛政之道走到尽头,那么为恶之人只好离开而到别的地方去继续做恶,社会的教化仍然没有改善。致力于运用谤讦告发而增广见闻的人,自己的治乱得失可以通过这些举措来观察,而对于他人的利害关系,却不加理会。所以说这属于思考不审慎。

足下于今最能取于人以为善,而比闻有相晓者^①,足下皆不受之,必其理未有以夺足下之见也^②。巩比懒作书^③,既离南康^④,相见尚远,故因书及此,足下以为何如^⑤? 不宣。巩顿首。

【注释】

①比闻:近闻。相晓者:指劝告批评王安石的人。

②夺足下之见:使您的主张改变。

③比懒作书:近来懒于写信。

④南康:即南康军,治所在星子(今属江西)。

⑤以为何如:认为怎么样,指以上所说对吗。

【译文】

您在当今是最能够取人之长成己之善的人,但是近来听说有人向您进言,您都拒绝了,可能他们所说的道理,不足以撼动您的观点。我最近疏懒于写信,已经离开南康,相见的日子还很遥远,所以致信与您,并写下以上话语,您觉得怎么样呢? 不再一一细说。曾巩叩首。

【评点】

茅鹿门曰:介甫本刚愎自用之人,此书特为忠告甚笃,盖亦人所难及者。但其砭剂多而讽谏少,恐亦不相入。

张孝先曰:介甫坚僻执拗,操一切之法,而不顾人心之安。如驳斗鹌杀人者以为无罪,而劾府司失入,其伦类此,何以服人? 子固与之最相知,故抉摘其病痛,字字入微,此子固学问高于介甫处。然介甫此后得志,亦遂与之异矣,岂听其谏哉? 子固对神宗谓其吝于改过。噫! 此介甫之所以终祸人国也。

【译文】

茅坤评论道:王安石本来就是一个刚愎自用的人,在这封信中,曾巩特地对王安石提出谆谆的告诫,这是一般人很难做到的。但是,信中的针砭方剂很多,有建设性的劝谏很少,如此,恐怕很难被王安石采纳。

张伯行评论道:王安石固执怪僻,性情执拗,掌控一切法规,而不顾及安抚人心。例如驳回对因斗鹌鹑而杀人的判决,以为杀人者无罪,弹劾官府轻罪重判。如此之类的做法,怎能让人信服呢? 曾巩与王安石之间最为了解,正因如此,曾巩指出王安石过失,每一个字都能鞭辟入里,这正是曾巩在学问上高于王安石的地方。然而王安石此后在仕途上逐渐得志,也与此时更加不同了,他难道能够听进曾巩的建议吗? 曾巩对神宗评价王安石,称其吝于改过。唉! 这正是王安石终究会为国家带来祸殃的原因。

与王介甫第三书

【题解】

这封信写于治平二年（1065）十月间。时年，曾巩居京师，任馆职。王安石为亡母守丧江宁，接近满期。这期间，王安石为两人共同的朋友王回撰写墓志铭，写成后寄给曾巩，征求曾巩的意见。曾巩本着知无不言、言无不尽的原则，将自己的看法写下来，寄回王安石，供其参考。曾王二人离心，在嘉祐年间，已现端倪。至熙宁初年，随着曾巩自求外任，熙宁变法启动，两人便渐行渐远。

　　巩启：八月中，承太夫人大祥①，于邮中寓书奉慰②。十月，梅厚秀才行③，又寓书，不审皆到否？昨日忽被来问④，良慰积日之思。

【注释】

①太夫人大祥：太夫人，王安石母亲吴氏。大祥，古时父母丧后两周年的祭礼。吴氏于嘉祐八年（1063）八月卒于京师，至治平二年（1065）八月，刚满两年。吴氏墓志铭为曾巩所撰写。

②于邮中寓书奉慰：治平二年（1065），曾巩居京师，编校史馆书籍。同年，曾巩弟曾牟（字子进）卒，曾母朱氏来京师，曾巩可能返乡料理弟弟后事，并接母亲返京。王安石母亲大祥之祭后，曾巩写信慰问他，信应该是在往来京城与江西的途中写就的，所以说"邮中寓书"。

③梅厚秀才：生平不详。

④被来问：指王安石撰写《王深甫墓志铭》，写完后，寄给曾巩，征求他的意见。

【译文】

曾巩秉启：八月中旬，适逢尊太夫人两年大祭，我在驿站中曾经致信于您，聊表慰唁。十月，梅厚秀才上路，又给您捎去一封信，不知道您都收到了没有？昨天忽然接到您的问讯，这的确告慰了我多日对您的思念。

深甫殂背①，痛毒同之，前书已具道矣。示及志铭②，反复不能去手。所云"令深甫而有合乎彼，则不能同乎此矣"③，是道也，过千岁以来，至于吾徒，其智始能及之，欲相与守之④。然今天下同志者，不过三数人尔，则于深甫之殁，尤为可痛⑤。而介甫于此，独能发明其志，读之满足人心，可谓能言人之所不能言者矣。顾犹见使商榷所未安。观介甫此作，大抵哀斯人之不寿，不得成其材，使或可以泽今，或可以觉后，是介甫之意也。而其首则云："深甫书足以征其言"，是乃称深甫以未成之材而著书，与夫本意违矣，愿更详之⑥。《孟子》之书，韩愈以为非轲自作，理恐当然。则所云"幸能著书者"，亦惟更详之也⑦。如何？幸复见谕。所云"读《礼》，因欲有所论著"，恐尝为介甫言，亦有此意，顾不能自强，亦无所考质，故莫能就。今介甫既意及于此，愿遂成之，就令未可为书，亦可因得商榷矣⑧。

【注释】

①深甫：即王回，曾巩、王安石共同的朋友。殂背：去世。殂，往，言人命尽而往。王回于治平二年（1065）七月二十八日去世。王安石在《祭王回深甫文》："嗟嗟深甫！真弃我而先乎"，"呜呼天乎！既丧吾母，又夺吾友"。可谓悲彻心扉。

②志铭：即王安石所写《王深甫墓志铭》。

③所云"令深甫而有合乎彼，则不能同乎此矣"：王安石《王深甫墓志铭》："世皆称其学问文章行治，然真知其人者不多，而多见谓迂阔，不足趋时合变。嗟乎！是乃所以为深父也。令深父而有以合乎彼，则必无以同乎此矣。"王安石在墓志中称赞王回直道而行，不曲学阿世，而曾巩也赞成他的这一评价。

④"是道也"几句：王安石《王深甫墓志铭》："若轲雄者，其没皆过千岁，读其书知其意者甚少，则后世所谓知者，未必真也。"在论述圣人之道的统绪上，曾巩和王安石皆认为：圣人之道传至孟轲、扬雄而后失统，千年后至宋，方接续其道统。如此看来，韩愈所揭示的道统，并没有为曾、王二人所认可。至于对扬雄的看法，二人存在分歧，曾巩的评价显然要高于王安石。

⑤"然今天下同志者"几句：曾巩在这里所说的"三数人"同志，显然包括自己、王安石、王回，如果说二程属于晚辈，没有进入曾巩的视野，作为同辈人的周敦颐、张载、邵雍等人，也没有为曾巩所关注，的确是不应该的。

⑥"观介甫此作"几句：曾巩在这里找到了王安石在墓志铭中表述上的矛盾之处，王安石《王深甫墓志铭》文中有言："尝独以谓天之生夫人也，殆将以寿考成其才，使有待而后显，以施泽于天下，或者诱其言，以明先王之道，觉后世之民。呜呼！孰以为道不任于天，德不酬于人，而今死矣。"开篇之句为："吾友深父，书足以致其言，言足以遂其志，志欲以圣人之道为己任，盖非至于命弗止也。"通过这两句，曾巩推导出"深甫以未成之材而著书"的结论，似乎有些牵强。王安石文风峭拔，以天纵不可羁勒之势，为挚友撰写墓铭，自然不会像不相干者一样不关痛痒。曾巩在《王深甫文集序》中有这样一段文字："深父其志方强，其德方进，而不幸死矣，故其泽不加于天下，而其言止于此。然观其所可考者，岂非

孟子所谓名世者欤?"语言严谨有余,却少了感情色彩。

⑦"《孟子》之书"几句:王安石《王深甫墓志铭》:"若轲雄者,其没皆过千岁,读其书知其意者甚少,则后世所谓知者,未必真也。夫此两人以老而终,幸能著书,书具在,然尚如此。"曾巩认为王安石在此处出现了认知的错误,并以韩愈的观点为证。韩愈在《答张籍书》中写道:"孟轲之书,非轲自著,轲既殁,其徒万章、公孙丑相与记轲所言焉耳。"这里充分显现了曾巩作为文献学家的本色。

⑧"所云'读《礼》,因欲有所论著'"几句:"读《礼》,因欲有所论著"一句,在我们现在看到的王回墓志中,已经看不到了,可能经王安石修改后,删掉了。曾巩看到的王回墓志征求意见稿,尚有此句。曾巩据此推测,王回生前向王安石讲述过自己的著述计划,而没有完成。曾巩遂希望王安石完成王回这一遗愿。王安石也的确做过相关的努力,王安石在撰写于嘉祐六年(1061)的《谏官论》中说道:"《周官》则未之学也。"《周官》即《周礼》。而撰于治平三年(1066)的《与徐贤良书》中则说:"自别后,不复治《礼》。"王安石读《礼》,当在嘉祐六年(1061)之后,治平三年(1066)之前,大约在为母亲守丧期间,持续了近三年的时间。我们现在看到的王安石著述中,并不见有关《礼》类的著作。

【译文】

王深甫离世,我和您一样痛苦之至,这些我都在写给您的信中说到了。您寄给我看的墓志铭,我反复吟咏,手不释卷。文中所说"如果让深甫与彼相合,则不能与此相合了",的确这样,这个道理,千年以来,到了我们这一代人,才具备认识此道的智力,并决定相互勉励,奉守此道。然而天下抱有同样志向的人,也为数不多,正是这个原因,深甫的离世,让人尤为痛心。您在这篇墓志中,能够阐明深甫生前志向,读后让人感到满足,可称得上说出了别人想说却不能说出的话。不过,还有些不确定的地方值得我们再商榷。分析您的这篇墓志,大致哀叹深甫未享天年,没有能够成材,不然,则能够泽被当世,启迪后人,这是您这篇墓志的大意吧。墓志开篇却说:"深甫所著书足以让世人征引其所言。"这就是说,深甫没有成材,却有著述,这就与您的本意相违背了,希望听到您详细的解释。《孟子》这部书,韩愈认为不是孟轲本人所写,于理而言,这一说法恐怕是正确的。那么,您铭文中所说的"所幸能够著书",也更需要您详细交代一下了。这些要求不知妥否?希望能得到您的答复。墓志中所说"读《礼》,于是想有所论述",恐怕深甫曾经向您说过他的打算,可能只是一种想法,加之不能自我勉强,也没有可供考求商榷的对象,也就没能如愿完成。现在您既然已经提到了,希望您能够完成深甫的遗愿,即便不能成书,也可以因此和朋友进行商榷。

　　相别数年^①,巩在此全纯愚以静俟^②,庶无大悔。顾苟禄以弃时日,为可怅惜,未知何日得相从讲学,以勖其所未及,尽其所可乐于衰暮之岁乎?此日夜惓惓往来于心也。

【注释】

①相别数年:嘉祐八年(1063)八月,王安石母亲吴氏卒于京师,同年十月,葬于江宁,王安石守丧于此。至治平二年(1065),曾巩写这封信时,二人分别已经三年了。

②在此:指在京城。

【译文】

　　分别已有几年,我在此地以保全纯愚的状态来安静等待,并没有太多后悔。只不过苟且依靠俸禄生活,浪费太多的光阴,觉得非常无奈、可惜,不知道什么时候我们能够在一起讨论学问,来增长我靠一己之力所不能达到的识见,在人生的晚年,做一些自己喜欢做的事情呢?这一想法日夜盘踞心头,挥之不去。

　　示谕溲血①，比良已否？即日不审寝食如何？上奏当称前某官，十数日前见刘琮②，言已报去，承见问，故更此及之耳。今介甫果以何时此来乎？不惜见谕。

【注释】

①溲血：尿血，便血。

②刘琮：不知何许人。《宋会要辑稿补编》收神宗熙宁二年（1069）五月二十一日《推恩举到淹废之人诏》，在第三军中有"前信阳军信阳县令刘琮"，此推恩诏上距曾巩写这封信的时间不过三四年，此二刘琮或是一人。

【译文】

　　来信中提到尿中带血，不知已经好转了吗？近来不知道吃饭和睡觉怎么样？上呈奏折，应当自称前某官，十多天前看见刘琮，他说已经报上去了，承蒙问及，所以又提起这件事情。不知您何时到这里来？麻烦您来信说明。

　　子进弟奄丧已易三时矣①，悲苦何可以堪！二侄年可教者②，近已随老亲到此。二尤小者，六舍弟尚且留在怀仁③，视此痛割，何可以言！承介甫有女弟之悲，亦已屡更时序，窃计哀戚何以自胜，余惟强食自爱，不惜时以一二字见及。不宣。巩启上。

【注释】

①子进：曾巩的弟弟曾牟，字子进，治平二年（1065）卒。生平资料极少，梅尧臣有《新韵曾子进早春》，其中有句："强欲拟君为秀句，便无才思似江淹。"曾巩有诗《寄子进弟》："题诗在纸尾，语老

意不非。我喜何所似？大似客得归。"可知子进善诗。三时，指

　　春、夏、秋三季。

②二侄：曾肇二子。

③六舍弟：即曾巩六弟曾肇，治平四年（1067）中进士。治平二年

　　（1065），携两子随兄曾布在怀仁读书，曾布为曾巩五弟，时年曾

　　任怀仁县尉。曾肇、曾布皆为曾巩异母兄弟。

【译文】

　　子进弟弟猝死已经过去了春、夏、秋三个季节，悲苦之情怎么能够忍受呢！两个侄子已经到了可以受教育的年纪了，近日已随年老的母亲到了这里。另两个侄子年龄还很小，随六弟留在怀仁，看到父子不得相见，我又能说些什么呢！承蒙告知，您也失去了自己的妹妹，尽管已经过去数年，可以想象，您的悲伤至今不能平复，我也只能努力饮食，爱护自己，也希望您花些时间来信笔谈。不再一一细说。曾巩敬上。

【评点】

　　张孝先曰：商榷文字到精处，固知古人用心深细，非后人卤莽者比。

【译文】

　　张伯行评论道：商讨、斟酌的文字，写到精准的地步，从中可以了解古人用心之深且细，远非后人鲁莽者可比。

上欧阳舍人书

【题解】

　　庆历四年（1044）五月，曾巩有《上蔡学士书》，向时任谏官的蔡襄建言：论谏官应该朝夕侍于上，以时谏诤。在这封写给欧阳修的信中，

曾巩写道:"此数者,近皆为蔡学士道之。蔡君深信,望先生共成之。"可知,这封信写在《上蔡学士书》之后不久,也即庆历四年(1044)五月之后不久。这时,刚刚开始的庆历革新,随着范仲淹、富弼、蔡襄、欧阳修等人离京外任,而宣告结束。曾巩作为一介书生,他为庆历革新的展开兴奋过,革新失败后,他也是最早开始反思革新失败原因的人士之一。他先后写信给蔡襄、欧阳修、范仲淹,或总结新政失败的原因,或鼓励新政参与者不要轻言放弃。这封写给欧阳修的信,正是在这一背景下写成的。信中向欧阳修大力举荐的王安石,二十余年后,发起了新一轮的变法运动,其影响之深,波及之广,远非庆历革新可比,那是曾巩想象不到的,也是曾巩所不能接受的。可见,曾巩支持改革,只不过他支持渐进似的,而非革命似的改革。

舍人先生①:当世之急有三:一曰急听贤之为事②,二曰急裕民之为事③,三曰急力行之为事④。

【注释】

①舍人先生:指欧阳修。舍人,此为中书舍人的简称(起居舍人亦称"舍人")。中书省属官,正四品,职掌起草诏令,此为寄禄官,实不任职。欧阳修于庆历三年(1043)特除知制诰,次年庆历新政失败,八月以知制诰(寄禄官)知滁州。直到庆历八年(1048)闰正月始转起居舍人,依旧知制诰,徙知扬州(《欧阳文忠公年谱》)。从庆历三年至七年(1047),未做过"舍人",而曾巩写于庆历四年(1044)的《上欧阳舍人书》已称"欧阳舍人"。所以高步瀛解释曾巩这一不同寻常的称谓说:"岂因其尝知制诰而通称之邪?"(《唐宋文举要》)

②听贤:听取贤者的意见。

③裕民:使民众富裕。

④力行：犹言竭力而行。《尚书·泰誓中》："今商王受力行无度，播弃犁老，昵比罪人。"孔传："行无法度，竭日不足，故曰力行。"

【译文】

舍人先生：当今之世有三件事情亟待去做：第一件是务必马上听取贤者意见，第二件是务必以富民为急务，第三件是务必以努力实践圣人之言为急务。

一曰急听贤之为事。夫主之于贤，知之未可以已也，进之未可以已也。听其言，行其道于天下，然后可以已也。能听其言，行其道于天下，在其心之通且果也①。不得其通且果，未可以有为也。苟有为，犹膏肓之不治②，譬癃痹之老也③。以古今治乱成败之理入告之，不解则极论之。其心既通也，以事之利害是非，请试择之；能择之，请试行之；其心既果也，然后可以有为也。其为计虽迟，其成大效于天下必速。欲其如此，莫若朝夕出入在左右，而不使邪人、庸人近之也。朝夕出入在左右，侍臣之任也，议复之，其可也。一不听，则再进而议之；再犹未也，则日进而议之，待其听而后已可也④。置此虽有他事，未可以议也。昔汉杀萧望之⑤，是亦有罪焉。宣帝使之傅太子，其不以圣人之道导之也，则何贤乎望之也？其导之未信而止也，则望之不得无罪焉。为太子责备于师傅，不任其责也，则责备于侍臣而已矣。虽艰而勤，其可以已也欤？今世贤士，上已知而进之矣，然未免于庸人、邪人杂然而处也。于事之益损张弛有戾焉，不辨之则道不明；肆力而与之辨，未必全也；不全，则人之望已矣，是未易可忽也⑥。就其所能而为之，则如勿为而已矣。如是者，非主心通且果，则言未可望听，道未可望行于天下也。寻其本，不如愚人之云尔，不可以有成也。

【注释】

①果：成就，实现。表示事与预期相合。

②膏肓之不治：谓病情险恶无法医治。亦以喻事势严重无可挽救。

③癃痹：衰弱，关节或肌肉疼痛、麻木。老：指时间很长。

④"欲其如此"几句：曾巩在《上蔡学士书》中，也提到类似观点，认为谏官随侍左右，随时进谏。曾巩称是古制，然不言出处。

⑤萧望之：西汉大臣。字长倩，东海兰陵（今属山东）人。幼学《齐诗》《论语》。宣帝时，历任谒者、谏大夫、丞相司直、平原太守、大鸿胪等职。神爵三年（前59），迁太子太傅。后受诏顾命，辅佐元帝。初元二年（前47），被宦官石显等人诬为私结朋党下狱，自杀。《汉书》有传。

⑥"今世贤士"几句：这里是在暗指欧阳修在《与高司谏书》中指责的高若讷之类尸位素餐之谏官。

【译文】

第一件务必马上听取贤者意见。君主对于贤者，应当尽可能地去了解他们，尽可能地去提携他们。虚心采纳他们的建议，在天下推行他们的主张，只有这样做才算完备。能够采纳他们的建议，在天下推行他们的主张，在于君主之心不仅能够豁然贯通，而且君主的行为也能够取得效果。如果思想不能够通达而且行为也没有效果，那么君主就不能急于有所作为。因为只要想有所作为，就会像病入膏肓的病人一样，无法进行治疗；好比衰弱偏瘫太久的人，再也没有治疗的价值。用古今治乱成败的道理来告知君主，如果君主不理解，那么贤者就会竭力去进谏。如果君主之心能够得以贯通，贤者就会将事情的利害是非讲给君主听，并请他尝试着进行别择；已经选择了，再尝试着去推行这些主张；君主的想法取得成效,那么君主就可以有所作为了。这样一步一步去做,尽管有些迟缓,一旦成功,则会很快在整个天下见到成效。要想达到这一目的,不如朝夕出入于君王的左右,不让奸邪之人和平庸之人靠近君王。能够朝夕出入于君王的左右,这是侍臣的职责,建议恢复这一制度,这是可行的。如果进谏第一次没有成功,那么就再一次进谏,并进行朝议;如果还达不到目的,那就每天都进谏并进行朝议,直到君王听取了建议才作罢。除此之外,尽管有其他的事项,也不足以进行朝议。西汉责杀萧望之,是因为他有罪责。汉宣帝让萧望之教导太子,如果他不用圣人之道教育太子,那么他不就辜负了贤德的名望了吗?萧望之以圣人之道教导太子,太子没有相信,而萧望之就作罢了,这就不能说他没有罪责了。因为太子的原因而去追责太子的师傅,是因为师傅没有尽到自己的职责,就好比追责侍臣的职责一样。尽管很艰辛、需要很勤勉,怎么能够因此而放弃呢?当今贤士,如果君主了解并提携了他,但他仍不能免于与奸邪之人、平庸之人杂然相处。对于一件事情有益或有损,紧急或迟缓,有不同的认识,不争辩则道理就不分明;即便全力争辩,有时意见也未必完备;如果不完备,那么人们对于他的期望也就终止了,所以轻易不要忽略分辩的作用。如果仅就其所能而为,那么就像不去做一样。如果这样,君主之心就不会通达并且也得不到验证,那么对于贤人的进言,也就别指望君主能够听得进去,圣人之道也就别指望能够在天下贯彻执行。归根结底,不能像愚蠢的人那样执着,就不能有所成就。

　　二曰急裕民之为事。夫古以来可质也,未有民富且安而乱者也。其乱者,率常民贫而且不安也[①]。天下为一,殆八九十年矣[②],靡靡然食民之食者,兵、佛、老也[③]。或曰削之则怨且戾,是以执事望风殚言所以救之之策。今募民之集而为兵者,择旷土而使之耕,暇而肆武,递入而为卫,因弛

旧兵④。佛老也，止今之为者，旧徒之尽也不日矣。是不召
怨与戾而易行者也。则又量上之用而去其浮，是大费可从
而减也。推而行之，则末利可弛，本务可兴，富且安可几而
待也。不然，恐今之民一二岁而为盗者，莫之能御也，可不
为大忧乎？他议纷纷，非救民之务也。求救民之务莫大于
此也。不谋此，能致富且安乎？否也。

【注释】

①"二曰急裕民"几句：《管子·牧民第一·国颂》："仓廪实则知礼
　节，衣食足则知荣辱。"曾巩所阐发的道理正是出于《管子》。

②天下为一，殆八九十年矣：自建隆元年（960），赵匡胤登基，至庆
　历四年（1044），曾巩写这封书信，共计八十四年，曾巩以"八九
　十年"概言之。

③靡靡然食民之食者，兵、佛、老也：政府养兵以备内外不时之患，这
　是可以理解的。但是僧侣不务稼穑，曾巩在《鹅湖院佛殿记》中
　即指出："学佛之人不劳于谋议，不用其力，不出赋敛，食与寝自
　如也。资其宫之侈，非国则民力焉，而天下皆以为当然，予不知
　其何以然也。"在《佛教》中也谈到这个问题："古者一夫耕，三人
　食，尚有受馁者。今一夫耕，十人食，天下安得不重困？水旱安得
　无转死之民？"曾巩沿袭了韩愈辟佛的传统，不从佛理、教义上批
　判，而是从佛教对国计民生产生的耗损方面进行批判，更能引起
　当政者的共鸣。

④"今募民之集而为兵者"几句：此为屯田之法。与曾巩同时的晁
　补之，撰有策论《屯田》："《管子》曰：'粟行五百里，则众有饥色。'
　古者患此，故当其戍守闲暇，择宽大地而教之耕，平居有畜积之备，
　而仓卒无飞挽之困。以之趋战，人农则朴，朴则易用，且力有余，可

与持久。"屯田也即以农为兵,也就解决了兵食民之食的问题。

【译文】

第二件急务是富民。从古至今,皆可证明,从来没有百姓富裕、生活安定而社会动乱不堪的。那些社会动乱的时期,大多是因为百姓生活贫困、居无定所。天下统一,已经有八九十年的时间了,纷纷然靠百姓养活的是士兵、僧徒、道士。有人说对于这些人,如果削减了他们的数量,就会招致怨气和戾气,所以主持政务的人士观望动静不敢进言补救的对策。而今招募民众服兵役,选择空旷的土地让他们耕作,农闲时期让他们练武,并按梯队招入守卫,从而让老兵退役。佛道两家,从现在开始,不再度牒新的僧徒与道士,原有的僧徒与道士很快就没有了。采用这种方法,削减僧徒和道士的数量,并不会召来怨气和戾气,而且也容易贯彻执行。同时,对于财政可量入为出,杜绝浮奢,且大的费用可从而减少。将这种做法推而广之,追逐末利的现象就会减少,务实重本的做法就会得到提倡,百姓富裕、安居乐业的局面就会指日而待。如果不这样做,恐怕现在的普通百姓,一两年间就会变成盗贼,就没有办法控制了,这难道不值得担忧吗?其他众多的议论,并非拯救民众的急务。寻求救民的当务之急莫过于此,不从此入手,能够让百姓富裕、安居乐业吗?答案是否定的。

三曰急力行之为事。夫臣民、父子、兄弟、夫妇、朋友,皆不为其所宜乱之道。今之士悖理甚矣,故官之不治不易而使能,则国家虽有善制不行也。欲易而使能,则一之士[1]。以士之如此,而况民之没没[2],与一有骇而动之者[3],欲其效死而不为非,不得也。今者更贡举法数十百年弊,可谓盛矣[4]。书下之日,戾夫惧,怠夫自励,近世未有也。然此尚不过强之于耳目而已,未能心化也[5]。不心化,赏罚一不振焉,必解矣。欲洽之于其心，则顾上与大臣之所力行如何尔。不求之本，斯已矣；求之本，斯不可不急也。或曰适时而已耳，是不然。今时谓之耻且格焉^⑥，不急其本可也。不如是，未见适于时也。

【注释】

①一之士：统一对士人提出要求。一，统一。《孟子·梁惠王上》：
"'天下恶乎定？'吾对曰：'定于一。''孰能一之？'对曰：'不嗜杀人者能一之。'"朱熹集注："王问列国分争，天下当何所定，孟子对以必合于一，然后定也。"

②没没：犹昧昧，糊涂。《左传·襄公二十四年》："晋国贰，则子之家坏，何没没也！将焉用贿？"杨伯峻注："没没犹言昧昧，不明白，胡涂。"

③与一有骇而动之者：一旦有惊人之变，使之感到震动。曾巩《代人上石中允书》："一有骇而动之者，不比而盗也，其几矣。"

④今者更贡举法数十百年弊，可谓盛矣：庆历四年（1044）三月，在范仲淹的建议下，朝廷颁布诏令，倡导办学，改革科举。这是庆历革新运动的主要内容，曾巩作为受益人，是全力支持的。

⑤心化：内心受到感化。

⑥耻且格：有羞耻之心，有认同感。语本《论语·为政》："道之以政，齐之以刑，民免而无耻；道之以德，齐之以礼，有耻且格。"

【译文】

　　第三件急务是努力实践圣人之言。臣民、父子、兄弟、夫妇、朋友等关系，都是不能够淆乱的伦常。现在的士人有悖于常理的地方太多了，所以当今的官吏如果不加整治、没有改变，而任用贤能，那么国家尽管有好的制度，也不会得到贯彻执行。要想让官吏有所改变、能力得到提升，就先从改变士人入手，对他们提出统一的要求。当今士人尚且如此，更何况糊涂的民众了,一旦有惊人的变故,想要让他们舍命报效而不滋生事端,就完全不可能了。而今,朝廷改革贡举法令中持续了数十年、近百年的弊端,可称得上盛况空前了。诏书一经颁布,凶恶的人害怕,懈怠的人自我勉励,这是近代以来所没有的现象。尽管如此,这些措施只不过是强迫人们用耳朵听、用眼睛看罢了,并不能让他们心悦诚服。不能心服,一旦赏罚不够有力,人们的精神就会涣散了。想让民众从心底里相信,就看君臣如何努力践行了。不从根本上去做,也就罢了;如果要从根本上去寻求解决之道,就不能不着急。有人说只不过顺时而为罢了,事实却不是这样。现在所提倡的知耻且有认同感,不从根本上着眼,也就可以理解了。如果不急于力行,就没有更合乎时势的事情了。

凡此三务,是其最急。又有号令之不一,任责之不明,当亦速变者也。至于学者策之经义当矣①。然九经言数十万余②,注义累倍之,旁又贯联他书,学而记之乎,虽明者不能尽也。今欲通策之,责人之所必不能也。苟然,则学者必不精,而得人必滥。欲反之,则莫若使之人占一经也。夫经于天地人事无不备者也,患不能通,岂患通之而少邪?况诗赋论兼出于他经,世务待子史而后明,是学者亦无所不习也③。此数者,近皆为蔡学士道之④。蔡君深信,望先生共成之。孟子称:乡邻斗,被发缨冠而往救之则惑⑤。然观孟子周行天下,欲以其道及人,至其不从而去,犹曰:王庶几改之,则必召予⑥。此其心汲汲何如也!何独孟子然?孔子亦然也。而云云者,盖以谓颜子既不得位,不可以不任天下之事责之耳。故曰:禹、稷、颜子易地则皆然是也,不得位则止乎?不止也。其止者,盖止于极也。非谓士者固若狙猿然⑦,无意于物也。况巩于先生,师仰已久,不宜有间,是以忘其贱而言也。愿赐之采择,以其意而少施焉。

【注释】

①策之经义:即策论。就当时政治问题加以论说、提出对策的文章。宋代以来各朝常用作科举试士的项目之一。苏轼《拟进士对御试策引状》:"昔祖宗之朝,崇尚辞律,则诗赋之工,曲尽其巧,自嘉祐以来,以古文为贵,则策论盛行于世,而诗赋几至于熄。何者,利之所在,人无不化。"

②九经:九部儒家经典。《汉书·艺文志》指《易》《书》《诗》《礼》《乐》《春秋》《论语》《孝经》及小学。

③"况诗赋论兼出于他经"几句:东汉王逸在《楚辞章句》中说:"《离骚》之文依托五经以立义。"刘勰《文心雕龙》中也有"《离骚》之文,依经立义"的说法。可见在古代文人心目中,诗赋与经书的关系是密不可分的。清人李渔在《李笠翁曲话·词曲部·词采第二》中说的更为显豁:"若论填词家宜用之书,则无论经传子史以及诗赋古文,无一不当熟读,即道家佛氏、九流百工之书,下至孩童所习《千字文》《百家姓》,无一不在所用之中。至于形之笔端,落于纸上,则宜洗濯殆尽。亦偶有用着成语之处,点出旧事之时,妙在信手拈来,无心巧合,竟似古人寻我,并非我觅古人。"李渔尽管是在谈曲子的写法,却印证了曾巩"学者亦无所不习"的观点。

④蔡学士:指蔡襄,曾巩稍前写有《上蔡学士书》。

⑤乡邻斗,被发缨冠而往救之则惑:语本《孟子·离娄下》:"乡邻有斗者,被发缨冠而往救之,则惑也。虽闭户,可也。"

⑥"然观孟子周行天下"几句:语本《孟子·公孙丑下》:"夫尹士恶知予哉?千里而见王,是予所欲也。不遇故去,岂予所欲哉?予

不得已也。予三宿而出昼，于予心犹以为速，王庶几改之！王如改诸，则必反予。夫出昼，而王不予追也，予然后浩然有归志。予虽然，岂舍王哉！王由足用为善，王如用予，则岂徒齐民安？天下之民举安。王庶几改之！予日望之！"

⑦狙猿：猿猴。

【译文】

这三项事务，是最要紧的。还有所下达的号令不统一，职责不明确，也是亟待改变的。至于学者用经义进行策论是有必要的。但是九经共计数十万字，历代注疏文字又数倍于此，加之与此相关联的书，如果要求学者全部加以记诵，即便聪明的人也不可能全部做到。现在却想要用九经来策试举子，那就是以无法完成的事情苛责别人。只要这样做，那么士人求学一定不会专精，而国家选拔的人才也一定会泛滥。要想改变这一局面，不如让读书人每人精读一部经典。儒家经典对于天地间、人世间的事网罗无遗，问题在于能否专通经典，难道是担心不能博览众经吗？何况诗、赋、论等文章与其他经典参错间出，世间事必须通读子部、史部经典才能明晓，可见求学之人没有什么不修习的。以上说的这些，近来都向蔡学士提到过，蔡学士深信不疑的，希望先生一起促成其事。孟子说过：乡里的邻居有互相争斗的，如果来不及将头发束好、来不及将帽带系上就去救助他们，那就糊涂了。但是观察孟子周游天下，想用他的道影响世人，如果没有人听从他的主张就离开，临行前还说：君王也许有一天会改变想法，就一定会召我前来。可见孟子的心情是多么急迫啊！只有孟子这样吗？孔子也是这样啊。之所以说出一些言不由衷的话，大约是因为颜回既然不得其位，就不能用不以天下为己任来责备他罢了。所以说：大禹、后稷、颜回如果交换一下位置，都会这样，不得其位就会停下来吗？不会停下来。他们停下来，是因为已经达到了极致。并不是说士人本来就像猿猴一样，对外物一点都不感兴趣。何况我对于先生，敬仰师事已经很长时间了，不应该有隔阂，所以不顾及自己卑微的身份,说了这些话。希望您不弃并加以别择,根据具体情况加以实施。

　　巩闲居江南,所为文无愧于四年时①,所欲施于事者,亦有待矣。然亲在忧患中,祖母日愈老②,细弟妹多,无以资衣食,恐不能就其学,况欲行其他耶?今者欲奉亲数千里而归先生,会须就州学,欲入太学,则日已迫,遂弃而不顾,则望以充父母养者,无所勉从,此岂得已哉?韩吏部云:"诚使屈原、孟轲、扬雄、司马迁、相如进于是选,仆知其怀惭乃不自进而已尔。"③此言可念也。失贤师长之镌切,而与众人处,其不陷于小人也其几矣。早而兴,夜而息,欲须臾惬然于心不能也。先生方用于主上,日入谋议天下,日夜待为相,其无意于巩乎?故附所作通论杂文一编、先祖述文一卷以献。先祖困以殁,其行事非先生传之不显,愿假辞刻之神道碑,敢自抚州佣仆夫往伺于门下。伏惟不罪其愚而许之,以永赍其子孙,则幸甚,幸甚。

【注释】

①巩闲居江南,所为文无愧于四年时:此两句表达曾巩自信自己现在所写文章,与四年前初识欧阳修时相比,并不逊色。这里的"四年",并非是"庆历四年"的略写。

②祖母日愈老:曾巩祖父曾致尧,祖母黄氏。黄氏卒于庆历四年(1044)十月二十七。王安石为其撰写了墓志铭《曾公夫人万年太君黄氏墓志铭》,其中提到黄氏"寿九十有二"。据此上推,黄氏生于后周广顺三年(953)。而曾巩这封信也应该写于庆历四年(1044)五月至十月间,祖母离世之前。

③"韩吏部云"几句:韩愈《答崔立之书》:"诚使古之豪杰之士若屈
　　原、孟轲、司马迁、相如、杨雄之徒进于是选,仆必知其怀惭,乃不
　　自进而已耳。"曾巩借韩愈的话,表达了自己对科举考试的无奈。

【译文】

　　我闲居江南,所写的文章并不愧对过去的四年光阴,所想付诸实施的事情,也还在等待时机。不过父亲仍处于忧患之中,祖母逐渐老了,年幼的弟弟妹妹很多,无法供他们吃饭穿衣,能够完成学业恐怕都不能实现,更何况做其他的事情呢? 而今想带着亲属奔波数千里投奔先生,正赶上需要进入州学读书,想进入太学,恐怕来不及了,于是就放弃这一想法,我本来希望通过进入仕途,达到赡养父母的目的,即便如此,也不能如愿,更何况,这怎能是我追求的全部呢? 韩愈曾经说过:"如果让屈原、孟轲、扬雄、司马迁、司马相如参加类似的选拔,我断定他们心怀羞愧,而放弃仕进。"韩愈说的这些话,很值得后人思考。没有贤德师长的切磋琢磨,终日与平庸之人杂处,没有变成平庸之人的已经很少了。早上起来,夜晚休息,想心中有片刻的适然而不能做到。先生正被皇上重用,每天上朝与皇上商议天下大事,不论白天黑夜辅助皇上,您就不曾属意于我吗? 因此,附上我所写的通论、杂文一编,以及我先祖父的述文一卷献给您。先祖父在困顿中去世了,他的生平事迹如果没有您写的传记,就不会得到彰显,希望将您的文辞刻在神道碑上,斗胆从抚州雇人去往京城并恭候在您的门下。恳请您不要怪罪我的愚鲁并答应我,让这些文字传之后世子孙,真是万分荣幸,万分荣幸。

　　巩之友王安石,文甚古,行甚称,文虽已得科名①,居今知安石者尚少也。彼诚自重,不愿知于人,尝与巩言:"非先生无足知我也。"如此人古今不常有。如今时所急,虽无常人千万,不害也,顾如安石不可失也。先生倘言焉,进之于

朝廷,其有补于天下。亦书其所为文一编进左右,幸观之,庶知巩之非妄也。鄙心惓惓,其大约布于此,其详可得而具邪。不宣。巩再拜。

【注释】

①已得科名:王安石于庆历二年(1042)三月二十二日,登杨置榜进士第四名。

【译文】

　　我的好友王安石,文章写得古雅,行为也名实相称,尽管依靠文章取得了科名,但是当今了解他的人还很少。他的确很自重,不愿让别人了解自己,他曾跟我说:"除非欧阳先生,其他人不能了解我。"像安石这样的人,从古至今,并不多见。如今朝廷急需人才,即便没有成千上万个平庸的人也无妨,但是像王安石这样的人才不能失去。先生倘若向朝廷引荐王安石,一定会对天下有所补益。我同时也抄写他所写的文章一编,进献给先生,如能蒙您阅读,您就会知道我所说的话并非虚妄。粗鄙之心,眷眷之情,大约展示在这里,其中详细之处都可以考察。不再一一细说。曾巩再拜。

【评点】

　　张孝先曰:所言三事,其"听贤"一段,欲使贤人朝夕出入在左右,即程子所谓"人主一日亲贤士大夫之时多"意也。"裕民"一段,要裁抑兵与佛老之食,兵使之耕,佛老止今之为而不许复入,又量上之用而去其浮,皆中当世切务。独"力行"一段,说得不大明快。至论学者策经义,必使之人占一经,亦是良法。子固留心经世如此,己不得行而惓惓以望之当事者,固圣贤之用心也。但以王安石之为人,而力荐之以为有补于天下，则意其知言知人之功，尚有未至者欤。

【译文】

张伯行评论道：信中所说的三件事，其中"听贤"一段，是让贤德的人早晚在君王左右陪侍，也即程子所说的"君主每天更多一些亲近贤德士大夫"的意思。"裕民"一段，建议裁减军队以及佛道信众的粮食供给，让士兵在非战时农耕，对于僧人道士，控制目前规模，不再允许新的人员加入，同时，量入为出，杜绝浮奢，这些都是契合当世事务的建议。唯独"力行"一段，讲得不大明快。至于论述学者阐发经义，则建议学者每人各自精研一经，这也是不错的方法。曾巩正是这样留心国事的治理，依靠自己无能为力，因而殷切寄希望于当事之人，这本来就是堪比圣贤的用心啊。但是像王安石的为人，曾巩大力荐举他，以为这样会惠泽天下，可见曾巩知言知人的功夫，还没有达到很高的程度。

寄欧阳舍人书

【题解】

这封信写于庆历七年（1047），曾巩时年二十九岁。欧阳修为曾巩祖父曾致尧撰写神道碑铭，曾巩写信酬谢。在这封信中，曾巩探讨了墓志铭这一文体与史书的区别："史之于善恶无所不书，而铭者，盖古之人有功德材行志义之美者，惧后世之不知，则必铭而见之。或纳于庙，或存于墓，一也。"史书出自史官，自司马迁以来，即秉持"不虚美，不隐恶"、善恶必书、惩恶扬善的史官文化传统。墓志铭则不同，作者为墓主家人重金延请，自然无法纵笔直书，不要说"不隐恶"，能做到"不虚美"就已经不错了，因此，墓志铭不可能承担史书"惩恶扬善"的功能，只能算作"扬善"吧！所以曾巩这样说："苟其人之恶，则于铭乎何有？此其所以与史异也。其辞之作，所以使死者无有所憾，生者得致其严。而善人喜于见传，则勇于自立；恶人无有所纪，则以愧而惧。"

如果墓志铭的价值仅止于"扬善"，还是不够的。真正有价值的墓志铭，应当出自"畜道德而能文章者"之手，其中原因，曾巩说得也很明白："有道德者之于恶人，则不受而铭之，于众人则能辨焉。而人之行，有情善而迹非，有意奸而外淑，有善恶相悬而不可以实指，有实大于名，有名侈于实。犹之用人，非畜道德者，恶能辨之不惑，议之不徇？不惑不徇，则公且是矣。而其辞之不工，则世犹不传，于是又在其文章兼胜焉。故曰非畜道德而能文章者无以为也。"曾巩在这里提出了"公"与"是"，并将其作为墓志铭的价值追求，简单总结，即以公正之心，别择是非、善恶、真伪，不为表象所迷惑，不做夸饰之评价，能够做到这些，墓志铭就可称得上即公且是了。

　　巩顿首再拜舍人先生：去秋人还，蒙赐书及所撰先大父墓碑铭。反复观诵，感与惭并[1]。

【注释】

① "巩顿首再拜舍人先生"几句：曾巩的祖父曾致尧大中祥符五年（1012）去世，殁后八年，曾巩生。巩二十五岁时，因水浸祖墓而改葬，奉父命请好友王安石作墓志（《户部郎中赠谏议大夫曾公墓志铭》），时为庆历三年（1043）。庆历六年（1046）夏天，又请比自己年长十二岁的欧阳修作碑文（《户部郎中赠右谏议大夫曾公神道碑铭》）。这一年夏天，曾巩差人向欧阳修乞铭，秋天始回，临川至滁州，往返亦费时日。故曰："去秋人还。"曾巩已故的祖父曾致尧，入《宋史·文苑传》。曾直史馆，又出浙西转运使，累迁户部郎中。长于诗，有《山亭六咏集》，早佚，《宋诗纪事》从《西江诗话》录得诗一首。另有著述四种（见曾巩《先大夫集后序》），均散佚。《南丰县志》载其《春日至云庄记》一篇。先大父，

对已故祖父之称。

【译文】

　　曾巩叩首再拜舍人先生：去年秋天，向您乞铭的人还家，带来先生的信以及先生所撰写的亡祖父的墓志铭。反复观瞻诵读，即感动又惭愧。

　　夫铭志之著于世①，义近于史，而亦有与史异者。盖史之于善恶无所不书，而铭者，盖古之人有功德材行志义之美者，惧后世之不知，则必铭而见之。或纳于庙，或存于墓，一也②。苟其人之恶，则于铭乎何有③？此其所以与史异也④。其辞之作，所以使死者无有所憾，生者得致其严⑤。而善人喜于见传⑥，则勇于自立；恶人无有所纪，则以愧而惧。至于通材达识，义烈节士，嘉言善状，皆见于篇，则足为后法警劝之道。非近乎史，其将安近？

【注释】

①铭志：指神道碑铭和墓志铭。神道碑铭镌刻于立在墓侧的碑石之上，墓志铭则经刻石后，置于墓穴之中。

②"而铭者"几句：铭即铭文，是刻写在金石等物上的文辞。具有称颂、警诫等性质，多用韵语。此泛指神道碑铭与墓志铭。唐封演《封氏闻见记·石志》："古葬无石志，近代贵贱通用之。齐太子穆妃将葬，立石志。王俭曰：'石志不出《礼经》，起元嘉中颜延之为王琳石志，素施无名策，故以纪行迹耳，遂相祖习。储妃之重，礼绝常例，既有哀策，不烦石铭。'俭所著《丧礼》云：'施石志于圹里，《礼》无此制。魏侍中缪袭改葬父母，制墓下题版文。原此旨，将以千载之后，陵谷迁变，欲后人有所闻知。其人若无殊才异德者，但记姓名、历官、祖父、姻媾而已。若有德业，则为铭

文。'按俭此说,石志宋齐以来有之矣。"

③苟其人之恶,则于铭乎何有:《礼记·祭统》:"为先祖者,莫不有美
焉,莫不有恶焉,铭之义,称美而不称恶。此孝子孝孙之心也。"
曾巩则认为如果某人有恶迹,则不应该有墓铭。后一句是"则何
有于铭乎"的倒装。句式挺劲。

④此其所以与史异也:作者既看到墓铭"义近于史",可补史书之不
足,具有史料价值;又指出谀墓文字一味溢美的不可靠性,而"与
史异",诚为不刊之论。

⑤致其严:表达尊敬。

⑥见传:事迹被后人传颂。

【译文】

墓志铭在世人眼中,大义与史书相近,也有与史书不同的地方。史
书对于善恶无所不写,而墓志铭则是古代人对于那些有功德、才能、品
行、志向、道义的人,担心后代人不了解他的生平事迹,于是将这些内容
用文字记载下来,刻在石碑上。有的存放在家庙中,有的埋在墓穴中,作
用都是一样的。如果一个人做过恶事,那怎能有墓志铭呢? 这就是墓志
铭与史书不同的地方了。墓志铭的撰写,主要是让死者没有什么遗憾,
活着的人可以向其表达他们的尊重。善良的人希望自己身后能够在墓
志铭中有好的记载,于是勇于自持;作恶的人,担心自己死后没有什么值
得记载内容,就感觉十分羞愧和遗憾。至于那些有通达的才学和识见
的人、守节义的高士,他们美好的言语和行为,都要记在铭文中,对后人
起到效法、警示、劝戒的意义。这不和史书惩恶扬善接近,又能和什么
接近呢?

及世之衰,为人之子孙者,一欲褒扬其亲而不本乎
理①。故虽恶人,皆务勒铭以夸后世②。立言者既莫之拒而
不为③,又以其子孙之所请也,书其恶焉,则人情之所不得,

于是乎铭始不实。后之作铭者，当观其人④。苟托之非人，则书之非公与是⑤，则不足以行世而传后。故千百年来，公卿大夫至于里巷之士，莫不有铭，而传者盖少。其故非他，托之非人，书之非公与是故也。

【注释】

①一欲：一心只想着。

②勒铭：镌刻铭文。

③立言者：指撰写墓志铭的人。

④观其人：观察墓志铭的撰写者是一个什么样的人。

⑤非公与是：不公正，也不真实。

【译文】

等到世道衰微，为人子孙的人，一心想着褒扬他的亲人，便不再以事实为依据。于是，即便是恶人，也都想着通过刻碑为铭的方式，来文过饰非，夸耀于后人。写墓志铭的人既然不能谢绝撰写此类文章，又因为是逝者子孙的请求托付，如果把逝者生前的恶事写出来，也不合乎人情世故，因此，墓志铭开始不再实事求是。后世想为逝去的亲人撰写墓志铭的人，要观察所托付的人。如果所托付的人不合适，那么他所撰写的墓志铭就不公正，也不合乎事实，也就不值得在当世甚至后世流传。所以千百年来，上至公卿大夫，下至居于里巷的百姓，死后都有墓志铭，但是流传后世的作品很少。没有其他的原因，托付的人不合适，所写的内容既不公正也不属实罢了。

然则孰为其人而能尽公与是欤？非畜道德而能文章者无以为也。盖有道德者之于恶人，则不受而铭之，于众人则能辨焉①。而人之行，有情善而迹非②，有意奸而外淑③，有善恶相悬而不可以实指④,有实大于名,有名侈于实⑤。犹之用人,非畜道德者,恶能辨之不惑⑥,议之不徇⑦? 不惑不徇,则公且是矣⑧。而其辞之不工,则世犹不传,于是又在其文章兼胜焉⑨。故曰非畜道德而能文章者无以为也。岂非然哉?

【注释】

①众人:一般人。

②情善:犹言心善。迹非:指事迹不见得好。

③意奸而外淑:心底奸诈,表面善良。

④相悬:相差悬殊。

⑤名侈于实:名比实大。侈,大。

⑥恶能:哪能。

⑦议之不徇:评议公正而不屈从私情。

⑧不惑不徇,则公且是矣:不惑则是,不徇则公。

⑨兼胜:指道德文章都好。兼,并。

【译文】

那么,谁是既公正又能明辨是非的人呢? 如果不是具有道德而且擅长为文的人,就不能担此重任。因为,有道德的人对于做恶的人,他不会为他们撰写墓志铭的,对于一般的人,他能够加以区分辨别。人们的行为有的心善而做的事不好,有的用意奸诈却装作善良的样子,有的善恶夹杂不易分辨,有的实际情况要比所宣称的还要好,有的实际情况则不如所说的好。就好比用人一样,如果不是有道德的人,怎能明辨是非真伪而不被迷惑,品评人物而不徇私情呢? 不被迷惑,不徇私情,就是公正和实事求是了。但是,如果他的文辞不精美,那么他写出来的作品也不会传之后世,可见,除道德要求外,兼擅文章也是很重要的。所以说,墓志铭如果不是有道德和兼擅文章的人不能撰写。难道不是这样吗？

　　然畜道德而能文章者，虽或并世而有^①，亦或数十年或一二百年而有之。其传之难如此，其遇之难又如此^②。若先生之道德文章，固所谓数百年而有者也^③。先祖之言行卓卓，幸遇而得铭^④，其公与是，其传世行后无疑也。而世之学者，每观传记所书古人之事，至其所可感，则往往盡然不知涕之流落也^⑤，况其子孙也哉？况巩也哉？其追晞祖德而思所以传之之繇^⑥，则知先生推一赐于巩，而及其三世^⑦。其感与报，宜若何而图之？

【注释】

①并世：犹言当世，指与请托者同世。

②其传之难如此，其遇之难又如此：作墓铭者须道德文章兼胜，不能做到公与是，或辞不工者，则其铭难传；二者兼胜的人也许多年才有，是遇之难。

③固：本来。

④幸遇而得铭：幸而遇到数百年才能出现的大手笔，又有幸得到其人所撰的墓铭。

⑤盡（xì）然：伤心的样子。

⑥追晞：追念仰慕。晞，有些版本作"晞"，属形近致讹。繇：同"由"。原由，原因。

⑦则知先生推一赐于巩，而及其三世：推一赐，犹言推一恩，把自己所珍惜的道德文才，推恩及人。及其三世，指恩惠沾溉从自己到祖父三代。"一赐"和"三世"的对比，极言欧文之重，道出不知怎样报答之意。

【译文】

有道德而又兼擅文章的人，或许与请托者同世存在，或许数十年，甚至一二百年才会出现。铭文的流传是这样难，能够碰到一个擅长写墓志铭的人又更难了。像先生这样的道德文章，本来就是数百年才得一见的。先祖言行光明磊落，很幸运有您的铭文与之相配，铭文即公正又实事求是，它能够流传后世是毫无疑问的。当今学者，每当观看传记中所写的古人的事情，看到感人之处，往往伤心地流下泪水，更何况他们的子孙呢？何况我曾巩呢？每当我追念祖德，思考应该继承祖先什么恩泽时，就理解先生不仅推一恩于我，由我而上，我们祖父三代均沾溉到先生的恩惠。对于先生如此的厚德重恩，我不知道如何来报答。

抑又思若巩之浅薄滞拙①，而先生进之②；先祖之屯蹶否塞以死③，而先生显之④。则世之魁闳豪杰不世出之士⑤，其谁不愿进于门？潜遁幽抑之士⑥，其谁不有望于世？善谁不为？而恶谁不愧以惧？为人之父祖者，孰不欲教其子孙？为人之子孙者，孰不欲宠荣其父祖？此数美者⑦，一归于先生⑧。既拜赐之辱⑨，且敢进其所以然⑩。所谕世族之次⑪，敢不承教而加详焉⑫。愧甚。不宣。

【注释】

①滞拙：犹言笨拙。滞，滞塞，不灵敏。

②而先生进之：庆历元年（1041）曾巩赴京参加秋试，曾向欧阳修献杂文等作两编及《上欧阳学士第一书》，欧公一见而奇之。次年落第而归，欧公有《送曾秀才序》大加揄扬，自此曾巩文名闻天下。

③屯蹶：犹言屯蹇，艰难困顿。否塞：阻塞，不顺利。

④先生显之：欧阳修《曾公神道碑铭》说：曾致尧因言事不合被贬，

"然在外所言,如在朝廷而任言责者,至其难言,则人有所不敢言者"。显,显扬。

⑤魁闳:卓伟博大。不世出:意指世所罕有。

⑥潜遁幽抑:埋没压抑。

⑦数美:指上文六个反问句所包含的内容。

⑧一:全。

⑨拜赐之辱:敬受屈尊惠赐。拜,表示接受的敬词。赐之辱,即辱赐。赐,指撰写墓铭。辱,表示对方为此而受委屈的谦辞。

⑩进其所以然:讲明为什么感谢的道理。进,进言,指去信说明。

⑪世族之次:欧阳修撰成墓铭时,同时还给曾巩写了一封《论氏族书》,指出曾巩来信自叙先世世次不确切之处,并予以考释,信中说:"近世士大夫于氏族尤不明,其迁徙世次,多失其序。"

⑫承教而加详:受教并加以研究。详,审慎,指谨慎研究。

【译文】

继而又想到,像我曾巩这样浅薄、笨拙的人,先生仍然提携奖掖我;先祖一生艰难困顿,而先生使之荣显后世。那么世间不常有的卓伟博大、豪杰之士,有谁不愿意拜入先生门下?被埋没压抑的人,有谁不对世间有所期望?有谁不想去做善事呢?做恶之人有谁不惭愧而且害怕呢?为人父、为人祖者,有谁不愿教育自己的子孙的呢?为人子、为人孙者,有谁不愿自己的父辈、祖辈享受身后的尊崇和荣耀的呢?这些成人之美的事情,都由先生一人完成。曾巩敬受先生屈尊惠赐,并贸然说明所以感谢的原因。先生来信中所指出的先世世次,怎能不承教而仔细加以研究呢!非常惭愧。不再一一细说。

【评点】

茅鹿门曰:此书纡徐百折,而感慨呜咽之气,博大幽深之识,溢于言外。较之苏长公所谢张公为其父墓铭书特胜。

　　张孝先曰：说得志铭如许关系，如许慎重，则所以感激拜赐之意，不烦言而自见。此谓立言有体。其通篇命脉，在"畜道德而能文章"一句。至说有道德者铭始可据，而能文章只带说，其轻重尤为得宜。行文之妙，无法不备，又都片片从赤心流出。此南丰之文所以能使人往复嗟诵而不能已者也。

【译文】

　　茅坤评论道：这封信写得委婉曲折，同时感慨悲伤的气调、博大幽深的识见，溢于言表。与苏轼为答谢张方平为其父亲所写的《谢张太保撰先人墓碣书》相比，胜出一筹。

　　张伯行评论道：曾巩在这封信中，讲述志传与墓铭之间的关系，特别慎重，其中所蕴含的感激拜赐之意，不用特别说明，读者自然能够感觉到。这就叫作立论得体。整篇文章主旨，在于"畜道德而能文章"一句。文中提到只有有道德的人，其所撰之铭文方才可靠，对于文章之才能，则一笔带过，曾巩在材料取舍上，安排得轻重适宜。行文布局高妙，众法皆备，又都是从作者赤诚之心中徐徐流出。这正是曾巩文章能够让人反复诵读的原因。

上齐工部书

【题解】

　　在这封信中，曾巩提到自己的祖母："祖母年九十余。"复据王安石为曾巩祖母撰写的墓志铭《曾公夫人万年太君黄氏墓志铭》，黄氏"以庆历四年某月日卒于抚州，寿九十二"。可以推知，这封信应该写于庆历三年（1043），或庆历四年（1044）。信中又提到"进学之制，凡入学者，不三百日则不得举于有司",这一制度在《宋史纪事本末》卷三十八《学校科举之制》有记载:"仁宗庆历四年,三月乙亥,诏天下州县立学,行科举新法","其令州若县皆立学,本道使者选部属官为教授,员不足,取于乡里宿学有道业者。士须在学三百日,乃听预秋试。旧尝充试者,百日而止"。综上所述,曾巩写给齐工部的信,应该写于庆历四年。信中托齐工部转牒抚州知州,同意曾巩入临川州学。齐工部,即齐廓。与曾巩同时的祖无择有诗《酬江西运使齐工部见寄》,可知,齐工部同时兼任江西转运使。据《宋史》齐廓本传及吴廷燮《北宋经抚年表》,齐廓于庆历年间任江西转运使。则齐工部当为齐廓。《宋史·齐廓传》:"时初兼按察,同时奉使者,竞为苛刻邀声名,独廓奉法如平时,人以为长厚。"

　　巩尝谓县比而听于州[1],州比而听于部使者[2]。以大较言之[3],县之民以万家,州数倍于县,部使者之所治十倍于州,则部使者数十万家之命也,岂轻也哉?部使者之门,授天子之令者之焉,凡民之平曲直者之焉,辨利害者之焉。为吏者相与就而质其为吏之事也,为士者相与就而质其为士之事也。三省邻部之政相闻、书相移者[4],又未尝间焉[5],其亦烦矣。

【注释】

①县比:即众多县。听于州:听命于州。

②部使者:在宋代,部使者与部刺史相同。为监司官(转运使副、提点刑狱公事、提举常平司)之拟古官称。清徐松《宋会要辑稿·职官》四五之四四:"置部使者之职,俾之将明王命,以廉按吏治;至于职事,则各有攸司。婚田、税赋隶归之转运,狱讼、经总则隶之提刑,常平、茶盐则隶之提举,兵将、盗贼则隶之安抚。"

③大较：大略，大致。

④三省：指门下省、中书省、尚书省。宋初，虽设三省，却无实权。政
　　归中书、枢密院三司，三省长官只作为高级官员升迁的寄禄官。
　　元丰改制，分建三省，以枢密院为最高权力机构。以门下省掌有
　　法式事，审核命令，驳正违失；以中书省掌无法式事，取皇帝旨意，
　　宣布命令；以尚书省掌执行政令。

⑤间：间断。

【译文】

　　我曾经说过，诸县要听命于州，诸州须听命于各部的长官。大略而
言，一县的百姓大约有万家之多，一州百姓的数量要数倍于一县，一部
要十倍于一州，所以一部的长官关乎数十万家百姓的性命，难道不重要
吗？一部长官的门庭，是下达天子诏令的人出入的地方，是为百姓平曲
直的人出入的地方，是辨别利害关系的人出入的地方。做官吏的人来这
里相互探讨为吏之道，士人来这里相互探讨为士之道。中书、门下、尚书
三省及其相关各部，政务相互通告，文件相互递送，未曾间断过，事务尤
为繁琐。

　　执事为部使者于江西①，巩也幸齿于执事之所部②，其
饰容而进谒也③，敢质其为士之事也。

【注释】

①执事为部使者于江西：指齐廓出任江西转运使。

②所部：所统辖的地方。

③饰容：整饬容貌、仪表。饰，通"饬"。

【译文】

　　您在江西出任转运使之职，我有幸居住在您所管辖的区域，得以整
饰装容拜谒您，向您询问为士之道。

巩世家南丰①,及大人谪官以还②,无屋庐田园于南丰
也。祖母年九十余③,诸姑之归人者多在临川④,故祖母乐居
临川也,居临川者久矣。进学之制,凡入学者,不三百日则
不得举于有司,而巩也与诸弟循侨居之,又欲学于临川,虽
已疏于州而见许矣⑤,然不得执事一言转牒而明之⑥,有司或
有所疑,学者或有所缘以相嫉,私心未敢安也。来此者数日
矣,欲请于门下,未敢进也。有同进章适来言曰:"进也。执
事礼以俟士,明以伸法令之疑⑦。适也寓籍于此,既往而受
赐矣。"尚自思曰:巩材鄙而性野,其敢进也欤? 又自解曰:
执事之所以然,伸法令之疑也。伸法令之疑者,不为一人
行,不为一人废,为天下公也,虽愚且野可进也。是以敢具
书而布其心焉。伏惟不罪其为烦而察之,赐之一言而进之,
则幸甚幸甚。

【注释】

①世家:世代居住。

②及大人谪官以还:指曾巩父亲曾易占于仁宗景祐三年(1036),因
人诬陷失官。

③祖母年九十余:曾巩祖母黄氏,于庆历四年(1044)去世,享年九
十二。据此可推断,这封信写于庆历三年(1043)或四年。

④诸姑之归人者:据欧阳修《尚书户部郎中赠右谏议大夫曾公神道
碑铭并序》,曾巩祖父曾致尧有子十一人,男七人,女四人。曾巩
的这四位姑姑,大多嫁在了临川。归人,嫁人。

⑤虽已疏于州而见许矣:曾巩写有《与抚州知州书》,信中提到了这
些请求。

⑥转牒：传递。

⑦伸法令之疑：法令中因存在疑点，需要申明，不致被歪曲。据《宋史·齐廓传》，齐廓曾任"提点荆湖南路刑狱。潭州鞠系囚七人为强盗，当论死。廓讯得其状非强，付州使劾正，乃悉免死。平阳县自马氏时税民丁钱，岁输银二万八千两，民生子，至壮不敢束发，廓奏蠲除之"。

【译文】

我祖辈定居南丰，从我父亲被贬官以来，在南丰就没有房屋和田地了。祖母九十多岁了，我的姑姑们大多嫁到临川，所以祖母喜欢住在临川，在临川已经住了很长时间了。按照进学制度，凡是入学的人，不在一个地方住满三百天，就得不到官方的推举，我与诸位弟弟侨居在临川，并想在临川求学，尽管已经向州里写信陈述并得到允许了，但如果得不到您的公文进行说明，恐怕被有关部门怀疑，同时求学的人也可能心生妒忌，自己心中不安。来这里已经有几天时间了，想去拜访您，却不敢贸然登门。有同时进学的生员章适前来告诉我："只管登门拜访吧。齐工部是一个礼贤下士的人，对于法令不明确的地方也能帮人释疑解惑。我也是寄居在此地，已经登门拜访了齐工部，并得到了他的允许。"我还自己思虑：自己是一个才能粗鄙、天性鲁莽之人，哪敢去面见齐工部？又自我宽解：工部这样做是解释法令不明确的地方。对法令释疑解惑，不是特地为某一个人而执行，也不是特地为某一个人而废止，是为天下公众负责，尽管我愚鲁粗野，也可以面见工部。因此，我写了这封信贸然进呈给您，向您表明我的想法。恳请您不怪罪我的叨扰，并了解我的情况，恩赐一言使我得以进学，我将感到非常幸运。

【评点】

张孝先曰：只求一转牒耳，乃作一篇无数波折。自古能文之士，总在无文字处寻出文字来。此篇之体亦出韩文。

【译文】

张伯行评论道：只是为了请求齐工部转递书札，便写下了这一篇纡徐婉转的书信。自古以来，大凡擅长为文的人，总能够在无法写出文字的地方，寻找到书写文字的机缘。这篇文字从体式上讲，是取法乎韩愈。

答范资政书

【题解】

范仲淹于庆历四年（1044）六月被免去参知政事，以资政殿学士知邠州。朱熹《朱子语类》卷第一百二十九："因论李泰伯，曰：当时国家治，时节好，所论皆劲正如此。曾南丰携欧公书，往余杭见范文正。文正云'欧九得书，令将钱与公。今已椿得甚处钱留公矣。亦欲少款，适闻李先生来，欲出郊迓之'云云。"复据《乾道临安志》卷三："皇祐元年正月乙卯，以知邓州、资政殿学士、给事中、礼部侍郎范仲淹知杭州。"据上引资料可知，曾巩第一次面见范仲淹，是因欧阳修引荐，并在杭州范仲淹寓所，巧遇了故交李觏，时间在皇祐元年（1049）。据本文"阁下于羁旅之中，一见而已"，以及"拜别期年之间""不意阁下犹记其人"，则知这是他们的初交，最早只能在皇祐元年。《上范资政书》应该写于这一年，曾巩在《上范资政书》中写道："不意阁下欲收之而教焉，而辱召之。巩虽自守，岂敢固于一邪？故进于门下，而因自叙其所愿与所志以献左右，伏惟赐省察焉。"可见，曾巩赴杭州拜见范仲淹，是应邀而往，范仲淹在邀请信中，表达了招收曾巩为门徒的意愿。《上范资政书》应该是曾巩在与范仲淹会面之前写就，作为进见之贽启。而《答范资政书》则写于此后一年，也即皇祐二年（1050），是对范仲淹来信的回复及其对自己关照的感激。

巩启：王寺丞至[①]，蒙赐手书及绢等。伏以阁下贤德之

盛,而所施为在于天下^②。巩虽不熟于门^③,然于阁下之事,
或可以知。

【注释】

①王寺丞:指王景纯,字仲素,淮南潜山(今属安徽)人。寺丞,宋太
　常寺、光禄寺、大理寺、司农寺等九寺各设丞一二员。与曾巩同时
　的苏轼、刘攽皆有写给王寺丞的诗。

②施为:作为。

③门:师门。

【译文】

　曾巩启白:王寺丞来我处,承蒙赏赐您亲笔写的信以及绢帛。阁下
贤明的德行丰隆盛大,所作所为都是为了天下苍生。我尽管没有拜入先
生师门,但对于阁下之事功,还是有所了解的。

　若巩之鄙,窃伏草茅,阁下于羁旅之中^①,一见而已。
令巩有所自得者^②,尚未可以致阁下之知^③。况巩学不足以
明先圣之意,识古今之变,材不足以任中人之事^④,行不足以
无愧悔于心。而流落寄寓,无田畴屋庐匹夫之业^⑤,有奉养
嫁送百事之役^⑥,非可责思虑之精,诏道德之进也。是皆无
以致阁下之知者。而拜别期年之间^⑦,相去数千里之远,不
意阁下犹记其人,而不为年辈爵德之间^⑧,有以存^⑨。此盖
阁下乐得天下之英材,异于世俗之常见,而如巩者,亦不欲
弃之,故以及此^⑩。幸甚幸甚。

【注释】

①羁旅:此指转徙贬谪。

②令：一作"今"，属形近而讹。

③致阁下之知：求得您的了解。

④中人：一般人。

⑤而流落寄寓，无田畴屋庐匹夫之业：曾巩家本居南丰，景祐三年
　　（1036）父落职，求生维艰，徙居临川，故说"寄寓"。参见曾巩
　　《上齐工部书》。曾肇《子固先生墓志》"光禄（指其父）仕不遂
　　而归，无田以实，无屋以居，公时尚少，皇皇四方，营粥之饘养。"

⑥有奉养嫁送百事之役：曾巩《学舍记》："太夫人所志（其母遗愿），
　　与夫弟婚妹嫁，四时之祠，属人（族人）外亲之问，王事之输，此予
　　之所皇皇而不足也。"

⑦期年之间：一整年的间隔。

⑧而不为年辈爵德之间：范仲淹生于端拱二年（989），长曾巩三十岁，
　　早在景祐年间已名重天下。此时曾巩三十二岁，尚未入仕。

⑨存之：问候关照自己。

⑩故以：以故，因此。

【译文】

　　就像我这样的粗鄙之人，独自埋没于茅草房中，阁下在羁旅之中，也仅仅是一面之缘。那些让我自觉得意的，还不足以让您知晓。更何况以我的学养，还不能够明晓圣人先贤的思想，了解古今变化的规律，以我的才能还不能够承担一般人所应承担的责任，行为还不足以做到问心无愧。我到处流落，寄居他乡，没有田地、居所等普通百姓所具有的产业，却有奉养父母、嫁女送终等诸般责任，还不能用思虑要精深、道德要精进之类的标准来要求我。所有这些都不值得告知阁下。分别一年的时间里，我与阁下相隔千里之远，没有想到阁下还记得我，并不在意年龄辈分、爵位的差距，特意关照我。这是因为阁下喜欢网罗天下英才，和世间一般的见识不同，像我曾巩这样的人，也不想放弃，所以才会这样。非常荣幸！非常荣幸！

夫古之人,以王公之势而下贫贱之士者,盖惟其常①。而今之布衣之交,及其穷达毫发之殊②,然相弃者有之。则士之愚且贱,无积素之义③,而为当世有大贤德、大名位君子先之以礼④,是岂不于衰薄之中,为有激于天下哉⑤? 则其感服固宜如何⑥! 仰望门下,不任区区之至⑦。

【注释】

①盖惟其常:大概是世俗常习。

②穷达:困厄发达。

③积素之义:指平素累积的情谊。

④先之以礼:即以礼为先,指范赐绢关照。

⑤是岂不于衰薄之中,为有激于天下哉:把对自己的照顾上升到是激励天下革除浇薄世情的高度。衰薄,指衰退浇薄的世情人心。

⑥感服:激动敬佩。固宜如何:意谓感激之深难以估计。

⑦区区之至:指极为想望的拳拳之心。

【译文】

古代的人,尽管位居王公,却能对贫贱之士以礼相待,是很常见的现象。而今,即便是布衣之交,一旦穷困或者发达,哪怕有毫发之间的变化,从而相互抛弃的,大有人在。在这种世风之下,士人尽管愚鲁、贫贱,没有故旧的交情,却能够被当今有大贤、大德、大名、高位的人以礼相待,这难道不能在衰薄的世风中,激发天下人改变这一状况的信心吗? 可知,众人对您的感念、钦敬,怎样形容都是合适的! 仰望您的门庭,区区之心,情不自胜。

【评点】

茅鹿门曰:颂而不谄,亢而不骄。

张孝先曰:范公之礼士,与己之感范公,而不苟以受其礼者,皆于尺幅中写出。

【译文】

茅坤评价道:赞颂但不谄媚,刚直却不骄纵。

张伯行评价道:范仲淹以礼待士,以及曾巩自己感念范公对自己的帮助,以及不随便接受范公所赐的礼物,都在这封书信中得到了充分的显现。

与王深甫书

【题解】

王深甫(亦作深父),即王回,字深甫,福州侯官(今福建福州)人。迁居颍州汝阴(今安徽合肥)。嘉祐二年(1057),与曾巩同年进士及第,为亳州卫真主簿,未一岁辞职而去。退居颍州,不仕。治平二年(1065)卒,年仅四十三。事具曾巩《王深甫文集序》和《宋史》本传。王安石早年与王回友善,将他介绍给曾巩,曾巩在庆历四年(1044)又向欧阳修揄扬。大约嘉祐三年(1058),欧阳修荐举他和曾巩入馆阁,参预校书。据《宋史》本传:"退居颍州,久之不肯仕,在廷多荐者。"似乎并未应命入史馆校书,王安石《王深父墓志铭》亦未见载。去世后,欧、王都撰有祭文,王安石又作墓志铭,曾巩为他的文集作序。王回与曾、王以及常秩和刘敞,都被欧阳修所赏识,五人以文章相尚,学问商榷,每有剀切之语,为世所闻。《东都事略·儒学传》说:"回经术粹深,王安石、曾巩与为深交,而当时之士,亦以为虽汉之儒林,不能过也。"

曾巩在这封信中有"与深甫别四年矣","去年第二妹嫁王补之者,不幸疾不起","剧寒,自重"等话语。曾巩与王回同登嘉祐二年进士第,至此已四年。曾巩为其妹妹写的墓志铭《江都县主簿王君夫人曾氏墓志》:"试校书郎、扬州江都县主簿王无咎妻曾氏,建昌南丰人,先君博士第二女也","年三十有三,嘉祐四年五月三日以疾卒"。据上引材料可以推知,曾巩此书当作于嘉祐五年(1060)年底。

　　巩再拜:与深甫别四年矣①,向往之心,固不可以书道。而比得深甫书,辄反复累纸示谕,相存之勤②,相语之深③,无不尽者。读之累日,不能释手,故亦欲委曲自叙己意以报④。而怠惰因循,经涉岁月,遂使其意欲周而反略,其好欲密而反疏,以迄于今。顾深甫所相与者⑤,诚不在于书之疏数⑥;然向往之心,非书则无以自解,而乖谬若此,不能不欲然也⑦。不审幸见察否?

【注释】

①与深甫别四年矣:曾巩与王回同是嘉祐二年(1057)进士,二人自汴京科考之后分别,至嘉祐五年(1060),曾巩写这封书信,已有四年。

②相存:相互问候。

③相语:相互谈说。

④委曲:详尽,详细。

⑤相与:指交好之人。

⑥疏数:稀少和频繁。

⑦欿(kǎn)然:不自满的样子。

【译文】

　　曾巩再拜:与您分别四年了,向往的心情,本就是不能够用书信来说尽的。每当接到您的来信,都会看到您写满信笺的告诫,勤而不辍的存问,情深似海的告语,没有不详尽透彻的。连日反复诵读,不能放下,所以我也想写信给你，详尽表达自己的心意。但是，由于自己懈怠懒惰、闲散随意，经过了很长时间，本来想周到表达的情意反倒更为简略了，本来想使我们的感情更为和睦却变得越发疏远了，就这样一直延宕至今。但是，您与人相处，本来就不在意书信往来的疏密；尽管如此，向往的心情，如果没有书信，则不能够晓畅表达，如此矛盾纠结，心中不能不满含歉意。不知能否得到您的体谅？

比得介甫书，知数到京师①，比已还亳②，即日不审动止如何？计太夫人在颍③，子直代归④，与诸令弟应举，皆在京师，各万福。巩此侍亲幸无恙。宣和日得书⑤，四弟应举⑥，今亦在京师。去年第二妹嫁王补之者⑦，不幸疾不起。以二女甥之失其所依，而补之欲继旧好，遂以娣妹归之⑧。此月初亦已成姻。巩质薄，去朋友远且久，其过失日积，而思虑日昏，其不免于小人之归者，将若之何？在官折节于奔走⑨，悉力于米盐之末务，此固任小者之常，无不自安之意。顾初至时⑩，遇在势者横逆⑪，又议法数不合，常恐不免于构陷。方其险阻艰难之时，常欲求脱去，而卒无由。今在势者已更⑫，幸自免于悔咎。而巩至此亦已二年矣⑬。

【注释】

①比得介甫书，知数到京师：王安石于嘉祐四年（1059）任职集贤院，这一年他写信给王回："近已奉状，不知到否，竟不得脱省中，而今日就职。闻足下当入都下，幸能早来，冀得一见。若足下来差池，则某此月乞去至淮南迎亲矣。出不过三四十日，则还至都下。幸足下且留，以待某还，事欲讲于左右者甚众，切勿遽去。若今不得一见，又不知何时奉见，切勿亟归也。"（王安石《与王深父

书》其二）据王安石的信可知,王回于嘉祐四年曾至汴京。

②还亳:回到亳州。王回登进士第,很快补亳州卫真县主簿,岁余自免去。

③太夫人在颍:王回将家安在了颍州,其母自然居住在颍州。

④子直:王回弟弟王向,字子直。

⑤宣和日得书:何焯《义门读书记》于此句后注曰:"疑有讹。"

⑥四弟:指曾巩排行第四的弟弟曾宰。

⑦王补之:即王无咎。曾肇《王补之文集序》:"补之始起穷约之中,未有知者,我伯氏一见异之,归以其妹。"

⑧娣妹:古代姐妹共嫁一夫,长为姒,幼为娣。《说文·女部》:"娣,女弟也。"段玉裁注:"娣,同夫之女弟也。"

⑨折节:屈己下人。

⑩初至时:指嘉祐三年(1058),曾巩赴太平州任司法参军。

⑪遇在势者横逆:在势者,指曾巩在太平州的上司、太平州知州张伯玉。据宋人吴曾《能改斋漫录》卷十:"予尝见吕居仁言,曾子固初为太平州司户,时张伯玉作守。欧阳公与荆公诸人咸荐之,伯玉殊不为礼。一日,就设厅作大排,召子固。惟宾主二人,亦不交一谈。既而召子固于书室,谓曰:'人以公为曾夫子,必无所不学也。'子固辞避而退。一日,请子固作《六经阁记》,子固屡作,终不可其意。乃谓子固曰:'吾试为之。'即令子固代书曰:'六经阁者,诸子百家皆在焉;不书,尊经也。'乃知伯玉之意,取李畋发明弼传《易》之意耳。"曾巩刚入仕途,但年龄也不小了,人称其为夫子,应在情理之中。张伯玉作为长辈,自然有些介怀,也在情理中。曾巩以"在势者"相称,以"横逆"述其状。可见曾巩之介怀,远在张伯玉之上。

⑫今在势者已更:欧阳修有诗《送宋次道学士赴太平州》,题下自注"嘉祐三年",可见,曾巩于嘉祐三年(1058)春初到太平州上任,

　　当时知州还是张伯玉,数月之后,便换成了宋敏求。宋敏求,字次
　　道。宝元二年(1039),赐进士及第。
⑬至此亦已二年:这封信写于嘉祐五年(1060),从嘉祐三年初到太
　　平州算起,至写这封信时,已二年矣。

【译文】

　　接到王安石的书信,知道您数次游历京师,料想近来已经回到亳州,
不知道您近来起居如何?想来太夫人在颍州,王向还家,与本家兄弟一
同应举,齐聚京师,各位安好。我在此地侍奉母亲,也有幸一切安好。万
物调和的日子里,接到来信,四弟参加举试,现在也在京师。去年,嫁给
王补之的二妹,不幸生病去世。两个外甥女因此失去依靠,而王补之也
想维持原来的姻亲关系,于是我便把另外一个妹妹嫁给了他。这个月初
也已经成婚了。我天生福薄,远离朋友们已经很长时间了,由于没有朋
友订正过失,所以过失越积越多,思虑也越发昏昧不明,长此以往,自己
将不免归入小人之列了,该怎么办呢?为官忙忙碌碌,屈己下人,倾全
力在繁杂琐碎的事务上,这本来是责任末小者的常态,我并没有因此不
安。只是刚到任时,正碰上当权者横暴无理,与其讨论法度,数次不称其
意,所以常常担心自己被诬陷。当身处艰难险阻的时候,常常想着脱身
而去,但最终没有脱身的理由。现在当权者已经变更了,所幸免于祸殃。
我来此地也已经有两年的时间了。

　　比承谕及介甫所作王令志文,以为扬子不过①,恐不然
也。夫学者,其心笃于仁,其视听言动由于礼②,则无常产而
有常心③,乃所履之一事耳。何则?使其心笃于仁,其视听
言动由于礼,然而无常产也,则其于亲也,生事之以礼,故啜
菽饮水之养④,与养以天下一也;死葬之以礼,故敛手足形旋
葬之葬⑤,与葬以天下一也。而况于身乎?况于妻子乎?然

其心笃于仁,其视听言动由于礼者,非尽于此也。故曰乃所履之一事耳。而孟子亦以谓无常产而有常心者,唯士为然,则为圣贤者不止于然者也。介甫又谓士诚有常心,以操群圣人之说而力行之,此孔、孟以下所以有功于世也。

【注释】

①比承谕及介甫所作王令志文,以为扬子不过:王安石《王逢原墓志铭》:"士诚有常心以操圣人之说而力行之,则道虽不明乎天下,必明于己;道虽不行于天下,必行于妻子。内有以明于己,外有以行于妻子,则其言行必不孤立于天下矣。此孔子、孟子、伯夷、柳下惠、扬雄之徒所以有功于世也。"王安石在王令墓志中,更多的是感叹王令生前不得其位,难行其志。将王令与扬雄等人相比,也只是尊亡者而已,仅从墓志中看不出曾巩所说的"以为扬子不过"。但是王安石对王令的推许,始终不吝词语。王安石曾写信给王回称赞王令的才能:"有王逢原者,卓荦可骇,自常州与之如江南,已见其有过人者。"

②其视听言动由于礼:语本《论语·颜渊》:"颜渊曰:'请问其目。'子曰:'非礼勿视,非礼勿听,非礼勿言,非礼勿动。'颜渊曰:'回虽不敏,请事斯语矣。'"

③无常产而有常心:语本《孟子·梁惠王》:"无恒产而有恒心者,惟士为能;若民,则无恒产,因无恒心。"

④啜菽饮水:吃豆类,喝清水,形容生活清苦。《荀子·天论》:"君子啜菽饮水,非愚也,是节然也。"《礼记·檀弓下》:"子路曰:'伤哉贫也! 生无以为养,死无以为礼也。'孔子曰:'啜菽饮水,尽其欢,斯之谓孝。'"后因以为贫家孝子事亲之典。

⑤敛手足:谓以衣棺收殓遗体。敛,通"殓"。《礼记·檀弓下》:"敛

手足形，还葬而无椁，称其财，斯之谓礼。"孔颖达疏："敛手足形者，亲亡但以衣棺敛其头首及足，形体不露，还速葬而无椁材，称其家之财物所有以送终。"

【译文】

曾接到您的来信，信中谈及王安石为王令所写的墓志，认为扬雄再世，也难以超过，我却不这样认为。求学之人要专注于仁，他看的、听的、说的、一举一动，都合乎礼的要求，尽管没有固定的产业，却有常存的善心，这仅仅是他一生中所做的一件事而已。为什么这么说呢？只要他的心笃定于仁爱，那么他看的、听的、说的，一举一动都合于礼的要求，尽管没有固定的产业，他对待自己的双亲，在他们活着的时候，按照礼仪的要求侍奉他们，所以，他们用粗茶淡饭侍奉双亲，与以天下奉养双亲是一样的；双亲离世后，按照礼的要求埋葬他们，所以，仅用衣棺收殓遗体并随即安葬，与以天下安葬双亲并没有什么区别。对待双亲如此，更何况对待自己？对待自己的妻子、孩子？即便如此，他的心笃定于仁爱，他看的、听的、说的、一举一动，都合乎礼的要求，并不仅仅局限于这些。所以说，这些仅仅是他所做的一件事而已。孟子说没有固定的产业，却有常存的善心，只有士人能做到，对于圣贤之人，又不仅能做到这些。王安石又说士人以常存之善心，来履行圣人的教导，这正是孔子、孟子功在千秋的原因。

夫学者苟不能其心笃于仁，其视听言动由于礼，则必不能不失其常心，此后之学者之患也。苟能其心笃于仁，其视听言动由于礼，则必不失其常心，且既已皆中于礼矣，而复操何说而力行之哉？此学者治心修身，本末先后自然之理也。所以始乎为士，而终乎为圣人也[①]。颜子三月不违仁[②]，盖谓此也。人不堪其忧而不改其乐[③]，盖乐此也。

【注释】

①所以始乎为士,而终乎为圣人也:语本《荀子·劝学》:"学恶乎始?恶乎终?曰:其数则始乎诵经,终乎读礼;其义则始乎为士,终乎为圣人,真积力久则入,学至乎没而后止也。"《近思录》卷二:"濂溪先生曰:圣希天,贤希圣,士希贤。伊尹、颜渊,大贤也。伊尹耻其君不为尧舜,一夫不得其所,若挞于市。颜渊'不迁怒,不贰过','三月不违仁'。志伊尹之所志,学颜子之所学,过则圣,及则贤,不及则亦不失于令名。"宋代理学受佛家"人皆可以成佛"的影响,提出"人皆可以成圣",并为读书人描绘了由士而贤、而圣、而天的晋身之阶。

②颜子三月不违仁:语出《论语·雍也》:"子曰:'回也,其心三月不违仁,其余则日月至焉而已矣。'"

③人不堪其忧而不改其乐:语本《论语》:"子曰:'贤哉,回也!一箪食,一瓢饮,在陋巷,人不堪其忧,回也不改其乐。贤哉,回也!'"

【译文】

如果求学之人不能够专注于仁,他看的、听的、说的、一举一动,都不能合乎礼的要求,那么就不能不失去他常存的善心,这是后来的学者所应该避免的祸患。如果能够专注于仁,他看的、听的、说的、一举一动,都合乎礼的要求,就不会失去常存之善心,既然言行都已经合乎礼的要求了,还需要用某家学说来指导他的实践行为吗?这是学者治心修身,区分本末先后合乎自然的道理。所以说,向学之人起点是做一个合格的士人,最终的目标是成为圣人。颜回三月间言行不违背仁义之道,说的就是这个道理。普通人忍受不了这种生活方式而忧愁,颜回却乐在其中,他所引以为乐的地方也在于此。

凡介甫之所言①,似不与孔子之所言者合②,故曰以为扬子不过,恐不然也。此吾徒所学之要义,以相去远,故略及之，不审以为如何？其他未及子细③。剧寒，自重，书至幸报答。不宣。巩再拜。

【注释】

①介甫之所言：指王安石在《王逢原墓志铭》中所说的"士诚有常心以操圣人之说而力行之，则道虽不明乎天下，必明乎己；道虽不行于天下，必行于妻子。内有以明乎己，外有以行乎妻子，则其言行必不孤立于天下矣"。

②似不与孔子之所言者合：在曾巩看来，只要守住仁心，做到视听言动合乎礼仪，也就具有了孟子所谓的"恒心"，具有了"恒心"，就不用像王安石所说的"操圣人之说而力行之"了。曾巩强调的是先治心、后修身的功夫，反对以圣人之道为教条的修行。曾巩认为，只要治心与修身并重，每个士人都有可能成为圣人。

③子细：即仔细。

【译文】

总之，王安石所说的话，似乎与孔子所说的不相吻合，所以他说扬子再世也不能超过，恐怕不是这样的。这正是我等问学的关键之处，因为理解相差比较远，所以大略谈到一些，不知道您以为如何？其他事情没有仔细提及。天气非常寒冷，请保重自己，您收到信以后，请回复我。不再一一细说。曾巩再拜。

【评点】

张孝先曰：中间一段，极有造道之言。盖固穷者士之节然，不以一节而遂谓已至。孔子所谓是道奚足以臧者也。

【译文】

张伯行评论道：中间一段，蕴含了道德修养的问题。大约信守道义、安于贫贱,应该是士人应该具备的节操,并且不因具备了这一品德而就认为已达到了最高的境界。正如孔子所说的道又能藏到哪里去呢。

答李沿书

【题解】

　　李沿,生平不详。范仲淹兄长范仲温之长女婿,范仲淹之侄女婿(参见范仲淹《太子中舍致仕范府君墓志铭》)。复据范仲淹所撰墓志,李沿为进士。遍查《宋登科记考》,却不见收录,故不知李沿何年登第。范仲温卒于皇祐二年(1050),则李沿登第应早于此年。范仲淹于皇祐元年(1049)移知杭州,兄弟二人于杭州短暂相聚,遂成永诀。曾巩初次拜见范仲淹,也在皇祐元年。李沿向曾巩请教,应该缘于范仲淹的介绍。这封信大约写于皇祐年间。

　　这封信触及文学中的一个常谈常新的主题,也即"文"与"道"的关系。在曾巩看来,"道"是根本,且不是教条的,每个人应该用心去领悟,然后由心而身,由身而家,由家而国,由国而天下,由近及远,层层推演。"文"只是达"道"的工具,是"不得已"的产物,为文而文,或文胜于道,都是错误的。《二程全书》:"问:'作文害道否?'曰:'害也。凡为文,不专意则不工。若专意,则志局于此,又安能与天地同其大也?古之学者惟务养情性,其他则不学。今为文者,专务章句悦人耳目。既务悦人,非俳优何为?'"曾巩与二程同时稍早,很难说是谁影响了谁。曾巩与这些宋代理学的先驱,在思想上有很多契合点,这是很明显的。后世理学家像朱熹、张伯行很重视曾巩,也正是这个缘故。

　　巩顿首李君足下:辱示书及所为文,意向甚大①。且曰"足下以文章名天下,师其职也",顾巩也何以任此!足下无乃盈其礼而不情乎②!不然,不宜若是云也。

【注释】

①意向：志向。

②无乃：莫非，恐怕是。

【译文】

曾巩拜见李先生：先生来信并寄来所写的文章，其中所蕴含的志向非常远大。并说"您凭借文章而名满天下，做老师传道授业，应该是您分内之事"，但是，我曾巩凭借什么才能，就能担负这一职责呢！您的话恐怕是过于在意礼貌，却不合情理吧！不然，不应该像这样说话。

　　足下自称有悯时病俗之心①，信如是，是足下之有志乎道，而予之所爱且畏者也。末曰"其发愤而为词章，则自谓浅俗而不明，不若其始思之锐也"②，乃欲以是质于予。夫足下之书，始所云者欲至乎道也，而所质者则辞也，无乃务其浅，忘其深，当急者反徐之欤？

【注释】

①悯时病俗：忧虑现实，批判时俗。

②"其发愤而为词章"几句：李沿向曾巩请教的问题，可以概括为文与道的关系问题，"词章"即"文"，"思"也即道，曾巩下面的回答，阐述了自己对文与道关系的理解。

【译文】

　　足下自称有悲悯现实、针砭世俗之心，如果的确像您说的这样，那么说明您有志于圣人之道，这也是我所喜欢并且敬畏的。最后却说"一旦在词章之学上发愤努力，则自我感觉浅近庸俗且不明晰，反倒不如一开始时想法更具锋芒"，并以此来询问我。您的信，开始说您想达到圣人所说的大道境界，但向我提出的问题却是关乎文辞的，这难道不是着力于浅近之处,而忘却了深刻的部分,应该急于解决的问题,反倒不着急解决了吗?

　　夫道之大归非他,欲其得诸心,充诸身,扩而被之国家天下而已^①,非汲汲乎辞也。其所以不已乎辞者,非得已也。孟子曰:"予岂好辩哉? 予不得已也^②。"此其所以为孟子也。今足下其自谓已得诸心、充诸身欤? 扩而被之国家天下而有不得已欤? 不然,何遽急于辞也? 孔子曰:"古之学者为己,今之学者为人^③。"足下其得无己病乎? 虽然,足下之有志乎道,而予之所爱且畏者不疑也。姑思其本而勉充之,则予将后足下,其奚师之敢? 不宣。巩再拜。

【注释】

①"夫道之大归非他"几句:这几句本于《礼记·大学》中的"古之欲明明德于天下者,先治其国;欲治其国者,先齐其家;欲齐其家者,先修其身;欲修其身者,先正其心;欲正其心者,先诚其意;欲诚其意者,先致其知,致知在格物"。大归,大旨。

②予岂好辩哉? 予不得已也:语出《孟子·滕文公下》。

③古之学者为己,今之学者为人:语出《论语·宪问》。

【译文】

　　能够获取圣人之道,没有其他的方法,必须先用心求得,然后身体力行,推而广之,影响到国家、天下罢了,并非汲汲用力于文辞之学。之所以讲究文辞,是不得已罢了。孟子说:"我难道喜欢争辩吗? 我是不得已而为之。"这正是孟子所面临的儒家特定的困境所导致的。现在足下能够自称用心求道,身体力行了吗? 能够说推而广之,影响到国家、天下,也有孟子所谓不得已的困境吗? 如果不是那样,又何必立即着力于文辞呢？孔子曾说："古代的人求学，是为了完善自身的修养，现在的人求学，是为了向别人炫耀自己。"您是不是也犯了失去自我的毛病了？尽管如此，您有志于圣人之道，这也是我喜欢并敬畏的。姑且在根本上下功夫，并努力进取，那么您肯定能够超越我，到那时，我又怎敢做您的老师呢？不再一一细说。曾巩再拜。

【评点】

张孝先曰：古之君子道足乎己，不得已而发为文。后之学者，道未至而欲为文以自见，故其文皆得已而不已。夫得已而不已者，为人之心胜，而非切于为己者也。士之蹈此病者多矣，读曾公此书能无赧乎？

【译文】

张伯行评论道：古代的君子注重自己道德的修养，万不得已才用文字表达自己。后世的学者则不然，自身道德修养还不完善，就急于用文章装点自己，因此这类文章常常该适可而止的，却无休无止。该了结的却纠缠不休，是为了在他人面前炫耀自己，并非是为了自己道德修养的完善。士人中有这类毛病的人很多，读了曾巩这篇文章，能不感到羞愧吗？

谢章学士书

【题解】

章学士，即章岷，字伯镇，祖籍福建。自天圣五年（1027）进士及第，章岷为官凡四十余年，除在京师任职外，更多的是辗转各地任职。先后担任婺州、衢州、宣州、越州、福州、海州等六州郡守。章岷卒于熙宁四年（1071）。章岷有"兄弟三人"，"皆以官学显列"。其中一个弟弟是章伯瞻,另外一个却不知是谁。在曾巩文集中,我们发现一个名字为章伯益的人,与曾巩文字往还至为密切。比如曾巩《谢章伯益惠砚》《和章友直城东春日》等。王安石写有一篇墓志铭《建安章君墓志铭》,章君即章伯益,也即章友直。通过王安石撰写的这篇墓志铭,我们了解到,章岷和章伯益两人有一个共同的族人章得象,在仁宗朝官至宰臣。加之章岷字伯镇,伯镇、伯瞻、伯益,据三人字号推测,"兄弟三人"所缺的第三人或为章伯益。章伯益同为曾巩与王安石的好友,曾巩能够得到章岷的赏识,或许正是章伯益居间推介。

　　巩启:巩不佞[1],以身得察于下执事[2],明公过恩[3],召而见之,所以矜嗟奖宠、开慰拊循之者甚备[4],虽至亲笃友之爱不隆于此已。又收其弟兄之不肖,不谋宾客,任而举之。明公之所以畜幸巩者[5],可谓厚矣。巩窃自惟,求所以堪明公之意者,未知所出也。

【注释】

①不佞:谦辞,犹言不才。

②下执事:指长官的下级官员。执事,有职守之人,官员。《尚书·盘庚》:"呜呼! 邦伯师长百执事之人,尚有隐哉。"孔颖达疏:"其百执事谓大夫以下,诸有职事之官皆是也。"

③明公:旧时对有名位者的尊称。

④拊循:亦作"拊巡"。安抚,抚慰。

⑤畜幸:谓宠幸重用。

【译文】

曾巩启白:曾巩不才,被地方官员察举,明公恩重如山,召见了我,并对我多加赞叹、奖掖、宠爱,同时还对我备加开导劝慰,即便是最亲近的人和最诚挚的朋友也不会超过这样的礼遇。又接纳我几个没有什么才能的兄弟，不同门下宾客商量，举荐了他们。明公对我的宠幸与爱重，可以说太厚重了。我私下想怎样才能对得起明公的深情厚意，却又不知道从何做起。

巩愚无知，不适于世用①，不能用身于世俗之外，力耕于大山长谷之中，以共饘粥之养、鱼菽之祭②。以其余日，考先王之遗文，窃六艺之微旨，以求其志意之所存，而足其自乐于己者。顾反去士君子之林，而夷于皂隶之间，舍自肆之安③，而践乎迫制之地④，欲比于古之为贫而仕者，可谓妄矣⑤。固有志者之所叹嗟，天下之所贱，而至亲笃友之所弃而违之也。复安敢自通于大人之门，望知于侍御者之侧乎⑥？

【注释】

①世用：为世所用。

②饘粥：稠粥。鱼菽之祭：以鱼、豆为祭品的祭事。鱼、豆是常用食品，表明祭品的菲薄。

③自肆：放纵任意。

④迫制：强迫。

⑤欲比于古之为贫而仕者，可谓妄矣：《孟子·万章下》："孟子曰：'仕非为贫也，而有时乎为贫；娶妻非为养也，而有时乎为养。为贫者，辞尊居卑，辞富居贫。辞尊居卑，辞富居贫，恶乎宜乎？抱关击柝。孔子尝为委吏矣，曰："会计当而已矣。"尝为乘田矣，曰："牛羊茁壮长而已矣。"位卑而言高，罪也；立乎人之本朝，而道不行，耻也。'"孟子这段话，是讲人不能为贫而仕，应该为道而仕。如果的确因为生活贫困而去做官，也不要做大官。因为立身

于朝廷之上的大官,如果不将弘道视为使命,那应该是一件耻辱的事情。曾巩在这里自嘲自己想求得一个糊口的小官,也没有机会。
⑥复安敢自通于大人之门,望知于侍御者之侧乎:大人与侍御者均指章岷。

【译文】

我愚昧无知,既不适合社会之用,又不能超越于世俗之外,在大山深谷之中耕作,以求获取简单的食物养活自己,并用菲薄的祭品祭祀祖先。闲暇之时,考究先王遗传下来的典册,学习六经的微言大义,去寻求他们蕴含其中的志向,探讨他们自得其乐的原因。因而,远离了士人、君子的群体,而与普通下层人为伍,舍弃自我放纵的安逸生活,而去强迫自己,想自比于古时因为想摆脱贫困而入仕的人,真是太狂妄了。这本来就是有志向的人所叹息不已、天下人所轻视的,而且是和亲人挚友的想法相违背,并为他们所抛弃的。怎么能够再私自向您表白心意,并请求您的理解呢?

明公怀使者之印,为福于东南①。以地计其广狭,则数十百城之人,待明公之畜养;以材计其多寡,则文武之士以百千数,待明公之推察。而收拊之,任而举之者,乃独在于巩与巩之少弟②。此巩之所以自惟求堪明公之意者,而未知所出也。

【注释】

①明公怀使者之印,为福于东南:据出土章岷墓志,"怀使者之印",应当指章岷作为北宋使者,出使契丹一事。能够代表朝廷出使异邦,对于一个人来说,应该是一生的荣耀,所以文中特地表出。只是根据整篇书信,可以推知,这封信应该写于曾巩还没有进士及

第,并进入仕途。章岷出使契丹在治平元年(1064),而曾巩考中进士、进入仕途,则是在嘉祐二年(1057)以后。这句话是否经过后人改写,是值得商榷的。章岷为官四十余载,辗转知守六州,有婺州、衢州、宣州、越州、福州、海州等,这六个州郡均在东南。如果这封信写于庆历之后,嘉祐之前,也即皇祐、至和之间,则章岷应该在婺州或者衢州任上。

②"而收拊之"几句:少弟,指曾巩弟弟曾牟、曾布。宋代科举考试须经解试、省试、殿试三个步骤。解试,是由诸州、开封府、国子监将合格举人贡入礼部的一种考试。地方州府所举行的解试,一般都于秋季举行。州试时,由诸州判官主持报考进士的士子的考试,由录事参军主持其余各科的考试。如果考官不懂经义,可选次一级的官员充任,但要经判官监考。试卷上要加盖"长官"之印,考官和监考官还要在试卷后面签名。曾巩这里所说的"推察""任而举之",当是指州郡之解试。时间当在嘉祐元年(1056)秋,嘉祐二年(1057)春,曾巩率弟弟曾牟、曾布,至京师参加省试,三人一举全中。

【译文】

明公怀揣朝廷使者的玺印,造福于东南一方。如果按照地域的广狭来计算,那么数十、数百个城池的百姓,要等待明公去抚养;如果按照人才数量的多少来计算,那么数以百计、数以千计的修文习武之人,要等待明公的考察、推荐。但是,得到收纳、抚慰,被信任举荐的,却只有我和我的弟弟。这正是我想怎样才能对得起明公的深情厚谊,却又不知道从何做起的原因。

抑巩闻之,广听博观,不遗污贱厄辱之士者,此所以无弃士也;兼收并采,不遗偏材一曲之人者,所以无弃材也①。故明公之意傥在于此,而古之士出污贱厄辱之中,能成功名以报知己者，亦不可胜数。彼皆豪杰之人，故有以自致也。若巩之鄙，则安敢望此乎？故忧不能堪明公之意，误左右之知者，此巩之所大惧也。竭固陋之分，庶几不愧于偏材一曲之人者，此巩之所可至也。敢献其情而以为进谢之资，惟明公之垂察焉。

【注释】

①"抑巩闻之"几句：大意本于唐太宗《审官篇》："良匠无弃材，明君无弃士。不以一恶忘其善，勿以小瑕掩其功，割政分机，尽其所有。"唐太宗是曾巩至为崇敬的君主，太宗的言行，曾巩应该非常熟悉。

【译文】

然而，我听说，广博地探听和寻找，不遗漏一个地位卑微、受尽困厄与屈辱的士人，这就真正做到没有遗弃的士人了；兼收并蓄，不遗漏哪怕仅有某一方面才能的人，这样才能真正做到没有遗弃人才。所以，如果明公的用意在于此，那么像古时地位卑微、受尽困厄与屈辱的士人，能够成就功名来报答知遇之恩的，也就不可胜数了。那些都是豪杰之士，所以他们都能够做到。像我这样的粗鄙之人，怎么敢期望如此呢？所以担心不能够报答明公的知遇之恩，愧对周围赏识我的人，这是我最害怕的。竭尽自己鄙陋的天分，也许不惭愧做一个有偏才的士人，这一点我可以做到。贸然将我的感激之情进呈给您，惟愿明公明察。

【评点】

张孝先曰：虽无精深议论，而所以叙受知之情者，可谓委曲而真挚矣。

【译文】

张伯行评论道：这封信尽管没有精深的议论，但是曾巩在表达自己受知于章学士的感激之情，可称得上委婉含蓄、深沉真挚了。

答袁陟书

【题解】

袁陟，字世弼，豫章（今江西南昌）人。嘉祐间，终秘书丞。为人淡泊自守，与曾巩、王安石皆为好友。曾巩在这封信中说："非足下爱我之深，处我之重，不至于此。虽亲戚之于我，未有过此者。"如此看来，并非虚语。这封信写于至和二年（1055），曾巩在科举之路上已经连续两次受挫。尽管王安石早已在庆历二年（1042）进士及第，但是，此时王安石的仕途并不如意。这一年，中书省授职王安石集贤殿校理，敕牒四下，王安石则四次上状辞免。王安石之所以坚辞，是因为馆职属清要之职，俸禄不高。而此时的王安石亡父未葬，二妹当嫁，家贫口众，难住京师，王安石正在谋求外任。如果担任馆职，"正以旧制入馆则当供职一年，臣方甚贫，势不可处"（王安石《辞集贤校理状》）。尽管王安石辞任的理由说得很明白，但在很多人看来，是王安石太过矫情。正是基于这一背景，袁陟给曾巩写信，谈论这件事情。袁陟是一个很淡泊的人，在给曾巩的信中提出"不仕未为非得计者"的观点。曾巩此时尽管还没有进入仕途，但显然不同意袁陟的看法。

巩顿首世弼足下：辱书说介甫事①，或有以为矫者②，而叹自信独立之难③，因以教巩，以谓不仕未为非得计者。非足下爱我之深，处我之重，不至于此。虽亲戚之于我，未有过此者。然介甫者，彼其心固有所自得，世以为矫不矫，彼必不顾之，不足论也。

【注释】

①介甫事：指王安石坚辞集贤殿校理之事。

②矫：矫情。

③自信独立：指王安石自信独立。馆阁之职，对于一般文人来讲，是
　　求之不得的清要之职，而王安石四番辞任，在常人看来，的确是不
　　可理解的。

【译文】

　　曾巩向世弼足下叩首致意：来信说到王安石的事情，提到有人认为
他有些矫饰，并且感叹能够做一个自信、独立的人太难了，也因此教导
我，认为不出来做官并非策略不得当。如果不是您爱惜我、看重我，不会
说这些话。即便是至亲的人，对待我也不过如此了。然而，王安石这个
人，他心中肯定有自己的主见，世人认为他矫饰与否，他也肯定不放在心
上，不值得去谈论这件事。

　　至于仕进之说，则以巩所考于书，常谓古之仕者，皆道
德明备，己有余力，而可以治人，非苟以治人而不足于己①。
故子使漆雕开仕，对曰："吾斯之未能信。"子说②。然世不
讲此久矣。故当孔子之时，独颜子者未尝仕，而孔子称之曰
"好学"③。其余弟子见于书者，独开之言如此。若巩之愚，
固己不足者，方自勉于学，岂可以言仕不仕邪？就使异日有
可仕之道，而仕不仕固自有时。古之君子，法度备于身，而
有仕不仕者是也，岂为呶呶者邪④？

【注释】

①"常谓古之仕者"几句：《论语·雍也》："子贡曰：'如有博施于民
　　而能济众，何如？可谓仁乎？'子曰：'何事于仁，必也圣乎！尧舜

其犹病诸！夫仁者，己欲立而立人，己欲达而达人。能近取譬，可谓仁之方也已。'"曾巩之意本于此。

②"故子使漆雕开仕"几句：《论语·公冶长》："子使漆雕开仕。对曰：'吾斯之未能信。'子说。"漆雕开，漆雕为姓，开为名，孔子的弟子。漆雕开不愿出来做官，是因为其谦逊礼让，所以孔子对漆雕开不仕的态度感到很满意。

③独颜子者未尝仕，而孔子称之曰"好学"：《论语·雍也》："哀公问：'弟子孰为好学？'孔子对曰：'有颜回者好学，不迁怒，不贰过。不幸短命死矣，今也则亡，未闻好学者也。'"

④呶呶（náo）：多言，喋喋不休。

【译文】

至于说到入仕做官的话题，根据我从文献中看到的，古人常说进入仕途的人，都通晓大道，德行完备，自己行有余力，才管理别人，并非只是管治别人，而自己却不能达到。所以孔子让漆雕开出来做官，漆雕开回答说："我对做官还没有足够的信心。"孔子听了非常高兴。但是，世人不这样认为，已经很久了。所以，在孔子那个时代，只有颜回不曾出来做官，孔子称赞他为"好学"。文献中记载的其他弟子，也只有漆雕开说过这样的话。像我这样愚鲁，自己本来就有很多不足之处，正需要勉力于学问，怎能谈论出仕与否呢？即便以后有出来做官的机会，出仕与否也自有命定。古代的君子，立身皆有原则，有出来做官的人，也有不出来做官的人，这难道还需要喋喋不休地谈论吗？

然巩不敢便自许不应举者，巩贫不得已也。亦不敢与古之所谓为贫者比①，何则？彼固所谓道德明备而不遇于世者②，非若巩之鄙，遽舍其学而欲谋食也。此其心愧于古人。然巩之家苟能自足，便可以处而一意于学。巩非好进而不知止者，此其心固无愧于古人。辱足下爱之深，处之重，不敢不报答。所示诗序,又答杨生书,甚善甚善。不宣。巩顿首。

【注释】

①为贫者:安贫乐道者。颜回、漆雕开之类的人。曾巩在此处尽管说自己,却是在支持王安石的做法。从周敦颐开始,宋代理学一直在探讨颜回的"陋巷之乐",所乐为何,并借此圣化了颜回。曾巩和王安石却能从常人的角度出发,不避俗鄙,主张先满足起码的物质需求,才能言学、论道。这的确需要强大的自信心与独立精神。

②不遇于世:生不逢时者。

【译文】

然而,我不敢随意自夸以后不参加举试,我家庭贫困,身不由己。我也不敢与古时安贫乐道的人相比,为什么呢?他们当然是道德完善而又生不逢时的人,不像我这样鄙陋,放弃学业而去谋生。这是我愧对古人的地方。但是,我的家庭如果能够自给自足,我就能够绝意于仕途,专心于学问。我并不是只是喜欢进身而不知道适可而止的人,这是我无愧于古人的地方。烦劳您对我那么爱惜、看重,不敢不答复您。您给我看的诗序,以及回复杨生的书信,写得非常好。不再一一细说。曾巩叩首。

【评点】

张孝先曰:说仕学处有见到之论。末自明其欲一意于学,亦是真实心地。子固之好学而累于贫,然终不以贫故而遂废学,其所守有过人者矣。

【译文】

张伯行评论道:这封信在论述为官与向学的选择时有独到的见解。曾巩在书信的结尾表达自己在条件允许的前提下,会专心于学问,这也是真心实意的。曾巩好学但是被贫困所拖累，但最终并没有因为贫困放弃学问，可见他的操守有过人之处。

谢曹秀才书

【题解】

这封信写于治平三年（1066）九月间，此时，曾巩参与国子监进士考试，为封弥官。封弥官，科举时代，为防止考试舞弊，将试卷中的姓名、籍贯等用纸糊封，编号并加钤印，称为"封弥"。曾巩因封弥试卷，得以看到曹秀才、方造、孟起三人的试卷，曾巩读完三人的文章，认为三人应该高第入选，并无法掩饰心中的喜爱，将这一看法告诉了三人。放榜以后，却不见三人姓名。曾巩写这封信，一方面表达心中的遗憾，另一方面，婉拒了曹秀才拜师的请求。当年，曾巩下第，欧阳修直接谴责考官埋没人才，为曾巩鸣不平，并欣然接纳曾巩拜师的请求。充分显示了欧阳修将变革北宋文风视为自己使命的领袖风范。由于个人性格使然，曾巩面对像当年的自己一样被埋没的晚辈，只是反复感叹"世之好恶不同"，反复追问"巩之许与，岂果为妄哉"？很无力，也很无奈。

巩顿首曹君茂才足下[①]：嗟乎！世之好恶不同也。始足下试于有司，巩为封弥官，得足下与方造、孟起之辞而读之[②]，以谓宜在高选。及来取号[③]，而三人者皆无姓名，于是怃然自悔许与之妄。既而推之，特世之好恶不同耳。巩之许与，岂果为妄哉？

【注释】

①茂才：即"秀才"。东汉时，为了避讳光武帝刘秀的名字，将"秀

才"改为"茂才",后来有时也称"秀才"为"茂才"。

②足下与方造、孟起:曹秀才、方造、孟起三人,不知其生平资料,也
　不知与曾巩有何种关系。

③取号:试卷经封弥之后,看不到是谁的试卷,为了方便标识,在每
　份试卷上规定一个号。放榜后,考生再将封弥试卷的号,与自己
　的姓名联系起来。

【译文】

　　曾巩叩首致意曹秀才足下:唉!世人的好恶不同啊!您一开始参加国子监组织的进士考试,我是封弥官,看到您与方造、孟起的文章,觉得你们应该高中。等到后来取考中者的号码,才发现你们三人的名字都没有出现在名单上,于是怅然后悔过于相信自己的判断了。其后不久,再去推想这件事,这只不过体现了世人不同的好恶罢了。我对你们的推许,难道果真是虚妄的吗?

　　今得足下之书,不以解名失得置于心①,而汲汲以相从讲学为事②,其博观于书而见于文字者,又过于巩向时之所与甚盛。足下家居无事,可以优游以进其业,自力而不已③,则其进孰能御哉?世之好恶之不同,足下固已能不置于心。顾巩适自被召④,不得与足下久相从学,此情之所惓惓也。用此为谢。不宣。

【注释】

①解名:解额,即给解状一定的名额。

②讲学:研习、探讨。

③自力:尽自己最大的力量。

④巩适自被召:指曾巩由太平州任上,被征召进入京师,成为集贤殿

校理。

【译文】

现在收到您的信，看到您不把是否获得解额放在心上，反倒非常急切地计划和我一起讲论学问，您读书广博，并通过所写的文章反映出来，这又远超过我原来对您的推许。您平时在家中没有什么事情，可以非常从容地提高自己的学业，自我勉励而不止步，那么，您在学问上的进境谁又能阻止得了呢？世人的好恶各不相同，您已经不把它放在心上了。只是我正好被征召，就不能与您长时间相互谈论学问了，这是我所心有不舍的。写这封信作为辞谢吧。不再一一细说了。

【评点】

张孝先曰：一段怜才之心，欲接引后进处，宛然可掬。

【译文】

张伯行评论道：信中表达了一片怜惜人才的心情，其中对后进的帮助之处，生动可感。

谢吴秀才书

【题解】

吴秀才，即吴孝宗，字子经，抚州（今属江西）人。熙宁间进士及第。深得欧阳修赏识，与王安石立异，以主簿而终。欧阳修曾写过《送吴生南归》："自我得曾子，于兹二十年。今又得吴生，既得喜且叹。古士不并出，百年犹比肩。区区彼江西，其产多材贤。"诗中提到了曾巩，是因为曾巩与吴孝宗皆江西人。

嘉祐五年（1060），这一年大半年，曾巩是在太平州任上。同年十一月，欧阳修被任命为枢密副使。随后，举荐曾巩、王回等三人入馆阁，任校理。也即曾巩自太平州赴京师,当在这一年十一月之后。曾巩有一首诗《送吴秀才》,其中有诗句:"一年过腊已十日,余日到春能有几。春来远近不可问,冷碧先归在流水。梅花向今独已繁,玉艳都占春风间。草萌出土亦过寸,众芳次第挂清寒。"这首诗是写给吴孝宗的,据诗句可推知,曾巩送吴孝宗南归,时间应该在嘉祐五年十二月十日,曾巩此时已在馆职任上。诗中以"故人"相称,可知两人此前已有交往。分析曾巩这封写给吴孝宗的信《谢吴秀才书》,两人显然是第一次交往,有很多客套的成分在其中。至于写信的时间、地点,因为有"大热之酷""畏途之阻"等字眼,大约应该写于嘉祐四年(1059)七八月间,曾巩于其时还在太平州任上。吴孝宗赴京师参加科考,顺便至太平州拜访曾巩,并呈上自己平时的作品,曾巩也只是客气一番,并未太在意。经过欧阳修在《送吴生南归》中一番奖掖,加之欧阳修在信中,将吴孝宗与曾巩等而视之,曾巩对吴孝宗才更加重视。

　　巩启:承足下不以大热之酷为可畏,畏途之阻为可惮,徒步之劳为可病,候问之勤为可讳,三及吾门,见投以书及所业五编①。发而观之,足下之学多矣,见于文辞者亦多矣。其说往往有非乡间新学所能至者②,使能充其言,其得岂少哉?况其进之未已耶。顾不自足,忘前之患,而有求于鄙暗③,推足下此志,其进岂可量哉?仆之所可告于足下者,无易于自勉也。薄遽④。不宣。

【注释】

①五编:《宋史》卷二百八《艺文七》著录《吴孝宗集》二十卷。见于文献记载的单篇有:《法语》《先志》《巷议》等。至今皆已失传。

②"足下之学多矣"几句:吴孝宗与王安石也关系密切。王安石在

《答吴孝宗书》中写道:"若子经欲以文辞高世,则世之名能文辞者,已无过矣。若欲以明道,则离圣人之经,皆不足以有明也。"子经即吴孝宗的字。在曾巩的信中,曾巩称赞吴孝宗的学、文辞、说,独不言道,可见曾巩并不认为吴孝宗属文立说本于圣人之道,也即立说但求其新,不求其醇。这与曾巩的文风是一致的。王安石所说的"欲以明道,则离圣人之经,皆不足以有明也",也是指的这个意思。

③鄙暗:鄙陋昏昧。

④薄遽:急迫。

【译文】

曾巩启白:承蒙您不惧天气酷热,不怕路途险阻,不怨步行劳苦,不避殷勤之嫌,多次到访我家,我已收到您送来的书信及所写的五编文章。打开仔细阅读,发现您的学问太广博了,体现在文章中也很渊博。很多观点常常不是乡野陋儒及新进后学所能提出的,如果再能丰富这些观点,那么您的收获怎会小呢?何况您的进学并没有停止。所以,不自我满足,忘掉以前的顾虑,不耻于向鄙陋昏昧之人请教,推想您的志向,进境是不可限量的。我所能告诉您的,也不过是需要不断自我勉励。匆匆数语。不再一一细说。

【评点】

张孝先曰:似匆匆应酬语,而奖勉之意溢于言外,是先辈典型。

【译文】

张伯行评论道:这封信好像是一挥而就的应酬文字,但是其中奖慰劝勉的意思是很明显的,属于先辈鼓励后进的典型做法。

与王向书

【题解】

　　王向,字子直,王回之弟,福建侯官(今福建闽侯)人。嘉祐二年(1057)进士及第,曾任新蔡县主簿。曾巩《再与欧阳舍人书》:"近复有王回者、王向者,父平为御史,居京师。安石于京师得而友之,称之曰'有道君子也',以书来言者三四,犹恨巩之不即见之也,则寓其文以来。巩与安石友,相信甚至,自谓无愧负于古之人。览二子之文,而思安石之所称,于是知二子者,必魁闳绝特之人。"欧阳修的回信《与曾舍人》题下自注:"巩字子固。庆历六年。"曾巩的《再与欧阳舍人书》也应该写于庆历六年(1046)。可知,曾巩于庆历六年在王安石的引荐下,读到了王回、王向兄弟文章,但是并不曾谋面。据曾巩《再与欧阳舍人书》,王安石与王回、王向兄弟定交于京师,王安石于庆历六年由扬州至京师,任大理评事,三人应该结交于这一年。曾巩在给欧阳修的信中表示,对于王氏兄弟,"犹恨巩之不即见之也",《与王向书》写道:"及至南丰,又得黄曦,复爱其文。而吾子亦来,以文见贶,实可叹爱。"曾巩自庆历以来长期居于临川,庆历七年(1047),曾父去世后,停灵于临川,并于皇祐元年(1049)葬于南丰。曾巩此番回到南丰,除安葬父亲外,还结识了吕南公、黄曦、王向三人。可知,曾巩与王向相见,大约应在皇祐元年,地点在江西南丰。这封信也应该写于皇祐元年。

　　巩启:比得吕南公①,爱其文。南公数称吾子,然恨未相见。及至南丰,又得黄曦②,复爱其文。而吾子亦来,以文见贶③,实可叹爱。吾子与吕南公、黄曦皆秀出吾乡④,一时之俊,私心喜慰,何可胜言?惟强于自立,使可爱者非特文词而已。此鄙劣所望于三君子也。道中匆匆奉启。不宣。

【注释】

①吕南公：字次儒，号灌园，建昌军南城（今属江西）人。曾参加科举考试，不中，遂退居灌园著书。有《灌园集》三十卷，明代亡佚。清乾隆年间修四库，馆臣从《永乐大典》中辑佚，并重新编排，即我们现在看到的二十卷本《灌园集》。

②黄曦：字耀卿，南城（今属江西）人。文章典丽，为曾巩赞赏。

③贶（kuàng）：赐，赠。

④吾子与吕南公、黄曦皆秀出吾乡：吕南公、黄曦皆出于南丰，而王向籍贯福建侯官，居家颍州。不知曾巩为何以乡贤视之。

【译文】

曾巩启白：刚识得吕南公，我非常喜欢他的文章。南公多次称赞您，但只恨没有机缘相见。等来到南丰，又结识了黄曦，我也非常喜欢他的文章。您也来到南丰，并赠与我您写的文章，文章写得实在太让人赞叹和喜爱了。您与吕南公、黄曦都是我们南丰的优秀代表、一时的俊杰，看到你们，我私底下感到非常欣喜和宽慰，这种感觉怎能用语言传达得出来？只希望你们努力依靠自己的力量有所建树，使自己身上让人觉得喜爱的东西不只是文词罢了。这是我对你们三个人的良好愿望。在旅途中匆匆写下回信。不再一一细说。

【评点】

张孝先曰：于文词外更有进步功夫，方是豪杰有志向者之所为也。"强于自立"四字，学者宜敬佩之。

【译文】

张伯行评论道：在文章词采之外，还有更大价值的努力方向，这才是豪杰之士应该确立的志向。信中"强于自立"这四个字，尤其让后来学者钦敬感佩。

回傅权书

【题解】

这封信很简短，张伯行之所以选录此信，缘于他特别认同傅权对曾巩的评价：能自守，不苟合。从信中也可以看出，曾巩似乎也很在意这一评价。这简单的几个字，古今学者又有几人能够做得到呢？张伯行以选文行教化，他试图借这篇短信，告诫后世学者：要自守、自强、自立。

傅权，一作傅拳，字次道，一作济道，号东岩先生、东岩山人。建昌军南城（今属江西）人。熙宁三年（1070）进士及第，熙宁五年（1072）授漳州漳浦县尉，熙宁八年（1075）秩满移建州观察推官。吕南公是曾巩、傅权共同的朋友。吕南公有《复傅济道书》，信中说傅权："济道未三十而得官在仕途，以材敏见知于上之人，地虽单平而势亦利进。"则傅权熙宁五年（1072）尚不足三十岁，也即生于庆历初年。曾巩年长其二十余岁，二人可算忘年之交。傅权在漳浦县尉任满以后，升任建州观察推官，他整理了自己在公暇创作的诗文，寄给好友。曾巩收到傅权的古律诗、杂文后，称赞这些作品"指意所出，义甚高，文辞甚美"。吕南公收到的古律体杂诗中有一首《白云村》，吕南公认为此篇"殊有作者之气"。曾巩在回信中还希望傅权能够"沿牒至此一相见"，沿牒，指官员随着调迁的公函赴任新的州郡。熙宁八年（1075），曾巩在襄州知州任上，襄州即今之襄阳，旧属楚地，已远离中原，曾巩在《襄阳回相州韩侍中状》中称自己"僻守陋邦"，在这封信中也说自己处在"荒隅之中，孤拙寡偶"，正因如此，曾巩特别期盼傅权能够到襄州与自己一叙。如果看一下地图，就会发现，这个要求是不切实际的，因为从漳州漳浦到福建福州，距离并不遥远，如果再取道襄阳，就绕了一个大弯了。这样一个不合情理的要求，恰恰反映了曾巩对朋友的思念和期盼。

元符元年（1098），曾巩去世十五年，建昌军知军缙云管公在孔子庙一侧修建四贤堂，第二年，傅权撰写《四贤堂记》，四贤，即李泰伯、曾子固、王补之、邓圣求，皆建昌乡贤。傅权在记文中勉励乡邦后学：四贤之所以能够取得不同寻常的成就，不在于他们的天赋异禀，而在于他们勤学不息。傅权还以答客问的方式提出问题："四君子之所以为贤，我则闻之矣。而穷达出处之不齐，何耶？"他回答道："夫穷达有命，善学者不以与焉。至于出入朝廷，居官行己，见于史笔与文章之留于世者，后之读其书、考其世、论其人，当有知之者矣，亦必有所论。"穷与达在乎天，学与不学则在于己，这不正是曾巩、傅权一致认同的自守、自立、自强吗？

巩启：辱惠书及古律诗、杂文，指意所出，义甚高，文辞甚美。以巩有乡人之好[①]，又于闻道有一日之先[②]，使获承重贶[③]，幸甚。

【注释】

①乡人之好：指识见浅陋之人的喜好。语本《论语·子路》："子贡问曰：'乡人皆好之，何如？'子曰：'未可也。''乡人皆恶之，何如？'子曰：'未可也。不如乡人之善者好之，其不善者恶之。'"

②闻道：学习知识，懂得道理。

③重贶：厚重的赏赐。指傅权寄来的信及所写的诗文。

【译文】

曾巩启白：承蒙您写来书信并寄来古律诗、杂文，其中所表达的旨意，陈义高远，文辞也很优美。因为我有些浅陋的识见，加之我闻道时间稍早于您，而得到您的厚重的馈赠，倍感幸运。

足下论古今学者自守者少[①]，苟合者多[②]，则固然矣。因以谓如鄙劣者[③]，能知所守，则岂敢当？抑足下欲勉之至此，则岂敢怠？足下之材，可谓特出，自强不已[④]，则道德之

归,其孰可御? 恨不相从,不能一一具道。能沿牒至此一相
见否⑤? 荒隅之中,孤拙寡偶,钦企钦企。春暄,余保爱保
爱。不宣。

【注释】

①自守:自我坚定保持操守。

②苟合:符合,迎合。

③鄙劣者:鄙陋顽劣之人,这里是曾巩对自己的谦称。

④自强不已:即自强不息,谓自己努力向上,永不停息。

⑤沿牒:指官员随选补之公函而调迁。

【译文】

您提到古往今来,学者能够坚守本性的人少,而逢迎附和的人却有
很多,这本来就是如此。至于您说到像我这样的鄙陋顽劣之人,却在自
守者之列,我怎敢接受呢? 或者是您想勉励我,那么我又怎敢懈怠呢?
您的才能,可称得上杰出,再加上您不停地砥砺自己,那么达到道德完善
的境界,其间又有什么能阻挡您呢? 只恨不能和您一起求学问道,仔细
切磋。能否在调迁时顺便到我这里见一面? 荒野偏僻之地,孤僻迂拙却
没有挚友相伴,仰望之至。春阳暄暖,保重自珍。不再细说。

【评点】

张孝先曰:子固可谓有守之士,此君知之,亦不为凡近
之见者。答之词甚婉,而相勖以自强,言虽不烦,意已切至。

【译文】

张伯行评论道:曾巩可以称得上是一个有操守的士人,傅权很明白这
一点,有这样的见识,足以说明傅权也不是一个目光平庸的人。曾巩在这
封回信中,也用语含蓄,并以"自强"相勉励,尽管语言不多,却情真意切。

全本全注全译丛书

中华经典名著

吕明涛　诸雨辰　韩　莉◎译注

唐宋八大家文钞 下

中华书局

目录

下册

卷之十四

曾文定公文

《战国策》目录序

【题解】

在欧阳修举荐下，曾巩自嘉祐五年（1060）离开太平州，赴汴京任馆阁校勘，至熙宁二年（1069）出京，通判越州。十年间居京师，校勘、整理了大量的书籍。《战国策》流传到北宋时，已经残缺不全，在曾巩之前，北宋许多学者，如刘敞、王觉、苏颂、苏轼、钱藻、孙固、孙觉、孙朴、李格非等人，均对《战国策》进行了整理校勘，但都不全面彻底。曾巩将刘向所整理的原书和高诱注本合在一起，又综合以上诸家的校勘成果，总共花了两年时间，前后三次，对《战国策》残缺的篇目进行勾稽，并仔细校订文字，从而使《战国策》以定本形式完整保留下来。《战国策》经曾巩的再整理，才得以继续流传下来，我们今天可以看到的《战国策》各种版本都以曾巩校定本为祖本。

尽管曾巩在校勘上下了很大的功夫，但他毕竟不是一个文献学家，他在写给皇帝的奏折中，并没有像刘向一样，详细介绍文献整理的过程。通过曾巩对刘向《战国策书录》的评价，我们可以看到曾巩的史学观念。在曾巩看来，"事""法""理"三者之间的关系是：古往今来，世间万事，变化不已，各有其法，法可以随事之变化而变化。但是，理作为根本、大道,必须一以贯之,亘古不变。基于这样的认识,曾巩认为刘向评价战国策士"度时君之所能行,不得不然",是"惑于流俗,而不笃于自信者"。他还举了孔子、孟子的例子,称赞他们是"独明先王之道,以谓不可改者"。同是《战国策》的整理者,对于曾巩的看法,南宋的鲍彪却持批判态度。鲍彪在《战国策序》中说道:"曾巩之序美矣,而谓禁邪说者,固将明其说于天下,则亦求其故而为之说,非此书旨也。"鲍彪尽管没有讲明白,却触及问题的本质,也即《战国策》是一部史书,而非用来教化天下的经书,史书就要"不虚美,不隐恶",客观地再现历史事实,正是史书的价值所在。也正是看重《战国策》"上继春秋,下至楚汉之起,二百四五十年之间,载其行事",在有人向曾巩建议禁毁这部书时,被曾巩断然否定:"固不可得而废也。"

　　刘向所定《战国策》三十三篇①,《崇文总目》称第十一篇者阙②,臣访之士大夫家,始尽得其书。正其误谬而疑其不可考者③,然后《战国策》三十三篇复完④。叙曰:

【注释】

①刘向所定《战国策》三十三篇:《战国策》相传原系战国时各国史官或策士的辑录,有《国事》《事语》《短长》《长书》等不同名称。西汉末此书文字已多讹夺,篇次杂乱,目录学家刘向按秦、楚等十二国次序,删去重复,编订为三十三篇,并定名为《战国策》。参见刘向《〈战国策〉书录》。

②《崇文总目》称第十一篇者阙:此句元刻本等无"第"字,当从。宋初,太宗朝陆续建昭文馆、史馆、集贤馆、秘阁,总名崇文院,收藏朝廷图书。这些图书主要来自蜀地、南唐,以及民间的藏书,由于来源不同,质量参差不齐,谬滥不全。咸平至景祐间,朝廷命馆臣分校整理,王尧臣总领其事,欧阳修也参与其中,庆历元年

（1041）编成《崇文总目》。由于《崇文总目》所收书并非全部为善本，像《战国策》就是一个残本。从这个意义上讲，《崇文总目》还是一部朝廷向民间访书的簿记，民间的藏书家可以据此为指引，向朝廷献书，以获取朝廷的赏赐。曾巩在这篇序文中没有明言亡阙之卷次，《文献通考》引《崇文总目》则记载得很明确："第二至第十、第三十一至第三十三阙。"据此计算，《崇文总目》所著录之《战国策》阙十二篇，可能统计方法不一致，曾巩统计阙十一篇。经过曾巩访求，《战国策》遂成完帙。

③正其误谬而疑其不可考者：馆阁中，参与校勘《战国策》的馆臣，除曾巩外，还有钱藻、刘敞等人。其中曾巩用力最勤，不仅补足了亡阙之篇，还三校其书，校正了许多舛误，使其成为流传至今天的校本。另外，曾巩采用"多闻阙疑"的校勘态度，对于缺少足够证据的地方，不急于定论，而是留待来者。

④然后《战国策》三十三篇复完：晁公武《郡斋读书志》："《战国策》，《崇文总目》多阙。至皇朝曾巩校书，访之士大夫家，其书始复完。"后世得见《战国策》三十三篇之完帙，全赖曾巩访求、校勘之功。

【译文】

刘向所编定的《战国策》共计三十三篇，《崇文总目》称其中第十一篇已经缺失了，我在士大夫家寻访到，才配齐整部书。订正了其中的错误，对其中无法考订的部分暂时存疑，然后，《战国策》三十三篇才成完帙。我为这部书写的书叙如下：

向叙此书，言"周之先，明教化，修法度，所以大治。及其后，谋诈用，而仁义之路塞，所以大乱"，其说既美矣。卒以谓"此书战国之谋士，度时君之所能行，不得不然"①，则可谓惑于流俗，而不笃于自信者也。

【注释】

①"向叙此书"几句：此句大意参见刘向《〈战国策〉书录》。但并
非引用原文。原文为："周室自文、武始兴，崇道德，隆礼义，设辟
雍、泮宫、庠序之教，陈礼乐、弦歌移风之化，叙人伦，正夫妇。天
下莫不晓然。论孝悌之义，惇笃之行。故仁义之道，满乎天下，
卒致之刑错四十余年。远方慕义，莫不宾服，雅、颂歌咏，以思其
德"，"仲尼既没之后，田氏取齐，六卿分晋，道德大废，上下失序。
至秦孝公，捐礼让而贵战争，弃仁义而用诈谲，苟以取强而已矣。
夫篡盗之人，列为侯王；诈谲之国，兴立为强。是以转相放效，后
生师之，遂相吞灭，并大兼小，暴师经岁，流血满野；父子不相亲，
兄弟不相安，夫妇离散，莫保其命，愍然道德绝矣"。"战国之时，
君德浅薄，为之谋策者，不得不因势而为资，据时而为，故其谋，扶
急持倾，为一切之权，虽不可以临国教化，兵革救急之势也。皆高
才秀士，度时君之所能行，出奇策异智，转危为安，运亡为存，亦可
喜，皆可观"。在刘向看来，礼乐之崩，风俗之变，战国策士顺势
而为，有其不得不然之无奈，是可以理解的。

【译文】

刘向在为这部书写的书叙中，称"周朝一开始，宣明教化，修订法
制，所以国家治理得很好。周朝后期，开始使用计谋、甚至欺诈的方法来
治理国家，仁义之路被堵上了，所以国家大乱"，他的解释很完美。但他
最终认为"这部书是战国的谋士，考虑当时国君所能做的，而不得不去
这样做"，这可以说是被世俗观点所迷惑，从而没有坚守自己的观点。

夫孔、孟之时，去周之初已数百岁①，其旧法已亡，旧俗
已熄久矣②。二子乃独明先王之道③，以谓不可改者，岂将

强天下之主以后世之所不可为哉④? 亦将因其所遇之时、所遭之变而为当世之法,使不失乎先王之意而已。二帝三王之治⑤,其变固殊,其法固异,而其为国家天下之意,本末先后,未尝不同也。二子之道,如是而已。盖法者所以适变也,不必尽同;道者所以立本也,不可不一,此理之不易者也⑥。故二子者守此,岂好为异论哉? 能勿苟而已矣⑦,可谓不惑乎流俗而笃于自信者也。

【注释】

①夫孔、孟之时,去周之初已数百岁:西周建国大约在公元前十一世纪,距孟子(约前372—前289)时代大致有七八百年。

②其旧法已亡,旧俗已熄久矣:旧法,指西周建国以来留存下来的礼法。旧俗,古时的习俗。

③先王之道:周文王以下的诸位圣王所实行的治世之道。

④强:勉强。

⑤二帝:指尧、舜。三王:指夏禹、商汤、周文王。

⑥"盖法者所以适变也"几句:吕祖谦《古文关键》:"此数句盖一篇骨子纲目。"适变,随着时代改变。不一,不保持一致。不易,不改变,不动摇。曾巩的这一观点,与二程、朱熹所总结的理学著名观点"理一分殊",不谋而合。

⑦勿苟:不苟同。

【译文】

　　孔子、孟子的时代,距离周朝初年已经有数百年的历史了,旧的礼法制度已经消亡,旧的社会习俗也已经熄灭了。孔孟二人仍然宣扬先王之道,认为那是不可改变的,这难道是在用后世不可能实现的法则,来勉强天下的君王们遵照执行吗? 这显然是根据他们所处时代,以及所发生的具体变化来制定当世的法则,只不过不违背先王制定法则的本意罢了。尧、舜二帝及夏、商、周三代治理天下的方法,变化不同,具体各异,但是治理国家天下的本意,以及本末先后,并没有什么不同。孔子、孟子所讲的道,不过如此罢了。可见,法则是要根据时代的变化而变化,不必一成不变;而道是在根本上发挥作用,不能不等齐划一,这是不可改变的真理。孔子和孟子所坚守的就是这个原则,他们难道是喜欢标新立异吗?只是能够做到不苟且迎合罢了,这就可以称得上不被流俗所迷惑且自信坚定了。

战国之游士则不然①,不知道之可信,而乐于说之易合,其设心注意②,偷为一切之计而已③。故论诈之便而讳其败,言战之善而蔽其患。其相率而为之者,莫不有利焉,而不胜其害也;有得焉,而不胜其失也。卒至苏秦、商鞅、孙膑、吴起、李斯之徒以亡其身④,而诸侯及秦用之者亦灭其国。其为世之大祸明矣,而俗犹莫之寤也。惟先王之道,因时适变,为法不同,而考之无疵,用之无弊。故古之圣贤,未有以此而易彼也。

【注释】

①游士:战国时期,游走于列国之间的说客。

②设心:留心,居心。

③偷:暗地里。

④卒至苏秦、商鞅、孙膑、吴起、李斯之徒以亡其身:苏秦,字季子,东周洛阳(今属河南)人。曾以合纵之策游说六国南北联合抗秦,掌六国相印,为纵约长。后为燕入齐行反间,事败被杀。商鞅,卫国贵族,公孙氏,又称"卫鞅""公孙鞅"。佐秦孝公变法十年,国以

富强,封为商君,世称商鞅。被贵族诬告谋反,车裂以死。孙膑,齐国阿(今山东阳谷)人。遭同学庞涓忌恨,被骗到魏国处以膑刑(削去膝盖骨),后以残身佐齐威王大破魏军。孙膑善终,此因其受刑,连类而及。吴起,魏国左氏(今山东曹县)人。先在鲁、魏任将,后为楚悼王令尹,变法强国。悼王死,宗室大臣作乱,被射杀。李斯,楚国上蔡(今属河南)人。佐秦始皇灭六国,统一天下,位至丞相。二世立,被赵高忌恨捕杀。以上五人事俱见《史记》本传。

【译文】

战国的游说策士却不是这样,他们不了解道是值得尊信的,而热衷于游谈逢迎,他们处心积虑,只不过暗地里谋划出一时的权宜之计罢了。所以,他们谈论欺诈的好处,而讳言欺诈的失败;谈论战争的利益,而故意掩盖战争的祸患。他们一个接一个做的事,并不是全无好处,但远不如造成的祸害大;得到的收获,远不如造成的损失大。到了苏秦、商鞅、孙膑、吴起、李斯等人最终招致杀身之祸,诸侯以及秦国任用这些游士的,也最终亡了国。这真是世间最大的祸患了,但是很多世人仍然不能醒悟。只有谨守先王之道,并根据时代的变化,对治国之法进行相应的调整,用心考察而没有瑕疵,具体运用而没有弊端。所以,古代的圣贤没有将战国策士的治国方法来替代先王之道来治理国家的。

　　或曰:"邪说之害正也,宜放而绝之,则此书之不泯其可乎?"对曰:君子之禁邪说也,固将明其说于天下,使当世之人皆知其说之不可从,然后以禁,则齐①;使后世之人皆知其说之不可为,然后以戒,则明。岂必灭其籍哉?放而绝之,莫善于是。是以孟子之书,有为神农之言者②,有为墨子之言者③,皆著而非之。至于此书之作,则上继春秋,下至楚汉之起,二百四十五年之间,载其行事,固不可得而废也。

【注释】

①齐：指思想或行动一致，同心协力。

②有为神农之言者：《孟子·滕文公上》"有为神农之言者许行"章，
记农家学者许行和孟子辩论。神农，传说为远古三皇之一，又称
炎帝，相传为农业和医学的专家，被战国农家学派尊崇。

③有为墨子之言者：《孟子·滕文公上》又记孟子不愿接待"墨者夷
子"，斥责墨家薄葬论。吕祖谦《古文关键》说："虽平易之中，有
千钧之力，至此一段，甚有力势。"

【译文】

有人说："邪说有损于正道，应该舍弃它，使其灭绝，那么这部书若
不消亡合理吗？"回答道：君子禁绝邪说，本来应该将邪说宣告于天下，
让当世人都知晓邪说是不能信从的，然后再从而禁绝，就不会有不同的
意见了；让后世的人都知道邪说不能够实行，然后再去告诫，就会使人明
白。难道非要销毁书籍吗？舍弃禁绝它，没有比这更为有效了。所以在
孟子的书中，有提倡神农学说的许行的言论，也有墨子学派的观点，书中
在记载这些观点的同时，对它们一一进行了驳斥。至于《战国策》这部
书，上起春秋，下迄楚汉之际，共有二百四十五年，详细记载了这段历史，
自然有其不能废弃的价值。

此书有高诱注者二十一篇，或曰二十二篇，《崇文总目》
存者八篇，今存者十篇①。

【注释】

①"此书有高诱注二十一篇"几句：《战国策》高诱注是这部书最早
的注本。高诱似乎并没有为这部书三十三卷全面注释，所注释
的篇数也众说纷纭：《隋书·经籍志》著录二十一卷（卷与篇可
视为同一计量单位），《旧唐书·经籍志》著录为三十二卷，《新唐

书·艺文志》也著录为三十二卷。早于《新唐书·艺文志》编定的《崇文总目》，其著录又不相同，曾巩征引《崇文总目》就有"二十一篇""二十二篇"两种说法。元代马端临《文献通考》引《崇文总目》则又称"二十卷"。不论高诱注释了多少篇，流传到后世的基本没有不同的说法，曾巩见到了八篇，找到了两篇，合为十篇。清四库馆臣据明毛晋影宋本还原了曾巩所说的十卷：二卷至四卷，六卷至十卷，计八卷，为曾巩所见《崇文总目》所著录之八卷，最末之三十二、三十三卷为曾巩访得的二卷，因此，《战国策》高诱注共计存世十卷。高诱，东汉涿郡（今河北涿州）人。著名学者，除注《国策》外，还注《吕氏春秋》《淮南子》。

【译文】

这部书有高诱注释的二十一篇，有人说是二十二篇，《崇文总目》记载存目八篇，现在存世十篇。

【评点】

王遵岩曰：此序与《新序·序》相类，而此篇为英爽轶宕。

茅鹿门曰：大旨与《新序》相近，有根本，有法度。

张孝先曰：先王之道万世无弊，不以时君能行不能行而有改也。孔、孟明先王之道，为当世之法趋时立本，理自不易。篇中所谓"法不必尽同"，"道不可不一"，真能得孔、孟之旨，折倒刘向之说者。至指斥纵横祸害，尤能使游士无处躲避。盖战国之文雄伟巧变，惟其中于功利诈谋之习，是以与道背驰而不自觉，陷溺人心莫有甚焉。识得此篇议论，方许读《战国策》。

【译文】

王慎中评论道：这篇序文与《新序·序》相似，这一篇更显得英俊豪爽，跌宕起伏。

茅坤评论道：文章大意与《新序》相近，有根底，有规范。

张伯行评论道：先王之道虽经历万世，也无弊害，不因为时下的国君能不能执行而有改变。孔子、孟子了解先王之道，他们为自己所处的时代确立礼法，但是礼法背后所依据的理是不能改变的。文章中所说的"礼法不必完全相同"，"先王之道不可不一以贯之"，这些观点真正领会了孔子、孟子的思想，驳倒了刘向的观点。至于对战国纵横家所遗留的祸患进行斥责，尤其能够让那些战国游士无处躲藏。尽管战国文章气势宏伟、灵活多变，但是其中所包含的以功利为目的的阴谋、欺诈习气，与先王之道相背离却不自知，对人心的戕害没有比这更厉害了。理解了这篇文章的议论，才可以阅读《战国策》。

《南齐书》目录序

【题解】

《皇宋事实类苑》卷三一引《蓬山志》："仁宗谓辅臣曰：'宋、齐、梁、陈、后魏、后周、北齐书罕有善本，未行之学官，可委编校官精加校勘。'八月，命编校书籍孟恂、丁宝臣、郑穆、赵彦若、钱藻、孙觉、曾巩校宋、齐、梁、陈、后魏、北齐、后周七史。恂等言：'梁、陈等书缺，独馆所藏，恐不足以定本。愿诏京师及州县藏书之家，使悉上之。'仁宗皇帝为下其事，七年冬稍稍始集，然后校正讹舛，为完书刊本行之。"可知，仁宗朝校订南北朝史书，具体时间在嘉祐六年（1061）八月，至嘉祐七年（1062）冬基本完成，前后持续了一年多的时间。曾巩与馆阁群臣一起校勘此书，校定后，由曾巩撰写书序，录而上奏。

在这篇书序中，曾巩发出一通堂皇正论：史书是揭示"治天下之道"

的大著作,撰者须是具"天下之材"的大手笔,从而提出通才博识的四条标准:"其明必足以周万事之理,其道必足以适天下之用,其智必足以通难知之意,其文必足以发难显之情。"曾巩在这篇书序中,对他之前的史家著述按照其良史的标准进行了评述,除将唐虞"二典"奉为楷则以外,即便司马迁《史记》也有瑕疵。尽管不免有宋儒目空一切、放言高论的习气,但是论作史之周备深刻,确有启人之处,因而有人甚至盛推此文,可作为曾巩以前全部正史的总序。从写法上来讲,这篇书序立论新奇,行文不落俗套,构思精巧,层次清楚,起承照应法度谨严,结撰统一整饬,颇有变化,论证严密,丝丝入扣。语言上,本文也颇具特色,骈、散结合,长短相间,句式变化,迭句、问句频频出现。总的来说,这是一篇优秀的文章,不论是研究史学史还是文学史,都值得好好研读。

《南齐书》八纪,十一志,四十列传,合五十九篇①,梁萧子显撰②。始,江淹已为《十志》,沈约又为《齐纪》③,而子显自表武帝,别为此书④。臣等因校正其讹谬,而叙其篇目曰:

【注释】

①"《南齐书》八纪"几句:二十四史中有两部《齐书》,宋人为了以示区分,分别在萧子显《齐书》前冠以"南"字,在李百药《齐书》前冠以"北"字。《南齐书》之八纪是曾巩按照篇数计算的,若按篇目计算,实为七纪,因为《高帝纪》分上下篇,应是一纪两篇。志也存在同样的情况,若按篇数计,为十一篇;若按篇目计,为八志,因为其中礼、天文、州郡,各分上下篇。整部书曾巩统计为五十九篇,也即五十九卷,而《梁书·萧子显传》《隋书·经籍志》《新唐书·艺文志》皆著录为六十卷。清四库馆臣认为原书第六十卷为萧子显《叙传》,末附以《表》,与李延寿《北史》体例相同。其后,《叙传》与《表》皆已失传,故有五十九卷之说。

②萧子显:《南齐书》为南朝梁萧子显所撰,萧子显是南朝齐高帝萧
　　道成之孙,豫章王萧嶷的第八子。入梁后,萧子显自请撰修南齐
　　史书,后奉梁武帝敕开始修撰,撰写毕,表奏之,诏付秘阁。萧子
　　显在改朝之后,以前朝帝王子孙而修前朝史书,在二十四史中,
　　仅此一例。萧子显身仕齐梁二朝,对二朝君主卖力粉饰,多有隐
　　讳。对齐高帝逼宋顺帝禅让,则讳莫如深。萧子显笃信佛教,认
　　为佛法能包举九流百家,自称"服膺释氏,深信冥缘,谓斯道之莫
　　贵也"。

③"始"几句:南齐初年,齐高帝萧道成设置史馆,命檀超、江淹等
　　编集"国史"。入梁,沈约著有《齐纪》,吴均著有《齐春秋》,均为
　　《南齐书》所取材。江淹、沈约的史稿没有传下来,吴均的书也在
　　曾巩时代散失。萧氏《南齐书》遂成为南齐最早的史书。

④而子显自表武帝,别为此书:萧子显撰写《南齐书》并非完全另起
　　炉灶,檀超、王俭等人已有发凡起例之功。据《南齐书·檀超传》,
　　建元二年,檀超等人上表陈述《齐书》体例:开元纪号不取宋年,
　　封爵各详本传,无假年表;立十志,《律历》《礼乐》《天文》《五行》
　　《郊祀》《刑法》《艺文》,依照班固《汉书》体例,《朝会》《舆服》
　　依照蔡邕、司马彪等人定下的成例,《州郡》依循徐爰之例,《百
　　官》依照范晔之例,与《州郡》合为一体。日蚀旧载《五行》,应该
　　归入《天文志》,帝女应立传,创立处士、列女传。王俭认为食货
　　为国家本务,应该立《食货》,去掉《朝会》,日月应仍然隶属《五
　　行》,帝女若有高德绝行,可归入《列女传》,若无特异之处,不立
　　传。萧子显在实际撰写的过程中,保留了《礼乐》《天文》《州郡》
　　《百官》《舆服》《祥瑞》《五行》七志,而王俭建议的《食货》,檀超
　　建议的《艺文》,都没有落实,列传中,帝女及列女,节义可传者,
　　总入《孝义传》,改处士为《高逸》,又另立《倖臣传》,其体例与檀
　　超、王俭提议相比,有继承也有不同。

【译文】

《南齐书》共分为八纪、十一志、四十列传,共计五十九篇,南朝梁萧子显撰。起初,江淹已经撰述了《十志》,沈约又著《齐纪》,而到了萧子显,取材诸家,撰成此书,表奏梁武帝。臣等校正这部书的讹误之处,并在其篇目之端撰写叙录如下:

　　将以是非、得失、兴坏、理乱之故而为法戒,则必得其所托,而后能传于久,此史之所以作也。然而所托不得其人,则或失其意,或乱其实,或析理之不通,或设辞之不善,故虽其殊功懿德非常之迹^①,将暗而不章,郁而不发,而梼杌嵬琐奸回凶慝之形^②,可幸而掩也。

【注释】

①殊功:特异的功勋。懿德:美德。懿,美善。
②梼杌(táo wù):丑恶之人。嵬琐:险诈奸邪。奸回:指奸恶邪僻的人或事。凶慝:指凶恶的人。

【译文】

想要把历代是非、得失、兴衰、治乱的原因加以总结,并让后世引以为戒,就必须有所依托,载诸竹帛,才能长久流传,这正是史书撰述兴起的原因。如果所依托的人不能胜任,那么就有可能失去史书应有之义,或者淆乱史实,或者分析的道理不能讲通,或者所使用的文辞不能完善,所以,即便有特殊功勋、美好品德等非同寻常的事迹,也会被遮蔽、埋没,从而得不到表彰、阐发,反倒是奸佞丑恶之人,却也因此侥幸被掩盖了。

　　尝试论之,古之所谓良史者^①,其明必足以周万事之理,其道必足以适天下之用,其智必足以通难知之意,其文必足以发难显之情,然后其任可得而称也^②。何以知其然耶?昔者唐虞有神明之性,有微妙之德,使由之者不能知,知之者不能名,以为治天下之本。号令之所布,法度之所设,其言至约,其体至备,以为治天下之具,而为二典者推而明之^③。所记者岂独其迹耶?并与其深微之意而传之,小大精粗无不尽也,本末先后无不白也。使诵其说者如出乎其时,求其旨者如即乎其人。是可不谓明足以周万事之理,道足以适天下之用,知足以通难知之意,文足以发难显之情者乎?则方是之时,岂特任政者皆天下之士哉?盖执简操笔而随者^④,亦皆圣人之徒也。

【注释】

①良史:指能秉笔直书、记事信而有征的优秀史官。

②"其明必足以周万事之理"几句:良史须具明、道、智、文之通才博识,此当继刘知幾"三长"而有发挥。《新唐书·刘知幾传》:"礼部尚书郑惟忠尝问:'自古文士多,史才少,何耶?'对曰:'史有三长,才、学、识,世罕兼之,故史才少。夫有学无才,犹愚贾操金,不能殖货,有才无学,犹巧匠无楩柟、斧斤,弗能成室。善恶必书,使骄君贼臣知惧,此为无可加者。'时以为笃论。"

③二典:《尚书》中《尧典》《舜典》的合称。

④执简操笔而随者:指跟随在君王身边的史官,他们负责随时记载君王的言行,左史记录君王的行为,右史负责记载君王的言语。

【译文】

试着进行一下论述,古时所说良史,他的洞明足以让他周知世间万事的道理,他所宗奉的大道足以适应天下人的要求,他的智慧足以使他通晓一切难于理解的意思,他的文辞足以阐发难于显现的情感,然后他的职位和能力才能相符。基于什么原因这样说呢？古时的尧舜具有神明的天性，具备精微深奥的德行，让遵从的人不能了解其中原委，了解的人不能说出其所以然，将此作为治理天下的根本。颁布命令，制定法令，所用的语言非常简约，体例也非常完备，并将此作为治理天下的工具，研读《尧典》《舜典》就能明晓这些道理。其中所记载的难道仅仅是二帝的事迹吗？而是将他们精深微妙的用意，蕴含其中，传之后世，不论是大的还是小的、精的还是粗的，都悉数包含在里面，不论是根本的还是末节的、前面的还是后面的，没有不明明白白的。让诵读这些学说的人，就好像生活在那个时代；让探求其中旨意的人，就好像当面请教前代圣人一样。这样怎能不称之为洞明足以周知世间万事的道理，所宗奉的大道足以适应天下人的要求，智慧足以通晓一切难于理解的意义，文辞足以阐发难于显现的情感呢？那么在这样的时代，难道仅仅当政的人都是天下之杰士？那些手中拿着竹简和笔跟随在后面的人，也都是圣人的信徒。

两汉以来，为史者去之远矣。司马迁从五帝三王既没数千载之后①，秦火之余②，因散绝残脱之经③，以及传记百家之说，区区掇拾④，以集著其善恶之迹、兴废之端，又创己意，以为本纪、世家、八书、列传之文，斯亦可谓奇矣⑤。然而蔽害天下之圣法，是非颠倒而采摭谬乱者，亦岂少哉⑥？是岂可不谓明不足以周万事之理，道不足以适天下之用，知不足以通难知之意，文不足以发难显之情者乎？

【注释】

①五帝：传说中的上古五位帝王，说法有多种。《史记·五帝本纪》认为是黄帝、颛顼、帝喾、唐尧、虞舜。三王：指夏禹、商汤、周文王。

②秦火：秦始皇三十四年（前213），采纳丞相李斯建议，下令焚烧
《秦纪》以外的列国史记，对不属于博士官的私藏《诗》《书》、百
家著作等限期缴出烧毁。这是有史以来首次大规模禁毁典籍。

③散绝残脱：用以书写经书的竹简散佚、残缺、脱落、丢失。

④区区：辛苦。

⑤可谓奇：以"奇"论《史记》，首倡为扬雄，其《法言•君子》云："仲
尼多爱，爱义也；子长多爱，爱奇也。"曾巩尊仰扬雄，遂遵从其说。

⑥"然而蔽害天下之圣法"几句：对《史记》的负面评价，有代表性
的如扬雄、班彪、班固。扬雄认为："太史公记六国，历楚汉，讫
麟止，不与圣人同，是非颇谬于经。"（《汉书》本传）班彪说："其
论术学，则崇黄老而薄'五经'；序货殖，则轻仁义而羞贫穷；道
游侠，则贱守节而贵俗功，此其大敝伤道，所以遇极刑之咎也。"
（《后汉书》本传）班固《汉书•司马迁传》发扬班彪之说，亦多所
责难。

【译文】

两汉以来，书写史书的人离这个标准已经很远了。司马迁生在五帝
三王终结了数千年、秦朝焚书坑儒之后，根据散乱残脱的经卷，以及传记
百家杂说，用心收集整理，结合参考前代文献撰述历史中善恶的事迹、国
家兴起和衰败的原因，又根据自己的想法，为史书创例，分出本纪、世家、
八书、列传的体例，这已经称得上是奇迹了。即便如此，司马迁的《史
记》遮蔽、遗害圣人之法，颠倒是非，所采集史料的错误和混乱，难道还
少吗？这难道不是洞明不足以周知世间万事的道理，所宗奉的大道不足
以适应天下人的要求，智慧不足以通晓一切难于理解的意思，文辞不足
以阐发难于显现的情感吗？

夫自三代以后，为史者，如迁之文，亦不可不谓隽伟拔
出之才、非常之士也。然顾以谓明不足以周万事之理，道不

足以适天下之用,智不足以通难知之意,文不足以发难显之情者,何哉? 盖圣贤之高致,迁固有不能纯达其情而见之于后者矣,故不得而与之也①。迁之得失如此,况其他耶? 至于宋、齐、梁、陈、后魏、后周之书,盖无以议为也②。

【注释】

①"盖圣贤之高致"几句:高致,高志远意。纯达其情,全面彻底达到圣人的高致。见之于后,再现圣人高致于后世。

②无以议为:即"无以为议",不值得一谈。

【译文】

自从夏、商、周三代以后,写史书的人,像司马迁的文笔,也不能不说是出类拔萃的人才、非同寻常的士人。但是却说他洞明不足以周知世间万事的道理,所宗奉的大道不足以适应天下人的要求,智慧不足以通晓一切难于理解的意思,文辞不足以阐发难于显现的情感,这是为什么呢? 这是因为圣贤所能达到的最高境界,司马迁本来就没有完全达到,后人也就不能从他身上看到这种境界,所以我们就不能轻易赞许他了。司马迁的得失尚且如此,更何况其他人呢? 至于宋、齐、梁、陈、后魏、后周的史书,就更不必谈论了。

子显之于斯文,喜自驰骋,其更改破析、刻雕藻缋之变尤多①,而其文益下,岂夫材固不可以强而有邪? 数世之史既然,故其事迹暧昧,虽有随世以就功名之君,相与合谋之臣,未有赫然得倾动天下之耳目,播天下之口者也。而一时偷夺倾危、悖礼反义之人,亦幸而不暴著于世,岂非所托不得其人故也? 可不惜哉!

【注释】

①"子显之于斯文"几句：萧子显自称："追寻平生，颇好辞藻，虽在
名无成，求心已足。若乃登高目极，临水送归，风动春朝，月明秋
夜，早雁初莺，开花落叶，有来斯应，每不能已也。"（《梁书》本传
所载《自序》）斯文，此文，指史书文体。破析，谓割裂史料。藻
缋，文采，此指文饰辞藻。

【译文】

萧子显对于史书的文辞，喜欢自己任意驰骋，他处理史料时，变更改
作，离析破碎，在文辞上雕琢繁复，变化多端，如此反使得文品越发低下，
这难道不正说明天赋史材是不能够强求的吗？数代的史官既然都是这
个样子，所以他们著述的史书中，史实模糊不清，即便有顺应时代成就一
番功业的君主，以及辅助明君的贤臣，也没有使其声名彰显轰动，使天下
人都能看得到、听得到，并能传播他们的功勋。而那些觊觎君位，陷国家
于危难，违背礼制、悖逆道义的奸佞之人，也侥幸不被暴露于世人面前，这
难道不是因为所托付的史官并非合适的人选吗？这能不感到可惜吗！

　　盖史者所以明夫治天下之道也①，故为之者亦必天下之
材，然后其任可得而称也。岂可忽哉！岂可忽哉！

【注释】

①盖史者所以明夫治天下之道也：司马光《资治通鉴·进书表》：
"专取关国家盛衰，系生民休戚，善可为法，恶可为戒者，为编年
一书"，"监前世之兴衰，考当今之得失，嘉善矜恶，取是舍非，足
以懋稽古之盛德，跻无前之至治，俾四海群生，咸蒙其福"。曾巩
"以史为治"的观点，和司马光"以史资治"的观点是一致的。

【译文】

史官应该明了了治理天下的道理，所以能够做史官的人也必须是天下

难得的人材，只有这样才能与这一职任相符。这怎能轻率了事啊！这怎能轻率了事啊！

【评点】

茅鹿门曰：论史家得失处如掌。

张孝先曰：史者，是非得失之林，古之良史取其可法可戒而已。故明道看史不蹉一字，而朱子亦曰草率不得，诚重之也。后世辞掩其实，虽以司马迁隽伟拔出之才，犹难言之，况其下者？南丰推本唐虞二典，抉摘史家谬乱，而结之以明夫治天下之道，直为执简操笔者痛下针砭。

【译文】

茅坤评论道：对史家得失之处，了如指掌。

张伯行评论道：史书，汇集了古今的是非得失，古时的良史看重的是史书可以效法、可以戒惩的功能罢了。因此，程颢读史书不放过一个字，朱熹读史书也说不能草率，对史书非常重视。后世史书文辞遮蔽了史实，即便像司马迁这样隽伟拔出之才，尚且很难说清楚，更何况不如司马迁的人？曾巩推崇尧舜二典为史书之典范，指出后世史家的错误与混乱，并将史书的撰述目的，最终归结为明晓治天下之道，这为后世操笔写史者开出了一个良方。

《新序》目录序

【题解】

《新序》是刘向于阳朔元年（前24）所编的一部历史故事集，原书三十篇，一百八十三章。宋初亡佚大半，经曾巩缀补校理，编作十卷，一百六十六条。分杂事、刺奢、节士、义勇、善谋五类。采录古史百家之书，叙载舜禹迄汉初历史人物事迹。很明显，刘向是要借这些历史人物的事迹，对上陈古刺今，感悟时君；对下教化民众，移风易俗。像曾巩其他所有书序一样，《新序目录序》也是一篇"空言无事实"（余嘉锡《目录学发微》）的学术札记，而非一篇合规的目录学序录。在这篇文章里，曾巩表达了和《战国策目录序》相类似的观点，所谓"所守者一道，所传者一说"，即《国策》序的"道为立本，不可不一"。曾巩引用了《孟子·尽心上》的话："待文王而兴者，凡民也。豪杰之士，虽无文王犹兴。"自周以后，天下就处于文王不作的时代，所以对于普通民众（"凡民"）难以有所期望，能够期待的唯有"豪杰之士"。因为只有豪杰之士才不依赖于那个时代，才不受特定历史环境的束缚，才能够以自主的精神挺立于世间。所以，对于一个真正的儒者来说，身处这个时代，唯一可能的立身之道就是"无文王犹兴"的豪杰。"一切不异于周之末世，其弊至于今尚在也。"曾巩写下这句话，言外之意，战国末世之弊端，至今仍然存在，今世依然需要豪杰之士挺身而出，矫正时弊。曾巩这些越世高论，隐然以重振道统、恢复绝学自任。

　　刘向所集次《新序》三十篇，目录一篇，隋唐之世尚为全书，今可见者十篇而已[1]。臣既考正其文字，因为其序论曰：

【注释】

①"刘向所集次《新序》三十篇"几句：《隋书·经籍志》著录为《新序》三十卷，录一卷"。欧阳修参与编纂的《新唐书·艺文志》，著录《新序》时，仍然延续《隋书·经籍志》，著录为三十卷。《四库全书总目》著录《新序》称："《新唐书·艺文志》其目亦同，曾巩校书序则云：今可见者十篇。巩与欧阳修同时，而所言卷帙悬殊。盖《艺文志》所载，据唐时全本而言，巩所校录，则宋初残

阙之本也。"但是，据宋初太平兴国年间编纂的《太平御览》所引《新序》，知隋、唐三十卷的《新序》，在北宋初太平兴国的时候还没有散失。陈振孙《直斋书录解题》收录钱惟演《玉堂逢辰录》二卷："钱惟演撰，其载祥符八年四月荣王宫火，一日二夜，所焚屋宇二千余间，左藏、内藏、香药诸库，及秘阁史馆，香闻数十里。三馆图籍一时俱尽，大风或飘至汴水之南，惟演献礼贤宅以处诸王。"据此可以推断，北宋建国以来所收罗的唐末五代书籍，厄于此火，这其中或许包括《新序》三十卷本。

【译文】

刘向所收集编排的《新序》共三十篇，目录一篇，隋唐时还是完整的一部书，到如今，我们能看到的也只有十篇罢了。臣下已经考订校正了这部书的文字，并写下这部书的叙录：

古之治天下者，一道德①，同风俗。盖九州之广，万民之众，千岁之远，其教已明，其习已成之后，所守者一道，所传者一说而已②。故《诗》《书》之文，历世数十，作者非一，而其言未尝不相为终始③，化之如此其至也④。当是之时，异行者有诛，异言者有禁，防之又如此其备也。故二帝三王之际，及其中间尝更衰乱，为余泽未熄之时，百家众说，未有能出于其间者也⑤。及周之末世⑥，先王之教化法度既废，余泽既熄，世之治方术者⑦，各得其一偏⑧。故人奋其私智，家尚其私学者，蜂起于中国，皆明其所长而昧其短⑨，矜其所得而讳其失⑩。天下之士各自为方而不能相通⑪，世之人不复知夫学之有统、道之有归也⑫。先王之遗文虽在⑬，皆缀而不讲⑭，况至于秦为世之所大禁哉⑮！

【注释】

①一道德：统一道德观念。

②所守者一道，所传者一说而已：为一篇之核心。何焯《义门读书记》卷四一说："此论正与苏氏讥王氏好使人同己之说相反。盖当辨是非，不可分异同也。"苏轼《答张文潜县丞书》："文字之衰，未有如今日者，其源出于王氏。王氏之文，未必不善也，而患在于好使人同己。自孔子不能使人同，颜渊之仁，子路之勇，不能相移。而王氏欲以其学同天下。地之美者，同于生物，不同于所生。惟荒瘠斥卤之地，弥望皆黄茅白苇，此则王氏之同也。"如果仅从文学的角度来分析，苏轼主张不求其同、包容其异，这是合理的，但是从国家治理的角度来看，分辨一种观点的是与非，就显得尤其重要了。因为只有辨明的是非，才能统一认识；只有统一认识，才能步调一致，政府机构才能高效运转。

③相为：相与，指和时代一起。

④化之如此其至也：教化到了这种程度，就算是达到极致。

⑤"故二帝三王之际"几句：所以尧、舜、夏禹、商汤、周文王移革之际，以及各代中间还曾经经历过衰败动乱，和诸王遗留恩惠还未熄灭的春秋时代，诸子百家的学说没有条件产生于这时。更，经历。余泽未熄之时，这和孟子所谓"王者之迹熄而《诗》亡"的战国时代有本质区别，故以此界断。

⑥周之末世：指战国时期。

⑦治方术：从事研究关于治道的方法。

⑧一偏：犹言一隅。

⑨昧：不明。

⑩讳：隐讳，不愿意明说。

⑪为方：寻求办法。

⑫统：系统。归：归宿。

⑬先王之遗文，即《诗经》《尚书》等。

⑭绌：通"黜"。废弃，贬退。

⑮况至于秦为世之所大禁：指秦始皇三十四年焚禁《诗》《书》等儒家经典。

【译文】

　　古时治理天下的人，统一道德观念，同化民间风俗。大约九州广大，民众数以万计，年代有千年之久，他们所受教化已经明确，他们的习俗也已经养成，在此之后，人们所信守的道都是一样的，代代相传的学说也是一样的。所以，《诗经》《尚书》中的篇章，经历数千年，作者并非一人，但是他们所说的道理却始终如一，教化达到这样的地步，应该是最高境界了。在当时，有异端行为的会被诛杀，有不同言论的也会被禁止，如此设防已经非常完备了。所以，尧、舜、夏禹、商汤、周文王之时，期间也出现过衰败混乱的时候，即便在膏泽尚存、余焰未熄的时候，百家众说，也没能出现。等到周代晚期，先王留存下来的教化法度已经被废弃了，膏泽已尽，余焰已熄，世间研治道术的人，各怀一隅之见。所以，世人皆各逞一己之智慧，各家皆推崇一己之学术，一时间，中国之内众说蜂起，都显露自己的长处，遮蔽自己的短处，夸耀自己得到的，而讳言自己失去的。天下的士人各自拘守一隅，而不能相互交流，世人再也不知道学术是有学统的，道义是有道统的。先王遗留下来的文字尽管还在，却都弃置一边，不去讲求，更何况秦朝焚书坑儒了！

　　汉兴，六艺皆得于断绝残脱之余①，世复无明先王之道以一之者②。诸儒苟见传记百家之言，皆悦而向之③。故先王之道为众说之所蔽，暗而不明，郁而不发④。而怪奇可喜之论，各师异见，皆自名家者，诞漫于中国⑤。一切不异于周之末世，其弊至于今尚在也⑥。自斯以来，天下学者知折衷于圣人，而能纯于道德之美者，扬雄氏而止耳⑦。如向之徒，皆不免乎为众说之所蔽，而不知有所折衷者也。孟子曰："待文王而兴者，凡民也。豪杰之士，虽无文王犹兴。"⑧汉之士岂特无明先王之道以一之者哉？亦其出于是时者，豪杰之士少，故不能特起于流俗之中、绝学之后也。

【注释】

①六艺：即"六经"，包括《诗》《书》《礼》《乐》《易》《春秋》。《乐经》亡佚，遂称"五经"。残脱，残破脱落。

②以一之：而使先王之道成为一统。汉武帝时，尽管儒家获得一尊地位，但是五经博士各立异说，各遵师说，流派杂陈，各呈己见，作为治理国家的统一思想一直未能出现。

③诸儒苟见传记百家之言，皆悦而向之：在文景、汉武时代，今文经学崛起，伏生今文《尚书》学，齐鲁韩"三家诗"，董仲舒的《春秋》公羊学，都是红极一时的"显学"。《鲁诗》的祖师申培公，受到汉武帝帛璧安车旷世一见的礼遇，迎至京师，"弟子为博士者十余人"，"至于大夫、郎中、掌故以百数"。齐人辕固生是治《齐诗》的宗师，齐人跟他学习的，都显贵起来。济南伏生也受到朝廷的特别尊重，"诸山东大师无不涉《尚书》以教矣"。明经取士的制度，成了今文经学的利禄通途，所以当时诸儒"皆悦而向之"。事见《史记·儒林列传》。

④"故先王之道为众说之所蔽"几句：西汉，今文经学大行其道，古文经学如《毛诗》《古文尚书》《周礼》《左传》均未列于学官，不在"明经"的范畴，沾不上五经博士的福分，暗淡不彰，冷落闭塞。这里所说的"先王之道"主要指古文经学。其实今文经学也在"明先王之道"，只是多从当时的社会政治需要出发，因而遭到曾巩的否定。

⑤ "而怪奇可喜之论" 几句：在汉代，朝廷设立五经博士，本意想养着这些书生，让他们能够衣食无忧地研治儒家经典。却不想学问一旦和利益挂钩，就彻底变味了。直接导致今文经学门派林立，家法师法，藩篱森严。为了突显自家学说存在的价值，常常提出炫人耳目的观点，不为求真，只为求异。

⑥ 一切不异于周之末世，其弊至于今尚在也：传承 "先王之道" 的儒学发展至北宋，逐渐摆脱了汉儒经注笺疏的训诂学方法，度越诸子，上接孔孟，企图与圣人直接对话。周敦颐、程颢、程颐、张载等人以绝大之自信，开宗立派，著书立说。一时间，洛学、关学、蜀学蜂起。诸家学说为一义之胜，较短絜长，不惜援佛入儒。作为醇儒的曾巩看到这一局面，自然会联想到春秋战国时期诸子百家学说对儒家之学的冲击，所以才有 "其弊至今尚在" 的感叹。

⑦ "自斯以来" 几句：曾巩于诸子外，独服膺扬雄。在《筠州学记》中称："能明先王之道者，扬雄而已。而雄之书，世未知好也。"在《答王深甫论扬雄书》中称："学每有所进，则于雄书每有所得"，"则雄之言，不几于测之而愈深，穷之而愈远者乎"？

⑧ "孟子曰" 几句：《孟子·尽心上》："孟子曰：'待文王而后兴者，凡民也。若夫豪杰之士，虽无文王犹兴。'"赵岐注："凡民，无自知者也。故须文王之大化，乃能自兴起以趋善道。若夫豪杰才知千万于凡人者，虽不遭文王，犹能自起以善守身正行，不陷溺也。"

【译文】

汉朝兴起，儒家六经都是从断绝残脱中抢救出来的，世间再也没有通晓先王之道并加以融会贯通的人了。儒生们只要看到散布的诸子百家学说，都会心悦诚服地接受它们。所以先王之道逐渐被百家之说所遮蔽，晦暗不明，阻滞不通。但是，怪异奇特、取悦世人的言论，众说纷纭，都出自名儒，一时间充斥中国。这一切都与周代的末世没有什么两样，其间产生的弊端，至今仍然存在。从那以后，天下的学者懂得取正于圣人，在道德上能够做到既醇且美的，也只有扬雄罢了。像刘向之类的人，都不免于被众说所蒙蔽，而不知道取正于圣人。孟子说过："等待文王出现才兴起的，是普通的人。豪杰之士，尽管没有文王仍然能够兴起。"汉代的士人难道仅仅是没有理解先王之道并融会贯通的人吗？也正是因为当时豪杰之士少，所以先王之道不能崛起于流俗之中，不能在失传之后再度复兴。

　　盖向之序此书，于今为最近古，虽不能无失①，然远至舜、禹，而次及于周、秦以来，古人之嘉言善行，亦往往而在也，要在慎取之而已②。故臣既惜其不可见者，而校其可见者特详焉，亦足以知臣之攻其失，岂好辩哉？臣之所不得已也③。

【注释】

①虽不能无失：批评《新序》《说苑》最早、最激烈的是刘知幾，其《史通·杂说》："广陈虚事，多构伪辞"，"以惑后来，则过之尤甚者也"。后来反批评者有清人朱一新《无邪堂答问》卷四："诸子书发掘己意，往往借古事以申其说。刘子政作《新序》《说苑》，冀以感悟时君，取足达意而止，亦不复计事实之舛误。盖文章体制不同，议论之文，源出于子，自成一家，不妨有此。若纪事之文出于史，考证之文出于经，则固不得如此也。"其说通达。刘向编著杂采古书，所见异辞，取其"善以为宝"，至于史事出入，则非其用意所在。《汉书·艺文志》："小说家者流，盖出于稗官，街谈巷语，道听途说者之所造也。孔子曰：'虽小道，必有可观者焉，致远恐泥，是亦君子弗为也。'然亦弗灭也。闾里小知者之所及，亦使缀而不忘。如或一言可采，此亦刍荛狂夫之议也。"

②"然远至舜、禹"几句：《新序》载春秋事最多，汉事不过数条。其

内容多采自百家传记，并将其分类编排。很多与《春秋》内外传、《战国策》《史记》相出入。高似孙《子略》：“先秦古书，甫脱烬劫，一入向笔，采撷不遗。至其正纪纲、迪教化、辨邪正、黜异端，以为汉规鉴者，尽在此书。”未免推崇过甚，“要其推明古训，以衷之于道德仁义，在诸子中犹不失为儒者之言也”（《四库总目提要》卷九一）。

③岂好辩哉？臣之所不得已也：语出《孟子·滕文公下》：“予岂好辩哉？予不得已也！”

【译文】

大约刘向编次这部书，在今天看来是最接近古时风貌的，尽管不能没有失误，然而，久远从尧、舜开始，其次从周、秦以来，古人的嘉言善行，也常常保存在其中，关键在于谨慎地别择罢了。所以，臣下对那些看不到的内容，感到非常可惜，对于保存至今的部分，校勘得非常详细，也可以看出臣下之所以指责其中的失误之处，难道是喜欢辩论吗？这其中的确有臣下不得已的地方啊。

【评点】

王遵岩曰：南丰文字，于原本经训处，多用董仲舒、刘向也。

茅鹿门曰：见极正大，文有典刑。

张孝先曰：叙世教盛衰处，历有原委，及以向之书不能无失，要在慎取，皆为名论。独谓扬雄能纯于道德，则其言过当，犹未免刘向之见也。

【译文】

王慎中评论道：曾巩所写的文章，对于推原经籍义理，多取之于董仲舒与刘向。

　　茅坤评论道：曾巩见解端正且开阔，文章写得堪称典范。

　　张伯行评论道：文章叙述世道教化的盛衰，源流清晰，论述刘向所撰之书，不能没有失误，而应当小心别择，这些都是著名的观点。只是在谈论扬雄时，认为扬雄能够保持道德醇厚，这一观点有些不妥当，曾巩像刘向一样，认识难免偏颇。

《列女传》目录序

【题解】

　　刘向《列女传》是一部介绍中国古代妇女事迹的传记性史书。其后效法者不绝，续作至唐已有十六家之多。刘著便又称《古列女传》，以别于后出者。与刘向的《列女传》不同，后世的《列女传》已失刘向之旧例，专从节烈处着笔，"列女"逐渐变成"烈女"。这一点《明史·列女传》说得很清楚："刘向传列女，取行事可为鉴戒，不存一操。范氏宗之，亦采才行高秀者，非独贵节烈也。魏、隋而降，史家乃多取患难颠沛、杀身殉义之事。"曾巩此序叙其存亡分合，要言不烦，颇有学术价值。文章首段，循"书序"之成法，叙《列女传》之篇目次第。溯传文之源，探变迁之流，断篇卷目次，析诸家识见。曾巩考订翔实，不厌其烦。凡典籍所载者，一一排定《汉书》《隋书》《崇文总目》《艺文志》《唐志》诸本的先后；凡编订著录者，又逐个叙述刘向、刘歆、曹大家、苏颂及官修史书的异同。而考稽篇目次第，则由八篇而"离其七篇为十四"，而"与《颂义》凡十五篇"，又益以"十六事"，直至指出其篇卷的增益补缀、分合删定乃典籍、诸家各有其数。曾巩编校史馆书籍，一向精益求精，比勘对照，从来审慎谨严，最终，得出"校雠其八篇及其十五篇者已定"的结论。曾巩还就《列女传》这部文献之变迁畅发议论，慨叹："古书之或有录而亡，或无录而在者，亦众矣，非可惜哉！"《列女传》一书，虽世人之常见而不以为疑，虽疑者之不解而久不能辨析。自《汉书》而至《唐志》,自班昭而至苏颂,虽时旷日久,终未详明《列女传》之根源脉络、分合异同之所在。经曾巩"校雠"毕,已"可缮写"。我们不厌其烦地分析首段文字,是因为这段文字让我们看到,曾巩作为文献整理者,一方面受皇帝、朝廷之托;另一方面,自己也以刘向为效法对象,是称职的,整理工作也是出色的。至于最为后世文献家所诟病的书序文字,没有亦步亦趋,按照刘向的模式书写,是因为在曾巩心目中,"先王之道""圣人之道"是最为重要的,与其相比,琐屑的文献整理过程的陈述,就显得微不足道了。

　　刘向所叙《列女传》,凡八篇,事具《汉书》向列传①。而《隋书》及《崇文总目》皆称向《列女传》十五篇,曹大家注②。以《颂义》考之③,盖大家所注,离其七篇为十四,与《颂义》凡十五篇,而益以陈婴母及东汉以来凡十六事,非向书本然也④。盖向旧书之亡久矣。嘉祐中,集贤校理苏颂始以《颂义》为篇次,复定其书为八篇,与十五篇者并藏于馆阁⑤。而《隋书》以《颂义》为刘歆作,与向列传不合。今验《颂义》之文,尽向之自叙。又《艺文志》有向《列女传颂图》,明非歆作也⑥。自唐之乱,古书之在者少矣,而《唐志》录《列女传》凡十六家,至大家注十五篇者,亦无录,然其书今在。则古书之或有录而亡,或无录而在者,亦众矣,非可惜哉!今校雠其八篇及十五篇者已定⑦,可缮写。

【注释】

①"刘向所叙《列女传》"几句:《汉书·楚元王传》附《刘向传》:汉成帝时,"向睹俗弥奢淫,而赵、卫之属起微贱,逾礼制。向以为

王教由内及外，自近者始。故采取《诗》《书》所载贤妃贞妇，兴国显家可法则，及孽嬖乱亡者，序次为《列女传》，凡八篇，以戒天子"。

② 而《隋书》及《崇文总目》皆称向《列女传》十五篇，曹大家注：《隋书·经籍志·杂传类》载《列女传》十五卷，曹大家注。《崇文总目》亦同。曹大家，即班昭，一名姬，字惠班，扶风安陵（今陕西咸阳东北）人。其父班彪、兄班固，一门史学名家。其夫曹世叔，故世称曹大家。家，通"姑"。和帝时，世叔卒。曹大家被召入宫中，和马续奉命续成《汉书》八表及《天文志》。在宫中，曹大家同时担任后妃的教师，注释《列女传》作为教本。著有《东征赋》《女戒》等七篇。

③《颂义》：《列女传》原书八篇，前七篇分类纂集，每篇十五传。最后用四言韵语各颂其义，并附有图，合为最后一篇，名为《颂义》。何焯《义门读书记》卷四一："《颂义》自为一篇，犹《汉书》有叙传耳。扬子《法言》总以十三篇之叙列于卷末，至宋咸析而升之章首，古书次序为庸人汨乱多矣。"

④"盖大家所注"几句：推测由八篇如何分为十五篇。王回《列女传序》："（刘向）奏此书以讽宫中，其文美刺《诗》《书》已来女德善恶，系于家国治乱之效者，故有《母仪》《贤明》《仁智》《贞慎》《节义》《辩通》《孽嬖》等篇，而各颂其义，图其状，总为卒篇，传如《太史公记》，颂如《诗》之四言，而图为屏风云。然世所行班氏注向书，乃分传每篇上下。并颂为十五卷，其十二传无颂，三传其同时人，五传其后人，而通题曰向撰，题其颂曰向子歆撰，与汉史不合。故《崇文总目》以《陈婴母》等十六传为后人所附。予以颂考之，每篇皆十五传耳。则凡无颂者，宜皆非向所奏书，不特自《陈婴母》为断也。"王序基本与曾序相合。"班氏注向书"之"班氏"即曹大家。

⑤ "嘉祐中"几句：刘向《列女传》的原貌应为八卷，《隋书·经籍志》及《崇文总目》所著录之十五卷，据曾巩推测，乃曹大家拆分而成。苏颂据《颂义》之编次，复定其书为八卷，试图恢复刘向之旧。曾巩在馆阁藏书中看到了曹大家所注之十五卷本及苏颂重编之八卷本。曾巩的好友王回于嘉祐八年（1063）也依据《颂义》重编了另一个八卷本，并命名为《古列女传》，王回还经过考证把曹大家本在流传中掺入的一些篇目，计二十篇，别为一编，命名为《续列女传》。治平二年（1065），王回去世，曾巩作为其生前好友，为其文集写了序言，不知什么原因，没有提及王回重编《列女传》这件事。曹大家所注之十五卷本及苏颂重编之八卷本，后皆不传，《四库全书》中所收《古列女传》《续列女传》，为王回所编。

⑥ "而《隋书》以《颂义》为刘歆作"几句：何焯《义门读书记》卷四一："考《隋书·列女传》，《颂》一卷，刘歆撰，与曹植《颂》一卷，谬袭《赞》一卷，录于向书十五卷之后。或歆亦自有《颂》，至宋已亡之，未可知也。"又说："刘歆不闲辞赋，《颂义》非其所作决矣。"《四库提要》卷五七："《颂》本向所作，曾巩及回所言不误"，"考《颜氏家训》，称《列女传》刘向所造，其子歆又作《颂》，是讹传《颂》为歆作，始于六朝，修《隋志》，去子推仅四五十年，袭其误耳"。据此知，《隋志》以歆作《颂》不可据。

⑦ 校雠：犹今言校对。《风俗通义》："刘向《别录》：'校雠者，一人读书，校其上下，得谬误为校。一人持本，一人读书，若怨家相对为雠。'"（《文选·魏都赋注》引）

【译文】

　　由刘向撰写叙录的《列女传》，一共八篇，可参考《汉书》刘向的列传。而《隋书·经籍志》及《崇文总目》均著录刘向《列女传》十五篇，曹大家注。通过《颂义》篇加以考察，大约曹大家在注释时，将原来的七篇分割成十四篇，再加上《颂义》，共十五篇，增加了陈婴母及东汉以来共十六件事，已经不是刘向所编书的本来面目了。大约刘向所编旧书已经亡佚很长时间了。嘉祐中，集贤校理苏颂开始根据《颂义》提供的线索，编排这部书，重新厘定为八篇，与十五篇本一起收藏于馆阁之中。而《隋书·经籍志》著录《颂义》为刘歆所作，与《汉书·刘向传》记载不相符合。现在考察《颂义》的内容，可以发现，里面多是刘向所写的自叙。另外，《汉书·艺文志》著录有刘向的《列女传颂图》，据此可以判断，《颂义》明显不是刘歆著作。自从唐代之乱后，存在于世间的古书就已经很少了，而《新唐书·艺文志》著录《列女传》共有十六家，至于曹大家注十五篇，却没有著录，但是这部书至今仍然存世。可见，古书有的尽管著录了，实际却亡佚了，有的古书尽管没有著录，却实际存在，这种情况很多，非常可惜！现在校勘八卷本、十五卷本，并已经校定，可以进行誊写了。

　　初，汉承秦之敝，风俗已大坏矣①，而成帝后宫赵、卫之属尤自放②。向以谓王政必自内始，故列古女善恶所以致兴亡者，以戒天子，此向述作之大意也。其言太任之娠文王也，目不视恶色，耳不听淫声，口不出敖言③。又以谓古人之胎教者皆如此。夫能正其视听言动者，皆大人之事，而有道者之所畏也④。顾令天下之女子能之，何其盛也！以臣所闻，盖为之师傅保姆之助⑤，《诗》《书》图史之戒⑥，珩璜琚瑀之节⑦，威仪动作之度，其教之者虽有此具，然古之君子，未尝不以身化也。故《家人》之义归于反身⑧，《二南》之业本于文王⑨，夫岂自外至哉？世皆知文王之所以兴，能得内助，而不知所以然者。盖本于文王之躬化，故内则后妃有

《关雎》之行，外则群臣有《二南》之美，与之相成。其推而及远，则商辛之昏俗[10]，江汉之小国，《兔罝》之野人，莫不好善而不自知[11]，此所谓身修故家国天下治者也[12]。后世自学问之士，多徇于外物而不安其守，其家室既不见可法，故竞于邪侈，岂独无相成之道哉？士之苟于自恕，顾利冒耻而不知反己者，往往以家自累故也。故曰"身不行道，不行于妻子"[13]，信哉！如此人者，非素处显也，然去《二南》之风亦已远矣，况于南向天下之主哉[14]！向之所述，劝戒之意，可谓笃矣。

【注释】

① "初"几句：据《汉书·贾谊传》：贾谊上疏曰："曩之为秦者，今转而为汉矣。然其遗风余俗，犹尚未改。"

② 而成帝后宫赵卫之属尤自放：赵，即舞女赵飞燕，入宫后，受汉成帝宠幸，又召其妹入宫，俱为婕妤，贵倾后宫，成帝乃废许后，立飞燕为皇后。平帝即位，废为庶人，自杀。卫，即李平，原为班婕妤的侍女，班氏进给成帝而得宠，立为婕妤。成帝因武帝的卫皇后也出身低微，就赐李平改姓卫。成帝死，充奉园陵，去陪成帝幽灵。卫婕妤事在赵飞燕略前。赵、卫为害宫中，班婕妤则退居长信宫。俱见《汉书·外戚传》。

③ "其言太任之娠文王也"几句：《列女传·母仪传》："太任者，文王之母，挚任氏中女也。王季娶为妃……及其有娠，目不视恶色，耳不听淫声，口不出敖言，能以胎教。"淫声，指俗而不雅的音乐。敖言，傲慢的话。

④ "又以谓古人之胎教者皆如此"几句：《列女传·母仪传》："古者妇人妊子，寝不侧，坐不边，立不跸，不食邪味，割不正不食，席不

正不坐,目不视于邪色,耳不听于淫声","如此则生子形容端正,才德必过人矣"。

⑤师傅:古代上层妇女的女教师,亦称女师,教以妇德、妇言、妇容、妇功。保姆,古代君主侍妾中专事抚养子女的人。

⑥《诗》《书》图史之戒:两汉皇宫已把图文并茂的儒家典籍,作为官妃的劝戒教材。曹大家重编《列女传》,并加以注释,也是将其作为在宫禁中培养女德的教材。

⑦珩璜琚瑀:《诗经·郑风·女曰鸡鸣》"杂佩以赠之"毛传:"杂佩者,珩、璜、琚、瑀、冲牙之类。"陆德明释文:"珩音衡,佩上玉也;璜音黄,半璧曰璜。"

⑧故《家人》之义归于反身:《周易·家人·象传》:"威如之吉,反身之谓也。"是说在家庭要使人敬畏,就得先对人敬畏,不先行于己,则人不服。所谓"反之于身,则知施之于人"(孔颖达语),儒家所提倡的"修""齐""治""平",始于修身,也是这个道理。

⑨《二南》之业本于文王:指《诗经·国风》中的《周南》和《召南》,旧说这两部分诗歌颂周公、召公家庭生活的和谐,风化所至,影响所统辖的地区,成就"正始之道、王化之基",即所谓《二南》之业"。也就是周文王、周武王的王道政治的体现。

⑩则商辛之昏俗:商辛,又称帝辛,即纣王。殷商亡国之君。昏俗,犹言乱俗,指西周初立时所面临商末的昏俗乱习。

⑪"江汉之小国"几句:江汉之小国,长江以北和汉水以南的诸侯国。《毛诗序》说《诗经·周南》中的《汉广》,德广所及也。文王之道被于南国,美化行乎江汉之间"。《毛传》又说:"纣时淫风遍于天下,维江汉之域先受文王之教化。"《兔罝(jiē)》,《诗经·周南》中的篇名。罝,捕兔的网。野人,指猎人。旧说此篇歌颂后妃以身作则推行教化,人人好德,连"鄙贱"的猎人也知恭敬。见《毛诗序》及郑《笺》。

⑫此所谓身修故家国天下治者也:《礼记·大学》:"身修而后家齐,家齐而后国治,国治而后天下平。"

⑬故曰"身不行道,不行于妻子":语见《孟子·尽心上》,赵岐注:"身不自履行道德,而欲使人行道德,虽妻子不肯行之,言无所则效也。"

⑭南向天下:即南面而治天下,君临天下。

【译文】

起初,汉朝承袭了秦朝的弊政,风俗已经被严重破坏了,成帝后宫赵、卫之流更为放纵。刘向认为善政一定是从内宫开始的,所以列举古代女子善恶之行导致国家兴亡的例子,来告诫天子,这正是刘向撰述此书的主要意图。书中记载太任怀胎周文王时,眼睛不看不雅的色相,耳朵不听淫邪的乐声,口中不说傲慢的话。据说古人的胎教大多如此。能够控制和端正视、听、言、动的,通常都是德高位尊者才能做到,即便有一定修养的人也不敢说能够做得到。因而,让天下的女子做到这些,这应该是盛况空前了! 据臣所知,古人对女子的教化,一般有师傅、保姆的帮助,有《诗经》《尚书》等图文并茂的典籍的告诫,讲究服饰杂佩的节制,注重进退举止的法度,教化尽管有这些外在因素的辅助,但是古代的君子未曾不注重自己内在的修习。所以在《家人》中,我们看到了君子向内求的努力,在《二南》中,我们看到了圣人功业是从文王发端的,这难道是向外求所能够得到的吗? 世人都知道文王之所以能够兴起,是得到了后妃等内人的帮助,并不知道为什么能够做到这些。其中原委大约是因为文王能够身体力行,于是在内宫有《关雎》中所称颂的后妃行为,在外廷则有《二南》所赞美的群臣的事功,内外配合,相辅相成。如果追溯到久远的年代,那么即便在风俗混乱的商朝末期,江汉间的小国,《兔罝》篇中用网捕兔的乡野之人,没有不心性善良而自己却没有觉察的,这正是所谓只要每个人修行高尚,那么小到家,大到国,都会得到很好的治理。后世从有学问的人开始,都屈从于外物,而不能安然于自己应有的操守,他们的家室看不到有什么可以取法的,因此都竞相淫邪、奢靡,这难道仅仅是没有相互成就的道义吗? 士人只要宽于待己,只考虑自己的利益,甘冒人之所不耻,而不知道反省自己,往往都是因为家人的牵累。所以说"自己不守道义,道义也就不能在妻儿间贯彻执行",的确是这样! 像这样的人,不能以朴素的心态处身显要地位,然而距离《周南》《召南》的世风已经很远了,更何况面南背北治理天下的君主呢! 刘向在书中,通过所讲述的内容,劝诫世人,他的用意可见是很深远的。

　　然向号博极群书,而此传称《诗·茉莒》《柏舟》《大车》之类,与今序《诗》者之说尤乖异,盖不可考。至于《式微》之一篇,又以谓二人之作。岂其所取者博,故不能无失欤[1]? 其言象计谋杀舜,及舜所以自脱者,颇合于《孟子》。然此传或有之,而《孟子》所不道者,盖亦不足道也[2]。凡后世诸儒之言经传者固多如此,览者采其有补,而择其是非可也。故为之序论,以发其端云。

【注释】

①"然向号博极群书"几句:这里探究刘向博览群书的利弊。凡《茉莒》诸篇,或"乖异",或"不能无失"。指出了"刘向父子世受鲁诗"(项安世《家说》),不无所囿。因此读《列女传》亦应坚持"采其有补,择其是非"的方法,既体现了曾巩对古人古书的态度,亦符合书序文语贵精实、品评得当的要求。

②"其言象计谋杀舜"几句:《列女传·母仪传》中有虞二妃传,记述舜的父亲瞽瞍和弟弟象合谋,多次迫害舜,因二妃设法使舜免于死于非命。与《孟子·万章上》所记大略相同。《母仪传》记舜脱难三次,前两次和《孟子》同,第三次是瞽瞍让舜饮酒,想趁喝

醉了杀害他,亦未遂。《孟子》未记此事。

【译文】

然而,刘向号称博览群书,但在这部书中,释读《诗经》中的《茉苢》《柏舟》《大车》等篇,与现今通行的释读方法有很大的不同,刘向的释读师承若何,已经很难考证了。至于《式微》一篇,又认为是黎庄夫人和傅母的问答之词。难道是刘向所选择的内容非常广博,所以难免会有失误吗?刘向书中说象设计谋杀害舜,以及舜最后如何脱难,和《孟子》中的讲述很是相合。然而,此书中所写的内容,也有《孟子》中不曾提到的,大概也是它不值得一提。大凡后世儒生谈论经传的确常常如此,读其书者选择有补益的内容,同时别择其中的是非就可以了。故而为此书写下以上序论,并作为发端。

【评点】

王遵岩曰:宋人叙古人集及古人所著书,往往有此家数。然多以考订次第为一篇之文而已,不能如先生更有一段大议论以成其篇也。如后叙鲍容、李白集,亦不免用其体。盖小集自不足以发大议论,又适当然耳。

茅鹿门曰:子固诸序,并各自为一段大议论,非诸家所及,而此篇尤深入,近程、朱之旨矣。

张孝先曰:古人立言所以能见其大者,盖由学有原本,故非掇华摘藻之家所能及也。鹿门谓此篇近程、朱之旨,信然。

【译文】

王慎中评论道:宋代人撰写古人编纂的集子或者古人撰写的书籍的叙录时,常常运用曾巩这样的方法。但多是考订篇卷顺序罢了,不像曾巩这样，单独有一大段的文字进行议论，甚至可以独立成篇。曾巩后来撰写鲍容、李白集的叙录，也采用了这一写法。小的集子自然不足以引发出大的议论，需要适可而止。

茅坤评论道：曾巩撰写了诸多序文，并各篇都有一段大议论，这一点其他各家比不上，这一篇议论尤其深入，已经接近程朱思想了。

张伯行评论道：古人著书立说，之所以能够识见宏大，是因为学有根底，本来就不是玩弄辞藻的人所能比的。茅坤认为这一篇的见解已经接近程朱思想，的确如此。

《说苑》目录序

【题解】

刘向的代表著作《新序》和《说苑》，均采录大量先秦文献，包括经传子史中的历史故事、寓言和传说，虽有剪裁取舍和文笔上的加工，但基本是旧文。一方面保存了不少《汉书·艺文志》中虽有著录，却早已亡佚的文献的片言只语，另一方面，在文献体式上也有一定的开拓意义，后世的类书、讲史、传奇等文献类型，不能不说受到《说苑》的影响。《说苑》在宋初王尧臣等编辑《崇文总目》时，已无全帙（只有五卷）。曾巩校书，虽然搜得十三卷，加以补充、整理，但是仍有散佚。

虽然从《汉书·艺文志》起，历代著录都把《说苑》归入儒家类，但它的内容资料是不局限于儒家的。刘向博学广闻，长期从事文献的搜集和整理，左右采获，并蓄兼收。《说苑》之作近乎"兼儒、墨，合名、法"，"街谈巷语，道听涂说"的杂家和小说家。由于这一名实不副的矛盾，后人指斥它"广陈虚事，多构伪辞"（刘知几《史通·杂说篇》），曾巩在这篇书序中也认为，刘向"欲有为于世，至其枉己而为之者有矣，何其徇物者多而自为者少也"。曾巩的确看到了刘向性格悲剧的要害，刘向好直言极谏，虽累次获罪，并不退缩。他对于"优柔不断"的元帝，"湛于酒色"的成帝,都没有放弃职守,忘掉规劝。在某种程度上,他是把编纂的《说苑》《新序》《列女传》等书当成"谏书"用的,进谏只问结果,不问过程,明白这些,就不会抱怨刘向编纂的这些书不纯然是儒家思想了。

　　刘向所著《说苑》二十篇①,《崇文总目》云:"今存者五篇,余皆亡。"②臣从士大夫间得之者十有三篇,与旧为十有八篇③,正其脱谬,疑者阙之,而叙其篇目曰:

【注释】

①刘向所著《说苑》二十篇:《汉书·楚元王传》附《刘向传》载:刘向著《新序》《说苑》凡五十篇。二书总为五十篇,分开说,则《新序》三十篇,《说苑》二十篇。《隋书》和《新唐书》著录《说苑》皆二十卷,《旧唐书·经籍志》均记《新序》《说苑》二书为三十卷,则与《汉书》总数不合。

②"《崇文总目》云"几句:《崇文总目》卷五说:"汉刘向撰。向成帝时典秘书,采传记百家之言,掇其正辞美义可为劝戒者,以类相从,为《说苑》二十篇。今存者五卷,余皆亡。"

③臣从士大夫间得之者十有三篇,与旧为十有八篇:《四库全书总目》卷九一:"曾巩校书序云:'得十五篇于士大夫家,与旧为二十篇。'"现存曾集各本此二句无异文,四库馆臣当另有所据。晁公武《郡斋读书志》说:"缺第二十卷。曾子固所得之二十篇,正是析十九卷作《修文》上下篇耳。"陆游《渭南文集》卷二十九《〈说苑〉跋》记李德刍之言:"馆中《说苑》二十卷,而阙《反质》一卷。曾巩乃分《修文》为上下,以足二十卷。后高丽进一卷,遂足。"李德刍,宋神宗时历任光禄寺丞、知大宗正丞事等,与曾巩同时,其所言当为不虚。可见,曾巩所序之本并非足本、善本,流传至今的第二十卷《反质》,实际出于高丽本。二十世纪初,人们在敦煌

藏经洞中,发现了初唐写本《说苑·反质篇》残卷,将其与今天传世本相比勘,可以发现今本很多失真之处。

【译文】

刘向所著《说苑》共计二十篇,《崇文总目》记载:"现在仅存五篇,其他的都亡佚了。"臣从士大夫家中搜求到十三篇,与原有的五篇合为十八篇,纠正了其中讹误之处,补充了部分脱文,有疑惑的地方,付之阙如,并在篇目之首写下叙文:

向采传记、百家所载行事之迹,以为此书,奏之欲以为法戒①。然其所取,往往又不当于理②,故不得而不论也。

【注释】

①奏之欲以为法戒:《汉书·刘向传》:"数上疏言得失,陈法戒。"法戒,楷式和鉴戒。

②不当于理:曾巩此处所说的理,应是"先王之道",儒家之理。

【译文】

刘向采择传记以及诸子百家中所记载的前人事迹,著成这部书,上奏给朝廷,希望世人将其作为师法或鉴戒的对象。但是书中所选取的内容,往往不合乎道理,所以臣不得不有所论述。

夫学者之于道,非知其大略之难也,知其精微之际固难矣。孔子之徒三千,其显者七十二人,皆高世之材也。然独称"颜氏之子,其殆庶几乎"①。及回死,又以谓无好学者②。而回亦称夫子曰:"仰之弥高,钻之弥坚。"③子贡又以谓夫子之言性与天道,不可得而闻也④。则其精微之际,固难知久矣。是以取舍不能无失于其间也,故曰"学然后知不足"⑤,岂虚言哉?

【注释】

①"孔子之徒三千"几句:《周易·系辞下》:"颜氏之子,其殆庶几乎!"颜氏之子,指颜回。后因以"庶几"借指贤人。汉王充《论衡·别通》:"孔子之门,讲习五经。五经皆习,庶几之才也。"

②及回死,又以谓无好学者:《论语·雍也》:"哀公问:'弟子孰为好学?'孔子对曰:'有颜回者好学,不迁怒,不贰过。不幸短命死矣,今也则亡,未闻好学者也。'"《先进》篇亦记孔子回答季康子同样的提问。

③"而回亦称夫子曰"几句:《论语·子罕》:"颜渊喟然叹曰:'仰之弥高,钻之弥坚。瞻之在前,忽焉在后。'"

④子贡又以谓夫子之言性与天道,不可得而闻也:《论语·公冶长》:"子贡曰:'夫子之文章,可得而闻也;夫子之言性与天道,不可得而闻也。'"性,人的本性。孟子和荀子都有或善或恶的主张,孔子只说过"性相近也,习相远也"(《论语·阳货》)一句话。天道,指自然和人类社会吉凶祸福的关系。孔子不讲天道,对天和社会的关系存而不论。《子罕》篇亦有"子罕言利与命与仁"。

⑤学然后知不足:语出《礼记·学记》:"虽有嘉肴,弗食不知其旨也。虽有至道,弗学不知其善也。是故学然后知不足,教然后知困。"

【译文】

学者对于道,知道其中的大概并不难,难的是了解其中的精微之处。孔子的弟子有三千之众,广为人知的也就七十二人,都是超越众人的人才。但是孔子单独称赞颜回,认为"颜回可称得上是贤人了"。等到颜回死了,又认为再也没有像颜回那样好学的人了。而颜回也称颂孔子说:"仰望他,越发感觉高不可攀;探究其中,越发感觉坚不可入。"子贡也说听不到孔子谈论性命与天道。可见圣人思想的精微之处,本来就很难穷尽了。因此取舍时就不可能没有遗漏的，所以说"探究以后，才知道自己存在的不足"，这难道是句空话吗？

　　向之学博矣，其著书及建言，尤欲有为于世①，至其枉己而为之者有矣②，何其徇物者多而自为者少也③。盖古之圣贤，非不欲有为也，然而曰求之有道，得之有命。故孔子所至之邦，必闻其政，而子贡以谓非夫子之求之也④，岂不求之有道哉？子曰："道之将行也与，命也；道之将废也与，命也。"岂不得之有命哉⑤？令向知出此，安于行止，以彼其志，能择其所学，以尽乎精微，则其所至未可量也。是以孔子称古之学者为己⑥，孟子称君子欲其自得之，则取之左右逢其原，岂汲汲于外哉？向之得失如此，亦学者之戒也⑦。故见之叙论，令读其书者知考而择之也。然向数困于谗而不改其操，与夫患失之者异矣，可谓有志者也。

【注释】

①欲有为于世：刘向积极参预政事，元帝初，因反对外戚宦官被下狱，出狱后即差人上书复抨击，再次入狱。出狱后又再上疏，因此被废弃十多年。成帝立，复进用。当时国舅王凤秉政专权，兄弟七人封侯，刘向撰《洪范五行传论》，推演上古至秦汉灾异祸福，奏上，影射王氏兄弟。成帝高起皇陵，奢费不已，即上疏劝谏。又因后宫赵飞燕等弄权，编撰《列女传》以讽戒。又著《新序》《说苑》奏之，以著述当谏书，陈古刺今，皆与封事相发，以求有补于世。

②枉己：委屈自己。指刘向三番五次被下狱。

③何其徇物者多而自为者少也：徇物，顺从外物。指借助天道推论人事。自为者少，指刘向的著述都是采录先秦文献编排成书，自

己写的少。

④"故孔子所至之邦"几句：《论语·学而》记子禽问子贡说："夫子至于是邦也，必闻其政，求之与？抑与之与？"子贡答道："夫子温良恭俭让以得之。夫之求之也，其诸异乎人之求之与？"与之，别人告诉孔子。子贡说孔子求得的方法，大概和别人不相同吧。也就是说非求之于人，而是求之于本身，靠自己的德行获得。即求之有道。

⑤"子曰"几句：《论语·宪问》记公伯寮在鲁国贵族季孙面前毁谤子路，鲁大夫子服景伯把这事告诉孔子，并说他可以杀掉公伯寮。孔子担心引起内乱，孔子回答了这几句话，最后又说："公伯寮其如命何！"他能把我的命运怎样！此即所谓"得之有命"。

⑥古之学者为己：语出《论语·宪问》："子曰：'古之学者为己，今之学者为人。'"为己，目的在修养自己的学问道德。

⑦"孟子称君子欲其自得之"几句：孟子以为求于本身，则必得之，而且"万物皆备于我"，反身以求，会左右逢源，是最快乐的事，这样自然不必汲汲于求之外。参见《孟子·尽心上》。

【译文】

刘向的学问很渊博，他著书立言，很想对社会有所贡献，就算委屈自己也在所不惜，他过于顺从已有的成规，很少在著述中表达自己所思所想。大约自古以来，圣贤并非不想有所作为，只不过追求功名要合乎道义，能否达成，还要看天命如何。所以，孔子每到一个邦国，一定要了解它的政治，子贡说并非夫子想要去求得，这难道不是求得要合乎道义吗？孔子说："道义如果能够得到贯彻，是天命所致，如果道义终不免于被抛弃，那也是天命。"这难道不是求得与否关乎天命吗？如果刘向能够知道这个道理，安于自己的处境，凭借他的志向，小心别择求学的方向，务求达到精微的程度，那么他能达到的成就将不可限量。所以，孔子曾说："古代的人求学，是为了完善自己。"孟子也说过：君子求得在于自己,能够如此,则可以左右逢源,万物皆备于我,是最快乐的事情,哪里还用汲汲求于外呢? 刘向的得失大略如此,也是后世学者引以为戒的。把这些都写在叙论中,让后世读他书的人,知道如何进行别择。尽管如此,刘向多次被谗言所困,却不改变自己的操守,与那些患得患失的人毕竟不同,可算是一个有志向的人。

【评点】

茅鹿门曰:此篇精神融液处,不如《新序》《战国策》诸篇。

张孝先曰:刘向欲有为于世,乃至枉己徇物而为之,尚得谓之知道乎? 彼其于孔、孟之学,盖未尝造其藩而窥其奥者也。朱子曰:"人生各以时行耳。岂必有挟,然后可以仕?"又曰:"希世取宠之事,不惟有所愧而不敢,实亦有所急而不暇。"即南丰所云"安于行止,择其所学,以尽乎精微"之谓也。使向数困于谗,而益进以学,则所成就者,岂但为有志之士不改其操而已哉? 南丰之评当矣。

【译文】

茅坤评论道:这一篇在精神交融的地方,反倒不如《新序》《战国策》诸篇写得好。

张伯行评论道:刘向想在世间有一番作为,以至于违背自己的原则,屈从世俗,这还能称得上是通晓圣人之道吗? 他对于孔孟之学,并没有真正进入其领域,更不要说登堂入室了。朱熹说过:"人生自有其运行的规律,难道必须有所依持,才能够进入仕途吗?"又说道:"一味迎合世俗换取宠幸,不仅心有所愧而不敢去做,实际上也有更加急迫的事情要去做,而没有时间去媚俗。"也即曾巩所说的"安于自己的处境,选择求学方向,从而达到精微的程度"的意思。假使刘向数次为谗言所困,从而在学问上越发精进，他所取得的成就难道仅仅是作为一个有志向的士人不改其节操吗？曾巩的评价是恰当的。

徐幹《中论》目录序

【题解】

　　徐幹，字伟长，东汉末年人。《中论》为徐幹的政论著作。《隋书·经籍志》著录为六卷，至北宋，曾巩整理馆阁藏书，《中论》计二十篇。曾巩据《贞观政要》《魏志》等文献记载，判断二十篇之《中论》，并非全书。尽管并非全书，既然曹丕称"《中论》二十余篇"，可以推断，失传篇目并不多。唐太宗提到的《复三年丧》篇，以及《制役》篇，与曾巩同时的李献民在民间仍然看到了，曾巩在馆阁中却没有看到。也许是因为曾巩整理本影响太大了，民间的较为完整本反倒湮灭不传了。不过经曾巩的阐述，《中论》的价值得到了重视。曾巩并不看重西汉今文经学假于外物的"天人感应"学说，对东汉章句训诂的古文经学也有微词，却对身处"魏之浊世"的徐幹青眼相加，以为能发扬儒学宗旨，徘徊于乱世之外，而合于孔孟之道。曾巩为学主张得之于内，而求精纯，尽管朱熹说他功夫还不到家，却似乎默许他为理学的先驱者，这的确是曾巩应得的荣誉。

　　臣始见馆阁及世所有徐幹《中论》二十篇，以谓尽于此。及观《贞观政要》，怪太宗称尝见幹《中论·复三年丧》篇[①]，而今书此篇缺。因考之《魏志》，见文帝称幹著《中论》二十余篇[②]，于是知馆阁及世所有幹《中论》二十篇者，非全书也[③]。

【注释】

①怪太宗称尝见幹《中论·复三年丧》篇:《贞观政要》卷六《论悔过》:"贞观十七年,太宗谓侍臣曰:'人情之至痛者,莫过乎丧亲也。故孔子云:"三年之丧,天下之通丧,自天子达于庶人也。"朕昨见徐幹《中论·复三年丧》篇,义理甚深,恨不早见此书。'"

②见文帝称幹著《中论》二十余篇:《三国志·魏书·阮瑀传》,及《吴质传》裴松之注引曹丕《与吴季重书》有云:徐幹"著《中论》二十余篇,成一家之业,辞义典雅,足传于后,此子为不朽矣"。依此推见有几篇佚亡,《复三年丧》为其中之一。

③于是知馆阁及世所有幹《中论》二十篇者,非全书也:《文献通考》卷二百九引晁公武《郡斋读书志》"《中论》二篇"条:"今此本亦止二十篇,中分为上下两卷。按《崇文总目》七卷,不知何人合之。李献民云别本有《复三年》《制役》二篇,乃知子固时尚未亡,特不见之尔。"李献民即李淑,献民其字,与曾巩为同时人,故云"子固时未亡,特不见之尔"。

【译文】

臣起初见到馆阁以及世间所藏的徐幹《中论》,共计二十篇,以为这是全部。等到读《贞观政要》,唐太宗称曾经见到徐幹的《中论·复三年丧》篇,臣感觉非常奇怪,因为臣看到的《中论》缺少这一篇。于是考察《魏志》,看到文帝称徐幹《中论》二十余篇,据此得知,馆阁及世间所藏的徐幹《中论》二十篇,并非全书。

　　幹字伟长,北海人,生于汉魏之间。魏文帝称幹"怀文抱质,恬淡寡欲,有箕山之志"①。而《先贤行状》亦称幹"笃行体道,不耽世荣,魏太祖特旌命之,辞疾不就,后以为上艾长,又以疾不行"②。

【注释】

①魏文帝称幹"怀文抱质,恬淡寡欲,有箕山之志":语见《与吴季重书》。魏文帝,即曹丕。箕山之志,传说上古尧时高士许由避世,隐于箕山,后遂以箕山为退隐的典故。箕山,在今河南登封东南,又名许由山。

②《先贤行状》:《隋书·经籍志》《旧唐书·经籍志》《新唐书·艺文志》无著录,撰人亦不详。章宗源、姚振宗以为《隋书·经籍志》史部杂传类所著录"《先贤集》三卷"、《旧唐书·经籍志》史部杂传类、《新唐书·艺文志》史部杂传记类所著录的题"李氏撰"之"《海内先贤行状》三卷"者即此书。魏太祖:即曹操。

【译文】

　　徐幹字伟长,北海人,出生于汉魏之间。魏文帝称赞徐幹"文质彬彬,清心寡欲,大有许由隐居箕山的遗风"。而《先贤行状》也称赞徐幹"确实躬行正道,不留恋俗世的虚荣,魏太祖特地派使节对他加以任命,徐幹托言疾病而不去就任,后来又任命他做上艾长,他仍然以疾病辞谢"。

　　盖汉承周衰及秦灭学之余,百氏杂家与圣人之道并传,学者罕能独观于道德之要,而不牵于俗儒之说①。至于治心养性、去就语默之际②,能不悖于理者,固希矣,况至于魏之浊世哉③!幹独能考"六艺",推仲尼、孟轲之旨,述而论之。求其辞,时若有小失者;要其归,不合于道者少矣④。其所得于内者,又能信而充之⑤,逡巡浊世,有去就显晦之大节。臣始读其书,察其意而贤之。因其书以求其为人,又知其行之可贤也。惜其有补于世,而识之者少⑥。盖迹其言行之所至,而以世俗好恶观之,彼恶足以知其意哉!顾臣之力,岂足以重其书,使学者尊而信之？因校其脱谬,而序其大略,盖所以致臣之意焉。

【注释】

①"盖汉承周衰及秦灭学之余"几句:曾巩对汉儒的治学方法颇有微词,批评得也很含蓄。到南宋朱熹批判汉儒,说得就很明确了:"盖自邹孟氏没,而圣人之道不传。世俗所谓儒者之学,内则局于章句文词之习,外则杂于老子释氏之言。而其所以修己治人者,遂一出于私智人为之凿。浅陋乖离,莫适主统。使其君之德不得比于三代之隆,民之俗不得跻于三代之盛。若是者,盖已千有余年于今矣。"(《袁州州学三先生祠记》)

②去就语默:出处行止。

③魏之浊世:曹魏通过"禅让"立国,世人认为其属篡逆,所以称"浊世"。徐幹卒于建安末年,当时魏未受禅,不能算作魏代人。

④要其归,不合于道者少矣:《四库全书总目》卷九一:《中论》"大都阐发义理,原本经训,而归之于圣贤之道,故前史皆列之于儒家。"其书《治学第一》:"人虽有美质,而不习道则不为君子。故学者求习道也。"又:"凡学者大义为先,物名为后。大义举而物名从之。然鄙儒之博学也,务于物名,详于器械,考于训诂,摘其章句,而不能统其大义之所极,以获先王之心。"可见,徐幹清醒地看到了汉代儒学发展的弊病,尽管身处旧的时代,却为儒学的未来指出了一条崭新的路径,让数百年之后的曾巩引为同道,这也预示着一个属于宋人的新的儒学时代即将开启。

⑤其所得于内者,又能信而充之:徐幹长于诗赋,曹丕认为可和王粲匹敌(《典论·论文》),为"建安七子"之一,又是知名学者,所谓"怀文抱质"。而"恬淡寡欲","笃行体道",即是得之内在修养。信而充之则能"不耽世荣",而独立于世。

⑥惜其有补于世，而识之者少：这两句话具有深意，隐然回应前文。
　似乎对曹丕只看重徐幹的文才和退隐的一面，具有微意：因为并
　未发现他在思想上推崇孔孟之道，以求"有补于世"，所以并非他
　的知音，故以叹惜之语出之。

【译文】

　　大约汉代承接周代的衰落以及秦代灭绝学术的余波，诸子百家的杂
学与圣人之道一同传播，求学之人很少能够接受纯粹的道德要义，从而
不受俗儒之说的影响。至于研治心性之学、出处行止之间，如果想要与
道义不相违背，本就很难得了，更何况处于魏代那样的乱世呢！徐幹却
能够考究儒家"六艺"之术，推尊孔子、孟子之学，并加以纂述论列。探
究徐幹的言辞，似乎常有些小失误；总结其宗旨，却很少有不合乎道义要
求的。他对于自己内在的修养，坚定不移，并且能够不断加以充实，生活
在乱世之中，却具备出处行止的大节操。臣起初阅读这部书，体察其中
的用意，认为写这部书的人是一个贤人。也正是因为读了这部书，臣想
了解写这部书的人，经过了解才知道作者在行事上的确是一位贤人。可
惜这部书对后世有所补益，却很少有人能够了解。大约后人只推究徐幹
两次辞职的行为，而又以世俗的眼光观察他，这哪里能够了解徐幹的本
意呢！凭借臣的能力，哪里能够推重这部书，并让天下读书人尊重并相
信这部书呢？臣只不过校正文字的脱文及讹误之处，并写一篇叙论于卷
首，表达臣对这部书的重视。

【评点】

　　茅鹿门曰：子固于"建安七子"之中，独取徐幹，得之，
而序文亦属典刑。

　　张孝先曰：徐幹生汉魏之时，独能考"六艺"，论著孔、
孟之旨，且于去就显晦间饶有大节，真"建安七子"中尤超

然特出者也。篇中谓要其归多合于道,因其书求其为人,得表微阐幽之意矣。

【译文】

茅坤评论道:曾巩在"建安七子"中,单独选择了徐幹来进行评价,的确是一个用心的判断,序文写得很规范,有代表性。

张伯行评论道:徐幹生活在汉魏之际,却能考订"六艺",论述孔孟学说大旨,并且在入仕归隐、显达隐没之间显示出很高的节操,真正是"建安七子"中特别超脱世俗、与众不同的人。文章称他的思想倾向更加合乎圣人之道,通过读他的书,来想象他的为人,能够看出曾巩阐明隐微道理的意图。

《礼阁新仪》目录序

【题解】

《礼阁新仪》是一部唐代元和年间,由秘书郎韦公肃编纂的礼仪制度汇编。在礼制典籍中,除常规的吉礼、嘉礼、凶礼之外,还有废礼和新礼。废礼即因不适应习俗变化,不复存在的礼制。新礼即在新的历史背景下产生的新礼制。《礼阁新仪》之"新",应该有推陈出新之意,这也是曾巩在这篇书序中议论的重点。曾巩此序,论礼明达,不主故常,处处渗透通变的精神。认为古礼"其始莫不宜于当世,而其后多失而难遵"。礼随俗变,习俗随社会经济发展而变,礼亦与之俱变。因而明确提出"何必一一追先王之迹"的通变观,很有些迹近法家政治观中的"法后王"的成份。文章论证,逻辑清晰:何为礼、因何变礼、怎样变礼,层层深入,纡徐不烦,完整而严谨。

《礼阁新仪》三十篇,韦公肃撰,记开元以后至元和之变礼①。史馆秘阁及臣书皆三十篇，集贤院书二十篇。以参相校雠，史馆秘阁及臣书多复重，其篇少者八，集贤院书独具。然臣书有目录一篇，以考其次序，盖此书本三十篇，则集贤院书虽具，然其篇次亦乱。既正其脱谬，因定著从目录，而《礼阁新仪》三十篇复完②。

【注释】

① "《礼阁新仪》三十篇"几句：《礼阁新仪》，《旧唐书·经籍志》不见著录，因为《旧唐书·经籍志》是基于唐开元年间毋煚的《古今书录》编订的，而韦公肃之《礼阁新仪》问世晚于《古今书录》。《新唐书·艺文志》著录《礼阁新仪》为二十卷，而《新唐书·礼乐志》论及此书，言为三十卷。经曾巩校勘，确定为三十卷（篇）。元人骆天骧《类编长安志》在"引用诸书"中尚有《礼阁新仪》，而《明史·艺文志》中已不见著录，可见，此书大约于明代亡佚。韦公肃，出京兆杜陵韦氏逍遥公房。兵部郎中韦晤第五子。历任太常博士、秘书省著作郎、果州刺史。《礼阁新仪》系韦公肃官秘书郎、修撰时所编。

② "史馆秘阁及臣书皆三十篇"几句：曾巩校勘此书收罗了三个版本：家藏本、史馆秘阁藏本、集贤院藏本。曾巩将三个版本相互参校，去其重复，互补缺失，最后依据自己家藏本中的目录，厘定篇次，最后形成一个完整的版本。

【译文】

《礼阁新仪》三十篇，韦公肃撰，记载了开元以后到元和年间礼仪制度的变更。史馆秘阁及臣所藏版本皆为三十篇，集贤院所藏版本为二十篇。校勘这几个版本，史馆秘阁及臣所藏版本有很多重复之处，篇目少了八篇，所少篇目在集贤院所藏版本中完整收录。但是臣所藏版本中有目录一篇,据此目录,考订篇目次序,这部书大约有三十篇,尽管集贤院本篇目数量不缺,但次序混乱。校勘文字的脱讹后,再按照目录的次序编定篇目,《礼阁新仪》三十篇又重新以完整的面貌出现了。

　　夫礼者,其本在于养人之性,而其用在于言动视听之间[1]。使人之言动视听一于礼[2],则安有放其邪心而穷于外物哉? 不放其邪心,不穷于外物,则祸乱可息,而财用可充[3]。其立意微,其为法远矣。故设其器,制其物,为其数,立其文,以待其有事者,皆人之起居、出入、吉凶、哀乐之具,所谓其用在乎言动视听之间者也。

【注释】

①“夫礼者”几句:《荀子·礼论》:“故礼者,养也”,“孰知夫恭敬辞让之所以养安也! 孰知夫礼义文理之所以养情也”。

②使人之言动视听一于礼:即《论语·颜渊》“四勿”之意:“非礼勿视,非礼勿听,非礼勿言,非礼勿动。”

③“不穷于外物”几句:《荀子·礼论》:“使欲必不穷乎物,物必不屈于欲,两者相持而长,是礼之所起也。”礼制的确立有效地制约了欲望与物质之间的矛盾,使其保持协调,平息因之而起的祸乱,人们的欲望一旦得到约束,社会财富也会积聚起来。

【译文】

礼仪制度的根本在于培养人的性情,具体的功用体现在言语、举止、观察、聆听之中。如果能够使人们的言语、举止、观察、聆听都合乎礼仪的要求,哪还有放纵贪婪邪念而追逐财富的行为呢? 不放纵贪婪的邪念,不追逐身外的财物,那么祸乱就可以平息,社会的财富就能够丰盈。圣人用意深微,为后世立法。所以设置器具,制定用物,确定数量,设计纹饰,以备需要时运用,这些都是人们逢起居、出入、吉凶、哀乐时表达感情的工具,这就是所说的礼仪的具体的功用体现在言语、举止、观察、聆听之中。

　　然而古今之变不同,而俗之便习亦异。则法制度数,其久而不能无弊者,势固然也①。故为礼者,其始莫不宜于当世,而其后多失而难遵,亦其理然也。失则必改制以求其当。故羲、农以来,至于三代,礼未尝同也。后世去三代盖千有余岁,其所遭之变,所习之便不同,固已远矣。而议者不原圣人制作之方,乃为设其器,制其物,为其数,立其文,以待其有事,而为其起居、出入、吉凶、哀乐之具者,当一一以追先王之迹,然后礼可得而兴也②。至其说之不可求,其制之不可考,或不宜于人,不合于用,则宁至于漠然而不敢为,使人之言动视听之间,荡然莫之为节。至患夫为罪者之不止,则繁于为法以御之。故法至于不胜其繁,而犯者亦至于不胜其众。岂不惑哉!

【注释】

①势固然也:这里的势,指前文所说的"古今之变""俗之便习"。

②"而议者不原圣人制作之方"几句:石介《徂徕石先生文集》卷六《复古制》:自伏羲、神农至周代的所有礼制,应当作为万世之法。"故君臣之有礼而不可黩也,父子之有序而不可乱也,夫妇之有伦而不可废也,男女之有别而不可杂也,衣服之有上下而不可僭也,饮食之有贵贱而不可过也,土田之有多少而不可夺也,宫室之有高卑而不可逾也,师友之有位而不可迁也,尊卑之有定而不可改

也,冠婚之有时而不可失也,丧祭之有经而不可忘也,皆为万世常行不可易之道也。"曾巩所说的"议者",当包括石介此文在内。

【译文】

然而历史已发生了古今变化,社会的风俗习惯也有不同。社会的法律制度,如果实行的时间长了也会产生弊端,因为社会发展的大势本来如此。因此,制定的礼仪制度,起初没有不适合当时情况的,但之后就会有很多失误,因而很难遵照执行,这也是情理之中的事情。发现不适宜的地方,就要调整旧制,使其合乎今天的实际情况。所以,伏羲、神农以来,一直到夏商周三代时期,礼仪制度并不相同。后世离三代时又有千余年,所遭逢的变化,所养成的习惯也各不相同,这些本来就是很遥远的事情了。但是,议论礼仪制度的人不推原圣人制作礼仪的方法,仅仅考虑设置器具,制定用物,确定数量,设计纹饰,以备需要时运用,并认为人们在起居、出入、吉凶、哀乐表达感情时,应当一一按照先王的事迹去做,只有这样礼仪制度才能够兴盛。至于有些说法已经不能够探求,有些制度也不能够考证,或者不适合当今人们的实际情况,或者不能够具体应用,面对这些情况,宁可漠然处之,也不敢去改变,使人们的言语、举止、观察、聆听等行为完全无可依循。以至于担心不能杜绝违背礼制的行为,而制定繁缛的法律进行约束。因此,就会出现这样一种局面:制定的法律不胜其繁,违背法律的人也不胜其众。这难道不让人感到迷惑吗!

盖上世圣人,有为耒耜者,或不为宫室①;为舟车者,或不为棺椁。岂其智不足为哉? 以谓人之所未病者,不必改也。至于后圣有为宫室者,不以土处为不可变也;为棺椁者,不以葛沟为不可易也②。岂好为相反哉? 以谓人之所既病者不可因也。又至于后圣,则有设两观而更采椽之质③,

攻文梓而易瓦棺之素④,岂不能从俭哉？以谓人情之所好者能为之节,而不能变也。由是观之,古今之变不同,而俗之便习亦异,则亦屡变其法以宜之,何必一一以追先王之迹哉？其要在于养民之性,防民之欲者,本末先后能合乎先王之意而已,此制作之方也。故瓦樽之尚而薄酒之用⑤,大羹之先而庶羞之饱,一以为贵本,一以为亲用⑥。则知有圣人作而为后世之礼者,必贵俎豆,而今之器用不废也;先弁冕,而今之衣服不禁也。其推之皆然。然后其所改易更革,不至乎拂天下之势,骇天下之情,而固已合乎先王之意矣。是以羲、农以来,至于三代,礼未尝同,而制作之如此者,亦未尝异也。后世不推其如此,而或至于不敢为,或为之者特出于其势之不可得已,故苟简而不能备,希阔而不常行,又不过用之于上,而未有加之于民者也。故其礼本在于养人之性,而其用在于言动视听之间者,历千余岁,民未尝得接于耳目,况于服习而安之者乎？至其陷于罪戾,则繁于为法以御之,其亦不仁也哉！

【注释】

① "盖上世圣人"几句:《周易·系辞下》:"神农氏作,斫木为耜,揉木为耒","上古穴居而野处,后世圣人易之以宫室,上栋下宇,以待风雨"。耒耜(lěi sì),翻土所用的农具。

② 葛沟:语本扬雄《法言·重黎》:"扬王孙倮葬以矫世。曰:'矫世以礼,倮乎？如矫世,则葛沟尚矣。'"汪宝荣注:《墨子·节葬》云:"禹葬会稽,衣衾三领,桐棺三寸,葛以绷之。"《御览》五百五十五引《尸子》云:"舜西教乎七戎,道死南巴之中,衣衾三领,谷

木之棺,葛以缄之。"王孙《报祁侯书》云:"昔帝尧之葬也,窾木
为椟,葛藟为缄。"《潜夫论·浮侈》云:"后世圣人易之以棺椁,桐
木为棺,葛采为缄。"则以葛束棺,乃中古圣人送死之通礼。上古
未知棺椁,则止以葛裹尸。中古葛缄,即其遗俗。

③则有设两观而更采椽之质:两观,宫殿门外的两座高台。此指宫
阙豪华建筑。一说两观是宫廷外悬挂法令之处。两台并列,故称
两观,又称两阙。采椽,以柞木作椽,不加削斫,言其俭朴。采,通
"棌"。柞木。《韩非子·五蠹》:"尧之王天下也,茅茨不剪,采椽
不斫。"质,质朴。

④攻文梓:指雕刻有斑纹的梓木制作的棺材。瓦棺:烧土为棺。

⑤故瓦樽之尚而薄酒之用:此句谓祭祀崇尚盛清水的瓦樽,因而使
用薄酒来祭祀。《荀子·礼论》:"飨(祭祖),尚玄尊而用酒礼。"
瓦樽,酒器。

⑥"大羹之先而庶羞之饱"几句:亦本《荀子·礼论》:"祭(每月的
祭祖),齐(通"跻",先献)大羹而饱庶羞,贵本而亲用也。"大羹,
古代祭祀时所用的肉汁。大,通"太"。庶羞,多种美肴。贵本、
亲用,《大戴礼记·礼三本》孔广森《补注》:"玄酒、黍稷、大羹,
是贵本;酒、稻粱、庶羞,味美,故亲用。"亲用,重视实用。

【译文】

　　大约远古的圣人,有的运用工具掘土为洞,穴居野处,并不建筑宫
殿;有的装殓逝者仅用舟车,而不用棺椁。难道是他们的智慧不足以达
到吗? 当时的人们并不觉得这样做有什么不妥,因此也就没有改变。至
于后代的圣人建筑了宫殿,并不认为居住洞穴的制度是不可改变的;用
棺椁装殓逝者,也不认为古时将逝者以葛裹尸置于沟壑中的制度是不可
改变的。难道是喜欢和古人唱反调吗? 其中原因应该是,人们感觉不妥
当的地方,是不能沿袭下去,而不去改变的。又至于后代的圣人在宫殿
两侧建筑观阙,来代替不加削斫的柞木椽,用雕刻有斑纹的梓木制作棺

材,而代替烧土为棺,难道不能节俭吗?原因应该是,在节俭的前提下表达人之常情,这一点是不能变化的。通过这些可以看到,历史已发生了古今变化,社会的风俗习惯也有不同,那么就应该经常改变应对的方法,去适应这些变化,又何必完全追摹先王的做法呢?关键在于培养人们的性情,节制人们的欲望,使本末先后合乎先王的本意就可以了,这也正是先王制作礼仪的方法。因此,古人以瓦樽盛清水祭祀,今人祭祀,以薄酒代清水,但仍然使用瓦樽。祭祀时先祭肉羹,再献祭各种美味,这些代表了礼仪重视根本以及注重实用的思想。于是可知,圣人创礼仪制度,后世继承者,一定要重视圣人创制的礼器,同时也不废弃现在的礼器;重视圣人创制的法服,也不禁用当今的法服。其他的可以据此类推。然后,后人对于前代礼仪的改革,只要不违背天下大势,只要不骇人耳目,作惊人之变,就算得上合乎圣人之意了。所以,伏羲、神农以来,直到夏、商、周三代时期,礼仪制度并不相同,制作设计礼仪的原因,也不曾有什么不同。后人不这样去推论,有的就干脆用不作为的态度来面对,有的即便做出一些改变,也是出于势不得已,勉强为之。这就导致了现今的礼仪制度简陋而不完备,大而无当不切于实用,再不然只能在庙堂之上使用,而不能贯彻到百姓的日常生活中。所以说,礼仪制度的根本在于培养百姓的性情,能够使人们的言语、举止、观察、聆听都合乎礼仪的要求,但是经历了千余年,百姓并没有在日常生活中感受到礼仪制度的存在,更何况让百姓能够接受它,并修习它呢?至于人们因此而陷入罪孽之中,执政者又从而制定繁缛的法律来进行惩戒,这也太不仁慈了吧!

　　此书所纪,虽其事已浅,然凡世之记礼者,亦皆有所本,而一时之得失具焉。昔孔子于告朔,爱其礼之存①,况于一代之典籍哉?故其书不得不贵。因为之定著,以俟乎论礼者考而择焉。

【注释】

①昔孔子于告朔，爱其礼之存：《论语·八佾》："子贡欲去告朔之饩羊。子曰：'赐也，尔爱其羊，我爱其礼。'"告朔，古制每年秋冬之交，天子把来年历书颁发给诸侯。这历书包括来年每月朔日（初一）是哪一天，因称"颁告朔"，诸侯把历书藏于祖庙，每逢朔日，杀一只羊祭于庙，然后回朝听政，这祭庙称"告朔"，听政称"听朔"。详见朱熹《四书章句集注》。到子贡的时候，每逢朔日，鲁文公不但不亲临祖庙，而且也不听政，只杀一只活羊虚应故事，所以子贡认为不必虚留形式，不如干脆连羊也不杀了。而孔子觉得杀只羊虽徒存礼制模样，但比什么也不留终究要好些。曾巩认为《礼阁新仪》虽然浅薄，犹如告朔饩羊，犹有留存价值。

【译文】

这部书所记载的，尽管事情很浅显，但是大凡世间记录礼仪制度的人，也都有所依据，一时的得失也都具备了。古时，孔子对于区区告朔制度，觉得留存有古代礼制的印迹，是最可珍贵的，更何况对于一个时代的礼仪制度呢？因此，《礼阁新仪》这部书不得不让人觉得是非常珍贵的。于是将其校勘写定，并加以著录，等待后世制礼之人考证、别择。

【评点】

王遵岩曰：此类文皆一一有法，无一字苟，观文者不可忽此。

唐荆川曰：此文一意翻作两段说。

茅鹿门曰：曾子固所论经术及典礼之大处，往往非韩、柳、欧所及见者。

张孝先曰：孔子曰："殷因于夏礼，所损益可知也；周因于殷礼，所损益可知也。"南丰谓能合先王之意，即因之说；

谓不必追先王之迹，即所损益之说。而"养民之性""防民之欲"二语，尤为一篇大关键。盖圣人有以见天下之动，而观其会通，以行其典礼，于此可得其大凡矣。

【译文】

王慎中评论道：这类文章都完全具有规则，没有一个字是随意安排的，阅读这篇文章的读者不能忽略这一点。

唐顺之评论道：这篇文章是将一层意思分成两段来说。

茅坤评论道：曾巩论述经书及典礼重大意义，常常是即便韩愈、柳宗元、欧阳修也比不上的。

张伯行评论道：孔子说过："殷商延续了夏朝的礼制，其中减少和增加的部分都非常清楚，周朝沿用了商朝的礼制，其中减少和增加的部分也是非常清楚的。"曾巩认为如果具体情况能够合乎先王的意思，就依照先王的规则来执行；如果具体情况发生变化，就不必对先王之法亦步亦趋，应当对先王之法有所损益。而"培养百姓的品性""防范百姓的欲望"这两句话，是一篇至为关键的地方。圣人先洞察天下各种变化，然后运用礼制进行规范，如此，就能把握其大要了。

王子直文集序

【题解】

王向字子直，号公默。是王回之弟，王同（一作"同"）之兄。祖籍河南光州，迁福州侯官（今福建福州），父葬颍州汝阴（今安徽阜阳），遂定居于此。父王平曾任御史。王氏兄弟皆为颍州名士，早先与王安石相交，后由王安石介绍给曾巩。庆历四年（1044），曾巩向欧阳修推荐王回、王向的文章时，还未和王氏兄弟遇面（见《曾巩集》卷一五《再与欧阳舍人书》）。王向为嘉祐二年（1057）进士。《宋史》列入《儒林传》，但记其行事简略,仅有一句:"为文长于序事。"剩下的就是全文载录他三十岁所作的"自嘲"性文章《公默先生传》,知道他是个好究"六经"大义的儒生,教授生徒为生,在颍州过得很不自在,因口祸弄得"诋诃锋起"。土氏兄弟均不幸早逝,王向反而去世在其兄之前,是由于同把他不多的文章交给曾巩作序。王安石《王子直挽辞》说:"多才自合至公卿,岂料青衫困一生。太史有书能叙事,子云于世不微名。丘坟惨淡箕山绿,门巷萧条颍水清。"可见他才兼经术史学,却生前寂寞,身后萧条。王向卒年,史传未载。苏颂《苏魏公文集》卷七十一《祭王秘校》:"呜呼! 予与子直,世笃朋契。越在稚年,游从讲谊。两家情亲,各有兄弟。辇寺同馆,秋闱并试""子罢陕官,予方忝糜。承以疾苦,相见无期。既来汝阴,子以丧归。不见神锋,乃见裳帷。兴言怆恸,涕洟交颐。念昔相从,情弥眷眷。二十余年,流离忧患。同辈几何? 会而复散。今乃与子,生死间断""日月有期,吉在仲商。幼子未立,母兄治丧。交友来吊,抚事悲伤。肴醴奠之,词以侑觞"。按,祭文曰"既来汝阴,子以丧归。不见神锋,乃见裳帷","日月有期,吉在仲商"。考苏颂嘉祐六年(1061)三月五日赴任颍州,苏颂守颍将近二年,忽被召迁府界提点。则王向当葬于嘉祐六年或七年八月十五日,年三十三。曾巩此序也大约作于嘉祐、治平之际。

　　至治之极,教化既成,道德同而风俗一^①,言理者虽异人殊世,未尝不同其指。何则? 理当故无二也。是以《诗》《书》之文,自唐虞以来^②,至秦鲁之际^③,其相去千余岁,其作者非一人,至于其间尝更衰乱,然学者尚蒙余泽,虽其文数万,而其所发明更相表里,如一人之说,不知时世之远、作者之众也^④。呜呼! 上下之间,渐磨陶冶,至于如此,岂非盛哉!

【注释】

①"至治之极"几句:《老子》一本:"至治之极,民各甘其食,美其服,安其俗,乐其业。"意思约略相似。

②唐虞:唐尧与虞舜的并称。亦指尧与舜的时代,古人以为太平盛世。《论语·泰伯》:"唐虞之际,于斯为盛。"

③至秦鲁之际:何焯《义门读书记》卷四十一:"'至秦、鲁之际',谓《鲁颂》《秦誓》也。"则秦鲁之际,即西周至东周初周襄王时期。《书序》说《尚书》的最后一篇《秦誓》作于秦穆公三十三年(前627),即周襄王后期。

④"其相去千余岁"几句:在曾巩看来,上自三代,下至春秋,相去千余年,其间产生的《诗》《书》等儒家典籍,文字计有数万,作者也非一人,但是其中所传达的思想却是一致的。曾巩认为这是"上下之间,渐磨陶冶"的结果,显示了儒家教化之盛况,后世再难看到这一盛况了。

【译文】

统治稳固的时代,教化已经养成,道德和风俗也已经统一,谈论义理的人,尽管是不同的人、处于不同的时期,他们的根本思想并不曾有太大差异。这是为什么呢? 因为,惬当的义理是没有两样的。所以《诗经》《尚书》中的文字,自从尧舜以来,直到西周东周之交,相距千年之遥,作者并非一人,千余年间,历经衰败战乱,但是,后世学者仍然能够得到这些文字的遗惠,尽管这些著作的字数数以万计,但是其中所阐发的道理,就像出于一人之口,让人看了之后,恍然不觉得时代的遥远、作者的众多。唉! 不同时代的人,相互浸润砥砺,才取得了这样的成绩,难道不是一件盛事吗!

自三代教养之法废①,先王之泽熄,学者人人异见,而诸子各自为家,岂其固相反哉? 不当于理,故不能一也②。

【注释】

① 教养：教育培养。

② "先王之泽熄"几句：元人韩性《论衡序》："先王之泽熄，家自为学，人自为书，紫朱杂厕，瓦玉杂糅，群经专门，犹失其实，诸子尺书，人人或诞，论说纷然，莫知所宗。充心不能忍，于是作《论衡》之书。"大意与曾巩观点相似。

【译文】

自从夏商周三代的教化养成之法遭到废弃，先王的余泽逐渐熄灭了，后世学者人人各持己见，诸子各成一家之言，难道是本来就不相同吗？正是因为不能惬当于义理，所以不能统一了。

　　由汉以来，益远于治①。故学者虽有魁奇拔出之材，而其文能驰骋上下、伟丽可喜者甚众，然是非取舍不当于圣人之意者亦已多矣②。故其说未尝一，而圣人之道未尝明也。士之生于是时，其言能当于理者，亦可谓难矣。由是观之，则文章之得失，岂不系于治乱哉③！

【注释】

① 益远于治：距离天下大治更加遥远。

② "故学者虽有魁奇拔出之材"几句：曾巩虽然肯定汉代以来，历代不乏富于文采的文人，也不乏伟丽可喜之文，但是，如果探究其中所蕴含的是非取舍之道，往往与圣人之道不合。

③ "由是观之"几句：此段议论颇类于周必大序吕祖谦《宋文鉴》："上世以道为治，而文出于其中；战国至秦，道统放灭，自无可论。后世可论惟汉唐，然既不知以道为治，当时见于文者，往往讹杂乖戾，各恣私情，极其所到，便为雄长；类次者复不能归一，以为文正

当尔,华忘实,巧伤正,荡流不反,于义理愈害而治道愈远矣。"

【译文】

汉代以来,距离天下大治就更加遥远了。所以,后世学者尽管有伟奇不凡的才能,他们的文辞纵横捭阖、雄伟宏丽,特别讨人喜欢,这样的人有很多,但是,在是非的判断上,与圣人之意不相吻合的也很多了。因此,他们的议论不曾统一,圣人所传授的大道也没有被他们阐述明白。生活在那个时代的士人,他们的言论要想惬当于义理,也可称得上艰难了。由此可见,文章的得与失,难道不和世道的治乱有关系吗?

长乐王向字子直①,自少已著文数万言,与其兄弟俱名闻天下②,可谓魁奇拔出之材,而其文能驰骋上下、伟丽可喜者也。读其书,知其与汉以来名能文者,俱列于作者之林,未知其孰先孰后。考其意,不当于理者亦少矣。然子直晚自以为不足,而悔其少作。更欲穷探力取,极圣人之指要③,盛行则欲发而见之事业,穷居则欲推而托之于文章④,将与《诗》《书》之作者并,而又未知孰先孰后也。然不幸蚤世,故虽有难得之材,独立之志,而不得极其成就,此吾徒与子直之兄回(字深甫)所以深恨于斯人也⑤。

【注释】

①长乐王向:王向祖籍河南光州,迁居福州长乐,遂称长乐王向。其兄王回亦称籍长乐,见王安石《游褒禅山记》:"四人者,庐陵萧君圭君玉、长乐王回深甫、余弟安国平父、安上纯父。"长乐王回深甫,即王向的兄长。长乐,在今福建东部沿海,闽江口南岸,距福州不远。

②与其兄弟俱名闻天下:王向的哥哥为王回,王向的弟弟为王冏

（一作同）。曾巩《王容季墓志铭》："容季之伯兄回深甫，以道义文学退而家居，学者所崇。而仲兄向子直亦以文学器识名闻当世。容季又所立如此。学士大夫以谓此三人者皆世不常有，藉令有之，或出于燕，或出于越，又不可以得之一乡一国也，未有同时并出，出于一家。"王容季即王冏，一家三人皆以文字名世，也只有其时之"三苏"可以媲美了。

③更欲穷探力取，极圣人之指要：王向《公默先生传》："吾行年三十，立节循名，被服先王，穷究'六经'，顽钝晚成，所得无几，张罗大纲，漏略零细。校其所见，未为完人。岂敢自忘，冀用于世？"

④盛行则欲发而见之事业，穷居则欲推而托之于文章：这两句模仿"达则兼济天下，穷则独善其身"句式而来。

⑤此吾徒与子直之兄回字深甫所以深恨于斯人也：恨，遗憾。斯人，此人，指王向。强至《王子直挽词二首》其二："王氏仍淮水，贤人减颍川。风流今尽矣，天理旧茫然。亲涕沾封箧，交情动绝弦。公卿谁不到，偏夭贾生年。"

【译文】

长乐人王向，字子直，在少年时就已经写有数万字的文章，和他的兄弟一起名扬天下，可称得上是伟奇不凡的人材，尤其是他的文章写得气势纵横、宏伟瑰丽，十分可喜。阅读他的书籍，就可以知道，如果将王向与汉代以来擅长写文章并著名于世的人列在一起，也无法辨别谁更优秀。考察他的著述之意，与义理不惬当的情况也比较少。尽管如此，子直晚期认为自己文章仍存在不足，并为自己早年的著作而惭愧。他想穷尽精力，探究钻研，掌握圣人思想的核心。如果他的志向有机会得以实行，那么他希望成就一番事业；如果志向没有机会施展，那么他会将自己的思想，寄托在文章之中，传之后世，与《诗经》《尚书》的作者比肩，也无法辨别谁更优秀。然而，子直不幸过早离世，所以，尽管有难得的才能，不同凡俗的志向，却没有机会达到他最高的成就，这也是我们以及子直的兄长王回（表字深甫）所深深感到遗憾的。

　　子直官世行治①，深甫已为之铭②。而书其数万言者，属予为序。予观子直之所自见者，已足暴于世矣，故特为之序其志云。

【注释】

①官世：为官仕历。行治：行谊治绩。

②深甫已为之铭：即王回为王向写的墓志铭，不过已经失传，现在看不到了。

【译文】

子直的仕途履历及其行官治绩，深甫已经为他写了墓志铭。他的著述有数万言之多，叮嘱我为他写序。我看到子直能够展示自我的，他的文章已经足以让世人知晓了，所以我特地写了这篇序，让世人了解他的志向。

【评点】

茅鹿门曰：意见好。

张孝先曰：道，一也，而其说不能一者，圣人之道未尝明也。是非取舍不衷于圣人，虽有魁奇拔出之才、伟丽可喜之文，亦何所用乎？序子直文集而称其多当于理，卒乃叹其蚤世而学道不就，盖深惜之也。

【译文】

茅坤评论道：见解很好。

张伯行评论道：道，即是一，如果学说不能够一以贯之，那是因为还没有明白圣人之道。是非判断、取舍抉择上,如果不按照圣人的主张来进行,尽管有超出寻常的才能,能够写出气势宏伟、文辞华美、喜闻乐见的文章,又有什么用呢?曾巩为王子直的文集撰写序言,称赞他的很多观点都与理相合,最后感叹子直过早去世,而不能成就其道德文章,并深致惋惜之情。

王深甫文集序

【题解】

　　王深甫即王回,深甫其字,福州侯官(今福建福州)人。嘉祐二年(1057)与曾巩同榜进士。据文中"卒于治平二年(1065)之七月二十八日,年四十有三"一句推断,王回生于乾兴元年(1022),小曾巩三岁。曾巩通过王安石认识了王回兄弟,并将其引荐给欧阳修。王回是曾巩深交的道德文章朋友,他们在学术上的见解,往往契合。除了与王安石、曾巩频频书信往返,讨论学术问题以外,还与欧阳修、刘敞等人相互切磋、琢磨,其经学、史学造诣,让人叹服。王回鄙弃仕禄,是位具有独立人格的学者。曾补卫真县主簿,因议事与当政者不合,即拂袖而去,终身不再入仕。正当经术臻于百尺竿头的中年,不幸早逝。王安石为他作墓志铭,论其人曰:"深父书足以致其言,言足以遂其志。志欲以圣人之道为己任,盖非至于命弗止也。故不为小廉曲谨以投众人耳目而取舍,进退去就必度于仁义。"曾巩则为其文集作序,序文写得文字洗练,庄重肃穆,曾巩似乎以这种方式告诉时人及后人:深甫文字俱在,读者自能判断其不同寻常的价值,任何虚美言语,都是苍白的附庸。

　　深甫,吾友也[①],姓王氏,讳回。当先王之迹熄,六艺残缺[②],道术衰微[③],天下学者无所折衷[④],深甫于是奋然独起,因先王之遗文以求其意,得之于心,行之于己,其动止语默必考于法度⑤，而穷达得丧不易其志也⑥。文集二十卷⑦，其辞反复辨达，有所开阐，其卒盖将归于简也⑧。其破去百家传注，推散缺不全之经⑨，以明圣人之道于千载之后，所以振斯文于将坠，回学者于既溺⑩，可谓道德之要言，非世之别集而已也⑪。后之潜心于圣人者，将必由是而有得，则其于世教，岂小补之而已哉？

【注释】

①吾友：苏颂、王安石、刘攽等人，皆以"吾友"称呼王回。王回有《告友》篇，认为人伦中，"惟朋友者，举天下之人莫不可同，亦举天下之人莫不可异。同异在我，则义安所卒归乎？是其渐废之所由也。……亲非天性也，合非人情也，从非众心也；群而同，别而异；有善不足与荣，有恶不可与辱。大道之行，公于义者可至焉；下斯而言，其能及者鲜矣。是以圣人崇之，以列于君臣、父子、夫妇、兄弟，而壹为达道也。……夫人有四肢，所以成身，一体不备，则谓之废疾。而人伦缺焉，何以为世？……姑求其肯告吾过而乐闻其过者，与之友乎"！王回特别看重朋友在人伦中发挥的作用，自己希望听到朋友的忠告，也愿意与希望听到来自朋友忠告的人结为朋友。欧阳修在《祭王深甫文》中，这样评价王回："嗟吾深甫！孝悌行于乡党，信义施于友朋"，"古人所居，必有是邦之友，况如子者，岂止一邦之贤"。

②六艺：指儒家六种经典：《诗》《书》《礼》《易》《乐》《春秋》。

③道术：指学术，学说。《庄子·天下》："后世之学者，不幸不见天地之纯，古人之大体，道术将为天下裂。"

④折衷：犹言求正，用为判断事物的准则。

⑤动止语默：言谈举止。语本《周易·系辞上》："君子之道，或出或

处,或默或语。"

⑥穷达得丧:不论是困窘,还是发达;不论是获得,还是失去。

⑦文集二十卷:马端临《文献通考·经籍考》"别集"类著录有"王深父文集二十卷"。王安石《王深父墓志铭》:"吾友深父,书足以致其言,言足以遂其志。志欲以圣人之道为己任,盖非至于命弗止也。"又说:"然其志未就,其书未具,而既早死,岂特无所遇于今,又将无所传于后。"王安石墓铭必作于曾序之前,大概王回生前文集未成,身后由师友、家人整理。复据《宋史》本传:"回在颍川,与处士常秩友善。熙宁中,秩上其文,补问子汾为郊社斋郎。"可知,深甫身后,挚友常秩参与整理了深甫文集,计二十卷,并于熙宁年间,将文集献于朝廷,深甫后人因此受先人蒙荫,进入仕途。曾巩的序文也应该写于熙宁年间。王回二十卷文集,仅有数篇保存在吕祖谦《皇朝文鉴》中,其余皆已失传。

⑧"其辞反复辨达"几句:叶适《习学记言》转述吕祖谦对王回的评论,并引申道:"读王深父文字,使人长一格。《事君》《责难》《爱人》《抱关》诸赋,可以熟玩。自王安石、王回始有幽远遗俗之思,异于他文人;而回不志于利,能充其言,非安石所能及。"

⑨其破去百家传注,推散缺不全之经:晁说之《嵩山文集》有《题王深甫〈书传〉后》:"王深甫,布衣之友曰曾子固、常彝甫;其名宦已显而忘年,汲汲求友深甫于布衣中者,曰刘原甫、王介甫。""彼五人商榷闳切之语,今虽无闻焉,而深甫于其所作《书传》,偶不出曾子固耳,其三人则各以姓字载之,或正其是非,或略无所辨。以视后之观者,深甫为人,善取人而不攘人之善,于是乎在矣。"可知,王深甫整理过《尚书》,方法不类汉唐传疏,而是"破去百家传注",注重吸纳时人的解读。

⑩"以明圣人之道于千载之后"几句:这几句评价颇类苏轼对韩愈的评价"文起八代之衰,而道济天下之溺"。

⑪非世之别集而已也：谓深甫文集应当看作是"明圣人之道"的子部著作，非一般文集可比。别集，图书四部分类中集部的分目，同"总集"相对而言，即收录个人诗文的集子。

【译文】

深甫是我的朋友，姓王，名回。正当先王的影响渐弱，儒家经典残缺不全，儒家治国之术衰微，天下学者对是非判断无所依循的时候，深甫奋然崛起，特立独行，根据先王遗存下来的文献，来探求先王的本意，在有心得的基础之上，不断去践行，使自己的言语举止合乎规范，不论处于顺境，或是逆境，都不改变自己的志向。深甫著有文集二十卷，他的文辞辩论通达，阐明道理启人心智，务求简要。废却历代繁缛传注，推原散佚残缺不全之经典，阐发圣人之道于千年之后，提振礼乐制度，使其免于泯灭，拯救后世学者，使其觉醒于沉迷，所有这些，都是关乎仁义道德的至理之言，非世间流传的一般别集可比。后世致力于圣人之道者，将会从中有所收获，那么，这部文集对于世间教化，难道仅仅有小的补益吗？

呜呼！深甫其志方强，其德方进，而不幸死矣①，故其泽不加于天下，而其言止于此②。然观其所可考者，岂非孟子所谓名世者欤③？其文有片言半简，非大义所存，皆附而不去者，所以明深甫之于其细行，皆可传于世也。

【注释】

①"深甫其志方强"几句：深甫死后，世人皆叹息其英年早逝。欧阳修《祭王深甫文》："念昔居颍，我壮而子方少年；今我老矣，来归而送子于泉。"白发人送黑发人，言语痛彻心扉。

②故其泽不加于天下，而其言止于此：此两句可与王安石《王深甫墓志铭》几句相发明："尝独以谓天之生夫人也，殆将以寿考成其才，使

有待而后显,以施泽于天下。或者诱其言,以明先王之道,觉后世之民。呜呼! 孰以为道不任于天,德不酬于人,而今死矣。甚哉,圣人君子之难知也!”天妒英才,王安石在这里几近呼天抢地了。

③岂非孟子所谓名世者欤:语本《孟子·公孙丑下》:“五百年必有王者兴,其间必有名世者。”朱熹注:“名世,谓其人德业闻望,可名于一世。”

【译文】

唉! 就在深甫心志正强的时候,就在他道德修养日渐深湛的时候,却不幸去世了,所以他的教泽不能惠及更多的天下人,他的立言事业也只能就此止步。即便如此,仅据今天能够看到的而言,难道不是孟子所说的,可以因此而名扬后世的吗? 他所写的文字,哪怕只言片语,不关乎大义,仍然加以收录,其中的原因是,让世人清楚,即便深甫的一些细小的言行都足以传之后世。

深甫,福州侯官县人,今家于颍。尝举进士,中其科,为亳州卫真县主簿。未一岁弃去,遂不复仕。卒于治平二年之七月二十八日,年四十有三。天子尝以某军节度推官知陈州南顿县事,就其家命之,而深甫既卒矣①。

【注释】

①“深甫”几句:此段文字可与王安石《王深甫墓志铭》部分文字对读:“深父讳回,本河南王氏,其后自光州之固始迁福州之侯官,为侯官人者三世。”“考讳某,尚书兵部员外郎。兵部葬颍州之汝阴,故今为汝阴人。深父尝以进士补亳州卫真县主簿,岁余自免去。有劝之仕者,辄辞以养母。其卒以治平二年七月二十八日,年四十三。于是朝廷用荐者以为某军节度推官,知陈州南顿县事,书下而深父死矣。”

【译文】

深甫是福建侯官县人，后来定居于颍州。曾经参加进士考试，并且考中，后授官亳州卫真县主簿。不到一年就辞职了，从此不再做官。死于治平二年之七月二十八日，享年四十三岁。天子曾任命他为某军节度推官知陈州南顿县事，并派使者到他家里任命他，但是深甫已经去世了。

【评点】

茅鹿门曰：深甫之文不可得而见，予按王荆公所为墓志铭，与其相答书，大略贤者也。

张孝先曰：深甫之为人不可考，而子固称其立言制行如是之衷于道，可不谓贤乎？噫，笃学之士，未得大用于世，名湮没而不彰者，岂少哉！

【译文】

茅坤评论道：深甫的文章已经看不到了，我根据王安石为他写的墓志铭，以及两人之间的书信往还，感觉深甫是一个有贤德的人。

张伯行评论道：深甫为人处世已经不可考知了，曾巩称赞他一言一行，无不合乎道的要求，如此之人，怎能不称为贤人呢？唉，一心向学的士人，没有被当世所重用，以至于其姓名逐渐湮没，得不到彰显，这样的人难道还少吗？

王平甫文集序

【题解】

王平甫即王安石之弟王安国，也是曾巩第二妹婿。王安国尽管早年就有聪慧名声，却连续数年科举不中，直到四十岁后才因韩绛荐举做了

西京国子监教授。其后又任职崇文院校书、秘阁校理等闲职。熙宁七年
（1074）王安石罢相，王安国亦遭倾陷夺官。次年（1075）又不幸去世，
年仅四十七。曾巩年长安国九岁，两人很早即相识，加之两家又有姻亲
关系，王安国的文集，由曾巩来撰写序文，就再合适不过了。这篇序文写
于元丰元年（1078），曾巩是年在福州任知州。曾巩纪念王安国的文章，
除了这篇序文外，还有《祭王平甫文》，两篇文章可以对读。南宋陈珙
《〈蠹斋铅刀编〉序》："欧阳公之序苏子美，曾南丰、陈后山之序王平甫，
皆悲其不遇以死，其言反复哀抑，有大不释然者。人之读之，知其辞之
缓，而不知其意之切也。夫二公之材，高视一世，文可施诸典册，诗可荐
诸声歌，而坎壈流放，曾不得少用其所长，而夭死继之，一时交旧论次其
平日之文，序其穷而闵其志，能无哀乎？所以深悲而痛恨者，自其情也。"
曾巩与陈师道有师生关系，两人同时为王安国的文集写序，可以看出曾、
陈二人一方面惋惜王安国的早逝，另一方面，王安国的为人、为文都足以
为士人景仰。也正因如此，二人序中所发悲惋之情，的确发自肺腑。

> 王平甫既没，其家集其遗文为百卷^①，属予序。

【注释】

① 其家集其遗文为百卷：据王安石《王平甫墓志铭》，安国"有文
集六十卷"，《宋史·艺文志》著录："《王安国集》六十卷，又《序
言》八卷。"曾巩所言百卷之数，并非确切之数。至南宋郑樵《通
志·艺文略》，著录有"《王平甫集》，三十卷"，已失传大半。至
元，马端临《文献通考·经籍考》著录有"《王校理集》六十卷"，
并过录陈振孙《直斋书录解题》序录云："秘阁校理王安国平父
撰。"陈振孙为南宋末人，晚于郑樵。陈振孙所见《王校理集》
六十卷，或是别一版本。至于马端临所著录之书，据《文献通
考·经籍考》的著述体例，马氏但引历代著录，而书则不必亲见。

而今,安国诗歌仅于南宋陈思编《两宋明贤小集》中保存《王校理集》诗歌一卷,南宋吕祖谦《皇朝文鉴》中保存有诗文数篇,其余均已失传。又有一种说法,王安石的文集《临川先生文集》,最初由其门生薛昂奉旨编纂,编成后,并未刻板雕印,经靖康之难后,书稿部分散失,世俗传钞,已非当时善本,故其先后舛差,简帙间脱,亦有他人之文淆乱其间。其中,王安国部分诗文也混编入《临川先生文集》中,蔡絛《西清诗话》卷下:"其文(《临川先生文集》)迄无善本,盖鬻书者夸新逐利,牵多乱真。"'临津艳艳花千树','天末海门横北固','不知朱户锁婵娟',皆王平甫诗也。此类不胜数,众所传讽者,多非公句,余每叹惜于斯云。"

【译文】

王平甫去世后,他的家人整理他的遗作,编为一百卷,叮嘱我写一篇序。

平甫自少已杰然以才高见于世①。为文思若决河,语出惊人,一时争传诵之②。其学问尤敏,而资之以不倦,至晚愈笃③,博览强记,于书无所不通,其明于是非得失之理为尤详。其文闳富典重,其诗博而深矣。

【注释】

①平甫自少已杰然以才高见于世:赵令畤《侯鲭录》:"王平甫年十一,过洪州,有《滕王阁》诗,盖其少成如此。""十四岁再题一首,其序云:'予始年十一时,从亲还里中,道出洪州,泊滕王阁下,俯视山川之胜,而求士大夫所留之诗,凡百余篇,自唐杜紫微外,类皆世俗气,不足矜爱,乃作一章,榜之西楹。后三年,客淮上,思其幼时勇于述作,不自意其非也。辄改作一章,以志当时之事,其旧

者往往传于江西,今故并存之。'"安国少年才情与豪气跃然纸上。《宋史·王安国传》:"幼敏悟,未尝从学,而文词天成。年十二,出所为诗、铭、论、赋数十篇示人,语皆警拔,遂以文章称于世。"

②"为文思若决河"几句:曾巩《祭王平甫文》:"决江河不足以为子之高谈雄辩,吞云梦不足以为子之博闻强记。至若操纸为文,落笔千字,徜徉恣肆,如不可穷,秘怪恍惚,亦莫之系,皆足以高视古今,杰出伦类。"决河,冲决开河堤。

③"其学问尤敏"几句:曾巩《祭王平甫文》:"好学不倦,垂老愈专,自信独立,在约弥厉。"

【译文】

平甫从小就已经很杰出,以不凡的才能著称于世。写文章思路犹如决堤的黄河,出语惊人,文章写成后,人们争相传诵。平甫学问尤其聪敏,更加上他从不倦怠,到晚年越发笃厚,博览群籍,强于记诵,对于天下图籍没有不通晓的,对于是非得失的道理尤其明了。他的文章阔丽、富赡、典雅、凝重,他的诗歌博雅、深湛。

自周衰,先王之遗文既丧①。汉兴,文学犹为近古②,及其衰,而陵夷尽矣。至唐,久之,而能言之士始几于汉,及其衰而遂泯泯矣。宋受命百有余年,天下文章复侔于汉唐之盛③。盖自周衰至今千有余岁,斯文滨于泯灭④,能自拔起以追于古者,此三世而已⑤。各于其盛时,士之能以特见于世者⑥,率常不过三数人。其世之不数,其人之难得如此。

【注释】

①自周衰,先王之遗文既丧:此处指东周以下礼崩乐坏,至秦始皇焚书坑儒,文王遗存之礼乐制度已丧失殆尽。

②文学：指儒家学说。

③文章：礼乐制度。《论语·泰伯》："巍巍乎其有成功也，焕乎其有文章。"朱熹集注："文章，礼乐法度也。"

④斯文：指古代礼乐制度。

⑤三世：指汉、唐、宋三个朝代。这里曾巩将汉、唐、宋三代经学的成就比肩而论，充分肯定了宋学的独特成就。实际上，在经学史中，有汉学、宋学两大学术流派。唐代经学上承汉学之余绪，下启宋学之新机，而并没有自身的特点。

⑥特见：独到的见解。经学在宋代经历了一个由因循到开创新局面的过程，南宋王应麟《困学纪闻》："自汉儒至于庆历间，谈经者守训故而不凿。《七经小传》出，而稍尚新奇矣。至《三经义》行，视汉儒之学若土梗。古之讲经者，执卷而口授，未尝有讲义也。元丰间，陆农师在经筵，始进讲义。自时厥后，上而经筵，下而学校，皆为支离曼衍之词，说者徒以资口耳，听者不复相问难，道愈散而习愈薄矣。"王应麟治学偏重汉学方法，这段文字对宋代学风的变化颇有微词，不过据此可以了解曾巩所谓"士之能以特见于世者"，是如何开创宋学新的局面的。

【译文】

自从周代衰亡以来，先王所留存下来的礼乐制度，已经丧失殆尽了。汉朝兴起后，儒家经典最接近古时原貌，等到汉代衰微，很多典籍所存无几了。到了唐朝，过了很长时间，能够立言的士人开始比肩汉朝，等到唐代也衰落了，儒学又归于泯灭了。宋承天命立朝，已经一百多年了，天下礼法制度才和汉唐相媲美。从周代衰亡到现在，已经一千多年了，儒家礼乐文明濒临灭亡，能够独立崛起追摹古人的，也只有汉、唐、宋三个时期罢了。各个时代在其兴盛时期，士人中能够以独特的见解立身于世的，往往为数不多。可见，儒学兴盛的时代如此不多见，能够代表这些时代的士人也是如此得难得。

　　平甫之文能特见于世者也。世皆谓平甫之诗宜为乐歌①，荐之郊庙；其文宜为典册，施诸朝廷，而不得用于世②。然推其实，千岁之日，不为不多；焦心思于翰墨之间者，不为不众；在富贵之位者，未尝一日而无其人。彼皆湮没而无传，或播其丑于后。平甫乃躬难得之姿，负特见之能，自立于不朽③，虽不得其志，然其文之可贵，人亦莫得而掩也④。则平甫之求于内，亦奚憾乎！古今作者，或能文不必工于诗，或长于诗不必有文。平甫独兼得之，其于诗尤自喜。其忧喜哀乐感激怨怼之情，一于诗见之，故诗尤多也。

【注释】

①乐歌：有乐器伴奏的唱歌。亦泛指歌曲。《仪礼·大射礼》"乃歌《鹿鸣》三终"郑玄注："《鹿鸣》，《小雅》篇也。人君与臣下及四方之宾燕，讲道修政之乐歌也。"到了北宋，一种新的和乐歌唱的艺术形式经过晚唐、五代的发展，逐渐成熟了，这种艺术形式就是词。王安国在词体创作上也有建树，《花庵词选》收其词作三首。

②不得用于世：陈师道《王平甫文集后序》："向使平甫用力于世，荐声诗于郊庙，施典策于朝廷，而事负其言，后戾其前，则并其可传而弃之。"陈师道依据曾巩的观点，从反面进行论证，说明了"用世"与"立言"的统一性，也即"言"与"行"必须一致，若仅有善言而无善行，则其言亦必为世人所弃。

③不朽：不磨灭，永存。《左传·襄公二十四年》："大上有立德，其次有立功，其次有立言，虽久不废，此之谓不朽。"以三不朽而论，王安国应属于立言。

④"虽不得其志"几句：这和欧阳修推崇苏舜钦文集的意思相同："故方其摈斥摧挫、流离穷厄之时，文章已自行于天下，虽其怨家

仇人,及尝能出力而挤之死者,至其文章,则不能少毁而掩蔽之也。"(《欧阳修全集·苏氏文集序》)陈师道在《王平甫文集后序》中也表达了同样的意思:"方平甫之时,其志抑而不伸,其才积而不发,其号位势力不足动人,而人闻其声,家有其书,旁行于一时而下达于千世,虽其怨敌不敢议也,则诗能达人矣,未见其穷也。"

【译文】

平甫的文章是能够以独特的见解立身于世的。世人都说平甫所写的诗歌,适合和乐歌唱,可以进献给天子,用以祭祀天地、祖先的宗庙;他的文章可以作为典章制度,适用于朝廷,但最终没有实际运用。然而仔细推究,千年的时间,不能说时间不长;在文翰笔墨之间焦心积虑的人,不能说不多;处于富贵之位的人,不曾一天没有。但是,这些人都被时间淹没了,而不能传之后世,有的则将其丑陋的面目传之后世。平甫具有难得的天赋,怀有卓尔不凡的能力,自我设定了不朽的目标,尽管没有实现自己的抱负,但是他的文章难能可贵,世人是不能将其掩盖的。如此,平甫扪心自问,也没有什么遗憾了。自古以来的作者,擅长写文章的不必兼擅诗歌,擅长写诗歌的也不必兼擅文章。而平甫则兼擅文章与诗歌,他对于诗歌尤其喜欢。他的忧喜、哀乐、感激、怨愤之情,都能够通过诗歌加以表现,所以,他的诗歌数量很多。

平甫居家孝友,为人质直简易,遇人豁然推腹心,不为毫发疑碍,与人交,于恩意尤笃也[①]。其死之日,天下识与不识皆闻而哀之。其州里、世次、历官、行事,将有待于识平甫之葬者,故不著于此云。

【注释】

①"平甫居家孝友"几句:这几句写王安国的人品。魏泰《东轩笔

录》:"王安国性亮直,嫉恶太甚。王荆公初为参政,闲日阅晏元献
小词而笑曰:'为宰相而作小词可乎?'平甫曰:'彼亦偶然自喜而
为耳,顾其事业岂止如是耶?'时吕惠卿在侧曰:'为政必先放郑
声,况自为之乎!'平甫正色曰:'放郑声,不若远佞人。'吕以为议
己,自是与平甫相失。"安国质直简易,与人交,全然不顾禁忌,常
常披肝沥胆,口不择言,君子可以引为知己,小人则肇启祸端。

【译文】

平甫平日孝敬长辈,结交朋友,做人质朴、直率,待人以诚,推心置
腹,心中不存丝毫芥蒂,和人交往,情义很深。他去世的时候,天下人不
论了解他或不怎么了解的,都很悲哀。他的籍贯、辈分、排行、为官经历、
生前事迹,有待了解平甫并为他下葬的人去介绍,这里就不再写了。

【评点】

唐荆川曰:文一滚说,不立间架。

茅鹿门曰:以诗文相感慨。

张孝先曰:迅笔疾书,在子固集中别是一格。

【译文】

唐顺之评论道:文章混在一起,从头写来,没有间架结构。

茅坤评论道:文章感慨平甫诗文兼擅。

张伯行评论道:文章迅笔疾书,一气呵成,在曾巩文集中别具一格。

《齐州杂诗》序

【题解】

神宗熙宁四年(1071),曾巩由越州通判改知齐州军州事,这是他离
开京师做地方官的第二任,也是曾巩第一次出任地方最高行政长官。齐

州治所历城,即今济南。曾巩到了齐州,兴修水利,根除水患;为民减负,予民生息;强力治郡,惩治豪强;重教兴学,移风易俗。曾巩治理齐州的两年,齐州"外户不闭","人皆以为利",受到了齐州百姓的爱戴和拥护。百姓安居乐业,州务闲暇,曾巩便"仕而优则文",他在《郡斋即事》之二中写道:"满轩山色长浮黛,绕舍泉声不受尘。四境带牛无事日,两衙封印自由身。白羊酒熟初看雪,黄杏花开欲探春。总是济南为郡乐,更将诗兴属何人。"齐州乃名胜之地,风景宜人,"家家泉水,户户垂杨",曾巩徜徉于绿水青山之间,诗兴如趵突泉的泉水,奔涌而出,不可遏止。曾巩在齐州共创作了七十余首诗,或写景状物,或应酬唱和,或关心民瘼,或咏叹兴味。在"尚古"的同时,又呈现出清新婉约、明快隽永的风格。熙宁六年(1073)二月,曾巩即将离任,他便将在齐州所写的诗歌结集,编成《齐州杂诗》,这篇序文也写于是年。

　　齐故为文学之国,然亦以朋比夸诈见于习俗①。今其地富饶,而介于河岱之间②,故又多狱讼,而豪猾群党亦往往喜相攻剽贼杀,于时号难治③。

【注释】

①齐故为文学之国,然亦以朋比夸诈见于习俗:《汉书·地理志》:"其土多好经术,矜功名,舒缓阔达而足智。其失夸奢朋党,言与行缪,虚诈不情。"曾巩对齐地民风民俗的评价正是基于《汉书·地理志》。"文学之国"指此地涌现过不少像济南伏生口传晁错今文《尚书》、《齐诗》之祖辕固生等研治儒家经术的人才。曾巩的学生陈师道为彭城人,他在写给宗人陈启的信中写道:"洙泗之间,号称文学之国;教化所被,莫如庠序之人。"陈师道的评价已从齐地向西南延展至鲁地,齐鲁之地虽号称儒家发源之地、文学之国,其教化却距离人们的期望有一定的距离。"朋比夸诈",

指喜欢拉帮结派,言语虚伪欺诈。《汉书·韩信传》:"齐夸诈多
变,反覆之国。"这一评价和《汉书·地理志》是一贯的。

②河岱:河指黄河,岱指泰山。言齐州北临黄河,南望泰山,处于黄
河、泰山之间。

③而豪猾群党亦往往喜相攻剽贼杀,于时号难治:齐人号称难治,所
谓"急之则离散,缓之则放纵"(《汉书·地理志》)。曾巩《齐州
谢到任表》说:其地"习诈而夸,著流风于在昔;多盗与讼,号难治
于当今"。

【译文】

齐国原来也是礼仪之邦,但是也有结党营私、浮夸欺诈等不良习俗。
而今,此地富饶,地处黄河与泰山之间,因而又产生了很多诉讼案件,一
些强横狡诈之人常常相互攻击仇杀,历来就以难以治理而闻名。

余之疲驽来为是州,除其奸强①,而振其弛坏;去其疾
苦,而抚其善良。未期②,囹圄多空③,而桴鼓几熄④,岁又连
熟,州以无事。故得与其士大夫及四方之宾客,以其暇日,
时游后园。或长轩绕榭,登览之观,属思千里⑤;或芙蕖菱
荷,湖波渺然,纵舟上下。虽病不饮酒,而间为小诗,以娱情
写物,亦拙者之适也⑥。通儒大人,或与余有旧,欲取而视
之,亦不能隐。而青、郓二学士又从而和之⑦,士之喜文辞
者,亦继为此作。总之凡若干篇⑧。岂得以余文之陋,而使
夫宗工秀人雄放瑰绝可喜之辞,不大传于此邦也?故刻之
石而并序之,使览者得详焉⑨。

【注释】

①除其奸强:《宋史·曾巩传》:"知齐州,其治以疾奸急盗为本。曲

堤周氏拥资雄里中，子高横纵，贼良民，污妇女，服器上僭，力能动权豪，州县吏莫敢诘，巩取置于法。章丘民聚党村落间，号'霸王社'，椎剽夺囚，无不如志。巩配三十一人，又属民为保伍，使几察其出入，有盗则鸣鼓相援，每发辄得盗。"

②未期：出乎意料，不曾期望。

③囹圄多空：囹圄，监狱。古时常以监狱空置，来表示治理的成效。

④桴鼓几熄：桴鼓，指通过击鼓来警示百姓。而今警示盗贼的鼓与鼓槌，都几乎收起不用了。

⑤登览之观，属思千里：曾巩在齐州有不少游山临高望远之作，其《郡楼》云："满眼青山更上楼，偶携闲客此闲游。飞花不尽随风起，野水无边带雨流。怀旧有情惟社燕，忘机相得更沙鸥。黄金驷马皆尘土，莫诉当怀酒百瓯。"

⑥"或芙蕖荇荷"几句：齐州山水俱佳，泉眼遍布全境，其中西湖（今天的大明湖）最负盛名，曾巩多有歌咏。其《西湖二首》其二云："湖面平随苇岸长，碧天垂影入清光。一川风露荷花晓，六月蓬瀛燕坐凉。沧海桴浮成旷荡，明河槎上更微茫。何须辛苦求天外，自有仙乡在水乡。"把这里看作"仙乡"，就有了不胜留恋的感觉："只恐再期官满去，每来湖岸合徘徊。"（《到郡一年》）所谓"娱情写物，亦拙者之适"，颇有远身时局的雅兴，但也时露对政局不满的讽喻的锋芒："看花弄水非无事，犹胜纷纷别用心。"（《次维得禽字韵》）其《咏柳》则最为露骨："乱条犹未变初黄，倚得东风势便狂。解把飞花蒙日月，不知天地有清霜。"何焯以为曾巩《咏柳》诗"此必指熙宁少年喜事之徒"（《义门读书记》卷四十）。"熙宁少年"，指像吕惠卿、吕升卿兄弟，因依附王安石而飞扬跋扈、假公济私的新党成员。吕氏兄弟因政见与曾巩、曾布兄弟不合，便百般刁难，曾巩守齐州，吕升卿借口巡察齐州，设法寻找曾巩的过失，最终无功而返。

⑦青、郓：指青州和郓州，皆属今山东境内。

⑧总之：收集整理这些诗歌。南宋陈思编《两宋名贤小集》中，有曾巩《齐州吟稿》一卷，或许即曾巩手自编定的《齐州杂诗》。

⑨使览者得详焉：此句后曾集各本均有"熙宁六年二月己丑序"。览者，犹言读者。得详焉，谓能够看到这篇诗序，进而了解这些诗作的来由。

【译文】

我是一个衰病愚钝之人，被朝廷任命，治理这一州郡，铲除奸诈强横之人，振兴毁颓败坏的习俗；去除百姓疾苦，安抚善良之人。没到一年，监狱里常常没有囚犯，盗贼也几乎灭绝了，加之连年丰收，州中无事。因此，有时间与州中士大夫以及周边的宾客，在闲暇时间，不时游览后花园。有时登临楼台亭榭，放眼远望，思绪翻飞于千里之外；有时置身于荷花荷叶之间，湖水波澜不惊，任一叶扁舟自由漂荡。尽管我身体有恙不能饮酒，却常常写些小诗，来状写外物，陶娱性情，这也是笨拙者所适宜做的吧。博通儒学的大家，有的与我素有交往，向我索要诵读这些诗作，我也不便藏拙。而青、郓二学士又有唱酬之作，士人中有喜欢文辞的人，也不断唱和。合起来共有若干篇。怎能因为我文辞的鄙陋，而让诸位先生宗于工巧秀丽之文辞，以及雄放奇瑰卓绝一时的诗作，没有机会在本州郡得到传诵呢？因此，将这些作品刻在石头上，并写了这篇序，让观览碑文的人了解详细的情况。

【评点】

茅鹿门曰：虽小言自中律。

张孝先曰：叙次历落，而南丰之政事文学，风流儒雅，悠然可想。

【译文】

茅坤评论道：尽管文字不多，却中规中矩。

张伯行评论道：叙述洒脱不羁，曾巩的政治、文学才能，风流儒雅姿态，让人数百年之下，心驰神往。

送傅向老令瑞安序

【题解】

这是一篇赠序，写于熙宁二年（1069），这一年王安石变法开始，随之而来的是支持变法的新党与反对变法的旧党之间激烈的争斗。曾巩不属于新党，也不属于旧党，他只想尽快远离京城这个新旧党争的政治漩涡。于是，变法刚一开始，他便自求外任，开启了他长达十二年的宦游生涯。第一站是越州，曾巩家族从曾巩的祖父曾致尧，到曾巩的父亲曾易占，到曾巩本人，再到曾巩的孙子曾忠，一门五世四代人，都在越州做过官。基于这份特殊的情缘，曾巩到任越州后，深入民间，了解民情风俗，与许多布衣平民往来密切，结下了深厚的友谊。傅向老、傅元老兄弟，便是曾巩在越州结识的布衣朋友。傅氏兄弟尽管出身寒微，却喜欢读书，甘于贫困，“不苟取而妄交”。这些品格都是曾巩所欣赏的，对于傅氏兄弟好古、学古，曾巩尽管一方面倍感欣慰，另一方面又担心不已：傅向老因人举荐，要去瑞安做县令，曾巩担心他所学的古之道，无所用于今，所守与现实难合。结合当时如火如荼开展的变法背景来分析，曾巩的担心不是多余的。末句“以此而易彼”，古与今，孰为此，孰为彼，可让人玩味不已。

向老傅氏，山阴人①。与其兄元老读书知道理②。其所为文辞可喜。太夫人春秋高③，而其家故贫。然向老昆弟尤自守④,不苟取而妄交⑤,太夫人亦忘其贫。余得之山阴,爱其自处之重⑥。而见其进而未止也⑦,特心与之⑧。

【注释】

①山阴:在今浙江绍兴。

②知道理:下文谓其"不苟取而妄交","进而未止",都是"知道理"之处。

③太夫人:汉制,列侯之母方称太夫人,后来泛指官僚豪绅的母亲。春秋高:指年事已高。

④守:谓自我恪守,不越规矩。

⑤不苟取而妄交:指不钻营逢迎。

⑥自处之重:谓行为庄重。

⑦进而未止:此指在知书达理上孜孜以求。

⑧心与:犹言心许。与,赞许。

【译文】

傅向老是山阴人。和他的兄长傅元老一起读书,学习圣人之道。所写的文章,常常给人带来惊喜。太夫人年事已高,家中很是贫寒。尽管如此,向老兄弟二人,清贫自守,不苟且获取不属于自己的东西,也不滥交朋友,太夫人也不在乎物质条件。我与向老在山阴结识,喜欢他自我恪守,行为庄重,并看到他在学业上也精进不已,因此特别赞赏他。

向老用举者①,令温之瑞安②,将奉其太夫人以往。予谓向老学古,其为令当知所先后。然古之道盖无所用于今,则向老之所守亦难合矣。故为之言,庶夫有知予为不妄者,能以此而易彼也③。

【注释】

①用举者：因有人荐举。

②令：犹言知或任，用如动词。温之瑞安，瑞安为温州的属县，故称。

③"予谓向老学古"几句：这几句看似是曾巩对朋友的劝慰、告诫，实际上却揭示了"古之道"与"今之法"的紧张关系：学习古之道，并将其作为修养，小心护持，照理是可以将其应用于实践之中，作为一县之令，教化一方，也应该可以懂得为政之先后次第。《礼记·大学》说道："物有本末，事有终始，知所先后，则近道矣。"懂得先后次第，就近乎古之道了。这里所说的先后次第，也在《礼记·大学》说得明明白白："古之欲明明德于天下者，先治其国。欲治其国者，先齐其家。欲齐其家者，先修其身。欲修其身者，先正其心。欲正其心者，先诚其意。欲诚其意者，先致其知。致知在格物。物格而后知至，知至而后意诚，意诚而后心正，心正而后身修，身修而后家齐，家齐而后国治，国治而后天下平。"关于这一点，曾巩在写给王安石的信中讲得也很明白：为政天下，不能操之过急，教化之先后次第，必须循序渐进。王安石没有采纳曾巩的建议，自此，两人便渐行渐远了。"古之道盖无所用于今，则向老之所守亦难合矣"，这不应仅仅是曾巩对傅向老所发的感慨，也是他的迷惘和无奈。

【译文】

向老被人举荐，让他做瑞安县令，即将侍奉母亲前去瑞安上任。我认为向老学习古道，任职县令应当知道孰为先，孰为后。但是古道并不适用于今天，那么向老所信守的古道与现实就很难合拍了。因此写下这篇赠序，或许有了解我的人知道我并非无知妄作，并能够举一反三吧！

【评点】

茅鹿门曰：仅百余言，而构思措辞，种种入彀。中有简而文、淡而不厌者。

　　张孝先曰：一小序耳，而向老生平之学古志道，借以尽传，令人可歌可咏。南丰之文不苟作也如此。

【译文】

　　茅坤评论道：文章文字仅百余，而构思、措辞，丝丝入扣。其中简洁而不失典雅，恬淡而不乏韵味。

　　张伯行评论道：一篇小序而已，而向老生平学古之心、体道之志，得以完全展示，令人可歌可咏。曾巩写作文章一丝不苟，于此可见一斑。

馆阁送钱纯老知婺州诗序

【题解】

　　钱纯老，即钱藻（1022—1082），纯老其字，一作醇老。钱塘（今浙江杭州）人，家苏州。吴越王钱镠五世之孙。皇祐五年（1053）进士。嘉祐四年（1059），又中贤良方正直言极谏科，授试校书郎、无为军判官，为秘阁校理。熙宁三年（1070）三月，出知婺州。元丰元年（1078）十一月，以知制诰、直学士院加枢密直学士。二年，权知开封府。后改翰林侍读学士、知审官东院。五年正月卒，年六十一。王安石开始变法第二年也即熙宁三年（1070），钱藻因其对变法新党的一些做法不能认同，遂自请出知婺州，像曾巩一样，欲远离新旧党争的政治漩涡。钱藻离京外任的动机通过苏轼、苏辙兄弟二人的赠别诗也能够看得出。苏轼《送钱藻出守婺州得英字》："吾君方急贤，日旰坐迟英。黄金招乐毅，白璧赐虞卿。子不少自贬，陈义空峥嵘。"苏轼在乌台诗案中自己解释了这几句诗的含义："此诗言朝廷方急贤才，多士并进，子独远出为郡，不少自勉强求进，但守高义，讥时人之急进也。"苏轼所说的"时人"指的就是那些借变法而谋取私利的新党人物，这段解读应该不是苏轼对钱藻自请出知婺州动机的无端揣测。苏辙《送钱婺州纯老》："倦报朝中言啧乱，喜闻淮上橹咿呦。平时答策词无枉，此去为邦学更优。"诗中的"朝中言啧乱"，不禁让人想到了朝廷新旧党人的争吵，因为厌倦了这些党同伐异的聒噪，所以乘船南下，听着船桨咿呦的声音，怡然自得。后面两句似乎预言了钱藻熙宁六年（1073）因写冯京外任的制诰，而为新党邓绾弹劾。可见钱藻性格温良、仁厚，平时所拟答策之文，并不像新党人物一样，夸大其词，言语骇世。《东都事略》这样评价钱藻："立朝无矫亢之节，亦不为雷同。处势利淡如也，人称其长者"，这一评价是准确的。

　　士人饯别赋诗之风，六朝时渐多，唐士人离京之别时尤盛。宋尚唐习，风流犹存。熙宁二年（1069），曾巩从馆阁通判越州，僚友依旧例饯送，众人赋诗分韵，苏轼集中《送曾子固倅越得燕字》，即饯宴之作。同僚送行，各有赠诗。钱藻到任，欲刻石而向曾巩索序。他们两人在馆阁编校书籍时，曾共事多年。钱藻小曾三岁，比曾则早卒一年。"公与余尝为僚，相善，其且殁，以遗事属余，而其家因来乞铭"（曾巩《钱纯老墓志铭》）。钱藻弥留之际，嘱人托曾巩代笔向皇帝进呈《遗表》，其身后的墓志铭和祭文，都出自曾手。可知两人彼此相交之深。作序时曾巩通判越州，时年五十二岁。

　　熙宁三年三月，尚书司封员外郎、秘阁校理钱君纯老出为婺州[①]，三馆秘阁同舍之士相与饮饯于城东佛舍之观音院[②]，会者凡二十人。纯老亦重僚友之好，而欲慰处者之思也[③]，乃为诗二十言以示坐者[④]。于是在席人各取其一言为韵，赋诗以送之。纯老至州，将刻之石，而以书来曰："为我序之。"

【注释】

①婺州:其治所在今浙江金华。曾巩此时正在越州,与婺州均属越
　地,距离并不遥远,书信往还应该很方便。

②三馆:即史馆、昭文馆、集贤院,掌修史、藏书、校书。秘阁:太宗太
　平兴国年间新建昭文馆、集贤院、史馆等三馆贮藏图籍,总名为崇
　文院,通称阁职。

③处者:与去者相对,意为留下者,下文"以叙去处之情"中之"去
　处",即包含了这两种情况。

④二十言:指五言绝句。宋胡仔《苕溪渔隐丛话前集·东坡七》:
　"钱藻知婺州,临行,馆阁同舍旧例饯送,席上众人先索钱藻相别
　诗,欲各分韵作送行诗。钱藻作五言绝句一首,分得英字韵,作古
　诗送之。"结合曾巩的记述与苏轼的回忆,可知,在当日饯行宴会
　上,钱藻先写了一首五言绝句,计二十字,参与宴会的二十人,每
　人索一字,用其韵,分别写送别诗,苏轼参与了这次宴会,并分得
　英字韵,苏辙得尤字韵。曾巩因为在熙宁二年(1069)就已经离
　开京师,赴任越州通判了,也就没有参加此次聚会。

【译文】

　　熙宁三年三月,尚书司封员外郎、秘阁校理钱君纯老自请出知婺州,
史馆、昭文馆、集贤院三馆秘阁同仁,相约在城东寺庙中的观音院设宴给
钱纯老饯行,参与这次集会的共有二十人。纯老非常看重同僚之间的情
谊,为了告慰居留者对他的思念,纯老写了一首五言绝句给在座的人看。
于是,席间每人各取诗中的一个字为韵,赋诗一首送别纯老。纯老到了
婺州,将这些诗刻在石碑之上,并写信给我:"请替我写一篇序。"

　　盖朝廷常引天下儒学之士,聚之馆阁,所以长养其材而
待上之用。有出使于外者,则其僚必相告语,择都城之中广
宇丰堂、游观之胜①,约日皆会,饮酒赋诗,以叙去处之情,

而致绸缪之意^②。历世浸久，以为故常。其从容道义之乐，盖他司所无。而其赋诗之所称引况谕^③，莫不道去者之美，祝其归仕于王朝，而欲其无久于外^④。所以见士君子之风流习尚，笃于相先^⑤，非世俗之所能及。又将待上之考信于此^⑥，而以其汇进，非空文而已也。

【注释】

①都城之中广宇丰堂、游观之胜：指前面所说的城东佛舍之观音院。曾巩的朋友刘攽有诗《次韵和王平甫赠张舍人》，诗题下自注："王时在城东佛舍读书。"王平甫即王安国，也是曾巩的朋友，曾在城东佛舍观音院读书，准备参加科举考试。刘攽在诗中描写城东佛舍："广廷来风清，落日微雨残。凉泉为濯溉，佳树聊盘桓。"城东佛舍观音院全名四圣观音院，又称四圣观，在北宋开封城东旧宋门内太庙南门前。

②绸缪：吴质《答东阿王书》："奉所惠贶，发函伸纸，是何文采之巨丽，而慰喻之绸缪乎！"吕延济注："绸缪，谓殷勤之意也。"

③况谕：比喻。

④祝其归仕于王朝，而欲其无久于外：唐宋以来，世重京官，不乐外任。

⑤相先：犹言相让。当指饯宴赋诗先后的逊让。《礼记·儒行》："儒有闻善以相告也，见善以相示也，爵位相先也。"郑玄注："相先，犹相让也。"

⑥考信：谓查考其真实。

【译文】

朝廷常常延请天下儒学之士，汇聚到三馆秘阁之中，培养他们的才能，等待有一天能够为皇帝所用。有被派出朝廷之外任职的，他的同僚都会相互通告，选择城中大堂阔室、可供游览观赏的胜景，约定时间聚会,饮酒赋诗,来话叙送别者和远行者之间的不舍之情,并表达殷勤之意。这一习俗沿袭很长时间了,现在已经人人习以为常。但是,馆阁雅集中雍容的风度、讲求道义的乐趣,是其他官署所没有的。雅集中所赋之诗,以及诗中所称引比喻的内容,没有不称道外任离京者的美好,并祝愿他早日还朝,不希望他长时间远离朝廷。可以从这些习俗中看到士君子们的风雅习尚,以及坚持相互谦让的美德,所有这些不是世俗之人所能达到的。同时又要等待皇帝考察、取信于此,可以将这些文字一起上奏给皇帝,所以这些文字并非没有作用的空文。

纯老以明经进士制策入等①,历教国子生②,入馆阁为编校书籍校理检讨③。其文章学问有过人者④,宜在天子左右,与访问,任献纳。而顾请一州,欲自试于川穷山阻僻绝之地,其志节之高,又非凡材所及。此赋诗者所以推其贤,惜其去,殷勤反复而不能已。余故为之序其大旨,以发明士大夫之公论,而与同舍视之,使知纯老之非久于外也。十月日序。

【注释】

①纯老以明经进士制策入等:唐制以诗赋试进士,宋则以经义论策试进士。制策,指科举考试所用的对策,亦称策试。入等,选拔录取。

②教国子生:即做国子监直讲官。国子生,宋初国子监招收七品以上官员子弟入学,称为国子生或监生。庆历四年(1044)建太学,国子生则专指其父兄叔伯在朝、经补试合格入学的人。

③入馆阁为编校书籍校理检讨:曾巩《钱公墓志铭》所叙钱藻仕历极详:"历宣州旌德县尉、大理寺丞、殿中丞、太常博士、尚书祠部度支司封员外郎、工部郎中,换朝奉大夫,充国子监直讲、编校集

贤院书籍,迁秘阁校理。选为修英宗实录院检讨官,直舍人院,同
修起居注,遂知制诰,直学士院,选枢密直学士、翰林侍读学士。"
④其文章学问有过人者:《钱公墓志铭》云:"公幼孤","刻励就学,
并日夜,忘寝食,于书无所不治,已通其大旨。至于分章别句、类
数辨名、丛细委曲,无不究尽。其见于文辞,闳放隽伟,故出而与
天下之士,挟其所有,较于有司,常出众上,以其故名动一时"。

【译文】

　　纯老参加明经进士制策考试被选拔录取,担任过国子监直讲官,后
进入馆阁担任编校书籍校理检讨。他的文章学问都有过人之处,适合在
天子的左右,以备顾问,随时建言献策。而今却自请离开朝廷出任州郡
官员,想考验自己,把自己放在一个有山水阻隔的偏僻地方,他的志向、
气节之高远,并非凡夫俗子所能达到的。这正是参与唱和的人之所以推
重他的贤才,可惜他的离开,并殷勤反复表达这一情感的原因吧! 我因
此写下这一篇序言,总结其中所蕴含的大意,并阐发士大夫所共同认可
的道理,并把序文拿与同仁观看,让他们知道纯老并非长时间逗留朝外。
十月某日序。

【评点】

　　茅鹿门曰:文之典刑,雍容《雅》《颂》。

　　张孝先曰:与其改节苟容,毋宁请一州以去,此古人之
重名义而轻仕进也。

【译文】

　　茅坤评论道:文章之楷模,具备《雅》《颂》雍容的风格。

　　张伯行评论道:钱纯老与其改变节守,以维持目前的局面,不如自己
请求外任,担任一州的知州,这是古人看重名义而轻视仕进的地方。

赠黎安二生序

【题解】

欧阳修继承韩愈、柳宗元以来的古文传统，大力倡导平易切用的古文，反对脱离现实的太学体古文。嘉祐以来，尽管欧阳修主持科举考试，已经用韩柳以来的古文取士，由于积重难返，在地方士子中，太学体依然大有市场。这从黎生被里人讥笑其所学斯文为"迂阔"，就能看出古文与太学体的角逐是如何的旷日持久。面对世俗的嘲笑，韩愈其实已经给出了自己的态度，韩愈在《答李翊书》中这样写道："其观于人也，笑之则以为喜，誉之则以为忧。"这的确需要绝大的勇气。曾巩闻听黎生被人讥笑"迂阔"，自顾而笑。并感叹道："夫世之迂阔，孰有甚于余乎？知信乎古而不知合乎世，知志乎道而不知同乎俗，此余所以困于今而不自知也。世之迂阔，孰有甚于余乎？"这是夫子自道。曾巩的弟弟曾肇在为其撰写的《行状》中这样描述曾巩的"迂阔"："其为人惇大直方，取舍必度于礼义，不为矫伪姑息以阿世媚俗。弗在于义，虽势官大人不为之屈；非其好，虽举世从之，不辄与之比。以其故，世俗多忌嫉之，然不为之变也。"如此直道而行，抱道抗势，绝不曲学媚世，这正是曾巩"迂阔"之所在。

这位蜀士黎生，早于三苏父子结识欧阳修。庆历二年（1042），黎生赴京师参加科举考试，不幸下第，还乡前拜访了欧阳修，欧阳修写下《送黎生下第还蜀》诗，以示鼓励。欧阳修诗中的黎生，即黎锌（1015—1093），锌一作淳。字希声，广安（今属四川）人。庆历六年（1046）进士及第。《舆地纪胜》卷一百六十五《广安军》："黎锌，字希声，渠江人。任直讲日，英宗以蜀士问欧阳修，对曰：'文行苏洵，经术黎锌。'帝大悦。初，眉山苏洵与公俱客京师，僦居比邻。苏公二子轼、辙及公二子俦、优皆在。二公父子俱受知于欧阳公，时望归之。"《栾城集》卷七《次韵子瞻寄眉守黎希声》自注："辙昔侍先人于京师，与希声邻，居太学前。"苏辙侍父苏洵时，苏轼官凤翔。或许在苏轼官凤翔前，两家就已经比邻而居,有通家之好了。苏轼称黎錞为"先君子之友人",也即苏洵的故交。黎錞小苏洵六岁,比苏轼大二十二岁,应该算是苏轼、苏辙的父辈人。黎錞长曾巩四岁,且早于曾巩十二年登进士第。因此曾巩笔下之黎生并非欧阳修笔下之黎生,应该指黎錞的两个儿子黎侍、黎侁中的一个。或许黎侍、黎侁已经到了参加科举考试的年龄了,于是将自己平时的习作拿给曾巩看,并希望得到他的奖掖。安生,据吕陶为黎錞写的墓志铭可知,黎錞的妻族为安姓,安生或许为黎錞妻族后生。与苏轼曾有书信往还的安师孟不知是否为曾巩笔下的安生。

　　曾巩作此序时,已是黎生中第外任赴职之时。又据文首苏轼自蜀遗书,因治平三年(1066)苏洵卒于京师,苏轼护丧归蜀,不久黎生补江陵府司法参军,将行请序,故有是作。此序文多顿挫,语亦斟酌,运意绵密而有情致,在曾文中别具生面,故为历代选家所看重。

　　赵郡苏轼[①],余之同年友也[②],自蜀以书至京师遗余,称蜀之士曰黎生、安生者[③]。既而黎生携其文数十万言,安生携其文亦数千言,辱以顾余。读其文,诚闳壮隽伟,善反复驰骋,穷尽事理,而其才力之放纵,若不可极者也。二生固可谓魁奇特起之士,而苏君固可谓善知人者也。

【注释】

①赵郡苏轼:苏轼远祖味道籍属唐时赵郡,即赵州,在今河北。称人祖籍郡望,以示尊重。

②同年:同榜中第的人,互称同年。曾巩与苏轼兄弟都是嘉祐二年(1057)进士。

③黎生:苏洵老友黎錞之子黎侍或黎侁。安生:或许指黎錞妻族之后人。

【译文】

赵郡的苏轼，是我同年登第的好友，从蜀地写信到京城给我，信中介绍蜀地的两个读书人，一个是黎生，一个是安生。过了不久，黎生带来他数十万字的文章，安生也带来自己数千字的文章，来京城拜访我。我读他们的文章，感觉的确宏大壮阔、隽秀奇伟，擅长反复论说、言辞纵横不羁，说理透彻明晰，所显示的天纵才华，好像没有人能赶得上。这两个书生本来就可称得上是卓尔不凡的士人翘楚，而苏轼也可算得上是善于知人的人了。

　　顷之，黎生补江陵府司法参军，将行，请予言以为赠。余曰："余之知生，既得之于心矣，乃将以言相求于外邪？"黎生曰："生与安生之学于斯文，里之人皆笑以为迂阔。今求子之言，盖将解惑于里人。"余闻之，自顾而笑。夫世之迂阔，孰有甚于余乎？知信乎古而不知合乎世，知志乎道而不知同乎俗，此余所以困于今而不自知也。世之迂阔，孰有甚于余乎？今生之迂，特以文不近俗，迂之小者耳，患为笑于里之人。若余之迂大矣，使生持吾言而归，且重得罪，庸讵止于笑乎？然则若余之于生将何言哉？谓余之迂为善，则其患若此；谓为不善，则有以合乎世，必违乎古；有以同乎俗，必离乎道矣①。生其无急于解里人之惑，则于是焉必能择而取之。

【注释】

①"谓余之迂为善"几句：由此看出，简易致用的欧体古文和怪僻的"太学体"古文的斗争，于此并未结束。何焯谓此处暗用范滂名

言,抑扬反复,句健意圆。据《后汉书·范滂传》,范滂被捕,对其子说:"吾欲使汝为恶,则恶不可为;使汝为善,则我不为恶。"

【译文】

过了不久,黎生补官江陵府司法参军,即将赴任,前来请我为他临行赠言。我说:"我了解你,存在心里就可以了,又何必让我用语言表达出来呢?"黎生说:"我与安生学习为文之道,乡里的人都嘲笑我们迂腐而不务实。如果能够求得您的文字,就可以去除乡里人心中的疑惑了。"我听了这些话,禁不住笑了。在当今世上,迂阔之人,有谁能比得上我呢?只知相信古之道,而不知迎合当世,只知用心求道,而不知与世俗同流,这正是我困顿至今却并不自知的原因啊。世人之迂阔,有谁能比得上我呢?今天你们两个人的迂阔,只不过是文章写得与时文不同,这是迂阔之中小的方面,尚且担心被乡里人取笑。像我这样的迂阔,应该是迂阔中大的方面了,假使你带着我写的文字返回乡里,反倒使乡里人更加责怪,哪里还能让他们停止取笑呢?那么我又有什么话能给你说呢?如果说我的迂阔是好的,它的弊端又那么明显;如果说不好,那又会迎合世俗,违背古道;想要与世俗同流,就一定背离古道了。你们先不要急着去为乡里人解惑,想想我说的这些话,或许对你们有些帮助。

遂书以赠二生,并示苏君以为何如也。

【译文】

于是写下这些话,赠给两位书生,也请你们带给苏轼先生看一看,听听他的意见。

【评点】

茅鹿门曰:子固作文之旨,与其所自任处,并已概见,可谓文之中尺度者也。

　　张孝先曰：圣贤之道，平易近情，而世多目之为迂阔，古今同慨也。子固借题自寓，且愿与有志者择而取之，真维持世教之文。

【译文】

　　茅坤评论道：曾巩写作之道，以及他的自信，从这篇文章中都能看到了，这应该称得上是文章的尺规了。

　　张伯行评论道：圣贤之道，平易近人，合乎常情，但是世人常视之为迂腐、不着边际，古今都有这样的感慨。曾巩借这篇文章寄托了自己的感慨，并且愿意与相同志向的人一起别择是非，这真是一篇维持世间教化的文章。

送蔡元振序

【题解】

　　蔡元振，抚州临川（今属江西）人。庆历六年（1046）登进士第。仕至汀州推官。其堂弟蔡元导及蔡元导之子蔡承禧皆于嘉祐二年（1057）进士及第，与曾巩同年。曾巩初仕为太平州参军，蔡承禧初仕为太平州推官，二人为同僚。曾巩的这篇赠序并非一般的应酬文字，他在序文中谈论了郡守与从事之间紧张的关系，这让我们联想到他刚刚进入仕途，在太平州做参军时，与太平州知州张伯玉之间紧张的上下级关系。从序文中流露出的郁郁不平之气来看，这篇序文并非时隔若干年以后才写的，如果这一推断合理，这篇序文应该写于嘉祐三、四年间，其时，曾巩正在太平州参军任上。

　　古之州从事①，皆自辟士②，士亦择所从，故宾主相得也。如不得其志，去之可也。今之州从事，皆命于朝，非惟守不得择士，士亦不得择所从，宾主岂尽相得哉？如不得其志，未可以辄去也③。故守之治，从事无为可也；守之不治，从事举其政，亦势然也。议者不原其势，以为州之政当一出于守，从事举其政④，则为立异⑤，为侵官⑥。噫！从事可否其州事⑦，职也，不惟其同守之同，则舍己之是，而求与之同，可乎？不可也。州为不治矣，守不自任其责，己亦莫之任也，可乎？不可也。则举其政，其孰为立异邪？其孰为侵官邪？议者未之思也。虽然，迹其所以然，岂士之所喜然哉？故曰：亦势然也。

【注释】

①从事：官名。汉以后三公及州郡长官皆各自选拔僚属，多以从事为称。

②辟士：征召、任用人。

③"今之州从事"几句：宋制，州府不论大小官吏，太守没有委任权。州吏由中央差派或召募。州从事有孔目官、勾押官、开拆官、押司官、粮料官等名目，皆属朝廷有秩命士。太守和从事，彼此都无选择自由，带有相互监督性质，相处就不见得都很融洽。

④举其政：就州政提出意见，纠正政事之偏。

⑤立异：从事与州守有不同的看法。

⑥侵官：侵占州守的职权范围。

⑦可否：赞同或反对。

【译文】

古时州郡的从事，都是由各州郡长官来延请，士人也可以自由选择跟从谁，因此，主人与宾客之间相处得非常融洽。如果士人跟随州郡长官不能实现自己的志向抱负，他大可以辞职离开。现在的州郡从事，都是由朝廷任命，不仅州郡守官不能够选择士人，士人也不能选择所效力的长官，宾主之间又怎么能融洽相处呢？如果士人不能得其志，也不允许马上辞职离开。因此，如果守官把州郡治理得好，从事无所作为就可以了；如果州郡守官没有管理好州郡，从事就会提出自己的意见，这也是情有可原的。谈论这件事的人不探究这一形势产生的原因，认为州郡的治理应当由郡守来发号施令，如果从事纠正郡守的过失，就被视为与郡守对着干，冒犯长官的权威。唉！从事是否认可州郡的事务，这是他的职责所在，不只是认同郡守所认同的，舍弃自己认为是正确的东西，而去违心赞同郡守的意见，这样做可以吗？当然不可以。州郡得不到治理，郡守不能担负起应有的责任，从事也不闻不问，这样做可以吗？当然不行。如此看来，从事向郡守提意见和建议，怎么是和郡守对着干呢？又怎么是侵夺郡守的官职呢？议论此事的人没有仔细思考。尽管如此，考察产生这些议论的原因，难道是士人喜欢这样做吗？所以说：是时势造成的。

今四方之从事，惟其守之同者多矣。幸而材，从事视其政之缺，不过室于叹、途于议而已[1]，脱然莫以为己事。反是焉，则激激亦奚以为也[2]？求能自任其责者少矣。为从事乃尔，为公卿大夫仕于朝，不尔者其几邪？

【注释】

①不过室于叹、途于议而已：是"叹于室、议于途"的倒装句。

②激激：从事和州守发生激烈冲突。

【译文】

当今天下各州郡的从事，随声附和郡守意见的人有很多。幸而有才之人，作为从事看到郡守治理的缺陷，也不过在自己家里叹息、在道路上与人议论一下罢了，超然于外，不把向郡守提意见当成自己的分内之事。相反，从事如果弥补州政的失误，就会和上司发生冲突摩擦，又会有什么作用呢？寻找那些真正能够将补阙州政视为己任的人，你会发现很少。做为从事尚且如此，做为公卿士大夫立身于朝廷，能够不这样的有几人呢？

临川蔡君从事于汀^①，始试其为政也。汀诚为州治也，蔡君可拱而坐也；诚未治也，人皆观君也。无激也，无同也，惟其义而已矣，蔡君之任也；其异日官于朝，一于是而已矣，亦蔡君之任也。可不懋欤^②！其行也，来求吾文，故序以送之。

【注释】
①临川：今江西抚州。汀：汀州，治所在今福建长汀。
②懋：努力，勉力。

【译文】
临川人蔡君将要去汀州任从事，开始尝试从政。汀州如果治理得很好，蔡君可以拱手而坐了；如果汀州的确治理得不好，人们就会看你的表现了。不要过激，不要苟同，做你应该做的就可以了，这就是蔡君的责任；以后在朝廷为官，也像这样就可以了，这也是蔡君的责任。能不加以勉励吗！蔡君即将赴任，前来请求我写一篇赠言，因此写下这篇赠序送给他。

【评点】
唐荆川曰：此文入题以后，照应独为谨密，异于南丰诸文。

茅鹿门曰：才焰少宕，特其所见亦有可取。

张孝先曰：无激，无同，惟其义，固凡为政者所当知，亦君子立朝之轨则欤！范文正为广德军司理，日抱具狱与太守争是非，守数以盛怒临之，公不为屈，归必记其往复辨论之语于屏上。比去，守无所容。介甫行新政，方盛气以待言者，程明道以数语折之。然则从事如文正，立朝如明道，无激无同之意矣。

【译文】

唐顺之评论道：这篇文章进入主题后，照应非常严谨、缜密，和曾巩其他文章有很大不同。

茅坤评论道：文章才情恣肆，缺乏约束，只是见解有可取之处。

张伯行评论道：不偏激，不苟同，只做应该做的事，这本应该是主政之人应该知道的道理，也是君子立于朝堂之上所应遵循的原则！范仲淹任广德军司理时，整日因为狱讼之事与太守争论是非，太守多次当面盛怒，范仲淹并不屈服，回到家中一定在屏风上记下两人辩论的话语。等到离任，太守看到后，方觉无地自容。王安石推行新政，怒气冲冲地面对持不同意见者，程颢多次当面驳斥他。作为从事，像范仲淹那样；立于朝堂之上，像程颢一样，正是不偏激、不苟同的态度啊！

送李材叔知柳州序

【题解】

曾巩《酬材叔江西道中作》有句"行寻故友心无事，不觉西游道路难"，称李材叔为"故友"。《阆州张侯庙记》又说李氏名献卿，字材叔。

其生平不曾为后人表出，吕南公撰有《讲师李君墓表》，这是给李材叔写的墓表。墓表中写道："君讳象，字材叔，上世家临川之青泥，其迁蓝田，见三徙矣。熙宁九年十二月乙未君卒，寿六十三""其于人也，和而徇礼，信而附义，喜扬人善，如恐不足。少时应举梁京，中道同袍属疾，众皆舍而前，君独守之不忍去。君于经无所不悦，而尤用意于《诗》《易》。尝著《诗讲义》二十卷，《易统论》三十卷，《孟子讲义》十四卷。书成，不远千里以献当代闻人"。从李材叔这些著述中，可以看出，他是一个传道授业的儒生，曾巩称其为"好古之人"。材叔比曾巩年长五岁，曾巩早年长期居留临川，因而与材叔有乡谊之情，又有相同的志趣，因而两人成为诗文酬唱的密友。李材叔要去柳州任知州，曾巩写此序送他，在序文中说出："能行吾说者，李材叔而已。"可见曾巩对材叔欣赏有加。柳州今属广西，直至唐代还是极荒僻之地，所谓"永州多谪吏"（柳宗元《送南涪州量移沣州序》），好像只是处置"流人"的去处。这样的现状和观念延续到两宋，故本文详言其地之美，自是对去者的鼓励，也由此引出一番期许。

　　谈者谓南越偏且远①，其风气与中州异②。故官者皆不欲久居，往往车船未行，辄已屈指计归日③。又咸小其官，以为不足事。其逆自为虑如此④，故其至皆倾摇解弛⑤，无忧且勤之心。其习俗从古而尔，不然，何自越与中国通已千余年，而名能抚循其民者，不过数人邪⑥？故越与闽、蜀，始俱为夷，闽、蜀皆已变，而越独尚陋，岂其俗不可更与？盖吏者莫致其治教之意也⑦。噫！亦其民之不幸也已。

【注释】

①南越：亦作南粤，今广西、广东一带。
②中州：泛指中原地区。

③往往车船未行,辄已屈指计归日:人未启行,先计归日。白居易的
　"草草辞家忧后事,迟迟去国问前途"(《初贬官过望秦岭》),即似
　此类心情。

④逆自为虑:预先就思虑。逆,预先。自,即,就。

⑤倾摇解弛:心态不稳,动摇懈怠。

⑥"何自越与中国通已千余年"几句:南越自秦以来和中原关系密
　切,秦于其地设置桂林等三郡,至此已有一千二百多年。抚循其
　民,安抚宣慰越地百姓。

⑦治教:政治与教化。

【译文】

　　谈论者都认为,南越既偏僻又遥远,其地风尚习气与中原地区不同。因此在南越做官的人都不愿意长时间居留此地,常常赴任的车船还没有出发,就已经开始掰着指头计算归期了。还有,人们都认为南越的官职品位很低,微不足道。他们预先就这样担心,所以,即便到了南越也会动摇懈怠,没有忧思、勤勉之心。习俗自古如此,不然,为什么南越与中原相互往来已有千余年的历史,但是能够以安抚治理越民而得名的,也不过几个人呢? 所以,南越与闽地、蜀地,开始都是蛮夷之地,现在看来,闽地与蜀地都已经发生变化了,而南越仍然是鄙陋之地,难道是因为此地的风俗不可改变吗? 应该是因为当官的不能将自己的精力放在教化百姓上面。唉! 这也是百姓的不幸啊。

　　彼不知由京师而之越,水陆之道皆安行①,非若闽溪、峡江、蜀栈之不测②。则均之吏于远,此非独优欤③? 其风气吾所谙之④,与中州亦不甚异。起居不违其节⑤,未尝有疾;苟违节,虽中州宁能不生疾邪? 其物产之美,果有荔子、龙眼、蕉、柑、橄榄⑥,花有素馨、山丹、含笑之属⑦,食有海之百物,

累岁之酒醋⑧,皆绝于天下。人少斗讼,喜嬉乐。吏者唯其无久居之心⑨,故谓之不可。如其有久居之心,奚不可邪⑩?

【注释】

①安行:安全通行,指道路没有多少险阻。

②非若闽溪、峡江、蜀栈之不测:闽溪,指闽地山涧。峡江,指通往蜀地的三峡水道。蜀栈,通往蜀地的山道。不测,不可估量。此谓险阻异常。

③则均之吏于远,此非独优欤:谓同样是到远地做官,到南越不是格外优越吗? 独,特别。表示程度达到顶点。

④谙:熟悉。

⑤节:节令,气候。

⑥龙眼:俗称桂圆。长寿果树,果肉透明、多汁、味甜美。生长在我国南部和西南各地。

⑦素馨:别称素馨花。常绿灌木,花白而香浓,分布于广东和云南一带。山丹:又名红百合,草本植物,花或红或黄。现今各地均有分布。含笑:即含笑花,常绿灌木,花色多种,生长于我国南部。之属:之类。

⑧累岁之酒醋:多年的陈酒老醋。酒、醋以酿得时间长为佳。

⑨唯:由于。

⑩奚不可邪:有什么不可以呢?

【译文】

他们不知道从京师去往南越,走水路或者陆路都能够安全抵达,不比闽江、长江三峡、蜀地栈道的难以预料。均衡考量做官地方的远近,南越难道不是优势很明显吗? 这个地方的风俗,我也很熟悉,与中原也没有什么大的不同。生活起居如果不违背自然规律,就不会得病;如果违背自然规律,即便生活在中原,难道就不会生病吗? 南越物产丰美,水果有荔子、龙眼、香蕉、柑桔、橄榄,鲜花有素馨、山丹、含笑之类,食物则有数以百计的海产品,酿制时间长达数年之久的酒和醋,都是天下之绝。民风淳朴,很少争斗和狱讼,喜欢游戏取乐。在此地做官的人因为没有久居此地的想法,所以觉得此地一无是处。如果有久留此地的打算,又有什么不合乎心意的呢?

古之人为一乡一县,其德义惠爱尚足以薰蒸渐泽[1],今大者专一州,岂当小其官而不事邪[2]?令其得吾说而思之[3],人咸有久居之心,又不小其官,为越人涤其陋俗而驱于治[4],居闽蜀上[5],无不幸之叹,其事出千余年之表,则其美之巨细可知也[6]。然非其材之颖然迈于众人者不能也。官于南者多矣,予知其材之颖然迈于众人,能行吾说者,李材叔而已。

【注释】

[1] 古之人为一乡一县,其德义惠爱尚足以薰蒸渐泽:谓古人做官,就是治理一乡一县,他所留下的道德节义和恩惠仁爱,熏染浸润,尚足以产生长久的影响。渐泽,犹言渐仁,指渐民以仁,以仁爱浸染感化百姓。

[2] 当:应当。

[3] 令:如果。

[4] 陋俗:柳宗元《柳州峒氓》描写其俗甚详,说该地"异服殊音",有些穴居之人用荷叶包裹食物,买来的盐用竹皮包装。因无棉花,用鹅毛做被褥御寒。杀鸡用骨占卜。一切与中土大相异趣。

[5] 居闽蜀上:谓使越的治绩在闽、蜀之上。

[6] 其事出千余年之表,则其美之巨细可知也:所做出的成绩高出一

千多年来的水平之上,那么他的美名的大小便可想而知。

【译文】

古时候的人在一乡或者一县做官,他的道德高义、惠泽仁爱之心,尚且足以影响泽及一方百姓,现在,执掌一个大的州郡,难道会因为官职渺小,而无所事事吗?让他们那些人了解我所说的话,并仔细想想,如果人们都怀有久居的想法,同时又不嫌弃官品低,替越地人改变陋俗,达到善治,超越闽地、蜀地,后来居上,人们再也不会感叹此地的不幸,这件事足以改变一千多年来人们的看法,可以想象该是多么美好啊。但是,如果不是才能出众的人,是做不到这些的。到南越做官的人有很多,我知道才能超越众人,并且能够施行我以上说法的人,只有李材叔一人而已。

　　材叔又与其兄公翊①,仕同年②,同用荐者为县③,入秘书省④,为著作佐郎⑤。今材叔为柳州,公翊为象州⑥,皆同时,材又相若也。则二州交相致其政⑦,其施之速、势之便,可胜道也夫⑧!其越之人幸也夫⑨!其可贺也夫!

【注释】

①公翊:其人不详。

②仕同年:同年出仕做官。

③同用荐者为县:一同因人推荐而做知县。

④秘书省:掌中央平常祭祀。元丰改制后又掌图书、国史、天文等事。

⑤著作佐郎:秘书省的属官。

⑥为象州:犹言知象州,做其地知州。象州,今属广西。

⑦交相:相互。致其政:致力于地方行政。

⑧其施之速、势之便,可胜道也夫:意谓李氏兄弟双方治地不远,可以相互鼓励,那么他们施行仁惠之迅速,相互鼓舞的形势之便利,

是说不完的。施,给予恩惠。

⑨越人之幸:越地百姓的幸运。

【译文】

材叔与他的兄长公翊,同一年做官,同时被举荐为县令,后调入秘书省,任职著作佐郎。现在材叔出任柳州太守,公翊为象州太守,都是同时发生,两人的材能也不相上下。那么,两个州郡相互配合,共同治理,其民风民俗变化之快,治理形势之便捷,怎能说得尽呢! 这不正是越人的幸运吗! 这难道不值得庆贺吗!

【评点】

茅鹿门曰:立意似浅,然亦本人情而为之者。录之以为厌游南粤者之劝。

张孝先曰:君子居其位,则思尽其职,不以远近、大小、难易分也。材叔之往柳州,或亦有不屑于其意者,故子固以是告之欤?

【译文】

茅坤评论道:文章立意看似浅显,却也是发于人之常情而写成的。收录此文,可以作为畏惧游历南越者的劝勉之文吧!

张伯行评论道:作为君子,处于某个位置,就应想着如何恪尽职守,不应该以履职之地的远近、官职的大小、所面临事务的难易来有所分别。材叔赴任柳州,或许有人也会流露出不屑的意思,曾巩因此写下这篇文章,或许是来劝勉他的吧!

卷之十五

曾文定公文

筠州学记

【题解】

筠州立学在英宗治平三年（1066）八月，这一年曾巩在京城史馆供职。筠州治所在今江西高安，和曾巩的故里同属江南西路，故筠州知州事尚书都官郎中董君仪、通判州事国子博士郑君蒨于是年致信这位乡贤，请其命笔为记。黄庭坚撰有《书〈筠州学记〉后》，开篇首句："中书曾舍人作《高安学记》。"可知，这篇学记亦被时人称为《高安学记》，这大约是因为高安为筠州治所的原因。

曾巩这篇记文，先纵论周代以来为学情况，并引出《大学》格物致知乃为学之道的观点。文章结绾处，顺势呼应题首，点出筠州兴学之事。用笔挥洒飘逸，收放自如，曲终奏雅，余音绕梁。

周衰①，先王之迹熄②。至汉，六艺出于秦火之余③，士学于百家之后。言道德者④，矜高远而遗世用；语政理者⑤，务卑近而非师古。刑名兵家之术⑥，则狃于暴诈⑦。惟知经者为善矣⑧，又争为章句训诂之学⑨，以其私见妄臆穿凿为说。故先王之道不明，而学者靡然溺于所习。当是时，能明先王之道者，扬雄而已^⑩。而雄之书，世未知好也^⑪。然士之出于其时者，皆勇于自立，无苟简之心^⑫，其取予进退去就必度于礼义。及其已衰，而搢绅之徒，抗志于强暴之间^⑬，至于废锢杀戮，而其操愈厉者，相望于先后。故虽有不轨之臣^⑭，犹低徊没世，不敢遂其篡夺。自此至于魏晋以来，其风俗之弊、人材之乏久矣。以迄于今，士乃有特起于千载之外，明先王之道，以癖后之学者。世虽不能皆知其意，而往往好之。故习其说者，论道德之旨，而知应务之非近；议政理之体，而知法古之非迂。不乱于百家，不蔽于传疏。其所知者若此，此汉之士所不能及。然能尊而守之者，则未必众也。故乐易敦朴之俗微，而诡欺薄恶之习胜。其于贫富贵贱之地，则养廉远耻之意少，而偷合苟得之行多。此俗化之美，所以未及于汉也。夫所闻或浅，而其义甚高，与所知有余，而其守不足者，其故何哉？由汉之士察举于乡间^⑮，故不得不笃于自修，至于渐磨之久，则果于义者非强而能也。今之士选用于文章，故不得不笃于所学，至于循习之深，则得于心者，亦不自知其至也。由是观之，则上所好，下必有甚者焉，岂非信欤！令汉与今有教化开导之方，有庠序养成之法，则士于学行，岂有彼此之偏、先后之过乎？夫《大学》之道，将欲诚意、正心、修身以治其国家天下，而必本于先致其知^⑯。则知者固善之端，而人之所难至也。以今之士，于人所难至者既几矣，则上之施化，莫易于斯时，顾所以导之如何尔。

【注释】

①周衰：指进入东周的春秋时期周天子的影响力逐渐减小。

②先王之迹：指周公制订的礼乐文明。

③秦火：秦朝商鞅变法，开始钳制儒家等诸子百家思想的影响。秦始皇三十四年（前213），秦朝烧毁先前的各国史书和民间所藏的儒家经典及诸子书籍。这一焚书事件，后人常称为"秦火"。

④言道德者：指汉代思想界务为高论，不切世用，不重经世致用。道德，指人们共同生活及其行为的准则和规范。

⑤政理：指为政之道。

⑥刑名：战国时以申不害为代表的学派。主张循名责实，慎赏明罚。后人称为"刑名之学"，亦省作"刑名"。兵家：古代对军事家或用兵者的通称。亦指研究军事的学派。《汉书·艺文志》："兵家者，盖出古司马之职，王官之武备也。"

⑦狃（niǔ）：局限于。暴诈：残暴奸诈。

⑧知经者：懂得儒家经典的人。

⑨章句：分章或分段分析、注解古书的著作，汉代人称为"章句"。训诂：对古书字句所作的解释。

⑩能明先王之道者，扬雄而已：扬雄晚年仿《论语》作《法言》，标志着其治学方面发生重大转变，即经典选择从《易》转向《论语》，解经方式从"训诂、象数、义理"并重转向纯"义理"，解释资源从"儒道互补"转向"醇儒"的立场。他释《论语》试图阐明"以孔子之法为准绳""以颜子之乐明其志""以君子之道申其义"的经学思想，这些都是注重义理之学的宋儒所看重的。对于汉代经学，曾巩仅推称扬雄，此前一年作《答王深甫论扬雄书》，称"巩自度学每有所进，则于雄书每有所得""则雄之言，不几于测之而愈深，穷之而愈远者乎"？

⑪而雄之书，世未知好也：扬雄晚年，政治上很寂寞，以著书为事，刘

歆看了他的《太玄》《法言》,讥笑说:这些书恐怕后人要用来覆盖
酱缸。可见他在学术上也不受世人欢迎。详见《汉书·扬雄传》。

⑫苟简:草率、简略。

⑬"及其已衰"几句:指东汉后期,党锢之乱,士人抱道抗势者不乏
其人。

⑭不轨之臣:指曹操尽管想代汉自立,最终也没敢实施。

⑮察举:中国古代选拔官吏的制度,由官吏荐举,经过考核任以官职。

⑯"夫《大学》之道"几句:语本《礼记·大学》:"大学之道,在明明
德。""古之欲明明德于天下者,先治其国;欲治其国者,先齐其
家;欲齐其家者,先修其身;欲修其身者,先正其心;欲正其心者,
先诚其意;欲诚其意者,先致其知。致知在格物,物格而后知至,
知至而后意诚,意诚而后心正,心正而后身修,身修而后家齐,家
齐而后国治,国治而后天下平"。

【译文】

　　周朝衰微,先王圣迹已经消歇。到了汉朝,儒家六部经典从秦朝焚
书劫难中幸存下来,儒生们问学也继起于战国诸子百家争鸣之后。谈论
道德的人,自命高远而置经世致用于不顾;讲论治国理政的人,一定眼光
短浅而不愿向古人学习。法家、名家、兵家的治国之术,常常拘泥于暴力
和欺诈。只有学习儒家经典才是向善之途,但是多数人又把主要精力放
在经书的章句训诂之学上,用自己个人的虚妄穿凿的见解来著书立说。
因此,先王之道晦而不显,世间学者纷纷沉溺于章句训诂之中。在当时,
能够明晓先王之道的,只有扬雄一人而已。但是,扬雄所写的书,世人并
不理解其中的好处。然而,当时的士人都有勇气树立高尚的人格,没有
苟且简省的想法,他们不论给予还是索取,不论进取还是退隐,不论入仕
还是辞官,都能够合乎礼仪要求。等到这些风气已经衰微,仍然有很多
士人,面对强暴能够捍卫士人的尊严,以至于遭到废黜、禁锢,甚至于杀
戮,但是,他们越发奋起捍卫自己的操守,前赴后继。所以,尽管有想图

谋不轨的人，仍然只能犹豫思量，不敢贸然篡夺大位。从此直到魏晋时期，世俗民风衰颓不振、人才匮乏已经有很长时间了。现如今，方有士人崛起于千年之下，阐明先王之道，开示后来学人。世人尽管不能完全了解他们的心意，却常常喜欢他们。所以修习他们学说的人，议论道德主旨，并非只顾眼前而不顾长远；议论治国理政的根本，则明白效法古人并非食古不化。不淆乱百家之说，不被历代传疏所遮蔽。他们所了解的道理就是这样，这也是汉代的儒生所达不到的。但是能够尊重这些学说，并能笃守不变的，就不一定很多了。因此，和乐平易、敦厚朴实的风气衰微了，诡诈欺骗、刻薄作恶的风习就会滋长。面对贫富贵贱，能够持守廉洁远离羞耻想法的人很少，而苟合贪婪的行为却有很多。这正是风俗开化之美比不上汉代的原因吧。至于靠耳朵听到的或许很肤浅，但其中所蕴含的道义却很高远，以及了解的道理很多，能够见诸行动的却很少，出现这些差异的原因是什么呢？由于汉代对士人的察举制度是在乡间之间进行的，所以士人不得不注重自身的修养，等到磨砺的时间长了，士人的行为合乎道义也就不是强迫的结果了。现在的士人铨选依靠的是文章，所以士人不能不注重书本的学习，至于因循修习程度深了，心中有所收获，自己也不知道达到了怎样的境界。根据这些现象进行分析，朝廷有什么偏好，民间必然变本加厉地执行，难道不是这样吗！如果汉代与今天都有教化民众、开导民智的方法，设有学校培养人才的制度，那么，士人的学问德行又怎么会相互间各有偏颇、存在先后之别呢？《大学》所讲的道理，是要培养人们能够诚意、正心、修身的品格，最终达到治国、平天下的目的，根本的功夫是要先获取知识。具有智慧是人性本善的发端，也是常人所难以做到的。今天的士人，对于这些难以做到的已经接近做到了，那么当今圣上实施教化，没有比现在更容易实行的了，就看如何去进行引导了。

筠为州，在大江之西，其地僻绝。当庆历之初，诏天下立学,而筠独不能应诏,州之士以为病^①。至治平三年,盖二十有三年矣,始告于知州事尚书都官郎中董君仪^②。董君乃与通判州事国子博士郑君蒨相州之东^③,得亢爽之地,筑宫于其上。斋祭之室,诵讲之堂,休息之庐,至于庖湢库厩,各以序为。经始于其春,而落成于八月之望。既而来学者常数十百人,二君乃以书走京师,请记于予。

【注释】

① "当庆历之初"几句:庆历三年(1043),范仲淹发动庆历革新运动,其中一个很重要的举措是在州县广建学校,但新政仅持续一年即告失败,学校也并未建多少。"筠独不能应诏"立学,正是因为这个原因。

② 董君仪:即董仪,为筠州知州、屯田郎中。

③ 郑君蒨(qiàn):即郑蒨。曾任虞部郎中、漳州知州。

【译文】

筠地作为州郡,在大江的西边,位置偏僻。庆历初年,朝廷诏告天下开设学校,但是筠州却不能应诏,州郡中的士人都认为这是一个遗憾。到了治平三年,已经过去了二十三年了,才告知负责州郡事务的尚书都官郎中董君仪。董君于是和通判州事国子博士郑君蒨选择州郡东方的一块高平清爽的地方,在上面修建了学宫。包括斋祭之室、诵讲之堂、休息之庐以至于庖湢库厩等,都依次安排妥当。从春天开始施工,到八月十五建成。此后,来此地学习的人有数百人之多,董君、郑君写信到京城,让我写一篇学记。

予谓二君之于政,可谓知所务矣。使筠之士相与升降乎其中,讲先王之遗文以致其知,其贤者超然自信而独立,其中材勉焉以待上之教化，则是宫之作，非独使夫来者玩思于空言以干世取禄而已^①。故为之著予之所闻者以为记，而使归刻焉^②。

【注释】

①干世：求为世用。

②归刻：指从京城回到筠州将学记刻上石碑。

【译文】

我认为董、郑二君对于政事，应该知道什么是急需解决的事情。使筠州的士人相互揖让于其中，讲求先王留存下来的文献并从中获取知识，使那些贤德之人能够超然自信、独立于世，中等才能的人也能够勉力向学，为朝廷的教化打下坚实的基础，因此，学宫的建设，不仅仅是帮助前来修习的人品藻文思，并借此以求世用来换取官禄罢了。所以将我所听到的记下来作为学记，并让他们回去刻在石头上。

【评点】

茅鹿门曰：不如《宜黄记》所见之深，而其行文亦属作者之旨。

张孝先曰：取士之法，汉察举乡间，宋选用文章，愚谓二者实可以并行不悖焉，而归重于教化开导之方、庠序养成之法。此立学之不可以已，而倡之端自上也。篇首以扬雄为能明先王之道，则失之矣。

【译文】

茅坤评论道：曾巩这篇文章不如他的《宜黄记》见解深刻，但是，文章行文风格上却有独到之处。

张伯行评论道:选拔士人的方法,汉代采用察举制度,从乡村间巷选拔;宋代则采用文章之学进行选拔,我认为这两种方法可以并行不悖,目的是通过选拔制度教化一方百姓,通过开办学校养成士子们的健全人格。这正是办学不能停止,而应自朝廷大力倡导的原因。这篇文章在开篇将扬雄视为能发扬先王之道的人,是一种偏颇之见。

宜黄县县学记

【题解】

这篇学记写于皇祐元年(1049),曾巩时年三十一岁,正在南丰为其父曾易占守丧。已过而立之年的曾巩,尽管还没有科举登第,其文名却已是世人尽知。宜黄县和南丰、临川一样,都是抚州的属县。宜黄县令李详兴办县学,事成以后,自然想到了曾巩,请他写一篇学记。出于乡邦之谊,曾巩精心结撰此文。起首先言古人之建学,以及建学与教化之关系。继而引出后代之废学,及其对世风日下之影响。按照常理,文章接续之处本应在宋兴之后,却不想文章至此生起波澜:庆历革新之时,全国到处兴办学校,宜黄因为地处偏僻,错过这次机遇。国内兴学之风没有坚持太长时间,很快就因为贤臣被朋党排挤出朝廷而归于沉寂了。文章用了"天下之学复废""士亦皆散去""庙废不复理"等字眼,其中蕴含无尽喟叹。此乃国家之不幸,而宜黄却能够绝处逢生,只因皇祐元年县令李详再议立学,人心所向,勠力而为,县学在极短时间内就建成了。行文至此,变化之势并未收煞。复因有司谓人情不乐于学,再度翻起波澜,文章以宜黄建学之周且速这一事实进行反驳。文章先驳后赞,最终归美于李详及宜黄学者。整篇文章跌宕腾踔,极尽变化,无怪乎后人将此篇封为学记第一文,可废诸家学记。

古之人,自家至于天子之国皆有学[①],自幼至于长,未

尝去于学之中。学有《诗》《书》、六艺、弦歌、洗爵、俯仰之
容、升降之节②，以习其心体、耳目、手足之举措③；又有祭
祀、乡射、养老之礼④，以习其恭让；进材、论狱、出兵、授捷
之法⑤，以习其从事。师友以解其惑，劝惩以勉其进，戒其
不率⑥，其所为具如此。而其大要，则务使人人学其性⑦，不
独防其邪僻放肆也。虽有刚柔缓急之异⑧，皆可以进之于
中⑨，而无过不及⑩。使其识之明，气之充于其心⑪，则用之
于进退语默之际⑫，而无不得其宜；临之以祸福死生之故⑬，
而无足动其意者。为天下之士，而所以养其身之备如此，则
又使知天地事物之变、古今治乱之理，至于损益废置、先后
始终之要，无所不知。其在堂户之上，而四海九州之业、万
世之策皆得；及出而履天下之任，列百官之中，则随所施为，
无不可者。何则？其素所学问然也⑭。

【注释】

①古之人，自家至于天子之国皆有学：典出《礼记·学记》："古之教
　者，家有塾，党有庠，术有序，国有学。"郑玄注："术，当为遂，声之
　误也。古者，仕焉而已者，归教于闾里，朝夕坐于门，门侧之堂，谓
　之塾。《周礼》：五百家为党，万二千五百家为遂。党属于乡，遂在
　远郊之外。"

②六艺：指礼、乐、射、御（驭）、书、数，是古代学校的六种基础课。
　弦歌：依琴瑟而咏歌。洗爵：主人招待客人的礼仪，即清洗酒杯再
　酙酒献客。容：仪态，仪表。

③心体：思想，心理。

④乡射：古代的射礼。射礼前皆先行乡饮酒礼。《仪礼》有《乡射

礼》篇。养老:赡养老人。

⑤进材:举荐人才。论狱:审问诉讼案子。出兵:出动军队须行军礼。

授捷:出征得胜而返,以所割敌人左耳告于先圣先祖。授,数。

⑥不率:指不遵从教诲。率,遵顺。

⑦学其性:以学习来恢复、唤醒自己的善良之性。

⑧刚柔缓急:指人之秉性各有不同。《汉书·地理志下》:"凡民函五常之性,而其刚柔缓急,音声不同,系水土之风气,故谓之风;好恶取舍,动静亡常,随君上之情欲,故谓之俗。"

⑨进之于中:使之达到中正之途。

⑩无过不及:指避免"过"和"不及"两种不理想的状态。

⑪气之充于其心:语本《孟子·公孙丑上》:"夫志,气之帅也;气,体之充也。夫志,至焉;气,次焉。故曰:'持其志,无暴其气。'"

⑫进退语默:指日常举止言谈都与养气密切相关。

⑬祸福死生:关乎祸福、生死的关键时刻。

⑭学问:学习和探讨。指前面所说的由内及外的修养,即修心、修身、治己、治家、治天下。

【译文】

　　古代的人,从一个家庭到天子之国都有学习的场所;从幼儿到年长者,都不曾有不进入这些场所学习的人。所学的内容有《诗经》《尚书》等儒家经书、六艺、弦歌、洗爵、俯仰之仪态、进退揖让之礼节,来练习他们的心理、耳目、手足等得体的做法;还要学习祭祀、乡射、养老之礼,来培养他们恭敬、谦让的修养;学习进材、论狱、出兵、授捷之法,来练习从政的方法。老师朋友帮助解答他的疑惑,通过鼓励和惩罚来勉励他不断进取,告诫他处事切忌不遵循教诲,人们所做的大致如上所述。而主要的就是务必使人人都能唤醒自己的天性,不仅仅是防止人们奸邪怪僻、放荡不羁的行为。尽管人们的天性中有刚柔缓急的差异,但是经过学习,都可以达到"中正"的境界,避免过头和达不到的现象出现。让他的认识更加明晰，浩然之气充盈于心中，那么，当他面对进取或是退隐、说话或是沉默的时候，没有不适宜的；面临灾祸或是福报、生地或是死境，不足以改变他的初心。作为天下士人，之所以能够有如此完备的修养，而且能够知道天地间事物变化的规律、古今盛衰的道理，至于是增益还是减损、哪是优先的、哪是稍后的，都能胸有成竹。他处于朝堂之上，而能够运筹四海之内、九州之中的事业，经营万世方策；等到外出担任朝外地方之职，列身于百官之中，不论做什么，没有不适宜的。为什么呢？这正是因为他平时学习的原因。

　　盖凡人之起居、饮食、动作之小事，至于修身为国家天下之大体，皆自学出，而无斯须去于教也。其动于视、听、四支者①，必使其洽于内；其谨于初者，必使其要于终。驯之以自然，而待之以积久。噫！何其至也。故其俗之成，则刑罚措②；其材之成，则三公百官得其士③；其为法之永，则中材可以守；其入人之深，则虽更衰世而不乱④。为教之极至此，鼓舞天下，而人不知其从之，岂用力也哉！

【注释】

①四支：即"四肢"。

②刑罚措：国家用于惩戒的法律，因民风醇正，而措置不用。

③三公：辅佐君主的最高顾问官员。其名称各代不同，周称太师、太傅、太保，西汉称丞相（大司徒）、太尉（大司马）、御使大夫（大司空），东汉称太尉、司徒、司空。

④更衰世：国家经历衰落的变化。

【译文】

大约从人们的起居、饮食和行为小事，到修养身心，齐家、治国、平天下等大事,都得益于不断地学习,没有片刻离开教化。人们的行为包括视、听、四肢的动作,一定使其合乎自己内心的要求;开始时要小心翼翼,为的是想要有一个好的结果。经过驯化,使其行为发于自然,只有这样才能长久坚持。唉!为学的力量可以说无所不至啊!所以,风俗养成后,刑罚可以弃置不用;人才一旦培养成功,三公百官就能够后继有人;这些方法一旦固定下来,具有中等才能的人就可以守成其业;这一观念深入人心后,即便处于衰世,社会也不会动乱。教化具有如此大的力量,天下人倍感鼓舞,却不知道这些现象是怎样出现的,难道是单纯用外力就能达到的吗!

及三代衰①,圣人之制作尽坏②,千余年之间,学有存者,亦非古法。人之体性之举动惟其所自肆③,而临政治人之方固不素讲④。士有聪明朴茂之质,而无教养之渐,则其材之不成,固然⑤。盖以不学未成之材,而为天下之吏,又承衰弊之后,而治不教之民。呜呼!仁政之所以不行,贼盗刑罚之所以积⑥,其不以此也欤?

【注释】

①三代:指夏、商、周。

②圣人之制作:指周公制礼作乐以来所形成的礼乐制度。

③自肆:自我放纵。

④临政治人:处理政事,教化百姓。政,政事。《尚书·周书·洪范》:"八政:一曰食,二曰货,三曰祀,四曰司空,五曰司徒,六曰司寇,七曰宾,八曰师。"治,教化。

⑤"士有聪明朴茂之质"几句:这几句是说,士人虽有优秀的天资,如果不经过后天的教育,也成不了材。

⑥仁政之所以不行,贼盗刑罚之所以积:承接上面"故其俗之成,则刑罚措"而来,这是典型的儒家治国的理念。

【译文】

等到三代以后,世道衰败,圣人制作的礼乐制度败坏殆尽,一千多年期间,存续下来的学问也已经不是古代的样子。人们的天性行为恣意而不加约束,处理政事、教化百姓的方法从不讲求。士人中具有聪明的天赋和朴实品质的人,因为没有接受教养的习染,最终不能成才,也就不是意料之外的事情了。如果没有经过学习、没有成才的人,做了管理天下的官吏,又逢衰弊之世,去管理没有经过教化的民众。呜呼!仁政的思想得不到贯彻执行,盗贼横行,刑罚滥用,这难道不是意料中的结果吗?

宋兴几百年矣①。庆历三年,天子图当世之务,而以学为先,于是天下之学乃得立②。而方此之时,抚州之宜黄犹不能有学③。士之学者皆相率而寓于州,以群聚讲习。其明年,天下之学复废,士亦皆散去④,而春秋释奠之事以著于令,则常以庙祀孔氏,庙废不复理⑤。

【注释】

①宋兴几百年矣:宋建国将近一百年。几,几乎,将近。从太祖建隆元年(960)至仁宗皇祐元年(1049),凡九十年。

②"庆历三年"几句:据《宋史·职官志》:"庆历四年,诏诸路、州、军、监各令立学。学者二百人以上许更置县学。自是州郡无不有学。"另外此前还规定:"士须在学习业三百日"才允许参加秋试。这些都促进了州郡立学的发展。立学事,《宋史·仁宗纪》《宋史·选举志三》《宋史·职官志七》均作"庆历四年",《续资治通鉴长编》卷四十六记入该年三月。庆历新政在三年(1043)九月

由范仲淹条奏十事发起，除旧更新，百废待兴，立学当在翌年。曾
巩虽身历其时，"庆历三年"则可能有误。

③宜黄犹不能有学：因宜黄偏僻，故不能有学。学，县学。

④天下之学复废，士亦皆散夫：因庆历革新失败，故天下兴学之事遂
废，抚州州学亦废，学子皆散。《续资治通鉴长编》卷一百五十五：
"（庆历五年）诏曰：'顷者尝诏方州增置学官，而吏贪崇儒之虚
名，务增室屋，使四方游士竞起而趋之，轻去乡间，浸不可止。自
今有学州县，毋得辄容非本土人入居听习。'"这种约束政策，造
成生员锐减，导致一些学校复废，而且寄读在其他州县的学生，也
都只好散去。曾巩此句，言语间流露出无尽遗憾。

⑤"而春秋释奠之事以著于令"几句：古制学校要建"斋祭之室"，
每年四季要举行释奠祭祀孔子的礼仪，祭祀次数时日，各代有不
同。这里说春秋两季释奠的礼仪，宋代在法令中有明文规定，通
常在学校的斋庙中祭孔。现在学校废弃，斋庙就不再有人修理。

【译文】

宋朝兴起已有近百年的时间了。庆历三年，天子谋划天下事务，将
倡导为学作为天下之急务，因此天下为学风气得到确立。但是，就在当
时，抚州宜黄地区仍然没有讲求学问的风气。士人中想要求学的人都寄
寓在州郡，群聚在一起进行讲习。第二年，天下求学之风又被废弃了，士
人也都四散而去，春秋两季祭奠事务写在法令之中，主要是对孔子的祭
祀，而今庙宇已经荒废，没有人加以管理了。

皇祐元年，会令李君详至，始议立学。而县之士某某与
其徒皆自以谓得发愤于此①，莫不相励而趋为之。故其材不
赋而羡②，匠不发而多③。其成也，积屋之区若干。而门序正
位④，讲艺之堂、栖士之舍皆足。积器之数若干，而祀饮寝食
之用皆具。其像，孔氏而下，从祭之士皆备⑤。其书，经史、

百氏、翰林、子墨之文章无外求者⑥。其相基会作之本末⑦，总为日若干而已，何其周且速也！

【注释】

①发愤于此：应当发愤把建校的事办好。

②不赋而羡：此指人们自愿捐款捐物。

③匠不发而多：工匠不必征调就来了许多。

④门序正位：门和序位置端正。门，指中堂之门。序，指中堂东西两侧的墙。

⑤"其像"几句：指孔子和孟子等人的塑像和画像全都具备。从祭之士，陪从孔子享受祭祀的孟子等人。马端临《文献通考·学校四》："宋初，增修先圣及亚圣、十哲塑像，七十二贤及先儒二十一人，皆画像于东西廊之板壁。"

⑥百氏：百家，诸子。翰林、子墨：扬雄《长杨赋》假借"翰林主人"与"子墨客卿"的对答，写成一篇大文，后世遂以翰林、子墨代指文人。

⑦相基：视察选择地基。会作：会集工匠动工兴建。本末：始末。

【译文】

皇祐元年，正逢县令李详来此地就任，才开始讨论建立县学，宜黄县的士人某某及其生徒都认为应该将县学修建好了，众人没有不互相勉励并投身于县学的建设的。建设县学的资材，不用向百姓征调，仅自发捐出的就已经够用了；工匠不用强行征调，就能聚集很多。等到县学建成，建筑被划分成几个区域。中堂之门、正门两侧序墙皆位置端正，讲学的厅堂、士人住宿的馆舍都配备完整。并准备了一些器物，包括祭祀、餐饮、住宿等用品都一应俱全。孔子和陪从享受祭祀的孟子等人的画像或塑像也都具备。县学藏书包括经史、诸子百家、历代文人文章都不用外求。回顾县学建立的整个过程，从选择地基到征集工匠开始兴建，时间不过几天罢了，筹划得多么周全而且迅速啊！

当四方学废之初，有司之议，固以谓学者人情之所不乐；及观此学之作，在其废学数年之后，唯其令之一倡[1]，而四境之内响应而图之如恐不及。则夫言人之情不乐于学者，其果然也欤[2]？

【注释】

①倡：倡导。

②果然：果真是这样。

【译文】

正当四方之学荒废之初，执政者以为人们不乐意向学，等看到此地县学的建立，在县学荒置数年之后，一旦县令加以倡导，县内四境之内民众积极响应，争先恐后。那些声称民情不乐于求学的人，他们所说的难道符合实际情况吗？

宜黄之学者，固多良士[1]。而李君之为令，威行爱立，讼清事举，其政又良也。夫及良令之时，而顺其慕学发愤之俗，作为宫室教肄之所[2]，以至图书器用之须，莫不皆有以养其良材之士。虽古之去今远矣，然圣人之典籍皆在，其言可考，其法可求，使其相与学而明之，礼乐节文之详[3]，固有所不得为者。若夫正心修身，为国家天下之大务，则在其进之而已。使一人之行修，移之于一家；一家之行修，移之于乡邻族党；则一县之风俗成，人材出矣。教化之行，道德之归，非远人也[4]，可不勉欤！县之士来请曰："愿有记。"故记之。十二月某日也。

【注释】

①宜黄之学者,固多良士:在曾巩之前及同时,江西抚州宜黄产生过像乐史、侯叔献等名儒。如乐史为抚州地区的第一位进士,曾撰写地理志史《太平寰宇记》。

②教肄(yì):教学,教授。肄,学习。

③节文:节制繁文缛节。

④道德之归,非远人也:谓道德归于淳厚,并非和人们的希望相距很遥远。远,此指相距远。语出《礼记·中庸》:"子曰:'道不远人,人之为道而远人,不可以为道'。"

【译文】

在宜黄求学的人中,本来就有很多优秀的人才。等到李详做了宜黄的县令,恩威并重,诉讼得到公平处理,各类事业兴办起来,李详的政绩是良好的。恰逢能吏当政,顺应当地仰慕学问、发愤读书的风俗,兴建宫室等教学场所,购置图书、器具等必需的物品,这些举措没有不是为培养优秀的人才而谋划的。尽管古时距离今天已很遥远,但是圣人的典籍流传至现在,他们说过的话都能够考证得出,他们创造的方法也能够探求得出,让读书人相互学习,共同阐明,实行礼乐制度,同时杜绝繁文缛节,这本来就是最基础的工作。至于端正心性,修养身心,服务于国家、天下,只要不断进取就可以了。假使一个人的修养行为,变成一个家庭的修养和行为,一个家庭的修养和行为进而影响到乡邻族党;那么就会变成一个县的社会风俗,这时人才就会产生了。教化的执行,道德的皈依,距离人们并不遥远,能不勉力而为吗!宜黄县的士人前来请求道:"希望您写一篇学记。"所以记下了上面的文字。十二月某日。

【评点】

茅鹿门曰:子固记学,所论学之制,与其所以成就人材处,非深于经术者不能。韩、欧、三苏所不及处。

张孝先曰：论学制详备处，有源有委。至言士之所以成材，则在驯之以自然，而待之以积久。真鹿门所谓深于经术者。

【译文】

茅坤评论道：曾巩所撰写的学记，在论述学制以及如何培养人才时，认为必须精通经学，除此别无他途。仅此一点，是韩愈、欧阳修、苏洵、苏轼、苏辙等人所比不上的。

张伯行评论道：曾巩这篇文章在论述学制时，详细完备，有源头，有沿革。在论述士子如何成才时，认为必须让读书人自由发展，顺其自然；并且人才应长期积累，不可速成。这正如茅坤所说的曾巩深刻理解经术。

洪州新建县厅壁记

【题解】

厅壁记，又称壁记，是发端于唐代的一种文体。唐人封演《封氏闻见记·壁记》说："朝廷百司诸厅皆有壁记，叙官秩创置及迁授始末。原其作意，盖欲著前政履历，而发将来健羡焉。故为记之体，贵其说事详雅，不为苟饰。"据此可知，厅壁记这一文体，在唐代刚一出现，便以极快的速度在文人间流行开来。这一文体的主要功能包括：叙述这一官署设置的历史、历任官员履职情况，勉励后任者效法前任，勤政为民，后来居上。当然，也不乏一些变体，韩愈所写的《蓝田县丞厅壁记》，用极为形象化的语言，描写了县丞这一官职的不易为。曾巩的《洪州新建县厅壁记》正是模仿韩愈厅壁记而写。但是韩愈的《蓝田县丞厅壁记》写得好比天马行空，行止由我，不受羁勒，曾巩的《洪州新建县厅壁记》则写得如舟行水上，随波起伏，顺势而为。

　　曾巩的这篇厅壁记写于嘉祐三年（1058），是他进士登第的第二年，刚刚踏入仕途，年龄却已届不惑。如此尴尬的年龄，却沉沦于如此微末之官职（太平州司法参军），加之有张伯玉这样的长官处处刁难，曾巩刚进入仕途的这几年并不快乐。在这篇厅壁记中，曾巩尽管在开篇也像韩愈一样感叹后世之吏之难为，"而县为最甚"，却并没有像韩愈那样，一任自己的情绪在文字间漫延，甚至不惜用小说笔法加以渲染、烘托；而是以理性分析来约束自己即将决堤泛滥的情绪，让其在理性的、逻辑的河床上驰骋。"君子者虽无所处而不安，然其于自处也，未尝不择，仕而得择其自处，则县之事有不敢任者，岂可谓过也哉？"这里一个"择"字，不仅保存了士人最后的尊严，也蕴含了他们深深的无奈。韩愈的不可学，以及曾巩的可学，不正在于此吗？

　　为后世之吏①，得行其志者，少矣，此仕之所以难也。而县为最甚。何哉？凡县之政无小大，令主簿皆独任②，而民事委曲，当有所操纵缓急，不能一断以法③，举法而绳之，则其罪固易求也。凡有所为，问可不可于州，执一而违之④，则其势固易挠也。其罪易求，其势易挠，故为之者有以得于州，然后其济可几也⑤。不幸其一锱铢与之咈⑥，则大者求其罪，小者挠其势，将不遗其力矣。吏之不能自安，岂足道哉？县有不与其扰者乎？方是时也，而天下之能忘其势而好恶不妄者鲜矣，能忘人之势而强立不苟者亦鲜矣。州负其强以取威，县忧其弱以求免，其习已久、其俗已成之后，而守正循理以求其得于州，其亦不可以必也。则仕于此者，欲行其志，岂非难也哉？君子者虽无所处而不安，然其于自处也，未尝不择，仕而得择其自处，则县之事有不敢任者⑦，岂可谓过也哉？

【注释】

①后世：指夏、商、周三代以后之世，包括宋代。曾巩为文，素来以古
　　为尚，言必称上古三代。

②凡县之政无小大，令主簿皆独任：宋制用州县的副职或属吏监督
　　牵制长官，故主簿亦可独处大小县政。主簿，汉以后中央各机构和
　　地方郡、县官府都设主簿，主管文书簿籍，掌管印鉴，为掾史之首。

③不能一断以法：不能全部依法判断。究其原因：一是权力分散，意
　　见容易相左；二是民事复杂，有应法外缓处，也有非法律所能包罗
　　需灵活处理处，这都是为令的难处。

④执一：固执一义，不知通达权变。此处指坚持一己之见。语出
　　《孟子·尽心上》："所恶执一者，为其贼道也，举一而废百也。"

⑤几：达到，成功。

⑥锱铢（zī zhū）：细微之处。咈（fú）：违背，忤逆。

⑦"君子者虽无所处而不安"几句：这几句源于儒家的出处准则，
　　如《论语·卫灵公》："君子哉，蘧伯玉！邦有道则仕，邦无道则可
　　卷而怀之。"孔子称赞处于无道则收藏本领而不出仕者是"君子"
　　作风。《论语·泰伯》篇中，孔子又说："笃信好学，守死善道。危
　　邦不入，乱邦不居。天下有道则见，无道则隐。"这些都强调了对
　　出处进退要有选择。所以这里说应自择其处，不愿在仗权作势的
　　知州下做县令。

【译文】

作为后世的官吏，能够实现其志向抱负的，数量很少，这正是做官
难的原因了。而在县内做官最难。为什么呢？大凡一县之政事无论大
小，县令和主簿都必须独立面对，而民事纠纷复杂，应当视具体情况掌握
轻重缓急，不能完全用法律来判断，如果上司用法律来衡量县令所判的

案件，那么，很容易挑出县令的毛病，并可论定罪责。凡是想做一件事，必须征求州郡的意见是否可以，如果执意违背州郡的意见坚持己见去做，最终必然得到知州的反对和阻挠。很容易找出县令的罪责，做一件事情又很容易被州郡长官阻挠，所以任县令的人如果有办法能取得知州的信任，然后或许可以成事。如若不幸因极小的事情违逆了知州，大者可以让你获罪，小者会阻挠你成事，并且为达成目的而不遗余力。县吏不能自我保全，难道还值得一说吗？县令怎么能够避免知州的纷扰呢？正当此时，天下能够忘记不利于自己的形势，并且行为没有佞妄不端的人是很少的；能够忽略上级的权势，而能做到特立独行的人也很少。知州凭借其强势确立其威权，知县因为柔弱而只知道苟容取合，一味逢迎，一旦积习长久、风俗养成之后，再希望从知州那里得到公平正义，也就很难了。那么在此地做官的人，要想实现自己的抱负，难道不是一件难事吗？作为君子尽管无所选择而于心不安，但是，君子只要有选择的权利，就不曾放弃选择，假使给予君子选择的权力，那么，就会有人不选择在县一级做官，这难道是过分的吗？

洪州新建，自太平兴国六年，分南昌为县[①]，至嘉祐三年，凡若干年，为令者凡三十有九人[②]。而秘书省著作佐郎黄巽公权来为其令[③]，抑豪纵，惠下穷，守正循理而得济其志者也。公权亦喜其职之行，因考次凡为令者名氏，将伐石以书，而列置于壁间。故予为之载其治行，而因著其为县之难，使来者得览焉。

【注释】

①"洪州新建"几句：宋太宗太平兴国三年，吴越王钱俶归降，南方全部削平。六年（981）新建洪州，治所在新建县，今属江西南昌。

②"至嘉祐三年"几句：从太平兴国六年（981）至仁宗嘉祐三年
（1058），前后七十八年，为令者三十九人，古代按照惯例，地方官
员每三年一调，而今平均每任二年一调，可见调动之频繁。

③而秘书省著作佐郎黄巽公权来为其令：秘书省，官署名。主管图
书、国史、天文历数等事。著作佐郎为其属职之一。黄巽公权，黄
巽，字公权，其人不详。

【译文】

洪州新建县，是在太平兴国六年，从南昌分出来的，到嘉祐三年，共
若干年，在此地做县令的共有三十九人。秘书省著作佐郎黄巽公权来此
地做县令，抑制豪强放纵之徒，惠泽下层穷困之士，是一个公正守道并能
够实现自己抱负的人。公权也喜欢他的这一职位，考证排列了在此地做
县令的姓名，将其刻在石碑上，并列置于厅壁之间，我因此记载下他的治
迹，并写下做县令的难处，让后来者能够看到。

【评点】

茅鹿门曰：览此文则知为县者所甚难。

张孝先曰：作县诚难，而必枉道以求苟容，天下安得有
良吏？则将如何而可？必也体恤民隐，守正循理以行其志。
勿以利害为念，然后不合以去，于己无愧也。况得失显晦，
自有时命，又非迎合所能为哉。若择仕之说，则亦有格于成
例者矣。

【译文】

茅坤评论道：读完这篇文章，就会知道做县一级官员的难处了。

张伯行评价道：做县一级官员的确很难，如果因此而违背道义以求
暂时和气，那么，天下怎能还有好的官员呢？如果真的如此，该怎么办

呢？必须体察同情百姓的心情，坚守正确方向，按照大道天理施展自己的抱负。不要被各种利害关系扰乱了内心，只有这样，才能做到不合乎自己的意志就果断离去，如此，对于自己的内心是没有任何愧疚之感的。更何况，得到与失去、显达与隐逸，都自有时运和天命，并非曲己迎合所能济事的呢！至于仕途如何抉择，也有很多成功的案例可供参考。

徐孺子祠堂记

【题解】

此文作于曾巩由襄州转知洪州之翌年，即熙宁九年（1076）。徐孺子，名稚，字孺子，东汉豫章南昌人，为当时隐士，家贫，常自耕种，非其力不食。桓帝时，因不满宦官专权，官府征聘皆不就，为陈蕃等人所推重，郭泰称之为“南州高士”。事见《后汉书•徐稚传》。处乱世，如何安身立命，这是古往今来读书人必须严肃对待的一个问题，儒家、道家等诸子百家均给出了自己的答案，曾巩作为一个醇儒，自然信奉儒家的处世理念，在曾巩看来，徐孺子能够于乱世中“择所宜处”“惟其时则见，其不可而止”的做法，不违背儒家的出处原则，相比较东汉党锢之祸中趋死不避的豪杰之士，徐孺子的选择更值得提倡。曾巩表彰东汉仁人志士“以亡为存”的努力，应该不仅包括陈蕃、范滂之类的豪杰之士，更包括了徐孺子之类看到事不可为，退而独善其身的明智之士。正是因为这个原因，曾巩主政洪州第二年，就在南昌东湖南面的小洲上，筹建徐孺子祠堂，祠堂尽管以茅草覆盖，陈设简陋，但在落成之日，曾巩率属下举行了隆重的祭祀仪式，并写下这篇流传千古的记文。

结合曾巩个人的身世，这篇记文中似乎蕴含着不便明言的隐曲之情。王安石变法开始于熙宁二年（1069），其时，曾巩任职史馆，作为王安石的好友，他并不反对变法，却不主张过于激进的变革方式。他几次写信给王安石阐述自己的观点，王安石不予理睬。随着变法的强势推进，因之而起的新、旧党争也愈演愈烈，民间怨声载道，朝堂士大夫则意见撕裂，水火不容。曾巩不属于新党，也不属于旧党，熟悉历史的曾巩隐隐感受到东汉党锢的大幕似乎逐渐拉开了。他主动请求外任，远离党争的漩涡。清人储欣在《唐宋十家全集录》对曾巩的处世原则有非常精到的评述："南丰（曾巩）之于半山（王安石），始而交之，举动一不当，则以书规之，又著议以讽之，规之不从，讽之不喻，然后渐疏渐外，洁吾身而已矣。半山得志，威福在手。南丰奔走外任几十数年，此必有排而挤之者，南丰守其道弗为变，然亦不抗章激烈以败夙昔之交，而贻家门之危，柔外刚中，可云两得。"明白了这一点，我们就能够理解为什么曾巩在近千年之下引徐孺子为同道并兴祠纪念了。

　　汉元兴以后①，政出宦者②，小人挟其威福，相煽为恶，中材顾望③，不知所为。汉既失其操柄④，纪纲大坏。然在位公卿大夫，多豪杰特起之士，相与发愤同心，直道正言，分别是非白黑，不少屈其意⑤，至于不容，而织罗钩党之狱起⑥，其执弥坚，而其行弥励，志虽不就，而忠有余。故及其既殁，而汉亦以亡。当是之时，天下闻其风、慕其义者，人人感慨愤激，至于解印绶，弃家族，骨肉相勉，趋死而不避⑦。百余年间，擅强大、觊非望者相属，皆逡巡而不敢发。汉能以亡为存，盖其力也⑧。

【注释】

①元兴：东汉和帝年号，持续仅一年，即公元105年，而后改年号为延平。

②政出宦者：东汉和帝即位时幼弱，宦官郑众封侯，专谋禁中，宦官从此参与政事。汉安帝时，宦官掌握官员陟黜，形成宦官集团。汉顺帝时宦官孙程等十九人封侯，势力大涨。汉桓帝依靠宦官杀

外戚梁冀后，又制造第一次党锢之祸，宦官势力几乎达到独霸政权的地步。汉灵帝时，宦官杀外戚窦武，并掀起第二次党锢之祸，权力升到高峰，朝廷内外官职几乎被宦官集团全部盘踞。汉灵帝甚至经常宣称宦官是他的父母亲。东汉是历史上"政出宦者"的始作俑者，其"先害民而及于国"，流毒遍天下，为恶空前绝后。参见赵翼《廿二史札记·宦官之害民》。

③中材：中等才能。亦指中等才能的人。顾望：前后张望，指不知如何是从。

④操柄：权柄。

⑤"然在位公卿大夫"几句：汉安帝时宦官得势，引用徒党做官，杨震等耿直官员认为"白黑混淆，清浊同源"，从此清流和浊流的冲突开始，杨震被迫自杀，更激发起清流派的反抗。

⑥至于不容，而织罗钩党之狱起：汉桓帝时，宦官受到在朝清流派官员和全国学生的猛烈抨击，永康元年（167），名士李膺、范滂等二百余人被视为"党人"下狱拷问，定罪禁锢终身，此为首次党狱。次年，十二岁的汉灵帝即位，外戚窦武和清流陈蕃等人准备杀宦官，翌年，反被宦官所杀。旋即大兴党狱，诏天下大举钩党，凡有行义者，全部指为党人。捕杀李膺、范滂等一百余人，禁锢六七百人，搜捕太学生一千多人，此为第二次党狱。详见赵翼《廿二史札记·党禁之起》。

⑦"当是之时"几句：赵翼《廿二史札记·党禁之起》曾详述其时党人之祸愈酷而名愈高，天下皆以名入党人中为荣。如范滂初出狱，汝南、南阳士大夫迎之者车千辆（《后汉书·党锢列传·范滂传》），景毅以未列入党籍为遗憾，自动上表免归（《后汉书·党锢列传·李膺传》）。皇甫规未入党籍，上表声明自己是党人的附从，应该受到治罪（《后汉书·皇甫规传》）。张俭因毁灭宦官侯览的家园，名闻天下，后来逃难，望门投止，成千的人破家灭族

相容（《后汉书·党锢列传·张俭传》）。"此亦可见当时风气矣。朝政乱则清流之祸愈烈，党人之立名，及举世之慕其名，皆国家之激成也"（《廿二史札记·党禁之起》）。解印绶，指辞职。绶，系印的丝带。骨肉相勉，范滂二次被捕，对母亲说：弟弟仲博"孝敬，足以供养，滂从龙舒君（其父范显，曾为龙舒君之相）归黄泉，存亡各得其所。惟大人割不可忍之恩，忽增感戚"。其母则说："汝今得与李（膺）、杜（密）齐名，死亦何恨！既有令名，复求寿考，可兼得乎？"范滂临行，范母对其子说："吾欲使汝为恶，则恶不可为，使汝为善，则我不为恶。"详见《后汉书·党锢列传·范滂传》。

⑧汉能以亡为存，盖其力也：语出《后汉书·左雄传论》："所以倾而未颠，决而未溃，岂非仁人君子心力之为乎？"

【译文】

东汉元兴年以后，宦官掌控朝廷政令，小人仗势，作威作福，相互煽惑，作恶多端，一般人瞻前顾后，不知该做些什么。汉朝已经失去了对政权的掌控，纲纪大乱。然而，朝中在位的公卿大夫，大多是超乎常人的豪杰之士，他们齐心协力，发奋有为，坚持正道，敢于谏言，分辨出是非黑白，不曾违背自己的良知，以至于为权贵所不容，编织构陷朋党冤狱，有志士人并不为所动，铲除宦党的决心更加坚定，行动也更加果敢，尽管很多时候事情不济，但显示出足够的忠贞之心。所以，这些忠贞之士被杀之后，汉朝也随之灭亡了。在当时，天下人听闻他们的事迹，仰慕他们的节义的，都人人感慨愤激，以至于弃官不愿同流合污，坚持操守而不顾及家族利益，亲人之间相互勉励，虽面临死地也不逃避。其后一百多年间，那些自恃力量强大，觊觎皇位的人接踵而至，但都有所顾忌而不敢贸然行事。汉朝之所以将亡而能一息尚存，全部依赖这些士人的力量啊！

孺子于时，豫章太守陈蕃、太尉黄琼辟①，皆不就。举有道，拜太原太守，安车备礼，召皆不至，盖忘己以为人②，与独善于隐约③，其操虽殊，其志于仁一也。在位士大夫，抗其节于乱世④，不以死生动其心，异于怀禄之臣远矣⑤。然而不屑去者⑥，义在于济物故也⑦。孺子尝谓郭林宗曰："大木将颠，非一绳所维，何为栖栖不皇宁处⑧？"此其意亦非自足于丘壑，遗世而不顾者也⑨。孔子称颜回："用之则行，舍之则藏，惟我与尔有是夫⑩。"孟子亦称孔子：可以进则进，可以止则止，乃所愿则学孔子⑪。而《易》于君子小人消长进退，择所宜处，未尝不惟其时则见，其不可而止⑫，此孺子之所以未能以此而易彼也。

【注释】

①陈蕃：字仲举，汝南平舆（今属河南）人。桓帝时任太尉，与李膺等反对宦官专权，世称"不畏强御陈仲举"。灵帝立，任太傅，与外戚窦武谋诛宦官，谋泄，率官属及太学生八十余人冲入宫门，事败被杀。黄琼：东汉名士出身的大臣，字世英，江夏安陆（今属湖北）人。初以父任为太子舍人，不就。顺帝时被辟，仰慕他的李固与书说："峣峣者易缺，皦皦者易污。阳春之曲，和者必寡，盛名之下，其实难副。"他始至京，初任议郎，后迁尚书令，官至太尉、司空。

②忘己以为人：忘掉自己的得失，一心为他人着想的人。

③隐约：困厄的境地。

④抗其节：坚持高尚的志节。

⑤怀禄：贪恋官禄。

⑥不屑去者：不愿辞官的原因。

⑦济物：犹言救世。

⑧"孺子尝谓郭林宗曰"几句:徐孺子语见《后汉书·徐稚传》。郭林宗,即郭泰,字林宗。太原介休(今属山西)人。东汉末为太学生首领,不就征辟。党锢之祸起,遂闭门教授,生徒有数千人。颠,扑。维,系。栖栖,忙碌不安貌。不皇宁处,语出《诗经·小雅·四牡》"不遑启处"。宁处,平安过日子。

⑨此其意亦非自足于丘壑,遗世而不顾者也:赵翼《廿二史札记·党禁之起》把徐稚和名士申屠蟠视为同类。申屠蟠曾独叹:"昔战国处士横议,列国之王至为拥彗前驱,卒有坑儒焚书之祸。"乃绝迹自晦,后果免于难。赵翼认为这类人的言行,是"士大夫处乱世,用晦保身之法也"。

⑩"用之则行"几句:语出《论语·述而》。

⑪"孟子亦称孔子"几句:语出《孟子·公孙丑上》:"可以仕则仕,可以止则止,可以久则久,可以速则速,孔子也。"

⑫"而《易》于君子小人消长进退"几句:《周易·乾》:"乐则行之,忧则违之,确乎其不可拔,潜龙也。"

【译文】

在当时,豫章太守陈蕃、太尉黄琼都征召徐孺子出来做官,他都没有应召。后来朝廷推举有道之士,准备征拜徐孺子为太原太守,公车已经准备好了,赞礼也已经准备好了,征召多次皆不来应召,徐孺子这种做法大约是为了别人的利益而不惜舍去自己的利益,与独善其身于困厄之境的人相比,做法尽管不同,他们坚守仁义这一点是相同的。在位的士大夫,在乱世中坚守节义,处生死之间不足以动摇他们的心志,这种境界要远远超过那些贪恋官禄的大臣。也有一些官员,之所以没有辞官隐去,并非是贪恋官禄,而是想尽力挽救这个衰颓的世道。徐孺子曾经对郭林宗说:"大树即将倾倒时,并非一根绳子所能挽住的,你为什么忙碌不安而不能安静地面对呢?"他的意思也并非自己满足于栖身丘壑之中,而不再关注现实社会。孔子称赞颜回说:"为世所用,则能够行己之志;不

卷之十五 曾文定公文　　*1499*

能为世所用，则能够退隐而藏，能够做到这些的只有我和你啊！"孟子也这样称赞孔子：可以仕进则仕进，可以栖止则栖止，因此，我愿意向孔子学习。《易经》中谈及君子、小人消长进退时，怎样做出合适的选择，未尝不根据时机的具体情况，能出仕则出仕，时机不适宜，就栖止山林，这正是徐孺子没有选择出仕而选择退隐的原因。

　　孺子姓徐名稚，孺子其字也，豫章南昌人。按《图记》："章水北经南昌城，西历白社，其西有孺子墓；又北历南塘，其东为东湖，湖南小洲上有孺子宅，号孺子台。吴嘉禾中，太守徐熙于孺子墓隧种松，太守谢景于墓侧立碑。晋永安中，太守夏侯嵩于碑旁立思贤亭，世世修治；至拓跋魏时，谓之聘君亭①。"今亭尚存，而湖南小洲②，世不知其尝为孺子宅，又尝为台也。予为太守之明年③，始即其处结茅为堂，图孺子像，祠以中牢，率州之宾属拜焉。汉至今且千岁，富贵湮灭者不可称数。孺子不出闾巷，独称思至今。则世之欲以智力取胜者④，非惑欤？孺子墓失其地，而台幸可考而知。祠之，所以示邦人以尚德，故并采其出处之意为记焉。

【注释】

①"按《图记》"几句：《图记》即郦道元的《水经注·赣水》："赣水又历白社西，有徐孺子墓。吴嘉禾中，太守长沙徐熙于墓隧种松，太守南阳谢景于墓侧立碑。永安中，太守梁郡夏侯嵩于碑傍立思贤亭。松大合抱，亭世修治，至今谓之聘君亭也。赣水又北历南塘，塘之东有孺子宅，际湖南小洲上。"曾巩的引文与郦道元原文相比，文字稍有不同，显系经过了曾巩的改写。曾巩所谓"章

水"，即郦道元所谓"赣水"。

②湖南：东湖南部。

③予为太守之明年：据曾巩《洪州谢到任表》，作者于熙宁二年（1069）
　　由史馆通判越州，越八年则为熙宁九年（1076）知洪州，其"明
　　年"即为熙宁十年（1077）。

④以智力取胜：指依靠才智、勇力取胜。这种强力而为的态度，不同
　　于徐稚袖手垂拱于乱世的处世态度。

【译文】

孺子姓徐，名叫稚，孺子是他的字，豫章南昌人。按《图记》记载：
"章水向北流经南昌城，向西经过白社，章水之西有徐孺子的墓；再向北
经过南塘，东边为东湖，湖的南部有一个小洲，小洲上面有徐孺子居住
的宅地，号称孺子台。三国吴嘉禾年间，太守徐熙在孺子墓道上栽种松
树，太守谢景在墓的一侧树立了石碑。晋永安年间，太守夏侯嵩在石碑
的旁边又建立了思贤亭，一代一代修缮治理；到北魏时，思贤亭更名为聘
君亭。"亭子现在还存在，东湖南面的小洲上，世人已经不知道上面曾经
有孺子住过的房子，后来又曾经建过孺子台了。我在此地做太守的第二
年，才开始到这个地方用茅草建了草堂，并画了孺子的画像，用中等级
别的牺牢祭祀他，同时率领州郡的同僚来此地拜祭。汉代到今天已有千
年的历史了，期间富贵之人归于沉寂的不可胜数。孺子足迹不出闾巷之
间，唯独能够至今让人思念。世上那些想通过心智超过别人的人，能不
让人感到困惑吗？孺子的墓地已经不知道在哪里了，所幸孺子台还能考
证得出。在其上建祠堂，向乡邦之人昭示崇尚德义，因此，采辑史料说明
出处，写下记文。

【评点】

唐荆川曰：此篇三段。第一段叙党锢、诸贤及孺子事，
第二段比论二事，第三段叙作亭。

茅鹿门曰：推汉之以亡为存，归功于孺子辈，论有本末。

张孝先曰：东汉气节最盛，然党锢之祸，诸贤亦未免有过举。朱子云："无益而有害，何苦委身以犯其锋？"彼未仕者亦奚以为也？孺子诚高于人一等哉！

【译文】

唐顺之评论道：这篇文章共分三段：第一段叙述党锢事件，及牵涉的诸位贤君子，还有徐孺子的事迹；第二段对比论述两件事；第三段讲述建造亭子的经过。

茅坤评论道：文章推论汉朝将亡而一息尚存，全赖像徐孺子这样的贤德之士，论述有理有据。

张伯行评论道：东汉士人最有气节，尽管如此，面对党锢之祸，很多有贤德的士人也有过当的举动。朱熹曾说："没有益处却有害处，何苦用自己的生命去冒犯当政者的刀锋呢？"那些并未进入仕途的人到底做了些什么呢？如此看来，徐孺子的做法的确高人一筹。

阆州张侯庙记

【题解】

曾巩的故友李材叔做蜀地阆州（治今四川阆中）长官，境内有张飞墓，当地人敬奉祭祀历代不衰，据说遇旱祷雨辄应。加上当时连年丰收，以为又是这位将军的灵福，便扩大重修其庙宇，李材叔请曾巩撰文以记其事。曾巩此文立意，本源于"子不语怪力乱神"。《论语·八佾》记载孔子还说："祭如在，祭神如神在"，"吾不与祭，如不祭"。可见，中国人神共在的传统，由来已久，这也是遥远的巫文化在传统文化中的遗存。在孔子那里，不需要辩论鬼神的存在，也不必辨明鬼神的不存在，重要的是在祭祀的过程中获得一种心理情感的体验,而非理智的体证。荀子在《礼论》中也说:"三年之丧何也,曰,称情而立文。"荀子说的也是这个意思。曾巩这篇记文立论取义,与孔子、荀子一脉相承,这也是曾巩此文精义深邃之处。茅坤、张伯行似乎没有看到这一点,二人一致认为曾巩似乎有"张侯有不必祀之意",认为文章应该从张侯"以劳定国"的角度、寻找张侯当祀的合理性。曾巩如果真从此处落笔,反倒减损了文章的神韵。

王焕镳《曾南丰先生年谱》把此文定为嘉祐四年(1059)所作,可能因文中有"嘉祐中,比岁连熟"而"治其庙舍"几句话,姑从其说。

事常蔽于其智之不周,而辨常过于所惑。智足以周于事,而辨至于不惑,则理之微妙皆足以尽之。今夫推策灼龟①,审于梦寐②,其为事至浅,世常尊而用之,未之有改也;坊墉道路、马蚕猫虎之灵,其为类至细,世常严而事之,未之有废也;水旱之灾,日月之变,与夫兵师疾疠、昆虫鼠豕之害,凡一沴之作,世常有祈有报,未之有止也③。《金縢》之书④,《云汉》之诗⑤,其意可谓至,而其辞可谓尽矣。夫精神之极,其叩之无端,其测之甚难,而尊而信之,如此其备者,皆圣人之法。何也? 彼有接于物者,存乎自然,世既不得而无,则圣人固不得而废之,亦理之自然也。圣人者,岂用其聪明哉? 善因于理之自然而已。其智足以周于事,而其辨足以不惑,则理之微妙皆足以尽之也。故古之有为于天下者,尽己之智而听于人,尽人之智而听于神,未有能废其一也。《书》曰:"朕志先定,询谋佥同,鬼神其依,龟筮协从⑥。"所谓尽己之智而听于人,尽人之智而听于神也。繇是观之,则荀卿之言,以谓雩筮救日,小人以为神者⑦,以疾夫世之不尽在乎己者而听于人，不尽在乎人者而听于神，其可也，谓神之为理者信然，则过矣。蔽生于其智之不周，而过生于其所惑也。

【注释】

①推策：上古用蓍草计数以推算吉凶。灼龟：这也是一种占卜方式。即烧灼龟甲，凭裂纹取兆以问所求。

②审于梦寐：即占梦。

③"坊塘道路、马蚕猫虎之灵"几句：这几句模仿了韩愈《进学解》中"玉札丹砂，赤箭青芝，牛溲马勃，败鼓之皮"的句式，亦庄亦谐，富于变化。

④《金縢（téng）》之书：《金縢》是《尚书·周书》中篇名，记述周灭商之初，武王生病，周公因立足未稳，殷人不服，恐生不测，便祭求先王神灵，愿以身代。并占卜得吉，就把祝策放入金縢匮中。翌日武王果然病愈。其后周公以管、蔡流言蜚语，避居东都，成王开匮得其祝文，才知周公忠诚，遂请周公以归。因其用金缄封，故称金縢。縢，缄封。

⑤《云汉》：《诗经·大雅》中篇名。《毛诗序》："《云汉》，仍叔美宣王也。宣王承厉王之烈，内有拨乱之志，遇灾而惧，侧身修行，欲销去之。天下喜于王化复行，百姓见忧，故作是诗也。"其首章有云："天降丧乱，饥馑荐臻。靡神不举，靡爱斯牲。圭璧既卒，宁莫我听！"以下七章略同，言因大旱遍祭诸神，皆不灵验。

⑥"朕志先定"几句：语出《尚书·虞书·大禹谟》。佥（qiān），全部。

⑦"则荀卿之言"几句：荀卿，即荀子。《荀子·天论》："雩而雨，何也？曰：无何也，犹不雩而雨也，日月食而救之，天旱而雩，卜筮然后决大事，非以为得求也，以文之也。故君子以为文，而百姓以为

神。以为文则吉,以为神则凶也。"雩,求雨的祭祷。筮,用蓍草占卜。救日,发生日食,祈神以救其"灾难"。

【译文】

事情常常因为心智不能周全考虑而蒙蔽不清,辨别不清常常因为被事物的外表所迷惑。如能办事周备,思无所惑,那么事理的精微妙义都能够了解了。现在占卜、解梦等浅薄的方术仍然大行其道,没有任何变化;城市、街道,以至于马蚕猫虎,都有形形色色的各类神灵,分类非常细致,世人都非常严肃地侍奉它们,从来没有废黜过;每逢有水灾或者旱灾,日食或是月食,以及兵荒马乱、疾病流行、蝗灾鼠患等天灾人祸发生,世人常常进行祈祷,也常常收到回报,这种做法从未停止过。《尚书·金縢》篇、《诗经·云汉》篇,他们的敬意可谓至诚,祝辞可谓尽了。求神有应有不应,无法叩问,检验也非常困难,而周公、宣王还要尊信备至,视为圣人之法典,这又是什么原因呢? 圣人与周围事物联系,遵循自然的法则,世人不相信这些现象不存在,圣人也不会否定废止,这也是符合自然法则的。所谓圣人,难道是特意显示自己的聪明才智吗? 他不过是善于顺应自然的法则罢了。他的心智足以对事情进行周全的考虑,他辨别事物也不会被现象所迷惑,那么,他就完全能够获得事理的精微妙义。所以,古代想统治天下的人,尽量发挥自己的才智,也会采纳别人的意见;坚信自己的决断,也尽量顺从别人的想法而去祈祷神灵,这些做法看似矛盾却并行不悖。《尚书·大禹谟》中写道:"今天,我的志向先确定下来,并且与众人的志向相同,那么,鬼神也会依从我们,占卜的结果也会有利于我们。"这就是所谓的尽量发挥自己的才智,并采纳别人的意见;尽量顺从别人的想法,从而去祈祷神灵。由此可见,荀子所说的依靠祈祷、占卜来救日月之食,只有小人才相信是神在发挥作用,如果是在讽刺世人不相信自己而相信别人,不相信人类而去相信神灵的现象,则大致不差,如果认为神就是真理,人们就应该对其深信不疑,则是错误的。这是因为才智欠缺而被蒙蔽,心有所惑而陷入了错误。

阆州于蜀为巴西郡①，蜀车骑将军领司隶校尉西乡张侯，名飞，字翼德，尝守是州②。州之东有张侯之冢③，至今千有余年，而庙祀不废。每岁大旱，祷雨辄应。嘉祐中④，比数岁连熟，阆人以谓张侯之赐也，乃相与率钱治其庙舍，大而新之。侯以智勇为将，号万人敌。当蜀之初，与魏将张郃相距于此，能破郃军以安此土，可谓功施于人矣⑤。其殁也，又能泽而赐之，则其食于阆人⑥，不得而废也，岂非宜哉？

【注释】

①阆州于蜀为巴西郡：阆州属于三国时的蜀国，是巴西郡的治所。

②"蜀车骑将军领司隶校尉西乡张侯"几句：张侯，指张飞，三国时蜀汉大将，涿郡（治今河北涿州）人。东汉末跟从刘备起兵。后随刘备取益州，为巴西郡太守。章武元年（221），任车骑将军，领司隶校尉，进封西乡侯，随刘备伐吴，临行，被部将刺死。

③州之东有张侯之冢：据乐史《太平寰宇记》"剑南东道·阆州·阆中县"条："张飞冢在刺史大厅东二十步，高一丈九尺。"

④嘉祐：宋仁宗年号，凡八年（1056—1063），后人遂将"嘉祐中"大致推断为嘉祐四年（1059）。

⑤"当蜀之初"几句：据《三国志·蜀书·张飞传》，刘备取益州后，张飞任巴西太守。曹操命大将张郃攻巴西，与张飞相拒五十多天。张飞率精兵万人，从别的山道邀张郃交战，山道狭窄，前后不得相救，"飞遂破郃。郃弃马缘山，独与麾下十余人从间道退"，率军撤退南郑，巴西获得安定。

⑥食：血食，指接受祭祀。

【译文】

阆州在三国蜀时被称为巴西郡，蜀车骑将军领司隶校尉西乡张侯，名飞,字翼德,曾经担任阆州的太守。在阆州东面有张侯的坟冢,到现在已经有一千多年的历史了,期间庙宇没有荒芜,祭祀也没有停止。每逢大旱,在庙中举行祈雨仪式都能灵验。嘉祐年间,连续几年庄稼丰收,阆州人皆以为是张侯神灵护佑所赐,于是都竞相出钱修缮庙宇,扩建并使之整饬一新。张侯凭借其智慧以及勇气担任蜀中大将,号称"万人敌",蜀国建立之初,在此地拒止魏国大将张郃,并一举大破张郃军队,阆州得以安宁,可称得上有功于阆州百姓了。等到死后,又能将恩泽赐予阆州百姓,可见,他的神灵历代接受百姓的供奉而不废止,这难道不是他应该得到的吗?

知州事尚书职方员外郎李君献卿字材叔^①,以书来曰:"为我书之。"材叔好古君子也,乃为之书,而以予之所闻于古者告之。

【注释】

①知州事尚书职方员外郎李君献卿字材叔:尚书职方员外郎,此为寄禄官,仅标志俸禄的级别。李君献卿字材叔,即李材叔,名献卿,又名象,材叔是其字。吕南公写有《讲师李君墓表》,这是给李材叔写的墓表。其中写道:"君讳象,字材叔,上世家临川之青泥,其迁蓝田,见三徙矣。熙宁九年十二月乙未君卒,寿六十三。""其于人也,和而徇礼,信而附义,喜扬人善,如恐不足。少时应举梁京,中道同袍属疾,众皆舍而前,君独守之不忍去。君于经无所不悦,而尤用意于《诗》《易》。尝著《诗讲义》二十卷,《易统论》三十卷,《孟子讲义》十四卷。书成,不远千里以献当代闻人"。曾巩有七律《酬材叔江西道中作》,另有《送李材叔知柳州序》。此篇下文称其人为"好古君子"引为同调,又在给他的送序里说过:"能行吾说者,李材叔而已。"可见曾巩和李材叔两

人志趣相投。

【译文】

阆州知事、尚书职方员外郎李君献卿字材叔,写信来说:"请代我记下这件事。"材叔仰慕古代的君子,于是我代他写下这篇文章,并将我所听说的古人讲的道理再告诉他。

【评点】

茅鹿门曰:览前大半篇,曾公似薄张侯有不必祀之意。其所按经典以相折衷处虽有本领,而予之意窃以张侯方其与关寿亭佐昭烈,百战以立帝业于蜀。祭法所谓以劳定国则祀之者也。恐须按此言为正。姑录而存之,以见子固自是一家言处。

张孝先曰:政修人和,则年丰岁稔,固未尽为张侯之赐,但张侯合享庙祀,似不必繁称远引。谓神之为理,不足信也。茅评谓以劳定国则祀之,当矣。

【译文】

茅坤评论道:看这篇文章的前半部分,曾巩似乎有鄙薄张飞,认为后人不必祭祀他的意思。这种看法,尽管按照经典进行评述有些道理,但是我自己认为张飞与关羽辅佐刘备,经过多次战争才在蜀中确立了帝业。在祭祀制度中有因为国操劳而得到祭祀的规定。恐怕必须按照这一规定进行祭祀方为妥当。这里提出我的看法,并与曾巩观点两相对照,以显出曾巩观点的独到之处。

张伯行评论道:政治清明,人民和乐,国家年年丰收,本来并非都拜张飞所赐,但是张飞应该配享庙祀,似乎没有必要旁征博引。将神视为天理,是不足信的。茅坤认为张飞靠为国操劳配享庙祀,是合理的。

抚州颜鲁公祠堂记

【题解】

抚州,宋属江南西路,治所今属江西。颜鲁公,即颜真卿,开元二十二年(734)进士及第。任殿中侍御史,遭杨国忠排斥,出为平原(今属山东)太守。安禄山反,率先起兵抵抗,应者群起,牵制叛军不得急攻潼关。历官至吏部尚书、太子太师,封鲁郡公,世称"颜鲁公"。在肃宗、代宗、德宗的前后三十多年中,连遭贬斥。李希烈叛乱,奉命前往劝谕,拘胁累岁,不屈而死。其人伟烈坚毅之气震灼一代,且百代之下亦使后世肃然起敬。《新唐书·颜真卿传》谓:"真卿立朝正色,刚而有礼,非公言直道,不萌于心。天下不以姓名称,而独曰鲁公。"颜真卿博学通礼,能文,尤工于书。其书法世称"颜体",正楷庄严雄伟,气势开张;行书遒劲郁勃,大变古法。颜真卿贞元元年(785)遇害,德宗下诏赠司徒,以示哀荣。鲁郡公,为生前在代宗时所受封号。因颜真卿祖籍琅琊临沂(今属山东),春秋时属于鲁国,故有此封,世人省称鲁公。此文当作于至和三年(1056),曾巩时年三十八,尚未入仕。

　　赠司徒鲁郡颜公,讳真卿,事唐为太子太师,与其从父兄杲卿,皆有大节以死[1]。至今虽小夫妇人皆知公之为烈也。初,公以忤杨国忠斥为平原太守[2],策安禄山必反,为之备[3]。禄山既举兵,与常山太守杲卿伐其后,贼之不能直窥潼关,以公与杲卿挠其势也[4]。在肃宗时,数正言,宰相不悦,斥去之[5]。又为御史唐旻所构,连辄斥[6]。李辅国迁太上皇居西宫,公首率百官请问起居,又辄斥[7]。代宗时,与元载争论是非,载欲有所壅蔽,公极论之,又辄斥[8]。杨炎、卢杞既相德宗,益恶公所为,连斥之[9],犹不满意;李希烈陷汝州,杞即以公使希烈,希烈初惭其言,后卒缢公以死^⑩。是时公年七十有七矣。

【注释】

①与其从父兄杲卿,皆有大节以死:杲卿,即颜真卿堂兄颜杲卿,初任范阳户曹参军,旋升为营田判官,后假常山太守,在河北采访使安禄山辖境内。安禄山叛,颜杲卿与颜真卿合兵断安禄山后路,擒杀叛将数人。次年史思明攻破常山,颜杲卿被执送洛阳。安禄山面责:"汝昨自范阳户曹,我奏为判官,遂得光禄、太常二丞,便用汝摄常山太守,负汝何事而背我耶?"他怒目而答:"我世为唐臣,常守忠义,纵受汝奏署,复合从汝反乎!且汝本营州一牧羊羯奴耳,叨窃恩宠,致身及此,天子负汝何事而汝反耶?"禄山暴怒,命先断其一足而后杀,"比至气绝,大骂不息"。事见《旧唐书·颜杲卿传》。

②公以忤杨国忠斥为平原太守:《新唐书·颜真卿传》:开元年间,颜真卿"迁殿中侍御史,时御史吉温(杨国忠私党)以私怨构中丞宋浑(宋璟第四子),谪贺州,真卿曰:'奈何以一时忿,欲危宋璟后乎!'宰相杨国忠恶之,讽中丞蒋洌奏为东都采访判官,再转武部员外郎。国忠终欲去之,乃出为平原太守。"唐人殷亮《颜鲁公行状》,记其事为开元八年(720)。

③策安禄山必反,为之备:《旧唐书·颜真卿传》:"安禄山逆节颇著,真卿以霖雨为托,修城浚池,阴料丁壮,储廪实;阳会文士,泛舟外池,饮酒赋诗。或谗于禄山,禄山亦密侦之,以为书生不足虞也。无几,禄山果反,河朔尽陷,独平原城守具备。"策,策谋,指料定。

④"禄山既举兵"几句:天宝十四年(755),颜杲卿代理常山太守。是年十一月安禄山叛,次月攻陷洛阳,准备长驱潼关。据《旧唐

书·颜杲卿传》记载,当时颜真卿"遣使告杲卿,相与起义兵,掎角断贼归路,以纾西寇之势"。又各出兵袭杀叛军后方守将,一时兵威大振,"禄山方自率众而西,已至陕虢,闻河北有变而还,乃命史思明、蔡希德率众渡河"。伐其后,断其后路。

⑤"在肃宗时"几句:至德二年(757)九月长安收复,十月又收复洛阳,肃宗将从凤翔入京,先遣使祭告宗庙。颜真卿建言:太庙为贼毁,请筑坛于野,皇帝向东哭祭,然后遣使。肃宗没有这份孝心,更等不了这许多功夫以影响进京受用,宰相也讨厌颜真卿处处多事,将他贬出为同州刺史,转蒲州刺史。事见新、旧《唐书·颜真卿传》、留元刚《颜鲁公年谱》及黄本骥《颜鲁公年谱》。

⑥又为御史唐旻所构,连辄斥:至德三年(758)颜真卿任蒲州刺史时,为御史唐旻诬劾,贬饶州刺史。唐旻,据殷亮《颜鲁公行状》说,其人属于酷吏。

⑦"李辅国迁太上皇居西宫"几句:上元元年(760)七月,李辅国矫诏胁迫唐玄宗由兴庆宫迁入西宫,刑部尚书颜真卿首率百官问候,"辅国恶之,奏贬蓬州长史"。事见《资治通鉴》卷二百二十一。

⑧"代宗时"几句:据《新唐书·颜真卿传》记载,吐蕃之乱被平定后,代宗还京,时任尚书右丞的颜真卿请求代宗"先谒陵庙而即宫,宰相元载以为迂,真卿怒曰:'用舍在公,言者何罪?然朝廷事岂堪公再破坏邪!'载衔之"。不久打发他为检校刑部尚书,旋改朔方行营宣慰使,知省事,更封鲁郡公。据《旧唐书·颜真卿传》记载:永泰二年(766),元载引用私党,欲压制群言,以免朝臣揭发,要求百官论事须告知长官,长官告知宰相,然后上闻。颜真卿上疏极力反对,指出"凡百巨庶,以为危殆之期,又翘足而至也。如今日之事,旷古未有,虽李林甫、杨国忠犹不敢公然如此"。当时宫中人争相抄写其言事,传布于外。元载恼羞成怒,此年二月诬陷他代祭太庙时"祭器不修",坐以诽谤,贬硖州别驾,三月又

移贬吉州司马。

⑨"杨炎、卢杞既相德宗"几句：大历十二年（777）三月，元载伏诛，八月颜真卿自湖州入朝拜刑部尚书。十四年（779）代宗死，德宗立，颜真卿为吏部礼仪使。时值丧乱之后，礼典废弛，"真卿虽博识今古，屡建议厘正，为权臣沮抑"。次年改元建中，曾受元载知遇的"杨炎当国，以直不容"（《新唐书·颜真卿传》），"改太子少傅，礼仪使如旧，外示崇宠，实去其权也"（《旧唐书·颜真卿传》）。宰相"卢杞专权，忌之，改太子太师，罢礼仪使，谕于真卿曰：'方面之任，何处为便？'真卿候杞于中书曰：'真卿以褊性为小人所憎，窜逐非一。今已羸老，幸相公庇之。相公先中丞传首至平原，面上血真卿不敢衣拭，以舌舐之，相公忍不相容乎？'杞矍然下拜，而含怒心。"见《旧唐书·颜真卿传》。

⑩"李希烈陷汝州"几句：建中三年（782）八月，颜真卿面责宰相卢杞，次年正月十三日，正碰上淮西都统李希烈叛乱，攻陷汝州（今河南临汝）。十七日，"（卢）杞乃奏曰：'颜真卿四方所信，使谕之，可不劳师旅。'上从之，朝廷失色。李勉闻之，以为失一元老，贻朝廷羞，乃密表请留，又遣逆于路，不及。初见希烈，欲宣诏旨，希烈养子千余人露刃争前迫真卿，将食其肉。诸将丛绕慢骂，举刃以拟之，真卿不动。希烈遽以身蔽之，而麾其众，众退，乃揖真卿就馆舍""希烈大宴逆党，召真卿坐，使观倡优斥黩朝政为戏，真卿怒曰：'相公，人臣也，奈何使此曹如是乎？'拂衣而起，希烈惭，亦呵止。时朱滔、王武俊、田悦、李纳使在坐，目真卿谓希烈曰：'闻太师名德久矣，相公欲建大号，而太师至，非天命正位？欲求宰相，孰先太师乎？'真卿正色叱之曰：'是何宰相耶！君等闻颜杲卿无？是吾兄也。禄山反，首举义兵，及被害，诟骂不绝于口。吾今年向八十，官至太师，守吾兄之节，死而后已，岂受汝辈诱胁耶？'诸贼不敢复出口。希烈乃拘真卿，令甲士十人守，

掘方丈坎于庭,曰'坑颜',真卿怡然不介意"。"希烈既陷汴州,
僭伪号,使人问仪于真卿,真卿曰:'老夫耄矣,曾掌国礼,所记者
诸侯朝觐礼耳。'兴元元年,王师复振,逆贼虑变起蔡州,乃遣其
将辛景臻、安华至真卿所,积柴庭中,沃之以油,且传逆词曰:'不
能屈节,当自烧。'真卿乃投身赴火,景臻等遽止之。"事见《旧唐
书·颜真卿传》。此年八月,李希烈闻弟被德宗诛,怒命阉奴与部
将辛景臻缢杀颜真卿,颜真卿至死骂不绝口。

【译文】

　　赠司徒鲁郡颜公,名讳真卿,曾任大唐的太子太师,和他的堂兄杲
卿,都因坚持节义而死。至今即使是小孩、女子也都知道颜公死得壮烈。
起初,颜公因为冒犯了杨国忠而被贬为平原太守,颜公料定安禄山一定
会造反,因此,早早进行了准备。安禄山举兵造反后,颜公与常山太守杲
卿攻打叛军的后部,叛贼不能长驱直入进犯潼关,正是因为颜公与杲卿
阻挡了他们的攻势。在肃宗时,颜公多次直言进谏,宰相很不高兴,将其
斥退。又被御史唐旻所构陷,接连被贬斥。李辅国将太上皇迁至西宫居
住,颜公带领百官至西宫问候太上皇起居,又一次被贬斥。代宗时,颜公
与元载辩论是非,元载企图掩盖事实,颜公据理力争,再一次被贬斥。杨
炎、卢杞担任德宗朝宰相时,越发厌恶颜公的行为,接连将其贬谪后,仍
不满意,正逢李希烈反叛攻陷汝州,卢杞随即派颜公出使汝州去劝说李
希烈,希烈起初因颜公的劝说而心生惭愧,最终缢死了颜公。当时颜公
已经七十七岁了。

　　天宝之际,久不见兵,禄山既反,天下莫不震动。公独
以区区平原,遂折其锋,四方闻之,争奋而起[1]。唐卒以振
者,公为之倡也。当公之开土门,同日归公者十七郡,得兵
二十余万[2]。由此观之,苟顺且诚,天下从之矣。自此至公

殁，垂三十年③，小人继续任政，天下日入于弊，大盗继起，天子辄出避之④。唐之在朝臣多畏怯观望，能居其间，一忤于世，失所而不自悔者寡矣。至于再三忤于世，失所而不自悔者，盖未有也。若至于起且仆，以至于七八，遂死而不自悔者，则天下一人而已，若公是也⑤。公之学问文章，往往杂于神仙、浮屠之说，不皆合于理⑥；及其奋然自立，能至于此者，盖天性然也。故公之能处其死，不足以观公之大。何则？及至于势穷，义有不得不死，虽中人可勉焉，况公之自信也欤！维历忤大奸，颠跌撼顿，至于七八，而终始不以死生祸福为秋毫顾虑，非笃于道者不能如此，此足以观公之大也。

【注释】

①"公独以区区平原"几句：据《旧唐书·颜真卿传》记载，安禄山反，河朔尽陷。投降、弃城、被杀者均有，一片慌乱。玄宗初闻变，叹曰："河北二十四郡，岂无一忠臣乎！"后闻平原坚城拒敌，大喜，环视左右说："朕不识颜真卿形状何如，所为得如此！"文天祥《平原》诗："平原太守颜真卿，长安天子不知名。一朝渔阳动鼙鼓，大河以北无坚城。公家兄弟奋戈起，一十七郡连夏盟。贼闻失色分兵还，不敢长驱入咸京。"

②"当公之开土门"几句：据《旧唐书·颜真卿传》记载：安禄山攻陷洛阳，遣其部将李钦凑等防守土门。土门一经打开，"十七郡同日归顺，共推真卿为帅，得兵二十余万，横绝燕、赵"。据此及新、旧《唐书·颜杲卿传》《资治通鉴》卷二十一，攻占土门为颜杲卿事，此处作者当是误记。土门，即土门关，亦称井陉关。故址在今河北井陉北井陉山上。又井陉西有故关，为井陉西出口。历来为兵家必争之地，秦王翦伐赵，北魏伐后燕，皆从此出兵。土门是太

行山区进入华北平原的隘口。

③自此至公殁（mò），垂三十年：颜真卿首倡抗敌在天宝十四年
（755），贞元元年（785）遇害，前后三十一年。此处取其整数。

④人盗继起，天了辄出避之：安禄山的叛军攻占长安，玄宗逃出
后，有不少人想作皇帝，天子"蒙尘"事件不断发生。广德元年
（763），吐蕃攻进长安，代宗逃奔奉天；建中四年（783），泾原兵在
京师哗变，德宗逃往奉天，朱泚自称皇帝。

⑤"若至于起且仆"几句：宋人留元刚《〈颜鲁公文集〉后序》：颜真
卿"自二十六第进士，三十四举制科，阅官四十有五，而居中者才
十载，六遭贬斥，竟至杀身。英风劲气，使人感涕愤发，万世而下，
颓波以障，懦习以激"。"前后忤权臣者五：杨国忠、李辅国、元载、
杨炎皆诛戮，卢杞亦窜死。公之流芳遗馥，殁且不朽，乃辈声名与
粪壤俱腐"。宋人徐俯《题颜鲁公画像》云："其贤似魏徵，天下
非贞观，四帝数十年，一身逢百难。"

⑥"公之学问文章"几句：明人都穆《〈颜鲁公文集〉后序》："予独怪
夫欧阳永叔、曾南丰，皆世之大儒君子。永叔谓公'尊严刚劲，象
其笔画，而不免惑于神仙之说'。南丰谓公'文章往往杂于神仙、
浮屠，而不皆合于理'，则又似知公之未尽者。夫公之屡遭斥逐，
困于小夫，其视人间真若有不足居，而欲逍遥乎埃壒之表，则神
仙、浮图，乃公之藉以游戏而欲释其愤郁不平者也。"今观其集，
杂有不少有关道士、道姑、和尚的铭、记及诗，因而就产生了来路
不明而题名米黻（即米芾）的《鲁公仙迹记》碑文，说鲁公幼时得
道士仙法，自知七十有大厄，能于梁上跳踯，遇害不死而仙去。实
由尊敬痛惜之情转化为美丽的"神仙化"传说。神仙，属道教。
浮图，佛教翻译梵语名词，故亦称佛教为"浮图"。

【译文】

天宝年间，已经很久没有战争了，安禄山反叛以后，天下人没有不

感到震惊的。只有颜公凭借小小的平原州，竟然折损了叛军的锋芒，四方之人听到以后，争相奋起抵抗。唐朝最终得以振兴，颜公有首倡之功啊！一旦颜公打开土门，当天愿意服从颜公统领的州郡就有十七个之多，士兵数量达二十万之众。由此可见，只要顺从民意，心怀诚敬，天下百姓就会响应他的号召。自颜公首倡抗敌，至身死叛军之手，已将近三十年了，其间，小人继续专权，天下弊政与日俱增，窃国大盗层出不穷，天子动辄出京避难。唐代在朝的大臣大多害怕担忧、坐等观望，在群臣之中，能够逆势而为，即便因此失去一切也不后悔的人很少。至于再三忤逆众人，失去所有也不后悔的人，大约就没有了。至于起起伏伏七八次，到死也不后悔的人，普天之下，也就一人而已，颜公正是这样的人。颜公治学为文，常常夹杂道家以及佛家的思想，并不完全与儒家思想一致；等到他面临大是大非之时，卓然超出于众人之上，能够达到这样的境界，是他的天性使然。所以，颜公能够从容赴死，不足以看到他的伟大之处。为什么这样说呢？因为，如果一个人在穷途末路之时，出于大义的要求不得不死，一般的人都能勉力赴死，更何况像颜公这样自信的人呢！只有屡次忤逆大奸之人，并因此颠沛流离，达七八次之多，始终不把生死祸福作为影响自己丝毫的因素，如果不是笃定于道义的人，是不会做到这些的，这才能够显示出颜公的非凡之处。

夫世之治乱不同，而士之去就亦异。若伯夷之清，伊尹之任，孔子之时，彼各有义①。夫既自比于古之任者矣，乃欲眷顾回隐，以市于世，其可乎？故孔子恶鄙夫不可以事君，而多杀身以成仁者②。若公，非孔子所谓仁者欤？

【注释】

①"若伯夷之清"几句：语出《孟子·万章下》："伯夷，圣之清者也；

伊尹,圣之任者也;柳下惠,圣之和者也;孔子,圣之时者也。"伯
夷为孤竹君之子,让位不立,故谓之"清";伊尹助汤灭夏,汤死,
又佐卜丙、仲壬二王。仲壬死,太甲立。据说太甲不理国政,伊尹
把太甲放逐出朝廷,代理国政,三年后太甲悔过,又接回复位。伊
尹历四代国政之任,故曰"任"。所谓"时",就是见机而行,退处
以适时为准。如《孟子·万章下》所说:"可以速而速,可以久而
久。可以处而处,可以仕而仕,孔子也。"作者认为这四人行事,
都有意义。

②故孔子恶鄙夫不可以事君,而多杀身以成仁者:语出《论语·阳
货》:"子曰:'鄙夫,可与事君也与哉? 其未得之也,患得之。既
得之,患失之。苟患失之,无所不至矣。'"又《论语·卫灵公》:
"子曰:'志士仁人,无求生以害仁,有杀身以成仁。'"

【译文】

世道有盛衰的分别,士人的仕与隐也有不同。像伯夷的高洁自清,
伊尹的以天下为己任,孔子的见机而行,他们都各有道理。既然将自己
比作古时以天下为己任的人,又一心挂念个人利害,遇难而避,取容于
世,这种行为可以吗? 所以,孔子很讨厌鄙陋之人,他们平时不能够竭尽
全力为君王谋事,危难之时只知道杀身成仁。像颜公这样的人,不正是
孔子所说的仁者吗?

今天子至和三年①,尚书都官郎中知抚州聂君某,尚书
屯田员外郎通判抚州林君某,相与慕公之烈,以公之尝为
此邦也②,遂为堂而祠之③。既成,二君过予之家而告之曰:
"愿有述。"夫公之赫赫不可尽者,固不系于祠之有无,盖人
之向往之不足者,非祠则无以致其至也。闻其烈足以感人,
况拜其祠而亲炙之者欤! 今州县之政,非法令所及者,世不

复议。二君独能追公之节,尊而祠之,以风示当世,为法令之所不及,是可谓有志者也。

【注释】

①至和三年:即公元1056年。至和为宋仁宗末年年号(1054—1056)。

②以公之尝为此邦也:颜真卿在大历二年(767)因元载诬构,出贬吉州司马,三年移抚州刺史,至三年闰三月罢州事,前后凡四年。期间作文较多。唐人殷亮《颜鲁公行状》:"在州四年,以约身减事为政,然而接遇才人,耽嗜文卷,未曾暂废焉。"

③遂为堂而祠之:据清人黄本骥《颜鲁公祠庙考》,凡颜真卿所至处,后人几乎都建祠庙,凡二十多所。

【译文】

当今天子至和三年,尚书都官郎中知抚州聂君某,尚书屯田员外郎通判抚州林君某,都仰慕颜公的贞烈,因为颜公曾经在抚州做过官,于是建了祠堂来纪念他。建成以后,两位君子到我家来造访,并对我说:"希望您写一篇文字。"颜公赫赫勋业不可穷尽,本来就不关乎祠堂的有无,大约人们对颜公的向往之情无法充分表达,若没有祠堂则不能够传达这种无上的情感吧。仅仅听到颜公的贞烈事迹已足以感动人心了,更何况叩拜他的祠堂若亲近他本人呢!当今州县的管理,若非法令所规定的,世人很少再去讨论。二位君子却能够追慕颜公的节烈,推尊并以祠堂供奉他,来教化当世民众,这是法令都比不了的,二位君子应该算有志之人了。

【评点】

唐荆川曰:此文三段。第一段叙,第二段议论,第三段叙立祠之事。叙事议论处皆以捍贼忤奸,分作两项,而混成一片,绝无痕迹,此是可法处。

又曰：欧阳公于王彦章之忠则略之，而独言其善出奇。曾子固于颜鲁公之捍贼则略之，而独言忤奸而不悔。此是文之微显阐幽处。

茅鹿门曰：鲁公之临大节而不可夺处，凡四五，而曾公之文，亦足以画一而点缀之，令人读之而泫然涕洟不能自已。

张孝先曰：子固谓鲁公能处其死，不足以观公之大，惟历忤大奸，颠跌撼顿，终始不以死生祸福顾虑，非笃于道者不能。自是论人只眼。而叙捍贼忤奸处，反复慨叹，尤令人兴起。至考公文章未免杂于神仙、浮屠之说，此子固之所以惜其学而美其天性也。

【译文】

唐顺之评论道：这篇文章分为三段：第一段叙事，第二段议论，第三段讲述立祠之事。不论是叙事还是议论，都抨击反贼反对奸臣，有分别，而又融为一体，绝对找不到痕迹，这是值得后人效仿的地方。

又评论：欧阳修《五代史》对于王彦章的忠采用略写的方法，唯独花费笔墨写他智勇双全善出奇兵。曾巩刻画颜鲁公，对于他抨击反贼采用略写的方法，对于他忤逆奸臣却不后悔大书特书。这正是这篇文章显现微妙之处、阐明幽深之理的地方。

茅坤评论道：颜鲁公面临大难而节操不改，达四五次之多，曾巩这篇文章，足以就一点阐发，而令后人读后痛哭流涕，不能自已。

张伯行评论道：曾巩认为颜真卿能够正确对待生死问题，这不足以观察颜公的伟大之处，只有历次忤逆奸臣，颠仆不息，动荡困顿，始终不以一己之生死祸福为虑，如果不是笃信儒家道义的人是做不到的。这自然是评论人物的独特见解。文章在叙述颜公斥责反贼、忤逆奸臣的地方，反复慨叹，特别能够让人感奋不已。至于推究颜公文章未免杂糅道家、佛家之说，这正是曾巩可惜颜公之所学而赞美其天性的原因。

尹公亭记

【题解】

尹公即尹洙（1001—1047），字师鲁，比曾巩年长十八岁。据本文说他在庆历年间被贬随州（治今湖北随县），寓居在城东一所寺院。尹洙曾在寺北的山坡结茅为亭，游憩时有时还夜宿于此。一年后离去，当地人崇敬、怀念他，就重加修理，名曰尹公亭。英宗治平四年（1067），州守又扩大增修，并邀请曾巩写了这篇记文。撰此记时，距尹洙去世已二十余年。

尹洙不仅是北宋古文运动的先驱，而且久历边塞，了解西北边防要务，遇事敢为，为人正直。嘉祐三年（1058），吕夷简以"朋党"罪贬范仲淹知饶州，尹洙上奏自称是"仲淹之党"。后来在庆历新政失败后，仍然支持范仲淹等人，可惜不幸早逝。尹洙去世后，欧阳修为其作墓志，韩琦撰墓表，而范仲淹为其集作序。曾巩从青年时代就尊仰庆历诸贤，对于群贤共悼、一时"名展天下"的尹洙，这篇记文充满怀念敬慕之情，赞颂他处逆境而"不以贫富贵贱死生动其心"的精神。记文虽然写得淡然简短，笔端却流溢出对前贤之风声气烈的深深敬佩、赞许之情。

　　君子之于己，自得而已矣[①]，非有待于外也[②]。然而曰疾没世而名不称焉者[③]，所以与人同其行也[④]。人之于君子，潜心而已矣[⑤]，非有待于外也。然而有表其闾[⑥]，名其乡，欲其风声气烈暴于世之耳目而无穷者，所以与人同其好也。内有以得诸己，外有以与人同其好，此所以为先王之道，而异乎百家之说也[⑦]。

【注释】

①自得:自己有所体会。

②待于外:犹言求于外,求得社会的承认。自得而非有待于外,即《论语·卫灵公》中孔子所谓"君子求诸己,小人求诸人。"

③然而日疾没世而名不称焉者:语出《论语·卫灵公》:"子曰:'君子疾没世而名不称焉。'"

④同其行:以身作则,感召别人,使周围的人认同自己的行为,并从而效仿。

⑤潜心:沉潜于内心。将心比心,推己及人。

⑥表其闾:在所居街巷的大门挂匾或建牌坊一类的标志,以示表彰。

⑦此所以为先王之道,而异乎百家之说也:儒家注重自身修养,以名设教,达到教化天下的目的,这是其不同于其余各家的地方。

【译文】

君子对待自己,注重的是自得,并不在乎外在的态度。但是,担心当离开这个世界时名声不被后人所称颂,所以以身作则,感召别人,让周围的人认同自己。普通人与君子相比,君子内心沉潜,不向外求。然而,他们也希望因为表彰他的功德,在其所居住街巷的大门挂匾或建牌坊,在他们居住之乡,用他们的名字进行命名。想让自己的名声和气节传之后世,世人都能够耳熟能详,并得到人们普遍的认同。向内能够独立自足,向外能够得到世人的认可,这正是先王之道所要求的,并且不同于百家之说的地方。

随为州,去京师远①,其地僻绝。庆历之间,起居舍人、直龙图阁河南尹公洙以不为在势者所容,谪是州,居于城东五里开元佛寺之金灯院②。尹公有行义文学,长于辩论③,一时与之游者,皆世之闻人,而人人自以为不能及。于是时,尹公之名震天下,而其所学,盖不以贫富贵贱死生动其心④,

故其居于随，日考图书、通古今为事，而不知其官之为谪也。尝于其居之北阜，竹柏之间，结茅为亭，以芳而嬉⑤，岁余乃去。既去而人不忍废坏，辄理之，因名之曰尹公之亭。州从事谢景平刻石记其事⑥。至治平四年⑦，司农少卿赞皇李公禹卿为是州⑧，始因其故基，增庳益狭，斩材以易之，陶瓦以覆之，既成，而宽深亢爽，环随之山皆在几席。又以其旧亭峙之于北，于是随人皆喜慰其思，而又获游观之美。其冬，李公以图走京师，属予记之。

【注释】

① 随为州，去京师远：据乐史《太平寰宇记》卷一百四十四，随州东北方向距离东京汴梁一千一百里。

② "庆历之间"几句：韩琦《故崇信军节度副使检校尚书工部员外郎尹公墓表》："（庆历四年）有部将孙用者，出于军校，尝自京取民息钱，至官，贫不能偿。公与狄公惜其材，乃分假公使钱，俾偿其民，而月取其俸偿于官。逮按问，而钱已输官矣。坐此，贬公崇信军节度副使，徙监均州酒税。"尹洙以公使钱替部下孙用偿债，被贬崇信军节度副使。像苏舜钦被罢黜一样，尹洙的贬黜也是党派之争的结果。尹洙在随州待了一年多的时间，又徙监均州酒税。

③ 尹公有行义文学，长于辩论：关于这一点，欧阳修《尹师鲁墓志铭》说："师鲁为文章，简而有法。博学强记，通知今古，长于《春秋》。其与人言，是是非非，务穷尽道理乃已，不为苟且而妄随，而人亦罕能过也。遇事无难易，而勇于敢为，其所以见称于世者，亦所以取嫉于人，故其卒穷于死。"

④ "于是时"几句：欧阳修《尹师鲁墓志铭》："然天下之士，识与不识，皆称之曰师鲁，盖其名重当世。而世之知师鲁者，或推其文

学,或高其议论,或多其材能。至其忠义之节,处穷达,临祸福,无愧于古君子,则天下之称师鲁者,未必尽知之。"

⑤以茇(bá)而嬉:意谓于此游憩时还夜宿亭中。茇,在草舍住宿。

⑥谢景平:字师宰,谢绛之子,皇祐五年(1053)谢景平进士及第,欧阳修书简《与梅圣俞》其二十六有云:"谢景平文字,下笔便佳,他日当有立于世,何止取一科第而已,吾徒可为希深喜也。"谢景平卒于治平元年(1064)十二月庚申(二十九日),年三十三。欧阳修有《谢景平挽词》:"东山子弟家风在,西汉文章笔力豪。"赞扬谢景平为谢安后裔,有谢氏遗风,文章笔力雄豪,有西汉大家风范。

⑦治平四年:即公元1067年。治平为英宗年号(1064—1067)。

⑧李公禹卿:李禹卿是范仲淹的内弟。

【译文】

　　随州远离京师,地处偏僻,人迹罕至。庆历年间,起居舍人、直龙图阁河南尹公洙因为不能被当权者所容,被贬谪到这个地方,当时就住在城东五里开元佛寺中的金灯院。尹公德行合乎仁义,并且有文学名声,擅长辩论,当时和他交往的都是当世名人,人人都认为自己赶不上他。在当时,尹公名气震动天下,以他的学识,大约不能因为贫富贵贱死生等问题来改变他的本心,所以当他居住在随州时,每天都将研读图书、融通古今作为分内之事,并不在意自己正处于被贬谪的境地。曾经在他住所北面的高岗上,竹林松柏之间,用茅草建了一座亭子,尹公游憩其间,兴之所至,还曾夜宿于此,尹公在随州居留了一年多的时间才离开。离开后,人们不忍心这个亭子废弃,于是又将其加以整治,并为它起名叫尹公之亭。随州从事谢景平刻碑记下这件事情的原委。到治平四年,司农少卿赞皇李公禹卿来随州任长官,又在原来的地基上,低处增高,窄处拓宽,砍树取材,换旧更新,并用陶制的瓦片覆盖顶部,建成之后,更加宽敞深邃,高峻清爽,周围的山峰都可尽收眼底。又因为原来的旧亭蠹立在新亭的北边,于是,随州人都喜欢来此地,寄托对尹公的思念,同时又能够游目骋怀，领略自然之美。这年冬天，李公将亭子的图形带到京师来给我看，并让我写一篇记。

　　盖尹公之行见于事，言见于书者，固已赫然动人；而李公于是又侈而大之者①，岂独慰随人之思于一时，而与之共其乐哉？亦将使夫荒遐僻绝之境，至于后人见闻之所不及，而传其名、览其迹者，莫不低徊俯仰，想尹公之风声气烈，至于愈远而弥新，是可谓与人同其好也。则李公之传于世，亦岂有已乎？故予为之书，时熙宁元年正月日也②。

【注释】

①侈而大之：指把尹公的影响扩展光大。侈，扩大。

②熙宁元年正月：此时曾巩尚在京城，为集贤校理。熙宁元年，1068年。

【译文】

尹公的德行史书中都有记载，尹公所说的话也在书中有记载，并且都能够深深地打动人心；李公此时扩建尹公亭，难道仅仅是抚慰随州人对尹公一时的思念之情，并让人们一起享受游玩之乐吗？李公此举也一定会使荒远偏僻的地方，以及后人没有来得及听到、看到尹公风采的人们，凭借这样一处建筑，传扬尹公的名声，看到尹公遗迹的人，还可以抬头仰观，低头沉思，遥想尹公当年的名声与气节，时间越长感触越新，这正是与后人分享自己的喜好吧。李公想将人们对尹公的怀念之情传之后世，这难道不会代代相传，永不消歇吗？所以我为他写下了这篇记，熙宁元年正月日。

【评点】

茅鹿门曰：蕴思铸辞，动中经纬。

张孝先曰：一起便识踞题巅，固非苟作。

【译文】

茅坤评论道：满含深思，熔铸伟辞，濡墨运笔，切中肯綮。

张伯行评论道：曾巩文章起笔便高屋建瓴，本非敷衍之作。

墨池记

【题解】

四部丛刊本《元丰类稿》所收此篇，文尾记有"庆历八年九月十二日曾巩记"。此时，曾巩刚满三十岁，尚未释褐入仕。关于墨池的传说有很多，并且地点也不止一处，抚州临川是其中一处。

此篇记文模仿柳宗元永州八记的写法，开篇以极其简洁的笔墨，将墨池的方位、地形、形状摹写出来。写景、考实并非这篇短文的目的，像宋代许多"记"文一样，《墨池记》通过简短的描写、记叙，引出一番议论，而议论才是曾巩用力之处。曾巩的议论分三个层次：一是王羲之非凡的书法才能乃是"以精力自致者，非天成也"，即靠自己的努力取得的，并非与生俱来；二是后人成就不如王羲之，是没有下如王羲之那样的功夫，言外之意，如果像王羲之一样努力，也能成家成圣；三是由学书法进而引申到道德修养，指出要想达到古人"立德"之不朽，"以精力自致"是断不可少的。行文至此，胜意迭出，但曾巩却并未收笔，而是再就州学王教授求"记"一事，引出另一段议论：州学立碑的目的是劝勉后生学子，须像王羲之一样勤勉不息，方能学有所成。

文末"虽一能不以废"的议论表明，曾巩对王羲之的书法造诣仅视为"一能"，仅有"一能"，尚被后人景仰如此，何况道德修养高尚的"仁人庄士"，其"遗风余思"越发能够泽被后世，为万世景仰了。这篇短文以小见大，见微知著，层层生发，学书、学问、修德，逐次展开，文中抛出了一个个问题,却又不答而答。纡徐和缓,雍容有度。

  临川之城东^①,有地隐然而高,以临于溪,曰新城。新城之上,有池洼然而方以长,曰王羲之之墨池者^②,荀伯子《临川记》云也^③。羲之尝慕张芝,临池学书,池水尽黑^④,此为其故迹,岂信然邪?方羲之之不可强以仕^⑤,而尝极东方,出沧海,以娱其意于山水之间^⑥,岂有徜徉肆恣,而又尝自休于此邪?羲之之书晚乃善^⑦,则其所能,盖亦以精力自致者,非天成也。然后世未有能及者,岂其学不如彼邪^⑧?则学固岂可以少哉?况欲深造道德者邪?

【注释】

①临川:宋时为江南西路抚州治所,今属江西。

②王羲之:东晋著名书法家,官至右军将军,世称王右军。前人以"飘若浮云,矫若惊龙"评其笔势,誉之为"书圣"。墨池:指王羲之墨池遗迹。除临川外,传说浙江会稽、永嘉等地也有墨池。

③荀伯子:晋宋之际人,入宋曾任临川内史。《宋书》有传。著《临川记》六卷,已佚。乐史《太平寰宇记》卷一一〇载:"荀伯子《临川记》云:'王羲之尝为临川内史,置宅于郡城东高坡,名曰新城。旁临回溪,特居层阜,其地爽垲,山川如画。'今旧井及墨池犹在。"

④池水尽黑:据《晋书·王羲之传》,王羲之与人书言:"张芝临池学书,池水尽黑。"张芝,东汉末年人,擅草书,世称"草圣"。

⑤强以仕:勉强进入仕途。据《晋书·王羲之传》:"羲之既少有美誉,朝廷公卿皆爱其才器,频召为侍中、吏部尚书,皆不就。复授护军将军,又推迁不拜。"在扬州刺史殷浩的反复劝说下,王羲之

才勉强进入仕途。

⑥ "而尝极东方"几句:这几句话,化用《晋书·王羲之传》:"羲之既去官,与东土人士尽山水之游,弋钓为娱。又与道士许迈共修服食,采药石不远千里,便游东中诸郡,穷诸名山,泛沧海。"

⑦ 羲之之书晚乃善:据《晋书·王羲之传》:"羲之书初不胜庾翼、郗愔,及其暮年方妙。尝以章草答庾亮,而翼深叹伏,因与羲之书云:'吾昔有伯英章草十纸,过江颠狈,遂乃亡失,常叹妙迹永绝。忽见足下答家兄书,焕若神明,顿还旧观。'"

⑧ 然后世未有能及者,岂其学不如彼邪:据《晋书·王羲之传》:王羲之"曾与人书云:'张芝临池学书,池水尽黑,使人耽之若是,未必后之也。'"王羲之此番话,是自我砥砺之言。曾巩变化其言,亦为砥砺后人。

【译文】

临川城的东边,有一块地方屹然而立,下临小溪,此地被称为新城。在新城之上,低洼之处有一个长方形的池子,被称为王羲之的墨池,荀伯子在《临川记》中有记载。王羲之曾经仰慕张芝,在池边学习书法,以池水洗笔,池水全部变黑了,这里就是墨池故迹,难道这是可信的吗?当时王羲之不愿勉强自己进入仕途,曾经游历到东海之滨,乘船出海,在山水之间愉悦性情,哪有既放任天性于山水之间,同时又在此地休憩居留的道理呢?王羲之的书法到了晚年才出神入化,可见,他的成就,也是靠自己的努力才达到的,并非与生俱来的。后世没有能够赶上他的,难道不是因为付出的努力没有他多吗?那么用功学习怎么能够减少呢?何况要加强道德修养呢?

墨池之上,今为州学舍。教授王君盛恐其不章也①,书"晋王右军墨池"之六字于楹间以揭之②,又告于巩曰:"愿有记。"推王君之心,岂爱人之善,虽一能不以废,而因以及乎其迹邪？其亦欲推其事以勉其学者邪？夫人之有一能，而使后人尚之如此③，况仁人庄士之遗风余思④，被于来世者如何哉⑤！

【注释】

①不章：得不到彰显。章，通"彰"。

②揭：高挂，悬挂。

③尚：崇敬。

④庄士：端庄严肃之士。遗风余思：流风遗韵。

⑤被：泽被。

【译文】

墨池的上方，现在是本州的学舍。教授王君盛恐怕无人了解此处的原委，特意写"晋王右军墨池"六个字挂在两楹之间来告诉世人，同时又对我说："请您写一篇记。"我推想王君的想法，是喜欢一个人的长处，哪怕是一种才能也不忽略，并因此将这种仰慕之心推及此人留存后世的一切遗迹吗？是想要后世学者推想其人其事并得到勉励吗？如果人具备一种才能，而能够让后人如此推崇，更何况历代的志士仁人所留给后世的气节、思想，该怎样泽被后世啊！

【评点】

茅鹿门曰：看他小小题，而结构却远而正。

张孝先曰：小中见大，得此意者，随处皆可以悟学。

【译文】

茅坤评论道：尽管题目很小，文章结构却收放自如，立意醇正。

张伯行评论道：文章从小事中揭示大的道理，如果能够对此有所会意，也就能够悟到学问的真谛了。

归老桥记

【题解】

　　本文所提及的"武陵柳侯"，为柳拱辰。柳拱辰为天圣八年（1030）进士，据本文，"今柳侯年六十"，可知，这篇记文大约写于仁宗嘉祐年间（1056—1063）。其时，曾巩刚进入仕途不久。

　　仁宗之朝，政通人和，欧阳修领衔的文坛，人才辈出，三苏、王安石、曾巩各擅胜场，可称为宋代文学的黄金时期。此时的柳拱辰"年六十，齿发未衰，方为天子致其材力，以惠泽元元之时"，便自动请退，"遗章绶之荣，从湖山之乐"，体现了一种明于进退的宽阔胸襟。柳拱辰把建有归老桥准备退隐的家园画成了一幅图，附上书信，寄给好友曾巩。曾巩观图品书，欣然命笔，写下了这篇记文。文中描绘了武陵白马湖一带溪桥相映的优雅环境，对主人闲静恬淡的隐逸生活大加赞颂，并特别表彰了柳拱辰激流勇退的人生智慧。

　　武陵柳侯图其青陵之居[①]，属予而叙，以书曰：武陵之西北，有湖属于梁山者[②]，白马湖也[③]。梁山之西南，有田属于湖上者，吾之先人青陵之田也。吾筑庐于是而将老焉[④]。青陵之西二百步，有泉出于两崖之间而东注于湖者，曰采菱之涧。吾为桥于其上，而为屋以覆之[⑤]。武陵之往来有事于吾庐者，与吾异日得老而归[⑥]，皆出于此也，故题之曰归老之桥。维吾先人遗吾此土者，宅有桑麻，田有粳稌[⑦]，而渚有蒲莲[⑧]。弋于高而追凫雁之下上[⑨]，缗于深而逐鳣鲔之潜泳[⑩]。吾所以衣食其力，而无愧于心也。息有乔木之繁荫，藉有丰草之幽香[⑪]。登山而凌云，览天地之奇变；弄泉而乘月[⑫]，遗氛埃之溷浊。此吾所以处其怠倦，而乐于自遂也[⑬]。吾少而安焉^⑭，及壮而从事于四方，累乎万物之自外至者，未尝不思休于此也。今又获位于朝，而荣于宠禄^⑮，以为观游于此，而吾亦将老矣，得无志于归哉？又曰：世之老于官者，或不乐于归，幸而有乐之者，或无以为归。今吾有是以成吾乐也，其为我记之，使吾后之人有考，以承吾志也。

【注释】

①武陵：为北宋鼎州属县，在今湖南常德。柳侯：犹言柳君。其人不详。侯，古时用作士大夫之间的尊称。据明人周圣楷《楚宝·文苑四》：“柳拱辰，其先青州人，自五季时，避地荆楚，遂为武陵人。精《易》《春秋》，举天圣八年进士，通判鄂岳州，有惠政。年六十致仕，创亭于青陵馆，名其桥曰‘归老’，曾巩为之记。弟应辰，宝元元年进士，官尚书都官员外郎，通判永州。子平、猷等相继擢第，人号‘武陵五柳’。”青陵：又作清陵。据王象之《舆地纪胜·碑记》载：“《清陵馆碑》，在郡西西明寺。寺后有台，云是李陵为临沅令游息于此，有古碑，漫灭不可读。”

②梁山：又称阳山、太阳山、风门山。在湖南常德北，与德山、平山称鼎州三足。山顶有梁王宫，为祭祀东汉驸马都尉梁松所建，梁松讨五溪蛮曾过此山，故名。

③白马湖：在今湖南常德西。又名白蟒湖。

④老：终老，度过晚年。

⑤为屋以覆之：此指廊桥，又称风雨桥。

⑥与：赞同。

⑦粳稌（tú）：即粳稻。稌，稻。一说专指糯稻。

⑧蒲：水生植物，可以制席。嫩蒲可食。

⑨弋：用细绳系在箭上射。凫：泛指野鸭。

⑩缗：钓丝，此指用钓丝钓。鳣（zhān）：古指鲟一类的鱼。鲔（wěi）：
鲟鱼和鳇鱼的古称。

⑪藉：在草地上坐。

⑫乘月：趁着月光。

⑬自遂：自适。

⑭少而安：自少年时，即生活安逸。

⑮今又获位于朝，而荣于宠禄：在史料文献中，有关柳拱辰生平，
不见有在朝中任职的记载。曾巩有首写给柳国博的诗《酬柳国
博》："行止恂恂众所褒，东南佳誉映时髦。洞无畦畛心常坦，凛若
冰霜节最高。朱绶少留居客左，白头难敌是诗豪。须知别后山城
守，怅望归艎送目劳。"国博，也即国子监博士。柳国博和柳拱辰
是否为一人，柳拱辰是否担任过国子监博士，史书中没有明确的
记载，但从曾巩这首诗中，似乎又有柳拱辰的影子。

【译文】

　　武陵人柳君将其在青陵的居所画成图画，嘱托我给他写一篇叙文，
他在信中写道：武陵的西北，有一个湖属于梁山，名叫白马湖。梁山的西
南，湖边有一片田地，那是我祖先传下来的青陵之田。我将在此地修筑
房子颐养天年。青陵的西面二百步，有一眼清泉出于两座山崖之间，流
出的泉水向东注入白马湖中，这条山涧被称为采菱涧。我在山涧之上修
了一座桥，又在桥上建了屋顶将桥覆盖上。武陵人中往来我庐舍中，赞
同我他日告老还乡归居此处，都是因为这座桥的缘故，所以将这座桥题
名为"归老桥"。我的祖先将这块土地传给我，房屋的周围种有桑麻，田
地里种有粳稻，池塘里种有蒲草和莲藕。可以在高远的天空中弋射野鸭
和鸿雁，可以在渊深的湖中垂钓潜游的鲟鱼和鳇鱼。正因为我依靠自己
的力量生存，所以心中没有愧疚。想要憩息，有葱茏的乔木为之遮阴；想
在草地上小坐，清风会送来花草的芳香。登上山峰如站在云端，观察天
地间奇妙的变化；品鉴清泉，踏月而游，超脱独立于浑浊的尘世之外。这

正是我每当感到倦怠之时，而能够自我调节的原因。我年少时，生活非常安逸，等到壮年游宦四方，为身外万物所拖累，未曾不想着回到此地休养。而今又在朝廷获得爵位，万千恩宠、优渥俸禄集于一身，一路游目骋怀，而今我也将要老迈了，能不产生归老的想法吗？又说道：世人终老官位的人，有的不愿意归隐，侥幸有愿意归隐的人，却又没有合适的地方归隐，而我则有这样一块乐土让我得以实现自己归隐的愿望，请为我写一篇记文，让我的后人了解我的想法，并继承我的志向。

　　余以谓先王之养老者备矣①，士大夫之致其位者②，曰"不敢烦以政"③，盖尊之也。而士亦皆明于进退之节，无留禄之人④，可谓两得之也。后世养老之具既不备，士大夫之老于位者，或摈而去之也，然士犹有冒而不知止者，可谓两失之也。今柳侯年六十，齿发未衰，方为天子致其材力，以惠泽元元之时⑤，虽欲遗章绶之荣，从湖山之乐，余知未能遂其好也。然其志于退也如此，闻其风者亦可以兴起矣，乃为之记。

【注释】

①养老：奉养老人。

②致其位：犹言退其位。致，献出，交出。

③不敢烦以政：即不敢以政相烦。

④留禄：贪恋禄位。

⑤惠泽元元：为百姓施恩惠。元元，庶民，百姓。语出《战国策·秦策一》："制海内，子元元，臣诸侯。"

【译文】

我认为先王有关颐养天年的方法已经很完备了，士大夫到了退休的年龄,天子就会说"不敢再用政事麻烦您了",大约是尊重他们的意思。而士人也都能够掌握进退的分寸,没有贪恋俸禄之人,在义利之间,可以称得上是两全其美。后世士人养老的方法不再完备,士大夫有的就终老于官位,有的就被摈弃离职,即便如此,士人中仍然有不知道适可而止的,可算是义与利两者都没有得到。现在柳君年已六十,齿未脱而发未落,正是为天子效力,造福百姓的时候,尽管想舍弃官爵的荣耀,寄情山水之间,我知道这并非真正能够满足柳君的愿望。既然他退隐之志已经如此坚决,听到这一消息的人可以振作了,于是写下这篇记文。

【评点】

茅鹿门曰:文有古者诗人风刺之义。

张孝先曰:老而致仕,进退之节宜尔。称柳侯归老之乐、知止之义,所以风有位也。

【译文】

茅坤评论道:文章有古代诗人美刺的意蕴。

张伯行评论道:人老退休,其进退之节操是合乎时宜的。文章称赞柳侯归老乡里的乐趣,以及适可而止的节义,目的是在讽刺那些贪恋权位的人。

越州赵公救灾记

【题解】

赵公即赵抃。赵抃,字阅道,号知非子,衢州西安(今属浙江)人。景祐元年(1034)进士。熙宁三年(1070),因反对王安石变法,以资政殿学士罢知杭州,徙青州。五年(1072),知成都府。复徙知越州,据《宋史·赵抃传》记载:"吴越大饥疫,死者过半,抃尽救荒之术,疗病埋死,而生者以全，下令修城，使得食其力。"

记文首段先言赵公未雨绸缪，在旱情到来之前即思虑周详，安排停当。次段写救灾，从发放赈粮的时间、地点、对象、数量等都进行了周详安排。第三段写抗疫，大灾之后必有大疫，赵公对于灾后的防疫工作也有相应的安排：设病坊、埋死者，一切都按部就班。如此复杂的事情，在作者写来凝练简洁、不蔓不枝。接下来，文章又总结了赵抃救灾、防疫的经验："盖灾沴之行，治世不能使之无，而能为之备。"赵抃之所以能够在越州从容应对旱灾、疫病，正是因为他平时"能为之备"，一旦灾、疫来临，应对起来才能有条不紊。

本文还是一篇具有实用价值的文献，不仅可补旧史之略，而且总结了赈灾的各方面经验，给"有志于民者"提供了珍贵的实例。曾巩早先也做过越州通判，当时也曾主持过救灾工作，熟悉当地的地理和民情，故文无虚语，意在其法传之于后世。

本文末有元丰二年（1079）赵公致仕语，王焕镳《曾南丰先生年谱》便把本文系于此年。此年五月底曾巩在知明州任上得徙知亳州之命，赴亳州经过越州。

熙宁八年夏，吴越大旱①。九月，资政殿大学士、右谏议大夫知越州赵公②，前民之未饥③，为书问属县④：灾所被者几乡，民能自食者有几，当廪于官者几人⑤，沟防构筑可僦民使治之者几所⑥，库钱仓廪可发者几何，富人可募出粟者几家，僧、道士食之羡粟⑦，书于籍者其几具存，使各书以对，而谨其备。

【注释】

①熙宁八年夏，吴越大旱：苏轼《奏浙西灾伤第一状》载："熙宁之灾

伤,本缘天旱米贵,而沈起、张靓之流,不先事奏闻,但务立赏闭
粜,富民皆争藏谷,小民无所得食。流殍既作,然后朝廷知之,始
敕运江西及截本路上供米一百二十三万石济之。巡门俵米,拦街
散粥,终不能救。饥馑既成,继之以疾疫,本路死者五十余万人,
城郭萧条,田野丘墟,两税课利,皆失其旧。勘会熙宁八年,本路
放税米一百三十万石,酒课亏减六十七万余贯,略计所失,共计三
百二十余万贯石。其余耗散,不可悉数。至今转运司贫乏,不能
举手。此无它,不先事处置之过也。"苏轼奏状中详述了吴越之
灾,并反思了灾害的成因,"不先事处置之过也"与曾巩所总结的
赵抃抗灾经验是一致的。

② 知越州赵公:据《续资治通鉴长编》卷二百五十四:"(熙宁七年六
月)壬辰,知成都府、资政殿大学士赵抃知越州。从所乞也。"同
书卷二百八十二:"(熙宁十年五月)癸亥,知越州、资政殿大学士
赵抃知杭州。"可知,赵抃知越州始于熙宁七年(1074)六月,终
于熙宁十年(1077)五月,整整三年,这三年也是赵抃指挥抗击
旱、疫最为关键、最为艰难的三年。

③ 前民之未饥:在百姓未遭饥荒之前。

④ 属县:越州的属县有会稽、山阴、上虞、诸暨、余姚、新昌、萧山等县。

⑤ 当廪于官者:应当从公家仓库里发给救济粮食的饥民。廪,仓库。
此指发给仓粮。

⑥ 僦(jiù)民:雇佣百姓。

⑦ 羡粟:吃不完的余粮。

【译文】

熙宁八年夏,吴越之地大旱。九月,资政殿大学士、右谏议大夫越州
知州赵公,在百姓还没有遭受饥荒之前,写信问所管辖的各县:遭受旱灾
的有几个乡,百姓中能够自食其力的有多少人,应当接受官府粮仓赈济
的有多少人,沟河城防等建筑可以雇佣百姓去修缮的有几所,府库中的

铜钱、官仓中的粮食可以分发的有多少，富裕人家能够捐出粮食的有几家，划拨给僧人、道士所吃的粮食，记录在册的还剩下多少，让各县把登记的材料上报，并小心报备。

　　州县吏录民之孤老疾弱不能自食者二万一千九百余人以告①。故事②，岁廪穷人③，当给粟三千石而止。公敛富人所输及僧、道士食之羡者，得粟四万八千余石，佐其费。使自十月朔，人受粟日一升，幼小半之。忧其众相蹂也④，使受粟者男女异日⑤，而人受二日之食。忧其且流亡也，于城市郊野为给粟之所，凡五十有七，使各以便受之，而告以去其家者勿给。计官为不足用也，取吏之不在职而寓于境者⑥，给其食而任以事。不能自食者，有是具也。能自食者，为之告富人，无得闭粜⑦。又为之出官粟，得五万二千余石，平其价予民⑧。为粜粟之所，凡十有八，使籴者自便如受粟。又僦民完城四千一百丈⑨，为工三万八千⑩，计其佣与钱，又与粟再倍之⑪。民取息钱者，告富人纵予之⑫，而待熟，官为责其偿。弃男女者，使人得收养之。

【注释】

①自食：自己养活自己，自食其力。

②故事：此指惯例。

③岁廪：每年救济。

④蹂：踩踏。

⑤男女异日：指区分男女，分日领取。即一日男的领粮，次日女的领粮。

⑥吏之不在职而寓于境者：指那些"无职之官"。在宋代官制中，官

　　和职是分开的,官指官称、官衔,有俸禄,但无实际权力。职指职
　　事,是官员实际担任的职务。如此,在宋代,无职之官,所在皆是。

⑦闭粜:囤积不售,以求价格高企。

⑧平其价:压低价格,制止市场哄抬物价的现象。

⑨完城:修缮城墙

⑩为工:提供所需劳动力。

⑪再倍:两倍。

⑫纵予:尽量满足贷款需求。

【译文】

　　州县官吏统计百姓中孤老疾弱不能自食其力的共计二万一千九百余人报了上来。按照以前的惯例,每年赈济穷人所用的粮食,最多不超过三千石。公家征敛富家所得加上供养僧人、道士富余的粮食,总共有四万八千余石粟,能够对赈灾有所帮助。并颁布命令,自十月初一起,每人接受一升粮食的救济,幼小者减半。担心人们在领救济时会相互踩踏,特意安排男女领救济的时间相互错开,并且每次可领两日的数量。担心人们因为饥荒而去流亡,在城市郊外,设置发放救济粮食的场所共五十七处,让百姓可以随处领取粮食,并且告诉民众,凡是离开家的人不得领取粮食。估计到办理发粮的官吏不够差使,便在没有实职而在越州境内寓居的官员中选取使用,并供给他们粮食从而让他们做事。对于无法维持生活的灾民,采取了以上这些措施。对于能够自己维持生计的人家,官府便为他们通告富人,不准停止卖粮。又向市场供应官仓中的粮食,总共有五万二千余石,并按低价卖给百姓。设置卖粮食的场所,共计十八处,让买粮的人到合适的地点购买,就像领粮那样方便。又雇佣百姓修城四千一百丈,人工共计三万八千个,计算各人的劳动量付与工钱,又再提供给每个人双倍份额的粮食。百姓中有借贷钱款的,政府告知富人尽量不加限制地借予,等到粮食成熟时,由政府责令借款人还款。有遗弃男孩、女孩的,安排人家收养他们。

明年春①，大疫②，为病坊③，处疾病之无归者④。募僧二人，属以视医药饮食，令无失所恃。凡死者，使在处随收瘗之⑤。

【注释】

①明年春：指熙宁九年（1076）春。

②大疫：瘟疫盛行。

③病坊：看病的场所，类似现在的医院。

④处：安置。无归：没有家的人。

⑤瘗（yì）：埋葬。

【译文】

第二年春天，瘟疫大流行，官府设置看病之处，安置无家可归的病人。并招募两个僧人，让他们照顾病人医药和饮食，避免病人没有依靠。凡是死去的人，也让他们随时将死者埋葬。

法①，廪穷人，尽三月当止，是岁尽五月而止。事有非便文者②，公一以自任③，不以累其属④。有上请者，或便宜多辄行⑤。公于此时，蚤夜惫心⑥，力不少懈，事细巨必躬亲。给病者药食，多出私钱。民不幸罹旱疫，得免于转死⑦，虽死，得无失敛埋，皆公力也。

【注释】

①法：这里指按照法律条文规定。

②便文：适合公文规定。

③自任：独自承担。

④累：连累。

⑤便宜：指有利国家、合乎时宜之事。

⑥蚤夜惫心：早晚费尽心思。蚤，通"早"。

⑦转死：死而弃尸。

【译文】

按照法律规定，开仓救济灾民，满三个月就可以停止，这年救济满五个月才停止。有些事情与公文规定不相符合的，赵公一人独自承担责任，不连累他的下属。凡下面提出的请求，只要多有便利于救灾就立即执行。赵公在救灾期间，尽管早晚疲惫，但丝毫也不松懈，事情不论大小都亲自过问。给病人提供药品、粮食，大多都是用自己的钱购买的。百姓不幸遭受旱灾、瘟疫，能够免于死而弃尸，即使死了，也能够免于抛尸荒野，这些都是赵公付出努力的结果。

　　是时旱、疫被于吴越，民饥馑疾疠，死者殆半，灾未有巨于此也①。天子东向忧劳，州县推布上恩，人人尽其力。公所拊循，民尤以为得其依归。所以经营绥辑先后终始之际②，委曲纤悉，无不备者，其施虽在越，其仁足以示天下；其事虽行于一时，其法足以传后。盖灾沴之行，治世不能使之无，而能为之备。民病而后图之，与夫先事而为计者，则有间矣；不习而有为，与夫素得之者，则有间矣。予故采于越，得公所推行，乐为之识其详，岂独以慰越人之思？将使吏之有志于民者，不幸而遇岁之灾，推公之所已试，其科条可不待顷而具，则公之泽岂小且近乎！

【注释】

①"是时旱疫被于吴越"几句：关于吴越的灾情，苏轼《赵清献公神　道碑》也记载："居二岁，乞守东南，为归老计，得越州。吴越大

饥,民死者过半,公尽所以救荒之术,发廪劝分,而以家赀先之,民乐从焉。生者得食,病者得药,死者得藏。下令修城,使民食其力,故越人虽饥而不怨。复徙治杭。杭旱与越等,其民尤病。既而朝廷议欲筑其城。公曰:'民未可劳也。'罢之。"

②绥辑:安抚集聚。

【译文】

当时,旱灾和瘟疫影响吴越之地,百姓遭受饥荒疾病,死者将近一半,灾难没有比这次更大的了。天子忧心东方,州县推广、散布天子的恩泽,官员、百姓人人尽心尽力。经赵公所抚慰的百姓,尤其能够感受到有所依归。因此,赵公安抚并集聚灾民,经办救灾之际,周到细致,无微不至,这些措施尽管在越地实施,他的仁义之心却足以昭示天下;这件事尽管是一时的权宜之计,但是这些方法却能够传之后世。灾荒和瘟疫的流行,即便在盛世也不能避免,但是却能够有所防备。如果百姓遭受了灾难才去防范,与在事先就有防范预案,两者比较,差距就显现出来了;不熟悉别人的成功经验而想临事有所作为,与平时就留心的人,两者也有很大差距。我因此到越地收集到赵公所推行的救灾的措施,很乐意了解其中详细的细节,难道仅仅是抚慰越地百姓对赵公的思念吗?是想让心念百姓的官吏,不幸碰到灾荒之年,能够推行赵公已经被验证的成功经验,他们在拟定救灾条例时就会在顷刻之间拟定完备,如此看来,赵公的恩泽怎算小且近呢!

公元丰二年以大学士加太子少保致仕①,家于衢②。其直道正行在于朝廷、岂弟之实在于身者③,此不著。著其荒政可师者④,以为《越州赵公救灾记》云。

【注释】

①公元丰二年以大学士加太子少保致仕:据《续资治通鉴长编》卷

二百九十六："（元丰二年春正月）己丑,资政殿大学士、右谏议大夫、知杭州赵抃为太子少保致仕。"苏轼《赵清献公神道碑》云："公年未七十,告老于朝,不许。请之不已,元丰二年二月,加太子少保致仕,时年七十二矣。"

②家于衢:苏轼《赵清献公神道碑》也曾云："退居于衢,有溪石松竹之胜,东南高士多从之游。"

③其直道正行在于朝廷:据苏轼《赵清献公神道碑》:"（赵抃）弹劾不避权幸,京师号公'铁面御史'。其言常欲朝廷别白君子小人。以谓小人虽小过,当力排而绝之,后乃无患;君子不幸而有违误,当保持爱惜,以成就其德。故言事虽切,而人不厌。"岂弟之实在于身者:据苏轼《赵清献公神道碑》记载:"岁满,改著作佐郎,知建州崇安县,徙通判宜州。……未几以越国丧,庐于墓三年,不宿于家。县榜其所居里为孝弟,处士孙处为作《孝子传》。终丧,起知泰州海陵,复知蜀州江原,还,通判泗州。"岂弟,即"恺悌",和乐平易。

④荒政:赈济饥荒的政令或措施。荒,凶年。语出《周礼·地官·大司徒》:"以荒政十有二,聚万民。"

【译文】

赵公在元丰二年从大学士加太子少保任上退休,定居在衢州。他以正直的德行道义立身于朝廷之上,将和乐平易视为安身立命之本。这些就不再细说了。将他值得为后世效法的处理荒政的方法记载下来,写成《越州赵公救灾记》。

【评点】

茅鹿门曰:赵公之救灾,丝理发栉,无一遗漏。而曾公之记其事,亦丝理发栉,而无一不入于机杼、及其髻总。救灾者熟读此文,则于地方之流亡如掌股间矣。

　　张孝先曰:救灾能使民遍受其恩,如赵公之躬亲不懈,经画周详,盖鲜也。其要皆出于豫。所称先事而为计,与夫素得之者,可以为法矣。

【译文】

　　茅坤评论道:赵公救灾,就好比整理丝线、梳理头发一样,没有丝毫遗漏的地方。曾巩这篇文章记载赵公救灾,也好比整理丝线、梳理头发一样,没有一丝一毫不纳入机杼之中、绾入发髻之内。主持救灾的人如果能够熟读这篇文章,就能够很轻松地应对因灾荒而导致的流亡难民潮了。

　　张伯行评论道:主持救灾能够像赵公一样,事必躬亲,毫不懈怠,计划周详,百姓普遍受到其恩泽的,实在太少了。救灾的要领在于预先谋划。如果在灾荒到来之前提前安排,一旦灾荒到来就可以从容应对了,这种做法是值得效仿的。

清心亭记

【题解】

　　这篇记文写于嘉祐七年(1062)十一月五日,这一年,曾巩居于京师,任馆阁校勘。刚进入仕途没有几年,曾巩却接连遭受打击,先是妹妹亡故,继而幼女夭折,转过年来,祸不旋踵,相伴十二载的妻子也离开了人世。曾巩心情极为沉郁,尽管萧县之令梅君连番请求记文,曾巩始终不能下笔。直到半年后,曾巩方才走出命运的巨大阴影,写下这篇记文。可以推知,在这篇记文中,曾巩将自己对人生诸多感悟寄寓其中,很值得后人细细体味。

　　嘉祐六年,尚书虞部员外郎梅君为徐之萧县,改作其治所之东亭,以为燕息之所①,而名之曰清心之亭。是岁秋冬,来请记于京师,属余有亡妹、殇女之悲②,不果为。明年春,又来请,属余有悼亡之悲③,又不果为。而其请犹不止。至冬乃为之记曰:

【注释】

①燕息:安息。语出《诗经·小雅·北山》:"或燕燕居息,或尽瘁事国。"

②亡妹:指曾德耀,字淑明。许嫁大理寺王幾,嘉祐六年(1061)九月在京师病死,年仅二十岁。曾巩为其写墓志铭《曾氏女墓志铭》。梅君请记在此两月后。殇女:早夭的女儿。指曾庆老,为作者之女。嘉祐六年十一月夭亡,年仅三岁。曾巩《二女墓志》:"方是时,吾妻晁氏病已革,庆老疾未作之夕,省其母,勉慰如成人,中夕而疾作,遂不救。盖若与其母诀也。"

③悼亡之悲:指丧妻之痛。西晋潘岳妻去世,潘岳作《悼亡》诗三首,悲痛感人,后人因称丧妻为"悼亡",即哀悼去世的妻子。曾巩妻姓晁,名德义,字文柔。十八岁嫁曾巩,贤惠勤谨。嘉祐七年(1062)三月卒于京师,年仅二十六岁,当时作者供职史馆,时年四十四岁。曾巩写有《亡妻宜兴县君文柔晁氏墓志铭》。复有《祭亡妻晁氏文》。

【译文】

嘉祐六年,尚书虞部员外郎梅君出任徐州萧县的县令,改造萧县治所的东亭,作为休憩歇息的场所,将其命名为"清心亭"。这年秋冬之际,到京师来请我写一篇记文,正逢我妹妹和女儿先后去世,没有写成。第二年春天,又来请求写记文,我正为妻子的死去感到悲伤,又没有写成。梅君坚请不已。到冬季我才写成这篇记文如下:

夫人之所以神明其德①,与天地同其变化者②,夫岂远哉③? 生于心而已矣④。若夫极天下之知,以穷天人之理,于夫性之在我者,能尽之,命之在彼者,能安之,则万物自外至者,安能累我哉⑤? 此君子之所以虚其心也⑥,万物不能累我矣。而应乎万物,与民同其吉凶者,亦未尝废也。于是有法诫之设,邪僻之防,此君子之所以斋其心也⑦。虚其心者,极乎精微,所以入神也。斋其心者,由乎中庸⑧,所以致用也。然则君子之欲修其身,治其国家天下者,可知矣。

【注释】

①神明其德:使道德变得神圣、高超。语出《周易·系辞上》:"圣人以此斋戒,以神明其德夫。"

②与天地同其变化者:即我与天地同其变化,即《庄子·齐物论》中所说"天地与我并生,而万物与我为一"。

③岂远哉:典出《礼记·中庸》:"子曰:'道不远人,人之为道而远人,不可以为道。'"《论语·子罕》:"子曰:'未之思也,夫何远之有?'"

④生于心:语出邵雍《观物外篇》:"先天学,心法也。故图皆自中起,万化万事生乎心也。"

⑤"若夫极天下之知"几句:曾巩在《〈梁书〉目录序》中讲述了相同的道理:"能致其知者,察三才之道,辨万物之理,小大精粗无不尽也。此之谓穷理,知之至也。知至矣,则在我者之足贵,在彼者之不足玩,未有不能明之者也。有知之之明而不能好之,未可也,故加之诚心以好之。有好之之心而不能乐之,未可也,故加之至意以乐之。能乐之则能安之矣,如是则万物之自外至者,安能累我哉? 万物之所不能累,故吾之所以尽其性也。"

⑥虚其心:语出徐幹《中论·虚道》:"故君子常虚其心志、恭其容

貌,不以逸群之才加乎众人之上,视彼犹贤,自视犹不足也,故人愿告之而不厌。"

⑦斋其心:即修养心灵,设禁戒,防邪僻,使心境清虚广大。

⑧中庸.合乎时宜,恰到好处。这样才能达到此处所说的"由乎中庸,所以致用"的目的。斋心以致用和修身以治国,即同一行为的两种说法,

【译文】

人之所以能够达到德行神明的境界,与天地变化同步,难道是遥不可及的吗? 这是由心所生罢了。如果能够整合全天下的智慧,来穷尽全天人之际的道理,天性取决于我,我有能力穷尽它,天命取决于对方,我能够顺应它,那么,身外的万事万物,怎能牵累我呢? 这就是君子能够虚心以待,不为万物所累的原因。顺应万物,与人吉凶相合,也不能被废弃。因此,君子为了达到斋心的目的,会设置法诫、防范邪僻,使心境清虚广大,这种功夫就是"斋其心"的修养。"虚其心"是为了达到至精至微的境界,这样才能出神入化;"斋其心"是为了适应中庸的原则,恰到好处,真正达到致用的目的。这样君子之所以想通过修养其身心,达到治国平天下的目的,就可以理解了。

今梅君之为是亭,曰不敢以为游观之美①,盖所以推本为治之意②,而且将清心于此,其所存者,亦可谓能知其要矣。乃为之记,而道予之所闻者焉。十一月五日,南丰曾巩记。

【注释】

①游观:游览观赏。

②为治:寻求治理的方法。

【译文】

而今梅君修建了这座亭子,并说不敢将其作为游览观赏美景的场

所,大约是想推源治平之道的根本,并打算在此清心正源,这一想法,可称得上抓住了问题的关键了。于是为他写下这篇记文,并说出了我所听到的一些道理。十一月五日,南丰曾巩记。

【评点】

茅鹿门曰:此记与《醒心亭记》,所谓说理之文,子固于诸家尤擅所长。

张孝先曰:不累于物而能应物,方非守寂之学。其于"清心"二字,大有扩充。曾公学有本原,于此可见。

【译文】

茅坤评论道:这篇记文与《醒心亭记》,此类说理文章,曾巩与诸家相比,显得更为擅长。

张伯行评论道:不为外物所累,才能从容应对万物,儒者所学并非孤寂之学。曾巩在文中赋予"清心"二字很多含义,将其内涵大大扩充。曾巩所学有本有源,从这里就可以见得一斑。

醒心亭记

【题解】

庆历七年(1047)夏秋间,曾巩父亲曾易占应召进京,曾巩侍奉父亲北上。曾易占因仕途不如意,已经辞官居家。此次被朝廷准备重新起用,给曾易占本人,乃至整个家族带来了复兴的希望。一路上,曾巩心情很是愉快。八月初,他们到达江宁(今江苏南京)。曾易占要拜会当地的朋友,曾巩便利用这段时间,从宣化渡江来到滁州,拜见欧阳修。郁郁寡欢的欧阳修见到曾巩来访,心情也为之一快,带他游览了滁州各处的胜景,师生唱和,曾巩写下了《奉和滁州九咏》等诗篇。

　　欧阳修在滁州筑亭，除醉翁亭之外，还有丰乐、醒心两座凉亭。欧阳修已经为醉翁亭、丰乐亭二亭作记，而将《醉心亭记》托付给了曾巩。曾巩在这篇记中，将欧阳修的两篇亭记与自己这篇联系在一起，用一半以上的篇幅围绕欧阳修文中的"醉""醒""乐"展开议论，说明欧阳公的"醉"只是表象，"醒"才是本质，"乐"则是体现。欧阳公所期望的，是君王无忧、人民丰乐、四海晏然，显示了以天下为己任的贤人达士的广阔胸襟，也表达了自己对于欧阳公遭受如此不公正待遇的愤愤不平。曾巩在《奉和滁州九咏·琅琊泉石篆》中说得更直白："先生抱材置荒郡，有若此字存岩扃。当还先生坐廊庙，悉引万事归绳衡。"

　　滁州之西南，泉水之涯，欧阳公作州之二年，构亭曰"丰乐"，自为记以见其名之意①。既又直丰乐之东几百步，得山之高，构亭曰"醒心"②，使巩记之。

【注释】

①"滁州之西南"几句：滁州在宋属于淮南东路，州治在今安徽滁州。滁州西南有丛山。醒心亭以及丰乐亭、醉翁亭都在州之西南。欧阳修《丰乐亭记》说："修既治滁之明年夏，始饮滁水而甘。问诸滁人，得于州南百步之近。其上丰山耸然而特立，下则幽谷窈然而深藏，中有清泉滃然而仰出。俯仰左右，顾而乐之。于是疏泉凿石，辟地以为亭，而与滁人往游于其间。"丰乐亭在滁州幽谷紫薇泉边，其泉因偶然机会而被发现，详见《滁州志》引吕元中记文。据欧公记文，其亭取名"丰乐"，是与民共乐丰年之意。

②醒心：曾巩以为欧阳修筑亭并命名"醒心"，用意在于"乐以醒心"，故而文章仍然延续欧阳修《醉翁亭记》的写法，从"乐"处立意，阐发太守之乐、众人之乐。

【译文】

在滁州的西南方向，泉水的边上，有欧阳公任滁州太守第二年修建的一座亭子，名为"丰乐亭"，欧阳公自己写了一篇记文，可以看出他取名"丰乐"的用意。从丰乐亭向东几百步，凭借高企的山势，又修建了一座亭子，取名为"醒心亭"，欧阳公让我写一篇记文。

凡公与州之宾客者游焉，则必即"丰乐"以饮。或醉且劳矣，则必即"醒心"而望。以见夫群山之相环，云烟之相滋，旷野之无穷，草树众而泉石嘉，使目新乎其所睹，耳新乎其所闻，则其心洒然而醒[①]，更欲久而忘归也。故即其所以然而为名，取韩子退之《北湖》之诗云[②]。噫！其可谓善取乐于山水之间，而名之以见其实，又善者矣[③]！

【注释】

①洒然：诧异貌。语出《庄子·庚桑楚》："庚桑子之始来，吾洒然异之。"

②韩子退之《北湖》之诗：韩愈《奉和虢州刘给事使君三堂新题二十一咏》，其八为《北湖》："闻说游湖棹，寻常到此回。应留醒心处，准拟醉时来。"

③而名之以见其实，又善者矣：何焯《义门读书记》卷四十二说："宋本无此十字，有此便与后'岂公乐哉，乃公所以寄意于此'二句违反。"另外元刻本及诸家校本亦无此二句。

【译文】

大凡欧阳公与滁州的宾客游乐于此地，总是在丰乐亭饮酒。有时饮酒至醉、身心劳倦时，就会到醒心亭，放眼远眺。只见群山环抱，云烟缭绕，原野开阔，无边无际，草木茂盛，山石嶙峋，清泉甘洌，眼睛看到的，耳朵听到的,都清新无比,而心情也仿佛从沉睡中苏醒,想长时间留在这里以致忘记了回家。因此,取了这样一个名字,源于韩退之《北湖》诗。啊!真可称得上善于在山水之间寻找快乐啊!亭子取名契合眼前所见,也是上佳之选。

　　虽然,公之乐,吾能言之。吾君优游而无为于上,吾民给足而无憾于下,天下学者皆为才且良,夷狄鸟兽草木之生者皆得其宜,公乐也。一山之隅,一泉之旁,岂公乐哉?乃公所以寄意于此也[①]。若公之贤,韩子殁数百年而始有之[②]。今同游之宾客,尚未知公之难遇也。后百千年,有慕公之为人,而览公之迹,思欲见之,有不可及之叹,然后知公之难遇也。则凡同游于此者,其可不喜且幸欤?而巩也,又得以文词托名于公文之次,其又不喜且幸欤[③]!

【注释】

①"公之乐"几句:就"乐"字,推宕出三层含意,依次而深。这一节用意从《醉翁亭记》模仿而来:"然而禽鸟知山林之乐,而不知人之乐;人知从太守游而乐,而不知太守之乐其乐也。"这里"公之乐,吾能言之",又似乎在回答"太守之乐"的问题,所谓"寄意山泉",即是欧阳修所说的"醉翁之意不在酒,在乎山水之间也。山水之乐,得之心而寓之酒也"。

②若公之贤,韩子殁数百年而始有之:韩愈去世于唐穆宗长庆四年(824),至庆历六年(1046),凡二百余年。韩愈为欧、曾所极尊敬的人物。何焯《义门读书记》卷四十二说:"因亭名取诸韩子之诗,即推言公之贤,韩子以来所仅有。此文章血脉相通,头绪不错杂处。"

③"而巩也"几句：由同游者"喜且幸"带出自己作记的"喜且幸"，
既是"乐"外之乐，又是很得记文之体的结尾。何焯《义门读书
记》卷四十二分析道："此亦从韩子'名列三王之后，有荣耀焉'
之语翻出。盖子固亦自信为韩子之代兴也。虽然可谓不让矣，自
言之不若待后之人徐论定之。"曾集各本此三句后，均有"庆历七
年八月十五日记"，当从。

【译文】

尽管如此，欧阳公的快乐，我能够说出来。当今皇帝无为而治，天下
百姓丰衣足食，生活没有任何缺憾，天下学者都是难得的良才，四方族裔
及鸟兽草木都各安其意，这是欧阳公快乐的原因。一座山、一眼泉，难道
足以让欧阳公快乐吗？这应该是欧阳公寄托快意的外物罢了。像欧阳
公这样有贤德的人，韩退之死后数百年才出现。今天一同游玩的宾客，
还不知道欧阳公的难得啊。再过一百、一千年，有仰慕欧阳公为人的人，
看到欧阳公游览过的遗迹，想要见到本人，才会发出遥不可及的感叹，
然后才了解欧阳公这样的人才难得一遇啊！如此看来，今天一同游览的
人，能不感到欣喜和幸运吗？而我有机会将自己写的文章附在欧阳公文
章的后面，就更加感到欣喜和幸运了。

【评点】

茅鹿门曰：未尽子固之长，然亦有典型处。

张孝先曰：《丰乐亭记》，欧公之自道其乐也，《醒心亭
记》，子固能道欧公之乐也，然皆所谓后天下之乐而乐者。
结处尤一往情深。

【译文】

茅坤评论道：这篇文章并没有展现出曾巩所擅长的写法，但是也有
独到之处。

　　张伯行评论道:《丰乐亭记》是欧阳修自己讲述自己的快乐之处;《醒心亭记》是曾巩称道欧阳修的快乐之处,这都是范仲淹所谓"后天下之乐而乐"。文章接缩处显得尤为一往情深。

拟岘台记

【题解】

　　这篇记文写于嘉祐二年(1057),这一年,曾巩刚刚科举登第。尚书司门员外郎晋国裴君担任抚州知州的第二年,在靠近州城的东边角落,建起一座高台供人登临、游赏,并且命名为"拟岘台"。此名主要指那里的山川地势可以和襄阳的岘山相比,表面上说它与岘山相似,其实别有深意。岘山之得名,不仅在于山川秀美,主要由于西晋的羊祜、杜预先后在此建功立业,二人也成为古代地方官员文治武功的典范。同时岘山也成为历代文人记序题咏游览的名胜,因而名噪一时。裴君不顾江西抚州与湖北襄阳的地理之隔,自命"拟岘台",是借此夸耀他仰慕岘山,暗中将自己与羊祜、杜预相提并论,他请曾巩写序,正是要借新科进士的声誉,实现自己显世扬名的目的。曾巩没有曲意奉承裴某自我扬名的目的,而是怀着儒家启迪教化世人的良好愿望,勉励裴君勤于政务,治理好抚州,与民同乐,整篇记文写得诚恳亲切。

　　另据曾巩弟弟曾布之子曾纡《书〈拟岘台记〉后》记载,拟岘台于嘉祐二年(1057)建成,元丰八年(1085),尚为幼年的曾纡,随父亲曾布至抚州,登临此台。绍兴二年(1132),曾纡移知抚州,再度登临此台,已是"断碑仆地,台且圮矣"。绍兴三年(1133),曾纡"始取旧记载刊碑石,不独使拟岘之名托之文字,与溪山之胜共传不朽,实亦慰子孙无穷之慕焉"。这里我们看到的不仅是家族荣誉的传承,也是传统文化的薪火相传。

　　尚书司门员外郎晋国裴君治抚之二年①,因城之东隅作台以游,而命之曰拟岘台^②,谓其山溪之形拟乎岘山也^③。数与其属与州之寄客者游其间,独求记于予。

【注释】

①裴君:据《临川县志》和何焯《义门读书记》,其人名叫裴材,其事不详。据《江西通志》卷十九"抚州府"记载可知:裴材筑台、修署,都在嘉祐年初。元符元年(1098),苏轼与裴材、璞禅师、郭祥正游桐城。郭祥正《青山集》收诗《赠桐城青山隐者裴材》,其中有句:"倘来轩冕真可嗟,朝为公卿暮遭谪。屈原贾谊尔为谁,问君何似青山客。"如果与苏轼、郭祥正交游之裴材,与知抚州之裴材为一人,则裴材晚年被贬,隐居桐城。

②拟岘台:始建于北宋嘉祐二年(1057),历来为江南名胜。历经千年岁月,期间屡经废兴,至今拟岘台仍然屹立于江西抚州城东抚河之畔。

③岘山:此处指襄阳历史文化名山岘山,为赤松子洞府道场,传说伏羲死后葬在此处,身体化为岘山诸峰包括岘首山(下岘)、紫盖山(中岘)、万山(上岘)。这里到处是名胜,遍山皆古迹,如刘备马跃檀溪处、凤林关射杀孙坚处、羊祜的堕泪碑、杜预的沉潭碑、刘表墓与杜甫墓、王粲井等等。

【译文】

尚书司门员外郎晋国裴君治理抚州的第二年,在城的东面修建了一座高台以供游览,将其命名为"拟岘台",是形容面前的这座山形似岘山。裴君多次与下属以及来抚州的客人游览此台,唯独请求我写一篇记文。

初,州之东,其城因大丘^①,其隍因大溪^②,其隅因客土以出溪上^③,其外连山高陵,野林荒墟,远近高下,壮大闳

廓,怪奇可喜之观,环抚之东南者,可坐而见也。然而雨隳
潦毁④,盖藏弃委于榛丛莆草之间⑤,未有即而爱之者也。君
得之而喜,增甓与土⑥,易其破缺;去榛与草,发其亢爽⑦;缭
以横槛⑧,覆以高甍⑨。因而为台,以脱埃氛⑩,绝烦嚣⑪,山
云气而临风雨。然后溪之平沙漫流,微风远响,与夫波浪汹
涌,破山拔木之奔放,至于高桅劲橹,沙禽水兽,下上而浮沉
者,皆出乎履舄之下⑫。山之苍颜秀壁,巅崖拔出,挟光景而
薄星辰。至于平冈长陆,虎豹踞而龙蛇走,与夫荒蹊聚落,
树阴暗暧,游人行旅,隐见而断续者,皆出乎衽席之内⑬。若
夫云烟开敛,日光出没,四时朝暮,雨旸明晦⑭,变化不同,
则虽览之不厌,而虽有智者亦不能穷其状也。或饮者淋漓,
歌者激烈,或靓观微步⑮,旁皇徙倚,则得于耳目与得之于心
者,虽所寓之乐有殊,而亦各适其适也。

【注释】

①大丘:即羊角山。《江西通志》卷五十二:"羊角山在府廨谯楼之
　左,有石笋出土中如羊角。昔传有童子自蜀青城山来者,扣角致
　书而石开。"

②隍:护城壕。

③隅:即上文之"城之东隅"。客土:指别处的土壤。

④雨隳(huī)潦毁:此指城墙被雨水冲刷毁坏。隳,毁坏。潦,雨水。

⑤榛丛莆(fú)草:树丛与茂草。

⑥增甓(pì)与土:砌砖填土。甓,砖。

⑦亢爽:谓地势高旷。

⑧缭:环绕。横槛:用横木做的栏杆。

⑨高甍（méng）：高大的楼阁。甍，屋脊，此指代楼阁。

⑩埃氛：尘埃弥漫的大气。喻污浊的尘世。

⑪烦嚣：烦恼与喧嚣。

⑫履舄（xì）之下：指人处位置很高。履舄，鞋子。

⑬皆出乎衽席之内：此句模仿柳宗元《始得西山宴游记》"攀援而登，箕踞而遨，则凡数州之土壤，皆在衽席之下"而来。衽席，宴席，座席。

⑭雨旸（yáng）：阴晴。旸，晴天。明晦：明暗，因天气的变化，而引起的光线的明暗变化。

⑮靓观：即静观，默不作声地察看。靓，通"静"。

【译文】

起初，抚州的东面，靠着一座大山丘，凭借一条大河作为天然护城河，城角是从别处运土筑成，突出于河流之上，城外是连绵不绝的高山，以及成片的树林、荒凉的土山，由远及近，由高及下，气势宏大，视野开阔，环绕抚州东南的瑰丽奇特的景色，坐在高台之上，举目可见。然而，城墙被大雨冲毁后，东面的城墙被遮蔽在树丛荒草之中，因此没有人能够一眼就能看上这个地方。裴君来到此地，一下子就喜欢上了。砌砖填土，修好旧城残缺的地方；铲除荒草、杂树，显出它的高旷；再用栏杆围绕起来，还修建了高大的楼阁。而且还修筑了一座高台，脱弃了尘埃氛围，隔绝了烦杂喧闹，矗立云雾之中，泰然迎风沐雨。有时溪流沙渚，澄明清澈，微风习习，枝叶婆娑；有时波浪汹涌，波浪之奔放可以破山拔木，至于高高的桅杆，划动的桨橹，水边栖息的水禽和野兽，天地间林林总总，这一切全部出现在游人的脚下。高山苍翠，崖壁秀挺，峰巅峻峭，遮光蔽日，上接星辰。至于平原大陆，虎豹盘踞，龙蛇游走，荒僻小径，稀疏村落，树荫遮蔽，幽深静谧，乍见三两游人在树丛沟梁之间时隐时现，这一切都出现在宴席座位之间。至山间云烟忽聚忽散，雨天阴晦，晴天明朗，一年四季，朝朝暮暮，阴晴明暗，各有变化，即便经常看到，也看不够，即使是非常聪明的人也不能描摹出眼前万千的情状。有时痛快畅饮,引吭高歌,有时移步观景,流连徘徊,耳闻目睹的胜景和心中的感受,虽然所寄托的快乐各有不同,但都各自得到了所需要的适意。

　　抚非通道①,故贵人畜贾之游不至。多良田,故水旱螟螣之灾少②。其民乐于耕桑以自足,故牛马之牧于山谷者不收,五谷之积于郊野者不垣,而晏然不知桴鼓之惊、发召之役也③。君既因其土俗,而治以简静,故得以休其暇日,而寓其乐于此。州人士女,乐其安且治,而又得游观之美,亦将同其乐也。故予为之记。

【注释】

①通道:交通要道。

②螟螣(míng téng):两种食苗的害虫。螟,食稻心的害虫。螣,吃苗叶的害虫。

③桴鼓:指警鼓。用于报警告急。发召:征召兵士。

【译文】

　　抚州不处于交通要道,所以达官富商不到这里来游赏。这里有很多良田,所以水灾、旱灾、虫灾的破坏就很少,这里的百姓愿意通过耕作、养蚕来自给自足,所以放养在山谷中的牛马晚上不必被赶回家,田野里堆放的五谷也不必筑墙防盗,百姓生活安宁,没有战争的袭扰,也没有征役的逼迫。裴君因循这里的习俗,以简静的原则治理政务,因此才有闲暇的时光,来此地游览。州中百姓,生活安宁,一切井井有条,又有这样一个风景宜人的游赏之地,也可以官民同乐。因此,我写了这篇记文。

【评点】

茅鹿门曰：此记大略本柳宗元《訾家洲》、欧阳公《醉翁亭》等记来。

张孝先曰：景象历历如画，而归宿在民康物阜、上下同乐。有典有则之文。

【译文】

这篇记文大体是模仿柳宗元的《訾家洲》、欧阳修的《醉翁亭》等记而来。

张伯行评论道：文章描摹景物栩栩如生，犹如图画，尤为难得的是，文章结尾归于百姓康健，货物丰富，官民同乐。这可算得上是一篇遵循记文法度、规则的文章。

学舍记

【题解】

这篇记文写于宋仁宗至和元年（1054），曾巩当时三十六岁，还没有科举登第。这段时期，曾家变故频出，曾巩率领弟弟们躬耕垄亩，以求箪瓢之食来维持全家的生计。尽管在这样艰难的处境下，曾巩却安贫乐道，"挟书以学"，依旧念念不忘努力增强自己的道德与学养，不忘自己的理想和追求。本文便凸显了他这十八年以来艰难困苦的经历和乐观向上、不甘沉沦的抗争精神。

予幼则从先生受书。然是时，方乐与家人童子嬉戏上下，未知好也。十六七时，窥六经之言与古今文章，有过人者，知好之，则于是锐意欲与之并。而是时，家事亦滋出①。

自斯以来，西北则行陈、蔡、谯、苦、睢、汴、淮、泗^②，出于京师；东方则绝江舟漕河之渠^③，逾五湖^④，并封、禺、会稽之山^⑤，出于东海上；南方则载大江^⑥，临夏口而望洞庭^⑦，转彭蠡^⑧，上庾岭^⑨，由真阳之泷^⑩，至南海上。此予之所涉世而奔走也^⑪。蛟鱼汹涌湍石之川，巅崖莽林貔貅之聚^⑫，与夫雨旸寒燠风波雾毒不测之危^⑬，此予之所单游远寓^⑭，而冒犯以勤也^⑮。衣食药物，庐舍器用，箕筥碎细之间^⑯，此予之所经营以养也。天倾地坏，殊州独哭^⑰，数千里之远，抱丧而南，积时之劳，乃毕大事，此予之所构祸而忧艰也。太夫人所志，与夫弟婚妹嫁^⑱，四时之祠^⑲，属人外亲之问^⑳，王事之输^㉑，此予之所皇皇而不足也。予于是力疲意耗，而又多疾，言之所序，盖其一二之指也。得其闲时，挟书以学^㉒，于夫为身治人^㉓，世用之损益，考观讲解，有不能至者。故不得专力尽思，琢雕文章，以载私心难见之情，而追古今之作者为并，以足予之所好慕，此予之所自视而嗟也。

【注释】

①滋出：层出不穷。滋，增益，加多。

②蔡：州名，为春秋时蔡国故地，治所在今河南汝南。谯：县名，治所在今安徽亳州。苦：古县名，宋代为卫真县，治所在河南鹿邑。睢：水名，故道自今河南杞县东流至江苏，入泗水。汴：水名，在河南境内，南流入淮。淮：水名，由河南经安徽、江苏入海。泗：水名，由山东经江苏入淮。

③绝江：横渡长江。绝，穿过，越过。

④五湖：太湖的别称。

⑤封、禺：二山名。在今浙江德清。会稽：会稽山，在今浙江绍兴东南。

⑥载大江：乘船沿长江而上。载，指乘船。

⑦临：抵达。夏口：夏水注入长江处，即今湖北武汉汉口。洞庭：即洞庭湖，在今湖南北部，长江南岸。

⑧彭蠡：湖名，即今江西鄱阳湖。

⑨庾岭：即大庾岭，又称梅岭，为五岭之一，是南北交通要道。在今江西、广东交界处。

⑩真阳：曾集诸本均作"浈阳"，当从。浈阳，古县名，宋避仁宗赵祯讳，改名真阳，在今广东英德东。之：到，往。泷：即泷水县，故城在今广东罗定。

⑪涉世：步入社会，经历世事。

⑫莽林：犹言密林。貙（chū）：古书上所说一种大如狗、文似狸的兽，此处泛指猛兽。虺（huǐ）：毒蛇。聚：指聚集的地方。

⑬雨旸（yáng）：指雨淋日晒。旸，晴天。寒燠（yù）：冷热，指严寒酷暑。不测之危：难以预料的危险。

⑭单游远寓：只身外出，寄居远方。

⑮冒犯：冲犯，指遇到种种困苦。

⑯箕筥（jǔ）：簸箕和圆形的盛物竹器。

⑰天倾地坏，殊州独哭：天倾地坏，喻指父亲去世。作者二十九岁时，即庆历七年（1047）九月，随父北上京都开封，转至南京（今河南商丘），父曾易占病故于此，作者在此大丧前后，曾得到故相杜衍的关照。曾巩在《谢杜相公书》中曾说："方巩之得祸罚于河滨，去其家四千里之远。南向而望，迅河大淮，壤堰湖江，天下之险，为其阻厄。而以孤独之身，抱不测之疾，茕茕路隅，无攀缘之亲、一见之旧，以为之托。"殊州，犹言他乡。殊，异。

⑱太夫人所志，与夫弟婚妹嫁：曾肇《子固先生行状》曾记载："光禄（其父曾易占）不幸蚤世，太夫人在堂，阖门待哺者数十口，太夫

人以勤俭经理其内，而教养四弟，相继得禄仕，嫁九妹皆以时，且得所归，自委废单弱之中，振起而亢大之，实公是赖。"太夫人，曾巩生母吴氏早已亡故，此当指继母朱氏。

⑲四时之祠：一年四季的祭祀。

⑳属人：本族之人。外亲：姑姐女系亲属。问：指亲属间平日问候及往来庆吊等活动。

㉑王事之输：指向官府缴租纳税。

㉒挟书：私人藏书。

㉓为身治人：即儒家提倡的修身、齐家、治国、平天下。为身，指修身，即加强自身的修养。治人，指齐家、治国、平天下，是兼济天下的行为。

【译文】

我小的时候跟着先生学习读书。但是，那个时候正是与家族同龄孩子玩耍的年龄，并没有真正领略读书的好处。等到十六七岁时，才看到六经中的言语及古今文章中有超越常人识见的地方，心中非常喜欢，于是立下志向，想与古人并驾齐驱。而在当时，家中发生了很多事。从那以后，西北方向，我行经陈、蔡、谯、苦、睢、汴、淮、泗等地，到达京城；向东方，我横渡大江，舟行于运河之上，经过五湖，翻越封、禺、会稽三山，到达东海；向南方，乘船沿长江而上，抵达夏口，眺望洞庭湖，绕道鄱阳湖，翻越大庾岭，经真阳泷水，到达南海。这就是我步入社会，四处奔走所经历的地方。波涛汹涌，蛟鱼出没的河川，高山丛林、猛兽聚集之地，以及阴晴寒暑，风波雾毒难以预测的危险境地，这都是我只身远游、寄寓不定所经历的种种困苦。所穿的衣服，所吃的食物、药品，居家所用的包括箕筥等细小的器物，都是我周旋往来赖以生活的器具。天降灾祸，父亲卒亡，寄居他州，哀号悲恸，相隔千里，扶柩南归，经历长时间的劳顿，才办完丧葬大事，这就是我所遭受的忧患与磨难，太夫人所念念不忘的广大门楣之事，弟弟妹妹的嫁娶之事，一年四时的祭祀，族亲间问候、庆吊，向官府缴租纳税等,这些都是我整天急急忙忙,还不能办理周到的事情。我因此精疲力尽,心思耗损,况且身体多病,上面所叙述的,只不过是其中一两点大略情况。得到片刻闲暇,便将随身携带的书拿出来观看,对于修身理政,经世致用的道理进行讲求,有些也不能彻底弄明白。所以不能够将全部的精力用在文章的雕琢打磨上,来记载我自己难以表达出的心情,见贤思齐,追慕古圣,满足我的仰慕之心,这正是我不断反省并感到遗憾的地方。

今天子至和之初^①,予之侵扰多事故益甚,予之力无以为,乃休于家,而即其旁之草舍以学。或疾其卑,或议其隘者。予顾而笑曰:"是予之宜也。予之劳心困形以役于事者^②,有以为之矣。予之卑巷穷庐^③,冗衣砻饭^④,芑苋之羹^⑤,隐约而安者^⑥,固予之所以遂其志而有待也。予之疾则有之^⑦,可以进于道者,学之有不至。至于文章,生平所好慕,为之有不暇也。若夫土坚木好高大之观^⑧,固世之聪明豪隽挟长而有恃者所得为,若予之拙,岂能易而志彼哉?"遂历道其少长出处,与夫好慕之心,以为《学舍记》。

【注释】

①至和:宋仁宗年号,前后凡三年(1054—1056)。

②役于事:为家事劳碌奔走。曾巩对自己早年因家计艰难不能静坐读书而深以为憾,下篇《南轩记》说:"吾亲之养无以修,吾之昆弟饭菽藿羹之无以继,吾之役于物,或田于食,或野于宿,不得常此处也,其能无欿然于心邪?"

③卑巷穷庐:陋巷卑室。

④冗衣砻(lóng)饭:粗衣粗食。砻饭,糙米饭。

⑤芑（qǐ）：一种类似苦菜的野菜。苋（xiàn）：一种嫩苗可食用的蔬菜。

⑥隐约：困厄，俭约。

⑦疾：忧虑。

⑧土坚木好：坚固华美的房子。

【译文】

当今天子至和初年，扰乱我心性的事情就更多了，凭我一人之力已不能够应付，于是我便在家休整，在家的一旁修造了一间草屋在里面读书。有人觉得屋子太低，还有人觉得屋子太窄。我看了看笑着说："这间草屋正适合我。我之所以心神操劳、身体困乏地操持家事，是想有所作为。我居住在陋巷矮房之中，穿着粗衣，吃着粗食，喝着菜汤，却能够安于贫困，我本来就想磨炼自己的心志等待时机的到来。我也有痛心的事，那就是本可以在圣贤之道上有所长进，可是学问往往还达不到。至于文章之事，是我平生所渴慕的，并为之而不停地努力。至于那些建筑坚固美观的丰屋大室的楼观，本是世上那些聪明豪俊、享有优越条件和具有权势可资依赖的人才能修建得起，像我这样愚拙的人，怎能轻易办到而去想入非非呢？"因此历述我从小到大的经历，以及自己的喜好，写下这篇《学舍记》。

【评点】

王遵岩曰：此亦是先生独出一体，在韩、欧未有。然大意亦自《醉翁亭》《真州》《东园》三篇体中变出，又自不同也。

张孝先曰：朱子云："道者，文之根本；文者，道之枝叶。"篇中所云"专力尽思""琢雕文章"，以追作者，恐未为见道之言。

【译文】

王慎中评论道：这是曾巩独具一格的一类文章，在韩愈、欧阳修的文集中是看不到的。但是文章大意也是从《醉翁亭》《真州》《东园》三篇文章中变化出来的，又具有不同的特点。

张伯行评论道：朱熹曾说："道是文章的根本，文章是道的枝叶。"这篇文章所说的"专力尽思""琢雕文章"，以追摹圣人之作，这一观点恐怕不是见道之言。

南轩记

【题解】

王焕镳《曾南丰先生年谱》将此文与《学舍记》系于同年，即至和元年（1054）。南轩，即前文的"学舍"。《学舍记》着重写为学之难，《南轩记》则写曾巩所学、所守。二记合观，正可为曾巩的一篇完整学述。曾巩所学为"六艺、百家、史氏之籍，笺疏之书，与夫论美刺非、感微托远、山镵冢刻、浮夸诡异之文章，下至兵权、历法、星官、乐工、山农、野圃、方言、地记、佛老所传"。所学皆经史百家之学，淹博杳渺，包罗宏富。欧阳修在《送吴生南归》中这样评价曾巩学术文章："昆仑倾黄河，渺漫盈百川。"如此广泛的涉猎，如果心中无所守持，就会滥漫不归，驳杂不醇。曾巩这样表述自己心中的守持："吾之所学者虽博，而所守者可谓简；所言虽近而易知，而所任者可谓重也。"执简驭繁，可谓善为学者，孔子的弟子曾参以"忠恕"二字总结夫子之道，正是此法。曾巩也说："养吾心以忠，约守而恕行之。其过也改，趋之以勇，而至之以不止，此吾之所以求于内者。"后世论者评价曾巩散文，多赞其深醇、博大、平正等，原因正在于此。

得邻之荒地①，燔之，树竹木灌蔬于其间，结茅以自休②，嚣然而乐③。世固有处廊庙之贵④，抗万乘之富⑤，吾不愿易也。

【注释】

①莆（fú）地：草木茂盛之地。

②自休：自得其乐。

③嚣然：悠闲的样子。

④廊庙：朝廷。

⑤抗：匹敌。万乘：万辆车，极言富贵。

【译文】

从邻人那里得到了一块长满荒草的空地，烧净荒草，种上竹木，并灌园于其间，修建茅屋，休憩于其中，悠然而乐。世上本就有贵为朝官、富比王侯的人，但是，我却不愿与之交换。

人之性不同，于是知伏闲隐隩①，吾性所最宜。驱之就烦，非其器所长②，况使之争于势利、爱恶、毁誉之间邪？然吾亲之养无以修③，吾之昆弟饭菽藿羹之无以继④，吾之役于物，或田于食⑤，或野于宿⑥，不得常此处也，其能无欿然于心邪⑦？少而思，凡吾之拂性苦形而役于物者，有以为之矣⑧。士固有所勤，有所肆，识其皆受之于天而顺之，则吾亦无处而非其乐⑨。独何必休于是邪？顾吾之所好者远，无与处于是也。然而六艺、百家、史氏之籍⑩，笺疏之书⑪，与夫论美刺非、感微托远、山镵冢刻、浮夸诡异之文章⑫，下至兵权、历法、星官、乐工、山农、野圃、方言、地记、佛老所传⑬，吾悉得于此⑭。皆伏羲以来⑮，下更秦汉至今，圣人贤者魁杰之材⑯，殚岁月，惫精思，日夜各推所长，分辨万事之说，其于天地万物，小大之际，修身理人，国家天下治乱安危存亡之致，无不毕载。处与吾俱，可当所谓益者之友非邪⑰？

【注释】

①伏闲隐隩（yù）：隐居于偏僻闲静之地。隩，水边弯曲处，泛指僻地。

②器：资质。

③修：实施。

④菽：豆类。藿：豆叶。

⑤田于食：即"食于田"。因农忙而在田间吃饭。

⑥野于宿：即"宿于野"。因奔波于旅途而露宿于野外。

⑦欿（kǎn）然：忧心忡忡的样子。

⑧凡吾之拂性苦形而役于物者，有以为之矣：这两句本于《孟子·告子下》："故天将降大任于是人也，必先苦其心志，劳其筋骨，饿其体肤，空乏其身，行拂乱其所为，所以动心忍性，曾益其所不能。"拂性苦形，违背性情劳身苦形。役于物，即为物所役，为生计所困。有以为之，即有所成就。

⑨识其皆受之于天而顺之，则吾亦无处而非其乐：曾巩在这里将自己生活中的苦难都归于天意，只有顺乎天意，才能无处而不乐，就像颜回一样，"一箪食，一瓢饮，在陋巷，人不堪其忧，回也不改其乐"（《论语·雍也》）。

⑩六艺：即六经。百家：即诸子百家。史氏：即史家。

⑪笺疏：指对儒家经典进行注释的著作。古书的注释称笺，对旧注进行解释或发挥的称疏。

⑫山镵（chán）：即摩崖石刻。冢刻：墓碑刻文。

⑬兵权：指兵法、谋略性著作。历法：推算天象以定岁时的方法。星官：观测、记载天文的官。乐工：职业器乐演奏家。山农：指林业、农业著作。野圃：乡野种植蔬菜瓜果的人。方言：指记录地方词汇的著作。地记：地理著作。佛老所传：指佛教、道家的著作。

⑭吾悉得于此：曾巩是宋代有名的藏书家和校勘家。曾肇《子固先生行状》记载："平生无所玩好，顾喜藏书，至二万卷，仕四方，常

与之俱,手自雠对,至老不倦。"曾巩在《读书》中也说自己的南
轩书屋的储书是"长编倚修架,大轴解深囊"。

⑮伏羲:古代传说中的部落酋长,即太昊,风姓。相传他始画八卦,
教民捕鱼畜牧,因而谈起古书,往往从他说起。

⑯魁杰:伟大杰出的人才。

⑰益者之友:语出《论语·季氏》:"孔子曰:'益者三友,损者三友。
友直,友谅,友多闻,益矣;友便辟,友善柔,友便佞,损矣。'"

【译文】

　　人的天性各有不同,由此可见,隐居于偏僻闲静之地,是最适合我的
天性的。让我从事繁杂之事,并非我的天资所擅长的,更何况让我在权
势名利、喜爱厌恶、毁谤赞誉之间去争夺呢? 然而母亲的赡养无法解决,
我弟弟们生活所需的菜食无法供给,我因此被这些事务所驱使,农忙时
就在田头吃饭,甚至露宿在野外,不能够稳定居住在这里,怎能不心急如
焚呢? 不过稍加思索,凡是我违背性情劳身苦形而被生计世事所驱迫,
也是想有所作为。读书人本来有辛勤劳苦,也有纵情肆志,明白了这都
是受到天意的安排而顺从它们,那么自己也就不论什么处境都会感到快
乐了。但是,为何休憩在这个茅屋里呢? 回想一下,我所喜欢的皆为高
远之事,本不应该待在这所茅屋里。然而,儒家六经、诸子百家、历代史
家的书籍,以及这些经籍的笺记、注疏之书,以及谈论美善、讽刺恶丑、感
念细微、寄托悠远、摩崖碑刻、夸张瑰奇之类的文章,形而下的还有兵权、
历法、星官、乐工、山农、野圃、方言、地记、佛老等记载,我的知识全从其
中得来。这些都是从伏羲以来,经历秦汉一直到现在,圣人、贤人、志士、
豪杰等人才,穷尽一生时间,殚精竭虑,日思夜想,对于天地间万事万物,
无论大小,皆穷察力究,对于修身进德、治国理政的方法,以及天下兴亡
的规律,都记载下来,传之后世。有群书与我相伴,不是与良师益友相伴
一样吗?

吾窥圣人旨意所出，以去疑解蔽①，贤人智者所称事引类②，始终之概以自广③，养吾心以忠，约守而恕行之④。其过也改，趋之以勇，而至之以不止⑤，此吾之所以求于内者。得其时则行，守深山长谷而不出者，非也；不得其时则止，仆仆然求行其道者，亦非也⑥。吾之不足于义，或爱而誉之者，过也；吾之足于义，或恶而毁之者，亦过也。彼何与于我哉⑦？此吾之所任乎天与人者。然则吾之所学者虽博，而所守者可谓简；所言虽近而易知，而所任者可谓重也。书之南轩之壁间，蚤夜览观焉，以自进也。

【注释】

①解蔽：解除疑惑。

②称事引类：称举援引的同类事实。

③始终之概：事情的原委概况。自广：扩大自己的见识。

④养吾心以忠，约守而恕行之：曾巩将"忠"视为自我存养之根本功夫。将"恕"视为处事之规则，需要约束与守持。曾巩对"忠恕"的理解，影响到了南宋的朱熹。黎靖德编《朱子语类·论语九》中说："忠是本根，恕是枝叶。非是别有枝叶，乃是本根中发出枝叶，枝叶即是本根。"

⑤"其过也改"几句：在理学的理论体系中，"改过迁善，克己复礼"是很重要的一部分。孔子表扬颜回"不二过"，即是有过辄改，不再重犯。

⑥"得其时则行"几句：这里曾巩所表达的正是《孟子·尽心上》中的观点："古之人，得志泽加于民，不得志修身见于世。穷则独善其身，达则兼善天下。"

⑦"吾之不足于义"几句：自己修德以是否合乎道义为指归，不应受

世人评判的影响。《庄子·逍遥游》有："举世誉之不加劝,举世非
之而不加沮,定乎内外之分,辨乎荣辱之境,斯已矣。"曾巩所论
与之颇为相似。

【译文】

我看圣人在著作中所体现出的旨意,在于去除疑问,解除惑蔽,贤
人及智者所称举援引的同类事实,我会加以总结、概括来扩大自己的见
识,并用忠正无私来修养自己的心性,做到严于律己、宽以待人。自己有
过错就改正,勇于进取,不知止息,这些都是我用来要求自己的。遇到有
利时机就出仕,实现自己的理想,若此时还待在高山深谷而不出仕,就是
不合时宜;如果时机不成熟也就作罢,若还要辛辛苦苦以求推行自己的
主张,也是不合时宜的。如果我在道义上做得还不够,仍有人爱重、称扬
我,这是错误的;我在道义上要是做得还可以,却有人因憎恶而毁谤我,
这也是错误的。他们的毁誉和我有什么关系呢?这却是我在天命和人
事之间所应承担的责任。尽管我所学的内容很广博,但是内心执守的信
念却很简洁;我所说的话尽管很切近易懂,但是自己感觉所肩负的担子
却很重。因此我将这些文字写在南轩的墙壁上,让自己早晚都能看得
到,以便使自己有所进步。

【评点】

茅鹿门曰:子固所自为学,具见篇中矣。

张孝先曰:南丰之学,殆所谓博观众说以会其通者,故
能所守简而所任重。读《南轩记》而知其过人远矣。

【译文】

茅坤评论道:曾巩平生所学,在这篇文章中可以看得非常清楚。

张伯行评论道:曾巩所学,大约是人们常说的博采众家之说而熔铸
会通,成为一家之言,因此,曾巩所守持者至为简要,而所自许者至为重

大。阅读《南轩记》可以知道曾巩超过常人太多了。

鹅湖院佛殿记

【题解】

北宋太宗至道元年（995），佛教发展迅猛，东南尤盛，荒僻不大的泉州，僧人达万数，太宗在抑僧诏书中说道："古者一夫耕，三人食，尚有受馁者。今一夫耕，十人食，天下安得不重困？水旱安得无转死之民？东南之俗，游惰不职者，跨村连邑，去而为僧，朕甚嫉焉。"到了真宗大中祥符年间，以宗教粉饰太平为国策，一时间，道教大行其道，偌大京师弄得乌烟瘴气，同时还把佛教也推到如火如荼的境地。据北宋李攸《宋朝事实·道释》记载，至天禧三年（1019）天下道士女冠僧尼多至二十六万多人，短短两年之后，仅僧尼猛涨几近四十六万人。仁宗时期其势未减，百里之县，佛徒少则几千人，多至万人，人人"文衣精食，舆马之华，封君不如也"（曾巩《兜率院记》），可见北宋佞佛崇道之一斑。

曾巩对佛教最为反感，但其集三卷凡三十四篇记文中，寺观记多达七篇，居五分之一还多，均因请托而作，这反倒给曾巩提供了一个公开掊击佛老之弊的机会。此篇短记，便是个小例，读来令人忍俊不禁，像这样戟指佛徒声色俱厉的痛斥文字，让他们奉归刻石立碑，将使佛徒们多么难堪！

另外，值得一提的是，正是在鹅湖院这所寺庙，在一百三十多年后，吕祖谦为了调和朱熹"理学"和陆九渊"心学"之间的理论分歧，于淳熙二年（1175），出面邀请陆九龄、陆九渊兄弟来这里与朱熹见面。这就是中国思想史上著名的"鹅湖之会"。

庆历某年某月日，信州铅山县鹅湖院佛殿成[①]，僧绍元来请记，遂为之记曰：

【注释】

①信州:唐始置,治所在今江西上饶。铅山:五代南唐始置县,在今
江苏东北,邻接福建。鹅湖:位于铅山县东北十五里鹅湖山。乐
史《太平寰宇记·江南西道五》载:"《鄱阳志》云:山上有湖,多
生荷,旧名荷湖山。东晋时有双鹅育子数百,羽翮成乃去,因更名
鹅湖。"

【译文】

庆历某年某月日,信州铅山县鹅湖院佛殿建成,僧人绍元来请我写
一篇记文,我在记文中写道:

自西方用兵①,天子宰相与士大夫劳于谋议,材武之士
劳于力②,农工商之民劳于赋敛。而天子尝减乘舆掖庭诸
费,大臣亦往往辞赐钱③,士大夫或暴露其身④,材武之士或
秉义而死,农工商之民或失其业。惟学佛之人不劳于谋议,
不用其力,不出赋敛,食与寝自如也。资其宫之侈,非国则
民力焉,而天下皆以为当然,予不知其何以然也。今是殿之
费,十万不已,必百万也;百万不已,必千万也;或累累而千
万之不可知也。其费如是广,欲勿记其日时,其得邪?而请
予文者又绍元也,故云耳。

【注释】

①西方用兵:从仁宗宝元二年(1039)开始,西夏连年对宋发动掠夺战
争,西夏虽每次击败宋军,但未获实利。庆历四年(1044)双方订
立和约:西夏向宋称臣,宋每年输送西夏十三万匹绢、五万两银、二
万斤茶,还有各种节日的赐予。加上景德元年(1004)"澶渊之盟"
每年向辽输送十万两银、二十万匹绢。还有当宋夏战争紧张时,辽

趁机声言南下,进行讹诈,宋又每年再额外输送辽十万两银、十万匹绢。北宋朝廷将这些全部转嫁到百姓头上,地主官僚趁火打劫,致使"贫民无立锥之地,而富者田连阡陌"(李觏《富国策》第二)。

②材武之士:指有材力而勇武的人。

③而天子尝减乘舆掖庭诸费,大臣亦往往辞赐钱:据李攸《宋朝事实·财用》载:"仁宗宝元二年,陕西用兵,辅臣议节浮费,有议减百官及军班等俸赐者。上曰:'朕所欲去者,乘舆服御,至于官掖奢侈奇巧、无名之费、不急之用尔。国家当择人以任职,至于俸赐,自有定制,何用纷纷裁减,以骇中外乎?'"

④暴露其身:指奔走于道路,不避风雨。

【译文】

自从朝廷在西部用兵,天子与士大夫忙于谋划商讨,武备之士劳顿于体力,从事农工商的百姓因要缴纳朝廷赋税而无比辛劳。天子也减少所乘坐的车辇,并减少嫔妃们日常的费用支出,朝中大臣也推辞天子所赏赐的钱财,士大夫奔走于道路不惧风雨寒暑,武备之士因秉持道义而不辞赴死,从事农工商的百姓或因此失去职业。只有修习佛教的僧人不为天下操心,也不付出体力,不缴纳赋税,日常生活没有受到任何影响。供给寺庙奢华费用的,不是国家就是百姓,天下人都将这种做法视为当然,我不知道为什么会是这样。而今面前这座宫殿的花费,如果十万打不住,就一定达到百万;百万还打不住,就一定会达到千万;再或者有若干个千万也不可知。费用如此巨大,若要不作一篇记文,怎么可以呢?请我写文章的又是僧人绍元,都是故交,所以写了上边这些话。

【评点】

茅鹿门曰:公为记佛殿,而却本佛殿之所以独得劫民与国之财以自侈,亦是不肯放倒自家面目处。

张孝先曰:学佛之人不惟不供赋役,而且耗国病民。偏于记佛殿详之,直为捐弃人伦者发一深省。

【译文】

茅坤评论道:曾巩为佛殿撰写记文,却探究佛殿的建造劫掠了百姓和国家的钱财才得以建造得如此富丽堂皇,曾巩即便受人请托撰写记文也不愿放下自家的立场。

张伯行评论道:学习佛教的人不仅不纳赋捐役,而且耗费国财,连累普通百姓。曾巩的佛殿记文偏偏详细陈述了其中的利害关系,那些捐弃了人伦的人读后当深刻反思一下。

思政堂记

【题解】

宋仁宗嘉祐二年(1057),三十九岁的曾巩科举登第,正式进入仕途。太平州是曾巩进入仕途的第一站,在太平州任司法参军两年多的时间里,曾巩并不快乐。曾巩《与王深父书》谈及原因是"遇在势者横逆,又议法数不合,常恐不免于构陷"。这篇《思政堂记》正是写于此时。太平州与池州相距不远,曾巩可能因公干于嘉祐三年(1058)路过池州,池州知州王皙邀请曾巩为其新修缮的池州公署写一篇记文,于是曾巩写作了这篇《思政堂记》。曾巩有写给王皙的诗《酬王微之汴中见赠》:"老去相逢情自密,不关清赏合留连。"可见两人交情之深。

曾巩认为:为政,当"始于思",即提倡慎重地研究与思考,然后"得于己"。言外之意,即不盲从于人,自己要把握正确的决断,而且还要"正而治人",也就是要自己做榜样,先管好自己再要求别人。儒家主张"己所不欲,勿施于人""身体力行",这些思想也融汇到了曾巩的"正己而治人"之中了。

本文题为《思政堂记》，扣住"思政"二字、反复致意，吟咏再三。言"思政"之得名，言"思政"之勤，揭示"思政"二字的微言大义。题旨鲜明，意蕴深厚，朴实感人。仅仅是得名于"思之于此"的"思政"堂，经曾巩阐发立刻有了新的蕴义，不能不让人刮目相看了。曾巩素擅"生发"，由此可见一斑。

尚书祠部员外郎、集贤校理太原王君为池州之明年①，治其后堂北向，而命之曰思政之堂。谓其出政于南向之堂，而思之于此也②。其冬，予客过池，而属予记之。

【注释】

①尚书祠部员外郎、集贤校理太原王君为池州之明年：太原王君为王皙，字微之，太原人。皇祐间为著作佐郎、知富平县事，历仕真、仁、英、神诸朝，官至龙图阁学士，长于春秋之学、兵学。年九十卒。苏颂、梅尧臣、司马光、曾巩、王安石、苏轼等人集中，均有与王皙相关的诗文作品。据本文，王皙于嘉祐二年（1057）知池州。南宋周必大《泛舟游山录》卷二"乾道三年九月"谈及池州风物："嘉祐中，因太守王皙易名集仙洞，洞后有穴，侧身可过，一小洞也。窦穴上穿，颇类月岩，而其山上乃唐观郡楼基，王皙易名青霄亭，今亦废。"此亦可证曾巩此文所言"太原王君"为王皙。

②"治其后堂北向"几句：明堂是古代帝王宣明政教的地方。凡朝会、祭祀、庆赏、选士、养老、教学等大典都在此举行。《孟子·梁惠王下》："夫明堂者，王者之堂也。"此处以南向之堂比拟古代之明堂。各级官署也在规制上模仿明堂之制，以示庄重。在南向之堂的背面，为北向之堂，常为主人休憩之所，主人在南向的正堂处理完政事后，退入北向之堂，这个空间又被称为退思堂，在这里被称为思政之堂。

【译文】

尚书祠部员外郎、集贤校理太原王君治理池州的第二年，修葺后面朝北的一间厅堂，并将其命名为思政堂。意思为政令从朝南的厅堂中颁布，但是政令的斟酌思考则是在朝北的后堂中完成的。那年冬天，我客游经过池州，王君请我为思政堂写一篇记文。

　　初，君之治此堂，得公之余钱①，以易其旧腐坏断，既完以固，不窘寒暑②。辟而即之③，则旧圃之胜，凉台清池，游息之亭④，微步之径⑤，皆在其前；平畦浅槛，佳花美木、竹林香草之植，皆在其左右。君于是退处其中，并心一意，用其日夜之思者，不敢忘其政，则君之治民之意勤矣乎！

【注释】

①公之余钱：公家府库中结余之钱。此处强调余钱，以突显王君之廉洁。

②不窘寒暑：意为四季皆宜。窘，受局限而不自在。寒暑，是一年中气候变化最为急剧的两个季节。

③辟：开启门户。

④游息：游玩与休憩。

⑤微步：缓步，不疾不徐地散步。

【译文】

起初，王君开始修整这间厅堂，从公家得到一些结余之钱，用以替换破旧、腐朽、断烂的建筑构件，修葺完成后，厅堂坚固如初，不论寒冬或是酷暑，处身其中再也没有窘迫之感。开门纳客，旧日园圃的胜景，凉台清池，游玩歇息的亭子，用以散步的小路，都展现在眼前；平整的田地，低矮的柴篱，漂亮的花朵，挺拔的树木，还有竹林与香草，都出现在游人的左右。王君从公堂退下后，处身其中，一心一意，日夜不懈，不敢忘记思虑政事，王君专心为政多么勤勉！

夫接于人无穷，而使人善惑者，事也[①]；推移无常，而不可以拘者，时也[②]；其应无方而不可以易者，理也[③]。知时之变而因之，见必然之理而循之，则事者虽无穷而易应也，虽善惑而易治也[④]。故所与由之，必人之所安也；所与违之，必人之所厌也。如此者，未有不始于思，然后得于己。得于己，故谓之德[⑤]；正己而治人，故谓之政[⑥]。政者，岂止于治文书、督赋敛、断狱讼而已乎？然及其已得矣，则无思也；已化矣，则亦岂止于政哉？古君子之治，未尝有易此者也。

【注释】

①"夫接于人无穷"几句：此处言"事"之普遍性，以及"事"分本质与表象两部分，表象具有迷惑性，被表象遮蔽的本质，其是非、善恶、美丑是很难辨别的。

②"推移无常"几句：此处言"时"，着重谈时间的变幻无常，以及不可羁勒等特点。

③其应无方而不可以易者，理也：此处言"理"。谈到"理"的无定法、无定式特点，以及"不可以易"的规律性。

④"知时之变而因之"几句：这几句在辨析"事""时""理"之间的辩证关系：时变，事亦变，理必循时而变，方能应对无穷之事变。这个道理，本于王弼《周易略例·明卦适变通爻》："夫卦者，时也；爻者，适时之变者也。……是故用无常道，事无轨度，动静屈伸，唯变所适。"

⑤得于己，故谓之德：得于己，即修己。《周易·乾》："君子进德修

业。"此为曾巩观点之所本。

⑥正己而治人，故谓之政：此言正人须先正己，这就是德政，行德政，才有天下更多人去拥戴他。《论语·为政》："子曰：为政以德，譬如北辰居其所而众星共之。"

【译文】

人必须以有限面对无限，稍不留心，就会被迷惑，这就是世间的万事；变幻无常，无所约束的，就是时间；应对不拘一隅却能够以不变应万变的，就是天理。了解了时间的变幻不已而去顺应它，看到必然的天理而去因循它，那么，尽管世间事务万千也就容易应对了，即便事情充满了迷惑也会轻易辨别了。因此，所牵扯到的事情只要去顺应它，人们就会很安心；所牵扯到的事情如果逆势而为，人们就不会满足。像这样，没有不从思考开始，然后自己才先有所收获。自己先有所得，就称之为德行；先端正自己再去管理别人，就称之为政治。所谓政治，难道仅仅停留在修治文书、监督赋敛、决断狱讼吗？然而，等到自己修为已成，就不用思量了；等到自己臻于化境，那么能够面对的又怎能仅仅是政治呢？古代的君子治理天下，没有不用这种方法的。

今君之学，于书无所不读，而尤深于《春秋》，其挺然独见，破去前惑，人有所不及也①。来为是邦，施用素学，以修其政，既得以休其暇日，乃自以为不足，而思之于此。虽今之吏不得以尽行其志，然迹君之勤如此，则池之人其有不蒙其泽者乎？故予为之书。嘉祐三年冬至日，南丰曾巩记。

【注释】

①"而尤深于《春秋》"几句：王哲有《春秋皇纲论》五卷，今存。《四库全书总目提要》评论此书："凡为论二十有二，皆发明夫子笔削

之旨,而考辨三传及啖助赵匡之得失。其言多明白平易,无穿凿附会之习","亦足破孙复等尽废三传之说,在宋人《春秋》解中可谓不失古义"。孙复与王皙同时稍早,亦治《春秋》之学,常发比如"尽废三传"之类的惊人之论,为后人所诟病。曾巩推尊王皙,称其为"人所不及",可以推知,他对孙复《春秋》之学,颇有微词。

【译文】

而今,王君治学,博览群籍,尤其对于《春秋》造诣精深,见解独到,解决了前人很多的疑惑,这是常人所不能达到的。来到池州,处理政务运用平时所学的知识,政通人和,本该在政务之余,好好休息,但是王君仍然自感不足,思虑不止。即便现在的官吏也没有人能够具有王君这样的抱负和志向,王君如此勤政,池州百姓难道有不承其恩泽的吗? 因此,我写下这篇记文。嘉祐三年冬至日,南丰曾巩记。

【评点】

张孝先曰:王君能修其政,而又为思政堂以勤求民隐,则凡所欲与聚、所恶勿施者,当必有以得之也。朱子曰:"去古既远,而为吏者赋敛诛求之外,饱食而嬉。"得此可以风矣。

【译文】

张伯行评论道:王皙能够修明政教,建造思政堂,勉励自己,勤政为民,关心百姓疾苦,但凡自己喜欢的才收集起来推荐给别人,自己厌恶的绝不强加到别人身上,这应该是王皙领悟出的心得之法。朱熹说过:"距离圣人之世已经很遥远了,作为普通官吏除了横征暴敛之外,每日吃饱后,无所事事。"这些庸吏看到王皙的做法应该感到惭愧了吧!

仙都观三门记

【题解】

　　仙都观在今江西南城县西南的麻姑山上,山顶有古坛,相传麻姑在此得道成仙,麻姑山遂成道教"第二十八洞天"。曾巩幼年在南丰读书,长大后,拜当时在建昌军享誉甚高的李觏为师,就学于李觏门下。庆历三年(1043),李觏在南城创办盱江书院,又经常带学生到麻姑山"读书林"讲学,来麻姑山听讲的各地学生趋之若鹜,曾巩就是其中学有成就的佼佼者之一,也是李觏的得意门生。在麻姑山,曾巩写了《游麻姑山》《丹霞洞》《麻姑山送南城尉罗君》等七言古诗,《半山亭》《碧莲池》《流杯池》《七星杉》《瀑布泉》《颜碑》《桃花源》等七绝。

　　庆历六年(1046)八月,曾巩应仙都观主管道士凌齐晔之邀,写了这篇《仙都观三门记》,对仙都观之规模"惟王城为然",山上"官从而侈也"的格局提出了自己的看法。因凌齐晔是"里人也,不能辞",但是写记归写记,有观点还是要说的,"不以人之情易天下之公,齐晔之取予文,岂不得所欲也夫"。曾巩在前篇《鹅湖院佛殿记》中,从耗靡财力上讽斥佛徒,此篇则从凌越国制法度着眼,愈显犀利劲锐,抓住该观"三门"作文章,而三门"惟王城为然",提出这样敏感的问题,必然具有警醒作用,不知天高地厚的道徒恐怕也要不寒而栗。

　　门之作,取备豫而已^①。然天子、诸侯、大夫各有制度,加于度则讥之,见于《易》《礼记》《春秋》^②。其旁三门,门三涂,惟王城为然^③。老子之教行天下,其宫视天子或过焉,其门亦三之。其备豫之意,盖本于《易》,其加于度,则知《礼》者所不能损,知《春秋》者所太息而已。甚矣!其法之蕃昌也。

【注释】

①备豫：此表示防备、准备。豫，为《周易》六十四卦中的一卦，《周易·系辞下》："重门击柝，以待暴客，盖取诸《豫》。"

②"然天子、诸侯、大夫各有制度"几句：《周易·系辞下》："子曰：'德薄而位尊，知小而谋大，力小而任重，鲜不及矣。'"《礼记》中批评超越礼制的话也很多，如《礼器》说："故天不生，地不养，君子不以为礼，鬼神弗飨也"。《春秋》中讲礼制的地方也不少。

③"其旁三门"几句：古制，帝王都城一面开设三门，每门有三条大道。《周礼·冬官·匠人》："匠人营国，方九里，旁三门。"涂，同"途"。道路。王城，指天子所居之京都。

【译文】

古人制作门的目的，不过是用来防备罢了。但是，天子、诸侯、士大夫各有相应的规制，超过这些规制就会被世人耻笑，《周易》《礼记》《春秋》都有相关记载。宫殿旁设三座门，门前有三个通道，这样的设计标准只有王城才符合。老子的教化流行于天下，道教建筑的规制甚至超过了天子，道观的宫殿也设了三座门。门作为防备用意，本源出于《周易》，仙都观所作三门超越了国家制度，而熟悉《礼记》的人却不能损减其门，懂得《春秋》大义首在"正名"的人也只能为此长叹而已。道家之法蕃滋昌盛，的确太过分了！

建昌军南城县麻姑山仙都观，世传麻姑于此仙去，故立祠在焉①。距城六七里，由绝岭而上，至其处，地反平宽衍沃，可宫可田。其获之多，与他壤倍，水旱之所不能灾②。予尝视而叹曰："岂天遗此以安且食其众，使世之衍衍施施③，趋之者不已欤？不然，安有是邪？"则其法之蕃昌，人力固如之何哉！

【注释】

① "建昌军南城县麻姑山仙都观"几句：麻姑山顶有古坛，相传麻姑于此得道。麻姑为传说中女仙。详见东晋葛洪《神仙传》。唐颜真卿《抚州南城县麻姑山仙坛记》记载亦详。建昌军，北宋太平兴国四年（979）改建武军置军，治所在南城（今属江西），辖境只有南城、南丰二县。南丰为曾巩故籍，麻姑山距南丰五六十里。

② "距城六七里"几句：仙都观建于麻姑山顶，山顶地势平旷，种植稻百顷。曾巩《游麻姑山》描写麻姑山及仙都观，有云："军南古原行数里，忽见峻岭横千寻。谁开一径破苍翠，对植松柏何森森。""遂登半岭望城郭，但见积霭萦江浔。冈陵稍转露楼阁，沙莽忽尽横园林"。绝岭，非常陡峭无路可上的山岭。衍沃，平坦肥沃。可官可田，适宜于建筑宫观和种田。与他壤倍，谓产量比别的地多出一倍。水旱之所不能灾，地虽在山顶，水源丰而不旱，天涝排水亦方便。

③ 衎衎（kàn）：和乐貌。语出《周易·渐》："鸿渐于磐，饮食衎衎，吉。"施施（yí）：喜悦自得貌。语出《孟子·离娄下》："（妻）与其妾讪其良人，而相泣于中庭；而良人未之知也，施施从外来，骄其妻妾。"

【译文】

建昌军南城县麻姑山上的仙都观，世人传说麻姑在这里得道成仙，所以后人在这里修建祠庙纪念她。距离南城六七里，从陡峭的山岭攀援而上，到达山顶，地势反倒平整宽阔，土地肥沃，可以修建房子，也可以耕田种植。田地中所收获的作物很多，要超过其他土地的产量不止一倍，水灾或者旱灾都不能影响这块田地的产出。我曾经来到此地，并感叹道："难道是老天将这块福田赐予世间，让世人能够衣食无忧，安居乐业，让四方众生和乐喜悦，崇尚道教，趋之若鹜吗？如果不是这样，怎么会是这样的安排呢？"可见，道教的昌盛，人的力量又能产生什么影响呢！

其田入既饶①,则其宫从而侈也宜。庆历六年,观主道士凌齐晔②,相其室无不修,而门独庳,曰:"是不足以称吾法与吾力。"遂大之。既成,托予记。予与齐晔,里人也,不能辞。噫!为里人而与之记,人之情也;以《礼》《春秋》之义告之,天下之公也。不以人之情易天下之公,齐晔之取予文,岂不得所欲也夫?岂以予言为厉己也夫③?

【注释】

①田入:田地里的产出收入。

②道士凌齐晔:齐晔应是此人姓名,名字前加一"凌"字,当是对其道行的尊称。

③厉己:伤害自己。语出《论语·子张》:"子夏曰:'君子信而后劳其民,未信,则以为厉己也。信而后谏;未信,则以为谤己也。'"

【译文】

田地的收入已经很多了,道观的建筑理应要讲究一些才合适。庆历六年,观主道士凌齐晔,看到观内房间没有不得到修缮的,而只有道观的山门很是矮小,就说:"这与我道教的法力很不相称。"于是决定扩建山门。建成以后,嘱托我写一篇记文。我与齐晔是同乡人,不能推辞。唉!因为是同乡,而为之写记文,这是人情世故;将《礼记》《春秋》中的大义告知他,这是天下之公义。不能用人情世故代替天下公义,齐晔拿到我的文章,难道不能得到他所想得到的东西吗?还是认为我所说的话伤害到他自己了呢?

【评点】

茅鹿门曰:曾公凡为佛老氏辈题文,必为自家门第。

张孝先曰:佛老之徒,不知大义,乌知所谓《易》《礼》《春秋》？故骄奢僭妄，无所不至。此昌黎之所以欲火其书、庐其居也。南丰此记，当是齐晔晓梦里一声晨钟。

【译文】

茅坤评论道：曾巩但凡为佛教或者道教撰写记文，一定会站在自家的立场上说话。

张伯行评论道：佛教、道教信众，不了解世间正道，又怎能了解《周易》《礼记》《春秋》等经义呢？因此，他们骄奢超越本分，肆意妄为，无所不至。这正是韩愈之所以想要烧掉佛、道之书，占据他们的庙宇的原因。曾巩这篇记文，应该是齐晔晓梦里的一声晨钟。

分宁县云峰院记

【题解】

庆历三年（1043）春，曾巩居于临川。九月，应人之请，撰写此篇记文。在曾巩文集中，共有七篇寺观记，本篇为发轫之作。

这篇记文分两个部分，第一部分写分宁县的人情世态。分宁人的性格特点可以用六个字来总结：勤生、啬施、喜争。从四个方面来说明分宁人的"勤"：从事农桑劳作，除留一人在家中负责家务外，其余人等皆劳作于田中；对于田地的运用，真正做到了因地制宜，没有闲田废壤；妇人养蚕，昼夜不停，无一人懈怠；置办大小财货，皆尽其力。描述分宁人的"啬"：富者宁死不捐，对蝇头小利，也斤斤计较。刻画分宁人"喜争"：稍有冲突，就要相互攻击，结伙闹事，扩大事态，煽动舆论，甚至伪造印章，模仿公文，欺诈差吏。即便笞朴、流放、杀头也不改变。分宁人的劣根性被曾巩写得入木三分。第二部分写云峰院和尚道济。道济和尚具有分宁人"勤"的优点，但是却规避掉了分宁人的缺点，他慷慨大方，"有余辄斥散之，不为黍累计惜"；他与世无争，"淡泊无累"。对于道济的出淤泥而不染，曾巩及他人颇有几分惋惜，以为"使其人不汩溺其所学，其归一当于义，则杰然视邑人者，必道常乎"？显然包括曾巩在内，都将佛教视为有别于儒学的非正宗之学，评价分宁人义薄如此，惋惜道济和尚"其归未能当于义"，这里的"义"应属于儒家的仁义之"义"。

道济和尚的为人品格迥然不同于分宁人，是什么在其中发挥了作用呢？曾巩作为一个以继承韩愈辟佛传统为己任的醇儒，自然不会归因于佛教。但是，他把现象揭示出来，应该能够引起后人深深的思考。对于分宁人的教化，"贤令长佐吏比肩，常病其未易治教使移也"，曾巩看到了儒家教化的无力。道济和尚临终，促其徒子思请曾巩撰文，买石刻之，是为了将自己的名声"永永与是院俱传"，一个原本六根清净的僧人，临终却也放不下自己的身后之名，曾巩也看到了佛教浸润之功的不彻底。

分宁人勤生而啬施①，薄义而喜争②，其土俗然也③。自府来抵其县五百里④，在山谷穷处。其人修农桑之务，率数口之家，留一人守舍行馌⑤，其外尽在田。田高下硗腴⑥，随所宜杂植五谷，无废壤。女妇蚕杼⑦，无懈人⑧。茶、盐、蜜、纸、竹箭、材苇之货⑨，无有纤巨，治咸尽其身力。其勤如此。富者兼田千亩，廪实藏钱，至累岁不发。然视捐一钱，可以易死，宁死无所捐。其于施何如也？其间利害不能以秭米⑩，父子、兄弟、夫妇，相去若弈棋然⑪。于其亲固然，于义厚薄可知也。长少挨坐里间，相讲语以法律⑫，意向小戾⑬，则相告讦⑭，结党诈张⑮，事关节以动视听。甚者画刻金木为章印，摹文书以绐吏⑯，立县庭下，变伪一日千出，虽笞朴徒死交迹，不以属心。其喜争讼，岂比他州县哉？民虽勤而习如是，渐涵入骨髓，故贤令长佐吏比肩，常病其未易治教使移也。

【注释】

①勤生:勤于谋生。啬施:吝于施舍。

②薄义:看轻道义。喜争:常为小利而起纷争。

③土俗:当地的习俗。

④自府来抵其县五百里:分宁县即今江西修水,在宋为洪州属县。洪州治所在今江西南昌。此句说自州府南昌,抵达该县,须走五百里路。

⑤守舍行馌(yè):看家和给地里劳动的人送饭。馌,送饭到田间。

⑥高下:田地在高处或者在低处。硗(qiāo)腴:瘠薄或肥沃。硗,土质坚硬瘠薄。

⑦蚕杼:从事养蚕织布。杼,织布机的梭子,此指织布。

⑧嬾人:闲人。

⑨竹箭:即篠,细竹,可食用。材苇:芦苇类的编织材料。

⑩稊(tí)米:一种形似稗草的植物,结实如小米。此用来形容细微。

⑪相去若弈棋然:相互间的利害关系就像下棋一样争逐厮杀。相去,相距,指彼此关系。

⑫法律:法文、条律。

⑬小戾(lì):稍有不同。

⑭告讦(jié):告发。

⑮诈张:放肆,欺诈。

⑯绐(dài)吏:欺骗官吏。

【译文】

　　分宁县人天生就很吝啬,不喜施舍,薄情寡义,常为小利而起纷争,当地的风俗就是这样。自州府抵达该县须走五百里路,地处穷山僻壤。这里的百姓从事耕作、养蚕等劳动,一般有几口人的一个家庭,留一个人看家、送饭,其余的人都在田里劳作。田地高下参差,肥瘠交错,根据具体情况种植了五谷杂粮,没有一块废弃的闲田。女子养蚕织布,没有一个闲人。茶叶、食盐、蜂蜜、纸张、竹箭、材苇等商品,不论大小,一旦生产,都会付出最大的努力,他们就是这么勤勉。富人家占田千亩,粮仓堆满粮食,家中排满金钱,以致存放数年也不动用。但是,如果让他们捐出一文钱,他们可以以命相抵,宁死也不捐。你能让他们施舍些什么呢?其间的利害关系也不过如秭米之细微,父子、兄弟、夫妇,相互间的利害关系就像下棋一样争逐厮杀。对于自己的亲人尚且如此,对于“义”,是厚是薄就可以看出来了。年长者与年少者并排坐在一起,相互间讲论法条律例,理解稍有不同,就会相互告发,结党欺诈,跑动关系,混淆视听。甚至伪造印章、仿制公文,欺骗官吏。即便立于县衙之下,面对知县,他们变诈作伪之术也能一日千变。即使各种刑罚徒刑前后交替使用,也不能心甘情愿地认罪。这里的民风喜欢争讼,其他州县怎能比得过?尽管百姓如此勤劳,但风俗却是如此糟糕,潜移默化,深入骨髓,所以即便是很多有贤德的县令知州,也常常担心这里不容易治理,风俗不容易改变。

　　云峰院在县极西界,无籍图,不知自何时立①。景德三年②,邑僧、道常治其院而侈之。门闼靓深③,殿寝言言④。栖客之庐,斋庖库庚⑤,序列两旁。浮图所用铙、鼓、鱼、螺、钟、磬之编⑥,百器备完。吾闻道常气质伟然,虽索其学,其归未能当于义,然治生事不废其勤⑦,亦称其土俗。至有余辄斥散之,不为黍累计惜⑧,乐淡泊无累,则又若能胜其啬施喜争之心,可言也。或曰,使其人不汩溺其所学,其归一当于义,则杰然视邑人者,必道常乎?此予未敢必也。庆历三年九月,与其徒谋曰:“吾排蓬藋,治是院,不自意成就如此。今老矣,恐泯泯无声界来人⑨,相与图文字,买石刻之,使永永与是院俱传，可不可也？"咸曰："然。"推其徒了思来请记，遂来。予不让，为申其可言者宠嘉之，使刻示邑人，其有激也[10]。

【注释】

①"云峰院在县极西界"几句：据曾巩《兜率院记》载，当时佛教在"分宁县郭内外，名为宫者百八十余所"，而云峰院却在县之"极西界"，处地不便，而且没来头背景，名不见于图籍，这些为下文其寺壮大先从反面张本。图籍，当指尚书省礼部下属祠部所掌各州僧道寺观名籍的图籍。

②景德三年：即公元1006年。景德为真宗年号（1004—1007）。据李攸《宋朝事实·道释》，此年真宗大力倡导普及释道，下诏曰："老氏立言，实宗于众妙，能仁垂教。盖诱夫群迷，用广化枢，式资善利。两京诸州道释，岁度十人者，特放一人不取经业。"

③靓（jìng）深：静深。靓，通"静"。平和。

④言言：高大貌，茂盛貌。语出《诗经·大雅·皇矣》："临冲闲闲，崇墉言言。"

⑤斋：此指清心洁身的斋房。庖：厨房。庾：露天的谷仓。此泛指粮仓。

⑥浮图：佛教梵文翻译名词，一译浮屠，意指"佛陀"，因此或称佛教为浮图。鱼：指鱼鼓，即鱼形木鼓和鱼梆。木鼓小而圆，诵经时敲击。鱼梆大而长，悬挂，敲击以报时。螺：即法螺，僧道用螺壳制成的乐器。钟磬之编：指编钟和编磬。编钟，把一系列铜制的钟挂在木架上组成，用小木槌击奏。编磬，把一系列石制或玉制的磬挂在木架上组成，也用小木槌击奏。

⑦生事：有关生计之事。

⑧黍累：古时极轻的重量单位。古时度量衡定制，以黍（小米）为准。如应劭《汉书·律历志上》注："十黍为累，十累为一铢。"

⑨泯泯:泯灭,销声匿迹。畀(bì):给予,付与。

⑩其有激也:让分宁人看到道济和尚的行为,而能奋发有为,从而移风易俗。

【译文】

云峰院在分宁县的最西边,没有图籍记载,不知道是什么时候建立的。景德三年,本邑的僧人、道士曾修葺扩建了云峰院。门院静深,大殿、寝殿规模宏大。供客人憩息的房间,厨房仓库,整齐地排列在两旁。僧人所用的铙、鼓、鱼、螺、钟、磬等器具,非常完备。我听说,道义之观常器宇轩昂,尽管研治其学,其趋向不能与儒家大义相符合,然而面对芸芸众生勤勉不懈,这也可称得上合乎地方的风俗了。等到有了多余的钱粮就分散送给当地人,不因斤斤计较而舍不得,甘于淡泊,不为外物所累,那么就会胜过吝啬、不乐善好施的心理,这能够改变此地的民俗是可以预言的。有人说,假使让这里的人不沉迷于佛道的道义,而归宗于儒家道义,那么此地风俗之变当卓然可观,治理此地的官员,能用寻常的办法吗? 这是我不敢承诺的。庆历三年九月,道济和尚与云峰寺院的僧徒一起商量道:"我铲除杂草,整治这座寺院,没有想到取得了这样一番成就。现在我年老了,担心泯灭无声后使后人无从知晓,我们一起来作图撰文,买块石碑刻下来,让它和云峰院一起流传后世,可以不可以呢?"僧徒都说:"可以!"并推举他的徒弟了思来请我写记文,了思于是来了。我没有推辞,是为了申明道济和尚可以流传的嘉言善行,刻出来给本地人看,并起到激励的作用。

【评点】

茅鹿门曰:于云峰院无涉,而意甚奇。

张孝先曰:文能不窘于题,末出脱僧道常处,仍不放松一笔。

【译文】

茅坤评论道:这篇记文与云峰院并无关涉,而立意很是奇妙。

张伯行评论道:曾巩这篇文章不受题目的限制,文末脱离僧道的常态,看似闲来之笔,曾巩笔下却丝毫没有松懈。

菜园院佛殿记

【题解】

抚州的菜园院原是一片荒地,可栖和尚于宝元年间和同为僧人的异父弟智宾来到此地,两人看到游僧来到抚州无处落脚,便决定在这块荒地上建成一座寺院。两人白手起家,行医聚资,依靠自己的力量,用了大约五六年的时间盖起一所初具规模的寺院。可栖和尚请李觏撰写记文《抚州菜园院记》,李觏的记文写于庆历三年(1043)八月。庆历八年(1048)四月,可栖和尚在这个院子里又修造一座大殿,并塑造了佛像,置于其中。竣工之后,请曾巩撰写记文,此文即记其事。

对读李觏、曾巩二人各自的记文,我们可以发现,李觏的记文强调的是可栖和尚没有以修庙为借口搜刮民财,并且与其弟智宾一起照顾老母,这些都合乎儒家道义的要求。曾巩这篇记文所阐发的角度不同于李觏,但其醒世之意,与前文《分宁县云峰院记》同一机杼。《分宁县云峰院记》写于庆历三年九月,庆历新政刚刚展开。而此篇作于庆历新政夭折之后的庆历八年,文中所说的"未尝有勤行之意"的"世儒",当指排击庆历诸贤的执政者,所引其语"一时之利"云云,当对新政而发,所以作者愤慨地说:"故历千余载,虽有贤者作,未可以得志于其间也。"

庆历八年四月,抚州菜园僧可栖,得州之人高庆、王明、饶杰,相与率民钱为殿于其院①。成,以佛之像置其中,而来乞予文以为记。

【注释】

①率民钱：倡导百姓为修殿捐钱。

【译文】

庆历八年四月，抚州菜园的僧人可栖，得州人高庆、王明、饶杰，相互募集百姓钱财，在菜园中修建佛殿。修成以后，将佛像放置在大殿当中，并来请求我写一篇记文。

初，菜园有籍于尚书①，有地于城南五里，而草木生之，牛羊践之，求屋室居人焉，无有也。可栖至，则喜曰："是天下之废地也，人不争，吾得之以老，斯足矣。"遂以医取资于人，而即其处立寝庐、讲堂、重门、斋庖之房、栖客之舍，而合其徒入而居之。独殿之役最大，自度其力不能为，乃使庆、明、杰持簿乞民间，有得辄记之，微细无不受。浸渐积累，期月而用以足，役以既。自可栖之来居，至于此，盖十年矣②。

【注释】

①有籍于尚书：宋制尚书省礼部下属祠部掌登记全国各州僧道寺观名籍的图册，菜园院寺名在籍中。有籍，登记。

②"独殿之役最大"几句：大殿的修造大约起于庆历三年，成于庆历八年（1048），前后计有五年的时间。

【译文】

起初，菜园在尚书省有备案，有一块地位于城南五里，其上杂草丛生，牛羊践踏，要想找到一家在这里居住的百姓，是很难的。可栖和尚来到这里，高兴地说："这肯定是被天下人所废弃的土地了，这样就不会有人来争夺了，我在这里养老，就心满意足了。"于是就靠给人看病挣钱，用这些钱修建了僧人住宿用的房子、讲经的厅堂、重叠的山门、厨房斋堂、香客栖迟之所，建成后，与僧众一起住了进去。只有大殿规模最大，可栖觉得靠自己的力量是不能将事情办成的，于是让高庆、王明、饶杰带着簿录到民间募化，如有人布施，就将施主的名字记下来，多少都接受。逐渐积累，一整月的时间就攒够了费用，建造佛殿的工程也很快就告竣了。自从可栖来到此地，至今已有十年的时间了。

　　吾观佛之徒，凡有所兴作①，其人皆用力也勤，刻意也专，不肯苟成②，不求速效，故善以小致大③，以难致易④，而其所为，无一不如其志者，岂独其说足以动人哉？其上亦有智然也。若可栖之披攘经营，捃摭纤悉，忘十年之久，以及其志之成，其所以自致者，岂不近是哉？噫！佛之法固方重于天下，而其学者又善殖之如此。至于世儒⑤，习圣人之道，既自以为至矣，及其任天下之事，则未尝有勤行之意，坚持之操，少长相与语曰："苟一时之利耳，安能必世百年，为教化之渐，而待迟久之功哉？"相薰以此，故历千余载，虽有贤者作⑥，未可以得志于其间也。由是观之，反不及佛之学者远矣。则彼之所以盛，不由此之所自守者衰欤⑦？与之记，不独以著其能，亦愧吾道之不行也已。

【注释】

①兴作：兴起制作，开始建造。

②苟成：草草了事。

③以小致大：从小处努力，最终取得巨大的成功。

④以难致易：指由艰难创始而至顺利成功。

⑤世儒：当世的儒者，指扼杀庆历新政的守旧派执政者和地方不求进取的官员。

⑥贤者作：指像庆历诸贤那样的人再度出现。

⑦则彼之所以盛，不由此之所自守者衰欤：那么佛教之所以盛行一时，不正是由于守旧官僚这种自持的操守衰颓的缘故吗？作者此时虽未入仕，但对天下政治形势极为关心，庆历四年（1044）以后连续向蔡襄、欧阳修上书，极论天下事，又向范仲淹上书，希望他不要因新政受挫而气馁。所以此二句，亦是对天下大势的感慨之言。

【译文】

据我观察，佛教僧徒，大凡有所兴建，他们都会全力付出，专心诚意，不愿意敷衍塞责，也不追求短时间看到效果，因此，他们善于从小处努力，最终取得巨大的成功；由艰难处创始，最终顺利成功，他们所做的每一件事，没有一件不遂其志而如愿以偿的，难道仅仅是他们的学说能够打动人心吗？就形上而言，佛教也是非常有智慧的。就像可栖披荆斩棘、苦心经营，广募钱财，细大不捐，积十年之功，圆满达成他的心志，他之所以取得这样的成就，难道不正说明了这个道理吗？唉！佛法本来就为天下人所重视，而那些修习佛法的人又这么善于经营。至于世间大儒，修习圣人之道，自以为达到了极致之境，等到他们将其所学用于管理天下，就根本没有勤勉力行的心意，以及持之以恒的操守，老的和少的相互说："只不过有暂时的利益罢了，怎么能够影响到百年之后，逐渐推行教化，以收长久之后的功效呢？"就这样相互濡染，所以经历千年之后，尽管有贤者兴起，但并不能遂其心志。由此可见，儒家学者反倒不如佛教的学者影响深远了。那么佛教之所以大兴于世，不正是由于守护儒学的这些人操守衰颓的原因吗？给可栖写下这篇记文，不仅表彰他的能力，也为圣人之道不能大行于天下而深感惭愧。

【评点】

茅鹿门曰：此篇无它结构，只是不为佛殿所困窘，便是高处。

　　张孝先曰：用力勤，刻意专，不苟成，不速效，故能以小致大，以难致易。凡事皆然也。而学圣人之道者，反不及佛之学者，何欤？彼之盛，由此之衰，直是无穷感慨。有志斯道者，当知愧厉矣。

【译文】

　　茅坤评论道：这篇文章在结构上没有特别之处，只是在写法上并不局限于佛殿，这正是这篇记文的高妙之处。

　　张伯行评论道：勤奋用力，专心致志，不草草了事，不急于见到成效，因此，能够付出小的代价得到大的收获，能够将难的事情变得更为简单、容易。做任何事情都要遵循这样的原则。而今，学习圣人之道的人，反倒不如修习佛教的人，是什么原因呢？对方的兴盛，当然是由我方的衰落衬托出的，不禁让人感慨无穷啊！有志于矫正时弊的人，应当惭愧不已，并自我磨砺了！

曾文定公文

应举启

【题解】

宋仁宗景祐四年（1037），曾巩十九岁，第一次参加科举考试；庆历二年（1042），第二次参加科举考试；直到嘉祐二年（1057），年满三十九岁的曾巩才考中进士。期间经历了三次考试，历时二十年。这二十年间，曾氏家族贫困潦倒，举步维艰，曾巩虽然不是长男，却几乎扛下了家族所有的重担，还有来自社会上的冷嘲热讽；这二十年间，曾巩还须面对长兄去世、父亲去世的悲伤，还有让自己濒死的一场大病等等。这些艰难的经历，在这篇短小的启文中都有凝练的叙述。

启文中，曾巩也很直白地说出"仕以为贫"的话，可见其诚恳、质朴的性格。至于启文是写给谁的，现在已不可考。文中有"三遇文闱，一逾岁纪"的字样，"三遇文闱"指的是曾巩第二次科举考试落第后，到嘉祐二年，期间朝廷又举行了三次科举考试，分别在庆历六年（1046）、皇祐元年（1049）、皇祐五年（1053）举行，曾巩正逢家族多事之秋，都没有参加，一直到嘉祐二年决定再度参加考试，已经过去了十五年的时间，所以说"一逾岁纪"。据此可以推测，文章应该写于嘉祐二年之前不久。

右巩启：伏念巩材质浅陋，艺学荒芜。读圣人之经，未知大义；明当世之务，多泥旧闻。虽坚树立之心，岂适通变之用？矧罹祸衅^①，屡抱忧哀。是以三遇文闱，一逾岁纪^②，足迹不游于场屋，姓名不著于乡闾。仆仆东南^③，有衣食婚嫁之累；拘拘蚤夜，惟米盐薪水之忧。今者侧听诏书，讲求士类，顾私恩之可念，迫生理之难周，义不自皇，势当强起。盖以出而载质，无他业之可为；仕以为贫^④，亦古人之所处。遇高明之见照，殆否结之将通^⑤。伏以某官梁栋瑰材，琼璜茂器，发文章之素蕴，当仁圣之盛期。忠言嘉谋，施之有效；流风善治，所至可传。嘉奖士伦，助成世教。况亲承于著令，方序别于群材。藐是羁孤，最为滞拙。仰遵旧礼，敢忘桑梓之恭；辄进曼辞，庶当鸡鹜之贽^⑥。察其素学，采以寸长。尽繄及物之仁，惟俟至公之赐。

【注释】

①矧（shěn）罹祸衅：何况遭遇天灾人祸。矧，何况。祸衅，指庆历三年（1043），曾巩落第返乡后，遭受了段缝等人的诽谤，王安石等人曾极力为曾巩辩诬。

②三遇文闱，一逾岁纪：指曾巩从第二次科举落第后，到第三次参加科举考试，过去了十五年的时间，曾巩错过了三次科举考试的机会。岁纪，十二年为一个岁纪。

③仆仆：形容烦琐。引申为奔走劳顿之意。语出《孟子·万章下》："子思以为鼎肉，使己仆仆尔亟拜也，非养君子之道也。"

④仕以为贫：因为贫穷而出来做官。语出《孟子·万章下》："孟子曰：'仕非为贫也，而有时乎为贫。'"

⑤否结：郁结，不好的命运。

⑥鸡鹜之贽：像鸡鸭一样寻常的见面礼。贽，初次见人时所执的礼物。

【译文】

曾巩恭敬地禀告：私下以为我曾巩天质浅薄、才能粗鄙，学业也久已荒疏。研读圣人经书，也不能了解其中的大义；对于当今时务，也拘泥于以前所听闻的旧道理。尽管自己内心信念坚定，想有所成就，难道能够适应不断变化的形势吗？更何况我遭遇天灾人祸，屡次沉浸在哀伤之中。因此，超过十二年的时间里，我三次错过朝廷的科举考试，不曾出入过考试的场屋，姓名也不为乡邦之人所知晓。整日奔走于东南之隅，为吃饭穿衣、婚丧嫁娶之类的琐事所拖累；每日早起晚睡，为油盐柴米而忧心。而今，听到皇帝下达的诏书，得知朝廷广招贤才，想到圣上恩德日隆，而自己仍在为难以周全的生计所羁绊，自己理应不再彷徨，勉力奋起。只是根据自己的天资，唯有出仕一途，而没有其他行业可供选择；为摆脱贫困而出来做官，古人也是这么做的。碰到高明的人指点迷津，自己心中的郁结也会为之畅通。窃以为某官大人为国之栋梁，怀抱奇瑰不世之才，能够充分发挥自己平日积聚的才能，以顺应当今仁圣临朝的盛世。所进呈的忠言，所策划的良谋，付诸实施都会产生好的效果；所推行的风教，所贯彻的治理都会载之史册传之后世。对士人的嘉奖，有助于养成良好的世风。而今您因善政之绩得到朝廷嘉许，并告别同僚走向新的岗位。我本羁旅孤独之人，不善言辞。瞻望和遵守旧有的礼制，不会忘记对于父母之邦的恭敬；冒昧呈进美饰之辞，并将其作为普通的见面礼。希望能够观察我平时所学，不遗漏哪怕是一寸的长处。尽到体察万物的仁人之心，我等待您公平的恩赐。

【评点】

张孝先曰：三遇文闱，一逾岁纪，足迹不游场屋，可见曾公难进之义。

【译文】

张伯行评论道：超过十二年的时间，三次错过科举考试，可见曾巩科举之途是多么艰辛。

谢杜相公启

【题解】

杜相公，指杜衍，曾于庆历之初，与范仲淹、富弼同朝为相。庆历七年（1047）八月，曾巩侍奉父亲进京。九月，两人来到南京（今河南商丘）。由于欧阳修的引荐，曾巩投书拜谒退寓南京的杜衍。杜衍已经退出政坛，曾巩的这次拜谒显然并非沽名钓誉，而是出于对杜衍的敬慕之心。曾巩在《上杜相公书》中曾说："今也过阁下之门，又当阁下释衮冕而归，非干名蹈利者所趋走之日，故敢道其所以然。"杜衍对曾巩也很器重。曾巩父子到南京后不久，父亲曾易占一病不起，曾巩在南京人地两疏，请医买药又无经费。杜衍得到消息，大力资助，曾巩为父亲求医问药的一切费用均由杜衍支付。曾易占医治无效，客死他乡，曾巩扶枢而归的盘缠又由杜衍慷慨解囊。曾巩还乡后，致信杜衍，在其《谢杜相公书》中表达感激之心："惟先人之医药，与凡丧之所急，不知所以为赖，而旅榇之重大，惧无以归者。明公独于此时，闵闵勤勤，营救护视，亲屈车骑，临于河上。使其方先人之病，得一意于左右，而医药之有与谋。至其既孤，无外事之夺其哀，而毫发之私，无有不如其欲；莫大之丧，得以卒致而南。其为存全之恩，过越之义如此。"这篇启文中所说的"往以孤生而蒙收接，又遭大故而被救存。非常之恩德所加，空知感激"，指的正是此事。

这篇启文写作的时间，文中有"三四年之后，去冬之首"字样，应是曾巩返乡之后，又过了三四年，曾巩将自己的习作托人带给杜衍，恰逢杜衍失子，曾巩再以启文形式表达歉意。如此推测，这篇启文大约写于仁宗皇祐三年（1051）。

　　伏念巩志虽策砺,性实滞顽。行不足比古之人,材不足适时之用。居常龃龉,动辄困穷。往以孤生而蒙收接^①,又遭大故而被救存。非常之恩德所加,空知感激;无用之技能素定,曷有报偿! 至于数千里之间^②,三四年之后,去冬之首^③,方能属思以为书;积日之勤,庶或因辞而见意。不谓使者至门之日,正值相君失子之初。远渎高明,已难期于省览;况逢哀恻,岂能必于荐闻! 因此复忧恳悃之诚,无由自达视听之侧。虽推心之远大,宁责礼于贱微。然义未足以论酬,而言又不得以叙谢。其为私计,岂敢自皇! 伏惟相公当世表仪,本朝柱石。许还私第,圣意虽优于大臣;召用安车,人心素望于元老。伏祈上为邦国,善保寝兴。

【注释】

①孤生:孤身一人。

②数千里之间:指从临川到商丘的距离。

③去冬之首:指皇祐二年(1050)十月。

【译文】

　　私下以为,尽管我志向笃定,自我砥砺,但是天资的确很滞涩、顽冥,德行不足以与古人相比,才能也不足以应付今时之需求。平素常常与时人格格不入,动不动就会陷入困窘不得伸展。前时您不因在下孤陋而蒙君接纳,不久又因遭遇巨大变故而蒙您救济。面对相公赐予我的不同寻常的恩德,只知道心存感激;只因在下素来讲习的都是一些无用的技能,在下真不知道如何报答相公! 至于与相公相距数千里之远,在三四年之后,去年初冬,才想到给相公写一封信表达感激之情;积攒了这么长时间的殷勤之意,希望能够通过文辞传达我的拳拳情意。不想到信使到达相公家时,正赶上相公刚遭遇丧子之痛。相隔遥远,亵渎相公高明之听,已很难期望相公观览在下书信；更何况正逢相公沉浸在哀伤悱恻之中，怎能有把握会得到相公的荐引和奖掖呢！因此，又担心自己恳切的诚意，不能当面向您表达。尽管您能够推想到我的远大志向，也不会怪罪我卑微低贱的礼仪。尽管从道义上讲，不足以谈论什么酬谢；从言语上讲，也不足以表达谢意。从个人的角度考虑，我怎敢坦然接受！相公乃当世士人领袖，当朝栋梁砥柱。圣上恩准回驾私邸，固然是圣上优待大臣一贯的做法；动用公车再次征召相公，则是民众对于像您这样的元老共同的企望。恳请您为了邦国社稷，照顾好自己的起居。

【评点】

张孝先曰：叙情曲折，短启之最佳者。

【译文】

张伯行评论道：启文情感表达曲折婉转，这应该是简短启文中的优秀之作。

回傅侍讲启

【题解】

傅侍讲，此人不可确考。《宋史·傅楫传》："楫丞福清时，受知郡守曾巩。"曾巩在福州任知州，时间在熙宁十年（1077），与傅楫为上下级关系。不过，据《续资治通鉴长编》，傅楫出任侍讲在哲宗元符元年（1098），距离曾巩去世已有十六年的时间。如果傅楫仅一次出任侍讲，则此文中的傅侍讲或为另外一位傅姓侍讲而非傅楫。

巩启：伏审祗膺诏检，入奉经筵，伏惟庆慰。伏以某官秉德粹冲，受材闳廓。遭盛辰而开迹，席仕以升华。善政流风,已推行于民上;高文大策,久耸动于朝端。果允金言,特膺迅用。从容帝幕,方演畅于微言;密勿禁林,伫裁成于明命。自聆拜宠,方念腾书^①。辱见奖于旧游,遽先流于华问。欣愉感幸,交集悃诚。

【注释】

①腾书:传递书信。

【译文】

曾巩启白:先生接到朝廷的诏令,准备入宫为圣上讲经,这是值得庆贺和令人欣慰的事情。先生为官秉持仁德,直道而行,天性豁达。生逢盛世,肇启祥瑞,列班朝廷,出类拔萃。美善之政,若风之行,治下百姓,咸与泽及;所著高明之文章、宏大之策令,长久以来名震朝廷。确如众人所赞言,特为朝廷所采用。从容应对于圣上面前,推阐诠释圣人微言大义;慎言于翰林之禁,伫听圣裁,草成君命。自从听闻先生得圣上信宠,不想先生仍然抽时间来信。得到了您在故交中的奖掖,并得到了您美好的问候。欣喜愉悦,百感交集,聊表诚恳之心。

【评点】

张孝先曰:雅令不缛。

【译文】

张伯行评论道:典雅美善,洗练简洁。

代人谢余侍郎启

【题解】

此篇启文为代笔之作,所代之人已不可知,余侍郎也不可知。启文能够为曾巩保留,可见他本人对此文是很满意的。启文虽然短小,却一笔不懈,一气呵成,能够看出曾巩自己的影子在里面,比如"求后人之知,因著书而自见""省枯槁之姿,力乖报德;激衰残之气,感欲忘身",这些慨叹,用在曾巩身上也是合适的,读来大有借他人酒杯浇自己胸中块垒之感。

　　右某启:伏念某归而闲处,时所背驰。分功名之无期,嗟志意之空大。言当世之事,惧尚口而更穷;求后人之知,因著书而自见。疏阔已甚,抵弃未能,辄布听闻,方虞诃谴。属小儿之过拜,辱余论之见存。指瑾掩疵,大为之地,悯穷悼屈,勤出于衷。省枯槁之姿,力乖报德;激衰残之气,感欲忘身。瞻风采之敻遥①,役魂神而飞去。尚当益壮,以塞误知。

【注释】

　　①敻(xiòng)遥:遥远。敻,远。

【译文】

　　某启白:自从我归老闲居以来,与时代渐行渐远。成就一番功名已然遥不可期,徒然感叹志向之空疏。谈论当世之事,又担心快意于口而窘迫于身;只想让后人理解,故而著书而自我表白。空疏迂阔已然无可救药,因此放弃又不甘心,于是,将我所听闻的告知于世人,又担心会遭致世人的谴责。叮嘱我的儿子专程拜访您,承蒙您对我言论的赏识。指出我文章的优点,而忽略缺点,在可以有所作为的地方,怜悯窘迫者,悼念冤屈者,殷勤之意发自内心。即便我仅剩残年,力有不逮也要报答您的盛德;在您的激励之下,我忘掉了自己已是衰残之躯,还想有所作为。远远地瞻望您的风采,魂魄好像已经飞到了您的身边。我应当更加奋发,来报答您的知遇之恩。

【评点】

张孝先曰：虽是代人作，而子固之身分如见。

【译文】

张伯行评论道：尽管是代别人所写的启文，却能看出曾巩的影子。

与刘沆龙图启

【题解】

刘沆（995—1060），字冲之，吉州永新（今属江西）人。天圣八年（1030）进士。屡知州军，善断狱事。庆历三年（1043）冬十月，刘沆为龙图阁直学士、知潭州。皇祐三年（1051），拜参知政事。至和元年（1054），拜中书门下平章事。启文中提到"方先人之葬送未成"，指的是曾巩的父亲曾易占于庆历七年（1047）刚刚去世，曾巩还没有扶柩还乡。这篇启文应该写于庆历七年。此时，刘沆以龙图阁直学士、给事中知洪州。曾巩写信给刘沆，意在求得刘沆的帮助，刘沆也的确向曾巩伸出了援手。

右巩启：伏念巩方抱忧哀，且多疾病。贫不得已，则俗事皆当自谋；旅无所容，则世人谁肯见恤？今者伏遇知府龙图给事，恺悌成德，劝勉为怀。忘后进之至微，假温颜而与接。知其孤立，念其数奇。谓其有《诗》《书》之勤，则曲加于奖待；谓其有衣食之累，则特甚于矜怜。且使受田之获安，实由为地之至大。在甘旨有毫发之助[①]，于子弟乃丘山之恩。况此余麻，可均敝族。虽远台坐，常注愚心。复得交游之传，愈知意爱之厚。自非土石，岂不激昂？粗知古今，可胜感励；恨当迷塞，曷用报偿？而方先人之葬送未成，偏亲之奉养多乏。四弟怀仰哺之托^②，九妹有待年之期^③。凡糜敝于秋毫，皆经营于方寸。顾惟私计，当议远游。世俗险艰，岂谙尝之不熟？性灵疏拙，实龃龉之可忧。未卜趋承，更增慕恋。

【注释】

①甘旨：用于供养父母的食物。

②四弟怀仰哺之托：曾巩四弟曾肇于庆历七年（1047）出生，所以启文中说"仰哺"。

③九妹有待年之期：曾易占有十个女儿，其中一个早夭。曾巩九妹名德操，字淑文，嫁于殿中丞王幾。待年，指女子待年长而嫁。

【译文】

曾巩启白：我正处于忧患哀伤之中，并且疾病缠身。贫困而无可奈何，家中各种事务都要依靠自己来谋划；寄居他乡，举目无亲，世人有谁能够接纳和接济我们呢？而今，我有幸结识知府龙图给事，您和乐平易，长者慈德，引导勉励后进。不在意后进晚辈的低微身世，和颜悦色与他们接谈。了解他们被世人孤立的窘迫，体谅他们命运的坎坷。只要他们肯在《诗》《书》上下功夫，您就特加赞赏和奖掖；只要晚辈有衣食之忧，您就特别予以同情和关照。能够让百姓受田而安居，的确是因为有广袤的土地做支撑。对用于赡养父母的丝毫帮助，在子弟们看来就是恩重如山了。更何况对我的这一恩典，还可以让我家族中人均沾。尽管与您距离很远，但心中常常感念不已。从朋友口中，了解到您对我的赏识。我的心并非土石，听到这些怎能不感奋不已呢？我粗略了解一些古今求贤若渴的掌故，而今面对您的厚爱仍然忍不住感动并不断砥砺自己；只恨自己愚鲁蔽塞，用什么来报答您的知遇之恩呢？而今正当我的先父还没有归葬乡里,供奉亲人的所用常常匮乏,四弟还需要我来养育,九妹也还待字闺中,家中有分毫的花费,都需要我来苦心经营。如果出于我自己私心的考虑,应当远游,广接朋友。世俗如此险恶,我能够适应陌生的环境吗?自己天性孤陋,我很担忧自己与这个世界格格不入。不知何时能够亲承您的指授,心中更加增添了对您的仰慕之情。

【评点】

张孝先曰:"忘后进之至微"数语,可为扶进学者之法。

【译文】

张伯行评论道:"不在意后进晚辈的低微身世"几句,可以作为扶持求学后进者的方法。

谢解启

【题解】

唐宋时,凡举进士者,皆由州县地方推荐发送入京,称为"解"。宋人赵彦卫《云麓漫钞》卷四:"官府多用申解二字","士人获乡荐亦曰得解"。《全宋文》中收入不少此类"谢解启",比如刘弇、晁补之等人的作品。文中称"虚名闻于当世,故众忌之所排",指曾巩庆历三年(1043)在京城参加科举考试,尽管没有考中,却因结识欧阳修、王安石等人得到奖掖,遂文名远播,并因此遭致段缝等人的诬谤。嘉祐二年(1057),曾巩第三次参加科举考试,而其接受乡荐时间应该在嘉祐元年(1056),《谢解启》大约写于这一年。

伏睹解文,首蒙举选。伏念巩才非卓越,识匪该通。素志慕乎古人,故时情之所背;虚名闻于当世,故众忌之所排。

患难艰危,流离顿挫。孰有至孤之迹,敢萌希进之心?顾生理之难周①,迫私衷之可念。学而干禄②,诚匪素怀;仕以为贫,窃将自比。是以闻诏之出,负笈以来。岂意片文,首尘高选。以至天伦之薄陋③,子党之空疏④,皆自单平⑤,得蒙收齿。退惟会合,亦有端原。此盖伏遇某官,崇奖士伦,助成世教。以虹蜺之光而披饰,以律吕之气而吹嘘。致此屯穷,阶于振发。敢不勉增素学,益励前修,庶全必胜之名,以答至公之赐。谨奉启陈谢。

【注释】

①生理之难周:指难以保全性命。生理,性命。

②干禄:求禄位,求仕进。语出《论语·为政》:"子张学干禄。"

③天伦:天然伦次。指兄弟。语出《穀梁传·隐公元年》:"兄弟,天伦也。"范宁注:"兄先弟后,天之伦次。"

④子党:儿女辈。

⑤单平:谓家世寒微。

【译文】

我看到解文了,在下承蒙抬举,首先得到举荐。私下以为,我曾巩才能并没有卓尔不凡,识见也并非该洽融通。平时仰慕古人,这本来就是和当今的风习相违背的;因为在当今之世浪得虚名,所以为众人避忌而受到排挤。遭受艰难困顿,颠沛流离。有谁能够在特别孤苦伶仃中,还敢萌生希冀进取之心呢?只是考虑到性命难以保全,有一些私自的想法也情有可原。学习如何当官,的确不是我心甘情愿的;迫于生计的目的出来做官,我认同这一观点。因此,听到朝廷诏令颁布以后,我就背负着书籍来了。没有想到,竟然凭借一篇文章,被拔擢为高等。不论同辈或晚辈之人,即便才能浅薄孤陋、家境寒微,也都承蒙列入名籍。退而思忖，遇合际会也是有因缘的。大约由于我们有幸遇到了某位官员，善于推崇嘉奖士人，这对于世风教化大有帮助。用彩虹蜺霞之光装点增饰，用合乎律吕的声音加以鼓吹勉励。让身处困窘之境的读书人，也会振起奋发。岂敢不去不断砥砺自己，增长自己的学问见识，并用前辈贤哲的言行不断勉励自己，希望自己能够捷报频传，来报答自己所获得的公正的恩赐。恭敬地写下这篇启文，表达我的谢意。

【评点】

张孝先曰：志慕古人，名闻当世，干禄非素怀，为贫窃自比。子固立身，固超然于应举之外者，其衷情可想。

【译文】

张伯行评论道：心中敬慕古人，名声远播当代，追求仕禄并非平素情怀，只因贫穷，而自嘲"仕以为贫"。曾巩境界超乎所有应举者之上，他的心情可以追想。

回李清臣、范百禄谢中贤良启

【题解】

李清臣，字邦直，大名府（治今属河北大名）人。皇祐五年（1053）登进士第。治平二年（1065），任和川县令，应贤良方正能言直谏科，入等，授秘书省著作佐郎。官至资政殿学士、北京留守、大名路安抚使。李清臣早年即有文名，为欧阳修、韩琦器重，及为馆阁之臣，文辞典雅，受知于宋神宗，一时高文大册多出自其手。

范百禄，字子功。成都府华阳县（今属四川）人。范镇从子。皇祐初登进士第。治平二年，以著作佐郎应贤良方正能言直谏科，入四等，迁秘书丞。官至翰林学士，中书侍郎。治平二年，曾巩居京师，编校史馆书籍。范百禄通经术,尤长于《诗经》,著有《诗传》二十卷。所为文章精醇典丽,有古人气格。

右巩启:窃以设科以求特起之材,发策以访可行之论,是惟高选,果得异能。伏以贤良某官,志敏以强,词严而赡。迹前世之事,而博极群书;议当今之宜,而常引大体。及亲承于圣问,遂绝出于时髦①。方喜闻风,遽蒙枉记②。仰惟谦抑之过,第积感铭之深。

【注释】

①时髦:当代的俊杰。语出《后汉书·顺帝纪赞》:"孝顺初立,时髦允集。"《尔雅·释言》曰:"髦,俊也。"郭璞注曰:"士中之俊,犹毛中之髦。"

②枉记:屈尊上书。称人对己上书的敬辞。

【译文】

曾巩启白:我私下以为朝廷开科取士是为了寻求卓尔不凡的人才,颁布策论是为了寻访可以执行的高论,如果能够高登选榜,就能证明确有不同寻常的能力。在下认为,某官禀赋贤良,敏而好古,博闻强记,文辞谨严而富赡。探究前代史事,博览群书;议论当今事宜,所引用的观点都合乎圣人根本。等到直接面对圣上的发问,应对又超乎当代俊杰。在下正因听闻相关消息而感到高兴的时候,又烦劳您屈尊致信。仰承您过分的谦虚,只增加我对您的感激。

【评点】

张孝先曰:博群书易,引大体难。合二句看,方得对策之宜,非漫为称赞者。

【译文】

张伯行评论道：博览群书是容易的事，能够把握圣人根本却很难。将此两句一起来看，就可以做出优秀的对策，这绝非泛泛的夸赞。

回人谢馆职启

【题解】

馆职，统称唐宋于昭文馆（唐时又称弘文馆）、史馆、集贤院等处担任修撰、编校等工作的官职。宋敏求《春明退朝录》卷上："唐制，宰相四人，首相为太清宫使；次三相皆带馆职，弘文馆大学士，监修国史，集贤殿大学士，以此为次序。"洪迈《容斋随笔·馆职名存》："国朝馆阁之选，皆天下英俊，然必试而后命。一经此职，遂为名流。其高者，曰集贤殿修撰、史馆修撰，直龙图阁，直昭文馆、史馆、集贤院、秘阁；次曰集贤、秘阁校理。官卑者，曰馆阁校勘，史馆检讨：均谓之馆职。"曾巩本篇所回之人为谁，已不可考。

伏审试艺禁林[①]，升华儒馆，伏惟庆慰。伏以都官学士英材杰出，玉璞混成，遭时运之光华，奋文章之温雅。第荣科于秘殿，早迈等伦；升朓仕于本朝，荐腾誉望。较雕龙之丽藻，利架鳌之秘局。果被明缙，式符舆颂。方展腾书之好，遽蒙削牍之私。仰谦谦，退深感戢。

【注释】

①禁林：翰林院的别称。

【译文】

前不久参加了翰林院的考试，并被馆阁录取，结果很让人欣慰，并很值得庆祝。京城里的官员学士都是一些杰出的英才，就像浑然天成的璞玉，生逢其时，吸纳天地之光华，挥翰文墨，显露温雅之风采。不仅在秘殿之上荣获科名，少年得志；将来还会获得本朝高官厚禄，得到世人奖荐的声誉。比较瀚藻之华美，争夺殿试之魁首。果不出意料，获得拔擢，接受荣耀的礼仪以及世人的赞颂。正当传递书信表达祝贺，却很快就收到了你的来信。心中充满了歉意和感激。

与北京韩侍中启

（一）

【题解】

北京，即大名府（治今属河北大名）。因宋真宗曾在此地暂住，庆历二年（1042）立为陪都。韩侍中，即韩琦，字稚圭，时以司空兼侍中守北京。《续资治通鉴长编拾补》卷三：熙宁元年（1068）十二月"乙丑，韩琦判大名府"。这篇启文当写于熙宁二年（1069）之后。这一年，曾巩通判越州。

右巩启：伏念巩顾以诸生，守兹剧郡。抚敝封之云始[1]，望仁境以非遥。恨无羽翼之飞驰，与操几杖；欲以缄縢之托寓，聊布腹心。然而治狱讼之浩烦，振纪纲之弛坏；觉形劳而少暇，信材短以难周。致是恳诚，稽于进达。属高秋之在序，惟坐镇之多余[2]。必有祯祺[3]，来宁动履[4]。伏以留守司徒太师侍中蓍龟四海，柱石三朝。有太平之功，周公之所以勤王室；有纯一之德，伊尹之所以格皇天。固已书在宗彝，藏之盟府，而乃以退为进，处上用谦。自避远于烦机，久淹回于外服。宜从岩石之望[5]，趣正衮衣之归。敢冀上为宗祊，善绥寝馈。

【注释】

①敝封：对自己所守州郡的谦称，熙宁二年（1069），曾巩通判越州。

②多余：有很多闲暇。

③祯祺：吉祥。

④动履：生活起居。

⑤岩石：代指自然。

【译文】

曾巩启白：我曾巩顾念苍生，守护这样一个大的州郡。在下刚到越州，就感觉到仁人之心离我并不遥远。只恨我不能插上翅膀，飞到您的身旁，帮您操持几杖；多想将对您的祈愿深藏起来，姑且安放在自己的心中。然而，州郡狱讼之事非常驳杂，社会纲纪颓坏，急需提振；感觉自己尽管身心疲惫，没有休息的时间，但是才能不够，心思不周，仍然不能济事。因此，心怀恳切诚敬之心，以求不断进境。眼见秋天就要到了，想到您坐镇州郡，政闲多暇。日常起居，吉祥如意。留守司徒太师侍中拱手治理四海，成为三朝的中流砥柱。正如周公有让天下归于太平的功德，所以他能够帮助周王室；伊尹有纯一的品德，所以他能够辅助皇天。这些功勋均已被铸刻在宗庙的礼器之上，并收藏在盟府之中，而今，您以退为进，对待上司采用谦逊的态度。自己主动远离烦乱的世事，长时间逗留于京城之外。应该听从自己内心对自然的渴望，来校正仕途的迷失。在下冒昧请求您为了宗庙社稷，照顾好您的饮食起居。

（二）

巩启：伏念巩习吏非长，得州最剧。耗神明于簿领，疲精思于追胥。尚恃余庥，幸无旷事。然而塞茅心而已甚，饰竿牍以未遑①。故魂爽虽骛于门阑，而候问不通于幕府。仰系明恕，终赐矜容。今者北土早霜，晏阴始肃。伏惟顺天时之常序,养浩气之至和,神明所依,福禄来萃。恭以司徒太师侍中股肱三世,龟鉴四方。勤劳著于邦家,功德施于社稷。方且敛嘉谋于一面,郁群望者五年。郭令之系安危^②,素形公论;周公之为左右,宜冠本朝。华夏蛮貊之倾心^③,昆虫草木之望赐。岂伊蕞质^④,独注微诚? 伏惟上为宗祊^⑤,善调寝馁。

【注释】

①竿牍:书信。语出《庄子·列御寇》:"小夫之知,不离苞苴竿牍。"

②郭令:此处以唐玄宗时期居功至伟的郭子仪比喻韩侍中韩琦。

③貊(mò):古代对东北方民族的称呼。

④蕞(zuì)质:指微小的形体。

⑤祊(bēng):古代指宗庙之门。

【译文】

曾巩启白:我进入仕途,学习为官之道时间并不长,所统辖的州郡却是很大的。在案牍公文上耗费了大量的精力,在人事管理上也殚精竭虑。尽管如此,仰仗大人庇护,所幸并没有荒废政事。但是,心中已经蔽塞了很长时间,故而没有顾得上给您通信联系。尽管对您的府第神往已久,却没有亲自到您的府第问候致意。承蒙您的包容,并赐予怜惜之意。而今,北方早早就下霜了,天气阴沉了许久才刚散尽阴霾。只有顺应天地四时的运行顺序,培养至正和畅的浩然之气,神明就会依附,福禄就会集聚。司徒太师侍中家族三代皆为朝廷的栋梁之臣,成为天下士人的榜样。为国为家辛勤劳苦,为社稷苍生建功立德。先生为朝廷出谋划策,深孚众望已经五年了。郭子仪身系国家安危,先生之功与之相类已是公论;周公辅佐成王左右,先生之公堪比周公称冠本朝。文明之华夏,蛮荒之四夷,都对先生仰望有加,就像昆虫草木渴望得到雨露的恩泽。难道只有那些微小的东西,向先生表达诚敬之意吗? 只是希望先生向上为了国家社稷,善自调养自己的饮食起居。

【评点】

张孝先曰:妙在措语质。

【译文】

张伯行评论道:文章妙处在于用语质实。

回许安世谢馆职启

【题解】

许安世,字少张,襄邑(今河南睢县)人。治平四年(1067),进士第一。熙宁五年(1072),召为集贤校理,检正中书吏房公事。集贤校理,也即馆职。这篇启文应写于这一年。是年,曾巩守齐州。

右巩启:伏审显承诏检,进践书林①,伏惟庆慰。国家聚四部之书②,藏之秘近;择一时之俊,任以校雠。映朝序以甚清,简上心而滋厚。恭以检正学士学深而富,识以大明。擢平津于廷中③,蔚为首选;赖王祥于海上④,休有治功。天衢寝亨,时望攸属。遂膺给札之召,来贲登瀛之游。侍从迩班,庙堂大任,自兹而往,计日可期。承远贶于珍函,第仰怀于谦德。

【注释】

①书林:指许安世出任集贤校理一职,负责校勘群书。
②四部之书:指经、史、子、集四部之书。自《隋书·经籍志》确立四

部分类法以后,后世一直沿用至今。

③平津:这里指西汉平津侯公孙弘。公孙弘家贫,放牧为生,年四十余乃学《春秋》杂说,专攻公羊学。武帝初举贤良,征为博士。元光五年(前130),复举贤良,以对策第一(一说在元光元年)拜博士。公孙弘熟悉文法吏事,善于援引经义,为武帝信任。元朔三年(前126),迁为御史大夫,后代薛泽为丞相,封平津侯。

④王祥:西晋武帝时官吏。字休徵,琅琊临沂(今属山东)人。性至孝。继母尝欲食鱼,时天寒冰冻,他解衣剖冰求之,相传冰忽自解,有双鲤跃出。此即二十四孝中"卧冰求鲤"的故事。王祥曾隐居庐江三十余年,徐州刺史吕虔辟为别驾,举秀才。累迁大司农、司空,转太尉加侍中,封睢陵侯。

【译文】

曾巩启白:朝廷下达诏令,先生得以来到皇家藏书的圣地,可喜可贺。国家收集经、史、子、集四部书籍,典藏于皇家秘府之中;选择当朝才俊之士,出任校雠之官。馆阁修典可以衬托朝纲更加清宁,辅助圣上之心对待天下苍生更加仁厚。您学问造诣深湛、富赡,识见明晰、远大。朝廷授予您馆职犹如汉廷将公孙弘选拔在朝廷之上,并列为首选;又好比晋武帝信赖王祥于海上,最终建立功勋。天庭大路渐宽,为当今众人仰望瞩目。您接受朝廷的诏令,遂来仙游于此。侍从于皇帝的身边,担当朝廷的肱股之臣,从今以后,指日可待。承蒙您从远方惠赐信函,使人更加敬仰您的谦和美德。

贺韩相公启

【题解】

韩相公,指韩绛,字子华,开封雍丘(今河南杞县)人。庆历二年(1042)高中进士甲科第三名探花,同榜的榜眼是王珪,第四名是王安石。韩绛历户部判官,擢右正言、知制诰,迁龙图阁直学士、翰林学士、御史中丞。哲宗即位,封康国公。元祐二年(1087),以司空、检校太尉致仕。谥献肃。

曾巩自熙宁二年(1069)离开汴京通判越州,至熙宁七年(1074),已跨六个年头,因此文中说"巩一去朝行,六更岁序"。熙宁七年,曾巩在知襄州军事任上。熙宁七年四月,执政六年的王安石被神宗罢免了宰相职务,接替王安石出任宰相之职的是韩绛和吕惠卿。这篇贺启是曾巩得到韩绛拜相消息后写给他的贺信。

　　右巩启:伏审入膺典册,首秉钧衡,凡在生灵,孰不庆幸。伏以史馆相公言为蓍蔡^①,行应准绳,仔肩一德之纯^②,弼亮三朝之盛。君牙之缵旧服^③,世济忠劳;吉甫之宪万邦^④,身兼文武。果还柄用,复冠中台。茂惟拔出之材,素蕴非常之略。方且谊形王室,尽丙、魏之谋谟;泽润生民,本萧、曹之清静^⑤。遂常生于百姓,付众职于群能。跻世太和,与人休息。使雨旸寒燠,罔不从时;草木虫鱼,皆当蒙惠。声教可加于异俗,功名必纪于无穷。巩一去朝行,六更岁序。顾兹旧物,自惭簪履之微;保是孤生,方赖陶钧之赐。其为欣忭^⑥,实倍等伦。

【注释】

①蓍(shī)蔡:蓍龟。蔡,大龟。因大龟出蔡地,故称。古人用以占卜吉凶。此喻有先见之明的人。语出《楚辞·王褒〈九怀〉》:"蓍蔡兮踊跃,孔鹤兮回翔。"

②仔肩:担负,肩负。语出《诗经·周颂·敬之》:"佛时仔肩,示我显德行。"

③君牙:古文《尚书》中《周书》有《君牙》篇,《孔传》本篇《序》云:
"穆王命君牙,为周大司徒,作《君牙》。"可知君牙为周穆王的大
臣。缵(zuǎn):继承。语出《君牙》篇:"今命尔予翼,作股肱心
膂;缵乃旧服,无忝祖考。"

④吉甫:为周宣王贤臣尹吉甫。后代诗文中多以之作贤能宰辅的典
型。如《诗经·小雅·六月》:"文武吉甫,万邦为宪。"

⑤"尽丙、魏之谋谟"几句:丙、魏、萧、曹,指汉相丙吉、魏相、萧何、
曹参。丙、魏相善,且皆有令誉于当时。《汉书·魏相丙吉传赞》:
"近观汉相,高祖开基,萧、曹为冠;孝宣中兴,丙、魏有声。"

⑥忭(biàn):高兴。

【译文】

曾巩启白:前不久看到朝廷颁布的典册,您首次执掌朝廷大权,凡
是天下生灵,没有不感到庆幸的。在下认为您出身史馆,出任宰相后,能
够说出别人看不到的规律,举止则能成为天下士人的榜样,担负再使道
德醇正的使命,辅佐朝廷走向强盛。周穆王之臣君牙继承先辈衣钵,世
世代代忠诚勤勉;周宣王之臣尹吉甫管理众多诸侯国,文治武功,一人兼
备。而今朝廷授权,先生得以领袖朝班。凭借先生超人的才能以及卓尔
不凡的韬略,一定能够像汉相丙吉、魏相一样,为王室出谋划策,像汉相
萧何、曹参一样,使百姓休养生息、安居乐业。顺应百姓生活的自然要
求,赋予百官应有的权力。让世道再现升平的景象,让百姓过上宁静的
日子。使晴雨冷热,都顺应节候的变化;使草木虫鱼,都能蒙受自然的恩
泽。圣人的教化,能够泽被异域的苍生;圣人的功德,能够传之后世,永
志不忘。曾巩离开朝廷,已有六年多的时间,感念旧日物华,微末如鞋
子、簪子也让我不忍面对;能够护佑在下孤身的,端赖先生培育之恩。曾
巩为之满心欢喜,超乎寻常。

襄州与交代孙颀启

【题解】

曾巩曾写作《襄州乞宣洪二郡状》："臣今任至今年九月成资,已蒙差太常少卿孙颀替臣成资阙。今臣去替只有数月,窃念臣为有私便,欲乞就移洪州或宣州一任,情愿守待远阙。"曾巩最终得到朝廷的允准,于熙宁九年(1076),赴任洪州。

这篇启文写于熙宁九年九月,离任襄州之前。朝廷派来接替曾巩襄州之任的是孙颀,曾巩写此启文,向其致意。孙颀,字景修,号拙翁。咸平中登进士第。累迁湖北转运使,终太常少卿。《宋史·艺文志》载孙颀《抄斋唱和集》一卷。交代:在古代,官员前后相接替,权力移交,称为交代。

右巩启:伏念讲闻誉望,积有岁时。历下分符,已出吏师之后;汉南守土,又居仁政之前。惟事契之稠重①,实愚冥之幸会。比于道路,始接光仪②,蒙特异于眷存③,仍曲加于燕劳④。论情至厚,曾何谢于古人;处义甚高,固可敦于薄俗。违离未久,感恋交深。谅惟得日之良,甫及下车之始。颁条多预,纳福甚隆。伏惟知府、少卿积学内充,怀材间出,久更当世之用,自结明主之知。高冠两梁⑤,入缀班于九列;轻车驷马,出按部于百城。方图闲燕之宜⑥,自请蕃宣之便⑦。伫膺诏召,不待岁成。更惟上为庙朝,善绥寝。祷颂之至,序述宁殚。

【注释】

①事契:情谊。
②光仪:光彩的仪容。称人容貌的敬词,犹言尊颜。

③眷存:关注,垂念。

④燕劳:设宴慰劳。

⑤两梁:古代博士和某些高级文官所戴的一种帽子,用缁布做成,有
两道横脊。

⑥闲燕:此指安静、清净的地方。

⑦蕃宣:即藩垣。蕃,通"藩"。宣,通"垣"。本指藩篱与垣墙。引申
为藩屏护卫。语本《诗经·大雅·崧高》:"四国于蕃,四方于宣。"

【译文】

　　曾巩启白:我听别人称颂你的声望,已经有一年多的时间了。先生
在历下不负吏师之名,离任以后,又赴任汉南。心中感念先生深厚的情
谊,我能够结识先生实在是三生有幸。就好像在道路上与先生偶然相
遇,才得以见到先生不凡的风采;既承蒙先生的关照,又劳先生设宴款
待。深情厚谊,丝毫不逊让于古人;高义薄天,真可敦化浇漓之世风。与
先生分别后,时间并不太长,对先生的思念却并不稍减。想必百姓的好
日子,在先生刚刚上任就已经开始了。所颁布的条令,都能给苍生带来
更多的福利。您作为本州知府、太常少卿,学识渊博,怀抱不世之才,定
将为当世所用,为圣主所知。戴着两梁高冠,位列于朝班之上;驾驷马轻
车,巡察所辖百城。刚计划要享受片刻的清闲,又自己请命出辖番邦。
静候朝廷的诏令,并不等到一年的结束。希望先生为了天下苍生,照顾
好自己的日常起居。对您的祝福,是语言无法说尽的。

洪州到任谢两府启

【题解】

　　两府,指行使宰辅权的两个重臣及其所在的机构。在汉代指丞相和
御史,在宋代指中书省和枢密院。

　　熙宁九年(1076),曾巩自襄州移官洪州。前此,襄州任满,曾巩曾
写信给当政者,请求移知宣州或者洪州,而今,基本如己所愿。洪州是曾

巩非常熟悉的地方,早在进入仕途之前,就经常携友游览洪州城。现在年已五十余岁的曾巩,再次来到洪州,从一介布衣,一变而为主管洪州大事的长官,人世沧桑,让人唏嘘不已。曾巩在《移守江西先寄潘延之节推》写道:"忆昔江西别子时,我初折腰五斗粟。南北相望十八年,俯仰飞光如转烛。子遗万事遂恬旷,我系一官尚局促。"十八年间,感慨万千。

伏念巩天与朴愚,众知凡近。材不堪于施设,动辄乖宜;学多失于变通,理难应用。久与游于儒馆,仍有列于朝绅。适当千载之期,曾乏一毫之助。既不能明国家远大之体,为上建言;又未知究乡闾委曲之情,与民兴利。七移岁序,四易外官。坐尸禄廪之优,寂无称效;幸属章程之备,得以持循。兹蒙补郡之恩,俾遂便亲之请。望故乡而接壤,与仲弟以连城。及是忝逾,出于假借①。此盖伏遇某官,心存博爱,量极兼容。簪履之微,未忘于旧物;陶钧之大,不间于孤生②。曲致公言,俾谐私计。惟尽承流之分,庶裨造物之仁。过此已还,未知所措。

【注释】

①假借:宽假,宽容。

②孤生:孤陋的人。常用为自谦之词。

【译文】

曾巩私下以为:自己天资愚鲁,所学的知识也是一些平常、浅近的东西。才能不足以为当世所用,一举一动都不合乎时宜;所学常常不知变通,学理空疏,很难应用。长时间游学于儒学之馆,忝列于朝官之中。正逢千年一遇的盛世,却不能有丝毫的助力。既不能明白国家深远的根本所在,向圣上提供有价值的建议;又不了解民间疾苦,替百姓谋利。七年以来,四次变更朝外任官之所。坐享朝廷赏赐的优厚的俸禄,却独不能名实相副;所幸朝廷有完备的章程,能够得以因循依据。而今承蒙朝廷恩赐补任郡官的机会,并答应我能够方便照顾亲人的请求。所任州郡与我的家乡毗邻,同时也与我二弟任官的州郡相连。所有这些待遇,已经让我惭愧不已,是朝廷对我的宽容。或许是我有幸遇到某位官员,心存博爱包容之心,因此才给予我这样优厚的待遇。即便像簪子、鞋子这样微小的东西,也让人不忍心遗忘;即便像陶钧这样巨大的东西,也不会与孤陋的我有丝毫隔阂。将可以公开谈论的内容,迂曲表达出来,略表我个人的感激。我只有感念这些善意,才能不负造物者的仁爱之心。除此之外,我不知道该说些什么。

【评点】

张孝先曰:"明国家远大之体,为上建言;究乡间委曲之情,与民兴利。"此四句公之所以自谦者,乃其所以自矢者欤? 读其文自知之。

【译文】

张伯行评论道:"辨明国家远大的策略和基础根本,为圣上出谋划策;推究民间百姓的需要和诉求,然后为百姓谋福利。"这四句是曾巩自谦的话,难道不是他为之奋斗的目标吗? 关于这一点,读读曾巩的文章自然就清楚了。

贺东府启

【题解】

东府,唐宋时指丞相府。曾巩在启文中所贺之人为谁,不能确知。通过启文可知,登上相位的人,曾在史馆任职。"巩早游墙屏,幸遇陶熔",说明曾巩早年就已经拜入其师门,并得到了很多指导。综合诸多信息,所贺之人或许为欧阳修。欧阳修于嘉祐五年(1060)自翰林学士兼侍读学士、礼部侍郎、知制诰、史馆修撰,除枢密副使。出任枢密副使也就意味着出任副宰相了。其实曾巩拜入欧阳修师门问学,从庆历二年(1042)就已经开始了。

　　右巩启:伏睹十月二十三日麻制①,伏审史馆相公登庸②,天下幸甚。伏惟史馆相公言为蓍蔡③,行应准绳,兼文武之闳材,富天人之奥学。神祇幽赞,遭圣贤相得之时;夷夏耸观④,备君臣咸有之德⑤。果由枢轴,首秉钧衡。窃惟不世之姿,深达当今之务。必且开公平之路,以序进群能;销壅蔽之萌,以广延众论。以宽大为拯救疮痍之要,以安静为休息疲瘵之端。绌聚敛之无名,偃甲兵而不用。果推此道,以泽吾民。食味别声之伦⑥,举皆受赐;殊邻绝党之俗⑦,孰不向风?福禄可等于丘山,功名必永于金石。巩早游墙屏⑧,幸遇陶熔⑨。龃龉余生,始免挤排之患;零丁滞迹,渐期亨泰之来。想望门阑⑩,以欣以跃。

【注释】

①麻制:唐宋委任宰执大臣的诏命。因写在白麻纸上,故称。

②登庸:选拔任用。语出《尚书·虞书·尧典》:"帝曰:畴咨若时登庸。"

③蓍蔡:本义为蓍龟、筮卜。此喻德高望重的人。

④耸观:踮足观看。

⑤咸有之德:《尚书》中有篇名《咸有一德》,作者据传是伊尹。内容为伊尹对太甲说的话。这篇经文的主题就是"一德之事",即:天命无常,只有经常修德,才可保住君位;停止修德,就会失去君位。

⑥食味别声：这里指普通人。语本《礼记·礼运》："故人者，天地之心也，五行之端也，食味、别声、被色而生者也。"

⑦殊邻绝党：远方异域。

⑧墙屏：指师门。

⑨陶熔：又作"陶镕"，比喻培育、造就。

⑩门阑：犹师门。

【译文】

曾巩启白：我看到十月二十三日的诏命，知道出身史馆的先生荣登相位，天下没有人不为此感到庆幸的。史馆相公言重四方，德高望重，行为举止为天下楷模，文武兼长，学究天人之际。相公独得神灵之护佑，生逢圣贤相和之盛世。相公隆德，夷夏为之瞻望；天命无常，君臣相与修德。如果的确由先生执掌朝廷权柄，品衡天下士人。在下以为，凭借先生不世出的才能，加之先生深明当今天下之急务，一定会还天下公平，广开士人依次进身的路径；打破言路闭塞的局面，广泛采纳不同的言论。把宽厚大度作为拯救黎民的重要手段，把休养生息视作安抚百姓的药剂良方。减少没有名目的赋税，不再劳师兴战、穷兵黩武。如若贯彻这一治国方略，天下苍生必然受到惠泽。不仅普通百姓都能得到恩赐，即便周边方外之民，有谁不仰慕归依呢？相公所得福禄可比肩丘山，相公所建功名与金石同样不朽。曾巩早年有幸忝列相公之门墙，得以聆听相公之教诲。此后坎坷多舛的余生，才免于被人排挤的命运；孤苦伶仃的仕途，才逐渐迎来些许转机。心中向往着师门，不禁欣喜雀跃。

贺蹇周辅授馆职启

【题解】

蹇周辅，字磻翁，成都双流（今属四川）人。据《宋史·蹇周辅传》："知宜宾、石门二县，通判安肃军，为御史台推直官。善于讯鞫，钩索微隐,皆用智得情。""神宗称其能,擢开封府推官,出为淮南转运副使"。"元丰初,循唐制,归百司狱于大理寺,选为少卿,迁三司度支副使"。以集贤殿修撰为河北都转运使,进宝文阁待制,召为户部侍郎、知开封府,事多不决。授中书舍人,不拜,改刑部侍郎。周辅强学,善属文,神宗曾命作《答高丽书》,屡称善。启文中有"分符海徼"之语,指曾巩知福州事。曾巩知福州,时间自熙宁十年(1077)八月至元丰元年(1078)九月。复据《资治通鉴长编》卷二百八十八"元丰元年三月"条有"权发遣福建路转运使屯田员外郎中塞周辅直史馆",故这篇启文应写于元丰元年三月。

右巩启:窃审奉被诏函,进登史观①,伏惟庆慰。窃以安抚运使学士,材资秀特,识度淹冲②。富华国之懿文③,抱据经之宿学。一人嗟异④,欲相如之同时⑤;多士推先⑥,服桓荣之稽古⑦。果由时望,特被朝恩。流马木牛⑧,方佐中都之费⑨;金匮石室⑩,遂窥广内之书⑪。窃惟宠数之行⑫,兹实要途之渐。伫跻法从⑬,敦协金言⑭。巩获在下风,侧闻成命。分符海徼⑮,幸依德庇之余;寓直书林⑯,更托隽游之末。其为欣庆,曷可缕陈?

【注释】

①史观:即史馆。

②淹冲:深远。

③华国:光耀国家。懿文:华美的文章。

④嗟异:赞叹称异。

⑤相如:指西汉赋家司马相如。

⑥推先:推尊。

⑦桓荣：东汉建武年间博学稽古之士桓荣。据《后汉书·桓荣传》，建武二十八年（52），桓荣升任太子少傅，并被"赐以辎车、乘马。荣大会诸生，陈其车马、印绶，曰：'今日所蒙，稽古之力也，可不勉哉！'"

⑧流马木牛：三国时期，蜀汉丞相、军师诸葛亮与曹魏作战时，大量军粮需要从四川盆地向北边的汉中各地运送，但是要通过艰险的秦岭，一般马队车辆根本不能通行，于是他设计了"木牛流马"来解决军粮运输问题。

⑨中都：京都。

⑩金匮石室：古时保存书契文献之处。颜师古在《汉书·高帝纪》中注曰："以金为匮，以石为室，重缄封之，保慎之义。"

⑪广内：西汉皇家藏书之地。杜佑《通典·职官八》："汉氏图籍所在，有石渠、石室、延阁、广内，贮之于外府；又御史中丞居殿中，掌兰台秘书及麒麟、天禄二阁，藏之于内禁。"

⑫宠数：帝王给予的礼数。

⑬法从：跟随皇帝车驾，即追随皇帝左右。语出《汉书·扬雄传上》："又是时赵昭仪方大幸，每上甘泉，常法从，在属车间豹尾中。"颜师古注："法从者，以言法当从耳，非失礼也。一曰从法驾也。"

⑭佥（qiān）言：众人的意见。

⑮分符：犹剖符。谓帝王封官授爵，分与符节的一半作为信物。海徼：谓近海地区。曾巩《福州谢到任表》："慰海徼之幽荒，布德音之宽大。"

⑯书林：极言史馆藏书之多。

【译文】

　　曾巩启白：我看到朝廷诏令，先生荣登史馆之职，可喜可贺。我认为安抚运使学士天赋英才，超凡冠群，识见思虑既深且远。所学根底经史，文章华美,篇帙富赡,光耀国家。一人为众人赞叹称异,好比与司马相如同处一时,受众人景仰,就像桓荣因稽古之力得到天子恩宠,而世人艳羡。先生的确能够深孚众望,并得到朝廷的眷顾。正如三国诸葛孔明,出奇谋,制造木牛流马运输军粮,来解决汉中燃眉之急;既登馆阁,就有机会观览皇家藏书。这是天子赐予的非常礼数,循此以往,自当为朝廷重臣。随侍天子周围,将民众的诉求告知圣君。曾巩已听到传言朝廷对我的任命,与先生相较,甘拜下风。我被派遣到近海地区,所幸有你大德庇佑;先生跻身馆阁,在下很荣幸能做您的朋友。不禁欣喜过望,怎能一一言说?

回泉州陈都官启

【题解】

都官,隋唐时指刑部尚书。曾巩《都官制》:"系累春馌之人,恤其廪给,而申其诉竟,主以郎吏,国之旧章,尔惟惠兹,宜莅厥职,尚思奋励,以称敷求。"

陈都官,即陈枢,字慎之,湖州长兴(今属浙江)人。曾巩《尚书都官员外陈君墓志铭》记载陈枢生前事迹甚详:"盖元丰元年,巩为福州,充福建路兵马钤辖,奏疏曰:'臣所领内,知泉州事、尚书屯田员外郎陈枢,质性纯笃,治民为循吏,积十有五年,不上其课,故为郎久不迁。方朝廷抑浮竞、尚廉素之时,宜蒙特诏有司奏枢课,优进其官,以奖恬退。'于是天子特迁君尚书都官员外郎,诰曰:'吾宠枢也,所以戒奔竞。'"从墓志铭可知,曾巩知福州时,陈枢为泉州知州。陈枢是一位颇有政绩的地方官,因朝中无人举荐,辗转州郡达十五年之久。曾巩任福建路兵马钤辖,泉州在其统属,他一到任,注意到陈枢的不公待遇,立即上书朝廷,为之申述。经曾巩申述,朝廷特迁陈枢为尚书都官员外郎。陈枢获迁后,致信感谢曾巩,这篇文章是曾巩的回启。因为曾巩元丰元年(1078)九月离开福州赴任太常寺,这篇启文大约写于元丰元年九月之前。

　　右巩启:窃审祗奉茂恩,进升宠秩,伏惟庆慰。窃以知府都官周材经务,令德镇浮①。席肵仕以弥优②,简清衷而有素③。循良之政,已洽于民谣;恬退之风,足敦于世教。果膺异数④,进陟名曹。侧聆成命之行⑤,方窃同声之喜⑥。岂期厚眷,特枉长笺。载规谦抑之辞,但切感铭之恳。

【注释】

①镇浮:抑制轻浮。语本《国语·楚语上》:"教之乐,以疏其秽而镇其浮。"

②席:居于某种职位。肵仕:即得到重用,身居高位。肵,厚,盛。仕,任用。语出《诗经·小雅·节南山》:"琐琐姻亚,则无肵仕。"

③清衷:清心之意。

④异数:特殊的礼遇。

⑤成命:已做出的决定,已发布的命令。

⑥同声:谓众口一辞。语出扬雄《解嘲》:"是以欲谈者宛舌而固声,欲行者拟足而投迹。"

【译文】

曾巩启白:阁下敬奉圣上恩宠,官阶品秩得以荣升,可喜可贺。在下认为,阁下具有周备之才,经纶世务,高德令名,足以抑制当今的轻浮世风。被朝廷重用而更显优秀,诚心敬意而越发无欲而刚。奉公守法,已广为民众颂扬;恬淡不争的风格,足以成为世人的楷模。如若能够得到天子的特殊礼遇,就能成为一代名宦。当我听到朝廷发布的嘉奖命令,心中窃喜与自己的看法是一致的。没有期望得到您的眷顾,却劳您写来长信。信中文辞体现了您谦虚的美德,也让我感动并铭记在心。

明州到任谢两府启

【题解】

元丰元年（1078）九月，曾巩在福州任上接到了朝廷召判太常寺的任命，于是启程北上。十二月，到达江宁府（今江苏南京）。突然接到朝廷要他改知明州（今浙江宁波）的命令。尽管不很情愿，他还是于元丰二年（1079）正月二十五日，来到了明州。这篇启文，是他刚刚到任后写给朝中宰辅的致谢信。

两府，指行使宰辅权的两位重臣及其所在的机构。欧阳修《归田录》卷二："盖枢密使唐制以内臣为之，故常与内诸司使、副为伍。自后唐庄宗用郭崇韬，与宰相分秉朝政，文事出中书，武事出枢密，自此之后，其权渐盛，至今朝遂号为两府。事权进用，禄赐礼遇，与宰相均。"

右巩启：伏奉敕命，授前件差遣，已于正月二十五日到任上讫。伏念巩才无远用，学殆小知，误蒙假器之恩，愧乏当官之效。属时泰豫①，遇上休明②，欲治之心，复追于三代，非常之旦特起于千龄。顾是孤生，最为远迹。虽逢辰之难得，独揣己之无堪③。故群材衔鬻之初④，未始自陈于薄技；而众论骋驰之际⑤，何尝骤预于半辞⑥？锱铢动谨于成规，毫发敢萌于私见。以兹循分⑦，庶获寡尤⑧。然而一去本朝，六祗外服。十年荏苒，未谐拱极之诚⑨；万里周流，尚负循陔之念⑩。当至仁之平施，亦微物之可哀。兹者方抵诏以在途，复析符而假守⑪。惟四明之穷裔，处百奥之东偏。浮海之航，鼎来于远国⑫；践山之筑，益起于坚城。猥出选抡⑬，冒应寄属⑭。此盖伏遇某官辅成世教，乐育士伦。阴推覆护之私,每借吹嘘之力。致兹顽钝,与在甄收。然而察无他恶之肠,方赖兼容之度。草茅之质,使遂于向阳;菽水之欢^⑮,许伸于反哺。尽待曲成之赐^⑯,俯厌难止之情^⑰。誓在糜捐^⑱,用酬钧播^⑲。

【注释】

①泰豫:国家安顺无事。

②休明:用以赞美明君或盛世。

③揣己:估量自己。

④衒鬻(xuàn yù):犹夸耀。本意指叫卖,引申为炫耀卖弄。

⑤骋驰:此指议论国事非常活跃。

⑥何尝骤预于半辞:此句中"骤"有数种异文。文渊阁《四库全书》本《元丰类稿》作"参"。

⑦循分:恪守职分。

⑧寡尤:少犯过错。语出《论语·为政》:"子曰:'多闻阙疑,慎言其余,则寡尤。'"

⑨拱极:犹拱辰。拱卫北极星,喻指拱卫君王。

⑩循陔(gāi):此指奉养父母。《诗经·小雅》有《南陔》篇。其序曰:"《南陔》,孝子相戒以养也。"其辞失传,晋束皙曾补作。《文选·束皙〈补亡诗·南陔〉》:"循彼南陔,言采其兰。眷恋庭闱,心不遑安……"李善注:"循陔以采香草者,将以供养其父母。"

⑪假守:古时称权宜派遣而非正式任命的地方官。语出《汉书·项籍传》:"会稽假守通素贤梁,乃召与计事。"张晏注:"假守,兼守也。"

⑫鼎来:方来,正来。语出《汉书·匡衡传》:"诸儒为之语曰:'无说《诗》,匡鼎来;匡说《诗》,解人颐。'"颜师古注:"服虔曰:'鼎犹言当也,若言匡且来也。'应劭曰:'鼎,方也。'"

⑬选抡:选拔,选择。

⑭寄属:谓委以重任。

⑮菽水:豆与水。指所食唯豆和水,形容生活清苦。后常以"菽水"指晚辈对长辈的供养。语出《礼记·檀弓下》:"子路曰:'伤哉!贫也! 生无以为养,死无以为礼也。'……孔子曰:'啜菽饮水,尽其欢,斯之谓孝。'"

⑯曲成:多方设法使有成就,委曲成全。语出《周易·系辞上》:"曲成万物而不遗。"孔颖达疏:"言圣人随变而应,屈曲委细,成就万物。"

⑰难止:驱逐鬼疫。语出《后汉书·礼仪志中》:"故以五月五日,朱索五色印为门户饰,以难止恶气。"

⑱糜捐:粉身碎骨,舍弃生命。

⑲钧播:尊长的教化。

【译文】

曾巩启白:在下敬奉朝廷诏令,并得到诏令中所差遣官职,已经于正月二十五日到达派遣之地。我并没有堪为国家大用的才能,所学也器局隘小,承蒙天子误识,并假于公器,自己却不能为天下官员效法,实在心中有愧。正逢国家安顺无事,天子圣明,世道隆盛,天子有为,远追三代,此乃千载难逢的大好时机。只是像我这样的孤陋之人,远离了政治的中心。尽管生逢盛世,暗自掂量自己,却没有致君尧舜的大才。所以,在众人竞相展示自己才能的时候,我却没有展示哪怕微薄的才能;当众人纵横捭阖议论国事之时,我也没有半辞之赞。任何微小的变动都必须合乎规矩;任何微小的念头都不敢起于一己之私。如此恪守本分,的确能够少犯错误。但是,一旦离开朝廷,六次辗转任官朝外。十年之间,没有像拱卫北极星一般,输诚于天子;万里浪迹,不能采香草于南陔以供养父母。天子至仁之心布泽万物,即便微末之蝼蚁也能得其德泽,虽有可哀,亦属可怜。适才得到朝廷诏令,奔赴任官之所,中途又接到临时任命,暂时管辖四明。四明是一个偏僻闭塞的地方,处于百越中最东的一隅。漂于海上的往来行船,都是远道而来的;依山而起的建筑,使城池越发显得坚固。承蒙朝廷选拔,并委以重任。在下也许正好遇到一位热衷于辅成世教的官员,并乐于奖掖培育天下士人。暗地里庇护照顾,常常夸赞推许。以至于像我这种顽冥愚钝之人,也能够经审核而被录用。而后又经过仔细考察,并不存在险恶的心肠,便得到海涵包容。就好比普通的茅草,得到了太阳的光辉;寸草之心,也思报答三春之晖。朝廷委屈成全在下,满足在下不情之请。在下自当以身相许,辅君教化百姓,报答天子知遇之恩。

贺赵大资致政启

【题解】

赵大资,即赵抃,字阅道,衢州西安(今属浙江)人。元丰二年(1079)二月,加太子少保致仕,时年七十二。大资,宋代资政殿大学士的简称。叶梦得《避暑录话》卷上:“本朝官称初无所依据……观文、资政殿皆有大学士,观文称大观文,而资政称大资。”

致政,犹“致仕”。指官吏将执政的权柄归还给君主。《礼记·王制》:“五十而爵,六十不亲学,七十致政。”郑玄注:“致政,还君事。”

右巩启:窃审进秩宫朝①,归荣里闬②,伏惟庆慰。恭以致政宫保大资,言为蓍蔡,行应准绳③。肩一德以在躬④,历三朝而遇主。谠言大论⑤,著在朝堂;善政流风,被于藩服。引年求谢⑥,抗疏弥坚。屡降德音,方倚老成之重;难回壮节,闵有官职之劳。蹿升储寀之华⑦,退遂家居之乐。门开祖帐⑧,众叹大夫之贤;庭列赐车,自知稽古之力⑨。惟能谐于素志,实何愧于昔人。巩叨荷陶钧⑩,与游门馆。观大贤出处之迹，足劝士伦；知儒者进退之宜，敢忘师慕？其为欣跃，倍万等俦。

【注释】

①进秩：晋升官职，增加俸禄。

②里闬（hàn）：里门。这里代指乡里。

③准绳：比喻言行所依据的原则或标准。

④一德：谓始终如一，永恒其德。语出《周易·系辞下》："恒以一德。"孔颖达疏："恒能始终不移，是纯一其德也。"

⑤谠（dǎng）言：正直之言，直言。语出《汉书·叙传上》："吾久不见班生，今日复闻谠言！"

⑥引年：谓古礼对年老而贤者加以尊养。后用以称年老辞官。语出《礼记·王制》："凡三王养老，皆引年。八十者一子不从政，九十者其家不从政。"

⑦躐（liè）升：谓越级升迁。躐，逾越，越过。储寀（cǎi）：太子属官。

⑧祖帐：古代送人远行，在郊外路旁为饯别而设的帷帐。亦指送行的酒筵。

⑨稽古：考察古事以为今用。语出《尚书·虞夏书·尧典》："曰若稽古帝尧，曰放勋。"

⑩陶钧：指制造陶器用的转轮。此比喻治国的大道。陶，冶。钧，范。

【译文】

曾巩敬启：阁下进宫接受天子的恩赐，得以荣归故里，可喜可贺。在下恭祝阁下在资政殿大学士、宫保任上荣耀还政，阁下德高望重，言行举止为天下士人楷模。阁下永恒其德，辅助三朝君主。阁下立于朝堂之上，直言君上，言犹在耳；治理州郡，为天下百姓颂扬，远播边地。比年以来，阁下一直坚请归养，但天子一直坚拒不许。天子屡次格外关照阁下，想要倚重阁下的老成持重；却无奈阁下年事已高，壮岁不再，有心无力，担心阁下不能胜任繁重的政务。天子恩赐阁下为太子属官,恩准阁下退养故里,安享天年。临行之际,百官设宴送行,众人都赞叹阁下的贤德;天子赏赐阁下的礼品列于庭中,琳琅满目,阁下已然成为天下读书人的楷模。阁下胸有大志,无愧于古人。我早年就有幸接受阁下的教诲,出入先生门下。看到天下大贤出仕与退隐的选择,足以让天下士人学习效法;观察儒者在合适的时候出仕或退隐,怎么能够忘记阁下的垂范?每想到此处,欣喜之情,无法言说。

亳州到任谢两府启

【题解】

据曾巩《移知亳州乞至京迎侍赴任状》:"兼臣昨任福州,已系远地,迎侍不得。即今老母多病,见在京师,人子之谊,晨昏之恋,固难苟止。二者于臣之分,实为迫切。如臣合当避亲,臣不敢陈乞在京差遣,只乞对移陈、蔡一郡,许臣暂至京师,迎侍老母赴任。使臣仰得就日月之光,俯得伸犬马之养。今臣幸蒙恩诏移守亳州,如臣所请。况亳州去京不远,欲乞许臣暂至京师,迎侍老母赴任,臣见已交割讫,发离前来。所有回降朝旨,乞降至泗州付臣。"曾巩在明州任职仅五个月,又接到了朝廷让他徙知亳州(治今属安徽)的任命。元丰二年(1079)七月十六日,来到亳州。致谢启文应该写于此时。

右巩启:蒙恩授上件差遣[1],已于今月十六日到任上讫[2]。伏念巩少虽好学,长乏异能。烛理甚疏[3],盖聪明之难强;受材素薄[4],顾齿发之已衰,误窃宠灵[5],叨尘器使[6]。兹者缘避亲之著令[7],蒙易地之推恩。距畿甸以非遥,就庭闱而甚便。夫何蕞质,乃尔冒居?此盖伏遇某官,以广爱之心而辅成世教,以并容之度而奖育士伦。致是颛愚[8],及于推齿。慰倚门之望[9],已出于埏熔[10];谢推毂之言[11],敢忘于策励!庶收薄效,仰答误知,过此以还,未知所措。

【注释】

①上件:犹上述。指由明州徙知亳州。

②今月十六日:指七月十六日。

③烛理:考察事理。

④受材:天赋的才能。

⑤宠灵:恩宠光耀。

⑥叨尘:犹"忝任"。谓自己的才能与所任之职不相配。器使:重用。

⑦避亲:唐宋以后封建社会的考试授官制度,为避嫌疑,凡有亲属关系者不能同地做官,如果已在同地则职位较低者改官他地。

⑧颛(zhuān)愚:愚昧,笨拙。颛,愚昧。

⑨倚门之望:典出《战国策·齐策六》:"王孙贾年十五,事闵王。王出走,失王之处。其母曰:'女朝出而晚来,则吾倚门而望;女暮出而不还,则吾倚闾而望。'"后因以"倚门"或"倚闾"谓父母望子归来之心殷切。

⑩埏(shān)熔:又作"埏镕"。栽培、培育之意。

⑪推毂(gǔ):荐举,援引。

【译文】

曾巩敬启:承蒙天子恩赐,授官上述差遣,已经于本月十六日到达任所。我曾巩尽管年少时非常好学,但长大后也没有什么特殊的才能。本人疏于考察事理,大约聪明的能力是很难强求的;本人并无过人的天赋,到如今年事已高,谬承天子恩宠,自己的才能与所任之职并不相配。按照法律规定,为规避嫌疑,我和弟弟不能同地做官;承蒙调整到距离京城很近的地方,能够方便照顾我的母亲。我有何德何能,能够承受如此恩

遇？应该是有幸碰到某官，以博爱之心辅助天下教化；用包容之心奖掖
天下士人。以至于像我这样的愚笨之人，尚且能够因为年龄虚长几岁的
原因而被奖掖。为告慰亲人对我的期盼，而不断地栽培我；我自当为报
答知遇之恩，岂敢不去不断勉励自己！希望能够取得一些成绩，来对得
起朝廷对我的谬奖，除此之外，我不知道该做些什么。

到亳州与南京张宣徽启

【题解】

张宣徽，即张方平，字安道，晚年号乐全居士，应天宋城（今河南商
丘）人。治平四年（1067），擢参知政事。因曾拜宣徽北院使，所以人称
张宣徽。南京，北宋景德三年（1006），因太祖在周末曾为宋州节度使，
升宋州为应天府。大中祥符七年（1014）建为南京，在今河南商丘。

　　右巩启：蒙易近藩，获邻乐境。虽未得就诸生之列，请
益于《诗》《书》；然足以闻长者之风，仰高于道谊。始敢通
笺记参候之礼，庶几将心诚饥渴之勤。载省孤蒙①，实为幸
会。今者杪秋伊始，严气将升，仰惟吐纳之宜，无爽燕闲之
喜②。伏惟某官言为蓍蔡，行应准绳。茂劳烈于三朝，耸仪
刑于四海③。仲山之明且哲④，宜保令名；鲁公之寿而臧⑤，永
膺全福。更冀上为邦国，善保寝兴，祷颂之诚，叙陈罔既。

【注释】

①孤蒙：谓孤陋愚昧。多用为自谦之词。梁章钜《称谓录·谦称》：
"孤而自谦曰孤蒙，又曰单人。"

②燕闲：公余之时，闲暇。

③仪刑：楷模，典范。

④仲山：宋人林岊，字仲山，古田（今属福建）人。尝守全州，有《毛诗讲义》传世。《宋史》无传。而《福建通志》称：其在郡九年，颇多惠政，重建清湘书院，与诸生讲学，勉敦实行，郡人祀之。

⑤鲁公：唐人颜真卿，安史之乱时，颜真卿率义军对抗叛军。后因孤立无援，只得放弃平原至凤翔，被授为宪部尚书，后迁御史大夫。唐代宗时官至吏部尚书、太子太师，封鲁郡公，人称“颜鲁公”。兴元元年（784），遭宰相卢杞陷害，被派遣晓谕叛将李希烈，凛然拒贼，终被缢杀。曾巩有《抚州颜鲁公祠堂记》。

【译文】

曾巩敬启，承蒙您的眷顾，将我调至离家很近的州郡任职，这的确是一个让人心神愉悦的地方。在下尽管不能忝列先生门下，向您请教有关《诗经》《尚书》的问题，但是仍然能够听闻人们传颂先生长者的风采，向往您高深的道德修养。到现在才贸然写信给您，以尽晚辈候谒之礼，并满足在下对先生如饥似渴般的思念与敬意。像我这样孤陋之人能够得到先生的栽培，实属三生有幸。而今，时令已至晚秋，寒气即将升腾，请您注意起居安排，顺应天时，不违人事。您出言若符合节，举止为天下楷模。先生功勋卓著冠于三朝；四海之内无不对先生之威仪肃然起敬。林仲山明大义而睿智，所以能够将美名传之后世；颜真卿高寿且仁义，所以能够保全已有的福运。再次祈愿先生以国家为念，照顾好自己的起居，发自我内心的美好祝愿，没有停歇的时候。

回陆佃谢馆职启

【题解】

陆佃，字农师，号陶山，是南宋著名爱国诗人陆游的祖父。熙宁三年（1070）进士，授蔡州推官、国子监直讲。徽宗即位，召为礼部侍郎，命修

《哲宗实录》。后拜尚书右丞,迁左丞(副宰相)。陆佃早年家贫苦学,映月读书。过金陵受教于王安石。王安石问新政于陆佃,陆佃曰:"法非不善,但推行不能如初意,还为扰民,如青苗是也。"王安石以陆佃不附己,专付之经术,不复咨以政。

曾巩曾草制《陆佃兼侍讲蔡卞兼崇政殿说书制》,评价陆佃"好古知经"。陆佃《陶山集》亦有《次韵和曾子固舍人二首》,可见二人交集之一斑。陆佃与曾巩异母弟曾肇也有较多的交往。

　　右巩启:伏审祗膺诏检①,入践书林,伏惟庆慰。伏惟侍讲学士敏识兼人,英辞华国②。翰林子墨之赋③,蚤擅雄名;《玉杯》《繁露》之篇④,多明大义。岂独坐收于士望⑤?固能自结于主知。特启书筵⑥,密邻禁户。《凡将》《急就》之字⑦,已赖发明;广内石室之藏⑧,更资是正。兹惟异选,奚测远途。方喜托于余光⑨,遽先承于华问⑩。烨如黼藻⑪,实骇于弥文⑫;沛若江河,更钦于善下。其为感幸,曷罄敷陈!

【注释】

①祗膺:敬受。诏检:即诏书。

②华国:光耀国家。

③子墨:汉扬雄作品中虚构的人名。后借指文章、文辞。典出扬雄《长杨赋》序:"聊因笔墨之成文章,故藉翰林以为主人,子墨为客卿以风。"李周翰注:"子者,男子之通称。借以为主客而讽焉。"

④《玉杯》《繁露》:《汉书·董仲舒传》:"说《春秋》事得失,《闻举》《玉杯》《蕃露》《清明》《竹林》之属,复数十篇。"颜师古注:"皆其所著书名也。"后因泛称重要著作为"玉杯""繁露"。

⑤士望:犹众望。

⑥书筵：谓校理书籍之席位。

⑦《凡将》《急就》：从周秦至汉，陆续出现了多种启蒙性的识字读物。据史书记载：周有《史籀篇》，西汉有《仓颉篇》、司马相如《凡将篇》及史游的《急就篇》。后世除《急就篇》外，前三者均已佚失。

⑧广内：西汉皇家藏书之地。石室：古时保存书契文献之处。

⑨余光：喻指美德、威势所显现或留下的影响。

⑩华问：美好的声誉。问，通"闻"。声闻，名声。

⑪黼（fǔ）藻：指华美的辞藻或文字。

⑫弥文：谓富于文采。

【译文】

曾巩敬启，我看到诏书，先生得以履职秘书省，可喜可贺。先生敦敏，识见过人，文章风采，光耀国家。先生少年即名扬天下，诗赋之才不让子墨；先生明晓大义，著述论说，堪比董仲舒的《玉杯》《繁露》。凭借这样的才华，怎能仅仅供天下士人敬仰？必然为天子所知并委以重任。圣上特地授予校理书籍之职位，靠近皇帝居住的密禁之地，以备随时顾问。《凡将》《急就》中的文字，还依赖先生发明其意；皇家藏书也须先生校勘订正。这真是一个超越寻常的选择，先生前途当然不可限量。在下正想封书道贺，不想先生却捷足先登来信问候。先生文章辞藻华美，让人惊骇于其富赡的文采；文章气势充沛，如江河滔滔，更让人钦敬不已。在下对先生的感念祝福，是用语言难以描述尽的！

与定州韩相公启

【题解】

韩相公，指韩绛。韩绛在熙宁三年（1070）、熙宁七年（1074）两次拜相，故曾巩称之为相公。元丰元年（1078）改知定州。本文有"兹者蒙易近藩,匪遥台席",以及"属晏阴之在序,当严气之方升"等句子。据此可以判断,这篇启文大约写于元丰二年(1079)夏至前后。在这一年,曾巩刚由明州移知亳州。

　　右巩启:伏念巩转走江湖,推移岁月,望门墙而既远^①,通书问以无缘。兹者蒙易近藩^②,匪遥台席。虽未得就诸生之列,请益于《诗》《书》;犹足以闻长者之风,仰高于道谊。始敢修笺记参候之礼,庶几将心诚饥渴之勤。载省孤蒙,实为幸会。属晏阴之在序^③,当严气之方升,仰惟吐纳之宜,无爽燕间之喜。伏惟判府相公言为蓍蔡,行应准绳。茂劳烈于三朝,耸仪刑于四海。韩侯之鞗革金厄,暂殿方维^④;周公之衮衣绣裳,伫还钧轴^⑤。更冀上为邦国,善保寝兴。祷颂之诚,叙陈罔既。

【注释】

①门墙:师门。

②近藩:离京城很近的州郡。这里指亳州。

③晏阴:微阴,借指夏至。

④韩侯之鞗(tiáo)革金厄,暂殿方维:这两句借《诗经·大雅·韩奕》中的韩侯代指暂时镇守地方的韩绛,同时也隐喻韩绛依然能够得到皇帝的信任。韩侯之鞗革金厄,典出《诗经·大雅·韩奕》,韩侯深受天子宠爱,天子赏赐给韩侯很多贵重的礼物。鞗革,马笼头。金厄,金属装饰的车轭。这些都为天子所赐。方维,指地方军政长官。

⑤周公之衮衣绣裳,伫还钧轴:周公之衮衣绣裳,典出《诗经·豳风·九罭》),这是一首赞美周公,挽留周公的诗歌。周公东征,平

定叛乱,受到东人的爱戴,东人挽留周公而不得,而作此诗。诗中有"我觏之子,衮衣绣裳"之句,"之子"指周公。伫还钧轴,指有朝一日,归还朝廷,再次担负起国家重任。钧轴,指担负国家重任的人。

【译文】

曾巩敬启,在下曾巩辗转流荡于江湖之间有若干岁月,已经远离了先生的门墙,即便书信也无缘传递。最近承蒙朝廷的眷顾,将我调至离家很近的州郡任职,距离您的讲席并不很远。在下尽管不能忝列先生门下,向您请教有关《诗经》《尚书》的问题,但是仍然能够听闻人们传颂先生长者的风采,向往您高深的道德文章。到现在才贸然写信给您,以尽晚辈候谒之礼,并满足在下对先生如饥似渴般的思念与敬意。像我这样孤陋之人能够得到先生得栽培,实属三生有幸。而今,时令已到夏至,暑气即将升腾,请您注意起居安排,顺应天时,不违人事。您出言若符合节,举止为天下楷模。先生功勋卓著冠于三朝;四海之内无不惊叹于先生之威仪。像韩侯一样,乘坐天子赐予的华丽的马车,暂时镇守在地方;像周公一样,身着龙纹锦绣的衣裳,总有一天再度重掌大任。再次祈愿先生以国家为念,照顾好自己的起居,发自我内心的美好祝愿,没有停歇的时候。

贺韩相公赴许州启

【题解】

韩相公,即韩绛。生平见《与韩相公启》题解。复据《宋史·韩绛传》,韩绛在熙宁三年(1070)拜同中书门下平章事,同年前往西北,与西夏交战,由于不习战事,兵败城陷。遂罢知邓州。第二年,以观文殿学士徙许州。熙宁七年(1074),复代王安石为相,因与吕惠卿不和,乃密请神宗再度起用王安石,希望与王安石一起应对吕惠卿。不想王安石到任后，却与吕惠卿站在一起，韩绛遂自请离任相职，尽管神宗再三挽留，韩绛去意已决，最终出知许州。可知，韩绛两次出知许州，一次在熙宁四年（1071），是因为兵败后被贬；一次在熙宁七年，是因为与王安石、吕惠卿政见不合，自请外任。据本文"力抗至言，屡辞于荣禄；眷求旧德，方属于上心"的措辞来推断，这篇启文应该写于韩绛第二次出知许州后不久，也即熙宁七年。题目中有"贺"字，有相贺之意：韩绛远离政治漩涡，此为可贺者一；韩绛自求外任，天子再三挽留，如此见重于天子，此为可贺者二。而上一次出知许州，为贬黜，就无"贺"可言了。熙宁七年，曾巩正在知襄州军事任上，写信给韩绛，也有希求援引之意。

　　右巩启：伏审远持信瑞①，入奉清闲，假泰筮以诹辰②，命馆人而饬驾。百灵奔卫③，宜无陟降之劳④；六气节宣⑤，当遂神明之适⑥。伏以判府相公材为人杰，行备天常⑦。出尧、舜之盛时，绍韦、平之庆阀⑧。忠纯之操，简注于三朝⑨；恺悌之风⑩，仪刑于四海⑪。比辍庙堂之任，少留藩辅之雄。力抗至言，屡辞于荣禄；眷求旧德⑫，方属于上心。用均边阃之勤⑬，使易乡邦之便。韇革金厄⑭，已严入觐之装；衮衣绣裳，行允公归之望。仁膺典册⑮，首秉钧衡。巩处世多奇，误知最久。持心素厚，未忘坠屦之微⑯；引脰永怀⑰，已动扫门之喜⑱。更冀上为宗社，善保寝兴。

【注释】

①信瑞：圭为五瑞之一，是受到天子信用的象征，后喻指皇帝予以委任的印信。

②泰筮：对卜筮的美称。用蓍草占卜叫筮。语出《礼记·曲礼上》："假尔泰龟有常，假尔泰筮有常。"孔颖达疏："泰，大中之大

也。欲褒美此龟、筮，故谓为泰龟、泰筮也。"诹辰：又作"诹吉"，意为选择吉日。

③百灵：各种神灵。语出《文选·班固〈东都赋〉》："礼神祇，怀百灵。"

④陟（zhì）降：升降，上下。语出《诗经·大雅·文王》："文王陟降，在帝左右。"朱熹《诗集传》："盖以文王之神在天，一升一降，无时不在上帝之左右，是以子孙蒙其福泽，而君有天下也。"

⑤六气：自然气候变化的六种现象。指阴、阳、风、雨、晦、明。节宣：指或裁制或布散以调适之，使气不散漫，不壅闭。

⑥神明：天地间一切神灵的总称。

⑦天常：天的常道。常，指封建的纲常伦理。

⑧韦、平：西汉韦贤、韦玄成与平当、平晏父子的并称。韦、平父子相继为相，世所推重。《汉书·平当传》："汉兴，唯韦、平父子至宰相。"庆阀：光荣的家世。

⑨简注：留心，关注。三朝：指仁宗、英宗、神宗三朝。

⑩恺悌：和乐平易。

⑪仪刑：为法，做楷模。

⑫旧德：指德高望重的老臣。

⑬边阃（kǔn）：犹边关。

⑭鞗（tiáo）革：马笼头。金厄：金属装饰的车轭。语出《诗经·大雅·韩奕》："鞹鞃浅幭，鞗革金厄。"

⑮伫膺：期望接受。典册：帝王的任命。

⑯坠屦：即"坠履"。典出贾谊《新书·谕诚》："昔楚昭王与吴人战，楚军败，昭王走，履决背而行失之。行三十步，复旋取屦。及至于隋，左右问曰：'王何曾惜一踦屦乎？'昭王曰：'楚国虽贫，岂爱一踦屦哉！思与偕反也。'自是之后，楚国之俗无相弃者。"后因以"坠履"为不轻易遗弃旧物或故物失而复得之典。

⑰胿（dòu）：颈项。

⑱扫门：魏勃少时欲求见齐相曹参，家贫无以自通，乃常独早起为齐相舍人扫门。齐相舍人怪而为之引见。详见《史记·齐悼惠王世家》。后以"扫门"为求谒权贵的典故。

【译文】

曾巩敬启：相公奉天子之命巡察州郡，完成圣命后，再回到朝廷履任清要之职，借助占卜，选择吉日启程；让馆阁的僚属整理行李。有百神的呵护就不会颠簸劳顿；自然气候的变化，应当适应神灵的要求。判府相公才能堪称人中豪杰，一言一行，皆能合乎天道。生逢尧舜之圣君，继承显赫之家世。忠义纯善的操守，为三朝圣君所留意；和乐平易的家风，成为四海之内的表率。刚刚卸任朝廷的职任，马上赴任地方大员。尽管屡次向圣上坚辞优厚的俸禄，但挡不住圣上对德高望重老臣的倚重之心。并最终在边关恪尽职守，而没有到家乡的州郡任职。整顿好车马，随时准备觐见圣上；穿好象征尊贵地位的衣服，举手投足间深孚众望。期望接受圣上的任命，执掌权柄。我曾巩命运坎坷，很早之前就得到您的知遇之恩。相公怀持厚朴之心，不忘旧故；在下渴望有一天能够登门拜访相公。愿相公以国家为念，照顾好自己的起居。

授中书舍人谢启

【题解】

元丰三年（1080）九月，曾巩从知亳州拟赴沧州。赴任途中，他上《授沧州乞朝见状》，请求皇帝能见他一面。这篇状文写得迂曲哀婉，也许这篇状文起了作用，神宗召见了曾巩，并决定将曾巩留京，勾当三班院事。后又任命曾巩为史馆修撰，管勾编修院。元丰四年（1081），曾巩上《进太祖皇帝总序》，神宗读后大为不悦。神宗原本打算修撰《五朝国史》，至此决定罢修。元丰五年（1082）四月，神宗擢拔曾巩为中书舍人，这一官职极为清要，以草拟诏书、封诰为职事。曾巩连上《辞中书舍人状》《授中书舍人举刘攽自代状》，请求免去这一任命，都被中书省拦下，称："阁门告报有旨，更不得辞免。"曾巩实在推辞不掉，只能走马上任，并写下这封致谢的启文。

　　右巩启：伏蒙制命，授前件官者。窃以赞为明命①，资讨论润色之工；服在从官②，备诹度询谋之用③。属非常之兴运④，经不世之大猷⑤。方追三代之风，以建一王之法。其于讲求体要⑥，讨正典章，出独断之渊深⑦，号积年之希阔⑧。所以训齐群下⑨，播告四方。非究极于人文，曷宣明于上意？矧参献纳，尤慎选抡⑩。如巩者识虑少通，襟灵多蔽⑪，徒恐堕于先绪⑫，颇能味于经言⑬。有颛愚好古之心⑭，自知迂散；无广博为人之学，分甘弃捐。顾齿发之已衰，困风波而且久。晚逢真主，独赐误知。取于寡与之中，假以逾涯之宠。俾专史法，非薄质之能堪；遂掌训辞，岂能之可称？况策名于近要⑮，预责实于论思。揣己以惭，瘝官可畏。何缘致此？固有繇然。兹盖伏遇某官翼亮天功，弥纶世务。仁接于物，每乐育于时材；谊在承君，故旁招于众俊。致兹顽钝，获备甄收。惟殚许国之诚，弥坚素志；庶达知人之遇，不在他门。

【注释】

①明命：特指帝王的命令，诏旨。
②从官：君王的随侍、近臣。
③诹（zōu）度：商议斟酌。

④兴运：时运昌隆。

⑤大猷：治国大道。语出《诗经·小雅·巧言》："奕奕寝庙，君子作之；秩秩大猷，圣人莫之。"郑玄笺："猷，道也；大道，治国之礼法。"

⑥体要：大体，纲要。

⑦独断：独自决断，专断。语出《管子·明法解》："明主者，兼听独断，多其门户。群臣之道，下得明上，贱得言贵，故奸人不敢欺。"

⑧希阔：长久。

⑨训齐：教化，齐一。

⑩选抡：选拔，选择。

⑪襟灵：指蕴藏在胸中的聪明才智。

⑫隳（huī）：废弃，毁坏。先绪：祖先的功业。

⑬经言：圣人经书中的言论。

⑭颛（zhuān）愚：愚昧，笨拙。

⑮策名："策名委质"之省。指因仕宦而献身于朝廷之事。语出《左传·僖公二十三年》："策名委质，贰乃辟也。"孔颖达疏："古之仕者于所臣之人书己名于策，以明系属之也。"

【译文】

曾巩敬启：承蒙天子敕命，授予在下中书舍人之职。在下以为这一官职的职责是为天子圣命书写赞辞，以供人们讨论润色；作为君王的随从，就要随时准备为君王斟酌的国事提供参考。国家逢盛世，时运昌隆，非比寻常，人臣正可以筹划旷世难得的治国方略，追摹夏、商、周三代圣人的遗风，建立尊王的法则。中书舍人一职要求担此任者能够讲论和研求国家之根本，探讨和订正典章和制度，能够溯源探流，面对纷乱如麻的头绪能够独立决断。以此引导众多下属，从而教化天下百姓。如果不深谙圣人之道，怎么来宣化君王的旨意呢？不仅进谏献言，还尤其注重推荐人才。在下曾巩识见思虑不甚通达，襟怀抱负鄙陋狭隘，只是因为担心先贤遗言后世无法传承，才对经书玩味不已。自认为是一个迂腐散漫之人，才花笨工夫在自己喜欢的古代经典上面；自己没有广博为学的造诣，来与他人分享经验、抛却陋习。到如今，头发脱落了、牙齿松动了，并久为人生波折所困。进入晚年，却幸运遇到了明君，并承蒙天子赏识。曾巩给予明君的少，从明君那里获取的却很多，并得到了明君无限的宠幸。明君让我专注于史书的编撰之法，这却并非我浅薄的天分所能胜任；明君又让我执掌知制诰，这岂是我力所能及之事？更何况我忝列于要员近侧，随时准备顾问，并贡献切实之论思。对照自己，感觉非常惭愧，像我这样的孤苦之人，的确令人心生畏难之感。如今为何出现在这里？这本来是有其原因的。在下曾巩遇到了某官，他辅助并光大帝王的功业，治理天下事务；他待人接物，有仁爱之心，并呵护、培养天下英才；他的本分是配合君王，所以，自己身旁罗致了大量有才能的人。像我这样的顽冥愚钝之人，也被有幸收于他的门下。我唯有竭尽报国之诚，更加坚定平素的志向，来报答非比寻常的知遇之恩。

【评点】

张孝先曰：先颂君恩，后申私意，固立言之体。

【译文】

张伯行评价道：首先赞颂君主的恩德，然后再表达自己的意图，这本是立言的根本。

贺提刑状

【题解】

曾巩这篇贺状，属于公文性质，大约写于嘉祐三年（1058）任太平州司法参军之时，所贺之人为王安石。王安石于嘉祐三年任提点江南东路刑狱。

　　曾巩还有一篇《太平州与提刑别纸启》，是今人从《永乐大典》中辑出的曾巩佚文，也是写给王安石的。所谓"别纸"，应属私人书信，曾巩在信中叙述了太平州的一例杀人案件，并向王安石陈述了自己认为合适的处理方案，供王安石参考。

　　右，伏审祗奉诏恩，总持使务，伏惟庆慰。伏以提刑屯田躬高明之德，席熙盛之期，起收科荣，光映朝序。发明吾道，则有文章之深淳；推行当时，是为治行之尤异。果膺迅用，以允佥言[①]。自江之东，握节而使，固将粹美于风俗，岂特是正于刑书？不次之升，为端于此。巩获分郡寄[②]，得与公庥[③]，幸喜之深，叙陈罔既[④]。

【注释】

①佥（qiān）言：众人的意见。

②郡寄：郡太守。

③庥（xiū）：庇护。

④罔既：不尽。

【译文】

　　如上，在下看到朝廷诏令，先生获命提刑，全面负责巡查事务，可喜可贺。新任提刑屯田之官品行合乎崇高明睿的道德，正逢国家繁荣昌盛之时，参加为朝廷选拔人才的科举考试，为国家带来荣耀，光照朝野。阐发弘扬圣人之道，则有深湛淳厚的文章；将圣人之道推行于当代，则会在治理国家、教化天下产生不同寻常的效果。如果的确能够得到及时的贯彻，就可以使天下人信服。先生沿江而东，持朝廷符节，巡视各地，必然会使天下风俗醇厚、美好，难道仅仅是订正法典吗？随后一系列的提升、变化,都会发端于此。朝廷派我担任州郡官吏,能够得到先生的照顾,曾巩感到非常幸运和欣喜,其情其感,无法尽述。

太平州回转运状

【题解】

太平州,北宋太平兴国二年(977)升南平军置,治当涂县(今属安徽),属江南东路。据《宋史·曾巩传》,曾巩嘉祐二年(1057)进士及第,嘉祐三年(1058)赴任太平州司法参军,这是曾巩进入仕途获得的第一个职位。嘉祐四年(1059),太平州所属江南东路转运使为范宽之。范宽之为北宋初年名臣范讽之子,韩琦侄婿,庆历八年(1048),张方平曾举荐其为清要之官。这封启文应该是曾巩于嘉祐四年前后,在太平州司法参军任上代长官宋次道(敏求)写给范宽之的。范宽之曾任尚书刑部郎中,所以启文中称之为"运使郎中"。

右巩启:伏念巩夙惟孤质①,最荷误知。属仗节以来思②,得通名而覿止③。辱为殊礼,尤出过恩。委曲拊循④,丁宁顾访。轸艰难于即路⑤,则许之假宠于舟艎;悯匮乏于腾装⑥,则期以致怜于教墨⑦。侧思寒陋,何用克堪!聚集感惭,岂胜指数?去违再宿,怀向兼年。伏惟通久祷于万灵,享洪休于百顺。窃以运使郎中受材闳廓,经德粹冲⑧,布盛府之诏条,树外台之风绩,洽于人望,简在天心⑨。行被命书,即膺远用。伏惟顺遵气节,安养寝兴。

【注释】

①孤质:孤独的性格。
②仗节:坚守节操。

③觏（gòu）止：相遇。语出《诗经·召南·草虫》："亦既觏止,我心则降。"

④拊循：安抚,抚慰。

⑤轸（zhěn）：指顾念,怜惜。

⑥腾装：整理行装。语出《文选·枚乘〈七发〉》："其波涌而云乱,扰扰焉如三军之腾装。"

⑦教墨：对他人书信的敬称。

⑧粹冲：纯洁淡泊。

⑨简在：犹存在。语出《论语·尧曰》："帝臣不蔽,简在帝心。"

【译文】

曾巩启白：在下曾巩从来就有孤独的性格,最容易被人们误解。我秉持士人节操来到先生门下,通报姓名后得到接见。先生却给予我不同寻常的礼遇,先生所给予的恩宠也是超乎我应该得到的限度。悉心抚慰,无微不至,并再三叮咛常来造访。先生顾念我生活的艰难坎坷,允许我将先生的恩宠作为渡过难关的身桴；怜悯我在整装出发时的慌乱状态,则时常写信给我悉心指导。像我这样出身寒陋的士人,怎么能承受得起先生如此的厚爱！心中对先生的感激,屈指怎么能够数得清? 上次在先生家连住两宿,其情其景多年来怀想不已。我只有长久地向万灵祈祷,愿您享受洪福、百事顺遂。在下私以为转运使郎中具有宏才大略,德性纯洁淡泊,颁布地方的命令,树立政府的威信,合乎民众的企望,合乎圣上的期望。政绩被朝廷嘉奖,并因此委以更重要的职位。愿您按照节气的变化调养生息、安排起居。

太平州与本路转运状

【题解】

这篇启文与《太平州回转运状》写于同时,即嘉祐四年（1059）前后。

右巩启：伏念更移岁序，阻越道途，音尘莫及于宾阶[1]，书问不通于记室。飞驰精思，徯仰风威[2]。伏惟顺履川流，安行舟御，享神明之协相，具福禄之来成。伏以运使郎中德绍家声[3]，材周世用，隽望倾乎天下，壮猷蔼于朝端[4]。建使者之节旄，宣扬惠泽。佐大农之计策，蓄长货财。拊劳烈以甚隆，席宠灵而宜厚。伫膺诏召，以协舆言。伏惟上为朝廷，善绥寝。

【注释】

①音尘：踪迹。宾阶：西阶。古时宾主相见，宾自西阶上，故称。

②徯（xī）仰：仰望。徯，等待，期望。

③家声：家族世传的声名美誉。

④壮猷（yóu）：宏大的谋略。语出《诗经·小雅·采芑》："方叔元老，克壮其猷。"朱熹注："猷，谋也；言方叔虽老，而谋则壮也。"

【译文】

曾巩启白：年月更迭变幻，道路漫长阻隔，西阶之上不见踪迹，记室之处不闻音信。思而不见，魂魄飞驰，去瞻望您的威仪。只有沿着河流顺流而下，才能保证船只的平稳、安全，享用神灵的保护、协助，福禄才会来到身边。转运使郎中品德修养继承了家族声名美誉，才能合乎国家的需求，美好的声望让天下人为之倾倒，宏大的谋略超过了所有朝士。手持朝廷节旄，宣化圣上福惠恩泽；辅佐大司农的劝农政策，不断积聚天下的财富。用隆重的礼遇抚慰有劳绩功业之人，以优渥的标准对待值得恩宠的人。肃立敬候，等待朝廷的宣召，以印证天下舆论，众望所归。为了朝廷的使命，请善自安排好您的起居。

越州贺提刑夏倚状

【题解】

宋神宗熙宁二年（1069），曾巩上书自求外任，朝廷任命他担任越州（治今浙江绍兴）通判，曾巩于当年六月到任。熙宁四年（1071），改知齐州，前后在越州任上两年。曾巩这篇贺状所贺之人为夏倚。

庆历五年（1045），韩琦知定州时，夏倚曾为其幕僚。嘉祐七年（1062），司马光上书《奏乞复夏倚差遣札子》称："伏见通判本州事夏倚，通敏恪勤，勇于忠义，苟利公家，不为身谋。始与臣共议于屈野河西修堡，以止西夏侵耕。及见管干军马司公事郭恩，恃勇轻敌，倚与臣书，称恩万举万败。经略司方行止约，恩已覆没，倚收抚散兵，孤城获安。既而倚与众人一例获罪，降充监当。及今五年，两经大赦，应当时河西连累之人，罪稍轻者，并已复旧差遣，惟倚尚合入知县资叙。比于众人，独为困踬，诚可哀怜。臣窃以倚当日知恩必败，而力不能制，恩之败绩，实非倚罪。兼其人公忠材智，诚有可称，不可专以一眚掩其众善。伏望圣慈特与复通判差遣，庶使任职之臣知徇公获罪，终不能久为身累，有所劝慕。取进止。"可知，夏倚为诸位重臣所倚重，不论从能力，抑或人品，应有足可称道之处。宋英宗治平三年（1066），赵概举荐夏倚等人，夏倚随后被朝廷考察，并任命为江南西路转运判官。治平四年（1067），夏倚任屯田员外郎。据曾巩此贺状，夏倚于熙宁二年，出任江西路提点刑狱。这篇贺状大约写于熙宁二年。

右巩启：伏审祇奉诏封，荣分使节，伏惟庆惬。伏以提刑屯田抱材精敏，涵德粹温，文章为国之光华，治行乃时之表则①。辍于朝著②，处以使台，士望蔼然③，时名籍甚。官用视年之丰耗，已实仓储；邦刑以世而重轻，伫清狱系。使仁声之既洽，则嚚讼之可无④，然后入奉命书，进升法从⑤，在于公议，实允舆情。巩于此备官，云初托庇，喜趋风之甚迩，谅考履之惟和。更冀副上倚毗，顺时调护。其为祷颂，曷究敷陈！

【注释】

①治行：为政的成绩。亦指为政有成绩。

②辍：通"掇"。取。朝著：犹朝班。语出《左传·昭公十一年》："朝有著定，会有表，衣有袧，带有结。"

③蔼然：温和、和善貌。

④嚚（yín）讼：奸诈而好争讼。语出《尚书·虞书·尧典》："吁！嚚讼，可乎？"孔传："言不忠信为嚚。又好争讼，可乎？"

⑤法从：跟随皇帝车驾，追随皇帝左右。

【译文】

曾巩启白：在下看到朝廷封册，先生很荣幸获封朝廷使节，这是值得庆贺的，也是合乎情理的。先生出任提刑屯田郎中，天资精明聪敏，品德修养精粹温厚，文章华彩，堪称国家的荣耀，为政业绩卓著，可为天下表率。列名于朝班之上，委身于使台之中，以温厚、和善之貌接迎天下士人，先生名满天下，为世人仰慕。官府每年的开销据年景的丰收或歉收而调节，都已经将官仓充满；国家的刑法根据社会治安情况决定是轻是重，盼望有一天监狱里不再有犯人。使朝廷因施行仁政而赢得的声誉更加深入人心，使民间因奸诈而争讼不已的现象消失，然后手捧朝廷诏书入朝，获得一个更高的职位，追随皇帝左右，所有这些都符合公众的评价，也合乎民众的期待。在下曾巩在越州居官，开始就想得到先生的庇护，并很高兴离您不远，能够随时瞻仰您的风采，并始终希望您生活起居一切和顺。从今以往，希望您辅佐皇上，为皇上所倚重，同时也要顺应节序的变化,好自调养。祈愿祝福的话语,怎能说得尽呢!

贺转运状

【题解】

据贺状"伏以运使司封受材闳远"可以推知,接受贺状之人本年出任转运使、司封郎中。查《续资治通鉴长编》卷二百三十六,熙宁五年(1072)闰七月,"夔州路转运使、司封郎中、直昭文馆孙构为荆湖北路转运使"。熙宁五年,曾巩改知齐州,贺状写于齐州任上,接受贺状的人为孙构。

孙构,字绍先,博平(今山东茌平)人。为夔州路转运使,夔州部梁承秀等导生獠入寇,孙构督黔兵、官军讨平之,以其地建南平军,录功加直昭文馆。后以疾提举崇福宫,迁太中大夫。

伏审祗奉诏封,就更使节,伏惟庆慰。伏以运使司封受材闳远①,植性粹冲,风猷为世之表仪,治行乃时之轨则。果用详刑之最②,来分将漕之权,威名已动于连城,惠术行周于比户,岂止调盈虚于岁计③,内足邦储;方且知缓急于人情,下流主泽。然后进陪侍从,入奉询谋,在公论以犹稽,实舆诚之所系。巩备官于此,托庇云初。将承望于余光④,但欣愉于懦思。属祁寒之在序⑤,谅福履之保和⑥。敢冀上为朝廷,善调兴寝。祷颂之至,叙述奚周!

【注释】

①受材:天赋的才能。

②详刑:谓断狱审慎。

③岁计：一年内收入和支出的计算。

④余光：喻指美德、威势所显现或留下的影响。

⑤祁寒：严寒。祁，大，盛。语出《尚书·周书·君牙》："冬祁寒，小民亦惟日怨咨。"

⑥福履：犹福禄。语出《诗经·周南·樛木》："乐只君子，福履绥之。"

【译文】

我看到朝廷的诏令，先生被任命为使节，可喜，可贺！转运使先生，天赋之才博大精深，秉性品德纯洁淡泊，风采品格可以做天下人的表率，为官政绩可以成为时下之楷模。先生在提刑任上断狱审慎，倘若用这一过人的才能来管理国家漕运的事务，加上先生的威名已经播扬到了很多毗邻的城市，仁惠的施政方法已经泽被千家万户，那么，先生带来的影响岂止于调节国家每年的收入支出的多少，让国家的贮备充足无虞，还能够了解民情的轻重缓急，并让圣上的恩泽广被世人。在此之后，先生就会入朝追随皇上左右，以备圣上顾问，这实在是众望所归，民情所愿。在下曾巩居官此地，从开始就想得到先生的庇护。希望能够接受先生美德的惠泽，使我畏怯的思维感到欣喜。愿您注意寒暑的变化，相信您福禄顺和。为了朝廷，妥善安排您的生活起居。对您祝愿的话语，怎能说得更全面呢！

贺杭州赵资政冬状

【题解】

赵资政即赵抃。赵抃，字阅道，自号知非子，衢州西安（今属浙江）人。据《续资治通鉴长编》卷二百一十，熙宁三年（1070）年四月"己卯，右谏议大夫、参知政事赵抃为资政殿学士、知杭州"。这篇贺状写于熙宁三年（1070）冬至。

　　右巩启：窃以布律而候，气萌动于黄宫①；立表以须②，景长至于南极。伏惟知府资政受材闳廓，含德粹纯，壮经国之大猷，济格天之盛业③。履兹令序④，茂集休祺⑤。典册衮衣，仁履三公之位；旂常鼎鼐⑥，当传万世之功。巩祗服冠篯⑦，远违门著⑧，素积依归之望⑨，弥深祷颂之勤。

【注释】

①黄宫：黄钟之宫，十二乐律之一。古时用十二乐律代表十二个月，黄宫代表仲冬之月，即十一月。

②立表：古代计时方法之一，在阳光下竖立木桩，观察它的影子以测定时间。

③格天：感通上天。语出《尚书·周书·君奭》："我闻在昔成汤既受命，时则有若伊尹，格于皇天。"

④令序：犹佳节，此指冬至节。

⑤休祺：幸福，吉祥。

⑥旂常：旂与常。旂画交龙，常画日月，是王侯的旗帜。语出《周礼·春官·司常》："日月为常，交龙为旂……王建大常，诸侯建旂。"鼎鼐（nài）：古代两种烹饪器具。鼐，大鼎。

⑦祗服：敬谨奉行。语出《尚书·周书·康诰》："子弗祗服厥父事，大伤厥考心。"

⑧门著：指师门、权门。

⑨依归：依托，依靠。

【译文】

曾巩启白：我以为：节律因时而变化，节气萌发于黄钟之宫；在阳光下竖立木桩观影测时，影子长度可达最南端的地方。赵资政天赋之才宏深广博，后天修养品德醇厚，可以谋划国家治理的宏图大略，可以沟通天人帮助君主成就不世之功业。值此佳时，祥瑞辐集。朝廷册封，华服加身,居于人臣之极位;门外飘着王侯的旗帜,家中陈列着钟鼎器皿,这些都是可传万世的家族荣耀。在下曾巩谨慎奉行着为官的操守,并没有频繁过访先生的门庭,但是平时一直想着归依先生门下,因此更加勤勉地为先生祈福。

贺北京留守韩侍中正旦状

【题解】

韩侍中,即韩琦。详见前《与北京韩侍中启》题解。正旦,农历正月初一。贺正旦,也即拜大年。

右巩启:伏以岁起于东,茂对三阳之盛;物生于震,聿开万化之端。伏惟某官行应中和,道含纯粹。属四方之系望,简三后之眷怀①。德为民彝,故称宗庙之器;功在王室,是为社稷之臣。顺履昌期②,具膺繁祉③。仁奉承于典册④,复登翊于岩廊⑤。巩限守印章,阻趋墙屏,仰望威重,不任祷颂之至。

【注释】

①简:通"简"。《说文解字·心部》:"简,存也,从心。"引申为留心、留意。三后:即夏、商、周三个朝代。

②顺履:顺循礼仪。昌期:兴隆昌盛时期。

③繁祉:多福。

④典册:君王的诏命。

⑤岩廊:朝廷。

【译文】

曾巩启白:一年之始,生发于东方,三阳开泰,万物茂盛;世间物象,孕育于春天，开启变化，没有穷极。北京留守韩侍中言行举止，合乎中正平和之道，道德修养醇厚精粹。四方民意，众望所归；念念不忘，古之先王心之所系。品德为百姓所尊崇，所以能够成为国家之重器；建功王室，所以能够成为社稷之重臣。生逢盛世，万民多福。刚刚接到天子的诏命，很快便荣登朝廷之上。在下曾巩职责为守护朝廷印章，不能随意走动，只能仰望您的威仪重名，心中不能停止对您的祝福。

贺郓州邵资政改侍郎状

【题解】

邵资政即邵亢，字兴宗，丹阳（今属江苏）人。治平四年（1067）正月，神宗即位，九月，邵亢为枢密副使。熙宁二年（1069），出知越州，历郑、郓二州，兼京东西路安抚使。熙宁四年（1071），迁礼部侍郎，徙亳州。据《续资治通鉴长编》卷二百三十，熙宁五年（1072）二月，"癸亥，资政殿学士、给事中邵亢为礼部侍郎"。可知，邵亢自郓州知州改礼部侍郎，事在熙宁五年二月。这也是这篇贺状的写作时间。

曾巩自熙宁四年春夏之交改知齐州（治今山东济南），至熙宁六年（1073）秋，共两年的时间。期间有诗《寄郓州邵资政》，元刻本题下有注："蒙郓州知府安抚资政书，言入秋以来，甚有游观之兴，而少行乐之地，因问蔽邑山水之景，见索新诗。某荒废文字久矣，惟重意之辱，不能自已，谨吟二百字上寄。"这段文字，显然是曾巩自注，可见两人文字交往之迹。邵亢卒于熙宁七年（1074）十二月亳州任上。神宗有手诏："亢，藩邸之旧，可优赐以官，赐谥。"邵亢为神宗即位前的侍读，神宗念旧，赐谥"安简"。

右巩启：窃审祗被明缗，进升宠秩，伏惟庆慰。伏以安抚资政侍郎材经世务，文擅国华。攀日月之高衢，践机衡之要地。方兼荣于秘殿,用均逸于价藩①。属时靖嘉,维上豫动②。访昔游于博望③,怀旧学于甘盘④。乃升宗伯之联⑤,居贰卿曹之重。惟隆名异数之锡,已绝当时;固元勋盛德之殊,岂稽图任？仁还柄用,式允舆情。驰庆末由,依归滋剧。

【注释】

①均逸:指闲散安逸。常用以指朝官外放或退隐。价藩:指大德之人是国家安全的屏藩。语出《诗经·大雅·板》:"价人维藩,大师维垣。"

②豫动:帝王在秋季巡游天下。豫,古代专指帝王秋天出巡。《晏子春秋·问下》:"天子之诸侯为巡狩,诸侯之天子为述职。故春省耕而补不足者谓之游,秋省实而助不给者谓之豫。"

③博望:汉张骞的封号。《汉书·张骞传》:"骞以校尉从大将军击匈奴,知水草处,军得以不乏,乃封骞为博望侯。"

④甘盘:商代名臣,曾辅佐商王武丁。

⑤宗伯:官名。周代六卿之一,掌宗庙祭祀等事,即后世礼部之职。因亦称礼部尚书为大宗伯或宗伯,礼部侍郎为少宗伯。

【译文】

曾巩启白:我看到朝廷的诏令,先生升迁,获得尊贵的官秩,谨向您表达祝贺。安抚资政侍郎具有经纶世务之才,并且,文章华彩特出,独步天下。攀援之高,几达日月,践履要地,可比北斗。不仅享有出入秘殿的宠信,还担纲一方,成为国家安全的屏藩。正逢盛世,要侍奉皇帝在秋季巡游天下。像博望侯张骞一样取得军功,像商代名臣甘盘一样辅佐圣君。于是先生官秩荣升,兼任礼部侍郎之要职。现在既已获得超乎寻常的恩宠,这在当时罕有其比;凭借先生卓著的功勋及高尚的品德,难道还需要在朝中谋求官任吗？先生随时准备将权柄交归朝廷,以回应公众的关注。当面致贺不能成行,心中徒生归去之心。

襄州回相州韩侍中状

【题解】

相州韩侍中即韩琦。据《续资治通鉴长编》卷二百四十二载,熙宁六年(1073)二月,"判大名府、淮南节度使、守司徒兼侍中韩琦判相州,从所乞也"。

韩琦判相州,事在熙宁六年二月。曾巩于这一年秋至熙宁九年(1076)九月,改知襄州。这篇回状应写于赴襄州任不久。文中表现了对韩琦的景仰之情,对其丰功伟绩、浩然正气,都赞誉有加,将韩琦与谢安相比,有期盼韩琦再度接受朝廷重用之意。

　　右巩启:僻守陋邦,远违严屏。永言向慕[1],但倾茅塞之心;自便退藏,莫驰竿牍之问。敢期赐教,出自过恩。形意爱之拊循[2],枉题评之奖引。譬如寒谷[3],幸蒙六律之吹;有若秋毫,遂借千钧之重[4]。秘藏巾衍[5],铭镂肺肝。惟偃息于便藩[6],素充盈于浩气[7]。百神所相,万福来绥。伏以司徒侍中行应准绳,言为蓍蔡,肩一心之忠谊,弼三后之谋谟。安社稷之元功[8],传于竹帛;被华夷之盛德,布在管弦。方且辞钧轴于庙堂[9],拥旌幢于乡国。然而人咏方叔[10],克壮元老之猷[11];时思谢安[12],出慰苍生之望。宜就赞书之拜[13],伫谐华衮之归。

【注释】

①永言:长言,吟咏。《尚书·虞书·舜典》:"诗言志,歌永言。"孔传:"谓诗言志以导之,歌咏其义以长其言。"向慕:向往仰慕。

②拊循:亦作"拊巡"。安抚,抚慰。

③寒谷：一名黍谷，在今北京密云。相传为邹衍吹律生黍的地方。刘向《别录》："邹衍在燕，燕有谷，地美而寒，不生五谷，邹子居之，吹律而温气至，五谷生，今名黍谷。"

④有若秋毫，遂借千钧之重：秋毫，指极细微之物。千钧，指很有分量之物。语出《孟子·梁惠王上》："吾力足以举百钧，而不足以举一羽；明足以察秋毫之末，而不见舆薪。"

⑤巾衍：放置头巾、书卷等物的小箱子。

⑥便藩：有地利之便的近藩。

⑦浩气：指正大刚直之精神。语出《孟子·公孙丑上》："我善养吾浩然之气。"

⑧元功：大功，首功。

⑨钧轴：钧以制陶，轴以转车。比喻国家政务重任。

⑩方叔：周宣王时贤臣。典出《诗经·小雅·采芑》："显允方叔，征伐猃狁，蛮荆来威。"郑玄笺："方叔先与吉甫征伐猃狁，今特往伐蛮荆，皆使来服于宣王之威，美其功之多也。"

⑪克壮：宏大，强盛。

⑫谢安：字安石，陈郡阳夏（今河南太康）人，东晋政治家，军事家。曾隐居东山，后累官至太保兼都督十五州军事兼卫将军等职。死后追赠太傅，追封庐陵郡公。世称谢东山、谢太傅、谢安石、谢相、谢公。

⑬赞书：指诏书。

【译文】

曾巩告白：我居住在偏僻乡村，远离先生。但是无法抑制对您的仰慕与向往，只想向您倾诉壅蔽不畅的心事；自从退隐以后，就没有向您投书相问。哪里敢期望能够得到您的指教，这实在是恩厚情深了。您不仅爱意满满地抚慰我，而且在品题奖掖上不吝美言。就好比邹衍吹奏六律，而寒谷生黍；又好比微末之功，有幸借助于千钧之力。您的盛意我珍藏于我随身的书箧之中，铭记于内心深处。您现在平静地栖止于近藩，平日培养充盈自己的浩然之气。百神前来相助，万福接踵而至。司徒侍中行为足以成为天下士人之楷模，言语足以深孚众望，肩负侍君之忠义，胸怀致君尧舜之谋略。您使国家安定的首功，已经载入史册，彪炳千秋；您的功德泽被中华、四夷，并被广为传唱。您方且辞去朝廷重任，执威仪于乡里。人们像歌咏方叔一样赞颂着您的功德，显示着您经营邦国的长远谋略。谢安退隐东山，人们无不盼望着谢安复出，以抚慰天下苍生。先生目前自当遵从圣上谕旨安排，等待圣宠的再次光临。

回枢密侍郎状

【题解】

熙宁六年（1073）秋，曾巩改知襄州。其《襄州谢到任表》称："出观美俗，尤多《汉广》之高。"也只有在襄州，才能见到《诗经》周南中的汉水之广。在《回枢密侍郎状》中，有"兼庶类而并容，则维江汉之广"，"今者景风扇物，畏日御躔"等句，也有融眼前之景入笔下之情之意。这篇回状应写于改知襄州不久，大约在熙宁七年（1074）之后的某个夏天。

据《续资治通鉴长编》卷二百五十八卷，熙宁七年，"观文殿学士、兼端明殿学士、龙图阁学士、礼部侍郎、知熙州王韶为枢密副使"。王韶任枢密副使，兼礼部侍郎，一直持续到熙宁十年（1077）。这篇回状中所言"枢密侍郎"有可能是王韶。

右巩启：伏念巩久兹外补[1]，利在退藏。一切不为京师之书，以此亦疏左右之问。分当弃置，理绝收怜。岂期尚记于姓名，特赐亲纡于翰墨。处大寒而不变，乃知松柏之坚；兼庶类而并容，则维江汉之广。孤怀易感，重谊难忘。但注仰于门阑[2]，实镂铭于肺腑。今者景风扇物[3]，畏日御躔[4]。

伏惟襄赞万机，顺膺百福。敢觊上为邦国，善保寝兴。祷颂之诚，指陈难既。

【注释】

①外补：旧时称京官外调。

②注仰：抬头注视。引申为仰慕。

③景风：八风之一，指南风。《史记·律书》："景风居南方。景者，言阳气道竟，故曰景风。"

④畏日：《左传·文公七年》："赵衰，冬日之日也；赵盾，夏日之日也。"杜预注："冬日可爱，夏日可畏。"后因称夏天的太阳为"畏日"，意为炎热可畏。

【译文】

曾巩启白：自从曾巩久任朝外之官，就一心退隐藏身。不再与京城故交书信往还，也疏于通问于先生左右。先生自当将在下弃置不问，恩断情绝。哪敢期望先生仍然记得在下的姓名，并特意赐予在下亲笔书信。处于大寒之时节而秉性不变，才知道松柏的坚韧；即便凡俗之流亦能兼容并蓄，才能成就江汉的广博浩瀚。人在孤寂之时最容易被感动，先生这份深厚的情谊在下永生难忘。在下只能仰望于您巍巍门阑，将您的恩情铭刻在心中。而今南风吹来，万物茂盛，夏日可畏，车不息迹。先生辅助皇帝处理天下机务，造福天下苍生。在下谨希望您为了国家社稷，妥善安排好自己的起居。诚挚地为您祝福，言语难以尽传。

回亳州知府谏议状

【题解】

据《续资治通鉴长编》卷二百五十九卷，熙宁八年（1075）春正月，"参知政事、右谏议大夫冯京守本官知亳州"。这封回状写给冯京，写于熙宁八年,曾巩在襄州任上。

状中言:"今者窃审固避机衡,出临屏翰,始敢沥茅心之至恳,具竿牍之常仪,少赎旷疏,觊蒙开察。"冯京曾位居参知政事,而今出知亳州,致信曾巩,曾巩回状,状中有避嫌之意。冯京因郑侠攻击新法事受牵连而罢相,此事亦与王安石之弟王安国有关联,而王安国为曾巩妹婿,冯京致信曾巩,也许涉及此事。

　　右巩启:伏念自违墙屏①,浸易岁时,比潜伏于外邦,久弃捐于人事。虽向往之意不暂弭忘②,而参候之勤至于旷绝。敢谓曲敦雅旧③,尚记庸虚。赐劳问于华笺,致殷勤于亲笔。文如黼藻④,加一字以为荣;操若松筠,贯四时而不改。以惭且感,欲报奚言!今者窃审固避机衡,出临屏翰,始敢沥茅心之至恳,具竿牍之常仪⑤,少赎旷疏,觊蒙开察。盖天时之迭运,属春令之方行。伏惟开阁之初⑥,偃藩甚乐⑦。休有神明之助,茂臻福履之宜⑧。镇抚名城,暂屈承流之寄;旋归宰路,伫膺图旧之求。更惟上为宗祊,善调寝。祷颂之至,但切下情。

【注释】

①墙屏:门墙,门下。

②弭忘:忘却。语出《诗经·小雅·沔水》:"心之忧矣,不可弭忘。"

③曲敦:偏爱。

④黼藻:指华美的辞藻或文字。

⑤竿牍:书札。因古以竹简为书。

⑥开阁:指大臣礼贤爱士。典出汉公孙弘为宰相,"于是起客馆,开东阁以延贤人,与参谋议"。详见《汉书·公孙弘传》。

⑦偃藩：无为而治。

⑧福履：犹福禄。履，禄。语出《诗经·周南·樛木》："乐只君子，福履绥之。"

【译文】

曾巩启白：自从远离先生教诲，已经有很长时间了，期间寂然隐匿于地方州郡，长久弃置于人间尘世之外。尽管对先生的景仰没有丝毫减少，但是对先生的问候几乎断绝。怎敢期望先生不忘故旧，仍然记着像我这样平常的人呢。先生竟然寄来华美信笺慰问在下，亲笔书写表达殷勤的情谊。先生文辞典丽，天下人能够得到先生一个字都认为是很荣耀的事情；先生的气节如松柏修竹，一年四季常青不凋。每一念及，心中常常感动且惭愧，想要回报先生却不知怎么说！而今，先生坚决辞掉朝廷显要官职，来到地方任职，在下方敢袒露恳切之心，执礼写信给先生，稍微弥补在下先前的不足，希望得到您的谅察。天道运行，循环往复，当今之时，政令宽和。先生虚怀若谷，招贤纳士，垂拱而治，何乐不为。有神明相助而喜庆不断，因运合天命则福禄无绝。先生执掌名城，暂且承绪先辈传统，继往开来；待时机成熟，先生必将重返宰辅之位，以应国家复兴的需求。希望先生为了国家社稷，妥善照顾自己的生活起居。在下罔顾尊卑，为先生祈祷颂告。

回运使郎中状

【题解】

运使，古代官名，是水陆运使、转运使、盐运使等的简称。据《续资治通鉴长编》卷二百三十六，熙宁五年（1072）闰七月，"夔州路转运使、司封郎中、直昭文馆孙构为荆湖北路转运使"。同书卷二百五十一，熙宁七年（1074）三月，"时构为荆湖北路转运使"，可知，曾巩知襄州时，孙构仍任荆湖北路转运使。这封回状可能是写给孙构的。

　　右巩启：伏念巩仰高所至，驰思为深，恋势之殊，属书以进。枉遇恩之特厚，流华问以见存。文辞烂然，意气勤甚。虽德心之大，遗名秩以自谦；而士品之微，顾材资而安称？其为佩服，曷罄指陈！急景云初[①]，祁寒将盛。伏惟遵道途之易，询采于风谣；察闾里之勤，布行于德惠。神灵所护，福禄攸宜。恭以运使郎中材足兼人[②]，志存及物。出高明之庆族，接熙洽之盛期，通班于朝，揭节而使。自簿书期会之纤悉，莫不注心；至山岩窟穴之幽深，举皆受赐。足以救一时之敝，故能得万事之宜。休声所归，远用行及[③]。伏惟遵时之顺，养气以恬。庶允舆人之情[④]，不违拙者之望。

【注释】

①急景：急驰的日光。亦指急促的时光。

②兼人：胜过他人，能力倍于他人。语出《论语·先进》："求也退，故进之；由也兼人，故退之。"

③远用：谓大作用。

④舆人：众人。舆，众。

【译文】

　　曾巩启白：在下景仰先生高尚德义，对先生驰念杳深，同时念及世事人情的不同，写了封信问候先生。有辱先生对在下关心备至，赐予在下莫大的恩惠写信给我。先生文辞华美，情谊深厚。先生仁爱之心至为广大，隐去官阶而自谦不已；而在下于读书人中，品位不高，哪里称得上先生的厚爱呢？在下对先生的钦佩，是无法说尽的！时间过得很快，天气越来越冷了。窃以为先生应该遵循至简之道，多向民间征询民意；勤于体察百姓疾苦，并显示您的德泽与恩惠。只有这样，才能为神灵所护佑，德位相配，福禄不绝。先生才能超群，有兼济天下之志。先生出身于名门望族,适逢清明盛世,列名于朝班之上,持节出使于列国之中。对朝野公文接洽规程,事无巨细,皆留心熟悉;民间山区蔽塞偏远之地,无不得到先生的恩泽。先生所做的一切,足以裨补时弊,使朝廷各项政策都能贯彻落实。先生理应得到人们的赞誉,您的影响深远,作用巨大。希望先生能够顺应四时季节变化,恬淡养心,浩然养气。满足众人对您的关心和期望。

到任谢职司诸官员状

【题解】

从这篇谢状中"久备官于册府,徒窃食于累朝。兹假便藩,实缘私请"等说法,可以看出,曾巩入仕于太平州并不如意。其后,在欧阳修的大力举荐之下,曾巩回京出任史馆校书之职。自嘉祐五年(1060),至熙宁二年(1069),近十年的时间里,曾巩潜心于史籍的校理,创获颇丰。直到濮议之争骤起,欧阳修陷入其中,作为及门弟子,曾巩人微言轻,无所适从,已经写好的为欧阳修辩护的《为人后议》,也只能等欧阳修退休后才拿出来给他看。加之王安石变法刚刚拉开序幕,曾巩就变法事宜与王安石渐行渐远。为了逃避诸如此类的纷争,曾巩于熙宁二年(1069)自求外任,开启了他十一年间转徙七州的外任生涯。这篇谢状便是写于他七州外任生涯的第一站——越州(治今浙江绍兴),时间为熙宁二年六月。

右巩启:比者祇命守邦①,涓辰视事②。惟是孤蒙之质③,幸依庇冒之余④。窃念巩才不逮人,学多泥古。久备官于册府⑤,徒窃食于累朝。兹假便藩,实缘私请。伏遇某官体仁为任⑥,充美在躬⑦。素自结于主知,方出宣于使指⑧。敛时利泽⑨,播在东南;籍甚休声,洽于中外。顾忝属城之任⑩,实谐德宇之依⑪。尚阻参承⑫,但深欣忭⑬。

【注释】

①祗(zhī)命:犹奉命。

②涓辰:选择吉利的时辰。视事:就职治事。多指政事言。

③孤蒙:谓孤陋愚昧。多用为自谦之词。

④庇冒:庇护。

⑤册府:古时帝王藏书的地方。

⑥体仁:躬行仁道。语出《周易·乾》:"君子体仁,足以长人。"孔颖达疏:"君子之人,体包仁道,泛爱施生,足以尊长于人也。"

⑦充美:发扬圣德。

⑧使指:谓天子、朝廷的意旨命令。

⑨利泽:利益恩泽。语出《庄子·天运》:"利泽施于万世而天下莫知也。"

⑩属城:指地方负责官员。

⑪德宇:德泽恩惠的庇荫。宇,覆。语出《国语·晋语四》:"今君之德宇,何不宽裕也?"

⑫参承:参见侍候。

⑬欣忭(biàn):喜悦。

【译文】

　　曾巩启白:近日在下奉命出任地方长官,并选择吉日正式就职。在下本孤陋寡闻之人,有幸得到诸位先生的庇护。曾巩自思才能赶不上众人,平日所学又多拘守古人成规。长久以来担任皇家藏书的整理工作,其实只不过在历朝备数而已。此次出守便利的州郡,实际上是因为私自请求的关系。恰逢某官员躬行仁道,发扬圣德。平时就为圣上所了解,而今出朝宣布天子的意旨。积聚朝廷的恩泽,布撒在东南之域;凭着美好的名声，为朝野所称道。在下有幸出任其属下之郡守，得到了他的恩泽与庇护。目前还不能参拜侍座，只是心中深感喜悦。

福州回曾侍中状

【题解】

熙宁十年（1077）八月，曾巩以度支员外郎、直龙图阁学士的身份，由洪州（治今江西南昌）移知福州（治今属福建），在任计一年零一个月。曾侍中，指曾公亮，字明仲，晋江（今福建泉州）人。据《续资治通鉴长编》卷二百三十四，熙宁五年（1072）六月，"河阳三城节度使、守司空、兼侍中曾公亮迁守太傅致仕"。同书卷二百八十七载，元丰元年（1078）正月，"太傅兼侍中致仕、鲁国公曾公亮卒，年八十"。可知曾公亮自熙宁五年退休，至元丰元年去世，一直保留侍中身份。这封回状大约写于熙宁十年，曾巩时任福州知州。

右巩启：伏念自远门阑①，荐更时序②，顾兹艰拙，利在退藏。虽有心诚向往之勤，而无书记候问之礼。敢期眷与，特赐诲存③。获承黼藻之褒，弥见松筠之操。其为感激，但切铭藏。属凝沍之在辰④，惟燕闲之均福。伏以致政太傅侍中素推人杰⑤，备代天工⑥。意诚心正而家齐，已仪刑于王室⑦；功成名遂而身退，遂表则于士伦⑧。聊曼衍以穷年⑨，坐优游而进道。矧臧孙之有后⑩，继周公之拜前⑪。阿衡之格于天⑫，《书》载君臣之德；司徒之善其职⑬，《诗》称父子之功⑭。方赖壮猷⑮，阴裨至治。更冀上为邦国，善保寝兴，祷颂之诚，不胜恳悃⑯。

【注释】

①门阑：借指家门，门庭。

②荐更：屡经，反复经历。荐，再，又，再次。

③诲存：教诲存问。亦用以敬称对方的书信。

④凝冱（hù）：结冰，冻结。冱，冻结，寒冷。

⑤致政：犹致仕。指官吏将执政的权柄归还给君主。语出《礼记·王制》："五十而爵，六十不亲学，七十致政。"

⑥蚤：通"早"。代天工：即"天工人代"。谓天的职司由人代替执行。语出《尚书·虞书·皋陶谟》："无旷庶官，天工人其代之。"

⑦仪刑：为法，做楷模。

⑧表则：表率，准则。

⑨曼衍：散漫流衍，延伸变化。语出《庄子·齐物论》："和之以天倪，因之以曼衍，所以穷年也。"

⑩矧（shěn）：况且。臧孙：复姓。春秋时，鲁孝公子驱食采于臧，为臧氏。其后人达生武仲纥，为臧孙氏。臧孙达为春秋鲁桓公、庄公相，达孙臧孙辰为鲁僖公、文公相，辰子臧孙许为鲁宣公、成公时大夫；许子臧孙纥为鲁成公、襄公时大夫。

⑪周公之拜前：指父子先后同居一官。典出《春秋公羊传·文公十三年》："世室者何？鲁公之庙也。周公称太庙，鲁公称世室，群公称宫……周公何以称太庙于鲁？封鲁公以为周公也。周公拜乎前，鲁公拜乎后。"周公旦曾被封为鲁公，但并未至鲁就封，而是留在周辅佐武王、成王。周公之子伯禽也被封为鲁公并至鲁就封，被封爵是要拜于周文王庙，因此说："周公拜乎前，鲁公拜乎后。"

⑫阿衡：商代官名，师保之官。语出《尚书·商书·太甲上》："惟嗣王不惠于阿衡。"孔传："阿，倚；衡，平。言不顺伊尹之训。"伊尹曾任此职，故以指伊尹。格于天：感通上天。语本《尚书·周书·君奭》："我闻在昔成汤既受命，时则有若伊尹，格于皇天。"

⑬司徒：官名，相传少昊始置，唐虞因之。周时为六卿之一，曰地官大司徒。掌管国家的土地和人民的教化。

⑭父子之功：语出《诗经·郑风·缁衣》毛序："美武公也，父子并为周司徒，善于其职，国人宜之，故美其德，以明有国善善之功焉。"父子，指郑武公父子。周幽王的叔叔郑桓公作为周王室的司徒在护驾时被害，其子掘突为郑武公，郑武公率先勤王护送周平王东迁洛邑，后被封为周王室的司徒。

⑮壮猷：宏大的谋略。猷，谋。语出《诗经·小雅·采芑》："方叔元老，克壮其猷。"

⑯悃（kǔn）：诚恳，至诚。

【译文】

曾巩启白：在下自从远离曾氏家门，已经有很长时间了，之所以这样做，是因为在下考虑到自己秉性愚鲁，于己之利在于退避隐匿。尽管心中怀有对您诚挚的向往之情，却没有问候您的片言只语。在下哪里敢期望能够得到您的眷顾，并赐予在下教诲存问。得到了先生锦心绣口般的褒赞，越发显示了您松竹般的高风亮节。在下不仅感激不尽，更当铭记在心。节候渐凉，愿您善自将息，安享天福。先生官至太傅，在侍中任上退休，得到圣上无比的尊宠，您一直以来就是天下士人的楷模，早年就接受天选，代天行事。先生注重修身，做到意志诚恳，心地纯正，自然家庭也就管理得非常好，也就因此成为王室的楷模；先生功成名就，选择退隐，于是成为天下士人争相模仿的榜样。从此以后，先生就可以非常从容地生活，也可以优雅闲适地学习、修身。更何况先生就像臧孙氏、周公一样都有自己的后代，可以将家风代代传承下去。伊尹感通君天，《尚书》记载了君臣之间的美德；郑武公父子均在周室担任司徒之职，由于忠于职守，为百姓称道，《诗经》中遂有歌颂他们父子之功的篇章。先生尽管致仕，但是思谋方壮，国家对先生很是倚仗，天下大治仰赖先生的谋划。希望先生为国家苍生，照顾好自己的生活起居，在下诚心敬意地祝福先生。

移亳州回人贺状

【题解】

元丰二年（1079）五月二十日，曾巩受命移知亳州（治今属安徽），七月十六日到达任上。直到元丰三年（1080）九月，从亳州拟赴沧州，在亳州时间约一年多。这篇回状大约写于元丰二年七八月间。

启文中称："比缘恳请，得假善藩。既谐窃禄之私，实获事亲之便。"这段说明详见曾巩《移知亳州乞至京迎侍赴任状》："兼臣昨任福州，已系远地，迎侍不得。即今老母多病，见在京师，人子之谊，晨昏之恋，固难苟止。二者于臣之分，实为迫切。如臣合当避亲，臣不敢陈乞在京差遣，只乞对移陈、蔡一郡，许臣暂至京师，迎侍老母赴任。使臣仰得就日月之光，俯得伸犬马之养。今臣幸蒙恩诏移守亳州，如臣所请。况亳州去京不远，欲乞许臣暂至京师，迎侍老母赴任。"曾巩所谓"比缘恳请"，是缘于方便照料母亲，六十多岁的曾巩，照料年逾八旬的老母，当政者这次满足了他的请求。

右巩启：比缘恳请，得假善藩。既谐窃禄之私，实获事亲之便。惭无善政，可称厚恩。岂谓某人特枉缄封①，曲垂奖录。言为黼藻，饰陋质以为荣；操若松筠，处大寒而不变。其为感愧，曷尽指陈！惟溽暑之方隆，谅燕居之多适。更祈保摄，用冀迁升。

【注释】

①缄封：指书信。

【译文】

曾巩启白：前不久因为在下诚恳的请求，朝廷于是派遣我到比较好的州郡值守。这样做，表面上满足了我窃据朝廷俸禄的私心，实际上，达到了我照顾老母亲的初衷。惭愧自己没有突出的政绩，来与朝廷的恩遇相称。这并不值得先生特地写信给我，并对我曲加褒奖。先生以华美的文辞，来夸饰我浅陋的外表，在下倍感荣幸；先生节操好比松柏，天寒并不使其改色。在下对先生的感激，怎么能够说尽！夏季高温潮湿，请先生照顾好自己的生活起居。希望先生好好保养身体，等待升迁的机会。

东府贺冬状

【题解】

东府：唐宋时指丞相府。王勃《常州刺史平原郡开国公行状》："高祖勋逾黜夏，业擅勘黎，置酒醴于南宫，扬旌旆于东府。"司马光《涑水记闻》卷十六："永年（王永年）知叔皮（赵叔皮）尝于上元夜微步游闾里，乃夜叩东府门告变云：叔皮乃弟叔敖私诣卜者，云已有天命，谋作乱。"

曾巩还有一篇启文《贺东府启》，前面已有论述，如果推测成立，这两篇大约写于同时。贺冬，庆贺农历的冬至日的来临。蔡邕《独断》："冬至阳气起，君道长，故贺。夏至阴气起，君道衰，故不贺。"

　　右巩启：伏以气动于微，升一阳而方长①；物资其始，萌万宝于将亨②。伏惟某官，行蹈中庸，业存久大，为生民之蓍蔡，任王室之股肱。四岳之亮天功③，其凝庶绩④；百揆之熙帝载⑤，攸叙彝伦⑥。茂对休辰⑦，具膺繁祉⑧。巩方祗官次，阻诣门阑。

【注释】

①一阳：冬至后白天渐长，古代认为是阳气初动，故冬至又称"一阳生"。

②万宝：各种作物的果实。《庄子·庚桑楚》："夫春气发而百草生，正得秋而万宝成。"陆德明释文："天地以万物为宝，至秋而成

也。"亨:通达,顺利。《周易·坤》:"坤厚载物,德合无疆,含弘光大,品物咸亨。"

③四岳:相传为炎帝之裔,伯夷之后,因掌四岳有功,故称。一说,尧臣羲和的四子,为分掌四岳的诸侯,故称。亮:辅佐。语出《尚书·虞书·舜典》:"钦哉,惟时亮天功。"

④庶绩:各种事业。绩,功。语出《尚书·唐书·尧典》:"允厘百工,庶绩咸熙。"

⑤百揆(kuí):总理国政之官。语出《尚书·唐书·尧典》:"纳于百揆,百揆时叙。"

⑥彝伦:常理,常道。语出《尚书·周书·洪范》:"王乃言曰:'呜呼,箕子!惟天阴骘下民,相协厥居,我不知其彝伦攸叙。'"

⑦休辰:喜庆的日子。

⑧繁祉:多福。繁,多。语出《诗经·周颂·雝》:"绥我眉寿,介以繁祉。"

【译文】

曾巩启白:阴阳之气的变化,常从细微之处开始,冬至之后,一阳始生,并逐渐滋长;万物也从此开始萌发,并将亨通盛大。某官行为举止合乎儒家中庸之道,功业存续长久且盛大,为天下苍生所推重,为国家王室之辅佐。有四岳辅助天帝,所以才能成就各种政绩;百官襄助君王,才能使大道伦常得以延续。值此喜庆之时,人人尽享多福。在下曾巩尽职官衔,身不能至,心向往之。

西府贺冬状

【题解】

西府,官府。宋代熙宁间,于京师建东、西两府,西府为枢密使所居,以西府为枢密院别称。这篇启文与上篇《东府贺冬状》约写于同时。

右巩启：伏以物资其始，萌万宝于将亨；气动于微，升一阳于方长。伏惟某官业存久大，行蹈中庸，为蓍蔡于生民，任股肱于王室。共武之服，久专总于枢机；秉国之均，仵首当于衡轴①。对休辰而茂协，膺繁祉以具宜。巩限此守邦，未缘为寿。

【注释】

①衡轴：比喻中枢要职。

【译文】

曾巩启白：天地万物在此时开始新一轮节候的变化，并孕育此后即将丰隆的收获；阴阳之气，变化于细微之际，此时阳气也开始升腾。某官功业存续长久盛大，行为举止合乎中庸之道，为天下百姓所仰赖，是君王倚仗的股肱之臣。共同掌管兵武之事，长期独掌国家机要部门；手握国家权柄，居官中枢要职。值此喜庆节气，人人各享其福。曾巩限于职守，不能当面祝寿。

回人贺授史馆修撰状

【题解】

曾巩被授史馆修撰，事在元丰四年（1081）。曾巩有《拟辞免修五朝国史状》比较详细地记录自己当时的心路历程："臣去年八月伏奉敕命，充史馆修撰，又奉圣旨专典史事，且将三朝国史先加考详，候两朝史了日，一处修定。又于延和殿伏蒙面谕所以任属臣之意，臣是以祗服圣恩，不敢辞避。天下皆知臣居此职，出自主知，以为荣遇。况臣以至孤至远之迹，出深忌积毁之余，独蒙明主知而用之。且自古以来，天下之士不遇者多矣，如臣遭遇者无几。则臣捐草茅之躯，以报天地之德，固其分也。至于效其区区之愚，岂足为陛下道哉？况以文字薄技，得因圣宋之大典，托名万世，学士大夫莫不愿备其任，而独臣之愚，幸预采择。此臣所以穷日夜，惫精思，不敢忘须臾，志在于斯文，惟恐不称其任，以负陛下任属之意也。"曾巩言语诚恳，尽职尽责，想把这件事情做好。无奈神宗不能做到用人不疑，修五朝国史事很快作罢。

　　右巩启：误被上恩，进专史事，顾惭孤陋，曷称选抡①？伏念巩齿发蚤衰，材质素薄。差池一纪②，久流落于风波；推徙七州，浸沉迷于簿领③。讵期皓首，获奉清光④。拔于多士之中，宠以非常之遇。惟累朝之盛典，垂列圣之鸿名，宜得异能，使之实录。岂伊鄙钝，可尽形容？惧莫副于简求⑤，方内怀于兢愧。敢意眷思之厚，特迁庆问之勤。矧奖饰之逾涯，俾夤缘而借重⑥。其为感幸，难既敷陈。

【注释】

①选抡：选拔，选择。

②差池：表示"蹉跎"义。虚度光阴。一纪：岁星（木星）绕地球一周约需十二年，故古称十二年为一纪。

③簿领：谓官府记事的簿册或文书。

④清光：清美的风采。多喻帝王的容颜。

⑤简求：拣选寻求。

⑥夤（yín）缘：攀援，攀附。

【译文】

　　曾巩启白：在下有辱圣上眷顾，被招进朝廷专门负责修史之事，不禁因为自己的孤陋而感到惭愧，又怎能符合圣上选拔人才的标准呢？只因在下曾巩早年便齿摇而发白，禀赋素来单薄。我流荡于世事沉浮之中，已达十二年之久;浸润于州郡的文书簿册之间,也已辗转七州。怎敢还期望在白头之年,能获睹圣君尊荣。从众多贤士中被选拔出来,更何况还得到了圣君不同寻常的宠信。国朝历代圣君,皆恩典隆盛,记载列位圣君的美名,应该由禀赋超群的人来完成,并且编为实录。而那些鄙陋愚钝的人,怎么能够详尽地描述呢?我很担心自己不能满足这个选拔的条件,想到这些,内心不禁战战兢兢。没有想到先生厚爱我,特地发信过来,殷勤慰问在下。更何况先生对在下的祝贺与夸赞,多有溢美之词,足以使在下借重一时。对先生的感激之情,无法用言语来表达。

【评点】

张孝先曰:南丰久徙外州,淡于进取。及是加史馆修撰,专典国史,时盖已老矣,故其言特凄惋。

【译文】

张伯行评论道:曾巩长时间出任朝外之官,对仕途的进取之道已经看得很淡。这时神宗将史馆修撰之职委任于他,专门执掌纂修五朝国史之事,但是曾巩毕竟年事已高了,所以这篇回状的语言特别凄凉、哀婉。

回人贺授舍人状

【题解】

曾巩被授官中书舍人,事在元丰五年(1082)四月。林希在为曾巩写的《墓志》中说:“(元丰)五年四月,正官名,擢拜中书舍人,赐紫章服,始受命,促使就职。”同时就任这一职位的还有陆佃。据《陶山集》卷七陆佃《谢中书舍人表》自注:“元丰五年四月,时官制初行,告报奉圣旨,并不许辞。佃与巩皆就职。”尽管不让辞,曾巩还是写了《辞中书舍人状》,坚辞不许,曾巩又举人自代,写下《授中书舍人举刘攽自代状》,

依然不准,这才就职。

中书舍人一职地位清要。宋人叶廷珪《海录碎事·臣职部上·中书舍人门》中记载宋徽宗的话:"朕闻,朝廷除一舍人,六亲相贺,谚以为一佛出世,岂容易哉!"曾巩自然免不了"六亲相贺",这篇启文正是回谢启文。不过对于将修史视为生命的曾巩来说,如果在中书舍人和《五朝国史》修撰之间做出选择的话,曾巩会毫不犹豫地选择后者,难怪他一心想辞掉这个舍人之职。

　　右巩启:叨奉制恩,进登词掖①,误蒙任属,私积兢惭。巩器识少通,性资多蔽,非有为人之学②,徒坚好古之心③。矧齿发之已衰,困风波而且久。晚逢真主,独赐重知。取于寡与之中④,假以逾涯之宠。甫专史笔,遂掌训辞。惟清切之近班⑤,实论思之要地⑥。方惊冒处⑦,良用忝颜⑧,未遑削牍之勤⑨,遽辱腾书之贶⑩。其为感佩,曷罄敷陈。

【注释】

①词掖:泛指词臣的官署,如翰林院之类。

②为人之学:指学习的目的为展示给别人看。语出《论语·宪问》:"子曰:'古之学者为己,今之学者为人。'"

③好古:谓喜爱古代的事物。语出《论语·述而》:"子曰:'我非生而知之者,好古,敏以求之者也。'"

④寡与:犹寡合。谓不与世俗合流。

⑤近班:指近臣的行列。

⑥论思:议论、思考。特指皇帝与学士、臣子讨论学问。

⑦冒处:无功而居其位。

⑧忝(tiǎn)颜:羞于面对。忝,惭愧。

⑨削牍：古时削薄竹木成片，用以书写，有误则刮去重写，谓之"削牍"。后用以泛称书写、撰述。

⑩腾书：传递书信。

【译文】

曾巩启白：刚刚接到朝廷恩降的制命，在下有幸进入翰林院，承蒙朝廷错爱，心中越发惭愧无比。在下格局识见少有通达，秉性资历也多有鄙陋，平生所学，并非为人之学，而皆为修己之用，好古之心，从未改变。加之齿摇发白，年近暮衰，且长年困顿，沉浮不定。晚年有幸遇到圣明的君主，并得到异乎寻常的器重。圣上独具慧眼，起用与世俗寡合之人，并赐予在下超越阶制的宠信。刚刚让在下专心于撰写史书，复又让在下拟制圣上训教之辞。在下所处之地是一个接近圣上的清要之地，而且还是一个圣上与群臣研讨学问的地方。在下一直处在德不配位的愧疚之中，还没来得及给先生写信禀告，有辱先生首先赐信过来。在下对先生的感佩之心，用言语怎能详述。

【评点】

张孝先曰：学非为人，心坚好古，此南丰一生立脚处。文之传世而行远，岂偶然哉！

【译文】

张伯行评论道：学问并非用来在人前炫耀的，内心坚定，热爱古代文化，这是曾巩一生所秉承的根本立脚点。曾巩文章之所以能够流传后世，这难道是偶然的吗！

曾文定公文

唐论

【题解】

这是一篇史论，与曾巩《〈唐令〉目录序》论太宗时政要"虽未及三代之政，然亦庶几乎先王之意"立论相同。熙宁元年（1068）正月，宋神宗命曾巩修《英宗实录》，但不逾月而罢。熙宁二年（1069），曾巩只好自求补外，通判越州，本文当作于自史馆离京之前。

曾巩很看重上古三代，对于他视作差强人意的唐代亦每每称颂。想使疲软的本朝有所振作的宋人，对恢宏的唐朝都有些艳羡。这篇《唐论》从剖析唐太宗的"贞观之治"入手，分别从"有天下之志""有天下之材""有治天下之效"三方面评价分析其得失，表达自己尊崇"先王之治"的政治理想。全文平易朴实，淡雅委婉。

成、康殁①，而民生不见先王之治②。日入于乱③，以至于秦，尽除前圣数千载之法。天下既攻秦而亡之，以归于汉。汉之为汉，更二十四君，东西再有天下，垂四百年④。然大抵多用秦法，其改更秦事，亦多附己意，非放先王之法而有天下之志也⑤。有天下之志者，文帝而已。然而天下之材不足，故仁闻虽美矣，而当世之法度，亦不能放于三代。汉之亡，而强者遂分天下之地。晋与隋虽能合天下于一，然而合之未久而已亡，其余不足议也。代隋者唐，更十八君，垂三百年⑥，而其治莫盛于太宗⑦。太宗之为君也，诎己从谏，仁心爱人，可谓有天下之志⑧。以租庸任民⑨，以府卫任兵⑩，以职事任官，以材能任职，以兴义任俗⑪，以尊本任众⑫。赋役有定制，兵农有定业，官无虚名，职无废事⑬。人习于善行，离于末作。使之操于上者，要而不烦；取于下者，寡而易供。民有农之实，而兵之备存；有兵之名，而农之利在。事之分有归，而禄之出不浮。材之品不遗⑭，而治之体相承。其廉耻日以笃，其田野日以辟。以其法修则安且治，废则危且乱，可谓有天下之材。行之数岁，粟米之贱，斗至数钱，居者有余蓄，行者有余资，人人自厚，几致刑措，可谓有治天下之效⑮。夫有天下之志，有天下之材，又有治天下之效，然而不得与先王并者，法度之行，拟之先王未备也；礼乐之具、田畴之制、庠序之教，拟之先王未备也；躬亲行阵之间，战必胜，攻必克，天下莫不以为武，而非先王之所尚也⑯；四夷万里，古所未及以政者，莫不服从，天下莫不以为盛，而非先王之所务也⑰。太宗之为政于天下者，得失如此。

【注释】

①成、康：指西周初期的周成王姬诵和周康王姬钊。武王殁，成王年幼即位，周公姬旦摄政，平定管蔡之乱，七年后归政。成王向东发

展,营建洛邑,东伐淮夷等,兴正礼乐,国家兴盛。康王即位继续推行成王政策,加强统治。《史记·周本纪》称"成康之际,天下安宁,刑错四十余年不用",故后世称为"成康之治"。康王殁,穆王即位,好大喜功,四处征伐,重用酷刑,自此西周开始式微。

②民生:犹言"生民",指人民。

③日入于乱:一日比一日陷入混乱。

④"汉之为汉"几句:两汉共传二十四帝,西汉为高帝、惠帝、高后、文帝、景帝、武帝、昭帝、宣帝、元帝、成帝、哀帝、平帝,凡十二帝;东汉为光武帝、明帝、章帝、和帝、殇帝、安帝、顺帝、冲帝、质帝、桓帝、灵帝、献帝,凡十二帝。西汉自高帝元年(前206),至平帝元始五年(5),东汉自光武建武元年(25),至献帝延康元年(220),两汉合计超过四百年。

⑤"然大抵多用秦法"几句:汉承秦制,多有因袭,据《汉书·刑法志》载:"于是相国萧何,捃摭秦法,取其宜于时者,作律九章。"《汉书·百官公卿表》所列职官多因秦名。《汉书·地理志》载郡县亦因秦制。放,仿照,仿效。

⑥"代隋者唐"几句:唐十八君,唐高祖、太宗、高宗、武后、中宗、睿宗、玄宗、肃宗、代宗、德宗、顺宗、宪宗、穆宗、敬宗、文宗、武宗、宣宗、懿宗、僖宗、昭宗、哀帝,凡二十一帝。垂三百年,自高祖武德元年(618),至哀帝天祐年(904),凡二百八十七年。

⑦而其治莫盛于太宗:此指唐太宗"贞观之治"的太平盛世。

⑧"讪己从谏"几句:唐太宗善屈己纳谏,据《贞观政要·纳谏》载:贞观四年(630),诏命修建洛阳宫殿,张玄素进谏,批评他还不如隋炀帝,他醒悟后赞扬张玄素说:"且众人之唯唯,不如一士之谔谔。"又常鼓励群臣直谏,魏徵常直谏,即使引起太宗的盛怒,仍直谏不休。魏徵病逝后,太宗大哭说:我丧失了一面可以知得失的镜子。

⑨租庸：即租庸调。初唐向受田课丁征派的田租、力庸、户调等三种赋役的合称。源于北魏到隋的赋税制，唐武德二年（619）始制，至七年（624），又详加规定，租庸调为唐初主要税源，详见《新唐书·食货志》。任民：征取于民。

⑩府卫：即府兵制，西魏始建。据《新唐书·兵志》，贞观十年（627），共有六百三十四府，分隶十二卫和东宫六率。军府绝大部分分布于京师附近的关中地区，意在加强中央集权制度。

⑪兴义：崇尚道义。

⑫尊本：指尚农，重视农业。吴兢《贞观政要·务农》："贞观二年，太宗谓侍臣曰：'凡事皆须务本。国以人为本，人以衣食为本，凡营衣食，以不失时为本。'"

⑬官无虚名，职无废事：贞观六年（632），太宗以民少吏多，大省文武官、内官，定员仅六百四十三人。参见《贞观政要·择官》。

⑭材之品不遗：指按等级录人才而无遗漏。

⑮"行之数岁"几句：这几句描述贞观之治时的国泰民安。据《新唐书·食货志》载："贞观初，户不及三百万，绢一匹易米一斗。至四年，米斗四五钱，外户不闭者数月，马牛被野，人行数千里不赍粮，民物蕃息。四夷降附者百二十万人。是岁，天下断狱，死罪者二十九人，号称太平。"刑措，置刑法而不用。

⑯"躬亲行阵之间"几句：唐太宗"出身雄豪"，隋末劝父李渊起兵反隋。李渊称帝时，封为秦王，任尚书令，曾亲自率兵征战。武德九年（626）发动玄武门之变，得为太子。继帝位后，崇尚文治武功，树立了唐人重文尚武的风气。

⑰"四夷万里"几句：这几句描述贞观时期"中国既安，四夷自服"，文治和武功所达到的盛况。又《新唐书·北狄传赞》曰："唐之德大矣，际天所覆，悉臣而属之，薄海内外，无不州县，遂尊天子曰天可汗。三王以来，未有以过之。"所务，所追求的。

【译文】

成王、康王过世后，后代百姓就没有见到过像三代时期的盛世了。天下一日比一日混乱，这种局面一直持续到秦朝，秦统治者完全废除了前代圣人制定的持续数千年的治国安邦之法。天下人竞起讨伐暴秦，致其灭亡，汉朝随即建立起来。汉朝作为一个成功的王朝，经历了二十四个君主，其间又分为西汉、东汉，历时将近四百年。然而两汉大多仍然沿袭使用秦朝的法令，即便有些改变，也多出于自己的理解，并没有仿照三代时期的先王之法，没有显示出管理天下的宏伟志向。在汉代君主之中，胸中装有天下之志的，只有汉文帝一人而已。但是，文帝当时，天下没有足够多有才能的人供朝廷使用，所以，尽管文帝有仁爱的美誉，当时的法度却不能效仿三代时期的法度来治理天下。汉朝灭亡后，强悍的军阀们瓜分了天下。西晋与隋朝虽然统一了天下，但是统一局面并没有维持太长时间又陷入分裂状态，除此之外，其他的政权就更不值得谈了。取代隋的政权是唐朝，共有十八位君主，持续了将近三百年的历史，期间最清明的君主当属唐太宗了。唐太宗作为一国之君，不惜委屈自己而听从诤臣的建议，具有仁心关爱人民，可以说胸中装有天下苍生。用租庸调制征取于民，以府兵制部署编制军队，给每一个官职确定明确的职责，根据才能的大小确定官职阶品的高低，用是否崇尚道义作为引导天下风俗的标准，以重农务本作为教化天下百姓的重要依据。赋役制度稳定，军事和农业有保障，官场无虚职，官职有职守。人们皆习惯于做善事，主动远离恶行。让居于上位操持政务之人，言语切要简明；让处于下级领命之人，头绪简单更容易把握。百姓在和平时期既能务农资生，又能作为军事的后备力量；战争时期，百姓以军人的名义征战疆场，军需也能受益于务农所获。对官员的职事有明确的界定，朝廷给官员提供的俸禄就不会超支。天下人才根据资质品性，人尽其才；国家的治理就会代不乏人，继往开来。百姓越发懂得礼义廉耻，田野也会得到不断的开垦。运用太宗选定的人才所制定的治国方略来治理天下，那么天下就会长治久安，废止这些方略就会危机丛生，动乱不已，因此，可以说太宗能够得天下英才为我所用。坚持使用这些人才，数年之后，粮食价格更便宜了，达到一斗仅数钱的地步，定居之人家有积蓄，旅行之人川资充盈，天下人人都很自重，朝廷为惩治犯罪而制定的刑法都用不上了，如此，可以说治理天下卓有成效了。胸怀天下之志，保有天下英才，同时，治理天下卓有成效，但是，唐太宗作为天下君主却不能和三代先王相比肩，因为唐太宗时期法令制度的运行，与先王时期相比还不完备；礼乐制度、土地制度、教育制度，与先王时期相比同样也不完备；至于太宗亲自带领军队，战无不胜，攻无不克，天下之人没有谁不认为他武功盖世的，但这并非是先王所崇尚的；远隔万里的四方边夷之族，由古及今从来没有被中央政权管理过的，而今却没有不臣服的，普天之下，没有人不认为这是盛世再现，但是，这些却不是先王所急于实现的。唐太宗治理天下的得失，大致如上所述。

由唐、虞之治五百余年而有汤之治，由汤之治五百余年而有文、武之治，由文、武之治千有余年而始有太宗之为君①。有天下之志，有天下之材，又有治天下之效，然而又以其未备也，不得与先王并而称极治之时。是则人生于文、武之前者，率五百余年而一遇治世；生于文、武之后者，千有余年而未遇极治之时也。非独民之生于是时者之不幸也，士之生于文、武之前者，如舜、禹之于唐，八元、八凯之于舜②，伊尹之于汤③，太公之于文、武④，率五百余年而一遇。生于文、武之后千有余年，虽孔子之圣、孟轲之贤而不遇，虽太宗之为君而未可以必得志于其时也，是亦士民之生于是时者之不幸也。故述其是非得失之迹，非独为人君者可以考焉，士之有志于道而欲仕于上者可以鉴矣。

【注释】

①"由唐、虞之治五百余年而有汤之治"几句：语出《孟子·尽心下》："由尧、舜至于汤，五百有余岁，若禹、皋陶，则见而知之；若汤，则闻而知之。由汤至于文王，五百有余岁。若伊尹、莱朱，则见而知之；若文王，则闻而知之。由文王至于孔子，五百有余岁。若太公望、散宜生，则见而知之；若孔子，则闻而知之。"唐、虞，即尧、舜。尧为陶唐氏，名放勋，史称唐尧。传说中父系氏族社会后期部落联盟领袖。舜为有虞氏，名重华，史称虞舜。尧去世后由他即位，后选拔治水有功的禹作为继承人。文、武，指周文王、周武王，为西周的创始人。

②八元：古代传说中八个有才德之士。《左传·文公十八年》："高辛氏有才子八人，伯奋、仲堪、叔献、季仲、伯虎、仲熊、叔豹、季狸，忠肃共懿，宣慈惠和，天下之民谓之八元。"元，善。八凯：本作"八恺"，亦是古代传说中八个有才德之士。《左传·文公十八年》："昔高阳氏有才子八人，苍舒、隤敱、梼戭、大临、尨降、庭坚、仲容、叔达，齐圣广渊，明允笃诚，天下之民谓之八恺。"恺，和。

③伊尹：商初大臣。名伊，尹是官名。一说名挚。传说为奴隶出身，本为有莘氏女的陪嫁之臣，汤用为"小臣"，后任以国政，助汤灭夏桀。汤去世后，相继辅佐卜丙、仲壬、太甲。

④太公：即姜太公。姜姓，吕氏，名尚，一说字子牙。西周初年官太师，助武王灭商，封于齐，有太公之称，俗称姜太公。

【译文】

从尧、舜之治五百余年之后到商汤之治，从商汤之治再有五百余年到文武之治，从文武之治有一千多年之后才到唐太宗当政。有治理天下的志向，拥有治理天下的人才，又有治理天下的成效，然而，却因为没有先王时期完备的制度，而不能与三代先王并称为治国理政非常好的盛世。所以说，天下之人如果生于周文王、周武王之前，大约五百年碰到一次治世；如果生于文王、武王之后，那就要一千多年却不能赶上一次极治之时。这并非只是生于文王、武王之后的百姓的不幸，士人如果生于文王、武王之前，就会像舜、禹面对唐尧，八元、八凯面对舜，伊尹面对商汤，姜太公面对文王、武王，大约是五百年一次的际会。如果士人生于文王、武王之后，一千多年，即使出现了像孔子一样的圣人，像孟子一样的贤人，但是，他们仍然遇不到圣君。即使像唐太宗这样的君主，也不可以在属于他的那个时代中实现自己的抱负，更何况普通的士人、百姓了，他们生在那个时代也同样是不幸的。因此，我在此讲述、分析他们是非、得失的事迹，并非单独为人君提供参考，天下士人如果有志于得道，并想兼济天下的也可以作为鉴照。

【评点】

茅鹿门曰：文格似弱，而其议则正当。

张孝先曰：唐太宗之治虽未及于古，然三代以下言治者必以贞观为极盛。由太宗有其志，有其材，而遂有其效也。其论太宗为政于天下，著其所以得而又原其所以不及于古者，炯炯如指上罗纹。子固留心经世如此！

【译文】

茅坤评论道：文章风格似乎柔弱，但是议论却正确切当。

张伯行评论道：唐太宗的治理成效，尽管没有达到三代时期的水平，但是，三代以下谈论治国的一定以贞观时期为极盛之时。因为太宗有治国的抱负，也有辅佐他治理天下的人才，也因此收到了治理之效。这篇文章分析太宗治理天下的功绩，将太宗取得功绩的原因以及达不到古人境界的地方，分析得像看手上的指纹一样明晰。曾巩留心于经世济国已达到了这样的地步！

佛教

【题解】

曾巩《隆平集·寺观》："建隆元年，诏诸道寺院，经显德二年已废者不得存留。其佛像许移置见存留处。"此篇文字约略写于元丰二年（1079）前后。宋人李攸《宋朝事实》卷七："太宗曰：'古者一夫耕，三人食，尚有受其馁者。今殆二十人矣，东南之俗，连村跨邑，去为僧者，盖慵稼穑，而避徭役耳。泉州奏：未剃僧尼系籍者，四千余人；其已剃者，数万人，尤可惊骇。'"此则材料，即曾巩本文所言史实，并不见《宋史》记载，此亦可补正史之所阙。文中提到"诏佛寺已废于显德中不得复兴"，涉及五代后周世宗灭佛事件：后周显德二年（955）五月，周世宗柴荣昭告天下，拉开了灭佛运动的序幕。对于灭佛运动的过程，《新五代史·周本纪》一笔带过，"甲戌，大毁佛寺，禁民亲无侍养而为僧尼及私自度者"。但是《旧五代史》则记述颇丰，将柴荣的诏令大段录用。柴荣灭佛的原因，规定的办法甚至处罚的尺度，都一一记录在案。后周显德二年，所存寺院凡二千六百九十四所，废寺院凡三万三百三十六所，僧尼系籍者六万一千二百人。

北宋初年，太祖、太宗对待佛教的态度，显然受到后周的影响。自韩愈以来，辟佛似乎成为儒生的自觉行为。曾巩对待佛教也采取拒斥的态度，他在《梁书目录序》中系统阐述了自己对待佛教的态度："自先王之道不明，百家并起，佛最晚出，为中国之患，而在梁为尤甚，故不得而不论也。盖佛之徒，自以为吾之所得者内，而世之论佛者皆外也。故不可诎。虽然，彼恶睹圣人之内哉！"曾巩以中庸的思想来辟佛，并非如二程入其室，而操其戈。曾巩对待佛教也并非一味否定，他亲眼目睹佛教徒行事之持久，引发了他对儒学的担忧。曾巩可能没有精研过佛教思想，但他对佛教的态度还是比较客观的。

建隆初①，诏佛寺已废于显德中不得复兴②。开宝中③，令僧尼百人许岁度一人。至道初④，又令三百人岁度一人，以诵经五百纸为合格。先是泉州奏僧尼未度者四千人，已度者万数。天子惊骇，遂下诏曰：古者一夫耕，三人食，尚有受馁者。今一夫耕，十人食，天下安得不重困？水旱安得无转死之民？东南之俗，游惰不职者跨村连邑，去而为僧，朕甚嫉焉，故立此制。

【注释】

①建隆：宋太祖赵匡胤的年号（960—963）。

②显德：后周太祖郭威的年号，世宗柴荣及恭帝柴宗训仍沿用（954—960）。

③开宝：宋太祖赵匡胤的年号（968—976）。

④至道：宋太宗赵匡义的年号（995—998）。

【译文】

建隆初年，太祖下诏：凡是在北周显德年间被毁的佛寺不得再翻修开放。开宝年间，允许寺院僧尼数量规模每一百人每年可以补充一个新的出家人。至道年间，又规定，僧尼每三百人允许吸纳一名新的成员，并且规定能够诵经五百张纸才算合格。早前，泉州奏报：等待出家的僧尼数量有四千人，已经出家的僧尼数量已至万人。天子非常震惊，于是，昭告天下：古代，一位农夫的耕作，可以供养三个人的饮食，即便如此，仍有挨饿受冻的。现在一位农夫耕作，供养十人的饮食，天下怎能不因此严重受困呢？等到赶上大旱或是大涝的季节，天下百姓怎能不四处逃难、弃尸荒野呢？东南的民俗，从村庄到城邑到处是游手好闲、懒惰无业之人，他们最终都出家成了僧尼，我很痛心这个现象，所以，确立了这一制度。

【评点】

张孝先曰：子固尝论佛氏之教无用而食民之食，法止于今之为者而不许复入，则旧徒之尽也不日矣。诚如开宝之诏，则不特可以正人心，而且可以足民食，其益于世道，岂浅鲜哉！

【译文】

张伯行评论道：曾巩曾经论述佛教对社会无用，而且需要普通百姓供养衣食，按照今天的法令，是不允许再加入佛教的，这样已有的旧的僧人也就会越来越少了。正如开宝年间的诏令，不仅可以匡正人心，而且可以让百姓丰衣足食，有益于世道人心，好处难道会少吗！

讲官议

【题解】

熙宁元年（1068）四月，王安石由知江宁府赴京就任翰林学士兼侍讲，当月在诸多提议中，王安石和吕公著提请给讲官赐坐，获得礼官韩维、刁约、胡宗愈支持。刘攽率先反对，蜂起拥护刘攽的有龚鼎臣、苏颂、周孟阳、王汾、韩忠彦和曾巩。王焕镳《曾南丰先生年谱》系此文于熙宁元年，这年曾巩正供职史馆。

议，旧时的一种文体，用以论事说理或陈述意见，有公议、私议之分。曾巩此文从儒家传统出发，论述给讲官赐坐之不合宜。

孔子之语教人曰：不愤悱，不启发；举一隅不以三隅反，则不告也①。孟子之语教人曰：有答问者②。荀子之语教人曰：不问而告谓之傲，问一而告二谓之囋。傲，非也；囋，非也。君子如响③。故《礼》无往教而有待问④，则师之道，有问而告之者尔。世之挟书而讲者，终日言，而非有问之者也，乃不自知其强聒而欲以师自任⑤，何其妄也！

【注释】

①"不愤悱（fěi）"几句：语出《论语·述而》："子曰：'不愤不启，不悱不发。举一隅不以三隅反，则不复也。'"悱，想说又不知如何说。隅，四方中的一方，此指一个方面。

②孟子之语教人曰：有答问者：孟子解答提问事，指《孟子·尽心上》所载："君子之所以教者五：有如时雨化之者，有成德者，有达财者，有答问者，有私淑艾者。"针对学生公孙丑的问题，孟子回答："大匠不为拙工改废绳墨，羿不为拙射变其彀率。君子引而不发，跃如也。中道而立，能者从之。"此"有答问者"主要指"引而不发"两句，意谓老师教导学生正如射手，拉满了弓却不发箭，做出跃跃欲试的样子，学生自然会领悟射箭诀窍。

③"不问而告谓之傲"几句：语出《荀子·劝学》。傲，浮躁。嘈（zá），形容语言烦碎。如响，谓答问如声响的回声，不多不少。

④故《礼》无往教而有待问：《礼记·曲礼上》有："礼闻来学，不闻往教。"往教，主动教诲，即不问而教。《礼记·学记》："善待问者，如撞钟，叩之以小者，则小鸣；叩之以大者，则大鸣。待其从容，然后尽其声。不善答问者，反此。"

⑤强聒：强作解释，人不问却唠叨教诲。聒，喧扰。指喋喋不休。

【译文】

孔子在《论语》中教导人说："教导学生，如果没有达到他心中渴望了解而仅凭他自己无法实现的地步，就不要去开导他；如果没有达到他自己想说，却又无法恰当加以表述的地步，就不要去启发他；如果他做不到告诉他一个方面就能推知其他多个方面的时候，就不要去教导他。"孟子在《尽心上》中教导生徒说："君子实施教化,有五种方式,解答疑问只是其中一种。"荀子《劝学》篇教导人说:"别人没有问就告诉别人叫急躁,别人问一个问题却告诉别人两个叫唠叨。急躁,不对;唠叨,也不对。君子的回答应该像回声一样。"所以,《礼记》中没有主动教诲,只有等待发问,可见,为师之道,在于求学者如有疑问提出,为师者针对疑问作答。世间那些携带着书到处宣讲的人,夸夸其谈一整天,却没有一个向他发问的人,他并不知道自己喋喋不休,想自命为师的做法有多么狂妄。

　　古之教世子之法①,太傅审父子、君臣之道以示之,少傅奉世子以观太傅之德行而审喻之②。则示之以道者,以审喻之为浅,故不为也。况于师者③,何为也哉?正己而使观之者化尔。故得其行者,或不得其所以行;得其言者,或不得其所以言也。仰之而弥高,钻之而弥坚,德如是,然后师之道尽④。故天子不得而召也,诸侯不得而友也,又况得而臣之乎?此伊尹、太公、子思、孟子之徒所以忘人之势⑤,而唐、虞、三代大有为之君所以自忘其势也。

【注释】

①世子:古代天子、诸侯的嫡长子。

②太傅审父子、君臣之道以示之,少傅奉世子以观太傅之德行而审喻之:本自《礼记·文王世子》。太傅,古代三公之一。西周始置,职责辅佐天子。少傅,辅导太子的官,西周始置,西汉时称为太子少傅。审喻,详细地晓喻。此指解释太傅代太子所行的父子君臣之道的意义。

③师:即少师,与少傅、少保合称"三少"。西周置,职责辅佐天子。

④"故得其行者"几句:语出《论语·子罕》,是颜回赞叹其师孔子

的话。

⑤子思：战国初哲学家。姓孔，名伋。孔子之孙。相传曾受业于曾子，以"中庸"为其学说的核心。孟子曾受业于子思的门人，形成思孟学派，旧时被尊为"述圣"。《汉书·艺文志》著录《子思》二十三篇，已佚。人之势：指天子、诸侯的权势。

【译文】

古代教育嫡长子的方法是：太傅审核父子、君臣之道，并加以示范，少傅引导嫡长子观察太傅所展示的德行，并向他讲述，让他明白。太傅负责展示德行，是因为他觉得少傅讲述的环节是浅显的，所以他不负责讲述。何况对于师者，又能做些什么呢？端正自己的行为让看到的人有所触动，从而产生一些变化。因此，仅仅简单模仿师者的行为，或许并不能理解行为背后所蕴含的意义；仅仅模仿师者所说的话，或许并不能领悟语言背后深层的意蕴。仰望他，越发感觉到他的崇高；刻苦钻研，越发感觉到深不可测，具有这样的德行，为师之道也就具备了。正因为如此，对于这样的人才，天子向天下征召，也不能得到；诸侯想尽办法结交这样的人才，也不能如意，更何况将其收为臣子呢？这正是伊尹、太公、子思、孟子之类的人之所以忘掉别人的威势，也是唐、虞、三代大有为之君之所以忘掉自己权势的原因。

世之挟书而讲于禁中者①，官以侍为名②，则其任固可知矣。乃自以谓吾师道也，宜坐而讲，以为请于上③，其为说曰："必如是，然后合于古之所谓坐而论道者也。"夫坐而论道，谓之三公；作而行之，谓之卿大夫④。语其任之无为与有为，非以是为尊师之道也。且礼于朝，王及群臣皆立，无独坐者；于宴皆坐⑤，无独立者，故坐未尝以为尊师之礼也。昔晋平公之于亥唐，坐云则坐⑥。曾子之侍仲尼，子曰参复坐^⑦。则坐云者,盖师之所以命学者,未果有师道者。顾仆仆然以坐自请者也,则世之为此者非妄欤？故为此议以解其惑。

【注释】

①禁中:宫中。

②官以侍为名:意谓侍讲官既以"侍"命名,那么他的责任就只有侍立而讲书了,而非师生关系。

③"乃自以谓吾师道也"几句:针对熙宁元年(1068)四月,王安石等提请为讲官赐坐而来。《续资治通鉴》卷六十六:"庚申,吕公著、王安石等言:'故事,侍讲者皆赐坐。自乾兴以来,讲者始立,而侍者皆坐听。臣等窃谓侍者可使立,而讲者当赐坐。'礼官韩维、刁约、胡宗愈言:'宜如天禧旧制。以彰陛下稽古重道之意。'刘攽曰:'侍臣讲论于前,不可安坐。避席言语,乃古今常礼。君使之坐,所以示人主尊德乐道也。若不命而请,则异矣。'龚鼎臣、苏颂、周孟阳、王汾、韩忠彦皆同敛议,曰:'乾兴以来,侍臣立讲。历仁宗、英宗两朝,行之且五十年,岂可轻易变更？'"请坐讲事遂中止。

④"夫坐而论道"几句:语出《周礼·冬官·考工记》。三公,原作王公。卿大夫,原作士大夫。王公本无固定职守,专门陪侍帝王议论政事,因而可以坐而论道。士大夫朝议时则侍立。

⑤于宴皆坐:在宴会上,王和群臣皆入席就坐。参见《仪礼·燕礼》《礼记·燕义》。

⑥昔晋平公之于亥唐,坐云则坐:出自《孟子·万章下》:"晋平公之于亥唐也,入云则入,坐云则坐,食云则食;虽蔬食菜羹,未尝不饱,盖不敢不饱也。"此盖本《孟子》而演绎,未必有所据。亥唐其人,亦可参见葛洪《抱朴子·钦士》及《逸民》。孟子引亥唐

事，是说交友的原则，不倚仗自己的地位高。曾巩借"坐云"，指出是"师之所以命学者"，并不具有师道尊严的意义。

⑦曾子之侍仲尼，子曰参复坐：典出《孝经·开宗义章》。曾子，孔子学生。名参，字子舆。以孝著称。旧时被尊为"宗圣"。

【译文】

　　世上那些挟带着书到宫中讲学的人，官职的名称中常有"侍"字，那么他的职守就可想而知了。如果竟然自以为我要遵循为师之道，应该坐下来讲授，并因此向皇帝请示，他的道理是："必须这样做，如此才能合乎古人所说的坐而论道的传统。"古人所说的坐而论道，指的是三公；开始贯彻执行，指的是公卿与士大夫。这种说法是评论公卿大夫在任职的过程中是消极无为还是积极有为，并非将是否落座视为尊师之道的体现。况且在朝廷之上的礼仪，王及群臣都站立着，没有单独一人落座的；在宴会上，大家都落座，没有单独一个人站立着，所以说，是站着还是坐着，并不是衡量是否尊师的标准。古昔之时，晋平公对于亥唐，进出坐行，言听计从。曾子侍从孔子，孔子让他坐下，他便坐下。古之学者，听命于师者，并无后世所谓师道。那些担任讲官的人，千方百计自请给讲官赐坐，世人能不以其为狂妄之人吗？故而写下这篇文章来消除世人的疑惑。

【评点】

　　茅鹿门曰：严紧而峻，必因当时伊川争坐讲，故有此议。

　　张孝先曰：上半篇论讲非师道，谓其不待问而告，则疑于强聒也。后半篇论坐讲不足以为尊师之礼，而不当以坐自请也。其辩甚峻，然观其意有似乎激而过者。夫必待问而后告，苟不问，则不告矣。不问之时固多也，因而不问而遂可以废讲乎？坐而讲不足为尊师，苟立而讲，其体不已亵乎？以坐请者，所以重道，非自重也。则讲固未可废，而请坐讲固亦未可议也。南丰此论，其殆有激而过者耶！

【译文】

茅坤评论道：文章风格严密、俊健，一定是因为程颐要求坐着为皇帝侍讲而发，因而有此番议论。

张伯行评论道：文章上半篇讲述不合乎为师之道的方面，认为没有人来请教而主动去讲学，这无异于喋喋不休的唠叨。后半篇论述坐着讲述不足以体现尊师之道，更不应该自己主动要求坐着讲学。文章辩驳有力，但是通观整篇文意，言辞似乎有些过激。如果必须等到发问才去告知，只要不发问，就不告知了。不发问的时候本来很多，因此不问就废弃讲学了吗？坐着讲学不足以尊师，如果站着讲学，这样不也轻慢师者吗？请求坐着讲，是因为尊重道义本身，并非讲者自求被尊重。讲学本来就不能废弃，请求坐着讲学本来也就不需要讨论了。曾巩此番议论，的确有过激之嫌了！

为人后议

【题解】

"为人后议"犹言"继子论"，是为"濮议"而发。仁宗无子，嘉祐七年（1062）立其兄濮安懿王赵允让之子赵曙为太子，次年赵曙即位，是为英宗。治平二年（1065），加封宗室，中书省韩琦、曾公亮、欧阳修等认为濮王为"上所生父也，中书以为不可与诸王一例"（欧阳修《濮议》），奏请议定特典。中书辅臣和台臣谏官的"濮议"前后论战两年，双方所上章奏难以记数，宰辅为此经年筹划而至于密谋操纵，持有异议的"儒学奋笔而论，台谏廷立而争，闾巷族谈而议"，几乎"举国之人"都卷入这次激战或议论之中。

曾巩当时任职史馆，此篇《为人后议》，便是这场"濮议"风雨满汴京时的产物。此文作于治平二年（1065），是篇不公开的"私议"。但此篇文字，欧阳修作为当事人曾经读到过。欧阳修《答曾舍人书》云："辱示《为人后议》，笔力雄赡，固不待称赞。而引经据古，明白详尽，虽使聋盲者得之，可以释然矣。父子三纲，人道之大，学者久废而不讲。缙绅士大夫安于习见，间阎俚巷过房养子、乞丐异姓之类，遂欲讳其父母。方群口喧哗之际，虽有正论，人不暇听，非著之文章以要于久远，谓难以口舌一日争也。斯文所期者远而所补者大，固不当以示常人，皆如来谕也。某亦有一二论述，未能若斯文之曲尽，然亦非有识之士，未尝出也。闲居乏人写录，须相见，可扬榷而论也。"曾巩当是听取了欧阳修的建议，生前没有将此文流布于世。

此文引经据典，有理有据，逻辑严密，语言平实。

  《礼》，大宗无子，则族人以支子为之后。为之后者，为所后服斩衰三年，而降其父母期①。《礼》之所以如此者，何也？以谓人之所知者近，则知亲爱其父母而已；所知者远，则知有严父之义②。知有严父之义，则知尊祖③；知尊祖，则知大宗者上以继祖，下以收族，不可以绝，故有以支子为之后者④。为之后者，以受重于斯人，故不得不以尊服服之。以尊服服之而不为之降己亲之服，则犹恐未足以明所后者之重也。以尊服服之，又为之降己亲之服，然后以谓可以明所后者之重，而继祖之道尽，此圣人制礼之意也⑤。

【注释】

①"《礼》"几句：所谓《礼》，即指《仪礼》，这是晋代的称名，汉代称为《士礼》。这几句撮述《仪礼·丧服》关于继子的礼制和礼仪而言。下文即从此发挥立意。大宗，周代宗法以始祖的嫡长子为

大宗，其他为小宗。支子，宗法制度下称嫡长子及继承先祖嫡系之子为"宗子"，嫡妻之次子以下及妾子为"支子"。为之后，即过继给无子的大宗作为"宗子"。后，后代，子孙。斩衰，旧时丧服名，"五服"中最重的一种，其服用最粗的麻布做成，不缉边，使断处外露，以示无饰，故称"斩衰"。服期三年，凡子及未嫁女为父、承重孙为祖父、妻为夫均需服之。衰，同"缞"。

②严父：谓尊敬父亲。严，敬重。父，此指义父。

③尊祖：尊敬所过继的祖宗系统。

④"则知大宗者上以继祖"几句：即本《仪礼·丧服》："大宗者，尊之统也。大宗者，收族者也，不可以绝，故族人以支子后大宗也。"收族，犹言统领本族后代。

⑤"为之后者"几句：本于《仪礼·丧服》："父为长子，传曰：'何以三年也？正体于上，又乃将所传重也。'"金景芳在《古史论集·论宗法制度》中解释说："大宗之所以不可绝，是因为它是尊之统，负有收族的责任。它所以是尊之统，能负起收族的责任，是因为它受重、传重。什么人有资格受重、传重呢？原则上只有正体于上者有这个资格，但是，如遇特殊情况，没有这样合格的人，则可以立同宗的支子为后……正体于上的则只有一个人，即嫡长子。关于重的定义，郑注以为是'宗庙主'，无疑是对的。但是，还有更重要的东西，和宗庙主密切地连在一起，他没有指出，这就是采邑或禄田。"尊服，指斩衰之服。降己亲之服，指不为亲生父亲服斩衰之服三年。

【译文】

按照《仪礼》的规定，大宗如果没有儿子，那么同族的人可以用自己的支子过继给大宗做宗子。过继给大宗的宗子，要为所过继的父母在居丧时服重服斩衰三年，而对于亲生父母的丧期却要减少。《仪礼》为什么做这样的安排呢？是因为人们所理解的近，只是亲爱自己的父母罢了；

人们所理解的远,指的是对自己的义父因敬重而保持一定的距离。知道敬重义父,也就知道尊敬祖先;知道尊敬祖先,就应该知道作为大宗向上承袭祖宗血统,向下统领家族各支,不可断绝,因此,有的家族将支子作为继承家族血统的宗子。为人继后,必定是受到这个人的重视,因此,就不能不尊敬所过继的祖宗系统。尊敬所过继的祖宗系统而不去降低为自己亲生父母服丧的要求,这恐怕没有完全理解托付者重视继后的要求。以斩衰之服而去为义父服丧,并且降低自己亲生父母的丧服礼仪,如此,才能对得起托命者的重视,尊敬所过继的祖宗系统的道义也就尽到了,这就是圣人制定礼仪制度的本意。

夫所谓收族者,《记》称与族人合食,序以昭穆,别以礼义之类①。是特诸侯别子之大宗②,而严之如此。况如《礼》所称天子及其始祖之所自出者,此天子之大宗,是为天地、宗庙、百神祭祀之主,族人万世之所依归,而可以不明其至尊至重哉！故前世人主有以支子继立而崇其本亲,加以号位,立庙奉祀者,皆见非于古今③。诚由所知者近,不能割其私爱,节之以礼,故失所以奉承正统、尊无二上之意也。若于所后者以尊服服之,又为之降己亲之服,而退于己亲,号位不敢以非礼有加也,庙祀不敢以非礼有奉也,则为至恩大义,固已备矣。而或谓又当易其父母之名,从所后者为属,是未知考于礼也。《礼》"为人后者,为所后者之祖父母、父母、妻之父母、昆弟、昆弟之子若子"者④,此其服为所后者,而非其为己也。为其父母期⑤,为其昆弟大功⑥,为其姊妹适人者小功⑦,皆降本服一等者⑧,此其服为己,而非为所后者也。使于其父母,服则为己,名则为所后者,则是名与实相违，服与恩相戾矣。圣人制礼，不如是之舛也。且自古为人后者，不必皆亲昆弟之子，族人之同宗者皆可为之，则有以大功、小功昆弟之子而为之者矣，有以缌麻、袒免、无服昆弟之子而为之者矣⑨。若当从所后者为属，则亦当从所后者为服。从所后者为服，则于其父母，有宜为大功、为小功、为缌麻、为袒免、为无服者矣。而圣人制礼，皆为其父母期，使足以明所后者重而已，非遂以谓当变其亲也。亲非变，则名固不得而易矣。戴德、王肃《丧记》曰⑩：为人后者，为其父母降一等，服齐衰期，其服之节、居倚庐、言语、饮食，与父在为母同⑪。其异者不祥不禫⑫，虽除服，心丧三年⑬。故至于今，著于服令⑭，未之有改也。岂有制服之重如此⑮，而其名遂可以绝乎⑯？又崔凯《丧服驳》曰⑰：本亲有自然之恩，降一等，则足以明所后者为重，无缘乃绝之矣。夫未尝以谓可以绝其亲，而辄谓可以绝其名，是亦惑矣⑱。且支子所以后大宗者⑲，为推其严父之心以尊祖也。顾以尊祖之故，而不父其父，岂本其恩之所由生，而先王教天下之意哉？又《礼》"适子不可为人后"者，以其传重也；"支子可以为人后"者，以非传重也⑳。使传重者后己宗，非传重者后大宗，其意可谓即乎人心㉑，而使之两义俱安也。今若使为人后者以降其父母之服一等，而遂变革其名，不以为父母，则非使之两义俱安，而不即乎人心莫大乎如是也。夫人道之于大宗，至尊至重，不可以绝，尊尊也。人子之于父母，亦至尊至重，不可以绝，亲亲也。尊尊、亲亲，其义一也，未有可废其一者。故为人之后者，为之降其父母之服，《礼》则有之矣；

为之绝其父母之名,则《礼》未之有也。

【注释】

①"《记》称与族人合食"几句:此本自《礼记·大传》:"上治祖祢,尊尊也。下治子孙,亲亲也。旁治昆弟,合族以食,序以昭缪,别之以礼义,人道竭矣。"缪,通"穆"。昭穆,古代宗法制度,宗庙或宗庙中神主的排列次序,始祖居中,以下父子(祖、父)递为昭穆,左为昭,右为穆。

②别子:古代指天子、诸侯的嫡长子以外的儿子。

③"故前世人主有以支子继立而崇其本亲"几句:汉宣帝以支子身份继昭帝,追尊其父为"皇考",立庙京师。汉哀帝以外藩即位,尊父为"共皇",自此以后仿效不断。哀帝时,王莽、平晏等一百四十人,又有魏明帝以及"濮议"时两制群臣都对此提出批评。

④为人后者,为所后者之祖父母、父母、妻之父母、昆弟、昆弟之子若子:语出《仪礼·丧服》。

⑤期:即期服,丧服名。指齐衰为期一年之服。凡为长辈如祖父母、伯祖父母、在家姑等,平辈如兄弟、姊妹、妻等,均服之。此指为人继子为自己本亲父母不服斩衰三年,降一等而服期服。

⑥大功:丧服名。其服用熟麻布做成,较齐衰为细,较小功为粗。服期九个月,本来凡为堂兄弟,未嫁的堂姊妹等,均服之。此指为人后者,为同胞兄弟不服齐衰一年之服,降一等而服大功九月之服。

⑦小功:丧服名。其服用较细的熟麻布做成,服期为五个月。本来凡为已嫁堂姊妹及未嫁的从堂姊妹等,均服之。此指为人后者为已嫁的同胞姊妹不服大功九月之服,降一等而服小功五月之服。适人,嫁人。

⑧本服:按正常规定本来应服的丧服。

⑨则有以大功、小功昆弟之子而为之者矣,有以缌(sī)麻、袒免、无

服昆弟之子而为之者矣：有按照丧服制，凡服大功、小功之服的兄弟之子用来为人后者，有按照服五服最后一等缌麻和五服以外的袒免，以及无服兄弟之子用来为人后者。缌麻，五服中最轻的一种。其服用细麻布制成。服期三月。凡本宗为高祖父母、曾伯祖父母、族伯叔父母、族兄弟等，均服之。袒免，丧服之轻者。袒，袒露左臂。免，古代丧服，去冠括发，以布缠头。无服，指出了五服以及不袒免的第六世亲属。《礼记·大传》："四世而缌，服之穷也。五世袒免，杀同姓也。六世，亲属竭矣。"

⑩《丧记》：今传《大戴礼记》，旧说以为西汉礼学名家戴德所撰，原本八十五篇，是解释《仪礼》的资料汇编。今人多以为作者非一人，也不是出于同一时期。其书至唐代已佚失四十六篇，今存三十九篇，无《丧记》。清人辑佚中有戴德《丧服变除》一卷，或称《大戴丧服除变》，此或许即是戴德的《丧记》。辑佚书中又有王肃的《丧服要记》，省称则为《丧记》，亦可能是曾巩所据的《丧记》。

⑪"为人后者"几句：典出《仪礼·丧服》："居倚庐，寝苫枕块，哭昼夜无时。歠粥，朝一溢米，夕一溢米。寝不脱绖带。既虞，翦屏柱楣，寝有席，食蔬食，水饮。朝一哭、夕一哭而已。既练，舍外寝，始食菜果，饭素食，哭无时。"齐衰期，指服齐衰一年的丧礼，如孙为祖父母、夫为妻。齐衰，丧服名，为五服之一，次于斩衰，服用粗麻布做成，以其缉边，故称"齐衰"。服期有一年的，有五个月的，如为曾祖父母；有三月的，如为高祖父母。倚庐，古人守丧时住的房子。倚木为庐，门向北开，盖以草，不涂泥。言语，指居丧时的哭哀。与父在为母同，指与一般人之父亲健在而为亡母居丧服齐衰的丧礼相同。《礼记·丧服四制》："资于事父以事母，而爱同。天无二日，土无二王，国无二君，家无二尊，以一治之也。故父在为母齐衰期者，见无二尊也。"

⑫禫（dàn）：古时丧家除去丧服的祭祀。

⑬心丧:古时老师死后,弟子不穿丧服,只在心里悼念,称心丧。《礼记·檀弓上》:"事师无犯无隐,左右就养无方,服勤至死,心丧三年。"

⑭服令:在一定的时节哀悼死者的制度规定。

⑮制服:丧服。

⑯而其名遂可以绝乎:上文言"亲非变,则名固不得而易矣",此据《丧记》再申父母名不可易之意。此节上下全遵欧阳修为人后者"父母之名不可没"而立论阐发。

⑰崔凯:南朝刘宋人。《隋书·经籍志》著录其《丧服难问》六卷,《丧服驳》可能为其中一篇。

⑱"夫未尝以谓可以绝其亲"几句:针对《丧服驳》而言。曾巩本文认为本亲父母之名不可以绝,所以说崔凯"无缘乃绝之"的看法是错误的。

⑲后大宗:作为大宗的后代。

⑳"又《礼》'适子不可为人后'者"几句:其中两句引文属意引。《仪礼·丧服·斩衰章》有"为人后者",传曰:"……何如而可为之后?同宗则可为之后。何如而可以为人后?支子可也。"又《仪礼·丧服·疏衰章》有"为人后者,为其父母,报"。传曰:"……故族人以支子后大宗也。嫡子不得后大宗。"

㉑"使传重者后已宗"几句:意谓使有继承宗庙主和采邑、禄田权的嫡子为自己小宗的继承者,没有继承宗庙主等权利的嫡妻之次子以下及妾子,可以过继作为大宗的继承者。这种继承制的用意可以说合乎人心,而使大宗、小宗两方都很安妥。这几句本自《礼记·大传》:"别子为祖,继别为宗,继祢者为小宗。"

【译文】

所谓的统领族人,《礼记》中称之为与族人一道饮食,并且按照长幼顺序排列座次,用礼仪来区别亲疏长幼。可以看出,即便诸侯别子的大宗，也有很严格的规定。更何况《礼记》中提到的天子及其生养天子的祖先，天子作为大宗，掌管天地、宗庙、百神的祭祀，是族人千秋万代所仰仗的归宿，怎能不明确他至尊至重的地位呢！所以，有前代人主过继支子承绪其大宗地位，同时推尊支子的本亲，并赐以封号爵位，立庙祭祀，这样的做法由古及今倍受质疑。这的确是因为当事人只知道血缘上的亲疏，不能从大局着眼斩断一己之爱，以礼仪节制行为，因此失去古人尊奉正统、尊者无二的本意。如果对所过继的先辈以斩衰之丧服来行丧礼，并且降低自己直系血亲的丧服之礼，退而为相应的己亲之礼，所颁赐的封号与爵位不敢逾越礼制的规定，所享有的宗庙祭祀之礼也不敢逾越礼制要求，唯有如此，对于过继祖先的恩义，才至大至深，更为完备。又有人说，应当改变过继支子亲生父母的名分，排在所过继的祖先的后面作为附属，这种观点是不了解礼制。《礼记》中所说的"过继给别人为后，所过继的家族中的祖父母、父母、妻子的父母、兄弟、兄弟的孩子，应当将自己视为所过继者的亲子一样，对待上述关系"，按照这个说法，为人后者应该遵循的是所过继的家庭的丧服礼制，而不是自己所出生的家庭的。为他的本亲父母守期年之丧，为他的兄弟守九月的大功之丧，为他已经出嫁的姊妹守五月的小功之丧，都比本亲之丧服降低一个等次，这是为自己本亲所守的丧服，不是为过继的家庭所守的丧服。把降本服一等用于所过继的父母，所服丧服实质上则是从自己角度考虑，名义上却是为所过继的父母，这样就名实相违，丧服与所受重恩义相违背了。圣人制订礼仪制度，不会如此自相矛盾。况且，自古以来，过继为人后的，不必都是亲兄弟的儿子，凡是在一个大家族中有共同的先祖的都可以过继为人后，于是，就会有丧服之礼在大功、小功范围之列的亲兄弟之子过继为人后，也有丧服之礼在缌麻、袒免的并非亲兄弟的儿子过继成为人后。如果从属于所过继的家庭，也就应该依据所从属的家庭标准来行丧服之礼。依据所过继的家庭行丧服之礼，对于自己生身的父母所行的丧服之礼，有的是大功，有的是小功，有的为缌麻、袒免，有的甚至没有服丧之礼。圣人制订礼仪制度,规定过继出去的儿子对于自己的生身父母行期年之丧礼,也是为了强调所过继的父母的重要性,并非刻意改变与生身父母亲近的关系。亲近的关系没有改变,生身父母的名分本来就不必变化了。戴德、王肃分别在《丧记》中说:做人继子者,为自己生身父母居丧时降一等,不服斩衰而服五服第二等齐衰之服,服齐衰服的礼仪,以及居住倚庐、哭哀、饮食等方面的丧礼要求,与一般人父在为自己亡母所服齐衰时的丧礼相同。其中有区别的,是不举行祥祭和除去丧服的禫祭,即使在除去丧服以后,还要在心里悼念三年。所以,直到现在,在一定的时节哀悼死者的制度规定没有任何变化。怎能会有如此重视丧服制度的制订,反倒轻视、断绝继子与生身父母之间的名分的做法呢? 又崔凯在《丧服驳》中说:本亲对继子有生身、养育的自然恩情,对本亲在丧服上降低一等,已经足以强调继子对所过继的父母的尊重了,如果彻底断绝继子与生身本亲的名分,也就斩断了继子与生身本亲的这种天然情分。如果不曾否定这种天然情分,反倒否定他们之间的名分,这也太让人感到疑惑了! 况且,支子之所以被过继成为大宗之后,是因为要将支子敬重继父母的心情延续到对祖先的尊重上。如果因为尊祖的缘故,而不让继子认生身本亲,如此怎能推尊他的生身之恩呢,这样做,也违背了先王制订丧服礼仪教化天下的本意。《仪礼》中又规定"嫡子不可以过继为人后",原因正是强调嫡子在继承宗庙中的重要作用;规定"支子可以过继为人后",是因为支子在继承宗庙中的作用没有嫡子那么重要。使有继承宗庙主和采邑、禄田权的嫡子为自己小宗的继承者,没有继承宗庙主等权利的嫡妻之次子以下及妾子可以过继作为大宗的继承者。这种继承制的用意可以说合乎人心,而使大宗、小宗两方都很安妥。而今,如果让过继为人后的继子降低生身父母的丧服等级,并因此改变其与本亲的名分,不认其生身父母为父母,这不仅不能使大宗与小宗两者安妥,而且没有比这种做法更为不近人情了。从人伦的角度来讲,大宗的地位最为尊贵和重要,是不能够断绝的,这是对宗法制度的尊重。从人性的角度来讲，生身的父母在为人子的眼中，也是最为尊贵和重要的，也是不可以断绝的，这是对亲情的尊重。尊重人伦、尊重亲情，道理都是一致的，两者不可抛弃任何一方。因此，过继为人后的继子，为尊重其继父母而降低其生身父母的丧服等级，《礼记》中是有规定的，因为尊重其继父母而抛弃生身父母的名分，《礼记》中是没有这种规定的。

　　或以谓欲绝其名者，盖恶其为二，而使之为一，所以使为人后者之道尽也①。夫迹其实，则有谓之所后，有谓之所生；制其服，则有为己而非为所后者，有为所后而非为己者②。皆知不可以恶其为二而强使之为一也。至于名者，盖生于实也，乃不知其不可以恶其为二而欲强使之为一，是亦过矣。借使其名可以强使之为一③，而迹其实之非一，制其服之非一者，终不可以易，则恶在乎欲绝其名也。故古之圣人知不可以恶其为二而强使之为一，而能使其属之疏者相与为重④，亲之厚者相与为轻⑤，则以礼义而已矣。何则？使为人后者，于其所后，非己亲也，而为之服斩衰三年，为其祭主，是以义引之也⑥。于其所生，实己亲也，而降服齐衰期，不得与其祭，是以礼厌之也⑦。以义引之，则属之疏者相与为重；以礼厌之，则亲之厚者相与为轻，而为人后之道尽矣。然则欲为人后之道尽者，在以礼义明其内，而不在于恶其为二而强易其名于外也。故《礼·丧服·齐衰不杖期章》曰："为人后者，为其父母，服⑧。"此见于经"为人后者于其本亲称父母"之明文也。汉蔡义以谓宣帝亲谥宜曰悼，魏相以为宜称尊号曰皇考，立庙。后世议者皆以其称皇立庙为非，至于称亲、称考，则未尝有以为非者也⑨。其后魏明帝尤恶为人后者厚其本亲，故非汉宣加悼考以皇号，又谓后嗣有由诸侯入继正统者，皆不得谓考为皇，称妣为后⑩。盖亦但禁其猥加非正之号，而未尝废其考妣之称。此见于前世议论"为人后者于其本亲称考妣"之明文也。又晋王坦之《丧服议》曰⑪：罔极之重⑫，非制教之所裁⑬；昔日之名，非一朝之所去，此出后之身所以有服本亲也⑭。又曰：情不可夺，名不可废，崇本叙恩，所以为降⑮。则知为人后者未有去其所出父母之名，此古人之常理，故坦之引以为制服之证。此又见于前世议论"为人后者于其本亲称父母"之明文也。是则为人后者之亲，见于经，见于前世议论，谓之父母，谓之考妣者，其大义如此，明文如此。至见于他书及史官之记，亦谓之父母，谓之考妣，谓之私考妣，谓之本亲。谓之亲者，则不可一二数，而以为世父、叔父者，则不特礼未之有，载籍已来固未之有也⑯。今欲使从所后者为属，而革变其父母之名，此非常异义也。不从经文与前世数千载之议论，亦非常异义也。而无所考据以持其说，将何以示天下乎？且中国之所以为贵者，以有父子之道，又有六经与前世数千载之议论以治之故也。今忽欲弃之，而伸其无所考据之说⑰，岂非误哉！

【注释】

①"或以谓欲绝其名者"几句：意谓谏官中有人想使英宗断绝濮王生父之名，大概因为称亲名即为两尊，而国无二尊，故应废生父"皇考"之名而独尊仁宗，这样英宗才能尽到为人后的责任。恶其为二，反对英宗有"两考之嫌"。

②"夫迹其实"几句：意谓据实迹考知，英宗有义父仁宗，也有生父

濮王。那么制定庙制,就应当有为自己的生父的,也应当有为义父的,二者应该有所区别并明确地显示出来,人们都知道不能因为反对两个父亲庙制的提议而勉强用称濮王为"皇伯"来独尊义父,这是不符合英宗的实际情况的。

③借使:假若,如果。

④属:亲属。疏者:指为人后者所承继的并非有直接血缘关系的家人。

⑤亲之厚者:指为人后者原来亲近密切具有直接血缘关系的家人。

⑥"使为人后者"几句:使做人继子的人,对于他所继承的父亲,虽然不是自己亲生的父亲,但也要为他服五服中最重的斩衰三年,去做这个家族的主祭之人,即合法的继承者,这是根据服制的礼仪规定的。祭主,主祭之人。

⑦不得与其祭,是以礼厌之也:谓给人做继子者,不能做祭祀亲生父亲的祭主,这是根据礼仪而限制的。厌(yā),抑制。

⑧故《礼·丧服·齐衰不杖期章》曰:"为人后者,为其父母,服。"所引文出自《仪礼·丧服·疏衰不杖章》:"为人后者,为其父母,报。"指受族于人,过继为他人之后的,为自己的亲生父母以一年之丧期相报。

⑨"汉蔡义以谓宣帝亲谥宜曰悼"几句:汉昭帝死而无子,霍光拥立生长于民间的刘询为汉宣帝。刘询之父是戾太子之子,在巫蛊之祸中被汉武帝杀害。汉宣帝本始元年(前73)经丞相蔡义提议,给宣帝父亲追谥悼园。至元康元年(前65),丞相魏相提议,"父为士,子为天子,祭以天子,悼园宜称尊号曰'皇考',立庙",宣帝从之。至汉平帝元始中,大司徒平晏等一百四十七人合议,由王莽上奏,以为"皇考庙本不当立,累世奉之,非是……案(蔡)义奏亲谥曰'悼',裁置奉邑,皆应经义。(魏)相奏悼园称'皇考',立庙,益民为县,违离祖统,乖缪本义"。事见《汉书·韦贤传》。蔡义,河内温县(今属河南)人。汉武帝时,以明经起家。昭帝时

历官光禄大夫、给事中。曾进授《韩诗》于昭帝。数年后，迁御史大夫，年八十余为丞相。宣帝即位初以定策安宗庙益封。为相四年卒。事见《汉书·蔡义传》。魏相，字弱翁，定陶（今山东菏泽）人。举贤良，以对策高第，为茂陵令。宣帝时累官御史大夫，后代韦贤为相，颇为宣帝信重，封高平侯。事见《史记·张丞相列传》附传及《汉书·魏相传》。

⑩"其后魏明帝尤恶为人后者厚其本亲"几句：典出《三国志·魏书·明帝纪》。魏明帝太和三年（229）七月诏曰："礼，王后无嗣，择建支子以继大宗，则当纂正统而奉公义，何得复顾私亲哉！汉宣继昭帝后，加悼考以皇号……其令公卿有司，深以前世行事为戒。后嗣万一有由诸侯入奉大统，则当明为人后之义；敢为佞邪导谀时君，妄建非正之号以干正统，谓考为皇，称妣为后，则股肱大臣，诛之无赦。"加悼考以皇号，指汉宣帝给父悼园的谥号再追加上"皇考"的名号。正统，在位的王朝，对其一系相承的系统的自称。谓考为皇，称考为皇考。考，死去的父亲。称妣为后，称妣为皇后。妣，死去的母亲。

⑪王坦之：字文度。东晋重臣。弱冠有重名。累官中书令，兼徐、兖二州刺史，与谢安同辅朝政。有《王坦之集》。《丧服议》：已佚。

⑫罔极：特指父母对子女的恩德深厚无穷。

⑬制教：指皇帝的命令。

⑭出后之身：指过继之子。出后，犹言出继。在封建宗法制度下，把自己的儿子给没有儿子的亲属当过继子。服：居丧。

⑮降：五服最重为斩衰，次等即齐衰。此指过继子为本亲父母"降服齐衰期"。

⑯"而以为世父、叔父者"几句："濮议"之初，据欧阳修《濮议·两制礼官再议称皇伯状》，王珪等人认为："今濮安懿王，于仁宗皇帝其属为兄，于皇帝合称皇伯而不名。"此三句即对此进行驳斥。

世父,即伯父。

⑰"而无所考据以持其说"几句:据《濮议·中书请集官再议进呈札子》,这是欧阳修等对王珪等人的责难:"今来王珪等议称皇伯,于典礼未见明有引据。"

【译文】

有人认为使继子断绝与生身父母的名分,主要是为了杜绝出现二尊的局面,从而仅立一尊,以便使继子务必尽到为人后的道义。从实质意义上探寻不同主张的逻辑踪迹:有的站在过继者一方,有的站在本亲者一方;关于丧服的规定,则有的站在继子自己的原生家庭而非所过继的家庭角度思考问题,有的站在继子所过继的家庭而非原生家庭角度考虑问题。两方都知道不能够二者并存必须强行二者选一。至于与实质相对的名分,则是从实质意义上产生的,有人竟然不知道因为不能够二者并存从而强行二者选一,这种做法也是错误的。假使从名分的角度可以强制二者选取其一,但实质上既不可分,丧服礼仪上也不可分,最终皆不可改变,这岂是断绝其名分所能解决的问题。因此古代的圣人知道不能够两者并存而强行将其二者择一,并让他们关系疏远的须相互尊重,关系亲近的则相互保持一定的距离,这是止于礼仪的要求罢了。为什么要这样呢?过继为人子的,面对其继父母,并非自己的生身本亲,而要为他们服斩衰之礼三年,并充当祭祀的主人,这都是按照道义的要求进行的。对于自己的生身父母,实质上的本亲,则要降斩衰为齐衰,守丧时间则由三年降为一年,而且不能参加亲生父母的祭祀,这是用礼仪加以约束的。用道义加以引导,关系疏远的就能够相互敬重;用礼仪加以约束,关系亲近的就能够相互间保持一定的距离,如此,过继为人后者的道义就能够尽到了。但是,为了让过继为人后者充分履行其道义,就要让其明晓礼仪背后所蕴含的道理,并非仅仅从外在形式上为了避免出现二宗而在名分上强行进行变更。因此,《仪礼·丧服·齐衰不杖期章》规定:"受族于人,过继为他人后者,要为自己的生身父母服丧,以一年之丧相报。"

这是经书中"过继为人后者对于自己的本亲称父母"明确的规定。汉代蔡义建议宣帝赐予自己的生父谥号应称"悼",魏相认为应该赐予尊号"皇考",并且立庙祭祀。后人谈论起此事都认为尊号称"皇"以及立庙祭祀不恰当,至于称呼亲,或称呼考,则不曾有认为不恰当的。其后,魏明帝尤其反感过继为人后者对自己的生身本亲仍然保持很亲密的关系,因此,特别不赞同汉宣帝对自己的本亲赐予谥号,并称呼本亲为皇考,并规定诸侯后嗣过继为正统的,都不得称自己的生身亡父为皇,也不得称自己的生身亡母为后。这一规定只是禁止过继为人后者不得将非正统的称号加在生身本亲的称号上面,而并没有禁止过继为人后者称自己的生身本亲为考、为妣。这是前人在谈论"过继为人后者对于自己亡故的生身本亲称呼考妣"这一话题时形成的共识。晋代的王坦之又在《丧服议》中说:父母恩德之重要,不是皇帝命令之所能裁减;父母先前的名分,不是一日便能取消掉,这就是出继之人要为亲生父母居丧的原因。又说:继子与生身本亲的情分不可剥夺,父母名分不可废弃,但是为了表达对所过继为大宗的尊崇与感恩,因此降低对本亲丧服的等级。由此可知,过继为人后者没有舍弃与自己生身本亲的名分,这在古代也视为常理,因此王坦之的观点支持了我们有关为人后者丧服制度的看法。这也是前人对于有关"过继为人后者对于自己的生身本亲称呼父母"这一观点的共识。至此可证过继为人后者与自己的生身本亲,经书中有规定,前人的议论也有共识,生时可以称为父母,死后可以称为考妣,从道义上讲合理,经典文献中也有记载。至于散见于其他书籍以及史书中的记载,也称之为父母,称之为考妣,称之为私考妣,称之为本亲等等,以"亲"相称的,则不是一两个,而是比比皆是,但是,称为伯父、叔父的,不仅礼经中没有记载,有文献记载以来本来也没有先例。而今,因为想要强调继子与大宗的隶属关系,而改变继子与其生身父母的名分,这是不同寻常且不合乎道义的。不遵循经文的规定,也不按照千百年来在文献中形成的共识,这也是不同寻常且不合乎道义的。没有任何依据能够证明这种做法的合理性,将怎样能够昭示天下呢?况且,中国之所以成为尊贵之邦,正是因为有父子之道,并有六经以及数千载流传下来的经典加以充分论证的缘故。而今却想要抛弃这些古已有之的仪轨,去支持没有任何依据的做法,这难道不是错误的吗!

或谓为人后者,于其本亲称父母,则为两统二父,其可乎[①]?夫两统二父者,谓加考以皇号,立庙奉祀,是不一于正统,怀二于所后,所以著其非,而非谓不变革其父母之名也。

【注释】

①"或谓为人后者"几句:此四句据《续资治通鉴长编》卷二百五,指治平二年(1065)六月司马光上书有"今陛下亲为仁宗之子以承大业,《传》曰:'国无二君,家无二尊。'若复尊濮王为皇考,则置仁宗于何地乎?"随后给事中、权御史中丞贾黯上疏有"今二三执政,知陛下为先帝后,乃阿谀容说,违背经义,建两统、贰父之说"。

【译文】

有人会说:过继为人后者,对于其本亲称呼父母,就会有两个正统和两个父亲,这样怎么可以呢?所谓两个正统和两个父亲,是指对生父追赠"皇考"的名号,立皇考庙以奉祀,就不能统一在一个正统,这对于所继承的正统则怀有二心,而显露这种提议错误的目的,并不是说不改变其本亲父母的名分。

然则加考以皇号,与《礼》及立庙称皇考者有异乎?曰:皇考一名,而为说有三。《礼》曰考庙,曰王考庙,曰皇考庙,曰显考庙,曰祖考庙[①]。是则以皇考为曾祖之庙号也。魏相谓汉宣帝父宜称尊号曰皇考,既非《礼》之曾祖之称,又有尊号之文,故魏明帝非其加悼考以皇号。至于光武亦于南顿君称皇考庙,义出于此②,是以加皇号为事考之尊称也。屈原称:"朕皇考曰伯庸③。"又晋司马机为燕王告祢庙文,称:"敢昭告于皇考清惠亭侯④。"是又达于群下,以皇考为父殁之通称也。以为曾祖之庙号者,于古用之;以为事考之尊称者,于汉用之;以为父殁之通称者,至今用之。然则称之亦有可有不可者乎?曰:以加皇号为事考之尊称者,施于为人后之义,是干正统,此求之于《礼》而不可者也⑤;达于群下以皇考为父殁之通称者,施于为人后之义,非干正统,此求之于《礼》而可者也⑥。然则以为父殁之通称者⑦,其不可如何?曰:若汉哀帝之亲称尊号曰恭皇⑧,安帝之亲称尊号曰孝德皇⑨,是又求之于《礼》而不可者也。且《礼》,父为士,子为天子,祭以天子,其尸服以士服。子无爵父之义,尊父母也⑩。前世失礼之君,崇本亲以位号者,岂独失为人后奉祀正统、尊无二上之意哉!是以子爵父,以卑命尊,亦非所以尊厚其亲也。前世崇饰非正之号者,其失如此;而后世又谓宜如期亲故事增官广国者,亦可谓皆不合于礼矣⑪。

【注释】

①"《礼》曰考庙"几句:此节引文出自《礼记·祭法》。汉人称《礼记》为《记》,称《仪礼》为《礼》。作者上文引《仪礼》时称为《礼》,此处引《礼记》又称为《礼》,则属笔误。下文言《礼》者亦同。

②至于光武亦于南顿君称皇考庙,义出于此:事见《后汉书·祭祀志下·宗庙》。东汉光武帝刘秀的父亲刘钦曾做南顿县令,史书

称"南顿君"。刘秀做皇帝后的建武二年(26),追尊其父以上四祖为舂陵节侯。至十九年,五官中郎将张纯与太仆朱浮提议为南顿君以上四祖立皇考庙。经议定,南顿君称皇考庙,上推三代称皇祖考庙、皇曾祖考庙、皇高祖考庙。其所依据即《礼记·祭法》。

③朕皇考曰伯庸:语出《离骚》。朕,我。考,父死称考。皇考,屈原对故去父亲的尊称。

④"又晋司马机为燕王告祢庙文"几句:司马机,晋武帝司马炎之弟,字太玄。司马懿之子清惠亭侯司马京少卒,司马机出继为嗣,泰始元年(265)被封为燕王。累官青州都督、镇东将军、假节。见《晋书·宣五王·清惠亭侯京》附传。祢庙,犹言考庙,即父庙。祢,已死父在宗庙中立主之称。古时对父亲,生称父,死称考,入庙称祢。

⑤"以加皇号为事考之尊称者"几句:此指汉宣帝以皇考称本亲故父,按照《礼记·祭法》以及作为继子的身份,则冒犯皇家正统,此为"不可"。

⑥"达于群下以皇考为父殁(mò)之通称者"几句:此指司马机称义父清惠亭侯司马京为皇考,作为继子来说,则名正言顺,符合《礼记·祭法》。

⑦然则以为父殁之通称者:此句疑有误。"以为父殁之通称",当作"以为事考之尊称"。

⑧若汉哀帝之亲称尊号曰恭皇:事见《汉书·师丹传》及《汉书·哀帝纪》。汉哀帝刘欣本是汉元帝庶孙,定陶恭王刘康之子,因汉成帝无子而嗣立为太子。即位初年,高昌侯董宏提议宜尊定陶恭王后为皇太后,师丹和王莽反对,哀帝纳其言,罢免董宏为庶人。又因祖母震怒,始追尊定陶恭王为恭皇,立恭皇庙于京师。尊祖母为恭皇太后,其母为恭皇后。后来汉平帝即位,采纳王莽建议,掘毁两太后墓及恭皇庙。

⑨安帝之亲称尊号曰孝德皇：事见《后汉书·孝安帝纪》。东汉安帝刘祜，本汉章帝孙，清河孝王刘庆之子。汉殇帝夭折，太后立他为和帝嗣而即位。建光元年（121），追尊其父清河孝王为孝德皇，其母为孝德皇后。

⑩"且《礼》"几句：本为西汉末年师丹反对汉哀帝在京师为其父立恭皇庙的上奏之言，语见《汉书·师丹传》。略引自《礼记·丧服小记·斩衰章》。本作"父为士，子为天子、诸侯，则祭以天子、诸侯，其尸服以士服。"因师丹是对汉哀帝进言，故略去"诸侯"。尸，代表死者受祭的活人。

⑪而后世又谓宜如期亲故事增官广国者，亦可谓皆不合于《礼》矣："濮议"之初，中书省韩琦等先提出尊礼濮王之议，两制礼官拥护司马光的反对意见，并用来代为《两制礼官议状》，认为尊礼濮王，"宜一准先朝封赠期亲尊属故事：高官大国，极其尊荣"（见欧阳修《濮议》卷三）。曾巩对此持否定意见。所谓"后世"，不过是"现在"的婉辞。期亲，即期服之亲，指服丧一年的亲属。此指濮王。

【译文】

　　然而，在"考"的前面加上"皇"的名号，与《仪礼》中及立庙祭祀中称呼皇考有不同吗？回答是这样的：皇考这一名号，有三个含义。《仪礼》中记载有考庙、王考庙、皇考庙、显考庙、祖考庙。因此可以看出，古人是将皇考作为曾祖庙号的。魏相认为汉宣帝之父应该加尊号"皇考"，既不是《仪礼》中所说的曾祖的称呼，有不合乎加封尊号的规定，因此，魏明帝批评汉宣帝为其生父赐谥号"悼"，并在"考"前加皇号。到了光武帝，也为南顿君建皇考庙，其依据就在汉宣帝这里，因此，加皇号成为人们对待考庙的尊称。屈原称："我的皇考为伯庸。"晋代司马机写燕王告祢庙文，文中写道："敢昭告于皇考清惠亭侯。"可见这个称呼又应用于更多一般的人群，将皇考作为亡父的通称了。将皇考作为曾祖庙号的，古代都这样做；将皇考作为对待生身父亲的尊称，这种做法始于汉

代；将皇考作为亡父的通称，这种做法至今仍在坚持。即便如此，这样的
称呼有可以接受和或不可以接受的吗？回答是这样的：用加封皇号作为
生身本亲的尊号，对于为人后者，从道义上来讲，是冒犯了正统，从《仪
礼》等经典中也找不到理论的依据；对于一般的众人来讲，将皇考作为亡
父的通称，对于过继为人后者而言，并不冒犯正统，从《仪礼》等经典的
角度来讲也没有什么不妥。然而，将皇考作为所有人亡父之通称，这样
不可以的理由是什么呢？回答是：如果汉哀帝加封其本亲尊号为恭皇，
安帝加封其本亲尊号为孝德皇，这在《仪礼》中是找不到依据的。况且，
《礼记》中明确规定：父亲为士人，儿子贵为天子，祭祀其父就用天子之
礼，但代表父亲的尸还是要穿士服受祭。儿子不能为父亲封爵，这里有
尊重生身父母的意思。前代有失礼的君王，为了尊崇生身本亲为他们加
封爵位、尊号，这难道仅仅违背了为人后者尊奉正统、尊者无二的礼义要
求吗！因此，儿子为父亲封爵，以位卑者加封位尊者，也不是尊重其生身
本亲的正确做法。前代推崇夸饰非正统的位号，其失礼之处正在于此；
而后世又有人宣称应该按照为本亲服丧一年的成例，进而为本亲加封官
爵增大封地，这也可以说都不是合乎礼经要求的。

　　夫考者，父殁之称，然施于礼者，有朝廷典册之文[1]，有
宗庙祝祭之辞而已[2]。若不加位号，则无典册之文；不立庙
奉祀，则无祝祭之辞。则虽正其名，岂有施于事者？顾言
之不可不顺而已。此前世未尝以为可疑者，以《礼》甚明也。
今世议者纷纷，至于旷日累时不知所决者，盖由不考于《礼》，
而率其私见也[3]。故采于经，列其旨意，庶得以商榷焉[4]。

【注释】

①典册：记载典章制度等的主要书籍。

②祝祭：犹言祭祀。祝，以言告神祈福。

③率其私见：遵循各自个人的见解。

④庶得：希望能得到。

【译文】

"考"这一名称，专门指称亡父，这个称呼体现在实际礼仪中，有朝廷颁发的帝王册命之文，有在宗庙之上宣读的祝祭之文。如果不加封爵位尊号，就没有典封册命之文；如果不立庙祭祀，也就没有祭飨祷告之文。因此，即使为本亲正名定分，难道还有呈现在文字上的机会吗？不过停留在讨论其命名不能不理顺罢了。前代对此不曾有疑惑，是因为《礼》中已经讲得很明白了。现在之所以议论纷纷，以至于旷日持久不知如何决断的原因，是由于不去《礼》中考求，而完全出于一己之私见罢了。因此，在下考求礼制经典，并列出其中主旨大意，希望能够对进一步的商讨有帮助。

【评点】

茅鹿门曰：引据最严密，盖以濮园之后，故有此议。

张孝先曰：濮园之议，欧阳公以为为人后者，为其父母降服三年为期，而不没父母之名，以见服可降而名不可没也。子固此篇，援据反复，皆所以发明欧阳公之议也。后竟诏称濮王为亲，廷议纷然攻之。程子以为宜称皇伯父濮国太王，在濮王极尊崇之道，于仁宗无嫌贰之失。则子固此议，亦未为定论也。当以程子之说为是。

【译文】

茅坤评论道：文章引经据典，非常严密，大约正是因为当时的濮园之议发生后，才有了这篇议文。

　　张伯行评论道:在濮园之议中,欧阳修认为继子为人后,为其生身父母降低三年的丧服变为一整年,而不改变父母的名分,来表明丧服礼仪可以降低,但父母名分不能取消。曾巩这篇文章,反复引用论据进行论证,都是为了支持和发挥欧阳修的观点。太后干预,诏书竟然称濮王为亲,朝廷上下纷纷表达不同意见。程子认为应该称呼皇伯父濮国太王,这样对于濮王显得极为尊崇,对于仁宗也没有猜忌的失误。曾巩的意见也没有成为定论。应该以程子的意见为正确。

救灾议

【题解】

　　这是一篇有实用价值的讨论如何救灾的文章,作年诸家年谱阙如。据曾巩《瀛州兴造记》,河北的地震和水灾发生于熙宁元年(1068)七月甲申,“坏城郭屋室”,“公私暴露”“无所覆冒”。据《续资治通鉴长编》卷六十六载:此前一年河北久旱,难民流入京师,熙宁元年(1068)六月,河北恩州、冀州河决,北注瀛州。七月河北大震数次,“涌沙出水,坏城池庐舍”。神宗遣御史中丞滕甫、知制诰吴充安抚河北,又采取了些救急措施,包括“减河北囚罪”一等,这些都与本文首段相符,推测本文作于这“非常之变”时。文中有“况乎外有夷狄之可虑,内有郊祀之将行”之句,据此可推知本文大约作于熙宁元年冬至之前。这年作者供职史馆,又有一堂兄在河北重灾区瀛州参与军政,故备知灾情,因此文中诸所建议,颇有成竹在胸之感。

　　河北地震、水灾,隳城郭[①],坏庐舍,百姓暴露乏食。主上忧悯,下缓刑之令,遣拊循之使[②],恩甚厚也。然百姓患于暴露,非钱不可以立屋庐;患于乏食,非粟不可以饱,二者不易之理也。非得此二者,虽主上忧劳于上,使者旁午于下[③],

无以救其患、塞其求也。

【注释】

①隳（huī）：毁坏，废弃。

②拊循：安抚，抚慰。

③旁午：交错，纷繁。

【译文】

河北发生地震、水灾，城墙毁坏，房舍坍塌，百姓曝于露天之下，日晒雨淋，缺衣少食。皇上同情并体恤天下苍生，下诏减赦河北囚徒，并派遣特使抚慰受灾百姓，真是慈恩深厚啊。尽管如此，百姓患于无处遮风避雨，没有金钱不能重建房舍；患于缺少吃的，没有粮食不能充饥，这两者是显而易见的道理。如果不解决这两个问题，尽管圣上忧思劳心，使节往来道路，不辞辛苦，也不能够纾解百姓的困苦，满足他们的要求。

有司建言，请发仓廪与之粟，壮者人日二升，幼者人日一升，主上不旋日而许之，赐之可谓大矣。然有司之所言，特常行之法，非审计终始，见于众人之所未见也。今河北地震、水灾所毁败者甚众，可谓非常之变也。遭非常之变者，亦必有非常之恩，然后可以振之。今百姓暴露乏食，已废其业矣，使之相率日待二升之廪于上，则其势必不暇乎他为，是农不复得修其畎亩，商不复得治其货贿，工不复得利其器用①，闲民不复得转移执事②，一切弃百事，而专意于待升合之食以偷为性命之计③，是直以饿殍之养养之而已，非深思远虑为百姓长计也。以中户计之，户为十人，壮者六人，月当受粟三石六斗，幼者四人，月当受粟一石二斗。率一户，月当受粟五石，难可以久行也。不久行，则百姓何以赡其后？久行之，则被水之地，既无秋成之望，非至来岁麦熟，赈之未可以罢。自今至于来岁麦熟，凡十月，一户当受粟五十石。今被灾者十余州，州以二万户计之，中户以上及非灾害所被、不仰食县官者去其半④，则仰食县官者为十万户⑤，食之不遍，则为施不均，而民犹有无告者也；食之遍，则当用粟五百万石而足，何以办此？又非深思远虑为公家长计也。至于给授之际，有淹速，有均否，有真伪，有会集之扰，有辨察之烦，措置一差，皆足致弊。又群而处之，气久蒸薄，必生疾疠，此皆必至之害也。且此不过能使之得旦暮之食耳，其于屋庐构筑之费将安取哉？屋庐构筑之费既无所取，而就食于州县，必相率而去其故居，虽有颓墙坏屋之尚可完者，故材旧瓦之尚可因者，杂器众物之尚可赖者，必弃之而不暇顾，甚则杀牛马而去之者有之，伐桑枣而去者有之，其害又可谓甚也。今秋气已半，霜露方始，而民露处不知所蔽，盖流亡者亦已众矣。如是不可止，则将空近塞之地。空近塞之地，失战斗之民，此众士大夫之所虑而不可谓无患者也。空近塞之地，失耕桑之民，此众士大夫所未虑而患之尤甚者也。何则？失战斗之民，异时有警，边戍不可以不增尔；失耕桑之民，异时无事，边籴不可以不贵矣。二者皆可不深念欤？万一或出于无聊之计，有窥仓库，盗一囊之粟、一束之帛者，彼知已负有司之禁，则必鸟骇鼠窜，窃弄锄梃于草茅之中，以扞游徼之吏，强者既嚣而动，则弱者必随而聚矣。不幸或连一二城之地，有桴鼓之警，国家胡能晏然而已乎？

况乎外有夷狄之可虑⑥,内有郊社之将行⑦,安得不防之于未然,销之于未萌也?

【注释】

①利其器用:谓利用自己的工具从事制作。用,用具。语出《国语·周语上》:"阜其财求而利其器用。"

②闲民不复得转移执事:无业游民不再能够到处出卖劳动力。执事,做雇工。语本《周礼·天官·大宰》:"九曰闲民,无常职,转移执事。"

③待升合之食:等待官方每天发放的一点粮食。升合,升和合都是容量单位。十合为一升,十升为一斗。偷为性命之计:苟且作为维持糊口的权宜之计。

④中户:与上文"中户"有别,此指收入中等的人家。非灾害所被:没有遭受灾害的人家。

⑤仰食县官:依靠政府吃饭。语本《史记·平准书》:"七十余万口,衣食皆仰给县官。"

⑥况乎外有夷狄之可虑:北宋河北东西两路北部与辽相邻,遭灾的恩州、冀州、濂州外距北疆不远。

⑦郊社:郊与社是两种祭祀大典。冬至日祭天于南郊称为"郊",夏至日祭地于北郊称为"社",合称"郊社"。

【译文】

　　有的官员提议,朝廷开仓放粮,壮年人每人每天二升,幼童每人每天一升,圣上当日就恩准了,这可谓天大的恩赐。然而,官员的建议,是惯常的做法,并没有审慎考虑整个过程,看到常人所看不到的问题。现在,河北地震、水灾造成的破坏非常大,这一变故可称得上非同寻常,因此,遇上非同寻常的变故,也必须有不同一般的恩典,这样才能够真正赈济灾民。而今,百姓居无定所,食不果腹,已经丧失了自己赖以生存的基业，如果让他们都每天等待朝廷发放的二升赈济粮食，那么他们就不会有心思去做其他的事情，农民不再去经营田地耕作，商人不再去经营商品买卖，工匠不再去利用自己的工具从事制作，无业游民不再能够到处出卖劳动力，抛弃一切事务，而仅仅等待官方每天发放的一点粮食，并以此作为糊口的权宜之计，这样做只是将供养快要饿死的人的方式供养他们罢了，并非是深谋远虑，真正为百姓的长远利益着想。以中等规模的人家计算，每户有十人，其中壮年者六人，每月应该领取粮食三石六斗，有幼年者四人，每月应该领取粮食一石二斗。这样一户人家，一个月应该领取粮食五石，如此，是很难持续太久的。不能持续太久，百姓该怎样解决后续的生活？要想持续长久，那么遭受水灾的地方，已经不指望有秋后的收成，非要等到来年小麦成熟，救济不能停止。从现在到来年小麦成熟，共十个月，一户应该领取五十石粮食。现在遭受灾难的地方共计十多个州，按每个州有二万户来计算，中等收入以上的家庭以及没有遭受灾害、不依赖县官衣食的去掉大约一半的数量，则仰仗县官衣食的家庭大约有十万户，如果不能做到普遍赈济，百姓就会有多寡不均、告讼无门的现象；如果能够做到普遍赈济，应该需要粮食五百石，怎样去筹备这些赈济粮呢？这并不是深谋远虑，真正为公家长远利益考虑的做法。至于在发放赈济粮的过程中，有快有慢，有平均有偏颇，有真的有假的，有百姓聚集的困扰，有辨别考察的烦乱，每一个环节处置出了差错，都足以带来弊害。加上灾民杂居在一起，暑气蒸腾，一定会产生瘟疫疾病，这些都是肯定会出现的次生灾害。况且，提供给灾民的粮食，只不过解决了他们一天的饮食，而对于他们房屋建造修缮的费用怎么解决呢？房屋建造修缮的费用无从解决，灾民只能聚集到州县吃饭，这就必然导致灾民纷纷离开自己的故居，尽管故居墙壁残破，整体尚且完整，原有的木材、旧瓦仍然可以重复利用，杂物器具尚可使用，一旦离开，必定会将这些东西弃之不顾，有的人甚至还杀死牛马离开，砍伐完桑树、枣树再离开，这样造成的危害就更大了。现在秋天已经过了一半，霜露刚刚开始滋生，而百姓没有地方遮风避雨，流离失所的人越来越多了。如果这种情况不能停止，那么邻近塞外的地方会荡然一空。临近塞外的地方没有人居住了，也就失去了能够打仗的兵源，这正是很多士大夫担心并且不能说不值得担心的地方。临近塞外的地方，失去耕田种桑的农民，这是众多士大夫所没有忧虑却是遗患很大的地方。为什么这样说？失去能够战斗的百姓，一旦边境有异常情况，边防军备不可以不增加；失去耕田种桑的农民，若和平无事，边境粮食的价格就不可能不很高。二者难道不都值得忧虑吗？万一有人因为生活无所依靠，从而窥视官府粮仓，偷盗一袋粮食、一捆布帛，他知道已经违反了官府的禁令，就一定会像鸟儿、老鼠一样惊恐、逃窜，暗地里聚集在山林之中，用手中的锄头、棍棒，反抗乡中官吏，强悍者会登高而呼，柔弱者必然跟随聚集。如果不幸这些人员占据了一二个城市，惊扰到普通百姓的生活，国家怎能以和平的方式平息这一事端呢？何况，境外有来自外族入侵的忧虑，内部即将举行"郊社"大典，怎能不防患于未然，消泯于萌芽呢？

　　然则为今之策，下方纸之诏，赐之以钱五十万贯，贷之以粟一百万石，而事足矣。何则？今被灾之州为十万户，如一户得粟十石，得钱五千，下户常产之赀[①]，平日未有及此者也。彼得钱以完其居，得粟以给其食，则农得修其畎亩，商得治其货贿，工得利其器用，闲民得转移执事，一切得复其业而不失其常生之计[②]，与专意以待二升之廪于上、而势不暇乎他为，岂不远哉？此可谓深思远虑，为百姓长计者也。由有司之说[③]，则用十月之费[④]，为粟五百万石；由今之说，则用两月之费，为粟一百万石。况贷之于今而收之于后，足以赈其艰乏，而终无损于储偫之实[⑤]，所实费者，钱五巨万贯而已⑥。此可谓深思远虑，为公家长计者也。又无给授之弊，疾疠之忧，民不必去其故居，苟有颓墙坏屋之尚可完者，故材旧瓦之尚可因者，杂器众物之尚可赖者，皆得以不失。况于全牛马，保桑枣，其利又可谓甚也。虽寒气方始，而无暴露之患；民安居足食，则有乐生自重之心；各复其业，则势不暇乎他为，虽驱之不去，诱之不为盗矣。夫饥岁聚饿殍之民，而与之升合之食，无益于救灾补败之数，此常行之弊法也。今破去常行之弊法，以钱与粟一举而赈之⑦，足以救其患，复其业。河北之民闻诏令之出，必皆喜上之足赖，而自安于畎亩之中，负钱与粟而归，与其父母妻子脱于流亡转死之祸，则戴上之施⑧，而怀欲报之心，岂有已哉！天下之民，闻国家厝置如此，恩泽之厚，其孰不震动感激，颂主上之义于无穷乎？如是，而人和不可致，天意不可悦者，未之有也。人和洽于下，天意悦于上。然后玉辂徐动⑨，就阳而郊⑩；荒夷殊陬⑪，奉币来享⑫；疆内安辑⑬；里无嚣声⑭。岂不通变于可为之时，消患于无形之内乎？此所谓审计终始，见于众人之所未见也。不蚤出此，或至于一有桴鼓之警，则虽欲为之，将不及矣。

【注释】

①常产之赀：通常拥有的财产。赀，通"资"。

②常生：平常谋生。

③由：凭，按照。

④十月：指当年八月至来年麦熟五月，凡十月。下文两月，指八月至

九月秋收。

⑤偫(zhì)：储备。

⑥所实费者,钱五巨万贯：此"所实费者",指上文"赐之以五十万贯",故"巨",疑当作"十"。下同。

⑦一举：一次全部。

⑧戴：感戴。施：施舍,此指救济。

⑨玉辂(lù)：玉饰的皇帝专用车。

⑩就阳而郊：到南郊举行祭天的郊祭大典。阳,指南面。

⑪荒夷：荒远的少数民族。殊陬(zōu)：极偏远的角落,指边远地区。

⑫币：泛指用作礼物的玉、马、皮、帛等。享：奉献。

⑬安辑：安定。

⑭里：乡里,乡村。

【译文】

　　然而,如果为当今形势想一个对应的策略,应该是：颁布一纸诏书,赏赐灾区钱五十万贯,并借给灾民粮食一百万石,问题就足以解决了。为什么这么说呢？现在受灾的州郡,按户计算共计十万户,如果一户领取十石粮食,领取铜钱五千贯,下等收入家庭,平时达不到这个水平。他们得到钱,用来修缮自己的居所,得到粮食用以解决吃饭问题。如此,农民就能够经营田地耕作,商人就能够经营商品买卖,工匠可以利用自己的工具从事制作,自由职业者可以到处出卖自己的劳动力了,各行各业都能够重操旧业,而不至于丢掉自己赖以生存的职业,与坐等官府二升赈济粮食,而不去积极自救相比,差别不是太远了吗？这可以称得上深谋远虑,为百姓从长计议了。如果按照有些官员的说法,十个月所供给粮食的总量为五百万石；但是,按照以上的做法,仅需要两个月的供粮,数量为一百万石。何况还是现在借出,后来还会还回来,这样做,足以救济百姓艰难时期的困乏,而最终并不影响官府粮仓的储备,所实际花费的不过五十万贯钱罢了。这可称得上深谋远虑,为公家从长计议。这种做法避免了发放赈粮过程中可能产生的弊端,也免去了对灾后疫病的担忧,百姓不必离开故居,如果破壁坏屋尚且完整,原有的木材、旧瓦仍然可以重复利用,杂物器具尚可使用,这些都能保住不失。何况还能够保全牛马不被屠宰,留住桑树、枣树不被砍伐,其中所获之利又更大了。尽管寒气开始滋生,却没有露宿于外的担忧;百姓安居乐业,丰衣足食,就会热爱生活,自尊自爱;百姓各自重操旧业,也就不会滋生其他事端,即便驱逐他们,他们也不会离开故土;即便诱惑他们,他们也不会去做盗贼。以往在饥荒之年,官府聚集饥民,向他们发放一些救济粮食,这都是无益于救济灾民、弥补困境的方法,却是救灾常用的败招。而今,破除以往常用的荒政败招,运用钱和粮一起赈灾,足以纾解灾患,让百姓各复其业。黄河以北的百姓听闻朝廷下达的诏令,一定高兴并感激圣上,认为圣上是可以仰仗依赖的。灾民心系故土,背上官府发放的钱与粮,返回家乡,与父母、妻子、孩子一起摆脱了辗转流离、客死他乡的风险,他们会对圣上的赐予感恩戴德,并心怀报答之念,这种想法长存心中,没有停止的时候! 天下百姓听到国家这样对待灾民,圣上的恩德如此之丰厚,谁不感到震动并心存感激,赞颂圣上的仁义无穷无尽呢? 如此治理国家,而人和不能达到、天意不能满足的局面是不会出现的。人心和顺,天下融洽;天意不违,顺乎圣意。然后圣驾出动,到南郊举行祭天大典;地处偏远地区的少数民族,就会手捧进贡礼品前来进献;国家疆域之内安定无事;民间邻里之间再无纠纷。这不正是在事情可为之时灵活有为,就能够在祸患萌芽状态将其消除吗? 这就是前面所说的从事情发展的整个过程,来小心计划,就能够看到一般人所看不到的规律。如果不早做谋划,一旦灾民滋生事端,那时再想解决问题,就会来不及了。

　　或谓方今钱粟恐不足以办此。夫王者之富,藏之于民,有余则取,不足则与,此理之不易者也。故曰:“百姓足,君孰与不足? 百姓不足,君孰与足[①]?”盖百姓富实而国独贫,与百姓饿殍而上独能保其富者,自古及今,未之有也。故又曰:"不患贫而患不安[2]。"此古今之至戒也[3]。是故古者二十七年耕,有九年之蓄,足以备水旱之灾,然后谓之王政之成[4]。唐水汤旱而民无捐瘠者,以是故也[5]。今国家仓库之积,固不独为公家之费而已,凡以为民也。虽仓无余粟,库无余财,至于救灾补败,尚不可以已,况今仓库之积尚可以用,独安可以过忧将来之不足[6],而立视夫民之死乎[7]?古人有言曰[8]:"翦爪宜及肤,割发宜及体[9]。"先王之于救灾,发肤尚无所爱,况外物乎?且今河北州军凡三十七[10],灾害所被十余州军而已。他州之田,秋稼足望[11],今有司于籴粟常价斗增一二十钱,非独足以利农[12],其于增籴一百万石易矣。斗增一二十钱,吾权一时之事[13],有以为之耳。以实钱给其常价,以茶荈、香药之类佐其虚估[14],不过捐茶荈、香药之类[15],为钱数巨万贯而其费已足。茶荈、香药之类,与百姓之命孰为可惜[16],不待议而可知者也[17]。夫费钱五巨万贯,又捐茶荈、香药之类,为钱数巨万贯[18],而足以救一时之患,为天下之计,利害轻重又非难明者也。顾吾之有司能越拘挛之见[19],破常行之法与否而已。此时事之急也,故述斯议焉[20]。

【注释】

①"百姓足"几句:语出《论语·颜渊》。足,指花费足够使用。孰与,怎么。

②不患贫而患不安:语出《论语·季氏》

③至戒:最重要的告诫。

④"是故古者二十七年耕"几句:意本《礼记·王制》:"国无九年之

蓄,曰不足;无六年之蓄,曰急;无三年之蓄,曰国非其国也。三年耕,必有一年之食;九年耕,必有三年之食;以三十年之通,虽有凶旱水溢,民无菜色,然后天子食,日举以乐。"

⑤唐水汤旱而民无捐瘠者,以是故也:意本《汉书·食货志上》引晁错《论贵粟疏》:"故尧、禹有九年之水,汤有七年之旱,而国亡捐瘠者,以畜积多而备先具也。"唐水,唐尧时发生水灾。《尚书·尧典》有尧时洪水滔天的记载。《史记·夏本纪》载:"于是尧听四岳,用鲧治水,九年而水不息,功用不成。"后来用禹治水。唐,即尧,陶唐氏,名放勋,史称唐尧,亦可称"唐"或"尧"。汤旱,成汤时发生旱灾。有五年、七年等说法之异。《吕氏春秋·纪秋季·顺民》:"昔者汤克夏而正天下,天大旱,五年不收。"刘向《说苑·君道》:"汤之时,大旱七年,雒坼川竭,煎沙烂石。"贾谊《新书》也说:"禹有十年之蓄,故免九年之水;汤有十年之积,故胜七年之旱。"汤,即商汤,姓子,名履,号成汤,商朝的开国君主。捐瘠,饥饿而死。瘠,通"胔(zì)"。此指饿死的人的尸体。

⑥独:却。安可:怎可。

⑦立视:站着旁观。

⑧古人有言曰:原作"古人有曰",据曾集补"言"字。

⑨鬋爪宜及肤,割发宜及体:此指救灾应不惜任何代价。语出应璩《与广川长岑文瑜书》:"割发宜及肤,鬋爪宜侵肌乎?"《文选》李善注引《吕氏春秋》曰:"昔殷汤克夏,而大旱五年。汤乃身祷于桑林,于是鬋其发,郦其手,自以为牺,用祈福于上帝,民乃甚悦,雨乃大至。"

⑩军:北宋地方行政区划名。有两种:一与府、州同级,隶属于路;一与县同级,隶属于府、州。

⑪足望:有充足的希望。

⑫非独:不仅。

⑬权：权宜。衡量事体轻重以因事制宜。

⑭以实钱给其常价，以茶荈（chuǎn）、香药之类佐其虚估：谓按平常粮食价格付给所卖粮者现钱，用政府的茶叶、香药一类抵付粮食的增价部分。荈，晚采的老茶。香药，有香味的动植物药品，如麝香、沉香之类。佐，佐助，补充。

⑮捐：捐助。

⑯孰为可惜：哪个值得珍惜。

⑰不待：犹言不用、不必。待，等待。

⑱为钱：指茶叶等物所折合的钱。

⑲顾：思念，眷顾。拘挛：拘束，束缚。指束手缩脚。

⑳述斯议：记述了这篇议文。议，旧时文体之一种，用以论事说理或陈述意见。

【译文】

　　有人会问，当今钱粮存量恐怕不足以办成此事。王者的财富，应该藏于百姓之中，如果有富余则索取，如果有不足则给予，这是古今不变的道理。所以说："百姓富足，君王怎能不富足？百姓不富足，君王怎能富足？"百姓都富足殷实，而只有国家穷困贫乏；抑或百姓贫困潦倒，而国家君王独能保有其荣华富贵，这两种情况，从古到今都没有出现过。所以圣人又说道："不用担心贫穷，最让人担忧的是国家的不安定。"这是古往今来祖先留给后世子孙最为重要的告诫。因此古人辛勤耕作二十七年，必须备下九年的积蓄，以防水旱灾害，然后王道仁政才能得以实现。唐尧时水灾、商汤时大旱，百姓没有因贫穷而死亡的，正是因为这个原因。当今国家粮仓的储备，本来就不仅仅是用来为公家消费的，同样也是为了百姓的不时之需。即便官仓中没有多余的粮食，国库中没有富余的钱财，国家一旦出现灾害，朝廷组织赈灾尚且不能延迟，何况现在官仓国库的储备尚能利用，怎么能够过分担忧将来的不足，而坐视灾民因饥饿而死呢？古人曾经说过："商汤为百姓祈福，将指甲、头发献祭于上帝,剪指甲从指甲根部开始,割发从发根处开始。"先王为了救灾,连自己的头发、皮肤都不爱惜,更何况身外之物呢? 况且黄河以北,共有州军三十七个,灾害影响到的州军仅十几个而已。其他各州军的农田,秋天的收成应该很可观,而今地方官员买粮食时,在平日价格的基础上增加一二十钱,不仅对农民有利,增加买入一百万石粮食也是容易的事。每斗增加一二十钱,我权衡事体轻重,是很值得的。按平常粮食价格付给所卖粮者现钱,用政府的茶叶、香药一类抵付粮食的增价部分,这样做,不过捐出了茶叶、香药一类的产品,相当于数十万贯的铜钱而已。茶叶、香药之类与百姓的性命相比,哪个更值得珍惜,这应该是不用争议就能知道的。花费五十万贯,又捐出茶叶、香药一类的价值,相当于几十万贯的产品,用以拯救国家一时的灾患,从天下的角度计议,利害轻重并非难于辨明。只是我们地方官员能否超越狭隘的识见,是否敢于打破习惯思维罢了。这是有关时局的急迫事务,因此写下这篇议文。

【评点】

茅鹿门曰:子固大议,其剖析利害处最分明。

张孝先曰:灾荒之行,国家所不能免,故先王以荒政救民,贵讲之豫,则民不至于饿殍流离。不幸而至于饿殍流离,尤在上之人破常格而速救之。倘拘于有司之议,惮于仓廪之发,迁延时日,而死亡者已不忍言矣。读子固此议,下为百姓计,上为公家计,大要存破去常法而速为之赈救。深思远虑,无微不彻,真经济有用之文,学者所当留心者也。

【译文】

茅坤评论道:曾巩这篇宏议,将利害之处剖析得最为清楚。

张伯行评论道:灾荒的流行,国家任何时候都是在所难免的,因此古代君王常运用赈济饥荒的政令或措施来救济灾民，最重要的在于预先有所准备，这样百姓就不至于流离失所，饿死荒野。如果不幸而发生流离失所、饿死荒野之事，最要紧的是居上位者打破常规迅速施救。如果还是拘泥于有关部门之间的争议，不敢开仓放粮，耽搁时间，那么饿死者的数量是不敢想象的。读曾巩这篇文章，下为百姓着想，上为国家计议，大体是要破除常用的方法而迅速赈济灾民。深谋远虑，无微不至，真是经国济世的有用文章，值得学者们留心学习。

洪渥传

【题解】

　　此篇人物传记，作年诸家年谱无载。据文中"予少与渥相识"语，推测作者与其人年龄差别不会太大，此文对传主"盖棺定论"，盖为作者晚年之作。宋神宗称曾巩"史学见称士类"，曾将五朝史事大典交他总领，任虽不终，而记北宋前五朝事的《隆平集》，就是依托他的大名而行世。曾集中传记仅存三篇，均属小人物的传记。

　　此篇传主是个极普通的地方小吏，不钻营，不贪腐，为人平和，相处越久越能识得其人之真诚。一旦受人托付则急人之所急。文中详述洪渥如何待兄，以俸禄奉兄，兄弟之间相互关爱等事迹，所述皆平淡无奇之小事，却具有真正"动俗"的教化力量。

　　洪渥，抚州临川人①。为人和平②。与人游③，初不甚欢，久而有味④。家贫，以进士从乡举⑤，有能赋名。初进于有司⑥，辄连黜⑦。久之乃得官。官不自驰骋⑧，又久不进⑨，卒监黄州麻城之茶场以死⑩。死不能归葬，亦不能返其孥⑪。里中人闻渥死⑫，无贤愚皆恨失之⑬。

【注释】

①临川：为抚州治所，今属江西抚州。

②和平：即平和。

③游：交游，交往。

④久而有味：此句言相处越久越能感受到洪渥的真诚，此句可视为传主待人本色。

⑤乡举：即"乡荐"。宋承唐制，由州县地方官推举赴京师应礼部试，称乡荐。取得进士者可直接应礼部试，亦称乡荐。

⑥有司：古代设官分职，各有专司，因称官吏为"有司"。

⑦辄连黜：原作"连辄黜"，据曾集改。黜，贬退不用。

⑧不自驰骋：不能自致腾达。此指洪渥不善奔走钻营。

⑨进：迁升。

⑩黄州：治所在黄冈，今属湖北。麻城：为黄州属，今属湖北。

⑪死不能归葬，亦不能返其孥（nú）：此指洪渥因生前供职两袖清风，死后无资归葬，也无资让妻子儿女返回故乡。孥，妻和儿女的统称。

⑫里中人：同乡的人。

⑬恨：遗憾。

【译文】

洪渥，抚州临川人。为人平和。与人交往，起初并不会很讨人喜欢，但是，交往时间长了，便觉得他待人接物很真诚有味。洪渥家境贫寒，由州县地方官推举赴京师应礼部试，有擅长写赋的名声。开始刚进入官员的选拔时，他常常遭到黜退不用。过了很久才得到任命。进入仕途后，他不善奔走钻营，很长时间得不到迁升，最终在黄州麻城茶场监任上死去。死后不能归葬故土，也不能让妻子儿女返回故乡。同乡人听说洪渥去世，不论贤愚都非常惋惜。

予少与渥相识，而不深知其为人^①。渥死，乃闻有兄年七十余，渥得官而兄已老^②，不可与俱行。渥至官，量口用俸^③，掇其余以归^④，买田百亩居其兄^⑤，复去而之官，则心安焉。渥既死，兄无子，数使人至麻城抚其孥^⑥，欲返之而居以其田^⑦。其孥盖弱，力不能自致^⑧，其兄益已老矣，无可奈何，则念辄悲之。其经营之犹不已，忘其老也。渥兄弟如此无愧矣。渥平居若不可任以事^⑨，及至赴人之急，早夜不少懈，其与人真有恩者也^⑩。

【注释】

①予少与渥相识，而不深知其为人：曾巩十八岁时值父落职归家，南丰故居无田可养，举家迁居诸姑所在之抚州临川。大约来时，作者与洪渥相识。"不深知其为人"，回应上文"初不甚欢"。

②渥得官而兄已老：曾集作"渥得官时，兄已老"，当从。

③量口用俸：从薪金里留下估量养家糊口的费用。

④掇其余：捧取所剩薪金。

⑤居其兄：使其兄据有。居，占有。

⑥数：屡次。抚：抚慰。其孥：指洪渥遗孀及子女。

⑦其田：自己的田，指洪渥所买送其兄的百亩田地。

⑧自致：自己经营。

⑨平居：犹言平时，平素。任以事：以事委任，即委托办事。

⑩与：帮助。

【译文】

我年少时就与洪渥认识了，但对他的为人了解并不太深。洪渥死后，才知道他有一位七十多岁的兄长，洪渥得到官职时，他的兄长就已经进入老年，不能与洪渥一起去外地赴任。洪渥赴任后，从俸禄中留下所估量的养家糊口费用,将剩余的部分带回老家,买下百亩田地归于其兄名下。然后再赴官所,心中才安然无忧。洪渥死后,兄长没有儿子,只能多次派人到麻城抚慰洪渥遗孀及子女,并试图让他们返回原籍,据有自己的田地。洪渥孩子还小,孤儿寡母自然不能独自还乡,其兄长越发年老了,没有什么办法,每次考虑到不测晚景,不禁悲从中来。只能振作精神,不停地经营这些田地,如此倒也忘却了自己的垂老。洪渥兄弟之间的情谊,可称得上无愧了。洪渥平时好像不能独立负责事务,承担责任,等到受人托付,急人所急,则早晚没有丝毫松懈,他帮助人是真的有恩于人啊。

予观古今豪杰士传,论人行义,不列于史者①,往往务撷奇以动俗②。亦或事高而不可为继③,或伸一人之善而诬天下以不及④。虽归之辅教警世⑤,然考之《中庸》或过矣⑥。如渥所存,盖人人所易到⑦,故载之云。

【注释】

①论人行义,不列于史者:指评论人的品行、道义的话,不写入史传的。行义,品行,道义。

②撷奇:犹言猎奇。撷,拾取,搜寻。

③事高:所做事品位高。不可为继:指不是一般人所能做到的。

④伸:伸张,张扬。天下以不及:天下所有人都赶不上这一人。

⑤归:归附,趋向。辅教:辅助教化。

⑥然考之《中庸》或过矣:此指《礼记·中庸》中所言:"子曰:道不远人。人之为道而远人,不可以为道。"所以曾巩认为史书记述名人"奇高"一类事,一般人不容易做到,这种"远人之道"是不可为法的。

⑦盖人人所易到：写小人物的"人人所易到"的事迹，意在使世人有所感悟，从而人人都可学习效法。

【译文】

我曾经阅读一些古今豪杰人士的传记，其评论人物品行、道义的话，不被写入史传，究其原因，这类传记往往一味搜畸猎奇，以期打动世俗读者。或者选择传主所做事情高古非常人所能为继，或者为了称扬一人之善行，而批评天下人都与此人无法相比。尽管传记的作者本心是想要辅助教化、警醒世人，但是按照《中庸》的说法，这些写法都矫枉过正了。像洪渥的事迹，应该是人人都能很容易做得到的，因此我将他的事迹记载下来。

【评点】

茅鹿门曰：有深思，有法度。

张孝先曰：渥为小官，得禄以奉兄，友爱如是，故生而人悦，死而人悲。世未有薄天性之爱，而能与人有恩者也。南丰特为传以风世，文愈简质，而其愈可思焉。

【译文】

茅坤评论道：文章思虑深湛，写法规范。

张伯行评论道：洪渥是一个品位很低的官员，但是得到官俸却来奉养兄长，兄弟之间如此友爱，因此活着的时候，人们都喜欢他，死了以后，人们都很悲伤。世间不存在缺乏来自天性的爱，却能够施恩于他人的人。曾巩特别为洪渥写作此传来教化世人，文章越是简洁质朴，就越发能够引起人们的思考。

书魏郑公传

【题解】

魏郑公即魏徵,此文"借题立法"(沈德潜语),是一篇读后感,实则是一篇谏论。本文来源仅见于宋人选本:《圣宋文选》《宋文鉴》《曾南丰先生文粹》,其作年难以遽定,诸家年谱亦阙如。

本文以太宗从谏、魏徵好谏为起始,以颂扬魏徵诚信持己事君、不欺于万世、大公至正之贤作结。在赞扬魏徵的同时,还肯定了敢于诤谏而名垂后世的良相伊尹、周公,对桀、纣、幽、厉、始皇等不能纳谏的昏君进行了批判。全文旁征博引,以史实为例证,从正反两方面论述了把诤谏之事载入史册所产生的积极的政治意义和深远的历史影响。文章结构严密,层层深入,前呼后应,浑然一体。晓畅、平易的语言毫无经学家的古奥艰涩,使用不少疑问句和反问句,同时交错使用长短句,句式错落变化,使文章富有抑扬顿挫的音律感。关于本文,后人多有评价。康熙《御选古文渊鉴》卷五十三云:"笔笔沉着,辩驳甚精。三复其言,可以兴起千载。"

余观太宗常屈己以从群臣之议,而魏郑公之徒,喜遭其时,感知己之遇,事之大小无不谏诤,虽其忠诚自至,亦得君以然也①。则思唐之所以治,太宗之所以称贤主,而前世之君不及者,其渊源皆出于此也②。能知其有此者,以其书存也。及观郑公以谏诤事付史官,而太宗怒之,薄其恩礼,失终始之义③,则未尝不反复嗟惜,恨其不思,而益知郑公之贤焉。

【注释】

①"余观太宗常屈己以从群臣之议"几句:魏郑公,即魏徵(580—

643），字玄成，曲城（今河北馆陶）人。少孤贫，曾为道士，先后从李密、窦建德，入唐为太子洗马。太宗即位，擢为谏议大夫，贞观三年（629）任秘书监，参预朝政。七年（633），任侍中，累授左光禄大夫、太子太师封郑国公。事详新、旧《唐书·魏徵传》《贞观政要》。据《新唐书·魏徵传》载魏徵转事三主，始被太宗重用，"自以不世遇，乃展尽底蕴无所隐，凡二百余奏，无不剀切当帝心者"。又曾对太宗说："陛下导臣使言，所以敢然；若不受，臣敢数批逆鳞哉"，"每犯颜进谏，虽逢帝甚怒，神色不徙，而天子亦为霁威"。太宗之"屈己"与魏徵之"得君"，于此可略见。曾巩在《上欧蔡书》《上蔡学士书》和《唐论》，亦每及之。

② "则思唐之所以治"几句：曾巩对前代，除上古三代外，唯于唐推美至极，可参看其《唐论》。

③ "及观郑公以谏诤事付史官"几句：据《新唐书·魏徵传》，魏徵晚年，太宗信任备至。临病危，将衡山公主许嫁其子叔玉。及魏徵安葬，太宗登苑西楼，望哭尽哀，诏祭时亲作并书碑文。又思念不已，观凌烟阁画像，赋诗悼痛。闻者忌妒，百端毁短。"又言徵尝录前后谏诤语示史官褚遂良。帝滋不悦，乃停叔玉昏，而仆所为碑"。此所谓"薄其恩礼"。但辽东之役后，太宗悔悟，又"复立碑，恩礼加焉"。知过能改，似不当谓为"失终始之义"。谏诤，直言规劝。

【译文】

我在史书中看到，唐太宗常常委屈自己而听从群臣的建议，而像魏徵这类的诤臣，有幸赶上这样一个时代，感念君臣知己之遇，事体不论大小，无不直言规劝，尽管他们的忠诚是发自内心的，但也必须得到君王的包容和允许。这样看来唐朝之所以成为治世，太宗之所以被称为贤主，为前代君王所不可比拟，其中的缘故正在于此。后人之所以能够了解这一段君臣际遇的佳话，是因为有留存后世的文献记载。等我看到魏徵将直言劝谏的记录交给史官，太宗因此心生怒气，降低魏徵应有的礼遇，使明君贤臣的佳话有始无终，我每读到此处，未尝不再三叹息，惋惜太宗思虑太不周全，并越发感受到魏徵的贤德了。

　　夫君之使臣与臣之事君者何？大公至正之道而已矣①。大公至正之道，非灭人言而掩己过，取小亮以私其君②，此其不可者也。又有甚不可者，夫以谏诤为当掩，是以谏诤为非美也，则后世谁复当谏诤乎？况前代之君有纳谏之美，而后世不见，则非惟失一时之公，又将使后世之君，谓前代无谏诤之事，是启其怠且忌矣。太宗末年，群下既知此意而不言，渐不知天下之得失③。至于辽东之败，而始恨郑公不在世④，未尝知其悔之萌芽出于此也⑤。

【注释】

①大公至正：极其公正，无私而不偏。

②非灭人言而掩己过，取小亮以私其君：前句对君而言，后句对臣而言。小亮，在细枝末节上表示耿直。亮，谅直。私其君，指意在讨好其君。

③"太宗末年"几句：贞观十三年（639），据《新唐书·魏徵传》，魏徵上《谏太宗十思疏》，其中云："在贞观初，遇下有礼，群情上达。今外官奏事，颜色不接，间因所短，诘其细过，虽有忠款，而不得申。此不克终八渐也；在贞观初，孜孜治道，常若不足。比恃功业之大，负圣智之明，长傲纵欲，无事兴兵，问罪远裔。亲狎者阿旨不肯谏，疏远者畏威不敢言。积而不已，所损非细。此不克终九渐也。"

④至于辽东之败，而始恨郑公不在世：魏徵去世第二年，即贞观十八

年（644），唐太宗一心要显示自己比隋炀帝能带兵，借高丽国内乱，决定亲自率兵去攻，群臣谏阻不听。派李勣等分水陆两路进攻，次年太宗亲至辽东城下督战，先后夺取十城，但自六月进攻安市城，久攻不克，至九月天冷草枯，粮亦将尽，只好退归。辽东之役，唐军战马死掉十之七八，阵亡战士则亦可知。丧败时太宗追悔不及地叹道：魏徵若在，一定不让我走这一趟。事见《新唐书·魏徵传》《新唐书·高丽传》。

⑤未尝知其悔之萌芽出于此也：太宗之魏徵若在之叹，并非诛心之叹。太宗不肯认辽东之败，贞观二十一年（647）又谋攻高丽，派海陆两军侵扰。次年大造军舰，运送军粮，准备来年发军三十万灭高丽。到了第二年，太宗死去，辽东之役才暂时停止。赞此役者唯有李勣，先后谏阻者有褚遂良、尉迟敬德、房玄龄、长孙无忌等，太宗始终不听。因之曾巩说他未曾明白丧败的恶果，是由于不纳谏而萌芽的。

【译文】

君主使用臣子，臣子听命君主，依据是什么？不过是公正无私、不偏不倚罢了。公正无私之道，并非君主不让人说话而掩盖自己的过失，也不是臣子为在细枝末节上表示耿直而讨好君主，这些做法是行不通的。还有更不可行的，认为直言劝谏应该被摈弃掉，因为直言劝谏所展示的并非美好的东西，如果这样，后世谁还愿意直言劝谏呢？况且，前代君主有纳谏的美德，而后世看不到，这不仅湮灭了一个时代的公正无私，又会让后代的君主认为前代没有直言纳谏这回事，这样不仅会让后世君主怠政，而且他们还会更加忌讳直言者。太宗末年，群臣明明知道太宗的想法不对，而不敢直言劝谏，致使太宗渐渐不知天下的得失。等到征伐高丽铩羽而归，太宗才后悔魏徵已去世多年，可是太宗未曾明白，丧败的恶果是由于不纳谏而萌芽的。

夫伊尹、周公何如人也？伊尹、周公之谏切其君者，其言至深，而其事至迫也。存之于书，未尝掩焉①。至今称太甲、成王为贤君，而伊尹、周公为良相者，以其书可见也。令当时削而弃之，成区区之小让，则后世何所据依而谏？又何以知其贤且良欤？桀、纣、幽、厉、始皇之亡②，则其臣之谏词无见焉，非其史之遗，乃天下不敢言而然也。则谏诤之无传，乃此数君之所以益暴其恶于后世而已矣。

【注释】

①"夫伊尹、周公何如人也"几句：伊尹，名挚，原为商汤之妻陪嫁的奴隶。后佐汤伐夏桀，被尊为阿衡（宰相）。汤死后，其孙太甲昏乱，被伊尹放逐。太甲悔悟后，伊尹迎之复位。伊尹谏君事见于古文《尚书》之《伊训》《咸有一德》和《太甲》等篇。周公，即姬旦。周文王之子，助武王灭纣，建周，封于鲁。成王即位年幼，周公摄政，平息武庚、管、蔡之乱，建都洛邑，制定礼乐制度。其谏君事见于《尚书》之《康诰》《洛诰》《无逸》《立政》等篇。

②桀：名履癸，夏代亡国之君。在位昏暴，曾灭东方有缗氏，后被商汤所败，出奔南方而死。纣：名受，亦称帝辛，商代亡国之君。曾征服东夷，残杀大臣比干、梅伯等，囚禁周文王。武王伐商于牧野，商军"前徒倒戈"，纣兵败，身死。幽：指周幽王，西周亡国之君。姬姓，名宫湦。宣王子，在位十年。因宠褒姒而废申后及太子。申侯联兵攻周，幽王被杀于骊山下。厉：指周厉王，西周第十代君主，姬姓，名胡。任用荣夷公，实行"专利"。又命卫巫监视"国人"，残杀有意见者，引起反抗，他逃奔至彘邑（今山西霍州）。十四年后死于此。始皇：指秦始皇，即嬴政，秦朝开国之君。秦庄襄王之子，十三岁即位，八年后亲政，次年免吕不韦相职，任用李斯。历十年而灭六国。始皇死后三年，秦王朝被推翻。

【译文】

伊尹、周公是什么样的人呢？伊尹、周公直言劝谏他们所侍奉的君主，他们所说的话感人至深，他们所做的事非常急迫。所有这些言行都保存在史书之中，并没有被遮蔽。后人至今称太甲、成王为圣明的贤君，而伊尹、周公被后人称为良相，因为可以看到记载这些君臣言行的史书。假使当时将这些言行从史书中删去，尽管能够成就君臣之间小小的谦让之德，但是，后世君臣之间依据什么直谏与纳谏？又怎能知道谁是明君，谁是良相呢？夏桀、商纣、周幽王、周厉王、秦始皇之灭亡，史书中看不到他们的臣子的谏言，并非史书遗漏了他们的言行，而是天下人不敢直言劝谏形成的结果。正因为没有继承谏诤的传统，这几位亡国之君就越发将他们的恶言恶行呈现在天下人的面前了。

　　或曰："《春秋》之法①，为尊亲贤者讳②，与此戾矣③。"夫《春秋》之所以讳者，恶也，纳谏诤岂恶乎？然则焚稿者非欤？曰：焚稿者谁欤？非伊尹、周公为之也，近世取区区之小亮者为之耳，其事又未是也。何则？以焚其稿为掩君之过，而使后世传之，则是使后世不见稿之是非，而必其过常在于君，美常在于己也，岂爱其君之谓欤？孔光之去其稿之所言，其在正邪，未可知也④。而焚之而惑后世，庸讵知非谋己之奸计乎⑤？或曰："造辟而言，诡辞而出⑥，异乎此。"曰：此非圣人之所曾言也。令万一有是理，亦谓君臣之间，议论之际，不欲漏其言于一时之人耳，岂杜其告万世也⑦？

【注释】

①《春秋》之法：又称"春秋笔法"。相传孔子整理修订鲁国史书《春秋》时，行文中暗寓褒贬，增一字、减一字都含有微言大义。

②为尊亲贤者讳：为尊者、亲者、贤者而有所避讳，就是对他们的过失不记载，或虽记但却委婉隐晦。

③戾（lì）：违背。

④"孔光之去其稿之所言"几句：曾巩认为孔光所谓留存谏稿，就是张扬君主过失，以求忠直之名，不见得是正直的行为。孔光，字子夏，孔子十四世孙，西汉末大臣，历仕成帝、哀帝、平帝三朝。成帝初为博士、尚书令，掌管枢机十多年。为人谨默，"上有所问，据经法以心所安而对，不希指苟合；如或不从，不敢强谏争，以是久而安。时有所言，辄削草稿，以为章主之过，以奸忠直，人臣大罪也"。事见《汉书·孔光传》。

⑤庸讵知非谋己之奸计乎：上句言孔光焚谏稿是为了迷惑后世，故此句说怎么能知道这种做法不是谋求私利的奸诈行为呢？孔光临终前一年，哀帝即位，遇王莽专权，常称病默处，不久称疾辞位。《汉书·孔光传》称他"持禄保位，被阿谀之讥"，当就此而言，似非公论。成帝时孔光反对定陶王继嗣为太子而左迁廷尉，定陶王即位为哀帝，又反对其祖母傅太后及外戚干政、违法，而受到威胁，又因反对傅太后劝哀帝称其本亲尊号而受谗罢相，傅太后死后方出任给事中。唯晚年王莽打击异己，所为劾奏，说是太后懿旨而使他奏上，不久便因此退休。故班固"持禄保位"之论未允，曾巩又视孔光在成帝时削稿为"谋己之奸计"，尤为偏见。宋人对前人好发苛论，于此可见一斑。

⑥造辟而言，诡辞而出：语出《春秋穀梁传·文公六年》。辟，指君。诡辞而出，指不以实情告人。

⑦岂杜其告万世也：难道是杜绝把自己的进言留传给后世吗？此句意谓应把谏稿存留下来。

【译文】

有人说："按照《春秋》笔法，应当为尊者、亲者、贤者避讳，史书中记载谏诤事件,与这个原则相违背了。"《春秋》所避讳的,是丑恶的东西,直谏与纳谏难道是丑恶的东西吗? 焚毁记载谏言的书稿是不对的吗? 问:是谁焚毁的记载谏言的书稿呢? 不是伊尹和周公所为,是近世在细枝末节上表示耿直来讨好君主的人这样做的,这种做法是不对的。为什么? 焚毁记载谏言的书稿,表面是为了掩饰君主的过失,实际上,后世在传播这一事件时,由于看不到记载谏言的书稿的详情,一定会将过错记在君主的身上,而美德只属于谏言者,这难道是爱惜君主的名誉吗? 孔光删削的其所谏言的书稿,是正是邪,后人并不知道。作为谏臣焚毁谏言书稿欺骗后人,怎能知道这种做法不是谋求私利的奸诈行为呢? 有人会说:臣子进见君主而言事,出来后却不以实情告诉别人,这应当和焚稿以迷惑人的行为有所区别。回答是:这并非圣人所曾经说过的话。假使万一有这样的道理,也应该是君臣之间讨论问题,不想将讨论的内容泄露给当时的人,难道是杜绝把自己的谏言留传给后世的借口吗?

噫! 以诚信待己而事其君,而不欺乎万世者,郑公也①。益知其贤云,岂非然哉! 岂非然哉!

【注释】

①"以诚信待己而事其君"几句:指魏徵誊录自己的谏稿交付史官褚遂良之事,这是以诚信待己事君,而又不欺于后世人。这几句为回应篇首"郑公以谏诤事付史官",显示出曾巩为文之严密。

【译文】

唉! 以诚信待己而事奉君主,并且不欺骗后世之人,能够这样做的,非魏徵莫属了。这让我们更了解魏徵的贤德了,难道不是这样吗! 难道不是这样吗!

【评点】

茅鹿门曰:借魏郑公以讽世之焚稿者之非,而议论甚圆畅可诵。

张孝先曰:纳谏乃盛德之事,太宗怒魏郑公以谏诤事付史官,盖好名之心胜,所以不及古帝王之大公无我者,在此也。南丰特表魏郑公之贤,而并辨焚稿者之非。其文逶迤曲到,足以发人识见而正其心术,非苟作者。

【译文】

茅坤评论道:文章借魏徵的事例来讽刺世间火烧谏书的谏臣的过错,文章议论圆融,流畅可诵。

张伯行评论道:君主纳谏是品德高尚之事,太宗因为魏徵将谏诤之事的谏稿交给史官而生气,大约是因为喜好赞誉之心太强了,因此比不上古代帝王的大公无私,差距正在于此吧。曾巩特别表彰魏徵的贤德,并指出焚烧谏稿者的错误。文章迁曲婉转,足以提高人们的见识,并能够端正人们的心术,并非随意之作。

祭王平甫文

【题解】

王平甫即王安国,王安国为王安石胞弟。曾、王两家为姻亲关系,王安石在《河东县太君曾氏墓志铭》中谈到了两家的关系。墓志铭中提到的曾氏,是曾巩的姑姑,王安石在铭文中称:"某实夫人之外孙。"曾巩的姑丈为吴敏,吴敏之弟吴畋,吴畋之女嫁于王安石之父王益。另外,吴敏有子吴芮,王安石娶吴芮之女为妻。可见,王安石除了是曾巩姑姑的外孙之外,还是孙女婿。如果说这是间接姻亲关系的话,曾、王两家又有直接的姻亲关系,曾巩的三妹嫁给了王安石的弟弟王安国,王安国成为曾巩的妹夫。祭文中"念昔相逢,我壮子稚,间托婚姻,相期道义",说的正是这层关系。祭文既表达了对王安国平易近人的良好修养的敬佩,更直抒胸臆赞美王安国超凡的才华、杰出的写作能力、自信而好学的严谨学风和坚韧不拔的优秀品质。全文意境雄迈,感情真挚,如行云流水,一气呵成。

据何焯《义门读书记》记载,此文收录在《元丰类稿》中,题后有注:"熙宁十年十月二十一日"。祭文当写于王安国卒后不久。王安石《王平甫墓志》称王安国"以熙宁七年八月十七日不起",宋人李壁《王荆文公诗笺注》引《建康志》:"道光泉在蒋山之西,梁灵曜寺之前。熙宁八年,僧道光披榛莽得之。……王平甫作记。"据宋人张敦颐《六朝事迹编类》卷下:"《道光泉记》,王安国撰,在蒋山寺。"可知,王安国在熙宁八年(1075)尚且撰写《道光泉记》,据此判断,王安石撰写《王平甫墓志》中"熙宁七年"之"七"当为"十"之讹写。

　　呜呼平甫!决江河不足以为子之高谈雄辩①,吞云梦不足以为子之博闻强记②。至若操纸为文,落笔千字,徜徉恣肆③,如不可穷,秘怪恍惚④,亦莫之系,皆足以高视古今,杰出伦类。而况好学不倦,垂老愈专,自信独立,在约弥厉⑤。而志屈于不申,材穷于不试。人皆待子以将昌,神胡速子于长逝!

【注释】

①决江河:形容气势不可阻挡。

②云梦:古薮泽名。汉魏之前所指云梦范围并不很大,晋以后的经学家才将云梦泽的范围越说越广,把洞庭湖都包括在内。

③徜徉：安闲自得貌。恣肆：豪放，无拘束。多用以指文章、言论等。

④秘怪恍惚：语出韩愈《南海神庙碑》："海之百灵秘怪，恍惚毕出。"
秘怪，神秘灵怪。恍惚，迷离貌。

⑤在约弥厉：据《宋史·王安国传》，王安石罢相后，吕惠卿因郑侠
事，诬陷王安国，致使王安国被放归田里。此指王安国归田后对
自己要求更加严格。在约，疏远。弥厉，更加严格要求。

【译文】

呜呼！平甫！江河决堤不足以形容你高谈雄辩的气势，吞吐荆楚的
云梦也不足以描述你博闻强记的渊博。至于拿起纸笔，写就千字文章，
从容自得，收放自如，似乎没有穷尽，笔下神秘灵怪，幻化迷离，也同样不
可羁勒，所有这些，都足以俯视古今作者，远超同侪。更何况平甫勤奋好
学，不知疲倦，晚年更加专注，自信独立，放归田里后，对自己要求更加严
格。但是，志向抱负得不到施展，才能也因不参加科举考试而不能充分
展示。人们都在等待看到平甫将有大的作为，神灵为什么这么快就让平
甫永久地离去！

　　呜呼平甫！念昔相逢，我壮子稚，间托婚姻，相期道义。
每心服于超轶①，亦情亲于乐易②。何堂堂而山立③，忽泯泯
而飙驶④。讣皎皎而犹疑⑤，泪汩汩而莫制⑥。聊寓荐于一
觞，纂斯言而见意。

【注释】

①超轶：谓高超不同凡俗。

②乐易：和乐平易。语出《荀子·荣辱》："安利者常乐易，危害者常
忧险；乐易者常寿长，忧险者常夭折。"

③堂堂：形容容貌壮伟。语出《论语·子张》："曾子曰：'堂堂乎张
也，难与并为仁矣。'"

④泯泯：消失，灭绝。飙驶：形容如疾风般逝去。

⑤讣：死讯，讣告。皎皎：明白貌，分明貌。

⑥汍汍（wán）：泪急流貌。

【译文】

呜呼！平甫。回忆当初我们相识的时候，我已进入壮年，而你却还是个孩子，期间长大成人又以婚姻相托付，并相互约定共同探讨圣人道义。我常常被你不同凡俗的见解所折服，也因为你欢乐平易的性格而倍感亲切。为何一个像山一样伟岸健壮的人，就这样像风一样忽然消逝了。眼前的讣告那样真切，心中仍然不能相信这是真的，泪水奔涌而出，无法控制。姑且献祭一杯薄酒，并写就这篇祭文表达我的悲思。

【评点】

张孝先曰：其文学人品具见于尺幅中。

【译文】

张伯行评论道：王平甫的文章之学以及为人品格都可以从这篇短文中领略。

祭宋龙图文

【题解】

宋龙图即宋敏求。宋敏求，字次道。赵州平棘（今河北赵县）人。生于宋真宗天禧三年（1019），宋仁宗宝元二年（1039）进士，官至龙图阁直学士兼修国史等职。宋敏求与曾巩、司马光同年出生，都以史学名震当时。宋敏求与其父宋绶"继世掌史"，在仁宗、英宗、神宗三朝以文章见称于世，凡"朝廷有文命事，未尝不在选中"，可见，宋敏求深受朝廷信任。元人陆友撰《研北杂志》卷上详细记载了宋敏求的撰著情况，如

《书闱集》十二卷,《春明退朝录》二卷,续唐武、宣、懿、僖、昭、哀六朝《实录》总一百四十八卷等等。其家藏书数万卷,多文庄、宣献手泽与四朝赐札,故其所藏最号精密。宋敏求平生无他嗜好,惟沉酣简牍,以为娱乐。宋敏求卒于元丰二年(1079)四月甲辰日,曾巩这篇祭文大致写于此时。

　　嗟乎次道! 公于古今典章沿革,得之于心,山藏海积。又于旧闻,隐显纤悉,析之以口,天高日白。公在朝廷,群公百司①,解惑释疑,公为蓍龟②;公在太史,维僚与属,正谬辨讹,公为耳目。今公亡矣,廷有大议,问故事者,众失其归;国有大典,考前载者,人失其师。况公行不绝俗,而动有常度;言不忤物,而辞无可疵。靖退之风,愈老而弥邵;方直之操,自信而不回③。至于笃友尚旧,比义亲仁,追往烈而竞逐,岂庸态之能邻? 然而蚕蹢厉于儒官④,晚委蛇于从臣,曾未得历禁林之献纳,任廊庙之弥纶。何鸾仪而鹄峙,忽飙逝而星沦。哭公之丧者,客不绝于门庭;吊公之家者,使相望于道路。维昏钝之少与,独绸缪而有素,泪淋浪而莫收,情忉怛而奚愬⑤。

【注释】

①百司:即百官。

②蓍(shī)龟:古人以蓍草与龟甲占卜凶吉,这里代指德高望重、有远见卓识的人。

③方直之操,自信而不回:关于宋敏求的人品行事,范镇《宋谏议敏求墓志》说:"平居湛如,与人交,乐易无不可者,至于守职据正,毅然不少回。"宋敏求端方正直,王安石因厌恶吕公著而诬陷他,宋敏求在草拟贬谪吕公著的诏书时,没有答应王安石在诏书中说

　　明吕公著"罪行"的非分要求,当王安石怒而将宋敏求告之宋神
　　宗时,宋敏求请求解除自己的官职。

④儒官:古代掌管学务的官员或官学教师。

⑤忉怛(dāo dá):忧伤,悲痛。

【译文】

　　呜呼,次道先生! 先生对于古今典章制度的沿袭和变革,烂熟于心,平生的学识,像山一样高耸,像海一样深邃。对于前代的典籍与传闻,不论是隐没的抑或显现的都了解得细致详尽,并且能够讲述分析得像晴空之上的太阳一样清晰明白。先生在朝堂之上,面对群臣百官,答疑解惑,先生的远见卓识让人叹服;先生在国史馆中,面对同僚与下属,纠正错误,辨别真伪,先生眼观六路、耳听八方。而今,先生去世了,以后朝廷每当集议国家大事,再遇到不清楚、不明白的前代故例,众人不知道再去向谁问询;国家每逢举行隆重的典礼,人们考校前代记载,失去了一位称职的老师了。何况先生处事并不脱离日常,但行动合乎法度;言语不曾触犯别人,但言辞没有丝毫瑕疵。恭谨谦让的处事风格,随着年龄的增加而越发鲜明;端方正直的节操,越发自信而不曾改变。至于对朋友忠诚,对故交尊重,效法亲近有仁德之人,追摹往圣先贤,怎能是平庸之辈所能比拟的呢? 然而,尽管先生早年在礼院奋发有为,晚年雍容自得于侍从之位,却不曾在天子左右进谏,也不曾在朝堂之上综括群言定于一是。先生端庄的仪态如在眼前,生命却如流星一样转瞬而逝。为先生哭丧的悼客充满了门庭,到先生家中悼念的人们更是堵塞了道路。由于我是一个愚鲁之人,所以与先生联系较少,但是并不影响平素与先生的情谊,而今听闻先生霝耗,我控制不住眼中的泪水,心中的悲痛向谁诉说。

　　呜呼! 唐季五君,史旷其录,公搜亡而集霣,盖旁劳而远属①。至于帝宅神州,祖功宗德,咸在笔削,具存方册,争日月之光辉,与天地而终极。则公位虽屈而未尽,名益久而

逾章。彼富贵而磨灭,岂得公之毫芒? 纂余哀而以此,聊寓荐于一觞。

【注释】

①"唐季五君"几句:据《四库全书总目提要·唐大诏令集》:"敏求尝预修《唐书》,又私撰唐武宗以下《实录》一百四十八卷。于唐代史事最为谙悉,此集乃本其父绶手辑之本,重加绪正,为三十类。熙宁三年,自为之序称:缮写成编,会忤权解职,顾翰墨无所事,第取唐诏令,目其集而弆藏之云云。"曾巩所指即宋敏求私撰之《唐实录》。贾(yǔn),丧失。

【译文】

唉! 唐末五个君主,史书中很难见到记载,先生收罗散佚,即便偏僻、邈远之史料,也是细大不捐。至于自黄帝定一尊于神州,祖先功德,遍在史册,可与日月争辉,可与天地共存。尽管先生官位没有达到应该达到的高度,但是先生的名声却能够随着时间的流逝而更加得到彰显。那些生前富贵、身后为世人淡忘的人,怎能比得上先生一丝一毫的光芒? 我将自己对先生的无尽的哀悼汇集在这篇祭文之中,寄托在手中的这杯酒里。

【评点】

张孝先曰:宋公尝修《五代史》,故末幅及之。通篇称赞其学行,亦典切而非谀。

【译文】

张伯行评论道:宋先生曾经参与纂修《五代史》,所以文章在结尾处谈及。整篇文章称赞他的学问人品,语言典雅贴切,但并非虚美。

苏明允哀词

【题解】

苏明允即苏轼与苏辙的父亲苏洵,苏洵科场上屡次败北,文章却名动天下,为唐宋古文八大家之一。他五十三岁时才以文安县主簿的身份在秘书省参预修订太常因革礼书,五年后即卒。由于苏轼和曾巩俱出欧阳修门下,且为同年,曾巩便写了这篇哀辞。

所谓"哀辞",如同今日的"悼词",是追悼死者而致哀痛伤的文字,不同的是还要把它刻石立于墓前,所以全祖望说近于"墓表"。本文作于苏洵去世的治平三年(1066),此时曾巩在京供职史馆已有六年。

明允姓苏氏,讳洵,眉州眉山人也①。始举进士,又举茂才异等,皆不中②。归,焚其所为文,闭户读书,居五六年,所有既富矣,乃始复为文③。盖少或百字,多或千言,其指事析理,引物托喻④,侈能尽之约,远能见之近,大能使之微,小能使之著,烦能不乱,肆能不流。其雄壮俊伟,若决江河而下也;其辉光明白,若引星辰而上也⑤。其略如是。以余之所言,于余之所不言,可推而知也。明允每于其穷达得丧,忧叹哀乐,念有所属,必发之于此。于古今治乱兴坏⑥,是非可否之际,意有所择,亦必发之于此。于应接酬酢万事之变者⑦,虽错出于外,而用心于内者,未尝不在此也。

【注释】

①"明允姓苏氏"几句:眉山苏氏为唐朝宰相苏味道的后裔。苏洵《嘉祐集·苏氏族谱》:"唐神龙初,长史(苏)味道刺眉州,卒于官,一子留于眉。眉之有苏氏自是始。"眉州眉山,即今四川眉山市。

②"始举进士"几句：苏洵生于真宗大中祥符二年（1009），再举进
　　士时二十九岁，即仁宗景祐四年（1037）。苏洵举茂才异等不中，
　　曾枣庄《苏洵年谱》系于庆历六年（1046）。茂才异等，北宋前期
　　新增贡举科目之一，仁宗天圣七年（1029）增置。

③"归，焚其所为文"几句：这几句在苏洵《上欧阳内翰第一书》也
　　有记述。

④"盖少或百字"几句：苏洵之文上承孟、韩，近仿欧公，融合三家而
　　出之。苏洵在《上欧阳内翰第一书》曾说："孟子之文，语约而意
　　尽，不为巉刻斩绝之言，而其锋不可犯。韩子之文，如长江大河，
　　浑浩流转，鱼鼋蛟龙，万怪惶惑，而抑遏蔽掩，不使自露，而人望见
　　其渊然之光，苍然之色，亦自畏避，不敢迫视。执事（指欧阳修）
　　之文，纡余委备，往复百折，而条达疏畅，无所间断，气尽语极，急
　　言竭论，而容与闲易，无艰难劳苦之态。"

⑤"侈能尽之约"几句：曾巩所论，是宋人评价苏洵文章的精确不刊
　　之论。说明苏洵之文具有孟子"语约而意尽"的本领；又具有韩
　　愈"长江大河，浑浩流转"的气势；还具有欧阳修"条达疏畅，无
　　所间断"，"容与闲易，无艰难劳苦之态"的朗朗不迫的风神。肆
　　能不流，恣肆而能有所节制。

⑥兴坏：犹言兴废。

⑦酬酢：饮酒时主客互相敬酒。主敬客曰"酬"，客还敬曰"酢"。
　　此处引申为应对。

【译文】

明允先生，姓苏，名洵，眉州眉山人氏。起初参加进士考试，后又参
加茂才异等特科考试，两次考试都没有考中。回家后，烧掉以前所作的
文章，闭门读书，有五六年之久，期间，目之所接，胸中所蓄，既深且广，于
是，开始写作文章。篇幅长短不一，短的有百许字，长的则多达千余字，
文章不论叙事，或是辨析道理，借物寓意，都能够将繁杂化为简约，由近

处推及远处，由宏大浓缩成微小，亦可从微小推阐其宏大，烦冗而不混乱，纵恣而不流宕。气势雄伟，卓异壮美，好比江河决堤奔流而下；风神明澈，雍容不迫，好比星辰高照，乾坤朗朗。大概情况，如上所言。用我所说的，也可以推知我所没有提及的内容。明允先生不论穷困抑或显达，不论是得到抑或失去，忧心感叹，哀伤喜乐，心中有所感触，就一定挥笔成文将其表达出来。对于古今治乱兴衰，是非判断，明允先生一旦有独到之见，也一定会用文字加以阐发。至于应酬接待，送往迎来，间错流布在坊间的文字，未尝不都是先生精心结撰的作品。

嘉祐初，始与其二子轼、辙复去蜀，游京师[1]。今参知政事欧阳公修为翰林学士，得其文而异之，以献于上[2]。既而欧阳公为礼部，又得其二子之文，擢之高等。于是三人之文章盛传于世，得而读之者皆为之惊，或叹不可及，或慕而效之，自京师至于海隅障徼，学士大夫莫不人知其名、家有其书[3]。既而明允召试舍人院，不至，特用为秘书省校书郎[4]。顷之，以为霸州文安县主簿，编纂太常礼书。而轼、辙又以贤良方正策入等。于是三人者表见于当时，而其名益重于天下[5]。

【注释】

①"嘉祐初"几句：嘉祐元年（1056）暮春，苏洵送二子入京应试，一同离蜀往游京师。此年苏洵已四十八岁，对于科场已心灰意冷，只寄希望于二子成龙。他在《上张侍郎第一书》中曾详细描述自己当时的心境。

②"今参知政事欧阳公修为翰林学士"几句：苏洵离蜀时，带有知益州张方平、知雅州雷简夫写给欧阳修的推荐信，并把近作《洪范

论》《史论》七篇随同《上欧阳内翰第一书》奉上。叶梦得《避暑录话》卷下曾记载此事。张方平《文安先生墓表》："至京师，永叔一见大称叹，以为未始见夫人也，目为孙（荀）卿子。献其书于朝。自是名动天下，士争传诵其文，时文为之一变，称为老苏。"

③"于是三人之文章盛传于世"几句：自嘉祐二年（1057）前后，经欧阳修尽力推扬，苏洵文章被人争传，加上二子同时高中，三苏名声赫然震起。欧阳修在《苏明允墓志铭》说："眉山在西南数千里外，一日父子隐然名动京师。而苏氏文章遂擅天下……一时后生学者皆尊其贤，学其文以为师法。以其父子俱知名，故号老苏以别之。"障徼，边界险要处戍守的堡寨。徼，边界。

④"既而明允召试舍人院"几句：苏轼兄弟登科如"拾芥"，但老苏从嘉祐元年（1056）五月至京后，四处干谒，却不见实效。嘉祐二年四月，苏洵妻程氏卒，苏氏父子匆忙返川奔丧。嘉祐三年（1058），苏洵向人表示"重禄无意取"。十一月接到试舍人院的召命，遂寄呈《上皇帝书》，称病不赴。嘉祐四年（1059）六月，召命再下，等到十月二子服阕，举家赴京。五年（1060）八月，苏洵任秘书省试校书郎。舍人院，中书省下属官署，主掌起草诏令。秘书省，宋承唐制而设，掌常祀祝版。校书郎，为舍人院属员。

⑤"顷之"几句：嘉祐六年（1061）七月，遇到太常寺修纂建隆年以来礼书，授苏洵以霸州文安县主簿带禄虚衔，和陈州项城县令姚辟同修礼书。事见欧阳修所撰墓志。叶梦得《石林燕语》记此事前后之曲折。就在同年八月经过应制考试，苏轼录入第三等，此属"上考"，自宋以来，获此殊荣者只有吴育和苏轼两人。苏辙录入第四等。霸州，治所在今河北。其属县文安今属河北。主簿，各官署及州县所设的典领文书、办理事务的微职。太常，即太常寺，掌礼乐等事宜。贤良方正，制科考试科目。策，又称"策问"，用于考试的一种文体。入等，考取官吏，凡文理优秀被取录的，称

"入等"。

【译文】

嘉祐初年,明允先生开始与两个儿子苏轼、苏辙离开蜀地游学于京城。当今的参知政事欧阳修先生在当年还是翰林学士,读到明允先生的文章大为惊异,并将其献于皇上。后来欧阳先生任职礼部,主持进士考试,看到了明允先生的两个儿子的文章,将二人选拔为优等登第。于是,父子三人的文章盛传于世间,能够有幸读到的人无不为之震惊,有的人感叹自己达不到这样的水平,有的人心生美慕从而仿效三人的文章写法,从京城到边塞海疆,学者、官员没有人不知道三苏的名字、家中没有不藏有三苏著作的。不久,明允先生被中书省舍人院召集考试,先生称病不赴,其后,朝廷特批先生为秘书省校书郎。很快,先生又被朝廷任命为霸州文安县主簿,负责修纂建隆年以来礼书。苏轼、苏辙参加贤良方正科考试,并且书判合格。于是,父子三人的才华显现于当时,他们所获得的名声也越发被天下人所看重。

治平三年春,明允上其礼书,未报。四月戊申以疾卒,享年五十有八①。自天子辅臣至闾巷之士②,皆闻而哀之。

【注释】

①"治平三年春"几句:据欧阳修《苏明允墓志铭》,治平三年(1066)春天,苏洵"为《太常因革礼》一百卷,书成,方奏未报,而君以疾卒,实治平三年四月戊申也,享年五十有八。天子闻而哀之,特赠光禄寺丞,敕有司具舟,载其丧归于蜀"。报,答复。四月戊申,即四月二十五日。

②自天子辅臣至闾巷之士:据张方平《文安先生墓表》载:"朝野之士为诔者百一十有三人。"所作见存者有欧阳修、韩琦、王珪等。佚名的《老苏先生会葬致语并口号》:"书虽就于百篇,爵不过于

九品。谓公为寿,不登六十;谓公为夭,百世不亡。"可算是其中
具有代表性的哀祭之辞。

【译文】

治平三年春天,明允先生将其修纂完成的礼书上呈朝廷,还没有获
得朝廷的批复。当年四月二十五日,先生因病辞世,享年五十八岁。上
自天子及天子身边的重臣,下至民间读书人,听到这一噩耗都感到非常
伤心。

明允所为文集有二十卷,行于世。所集《太常因革
礼》,有一百卷,更定《谥法》二卷,藏于有司,又为《易传》
未成^①。读其书者,则其人之所存可知也^②。

【注释】

① "明允所为文集有二十卷"几句:苏洵有《嘉祐集》,晁公武《郡
斋读书志》、陈振孙《直斋书录解题》及马端临《文献通考·经
籍考》均著录为十五卷。二十卷本可能失传,或散佚五卷。明崇
祯十年(1637),黄灿等《重编嘉祐集》二十卷,最为完备。《太常
因革礼》,晁公武《郡斋读书志》卷一:"皇朝姚辟、苏洵撰。嘉祐
中,欧阳修言,礼院文书放轶,请礼官编修。六年,用张洞奏,以命
辟、洵。至治平二年乃成,诏赐以名。李清臣云:'开宝以修,三
辑礼书,推其要归,嘉祐尤悉。'然繁简失中,讹缺不补,岂有拘而
不得骋乎,何檀酿之甚也?"今有《丛书集成初编》本。《谥法》二
卷,又称《嘉祐谥法》,晁公武《郡斋读书志》卷一:"皇朝苏洵明
允撰。嘉祐中被诏编定周公、《春秋》《广谥》、沈约、贺琛、扈蒙六
家谥法。于是讲求六家,外采《今文尚书》《汲冢师春》、蔡邕《独
断》。凡古人论谥之书,收其所长,加以新意,得一百六十八谥,
三百一十一条,芟去者百九十有八。又为论四篇,以叙其去取之

意。"今存各本亦作三卷或作四卷。《易传》未成，据张方平墓表，
是书已成十卷。苏洵又自称有一百余篇，见《上韩丞相书》。苏
辙《亡兄子瞻端明墓志铭》："先君晚岁读《易》，玩其爻象，得其
刚柔、远近、喜怒、逆顺之情，以观其词，皆迎刃而解。作《易传》，
未完。疾革，命公（苏轼）述其志，公泣受命，卒以成书。然后千
载之微言，焕然可知也。"今存《苏氏易传》九卷，《东坡易传》九
卷，即此书之遗。

②读其书者，则其人之所存可知也：指读苏洵之著述，则知其人百世
　　不亡。姚辟《老苏先生挽词》："世间穷达何须校，只有声名是至
　　公。"

【译文】

明允先生有文集二十卷，流传于世间。所修纂的《太常因革礼》，
共计一百卷，重新订正《谥法》，计二卷，为相关机构所收藏，又撰有《易
传》，没有完成。读先生著作的人，对于先生的百世不亡也就会了解了。

　　明允为人聪明辩智过人，气和而色温，而好为策谋，务一
出己见，不肯蹑故迹①。颇喜言兵，慨然有志于功名者也②。

【注释】

①"明允为人聪明辩智过人"几句：欧阳修《故霸州文安县主簿苏
　　君墓志铭》曾描述苏洵："温温似不能言，及即之，与居愈久而愈
　　可爱，间而出其所有，愈叩而愈无穷。"苏洵《项籍》云："项籍有
　　取天下之才，而无取天下之虑；曹操有取天下之虑，而无取天下之
　　量；刘备有取天下之量，而无取天下之才。故三人者，终其身无成
　　焉。"观此一二，即可知其人"辩智"而喜出"己见"。

②颇喜言兵，慨然有志于功名者也：苏洵有《权书》十篇、《上韩枢密
　　书》《制敌》以及《几策》中的《审敌》和《衡论》中的《御将》《兵

制》，都是专门议论军事的。但北宋自真宗"澶渊之盟"后对于辽，自庆历四年（1044）起对于西夏，始终奉行"贿赂"的屈辱政策。苏洵"喜言兵"，以及其《六国论》中"六国破灭，非兵不利、战不善，弊在赂秦。赂秦而力亏，破灭之道"的危言高论，自然与当时政策格格不入。

【译文】

明允先生为人善于观察事理，思路敏捷，才智过人，态度和蔼，神色温润，先生喜欢计谋之术，所言谋略追求观点为独家所有，不肯沿袭前人陈迹。很喜欢谈论兵法，慷慨激烈，希望成就一番功业。

二子，轼为殿中丞直史馆，辙为大名府推官[①]。其年，以明允之丧归葬于蜀地，既请欧阳公为其铭，又请予为辞以哀之，曰："铭将纳之于圹中，而辞将刻之于冢上也。"余辞不得已，乃为其文曰：

【注释】

①轼为殿中丞直史馆，辙为大名府推官：嘉祐六年（1061），苏氏兄弟应制科俱被取录，授苏轼大理评事、签书凤翔府，任职三年。至治平二年（1065）正月还朝，改授殿中丞差判登闻院。又经过学士院的考试，授直史馆。苏辙应制科后被任为商州军事推官，因父在京奉命修订礼书，他奏请留京侍父，治平二年（1065）出任大名府推官。殿中丞，殿中省属员，掌宫廷事务。直史馆，史馆属员，掌国史编修。大名府，治所在今河北大名。推官，此指州府幕职官，掌本州府司法事务。

【译文】

明允先生的两个儿子，苏轼被朝廷授官殿中丞直史馆，苏辙被授官大名府推官。这一年，两兄弟要将明允先生的灵柩归葬于蜀地，已经请欧阳修先生为其父撰写墓志铭，又请我撰写哀辞，并说："刻好的铭文将放在坟墓之中，哀辞将刻在坟墓旁边的墓碑上。"我辞谢不得，就写下这段文字：

　　嗟明允兮邦之良，气甚夷兮志则强。阅今古兮辨兴亡，惊一世兮擅文章。御六马兮驰无疆，决大河兮啮扶桑^①；灿星斗兮射精光，众伏玩兮雕肺肠^②。自京师兮洎幽荒^③，矧二子兮与翱翔。唱律吕兮和宫商，羽峨峨兮势方飏^④。孰云命兮变不常，奄忽逝兮汴之阳^⑤。维自著兮玮煌煌，在后人兮庆弥长。嗟明允兮庸何伤^⑥！

【注释】

①御六马兮驰无疆，决大河兮啮扶桑：比喻苏洵文章的气势如飞车驰骤，纵横而无拘束，又像大河奔腾，急流东海而势不可挡。啮，侵蚀，冲击。扶桑，神话中的树名，传说日出其下。《淮南子·天文训》："日出于旸谷，浴于咸池，拂于扶桑，是谓晨明。"

②灿星斗兮射精光，众伏玩兮雕肺肠：喻苏洵之文若"引星辰而上"，精彩四射，人们都佩服欣赏他的呕心沥血之作。

③洎（jì）：到达。幽荒：指离京幽远的眉山县。为了协韵，此句"幽荒"与"京师"倒置。

④唱律吕兮和宫商，羽峨峨兮势方飏：指苏氏父子以诗彼此唱和，声动天下，如飞鸟展翅，凌空高翔。嘉祐四年（1059）三苏入京，沿途赋诗唱和一百首，编为《南行集》，苏轼作序，又名《江行唱和集叙》。律吕，泛指乐律。宫商，泛指乐曲。宫、商各为五音之一。此与"律吕"，都指讲究声律的诗歌。羽，指翅膀。峨峨，高耸，高举。

⑤奄忽：急遽貌。汴之阳：汴水的北岸，此指汴京开封。开封在汴水
　　北边，又水北为阳，故称开封为"汴之阳。"

⑥"维自著兮玮煌煌"几句：意谓因为他自己的著作光辉灿烂，后人
　　将永远不会忘记他，长眠地下的明允先生还会有什么悲伤？玮，
　　通"炜"。有光彩貌。庸何，什么。

【译文】

唉！明允先生是国家的良材啊，先生气定神闲，却志向坚定。遍览
古今史书，辨析兴衰原因，写成文章常常让世人惊叹不已。文章气势如
飞车驰骤，不可羁勒；如大河奔腾，贯注东海；如星辰耀天，光芒四射，众
人钦佩并欣赏这些呕心沥血之作。先生从幽荒之地远赴京师，协同两个
孩子，如飞鸟展翅凌空高翔。三人在途中，彼此唱和，声动天下，何其快
乐啊！先生居留京师，猝然离世，又何其迅速啊！唯有先生的著作光辉灿
烂，后人将永远不会忘记。唉！先生长眠于地下，又有什么悲伤的呢！

【评点】

茅鹿门曰：叙明允生平，亦尽有生色可观。

张孝先曰：苏明允奋起西川，文章之杰也。南丰叙其为
文处，即可以想象其为人。古人文字不溢美一词，而其人精
神愈见，此类是也。

【译文】

茅坤评论道：文章叙述苏洵的生平，读来生动真切。

张伯行评论道：苏洵崛起于四川，属文章雄杰。曾巩叙述他为文之
处，就可以使人想象到他的为人。古人文字没有丝毫溢美之词，所写之
人的精神却能够神情毕肖，这篇就是这类文章。

王君俞哀词

【题解】

王君俞，名寅亮，字君俞。北宋临江军新喻（今江西新余）人，与北宋真宗年间宰相王钦若同属一个家族。由于王钦若五子均早亡，故王君俞被过继给王钦若为嗣子。庆历元年（1041），二十三岁的曾巩进京入太学，与王君俞定交，遂馆于其家，居数月之久，相与讲学。

曾巩庆历元年（1041）馆于王君俞家时，王君俞已经"蓄妻子不骄"，年龄大致当在弱冠。据这篇哀辞，王君俞卒年二十六，因此这篇哀辞写作的时间大致在庆历六年（1046）前后。

此篇拟韩愈的《欧阳生哀辞》，推己及人，换位思考。比如，曾文中写道："今太夫人年高，而天夺君俞之命，是于君俞之心不为大恨欤？"生者揣测逝者的心理，真所谓"感天地，泣鬼神"了。

京师多尊官要人，能引重后辈，公卿家子，有宾客亲党之助，略识文书章句，辄出与寒士较重轻，繇此名称多归之，而主升绌者，因得与大位①。君俞在京兆，门外不交人事，读书慕知圣人微言大法之归趣，孜孜忘昼夜寒暑之变，其为辞章可道，耻出较重轻，漠然自如，由此名与位未充也②。

【注释】

①"京师多尊官要人"几句：曾巩在此处讲述了宋代科考制度存在的弊端，当其时，曾巩还未考中进士，这些弊端无疑也关联着曾巩本人的科途命运，文字中的愤懑之情，读者能感受得到。《宋史·选举志》亦曾记述宋代科举制度存在的弊端，可见，富家子弟借家族势力，与寒门子弟竞争科名，在北宋初年已普遍存在，尽管

统治者也意识到了这个问题,并想办法纠正其弊,但是奏效甚微。
②"君俞在京兆"几句:王钦若死于天圣三年(1025),如果王君俞
去世时间为庆历六年(1046),卒年二十六,那么王钦若去世那
年,王君俞年龄在五至六岁。而王君俞正式进入仕途,应该在王
钦若死后十四到十五年。王钦若分别在真宗、仁宗两朝两次入
相,官运不可谓不亨通,但是,为人奸邪险伪,与丁谓、林特、陈彭
年、刘承珪交结,人称"五鬼"。这样的官员,眼中只有君主,心中
却无百姓。其死后盖棺之论不会很高。可见,王君俞的沉寂,一
方面与他淡泊名利、不与世争的性格有关,另一方面,也与王钦若
的社会负面评价有关。曾巩的命运其实和王君俞有些相似,曾家
世代耕读传家,且是一个儒学根底深厚的文学世家。至曾巩父亲
曾易占开始,家族开始走下坡路,曾巩常常为经营口食而辛苦奔
波。此时的曾巩已将自己置于寒士之列了。

【译文】

京城里有很多地位尊贵的官员及大人物,他们可以引荐、推重后辈
读书人,公卿家族的后人,会得到朋友、家人、同乡的帮助,他们中很多人
仅仅稍微读点书,了解一点经书大义,就出来与贫寒人家的读书人竞争
科名,因此,名位多为这些豪门子弟所霸占,而那些掌管选拔的官员们,
也会毫不犹豫地将名位授予这些豪门子弟。君俞家住京兆,对外并不结
交各种关系,只知闭门读书,仰慕并学习圣人微言大义的指归,孜孜不
倦,以致忘记了日夜、寒暑的变化,他所写的文章很值得称道,但是他不
愿意出来与寒门子弟竞争名位,淡泊于名利,自由而不受约束,正是因为
这个原因,君俞的名声及地位没有得到彰显。

庆历元年,予入太学①,始相识。馆余于家,居数月,相
与讲学。会余归,遂别。常爱君俞气貌端然,虽燕休未尝
慢②,在众中恂恂③,或不知其为朝士也。至相与言天下士,

白黑无所隐,其方且勇亦少及也。

【注释】

①太学:古代设于京城的最高学府。魏晋到明清,或设太学,或设国
子学(国子监),或两者同时设立,名称不一,制度亦有变化,但均
为传授儒家经典的最高学府。

②燕休:闲居,休息。

③恂恂(xún):温顺恭谨貌。语出《论语·乡党》:"孔子于乡党,恂
恂如也,似不能言者。"

【译文】

庆历元年,我进入太学,才与君俞结识,君俞安排我住在他家里,时
间长达数月之久,期间,我们相互讲论学术。等到我决定返乡,我们才依
依道别。我非常欣赏君俞端庄的气度与相貌,即使在闲居修养之时也未
尝怠慢,即便对待普通民众也温顺恭谨,丝毫看不出他是一个立于朝堂
的官员。与君俞谈论天下士人,在他的眼中,善恶真假都无所遁形,君俞
的正直与勇气很少有人能够达到。

太夫人素严①,君俞怡怡奉子职②,退事寡嫂无闲言,蓄
妻子不骄,为家不问田宅,平居无亵私流侈之好。以某年某
月疾,遂不起。

【注释】

①太夫人素严:太夫人,这里指王钦若之妻。据《闻见录》:王钦若
夫人悍妒,王钦若贵为一品,不置姬侍,宅后作堂名三畏,杨文公
戏之曰:"可改作四畏。"公问其说,曰:"兼畏夫人。"王钦若深以
为恨,卒无嗣。

②怡怡:和顺貌,安适自得貌。语出《论语·子路》:"切切偲偲,怡

怡如也,可谓士矣。"

【译文】

太夫人向来就很严格,君俞和顺安适,恭行人子之职,退而侍奉寡嫂,从来没有引出丝毫的闲言碎语,君俞已经结婚生子,但并没有任何傲视一切的表现,君俞治家却不过问田地宅院的情况,平时闲居没有个人嗜好,也不追求奢华。某年某月,君俞生病,此后便一病不起。

始,丞相冀文穆公无主祀①,拔君俞以托其后,君俞亦尽诚奉之,兹可以不坠矣。今太夫人年高,而天夺君俞之命,是于君俞之心不为大恨欤?夫为人如前之云,而不享于贵且寿,曾未少施其所学,又负其所承之心,是于众人之情不能泯哀也。况重以相知,其悲塞可胜乎?作辞以泄其哀,且系曰:君俞姓王氏,讳寅亮,官至殿中丞,年二十六云。

【注释】

①丞相冀文穆公:即王钦若。王钦若,字定国,临江军新喻(今江西新余)人。太宗征讨太原,王钦若时年十八岁,作《平晋赋论》献行在。淳化三年(992)进士及第,累官至门下侍郎,同平章事、昭文馆大学士,监修国史。《真宗实录》成书,进司徒,封冀国公。卒赠太师、中书令,谥文穆。王钦若敏于政事,富于文辞。著述颇丰,最著名的为奉旨编《册府元龟》一千卷。事迹见夏竦《文穆王公墓志铭》《宋史·王钦若传》。主祀:主持祭祀的人,常由宗伯担任。王钦若五子皆卒,遂无人主持祭祀,因此过继王君俞为其继子,以宗伯身份担任主祀。

【译文】

起初,丞相王钦若家族没有主持祭祀的人,于是便选择君俞并托付其身后之事,君俞也尽心诚意履行其事,这样,王氏香火就可以承绪不绝了。而今太夫人年事已高,君俞却被苍天夺去了生命,对于君俞来说,心中难道不怅恨不已吗?关于君俞的为人处事,前面已经介绍了,但是,君俞却不能享受富贵与长寿,苍天也不曾让他将其所学付诸实施,辜负了君俞心中的抱负,这也是众人不能够抚平心中哀伤的原因。更何况那些与君俞相知已久的朋友,他们的悲痛心塞怎能说得完呢?因此,我写下这篇哀辞来宣泄心中的悲哀,并记载道:君俞,姓王,名讳寅亮,官职曾到殿中丞,享年二十六岁。

　　维相其初兮拔嗣于宗,君褆而秀兮乃立于宫①。庙门有戟兮祭祀以时②,相不失托兮君无坠恭。庭闱乐康兮妻子不骄③,又事寡嫂兮端其服容。众人翦翦兮趋慕要津④,我躬处方兮不夸以从。诗书百家兮其博而蔎,我讲其疑兮往趋于中。虽裕于心兮不耀其华,维友则信兮其位未充。方期显行兮羽仪于世⑤,孰尸变化兮亟畀之凶。汹穆无端兮莫敢责辞⑥,维旧及知兮哀搅余胸。老母无抚兮少妇失依,赖有息子兮可望其隆⑦。呜呼哀哉兮予悲曷胜,托辞于牍兮恨与天终。

【注释】

①褆(zhī):安宁,安享。

②庙门有戟:也即"戟门"。立戟为门。古代帝王外出,在止宿处插戟为门。引申指显贵之家或显赫的官署。

③庭闱:内舍。多指父母居住处。因用以称父母。

④翦翦:狭隘,浅薄。语出《庄子·在宥》:"而佞人之心翦翦者,又奚足以语至道?"

⑤羽仪:比喻居高位而有才德,被人尊重或堪为楷模。引申为辅翼。

典出《周易·渐》："鸿渐于陆；其羽可用为仪，吉。"孔颖达疏："处
高而能不以位自累，则其羽可用为物之仪表，可贵可法也。"

⑥汋（wù）穆：深微貌。

⑦息子：亲生儿子。

【译文】

丞相起初选拔宗族继承人，君俞因安宁特出，而得以立足于宗庙之
中。在显赫的宗庙中，祭祀活动严格按照时节隆重举行，丞相的嘱托没
有被违背，君俞的恭敬之心也没有丝毫减少。长辈高兴健康，妻子孩子
也不骄矜，侍奉寡居的嫂子们，君俞的衣着与神态始终保持端庄。众人
多为浅薄之辈，或者羡慕、或者趋附位高权重之人，只有君俞独自抱守正
直而不从众。诗书百家之说，广博且驳杂，君俞讲论其中，释疑解惑，折
中调和。尽管心中蕴蓄丰富，却不在外炫耀，只有朋友才相信他德高而位
卑。众人正希望君俞能够光耀其行，成为国家的辅佐，谁曾想到阴阳两
隔，灾祸这么快就降临了。命运无常啊，我怎敢多言，只是因为与君俞的
友情使得悲痛在胸中奔涌，难以平息。年迈的母亲没有人去赡养，年轻的
妻子也失去了依靠，所幸亲生的儿子有望长大成材。唉！悲痛啊！我是
多么悲痛啊！在木牍上写下这篇哀辞，心中的哀痛与苍天一样长久。

【评点】

张孝先曰：写其好学恬静处，悠然世俗之外，而至性过
人尤不可及。此所以不能已于哀，而作辞以纾之也。

【译文】

张伯行评论道：文章表现王君俞好学、恬淡、安静之处，就好像悠然
身处世外之人，而其卓绝的天性，尤为人所不及。这正是作者悲不自胜，
而作哀辞以排解的原因。

虞部郎中戚公墓志铭

【题解】

这篇是曾巩为戚元鲁的父亲戚舜臣所写的墓志铭。戚氏家族，被曾巩称为"宋之世家"，这个家族自晚唐经五代至北宋，绵延不绝近一个半世纪之久，人才辈出。这当然与戚氏家族重视教育有关，但是，在风云变幻中，戚氏家族屹立不倒，应该还有其他原因。曾巩在这篇墓志铭中试着进行了总结，他认为，戚氏家族的子孙恭守祖先之业，厚施祖先之事，同时家族成员恭让质直，洁身积行，这些品质是戚氏家族之所以能够绵延不绝的内在原因。

曾巩写这篇墓志铭时有强烈的情感共鸣，因为曾氏也是一个非常重视家族传承的大家族，曾巩的弟弟曾肇在《曾坊曾氏支谱序》中写道："盖自吾祖考仕皆不称其才，泽不加于天下，然教行于家者，六艺之学，孝友之行，廉耻之操，忠信直谅之守，少而习于耳目，长而成于身心，虽不肖者不敢不勉也。使为子孙者能率是道教其子孙，毋坠其世德。曾氏之显与其谱系之传，宁有穷已哉？"曾肇的这篇序文写于元丰七年（1084），在曾巩去世第二年。曾氏家族和戚氏家族有很多相似的地方，都依靠读书传家，都有良好的家风，都官位不显。戚家的戚纶曾官至枢密院学士，其他都沉沦下僚。曾家的曾布是在曾巩去世后官至宰相的，之前诸位曾氏兄弟皆仕途蹭蹬。

余观三王所以教天下之士①，而至于节文之者②，知士之出于其时者，皆世其道德③，盖有以然也。去三王千数百年之间，教法既以坏，士之学行世其家④，若汉之袁氏、杨氏、陈氏⑤，唐之柳氏⑥，其操义风概有以厉天下，矫异世否耶？以予所闻，若宋之戚氏，其事可以次叙焉。公其家子也。叙曰：

【注释】

①三王：指夏禹、商汤、周文王。

②节文：谓制定礼仪，使行之有度。

③世：继承。

④学行：学问品行。

⑤袁氏：指东汉四世三公家族汝南袁氏，后世知名人物有袁术、袁绍。杨氏：指赫赫有名的关中望族弘农杨氏家族，后世知名人物有西汉丞相杨敞，东汉文学家杨修。陈氏：指颍川陈氏，后世知名人物有称为陈太丘的陈寔。

⑥唐之柳氏：指唐代河东柳氏家族，唐宋八大家之一的柳宗元即属河东柳氏。

【译文】

据我观察，三王教化天下之士，制定礼仪制度，使其行之有度，这一时期有智慧的士人，都能够继承这些道德，有所依循。距离三王数百近千年，教化礼法制度均已破坏殆尽，士人中能够依靠学问、品行，传承家族传统，正像汉代的袁氏、杨氏、陈氏，唐代的柳氏，他们的操行、节义、风仪、气概，是否可以激励天下士人，矫正日下之世风呢？就我所听闻的来看，像宋代的戚氏，其家族事业可以依次叙述。戚公是这个家族的一个成员，记述如下：

公，宋之楚丘人①。大父讳同文②，唐天祐元年生③，历五代入宋，皆不仕，以文学义行为学者师。殁，其徒相与号为正素先生④。后以子贵，赠兵部侍郎⑤。考讳纶⑥，事太宗、真宗，以贤能为枢密直学士。与其兄职方郎中维以友爱闻⑦。祥符、天禧之间，学士以论天书出⑧，而郎中亦举贤良不就⑨，以为曹国公翊善⑩，不合去。盖其父子、兄弟之出处如此。学士后以子贵，赠司徒⑪。

【注释】

①宋：指宋州，辖境多为春秋宋国故地。楚丘：宋州之属县，在今山东曹县。

②大父：祖父。同文：即戚同文。据《宋史·隐逸·戚同文传》可知：戚同文师事杨悫，勤学苦读，成为五代北宋初年的大儒。收授生徒，请教之人不远千里而至。另据《宋史·范仲淹传》，范仲淹早年也曾师从戚同文问学。

③唐天祐元年：904年。是唐昭宗李晔开始使用的年号，八月唐哀帝李柷即位沿用。

④正素先生：据《宋史·隐逸·戚同文传》："好为诗，有《孟诸集》二十卷。杨徽之尝因使至郡，一见相善，多与酬唱。徽之尝云陶隐居号坚白先生，先生纯粹质直，以道义自富，遂与其门人追号坚素先生。"曾巩墓志中提到戚同文死后的追号与《宋史》本传不同。

⑤后以子贵，赠兵部侍郎：戚同文因为儿子戚纶的原因，死后被追封为兵部侍郎。

⑥考讳纶：指戚舜臣的亡父戚纶。戚纶，字仲言，戚同文之子。戚纶少时以文行知名，太平兴国八年（983）进士及第。大中祥符三年（1010），官至枢密直学士。

⑦与其兄职方郎中维以友爱闻：戚维与戚纶二兄弟相友爱，见《宋史·戚纶传》："事兄维友爱甚厚，维卒，讣闻，哀恸不食者数日。"维，指戚维，戚纶之兄，字仲本。举进士，累官太常少卿。

⑧学士以论天书出：指戚纶因奏论天书而被贬出京。此处与史书记载不符，《宋史·戚纶传》引用了戚纶议论天书的奏疏，并称"上嘉纳焉"，不曾有被贬出京的记载，不知曾巩何据。

⑨郎中亦举贤良不就：指戚维被举贤良，而并未赴任。

⑩翊善：官名。唐太子官属有赞善大夫，宋改为翊善，于亲王府置
　　之，掌侍从、讲授。

⑪学士后以子贵，赠司徒：指戚纶因为儿子戚舜臣的原因，死后被追
　　封为司徒。此事并不见于史书记载。

【译文】

先生是宋国故地楚丘人。祖父为戚同文，生于唐末天祐元年，经过
五代进入宋朝，一直没有出来做官，因为文章博学、仁义行为成为求学
者的老师。去世以后，弟子们相互称呼他为正素先生。后来因为儿子尊
贵，被追赠为兵部侍郎。先生的父亲是戚纶，在太宗、真宗朝为臣，因为
有贤德才干，官至枢密院学士。戚纶之兄戚维，官至职方郎中，兄弟二人
以相互友爱闻名于当时。祥符、天禧之间，戚纶因为上奏议论天书，被贬
出京，戚维也被推举贤良而没有就职，后出任曹国公翊善，因为不合适而
离开。戚氏父子、兄弟进退、官隐情况，大略如此。戚纶死后，因为儿子
尊贵，被追赠为司徒。

公讳舜臣，字世佐，司徒之少子也。恭谨恂恂，举措必
以礼，择然后出言。与其兄某官舜宾、某官舜举，复以友爱
能师其家①，有先人之法度闻。自天祐至今，百有五十余年，
天下六易，士之名一能，守一善，或身不终，或至子孙而失者
多矣，而戚氏之世德独久如此，何其盛哉！然世之谈者，方
多人之嚚子慭孙②，隆名极位，世世苟得者，以为能守其业，
是本何理哉！公少以荫补将作监主簿，然三十犹在司徒之
侧。司徒终而贫，乃出监雍丘税，又监衢州酒。迁知舒州太
湖县，兼提举茶场。治有惠爱，民乞留，诏从之。复三年，乃
得代。献诗言赋茶之苛，岁用万数，愿弃勿采，以感动当世。

归,监在京盐院,言盐之利宜通商,听之。出通判泗州,能使转运使不得以暴敛侵其民,而民之养其父者得以其义贳死③。又通判濮州,当王则反于贝④,濮民相惊且乱,公斩一人摇濮中者,惊乃止。已而提点刑狱,以为功得改官,公不自言。转知抚州,其治大方⑤,务除苛去烦,州之诡祠有大帝号者,祠至百余所,公悉除之,民大化服。徙知南安军,至,未及有所施为,而公盖已病矣,以皇祐四年六月七日卒于官⑥,年五十有七。自主簿凡十一迁,其官至尚书虞部郎中。公濮州之归也,以其属与公之配陈氏,凡十三丧,葬宋之北原。皇祐六年正月八日,公之子师道遂以公从陈氏葬。

【注释】

①师:作为表率。

②罟(yín)子恘(xiān)孙:奸诈邪恶的子孙。罟,暴虐,愚顽。恘,奸邪。

③贳(shì)死:免死。贳,赦免,宽纵。

④当王则反于贝:指庆历七年(1047)贝州宣毅卒王则据城反,庆历八年(1048),王则被分尸于市。详见《宋史·仁宗本纪》。

⑤大方:基本的法则、方法。

⑥皇祐四年:1052年。皇祐,仁宗年号(1049—1054)。

【译文】

先生名舜臣,字世佐,是咸纶最小的儿子。温良恭顺,举止合乎礼仪,言语谨慎。与他为官的兄长舜宾、舜举,皆因相互友爱而成为家族的表率,因为能继承先祖家风,而闻名于时。从唐末天祐年间到现在,一百五十多年,天下六次更迭,士人之中具备一种才能,保有一种美德的,有的不能享其天年,有的到了他子孙这一代而家族破败,这样的例子太多了。而戚氏家族累世之功德，却能传承如此之久远，是多么难得的盛况啊！然而，世人所称扬的，比较多的是一些愚顽、奸邪的子孙们，获取大名，占据高位，代代以不合乎道义的手段博取名利，并以为能够守住祖宗基业，这是依据的什么道理呢！先生年少就蒙荫补官将作监主簿，但是年满三十仍然在父亲身边侍奉。戚纶死后，家道贫寒，于是出来担任雍丘的监税官，后来又担任衢州的监酒官。之后迁任舒州太湖县知县，兼茶场提举。戚舜臣以惠爱治理百姓，百姓请求朝廷留任他，朝廷下诏采纳了百姓意见。又在太湖县任知县三年后，才被人取代。舜臣向朝廷献诗，述说朝廷征收茶农赋税的严苛，每年数量用万来计算，希望朝廷放弃而不采用这些严苛的制度，以求用诗歌感动当政者。回到京城，担任京城盐院监官，提出利于盐政管理应该通商，朝廷采纳了他的建议。随后出京，担任泗州通判，能够让转运使不得对当地的百姓横征暴敛，而且需要赡养父母的犯人可以根据孝道之义免于处死。后来，又担任濮州的通判，当时王则在贝州反叛，濮州作为邻近州，百姓惊恐、慌乱，舜臣斩杀一名动摇民心的人，百姓的惊恐才逐渐消减。过了不久，朝廷任命舜臣为提点刑狱，人们都以为舜臣是因为立了功才改授官职的，舜臣自己并不称功。其后，转徙到抚州，担任知州，舜臣治理抚州，遵循基本法则，坚决去除严苛、烦乱之政，抚州有打着大帝名号的骗人的祠坛，多至百余所，舜臣全部拔除，民风为之大变。后徙官南安军，到任后，还没来得及有所作为，舜臣就已经生病了，于皇祐四年六月七日卒于官任，享年五十七岁。舜臣自主簿以后，经历了十一次徙官，曾官至尚书虞部郎中。舜臣回到濮州，将其亲属与原配夫人陈氏，共计十三亡人，埋葬在宋之北原。皇祐六年正月八日，舜臣之子师道，将舜臣之棺与陈氏合葬在此地。

　　戚氏者，卫之大夫孙文子，食于河上之邑曰戚，为姬姓之后，至后世失其所食邑，而更自别曰戚氏[1]。汉有以郎从高祖封临辕侯者，曰戚鳃[2]，鳃侯四世而失。梁有以三礼为博士入陈卒者,曰戚衮③,衮称吴郡盐官人。侍郎之曾祖曰远④,祖曰琮,父曰圭。其谱曰:琮自长丰之戚村徙居楚丘,故今为楚丘人。此戚氏之先后可见者也。

【注释】

①"戚氏者"几句:《左传·襄公十四年》:"卫献公戒孙文子、甯惠子食,皆服而朝,日旰不召,而射鸿于囿。二子从之,不释皮冠而与之言。二子怒。孙文子如戚,孙蒯入使。"服虔于"戚"下注云:"孙文子邑也。"河上,即黄河之滨,戚氏在黄河岸边,故称"河上之邑"。

②戚鳃:据《汉书·高祖本纪》和《汉书·高惠高后文功臣表第四》,戚鳃爵位至其玄孙戚常而终,共计四代。

③戚衮:据《陈书·戚衮传》:"戚衮字公文,吴郡盐官人也","衮于梁代撰《三礼义记》,值乱亡失"。

④侍郎:此处指戚同文。

【译文】

追溯戚氏元祖,应始于春秋时期卫国大夫孙文子,孙文子在黄河之滨有封邑叫戚,孙文子为姬姓之后,到了后世逐渐失去了封邑,并且将姓氏改变为戚氏。西汉有位以郎官身份投奔高祖被封为临辕侯的,名叫戚鳃,戚鳃家族的侯位传了四代而最终失去。到了南朝梁,有位研修三礼而为博士并且死于南朝陈的人,名叫戚衮,戚衮自称为吴郡盐官人。据戚氏族谱,戚同文的曾祖名远,祖父名琮,父亲名圭。族谱上写道:戚琮从长丰县的戚村迁居到楚丘,自此变成楚丘人。这是现在能够看到的戚氏家族先祖后代的承袭情况。

观公之守其业者,可以知其恭;观公之施于事者,可以知其厚矣。然人亦少有能爱之者，盖世之为聪明立声威者，荒谖悖冒无不遇于世①；至恭让质直、不能驰骤而遇困蹶者②，独不可称数③，余甚异焉。夫赴时趋务，则材者固亦重矣；而立人成俗，则洁身积行，岂可轻也哉？然时之取舍若此，亦其不幸不遇，处之各适其理也。铭曰：

【注释】

①荒谖（xuān）：荒唐，欺诈。悖冒：悖逆贪冒。

②困蹶：穷困潦倒。

③称数：计算。

【译文】

　　观察舜臣所守持的家族基业，可以了解他的恭谨；观察舜臣所行世事，可以了解他的宽厚。但是，即便他如此恭谨、宽厚也很少有人珍惜他，大约当今之世，依靠"聪明"确立自己声望威信的人，或者欺诈，或者悖逆，但是没有人不被这个世界接受；至于恭顺谦让、质朴正直之人，却不能畅行其道，且处处困顿，这样的人不在少数，这让我感到很奇怪。那些适应社会需求的急务，的确需要有才干的人；而那些依靠自己的德行影响他人、且洁身自好、累积善行的人，难道就可以被轻视吗？然而，时代做出这样的选择和取舍，造成了这类人的不幸和不合时宜，就只能各自去适应各自的生存之道了。铭文如下：

　　隆隆戚宗自姬出①，临辕盐官辉名实②。侍郎家梁自祖琮③，违世恬幽树儒术。司徒郎中艺且贤④，诋符绳公事魁崛⑤。恂恂南安得家规⑥，庄容毖辞若遵律⑦。盛哉世徽后宜闻⑧，刻铭方珉告幽室⑨。

【注释】

①自姬出：谓戚氏出自姬姓。

②临辕：指临辕坚侯戚鳃。盐官：指戚衮为吴郡盐官人。

③侍郎家梁自祖琮：意为戚舜臣家族迁居楚丘自祖先戚琮开始。梁，楚丘属古梁国。

④司徒：指戚纶。郎中：指戚维。

⑤诋符：指戚纶议论天书之事。绳公：指戚纶。典出《诗经·小雅·采绿》："之子于钓，言纶之绳。"纶，即绳。魁崛：意为杰出。

⑥南安：指南安军，北宋属江南西路。辖境相当于今江西章水、上犹江流域。戚舜臣卒于知南安军任上。

⑦庄容：端庄的容貌。毖辞：谨慎的言辞。

⑧世徽：家族美德。

⑨方珉：方形似玉的石头。

【译文】

　　源出姬氏的戚氏，宗族隆盛不衰，先人戚鳃、戚衮，光耀家族，名实相副。自戚琮之后戚族迁居楚丘，从此远离尘世，恬淡自守，修习儒术。戚维、戚纶都是多才仁德之人，戚纶上奏，议论天书，卓见不凡。舜臣移官南安，定下家规：容貌端庄，言辞谨慎，子孙须严格遵循。多么隆盛的家族啊！名著后世，堪为楷则，将先人事迹刻在玉石之上来告慰处于幽室中的贞魂。

【评点】

　　张孝先曰：本其世德，以见守其业之恭；叙其宦迹，以见施于事之厚。一篇关键如是，而文字苍劲峻洁，全学太史公来。

【译文】

　　张伯行评论道：追溯戚舜臣家族世传之道德，可以看出他守持家业的恭谨;叙述他为官的经历,可以看出他处理世务的宽厚。这是这篇文章的关键所在,文字道劲有力,简洁俊健,完全模仿司马迁的文笔。

戚元鲁墓志铭

【题解】

戚元鲁,字师道。戚舜臣之子,也是戚舜臣一支唯一的继承人。在戚氏宗族中,除了戚纶官至枢密直学士外,其他宗人皆沉沦下僚,为官不显。这样一个没有傲人仕谱的家族,却能够绵延一百六十余年,依靠的显然不是权力的庇护,而是恭谨和顺、宽厚仁德、好学不倦的家规的护持,这一点正是曾巩所看重的,所以称之为"宋之世家"。同时,张伯行将不为世人注意的戚舜臣、戚元鲁父子两人的墓志一并选录,也有表彰旌扬之意。

戚氏,宋人,为宋之世家。当五代之际,有抗志不仕,以德行化其乡里,近远学者皆归之者①,曰同文,号正素先生,赠尚书兵部侍郎。有子当太宗、真宗时为名臣,以论事激切至今传之者②,曰纶,为枢密直学士,赠太尉③。有子恭谨恂恂,不妄言动,能守其家法,葬宋之北原,余为之志其墓者,曰舜臣,为尚书虞部郎中。元鲁其子也,名师道,字元鲁,为人孝友忠信,质厚而气和,好学不倦,能似其先人者也。盖自五代至今百有六十余年矣,戚氏传绪浸远,虽其位不大,而行应礼义,世世不绝如此,故余以谓"宋之世家"也。

【注释】

①近远学者皆归之者:据《宋元学案·高平学案·隐君戚正素先生

同文》记载："（赵直）为筑室聚徒，请益之人不远千里而至，登第者五十六人。"这其中著名者有范仲淹等人。

②以论事激切至今传之者：指戚纶议论天书之事。详见戚纶《上真宗论受天书》。

③赠太尉：曾巩《虞部郎中戚公墓志铭》中言戚纶死后被追封为司徒，此处又称被追封为太尉，不知何者为是。

【译文】

戚氏，宋人，为宋之世代相传之家族。正值五代之时，戚氏家族中，有高尚其志决意不仕，以一己之德行感化乡人，远近学者都从其问学的，名叫同文，号正素先生，死后被追赠为尚书兵部侍郎。家族中还有一个为太宗和真宗朝的名臣，因为上奏论事激烈直率，至今流传人口的，名叫戚纶，官至枢密直学士，死后追赠太尉。戚纶有一个儿子，为人恭谨温顺，言语举止合乎礼仪，能够遵守家法，死后葬于宋之北原，我为他写了墓志铭，他名叫戚舜臣，官至尚书虞部郎中。元鲁是舜臣的儿子，名师道，字元鲁，为人忠孝两全，尚友诚信，质朴宽厚，态度和蔼，好学而不知疲倦，和他的先人非常相似。从五代到现在，一百六十多年了，戚氏一族传绪久远，尽管宗人中没人有很高的官位，但是宗人谨守礼仪，家族代代相传而不断绝，所以，我称之为"宋之世家"。

　　元鲁自少有大志，聪明敏达^①，好论当世事，能通其得失。其好恶有异于流俗。故一时与之游者，多天下闻人^②。皆以谓元鲁之于学行^③，进而未止，意其且寿，必能成其材，不有见于当世，必有见于后。孰谓不幸而今死矣！故其死也，无远近亲疏，凡知其为人者，皆为之悲，而至今言者尚为之慨然也。

【注释】

①敏达：敏捷通达。

②闻人：出名的人。

③学行：学问人品。

【译文】

元鲁年少时即有远大志向，聪明敏捷，处事通达，喜欢评论当世事务，并且能够通晓其中得失。他的喜好与嫌恶，与流俗皆有不同。因此，一时之间与他交往的，都是天下的名人。都认为元鲁的学问与人品，不断进取且没有止境，如果天假以寿，一定能够成就其天纵之才，纵然不为当世人所看到，也必然为后世人所发现。谁曾料想到如此不幸，而今已隔幽冥！因此，元鲁之死，不论远近亲疏，但凡知道他的为人的，都很悲伤，直到今天，谈起元鲁的人仍然叹息不已。

元鲁初以父任于建州崇安县尉①，不至。以进士中其科，为亳州永城县主簿，以亲嫌为楚州山阳县主簿②。嘉祐六年三月二十九日，以疾卒于官，年三十有五。娶陈氏，内殿承制习之女。再娶王氏，参知政事文宪公尧臣之女③。有子一人。皆先元鲁死，而元鲁盖无兄弟。呜呼！天之报施于斯人如此，何也？

【注释】

①父任：谓以父荫而任官职。于：何焯《义门读书记》卷四十四："'于'作'为'。"

②亲嫌：指因有亲属关系而有徇私的嫌疑。

③再娶王氏，参知政事文宪公尧臣之女：咸元鲁再娶之妻为王尧臣之长女。欧阳修《尚书户部侍郎参知政事赠右仆射文安王公墓志

铭》说："二女,长适校书郎戚师道,早卒。"刘攽为王尧臣写的《行
状》中则说："二女,长嫁试校书郎戚师道,早卒。"两者比较,一说
戚师道娶王氏时为官校书郎,一说官试校书郎,可补曾文之阙。

【译文】

　　元鲁起初因为父荫为建州崇安县尉,没有去赴任。随后考中进士
某科,授官亳州永城县主簿,因为规避因有亲属关系而有徇私的嫌疑为
官楚州山阳县主簿。嘉祐六年三月二十九日,病逝于官任之上,时年三
十五岁。娶妻陈氏,是内殿承制陈习之的女儿。再娶王氏,是参知政事
文宪公王尧臣的女儿。有一个儿子。都先于元鲁夭折了,而元鲁没有兄
弟。唉!上天回报给元鲁的竟是这样的结果,这到底是为什么?

　　元鲁且死时,属其僚赵师陟乞铭于余,师陟以书来告。
余悲元鲁不得就其志,而欲因余文以见于后,故不得辞也。
以熙宁元年某月某甲子①,葬元鲁于其父之墓侧,以其配陈
氏、王氏祔②。将葬,其从兄遵道以状来速铭,铭曰:

【注释】

　　①熙宁元年:1068年。熙宁,神宗年号(1068—1077)。
　　②祔(fù):配享,附祭。

【译文】

　　元鲁即将死去的时候,交代他的同僚赵师陟向我索要铭文,师陟写
信告诉我元鲁的请求。我悲伤元鲁没有实现自己的抱负,又想借助于
我的文章为后世人所了解,因此,我是不能推辞的。熙宁元年某月某甲
子,将元鲁埋葬于他父亲的墓旁,并将元鲁妻子陈氏、王氏的棺椁一起
合葬。即将下葬时,元鲁的从兄遵道寄来行状以催促我加快写作墓志
铭,铭文写道:

行足以象其先人,材足以施于世用,而于元鲁未见其
止也。生既不得就其志,死又无以传其绪,曷以告哀? 纳
铭于墓!

【译文】

元鲁的行为与他的先祖们非常相似,才能也足以为社会所用,但对
于元鲁来说,这些远远不是止境。活着的时候不能实现自己的志向,死
了之后又没有人来传宗接代,这些哀伤向谁诉说呢? 把这篇铭文放在
墓穴中吧!

【评点】

张孝先曰:戚氏家世已详《虞部志》内,此只以元鲁学
行进而未止,致其悲惋之感。因其文而识其人,元鲁可谓得
所托矣。

【译文】

张伯行评论道:戚氏家族的世系已经在《虞部郎中戚公墓志铭》中
叙述清楚了,这篇墓铭只是就戚元鲁学问道德不断精进没有止境,而人
却遽然故去,表达悲痛与叹惋。因为曾巩这篇文章,我们了解了戚元鲁
这个人,戚元鲁为自己找到了一个合适的墓志的作者。

曾文定公本传

曾巩,字子固,南丰人。幼警敏能文。甫冠,名闻四方[①]。登嘉祐二年进士第[②]。历集贤校理,为实录检讨官。出通判越州,知齐、襄、洪三州,皆有异政,加直龙图阁。

【注释】

①"幼警敏能文"几句:曾肇《曾舍人巩行状》有更详细记载:"公生而警敏,不类童子,读书数百千言,一览辄诵。年十有二,日试六论,援笔而成,辞甚伟也。未冠,名闻四方。"警敏,机警敏捷。

②嘉祐二年:1057年。嘉祐,宋仁宗年号(1056—1063)。

【译文】

曾巩,字子固,南丰人。自幼机警敏捷,擅长写作文章。刚二十岁,就已扬名四方。嘉祐二年登进士第。先后担任集贤殿校理、实录检讨官。离京后,先后担任越州通判,齐州、襄州、洪州三州的知州,所到之处皆有优异的政绩,朝廷加衔直龙图阁学士。

知福州,福无职田,岁鬻园蔬,自入常三四十万。巩谓太守不宜与民争利,罢之,后至者亦不复取也[①]。徙明、亳、沧三州。

【注释】

①"知福州"几句:林希为曾巩所写《墓志》也有类似记载:"福州无职田,州宅岁收菜钱常三四十万,公独不取,以佐公钱,后至者亦不敢取。"《宋史·曾巩传》:"福州无职田,岁鬻园蔬收其直,自入常三四十万。巩曰:'太守与民争利,可乎?'罢之。后至者亦不复

取也。"职田,亦称职分田。古代按品级授予官吏作俸禄的公田。

【译文】

担任福州知州,福州没有职田,每年靠售卖州宅菜园里的菜,自己能够收入三四十万钱。曾巩认为太守不应该与百姓争利,就废除了这一做法,后来者也就不敢恢复了。曾巩随后移知明州、亳州、沧州等三州。

巩久外徙,世颇谓偃蹇不偶。一时后生辈锋出,巩视之泊如也①。过阙,神宗召见,劳问甚宠,留判三班院②。疏议经费,以节用为理财之要,帝称善③。帝欲合五朝国史为一书,加巩史馆修撰专典,不以大臣监总,既而不克成④。会官制行,拜中书舍人,寻掌延安郡王笺奏⑤。

【注释】

① "巩久外徙"几句:曾巩自从熙宁二年(1069)出京通判越州,至元丰三年(1080)返京勾当三班院,历时十二年,转徙七州,可谓备尝艰辛。曾巩有《北归三首》(其一):"江海多年似转蓬,白头归拜未央官。堵墙学士惊相问,何处尘埃瘦老翁?"这首诗写出了曾巩返京后的心境。面对如堵围观的后生学士们,瘦削的曾巩像一件尘封许久、难得一见的文物。可以看出,曾巩没有抱怨,自嘲的态度反倒显出他淡泊、释然的心态。

② "过阙,神宗召见"几句:据林希所写曾巩《墓志》记载:"元丰三年,徙知沧州,过都,召见劳问久之,留勾当三班院。公亦感激奋励,思有所自效。"元丰三年,曾巩从亳州移知沧州,取道京城,得到神宗召见,并上奏《移沧州过阙上殿札子》,神宗读后称意,遂将曾巩留在京城,这可以说是曾巩政治生涯的最后机会。

③ "疏议经费"几句:《宋史·曾巩传》记载:"上疏议经费,帝曰:'巩

以节用为理财之要,世之言理财者,未有及此。'"

④"帝欲合五朝国史为一书"几句:《宋史·曾巩传》记载:"帝以三朝、两朝国史各自为书,将合而为一,加巩史馆修撰,专典之,不以大臣监总,既而不克成。"林希所写曾巩《墓志》有更详细的记述:"(元丰)四年,手诏中书门下曰:'曾巩史学见称士类,宜典五朝史事。'遂以为史馆修撰、管勾编修院、判太常寺、兼礼仪事。近世修国史,必众选文学之士,以大臣监总,未有以五朝大典独付一人如公者。公入谢曰:'此大事,非臣所敢当。'上曰:'此用卿之渐尔。'"后来曾巩上《太祖纪叙论》,神宗看后并不满意,修五朝国史一事并未中辍,直到曾巩一病不起,此事遂罢。今存《隆平集》二十卷,可见五朝国史之雏形。

⑤延安郡王:即神宗子赵傭,元丰八年(1085),赵傭被册立为太子,赐名赵煦。第二年即位,也即宋哲宗。

【译文】

曾巩长时间在京外辗转做官,很多人都认为他仕途困顿,命运多舛。而后生晚辈一时蜂拥而出,曾巩对此淡泊视之。在赴沧州任所时经过京城,曾巩得到了神宗的召见,神宗亲切慰问,恩宠有加,并将曾巩留在京城,管勾三班院事。期间,曾巩上疏对朝廷经费的使用提出建议,认为节俭费用应该是理财的当务之急,神宗很是赞赏。神宗想要将北宋自太祖以来五朝的国史合为一书,给曾巩加封史馆修撰专典的官衔,让他全面负责此事,而不再让大臣监督总理此事,但是,最终并没有完成。正好赶上元丰官制革新,朝廷拜曾巩为中书舍人,不久,又执掌延安郡王的笺奏工作。

居母忧,卒,年六十五。巩性孝友,父亡,奉继母益至。抚四弟、九妹于委废单弱中。宦学、婚嫁一出其力①。

【注释】

①"巩性孝友"几句：曾父离世时，曾巩二十九岁，他最小的弟弟曾
肇才刚刚出生。尽管曾巩上有长兄，但身体多病，很早就去世了。
曾巩对十几个弟弟、妹妹们肩负起了长兄、甚至父亲的角色。不
仅抚养他们，还要教育他们。曾肇在《曾舍人巩行状》中这样评
价他的兄长："教养四弟，相继得禄仕，嫁九妹皆以时，且得所归，
自委废单弱之中，振起而光大之，实公是赖。"字里行间洋溢着弟
弟对于兄长的敬重与挚爱。委废单弱，家境衰败，无所依靠。

【译文】

曾巩居家为母亲守丧，不久便去世了，享年六十五岁。曾巩素来孝
敬父母，友爱兄弟，父亲去世后，曾巩无微不至地侍奉继母。在家道中
落、无所依靠的情况下抚育幼小的四个弟弟、九个妹妹，弟弟、妹妹们不
论是求学、科考，或者是婚娶、发嫁，都是由曾巩费心、费力地安排。

为文章上下驰骋，本原六经，斟酌于司马迁、韩愈①，时
鲜能过也。

【注释】

①斟酌：倒酒不满曰斟，太过曰酌，贵适其中。后引申为凡事反复考
虑，择善而定。

【译文】

曾巩写文章，引古论今，纵横捭阖，他的写作以六经为本，借鉴司马
迁、韩愈，当时善于写文章的人，很少有能超过他的。

少与王安石游，安石声誉未振，巩导之于欧阳修。及安
石得志，遂与之异。神宗尝问："安石何如人？"对曰："安石

文学行义不减扬雄，以吝，故不及。"帝曰："安石轻富贵，何
吝也？"曰："勇于有为，吝于改过耳①！"吕公著尝告神宗以
巩行义不如政事，政事不如文章，故不大用云②。

【注释】

①"神宗尝问"几句：神宗与曾巩关于王安石的评价最早见于邵博
　的《邵氏闻见后录》，其后李焘《续资治通鉴长编》亦有记载。及
　元，脱脱修《宋史》，将其引入曾巩的本传之中。有关曾巩与王安
　石的关系，清人储欣在《唐宋十大家全集录·总序》中有比较中
　肯的评价："南丰之于半山，始而交之，举动一不当，则以书规之，
　又著议以讽之。规之不从，讽之不喻，然后渐疏渐外，洁吾身而已
　矣。半山得志，威福在手，南丰奔走外任几十数年，此必有排而挤
　之者，南丰守其道弗为变，然亦不抗章激烈以败凤昔之交，而贻家
　门之危，柔外刚中，可云两得。"

②"吕公著尝告神宗以巩行义不如政事"几句：李绂《穆堂初稿·兴
　鲁书院记》评价了《宋史·曾巩传》中所记载的神宗与吕公著的
　对话："《宋史》多参小说，'行义''政事'云云，晦叔必无此言，果
　有之，则一言以为不智，于先生无损也。且《宋史》称先生'性孝
　友，父亡奉继母益至，抚四弟九妹于委废单弱之中，宦学婚嫁，一
　出其力'，行义何不如之有？叙先生历任数州，所至有所建立，得
　其一节，皆可以为名吏，政事何不如之有？史极称先生行义政事
　而复记晦叔此言，特以明先生不大用之由，而咎晦叔之不智耳！
　至于文章则以为'本原六经，斟酌于司马迁、韩愈，一时作者鲜能
　过'，推崇至矣！虽然，此皆先生之绪余也。先生之志在《唐论》
　一篇，直欲追五帝三王之盛。其学在《洪范传》，齐治均平，举而
　措之，盖上承曾子之家学，以继周公、孔子之传者。"

【译文】

　　曾巩年少时就开始与王安石交往，王安石还没有名扬天下时，曾巩将其引荐给欧阳修。等到王安石得偿其志时，曾巩便与王安石因政见不同而分道扬镳。神宗曾经询问曾巩：“王安石是个什么样的人呢？”曾巩答道：“王安石在文学、品行方面不比扬雄逊色，只是因为吝啬，所以比不上扬雄。”神宗说：“王安石并不看重富贵，为什么说他吝啬呢？”曾巩说：“王安石勇于有为，舍不得改正过错啊！”吕公著曾经告诉神宗：曾巩的道德品行不如处理政事的能力，政治能力又不如创作文章的能力，因此曾巩没有得到重用。

王文公文

王文引

王介甫以学术坏天下①，其文本不足传。然介甫自是文章之雄，特其见处有偏，而又以其坚僻自用之意行之②，故流祸至此；而其文之精妙，终不可没也。当时曾子固荐其文于欧阳公③，公击节叹赏，为之延誉④。二公皆文章哲匠⑤，其倾服之如此，则介甫之文可知矣。其后用之而祸天下，世之君子嫉其人，而因以不重其文。使介甫不用以终其身，或用矣，而仅处以翰墨之职⑥，使其以文章流传于世，而不得大行其志，则介甫之名当益尊。至其以学术坏天下，固天下之不幸，而即介甫之不幸也。虽然，文也肖其人而出之者也。介甫文虽精妙，而其学术意见，隐然有倔强之意，形于笔墨间，固不待其用之之后，而乃知其祸天下也。余特择其文为世所传诵者若干首评之，以质知言之君子⑦。

【注释】

①王介甫以学术坏天下：神宗时期，王安石以发展生产、富国强兵为

目的发动了变法，但在推行过程中，由于部分举措不合时宜、官员任用考虑不周等原因，一定程度上造成了对百姓利益的损害，也引起了当时司马光、苏轼等人的反对，最终以失败告终。在中国传统的史学评论中，王安石变法基本是被否定的，认为他实行的"急政"或"苛政"本身有问题，所以导致北宋的灭亡。张伯行也持这种观点，读者应当辩证看待。

②坚僻：固执怪僻。

③当时曾子固荐其文于欧阳公：景祐三年（1036），曾巩赴京赶考，与王安石结识，成为挚友，曾巩曾向欧阳修推荐过王安石，其《再与欧阳舍人书》中写道："巩之友有王安石者，文甚古，行称其文。"

④延誉：播扬声誉，传扬好名声。

⑤哲匠：泛指有高超才艺的文人、画家等。

⑥翰墨：笔墨，泛指文章书画。

⑦质：求证。

【译文】

王安石用他的政治经济之学败坏了北宋天下，他的文章本来不足以流传。然而他本来就是写文的大家，只是他的见解有偏狭的地方，而又以他刚愎自用的心态来推行，所以造成灾祸到了这样严重的地步；但他的文章十分精彩奥妙，终究不应该被埋没。当年曾巩向欧阳修推荐他的文章，欧阳修打着拍子感叹赞赏，为他传播名声。这两位都是写文的大家，他们如此倾慕佩服，那么王安石的文章有多好可以想见了。后来王安石被朝廷起用终究祸害天下，世间的君子都憎恶他，于是也不看重他的文章。假使王安石终身没有得到朝廷起用，或者说起用了，但仅仅任命他从事提笔作文这样的职位，使他凭借文章扬名于世，而不是推行他的政治主张，那么王安石的名声应当会更加尊荣显赫。至于他用自己的政治经济之学败坏了北宋天下，固然是北宋天下的不幸，也是他本人的不幸啊。虽然这么说，文章的创作一定是反映作者本人心理的。王安石的文章虽然精妙，但他关于政治经济的意见，文字之间隐隐然显现出倔强固执的意思，本来也不用等他推行之后，就可以知道他将会给北宋天下带来灾祸了。我特地选择了他被世人传诵的若干篇文章进行点评，来向懂得文章的各位君子们求证。

上仁宗皇帝言事书

【题解】

本文作于宋仁宗嘉祐三年（1058）至四年之间。嘉祐三年十月，王安石由江南东路提点刑狱调为三司度支判官。次年回京之后，向仁宗皇帝献上了这篇被梁启超称为"秦汉以下第一大文"的近万言上书。根据自己离京在外的任职见闻，针对当时积贫积弱的国家形势，王安石在本文中针砭时弊，极言改革，并归结到人才问题上，重点论述了陶冶人才的重要性，全面系统地阐述了他的人才思想，提出了一系列的具体原则与措施。这一长篇上书显示出王安石在当时已经形成了比较系统的变法革新的思想纲领，实际上也是他后来在宋神宗的支持下进行熙宁变法的一张蓝图，但在宋仁宗时期却没有引起君臣高度的重视。

在写作艺术上，本文也代表着王安石散文水平所达到的很高成就。作为一篇万言长文，本文在结构上井然有序，层层递进，前后照应。在具体论述时论据充分，逻辑清晰，又善于引经据典，古今对比，富有说服力。所以明人茅坤赞誉此文曰："此书几万余言，而其丝牵绳联，如提百万之兵，而钩考部曲，无一不贯。"

臣愚不肖，蒙恩备使一路①。今又蒙恩召还阙廷②，有所任属③，而当以使事归报陛下④。不自知其无以称职，而敢缘使事之所及⑤，冒言天下之事⑥。伏惟陛下详思而择其中⑦，幸甚！

【注释】

①蒙恩：蒙受君恩。备使一路：充任一路的官员，嘉祐三年（1058）二月至十月，王安石曾任江南东路提点刑狱，掌纠察狱讼及举刺

官吏一事。备，备位充数，谦辞。使，原意为出使，后帝王差遣官员出使，主办或经办某项事务，加以专职的使命，亦有长期沿置而成为正式官名者，宋代路一级官员，由京官出任，故称"使"。路，北宋行政区域名称，相当于今天的省。

②阙廷：朝廷。阙，古代皇宫门前的建筑物。

③有所任属：嘉祐三年（1058）十月，诏令王安石为三司度支判官。

④使事：在此指出使为江南东路提点刑狱时所了解的情况。

⑤缘：沿着，在此引申为根据。

⑥冒：冒昧。

⑦伏惟：下对上陈述时的表敬之辞，多用于奏疏或信函。

【译文】

　　我愚钝无能，蒙受君恩，充任一路的官员。现在又蒙受君恩将我召回朝廷，使我有所任职，我理当把我出使在外时所了解的情况汇报给陛下您。我不自知自己不称职，还斗胆根据出使时所接触到的情况，冒昧地讨论天下大事。如果陛下能详加考虑，从其中择善而从，那我就感到太荣幸了！

　　臣窃观陛下有恭俭之德①，有聪明睿智之才，夙兴夜寐②，无一日之懈；声色狗马、观游玩好之事③，无纤介之蔽④；而仁民爱物之意，孚于天下⑤；而又公选天下之所愿以为辅相者⑥，属之以事⑦，而不贰于逸邪倾巧之臣⑧。此虽二帝三王之用心⑨，不过如此而已。宜其家给人足⑩，天下大治，而效不至于此。顾内则不能无以社稷为忧⑪，外则不能无惧于夷狄⑫；天下之财力日以困穷，而风俗日以衰坏；四方有志之士，谔谔然常恐天下之久不安⑬。此其故何也？患在不知法度故也。

【注释】

① 窃：私下。

② 夙兴夜寐：早起晚睡，形容勤奋。夙，早。兴，起来。寐，睡。

③ 声色狗马：概指奢侈享乐的生活。声色，歌舞女色等。狗马，游猎玩好等。

④ 无纤介之蔽：在此指没有丝毫的沾染。纤介，丝毫。蔽，遮蔽，古时常以日喻帝王，而不良习好会损伤其光芒，犹如乌云蔽日，故称"蔽"。

⑤ 孚：信任。

⑥ 而又公选天下之所愿以为辅相者：在此指富弼任相一事。据《宋史·富弼传》："至和二年，召拜同中书门下平章事、集贤殿大学士，与文彦博并命。宣制之日，士大夫相庆于朝。帝微觇知之，以语学士欧阳修曰：'古之命相，或得诸梦卜，岂若今日人情如此哉？'"

⑦ 属：通"嘱"。托付。

⑧ 贰：有二心，两属。谗：说坏话。倾巧：狡诈，看风行事。

⑨ 二帝：指尧、舜，同为上古时的君王，儒家推崇的明君。三王：有多种说法，一般认为是夏禹、商汤、周文王。夏禹，夏朝开国之君。商汤，商朝开国之君。周文王，名姬昌，殷商末年西方诸侯之长，为其子周武王推翻殷商、建立周朝打下了基础。此三王，亦皆为儒家推崇的明君。

⑩ 家给人足：家家充裕，人人富足。

⑪ 社稷：古代帝王祭祀的土神与谷神，因土地与五谷乃国家根本，故用来代指国家。

⑫ 夷狄：古时有东夷、南蛮、西戎、北狄之说，是对以华夏为中心的周边地区少数民族的统称，在此特指北宋时期我国北方和西北方的契丹、西夏两个少数民族政权。

⑬谑谑（xǐ）然：担忧害怕的样子。

【译文】

　　我私下观察，陛下具有谦恭节俭的美德，身怀聪明睿智的才能，早起晚睡地处理国事，没有一天懈怠；对歌舞女色、游猎玩物等奢侈享乐的事，没有丝毫沾染；而仁爱百姓、爱惜物力的心意，被天下人所信任；又能公开选拔天下人所拥戴的人才作为辅佐大臣，将国家大事托付给他们，不去中意那些进谗言、邪恶、狡诈、见风使舵的臣子。即便是尧、舜二帝和夏禹、商汤、周文王三王治理天下的用心，也不过是这样罢了。照这样，百姓应该会家家充裕、人人富足，天下应该会太平昌盛，但实际效果却没有达到。现在，我们却对内不能不为江山社稷的稳固忧虑，对外又不能不对契丹、西夏两个少数民族政权的入侵感到畏惧；国家的财政一天比一天困难，民间的风俗一天比一天败坏；天下有见识的士人，常常为国家长久不能安定而感到忧虑恐惧。这是什么原因呢？我认为弊病在于政府还没有建立完善的法律制度。

　　今朝廷法严令具①，无所不有，而臣以谓无法度者，何哉？方今之法度，多不合乎先王之政故也。孟子曰："有仁心仁闻，而泽不加于百姓者，为政不法于先王之道故也②。"以孟子之说，观方今之失③，正在于此而已。

【注释】

①具：具备，完备。

②"有仁心仁闻"几句：语出《孟子·离娄上》："今有仁心仁闻，而民不被其泽，不可法于后世者，不行先王之道也。"闻，声誉。泽，恩泽。法，效法。

③失：过失。

【译文】

当今朝廷法令严密完备,各种皆有,我却说还没有建立完善的法律制度,为什么呢? 是因为当今的法律制度,大多不符合先王的政治。孟子说:"一个国君既有仁爱之心又有仁爱的名声在外,但他的百姓却得不到恩泽,这是国君处理政事没有效法先王方法的缘故。"用孟子的说法来观察当今的过失,症结就在于这一点。

夫以今之世,去先王之世远,所遭之变、所遇之势不一,而欲一一修先王之政,虽甚愚者犹知其难也。然臣以谓今之失,患在不法先王之政者,以谓当法其意而已①。夫二帝三王,相去盖千有余载,一治一乱②,其盛衰之时具矣③。其所遭之变、所遇之势,亦各不同,其施设之方亦皆殊④;而其为天下国家之意,本末先后⑤,未尝不同也。臣故曰:当法其意而已。法其意,则吾所改易更革,不至乎倾骇天下之耳目⑥,嚣天下之口⑦,而固已合乎先王之政矣。

【注释】

①法其意:效法先王的精神。

②一治一乱:有时太平有时动乱。一,有时。

③其盛衰之时具矣:兴盛和衰败的时期都具备了。

④施设之方:采取的措施。

⑤本末先后:主次缓急。

⑥倾骇:惊骇,在此为"使⋯⋯惊骇"之意。

⑦嚣:喧哗,在此为"使⋯⋯喧哗"之意。

【译文】

现在的时代,距离先王的时代很遥远,经历的变化、碰到的形势都不一样，想要一一恢复先王的政治，即使是很愚笨的人也知道这样做的困难。然而我提出的当今的过失，症结在于不效法先王政治的说法，是指应该效法先王的精神。尧、舜二帝和夏禹、商汤、周文王三王之间，相距一千多年，天下有时太平有时动乱，兴盛和衰败的时期都具备了。他们经历的变化、碰到的形势也都各不一样，他们采取的措施也都各不一样；但他们治理天下国家的精神，处理政务的主次缓急，却没有什么不同。所以我说：应该效法先王的精神。效法他们的精神，那么我们进行改革变更，就不至于骇人听闻，令天下人哗然，而本身又能与先王的政治相合。

　　虽然，以方今之势揆之①，陛下虽欲改易更革天下之事，合于先王之意，其势必不能也。陛下有恭俭之德，有聪明睿智之才，有仁民爱物之意，诚加之意②，则何为而不成，何欲而不得？然而臣顾以谓陛下虽欲改易更革天下之事③，合于先王之意，其势必不能者，何也？以方今天下之人才不足故也。

【注释】

①揆（kuí）：揣度，衡量。

②诚加之意：假如果真能加以留意。诚，假如。

③顾：却。

【译文】

　　虽然如此，根据当今的形势揣度，陛下您即使想要对天下之事进行改革变更，来符合先王的精神，也是必定做不到的。陛下具有谦恭节俭的美德，身怀聪明睿智的才能，胸怀仁爱百姓、爱惜物力的心意，假如果真能加以留意，那么有什么事情做不到，有什么愿望不能实现呢？然而我却说陛下您即使想要对天下之事进行改革变更,来符合先王的精神,也是必定做不到的,为什么呢? 是因为现在天下人才不够。

臣尝试窃观天下在位之人①,未有乏于此时者也。夫人才乏于上,则有沉废伏匿在下②,而不为当时所知者矣。臣又求之于闾巷草野之间③,而亦未见其多焉。岂非陶冶而成之者非其道而然乎④? 臣以谓方今在位之人才不足者,以臣使事之所及则可知矣。今以一路数千里之间,能推行朝廷之法令,知其所缓急,而一切能使民以修其职事者甚少⑤,而不才苟简贪鄙之人⑥,至不可胜数。其能讲先王之意,以合当时之变者,盖阖郡之间⑦,往往而绝也。朝廷每一令下,其意虽善,在位者犹不能推行,使膏泽加于民⑧;而吏辄缘之为奸⑨,以扰百姓。臣故曰:在位之人才不足,而草野闾巷之间,亦未见其多也。夫人才不足,则陛下虽欲改易更革天下之事,以合先王之意,大臣虽有能当陛下之意⑩,而欲领此者,九州之大⑪,四海之远⑫,孰能称陛下之指⑬,以一二推行此,而人人蒙其施者乎⑭? 臣故曰:其势必未能也。孟子曰:"徒法不能以自行⑮。"非此之谓乎? 然则方今之急,在于人才而已。诚能使天下之才众多,然后在位之才可以择其人而取足焉。在位者得其才矣,然后稍视时势之可否,而因人情之患苦,变更天下之弊法,以趋先王之意⑯,甚易也。今之天下,亦先王之天下,先王之时,人才尝众矣,何至于今而独不足乎? 故曰:陶冶而成之者,非其道故也。

【注释】

①在位之人：在官位上任职的人。

②则有沉废伏匿在下：在此指杰出人才被埋没于下层。沉废，沉沦，被废弃。伏匿，隐伏埋没。

③闾（lú）巷草野：在此概指民间。闾巷，古时以二十五家为一闾，一闾在一巷，后用以指乡里。

④陶冶：原指塑造陶器和冶炼金属，在此比喻培养人才。

⑤修其职事：做好自己的本职工作。修，整治。

⑥苟简：苟且简略，仅求应付。

⑦阖郡：整个一郡。郡，古时行政区域单位，下辖数县，宋代已改称为府州，在此为沿用古称。

⑧膏泽：原指滋润土壤的雨水，后比喻为上给予下的恩惠。

⑨辄：总是。缘：凭借。

⑩当陛下之意：在此指与陛下心意相合。当，适合。

⑪九州：上古时期曾分九个行政区域，称九州，后用以代指全国。

⑫四海：原指四邻异域，在此泛指全国。

⑬孰能称陛下之指：谁能忠实地按照陛下的旨意。孰，谁。称，符合。指，通"旨"。旨意。

⑭蒙其施：蒙受恩惠。

⑮徒法不能以自行：语出《孟子·离娄上》，意谓光有法令，它是不能自己施行的。徒，仅仅，只有。

⑯趋：走向，在此引申为投合。

【译文】

我曾经试着私下观察朝廷中在官位上任职的人，感到没有一个时代比现在更缺乏人才。上层官职缺乏人才，就说明有人才被废弃埋没在下层，不被当世所发现。我又到民间去寻找，也没有看见多少。这样的情况，难道不是培养并成就人才的方法不对才造成的吗？我说现在在官位上任职的人才不够,根据我出使在外时所接触的情况就能够知道。现在一路所管辖的数千里之内,能够推行朝廷的法令,知道它们的轻重缓急,又能使百姓做好自己本职工作的官员很少,而没有才能、苟且简略、贪婪卑鄙的人,却多到数也数不过来。那些能够讲解先王精神,来符合现实变化的人,往往全州之中都没有一个。朝廷每次颁布一项法令,用意虽然很好,上层的官员尚且无法推行,使百姓蒙受恩惠;而下面的小吏反而就凭借法令做坏事,来侵扰百姓。所以我说:在朝廷官位上任职的人才不够,而民间也没有看见多少。人才不足够,那么陛下即使是想要对天下之事进行改革变更,来符合先王的精神,大臣中即使有能和陛下心意相合,想要主持这项事务的人,天下那么大,谁又能忠实地按照陛下的旨意,来逐步推行这件事,使每个人都能蒙受您的恩惠呢?所以我说:根据目前的形势必定是做不到的。孟子说:“光有法令,它是不能自己施行的。”指的不就是这种情况吗?所以当今最迫切的,就是人才问题。假如果真能使天下的人才变多,然后在位的官员就可以从中选择合适的并且也足够了。如果在位的官员都是合适的人才,然后就可以观察形势,选择适当的时机,就人们所忧虑困苦的事,改革国家有弊端的法律制度,来投合先王的精神,这就很容易了。现在的天下,也是先王的天下,先王那时,曾经人才众多,为何独独到了这个时代就不足够了呢?所以说:这是培养并成就人才的方法不对的缘故。

　　商之时,天下尝大乱矣①。在位贪毒祸败②,皆非其人。及文王之起,而天下之才尝少矣。当是时,文王能陶冶天下之士,而使之皆有士君子之才③,然后随其才之所有而官使之④。《诗》曰:“岂弟君子,遐不作人⑤。”此之谓也。及其成也,微贱兔罝之人,犹莫不好德,《兔罝》之诗是也⑥。又况于在位之人乎?夫文王惟能如此,故以征则服⑦,以守则治⑧。《诗》曰:"奉璋峨峨,髦士攸宜。"又曰:"周王于迈,六师及之。"⑨言文王所用,文武各得其才,而无废事也⑩。及至夷、厉之乱⑪,天下之才又尝少矣。至宣王之起⑫,所与图天下之事者,仲山甫而已⑬。故诗人叹之曰:"德輶如毛,维仲山甫举之,爱莫助之⑭。"盖闵人才之少⑮,而山甫之无助也。宣王能用仲山甫,推其类以新美天下之士⑯,而后人才复众。于是内修政事,外讨不庭⑰,而复有文、武之境土⑱。故诗人美之曰:"薄言采芑,于彼新田,于此菑亩⑲。"言宣王能新美天下之士,使之有可用之才,如农夫新美其田,而使之有可采之芑也⑳。由此观之,人之才,未尝不自人主陶冶而成之者也。

【注释】

①商之时,天下尝大乱矣:商(前1600—前1046),继夏朝之后,中国历史上第二个世袭制王朝,起于商汤灭夏,终于周武王伐商。在此指商朝末年纣王统治的时期。尝,曾经。

②贪毒祸败:贪婪残酷,为非作歹。

③士君子:士中尤有才德者。

④官:在此指授予官职。

⑤岂弟君子,遐不作人:语出《诗经·大雅·旱麓》。意谓开明平易的君子,怎么不会造就人才。岂弟,通"恺悌"(kǎi tì)。开明平易。遐,怎么。作人,培养造就人才。

⑥"微贱兔罝之人"几句:低微卑贱的猎兔人,尚且没有不喜好美德的,《兔罝》之诗说的就是这样的情况。兔罝(jū)之人,捕兔子的人,亦有说法以为该"兔"当指老虎。罝,网。《兔罝》之诗,指《诗经·国风·兔罝》:"肃肃兔罝,椓之丁丁。赳赳武夫,公侯干

城。"郑笺:"罝兔之人,鄙贱之事,犹能恭敬,则是贤者众多也。"

⑦征:出征。

⑧守:守国。

⑨"《诗》曰"几句:语出《诗经·大雅·棫朴》。捧璋祭祀的人仪容肃穆,俊秀的卿士各得其所;周王出兵征伐,六军的将士都紧紧跟随。分别赞美文王属下的文臣与武臣都人才众多。奉,捧着。璋,一种玉器,长条形,顶端为尖角,是古代贵族在进行朝聘、祭祀、丧葬时所使用的礼器。峨峨,端庄肃穆的样子。髦(máo)士,英俊之士,在此是赞美参加祭祀的诸侯、卿士。攸宜,所宜,在此指各得其所。于迈,往行,在此指出兵征伐。六师,周代君王拥有六军,一军二千五百人,也称作"师"。及之,跟上他。

⑩废事:办坏的事。

⑪夷、厉之乱:夷,周夷王,名姬燮,西周君王,周懿王之子,其在位时,西周王朝已经衰落,他曾被迫下堂来迎接朝拜他的诸侯。厉,周厉王,名姬胡,亦为西周君王,周夷王之子,其即位后,统治残暴,监视国人言论,实行恐怖政治,后于国人暴动后逃亡彘,后来死于当地。

⑫宣王:周宣王,名姬静,周厉王之子,其即位后,整顿朝政,讨伐侵扰周朝的戎、狄和淮夷,使已衰落的周朝一时复兴,史称"宣王中兴"。

⑬仲山甫:鲁献公之子,仲山甫为其字,封于樊,为周宣王卿士,曾多次进谏。

⑭"德辅如毛"几句:语出《诗经·大雅·烝民》:"人亦有言,德辅如毛,民鲜克举之。我仪图之,维仲山甫举之,爱莫助之。"辅(yóu),轻。爱,惜。

⑮闵:通"悯"。怜念。

⑯新美:在此指使……面貌一新、品行美好。

⑰不庭：不来朝贡的诸侯。

⑱文：周文王，史称他在商末时三分天下有其二。武：周武王姬发，周文王之子，西周开国之君。

⑲"薄言采芑"几句：语出《诗经·小雅·采芑》。薄言，语气词，无义。芑（qǐ），野菜名。新田、菑（zī）亩，语出《毛传》："一岁曰菑，二岁曰新田，三岁曰畬。"

⑳"言宣王能新美天下之士"几句：王安石此说出于《毛传》："宣王能新天下之士，然后用之。"

【译文】

商朝末年，天下曾经发生过大动乱。在位的官员贪婪残酷、为非作歹，都是不称职的人。到了周文王兴起的时候，天下的人才也曾经很缺乏。在那时，周文王能培养天下的士人，使他们具有突出的才能，然后根据他们所具备的才能而授予合适的官职，任用他们。《诗经》上说："开明平易的君子，怎么不会造就人才。"说的就是这件事。等到人才都被造就好了，低微卑贱的猎兔人，尚且没有不喜好美德的，《兔罝》之诗说的就是这样的情况。何况那些在官位上的人呢？周文王正因为能如此，所以出征便能降服敌人，守国便能平治天下。《诗经》上说："捧璋祭祀的人仪容肃穆，俊秀的卿士各得其所。"又说："周王出兵征伐，六军的将士都紧紧跟随。"是说周文王所任用的人，文臣武将都是人才，而没有办坏的事。到了周夷王、周厉王的动乱时代，天下的人才又曾很缺乏。到了周宣王兴起的时候，与他谋划天下大事的，只有一个仲山甫罢了。所以当时的诗人对此感叹说："道德轻得如牛毛，却只有仲山甫举起它，可惜没有人帮助他。"这是在怜念天下人才很少，仲山甫得不到帮助的情况。周宣王能任用仲山甫，他推举与他同类的人，使天下士人面貌一新、品行美好，而后人才又重新增多了。于是周宣王在内修治政事，在外讨伐不来朝贡的诸侯，再度拥有周文王、周武王时的辽阔领土。所以诗人赞美这件事说："去采芑菜，既到耕种过两年的田里去采，又到初耕的田里去采。"是说周宣王能使天下士人面貌一新、品行美好,让自己有可任用的人才,就像农夫翻新自己的田地使其更好,让田中有可以采摘的艺菜一样。从这些历史事例看,人的才能,没有不是由当代君王培养然后造就的。

所谓陶冶而成之者何也? 亦教之、养之、取之、任之有其道而已。

【译文】

所谓培养和造就人才的途径是怎样的呢? 不过是用一定的方法教育、培养、选拔、任用他们罢了。

所谓教之之道,何也? 古者天子诸侯,自国至于乡党皆有学[①],博置教导之官而严其选[②]。朝廷礼乐刑政之事[③],皆在于学。士所观而习者,皆先王之法言、德行、治天下之意[④],其材亦可以为天下国家之用。苟不可以为天下国家之用,则不教也。苟可以为天下国家之用者,则无不在于学。此教之之道也。

【注释】

①自国至于乡党皆有学:古时从地方到中央都设有不同层次的学校。《礼记·学记》:"古之教者,家有塾,党有庠,术有序,国有学。"孔疏:"'国有学'者,国,谓天子所都及诸侯国中也。"乡党,泛指地方乡里,周制,一万二千五百家为乡,五百家为党。

②博置:普遍地设置。

③礼乐刑政:礼制、音乐、刑法、政令。

④皆先王之法言、德行、治天下之意:语出《孝经·卿大夫》:"非先王

之法言不敢道,非先王之德行不敢行。"法言,合乎礼法的言论。

【译文】

所谓教育的方法,是怎样的呢? 古代的天子和诸侯,从都城到地方都设立了学校,普遍地设置负责教导的师长,严格选用他们。朝廷的礼制、音乐、刑法、政令等,都在学校的科目中。士人们所看到和熟习的,都是先王符合礼法的言论、高尚的道德品行和他们治理天下的理念,这样他们凭借学习所造就的材质也就可以被天下国家所用了。只要是不能被天下国家所用的知识,就不教授他们。只要是可以被天下国家所用的知识,学校里都会教授。这是教育人才的方法。

所谓养之之道,何也? 饶之以财①,约之以礼,裁之以法也②。何谓饶之以财? 人之情,不足于财,则贪鄙苟得,无所不至。先王知其如此,故其制禄③,自庶人之在官者,其禄已足以代其耕矣④。由此等而上之,每有加焉,使其足以养廉耻⑤,而离于贪鄙之行。犹以为未也,又推其禄以及其子孙,谓之世禄⑥。使其生也,既于父子、兄弟、妻子之养,婚姻、朋友之接⑦,皆无憾矣;其死也,又于子孙无不足之忧焉。何谓约之以礼? 人情足于财而无礼以节之,则又放僻邪侈⑧,无所不至。先王知其如此,故为之制度⑨。婚丧、祭养、燕享之事⑩,服食、器用之物,皆以命数为之节⑪,而齐之以律度量衡之法⑫。其命可以为之⑬,而财不足以具,则弗具也;其财可以具,而命不得为之者,不使有铢两分寸之加焉⑭。何谓裁之以法? 先王于天下之士,教之以道艺矣⑮,不帅教,则待之以屏弃远方终身不齿之法⑯;约之以礼矣,不循礼,则待之以流杀之法⑰。《王制》曰:"变衣服者,其君流^⑱。"《酒诰》曰:"厥或诰曰:群饮,汝勿佚。尽拘执以归于周,予其杀!"^⑲夫群饮、变衣服,小罪也;流杀,大刑也。加小罪以大刑,先王所以忍而不疑者,以为不如是,不足以一天下之俗而成吾治^⑳。夫约之以礼,裁之以法,天下所以服从无抵冒者^㉑,又非独其禁严而治察之所能致也^㉒;盖亦以吾至诚恳恻之心^㉓,力行而为之倡。凡在左右通贵之人^㉔,皆顺上之欲而服行之,有一不帅者,法之加必自此始。夫上以至诚行之,而贵者知避上之所恶矣,则天下之不罚而止者众矣。故曰:此养之之道也。

【注释】

①饶:使……富足。

②裁:制裁。

③制禄:制定俸禄制度。

④自庶人之在官者,其禄已足以代其耕矣:据《礼记·王制》:"制农田百亩,百亩之分,上农夫食九人,其次食八人……庶人在官者,其禄以是为差也。"郑玄注:"庶人在官,谓府史之属,官长所除,不命于天子国君者。"自,即使。庶人,平民。

⑤养廉耻:养成廉洁的操守。廉耻,偏义词,耻在此无义。

⑥世禄:世代承袭官爵和俸禄的制度。

⑦接:交往应酬。

⑧放僻邪侈:放荡恣肆,为非作歹。僻,邪行。侈,放纵。

⑨制度:制定礼法制度。

⑩祭养:祭祀祖先,供养家人。燕享:亦作"宴享",在此泛指宴会。

⑪命数:法律规定的等级数量。

⑫齐:统一规定。律度量衡:规格、长短、容量与重量。法:在此

指标准。

⑬命：即上文"命数"。

⑭铢（zhū）两分寸：在此比喻数量轻微。铢，古代重量单位，二十四
　铢为一两。

⑮道艺：道德与技艺。艺，古时儒家以礼、乐、射、御、书、数为"六
　艺"，在此泛指技艺。

⑯不帅教，则待之以屏弃远方终身不齿之法：语出《礼记·王制》：
　"命乡简不帅教者……不变屏之远方，终身不齿。"不帅教，不服
　从教导。帅，通"率"。在此为遵循之义。屏（bǐng），摒弃，驱逐。
　不齿，不与同列，即极端鄙视。

⑰流：流放。

⑱变衣服者，其君流：语出《礼记·王制》："变礼易乐者为不从，不
　从者君流。革制度衣服者为畔，畔者君讨。"变衣服者，改变服装
　颜色式样的人。

⑲"《酒诰》曰"六句：意谓周天子有文告说："对于聚众饮酒的人，
　你们不要让他们跑掉。全部抓捕回京师，我要杀掉他们。"语出
　《尚书·酒诰》，西周初年曾颁布戒酒令，记载于此。诰，古时一种
　表训诫的文体，在此指天子的文告。厥，其，在此指周天子。或，
　有。佚，通"失"。使……跑掉。

⑳一天下之俗：使天下的风俗纯一。一，使……纯一。

㉑抵冒：抵触冒犯。

㉒禁：禁令。严：严密。察：明察秋毫，在此指苛刻。

㉓至诚恳恻：十分诚恳深切。

㉔通贵：达官贵人。通，显达。

【译文】

所谓培养的方法，是怎样的呢？就是用财物使他们富足，用礼制约
束他们，用法律制裁他们。什么叫作用财物使他们富足？如果缺少财

物,人会变得贪婪卑鄙,只要能取得财物,就无恶不作,这是人之常情。先王明白这个道理,所以他制定俸禄制度,在官府做事的即使是平民,他们取得的俸禄也足够代替他们耕种田地的收入。从这一级一级往上推,每一级的俸禄都有增加,使他们有足够的收入,来养成廉洁的操守,从而不再有贪婪卑鄙的行为。先王还觉得这样不够,又将他们的俸禄推恩到他们子孙身上,称为"世禄制度"。这样使他们在世的时候,既在奉养父母、供养兄弟、抚养妻子儿女和与姻亲、朋友等的交往这些方面,都没有遗憾;过世的时候也没有自己子孙财用会不足够的忧虑。什么叫作用礼制约束他们? 当人们有了足够的财物却没有礼制来约束他们的时候,就又会放荡恣肆,为非作歹,无恶不作。先王明白这个道理,所以为他们制定了礼法制度。婚礼、丧礼、祭祀祖先、供养家人、举办宴会等事,衣服、饮食、礼器、用具等物品,都用法律规定的等级数量来节制,用一定的规格、长短、容量与重量的标准来统一。一样物品或一场仪式,如果按照法律规定可以使用或举办,但财力不足不能具备,便不强求具备;如果财力足够具备,但按照法律规定不可以使用或举办,就不能有一丝一毫的僭越。什么叫作用法律制裁他们? 先王对于天下的士人,会教授他们道德和技艺,有不服从教导的,就将他们驱逐到远方,使他们一生被人鄙视;用礼制来约束他们,如果他们不遵循礼制,就将他们流放或者处以死刑。《王制》中说:"擅自改变衣服颜色式样的人,国君就要流放他。"《酒诰》中说:"周天子有文告说:对于聚众饮酒的人,你们不要让他们跑掉。全部抓捕回京师,我要杀掉他们。"聚众饮酒、改变衣服颜色式样,只是小罪过;流放、死刑,都是很重大的刑罚。用重大的刑罚来惩罚小罪过,先王之所以忍心并坚定不移地这么做,是认为如果不这样就不能够纯一天下的风俗而成就他的天下大治。而用礼制约束他们,用法律制裁他们,天下人之所以都服从,没有抵触冒犯,又不是仅仅禁令严密和统治苛刻所能达到的;也是因为统治者凭借自己诚恳深切的心,身体力行来为之倡导而实现的。凡是君主身边的近臣和达官贵人,都要顺应君主的愿望,并且只要有一二不遵循的人,便一定要依法处置他。如果君主能够诚心这么做,而达官贵人们又知道避开君主所厌恶的违法行为,那么天下即使没有刑罚也不犯法的百姓也会越来越多。所以说:这就是培养人才的途径。

　　所谓取之之道者,何也? 先王之取人也,必于乡党,必于庠序①,使众人推其所谓贤能,书之以告于上而察之。诚贤能也,然后随其德之大小、才之高下而官使之。所谓察之者,非专用耳目之聪明,而听私于一人之口也。欲审知其德②,问以行;欲审知其才,问以言。得其言行,则试之以事。所谓察之者,试之以事是也。虽尧之用舜③,亦不过如此而已,又况其下乎? 若夫九州之大,四海之远,万官亿丑之贱④,所须士大夫之才则众矣。有天下者,又不可以一一自察之也,又不可以偏属于一人⑤,而使之于一日二日之间,考试其行能⑥,而进退之也⑦。盖吾已能察其才行之大者,以为大官矣,因使之取其类,以持久试之,而考其能者以告于上,而后以爵命、禄秩予之而已⑧。此取之之道也。

【注释】

①庠序:古时地方的学校,在此泛指学校。

②审:详细,周密。

③尧之用舜:传说尧在将天下禅让于舜之前,曾对他有过多次考察。

④万官亿丑之贱:意谓下层官员职位繁多。《国语·楚语下》:“五物之官,陪属万为万官。官有十丑,为亿丑。”亿,古时十万为亿。丑,通“俦”。类。贱,低下。

⑤属:同“嘱”。托付。

⑥行能：品行与才能。

⑦进退：进用或斥退。

⑧爵命：官爵等级，周制，诸侯分公、侯、伯、子、男五等爵，一命至九命共九阶，在此泛指爵位官衔。禄秩：俸禄等级，在此泛指俸禄。

【译文】

所谓选拔人才的途径，是怎样的呢？先王选拔人才，一定要到地方去，一定要到学校去，使众人推举他们认为贤能的人，写推荐书报告上级而加以考察。如果果真是贤能的人才，然后就根据他品德的高低、才能的多少来委任官职并任用他。所谓考察的方法，不是仅仅用耳朵听、眼睛看，也不是偏听一个人的意见。想要详细地知道这个人的品德，就要考察他的行为；想要详细地知道这个人的才能，就要倾听他的言语。了解了他的言行，再用实际事情去考核他。所谓的考察的方法，就是用实际事情去考核。哪怕是尧将王位禅让于舜，也不过是这样罢了，更何况是不如他们的人？国家那么广阔，下层官员的职位那么繁多，所需要的能做官的人才就太多了。享有天下的国君，又不能一一自己去考察，又不能只托付给一个人，让他在一天两天之间，考核那么多人的品行才能，对他们进用或斥退。但国君已经考察得到了有大才大德的人才，任命他做了高官了，就可以使他选拔与他志同道合的人，长久地考察他们，选出贤能的人报告给国君，而后国君将官爵、俸禄授予他们。这就是选拔人才的途径。

所谓任之之道者，何也？人之才德，高下厚薄不同，其所任有宜有不宜。先王知其如此，故知农者以为后稷，知工者以为共工①。其德厚而才高者，以为之长②；德薄而才下者，以为之佐属③。又以久于其职，则上狃习而知其事④，下服驯而安其教；贤者则其功可以至于成，不肖者则其罪可以至于著⑤。故久其任而待之以考绩之法。夫如此,故智能才力之士,则得尽其智以赴功⑥,而不患其事之不终、其功之不就也;偷惰苟且之人,虽欲取容于一时⑦,而顾僇辱在其后⑧,安敢不勉乎?若夫无能之人,固知辞避而去矣⑨。居职任事之日久,不胜任之罪,不可以幸而免故也⑩。彼且不敢冒而知辞避矣,尚何有比周、谗谄、争进之人乎⑪?取之既已详,使之既已当,处之既已久,至其任之也又专焉,而不一一以法束缚之,而使之得行其意。尧、舜之所以理百官而熙众工者⑫,以此而已。《书》曰:"三载考绩,三考,黜陟幽明⑬。"此之谓也。然尧、舜之时,其所黜者则闻之矣,盖四凶是也⑭。其所陟者,则皋陶、稷、契⑮,皆终身一官而不徙⑯。盖其所谓陟者,特加之爵命、禄赐而已耳。此任之之道也。

【注释】

①故知农者以为后稷,知工者以为共工:后稷,周人的先祖,名弃,善于种植作物,虞舜时命为农官,成为"后稷",在此是指代管理农事的官员。共工,古工官名。马融注《尚书·舜典》:"为司空,共理百工之事。"孔传:"共,谓供其职事。"

②长:长官。

③佐属:助手,属员。

④狃(niǔ)习:熟悉。

⑤著:明显,这里指暴露。

⑥赴功:追求功绩。赴,趋向,在此引申为追求。

⑦取容:曲从讨好于人以求自己安身。

⑧僇辱：杀戮侮辱。僇，通"戮"。死罪。

⑨辞避：推辞避让。

⑩幸：侥幸。

⑪比周：结党营私。争进：争着升官。

⑫理百官：管理百官。熙众工：使众事皆兴。熙，使……兴盛。工，同"功"。事。

⑬"三载考绩"几句：语出《尚书·舜典》，意谓对官员三年一次考核政绩，经过三次考核，罢黜昏庸的人，晋升清明的人。载，年。考绩，考核政绩。黜，罢黜。陟，晋升。幽，昏庸的人。明，清明的人。

⑭四凶：尧舜时四个为非作歹的部落或凶神，具体为谁说法不一。据《尚书·舜典》："流共工于幽州，放驩兜于崇山，窜三苗于三危，殛鲧于羽山"，则为共工、驩（huān）兜、三苗、鲧（gǔn）；据《左传·文公十八年》："舜臣尧，宾于四门，流四凶族浑敦、穷奇、梼杌、饕餮，投诸四裔，以御魑魅"，则为浑敦、穷奇、梼杌（táo wù）、饕餮（tāo tiè）。

⑮皋陶（gāo yáo）：舜时贤臣，掌管刑狱。稷：即上文后稷。契：商人祖先，因佐禹治水有功，被舜任为司徒，掌管教化。

⑯徙：迁移，在此引申为调迁。

【译文】

　　所谓任用人才的途径，是怎样的呢？一个人的才能品德，有高下多少的不同，所适合的官职也有不同。先王明白这个道理，所以让了解农业的人做掌管农业的官员，了解工业的人做掌管工业的官员。让那些品德高尚、才华横溢的人，做主管的官员；让那些品德普通、才华一般的人，做主管官员的助手和属官。又因为他们长期担任同一职务，所以上级熟悉职务的事，下级也服从并安于上级的教导；贤能的人可以成就功勋，而不贤能的人也可以暴露罪过。所以，君主会让官员们长期担任同一职务，再考核他们的政绩。像这样做了，那些有聪明有才华的人，能够尽自己的才智追求功绩,而不担心事情不能完成、功业不能成就;懈怠懒惰苟且度日的人,虽然想要凭借取悦上级而蒙混一时,但顾虑着日后的刑罚,又怎么敢不努力呢? 至于那些没有能力的人,自然就明白推辞避让,离开官场了。这是因为在同一职位上长期任职做事,不能胜任的罪过,无法侥幸免除。他们尚且不敢冒险侥幸,知道推辞避让,还怎么会有结党营私、进谗谄媚、争着升官的人呢? 选拔的方式已经很完备,任命的职务已经很合理后,令他一人专任同一职务时间已经长了,又不用成法束缚他的手脚,而能让他按照自己的想法处理政务。尧、舜之所以能管理好百官而使众事兴盛,就是凭借这样的执政方法。《尚书》中说:"对官员三年一次考核政绩,经过三次考核,罢黜昏庸的人,晋升清明的人。"说的就是这个意思。尧、舜时所罢黜的人我听说过,是四凶。他们所晋升的人,则是皋陶、稷和契,都是终身只担任同一职务而不调迁的。他们所谓的升迁,仅仅是提升官爵等级、增加俸禄赏赐罢了。这就是任用人才的途径。

夫教之、养之、取之、任之之道如此,而当时人君又能与其大臣悉其耳目心力①,至诚恻怛②,思念而行之,此其人臣之所以无疑,而于天下国家之事无所欲为而不得也。

【注释】

①悉:尽。

②恻怛(cè dá):忧心。

【译文】

对于天下士人,像这样教化他们,培养他们,选拔他们,任用他们,同时作为人君又能够与大臣一起,竭尽注意与心力,诚心为国家忧心,身体力行,时刻不忘,那么大臣们就会坚定不移地效忠人君,对于天下家国之事也就没有什么想做而做不成的了。

方今州县虽有学①，取墙壁具而已②，非有教导之官，长育人才之事也③。唯太学有教导之官④，而亦未尝严其选。朝廷礼乐刑政之事，未尝在于学。学者亦漠然自以礼乐刑政为有司之事，而非己所当知也。学者之所教，讲说章句而已⑤。讲说章句，固非古者教人之道也。近岁乃始教之以课试之文章⑥。夫课试之文章，非博诵强学穷日之力则不能。及其能工也⑦，大则不足以用天下国家，小则不足以为天下国家之用。故虽白首于庠序，穷日之力以帅上之教，及使之从政，则茫然不知其方者，皆是也。盖今之教者，非特不能成人之才而已⑧，又从而困苦毁坏之，使不得成才者，何也？夫人之才，成于专而毁于杂。故先王之处民才，处工于官府，处农于畎亩，处商贾于肆，而处士于庠序，使各专其业而不见异物，惧异物之足以害其业也⑨。所谓士者，又非特使之不得见异物而已，一示之以先王之道，而百家诸子之异说⑩，皆屏之而莫敢习者焉。今士之所宜学者，天下国家之用也。今悉使置之不教⑪，而教之以课试之文章，使其耗精疲神，穷日之力以从事于此。及其任之以官也，则又悉使置之，而责之以天下国家之事⑫。夫古之人，以朝夕专其业于天下国家之事，而犹才有能有不能；今乃移其精神，夺其日力，以朝夕从事于无补之学⑬，及其任之以事，然后卒然责之以为天下国家之用⑭，宜其才之足以有为者少矣。臣故曰：非特不能成人之才，又从而困苦毁坏之，使不得成才也。

【注释】

①方今州县虽有学:据《宋史·职官志》:"庆历四年(1044),诏诸路州、军、监,各令立学,学者二百人以上,许更置县学。"

②取墙壁具而已:只有墙壁具备罢了,意谓徒有其表。取,仅仅。

③长育:培养。

④唯太学有教导之官:据《宋史·职官志》:"国子监……旧以讲说为名,无定员。淳化五年(994),判监李至奏为直讲,以京朝官充。其后,又有讲书、说书之名,并以幕职、州县官充。……皇祐(1049—1054)中,始以八人为额,每员专讲一经。"太学,唐宋时在京师设国子监,既是掌管教育的机构,也是最高学府,其内设国子、太学,七品以上官员子弟入国子学,八品官员子弟及庶人优异者入太学,在此以太学概指二者。

⑤讲说章句而已:意谓不能通达大义而拘泥于训释篇章字句。章句,章节和句子,汉代部分经学家专门在此用力,分析儒家经典,创立了"章句学"。

⑥课试之文章:指应付科举考试的文章,如欲考进士,据《宋史·选举志》:"凡进士,试诗、赋、论各一首,策五道,帖《论语》十帖,对《春秋》或《礼记》墨义十条。"

⑦工:熟练。

⑧特:仅仅。

⑨"故先王之处民才"几句:语出《管子·小匡》:"士农工商四民者,国之石民也……是故圣王之处士,必于闲燕,处农必就田野,处工必就官府,处商必就市井……少而习焉,其心安焉,不见异物而迁焉。"《周礼》中亦有类似记载。工,工匠。官府,在此指官办作坊。畎(quǎn)亩,农田。商贾,商人,古时称行走贩卖者为商,坐地贩卖者为贾。肆,商店或市场。异物,不同的事物,在此指非其所习之事。

⑩而百家诸子之异说：先秦诸子百家不同的学说。

⑪置之：放在一边不理会。

⑫责：责成。

⑬无补之学：无用的学问。

⑭卒然：同"猝然"。突然。

【译文】

现在州县虽然设立了学校，但仅仅是空有其表，而没有教导的老师，培养人才的实事。只有京城的国子监有教导的老师，却也不曾通过严格选拔。朝廷需要的礼制、音乐、刑法、政治等知识，学校里一直都没有。学生们也漠不关心，认为礼制、音乐、刑法、政治等是官吏的事，不是自己应当掌握的。老师们所教授的，只是训释篇章字句罢了。训释篇章字句，本来就不是古人教学生学习儒家经典的方法。近年来又开始教授应付科举考试的文章。这种应付科举考试的文章，如果不是每天都穷尽光阴广泛背诵、努力学习就学不好。等到学生能精通的时候，大的方面不能够用来治理天下国家，小的方面又不能够为天下国家出力。所以即使学生们在学校里熬白了头发，每天用尽精力来遵循老师的教导，等到让他们参与政务时，就茫然不知道方法，都是这样的缘故。当今的教育，非但不能使人学好，反而还起到摧残迫害的反作用，让这些人不能成才，为什么呢？因为人的才能，需要专一地培养去成就，学的东西太驳杂就会损伤。所以先王在安置人才的时候，将工匠都安置在官府的作坊，将农民都安置在田间，将商人都安置在市场，将士人都安置在学校，使他们各自专心于自己的事业，见不到别的事物，这是担忧别的事物会让他们分心，损害他们本来的事业。所谓的士人，又不是仅仅使他见不到别的事物，还要专一地只向他们展示先王的思想和治国方法，而那些诸子百家的不同学说则全部摒弃，不敢让他们学习。现在士人所应该学习的，是可以用来治理天下国家的知识。现在却将这些知识都放在一边不教，而教授他们应付科举考试的文章，令他们损耗精力，精神疲倦，每天都穷尽光阴来做这件事。等到让他们担任官职的时候，又让他们把所学的都放在一边，责成他们处理国家大事。古时的人，每天早晚都专心于处理国家大事，还尚且因为才能缘故有做到做不到的；现在却让士人们每天耗费光阴转移注意，早晚都努力于无用的学问，等到让他们为官处事，然后突然用对国家大事有用的标准责成他们，难怪能够有所作为的人那么少了。我所以说：当今的教育非但不能让人学好，反而还起到摧残迫害的反作用，让这些人不能成才。

又有甚害者。先王之时，士之所学者，文武之道也①。士之才，有可以为公卿大夫，有可以为士②。其才之大小，宜不宜则有矣，至于武事，则随其才之大小，未有不学者也。故其大者，居则为六官之卿③，出则为六军之将也④；其次则比闾族党之师⑤，亦皆卒伍师旅之帅也⑥。故边疆宿卫⑦，皆得士大夫为之，而小人不得奸其任⑧。今之学者，以为文武异事，吾知治文事而已，至于边疆宿卫之任，则推而属之于卒伍⑨。往往天下奸悍无赖之人⑩，苟其才行足自托于乡里者⑪，亦未有肯去亲戚而从召募者也⑫。边疆宿卫，此乃天下之重任，而人主之所当慎重者也。故古者教士以射、御为急⑬；其他技能，则视其人才之所宜而后教之；其才之所不能，则不强也。至于射，则为男子之事⑭。人之生，有疾则已；苟无疾，未有去射而不学者也。在庠序之间，固当从事于射也。有宾客之事则以射⑮，有祭祀之事则以射⑯，别士之行同能偶则以射⑰。于礼乐之事，未尝不寓以射，而射亦未尝不在于礼乐、祭祀之间也。《易》曰："弧矢之利，以威天下⑱。"先王岂以射为可以习揖让之仪而已乎⑲？固以为射者,武事之尤大,而威天下、守国家之具也。居则以是习礼乐,出则以是从战伐。士既朝夕从事于此而能者众,则边疆宿卫之任,皆可以择而取也。夫士尝学先王之道,其行义尝见推于乡党矣⑳,然后因其才而托之以边疆宿卫之事。此古之人君所以推干戈以属之人㉑,而无内外之虞也㉒。今乃以夫天下之重任,人主所当至慎之选,推而属之奸悍无赖、才行不足自托于乡里之人。此方今所以谒谒然常抱边疆之忧,而虞宿卫之不足恃以为安也。今孰不知边疆宿卫之士不足恃以为安哉?顾以为天下学士以执兵为耻㉓,而亦未有能骑射行阵之事者㉔,则非召募之卒伍,孰能任其事者乎?夫不严其教,高其选㉕,则士之以执兵为耻,而未尝有能骑射行阵之事,固其理也。凡此皆教之非其道故也。

【注释】

①文武之道:在此指文武两方面的技能。

②"士之才"几句:公、卿、大夫和士,均为周代的官级爵称。公是天子的最高辅佐官三公(太师、太傅、太保或司马、司徒、司空)。卿是天子及诸侯所置的高级官员,分上中下三级,常可世袭。大夫也分上中下。士,古代贵族的下层,有的也担任下级官吏,其下为平民及奴隶。

③居则为六官之卿:居,这里指在朝廷。六官之卿,周代以天官冢宰、地官司徒、春官宗伯、夏官司马、秋官司寇、冬官司空掌邦国之政,分管财政、军事、刑法、教育、制作等,总称六官或六卿。

④六军:周代天子所统领的军队,一军二千五百人,在此指朝廷的军队。

⑤比闾族党之师：比闾族党，古代地方行政组织的名称。《周礼·地官·大司徒》："令五家为比，使之相保；五比为闾，使之相受；五闾为族，使之相葬；五族为党，使之相救。"师，师氏的简称，有劝谏君主、教导贵族子弟、训练军队、指挥作战等执掌。

⑥卒伍师旅之帅：卒伍师旅，古时军队编制的名称。《周礼·地官·小司徒》："五人为伍，五伍为两，四两为卒，五卒为旅，五旅为师，五师为军。"帅，军队统帅。

⑦宿卫：宫中警卫军队。

⑧奸：同"干"。干犯，在此指侵占。

⑨卒伍：本指小批军人，在此泛指军队。

⑩奸悍：奸邪凶悍。

⑪足自托：能够完全自立。

⑫召募：募集士兵。

⑬射、御：射箭和驾车，属于"六艺"中尚武的技艺，都可用于战争。因西周时车战为主要的战争形式之一，故重视驾车这一技艺。

⑭至于射，则为男子之事：语出《礼记·射义》："射者，男子之事也。"

⑮有宾客之事则以射：据《周礼·春官·大宗伯》："以宾射之礼，亲故旧朋友。"贾公彦疏："以此宾射之礼者，谓行燕饮之礼，乃与之射，所以申欢乐之情。"

⑯有祭祀之事则以射：据《礼记·射礼》："天子将祭，必先习射于泽。泽者，所以择士也。已射于泽，而后射于射宫。射中者得与于祭，不中者不得与于祭。"

⑰别士之行同能偶则以射：语出《汉书·食货志》："行同能偶，则别之以射。"别，区分。行同能偶，德行与才能相当。

⑱弧矢之利，以威天下：语出《周易·系辞下》，意谓弓箭很犀利，可以用来威慑天下。弧矢，弓箭。

⑲习：熟悉。揖让之仪：古时宾主相见时打躬、作揖之类的礼节。

⑳行义：品行节义。

㉑干戈：古代武器，干为盾牌，戈为矛的一种，在此代指兵权。

㉒虞：忧虑。

㉓执兵：手执兵器。

㉔行阵：行兵布阵。

㉕高其选：提高选拔的标准。

【译文】

还有一点危害更大。先王之时，士人所学习的，是文武两方面的技能。士人的才能，有的可以担任公卿大夫，有的只能做下层的士。他们自身的才能有多有少，有适合或不适合做官的，至于武力方面，则根据他们自身才能的多少，没有不学习的。所以才能多的人，在朝廷中则为公卿，出征在外时则为军队的将领；稍差一点的，则担任地方上比、闾、族、党中的师氏，在打战时也都是军队中卒、伍、师、旅的指挥官。所以边疆的军队和宫中的警卫军，都由士大夫管理，小人不能够侵占他们的职务。现在的学者们，认为学习文武是不同的事，我只是知道文化方面的事而已，至于边疆军队和宫中警卫军的重任，就推卸了交托给军人们。往往天下奸邪凶悍无赖的人，只要他的才能品行能够在乡里自立，也不愿意离开亲友而从军入伍。边疆军队和宫中警卫军，这些都是国家重要的职位，是君主所应该慎重的事。所以古时教育士人，以射箭和驾车为先；其他技能，则根据个人才能是否适合然后有选择地传授；如果学不了，也不勉强。至于射箭，就是男人都应学习的技能。一个人生下来，有疾病就算了；只要没有疾病，没有男人不学射箭的。在学校里，本来就应该学习射箭。应酬宾客要射箭，祭祀先圣要射箭，判断士人的才能品行是否能够相当也要射箭。礼乐的道理，没有不蕴涵在射箭里的，有礼乐、祭祀的场合也一定会有射箭的项目。《周易》中说："弓箭犀利，可以用来威慑天下。"先王难道只把射箭看作可以用来熟悉宾主相见时打躬、作揖之类礼节的手段吗？自然是把射箭看成军事活动最重要的部分，是用来威慑天下、保卫国家的工具。在朝廷中官员凭借射箭来熟习礼乐，出征在外时则凭借它来投入战争。士人如果能早晚都学习射箭并且出色的人多，那么保卫边疆和守卫宫廷的职务，就可以从他们当中选拔人才了。士人们先学习先王之道，他们的品行节义被乡里人所推崇了，然后再根据他们的才能，把保卫边疆和守卫宫廷的重任托付给他们。这就是古时的君主之所以能把兵权交托给下面的人，而国家内外都没有忧虑的缘故。现在却把这两样关乎天下安定的重任，君主所应该最慎重的选择，都交托给奸邪凶悍无赖、才能品行都不能在乡里自立的人。这是当今人们之所以常常忧虑边疆之事，又担心保卫宫廷的人难以信赖的缘故。当今谁不知道保卫边疆的军队和守卫宫廷的卫士不能够信赖，不能够使人高枕无忧呢？但天下的士人都把手执武器看作是耻辱，而且他们中也没有会骑马射箭、行军布阵的人，那么不去招募士兵，谁能够担任这两样职务呢？因为不严格教育，也提高选拔标准，所以士人们都把手执武器看作是耻辱，他们中也没有会骑马射箭、行军布阵的人，也是理所当然的。以上都是教育士人的途径不正确的缘故。

方今制禄，大抵皆薄[1]。自非朝廷侍从之列[2]，食口稍众[3]，未有不兼农商之利而能充其养者也。其下州县之吏，一月所得，多者钱八九千，少者四五千，以守选、待除、守阙通之，盖六七年而后得三年之禄[4]，计一月所得，乃实不能四五千，少者乃实不能及三四千而已。虽厮养之给[5]，亦窘于此矣。而其养生、丧死、婚姻、葬送之事，皆当于此。夫出中人之上者，虽穷而不失为君子；出中人之下者，虽泰而不失为小人。唯中人不然，穷则为小人，泰则为君子[6]。计天下之士，出中人之上下者，千百而无十一[7]；穷而为小人，泰而为君子者,则天下皆是也。先王以为众不可以力胜也,故制行不以己,而以中人为制⑧。所以因其欲而利道之⑨,以为中人之所能守⑩,则其志可以行乎天下,而推之后世。以今之制禄,而欲士之无毁廉耻,盖中人之所不能也。故今官大者,往往交赂遗⑪,营赀产⑫,以负贪污之毁⑬;官小者,贩鬻乞丐⑭,无所不为。夫士已尝毁廉耻以负累于世矣⑮,则其偷惰取容之意起,而矜奋自强之心息⑯,则职业安得而不弛,治道何从而兴乎? 又况委法受赂⑰,侵牟百姓者⑱,往往而是也。此所谓不能饶之以财也。

【注释】

①方今制禄,大抵皆薄:据《燕翼诒谋录》卷二:"国初,士大夫俸入甚微,簿、尉月给三贯五百七十而已,县令不满十千,而三分之二又复折支茶、盐、酒等,所入能几何?"

②自:如果。朝廷侍从:宋代侍从之官主要指翰林学士、给事中、六部尚书、侍郎、台谏官、馆职等,多为四品以上的清要官,地位处于宰执之下,庶官之上,皆文学之极选,以备天子顾问,有侍从献纳之责,荐士举官之任。

③食口:指所养活的人口。

④以守选、待除、守阙通之,盖六七年而后得三年之禄:官员一任三年,在守选、待除、守阙期间无俸禄,故有此说。守选,等候任命官职。选,吏部遇有官职空缺,挑选有相应资格的候补官员加以任命,以填补缺额,称为"选注",简称"选"。待除,等候调任新职。除,拜官。守阙,经吏部拟注某官或做某差遣后,需等待该缺职上现任官出缺后方能赴任,称为"守阙"或"待阙"。阙,同"缺"。通之,通算在一起。

⑤厮养之给：供给奴仆的生活费。厮养，据裴骃《史记集解》引韦昭注："折薪为厮，炊烹为养"，原指做这两样粗活的奴仆，后泛指奴仆。

⑥"夫出中人之上者"几句：语出《论语·雍也》："子曰：'中人以上，可以语上也；中人以下，不可以语上也。'"《论语·阳货》："子曰：'唯上知与下愚不移。'"《论语》中是以人的智商为标准将人划分为"上知""中人"和"下愚"三类，并认为"上知"和"下愚"难以改变。王安石在此将之化用为以人的道德水平为标准将人划分为"君子""中人"和"小人"，也认为"君子"和"小人"是难以改变的，而"中人"则会依据现实情况变成"君子"或"小人"。泰，经济宽裕，生活安定。

⑦千百而无十一：一千人中没有十个，一百人中没有一个，即不到百分之一。

⑧"先王以为众不可以力胜也"几句：《礼记·表记》："是故圣人之制行也，不制以己。"以力胜，用强力压服。制行不以己，评定品行不以自己为标准。行，品行。制，标准。

⑨道：通"导"。引导。

⑩守：遵守。

⑪交赂遗（wèi）：互相贿赂。交，互相授受。赂遗，财物赠品。遗，赠品。

⑫营赀产：谋求资产。赀，同"资"。

⑬毁：恶劣的名声。

⑭贩鬻（yù）：经商做买卖。鬻，出卖。乞丐：在此为向人索求财物之意。

⑮负累：背负罪过。累，过失。

⑯矜奋：发奋努力。

⑰委法：枉法。

⑱侵牟：侵害掠夺。牟，取。

【译文】

当今所制定的俸禄，大多是很微薄的。如果不是身处朝廷中侍从官的行列，家中人口稍多的，没有一个官员不是同时经营农业和商业获利才能满足对家庭的供养的。下层的地方州县的官吏，一个月所获得的俸禄，多的八九千，少的四五千，如果把不提供俸禄的守选、待除、守阙这些时期通算在一起，六七年只能获得三年的俸禄，这样计算一个月获得的，实际还不到四五千，少的人甚至还不到三四千。这点收入，即使是供给奴仆的生活费都显得窘迫。更何况一个官员供养活人、为死人办理丧事、举办婚礼等等开销，都需要依靠这些钱来支付。那些道德水平在中等以上的人，虽然贫困还会坚持做君子；那些道德水平在中等以下的人，虽然富裕还是不免做小人。只有道德水平中等的人不一样，穷困了就沦落为小人，富裕了就成为君子。算一算天下的士人中，道德水平在中等以上和中等以下的人，都不到百分之一；贫困了就沦落为小人，富裕了就成为君子的人，则是天下比比皆是的。先王明白这样的人很多，不能够用强力压服，所以评定品行不以自己为标准，而把道德水平中等的普通人作为标准。顺遂他们的欲望，用利益去引导，制定普通人能够遵守的行为准则，所以先王的意志可以在天下通行，传播到后世。凭借当今微薄的俸禄，想要士人不败坏他的廉洁之心，那些道德水平中等的普通人是做不到的。所以如今官位高的人，往往互相贿赂，经营资产，背负着贪污的恶劣名声；官位小的人，则通过经商获利，向人求取财物，没有什么不做的。士大夫已经败坏了廉洁之心，在世上背负了罪过，就会生出懈怠懒惰、通过取悦上级而苟且度日的想法，发奋努力自强的心思也就消亡了，所以他们的本职工作怎么会不懈怠，国家的太平安定又从哪里兴起呢？又何况违反法律、收受贿赂，侵占掠夺百姓财产的人，比比皆是。这就是我说的不能使人们生活充裕而造成的后果。

　　婚丧、奉养、服食、器用之物，皆无制度以为之节，而天下以奢为荣，以俭为耻。苟其财之可以具，则无所为而不得，有司既不禁，而人又以此为荣。苟其财不足，而不能自称于流俗①，则其婚丧之际，往往得罪于族人亲姻②，而人以为耻矣。故富者贪而不知止，贫者则强勉其不足以追之。此士之所以重困③，而廉耻之心毁也。凡此所谓不能约之以礼也。

【注释】

①自称于流俗：与奢侈的世俗习惯相称。称，适应。

②亲姻：亲家。

③重困：重重困难，在此为陷入重重困难。

【译文】

　　现在婚礼丧礼、奉养父母、吃穿用度和日常物品的规格，都没有一定的制度加以节制，而天下人把奢侈看作光荣，把节俭看作耻辱。只要他的财力能够备办，就没有什么做不到，官府不禁止，人们又把这当成是光荣的。一个人如果财力不足，不能够适应流俗的奢侈风气，那么他举办婚礼丧礼的时候，往往要被亲戚和亲家怪罪，就会感到耻辱。所以富裕的人铺张而不知节制，贫穷的人虽财力不足仍勉强追随这种风尚。这就是让士人陷入重重困境，廉洁的品行被损害的原因。以上是我所说的不能用礼制来约束人们所造成的后果。

　　方今陛下躬行俭约，以率天下，此左右通贵之臣所亲见。然而其闺门之内①，奢靡无节，犯上之所恶，以伤天下之教者②，有已甚者矣③，未闻朝廷有所放绌④，以示天下。昔周之人，拘群饮而被之以杀刑者，以为酒之末流生害⑤，有至于死者众矣，故重禁其祸之所自生。重禁祸之所自生，故其施刑极省，而人之抵于祸败者少矣。今朝廷之法，所尤重者，独贪吏耳。重禁贪吏，而轻奢靡之法，此所谓禁其末而弛其本。然而世之识者，以为方今官冗⑥，而县官财用已不足以供之⑦，其亦蔽于理矣⑧。今之入官，诚冗矣。然而前世置员盖甚少⑨，而赋禄又如此之薄⑩，则财用之所不足，盖亦有说矣⑪。吏禄岂足计哉⑫？臣于财利，固未尝学，然窃观前世治财之大略矣。盖因天下之力⑬，以生天下之财；取天下之财，以供天下之费。自古治世，未尝以不足为天下之公患也，患在治财无其道耳。今天下不见兵革之具⑭，而元元安土乐业⑮，人致己力，以生天下之财。然而公私常以困穷为患者，殆以理财未得其道⑯，而有司不能度世之宜而通其变耳⑰。诚能理财以其道而通其变，臣虽愚，固知增吏禄不足以伤经费也。方今法严令具，所以罗天下之士⑱，可谓密矣。然而亦尝教之以道艺，而有不帅教之刑以待之乎⑲？亦尝约之以制度，而有不循理之刑以待之乎？亦尝任之以职事，而有不任事之刑以待之乎？夫不先教之以道艺，诚不可以诛其不帅教；不先约之以制度，诚不可以诛其不循理；不先任之以职事，诚不可以诛其不任事。此三者，先王之法所尤急也，今皆不可得诛；而薄物细故⑳，非害治之急者，为之法禁，月异而岁不同。为吏者至于不可胜记，又况能一一避之而无犯者乎？此法令所以玩而不行㉑，小人有幸而免者，君子有不幸而及者焉。此所谓不能裁之以刑也。凡此皆治之非其道也。

【注释】

①闺门：古时称内室的门，在此指官员的家门。

②伤：损害，妨害。

③已甚：太过分。

④放绌：流放贬斥。绌，通"黜"。罢黜。

⑤末流：原指河流下游，在此喻指消极后果。

⑥冗（rǒng）：多而无用。

⑦县官：在此指朝廷。

⑧蔽于理：不明事理。

⑨前世：前代，指宋初。

⑩赋禄：所给的俸禄。

⑪亦有说：另有原因。

⑫计：计较。

⑬因天下之力：依靠天下的人力物力。

⑭兵革：原指兵器和甲胄，在此泛指战争。

⑮元元：指百姓。语出《战国策·秦策一》："制海内，子元元。"高诱注："元，善也，民之类善，故称元。"

⑯殆：大概，恐怕。

⑰度：揣度。宜：事宜，情况。通其变：通晓变化。

⑱罗：约束，限制。

⑲帅：通"率"。遵循。

⑳薄物细故：微不足道、无关紧要的事。

㉑玩：在此指被忽视。

【译文】

　　现在陛下您亲自奉行节俭的原则，来为天下人做表率，这是您身边的臣子和达官贵人们所亲眼看到的。然而他们在家门之内，生活却是奢侈糜烂、没有节制，做您所厌恶的事冒犯您，损害了您对天下人的教导，其中有很过分的人，也没有听说朝廷对他们流放、贬斥，来警示世人。过去西周朝廷之所以把聚众饮酒的人抓起来处以死刑，是因为认为酗酒的后果会危害社会，以至于使许多人死亡，所以便从祸害产生的根源聚众饮酒上来严厉禁止。从祸害产生的根源严厉禁止，所以当时施行的刑法很简略，而人们造成祸害的情况很少。现在朝廷的法令只是对贪官污吏惩戒得特别严厉。严厉地惩戒贪官污吏，却轻视针对奢侈糜烂的社会风气的法令，这就是所谓的抓紧了次要问题却放松了根本问题。然而世上的有识之士，认为现在的政府官吏过多，朝廷的财政不能够供给，这又是不明事理的说法。现在所招收的官员确实太多了。然而前代设置的官员很少，俸禄也很微薄，而朝廷的财政还是不足，所以是另有原因的。官吏的俸禄哪里值得计较呢？我对于财政，固然没有学习过，然而私下也观察了前代管理财政的大概状况。凭借天下的人力物力，来创造天下的财富；取用天下的财富，来供给天下的费用。自古以来的太平盛世，没有把财政赤字本身作为大家的忧患的，而担忧的是管理财政的方法不正确。当今天下没有战争，百姓安居乐业，人人尽力创造财富。然而国家和个人都还常常忧虑穷困的问题，大概是因为管理财政的方法不正确，政府不能审时度势，通晓现实的变化。如果真的能够用正确的方法管理财政，通晓现实的变化，我虽然愚钝，也知道增加官吏的俸禄是不会减损国家的经费的。当今法令严厉完备，在限制士人行为的方面，可以称得上是严密了。然而国家曾经用道义来教育他们，有不听从教育的刑罚来监督吗？曾经用制度来约束他们，有不遵循制度的刑罚来监督吗？曾经授予他们官职让他们做事，有不胜任职事的刑罚来监督吗？如果没有先用道义来教育，确实不可以因为不听从教育而诛杀他们；如果没有先用制度来约束，确实不可以因为不遵循制度而诛杀他们；如果没有先授予他们官职让他们做事，确实不可以因为不胜任而诛杀他们。这三种人就是先王的法令要率先惩罚的，现在却都不能诛杀；而那些微薄细小，不是危害统治严重的事，却为之设立法律禁令，而且常常更变。以至于做官的人都不能全部记住,何况还能一一避免而不违反呢? 这就是法令之所以被忽视、不能执行,小人侥幸得以免罪,而君子不幸反而触犯的原因。这就是我所说的不能用正确的法令来制裁人们造成的后果。以上都不是正确的治理国家的方法。

　　方今取士,强记博诵而略通于文辞,谓之茂才异等、贤良方正①。茂才异等、贤良方正者,公卿之选也②。记不必强,诵不必博,略通于文辞,而又尝学诗赋,则谓之进士③。进士之高者,亦公卿之选也④。夫此二科所得之技能,不足以为公卿,不待论而后可知。而世之议者,乃以为吾常以此取天下之士,而才之可以为公卿者,常出于此,不必法古之取人而后得士也⑤,其亦蔽于理矣。先王之时,尽所以取人之道,犹惧贤者之难进,而不肖者之杂于其间也。今悉废先王所以取士之道,而驱天下之才士,悉使为贤良、进士,则士之才可以为公卿者,固宜为贤良、进士,而贤良、进士,亦固宜有时而得才之可以为公卿者也。然而不肖者,苟能雕虫篆刻之学⑥,以此进至乎公卿;才之可以为公卿者,困于无补之学,而以此绌死于岩野⑦,盖十八九矣⑧。夫古之人有天下者,其所以慎择者,公卿而已。公卿既得其人,因使推其类以聚于朝廷,则百司庶府⑨,无不得其人也。今使不肖之人,幸而至乎公卿,因得推其类聚之朝廷,此朝廷所以多不肖之人,而虽有贤智,往往困于无助,不得行其意也。且公卿之不肖,既推其类以聚于朝廷;朝廷之不肖,又推其类以备四方之任使⑩;四方之任使者,又各推其不肖以布于州郡。则虽有同罪举官之科[11]，岂足恃哉？适足以为不肖者之资而已[12]。其次九经、五经、学究、明法之科[13]，朝廷固已尝患其无用于世，而稍责之以大义矣[14]。然大义之所得，未有以贤于故也[15]。今朝廷又开明经之选，以进经术之士[16]。然明经之所取，亦记诵而略通于文辞者，则得之矣。彼通先王之意，而可以施于天下国家之用者，顾未必得与于此选也[17]。其次则恩泽子弟，庠序不教之以道艺，官司不考问其才能，父兄不保任其行义，而朝廷辄以官予之，而任之以事[18]。武王数纣之罪，则曰："官人以世。"[19]夫官人以世，而不计其才行，此乃纣之所以乱亡之道，而治世之所无也。又其次曰流外[20]，朝廷固已挤之于廉耻之外，而限其进取之路矣，顾属之以州县之事，使之临士民之上。岂所谓以贤治不肖者乎？以臣使事之所及，一路数千里之间，州县之吏，出于流外者，往往而有，可属任以事者，殆无二三，而当防闲其奸者[21]，皆是也。盖古者有贤不肖之分，而无流品之别[22]。故孔子之圣，而尝为季氏吏[23]，盖虽为吏，而亦不害其为公卿。及后世有流品之别，则凡在流外者，其所成立[24]，固尝自置于廉耻之外，而无高人之意矣[25]。夫以近世风俗之流靡[26]，自虽士大夫之才，势足以进取，而朝廷尝奖之以礼义者，晚节末路[27]，往往怵而为奸[28]，况又其素所成立[29]，无高人之意，而朝廷固已挤之于廉耻之外，限其进取者乎？其临人亲职[30]，放僻邪侈，固其理也。至于边疆宿卫之选，则臣固已言其失矣。凡此皆取之非其道也。

【注释】

①茂才异等：原为汉武帝元封五年（前106）设置的推荐和选拔官吏的科目之一，意思是才能超卓拔群、不同凡响，宋仁宗天圣七年（1029）重新设置此科，来选拔未参加科举考试的民间优异人才。茂，原为"秀"，东汉时因避光武帝刘秀名讳而改。异等，特等。贤良方正：原为汉文帝二年（前178）设置推荐和选拔官吏的科目之一，当时重在考查人才的文学知识，宋太祖曾设置此科，来选拔能直言极谏的人才，后废止，宋仁宗天圣七年（1029）又重新设置，名为"贤良方正，能直言极谏科"。

②公卿：原指三公九卿，后泛指朝廷的高级官员。选：人选。

③进士：隋唐以来贡举所置的常科考试科目，由礼部主持，各地举人会聚京城参加，以诗赋录取的称为"进士"，以经义录取的称为"明经"。王安石变法时一并废除之，改以经义策论来考取进士。

④进士之高者，亦公卿之选也：据《宋史·选举志》："宋之得才，多由进士。"

⑤古之取人：即上文所说的众人推荐、试之以事然后委以官职的做法。

⑥雕虫篆刻之学：语出扬雄《法言·吾子》："或问：'吾子少而好赋？'曰：'然，童子雕虫篆刻。'俄而曰：'壮夫不为也。'"西汉时，童子学习秦书八体，虫书、刻符为其中两体，纤巧难工，故扬雄以之比喻写作辞赋时雕章琢句。王安石在此则以之比喻进士考试时的诗赋之学，也认为雕琢而无用，壮夫不为。

⑦绌：通"黜"。罢黜。岩野：傅岩之野，古地名，相传商代贤士傅说为奴隶时版筑于此，后用以指隐士所居之处或山野薮泽，其义与庙堂相对。

⑧十八九：即十之八九。

⑨百司庶府：朝廷所有的部门。百，概数，意谓多。庶，众多。

⑩四方之任使：朝廷派到地方各路任职的官吏，统称为使臣。

⑪同罪举官之科:宋制,各级官员必须荐举同级或下级官员担任各种差遣,还需为所荐者担保,若所荐者在任差遣期间违法、失职,举主亦须受罚,又称保任连坐制度。科,法律条文。

⑫适:恰好。资:凭借。

⑬九经、五经、学究、明法之科:都是宋代科举的名目,沿唐而置。九经科考试九部儒家经典:《周易》《尚书》《诗经》《左传》《礼记》《仪礼》《周礼》《论语》《孟子》;五经科考上述九经的前五部;学究科只考一经;明法科考律令。其法为,前三者将所习经中的某些部分贴住,由考生补足,以视其对经文是否熟悉,学究科再加试策问。明法科考试为补足律令及试策。

⑭稍责之以大义:指对参加考试的人稍微测验一下经书中的大概要旨,不咬文嚼字。《续资治通鉴长编》皇祐五年(1053):"诏礼部贡院,自今诸科举人,终场问大义十道。"

⑮故:旧时,往日。

⑯今朝廷又开明经之选,以进经术之士:据《续资治通鉴长编》嘉祐二年(1057):"又别置明经科。其试法:凡明两经或三经、五经者,各问墨义大义十条,两经通八,三经通六,五经通五,为合格。兼问《论语》《孝经》十条,第三条。分八场,出身与进士等。以《礼记》《春秋左氏传》为大经,《毛诗》《周礼》《仪礼》为中经,《周易》《尚书》《穀梁传》《公羊传》为小经。"

⑰顾:却。与:参与。

⑱"其次则恩泽子弟"几句:指贵族官宦子弟受皇恩荫庇而做官袭爵。宋代朝廷规定,每遇郊祀,帝王诞圣之节,自太皇太后、皇太后及文武官员、内外命妇等,以官及格,许奏亲属或异姓入仕,奏补有格。道艺,学问和技能。官司,朝廷各主管部门和郡县官署。考问,考核。保任,担保。

⑲"武王数纣之罪"几句:武王,即周武王。纣,商纣王,商末国君,

相传他荒淫奢侈、残暴不仁，后周武王伐商，兵败自焚，乃儒家抨击的昏君之一。官人以世，意谓只凭家世授予官职。官人，以官职任人。世，世家子弟。

⑳流外：流外之称，北魏即有，官职九品以外的吏员，称为流外或不入流，主要为朝廷诸司吏职及诸州监司吏人，其成员多为非科举的杂途出身。北宋时把不是由进士、明经出身的低级官吏视为流外。

㉑防闲：防备禁止。

㉒流品：流外与九品，在此泛指官员的等级和官阶。

㉓故孔子之圣，而尝为季氏吏：语出《史记·孔子世家》："孔子贫且贱，及长，尝为季氏史，料量平。"季氏，春秋时鲁国的贵族，鲁桓公子季友的后裔，又称季孙氏，自鲁文公后，世为大夫，专国政。吏，在此指家臣。

㉔成立：成长自立。

㉕高人：高于他人，比他人先进。

㉖流靡：放荡奢靡。

㉗晚节：晚年。末路：原指路走到尽头，在此喻指晚年。

㉘怵（xù）而为奸：受诱惑而做坏事。怵，通"诇"。诱惑。

㉙素：一向，平时。

㉚临人：面对百姓，这里指治理。

【译文】

当今选拔人才，将记忆力好、广泛诵读经典又粗疏通晓文学修辞的人，称为茂才异等、贤良方正。茂才异等、贤良方正者，是公卿的候选人。将那些记忆不一定好，诵读经典不一定广泛，只是粗疏通晓文学修辞，又曾经学习过创作诗赋的人，则将称为进士。进士中杰出的人，也是公卿的候选人。实际上，这两科甄选出的才能，并不足够胜任公卿的职务，这是无须论证就能明白的。而社会上议论的人却以为我们一直用这种方法来选拔天下的人才,而才能可以胜任公卿职务的人,也一直是这样选拔出来的,不用效法古时先王的方法才能得到人才,这也是不明事理的说法。先王的时代,用尽了所有选拔人才的方法,尚且担忧贤能的人难以进用,有不贤能的人混杂其中。现在将先王用来选拔人才的方法都废除了,而将天下有才能的士人,都赶去考取贤良、进士,那些才能可以胜任公卿职务的士人,本来就应该称为贤良、进士,而贤良、进士的科目中,有时也会选拔到那些才能可以胜任公卿职务的士人。然而不贤能的人,只要能学会一点创作诗赋、雕章琢句的学问,便能凭借这个晋升到公卿的职位;才能可以胜任公卿职务的士人,十有八九却被这些没有用处的学问所困,被罢斥老死于山野之中。古时拥有天下的君主,他们所慎重选择的,只有公卿。公卿的位置上有了可以胜任的人,便可让他们将志同道合的人聚集到朝廷,那么政府各部门的职位,都会有胜任的人。现在让不贤明的人,侥幸晋升到公卿的职位,他们也会将与自己志同道合的人聚集到朝廷,这就是朝廷充塞着不贤明的人的原因,即使有贤能的人,也往往陷入没有帮助的境地,不能实现他们的政治理想。况且公卿一旦不贤明,会将与他们志同道合的人聚集到朝廷;朝廷的人不贤明,又会将与他们志同道合的人推荐为地方使官;地方使官又会各自推荐与他们同样不贤明的人担任各个州郡的官职。那么虽然有官吏犯罪,举荐人也要连坐的法律条文,哪里值得倚赖呢? 只是恰好作为不贤明的人的凭借罢了。其次,九经、五经、学究、明法等科举科目,朝廷本来就已经担忧它们对社会无用,考试的时候只是稍微测验一下经书中的大概要旨。然而凭借考大概要旨得到的人才,也没有比以前的更贤能。现在朝廷又开设了明经科选拔士人,来进用精通经术的人才。然而明经科所录取的,也只是那些会记忆背诵而粗疏通晓文学修辞的人。那些通晓先王的思想,可以将之施行到天下国家治理的人,却未必能够参与到这个选拔中。再次,那些贵族官宦子弟受皇恩荫庇而做官袭爵的,学校不曾教育他们道义技能,官府不曾考核他们的才华能力,父兄不曾担保他们的品行节义，而朝廷却直接授予他们官职，任用他们做事。以前周武王列举商纣王的罪状时就曾说过："他只凭家世授予官职。"只凭家世授予官职，而不考虑他们的才能、品行，这就是商纣王祸乱国家导致国家灭亡的原因，也是太平盛世所没有的现象。最后是流品之外的人，朝廷本来就已经把他们排挤在知廉耻的要求之外，而又限制了他们晋升的途径，却将治理州县的事情托付给他们，使他们在上治理那里的士人和百姓。这难道能说是用贤能的人来治理不贤能的人吗？根据我在外任职做事所了解到的情况，一路数千里之间，州县的官吏往往是属于流品之外的人，但真的可以将事情委任给他们的，大概十个当中也没有二三个，而需要防范他们做坏事的人，则比比皆是。古时有贤能和不贤能的分别，而没有流品之内和流品之外的分别。所以像孔子这样的圣人，也曾经做过季氏的家臣，虽然做过家臣，也不妨害他成为公卿。到了后世有流品之内和流品之外的分别，那么凡在流品之外的人，他们成长自立，本来就已经把自己放在知廉耻的要求之外，没有超越别人的志向。现在的风俗放荡奢靡，哪怕是具有士大夫的才能，形势上可以被进用，朝廷也曾经在礼义方面奖励过的人，到了晚年，也常常受到诱惑而做坏事，更何况一向在成长自立中没有超越普通人的志向，而朝廷本来还将之排挤在知廉耻的要求之外，又限制他们晋升的那些人呢？他们治理百姓、处理政务，放荡恣肆、为所欲为，也是理所当然的了。至于保卫边疆、守卫宫廷的人选，我已经说过这方面的过失了。以上都是选拔人才的方法不正确所造成的后果。

　　方今取之既不以其道，至于任之又不问其德之所宜，而问其出身之后先[①]；不论其才之称否，而论其历任之多少[②]。以文学进者[③]，且使之治财[④]；已使之治财矣，又转而使之典狱[⑤]；已使之典狱矣，又转而使之治礼[⑥]。是则一人之身，而责之以百官之所能备，宜其人才之难为也。夫责人以其所难为,则人之能为者少矣。人之能为者少,则相率而不为⑦。故使之典礼,未尝以不知礼为忧,以今之典礼者未尝学礼故也。使之典狱,未尝以不知狱为耻,以今之典狱者未尝学狱故也。天下之人,亦已渐渍于失教,被服于成俗⑧,见朝廷有所任使,非其资序⑨,则相议而讪之⑩,至于任使之不当其才,未尝有非之者也。且在位者数徙,则不得久于其官⑪,故上不能狃习而知其事,下不肯服驯而安其教,贤者则其功不可以及于成,不肖者则其罪不可以至于著。若夫迎新将故之劳⑫,缘绝簿书之弊⑬,固其害之小者,不足悉数也。设官大抵皆当久于其任,而至于所部者远⑭,所任者重,则尤宜久于其官,而后可以责其有为。而方今尤不得久于其官,往往数日辄迁之矣。

【注释】

①出身:在此指最初做官。

②历任:任职资历。宋制,官员升迁,最主要的依据是任职资历,故自国初以来便设立考课院、磨勘司,以考察官员资序,并以此确定其该当何职。

③以文学进者:在此指中进士科者,因为该科以试诗赋为主,试经义为辅。

④治财:管理财政。北宋前中期,由三司掌管着全国主要的经济命脉,据《宋史·职官志》:"掌邦国财用之大计,总盐铁、度支、户部之事,以经天下财富而均其出入焉。盐铁掌天下山泽之货,关市、河渠、军器之事,以资邦国之用;度支掌天下财赋之数,每岁均其有无,制其出入,以计邦国之用;户部掌天下户口、税赋之籍,榷酒、工作、衣储之事,以供邦国之用。"

⑤典狱：掌管刑狱审理事务。

⑥治礼：主管祭祀、礼仪事务。

⑦相率：相互跟随。

⑧亦已渐渍（zì）于失教，被服于成俗：也已经逐渐习惯了教化不当的现状，被流俗同化。渍，原指被液体沾染，在此引申为习惯、同化。被服，原指被子衣服，后用来喻指亲身感受，在此亦指习惯、同化。

⑨资序：除授某种差遣、职务所必须具备的资格，包括官员的实历职事、考任、出身、品阶等。

⑩讪：毁谤讥笑。

⑪且在位者数徙，则不得久于其官：宋代官员冗繁，一个官员在其任上不能从事很长时间，往往一二年间便要改官，或离职待缺。徙，迁移，在此指调动官职。

⑫若夫：至于。迎新将故：迎接新任官员，送别离任官员。将，送。

⑬缘绝簿书：新旧官员只凭文书发生联系，职事交接完毕，关系即断绝。簿书，交接的文书、档案。

⑭所部者远：官员管辖地区距京城远。

【译文】

现在选拔人才的方法已经不正确，到了任用的时候又不关心他的品德是否适合，而只关心他出来做官的时间先后；不计较他的才能是否称职，却只计较他历任资历的深浅。因为文学才华进用的，却让他去管理财政；已经让他管理财政了，不久又调任让他掌管刑狱审理；已经让他掌管刑狱审理了，不久又调任让他主管祭祀礼仪。这就是要求一个人具备担任各种官职的才能，难怪人才难以造就出来。用人们难以做到的事情去要求他，能有作为的人就少了。能有作为的人少，就一个接一个地都不去做了。所以让这个官员去主管祭祀礼仪，他从不曾为自己不了解礼仪而担忧，因为现在主管祭祀礼仪的人从来都没有学过相关知识。让这个官员去掌管刑狱审理，他从不曾为自己不了解刑狱方面的事情而羞耻，因为现在掌管刑狱审理的人从来都没有学过相关知识。天下的人，也已经渐渐习惯了教化不当的现状，被流俗同化，看到朝廷任命官吏，若这个人论资排辈不够格，就相互议论讥笑他，至于任用的人才能不足胜任职务的情况，却没有人非议批评。况且官员经常调动，不能长久地在一个职位上做事，所以上级不能熟悉了解职务的事，下级也不肯服从并安于上级的教导，贤能的人还来不及成就功勋，而不贤能的人也没时间暴露罪过。至于那些迎接新任官员、送别离任官员的劳累，新旧官员除了交接文书便没有再联系的弊端等等这些害处还比较小的事，就不一一列举了。设置了官职一般来说都应该让他在一个职位上长期任职，至于那些管辖地区偏远的、职务比较重要的，就尤其应该让他们长期担任同一职务，然后才可以要求他们有所作为。但如今却不能让一个人在一个职位上长期任职，往往过几天就将他调走了。

　　取之既已不详，使之既已不当，处之既已不久，至于任之则又不专，而又一一以法束缚之，不得行其意。臣故知当今在位多非其人，稍假借之权而不一一以法束缚之[①]，则放恣而无不为。虽然，在位非其人，而恃法以为治，自古及今未有能治者也。即使在位皆得其人矣，而一一以法束缚之，不使之得行其意，亦自古及今未有能治者也。夫取之既已不详，使之既已不当，处之既已不久，任之又不专，而又一一以法束缚之，故虽贤者在位，能者在职，与不肖而无能者，殆无以异[②]。夫如此，故朝廷明知其贤能足以任事，苟非其资序，则不以任事而辄进之，虽进之，士犹不服也。明知其无能而不肖，苟非有罪，为在事者所劾[③]，不敢以其不胜任而辄退之，虽退之，士犹不服也。彼诚不肖无能，然而士不服者

何也？以所谓贤能者任其事，与不肖而无能者，亦无以异故
也。臣前以谓不能任人以职事，而无不任事之刑以待之者，
盖谓此也。

【注释】

①假借：授予。

②殆：大概，几乎。

③为在事者所劾（hé）：被监察官员的官吏所弹劾。劾，揭发罪行。

【译文】

选拔人才的途径已经不完备，任命官职已经不恰当，担任同一职务
的时间已经不长久，再加上任用的事务不专一，还要一一用法令来约束
他们，让他们不能够实行自己的政治规划。我确实知道现在许多在官位
上的人都不称职，稍稍给予他们权力又不一一用法令来约束他们，他们
便会无所不为。虽然如此，但在位的官员不称职，而仅仅凭借法令来约
束，从古到今都没有能够这样治理好国家的情况。即使在位的官员都很
称职，一一用法令来约束，让他们不能实行自己的政治规划，从古到今也
都没有能够这样治理好国家的情况。选拔人才的途径已经不完备，任命
官职已经不恰当，担任同一职务的时间已经不长久，再加上任用的事务
不专一，还要一一用法令来约束他们，这样即使是由贤能的人担任官职，
与不贤能的担任相比，大概也没有什么区别。像这样，所以朝廷有时候
明明知道一个人贤能，能够胜任一个官职，却只要是因为论资排辈不够
格的，就不立即进用他委以职务，哪怕是进用了，士人们也会不服。明
明知道一个人不贤能，却只要不是犯了罪过，被负责监察的官员弹劾，
就不敢因为他不胜任职务而立即辞退他，哪怕是辞退了，士人们也会不
服。那些人确实不贤能，然而被辞退了士人们为什么会不服呢？那是
因为所谓的贤能的人任职做事，和不贤能的人任职，也没有区别。这就
是我之前所说的不能只给职位让人做事，却没有针对不能胜任的刑罚

来监督,说的就是这一点。

　　夫教之、养之、取之、任之,有一非其道,则足以败乱天下之人才,又况兼此四者而有之? 则在位不才、苟简、贪鄙之人,至于不可胜数,而草野闾巷之间亦少可任之才,固不足怪。《诗》曰:"国虽靡止,或圣或否。民虽靡膴,或哲或谋,或肃或艾。如彼泉流,无沦胥以败[①]。"此之谓也。

【注释】

①"国虽靡止"几句:语出《诗经·小雅·旻》,意谓国家虽然不大(一说虽然没有礼制),也有圣人有凡夫;人民虽然不多(一说虽然没有法度),也有人明哲,有人善谋,有人庄重,有人干练;人才就像那泉水流泻而不返,相继消失(一说不要浪费他们,使他们接连败亡)。靡,不。止,至极,引申为"大"。一说"靡止"为没有礼制之意。或,有的。膴(wǔ),盛多。一说靡膴为没有法度之意。艾(yì),同"乂"。治理,在此引申为善于治理。无,发语词,无义(一说通"毋",为"不要"之意)。沦胥,相率,相继。败,枯败,引申为老去死去(一说为败亡)。

【译文】

　　对人才的教育、培养、选拔、任用,其中有一项做得不正确,就足以使天下的人才败落混乱了,更何况当今是这四项都不正确呢? 所以在位的官员中没有才能、苟且敷衍、贪婪卑鄙的人多到数不清,而民间也缺乏可以任用的人才,自然也就没什么奇怪的了。《诗经》中说:"国家虽然不大,也有圣人有凡夫。人民虽然不多,也有人明哲,有人善谋,有人庄重,有人干练。人才就像那泉水流泻而不返,相继消失。"说的就是这个人才问题。

夫在位之人才不足矣，而闾巷草野之间亦少可用之才，则岂特行先王之政而不得也，社稷之托，封疆之守^①，陛下其能久以天幸为常^②，而无一旦之忧乎？盖汉之张角，三十六方同日而起^③，所在郡国，莫能发其谋^④；唐之黄巢^⑤，横行天下，而所至将吏无敢与之抗者。汉、唐之所以亡，祸自此始。唐既亡矣，陵夷以至五代^⑥，而武夫用事^⑦，贤者伏匿消沮而不见^⑧，在位无复有知君臣之义、上下之礼者也。当是之时，变置社稷^⑨，盖甚于弈棋之易，而元元肝脑涂地^⑩，幸而不转死于沟壑者无几耳^⑪。夫人才不足，其患盖如此，而方今公卿大夫，莫肯为陛下长虑后顾，为宗庙万世计^⑫，臣窃惑之。昔晋武帝趣过目前^⑬，而不为子孙长远之谋^⑭，当时在位，亦皆偷合苟容^⑮，而风俗荡然，弃礼义，捐法制，上下同失，莫以为非，有识固知其将必乱矣^⑯。而其后果海内大扰，中国列于夷狄者，二百余年^⑰。伏惟三庙祖宗神灵^⑱，所以付属陛下^⑲，固将为万世血食^⑳，而大庇元元于无穷也^㉑。臣愿陛下鉴汉、唐、五代之所以乱亡，惩晋武苟且因循之祸^㉒，明诏大臣，思所以陶成天下之才^㉓，虑之以谋^㉔，计之以数^㉕，为之以渐^㉖，期为合于当世之变^㉗，而无负于先王之意，则天下之人才不胜用矣。人才不胜用，则陛下何求而不得，何欲而不成哉？夫虑之以谋，计之以数，为之以渐，则成天下之才甚易也。

【注释】

①封疆：边疆。封，疆界。

②天幸：上天宠幸。

③盖汉之张角，三十六方同日而起：据《后汉书·皇甫嵩传》："初，

钜鹿张角自称'大贤良师',奉事黄老道,蓄养弟子……十余年间,众徒数十万……遂置三十六方,方,犹将军号也。大方万余人,小方六七千,各立渠帅。"张角,东汉末黄巾起义军的领袖,巨鹿(今河北平乡)人。借治病传道组织百姓,设置了"三十六方",于中平元年(184)同日起义。因部下均头缠黄巾,故称"黄巾军"。

④所在郡国,莫能发其谋:郡国,汉初兼采分封和郡县二制,于地方设郡,直属中央,同时又立国,分封给王、侯,称王国或侯国。发,揭露。

⑤黄巢:唐末农民起义军首领,曹州冤句(今山东菏泽)人。于乾符二年(875)起义,九年间转战全国数省,广明元年(880)攻克洛阳,于长安称帝,国号"大齐",后于中和四年(884)兵败后自杀。

⑥陵夷:逐渐衰败。五代(907—960):指唐灭亡至北宋建国之间的后梁、后唐、后晋、后汉、后周五个朝代。

⑦武夫用事:军人掌握政权。五代十国时期的各个小国,多是军人建立的割据王朝,故称。

⑧伏匿:隐藏。消沮:消沉沮丧。

⑨变置社稷:改朝换代。

⑩肝脑涂地:指惨遭屠杀的死状。

⑪转死于沟壑:被弃尸于山沟,指死无葬身之地的惨状。转,弃尸。

⑫宗庙:古代帝王、诸侯祭祀祖先之处,是王朝的象征。

⑬晋武帝(236—290):司马炎,字安世,河内温县(今属河南)人。西晋开国之君,在位二十六年,其间大封宗室,种下其后皇室内讧的根源,晚年荒淫,立痴呆次子为太子,引发了贾后之祸及八王之乱,死后不久,全国便陷入了衰亡。趣过目前:得过且过。趣,同"趋"。

⑭而不为子孙长远之谋:据《晋书·何曾传》:"初,曾侍武帝宴,退

而告遵等曰：'国家应天受禅，创业垂统。吾每宴见，未尝闻经国远图，惟说平生常事，非贻厥孙谋之兆也，及身而已，后嗣其殆乎！"

⑮当时在位，亦皆偷合苟容：指当时晋武帝身边的宰辅重臣贾充、何曾等人。偷合苟容：苟且偷安，取悦于人。

⑯有识固知其将必乱矣：据《资治通鉴·晋纪四·永熙元年》："骏辟匈奴东部人王彰为司马。彰逃避不受……曰：'……且武帝不惟社稷大计，嗣子既不克负荷，受遗者复非其人，天下之乱，可立待也。'""三月，董养游太学，升堂叹曰：'……奈何公卿处议，文饰礼典，乃至此乎！天人之理既灭，大乱将作矣！'"

⑰中国列于夷狄者，二百余年：晋惠帝永兴元年（304），匈奴贵族刘渊称汉王，开始了十六国之乱，建兴四年（316），刘曜灭西晋，司马氏在江南重建王朝，史称东晋，此后至隋开皇元年（581）文帝废周自立，中原一带一直为少数民族政权所统治，历经二百余年。列，同"裂"。在此指被分裂（一说为与……同列）。夷狄，古时有东夷、南蛮、西戎、北狄之说，是对以华夏为中心的周边地区少数民族的统称，在此以夷狄泛指各少数民族。

⑱三庙祖宗：指宋仁宗之前的宋太祖、宋太宗与宋真宗。庙，宗庙。

⑲付属：托付。属，通"嘱"。

⑳万世血食：意谓帝位世代相传，祭祀不衰。血食，古时祭祀要杀猪、牛、羊等牲畜作为祭品，故称祭祀为血食。

㉑大庇：有力地保护。

㉒惩：以……警戒。

㉓陶成：陶冶造就。

㉔虑之以谋：有谋略地考虑陶冶造就人才这件事。谋，谋划，谋略。

㉕计：策划。数：心中有数，在此指有步骤。

㉖为：实行。

㉗期：以期，期待。

【译文】

在官位上的人才不足，而民间又缺乏可以任用的人才，那么哪里仅仅是不能施行先王的仁政，国家社稷的托付、国土边疆的守卫，陛下您难道可以长久地将上天的宠幸当作常理，而不担心某天到来的灾祸吗？汉朝的张角，率领三十六方军队在同一天起义，他所在的当地官府和诸侯国，没有能揭发他的阴谋的；唐朝的黄巢，率领起义军横行天下，他所到之处，当地的将领官吏没有敢和他抗争的。汉朝、唐朝之所以灭亡，祸乱就是从这里产生的。唐朝灭亡以后，国家逐渐衰败，到了五代时期，军人掌握了政权，而贤能的人都避世消沉，不再出现了，处在官位上的人没有懂得君臣的道义、上下的礼节的。在那个时代，改朝换代比输赢一局棋还要容易，百姓被大量屠杀，能侥幸不被弃尸于山沟的的没有几个。人才不足造成的祸患这么严重，但是当今的公卿大夫，没有人肯为陛下瞻前顾后，做长远打算，为王朝的历代延续考虑，我私下为此感到很疑惑。从前的晋武帝得过且过，不为子孙后代做长远的打算，当时身处官位上的，也都是苟且偷安、取悦于上的人，致使社会风俗败坏，礼义、法制都被丢在一边，上上下下都失去秩序，还没有人认为不对，一些有识之士便已经知道国家一定将要发生大乱了。后来果真国家动荡，中原被各个少数民族政权分裂了两百多年。陛下您的三位祖上宋太祖、宋太宗与宋真宗的神灵，之所以将国家托付给陛下您，自然是希望您将帝位世代相传，使得祭祀不衰，还能长久地大力地庇护天下百姓。我希望陛下您把汉朝、唐朝、五代之所以动乱败亡的教训作为借鉴，把晋武帝苟且守旧造成的祸患作为警戒，公开地诏告大臣们，一起思索怎样来陶冶造就国家的人才，有谋略地考虑这件事，有步骤地策划这件事，循序渐进地实行这件事，以期可以符合当代的形势变化，也不违背先王的思想精神，这样天下的人才就用不完了。人才用不完，那么陛下您还有什么要求达不到，还有什么愿望不能实现呢？有谋略地考虑，有步骤地策划，循序渐进地实行,那么要造就天下的人才就很容易了。

　　臣始读《孟子》,见孟子言王政之易行^①,心则以为诚然。及见与慎子论齐、鲁之地,以为先王之制国,大抵不过百里者;以为今有王者起,则凡诸侯之地,或千里,或五百里,皆将损之至于数十百里而后止^②。于是疑孟子虽贤,其仁智足以一天下^③,亦安能毋劫之以兵革^④,而使数百千里之强国,一旦肯损其地之十八九^⑤,比于先王之诸侯^⑥?至其后,观汉武帝用主父偃之策^⑦,令诸侯王地悉得推恩封其子弟^⑧,而汉亲临定其号名,辄别属汉。于是诸侯王之子弟各有分土,而势强地大者,卒以分析弱小^⑨。然后知虑之以谋,计之以数,为之以渐,则大者固可使小,强者固可使弱,而不至乎倾骇、变乱、败伤之衅^⑩。孟子之言不为过,又况今欲改易更革,其势非若孟子所为之难也?臣故曰:虑之以谋,计之以数,为之以渐,则其为甚易也。

【注释】

①臣始读《孟子》,见孟子言王政之易行:据《孟子·梁惠王上》,孟子讨论王政时,说:"挟太山以超北海,语人曰'我不能',是诚不能也。为长者折枝,语人曰'我不能',是不为也,非不能也。故王之不王,非挟太山以超北海之类也;王之不王,是折枝之类也。老吾老,以及人之老;幼吾幼,以及人之幼,天下可运于掌。"孟子认为只要诚心去做,推恩于百姓,就能实现王道政治。王政,儒家所谓的王道仁政。

②"及见与慎子论齐、鲁之地"几句:据《孟子·告子下》:"鲁欲使

慎子为将军。孟子曰:'不教民而用之,谓之殃民。殃民者,不容于尧、舜之世。一战胜齐,遂有南阳,然且不可。'慎子勃然不悦,曰:'此则滑釐所不识也。'曰:'吾明告子:天子之地方千里,不千里不足以待诸侯;诸侯之地方百里,不百里不足以守宗庙之典籍。周公之封于鲁,为方百里也,地非不足,而俭于百里。太公之封于齐也,亦为方百里也,地非不足也,而俭于百里。今鲁方百里者五,子以为有王者作,则鲁在所损乎,在所益乎? 徒取诸彼以与此,然且仁者不为,况于杀人以求之乎? 君子之事君也,务引其君以当道,志于仁而已。'"孟子借此议论反对以武力掠夺土地,主张诸侯都遵循礼制。慎子,疑为慎到,战国中期赵国人。法家学者,主张统治者治理国家要利用自己的威势,著作大部分已散佚。

③一:使……统一。

④劫:威逼胁迫。

⑤损:削减。

⑥比:与……一样。

⑦观汉武帝用主父偃之策:汉武帝(前156—前87),名刘彻,在位五十四年,统治期间,独尊儒术,首开丝绸之路,首创年号,兴太学,开拓了汉朝最大版图,功业辉煌。但也有迷信、奢侈、穷兵黩武之弊。主父偃,汉武帝时大臣,临淄(今属山东)人。向汉武帝提出了削弱诸侯势力的"推恩法"。

⑧推恩:将恩惠推及他人。

⑨卒:最终。分析:分割。

⑩衅:事端。

【译文】

　　我开始读《孟子》的时候,看到孟子说王道政治很容易施行,心里真的认为是这样。等读到孟子与慎子讨论齐、鲁土地的那段,他认为先王分封诸侯国,一般都不超过方圆百里;并认为如果当时真的有圣王兴起,那么凡是诸侯的领土，不管是方圆千里还是方圆五百里的，都将要削减到数十里或者一百里才可以。我那时很疑惑，虽然孟子十分贤能，他的仁爱智慧足够统一天下，但他怎么能不通过战争威逼，就使得那些方圆数百里或千里的强大国家，一下子愿意削减他们领土的十分之八九，缩小到与先王时代的诸侯国一样呢？到了后来，我看到汉武帝采用了主父偃的策略，让诸侯王都实行"推恩令"，将土地分封给他们的后代子侄，由汉王朝亲自赐予他们尊号，分别直属于中央。于是诸侯王们的后代子侄们都分别拥有了分封的土地，而那些实力强盛、土地广大的诸侯王，最终因为分割而变得弱小了。然后我明白了如果有谋略地考虑，有步骤地策划，循序渐进地实行，那么即使对方很强大，也可以使他变得弱小，而且还不至于出现让百姓震惊害怕、让国家发生动乱败亡的事端。孟子的话没有错，更何况现在想要改革政治，形势还没有像孟子当时那么困难呢？所以我说：只要有谋略地考虑，有步骤地策划，循序渐进地实行，那么改革政治也会很容易了。

　　然先王之为天下，不患人之不为，而患人之不能；不患人之不能，而患己之不勉。何谓不患人之不为，而患人之不能？人之情所愿得者，善行、美名、尊爵、厚利也，而先王能操之以临天下之士①。天下之士有能遵之以治者，则悉以其所愿得者以与之。士不能则已矣，苟能，则孰肯舍其所愿得，而不自勉以为才②？故曰：不患人之不为，患人之不能。何谓不患人之不能，而患己之不勉？先王之法，所以待人者尽矣③，自非下愚不可移之才④，未有不能赴者也⑤。然而不谋之以至诚恻怛之心，力行而先之，未有能以至诚恻怛之心，力行而应之者也⑥。故曰：不患人之不能，而患己之不勉。陛下诚有意乎成天下之才⑦，则臣愿陛下勉之而已。

【注释】

①操：掌握。临：统治。

②自勉以为才：自己努力成才。

③尽：周到完备。

④下愚不可移：意谓天生蠢笨，无法改变。语出《论语·阳货》："子曰：'唯上知与下愚不移。'"下，指智商低。移，改变。

⑤赴：奔走以从事。

⑥应：响应，附和。

⑦乎：于。

【译文】

先王治理国家，不担心人不去做，而担心人做不到；不担心人做不到，而担心自己不够努力。什么叫作不担心人不去做，而担心人做不到？人之常情希望得到的，是善良的品行、美好的名声、尊贵的爵位、丰厚的利益，而先王能够掌握这些来统治天下的士人。天下的士人中有能够按照他的想法来治理国家的，就将他希望得到的这些东西都赐予他。士人们不能做到就罢了，只要是能做到的，谁愿意舍弃他希望得到的东西，而不自己努力成才呢？所以说：不担心人不去做，而担心人做不到。什么叫作不担心人做不到，而担心自己不够努力？先王的政策，在对待人们的策略上非常周到完备，只要不是天生愚笨无法改变的人，就没有不努力从事的。然而如果没有用十分真诚恳切的心来谋划，身体力行，以身作则，就不会有用十分真诚恳切的心来身体力行、努力响应的人。所以说：不担心人做不到，而担心自己不够努力。陛下您如果真的有心要造就天下的人才，那么我希望陛下您自己先开始努力。

　　臣又观朝廷异时欲有所施为变革①，其始计利害未尝熟也②，顾有一流俗侥幸之人不悦而非之③，则遂止而不敢为。夫法度立，则人无独蒙其幸者，故先王之政虽足以利天下,而当其承弊坏之后、侥幸之时④,其创法立制,未尝不艰难也。以其创法立制,而天下侥幸之人亦顺悦而趋之⑤,无有龃龉⑥,则先王之法,至今存而不废矣。惟其创法立制之艰难,而侥幸之人不肯顺悦而趋之,故古之人欲有所为,未尝不先之以征诛⑦,而后得其意。《诗》曰:"是伐是肆,是绝是忽,四方以无拂⑧。"此言文王先征诛而后得意于天下也。夫先王欲立法度,以变衰坏之俗而成人之才,虽有征诛之难,犹忍而为之,以为不若是,不可以有为也。及至孔子,以匹夫游诸侯,所至则使其君臣捐所习,逆所顺,强所劣,憧憧如也,卒困于排逐⑨。然孔子亦终不为之变,以为不如是不可以有为。此其所守,盖与文王同意。夫在上之圣人,莫如文王,在下之圣人,莫如孔子,而欲有所施为变革,则其事盖如此矣。今有天下之势,居先王之位,创法立制,非有征诛之难也。虽有侥幸之人不悦而非之,固不胜天下顺悦之人众也。然而一有流俗侥幸不悦之言,则遂止而不敢为者,惑也。陛下诚有意乎成天下之才,则臣又愿断之而已⑩。

【注释】

①臣又观朝廷异时欲有所施为变革:指仁宗庆历三年(1043)任用范仲淹为参知政事,推行庆历新政。异时,往时,过去。

②熟:周密成熟。

③顾有一流俗侥幸之人不悦而非之:指章得象等谗毁范仲淹改革一事。

④承弊坏之后:继承了前朝崩坏的政治。

⑤顺悦:欣然顺从。

⑥龃龉(jǔ yǔ):原指上下齿不相对,在此比喻意见不合。

⑦征诛：以武力征伐、诛杀。

⑧"是伐是肆"几句：语出《诗经·大雅·皇矣》，意谓征伐攻击，斩尽杀绝，使四方邦国不敢再违抗王命，宣扬了周文王讨伐崇国的战功赫赫。伐，征伐。肆，纵兵攻击（一说为突袭）。忽，消灭。拂，违抗。

⑨"及至孔子"几句：指孔子晚年周游列国受到排挤的事。匹夫，平民的身份。游，游说。捐所习，抛弃旧习惯。逆所顺，扭转他们的因循守旧。强所劣，加强不足之处。憧憧（chōng），往来奔波。排逐，排挤驱逐。

⑩断：决断。

【译文】

我还注意到，朝廷过去也曾经想要实施改革，有所作为，但开始时没有将事情的利害计算得周密成熟，所以出现了一两个遵循世俗、心存侥幸的人不高兴了发出非议，就立即停止不敢继续做下去了。实际上法度建立之后，人们不是仅仅蒙受它的恩惠，所以先王的政治虽然足够对天下都有利，而当继承在前朝崩坏的政治之后，人们都还心存侥幸的时候，他要创立法制，就没有不艰难的。如果他创立了法制，天下心存侥幸的人也都欣然顺从地追随，没有抵触，那么先王的法制应该到今日还存留着不会废弛。正是因为他创立法制很艰难，而那些心存侥幸的人不肯欣然顺从地追随，所以古时的人想要有所作为，都是先用武力征伐、诛杀反对者，然后才能实现自己的意图。《诗经》中说："征伐攻击，斩尽杀绝，使四方邦国不敢再违抗王命。"这说的是周文王先用武力征伐、诛杀反对者，然后在天下实现自己的政治意图。先王想要创立法度，来改变衰败的风俗和造就人才，虽然有用武力征伐、诛杀反对者的困难，仍旧忍心去做，是因为他认为不这样的话，就不能够有所作为。到了孔子那时，他用平民的身份游说诸侯，所到之处就让那些君主臣子都抛弃旧习惯，扭转他们的因循守旧，加强他们的不足之处，往来奔波不停，却最终受到排挤和驱逐。然而孔子也终究不因此而改变做法，是因为他认为不这样的话就不能够有所作为。他所坚守的信念，与周文王是一样的。身处高位的圣人，没有能比得上周文王的，身处下层的圣人，没有能比得上孔子的，而他们想要施行变革，有所作为，事情也应像他们做的这样。现在陛下您拥有天下的威势，居于先王的地位，创立法制，没有用武力征伐、诛杀反对者的困难。即使有心存侥幸的人不高兴了发出非议，也比不上天下欣然顺从的人那么多。然而一出现一些遵循世俗、心存侥幸的不高兴的舆论，就立即停止不敢继续做下去，这是不明智的。陛下您如果真的有心造就天下的人才，那么我希望您有所决断。

　　夫虑之以谋，计之以数，为之以渐，而又勉之以成，断之以果①，然而犹不能成天下之才，则以臣所闻，盖未有也。

【注释】

①果：果断。

【译文】

　　有谋略地考虑，有步骤地策划，循序渐进地实行，而又自己努力来成就，果断地进行，这样还不能成就天下的人才，以我个人的见闻，是不可能的。

　　然臣之所称，流俗之所不讲，而今之议者以谓迂阔而熟烂者也①。窃观近世士大夫所欲悉心力耳目以补助朝廷者，有矣。彼其意，非一切利害②，则以为当世所不能行者。士大夫既以此希世③，而朝廷所取于天下之士，亦不过如此。至于大伦大法④，礼义之际，先王之所力学而守者，盖不及也。一有及此，则群聚而笑之，以为迂阔。今朝廷悉心于一切之利害，有司法令于刀笔之间⑤，非一日也。然其效可观矣，则夫所谓迂阔而熟烂者，惟陛下亦可以少留神而察之矣。昔唐太宗贞观之初，人人异论，如封德彝之徒，皆以为非杂用秦、汉之政，不足以为天下。能思先王之事，开太宗者，魏文正公一人尔⑥。其所施设，虽未能尽当先王之意，抑其大略⑦，可谓合矣。故能以数年之间，而天下几致刑措⑧，中国安宁，夷蛮顺服，自三王以来，未有如此盛时也。唐太宗之初，天下之俗，犹今之世也。魏文正公之言⑨，固当时所谓迂阔而熟烂者也，然其效如此。贾谊曰："今或言德教之不如法令，胡不引商、周、秦、汉以观之⑩？"然则唐太宗之事，亦足以观矣。

【注释】

①迂阔：空远而不切实际。熟烂：陈词滥调。

②非一切利害：不是符合眼前利益的。

③希世：迎合世俗。

④大伦：古时儒家文化所规定的君臣、父子统治与被统治的关系。大法：国家重要法纪。

⑤有司法令于刀笔之间：意谓政府一切事情都按照既定的法令条文办理。刀笔，原指文字，古时在未发明纸之前用竹简写字记事，错了用刀削去，故称，在此引申为写好的法令条文。

⑥"昔唐太宗贞观之初"几句：据《资治通鉴·唐纪九·贞观四年》唐太宗与群臣讨论教化，魏徵认为经历大乱之后，人民更容易被教化："封德彝非之曰：'三代以远，人渐浇讹，故秦任法律，汉杂霸道，盖欲化而不能，岂能之而不欲也！……'徵曰：'五帝、三王不易民而化，昔黄帝征蚩尤，颛顼诛九黎，汤放桀，武王伐纣，皆能

身致太平,岂非承大乱之后邪! 若谓古人淳朴,渐至浇讹,则于今日,当悉化为鬼魅矣,人主安得而治之!'上卒从徵言。"唐太宗(599—649),名李世民,贞观(627—649)为其在位时年号。唐太宗能任贤纳谏,开创了贞观之治。封德彝(568—627),名伦,以字显,唐太宗时官至尚书右仆射。魏文正公,即魏徵(580—643),字玄成,唐太宗时任谏议大夫、秘书监等职,以善于谏诤闻名。因封郑国公,谥文贞,故称"魏文贞公"。王安石在此为避宋仁宗(赵祯)名讳,改为"文正"。

⑦抑:然而。

⑧天下几致刑措:据《新唐书·魏徵传》:"于是帝即位四年,岁断死二十九。几至刑措,米斗三钱。"几,几乎。刑措,意谓无人犯法,刑法废置不用,古人认为这是治世的气象。措,废置。

⑨魏文正公之言:据《资治通鉴·唐纪九·贞观四年》:"是岁,上谓长孙无忌曰:'……惟魏徵劝朕"偃武修文,中国既安,四夷自服。"朕用其言……'"

⑩今或言德教之不如法令,胡不引商、周、秦、汉以观之:语出《汉书·贾谊传》:"今或言礼谊之不如法令,教化之不如刑罚,人主胡不引殷、周、秦事以观之也?"贾谊(前200—前168),西汉政论家、文学家,洛阳(今属河南)人。著有《过秦论》《陈政事疏》等。德教,道德教化。胡,为何。

【译文】

然而我所提倡的,是一般世俗不讲,当今议论者认为不切实际的陈词滥调。我私下观察,现在士大夫中有想要竭尽全力来辅佐帮助朝廷的人。但他们的想法是,只要不符合眼前利益的,就都认为是当世不能推行的。士大夫既然这样迎合世俗,那么朝廷所选拔的天下的士人,也就不过如此了。至于伦理大纲、重要法律、礼制仁义这些,先王所努力学习而坚守的,他们还没有顾及。一旦有人提到这些,他们就一起嘲笑他,认为他不切实际。当今朝廷全心全意地关心眼前的利益,政府只按照既定的法令条文办理事情,已经不是一两天了。然而这样做的效果可以看到不怎么样,所以那些被称作是不切实际的陈词滥调,还希望陛下您也能稍微留神关注一下。过去唐太宗贞观初年,每个人对朝政都有不同的看法,像封德彝那类人,都认为如果不兼用秦朝、汉朝的霸道政治,便不足以治理好天下。当时能考虑到先王的事迹,并启发唐太宗的,只有魏徵一个人罢了。他所施行设立的,虽然不能完全符合先王的思想精神,然而纲要大概,可以说是符合的了。所以能在几年里,使天下太平,刑法几乎都被废置不用了,国家安定,周边的少数民族都归顺服从,从三王时代以来,没有再出现像这样的太平盛世了。唐太宗初年,天下的风俗,和当今的形势一样。魏徵的话,也是当时被看作是不切实际的陈词滥调的,然而效果能有这么好。汉朝的贾谊说过:"现在有的人说道德教化比不上法令统治得好,那为何不引用商代、周代、秦代、汉代的史实来看看呢?"唐太宗的事,也是值得我们现在借鉴的。

　　臣幸以职事归报陛下,不自知其驽下无以称职①,而敢及国家之大体者②,以臣蒙陛下任使,而当归报。窃谓在位之人才不足,而无所称朝廷任使之意;而朝廷所以任使天下之士者,或非其理,而士不得尽其才。此亦臣使事之所及,而陛下之所宜先闻者也。释此不言③,而毛举利害之一二④,以污陛下之聪明,而终无补于世,则非臣所以事陛下惓惓之义也⑤。伏惟陛下详思而择其中,天下幸甚!

【注释】

　　①驽下:智虑驽钝、才能低下,谦辞。驽,原义为劣马,比喻人才能不高。

②大体:大要,纲要。

③释此不言:抛开这些事不说。释,放。

④毛举:罗列琐碎之事。

⑤惓惓(quán):恳切。

【译文】

我有幸能将我任职期间看到的事回来汇报给陛下您,不考虑自己才能低下不能胜任职务,却敢议论国家的纲要,是因为我蒙受了陛下您的任用,应该回来向您汇报。我私下认为,在官位上的人才不足,不能满足朝廷任用的意图;而朝廷任用天下人才的方法有的不合理,所以使士人不能才尽其用。这也是我出使在外的职务所触及到的,是陛下您应该先听到的。如果抛开这些重要的事不说,只琐碎地列举关系利害的一些小问题,来侮辱您的智慧,对国家也没有什么帮助,就不符合我为陛下您做事的恳切之心了。希望陛下您周详地考虑,择取其中一些有用的建议,这样国家就太幸运了!

【评点】

茅鹿门曰:荆公以王佐之学与王佐之才自任,故其一生措注①,已尽于此书中。所以结知主上,亦全在此书中。然其学本经术,故所言非汉、唐以来宰相所能见②。而其偏拗自用,大较与商鞅所欲变法处相近③。故其功业亦遂大坏,而反不如近世浮沉者之得。学者须具千古只眼看之④。

又曰:此书几万余言,而其丝牵绳联,如提百万之兵,而钩考部曲⑤,无一不贯。

张孝先曰:介甫胸中,原将一代弊政看得烂熟,欲取先王之法度来改易更革一番。其志其才,皆是不可一世。惜其所讲求者,皆先王法度之迹,而本领则未之知也。程子曰："有《关雎》《麟趾》之意，然后可以行周官之法度。"⑥
介甫不知此意，而徒讲求于法，又以坚僻之意见主张其间，
其贻害不亦甚哉！此书滚滚万言，援据经术，操之则在掌
握，放之则弥六合⑦，诚千古第一奇杰文字。读者要觑破介
甫学术本领，则得之矣。按吕东莱曰⑧："介甫变法之蕴，略
见此书。"特其学不用于嘉祐，而尽用于熙宁，世道升降之
机，盖有在也⑨。

【注释】

①措注：举措。

②然其学本经术，故所言非汉、唐以来宰相所能见：指王安石所学本
原经学，他所说的观点是汉唐以来的宰相所不能说出的。

③大较与商鞅所欲变法处相近：指王安石变法的思路大概与商鞅变
法相似。商鞅变法，战国时期，秦孝公为了增强国家实力，任用
商鞅进行变法，内容涵盖农业、军事、经济等多方面，变法获得
了成功，但商鞅也因为厉行峻法，得罪了旧贵族，最终被施以车
裂之刑。

④千古只眼：见识卓越，不同于古来一般人。

⑤钩考：探求考核。部曲：本为军队编制的称呼，在这里指文章各
部分。

⑥"程子曰"几句：程子说："有《诗经》中《关雎》和《麟趾》的正
心诚意，然后才能够实行周朝的法律制度。"宋代的儒学家们认
为儒家的改革是先以学术教化人心，再向外推广，即"内圣外王"
之道，而王安石不考虑教化，只专向外变法改制迫使百姓遵从，
乃是法家的思路。程子，对宋代理学家程颢、程颐的尊称。程颢
（1032—1085），字伯淳，世称明道先生。程颐（1033—1107），

字正叔，称伊川先生。《关雎》《麟趾》，《诗经·国风·周南》的首篇与末篇，古代儒学家们普遍认为读《诗经》具有潜移默化、教化人心的作用。

⑦六合：上下和东西南北四方，泛指天下或宇宙。

⑧吕东莱：吕祖谦（1137—1181），字伯恭，世称"东莱先生"，南宋著名理学家、文学家。

⑨"特其学不用于嘉祐"几句：嘉祐（1056—1063），北宋时宋仁宗在位时的年号。熙宁（1068—1077），北宋时宋神宗在位时的年号。这封言事书上奏后，宋仁宗并未采纳，后宋神宗即位，在熙宁和元丰年间重用王安石进行变法，故有此说。

【译文】

茅坤评论：王安石自命有辅佐皇帝的学问，是辅佐皇帝的人才，所以他一生的举措，已全部写在这封言事书中。他之所以后来被神宗皇帝赏识、任用，也全部在这封言事书中。然而他的学问以儒家经术为根本，所以所说的见解是汉、唐以来的宰相官吏们所不知道的。但他偏执顽固、刚愎自用的地方，大概又和战国时变法的商鞅相近。所以他的功业后来大败，反而不如近代浮沉于宦海的人的成就。学习的人们要用独具的慧眼辩证地看待。

又评论：这封言事书近万字，但布局严密仿佛有丝线绳索牵连着，像带领百万的军队一样，如果仔细去探求各个部分，没有一处是不贯通的。

张伯行评论：王安石心中，本来将一代腐朽的政治看得烂熟，想要用古代圣王的法度来改革变更一番。他的志向他的才华，都是杰出难得的。可惜他所讲解追求的，都是古代圣王法度的细枝末节，而不知道他们真正的根本的学问。程子说："有《诗经》中《关雎》和《麟趾》的正心诚意，然后才能够实行周朝的法律制度。"王安石不知道这个道理，却只去讲外在的法度，又用他顽固偏执的意见做主张，他留下的祸患还不大吗？这封言事书洋洋万字，引证儒家学说，一个人可以掌握，放之四海也是合适的，真的是千古第一的杰出文章。读者要是能看破王安石的学问来由，就能有收获了。吕祖谦曾说过："王安石变法的道理，基本就在这封书中。"只是他的学问在嘉祐年间不被听从，而都在熙宁年间被重用，所以世道升降的天机，大概也是存在的吧。

本朝百年无事札子

【题解】

这是王安石进奏给宋神宗，总结历史经验教训，表达自己想要协助皇帝进行变法愿望的一篇文章。宋神宗不满于北宋的疲弱政治，颇想振作有为，即位不久，便召王安石为翰林学士。次年，熙宁元年（1068）四月，王安石奉诏越次入对，史载，神宗问："祖宗守天下，能百年无大变，粗致太平，以何道也？"王安石遂退而作此札子。此文令宋神宗深有感触，次年便任命王安石为右谏议大夫，参知政事，君臣合力，揭开了变法的帷幕。本朝百年，自宋太祖于建隆元年（960）建国至本文写作时的熙宁元年（1068）。札子，古时臣下向皇帝进言议事的一种文体。

本文分为两个部分。第一部分，叙述并解释了从宋太祖至宋英宗这百余年国内太平无事的情况及原因，正面回答了神宗皇帝的问题。其中，对宋太祖与宋仁宗着墨较多，赞颂前者改革弊政的业绩，是为了暗示神宗继承这些传统；而对仁宗朝的政治情况，则是以明褒实贬的手法，深刻地剖析了当时的现实，为第二部分埋下伏笔。第二部分中，作者尖锐地揭露了神宗朝展现出的种种社会弊病，痛切地指出了在"百年无事"的表面下，正酝酿着严重的危机，从而说明了变法改革的必要性与迫切性。最为人称道的是仁宗朝政事一段，明褒实贬，委婉得体，既顾全了君主颜面，又恰到好处地表达了自己的见解。故明人茅坤评价曰："此篇极精神骨髓。荆公所以直入神宗之胁，全在说仁庙处，可谓搏虎屠龙手。"

臣前蒙陛下问及本朝所以享国百年、天下无事之故^①。臣以浅陋^②，误承圣问^③。迫于日晷^④，不敢久留，语不及悉^⑤，遂辞而退。窃惟念圣问及此^⑥，天下之福，而臣遂无一言之献，非近臣所以事君之义^⑦，故敢冒昧而粗有所陈。

【注释】

①享国：享有国家。

②浅陋：学问、见识浅薄。自谦之词。

③误承：误受。自谦之词。圣：对神宗皇帝的恭敬之词。

④日晷（guǐ）：古时按照日影位置移动来测定时间的仪器，在此引申为时间。

⑤悉：详尽。

⑥窃惟念：私下想。

⑦近臣：皇帝身边亲近的大臣。时王安石任翰林学士，为侍从官，故以近臣自居。

【译文】

臣之前承蒙陛下问到本朝之所以能够享有国家一百余年，天下没有大事的原因。我的见识浅薄，误受赏识而被您所问。当时迫于时间不足，不敢待得太久，回答得不够详尽，便告辞退下了。我私下想陛下关注到了这个问题，是天下人的福气，而我却没有献上一些回答建议，这不是皇帝身边大臣事奉君主的道理，所以现在敢冒昧地献上这份札子粗略地表达我的想法。

伏惟太祖躬上智独见之明^①，而周知人物之情伪^②。指挥付托，必尽其材；变置设施^③，必当其务。故能驾驭将帅，训齐士卒^④，外以扞夷狄^⑤，内以平中国^⑥。于是除苛赋，止虐刑,废强横之藩镇^⑦,诛贪残之官吏^⑧,躬以简俭为天下先^⑨。其于出政发令之间,一以安利元元为事^⑩。太宗承之以聪武^⑪,真宗守之以谦仁^⑫,以至仁宗、英宗^⑬,无有逸德^⑭。此所以享国百年,而天下无事也。

【注释】

①伏惟:下对上陈述时的表敬之辞,多用于奏疏或信函。太祖:指北宋开国之君赵匡胤(927—976),在位十六年。躬:本身具有。上智:极高的智慧。独见:独到的见解。

②周知:全面了解。情伪:真实与虚伪的情况。

③变置:变革旧的,设置新的。

④训齐:训之使齐,通过训练使之齐心合力。

⑤扞:同"捍"。抵抗。夷狄:古时有东夷、南蛮、西戎、北狄之说,是对以华夏为中心的周边地区少数民族的统称,在此是特指北宋时期建立在我国北方和西北方的契丹、西夏两个少数民族政权。下文"蛮夷"用法相同。

⑥中国:中原地区。

⑦废强横之藩镇:指宋太祖收回节度使石守信等人兵权一事,《宋史纪事本末》卷二有"杯酒释兵权"的记载。唐代中期在边境地区设立节度使,总揽一方军政,玄宗之后,日渐强大,经常发生叛乱割据,称为"藩镇"。宋太祖有鉴于此,收回兵权,使节度使仅为授予勋卿功臣的荣衔。

⑧诛贪残之官吏:宋太祖屡颁廉政之诏,处罚甚为严厉,凡受赃而被诛者,史书多见。

⑨躬以简俭为天下先:据《宋史·太祖本纪》:"宫中苇帘,缘用青布;常服之衣,浣濯至再。魏国长公主襦饰翠羽,戒勿复用,又教之

　　曰：'汝生长富贵，当念惜福。'见孟昶宝装溺器，撬而碎之，曰：'汝以七宝饰此，当以何器贮食？所为如是，不亡何待！'"躬，亲自。

⑩安利元元：使百姓安定，对百姓有利。元元，百姓。

⑪太宗：北宋第二位君主赵匡义（939—997），宋太祖的弟弟。因避其兄宋太祖讳改名赵光义，即位后改名炅。

⑫真宗：北宋第三位君主赵恒（968—1022），宋太宗第三子。

⑬仁宗：北宋第四位君主赵祯（1010—1063），宋真宗第六子，在位四十一年。英宗：北宋第五位君主赵曙（1032—1067），太宗曾孙，濮王赵允让之子，在位四年。

⑭逸德：失德。

【译文】

　　太祖自身就具备了极高的智慧、独到的见解，能够全面了解人物的真实与虚伪。他指挥部下，托付事情，都能发掘出所用之人的才能；变革旧的，设置新的，各种措施都能够得当。所以能够驾驭得了军队的首领，训练士兵使他们齐心合力，在外抵抗契丹、西夏，在内平定了中原地区。接着废除了苛刻的赋税，停止了暴虐的刑罚，废除了强大专横的藩镇，诛杀了贪婪残暴的官吏，亲自以俭省作为天下人的先导。他在发布政治命令的时候，一心都是以使百姓安定、对百姓有利为目标的。接着太宗用聪慧勇武继承了他的事业，真宗用谦和仁爱守护，到了仁宗、英宗，都没有失德的地方。这就是本朝之所以能够享有国家一百余年，天下没有大事的原因。

　　仁宗在位，历年最久，臣于时实备从官①，施为本末，臣所亲见。尝试为陛下陈其一二，而陛下详择其可，亦足以申鉴于方今②。

【注释】

①臣于时实备从官：于时，在当时。从官，指君王的随从、近臣。王安石在宋仁宗时曾任知制诰，替皇帝起草诏书。

②申鉴：引为借鉴。汉荀悦著有《申鉴》五卷，言为政之借鉴。

【译文】

仁宗在位，经历的年份最久，我在当时担任他的从官，他施行政治措施的根本与细节，都是我所亲眼看到的。现在尝试为陛下您陈述其中的一些，陛下您选择其中可以听取的，也足够在当今加以借鉴了。

伏惟仁宗之为君也，仰畏天，俯畏人①；宽仁恭俭，出于自然；而忠恕诚悫②，终始如一。未尝妄兴一役，未尝妄杀一人。断狱务在生之，而特恶吏之残扰③。宁屈己弃财于夷狄④，而终不忍加兵。刑平而公，赏重而信。纳用谏官御史，公听并观⑤，而不蔽于偏至之谗⑥；因任众人耳目⑦，拔举疏远⑧，而随之以相坐之法⑨。盖监司之吏⑩，以至州县⑪，无敢暴虐残酷，擅有调发⑫，以伤百姓。自夏人顺服⑬，蛮夷遂无大变，边人父子夫妇得免于兵死，而中国之人安逸蕃息以至今日者⑭：未尝妄兴一役，未尝妄杀一人，断狱务在生之，而特恶吏之残扰，宁屈己弃财于夷狄，而不忍加兵之效也。大臣贵戚，左右近习⑮，莫敢强横犯法，其自重慎，或甚于闾巷之人⑯：此刑平而公之效也。募天下骁雄横猾以为兵⑰，几至百万，非有良将以御之，而谋变者辄败；聚天下财物，虽有文籍⑱，委之府史⑲，非有能吏以钩考⑳，而断盗者辄发㉑；凶年饥岁，流者填道，死者相枕，而寇攘者辄得㉒：此赏重而信之效也。大臣贵戚，左右近习，莫能大擅威福，广私货赂，一有奸慝㉓，随辄上闻；贪邪横猾，虽间或见用，未尝得久：此纳用谏官御史，公听并观，而不蔽于偏至之谗之效也。自县令京官，以至监司台阁㉔，升擢之任㉕，虽不皆得人，然一时之所谓才士，亦罕蔽塞而不见收举者㉖：此因任众人之耳目，拔举疏远，而随之以相坐之法之效也。升遐之日㉗，天下号恸㉘，如丧考妣㉙：此宽仁恭俭，出于自然，忠恕诚悫，终始如一之效也。

【注释】

① 仰畏天，俯畏人：《论语·季氏》："孔子曰：'君子有三畏：畏天命，畏大人，畏圣人之言。'"

② 诚悫（què）：诚恳。

③ 断狱务在生之，而特恶吏之残扰：指判决罪案，力求给犯人留下活路，尤其厌恶凶恶的官吏对百姓的残害扰攘。断狱，判决案件。生，给犯人留活路。恶，厌恶。残扰，残害，扰攘。

④ 宁屈己弃财于夷狄：指北宋政府每年向契丹、西夏两个少数民族政权献纳岁币、银绢以求和平之事。宋真宗景德元年（1004），北宋与契丹讲和，每年要献币纳绢。宋仁宗庆历二年（1042），向契丹增加银绢以求和。庆历四年（1044），又以同样方式向西夏妥协。

⑤ 公听并观：广泛公正地听取、观察各方面的意见和情况。

⑥ 偏至之谗：片面的谗言。

⑦ 因任：依靠。

⑧ 拔举疏远：提拔、举用与皇帝和高官贵戚关系疏远但有才干的人。

⑨ 相坐之法：坐，犯罪。宋代官吏举荐制度规定，凡被举荐的官吏犯有过错罪责，举荐人须受连带处分。

⑩监司：宋代各路设置转运使司、提点刑狱司、提举常平司三司，除各自常规职守之外，均负有某些方面的监察责任，总称为监司。

⑪州县：在此指地方官员。

⑫调发：征调劳役赋税。

⑬夏：即西夏，宋时西北党项族建立的少数民族政权，据有今甘肃、宁夏等地。

⑭蕃息：人口繁殖。

⑮近习：皇帝左右亲近的人，太监之类。

⑯闾巷之人：指平民。

⑰骁雄横猾：指勇猛狂暴而奸诈的人。

⑱文籍：账册。

⑲府史：专管仓库的小吏。

⑳钩考：考查，核对。

㉑断盗者：贪污中饱的人。发：被揭发。

㉒寇攘者：强盗。得：被抓获。

㉓奸慝（tè）：奸邪的心术或行为。

㉔台阁：台，御史台，主管监察的机关。阁，龙图阁、天章阁等，收藏皇帝的图书或备顾问的机构。在此指任职于这些地方的大臣。

㉕升擢：提升，提拔。

㉖罕：少。蔽塞：被掩盖，或被堵塞出路，在此指被埋没。收举：收录举用。

㉗升遐：对皇帝死亡的讳称。

㉘号恸：大声痛哭。

㉙考妣：古时称去世的父亲为考，去世的母亲为妣。

【译文】

仁宗作为君主，上敬畏天命，下敬畏人事；宽和、仁爱、恭敬、节俭，都出于天性；而忠厚、宽恕、真诚、恳切，始终如一。没有胡乱兴起过一场战争,也没有胡乱杀过一个人。判决罪案,力求给犯人留下活路,尤其厌恶凶恶的官吏对百姓的残害扰攘。宁可委屈己方将财富施舍给契丹、西夏,也终究不忍心对他们发动战争。刑法公平公开,赏赐多而守信。接纳、任用谏官和御史,广泛公正地听取、观察各方面的意见和情况,而不被片面的谗言所蒙蔽;依靠众人的消息,来提拔举用关系疏远但有才干的人,又颁布了官员举荐犯罪连坐的法律。从监司等官吏到州县官员,都不敢暴虐残酷,擅自地征调劳役赋税,伤害百姓。从西夏人归顺服从之后,少数民族那边就没有大的变乱了,边疆百姓都能够免于在战乱中死去,而中原地区的百姓安逸增长到了今天:这是仁宗没有胡乱发起过一场战争,也没有胡乱杀过一个人;判决罪案,力求给犯人留下活路,尤其厌恶凶恶的官吏对百姓的残害扰攘;宁可委屈己方将财富施舍给契丹、西夏,也终究不忍心对他们发动战争。大臣、皇亲国戚、皇帝左右亲近的人,都不敢强横地违反法律,他们自重谨慎,有的还超过平民:这是刑法公平公开的缘故。招募天下勇猛、强横、狡猾的人当士兵,几乎到了百万人数,虽然没有优秀的将领来驾驭他们,阴谋变乱的人也很快就会失败;收聚天下财物,把账本交给管理仓库的官吏,虽然没有有能力的官吏来考查核对,贪污的人也很快就会被揭发;发生灾害、饥荒的年月,流亡的百姓填满了道路,死去的人多得互相压着,但强盗土匪也很快能够被抓获:这是赏赐多而守信的缘故。大臣、皇亲国戚和皇帝左右亲近的人都不能大肆地作威作福,广泛地私自接受贿赂,一旦有奸行,随即就会被上报;贪婪、奸邪、强横、狡猾的人,虽然偶尔被任用,也不能够长久:这是接纳、任用谏官和御史,广泛公正地听取、观察各方面的意见和情况,而不被片面的谗言所蒙蔽的缘故。从县令、京官到监司、台阁官员,提升任命,虽然不都是合适的人,然而当时所称道的有才干的人,也很少有被埋没而不被收录举用的:这是依靠众人的消息,提拔举用关系疏远但有才干的人,再加上官员举荐犯罪连坐法律的缘故。仁宗过世的那天,天下百姓大声痛哭,就好像自己的父母过世了:这是他宽和、仁爱、恭敬、节俭，都出于天性，而忠厚、宽恕、真诚、恳切，始终如一的缘故。

　　然本朝累世因循末俗之弊，而无亲友群臣之议。人君朝夕与处，不过宦官女子；出而视事^①，又不过有司之细故^②；未尝如古大有为之君，与学士大夫讨论先王之法，以措之天下也。一切因任自然之理势^③，而精神之运^④，有所不加；名实之间^⑤，有所不察。君子非不见贵，然小人亦得厕其间^⑥；正论非不见容，然邪说亦有时而用。以诗赋记诵求天下之士^⑦，而无学校养成之法；以科名资历叙朝廷之位^⑧，而无官司课试之方。监司无检察之人，守将非选择之吏，转徙之亟^⑨，既难于考绩，而游谈之众^⑩，因得以乱真。交私养望者^⑪，多得显官；独立营职者^⑫，或见排沮^⑬。故上下偷惰取容而已^⑭，虽有能者在职，亦无以异于庸人。农民坏于繇役，而未尝特见救恤，又不为之设官，以修其水土之利；兵士杂于疲老^⑮，而未尝申饬训练^⑯，又不为之择将，而久其疆埸之权^⑰。宿卫则聚卒伍无赖之人^⑱，而未有以变五代姑息羁縻之俗^⑲；宗室则无教训选举之实，而未有以合先王亲疏隆杀之宜^⑳。其于理财，大抵无法，故虽俭约而民不富，虽忧勤而国不强。赖非夷狄昌炽之时^㉑，又无尧汤水旱之变^㉒，故天下无事，过于百年。虽曰人事，亦天助也。盖累圣相继^㉓，仰畏天，俯畏人，宽仁恭俭，忠恕诚悫，此其所以获天助也。

【注释】

①出而视事：指临朝治国理政。

②细故：琐屑细小的事情。

③自然之理势：客观上的形势。

④精神之运：主观上的努力。

⑤名实：名目和实质。

⑥厕：厕身，参与。

⑦记诵：默记背诵。

⑧叙：安排，排列。

⑨转徙：调动官职。亟：频繁。

⑩游谈之众：夸夸其谈的人。

⑪交私养望者：私下交结、培植自己声望的人。

⑫独立营职者：不依赖他人、忠于职守的人。

⑬排沮：排挤压抑。

⑭偷惰：偷闲懒惰。取容：讨好、取悦上级。

⑮杂于疲老：混杂着年迈力疲之人。

⑯申饬：告诫，整顿。

⑰而久其疆场（yì）之权：让他们（在此指武将）长期执掌兵权。疆场，边界，边境。

⑱宿卫：禁卫军。卒伍：原义为士卒，在此指兵痞。

⑲五代（907—960）：指唐灭亡至北宋建国之间的后梁、后唐、后晋、后汉、后周五个朝代。羁縻（jī mí）：笼络。羁，马笼头。縻，牛缰线。

⑳亲疏隆杀之宜：亲近或疏远、恩宠或冷落的区别原则。隆杀，语出《礼记·乡饮酒义》："至于众宾，升受、坐祭、立饮、不酢而降，隆杀之义别矣。"郑玄注："尊者礼隆，卑者礼杀，尊卑别也。"

㉑昌炽：兴旺势盛。

㉒尧汤水旱之变：尧，上古君王，名放勋。汤，商朝的建立者。传说尧时有水灾，汤时有旱灾。

㉓累圣：累代圣君，即上文所提到的北宋诸位皇帝。

【译文】

然而本朝历代沿袭着旧习俗的弊病，却没有亲友群臣议论批评。与君主朝夕相处的，不过是宦官和女子；临朝料理国政，又不过是官场中琐屑细小的事情；没有像古时候大有作为的君主，与学士大夫们讨论先王的执政方法，将它实施于天下。一切只顺应客观形势，而并没有加上主观的努力；名目和实质之间，也有失察的地方。君子不是不被恩宠，但小人也能够混杂在其间；正当的言论不是不被采纳，但歪理邪说有时也被采用。凭借诗赋的创作和经典的默记背诵来求取天下的有才之士，却没有在学校中进行培养的方法；凭借科举的名位和做官的资历来排列官员在朝廷中的地位，却没有官府考核的方法。监司没有监督的人，官吏没有经过精挑细选，调动官职太过频繁，已经很难对政绩进行考核评估了，所以那些夸夸其谈的人，能够借此混入真才实学的人中。私下交结、培植自己声望的人，大多能够得到显要的官位；不依赖他人、忠于职守的人，有时却会被排挤、压抑。所以官场上下只是偷闲、懒惰、讨好上司罢了，虽然有有能力的人在职位上，也和平庸的人没什么区别了。农民被过重的徭役伤害了身体，也没有特别受到救治、抚恤，又不为了农业设立官员，来修治一些利于水土的工程；军队中混杂着年迈力疲之人，并且没有对他们进行整顿训练，又不为军队选择合适的将领，却让原有的武将长期执掌边疆的军事大权。禁卫军聚集了兵痞和无赖，却没有改变五代以来纵容和笼络的旧俗；皇亲国戚没有教育选举的实质措施，没有符合先王亲近或疏远、恩宠或冷落的区别原则。对于理财，大多是没有方法，所以虽然节俭但是百姓并没有富足，虽然忧劳辛勤但是国家没有强盛。幸好现在不是那些少数民族兴旺势盛的时候，也没有尧、汤那时候的水旱灾害，所以百余年来天下没有大事。虽然是人事的成效，也有上天的帮助在。这大概就是本朝有累代圣君前后相继，上敬畏天命，下敬畏人事，宽和、仁爱、恭敬、节俭、忠厚、宽恕、真诚、恳切，所以获得上天相助的原因吧。

伏惟陛下躬上圣之质①，承无穷之绪②，知天助之不可常恃③，知人事之不可怠终④，则大有为之时，正在今日。臣不敢辄废将明之义⑤，而苟逃讳忌之诛⑥。伏惟陛下幸赦而留神，则天下之福也。取进止⑦。

【注释】

①躬上圣之质：自身具备最圣明的资质。

②承无穷之绪：继承前人未完成的功业。

③常恃：经常倚赖。

④怠终：以懈怠告终。

⑤将明：人臣奉行王命，明辨国事。将，奉行王命。明，明辨是非。

⑥苟逃：苟且逃避。讳忌之诛：因触犯皇帝忌讳而导致的诛杀。

⑦取进止：古时大臣上奏，用于卷末的套语，意为"未知当否，请陛下裁夺"。

【译文】

陛下自身具备最圣明的资质，继承了前人未完成的功业，如果能明白上天的帮助不可以经常依赖，知道人的事业不可以以懈怠告终，那么大有作为的时候，就在当今了。我不敢荒废臣下辅佐君主明辨国事的职责，来苟且逃避因触犯皇帝忌讳而导致的诛杀。如果有幸陛下能赦免我的冒昧，留意我的进言，那就是天下人的福气了。不知我以上说的是否得当，请陛下裁夺。

【评点】

茅鹿门曰：自"本朝"以下，节节议得的确，而荆公所欲为朝廷节节立法措注处，亦自可见。神庙所以伊、傅、周、召任之信之①。而惜也荆公之志虽劙画②，而学问渊源则得之讲习考核者多,而非出于疏通博大之养也。况其强愎自用,得之天授,而偏见所向,遂至于并其同心同志稍稍隔绝。及其位高而势危,宠专而气锐,所以材佞之士得投间以入,而平生所自喜者,反为左右所阏③,而国家亦多故矣。惜哉!

又曰:此篇极精神骨髓。荆公所以直入神宗之胁④,全在说仁庙处,可谓搏虎屠龙手。

张孝先曰:仁宗,宋之贤主也。百年无事,皆其宽仁恭俭之效。至于累世因循不振,诚有如介甫所云者。但欲佐其君以大有为,而不进修德、讲学、兴贤、去奸之说,其大旨仅在于富国强兵之术而已。宋朝百年无事,如人元气尚完,然未免稍弱。介甫汲汲以理财为急,如庸医妄投丹药,而元气为之剥丧矣。此篇条陈凿凿可听,乃其所以结主知,即其所以祸人国者欤!

【注释】

①伊:指伊尹,商朝开国元勋,辅助商汤打败夏桀,拜为尹。傅:指傅说,商朝武丁时任相,辅佐武丁安邦治国,形成了"武丁中兴"的辉煌盛世。周:指周公,周武王之弟,辅佐成王稳固统治,并制作礼乐。召:指召公,西周宗室、大臣,辅佐周成王、周康王,开创"成康之治"。

②劖(chán)画:峭拔,不同凡俗。

③阏(è):遏制,抑制。

④胁:从腋下到肋骨尽处的部分,这里指内心。

【译文】

茅坤评论:自"本朝"以下的文字,每一节都议论得切中要害,王安石想要为朝廷一一立法解决的地方,也自然从中可见了。这就是为什么宋神宗将他作为伊尹、傅说、周公、召公那样的辅弼之臣来任用信赖。但可惜王安石的志向虽然卓尔不凡,而他的学问渊源大多来自教书和考核,却不是出于通达广博的知识涵养。况且他强硬偏执的性格是天生的,做事带有偏见,所以和与他同样志向的人纷纷疏远断绝。到了他官位高、势力大,得到皇帝专宠、意气锐利的时候,那些巧言谄媚的人得以乘虚而入,而他平生所得意的优点,反而被左右手下所遏制,而整个国家也因此多灾多难。真是可惜啊!

又评论:这篇文章极其有精神,深入骨髓。王安石之所以能直接打动宋神宗的内心,全在于他评价宋仁宗的部分,可以说是"搏虎屠龙"的手段。

张伯行评论:宋仁宗,是宋朝的贤明君主。当时百年太平,是他做皇帝宽厚、仁爱、恭敬、节俭的效果。至于一代代皇帝沿袭旧俗,不能振兴国家,确实有像王安石所说的那些原因。但想要辅佐他的君主取得大的成就,却不进谏完善道德、讲授学问、提拔贤人、除去奸人的学说,而主要只讲了如何富国强兵的权谋而已。宋朝百年太平,就像一个人,元气还完整,只是力量比较弱。而王安石急于钻营理财,就像庸医胡乱用药,使得这个人的元气都被剥夺丧失了。这篇陈述言之凿凿,十分动听,是他之所以能够取得君王信任的原因,也是他之所以祸乱整个国家的缘故啊!

论馆职札子

【题解】

本文作于熙宁二年(1069)中期,其时王安石已深得宋神宗的信任,被任为参知政事,与身为宰相的富弼共同料理朝政。馆职,宋时将在史馆、昭文馆、集贤馆等处,从直馆到校勘的职位都统称为"馆职",此乃"育俊才",为皇帝培养将来的辅弼大臣的职位。王安石借此上书,指出了一批十人以上的馆职人员由官员推荐便能任职，皇帝不了解其真才实学，以至于遇事无人可用，只得自己料理琐屑政务的弊端，提议宋神宗接受推荐，但要对馆职人员，进行咨询政事、处理实务等的考核，以分辨贤才、庸人，去粗取精。康熙《御选古文渊鉴》卷四十七评曰："以穷理知人为本，立言有要。"

　　王安石在此文中借鉴了先秦法家参验名实来选拔人才的方法，文风也趋于务实、紧凑、峭拔。

　　臣伏见今馆职一除①，乃至十人②，此本所以储公卿之材也。然陛下试求以为讲官③，则必不知其谁可；试求以为谏官④，则必不知其谁可；试求以为监司，则必不知其谁可。此患在于不亲考试以实故也⑤。

【注释】

①馆职一除：任命馆职人员。馆职，在史馆、昭文馆、集贤馆等处供职，自直馆至校勘，皆称"馆职"，乃"育俊才"之职位。除，任命官职。

②乃至十人：自宋英宗时起，一次馆职任命，便有十人，神宗即位至熙宁年间仍沿用此例。

③讲官：侍讲、翰林侍讲等官的总称，又称讲读官、经筵官，掌为皇帝或太子讲读经史。

④谏官：掌进谏的官员。

⑤考试：考课，考核。

【译文】

　　我看到现在任命馆职人员，一次就多达十人，馆职这一职务本来是为公卿储备人才的。但现在陛下您试着找一个人做讲读经史的侍讲官，一定不知道谁能胜任；试着找一个人做负责进谏的谏官，一定不知道谁能胜任；试着找一个人做负责监察的监司，一定不知道谁能胜任。其中的弊病就在于陛下您没有亲自考核他们的实际才能与政绩。

孟子曰："国人皆曰贤，然后察之；见贤焉，然后用之①。"今所除馆职，特一二大臣以为贤而已②，非国人皆曰贤。国人皆曰贤，尚未可信用，必躬察见其可贤而后用③，况于一二大臣以为贤而已，何可遽信而用也④？臣愿陛下察举众人所谓材良而行美⑤，可以为公卿者，召令三馆祗候⑥，虽已带馆职⑦，亦可令兼祗候。事有当论议者，召至中书⑧，或召至禁中⑨，令具条奏是非利害⑩，及所当设施之方⑪。及察其才可以备任使者⑫，有四方之事，则令往相视问察，而又或令参覆其所言是非利害⑬。其所言是非利害，虽不尽中义理可施用，然其于相视问察能详尽而不为蔽欺者⑭，即皆可以备任使之才也。其有经术者⑮，又令讲说。如此至于数四⑯，则材否略见⑰。然后罢其否者，而召其材者，更亲访问以事⑱。访问以事，非一事而后可以知其人之实也；必至于期年⑲，所访一二十事，则其人之贤不肖审矣。然后随其材之所宜，任使其尤材良行美可与谋者，虽常令备访问可也。此与用一二大臣荐举，不考试以实而加以职，固万万不侔⑳。

【注释】

①"国人皆曰贤"几句：语出《孟子·梁惠王下》："国君进贤，如不得已，将使卑逾尊，疏逾戚，可不慎与？左右皆曰贤，未可也；诸大夫皆曰贤，未可也；国人皆曰贤，然后察之；见贤焉，然后用之。左右皆曰不可，勿听；诸大夫皆曰不可，勿听；国人皆曰不可，然后察

之；见不可焉，然后去之。"国人，全都城的百姓，在此引申为全国的百姓。

②特：仅仅，只有。

③躬：亲自。

④遽（jù）：仓促。

⑤材良而行美：才能优良而品行美好。

⑥三馆祗（zhī）候：三馆，宋时指史馆、昭文馆、集贤院，负责藏书、校书、修史等事务。祗候，在馆负责文学之职并兼其他馆内日常事务的官员。

⑦带馆职：官吏的官名与职务有时分为二途，如"以监察御史知华州"，则实职为华州知州，监察御史为带职。"带馆职"即为带三馆之职而任其他职务。

⑧中书：宋时称政事堂（中书门下）为中书。《宋会要辑稿·职官》："中书门下在朝堂西，榜曰中书，为宰相治事之所。"

⑨禁中：宫中。因皇宫门户有禁，非侍卫及特许之臣，不得入内，故称禁中。

⑩条奏：分条奏述。

⑪设施：设置施行。

⑫备任：充任，充当。

⑬参覆：考察审验。

⑭蔽欺：隐瞒与欺骗。

⑮经术：有关儒学经典的学问。

⑯数四：四次，多次。

⑰见：通"现"。显现。

⑱访问：咨询。

⑲期（jī）年：一年。

⑳侔（móu）：相等，一样。

【译文】

孟子曾说过："等全国的百姓都说这人贤能了，国君再考察他；发现真是贤能，再任用他。"现在所任命的馆职人员，只是一两位大臣认为贤能而已，并不是全国的百姓都说贤能。全国百姓都说这人贤能，还不可以立即信任任用，一定要亲自考察发现确实贤能才可以，何况现在只是一两位大臣认为贤能罢了，哪里就可以仓促地信任并任用这些人呢？我希望陛下您考察举用那些众人认为才能优良而品行美好，可以成为公卿的人，命令他们到三馆任祗候一职；即便有已经带馆职的，也可以命他们兼任祗候。遇到应当讨论的事情，就把他们召到中书省，或者召到宫中，让他们分条奏述其中的是非利害，以及应当设置施用的方法。到考察完，确认他们的才能可以充当出使的官员了，当地方发生了事情的时候，就命令他们前往访问视察，又或者命令他们在那考察审验自己之前所说的是非利害是否正确。他们所说的是非利害，即使不完全符合义理或能够施用，然而他们在访问视察的时候能够详尽地和皇上禀报而不隐瞒欺骗的话，也可以充当被任用的使臣人才。精通儒家经典的，又让他讲说经典。像这样数次，一个人是否有才能就大致可以知道了。然后罢免没有才能的人，召见有才能的，再亲自拿政事咨询他。拿政事咨询他，不是只问一件事就能够知道这个人的实际情况的；一定要经过一年，咨询了一二十件事，那么这个人是否贤能就可以判断了。然后再根据他的才能适合与否，任命那些才能尤其优良品行尤其美好，可以与之谋划大事的人，可以让他们在身边以备经常提供咨询。这样做得到的官员，和任用仅凭一两位大臣推举，不考核真才实学就授予官职的官员，本来就是完全不一样的。

　　然此说在他时或难行。今陛下有尧、舜之明[①]，洞见天下之理[②]，臣度无实之人不能蔽也[③]，则推行此事甚易。既因考试可以出材实，又因访问可以知事情，所谓敷纳以言，明试以功[④]，用人惟己[⑤]，辟四门，明四目，达四聪者[⑥]，盖如此而已。以今在位乏人、上下壅隔之时⑦,恐行此不宜在众事之后也。

【注释】

①尧、舜:皆为上古时的君王,儒家所推崇的明君。

②洞见:透彻地了解。

③度(duó):推测,估计。

④所谓敷纳以言,明试以功:让臣子充分表达政见,公开考察政绩,以检验他们的言论。敷纳,谓臣下陈奏善策,天下择善采纳。语出《尚书·益稷》:"惟帝时举,敷纳以言。明庶以功,车服以庸。"孔传:"使陈布其言,明之皆以功大小为差,以车服旌其能用之。"

⑤用人惟己:语出《尚书·汤誓》:"用人惟己,改过不吝。"孔传:"用人之言,若自己出,有过则改,无所吝惜。"

⑥"辟四门"几句:语出《尚书·舜典》:"询于四岳,辟四门,明四目,达四聪。"孔疏:"开四方之门,大为仕路,致众贤也。明四方之目,使为己远视四方也。达四方之聪,使为己远听四方也。"

⑦壅隔:阻塞隔离。

【译文】

　　我的这种建议在别的朝代或许难以实行。然而现在陛下您具有尧、舜那样的圣明,能透彻地了解天下的事理,我推测没有真才实学的人是不能够蒙蔽您的,所以推行这种做法应该很容易。既通过考试选拔出有真才实学的人才,又通过咨询政事可以了解他们的情况,《尚书》里所说的让臣子充分表达政见,公开考察政绩,以检验他们的言论,采用可信的言论就像自己说的一样,广开招用四方人才的大门,使下面的人耳聪目明,为自己明察天下,就是像这样罢了。因为现在正是在位官员缺乏人才,上下级之间被阻塞隔离的时候,恐怕推行这些做法不应该放在其他事情之后。

然巧言令色孔壬之人①，能伺人主意所在而为倾邪者②，此尧、舜之所畏，而孔子之所欲远也③。如此人当知而远之，使不得亲近。然如此人亦有数。陛下博访于忠臣良士，知其人如此，则远而弗见；误而见之，以陛下之仁圣，以道揆之④，以人参之⑤，亦必知其如此；知其如此，则宜有所惩。如此则巧言令色孔壬之徒消，而正论不蔽于上。今欲广闻见，而使巧言令色孔壬之徒得志，乃所以自蔽。畏巧言令色孔壬之徒为害，而一切疏远群臣，亦所以自蔽。

【注释】

①巧言：花言巧语。令色：伪善谄媚的神情。孔壬：大奸佞。

②倾邪：邪恶不正。

③而孔子之所欲远也：《论语·学而》："子曰：'巧言令色，鲜矣仁。'"《论语·卫灵公》："子曰：'……放郑声，远佞人。郑声淫，佞人殆。'"

④揆：衡量，度量。

⑤参：比较参验。

【译文】

然而花言巧语、伪善谄媚、大奸大恶的人，会窥伺君主内心所想而借此做邪恶之事的人，是尧、舜所畏惧的，也是孔子想要疏远的。像这样的人，知道了就要疏远他，不让他有机会亲近自己。然而像这样的人数量也有限。陛下您可以广泛地向忠臣、贤人们咨询，知道谁是这样的，就疏远不见；若不小心召见了，凭借陛下的仁爱圣明，用道义来衡量他，用别人来比较参验他，也一定能知道他是奸佞的人；一旦知道了他是这样的人，就应该对他有所惩罚。这样做的话花言巧语、伪善谄媚、大奸大恶的人就会消失，陛下就不会被蒙蔽而能听到正确的言论了。现在想要广开言路,明察天下,却反而让花言巧语、伪善谄媚、大奸大恶的人得了重用,这正是为什么自己会受蒙蔽。但如果因为怕花言巧语、伪善谄媚、大奸大恶的人作乱,就疏远所有的大臣,自己也会因此受蒙蔽的。

盖人主之患在不穷理①:不穷理,则不足以知言;不知言,则不足以知人;不知人,则不能官人②;不能官人,则治道何从而兴乎③? 陛下尧、舜之主也,其所明见,秦、汉以来欲治之主,未有能仿佛者,固非群臣初能窥望。然自尧、舜、文、武④,皆好问以穷理,择人而官之以自助。其意以为王者之职在于论道⑤,而不在于任事⑥;在于择人而官之,而不在于自用⑦。愿陛下以尧、舜、文、武为法⑧,则圣人之功必见于天下⑨。至于有司丛脞之务⑩,恐不足以弃日力、劳圣虑也⑪。以方今所急为如此,敢不尽愚⑫?

【注释】

①穷理:探究清楚事物的道理。

②官人:任人为官。

③治道:治理好国家的政策、措施等。

④文、武:商末周初的周文王与周武王,皆为儒家所推崇的明君。

⑤论道:语出《周礼·冬官》:"或坐而论道。"郑玄注:"论道,谓谋虑治国之政令也。"

⑥任事:处理日常琐碎公事。

⑦自用:自己任用自己,自己做官员做的事。

⑧法:效法,在此指效法的对象。

⑨见:通"现"。显现。

⑩丛脞(cuǒ):细碎,杂乱。

⑪日力：光阴。

⑫尽愚：尽心尽职。愚，愚蠢的考虑，在此是谦辞。

【译文】

作为君主，最大的祸患在于不能探究清楚事物的道理：不能探究清楚事物的道理，就不能够判断言论是否正确；不能够判断言论是否正确，就不能够了解人；不能够了解人，就不能够任人为官；不能够任人为官，那么治理好国家的政策、措施要从哪里做起呢？陛下您是像尧、舜一样的君主，您圣明的见识，是秦朝、汉朝以来历代想要治理好国家的君主都比不上的，本来就不是现在那些大臣们一开始能够明白企及的。然而从尧、舜、周文王、周武王四位君主以来，历代的圣明君主都喜欢询问，来探究清楚事物的道理，都喜欢选择人才给予官职，来让他们帮助自己治理国家。他们的想法是，君主的职责在于谋虑治国的政令，而不在于处理日常琐碎的公事；在于选择人才给予官职，而不是自己任用自己，亲自去做官员的事。希望陛下您把尧、舜、周文王、周武王作为效法的对象，那么圣人治国的功业，一定会在当今天下出现。至于那些属于官员的琐碎小事，恐怕不值得您浪费光阴、花费思虑的。由于当今最急迫的就是这件事，我哪里敢不尽心向您汇报呢？

　　臣愚才薄，然蒙拔擢①，使豫闻天下之事②。圣旨宣谕富弼等③，欲于讲筵召对辅臣④，讨论时事。顾如臣者，才薄不足以望陛下之清光⑤，然陛下及此言也，实天下幸甚！自备位政府，每得进见，所论皆有司丛脞之事。至于大体⑥，粗有所及，则迫于日晷⑦，已复旅退⑧。而方今之事，非博论详说，令所改革施设，本末、先后、小大、详略之方，已熟于圣心，然后以次奉行⑨，则治道终无由兴起。然则如臣者，非蒙陛下赐之从容，则所怀何能自竭⑩？

【注释】

①拔擢:提拔,在此指自己被提拔为参知政事一事。

②豫闻:参与闻知。预,通"与"。

③富弼(1004—1083):字彦国,洛阳(今属河南)人。天圣八年(1030)及第,至和二年(1055)召拜宰相,以母丧去位。熙宁二年(1069),再度为相。

④讲筵:天子的经筵,即为天子讲说经书的场所。辅臣:辅弼大臣。

⑤清光:清雅的风采。

⑥大体:大要,纲领。

⑦日晷(guǐ):古时按照日影位置移动来测定时间的仪器,在此引申为时间。

⑧旅退:一同退下。

⑨以次:按照次序。

⑩自竭:尽情陈述。

【译文】

我愚钝,且才能浅陋,然而承蒙您提拔,使我参与讨论天下大事。您下圣旨给富弼等人,想要在讲说经书的时候召集辅弼大臣询问并讨论时事。像我这样的人,才能浅陋,不能够瞻仰陛下您清雅的风采,然而陛下说了这样的话,实在是天下人的幸运啊!自从我在朝廷备任一职,每次得以进见,所讨论的都是属于官员的琐碎小事。至于国家大要,粗略有所涉及,就限于时间不足不能详说,随着众人一起告退了。而现在这件事,如果不详尽地论述,使陛下对改革、施行的本末、先后、小大、详略的道理都娴熟于心,然后按照次序施行,那么治理好国家的政策、措施终究无从做起。然而像我这样的臣子,如果不是承蒙陛下您赐予从容说话的机会,又怎么能把心里的想法都尽情地陈述出来呢?

盖自古大有为之君,未有不始于忧勤,而终于逸乐①。

今陛下仁圣之质，秦、汉以来人主未有企及者也，于天下事又非不忧勤。然所操或非其要，所施或未得其方，则恐未能终于逸乐、无为而治也②。则于博论详说岂宜缓？然陛下欲赐之从容，使两府并进③，则论议者众而不一，有所怀者或不得自竭。谓宜使中书密院迭进④，则人各得尽其所怀，而陛下听览亦不至于烦。陛下即以臣言为可，乞明喻大臣，使各举所知，无限人数，皆实封以闻⑤，然后陛下推择召置以为三馆祗候⑥。其不足取者，旋即罢去，则所置虽多，亦无所害也。

【注释】

①逸乐：安逸快乐，在此为褒义。

②无为而治：先秦时产生的关于君主治国最高境界的理想，儒家、道家、法家等对此皆有论述，提出了不同的实现方法。儒家认为需以德服人，继承先王；道家认为需因循自然，不多扰民；法家则认为需以法治国，以术御臣，让臣子专注政务，君主掌握大权，从中协调监视。在此王安石倾向于法家一途。

③两府：宋时将掌管军事的枢密院与掌管政务的中书省合称为"两府"，是当时中央掌管文武权柄的两个最重要的部门，即下文的"中书密院"。

④迭进：轮番进言。

⑤实封：宋代臣民所上书统称"封事"，有实封、通封之别，前者的保密性较高，其法：折角重封，两头押印或签署自己姓名，封外尚须标明"机密"或"火急"等字样，以及所言事情的类别。

⑥推择：推举提拔。召置：延揽来给予安置。

【译文】

自古大有作为的君主，没有谁不是开始时忧虑勤恳，而最终能享受到安逸快乐的。现在陛下您具有仁爱、圣贤的资质，秦朝、汉朝以来的君主没有能比得上您的，您对于天下大事又不是不忧虑勤恳。然而所把握的政事有的并不紧要，所施行的措施有的又不恰当，恐怕最终不能够安逸快乐、无所作为地治理好天下。那么我现在怎么可以将详尽论述过这些事的进言放缓呢？然而，陛下您如果想要让枢密院和中书省都有机会从容地一起进言，那么议论的人太多，意见又不统一，真正有想法的人有的又不能够尽情陈述。我认为，应该让这两个部门轮番进言，那么每个人都能够完全表达自己的想法，而陛下您听事览文也不会觉得任务繁重。陛下您如果认为我的进言得当，恳请您能明白地诏告诸位大臣，让他们各自推荐自己了解的人，不要限定人数，将推举信都密封好上呈给您看，然后陛下您将被推荐者提拔、安置为三馆祗候。那些不值得任用的，马上罢免，让他们离开，那么所设的馆职即使很多，也没有什么害处。

【评点】

茅鹿门曰：若今之经筵官①，当亦准此，博访考言，以为储养公卿之选。

张孝先曰：馆职所以储公卿之材，必亲考试以实。既得实材，而又可因访问以知四方之事情。此法甚善。其后段云："方今之事，非博论详说，熟于圣心，以次奉行，则治道无由兴起。"此荆公所以欲自竭其怀于神宗者也。夫君臣遇合千古所难②，幸而得遇，亦观其所以自竭于君者何为耳。士君子隐居求志，尚慎旃哉③！

【注释】

①经筵官：汉唐以来特设的为帝王讲论经史的御前讲席，宋代始称

经筵，元、明、清三代沿袭此制，明代尤为重视。

②遇合：指臣子遇到善用其才的君主，二者志同道合。

③尚慎旃（zhān）哉：还要谨慎小心啊。

【译文】

茅坤评论：像当今的经筵官，应该也以这篇文章说的为标准，多多访问他们，考核其学问言行，作为将来公卿大夫的后备人选。

张伯行评论：馆职这一职位是用来培养未来的公卿大夫的，皇帝一定要亲自考核他们的实际才能。得到了有实干的人才后，又可以通过访问他们而知晓天下之事，这个方法非常好。文章后面说："当今的政事，如果不详尽地论述，使陛下对改革、施行的本末、先后、小大、详略的道理都娴熟于心，然后按照次序施行，那么治理国家的政策、措施终究无从做起。"这是王安石之所以想要向宋神宗尽情陈述内心志向的原因啊。君主与臣子志同道合，这是千古以来的难事，如果有幸可以被君主赏识，也要观察这个臣子向君主尽情陈述内心志向说的是什么样的话。当今隐居而想要实现理想的君子们，还要谨慎小心啊！

进戒疏

【题解】

据应本，"臣某昧死"之前有"熙宁二年五月十一日"等字样，明言撰文日期。宋治平四年（1067），宋神宗即位，年仅二十，他不满于北宋的疲弱政治，召王安石入京，熙宁二年（1069）任其为参知政事，有志于变法，改变现状。王安石有感于神宗的信任，在神宗除去父丧后上了这篇《进戒疏》。进，进呈。戒，告诫之言。疏，古时臣子向皇帝陈述政见的奏章。在其中他针对宋神宗的年轻谆谆告诫，想要励精图治，必须戒除耳目之欲，不沉溺于享乐，反映了他敢于直言的精神和与神宗共创太平盛世的热切希望。

　　本文善用顶针与反问，增强语气，发人深省。依经立论而观点鲜明，感情诚挚。清人蔡上翔评论曰："此北宋诸儒崇尚经术，故其言不涉迂阔，而荆公其尤也。"（《王荆公年谱考略》卷十四）

　　臣某昧死再拜[①]，上疏皇帝陛下：臣窃以为陛下既终亮阴[②]，考之于经，则群臣进戒之时[③]，而臣待罪近司[④]，职当先事有言者也[⑤]。窃闻孔子论为邦，先放郑声，而后曰远佞人[⑥]；仲虺称汤之德，先不迩声色，不殖货利，而后曰用人惟己[⑦]。盖以谓不淫耳目于声色玩好之物，然后能精于用志[⑧]；能精于用志，然后能明于见理；能明于见理，然后能知人；能知人，然后佞人可得而远[⑨]，忠臣良士与有道之君子，类进于时[⑩]，有以自竭[⑪]。则法度之行，风俗之成，甚易也。若夫人主虽有过人之材，而不能早自戒于耳目之欲，至于过差以乱其心之所思[⑫]，则用志不精；用志不精，则见理不明；见理不明，则邪说诐行[⑬]，必窥间乘殆而作[⑭]。则其至于危乱也，岂难哉？

【注释】

①昧死：冒死。古代臣下上书皇帝用语，表示敬畏。

②既终：已经结束。亮阴：原指帝王或高级官员居丧，后仅用于皇帝。

③考之于经，则群臣进戒之时：据《尚书·说命上》："既免丧，其惟弗言，群臣咸谏于王曰：'呜呼！知之曰明哲，明哲实作则。天子惟君万邦，百官承式，王言惟作命，不言臣下罔攸禀令。'"经，儒家经典的泛称，在此指《尚书》。

④待罪：古代官吏任职的谦称，意思是难以胜任其职而将获罪。近司：接近皇宫的官署。熙宁二年（1069）二月，王安石就任参知政

事,相当于副宰相,在朝堂西的政事堂办公。

⑤职当:按职分应当。

⑥"窃闻孔子论为邦"几句:语出《论语·卫灵公》:"颜渊问为邦。子曰:'行夏之时,乘殷之辂,服周之冕,乐则韶舞。放郑声,远佞人。郑声淫,佞人殆。'"放,禁止,杜绝。郑声,古代郑地的俗乐,音调与雅乐不同,孔子认为是淫荡的乐歌。佞人,善于巧言献媚的人。

⑦"仲虺(huǐ)称汤之德"几句:语出《尚书·仲虺之诰》:"仲虺乃作诰曰:'……惟王不迩声色,不殖货利……用人惟己……'"仲虺,商汤的左相。汤,商朝开国之君,儒家所推崇的明君。迩,接近。声色,本指音乐歌舞,后引申为放纵享乐。殖货利,增值财富以获利。用人惟己,用人之言如同己出,意谓用人不疑。

⑧精于用志:精神专注。

⑨得:能够。

⑩类:大都。

⑪自竭:尽心尽力。

⑫过差:过失,差错。

⑬邪说诐(bì)行:不正当的言论与行为。

⑭窥间:窥伺空隙,趁机而入。乘殆:乘其懈怠麻痹之时。殆,通"怠"。懈怠。

【译文】

臣王安石冒死再拜,上疏给皇帝陛下:我私下认为陛下您既然结束了居丧,考证《尚书》这部经典,就已经到了诸位臣子向您呈进告诫的时候了,而我作为陛下身边的官员,按职分应当是率先发言的人。我私下听说孔子谈论如何治理国家,先要杜绝郑地淫荡的乐歌,然后说要疏远善于巧言献媚的人;仲虺称赞商汤的德行,先说他不接近歌舞等享乐活动,不增值财富以获利,然后说他用人不疑,听信他们的言论如同己出。

也就是说,先不在歌舞享乐、玩乐物品中放纵沉溺,然后才能精神专注;能精神专注,然后才能明白事理;能明白事理,然后才能了解他人;能了解他人,然后就能疏远善于巧言献媚的人,让忠心的臣子、贤良的士人和有道义的君子,大都按时进入朝廷任职,得以为陛下尽心尽力。那么要实行法律制度,成就良好风俗,就很容易了。如果帝王虽然有过人的才干,却不能自己早点戒掉放纵欲望的毛病,终有一天会出现过失、错误扰乱他内心清明的思虑,那么他的精神就无法专注了;精神无法专注,就无法明白事理;无法明白事理,那么不正当的言论和行为,一定会窥伺空隙,乘他懈怠的时候兴风作浪。那么发展到危险动乱的那天,又哪里还会难呢?

伏惟陛下即位以来①,未有声色玩好之过闻于外。然孔子圣人之盛,尚自以为七十而后敢从心所欲也②。今陛下以鼎盛之春秋③,而享天下之大奉④,所以惑移耳目者为不少矣⑤,则臣之所豫虑⑥,而陛下之所深戒⑦,宜在于此。

【注释】

①伏惟:下对上陈述时的表敬之辞,多用于奏疏或信函。

②然孔子圣人之盛,尚自以为七十而后敢从心所欲也:语出《论语·为政》:"吾十有五而志于学⋯⋯七十而从心所欲,不逾矩。"盛,盛大,在此指德行高。

③鼎盛之春秋:正当盛年。春秋,古时指年龄。

④天下之大奉:天下百姓的拥戴和奉养。

⑤惑移:迷惑动摇。

⑥豫虑:预先忧虑。豫,通"预"。预先。

⑦深戒:高度警戒。

【译文】

陛下您即位以来，没有听说过您有沉溺于歌舞享乐、玩乐物品的过失。然而像孔子那样具有圣人厚德的人，还自认为过了七十岁才能随心所欲，不逾越规矩。现在陛下您正当盛年，又享有天下百姓的拥戴和奉养，身边会让您迷惑动摇的人与事一定不少，所以我预先忧虑，而陛下您也高度警戒的，应该是这一点。

天之生圣人之材甚吝^①，而人之值圣人之时甚难^②。天既以圣人之材付陛下^③，而人亦将望圣人之泽于此时^④。伏惟陛下自爱以成德^⑤，而自强以赴功^⑥，使后世不失圣人之名，而天下皆蒙陛下之泽，则岂非可愿之事哉^⑦？

【注释】

①吝：吝惜，在此指稀少而难得。

②值：遇上。

③付：托付，交予。

④望：期望。泽：恩泽。

⑤成德：成就美好的德行。

⑥赴功：建立功业。赴，奔走以从事。

⑦可愿：可盼望。

【译文】

上天创造圣人十分吝惜，所以百姓也很难遇上一个有圣人做君主的时代。现在上天已经将圣人的才能给予了陛下您，百姓也将在这时盼望着您圣人的恩泽。陛下您要自我珍惜来成就美好的德行，自强不息来建立辉煌的功业，让后世流传您圣人的名声，而天下百姓都蒙受您的恩泽，这难道不是可盼望的事吗？

臣愚不胜惓惓①,唯陛下恕其狂妄,而幸赐省察②。

【注释】

①惓惓:诚恳深切。

②省察:审辨考察,在此指考虑听取。

【译文】

您愚笨的臣子我十分诚恳深切地向您进言,希望陛下您宽恕我的狂妄,愿意考虑听取我的建议。

【评点】

茅鹿门曰:于亮阴初以"声色"二字,为远佞人之本,便是荆公得力的学问。

张孝先曰:荆公此篇,极得格心之道。

【译文】

茅坤评论:在刚刚结束居丧这件事上,将"声色"两个字,作为远离谗佞小人的根本,这便是王安石得力的学问。

张伯行评论:王安石这篇文章,很好地说出了修心的规律。

上时政疏

【题解】

嘉祐三年(1058),王安石作《上仁宗皇帝言事书》,九千余言,详尽地阐述了自己关于改革变法的系统主张,然而宋仁宗并未采纳。三年后的嘉祐六年(1061),王安石又写作了这篇《上时政疏》,进行强调与补充。

《上仁宗皇帝言事书》系统地提出了变法的根本要求和具体措施,

而本文则着重强调变革的迫切性,内容较前者为简约,而辞气却更尖锐凌厉。"以古准今"的类比推理,是本文论述问题时最基本的逻辑方法,借古时晋武帝、梁武帝、唐明皇的事例,得出了长期的因循守旧、苟且偷安最终必然会丧失政权、祸乱国家的历史规律。然后进一步揭露了仁宗朝掩盖在太平假象下的政治弊端,给在位已四十年的宋仁宗敲响了警钟,若不变革,北宋王朝也必将如古时三位君主的国家一样走向败亡。然而,宋仁宗于两年后去世,在有生之年终究没有采纳王安石的变革建议。

年月日,具位臣某昧死再拜①,上疏尊号皇帝陛下②:臣窃观自古人主享国日久③,无至诚恻怛忧天下之心④,虽无暴政虐刑加于百姓,而天下未尝不乱。自秦已下,享国日久者,有晋之武帝、梁之武帝、唐之明皇⑤。此三帝者,皆聪明智略有功之主也。享国日久,内外无患,因循苟且,无至诚恻怛忧天下之心,趋过目前⑥,而不为久远之计,自以祸灾可以无及其身,往往身遇灾祸,而悔无所及。虽或仅得身免,而宗庙固已毁辱⑦,而妻子固已困穷,天下之民固已膏血涂草野⑧,而生者不能自脱于困饿劫束之患矣⑨。夫为人子孙,使其宗庙毁辱;为人父母,使其比屋死亡⑩,此岂仁孝之主所宜忍者乎?然而晋、梁、唐之三帝,以晏然致此者⑪,自以为其祸灾可以不至于此,而不自知忽然已至也。

【注释】

①具位臣:谓备位充数之臣。唐宋之后,官员在奏疏、函牍或其他应酬文字上,常把应注明的官职爵位写作"具位"或"具官",表示谦敬。昧死:冒死,古时臣下上疏多用此语,表示敬畏。

②尊号:尊崇皇帝皇后的称号。宋仁宗在天圣二年(1024)、明道二

年（1033）、景祐二年（1035）先后上尊号，据《宋史·仁宗纪》，天圣二年的尊号为"圣文瑞武仁明孝德皇帝"，因为尊号很长，所以此处省略。

③享国：享有国家，指帝王在位。

④恻怛：同情，哀怜。

⑤晋之武帝：司马炎（236—290），西晋开国之君，在位二十六年，死后不久，国家衰亡。梁之武帝：即萧衍（464—549），南朝梁开国之君，在位四十六年。晚年爆发侯景之乱，都城陷落，死于台城。唐之明皇：即唐玄宗李隆基（685—762），在位四十四年。执政后期爆发安史之乱，太子李亨即位，尊他为太上皇，后抑郁而亡。

⑥趋过目前：谓得过且过。

⑦宗庙：古代帝王祭祀祖先之处，是王朝的象征。

⑧膏血：人体的脂肪、血液。

⑨劫束：劫掠束缚。

⑩比屋：屋舍相连，挨家挨户。

⑪晏然：安逸的样子。

【译文】

某年某月某日，臣下冒死叩拜，向皇帝陛下献上奏疏：我私下里观察，自古君王享有国家时间长久，却没有十分虔诚的态度，没有哀怜百姓、担忧天下的心思，即使没有把暴虐的统治与刑罚加在百姓身上，天下也没有不发生动乱的。自秦朝以来，享有国家时间长久的人，有西晋的武帝、南朝梁国的武帝、唐朝的唐明皇。这三位帝王，都是耳聪目明、有智慧、有谋略、有功勋的君主。享有国家时间长久，内外都没有灾患，便沿袭旧俗、得过且过，没有十分虔诚的态度，没有哀怜百姓、担忧天下的心思，只是度过眼前的日子，却没有做长远的打算，自以为灾祸到不了他的身上，却往往都亲身遭遇了灾祸，后悔莫及。虽然有的自己免于一死，但祖先宗庙已经被毁受辱，妻子儿女已经被困受穷，天下百姓也已经葬身在荒野,侥幸活着的也不能够自己从困苦、饥饿、劫掠、束缚等祸患中脱身了。作为子孙,使得祖先的宗庙被毁受辱;作为百姓父母一样的统治者,却使得他们挨家挨户地死亡,这哪里是仁爱慈孝的君主所能容忍的呢?然而西晋、南朝梁国、唐朝的三位帝王,因为安逸的生活导致了这样的后果,他们自以为灾祸不会到达这样的程度,却不知道灾祸已经悄然迅速地降临了。

盖夫天下,至大器也①,非大明法度,不足以维持;非众建贤才,不足以保守②。苟无至诚恻怛忧天下之心,则不能询考贤才③,讲求法度④。贤才不用,法度不修,偷假岁月⑤,则幸或可以无他;旷日持久,则未尝不终于大乱。

【注释】

①至大器也:最大最宝贵的东西。《庄子·让王》:"故天下,大器也。"成玄英疏:"夫帝王之位,重大之器也。"

②保守:保持使不失去。

③询考:咨询考核。

④讲求:重视某一方面,并设法使它实现,满足要求。

⑤偷假岁月:苟且度日。偷,苟且,怠惰。假,暂且,权宜。

【译文】

拥有天下的帝王之位,是最宝贵的,不通过大力地阐明法律制度,不能够维持它;不通过众人培养推举贤能的人才,不能够守护它。如果没有十分虔诚的态度,没有哀怜百姓、担忧天下的心思,就不能访问考察能人贤才,讲究追求法律秩序。人才不被举用,法律制度不完善,苟且度日,或许幸运可以不发生什么,时间长久了,就没有不以大的动乱终结的。

伏惟皇帝陛下有恭俭之德，有聪明睿智之才，有仁民爱物之意①，然享国日久矣②。此诚当恻怛忧天下，而以晋、梁、唐三帝为戒之时。以臣所见，方今朝廷之位，未可谓能得贤才；政事所施，未可谓能合法度。官乱于上，民贫于下，风俗日以薄，才力日以困穷③。而陛下高居深拱④，未尝有询考讲求之意。此臣所以窃为陛下计，而不能无慨然者也⑤。夫因循苟且，逸豫而无为⑥，可以侥幸一时，而不可以旷日持久。晋、梁、唐三帝者，不知虑此，故灾稔祸变生于一时⑦，则虽欲复询考讲求之自救，而已无所及矣。以古准今⑧，则天下安危治乱，尚可以有为；有为之时，莫急于今日；过今日，则臣恐亦有无所及之悔矣。然则以至诚询考，而众建贤才；以至诚讲求，而大明法度，陛下今日其可以不汲汲乎⑨？

【注释】

①仁民爱物：仁爱百姓，爱惜万物。

②然享国日久矣：宋仁宗于乾兴元年（1022）二月即位，至嘉祐六年（1061），已在位四十年。

③才：通"财"。

④高居深拱：本义为帝王敛手安居，无为而治。在此指深居官中，不理政事。

⑤慨然：慨叹忧虑。

⑥逸豫：安乐。

⑦稔（rěn）：本义指庄稼成熟，在此指灾患酝酿成熟。

⑧准：衡量。

⑨汲汲：心情急切的样子。

【译文】

皇帝陛下有谦恭节俭的美德,有聪明睿智的才能,有仁爱百姓、爱惜万物的心意,然而现在享有国家的时间已经很长了。这真的是到了忧心天下,以晋武帝、梁武帝、唐明皇为借鉴教训的时候了。按照我的看法,如今朝廷中的官职,不可以说能够任用贤才;政治事务的施行,不可以说能够符合法律制度。官员在上作乱,百姓在下贫困,风俗日渐变得轻浮,国家的财力日渐贫困。而陛下您深居宫中,不理政事,从没有访问考察能人贤才,讲究追求法律秩序的举动。这是我私下为陛下考虑,不能不慨叹忧虑的原因啊。沿袭旧俗,苟且度日,沉溺于安乐而没有作为,可以侥幸一时,但不可以长久。晋武帝、梁武帝、唐明皇这三位皇帝,不知道忧虑这一点,所以灾祸酝酿成熟,动乱一下子爆发,那时即使想要重新访问考察能人贤才,讲究追求法律秩序,来进行自救,却已经来不及了。以古代的教训衡量今天的情况,将来的天下是安定还是危险,是整肃还是混乱,现在还可以有所作为;想要有所作为,最紧急的就是现在;过了现在,那么我恐怕陛下您也追悔莫及了。那么用十分虔诚的态度访问考察,让众人培养推举出能人贤才;用十分虔诚的态度讲究追求,使法律秩序被大力地阐明,陛下现在难道还可以不急切抓紧吗?

《书》曰:"若药不瞑眩,厥疾弗瘳①。"臣愿陛下以终身之狼疾为忧②,而不以一日之瞑眩为苦。臣既蒙陛下采擢③,使备从官④,朝廷治乱安危,臣实预其荣辱⑤。此臣所以不敢避迂越之罪⑥,而忘尽规之义⑦。伏惟陛下深思臣言,以自警戒,则天下幸甚!

【注释】

① 若药不瞑眩,厥疾弗瘳(chōu):语出《尚书·说命》。孔疏:"若服药不使人瞑眩愦乱,则其疾不得瘳愈。言药毒乃得除病,言切

乃得去惑也。"瞑眩,药性发作时头昏眼花的感觉。厥,犹"其",代词,他的。瘳,病愈。

②狼疾:同"狼藉"。混乱脏污,这里指思想上昏乱糊涂。

③采擢:选拔任用。

④从官:君王的随从、近臣。王安石在当时任知制诰,替皇帝起草诏书。

⑤预:通"与"。参与。

⑥进越:超越权位。

⑦尽规:尽心规劝。

【译文】

《尚书》说:"如果药性不能让人头晕目眩,那么他的疾病就不会痊愈。"我希望陛下将终身的昏乱糊涂当作自己的忧虑,而不因为一天的头晕目眩感到辛苦。我既然承蒙陛下提拔任用,使我充任您身边的近臣,那么朝廷的整肃或者混乱,安定或者危险,我实际上都会参与其中,荣辱与共。这就是我不敢回避超越权位的罪名,而忘掉尽心规劝陛下的道义的原因。陛下您若是能仔细地考虑我的进言,自己警戒,那么天下人就太幸运了!

【评点】

茅鹿门曰:荆公劫主上之知处,往往入人主肘腋①。细看自觉,与他人不同。

张孝先曰:语语欲人主以至诚恻怛之心询考贤才、讲求法度②,隐然有平治天下、舍我其谁之意。其以瞑眩为言,则又逆知众论之不容③,而预为此言以先入之也。文锋妙在不露。

【注释】

①肘腋:胳膊肘与胳肢窝,这里指内心。

②恻怛（dá）：恳切。

③逆知：预料。

【译文】

茅坤评论：王安石与君主讲道理，往往能切中君主的内心。仔细看自然觉得和别人不同。

张伯行评论：每句话都希望君主以极为诚恳的心去访问考察能人贤才，讲究追求法律秩序，隐隐然有安定天下、舍我其谁的意思。他用《尚书》中的"瞑眩"进言，则是预料到自己的话可能不被舆论信服，所以预先说这样的话来打消君主的戒心。文章的锋芒妙在含而不露。

观文殿学士知江宁府谢上表

【题解】

熙宁二年（1069），王安石开始推行新法，进行改革，当时的皇帝宋神宗早就不满于北宋朝的疲弱政治，对变法大力支持，在熙宁三年（1070）还任命了王安石为宰相。然而随着变法的深入，遭遇了重重困难与激烈的反对，熙宁六年（1073）以后，宋神宗也对此产生了动摇。熙宁七年（1074）四月，王安石主动向神宗提出罢免自己的相位，由吕惠卿等人继续变法。神宗无奈，将他罢为吏部尚书、观文殿大学士、知江宁府。六月，王安石写作了这篇谢上表。观文殿学士，即"观文殿大学士"的省略，宋制，特授予曾为宰相者，以示恩宠。

王安石在以骈文写作的表文中谦称自己能力不足，表达了对神宗皇帝多方眷顾的谢意，于文辞华美中真情流露，有功于国家的期许与变法未成的遗憾皆深蕴其中。清人张伯行评曰："流动自然，而恳恻之意见于行间。"

臣操行不足以悦众，学术不足以趣时①，独知义命之安^②，敢望功名之会^③！值遭兴运^④，总领繁机^⑤，惟睿广之日跻^⑥，顾卑凡而坐困^⑦。秋水方至，因知海若之难穷^⑧；大明既升，岂宜爝火之弗息^⑨？加以精力耗于事为之众^⑩，罪戾积于岁月之多^⑪，虽恃含垢之宽^⑫，终怀覆𫗧之惧^⑬。伏蒙陛下志存善贷^⑭，为在曲成^⑮。记其事国之微诚，闵其吁天之至恳^⑯，挠黜幽之常法^⑰，示从欲之至仁^⑱。经体赞元^⑲，废任莫追于既往^⑳；承流宣化^㉑，收功尚冀于方来^㉒。

【注释】

①趣：通"趋"。赶上，符合。

②义命：正道，天命。

③敢："不敢"的省略。会：时机。

④值遭：皆为正好碰到之意。兴运：昌盛的国运。

⑤总领繁机：自指任相时主持朝政。繁机，繁多的事务。

⑥惟睿广之日跻：睿广，圣明广大。日跻，日日增长。此句是在赞美宋神宗。

⑦顾卑凡而坐困：卑凡，低贱平凡。坐困，难以发挥作用，陷入困境。此句是自我谦卑之语。

⑧秋水方至，因知海若之难穷：自谦自己见识浅陋，像河伯一样，无法追及像海神一样的宋神宗。海若，海神，名若。《庄子·外篇·秋水》："秋水时至，百川灌河。泾流之大，两涘渚崖之间，不辨牛马。于是焉河伯欣然自喜，以天下之美为尽在己。顺流而东行，至于北海，东面而视，不见水端。于是焉河伯始旋其面目，望洋向若而叹曰：'野语有之曰："闻道百，以为莫己若者。"我之谓也。且夫我尝闻少仲尼之闻而轻伯夷之义者，始吾弗信。今我睹子之难穷也，吾非至于子之门则殆矣，吾长见笑于大方之家。'"

⑨大明既升，岂宜爝火之弗息：自谦自己能力不足，像火把的光芒一样，无法再给日月一样的宋神宗增添光辉。大明，指日月。《庄子·逍遥游》："日月出矣，而爝火不息；其于光也，不亦难乎？"成玄英疏："爝火，犹矩火也，亦小火也。"

⑩事为：作为，行为。

⑪罪戾：罪过。

⑫虽恃含垢之宽：虽然倚赖您有包容污垢的宽和。恃，倚赖，仰仗。宽，宽和，宽容。

⑬覆𫗧（sù）：倾覆鼎中的珍贵食物。语出《周易·鼎卦》："鼎折足，覆公𫗧，其形渥，凶。"王弼注："知小谋大，不堪其任，受其至辱，灾及其身。"孔疏："𫗧，糁也，八珍之膳，鼎之实也。"

⑭善贷：善于施予、宽假。

⑮曲成：多方设法使有成就。

⑯闵：通"悯"。怜恤。吁天：向天呼告。

⑰挠黜幽之常法：意谓神宗对自己倍加关照，没有按照常规法令黜退自己这个无能的官员。挠，阻止。黜幽，旧指斥免考绩劣下的官员。

⑱示从欲之至仁：指神宗顺从自己的愿望，罢免了自己的相职。从欲，顺遂自己的愿望。

⑲经体赞元：治理国家，赞襄元首。

⑳废任：旷废的职任，在此谦称自己在相位上没有尽到应有的责任。

㉑承流宣化：接受上级的风教，在下宣传教化。

㉒冀：希望。方来：将来。

【译文】

我的节操品行不能够使众人心悦诚服，学问技能也不能够赶上时代，只知道安于道义与命运，哪里敢奢望时机，获取功名！正好遇上国运昌盛的时候，让我总管领导朝政的繁多事务，只是皇上您的圣明广大日渐增长，而我自己低贱平凡，因为难以发挥作用已经陷入了困境。我就像河伯一样，秋水来时，才知道您仿佛大海，深广难以穷尽；您就像日月已经升起，播散光明，哪里还适合点着像我这样的火把呢？再加上我的精力已经在事务上花费了很多，罪过随着时间推移也巴经积累了不少，虽然倚赖您有包容污垢的宽和，终究还是怀着能力太小，不能胜任大事，终有一天会失败的恐惧。承蒙陛下您有着施予宽假的善心，多方设法使我有所成就。顾念着我为国家做事的一点诚心，怜恤我向上天呼告的恳切之情，没有按照常规法令黜退我这个无能的官员，顺从我的愿望，罢免我的相位，更是展现了您极大的仁慈。过去我旷废了宰相的职位，没有担负好协助陛下治理国家的责任，现在已经难以弥补了；寄希望于将来在地方岗位上，接受上级的风教，在下宣传教化，能够立下一点功劳。

【评点】

茅鹿门曰：文有典型。

张孝先曰：流动自然，而恳恻之意见于行间。

【译文】

茅坤评论：这篇文个性鲜明。

张伯行评论：文章流动自然，诚恳的心意见于字里行间。

卷之十九

王文公文

送孙正之序

【题解】

孙侔（1019—1084），字正之，又字少述，吴兴（今浙江湖州）人。早年丧父，事母至孝，后母卒，誓终身不仕，屡被举荐皆不就。本文作于宋仁宗庆历二年（1042），是王安石现存散文中作年最早的一篇。王安石时年二十二，进士及第之后赴扬州，任签书淮南节度判官厅公事，在那里与孙侔成为了好友。九月，孙侔要跟随兄长去温州，王安石送之，并作此序。

凡临别赠序，内容多为回顾友谊或赞许勉励之辞，此文却别具一格。开头不提孙侔，荡开一笔，讨论君子众人的区别，得出真正的君子当一心向道、不屈于时俗的结论。然后方引入孙侔，以此激励。虽为赠序，却从中寄托了自己的抱负，表达了自己的志向。明人茅坤评曰："两相箴规、两相知己之情可掬。"

时然而然①，众人也②；己然而然，君子也。己然而然，非私己也③，圣人之道在焉尔④。夫君子有穷苦颠跌⑤，不肯一失诎己以从时者⑥，不以时胜道也。故其得志于君，则变时而之道若反手然⑦，彼其术素修而志素定也⑧。时乎杨、墨⑨,已不然者,孟轲氏而已⑩;时乎释、老⑪,已不然者,韩愈氏而已⑫。如孟、韩者,可谓术素修而志素定也,不以时胜道也。惜也不得志于君,使真儒之效不白于当世。然其于众人也卓矣。呜呼!吾观今之世,圆冠峨如⑬,大裾襜如⑭,坐而尧言⑮,起而舜趋⑯,不以孟、韩之心为心者,果异众人乎?

【注释】

①时然而然:时尚如此,我即如此。前一个"然",对的,好的。后一个"然",这样。

②众人:普通人,在此指世俗之辈。

③私己:自以为是。私,偏爱。

④圣人之道:在此指儒家的政治主张与道德伦理观念。在焉尔:在于此而已。

⑤颠跌:跌倒,在此引申为挫折、困穷。

⑥诎:同"屈"。屈服。

⑦之:往,到。

⑧彼其术素修而志素定也:这是因为他的学问素来有修养,志向素来确定。术,学问,本领。

⑨时乎杨、墨:当时俗推崇杨朱和墨翟的学术的时候。杨朱,战国初期哲学家,主张"贵生""重己"。墨翟,春秋战国之际哲学家、政治家,墨家学派创始人,主张"兼爱""非攻""尚贤"。墨学与儒学同为当时的显学,影响很大。有《墨子》传世。

⑩已不然者,孟轲氏而已:孟轲氏,即孟子,战国中期思想家、教育家与政治家,当时儒学的代表,被后世尊为"亚圣"。有《孟子》传世。《孟子·滕文公下》:"杨墨之道不息,孔子之道不著,是邪说诬民,充塞仁义也。"

⑪释:佛教创始人释迦牟尼的简称,在此代指佛教。老:先秦哲学家

老子的简称，他被道教奉为始祖，在此代指道教。

⑫韩愈氏：即韩愈（768—824），唐代思想家、政治家、文学家，在思想上尊儒排佛，与柳宗元一同倡导了"文以载道"的古文运动，文集有《昌黎先生集》。

⑬圆冠峨如：冠，帽子。峨如，高高的样子。圆冠峨如，乃古代儒家学者的装束。

⑭襜（chān）如：整齐的样子。裙，下裳，男女同用。《论语·乡党》："衣前后，襜如也。"

⑮坐而尧言：坐着说尧的名言。

⑯起而舜趋：起来像舜一样小步而行。趋，小步而行，表示恭敬。舜趋，《荀子·非十二子》："禹行而舜趋，是子张氏之贱儒也。"

【译文】

时尚如此，我即如此，那是世俗之辈的作为；自己认为正确才如此，那才是有德行的君子。自己认为正确才如此，不是自以为是，而是圣人的道义在于此而已。君子有贫穷困苦、遭遇挫折的时候，不肯屈服自己一次而去追随时尚的那些人，就是不迎合时俗而去盖过道义的人。所以当他们被君王赏识的时候，改变时俗、恢复道义就能易如反掌，这是因为他们的学术素来有修养、志向素来确定。当时俗推崇杨朱和墨翟的学术的时候，不跟着那样做的人，只有孟子罢了；当时俗推崇佛教、道教的时候，不跟着那样做的人，只有韩愈罢了。像孟子、韩愈那样的人，可以称得上学问素来有修养、志向素来确定的了，不迎合时俗而去盖过道义。可惜的是，他们不被君王赏识，使得真正的儒学的教化不能在当时被理解传扬。然而，他们比起世俗之辈来，已经是很卓越的了。唉，我看现在的世道啊，人们像儒家学者那样圆帽高耸，衣裳整齐，像儒家学者那样坐着说尧的名言，起来像舜一样小步而行，却不像孟子、韩愈那样怀有一颗不迎合时俗而去盖过道义的心，这样果真就能和世俗之辈不同了么？

　　予官于扬①，得友曰孙正之。正之行古之道，又善为古文，予知其能以孟、韩之心为心而不已者也②。夫越人之望燕为绝域也③，北辕而首之④，苟不已，无不至。孟、韩之道去吾党，岂若越人之望燕哉？以正之之不已而不至焉，予未之信也。一日得志于吾君，而真儒之效不白于当世，予亦未之信也。

【注释】

①扬：扬州，今属江苏。

②已：停止。

③夫越人之望燕为绝域也：越，春秋战国时期的古国名，在今浙江绍兴一带，后也称此地为越。燕，春秋战国时期的古国名，在今河北北部与辽宁西部，后也称此地为燕。因为越、燕两国相距甚远，故在此称为"绝域"，即无法到达的地方。

④北辕而首之：辕，驾车用的直木或曲木，在此指驾车。首，头，引申为头面向着某个方向，即以某地为目标。在此指以燕国为目标。

【译文】

　　我在扬州做官，交了一个名为孙正之的朋友。他践行着古时的道义，又善于写作载道的古文，我知道他就是像孟子、韩愈那样怀有一颗不迎合时俗而去盖过道义的心，且不停奋进的人。古时候越国的人眺望燕国，觉得是一个无法到达的地方，但只要以之为目标向北驾车过去，不停前进，就没有到不了的人。如今孟、韩之道与我们之间的距离，难道像越人远望燕地那么遥远吗？如果说像孙正之那样不停地追求大道，却还是无法到达，我是不会相信的。如果说有一天他被君王赏识，但真正儒学的教化还是不能在当世被理解传扬，我也是不会相信的。

正之之兄官于温①，奉其亲以行，将从之，先为言以处予②。予欲默，安得而默也？

【注释】

①温：温州，今属浙江。

②先为言以处予：处，安慰。在此指临别赠言给我。

【译文】

孙正之的兄长将要去温州做官，要带着亲属一起前往，孙正之也将跟随他过去，临别时候，他先赠言给我。我想要沉默，又哪里能够沉默的了呢？

【评点】

茅鹿门曰：两相箴规、两相知己之情可掬①。

张孝先曰：圣人之道，天下之公也，固不徇时，亦非执己。"已然而然"，便是荆公执拗语病。然其文镵刻极矣②。

【注释】

①箴规：劝诫。

②镵（chán）刻：深刻。

【译文】

茅坤评论：两个人互相劝诫、互相知心的情意十分鲜明。

张伯行评论：圣人所秉持的为人原则，是天下的正道公义，固然不顺从世俗，但也不是固执己见。王安石说"自己认为正确的才这么做"，便是他偏执的毛病。然而，他的文章还是十分深刻的。

繁昌县学记

【题解】

本文作年有两种说法，一为在宋仁宗时期，一为在宋英宗时期，今暂取前者。繁昌县，在今安徽东南部，王安石应其县县令夏希道所邀，写了这篇文章，记其兴学一事。虽是"记"却以议论为主，认为州县只修孔子庙却不兴学无益于世，因而赞扬了夏希道两者结合，"无变今之法，而不失古之实"的折中做法。

奠先师先圣于学而无庙[①]，古也。近世之法，庙事孔子而无学[②]。古者自京师至于乡邑皆有学[③]，属其民人相与学道艺其中，而不可使不知其学之所自，于是乎有释菜、奠币之礼[④]，所以著其不忘。然则事先师先圣者，以有学也。今也无有学，而徒庙事孔子，吾不知其说也[⑤]。而或者以谓孔子百世师，通天下州邑为之庙，此其所以报且尊荣之[⑥]。夫圣人与天地同其德，天地之大，万物无可称其德[⑦]，故其祀，质而已，无文也[⑧]。通州邑庙事之[⑨]，而可以称圣人之德乎？则古之事先圣，何为而不然也[⑩]？

【注释】

①先师先圣：圣贤和可以师法的前辈。学，学校。

②庙事孔子而无学：没有了学校，只在庙里塑造孔子像祭奠。王安石《明州慈溪县学记》："后世无井田之法，而学亦或存或废。……则四方之学者废而为庙，以祀孔子于天下，斫木抟土，如浮屠、道士法，为王者像。州县吏春秋帅其属，释奠于其堂……盖庙之作出于学废，而近世之法然也。"

③古者自京师至于乡邑皆有学：《礼记·学记》："古之教者，家有塾，党有庠，术有序，国有学。"

④释菜：古代学子入学时以苹、蘩之属祭祀先圣先师的典礼，亦作"释采""舍采"。《礼记·月令》："上丁，命乐正习舞，释菜。"郑玄注："将舞，必释菜于先师以礼之。"奠币：以缯帛等进行祭祀。奠币相较于释菜，为礼之重者。

⑤吾不知其说也：我不知道这样做有何道理。

⑥报：报答，酬谢。

⑦称：匹配得上。

⑧"故其祀"几句：所以这样的祭祀，只是朴实罢了，没有什么花样。质，朴实。文，文采，在此指花样。

⑨通州邑：全天下的州县。

⑩然：这样。

【译文】

在学校里祭奠过世的老师与圣人而不是在庙里，是古代的规矩。近世的规矩，则是在庙里供奉孔子，而不是在学校里。古时从京城到乡县都有学校，让百姓一起在里面学习道义和技艺，又因为不可以使他们不知道自己学问的来处，于是有以苹、蘩与缯帛等祭祀过世的老师与圣人的典礼仪式，来让他们铭记不忘自己学问的来处。那么祭祀过世的圣人与老师的由来，是因为有学校。现在没有学校，却仅仅在庙中供奉孔子，我不知道这样做有何道理。或者是认为孔子是百世学者的共同老师，让全天下的州县建造他的庙宇，这是用来报答并尊敬他，给予他荣誉的做法。孔子这样的圣人和天地一样德行深厚，天下那么大，世间万物中没有可以与它德行匹配的，所以对天地的祭祀都是很朴实的，没有什么花样的。现在全天下的州县都建造了庙宇供奉孔子，就可以匹配得了圣人的德行了吗？那么古时人们祭祀他，为什么不这样做呢？

　　宋因近世之法而无能改,至今天子始诏天下有州者皆得立学①,奠孔子其中,如古之为。而县之学士满二百人者,亦得为之。而繁昌小邑也,其士少,不能中律②,旧虽有孔子庙,而庳下不完③,又其门人之像,惟颜子一人而已④。今夏君希道太初至⑤,则修而作之,具为子夏、子路十人像⑥,而治其两庑⑦,为生师之居,以待县之学者。以书属其故人临川王某⑧,使记其成之始。夫离上之法⑨,而苟欲为古之所为者,无法;流于今俗而思古者⑩,不闻教之所以本,又义之所去也⑪。太初于是无变今之法,而不失古之实,其不可以无传也。

【注释】

①今天子:在此指宋仁宗,北宋第四位君主赵祯(1010—1063),宋真宗第六子,在位四十一年。

②中律:符合法律要求。

③庳(bì)下:低下,低矮。

④颜子:颜回,字子渊,春秋时期鲁国人。终身师事孔子,在孔门诸弟子中,孔子对他称赞最多。根据《论语》,为孔门中德行尤为突出者。后世被尊为"颜子",以他配享孔子。

⑤今夏君希道太初至:夏希道,字太初,此时刚至繁昌县任县令。

⑥子夏:姓卜,名商,字子夏,孔子弟子。根据《论语》,为孔门中文学尤为突出者。子路:名仲由,春秋末鲁国人,孔子弟子。

⑦庑(wǔ):堂下的廊屋。

⑧属:通"嘱"。嘱咐。

⑨上之法:上面的法律规定,即上文所言"县之学士满二百人者"方能立学。

⑩流：随波逐流，在此指顺应。

⑪又义之所去也：义，道义。去，离开。此句意谓不符合道义。

【译文】

我宋朝沿袭了近世的规矩，没有改变，到了当今天子才开始颁布诏令天下各州都可以兴办学校，在其中祭奠孔子，像古时的做法那样。一个县，如果学士满了二百人，也可以这么做。但繁昌县是一个小县城，学士很少，不符合这项法律要求，旧时虽然有孔子庙，但低矮残破，孔子门人的塑像，又只有颜回一个人而已。现在夏希道先生来任县令，就翻修了这座庙，造了子夏、子路等十个孔子门人的像，还修整了庙两边的廊屋，作为老师学生的宿舍，来接待县里的学者。他写信嘱咐他的朋友临川的王某人我，让我为他记叙孔子庙兼学校落成的始末。如果背离了上边的法律规定，只是想要做古时所做的事，这是犯法的；如果只是顺应着当今世俗，缅怀古时，而又不知道教育的来历，这又是不符合道义的。夏太初在这个时候不改变当今的法律规定，而又符合古代的实际做法，这样好的折中做法，我不可以不为他作传。

【评点】

茅鹿门曰：论学处亦严确。

张孝先曰：文不满幅，而古今庙学兴废离合之故，洞悉始末，其腕力高古无以过之矣。

【译文】

茅坤评论：讨论学校的地方十分严谨准确。

张伯行评论：文章不长，但把古往今来建庙和建学校兴起衰败的原因结果都说得明白透彻，王安石写文的笔力高妙有古风，没有人可以超过他了。

明州慈溪县学记

【题解】

慈溪,位于今浙江东部,在北宋时与鄞县(浙江东部沿海,宁绍平原东端)同属于明州,为邻县。庆历七年(1047),王安石任鄞县县令,约在次年应慈溪县县令林肇所邀,写了这篇记叙其兴学经过的文章。虽是记叙,却以介绍古时学校教育开篇,指出了教育与治国的紧密联系,又通过古今对比,反映了今日学校教育衰退的现状,从而在一个很高的高度上肯定了林肇在这样的情况下毅然兴办县学的意义和价值,并对慈溪县日后的教育成果寄予厚望。故而黄震在《黄氏日钞》中评价此文为"借一州一邑发挥大义"的"宏阔重厚"之文。

然而虽是发挥大义,此文写来却是娓娓道来。加之排比、对偶、反诘等手法的运用自如,使得文章气势充沛,自然顺畅。

天下不可一日而无政教①,故学不可一日而亡于天下②。古者井天下之田③,而党庠、遂序、国学之法立乎其中④。乡射饮酒、春秋合乐、养老劳农、尊贤使能、考艺选言之政⑤,至于受成、献馘、讯囚之事⑥,无不出于学。于此养天下智仁圣义忠和之士⑦,以至一偏之伎、一曲之学⑧,无所不养。而又取士大夫之材行完洁⑨,而其施设已尝试于位而去者⑩,以为之师。释奠、释菜⑪,以教不忘其学之所自。迁徙逼逐⑫,以勉其怠而除其恶⑬。则士朝夕所见所闻,无非所以治天下国家之道。其服习必于仁义⑭,而所学必皆尽其材。一日取以备公卿大夫百执事之选⑮,则其材行皆已素定;而士之备选者,其施设亦皆素所见闻而已,不待阅习而后能者也⑯。古之在上者,事不虑而尽,功不为而足⑰,其要如此而已。此二帝、三王所以治天下国家而立学之本意也^⑱。

【注释】

①政教:政治教化。

②亡:通"无"。

③井天下之田:在天下实行井田制。井田制,西周时所创的土地制度,将一块田地划为九区,成"井"字形,周围八块为私田,交由八户人家,中间一块为公田,由此八户共同耕种,所产交公。春秋后,该土地制度逐渐崩溃。

④党庠、遂序、国学:语出《礼记·学记》:"古之教者,家有塾,党有庠,术有序,国有学。"孔疏:"'党有庠'者,党,谓《周礼》五百家也。庠,学名也。于党中立学,教闾中所升者也。'术有序'者,术,遂也。《周礼》:'万二千五百家为遂。'遂有序,亦学名。于遂中立学,教党学所升者也。'国有学'者,国,谓天子所都及诸侯国中也。《周礼》'天子立四代学,以教世子及群后之子,及乡中俊选所升之士也。'而尊鲁,亦立四代学。余诸侯于国,但立时王之学,故云'国有学'也。"在此是为了说明古时从地方基层到中央高层都设有不同层次的学校。

⑤乡射:即乡射礼,先秦时期,每年春秋两季,各乡的行政长官乡大夫都要以主人的身份邀请当地的卿、大夫、士和学子,在州立学校中举行带有礼仪性质的射箭竞赛,详见《仪礼·乡射礼》。饮酒:即乡饮酒礼,乡射礼之前举行的宴饮仪式,严格区分尊卑长幼,升降拜答,俱有规定,详见《仪礼·乡饮酒礼》。合乐:多种乐器同时合奏。《礼记·乡饮酒义》:"合乐三终。"孔疏:"谓堂上下歌瑟及笙并作也。"劳农:慰劳农民。考艺选言:考察技艺,选择能言善辩的人才。

⑥受成:接受已定的谋略。《礼记·王制》:"天子将出征,……受命

于祖,受成于学。"郑玄注:"定兵谋也。"孔疏:"受此成定之谋在于学里,故云受成于学。"献馘(guó):古时杀敌后割取左耳,献上请功。馘,敌人或俘虏被割取的左耳。讯囚:审讯被囚的俘虏。《礼记·王制》:"天下将出征,受命于祖,受成于学,出征执有罪,反,释奠于学,以讯馘告。"古时天子出征之前,战胜之后,都要到学校里举行相应的典礼仪式。

⑦智仁圣义忠和:语出《周礼·地官·大司徒》:"一曰六德:知、仁、圣、义、忠、和。"

⑧一偏之伎、一曲之学:伎,通"技"。技艺。一曲之学,囿于一隅之学。据《周礼·保氏》:"养国子以道,乃教之六艺:一曰五礼,二曰六乐,三曰五射,四曰五驭,五曰六书,六曰九数。"古时儒家认为君子当将此六艺全面掌握,若是只偏重其中一样或几样,就会被认为是"一偏之伎、一曲之学"。

⑨材行完洁:才质完美,品行高洁。

⑩位:官位。

⑪释奠:古时学校陈设酒食以祭奠先圣先师的典礼。语出《礼记·文王世子》:"凡学,春官释奠于其先师,秋、冬亦如之。凡始立学者,必释奠于先圣先师。"郑玄注:"释奠者,设荐馔酌奠而已。"释菜:古代学子入学时以苹、蘩之属祭祀先圣先师的典礼,亦作"释采""舍采"。《礼记·月令》:"上丁,命乐正习舞,释菜。"郑玄注:"将舞,必释菜于先师以礼之。"

⑫逼逐:驱逐,强令退学。

⑬勉:劝诫。

⑭服习:适应熟悉。

⑮百执事:众多的普通官员。

⑯阅习:经历熟悉。

⑰足:完备,圆满。

⑱二帝：尧、舜，同为上古时的君王，儒家推崇的明君。三王：有多种说法，一般认为是：夏禹、商汤、周文王。夏禹，夏朝开国之君；商汤，商朝开国之君；周文王，名姬昌，殷商末年西方诸侯之长，为其子推翻殷商、建立周朝打下了基础。此三王，亦皆为儒家推崇的明君。

【译文】

天下不能一天没有政治教化，所以天下也不能一天没有学校。古时设置井田制，地方学校、都城学校等制度在那基础上创立。春秋季节举行的乡射礼、乡饮酒礼和乐器合奏，赡养老人、慰劳农民、尊敬贤者、任用有能力的人、考察技艺以选择能言善辩的人才的政事，到天子出征前接受已定的谋略、战胜归来献馘请功与审讯俘虏等事，没有一样不与学校有关。在这里，既培养了天下智慧、仁爱、圣明、正义、忠诚、平和的士人，还栽培了一些偏科只学一样技艺的人。又聘请才质完美、品行高洁，曾经在官位上已有历练建树现在离任的士大夫，来作为这些士人的老师。按时举行陈设酒食、供奉苹、蘩以祭奠先圣先师的典礼，来教育学生们不要忘了自己的学问是怎么来的。以调动和强制退学的方式来劝诫懈怠的学生，开除不良的学生。所以学校里的士人们早晚见到听到的，没有一样不是关于如何治理天下国家的方法。他们适应熟悉的一定是仁义之道，而他们所学习的内容也一定都符合他们自身的天分。有一天选取其中的学生，作为公卿大夫或者众多普通官员的人选，就会发现他们的才华品行在平日里都已经成形了；而备选的士人，他们所做的也都是平日里见到听到的，不用等到经历熟悉之后才能做到。古时在上位的人，不用费心考虑，事情就做好了，不用努力作为，功业就完满了，其中的关键就是这样罢了。这就是二帝尧、舜，三王夏禹、商汤、周文王为了治理天下国家而建立学校的本来意义。

后世无井田之法，而学亦或存或废。大抵所以治天下国家者，不复皆出于学。而学之士，群居族处，为师弟子之位者①,讲章句、课文字而已②。至其陵夷之久③,则四方之学者废而为庙,以祀孔子于天下,斫木抟土④,如浮屠、道士法,为王者像⑤。州县吏春秋帅其属释奠于其堂⑥,而学士者或不豫焉⑦。盖庙之作出于学废,而近世之法然也。

【注释】

①为:处于。

②讲章句、课文字:章句,篇章句意。文字,文字训诂。在此意为只汲汲于经典的篇章句意、文字训诂,却忽略了其中所表达的道义技艺。

③陵夷:衰颓败落。

④斫木:砍伐树木。抟土:把散土捏聚成团。

⑤如浮屠、道士法,为王者像:像和尚与道士塑造佛像和神像的方法,塑造出孔子的雕像。浮屠,"佛陀"之异译,亦作"浮图",古人亦称佛教徒为浮屠。王者,古时推崇孔子,认为他修《春秋》是代王者立法,有王者之道,而无王者之位,故称"素王",意即无冕之王。

⑥帅:通"率"。率领。

⑦豫:通"与"。参与。

【译文】

后世没有了井田法,而学校也跟着衰落,有的还保留着,有的都废除了。现在那些治理天下国家的官员们,大多都不再是受过学校教育的了。而学校中的士人们,过着群居生活,家族同住,处于老师、弟子的位置的人,只是在讲解经典的篇章句意、教授文字训诂罢了。学校教育衰退败落了很长时间,天下的学者们就废除了学校,建立了庙宇,来到处祭祀孔子,伐木捏土,用像和尚与道士那样的方法,塑造出孔子的雕像。州县的长官在春、秋两个季节率领他的从属在孔子庙的堂上陈设酒食祭奠他，而学者士人们有的还并不参与其中。所以孔子庙的出现是因为学校教育的衰退败落，近世的规律就是这样。

　　今天子即位若干年①，颇修法度②，而革近世之不然者③。当此之时，学稍稍立于天下矣，犹曰州之士满二百人，乃得立学。于是慈溪之士不得有学，而为孔子庙如故，庙又坏不治。今刘君居中言于州④，使民出钱，将修而作之，未及为而去，时庆历某年也⑤。

【注释】

①今天子：在此指宋仁宗。

②颇：很，相当地。

③然：对的，好的。

④刘君居中：即刘居中，生平事迹不详。据《宝庆四明志》卷一六慈溪县令题名，庆历三年（1043）为王永昌，庆历五年（1045）则林肇已至，并无刘居中之名，按宋代县令任免，有时前后不能相接，则命次官临时权代，刘居中可能即是代理县事者。

⑤时庆历某年也：据上注，则在庆历三年（1043）至庆历五年（1045）之间。

【译文】

　　当今天子即位了几年，修正了一些法律制度，革除了近世一些不良之处。在这个时候，古时的学校制度在天下稍稍恢复了，但还是规定一个州的学士满二百人，才能够建立学校。因此慈溪的士人们人数不够不能建立学校，还是像以往那样供奉着孔子庙，而孔子庙已经破旧，无人修治。现在有一位刘居中在州中发言，使百姓募集了钱财，将要修治它，还没来得及实施就离任了，那是庆历间的某一年。

　　后林君肇至①，则曰："古之所以为学者，吾不得而见；而法者，吾不可以毋循也。虽然，吾之人民于此，不可以尤教。"即因民钱作孔子庙，如今之所云，而治其四旁为学舍，讲堂其中，帅县之子弟，起先生杜君醇为之师②，而兴于学。噫！林君其有道者耶！夫吏者，无变今之法，而不失古之实，此有道者之所能也。林君之为，其几于此矣。

【注释】

①林君肇：即林肇，据《宝庆四明志》卷一六慈溪县令题名，他于庆历五年（1045）知慈溪县，其余生平事迹不详。王安石集中另有《谢林肇长官启》。

②起先生杜君醇为之师：起，请来。杜君醇，即杜醇，《宋史翼》卷三十六："杜醇，越之隐君子，居慈溪……经明行修，学者以为楷模。"庆历八年（1048），王安石任鄞县县令时，曾办学校，请杜醇为师，当时作《请杜醇先生入县学书》，又有《伤杜醇》诗。此处林肇请杜醇任慈溪之师在王安石后。

【译文】

　　后来林肇先生来做了县令，就说："古时是怎么兴办学校的，我没有见过；如今的法律我又不能不遵循。虽然这样，我的百姓在这里，不可以没有教育。"于是凭借刘居中当时募集的百姓的钱修治孔子庙，像现在法律规定的那样，但在孔子庙的四周建了一些讲学的房舍，在其中设置讲堂，率领县中的青少年学子，请来了杜醇先生做他们的老师，将学校教育兴办了起来。啊！林先生真是个有办法的人啊！作为一个官员，不违反如今法律规定的同时又具有古时建学校的实际效果，这是有办法的人才能做到的。林先生的作为,几乎已经到了这个程度了啊。

　　林君固贤令,而慈溪小邑,无珍产淫货以来四方游贩之民①;田桑之美,有以自足,无水旱之忧也。无游贩之民,故其俗一而不杂②;有以自足,故人慎刑而易治③。而吾所见其邑之士,亦多美茂之材,易成也④。杜君者,越之隐君子⑤,其学行宜为人师者也。夫以小邑得贤令,又得宜为人师者为之师,而以修醇一易治之俗⑥,而进美茂易成之材;虽拘于法,限于势⑦,不得尽如古之所为,吾固信其教化之将行,而风俗之成也。

【注释】

①淫货:奇巧稀有的东西。来:使……来,招徕。

②一:纯一。

③慎刑:为人慎重,敬畏法律。

④成:造就。

⑤越:春秋战国时期的古国名,地在今浙江绍兴一带,后也称此地为越,慈溪亦在此范围中。隐君子:隐居的君子。

⑥醇一:纯一。

⑦势:形势,在此指县令在某地有一定的任期,期满会被调离。下文"其势不能以久也"之"势"亦为此意。

【译文】

林先生本来就是一位贤明的县令,慈溪作为一个小县城,没有珍贵的特产、奇巧稀有的货物来招徕四方的行脚商人;田地肥沃,耕种可以自给自足,没有水灾、旱灾的忧患。没有外地的行脚商人来,所以当地的风俗纯一不杂;耕种可以自给自足,所以百姓都为人慎重,敬畏法律,容易治理。我所见到的这个县的士人们,也多有美好丰富的才质,是容易造就的。杜先生,是越地隐居着的君子,他的学问品行适合做他人的老师。慈溪作为一个小县城,既有贤明的县令,又有适合做老师的人来学校做老师,来使它本来纯一、容易治理的风俗和本来就有美好丰富才质、容易造就的士人们都更上一层楼;虽然被法律拘束,也受到县令任期有限的限制,不能够完全像古时兴办学校那样做,但我坚信教化一定会在那传播开来,成就文质彬彬的风俗。

　　夫教化可以美风俗。虽然,必久而后至于善。而今之吏,其势不能以久也。吾虽喜且幸其将行,而又忧夫来者之不吾继也①,于是本其意以告来者②。

【注释】

①而又忧夫来者之不吾继也:而又担忧后来的慈溪县县令不像我这样赞同、支持林肇县令如今的办学政策。不吾继,"不继吾"的倒装,意谓不继承我。

②本其意:叙述林肇办学政策的原本用心。

【译文】

教化可以改善风俗。虽然这样,风俗一定是很长时间后才慢慢改善的。然而现在的县令任期都不长久,不能在这里停留很久。我虽然为慈溪的教育事业将要开展而感到欢喜庆幸,却又担忧后来的此县县令不像我这样赞同、支持林肇县令如今的办学政策,所以叙述他办学政策的原本用心,来告诉后来的继任者。

【评点】

　　茅鹿门曰:予览学记,曾、王二公为最,非深于学不能记其学如此。

张孝先曰：前篇详立学缘起，此则兼言立学本指，而寓规劝之意，更为有关系文字。

【译文】

茅坤评论：我读学记文章，曾巩和王安石二位是最好的，不是对学校教育研究深入的人不能够将学记文章写得这么好。

张伯行评论：前一篇文章详细记叙建立学校的缘起，这一篇则同时陈述了建立学校的本意，而将规劝的意思寄寓其中，是更为重要的文字。

君子斋记

【题解】

本文作年不详。

河南府一位裴姓的主簿在自己的官舍建造了一个书斋，命名为"君子斋"，王安石便为他写作了这一篇记。本文无一语提及书斋如何建造，亦不描述其周围景致，却是从书斋名为"君子"这一点生发开来，大段地议论何为"君子"，如何成之，立意皎然。故黄震评曰："终篇反复归重于德。"篇中多用对偶句式，行文严整有力，使得全文气势若江河倾泻。

天子、诸侯谓之君，卿大夫谓之子，古之为此名也，所以命天下之有德。故天下之有德，通谓之君子^①。有天子、诸侯、卿大夫之位，而无其德，可以谓之君子，盖称其位也；有天子、诸侯、卿大夫之德，而无其位，可以谓之君子，盖称其德也。位在外也^②，遇而有之^③，则人以其名予之，而以貌事之^④。德在我也，求而有之，则人以其实予之，而心服之。夫人服之以貌而不以心，与之以名而不以实，能以其位终身而无谪者⑤,盖亦幸而已矣⑥。

【注释】

①通:全,都。

②位在外也:名位是外在之物。

③遇而有之:碰巧获得它。

④以貌事之:以表面上的恭敬事奉他。

⑤谪:因罪被降职或者流放。

⑥幸:幸运。

【译文】

天子、诸侯称为"君",公卿、大夫称为"子",古时候取"君子"这样的称呼,是用来命名天下有德行的人的。所以天下有德行的人,都被称作"君子"。有天子、诸侯、公卿、大夫的名位,而没有德行的人,可以被称作"君子",只是称呼他们的社会地位罢了;有天下、诸侯、公卿、大夫的德行,而没有名位的人,可以被称作"君子",这是称呼他们的道德水平。名位是身外之物,碰巧拥有它,那么人们就给这样的人"君子"的表面称号,以表面上的恭敬事奉他。道德则是出于自我的意愿,努力追求而拥有德行,那么人们就会真正把这样的人看作君子,发自内心地佩服他。一个人,若是人们对他都是表面恭敬,称呼他为君子,而内心不服,没有真正将他看作君子,他能够在自己这个名位上度过一生而没有被贬黜,那也只是幸运罢了。

故古之人以名为羞,以实为慊①,不务服人之貌,而思有以服人之心。非独如此也,以为求在外者,不可以力得也。故虽穷困屈辱,乐之而弗去,非以夫穷困屈辱为人之乐者在是也,以夫穷困屈辱不足以概吾心为可乐也已②。

【注释】

①慊（qiè）：满足。

②概：牵绊，妨碍。

【译文】

所以古时候的人把只有"君子"的表面称号看成是羞耻的，当被人真正看作是君子的时候，才感到心满意足，不追求他人表面上的恭敬，而思虑着怎样让人发自内心地佩服自己。不是仅仅这样，也因为追求外在的名位，不是依靠主观努力就能获得的。所以即使身处在穷困屈辱的境地，仍旧感到快乐，不愿意离去，不是因为穷困屈辱本身让人感到快乐，而是因为穷困屈辱不能够妨碍一个人从心里因为做一个真正的君子而快乐。

　　河南裴君主簿于洛阳①，治斋于其官而命之曰"君子"②。裴君岂慕夫在外者，而欲有之乎？岂以为世之小人众，而躬行君子者独我乎？由前则失己③，由后则失人④，吾知裴君不为是也，亦曰勉于德而已。盖所以榜于其前⑤，朝夕出入观焉，思古人之所以为君子，而务及之也。独仁不足以为君子，独智不足以为君子；仁足以尽性⑥，智足以穷理⑦，而又通乎命，此古之人所以为君子也。虽然，古之人不云乎："德辖如毛，毛犹有伦⑧。"未有欲之而不得也。然则裴君之为君子也，孰御焉⑨！故余嘉其志而乐为道之⑩。

【注释】

①河南：北宋府名，亦名西京。治所在今河南洛阳。裴君：生平事迹不详。

②治斋：建造书斋。官：官舍。

③前：前一个原因，在此指上文的"慕夫在外者，而欲有之"，追求名

位。失己:丧失了自己的独立人格。

④后:后一个原因,在此指上文的"以为世之小人众,而躬行君子者独我",自命清高。失人:得罪他人,丧失人心。

⑤榜:匾额,在此指挂着写有"君子斋"的匾额。

⑥仁足以尽性:仁爱能够尽到自己的天然善性。先秦时孟子一派的儒家持性善论,认为仁义礼智在人的天然本性中本来就存在着苗头。

⑦穷理:探究清楚事物的道理。

⑧德辖(yóu)如毛,毛犹有伦:语出《中庸》:"《诗》曰:'德辖如毛',毛犹有伦。'上天之载,无声无臭',至矣!"意谓德行易施,如毛发般轻而易举,毛发尚有与它同类的,但德行却是没有声音气味,至高无上的。辖,轻。伦,类。

⑨孰御焉:谁能阻挡得了他呢。

⑩嘉:嘉许,欣赏。

【译文】

河南府的裴先生在洛阳任主簿,在他的官舍里建造了一个书斋,给它取名为"君子斋"。裴先生哪里是仰慕外在的名位,而想拥有呢?又哪里是认为世间小人太多,只有他自己亲身践行着君子之道呢?如果是前一个原因,那他就丧失了自己的独立人格,如果是后一个原因,那他就得罪了众人,丧失了人心了,我知道裴先生不会做这样的事情,他只是在德行上勉励自己罢了。之所以把写着"君子斋"的匾额挂在书斋前,早晚进出观看,是想要借此思考古人是怎么做君子的,而督促自己努力赶上他们。仅仅是仁爱还不能够做君子,仅仅是智慧还不能够做君子;仁爱能够尽到自己的天然善性,智慧能够探究清楚事物的道理,又对天命通达,这就是古人做君子的方式。虽然这样困难,古人不是还说过:"德行像毛一样轻,而毛还有同类。"没有想要让自己有德行而做不到的。那么裴先生要做一个君子,谁又能阻挡得了他呢!所以我嘉许他的志向,乐于为他说明这些话。

【评点】

茅鹿门曰:宋文之格不入西汉,正在此。而宋人之所自以为得,亦在此。

张孝先曰:主簿以君子名斋,必于穷困屈辱之况,意有未甚释然者,故借位衬德以勖之①。古人立言,非如今之汩汩导谀、有文无题者也②。

【注释】

①勖:勉励。

②导谀:逢迎献媚。

【译文】

茅坤评论:宋代文章的格局比不上西汉,正在于此。但宋代文人还自以为高明的地方,也在于此。

张伯行评论:裴主簿用"君子"来给他的书斋命名,一定是身处穷困屈辱的境况,心里没有完全释然,所以王安石用君子的名位陪衬德行的道理来勉励他。古人写文章,不是像现在一些人洋洋洒洒逢迎献媚,仅有华美文辞,而无实际意义。

同学一首别子固

【题解】

曾巩(1019—1083),字子固,南丰(今属江西)人。宋仁宗嘉祐二年(1057)进士,北宋著名散文家,唐宋八大家之一。他与王安石青年时便相识,既有江西同乡之谊,又志趣相投,庆历元年(1041),二人一起在京应礼部试,次年王安石中进士赴扬州任职,曾巩则落第还乡。庆历三年（1043）王安石回乡探亲,特意去南丰拜访了曾巩,离别时写作该篇,以应答曾巩赠予他的《怀友》一文。"同学",乃共同向圣人学习之意。

　　王安石在此文中表达了他与友人曾巩互相勉励的友情,与携手共进的志向。本文在表现形式上的最大特色,是陪衬法的运用,虽名为"别子固",却从一开始就将曾巩与孙侔相提并论,处处以孙侔陪说,借客形主,交相辉映,故而反复强调又不显得单调重复。

　　江之南有贤人焉,字子固①,非今所谓贤人者,予慕而友之②。淮之南有贤人焉,字正之③,非今所谓贤人者,予慕而友之。二贤人者,足未尝相过也,口未尝相语也,辞币未尝相接也④。其师若友岂尽同哉⑤? 予考其言行⑥,其不相似者,何其少也! 曰:学圣人而已矣。学圣人,则其师若友必学圣人者。圣人之言行,岂有二哉? 其相似也适然⑦。

【注释】

①子固:即曾巩。

②慕:仰慕。

③正之:孙侔（1019—1084）,字正之,又字少述,吴兴（今浙江湖州）人。早年丧父,事母至孝,后母卒,誓终身不仕,屡被举荐皆不就。

④辞币:书信与礼物。币,本义为古人见面时用作礼物的丝织品,也可以泛指车马皮帛玉器等礼物。

⑤若:同,和。

⑥考:考察,观察。

⑦适然:适宜,应该。

【译文】

长江的南面有一位贤能的人,字子固,不是当今世俗所说的那种贤人,但我仰慕他,与他成为朋友。淮河的南面有一位贤能的人,字正之,也不是当今世俗所说的那种贤人,但我也仰慕他,与他成为朋友。这两位贤人,没有互相拜访过,没有互相交谈过,也没有互相通过书信,交换过礼物。他们的师长和朋友难道会都相同吗?我观察他们的言语行为,不相像的地方,是那么稀少!他们回答说:我只是向圣人学习罢了。一个人向圣人学习,那么他的师长和朋友都必定是向圣人学习的人。圣人的言语行为,难道会有两种样子吗?他们二人相似也是应该的啊。

予在淮南,为正之道子固①,正之不予疑也。还江南,为子固道正之,子固亦以为然。予又知所谓圣人者,既相似,又相信不疑也。

【注释】

①道:说起。

【译文】

我在淮河南面,与正之说起子固,正之不会怀疑我。回到长江南面,与子固说起正之,子固也认为正之就是这样的。我又知道了,被称为圣人的人,既会相像,又会互相相信对方,不会怀疑。

子固作《怀友》一首遗予①,其大略欲相扳以至乎中庸而后已②。正之盖亦尝云尔。夫安驱徐行③,辅中庸之庭,而造于其堂④,舍二贤人者而谁哉?予昔非敢自必其有至也⑤,亦愿从事于左右焉尔,辅而进之,其可也。

【注释】

①《怀友》一首：曾巩写作赠予王安石的文章，被收录于宋吴曾的《能改斋漫录》卷十四。遗：赠送。

②扳：通"攀"。援引，帮助。中庸：儒家的道德理想，不偏为中，不变为庸，要求为人保持中正、平和。最早见于《论语·雍也》："中庸之为德也，其至矣乎！民鲜久矣。"后孔子嫡孙子思作《中庸》篇，对之有所阐发，被收录于《小戴礼记》。至宋代，《中庸》篇及其思想被提高到了重要的位置，南宋朱熹将之与《大学》《论语》《孟子》并列，称为"四书"。作者此语本于曾巩《怀友》："望中庸之域，其可以策而及也。"

③安驱徐行：从容而稳步地前行。驱，驾车。徐，缓。行，步行。

④辚（lìn）中庸之庭，而造于其堂：辚，车轮，这里指驾车到达。《论语·先进》："由也升堂矣，未入于室也。"古代房屋的构造，前面是堂，后面是室。孔子以登上厅堂，进入内室来比喻学问、造诣从浅到深，逐渐达到高水平。作者此语是化用其意。

⑤必：肯定。

【译文】

子固写作了《怀友》一篇赠送给我，文章的大概意思是想要相互帮助直到达到中庸的境界。正之也曾经说过类似的话。从容而稳步地前进，逐渐提升中庸的水平，直到很高的境界，除了这两位贤人还有谁呢？我过去不敢肯定自己一定能够达到，只是希望跟从在他们二人左右努力罢了，辅佐他们到达，就足够了。

噫！官有守①，私有系②，会合不可以常也。作《同学一首别子固》，以相警且相慰云③。

【注释】

①官有守:做官有工作岗位。

②私有系:私下有琐事牵挂。

③警:警策,勉励。

【译文】

唉,我做官有自己的工作岗位,私下又有琐事牵挂,不可以常常与他们会合相聚。写作这一篇《同学一首别子固》,来相互警策,相互安慰。

【评点】

茅鹿门曰:文严而格古。

张孝先曰:略朋友别离之情,而叙道义契合之雅,使人读之油然有感。

【译文】

茅坤评论:行文严谨,格调有古风。

张伯行评论:略写朋友别离的伤感之情,而记叙人与人志同道合的风雅,令人读之油然而生向往感慨。

读《孔子世家》

【题解】

本文作年不确定,有以为是庆历年间淮南节度判官任上之作。本文是王安石读《史记·孔子世家》后的感想,他认为,若以在世时的穷达为标准,则孔子传当在列传中,若从其才能或教化的功业来考虑,孔子远胜世家中的公侯,当属本纪为是,故而司马迁是“自乱其例”。行文虽然简短,然立论新颖,虽有转折,然又说理透辟,法度谨严。故明人茅坤评价曰:“荆公短文字转折有绝似太史公处。”

　　太史公叙帝王,则曰"本纪";公侯传国,则曰"世家";公卿特起,则曰"列传"①。此其例也②。其列孔子为世家,奚其进退无所据邪③? 孔子,旅人也④,栖栖衰季之世⑤,无尺土之柄⑥。此列之以传宜矣⑦,曷为世家哉⑧? 岂以仲尼躬将圣之资⑨,其教化之盛,舄奕万世⑩,故为之世家以抗之⑪? 又非极挚之论也⑫。夫仲尼之才,帝王可也,何特公侯哉⑬! 仲尼之道,世天下可也⑭,何特世其家哉! 处之世家,仲尼之道不从而大⑮;置之列传,仲尼之道不从而小。而迁也自乱其例,所谓多所抵牾者也⑯。

【注释】

①"太史公叙帝王"几句:太史公,司马迁,字子长,西汉史学家、文学家,《史记》作者,曾任太史令,故称。本纪,帝王的传记。传国,世代相传为诸侯国君。世家,记载王侯家世的传记,因诸侯开国,子孙世代承袭,故称世家。特起,崛起,特出。列传,列叙人物事迹的传记,传主地位较本纪、世家为低。本纪、世家、列传的体例,皆是司马迁首创,本纪、列传都被后世纪传体史书所继承。

②例:体例。

③奚:为何。进退:升降,在此指孔子传记所列的位置的安排。孔子(前551—前479),名丘,字仲尼,春秋末期思想家、教育家、政治家,儒家的创始人,被后世尊为"至圣"。据:依据。

④旅人:奔走在外的人。孔子生前周游列国,故称。

⑤栖栖:忙碌不安的样子。衰季之世:衰微末世,在此指孔子所处的春秋末期。

⑥尺土:一尺之地,比喻其小。柄:权柄,权力。

⑦以:于。传:列传。

⑧曷：通"何"。为什么。

⑨躬：身怀着。将圣：大圣。

⑩舄（xì）奕：延绵不绝。

⑪抗：相当，匹配。

⑫极挚：最高程度。

⑬特：只，仅仅。

⑭世：继承。

⑮从而：因而。

⑯抵牾（wǔ）：抵触，矛盾。《汉书·司马迁传》："至于采经撷传，分散数家之事，甚多疏略，或有抵梧。"

【译文】

司马迁在《史记》中记叙帝王的事，则将这个传记称为"本纪"；诸侯世代相传为国君，则称为"世家"；公卿大夫等从社会下层崛起的人，则称为"列传"。这是他写作《史记》的体例。但是他却将孔子的传记列在世家中，为什么他的选择安排这么没有根据呢？孔子，是在外奔波的人，为那个衰微的末世而忙碌，没有尺寸土地的支配权。这样看来将他列在列传里就很合适，为什么会放在世家里呢？难道是因为孔子身具大圣人的资质，他的教化盛行，绵延万世，所以将他放在世家里才能相称吗？但这又不是最好的说法。凭借孔子的才智，做一个帝王都可以了，哪里只是一个诸侯呢！凭借孔子的道义，继承天下都可以了，又哪里只是传承一个家族呢！在他放在世家中，孔子的道义不因此而变大；把他放在列传中，孔子的道义也不因此而变小。司马迁自己弄乱了他写作《史记》的体例，这就是《汉书》所说的多自相矛盾的地方吧。

【评点】

茅鹿门曰：荆公短文字转折有绝似太史公处。

张孝先曰：孔子之道虽火于秦，黄老于汉①，而其为天下万世尊仰者,则未尝间断也。世讥太史公以孔、老并称,然置孔子于世家,置老子于列传,义例却自分明^②。此文又从而推勘其牴牾处^③,孔子之道愈尊矣。

【注释】

①黄老于汉:黄,指黄帝,老,指老子,黄老学说即道家学说。汉代初年采用黄老学说,注重休养生息,因而出现了"文景之治"。

②义例:著书的主旨体例。

③推勘:考察推敲。

【译文】

茅坤评论:王安石的短篇转折有极像司马迁的地方。

张伯行评论:孔子的学说虽然在秦代被焚毁,在汉代又因尊崇黄老之学被贬黜,但他的学说被天下人万世景仰,一直不曾断绝。世人讥讽司马迁将孔子、老子并称,然而他把孔子放在世家,而把老子放在列传,著书的主旨体例却体现得很明确了。这篇文章又继续去考察推敲当中矛盾的地方,将孔子学说的地位提得更加高了。

读《孟尝君传》

【题解】

本文是王安石关于《史记·孟尝君列传》的读后感,其创作时间,一说作于淮南节度判官任上(1042—1045),一说作于在京直集贤院、为三司度支判官知制诰期间(1059—1063)。孟尝君一贯以善纳贤士为名,本文却一反传统,言之成理,是历代传诵的翻案名作。全文仅四句九十字,缓起陡转,戛然而止,笔力峭拔,又是一篇短篇佳品。清人刘大櫆评曰:"寥寥数言,而文势如悬崖断堑,于此见介甫笔力。"

世皆称孟尝君能得士[①]，士以故归之，而卒赖其力以脱于虎豹之秦[②]。嗟乎！孟尝君特鸡鸣狗盗之雄耳[③]，岂足以言得士？不然，擅齐之强[④]，得一士焉，宜可以南面而制秦[⑤]，尚何取鸡鸣狗盗之力哉？夫鸡鸣狗盗之出其门，此士之所以不至也。

【注释】

①孟尝君：名田文，战国时期齐国的贵族，齐相田婴的庶子，袭父爵，封于薛（今山东滕州），号孟尝君。因善于纳士，门下有客三千，与同时代的赵国平原君、魏国信陵君、楚国春申君并称为"战国四公子"。士：春秋战国时期靠一技之长谋取利禄的人，多被豪族收于门下。

②而卒赖其力以脱于虎豹之秦：据《史记·孟尝君列传》，秦昭王囚孟尝君而欲杀之，孟尝君乃使"能为狗盗者"入秦宫，取狐白裘以献秦昭王宠姬，乃得释。昭王后悔，遣人追之，孟尝君夜奔至函谷关。关法，鸡鸣而出客，孟尝君乃使"能为鸡鸣"者鸣之，群鸡皆鸣，因得出关归国。此二人初列于宾客，宾客尽羞之，及孟尝君陷秦，赖此二客得脱，乃服。卒，最终。赖，依赖，依靠。脱，逃脱。虎豹，像虎豹一样凶暴。

③特：只不过。鸡鸣狗盗：即注②中能为鸡鸣者与能为狗盗者，皆孟尝君门下之士。雄：首领。

④擅：据有，凭借。齐之强：当时的齐国乃战国七雄之一，国力强盛。

⑤宜：应当。南面：古时朝拜，君王均坐北朝南，臣子反之，在此意谓令秦国向齐国称臣。

【译文】

世人都称道孟尝君能接纳贤能的士人，因此贤能的士人都归服于他，而他最终是依靠他们的力量从虎豹一样凶恶的秦国脱逃出来。唉，孟尝君只不过是鸡鸣狗盗之人的首领罢了,哪里称得上能接纳贤士呢?
不是这样的话,齐国凭借着自己的强大,只要得到一个贤能之士,应当就
可以制服秦国,让他们俯首称臣了,为什么还需要鸡鸣狗盗之人的力量
呢? 鸡鸣狗盗之人出于孟尝君的门下,这就是真正的贤士不来归服的原
因啊。

【评点】

张孝先曰:孟尝君一段佳话,被明眼人觑破,真是不直
一钱,与孟子比富贵利达于墦间之乞[①],同一例看。世之赫
奕动人者[②],方自以为得意,充其类吾不欲观之矣。

【注释】

①与孟子比富贵利达于墦间之乞:据《孟子·离娄下》,齐人出门,
　每每酒足饭饱而归,妻妾问与饮食者,则答"尽富贵也",一日妻
　子尾随于后,便见齐人于东郊墓地向人乞食,回家后与妾相对而
　泣。孟子借此讽刺一些靠不义手段发财却不知羞耻的人。
②赫奕:显赫。

【译文】

张伯行评论说:孟尝君的一段佳话,被明眼人看破,真是不值一文,
这和孟子将那些富贵发达的人比作坟墓间乞讨的齐人,可以放一起看。
世间一些显赫的人,还洋洋自得,不过就是这类人,我都不想看到他们。

节度推官陈君墓志铭

【题解】

本文当作于宋仁宗嘉祐(1056—1063)年间。开篇议论,为人不倦
于学,而天不假其年的无奈而叹息,将墓主陈元比为颜渊,赞其好学,惋

惜其英年早逝,于峭拔议论之中显出沉痛哀思。陈元,生平事迹不详,因其早逝,仕历亦简单,仅为节度推官,清人张伯行评曰:"只写其好学之笃,而惜其进而未止,此人便自可传。"

　　人之所难得乎天者,聪明辨智敏给之材①。既得之矣,能学问修为以自称②,而不弊于无穷之欲,此亦天之所难得乎人者也。天能以人之所难得者与人,人欲以天之所难得者徇天③,而天不少假以年,则其得有不暇乎修为,其为有不至乎成就,此孔子所以叹夫未见其止而惜之者也④。

【注释】

①敏给(jǐ):敏捷。

②修为:在此指后天自身的修身实践。

③徇:通"殉"。在此为回报之意。

④此孔子所以叹夫未见其止而惜之者也:语出《论语·子罕》:"子谓颜渊曰:'惜乎,吾见其进也,未见其止也。'"邢昺疏曰:"此章以颜渊早死,孔子于后叹息之也。"

【译文】

　　人难以从上天那得到的东西,是聪明敏捷、目光锐利的材质。既然已经得到了这种材质,又能够勤于学习、自我修身来与材质相称,而不被无穷的欲望所败坏,这也是上天难以强求于人的。上天能够把人很难得到的材质赋予人,而人也想用上天难以强求的后天努力来回报上天,可惜上天却不稍稍延长他的寿命,使他得到了材质却没有时间去学习修身,有所作为却达不到建功立业,这就是孔子感叹颜渊学习不止又惋惜他不幸早逝的原因啊。

　　陈君讳之元,字某,年二十七,为武昌军节度推官以卒①。自其为儿童,强记捷见,能不劳而超其长者。少长,慨然慕古人所为,而又能学其文章。既以进士起家,则喜曰:"无事于诗赋矣②,以吾日力,尽之于所好,其庶乎吾可以成材。"于是悉橐其家书之官③,而早夜读以思。思而不得,则又从其朋友讲解,至于达而后已。其材与志如此,使天少假以年,则其成就当如何哉?然无几何,得疾病,遂至于不起。嗟乎!此亦所谓未见其止而可惜者也。君某州之某县人,曾祖曰某,祖曰某,考曰某。以嘉祐某年某月某甲子④,其兄之方为之卜某州某县某乡某所之原以葬。而临川王某为铭曰⑤:

【注释】

①武昌军:宋代荆湖北路鄂州之军额,治所在今湖北武昌。节度推官:唐代节度使、观察使等所属有推官,掌勘问刑狱,宋承唐制,在各府、州亦置此职。

②无事于诗赋矣:宋代进士科考诗赋策论,及第后,无须再作此以应考,故云。

③橐(tuó):口袋,在此指用口袋装。家书:家藏书籍。之官:赴官职。

④嘉祐:宋仁宗年号(1056—1063)。

⑤临川王某:王安石自称,他是临川(今江西抚州)人。

【译文】

　　陈先生名元,字某,二十七岁,在武昌军节度推官任上去世。从他还是孩童的时候起,就长于记忆,敏于见识,能不费力地超过比他年长的人。年纪稍大一些,慨然地仰慕古人的作为,而又能学习古人的好文章。等到高中进士,进入仕途,就欢喜地说:"不必再从事写诗作赋了,把我每天的精力,都用在喜欢的东西上,我大概可以成材了吧。"于是把他家藏的书籍都装到口袋里,带去赴任,每天从早到晚读书思考。思考不出的,就又跟从他的朋友,听取讲解,到理解通达了为止。像他这样的材质与志向,假使上天稍稍延长他的寿命,那么他的成就应当能达到什么境界呢?然而没过多久,他便生了大病,到了卧床不起的地步。唉!这也是孔子评价颜渊时所说的学习不止却不幸早逝的人啊。陈先生是某州某县人,曾祖为某,祖父为某,父亲为某。在嘉祐某年某月某日,他的兄长陈之方为他占卜,将他安葬在某州某县某乡某所的郊外平原。家乡在临川的王安石我为他作了这样的墓志铭:

浮扬清明,升气之乡①;沉翳浊墨,降形之宅②。其升远矣,其孰能追?其降在此,有铭昭之。

【注释】

①气:在此与"形"相对,指灵魂。

②降形之宅:指尸身下葬于墓穴。形,形骸。

【译文】

上浮、飞扬、清净、明朗之处,是你灵魂上升到的地方;下沉、阴暗、重浊、昏暗之处,是你形骸埋葬的墓穴。你上升的灵魂已经很遥远了,谁还能追得上呢?而你的形骸埋葬在这个地方,有一篇墓志铭为你昭告。

【评点】

茅鹿门曰:入宋调,然亦有一段风致。

张孝先曰:只写其好学之笃,而惜其进而未止,此人便自可传。

【译文】

茅坤评论：是宋朝写文的格调，但是也有一段风韵。

张伯行评论：王安石只写这位陈君好学的坚定，叹惋他不断进修，这位陈君的事迹便自然可以流传。

王深父墓志铭

【题解】

王深父，名回，深具儒学修养，《宋史》将之收入《儒林传》。王安石与他交谊深厚，英宗治平二年（1065），王安石身在江宁丁母忧时，听闻王回英年早逝的噩耗，悲痛不已，先后为他撰写了祭文与墓志铭。

本文同样体现了王安石长于议论的特点，大段地议论圣人君子难以被人所理解，为王回同样的命运感到同情，又对他坚守道义始终如一的行为给予了高度的评价。故而明人茅坤评价此文曰："通篇以虚景相感慨，而多沉郁之思。"

吾友深父，书足以致其言①，言足以遂其志②。志欲以圣人之道为己任，盖非至于命弗止也③。故不为小廉曲谨以投众人耳目④，而取舍、进退、去就必度于仁义⑤。世皆称其学问文章行治⑥，然真知其人者不多，而多见谓迂阔不足趣时合变⑦。嗟乎！是乃所以为深父也。令深父而有以合乎彼⑧，则必无以同乎此矣⑨。

【注释】

①致：表达。

②遂：顺合。

③盖非至于命弗止也：意谓命不得不止才止，命可行则尽力以行。

④小廉曲谨：小处廉洁，过分谨慎，意谓拘泥于小节，不识大体。投：
　投合，迎合。

⑤度于仁义：用仁义的标准来衡量。度，度量，衡量。

⑥行治：行为。

⑦见谓：被称为。迂阔：大而空远，不切合实际。趣：通"趋"。迎合。

⑧令：假使，假设。彼：那，在此指上文提到的时变，即时尚世俗。

⑨此：这，在此指上文提到的圣人之道。

【译文】

　　我的朋友王深父，写文章能够表达他想说的话，说的话能够顺合他的志向。他的志向是想要将圣人遵循的道义作为自己的责任，不到生命结束的时候就不停止。所以他不会做一些小处廉洁、过分谨慎的事情，来迎合众人的耳目，但他在选择取得或舍弃、前进或后退、归隐或做官之前，都必定用仁义的标准来衡量。世人都称道他的学问、文章和行为，然而真正了解他的人并不多，他常常被称作不切合实际，不能够符合时代变化的人。唉！其实这才是王深父的独到之处啊。假使他有符合世俗的地方，那么与圣人之道必然就没有相同之处了。

　　尝独以谓天之生夫人也①，殆将以寿考成其才②，使有待而后显③，以施泽于天下。或者诱其言，以明先王之道，觉后世之民④。呜呼！孰以为道不任于天⑤，德不酬于人⑥，而今死矣。甚哉，圣人君子之难知也！以孟轲之圣，而弟子所愿，止于管仲、晏婴⑦，况余人乎？至于扬雄⑧，尤当世之所贱简⑨，其为门人者，一侯芭而已⑩。芭称雄书以为胜《周易》⑪，《易》不可胜也，芭尚不为知雄者⑫。而人皆曰：古之人生无所遇合⑬，至其没久而后世莫不知⑭。若轲、雄者，其没皆过千岁，读其书知其意者甚少。则后世所谓知者，未必真也。夫此两人以老而终，幸能著书，书具在[15]，然尚如此。嗟乎深父！其智虽能知轲，其于为雄，虽几可以无悔[16]，然其志未就，其书未具[17]，而既早死，岂特无所遇于今，又将无所传于后。天之生夫人也，而命之如此，盖非余所能知也！

【注释】

①夫：指示代词，相当于"这""那"。

②殆：大概。寿考：长寿。

③待：等待时机和条件。

④觉：使……觉悟，启迪。

⑤道不任于天：对上天还未及担负传播道义的重任，承接上文所言"诱其言，以明先王之道，觉后世之民"。任，担负，肩负。

⑥德不酬于人：对人们还未及给予为官执政后的恩惠，承接上文所言"以寿考成其才，使有待而后显，以施泽于天下"。

⑦"以孟轲之圣"几句：像孟子那样的圣人，他的弟子所希望他成为的，不过是晏婴、管仲罢了。语出《孟子·公孙丑上》："公孙丑问曰：'夫子当路于齐，管仲、晏子之功，可复许乎？'孟子曰：'子诚齐人也，知管仲、晏子而已矣。……管仲，曾西之所不为也，而子为我愿之乎？'"孟轲（前372—前289），即孟子，战国中期思想家、教育家与政治家，当时儒学的代表，被后世尊为"亚圣"。管仲（？—前645），名夷吾，春秋时齐相，辅佐君主齐桓公成为春秋五霸之首。晏婴（？—前500），字平仲，春秋时齐国大夫，曾历仕灵、庄、景公三朝，名显诸侯。

⑧扬雄（前53—18）：字子云，西汉官吏、学者，长于辞赋，仿《易经》作《太玄》，仿《论语》作《法言》。

⑨贱简：轻视怠慢。

⑩侯芭：西汉学者，从扬雄学。扬雄去世后，侯芭为之起坟，居丧三年。

⑪芭称雄书以为胜《周易》：语出韩愈《与冯宿论文书》："昔扬子云著《太玄》，人皆笑之……其弟子侯芭颇知之，以为其师之书胜《周易》。"《周易》，简称《易》，儒家"五经"之一，其内容主要是在阴阳二元论的基础上，对事物运行规律加以论证和描述。

⑫《易》不可胜也，芭尚不为知雄者：据《汉书·扬雄传》，扬雄自为其《法言》作序曰："以为经莫大于《易》，故作《太玄》；传莫大于《论语》，作《法言》。"故扬雄自以为《易》不可胜，侯芭认为胜之，则为不知雄。

⑬遇合：相遇而志同道合。

⑭没：过世。

⑮具：通"俱"。全都。

⑯其于为雄，虽几可以无悔：与扬雄相比，王深父虽然说几乎没有什么悔恨了。扬雄善于辞赋，而晚年悔之，据《汉书·扬雄传》："雄以为赋者，……赋劝而不止，明矣。又颇似俳优淳于髡、优孟之徒，非法度所存、贤人君子诗赋之正也，于是辍不复为。"

⑰具：完备。

【译文】

我曾经一个人思考过，上天创造了王深父这个人，大概是将要让他凭借长寿慢慢成才，等到了时机和条件合适的时候就突显出来，为天下人布施福泽。或者是促使他有所立言，来阐明先王的道义，来启迪后世的百姓。唉！谁知道他对上天还未及担负传播道义的重任，对人们还未及给予为官执政后的恩惠，现在便死去了啊。要知道，圣人、君子是多么地难以了解啊！像孟子那样的圣人，他的弟子公孙丑所希望他成为的，不过是管仲、晏婴罢了，何况其余人呢？至于扬雄，在他当时尤其被轻视急慢,做他门人的人,只有一个侯芭罢了。侯芭称道扬雄的《太玄》胜过《周易》,扬雄自己却认为《周易》是至高无上的,可见侯芭还不是能够了解扬雄的人。人们都说:古代的人活着的时候没有碰到志同道合的人,但他过世很长时间后后世的人就没有不知道他的了。像孟子、扬雄这样的人,他们过世都已经过了一千多年了,读他们的书了解他们的思想的人还是很少。所以说,后世那些所谓了解圣人的人,不一定是真了解。这两个人已经是活到老才过世,有幸能够写出著作,现在著作都还在,然而尚且是像这样不被了解的情况。唉,王深父啊!虽然他的智慧能够了解孟子,与扬雄相比,也几乎没有什么浪费时间、沉溺文辞的悔恨了,然而他的志向未能实现,著作未能完备,就已经早早地去世了,哪里只是眼下没有遇到志同道合的人,就连将来流传于后世的东西都没有了啊。上天创造了他这样一个人,却给他这样的命运,不是我能够明白的啊!

深父讳回,本河南王氏。其后自光州之固始迁福州之侯官^①,为侯官人者三世。曾祖讳某,某官;祖讳某,某官;考讳某^②,尚书兵部员外郎。兵部葬颍州之汝阴^③,故今为汝阴人。深父尝以进士补亳州卫真县主簿^④,岁余自免去。有劝之仕者,辄辞以养母。其卒以治平二年七月二十八日^⑤,年四十三。于是朝廷用荐者以为某军节度推官^⑥,知陈州南顿县事^⑦,书下而深父死矣。夫人曾氏,先若干日卒。子男一人,某^⑧;女二人,皆尚幼。诸弟以某年某月某日葬深父某县某乡某里,以曾氏祔^⑨。铭曰:

【注释】

①固始:县名,在今河南。侯官:县名,在今福建福州。

②考讳某:考,古人称过世的父亲为"考"。沈钦韩注引《挥麈后

录》："仁宗朝侍御史王平，字保衡，侯官人。章圣初，为许州司理参军。雪冤狱，娶曾宣靖之妹，生三子：一回，字深父……"

③汝阴：在今安徽阜阳。

④卫真县：在今河南鹿邑。

⑤治平二年：1065年。

⑥于是：在这个时候。用：因，因为。

⑦南顿县：在今河南项城。

⑧子男一人，某：沈钦韩注引《挥麈后录》："深父子汾，字道原，诗文尤奇，有集。"

⑨祔（fù）：合葬。

【译文】

王深父名回，本来属于河南王氏一支。后来他的先人从光州的固始县迁移到了福州的侯官县，三代都做了侯官人。他的曾祖叫某，做了某官；祖父叫某，做了某官；过世的父亲叫某，做过尚书兵部员外郎。他的父亲葬在颍州的汝阴县，所以他现在是汝阴人了。王深父曾经凭借进士的功名补任亳州卫真县的主簿，一年多后自己辞了官。有人劝他做官，他就以奉养母亲的理由推辞。他在治平二年七月二十八日去世，年仅四十三岁。在这个时候朝廷正因为有人推荐他，想让他到陈州南顿县做某军节度推官，任命书刚下来，王深父便过世了。他的夫人曾氏，比他早几天过世。他有一个儿子，叫某；有两个女儿，年纪都还很小。他的弟弟们在某年某月某日将他与曾氏合葬在某县某乡某里。我为他作了这样的铭文：

　　呜呼深父！维德之仔肩①，以迪祖武②。厥艰荒遐③，力必践取④。莫吾知庸⑤，亦莫吾侮⑥。神则尚反，归形此土⑦。

【注释】

①仔肩:担负,承担。

②迪:继承。祖武:祖先功业。武,步武,足迹,在此指功业。

③厥艰荒遐:道路艰难僻远。厥,其,代指道路。荒遐,荒僻遥远之地。

④力必践取:一定努力前行。践,前往。取,通"趋"。

⑤莫吾知庸:即莫知庸我,没有人理解我、任用我。

⑥亦莫吾侮:即亦莫侮吾,也没有人轻慢我。

⑦神则尚反,归形此土:神魂还要返回天上,形体则回归到这片土地中。

【译文】

　　唉,王深父啊!承担了道德的重任,继承了祖先的功业。虽然道路艰难僻远,也一定努力前行。没有人理解我、任用我,但也没有人轻慢我。神魂还要返回天上,形体则回归到这片土地中。

【评点】

茅鹿门曰:通篇以虚景相感慨,而多沉郁之思。

张孝先曰:深父不合于时。曾南丰尝荐其文于欧公,公亟称之。介甫志其墓,以未及著书为恨,所以致惜其人者深矣。

【译文】

　　茅坤评论:文章通篇不写实际事迹而用虚笔议论来发感慨,更多了一份沉郁的怀念。

　　张伯行评论:王回时运不济。曾巩曾经向欧阳修推荐过他的文章,欧阳修屡次称赞。王安石为他写墓志铭,遗憾他英年早逝,还来不及写书,所以让读者深深地为他惋惜。

王逢原墓志铭

【题解】

王逢原（1032—1059），名令，北宋诗人。宋仁宗至和元年（1054），王安石由舒州通判被召入京，途经高邮，王令因仰慕王安石，投书并赠《南山之田》一诗与之以求见。王安石长王令十一岁，然看重王令的为人与才学，遂与之成忘年交。嘉祐四年（1059），王令不幸病故，年仅二十八岁，王安石深感痛惜，写下了这篇墓志铭。

寓深情于议论，是本文的主要特色。以议论发端，颂美古之高士，而后再引入墓主王令，赞其文章品行，交代家世眷属，叹其不幸早逝。在墓志铭中发大段议论，这固然可能与王令身世简单，无仕历可述有关，但对士之标准的议论，亦包含了对于王令品行的高度评价，作者自以为"此于平生作铭，最为无愧"（《与崔伯易书》）。

　　呜呼！道之不明邪①，岂特教之不至也②，士亦有罪焉。呜呼！道之不行邪，岂特化之不至也③，士亦有罪焉。盖无常产而有常心者，古之所谓士也④。士诚有常心，以操圣人之说而力行之，则道虽不明乎天下，必明于己；道虽不行于天下，必行于妻子。内有以明于己，外有以行于妻子，则其言行必不孤立于天下矣。此孔子、孟子、伯夷、柳下惠、扬雄之徒所以有功于世也⑤。

【注释】

①邪：同"也"。语气词。

②特：仅仅，只不过。教：教育。

③化：教化，影响。

④盖无常产而有常心者,古之所谓士也:语出《孟子·梁惠王上》:
"无恒产而有恒心者,惟士为能。"常产,固定的资产。常心,恒
心,在此指追求道义的恒心。

⑤伯夷:商朝末年人,周武王伐纣后,与弟弟叔齐因耻食周粟而饿死
于首阳山,历来被视为清高隐士的代表。柳下惠:名获,字禽,春
秋时期人,"柳下"是他的食邑,"惠"则是他的谥号,历来被视为
品德高尚的贤者。扬雄(前53—18):字子云,西汉官吏、学者,长
于辞赋,仿《易经》作《太玄》,仿《论语》作《法言》。

【译文】

　　唉! 道义不被彰显,哪里仅仅是教育不够,士人也是有过错的。
唉! 道义不被实行,哪里仅仅是教化不够,士人也是有过错的。没有固
定资产而有追求道义恒心的人,就是古时所称道的士人。士人真的有这
样的恒心,秉持圣人的言论而努力实行,那么道义虽然不被天下人明白,
一定会被他自己理解;道义虽然不被天下人实行,也一定被他自己的妻
子儿女实行。在内被自己明白,在外被妻子儿女实行,那么他的言行一
定不会孤零零地存在于天下。这就是孔子、孟子、伯夷、柳下惠、扬雄之
类的人对世人有功的原因。

　　呜呼! 以予之昏弱不肖①,固亦士之有罪者,而得友
焉。余友字逢原,讳令,姓王氏,广陵人也②。始予爱其文
章,而得其所以言。中予爱其节行③,而得其所以行。卒予
得其所以言,浩浩乎其将沿而不穷也④;得其所以行,超超乎
其将追而不至也⑤。于是慨然叹以为可以任世之重,而有功
于天下者,将在于此,余将友之而不得也。呜呼! 今弃予而
死矣,悲夫!

【注释】

①昏：昏庸。弱：软弱。不肖：不贤明。

②广陵：在今江苏扬州。

③节行：节操品行。

④浩浩：水势盛大的样子，在此指文章中所蕴含的道理丰富深刻。

　沿：顺着，在此指学习与效仿。

⑤超超乎：渺远的样子，在此指品行高远。

【译文】

　　唉！我昏庸软弱，又不贤明，本来也是士人中有过错的人，却得到了一位好友。我的好友字逢原，名令，姓王氏，是广陵人。最初我喜欢他的文章，从而学习他言语背后的道理。然后我喜欢他的节操品行，从而学习他节行背后的道义。最终我却发现，他言语背后的道理丰富深刻，我想要效仿都学不完；他品行背后的道义高远超然，我想要追求也赶不上。所以我感慨叹息，认为一个可以担任世上传道教化的重任，会对天下人有功劳的人，将在这里，我将来恐怕想要和他做好友都高攀不上了。唉！他今天竟然丢下我过世了，太悲痛了！

　　逢原，左武卫大将军讳奉谭之曾孙，大理评事讳琪之孙，而郑州管城县主簿讳世伦之子。五岁而孤①，二十八而卒。卒之九十三日，嘉祐四年九月丙申②，葬于常州武进县南乡薛村之原③。夫人吴氏，亦有贤行，于是方娠也④，未知其子之男女。铭曰：

【注释】

①孤：古时父亡称"孤"。

②嘉祐四年：1059年。

③常州武进县:在今江苏。

④娠(shēn):怀孕。

【译文】

王逢原,是左武卫大将军王奉谭的曾孙,大理评事王珙的孙子,郑州管城县主簿王世伦的儿子。他五岁父亲就过世了,现在二十八岁自己也过世了。他在九月十三日过世,在嘉祐四年九月的丙申日,在常州武进县南乡薛村的郊外下葬。他的夫人吴氏,也是有贤明德行的人,在当时正怀着孕,还不知道她的孩子是男是女。我为他作了这样的铭文:

　　寿胡不多①? 天实尔啬②。曰天不相③,胡厚尔德? 厚也培之④,啬也推之⑤。乐以不罢⑥,不怨以疑⑦。呜呼天民⑧,将在于兹⑨。

【注释】

①胡:为何。

②天实尔啬:上天对你实在吝啬。尔,你。啬,吝啬。

③相:帮助。

④厚:即上文所说上天厚赐的美德。培:培养。

⑤啬:即上文所说上天吝啬给予的年寿。

⑥罢:通"疲"。

⑦以:连词,表并列。

⑧天民:贤者。

⑨兹:这里。

【译文】

年寿为什么不多呢? 上天对你实在太吝啬了。如果说上天不帮助你,为什么又使你的品德这么深厚呢? 上天厚赐你品德,你便进一步培养,上天会畚给你寿命,你也安然地推行。你以此为快乐,不感到疲倦,不怨天尤人,也不怀疑天命。唉,贤者逢原啊,你将在这里安眠。

【评点】

茅鹿门曰:通篇无事迹,独与虚景相感慨。

张孝先曰:以议论为志铭,而不及其事迹,原是别体。中以扬雄与孔、孟、夷、惠并称,此择焉不精之过。大抵诸子百家未及程、朱辨正[①],往往如此。韩文公尚以孔、墨并称[②],况余人乎?以此知程、朱之功大也。

【注释】

①大抵诸子百家未及程、朱辨正:程、朱,指北宋二程(程颢、程颐)与南宋朱熹,他们以理学并称,理学以儒家学说为中心,尊奉孔子,形成了完备的理论体系,对后世影响深远,因此张伯行认为将孔子和其他诸子并称,是不合适的。

②韩文公尚以孔、墨并称:韩愈《读墨子》:"孔子必用墨子,墨子必用孔子,不相用,不足为孔墨。"

【译文】

茅坤评论:通篇没有实际的事迹,只用虚笔议论来发感慨。

张伯行评论:用议论来作墓志铭,而不写墓主实际的事迹,本来不是主流体例。中间将扬雄和孔子、孟子、伯夷、柳下惠并称,这是王安石写作时选择素材不精的过失。大概诸子百家没有经过二程、朱熹的辨正,世人对他们的误解往往如此。韩愈尚且将孔子、墨子并称,何况其他人呢?因此可以知道二程、朱熹的功劳有多大了。

祭欧阳文忠公文

【题解】

欧阳修（1007—1072），字永叔，号醉翁，因谥号文忠，故世称欧阳文忠公，北宋卓越的政治家、文学家、史学家，"唐宋八大家"之一。至和二年（1055），经曾巩的引见，王安石与欧阳修会面，互相欣赏，互相推崇，从此成为知己。欧阳修待王安石亦师亦友，在仕途与文学上都对他进行提携。然而后来他对王安石的新法并不赞同，二人在政见上有所不和，关系有所疏远，但止于政事，对彼此的人品、才华都无怀疑。熙宁四年（1071），欧阳修辞官，退居颍州，次年逝世。当消息传来，王安石悲痛不已，写下了这篇著名的祭文。

本文作为祭文，不以罗列仕历来标榜，而是主要从器质、学术、文章、气节等方面对欧阳修的一生做了高度的概括与评价。骈散交替，使得全文显得整饬和谐，又善用比喻，文辞华美。然而情辞合一，字里行间充溢着深沉的悼念与真挚的景仰之情。在当时众多写给欧阳修的祭文中，本文获得的评价是极高的，明人茅坤便对此文高度赞扬："欧阳公祭文，当以此为第一。"

夫事有人力之可致①，犹不可期②，况乎天理之溟漠③，又安可得而推④？惟公生有闻于当时，死有传于后世，苟能如此足矣，而亦又何悲？

【注释】

①致：做到。

②期：预期。

③溟漠：幽昧，渺茫。

④推：推知。

【译文】

人的力量能够做到的事情，尚且不能预期，更何况天理幽昧、渺茫，又怎么能够推测得出呢？先生活着的时候，在当代有声望；过世后，有美名流传于后世，只要有这样的成就已经足够了，我们又还悲切什么呢？

　　如公器质之深厚①，智识之高远，而辅学术之精微，故充于文章，见于议论②，豪健俊伟，怪巧瑰琦③。其积于中者④，浩如江河之停蓄⑤；其发于外者，烂如日星之光辉。其清音幽韵，凄如飘风急雨之骤至⑥；其雄辞闳辩⑦，快如轻车骏马之奔驰。世之学者，无问乎识与不识，而读其文则其人可知。

【注释】

①器质：器量与资质。

②见：通"现"。表现。

③瑰琦：美玉，在此形容文章的美好卓异。

④积于中：蕴藏于心。

⑤停蓄：汇聚。

⑥凄：寒凉。飘风：暴风。

⑦闳：宏大。

【译文】

像先生这样具有深厚的器量资质，高远的智慧见识，再加上精妙深微的学术功力，所以创作文章，发为议论，豪放、雄健、俊爽、宏伟、神奇、巧妙、卓异、美好。蕴藏于内心之中的，浩然有如江河的汇聚；发为言语文辞的，璀璨有如日月星辰的光辉。那清亮幽雅的韵调，寒凉得仿佛暴风大雨突然来到；那雄健宏大的辩辞，敏捷得仿佛轻车骏马奔驰不息。

世上的学者，无须问他是否认识先生，只要读到先生的文章，便能知道他的为人。

　　呜呼！自公仕宦四十年[1]，上下往复[2]，感世路之崎岖，虽屯邅困踬[3]，窜斥流离[4]，而终不可掩者，以其公议之是非[5]，既压复起，遂显于世。果敢之气，刚正之节，至晚而不衰。

【注释】

[1]仕宦四十年：欧阳修自宋仁宗天佑八年（1030）中进士任西京（今河南洛阳）留守推官至神宗熙宁四年（1071）致仕，共为官四十二年。

[2]上下往复：指官位上升下降，屡经变化。

[3]屯邅（zhūn zhān）：处境艰难。屯，困难。邅，艰险。踬（zhì）：跌倒，在此指遭遇挫折。

[4]窜斥流离：窜斥，放逐贬斥。流离，流落。据史载，欧阳修一贬夷陵，再贬滁州，晚年又因卷入"濮议"之争而出知亳州、青州、蔡州。

[5]公议：社会舆论。

【译文】

　　唉！先生做官四十余年来，反复地升官贬官，感受到了这世间道路的崎岖不平，虽然处境艰难，遭遇挫折，被放逐贬斥，流落在外，但到底没有被埋没无闻，因为社会舆论自有是非公道，先生被压抑了又能再被起用，于是美名流传世间。先生果敢、刚正的气节，到晚年也没有衰退。

　　方仁宗皇帝临朝之末年[1]，顾念后事，谓如公者可寄以社稷之安危[2]。及夫发谋决策，从容指顾，立定大计，谓千载而一时[3]。功名成就，不居而去[4]，其出处进退[5]，又庶乎英魄灵气⑥,不随异物腐散⑦,而长在乎箕山之侧与颍水之湄⑧。

【注释】

①仁宗:北宋第四位君主赵祯(1010—1063),宋真宗第六子,在位
　四十一年。临朝:执政。末年:指至和、嘉祐年间。

②谓如公者可寄以社稷之安危:社稷,本义为古代帝王、诸侯所祭的
　土神和谷神,常被引申为代指国家。欧阳修于至和元年(1054),
　母亲郑氏丧期满,从颍州启程赴京,仁宗见欧阳修须发皆白,齿发
　脱落,不禁恻然,存恤甚厚。不久,欧阳修开始任翰林学士,出使
　契丹,主持嘉祐贡举,知开封府,拜枢密副使,升参知政事,封开国
　公,可谓"寄以社稷之安危"。

③"及夫发谋决策"几句:指顾,手指目顾,在此为指挥之义。千载
　而一时,一时间建立了可以享誉千年的功勋。欧阳修于嘉祐六年
　(1061)以参知政事的身份,与宰相韩琦一起奏请宋仁宗立嗣子
　赵曙为太子,嘉祐八年(1063),宋仁宗病死,欧阳修等又辅佐太
　子即位,是为宋英宗,此四句当指此事。

④居:居功。去:去职,辞官。

⑤出处:出仕与归隐。

⑥庶乎:几乎,大概。

⑦异物:尸体,在此指欧阳修过世。

⑧而长在乎箕山之侧与颍水之湄:箕山,在今河南登封东南。颍水,
　发源于河南登封的颍谷。湄,水滨。相传尧舜时高士巢父、许由
　曾在此隐居。在此以这二人比喻欧阳修,言其高义永垂不朽。

【译文】

　　仁宗皇帝执政的最后几年,考虑到他过世后的事情,曾说可以把国
家的前途托付给像先生这样的人。到了后来,先生出谋划策,从容指挥,
当机立断地定下皇室继任的大事,可以称得上是一时间便建立了可以享

誉千年的功勋。功成名就,不自居有功而请求辞官,从出任官职,到归隐山林,先生的英灵气魄,几乎不会随着尸体的腐烂而消散,而会像当年的巢父和许由一样长久地留在箕山与颍水的旁边。

　　然天下之无贤不肖,且犹为涕泣而歔欷^①,而况朝士大夫平昔游从^②,又予心之所向慕而瞻依^③?

【注释】

①歔欷(xū xī):哭泣与叹息。

②平昔:平时往日。游从:相处,追随。

③瞻依:瞻仰依恋。

【译文】

　　然而天下无论是贤明还是不贤明的人,都还在为先生过世而哭泣叹息,何况我是和先生同朝的士大夫,往日交游追随,而先生又是我心里向来仰慕瞻仰的人呢?

　　呜呼! 盛衰兴废之理自古如此,而临风想望不能忘情者,念公之不可复见而其谁与归^①!

【注释】

①其谁与归:将和谁同道呢? 其,将。

【译文】

　　唉! 事物兴盛、衰败交替是有规律的,自古以来就是如此,而我之所以伫立风中怀念先生,情感上无法忘却,是因为想到日后再也见不到先生,我又将和谁同道呢!

【评点】

茅鹿门曰：欧阳公祭文，当以此为第一。

【译文】

茅坤评论：写给欧阳修的祭文，应当将这篇看作第一名。

王文公本传

王安石,字介甫,临川人①。父益,都官员外郎②。安石少好读书,一过目终身不忘,属文动笔如飞,见者皆服其精妙。友生曾巩携以示欧阳修,修为延誉③。登进士上第④,签书淮南判官⑤,旧制,秩满许献文求试馆职⑥,安石独否。再调知鄞县⑦,起堤堰⑧,决陂塘⑨,为水陆之利;贷谷与民,立息以偿⑩,俾新陈相易⑪,邑人便之。通判舒州⑫,文彦博为相⑬,荐其恬退,寻召试馆职,不就。修荐为谏官,以祖母年高辞。修以其须禄养言于朝⑭,用为群牧判官⑮,请知常州⑯,移提点江东刑狱⑰,入为度支判官⑱,时嘉祐三年也⑲。安石果于自用,慨然有矫世变俗之志,乃上万言书⑳。后安石当国,其所注措,大抵皆祖此书。

【注释】

①临川:今江西抚州临川。

②都官员外郎:刑部都官司次官。

③延誉:传扬美名。

④登进士上第:宋进士科考试分三级:州试、省试和殿试。州试把合格者的名单及试卷上报礼部;待省试命令下达后即行发解;省试合格者参加殿试。殿试考等分五等:上二等赐进士及第,三等赐进士出身,四、五等赐同进士出身。王安石于庆历二年(1042)三月登杨寘榜进士第四名,其年22岁。

⑤签书淮南判官:签书判官,全称是签书判官厅公事,其职责为赞助郡政。淮南,北宋初置淮南道,以南唐的淮南十四州为主体,至道三年(997)改名为淮南路,治扬州江都县(今江苏扬州)。

⑥秩满：官吏任期届满，当时任期为三年。馆职：宋初沿袭唐代制度，置史馆、昭文馆、集贤院，合称三馆，在其中掌管典籍编校等工作即为馆职。当时的集贤院大学士一般由宰相担任，馆职地位十分显赫，经过严格考选才能授职，是文官晋升的重要途径。

⑦调知鄞（yín）县：调任为鄞县知县。鄞县，在今浙江宁波鄞州。

⑧堤堰（yàn）：堤坝。

⑨陂（bēi）塘：池塘。

⑩息：利息。

⑪俾（bǐ）：使。

⑫通判：官职名。宋朝为加强地方控制而置于各州、府，辅佐知州或知府处理政务，凡兵民、钱谷、户口、赋役、狱讼等州府公事，须通判连署方能生效，并有监察官吏之权，号称"监州"。舒州：治在今安徽安庆。

⑬文彦博（1006—1097）：字宽夫，号伊叟，汾州介休（今山西介休）人。北宋时期著名政治家、书法家，庆历八年（1048）平息王则叛乱升任宰相。

⑭须禄养：须，通"需"。需要俸禄供养家人。

⑮群牧判官：主管国家公用马匹的机构的判官。

⑯常州：治今属江苏。

⑰提点江东刑狱：宋代提点刑狱司的长官，提点刑狱司是宋代中央外派的"路"一级的司法机构，主监察。江东，江南东路的简称，北宋天禧四年（1020）分江南路置江南东路，治江宁府（治今江苏南京）。

⑱入为度支判官：入，入汴京。度支判官，三司度支判官的简称，主管财务。

⑲嘉祐三年：1058年。嘉祐，宋仁宗年号（1056—1063）。

⑳万言书：即《上仁宗皇帝言事书》，作于嘉祐三年（1058）至四年

之间,针对当时积贫积弱的国家形势,针砭时弊,极言改革,提出了一系列具体原则与措施,是一篇万言长文,也是王安石后来进行熙宁变法的思想纲领。

【译文】

王安石,字介甫,临川人。父亲王益,曾任职都官员外郎。王安石少年喜好读书,一过目就终身不忘,写文章动笔如飞十分神速,读的人都叹服他写得精彩绝妙。欧阳修的门人曾巩带着他的文章给欧阳修看,欧阳修也很赞赏,为他宣扬美名。考上进士上第后,担任淮南路的判官,当时的制度,官吏任期届满就允许向朝廷献上文章考取馆职,只有王安石不这么做。于是又调任做鄞县知县,修筑堤坝,开掘池塘,建设水利工程便利百姓;将粮食贷予百姓,制定低息让其收成后偿还,使得官仓中的新粮与陈粮交替轮换,鄞县的百姓也觉得十分便利。在舒州做通判时,文彦博为宰相,举荐王安石恬淡谦退,不久朝廷召他参与馆职考试,他依旧没去。欧阳修推荐他做谏官,他也称祖母年纪大了推辞不去。欧阳修又向朝廷进言说他需要俸禄养活家人,让他担任群牧判官,王安石请求外放为常州知县,又改任提点江东刑狱,后来回到汴京任度支判官,当时是嘉祐三年。王安石为人果断自信,慷慨有矫正世事变革风俗的志向,于是给当时的仁宗皇帝上了一封万言奏疏。后来他主持国家变法,种种举措,大概都是来自这封奏疏。

俄直集贤院^①。先是,安石屡辞馆阁之命,士大夫谓其无意于世,恨不识其面,朝廷每欲畀以美官^②,惟患其不就也。明年^③,同修起居注疏^④,辞至八九乃受,遂知制诰^⑤,纠察在京刑狱,自是不复辞官矣。有少年得斗鹑^⑥,其侪求之不与^⑦,恃与之昵^⑧,辄持去,少年追杀之。开封当此人死^⑨,安石驳曰:“不与而持去,是盗也;追而杀之,是捕盗也。”遂劾府司失入⑩。事下,审刑、大理皆以府断为是⑪,诏放安石罪⑫,安石不谢⑬,御史举奏之⑭,帝亦不问。以母忧去⑮,终英宗世召不起⑯。

【注释】

①俄直集贤院:俄,不久。直,通"值"。值守,任职。集贤院,官署名。宋初沿袭唐代制度,置史馆、昭文馆、集贤院,合称三馆。王安石于嘉祐四年(1059)就职集贤院。

②畀(bì):给予。

③明年:即嘉祐四年(1059)。

④起居注疏:皇帝的言行录。唐宋时凡朝廷命令赦宥、礼乐法度、赏罚除授、群臣进对、祭祀宴享、临幸引见、四时气候、户口增减、州县废置等事,皆按日记载。

⑤知制诰:官职名。掌管起草诰命。

⑥斗鹑:善斗的鹌鹑。

⑦侪(chái):同类、同辈,这里指同伴。

⑧恃(shì):仗着。

⑨开封:开封府,北宋京都官吏行政、司法的衙署。

⑩失入:轻罪重判,量刑不当。

⑪审刑:官署名。审刑院的简称,宋代于禁中设立的官署,其职务是检查大理寺所审理的案件,并上报中书省。大理:即大理寺,官署名。掌刑狱案件审理。府断:开封府的断案。

⑫诏放安石罪:皇帝下诏不追究王安石断案有误的罪过。诏,本意是指帝王召集大众讲话。引申义为帝王告知或发布诏命。

⑬谢:谢罪,承认错误。

⑭御史:官职名。掌管监察官员。

⑮母忧:为过世的母亲守孝。官员遵循儒家的孝道观念,在位期间

如遇父母过世的丧事，必须辞官回到祖籍，为其守孝，称为丁忧。

⑯英宗：宋英宗赵曙（1032—1067），濮王之子，被过继给宋仁宗为嗣，是北宋第五位皇帝，1063—1067年在位。

【译文】

不久到集贤院任职。先前，王安石屡次辞去馆阁的任命，士大夫们都认为他无意于入世求功名，遗憾不能与他结识，朝廷每每想要授予他名利优厚的官职，只担心他不肯就任。第二年，朝廷任命他与人一起修撰皇帝的起居注疏，他推辞了八九次才接受，于是担任知制诰，监察京城的刑狱审理，从此不再辞官了。有一次断案，一个少年得到一只好斗的鹌鹑，他的同伴问他要，不给，同伴仗着与他关系亲昵，就把鹌鹑抱走了，少年追上并杀死了同伴。开封府判决少年死刑，王安石反驳说："主人不给，同伴却擅自拿走，这是偷盗；少年追上并杀了他，这是捕捉盗贼。"于是弹劾开封府轻罪重判，量刑不当。案件进行复审，审刑院和大理寺都认为开封府的判刑是对的，皇帝下诏不追究王安石断案有误的罪过，王安石却坚决不去谢罪，御史们上奏弹劾他，皇帝也搁置不问。后来王安石因为要给过世的母亲守孝辞官回乡，整个宋英宗在朝的时期，朝廷多次召他，他都没有回来做官。

安石本楚士①，未知名于中朝②，以韩吕二族为巨室③，欲借以取重，乃深与韩绛、绛弟维及吕公著交④，三人更称扬之，名始盛。神宗在颍邸⑤，维为记室⑥，每讲说见称，辄曰"此维之友王安石之说也"，及为太子庶子⑦，又荐自代，帝由是想见其人。甫即位⑧，命知江宁府⑨，数月召为翰林学士兼侍讲⑩。熙宁元年造朝⑪，帝问为治所先，对曰："择术为先。"帝曰："唐太宗何如⑫？"曰："陛下当法尧舜⑬，何以太宗为？"帝曰："卿可谓责难于君⑭。"一日讲席⑮，群臣退，帝留安石坐曰："有欲与卿从容论议者。"因言唐太宗必得魏徵^⑯，刘备必得诸葛亮^⑰，然后可以有为，二子诚不世出之人也^⑱。安石曰："陛下诚能为尧舜，则必有皋、夔、稷、禹^⑲；诚能为高宗^⑳，则必有傅说^㉑。彼二子者何足道哉！"

【注释】

①楚士：楚地人，王安石的故乡临川先秦时属于楚国疆域，故称。

②中朝：朝廷。

③以韩吕二族为巨室：因为韩、吕二家是名望高势力大的世家大族。韩、吕，即后文的韩绛、吕公著二人的家族。韩绛父韩亿曾任参知政事，吕公著父吕夷简曾任宰相，皆为当时名臣。

④韩绛（1012—1088）：字子华，原籍真定灵寿（今属河北）人。北宋大臣，宋仁宗庆历二年（1042）进士及第，历任御史中丞、三司使等要职。绛弟维：即韩维（1017—1098），字持国，英宗时为迩英殿侍讲，进知制诰，神宗即位，除龙图阁直学士。吕公著（1018—1089）：字晦叔，寿州（今安徽寿县）人。早年因恩荫补任奉礼郎，并进士及第，累官龙图阁直学士。

⑤神宗：宋神宗赵顼（1048—1085），宋英宗长子，北宋第六位皇帝，1067—1085年在位。颍邸：宋神宗即位前，曾被封为颍王，颍邸即做颍王时所居住的府邸。

⑥记室：官职名。记室参军的简称，掌管文书。

⑦太子庶子：官职名。掌教导诸侯卿大夫之庶子，庶子即众子之意。

⑧甫：刚刚。

⑨江宁府：在今江苏南京地区。北宋时期，江宁府是江南东路的首府，当时是中国东南地区的政治、经济、文化中心。

⑩翰林学士：北宋时期翰林学士承唐制，掌起草诏令等，为皇帝心腹。侍讲：宋咸平二年（999）置翰林侍读学士与侍讲学士，皆以

他官中之文学之士兼充,掌读经史,释疑义,备顾问应对。

⑪熙宁元年:1068年。

⑫唐太宗:唐太宗李世民(598—649),唐朝第二位皇帝,杰出的政治家,开创了中国历史上著名的贞观之治,庙号太宗,葬于昭陵。

⑬尧舜:均为上古时期部落联盟首领,"五帝"之一,一直被视作上古时期圣明君主的代表。

⑭责难:勉强人做难为之事。

⑮讲席:王安石任侍讲,为皇帝讲解经史。

⑯魏徵(580—643):字玄成,唐朝政治家、思想家,辅佐唐太宗共同创建"贞观之治"的大业,被后人称为"一代名相"。

⑰刘备(161—223):字玄德,三国时期蜀汉开国皇帝,素以仁德为世人称赞。诸葛亮(181—234):字孔明,号卧龙,三国时期蜀汉丞相,杰出的政治家、军事家,一生鞠躬尽瘁、死而后已,是中国传统文化中忠臣与智者的代表人物。

⑱不世出之人:极言人才难得。

⑲皋:皋陶,掌管刑法,后世尊为"中国司法始祖"。夔:受到舜的赏识提拔为乐官,主理乐舞之事。稷:后稷,姬姓,名弃,尧舜时为司农之神,善种谷物,教民耕种与稼穑之术。禹:大禹,姓姒,相传禹治理黄河有功,受舜禅让而继承帝位。

⑳高宗:商朝第二十三任君主武丁,子姓,名昭,在位时期励精图治,开创"武丁盛世",去世后庙号为高宗。

㉑傅说:殷商时期卓越的政治家,相传原为傅岩筑墙之奴隶,武丁举以为相,后国大治。

【译文】

王安石本是古时楚地的人,不被朝廷知晓,因为韩、吕两家是名望高势力大的世家大族,王安石想要借他们来加重自己的声望,于是与韩绛、韩绛弟弟韩维还有吕公著深交,三人对他称赞颂扬,声名才渐渐盛起。

宋神宗做颍王的时候，韩维担任记室参军，每每讲说经史受到称赞，就说
"这是我朋友王安石的见解"，等韩维担任太子庶子时，又推荐王安石代
替自己，宋神宗于是很想见见王安石本人。刚刚继承帝位，就命王安石
担任江宁知府，几个月后又召入宫做翰林学士兼侍讲。熙宁元年，王安
石来到朝廷，皇帝问"治理国家第一步要做什么"，回答说："第一步要选
择合适的方法。"皇帝又问："像唐太宗那样怎么样？"回答说："陛下您应
当效法尧舜，学习唐太宗做什么？"皇帝说："爱卿你这是为难朕啊。"一
日侍讲结束，群臣告退，皇帝留王安石坐下，说："朕有一些想法，想要与
爱卿慢慢讨论。"于是说唐太宗一定要得到魏徵这样的臣子，刘备一定
要得到诸葛亮这样的谋士，然后才可以有作为，而魏徵和诸葛亮都是难
得一见的人才。王安石回答说："陛下如果真的能做像尧舜那样的君主，
就一定会有像皋陶、夔、后稷、大禹那样的贤臣；如果真的能做像商朝高
宗那样的君主，就一定会有像傅说那样的宰相，更不用说像魏徵和诸葛
亮一样的臣子了。"

　　二年，拜参知政事①。帝谓曰："人皆不能知卿，以为
但知经术②，不晓世务③。"安石对曰："经术，正所以经世务
尔。"帝问："卿施设何先？"安石曰："变风俗，立法度，最方
今所急也。"于是设制置三司条例司④，命与枢密陈升之同
领之⑤，安石令其党吕惠卿任其事⑥，而农田、水利、青苗、
均输、保甲、免役、市易、保马、方田诸役相继并兴，号为新
法⑦，遣提举官四十余辈⑧，颁行天下。青苗法者，以常平籴
本散与人，户出息二分，春散秋敛⑨；均输法者，以发运之职
改为均输，假以钱货，凡上供之物皆得徙贵就贱，用近易远，
预知在京仓库所当办者得以便宜蓄买⑩；保甲之法，籍民二
丁取一十家为保⑪，保丁授以弓弩，教之战阵；免役之法，据

家赀高下出钱[12]，雇役单丁，女户原无役者[13]，一概输钱，谓之助役；市易之法[14]，听人赊贷县官财货，出息二分，过期不输者，加罚钱；保马之法，凡五路义保愿养马者[15]，户一匹，以监牧见马给之，或官与其直使自市[16]，岁一阅其肥瘠，死病者补偿；方田之法，以东西南北若干步为一方，岁计量其地，验其肥瘠，定其色号，分五等以定税数；又有免行钱者[17]，约京师百物诸行利入厚薄[18]，皆令纳钱，与免行户祗应。自是四方争言农田水利，古陂废堰悉务兴复，又令民封状增价以买坊场[19]，又增茶盐之额[20]，又设措置河北籴便司[21]，广积粮谷于临流州县，以备馈运，由是赋敛愈重，天下骚然云云。帝亦疑之，遂罢为观文殿大学士[22]，知江宁府，自礼部侍郎超九转为吏部尚书。

【注释】

①参知政事：官职名。宋代以参知政事为副宰相。

②经术：经学理论。

③世务：与经术相对，指治国的实际事务。

④制置三司条例司：为王安石主持变法设立的临时官署名。变法以前，宰相枢密使不得与闻财政大计，造成兵、财、民三权的脱节，为改变这种情况，熙宁二年（1069），王安石设立这个机构作为变法的领导机构，权力凌驾于三司之上，中书及门下皆不得过问。

⑤枢密：枢密院事，管理军国要政，权力与宰相相当。陈升之（1011—1079）：字旸叔，建州建阳（今属福建）人。进士出身，神宗熙宁元年（1068）任知枢密院事，后与王安石意见不合，称疾不朝。

⑥吕惠卿（1032—1111）：字吉甫，号恩祖，王安石变法中的二号人

物。嘉祐二年（1057）中进士，因和王安石政治理念相合获得器重，在熙宁初年王安石执政时期，帮助他推动了青苗法、市易法等数项改革。

⑦新法：新制定的法令，此即为熙宁变法。

⑧提举官：官职名。宋代以后设主管专门事务的职官。

⑨"青苗法者"几句：常平，常平仓制度，政府设置粮仓，在市场粮价低的时候，适当提高粮价进行大量收购，在市场粮价高的时候，适当降低价格进行出售，既避免"谷贱伤农"，又防止了"谷贵伤民"，对平抑粮食市场和巩固政权起到了积极作用。籴（dí）本，购入粮食的本钱。熙宁变法之前，常平仓制度的籴本来自暂且留下但到期要连本带息一起上供朝廷的钱、朝廷的拨款、由出卖户绝田所得收入以及地方自己筹措的部分，地方政府财政较为紧张，因此时常缺少籴米的本钱。"青苗法"的实施，则是通过将钱粮借贷于百姓来获得收益，弥补籴本的缺乏，但依旧保留常平制度的拯济与调节市价的方式和作用，是对后者的修正。

⑩"均输法者"几句：此法主要针对汴京物资需要和东南六路供应严重脱节、富商乘机牟利、农民困于租税的情况。设发运使，总管东南六路的赋税收入，掌握供需状况，并拨给专项资金，用于采购。不是固定不变地向各地征敛实物赋税，而主要是在灾荒歉收物价高涨的地区折征钱币，用钱币到丰收的地区贱价购买上供物资，此即"徙贵就贱"；如果有多个地区同时丰收物贱，就到距离较近、交通便利的地区购买，此即"用近易远"；建立京师所需与发运司上供的信息沟通体制，让发运司预先知晓京师库藏状况，根据实际需要，合理安排籴买、税敛、上供，此即"预知在京仓库所当办者得以便宜蓄买"，这样既保证了朝廷在物资方面的需要，又节省了购物钱钞和运费，还减轻了人民的负担。

⑪籍民二丁：登记在户籍的人家家有两个壮年男子的。丁，古代把

成年的壮健男子叫作"壮丁"。

⑫家赀（zī）：家产。

⑬女户原无役者：生养女儿无人服役的人家。

⑭市易之法：平价收购市上滞销的货物，并允许商贾贷款或赊货，按规定收取息金。这就限制了大商人对市场的控制，有利于稳定物价和商品交流，也增加了政府的财政收入。

⑮五路：河北、河东、陕西、京东、京西五路。义保：即上文"保甲法"的保户。

⑯直：通"值"。这里指购马的钱。

⑰免行钱者：是宋代除向工商行户收取商税外，官府需要的物料人工，都向各行勒派，熙宁变法改为用钱折算，称为"免行钱"。

⑱约：大概计算。

⑲封状：即书面向政府提出申请。增价：也即通过竞价，提高买入的价格。坊场：官方在乡村开办的临时市集。

⑳茶盐之额：茶、盐交易的税收。

㉑措置河北籴便司：官署名。宋朝初年，差京朝官掌河北路籴粮草，此时置河北籴便司专领其事，设提举或勾当官一员掌之。

㉒观文殿大学士：官名。宋仁宗皇祐元年（1049）始置，以宠待旧相。

【译文】

熙宁二年，王安石被任命为参知政事。皇帝对他说："人们都不了解爱卿你，以为你只知道经学理论，不晓得治国的实际事务。"王安石回答："经学理论，正是用来经营治国实际事务的。"皇帝问："爱卿计划先做什么？"王安石说："改变风俗，树立法度，是当今最紧急的事。"于是皇帝专门设立了制置三司条例司这一官署，命令王安石和枢密使陈升之一起管理，王安石让他的党羽吕惠卿开展变法事宜，于是农田、水利、青苗、均输、保甲、免役、市易、保马、方田等诸项举措相继兴起，号称新法，派遣提举官四十多人，颁行于天下。青苗法，将原来常平仓购粮的本钱散于百姓，每户出息二分，春季放贷秋季收回；均输法，把原来发运使的职务改为均输，给予足够钱财，凡是各地上供的物品，在物价高的地区折征钱币，再到丰收的地区贱价收购，或到距离较近、交通便利的地区购买，预知在京城的仓库所应当补充的东西，到合适的地区便宜采购储蓄；保甲法，将登记在册，家有两名壮年男子的人家十家为一保，给予壮丁们弓箭武器，教授他们战斗阵法；免役法，按照家产的多寡出钱雇佣壮丁服役，生养女儿原本无人服役的人家，一概出钱，称为帮助劳役；市易法，让人赊账向县官贷钱或货物，出息二分，过期没有归还的，加上罚款；保马法，凡是河北、河东、陕西、京东、京西五路参与保甲法的保户，有愿意养马的每户养一匹，由监牧给予马匹，或官府给钱让他们自行购买，每年检查一遍马的情况，死去或生病的让他们补偿；方田法，以若干面积为一方，每年测量这块土地，检验肥沃程度，核定其种类，并分别进行编号，分为五等进行收税；又有叫"免行钱"的制度，估算京城各行各业利润的多少，都让他们纳税，免除朝廷抽调差役及在朝廷供职者的赋税。从此各个地方争相发展农田水利，将古老的水池废弃的堤坝被重新修复使用，又令百姓提出申请，竞价购买临时集市的摊位，又增加茶、盐生意的税收，又设立了措置河北籴便司这一官署，在河道边的各州县大量囤积粮食，以备运往京城，从此赋税越来越重，天下骚乱不安。皇帝也开始怀疑变法，便将王安石罢免为观文殿大学士，担任江宁府知府，从礼部侍郎超越九卿转为了吏部尚书。

　　始吕惠卿遭丧去，安石未知所托，得曾布^①，信任之，亚于惠卿。及惠卿服阕^②，安石朝夕汲引^③，至是白为参知政事。安石之再相也，屡谢病求去。及雾死^④，尤悲伤不堪，请益力，帝益厌之，罢为镇南军节度使、同平章事、判江宁府^⑤。明年，改集禧观使^⑥，封舒国公。元丰三年^⑦，复拜左仆射、观文殿大学士、换特进^⑧，改封"荆"^⑨。哲宗立加司空⑩,未几卒,年六十八,赠太傅⑪。绍圣中谥曰"文"⑫,配享神宗⑬。崇宁中⑭,配食孔庙⑮,列颜孟之次⑯,追封舒王。杨时言于钦宗⑰,降从祀高宗⑱,复停宗庙配享,削王封。理宗复停孔庙从祀⑲。

【注释】

①曾布(1036—1107):字子宣,太常博士曾易占之子,中书舍人曾巩之弟,北宋中期宰相,王安石变法的重要支持者,在北宋王安石变法时期发挥了重要作用。

②服阕:守丧期满除服。

③汲引:引荐,提拔。

④雱:王雱(1044—1076),字元泽,王安石之子,熙宁九年(1076)卒,时年三十三岁。

⑤同平章事:官名。同中书门下平章事的简称,平章是商量处理国事的意思。北宋以同中书门下平章事主政事,知枢密院事(或枢密使)主兵,称为"二府"或"两地"。

⑥集禧观使:宋朝宫观官名。仁宗皇祐五年(1053)于会灵观旧址建集禧观,后置使名。

⑦元丰三年:1080年。

⑧左仆射:官名。唐宋左右仆射为宰相之职。特进:官名。始设于西汉末,授予列侯中有特殊地位的人,位在三公下。

⑨改封"荆":即"荆国公",王安石为楚地人,秦代因避子楚讳,将"楚"改称为"荆",后世沿用之。

⑩哲宗:宋哲宗赵煦(1077—1100),宋朝第七位皇帝,1085—1100年在位。司空:官名。西周始置,位次三公,与司马、司寇、司士、司徒并称五官,掌水利、营建之事,后世渐渐演变为崇高的虚衔。

⑪太傅:官名。始于西周,为朝廷的辅佐大臣与帝王老师,掌管礼法

的制定和颁行，三公之一，后世也渐渐演变为崇高的虚衔。

⑫绍圣：宋哲宗赵煦的第二个年号（1094—1098）。

⑬配享：合祭，祔祀。这里是以功臣的身份祔祀于帝王宗庙。

⑭崇宁：宋徽宗赵佶的第二个年号（1102—1106）。

⑮配食：同"配享"。合祭，祔祀。

⑯颜孟：颜回（前521—前481），字子渊，鲁国人。尊称复圣颜子，孔门七十二贤之首，历代儒客文人学士对其推尊有加，陪祭于孔庙。孟子（约前372—前289），名轲，字子舆，战国时期哲学家、政治家、教育家，儒家学派的代表人物之一，与孔子并称"孔孟"。

⑰杨时（1053—1135）：字中立，号龟山，北宋理学家、文学家，先后学于程颢、程颐。钦宗：宋钦宗赵桓（1100—1156），宋朝第九位皇帝，北宋末代皇帝。

⑱高宗：宋高宗赵构（1107—1187），宋朝第十位皇帝，南宋开国皇帝。

⑲理宗：宋理宗赵昀，宋朝的第十四位皇帝。

【译文】

一开始，吕惠卿遭遇丧事离开朝廷，王安石不知道将变法事业托付给谁，后来遇到曾布，对他十分信任，仅次于吕惠卿。等到吕惠卿守丧期满回来，王安石日夜举荐，直到上奏将他任命为参知政事。后来王安石再度做了宰相，好几次以自己生病告罪请求辞官离开。等到他的儿子王雱去世，尤其悲伤不能忍受，辞官的请求更加强烈，皇帝也越发厌弃他，将他罢免为镇南军节度使、同平章事、官判江宁府。第二年，又将他改命为集禧观使，封舒国公。元丰三年，又将他提拔为左仆射、观文殿大学士、更换特进之职，改封荆国公。宋哲宗即位，给他加封为司空，没多久过世，时年六十八岁，追封为太傅。绍圣年间赐谥号"文"，以功臣的身份祔祀于宋神宗宗庙。崇宁年间，又将他祔祀于孔庙，位列颜回、孟子之后，追封为舒王。后来杨时向宋钦宗进言，降为从祀宋高宗，又停了宗庙配享的礼遇，削去舒王的封号。宋理宗时又停止了他在孔庙配享的礼遇。

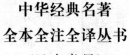

中华经典名著
全本全注全译丛书
（已出书目）